U0135110

董大年／主編

實用漢語
分類
辭典

前　言

　　本辭典是一部按詞語意義分類編排、釋義的辭典，兼收常用詞語和百科用語，例如：網際網路、污點證人、世界貿易組織、世界衛生組織、玻璃娃娃、黏寶寶、威而鋼，以及懷舊的尪仔標等等，供一般讀者參考。

　　辭典按語義分類編排，是把表達一個或一類概念的詞語匯集一起，按一定的分類系統排列，使讀者可以依照事物概念的類別查到表達它的適當詞語。由於同時查到語義上有聯繫的一系列同義詞、類義詞，讀者既可辨析詞義、選擇用詞，又能豐富詞彙和增加相關的知識。這些是分類辭典特有的功用，對讀者學習和遣詞用字的靈活度都有所幫助。

　　現有的分類詞彙、分類辭典的分類方法各有不同，還沒有一致的分類體系。本辭典參考傳統義類辭書和現代中外分類詞彙、分類辭典的分類方式，並依照實用原則，綜合收錄約四萬八千餘條常用詞語和百科用語，分為十七大類，一百四十四小類，共計三千七百八十詞群，讀者可依需要，分別利用「分類總目」、「分類細目」或「詞彙索引」一一查找到相關知識的分類、常用詞語、百科用語等等，例如：

若想知道關於日食的知識或詞彙解釋，可在分類總目和分類細目中查到：A　宇宙・地球（大類）；A1　宇宙（小類）；A1-8 名：　日食・月食（詞群）；也可以利用詞彙索引，依首字的筆畫順序找到日食、月食在內文的第五頁。

　　本辭典所收詞群均標注詞性，釋義力求簡明、準確，舉例注重通俗、實用，並適當採用表格和插圖。我們希望本辭典能成為讀者查閱詞語、辨義選詞，而且兼收實用、易懂、便於檢索的工具書。

　　我們在編寫過程中廣泛參考了現有的辭書，所收錄的詞語主要參考了《同義詞詞林》、《簡明漢語義類詞典》，釋義主要參考了《現代漢語學識典》、《漢語大詞典》、《辭海》。對這些辭書的作者和出版社，謹在此表示衷心的感謝。

　　由於編者的學識有限，缺點和錯誤在所難免，我們懇切盼望得到專家學者和廣大讀者的批評指正。

編 輯 說 明

　　《實用漢語分類辭典》有別於坊間的辭典是以注音或部首的排序方式來編製，其編輯特色可概分成六大點：

一、本辭典收詞以現代漢語常用的詞、詞組、成語、熟語和常識性的百科用語為主，酌收少量方言詞和文言詞，也特別收錄一些廣泛使用的新詞新義。

二、收詞全部按語義分類編排。綜合常用詞語和百科用語分為十七大類、一百四十四小類，小類下按同義和同類關係分列詞群，共計三千七百八十詞群。大類依英文字母 A 至 Q 標示順序，如：

A　宇宙・地球

B　生命・生物

C　人體・醫藥衛生

D　人類・社會

E　飲食・衣服・居住・財產

F　感覺・情感・性格・行為……

各大類內的小類和詞群以阿拉伯數字編號，如：

A1　宇　宙

A1-1 名：　宇　宙

B10　植物（一般）

B10-1 名： 植物（一般）

三、多義詞按其不同的意義分立詞目歸入各相應的詞群。

意義完全相同的詞；以一個立目，其餘用「通稱」、「俗稱」、「也叫」、「也說」、「也作」等附在釋義後。

意義基本相同、相近的詞收在同一詞群，一般分別立目，有些以一個立目，其餘附在釋義後以符號□標示（如：贊賞……□稱賞；發誓……□起誓、立誓）。

有不同寫法的詞，以幾個寫法並列立目（如：詞典　辭典；煩瑣　繁瑣）。

四、有些意義上有關聯的詞語，按照分類系統分別歸入不同的小類或詞群，在小類或詞群標題下注明參見的詞群號，以利查閱。如：動　生存·死亡（參見D3－4　（人）生存；D3－11　B1－2　（人）死亡）。

五、所收詞均標注詞性。各詞群所收詞的詞性在標題前標明。一詞群所收詞的詞性相同，各詞目不另標詞性。一詞群所收詞詞性不同，或一詞幾個義項詞性不同，各詞目、義項分別標注詞性。

詞組、成語、熟語在詞目上標＊號（如：說閒話＊、有求必應＊、無風不起浪＊），按其意義和用法歸入相應的詞群。

六、詞類簡稱和釋義用符號

名	名詞	〔　〕	表示詞性，用在詞目釋義
量	量詞	＊	表示為詞組、成語、熟語
代	代詞	□	表示後面為同義詞
動	動詞	〈口〉	口語詞
形	形容詞	〈方〉	方言詞
副	副詞	〈書〉	書面上的文言詞語
連	連詞	：	用在釋義後，表示下面
介	介詞		為舉例
助	助詞	／	用於分開兩個例句
嘆	嘆詞		
聲	象聲詞		

目　　錄

分類總目

分類細目

A　宇宙・地球

B　生命·生物

C　　人體·醫藥·衛生

D　人類・社會

D 1　人

D 9　生活‧境遇

E　飲食・衣服・居住・財產

E 1　飲食（一般）

F　感覺·情感·性格·行爲

F 5　行爲·態度

G　思想·語言·資訊

G 2　認識‧知識‧能力

G 3　言語(一般)

H　農　業

I　工業·科技

J　行動·交通運輸

K　經濟·商業·職業

L　政治‧法律‧軍事

L 11　武器・裝備

L 11-1　名：武器(一般)　999
L 11-2　名：刀・劍　999
L 11-3　名：槍・矛　1000
L 11-4　名：弓・箭　1000
L 11-5　名：盔・甲・盾　1000
L 11-6　名：槍枝　1001
L 11-7　名：火炮　1002
L 11-8　名：彈藥　1003
L 11-9　動、名：打靶・射箭　1004
L 11-10　動：射擊　1004
L 11-11　名：射手・火力　1004
L 11-12　名：炸彈・炸藥・毒劑　1005
L 11-13　動：轟炸・布雷　1006
L 11-14　名：火箭・飛彈・原子彈　1006
L 11-15　名：戰車　1007
L 11-16　名：軍用飛機　1007
L 11-17　名：艦艇　1007
L 11-18　動：巡航・護航　1009
L 11-19　動、名：裝備　1009
L 11-20　名：後勤　1009
L 11-21　名：軍費・糧餉　1009
L 11-22　名：被服　1009
L 11-23　名：兵工廠・兵站等　1010

M　教育・文化・藝術・體育

M 1　教育

M 1-1　名：教育(一般)　1011
M 1-2　名：各類教育　1011
M 1-3　動：教育　1012
M 1-4　動：培養　1012
M 1-5　動：訓練　1013
M 1-6　動：鍛鍊　1013
M 1-7　動：管教　1013
M 1-8　名：學界　1013

M 2　學校・教學

M 2-1　名：學校(一般)　1013
M 2-2　名：幼教機構　1014
M 2-3　名：初等學校　1014
M 2-4　名：中等學校　1014
M 2-5　名：高等學校　1014
M 2-6　名：專業學校　1014
M 2-7　名：特殊學校教育　1015
M 2-8　名：私塾　1015
M 2-9　動：招生　1015
M 2-10　動、名：應試　1015
M 2-11　動：錄取　1015
M 2-12　動、名：註冊・開學等　1016
M 2-13　動：入學・求學　1016
M 2-14　名：年級・班級　1016
M 2-15　動：升級・留級　1016
M 2-16　動：升學・轉學・休學等　1017

M 5　戲劇‧電影

M 6　音樂‧舞蹈

N　宗教·民間信仰

N 2　民間信仰

O　事情・情狀（一般）

O 1　事情（一般）

P　　物質・物體

P1　　物質・物體(一般)

P2　　形狀

P 6　各種物質、物資

Q 4　常有量詞

A 宇宙・地球

A1 宇宙

A1－1 名：宇宙

宇宙 ❶廣袤空間和其中存在的包括一切天體的總稱。宇宙是整個存在的物質世界，處在不斷的運動和發展中，在空間上無邊無際，在時間上無始無終。天文學上所研究的宇宙僅是在現代科學發展水準所能觀測到的整個物質世界的一部分(通常稱爲「總星系」)。❷哲學上指世界。

宇宙空間 指地球大氣層以外的空間。也叫**外層空間**。

太空 很高的天空，現多用以指宇宙空間：遨遊太空／太空人。

自然界 宇宙間生物界和非生物界的總稱。著重指未經人工改變的整個物質世界。□**大自然；自然**。

萬物 宇宙間的一切東西：人是萬物之靈／萬事萬物。

萬象 宇宙間的一切事物或現象：萬象更新／包羅萬象。

世界 ❶自然界和人類社會一切事物的總體：世界觀。❷地球上所有的地方：放眼世界／保衛世界和平。❸自然界或社會的某一領域；人類活動的某一範圍：微觀世界／兒童世界／科學世界。❹佛教指宇宙：大千世界。

時間 物質存在的一種基本形式，是物質運動的持續性，由過去、現在、將來構成延續不斷的運動過程。

空間 ❶物質存在的一種基本形式，是物質運動的廣延性，由長度、寬度、高度表現出來，即具有規模，佔有位置。❷指宇宙空間：人造衛星在廣漠的空間運行。

六合 〈書〉古稱天、地、四方爲「六合」。泛指天下或宇宙：六合同春。

混沌 古人想像的宇宙形成前，模糊一團的景象：混沌初開。

乾坤 象徵天地、陰陽等，常作爲天地、日月、宇宙、世界、男女等的代稱。

造化 〈書〉創造化育，指自然界的創造者，也指自然界。

A1－2 名：天文

天文 ❶有關日月星辰等天體的位置、分布、運行等現象。❷天文學。

天體 宇宙間各種星體的通稱。太陽、行星、衛星、彗星、流星，銀河系中的天體有恆星、星團、星雲等，屬自然天體。人類發射到空中的人造衛星、宇宙火箭、行星際飛船等，屬人造天體。

天象 ❶天文現象。如日月的出沒盈虧、日食、月食、新星爆發、彗星的隱現等：觀測天象。❷天空中風、雲等變化的現象：老農根據天象預測天氣變化。

天文學 研究天體的位置、運行規律、內部變化和宇宙演化的科學。天文學在實際生活中應

用很廣,如編製曆法、授時、測定方向、預報太
陽活動等。

天文臺 從事天體觀測和天文研究的機構。

觀象臺 觀測天文、氣象、地磁、地震等現象的機
構。

天球 天文學上為研究天體的位置和運動,假想
各個天體散布在以觀測者為中心的一個圓球
的球面上,這個圓球稱為天球。根據所選取
的天球中心的不同,有日心天球、地心天球
等。

天球儀 球形的天文儀器。球面上繪有亮星的
位置、星名、星座以及幾種天球座標的標誌和
度數。用以輔助天文教學和普及天文知識。

渾儀 我國古代測定天體位置的一種觀測儀器。

渾象 我國古代用來表示天象的一種儀器,類似
現代的天球儀。

渾天儀 渾儀和渾象在早期常常統稱為渾天儀。

天象儀 一種演示天文現象的儀器。能將星空
形象投射在半球形的幕上,顯示日、月、行星
的運行以及日食、月食、彗星、流星雨出現等
天文現象,是普及天文知識的有力工具。

光年 計算星體間距離的單位。光的速度每秒
約三十萬公里,一年內所走的距離叫做一光
年,約十兆公里。

A1－3 名: 天

天空 地球上面雲霧出沒、日月星辰所羅列的廣
大空間:天空中陰雲密布。

天 天空:繁星滿天/藍藍的天。

空 天空:高空/萬里長空/領空。

天上 天空:天上布滿了陰雲。

天宇 〈書〉天空:歌聲響徹天宇。

長空 遼闊的天空:長空萬里。

天穹 天空。穹,指天空中間高起、四周下垂的
形狀。

天幕 籠罩大地的天空:閃爍的星星好像綴在黑
色天幕上的寶石。

上空 指一定地點上面的天空:一群燕子掠過上
空。

高空 離地面較高的空間:高空飛行/高空走鋼
絲。

蒼天 天(古人常以蒼天為命運的主宰者):蒼天
在上/仰首問蒼天。

上蒼 指蒼天:感謝上蒼。

晴空 晴朗的天空:萬里晴空。

碧空 碧藍色的天空:晴空:在碧空中翱翔。

星空 星光閃爍的天空。多指滿天星斗的夜空。

青天 晴朗而呈藍色的天空:撥開雲霧見青天。

空中 天空中。

空際 空中:空際傳來隱隱的雷聲。

霄 天空:九霄雲外/霄壤之別。

雲霄 極高的天空:響徹雲霄。

霄漢 〈書〉雲霄和天河,指極高的天空:氣沖霄
漢。

九天 古代傳說天有九重,九天指天空最高處:
九天仙女/可上九天攬月。□**九重霄;重霄**。

蒼穹 〈書〉天空。也叫**穹蒼**。

碧落 〈書〉碧空;天空。

玉宇 〈書〉明淨的天空:玉宇無塵。

A1－4 名: 太陽系·行星·衛星

太陽系 銀河系中由太陽、九大行星及其衛星、
小行星、彗星、流星體等構成的天體系統。太
陽是太陽系的中心天體,其他天體都圍繞太
陽運行。

行星 環繞太陽運行的天體,本身不發光,以反
射太陽光而發亮。太陽系有九大行星,即水
星、金星、地球、火星、木星、土星、天王星、海
王星和冥王星;還有許多小行星。

水星 太陽系九大行星之一,按離太陽由近及遠
的次序為第一顆。我國古代又稱辰星。

辰星 水星的古稱。

金星　太陽系九大行星之一,按離太陽由近及遠的次序爲第二顆,是各大行星中離地球最近的。我國古代把它稱爲太白星。早晨出現在東方時叫「啓明」,傍晚出現在西方時叫「長庚」。

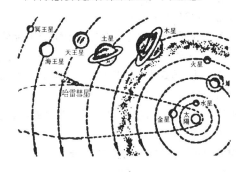

太　陽　系

太白星　金星。

啓明　我國古代指黎明前出現在東方天空的金星。

長庚　我國古代指傍晚出現在西方天空的金星。

明星　啓明星,即金星。除太陽、月球外,它是天空中最亮的星。

地球　見 A5-1。

火星　太陽系九大行星之一,按離太陽由近及遠的次序爲第四顆。顏色發紅,螢螢如火,古又稱螢惑。有兩顆衛星。

螢惑　火星的古稱。因其亮度常有變化,位置又不固定,令人迷惑,故稱。

木星　太陽系九大行星中最大的一顆,按離太陽由近及遠的次序爲第五顆。我國古代又稱歲星。有十六個衛星。

歲星　木星的古稱。古人認識到木星約十二年運行一週天,每年移動周天的十二分之一,就用木星所在的位置作爲紀年的標準,所以稱爲歲星。□**太歲**。

土星　太陽系九大行星之一,按離太陽由近及遠的次序爲第六顆。我國古代又稱鎭星。有一個光環和十七顆衛星。

鎭星　土星的古稱。

天王星　太陽系九大行星之一,按離太陽由近及遠的次序爲第七顆。有光環和五顆衛星。

海王星　太陽系九大行星之一,按離太陽由近及遠的次序爲第八顆。有二顆衛星。

冥王星　太陽系九大行星之一,按離太陽由近及遠的次序爲第九顆,在九大行星中離太陽最遠。有一顆衛星。

晨星　日出以前出現在東方的水星或金星。

昏星　日落以後出現在西方的水星或金星。

大行星　指太陽系的九大行星。

小行星　沿橢圓軌道繞太陽運行的小天體,至今已發現有二千多顆,絕大多數分布在火星和木星軌道之間。有的小行星還有小衛星。

衛星　圍繞行星運行的天體,如月球是地球的衛星。太陽系內已發現的衛星有四十四顆。衛星本身不發光,只反射太陽光,除月球外,其他衛星的反射光都非常微弱。

光環　圍繞行星運轉的環狀體,由許多小物體構成,因反射太陽光而發光。土星有一個光環,天王星有九個光環,木星有二個光環。

A1－5 名:　太陽

太陽　銀河系中恆星之一,是一個熾熱的氣球體,表面溫度達 5770℃,體積是地球的一百三十萬倍,質量是地球的三十三萬倍。距地球一億五千萬公里。圍繞太陽運行的有包括地球在內的九顆行星。

日　太陽:日出／日落／日上三竿。

陽　太陽;陽光:夕陽／向陽。

日頭　〈方〉太陽。

光球　肉眼看到的太陽的表面層。是太陽大氣的最內層,厚度約五百公里。我們接收到的太陽光能基本上是從光球發出的。

色球　太陽大氣的中間一層,在光球之上。平時看不到它,只有在日全食時,肉眼才能看到太陽周圍這個玫瑰紅色的氣層。

日冕 太陽大氣的最外層,即太陽色球上面的一層。淡黃色的光圈,日全食時可見。

日珥 活動在太陽表面邊緣的紅色熾熱氣體。日全食時肉眼能看到,平時可用太陽分光儀或單色光觀測鏡等觀測。

太陽黑子 太陽光球上經常出現的暗黑色斑點,溫度比光球低,亮度爲光球的五分之一。太陽黑子有很強的磁場,大黑子和黑子群出現時,地球上往往發生磁暴和電離層擾亂現象。簡稱黑子。

光斑 太陽光球邊緣出現的明亮的纖維狀斑點。光斑一般環繞著黑子,與黑子有密切關係,是太陽活動比較劇烈的部分。

耀斑 太陽色球層局部區域在短暫的時間內突然增亮的現象。它的活動與太陽黑子活動有密切關係。耀斑出現時在地球上會引起磁暴和短波電訊中斷。也叫太陽色球爆發。

旭日 剛出來的太陽:旭日東升。

朝日 早晨的太陽:一輪朝日。

朝陽 剛升起的太陽:朝陽已從東方升起。

夕陽 傍晚的太陽:夕陽西下/夕陽映紅了天空。

落日 夕陽:落日的餘暉。

殘陽 夕陽:殘陽似火。

斜陽 傍晚時西斜的太陽:一抹斜陽。

烈日 炎熱的太陽:烈日當空。

金烏 〈書〉古代傳說太陽中有三足烏,因用金烏爲太陽的代稱:金烏西墜。

A1－6 名: 月球

月球 地球的衛星,離地球最近的天體。月球直徑爲三千四百七十六公里,約爲地球表面面積的四分之一,體積相當於地球體積的四十九分之一,質量約等於地球質量的八十一分之一,距離地球平均約爲三十八萬四千公里。月球在環繞地球作橢圓運動的同時,也伴隨地球圍繞太陽公轉,每年一周。月球本身不發光,因反射太陽光才被人們看見。

月 月球:月光/月食/月夜。

月亮 月球的通稱。

太陰 古代指月亮。

玉兔 〈書〉神話傳說月亮中有兔,因用爲月亮的代稱:玉兔東升。

月宮 〈書〉神話傳說中月亮裡的宮殿。也作爲月亮的代稱。

蟾宮 〈書〉神話傳說月亮中有三條腿的蟾蜍,故以「蟾宮」爲月亮的代稱。

嬋娟 〈書〉指月亮:但願人長久,千里共嬋娟。

月輪 圓月。也泛指月亮。

玉輪 〈書〉指月亮。

冰輪 〈書〉指月亮。

A1－7 名: 月相

月相 人們所看到的月球圓缺的各種形狀。月球繞地球運轉,地球繞太陽運轉,三者的相對位置不斷變化,因此從地球上所見到的月球被太陽光照亮的部分也在不斷變化,產生不同的月相。主要的月相有四個,即朔(新月)、上弦、望(滿月)、下弦。

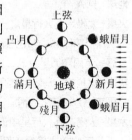

朔 當月球運行到地球和太陽之間時,和太陽同時出沒,地球上看不到月光,這時呈現的月相叫朔。我國古代曆法把朔發生那一天叫做朔日,定爲農曆的每月初一日。

上弦 農曆每月初七或初八,月亮的西半邊明亮時呈半圓形的月相。

下弦 農曆每月二十二或二十三日,月亮的東半邊明亮時呈半圓形的月相。

新月 ❶朔日的月相(人看不見)。也叫朔月。

❷農曆月初形狀如鉤的月亮：一彎新月。也叫**娥眉月**。

月牙〈口〉指農曆月初形狀如鉤的月亮。

望　當地球運行到太陽和月亮之間、太陽西下時，月亮正好從東面升起，地球上看見月亮呈光亮的圓形，這種月相叫望。我國古代曆法把有望的那一天叫做望日，望總在農曆每月十五日前後，因此通常指農曆每月十五日。

望月　望日的月亮。也叫**滿月**。

A1－8 名：　日食·月食

日食　月球運行到地球和太陽中間時，月球的影子落到地球表面上，在月影裡的觀測者會看到太陽被月球遮掩，此現象叫日食。看到太陽全部被月球遮住，叫日全食；太陽一部分被遮住，叫日偏食；月球不能完全遮住太陽，太陽邊緣剩下一圈光環，叫日環食。日食都發生在農曆初一日。

月食　月球繞地球運行中進入地球陰影，月面變暗的現象，此現象叫月食。月球全部被地影遮住，叫月全食；一部分被地影遮住，叫月偏食。月蝕發生在農曆十六日前後。

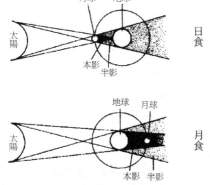

偏食　日偏食和月偏食的統稱。參見「日食」、「月食」。

環食　日食的一種，發生時太陽的中心部分黑暗，邊緣仍明亮，形成光環。這是因為月球在太陽和地球之間，但是距離地球較遠，不能完全遮住太陽而造成的。也叫**日環食**。

全食　日全食或月全食的簡稱。

食相　日食時月球和日面相切和掩蔽、月食時月球進入地球陰影過程中各階段的不同現象和時刻。全食有五個食相：初虧，食既，食甚，生光，復圓；偏食時有三個食相：初虧，食甚，復圓。

初虧　日食或月食開始時的現象。也指發生這種現象的時刻。日食的初虧發生在日面的西邊緣，月食的初虧發生在月面的東邊緣。

食既　日全食或月全食開始時的現象。也指發生這種現象的時刻。日全食的食既時，月面掩蔽整個發光的日面，這時日全食開始。月全食的食既時，月球完全進入地球陰影，這時月全食開始。

食甚　日偏食或月偏食過程中，太陽被月球掩蔽最多或月球被地影掩蔽最多時的現象。日全食或月全食過程中，太陽被月球全部掩蔽或月球完全進入地球陰影裡而兩個中心距離最近時的現象。也指發生上述現象的時刻。

生光　日全食或月全食結束時的現象。也指發生這種現象的時刻。日全食的生光從日面的西邊緣開始，月全食的生光從月面的東邊緣開始。

復圓　日食或月食終了、太陽或月球恢復原來形狀時的現象。也指發生這種現象的時刻。日食的復圓發生在日面的東邊緣，月食的復圓發生在月面的西邊緣。

A1－9 名：　彗星·流星·隕星

彗星　繞太陽運行的一種天體，通常拖著一條掃帚狀的長光。彗星的體積很大，密度很小。運行軌道大多數是扁橢圓形，少數是拋物線形或雙曲線形。肉眼能見的彗星很少。彗星解體後形成流星群。（圖見太陽系）

掃帚星 彗星的通稱。

流星 〔動〕行星際空間布滿許多塵埃和物體塊，叫做流星體，它們圍繞太陽運動，在經過地球附近時，由於受到地球引力而闖入大氣圈，跟大氣摩擦燃燒產生的光迹，叫做流星。平常看到天空中迅速掠過的星光，就是流星。

流星雨 流星成群出現如下雨一樣的現象。在發生流星雨時，流星的出現率每小時十幾條到幾十條，大大超過通常的偶現流星數。

隕星 從宇宙空間穿過地球大氣層未被完全燒毀，落到地面上的流星體剩餘部分。按礦物組成和化學成分，可分為石隕星、鐵隕星、石鐵隕星三類。也叫**隕石**。

隕石雨 隕石在地球大氣層高速下降時，有的隕石先在高空爆裂，許多隕石碎塊像一陣「雨」一樣落向地面，這種現象稱為隕石雨。一九七六年隕落在中國吉林的隕石雨是世界上有紀錄的最大的隕石雨。

A1－10 動、名： 天體運行

運行 〔動〕星球、舟船等週而復始地運轉：人造衛星環繞地球運行。

運轉 〔動〕沿著軌道有規則的運動：月球圍繞地球運轉。

自轉 〔動〕天體繞自己的軸心而旋轉。恆星、行星和衛星都有自轉。地球自轉一周的時間是二十三小時五十六分四點零九秒，月球自轉和公轉同步，自轉一周的時間是 27.32166 天。

公轉 〔動〕一個天體圍繞另一個天體轉動。太陽系裡的行星、彗星、流星體等繞著太陽轉動，衛星繞著行星轉動，都叫公轉。地球繞太陽公轉一周的時間是 365.25 天，月球繞地球公轉一周的時間是 27.32166 天。

合 〔名〕太陽系中，當行星運行到與太陽、地球成一直線，並且地球不在太陽與該行星之間的位置時，叫做合。合時，這個行星幾乎與太陽同升同落，我們看不到它。合以後，它便偏離太陽向西，每天黎明前的東方天空可以看到它。

沖 〔名〕太陽系中，除水星和金星外，其餘的某一個行星（如火星、木星或土星）運行到跟地球、太陽成一條直線而地球正處在這個行星與太陽之間的位置時，叫做沖。沖時，傍晚太陽剛落山，這個行星就從東方升起；早晨太陽剛升起時，這個行星就在西方落山，所以整夜可見。

黃道 〔名〕地球一年繞太陽公轉一周，我們從地球上看成太陽一年在天空移動一圈，這個看來好像太陽在移動的路線，叫做黃道。它是地球繞太陽公轉軌道平面與天球相交的大圓圈。

黃道帶 〔名〕天球上黃道兩旁各寬九度的範圍內一條較亮的帶。月球和行星（冥王星除外）的軌道都在帶內。

A1－11 名： 星（一般）

星 ❶宇宙間能發光或反射光的天體，分為恆星（如太陽）、行星（如地球）、衛星（如月亮）、彗星、流星等。❷通常指夜晚天空中閃爍發亮的天體：月明星稀／星移斗轉。

星斗 夜空中閃爍發亮的天體：滿天星斗。

星星 〈口〉星斗：滿天星星，不會下雨。

星辰 星的總稱：日月星辰。

星球 見星❶。

星體 天體。通常指個別的星球，如太陽、月球、水星、北極星等。

星象 指星體的明暗、位置移動等現象。古代迷信的人常藉觀察星象來推測人事。

星際 星體與星體之間：星際旅行。

星等 表示天體相對亮度的標誌。星等通常指視星等，即用肉眼觀察到的星體亮度。人眼可見的星按感覺的亮度分為六等。每相差一

個等級則亮度差 2.512 倍。等數越大星光越暗弱。

A1－12 名： 恆星

恆星 由熾熱氣體組成的、本身能發光和熱的星體,如太陽、牛郎星。恆星也在不斷運動,由於距離地球太遠,不借助於儀器和特殊方法,很難發現它們在天球上位置的變化,因此古人把它們叫恆星。

織女星 天琴座中最亮的一顆星,比太陽亮五十倍。隔銀河與牛郎星相對。

牛郎星 天鷹座中最亮的一顆星,比太陽亮十倍。隔銀河與織女星相對。也叫**牽牛星**。

北極星 出現在天空北部極處的一顆亮星,比太陽亮五千五百倍。它能指示正北方向,在北半球航海旅行的人常靠它來辨別方向。

北辰 古書上指北極星。

天狼星 天空中全天最亮的恆星。光度爲太陽的三十四倍。有一個伴星叫白矮星。

白矮星 一類低光度、高溫度、高密度的恆星。典型的白矮星是天狼星的伴星。

老人星 南部天空的一顆亮度僅次於天狼星的星。古人認爲它象徵長壽,稱它爲**南極老人星;壽星**。

變星 光度不斷變化的恆星。銀河系內約有三萬顆變星。

爆發星 一種亮度突然激烈增強的變星。起因於星球內部原子反應所引起的爆發。新星和超新星都屬於這一類。

新星 在短時內亮度突然增大數千倍或數萬倍但減光過程卻慢得多的變星。我國古代也叫**客;暫星**。

類新星 光度變化等類似新星的變星。

超新星 爆發規模超過新星的變星,亮度比正常的新星增加幾千倍至上億倍。

巨星 光度大、體積大、密度小的恆星。

超巨星 光度和體積都比巨星大而密度較小的恆星。

A1－13 名： 星座

星座 爲了觀測和研究的方便,天文學家把星空分爲若干區域,每個區域叫做一個星座。星座的名稱多用希臘神話中的人物、或用動物、器皿來命名。現在國際通用的星座共八十八個。我國古代叫星宿,把星空分成三垣和二十八宿。

宿 我國古代天文學家把天上某些星的集合體,叫做宿,即星座。共分二十八宿。也叫**星宿**。

大熊座 位置離北極星不遠的一個星座,其中最亮的七顆星是北斗七星。

北斗星 大熊星座中排列成斗形的七顆明亮的星。離北天極不遠,非常容易識別,常被用來作爲指示方向和認識北天及其他星座的標誌。

魁星 北斗七星中的前四顆星,即天樞、天璇、天璣和天權組成斗形,故名魁星,或稱斗魁。

天罡星 古代指北斗星,也指北斗七星的柄。

小熊座 天空北部的一個星座,這個星座中的恆星排列成勺狀,其中以北極星最爲明亮。北半球中緯度以北地區整年可以見到這個星座。

天琴座 北部天空中的星座。在銀河西邊,織女星就是其中的一顆。

天鷹座 北部天空中的星座。大部分在銀河內,牛郎星就是其中的一顆。

獵戶座 位置在天球赤道上。最顯著的有七顆星。獵戶座即我國古代所說的參宿。

三星 獵戶座中央三顆明亮的星。冬季天將黑時從東方升起,天將明時在西方落下。人們常常根據它的位置估計時間。

二十八宿 古代中國、印度、伊朗、埃及等國把天空中恆星分成二十八個星組,叫做二十八宿,類似現代的星座。我國二十八宿名稱由西向東依次爲東方七宿:角、亢、氐、房、心、尾、箕;

北方七宿：斗、牛、女、虛、危、室、壁；西方七宿：奎、婁、胃、昴、畢、嘴、參；南方七宿：井、鬼、柳、星、張、翼、軫。二十八宿主要用於測定太陽、月亮在星空中的位置從而定季節、方位，制定曆法。

蒼龍 二十八宿中東方七宿的合稱。也叫**青龍**。

白虎 二十八宿中西方七宿的合稱。

朱雀 二十八宿中南方七宿的合稱。也叫**朱鳥**。

玄武 二十八宿中北方七宿的合稱。

A1－14 名： 星團・星雲・星系

星團 由十個以上的恆星組成的、被各成員星之間的引力束縛在一起的恆星群。有球狀星團和疏散星團兩種：球狀星團包含有幾千到十萬個以上的恆星，呈規則的球狀或扁球狀分布。疏散星團的形狀不規則，由幾十到幾百顆恆星組成，高度集中於銀道面兩邊，一般都能用望遠鏡很方便地分解成單顆的恆星。

星雲 銀河系中由氣體和塵埃組成的看起來呈雲霧狀(非恆星狀)的天體。在銀河系以內的叫河內星雲，在銀河系以外的叫河外星雲或河外星系。

星系 由幾億至幾千億顆恆星及其他星際氣體和塵埃物質組成天體系統。銀河系就是一個普通的星系。銀河系以外的星系稱為河外星系，一般稱為星系。

銀河系 由一、二千億顆恆星、星際氣體及塵埃所組成的星系，形狀像個扁圓盤。太陽是它的一個成員，距離銀河中心約三萬光年。

河外星系 銀河系以外的星系。有幾十億至幾千億顆恆星以及星際氣體等物質構成。一般稱為星系。也叫**河外星雲**。

總星系 銀河系和已發現的河外星系的總稱。是人類用現有的天文學研究方法所能觀測到的宇宙部分。

銀河 晴天夜空呈現出來的一條明亮光帶，是由許多恆星組成，好像一條銀白色大河，稱為銀河。也叫**星河**。

天河 銀河的通稱。

雲漢 〈書〉銀河。也叫**銀漢**。

A2　光・色

A2－1 名： 光(一般)

光 通常指能引起視覺的電磁波(在光學上也包括不能引起視覺的紅外線和紫外線)，如燈光、陽光。光具有二重性，有時表現為波動，有時表現為粒子。

光波 光。由於光具有電磁波的性質，傳播速度與電磁波相同，所以也叫光波：月亮注下寒冷的光波。

光線 光。在一般情況下，光是沿直線傳播，所以叫光線：光線太暗。

反光 反射的光線：湖面上的反光把人的眼睛都照花了。

光明 亮光：一線光明／華燈大放光明。

光華 明亮的光輝：日月光華。

光輝 閃爍耀眼的光：太陽的光輝。

光耀 光輝：光耀奪目。

光芒 四射的強烈光線：耀眼的光芒／萬丈光芒／光芒四射。

光焰 光芒；光輝：篝火的光焰從樹隙間透出來。

亮光 黑暗中顯出的光：屋裡一點亮光也沒有。

光澤 物體表面上反射出來的亮光：光澤柔和／臉上泛起紅潤的光澤。

光源 指能發射一定波長範圍的電磁波的物體。通常指能發射可見光的物體，如太陽、火等。

光能 光所具有的能量。軟片的感光就是由於光能的作用。

光度 光源所發的光的強度，通常以燭光為單位。

燭光　光源發光強度的單位。隨著科學的進步，發光強度的單位定義也有變化。

埃　〔量〕一種計量微小單位的長度，一埃等於一億分之一釐米。主要用於計算光波的波長及原子、分子的長度。

光速　指光在眞空中的傳播速度，每秒爲299792.48公里。在空氣中速度與這個數值相近，因而也用這個數值。

光譜　複色光通過三稜鏡或光柵形成的按波長（或頻率）大小順序排列的圖像。如通過玻璃三稜鏡把太陽光分解成紅、橙、黃、綠、藍、靛、紫七色。

復色光　由幾種顏色的光複合而成的光，如太陽光。

色散　複色光（如白光）通過某些透明媒質（如稜鏡）以後分解爲單色光而形成光譜的現象。

可見光　指一種能引起人視覺的電磁波。

色光　帶顏色的光。白光通過稜鏡分解成七種色光。

光帶　條形的光，如光譜、虹以及流星移動而形成的軌迹等。

光束　呈束狀的光線，例如探照燈的光。

紅外線　波長比可見光線長、不能引起視覺的光。產生紅外線的光源很多，動物、金屬能輻射長波紅外線，電熨斗、火爐等高溫物體能發射短波紅外線。紅外線具有顯著的熱能效應，並有極強的穿透能力，可以用於焙烘食品、醫療衛生等。也叫**紅外光**。

紫外線　波長比紫光短的不能引起視覺的光。日光中有豐富的紫外線，高溫物體能夠發射紫外線。醫學上常用來殺菌消毒。也叫**紫外光**。

極光　經常發生在高緯地區高空的一種光的現象。一般呈帶狀或弧狀，微弱時一般是白色，明亮時是黃綠色，有時帶紅、灰、紫、藍等色。

A2－2 形：　明亮

明亮　❶發亮的：明亮的星星／明亮的眼睛。❷光線充足：明亮的教室／燈光明亮。

明　明亮：天明／月明星稀。

亮　光線強，明亮：這盞燈眞亮。

光　明亮：光可鑑人／月到中秋分外光。

豁亮　寬敞明亮：這間房子眞豁亮。

透亮　透明；明亮：教室向陽透亮。

光亮　明亮：玻璃擦得很光亮。

光明　明亮：華燈齊放，廣場上一片光明。

朗　光線充足，明亮：天朗氣淸／月朗星稀。

明朗　光線充足，明亮：明朗的天空／月色明朗。

亮堂　寬亮；明朗：新教室既寬敞又亮堂。

通明　十分明亮：燈火通明。

通亮　通明：燈光把大廳照得通亮。

雪亮　像雪似的明亮：燈光照得雪亮／水面上閃著雪亮的光。

亮堂堂　形容很亮：燈光照得屋裡亮堂堂的。

耀眼　光線強烈，使人眼花：光芒耀眼／強烈的光線非常耀眼。

刺眼　光線強烈，使眼睛不舒服：陽光多麼刺眼。□**刺目**。

輝煌　光亮耀眼：燈火輝煌／展覽大廳金碧輝煌／燈光輝煌。

燦爛　光彩鮮明耀眼：星光燦爛／光輝燦爛。

爍　光亮的樣子：閃爍／震古爍今。

爍爍　光芒閃耀的樣子。

熠熠　〈書〉形容閃光發亮：光彩熠熠。

亮晶晶　形容光亮閃爍：星星亮晶晶／亮晶晶的眼睛有精神。

明晃晃　亮光閃爍：騎在馬上揮舞著明晃晃的馬刀。

晶瑩　光潔透明：冰雕玲瓏剔透，晶瑩發亮。

燁　〈書〉光很明亮的樣子：燁然眩目。□**燁燁**。

A2－3 形：　昏暗

昏暗　光線不足；暗：天色昏暗／不要在昏暗燈光下看書。

昏　黑暗:昏天黑地／昏暗。

暗　光線不足,不明亮:屋子光線太暗了／天昏地暗。

昏沈　暗淡:暮色昏沈。

昏黑　黑暗;昏暗:眼前一陣昏黑／天色昏黑。

黑　黑暗:天黑了／山洞裡很黑。

黑暗　沒有光亮:夜空黑暗無光。

黝黑　黑;沒有光:門外依然是一片黝黑。

幽暗　昏暗:幽暗的山谷／室內光線幽暗。

幽幽　形容光線微弱:幽幽的燈光。

慘淡　暗淡無色:日食時,天色慘淡／迷霧濃重,月光慘淡。

暗淡　昏暗;不明朗:天色暗淡／燈盞裡的油已快點乾,燈光更加暗淡。□黯淡。

黯然　〈書〉陰暗的樣子:黯然失色。

黑洞洞　形容空間黑暗:山洞裡黑洞洞的,伸手不見五指。

黑糊糊　形容光線昏暗:這條小路黑糊糊的。也作黑乎乎。

黑魆魆　形容黑暗:密林深處黑魆魆的。

黑黢黢　形容很黑很暗:隧道裡黑黢黢的,什麼也看不見。□黑漆漆;黢黑;漆黑。

黑黝黝　形容光線昏暗,看不清楚:黑黝黝的夜晚,沒有一點點光。也作黑幽幽。

黑咕隆咚　〈口〉形容黑暗:半夜醒來,屋子裡黑咕隆咚的。

昏天黑地*　形容天色黑暗:烏雲越聚越濃,轉眼間就昏天黑地,看不清景物。

A2－4 名：　天色

天色　天空的顏色:他們到達公園時,天色已經微明／天色陰暗,怕要下雨了。

天光　天色:天光昏暗／天光還早。

曙色　黎明的天色:窗口透進了灰白的曙色／又過一陣,許多山峰都浸染了曙色。

暮色　傍晚昏暗的天色:暮色蒼茫／暮色漸濃。

魚肚白　像魚肚子的顏色,白裡略帶青,形容黎明時東方天際的顏色:天邊現出了魚肚白。

A2－5 名：　日光

日光　太陽光:日光浴／日光照射。

陽光　日光:陽光充足。

日照　一天中太陽光照射的時間。在緯度不同、氣候不同的地區,全年日照總時數也不同。

曦　〈書〉陽光(多指清晨的):晨曦。

暉　陽光:斜暉／餘暉。

春暉　〈書〉春天的陽光,常比喻父母的恩惠。

朝暉　早晨太陽的光輝:朝暉萬里。

曙光　清晨的陽光:清晨迎著曙光散步。

晨光　清晨的陽光:晨光熹微。

晨曦　晨光:晨曦微露。

旭　〈書〉初出的太陽:朝旭／旭日東升。

夕照　傍晚的陽光:西湖在夕照中顯得更加美麗。

殘照　〈書〉落日的光輝。

落照　落日的光輝。

曛　〈書〉日落時的餘光:夕曛／斜曛。

驕陽　夏天炎熱的陽光:驕陽似火。

A2－6 形：　關於日光

炎炎　形容夏天日光灼熱:烈日炎炎。

曈曈　日初升漸明的樣子:初日曈曈。

曈曚　日初升將明未明的樣子。

曈曨　日初升由暗漸明的樣子。

曚曨　〈書〉日光暗淡不明的樣子。

熹微　形容清晨微弱的陽光:晨光熹微。

杲杲　〈書〉形容太陽的明亮:秋陽杲杲。

A2－7 名、形：　月光・星光

月光　〔名〕太陽照到月亮上反射出來的光線:月光皎潔／月光如水。

月色　〔名〕月光:月色溶溶。

月華　〔名〕❶〈書〉月光;月色。❷呈現在月亮周圍的紫紅色的光環。

星光　〔名〕星星的光:明亮的星光/星光燦爛。

皎　〔形〕明亮,潔白:皎月。

皎皎　〔形〕白而明亮的樣子:皎皎的月光/明星皎皎。

皎潔　〔形〕明亮潔白:皎潔的月光/星月皎潔。

清明　〔形〕清澈而明朗:月色清明。

皓　〔形〕明亮;光明:皓月當空。

朦朧　〔形〕月色不明的樣子:月色朦朧。

煌煌　〔形〕形容明亮:明星煌煌。

螢螢　〔形〕形容閃動的星光:明星螢螢。

耿耿　〔形〕明亮:耿耿銀河。

稀朗　〔形〕稀疏:稀朗的晨星。

星火　〔名〕流星的光。比喻急迫:急如星火。

A2－8 名: 日暈・月暈

暈　環繞在日、月外圍的光圈,是日光或月光通過含冰晶的雲層經折射而形成的大氣光現象。暈的出現常預示天氣將有變化。

日暈　出現在太陽周圍的暈,環繞太陽成彩色的環形。

月暈　出現在月亮周圍的暈,環繞月亮形成大圓環。

風圈　日暈或月暈的通稱。

A2－9 動: 照射・閃耀

照射　光線射在物體上:陽光透過窗櫺照射到她臉上/眼睛被強烈的燈光照射得睜不開來。

照　照射:陽光普照/燈光把壁上的畫屏照得非常明亮。

射　放出(光、熱、電波等):光芒四射。

投射　(光線等)射向一定目標:月光投射在湖面上,波光粼粼/人們對他投射驚訝的目光。

投影　在光線的照射下,物體的影子投射到一個平面上。

放射　(光)由一點向四外射出:太陽放射出耀眼的光芒。

映射　照射:陽光映射在河面上。

映照　照射:火把將山谷映照得如同白晝。

直射　直接照射:月光直射下來。

斜射　光線不垂直照射到物體上:月光斜射在植物上,閃著銀彩。

映　❶照:爐火把牆壁都映紅了。❷因光線照射而顯出物體形象:垂柳倒映在水裡。

耀　光線強烈地照射:光芒耀眼。

輝映　光彩照射;映射:燈光月色交相輝映/晚霞輝映著大地。也作暉映。

照映　照射;映襯:熊熊的火炬把人們的臉龐照映得通紅。

照耀　(強光)照射:霞光照耀著綿延不絕的千山萬嶺。

閃耀　光線忽明忽暗地閃動;光彩耀眼:塔頂閃耀著金光。

炫耀　閃耀:這是一個晴朗的天氣,碧空萬里,陽光炫耀。

炫　〈書〉光亮耀眼:光彩炫目。

閃　❶閃耀:閃著金光。❷光亮突然一現或忽明忽暗:火光一閃/亮光閃了好幾下兒。

閃光　忽隱忽現地發光:進入黃昏,天上的星星明暗不定地閃光。

閃射　閃耀;放射:兩眼閃射著迷人的光芒。

閃閃　光亮四射;閃爍不定:電光閃閃/星光閃閃。

閃爍　(光亮)忽明忽暗,動搖不定:星星在夜空中閃爍。

煥發　光彩四射:容光煥發。

流瀉　(光線等)不受阻礙地照射:一縷陽光流瀉進來/淡淡的月色從窗戶流瀉進來。

傾瀉　光線不受阻擋地普照:月亮把它青色的光輝傾瀉在山峰上。

A2－10 動：　反射·折射

反射　光波等在傳播過程中遇到障礙而返回。

反照　光線反射映照：夕陽反照。也作**返照**。

反光　光線反射：鏡子反光，房間顯得寬亮些。

折射　光從一種媒質進入另一種媒質時，傳播方向發生偏折。如光線從空氣中進入水中，方向發生改變。

散射　光線通過有塵土的空氣或膠質溶液等媒質時，部分光線向多方面改變方向：電燈透過濃霧散射著黃橙橙的光線。

A2－11 名：　影像

影像　物體通過光學裝置、電子裝置等呈現出來的形象：影像清晰。

實像　物體發出的光線經過凹面鏡反射或凸透鏡折射後由會聚的單心光束所形成的與原相似而倒立的圖像。可用白色屏幕觀察，或用感光片記錄。

虛像　物體發出的光線經過凹面鏡反射或凸透鏡折射後由發散的單心光束反向延長相交後所形成的圖像。不能用屏幕觀察或底片記錄，但可用人眼觀察。

影子　❶人或物體因遮住光線而投射在地面或其它物體上的形象：人影／樹影。❷鏡中、水面等反應出來的人或物體的虛像。

影　影子：暗影／倒影。

倒影　倒立的影子：河水映出山嶺的倒影。

投影　在一個面上投射的物體或圖形的影子：紗窗上有花木的投影。

陰影　陰暗的影子：草地上布滿了樹木的陰影。
□暗影。

A2－12 名：　鐳射等

鐳射　某些物質的原子中的粒子受光或電的激發，放大到某一強度以上的光。具有亮度高、光束發散角小等特點。廣泛應用於鐳射通訊、鐳射雷達新技術革命等各個領域。

萊塞　音譯詞。即鐳射、鐳射器、鐳射放大器。也作**雷射；鐳射**。

螢光　物體受到光、電、射線等照射激發後所發出的可見光，如螢光燈發的光。

磷光　某些物質受到光、電波等作用所發的光，如金剛石經日光照射後，在暗處發出的青綠色的光。此外螢石、石英以及鈣、鋇、鍶等的硫化物都能發出磷光。

冷光　某些物質並非因溫度升高而發射的可見光，如螢光和磷光。

A2－13 名：　色（一般）

色　顏色：彩色／紅色／五光十色。

顏色　不同波長的可見光所引起的人眼不同的感覺。人眼將光的不同波段感受為不同的顏色：人血的顏色是鮮紅的／空氣是看不見的，因為它幾乎沒有顏色。

顏　顏色：五顏六色。

色彩　顏色：鮮艷的色彩／色彩絢麗。

色澤　顏色和光澤：色澤鮮明。

色差　由於玻璃對不同色光的折射率不同，物體通過透鏡所成的像的邊緣上往往帶有顏色，這種現象叫色差。

色素　使有機體具有各種顏色的物質。如紅花具有紅色素，紫花具有紫色素等。某些色素在生理過程中起很重要作用，如血液中的血色素能輸送氧氣。

原色　能配合成各種顏色的基本顏色。紅、黃、藍是三種基本顏色。也叫**三原色；基色**。

正色　〈書〉指青、黃、赤、白、黑等純正的顏色。

本色　物品原來的顏色（多指沒有染過色的織物）：本色布。

彩　多種顏色：五彩／彩霞。

彩色　多種顏色：彩色軟片／彩色光環。

光彩　顏色和光澤:光彩奪目。

A2－14 形：　紅

紅　像鮮血或石榴花的顏色:紅旗／紅花／紅領巾。

赤　紅色:赤字／赤小豆。

丹　紅色:丹楓／丹桂。

緋　紅色:緋色的長裙被風吹得飄飄灑灑。

絳　深紅色:絳帳／絳色的衣裙。

茜　紅色:茜紗。

彤　〈書〉紅色:彤弓／彤雲。

大紅　很紅的顏色:大紅棉襖。

朱紅　比較鮮艷的紅色:朱紅的大門。

朱　朱紅:朱筆／近朱者赤。

火紅　像火一樣紅:火紅的石榴花。

鮮紅　鮮明的紅色:鮮紅的蘋果。

血紅　鮮紅:血紅的太陽。

嫣紅　〈書〉鮮艷的紅色:姹紫嫣紅。

赤紅　紅色:面色赤紅。

猩紅　像猩猩血的紅色:滿樹榴花,一片猩紅。

通紅　很紅:爐火通紅／通紅的臉。

殷紅　帶黑的紅色:血迹殷紅。

紅彤彤　形容很紅:紅彤彤的晚霞／臉上紅彤彤的。也作紅通通。

紅撲撲　形容臉色紅:孩子紅撲撲的臉多可愛。

紅艷艷　形容紅得鮮艷奪目:映山紅盛開紅艷艷。

粉　粉紅:粉牡丹。

粉紅　紅和白合成的顏色,像桃花似的顏色。

桃紅　像桃花的顏色;粉紅。

桃色　〔名〕粉紅色。

肉色　〔名〕淺黃中帶紅的顏色:肉色襪子。

肉紅　像肌肉的淺紅色。

妃色　〔名〕淡紅色。

緋紅　鮮紅:兩頰緋紅。

品紅　比大紅稍淺的紅色。

銀紅　在粉紅色的顏料裡加銀朱調和而成的顏色。

水紅　比粉紅略深而較鮮艷的顏色。

橘紅　像紅色橘子的皮一樣的顏色。

杏紅　黃中帶紅,比杏黃稍紅的顏色。

棗紅　像紅棗的顏色:棗紅馬。

紫紅　深紅中略帶紫的顏色:這花是紫紅色的。

A2－15 形：　黃·橙

黃　像葵花的顏色:黃巾／由白變黃。

蠟黃　像黃蠟的顏色:蠟黃的皮膚。

蒼黃　黃而發青;灰暗的黃色:天色蒼黃。

昏黃　暗淡模糊的黃色(用於天色、燈光等):天色昏黃／微弱而昏黃的燈光。

焦黃　黃而乾枯的顏色:面色焦黃。

枯黃　乾枯焦黃:滿地枯黃的落葉。

黃澄澄　形容金黃色:黃澄澄的穀穗。

黃燦燦　形容金黃而鮮艷:黃燦燦的金項鍊。

金煌煌　金晃晃　形容像黃金似的發亮的顏色:金煌煌的獎章。

嫩黃　像韭黃的淺黃顏色。

鵝黃　像小鵝絨毛的顏色;淡黃。

牙色　〔名〕如象牙的淡黃色。

蜜色　〔名〕像蜂蜜似的顏色;淡黃色。

米色　〔名〕一種淺黃色。

米黃　一種淺黃的顏色。

金　像金子黃而微紅的顏色:金黃色的太陽。

金　金黃色:金漆盒子／金色招牌。

橙　像橙的果皮黃裡帶紅的顏色。

橙　橙黃色。

橘黃　比黃色稍深,像橘皮的顏色。

杏黃　黃而微紅的顏色:杏黃旗。

土黃　像黃土的顏色:面色土黃。

A2－16 形：　綠·青

綠　像草和樹葉茂盛時的顏色:桃紅柳綠／青山

綠水。

翠　青綠色：蒼松翠柏。

翠綠　像翡翠那樣的綠色。

青綠　深綠。

青葱　形容植物濃綠：草木青葱。

蒼翠　(草木等)深綠：蒼翠的山林。

黛綠　〈書〉墨綠色：滿山松林，一片黛綠。

墨綠　深綠色。

滄　(水)青綠色：滄海。

青翠　鮮綠：青翠的山巒／雨後，樹木格外青翠。

碧　青綠色：碧草／碧波蕩漾。

碧綠　青綠色：碧綠的荷葉。

綠油油　形容濃綠而潤澤：綠油油的麥苗。

碧油油　綠油油：碧油油的麥苗。

綠瑩瑩　形容晶瑩碧綠：翡翠青蛙綠瑩瑩多可愛。

綠茸茸　形容植物碧綠而稠密：綠茸茸的羊鬍子草像絨毯一樣鋪在地上。

嫩綠　像初生樹葉那樣的淺綠色。

水綠　淺綠色。

湖色　〔名〕淡綠色。

葱綠　淺綠而微黃的顏色。□**葱心兒綠**。

品綠　像青竹的綠色。

鸚哥綠　像鸚鵡羽毛的綠色。

豆綠　像青豆一樣的綠色。

豆青　豆綠。

草綠　像青草一樣綠而略黃的顏色。

茶青　深綠而微黃的顏色。

菜青　綠色中略帶灰黑的顏色。

青　藍色或綠色：青山綠水。

蒼　青色(包括藍和綠色)：蒼松翠柏／蒼鬱。

葱　青色：葱翠／葱綠。

淡青　淺藍而微綠的顏色。

玉色　〔名〕淡青色。

蛋青　像鴨蛋殼樣的淡青色。

蟹青　像螃蟹殼樣的灰而發青的顏色。

鐵青　青黑色。多形容人矜持、恐懼、盛怒或患病時發青的臉色。

A2－17 形：　藍·靛

藍　像晴朗天空的顏色：藍天。

天藍　像晴朗的天空的顏色。也說**蔚藍**。

寶藍　鮮亮的藍色：寶藍戒指。

藏藍　藍中略帶紅的顏色。

品藍　略帶紅的藍色。

藏青　藍中帶黑的顏色。

藍晶晶　藍而發亮(多用來形容水、天、寶石等)：清澈的湖水藍晶晶。

藍瑩瑩　藍而晶瑩：藍瑩瑩的天空。

藍盈盈　〈方〉藍瑩瑩。

靛　深藍色。也說**靛青**；**藍靛**。

湛藍　深藍色：天空是湛藍湛藍的。

品月　淺藍色。

月白　淡藍色。

葱白　最淺的藍色。

A2－18 形、名：　紫·赭·褐

紫　〔形〕紅、藍合成的像茄子皮的顏色：紫丁香。

紫紅　〔形〕深紅中略帶紫的顏色。

絳紫　〔形〕暗紫中略帶紅的顏色。也說**醬紫**。

青蓮色　〔名〕淺紫色。

堇色　〔名〕淺紫色。

雪青　〔形〕淺紫色。

藕荷　藕合　〔形〕淺紫而微紅的顏色。

古銅色　〔名〕像古代銅器的深褐色。

紺青　〔形〕黑裡透紅的顏色。也說**紺紫**；**紅青**。

赭　〔形〕紅褐色。

醬色　〔名〕深赭色。

棕色　〔名〕像棕毛一樣的顏色。

駝色　〔名〕像駱駝毛那樣的淺棕色。

紫花　〔形〕淡赭色：紫花布(一種粗布)。

褐 〔形〕像生栗子皮的顏色。也說栗色。

茶褐色 〔名〕赤黃而略帶黑的顏色。也叫茶色。

A2－19 形： 白·灰

白 像霜、雪的顏色:白襯衣／白頭髮。

潔白 沒有被其他顏色污染的白色:潔白的雪花。

雪白 像雪一樣的潔白:雪白的粉牆。

涅白 白色,不透明。

白淨 (皮膚)潔白而乾淨:皮膚白淨。

白皙 〈書〉白淨。

凝脂 〔名〕〈書〉形容潔白細嫩的皮膚:膚如凝脂。

白皚皚 形容霜、雪等潔白:山嶺上終年積雪,白皚皚的一片。

皚皚 〈書〉形容霜雪潔白:白雪皚皚。

白晃晃 白而亮:白晃晃的大刀。

白花花 白得耀眼:白花花的銀子。

白茫茫 形容雲、霧、雪、大水等一望無際的白色:白茫茫的一片雲霧／大雪過後,大地一片白茫茫。

皓 白;潔白:皓首／明眸皓齒。

素 白色;本色:素絹。

霜 比喻白色:霜鬢。

銀白 白中略帶銀光的顏色:銀白的頭髮。

粉 白色的,帶白粉的:粉蝶／粉底鞋。

灰 介於黑色和白色之間的像木柴灰似的顏色:灰色的天空／臉上灰一陣,白一陣。

灰白 淺灰色:頭髮灰白／灰白的煙。

蒼白 灰白;白裡帶青的顏色:鬢髮蒼白／臉色蒼白。

慘白 顏色暗淡或指面容沒有血色:慘白的月光／臉色慘白。

煞白 由於驚懼、憤怒或某些疾病而致面色極白,沒有血色。

刷白 〈方〉色白而略微發青:月亮把麥地照得刷白。

蒼 灰白色:蒼髯。

蒼蒼 灰白色:兩鬢蒼蒼。

銀灰 淺灰而略帶銀光的顏色:銀灰色的飛機。

藕色 〔名〕淺灰而微紅的顏色。也說藕灰。

白不呲咧 〈方〉物件褪色發白:藍布褲都洗得白不呲咧的了。

A2－20 形： 黑

黑 像煤或墨的顏色:黑眼珠／黑白分明。

漆黑 非常黑:頭髮漆黑發亮。

黢黑 很黑:皮膚黢黑。

黑黢黢 形容很黑:屋裡黑黢黢的。□黑漆漆。

黝黑 漆黑:面孔曬得黝黑。

黑油油 黑而發亮:黑油油的頭髮。也作黑黝黝。

黑糊糊 顏色發黑:一片黑糊糊的沃土。也作黑乎乎。

黑不溜秋 〈方〉形容黑而不好看:這人黑不溜秋的。

墨 黑色,或深色近黑的:墨鏡／墨菊。

烏 黑色:烏雲。

烏黑 深黑:頭髮烏黑。

烏亮 黑而發亮:烏亮的頭髮。

焦黑 物體燃燒後呈現的黑色。

黎黑 〈書〉(膚色)黑:面色黎黑。也作黧黑。

烏油油 形容黑而潤澤:烏油油的頭髮／土地烏油油的,真肥沃。

烏溜溜 形容眼睛黑而靈活。

青 黑色:青布。

天青 深黑而微紅的顏色。

玄 黑色:玄狐。

玄青 深黑色。

皂 黑色:青紅皂白／皂袍／皂靴。

緇 〈書〉黑色:緇衣。

紺 稍微帶紅的黑色。

A2－21 名、形：　五彩

五彩　〔名〕指青、黃、赤、白、黑五種顏色。也泛指多種顏色：五彩繽紛／五彩斑斕。

五色　〔名〕五彩：五色斑斕。

五彩繽紛＊　形容顏色繁多而錯雜：歡迎的人群晃著五彩繽紛的旗子。□**五色繽紛**＊。

五顏六色＊　形容顏色多。

五光十色＊　色彩鮮艷，式樣繁多。

花花綠綠　〔形〕形容顏色鮮艷繁多：孩子們都穿上花花綠綠的衣服。

花團錦簇＊　像花朵、錦繡滙聚在一起。形容五彩繽紛、鮮艷華麗的形象。

陸離　〔形〕形容色彩繁雜：光怪陸離。

光怪陸離＊　形容現象奇異，色彩繁雜。

花　〔形〕顏色錯雜：花衣服／花蝴蝶。

花不棱登　〔形〕〈口〉形容顏色雜亂（含貶意）：這襯衫花不棱登的。

花裡胡哨　〔形〕〈口〉形容顏色過分鮮艷繁雜（含貶意）：看他穿得花裡胡哨的。

斑駁　〔形〕〈書〉一種顏色中夾雜著別種顏色，大小疏密不一致：廟裡佛像身上油彩已經斑駁得不像樣了。也作**斑駮**。

斑斕　〔形〕〈書〉燦爛多彩：色彩斑斕。

A2－22 形：　（顏色）鮮明

鮮明　鮮艷明亮：色彩鮮明。

鮮亮　〈方〉（顏色）鮮明。

鮮艷　鮮明而美麗：鮮艷奪目／湖畔的野百合花開得十分鮮艷。

粲然　〈書〉形容鮮明發光：文采粲然。

煥然　形容有光彩：煥然一新。

燦爛　光彩鮮明耀眼：光輝燦爛／燦爛的陽光照遍大地。

爛漫 爛熳 爛縵　顏色鮮明而美麗：山花爛漫／爛漫的朝霞。

A2－23 形：　（顏色）暗淡

暗淡　顏色不鮮明：色澤暗淡。□**黯淡**。

灰暗　暗淡；不鮮明：狂風大作，天色灰暗。

灰溜溜　形容顏色暗淡（含厭惡意）：天色灰溜溜的。

灰蒙蒙　形容顏色暗淡模糊（多指景色）：天空灰蒙蒙的／灰蒙蒙的月色。

A2－24 形：　（顏色）樸素

樸素　顏色、式樣等不濃艷、不華麗：服裝樸素。

素　顏色單調；不華麗：這件衣服的顏色太素了。

素淡　素淨、淡雅：水仙花顏色素淡。

淡素　（顏色）樸素；素淨：淡素的裝束。

素淨　顏色樸素，不艷麗刺目：她喜愛穿顏色素淨的衣服。

淡雅　素淨雅緻：服飾淡雅。

素雅　素淨雅緻：整個布景，色調素雅。

A2－25 形：　（顏色）深·淺

深　顏色濃：深紅／顏色太深。

濃　程度深（多形容色彩、氣氛、意識等）：濃綠／這裡讀書的氣氛很濃。

老　某些顏色深：老黃／老紅。

濃重　（顏色）很深：這幅畫色彩嫌濃重了／夜色更加濃重。

濃厚　（顏色）很濃很深：夜色一點一點濃厚起來了。

濃艷　顏色濃重而艷麗：臉上脂粉濃艷。

淺　顏色淡薄，不深：淺黃／冬天你穿這件衣服，顏色就太淺了。

淡　顏色淺：淡藍／顏色太淡。

嫩　某些顏色淺：嫩黃／嫩綠。

A2－26 動：　變色

變色　改變顏色：墨是不易變色的。

褪色 顏色逐漸變淡或消失:用原子筆寫的字,日子久了會褪色。

脫色 ❶褪色。❷用化學藥品去掉物質原來的色素。

掉色 顏色變淺或完全脫落:這件衣服只洗了一次就掉色了。

落色 (布匹、衣服等)顏色逐漸脫落;褪色。

走色 掉色;落色:這件衣服穿了這麼久也沒走色。

A3 聲

A3－1 名: 聲音(一般)

聲音 聲音由物體的振動而發生,通常通過空氣將振動傳入人耳的聽覺。並不是每一振動物體所發的聲音人耳都可以聽見,人耳可聽見的只限於每秒二十到二萬次振動的頻率範圍:鑼鼓聲音／聲音響亮。

聲 聲音:琅琅讀書聲／槍炮聲。

音 聲音:弦外之音／空谷足音。

聲響 聲音:瀑布發出巨大的聲響。

響聲 聲音:一點點響聲也沒有。

響兒 〈方〉響聲:你聽見響兒了嗎?

聲波 能引起人聽覺的振動波,起源於物體的劇烈振動。傳播聲波的媒質可以是氣體、液體或固體。不同的媒質裡,聲波傳播的速度不同。也叫**音波**。

聲浪 聲波的舊稱。

聲速 聲波在媒質中傳播的速度。在不同的媒質中,傳播的速度不同,在15℃的空氣中每秒約為331.46公尺,在水中每秒約為一千四百四十公尺,在鋼鐵中每秒約為五千公尺。也叫**音速**。

超音波 每秒振動高於二萬次的不能引起人的聽覺的聲波。廣泛應用於工農業生產技術、魚群探測、海洋測量、人體內部病變探測等。

低音波 比人耳能聽見的最低頻率還要低的振動波,每秒振動十六次以下。在海洋探勘、礦藏探勘、醫療、火箭和人造衛星等方面有廣泛的應用價值。

音響 聲音(多就聲音所產生的效果而言):演出的音響效果很好。

音頻 人耳可測聽出的聲音的振動頻率。

音高 聲音的高低是由聲波振動頻率的高低決定的,頻率高音就高,頻率低音就低。

音強 聲音的強弱是由聲波振動幅度的大小決定的,幅度大音就強,幅度小音就弱。也叫**音勢**。

音量 聲音的強弱。也叫**聲量**。

A3－2 名: 回聲・噪音

回聲 聲波遇到障礙物反射或散射回來被聽到的聲音。也叫**回音**。

回響 回聲:歌聲在山谷中激起了回響。

餘音 指歌唱或演奏後好像還留在耳邊的聲音:餘音繚繞。

噪音 不同頻率和不同強度、無規律的湊合在一起的聲音,聽起來有嘈雜的感覺,使人厭煩。長期在九十分貝以上的噪音環境中會損傷聽覺,甚至引起疾病。也叫**噪聲**。

雜音 人和動物的心、肺等或機器裝置、收音機等,因發生障礙或受到干擾而發出的不正常的聲音。

A3－3 形: (聲音)高・響

高亢 聲音高而宏亮:高亢的歌聲／梆子腔音調高亢。

高昂 聲音向上高起:歌聲愈來愈高昂。

激越 聲音、情緒等高亢、強烈:軍號聲激越悲壯。

響 聲音大:聲音很響／響徹雲霄。

響亮 聲音宏大：響亮的嗓音／歌聲響亮。

洪亮 聲音大；響亮：洪亮的回聲。

洪大 (聲音等)大。

嘹亮 **嘹喨** 聲音清晰響亮：歌聲嘹亮／嘹亮的
　　號角聲。

清朗 清楚響亮：清朗的笑聲。

山響 響聲極大：他把那鑼敲得山響。

喧 聲音大：喧嘩／鑼鼓喧天。

尖 聲音高而細：尖嗓子／尖聲尖氣。

尖溜溜 〈方〉形容尖細或鋒利：尖溜溜的嗓音。

雷鳴 像打雷那樣響：雷鳴般的掌聲／瀑布在山
　　谷中發出雷鳴般的響聲。

轟然 形容大聲：轟然一聲，炸彈爆炸了。

訇 形容大聲：訇然／訇的一聲門關上了。

清亮 清晰響亮：嗓音清亮。

鏗鏘 形容聲音響亮而有節奏：鏗鏘的鑼鼓聲／
　　這首詩讀起來鏗鏘有力，很感動人。

鏗然 〈書〉聲音響亮有力：金玉落地，鏗然有聲。

響徹雲霄＊ 形容聲音十分響亮，好像可以透過
　　雲層，直達高空。

響遏行雲＊ 形容歌聲嘹亮，直上雲霄，把浮動的
　　雲彩都止住了。

震耳欲聾＊ 耳朵都快震聾了。形容聲音很大。

A3－4 形： (聲音)低·細

低 (聲音)在一般標準或平均程度之下：聲音太
　　低。

低沈 (聲音)低而沈重：她說話的聲音很低沈。

低微 (聲音)細小：不斷傳來低微的呻吟聲。

竊竊 **切切** 形容聲音細小：竊竊私語。

細 音量小：嗓音細／細聲說話。

細微 細小；微小：遠處傳來細微的哭泣聲。

細小 很小：細小的聲音。

瑟瑟 形容輕微的聲音：秋風瑟瑟。

幽微 (聲音)細微。

幽咽 〈書〉形容微弱的、若有若無的聲音：水聲

幽咽／幽咽的哭泣聲。

A3－5 形： (聲音)粗

粗 (聲音)大而低：他說話粗聲粗氣。

粗大 (聲音)大：粗大的鼾聲。

粗重 聲音低而音勢強：語音粗重。

粗壯 (聲音)大：嗓音粗壯。

濁 (聲音)低沈粗重：濁聲濁氣。

甕聲甕氣＊ 形容說話的聲音粗大而低沈。

A3－6 形： 好聽

好聽 聲音聽著舒服：這曲子真好聽。

悅耳 好聽，聽了感到愉快：婉轉悅耳的歌聲／
　　樹林裡清脆的鳥叫聲，十分悅耳。

動聽 聽起來使人感動或感到有趣：動聽的歌聲
　　／琴聲優美動聽。

婉轉 **宛轉** 形容聲音抑揚動聽：歌聲婉轉動人
　　／畫眉在枝頭上婉轉啼鳴。

悠揚 形容聲音時高時低，婉轉和諧：歌聲悠揚／
　　室內傳出悠揚悅耳的琴聲。

纏綿 婉轉動人：古樂聲悠揚纏綿。

抑揚頓挫＊ 高低起伏和停頓轉折，形容聲音和
　　諧而有節奏。

清脆 聲音清楚悅耳：銀鈴般清脆的笑聲。

清越 聲音清脆昂揚：鐘聲清越。

脆 聲音清脆：她說話的聲音挺脆。

脆生 〈口〉聲音清脆：她的嗓音好脆生。

圓潤 聲音飽滿而潤澤：圓潤的歌喉。

圓渾 〈書〉聲音婉轉而圓潤自然：他的唱腔流暢
　　而圓渾。

珠圓玉潤＊ 像珠子那樣圓，像玉石那樣潤澤。
　　形容歌聲或文字婉轉和諧，流暢自然。

餘音繞梁 歌聲的餘音繞著屋梁旋轉不去。形
　　容歌聲優美動聽，永遠留在人們耳中。

A3－7 形： 難聽

難聽 聲音聽著不舒服；不悅耳：烏鴉叫起來真

難聽。

刺耳 聲音尖銳雜亂:刺耳的響聲。

聒耳 聲音雜亂刺耳:人聲嘈雜聒耳。

尖銳 聲音高而刺耳:子彈發出尖銳的嘯聲。□尖利。

嘈雜 聲音雜亂;喧鬧:人聲嘈雜/這裡聽不到嘈雜的聲音。

扎耳朵 * 〈口〉聲音刺耳;難聽:用刀劃玻璃的聲音眞扎耳朵。

喧嘩 聲音大而雜亂:室內一片喧嘩的笑語聲。

喧囂 聲音雜亂:喧囂的車馬聲。

淒厲 聲音悽慘而尖銳:敵人刑訊室裡傳出淒厲的叫喊聲/風聲淒厲。

淒切 〈書〉淒涼而悲哀,多形容聲音:寒蟬淒切。

淒婉 聲音悲哀而婉轉:淒婉的笛聲。

淒清 聲音淒涼:琴聲淒清。

嗚咽 形容淒切的水聲或絲竹聲:他默默的坐在一塊石頭上,聽著嗚咽的泉水聲。

A3－8 動:　響·鳴

響 發出聲音:汽笛響了。

鳴 ❶發聲:雷鳴/孤掌難鳴。❷使發聲:鳴炮歡迎/鳴鼓而攻之。

吼 泛指發出強烈的聲響:北風怒吼/汽笛長吼了一聲。

嘯 自然界發出大的聲響:風嘯/巨大的海浪狂嘯著。

轟鳴 發出轟隆轟隆的巨響:機器轟鳴。

呼嘯 發出高而長的聲音:飛機呼嘯著掠過天空/北風呼嘯。□嘯鳴。

A3－9 名:　天籟

天籟 自然界的聲音,如風聲、雨聲、鳥聲等:天籟無聲。

萬籟 各種聲音:夜闌人靜,萬籟俱寂。

松濤 松林被風吹動而發出的波濤般的聲音:松

濤呼嘯。

林濤 森林被風吹動發出的像波濤一樣的聲音:朔風吹,林濤吼。

A4　氣　象

A4－1 名:　氣象·氣候(一般)

氣象 大氣層裡的物理狀態和自然現象,如冷熱、乾濕、颱風、下雨、打雷、下雪、結霜等。

氣候 一定地區裡經觀察而總結出的氣象特徵。由氣流、緯度、海拔高度、地形等因素相互作用所決定。

聖嬰現象 此語源自於西班牙語 EINino,直譯爲「艾尼紐」,原意是上帝之子的意思。係指東太平洋赤道附近海面海水溫度明顯升高的現象,現已延伸爲太平洋赤道地區廣大海域內海溫異常高溫現象。此現象因常與大氣環流南方振盪的變化有連帶關係,加上又經常在南半球聖誕節前後發生,當地人稱此現象爲「聖嬰」。

小氣候 在各種局部因素(地形、植被、土壤等)影響下形成的貼近地面和土壤植物根系層內的小範圍氣候特徵。如農田小氣候、森林小氣候、城市小氣候等。

天氣 在一定的地區短時期內,大氣中的氣壓、溫度、濕度等氣象要素和風雨等天氣現象發生的各種變化的情況。

物候 生物受天氣、氣候、水文等環境條件影響而出現的各種徵兆。如植物的抽芽、開花、結果,動物的蟄眠、候鳥的遷徙。又稱「生物氣候」。

天候 在一定時間內,某一地區的大氣物理狀態。如氣溫、氣壓、濕度、風、降水情況等。

大陸性氣候 受大陸影響較深的氣候。其特徵是,空氣乾燥,多夏和晝夜溫差較大,雨量少

而分布不均。內陸沙漠氣候是典型大陸性氣
候。

海洋性氣候 受海洋影響較深的氣候。其特徵
是,全年和一天內的氣溫變化較小,空氣濕
潤,雨量較多而均勻。西北歐沿海島嶼是典
型海洋性氣候。我國東南沿海地區,如上海
等地也屬海洋性氣候。

A4－2 名：　大氣

大氣 包圍地球外層的一圈氣體。由氮、氧、氫
等大氣成分與水氣、二氧化碳等氣體及塵埃
等物質所組成。

大氣層 包圍地球的空氣層。厚度約兩三千公
里。根據平均氣溫隨高度變化的特徵,沿垂
直方向劃分爲對流層、平流層、中間層、暖層
和散逸層。也稱**大氣圈**。

空氣 瀰漫於地球周圍的混合氣體。無色、無
味,主要成分是氮和氧。

氣團 在廣大區域上的大塊空氣團。寬可達幾
千公里,高可達十幾公里。在同一氣團中由
於溫度、濕度等物理屬性比較一致,所出現的
天氣基本類似。但在不同氣團中,所出現的
溫度、濕度和天氣卻是不同的。

氣溫 空氣的溫度。氣溫的高低由太陽的輻射
和日射角的大小決定,同時還受氣流、地形條
件等的影響。

氣壓 大氣中某一點單位面積上所承受的壓力。
氣壓隨地面高度增加而減小。如高山上的大
氣壓就比地面上大氣壓小得多。

等壓線 爲了表明各地區氣壓的情況,在平面圖
上把同一時間內氣壓相等的地點連接起來的
封閉線。

高氣壓區 在海拔相同的平面上,中心氣壓高於
四周氣壓的區域。高氣壓區內,空氣往往有
下沈運動,大氣下層有空氣流出,天氣多晴
朗。

高壓 指高氣壓區。

低氣壓區 在海拔相同的平面上,中心氣壓低於
四周氣壓的區域。低氣壓區內,空氣往往上
升,常常有雲、雨和大風。

低壓 指低氣壓區。

氣旋 直徑達數百公里的空氣旋渦。旋渦的中
心是低氣壓區,風從四周向氣旋中心颳。在
北半球,氣旋以逆時針方向旋轉,在南半球則
以順時針方向旋轉。氣旋過境時往往陰雨連
綿或降雪。

反氣旋 直徑達數百或近千公里的空氣旋渦。
旋渦的中心是高氣壓區,風從中心向四周圍
颳。在北半球,反氣旋以順時針方向旋轉;在
南半球則以逆時針方向旋轉。反氣旋過境時
天氣晴朗而乾燥。

海市蜃樓＊ 在光線經過不同密度的空氣層發生
顯著折射或全反射時,大氣中出現的遠方景
物(建築群、樹林、冰山等)的虛幻景象,形狀
或正或倒,或變形失真。這種現象多於夏天
出現在海濱或沙漠地帶。也叫**蜃景;**。

溫室效應 由於大氣對於太陽的光輻射具有很
強的透射性,以及太陽對地面射出的紅外輻
射被大氣吸收,從而使內層大氣溫度升高。
這種現象稱爲溫室效應。溫室效應使地球的
平均溫度升高,晝夜溫差縮小。類同於地球,
金星和其他有稠密大氣層的行星也有溫室效
應產生。

A4－3 名：　氣流

氣流 流動的空氣。

寒流 從寒帶向低緯地區侵襲的強冷空氣。寒
流過境時氣溫顯著下降,還會導致霜或冰凍。

亂流 爲空氣瞬間運動產生不規則和隨機變動
時的氣流。當空氣運動產生亂流時,會使得
飛行中的飛機產生困擾,甚至墜機。在起飛
和降落時,發生亂流的主要原因是地面上受

熱不均產生的對流性氣流；另一成因是風吹越或繞過建築物和起伏地形所引起的動力性渦流,此種渦流通常順著風推進。至於產生亂流的程度,風速愈大,大氣愈不穩定,結構物的邊緣愈尖銳,亂流愈強。另外在雷雨或鋒面經過時也常會產生亂流。

熱浪　猛烈的熱氣。

暖鋒　冷、暖氣團相遇時所構成的鋒面,並向冷氣團方向移動,稱暖鋒。暖鋒過境時氣溫上升,帶來連續性降水。

冷鋒　冷、暖氣團相遇時所構成的鋒面,並向暖氣團方向移動,稱冷鋒。冷鋒過境時氣溫下降,常伴有降水現象。

A4-4 名：　風

風　由於氣壓分布不均而使空氣產生流動的現象。

風向　指風的來向,如由東方吹來的風叫東風。

風色　颱風的情況；風向：風向已變,起北風了。

風速　單位時間內,風在水準方向流動的行程。常以公尺／秒、公里／小時或海哩／小時來表示。

風口　氣流不受周圍阻礙物阻擋而暢通的地方：風口浪尖。

風級　根據風對地面(或海面)物體影響的程度而規定的風力等級。一般分為十三級。速度每秒在 0.2 公尺以下的風是零級風,32.6 公尺以上的風是十二級風。

風力　為表示風的強度,各國普遍使用福氏風級表。其「風級」狀態大約如下：0 級風為炊煙直上；二級(風速每秒 1.6～3.2 公尺)樹葉微動；四級(5.5～7.9 公尺)樹幹婆娑；六級(10.8～13.8 公尺)電線抖動呼呼作響；十級(24.5～28.4 公尺)木屋頂被掀開。

季風　風向隨季節發生顯著變化的風。夏季風從海洋吹向陸地,冬季風從陸地吹向海洋。季風形成的主要原因是海陸溫度差異。

信風　在熱帶地區的低層大氣中,北半球吹東北風,南半球吹東南風,這種風的方向很少改變,所以叫做信風。在古代,海上國際通商的船隊主要借助於信風航行,故又叫貿易風。

清風　涼爽的風：清風拂面。

和風　溫和的風：和風拂面／和風徐徐吹來。

薰風　薰風〈書〉和暖的風,指東南風：薰風南來。

東風　指春風。

西風　指秋風。

金風　〈書〉秋風：金風送爽。

朔風　〈書〉北風：朔風凜冽。

疾風　猛烈的風：疾風知勁草／疾風迅雨。

頂風　迎面吹來的風；逆風。

順風　跟行進方向相同的風：今天遇上順風,船走得很快。

逆風　跟行進方向相反的風：要是遇上逆風,船就不能準時到達了。

打頭風　逆風。

上風　風颳來的那一方：煙從上風颳過來。

下風　風所吹向的那一方。

風沙　風和被風捲起的沙土：風沙滿天。

風寒　冷風和寒氣：抵禦風寒。

陰風　寒風：陰風怒號。

過堂風　通過穿堂、過道或相對的門窗的風。也叫穿堂風。

A4-5 名：　風暴・狂風

風暴　狂風和暴雨同時出現的天氣現象：烏雲密布,風暴驟起。

風雷　狂風和暴雷同時出現的天氣現象：天氣驟冷,風雷大作。

罡風　剛風　道家稱天空極高處的風,現也指強烈的風。

颮　風向突然改變,風速急遽增大的強風現象。

颮過境時常伴有雷暴、陣雨或冰雹、龍捲風。

狂風 猛烈的風:狂風暴雨。

旋風 成螺旋狀運動的風。

龍捲風 是一種範圍小、生成消失迅速和極其猛烈的空氣旋渦,在深厚的積雨雲中形成。雲形狀像一個漏斗,可下垂伸向地面。風速每秒可達一百公尺以上。由於氣流的旋轉力很強,常將地面的水、土挾捲而上,毀壞樹木房屋。

颱風 發生在熱帶洋面上的大氣旋渦,風力常達十級以上,伴有暴雨。襲擊我國沿海的颱風,多發生在菲律賓以東的洋面,每年七～九月颱風最為頻繁。

颱風眼 又稱「颱風中心」,多呈圓形或橢圓形,其直徑約自十餘公里至四、五十公里不等,在此區域內既無狂風也無暴雨,天上僅有薄雲,能見天日或星斗。發生颱風眼的原因是由於颱風內風沿反時針方向旋轉吹動,使中心空氣發生旋轉,而旋轉時所發生之離心力,與向中心旋轉吹入之風力互相平衡抵銷,因此形成颱風中心數十公里範圍內無風現象。

藤原效應 如果兩個颱風靠近時,將繞著相連的軸線成環狀相互作反時鐘方向旋轉,旋轉中心的位置,由兩個颱風的相對質量和颱風環流之強度來決定。旋轉時通常較小的一個走得快些,較大的一個走得慢些,有時也可能合而為一。「藤原效應」必須在兩個颱風間的距離接近一千公里時才會發生,兩者的逆時鐘力量會互相牽引。兩颱風的距離超過一千三百公里以上,影響力就會減弱。

颶風 發生在東太平洋和大西洋的颱風,稱為颶風。

狂飆 急驟的暴風。常用來比喻猛烈的潮流或力量。

扶搖 〈書〉急遽盤旋而上的旋風:扶搖直上。

羊角 〈書〉彎曲而上的旋風。形似羊角,故名。

A4－6 動、形: 起風

起風 〔動〕風流動:雨剛停,就起風了。

吹 〔動〕風、氣流等流動:風吹雨打。

刮 〔動〕風吹:颳風下雨。

拂 〔動〕風輕輕擦過:微風拂面。

颺 〔動〕〈方〉風吹(使變乾或變冷):洗的衣服讓風颺乾了。

吹拂 〔動〕微風掠過;輕輕拂拭:微風吹拂著人們的臉龐。

撲面 〔動〕迎著臉來:清風撲面。

怒號 〔動〕大風發出聲音:北風怒號。

拂拂 〔形〕形容風輕輕地吹:涼風拂拂。

習習 〔形〕形容風輕輕地吹:微風習習。

颯然 〔形〕〈書〉形容風聲:有風颯然而至。

蕭瑟 〔形〕形容風吹樹木的聲音:秋風蕭瑟。

A4－7 動: 順風‧逆風

順風 跟風同一個方向行進:今天順風,船走得很快。

逆風 迎面對著風:船逆風行駛╱朝南逆風走去。

頂風 迎著風:頂風冒雪╱頂風騎車很吃力。

迎風 ❶對著風:迎風而坐,十分涼爽。❷隨風:國旗迎風飄揚。

臨風 〈書〉當風;迎風:把酒臨風。

A4－8 動: 通風

通風 空氣流通;使空氣流通:打開窗戶通風。

通氣 使空氣流通;通風:這房間沒窗,不通氣。

透氣 使空氣流通:這房間熱起來沒處透氣。

透風 ❶風可以通過:窗縫兒有點透風。❷把東西攤開,讓風吹吹:把箱子裡的書拿到外面去透透風。

放風 使空氣流通:打開窗戶放風。

A4－9 名：　雨

雨　從雲層中降向地面的水。水蒸氣升到空中遇冷凝成雲，雲裡的小水滴體積增大到不能浮懸在空氣中時，就下降成雨。

雨水　由降雨而來的水：春天雨水充足，有利於莊稼生長。

雨點　形成雨的小水滴：雷聲大，雨點小。

雨腳　密密連接著的像線一樣的雨點。

雨幕　密集的雨點瀉成的一幅大幕，因此叫做雨幕：一隊人馬消失在迷茫的雨幕中。

雨量　在無滲透、蒸發和流失時，降落在平地上的雨水深度。通常用毫米作計量單位。

雨意　要下雨的徵兆：萬里晴空，沒有一點點雨意。

雨情　某個地區降雨的情況：搞好雨情預報工作。

降水　從大氣中落到地面的雨、雪等。

梅雨　春末夏初季節出現在江淮流域連續下的雨。此時正值江南梅子黃熟，故名。也叫黃霉雨；霉雨。

鋤頭雨　〈方〉鋤地前莊稼正需要雨水時下的雨。

酸雨　含有高濃度硫酸和硝酸的降水（通常也指含有酸性的雪、霰和雹）。酸雨對魚和其他水生動物以及各種植物的生長都有害；它還使土壤貧瘠化，腐蝕建築物，污染飲用水源。

小雨　通常指雨量不大的雨。氣象部門規定一小時內雨量在 2.5 公釐以下或二十四小時內雨量小於十公釐的雨叫小雨。

中雨　氣象部門規定一小時內雨量為 2.6〜8.0 公釐或二十四小時內雨量為 10.1〜24.9 公釐的雨叫中雨。

大雨　通常指下得很大的雨。氣象部門規定一小時內雨量為 8.1〜15.9 公釐或二十四小時內雨量為 25.0〜49.9 公釐的雨叫大雨。

人造雨　指當雲內水滴太小或缺乏冰晶而無法成雨時，運用人工方法使具有下雨條件的雲層增加冰晶或使小水滴成長，因而激發降雨或增加雨量。

A4－10 名、形：　小雨

煙雨　〔名〕像煙霧一樣的細雨：樹林被煙雨籠罩著。

過雲雨　〔名〕小陣雨。

毛毛雨　〔名〕水滴極細小的小雨。

牛毛雨　〔名〕細而密的小雨。

濛濛　〔形〕形容雨點很細小：細雨濛濛。

瀟瀟　〔形〕形容小雨：瀟瀟微雨。

A4－11 名、形：　大雨

陣雨　〔名〕降雨的時間較短、開始和終止都很突然、雨的強度變化很大的雨。多發生在夏天。

雷雨　〔名〕伴隨著閃電和雷聲的雨。往往發生在夏天的下午。

雷陣雨　〔名〕伴有雷電的陣雨。

暴雨　〔名〕大而急的雨：暴雨成災。

透雨　〔名〕使田地裡乾土層濕透的雨。

飽雨　〔名〕〈方〉透雨。

傾盆　〔形〕形容雨極大，好似用盆潑下來一樣：傾盆大雨。

滂沱　〔形〕形容雨下得很大：大雨滂沱。

瓢潑　〔形〕形容雨大：瓢潑大雨。

豐沛　〔形〕形容雨水等充足：雨雪豐沛。

霏霏　〔形〕〈書〉雨、雪、雲等很盛的樣子：雨雪霏霏／江雨霏霏。

雰雰　〔形〕〈書〉雨雪很盛的樣子：雨雪雰雰。

A4－12 ：　喜雨

喜雨　天氣乾旱、莊稼需要雨水時下的雨：普降喜雨。

甘霖　指久旱以後下的雨：久旱逢甘霖。

甘雨　應時且有益於農事的雨，甘霖。

及時雨　指應時的好雨。常比喻能及時解決困難或問題的事物。

霖雨　連下幾天的大雨。

苦雨　連綿不停的雨；久下成災的雨：淒風苦雨（形容天氣惡劣）。

淫雨　霪雨　久雨；過量的雨：淫雨成災。

A4－13　名、動：　雷・閃電

雷　〔名〕帶異性電的兩塊雲接近時因放電而發出的巨響：打雷。

雷霆　〔名〕疾雷；霹靂：雷霆萬鈞。

雷電　〔名〕一塊雲接近地面物體或者帶異性電的兩塊雲接近時發生的大氣放電現象，同時爆發出的強大的閃電和雷聲，合稱雷電。

雷暴　〔名〕既見閃電又聞雷聲，或不見閃電只聞雷聲的雷電現象，有時伴隨著陣雨、大風或冰雹。

悶雷　〔名〕聲音低沈的雷。

炸雷　〔名〕〈方〉聲音響亮的雷。

霹靂　〔名〕雲和地面之間發生的一種強烈雷電現象。也叫**落雷**。

霹雷　〔名〕〈口〉霹靂。

閃電　〔名〕雲層間或雲和地面間發生放電時的強烈閃光。

閃　〔名〕閃電：又打了一個閃。

打閃　〔動〕指天上閃電發光。

打雷　〔動〕指雷發出響聲。

雷擊　〔動〕雷電發生時，放出強大電流殺傷或破壞（人、畜、樹木或建築物等）：下大雨時，不要接近大樹，以防雷擊。

A4－14　名：　霜・露

霜　氣溫在 0℃ 以下時，空氣中的水氣凝結在地面或地表物體上的白色冰晶。

早霜　霜期前或霜期之初降的霜。

晚霜　春季氣候變冷時所降的霜，這時霜期將盡，所以叫晚霜。

霜凍　地面的氣溫降到 0℃ 以下使農作物遭受凍害，這種現象稱爲霜凍或暗霜。

露　夜間或清晨水氣在地面或地面物體上凝結成的小水珠。通稱**露水**。

露珠　露水凝聚像珠子，所以叫露珠。

露水珠兒　〈口〉露珠。

朝露　〈書〉早晨的露水。常用以比喻存在時間非常短促的事物：人生如朝露。

A4－15　名：　雪・霰・冰・雹

雪　從空氣中降落的六角形白色不透明結晶。由空氣層中的水蒸氣在 0℃ 以下凝結而成。

雪片　紛飛的雪花。

雪花　空中飄下的雪，形狀像花，所以叫雪花：飄雪花了。

瑞雪　應時的有利於農作物的好雪：瑞雪兆豐年／普降瑞雪。

白毛風　〈方〉暴風雪。

霰　白色不透明球形或圓錐形的小冰粒，多在下雪前或下雪時出現。

雪子　〈方〉霰。

雪糝　〈方〉霰。也叫**雪糝子**。

冰　水在 0℃ 以下凝結成的固體。

冰凌　冰。

冰錐　雪後屋檐滴水凝成錐形的冰。也叫**冰錐子**；**冰柱**；**冰溜**。

凌錐　〈方〉冰錐。

冰晶　在℃ 以下時，雨滴在下降過程中凝成白色結晶狀的小顆粒。

冰排　大塊浮冰。

霧淞　水氣在樹枝或電線上結成的冰晶。常出現在嚴寒清晨的大霧中。

樹掛　霧淞的通稱。

雹　空中水蒸氣遇冷結成的冰塊，常在晚春和夏季隨暴雨降下，對農作物有很大的破壞性。

也叫**電子**;**冰雹**。

冷子　〈方〉電子。

A4－16　動：　下雨、雪等

下　雨雪等降落:下了一場雨／下大雪／雨越下
　越大。

降　降落:降雨／降霜／降下一天大雪。

落　降落:落雨／外面落起雪花朵了。

掉點兒　〈口〉落下疏疏的雨點:掉點兒了,帶雨
　衣出門去。

雨　〈書〉下(雨、雪等):雨雪／雨雹。

陰雨　天陰又下雨:連日陰雨／陰雨天氣。

A4－17　聲：　風、雨、雷、水聲

呼呼　形容風聲:北風呼呼地吹。

蕭蕭　形容風聲或馬叫聲:風蕭蕭／馬鳴蕭蕭。

簌簌　形容風吹葉子等的聲音:山風吹來,樹葉
　簌簌作響。

颼颼　形容很快通過的聲音:涼風從門縫中颼颼
　地吹進來。

獵獵　形容風聲:北風獵獵。

颸颸　〈書〉形容風聲:北風颸颸刮個不停。

颯颯　形容風聲:秋風颯颯。

沙沙　形容風吹草木等的聲音:風吹樹葉沙沙作
　響。

淅瀝　形容輕微的風雨聲、落葉聲等:窗外淅瀝
　淅瀝地下起了雨。

滴瀝　形容雨水下滴的聲音:雨滴瀝滴瀝地下個
　不停。

滴答　嘀嗒　形容水滴落下或鐘錶擺動的聲音:
　滴滴答答,雨還沒停。

刷刷　形容迅速擦過去的聲音:刷刷地下起雨來
　／風颳得高粱葉子刷刷地響。

嘩嘩　形容水聲、雨聲等:嘩嘩地下起了大雨／
　水嘩嘩地流。

嘩啦　形容水聲、雨聲等:雨嘩啦嘩啦地下。

隆隆　形容雷聲等:雷聲隆隆。

咕隆　形容雷聲等:雷聲咕隆。□**咕隆隆**。

轟隆　形容雷聲、爆炸聲、機器聲等:雷聲轟隆一
　聲巨響。

A4－18　名：　雲‧霧

雲　水蒸氣上升遇冷結成微小的水滴或冰晶,聚
　集而形成在空中的飄浮體,叫雲:滿天烏雲。

雲彩　〈口〉雲:天上沒有一絲雲彩。

雲氣　稀薄浮游的雲:山頂瀰漫著雲氣。

雲頭　〈方〉成團成堆的雲:看這雲頭可能會下
　雨。

雲層　成層的雲:雲層很厚。

雲煙　雲氣和煙霧:雲煙繚繞。

雲海　從高處向下看,平鋪在下面的像海一樣的
　雲層:雲海茫茫。

雲霞　彩雲:雲霞灑滿天際。

煙霞　煙霧和雲霞:煙霞滿天。

浮雲　飄浮的雲:晴空中飄著幾朵浮雲。

雲端　雲裡:飛機飛入雲端。

火燒雲　日出或日落時,天空出現的紅色雲霞。

彩雲　絢麗的雲彩:彩雲朵朵。

卿雲　一種彩雲,古人視為祥瑞。

烏雲　黑色的雲:烏雲密布的天空。

陰雲　天陰時的雲:陰雲密布。

彤雲　下雪前的陰雲:彤雲密布。

雲翳　陰暗的雲:滿天雲翳。

積雲　離地面一千公尺上下、輪廓分明白色的孤
　立雲塊。頂部拱起,底部平坦,晴天時成塊飄
　浮。

積雨雲　由積雲發展而成。頂部向上突起作峰
　狀或塔狀,雲底為烏黑色。積雨雲出現時,常
　伴有雷電、陣雨。也叫**雷雨雲**。

霧　接近地面的水蒸氣遇冷而凝結成的飄浮在
　空氣中的小水點:大霧迷漫／雲消霧散。也叫
　霧氣。

霧靄　〈書〉霧氣:霧靄沈沈。

雲霧　雲和霧:滿天雲霧。

迷霧　濃厚的霧:迷霧中,看不清迎面開來的汽
　　　車。

煙霧　泛指霧、氣、雲、煙等:煙霧彌漫／煙霧騰
　　　騰。

靄　〈書〉雲氣:暮靄／煙靄。

煙靄　〈書〉雲霧;煙霧:村落上空滿布著煙靄。

暮靄　傍晚的雲霧:暮靄籠罩著整個村莊。

嵐　〈書〉山林中的霧氣:嵐氣／曉嵐。

山嵐　〈書〉山間的雲霧:山嵐瘴氣。

A4－19　名:　虹‧霞

虹　雨後出現在太陽相反方向的彩色圓弧。由
　　外圈至內圈呈紅、橙、黃、綠、藍、靛、紫七種顏
　　色。是空中小水珠被日光照射經兩次折射和
　　一次反射而形成的。也叫彩虹。

霓　雨後有時跟虹同時出現的彩色圓弧。彩色
　　排列跟虹相反,紅色在內,紫色在外。是空中
　　水珠被日光照射經兩次折射和兩次反射形成
　　的。也叫副虹。

霞　日出、日落前後因日光斜射而使天空和雲層
　　呈現黃、橙、紅等彩色的自然現象。

彩霞　彩色的雲。

朝霞　早晨東方出現的霞:絢麗的朝霞映紅了東
　　　方。

晚霞　傍晚西方出現的霞:晚霞布滿西方天空。

彤雲　紅霞:峰頂上留著一抹彤雲。

A4－20　形、動:　(雲霧)低沈‧瀰漫

低沈　〔形〕雲層厚而低,形容天色陰暗:濃雲密
　　　布,天色低沈。

漠漠　〔形〕煙雲密布的樣子:煙霧漠漠。

靉靆　〔形〕〈書〉形容濃雲蔽日:沈雲靉靆。

迷漫　〔形〕漫天遍野,茫無邊際,看不清楚:雲霧
　　　迷漫。

茫茫　〔形〕遼闊,無邊無際,看不清楚:白霧茫
　　　茫。

瀰漫　〔動〕霧氣、煙塵、沙、水等充滿、布滿:煙霧
　　　瀰漫。

漫天　〔動〕雲等布滿了天空:塵土漫天。

密雲不雨＊　滿天濃雲而不下雨。常用來比喻事
　　　情已在醞釀,尚未發作。

A4－21　形:　晴‧陰

晴　天空無雲或雲極少:天晴／晴空萬里。

晴朗　天空沒有雲霧,能見日月星辰:天氣晴朗／
　　　晴朗的夏夜,星斗滿天。

晴和　天氣晴朗溫和:天氣晴和。

清朗　涼爽晴朗;清淨明亮:清朗的月夜／天氣
　　　清朗。

響晴　晴朗無雲:一群鴿子在響晴的天空中飛
　　　翔。

霽　〈書〉雨後或雪後天晴:大雪初霽／雨止天
　　　霽。

爽朗　天氣晴朗,空氣清新,使人感到暢快:天氣
　　　爽朗,令人心曠神怡。

陰　一般指天空密布雲層,不見陽光或星月。氣
　　象觀測上,天空中十分之八以上的部分被雲
　　遮住時叫做陰:陰雨連綿／天氣晴轉陰。

陰沈　陰暗:天色陰沈。

陰冷　天氣陰沈寒冷:今天陰冷,怕是要下雪。

霾　由於大氣中懸浮著大量煙、塵等微粒而形成
　　日色無光的天氣現象:霾天／霾暗。

陰霾　霾;天氣陰沈,昏暗:天氣陰霾／風吹散了
　　　陰霾。

涔涔　〈書〉形容天色陰沈:雪意涔涔。

A4－22　形、動:　暖和

暖和　❶〔形〕(天氣、環境等)不冷也不太熱:天
　　　氣暖和／這間屋子比較暖和。❷〔動〕使暖和:
　　　我們進屋裡去暖和一下。

和暖 〔形〕暖和:陽光和暖／和暖的春風。

暖 ❶〔形〕暖和:風和日暖／春暖花開。❷〔動〕使溫暖:暖一暖身子。

溫暖 ❶〔形〕暖和:天氣溫暖。❷〔動〕使溫暖:溫暖著人們的心。

溫和 〔形〕氣候不冷不熱:昆明氣候溫和,四季如春。

和暢 〔形〕溫和舒暢:春風和暢。

回暖 〔動〕天氣由冷轉變為暖和:近來天氣回暖了些。

溫煦 〔形〕暖和:陽光溫煦。

和煦 〔形〕溫暖:春風和煦／和煦的陽光。

拂煦 〔動〕〈書〉(風)吹來溫暖:春風拂煦。

煦 〔形〕〈書〉溫暖:煦風拂面。

暖烘烘 〔形〕形容溫暖宜人:春天的太陽暖烘烘的。

溫潤 〔形〕氣候溫暖濕潤:氣候溫潤。

A4－23 形、名: 炎熱

炎熱 〔形〕很熱(指氣候):天氣炎熱／炎熱的夏天。

炎 〔形〕極熱:炎夏／炎日當空／炎涼世態。

熱 〔形〕溫度高,感覺溫度高:今天比昨天熱得多。

火熱 〔形〕火似的熱:火熱的太陽。

熾熱 〔形〕火熱:熾熱的陽光。

酷熱 〔形〕天氣極熱:酷熱的夏天。

火辣辣 〔形〕形容酷熱:太陽火辣辣的。

熾燥 〔形〕熾熱而乾燥;燥熱。

灼熱 〔形〕像被火燙一樣熱:灼熱的陽光。

悶熱 〔形〕天氣很熱、氣壓低、濕度大,使人感到呼吸不暢:我很不習慣這樣悶熱的天氣。

暑 ❶〔形〕炎熱:中暑／解暑／避暑。❷〔名〕炎熱的季節,盛夏:暑假／盛暑／寒來暑往。

暑氣 〔名〕盛夏時的熱氣:暑氣逼人。

溽暑 〔名〕盛夏潮濕而悶熱的氣候:溽暑蒸人。

暑熱 〔名〕指盛夏時的極高氣溫:暑熱未消。

酷暑 〔形〕氣候極熱:嚴寒酷暑／酷暑難熬。

A4－24 形: 涼爽

涼爽 清涼爽快:氣候涼爽／晚風吹來十分涼爽。

涼快 涼爽:下了一陣雨,天氣涼快多了。

涼 溫度低,微寒:冬暖夏涼。

風涼 有風而涼爽:這裡晚間比白天風涼得多。

陰涼 因太陽照不到而涼爽:樹蔭下真陰涼。

蔭涼 因陽光被遮蔽而涼爽:樹底下很蔭涼。

涼絲絲 形容有一點涼:秋天的晚上有點涼絲絲的。

涼颼颼 形容風很涼:一陣風吹來,身上感到涼颼颼的。

清冷 涼爽而略帶寒意:清冷的秋夜。

清涼 涼而使人感覺爽快:清涼的泉水。

清爽 清潔涼爽:雨後空氣清爽。

清新 清爽而新鮮:空氣清新。

A4－25 形: 寒冷

寒冷 冷:氣候寒冷。

冷 溫度低;感覺溫度低:天氣突然冷了／你冷不冷?

寒 冷:寒冬／天寒地凍。

淒 寒冷:淒風苦雨。

凜冽 刺骨地寒冷:朔風凜冽。

凜凜 寒冷:寒風凜凜。

嚴寒 氣候極冷:嚴寒季節。

高寒 高峻而寒冷:高寒地帶。

苦寒 形容極冷;嚴寒:北方苦寒地區。

薄寒 輕微的寒冷:薄寒的天氣。

清寒 寒涼;寒冷:初春的夜晚透著清寒。

酷寒 非常寒冷:塞北酷寒。

刺骨 冷得徹骨,形容極冷:寒風刺骨。

冰冷 很冷:天氣冰冷／兩手凍得冰冷。

料峭 〈書〉形容微寒:春寒料峭/料峭春風。

淒清 形容微寒:淒清的月光。

冷颼颼 形容風很冷:風吹在身上冷颼颼的。

冷絲絲 形容有一點冷。

寒峭 〈書〉形容冷氣逼人:北風寒峭。

冷峭 形容冷氣逼人:朔風冷峭。

冷森森 形容冷氣逼人:山洞裡冷森森的。

乾冷 乾燥而寒冷:北方多季,天氣乾冷。

陰冷 陰沈而寒冷:陰冷的天氣。

A4-26 形: 乾·濕

乾 缺少水分:好久不下雨了,連河水也乾了。

乾燥 沒有水分或水分很少:氣候乾燥。

燥 缺少水分:山高地燥。

乾鬆 〈方〉乾燥疏鬆:這幾捆稻草是乾鬆的。

乾旱 因降水不足而土壤、氣候乾燥:這個地區
　　長年乾旱。

乾巴 〈口〉失去水分而收縮或變硬:幾個月沒下
　　雨,莊稼都乾巴了。

乾巴巴 乾燥:乾巴巴的紅土地帶。

高燥 高而乾燥。

晞 〈書〉乾;乾燥:晨露未晞。

濕 沾了水的或水分多:地上很濕。

潮濕 含有較多的水分:洞裡太潮濕了/空氣潮
　　濕。

潮 濕度較大:天陰反潮/屋裡太潮。

潮呼呼 微濕的樣子:牆上潮呼呼的。

濕漉漉 濕淥淥 形容物體潮濕的樣子:鞋濕漉
　　漉的。

濕淋淋 形容物體濕得往下滴水的樣子:他被雨
　　水淋得濕淋淋的。

潤 滋潤;不乾枯:玉在山而草木潤。

滋潤 水分充足;不乾枯:土地很滋潤。

潤澤 滋潤;不乾枯:雨後荷花潤澤可愛。

濕潤 潮濕而潤澤:空氣濕潤/荃畦平整而濕
　　潤。

A4-27 動、名: 測候

測候 〔動〕觀測天文、氣象。

天氣預報 〔名〕對某地區未來一定時期內天氣
　　變化的可能性作出的主觀估計或客觀預測。

天氣圖 〔名〕表示同一時刻測得的一定範圍內
　　天氣實況的圖。圖上用數字和規定的符號記
　　錄各地的氣象資料。有地面天氣圖和高空天
　　氣圖兩種。

風向器 〔名〕測定風的來向的儀器。一般是在
　　高桿上的一支鐵箭,箭可隨風轉動,箭頭永遠
　　指著風吹著的方向。

氣壓表 〔名〕測量氣壓的儀器,最常見的有水銀
　　氣壓表和空盒氣壓表。

百葉箱 〔名〕用於地面氣象觀察,裝有測量空氣
　　溫濕度儀器的四壁有雙層百葉窗的白色木
　　箱。

氣象臺 〔名〕對大氣進行觀測、研究並預報天氣
　　的科學機構;規模較小的爲氣象站、氣象哨。

A5 地 球

A5-1 名: 地球

地球 人類居住的星球。爲太陽系九大行星之
　　一。形狀像球而略扁,赤道半徑是 6378.14
　　公里,極半徑是 6 356.8 公里。自轉一周的時
　　間爲一晝夜,繞太陽一周的時間爲一年。地
　　球周圍是主要由氮、氧、水氣等組成的大氣
　　圈,表面是陸地和海洋,有生物生存。地球有
　　一個衛星──月球。

地 地球;地殼;地面:天地/地層/地勢。

球 特指地球:全球/東半球。

大地 ❶廣大的地面:中華大地/春回大地。❷
　　指地球:大地物理學。

地面 地的表面:飛機在距離地面九千公尺的高

空飛行。

地皮 地的表面:雨後地皮還是濕的。

地下 地面下;地層內:地下水／地下資源。

地軸 地球自東向西旋轉的軸線,和赤道相垂直。

地極 地軸和地面相交的南、北兩點,即地球的北極和南極。

南極 南半球的地極。

北極 北半球的地極。

兩極 地球的南極和北極。

極圈 地球上 66°34′的緯度圈,叫北極圈,在南半球的叫南極圈。極圈是寒帶和溫帶的分界線。

南極圈 南緯 66°34′的緯度圈,是南溫帶和南寒帶的界線。

北極圈 北緯 66°34′的緯度圈,是北溫帶和北寒帶的界線。

極地 極圈以內的地區。氣候終年寒冷,最高月平均氣溫爲 10°C。

赤道 環繞地球表面和南北兩極距離相等的圓周線,是劃分緯度的基線。它把地球分爲南北兩半球,分別稱南半球和北半球。

回歸線 地球上赤道北南各 23°27′處的兩條緯線。北邊一條叫北回歸線,南邊一條叫南回歸線。太陽直射的範圍限於這兩條線之間。它們是地球上熱帶和溫帶的天文界線。

南回歸線 見「回歸線」。

北回歸線 見「回歸線」。

子午線 假設的通過地面某點連接南北極而垂直於赤道的線。也叫**經線**。

本初子午線 一八八四年國際子午線會議決定,採用通過英國格林威治天文臺子午儀中心的經線爲零度經線,稱爲本初子午線。自本初子午線開始,分別向東和向西計量地球經度,從 0°到 180°。

緯線 假設的沿地球表面跟赤道平行的線。

經度 地球表面東西距離的度數,以本初子午線作爲零度,向東西兩面各分 180°,以東稱東經,以西稱西經,通過某地的子午線與本初子午線在南北極點處相交的角度,就是這個地點的經度。

東經 見「經度」。

西經 見「經度」。

緯度 地球表面南北距離的度數。從赤道到南北兩極各分 90°,分別稱南緯和北緯。通過某地的緯線跟赤道相距若干度,就是這個地點的緯度。

南緯 見「緯度」。

北緯 見「緯度」。

南半球 地球表面赤道以南的部分。

北半球 地球表面赤道以北的部分。

東半球 地球表面從西經 20°起向東至東經 160°之間的部分,包括亞洲、非洲、歐洲、大洋洲等陸地。

西半球 地球表面從西經 20°起向西至東經 160°之間的部分,包括北美洲、拉丁美洲等陸地。

熱帶 赤道兩側南北回歸線(23°6′)之間的地帶。氣候終年炎熱,季節變化不明顯。

亞熱帶 處於熱帶和溫帶之間的過渡地帶。氣溫比溫帶高,有顯著的季節變化。

溫帶 南北回歸線與極圈之間的地帶。氣候比較溫和,季節更替明顯。南、北半球的溫帶,分別稱爲南溫帶和北溫帶。

南溫帶 見「溫帶」。

北溫帶 見「溫帶」。

寒帶 南、北半球極圈以內的地帶。氣候寒冷,無明顯季節變化。近兩極的地方,半年是白天,半年是黑夜。南、北半球的寒帶,分別稱爲南寒帶和北寒帶。

南寒帶 見「寒帶」。

北寒帶 見「寒帶」。

A5−2 名： 世界

世界 全地球所有的地方：周遊世界／世界各國。

寰球 環球 整個地球；全世界。

寰宇 〈書〉寰球；全世界：震撼寰宇。

全球 全世界：名震全球。

天下 指中國或世界：名揚天下／威震天下。

天地 ❶天和地，比喻人們活動的範圍：別有天地／走出個人生活的小天地。❷〈方〉世界；人世：從那天起，他感到天地變了。

宇內 〈書〉四境之內，指天下：一統宇內。

A5−3 名： 地磁·重力等

地磁 地球所具有的磁性。羅盤的指針總是指著南方，就是由於受地磁的吸引。

地磁場 地球及其周圍空間存在的磁場。它的強度和方向隨地點、時間而有變化。

重力 地球對其附近物體的吸引力。力的方向指向地心。物體能落到地上，月亮和人造衛星能圍繞地球運行都是這種力作用的結果。也叫**地心引力**。

地熱 地球內部的熱能。地熱隨深度而增加，可利用作動力來源。也叫**地下熱**。

A5−4 名： 地質·地貌

地質 地殼的物質成分和內部結構。

地殼 地球表層的硬殼，由各種岩石組成。大陸地殼一般厚三十到四十公里，最厚處可達七十公里；大洋地殼厚五到十公里。

地幔 地球內部介於地殼和地核之間的圈層，厚度約二千九百多公里。

地核 地球的中心圈層，半徑約三千四百七十公里。

地層 在地殼發展過程中所形成的各種有層次的岩石層。

斷層 地層受力的作用發生斷裂和相對位移的現象。破裂的面叫斷層面。

地貌 地球表面的各種起伏形態。由內力（地殼運動、火山活動、地震等）和外力（流水、冰川、風、波浪、海流等）相互作用而形成。按形態分為山地、丘陵、盆地、平原、高原等。也稱**地形**。

地勢 地面高低起伏的形勢，如山區地勢較高，平原地勢往往低平開闊。

A5−5 名： 地震

地震 由地球內部變動引起的地殼震動。分為天然地震和人工地震。天然地震按發生原因分為構造地震、火山地震、陷落地震三種。由於工業爆炸、地下核試驗等產生的地殼震動，屬於人工地震。凡地震所造成之地表震動，為人體所能感覺到的稱為有感地震；反之，則為無感地震。

地動 地震的俗稱。

構造地震 由地下岩層破裂引起的地震。這種地震破壞力大，波及範圍較廣。全球地震百分之九十屬構造地震。

火山地震 因火山爆發引起的地震，一般強度較小，波及面也不大。

陷落地震 因地下岩層受水侵蝕，形成溶洞，造成局部地層陷落而引起的地震，強度和波及範圍較小。

震源 地球內部發生地震的地方。離地表深度從幾公里到幾百公里。相同震級的地震，震源愈深，影響範圍愈大，破壞力愈小。

震央 震源正上方的地面叫震央。地震時，震央強度最大，受的災害最重。

地震震級 表示地震本身強度的等級標度。震源釋放的能量越大，地震震級也越大。國際上多採用里克特的震級表，分為十級。五級以上的地震就會造成各種不同程度的破壞。

簡稱**震級**。

地震波　地震發生時所產生的波動,在地球內部或沿地球表面傳播。也叫**震波**。

地震烈度　指地震時在地面上波及的某一特定地點所造成的影響和破壞程度。國際間比較通用的麥加利地震烈度表,分為十二度。簡稱**烈度**。

海嘯　由海底地震或熱帶風暴造成的海面劇烈波動。海水沖上陸地,對沿海地區常造成災害。

A5－6 名：　火山

火山　地殼內部噴出的岩漿等高溫物質堆積成的圓錐形山。頂部常有一個漏斗狀的窪地稱**火山口**。

死火山　人類歷史以前噴發過,但迄今沒有復活過的火山。

活火山　經常或作週期性地噴發的火山。

休火山　長期沒有噴發,但將來可能會噴發的火山。

A5－7 名：　山崩‧滑坡‧雪崩

山崩　陡峭斜坡上的岩塊和土壤受重力作用發生大規模崩裂落塌的現象。山崩的破壞力很大,往往毀壞建築物、堵塞河道或交通路線。

土石流　當暴雨或冰雪消融後,山地常常會產生一種含有大量泥砂、石塊等特殊洪流。它往往突然暴發,具有強大的破壞力。

滑坡　斜坡上浸濕的土石受重力作用整體下滑的運動。滑坡對建築物、道路、農田、露天採礦場等造成危害。

塌方　道路、堤壩旁的陡坡或坑道、隧道的頂部突然坍塌。主要是坡面積水、被雨水沖刷或修築上的缺陷造成的。也叫**坍方**。

雪崩　山地積雪由於本身重量、大風或底部融解等原因而發生的突然崩落現象。常發生在冬末春初開始回暖的時候。大的雪崩有很大的破壞力,造成災害。

A5－8 名：　冰川

冰川　兩極或高山地區沿地面傾斜方向移動的大冰塊。由降落在雪線以上的大量積雪在自身重力和巨大壓力等作用形成。按其所處位置,可分為大陸冰川、山岳冰川和山麓冰川三種類型。也叫**冰河**。

冰蓋　即大陸冰川。是發育在兩極地區,面積和厚度很大,呈蓋層狀連續延伸,並向四周流動的冰川。

冰舌　冰川前端呈舌狀的部分。

冰山　浮在海洋中的巨大冰塊,長可幾里,高一百公尺左右,是兩極冰川末端斷裂、滑落海洋中形成的。

A5－9 名：　地理‧地圖

地理　全世界或各個區域人類活動的自然環境和社會環境(包括地貌、氣候、生物、政治、經濟、文化等方面)的特徵及分布的情況。

地圖　按照一定的法則,用符號和文字顯示地球表面的自然現象和社會現象的地理分布和相互聯繫情況的圖。

輿圖　地圖。

海圖　根據海洋和航海資料編製的用於航海的海洋地圖。

圖籍　〈書〉地圖和戶口簿。

A5－10 名：　風景

風景　一定地域內由山水、花木、冰雪、雲彩等自然景象以及建築物等形成的可供人觀賞的景象:風景優美／杭州西湖的風景,使人十分留戀。

景　風景;景致:美景／西湖十景。

景色　風景;景致:景色動人／泰山景色壯麗。

景物 風景;可供觀賞的事物:景物宜人／登南
　　高峰眺望,杭州景物盡收眼底。

景致 風景;風光:滇池一碧萬頃,景致極佳。

景觀 自然界的景色:考察草原景觀。

風光 風景;景象:北國風光／風光旖旎。

風物 風光,景物:山區風物。

風月 風和月,泛指景色:風月清幽。

山水 泛指有山有水的自然風景:桂林山水甲天
　　下。

奇觀 壯觀而又罕見的景象或奇特少見的事:黃
　　山雲海是天下奇觀。

春光 春天的景致:春光明媚。

春色 春天的景色:滿園春色。

秋色 秋天的景色:秋色宜人。

夜幕 指迷茫的夜間景物,像被一幅大幕罩住一
　　樣:夜幕降臨／夜幕籠罩大地。

A6　海洋·河流

A6－1 名：　海洋

海洋 地球上廣大連續水域的總稱。面積三億
　　六千一百萬平方公里,約占地球表面總面積
　　的百分之七十一。中心部分叫洋,邊緣部分
　　叫海。

洋 地球表面上特殊廣闊的水域,約占海洋總面
　　積的百分之八十九。全球有五個大洋:太平
　　洋、大西洋、印度洋、北冰洋和南大洋(環繞南
　　極大陸的連續水域)。

海 ❶大洋靠近陸地的部分。約占海洋總面積
　　的百分之十一。按其所處位置,可分為邊緣
　　海、地中海和內海。❷有的大湖也叫海,如青
　　海、裡海。

邊緣海 位於大陸邊緣的海,如南海、阿拉伯海
　　等。也叫**陸緣海**。

地中海 處於大陸之間或伸入大陸內部的海。
面積和深度都較大,其海峽與毗鄰海區或大
　　洋相通。如在歐亞非三大洲之間的地中海,
　　中美和南美大陸之間的加勒比海。

內海 深入大陸內部的海。面積小,海水深。僅
　　有狹窄水道與大洋相通。如渤海、波羅的海
　　等。也叫**內陸海**。

海峽 兩塊陸地之間連接兩片海洋的狹窄水道,
　　如臺灣海峽、白令海峽、直布羅陀海峽等。

遠洋 距離大陸遠的海洋:遠洋航行。

重洋 指海洋:遠渡重洋。

煙海 茫茫大海。多用於比喻:浩如煙海。

滄海 大海。因水深常呈青綠色,故稱。

A6－2 名：　大陸架·海底

大陸架 大陸向海洋延伸的部分。開頭坡度較
　　緩,相隔一段距離後,坡度顯著加大,直達海
　　底。坡度較緩的部分,叫大陸架。坡度較大
　　的部分叫大陸坡。也叫**大陸棚;陸架;陸棚**。

大陸坡 見「大陸架」。

海溝 海洋底部狹長的窪地。分布於大洋邊緣,
　　長達數千公里,寬約一百公里,深六千公尺以
　　上,是海洋最深的部分。如太平洋的菲律賓
　　海溝,大西洋的波多黎各海溝。

海底 大陸邊緣以外的深海盆地。深度在四千
　　公尺以下。

海嶺 狹長綿延的海底山脈,坡度陡峻,如大西
　　洋海嶺。也叫**海脊**。

海盆 巨大的海底凹地。周圍被海山包圍,底部
　　平坦,深度在四千公尺以上。

A6－3 名：　海流

海流 海洋中海水有規律的大規模流動。掌握
　　海流運動規律,對發展漁業、航運和預報天氣
　　等有重要意義。也叫**洋流**。

寒流 從高緯度流向低緯度,水溫低於流經區域
　　水溫的海流。寒流使經過的地方氣溫下降、

少雨。

暖流　從低緯度流向高緯度、水溫高於所流經區
　　域水溫的海流。暖流使經過的地方氣溫上
　　升、濕潤。

A6－4　名、動：　潮汐

潮汐　〔名〕由於太陽和月球對地球的引力作用，
　　海洋水面發生的週期性升降現象。一般指海
　　洋潮汐，習慣上稱潮汐。

潮水　〔名〕海洋中以及沿海地區的江河中受潮
　　汐影響而定期漲落的水。

潮　〔名〕潮汐；潮水。

汐　〔名〕夜間的潮。

海潮　〔名〕海洋潮汐的簡稱，即潮汐。

潮流　〔名〕因潮汐而引起的週期性的水流運動。

潮位　〔名〕受潮汐影響而升降的水位。

高潮　〔名〕在潮汐的一個升降週期內，水面上升
　　最高時稱爲高潮。

低潮　〔名〕在潮汐的一個漲落週期內，水面下降
　　的最低潮位。

潮汛　〔名〕一年中定期的大潮。

漲潮　〔動〕潮水逐漸升高。

來潮　〔動〕潮水上漲；漲潮。

退潮　〔動〕海水在漲潮以後逐漸下降。也說**落
　　潮**。

A6－5　名：　波浪

波浪　江、湖、海洋上高低起伏有規律的波動水
　　面：波浪奔騰。

波　波浪：水波不興／滿池綠波。

浪　波浪：風平浪靜／乘風破浪。

風浪　水面上的風和波浪：海面上風浪好大。

浪頭　〈口〉湧起的波浪：船行到浪頭最大的地
　　方。

波峰　水面波動凸起的最高處。

波谷　水面波動凹下的最低處。

波長　相鄰的兩個波峰或兩個波谷之間的長度。

瀾　大波浪；波浪：推波助瀾。

波濤　大波浪：波濤洶湧。

波瀾　波濤：波瀾壯闊。

狂瀾　巨大的波浪。常比喻猛烈的潮流或動盪
　　的局勢：大風掀起狂瀾／力挽狂瀾。

怒濤　洶湧起伏的波濤：怒濤拍岸。

激浪　洶湧急遽的波浪：激浪滔滔。

漣漪　〈書〉細小的波紋：微風吹過，湖面泛起漣
　　漪。

波紋　小波浪形成的水紋：波紋粼粼。

浪花　波浪激起的四濺的水：海浪拍擊著海岸，
　　濺起一陣陣浪花。

A6－6　名：　水域

水域　指海洋、湖泊、河流從水面到水底的一定
　　範圍。

海域　指海洋的一定範圍（包括水上和水下）。

海區　根據軍事需要劃定的海洋上一定的區域。
　　範圍一般用座標標明。

公海　不受沿海國家管轄的各國都可使用的海
　　域。也稱國際海域。

近海　靠近陸地的海域：近海航行。

A6－7　名：　水流・水文

水流　❶流動的水：天然水流／水流暢通。❷
　　江、河等的統稱。

水　指江、河、湖、海、洋：水陸交通。

流　指江河的流水：洪流／上流。

水文　自然界中水的各種變化和運動的情況。

水文站　對河流、湖泊、渠道、水庫等進行水位、流
　　量、含沙量、水的溫度等進行測量工作的機構。

水位　江河、湖泊、海洋、水庫等的水面以及地下
　　水面相對於某個基準面的高度。

水性　指江河湖海的深淺、流速等方面的特點：
　　熟悉長江上流水性。

水情 指河流的水位、流量等情況:查清上游水
　　情的變化。

流量 指流體在單位時間內通過某一橫斷面的
　　體積。一般以每秒立方公尺計。

水道 江、河、溝、渠等水流的通道:疏浚水道。

流程 水流的路程:峽谷水流湍急,每小時流程
　　超過百里。

徑流 雨水降落地面後,除了蒸發的和被土地吸
　　收的以外,沿地面斜坡或滲入地下水面流動
　　而彙集的水流。

地下水 存在於地面以下土壤、岩石的孔隙、裂
　　縫和洞穴中的水。泉水和井水都是地下水。

暗流 指地面下或水面下的水流。

潛流 隱藏在地面下的水流。

伏流 潛藏在地下的水流;地下河流。

流水 流動的水:流水不腐。

活水 有源頭而常流動的水。

死水 不流動的池水、湖水等。

A6－8 名：　河流

河流 沿著狹長的凹地經常或間歇地流動的天然
　　水流。較大的稱江、河、川,較小的稱溪、澗。

江 大河:長江/黑龍江。

河 天然的或人工的大水流:江河/運河/護城
　　河。

河川 大小河流的統稱。

川 河流:高山大川/錦繡山川/川流不息。

河汊 大河旁出的小河:河汊縱橫。

港汊 河汊:分支的小河。

濱 〈方〉小河溝。也用於地名,如沙家濱。

河濱 〈方〉小河流。

內河 在一個國家國土之內的河流:內河航運/
　　內河航道。

內陸河 河水最終不流入海洋而流入內陸湖泊
　　或中途消失在沙漠的河流,如新疆的塔里木
　　河。也叫**內流河**。

界河 兩國或兩地區分界的河流。

A6－9 名：　河道·河口等

河道 指能通航的河流的水道。

河道截彎取直 即指河流的流路縮短和直線化,
　　於是將導致河床的坡度增加,河流將從施工
　　處向源侵蝕直到其河床坡度達到平衡為止,
　　是以河流的河床下降,兩岸的護岸堤基將遭
　　到侵蝕而破壞。而且被截彎截掉的廢河道,
　　因地下水豐富,地基較不穩,如於其上施工建
　　築房屋或超抽地下水,則容易導致倒坍下陷
　　造成危害。

減河 為了減少河流的水量,而另開的河道,以
　　防止河水漫溢或決口。

河曲 河流的彎曲、迂迴的河段。

河套 圍成大半個圈的河道。也指這樣的河道
　　圍著的地方,如黃河流經寧夏橫城堡到陝西
　　府谷縣的一段。

河口 河流流入海洋、湖泊或支流注入主流的地
　　方。

河床 河流所經過的凹地中被水淹沒的部分,隨
　　水位漲落而變化。也叫**河槽;河身**。

河谷 河流所流經的狹長凹地。包括河床和兩
　　邊的坡地。

河灘 河邊水深時淹沒、水淺時露出的地方。

河沿 河流的邊沿。

A6－10 名：　水系

水系 流域內河流、湖泊等各種水體構成的脈絡
　　相通的系統。如長江水系。也叫**河系;河網**。

流域 指一個水系的集水區域或受水面積。相鄰
　　的流域以中間的分水嶺(山嶺或高地)為界。

分水嶺 兩個流域之間的山嶺或高地。也叫**分
　　水線**。

乾流 同一水系中,滙集全部支流的河流。也叫
　　主流。

支流 流入乾流的河流。

岔流 河流乾流下游分出的流入海洋的小河流。也作**汉流**。

汊 分支的小河;汊港:港汊縱橫。也叫**汊子**。

汊港 水流的分支。

上游 河流接近發源地的部分:長江上游。也叫**上流**。

中游 河流的上游和下游之間的一段:長江中游。也叫**中流**。

下游 河流接近出口的部分:長江下游。也叫**下流**。

水網 指縱橫交錯如網的河、湖、港汊或溝渠。

A6－11 名: 溪·澗

溪 山裡的小河溝,也泛指小河溝:小溪清澈見底。也作**谿**。

溪流 山裡流出的小水流。

溪澗 兩山中間的小河溝。

澗 兩山間的水溝:澗流／澗谷。也叫**山澗**。

A6－12 名: 湖泊

湖泊 湖的總稱。

湖 陸地表面窪地積水而成的比較寬廣的水域:洞庭湖／湖光山色。

海子 〈方〉湖。

泊 湖:湖泊／梁山泊。

湖澤 湖泊和沼澤。

淡水湖 水中含鹽量一般不超過千分之一的湖,如太湖、洞庭湖等。

鹹水湖 水中含鹽分多的湖。其含鹽分極高的湖,稱爲鹽湖。

內陸湖 在大陸內部湖水不能流入海洋的湖泊,湖水含鹽分較多,如青海湖。

人工湖 人工修建的湖泊,用以養魚、灌溉、發電、蓄洪以及改善航道等。

蕩 淺水湖:蘆花蕩。

泖 水面平靜的小湖。

淖爾 蒙古語稱湖泊,多用於地名,如羅布淖爾(羅布泊,在新疆),達里淖爾(達里泊,在內蒙古)。

諾爾 即淖爾,多用於地名,如扎賚諾爾(在內蒙古),什里諾爾(在青海)。

A6－13 名: 池·沼

池 蓄水的小坑:養魚池／游泳池。

塘 池:魚塘／荷塘。

池塘 池。

沼 天然的水池:池沼／沼澤。

池沼 天然的較大的水坑。

池子 〈口〉池。

陂 池塘:陂塘／陂池。

葦塘 生長蘆葦的池塘。

潭 深的水池:龍潭虎穴／深潭。

湫 水池;深潭:山湫。

淵 深水;潭:深淵／天淵之別。

深淵 很深的水:萬丈深淵。

A6－14 名: 泉

泉 地下水在適宜的地形、地質條件下流出地面的水流。多分布在山區和丘陵區的溝谷和坡麓。

泉水 在地面天然出露地點流出來的地下水。

泉眼 流出泉水的窟窿。

溫泉 水溫超過 20°C 而又低於 45°C 的泉水。也有把水溫超過當地年平均氣溫的泉稱爲溫泉。溫泉的水多半來自地殼深處,一般常是礦泉。

湯泉 〈書〉溫泉。

冷泉 水溫在當地年平均氣溫以下的泉。泉水是由山中的雪和冰融化而成的。

噴泉 水噴射而出的泉。

間歇泉 按週期噴出水或蒸氣的溫泉。一般分

布在火山活動的地區。

礦泉 泉水含有大量礦物質的泉。一般都是溫泉。

硫磺泉 泉水含有硫化氫的溫泉。用來洗澡,有治療皮膚病的作用。

鹽泉 泉水含有大量食鹽的礦泉,可用來提取食鹽。

飛泉 從峭壁上的泉口噴出的泉水。

沈泉 〈書〉從側面噴出的泉。

A6－15 名：　溝渠·運河

溝渠 爲排水或灌溉而挖的水道。

溝 ❶天然的或人工挖的水道:水溝／陰溝／壟溝。❷地面上像溝一樣的淺槽:車溝／交通溝。

溝子 〈方〉溝。

壕溝 ❶溝;溝渠。❷爲作戰時起掩護作用而挖掘的溝。

壕 壕溝:防空壕／溝滿壕平。

溝瀆 〈書〉溝渠。

溝洫 〈書〉田間排水灌溉的水道。

河渠 河和渠,泛指水道:那一帶河渠密布如網。

渠 人工開鑿的水道:明渠／水到渠成／開一條渠。

渠道 人工開挖的用於引水灌溉的水道。

河溝 一般的小水道。

地溝 地下的溝渠。可灌溉、排水、排污。

山溝 山間的流水溝。

天塹 天然形成的隔斷交通的大壕溝,多指長江:天塹變通途。

運河 人工挖成的用於航行的河道。如我國的大運河和埃及的蘇伊士運河等。

A6－16 名：　水源

水源 ❶河流開始流出和補給的來源,冰川、湖泊、沼澤、泉眼等都是河流的水源。❷生活用水、灌溉用水或工業用水的來源。

河源 河流的源頭。古代特指黃河的源頭。

源 水流起頭的地方:河源／源遠流長／飲水思源。

源頭 水流發源的地方:大河的源頭。

源泉 水的來源。常用於比喻事物的來源或起因:力量的源泉／生命的源泉。也叫**泉源**。

A6－17 名：　洪水

洪水 因大雨或冰雪融化彙集到江河而暴漲的水流,常常泛濫成災。

洪 大水:蓄洪／防洪。

山洪 因大雨或積雪融化,從山上突然傾瀉下來的大水:山洪暴發。

凌汛 江河裡上游的冰雪融化,下游河道尚未解凍而造成的洪水。

洪流 巨大的水流:洪流暴漲／滾滾洪流。

暴洪 突然而來、水勢猛急的洪水。

洪峰 河流漲水期間漲到最高水位的洪水。

水頭 漲大水時洪峰到達的勢頭。

洪災 洪水引起的災害。

A6－18 名：　急流·瀑布·漩渦

急流 流動急速的水流:急流滾滾。□**激流**。

湍流 〈書〉急而迴旋的水流。

奔流 奔騰的流水;急流。

急湍 流得很急的水流。

瀑布 從懸崖陡坡上或河身突然降落的地方傾瀉下來的水流,遠看好像掛著的白布。

漩渦 旋渦 水流旋轉形成的螺旋形:游泳時就怕進入漩渦。

渦 漩渦:水渦。

渦流 流體形成的旋渦的運動。也指漩渦。

泡漩 波浪翻滾並有漩渦的水流。

A6－19 動：　(水)流動

流動 液體流動:河水靜靜地流動。

流　流動:細水長流/一江春水向東流。

流淌　液體流動:溪水嘩嘩地流淌著。

淌　流出;流下:淌汗/淌眼淚/河水順著溝淌進田裡。

瀉　水向下急流:一瀉千里。

傾瀉　大量的水從高處急速流下:瀑布從峭壁上傾瀉而下。

流瀉　液體迅速地流動:泉水在山澗中流瀉。

注　灌;流入:把水注進瓶子裡/江水注入海中。

傾注　由上而下地流入:溪水流過山谷,傾注到小河裡。

奔流　急速地流:大河奔流。

奔瀉　水迅速地往下流:奔瀉千里/江水洶湧奔瀉而來。

奔騰　水向前湧流:洪水奔騰而來。

激流　湍急地流動:大水吼著聲音,激流來了,又激流下去了。

潛流　水在地下流動:河水潛流入地,成了杳無蹤跡的地下河。

湧流　奔流:湧流不息的江水,拍打著兩岸。

匯流　水或其他液體匯合在一起流動:小河匯流成大海。

倒流　水從下游向上游流。也常用於比喻(時間、人口、物資等):奔騰向海的黃河,永不倒流/年光倒流/人口倒流。

合流　河流匯合在一起:嘉陵江在合川和渠江、涪江合流,至重慶注入長江。

瀠洄　水流迴旋:溪水瀠洄。

宣洩　水流出:閘門打開,讓洪水宣洩。

蕩漾　水波一起一伏地動:湖水蕩漾。

翻滾　水上下滾動:白浪翻滾。

翻騰　水上下滾動:波浪翻騰。

A6－20 動: 淤塞‧淤滯

淤塞　河道因泥沙沈積而堵塞:這條河長久失修,早已淤塞。

淤積　水流中的泥沙等逐漸沈積:河道兩旁水土流失,泥沙淤積。

淤　淤積:洪水退後,田地裡淤了一層泥沙。

淤滯　河道因泥沙沈積不能暢通:河道有幾段淤滯了。

沈積　水流中所挾帶的泥土、沙石,因河流流速減慢而下沈堆積:泥沙沈積。

沖積　沙土被水流帶到低窪地帶而沈積:沖積平原。

A6－21 形: 水勢大

澎湃　形容波浪互相撞擊:波濤洶湧澎湃。

滔滔　形容水勢極大:江水滔滔。

滔天　形容波浪極大:白浪滔天。

浩蕩　形容水勢廣闊壯大的樣子:黃河浩蕩奔流入海。

浩瀚　水勢盛大:大海浩瀚無涯。

洶湧　形容水勢猛烈、激蕩:波濤洶湧/洶湧澎湃。

滂湃　水勢浩大:山雨滂湃。

瀲灩　〈書〉形容水波相連:湖光瀲灩。

渙渙　〈書〉形容水勢浩大。

汪洋　形容水勢浩大:汪洋大海/汪洋洪流。

A6－22 形: 水面寬廣

浩淼　浩渺　形容水面遼闊無際:煙波浩淼。

泱泱　〈書〉水面廣闊:江水泱泱。

茫茫　形容遼闊,無邊無際:茫茫大海,遼闊無際/白霧茫茫。

汪汪　〈書〉形容水面寬廣。

溶溶　〈書〉水寬廣的樣子:江水溶溶。

A6－23 形: (水流)急‧慢

湍急　形容水勢急:高山峽谷,水流湍急。

峻急　〈書〉水流急:水勢峻急。

咆哮　形容水流奔騰轟鳴:黃河在咆哮。

滾滾 形容急速地翻騰:長江滾滾向東流／波濤滾滾。

汨汨 水流動的樣子:河水汨汨地流。

潺湲 〈書〉水慢慢流的樣子:流水潺湲。

潺潺 水慢慢流的樣子:小河潺潺地流著。

涓涓 〈書〉細水慢流的樣子:溪水從山谷中涓涓地流出來。

A6－24 動: 漫溢

漫溢 水滿出來,向外流:洪水漫溢。

漫 水滿向外流:河水漫出來。

溢 水滿流出來:河水溢出兩岸。

氾濫 江河湖泊的水溢出來:江河氾濫／河水氾濫成災。

氾 水滿溢出:氾濫。

A6－25 動、名: 漲・落・汛

漲 〔動〕水位增高:水漲船高／河水又漲了許多。

上漲 〔動〕水位上升:潮水開始上漲了。

落 〔動〕下降:洪水落了下去／落潮。

降 〔動〕降低;落下:打開閘門以後,水位降下來了。

下降 〔動〕從高到低:水位下降了一公尺。

汛 〔名〕河流中的定期漲水現象:伏汛／大汛／防汛。

汛期 〔名〕河流定期性漲水的時期。

桃花汛 〔名〕初春桃花盛開時發生的河流漲水。也叫**桃汛**;。

伏汛 〔名〕伏天裡發生的河流漲水。

秋汛 〔名〕秋季由於暴雨或連續陰雨造成的河水上漲。

落槽 〔動〕河流水勢低落歸入河槽:這幾天大水已開始落槽。

平槽 〔動〕江河的水面高達河岸:江水漲得平槽了。

A6－26 形: 乾涸

乾涸 河道、池塘等的水乾竭:久不下雨,小河快乾涸了。

涸 〈書〉乾涸:涸轍(乾涸了的車轍)／不涸的泉流。

枯竭 乾涸;斷絕:湖水枯竭。

涸竭 乾涸;枯竭:河水涸竭。

竭 〈書〉乾涸:山崩海竭／百川將竭。

枯 河流、井等變得沒有水:枯井／海枯石爛。

乾枯 河流、池塘等沒有水:好久沒有下雨,池塘快乾枯了。

A6－27 形: 清・濁

清 純淨,無混雜物:河水清可見底。

清澈 清徹 水清而透明:清澈見底的小溪。

清亮 〈口〉清澈。

澄清 清澈:湖水澄清。

澄 水靜而清。

澄澈 澄徹 清澈透明:河水澄澈見底。

澄瑩 〈書〉清澈明亮:河水澄瑩。

澄湛 〈書〉清亮透明。

明澈 明亮而清澈:池水明澈如鏡。

明淨 明亮而潔淨:秋天的湖水分外明淨。

清凌凌 形容水清澈而有波紋:清凌凌的水,藍盈盈的天。也作**清泠泠**。

混濁 水、空氣等含有雜質,不清潔,不新鮮:河水混濁／空氣混濁。

溷濁 〈書〉混濁:池水溷濁。

渾濁 混濁:這條河的水很渾濁。

渾 渾濁:河水很渾。

混 混濁:一汪帶泥漿的混水。

濁 渾濁:污泥濁水。

污濁 混濁;不乾淨:污濁的水不能飲用／室內空氣很污濁。

A6－28 聲： 水聲

潺潺 水流動的聲音：小溪裡流水潺潺。

淙淙 流水的聲音：泉水淙淙。

汩汩 水流動的聲音：澗水汩汩作響。

嘩 形容水流聲：水嘩嘩地流。

嘩啦 形容水流聲：流水嘩啦嘩啦地響。

洶洶 〈書〉形容水湧流聲：波浪洶洶。

幽咽 〈書〉形容低沈微弱的流水聲：水聲幽咽。

咕嘟 水流湧出聲：山泉咕嚕咕嚕地往外冒。

A7 陸 地

A7－1 名： 陸地

陸地 地球表面除去海洋的部分。總面積約為一億四千九百萬平方公里，約占地球表面總面積的百分之二十九。

陸 陸地：登陸／水陸交通。

大陸 面積廣大的陸地。全球有六塊大陸：亞歐大陸、非洲大陸、北美大陸、南美大陸、澳洲大陸和南極大陸。

大洲 一塊大陸和它附屬島嶼的總稱。全球分為七大洲：亞洲、歐洲、非洲、北美洲、南美洲、大洋洲和南極洲。通稱**洲**。

新大陸 美洲的別稱。十五世紀以後才由歐洲人殖民的，故名。

次大陸 面積比洲小，地理上或政治上有某種程度獨立性的大陸。通常專指南亞次大陸。

內陸 大陸遠離海岸的部分。

A7－2 名： 平原·平地

平原 平均海拔高度小於二百公尺的地表平緩廣闊平地。

原 寬廣平坦的地方：平原／高原。

平地 平坦的土地。

平川 地勢平坦的土地。

一馬平川＊ 能夠跑馬的廣闊平地：這一馬平川的大草原在天空下更顯無邊無際。

平野 廣闊平坦的原野。

原野 距離城市較遠的廣闊平地：列車在原野上奔馳。

莽原 草木茂盛的原野。

草原 溫帶半乾旱地區生有密集草群的大片土地。

雪原 覆蓋著深雪的原野：茫茫雪原。

坪 平地。多指山區和丘陵區局部的平地或平原：草坪／停機坪。

草坪 長野草或鋪草皮的平地。

草地 草坪。也指草原或種植牧草的大片土地。

壩子 我國西南地區稱平原或平地：川西壩子。

岙 浙江、福建沿海一帶稱山間平地（多用於地名）。

坳 山間的小塊平地：山坳。

山坳 山間平地。也叫**山塢**。

盆地 四周被山地或高原圍繞、中間低凹的盆形陸地。可分為構造盆地、火山盆地、侵蝕盆地等。

沖 〈方〉山區的狹長平地：山下有一個很大的沖。

壪 山坳；他的家就在那條壪。

A7－3 名： 高原

高原 海拔較高（在五百公尺以上）、頂面起伏較小，而外圍較陡的大片高地。

臺地 外圍為陡坡的廣闊平坦的高地。

塬 我國西北黃土高原地區因沖刷而形成的高地。四邊有陡坡，頂上比較平坦。

A7－4 名： 窪·坡

窪 凹陷的地方：水窪。

凹 〈方〉窪。用於地名。

窪地 低窪的地方。

塢 周圍高而中間凹的地方：山塢。

坡 地面傾斜的地方：山坡／陡坡／下坡。

山坡 由山頂到山麓中間的傾斜部分。

斜坡 傾斜的地面：走上一個斜坡。

慢坡 坡度很小的坡。□緩坡。

陡坡 傾斜度很大的坡。

A7-5 名： 沼澤·泥沼

沼澤 地表過度濕潤、水草茂密、並有泥碳堆積
的窪地。

澤 水聚匯的地方。也指水草叢生的地方：沼澤
／深山大澤。

草甸子 〈方〉長滿野草的低濕地。

草澤 野草叢生的低濕地方。

泥坑 積滿淤泥的凹陷下去的地方。

泥沼 泥濘的低窪地。□泥塘。

泥淖 爛泥；泥坑：河邊泥淖很深。

淖 〈書〉泥淖。

泥潭 泥坑：深陷泥潭。

A7-6 名： 荒漠

荒漠 ❶氣候乾燥、降水稀少、蒸發量大、植被貧
乏的乾旱地區。占陸地面積的三分之一以上
（包括半乾旱地區在內）。按地表的組成物
質，分為沙漠、岩漠、礫漠、泥漠、鹽漠等。其
中面積最廣的是沙漠。❷指荒涼的沙漠。

沙漠 地面為大面積流沙所覆蓋、氣候乾燥、缺
乏流水、植物稀少的荒漠地區。

漠 沙漠：大漠。

大漠 大沙漠。

沙磧 〈書〉沙漠。

流沙 沙漠地區中不固定的常隨風流動轉移的
沙。

戈壁 粗砂、礫石覆蓋的荒漠。蒙語稱為「戈
壁」，意為「難生草木的土地」。

沙丘 在風力作用下沙粒堆積成的丘狀沙堆，高
度從幾公尺到上百公尺。主要分布在荒漠、
半荒漠地區，海岸、湖濱、河岸也有分布。

綠洲 荒漠和半荒漠地區水源豐富、土地肥沃、
植被繁茂的地方。

A7-7 名： 岸

岸 江、河、湖、海等邊上高出水面的陸地：沿岸／
海岸／兩岸綠樹成蔭。

陂 〈書〉岸；水邊。

濱 水邊；近水的地方：河濱／東海之濱。

畔 （江、湖、道路等）旁邊：江畔／路畔。

涯 水邊：水涯／涯岸／學海無涯。

滸 水邊：水滸。

浦 水邊；河岸：南浦／乍浦(地名)。

A7-8 名： 沙灘·沙洲

沙灘 水中或水邊由沙子淤積成的陸地。

灘頭 河、湖、海岸邊的沙灘。

灘 ❶河、湖、海邊泥沙淤積成的平地：海灘／灘
地／鹽灘。❷河中水淺石多而水流急的地方：
暗灘。

河灘 河邊由泥沙淤積而成的地方。

淺灘 海、湖、河中水淺而泥沙淤積的地方。

河漫灘 河床以上至岸邊常被洪水淹沒、由泥沙
淤積而成的平地。

沙嘴 在低海岸或河口附近由泥沙堆積成的與
陸地相連的前端突出水中的沙灘。

洲 河流中由沙石、泥土淤積而成的陸地：綠洲／
三角洲。

沙洲 江河裡或靠近海岸的淺海中由泥沙堆積
而成的陸地。

三角洲 在河流流入海洋或湖泊的地方，因流速
減低，河水所含的泥沙在河口或外海濱堆積
而成的平原。一般呈三角形。

壩 〈方〉沙洲；沙灘。

渚　〈書〉水中的小洲。

汀　〈書〉水中或水邊的平地；小洲：汀洲／綠汀。

沚　〈書〉水中的小洲。

坻　〈書〉水中的小洲或高地。

A7－9 名：　海岸・海灘

海岸　鄰接海洋邊緣的狹長陸地。

海岸線　海水面與陸地面的分界線。通常指多
　　年平均高潮時海水到達的界線。

海灘　海邊的沙灘。

海涂　河流入海處或海岸附近泥沙沈積而成的
　　淺海灘。可以圍墾。也叫灘涂。

涂　海涂：圍涂造田。

A7－10 名：　島嶼

島嶼　海洋、湖泊或江河中四面環水、面積比大
　　陸小的陸地。

島　通常稱較大的島嶼。

嶼　通常稱較小的島嶼。

半島　海、河、湖中三面臨水、一面連接大陸的陸
　　地，如山東半島、雷州半島等。

群島　海洋中彼此相距很近的許多島嶼，如西沙
　　群島、舟山群島等。

列島　指線形或弧形排列的群島，如澎湖列島。

島弧　指弧形排列的群島，如千島群島、菲律賓
　　群島。

大陸島　由大陸分離出來的島嶼。原為大陸的
　　一部分，後因沈降與大陸相隔成島，如臺灣
　　島、海南島。

火山島　海底火山噴發物堆積露出海面形成的
　　島嶼，如太平洋北部夏威夷群島的大部分島
　　嶼。

珊瑚島　由珊瑚蟲的骨骼堆積成的島嶼。我國
　　南海諸島多為珊瑚島。

沖積島　在湖泊、河流、河口或海洋的近岸地帶
　　中由沙、黏土等鬆散物質堆積而成的島嶼，如
中國大陸長江口的崇明島。

A7－11 名：　海灣
（參見 J8－5 港口）

海灣　海洋伸入陸地的部分，如大連灣、波斯灣、
　　哈得孫灣。

港灣　自然的或人工的防風、防浪的海灣，便於
　　船隻停泊、修理或臨時避風。

港　港灣：深水港／不凍港。

灣　海灣：膠州灣。

海港　海邊供船舶停泊的港口。

A7－12 名：　礁石

礁石　海洋或大江大河中露出水面或隱在水下
　　凸起的岩石。

礁　礁石：暗礁／觸礁。

暗礁　江、河、海洋中隆起而不露出水面的礁石，
　　是航行的障礙。

珊瑚礁　熱帶海域淺水地段的石灰岩礁，主要由
　　珊瑚蟲的骨骼堆積而成。

A7－13 名：　地峽・岬角

地峽　連接兩塊大陸或分隔兩片海洋的狹窄陸
　　地，如蘇伊士地峽、巴拿馬地峽。

岬角　伸入海、湖、河中的陸地尖角，如山東半島
　　的成山角、非洲的好望角。

岬　岬角。多用於地名，如成山岬（也叫成山
　　角）。

角　岬角。多用於地名，如好望角（在非洲）。

A7－14 名：　山（一般）

山　陸地表面高度較大、坡度較陡的隆起高地：
　　一座山／山高水長。

山地　地勢相對高起、表面起伏大而多山的遼闊
　　地區。

山嶺　呈長條形延伸的山。

山脈　像脈絡似的沿一定方向延伸,成行列的山嶺系統,如雪山山脈。

山系　成因上有聯繫的幾條平行的山脈,如喜馬拉雅山系、天山山系。

山巒　連綿的群山:山巒起伏。

嶺　❶頂上有路可通行的山:翻山越嶺／崇山峻嶺。❷指高大的山脈,如秦嶺、大興安嶺。

岫　〈書〉❶山;峰巒。❷山洞:白雲出岫。

山頭　山的上部;山頂。

山頂　山的最高處:翻過山頂。

巔　山頂:站在高山之巔。

山脊　山嶺的凸棱部分,形如獸類背脊梁骨。也叫**山梁**。

岡　較低而平的山脊:岡巒／景陽岡。

山腰　距山腳和山頂大約一半的地方。

山腳　山下部接近平地的部分。

山根　〈口〉山腳。

山麓　山腳。

麓　〈書〉山腳:山麓。

陬　〈書〉山腳;角落:山陬。

山嘴　山腳伸出去的尖端。

山口　山與山之間較低、且可通行的地方。

山險　山勢險要的地方。

童山　沒有草木的山:童山禿嶺。

冰山　冰凍長年不化的大山。

雪山　長年覆蓋積雪的山。

A7－15 名：　山濤‧丘‧陵

山嶽　高大的山。

嶽　高大的山:三山五嶽／東嶽泰山。

山陵　〈書〉山嶽。

丘　小土山;土堆:小丘／土丘。**山丘**。

陵　大的土山。

丘陵　連綿成片的低小山丘:丘陵起伏。

山包　〈方〉小山。

巒　連綿的或小而尖的山。也泛指山:山巒起伏／重巒疊嶂。

山岡　不高的山。也叫**山岡子**。

岡子　不高的山或高起的土坡:土岡子。

岡　岡子:黃土岡兒。

岡陵　山岡和丘陵:岡陵起伏。

岡巒　連綿的山岡:岡巒起伏。

圪墶　**圪塔**　小土丘。

墚　我國西北地區稱條狀的黃土丘陵。

峁　我國西北地區稱頂部平緩、斜坡陡峭的黃土丘陵:山峁／一道峁。

A7－16 名：　山峰

山峰　山上部突出的尖頂。

峰　山峰:主峰／頂峰。

頂峰　最高的山頭:登上頂峰。

高峰　高的山峰:聖母峰是世界第一高峰。

主峰　一條山脈的最高峰。

險峰　險峻的山峰:敢於攀登險峰。

嶂　矗立像屏障的山峰:層巒疊嶂。

A7－17 名：　山崖

山崖　山陡立的側面:山崖險峻。

崖　山或高地陡立的側面:山崖／懸崖。

懸崖　又高又陡的山崖:懸崖峭壁。

雲崖　高入雲端的山崖。

絕壁　極陡峭、無路攀登的山崖:懸崖絕壁。

峭壁　像牆一樣陡立的山崖:峭壁懸崖。

削壁　像削過一樣直立的山崖:懸崖削壁。

巉岩　〈書〉險峻的山岩:巉岩壁立。

A7－18 名：　谷‧壑

谷　兩山或兩塊高地中間的狹長凹地:峽谷／河谷／深谷。

谷地　向一定方向傾斜的長條狀凹地,如山谷、河谷。

山谷　兩山中間低凹的流水道或狹長地帶。

峪　山谷。多用於地名,如馬蘭峪、沙石峪。

峽　兩山夾水的地方。多用於地名,如三門峽、長江三峽。

峽谷　兩旁有峭壁的深而狹長的山谷。也指河溪流經的高而深的山谷:深山峽谷。

幽谷　幽深的山谷:密林幽谷。

壑　山溝;大水坑:千山萬壑。

溪壑　〈書〉山間的溝壑。

溝壑　山溝:溝壑縱橫。

A7-19 名: 洞穴

洞穴　在地下有孔道與地面連通的空洞,或在山坡、山崖側面上的空洞:堵塞老鼠洞穴。

洞　洞穴:地洞/山洞/岩洞。

窟　洞穴:石窟/山窟/狡兔三窟。

洞子　〈口〉洞穴:鑽洞子。

峒　山洞;石洞。

岩洞　岩層中被地下水侵蝕沖刷而形成的大而深的洞穴。

溶洞　石灰岩等可溶岩體的層面或裂隙被含有二氧化碳的地下水溶蝕而形成的洞穴。

石筍　溶洞底部向上直立形如筍狀的物體,與鐘乳石上下相對。是由洞頂滴下的水滴中所含的碳酸鈣沈澱堆積而成的。

鐘乳石　溶洞頂部下垂的形如冰柱的物體,與石筍上下相對。是由含碳酸鈣的水溶液從洞頂往下滴時,因水分蒸發凝結而成。也叫石鐘乳。

A7-20 形: 廣闊·狹隘

廣闊　廣大寬闊:廣闊的天地/廣闊的原野。

廣　(面積、範圍)大;寬闊:地廣人稀。

廣大　(面積、空間)寬闊:廣大的田野。

寬廣　面積或範圍大:寬廣的大草原。

寬闊　面積或範圍大:草坪寬闊平坦。

寬展　寬闊:寬展的院落。

寬曠　寬廣空曠:寬曠的原野。

寬敞　寬闊;寬大:寬敞的庭院/場地寬敞。

開闊　寬廣:開闊的廣場/開闊的天空/江面開闊。

廣漠　廣大空曠:沙灘廣漠無邊。

空曠　地方廣闊,沒有遮攔物:空曠的原野/空曠的江面。

空廓　地方廣闊而空蕩蕩的:空廓的大院落/廣場沒有行人,顯得非常空廓。

空闊　地方極為廣大寬闊:海天空闊/空闊的廣場。

遼闊　寬廣;空曠:幅員遼闊。

空落落　空曠而冷清:街上空蕩蕩的。□空蕩蕩。

無邊　沒有邊際:一望無邊的大海。

無際　沒有邊際:無邊無際。

無垠　〈書〉遼闊無邊:一望無垠。

蒼茫　空闊遼遠,沒有邊際:蒼茫大地/林野蒼茫。

蒼莽　蒼茫:山川蒼莽。

蒼蒼　蒼茫:海山蒼蒼/天蒼蒼,野茫茫。

莽莽　形容廣闊無邊:莽莽蒼蒼的原野/莽莽群山。

迷茫　遼闊而看不清:天色昏暗,荒原一片迷茫。

壙埌　〈書〉形容原野廣闊:壙埌之野。

一望無際*　一眼望不到邊際,形容非常遼闊。

漫無邊際*　無邊無際,形容非常廣闊。

狹隘　狹窄,寬度小:狹隘的小道。

狹窄　寬度小;狹小:山路崎嶇狹窄。

湫隘　〈書〉低窪狹窄:住處湫隘/湫隘的小巷。

褊狹　〈書〉狹小;狹隘:土地褊狹。

A7-21 形: 平坦

平坦　(地勢)沒有高低凹凸:平坦的大道/地勢平坦。

平整　（土地）平坦整齊：一片平整的農田／路面平整。

平緩　（地勢）平坦，傾斜度小：這一帶地勢平緩。

平展　（地勢）平坦寬廣：平展的大草原，一望無際。

平衍　〈書〉平展：地勢平衍。

坦蕩　平坦寬闊：道路坦蕩。

A7－22 形：　崎嶇

崎嶇　形容地勢或道路高低不平：崎嶇的山路。

坎坷　土地、道路高低不平：山路坎坷不平。

坑坑窪窪　形容地面或器物表面高低不平：路面坑坑窪窪，車輛行駛困難。

疙疙瘩瘩　〈口〉表面不平滑：這條路上盡是石子、土塊，疙疙瘩瘩的，眞難走。

陂陀　〈書〉不平坦：山路陂陀。

A7－23 形：　低窪・泥濘

低窪　地凹陷下去比四周低：地勢低窪／低窪的地區。

窪　低窪：這塊地太窪。

窪陷　地面向下凹陷：地勢窪陷不平。

泥濘　有爛泥難走：道路泥濘。

A7－24 形：　高峻・陡峭

高峻　（山勢、建築物等）高聳陡峭：山峰高峻，不易攀登／高峻的寶塔。

陡峻　（地勢）高而陡：河谷兩岸陡峻。

峻峭　（山）高而陡：峰岩峻峭。

峻　〈書〉山高而陡峭：崇山峻嶺／峰峻而險。

峭　山勢陡直：峭壁／峭立。

峭拔　山又高又陡：山勢峭拔。

崢嶸　❶形容山勢高峻：奇峰崢嶸。❷比喻才氣、經歷等不平凡：頭角崢嶸／崢嶸歲月。

突兀　高聳的樣子：懸崖峭壁，突兀凌空。

巍巍　高大的樣子：巍巍景岡山。

巍峨　山或建築物高大的樣子：巍峨的群山／巍峨的天安門城樓。

巍然　山或建築物高大雄偉的樣子：六和塔巍然屹立在錢塘江畔。

崔巍　（山、建築物）高大雄偉：山勢崔巍。

崔嵬　高大：古老的泰山越發顯得崔嵬了。

陡　坡度大，近於垂直：陡坡／那座山陡得很。

陡峭　山勢等高而坡度近於垂直：陡峭的絕壁／山崖陡峭。

險峻　山勢又高又險：山路險峻。

巉峻　〈書〉形容山勢高而險：雲崖巉峻。

嶙峋　（山峰、岩石）突兀高聳：石峰嶙峋。

嵯峨　〈書〉山勢高峻：岩石嵯峨。

峻嶒　〈書〉形容山高峻突兀：靑峰峻嶒。

A7－25 動：　聳立・綿延・環抱

聳立　（山、建築物等）高高地直立：靑山聳立在大江兩岸／紀念碑聳立在廣場中央。

矗立　高而直地立著：山中石峰矗立，絕頂凌空／高樓矗立在大街兩旁。

陡立　陡直地立著：公路兩邊峭壁陡立。

壁立　山崖等像牆壁一樣直立著：壁立群峰。

兀立　直立：一座石山兀立江心。

峙　〈書〉聳立；屹立：兩座石壁巍巍並峙。

對峙　相對而立：兩山隔江對峙。

峙立　聳立：一山峙立江邊。

高聳　高高地直立：兩峰高聳入雲／基地周圍高聳著鷹架。

突起　凸出地面直立著：奇峰突起。

綿延　不斷地延續：長白山綿延千里。

綿亙　（山脈等）接連不斷：一段古長城遺址，綿亙在大靑山、烏拉山靠南邊的山頂上。

連亙　（山脈等）接連不斷：連亙不斷的山嶺。

橫亙　（山脈、橋梁等）橫著延續：天山橫亙準噶爾盆地和塔里木盆地之間，把新疆分爲南北兩半／一座石橋橫亙在前面。

環抱　圍繞(多用於自然景物):那裡四圍是山,
　　環抱著一潭綠水。

拱抱　(山巒)環繞;環抱:群山拱抱。

拱衛　在周圍保衛:衆星拱衛北辰／那拱衛在泰
　　山膝蓋下的無數小饅頭,卻是徂徠山等許多
　　著名的山嶺。

拱　環繞:群山環拱／衆星拱月。

A7－26 形：　連綿‧逶迤

連綿　聯綿　形容(山脈、雨雪等)接連不斷:大小
　　山丘連綿不絕／連綿小雨。□綿連　綿聯。

綿綿　形容(山脈、雨雪等)連續沒有間斷:綿綿
　　無盡的遠山／陰雨綿綿。

逶迤　委蛇　〈書〉形容山脈、河流、道路等曲折綿
　　延:山嶺逶迤。

迤邐　曲折連綿的樣子:山脈迤邐向北延伸。

曼延　連綿不斷:山徑曼延曲折。

蜿蜒　(山脈、河流、道路等)曲折延伸的樣子:羊
　　腸小道沿著山峰蜿蜒而上。

盤陀　盤陁　〈書〉曲折迴旋:山裡盡是盤陀路。

盤曲　蟠曲　〈書〉迂迴曲折:山路盤曲。

曲裡拐彎　〈口〉彎彎曲曲:山溝裡的小路曲裡拐
　　彎的。

A8　時　間

A8－1 名：　時間

時間　❶物質運動過程的持續性和順序性(參見
　　A1)。❷有起止的一段時間:地球自轉一周的
　　時間是二十四小時／完成這項工程約需兩年
　　時間。❸時間裡的某一點:我按約定的時間
　　去拜訪他。

時候　❶指某一段時間:我在美國工作的時候,
　　認識了他。❷指時間裡的某一點:到時候請
　　叫我一聲。

早晚　時候:飛機只需一個多小時,他這早晚該
　　到了。

時　❶時候;時間:讀書時,要專心致志／等候多
　　時。❷指較長的一段時間:古時／唐時／年輕
　　時。❸規定的時間:按時起身。

時光　❶時間;光陰:時光過得眞快。❷時候:黎
　　明時光。

辰光　〈方〉時候。

時刻　❶時間;時候:關鍵時刻／難忘的時刻。
　　❷每時每刻:這件事我時刻記在心中。

時日　時間;時間和日期:拖延時日／你把時日
　　記錯了。

時分　時候:黃昏時分。

工夫　❶時間;時候:我要按時到校,沒工夫和你
　　多談／你有工夫常來坐啊! ❷做事所費的時
　　間和精力:整理這些稿件,還要兩天工夫。

天時　指時候:天時尚早,不如出去散散步。

天兒　一天中的某一時間:天兒還早呢!

年華　時光;年歲:虛度年華／青春年華。

年光　時光;光陰:珍惜年光。

日子　時間:日子過得眞快／你出門有些日子
　　了。

歲月　日子;年月:漫長的歲月／難忘的歲月。

年月　指某一時間;日子:出生年月／這是什麼
　　年月的事,他已記不清楚。

光陰　時間:一寸光陰一寸金／虛度光陰。

韶光　美好的春光,比喻青春年華:韶光飛逝。

韶華　〈書〉韶光。

流光　光陰;歲月:流光易逝。

流年　〈書〉時間:似水流年。

A8－2 名：　時期

時期　較長的一段時間(多指有某種特徵的):辛
　　亥革命時期／少年時期。

期　一段時間;時期:哺乳期／青春期。

初期　開始的一段時期:建國初期。

早期 某個時代、某個過程或某個人一生的較早
　　階段：早期白話／早期肝癌／他早期致力於白
　　話詩寫作。

前期 某一時期某一過程的前一階段：資本主義
　　社會前期／前期工程。

中期 某一時期、某一過程的中間階段：十九世
　　紀中期／麥田中期管理。

後期 某一時期、某一過程的後一階段：抗日戰
　　爭後期／後期工程。

晚期 某一時代、某一過程或某個人一生的最後
　　階段：封建社會的晚期／他的病已經到了晚期
　　／他晚期從事古文字研究。

末期 最後的一段時期：上世紀末期。

長期 很長時期：長期準備／長期貸款／長期下
　　基層工作。

短期 短時期：長期打算，短期安排／短期訪問。

同期 同一個時期：產量超過歷史同期最高水
　　準。

A8－3 名： 時代

時代 ❶根據經濟、政治、文化等狀況劃分的歷
　　史時期：新石器時代／封建時代／五四時代。
　　❷個人一生中的某個時期：少年時代／學生時
　　代。

代 時代；歷史的分期：當代／近代／古代。

年代 ❶時代：戰爭年代／人民當家做主的年
　　代。❷泛指時期：古老的年代／這已是年代很
　　久的事了。❸每一世紀中從「○」到「九」的十
　　年，如一九九○～一九九九是二十世紀九十
　　年代。

世代 （許多）年代。

年間 指某個時期、某個年代裡：早年間／唐朝
　　貞觀年間。

時世 時代：時世久遠。

世 時代：近世／當世／盛世／不可一世。

年頭兒 時代：這年頭兒不時興老一套了。

年月 〈口〉時代：那年月，混碗飯吃真不容易。

古代 離現代較遠的時代。我國歷史分期上通
　　常指鴉片戰爭以前的時代：古代文化／古代遺
　　迹。

古 古代：上古／古已有之。

今 現代：今人／厚今薄古。

史前 沒有文字記載的遠古：史前時代。

洪荒 混沌蒙昧的狀態，也指太古時代：洪荒時
　　代。

太古 最古的時代：太古時代的人還沒有開化，
　　過著茹毛飲血的生活。

遠古 遙遠的古代：這是一片從遠古時代就已存
　　在的原始森林。

上古 較早的古代，在我國歷史分期上多指商周
　　秦漢時期。

中古 較晚的古代，在我國歷史分期上通常指魏
　　晉至隋唐時期。

近古 最近的古代，在我國歷史分期上通常指
　　宋、元、明、清（至十九世紀中葉）時期。

近代 距離現代較近的時代，在我國歷史分期上
　　通常指十九世紀中葉到五四運動的時期。□
　　近世。

晚世 〈書〉近代。

現代 現在的時代。我國歷史分期上通常指五
　　四運動到現在的時期：現代文學／現代建築。

當代 當今這個時代：當代中國／當代文學。□
　　今世。

後代 某一時代以後的時代：我國古代燦爛的文
　　化對後代有深遠的影響。□**後世**。

中葉 一個世紀或朝代等的中期：十九世紀中葉
　　／唐代中葉。

末葉 一個世紀或朝代等的最後一段時期：19世
　　紀末葉／清朝末葉。

末世 一個歷史階段的末期：封建末世。

A8－4 名： 朝代

朝代 同一世系帝王或某一帝王的統治時期。

中國的朝代

朝代名	起訖年代	朝代名	起訖年代
五帝	約前 26 世紀初～約前 21 世紀初	陳	557～589
夏	約前 21 世紀～約前 16 世紀	北朝	386～581
商	約前 16 世紀～約前 11 世紀	北魏	386～534
周	約前 11 世紀～約前 256	東魏	534～550
西周	約前 11 世紀～前 771	西魏	535～556
東周	約前 770～前 256	北齊	550～577
春秋	前 770-前 476	北周	557～581
戰國	前 475～前 221	隋	581～618
秦	前 221～前 206	唐	618～907
漢	前 206～西元 220	五代	907～960
西漢	前 206～西元 25	後梁	907～923
東漢	西元 25～220	後唐	923～936
三國	220～280	後晉	936～947
魏	220～265	後漢	947～950
蜀	221～263	後周	951～960
吳	222～280	宋	960～1279
晉	265～420	北宋	960～1127
西晉	265～317	南宋	1127～1279
東晉	317～420	遼	907～1125
南北朝	420～589	西夏	1032～1227
南朝	420～589	金	1115～1234
宋	420～479	元	1206～1368
齊	479～502	明	1368～1644
梁	502～557	清	1616～1911

現也泛指某一歷史時代。

朝　朝代:漢朝／唐朝／康熙朝／改朝換代。

代　朝代:秦代／宋代／末代皇帝。

王朝　朝代或朝廷:封建王朝。

皇朝　王朝(封建時代稱本人所在的朝代)。

勝朝　〈書〉指前一個朝代(爲敵方戰勝而遭滅亡的朝代):勝朝遺老。

末代　一個朝代的最後一代:末代皇朝／末代皇帝。

末年　歷史上一個朝代或一個君主在位的最後一段時期:唐朝末年／康熙末年。

歷代　過去各個朝代:歷代名人／歷代書畫作品。

A8－5 名: 歷史

歷史　❶自然界和人類社會的發展過程,也指某種事物的發展過程:學習中國歷史和世界歷史／研究中國醫學的歷史。❷個人的經歷:他

有一段光榮的歷史。❸過去的事：這件事早已成爲歷史，不要再多談了。❹對歷史的文字記載：文學和歷史一樣，都是時代的印記／他寫過一部關於國內戰爭的歷史。❺指歷史學科。

史 歷史，自然界和人類社會的發展過程：近代史／社會發展史／美術史／史無前例。

史實 歷史事實：創作歷史劇要有史實根據。

史事 歷史事實：寫劇本不是考古和研究歷史，和史事是可以有所出入的。

史迹 歷史的遺迹：革命史迹。

國史 一國或一個朝代的歷史。

信史 記載確實的歷史。

A8－6 名： 過去

過去 指現在以前的時間：他比過去瘦多了／過去的荒山如今成了果園。

從前 過去的時候，以前：從前，我們常在一起玩。

以往 過去；從前：他精力比以往差了。□已往。

先前 過去；從前：我們的校舍比先前寬敞得多了。□早先。

從先 〈方〉從前。

原先 從前；起初：這所學校原先藏書很多／我家原先有六口人，現在只有母親和我兩個了。

往日 從前；過去的日子。

往常 以往；過去的平常的日子：他像往常一樣，工作很積極。

向日 〈書〉往日。□向時。

往昔 從前：他的作風一如往昔。□昔日。

昔 從前：今昔對比／撫今追昔。

平昔 往常；以前：這裡的情況已和平昔不同了。

疇昔 〈書〉從前。

往年 以往的年份：今年夏收比往年好。

昔年 〈書〉往年；從前。

日前 幾天以前：日前我收到他一封信。

早年 多年以前，指人年輕的時候：他早年留學法國。

早歲 〈書〉早年。

老年間 〈口〉從前；古時候。

當年 指過去某一時間：想當年。

當時 指過去發生某事的時候。□當日。

當初 ❶指過去發生某件事情的時候：早知今日，何必當初？❷泛指從前：當初這裡是一片荒灘。

舊時 過去的時候；從前：他是我舊時的好友。

舊日 過去的日子：我常回憶起我們間舊日的情景。

一向 指過去的一段時間：他身體一向都不大好。

以來 表示從過去某時直到現在的一段時間：年初以來／有史以來。

有生以來* 從出生到現在。

剛才 指說話以前不久的時間：這是剛才發生的事／剛才誰來了？

方才 剛才：方才的情形，你都看到了。

適才 方才（多見於早期白話）。

頃 〈書〉不久以前；剛才：頃接來信。

A8－7 名： 現在

現在 這個時候，指說話的時候，活動正在進行或事情正在發生的時候，有時也包括前後的一段時間（區別於「過去」、「將來」）：現在是吃早飯的時候／我現在就去。

現時 現在；當前：現時農貿市場正是旺季。

現下 現在；目前：現下農民富了，都要蓋新房。

目前 指說話的時候；現在：目前是春耕大忙時節。□目下；眼前。

眼下 目前；現在：這件事眼下還沒有時間處理。也說眼底下。

刻下 目前；眼下。

如今 現在（指時間較長的）：昔日的荒灘如今已

建成一個現代化企業。□於今。

現　現在;此時:現階段/現有的資料。

現今　現在;如今:現今社會。□目今。

今　現在:從今以後/今冬明春/今昔對比。

今天　現在;目前:今天的世界/今天的中國。

而今　〈書〉如今。

今朝　現在:數風流人物,還看今朝。

當前　目前;現階段:當前的任務。

當今　如今,現時:當今世界。

A8－8　名：　將來

將來　現在以後的時間:現在學好本領,將來才能為國家多作出貢獻/我們國家的將來光輝燦爛。

未來　將來;快要來到的時刻:展望未來/未來世界/我們對未來滿懷信心。

來日　未來的日子;將來:來日方長。

他日　〈書〉將來的某一天或某一時期。

異日　〈書〉他日;過幾天:願異日能再相見。

日後　將來;以後:你日後有什麼困難,可隨時來找我。

往後　從今以後;將來:往後的日子,得好好安排。

過後　往後:這事先擱一下,過後再說。

明天　指不遠的將來:展望美好的明天。

今後　從今以後:我今後更要努力學習。

日內　最近幾天裡:日內將要降溫,天氣要冷得多。

不日　幾天之內:不日啟程。

改天　以後不遠的某一天:我改天再來。也說改日。

過天　〈方〉改天:這事過天再說吧。

二天　〈方〉改天;過一兩天:我二天再來看望您。

早晚　〈方〉泛指將來的某個時候:你早晚上街給我帶買一個。

有朝一日＊　將來有一天。

A8－9　名：　古來

古來　自古以來;從來:勤儉古來就被視為一種美德。□自古。

亙古　〈書〉從古以來:亙古至今。

曠古　〈書〉自古以來:曠古未有。

古往今來＊　從古時到現在。

開天闢地＊　古代神話說盤古氏開天闢地,從此才有世界和人類。後來用「開天闢地」指有史以來第一次。

A8－10　名：　近來

近來　過去不久到現在的一段時間:近來天氣晴和。

近日　才過去的幾天;近來:近日工作較忙。

日來　近幾天來:日來忙於公務。

邇來　〈書〉近來。□比來。

最近　說話前後不久的日子:最近我去了黃山/最近我將去黃山。

新近　不久以前的一段時期:新近出版了一批外國文藝書。

晚近　最近若干年來:女子踢足球在中國是晚近才有的事。

新　新近:新落成的高樓/這套叢書是新出版的。

年來　一年以來;近年以來:旅遊事業年來有很大發展。

A8－11　名：　當天・同時

當天　同一天:當天的事當天做完/這件事我們當天就說定的。□當日。

即日　〈書〉❶當天:即日啟程/即日起報名。❷在最近幾天內:本片即日放映。

連夜　當天夜裡:接到電話,他連夜趕回廠裡。

同時　同一個時候:他們倆同時都來了/在加快進度的同時,必須注意工程品質。

A8－12 名、副、形：　平時・日常

平時〔名〕一般的、通常的時候（區別於特定的或特指的時候）：我平時住在學校，星期六才回家。

平常〔名〕平時：他平常很少出去。

平日〔名〕平常的日子（區別於特定的日子，如假日、節日）：平日我都搭這班車回學校。□**素日**。

平素〔副〕平時；素來；一向：他平素生活簡樸。

平生〔副〕從來；平時：他平生克己奉公，受到大家尊敬。

素常〔副〕平時；向來：素常他到十二點鐘才睡。

日常〔形〕屬於平時的：日常生活／日常開支。

經常〔形〕平時；日常：經常的工作／經常費用。

A8－13 名：　短時間

一會兒　很短的一段時間：你等著，我一會兒就來。

一忽兒〈方〉一陣子。

一下　極短暫的時間；一陣子：天一下冷，一下熱／請等一下。也說**一下子**。

片刻　極短的時間；一陣子：請稍等片刻。□**片時**。

頃刻　極短的時間：頃刻之間／頃刻黑雲密布。

一刻　很短的時間；片刻：一刻千金／機器一刻也不能停。

一時　❶短時間：一時半刻／一時的現象。❷一個時期：此一時，彼一時／風行一時。

一陣　一段較短時間：閒了一陣兒，又要忙了。也說**一陣子**。

一瞥　很快地看一下，比喻極短的時間：在一瞥間，馬已躍過了小河。

一瞬　一轉眼間，比喻極短的時間：一瞬即逝／一瞬千里。

俄頃〈書〉很短的時間；一陣子：俄頃，雲散，月從山頭升起。

俄而　短暫的時間：俄而紅光一亮，火頭就從濃煙中竄出來。

須臾〈書〉極短的時間；片刻：須臾間，太陽從東方升起。

有頃〈書〉過了一陣子；片刻：沈思有頃。□**少時**。

少頃　片刻，一陣子：少頃，門幕一掀，她出場了。

瞬息　一眨眼、一呼吸的極短時間：瞬息萬變／天邊落下一顆流星，瞬息間消失了。

寸陰〈書〉日影移動一寸的時間，指極短的時間：寸陰尺璧。

分陰〈書〉日影移動一分的時間，指極短的時間：古人惜寸陰，我們應該惜分陰。

朝夕　早晚之間，指非常短的時間：只爭朝夕。

旦夕　早上與晚上，指非常短的時間：危在旦夕。

一旦　一天之間：十年辛苦毀於一旦。

分秒　一分一秒，指極短的時間：分秒必爭。

不久　指較短的時間：不久，他將到上海辦事／這是不久以前的事。

剎那　極短的時間：在兩人目光相遇的剎那，我們互相諒解了。

一剎那　極短的時間：在這一剎那之間，他頭腦裡產生了一種幻想。也說**一剎**。

剎那間　極短的時間過程：流星剎那間便溜了過去。

俯仰之間*　一低頭一抬頭的時間，比喻極短暫的時間。

指顧之間*　用手一指或回頭一看的瞬間，指時間很短。指：用手指；顧：回頭看。

A8－14 形、副：　時間短

短〔形〕空間或時間的兩端之間的距離小：工期短，任務重／北方冬季日照時間短。

短促〔形〕時間極短；限期短促／因為時間短促，我沒有向你道別。

短暫 〔形〕時間短:短暫的一生／途中作短暫的停留。

急促 〔形〕時間短促:時間急促,不能等他了。

局促 〔形〕時間短促,時間少:三天太局促,怕來不及趕回。

轉眼 〔副〕表示時間極短或時間過得很快:轉眼暑假過去了／他跑得很快,轉眼不見蹤影了。

轉瞬 〔副〕〈書〉轉眼:轉瞬即逝／離開北京,轉瞬已是一月。

眨眼 〔副〕〈方〉表示時間極短:眨眼之間就到了山下。

轉臉 〔副〕〈方〉表示時間極短:他怎麼轉臉就改變了主意。

彈指 〔副〕〈書〉用彈動手指的動作表示時間短暫或過得很快:彈指間三十年過去了。

旋踵 〔副〕〈書〉把腳跟轉過來,表示時間短暫:旋踵即逝。

不旋踵 〔副〕〈書〉來不及轉身,形容時間極短。

一晃 〔副〕很快地一閃動,表示時間過去很快:時間過得真快,一晃就是十年。

既而 〔副〕〈書〉表示前文所說的情況或動作發生後不久:既而掌聲四起,久久不息。

回頭 〔副〕少等一陣子;過一個時間以後:回頭見／你先吃飯,回頭再研究。

倏忽 〔副〕極快地;轉眼間:倏忽不見／倏忽狂風大作。

旋 〔副〕〈書〉不久,很快地:球賽結束,觀眾旋即散去。

一霎 〔副〕表示時間極短:一霎回到家中,他的氣色便不像先前那樣呆滯了。

霎時 〔副〕表示時間極短:霎時,狂風驟起,雷聲大作。也說**霎時間**。

A8－15 名: 長時間

多時 很長時間:多時不見／等候多時。

多年 很多年:我在這裡住了多年了／多年沒通音信。

有年 〈書〉已經有許多年:行醫有年／彼此交往有年。

歷年 過去的許多年:歷年勤勞所得,多半用來資助別人。

累年 連年:累年豐收。

累世 歷代,接連幾個世代:累世經商。

積年 〈書〉多年:積年宿怨。

連年 接連幾年:農業連年豐收。

連日 接連幾天:連日陰雨。也說**連天**。

連夜 連續幾夜:連夜失眠。

許久 好多時:過了許久他才來／雨下了許久才停。□**好久**。

半天 很長一段時間;好久:他在門外等了半天了／他半天說不出話來。

陣兒 一段時間:這陣兒他很忙／他坐了一陣兒才走。也說**陣子**。

一陣 事態持續的一段時間:一陣大雨／一陣說笑聲。也說**一陣子**。

程子 〈方〉較長的一段時間:這程子很少見到他／你回鄉那程子他沒有來過。

坌子 〈方〉指相當長的一段時間:這一坌子／那一坌子。

A8－16 形、副: 時間長

久 〔形〕時間長遠:天長日久／久經考驗。

長久 〔形〕時間很長:問題長久得不到解決。□**久長**。

長遠 〔形〕時間很長(指未來的時間):長遠利益／長遠打算。

久遠 〔形〕長久(多指離現在較遠的過去):年代久遠／久遠的歷史。

永久 〔形〕長久;永遠:永久的紀念／永久不變。

永恆 〔形〕永遠不變:永恆的友誼／永恆的真理。

恆久 〔形〕永久:恆久不變。

悠悠　〔形〕長久:悠悠長夜/悠悠千載。

悠長　〔形〕時間很長:悠長的歲月。

悠久　〔形〕年代久遠:歷史悠久/悠久的文化。

悠遠　〔形〕距離現在的時間很長:悠遠的往事/悠遠的年代。

漫長　〔形〕(時間、道路)長得沒有盡頭:漫長的歲月。

漫漫　〔形〕(時間、地方)長得沒有邊際:長夜漫漫/漫漫荒野。

遙遠　〔形〕離現在時間長:遙遠的將來。

遙遙　〔形〕形容時間長久:遙遙無期。

久久　〔副〕時間很長久:掌聲、歡呼聲久久不停。

良久　〔副〕〈書〉很久:佇立良久。

經久　〔副〕經過很長時間:掌聲經久不息。

永遠　〔副〕時間長久,沒有終止:人類和自然界的鬥爭永遠不會結束/他永遠那麼樂觀。

永　〔副〕永遠:永垂不朽/永不凋謝。

永世　〔副〕永遠:永世長存。

永生永世＊　永遠。

終古　〔副〕〈書〉永遠:終古常新。

逐年　〔副〕一年一年地:收入逐年增加。

逐月　〔副〕一月一月地:逐月完成生產指標。

逐日　〔副〕一天一天地:病情逐日好轉。

長年累月＊　經歷許多年月,形容經過的時間很長。□**窮年累月**＊;**經年累月**＊。

日久天長＊　形容時間長久。□**天長日久**＊。

天長地久＊　像天地一樣長久,形容時間長久。□**地久天長**＊。

天荒地老＊　形容時間久遠。□**地老天荒**＊。

海枯石爛＊　海水乾枯,石頭化為灰土,形容經歷的時間極長:海枯石爛,此誌不移。

A8－17 名:　長遠時間

千古　悠久的年代:流芳千古。

千秋　千年,形容很長的時間:千秋萬代。

萬年　極其久遠的時間:遺臭萬年。

萬古　千年萬代;永遠:萬古長存/萬古流芳。

萬世　很多世代;非常久遠的時間:千秋萬世。□**萬代**。

萬歲　❶萬年;萬代。❷祝頌之詞。意為千秋萬世,永遠存在。

百年　很多年;很長時間:百年大計/百年不遇的乾旱。

億萬斯年＊　指年代的久遠。

A8－18 名:　前·後

前　❶早於某時或某事的時間:新年前/演出前。❷用在其他時間詞前,指過去某時:前半年/前幾天。❸用在一些名詞前,指從前的:前校長/前政務院。

後　❶比某時或某事較晚的時間:新年後/幾個月後/晚飯後/文章寫好後。❷也用在其他時間詞前,類似形容詞:後半夜/後三天/後兩年。

先　順序在前的時間:事先/有約在先。

前後　❶從某一時間或某一事稍前到稍後的一段時間:春節前後/一九七〇年前後/解放前後/畢業前後。❷從開始到末了的一段時間:完成這項任務,前後用了半年時間。

以前　比現在或某時早的時間:天黑以前/很久以前/以前他在這裡住過。

之前　以前:一個月之前/吃飯之前要洗手。

先頭　以前:我先頭早已和他講過了。

以後　比現在或某一時間晚的時間:以後你會明白的/畢業以後/這件事留到以後處理。

之後　以後:三天之後/大學畢業之後,他又考上研究所。

嗣後　〈書〉以後:嗣後,他擔任了校長職務。

後來　指在過去某一時間以後的時間:他在北京住了三個月,後來就到西安去了。

過後　後來:我先寫信給他,過後才寫信給你。

後頭　〈方〉按時間順序靠後的部分:我先講這一

些,後頭由老王繼續談。

後首 〈方〉後來。

事前 事情發生或處理、了結以前:事前已打過招呼／事前磋商。□**事先**。

頭裡 事前:咱們把話說在頭裡,不要事後反悔。

先期 〈書〉在某一日期之前:部分代表已先期到達。

事後 事情發生以後;事情處理、了結以後:事後才知眞相／事後追悔莫及。

A8－19 形、副:　早·晚·先·後

早 ❶〔形〕時間在先的:早稻／早期／早去早回／時間還早。❷〔形〕比一定時間靠前:我比他到得早／你來早了,還沒開門。❸〔副〕強調事情發生已有一段時間:他早走了／我早就認出來了。

晚 〔形〕❶時間靠後的:晚稻／晚期／時間已晚。❷比規定的或合適的時間靠後:會議下午一點就開始,他來得太晚了。

遲 〔形〕晚;比規定的或合適的時間靠後:姍姍來遲／這些話你現在說,太遲了。

晏 〔形〕晚:晏起。

早晚 〔副〕或早或晚:既然早晚都得去,不如早去。□**遲早**。

先 〔副〕時間或順序在前(動作):先發制人／先斬後奏。

後 〔副〕時間或順序在後(動作):先來後到／後來居上。

先後 〔副〕前後相繼:我先後找過他兩次／去年我先後去過英國和法國。

然後 〔副〕表示接著在某個時間或某種動作或情況之後:他想了一陣子,然後回答／先去北京,然後再去西安。

而後 〔副〕然後:文章寫好後,先徵求意見,而後修改／確有把握而後動手。

A8－20 形:　古·新

古 時代久遠的:古人／古詩／古時候。

古老 經歷了久遠年代的:古老的文化／古老的建築。

新 剛出現的:新事物／新技術／新消息。

舊 過去的;過時的;陳舊的:舊社會／舊風俗／舊設備／舊事重提。

陳 時間久的;舊的:陳酒／新陳代謝／陳規陋習。

陳舊 過時的:思想陳舊／設備陳舊。

古舊 古老陳舊:古舊的屋宇。

老 ❶很久以前就存在的:老交情／老朋友。❷過時的;陳舊的:老辦法／老思想。

深 經歷的時間久:深夜／深秋／年深日久。

A8－21 副:　已經

已經 表示動作、變化完成或時間過去:他已經走了／天已經亮了／已經兩點了,該走了／我已經五十了,你才二十。

已 已經:天色已晚／已說過多次。

久已 長時間以來已經:這種情況久已存在。

早已 很久以前已經:這件事我早已知道了／事情早已成為過去。

業已 已經(多用於公文):業已依法辦理。也說**業經**。

就 已經;強調事情早已發生:這件事三天以前我就聽說了。

既 已經:既成事實／既定方針／既往不咎／既得利益。

曾經 表示以前有過某種行為或情況:我曾經去過北京／上月這裡曾經熱過一陣。

曾 曾經:以前我曾和他有過交往。

都 已經:天都亮了,快起身吧。

A8－22 副:　將要

將要 表示行為或情況不久就會發生:烏雲密

布,將要下雨了/他明天將要出席會議。□將;要。

將次 〈書〉將要;快要:準備將次就緒。

快 表示很快就要出現某種情況:國慶日快到了/天氣快冷了/我們相處快一年了。□快要。

就 ❶表示時間很短以內即將發生:你等會兒,他就來/飯一陣子就好了。❷表示兩件事緊接著發生:說完就走/一聽就明白。

便 〈書〉就:一待雨停,便開始動工。

即 〈書〉就;便:服藥兩三天後即可見效/一觸即發。

A8－23 副: 正·剛

正 表示動作在進行或狀態在持續中:他正忙著呢/我去的時候,他正從樓上下來。

正在 表示動作在進行或狀態在持續中:太陽正在升起/會議正在進行。

在 正在:時代在前進。

正好 正在某一點上(指時間,也指位置、體積、數量等):現在正好是中午十二點/今天正好是她的生日。

恰好 正好:我們正要出發,你恰好趕到了。也說恰恰;剛好。

湊巧 表示正是時候或正遇到:我正想找他,湊巧他來了/搬家那一天,湊巧趕上晴天。

恰巧 正好;湊巧:我到圖書館去借書,恰巧碰上小王/他說這話的時候,恰巧我也在場。

恰 正好;剛剛:我恰要外出,他來了。

方 〈書〉❶正在;正當:方興未艾/來日方長。❷方才:如夢方醒/年方二十。

才 ❶表示不久前發生:我才從上海回來不久/我才要去找你,你就來了。❷表示事情發生或結束得晚:他明天才能到。

方才 表示時間關係,跟「才」相同而語氣稍重:過了半夜十二點,他方才睡下。

剛 ❶表示發生在不久以前:天剛亮/報紙剛送

到/心情剛平靜下來。❷正好:到劇場剛一點半,不早不遲。也說剛剛。

新 剛:他是新來的/我新買了一雙鞋子。

乍 剛剛;起初:乍一見面/新來乍到。

A8－24 副: 經常

經常 表示事情發生的次數多,不間斷:他經常注意鍛鍊身體/房子應當經常打掃。

常常 表示事情發生的間隔不久,次數較多:他常常工作到深夜/他常常出去散步。□常;時常;時時。

時 〈書〉❶常常:時有所聞。❷疊用,表示不同情況交替發生;有時候:時晴時雨/時喜時憂。

不時 〈書〉常常:不時出現。

時不時 〈方〉常常:她時不時借個理由請假。

常川 經常;連續不斷:常川往來/常川往家裡匯錢。□長川。

時而 ❶表示某種情況不定時地重覆發生:時而吹來一陣涼風。❷疊用,表示不同情況交替發生:時而冷,時而熱/時而高興,時而沮喪。

一時 疊用,同「時而」:一時熱,一時冷/他一時精神振奮,一時意志消沉。

往往 表示某種情況經常出現:這裡春天往往颳大風。

每每 表示同樣情況常常發生:他心裡想的,每每說不出口來。

每 〈書〉每每:春秋佳日,每作郊遊。

老 時常;再三;強調次數多:他老來借東西/老給您添麻煩,真過意不去。也說老是。

時刻 每時每刻;經常:時刻提高警惕。

隨時 在任何時候;在需要的時候:發現情況隨時來報告/隨時準備殲滅入侵之敵。

朝夕 經常;天天;時時:朝夕相處/朝夕思念。

A8－25 形、副: 臨時·暫時

臨時 ❶〔形〕時間短暫的:臨時工/臨時會議/

他是臨時調來的。❷〔副〕表示臨到事情發生的時候：臨時抱佛腳／事先作好準備，省得臨時著急。

暫時 ❶〔形〕短時間的：暫時現象／勝負是暫時的。❷〔副〕表示在短時間內：車輛暫時停止通行／他暫時借住在親戚家裡。

權時 〔副〕〈書〉暫時：權時應允／權時救急。

暫 〔副〕〈書〉暫時：暫不通行／暫住一周／這裡暫不多說。

暫且 〔副〕表示動作暫時這樣：今晚暫且住一夜，明天再想辦法／我們暫且不提這一點。□ **姑且；權且**。

姑 〔副〕〈書〉姑且：姑不查究／姑以本文爲據。

一時 〔副〕短時間內；暫時：一時還無法完成／這事我一時想不起來。

A8－26 副：　從來・一直

從來 從過去到現在(多用於否定句)：從來沒聽說過／他從來不遲到早退。

向來 從來；一向：他向來有啥說啥。

素來 向來；從來：他的醫德素來爲人們所稱道。

歷來 從來；一向：歷來如此／這些島嶼歷來是中國的領土。

自來 從來；原來：我們兩戶人家自來沒有往來。

一向 從過去到現在：他一向樂觀開朗／我一向反對把孩子管得太死。

一直 表示動作持續不斷或狀態持續不變：我們一直談到深夜／我打算在這裡一直住下去。

始終 表示從頭到尾持續不變：機器始終運轉正常／始終如一。

原來 以前某個時期；當初：他原來有氣喘病／我原來不住在這裡，最近才搬來。

原 原來：我原以爲他不會來的，沒想到他來了。

原本 原來；本來：他原本是個技工，後來考上了大學。

本來 原先；先前：我本來也不喜歡喝酒／這地方本來就低窪。

本 本來；原來。多用於書面：本已說定／本不想去。

至今 直到現在：這項新規定，至今沒有人提出反對意見。

迄今 〈書〉到現在：自古迄今。

至此 到這個時候：比賽至此告一段落／至此，已經眞相大白。

向 向來；從來：向有往來／向無此例／我向不喝酒。

素 素來；向來：素不相識／素負盛名。

從 從來(多用於否定詞)：從未見過／從不計較。

老 一直；強調時間長久：小王身體不好，老沒來上班了／最近老下雨／早就想來看你了，可是老沒時間。

總 一直；一向：這些天總是陰雨／他見到我，總問起你。

從小 從年紀小的時候：他從小就養成早起的習慣。

起小兒 〈方〉從幼年時候起：他起小兒就喜歡踢球。

一小兒 〈方〉從小：他一小兒就愛唱歌。

生來 從出生起；從小時候起：我生來就這脾氣／他生來身體就單薄。

A8－27 副：　立刻

立刻 表示緊接著某個時候、某件事情之後在很短時間內就(行動或出現情況)：接到通知，我立刻出發／帷幕一拉開，全場立刻安靜下來。

立時 立刻：我的惆悵立時消散／會場秩序立時大亂。

立 〈書〉立刻：立見功效／立候回音。

立即 立刻：立即動手／全體聽眾立即熱烈鼓掌。

即時 表示就在這個時候；立即：貨款須即時付

清／接電後盼即時返。

即刻　即時；立刻：即刻出發。

馬上　立即(多用於口語)：我馬上就去／請大家坐下來，演出馬上開始。

當時　就在那個時候；立刻：他一接到電報，當時就趕回去了。

當下　當時：他聽了我說的情況，當下臉色就變了。

頓時　立刻；馬上：聽了老師的話，她頓時漲紅了臉。□登時。

當即　立即；當時就：他接到通知，當即返鄉。

隨即　隨後就；立即：大家把行裝理好，隨即登車出發。

迅即　〈書〉立即：迅即作出決定。

及時　立刻；馬上：重要問題要及時處理。

A8－28 副：　趁早・預先

趁早　提前時間或利用時機(行動)：路上車輛擁擠，我們趁早走吧／你還是趁早把想法告訴他好。

及早　趁早；儘早：及早防治病蟲害／請及早通知他。

儘快　及早：請儘快答覆。

早早兒　趕快或提早(做某件事)：你明天早早兒來，我們一起去玩／這件事要早早兒辦。

早日　時間提早；及早：早日恢復健康／爭取早日通車。

預先　在事情發生或進行以前：預先通知／預先準備。

預　預先：預付定金／預留餘地／勿謂言之不預。

A8－29 形、副：　準時・按時

準時　〔形〕按照規定的時間：火車準時到站／準時開會／他上班一向很準時。

按時　〔副〕按照規定的時間：按時到校／按時服藥。

按期　〔副〕按照規定的期限：按期交貨／按期完成任務。□如期。

及時　〔形〕正趕上需要的時候：及時雨／這場雪下得很及時／及時播種。

A8－30 名、動等：　期限・限期

期限　〔名〕規定的時間或所規定時間的最後界限：三個月的期限／期限已到。

期　〔名〕規定的時間：到期／修業期滿。

期間　〔名〕某個時期裡：會議期間。

時限　〔名〕完成某項工作的時間：工程時限為三個月／時限已過。

年限　〔名〕規定的年數：使用年限／服役年限／超過年限。

限期　❶〔動〕指定日期或時間，不許超過：限期完成／限期一週內報到。❷〔名〕限定的期限；時限：超過限期／給你一個月的限期。

定期　❶〔動〕定下日期：定期開放。❷〔形〕規定期限的：定期輪換／定期刊物／定期存款。

剋期　〔動〕嚴格限定日期：剋期完成。□剋日。

約期　❶〔動〕約定日期：請約期面談／約期不誤。❷〔名〕約定的日期：遵守約期／別誤了約期。

延期　〔動〕推遲原定的日期：會議延期舉行。

展期　〔動〕延期：展覽會展期至月底結束。

改期　〔動〕改變預定的日期：選舉改期了。

緩期　〔動〕推遲預定的時間：工程緩期進行。

寬限　〔動〕放寬限期：借的錢請寬限幾天，月底一定歸還。

滿期　〔動〕到了規定的期限：進廠實習半年，快要滿期了。

過期　〔動〕超過限期：參觀券過期作廢。

逾期　〔動〕超過規定的期限：借閱圖書按時歸還，不得逾期。

誤期　〔動〕延誤期限：按時交付稅款，不得誤期。

脫期　〔動〕延誤預定的日期：工程進展順利，不會脫期。

愆期 〔動〕〈書〉延誤日期:路遠愆期。

屆期 〔副〕到預定的日期:請屆期參加。

屆時 〔副〕到時候:屆時敬請光臨。

屆 〔動〕到(時候):時屆季春/她已屆七十歲了。

A8－31 名： 時機

時機 有利於做某事的時間:我們不能操之過急,必須等待最有利的時機/千萬不要錯過時機。

機會 有利的、恰好的時候;時機:這是難得的好機會/你要利用這個機會,好好學習。

機遇 機會;好的境遇:老吳的離職反而給同事帶來了升遷的機遇/不能錯過這個大好的機遇。

時 〈書〉時機;機會:不得其時/待時而動。

機 時機;機會:乘機謀利/隨機應變/可乘之機。

會 時機;機會:適逢其會。

機緣 機會和緣分:我等了很久,卻沒有機緣和他見面。

時辰 時機;時候:這就叫不是不報,時辰未到/不要耽誤了時辰。

天時 時機:不誤天時。

良機 好時機:坐失良機。

關頭 起決定作用的時機或轉折點:危急關頭/生死關頭。□關口。

關 關頭:度過難關/只要能突破這一關,就好辦了。

當口 事情發生或進行的時候:這當口,最可怕的是同志們不團結。

漏洞 可乘的機會:鑽漏洞/他瞅個漏洞,悄悄出去把信投到郵筒裡。

隙 漏洞;機會:乘隙脫逃/無隙可乘。

火候 比喻緊要的時機或時刻:恰在緊要關頭,常委這個會開得正是火候。

A8－32 動： （時間)度過・推移

過 經歷某段時間:過多/過了三年/日子過得真快。

度 過(時間):歡度佳節/度日如年。

度過 度;過:度過了一個愉快的暑假/我的童年是在家鄉度過的。

過去 表示經歷完了某段時間:五年時間過去了,他還是那老樣子。

虛度 白白地度過(時間):虛度光陰/他的青春年華沒有虛度。

消磨 虛度時光:消磨歲月/他們消磨了大半天的時間。

推移 時間等過去:歲月推移/隨著時間的推移,人們的思想有了顯著的變化。

流逝 (時間)像水一樣很快流過去:歲月流逝/我們一別已二十多年,時光流逝得真快呀。

消逝 (時間)過去:青春消逝。

逝 〈書〉(時間)過去:歲月易逝。

遷流 (時間)遷移流動:歲月遷流。

荏苒 〈書〉指時間漸漸過去:光陰荏苒,轉瞬已過三年。

蹉跎 虛度(光陰):歲月蹉跎。

經過 延續、度過(時間):這本字典的編纂出版經過了八年時間。

閱 〈書〉經歷;經過:閱時三月。

泡 〈口〉故意消磨時間:別泡了,快去吧。

挨 ❶困難地度過時間:總算挨過了那段艱難的日子。❷拖延:不要挨時間/又挨過了一個小時。

磨 消耗時間;拖延:整個上午,就在焦急的等待中,一分一分地磨過去了/磨洋工。

打發 消磨時間:打發日子。

物換星移* 景物改換,星辰移動。形容季節變化,時間推移。

星移斗轉* 星座移位,北斗轉向。表示季節變

換,時間流逝。

日月如梭* 太陽和月亮像穿梭似地來去,形容時間迅速地過去:光陰似箭,日月如梭。

白駒過隙* 駿馬在縫隙前飛快地越過,轉瞬即逝,比喻時間過得很快。

A8－33 代: 這時・那時・幾時

這時 這個時候,指說到的某個時候:鬧鐘響了,這時我才醒/他這時才體會到生命的意義。

這 〈口〉❶這時:他這才明白事情的真相。❷現在,有加強語氣作用:我這就去/這都幾點了,你還沒走。

這會兒 〈口〉❶這時:去年這會兒我正在國外。❷現在,目前:你這會兒到哪裡去/這會兒正是忙的時候,等會兒有空再談吧。

這裡 〈口〉這時候(用在「打」、「從」、「由」後面):打這裡起,我決定學會使用電腦/由這裡開始,他倆成了好朋友。

那時 那個時候,指過去或將來的某個時候:那時我還是個小孩子/到二十一世紀,那時科技業是領導市場的龍頭工業。

那會兒 〈口〉那時:那會兒我還不會走路呢/你那會兒正在家鄉種田。

那裡 〈口〉那時候(用在「打」、「從」、「由」後面):打那裡起,我就自學各門大學課程。

幾時 ❶什麼時候:你幾時過生日? /你幾時去美國? /這一去,還不知幾時再來。❷泛指某個時候:你幾時有空幾時來。

多會兒 〈口〉❶什麼時候:你是多會兒到上海的? ❷指某一時間或任何時間:我多會兒有空多會兒來/多會兒你方便就把東西給我帶來。

幾兒 〈口〉哪一天:你幾兒到的? /今兒是幾兒了?

哪會兒 ❶什麼時候,問過去或將來的時間:你哪會兒出差去北京的? /這次評選哪會兒才

能揭曉? ❷泛指任何時間:黃梅季裡,說不定哪會兒都會下雨/電影票哪會兒去都可以買到。也作**哪會子**。

這咱 〈方〉這時候:這咱我該回家了。

那咱 〈方〉那時候,我住在你家那咱,你正在鎮上讀書。

多咱 〈方〉什麼時候;多會兒:你們多咱來的? /我多咱講過這些話?

多早晚 〈方〉多咱(「咱」是「早晚」兩字的合音)。

此 指這時:就此告別/我們從此成為知己。

A9 計 時

A9－1 名: 曆法

曆法 用年、月、日計算時間的方法。按照推算方法的不同可分為陽曆、陰曆、陰陽曆三種。

陽曆 曆法的一類,是根據地球繞太陽運行的週期為依據而制定的。地球繞太陽一周的時間(365.24219 天)為一年(平年三百六十五天,閏年三百六十六天),分為十二個月。國際通用的西曆就是陽曆的一種。也叫**太陽曆**。

陰曆 曆法的一類,是根據月球繞地球運行的週期為依據而制定的。以月球繞地球一周的時間(29.53059 天)為一月(大月三十天,小月二十九天),積十二個月為一年,一年三百五十四或三百五十五天。我國通常所說的陰曆就是農曆。也叫**太陰曆**。

陰陽曆 曆法的一類,是兼顧陰曆陽曆兩類的曆法而制定的。以月球繞地球一周為一月。另外設置閏月,使一年的平均天數同地球繞太陽一周的時間大致相符。我國所用的夏曆,就是陰陽曆的一種。

農曆 我國的傳統曆法,它根據太陽的位置安排24 節氣,以指導農事活動,所以稱農曆。農曆有大月(三十日)和小月(二十九日)之分。十

二個月爲一年,共三百五十四或三百五十五日,平均十九年中有七個閏月。農曆兼有陽曆和陰曆的性質,實質上是一種陰陽合曆。農曆相傳始於夏代,故又稱**夏曆**。

西曆 國際通用的曆法。一年分爲十二個月,除二月爲二十八天外,一、三、五、七、八、十、十二月爲大月,各三十一天,四、六、九、十一月爲小月,各三十天,平年三六五日。每四年置一閏年,閏年的二月末增加一天,共三百六十六日。

西曆 舊時指公曆。

伊斯蘭教曆 以陰曆爲基礎的曆法,爲伊斯蘭教國家和地區所採用。我國也叫**回曆**。

藏曆 藏族人民傳統的曆法,基本上和夏曆相同。藏曆用五行和生肖紀年,如火雞年、土狗年等。

閏 地球公轉一周的時間爲三百六十五天五時四十八分四十六秒。陽曆把一年定爲三百六十五天,所餘的時間約每四年積累成一天,加在二月裡。農曆把一年定爲三百五十四天或三百五十五天,所餘的時間約每三年積累成一個月,加在一年裡。這樣的辦法曆法上叫做閏。參見「陰曆」、「陽曆」、「農曆」。

閏年 陽曆有閏日(即二月爲二十九天)或農曆有閏月(一年有十三個月)的年份。陽曆閏年有三百六十六天,陰曆閏年有三百八十三天或三百八十四天。

閏月 農曆每逢閏年所加的一個月叫閏月。閏月加在某月後叫閏某月。

閏日 陽曆每四年在二月末加一天,這一天叫閏日。

平年 陽曆沒有閏日或農曆沒有閏月的年份。

平月 陽曆平年的二月叫平月,有二十八天。

大月 陽曆有三十一天或農曆三十天的月份叫大月。

小月 陽曆只有三十天或農曆只有二十九天的月份叫小月。

大年 指農曆十二月份有三十天的年份。

小年 指農曆十二月份只有二十九天的年份。

大建 農曆有三十天的月份。也叫**大盡**。

小建 農曆只有二十九天的月份。也叫**小盡**。

朔望月 月球連續兩次呈現同樣的月相所經歷的時間。一個朔望月等於二十九天十二小時四十四分二點八秒。陰曆一個月的天數爲二十九天或三十天,就是根據朔望月制定的。

A9－2 名： 曆書

曆書 記錄年、月、日、節氣等供查考的書。

曆本 〈方〉曆書。

黃曆 曆書。也叫皇曆。

日曆 記有年、月、日、星期、節氣、紀念日等的曆本,一年一本,每日一頁,逐日揭去。

年曆 印有一年的月份、星期、日期、節氣的單張印刷品。

月曆 一月一頁的曆書。

月份牌 〈口〉舊式的彩畫單張年曆。

掛曆 供掛在牆上的日曆、月曆或年曆。

桌曆 擺在桌子上用的日曆或月曆。

時憲書 舊指曆書。

萬年曆 包括若干年或適用於若干年的曆書。

A9－3 名： 紀年

紀年 記年代的方法,如我國過去用干支紀年,從漢武帝到清末又兼用皇帝的年號紀年,西曆紀年用傳說的耶穌生年爲第一年。

紀元 歷史上紀年的起算年代。西曆以傳說的耶穌誕生年爲紀元元年。現也用於泛指時代:開創歷史新紀元。

年號 帝王紀元的名稱,如「貞觀」是唐太宗(李世民)的年號。

元年 ❶帝王、諸侯即位的第一年或帝王改年號的第一年,如貞觀元年。❷某個紀元的第一年,如西元元年、民國元年。

西元 國際通用的西曆紀元,從傳說的耶穌誕生那一年算起。

世紀 歷史上的紀年單位,每一百年爲一世紀。

年代 在每一世紀以每十年稱爲年代,如一九八〇年至一九八九年是二十世紀八十年代。

干支 天干(甲、乙、丙、丁、戊、己、庚、辛、壬、癸)和地支(子、丑、寅、卯、辰、巳、午、未、申、酉、戌、亥)的合稱。我國古代拿天干和地支依次相配,組成甲子、乙丑等六十組,用來表示年、月、日、時的次序,週而復始,循環使用。現在農曆紀年仍用干支。

天干 甲、乙、丙、丁、戊、己、庚、辛、壬、癸的總稱。傳統用作表示順序的符號。又稱「十干」。

地支 子、丑、寅、卯、辰、巳、午、未、申、酉、戌、亥的總稱。傳統用作表示順序的符號。又稱「十二支」。

甲子 古代以六十年爲一個「甲子」。用十干和十二支相配(如甲子、乙丑、丙寅、丁卯、戊辰……),六十年輪一遍,週而復始。參見「干支」。

A9－4 名： 年

年 時間單位,公曆以地球圍繞太陽公轉一周的時間叫一年。平年三百六十五日,閏年三百六十六日。

載 年:一年半載／千載難逢。

歲 年:歲末年初／歲月流逝。

稔 〈書〉指一年:不及三稔。

年年 每年;一年又一年:年年增產。

年份 指某一年:豐收的年份。

年頭兒 年份(指前年、去年、今年):我來上海已經三個年頭兒了。

年度 根據業務性質和需要而訂的有一定起止日期的十二個月:會計年度／年度預算／年度教學計畫。

年初 一年的開頭幾天。

歲首 〈書〉年初,一般指農曆正月。

年下 〈口〉指農曆年底或年初。

年關 舊指陰曆年底。舊時商業往來,年底必須結清虧欠,欠債的人過年之難,猶如過關,故稱。

年終 一年的末了:年終結帳。

年底 一年的最後幾天。

歲杪 〈書〉年底。

歲暮 〈書〉一年快完的時候:歲暮天寒。

春秋 春季和秋季,借指一年:六十個春秋。

春 指一年:建校卅五春。

秋 指一年:千秋萬歲。

寒暑 〈書〉冷天和熱天,借指一年:一別二十寒暑。

今年 指說話時的這一年。

當年 就在本年;同一年:該廠當年建成當年投入生產。

去年 今年的上一年。也說**上年**。

舊年 〈方〉去年。

去歲 〈書〉去年。

客歲 〈書〉去年。

頭年 ❶第一年:三年看頭年。❷〈方〉去年或上一年:頭年我去了北京。

前年 去年的上一年。

大前年 前年的上一年。

明年 今年的下一年。也說**來年**。

過年 〈口〉明年。

翌年 〈書〉下一年。

後年 明年的下一年。

大後年 後年的下一年。

殘年 一年將盡的時候:過了寒冬殘年之後,春天又到來了。

成年 整年;一年到頭:成年累月／高山上成年積雪。□**長年**;**通年**;**終年**;**終歲**。

比年 〈書〉❶近年:比年以來。❷每年。也說**比**

歲。

週年　滿一年:小嬰兒出生滿週年。

轉年　〈方〉❶某年的第二年(多用於過去)。❷明年。

歲序　〈書〉年份更易的順序:歲序更新(換了新的一年)。

A9－5 名：　季

季　❶一年分春、夏、秋、冬四季,三個月為一季。❷指四季中每季的最後一個月。

四季　春、夏、秋、冬合稱四季:四季如春。

四時　四季:四時八節。

四序　〈書〉指春、夏、秋、冬四季:四序遷流。

季度　以一季(三個月)作為計時單位稱為季度:第一季度生產計畫/跨季度預算。

孟　指農曆每季的第一個月:孟春/孟秋。

仲　指每季的第二個月:仲夏/仲冬。

春　春季;四季中的第一季。我國指立春到立夏的三個月。也指農曆正月至三月。□春季;春天;春令。

開春　春天的開始,一般指農曆正月或立春前後:農民從開春忙到秋後。

新春　指農曆新年年初的一二十天:新春佳節。

孟春　春季的第一個月,即農曆一月。

早春　初春;立春以後的若干天:早春天氣/早春二月。

仲春　春季的第二個月,即農曆二月。

陽春　溫暖的春天:陽春三月。

暮春　春季的末期;農曆的三月。

季春　春季的第三個月,即農曆三月。

三春　春季的三個月。

大春　〈方〉春季。

春上　〈口〉春季:今年春上天氣比往年冷。

夏　夏季;四季中的第二季。我國指立夏到立秋的三個月。也指農曆的四、五、六月。□夏季;夏天;夏令。

三夏　〈書〉指夏季的三個月。

孟夏　夏季的第一個月,即農曆四月。

仲夏　夏季的第二個月,即農曆五月。

季夏　夏季的第三個月,即農曆六月。

暑天　夏季炎熱的日子。

炎暑　極熱的夏天。□盛暑;盛夏;酷暑。

伏暑　炎熱的伏天。

秋　秋季;四季中的第三季。我國指立秋到立冬的三個月。也指農曆七、八、九月。□秋季;秋天;秋令。

三秋　❶指秋季的三個月。❷指農曆九月。

孟秋　秋季的第一個月,即農曆七月。

仲秋　秋季的第二個月,即農曆八月。

季秋　秋季的第三個月,即農曆九月。

金秋　秋季;秋天:金秋到了,滿目皆是豐收的景象。

素秋　秋季;秋天:萬里風煙接素秋。

晚秋　指秋天的第三個月,或農曆的九月。

寒秋　深秋季節。

冬　冬季;一年中最後的一季,我國指立冬到立春的三個月。也指農曆十、十一、十二月。□冬季;冬天;冬令。

三冬　冬季三月,即指冬天。

孟冬　冬季的第一個月,即農曆十月。

仲冬　冬季的第二個月,即農曆十一月。

季冬　冬季的第三個月,即農曆十二月。

嚴冬　極冷的冬天。□隆冬。

窮冬　〈書〉隆冬。

寒冬　寒冷的冬天:寒冬臘月/數九寒冬。

殘冬　冬天將要結束的時候:殘冬將盡,天氣正好,何不做一短暫的旅行?

A9－6 名：　月

月　計時的單位,一年分為十二個月(農曆有閏月)。參見 A9－1「西曆」、「農曆」。

當月　就在本月;同一個月:當月任務當月完成。

月份 指某一個月;娃娃是幾月份生的? /陽曆
　二月份天氣最冷,八月份最熱。

月初 一個月的最初幾天。也叫**月頭兒**。

月中 一個月的中間幾天。

月半 一個月的第十五天。常指農曆每月的十
　五日:正月半/八月半。

月底 一個月的最後幾天。□**月終**;**月末**;**月杪**;
　月尾

月頭兒 〈口〉❶滿一個月的時候(多用於財物按
　月的支付):到月頭兒了,應該把賬結一結。
　❷月初:每月月頭開個會研究一下工作。

月度 作為計算單位的一個月:月度計畫/月度
　盈虧。

正月 農曆一年的第一個月。也叫**元月**;**新正**。

端月 指農曆正月。

桃月 農曆二月的別稱。

蘭月 指農曆七月。

桂月 指農曆八月。

臘月 農曆十二月。

小春 〈方〉農曆十月。

小陽春 農曆十月(因某些地區十月天氣有時會
　溫暖如春):十月小陽春。

冬月 農曆十一月。

冬子月 〈方〉冬月。

A9-7 名: 旬

旬 十天為一旬,一個月分上旬、中旬、下旬。□
　旬日。

上旬 每月一日到十日的十天。也叫**初旬**。

中旬 每月十一日到二十日的十天。

下旬 每月二十一日到月底的十天。

A9-8 名: 星期

星期 ❶國際習慣,把連續排列的七天作為工
　作、學習等作息日期的計算單位,叫做星期。
　❷跟「日、一、二、三、四、五、六」連用,表示一個

星期中的某一天:星期日/星期五等。❸特指
　星期日:明天星期,學校不上課。

曜 日、月和火、水、木、金、土五星合稱七曜。舊
　時分別用來稱一個星期的七天。日曜日是星
　期日,月曜日是星期一,其餘依此類推。

星期日 星期六的下一天,一般定為休息日。也
　叫**星期天**。

週 星期:上週/下週/每週。

週末 一星期的最後一天,一般指星期六:週末
　晚會/度週末。

禮拜 ❶星期:開學已經三個禮拜了。❷跟「天
　(或日)、一、二、三、四、五、六」連用,表示一星
　期中的某一天:禮拜三/禮拜六。❸指禮拜
　天:今天禮拜,在家休假。

禮拜天 星期日(因基督教徒在這一天做禮拜)。
　也叫**禮拜日**。

廠禮拜 工廠裡固定的每週一次代替星期日休
　假的日子。

A9-9 名: 日

日 計時的單位。地球自轉一周的時間,即一晝
　夜:一年有三百六十五日/多日不見。

天 一晝夜二十四小時的時間,有時專指白天:
　他離開已經三天/忙了三天三夜。

日期 有某事情的日子或一段時間:考試的日期
　/開會的日期。

朝 日;天:今朝/有朝一日。

日子 日期:你知道今天是什麼日子? /勝利的
　日子終於來到了。

今天 說話時的這一天:今天我有事,不能去。

今日 今天:今日事今日畢。

今朝 〈方〉今天:今朝有雨。

今兒 〈方〉今天:今兒早上我看見過他。也說**今
　兒個**。

當天 就在本日;同一天:當天的事當天做完。
　也說**當日**。

即日 當日:即日起程。

昨天 今天的前一天。也說昨;昨日。

昨兒 〈方〉昨天。也說昨兒個。

明天 今天的下一天。也說明日。

明兒 〈方〉明天:我明兒晚上回來。也說明兒個。

翌日 〈書〉次日;明日。

次日 指第二天:次日凌晨。

後天 明天的下一天。也說後日。

明後天 明天或後天:哥哥大約明後天到家。

前天 昨天的前一天。也說前日。

大前天 前天的上一天。

大後天 後天的下一天。

半天 白天的一半:前半天/後半天。

半晌 〈方〉半天:上半晌/下半晌。

整天 全天,從早到晚:他整天只知道看書,什麼家務事也不幹。也說整日。

成日 〈方〉整天:成日成夜地工作。

鎮日 整天;從早到晚(多見於早期白話):鎮日在外閒遊。

終日 整天;從早到晚:參觀者終日絡繹不絕。也說終天。

間日 〈書〉隔一天。

三天兩頭兒* 〈口〉指隔一天,或幾乎每天:他們三天兩頭兒開會商量工作。

頭天 ❶上一天:頭天夜裡。❷第一天:頭天演出,觀眾很多。

一天到晚* 整天;成天:機器一天到晚轉動著。

A9－10 名: 黎明·早晨

黎明 天將亮或剛亮的時候:黎明即起/黎明,空氣格外清新。

凌晨 ❶天快亮的時候:凌晨四點。❷用於報時,又指午夜零時以後的時間:今年夏時制已於九月十一日凌晨二時結束。也說侵晨。

拂曉 天快亮的時候:我們拂曉就出發了。

破曉 天剛亮的時候:窗縫裡漏進了一些破曉的光輝。

平明 〈書〉天亮的時候。

早晨 從天將亮到八、九點鐘一段時間。也說早上。

早起 〈方〉早晨。

早 早晨:從早到晚。

清晨 指日出前後的一段時間。也說清早。

天光 〈方〉清晨。

晨 早晨:晨五時/晨起灑掃。

朝 早晨:朝夕相處。

一早 〈口〉清晨:他一早就走了。

旦 〈書〉天亮;早晨:通宵達旦/枕戈待旦。

天亮 指太陽將要露出地平線,天空發出亮光的時候:他們一直開會討論到天亮。

傍亮兒 〈方〉臨近天亮的時候。

曉 天剛亮的時候:曉風/公雞報曉/曉行夜宿。

天明 天亮:明兒天明我們出發。

A9－11 名: 白天

白天 從天亮到天黑的一段時間:今天白天他太忙了。

白日 白天:白日做夢/白日裡沒有一絲涼氣。

白晝 白天:天空一輪明月,照得山溝如同白晝。

日 白天:夜以繼日/日夜兼程。□日間。

晝 白天:晝伏夜行/晝夜苦幹。

上午 一般指清晨到正午十二時前的一段時間。也說午前;前半天;上半天;早半天。

上半晌 〈方〉上午。也說前半晌;前晌;頭晌。

傍晌 〈方〉臨近正午的時候。

中午 白天十二時左右的時間。

晌午 〈口〉中午。

午 白天十二點日中的時候。也說日中。

正午 中午十二點。

亭午 〈書〉正午;中午:亭午到家。

下午 一般指中午到日落時的一段時間。也說

午後;下半天;後半天。

下半晌〈方〉下午。也說**後半晌;後晌**。

過午 中午以後:我上午沒空,請你過午來吧。

過晌〈方〉過午。

晚半天 指下午臨近黃昏的時候。也說**晚半晌**。

A9－12 名： 傍晚‧晚上‧夜

傍晚 臨近夜晚的時候:這條街傍晚就熱鬧起來。

黃昏 日落後天色昏黃的時候:黃昏時小鳥啾唧地叫著。

薄暮〈書〉傍晚:天已薄暮,行人稀少。

夕 ❶日落的時候;傍晚。❷泛指晚上:今夕/朝令夕改。

下晚兒〈口〉近黃昏的時候。

擦黑兒〈方〉天快要黑的時候。也說**傍黑兒**。

垂暮〈書〉傍晚:時已垂暮,炊煙四起。

晚上 天黑以後到深夜以前的時候;夜裡。也說**晚;晚間**。

後晌〈方〉晚上。

夜 從天黑到天亮的一段時間:日夜不停。也說**夜晚;夜間;夜裡**。

宵 夜:今宵/良宵/宵禁。

夜半 夜裡 十二時前後的一段時間。也說**半夜;夜分;子夜;午夜**。

深夜 指半夜以後的時間。

漏夜 深夜;連夜:漏夜前往。

深更半夜* 形容夜深。□**半夜三更*;黑更半夜***。

夤夜〈書〉深夜:夤夜出逃。

星夜 有星光的夜晚:星夜行軍。

前半夜 從天黑到午夜的一段時間。也說**上半夜**。

後半夜 從午夜到天明的一段時間。也說**下半夜**。

通宵 整夜:通宵達旦/通宵工作。也說**通夜**。

徹夜 通宵;整夜:徹夜不眠。也說**終夜**。

竟夜〈書〉整夜:竟夜不寐。

A9－13 名： 早晚‧晝夜

早晚 早晨和晚上:早晚刷牙。

旦夕〈書〉早晨和晚上,比喻短時間內:危在旦夕/人有旦夕禍福。

晨昏〈書〉早晨和晚上:晨昏定省。

晝夜 白天和黑夜:不分晝夜/加緊施工,晝夜不停。

日夜 白天黑夜:日夜兼程/日夜三班營業。

日夕〈書〉日夜:日夕相處。

晦明〈書〉黑夜和白天。也指從黑夜到天明。

A9－14 名： 小時‧時辰‧更

小時 時間單位,一整天時間的二十四分之一:會議開了三個小時。

鐘頭〈口〉小時。

時 計時單位。時辰;小時:午時/子時/上午十一時。

鐘點〈口〉❶指某個一定的時間:到了鐘點,戲就開場了。❷小時;鐘頭:走這段路花了三個鐘點。

點 ❶時間單位,相當於時:三點二十五分。❷規定的時間:誤點/準點。

零點 夜裡十二點鐘:零點十分。

刻 計時單位,以十五分鐘爲一刻。

分 計時單位,一小時的六十分之一。

秒 計時單位,一分鐘的六十分之一。

時辰 舊時計時的單位,一晝夜分爲十二個時辰:子、丑、寅、卯、辰、巳、午、未、申、酉、戌、亥。子時是半夜十一點到一點。丑時是一點到三點,餘類推。

更 舊時夜間的計時單位,一夜分爲五更:即一更、二更、三更、四更、五更,每更大約兩小時:打更/更深人靜。

三更　第三更,泛指夜裡很晚的時候:半夜三更
　　的,還不睡覺?

五更　指第五更的時候:五更天／起五更,睡半
　　夜。

A9－15　名：　季節

季節　一年裡某一段有顯著特徵的時期:梅雨季
　　節／旅遊季節。

季　季節:旺季／雨季。

雨季　雨水多的季節。

旱季　不下雨或雨水少的季節。

黃梅季　春末夏初梅子黃熟時期。這時期我國
　　長江中、下游地區連續降雨,空氣潮濕,衣物
　　等容易發霉。也叫**黃梅天；霉天；梅雨天**。

入梅　氣候進入黃梅季。

出梅　黃梅季結束。

三夏　指農業的夏收、夏種、夏管時節:三夏大忙
　　季節。

三秋　指農業的秋收、秋耕、秋種時節。

三伏　初伏、中伏、末伏的統稱。是一年裡最炎
　　熱的季節。初伏和末伏都是十天。中伏是十
　　天或二十天。也叫**伏天；伏**。

數伏　進入伏天；伏天開始:進入數伏,天就要熱
　　起來了。

入伏　進入伏天；伏天開始。

初伏　❶夏至後的第三個庚日,是三伏頭一伏的
　　第一天。通常也指從夏至後第三個庚日至第
　　四個庚日前一天的一段時間。也叫**頭伏**。

中伏　夏至後的第四個庚日,是三伏的第二伏。
　　通常也指從夏至後第四個庚日起到立秋後第
　　一個庚日前一天的一段時間。也叫**二伏**。

末伏　立秋後的第一個庚日,是最後的一個伏。
　　通常也指從立秋後第一個庚日起到第二個庚
　　日前一天的一段時間。也叫**終伏**。

出伏　出了伏天；伏天結束。

九　自冬至起每九天是一個「九」,從一「九」數

起,一直數到九「九」為止:數九寒天／冬練三
　　九,夏練三伏。

數九　進入了從冬至開始的「九」:數九寒天。

無霜期　從春季終霜起到秋季初霜為止的這段
　　時間。農作物的生長期與無霜期的長短有密
　　切關係。各地的無霜期隨氣候的寒暖而不
　　同。

霜期　入秋後第一次降霜起到第二年春最後一
　　次降霜止的一段時期。我國各地霜期相差很
　　大,南方有的地方沒有霜期,北方有的地方霜
　　期長達七、八個月。

十冬臘月　指農曆十月、十一月(冬月)、十二月
　　(臘月),天氣十分寒冷的季節。

A9－16　名：　節氣

節氣　❶根據太陽在黃道上的位置,把一年時間
　　分為二十四段,每段約十五天為一個節氣。
　　每段開頭一天各有個節氣名。參見 H2－35
　　二十四節氣。❷泛指季節和氣候:正是入秋
　　初涼節氣。

節令　某個節氣的氣候和物候;泛指節氣、時令:
　　節令不正／按節令說,現在剛立秋。

時令　節令;季節(多指氣候特徵):時令已交初
　　夏／時令反常。

時節　節令;季節:清明時節／秋收時節。

月令　農曆某個月的氣候和物候。

A9－17　名：　節日
(參見 N1－31 宗教節日)

節日　❶傳統的祭祀或慶祝的日子,如清明節、
　　春節。❷紀念日,如國慶日、自由日。

節　節日:春節／過節。

紀念日　對人或事表示紀念的日子:三月十二日
　　是孫中山先生的逝世紀念日／十月十日是中
　　華民國成立紀念日。

佳節 美好的節日:端午佳節／國慶佳節。

五一節 五一國際勞動節的簡稱。一八八六年五月一日,美國芝加哥工人舉行罷工和遊行示威,反對資本家的殘酷剝削,要求實現八小時工作制,經過種種波折,最後取得勝利。一八八九年在恩格斯領導下召開的第二國際成立大會上確定每年五月一日為國際勞動節。也叫**勞動節;國際勞動節**。

三八節 三八國際勞動婦女節的簡稱。一九○九年三月八日,美國芝加哥女工舉行罷工和示威遊行,要求增加工資,實行八小時工作制和獲得選舉權。第二年在丹麥哥本哈根召開的第二屆國際社會主義婦女代表會議上確定每年三月八日為國際勞動婦女節。也叫**婦女節**。

六一兒童節 又名「六一國際兒童節」。一九四九年國際民主婦女聯合會為了保障全世界兒童的權利,反對虐殺和毒害兒童,在莫斯科舉行的會議上決定以六月一日為國際兒童節。也叫**兒童節**。

母親節 每年五月的第二個星期日為母親節,由美國加維斯女士(Ann M. Javis)所發起。本意為紀念亡母並宣揚母愛的偉大,並促使美國國會定其母逝世之日為母親節,後成為一國際性節日。母親已去世的當天佩戴白色康乃馨,母親健在的則佩戴紅色康乃馨,以為悼念或慶賀。

耶誕節 為基督教節日,指國曆十二月二十五日,以此紀念耶穌的誕生。在這一天,家家戶戶會放置耶誕樹以增添過節氣息,傳說中也有耶誕老人會分送禮物給孩童們。

感恩節 美國的節日,以每年十一月的最後一個星期四為感恩節,感謝上帝使百姓豐衣足食。通常用火雞、南瓜做大餐相聚歡宴,以示慶祝。

嘉年華會 天主教國家節日名,在四旬節前的三天或一星期內,舉行的宴樂與狂歡。因為四旬節有四十天,天主教徒在這期間禁止肉食。又譯作「剝肉祭」、「狂歡節」。

浴佛節 在佛生日時所舉行的浴佛禮,為農曆四月八日。俗稱「浴佛會」、「灌佛會」、「佛誕日」。

潑水節 傣族和中南半島某些民族的新年節日,在傣曆六七月,西曆四月中旬,為一年中最盛大的節日。節日期間,人們相互潑水祝福,並進行拜佛、賽龍舟、物資交流等活動。

元旦 一年的第一天。

春節 我國最大的傳統節日,即農曆正月初一。也指正月初一以後的幾天。

新年 元旦和元旦以後的幾天。

年節 指春節及其前後幾天。

元宵節 我國的傳統節日,在農曆正月十五日。從唐代起,這天夜晚有看燈的風俗。也叫**燈節;上元節**。

元宵 指農曆正月十五夜晚。舊時這一天稱上元節,所以晚上稱元宵。

元夜 〈書〉元宵。

寒食 節日名,在清明前一天或二天。古人從這一天起三天禁火冷食。有的地區把清明叫寒食。

端午 我國的傳統節日,在農曆五月初五。相傳是為了紀念詩人屈原。這一天,有吃粽子、龍舟競渡等風俗。也叫**端五;端陽;五月節**。舊稱**重午;重五**。

蒲節 端午節(因舊俗端午節在門上掛菖蒲葉而得名)。

七夕 指農曆七月初七的夜晚。神話傳說中,每年七夕,天上的牛郎織女在天河上相會。

乞巧 舊時風俗。在農曆七月初七夜晚,婦女向織女星祈禱,求助提高縫紉、刺繡技巧。

中元節 舊俗農曆七月十五日祭祀亡故親人的節日。

中秋 我國民間傳統節日,在農曆八月十五。這

一天有賞月、吃月餅習俗。也叫**八月節**;**團圓節**。

重陽 我國傳統節日,在農曆九月初九。古人認爲九是陽數,所以稱重陽,又稱重九。舊時這一天有登高風俗。現定重陽爲敬老節。

臘八 農曆十二月(臘月)初八,舊俗在這一天吃喝臘八粥。傳說釋迦牟尼在這一天得道成佛,因此寺院每逢這一天煮粥供佛。以後民間相沿成俗。

除夕 多指農曆一年最後一天的夜晚,也指陽曆一年的最後一天。

除夜 除夕的晚上,舊時有守歲的風俗。也叫**年夜**;**大年夜**;**歲除**。

小年 節日。臘月二十三或二十四日,舊俗在這一天祭竈。

大年 指春節。

破五 舊時指農曆正月初五,商店一般多在破五以後才開始營業。

A9－18 名: 標準時

標準時 由於地球自西向東自轉,經度不同的地方,時間就有差別。採用某一子午線的時間爲鄰近地區的共同時間,這便是這個地區的標準時。

標準時區 按經線把地球表面平分爲二十四時區,每一時區跨十五度,叫做一個標準時區。各時區都以該區中央經線的時間爲本區的區時,即本區的標準時。相鄰兩時區的區時相差一小時。也叫**時區**。

世界時 以英國倫敦格林威治天文臺原址的本初子午線爲標準的時間。也叫**格林威治時間**。

地方時 各地因經度不同,太陽經過各地子午線的時間也不相同。把太陽正對觀測地子午線的時間定爲該地中午十二時,這便是該地的地方時。

國際換日線 爲配合各地一天起迄的時間不同,選太平洋中央之一百八十度經線爲標準,規定線的東西方,其日期相差一日。飛機或船隻航行過線時,由西向東者,增加一日;反之,則減少一日。爲避免分割陸地,該線因而略呈彎曲。

A9－19 動: 報時

報時 廣播電臺等向人們報告準確的時間。

授時 某些天文臺每天在一定的時間用無線電訊號報告最精確的時間,這種工作叫授時。

報曉 用聲音報知天亮:晨雞報曉／遠處傳來報曉的鐘聲。

打更 舊時把一夜分做五更,巡夜的人每到一更打梆子或敲鑼鼓報時,叫打更。

定更 舊時晚上八點鐘左右,打鼓報告初更開始。

起更 舊時指夜間第一次打更。

A9－20 名: 計時器具

鐘 計時的器具。通常有兩個或三個指針圍繞一個刻度圓盤旋轉,標示小時、分和秒。

時鐘 能報時的鐘。

座鐘 擺在桌子上的時鐘。

掛鐘 掛在牆上的時鐘。

錶 計時的器具,體積比鐘小,一般可以隨身攜帶。

手錶 帶在手腕上的錶。

懷錶 放在衣袋裡隨身使用的錶。

掛錶 〈方〉懷錶。常以鏈條掛在衣服上,防止從衣袋掉出。

鐘錶 鐘和錶的總稱。

指針 鐘錶的面上指示時間的針。分爲時針、分針、秒針。

鐘擺 根據單擺的原理製成的一種時鐘機件。在一系列齒輪的作用下,左右擺動,使指針以

均勻的速度轉動。

擺　鐘錶的擺錘或擺輪。

游絲　裝在鐘錶等的擺輪軸或儀表指針的轉軸上的彈簧,用金屬線捲成,能控制擺輪或轉軸做往復運動。

發條　裝在機器裡的一種裝置,用片狀的鋼條捲起來,用力撐緊,由於彈性作用,逐漸鬆開時產生動力,啟動機件。有些鐘錶裡裝有發條。

擺鐘　時鐘的一種,用擺錘控制機件,使走得快慢均勻。一般能報點,也有能報點、報刻的。

電鐘　用電作為能源的時鐘。

石英鐘　利用石英晶體振盪器獲得準確時間的鐘。計時精度每天誤差不超過萬分之一秒。

電子手錶　以電池為動力源的手錶,有擺輪式、音叉式、石英指針式、液晶顯示式等。擺輪式除了電能通過線圈產生磁能的零件外,其餘結構與一般手錶相似。液晶顯示式採用石英振盪器作為週期振盪源,時間數字經過液晶顯示屏讀出。

原子鐘　利用銫、氫、銣等原子的穩定振盪頻率製成的鐘。可精密計時和作為頻率標準。銫原子鐘的計時誤差每日可小於百萬分之一秒。

天文鐘　用於天文觀測和航空、地球物理等方面的計時儀器。計時精度很高,受氣壓、溫度、速度的變化和震動的影響較小。通常放在真空的玻璃罩中,裝在恆溫的地下室裡。

夜光錶　指針和標誌時刻的數字或符號能發螢光的錶。在黑暗中也可以顯示時刻。

鬧鐘　能在預定時間發出聲音或信號的鐘。

馬蹄錶　圓形或馬蹄形的小鐘,多為鬧鐘。

秒錶　用於體育比賽、國防、科學研究等方面的一種計時表。測量的最小數值可達五分之一秒、十分之一秒、五十分之一秒、一百分之一秒不等。

馬錶　體育比賽計時用的錶。最初用於賽馬計

時而得名。通常只有分針和秒針,按動轉鈕可以隨時起動或停止,能測出五分之一秒、十分之一秒的時間。也叫**跑錶;停錶**。

塔鐘　裝在高大建築物頂上的大鐘(字盤有單面或四面,指針及字盤有的裝有照明設備)。如火車站頂上的大鐘。

子母鐘　由母鐘控制子鐘運轉的成組的計時鐘。適用於大型企業、車站等。

日晷　古代利用太陽投射的影子來測定時刻的儀器。也稱**日規**。

漏壺　古代一種計時儀器。用銅製成,分播水壺、受水壺兩部。播水壺分二至四層,側壁下部有小孔,可以滴水,最後流入受水壺。受水壺裡有直立浮標,稱為箭,上刻時辰。箭隨蓄水逐漸上升,露出刻數,指示時間。也叫**漏刻**。

A 10　方　位

A 10－1　名：　方位

方位　❶方向。東、南、西、北為基本方位,東南、西北等為中間方位。❷方向和位置:監聽儀器測出了敵臺的方位。

方向　❶指東、南、西、北等的區分:行路迷失方向。❷通向目標的方位,有時也指目標:我軍向大沙河方向前進／努力的方向。

方　方向:東方／四面八方。

向　方向:去向／風向／暈頭轉向。

A 10－2　名：　東‧南‧西‧北

東　日出的一邊是東。□**東方;東邊**。

南　面對東方,右手邊是南。□**南方;南邊**。

西　日落的一邊是西。□**西方;西邊**。

北　面對東方,左手邊是北。□**北方;北邊**。

縱　地理上南北向的:大運河縱貫南北六省市。

橫　地理上東西向的;橫貫的河川／橫渡太平
　　洋。

A 10－3　名：　上・下・左・右

上　位置高(同「下」相對):向上看／上有天堂,下
　　有蘇杭。

上面　位置高的地方:樹上面有幾個鳥巢／這座
　　山上面沒有路。也叫**上邊;上頭**。

以上　表示位置在某一點之上:胸部以上／雲層
　　以上／雪線以上。

下　位置低(同「上」相對):樓下／上不著天,下不
　　著地／朝下看。

下面　位置較低的地方:桌子下面／橋下面／高
　　山下面。也叫**下邊;下頭;底下**。

以下　表示位置在某一點之下:膝蓋以下／地殼
　　以下。

左　面對南方,靠東的一邊(同「右」相對):向左
　　轉／左方。也叫**左面;左邊**。

左首　左邊(多指坐位):她的左首坐著她的孩
　　子。也作**左手**。

上首　指靠裡的或靠左面的(左右以人在室內面
　　對外為準),位置較尊的一側:您老人家坐在
　　上首。也作**上手**。

裡首　靠裡的一邊;靠左的一邊。

右　面對南方,靠西的一邊(同「左」相對):車輛
　　靠右行駛／右方。也叫**右面;右邊**。

右首　右邊(多指坐位):照片上右首第二人是王
　　老師。也作**右手**。

下首　指靠外的或靠右的(左右以人在室內而面
　　朝外為準),位置較低的一側。也作**下手**。

外首　靠外的一邊;靠右的一邊。

A 10－4　名：　前・後・中

前　人或事物面對的(同「後」相對):前有大河,
　　後有高山／樓前／向前走。

前面　空間或位置靠前的部分:房屋前面／他在
前面走,我在後面跟。也說**前邊;前頭**。

前方　前面;前頭:正前方／左前方／目光注視著
　　前方。

頭裡　〈方〉前頭:他走在頭裡,大家跟著。

先頭　指位置在前面(多指部隊):先頭部隊。

後　人或事物背向的(同「前」相對):屋後／樹後
　　／前不著村,後不著店／往後走。

後面　空間或位置靠後的部分:村子後面／後面
　　有人跑到前面去。也說**後邊;後頭;背後**。

後方　後面;後頭:在我的左後方,發現一架敵
　　機。

對過　在街道、空地、河流等的一邊稱另一邊:河
　　對過就是操場。

對面　❶正前方:對面駛來了一輛汽車。❷對
　　過:他家在我家對面。

面前　面對著的地方:面前放著一本書。

跟前　身邊;附近:到我跟前來／床跟前放著一
　　把椅子。

前後　在某一樣東西的前面和後面:汽車的前後
　　都有燈。

中　到四周的距離都相等,中心:中央／居中。

中間　在兩端之間的位置:中間地帶／相片上左
　　邊是我的妹妹,右邊是我的表哥,中間是我。

間　當中;中間:京滬之間／間不容髮。

中間兒　〈口〉中間。

當間兒　〈方〉中間:房屋當間兒放著一張桌子。

當腰　中間(多指長形物體):這東西兩頭細,當
　　腰粗。

中心　跟四周距離相等的位置:庭院中心有一棵
　　枇杷樹。□**中央**。

心　中心;中央的部分:江心／湖心亭。

正中　位置的中心:桌子放在房間的正中。也叫
　　正當中;當中。

當中間兒　〈口〉正中。

當心　〈方〉胸部的正中。泛指正中間:當心一拳
　　／房間當心放著一臺跑步機。

當央 〈方〉當中。

A 10－5 名： 裡・外

裡 在一定處所、時間、範圍以內：房裡／心裡／
　一年裡／話裡有話／裡應外合。

裡邊 裡；內：屋裡邊有人／他三年裡邊沒有回
　過一次家／這件事裡邊有問題。也說裡面；裡
　頭。

裡首 〈方〉裡頭。

內 裡；內部：本月內／室內／國內／內外有別／
　請勿入內。

以內 不超出一定處所、時間、範圍：校園以內／
　本世紀以內／計畫以內。□之內。

內部 某一處所、範圍以內：房間內部裝修／內
　部消息／人民內部矛盾。

內中 內部：內中的事外人不曉得／內中情形很
　複雜。

內裡 〈方〉內部；內中：這件事內裡還有隱情。

中 一定處所、時間、範圍、情況以內：家中／假
　期中／言談中／隊伍中／沈浸在歡樂的氣氛
　中。□之中。

個中 〈書〉其中：深知個中原委。

間 一定空間、時間或範圍裡：田間／晚間／兩年
　間／同志間／眉宇間流露出愛慕之情。

中間 裡邊；之內：人群中間有不少學生／那些
　樹中間有半數是李樹。

當中 中間；以內：同學當中，他最喜歡運動／談
　話當中，流露出不滿情緒。

外 超出一定空間、時間或範圍：室外／場外／天
　外飛來／八小時外／課外活動／外強中乾。

以外 超出一定界限（指處所、範圍、數量、時間
　等）：大門以外／預算以外的收入／跳到兩公
　尺以外／三天以外。□之外。

外邊 空間超出某一界限的：院子外邊／會場外
　邊。也說外面；外頭。

外首 〈方〉外邊。

外部 某一處所、範圍以外：身體外部損傷／外
　部衝突。

內外 內部和外部；裡邊和外邊；國內外／長城
　內外／內外交困。

A 10－6 名： 旁邊・周圍

旁邊 左右兩邊；靠近的地方：馬路旁邊。

旁 旁邊：路旁／身旁／旁若無人。

近旁 旁邊；附近：房子近旁種了許多果樹。

一旁 旁邊：站在一旁。

兩旁 左右兩邊：道路兩旁站滿了看熱鬧的人。

四旁 前後左右很近的地方：四旁沒有人／房子
　四旁都種了樹。

側 旁邊：大樓左側／公路兩側。

邊旁 旁邊：他等在路旁，忽然煩躁起來。

邊緣 沿邊的部分：懸崖邊緣／大陸的邊緣。

邊沿 邊緣：車道的邊沿是兩排修剪整齊的冬
　青。

邊際 邊緣；界限：漫無邊際／一片無邊際的雪
　原。

周圍 一定處所前後左右四面的地方：環繞著事
　物中心的部分：房子周圍是籬笆／周圍幾十里
　都是山地／關心周圍的群眾。

周邊 周圍：周邊環境／周邊國家／阿爾卑斯山
　周邊的國家。

四周 周圍：村子四周都是農田／向四周張望。
　也說四圍；四邊。

四周圍 〈口〉周圍。

四面 東、南、西、北，泛指周圍：四面八方／四面
　受敵。

周遭 周圍：眼睛向周遭掃了一下／幽谷裡沒有
　別人，周遭只有滿目青翠的群山。

方圓 指周圍：方圓附近的人都知道他。

B 生命・生物

B1　生命・生物

B1-1 名：　生命

生命　生物體所具有的活動能力。生命是物質
　　存在形式的一種,它的基礎物質是蛋白質和
　　核酸組成的核蛋白。生命的特徵是由核蛋白
　　構成的生命物質,不斷進行新陳代謝、生長、
　　發育、生殖、遺傳、能隨時調節自己的組成和
　　功能、具有適應環境的能力、能進行各種形式
　　的活動等。

生　生命:捨生救人。

性命　人和動物的生命。

活命　生命;性命:傷害一條活命。

B1-2 動、形等：　生存・死亡
（參見 D3-4(人)生存，
D3-11(人)死亡）

生存　〔動〕保存生命:動物必須吃別的生物才能
　　生存/倘能生存,我一定重新做人。

生　❶〔動〕生存;活:起死回生/捨生忘死。❷
　　〔形〕活的;有生命力的:生豬/生龍活虎。

存　〔動〕生存:父母俱存。

活　❶〔動〕生存:魚在水中才能活/他簡直越活
　　越年輕了。❷〔形〕有生命力的:活魚/活力。

生活　〔動〕生存:他的支持給了我生活下去的勇
　　氣。

死亡　〔動〕失去生命:由於自然生態失去平衡,
　　大批野生動物相繼死亡。

死　❶〔動〕死亡:這棵樹死了。❷〔形〕死亡的;
　　失去生命力的:死人/死樹。

亡　❶〔動〕死亡:陣亡/家破人亡。❷〔形〕死去
　　的:亡友/亡靈。

斃　〔動〕死:槍斃/牲畜倒斃。

存活　〔動〕生存,沒有死亡:在地震中存活下來
　　的孤兒得到了妥善的安置。

成活　〔動〕培養的動植物沒有在初生或移栽後
　　的短時期內死去:新栽的樹苗都成活了。

復活　〔動〕死了又活過來。多用於比喻:人死不
　　能復活/那些舊日的感情,又逐漸在他心中復
　　活。

寄生　〔動〕一種生物寄居在另一種生物的體內
　　或體表,攝取其養分以維持生活。如動物中
　　的蛔蟲、蟯蟲、跳蚤、虱子,植物中的菟絲子等
　　都是靠寄生生存的。

腐生　〔動〕從已死的有機體的有機物中吸收營
　　養以維持自身正常生活。如大多數黴菌、細
　　菌、酵母菌,以及少數高等植物等。

生死　〔名〕生存和死亡:生死攸關。

存亡　〔名〕生存和死亡;存在和滅亡:民族的生
　　死存亡,匹夫有責。

死活　〔名〕死亡或生存:他多年沒有消息,家人
　　不知他的死活。

B1-3 動、名：　生殖

生殖　〔動〕生物繁殖後代。生殖是生命的基本

特徵之一,分有性生殖和無性生殖。

有性生殖 〔名〕經過雌雄兩性生殖細胞的結合而產生新個體的一種生殖方式。是生物中最普遍的一種生殖方式。

無性生殖 〔名〕不經過雌雄兩性生殖細胞的結合,由母體直接產生後代的生殖方式。常見的有分裂生殖、孢子生殖、出芽生殖。廣義的無性生殖包括由植物的根、莖、葉等經過壓條或嫁接等方法產生新個體。

卵生 〔名〕動物的受精卵在母體外發育、孵化成為新個體的生殖方式。胚胎在發育過程中全靠卵中所含卵黃、蛋白等為營養。

胎生 〔名〕人或某些動物的受精卵在母體內透過胎盤從母體獲得營養,發育成為胎兒,到一定階段脫離母體的生殖方式。

卵胎生 〔名〕動物的受精卵在母體內靠自身貯存的養分發育,與母體沒有或只有很少營養的聯繫,直到孵化出新個體才與母體分離。是介於卵生和胎生之間的一種繁殖方式,如鯊和某些毒蛇(蝮蛇)。

B1－4 動：　繁殖

繁殖 生物產生新個體,傳宗接代,越來越多:只要條件適宜,微生物繁殖得極快。

繁育 繁殖培育:繁育良種。

孳生 繁殖、生長:清除積水,以防蚊子孳生。也作**滋生**。

孳乳 (哺乳動物)繁殖。

生息 〈書〉繁殖人口:休養生息。

蕃息 〈書〉滋生眾多:百獸蕃息。

繁衍　蕃衍 (生物品種數量)逐漸增多或增廣:繁衍生息。

B1－5 名：　細胞

細胞 生物體的基本結構單位和功能單位。除單細胞生物外,其他生物的各種組織和器官均由許多細胞組成。細胞主要由細胞核、細胞質、細胞膜等構成。植物的細胞膜外還有細胞壁。細胞以分裂法繁殖。細胞有運動、營養、繁殖等機能。

細胞核 細胞的重要組成部分。在細胞的中央,一般為球形或橢圓形,由核膜、核仁、核質和染色質等物質組成。細胞核是細胞內遺傳訊息儲存、複製和轉錄的主要場所。

細胞壁 細胞外圍的一層厚壁,為植物細胞的特徵之一,主要由纖維素構成。

細胞膜 又稱「原生質膜」,是細胞表面緊貼在原生質外面的一層薄膜。有維持細胞內環境的相對恆定以及調節細胞與周圍環境的物質交換的功能。

細胞質 是指細胞中細胞膜以內,細胞核以外的物質。主要成分是蛋白質、核酸、無機鹽和水。這些物質是細胞的結構和功能的物質基礎。

染色體 細胞核中能被鹼性染料著色的絲狀或棒狀小體,由核酸和蛋白質組成,是遺傳的主要物質基礎。每種生物體的體細胞中都有一定的染色體組,各種生物的染色體各有一定的大小、形態和數目。

核蛋白 是與核酸結合的蛋白質。普遍存在於動植物的細胞核和細胞質中,是構成生物體的重要物質。

孢子 植物和少數動物所產生的一種有繁殖能力和休眠作用的細胞,能單獨發育成新個體。孢子一般很小,單細胞。

B1－6 名：　卵・精子・胚

卵 ❶人或動植物成熟的雌性生殖細胞,一般球形或卵球形。多不能活動。❷昆蟲學上特指受精的卵,是昆蟲變態的第一個發育階段。也叫**卵子**。

精子 人或動植物成熟的雄性生殖細胞,大多能

運動,與卵結合後產生第二代。

精蟲 人或動物的精子。

魚白 魚的精液。

胚 由受精卵或未受精卵初期發育而成的動植物幼體。也可由某些植物的營養細胞發育而成。

胚胎 由受精卵發育初期的幼小動物體。人和絕大多數哺乳動物胚胎在母體子宮中發育成長,卵生動物在母體外發育成長。

配子 生物體進行有性生殖所產生的生殖細胞。結合後成爲合子。

合子 生物體進行有性繁殖時,雌雄兩性配子相互融合後所形成的新細胞。兩性配子如爲卵和精子,融合後所形成的新細胞稱爲受精卵。

變態 ❶動物在胚胎發育過程中的形態變化,即經過幼體期而達到成體期的現象,如某些昆蟲(蚊、蠅等)經過幼蟲期、蛹期變爲成蟲;蛙類經過蝌蚪而變成蛙等。❷植物體由於機能的改變所引起的器官結構和形態的變化,如馬鈴薯的塊莖、仙人掌的針狀葉等。

B1－7 名、動： 性・性交

性 〔名〕有關生物的生殖或性欲的機能或活動:性激素／性功能。

性欲 〔名〕對性行爲的欲望。

性交 〔動〕人或動物兩性間發生性行爲。

交 〔動〕性交;交配。

交媾 〔動〕性交。

交配 〔動〕動植物的授精行爲。通過交配使雌雄生殖細胞結合。

交尾 〔動〕動物的性交。

配對 〔動〕〈口〉(動物)交配。

B1－8 動： 受精・懷孕

排卵 成熟的卵子從卵巢的卵泡裡排出。

受精 人或動植物的雌性和雄性生殖細胞相結合成合子(受精卵)。

受胎 婦女或雌性哺乳動物的卵在體內受精,受精卵移至子宮內發育成長。也叫**受孕**。

懷孕 婦女或雌性動物體內有受精卵在發育成長。□**懷胎;妊娠**。

大肚子 〈口〉懷孕。

滿懷 指所養有繁殖能力的母畜全部懷孕。

空懷 有繁殖能力的母畜失配或交配和人工授精後沒有懷孕。

人工授精 用人工方法使動物卵子受精,如由人工取出公畜精液,經稀釋後再輸入母畜子宮內使卵子受精,在魚類可擠出親魚成熟的精液和卵,混和攪動,使其受精。

B1－9 動： 生產
(參見 C11－19 生育)

生產 人或動物的幼體從母體中分離出來:妻子生產的時候,他正在國外講學／半夜了,但母牛還沒生產。

產 生產:產前要進行檢查／蠶蛾產卵。

生 生產:生小孩／羊生羔子／雞生蛋。

分娩 生孩子;生幼畜。

下 (動物)生產:雞下蛋／下崽。

孵 鳥類伏在卵上或用人工方法保持一定溫濕度,使受精卵內的胚胎發育成雛鳥:孵小雞。

孵化 卵生動物的受精卵在一定溫度和其他條件下發育成幼蟲或小動物。

抱 孵:抱小雞兒。

B1－10 動、形： 生長・成熟

生長 〔動〕生物體在新陳代謝過程中,重量和體積逐漸增加:夏初田裡的農作物生長很快。

生 ❶〔動〕生長:生芽／生根／生在乾旱地區。❷〔形〕果實沒有成熟:這西瓜是生的。

成長 〔動〕生長發育;長成:池塘中放養的魚苗

成長很快。

發育〔動〕生物體在生活過程中機能和構造發生從簡單到複雜的變化,如植物開花結果,動物的性腺逐漸成熟。在高等動植物中,一般指達到性機能成熟時爲止。

成熟〔形〕植物的果實已發育完成。也泛指生物體性器官已發育到完備的階段:果子成熟了/這個十五六歲的小青年已發育得很成熟了。

熟〔形〕果實成熟:蘋果已經熟了/沒有熟的柿子。

B1－11 名、形:　性別

性別〔名〕男、女或雌雄兩性的區別。

性〔名〕性別:雄性/雌性。

雄〔形〕生物中能產生精細胞的,與「雌」相對:雄蕊/雄雞。

雌〔形〕生物中能產生卵細胞的,與「雄」相對:雌蕊/雌老虎。

公〔形〕雄性的(禽獸):公鹿/公雞。

母〔形〕雌性的(禽獸):母雞/母牛。

牡〔形〕雄性的(禽獸),與「牝」相對:牡牛。

牝〔形〕雌性的(禽獸),與「牡」相對:牝馬/牝牛。

叫〔形〕〈方〉牡的:叫驢/叫雞。

騷〔形〕〈方〉牡的:騷驢。

草〔形〕〈口〉母的:草雞/草驢。

B1－12 名:　生物

生物　自然界中具有生命的物體。包括植物、動物、微生物三大類。

動物　一般不能將無機物直接合成營養物質,而是以植物、動物、微生物爲營養的有神經、有感覺,多能運動的生物。

植物　絕大多數能自己製造有機營養而生存,沒有神經,沒有感覺的生物。主要有兩類:一類

細胞中有葉綠素,能行光合作用,這類占絕大多數。另一類無葉綠素(如眞菌等),則能分解現成有機物賴以生存。

微生物　一些微小的低等植物和某些介於動植物之間的生物的總稱。包括細菌、眞菌、病毒、單細胞藻類等。形體微小,構造簡單,繁殖迅速,在自然界中分布極廣。

原核生物　原始類型的生物。核質和細胞質之間沒有明顯核膜,其染色體單由核酸所組成。如細菌、放線菌、病毒、藍藻等。

眞核生物　細胞核有明顯核膜包著的生物的總稱。這類生物在進化上較高等,細胞結構較複雜,由細胞膜、細胞質和細胞核三部分組成。其染色體由核酸和蛋白質所組成。除原核生物外,所有生物都是眞核生物。

有機體　具有生命的個體的統稱,包括人和一切植物、動物、微生物。簡稱**機體**。

B1－13 名:　物種

物種　具有一定的形態和生理特徵,能互相交配繁殖後代,並佔有一定的自然分布區的生物類群。是生物分類的基本單位,位於屬之下。簡稱種。

門　生物分類等級,把具有最基本最顯著的共同特徵的生物分爲若干群,此類群叫做門。門以下爲綱。

綱　生物分類等級,把同一門的生物按照彼此相似的特徵和親緣關係再分爲若干群,此類群叫做綱。綱以下爲目。

目　生物分類等級,把同一綱的生物按彼此相似的特徵再分爲若干群,此類群叫做目。目以下爲科。

科　生物分類等級,把同一目標生物按彼此相似的特徵再分爲若干群,此類群叫做科。科以下爲屬。

屬　生物分類等級,把同一科的生物群按彼此相

似的程度再分爲若干群,此類群叫做屬。屬
以下爲種。

品種　經過人工選擇和培育,具有一定經濟價值
和共同遺傳特點的一種家養動物或栽培植物
的群體。品種是人類干預自然的產物。

B1－14 動、名：　進化

進化　〔動〕生物由簡單到複雜、由低級到高級、
種類由少到多逐漸發展變化:人類從猿進化
到人,經歷了一個漫長的時期。

進化論　〔名〕研究生物界發生、發展的科學。由
英國自然科學家達爾文奠定其科學基礎,經現
代生物學的發展,認爲生命起源於無生命物
質,現存的各種生物,都有共同的祖先,在進化
過程中,通過突變、物競天擇和隔離分化形成
新種。生物的進化都經歷由低等到高等,由簡
單到複雜,由少數到多數不斷發展。

退化　〔動〕在進化過程中,生物體的某一器官或
某些器官變小、構造簡化、機能減退甚至全部
消失,叫做退化,如鯨、海豚等的四肢呈鰭狀、
仙人掌的葉子呈針狀、虱子的翅膀完全消失。

物競天擇　〔名〕生物界適者生存、不適者淘汰的
現象。達爾文首先提出。他認爲生物在自然
條件下不斷地發生變異,有利於生存的變異
會不斷累積加強,不利於生存的變異會逐漸
被淘汰。他認爲這是生物進化的主導因素。

適者生存　〔名〕達爾文進化論中的一個論點。
指生物在複雜的環境下,爲了自身的生存和
種族繁衍,而跟自然環境的鬥爭、跟同種或不
同種生物的鬥爭,優勝劣汰。

世代交替　〔名〕某些植物和無脊椎動物的生活
史中,有性世代和無性世代有規律地相互交
替進行的現象。

人工選擇　〔名〕達爾文認爲,人們利用生物變異
的規律,透過選擇和培育,可把對人類有利的
變異保存、累積起來而形成新類型或新品種。

再生　〔動〕生物體的部分器官或組織在喪失或
損傷後,重新生長。再生是生物爲保存自己,
保存後代的一種適應能力。

B1－15 名、動：　遺傳

遺傳　❶〔名〕生物體的構造和生理機能等性狀
由上代傳給下代的現象:母體遺傳／返祖遺
傳。❷〔動〕上代的性狀傳給下代:她的精神
病是母親遺傳給她的。

變異　〔名〕生物的親代與後代或後代不同個體
之間在形態特徵、生理特徵等方面所表現的
差異。

基因　〔名〕控制生物性狀傳遞、變化、發育並有
自體複製能力的遺傳單位。主要存在於細胞
核內的染色體上,作線狀排列。

引種　〔動〕將外國或外地區動植物優良品種引
入本區,通過試驗,擇優繁殖推廣或作爲育種
材料加以利用。

馴化　〔動〕用人工方法把野生的動植物培育成
家養動物或栽培植物。

雜交　〔動〕遺傳性狀不同生物體進行交配或結
合,雜交產生的雜種後代帶有雙親的遺傳性
狀。

有性雜交　〔名〕通過雌雄兩性生殖細胞相結合
的雜交。

無性雜交　〔名〕通過營養器官的接合,使不同個
體交換營養物質,以產生雜種的方法,如植物
嫁接、在動物體內移植卵巢或受精卵等。也
稱**營養雜交**。

去雄　〔動〕進行植物有性雜交時,爲防止自花授
粉,將母本花朵中的雄蕊在未散粉前除去或
殺死。

嫁接　〔動〕剪取植株上的一段枝條或一個芽,接
到另一個植株上,使結合成新的植株。是植
物無性繁殖的一種方法。

生物工程　〔名〕綜合運用生物學、化學和各種工

程學的方法,直接或間接地爲發展生產服務的生物學技術。

遺傳工程 〔名〕一項創造新品種的生物技術。按照預先設計的生物藍圖,將某種生物的遺傳基因取出後,再由人工轉移到另外一種生物的細胞中,使它的遺傳性狀發生定向變化,從而培育出不可能自然產生的新物種。也叫**基因工程**。

B1－16 名： 醣類·脂肪· 蛋白質·酶等

醣類 有機化合物的一類,如葡萄糖、蔗糖、澱粉、纖維素等都屬於醣類。分爲單醣、雙醣和多醣三大類。在生物體中除了參與細胞組成外,主要是供應生命活動所需要的能量。也叫**碳水化合物**。

肝糖 有機化合物,是由葡萄糖結合而成的一種多醣類,白色粉末,有甜味。肝糖存在於動物體內,肝臟中最多,是動物主要能量的來源。其結構、功能和植物中澱粉相似。也叫**動物澱粉**。

脂肪 有機化合物,由脂肪酸和甘油合成的化合物。存在於生物體中,是生物體內儲藏能量的物質。

脂肪酸 有機化合物的一類,能和甘油結合生成脂肪。也叫**脂酸**。

膽固醇 醇的一種,白色的結晶。高等動物的腦神經組織、血液和膽汁中含膽固醇較多。膽固醇代謝失調,能引起動脈粥樣硬化及膽石症。

膽酸 有機化合物,含在動物的膽汁中,對促進脂肪的消化和吸收具有重要作用。

胺基酸 一種含有胺基的有機酸,是組成蛋白質的基本單位,含碳、氫、氧、氮等元素。

蛋白質 複雜的高分子有機化合物,是組成生物體的主要物質之一,由多種氨基酸組成。蛋白質分很多種,是構成生物體活質的最重要部分,是生命活動的物質基礎。

核酸 高分子有機化合物,是細胞核和細胞質中的核蛋白的組成部分,是生命的最基本物質之一,也是生物遺傳的物質基礎,對生長、遺傳、變異都有決定性作用。

酶 生物體的細胞產生的一大類,具有催化功能的蛋白質。生物體裡的新陳代謝等化學變化,都是在某種酶的作用下進行的。一種酶只能對某一類或某一個化學變化起催化作用。

酶原 生物體內能轉變成爲酶的化學物質,是酶的前體。例如能轉變成胰蛋白酶的胰蛋白酶原。

蛋白酶 酶的一種,主要含在動物體內,種類很多,作用是把複雜的蛋白質分解成便於吸收的胺基酸。

溶菌酶 一種能溶解細菌細胞壁的酶。能導致菌體破壞和死亡。一般存在於動植物的組織液和某些微生物體內,眼淚、唾液、白血球和卵蛋白中都含有溶菌酶。也叫**溶菌素**。

B1－17 名： 生物鐘·光合作用· 新陳代謝等

生理時鐘 生物生命活動的內在節奏性。生物透過它能感受外界環境的週期變化,並調節本身生理活動的節律,使其在一定的時期開始、進行或結束。植物在一定時節開花,魚類在一定季節洄游等,大多是透過生理時鐘的作用。

生物電 生物體所呈現的電現象。人和動物的神經活動和肌肉運動等都伴隨著很微弱的電流和電位變化。診病用的腦電圖、心電圖就是記錄神經細胞、心臟肌肉細胞發生的電變

化。

光合作用　綠色植物的葉綠素吸收太陽的光能，同化二氧化碳和水，製造有機物質並放出氧氣的過程。人和絕大多數生物都直接或間接依靠光合作用所提供的物質和能量而生存。

新陳代謝　是維持生物體的生長、繁殖、運動等活動過程中化學變化的總稱。生物體從外界攝取養料轉換成自身的組成物質，並儲存能量，同時將自身的組成物質分解以釋放能量或排出體外。是生物體同環境不斷進行物質和能量的交換過程，是生命現象最基本的特徵。

同化作用　是生物體在新陳代謝過程中，把從外界攝取的營養物質轉換成自身的組成物質，並儲存能量的過程。

異化作用　是生物體在新陳代謝過程中，將自身的組成物質分解以釋放能量或排出體外的過程。

B1－18 名：　生態

生態　生物在自然環境中的形態、構造、生理特性和生活習性。

生態系　在一定的範圍內，有生命的生物群落與無生命的環境條件，相互作用並進行物質循環和能量流動所構成的統一體。一個池塘，一個海洋，一片森林，都可以構成各自的生態系統。

群體　分布在同一生態環境中，能自由交配、繁殖的一群同種個體。也稱**種群**。

群落　指生活在一定地區或水域內，相互間具有直接或間接關係的各種生物的總體。

生態平衡　在生物與環境相互作用中，所出現的協調狀態。生態系統內有機體與環境條件之間經過長時期的互相影響，互相制約，最後形成一個複雜的統一整體，達到一個相對穩定的平衡狀態。

生態危機　指主要由於人類活動對自然界的影響和干預，導致局部以致整個生態系統遭受嚴重破壞，對人類的生存和發展造成威脅的狀況。全球許多地區出現森林覆蓋面積減少、水土流失、大面積土地沙漠化、環境污染、氣候異常、生態平衡失調等都是生態危機的現象。

生物圈　地球表層生物和所生存環境的總稱。生物圈大致在自海下十公里深或地表下三百公尺深，至地表上十五公里的範圍內。

B2　動　物（一般）

B2－1 名：　動物（一般）

高等動物　指在進化上較高級的一類動物，同「低等動物」相對。在動物學中，與低等動物無明確的界線，一般指機體構造複雜、組織及器官分化顯著、並具脊椎的動物——脊椎動物而言；更狹義的專指哺乳動物為高等動物。

低等動物　指在進化上較原始和低等的一類動物，與「高等動物」相對。廣義的低等動物指無脊椎動物。

溫血動物　在環境溫度發生變化的情況下，能保持體溫不變或變化很小的動物。鳥類和哺乳動物都是溫血動物。也叫**恆溫動物**。

冷血動物　無固定體溫，體溫隨環境溫度的改變而變化的動物，如蛇、蛙、魚等。也叫**變溫動物**。

原生動物　最原始的一門動物。一般由單細胞構成，身體微小，生活在水中、土壤中或其他生物體內，如草履蟲、瘧原蟲等。

腔腸動物　無脊椎動物的一門。體壁由內外兩胚層構成，兩層之間為膠質，身體中間有一空腔，既是消化器官，又是體腔，在口的周圍有一圈能捕捉食物的觸手。多生活在海洋中，

如珊瑚、海蜇等。

扁形動物 無脊椎動物的一門。低等蠕蟲。身體呈扁形，有三胚層，無體腔。多爲雌雄同體，如縧蟲；有的雌雄異體，如血吸蟲。

線形動物 無脊椎動物的一門。身體細長或呈圓筒形，兩端尖細，不分節，由三胚層形成。消化道不彎曲，雌雄異體。有的寄生，如蛔蟲、鉤蟲等。

環節動物 無脊椎動物的一門，身體長，呈圓柱形或扁平，左右對稱，由許多環節構成，體節上有幫助運動的疣足或剛毛。體腔多數明顯，如蚯蚓、水蛭等。

軟體動物 無脊椎動物的一門。身體柔軟，沒有環節，一般左右對稱，足是肉質，多數具有石灰質外殼。生活在水中或陸地上，分布較廣，如螺、蚌、烏賊等。亦稱貝類。

節肢動物 無脊椎動物的一門。身體左右對稱，由許多結構和機能各不相同的環節構成，一般可分爲頭、胸、腹三部分，表面有角質的外骨骼，有成對而分節的腿，如蜈蚣、蜂、蝦、蟹等。是動物界中種類最多的一門。

昆蟲 節肢動物的一綱。成蟲身體明顯分爲頭、胸、腹三部分，頭部有觸角、眼、口器等。胸部有足三對，腹部無足，翅膀兩對或一對，也有全無的。腹部有節，兩側有氣孔，是呼吸器官。多數昆蟲都經過卵、幼蟲、蛹發育爲成蟲，如蜜蜂、蚊、蝗蟲等。和人類關係密切。

棘皮動物 無脊椎動物的一門。全部海生。成體輻射對稱，幼體兩側對稱。形狀有星形、球形、圓筒形等，體腔明顯，有內骨骼，身體表面有許多刺狀突起。行動緩慢或不行動，如海參、海星等。

脊索動物 動物界最高等的一門。成體或幼體背側有一條脊索。包括原索動物和脊椎動物，如文昌魚、魚、蛙、蛇、鳥、獸都屬於這個類群。

脊椎動物 脊索動物的一個亞門，是動物界中最高等的一個類群。體形左右對稱，全身分爲頭、軀幹、尾三部分，體內有一條由脊椎骨連接而成的脊柱，有較完善的感覺器官、運動器官和高度分化的神經系統。

魚 脊椎動物的一綱。一般身體側扁或呈紡錘形，體大多被鱗，用鰭游泳，以鰓呼吸，體溫隨水溫變化而相應變化，生活在水中。大多可供食用或製魚膠。

水族 泛指在水中生活的動物。

爬行動物 脊椎動物的一綱，是陸生脊椎動物。身體表面有鱗或甲，用肺呼吸，體溫隨氣溫的高低而變化，卵生或卵胎生，如蛇、龜等。

兩棲動物 脊椎動物的一綱，由古代的魚類進化而來，幼體生活在水中，用鰓呼吸；成體大多生活在陸上，少數水棲，用肺和皮膚呼吸，皮膚裸露，有黏液，體溫隨氣溫的高低而變化，卵生，如青蛙、蟾蜍等。

鳥 脊椎動物的一綱，全身有羽毛，前肢變成翅膀，一般會飛，後肢能行走，體溫恆定，卵生，如麻雀、鷹、雞、鴕鳥等。

哺乳動物 脊椎動物中最高等的一綱，基本特點是靠母體的乳汁哺育初生幼兒。除原獸亞綱外，均爲胎生，全身有毛，體溫恆定，腦較大而發達。通稱獸類。

天敵 自然界中，某種動物被另一種動物捕食或寄生致死，後者即爲前者的天敵，如貓頭鷹是鼠類的天敵。

B2-2 名： 禽·獸

獸 哺乳動物的通稱。

禽獸 鳥和獸。

畜生 泛指禽獸。

野獸 家畜以外的獸類。

猛獸 體形較大，性情凶猛的某些食肉類哺乳動物，如虎、獅等。

走獸　泛指陸地生活的獸類:飛禽走獸。

害獸　危害農作物、森林、草原、堤壩、家畜、家禽或傳染疾病的各種獸類,如鼠、狼、黑熊等。

益獸　凡能直接或間接地給人類的經濟生活和衛生保健帶來益處的獸類,如毛皮獸、肉用獸、藥用獸,以及有害動物的天敵獸類。

禽　❶鳥類的總稱:飛禽/家禽。❷〈書〉鳥獸的總稱:五禽(虎、鹿、熊、猿、鳥)戲。

野禽　家禽以外的鳥類。

家禽　人類為了經濟需要或其他目標而飼養已馴化的鳥類,如雞、鴨、鵝等。

珍禽　珍奇的鳥類:珍禽異獸。

害鳥　危害農作物、果樹、魚類的鳥類,如寒雀、文鳥、翠鳥等。

益鳥　以害蟲、害獸為主要食物,直接或間接對人類有益的鳥類,如啄木鳥、杜鵑、貓頭鷹等。

候鳥　隨季節不同作定時變更棲息地區的鳥類,如雁、杜鵑等。

留鳥　終年在生殖地區生活,不到遠方去的鳥類,如麻雀、喜鵲等。

B2－3 名：　家畜

家畜　人類為了滿足肉、乳、毛皮以及擔負勞役等需要,而馴化的各種動物,如豬、牛、羊、狗等。一般而言其生產能力比野生動物高,性情也較溫順。

畜　禽獸,多指家畜:牲畜。

牲畜　家畜:牲畜家禽。

牲口　用來幫人工作的役畜,如牛、馬、騾、駱駝等。

母畜　雌性牲畜。

公畜　雄性牲畜。

子畜　幼小牲畜。

孕畜　懷孕的牲畜。

六畜　六種家畜,指豬、馬、牛、羊、雞、狗。

力畜　以耕地或運輸為主要用途的家畜,如牛、馬、騾子、驢、駱駝等。也叫**役畜**。

肉畜　以供食用為主要用途的牲畜。

種畜　以繁殖後代為主要用途的公母家畜,比一般家畜有較好的生產性能和遺傳品質。

耕畜　以農田耕作為主要用途的家畜,如牛、馬、騾子等。

B2－4 名：　蟲子

蟲子　泛指昆蟲和與昆蟲類似的小動物。

蟲　蟲子。

蟲豸　〈書〉蟲子。

害蟲　凡能對人類的經濟、生活和衛生保健直接或間接地造成危害的小動物。主要是指昆蟲,如蝗蟲、蚊、蠅等。

益蟲　凡能對人類的經濟、生活和衛生保健直接或間接有益的小動物,主要是指昆蟲,如蠶、蜜蜂、蜻蜓等。

寄生蟲　寄生在別的生物體上的動物。寄生蟲從寄主取得養分,如跳蚤、蛔蟲、瘧原蟲、小麥線蟲等。

蛀蟲　咬食樹木、衣物、書籍等的小蟲,如天牛、衣蛾、米象等。

B2－5 名：　幼小動物

崽　初生或初生不久的某些哺乳動物:狗崽/兔崽。也作**仔**。

仔豬　小豬。

仔雞　小雞。

雛雞　小雞。

童子雞　〈方〉未成年的雞。因肉嫩味美,食用適口。

雛兒　幼小的鳥:雞雛兒/燕雛兒。

駒　❶少壯的駿馬:千里駒。❷泛指幼小的馬、驢等:草駒/馬駒兒/驢駒子。

犢　小牛:牛犢。

羔　小羊。有時也指某些動物的崽子:鹿羔。也

叫羔子。

羔羊 小羊。也叫羊羔。

秧 某些飼養的幼小動物:魚秧。

秧子 某些飼養的幼小動物:豬秧子。

苗 某些初生的飼養的動物:魚苗/豬苗。

B2-6 名: 幼體·幼蟲

幼體 在具有成體特徵性形態之前,能營獨立生活的胚胎個體,如蝌蚪為蛙的幼體,幼蟲為由卵孵化出來的昆蟲幼體。

幼蟲 一般指由卵孵化出來的幼體,但習慣上僅指完全變態類昆蟲的幼體,形態和習性與成蟲完全不同,如蠐螬為金龜子的幼蟲。

若蟲 不完全變態類昆蟲的幼體。除體小,翅未長成,生殖器官尚未成熟外,形態和習性與成蟲相似,如蝗蝻是蝗蟲的若蟲。

蝗蝻 蝗蟲的若蟲。形似成蟲而較小,頭大,翅膀很短。也叫蝻子;跳蝻。

毛蟲 泛指蝶、蛾類昆蟲體上多毛的幼蟲,如松毛蟲、桑毛蟲等。

蚴 縧蟲、血吸蟲等某些寄生蠕蟲的幼體。

毛蚴 血吸蟲類幼蟲發育中最早的一個階段,體表密覆纖毛。

尾蚴 血吸蟲類幼蟲發育中的一個階段,體分軀幹部和尾部,故名。

B2-7 名: 古代動物

劍齒虎 古代的哺乳動物,形態、大小同現代的虎相似,上犬齒特別發達,齒冠高可達十公分,有的前後有鋸齒,利若短劍,生存於第三紀末和第四紀初。

劍齒象 古代的哺乳動物,形狀和現代的象相似,上門齒長而彎曲,臼齒齒冠上的齒板成屋脊狀。生存於第三紀末和第四紀初。

猛獁 古代的哺乳動物,大小同現代的象相似,全身有棕色長毛,門齒向上彎曲,生存於第四紀的寒冷地區。也叫毛象。

始祖鳥 古代的鳥類,體形大小像鴉,有爪和翅膀,尾巴很長,由多數尾椎骨組成,頜上有牙齒,與爬行動物相似,一般認為是爬行動物進化到鳥類的過渡類型,是鳥類的祖先。生存於侏羅紀。

恐龍 古代爬行動物,種類很多,體型各異,大的長達數十公尺,生活在陸地或沼澤附近,在中生代極繁盛,至中生代末期滅絕。

恐龍(合川馬門溪龍)

翼手龍 古代爬行動物,身體短小,頭大,尾短,前肢和身體兩側之間有一層薄膜,能飛行。生活於侏羅紀末和白堊紀。

中國龜 古代爬行動物,有背甲和腹甲,頭頸可垂直彎曲縮回殼中。生活在侏羅紀和白堊紀

的淡水中。化石在中國大陸山東、遼寧、甘
肅、新疆等地均有發現。

中華魚 古代魚類，頭大，身體短，頭甲與軀甲約
等長，化石發現於南京附近晚泥盆紀地層。

箭石 古代的軟體動物，殼略呈圓錐形，殼上有
像樹木年輪的線紋。化石出現於上石炭紀至
始新世。

B2－8 名： 傳說中的動物

龍 我國古代傳說中的神異動物，頭上有角有
鬚，身上有鱗有爪，能興雲降雨。

蛟 古代傳說中的一種龍。常居深淵，能發洪
水。也稱**蛟龍**。

鳳凰 我國古代傳說中象徵祥瑞的神鳥，羽毛美
麗，雄的叫鳳，雌的叫凰。又相傳為百鳥之
王。

鵬 傳說中最大的鳥。

鯤 古代傳說中的一種大魚。

麒麟 古代傳說中的一種形狀像鹿的動物。頭
上有獨角，馬蹄牛尾，全身有鱗甲。

狻猊 傳說中的一種猛獸。

饕餮 傳說中的一種貪食的兇惡野獸。

狴犴 傳說中的一種形似虎的野獸，古代獄門上
常畫此獸像。

贔屭 傳說中的一種形狀像龜的力大能負重的
動物。舊時大石碑的石座多雕刻成贔屭形
狀。

B3　動物形體・活動

B3－1 名： 口・牙・眼

喙 鳥獸的嘴。

口器 生於節肢動物口兩側的器官，有攝取食物
和感覺等功能。

頰囊 松鼠等嚙齒動物和猿猴類的口腔內兩側

的囊狀構造，用來暫時貯存食物。也叫**頰嗛**。

頰窩 蝮蛇類頭部兩側在鼻孔與眼之間各有一
個凹下似漏斗形的感溫測位器官，對熱非常
敏感，藉以發現周圍恆溫動物的位置，進行覓
食。

毒牙 毒蛇類上頜所生的一對或數對連接毒腺
的牙，比普通牙長。

獠牙 雄性麝、獐、野豬等由犬齒發達形成的突
出口外的長牙。具有掘土覓食和防禦、攻擊
的功能。

單眼 無脊椎動物一種比複眼簡單的光感受器。
昆蟲的單眼，構造已比較完善，通常有很多感
光細胞，周圍有色素，表面僅有一個凸形的角
膜。單眼只能感覺光的強弱，不能辨物。

複眼 昆蟲頭部兩側由許多六角形的小眼組成
的視覺器官。複眼能感受外界的物體的形
狀、顏色和運動狀況。

B3－2 名： 角・冠・尾

角 牛、羊、鹿等有蹄類動物頭上或鼻前所長的
突出堅硬的東西，一般細長而彎曲，上端較
尖，具有防禦、攻擊作用，如牛角、鹿角。

犄角 〈口〉獸角：牛犄角。

鹿角 鹿的角。通常指雄鹿的角，可以入藥。

鹿茸 雄鹿未骨化的嫩角，帶茸毛。血管豐富，
含鹿茸精，用作滋補強壯劑。是貴重的中藥。

茸 ❶鹿茸。❷柔軟的獸毛。❸初生的草。

犀角 長在犀牛鼻子上的角，由角質纖維組成，
很堅硬，可以入藥。

觸角 節肢動物頭上分節的感覺器官，有觸覺、
嗅覺作用。

觸鬚 ❶在昆蟲小顎、下唇以及甲殼類動物大顎
上的須，有觸覺或味覺等功能。❷哺乳動物
口旁的硬毛。

肉冠 鳥類頭頂上或頭後部紅色的肉質突起，形
狀略似冠。也叫**冠子**。

尾巴 動物身體後端的部分,通常指肛門以後部分。有輔助運動、保持平衡等功能。

尾 尾巴。

尿子 〈方〉蜂和蠍子等的尾部。

B3－3 名： 毛・毛皮等

毛 動物的皮上所生的絲狀物,為人和哺乳動物所特有,有防禦侵害和保持體溫的作用。

羽毛 鳥類特有的,由表皮角質化而形成的一種結構,覆蓋在體表,有保護身體、保持體溫、幫助飛翔等作用。

羽 羽毛。

翎毛 鳥的翅膀或尾巴上的長而硬的羽毛,有的色彩很華麗,如孔雀、雉、錦雞的翎,可做裝飾品。

翎 翎毛。

正羽 覆蓋在鳥類體表的一種羽毛,具有保護身體、保持體溫和飛翔等作用。

絨羽 羽毛的一種,生長在雛鳥的體表或成鳥的正羽基部,具有保護身體和保持體溫的作用。可作衣、被、褥等的填充材料和用於製絨線,有較高的經濟價值。俗稱**絨毛**。

羽冠 鳥類頭頂上或頭後部的豎立的長羽毛,例如孔雀就有羽冠。

絨毛 ❶生長在獸類毛被內層的細柔的毛。❷絨羽的俗稱。

絨 鳥獸體表的柔毛:鴨絨。

毳 〈書〉鳥獸的細毛。

鬃 馬、豬等頸上的長毛。

鬣 獅子和鬣狗等獸類頸上的長毛。

鬐 馬鬃。

鞭毛 原生質伸出細胞外所形成的細長鞭狀物,一條或多條,有運動、攝食等功能。

纖毛 細胞質伸展出細胞外所形成的纖細的絲狀物,一般比鞭毛短而多,有運動、攝食、呼吸等作用。

剛毛 人或動物體上長的硬毛,如人的鼻毛、蚯蚓表皮上的細毛等。

毛皮 帶毛的獸類動物的皮,可用來縫製服裝。

保護色 某些動物身體表面的斑紋、顏色與棲息環境類似,有利於隱蔽。這些顏色和斑紋叫做保護色。

側線 魚類和兩棲類身體兩側各有一條由許多小點組成的線。每一個小點內有一個小管,管內有感覺細胞,能感覺水流的方向和壓力。另外線形動物身體兩側的表面內向增厚,形成的縱走體線也稱側線,如蛔蟲。

B3－4 名： 鱗・甲・殼・骨

角質 某些動植物表皮一層質地堅韌的組織,由甲殼質、石灰質等構成,具有保護內部組織和防止體液散失的作用。

鱗 魚類、爬蟲類和少數哺乳動物等身體表面由皮膚衍生的薄片狀組織。具有保護作用,如魚鱗、蛇鱗。

鱗甲 鱗和甲。

甲 爬蟲類和節肢動物身上的硬殼,具有保護作用,如龜甲。

甲殼 節肢動物門,甲殼綱動物的外殼,是動物的外骨骼。由幾丁質、石灰質及色素等形成,質地堅硬,有保護身體的作用。

貝殼 軟體動物或其他動物的外殼,由石灰質構成,有保護身體的作用。也叫**甲殼**。

龍骨 ❶鳥類的胸骨。腹側正中的縱向突起,形似船底龍骨,故名。❷古代脊椎動物的骨骼和牙齒的化石,可入藥。

B3－5 名： 翼・翅・鰭

翼 一般指鳥類的飛行器官,由前肢演化而成,上面覆有羽毛,通稱翅膀。有的鳥類翼退化,不能飛翔。

膀子 鳥類等的翅膀。

翮 ❶〈書〉指鳥的翅膀：振翮高飛。❷鳥羽羽軸
的下端部分，中空透明不生羽瓣，其基部埋於
皮膚內。

翅 ❶動物的飛行器官，如鳥、昆蟲的翅膀和蝙
蝠的飛膜等。❷魚類的鰭也有稱爲翅的，叫
魚翅。

翅膀 昆蟲和鳥類等動物的飛行器官。

翅脈 昆蟲翅上分布成脈狀的構造，有支撐的作
用。爲昆蟲分類的重要根據之一。

鰭 魚類及其他水生脊椎動物的運動器官，由刺
狀的硬骨或軟骨支撐薄膜構成。按著生的部
位不同，可分爲胸鰭、腹鰭、背鰭、臀鰭和尾
鰭。鰭的有無與種類，以及其構成狀況，是魚
類分類的重要依據。

B3－6 名： 爪·蹄·螯·觸手等

爪 ❶鳥獸的腳或趾甲：鷹爪／虎爪。❷動物帶
尖甲的腳。

腳爪 〈方〉動物的爪子。

鉤爪 大多數哺乳類、爬行類和鳥類等動物指
(趾)端所生的尖形鉤曲的指(趾)甲，有攻擊、
防禦、保護指(趾)端、攫物、格鬥、挖土等作
用。

距 雄雞、雉等腳的後面像腳趾的突出部分。

蹼 某些水棲或有水棲習性的動物腳趾中間的
薄膜，可用來游泳划水。水獺、青蛙、鴨、龜等
都有。

趾 腳指頭。

蹄 馬、牛、羊、豬等腳趾端堅硬的角質物，有保
護和承受體重的作用。也指具有這種角質物
的腳。

蹄子 〈口〉蹄。

奇蹄 哺乳動物如馬、驢、犀牛等，前、後肢單數
著地的蹄，一般由一指(趾)或三指(趾)構成。

偶蹄 哺乳動物如牛、羊、豬等，前、後肢雙數著
地的蹄，一般由二指(趾)或四指(趾)構成。

掌 某些動物的腳掌：鴨掌／熊掌。

熊掌 熊的腳掌，富含脂肪，味美，是傳統的珍貴
食品。

螯 節肢動物變形的步足。形狀像鉗子，用來取
食和自衛，如蝦、蟹等都具有螯。

頭足 烏賊、章魚等長在口的四周能蜷曲的器
官，上面有許多吸盤。頭足有游泳、捕食和生
殖的功能。

僞足 變形蟲等原生動物由於體內原生質的流
動，使身體表面生出葉狀、指狀、針狀或絲狀
的突起，稱爲僞足。有攝食和運動的功能。

觸手 水螅、水母等低等動物頭部的許多細長而
柔韌的器官，一般生在口的周圍，有捕食和感
覺的作用。有的並有呼吸、運動或支持身體
的功能。

吸盤 某些動物的吸附器官，一般爲中間凹陷的
圓形盤狀物，有吸附、攝食、運動等功能。

B3－7 名： 反芻胃·鰓·毒腺等

反芻胃 牛、羊等反芻類哺乳動物特有的胃，一
般由瘤胃、網胃(蜂巢狀)、瓣胃和皺胃等組
成，有貯藏、消化、反芻食物的作用。

砂囊 ❶一般指鳥類的胃。雞、鴨等雜食性鳥
類，常有很厚的肌肉壁，囊內貯有砂石，以磨
碎食物。❷蚯蚓的胃。

肫 鳥類的胃。

嗉囊 鳥類、環節動物食道後段暫時貯存食物的
膨大部分。

消化腔 水螅等腔腸動物體壁圍成的空腔，有口
與外界相通，具有消化和循環的功能。

鳴管 鳥類的發聲器官，由幾個擴大的氣管環及
其間的薄膜所組成。位於氣管與支氣管交界
處。

氣囊 鳥類呼吸器官的一部分，是由薄膜構成的
許多小囊，分布至內臟、肌肉甚至骨腔間隙
內。氣囊與肺相通，有協助呼吸、減輕體重、

鰓 多數水生動物的呼吸器官。爲分枝或羽狀組織組成，有豐富的血管分布，用來吸取溶解在水中的氧。

鰾 多數魚類體內可以脹縮的長囊狀器官。裡面充滿氧、氮、二氧化碳等混合氣體。收縮時魚體下沈、膨脹時魚體上浮。有調節身體比重或在缺氧情況下輔助呼吸的作用。也叫**魚鰾**。

刺細胞 腔腸動物身體表面的一種特殊細胞，胞內有蜷曲細長的刺絲，上端有觸覺刺針，當刺針觸及外物時，蜷曲的刺絲即刻伸出刺入其他動物組織中，並放出毒素，以捕獲食物。

螫針 蜜蜂、胡蜂等昆蟲尾部有注射毒液功能的一種器官，由產卵器變成。

毒腺 動物體內一種分泌毒液的腺體。

臭腺 動物體內能分泌有臭味的液體或氣體的腺體，有引誘異性或抵禦敵害的功能。

尾脂腺 鳥類特有的一對皮膚腺，長在尾基部背面，能分泌脂肪性物質，有保護、潤滑羽毛和防濕的作用。

墨囊 烏賊、章魚等軟體動物體後端能分泌黑色汁液的囊狀器官，遇到敵害時，將墨囊內的汁液噴出，使水混濁，藉以隱藏逃避。

環帶 蚯蚓等環節動物在性成熟時，身體前端幾個體節呈粉紅色，表皮增厚，多腺體呈鞍狀或戒指狀，可分泌黏液，形成卵繭，使卵在其中受精和孵化。

B3－8 名：　分泌物
（參見 H7－1 蠶絲，H7－3 蜂蜜等）

白蠟 白蠟蟲分泌的蠟質，白色，熔點較高，可製成蠟燭。

蟾酥 蟾蜍耳後腺和皮膚腺的分泌物。有毒。可製成中藥。

龍涎香 抹香鯨腸胃的分泌物，爲黃色、灰色或黑色的蠟狀物質，是名貴香料。

蟲膠 紫膠蟲分泌的膠汁所凝成的物質，紫紅色有光澤，易溶於酒精，可製唱片、漆片、絕緣材料，是重要的工業原料。

珍珠 某些貝類在外物侵入刺激下，分泌黏液（珍珠質）將外物層層包裹而形成的圓形顆粒。有明亮光澤，可作裝飾品，磨粉後也可入藥。

B3－9 動：　飛

飛 鳥蟲等鼓動翅膀在空中來往活動：鳥飛了／飛蛾。

飛翔 盤旋地飛：高傲的海燕在大海上自由自在地飛翔。

飛旋 圍繞著一個範圍盤旋地飛：一群鴿子在廣場上空飛旋。

翔 飛；盤旋地飛：滑翔／翔集。

回翔 盤旋地飛：一群水鳥在湖上回翔。

翱翔 在空中迴旋地飛：雄鷹翱翔。

盤旋 環繞著飛或走：山鷹在天空盤旋。

翻飛 忽上忽下地飛：兩隻蝴蝶在花叢裡自由地翻飛著。

滑翔 不依靠動力，利用空氣的浮力在空中飄行。

展翅高飛* 張開翅膀，高高地飛翔。

比翼齊飛* 翅膀挨著翅膀共同朝一個方向飛。

B3－10 動：　游

游 人或動物在水面或水層中移動：暢游長江。

洄游　回游 某些水生動物（主要是魚類）由於產卵、覓食、越冬或受環境影響，成群地定時、定向、有規律地遷移。

凫 浮水；游泳：凫水。

浮 〈方〉在水裡游：他一口氣浮出兩公尺遠。

浮游 游泳。

浮水　游泳：他從小就會浮水。

潛行　在水面以下行動：魚在海底潛行。

B3－11 動：　跑·爬

跑　快速移動兩條腿或四條腿迅速前進：鹿跑得
　　很快。

奔　急跑：狂奔。

奔騰　跳躍奔跑；奔跑跳躍：萬馬奔騰。

奔馳　（馬、車等）快速地跑：群馬奔馳。

馳　（馬、車等）快速跑：馳行。

飛馳　（馬、車等）如飛地快跑：飛馳而過。

疾馳　（馬、車等）急速奔跑：馬群疾馳而來。

爬　昆蟲、爬行動物以胸腹貼近地面來移動身
　　體：烏龜向山坡慢慢爬去。

爬行　爬。

蠕動　蟲類爬動。

尥蹶子　騾、馬等揚起後腿向後踢。

撒歡兒　〈方〉動物因興奮而跑、跳、打滾。

抓　捉拿；捕捉：貓抓老鼠。

搏　撲上去抓：猛虎搏羊。

B3－12 動：　啄·吸·反芻等

啄　鳥類用嘴取食物：雞啄米。

鴰　尖嘴的鳥啄食：別讓雞鴰穀穗。

捕食　動物捕取其他動物作食物。

吞食　吃東西整個兒咽下去：蛇吞食了青蛙。

吞噬　吞食。

噬　咬：反噬／噬臍莫及。

叮　蚊子等用針形口器刺入皮膚吸食血液。

吮吸　聚攏嘴唇吸取東西。

吮　吮吸：小牛吮乳。

吸　動物把液體、氣體等從口或鼻孔引入體內：
　　吸水／吸氧氣。

啜　吃，喝。

嚙　（鼠、兔等）咬：蟲咬鼠嚙。

叼　用嘴夾住：老鷹叼著小雞飛走了。

衘　用嘴叼：燕子衘泥。

螫　蜂、蠍子等用尾部的毒刺刺人或動物。

蠚　〈書〉螫。

反芻　牛羊等動物，採食時食料未經充分咀嚼即
　　吞入咽下，在休息時嘔回口腔再行細嚼，並混
　　以唾液咽下。這種動作稱「反芻」，這類動物
　　叫反芻類動物。也叫**倒嚼**；**倒噍**。

B3－13 動：　叫

叫　動物的發音器官發出較大的聲音，表示某種
　　情緒、感覺或欲望：鳥叫／蛐蛐兒叫。

號　拖長聲音大聲叫喊：號叫。

吼　獸類大聲叫：獅吼。

咆哮　猛獸怒吼：老虎咆哮。

嘶　〈書〉馬叫：馬嘶。

嘯　野獸拉長聲音吼叫：虎嘯猿啼。

吠　狗叫：雞鳴犬吠。

咬　狗叫：雞鳴狗咬。

嗥　大聲叫或哭：鬼哭狼嗥。

嘷　野獸吼叫：狼嘷。

鳴　鳥、獸、昆蟲叫：雞鳴／蟬鳴。

啼　某些鳥獸鳴叫：雞啼／猿啼。

唳　鶴叫：風聲鶴唳。

唱　大聲地叫：雞唱三遍。

哨　鳥叫。

噪　蟲、鳥叫：蟬噪／雀噪。

囀　鳥婉轉地叫：鶯囀。

打鳴兒　〈口〉公雞叫。

B3－14 動：　棲息·休眠·蛻皮等

棲息　停留；休息，居歇(多指鳥類)：鳥棲息在樹
　　上。

棲　鳥類停留歇息，也泛指居住或停留：共棲／
　　兩棲／雞棲於塒。

休眠　某些動物為了適應環境的變化，停止取
　　食、呼吸微弱、昏睡不醒等，生命活動幾乎到

了停頓的狀態,在陸生低等動物較普遍。

蟄伏 動物休眠。

出蟄 動物結束休眠,恢復正常活動。

蛻皮 昆蟲等節肢動物和爬蟲類,在發育過程中,身體表面舊皮因不能隨蟲體生長而繼續增大,從而蛻去,由新長出的表皮來代替。

蛻 ❶蛻皮:蛇蛻了皮／蝦蛻殼。❷鳥脫毛(重長新毛)。

B3－15 動: 蜷曲・假死

蜷曲 動物的肢體彎曲:狗蜷曲著睡覺。

蜷 蜷曲:蛇蜷成一團。

蜷局 〈書〉蜷曲。

蜷縮 蜷曲而收縮:刺蝟蜷縮成一團。

蜷伏 蜷曲著身體躺著:小狗蜷伏在地上。

假死 某些動物遇到敵人時,卧地不動,甚至停止呼吸,裝成已死的樣子,以迷惑對方保護自己。

B3－16 聲: 叫聲

蕭蕭 形容馬的叫聲:馬鳴蕭蕭。

咴兒咴兒 形容馬的叫聲。

哞 形容牛的叫聲。

咩 形容羊的叫聲。

咪咪 形容貓的叫聲。

喵 形容貓的叫聲。

汪汪 形容狗的叫聲。

狺狺 〈書〉狗的叫聲:狺狺狂吠。

吱(嗞) 多形容小動物的叫聲:老鼠吱吱地叫。

嘰嘰喳喳 形容鳥類等雜亂細碎的叫聲:一群麻雀在嘰嘰喳喳地叫。

唧唧 形容蟲的叫聲。

咕咕 形容母雞、斑鳩的叫聲。

啾啾 形容某些動物的叫聲:小鳥啾啾地叫著。

啾啾 ❶形容鳥、蟲等細碎的叫聲:蟲聲啾啾。❷形容動物淒厲的叫聲:猿鳴啾啾。

啁啾 〈書〉形容鳥叫聲:乳雀啁啾。

喳喳 形容鳥叫聲:喜鵲喳喳叫。

喈喈 〈書〉形容鳥叫聲:雞鳴喈喈。

嚶嚶 〈書〉形容許多鳥一齊鳴叫聲:鳥鳴嚶嚶。

呷呷 形容鴨子、大雁等叫聲。也作**嘎嘎**。

咯咯 形容某些鳥叫聲。

喔喔 形容公雞叫聲。

嚦嚦 〈書〉形容鳥兒清脆的叫聲:鶯聲嚦嚦。

啞啞 形容烏鴉的叫聲。

呢喃 形容燕子的叫聲:春燕呢喃。

蟈蟈 形容蛙類的叫聲。

喞喞 形容蟋蟀的叫聲。

B3－17 聲: 動作聲

潑剌 形容魚在水裡跳躍的聲音:潑剌一聲,一條魚跳出水面。

撥剌 〈書〉形容魚在水裡跳躍的聲音:跳魚撥剌。

刺棱 形容動作迅速的聲音:小兔刺棱一下就不見了。

撲棱 形容翅膀抖動的聲音:一隻鴿子撲棱一聲飛走了。

嘚 形容馬蹄踏地的聲音:嘚嘚的馬蹄聲。□嗒。

B4　哺乳動物

B4－1 名: 猿・猴

猿 類人猿的泛稱。

類人猿 猩猩科和長臂猿科動物的總稱。體質特徵和親緣關係與人最接近,如具有複雜大腦、盲腸蚓突(闌尾)、廣闊的胸廓和扁平的胸骨,及血型、懷孕時間和壽命等,都與人相似。但前肢均長於後肢,半直立行走及善於臂行,又與人類有顯著區別。也叫**人猿**。

猩猩　猿的一種,前肢特長,毛長,呈赤褐色,沒有臀疣。頭尖,鼻平,吻部突出。在地上能直立行走,但須用前肢幫助。也叫**褐猿**。

大猩猩　猿中最大的一種。毛黑褐色,前肢比後肢長,能直立行走。性凶暴。也叫**大猿**。

黑猩猩　猿的一種,毛黑色,頭較圓,眉骨較高,耳大,前肢長過於膝部。是和人類最相似的高等動物。也稱**黑猿**。

長臂猿　猿的一種,前臂很長,直立時可達地面,無尾和頰囊,善於鳴叫,能雙足行走。

猴　哺乳動物,種類很多。形狀略像人,毛灰色或褐色,有尾巴和頰囊,行動靈活,好群居。通稱**猴子**。

獼猴　猴的一種,毛灰褐色,腰部以下橙黃色,面部肉色,沒有毛,臀部有紅色的胼胝,感覺靈敏,行動迅速。爲保育類動物。

金絲猴　猴的一種,體形較大,毛金黃色或銀灰色,背部長毛達一尺多,吻部腫大,面部藍色,鼻孔向上,尾巴長。是特有的珍稀動物,爲保育類動物。

黑葉猴　猴的一種,體形瘦小,四肢細長,臉部、足掌及頭頂有毛冠,耳根至兩頰有白毛,尾巴長。是特有的珍稀動物。爲保育動物。

狒狒　猴的一種,毛灰褐色,面部肉色,無毛,頭大,尾細長。雌、雄大小相差懸殊。雄獸自頭部兩側至肩部披長毛,體形較大。喜群居。

山魈　猴的一種,頭大,尾巴很短,四肢粗壯,鼻子呈深紅色,面部皮膚藍色,有皺紋,吻部有白鬚或橙鬚,眉骨高突,眼窩深陷,臀部有一大片紅色臀胝。性凶猛,形醜惡。

B4－2　名：　獅・虎・豹

獅　哺乳動物,體形大,毛黃褐色,頭大臉闊,尾長,末端有叢毛,體魄雄壯,雄的頭、頸有鬣毛。是大型肉食猛獸。現僅存於非洲,數量極少。通稱**獅子**。

虎　食肉類哺乳動物,體形大,毛黃色,有黑色斑紋,性凶猛,能游泳,不善爬樹,一般夜出捕食,肉可食,骨可做藥,毛皮可做地毯等。虎在亞洲各地都有分布,有華南虎和東北虎,爲保育類動物。通稱**老虎**。

大蟲　〈方〉老虎。

於菟　古代楚人稱虎。

豹　哺乳動物,豹類通稱,像虎而較小,身上有很多斑點或花紋。善奔走,能上樹,性凶猛,捕食其他獸類。

金錢豹　豹的一種,體黃色並密布黑褐色斑環,形似古錢,故而得名。善攀爬,喜隱伏在大樹上,爲保育類動物之一。

雪豹　豹的一種,尾巴長,毛長,灰褐色,全身有不規則的黑斑。棲息於三千～六千公尺高山峻嶺中。爲保育類動物之一。

B4－3　名：　貓・狸・序

貓　哺乳動物,面部略圓,耳殼短小但聽覺發達,瞳孔隨光線的強弱而縮小放大,掌部有肉質軟墊,善跳躍,能捕鼠。

野貓　無主飼養的貓。

豹貓　哺乳動物,體如家貓,毛淺棕色,有很多褐色斑點,頭部有四條棕褐色條紋。性凶猛,捕食鳥、鼠、蛇等小動物。毛皮可製裘。也叫**山貓**;**狸貓**;**狸子**;**錢貓**。

靈貓　哺乳動物,嘴尖、耳朵窄,毛灰黃色,背部有黑紋和斑點,肛門下部有分泌腺,能分泌油質液體,可作香料或供藥用。爲保育類動物。

猞猁　哺乳動物,體形像巨大的貓,四肢粗長,尾短,耳殼尖端生有聳立的筆毛。體色淡黃,帶有暗色斑點。性凶猛,善爬樹。毛皮極貴重。爲保育類動物。也叫**林狷**。

花面狸　哺乳動物,身體比家貓細長,四肢較短,體呈灰棕色,鼻端至頭後部和眼上下各有一白紋,生活在山林,吃穀物果實和小動物。肉

可食,毛皮可製衣帽。也叫**果子狸**;**青猺**。

獴 哺乳動物,頭小,口吻尖,身體細長而四肢短小。捕食蛇、蛙、鼠、蟹等動物。

B4－4 名： 狗·狼·狐·豺

狗 哺乳動物,種類很多,耳短吻長,聽覺和嗅覺靈敏,犬牙銳利,體表無汗腺,舌有散熱功能。性機警,易受訓練。也叫**犬**。

獵狗 狗的一種,受過訓練,能幫助打獵的狗。

警犬 受過專門訓練,能協助軍警進行偵察、搜捕、戒備的狗。

獒 一種猛犬。體黃褐色,軀大,尾長,四肢較短,凶猛善鬥。

狼狗 狗的一種,形狀像狼,嗅覺敏銳,性情凶猛。經訓練可幫助打獵或訓練成警犬。

哈巴狗 狗的一種,體小腿短,面、耳和全身都長波形長毛,吻較短。供玩賞。也叫**獅子狗**;**巴兒狗**;**叭兒狗**。

鬣狗 哺乳動物,外形略像狗,頸上有長鬣毛,後肢較前肢短弱。通常以動物屍體爲食。

狼 哺乳動物,形似狗,體形略大,吻較尖,尾下垂,耳直立。性凶殘。冬季往往集合成群,襲擊各種野生動物和家畜,是畜牧業的主要害獸。

狐 哺乳動物,形狀略像狼,但腿較短,毛色變化很大,通常赤黃色,面部較長,耳朵三角形,尾巴長,基部有一小孔,能分泌惡臭。性狡猾多疑。也叫**狐狸**。

草狐 狐的一種,毛淡黃色,略帶灰色,絨毛較薄。毛皮可製衣。

紅狐 狐的一種,全身棕紅色,耳背黑色而尾尖白色。毛皮珍貴。也叫**火狐**;**赤狐**。

玄狐 狐的一種,毛深黑色,長毛尖端白色。毛皮珍貴。也叫**銀狐**。

白狐 狐的一種,耳短而圓,頰的後部和蹠部有長毛,毛夏季青灰色,冬季白色,生活在北極。

毛皮珍貴。也叫**北極狐**。

豺 哺乳動物,形狀像狗,體毛赤棕色,尾末端黑色。性凶殘膽大,喜群居。也叫**豺狗**。

貉 哺乳動物,外形像狐而體較胖,體毛棕灰色,耳短小而圓,兩頰有長毛橫生,尾毛蓬鬆。

B4－5 名： 牛·羊·豬·兔

牛 哺乳動物,一種體形較大的草食反芻家畜。頭上長有一對角,趾端有蹄,尾巴尖端有長毛。力大,可供役使、乳用或乳肉兩用,皮、毛、骨等都有用處。

耕牛 耕作用的牛。要求體格強壯、骨骼堅實、肌肉發達,力大而持久,如水牛和黃牛。

犁牛 〈方〉耕牛。

牯牛 公牛。

犍牛 閹割過的公牛。性情比較馴順,便於飼養管理,並能延長使役年限,也易於育肥。

乳牛 專門養來產奶的牛。一般乳房發育良好,產乳量高,泌乳期長。也叫**奶牛**。

菜牛 專供食用的牛。一般生長快,飼料利用率高,肉質良好,屠宰率高。

黃牛 牛的一種,毛皮多呈黃色,或黑色和紅棕色,角短。用來耕地或運輸,肉供食用,皮可製革。

水牛 牛的一種,身體粗壯,腿短蹄大,毛稀疏,多灰黑色。角很大,作新月形。由於汗腺極不發達,暑天喜歡浸在水中。適於水田役使。

犛牛 牛的一種,體形矮而健壯,四肢短而粗,毛長,多呈黑色、深褐色或黑白花斑。性耐寒,是青藏高原地區的主要力畜。野生的犛牛被列爲保育類動物。

犏牛 公黃牛和母犛牛交配所生的第一代雜種牛。兼有犛牛耐勞和黃牛易馴的特點。由公犛牛和母黃牛所生的雜種牛,叫假犏牛。

野牛 形狀跟家牛相似,毛褐色,鼻、唇灰白色,四肢下部白色。身體高大,背部隆起,頭部和

頸部有長毛。是一種珍奇動物。為保育類護
動物。

羚牛 哺乳動物,體形似水牛,肩部比臀部高,雌
雄都有黑色的短角,尾短,毛棕黃色或褐色,
眼周黑色。為保育類動物。也叫**扭角羚**。

瘤牛 牛的一種,肩上肌肉組織有瘤狀突起,毛
多灰白色,垂皮發達。力氣大,性溫馴,可以
用做力畜,肉和乳均可供食用。

羊 哺乳動物,一類小型反芻家畜。偶蹄,一般
頭上有一對角,種類很多。

羯羊 閹割後的公羊。

綿羊 羊的一種,軀體豐滿,毛綿密,長而鬈曲,
多白色。公羊多有螺旋狀大角,母羊無角或
角細小,四肢強健,耐渴,膽怯。主要用於產
毛和肉,皮可製革。

灘羊 綿羊優品品種之一,頭部有黑色或褐色花
斑,軀幹長,多為白色。毛細長而鬈曲,脂尾
錐形,毛質好。羔羊皮馳名國內外。

湖羊 綿羊的優良品種之一。無角,毛白色,羔
皮柔軟,具有耐熱、耐濕、慣舍飼、成熟早、肉
質優、繁殖力強、泌乳量高的特性。主要分布
在浙江杭、嘉、湖地區及江蘇太湖鄰近各縣。

黃羊 角短,體毛棕黃色,腹白色,尾短,肢細。
肉可食,毛皮可以做衣服或製革。也叫**蒙古
羚**。

山羊 羊的一種,頭長,額部隆起,角三棱形呈鐮
刀狀向後彎曲,頜下有鬚。毛一般粗直,多白
色,亦有黑、褐等顏色。主要用於產肉、乳和
毛皮。

岩羊 羊的一種,頭長而狹,角粗大,毛青褐色,
兩頰及腹面白色,無鬚。生活在高山上,對農
業危害較大。毛皮可做褥墊或製革。為保育
類動物之一。也叫**石羊**。

羱羊 哺乳動物,似山羊而體較大,雄雌有角,雄
的下巴下有長鬚,雌的鬚很短,棲於高山,群
居。為保育類動物之一。也叫**北山羊**。

羚羊 哺乳動物,種類繁多。體形似山羊,四肢
細長,蹄小而尖,角細圓有節。有的羚羊,角
可供藥用。

盤羊 羊的一種,角粗大,向下扭曲呈螺旋狀,無
鬚,毛厚而長,棕灰色,臀部有白斑,耳小尾
短,四肢強健,善於爬山。肉可食,皮可製革。
為保育類動物之一。

奶羊 以產奶為主要用途的羊。

豬 哺乳動物,是重要家畜之一。頭大,鼻、吻都
長,眼小,耳大,腳短,腹肥大。肉供食用,皮、
鬃、骨都可做工業原料。

豕 〈書〉豬。

豚 小豬,泛指豬。

豬玀 〈方〉豬。

毛豬 活豬(多用於商業)。也叫**生豬**。

架子豬 指斷乳後不久至催肥期以前的去勢豬。
在飼養上,多餵青粗飼料少餵精飼料,以求骨
架和消化器官的充分發育,為催肥創造條件。

殼郎豬 〈方〉架子豬。

野豬 哺乳動物,是家豬的祖先。但四肢較細
長,適於奔跑。全身長著黑褐色的粗毛,雄豬
犬齒突出口外。性凶猛,對農業危害很大。

兔 哺乳動物,頭部略像鼠,但唇較厚,上唇中央
分裂。有四個銳利的門齒,耳長,尾短而向上
翹,前肢短,後肢長,善跳躍,跑得很快。肉可
供食用,毛皮可以紡織或製衣物。通稱**兔子**。

家兔 兔的一種,由野生穴兔馴化而來,是一種
體形較小的家畜。齒尖,上唇中央有裂縫,耳
朵和後肢比野兔短,眼睛多為紅色,毛有白、
灰、黑、棕等色。有肉用、毛皮用和皮肉兼用
三型。

野兔 生活在野地裡的兔類,如北方的草兔和南
方的山兔,覓食植物,危害農作物,是農林害
獸,肉可食,毛、皮可利用。

安哥拉兔 著名家兔品種之一,原產土耳其首都
安哥拉。毛純白色,濃密細長而柔軟,有光

澤,供紡織用。

B4－6 名： 馬·驢·貘·犀

馬 哺乳動物,一種體形較大的家畜。面較長,耳小並向上直立,四肢強壯,每肢各有一蹄,善跑。頸部有鬣,尾生有長毛。可供拉車、乘騎、耕地等用。皮可製革。

騍馬 母馬。

駿馬 好馬,能迅速持久奔跑的馬。

劣馬 不好的馬。也指性情暴躁,不聽使喚,難駕馭的馬。

駑馬 〈書〉不能快跑的馬。

戰馬 經過訓練,用於作戰的馬。

轅馬 駕轅的馬。

馱馬 主要用來馱東西的馬。

野馬 哺乳動物,體形似家馬,耳短小,毛呈棕色,鬃短而直,尾毛長而多。產於中國大陸西北部新疆、蒙古,為保育類動物之一。

黃驃馬 一種黃色體毛中夾雜著白色斑點的馬。

千里馬 指駿馬,謂能日行千里。

驢 哺乳動物,體較馬小,耳長,尾端有毛,體色通常灰褐色,富忍耐力,但頗執拗。是重要的力畜。

毛驢兒 驢,一般指體形矮小的驢。

草驢 母驢。

叫驢 公驢。

野驢 哺乳動物,體較驢大,毛赤棕色,背中央有一條褐色細紋,腹部毛白色。性蠻悍,不易馴服。為保育類動物。又稱**蒙驢**。

騾 一種由公驢和母馬所生的雜種家畜。體形似馬,叫聲似驢,四肢筋腱強韌,壽命和負重能力都超過馬和驢。一般無生殖能力。多用做力畜。通稱**騾子**。

斑馬 哺乳動物,形狀像馬,毛呈淡黃色,全身有黑色橫紋,鬃毛很硬,是一種珍貴的觀賞動物,產於非洲。

貘 哺乳動物,體形略似犀,但較矮小、尾極短,鼻端無角,鼻很長,向前突出,能自由伸縮,皮厚毛少,前肢四趾,後肢三趾。產於熱帶多水密林地區。

犀 哺乳動物,體粗大,皮膚厚而韌,多皺褶,微黑色,毛極稀少。鼻端有一隻或兩隻角,角可供藥用。通稱**犀牛**。

B4－7 名： 熊·熊貓

熊 熊類總稱。哺乳動物,體態肥胖,頭大耳小尾短,四肢短而粗,腳掌大,能爬樹。雜食性。種類很多。

白熊 熊的一種,毛白色稍帶淡黃,善游泳。性耐寒,生活在北極地帶。也叫**極熊**。

黑熊 熊的一種,體毛黑色,胸有一倒人字形白紋,能游泳、善爬樹,熊脂、熊膽、熊肉可製藥,掌可食。也叫**狗熊**。

黑瞎子 〈方〉黑熊。

棕熊 熊的一種,身體大,毛通常是棕褐色,胸部有寬白紋,肉、掌可食,膽可入藥。也叫**人熊**;**馬熊**;**羆**。

熊貓 哺乳動物,屬貓熊科。形狀像熊而略小,尾短,耳、眼周、前後肢和肩部黑色,其餘均為白色。性孤獨。是特有的珍貴動物,為保育類動物。也叫**貓熊**;**大熊貓**;**大貓熊**。

小熊貓 哺乳動物,屬浣熊科,體比貓大,頭部棕色白色相間,背部棕紅色,尾巴長而粗,有九個黃白色相間的環紋。故又稱「九節狼」。能爬樹。為保育類動物之一。也叫**小貓熊**。

B4－8 名： 鼬·獾·貂·獺

鼬 哺乳動物的一種,身體細而長,四肢短小,尾較粗,耳朵小而圓,唇有鬚,毛黃褐色、棕色或灰棕色等。如黃鼬、青鼬。

黃鼬 哺乳動物,毛金黃色,體形細長,四肢較短。性凶悍,夜間活動,能由肛門附近臭腺分

泌出惡臭的氣體，用以禦敵。毛皮可做衣帽，尾毛可製筆。也叫**黃鼠狼**。

青鼬　哺乳動物，體形似家貓，四肢較短，頭的背面和側面，四肢和尾巴都呈棕黑色，下巴部白色。棲息樹林中，夜間活動。也叫**黃猺**。

獾　哺乳動物，毛一般灰色，頭長耳短，頭部有三條寬白紋，腹部和四肢黑色，前肢爪特長，適於掘土。雜食性。也叫**狗獾**。

狼獾　哺乳動物，身體像熊，全身棕色，尾巴長，尾毛蓬鬆，喉部有白色斑紋，棲息常冷地帶林區，捕食小動物。性情凶暴。爲保育類動物。也叫**貂熊**。

沙獾　哺乳動物，背部淺黑色或灰色，四肢棕黑色，頭部有一條白色縱紋，眼下亦有短紋，喉、耳朵和尾巴白色，腹中部黑色。毛皮可製衣褲。

猹　獾類的野獸，喜歡吃瓜。

貂　鼬科哺乳動物，種類甚多，身體細長，四肢短，耳朵呈三角形，聽覺敏銳，毛黃色或紫黑色。是珍貴的毛皮獸。

紫貂　貂的一種，體形像黃鼬，毛暗褐色，喉部有橙黃色喉斑。耳大，吻尖，四肢短，尾短而粗。毛皮極珍貴。爲關東三寶。是保育類動物。也叫**黑貂**。

水貂　哺乳動物，身體細長，雄的較大，四肢短，趾間有蹼，尾蓬鬆，毛黑褐色，密而柔軟。適於在水中生活。皮毛珍貴，可人工飼養繁殖，爲重要毛用獸。

獺　水獺、旱獺、海獺的統稱，通常指水獺。

水獺　哺乳動物，頭寬而扁，耳小，尾扁平，四肢粗短，趾間有蹼，善於游泳，毛深褐色。毛皮珍貴，可以製衣帽。

海獺　哺乳動物，身體圓而長，毛深褐色，前肢短，後肢長，趾間有蹼，善游泳和潛水，生活於海中。毛皮珍貴。也叫**海龍**。

B4－9 名：　鼠・松鼠・豪豬・河狸等

鼠　哺乳動物，種類很多，一般體形小，尾巴長，無犬齒，門齒很發達，無齒根，終生繼續生長，常藉嚙物以磨短。繁殖力強，危害農、林、草原及建築物，有的能傳播疾病。通稱**老鼠**。

耗子　〈方〉老鼠。

家鼠　指棲息於人類居住場所內的鼠類。常見的有褐家鼠、黑家鼠和小家鼠，黃胸鼠等。毛褐色或黑色，耳較短，多偷吃食品，咬壞衣物，傳播疾病。

野鼠　一般指除家鼠外生活在田野草原中的鼠類，如田鼠、沙鼠、跳鼠等，皮毛多爲褐色、褐黃色或灰色。一般對農作物有害，有的能傳播疾病。

田鼠　鼠的一類，體小，四肢和尾都短，毛一般爲暗灰褐色，有的呈沙黃色，掘土穴居，盜食農作物。

黃鼠　哺乳動物，身體細長，尾短，眼大而較突出，毛灰黃色。群棲於草原地區，穴居，白天活動。能傳播鼠疫。也叫**大眼賊**。

松鼠　哺乳動物，外形略像鼠而稍大，體毛灰色、暗褐色或赤褐色，尾蓬鬆而長大。林棲，喜食松子等果實。毛皮可製衣。也叫**灰鼠**。

鼯鼠　哺乳動物，種類較多，外形像松鼠，前、後肢之間有寬而多毛的飛膜，能藉此滑翔。尾長，背部褐色或灰黑色。棲於高山林區。

豪豬　哺乳動物，全身黑色或褐色，自肩部至尾，密布長而硬的刺。穴居，對農作物有害。也叫**箭豬**。

豚鼠　哺乳動物，身體像兔而較小，有鬚，耳短，無尾，體色有白、黑、黃褐等，常用於醫學和生理學等的實驗。也叫**天竺鼠**。

旱獺　哺乳動物，體粗壯，前肢的爪特別發達，善

於掘土,體背一般爲土黃色。皮可製衣帽。能傳播鼠疫等疾病。但毛皮珍貴。也叫**土撥鼠**。

河狸　哺乳動物,形狀像鼠而肥胖,後肢發達有蹼,善游泳。毛長而密,背赤褐色,尾扁闊,穴居河邊。雄的能分泌河狸香,可入藥。毛皮珍貴。爲保育動物之一。也叫**海狸**。

B4－10 名： 鹿・獐・長頸鹿・駱駝等

鹿　哺乳動物,種類很多。雄性一般有角,毛多褐色,或有花斑或條紋,無上門齒,胃四室,四肢細長,尾巴短,聽覺和嗅覺都很靈敏,善奔跑。

毛冠鹿　一種小型鹿,毛一般爲黑褐色,耳尖,白色,額部有黑褐色毛簇,雄獸有短小的角,不分叉,雌獸無角。肉可食,皮可製革。爲保育類動物。

梅花鹿　鹿的一種,夏季毛栗紅色,有許多梅花狀白斑,冬季毛煙褐色,白斑不顯著,雄鹿有角,四肢細而強壯,善跑。鹿茸和鹿骨等均供藥用。爲保育動物之一。

水鹿　鹿的一種,身體較大,暗褐色,尾巴長而蓬鬆,雄鹿有粗大的角,分三叉。毛皮可製革,鹿茸可入藥。爲保育類動物。也叫**馬鹿**。

白唇鹿　鹿的一種,體大,全身灰褐色,嘴的周圍及喉部純白色,臀部有土黃色斑塊,尾短,雄有角,分四或五叉,是特產的珍貴動物。爲保育類動物。

駝鹿　是最大型的鹿,尾短,雄的有角,角上部成鏟形,頭大,鼻長如駱駝,毛黑棕色,頸下有鬃。肉可食,皮可製革。也叫**犴**。

馴鹿　鹿的一種,頸較長,喉部有灰白色長毛下垂,雌雄都有角,角長,枝叉多而複雜,尾短,體毛夏天栗棕色,冬天棕灰色,有遷移性,善游泳。可用以馱物和拉雪橇。

麋鹿　鹿的一種。毛淡褐色,雄的有角,角像鹿,頭像馬,身像驢,蹄像牛。性溫馴,爲特有的珍貴動物,野生種已絕迹,現某些動物園有飼養。也叫**四不像**。

麝　一種小型鹿,雌雄都無角。毛棕色,前肢短,後肢長,善跳躍。雄麝的犬齒很長,呈獠牙狀;肚臍處有香囊,能分泌麝香,可作藥用和香料用。也叫**香獐子**。

麂　一種小型的鹿類。雄的有短角。腿細而有力,善跑,毛棕色,皮柔軟,可以製革,肉可食。通稱**麂子**。

獐　哺乳動物,形似鹿而較小,雌雄都無角。雄的犬齒發達,形成獠牙。毛粗長,黃褐色。行動靈敏,能游泳。肉可食,皮可製革。爲保育類動物之一。通稱**獐子**。

狍　鹿的一種,尾短,冬季毛棕褐色,夏季栗紅色,臀部白色。雄的有角,角小,分三叉。毛皮可做褥墊或製革。通稱**狍子**。

長頸鹿　哺乳動物,頸和腿都很長,爲陸上最高的動物。雌雄都有角,眼大而突出,長在頭頂上,身上有黃色網狀斑紋。是一種珍貴動物。產於非洲。

駱駝　哺乳動物,體形高大,頭小,頸長,毛褐色,有雙重眼瞼,鼻孔能開閉,能抵禦風沙。蹄底有肉墊,適於在沙地行走。背上有駝峰,且能反芻,非常耐饑渴。性溫馴,可作騎乘或運貨,是沙漠中主要力畜。被稱爲「沙漠之舟」。

雙峰駝　駱駝的一種,背部有兩個駝峰。體形較單峰駝矮,毛黃褐色,產於中國大陸及中亞細亞。

B4－11 名： 海狗・象・儒艮・河馬等

海狗　哺乳動物,體黑色,腹白,頭圓,吻短,四肢

呈鰭狀,適宜游泳,有洄游習性。雌小,雄大。毛皮優良,雄獸的睪丸和陰莖叫作膃肭臍,供藥用。也叫**海熊;膃肭獸**。

海獅 哺乳動物,身體黃褐色,四肢呈鰭狀,面部略像獅子,尾部短而扁平如魚尾。有的種類雄的頸部有長毛似獅,故名。

海象 哺乳動物,體大,身體深褐或灰黃色,皮上無毛。四肢呈鰭狀,在海洋中生活,也能在陸上行動。有的種類雄的鼻長如象,或鼻上皮膚成囊狀構造。

海豹 哺乳動物,身體呈紡錘形,四肢短而扁平呈扇形,尾短,前後肢均成鰭狀,毛灰黃色帶棕黑色斑點,腹白色。脂肪可煉油,肉可食。

土豚 哺乳動物,頭部狹長,嘴呈管狀,舌細長,耳大而直立,四肢短,爪子強健,皮厚,毛稀少,紅褐色。吃螞蟻等昆蟲。產於非洲。又稱「非洲食蟻獸」。

象 哺乳動物,體形巨大,是陸上最大的哺乳動物。全身灰色,皮厚,體毛稀少,耳大,鼻長呈圓筒狀,多有一對長大的門牙伸出口外。象牙可以製工藝品。

儒艮 哺乳動物,體呈紡錘形,全身深灰色,腹部淺灰色,毛稀疏,頭圓,眼小,前肢作鰭狀,後肢退化,母獸有一對乳房。在海洋中生活。為保育類動物。也稱人魚。

河馬 哺乳動物,體形肥厚而渾圓,頭大呈長方形,嘴扁平而大,尾短,皮厚少毛,粉褐色,分布於熱帶非洲的河流和湖沼地帶。

B4－12 名：　鯨·江豚等

鯨 哺乳動物,種類很多,生活在海洋中。形狀像魚,用肺呼吸,前肢呈鰭狀,後肢完全退化,尾扁平呈鰭狀。胎生,通常每胎一仔。鯨是現在世界上最大的動物,肉可食,皮可製革,脂肪可做工業原料。

長鬚鯨 鯨的一種,體長可達二十餘公尺,一般背面青灰色,腹面白色,口中兩側有許多角質的薄片,叫做鯨鬚。

藍鯨 鯨的一種,體長可達三十米,是現存最大的動物。身體通常為藍灰色,有白色斑點。胸腹部有上百條褶溝。也稱剃刀鯨。

抹香鯨 鯨的一種,身體長,頭極大,上頜略像桶,僅下頜有齒,背面黑色,略帶赤褐色,腹面灰色。腸中有一種分泌物,叫做龍涎香,可製貴重香料。

白鱀豚 一種生活在淡水中的小型鯨類。身體呈紡錘形,有背鰭,體背為淺藍色,腹面白色。是特有的珍貴動物。為保育類動物。

海豚 哺乳動物,體形像魚,有背鰭,嘴尖,突出如喙,口中有尖而小的牙齒,背部藍灰色,能學會許多複雜動作,並有較好記憶力。也叫**海豬**。

海牛 哺乳動物,體狀略像海豚,生活在海洋中,全身灰黑色,皮厚光滑無毛。前肢呈鰭狀,後肢已完全退化,尾呈圓形。

江豚 哺乳動物,體形似魚,全身黑色,頭圓,眼小,尾扁平,沒有背鰭。生活在江河中。常見於長江口。也叫**江豬**。

B4－13 名：　鴨嘴獸·袋鼠· 刺蝟·蝙蝠等

鴨嘴獸 哺乳動物,體形肥扁,毛細密,深褐色,嘴像鴨嘴,尾短而扁平,卵生。雌獸無乳頭,乳汁由腹部乳腺流出。前、後肢有蹼,穴居水邊,善游泳。產於澳洲。

袋鼠 哺乳動物,前肢較短,後肢長而強勁,善於跳躍,尾巴粗大。雌獸腹部有皮質育兒袋。產於澳洲。

樹鼩 哺乳動物,外形像松鼠,全身棕褐色,吻尖細,齒分化不明顯,尾巴蓬鬆。產於中國大陸南部及越南、緬甸等地。

刺蝟　哺乳動物,吻尖,四肢短,體肥矮,背部有粗而硬的刺。遇敵害時能蜷曲成球,吃昆蟲和蠕蟲等,對農業有益。皮和刺可供藥用。

蝙蝠　哺乳動物,體形小,頭部似鼠,四肢和尾部之間有一層薄薄的翼膜,是唯一能飛行的獸類。視力很弱,靠本身發出的超音波來引導飛行。

食蟻獸　哺乳動物,頭細長,吻成管狀,無齒,舌頭細長能伸縮,尾部密生長毛,全身毛棕褐色。吃螞蟻和其他昆蟲。產於南美。

穿山甲　哺乳動物,身體細長,呈流線型,全身有角質鱗片,舌細長,能收縮。爪長而尖銳,無牙齒。以舐食螞蟻為主。鱗片可供藥用。產於中國大陸南部及越南、緬甸等地。也叫**鯪鯉**。

樹獺　哺乳動物,體形略像猴,頭小,尾短。毛粗而長,因體表附有藻類,故呈綠色,很像樹皮。以四肢倒懸在樹上,食樹葉果實,動作遲緩。能耐饑一個月以上。產於南美。

犰狳　哺乳動物,頭頂有鱗片,身體分前、中、後三段,前段和後段有整塊不可伸縮的鱗片,中段鱗片有肌肉相連,可以伸縮,腹部多毛,爪利,善於掘土。產於南美洲和中美洲。

B5　鳥　類

B5－1　名：　雞・雉・松雞・孔雀等

雞　家禽,品種很多。頭部有鮮紅色肉冠,雄雞冠較大。嘴尖短,稍彎曲,翅膀短小,不能高飛。腳健壯。肉和卵都可供食用。也叫**家雞**。

草雞　〈方〉母雞。

叫雞　〈方〉公雞。

油雞　一種品種優良的雞,原產北京,羽毛多為黃色或紅褐色,腳上有毛,身體較肥,卵較大。

柴雞　指身體較小,產的蛋也小,腿下一般沒有毛的雞。

原雞　鳥類,是家雞的遠祖。體形似家雞。雄雞頸羽前深紅後金黃,體羽大多黑色,腹面黑褐色,尾羽很長。雌雞形小尾短,上體呈黑褐色,有蟲樣斑紋。肉可食用。為保育鳥類之一。

雉　鳥類,中國大陸分布最廣的為環頸雉,羽毛華麗,頸部有白色環紋,尾羽長,呈灰黃色並帶有黑色橫斑,雙翅短,善走,不能久飛。雌鳥尾較短,體羽斑褐色。通稱**野雞**。

田雞　鳥類,體形略像雞,較小,嘴綠褐色,羽毛赤褐色,背部橄欖色,腳赤色。生活在草原和水田裡。

錦雞　鳥類,體形像雉,雄的上體羽呈金黃色,上背濃綠色,頭上有金色的絲狀羽冠,散圍頸上,後頸圍生橙棕色扇狀羽,形如披肩。尾巴很長。雌的羽毛黑褐色。可供**觀賞**。為保育類鳥類。也叫**金雞**。

秧雞　鳥類,體形略像雞,而軀體瘦削,頭小,背部呈灰褐色,有斑紋,嘴較長,尾短,腳帶赤褐色。步行快速,不善高飛。棲息沼澤或水草叢中。

竹雞　鳥類,上體多呈黃褐色,胸部棕色,兩側有黑褐色斑點,雄鳥腳上有距。多生活在山丘叢林間。

吐綬雞　家禽,也有少量野生,體高大,頭頸部有肉質珊瑚狀皮瘤,繁殖期雄雞的皮瘤呈火紅色,羽毛有黑、白、深黃等色。也叫**火雞**。

松雞　鳥類,體羽純黑色,腹部有白斑,尾長大。雌雞體羽鏽棕色,有暗褐色橫斑。肉味鮮美。為保育類鳥類。又稱**林雞**。

雷鳥　鳥類,全身的羽色隨季節而變化,夏天栗褐色,冬天換成白色,飛行迅速,但不能遠飛。絨羽經濟價值很高。

鷓鴣　鳥類,體形似小雞,羽毛大多黑色,雜有許

多白色斑紋，腳橙黃色。肉肥味美。

鵪鶉 鳥類，體形似雛雞，頭小，翅稍長而尖，尾禿，羽毛黑褐色，雜有淺白色羽乾紋。肉肥美，卵亦可食。

孔雀 鳥類，羽毛色彩美麗燦爛，以翠綠色為主，有金屬光澤，雄鳥頭頂有羽冠，尾上覆羽延長成羽屏，有許多五色金翠錢紋，開屏時像扇子。雌鳥沒有羽屏，羽色不及雄鳥艷麗。是珍禽之一，可供觀賞。列為保育鳥類。

白鷳 鳥類，雄鳥頭上的長冠及腹部呈藍黑色，背部白色，有黑色的紋，尾長，雌鳥全身棕綠色。產於中國大陸南部，是有名的觀賞鳥。為保育類鳥類。

B5－2 名： 鴨・鵝・雁・鵜鶘等

鴨 家禽，嘴長而扁平，頸細長，尾短腳矮，趾間有蹼，善游泳。雙翅小，不能飛行。肉和卵可供食用。也叫**家鴨**。通稱**鴨子**。

鶩〈書〉鴨子：趨之若鶩。

北京鴨 世界著名的肉用家鴨品種，原產於北京。全身羽毛純白色，體長背寬，胸部豐滿，嘴、腿和蹼呈橘紅色。生長快，肉肥美，最適於烤食。

野鴨 鳥類，家鴨的遠祖。雄鴨頭頸部綠色，有光澤，頸下有一白環，翅尖長，有藍紫色鏡斑，能飛翔，又善游泳。雌鴨全身褐色。多群棲湖泊中。也叫**鳧；綠頭鴨**。

鵝 家禽，體形比家鴨大，嘴扁闊，前額有黃色或黑褐色的肉瘤，雄的較大，頸長，腳大有蹼，善游泳，羽毛白色或灰色。嗜食青草。

天鵝 鳥類，形狀像鵝，體形較大，頸極長，羽毛純白色，嘴端黑色，嘴基黃色，腳黑色，有蹼。善飛行，可供觀賞。為保育類鳥類。也叫**鴻鵠**。

雁 鳥類，候鳥。形狀略像鵝，羽毛淡灰褐色，並有斑紋，嘴寬而厚。種類較多，羽、肉均可利用。

鴻雁 雁的一種，是家鵝的原祖。嘴黑色，較長，羽毛棕灰色，由頭頂到頸後有紅棕色長紋，腹部白色。飛行時常集群排列成「一」字或「人」字形，速度緩慢，是一種冬候鳥。也叫**大雁**。

鴛鴦 鳥類，體形像鴨，較小，雄鳥羽色鮮艷，頭部有暗綠紫色長羽冠，眼後有眉紋，翅上有一對扇狀栗黃色羽片。雌鳥羽毛灰褐色，腹部純白。雌雄偶居不離，是著名的觀賞鳥類，為中國大陸特產。為保育類鳥類之一。

鵜鶘 鳥類，是一種大型游禽，雙翅寬闊，嘴長，尖端有鉤，下頷底部有一個皮囊，可存食物，羽毛白色，有蹼，善於游泳。也叫**塘鵝**。

鸕鶿 鳥類，嘴狹長，呈圓錐形，尖端有鉤，下頷有小囊，捕到的魚就放在囊內。羽毛黑色，帶綠色光澤，腳粗短，有蹼，善於游泳。馴化後可幫助捕魚。也叫**魚鷹；水老鴉**。

B5－3 名： 鴿・斑鳩・鸚鵡・ 杜鵑等

鴿 鳥類，鴿屬各種的通稱。有家鴿、岩鴿、原鴿等。雙翅較短，胸肌發達，飛行能力很強，兩腳短健，行走也很快。羽毛大多灰色或青灰色。通稱**鴿子**。

鵓鴿 鴿子的一種，由原鴿馴化而成，身體呈紡錘形，羽毛大多青灰色，也有純白、茶褐、黑白交雜等顏色，飛行能力很強。肉和卵可供食用。也叫**家鴿**。

信鴿 經過訓練能傳遞書信的家鴿。

原鴿 鴿的一種，與家鴿相似，羽毛大體灰色，頸部紫綠色，有光澤，善飛行，是家鴿的原種。

沙雞 鳥類，外形像鴿，喙短，翅尖而長，飛行極快，腳短，只有三趾。上體羽毛沙棕色，有黑色橫斑，中央尾羽很長。肉可食。

斑鳩 鳥類，體形似鴿，種類甚多，中國大陸最常

見的山斑鳩，羽毛灰褐色，兩肋、腋羽及尾下覆羽灰藍色。食漿果及種子等。

鵓鳩 勃姑 鳥類，泛指斑鳩。羽毛黑褐色，天要下雨或剛晴的時候，常在樹上咕咕地叫。也叫**鵓鳩**。

鸚鵡 鳥類，頭圓，嘴大，上嘴彎曲，紅色，基部有蠟膜，羽毛色彩美麗，有白、赤、黃、綠等，能模仿人說話的聲音。可供觀賞。也叫**鸚哥**。

杜鵑 鳥類，體形比鴿小，種類甚多，如大杜鵑，羽毛暗灰色，腹部有黑褐色橫斑，叫聲近似語音「布穀」。吃昆蟲，是益鳥。也叫**杜宇;布穀;子規**。

B5－4 名： 雀・燕・鶯等

雀 ❶鳥類的一科，種類較多。體形較小，嘴呈圓錐狀，翼長，發聲器官發達，雌雄羽毛顏色多不相同。**❷**特指麻雀。

金絲雀 鳥類，體形較麻雀瘦削。胸部羽毛多為黃色，翼多黑色。經馴養後，目前已有很多品種，羽色秀麗，變化複雜，叫聲悅耳。可供觀賞。也叫**芙蓉鳥;黃鳥**。

燕雀 鳥類，身體小，嘴圓錐形，黃色，尖端微黑。尾羽黑色，最外側一對部分帶白色。背部黑色，腹部白色，其餘為褐黃色。也叫**花雞;花雀**。

文鳥 鳥類，身體小，嘴呈圓錐狀，翼黑褐色，尾黑色，中央羽特長而端尖。喜群居，對農作物有害。

朱雀 鳥類，雄鳥羽毛紅色，翅膀深褐色，雌鳥羽毛呈橄欖褐色，腹部近白色。體形與麻雀相似。

麻雀 鳥類，頭和頸部羽毛栗褐色，背部稍淺，全身布滿雜褐斑紋，嘴黑，呈圓錐形，雙翅短小，不能遠飛，善於跳躍，尾呈小叉狀。

家雀兒 〈方〉麻雀。

大山雀 體形比麻雀稍小，頭黑，面部有大白斑，故又稱白臉山雀，背部羽毛藍灰色，腹部白色，中央帶有黑縱紋。吃昆蟲，是益鳥。

黃雀 鳥類，雄鳥上體羽毛黃綠色，頭頂及喉部有黑色斑塊，腹部白色，有褐黑色縱紋。雌鳥羽毛微黃色，帶黑褐色縱紋。飛行力強，叫聲動聽，可供觀賞。

鴉 鳥類，體形與麻雀相似，嘴閉合時，上嘴邊緣不與下嘴邊緣緊密相接，雄鳥羽色比較鮮艷。

伯勞 博勞 鳥類，頭兩側有寬闊黑紋，嘴銳利，尖端呈鉤狀，性凶猛，吃昆蟲、鼠類等。也叫**虎不拉**。

八哥 鳥類，羽毛黑色有光澤，嘴和足呈黃色，有冠狀鼻羽，雙翅有白斑，飛行時顯出八字形。雄鳥善鳴，經訓練能模仿人的語音。也稱**鴝鵒**。

蠟嘴 鳥類，嘴厚大呈圓錐狀，黃色，有蠟光，頭部黑色，有光澤，頸和背部褐灰色，尾黑色，微有分叉。雌鳥頭部與背色一致。

錫嘴 鳥類，比麻雀大，嘴粗大，圓錐形，灰色，羽毛灰褐色。也叫**老錫兒**。

鶺鴒 鳥類的一屬，常見的鳥類之一，額白，自頭後到腰際深黑色，翅膀和尾羽黑色，有白斑，腹部白色。雌鳥背部多褐色。

鷦鷯 鳥類，體形較小，頭部淡棕色，羽毛栗棕色，有黑色斑點，兩翼尖端白色，善於築巢。

百靈 鳥類，比麻雀大，羽毛栗褐色，有黑褐色縱紋斑，雙翅尖長，黑褐色，帶有白斑，腹部棕白色，叫聲嘹亮而持久，婉轉動聽，可供觀賞。

雲雀 鳥類，嘴小，呈圓錐狀，羽毛沙褐色，有黑色斑紋，叫聲嘹亮動聽，又多變化。常於田野、山坡且飛且鳴，直升至相當高處，然後斂聲而下，隱入草叢。可供觀賞。

燕 鳥類的一種，體形小，翅膀尖長，嘴扁而短，喉部紅色，尾呈交叉，捕食昆蟲，對農業有益。

家燕 燕的一種，體形小巧，嘴短闊而扁平，背部羽毛藍黑色，有光澤，額和喉部棕色，腹部白

色,尾際有一行白點,尾羽呈叉狀,常在屋檐下築巢。也叫**燕子**。

金絲燕　鳥類,羽毛黑或褐色,下體白色,翅膀尖而長,足短,四趾都向前,喉部有發達的唾腺。金絲燕以唾液等材料作的巢,就是燕窩,可供食用。

畫眉　鳥類,有白色的眼圈,向後延伸呈娥眉狀,背部羽毛棕褐色,腹部棕黃色,雙翅短而圓,不能遠飛,叫聲婉轉動聽,雄鳥好鬥。可供觀賞。

相思鳥　鳥類,嘴鮮紅色,頭部淡黃色,背部羽毛暗綠,雙翅有紅黃色斑,胸部黃色,尾端呈叉形,叫聲動聽。是著名的觀賞鳥。

白頭翁　鳥類,頭部羽毛黑白相間,成鳥頭部的毛變成白色,故名。鳴聲單調,但生殖季節雄鳥善鳴。

鶯　鳥類的一科,體形較小,羽毛多為橄欖綠色,嘴細長,叫聲清脆。主食昆蟲,對農林有益。

柳鶯　鳥類,鶯的一種,體形比麻雀瘦小,常見的鳥類之一,背部羽毛呈橄欖綠色,腹部黃綠色,頭部有綠黃色眉紋。

黃鸝　鳥類,全身金黃色,雙翅和尾羽大都呈黑色,自眼部至頭後有一條黑色斑紋,嘴粉紅色,叫聲清脆。吃害蟲,對林業有益,也可供觀賞。也叫**黃鶯;鶬鶊**。

歌鴝　鳥類,體形大小與麻雀相似,羽毛美麗,叫的聲音動聽。部分種類,常於夜晚囀鳴,鳴聲清脆婉轉。也叫**夜鶯**。

紅點頦　歌鴝的一種,羽毛呈橄欖褐色,雄鳥喉部鮮紅色,雌鳥喉部白色。叫聲動聽。食蟲,屬益鳥。

藍點頦　歌鴝的一種。體形大小似麻雀,羽毛土褐色。雄鳥喉部羽毛亮藍色而帶栗色細點,叫聲好聽。食蟲,屬益鳥。

鷸　鳥類的一科。嘴細長而側扁,翅膀長而平,羽毛多淡褐色或黑色。叫聲好聽。常在田間地面覓食,主食昆蟲,屬益鳥。

B5－5　名：　鵲·鴉

喜鵲　鳥類,上體羽毛黑色,背部兩肩各有一大塊白斑,腹部白色,嘴尖,尾長。是一種受人們喜愛的鳥類。也叫**鵲**。

練鵲　鳥類,成年雄鳥羽冠和頭部頸部黑色,有深藍色光澤,其餘為白色,尾部有兩根長羽毛。雌鳥羽冠不明顯,尾部無長羽毛,上體呈褐色,喜食蠅類或其他飛蟲,對林業有益。也叫**綬帶鳥**。

鴉　鳥類的一屬,品種很多。體形大,全身多為黑色,嘴大,鼻部常有鼻鬚覆蓋,腳有力。

烏鴉　鴉的一種,全身羽毛黑色,帶有紫色光澤,嘴長而粗壯,鳴聲粗劣嘶啞。

老鴰　〈口〉烏鴉。

老鴉　〈方〉烏鴉。

寒鴉　鴉的一種,體形比烏鴉小,上體除頸後和腹部灰白色外,其餘部分黑色。對農作物有益。也叫**慈烏;小山老鴰**。

渡鴉　鴉類中最大的一種,全身黑色,嘴粗大,吃腐敗的肉和小動物。

B5－6　名：　鷹·鳶·鷂

鷹　鳥類的一科,一般指鷹屬的鳥類。嘴呈鉤形而銳利,四趾有鉤曲的尖爪,性凶猛,捕食小獸及其他鳥類。

蒼鷹　鷹的一種,頭部黑色,上體蒼灰色,腹部灰白色,視力強,爪尖銳,經馴養可供狩獵用。

鳶　鳥類,鷹的一種,羽毛暗褐色,翼下有白斑,耳羽黑褐色,下體大部分為灰棕色帶黑褐色縱紋。尾呈叉狀。捕食野鼠、蛙等小動物,偶而襲擊家禽。也稱**老鷹;黑耳鷹**。

雀鷹　比鷹小,羽毛灰褐色,腹部白色,有棕褐色橫斑,雄鳥比雌鳥稍小。捕食小鳥。也叫**鷂**。通稱**鷂子;鷂鷹**。

雕　鳥類,雕屬各種的通稱。大型猛禽,嘴呈鉤狀,腿部有毛,視力很強。雕,亦可做鵰。

禿鷲　鳥類,大型猛禽。羽毛黑褐色,頭部有絨羽,頸部皮膚裸露,呈鉛藍色,嗜食動物屍體,有清理環境的作用。也叫**坐山雕**。

兀鷲　鳥類,體大,頭和頸部因羽毛稀少而裸露,翼寬大有力,爪鋒利。主要吃動物屍體。

鴟鴞　鴟梟　鳥類的一科,頭大,喙和爪都彎曲呈鉤狀,銳利,兩眼生在頭部正前方,羽毛大多為褐色,吃鼠類和昆蟲,是農林的益鳥。如貓頭鷹、鴟鵂都屬這一科。

鴞　鳥類,鴟鴞的一種,頭部寬大而靈活,頭上有角狀羽簇,有耳殼,眼睛圓而大,視力極強,晝伏夜出,吃鼠類等小動物,對人類有益。也叫**貓頭鷹;夜貓子;鴟鵂**。

鴟鵂　鳥類,鴟鴞的一種。外形與鴞相似,但頭部沒有角狀的羽簇。羽毛棕褐色,有棕白色橫斑,尾部黑褐色,有六條白色橫斑,腿白色。捕食鼠類等動物,對農業有益。也叫梟。

夜鷹　鳥類,頭部扁平,羽毛灰暗,背部有縱斑,胸部有橫帶,嘴邊有很多剛毛。捕食昆蟲,是益鳥。

鶚　鳥類,中型猛禽。頭頂至頸後羽毛白色,或略帶黃色,有暗褐色斑紋,背部暗褐色,爪銳利善捕魚,為漁業害鳥。也叫**魚鷹**。

隼　鳥類的一科,是飛行快速的猛禽。身體呈流線型,雙翅尖長,上嘴尖端鉤曲,邊緣有一對銳利的齒狀突起。也叫鶻。

B5-7 名:　鷺·鸛·鶴等

鷺　鳥類,鷺科部分種類的通稱。體形瘦削,嘴直而尖,頸和腳都很長,適於涉水。

白鷺　鷺的一種,體形纖瘦,全身羽毛雪白,雙翅寬闊,生殖期間,枕部長出兩條長羽,背和上胸披著長而疏鬆的蓑羽絲,期後消失。主食魚蝦。也叫**鷺鷥**。

蒼鷺　鷺的一種,是大型涉禽。頸細長,呈S形,頭部後側有青灰黑色長毛,背部蒼灰色,嘴尖銳側扁,捕食魚類。

鷸　鳥類,鷸科部分種類的通稱。嘴細長而圓,向下彎曲,腳長而粗健。生活在水邊,習性似鷺,同為涉禽。

鸛　鳥類的一科,形狀像鶴亦似鷺,嘴長直,羽毛黑色或白色,翼大而尾圓短,飛翔輕快。

白鸛　鸛的一種,全身羽毛白色,翅膀寬而大,末端黑色,善於飛翔。嘴直而粗壯,腳很長,朱紅色。是供觀賞的珍禽之一。為保育類動物。

鶴　鳥類的一科,外形像鷺和鸛,羽毛白色或灰色,嘴長而直,腳細長,但足趾甚短。常在水邊捕食魚和昆蟲。

灰鶴　鶴的一種,羽毛灰色,腳黑色,成年鳥頭後部光禿,紅色。

丹頂鶴　鶴的一種,頭頂皮膚裸露,呈朱紅色,羽毛白色,翅膀末端為黑色,頸和腳細長,叫聲響亮。是世界珍禽。為保育動物。也叫**白鶴;仙鶴**。

鷸　鳥類的一屬,嘴直而細長,羽毛多為沙灰、褐等顏色,有細碎斑紋,腳長,適於涉水。

鴇　鳥類的一科,體形比雁略大,頭小,頸長,背部有黃褐和黑色斑紋,腹部白色,足強健善於奔走。

鴴　鳥類的一屬,體形較小,羽毛一般為沙灰色,有黃或褐色斑紋,嘴短而直,足細長,適於涉水。

B5-8 名:　海鷗·海燕等

鷗　鳥類的一科,頭大,嘴扁平,翼尖長,善於飛翔,趾間有蹼,能游水,羽毛灰、白色,生活在海邊和內陸河川附近。主要捕食魚類、昆蟲。

海鷗　鷗的一種,羽白蒼灰色,腹部白色,爪黑色,常在海上或內陸河流附近飛翔。

海燕　鳥類的一科,體形像燕,羽毛灰黑色,有的尾羽呈叉狀,常在海面上掠飛,吃小魚、蝦。

鰹鳥　鳥類的一科,如紅腳鰹鳥,體形像家鴨,羽毛白色,飛羽黑色,嘴尖長,灰藍色,腳粗短,肉紅色,趾間有蹼,尾羽尖長呈楔形。多生活在熱帶島嶼上,分布在西沙群島的東島一帶。吃魚類。

信天翁　鳥類一科,體形巨大,鼻孔都呈管狀,羽毛厚實,白色,雙翅和尾端黑色,翅膀很長,飛行能力極強,腳有蹼,能游水。捕食水生動物。

鵏　鳥類的一屬,體形較大,嘴直而扁,羽毛白色或灰色,中央兩根尾羽特別長,色彩鮮艷。棲息在熱帶海洋,捕食魚類。

鸌　鳥類的一科,體形較大,嘴的尖端略呈鉤狀,背部暗褐色,腹部白色,足短,有蹼,生活在海岸邊,捕食水生動物。

軍艦鳥　鳥類,是軍艦鳥科各種類的通稱。體形較大,羽毛黑色,有紫藍色光澤,嘴長,尖端呈鉤狀,翅膀尖長,尾呈鍬形,有蹼,生活在海岸邊,馴養後可以傳遞書信。

B5－9　名：　鴕鳥‧鷸鴕‧企鵝等

鴕鳥　現代生存的最大的鳥類。頭小,頸長,雙翅退化,不能飛翔,腳長,粗壯有力,善於奔跑。雄鳥羽毛黑色,雌鳥灰褐色,翅羽和尾羽都是白色。生活在草原和沙漠地帶,可供觀賞。

鷸鴕　鳥類,形狀像鴕鳥而較小,羽毛較豐富,粗糙而鬆散,呈灰色,雙翅退化,頭部羽毛稀少,腳長,有三趾,善奔走,是現存的第二大型走禽。

食火雞　鳥類,體形似鴕鳥而較小,頭頂有角質冠,頸下有肉垂,體羽略似粗毛狀,黑色,雙翅退化,腳長善於奔走。也稱**鶴鴕**。

企鵝　鳥類,頭和背黑色,腹部白色,雙翅變成鰭狀,不能飛翔,腳短有蹼,善於潛水游泳。在陸地上作跳躍式行走,直立時昂首如企望狀,故名。分布在南極洲和南非到南美西部岩島上。

無翼鳥　鳥類,體大如雞,外形似鴕鳥,雙翅退化,不能飛翔,嘴細長稍彎曲,沒有尾羽,腳短而粗壯,爪銳利,嗅覺靈敏。全身有灰色細長的絨毛。產於紐西蘭,是稀有鳥類。也叫**幾維鳥**;**鷸鴕**。

B5－10　名：　蜂鳥‧翠鳥‧犀鳥‧啄木鳥等

蜂鳥　鳥類的一科,體形較小,有的比黃蜂還小,羽色鮮艷並有金屬光澤,嘴細長呈管狀,舌能伸出口外很遠,適於採食花蜜。

翠鳥　鳥類,嘴粗大而直,背部翠綠色,尾巴短,雙腳短弱,朱紅色。常棲息水邊,捕食魚、蝦等。也叫**釣魚郎**。

翡翠　鳥的一屬,嘴長而直,和足趾都呈珊瑚紅色,有藍色和綠色羽毛,生活在水邊,吃魚蝦等。羽毛可做裝飾品。

魚狗　鳥類的一屬,嘴尖而長,有的種類頭部有黑色帶有白斑的冠狀羽毛。常棲息在水邊,捕食魚蝦等。主要分布在中國大陸。

戴勝　鳥類,頭上有栗棕色長形羽冠,全身羽毛大都為棕色,尾和雙翅黑色,有白色橫斑,嘴細長而彎曲。吃昆蟲,對農業有益。也叫**呼哱哱**;**山和尚**。

犀鳥　鳥類,體形較大,嘴厚而長,向下彎曲,上端有個高大的角質突起,形似犀角,羽毛上黑下白,或黑白相間,是珍貴的飛禽。為保育類鳥類。

啄木鳥　鳥類,羽毛上黑下白,雙腳稍短,趾端有彎而銳利的爪,善於攀緣樹木,嘴尖而直,可以啄開樹皮,用細長而尖端有鉤的舌頭捕食樹木內的蟲,是益鳥。

琴鳥　鳥類,全身羽毛褐色,雙翅短圓,腳健壯善走,雄鳥有一對尾羽端部彎曲,像古代豎琴,顏色赤褐,是澳洲特產。

極樂鳥 鳥類的一科,體形大小似黃鸝,雄鳥羽毛華麗,雙翅下腋部有金黃色的長絨毛,中央一對尾羽很長,呈螺旋狀,叫聲動聽。是世界著名的觀賞鳥之一。也叫**風鳥**。

B6　爬行動物‧兩棲動物

B6－1 名：　蛇‧蟒

蛇 爬行動物,身體圓而細長,有鱗,沒有四肢,舌細長而深呈分叉,卵生或卵胎生。種類很多,有的有毒。

長蟲 〈口〉蛇。

毒蛇 有毒的蛇,種類較多。頭部多呈三角形,口角上方有毒腺一對,能分泌毒液,通過毒牙流出,使被咬的人或動物中毒。毒液可供醫藥用。

眼鏡蛇 毒蛇的一種,背面黑褐色,腹面顏色較淺,有黃白環紋十五個,頸部很粗,頸背面有一對白邊黑心斑紋,發怒時,前半身豎起,頸部膨大,上面的斑紋像一副眼鏡。捕食小動物。

銀環蛇 毒蛇的一種,背部黑色,有幾十個白色環帶,腹部白色,毒性強烈,捕食小動物。幼蛇和毒液都可入藥。

竹葉青 毒蛇的一種,體背和側面綠色,兩側各有一條白色或黃色條紋,尾端焦紅色。生活在竹林或灌木叢中。又稱「焦尾巴」。

蝰蛇 毒蛇的一種,體長一米左右,背面暗褐色,有三列淡褐色的鏈狀條紋,腹面灰白色,有紫褐色小點。捕食鼠類等小動物。

蝮蛇 毒蛇的一種,頭略呈三角形,背部灰褐色,有二行黑褐色圓斑,圓斑邊緣顏色較深。腹部灰黑,有黑白斑點,捕食小動物。別稱「草上飛」、「土公蛇」。

響尾蛇 毒蛇的一種,身體綠黃色,背面有菱形的黑褐色斑紋,尾巴的末端有一串角質的環,擺動時會發出響聲。捕食小動物。

五步蛇 毒蛇的一種,頭大,呈三角形,吻的前端尖出上翹,背面棕褐色,有淺色菱形大斑塊,腹部白色,有黑色圓斑,尾端側扁。可供藥用。也叫**白花蛇**;**蘄蛇**。

水蛇 ❶生活在水邊的蛇類的統稱。❷毒蛇的一種,背暗灰棕色,有不規則小黑點,腹淡黃色並有黑斑,尾略側扁,卵胎生,毒性不強,生活在池溝等處,中國大陸南方各省均有分布。又稱「泥蛇」。

海蛇 生活在海裡的毒蛇類。身體後部和尾巴側扁,腹鱗退化,背深灰色,肺部有發達的氣囊,能潛在水下。捕食魚類。

赤鏈蛇 蛇的一種,無毒。頭黑色,背面黑褐色,有幾十條紅色橫紋。也叫**火赤鏈**。

烏梢蛇 蛇的一種,無毒。體較長,背面綠褐、棕褐或黑褐色,有兩條黑線縱貫全身,眼大而圓。去內臟後的乾製品,叫作烏蛇,是傳統中藥。

蟒 蛇的一種,體形粗大,長可達六米,背面褐色,有暗色斑紋,頭較小,口大,常吞食小禽獸。也叫**蟒蛇**;**蚺蛇**。

B6－2 名：　蜥蜴‧蛤蚧

蜥蜴 爬行動物,種類很多。一般身體分為頭、頸、軀幹、尾四部分,大多有四肢,指、趾末端有爪,身體表面有細小的角質鱗片,尾巴細長。捕食昆蟲等。也叫**四腳蛇**。

壁虎 蜥蜴的一種,身體扁平,全身有疣粒狀小鱗,背面暗灰色,有黑色帶狀條紋,尾易斷,能再生,趾上有吸盤,能在壁上活動。捕食昆蟲,對人類有益。也叫**蠍虎**;**守宮**。

蛤蚧 爬行動物,體形似壁虎而大,背面灰色,有紅色和藍灰色斑點,尾部有七條環條狀斑紋,趾上有吸盤。可供藥用。為保育類動物。

石龍子　爬行動物,身體光滑,背面黏土色,有三條淺灰色的縱紋,全身有鱗片,鱗片邊緣淡灰色,尾巴細長易斷,能再生。生活在草叢中,捕食昆蟲。

B6－3　名：　龜·鱉·鱷

龜　爬行動物的一科,身體長圓而扁,背部和腹部有堅硬的甲,四肢短,頭、尾和四肢有鱗,能縮入甲殼內。多生活在水邊。

烏龜　龜的一種,體長十～十八公分,甲殼黑色或棕色,有斑紋,頭、頸側有黃色線狀斑紋,趾間有蹼,能游泳,陸上爬行緩慢。腹甲即龜板,可入藥。也叫**金龜**。

綠毛龜　背甲長有綠色藻類的烏龜或水龜。綠藻長三～四公分,呈絲狀。可供觀賞。

鱉　爬行動物,形狀像龜,頭部青灰色,散有黑點,吻部突出,甲殼外包著柔軟的革質皮膚,背通常橄欖色,腹乳白色,四肢有蹼,能游泳。肉可食用,背甲是傳統中藥。也叫**甲魚;團魚**。

王八　烏龜或鱉的俗稱。

黿　鱉類中較大的一種,背甲近圓形,吻突很短。肉可食用,也可供觀賞。為保育類動物之一。也叫**癩頭黿**。

海龜　爬行動物,形狀和龜相似,身體大,長達一米以上,背部褐色,四肢呈槳狀,頭和四肢不能縮入殼內。生活在海洋中。為保育類動物。

玳瑁　爬行動物,形狀像龜,背部甲殼光滑,有褐色和黃色相間花紋,四肢呈槳狀,生活在海洋中,背甲可製眼鏡框,也供藥用。為保育類動物。

鱷　爬行動物的一目,體長三～六公尺,全身有灰褐色角質鱗,頭和軀體扁平,吻和尾巴較長,四肢短,趾間有蹼,善於游泳,性情凶猛。也叫**鱷魚**。

揚子鱷　體長二公尺左右,皮膚革質,有角質鱗,背部暗褐色,有黃色斑紋。列為保育類動物。俗稱「豬婆龍」。也叫**鼉**。

B6－4　名：　蛙·蟾·鯢·蠑螈

蛙　兩棲動物的一科,種類很多。頭稍呈三角形,有眼瞼和鼓膜。無尾,前肢短,後肢長,趾間有蹼,善於跳躍和游泳。捕食昆蟲,對人類有益。

青蛙　蛙的一種,頭部寬扁,略呈三角形,口闊,眼大,視覺敏銳,皮膚光滑,背部綠色或棕灰色,有黑色斑紋。雄蛙叫聲響亮。別稱「黑斑蛙」。也叫**田雞**。

哈什螞　蛙的一種,背部土灰色,有黑色橫紋。生活於陰濕的山坡樹林中。雌蛙輸卵管的乾製品叫作哈士蟆油,是傳統補藥。也叫**中國林蛙**。

牛蛙　蛙的一種,原產北美,體形比青蛙大得多,後肢很長,叫的聲音像牛。可供食用。

雨蛙　兩棲動物,形狀像青蛙,體形較小,體長三～四公分。背部綠色,腹部乳白色,腳趾上有吸盤,能攀樹。常在雨天鳴叫,遠近可聞,故名。

樹蛙　兩棲動物,形狀像青蛙而略小,四肢的指、趾末端有吸盤,善於攀爬樹木。身體顏色能隨環境而變化,一般背部為赭黃色或棕色。

蟾蜍　兩棲動物的一科,有多種。形狀像蛙,但體較短而粗壯。全身背部布滿圓形疙瘩狀皮膚腺,眼後有一對耳後腺,都能分泌白色漿液,可製成「蟾酥」,供藥用。多夜晚活動,捕食昆蟲。也叫**蟾**。

大蟾蜍　蟾蜍的一種,體長可達十公分以上,背部大多黑綠色,腹部乳黃色。也叫**癩蛤蟆**。

蛤蟆　蝦蟆　青蛙或蟾蜍的統稱。

蝌蚪　蛙或蟾蜍的幼體,黑色,身體橢圓形,尾巴大而扁,用鰓呼吸,在水中生長發育,逐漸長出四肢,尾巴逐漸變短而消失,最後變成蛙或蟾蜍。

大鯢　兩棲動物,體形長而扁平,口寬,眼和鼻孔都小,四肢短小,有蹼,生活在溪水中,叫聲像

嬰兒啼哭。爲保育類動物。

娃娃魚　大鯢的俗稱。

蠑螈　兩棲動物，形狀像蜥蜴，頭扁平，背部黑色，有臘光，腹部朱紅色，尾側扁，四肢細長，無蹼。生活在水中。

B7　魚類·其他水生動物

B7－1　名：　鯊·鰩·肺魚等

鯊　魚類的一個類群，種類很多。身體呈紡錘形，頭部兩側有五～七對鰓裂，背鰭一或二個，尾鰭發達，鱗爲盾狀。大多生活在海洋中，捕食其他魚類。肝可製魚肝油，鰭乾製成魚翅，經濟價值較高。也叫**沙魚**；**鮫**。

鯨鯊　一種現代最大的魚類，身體長而粗大，呈灰褐或青褐色，口大，牙多而細小，尾鰭呈叉形，性溫和。皮可製革。

鰩　魚類的一個類群，頭部的腹位有鰓裂五～六對。身體平扁，呈圓形或菱形，一般光滑無鱗或有小刺，尾鰭小或無。肉可食，肝可製魚肝油。

電鰩　鰩的一種，身體圓形或橢圓形，頭部兩側有一對發電器官，可放電，用以禦敵和捕食。

肺魚　魚類，體形像鰻，有鱗，偶鰭呈鞭狀或葉狀，在水中用鰓呼吸，在乾涸環境中，鰾能行使肺的功能，直接呼吸空氣。

B7－2　名：　鱘·鯡·鯷·鮭等

鱘魚　魚類，身體青黃色，呈梭形，吻尖突，口前有鬚兩對，背部和腹部有五行硬鱗。肉鮮美，卵可製成魚子醬。

白鱘　魚類，身體呈長梭形，頭很長，吻突出呈劍狀，全身光滑無鱗，背部灰綠色，腹白色。是珍貴動物，受國家保護。也叫**象魚**。

鰉魚　魚類，體形與鱘相似，唯左右鰓膜相連，長

可達五米，嘴很突出，半月形。肉和卵可供食用。

鯡魚　魚類，身體長而稍側扁，背部青黑色，腹部銀白色，沒有側線，肉可供食用。也叫**青條魚**。

沙丁魚　魚類，外形近似鯡魚，銀白色，尾鰭基部有二個葉狀大鱗片。肉鮮美，可製成罐頭。

鰣魚　魚類，身體側扁，背灰黑色，體側及腹部銀白色，鱗圓大而薄，沒有側線，體內脂肪肥厚。肉質鮮美，是名貴魚類。

鱭魚　魚類，身體長而側扁，銀白色，腹部有鋸齒狀尖鱗，沒有側線。是重要食用魚類。也叫**鱠魚**；**白鱗魚**；**曹白魚**。

鯷魚　魚類，身體側扁，尾尖而細長，銀白色，頭小，沒有側線。可製成罐頭。也叫**鳳尾魚**；**烤子魚**。

鮭魚　魚類的一科，種類很多。身體呈紡錘形，口大而斜，鱗細而圓，是世界首要的經濟魚類之一。

大麻哈魚　鮭魚的一種，體長而側扁，銀灰色，嘴大，鱗小而圓。魚卵是名貴的水產品之一。也叫**大馬哈魚**。

香魚　魚類，體長而側扁，青黃色，腹部銀白色，口較大，牙寬扁，鱗細而圓，有側線，肉有香味。

銀魚　魚類，身體細長而透明，頭部平扁，口大，無鱗，肉嫩味鮮。也叫**面丈魚**。

B7－3　名：　鯉·鯽·鯿·鯪魚等

鯉魚　魚類，身體長而側扁，青黃色，側線下近金黃色，口小，兩側有二對鬚，雄魚尾鰭下葉呈紅色。品種較多，其中黃河鯉魚，是中國大陸四大名魚之一。

鯽魚　魚類，身體側扁，中部稍高，尾部較窄，背部青褐色，腹部銀灰色，無鬚，肉味鮮美。

金魚　鯽魚經過人工長期培育形成的變種，一般

身體短而肥,尾鰭四葉,身體顏色有紅、藍、古銅、銀白、五花等。是珍貴的觀賞魚類。現在世界各地金魚都是直接或間接由中國大陸引種的。

鯪魚 魚類,體長而側扁,口小,有短鬚二對,背部青灰色,腹部銀白色,胸鰭上方鱗片有少量黑斑。中國大陸南方重要養殖魚類之一。也叫**土鯪魚**。

草魚 魚類,身體近似圓筒形,青黃色,有側線,以水草為食。是中國大陸主要的淡水養殖魚之一。也叫**鯇**。

青魚 魚類,外形與草魚相似,但吻較尖,身體青黑色。是淡水養殖魚之一。也叫**黑鯇;烏鰡**。

鱤魚 魚類,身體長而稍側扁,呈梭形,青黃色,口大,吻尖,性凶猛。捕食其他魚類,對養殖業有害。也叫**黃鑽**。

鰱魚 魚類,身體側扁較高,銀白色,性活潑,善跳躍。是淡水養殖魚類。也叫**白鰱**。

鱅魚 魚類,身體側扁,背部暗黑色,有不規則小黑斑,有側線。頭大、口較寬,眼睛靠近頭的下部。是淡水養殖魚類。也叫**花鰱;胖頭魚**。

鯿魚 魚類,頭小,身體側扁,中部高起,似菱形,銀灰色。肉味鮮美,富含脂肪,是重要的淡水經濟魚類。

團頭魴 魚類,體形似鯿魚,但背部特別高,呈菱形,銀灰色。是上等食用魚。也叫**武昌魚**。

鮊魚 魚類,身體長而側扁,口大,嘴向上翹。肉質細嫩,為淡水經濟魚類。也叫**白魚**。

湟魚 魚類,身體長而稍側扁,灰褐色,除肛門和臀鰭兩側外,全身無鱗。肉味鮮美,但卵巢有毒,是青海湖的特產。也叫**青海湖裸鯉**。

B7－4 名：　鰻・鰍・鱔等

鰻鱺 魚類,體長,呈圓筒形,後部側扁,背側灰褐色,腹部白色,體表光滑多黏液,鱗細小,埋在皮下,背鰭、臀鰭分別與尾鰭相連,沒有腹鰭。肉味鮮美,是上等食用魚。也叫**河鰻;鰻**。

海鰻 魚類,體形像鰻鱺,背側暗褐色,腹部白色,體表光滑無鱗,口大,牙齒銳利,性凶猛,捕食其他魚類。為重要經濟魚類。

電鰻 魚類,體形像鰻,粗壯,臀鰭很長,身體兩側有二對發電器官,能發出強烈電流捕食或保護自己。可食,肉味肥美。

鯔魚 魚類,身體圓長,尾部側扁,銀灰色,有暗色縱紋,鱗圓而大,沒有側線。是常見的食用魚。

梭魚 魚類,身體細長,銀灰色,頭寬而短,稍平扁,眼上緣紅色。生活在近海或河口,吃水底有機物。

鱈 魚類,體長而側扁,灰褐色,有許多小褐斑,頭大,尾小,有背鰭三個。捕食魚類。肉供食用,肝可製魚肝油。也叫**大頭魚;鰵**。

鮎魚 魚類,身體長而側扁,頭稍平扁,口闊,有口鬚兩對,背部黑褐色,腹部白色,皮膚光滑多黏液,無鱗,背鰭小,臀鰭與尾鰭相連。肉味美。也叫**鯰魚**。

食蚊魚 魚類,身體呈紡錘形,側扁,長三～四公分,頭闊而平扁,口小,善食孑孓。也叫**柳條魚**。

飛魚 魚類,種類較多。身體長而稍側扁,口小,眼大,胸鰭發達如翼,能躍出水面在空中滑翔,以逃避敵害。肉可食用。

泥鰍 魚類,身體細長,呈圓筒形,尾端側扁,灰黑色,有許多小黑斑,頭尖,口小,有鬚五對,皮膚黏滑。常潛伏泥中。離水時能進行腸呼吸。

鱔 魚類,身體細長,像蛇,潤滑無鱗,黃褐色,有暗色斑點,棲息水邊,潛伏在泥洞或石縫中。肉味鮮美。也叫**黃鱔**。

B7－5 名：　鱖・鱸・鯛・黃魚等

鱖魚 魚類,身體側扁,背部隆起,黃綠色,有黑

色斑紋,鱗細小而圓,性凶猛,捕食魚蝦。肉質鮮嫩,也稱�花魚;桂魚。

鱸魚 魚類,身體長而側扁,背部靑灰色,有黑色斑點,腹部銀白色,背鰭有黑色邊和斑點,口大,性凶猛。肉供食用。

鯛 ❶魚類的一科,體側扁,背部稍凸起,頭大,口小,側線發達,如眞鯛、黑鯛、黃鯛等。❷指不同科中某些體高而側扁的魚類,如光臉鯛、天竺鯛、石鯛等。

眞鯛 鯛的一種,體側扁,背面隆起,頭大,口小,身體紅色,有淡藍色斑點。生活在海底,肉可食用。也叫**加級魚**。

光臉鯛 魚類,身體側扁,呈橢圓形,體色白天銀灰色,夜晚轉銀黑色,雙眼各有一個大型發光器,能誘捕浮游生物。

黃魚 魚類,大黃魚和小黃魚的通稱。體長而側扁,金黃色。大黃魚體長約四十～五十餘公分,尾柄細長。小黃魚體形與大黃魚極相似,但體長僅二十餘公分,尾柄較短。兩者都爲海洋主要經濟魚類。也叫**黃花魚**。

鮸魚 魚類,身體長而側扁,灰褐色,頭尖長,口大而微斜,尾鰭呈矛狀。生活在海中。也叫**米魚**。

羅非魚 魚類,體形像鯽魚,灰黑色,鱗厚,大而圓,鰭較大,不耐低溫。也叫**非洲鯽魚**。

塘鱧魚 魚類,身體粗壯,呈圓筒形,尾部側扁,黑褐色,有黑色斑紋,頭扁寬,口大。捕食蝦類。可供食用。

B7－6 名： 帶魚·鯖·馬鮫· 金槍魚等

帶魚 魚類,身體側扁,呈帶狀,銀白色,光滑無鱗,口大,性凶猛,貪食魚類、蝦等。是重要海洋經濟魚類之一。也叫**白帶魚**。

鮐魚 魚類,身體呈紡錘形,頭圓錐形,背部靑色,有深藍色條紋,腹部白色。生活在海裡,可供食用,肝可製魚肝油。也叫鯖;**油筒魚**。

馬鮫 魚類,身體長而側扁,銀灰色,有暗色斑紋,口大,牙尖銳,性凶猛,在海中捕食魚蝦。可供食用。也叫**鲅**。

金槍魚 魚類,身體兩頭尖,中間厚,呈紡錘形,靑褐色,頭大而尖,鱗細小。生活在海洋中,肉供食用。

旗魚 魚類,身體稍側扁,近似圓筒形,背部靑藍色,有灰白色圓斑,上頜突出作劍狀,背鰭長而高,像旗子。可供食用。

比目魚 鰈形目魚類的總稱,種類較多。身體扁平,不對稱,兩眼長在身體向上的一側。平臥在海底,可供食用。俗稱**板魚**。

鯧魚 魚類,身體側扁,近似菱形,銀灰色,鱗細而圓,頭小,吻圓。生活在海洋中,可供食用。也叫**叉扁魚**。

河豚 魚類,身體圓筒形,口小,有牙板,沒有腹鰭。肉鮮美;卵巢、血液和肝臟有劇毒,毒素可提取製藥。也叫**魨**。

綠鰭馬面魨 魚類,體側扁,長橢圓形,藍灰色,鱗細小,鰭呈綠色。生活在海洋中,肉細嫩,蛋白質含量豐富。也叫**橡皮魚**。

鱧 魚類,身體細長,呈圓筒形,後部側扁,灰黑色,有黑色斑塊,頭扁平,口大,牙尖而細,性凶猛,對淡水養殖業有害。肉可食用。也叫**烏鱧**;**黑魚**。

B7－7 名： 蝦·蟹·鱟等

蝦 節肢動物,種類很多。體長而側扁,分頭胸部和腹部,體半透明,腹部由多數環節構成,可彎曲,末端有尾扇,生活在水中,捕食小蟲。許多種爲人類食物。

對蝦 蝦的一種,體形大而扁長,甲殼薄而透明,雄蝦棕黃色,雌蝦靑灰色。肉味鮮美,主產於熱帶及亞熱帶淺海。也叫**明蝦**。

龍蝦　蝦的一種,頭胸部粗大,略呈圓筒形,腹部比較短小,泳足已退化,不善游泳,棲息海底。肉味鮮美,是名貴的經濟蝦類。

蝲蛄　節肢動物的一科,體形與龍蝦相似但特別小,頭胸部較大,甲殼堅硬,前三對步足都有螯,第一對特別大,生活在淡水中。是肺吸血蟲的中間宿主。也叫**大頭蝦**。

青蝦　蝦的一種,體長四～八公分,青綠色。生活在淡水中,可供食用,卵可製成蝦卵,供調味用。也叫**沼蝦**。

磷蝦　節肢動物的一科,體形似蝦而小,在眼、胸部及腹部有發光器,能發出磷光。生活在海洋中。

蟹　節肢動物,河蟹、梭子蟹、青蟹等的通稱。身體分胸部和腹部,全身有甲殼,眼有柄,足有五對,前面一對呈鉗狀,稱螯,橫著爬行。種類很多。

河蟹　蟹的一種,頭胸部甲殼近似方圓形,褐綠色,腹部白色,雄的螯足較大,雌的較小,螯上密生絨毛。生活在淡水裡,可供食用。也叫**螃蟹**;**毛蟹**;**絨螯蟹**。

蟛蜞　蟹的一種,體形較小,頭胸甲殼近方形,螯足無毛,生活在水邊。

梭子蟹　蟹的一種,頭胸部甲殼呈梭子形,暗紫色,有青白色斑塊,螯長而大。常棲息海底,可供食用。也叫**蝤蛑**;**槍蟹**。

青蟹　蟹的一種,頭胸甲殼長度小於寬度,背面隆起,青綠色。螯足不對稱,最後一對腳扁平似槳,適於游泳。喜食腐肉,也捕食剛脫殼的蟹、小魚、小蝦和藻類等。肉味鮮美,是高等的食用蟹之一。

寄居蟹　節肢動物,頭胸甲殼狹長,前半部堅硬,腹部長而柔軟,二只螯足不對稱,右大左小,寄居在空螺殼裡。種類較多,肉可食。

鱟　節肢動物,頭胸部的甲殼呈半圓形,背面隆起,腹面凹入,略呈六角形,尾部呈劍狀。生活在海中。俗稱**鱟魚**。

水蚤　節肢動物,身體細小而透明,橢圓形,有硬殼。生活在淡水中,是魚類的天然食料。也叫**金魚蟲**。

鱟蟲　節肢動物,身體扁平,形狀像鱟魚,尾部呈叉狀。生活在水田、池沼中。也叫**水鱟子**。

B7－8 名：　海綿・水螅・珊瑚等

海綿　最低等的一類多細胞動物,無器官系統和明顯組織,身體表面有許多小孔,從水中攝取食物和氧氣,再生能力極強。種類較多,形狀各異。

水螅　腔腸動物,身體小,呈圓筒形,肉眼可見,口周圍有觸手,用來捕獲食物,再生能力極強。

水母　腔腸動物的一類,身體像傘形,透明,口在傘蓋下面的中央,傘蓋周圍有許多觸手,用來禦敵和捕食。在水面浮游。

海蜇　水母的一種,身體半球形,傘部隆起呈饅頭狀,青藍色,下部有八條口腕,口腕末端有絲狀器官,生活在海中。傘部叫海蜇皮,口腕叫海蜇頭,均可以食用。

海月水母　水母的一種,身體像傘形,稍平扁,無色透明,傘的邊緣有許多觸手,有四條口腕。生活在海洋中。

珊瑚蟲　腔腸動物,身體呈圓筒形,口周圍有八條或多條羽狀觸手。多群居,結合成一個群體,形狀像樹枝。骨骼叫珊瑚,可供觀賞。

海葵　腔腸動物,身體圓柱狀,無骨,上端中央有口,周圍有許多花瓣樣觸手,顏色鮮艷。附在海底岩石或螺殼上,常與其他動物共生。

B7－9 名：　海參・海星等

海參　棘皮動物的一綱,種類很多。身體圓筒形,有許多肉刺,口在前端,周圍有許多觸手,肛門在後端。種類很多。是營養豐富、味道

鮮美的海產食品。

刺參 海參的一種,身體褐色或白色,背有肉質刺狀突起,再生能力很強。可供食用。也叫**沙噀**。

梅花參 海參中最大的一種,體長可達一公尺,背面肉刺很大,相連呈花瓣狀。是食用海參中最好的一種。

光參 海參的一種,體形似刺參,表面柔滑,灰褐或黃白色。可供食用。

海星 棘皮動物,身體扁平,五角形或星狀。背面有鮮紫和黃色交雜的花紋,再生能力強。生活在海洋中。

海燕 棘皮動物,身體扁平,腕短,通常有五條,全身呈五角星形,背面有丹紅與深藍色斑紋交雜排列。生活在淺海石縫間。

海百合 棘皮動物,形狀像百合花,有石灰質的外殼,中央有口,周圍有五條分枝的口腕,下面有五角形分節的長柄,直立在深海底。

海膽 棘皮動物的一綱,半球形或薄餅狀,全身長著能活動的長刺,有石灰質的外殼。生活在海底,吃海藻和小動物。

B7－10 名: 鮑魚·螺·貝·蠔·蚶·蚌等

鮑魚 軟體動物,貝殼堅厚而粗糙,呈耳形,腹足發達,吸附力很強。肉可食,為海味珍品。貝殼中醫入藥,稱作石決明。

螺螄 軟體動物,體外包有硬殼,外形呈塔狀,殼面綠褐色或黃褐色。可供食用。

田螺 軟體動物,殼呈圓錐形,殼面光滑,綠褐色或黃褐色,觸角較長。生長在淡水中。可食用。

釘螺 軟體動物,螺殼小,呈尖圓錐形,頭部發達,觸角細長。生活在淡水中和陸地上,是傳染血吸蟲病的中間宿主。

法螺 軟體動物,一種大型的海螺,螺殼圓錐形,殼口大,口內橘紅色,有光澤,殼面淡褐色,有斑點。肉可食用,殼可做號角。

泥螺 軟體動物,殼小而薄,卵圓形,沒有螺旋,身體灰黃或紅黃色。生活在淺海泥灘上,全身沾滿泥土。肉供食用。也叫**黃泥螺**。

貝 蛤蜊、螺、蚌等軟體動物的統稱。

寶貝 軟體動物,貝殼卵圓形,光滑並有美麗花紋,殼口狹長。肉可食,貝殼可供觀賞,古代用作貨幣。

扇貝 軟體動物,貝殼略像扇子,殼面有放射狀條紋,色彩多樣,閉殼肌發達,生活在海中。閉殼肌製成干貝,是一種珍貴的海產品。也叫**干貝蛤**。

貽貝 軟體動物,殼膨起,呈三角形,褐色。生活在淺海岩石上,可供食用。也叫**淡菜**。

珍珠貝 軟體動物,殼體略呈斜方形,蒼暗色,能產優質珍珠。也叫**珠母貝**。

江珧 江瑤 軟體動物,貝殼大而薄,呈三角形,褐色。後閉殼肌肥大,加工的乾製品稱作瑤柱,是珍貴食品。

蛤蜊 軟體動物,貝殼堅厚,卵圓形或三角形,殼面光滑或有同心環紋。生活在淺海泥沙中,可供食用。

蜆 軟體動物,殼呈圓形或近三角形,黑色或青綠色。生活在淡水中,肉可供食用。

牡蠣 軟體動物,兩殼不等,右殼小而平,左殼大而隆起,殼的表面凹凸不平,能附在其他物體上。肉供食用,也可提製蠔油。也叫**蠔;海蠣子**。

蚶 軟體動物,左右兩殼對稱,厚而堅硬,一般卵圓形,表面有瓦壟狀縱線,呈放射形。肉可食。也叫**蚶子;瓦楞子**。

泥蚶 軟體動物,殼卵圓形,堅厚,有瓦壟狀縱線約二十條,殼表面白色,有褐色薄皮。棲息在淺海軟泥灘中,可供食用。

毛蚶 軟體動物,體形比泥蚶大,殼堅厚,有瓦楞條縱線約三十條,長卵圓形,表面白色,有絨毛狀褐色表皮。肉可食用。

蟶子 軟體動物,殼長形,兩端稍圓,黃綠色。肉可食用。

蚌 軟體動物,一般指河蚌,左右兩殼對稱,橢圓形,黑褐色或黃褐色,有環紋,裡面有珍珠層。生活在淡水中,有的種類產珍珠。

章魚 軟體動物,身體短圓,呈蛋形,有八條長的頭足,頭足內側有很多吸盤。可供食用。也叫**蛸**。

烏賊 軟體動物,身體像袋形,略扁平,頭部發達,頭頂是口腔,眼大,有頭足十條,頭足的前端有很多吸盤,體內有墨囊,遇敵時放出墨汁而逃走。肉可食用。烏賊的內殼稱作海螵蛸,可入藥。也叫**墨魚**。

槍烏賊 軟體動物,外形像烏賊,但頭較小,身體呈長梭形,有腕十條,上有吸盤。生活在海洋裡,能食用。也叫**魷魚**。

B8 昆 蟲

B8-1 名: 蝗·蟋蟀·螳螂·蟬等

蝗蟲 昆蟲,身體細長,綠色或黃褐色,口器堅硬,前翅狹長硬化,後翅闊大,善於飛行,後足強大,適於跳躍。種類很多,對農林業有害。也叫**蝗;螞蚱**。

蝗蝻 蝗蟲的幼蟲,形狀與成蟲相似,但頭大,身體小,翅膀短。

飛蝗 蝗蟲的一個類群,常群聚,作遠距離飛行,體形和顏色隨環境而變化,喜食禾本科植物,對農業極為有害。

蚱蜢 昆蟲,身體長形,綠色或黃褐色,頭尖,呈長圓錐形,觸角短,後肢長,善於跳躍。是害蟲。

螽斯 昆蟲,種類甚多,體形較大,多為草綠色,觸角細長,呈絲狀,常以兩翅摩擦而發出聲音,有的種類無翅,一般吃小動物,有的也吃莊稼,危害農業。

蟋蟀 昆蟲,身體黑褐色,觸角很長,呈絲狀,善跳躍,尾部有一對尾鬚,雌蟲兩根尾鬚之間有一個產卵管。雄蟲好鬥,兩翅摩擦能發出鳴聲。是農業害蟲。乾蟲體可入藥。也叫**蛐蛐;促織**。

油葫蘆 昆蟲,體形像蟋蟀而大,黑褐色,有油光,觸角細長而多節,後足粗壯,善跳躍,有一對尾鬚,雌蟲另有一個長而微曲的產卵管。對農業有害。

金鈴子 昆蟲,形狀略像蟋蟀而小,黃褐色,帶金光,雄的前翅長,善鳴,鳴聲如小鈴聲。可供玩賞。

蟈蟈 昆蟲,形似蝗蟲,身體綠色或褐色,觸角細而長,腹大翅短,雄的前翅有發音器,善鳴,鳴聲清脆,可供玩賞。也叫**叫哥哥**。

螻蛄 昆蟲,前足粗短,呈鏟形,適於掘土,尾鬚較長。穴居土中,晝伏夜出,吃植物嫩莖。是重要的農業地下害蟲。也叫**蝲蝲蛄**。

土狗子 〈方〉螻蛄。

蜚蠊 昆蟲,身體扁平光滑,褐色,不擅飛,能捷走,能分泌特殊臭氣。常咬壞衣物,並能傳播疾病,是害蟲。也叫**蟑螂**。

螳螂 昆蟲,身體細長,綠色或黃褐色,頭部呈三角形,前足粗大,呈鐮刀形。捕食害蟲。也叫**刀螂**。

白蟻 昆蟲,形狀像螞蟻,有的有翅膀,群居於隱蔽的巢穴中,咀嚼式口器,吃木材。對森林、橋梁、建築物等有害。

蟬 昆蟲,種類很多,常見的如蚱蟬,體形較大,雄蟬腹部有一對發音器,能連續不斷發出尖銳的聲音。雌蟬不發聲,尾部有發達的產卵器。幼蟲吃樹木的嫩根。蟬殼可入藥。也叫

知了。

B8－2 名：　蚊·蠅·蜂·蟻

蚊 昆蟲,種類很多。與人類關係最大的為按蚊、庫蚊和伊蚊三類。身體細長,有一對發達的前翅和三對細長的足,雄蚊吸花果的液汁,雌蚊吸人畜的血液,能傳播多種疾病。也叫**蚊子**。

孑孓 蚊子的幼蟲,生活在水中,由蚊子的卵孵化出來,身體細長。

按蚊 蚊子的一種,體多灰色,翅膀上有黑白色花斑,停息時腹部翹起,成一定角度。能傳播瘧疾等疾病。也叫**瘧蚊**。

庫蚊 蚊子的一種,一般黃棕色,無花斑,停息時,身體與物面幾乎平行。能傳播流行性腦炎等疾病。也叫**家蚊**。

伊蚊 蚊子的一種,體黑或黃色,有銀白色斑點,腳上也有斑紋。雌紋在陽光下仍能叮咬人、畜。幼蟲和蛹生長在陰濕場所或缸盆的積水中。能傳播腦炎、絲蟲病、黃熱病等。也叫**黑斑蚊**。

白蛉 昆蟲,體形像蚊子,但較小,飛行力弱,灰黃色或棕色,有許多長毛,雌的吸人畜的血液。能傳播黑熱病。

蠅 昆蟲,種類很多,一般指家蠅。頭部有一對複眼和一對觸角,觸角上有許多感受器,嗅覺特別敏感。幼蟲叫蛆。成蟲能傳播霍亂等疾病。此外,也泛指雙翅目中體形較粗壯的種類,如麥稈蠅、果蠅等。也叫**蒼蠅；蠅子**。

蛆 蠅的幼蟲,身體柔軟,無足,白色,多生在糞便和腐敗有機物上,長大後鑽入土中化蛹。

家蠅 蠅的一種,身體較小,灰黑色,胸背有斑紋四條。常在室內外活動,能傳播疾病。也叫**舍蠅**。

麗蠅 蠅的一種,胸部寬闊,青黑色,腹部粗短。大多在室外活動,能傳播腸道傳染病。

麻蠅 蒼蠅的一種,身體較大,灰黑色,胸部背面有三條縱行黑紋,腹部背面有黑白方塊相間的斑紋,喜歡吃糞便和醬類等,能傳播腸道傳染病。

金蠅 蠅的一種,身體肥胖,有藍綠色或紫綠色的金屬光澤,能傳播多種疾病。

果蠅 蠅的一種,身體細小,淡黃色,眼紅色,喜歡叮在腐爛的瓜果上。由於生活期短,容易飼養,易發生變異,常作為遺傳學上的重要實驗材料。

虻 昆蟲的一科,體形似蠅而稍大,多毛,頭部半球形,眼大,觸角短,雌的吸人畜的血液。生活在野外。俗稱**牛虻**。

蚋 昆蟲的一科,種類很多。體形像蠅,褐色或黑色,胸背隆起,頭小,觸角粗短,有一對紅色複眼。雌蟲白天叮在人和牲畜體上吸食血液,傳播疾病。人被叮咬後,奇癢難受。幼蟲體呈圓柱形,生活在山溪流水中。

蠓 昆蟲的一科,身體細小,黑褐色,頭圓,翅膀寬短,有暗斑和白斑。某些雌蠓吸人畜的血液,有些能傳播疾病。

蜂 昆蟲,種類很多,有毒刺,能螫人,如蜜蜂、胡蜂等等,常成群住在一起。也有單獨或成對生活的,如螺贏、金蜂；也有行寄生生活的,如寄生蜂。

蜜蜂 昆蟲,人類飼養以供採蜜的蜂類。身體表面有絨毛,前翅較大,雄的觸角較長,母蜂和工蜂有毒刺。行群體生活,由一隻蜂王,少數雄蜂和幾千至幾萬隻工蜂組成。工蜂能採花粉釀蜜。蜂蜜、蜂蠟、蜂王漿有較高的經濟價值。

蜂王 蜜蜂中生殖器官發育完全,能產卵的雌蜂,身體較大,腹部很長,翅膀短小,足較長。職能是繁殖後代。一般每一個蜂巢中只有一隻蜂王。也叫**母蜂**。

工蜂 蜜蜂中生殖器官發育不完全的雌蜂,尾端

有刺針,體小翅長,腹部有蠟腺,第三對腳上
有花粉籃。工蜂擔任採集花粉和花蜜等工作,
不能與雄蜂交配。

雌蜂 雌性的蜂類,特指雌性的蜜蜂,包括蜂王
和工蜂。

雄蜂 雄性的蜂類。由未受精的卵發育而成,軀
體比工蜂粗壯,翅長無毒刺,專司與新蜂王
(處女王)交尾,交尾後即死亡。

胡蜂 昆蟲,身體大而細,黃色及紅黑色,有黑褐
色斑紋,翅狹長,尾部有毒刺。喜群居,以花
蜜和蟲類為食物。也叫**馬蜂**。

螟蠃 蜂的一種,頭多黑色,翅黃褐色,腹部末端
有螫刺和產卵器。主要捕食稻螟蛉、紅鈴蟲、
黏蟲、玉米螟等昆蟲的幼蟲,對農業有益。

熊蜂 昆蟲的一科,體形像蜜蜂而粗壯,有較厚
的黑黃色短絨毛,喜群居,採花粉和花蜜,能
幫助植物花粉傳授。是益蟲。

赤眼蜂 昆蟲的一屬,身體很小,黃褐或黑褐色,
眼紅色,能在害蟲卵內產卵寄生,可以用其消
滅害蟲。

金小蜂 昆蟲的一科,身體很小,有藍綠、金黃、
青黑等色,腹部有一支劍狀產卵管,能刺殺害
蟲,並在其身上產卵寄生。多數種類是害蟲
的天敵。

蟻 昆蟲的一科,種類很多,群居性。身體小,紅
褐色、黃褐色或黑色,腰部細,腹部呈球狀,築
巢而居,有明顯多型現象,分雌蟻、雄蟻、工
蟻、兵蟻。工蟻和兵蟻沒有生殖力。工蟻擔
任築巢、採食、撫養幼蟲等工作;兵蟻司戰鬥。
通稱**螞蟻**。

虸蚄 大螞蟻。

B8-3 名: 蛾·螟·蝶·蠶

蛾 昆蟲,腹部短而粗,有四個帶鱗片的翅膀,靜
止時翅成屋脊狀。多在夜間活動,有趨光性。
幼蟲一般稱為毛蟲,多吃植物。種類較多,其
中很多是害蟲。通稱**蛾子**。

舞毒蛾 昆蟲,雄蟲瘦小,茶褐色,腹部細小,雌
蟲稍大,灰白色,腹部肥大有毛,有趨光性。
幼蟲食性很雜,危害多種果樹和林木,是世界
性害蟲。

刺蛾 昆蟲,種類很多。成蟲長十～二十公釐,
晝伏夜出,停息時雙翅豎立。幼蟲體背有斑
紋,全身有許多毒毛,觸及人體時,能使人的
皮膚紅腫、疼痛。食樹葉,危害多種樹木,是
害蟲。

刺毛蟲 刺蛾的幼蟲。也叫**洋辣子**。

蓑蛾 昆蟲的一科,雄蛾有翅,能飛行,雌蛾翅片
不發達。幼蟲暗褐色,躲藏在用絲和枝葉結
成的蟲袋內,幼蟲化蛹羽化後,雄蛾飛出蟲
袋,雌蛾無翅仍留在蟲袋內。對林木有害。
也叫**皮蟲**。

天蛾 昆蟲的一科,體形肥大,口吻長,觸角末端
縮小呈鉤狀,前翅狹長,堅厚。黃昏時飛行。
幼蟲粗大,大多數對農林有害。

尺蛾 昆蟲的一科,身體較細,翅膀大而薄,飛行
能力不強。是森林的主要害蟲。

尺蠖 尺蛾的幼蟲,身體細長,爬行時身體向上
屈成弓形,好像用手指量距離一樣。又名「造
橋蟲」。

槐蠶 生活在槐樹上的尺蠖。

食心蟲 昆蟲,專蛀食果樹果實,種類很多。成
蟲白天靜伏在葉背或雜草間,夜晚飛出交配
產卵。幼蟲圓筒形,食果肉長大,嚴重危害蘋
果、梨、桃等果實,是果樹一大蟲害。

松毛蟲 昆蟲,森林主要害蟲之一。成蟲灰褐色
或褐色。幼蟲長形,紅褐色或黑色,兩側有毒
毛,食松針,常使松林大批枯死。

桑毛蟲 昆蟲,翅膀白色,觸角呈羽狀。幼蟲有
黃色彩紋,並有許多黑色長毛,吃桑葉及嫩
芽,是害蟲。幼蟲體上毒毛可致人皮膚炎。

螟蟲 昆蟲,水稻的主要害蟲,種類很多。主要

有三化螟、二化螟、玉米螟等。幼蟲蛀食水稻的莖部，切斷養分，引起苗枯死或稻穗不結實。

二化螟 螟蟲的一種，成蟲前翅長方形，灰黃色。幼蟲身體長圓筒形，淡褐色，背面有五條紫褐色縱紋，以鑽入稻莖爲害。一年產生一～五代，對農業有害。

三化螟 螟蟲的一種，前翅長三角形，中央有一個黑點。幼蟲身體兩端略尖，黃綠色，蛀食水稻的莖部。一般一年產生三代。是水稻主要害蟲。

玉米螟 螟蟲的一種，成蟲淡黃色，前後翅均橫貫二條明顯波紋，中間有兩暗斑。幼蟲背部褐色或灰黃等色，吃植物葉、莖、果穗等，危害多種植物。

夜蛾 昆蟲的一科，種類很多。成蟲身體粗壯，前翅狹長，暗色，常在夜間活動。幼蟲危害農作物。常見有地老虎、棉鈴蟲、黏蟲等。

大螟 夜蛾的一種，成蟲灰褐色，前翅近中部有深灰褐色縱紋。幼蟲身體粗大，紫色，蛀食水稻、玉米、麥類等，對農業有害。

黏蟲 夜蛾的一種，成蟲灰褐色，翅外緣有七個小黑點。幼蟲頭部褐色，背面黑色，有彩色縱紋，是稻、麥、玉米等的主要害蟲。

地老虎 一種夜蛾的幼蟲，像蠶，生活在土壤中，吃植物的根和幼苗，是農作物苗期的主要地下害蟲。

地蠶 〈方〉某些地區將地老虎或蠐螬（金龜子的幼蟲）稱爲地蠶。

棉鈴蟲 夜蛾的一種，成蟲呈黃褐或灰褐色。幼蟲綠色或棕色，鑽入棉花蕾鈴中爲害，也危害茄類、禾穀類等作物。

棉紅鈴蟲 昆蟲，成蟲棕灰色。幼蟲粉紅色，各節背面有四個淡黑色斑點，鑽入棉蕾、花、棉鈴中，是棉花的主要害蟲之一。

蝶 昆蟲的一個亞目，種類很多。身體分頭、胸、腹三個部分，翅膀上有鱗片，形成各種花斑，

觸角呈錘狀或棍棒狀，腹部瘦長。有的種類對農業有害。通稱蝴蝶。

鳳蝶 蝶的一科，體形較大，翅膀闊大，有多種顏色組成鮮艷的花紋，後翅有尾狀突起。有些種類的幼蟲吃柑橘、樟樹等葉子。

蛺蝶 蝶的一科，觸角很長，末端呈球形，前足退化，翅膀顏色鮮艷。幼蟲身上有很多刺，吃麻類植物的葉子。

灰蝶 蝶的一科。身體較小，觸角和眼有白環。幼蟲身體短扁。許多種類的幼蟲是豆類、果樹的害蟲。

稻苞蟲 蝶的一種，成蟲黑褐色，翅膀很闊。幼蟲呈紡錘形，綠色，能吐絲將水稻葉子捲折起來作苞，影響水稻抽穗。

粉蝶 蝶的一種，翅膀白色，有黑色斑點。幼蟲青綠色，吃蔬菜葉子，是農業害蟲。

菜青蟲 菜粉蝶的幼蟲。綠色，長二十八～三十五公釐，危害甘藍、青菜、大白菜等蔬菜。

蠶 昆蟲，家蠶、柞蠶等的統稱，能吐絲結繭，繭絲可作纖維資源。

蠶蛾 蠶作繭成蛹後，所化的蛾。有翅二對，足三對，觸角一對，遍體生白色鱗毛，口器退化，不取食，雌大雄小，交尾產卵後，不久即死亡。

蠶寶寶 〈方〉蠶。

家蠶 昆蟲，幼蟲青白或微紅，有斑點，有十三個環節八對足，吃桑葉，經四次蛻皮後，吐絲作繭，變成蛹，蛹羽化成蠶蛾。蠶絲是重要的紡織原料。也叫桑蠶。

柞蠶 昆蟲，比家蠶大。幼蟲綠、黃或天藍色，全身剛毛挺直，褐色，吃柞、槲等樹的葉子。繭黃褐色。幼蟲吐的絲是紡織的重要原料。

樟蠶 蠶的一種，幼蟲身體藍色，身上有硬刺，吃樟、栗等樹的葉子。繭長橢圓形，絲堅韌，可供紡織，也可用作外科縫線。

蓖麻蠶 蠶的一種，卵灰白色，幼蟲身體白色、黃色或天藍色，喜食蓖麻的葉子。幼蟲吐的絲

可做紡織原料。

野蠶 昆蟲,雌蟲灰褐色,雄蟲黑褐色,繭灰白色,幼蟲黃褐色,有斑紋。長在桑樹上,是桑樹害蟲,繭可繅絲。

B8－4 名： 蚜蟲·蚧蟲·椿象等

蚜蟲 昆蟲的一科,種類很多。身體很細小,橢圓形,具刺吸式口器,吸食植物汁液,能分泌含糖「蜜露」,是農業的害蟲。也叫**膩蟲**。

棉蚜 蚜蟲的一種,身體小,成綠色,有的有翅。用口器刺入植物幼嫩組織,吸取汁液,危害棉花及其他多種植物。

菜蚜 蚜蟲的一種,黃綠或暗綠色,吸食汁液,是甘藍、芥菜、蘿蔔等十字花科蔬菜的重要害蟲。

麥蚜 蚜蟲的一種,綠色或黃綠色,吸麥子的葉、莖或穗粒的汁液,是麥類作物的害蟲。

蚧蟲 昆蟲的一科,寄生在植物體上,個體比較微小,雌蟲無翅,足退化,體上常密布粉狀、毛狀和絲狀的蠟質分泌物,或各種形狀的介殼。也叫**介殼蟲**。

紫膠蚧 蚧蟲的一種,雄蚧呈長梭形,鮮紅色,有的有翅;雌蚧呈不規則圓球形,紫紅色,無翅。寄生在樹木上,分泌的膠汁,稱為紫膠,是重要的工業原料。也叫**紫膠蟲**。

白蠟蚧 蚧蟲的一種。體小,寄生在白蠟樹或女貞樹上。雄蟲能分泌白蠟,為重要工業原料。也叫**白蠟蟲**。

椿象 半翅目昆蟲的通稱,身體扁平,頭小圓形或橢圓形,後胸有臭腺開口,受驚會放臭氣,吸植物莖和果實的汁。種類很多,多數是害蟲。也叫**蝽**。

田鱉 昆蟲,身體扁闊,長約六公分,吻短而強,腿大。生長在池沼中,是淡水養殖的害蟲。

薊馬 昆蟲,身體細小,黃褐或黑色,複眼發達,翅膀狹長,邊緣有細長的繸毛,常群居。種類很多,多數種類對稻、棉等農作物有害,有一些肉食性的種類是害蟲的天敵。

B8－5 名： 甲蟲

甲蟲 鞘翅目昆蟲如步行蟲、金龜子、天牛等的統稱。一般身體外部有硬殼,有光澤;前翅角質肥厚,稱為「鞘翅」;後翅為膜質。種類很多,多數草食性甲蟲對農業有害。

步行蟲 昆蟲的一科,種類很多,大小因種類而不同,多為黑色和黃褐色,頭部窄小,胸足細長,大都無飛行能力,善於爬行。多為益蟲。也叫**步甲**。

龍蝨 昆蟲一科,身體呈流線型,背腹面拱起,黑色或褐色。幼蟲頭扁而身長。成蟲和幼蟲都生活在水中,對養殖業有害。廣東地區常食用。

瓢蟲 昆蟲的一科,身體半球形,顏色美麗,有斑紋,頭小,眼大,觸角短,呈棍棒狀。種類很多,除少數是害蟲外,多數對農業和林業有益。

螢火蟲 昆蟲,身體扁平細長,黃褐色,腹部末端有發光器,能發出帶綠色的光。晝伏夜出,生活在草叢裡。

叩頭蟲 昆蟲的一科,身體暗褐色,前胸發達,如在木板上按住其腹部,即以頭和前胸打擊木板,狀如叩頭,故名。身體仰臥時能使蟲體彈向空中,避開敵害。幼蟲細長而堅實,金黃色。吃作物的種子、根和莖,是農業害蟲。

穀盜 昆蟲,身體暗赤褐色,前胸呈圓筒形,頭部隱藏在前胸下面。幼蟲頭細小,胸部肥大。成蟲及幼蟲吃穀粒、麵粉等。

金龜子 昆蟲中一科,種類較多,頭小,身體呈長卵形,體殼堅硬,黑綠色,有光澤。危害植物的葉、花、芽及果實等地上部分。幼蟲叫蠐螬,身體肥胖,白色,生活在土中,吃作物的根和塊莖等的地下部分,是農業害蟲。

金殼郎 〈方〉金龜子。

蠐螬 金龜子的幼蟲。

蜣螂 昆蟲，身體圓短，黑色，胸部和腳有黑褐色的長毛。吃動物屍體和糞等，常把糞滾成球形，能清除自然界的大量動物糞便。也叫屹螂;屎殼郎。

斑蝥 昆蟲，身體長圓筒形，黑色，複眼較大，鞘翅上有兩個大黃斑，受驚時足關節處能放出黃色很臭的毒液。危害大豆、棉花等作物。成蟲的乾燥體可入藥。

鐵甲蟲 昆蟲，身體略扁平，有許多刺，黑色或灰黑色，有金屬光澤。危害稻、甘蔗等作物。也叫硬殼蟲。

天牛 昆蟲的一科，身體呈長圓筒形，背部略扁，觸角很長。幼蟲蛀食樹幹時，會發出「喀嚓」聲響，故又名「鋸樹郎」。是森林和果園的害蟲。

象鼻蟲 昆蟲，身體長橢圓形，頭部口器部分向前突出，呈象鼻狀。幼蟲體肥而彎曲，吃植物的根、莖、葉或穀粒。種類很多，其中許多是害蟲。

B8－6 名： 虱・蚤・臭蟲

虱 昆蟲的一目，成蟲身體扁平而小，灰白或灰黑色，眼退化，沒有翅膀，口器發達，能刺入人或動物皮膚內吸血。為哺乳動物和人體體外寄生蟲，是傳播斑疹傷寒等疾病的媒介。通稱虱子。

體虱 虱子的一種，體較長，灰白色，觸角末端細長，寄生在人體表面和衣物、被褥上。能傳播回歸熱、斑疹傷寒等疾病。也叫白虱。

頭虱 虱子的一種，灰黑色，觸角末端短，寄生在人的頭髮裡，卵白色。頭虱能傳播斑疹傷寒等疾病。

陰虱 虱子的一種，形狀像螃蟹，故又稱蟹虱。灰白色，寄生在人體的陰部或腋窩毛髮部位。

能傳播斑疹、傷寒等疾病。

蚤 昆蟲的一目，種類很多。身體左右扁平而小，沒有翅膀，足長而粗壯，善跳躍，口器發達。寄生在人和動物身體上吸血，是傳染鼠疫、斑疹傷寒的媒介。也叫跳蚤;屹蚤。

壁蝨 昆蟲的一科，身體扁平，棕紅色，頭闊，腹大，體內有臭腺。口器刺吸式，刺吸人畜的血液。也叫床虱。

璧虱 〈方〉臭蟲。

B8－7 名： 衣魚・蜉蝣・蜻蜓等

衣魚 昆蟲，身體細長扁平，有銀灰色細鱗，觸角長絲狀，無翅，有三條長尾鬚。常躲在陰暗的地方。嚙食書籍、衣物上的漿糊和膠質物。也叫蠹魚。

竹節蟲 昆蟲，身體細長，擅於擬態，有的形狀像竹節和樹枝，有的形似葉片，綠色或黃褐色。生活在樹上，吃樹葉。

蜉蝣 昆蟲的一目，種類較多，成蟲有兩對翅膀，前翅發達，腹部末端有二或三條尾鬚，常在水面飛行，壽命很短，一般均朝生暮死。但若蟲(稚蟲)生活在水中一～三年或五、六年，始能成熟，在天然水域中是淡水魚的餌料。

蜻蜓 昆蟲的一目，體形較大，腹部細長，有兩對長而窄的膜質翅膀，休息時翅展開平放兩側，生活在水邊，捕食蚊子等飛蟲。雌的用尾點水而產卵於水中。幼蟲叫「水蠆」，生活在水中。是益蟲。

水蠆 蜻蜓的幼蟲。身體扁闊或長形，頭部較大，尾端有三個突起。生活在水裡，一般蛻皮十次以上後，出水面後變為成蟲。

B9　其他低等動物

B9－1 名： 蜈蚣・蜘蛛・蠍等

蜈蚣 節肢動物,身體長而扁平,頭金黃色或紅色,背面暗綠色,腹面黃褐色,頭部有一對細長的觸角,軀幹有許多環節構成,每節有一對足,第一對足有毒腺,可捕食小動物或螫人。蜈蚣乾製品是傳統的中藥。也叫**百足**。

馬陸 節肢動物,身體長,圓柱形,由二十個環節組成軀幹,除第二～四節各有一對足外,其餘每節有腳兩對,身體兩側有臭腺。生活在陰暗潮濕處,吃草根或腐殖質。也叫**千足**。

蜘蛛 節肢動物,種類很多。身體分頭胸部和腹部,頭胸部有腳四對,腹部有紡器,能分泌黏液用來結網捕食昆蟲。地表、洞穴、水下都有多種蜘蛛分布。

蟢蛸 蜘蛛的一種,身體細長,暗褐色,螯肢很長,步足長而多刺。多在室內牆壁間或水邊、草邊、樹間結網。也叫**喜子**;**蟢子**。

蠍 節肢動物,身體長,多為黃褐色,口部兩側有一對螯,前腹部較闊,後腹部細窄,末端有毒刺,晝伏夜出,捕食昆蟲。乾蟲體是傳統中藥,稱作全蠍。也叫**蠍子**。

B9－2 名： 蜱·蟎等

蜱 節肢動物,身體橢圓形,體表革質,褐色。幼蟲三對腳,成蟲有四對腳。種類很多,大多數為吸血性,寄生人畜,能傳染腦炎、回歸熱等疾病。也叫**蟞蝨**。

蟎 節肢動物的一類,身體微小,圓形或長形,頭、胸、腹癒合軀體,分節不明顯,表皮很薄,足四對。種類很多,有的寄居在人或動物身上,吸血液,能傳播疾病。有的危害農作物。

疥蟲 蟎的一種,身體小,呈半球狀,乳白色,有四對腳,腳上有吸盤。寄生在人和其他動物的皮膚下,引起疥瘡。也叫**疥癬蟲**。

蜂蟎 蜜蜂重要的寄生蟲之一,常見有大蜂蟎和小蜂蟎兩種,身體微小,橢圓形,前者赤褐色,後者棕黃色,寄生於蜜蜂腹部多絨毛處,卵產

於蜂巢內,危害蜂群,嚴重時可引起蜂群滅亡。

棉紅蜘蛛 節肢動物,身體很小,橢圓形,橙紅色。在葉背面吸汁液,危害棉、玉米等農作物。

麥蜘蛛 節肢動物,身體小,近圓形或卵圓形,紅褐色,有腳四對。吸葉汁液,是危害麥類作物的主要害蟲。

紅蜘蛛 〈方〉❶棉紅蜘蛛。❷麥蜘蛛。也叫**火龍**。

B9－3 名： 蚯蚓·水蛭等

蚯蚓 環節動物,身體細長,由許多環節組成,有剛毛。生活在土壤中,能使土壤疏鬆,蚓糞能使土壤肥沃。它的乾製品叫地龍,是傳統的中藥。也叫**曲蟮**。

水蛭 環節動物,身體狹長而扁,灰綠色,兩端有吸盤,雌雄同體。生活在池沼或水田中,吸食人畜的血液。也叫**螞蟥**。

蛞蝓 軟體動物,體形似去殼的蝸牛,圓而長,頭上有長短觸角各一對,眼睛長在長觸角的頂端。背面淡褐色或黑色,腹面白色,身體表面能分泌黏液。吃植物葉子,危害蔬菜、果樹等農作物。也叫**鼻涕蟲**;**蜒蚰**。

蝸牛 軟體動物,頭部發達,有兩對觸角,後一對頂端有眼,腹部有扁平肥大的足,殼略呈扁圓錐形,有螺紋。吃草本植物表皮,危害植物。某些種類可供食用。

B9－4 名： 鉤蟲·蛔蟲等

鉤蟲 一類寄生的線形動物,寄生人體的主要有十二指腸鉤蟲和美洲鉤蟲,前者成蟲長約一公分,乳白色或微紅,略呈 C 形,口內有鉤齒。後者較小,體略呈 S 形,口內有切板。成蟲寄生小腸內,可使患者嚴重貧血,消化功能紊亂。

蛔蟲 線形動物,形狀像蚯蚓,兩端較細,白色或米黃色,前端有口,能附在人或動物的腸壁上。卵隨寄主糞便排出體外,如被人吞入後,在腸道內孵出幼蟲,後發育成成蟲。蛔蟲在人體內不但吸取營養,還分泌毒素,能引起腹痛、腸阻塞,或引起膽道蛔蟲症等疾病。

蟯蟲 線形動物,身體小,形狀像針,白色。寄生在人的盲腸及其附近黏膜上。雌蟲常在夜晚爬到肛門口產卵。患者常覺肛門奇癢,有煩躁、失眠、食欲不振等症狀。

絲蟲 線形動物,身體細小呈絲狀,前端較圓而略呈膨大。成蟲寄生在人體淋巴管裡,幼蟲寄生在血液或淋巴裡,引起血絲蟲病,產生淋巴管炎、象皮腫等症狀。血絲蟲病是由蚊子傳播的。也叫**血絲蟲**。

B9－5 名： 血吸蟲・絛蟲

血吸蟲 扁形動物,寄生在人體或哺乳動物靜脈及腸膜靜脈裡的寄生蟲。主要流行的是日本血吸蟲。雌蟲細長,黑褐色;雄蟲粗短,乳白色。雌雄常合抱在一起。寄生在人、畜的小血管內,引起血吸蟲病。卵隨患者糞便排出,幼蟲寄生在釘螺內。患者出現極度消瘦、腹水、嘔血、肝硬化等症狀。

肺吸蟲 扁形動物,身體呈卵圓形,體背多小棘,有口吸盤和腹吸盤各一個,紅褐色,半透明,寄生在人或動物的肺部。卵隨患者糞便排出體外,幼蟲寄生在溪蟹或喇蛄的體內。人吃了未煮熟的溪蟹或喇蛄後會引起肺吸蟲病,產生胸痛、咯血等症狀。貓、狗、豬等也會感染。

肝吸蟲 扁形動物,身體平薄,呈葉片狀,半透明,雌雄同體。成蟲寄生在人或動物的肝臟膽管內。蟲卵隨患者糞便排出,寄生在淡水螺體內,然後侵入淡水魚、蝦的體內,人吃了生的魚蝦就會侵入到肝膽管裡,引起貧血、肝臟腫大等症狀。

絛蟲 扁形動物,寄生於人和脊椎動物腸腔的寄生蟲,種類很多,有豬肉絛蟲、牛肉絛蟲、羊絛蟲、雞絛蟲等。身體呈帶狀,由許多節片構成,節片短而寬,每個節片都有雌雄生殖器。成蟲寄生在人或動物的腸內,幼蟲叫囊蟲,多寄生在豬、牛等體內,人吃了未煮熟而帶有囊蟲的豬肉或牛肉,就會感染絛蟲病。

豬肉絛蟲 體長二～三公尺,頭節圓球形,有兩圈小鉤,寄生在人的小腸內。幼蟲主要寄生在豬的肌肉、肝臟、腦等部位,為白色小點。中間宿主主要是豬,人是終宿主。

B9－6 名： 鞭毛蟲・病原蟲・草履蟲等

鞭毛蟲 原生動物,種類很多。身體微小,以鞭毛運動。有的有葉綠素,能進行光合作用,能製造養料,也能與動物一樣攝取有機物,如眼蟲;有的無葉綠素,如滴蟲、錐體蟲。

病原蟲 能引起疾病的寄生蟲的總稱。如瘧原蟲、蛔蟲、疥螨等等。

瘧原蟲 病原蟲的一種,具有原生質和細胞核,寄生在人血液中的紅血球內,能引起瘧疾,病發作時多發冷發熱。通常有間日瘧原蟲、三日瘧原蟲和惡性瘧原蟲三種。由蚊子傳播。

變形蟲 原生動物的一類,細胞膜很薄,原生質會隨著活動的需要而流動,使體表任何部位都可形成臨時性突起,稱為偽足,身體形狀會不斷變化。多生活在水中,靠偽足來運動和捕食。

阿米巴 音譯詞。變形蟲。

草履蟲 原生動物,身體微小,形狀像倒置的草鞋底。全身長滿纖毛,是它的運動器官。生活在停滯的淡水中,吞食細菌、水藻等。

B10　植　物(一般)

B10-1　名：　植物(一般)

高等植物　由低等植物進化而來,形態結構比較
複雜的植物。植物體是由受精卵形成胚,再由
胚發育而成,一般有根、莖、葉的分化和由多
細胞構成的生殖器官。苔蘚植物、蕨類植物
和種子植物都是高等植物。

低等植物　個體發育過程中無胚胎時期的植物。
這類植物一般起源較早,構造較簡單。植物
體無根、莖、葉的分化,無維管束,如菌類、藻
類和地衣。

一年生植物　在一年之內完成從種子萌發生長、
開花結實至植物體死亡的整個生活週期的植
物,如大豆、玉米、花生等都是一年生植物。

二年生植物　經過兩個生長季節才能完成生活
週期的植物。一般當年只長出根和葉子,次
年才開花結實,然後死亡,如蘿蔔、白菜等都
是二年生植物。又稱「越年生植物」。

多年生植物　能連續生活兩年以上的植物,大多
數能開花結實多次,如喬木、灌木等木本植物
和薄荷、大黃、龍舌蘭等草本植物。

草本植物　莖內木質部不發達,木質化細胞較少
的植物。植株一般矮小,莖柔軟,一般莖的地
上部分在生長期終了時多枯死。

蔓生植物　莖不能直立,匍匐地面,或攀援他物
而生長的植物,如葡萄、牽牛、紫藤等。

木本植物　莖內木質部發達,莖直立,比較堅硬
的植物,壽命較長,如松、雲杉等喬木和紫荆、
丁香等灌木。

喬木　主幹明顯而直立的多年生木本植物,植株
比較高大,在距離地面較高處分枝,形成樹
冠,如松、楊、楡等。

灌木　沒有明顯主幹,枝幹叢生的多年生木本植

物,一般比喬木矮小,如冬靑、月季、迎春等。

纖維植物　指可利用其纖維作紡織、造紙或繩
索、麻袋等原料的植物,如棉花、大麻、苧麻
等。

芳香植物　可提取芳香油的植物,如薄荷、丁香、
玫瑰等。

藥用植物　植物的全株或某一部分可作藥用的,
或其分泌物和所含成分,可直接入藥的,或提
煉後可製成藥物的植物,如人參、杜仲、蒲公
英、金雞納樹等。

油脂植物　能提取油脂的植物,主要存在於種子
或果實中,如大豆、花生、蓖麻等。

能源植物　可以直接用作燃料或提取燃料作爲
能源的植物,如油楠、向日葵、巨藻等。

抗污染植物　在污染環境下能夠正常生長,不受
傷害,對污染物質具有阻擋、忍耐或解毒等能
力的植物,如夾竹桃、龍柏、榕樹等。

指示植物　在一定的自然地區範圍內,能指示環
境或其中某一因子特性的植物種、屬或群落,
如石松指示土壤的酸性、雲杉指示金礦礦脈
所在等。

綠色植物　含有葉綠素,能夠進行光合作用的植
物,除少數細菌、眞菌、一部分藻類和若干寄
生的高等植物以外,常見的植物都是綠色植
物。

種子植物　能產生種子並以種子繁殖的植物,是
植物界中最高等的一大類,分裸子植物和被
子植物。舊稱**顯花植物**。

裸子植物　種子植物中的一門,雌蕊不形成子
房,胚珠和種子都是裸露的,松、杉、銀杏等都
是裸子植物。

被子植物　種子植物中最高級的一門,胚珠外有
子房包裹,種子外有果皮,具有眞正的花,花
具雄蕊和雌蕊,亦常具花萼和花冠。果樹、花
卉、蔬菜等都是被子植物。

雙子葉植物　種子植物中的一綱,種子的胚有兩

片子葉,多為軸根系,莖部有形成層,葉子多呈網狀葉脈,如大豆、花生、茶等。

單子葉植物 種子植物中的一綱,種子的胚只有一片子葉,多為鬚根系,一般莖無形成層,葉脈為平行脈,如稻、麥、玉米等。

孢子植物 不產生種子,主要由孢子繁殖的植物,是藻類、菌類、地衣、苔蘚和蕨類植物的總稱。舊稱**隱花植物**。

蕨類植物 植物界的一門,有明顯的世代交替現象,不開花結實,以孢子繁殖,有根、莖、葉分化和維管束系統。是高等植物中比較原始的一個類群,如石松、木賊、紅萍等。

苔蘚植物 植物界的一門,是最原始的高等植物。通常見到的是葉狀體(配子體),或略有假根、假莖、假葉的分化。特徵是缺少真根、真莖、真葉。生活史中有明顯世代交替現象。多生於陰濕環境中,如地錢、葫蘆蘚等。

地衣 植物的一門,是真菌和藻類共生的結合體,藻類製造有機物,真菌則吸收水分並包被藻體,種類很多,生長在地面、樹皮和岩石上。

菌類 不含葉綠素,以現成有機物為營養的低等異營植物。異營方式,主要為寄生或腐生。

藻類植物 是含有葉綠素和其他輔助色素,能進行光合作用的低等自營植物。植物體由單細胞或多細胞組成,沒有根、莖、葉的分化。

B10－2 名： 植物群落

植物群落 在一定的環境內,常結合成一定關係而生存的所有同種或不同種的植物組合。按其來源,可分為天然植物群落和人工植物群落。

植被 在某一地區內,覆蓋地面的植物及其群落的總稱。

森林 通常指大片生長的以喬木為主體的植物群落;林業上指在相當廣闊的土地上生長的很多樹木,以及連同這塊土地上的動物及其

他植物所構成的總體。森林具有保持水土,調節氣候,防止多種災害的作用,也是木材和其他林產品的主要來源。

林帶 (多為防風沙而培植的)帶狀防護林。

叢林 茂密的樹林。

樹林 成片生長的許多樹木,比森林小。也叫**樹林子**。

樹行子 排列成行的樹木;小樹林。

樹叢 叢生的樹木。

草原 在溫帶半乾旱氣候地區,旱生或半旱生的多年生草本植物群落。可作畜牧基地。

草甸 在氣候和土壤中等濕潤地區,由多年生的中生草本植物組成的植物群落,可供放牧和割草。

草地 草本植物群落的統稱,包括草原和草甸。

草叢 很多草聚生一起的地方。

B10－3 名： 種子

種子 種子植物所特有的器官,由胚珠經受精作用發育而成的部分,是種子植物特有的繁殖器官,通常由種皮、胚和胚乳三部分組成。

子實 一般指顆粒狀種子,如稻、麥、穀子、高粱、豆類等農作物的種子。也叫**子粒**。

籽 植物的種子:花籽兒/棉籽兒。

子 種子:子棉/茱子兒。

米 泛指穀類和其他植物的種子去掉殼或皮後可以吃的部分:大米/高粱米/花生米。

胚 種子植物由受精卵發育而成的植物幼體,通常由胚芽、胚軸、胚根和子葉四部分構成。

胚芽 種子植物胚的主要組成部分之一,位於胚軸的頂端,發芽後長成莖和葉。

胚軸 種子植物胚的主要組成部分之一,是連接胚芽與胚根的部分。

胚根 種子植物胚的主要組成部分之一,位於胚軸的下端,能發育成植物主根。

子葉 種子植物胚的主要組成部分之一,是貯藏

養料或幼苗時期進行同化作用的器官。

胚乳　種子的組成部分之一，是貯藏營養物質的組織，能為胚的生長發育提供養料。

胚珠　種子植物子房內壁胎座上的小球狀物體，通常包在子房內，但也有露出子房外的。花受精後胚珠發育成種子。

種皮　由胚珠的珠被發育成的保護種子的組織。

B 10－4 名：　根

根　蕨類植物和種子植物體由胚根發育而來的地下部分，但也有從莖、葉上發生的。是主要的營養器官之一。主要作用是支持和固定植物體，從土壤中吸收水分和無機鹽並輸送往其他各個器官，有的根還具有貯藏養料、合成某些有機物和分泌某些酸類的功能。

根子　〈口〉根。

柢　樹根：根深柢固。

主根　在種子萌發時，由胚根突破種皮，發育而成的根。通常垂直地向地下生長，並長出許多側根。

側根　主根在生長過程中向周圍長出的分枝。

不定根　從植物莖或葉上生出來的根，有擴大植物吸收面積和增強固著或支持植物的作用。

根系　一株植物所有根的總稱，一般分軸根系和鬚根系兩大類。

軸根系　由發達而明顯的主根和各級側根組成的根系，如大豆、棉花等的根。

鬚根系　沒有明顯的主根，由莖基部產生的許多鬚狀不定根組成的根系，如小麥、玉米的根。

根冠　生在根的尖端的一種保護結構，形狀像頂帽子，有保護根的生長點不受土壤磨擦損傷的作用。

根毛　生在根的尖端的細毛，具有從土壤中吸收水分和無機鹽的功能，並能分泌各種物質(如酸類)，溶解土壤中不易溶化的養分，從而擴大吸收作用。

根苗　植物的根和剛長出的苗。

根芽　從植物根上長出來的不定芽。根芽出土後，經過移植，可以成為獨立的植物體。

塊根　由側根或不定根膨大而成的貯藏根，呈塊狀，如甘薯、木薯等。

根瘤　豆科植物根部的球狀小瘤，由根瘤菌侵入引起。根瘤能利用空氣中氮氣製造含氮化合物，供植物利用。

氣生根　從莖上生出，暴露在空氣中的根，能吸收空氣中的水分，也有呼吸功能。玉蜀黍、榕樹等有氣生根。

假根　低等植物所特有的，由單細胞或單列的多細胞構成的絲狀的根，沒有維管束來組織，具有吸收和固著作用。真菌、藻類、苔蘚植物以及蕨類的原葉體都有假根。

宿根　某些二年生或多年生草本植物的根，在莖葉枯萎以後處於休眠狀態，到第二年春天重新發芽，這種根叫做宿根，如韭菜、薄荷等的根。

B10－5 名：　植株・莖・枝・藤

植株　一般指成長的植物體的地上部分。

株　❶植物露在地面上的莖和根：守株待兔。❷植株：株距。

莖　植物地上部分的主軸，由胚芽發育而成，下面連著根，上面生有枝、葉、花和果實。莖主要作用有支持枝、葉、花、果實的生長，輸送水份和養料。有些植物地下部分也有莖，稱為地下莖。

葉
枝
莖
根
植株

本　草木的莖和根：本固枝榮。

梗　植物的莖或枝：花梗／高粱梗兒。

稈 某些植物的莖:麻稈兒/高粱稈兒。

稈子 某些植物的莖:高粱稈子。

稭 農作物脫粒後的莖:麥稭/豆稭。

莛 某些草本植物的莖:麥莛兒。

萁 豆子的稭稈:豆萁。

棵子 〈方〉植物的莖稈(多指莊稼的):靑棵子/高粱的棵子長得很高。

秫稭 去掉穗的高粱稈。

直立莖 不需要依靠其他物體而能直立生長的植物莖,如梨、玉米、向日葵等的莖。

纏繞莖 細長而柔軟,不能直立,只能纏繞在其他物體上才能向上生長的莖,如牽牛花、紫藤等的莖。

攀援莖 細長而柔軟,不能直立,靠捲鬚或吸盤狀的器官附著在其他物體上生長的莖,如葡萄、絲瓜等的莖。

匍匐莖 不能直立生長,沿著地面生長的莖,如草莓、甘薯等的莖。

地下莖 生長在地面以下的莖,如根莖、塊莖、鱗莖等,有貯藏養料、繁殖後代的作用。

塊莖 地下莖的一種,呈塊狀,貯有大量的養料,表面有許多芽眼,如馬鈴薯的塊莖。

鱗莖 地下莖的一種,形狀像圓盤,下部有不定根,上部密生鱗葉及芽,內含營養物質,肥厚多肉,從頂芽及腋芽長出花莖開花結實,如洋蔥、水仙等的地下莖。

球莖 地下莖的一種,呈球狀,含有豐富的澱粉、糖分等營養物質。芽集中於頂端,如慈姑、荸薺等的球莖。

根莖 多年生植物的根狀地下莖。有節和節間,節上有退化鱗葉。莖軸在地下橫著生長,每年又能有新枝長出地面。能進行營養繁殖,如藕、姜、蘆葦等。

稈子 蔬菜等的花軸。

藤 某些植物不能直立的匍匐莖或攀援莖,如白藤、葡萄等的莖。

藤子 〈口〉藤。

蔓 細長而不能直立的莖:瓜蔓/葡萄蔓。

薹 花序梗的別稱,如蒜、韭、油菜等長花序的梗。嫩的可作蔬菜,如蒜薹。

枝 具有葉和芽的莖。也叫**枝子;枝條**。

枝柯 〈書〉樹枝。

枝杈 植物上分杈的小枝子。

枝椏 **枝丫** 枝杈。

條 細長的莖:藤條/柳條兒。

杈子 植物的分枝:樹杈子。也叫**杈**。

側枝 由主莖周圍長出的小枝。

椏杈 樹枝分出的地方。也作丫杈。

梢頭 樹枝的頂部。

蘗 樹木砍去後又長出來的新芽,泛指植物由莖的基部長出的分枝:分蘗。

蘗枝 植物分蘗時長出的枝條。

葉枝 ❶果樹上當年不結果實的枝條。❷棉花植株上不長棉桃的枝條。

果枝 ❶果樹上具有花芽並能開花結果的枝。❷棉花植株上結棉桃的枝。

瘋枝 棉花等植株上生長旺盛而不結果實的枝條。也叫**瘋杈**。

B10－6 名: 芽·苗

芽 枝或花的雛體。按其著生位置的不同可分為頂芽、腋芽和不定芽。按性質可分為葉芽、花芽和混合芽。

葉芽 能發育成枝條和葉的芽,一般較瘦長。也叫**枝芽**。

花芽 能發育成花或花序的芽。外形一般比較飽滿。

頂芽 長在植物的主莖或側枝頂端的芽。

腋芽 在葉柄和莖相連的部位(葉腋)生長出來的芽。也叫**側芽**。

休眠芽 多年生木本植物枝上在生長季節處於不活動狀態的腋芽。

苗　一般指初生的種子植物,有時專指某些蔬菜的嫩莖或嫩葉:秧苗／麥苗兒／蒜苗。

苗子　〈方〉苗。

秧　植物的苗:稻秧／白菜秧兒。

秧子　秧:菜秧子。

幼苗　種子植物生長初期的幼小個體。

幼株　(種子植物)初生的個體。一般多指苗木。

秧苗　農作物的幼苗,通常指水稻移栽前的幼苗。

壯苗　健壯的秧苗。

苗木　樹木幼株。一般在苗圃裡培育。苗木可以用種子繁殖,也可以用嫁接、插條等方法育成。□樹苗。

禾苗　穀類作物的幼苗。

禾　禾苗,特指水稻的植株。

麥苗　麥類作物的幼苗。

花苗　花卉植物的幼苗。有的地區也指棉花的幼苗。

筍　出土不久的竹子的嫩芽,味鮮美,可做菜。也叫**竹筍**。

B10－7 名：　葉·柄

葉　蕨類和種子植物的營養器官之一,一般由葉片、葉柄和托葉三部分組成。通稱**葉子**。

葉片　葉的主要組成部分之一,通常是綠色的扁平體,由表皮、葉脈和葉肉組成,是植物進行光合作用的主要場所。

葉柄　葉子的主要組成部分之一,位於葉片基部,與莖相連接的柄。通常細長。

托葉　完全葉的組成部分之一,長在葉柄基部的兩片小葉,通常呈葉狀,有保護幼葉和腋芽的作用。

無柄葉　直接生在莖上,沒有葉柄的或葉柄不顯著的葉,如萵苣的葉等。

完全葉　由葉片、葉柄和一對托葉組成的葉子,如棉花、梨等的葉。

不完全葉　缺少葉片、葉柄和托葉中一部分或兩部分的葉,如小麥、萵苣等的葉。

單葉　每個葉柄上只生一個葉片的葉,如向日葵、梅、桃等的葉。

複葉　在一個總葉柄上生有兩片以上葉片的葉子。形狀很多,有羽狀複葉、掌狀複葉、三出複葉,如花生、酢醬草、合歡等的葉。

小葉　植物學上把複葉上的一個葉片叫做小葉。

頂葉　生長在莖的頂端的葉子。

葉肉　葉片上下表皮之間的綠色組織,由許多含葉綠體的細胞組成,是植物進行光合作用的主要部分。葉肉細胞之間有間隙,構成通氣系統,與外界交換氣體。

葉脈　貫穿在葉肉內的細管狀構造(維管束),有輸送水分和養料,支持葉片的作用。

葉鞘　包在莖節外面,呈鞘狀的葉柄或葉片基部,常見於稻、麥、玉米等植物。

把兒　花、葉或果實的柄:葉把兒／梨把兒。

柄　花、葉或果實和莖或枝連著的部分:花柄／葉柄。

蒂　花或瓜、果等跟莖、枝相連的部分;把兒:並蒂蓮／瓜蒂。

松針　松樹的葉子,形細長,頂端尖銳如針。

蒲劍　指菖蒲的葉子,細長呈劍狀。

葉序　葉在莖上的排列方式,常見的有互生、對生、輪生、簇生等。

B10－8 名：　花

花　種子植物的生殖器官,典型的花由花托、花萼、花冠、雄蕊群和雌蕊群組成。

花朵　花;瓶裡插著潔白芬芳的花朵。

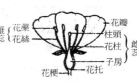

朵兒　花朵:這花的朵兒多鮮艷呀!

花冠　花瓣的總稱,由若干花瓣組成,是花的組成部分之一。一般

位於花萼的裡面,有鮮艷的顏色和芳香的氣味。

花瓣 花冠的組成部分之一,多呈薄片狀,內部構造與葉子相似,通常不含葉綠素,形狀多樣,細胞裡含有不同的色素,所以有各種不同的顏色,有香味。

瓣 花瓣:玉蘭花有九個瓣兒。

花萼 花的組成部分之一,由許多萼片組成,通常爲綠色,包在花瓣外面,有保護幼花的作用。簡稱萼。

花蕊 花的雌蕊和雄蕊的統稱。

花鬚 〈口〉花蕊。

雄蕊 在被子植物花內產生花粉的變態葉,是產生雄性生殖細胞的器官,一般由花絲和花藥兩個部分構成。

花絲 雄蕊的組成部分之一,一般細長呈柄狀,頂端生有花藥。

花藥 長在花絲頂端的囊狀體,由兩個藥室組成,每一藥室又具有一或二個花粉囊。花粉成熟時,花粉囊開裂,散出花粉。

花粉 種子植物雄蕊的成熟花粉囊內產生的粉狀體,花粉落在雌蕊柱頭上或在花粉囊內萌發,形成花粉管,釋出精子。

雌蕊 被子植物花內的雌性器官,位於花的中央。通常由子房、花柱、柱頭三部分組成。子房內有胚珠,受精後發育成種子,子房壁發育成果皮並與種子共同形成果實。

花柱 雌蕊中子房和柱頭之間的細長部分,是進入子房的通道。

柱頭 花柱的頂端部分,是接受花粉的部分。常具有突起或黏液,以適於花粉的固著和萌發。

子房 雌蕊下部藏有胚珠的膨大部分。受精後,胚珠發育成種子,整個子房發育成果實。

心皮 組成被子植物雌蕊的基本單位,是變態的葉子。雌蕊是由一個或幾個心皮組成。

花軸 生長花的枝或莖。也叫**花莖**。

花梗 直接著生花的柄,是莖的分枝。

花托 花梗的頂端部分,其上著生花被和雌蕊、雄蕊。

蕾 含苞沒有開放的花。通稱**花蕾**。

花骨朵 花蕾的通稱。也叫**骨朵兒**。

蓓蕾 沒開的花;花骨朵兒。

苞 花沒開時包著花骨朵的變態葉;含苞欲放。通稱**花苞**。

花序 花著生在花軸上的序列。可分爲有限花序和無限花序兩大類。

雄花 只有雄蕊的花,屬單性花,如玉米、大麻等植物體頂端的花。

雌花 只有雌蕊的花,屬單性花,如玉米、大麻葉腋間的花。

謊花 不能結果實的花,如南瓜、西瓜等的雄花。

天花 長在玉米植株頂端的雄花穗。

舌狀花 籃狀花序中花冠下部呈筒狀,上部裂開,形狀扁平像舌的花,如向日葵花序邊緣部分大瓣的花。

蝶形花 花冠形狀像蝴蝶的花,由大小、形狀不等的五片花瓣組成,如蠶豆、槐等豆科植物的花。

風媒花 利用風力作傳粉媒介的花,一般花小,沒有明顯的花被,色彩不鮮艷,沒有香味和蜜腺,花粉輕而量多,如稻、麥、玉米等的花。

蟲媒花 依靠昆蟲作傳粉媒介的花。一般花形大、花被發達、顏色美麗,並有香味和蜜腺,如桃、李、杏等的花。

B10-9 名：　果實

果實 被子植物的花受精後,由雌蕊的子房或花的其他部分參與而形成的具有果皮和種子的器官。有些果實可供食用。

果子 指可以吃的果實。

果 果實;果子:開花結果。

實 果實;種子:茨實／橡實／開花結實。

真果 果實的一類,這類果實僅由雌蕊子房發育而成,如桃、李、杏等。

假果 果實的一類,這類果實由子房與花托或花被等共同發育而成,如蘋果、梨等。

穗 ❶稻、麥、高粱等穀類植物的花或果實在莖的頂端聚生成的長條:稻穗/穀穗。❷有時也泛指穗狀的花:杉穗。

果穗 指高粱、玉米等聚生一起成長條的果實。

核 一般指核果中心的堅硬部分,由內果皮木質化形成,裡面有果仁:橄欖核/桃核。

仁 果核或果殼最裡頭較柔軟的部分,也就是種子,如杏仁、花生仁。

瓤子 瓜果皮裡包著種子的肉或瓣兒。

瓤 瓤子:柚子瓤兒/這個西瓜的瓤兒是黃色的。

肉 指某些瓜果中可以吃的肉質部分:桂圓肉。

果肉 一般指水果可以吃的部分,如桃、李、杏等的果肉是核和外層薄皮之間的部分。

果皮 植物果實的皮,由子房壁發育而成,通常可分為外果皮、中果皮、內果皮三層。

液果 一般指成熟時果皮多汁或多肉質的果實,如漿果、核果等。

漿果 液果的一種,外果皮薄,中果皮與內果皮肉質多汁,含一至多枚種子,如石榴、葡萄、番茄等的果實。

核果 液果的一種,外果皮薄。內果皮木質化成堅硬的核殼,裡面包有種子。中果皮肥厚多汁,可以食用,如橄欖、桃、李等。

仁果 果實的一種,果肉大部分由花托發育而成,如蘋果、梨等。又稱「梨果」。

角果 果實的一種,由兩個心皮組成的雌蕊發育而成,中間有假隔膜,將子房分隔成兩室。果實成熟後開裂成兩片,如芥菜、油菜等的果實。

翅果 果實的一種,長有一個或數個翅狀附屬物的果實,可借著風力把種子散布到遠處,如榆

錢。

乾果 ❶果實的一大類,包括莢果、堅果、穎果、瘦果、蒴果等。果實成熟以後,果皮乾燥。❷指曬乾的水果,如柿餅、葡萄乾等。

莢 乾果的一種,是豆科植物特有的果實,由一個心皮發育而成,多籽,成熟時果皮裂成兩片,如大豆、豌豆等。也叫**莢果**。

堅果 乾果的一種,成熟時果皮堅硬,木質,內含一粒種子,成熟後不開裂,如板栗、榛子等。

瘦果 乾果的一種,果皮堅硬,只含一粒種子。果皮與種皮只有一處相連,如向日葵、蕎麥等。

穎果 乾果的一種,只含一粒種子,成熟時果皮與種皮緊密癒合,不能分離,如稻、麥等禾本科植物所特有的果實。

蒴果 乾果的一種,由兩個或多個心皮發育而成,成熟後裂開,內含許多種子,如棉花等。

無籽果實 不形成種子的果實。主要有兩類:一類是天然的無籽果實,即不經過受精,子房就能發育成為果實,如香蕉、鳳梨、新疆無核葡萄等。一類是用人工方法培育的無籽果實,如無籽番茄、無籽西瓜等。

松果 松樹的果實,多呈卵圓形,由許多木質的鱗片組成,裡面有種子,又稱「松子」。

松塔兒 〈方〉松果。

橡實 櫟樹的果實,長圓形,含有澱粉和少量鞣酸。外殼可製烤膠,種子可作飼料。

桑葚 桑樹的果實,成熟時黑紫色或白色,味甜,可食或釀酒。

糠 稻、麥、穀子等作物子實脫下來的皮或殼:稻糠/米糠。

礱糠 稻穀礱過後脫出的外殼。也叫**稻糠**。

秕子 空的或不飽滿的穀粒。

瞎子 〈方〉秕子。

B10 - 10 名: 表皮·纖維等

表皮 植物體表面初生的一種保護組織。是植

物體和外界環境接觸的最外層細胞,一般由單層、無色而扁平的活細胞構成。

氣孔　是植物與外界氣體交換的孔道和控制蒸發的結構,在莖、葉等表皮上,由成對的半月形保衛細胞以及其間的小孔組成。

韌皮層　高等植物的根、莖、葉內有支持和輸導作用的複合組織,主要由篩管或篩板和韌皮纖維等構成。

木栓層　植物莖和根生長加粗後處於體表的保護組織,由充滿氣體的死細胞組成,質地輕、不透水,富有彈性,有保護植物體,控制水分和防寒的作用。

栓皮　栓皮櫟、黃蘗等莖上的木栓層。質輕軟,富彈性,不透水,不透氣,耐磨,抗酸,對電、熱、聲等都是不良導體。可以製救生圈、隔音板、瓶塞、軟木板等。通稱**軟木**。

纖維　植物體內一種細長形的厚壁細胞,一般互相穿插,聚生成束,主要作用爲支撐植物體。

木質部　高等植物體內有支持和輸導作用的複合組織,主要由導管、管胞、木纖維和木質細胞等組成。木質部發達的莖就是通常使用的木材。

導管　被子植物木質部內能輸送水分和無機鹽溶液的組織,由多數呈筒狀、橫壁上有穿空的細胞上下相連而成。

篩管　植物的韌皮部內輸送有機養料的管狀構造。由許多管狀細胞上下相連而成,相接之處的細胞壁上有許多小孔,以原生質絲相通連。

年輪　木本植物主幹木質部斷面上由於季節變化生長快慢不同而顯出的環形紋理。根據樹幹基部的年輪數,可以推測樹的年齡。

蜜腺　某些植物體裡能分泌蜜汁的腺體結構。一般位於花瓣、花萼、子房或花柱基部,亦見於苞片或葉上。是植物對蟲媒的一種適應變化。

芒　某些禾本科植物的子實或小花上長出的針狀物。

殼　堅硬的外皮。

稃　❶稻、麥等植物的花外面包著的皮:外稃／內稃。❷也指稻、麥籽實的外殼。

B10－11　動、名：　發芽・分蘖

發芽　〔動〕成熟的種子幼胚發育長大,幼根和幼芽突破種皮而出。

萌發　〔動〕種子或孢子發芽。

萌動　〔動〕植物開始發芽。

出芽　〔動〕植物抽芽。

萌芽　〔動〕植物生芽。

抽芽　〔動〕植物長出芽來。

滋芽　〔動〕〈方〉發芽。

分蘖　❶〔動〕稻、麥、甘蔗等禾本科植物的地下或近地面的莖部生出分枝。❷〔名〕指這樣生出的分枝。能抽穗結實的叫有效分蘖,不能抽穗結實的叫無效分蘖。

發棵　〔動〕〈方〉分蘖。

抽薹　〔動〕油菜、韭菜等蔬菜長出花莖來。

發芽率　〔名〕在一定條件和時間內種子發芽數在總數中所占的百分數。是種子播種品質檢驗內容之一。

發芽勢　〔名〕種子最初的發芽率,例如一百粒種子三天內有九十粒發芽,此種子三天內的發芽勢是百分之九十。是種子發芽速度和整齊度的檢驗指標。

B10－12　動：　吐穗・開花・結果

吐穗　稻、麥、高粱等禾本科植物的穗由葉鞘(捲成筒狀的葉子)裡伸出來。也叫**抽穗**。

秀穗　植物抽穗開花。

孕穗　水稻、小麥、玉米等作物的穗在葉鞘內形成而尚未抽出來,致使上部葉鞘逐漸膨大,叫孕穗。又稱「做肚」。

打苞 小麥、高粱等植物孕穗。

吐絮 棉桃成熟裂開,棉花纖維向外伸出。

開花 生出花朵;花蕾開放:桃樹開花了。

開放 (花)展開:曇花總是在夜裡開放。

開 (花)開放;舒張:梅花開了。

放 (花)開;含苞欲放。

傳粉 成熟的花粉從雄蕊的花藥傳到雌蕊柱頭上或胚珠上。也叫**授粉**。

受粉 雌蕊的柱頭上,接受傳來的成熟花粉。

結 植物長出果實:樹上結了不少蘋果/喇叭花結子兒了。

結果 植物結出果實:開花結果。

春華秋實* 春天開花,秋天結果(多用於比喻)。

B10-13 動: 萎蔫‧凋謝

萎蔫 植物體由於嚴重缺乏水分,細胞失去吸水膨脹時對細胞壁的壓力,莖、葉萎縮下垂。

蔫 花木、水果等因失去所含的水分而萎縮:花蔫了/茄子擱蔫了。

萎縮 (草木等)乾枯縮小。

枯萎 乾枯萎縮:旱情嚴重,這些莊稼的葉子都枯萎了。

凋謝 草木花葉等枯萎脫落:路邊各色的草花,都已凋謝了。

萎謝 花草乾枯凋謝。

凋 凋謝:松柏後凋。

敗 凋謝;腐爛:敗葉/滿坡都是開不敗的映山紅。

凋落 凋謝:梅花已快凋落了。

凋零 草木凋謝零落。

凋殘 樹木枯落。

零落 植物凋謝:草木零落。

B10-14 形: 茂盛

茂盛 植物生長得繁密茁壯:莊稼長得很茂盛/這棵大樹枝葉茂盛。

茂 茂盛:竹苞松茂。

盛 繁茂;興盛:桂花盛開。

豐茂 豐美茂密:牧草豐茂。

繁茂 草木繁密而茂盛:花草繁茂。

蕃茂 草木茂盛繁多。

旺盛 (植物)長得多而生命力強:梨花開得十分旺盛。

紅火 〈方〉形容生氣旺盛:杜鵑花越開越紅火。

豐美 又多又好:水草豐美。

莽莽 形容草木茂盛:草木莽莽。

萋萋 草長得茂盛的樣子:芳草萋萋。

芊芊 〈書〉草木茂盛:鬱鬱芊芊。

蔥蘢 (草木)翠綠茂盛:樹木蔥蘢。□**蘢蔥**。

蔥翠 蔥蘢:蔥翠的竹林/群山一片蔥翠。

蔥鬱 蔥蘢:林木蔥鬱。

蒼鬱 〈書〉草木等顏色很綠,生長茂密:松柏蒼鬱。

鬱鬱 〈書〉(草木)茂盛:鬱鬱蔥蔥。

茸茸 (草等)細小柔軟而繁密:茸茸的青草。

繁密 多而密:林中樹木繁密。

茂密 草木茂盛繁密:茂密的森林。

扶疏 〈書〉形容枝葉茂盛,向四面散開的樣子:花木扶疏。

葳蕤 〈書〉花木枝葉繁茂:葳蕤的蘭草。

陰翳 〈書〉枝葉茂盛:桃李蔭翳。

森森 樹木茂密:林木森森/松柏森森。

森然 森森:古木森然。

B10-15 形: 乾枯

乾枯 植物由於衰老或缺乏營養、水分等失去生機致使葉或植物幼嫩部分出現下垂或捲縮扭曲:一棵小楊樹的葉子垂下來,就要乾枯了。

枯 植物等失去了水分:枯草/樹葉枯了。

枯槁 草木乾枯:村外大片林木已完全枯槁。

枯黃 植物乾枯變黃:池塘裡的荷葉已是一片枯黃。

枯朽　乾枯腐爛。

焦枯　乾枯。

B11　各類植物

B11－1 名：　糧食·穀物

糧食　穀物、豆類和薯類等供主食食料的統稱。

糧　糧食。原糧和成品糧的總稱：五穀雜糧／乾糧。

穀　❶子實主要供作糧食的作物的總稱，如稻、麥、玉米、高粱、蕎麥等。❷粟(小米)。❸〈方〉稻，也指稻穀。

穀物　❶穀類作物的通稱。❷穀類作物的子實。

五穀　通常指稻、黍、稷、麥、豆。也泛指糧食或糧食作物。

菽粟　菽是豆類總稱，粟是小米。泛指糧食：布帛菽粟。

雜糧　指稻穀、小麥外的糧食，如薯類、玉米、高粱、豆類等。

稻　一年生草本植物，莖直立，中空有節，有分蘗性，葉子狹長而堅韌。子實叫稻穀，橢圓形，有硬殼，去殼後叫大米。是漢民族重要的糧食作物。按對土壤水分的適應性，分水稻和旱稻兩大類。通常指水稻。通稱**稻子**。

稻穀　沒有去殼的稻的子實。

水稻　稻的一大類，適宜在水田種植的稻。按米粒內澱粉性質不同，分粳稻和籼稻兩類。

旱稻　稻的一大類，適宜在旱地種植的稻。根系比較發達，葉片較寬，產量低於水稻，米質軟而粗糙。

早稻　插秧期比較早，全生育期比較短，自播種到成熟約在一百二十天以內的水稻品種。

中稻　插秧期比早稻晚，全生育期比早稻長，從播種到成熟約在一百二十～一百五十天的水稻品種。

晚稻　插秧期較晚，全生育期較長，從播種到成熟約一百五十～一百八十天的水稻品種。

粳稻　稻的一種，葉子較窄，顏色濃綠，莖較矮，耐肥，耐寒，不易倒伏，米粒短而粗，黏性較強。

籼稻　稻的一種，葉幅寬，淡綠色，莖較高而軟，易倒伏，米粒細長。碾出的米叫籼米，脹性較大。

糯稻　稻的一種，米粒富有黏性，脹性小，可以釀酒。

麥　❶一年生或二年生草本植物，稈中空，葉長披針形，有分蘗，子實長橢圓形，可磨成麵粉，是中國大陸北方重要的糧食作物，種類較多，如小麥、大麥、燕麥、黑麥等。❷專指小麥。通稱**麥子**。

小麥　麥的一類，一年生或二年生草本植物，莖較粗直，子實橢圓形，腹面有溝。是世界上栽培最多的糧食作物。根據播種時期的不同，可分爲春小麥、冬小麥等。

春小麥　在春季播種當年夏季收穫的小麥。也叫**春麥**。

冬小麥　秋季播種，越冬後，第二年初夏收割的小麥。也叫**冬麥**。

大麥　麥的一類，一年生或二年生草本植物，形似小麥，莖較軟，葉子呈寬條形，子實扁平。麥芽可以製啤酒和飴糖。

春大麥　春季播種的大麥。

青稞　大麥的一種，株形似小麥，子實粒大，皮薄，易從殼內脫出，可做糌粑，也可釀酒。主要產在西藏、青海等地。也叫**元麥；稞麥；裸麥**。

黑麥　麥的一種，一年生或二年生草本植物，稈細而韌，花穗和小麥相似，耐寒抗旱力強。子實狹長，可供食用或做飼料。中國大陸東北、西北有栽培。

燕麥　麥的一種，一年生草本植物，葉片細長而

尖,莖直立光滑,子實可供食用,也可作飼料。

莜麥　油麥　一年生草本植物,葉子扁平而軟,莖直立叢生,種子成熟後容易與外殼脫離,子實可磨成麵粉供食用。又稱「裸燕麥」。

蕎麥　一年生草本植物,莖直立而柔軟,有分枝,葉呈三角狀心形,花白色或淡紅色。子實可磨成粉供食用。

高粱　一年生草本植物,抗寒耐澇,莖直立,中心有髓葉片和玉米相似,但厚而較窄,花序圓錐形,子實褐色、橙色或淡黃色,可供食用,也可以釀酒。也叫**蜀黍**。

秫　高粱,多指黏高粱:秫稭。

秫米　碾去皮的高粱子實。

穀子　一年生草本植物,適應性強,莖粗壯直立,葉線狀披針形,短而厚,有纖毛,穗狀圓錐花序,子實橢圓形,黃白色,脫殼後叫小米,是糧食作物之一。也叫**粟**。

禾　❶稻。也指稻的植株:田中禾熟／雇工人割禾。❷古書上指粟或粟的植株,也泛指穀類。

粱　❶品種優良的穀子。❷〈書〉精美的主食:膏粱／粱肉。

小米　去了殼的穀子的子實。

黍　一年生草本植物,莖直立,被茸毛,葉子線狀披針形,子實乳白或淡黃色,去皮後叫黃米。是重要糧食作物,子實也可釀酒。通稱**黍子**。

黃米　去了殼的黍子的子實,比小米稍大,色黃,煮熟後有黏性。

穄子　一年生草本植物,黍的一種,子實可供食用,但不黏。也叫**穄**;**糜子**。

玉米　一年生草本植物,莖稈粗壯,有節,葉子長而寬大,花單性,雌雄同株,雄花頂生,雌花在葉腋間,子實可供食用,也可製澱粉、酒精等。也叫**玉蜀黍**。

包米　〈方〉玉米。也叫**包穀**;**珍珠米**;**棒子**;**玉茭**;**玉麥**。

芡　多年生草本植物,水生,全株有刺,葉子圓盾形,浮在水面。花單生,呈紫色,花托形狀像雞頭,種子叫作芡實,可供食用,也可入藥。也叫**雞頭**。

芡實　芡的種子。也叫**雞頭米**。

B11－2 名：　豆類

豆　豆類植物,也指豆類植物的種子:黃豆／赤豆／剝豆。通稱**豆子**。

菽　泛指豆類:不辨麥菽／布帛菽粟。

大豆　一年生草本植物。莖直立或半蔓生,複葉,小葉三片,有根瘤,花白色或紫色,莖、葉、莢果都被茸毛。種子橢圓形,有黃豆、黑豆、青豆等子實大小各個品種不同。富含蛋白質、油脂,可供食用,又可榨油,也用作化工原料。莖、葉可作飼料。

黃豆　子實表皮黃色的大豆。

青豆　子實表皮青色的大豆。

黑豆　子實表皮黑色的大豆。多用作飼料。

毛豆　大豆的嫩莢,莢上多茸毛,子實青色,可做蔬菜。

赤豆　一年生草本植物,複葉,小葉三片,花黃色或淡灰色,種子橢圓或長橢圓形,一般為赤色。可食用,常用作副食品調製豆沙。也叫**小豆**。

赤小豆　一年生草本植物,花黃色或淡黃色,種子圓柱狀長橢圓形,種臍凹陷,赤色、淡黃或黑色,可供食用及入藥。

綠豆　一年生草本植物。花綠黃色,莢果圓而細長,種子呈綠色或黃綠色。種子可供食用,也能入藥。

蠶豆　一年生或二年生草本植物,莖方中空,羽狀複葉,花白色或淡紫色,帶有紫斑,結莢果,種子橢圓形,扁平。種子供食用。也叫**胡豆**。

木豆　直立小灌木,複葉,小葉三片,披針形,花呈蝶形,黃色,結莢果,種子圓而略扁,棕色。種子可供食用,根入中藥。

菜豆　一年生草本植物,小葉三片,小葉多呈菱形,花白色、黃色或淡紫色,莢果扁平而長,種子球形,白色、黃色、黑色,有花斑。種子可作糧食,也可入藥。嫩莢可作蔬菜。也叫**蕓豆**、**雲豆**；**四季豆**。

刀豆　一年生草本植物,莖蔓生,花呈蝶形,紫紅色,莢果較長,種子大,紅色、褐色或白色。嫩莢可作蔬菜,種子可入藥。

扁豆　一年生草本植物,莖蔓生,複葉,小葉三片,花白色或紫色,莢果扁平,種子扁橢圓形,白色或褐色。嫩莢可作蔬菜,白色種子可入藥。也叫**蔴豆**；**稨豆**。

豆莢　豆類植物的果實。也叫**豆角兒**。

B11－3　名：　蔬菜

蔬菜　可以做菜吃的草本植物,也包括少數木本植物和菌類,如白菜、黃瓜、筍、蘑菇等。也叫**菜蔬**；**菜**；**蔬**。

大白菜　一般指結球白菜。一年生或二年生草本植物,葉片較薄而大,橢圓形,生在短縮的莖上,靠裡面的心葉捲結成球狀,花黃色。葉片可做蔬菜。也叫**黃芽白**。

青菜　❶一年生或二年生草本植物,植株一般較矮小,莖短縮,葉片呈勺形、圓形或橢圓形,綠色。品種繁多,是主要蔬菜。也叫**小白菜**。❷蔬菜的統稱。

菠菜　一年生或二年生草本植物,主根紅色,帶甜味,葉片橢圓或箭形。是各地普遍栽培的蔬菜之一。

芹菜　一年生或二年生草本植物,羽狀複葉,小葉呈橢圓形,葉柄較長,綠色或黃白色,有特殊香味。莖、葉可做蔬菜,種子可做香料。

薺菜　一年生或二年生草本植物,葉子在基部叢生,羽狀分裂,花白色。嫩葉可做蔬菜；全草入中藥。

蒓菜　多年生水生植物,葉片橢圓形,深綠色,浮在水面,葉的背面有透明黏液,花小,暗紅色。嫩葉可做湯菜。

甘藍　二年生草本植物,葉子寬厚,多為卵圓形,呈藍綠色,花黃白色。變種很多,可做蔬菜,如包心菜、花椰菜、芥藍菜等。

結球甘藍　甘藍的一個變種,葉片厚,橢圓形,心葉層層重疊結成球狀,花黃色。是各地普遍栽培的蔬菜之一。也叫**包心菜**。

花椰菜　甘藍的一個變種,葉子厚而大,花軸肥大,花梗密集,形成球形,黃白色。花球可做蔬菜。也叫**花菜**；**菜花**。

芥藍菜　甘藍的一個變種,不結球,葉柄長,葉片短而闊,花白色或黃色。嫩葉和花薹可做蔬菜。

茄子　一年生草本植物,葉子橢圓形,葉面粗糙,花淺紫色或白色,果實圓形、長圓形或長條形,黑紫色、綠色或白色。果實是夏季主要蔬菜之一。也叫**落蘇**。

番茄　一年生或多年生草本植物,莖匍匐,全株有軟毛,羽狀複葉,花黃色,果實圓形或扁圓形,紅色或金黃色。果實含有豐富的維生素C,是主要蔬菜之一。也叫**西紅柿**。

辣椒　一年生草本植物,葉子卵圓形,花白色或淡紫色。果實呈圓錐形或燈籠形等,綠色,成熟後變成紅色或黃色,一般有辣味,可做蔬菜,也可製成調味品。也叫**海椒**。

柿子椒　辣椒的一種。果實呈燈籠形,果肉肥厚不帶辣味,含有豐富的維生素C,可做蔬菜。也叫**甜椒**。

蘿蔔　一年生或二年生草本植物,葉片大,多呈羽狀分裂,花白色或淺紫色。直根粗壯,肉質,圓柱形或圓形,有白色、綠色、紅色或紫色,可供食用。也叫**萊菔**。

胡蘿蔔　二年生草本植物,羽狀複葉,濃綠色,花小,白色。根圓柱形,肉質有香味,橘紅色或黃色,含有較多胡蘿蔔素,可作蔬菜。也叫**紅**

蘿蔔。

萵苣 一年生或二年生草本植物,葉子長圓形,綠色或紫色,花金黃色。萵苣的變種有生菜和萵筍等,葉子和莖可作蔬菜。

萵筍 萵苣的一個變種。莖部肉質,肥大如筍,可供食用。

番薯 一年生或多年生植物,莖細長,蔓生。塊根,皮呈紅色或白色,含有大量澱粉,可供食用,也可製糖漿和酒精。也叫**甘薯**;**白薯**;**紅薯**。

山芋 〈方〉番薯。也叫**地瓜**;**紅苕**。

馬鈴薯 多年生草本植物,但作一年生或一年兩季栽培,羽狀複葉,地上莖略呈三角形,地下塊莖肥大,橢圓形或球形,花白色、紅色或紫色。地下塊莖可做糧食、蔬菜,也為製澱粉和酒精原料。也叫**土豆**。

薯蕷 多年生草本植物,莖蔓生,莖和葉一般為紫色,花小,白色。地下塊莖圓柱形,肉質肥厚,含澱粉和蛋白質,可供食用,也可入藥。也叫**山藥**;**甜薯**。

芋艿 多年生草本植物,葉片呈盾形,綠色,葉柄長而肥大,花黃綠色。地下有肉質塊莖,含有很多澱粉,可供食用,也可入藥。

慈姑 多年生草本植物,葉柄粗而有棱,葉片像箭頭,花白色,地下有球莖,呈圓形或長圓形,黃白色。球莖可供食用。

茭白 多年生水生植物,花紫紅色,根際有匍匐莖,經菰黑粉菌寄生後,刺激其細胞增生,基部膨大,形成肥大的嫩莖。膨大後的嫩莖可做蔬菜。又稱「菰」或茭白筍。

冬瓜 一年生草本植物,莖蔓生,葉子大,濃綠色,花黃色,果實圓筒形或橢圓形,多數表面有蠟粉。果肉厚,白色,味淡多汁,可做蔬菜。皮和種子可入藥。

南瓜 一年生草本植物,莖蔓生,呈五角形,葉五裂或心臟形,花為單性花,黃色,雌雄同株,果實長圓形或葫蘆形,成熟時呈赤褐色,表面有白粉。果實可做蔬菜、飼料;種子可以炒食,也供藥用。

番瓜 〈方〉南瓜。

金瓜 南瓜的一種,果實成熟後果皮呈金黃色。

黃瓜 一年生草本植物,莖蔓生,葉子心臟形,花黃色。果實圓棒形,有的有刺,成熟時黃綠色,可做蔬菜。也叫**胡瓜**。

苦瓜 一年生草本植物,葉子心臟形,淡綠色,花黃色。果實呈長橢圓形或長圓錐形,表面有瘤狀突起,成熟時橙紅色,略有苦味。果實可做蔬菜,根可入藥。也叫**涼瓜**。

絲瓜 一年生草本植物,莖蔓生,花黃色。果實圓棒形,嫩時可做蔬菜,成熟後肉多網狀纖維,叫做絲瓜絡,可入藥。

菜瓜 一年生草本植物,莖蔓生,葉子心臟形,花黃色。果實橢圓形或長形,皮綠白色或濃綠色,果肉堅實而汁少,可做蔬菜。

葱 多年生草本植物。葉子圓筒形,先端尖,表面有粉狀蠟質,中間空,花白色,種子黑色。可做蔬菜或調味品。

洋葱 多年生草本植物,葉子長圓筒形,中間空心,濃綠色,花小,白色。地下有扁圓形的鱗莖,叫做葱頭,白色或帶紫紅色,可做蔬菜。也叫**紅葱**;**葱頭**。

蒜 多年生草本植物,葉子狹長扁平,淡綠色,地下有灰白色扁平鱗莖,味辣,叫做蒜頭,花紫白色。葉子和嫩的花軸可做菜,蒜頭可供食用,也可入藥。也叫**大蒜**。

茼蒿 一年生或二年生草本植物,葉緣有缺刻,無葉柄,淡綠色,有香氣,花黃色或白色。嫩莖和葉可做蔬菜。

蓬蒿 〈方〉茼蒿。

巢菜 一年生或二年生草本植物,羽狀複葉,花呈蝶形,青紫色,結莢果。嫩莖和葉可以做菜。全草入藥。

薇　古書上指巢菜。

野菜　可以做蔬菜的野生植物,如馬齒莧、苣蕒菜等。

馬齒莧　一年生草本植物,莖匍匐地面,葉子對生,倒卵形,花小,黃色。莖葉肉質,肥厚多汁,可做蔬菜,也可入藥。

苣蕒菜　多年生草本植物,葉子互生,長橢圓狀披針形,邊緣有不整齊的鋸齒,花黃色。嫩的莖葉可供食用。

B11－4 名：　果樹・水果

果樹　果實或種子主要供食用的木本植物和少數多年生草本植物。如梨樹、蘋果樹、菠蘿等。也叫**果木**。

水果　可供食用的含水分較多的植物果實的統稱,如蘋果、梨、桃、西瓜、草莓等。

鮮果　新鮮的水果。

梨　❶落葉喬木,葉卵形或橢圓形,花白色,果實鮮嫩多汁,是我國的主要果品之一。種類很多。❷梨樹的果實。

蘋果　❶落葉喬木,葉橢圓形或卵形,花淡紅色。果實扁圓或橢圓形,果肉清脆香甜,可供生食,也可加工成蜜餞、果酒等。❷蘋果樹的果實。

李　❶落葉喬木,葉子長橢圓形或倒卵形,花白色。果實圓形,黃色、綠色或紫紅色,味甜,可供生食,也可製成果脯。果仁和根皮供藥用。❷李樹的果實。

桃　❶落葉小喬木,原產中國,葉子長橢圓形,花淡紅色、深紅或白色。果實呈球形,表面多有絨毛,味甜,可供生食,也可製桃脯。桃仁可入藥。❷桃樹的果實。

獼猴桃　❶落葉藤本植物,原產中國,葉子卵形或圓形,花初開時白色,後轉黃色。果實長圓形或近圓形,味甜,可供生食,也可製果醬。含豐富蛋白質和多種氨基酸,是世界公認的高營養水果。根、葉能入藥,俗稱奇異果。❷獼猴桃樹的果實。

楊桃　羊桃　❶常綠喬木,羽狀複葉,小葉卵形,花小呈鐘形,白色或紫紅色。果實橢圓形,有五條棱,可食。❷這種果樹的果實。也叫**五斂子**。

菠蘿蜜　❶常綠喬木,葉子倒卵形或橢圓形,花小,單性,雌花聚合成圓柱形或橢圓形,果實可食。❷菠蘿蜜樹的果實。也叫**木菠蘿**。

鳳梨　❶多年生草本植物。葉片呈劍狀,邊緣有鋸齒,花朵聚合成松果狀,紫紅色。果實密集在一起,近圓形,肉質,味甜、酸,有芳香,可食。❷這種植物的果實。也叫**菠蘿**。

杧果　芒果　常綠大喬木,樹皮呈鱗片狀脫落,葉子呈長圓披針形,質厚,花小,淡黃色。果實呈腎臟形,淡綠色或淡黃色,果肉味甜多汁,味香,可食。有多種品種。❷芒果樹的果實。

香蕉　❶多年生草本植物。地上莖由許多葉鞘包疊組成,葉子長闊而厚,穗狀花序。果實長柱形,稍彎,成熟時果皮黃色,果肉柔軟香甜,可以食用。❷這種植物的果實。

芭蕉　❶多年生草本植物,葉子長而寬大,果實與香蕉相似,有的品種果肉味甜,可食。❷這種植物的果實。

梅　❶落葉喬木,原產中國,葉子卵形,花比葉先開放,白色或淡紅色,味香。果實球形,青色,成熟時黃色,味酸,可食,也可製成蜜餞和果醬。❷梅樹的花或果實。

杏　❶落葉喬木,葉子闊卵形,邊緣有鋸齒,花白色或淡紅色。果實球形,黃色或黃紅色,味酸甜,可供生食,也可製果脯。❷杏樹的果實。也叫**杏子**。

無花果　❶落葉灌木或小喬木,葉子大而粗糙,掌狀分裂,花為單性花,隱生在花托內,外觀不見花只見果,果實由花托等組成,卵形,肉

質柔軟,味甜,可以生食或製成蜜餞。❷無花果樹的果實。

文冠果 ❶落葉灌木或小喬木,羽狀複葉,花瓣白色,基部有黃或紅色斑點。果實綠色,可食,種子可榨油。❷文冠果樹的果實。

榴蓮 ❶常綠喬木,葉子長橢圓形,有光澤,花大,奶黃色,果實球形,表面有很多木質短刺,果肉乳白色,營養豐富,可食。❷榴蓮樹的果實。也作**榴槤**。

柑橘 常綠灌木或小喬木,種類很多,如柑、橘、橙、柚子、檸檬、香櫞等。一般果皮鮮艷,有紅、黃、橙等色,果肉汁多,酸甜適口。

橘 ❶常綠小喬木,樹枝細,葉子長卵形。果實扁圓形,果皮薄,易剝離,紅色或紅黃色,果肉味甜多汁,可以食用,果皮、種子、葉子可入藥。❷橘樹的果實。

甜橙 ❶常綠小喬木,葉子橢圓形,果實球形或長球形,紅黃色,果皮較厚,一般不易剝下,果肉多汁,味酸甜,可食。❷橙樹的果實。

荔枝 ❶常綠喬木,羽狀複葉,小葉長橢圓形,花小,綠白色或淡黃色,果實心臟形或球形,果皮有瘤狀突起,呈紫紅色,果肉半透明凝脂狀,多汁味甜。❷荔枝樹的果實。

龍眼 ❶常綠喬木,羽狀複葉,小葉長橢圓形,花小,黃色。果實球形,果皮黃褐或赤褐色,果肉白色,味甜,可以生食。烘乾的果實,是傳統的滋補食品。❷龍眼樹的果實。也叫**桂圓**。

葡萄 ❶落葉藤本植物,葉子圓卵形或掌狀分裂,圓錐花序,花小,黃綠色。果實圓形或橢圓形,紫紅色、綠色或黑色,多汁、味酸甜,可供生食,也可製成葡萄乾或釀酒。❷葡萄樹的果實。

柿 ❶落葉喬木,葉子橢圓形或倒卵形,背面有絨毛,花似鐘形,黃白色。果實扁圓形或方形,紅色或黃色,味甜多汁,可供生食,也可加

工成柿餅。❷柿子樹的果實。

沙棗 ❶落葉灌木或小喬木,樹枝初生時有銀白色鱗片,葉子長圓狀披針形,花銀白色,有桂花香味。果實橢圓形,可食。耐寒耐旱,是荒沙造林的重要植物。❷這類植物的果實。

棗 ❶落葉喬木,葉子長卵形,聚傘花序,花黃綠色。果實長圓形或卵圓形,紫紅色,可供食用,也可入藥。❷棗樹的果實。

山楂 ❶落葉喬木,葉子闊卵形,有五至九裂片,花白色。果實近球形,深紅色,有淡褐色斑點,味酸,可食,也可入藥。❷山楂樹的果實。

草莓 ❶多年生草本植物,匍匐莖,複葉,小葉三片,橢圓形,花白色,花托紅色,肉質,味道酸甜,可食。❷這種植物的果實。

楊梅 ❶常綠小喬木,葉子狹長,花紅黃色。果實球形,表面有囊狀突起,紫黑色、紅色或白色,味酸甜,可食,也可製成蜜餞。❷楊梅樹的果實。

石榴 ❶落葉灌木或小喬木,葉子對生或叢生,長圓形,花橙紅色、黃色或白色。果實球形,果皮較厚,內有很多種子,種子的外種皮肉質多汁,味甜,可食。全樹都可入藥。❷石榴樹的果實。

銀杏 ❶落葉喬木,壽命極長,可達千餘年。雌雄異株,葉片摺扇形,種子橢圓形或倒卵形,外種皮肉質,帶有臭味,果仁可供食用,也可入藥。是中國大陸的特產。為保育類植物。❷銀杏樹的果實。也叫**白果樹;公孫樹**。

香榧 ❶常綠喬木,葉子線狀披針形,種子橢圓形,兩端尖,外有紫褐色外殼,果仁可供食用,也可入藥。木材質地好。是特有樹種。❷香榧樹的果實。也叫**榧;榧子**。

栗 ❶落葉喬木,葉子長橢圓形,邊緣有鋸齒,背面有毛,花黃白色。果實球形,包在多刺的殼斗內,成熟時殼斗裂開。果實可食。木材堅實,葉可飼柞蠶。❷栗樹的果實。也叫**栗子;**

板栗。

榛 ❶落葉灌木或小喬木,葉子圓形或倒卵形,單性花,雌雄同株,雄花黃褐色,雌花紅色,結球形小堅果,果仁可食,又可榨油。❷這種果樹的果實。也叫**榛子**。

瓜 ❶可作爲蔬菜或水果的一類葫蘆科植物,草質藤本,莖蔓生,葉子像手掌,花多是黃色,果實是普通水果或蔬菜,如西瓜、甜瓜、南瓜、冬瓜等。❷這類植物的果實。

西瓜 ❶一年生草本植物,莖蔓生,葉子掌狀分裂,花淡黃色。果實大,球形或橢圓形,果肉多汁味甜。是夏季優良果品。❷這種植物的果實。

甜瓜 ❶一年生草本植物,莖蔓生,葉子心臟形,花黃色。果實圓形、卵形或長圓形,果肉味甜,有香氣,可以食用。❷這種植物的果實。也叫**香瓜**。

哈密瓜 ❶甜瓜的一個變種,果實較大,果皮青或黃色,多帶有網狀花紋,果肉厚,味香甜。多栽培於新疆哈密一帶。❷這種植物的果實。

番木瓜 ❶常綠小喬木,樹幹直立,沒有分枝,葉子大,掌狀分裂,花黃色。果實肉質,營養豐富,種子可榨油。❷這種果樹的果實。

菱 ❶一年生草本植物,生在池沼中,根生在泥裡,葉子上部呈菱形,浮在水面,花白色或淡紅色。果實的硬殼有角,果肉可食。❷這種植物的果實。也叫**菱角**。

芰 古書上指菱。

B11－5 名: 油脂作物

落花生 一年生草本植物,莖有棱,有根瘤,羽狀複葉,小葉四片,花黃色,受精後子房柄伸入地下結果。果仁富含蛋白質、油脂,可以榨油,也供食用。也叫**花生**。

長生果 〈方〉落花生。

向日葵 一年生草本植物,莖直立,很高,葉子大,心臟形,互生,頭狀花序,花圓盤狀,黃色,具向光性,常朝著太陽。種子叫葵花子,可以榨油,也供食用。也叫**葵花;朝陽花**。

芝麻 ❶一年生草本植物,全株有毛,莖直立,爲四棱形,花紅色、紫色或白色,蒴果長形有棱,種子小,扁橢圓形,有白、黑、黃、褐等顏色。是重要的油料作物。❷芝麻結的種子。

蓖麻 一年生或多年生草本植物,全株光滑,被蠟粉,莖圓形,中間空,葉大,掌狀分裂。種子叫蓖麻子,橢圓形有斑紋,含油量高,榨取的蓖麻油,醫學上做瀉藥,工業上做潤滑油。

大麻子 ❶蓖麻。❷蓖麻子。❸大麻的種子。

油菜 一年生或二年生草本植物,莖直立,葉子互生,總狀花序,花黃色,果實爲長角果,種子球形,可以榨油。是重要的油料作物之一。

菜子 ❶蔬菜的種子。❷專指油菜的種子。

油茶 常綠灌木或小喬木,葉子橢圓形,葉柄有毛,花白色,有香味,果實球形,內有黑褐色的種子。種子榨的油叫茶油,可供食用和工業用。

油瓜 常綠木質藤本植物,葉子近圓形,掌狀深裂,雌雄異株,雌花花冠鐘形,白色,果實大,扁球形,果內有六～八粒黃色的種子。種仁富含油脂,燃燒時有豬油香味。也叫**豬油果;油渣果**。

油桐 落葉喬木,葉子卵形或心臟形,花瓣白色,基部有黃紅色斑點,果實圓卵形。種子榨出的油叫桐油,是工業的重要原料,爲特產之一。也叫**桐油樹**。

椰子 常綠喬木,樹幹直立,不分枝,葉子叢生頂部,羽狀複葉,小葉細長,肉穗花序,果實橢圓形或三棱形,外果皮黃褐色,中果皮爲厚纖維層,內果皮爲木質硬殼,內有一層白色胚乳叫椰肉,富含脂肪,中間貯有汁液,叫椰汁。椰肉可吃,也可榨油;椰汁可做飲料。

油棕　常綠喬木，和椰子樹相似，葉子大，羽狀分裂，葉柄基部有刺，肉質穗狀花序，果實卵圓形，橙紅色。種子可以榨油，供食用。也叫**油椰子**。

鰐梨　常綠喬木，葉子卵形，花小，淡綠色。果實像梨，肉質，黃綠色或紅棕色，可食，也可榨油供食用、工業用或醫藥用。也叫**油梨**。

橄欖　常綠喬木，羽狀複葉，核果呈卵圓、紡錘形，綠色，成熟後淡黃色，核堅硬，紡緝形。果實除可生食或漬製外，中醫作為清肺利咽藥。

青果　〈方〉橄欖果實。

油橄欖　常綠喬木，葉子長橢圓形，花白色。果實橢圓形或卵形，成熟後黑色，可食，也可榨油，供食用或藥用。也叫**齊墩果**。

腰果　常綠喬木，葉子倒卵形，花黃色，有淡紅色條紋，果實心臟形或腎臟形。果仁可食，果殼可以榨油。

胡桃　落葉喬木，羽狀複葉，小葉橢圓形，核果橢圓形或球形，外果皮肉質，內果皮堅硬，有皺脊，種子富含油，味美。也可入藥。也叫**核桃**。

山核桃　落葉喬木，羽狀複葉，小葉披針形，果實倒卵形，表面有皺紋。分布於中國大陸浙江、安徽等地。果仁味美可食，也可榨油。

小胡桃　〈方〉山核桃。

烏桕　落葉喬木，葉子互生，菱形或橢圓形，秋天變紅，花小，黃色，果實球形。種子的外面有白蠟層，用來製造蠟燭，種子榨的油叫桕油，為工業原料。也叫**桕樹**。

白蘇　一年生草本植物，莖方形，葉子卵圓形或近圓形，花小，白色。種子可以榨油，用作塗料，葉子可提煉芳香油。種子和老莖可入藥。也叫荏。

B11－6　名：　纖維植物

棉　❶一年生草本或多年生灌木，種類很多，栽培的有陸地棉、海島棉、中棉和草棉等種，以陸地棉栽培最廣。全株均有油腺，分枝有營養枝和果枝兩種，花乳白色、黃色或帶紫色，種子密生長纖維或絨毛，可紡紗或作棉絮，種子可榨油。❷這種植物種子上的纖維，也叫**棉花**。

草棉　栽培棉種之一。株形較矮小，鈴小而色綠，圓形，表面平滑，種子上纖維細而短，不耐濕，產量低，目前僅乾燥地區稍有栽培。也稱非洲棉或小棉。

木棉　落葉喬木，樹幹粗壯，掌狀複葉，花紅色，結蒴果，長橢圓形。果內纖維無拈曲，不能紡紗，但耐壓，不易被浸濕，質柔軟，可用來裝枕芯、救生圈等。也叫**紅棉**。

麻　❶能從莖、葉等部提取纖維的，如大麻、亞麻、苧麻、黃麻、劍麻、蕉麻等植物的統稱。❷麻類植物的纖維。一般強度高，不易腐爛，是紡織等工業的重要原料。

大麻　一年生草本植物，雌雄異株，莖皮粗糙有溝紋，掌狀複葉，小葉披針形，花淡綠色。種子叫麻仁，卵形，可以榨油，供製油漆、塗料等，又可入藥。莖部纖維可以製繩。也叫**線麻**；**火麻**。

枲麻　大麻的雄株，莖細長，開雄花，不結果。莖部韌皮纖維質佳，產量高而早熟。也叫**花麻**。

苴麻　大麻的雌株，莖粗壯，所生的花都是雌花，開花後結實。莖皮纖維品質較低。也叫**種麻**。

亞麻　一年生草本植物，莖細長而軟，基部粗硬，葉子披針形或匙形，花藍色或白色，果實球形。按用途可分纖維用、油用和兼用三種亞麻。纖維用亞麻，莖部韌皮纖維細長而堅韌，可以做紡織原料。油用亞麻種子可以榨油。

苧麻　多年生草本植物，莖叢生，葉子卵形或近圓形，花黃綠色，單性，雌雄同株，果實極小，球狀。莖皮纖維潔白有光澤，拉力強，是紡織

工業的重要原料。根可入藥。

黃麻　一年生草本植物,葉子披針形或卵狀披針形,花黃色,結蒴果,球形,表面有凹凸縱溝。莖皮纖維供紡織、造紙用。

劍麻　多年生草本植物,葉子形狀像劍,放射狀聚生莖頂,大而肥厚,纖維拉力極強,是製造繩子、漁網、防水布的重要原料,也可以造紙。

蕉麻　多年生草本植物,形狀像芭蕉,葉子極大,花黃色,果似香蕉。葉鞘內纖維粗硬、堅韌,是做纜繩的主要原料,也供紡織和造紙用。

苘麻　一年生草本植物,葉子心臟形,莖和葉都生有短毛。花形狀像鐘,黃色。莖皮纖維供製麻袋、繩索用,是重要的纖維植物之一。種子供藥用。也叫**青麻**。

紅麻　一年或多年生草本,下部葉心臟形,上部掌狀深裂。花冠黃色或乳白色,內側基部有深紅斑,果球形,被銀白色剛毛。莖皮纖維主要供製麻袋、繩索或造紙。又稱「槿麻」、「洋麻」。

羅布麻　多年生草本植物,葉子披針形或橢圓形,花形似鐘,粉紅或紫色,果實長形如角,種子褐色,前端有一叢白色長絨毛。耐旱、耐寒等能力很強。莖皮的纖維可做高級紡織原料。葉和根可供藥用。也叫**茶葉花**。

B11－7 名：　香料植物

薑　❶多年生草本植物,根狀莖肥大,呈不規則塊狀,黃色或灰白色,有辣味,葉子披針形,花被橙黃色,在溫帶通常不開花。可作調味品,也可入藥。❷這種植物的根狀莖。

胡椒　❶多年生蔓生植物,葉互生,卵形或長橢圓形,花小,黃白色。果實小,球形,黃紅色,乾後變黑色,味道辛辣,是世界著名的調味品,也可做健胃藥。❷這種植物的果實。

花椒　❶灌木或小喬木,枝上有刺,羽狀複葉,小葉卵形或長卵形。果實球形,暗紅色,可做調

味香料,也可供藥用。❷這種植物的種子。

茴香　多年生草本植物,全株有芳香,表面有白粉,葉子羽狀分裂成絲狀,嫩莖葉可作蔬菜,果實橢圓形,可以做調味香料。果實榨的油叫茴香油,供藥用。又名「小茴香」。

八角　❶常綠灌木,葉子長橢圓形,有芳香,花紅棕色。果實呈八角星狀,可做調味香料。內含揮發油,醫藥上用做健胃劑和祛痰劑。是特產之一。亦稱大茴香及八角回香。❷這種植物的果實。

肉桂　常綠喬木,葉子長橢圓形,花小,白色。樹皮叫桂皮,含揮發油,極香,可做香料。皮和葉、枝都可入藥。木材品質好。

豆蔻　❶多年生草本植物,外形像芭蕉,葉子細長形,葉鞘口和葉舌有長硬毛,花淡黃色,果實扁球,種子暗紅色,有香味。果實和種子入中藥。❷這種植物的果實或種子。

芫荽　一年生或二年生草本植物,羽狀複葉,莖和葉有特殊香氣,花小,白色或淡紫色。果實圓形,可提芫荽油,全株可入藥。嫩莖和葉用來調味。也叫**香菜**。

桂皮　❶常綠喬木,葉廣披針形或長卵形,花小黃色,果實黑色。樹皮可做香料或入藥。❷桂皮樹的皮。❸肉桂樹的皮。

薄荷　多年生草本植物,地上莖直立,有四棱,地下莖白色,葉對生,橢圓形,花小,淡紅色或淡紫色。莖和葉有清涼香味,提取的薄荷油,是重要工業原料。

丁香　常綠喬木,果實長倒卵形或長橢圓形,花淡紫色,聚傘花序。從花蕾提取的丁香油,是重要香料。也作牙科止痛防腐藥。又名「丁子香」。

香茅　多年生草本植物,葉子長條形,黃綠色或灰白色,有檸檬香味。莖和葉可以提取香料,是製造化粧品的重要原料。葉子還可入藥。

香薷　一年生草本植物,全草有香味,莖方形,葉

子橢圓狀披針形、卵形或花唇形,淡藍色,葉子和莖可以提取芳香油。全草入藥。

留蘭香 多年生草本植物,全株有香氣,葉子橢圓狀披針形,花紫色或白色,莖呈方形。莖和葉子可提取留蘭香油,供食品和醫藥工業用。

B11－8 名: 藥用植物

人參 多年生草本植物,主根肥大,肉質,圓柱形或紡錘形,黃白色,掌狀複葉,小葉橢圓形,花小,淡黃綠色,果實扁圓形,紅色。根是名貴中藥,有滋補作用。

太子參 多年生草本植物,地下有直生的塊根,紡錘形,莖直立,上部綠色,下部紫色,葉子對生,卵狀披針形,花白色,果實球形。塊根是傳統的中藥。又名「孩兒參」。

烏頭 多年生草本植物,地下有紡錘形塊根,通常兩個連生在一起,根莖是著名中藥,主根叫烏頭,側根叫附子。莖直立,葉子掌狀分裂,花紫色。塊根有毒,用做鎮痛藥。

黃連 多年生草本植物,地下有根狀莖,黃色,羽狀複葉,花小,白綠色。根莖味苦,是著名的中藥,有清熱解毒、抗菌消炎的作用。

大黃 多年生草本植物,地下有粗壯的肉質根和根狀莖,葉子大,近圓形,花小,淡綠色或黃白色,瘦果三角形。根和根狀莖可以做瀉藥,並有消炎、健胃作用。

川芎 多年生草本植物,根莖黃褐色,有濃郁的香氣,羽狀複葉,花白色,果實卵形。根莖可入藥,有活血、止痛、調經等作用。也叫芎藭。

馬兜鈴 多年生草本植物,有纏繞莖,葉子三角狀卵形,花呈喇叭狀筒形,暗紫色,果實卵圓形,有長柄,像馬鈴鐺。果實是傳統中藥,有清肺、止咳等作用。

當歸 多年生草本植物,根肥大,肉質,莖直立,羽狀複葉,傘形花序,花白色,果實長橢圓形,全株有特殊香氣。根入藥,有鎮靜、補血、調經等作用。

半邊蓮 多年生草本植物,莖基部匍匐,節上常生根,葉子條形或狹針披形,花淡紫色或白色,花冠有五個裂,裂片偏向一邊。全株入藥,可治毒蛇咬傷等。

黨參 多年生草本植物,莖細軟,根圓柱形,花呈鐘狀,黃綠色,有紫色斑點,蒴果圓錐形。根入中藥,有補中益氣作用。

半夏 多年生草本植物,有長葉柄,掌狀複葉,三小葉,花黃綠色。地下有小塊莖,球形,塊莖入中藥,有止咳、祛痰和止吐等作用。

薑黃 多年生草本植物,葉子長橢圓形,花黃色。地下有圓柱形根莖和紡錘狀塊根,根莖入藥,有止痛、活血作用,又可以做黃色染料。

曼陀羅 一年生草本植物,葉子互生,闊卵形,花冠呈漏斗狀,下部淡綠色,上部白色或紫色,結蒴果,表面有刺。全株有毒,花、葉、種子入藥,有麻醉、鎮痛作用。

砂仁 多年生草本植物,葉子互生,披針形,花白色,蒴果長卵圓形。種子紅色或黑褐色。種子入藥,有理氣、和胃等作用。也叫**陽春砂**。

地黃 多年生草本植物,葉長橢圓形,上面有皺紋,花筒狀,淡紫色。根莖黃色,中醫入藥,有補血、強心、利尿等作用。未經蒸熟乾燥後稱「生地」或「生地黃」,經加工蒸製後稱「熟地」或「熟地黃」。

洋地黃 二年生或多年生草本植物,葉子卵形,總狀花序,花冠呈鐘狀唇形,上唇紫紅色,下唇內部白色,有紫色斑點,蒴果圓錐形。葉子可以入藥,是強心劑。也叫**毛地黃**。

白芷 多年生草本植物,根粗大,圓錐形,有香氣,花白色,果實長橢圓形。根可以入藥,有祛風、鎮痛作用。

丹參 多年生草本植物,根粗大,丹紅色,莖方形,羽狀複葉,花淺紫色或白色。根可以入藥,有活血、調經和鎮靜等作用。

何首烏　多年生草本植物,莖能纏繞物體,葉子卵形或心形,花黃白色。根細長,末端有粗壯塊根。根、莖、葉都可入藥,有安神、補肝腎等作用。莖稱「夜交藤」。

貝母　多年生草本植物,有地下肉質鱗莖,扁球形,葉子狹披針形或線形,先端蜷曲,花呈鐘形,黃綠色。鱗莖入藥,有祛痰、止咳等作用。

天麻　多年生草本植物,地下有肥厚的肉質塊莖,地上莖直立,黃赤色,莖上有膜質鱗片,總狀花序,花小黃褐色,全株無葉綠素。塊莖入藥,能治頭痛、眩暈等。

石斛　多年生草本植物,附生在樹幹上,莖叢生,多節,黃綠色,葉子長圓狀披針形,花大,白色,花瓣頂端淡紫色。莖入藥,有清熱、生津等作用。

藜蘆　多年生草本植物,有短根莖,鬚根肉質,葉子卵圓形,花小,紫黑色。是有毒的植物。根和根莖可入藥,有催吐作用,也可用作殺蟲劑。

黃芪　多年生草本植物,主根直而長,圓棒形,莖方,羽狀複葉,小葉長圓形,有毛茸,花小,淡黃色。根入中藥,有強壯滋補作用。

甘草　多年生草本植物,主根長而粗壯,根狀莖粗壯,圓柱形,羽狀複葉,小葉有短毛,花淡紅紫色,莢果褐色。根和根莖有甜味,可以入藥,有補氣、解毒等作用。

羅漢果　多年生藤本植物,根塊狀,葉子心形,花小,黃色。果實球形或長圓形,被柔毛,果味甜,可作飲料或藥用,果毛、葉、根也可藥用。

三七　多年生草本植物,主根肉質,圓錐形,掌狀複葉,傘形花序,花小,黃綠色,核果扁球形。根入藥,有止血、消腫等作用。

垂盆草　多年生草本植物,莖細軟,斜生或匍匐生長。葉子倒披針形,花小,淡黃色。全草可入藥,有清熱解毒、利尿等作用。

益母草　一年生或二年生草本植物,莖直立,四棱形,葉子對生,有掌狀深裂,花唇形,淡紅色或白色,果實叫茺蔚子。全草和果實入藥,有活血、調經等作用。

車前　多年生草本植物,葉子叢生,長卵形,有長柄,穗狀花序,由葉叢中央生出,種子叫車前子。全草和種子入藥,有利尿、止瀉等作用。

蒲公英　多年生草本植物,全株含有白色乳汁,葉叢生,葉子倒披針形,羽狀分裂,花黃色,瘦果褐色,成熟時似一白色絨球,隨風飛散。全草入藥,有清熱解毒等作用。

菖蒲　多年生水生草本植物。葉狹長,形狀像劍,肉穗花序圓柱形,花黃色。廣布於全球溫帶。根莖可做香料,也可作藥用。

蕺菜　多年生草本植物,有魚腥氣味。葉互生,卵狀心形,花小型,白色。產於長江以南各地。中醫以莖、葉入藥,有清熱、解毒、消腫等作用。也叫**魚腥草**。

除蟲菊　多年生草本植物,全株淺銀灰色,莖細,花白色或紅色。花曬乾後研成的粉末能毒殺蚊、虱等害蟲。

艾　多年生草本植物,有香氣,葉背面有白色絲狀毛。各地普遍野生。葉、莖點燃後可以驅蚊、蠅,中醫以葉入藥,有止血、祛寒濕等作用。葉搗碎成絨,叫做艾絨,用於針灸治病。也叫**艾蒿**。

大薊　多年生草本植物,全株有硬刺,葉互生羽狀,花紫紅色。野生,遍布長江流域和沿海。中醫以根或全草入藥,有止血、解毒等作用。也叫**薊**。

藿香　多年生草本植物,有強烈氣味。葉互生,羽狀分裂,花小型,黃色。全草可供藥用,有驅蟲、通經、祛風等作用。

啤酒花　多年生草本植物,莖蔓生,有小鈎刺,葉對生,卵圓形,雌雄異株。果穗呈球果狀,有香氣,加入啤酒中使別具香味。雌花可入藥,有健胃、利尿等作用。也叫**酒花;蛇麻;忽布**。

金雞納樹 常綠小喬木,葉子橢圓形,花小、白色或淡紅色。樹皮可以提取金雞納霜,用來治療瘧疾。

杜仲 落葉喬木,樹皮灰色,葉子橢圓形,雌雄異株,花綠白色。樹皮和葉可提取杜仲膠,用做絕緣材料。樹皮入藥,有強筋骨、補肝腎和鎮靜等作用。

膨大海 落葉喬木,葉子橢圓狀針披形,圓錐花序,果實呈船形,成熟前裂開,種子梭形。乾的種子像橄欖,有皺紋,浸在水中,即膨大呈海綿狀,可入藥,治喉痛、聲啞等。

檳榔 常綠喬木,樹幹很高,不分枝,羽狀複葉,小葉狹長。堅果長橢圓形,可以吃,也可入藥,有助消化和驅蟲作用。

臭椿 落葉喬木,羽狀複葉,小葉卵狀針披形,有臭味,花綠白色,結翅果。根和皮入藥,有收澀、止血等作用。也叫**樗**。

紫荊 落葉灌木或喬木,葉圓心形,花紫紅色,莢果長而扁,分布於各地。可供觀賞。樹皮、木材、根都可入藥,功能包括活血、消腫、解毒、利尿。

女貞 常綠灌木或喬木,葉子卵狀披針形,花白色,果實橢圓形,藍黑色。樹可放養白蠟蟲。果實叫女貞子,入中藥,有補益肝腎等作用。

桑寄生 常綠灌木,常寄生在桑科、山茶科等樹上,葉子卵圓形,花冠管狀,紫紅色,果實橢圓形,紅色。莖和葉入藥,有補腎強筋、祛除風濕等作用。

枸杞 落葉灌木,莖叢生,有短刺,葉子披針形,花淡紫色。果實叫枸杞子,卵圓形,紅色,可入藥,有補腎、養血、明目等作用。嫩莖和葉可作蔬菜。

五味子 落葉木質藤本植物,多年生,葉子卵形,花黃白色或淡紅色,有芳香。果實球形,紅色,可以入藥,有補肺腎、澀精氣等作用,可以治療神經衰弱、肝炎等。

馬錢 常綠喬木,葉子對生,卵形或橢圓形,花白色,圓筒狀,漿果球形,成熟時黃色。種子圓盤形,生銀白色茸毛,有毒,乾燥後入藥,叫馬錢子,有消腫、止痛等作用。也叫**番木鱉**。

鉤吻 常綠灌木,纏繞莖,葉子卵狀披針形,花小,黃色,結蒴果。根、莖、葉有劇毒,入藥一般只作外用,又可作殺蟲劑。

蒺藜 一年生草本植物,莖平鋪在地上,有毛,羽狀複葉,花小,黃色,果實皮上有刺。中醫以乾燥果實入藥,有祛風、明目等作用。

高根 音譯詞。常綠灌木,葉互生,長橢圓形,花小,黃白色,果實為核果。產在熱帶。葉含古柯鹼,可提製麻醉劑。也叫**古柯**。

B11-9 名: 經濟作物

茶 常綠灌木,葉子長橢圓形,邊緣有鋸齒,花白色或淡紅色,種子扁球形,棕褐色。嫩葉加工後就是茶葉,為傳統的飲料。

可可 音譯詞。常綠喬木,葉子長橢圓形,花小,粉紅色,果實長卵形,紅色、黃色或褐色。種子炒熟研成粉可以做飲料或製巧克力糖,並供藥用。也叫**蔻蔻**。

咖啡 音譯詞。常綠小喬木或灌木,葉子對生,長卵形而端尖,花白色,有香味,漿果長橢圓形,深紅色。種子經烘焙研粉後,為咖啡粉,為全球性飲料,也可供藥用。

煙草 一年生草本植物,葉片大,有圓形、卵形或心形等,花冠漏斗形或筒形,淡紅色或淡黃色,蒴果卵圓形。葉是製造煙絲、捲烟、雪茄煙等的主要原料。

蔗 多年生草本植物,莖直立,圓柱形,有節,莖皮光滑,有蠟粉,黃綠色或紫色,葉子長披針形。莖含糖質,是製糖的主要原料。通稱**甘蔗**。

甜菜 二年生草本植物,主根肥大,肉質,圓錐形或紡錘形,葉子叢生,花小,淡綠色,果腎形。

根含有糖質,是主要的製糖原料。也叫**糖蘿蔔**。

桑 落葉喬木,葉子卵圓形,邊緣有鋸齒,花一般單性,淡黃色,果實叫桑椹,紫黑色或白色,味甜,可食用或釀酒。葉子是蠶的飼料。葉、果、枝、根皮都可入藥。

橡膠樹 常綠喬木,由三個小葉構成複葉,小葉橢圓狀披針形,花小,綠色,有香氣,蒴果大,球形。樹皮含有乳狀汁液,可加工成橡膠。

橡膠草 多年生草本植物,葉子肉質,羽狀分裂,花黃色。根部所含的膠汁能製橡膠。

漆樹 落葉喬木,樹皮粗糙,葉子互生,羽狀複葉,小葉卵形或橢圓形,花小,黃色,果實扁圓,棕黃色。樹幹的液汁白色,接觸空氣後呈暗褐色,叫做生漆,可用作塗料。是我國特產。

黃櫨 落葉灌木,葉互生,卵形或倒卵形,像小蒲扇,秋天變紅色,花小,果實腎臟形,紅色。木材可提取黃色顏料。

黃連木 落葉喬木,羽狀複葉,互生,小葉披針形,雌雄異株,圓錐花序,果實球形,紅色或紫藍色。鮮葉有香味,果實可榨油供工業用。樹皮、果實、葉可提製栲膠。

皂莢 落葉大喬木,樹皮粗糙,樹幹及枝上有刺,羽狀複葉,小葉卵形或長卵形,總狀花序,花黃白色。莢果比較肥厚,直而扁平,紫黑色,可以用來洗滌衣服及貴重家具。莢果和刺可以入藥。也叫**皂角**。

B11－10 名: 花卉·觀賞植物

花卉 可供觀賞的花草總稱。

花 泛指可供觀賞的開花植物。

花草 指供觀賞的花和草。

花叢 聚生在一起的許多花:她指點著藏在花叢中的蝴蝶。

玉蘭 落葉小喬木,葉子倒卵形,葉背有柔毛,早春開花,花大,白色,肉質,有香氣,果實圓筒形。供觀賞。花可提取芳香油。也叫**白玉蘭**。

廣玉蘭 常綠喬木,葉子橢長圓形,深綠色,背面有暗黃色柔毛,夏季開花,花很大,白色,有香氣。供觀賞。花含芳香油可製鮮花浸膏。

厚樸 落葉喬木,葉較大,倒卵形,初夏開花,花大,呈杯狀,白色,有香氣。供觀賞。樹皮入藥,有燥濕、利氣等作用。

櫻花 落葉喬木,葉卵形,傘房花序,春季開花,花白色或粉紅色,略有香氣,果實球形,黑色。是著名的觀賞植物。

臘梅 蠟梅 落葉灌木,葉子對生,卵形,葉面有硬毛,開花後才長葉。冬季開花,花外層黃色,內層紫褐色,有蠟質,香味濃。供觀賞。

刺槐 落葉喬木,枝上有刺,羽狀複葉,小葉橢圓形,初夏開花,花白色,總狀花序,有香氣,結莢果。花可提取香精,是上等蜜源。

紫藤 落葉木質蔓生植物,羽狀複葉,小葉長卵圓形,總狀花序,春季開花,花淡紫色,莢果長條形。供觀賞,是優良棚架材料。

桂花 常綠灌木和小喬木,葉子對生,橢圓形,深綠色,秋季開花,花黃色或黃白色,香氣很濃,核果橢圓形。花供觀賞,又可提取香料。也叫**木犀**。

月桂 常綠喬木,葉互生,長橢圓形,花小,黃色,漿果卵形,淡紫色。供觀賞,葉和果實可提取精油。

桂 ❶桂花,木犀:金桂。❷月桂:桂冠。❸肉桂:桂皮。

碧桃 桃樹的一個變種,大多先開花後長葉,春季開花,花重瓣,白色或粉紅色至深紅色。供觀賞及藥用。

牡丹 落葉小灌木,葉子有柄,互生,初夏開花,花大,單生,有黃色、白色、紅色或黑色等,有香氣,是著名的觀賞植物。根皮叫丹皮,可入

藥,有清熱、散瘀、鎮痛等作用。

芍藥 多年生草本植物,羽狀複葉,初夏開花,花大而美麗,與牡丹相似,有黃色、白色、紫紅色或粉紅色等,有香氣。供觀賞。根可入藥,有鎮痛、調經等作用。

月季 常綠小灌木,莖直立,有尖刺,羽狀複葉,小葉卵圓形,花紅色、紫色、黃色或白色等,變種甚多。四季都開花。供觀賞。

薔薇 落葉灌木,莖蔓生,有刺,羽狀複葉,小葉倒卵形,花白色或淡紅色,有香氣。供觀賞。花入藥,有清熱、解渴和收斂等作用。

玫瑰 落葉灌木,枝幹粗壯,刺很密,羽狀複葉,小葉橢圓形,夏季開花,花紫紅色或白色,香氣濃。供觀賞。花瓣作香料,又可提取芳香油。

金銀花 多年生半常綠灌木,莖蔓生,葉子卵形,有柔毛,花唇形,有香氣,初開時白色,後變成黃色,黃白相映,故名。花和葉入藥,有清熱、消炎等作用。

芙蓉 落葉灌木或小喬木,枝幹叢生,葉掌狀三～五裂,秋季開花,花白色或淡紅色,後變成深紅色,結蒴果,扁球形,有毛。也叫**木芙蓉**。

一品紅 常綠灌木,葉子橢圓形或披針形,下部葉子綠色,頂端葉子鮮紅色,很像花瓣。冬季開花,花小,沒有花瓣。供觀賞。也叫**聖誕花**。

杜鵑 半常綠或落葉灌木,葉子長卵圓形,春季開花,花冠闊漏斗形,花鮮紅色或深紅色。供觀賞。又是酸性土壤的指示植物。也叫**映山紅**。

山茶 常綠灌木或小喬木,葉子卵形或橢圓形,有光澤,冬春開花,花型大,紅色、粉紅色或白色,蒴果球形,種子黑色。品種甚多,是著名的觀賞植物。種子可以榨油。

米仔蘭 常綠灌木,羽狀複葉,小葉倒卵,深綠色,有光澤,圓錐花序,夏季開花,花小,黃色,

香氣濃郁。供觀賞。花可作爲薰茶的香料,又可提取精油。也叫**米蘭**。

茉莉 常綠小灌木,葉子橢圓形或寬卵形,有光澤,夏季開花最盛,秋季也開花,花白色,香氣濃厚。供觀賞。花可用來薰製茶葉,又可提取精油。

丁香花 落葉灌木或小喬木,葉卵圓形或腎臟形,對生。春季開花,花紫色,有香氣。原產中國大陸北部,供觀賞。也叫**紫丁香**。

夾竹桃 常綠灌木或小喬木,葉子似竹,披針形,花桃紅色、深紅色或白色,花期自春至秋,有香氣。供觀賞。莖、葉、花都有毒,可以製強心劑。

紫薇 落葉小喬木,枝幹光滑,葉子橢圓形,夏季開花,花桃紅色、紫藍色或白色,花瓣有皺褶,果實橢圓形。供觀賞。

荷花 多年生水生草本植物,葉圓盾形,六～八月開花,花大,紅色、粉紅色或白色,有香氣。地下莖叫藕,肥大而長,有節,種子叫蓮子,都可以吃。也叫**蓮花**。

睡蓮 多年生水生草本植物,根狀莖長在水底,葉馬蹄形,有長柄,浮在水面,秋季開花,花白色、黃色或紅色,午後開放,傍晚閉合。供觀賞。

王蓮 多年生水生植物,葉子很大,圓形,邊緣向上捲起,浮於水面。夏季開花,花單生,浮於水面,初開時白色,第二天變成深紅色。是世界著名觀賞植物之一。

馬蹄蓮 多年生草本植物,有地下肉質塊莖,葉子心狀卵形,有長葉柄,每年二～三月和八～九月開花兩次,肉穗花序,外有漏斗狀大型苞片,白色,形似花冠。供觀賞。

半支蓮 一年生草本植物,莖和葉肉質柔軟,葉子短圓柱狀,夏季開花,花有紅色、紫紅色、黃色或白色等。適於花壇布置。

秋海棠 多年生草本植物,莖直立,光滑,葉子斜

卵形,葉背和葉柄帶紫紅色,花期自夏至冬,花單性,雌雄同株,花淡紅色。供觀賞。

菊花 多年生草本植物,莖基部有時木質化,葉子卵圓形或披針形,邊緣有缺刻或鋸齒,頭狀花序,花有白、粉紅、雪青、紫紅、黃等顏色。原產中國,品種很多。供觀賞。白菊、黃菊可入藥。

菊 菊花:春蘭秋菊╱賞菊。

大麗花 多年生草本植物,有肉質塊根,葉子對生,卵狀分裂,頭狀花序,花期從夏季到秋季,花有黃、白、橙、紅、紫等顏色。供觀賞。

紫羅蘭 二年生或多年生草本植物,全株有灰色星狀柔毛,葉互生,長橢圓形或倒針披形,總狀花序,花紫紅色、淡紅色、淡黃色或白色。有香氣,春季開花,供觀賞。

牽牛花 一年生草本植物,纏繞莖,葉互生,心臟形,通常三淺裂,秋季開花,花較大,喇叭形,紫色、紅色或白色。供觀賞。蒴果球形,種子可入藥,白色或淡黃色叫白丑,黑色的叫黑丑。

鳳仙花 一年生草本植物,莖肥厚肉質,葉子披針形,夏季開花,單生或數朵同生葉腋,花白色、紅色、粉紅或淡黃色。全草入藥。也供觀賞。

一串紅 一年生草本植物,葉子卵形,邊緣有鋸齒,花期六～十月,花成串,花冠與花萼同色,花冠脫落後,花萼仍保留相當長時間,紅色,含蜜質。供觀賞。

彩葉草 多年生草本植物,莖方形,紫紅色,葉子卵形,邊緣有鋸齒,葉面有黃、紅、紫等不同彩色,夏秋開花,花小,淡藍或淡紫色。供觀賞。

美人蕉 多年生草本植物,葉片大,像芭蕉葉,有羽狀葉脈,花期五～十月,總狀花序,花大,紅色或橙黃色。供觀賞。

鬱金香 多年生草本植物,地下有卵狀鱗莖,葉子呈條狀披針形,有白粉,春初開花,花大,杯狀,黃色、紅色或白色。供觀賞。

水仙花 多年生草本植物,地下有肉質鱗莖,卵圓形,葉子狹長,條狀,冬季開花,花白色,中心黃色,有香味。供觀賞。鱗莖和花可入藥。

晚香玉 多年生草本植物,地下有塊狀根莖,葉子長披針形,夏秋開花,花白色,有濃郁的香氣,晚上更甚。江南一帶稱「夜來香」,供觀賞。花可提取精油,是名貴香料。

菖蘭 多年生草本植物,地下莖球扁圓形,葉子互生,劍形,穗狀花序,全年可開花,花冠筒形,紅色、紅黃色或白色。供觀賞。也叫**唐菖蒲**。

蘭 多年生草本植物,根肉質,葉子狹帶形,前端尖,花淡黃綠色,有香氣。供觀賞,春季開花,花可製香料。也叫**春蘭**。

雞冠花 一年生草本植物,葉子披針形,夏季開花,穗狀花序,紅色,形狀像雞冠,品種甚多,也有其他顏色。供觀賞。花和種子可入藥,有清熱、明目等作用。

仙人掌 多年生植物,莖肉質,長橢圓形,稍扁平,像手掌,有黃褐色刺,花黃赤色,果實肉質,紫色。供觀賞。

仙人球 多年生植物,種類很多,莖球形或橢圓形,肉質,有縱棱,棱上有刺,春夏開花,花型大,喇叭狀,顏色有金黃色、白色、紅色等,供觀賞。

曇花 多年生常綠灌木,老枝圓柱形,分枝扁平呈葉狀,沒有葉子,花大,外圍是淡紅色或紫綠色,內層是白色,生在分枝邊緣上,有香氣,多在夏季或初秋夜間開放,開花的時間極短。供觀賞。

令箭荷花 多年生草本植物,外形與曇花很相似,枝扁平,披針形,邊緣有粗鋸齒,花大,生在莖前端兩側,外面深紅色,內面洋紅色,喉部綠黃色,夏季開花。供觀賞。

蟹爪蘭 多年生植物,莖扁平有節,節片呈矩圓

形或倒卵形,兩側有鋸齒,鮮綠色,從節片頂端分枝一～二片,形成成簇下垂莖節,形似蟹爪。冬春開花,花冠漏斗狀,左右對稱,生在幼莖節的頂端,玫瑰紅色。供觀賞。

君子蘭　多年生草本植物,根粗壯,肉質,葉子寬帶狀,花梗直立,扁圓形,三～四月開花。傘形花序,花漏斗形,外面橘紅色,內帶黃色,供觀賞。

常春藤　常綠藤本植物,莖蔓生,藉氣根攀緣,葉子卵形,十月開花,花小,淡黃色。莖和葉子可入藥。是垂直綠化的好樹種。也叫**爬山虎**。

鐵樹　常綠喬木,不分枝,羽狀複葉,葉子聚生在莖的頂部,小葉條形,花頂生,雌雄異株,雄花圓錐形,雌花有褐色絨毛。不易開花。供觀賞。也叫**蘇鐵**。

文竹　多年生草本植物,莖細,枝纖細呈葉狀,水平伸展,花小,白色,果實紫黑色。供觀賞。

南天竹　常綠灌木,羽狀複葉,小葉橢圓狀披針形,冬季常變紅色,春夏開花,圓錐花序,花白色,果實球形,白色、淡紅色或紫色。供觀賞。根、莖、果實均可入藥,有清熱、止咳等作用。

石竹　多年生草本植物,全株粉綠色,葉子對生,線狀披針形,夏季開花,花淡紅色、白色、淡紫色或雜色,花瓣先端淺裂成鋸齒狀。供觀賞。

含羞草　一年生草本植物,有毛和刺,羽狀複葉,夏秋開花,花淡紅色。葉子被觸動時,小葉折合,葉柄下垂,似含羞貌,故名。供觀賞。全草入藥。

錦葵　二年生草本植物,葉子橢圓或腎形,有圓鋸齒,夏季開花,花淡紫色。供觀賞。

蜀葵　二年生草本植物,有毛,葉子掌狀淺裂,葉面有皺紋,夏季開花,花生於葉腋,紅色、深紅色、紫色或白色。供觀賞。根和花入藥,有清熱、解毒作用。

B11－11 名： 草

草　❶高等植物中野生的草本植物的統稱:草原/野草。❷指供飼料和燃料用的某些作物的莖和葉:稻草/草料。

牧草　野生或人工栽培的可供刈草用或放牧用的細莖植物。常以禾本科和豆科植物為主。

藥草　具有防治疾病功效的草本植物。

飛蓬　二年生草本植物,葉披針形,花有三型,外圍為淡紫紅色舌狀雌花,內層為無色細管狀雌花,中心為黃色管狀兩性花。生於山坡草地、牧場或林緣。莖、葉可提取芳香油。也叫**蓬**。

蒿子　通常指花小、葉為羽狀分裂、有某種特殊氣味的菊科草本植物。種類較多,如青蒿、黃花蒿等。

白茅　多年生草本植物,地下有長的根莖,葉子線形,花穗上密生絲狀白毛。根莖叫茅根,可入藥,葉子可以編製蓑衣。也叫**茅草**。

狗尾草　一年生草本植物,葉片闊線形,圓錐花序呈圓柱形,穗有毛,像狗尾,可作牧草。也叫**莠**。

鵝觀草　多年生草本植物,葉子線形,扁平,有香氣,穗狀花序,花綠色或紫色。是牲畜和鵝的優良飼料。也叫**鵝冠草**。

沿階草　多年生常綠草本植物,鬚根常膨大成念珠狀,葉子叢生,條形,花淡藍紫色,種子球形,藍色,供觀賞。塊根稱麥冬,可入藥。也叫**繡墩草**。

香蒲　多年生草本植物,多生在水邊或池沼內,根莖橫生,葉片廣線形,夏季開花,花穗形如蠟燭。成熟的果穗叫蒲棒,有絨毛,叫蒲絨。葉子可編織蒲席、蒲包等,根莖可提取澱粉。

蒲草　❶香蒲的俗稱。❷〈方〉沿階草。

狼尾草　多年生草本植物,葉子條形,叢生,穗狀圓錐花序,有剛毛,像狼尾,紫黑色。莖和葉

可造紙,葉可編織蓑衣。

芨芨草 多年生草本植物,葉子狹而長,堅韌,花淡綠色或帶紫色,通常生長在微鹼性土壤中。是良好的固沙耐鹼植物,可做飼料,又可編織筐、簍、席等。也叫**枳機草;羽茅**。

龍鬚草 多年生草本植物,葉子線形,總狀花序,花小,有淡黃褐色絨毛。是造紙原料,又可編織蓑衣、草鞋等。也叫**蓑草**。

薹 多年生草本植物,莖叢生,扁三棱形,葉片帶狀,夏季抽穗開花,花穗淺綠褐色。生於沼澤地。莖葉可供製蓑和笠用。也叫**薹草**。

馬蘭 多年生草本植物,根莖短而粗壯,葉子條形,花藍色,花和種子可入藥,葉子有韌性,可用來捆束西,又可以造紙,根可製刷子。也叫**馬蘭;馬蓮**。

水車前 一年生水生草本植物,水下葉一般長條形,浮水面葉子一般卵圓形,有長柄,帶紫綠色,花白色、淡紫色或藍白色。莖葉可做飼料,又可入藥。也叫**龍舌草**。

B11－12 名： 樹木

樹 木本植物的總稱:種樹／一棵樹。

樹木 樹(總稱):樹木稠密／種植樹木。

木 樹木:伐木／獨木不成林／要愛護一草一木。

樹幹 樹木的主體部分;樹身。

樹梢 樹木的頂端。

樹冠 樹木主幹上端集生枝葉的部分。

樹墩 樹幹鋸去後剩下的靠近根部的一段。也叫**樹墩子**。

落葉樹 到秋冬季節樹葉全部枯黃脫落的樹,如紅杉、梧桐等。

常綠樹 終年都有綠葉的樹,如松、杉等。

針葉樹 葉子形狀細長,像針或呈線形、鱗片形的樹,在植物分類上屬於裸子植物的樹木,如松、杉等。

闊葉樹 葉子形狀比較闊大的樹,在植物分類上屬於雙子葉植物的樹木,如楊樹、梧桐等。

松 裸子植物的一科,種類很多。常綠或落葉喬木,很少為灌木,葉子針形或扁平線形,花單性,雌雄同株,結毬果,卵形或圓柱形,有木質鱗片。木材和樹脂都可利用,如落葉松、雪松等。

羅漢松 常綠喬木,葉子條狀披針形,雌雄異株,果實卵圓形,核果狀,著生於肥厚肉質的種托上,紫紅色。供觀賞。根和種子可入藥。

落葉松 落葉喬木,樹幹通直,葉子針狀,在長枝上散生,短枝上簇生,雄花黃色,雌花綠褐色,果實卵圓形,表面有鱗片,木材堅實耐用,可以做電桿、枕木。樹皮可提栲膠。

赤松 常綠喬木,莖高大,樹皮較薄,淡紅褐色,葉子針狀,球果卵圓形,淡黃褐色。木材可供建築和製造器物用。樹幹可採松脂。

雪松 常綠喬木,莖高大,樹形呈尖塔形,葉子針形,幼葉多白色,雌雄同株,球果卵圓形,種子呈三角形,有翅。為著名觀賞植物,木材供建築用,種子可榨油。

水松 落葉喬木,莖乾有粗紋,基部常膨大,有向上生長屈膝狀呼吸根。葉互生,幼枝的葉子針形,老枝的葉子鱗形,果實卵形。木材耐水濕,可以造橋梁。是特產的稀有樹種。

紅松 常綠喬木,葉針狀,五針一束,粗硬,球果卵狀圓錐形,種子粒大,無翅,可吃或供藥用,又可榨油。樹幹可採松脂,木材供建築等用,樹皮可提栲膠。也叫**果松;海松**。

白皮松 常綠喬木,樹皮片狀脫落,露出白色內皮,葉子針狀,三針一束。球果種子可吃。是特產的稀有樹種,可供觀賞。

白果松 〈方〉白皮松。

馬尾松 常綠喬木,上部樹皮紅色,葉子針狀,細長柔軟,二針一束,球果圓錐狀卵形,栗褐色。木材富有油脂,可提取松脂,又可供建築用。

柏 常綠喬木,小枝細,下垂,扁平,排列成一平

面,莖高大,葉鱗形,球果球圓形,有木質鱗片,暗褐色。木材可做建築材料,為優良觀賞樹。

側柏　常綠喬木,小枝扁平,排成一平面,葉鱗形,雌雄同株,結球果,長卵形。木材堅實,有香味,供建築和製造器具用。葉和種子入藥,種子叫柏子仁,有養心、安神等作用。

檜　常綠喬木,樹冠圓錐形,幼枝的葉子針形,老枝的葉子鱗形,球果近球形,肉質。木材細緻堅實,有香味,供建築用,又可提取揮發油。也叫**圓柏**。

刺柏　常綠小喬木,葉三枚輪生,線狀針形,上有兩條白色氣孔帶,球果暗紅棕色,有肉質鱗片。木材耐水濕,可用作橋柱,根可入藥。

杉　常綠喬木,樹冠的形狀像塔,葉子線狀披針形,莖部扭成兩列,花單性,果實圓卵形。木材多為白色,木紋平直,為重要用材樹種。

銀杉　常綠大喬木,葉子條形,稍彎曲,背面有兩條銀白色的氣孔帶,果實卵圓形。是特產的稀有樹種。為保育類樹種。

雲杉　常綠喬木,葉子錐形或線形,球果長在枝頂,圓柱形。木材質輕細密,有彈性,可用作樂器及航空器材等。

紅杉　落葉大喬木,樹冠形狀像塔,葉子線形,中脈隆起,果實球狀圓柱形,表皮有木質鱗片。木材質輕而韌,耐腐蝕性強。分布在海拔三千～四千公尺地帶。

水杉　落葉大喬木,葉子條形,扁平而柔軟,花單性,雌雄同株,果實近球形,有棱四條。木材輕軟,供建築、造紙等用。是特產的稀有樹種。

紫杉　常綠喬木,葉子線形,有葉柄,雌雄異株,種子卵形。木材堅硬,淡赤色,有彈力,可製作家具,種子可榨油。

樅　常綠喬木,莖高大,樹皮灰色,小枝平滑,紅褐色,葉子線形,扁平,葉中脈凹下,果實橢圓形,暗紫色。木材可供建築、造紙等。也叫**冷杉**。

黃檗　**黃柏**　落葉喬木,樹皮厚,深縱裂,淡灰色,羽狀複葉,小葉卵形,圓錐花序,花小,黃綠色,果實球形,黑色。木材供建築、航空器材等用,又可製黃色染料。樹皮入藥,有清熱燥濕、瀉火解毒作用。

樟　常綠喬木,葉卵形,葉脈有腺體,圓錐花序,花小,淡黃綠色,果實球形,紫色。全株有香氣,可以防蟲蛀。枝葉可提製樟腦,木材緻密,適於製衣箱、家具和手工藝品。

沈香　常綠喬木,莖高,葉子長橢圓形,有光澤,花白色。木材質地堅硬而重,黃色,有香味,心材是著名的薰香料,又可入藥,有鎮痛、納氣等作用。亦稱奇南香或伽南香。

檀香　常綠喬木,樹皮褐色,葉對生,長卵形,花呈鐘狀,初開時淡黃色,以後變成血紅色,果實球形。木質堅硬,極有香氣,可提製藥物或香料。

桉　常綠喬木,莖高大而直,葉子狹卵形或寬披針形。枝、葉、花有芳香,枝葉可以提製桉油,木材堅硬,供建築用。

椴　落葉喬木,葉互生,花兩性,黃色或白色,果實球形或卵圓形。木材紋理細緻,供建築或製家具用。

白蠟樹　落葉喬木,樹皮黃褐色,羽狀複葉,雌雄異株,花白色。可放養白蠟蟲。木材堅韌,可製器物。枝條可編筐,樹皮可入藥。

楊　落葉喬木,葉互生,葉片多寬闊有鋸齒,葉柄長,雌雄異株,柔荑花序,花粗大而下垂。種類很多,有毛白楊、響葉楊等。

毛白楊　落葉喬木,葉子三角狀卵形或卵形,邊緣有不規則波狀齒。早春先開花,後長葉,雌雄異株,柔荑花序,木材白色,紋理細而直,可供建築、造紙用。也叫**響楊**。

胡楊　落葉喬木,樹皮厚,有縱裂,幼樹的葉子披針形,像柳葉,老樹的葉子闊卵形或腎形。耐

鹽鹼,是乾旱地重要的造林樹種。也叫**異葉楊**。

響葉楊 落葉喬木,莖高大,葉子卵狀三角形,葉柄長,雌雄異株。木材供建築或製器具用。也叫**風響楊**。

赤楊 落葉喬木,樹皮灰色,葉子廣卵圓形,邊緣有鋸齒,花暗紫色,果實橢圓形。果實和樹皮可製褐色染料,木材可製作器具。

柳 柳屬植物的統稱。落葉喬木或灌木,枝條柔而韌。葉子狹長,柔荑花序,花雌雄異株,種子有毛。種類很多,有垂柳、杞柳、旱柳等。

雪柳 落葉灌木,葉子披針形至卵狀披針形,無毛,花白色帶綠,有芳香。供觀賞。枝條可編簍筐,嫩葉可代茶。也叫**過街柳;稻柳**。

水曲柳 落葉大喬木,羽狀複葉,小葉卵狀長圓形,基部密生黃褐色絨毛,雌雄異株,果實長橢圓形。木材黃白色,質地細密,可用來造船舶、車輛等,種子可榨油,樹皮可入藥。

樺 落葉喬木或灌木,樹皮光滑,紙狀,白色、灰色、黃色或黑色,葉子卵形。種類較多,有白樺、黑樺、紅樺、光皮樺等。

榆 落葉喬木,樹皮粗糙,灰色,葉子倒卵形,邊緣有鋸齒。翅果近圓形,叫做榆錢,嫩葉嫩果可食。木材可供建築或器具用。

槐 落葉喬木,羽狀複葉,小葉卵形,夏季開花,蝶形花冠,花黃白色,莢果圓柱形。花、果實和根皮入藥,有止血等作用。木材堅硬而有彈性,可供造船舶等。

黃檀 落葉喬木,羽狀複葉,小葉互生,卵形或長中橢圓形,花黃色。莢果長橢圓形,扁薄。分布於中國大陸中部、南部。木質堅硬,可用來製造家具、農具等。也叫**檀**。

紫檀 常綠喬木,羽狀複葉,小葉卵形,花黃色,莢果扁圓形,周圍有翅。分布於亞洲熱帶。木材堅硬,棕紅色,通稱「紅木」,可製貴重的家具和樂器、工藝美術品等。

紅豆樹 喬木,羽狀複葉,小葉長橢圓形,春季開花,白色或淡紅色。莢果長橢圓形,種子鮮紅色,光亮。產在亞熱帶地區。可供觀賞。木材紅色,質地堅密,花紋美麗,爲優良的雕刻和細木工用料。

榕 常綠喬木,樹冠開闊,樹幹分枝多,有氣根,多而下垂,葉革質,卵形,花小,黃色或粉紅色,果實球形,紫黑色。木材褐紅色,可製器具,葉、氣根、樹皮可入藥。

菩提樹 常綠喬木,葉子三角狀卵形,前端細長,邊緣呈微波狀,花托近球形,花隱在花托內,果實扁圓形,黑紫色。樹幹含乳狀汁液,可製硬橡膠。

櫟 落葉喬木,樹皮粗糙,葉子長橢圓形,邊緣有鋸齒,花黃褐色,堅果卵球形。種子叫橡子,可作飼料。葉子可以飼柞蠶,木材可製枕木或家具。也叫**麻櫟;橡;柞樹**。

楓 落葉大喬木,葉子互生,通常三裂,邊緣有細鋸齒,秋季變成紅色,花黃褐色,翅果。根、葉和樹脂可入藥,有除濕、通經作用。

雞爪槭 落葉小喬木,樹皮光滑,深灰色,葉子掌狀五裂,像雞爪,秋季變成紅色,花紫紅色,結翅果。木材堅實細緻,可以製造家具。是優良庭園綠化樹種。

七葉樹 落葉喬木,樹皮灰棕色,葉對生,掌狀複葉,葉柄很長,小葉,長橢圓形,有細鋸齒,圓錐花序,白色,有香味。種子扁球形,可入藥,木材紋理緻密,可製精緻家具。

柚木 落葉大喬木,枝條方形,密生星狀茸毛,葉子大,卵形或橢圓形,背面有黃棕色的絨毛,圓錐花序,白色,有香味,核果球形。木材堅硬,紋理美觀,耐腐蝕,可供建築用,也用來造船、車、家具等。

楠木 常綠大喬木,樹皮灰白色,有香味,葉子橢圓形或長披針形,背面有軟毛,圓錐花序,黃色,有香味,果實橢圓形,黑色。木材經久不

腐,是貴重的建築材料,也供造船用。

格木 常綠喬木,樹幹通直,灰褐色,羽狀複葉,小葉卵形,有光澤,花白色,莢果扁平。木材紅褐色,是名貴堅硬耐濕木材,可做家具,也供建築用。屬於保育類樹種。

柳安 音譯詞。常綠大喬木,葉卵形,花乳白色。有白柳安、紅柳安等屬。產於緬甸、印度、印尼、菲律賓等國。木材結構粗、紋理斜,是供製成家具、門窗、車輛等的優良樹種。

梧桐 落葉喬木,葉大,掌狀分裂,花小,黃綠色。種子球形,木材白色,適宜製造樂器和家具。種子可食,也可以榨油,葉入藥。

懸鈴木 落葉喬木,樹冠大,葉掌狀五～七裂,春季開花,果序通常三個生於一總柄上,適作行道樹。又名「三球懸鈴木」。

法國梧桐 葉掌狀三～五裂,果序通常二個生於一總柄上,為英國育成的雜交種。適作行道樹。又名「二球懸鈴木」。

望天樹 常綠大喬木,高四十～六十公尺,樹幹直而挺拔,像擎天大柱,葉子橢圓形,背面有軟毛,圓錐花序,果實卵形。木材硬度適中,紋理直,耐腐蝕、耐蟲蛀。是近年來發現的優良材質樹種。也叫**擎天樹**。

楝 落葉喬木,羽狀複葉,小葉卵形或卵狀披針形,花紫色或淡紫色,有香味,果實球形或卵形。種子、樹皮、根入藥,木材可製器具。也叫**苦楝**。

冬青 常綠小喬木,樹皮平滑,灰青色,葉子長橢圓形,前端尖,花小,淡紫色,雌雄異株,核果紅色。葉可入藥,叫四季青,有止血解毒等作用。也供觀賞。

珙桐 落葉喬木,葉子互生,寬卵形,邊緣有粗鋸齒,頭狀花序,有兩片白色大苞片,核果長卵形。是特有的珍貴觀賞植物。也叫**鴿子樹**。

喜樹 落葉喬木,莖直而挺拔,葉互生,卵形,背面黃白色,有細毛,頭狀花序,像蓮花,結瘦

果。根、莖、葉和果實入藥,用以治療消化道癌症和牛皮癬。是特有的樹種。

黃楊 常綠灌木或小喬木,葉對生,橢圓形或卵圓形,有三個角狀突起,花淡黃綠色。木材質地緻密,適做雕刻的材料。也叫**瓜子黃楊**。

神秘果 常綠灌木,葉子倒卵形,花小,白色,果實橢圓形,果皮朱紅色。果實可以食用。食用後再食其他酸味水果,會變為甜味,因而得名。

珊瑚樹 常綠灌木或小喬木,樹皮光滑,灰褐色,葉子對生,長橢圓形,花白色,有香味,核果橢圓形,紅色。可栽作庭園綠化樹。也叫**法國冬青**。

荊 落葉灌木,種類很多,小枝方形,掌狀複葉對生,花淡紫色或淡藍色,廣布於中國大陸各地,有黃荊、牡荊等。種子可入藥,枝條可供編織筐、籃等。

桐花樹 常綠灌木或小喬木,樹幹彎曲,葉子倒卵形,花小,白色,果實圓柱形而彎,頂端尖細,像蠟燭。樹皮可提取栲膠。也叫**蠟燭果**。

鬧羊花 落葉灌木,葉互生,長橢圓形或披針形,紙質,葉柄較長,春季開花,花冠鐘狀,花金黃色,香味很濃。有毒,花、根、果都入藥,也可作農藥。也叫**羊躑躅**。

B11 – 13 名: 竹·蘆葦

竹 多年生常綠植物,有木質化的地下莖,地上莖圓柱形,木質,有節,中空,葉子有平行脈。幼芽叫筍,是鮮美的蔬菜。莖可供建築和製器具用。也可供觀賞,種類很多。通稱**竹子**。

方竹 竹的一種,稈呈四方形,角鈍圓,中空,節間較短,葉子狹披針形。供觀賞。稈可作造紙原料及製手杖等。

毛竹 竹的一種,稈高而粗,葉子披針形,表面綠色,背面帶淡白色。筍籜有毛。稈的壁厚而堅韌,是優良的建築材料,也可用來製造器

物。

苦竹 竹的一種,葉子披針形,背面略帶白色。筍味苦,不能吃。稈可作造紙原料。

箸竹 竹的一種,稈細柱形,中空極小,可以製筷子。葉子寬長而薄,可以編製器物或竹笠,還可包粽子。

淡竹 竹的一種,稈較細,圓柱形,但梢部一側有溝,漸成半圓形,節與節之間距離較大。稈可以編製器物,又可作造紙原料,筍味美,可食。

斑竹 竹的一種,稈上有不規則紫褐色的斑點或斑塊。常栽培供觀賞。稈可以製裝飾品、書架案几、手杖、筆桿等。也叫**湘妃竹**。

紫竹 竹的一種,稈圓筒形,初長時綠色,以後逐漸變成紫黑色,葉子短小,披針形,生在小株的末端。供觀賞,又可製書架、手杖等。也叫**黑竹**。

觀音竹 竹的一種,稈叢生,堅硬,節粗而大,中空小,可用來做籬笆或造紙材料,也供觀賞。也叫**鳳尾竹**。

蘆葦 多年生草本植物,地下根莖粗壯,葉子披針形,莖光滑,中空,花紫色,花下多白毛,為保土固堤植物。莖可以編席,也可以造紙。根莖叫蘆根,可入藥,花序可做掃帚。也叫**葦子**。

荻蘆 多年生草本植物,形狀像蘆葦,地下莖粗短,葉子披針形,花穗紫色,為保土固堤植物。莖可蓋建茅屋,又可以編席和造紙。

B11－14 名：　棕櫚等

棕櫚 常綠喬木,莖幹直立,圓柱形,不分枝,為葉鞘形成的棕衣所包裹,葉大,掌狀深裂,裂片狹長,有長葉柄,雌雄異株,花黃色。葉鞘可製繩索、地氈等。也叫**棕樹**。

蒲葵 常綠喬木,莖幹直立,不分枝,葉大,掌狀深裂達中部,裂片長披針形,花黃綠色。葉可以做扇子,葉鞘可製棕繩。

桄榔 常綠喬木,莖幹高大,羽狀複葉,生於莖端,小葉狹而長,肉穗花序,果實有辣味。葉柄基部的棕毛可製繩,花的液汁可製糖,莖髓可提取澱粉。

海棗 常綠喬木,羽狀複葉,生於莖的頂端,小葉狹長,花單性,雌雄異株,漿果長橢圓形,形狀像棗。果肉味甜,可食,用莖浸出的液汁可以製糖和酒。也叫**椰棗**。

B11－15 名：　蕨類・苔蘚

蕨 多年生草本植物,根狀莖長而粗壯,黑色,橫生在地下,羽狀複葉,用孢子繁殖。在葉的背面邊緣有很多孢子囊群,嫩葉叫做蕨菜,可做蔬菜,根莖可以製澱粉。全株入藥,有解熱、利尿等作用。

貫眾 多年生草本植物,地下有根狀短莖,羽狀複葉,小葉呈鐮刀狀,背面有許多孢子囊群。根狀莖可以釀酒,又可入藥。

木賊 多年生草本植物,地下莖棕褐色橫臥地下,地上莖綠色,管狀,有節與節間,中空,葉呈鞘狀,緊包節上。繁殖器官呈筆尖狀,生在莖頂。莖可入藥。也可用作磨光金屬和木器的材料。

石松 多年生草本植物,莖細長,分枝很多,匍匐,葉小,針狀,孢子黃色。莖和葉入藥,叫做伸筋草,有去風痺、活經絡等作用。

卷柏 多年生草本植物,主莖粗短,棕褐色,葉小,呈鱗片狀。極耐旱,乾時小葉內捲成團,呈乾枯狀態,一旦得水又顯蓬勃生機。全草入藥,有收斂、止血等作用。

紫萁 多年生草本植物,根狀莖粗短,羽狀複葉,小羽片呈三角狀披針形。嫩葉可吃,根莖供入藥。

蘋 多年生草本植物,生在淺水中,根莖橫生在泥中,有分枝,葉柄長,頂端長四片小葉,基部被鱗片,夏秋時節,葉柄的下部生出小枝,枝上生孢子囊果。全草可供藥用。也叫**田字**

草。

滿江紅 蕨類植物,植物體小,三角形,飄浮水面,葉很小,肉質,覆瓦狀,排成兩行,春夏季綠色,秋季轉紅褐色。全草可作魚類及家畜的飼料,又可入藥。

地錢 苔蘚植物,植物體呈扁平葉狀,匍匐生長,背面綠色有氣室,腹面有紫色鱗片和假根,雌雄異株,生在陰濕的地方。可供藥用。

葫蘆蘚 苔蘚植物,植株矮小,莖直立,有分枝,葉子卵形,鮮綠色,多集生在莖的中上部而呈蓮座狀。生長在陰濕的地方。

泥碳蘚 苔蘚植物,植株呈黃白或灰白色,通常有各種鏽斑,葉子分兩種,莖葉寬而短,呈舌狀,枝葉狹長卵形。可用作工業燃料,又可作急救包的原料。其遺體長期累積成泥碳。

青苔 指陰涼潮濕處生長的綠色苔蘚植物。

B11－16 名： 菌類・地衣・藻類

冬蟲夏草 一種昆蟲和眞菌的結合體。某些眞菌,在夏秋時,侵入到尺蛾等鱗翅目昆蟲的幼體中,當幼蟲入土越冬時,逐漸變成菌核,夏季從蟲的身體內的菌核長出菌體的繁殖器官來,形狀像草,所以叫冬蟲夏草。供藥用,有補肺益腎的作用。也叫**夏草冬蟲;蟲草**。

靈芝 眞菌的一種,蕈傘半圓形或腎形,上面紅褐色或紫褐色,有雲狀環紋,並有光澤,下面淡黃色,有許多細孔。蕈柄長。供藥用,有滋補作用。我國古代用來象徵祥瑞。

茯苓 眞菌的一種,通常寄生在松樹的根部,菌核呈團塊狀,形狀像甘薯,表皮薄,黑褐色,裡面白色或粉紅色。供藥用,有利尿、鎮靜的作用。

豬苓 眞菌的一種,寄生於闊葉樹根部,菌核呈團塊狀,表皮通常棕褐色,形狀像豬糞團。菌核入藥,有利尿等作用。

雲芝 眞菌的一種,常生於闊葉樹腐木上,蕈傘較薄,半圓形或貝殼形,邊緣呈波浪狀,蕈傘

表面有灰、白、褐、藍、黑等多種顏色的絨毛,並構成彩雲似的圖案。可供藥用。

黑木耳 眞菌的一種,形狀像人耳,黑褐色,膠質,背面密生柔軟的短毛。生於枯死的樹幹上,可供食用,又可入藥,有滋補作用。也叫**木耳**。

銀耳 眞菌的一種,白色半透明,富有膠質,形狀像雞冠或花瓣,生長在枯死或半枯死的栓皮櫟等樹上。供藥用,有滋補作用。也叫**白木耳**。

蕈 一般指具有蕈傘和蕈柄的蕈柄菌類。生長在樹林裡或草地上。地上部分由帽狀的蕈傘和桿狀蕈柄構成,蕈傘能產生孢子,是繁殖器官。種類很多,有的可以吃,如蘑菇、香菇等;有的有毒。

菌子 〈方〉蕈。

蘑菇 眞菌的一種,群生或叢生,蕈傘半球形,稍扁,白色或淡黃色,蕈柄粗短,有蕈環。可供食用。

平菇 眞菌的一種,蕈傘扇形或貝殼形,青灰色或黑褐色,成熟時變為黃色,蕈柄側生。可供食用。

草菇 眞菌的一種,蕈傘灰色,形狀像小鐘,肉白色,鬆軟,蕈柄基部有蕈托。可供食用。

香菇 **香菰** 眞菌的一種,蕈傘表面通常呈褐色,蕈柄筒狀或稍扁,白色。可鮮食,也可製成乾製品,香味更佳,味鮮美,又叫「香蕈」。

口蘑 眞菌的一種。蕈傘肥厚,白色,初呈半球形,後才平展,邊緣稍內捲,蕈柄呈桿狀。味鮮美,為優良食用菌。多生在牧場的草地上,張家口一帶出產的最為著名。

鬼筆 眞菌的一種。生長在潮濕的地方,產孢體鐘形,狀如菌蓋,紅色,蕈柄上部淡紅色,下部白色。產孢體發惡臭,能誘致蠅類散布孢子。有毒。有的地區叫**狗尿苔**。

猴頭 眞菌的一種,子實體形狀像猴子的頭,白色,乾後呈淺褐色。可供食用及藥用。

石蕊 地衣的一種,灰白色或灰綠色,分枝很多。可以用來製酸鹼指示劑。又可入藥,有解熱化痰等作用。

藍藻 藻類植物中最簡單的一門,藻體由單細胞或多細胞組成,無眞正的細胞核,行無性生殖,通常是藍綠色。生長在海水、淡水中或陸地的陰濕地方。

髮菜 藍藻的一種,藻體細長,黑綠色,外形像一團頭髮,乾燥時黑色。可供食用,又可入藥。

綠藻 藻類植物的一門。由單細胞或多細胞組成,有球狀、絲狀或片狀等多種,細胞內有核,含有葉綠素,植物體呈綠色或黃綠色,有性生殖。生長在淡水、海水中或潮濕的泥土、樹幹上。

小球藻 綠藻的一種,多浮游在淡水中,植物體由一個細胞構成,球形。繁殖較快,營養豐富,可以做飼料,又可做太空食品的原料。

滸苔 綠藻的一種,植物體由單層細胞組成,管狀,中空,形狀像絲,綠色。生長在水中。可供食用。也叫**苔條**。

褐藻 藻類植物的一門,植物體由多細胞組成,褐色,有莖和葉的分化,生長在海底。含有豐富的碘質和膠質,如海帶等。

海帶 褐藻的一種,形狀像帶子,較長,表面光滑,綠褐色或棕褐色。含有大量碘質,常吃可預防甲狀腺腫,又可用來提製碘、鉀等。

紅藻 藻類植物的一門,植物體多由多細胞組成,有葉狀、絲狀、帶狀或樹枝狀等,紅色或紫紅色。生長在海水或淡水中,如紫菜、石花菜等。

紫菜 紅藻的一種,植物體呈膜狀,由單層或兩層細胞組成,紫紅色或紫黑色,供食用。

石花菜 紅藻的一種,植物體分枝很多,紫紅色,生長在海洋中。是提製瓊脂的主要原料。

鷓鴣菜 紅藻的一種,植物體扁平,較細,有很多分枝,紫色,乾燥後紫黑色。可供藥用,能驅除蛔蟲。

江蘺 紅藻的一種,細圓柱形或扁平,有分枝,紫紅色或深褐色。生長在海灣淺水中。可供食用,又可提製瓊脂。

B12　微生物

B12-1 名：　微生物(一般)

自養微生物 以二氧化碳爲主要碳源,無機氮爲氮源,能通過自身光合作用或化學合成作用,在細胞內合成有機物的一類微生物,如硝化細菌、硫化細菌等。

異養微生物 不含光合色素,自身不能合成有機質,必須從體外獲得現成有機質爲營養的一類細菌。分寄生和腐生兩大類。

好氧性微生物 微生物的一大類,在有空氣的環境中才容易生長和繁殖,如白喉桿菌、結核桿菌、曲霉等。

厭氧性微生物 微生物的一大類,只有在沒有氧氣的環境中才能生長和繁殖,如乳酸菌、破傷風桿菌、甲烷菌等。

兼性厭氧菌 微生物的一大類,在有氧氣或缺乏氧氣的環境中都能生長或繁殖,如酵母菌等。

菌落 單個菌體或孢子在固體培養基上生長繁殖後形成的肉眼可見的微生物群落。根據其不同特徵可作爲鑑定細菌的參考。

B12-2 名：　眞菌

眞菌 微生物的一大類,不能自己製造養料,以寄生或腐生的方式生活,細胞內無葉綠素,有明顯的細胞核。

酵母菌 眞菌的一類,多數是單細胞,卵圓形或圓柱形,內有細胞核、液泡等。利用酵母菌引起的化學反應,可釀酒、製藥、製醬、發麵等。

黴菌 絲狀眞菌的通稱。以無性或有性孢子繁殖。種類很多,可用以生產工業原料,食品加

工和製取抗生素,也能致使工農林業產品發霉變質和人、畜、植物病害。

黃曲徽 眞菌的一種,菌體由複雜有分枝的菌絲體構成,菌落表面黃綠色,能引起糧食、水果、油料作物等霉爛,有的可用來釀酒、製醬等。

白地徽 眞菌的一種,菌體呈絲狀,菌落平散,乳白色。可用來製酸牛奶、乳酪、泡菜等。

B12-3 名: 細菌

細菌 微生物的一大類,個體微小,常見有球狀、桿狀、弧狀、線狀等多種,主要用分裂方式繁殖。多數營寄生或腐生生活,分布很廣,對自然界的物質循環起著巨大作用。有的細菌對人類有益;有的細菌能使人類和動植物致病及腐敗工農業產品。

球菌 球狀細菌的總稱,有的為單生,有的呈成對、四聯、八疊、鏈狀或葡萄串狀。廣泛分布在自然界或生物體體內和體表。營腐生或寄生生活。

桿菌 桿狀或類似桿狀細菌的總稱。大多單獨存在,少數連合成雙桿菌或鏈桿菌,廣泛分布於自然界,大多營寄生或腐生生活。

螺旋體 螺旋狀細菌的總稱,單細胞,體形細長,彎曲呈螺旋狀,能活潑運動。營腐生或寄生。梅毒、回歸熱、斑疹傷寒等都是這類微生物引起的。

放射菌 一類形態介於細菌和眞菌之間的微生物,單細胞,菌體由菌絲組成,菌絲呈絲狀,細胞核無核膜,種類很多。在醫學、農業上廣泛應用的抗菌素,大部分是放射菌的發酵產品,如金黴素、春雷黴素、慶大黴素等。

芽孢 某些細菌生活到一定階段,在其細胞內形成的圓形、橢圓形或圓柱形的休眠體。它壁厚、不易透水、耐熱性強,有利於對抗不良環境,遇適宜條件時能萌發成細菌繁殖體。

莢膜 某些細菌細胞壁表面的一層黏性物質,對細菌有一定的保護和貯存養料或堆積代謝廢物的作用。

B12-4 名: 病毒等

病毒 一類沒有細胞結構,但有遺傳、複製等生命特徵,主要由核酸和蛋白質組成的微生物。多數要用電子顯微鏡才能見到,人和動植物的多種病害是由病毒引起的,如麻疹、傳染性肝炎、雞瘟、煙草花葉病等。

類病毒 一種比病毒小得多,結構更簡單非細胞形態的微生物,能引起好幾種植物病害,如黃瓜蒼白病、柑橘裂皮病等。

噬菌體 一類寄生在細菌和放射菌體內的病毒。個體微小,一般呈蝌蚪狀或絲狀,侵入細菌或放射菌體內後,在其中大量繁殖使細菌溶解。噬菌體可用來診斷和治療某些細菌性傳染病。對發酵工業極為有害。

立克次體 一類介於細菌和病毒之間的微生物,比病毒大,比細菌小,可以在光學顯微鏡下看到,一般呈球狀或桿狀。種類很多,多寄生在節肢動物體內,由此傳播斑疹傷寒、羌蟲等疾病。

支原體 一類介於細菌和病毒之間的微生物,單細胞,無細胞壁,只有細胞膜,在電子顯微鏡下才能看到。多數寄生在寄主細胞外面,有些支原體是人、動物和植物的病原體。也叫**菌質體**。

衣原體 一類介於病毒和立克次體之間的微生物,個體比立克次體稍小,圓形或鏈狀,有細胞壁。有的能引起人類發病。

C 人體・醫藥衛生

C1 人 體(一般)

C1-1 名： 人體

人體 人的身體：人體模型／人體的骨骼由二百零六塊骨連結而成。

身體 ❶一個人或一個動物的生理組織的整體：身體好／鍛鍊身體。❷有時專指軀幹和四肢：他頭大身體小。

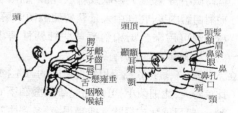

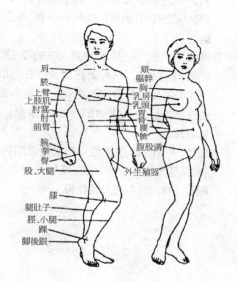

身 身體：身心健康／翻身下馬。

體 ❶身體：體重／體溫／遍體鱗傷。❷指身體的一部分：四體不勤／肢體殘缺。

軀 身體：軀殼／爲國捐軀。

身軀 身體；身材：壯碩的身軀／身軀瘦小。□軀體。

身子 〈口〉身體：身子有點不舒服。

肉體 人的身體：出賣肉體。

軀殼 肉體(對精神而言)。

骸 身體：遺骸／病骸。

形體 身體(就外觀說)：形體美。

形骸 〈書〉指人的形體：放浪形骸。

肌體 身體：預防病菌侵入人的肌體。

上身 人體的上半部：上身穿件花襯衫。

上體 〈書〉上身：上體運動。

下身 人體的下半部：下身癱瘓。

下體 〈書〉下身：下體疼痛。

後身 身體後邊部分：我只看見他的後身。

軀幹 人體頭部、四肢以外的部分：軀幹魁梧。

胴體 軀幹。特指家畜屠宰後的軀幹部分。

C1-2 名： 體格・體質

體格 人體的發育和健康情況：體格強壯／體格健全。

體質 健康水準和適應外界的能力：堅持鍛鍊，增強體質／他體質好，很少生病。

體魄 〈書〉體格和精力；身體：體魄強壯。

身板 〈方〉身體；體格：身板硬朗。

身子骨兒 〈方〉體格：小伙子的身子骨兒多棒！

筋骨　筋肉和骨頭,也泛指體格:鍛鍊筋骨/老張筋骨好,禁得起風浪。

體型　指人體按體形、體格不同,如矮胖、瘦長、健壯等,而分成的類型:成年人和兒童的體型,有顯著的差異。

身心　身體和心理:增進身心健康。

體溫　人或動物身體內部的溫度。人類的正常體溫爲 37℃ 左右。正常體溫在一日之間略有波動,清晨較低,午後較高。疾病能引起體溫變化。

體重　身體的重量。

身長　身體的高度:入選的排球運動員身長都在一百八十公分以上。

C1－3 名：　體力‧精神

體力　人體活動時所發出的力量:消耗體力/體力勞動。

力氣　人或動物筋肉所生的作用:身體壯,力氣大/他身板兒結實,能幹力氣事情。

氣力　力氣;體力:氣力不足。

力量　力氣:人多力量大。

力道　〈方〉力氣:力道足。

力　氣力;力量:用力拉繩/四肢乏力。

勁　力氣:用勁兒把車推過橋去。

勁頭　〈口〉力氣:他身體好,勁頭兒大。

筋力　指體力:工人用筋力去換錢。

膂力　體力;氣力:膂力過人。

精力　精神和體力:精力充沛/爲公司貢獻畢生精力。

血氣　血液和元氣,泛指精力:血氣方剛。

精神　指精力、活力:振作精神/人總是要有點精神的。

神　精神;精力:勞神/貌合神離。

生命力　人或別的生物生存、發展、適應環境的能力:生命力很強。

生機　生命力:充滿生機。

活力　旺盛的生命力:青春的活力。

生氣　活力:生氣勃勃/他是一個很有生氣的青年。

餘熱　原指生產上尙未用盡的熱能。比喩老年人尙可繼續發揮的力量:爲社會貢獻餘熱。

C1－4 名：　屍體

屍體　人或動物死後的身體。□屍身;屍首;死屍。

屍　屍體:死屍/行屍走肉。

僵屍　僵硬的死屍。比喩腐朽僵化的事物。

屍骨　❶屍體腐爛後剩下的骨頭。□屍骸;骸骨;骨殖。❷屍體:屍骨未寒。

骷髏　乾枯的屍體骨架,也指死人骨頭。

髑髏　〈書〉骷髏。

木乃伊　古代埃及人用防腐藥品殮葬保存下來的沒有腐爛的屍體。比喩僵化的事物。

遺體　稱所尊敬的人的屍體:向遺體告別。

屍蠟　一種特殊的屍體現象。屍體埋葬的地方空氣稀少,水分較多,屍體皮下分解物和水中的鈣、鎂結合,形成不溶於水的白色蠟狀物質,使屍體多年不乾枯腐朽。

C1－5 名：　組織‧器官(總稱)

生理　生物體的功能活動,即整個生物體及其各部分所表現的各種生命現象:生理衛生/生理上的缺陷。

細胞　生物體的結構和功能的基本單位,形狀多種多樣。人體細胞的基本結構跟動物相同,一般都包括細胞核、細胞質、細胞膜三個部分。植物細胞膜外還有細胞壁。細胞具有運動、代謝、繁殖和感應性等功能。

組織　機體內由許多形態和功能相似的細胞和細胞間質(細胞與細胞之間的物質)共同組成的單位。人體內有四種組織,即皮膜組織、結締組織、肌肉組織和神經組織。

皮膜組織 由密集和少量黏合質構成的人體內外表面的被覆組織。胃、腸、呼吸道等器官的內表面覆蓋的是單層皮膜；人體外表面和口腔內表面覆蓋的是複層皮膜。具有保護、分泌、吸收和感覺等功能。

結締組織 由細胞、纖維和大量的細胞間質構成的人體四大基本組織之一。如人體的骨組織、軟骨組織、皮下脂肪組織、肌肉兩端的腱等。有支持、連接、防護以及修復創傷等作用。根據性質和成分，又分為疏鬆結締組織（如皮下組織）、密緻結締組織（如腱）、脂肪組織等。

肌肉組織 主要由肌細胞組成。肌細胞呈纖維狀，也稱肌纖維。具有收縮特性，是軀幹和四肢運動以及許多內臟器官活動的動力來源。可分為骨骼肌、心肌和平滑肌三種。

神經組織 由神經元和神經膠質兩類細胞組成的人體基本組織。有感受體內外刺激和傳遞興奮的作用。

骨 組成人體骨骼的單位。由脆硬的無機鹽和柔韌的有機物組成。骨的外面有骨膜，骨膜以內是堅實的骨密質和疏鬆的骨鬆質，中央有骨髓腔，腔裡和骨鬆質的空隙裡有骨髓。按形態和功能，可分長骨（如肱骨、股骨等）、短骨（如腕骨、跗骨等）、扁骨（如頂骨等）和不規則骨（如椎骨等）。

骨頭 骨：骨頭折斷了／老年人骨頭脆弱。

腱 肌肉末端和骨骼相連接處，由結締組織所形成的纖維束或膜。色白，質地堅韌。肌肉收縮時的牽引力是通過腱而作用於骨骼的。也叫肌腱。

腱鞘 包裹肌腱的鞘狀結構。有約束、保護肌腱和分泌潤滑液、減少摩擦的作用。運動範圍大的手部和足部最多。

韌帶 連接骨骼或固定內臟器官富有堅韌性的纖維帶。附在骨的表面和關節囊外層的韌帶，對關節有加固作用；分布在內臟周圍的韌帶，使內臟固定於正常位置、在一定範圍內移動。

筋 統指大筋、小筋、筋膜等，也稱韌帶、肌腱。筋與人體運動功能有密切關係，由肝臟供給營養，來維持正常活動。

筋兒 〈口〉肌腱或骨頭上的韌帶。

腺 人和動物製造及分泌特殊物質（激素、黏液、唾液、麝香等）的器官。內分泌腺分泌激素，直接進入血液和淋巴；外分泌腺通過導管，排出體表或體外。

膜 人體內像薄皮的起保護作用的組織：眼膜／腦膜／橫膈膜。

脂肪 由甘油脂和甘油三酸酯組成的類脂化合物，散布在皮下和各器官組織之間。質地柔軟，有彈性，可避免各器官之間的摩擦，並有固定內臟的作用。能供給人體中所需的熱能。

器官 生物體內，由多種組織構成，能擔任某種生理機能的部分。例如動物的心和血管是循環器官，胃、腸、肝和胰是消化器官。

系統 生物體內能夠完成一種或幾種生理功能，由許多器官組成的聯合結構。人體的器官組成為八個系統：消化、運動、循環、呼吸、排泄（泌尿）、內分泌、生殖和神經系統。各個系統的構造和生理各不相同，而在進行生理活動時則相互聯繫，密切配合。

官能 器官的功能：嗅覺是鼻子的官能，視覺是眼睛的官能。

瓣膜 器官裡可以開閉的膜狀結構。如心臟中有二尖瓣、主動脈瓣等。簡稱**瓣**也叫**活瓣**。

腔 人和動物體內空的部分：胸腔／口腔／滿腔熱情。

穴位 人體臟腑經絡氣血輸注出入的地方。分經穴和經外奇穴兩大類。鍼灸療法中也叫「刺激點」。也叫**穴道**。

穴　穴道:太陽穴／曲池穴。

腧穴　中醫學上稱人體的穴位。

腧　腧穴:胃腧／肺腧。

部位　位置(多用於人的身體):發音部位／你痛在哪個部位?

C1－6 名: 全身

全身　整個身體:全身運動／全身泡在溫水裡。

渾身　全身:渾身肌肉無力。

一身　渾身;全身:潑了他一身水。

周身　全身;渾身:周身發熱／周身皮膚過敏。

通身　全身;渾身:通身濕透。

身上　身體上:身上傷痕累累。

C1－7 名: 骨骼(一般)

骨骼　人和動物機體中硬質組織的總稱,用以支撐身體,並使其免受機械性損傷。人體骨骼共二〇六塊,分顱骨、軀幹骨和四肢骨三個主要部分。通常單指內骨骼。

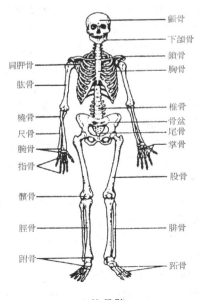

人的骨骼

內骨骼　人或高等動物的骨骼在體內,故稱(有別於魚、龜等身體表面的鱗、甲等外骨骼)。

骨架　骨頭架子:他不算胖,只是骨架大些。

長骨　長管狀的骨頭,如肱骨、股骨。

短骨　較短的骨頭,如腕骨、跗骨等。

扁骨　扁平的骨頭,如骼骨和多數顱骨。

軟骨　軟骨細胞、纖維和基質構成的堅韌有彈性的骨,在體內起支持、保護作用。在胚胎時期,人體軟骨分布較廣。成年人僅見於鼻尖、外耳、肋骨的尖端、椎骨的連接面等處。

骨幹　長骨的中央部分,裡面是空腔。

骨骺　長骨的兩端部分。也叫骺。

骨膜　骨的外表面和內表面的一層,由結締組織構成的薄膜,含有大量的血管和神經,能給骨細胞提供營養,對骨的生長和再生有重要作用。

骨質　構成骨的主要成分。分爲骨鬆質和骨密質。骨鬆質結構疏鬆,呈蜂窩狀,空隙內有紅骨髓,主要分布於長骨的兩端和短骨的內部。骨密質密致堅硬,位於骨的外層和長骨的骨幹。

骨髓　填充在骨內腔隙的柔軟組織。分紅骨髓和黃骨髓兩種。

紅骨髓　紅色骨髓。含有很多血管和神經,有產生血細胞的作用。胎兒和幼兒的骨髓全是紅的,成年人長骨骨幹部的紅骨髓變爲黃骨髓。

黃骨髓　成年人骨腔內的紅骨髓逐漸被脂肪細胞所代替,變成黃色,稱黃骨髓,失去造血功能。但如人體大量出血或患嚴重貧血症時,黃骨髓又能轉化爲紅骨髓,恢復造血功能。

關節　骨與骨之間能活動的連結部分,如上肢的肩關節、肘關節、腕關節;下肢的髖關節、膝關節、踝關節等。關節一般由關節膜、

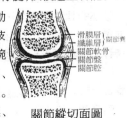

關節縱切面圖

關節囊和關節腔三部分構成。輔助結構有韌帶、半月板等。

骨節 骨頭的關節。

骨頭節兒 〈方〉骨節。

C1-8 名： 各部骨骼

顱骨 頭部的骨質支架。後上部分是腦顱,由頂骨、額骨、顳骨、枕骨等八塊骨構成,圍成顱腔保護腦組織。前下部分是面顱,由鼻骨、上頜骨、下頜骨、顴骨等十五塊骨構成。也叫**頭骨**。

額骨 額部的骨。

頂骨 頭頂部的骨,呈扁方形,左右各一塊。

蝶骨 位於顱底中央的蝶狀骨。分體、大翼、小翼和翼突四部。

枕骨 顱後下方構成腦顱的一塊扁骨。近似四邊形。前下有枕骨大孔,是與脊髓連接的部位。孔外有兩塊卵圓形突起,與第一頸椎構成關節,使頭部可以俯仰活動。

篩骨 顱骨之一,在顱腔底的前部,兩個眼眶之間,鼻腔的頂部,是顱腔和鼻腔的分界骨。

顳骨 位於蝶骨和枕骨間構成顱底和顱腔的側壁骨。分鱗、乳突、岩和鼓四部。

頜骨 構成口腔上部和下部的骨。分上頜骨和下頜骨。上頜骨成對,位於面顱中央。下頜骨不成對,位於面部前下部。上下頜骨構成顏面下半大部。

鼻骨 位於兩眶之間,構成鼻背的長方形薄骨板。

顴骨 額骨和上頜骨間的一對菱形骨。形成面頰部的骨性隆起部分。

淚骨 位於兩眶內側壁前部的一對長方形骨板。

腭骨 上頜骨腭突與蝶骨翼突間的一對「L」形骨板。

犁骨 骨腔正中呈四邊形的薄骨板。構成鼻中隔骨部的後下部分。

脊柱 人體軀幹中央的一串骨骼。由二十四塊椎骨、一塊骶骨和一塊尾骨組成。中間有一管道,稱作椎管,內有脊髓。分頸、胸、腰、骶、尾五個部分。

脊樑骨 〈方〉脊柱。

椎骨 構成脊柱的短骨。人的椎骨共有三十三個,即頸椎七個,胸椎十二個,腰椎五個,骶椎五個,尾椎四個。也叫**脊椎骨**。

脊椎 ❶脊柱。❷椎骨。

椎 椎骨:脊椎／頸椎／胸椎。

椎間盤 連接每兩個相鄰椎骨的圓盤狀纖維軟骨,如頸椎間盤、腰椎間盤。中央是灰白色的膠狀物,富有彈性;四周是軟骨環,富有韌性。有承受壓力、緩衝震盪、使脊柱能活動等作用。

頸椎 脊柱頸段七個以上關節相互連接的椎骨。椎體較小。

胸椎 構成脊椎胸段的十二個脊椎骨。與肋骨一起構成胸廓。

腰椎 構成脊柱腰段的五個椎骨的總稱。是軀體活動和承擔重量的支柱。

髂骨 腰部下面腹部兩側的一對骨,略呈長方形,下緣與恥骨和坐骨相連。也叫**腸骨**。

骨盆 連接於脊椎和下肢間的骨架,由髖骨、骶骨和尾骨組成,狀似盆。有支撐脊柱和保護膀胱等臟器的作用。

髖骨 組成骨盆的左右一對扁板狀骨骼。髖骨的外側有一個深窩,稱作髖臼,與股骨構成髖關節。

恥骨 骨盆下部靠近外生殖器的骨。左右兩塊結合在一起,形狀不規則。

坐骨 人坐時支持上身重量的左右一對半圓形的骨。

骶骨 腰椎下部由五個骶椎合成的骨。呈彎曲的倒三角形,上部與第五腰椎相連,下部與尾骨相連。也叫**骶椎;薦骨;薦椎**。

尾骨　由四至五個尾椎連結而成的脊柱末端。呈三角形，底向上，接骶骨尖。

胸骨　胸廓前正中的由柄、體和劍突三部分組成的長形扁骨。胸骨兩側與鎖骨和肋軟骨相接。

肋骨　胸段脊柱兩側一系列弓形扁骨條，共有十二對。自上而下第一～七對由肋軟骨連於胸骨，稱眞肋；第八～十二對與胸骨不相連，稱假肋；第十一～十二對肋骨的前端游離於腹腔的肌層中，稱浮肋。肋骨和胸骨、脊柱圍成胸廓，起保護胸腔內臟的作用。

肋巴骨　〈方〉肋骨。

肋條　〈方〉肋骨。

鎖骨　連接胸骨和肩胛骨的一對「S」形長骨。能支撐肩胛骨，使肩關節與胸廓之間保持一定的距離，以利上肢靈活地運動。

肩胛骨　胸廓最上部外側一對扁薄而不規則的三角形骨板。與肱骨、鎖骨構成肩關節。也叫胛骨。

琵琶骨　〈方〉肩胛骨。

肱骨　上臂的長骨。上端是一個半球形的頭，稱作肱骨頭，與肩胛骨連結成肩關節；下端與尺骨、橈骨相連，形成肘關節。

橈骨　前臂靠拇指一側的長骨之一。上端呈圓盤形，與肱骨下端、尺骨上端構成肘關節；下端似四邊形，與尺骨下端、腕骨構成腕關節。

尺骨　前臂靠小手指一側與橈骨平行的長管狀骨之一。上端粗大，與肱骨下端、橈骨上端構成肘關節；下端較小，與腕骨相接。

腕骨　構成腕部的八塊短骨。與前臂尺骨、橈骨組成關節的有舟骨、月骨、三角骨和豌豆骨；與手部掌骨組成關節的有大多角骨、小多角骨、頭狀骨和鈎狀骨。

掌骨　手部腕骨和指骨間的五塊小型長骨。呈小管狀。一端和腕骨相連，另一端和指骨構成掌指關節。

指骨　手指十四塊小型長骨。呈小管狀。拇指二節，其餘均爲三節。指骨與掌骨之間、指骨各節之間都有韌帶聯繫，組成關節，能作伸屈運動，便於拿東西。

股骨　大腿骨。是人體最長的管狀骨。上端與髖骨相連，構成髖骨節；下端與脛骨相連，會同髕骨構成膝關節。

脛骨　小腿內側呈三棱柱形的長管狀骨。上端與股骨下端、髕骨構成膝關節；下端與足部的距骨及小腿腓骨構成踝關節。

腓骨　小腿外側長管狀骨。上端與脛骨上端緊連；下端與足部的距骨以及脛骨下端構成踝關節。

髕骨　膝蓋部的一塊略呈扁栗形的骨，能隨肌肉的鬆緊而上下移動。也叫**膝蓋骨**。

跗骨　足後半部的七塊短骨。即距骨、跟骨、舟骨、骰骨和三塊楔骨。彼此之間有關節面相連。距骨與脛骨、腓骨組成踝關節。

蹠骨　蹠骨　跗骨與趾骨間的五塊小型長骨。與跗骨、足底韌帶、肌腱等構成向上凸的足弓。

趾骨　足趾十四塊小型長骨。拇趾二節，其餘爲三節。趾骨之間有趾關節，能作屈伸動作。

C1－9 名：　肌肉

肌肉　人和動物體內附著在骨骼上的或構成內臟的柔軟物質，主要由肌細胞組成。具有收縮特性，引起器官的運動。可分爲橫紋肌、平滑肌和心肌三種。平時所說的肌肉指橫紋肌。也叫**筋肉**。

肌　肌肉：肌膚／面黃肌瘦。

筋　肌：筋肉／抽筋(筋肉痙攣)。

肉　肌肉：皮開肉綻／他胖得一臉是肉。

肌纖維　即肌細胞。肌細胞細長呈纖維狀，故名。許多肌纖維組成一個肌束，許多肌束組成一塊肌肉。

骨骼肌　由許多肌細胞合成的肌肉，一般呈紡錘

形。骨骼肌的肌細胞呈纖維狀,上面有明暗
相間的橫紋,舉手、抬腳、轉頭、彎腰等運動,都
是由骨骼肌很快地收縮所引起的。按部位可
以分爲頭肌、頸肌、軀幹肌和四肢肌。也叫**橫
紋肌;隨意肌**。

平滑肌 沒有橫紋、比較平滑的肌肉。平滑肌的
細胞呈梭形,分布在胃、腸、膀胱等內臟的壁
裡,收縮較緩慢。它的運動不受人的意志的
支配。也叫**不隨意肌**。

心肌 心臟特有的肌肉組織。肌細胞呈短圓柱
形,各個肌細胞之間有互相連接的分枝。能
自動地有節律地收縮和舒張,心臟的搏動,即
由心肌收縮引起的。

筋絡 和骨節相連的筋肉。

腱子 小腿上肌肉發達的部分。

頭肌 分爲表情肌和咀嚼肌。表情肌分布在口
和眼的周圍,收縮時面部皮膚出現各種皺紋,
改變口、眼的形狀,表示喜怒哀樂。咀嚼肌是
運動下頜關節,進行咀嚼的肌肉。

頸肌 頸淺肌、舌骨上、下肌及頸深肌三群肌肉
的總稱。頸淺肌能使頭部運動,頸深肌能使
頸椎運動。

大胸肌 覆蓋胸廓前壁淺層大部的肌肉。收縮
時,可以引起上肢的運動,也參與深吸氣。

肋間肌 肋骨之間的肌肉。其作用是在呼吸時
使肋骨上下移動。

腹肌 胸廓下緣和骨盆之間的腹部肌肉。分前
外側群和後群兩部。收縮時,能使軀幹向前
彎曲,做「仰臥起坐」的動作。

背肌 軀幹後面分層排列的肌肉。分深、淺兩
層。有使臂轉動、維持人體直立姿勢等作用。

上肢肌 肩帶肌、臂肌、前臂肌、手肌的總稱。肩
帶肌運動肩關節,臂肌運動肘關節,前臂肌運
動腕關節和手關節,手肌能使手指靈活運動。

下肢肌 髖肌、大腿肌、小腿肌、足肌的總稱。髖
肌能使大腿後伸和向外轉動;大腿肌能使膝

伸直;小腿肌收縮時能提起足跟;足肌有維持
足弓的作用。

C1－10 名：　皮膚

皮膚 包在全身表面的組織。由表皮、眞皮、皮
下組織三層組成。有保護身體、調節體溫、排
泄汗液等作用。

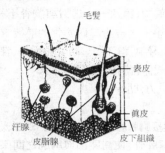

人的皮膚

眞皮 人體表皮下內有汗腺、毛囊、皮脂腺等的
結締組織,含有許多彈性纖維。

表皮 皮膚的表面層。由有保護作用的角質層
和具有分裂增生能力的基層組成。

浮皮兒 表皮。

皮 人或生物體表面的一層組織;皮膚:碰破一
層皮/植皮。

皮層 人或生物體組織表面的一層:腎臟皮層/
大腦皮層。

膚 皮膚:切膚之痛/體無完膚。

肉皮兒 〈方〉人的皮膚:她把臉洗了又洗,肉皮
兒還是黑的。

肌膚 〈書〉肌肉皮膚。也專指身體表層的皮膚:
冰霜如刀,侵人肌膚。

皮下組織 眞皮下面疏鬆的結締組織。含有較
多的脂肪,其中有血管、淋巴管、神經等。

皮脂腺 在眞皮中能分泌皮脂的腺體,多爲囊
狀。分泌出來的油脂,能潤澤皮膚和毛髮。

汗腺 分泌汗液的腺體。

汗孔 汗腺開在皮膚表面的口子,是排泄汗液、

調節體溫的孔道。也叫**毛孔**。

毛囊 毛髮根部皮膚低陷處的囊。

C1－11 名： 毛髮

毛 人體皮膚的附屬器官,表皮的衍化物,呈絲
狀:汗毛／眉毛。

汗毛 皮膚表面的細毛。□寒毛。

眉毛 眼眶上緣生長的毛。

眉 眉毛:濃眉／眉清目秀／愁眉苦臉。

睫毛 生長在眼瞼上下邊緣的毛。

眼睫毛 〈口〉睫毛。

睫 眼睫毛:目不交睫。

眉睫 眉毛和睫毛。多用於比喻近在眼前:迫在
眉睫。

腋毛 腋部生長的毛。

陰毛 人的陰部周圍的毛。一般正常的男女到
成熟期後都會生長。

頭髮 覆蓋在人的額頭、耳朵和後頸以上的毛。

髮 頭髮:理髮／白髮／一髮千鈞。

頭 指頭髮或所留頭髮的式樣:梳頭／剃頭／平
頭／分頭。

胎髮 初生嬰兒未剃過的頭髮。

胎毛 胎髮。也指初離母體的哺乳動物的毛。

鬢角 鬢腳 耳前生長頭髮的部位。也指長在那
裡的頭髮:汗水順著鬢角往下流。

鬢 長在鬢角上的頭髮。

鬢 鬢角:兩鬢斑白。

毛髮 ❶人體上的毛和頭髮:毛髮悚然。❷特指
頭髮:頭頂上留著的那堆毛髮,被風吹豎起來
了。

髭鬚 生長在嘴周圍及兩頰下半部的毛。

鬍子 髭鬚。

鬚 本指生長在下巴上的鬍子。泛指鬍鬚:留長
鬚。

鬚髮 鬍鬚和頭髮:鬚髮皆白。

髭 嘴的上邊的鬍子:兩撇短髭。

髯 原指兩腮上生的毛。泛指鬍子:白髮蒼髯。

C2　頭部・面部

C2－1 名： 頭

頭 人體上端長著耳、眼、鼻、口等器官的部分(圖
見C1「身體」):頭像／滿頭白髮／抬起頭來。

首 頭:俯首／搔首／昂首闊步。

頭顱 頭:拋頭顱,灑熱血。

腦袋 〈口〉❶頭。❷腦筋。

腦袋瓜 〈方〉腦袋。也說**腦袋瓜子;腦瓜子;腦
瓜兒**。

腦殼 〈方〉頭。

顱 頭的上部。由腦顱骨構成,內部為顱腔,容
納和保護腦。也叫**顱腦;腦顱**。

頂 人體的最高部位;頭頂:頂骨／禿頂／滅頂之
災。

頭頂 頭的頂部。

頂門兒 頭頂前面的部分:頂門兒發光。

囟門 在頭頂前部的中央處。新生兒顱骨未發
育完全,由結締組織膜所充填的間隙。也叫
囟腦門兒。

頭囟兒 〈方〉囟門。

顳顬 腦袋兩側靠近耳朵上方的部位。

腦勺 〈方〉人頭後面突出的部分。也叫**腦勺子;
後腦勺子**。

C2－2 名： 面

面 頭的前部;臉:滿面笑容／面紅耳赤。

臉 頭的前部,兩耳以前,從額到下巴:臉色／愁
眉苦臉。

面孔 臉:板著面孔。

臉面 臉:臉面被火燒傷。

顏面 臉;面容:顏面神經麻痺／修飾顏面上的
缺陷。

顏　臉；臉上的表情：容顏／開顏／和顏悅色／強
　　顏歡笑。

臉膛兒　〈方〉臉：黑臉膛兒／四方臉膛兒。

臉蛋兒　臉的兩旁部分，也泛指臉(多用於年幼
　　的人)：那小姑娘的臉蛋兒凍得通紅。也說臉
　　蛋子。

臉盤兒　臉的形狀、輪廓：方臉盤兒／圓臉盤兒。
　　也說臉龐兒。

面龐　面孔；臉龐兒：面龐消瘦／那孩子生得圓
　　面龐，大眼睛。

C2－3 名：　面的各部

額　頭髮之下眉毛之上的部位。也叫額頭；腦門
　　子；前額。

天庭　指兩眉之間，前額中央的部位：天庭飽滿。

額角　額的兩側：額角上滿是汗珠。

眉棱　前額下生眉毛的部位：她眉棱上有一顆
　　痣。

眉頭　左右兩眉相近的部位：蹙著眉頭／眉頭一
　　皺，計上心來。

眉梢　眉毛的尾部：喜上眉梢。

眉心　兩眉之間：眉心有一顆紅痣。

眉宇　〈書〉兩眉上端：愁上眉宇／凜然正氣充溢
　　眉宇。

太陽穴　眉梢後、鬢角前的穴位。

頰　從眼到下巴的部分：兩頰緋紅。

腮　頰的下半部：抓耳撓腮。也叫腮頰。

腮幫子　〈口〉腮。

酒窩　酒渦　笑時雙頰下方出現的小窩。也叫笑
　　窩　笑渦。

酒靨　〈方〉酒窩。

笑靨　〈書〉❶酒窩兒。❷笑臉。

下頦　在嘴的下方、臉的最低部分。通稱下巴；
　　下巴頦兒。

嘴巴　指嘴附近的臉頰：打嘴巴／嘴巴上有一顆
　　痣。也叫嘴巴子。

五官　指眼、耳、鼻、口、身。醫學上專指臉上的
　　器官：五官科／五官端正。

七竅　指兩耳、兩眼、兩鼻孔和口，共七個孔。

C2－4 名：　眼

眼　視覺器官。由眼球及其輔助器官組成：眼光
　　／心明眼亮。

眼睛　眼的通稱。

目　眼：目不轉睛／有目共睹。

眼目　眼睛：避人眼目／燈光強烈，炫人眼目。

肉眼　❶人的眼睛(表明視力上不靠光學儀器的
　　幫助)：細菌是肉眼看不到的。❷指平凡的眼
　　力：凡夫肉眼。

眸子　瞳人。泛指眼睛：眸子烏黑，炯炯有神。

眸　眸子：凝眸遠望／明眸皓齒。

眼窩　眼球所在的凹陷的部分。

眼眶　❶眼睛周圍的部位：輕輕揉了揉眼眶。❷
　　眼皮邊緣圍成的框兒：眼眶裡噙著淚珠。也
　　叫眼眶子。

眶　眼眶：熱淚盈眶／眼淚奪眶而出。

眼圈　眼眶：眼圈兒發青。也叫眼圈子。

眼瞼　眼球前方能開閉的皮，邊緣長著睫毛，對
　　眼球有保護作用：她眼瞼裡閃著淚光。也叫
　　瞼。

眼皮　眼瞼的通稱：他睏得眼皮都睜不開了。也
　　叫眼皮子。

眼簾　眼皮。也指眼裡：映入我們眼簾的是新建
　　的高樓群。

眼泡　上眼皮：他的眼泡有一點浮腫。

單眼皮　眼睛瞼板與上瞼皮膚沒有纖維牽連，睜
　　眼時沒有圓弧形的重瞼線。

雙眼皮　眼睛瞼板與上瞼皮膚有機牽連，睜眼時
　　形成一條圓弧形重瞼線：她經過整容，單眼皮
　　變成了雙眼皮。

眥　上下眼瞼的接合處。靠近鼻子的叫內眥，靠
　　近兩鬢的叫外眥。通稱眼角：目眥儘裂／雙眥

流血。

眼角　眦的通稱。內眦叫大眼角,外眦叫小眼角:他眼角有很多皺紋。

眼犄角兒　〈方〉眼角:他沒有洗臉,眼犄角兒掛著一坨眼屎。

眼梢　**眼稍**　外眦,小眼角:她常拿眼梢看人。

C2-5 名：　眼球

眼球　眼的主要部分,略呈圓球形。位於眼眶內,後面由視神經連於腦。外部由角膜、鞏膜、脈絡膜、視網膜等薄膜構成,內部有水狀液、晶狀體和玻璃體,中央有一瞳孔。外界物體,借光線反射,通過瞳孔,在視網膜上構成物像,刺激視神經發生興奮,興奮傳遞到中樞神經即產生視覺。

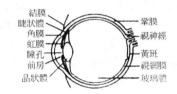

眼球水平切面圖

眼珠　〈口〉眼球的通稱。也叫**眼珠子**。

睛　眼珠子:目不轉睛／定睛一看。

黑眼珠　眼球上黑色的部分。

白眼珠　眼球上白色的部分。

眼白　〈方〉白眼珠。

角膜　眼球壁外層的透明薄膜。在眼球的前面,呈圓形,由無血管的結締組織構成。前面微微凸起,似球面弧形,有屈光作用。內有豐富的感覺神經末梢,後部與鞏膜相連。

鞏膜　眼球壁外層後部的一層纖維膜。色白,不透明,較堅韌,表面有肌肉附著,後端有視神經穿過。前面與角膜相連,有保護眼球內部組織的作用。

結膜　鞏膜表面和上下眼瞼內面的一層黏膜。鞏膜表面上的是球結膜,上下眼瞼內面的是

瞼結膜。能分泌黏液,使眼球滑潤,減少摩擦,便於轉動。也叫**結合膜**。

虹膜　眼球壁中階的扁圓形環狀薄膜。在眼球前面角膜和晶狀體之間,由結締組織細胞、肌纖維等組成,中間是瞳孔。虹膜所含色素的多少決定眼球顏色的深淺。

瞳孔　虹膜中央的小圓孔。光線由此進入眼內。瞳孔可隨光線的強弱而縮小或放大。瞳孔能映入面前的人像,因此通稱**瞳人;瞳仁**。

視網膜　眼球壁最內層的薄膜。分視部和盲部兩部分:貼在脈絡膜內有感光作用的是視網膜視部,貼在虹膜和睫狀體內沒有感光作用的是視網膜盲部。兩部分交界處有鋸齒形邊緣。後面有隆起的視神經乳頭。簡稱**網膜**。

黃斑　視網膜正中央的一部分,在視神經乳頭外側,為卵圓形黃色斑,中央有一淺凹,感光最敏銳。黃斑正對瞳孔,物體的影像透過瞳孔正落在黃斑時,看得最清楚。又稱中央小窩。

盲點　視網膜上的一點,與黃斑相鄰,沒有感光細胞,物體的影像落在盲點上不能引起視覺。

視神經　又稱「第二對腦神經」,是傳導眼球光刺激的感覺性神經。由間腦的底部發出,末端分布在眼球的視網膜上。能把視覺的刺激傳遞到大腦皮層的視覺中樞。

脈絡膜　在鞏膜和視網膜之間的一層薄膜。呈棕紅色,由纖維組織、小血管和毛細血管組成。能吸收眼內分散的光線,以免視覺受到擾亂。

睫狀體　眼血管膜中部的肥厚部分。內有平滑肌組成的叫睫狀肌。睫狀體的功用是產生水狀液,並以舒張和收縮來調節眼的屈光能力。

水狀液　睫狀體所產生的無色透明的液體,能給眼球內組織提供營養。

晶狀體　眼球的重要折光裝置之一。位於虹膜之後、玻璃體之前,是雙凸圓形透明體,富有彈性。受睫狀肌的調節而改變凸度,能使不

同距離的物體影像清晰地投射在視網膜上。也叫**水晶體**。

玻璃體　充滿在晶狀體和視網膜之間的無色透明的膠狀物質，在眼球內起支撐視網膜的作用。

眼底　指用某種光學器械通過瞳孔所能觀察到的眼內底部，如視網膜、脈絡膜、視神經乳頭等。

眼壓　眼球內部液體等對眼球壁的壓力。正常情況下，眼壓在十三～二十八毫米水銀柱之間，過高或過低都會影響眼球機能。也叫**眼內壓**。

淚器　眼球的保護裝置。包括淚腺、淚小管和淚囊三部分。淚腺經常分泌淚液，借助眨眼活動，有保持眼球表面濕潤，清洗眼球的作用。

C2－6 名：　耳

耳　❶有聽覺和平衡功能的器官。分爲外耳、中耳、內耳三部分：耳聰目明／以耳代目。❷單指耳郭：兩耳垂肩／耳環。

耳朵　耳的通稱：一把揪住孩子的耳朵／這小伙子耳朵挺靈。

外耳　耳的最外面部分，由耳郭、外耳道和鼓膜組成，有收集音波和向內傳入的作用。

耳郭　外耳突出在外的部分，主要由軟骨構成，起收集聲波的作用。也叫**耳廓**。

耳輪　耳郭的邊緣，向前微微捲。

耳垂　耳郭下端的肥厚部分。也叫**耳朵垂兒**。

耳根　耳朵的根部。也指耳朵：她低聲說，聲音有些顫抖，連耳根也紅了／耳根清靜。也說**耳根子**。

外聽道　由耳郭通到鼓膜略呈S形彎曲的管道，表皮上面有絨毛，皮下有皮脂腺，能將聲波向裡傳入。也叫**外耳道**。

外耳門　外耳道的外開口，圓形，內連外耳道，外接耳郭。也叫**耳孔**。

耳朵眼兒　❶外耳門的通稱。❷爲了戴耳環而在耳垂上扎的孔。

耳屏　外耳門前面的突起，起遮蔽作用，不使風沙直接吹入耳內。

耳穴　耳郭上各穴位的統稱。醫理上認爲凡人體某一部分病變時，就會反映在耳郭的一定部位上。這個部位就是耳針治療的穴位。

鼓膜　外耳道和中耳之間的一層卵圓形半透明薄膜，外層爲皮膚，內層爲黏膜，內面與聽小骨相連。外來的聲波振動鼓膜，通過聽小骨傳到內耳，引起聽覺。也叫**耳鼓**；**耳膜**。

中耳　耳的傳導部分。位於外耳和內耳之間，由鼓室、咽鼓管和乳突小房組成。有傳導聲波和增大聲強的作用。

鼓室　中耳的主要部分。由顳骨岩部顳鱗、鼓部及鼓膜圍成的含氣小腔。內有三塊聽小骨、肌肉、血管和神經，是傳導聲波的重要結構。

聽骨　錘骨、砧骨、鐙骨三塊聽小骨的合稱。位於中耳裡面，能把鼓膜的振動傳給內耳，又具有增大聲強作用。

錘骨　中耳的聽骨之一，狀如錘子。緊貼鼓膜，能把聲音的振動傳給砧骨和鐙骨。

砧骨　中耳的聽骨之一，狀如鐵砧。外端和錘骨相連，內端和鐙骨相連，參與將聲音從外耳傳遞到內耳。

鐙骨　中耳的聽骨之一，狀如馬鐙。外面和砧骨相連，裡面的一端和內耳相連，參與將聲音傳遞到內耳。

耳咽管　連通咽腔和鼓室使鼓室內氣壓與外界大氣壓保持平衡的扁管。耳咽管咽口平時封閉，如遇外界巨響，氣壓突然增高，應張大口腔，或堵住外耳，使鼓膜兩側氣壓平衡，以防破裂。也叫**咽鼓管**。

內耳　耳最裡面的部分，位於顳骨骨質內，由前庭半規管和耳蝸三部分構成主管聽覺和平衡感覺。又稱**迷路**。

前庭 內耳的一部分。在內耳中部半規管和耳蝸之間，外側和下側都有孔。內部有兩個囊狀物，囊內有聽神經。可保持身體平衡。

半規管 內耳的一部分。在內耳後上方，由三個半圓形的管子構成。是保持身體平衡的感覺器官。

耳蝸 內耳的一部分。在內耳的最前部，形狀像蝸牛殼，故名。內有聽神經，是聽覺的感受器。

C2－7 名：鼻·咽·喉

鼻 嗅覺器官，也是呼吸器官的開頭部分。鼻的外部長在臉的中央，隆起，有兩個孔；內部是鼻腔，和咽喉相通：鼻音／嗤之以鼻／鷹鼻鷂眼。

鼻子 鼻的通稱。

鼻頭 〈方〉鼻子。

天中 〈書〉鼻子。

鼻孔 鼻的兩個孔，是鼻腔與外面相通的孔道。

鼻子眼兒 〈口〉鼻孔。

鼻觀 〈書〉鼻孔。

鼻梁 鼻子的隆起部分，上端細窄，下端粗、寬、高。也叫**鼻梁子**。

隆準 〈書〉高鼻梁。

鼻翼 鼻尖兩旁、內有孔道的部分。通稱**鼻翅兒**。

鼻尖 鼻子末端最高的部分。

鼻窪 鼻翼後下方凹下去的部分。也叫**鼻窪子**。

鼻腔 鼻內部由骨和軟骨圍成的空腔，被鼻中分隔成左右二腔。前段長有鼻毛，內面覆蓋著黏膜，黏膜中有嗅覺細胞，主管嗅覺。鼻腔還有調節吸入空氣的溫度和濕度以及協助發音等作用。

鼻旁竇 鼻腔周圍含有空氣的骨質空腔。共有額竇、篩竇、蝶竇、上頜竇等四對，都有口子和鼻腔相通。鼻竇除配合鼻進行呼吸外，主要作用是協助發音，能將喉部發出的聲音加以擴大、調和，產生共鳴，成為正常的聲音。通稱**鼻竇**。也叫**副鼻竇**。

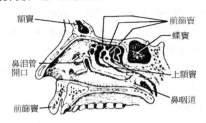

額竇　　　　　　前篩竇
　　　　　　　　蝶竇
鼻泪管
開口　　　　　　上頜竇
　　　　　　　　鼻咽道
前篩竇

鼻旁竇

鼻中隔 由骨、軟骨和黏膜構成的組織，把鼻腔分為左右兩部分。

鼻甲 一種骨組織，左右鼻腔內都有上鼻甲、中鼻甲和下鼻甲各一個，把鼻腔分成窄縫，使吸入的氣流變得緩慢。

咽 呼吸道和消化道的共同通道。位於鼻腔、口腔、喉和食管的交叉口。上段跟鼻腔相對叫鼻咽，中段跟口腔相對叫口咽，下段在喉的後部叫喉咽。咽的功能是：呼吸時，空氣從鼻腔經咽進入喉和氣管；吞咽時，喉上提，會厭軟骨蓋住喉口，食物經咽進入食管；又喉部發出的聲音在咽部產生共振，使音色得到調節。也叫**咽頭**。

喉 位於咽和氣管之間的部分，由甲狀軟骨、環狀軟骨、會厭軟骨和筋膜、肌肉等構成。內部左右兩側各有一條聲帶。喉是呼吸器官的一部分，又兼有發音功能。也叫**喉頭**。

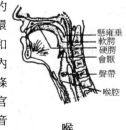

懸雍垂
軟腭
硬腭
會厭
聲帶

喉腔

喉

喉結 成年男子頸前上部由甲狀軟骨構成的突起物。也叫**結喉**。

下巴勒嗉 〈方〉喉結。

聲帶 發音器官的主要部分，是附在喉腔中部勻

狀軟骨上的兩條帶狀的纖維質薄膜。色白，表面光滑。聲音是由於肺內呼出空氣振動聲帶、加上鼻腔、口腔等共鳴而發生的。聲帶的長短、厚薄和鬆緊，影響聲調的高低。

咽喉 咽和喉的並稱：咽喉的外圍肌筋在發音時是極度緊張的。

喉嚨 ❶咽喉：從喉嚨裡發出歌聲來。❷指嗓音：提高了喉嚨，大叫起來。

吭 喉嚨：引吭高歌。

嗓 喉嚨。也指嗓音：喝一口水，潤潤嗓／她的嗓不大，帶著腔音兒。也說**嗓子**。

C2-8 名：　口‧口腔‧舌

口 飲食和說話的器官：張口吃飯／良藥苦口。通稱**嘴**。

嘴巴 〈方〉嘴：腫得嘴巴都張不開了。

嘴頭 〈方〉嘴(指說話時的)：嘴頭兒說得好聽。也叫**嘴頭子**。

唇 嘴周圍的肌肉組織。通稱**嘴唇**。

嘴皮子 〈口〉嘴唇(多就能言善道而言，帶貶意)：耍嘴皮子／她那嘴皮子可厲害啦。

嘴角 上下嘴唇兩邊相連的部分：嘴角上帶有笑意。

口角 嘴邊：口角流涎。

人中 上唇正中緊接鼻中膈底下凹平的部分。

口腔 消化系統的開始部分。前面有唇，兩側是頰，裡面的頂部是硬腭和軟腭，底部有口底肌和黏膜，向後部位是咽喉。口腔內有牙齒、舌

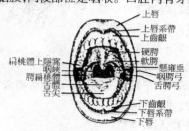

口　腔

頭、唾腺等器官，具有吮吸、咀嚼、嘗味、吞咽和幫助發音等多種功能。

頜 口腔上部和下部的骨頭和肌肉組織。

上頜 口腔的上部。也叫**上顎**

下頜 口腔的下部。也叫**下顎**。通稱下巴。

牙關 指上頜和下頜之間的關節：牙關緊閉。

腭 口腔的頂壁。前部由骨和肌肉構成，叫**硬腭**；後部由結締組織和肌肉構成，叫**軟腭**。通稱**上膛**。(圖見C26「喉」)

舌 口腔底部一種表面充滿黏膜、能靈活運動的肌肉性器官。分為舌體和舌根。上面長有許多舌乳頭，覆蓋著一層舌苔。舌表面有味蕾，能辨別滋味，幫助咀嚼、吞咽和發音。也叫**舌頭**。

懸雍垂 軟腭後部中央下垂的圓錐形肌肉突起。體小。在吞咽時，隨軟腭向上收縮，閉塞鼻腔通路，防止食物進入，引起嗆食。通稱**小舌**。

唾液腺 口腔內分泌唾液的消化腺。有腮腺、頜下腺和舌下腺三對。分泌的唾液含有澱粉酶，能使食物中的澱粉分解，經導管進入口腔，濕潤口腔，便於吞咽。也叫**唾腺**。

腮腺 唾液腺中最大的一對，在兩耳下部，質軟，色淡黃，似三角形。分泌的唾液含大量的消化酶。也叫**耳下腺**。

頜下腺 下頜部分泌唾液的腺體，左右各一，有導管通口腔。

舌下腺 位於口腔底部舌下方分泌唾液的腺體，左右各一。

舌乳頭 舌上面黏膜形成許多細小的突起，稱舌乳頭。分為絲狀乳頭、菌狀乳頭、輪廓乳頭和葉狀乳頭。

味蕾 味覺刺激的感受器。分布在舌乳頭、腭、咽等處的上皮內。頂端有一小孔，內有味覺細胞。當溶解的食物進入小孔時，味覺細胞受到刺激而興奮，經神經傳到大腦而產生味覺。不同的味蕾，可以接受不同的味道。

舌苔 覆蓋在舌頭表面的一層苔狀物。由舌的脫落細胞、食物殘渣和唾液等組成。健康人舌質紅潤,舌苔薄白,乾濕適中。有病時舌苔會出現變黃、白、灰、黑以及厚、膩等情況。可據以診斷病情。

C2 - 9 名: 牙齒

牙齒 口腔裡由堅固的骨組織和釉質構成的器官。用於磨碎和咀嚼食物,又有輔助發音和保持面容外形的作用。每個牙齒可分三部分:暴露在口腔內的是牙冠;鑲嵌在上下頜骨的牙槽裡的是牙根;牙冠和牙根之間那一部分是牙頸。牙頸外面包著的黏膜組織是牙齦。按部位和形狀的不同,分為門齒、犬齒、前臼齒和臼齒。

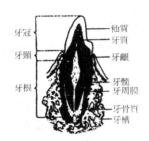

牙 齒

牙 牙齒:大牙/鑲牙/刷牙。

齒 牙齒:齒根/臼齒/明眸皓齒。

齒齦 包圍齒頸和覆蓋在牙槽骨邊緣區的黏膜組織。粉紅色,內有很多血管和神經。也叫**牙齦**。

牙床 齒齦的通稱。

牙床子 〈方〉齒齦。

牙花 〈方〉齒齦。也叫**牙花子**。

齒腔 牙齒當中的空腔,腔內有齒髓。

齒髓 齒腔中的疏鬆結締組織。分冠髓和根髓。含有血管和神經。

牙質 牙齒的主要組成部分。比骨堅硬而密致,在齒髓的外面,釉質的裡面,由許多纖細的小管構成。也叫**象牙質**。

釉質 齒冠表面的一層半透明的鈣化組織。主要成分是碳酸鈣、磷酸鈣、氟和一些有機質。也叫**琺瑯質**。

乳齒 嬰兒出生後不久長出來的牙齒。六～九個月時開始萌出,到二～三歲長全,共二十個。六～八歲時乳齒開始脫落。也叫**奶牙**;**乳牙**。

恆齒 人的乳齒脫落後長出的永久性的牙齒。也叫**恆牙**。

門齒 上下頜前方中央部位的牙齒。上下各四枚,齒冠呈鑿形,便於切斷食物。通稱**門牙**。

犬齒 在門齒的兩側,上下頜各二枚,齒冠銳利,易於撕裂食物。也叫**犬牙**;**尖牙**。

虎牙 〈口〉突出的犬牙。

臼齒 口腔後方兩側的牙齒,上下頜各六個,用於咀嚼磨碎食物。也叫**磨牙**;通稱**槽牙**。

前臼齒 在犬牙後面、臼齒前面的牙齒,上下頜各四個,用於磨碎食物。也叫**雙尖牙**。

智齒 最後面的臼牙。一般在十八～三十歲才長出來,有些人的智齒終生長不出來。也叫**智牙**。

儘根牙 人一般在20歲時長的最後兩個磨牙。

大牙 ❶門牙:笑掉了大牙。❷槽牙。

板牙 〈方〉❶門齒。❷臼牙。

C3   軀幹和四肢

C3 - 1 名: 頸

頸 頭和軀幹相連接的部分:刎頸。也叫**頸項**。

脖 頸。也說**脖子**。

項 頸的後部:強項/項背相望。

脖頸 脖梗 頸項:他跑上去抱住爸爸的脖梗兒/把花環戴在代表團成員的脖頸上。也叫**脖**

頸子;脖梗子。

領 頸:領巾/引領而望。

C3－2 名： 肩

肩 肩膀:並肩/聳肩/重擔在肩。

肩膀 胳膊和軀幹相連的部分:寬肩膀。

膀 肩膀:膀闊腰圓。

肩胛 ❶肩膀。❷醫學上指肩膀的後部。

肩頭 〈方〉肩膀。

肩窩 肩膀上凹下去的部分。

C3－3 名： 背

背 軀幹的後部,跟胸和腹相對:駝背/汗流浹背。

背脊 背部。也叫**脊背**。

脊樑 〈方〉脊背:脊樑骨。

C3－4 名： 腰

腰 身體當中脅下胯上的部分:彎腰/伸腰/虎背熊腰。

腰桿 腰部:把腰桿挺直/伸一伸腰桿。也叫**腰桿子**。

腰身 腰部(就粗細而言):腰身苗條。

腰眼 腰後脊椎骨兩側胯骨上面的部位:腰眼上被撞了一下。

腰板 腰和背,多就姿勢說。也借指體格:老爺爺挺著腰板兒走路/他快八十了,腰板倒還挺硬朗的。

C3－5 名： 臀·胯

臀 人體後面腰下股上的部分:坐時要把臀部放平。

屁股 〈口〉臀:打屁股/摔了個屁股蹲兒。

腚 〈方〉臀部:光著腚。

胯 腰的兩側和大腿之間的部分:胯骨/胯下。

會陰 骨盆下方,在外生殖器後、肛門前,兩腿之

間的部分。

C3－6 名： 胸

胸 人體軀幹的前部;在頸下腹上:胸圍/挺胸。

胸膛 胸:挺起胸膛。

胸脯 胸部。也叫**胸脯子**。

肋 胸脯的側面:兩肋/左肋。

脅 腋下腰上的部分:兩脅/脅下夾著一把傘。

胸口 胸骨下端周圍的部分:胸口痛/不要敞開胸口。也叫**心口**。

乳房 位於胸前部左右乳腺集中的膨大部分。為人和哺乳動物所特有的哺乳器官。由皮膚、乳腺和脂肪組織構成。成熟的女子的乳房顯著隆起。

乳 乳房:兩乳隆起/乳罩。

奶 乳房:奶罩。

奶子 〈方〉乳房。

乳頭 乳房上圓形的突起,頂端有輸乳管的開口。

奶頭 〈口〉乳頭。

乳暈 乳頭周圍色素沈著區。內富有皮脂腺。

乳腺 乳房內的一對皮脂腺。發育成熟的女子乳腺發達,分娩後開始分泌乳汁。

C3－7 名： 腹

腹 軀幹的一部分。介於胸和骨盆之間,包括腹壁、腹腔及其內臟:腹瀉/大腹便便。

肚子 腹的通稱:拉肚子/大肚子。

肚 肚子:肚大腰圓/挺胸凸肚。

肚皮 〈方〉肚子:肚皮隆起/肚皮裡長了一個瘤。

肚臍 肚子中間臍帶脫落的地方。也叫**肚臍眼兒**。

臍 肚臍:臍帶/噬臍莫及。

臍帶 胚胎與胎盤間的帶狀聯繫結構。有兩條臍動脈和一條臍靜脈通過臍帶,是胚胎吸取

養料和排出廢料的通道。

小腹 肚臍以下大腿以上的部分。俗稱**小肚子**。

丹田 指肚臍下面一寸半到三寸的地方。

C3－8 名： 體腔‧內臟（一般）

體腔 體壁與內臟器官之間的空腔。包括胸腔和腹腔。

胸腔 由胸椎、胸骨、肋骨和肋間肌肉等圍成的空腔。上部跟頸相連，下部有橫膈膜與腹腔隔開。也叫**胸廓**。

腔 胸腔：胸腔／開腔。

膈 隔開胸腔和腹腔的肌膜結構。參與呼吸運動，吸氣時膈下降，呼氣時膈上升。也叫**膈膜；橫膈膜**。

腹腔 體腔的一部分。上連胸腔，下接骨盆，前面和兩側是腹壁，後部是脊椎和腰部肌肉。內有胃、腸、胰、腎、肝、脾等器官。

盆腔 骨盆內部的空腔。上與腹腔連續，下有由肌肉和筋膜構成的漏斗形的盆隔，四面有肌肉和筋膜組成的腔壁。膀胱和尿道等泌尿器官，女子的子宮、卵巢等都在盆腔內。

內臟 體腔內器官的總稱。包括心、肺、胃、腸、肝、腎、脾等。

臟器 醫學上指胃、腸、肝、脾等內臟器官。

五臟 指肝、心、脾、肺、腎五種器官。

六腑 指胃、膽、大腸、小腸、三焦、膀胱。

臟腑 中醫對人體內部器官的總稱。心、肝、脾、肺、腎為臟，胃、膽、大腸、小腸、三焦、膀胱為腑。

臟 胸腔和腹腔內器官的統稱。包括心、肝、脾、肺、腎、胃、腸等。

腑 中醫稱胃、膽、三焦、膀胱、大腸、小腸：五臟六腑。

三焦 中醫指自舌的下部沿胸腔至腹腔的部分，為上焦、中焦、下焦的合稱。

C3－9 名： 外生殖器

外生殖器 男性的外生殖器包括陰莖和陰囊；女性的外生殖器包括陰阜、大陰唇、小陰唇、陰蒂、陰道前庭、前庭球以及前庭大腺等。也叫**陰部**。

下身 身體的下半部，有時專指陰部。

陽 指男性生殖器：壯陽／陽痿。

小便 指男子的生殖器。

陰阜 恥骨聯合前面的隆起部分，多生陰毛，皮下脂肪層發達。男性的陰莖根，女性的陰唇，都緊接在陰阜下面。

陰莖 男性的交媾器官。位於恥骨前下部，略如柱狀，稍呈三棱形，由二個陰莖海綿體和一個尿道海綿體和包在外面的皮膚組成。

屌 〈口〉陰莖。

毬 〈方〉陰莖。

龜頭 陰莖前端膨大的部分，呈圓錐形，當中有裂溝，叫尿道口。

包皮 陰莖前部包裹著龜頭的外皮，可上翻而使龜頭完全顯露。

陰囊 陰莖與會陰間內藏睪丸、附睪和精囊下部的皮膚囊袋。外皮帶黑褐色有皺襞，有少量陰毛。肉膜在中線形成陰囊中隔，分陰囊為左右兩半。中醫叫**腎囊**。

陰 生殖器。有時特指女性生殖器。

女陰 女性外生殖器。包括陰阜、大陰唇、小陰唇、陰道前庭、陰蒂等。

陰唇 女性外生殖器官的一部分。在陰阜的下面，有大陰唇和小陰唇之分。大陰唇由兩片膨滿的外皮皺襞形成兩條縱的唇狀隆起。小陰唇連接在大陰唇的內側，是兩條黏膜皺襞。

陰門 陰道的口兒。也叫**陰戶；屄**。

陰蒂 女性外陰裂前角一種小而不發達的海綿組織，相當於男性的陰莖海綿體。

C3－10 名： 上肢和下肢(一般)

上肢 上臂、前臂、腕和手的合稱。
下肢 大腿、小腿和足的合稱。
四肢 人體的兩上肢和兩下肢。
四體 〈書〉人的四肢：四體不勤，五穀不分。
肢體 ❶四肢。❷四肢和軀幹。
肢 手、腳、胳膊、腿的統稱：肢體／上肢和下肢。

C3－11 名： 臂

臂 ❶肩膀以下手腕以上的部分。分上臂和前臂，人體解剖學上多指上臂：左右臂／兩臂有力。
上臂 由肩至肘的部分。
前臂 由肘至腕的部分。
胳膊 指上臂和前臂：舉重運動員胳膊特別粗。也叫**胳臂**(注意：臂在此讀ㄅㄟ，不讀ㄅㄟ)；**臂膀**。
臂膊 〈方〉胳膊。
膊 胳膊：赤膊。
膀子 胳膊的上部靠肩的部分。也指整個胳膊：光著膀子。
膀臂 〈方〉膀子。
腋 上臂和肩膀相連接處凹進去的部分，呈窩狀：他把皮包夾在腋下。
胳肢窩 夾肢窩 腋的通稱：他把書往胳肢窩下一夾。
肘 上臂和前臂相接連處向外突起的部分：掣肘／懸肘作書／捉襟見肘。
肘子 肘：胳膊肘子。
胳膊肘 肘：捋起袖子露出胳膊肘來。也說**胳膊肘子**。
肘窩 肘關節前面凹下去的部分。
肘腋 〈書〉胳膊肘和夾肢窩。多用於比喻極近的地方或親信：變生肘腋。
腕 前臂和手掌相連接的部分，活動很靈活：懸腕／扼腕。也叫**腕子**；**手腕**；**手腕子**。
胳膊腕 腕子。也叫**胳膊腕子**。

C3－12 名： 手

手 上肢的前端部分。由腕、掌和指組成。
掌 手掌：摩拳擦掌／孤掌難鳴。
手掌 手在握拳時指尖觸及的一面。也叫**巴掌**。
手心 掌的中心部分。也叫**掌心**。
手背 手掌的反面：手背朝下。
手指 人手前端的五個條狀分支。
指 手指：屈指可數／十指連心／指頭／指頭肚兒／指甲／指甲蓋兒。
手指頭 〈口〉手指。
指頭 ❶手指頭。❷腳趾：腳指頭。
手指肚 手指第一節中間有紋理微微凸起的地方：寫字執筆要用手指肚。也叫**手指頭肚兒**；**指頭肚兒**。
指紋 手指肚上皮膚的紋理。由不同長短、形狀、粗細的紋理組成，分弓、箕、鬥三種基本類型。也指這種紋理留下來的痕跡。
指尖 手指的末端較細的部分：指尖纖細。
指甲 指尖背面的表皮角質層，有保護指尖的作用：剪指甲。
指甲蓋 指甲連著肌肉的部分。
指甲心兒 指尖指甲下跟肌肉相接連的地方。
五指 手上的五個指頭，即拇指、食指、中指、無名指和小指：伸手不見五指。
拇指 手和腳的第一個指頭。通常指手的第一個指頭。也叫**大拇指**。
拇 拇指。
大拇哥 〈方〉拇指。
食指 手的第二個指頭。
中指 手的第三個指頭。也叫**將指**。
無名指 手的第四個指頭。
小指 手的第五個指頭。
拳頭 五指向內彎曲握緊的手：他握緊拳頭，像

要動手打人。

拳 拳頭:摩拳擦掌／拳打腳踢。

C3－13 名： 腿

腿 由臀部至踝關節用來支撐身體站立和行走的部分。分大腿、小腿:盤腿而坐／足球運動員雙腿粗壯。

大腿 從臀部到膝蓋的一段。

股 大腿:股肱／懸樑刺股。

膀 〈方〉大腿。

小腿 從膝蓋到踝關節的一段。

脛 小腿。也泛指腿:不脛而走。

腹股溝 大腿和腹部相連的部位。也叫鼠蹊。

膝 大腿和小腿相連的部分。內有股骨與脛骨連結的膝關節,主要作伸直和彎屈運動。通稱膝蓋。

膕 膝部後面彎曲處。

膕窩 腿彎曲時膝後膕處形成的凹窩。

腿肚子 小腿後面隆起的由腓腸肌等組成的部分。

腓 小腿肚子。

C3－14 名： 腳

腳 腿的最下端接觸地面的部分:腳底板／腳踏實地。

腳丫 〈方〉腳;腳趾。也說腳丫子;腳鴨子。

足 腳:赤足／手舞足蹈。

腳腕 小腿和腳連接處,即腿肚下面的部分。也說腳腕子;腳腕兒。

腿腕 腳腕。也說腿腕子。

腳脖子 〈方〉腳腕子。

踝 腳腕左右兩側凸起的部分,是由脛骨和腓骨下端的膨大形成的。

內踝 踝的內側凸起部分,是由脛骨下端膨大形成的。

外踝 踝的外側凸起部分,是由腓骨下端膨大形成的。

腳掌 站立時腳接觸地面的部分。

腳板 〈方〉腳掌。也說腳底;腳底板。

腳心 腳掌的中央部分。

腳背 腳掌的背面,腳腕至腳趾的部分。也叫腳面。

跗跌 腳背。

跗面 腳面。

跖 ❶腳背上接近腳趾的部分。❷〈書〉腳掌。

腳跟 腳根 腳的後部:站穩腳跟。也說腳後跟。

腳尖 腳的最前部分。

腳趾 腳前面長短不一的分支。

趾 ❶腳趾:趾骨／足趾。❷腳:舉趾／趾高氣揚。

腳指頭 〈口〉腳趾。

腳孤拐 〈方〉大趾和腳掌相連向外凸出的部位。

趾甲 腳指頭前端上面的堅硬的角質物。有保護趾尖的作用。

C4　各系統器官

C4－1 名： 循環系統

循環系統 人體內由心臟、血管、淋巴管等一系列管道組成的系統。通過循環系統的管道運入人體細胞需要的氧和養料,運走細胞產生的二氧化碳等廢物。由於管道內所含的液體不同,循環系統分為血液循環系統和淋巴系統。

心 推動血液循環的器官。位於胸腔中央,膈的上方,兩肺之間略偏左。由心肌組成,外形似

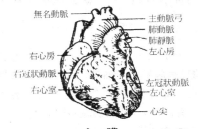

心　臟

桃,大小如人的拳頭。有兩個心房在上,兩個心室在下。左右心房之間有房間隔,左右心室之間有室間隔,使心左右兩半互不相通。心房、心室之間有房室口相通。心房和心室的舒張和收縮推動血液循環。也叫**心臟**。

心房　心臟的一部分。在心室的後上方,左右各一。左右心房之間有房間隔,互不相通。心房與心室之間有房室口相通。房室口處有瓣膜,心房收縮時血從房室口流入心室。左心房接受來自肺部的富含氧的新鮮血液,右心房收集來自全身的含有二氧化碳較多的血液。

心室　心臟的一部分。分左右兩個。左、右心室之間有室間隔,互不相通。左心室接受從左心房流入的血液,右心室接受從右心房流入的血液。心室收縮時,血液流入動脈,分別輸送到肺部和全身其他部分。

心尖　心臟的尖端。貼近胸壁,用手捫左胸,可感到心臟的跳動。

心耳　左右心房前上部向外的部分。膨出在右心房的前上部呈三角形突出的叫右心耳,在左心房前部向左前方突出的部分稱左心耳。

心包　包裹心臟和大血管根部的膜囊。可分為纖維性心包和漿膜性心包。能防止心臟過度擴大,以保持血容量的恆定。

心窩兒　〈口〉心臟所在的地方。背上對著心臟的部位叫後心窩兒。

膏肓　我國古代醫學上把心尖脂肪叫膏,心臟和膈膜之間叫肓,認為是藥力達不到的地方:病入膏肓(病勢嚴重到了無可救藥的地步)。

C4－2 名：　*血液*

血液　流動於心臟和血管內的不透明紅色液體。味鹹,有腥氣。由血漿、血球、血小板構成。含有各種營養成分、無機鹽類、氧、激素、酶等。有把養分和激素輸送給體內各個組織,收集廢物遣送給排泄器官,調節器官活動和防禦有害物質的作用。

血　❶血液:血肉／流血／茹毛飲血。❷指月經:經血。

血　〈口〉義同「血」(ㄒㄩㄝˋ):流了幾滴血／一針見血／殺人不見血。

血漿　血液中的液體部分。淡黃色,半透明,黏稠狀。約占血液總量的百分之五十五。主要機能是運載血球,輸送養料和廢物,並有維持人體酸鹼平衡,調節體溫等作用。

血清　血液凝固後析出的不含纖維蛋白的淡黃色透明液體,不會凝固。醫學上常用測定血清所含物質的數量來判斷疾病。含抗體的血清可作預防或治療疾病之用。

血纖維蛋白元　血漿含有的一種化學物質。在凝血酶的作用下,能變成血纖維蛋白,導致血液凝固。

血纖維蛋白　在凝血酶的作用下,由血纖維蛋白元形成的不溶解蛋白。有彈性,與血球結合成血塊,形成痂。

血球　血液中的主要成分。分紅血球和白血球。由紅骨髓、脾臟等製造出來。

紅血球　血液中數量最多、含大量紅蛋白、具攜帶氧和二氧化碳的能力。呈雙凹的圓餅狀。無細胞核和胞器。平均壽命約一百二十天。男性每立方毫米血液裡有紅血球四百～五百五十萬個,女性略少。有輸送氧氣到各組織並把二氧化碳帶到肺泡內的作用。如減少到一定程度,稱為貧血。

血紅蛋白　紅血球裡一種含鐵質的蛋白質。主要功能是運輸氧。血紅蛋白的鐵質遇氧後會變紅。動脈血含氧多,顏色鮮紅;靜脈血含氧少,顏色暗紅。也叫**血色素**。

白血球　血液中的一種無色細胞。呈圓形,有細胞核,比紅血球大。成年人每立方毫米血液裡有白血球四千～一萬個,全身總共有三千億個以上。有吞噬侵入人體的病菌的作用。

血小板　血液中由骨髓巨核細胞脫落的無細胞核小體。比血球小，形狀、大小很不規則，分布於血球之間。正常人每立方毫米血液內含有十～三十萬個。平均壽命十一天。有促進血液凝固的作用。

血型　根據紅血球表面特異性抗原的類型對血液的分型。人體有 A、B、AB、O 四種類型。血型的鑑定是根據紅血球凝集反應進行的。輸血時，除 O 型可以輸給任何型，AB 型可以接受任何型外，必須用同型的血，以防紅血球在受血者體內發生凝集。

C4－3 名：　血管

血管　血液流通的管道。分動脈、靜脈和毛細血管。動脈起自心臟不斷分支，口徑漸細，管壁漸薄，最後分成大量的毛細血管，分布身體各組織和細胞之間。毛細血管再逐級匯合成靜脈，最後返回心臟。

脈　❶動脈和靜脈的統稱。❷脈搏的簡稱：脈象。❸像血管的組織：葉脈。

脈絡　中醫對動脈和靜脈的統稱。

動脈　從心臟運送血液到全身各部的血管的總稱。管壁較厚，由內、中、外膜構成。有兩條大乾，即主動脈和肺動脈，開始處有三片半月形的瓣膜防止血液逆流。小動脈管壁富於平滑肌，成為產生血流阻力的主要部位。

主動脈　血管系統的最大動脈。從左心室分支出來，把含氧較多的動脈血輸送到全身。也叫**大動脈**。

主動脈弓　主動脈從左心室出來向上行，再沿著脊柱向下行，這一段主動脈彎成弓狀，叫主動脈弓。也叫**動脈弓**。

冠狀動脈　供應血液給心臟本身的動脈。起於主動脈的開始部分，分左右兩條，環繞在心臟的表面，狀如王冠。

肺動脈　開始於右心室的動脈。短而粗，有兩條，分別進入左右兩肺，分成小支包住肺泡，能把含二氧化碳較多的靜脈血送入肺臟進行氣體交換。

毛細血管　處於動脈和靜脈之間的最微小的血管。管壁單薄，管徑細小，成網狀分布於全身。血液中的氧氣、營養與細胞組織內的二氧化碳在這裡進行交換。也叫**毛細管**。

靜脈　從毛細血管輸送血液回心臟的血管的總稱。管腔內有靜脈瓣，防止血液倒流。位於深筋膜之下的叫深靜脈，位於皮下的叫淺靜脈。靜脈的管腔大，管壁薄而彈性小，承受外加壓力的能力比相應的動脈為小。

大靜脈　由體內的靜脈彙集成的靜脈，包括一條來自頭頸、上肢等處血液的上腔靜脈和一條來自下肢、腹部等處血液的下腔靜脈，直接與右心房相連。

肺靜脈　連接肺與左心房的大靜脈。左右各兩條，分別為左、右肺上靜脈和下靜脈。運輸經肺排出的二氧化碳並把飽含氧氣的血液運到左心房，有別於體循環的靜脈。

門靜脈　由胃、腸、胰、脾等的靜脈匯合而成的較大的靜脈。血液由門靜脈流入肝臟又分成很多毛細血管，然後再彙集於肝靜脈而流入下腔靜脈。

淺靜脈　位於皮下組織內的靜脈。在手臂、大腿部看到的青筋就是淺靜脈，臨床選作靜脈注射、抽血、輸血之用。也叫**皮下靜脈**。

青筋　可以看見的淺靜脈血管。

筋　〈口〉青筋。

C4－4 名、動：　血循環

血循環　〔名〕血液依靠心臟搏動的力量，循心血管系統在全身運行的過程。分體循環和肺循環。兩種循環同時進行，連在一起，組成一條完整的循環途徑。在安靜狀態下，血循環一週約需二十多秒。

體循環 〔名〕人體內血液從左心室流過全身回到右心房的循環。帶有大量氧的血液從左心室進入主動脈，再經大、中、小動脈流到全身毛細血管進行氣體和物質交換，爲組織提供養料和氧，帶走二氧化碳和廢物；然後，又經過小、中、大靜脈回到右心房而入右心室。也叫**大循環**。

肺循環 〔名〕人體內血液從右心室流過肺部回到左心房的循環。充滿二氧化碳的血液從右心室出發，經過肺動脈到達肺部周圍的毛細血管進行氣體交換，放出二氧化碳，吸收新鮮氧氣；然後循肺靜脈回到左心房而入左心室。循環一週需四～五秒。也叫**小循環**。

微循環 〔名〕血液在微動脈和微靜脈之間毛細血管中的循環。功能是完成血液和組織之間的物質交換。對於維持人體水、鹽代謝和酸鹼平衡有重要作用。

血壓 〔名〕血管中的血液對血管壁的壓力，一般指動脈血壓。由心臟收縮和主動脈管壁的彈性作用而產生。血壓分爲收縮壓和舒張壓：心臟收縮時，動脈血壓升高，所達到的最高值稱作收縮壓；心臟舒張時，動脈血壓下降，所達到的最低值稱作舒張壓。血壓因個體年齡、性別不同而有差異，一般隨年齡增長而逐漸升高。

脈搏 〔名〕心臟收縮時，輸出血液的衝擊引起主動脈管壁的振動。通常所稱的脈搏是指手腕橈側捫到的橈動脈搏動。正常成人安靜時每分鐘脈搏平均爲七十～七十五次，兒童時期的脈搏較快。簡稱**脈**。也叫**脈息**。

搏動 〔動〕主動脈接受左心室壓出來的血時，管壁一張一縮有節奏地跳動。

舒張 〔動〕心臟或血管等的肌肉組織由緊張變爲鬆弛。

心律 〔名〕心臟跳動的節律。在正常情況下，心臟按一定的頻率有規律地搏動。心跳快慢可因年齡、情緒和工作情況而變化，但毫不紊亂。如身體或心臟本身有病，心跳忽快忽慢或出現早搏等，醫學上稱心律不整。

心率 〔名〕每分鐘心臟跳動的次數。正常成人心率爲七十五次。女性心率較男性稍快。新生兒心率在一百二十次以上，隨年齡增長而逐漸減少，十五歲時接近成人水準。

心音 〔名〕心臟跳動時由於心肌收縮和舒張，瓣膜關閉和血流衝擊的振動而發生的聲音。可用聽診器在胸壁適當的部位聽到。

雜音 〔名〕血液在心臟或大血管裡流動時因受阻礙或有逆流產生主漩渦所發生的異常聲音。因血流過急而產生的雜音，一般較輕；因循環系統特別是心臟瓣膜有病變時的雜音，一般較響。

C4-5 名： 體液

體液 人體內的液體。分爲細胞外液和細胞內液兩大部分。細胞外液有血漿、淋巴、腦脊液及組織液；細胞內液指存在於細胞內的液體。

組織液 血漿中的水、葡萄糖、無機鹽等物質經過毛細血管壁過濾進入組織空隙形成的液體。血液與組織細胞之間通過組織液進行物質交換。組織液的成分除蛋白質較少外，與血漿相似。

腦脊液 在中樞神經系統內的無色透明液體。充滿於腦室、脊髓中央管和蛛網膜下腔內，與血漿和淋巴的性質相似，略帶黏性。有保護中樞神經系統和運走中樞神經系統代謝產物的作用。

黏液 體內分泌出來的黏稠液體。

津液 中醫對體內滋潤組織器官的液體的總稱。包括血液、唾液、精液、汗液等。

C4-6 名： 淋巴·扁桃體

淋巴 充滿於人體內各組織間的無色透明液體，

由部分組織液滲透到毛細淋巴管後所形成，其成分和血液相近。淋巴在淋巴管內流動，最後流入靜脈，是組織液注入血液的媒介。也叫**淋巴液**。

淋巴管 淋巴液流經的管道，構造跟靜脈相似，分布在全身各部，最小的淋巴管稱作毛細淋巴管。淋巴液由毛細淋巴管匯聚到由小而大的淋巴管中，中間經過由淋巴細胞組成的淋巴結，最後流入靜脈。淋巴管內有瓣膜，能防止淋巴液倒流。

淋巴結 由含有大量淋巴細胞的網狀結締組織構成的圓形或橢圓形小體。多成群分布於頸部、腋窩、腹股溝、腸系膜和肺門等處。能產生淋巴細胞，阻止和消滅侵入體內的病菌等異物。舊稱**淋巴腺**。

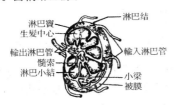

淋巴管和淋巴結

淋巴細胞 白血球的一種。圓或卵圓形，可分大、中、小三種。產生於脾臟、淋巴結等器官，有產生和儲存抗體的作用。又稱**淋巴球**。

脾 最大的淋巴器官。位於腹腔左上部，前面為肋骨所遮蓋，暗紅色，形態不規則，體積變動很大。能產生淋巴細胞和抗體，吞噬衰老的白血球、紅血球、血小板和異物。也有貯存血液、調節血量的作用。也叫**脾臟**。

扁桃體 咽與口、鼻腔交界處黏膜下淋巴組織團塊的通稱。分為腭扁桃腺、咽扁桃腺、舌扁桃腺等。腭扁桃腺在口咽兩側軟腭下面，咽扁桃腺在鼻咽後壁，舌扁桃腺在舌背的後部。通常所說的扁桃腺是指腭扁桃腺，左右各一，狀似扁桃，粉紅色，能產生少量淋巴細胞和抵

禦細菌、病毒的抗體物質，起防禦作用。也叫**扁桃腺**。

C4－7 名： 呼吸系統

呼吸系統 人體與外界進行氣體交換的一系列器官。由呼吸道(鼻、咽、喉、氣管和支氣管)和肺組成。

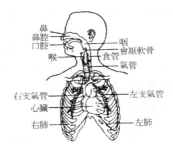

人的呼吸系統

呼吸道 呼吸時，氣體進出肺部的通道。由鼻、咽、喉、氣管和支氣管組成。

氣管 呼吸器官的組成部分。由十五～二十個「U」形軟骨環和肌肉構成，管壁有彈性。上部接喉頭，下部在胸骨的水準處分為左右兩支通入左右兩肺。

氣嗓 〈方〉氣管。

支氣管 氣管下部分左右兩支以七十度角通入左右兩肺的部分。左支氣管細長，較為傾斜；右支氣管粗短，較為挺直。支氣管進入肺後逐級分支，越分越細，最後分成細支氣管通向肺泡。

肺 呼吸系統的主要器官，位於胸腔內縱隔的兩側，左右各一。質地柔軟像海綿，富於彈性。左肺分為上、下兩葉，右肺分為上、中、下三葉。兩肺內側中部各有一肺門，是支氣管、血管、淋巴管和神經的出入口。支氣管末端長滿微小的肺泡。由心臟流出的血液經肺動脈到肺泡內進行氣體交換。也叫**肺臟**。

肺葉 肺的表面有深而長的裂溝把肺分成五個

部分,每一部分叫一個肺葉,左肺二葉,右肺三葉。

肺泡 肺內進行氣體交換的多面形有開口的囊泡。位於最小支氣管的末端。肺胞壁由一層薄的上皮細胞構成,周圍纏繞著毛細管和彈性纖維。彈性纖維使肺具有彈性。吸氣時,肺泡被動擴張;呼氣時,彈性纖維回縮,使肺泡縮小,排出氣體。血液在肺泡內進行氣體交換。

胸膜 貼在胸腔內壁和包在肺臟表面的兩層漿膜。兩層互相連續圍成一個密閉的囊狀空腔,叫胸膜腔。腔內有少量液體可以減少兩層薄膜的摩擦。也叫**肋膜**。

C4－8 動、名等: 呼吸

呼吸 〔動〕呼氣和吸氣以進行氣體交換。人體呼吸時,呼吸肌在中樞神經系統的控制下有節奏地收縮和舒張,使胸廓隨著擴大和縮小,從而引起肺被動地擴張(吸氣)和回縮(呼氣),吸入氧,呼出二氧化碳。健康人安靜時每分鐘呼吸十四～十八次。

呼 〔動〕把體內的氣體排出體外:呼出一口氣。

吸 〔動〕把氣體、液體等引入體內:吸入新鮮空氣/吸煙/吸毒。

深呼吸 〔動〕儘量吸氣後,再儘量呼出。

喘氣 〔動〕急促地呼吸:我累得直喘氣。

喘息 〔動〕急促呼吸:一面奔跑,一面喘息。

喘 〔動〕急促呼吸:他病後虛弱,走一點點路就喘。

緩氣 〔動〕恢復正常呼吸(多指疲勞後的休息):忙得連緩氣的空都沒有。

氣短 〔形〕呼吸短促;氣不足:剛爬到半山,就有點氣短。

氣急 〔形〕呼吸頻率加快;上氣不接下氣:氣急得說不出話來。

氣呼呼 〔形〕形容生氣時呼吸急促的樣子。

喘吁吁 喘噓噓 〔形〕形容喘氣的樣子。

氣吁吁 〔形〕形容大聲喘氣的樣子。□氣咻咻。

屏氣 〔動〕暫時控制住呼吸;有意地閉住氣:屏氣凝神/放輕腳步屏氣走進病房。

閉氣 〔動〕有意地暫時抑止呼吸;屏氣。

屏息 〔動〕屏氣:屏息靜聽。

肺活量 〔名〕在一次儘最大力量吸氣後所能呼出的最大氣量。一般是男性比女性大,青壯年比老年大,運動員比一般人大。成年男子正常的肺活量約爲三千五百～四千毫升,女子約爲二千五百～三千毫升。

氣息 〔名〕呼吸時出入的氣:氣息奄奄/只要還有一絲氣息,就要設法搶救。

氣 〔名〕氣息:斷氣/上氣不接下氣。

氣流 〔名〕由肺的膨脹或收縮而吸入或呼出的氣。是發音的動力。

C4－9 名: 消化系統

消化系統 消化器官的總稱。由消化道和消化腺兩部分組成。主要功能是消化食物,吸收營養物質,排出糞便。

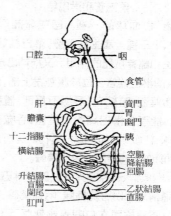

人的消化系統

消化道 由口到肛門的一條很長的管道。包括口腔、咽、食道、胃、小腸、大腸和肛門。也叫**消化管**。

消化腺 分泌消化液的有管腺。分爲兩類：大消化腺位於消化道外，通過導管開口於消化道，如唾液腺、肝和胰等；小消化腺位於消化道壁內，如胃腺、腸腺等，都直接開口於消化道。

食道 消化道的一部分，是上接咽，下止於胃的賁門的前後扁窄的長管，分爲頸、胸、腹三段。大部分在胸腔內。管壁肌層較厚，排列爲內環行、外縱行兩層。食管肌肉按自上而下的順序，收縮蠕動，把食物送到胃裡。也叫**食管**。

胃 消化器官中最大的一部分，狀似口袋，上口接食道，下口通十二指腸。胃壁的黏膜內有許多腺體分泌胃液，消化食物。胃的肌層發達，胃肌收縮能攪磨食物並推動食物進入小腸。

賁門 胃與食管相連的部分，是胃上端的入口。胃的環形肌層在賁門處增厚，有較強的收縮力，可防止食物逆流。

幽門 胃與十二指腸相連的部分。周圍有環狀肌肉，肌層特別發達，能控制食物進入十二指腸和防止十二指腸內容物逆流入胃。內有腺體分泌黏液性的蛋白質，有保護胃黏膜的作用。

胃腺 分泌胃液的腺體，密布在胃的黏膜上。

腸 消化道最長的部分。包括從胃的幽門到肛門的一段。分爲小腸和大腸兩部分，成年人的腸長約七公尺，盤曲於腹腔內。有消化和吸收的作用。也叫**腸子；腸管**。

小腸 上接幽門下續盲腸的消化管中最長的部分。成人小腸約五～六公尺。分爲十二指腸、空腸和回腸三部分。腸壁黏膜形成很多環狀皺襞和小突起稱小腸絨毛，從而增加了小腸黏膜的吸收面積。主要作用是消化和吸收，並把食物的渣滓送往大腸。

十二指腸 小腸上段與胃幽門連接的部分。約有十二個橫排著的指頭那麼長，因而得名。

呈蹄鐵形。分爲球部、降部、橫部和升部。胰腺和膽囊的開口都在這裡。

空腸 小腸的中間部分。上端連十二指腸，下端連回腸。位於腹腔左上部和中部，藉小腸系膜連於腹後壁，移動性很大。空腸黏膜的環形皺襞和絨毛特別發達，可使腸接觸食物的面積大大增加，有利於消化和吸收。腔內常呈排空狀態，故名。

回腸 小腸的下段，上接空腸，下連結腸，形狀彎曲，藉小腸系膜連於腹後壁，位於腹腔右下部，移動性大。回腸黏膜的環形皺襞和絨毛不如空腸發達。

大腸 消化道的末段，上接回腸，下通肛門。粗而短，長約一百五十公分，分盲腸、結腸和直腸三部分。主要功能是分泌黏液、吸收水分和形成糞便。

盲腸 大腸的開始段，上接回腸，下連結腸，位於腹腔右下部。長六～八公分，短袋狀。下部有一孔與闌尾相通。人類的盲腸和闌尾都屬於退化器官，已失去重要的生理功能。盲腸很少發炎，所謂「盲腸炎」，多爲闌尾炎的誤稱。

闌尾 從盲腸下部伸出的小管，像蚯蚓狀的突起，一般長約七～九公分。管壁較厚而管腔狹窄，容易阻塞，病菌侵入，引起發炎，稱闌尾炎。

結腸 大腸的中段，上接盲腸，下連直腸，按部位依次分爲升結腸、橫結腸、降結腸和乙狀結腸。結腸的主要功能是吸收水分、形成和積存糞便。

直腸 大腸最末的一段，上接乙狀結腸，下與肛門相連。作用爲吸收水份。當糞便到達直腸時，直腸收縮，肛門的括約肌張開，糞便從肛門排出。

肛門 直腸末端的口，也是消化道的最末端。周圍有肛門括約肌。能控制排便。

腸腺　分泌腸液的腺體。

肝　體內最大的消化腺,也是重要的代謝器官。位於膈下、腹腔右上方。分爲兩葉,爲右側肋骨所遮蓋,一般不易摸到。肝下面有一橫溝稱肝門,肝門右側縱溝內,容納膽囊。肝的主要功能是分泌膽汁,儲藏動物澱粉,調節蛋白質、脂肪和碳水化合物的新陳代謝等,還有解毒、造血和凝血作用。也叫**肝臟**。

膽囊　濃縮和貯存膽汁的囊狀器官。長在肝臟右葉的下前方,與膽管相連接。膽囊壁收縮,驅使膽汁經膽管進入十二指腸。膽囊壁內層的黏膜除分泌黏液外,尚有調節膽管內壓力的作用。通稱**膽**;**苦膽**。

膽管　輸送膽汁的管道。在肝臟內者爲肝內膽管,出肝門再彙集成膽總管。肝臟內生成的膽汁通過膽管流入十二指腸,在腸壁開口處有括約肌,控制膽汁的排出。

胰　人體重要的大消化腺。在胃的後下方,形狀像牛舌,長約十二～三十公分,淡紅色,貼在腹後壁上。外分泌部分分泌胰液,含有多種消化酶。由胰管排入十二指腸,幫助消化。內分泌部分由大小不同的細胞團所組成的胰島,能分泌胰島素,調節體內醣的新陳代謝。也叫**胰腺**。

膵臟　胰的舊稱。

C4－10 動：　消化·吸收

消化　食物在消化道內分解成爲可以被機體吸收利用的養料。包括物理性消化和化學性消化。前者指通過牙齒咀嚼和胃腸蠕動將食物磨碎、攪拌和推送;後者指消化液中的各種酶使食物中的營養成分分解變爲可以吸收的物質。

消食　幫助消化:山楂有消食作用。

蠕動　消化道等管性器官像蠕蟲樣收縮運動。由臟器壁上的縱行肌和環行肌收縮和舒張所致,可推進和排出其內容物。

吸收　經過消化的食物營養成分通過消化道黏膜的上皮細胞進入血液和淋巴的過程。消化道各段的吸收能力不同,胃吸收少量水和酒精,大腸吸收水分和無機鹽類。吸收的主要部位是小腸。葡萄糖、胺基酸、大部分水、無機鹽和維生素是由小腸吸收的。

攝取　吸收營養等:攝取養料/攝取蛋白質。

C4－11 名：　內分泌腺

內分泌腺　分散在機體各處,能分泌激素的腺體的總稱。包括腦垂體、甲狀腺、腎上腺、胰島、性腺和胸腺等。分泌的激素直接進入血液循環分布至全身有關臟器組織,調節物質代謝和臟器功能,是機體主要的體液調節環節。

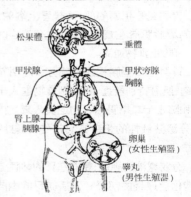

內分泌腺

腦垂體　人體功能最複雜的內分泌腺。位於顱底部蝶骨的蝶體內,下垂於腦的底部,大小如豌豆,重量約零點五克。分爲腺垂體和神經垂體。能分泌多種激素,對生長發育、新陳代謝、生殖功能都有調節作用。並能影響其他內分泌腺的活動。也叫**垂體**。

腦上體　內分泌腺之一,在第三腦室後上部的橢圓形小體。如松樹的果實,淺紅色。兒童腦上體比較發達。分泌的激素具有抑制性腺成

熟的作用。也叫**松果腺;松果體**。

甲狀腺　人體重要的內分泌腺之一。呈「H」形，
棕紅色。位於頸前中下部，喉和氣管的兩側，
分左右兩葉。兩葉在氣管前面相連。甲狀腺
內的腺泡細胞能分泌甲狀腺素，推動細胞的
氧化過程，促進機體的新陳代謝。

甲狀旁腺　內分泌腺之一。在甲狀腺側葉後面
兩對扁橢圓形小體。分泌甲狀旁腺激素，能
調節體內鈣和磷的代謝。

腎上腺　腎上方左右各一，可分泌多種激素的黃
色腺體。分外層的皮質和內層的髓質兩部
分。皮質參與調節水鹽代謝、醣代謝和性功
能;髓質對心血管系統起一定調節作用。也
叫**腎上體;副腎**。

胰島　胰的內分泌部分，散布在分泌胰液的腺泡
之間的細胞群。有兩種重要的分泌激素的細
胞:α 細胞分泌胰高血糖素，β 細胞分泌胰島
素。主要作用是使葡萄糖加速利用或轉變爲
醣元及脂肪，使血糖下降。

性腺　生殖腺，指男性的睾丸和女性的卵巢。前
者分泌睾丸酮激素，後者分泌雌激素和孕激
素。

激素　內分泌腺分泌的生物活性物質的總稱。
激素直接進入血液分布到全身，對肌體的代
謝、生長、發育和繁殖等起著重要的調節作
用。甲狀腺素、腎上腺素、胰島素等都是激
素。

荷爾蒙　音譯詞。即激素。

生長激素　腦垂體分泌的激素。能影響蛋白質
的代謝和促進蛋白質的合成，增強鈉、鉀、鈣、
磷、硫等元素的攝取和利用，使機體生長。

甲狀腺素　甲狀腺分泌的激素。占激素總量的
百分之九十。有促進機體新陳代謝和生長發
育、提高神經系統的**興奮性**等作用。

腎上腺素　腎上腺髓質嗜鉻細胞分泌的一種激
素。有使內臟血管收縮，使心率加速、血壓升

高和血糖增加等作用。

胰島素　胰腺 β 細胞分泌的一種蛋白激素。能
促進體內醣和脂肪的貯存以及核酸和蛋白質
的合成，調節血糖的代謝，降低血糖濃度。胰
島素分泌量減低時即引起糖尿病。

性激素　由睾丸或卵巢分泌的內分泌激素。有
刺激生殖器官的生長和調節生殖器機能的作
用。男女第二性徵的發育都與性激素有關。
女子的性激素還能幫助受孕。

C4－12 名：　神經系統

神經系統　人體各個器官系統功能的主要調節
機構。包括中樞神經系統(腦、脊髓)和周圍
神經系統(腦神經、脊神經、植物性神經)。

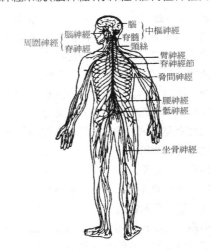

人的神經系統

中樞神經　神經系統的中樞部分，就是腦和脊
髓。控制和調節人體各個部分的生理活動。
(參見 C4－13 腦·脊髓。)

神經中樞　中樞神經系統中分別對某一特定生
理機能具有調節作用的神經細胞群。如延髓
中調節呼吸運動的呼吸中樞，調節心臟活動
的心搏中樞等。

神經　人體內傳達知覺和運動的束狀組織，由許

多神經纖維所組成。一根神經內可有不同種類的神經纖維,有傳入的,也有傳出的。神經把中樞神經系統的興奮傳遞給各個器官,或把各個器官的興奮傳遞給中樞神經系統的組織。

神經元　神經原　構成神經系統的基本結構和功能單位。每個神經元包括細胞體和從細胞體伸出的突起。細胞體是組成神經節以及腦和脊髓灰質的主要部分。突起分爲樹狀突和軸狀突,是腦和脊髓白質及構成神經的主要部分。神經原受到刺激後能產生興奮,並傳導和接受興奮。也叫**神經細胞**。

神經纖維　即神經元的長的突起,能傳遞興奮的纖維組織。

神經節　神經細胞集合而成的結節狀構造。表面有結締組織包被,其內部的神經纖維分布到身體各器官,又和腦和脊髓發生聯繫。

神經末梢　神經纖維末端的細小分支,終止於其他組織和器官內。分傳入神經元的周圍突末梢和傳出神經元的軸突末梢。能感受外來刺激並傳遞給神經中樞,或把神經中樞的衝動傳達給各有關組織。

感覺神經　由傳入(感覺)神經元組成的神經。能把各器官或外圍部分的興奮傳到中樞神經系統。也叫**傳入神經**。

運動神經　由傳出(運動)神經元組成的神經。能把中樞神經系統的興奮傳到各個器官或外圍部分。也叫**傳出神經**。

混合神經　兼有感覺和運動作用的神經。如脊神經中有感覺神經元;也有運動神經元。大多數神經是混合神經。

感受器　人體專管感受內外環境各種變化的細胞和神經結構。能把所感受的外界刺激變成神經興奮傳入中樞神經,如頭部視覺、聽覺、嗅覺和味覺等高度分化的感覺器官,皮膚下面疼痛和溫度的感受器。

效應器　人體專管對刺激發生反應的組織或器官。能接受傳出神經的支配,完成反射活動。肌肉、腺體都是效應器。

周圍神經　由腦和脊髓發出的分布在全身皮膚、肌肉、內臟等處的神經,包括腦神經、脊髓神經和植物性神經。把身體各部分與中樞神經聯繫起來,協調各種生理活動。

腦神經　在腦顱的底部,由間腦、中腦、橋腦、延腦等分布到頭、頸和內臟器官的神經。共有十二對:嗅神經、視神經、動眼神經、滑車神經、三叉神經、外展神經、面神經、位聽神經、舌咽神經、迷走神經、副神經和舌下神經。

面神經　第七對腦神經。在橋腦和延腦之間出腦,分布於面部表情肌。主管面部肌肉的運動、唾腺和淚腺的分泌和舌前部的味覺。

三叉神經　第五對腦神經,含有感覺神經元和運動神經元。分三大分支神經:眼神經、上頜神經和下頜神經。支配頭面部組織和器官。

迷走神經　第十對腦神經。是人體內行程最長、分布最廣的一對混合性腦神經。從延腦發出,分布在頭、頸、胸、腹等部,有調節內臟、血管、腺體等機能的作用。

脊神經　發自脊髓經椎間孔外出的三十一對神經,分布在軀幹、腹側面和四肢的肌肉中。支配頸、胸、腹以及四肢的肌肉和皮膚。也叫**脊髓神經**。

坐骨神經　全身最粗長的神經,由腰神經和骶神經組成。是脊髓神經分布到下肢的一支,支配股後部的肌群。

自律神經　從延腦、中腦、脊髓發出,分布在內臟器官上和血管的平滑肌以及腺體的傳出神經部分。包括交感神經與副交感神經,管理和調節各種內臟器官的活動。

交感神經　自律神經的一類。由脊髓、胸、腰部側角發出神經元到交感神經節,再由此神經節發出神經元分布到內臟、腺體和血管的壁

上,調節內臟器官和腺體的活動。刺激交感神經,能加強和加速心臟收縮,使瞳孔擴大,使胃腸運動減弱等。

副交感神經 自律神經的一類。由腦幹和脊髓骶部側角發出神經元到器官旁或器官內的副交感神經節,再由此神經節發出神經元分布到平滑肌、心肌和腺體,調節內臟器官的活動。作用跟交感神經相反,能抑制和減緩心臟收縮,使瞳孔縮小、使胃腸運動加強等。

C4－13 名: 腦·脊髓

腦 中樞神經系統的主要部分。位於顱腔內,有顱首保護。可分爲大腦、小腦和腦幹三部分。統管全身知覺、運動和思維、記憶等活動。也叫**腦髓**。

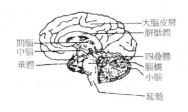

大腦皮層
胼胝體
間腦
中腦
垂體
四疊體
腦橋
小腦
延髓

人　腦

腦子 〈口〉腦。

腦海 指腦子(就思想、印象、記憶說):往事浮現在腦海裡。□腦際。

腦漿 頭骨破裂時流出來的腦髓。

腦膜 腦表面的結締組織。有三層:最外層是緊貼在頭蓋骨內面的不透明的硬腦膜,中間是纖維狀的蛛網膜,裡層是半透明的軟腦膜。腦膜和脊膜相連,中間有腦脊液。腦膜有保護腦的作用。

腦室 腦內部的空腔。共有四個腦室,上下相通。室內充滿腦脊液,能調節顱內壓,保護腦免於受震盪。

腦脊液 充滿於腦室、脊髓中央管和蛛網膜下腔中的無色透明液體。腦脊液對中樞神經系統有緩衝防震和輔助中樞神經系統的營養代謝等作用。

前腦 大腦兩半球與間腦的合稱。

後腦 位於腦顱的後部,由橋腦、延腦和小腦構成。

大腦 人體中樞神經系統中最重要的部分,位於顱腔內。由大腦半球、間腦、中腦、後腦及延腦組成。正中有一道縱溝,分左右兩個半球,表面有很多皺襞。大腦有調節機體全部生命的重要功能。

大腦皮層 大腦兩半球表面的一層灰質。是神經細胞體集中的部分,有許多凹陷的溝和隆起的面,總面積約有二千二百平方公分,厚度二~三公釐,分爲六層。大腦皮層是調節人體生理活動的高級神經中樞。皮層的各部位分爲若干功能區,分別管理身體各部分的運動和感覺等功能,如軀體運動、軀體感覺、語言、視覺、聽覺、嗅覺等。也叫**大腦皮質**。

胼胝體 大腦縱裂底部連接兩半球新皮質的橫行神經纖維組織。

小腦 後腦的一部分,位於腦幹背側,大腦的後下方。表面有許多近似平行的淺溝,兩溝間是一個葉片。主要功能是維持身體平衡、調節肌肉張力和協調隨意運動。

腦幹 腦的一部分。除大腦和小腦以外,間腦、中腦、橋腦和延腦統稱腦幹。是脊髓和大腦、小腦之間的橋梁。是調節呼吸、血壓、體溫等人體基本生命活動的中樞。

間腦 在大腦兩半球的中間,由許多形狀不規則的灰質塊和神經纖維構成。分爲上丘腦、背側丘腦、後丘腦、底丘腦和下丘腦。是調節內臟活動、內分泌活動的較高級中樞。

丘腦 間腦的一部分,位於中腦側端一對相當大的卵圓形灰質團。直接與大腦皮層有纖維聯繫。除嗅覺外,人體各部所感受的衝動都經過它傳遞給大腦皮層。

中腦 腦幹的一部分,介於間腦和腦橋之間的大腦腳、被蓋和頂蓋的合稱。有糾正身體姿勢和掌握頭部轉動方向的作用。

四疊體 位於中腦背後的四個圓形突起,是視覺和聽覺反射運動的低級中樞。

大腦腳 中腦的一部分,前部由神經纖維構成,後部由網狀組織構成,內有神經核。有直接傳遞中樞興奮和協調有機體運動的作用。

橋腦 後腦的一部分,位於延腦與大腦腳之間、小腦腹側。把感覺器官的感覺傳導給大腦皮層,並把大腦皮層的興奮傳導到脊髓以外的其他部分。也叫**腦橋**。

延髓 腦幹的最下端,上接橋腦,下接脊髓。內有後四對腦神經的核團,有上、下行的重要傳導束通過,還有重要的心血管中樞和呼吸中樞等。有管理最基本的生理活動的功能,故有「活命中樞」之稱。

脊髓 位於椎管內的中樞神經系。上連延腦,下齊第一腰椎下緣,呈扁圓柱形。內含神經細胞和神經纖維,為各種軀體感覺和肌肉運動的神經傳導,以及植物神經系統的低級中樞。

C4－14 名、動： 神經活動

反射 〔名〕人和動物肌體通過神經系統對內外各種刺激所作的應答活動,如瞳孔因光刺激的強弱而改變大小;吃東西時分泌唾液。反射是神經系統的基本活動方式,分為非條件反射和條件反射兩類。

非條件反射 〔名〕人和動物先天具有的,不要附加什麼條件就會發生的反射。例如手碰著火就立刻縮回去,口吃食物就會分泌唾液。也叫**無條件反射**。

條件反射 〔名〕人和動物在發育過程中,在一定生活條件下逐步形成的後天性反射。如吃過梅子的人,見到或聽說到梅子就會分泌唾液,即是條件反射。

刺激 〔動〕現實的物體和現象對有機體施加影響的活動。任何有機體都有感受刺激的能力,但刺激能否引起有機體的反應,要看刺激的性質和強度:強烈的燈光刺激著人的眼睛。

反應 ❶〔動〕有機體受到刺激而產生相應的活動。高等動物因體內外各種變化而發生肌肉運動或腺體分泌以及人的行為,都是反應:他一時沒有反應過來,不懂這話是什麼意思。❷〔名〕有機體受刺激而產生的相應活動;地震前某些動物往往會出現一些異常反應。

興奮 〔動〕人的兩種基本神經活動過程之一,與「抑制」相對。人體組織受到刺激後,神經活動由相對靜止變為顯著活動狀態,或由微弱活動變為強烈活動狀態,稱為「興奮」;相反,由顯著活動變為相對靜止狀態,或由強烈活動變為微弱活動狀態,稱為「抑制」。興奮和抑制相互對立,又可相互轉化。人的大腦神經細胞總是處在興奮或抑制的交替中。

抑制 〔動〕見「興奮」。

衝動 〔動〕能引起某種動作的神經興奮。

C4－15 名： 泌尿器

泌尿器 由腎、輸尿管、膀胱和尿道組成的排泄器官。有排出代謝產物、維持機體水和電解質、平衡內分泌的功能。

腎 主要排泄器官。形似蠶豆,在腹後壁腰椎兩旁,左右各一,為脂肪組織所包圍和襯托,表面有纖維薄膜,有血管從內緣進入腎內。血液流過時,血內的水分和溶解在水裡的物質被腎吸收,分解後形成尿,經輸尿管排出。也叫**腎臟**。

腰子 〈口〉腎的通稱。

腎盂 腎臟的一部分,是圓錐形的囊狀物。大部分位於腎竇內,下端通輸尿管。

輸尿管 一對細長的輸尿管道,上端伸入腎門,與腎盂相通,在腹後壁沿脊柱兩側下行。下

端斜穿入膀胱壁，開口於膀胱底。腎臟中形成的尿液流經腎盂、輸尿管，進入膀胱。

膀胱 人體內貯尿的器官，囊狀，由平滑肌構成，位於腹膜外的盆腔內。膀胱底有左右輸尿管入口，頸部有一個出口，通尿道。主要功能是貯藏和排泄尿液。

尿脬 尿泡 〈方〉膀胱。

尿道 排尿的管道，自膀胱通向體外。男子的尿道兼作排精的管道，長約十六～十八公分。女子尿道長僅三～四公分，僅有排尿功能。尿道內口周圍有環行的尿道括約肌，控制開閉。

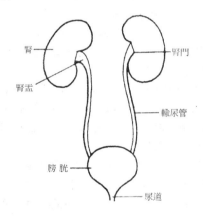

人的泌尿器

C4－16 名： 生殖器
（參見 C3－9 外生殖器）

生殖器 人和動物產生生殖細胞用來繁殖後代的器官，由內外生殖器組成。內生殖器，在男性包括睾丸、輸精管和一些附屬腺，在女性包括卵巢、輸卵管、子宮和陰道。外生殖器，在男性包括陰莖和陰囊，在女性包括陰阜、陰唇、陰蒂等。也叫**性器官**。

生殖腺 產生生殖細胞與性激素的器官，在男子為睾丸，在女子為卵巢。

睾丸 男性和某些雄性哺乳動物生殖器官的一部分，在陰囊內，左右各一，橢圓形，能產生精子，分泌激素。也叫**精巢**。

外腎 男性睾丸。

附睾 男子和某些雄性哺乳動物輸精管道的一部分，附於睾丸的後上緣，由許多彎曲的小管子組成。一端與睾丸內的小管相通，另一端與輸精管相通。作用是儲存和協助排出精子，也是精子成熟的地方。

輸精管 男子或雄性動物生殖器的一部分，是輸送精子的管道，左右各一。自附睾下端向上升，出陰囊後，穿過腹股溝管入盆腔，末端與精囊腺的排出管匯合成射精管。

精囊腺 男子和雄性哺乳動物生殖器的附屬腺。位於前列腺的後上方，橢圓形囊狀，左右各一。所分泌的淡黃色黏稠液體，是精液的一部分，可促進精子的活動。

前列腺 男子和雄性哺乳動物生殖器的附屬腺。在膀胱下方，形似栗子，由腺體、平滑肌和結締組織組成。所分泌的鹼性液體是精液的一部分，適宜精子活動。

精子 成熟的雄性生殖細胞。能運動，與卵結合而產生第二代。人的精子產生於睾丸，形狀像蝌蚪。

精液 雄性動物生殖腺和附屬腺所分泌的液體混合物，含有大量精子。乳白色，不透明，弱鹼性，適合於精子的生存和活動。正常精液每毫升約含精子八千萬個以上。

精 精子；精液：受精／遺精。

卵巢 女子和雌性動物生殖腺。除產生卵子外，還分泌激素促進子宮、陰道、乳腺等的發育。人的卵巢位於盆腔內，子宮兩側各一，呈扁橢圓形。

輸卵管 女子或雌性動物生殖器的一部分，是輸送卵細胞的管道。位於子宮兩側各一，把卵巢產生的卵細胞，輸送到子宮裡。卵細胞一

般在輸卵管內受精。

子宮 女子孕育胎兒的生殖器官。位於膀胱與直腸之間,形狀像一個囊。上端膨大凸出,爲子宮底,兩側與輸卵管相通;下端比較狹窄,爲子宮頸,伸入陰道。卵子受精後,在子宮內發育成胎兒。

陰道 連接子宮與外生殖器的管道。長約九公分。位於膀胱和直腸中間,子宮頸的下方。成年女子陰道內的分泌物呈酸性,有防止病菌繁殖的作用。

處女膜 女子陰道口內緣的一層薄膜,有一個不規則的小孔。

黃體 卵巢內由許多黃色顆粒狀細胞形成的一種暫時性內分泌腺體。卵巢每次排卵後即有黃體出現,妊娠後,黃體發育增大,所分泌的激素有使子宮黏膜增厚、抑制子宮收縮、促進乳腺分泌等作用。

卵子 雌性生殖細胞。人的卵子呈球形,是體內最大的細胞。與精子結合後產生第二代。

卵 卵子;排卵。

C5 分泌·排泄

C5－1 動、名： 分泌·排泄

分泌 〔動〕生物體的某些腺細胞合成與釋放某些特殊物質。如胃分泌胃液,甲狀腺分泌甲狀腺素,花分泌花蜜,病菌分泌毒素。

外分泌 〔名〕分泌物通過導管排出體外或引至體內其他部分的過程,叫做外分泌。如唾腺分泌唾液,由導管通入口腔,有助於潤濕口腔和消化食物。

內分泌 〔名〕由腺細胞形成活性激素,不經導管直接分泌到血液或其他組織液中的過程,叫做內分泌。如甲狀腺分泌甲狀腺素。能協調細胞的新陳代謝,調節機體的生長發育。

排泄 〔動〕體內的廢物通過呼吸器官、腎臟等排泄器官排出體外,如排泄汗液、排泄糞便等。

C5－2 名： 胃液·膽汁等

胃液 胃黏膜內各種不同管狀腺分泌的混合液。酸性,無色透明,含有胃蛋白酶、鹽酸和黏液等,對消化食物有重要作用。

胃酸 胃液中所含的鹽酸,能促進胃蛋白酶消化蛋白質,並有殺菌作用。

消化酶 消化器官產生的酶。能將食物中的複雜物質分解爲比較簡單的易被機體吸收的化合物。如唾液中的酶先把天然澱粉變成可溶性澱粉,再變成多醣物質,最後分解成麥芽糖。胃蛋白酶、胰脂酶等都是消化酶。

胃蛋白酶 胃腺主細胞分泌的一種蛋白水解酶,能消化蛋白質。

胰液 胰腺外分泌部分分泌的消化液。無色透明,鹼性,內含重碳酸氫鹽、胰蛋白酶、胰脂酶、胰澱粉酶等。經導管排入十二指腸,能分解澱粉、脂肪和蛋白質,有消化作用。

胰蛋白酶 胰液中一種分解蛋白質的酶。能把蛋白質分解成爲多肽和胺基酸。

胰澱粉酶 胰液所含的一種消化酶。能分解澱粉,使變成麥芽糖。

胰脂酶 胰液中含有的一種脂酶,能分解脂肪成爲甘油和脂肪酸。

腸液 小腸黏膜腺分泌的消化液。弱鹼性。含多種消化酶,能分解食物中的蛋白、脂肪及碳水化合物。

腸激酶 腸液中的蛋白水解酶。由腸腺泌出,能使胰液中的胰蛋白酶原變爲胰蛋白酶。

膽汁 肝臟腺細胞分泌的液體。味苦,黃綠色,弱鹼性。含膽鹽、膽色素、膽固醇和無機鹽、酶等。對脂肪的消化和吸收有重要作用。

膽酸 含在膽汁中的一種類固醇。能促進脂肪的消化和吸收。

膽固醇 碳氫化合物的含氧衍生物,是機體內主要的類醇物質。白色結晶,質地軟。人的腦、神經組織、血液、膽汁中含膽固醇較多。有合成血漿脂蛋白、組成細胞成分、轉化爲維生素D等功能。

膽色素 膽汁內的色素,是紅血球分解所形成的被染氮化物。分膽紅素和膽綠素兩種:膽紅素是紅血球破壞後釋放入血的紅蛋白進一步分解而形成的一種物質;膽綠素是膽紅素氧化後的產物。

C5－3 名：　唾液·痰

唾液 唾腺的分泌物。含黏液、鹽、酶等物質,有潤濕食物便於吞咽、殺菌及部分消化作用:他咽了一大口唾液。也叫**唾沫**;**口水**;**吐沫**。

津 唾液:望梅生津。

津液 體內液體的總稱。通常指唾液:他把口中的津液咽到肚裡。

涎 〈書〉唾沫;口水:垂涎三尺／口角流涎。

涎水 〈方〉口水:饞得涎水直流。

黏涎子 〈方〉人口中的黏液。

哈喇子 〈方〉流出來的口水。

痰 肺泡、支氣管和氣管分泌出來的黏液。正常情況下分泌量很少,肺部或呼吸道發生病變時分泌量就增多。痰中含有的病菌是傳播疾病的媒介物:吐痰／痰多氣悶。

C5－4 名：　淚液·鼻涕·耳垢等

淚液 淚腺分泌的無色透明液體。有保持眼球表面濕潤、清洗眼球和殺滅病菌的作用。

眼淚 淚液的通稱:母親噙著眼淚抱住了她。

淚水 淚液;眼淚:她哭得滿臉都是淚水。

淚 淚液;眼淚:淚如泉湧／聲淚俱下。

淚珠 一滴一滴的眼淚:淚珠奪眶而出。

淚花 含在眼裡要流還沒有流下來的淚珠:眼裡噙著淚花。

熱淚 因高興、悲傷、感激等而流的眼淚:熱淚盈眶。

泣 眼淚:泣下如雨／飲泣吞聲。

涕 ❶眼淚:痛哭流涕。❷鼻涕:涕淚俱下。

眵 眼瞼分泌出來的黃色液體。也叫**眼眵**。俗稱眼屎。

眵目糊 〈方〉眼眵。

鼻涕 鼻腔黏膜分泌的液體。

泗 〈書〉鼻涕:涕泗滂沱。

鼻牛兒 〈方〉鼻腔裡乾結的鼻涕。

耳垢 外耳道內皮脂腺分泌的蠟狀物質。有濕潤耳內細毛和防止昆蟲進入耳內的作用。也叫**耵聹**。俗稱**耳屎**。

頭皮屑 頭頂及其周圍的皮膚表面脫落下來的碎屑:這洗髮水能止癢、去頭皮屑。

C5－5 名：　汗

汗 從皮膚排泄出來的液體。水分占百分之九十八～百分之九十九,還含少量氯化物、尿素和其他鹽類。汗液蒸發,是散放人體熱量的主要方式。也叫**汗液**。

汗水 指較多的汗:汗水濕透了衣服。

汗珠 指成滴的汗:豆大的汗珠從他額角落下。也叫**汗珠子**。

潹 汗:遍體生潹。

冷汗 由於驚恐或休克等而出的汗。出汗時手足發冷:他嚇得出了一身冷汗。

虛汗 由於身體衰弱或患有某種疾病而流出的不正常的汗:他身體衰弱,常出虛汗。

C5－6 動、形：　唾·擤·出汗等

唾 〔動〕吐唾沫:唾面自乾／唾手可得。

吐 〔動〕使東西從嘴裡出來:吐痰。

擤 〔動〕捏住鼻孔用力出氣,使鼻涕排出:擤鼻涕。

發汗 〔動〕用藥物等使身體出汗:他剛才服了

藥,正在發汗。

盜汗〔動〕因病或身體虛弱睡眠時出汗。

趁汗〔動〕〈方〉為治感冒,喝很燙的茶水或湯藥使出汗。

汗漆漆〔形〕微微出汗的樣子:臉上汗漆漆的。

汗流浹背＊形容汗出得很多,把背上的衣服都濕透了。

C5－7 名： 屎·尿·屁

屎 從肛門排泄出來,經過消化的食物的渣滓。也叫**糞**。

大便 人屎。

大糞 人的糞便。

污〈方〉大便:爛污。

尿 人或動物體內由腎臟產生從尿道排泄出來的液體;小便。

尿 小便:小孩又尿了一泡尿。

小便 人的尿:化驗小便。

小水 中醫指尿。

便 屎或尿:糞便/大小便。

糞便 屎和尿。

屄屄〈方〉屎;糞便(小兒語)。

屁 肛門排出的臭氣:放個屁/屁滾尿流。

C5－8 動： 便溺等

便 排泄屎、尿:便了一地屎尿。

便溺 排泄大小便:不要隨地便溺。

解手 排泄大便或小便:他上廁所解手去了。

拆〈方〉排泄大小便:拆爛污。

屙〈方〉排泄大小便:屙屎/屙尿。

淨手 婉辭。解手;上廁所。

更衣 婉辭。上廁所。

告便 婉辭。多指上廁所:我告便一下就來。

內急 急著要解手。

大便 拉屎。

大解 排泄大便。

出恭 元代科舉考試,為了防止考生擅離座位,考場內設「出恭入敬」牌。考生上廁所時,必須領這塊牌子。後俗因稱排泄大便為出恭。

拉〈口〉排泄大便:拉屎/拉肚子。

拉屎〈口〉排泄大便。

拆污〈方〉拉屎:拆尿(拆污)。

遺矢〈書〉拉屎。

拉稀 拉稀薄的大便。

拆爛污＊〈方〉拉稀屎。常比喻不負責任,把事情搞壞。

小便 排泄尿:不准隨地小便。

小解 排泄小便。

起夜 夜間起來小便:老年人經常起夜。

尿 撒尿:尿尿/尿床。

撒尿〈口〉排泄小便。

遺尿 睡眠中不自主地排尿。

尿床 在床上遺尿。

尿炕 在炕上遺尿。

溲〈書〉排泄糞便,特指排泄小便:溲器/一日數溲。

放屁 ❶從肛門排出臭氣。❷比喻說沒有根據或不合情理的話,用於罵人:他說話這樣不講道理,等於放屁。

C5－9 名、動： 月經·遺精

月經〔名〕❶女性週期性子宮出血的生理現象。一般從十三～十四歲青春發育期開始,到四十五～五十歲間卵巢功能衰退,月經終止。通常,月經每隔二十八～三十天出現一次,每次月經量是五十～六十毫升,持續三～五日。❷月經期間出的血。

經血〔名〕中醫稱月經。

經〔名〕月經:調經活血/行經。

血〔名〕指月經。

例假〔名〕婉辭。指月經或月經期。

白帶〔名〕女子陰道內排出的白色分泌物。由

女性生殖道腺體的分泌液、陰道內壁黏膜面上的滲出液、脫落的表皮細胞和少量白細胞等混合而成,有黏性。

行經 〔動〕月經來潮。

遺精 〔動〕精液不自覺地由尿道流出的現象。夢中遺精稱夢遺。無夢遺精,甚至清醒時精液流出稱滑精。青春期不過頻地遺精是生理現象。

夢遺 〔動〕夢中遺精。

手淫 〔動〕自己用手刺激生殖器官以求性快感,成習慣後,有害健康。

C6 體態‧容貌

C6-1 名: 體態

體態 身體的姿態;體形:體態健美/體態輕盈。

姿勢 身體呈現的樣子:他坐的姿勢很端正/他說話時做出各種姿勢。

姿態 姿勢;容貌和體態:姿態優美/姿態出眾。

架勢 姿勢;姿態:看他鋤地的架勢,從前是種過田的。也作**架式**。

身段 女性的身材、姿態:身段柔美/身段高矮適中。

身材 身體的高矮或胖瘦:身材苗條/身材魁梧。

身條 身材:身條不高不矮/細高的身條兒。

身個 身材:渾實的身個/不高不低的身個。

身姿 身材;姿勢:身姿柔美。

身貌 身材和相貌:細高清瘦的身貌。

個子 身材的大小:來的人是個大個子。也說個兒;個頭兒。

身量 身材;個兒:身量矮小/她身量高,是打排球的好苗子。

體形 人的身體的形狀:體形修長/按照體形裁製衣服。

外表 表面;人或物外部的形象:看人不能只看外表/她的外表很文靜。

外貌 人或物的表面形象:從外貌看,他像個樸實的農民/刻畫人物的外貌、性格。

貌 外表的形象;樣子:貌合神離/貌似忠厚。

形相 外貌;外表:形相嚇人/形相討厭。

相 姿勢:站有站相,坐有坐相。

膚色 皮膚的顏色:不同膚色的演員合演一臺戲。

血色 皮膚上紅潤的顏色:神情呆滯,面無血色。

形容 〈書〉形體和容貌:形容憔悴/形容醜陋。

體貌 體態相貌:體貌健美。

形貌 形體相貌:看他的衣著、形貌,像個鄉下人。

手勢 為表示意思而用手、臂做出的姿勢:用手勢指揮進出車輛。

C6-2 名: 容貌

容貌 人的面部長的樣子:容貌美麗。

面容 容貌:面容清秀。

容顏 容貌:容顏衰老。

相貌 容貌:相貌堂堂/姐妹倆相貌很相像。

貌 相貌:年輕貌美/花容月貌。

相 相貌;模樣:長相/臉上露出一種忠厚相。

容 容貌:美容/整容。

姿容 姿態容貌:姿容美麗。

容色 容貌;容顏:容色秀麗/頗有容色。

長相 〈口〉相貌:這孩子的長相逗人喜愛。

模樣 長相;裝束的樣子:母女倆的模樣很相像/看你把自己打扮成什麼模樣!

面貌 相貌:面貌端正/人的面貌各不相同。

面相 〈方〉相貌:這人的面相好熟/沒看清來客的面相。

姿色 婦女美好的容貌:姿色俏麗/頗有幾分姿色。

美貌 美麗的容貌:天生美貌。

人才　人材　〈口〉俊秀端莊的相貌：一表人才／略有幾分人才。

面目　臉的形狀；相貌：面目猙獰／面目討厭。

臉子　容貌（用於不莊重的語氣）：她事情做不來，只有臉子還算漂亮。

嘴臉　面貌；模樣（貶義）：嘴臉醜陋。

眉目　眉和眼，泛指容貌：眉目清秀。

眉眼　眉和眼，泛指容貌：這個小演員眉眼俊秀。

音容　〈書〉聲音和容貌：音容宛在／音容渺茫。

遺容　人死後的容貌：瞻仰遺容。

臉色　臉上表現出來的健康情況：臉色蠟黃／你的臉色不好，是不是身體不舒服？

面色　臉色：面色紅潤／面色蒼白。

氣色　面色：氣色紅潤／這幾天你臉上氣色好多了。

C6－3 形：　關於面貌・面色

紅潤　皮膚有血色而滋潤：臉色紅潤／兩頰紅潤。

白淨　皮膚潔白：白淨的面孔。

白皙　膚色白淨：他長得白皙漂亮。

煞白　面色極白；沒有血色：他氣得臉色煞白。

蒼白　臉上沒有血色，白得發青；灰白：面色蒼白，形容枯槁。

慘白　面色蒼白：她慘白的面孔上，沒有一點點表情。

蒼老　從面容、聲音上，顯出衰老的樣子：兩三年來，他蒼老多了。

鐵青　青黑色，多形容人在恐懼、盛怒或患病時發青的臉色：他氣得臉色鐵青，渾身發抖。

黎黑　〈書〉臉色黑：面目黎黑。也作黧黑。

堂堂　形容容貌莊嚴大方：相貌堂堂／儀表堂堂。

猙獰　面目凶惡：猙獰的嘴臉。

齜牙咧嘴*　**呲牙咧嘴***　形容面目凶狠。

青面獠牙*　形容面貌猙獰凶惡。

C6－4 名：　儀表・風度

儀表　人的外表。指容貌、姿態、風度等：儀表不俗／儀表大方／威嚴的儀表。

儀容　人的儀表、容貌：儀容清秀／嚴肅的儀容。

威儀　莊嚴的儀容、舉止：威儀凜然／她的威儀，使眾人對她敬畏。

風度　指人的姿態和言談舉止：風度翩翩／談吐文雅，不失學者風度。

舉止　指姿態和風度：舉止大方／舉止彬彬有禮。

風姿　豐姿　風度姿容：豐姿瀟灑／秀雅的風姿。

英姿　英俊威武的姿態：颯爽英姿／英姿勃勃。

雄姿　威武雄健的姿態：雄姿英發／雄姿不減當年。

風韻　豐韻　優美的風度和神態（多用於女子）：風韻秀麗／風韻猶存。

韻致　風度；神情、姿態的某種特色：韻致高雅。

風貌　風采容貌：風貌不俗／才華出眾，風貌超人。

神采　表現在面部的神氣和光采：神采奕奕／神采飄逸。

人品　人的儀表：人品出眾／我看他人品長得不錯。

儀態　儀容姿態：儀態萬方／儀態瀟灑。

風範　〈書〉風度；氣派：虛心接受批評，是一個學者應有的風範。

神宇　〈書〉神情儀表：父親嚴肅的神宇，使我敬畏。

器宇　儀表；風度：器宇軒昂。

風采　豐采　美好的風度、神采：風采動人／平易近人和藹可親的風采。

風致　〈書〉美好的容貌和姿態：別有風致／談吐舉止，都有天然的風致。

容止　〈書〉儀容舉止：容止嫻雅。

C6－5　名、形：　鬚髮形態

雲鬢　〔名〕婦女濃密而秀麗的鬢髮：雲鬢蓬鬆。

青絲　〔名〕〈書〉烏黑而柔軟的頭髮(多指女子)：
一縷青絲。

華髮　〔名〕花白的頭髮：早生華髮。

鶴髮　〔名〕老年人的滿頭白髮：鶴髮童顏。

銀髮　〔名〕白頭髮：滿頭銀髮。

少白頭　〔名〕年紀不大而頭髮已經變白。

虬髯　〔名〕〈書〉鬈曲的連鬢鬍鬚。

虬鬚　〔名〕〈書〉鬈曲的鬍鬚。

絡腮鬍子　落腮鬍子　〔名〕長在兩頰下連著鬢
角的鬍子。

連鬢鬍子　〔名〕〈口〉絡腮鬍子。

鬍子拉碴　〔形〕形容滿臉鬍子不加刮削：看他那
頹廢樣兒，鬍子拉碴的。

花白　〔形〕多指鬚髮黑白混雜：花白鬍子／頭髮
都花白了。

蒼蒼　〔形〕形容鬚髮灰白：白髮蒼蒼／兩鬢蒼
蒼。

斑白　班白　頒白　〔形〕〈書〉頭髮花白：鬢髮斑
白。

C6－6　名、形等：　眼、眉形態

眼神　〔名〕❶眼睛的神態：眼神呆滯／他們用一
種特別的眼神看我。❷〈方〉眼色：她使了個
眼神／他們倆交換了眼神。

眼色　〔名〕傳情示意的目光：不要看別人眼色／
暗中使個眼色。

眼波　〔名〕流動如水波的目光(多用於女子)：她
向對方送過去一個感謝的眼波。

秋波　〔名〕比喻美女清澈有如秋天水波的眼神：
暗送秋波。

秋水　〔名〕比喻清澈明亮的眼睛(多用於女子)：
望穿秋水。

醉眼　〔名〕醉後迷糊的眼睛：醉眼朦朧／醉眼惺
忪。

淚眼　〔名〕含著眼淚的眼睛：淚眼模糊。

賊眼　〔名〕神情鬼祟，不正派的眼睛：一雙賊眼
溜溜地轉個不停。

瞇縫　〔動〕眼皮微微合攏，露出縫隙：瞇縫著眼
睛笑。

乜斜　❶〔形〕眼睛因困倦而瞇成一條縫：睡眼乜
斜。❷〔動〕眼睛瞇縫而斜著(看)：乜斜著醉
眼看人。

惺忪　〔形〕剛睡醒，眼睛模糊不清：睡眼惺忪。

柳眉　〔名〕指女子彎曲細長的眉毛。也叫柳葉
眉。

娥眉　蛾眉　〔名〕形容女子細長而彎曲的眉毛：
娥眉皓齒。

濃眉　〔名〕黑而密的眉毛。

劍眉　〔名〕平直而末端翹起的眉毛。

愁眉　〔名〕憂愁時皺著的眉頭：愁眉苦臉／愁眉
不展／愁眉緊鎖。

愁眉鎖眼*　緊皺著眉和眼。形容憂愁、苦惱的
樣子。

C6－7　形：　美貌
（參見 F3－26 好看）

美貌　容貌美麗：姑娘長得很美貌。

標致　美貌；秀麗：好一個標致的姑娘。

漂亮　美麗：她長得很漂亮。

俊　容貌清秀好看：妹妹長得比姐姐更俊。

俊美　清秀美麗：俊美的青年。

俊秀　清秀美麗：她那俊秀的面孔上滿是笑容。

俊俏　美麗；漂亮：身材俊俏／俊俏的臉孔。

俏　容貌美好，體態輕盈：她是老來俏／她打扮
得真俏。

俏麗　俊俏美麗：俏麗動人的眼睛／俏麗的打
扮。

俏皮　容貌或衣著漂亮美好：她雖過三十，卻俏

皮得很／她的一身穿戴很是俏皮。

清秀 美麗而不俗氣：面目清秀。

秀氣 清秀：孩子長得白淨秀氣。

秀麗 清秀美麗：她那秀麗的臉上帶著笑容。

秀美 清秀美麗：體態婀娜，姿容秀美。

秀 秀麗；秀美；秀色可餐／秀外慧中。

秀媚 秀麗嫵媚：雖然面孔秀媚，心性卻不甚好。

娟秀 〈書〉秀麗：風姿娟秀。

姣 〈書〉容貌美麗：姣冶／姣娥／姣好。

姣好 〈書〉容貌美麗：面目姣好。

姣美 〈書〉容貌美麗：姣美的少女。

姣艷 〈書〉美好；艷麗；容貌姣艷。

妖艷 艷麗。也指艷麗而不莊重：這個年輕女人服裝闊綽而妖艷。

冶艷 〈書〉艷麗異常。

妖冶 艷麗。也指艷麗而不正派。

妖媚 姣美而不正派。

英俊 容貌俊秀而有精神：英俊少年。

帥 英俊；漂亮；瀟灑：那個小伙子真帥。

靚 〈方〉好看；漂亮：靚仔／打扮得好靚。

妍 〈書〉美貌；美麗(跟「媸」相對)：妍麗／不辨妍媸／爭妍鬥艷。

水靈 〈方〉漂亮而有精神：小姑娘兩隻眼睛又大又水靈。

窈窕 〈書〉女子嫻靜而美好：窈窕淑女。

絕色 〈書〉絕頂美貌(指好)：絕色佳人。

婷婷 〈書〉多形容女子美好：樹下站著一位婷婷的村姑。

明眸皓齒* 明亮的眼睛，潔白的牙齒。形容女子的美貌。

眉清目秀* 形容容貌清秀俊美。

傾國傾城* 形容女子容貌非常美麗，使一國一城的人都十分愛慕。□傾城傾國*。

C6-8 形： 醜陋

（參見 F3-27 難看）

醜陋 相貌或樣子難看：面貌醜陋／他長得醜陋，心地卻很善良。

醜 醜陋：醜媳婦／他長得很醜。

媸 〈書〉相貌醜陋(跟「妍」相對)：不辨妍媸。

不揚 相貌難看：其貌不揚。

寒磣 寒傖 醜陋：她雖然不美，但也不算寒磣。

砢磣 〈方〉寒磣。

面目可憎* 面貌醜陋，使人厭惡。

獐頭鼠目* 形容人相貌醜陋鄙俗。

C6-9 形： 苗條·嫵媚

苗條 身材細長柔美(多指婦女)：她穿上旗袍，顯得更加苗條了。

輕盈 形容女子身材苗條，動作輕捷：體態輕盈。

嫵媚 姿態美好可愛：嫵媚動人／嫵媚地一笑。

嬌媚 姿態、聲音柔美動人：舞姿嬌媚。

柔媚 溫柔嫵媚：柔媚的目光／她的態度自然而柔媚。

婀娜 姿態柔美輕盈：婀娜多姿／望著她婀娜的背影。

綽約 〈書〉形容女子體態柔美：綽約多姿。

嬋娟 〈書〉形容女子的姿態美好：體態嬋娟。□嬋媛。

裊娜 〈書〉形容女子體態輕盈柔美：裊娜腰肢／一個身材裊娜的年輕女子。

裊裊婷婷 〈書〉形容女子體態輕盈柔美。

亭亭玉立* 形容女子身材修長，體態俊美。

C6-10 名： 美人·醜八怪

美人 貌美的女子。

美女 貌美的年輕女子。

嬌娃 貌美的少女(多用於戲曲)。

紅顏 指美女。

天仙 傳說中天上的仙女。比喻美女。

娥眉 蛾眉 〈書〉指美女：皇都娥眉幾千。

西施 春秋時越王句踐獻給吳王夫差的美女。

後作爲美女的代稱。也叫**西子**。

姝麗 〈書〉美女。

佳人 〈書〉美貌的女子:絕代佳人/才子佳人。

玉人 〈書〉容貌美麗的人,多指女子。

尤物 〈書〉指突出的人物,特指美貌的女子:天生尤物/一代尤物。

國色 〈書〉舊時指全國容貌最漂亮的女子:天姿國色。

小家碧玉＊ 舊時指小戶人家年輕貌美的女子。

醜八怪 長得十分醜陋的人。

豬八戒 《西遊記》中的主要人物之一,形象醜陋,愚笨可笑。比喻長得醜陋的人。

夜叉 音譯詞。佛教指惡鬼,後用來比喻醜陋、凶惡的人。也譯作**藥叉**。

麻子 臉上有麻子的人。

麻皮 〈方〉臉上有麻子的人。

瘌痢頭 頭上長黃癬的人。

癩癩子 〈方〉瘌痢頭;頭上長黃癬的人。

C6－11 形: 身材高

高 身材長:高個子/這孩子長得很高。

高大 身材又高又大:高大的身軀。

魁梧 身體健壯高大:身體魁梧。□**魁偉**。

魁岸 〈書〉魁梧。□**偉岸**。

修長 身材細長:體形修長而勻稱。

頎長 〈書〉身材修長:頎長的身軀。

細挑 **細條** 身材細長:細挑個兒。

C6－12 形: 身材矮

矮 身材短:矮個兒/他身材比我矮。

矮墩墩 形容身材矮胖:他長得矮墩墩的。

矮小 身材矮小:這位老師個子矮小。

短小 身材又短又小:短小精悍。

敦實 身材矮而結實:雖然矮了些,卻很敦實。

胖墩墩 形容身材矮胖而結實。這孩子長得胖墩墩的。

矬 〈方〉矮:矬子。

五短身材＊ 指人的四肢和軀幹都短小。

C6－13 形: 身材粗大

粗大 (人體)又粗又大:胳膊粗大有力/他的身體粗大強壯。

粗笨 (身材、舉止)笨重;不靈巧:手腳粗笨/動作粗笨。

粗重 (手或腳)大而有力:粗重的雙腳,踩得跳板上下顫動。

笨重 沈重;不靈巧:身體笨重。

肥大 粗大壯實:肥大的身軀。

龍鍾 〈書〉年老體衰、行動不靈便的樣子:老態龍鍾。

五大三粗＊ 形容人身體粗大,膀闊腰圓的樣子。

C6－14 名: 巨人·矮子

巨人 身材異常高大的人。

大漢 身軀高大的男子:關東大漢。

彪形大漢＊ 指身材高大粗壯的男子。

矮子 身材短的人。

侏儒 身材異常矮小的人。

矬子 〈方〉身材短小的人。

C6－15 形: 胖

胖 (人體)脂肪多,肉多:這孩子很胖/你這幾個月胖了。

肥 脂肪多;胖:減肥/老頭子又肥又矮。

肥胖 胖:他有了錢,人也變肥胖了。

肥乎乎 形容人長得胖:胖乎乎的身板/胖乎乎的小圓臉。

豐滿 身體胖得充實勻稱:身材豐滿壯實。

豐盈 身體豐滿:體態豐盈。

豐腴 身體豐盈;豐滿:面頰豐腴。

肥碩 大而肥胖:身軀肥碩/豐滿的胸脯,肥碩的腿。

肥實　〈口〉肥胖壯實:孩子長得挺肥實。

肥大　肥胖壯實:肥大的身軀。

肥壯　肥胖健壯:身子肥壯。

虛胖　不結實的胖,是體內脂肪異常增多的現
　象:運動員長久不鍛鍊,容易變成虛胖。

臃腫　過度肥胖,轉動不靈:身軀臃腫。

富態　〈方〉婉辭。稱人身體胖:這位經理長得很
　富態。

肉頭　〈方〉豐滿而柔軟:這孩子一雙小手,又白
　又肉頭。

大腹便便*　形容肚子肥大的樣子。

腦滿腸肥*　形容不勞而食,養尊處優,吃得很
　飽,養得很胖。□腸肥腦滿*。

C6－16　形:　瘦

瘦　脂肪少;肌肉不豐滿:面黃肌瘦／你近來瘦
　多了。

瘦小　形容身材瘦,個子小:瘦小的老人。

瘦削　形容瘦:她的面頰、胳膊、腿都非常瘦削。

瘦瘠　不肥胖;瘦弱:瘦瘠的身材。

瘦溜　〈方〉形容身體瘦而細的樣子:瘦溜的腰
　身。

纖瘦　瘦小:纖瘦的身材。

精瘦　身體十分瘦:他累得精瘦。

枯瘦　乾枯消瘦:身體矮小枯瘦／一場病把他折
　騰得一身枯瘦。□乾瘦。

清瘦　婉辭。瘦:你病後清瘦些,精神卻很好。

清癯　〈書〉清瘦:老人看上去清癯些,但很有精
　神。

皮包骨頭*　形容身體極度瘦弱,幾乎只剩下皮
　和骨頭。也說皮包骨*。

瘦骨伶仃*　形容人瘦得皮包骨的樣子。

瘦骨嶙峋*　形容人清瘦露骨。

面黃肌瘦*　形容人面色枯黃,十分瘦削。

鳩形鵠面*　形容面容憔悴,身體瘦削。

C6－17　名:　胖子·瘦子

胖子　肥胖的人。

胖墩兒　〈口〉稱矮胖結實的兒童。

大塊頭　〈方〉胖子;身軀高大的人。

肥佬　〈方〉胖男子。

肥婆　〈方〉胖婦女。

肥仔　〈方〉胖兒子。

瘦子　身體瘦的人。

瘦猴　形容很瘦的人。

骨頭架子　〈口〉形容十分瘦削的人。

C7　人體動作(一般)

(參見J1－1行動,J1－12跑,J1－13
跳·越·跨,J1－14爬·登·攀,J1－15
鑽·衝,J1－16扭·蹓,J1－17蠕·趟·滑)

C7－1　動、名:　動作

動作　❶〔動〕(身體)活動:他動作起來很敏捷／
　彈鋼琴要十個指頭都能動作。❷〔名〕全身或身
　體一部分的活動:全身動作／這一節操有四個
　動作。

活動　〔動〕(肢體)轉動:站起身來活動活動／打
　太極拳能活動筋骨。

動　〔動〕活動;動作:動手動腳／他頭轉筋了,不
　能動。

舉動　❶〔動〕活動;動作:舉動緩慢。❷〔名〕身
　體的活動、動作:不文明的舉動／她臉色蒼白,
　言語、舉動都很不自然。

動彈　〔動〕活動:他癱瘓在床,半個身子不能動
　彈。

動換　〔動〕〈口〉動彈:車廂裡擠得人沒法動換。

動靜　〔名〕動作的聲音:屋裡沒有一點動靜。

手腳　〔名〕動作:手腳靈便／手腳俐落。

運動　〔動〕進行體育活動:我每天早晨要運動一小時。

C7-2 動：　站·坐·蹲·跪

站　直著身子,兩腳著地或踏在物體上:站崗/站著講話/站在講臺上。

立　站:坐立不安/立在窗前。

佇立　〈書〉長時間地站立著:我默默地佇立在紀念碑前。

肅立　恭敬地站著:全體肅立。

起立　站起來(多用做口令):全體起立。

起　由坐臥爬伏而站立或由臥而坐:早睡早起/平起平坐。

起來　坐起或立起:剛躺下就起來了/他起來把座位讓給抱小孩的。

坐　把臀部放在椅、凳或其他物體上,支持身體重量:坐在床上/席地而坐。

落座　坐到座位上:大家請落座,節目就要開始了。

正襟危坐 *　〈書〉理好衣襟端端正正地坐著,形容嚴肅或拘謹的樣子。

蹺二郎腿 *　〈方〉人坐時把一條腿擱在另一條腿上,形容神情悠閒。

盤腿　兩腿彎曲、交叉、平放地坐著。□盤膝。

跏趺　腳背放在股上盤膝而坐,是佛教徒的一種坐法。

趺坐　左腳放在右腿上,右腳放在左腿上,是佛教徒盤膝打坐的姿勢。

蹲　兩腿儘量彎曲,臀部向下不著地:兩個孩子蹲在地上玩耍。

踞　蹲或坐:踞坐/龍盤虎踞。

箕踞　〈書〉古人席地而坐,隨意伸開兩腿,像個畚箕,是一種不拘禮節的坐法。

猴　〈方〉像猴子似地蹲著:他們猴在田頭談天。

跪　兩膝著地或單膝著地:跪下求饒/跪拜佛像。

屈膝　下跪,比喻屈服:卑躬屈膝/屈膝投降。

C7-3 動：　躺

躺　身體平放在地上、床上或其他物體上成休息的姿勢:他躺在草地上休息/我一躺下就睡著了。

倒　躺下:倒在床上/倒在一張藤椅上。

臥　躺下;睡;倒:平臥/仰臥/臥病在床/和衣而臥。

睡　躺;躺下:醫生叫他睡在床上,給他按摩腹部。

倒頭　躺下:倒頭就睡。

趴　胸腹朝下躺著:趴在草地上看書。

伏　面對下,背朝上俯臥著;趴著:伏在草叢裡不敢動。

俯伏　趴在地上(多表示屈服或崇敬):俯伏在地/俯伏聽命。

C7-4 動：　靠·偎

靠　立著或坐著時,身體的一部分由別人或物體支撐著:他倆背靠背坐著/我靠牆站著。

倚　靠著:倚馬可待/他倚在船欄上。

倚靠　身體靠在物體上:倚靠房門,向外張望。

憑　身體靠著:憑幾/憑欄遠眺。

把　〈口〉緊靠:把著牆角兒站著。

趴　身體向前靠在物體上;伏:趴在窗臺上向外看/趴在桌子上睡著了。

伏　身體前傾靠在物體上:伏在桌上看書。

撲　〈方〉趴;伏:撲在桌上看書。

偎　緊靠著;緊挨著:孩子把自己的臉緊偎在媽媽的臉上。

偎依　親熱地靠著;緊挨著:女孩偎依在媽媽的身邊。

依偎　親熱地緊靠著。也泛指依靠:孩子一進門就依偎在媽媽的懷裡/他一個人依偎在門邊。

C7－5 動、名：　摔·撲

摔〔動〕身體失去平衡而倒下:摔倒了/摔了一跤。

跌〔動〕身體失去平衡而倒下;摔:跌了一跤/孩子跌倒在泥地上。

摜〔動〕〈方〉摔;使摔:摜了一跤/把他摜得爬不起來。

栽〔動〕摔倒:栽得頭破血流/栽了一個跟頭。

撲〔動〕身體向前迅速地伏在物體上:孩子親切地撲到我的懷裡。

撲跌〔動〕向前跌倒:他一腳打滑,撲跌在地。

摔跤　摔交〔動〕摔倒在地上:道路泥濘,當心摔跤。

跌跤　跌交〔動〕摔倒在地上:山路難走,當心跌跤。

摜跤　摜交〔動〕〈方〉摔跤。

撂跤　撂交〔動〕〈方〉摔跤。

栽跟頭*　摔跤;跌倒:大膽向前走,別怕栽跟頭。

失腳〔動〕走路時不當心而跌倒:失腳跌倒。

失足〔動〕失腳:他一失足,從樓梯上滑下來。

打奔兒〔動〕〈方〉走路時腿腳發軟或被絆一下,幾乎跌倒:他酒喝多了,走路老打奔兒。

跤交〔名〕身體失去平衡向下摔倒的動作:跌跤/摔了一跤。

倒栽葱〔名〕摔倒時頭先著地的姿勢:摔了一個倒栽葱。

倒仰兒〔名〕〈方〉仰面往後跌倒的姿勢。

仰八叉〔名〕身體向後摜倒的姿勢。也說仰八腳兒。

狗吃屎*　身體向前摔倒的姿勢(含嘲笑意)。

屁股蹲兒〔名〕〈方〉屁股著地,但未倒下的姿勢:摔了個屁股蹲兒。

撲虎兒〔名〕向前撲跌兩手著地的動作:他立腳不穩,一個撲虎兒摔了下去。

馬趴〔名〕身體向前跌倒的姿勢:腳一絆,摔了個馬趴。

C7－6 動：　踩·踮·踢·跺

踩❶腳底接觸地面或物體:踩在腳底下/別把麥苗踩壞了。❷用腳賣力蹬:把土踩結實。

踏　踩:腳踏實地/不要踏壞莊稼。

登　蹬❶踩;踏:他登著我的肩膀爬上牆。❷腳和腿向腳底的方向用力:小孩兒睡熱了亂登被/登自行車。

跐❶踩;踏:別跐壞新修的門檻兒。❷踮:跐著腳往房裡看。

蹈〈書〉踏;踩:赴湯蹈火/重蹈覆轍。

踐踏　亂踩亂踏:不要踐踏花草。

踮　抬起腳跟,用腳尖著地:踮著腳看/踮著腳才能搆得著。也作點。

蹺❶抬腿;豎指頭:他把腳伸起,蹺到鄰座的凳子上去/蹺著大拇指。❷踮起腳後跟:後邊的人蹺起腳來伸長脖子往裡頭看。

踢　提起腿用腳撞擊:踢足球/狠狠地踢一腳。

踹❶用腳底踢:把門踹開了/踹他一腳。❷踩:一腳踹在泥坑裡。

蹴〈書〉❶踢:蹴鞠(踢球)/互相蹴踏。❷踏:一蹴而就。

踢蹬　亂踢亂蹬:這孩子睡覺時兩腳老是踢蹬。□踢騰。

跺　腳用力踏地:跺腳/把鞋上的灰土跺一跺。

跺腳　提起腳用力踏地:這孩子一不高興就跺腳哭鬧。

頓足　跺腳:頓足捶胸/頓足嘆息。□跌足。

跳腳　因焦急或發怒而跺腳:急得亂跳腳。

C7－7 動：　挺·欠·躬身·轉身

挺　伸直或凸出身體或身體的一部分:挺起胸膛/挺了挺腰。

挺身　直起身子:挺身而出/挺身應戰。

打挺兒〈方〉頭頸用力向後仰,胸部和腹部挺

起:孩子不肯吃藥,在媽媽的懷裡打挺兒。

伸腰　挺直腰:伸腰仰首。

欠　❶身體一部分略微抬起或移動:欠欠腳兒／欠起身子來。❷身軀略微向前彎著:欠著身子答應著。

欠身　身體稍微向上、向前,表示對人恭敬:欠身致意／欠身讓座。

躬身　彎下身體:躬身下拜。

哈腰　〈口〉❶彎腰:哈腰拾東西。❷稍微彎腰表示謙恭:點頭哈腰。

毛腰　**貓腰**　〈方〉彎腰:一毛腰鑽進山洞。

轉身　掉轉身子:我搖搖頭,轉身就走。

伸懶腰*　伸展腰和上肢,以解除疲乏。

C7-8　動、名：　倒立·翻身

倒立　〔動〕用手支撐身子,頭朝地,兩腿向上。

拿頂　〔動〕倒立。也說倒立。

豎蜻蜓*　〈方〉倒立。

翻身　〔動〕躺著身體左右轉動:睡不著,老是不停地翻身。

翻覆　〔動〕來回翻動身體:整夜翻覆,不能安眠。

翻來覆去*　躺著來回翻身。

輾轉　**展轉**　〔動〕身體翻來覆去:輾轉難眠／輾轉反側。

折騰　〔動〕〈口〉翻來覆去:孩子在床上來回折騰了半天才睡著。

翻滾　〔動〕亂翻身:他痛得在床上翻滾。

打滾　〔動〕躺下滾來滾去:在地上打滾兒。

跟頭　〔名〕人身體失去平衡而摔倒或向前向後彎曲而翻轉的動作:栽跟頭／翻跟頭。

筋斗　**斤斗**　〔名〕〈方〉跟頭(身體向下彎曲而翻轉的動作)。

翻跟頭*　身體向下,雙手撐地,或憑空一躍翻轉過來,再恢復直立狀。

翻筋斗*　**翻斤斗***　〈方〉翻跟頭。

C7-9　動：　發抖

發抖　身體因受冷、害怕、氣憤或激動等而顫動:冷得全身發抖／嚇得發抖。

打顫　**打戰**　發抖:冷得打戰／嚇得兩腿打戰。

發顫　**發戰**　發抖:她拿相片的手有些發顫／氣得渾身發顫。

哆嗦　身體不由自主地顫動:凍得渾身哆嗦／他的手哆嗦著接過獎狀。

顫抖　發抖;哆嗦:他興奮得兩手都顫抖了。

戰抖　發抖;顫抖:全身因寒冷而戰抖／她的心不覺微微戰抖起來。

戰慄　**顫慄**　身體因恐懼或寒冷等而發抖:看到這種可怖的情景,她不禁全身戰慄／凍得他渾身哆嗦,牙齒戰慄。

顫　顫抖;發抖:寫字時手不能顫／嚇得渾身亂顫。(又讀顫慄／打顫)

戰　發抖:膽戰心驚／戰戰兢兢。

抖　發抖;哆嗦:他怕冷,穿那麼多還在抖／他兩條腿也抖了起來。

慄　發抖;哆嗦:顫慄／不寒而慄。

激靈　**激伶**　〈方〉身體因受刺激而猛然抖動:在他鼻尖下一搔,他激靈一下,馬上醒了。□機靈。

打冷戰*　**打冷顫***　身體因害怕或受冷猛然抖動一下。

篩糠　用篩子篩糠,來回搖晃。比喻身體因受凍或驚嚇而發抖:他凍得兩腿直篩糠。

C7-10　動：　仰·俯·回頭

仰　抬起頭,臉朝上:仰望星空／仰面朝天。

抬頭　把頭仰起:抬頭一看,對面陽臺上站滿了人。

昂首　仰起頭來:昂首挺胸／昂首闊步。

翹首　〈書〉抬起頭來望:翹首企足／翹首星空。

俯　低頭,臉向下:俯瞰／俯拾皆是。

低頭　臉向下:低頭嘆息／低頭認罪。

垂頭　低頭:垂頭不語。

俯首　低頭:俯首甘爲孺子牛／俯首就擒。□低
　　　首。

垂首　低下頭:垂首而立。

沁　〈方〉頭向下垂:沁著頭睡。

回頭　把頭向後轉:回頭向送行人揮手告別。

回首　回頭:頻頻回首,依依不捨。

掉頭　轉回頭:一見屋裡都是生人,他掉頭就走。

轉臉　掉過臉來:他轉臉向我使了個眼色。

C7-11 動:　扶‧抱‧攜手

扶　❶用手支持人或物使不倒或使起立:扶老攜
　　幼／扶病人起床／把秧苗扶直。❷用手握住
　　或按住物體支持自己身體:扶杖而行／扶著牆
　　向前走。

攙扶　用手支住對方的手臂:攙扶老人上車。

攙　攙扶:攙著病人散步／過馬路時請你攙我一
　　把。

扶持　攙扶:母親年邁多病,坐臥都要人扶持。

扶掖　〈書〉攙扶:這位老人走路要人左右扶掖。

抱　用手臂攏著:孩子走過來要他抱。

摟抱　雙臂合抱;用胳膊攏著:多年不見,兩人緊
　　緊摟抱在一起／母親把孩子摟抱在懷裡。

摟　摟抱;用手臂圍住:媽媽摟著孩子睡覺。

擁抱　爲表示親熱而相抱:兩人緊緊地擁抱在一
　　起。

攬　用手臂圍住對方,使靠近自己;摟抱:她把孩
　　子攬在懷裡／他攬著她肩膀走。

攜手　手拉著手:攜手同行。

摽　用胳膊緊緊鉤住:她倆常摽著胳膊走。

挽　彎手鉤住:手挽著手／他坐到她旁邊,用
　　挽著她的腰。

C7-12 動:　撫摩‧摸‧搔

撫摩　用手輕輕接觸並來回移動:父親說話時,

常常撫摩著我的頭髮。

撫摸　撫摩;摩挲:他輕輕地撫摸自己胸前的瘡
　　疤。

摩挲　撫摩:摩挲把玩,愛不釋手。

摩挲　用手撫摩衣物使平貼:把衣裳摩挲平了。

摸　用手接觸或撫摩:你摸一摸他的額頭,是不
　　是發燒?

捫　〈書〉撫摸:捫心自問。

胡嚕　〈方〉撫摩:你的腳還痛嗎？讓我來胡嚕胡
　　嚕。

搔　用指甲在皮膚上輕輕劃過:搔癢癢／搔頭
　　皮。

抓　搔:抓癢癢／抓一下就不癢了。

撓　搔;抓:抓耳撓腮／他撓著頭說。

抓撓　搔:他兩手不住地抓撓膝蓋。

扒　〈方〉搔:在頭上扒癢。

C7-13 動:　揮手‧抄手‧背手

揮手　舉手擺動:揮手告別／向歡呼的群眾揮手
　　致意。

招手　舉起手上下搖動,表示招呼人或向人問
　　候:招手叫車／走進校門,就有人向我招手。

搖手　把手左右搖動,表示阻止、否定:他連連搖
　　手,不肯跟他們一同走。

擺手　搖手;揮手。

甩手　手向前後擺動。是行走時的一種自然動
　　作:隊伍行進甩手要整齊。

振臂　舉起或揮動胳膊,表示奮發或激昂:振臂
　　一呼。

攘臂　〈書〉捋起衣袖,伸出胳臂。多表示激奮:
　　奮然攘臂／攘臂高呼。

抄手　兩手在胸前交叉插在袖子裡:他抄手站
　　著,不動聲色。□揣手。

袖手　把手藏在袖子裡:袖手旁觀／他們不甘心
　　袖手看著自己家鄉受糟蹋。

籠著手*　〈方〉把手插在袖筒裡。

背手　雙手放在背後相互握著:他躬腰背手,在後院走來走去。

反剪　兩手交叉放在背後或綁在背後:他反剪著手在院子裡來回踱著方步。

回手　掉轉過手去:走出屋子,回手把門帶上。

C8　一般身體狀況

C8-1　名:　睡眠

睡眠　一種對外界刺激相對地失去感受能力的生理現象。睡眠時骨骼肌鬆弛,血壓稍降,心跳變慢,代謝率減低,各級神經中樞抑制過程加強。睡眠能恢復體力和腦力。

睡夢　睡熟入夢的狀態:他有時在睡夢裡也會驚跳起來。

夢寐　睡夢:夢寐以求/一種聲音把他從夢寐似的情景中驚醒了。

甜夢　甜暢的睡夢:敲門聲把他從甜夢中驚醒。

睡鄉　指睡眠狀態:迷迷糊糊進入睡鄉。

夢鄉　指睡熟時的狀態:他一躺下便進入了夢鄉。

覺　睡眠的過程(指從睡著到睡醒):一覺醒來/別睡懶覺。

午覺　午飯後短時間的睡眠:睡午覺。

晌覺　〈方〉午覺:睡晌覺。也叫晌午覺。

盹　短時間的睡眠:坐在車上打盹。

瞌睡　短時間的入睡狀態:別碰他,讓他打個瞌睡。

瞌盹　〈方〉瞌睡:打瞌盹。

睡態　睡眠時的姿態:他的睡態很難看。

睡相　睡態:她晚上的睡相,怕不見得很好吧?

C8-2　動:　睡覺

睡覺　進入睡眠狀態:天已很晚,該睡覺了/勞累了一天,很想睡覺。

睡眠　睡覺:睡眠不足/睡眠時間,請勿打擾。

睡　睡覺:睡午覺/早睡早起。

眠　睡覺:失眠/安眠/不眠之夜。

入睡　睡著:久久不能入睡。

成眠　入睡:竟夜不能成眠。

寐　睡覺:夜不能寐/夢寐以求。

宿　夜裡睡覺:借宿/在露天宿了一夜。

歇　〈方〉睡:他在床上歇著。

歇息　睡覺:夜深了,該歇息了。

安息　安靜地休息,多指入睡:宿舍裡,人們都早已安息了。

安歇　上床睡覺:吃過晚飯,大家各自回房安歇。

就寢　開始睡覺:每晚九時就寢。

著　〈方〉入睡:睏極了,一躺下就著了。

睏　〈方〉睡:一覺睏到天亮/別胡思亂想了,快睏吧。

C8-3　動:　小睡

小睡　短時間的睡眠:小睡片刻/甜睡固不可少,小睡也十分愜意。

打瞌睡*　小睡:斷續地短時間入睡:他辦公時靠在椅子上打瞌睡。

打盹兒　〈口〉打瞌睡:晚上失眠,白天打盹兒。

沖盹兒　〈方〉打盹兒。

瞇盹兒　〈方〉打盹兒。

瞇　〈方〉小睡:趴在桌上瞇一陣子。

眈　〈方〉小睡:眈一眈。

假寐　〈書〉不脫衣服小睡:伏案假寐。

午睡　睡午覺:他每天午睡半小時。

C8-4　動:　熟睡

熟睡　睡得很沈:疲乏過度,熟睡不醒。

沈睡　熟睡:別人都醒了,他還沈睡著。

甜睡　熟睡:人們還在甜睡,他已起身出門了。

鼾睡　熟睡而打呼嚕:大天白日的,他竟在公園裡鼾睡。

安眠　安穩地熟睡：我整夜不能安眠。

C8－5 名、動：　睡意・困倦

睡意　〔名〕要睡的感覺或情態：他越想越興奮，完全沒有睡意了。

睡魔　〔名〕使人昏睡的魔力。比喻強烈的睡意：他重行臥下，睡魔又走了，翻來覆去不能成眠。

睡眼　〔名〕初醒時猶帶睡意的眼睛：睡眼朦朧／惺忪的睡眼。

困倦　〔動〕疲乏想睡：你困倦，就先睡。

睏　〔動〕疲乏，想睡覺：你睏了，就把電視關上吧。

瞌睡　〔動〕想睡覺：連連熬夜，瞌睡得厲害。

渴睡　〔動〕想睡：你既然渴睡，就不要硬撐了。

C8－6 名：　夢・幻覺

夢　睡眠中不受意識控制的特殊的想像。夢的內容與清醒時意識中保留的印像有關，是混亂的奇特的組合。

夢境　夢中經歷的情境，常比喻美妙的境界：他已入夢境，別吵醒他／恍如夢境。

夢幻　夢中虛幻的情景：她腦子裡朦朧地浮現出各種夢幻似的景像。

噩夢　可怕的夢：一場噩夢／從噩夢中驚醒。也作**惡夢**。

幻覺　沒有外在刺激而出現的虛假的知覺。

C8－7 動：　做夢

做夢　❶睡眠時意識中呈現種種幻像。是人腦的正常活動：我睡覺時常做夢。❷比喻幻想：白日做夢。

夢　做夢：如夢初醒。

入夢　❶進入夢境，指睡著：躺下不久，就呼呼入夢了。❷指某些人物、情景出現在自己的夢中：少年時和同學共處的情景，仍時時入夢。

夢見　做夢時見到：夢見老戰友／夢見自己回到故鄉。

夢魘　睡眠時，做夢遇到可怕的事情而喊叫，或感到被什麼東西壓住不能動彈：昨晚我因夢魘而驚醒。

魘　發生夢魘：你怎麼魘住了？

托夢　迷信謂鬼神或親友在夢中出現並有所囑託：他說是父親托夢對他說的。

C8－8 名、動：　夢話

夢話　〔名〕睡夢中說的話：昨夜你夢話好多喔！也叫**夢囈**；**囈語**。

囈　〔動〕〈方〉說夢話。

撒囈掙*　〔動〕〈口〉熟睡時說話或動作。

C8－9 動：　醒・起床

醒　睡眠結束，大腦皮層恢復興奮狀態。也指尚未入睡：天不亮就醒了／久久不能入睡，一直醒著。

醒盹兒　〈方〉小睡醒過來。

驚醒　❶因受驚動而醒來：從睡夢中驚醒。❷使驚醒：輕聲些，別驚醒孩子。

覺　睡醒：大夢初覺。

起床　早晨睡醒下床：每天六時起床。

起身　起床：他每天起身後鍛鍊鍛鍊身體。

起來　起床：清晨起來，精神飽滿。

C8－10 動、形等：　失眠・催眠

失眠　〔動〕晚上不能入睡：這幾晚我常失眠。

驚醒　〔形〕睡眠中容易醒來：我睡覺很驚醒，有點聲響就知道。

警醒　〔形〕睡得不熟，容易醒：他睡覺警醒不過，一有動靜就醒。

目不交睫*　形容夜間睜著眼，不睡覺。

輾轉反側*　形容心事重重或有所思念，躺在床上翻來覆去不能入睡。

催眠 〔動〕❶促使睡眠：催眠曲／蜜蜂從花心裡飛出來，發出一種催眠的聲音。❷用刺激視覺、聽覺或觸覺等方法來引起一種類似睡眠狀態。其時大腦皮層只有部分區域受到抑制，與普通睡眠不同。

催眠術 〔名〕催眠的方法，一般用言語暗示。

C8－11 動： 休息

休息 暫時停止工作、學習或活動，以消除疲勞：你去休息一陣子吧／趁這個機會休息一兩天。

休憩 〈書〉休息：稍事休憩／公園裡設有茶座，供遊客休憩。

休 休息：公休／午休／病休。

息 休息：游息／安息／按時作息。

歇息 休息：大家累了吧，快歇息歇息。

歇憩 〈書〉休息：他斜仰在靠背上歇憩片刻。

憩息 〈書〉休息：這裡是社區居民憩息的好去處。

歇 休息：歇工／大家來歇一陣子。

歇氣 停下來休息一段時間：接連兩個鐘頭不歇氣／不歇氣地猛幹一場。

歇乏 休息以解除疲勞：大家坐在樹下歇乏。

停歇 停止行動，藉以休息：停歇片刻，喝口涼茶。

喘息 借指短時休息：忙得連喘息的機會都沒有。

喘氣 借指緊張活動中的短時休息：我忙了一上午，連喘氣的工夫都沒有。

C8－12 動： 乘涼·取暖

乘涼 熱天在陰涼通風的地方休息：在陽臺上乘涼。

納涼 乘涼：到海濱納涼去／納涼晚會。

歇涼 〈方〉乘涼：走累了，到路旁涼棚裡歇涼去。

歇蔭 〈方〉熱天在蔭涼的地方歇息：夏天中午，農民在河邊柳樹下歇蔭。

涼快 使身體清涼爽快：到樹蔭下涼快一陣子再走吧！

取暖 用熱能使身體暖和：用火爐取暖／擠在一起，互相取暖。

暖和 使身體變溫暖：外面很冷，快進屋裡暖和暖和吧／大家圍著火爐暖和身體。

暖 使變溫暖：烤火暖手／快進屋來暖暖身子。

焐 用熱的東西使變暖：用熱水袋焐熱了被褥／把手伸進袖筒裡焐一焐。

烤火 挨近火以取暖：圍爐烤火。

向火 〈方〉烤火。

曬暖 〈方〉在陽光下取暖：院門外有人曬暖。

C8－13 名、動： 噴嚏·咳嗽 等

噴嚏 〔名〕鼻黏膜受刺激，急遽吸氣，然後由鼻孔很快地噴出並伴有響聲的現象。也叫嚏噴。

呃逆 〔動〕由於膈肌痙攣，空氣被急促吸入呼吸道，聲門突然關閉而不自主地發出聲音。

噯氣 〔動〕胃裡的氣體吐出口外，同時發出短促的聲音。

嗝 〔名〕❶胃裡的氣體吐出口外時發出的聲音。❷膈肌痙攣，急促吸入空氣，聲門突然關閉而發出的聲音。

打嗝兒 〔動〕〈口〉❶呃逆的通稱。❷噯氣的通稱。

咳嗽 〔動〕喉部或氣管的黏膜受到刺激時迅速吸氣，隨即急急呼出，振動聲帶作聲。是人體呼吸道的一種保護性的反射動作，能排除異物或吐出痰液。也是呼吸系統疾病最常見的症狀。

咳 〔動〕咳嗽：咳了幾聲／咳出痰來。

嗆 〔動〕水或食物誤入氣管，引起咳嗽：慢慢吃，別嗆著。

齉 〔動〕鼻子不通氣，發音不清晰：受涼了，鼻子有點齉。

齉鼻　〔動〕發齉:他說話有點齉鼻,別人聽不清楚。

齆　〔動〕鼻子堵塞,發音不清:鼻子齆了,說話很吃力。

齆鼻　〔動〕鼻孔堵塞,發音不清。

C8-14 動、名:　呼嚕·呻吟等

呼嚕　〔名〕〈口〉睡著時因呼吸受阻而發出的粗重的聲音;鼾聲:打呼嚕。

鼾聲　〔名〕打呼嚕的聲音:他躺下不久便鼾聲大作。也叫**齁聲**。

呻吟　〔動〕因痛苦而發出聲音:病人低聲呻吟著/無病呻吟。

哼　〔動〕鼻子發出聲音:他忍著劇痛,沒有哼一聲。

哼哼　〔動〕〈方〉哼:病人哼哼了一夜/挨了一棒,痛得直哼哼。

哈欠　〔名〕困倦時張嘴呼吸作聲,是血液內二氧化碳增多,刺激腦呼吸中樞所引起的:一連打了三個哈欠。也叫**呵欠**。

吧嗒　〔動〕嘴唇開合作聲:他吧嗒了兩下嘴,不吭聲。

吧唧　〔動〕嘴唇開合作聲:吧唧著嘴唇/他拿支煙放在唇間吧唧著。

C8-15 聲:　喘息聲·心跳聲·鼾聲等

呼哧　呼嗤　喘息的聲音:呼哧呼哧地喘著粗氣。

哼哧　粗重的喘息聲:農夫們彎下腰,哼哧地喘著氣。

吭哧　因負重用力而不自主地發出的聲音:他背起口袋吭哧吭哧地上路了。

咻咻　喘氣的聲音:咻咻的鼻息聲/氣喘咻咻。

突突　心跳的聲音:心突突地跳。

怦　形容心跳聲:心怦怦直跳。

嘣嘣　形容心跳動的聲音:心嘣嘣直跳。

呼嚕　睡著時的鼾聲或痰阻喉口的呼吸聲:呼嚕呼嚕地睡著了/喉嚨裡呼嚕呼嚕地響著。

齁齁　打鼾的聲音。

哕　嘔吐時嘴裡發出的聲音:哕的一聲,藥都吐出來了。

喀　嘔吐、咳嗽的聲音:喉中喀喀有聲。

哇　嘔吐聲、大哭聲或驚叫聲:哇的一聲把吃的東西吐了出來。

咕嚕　大口喝水的聲音:他把一碗水咕嚕咕嚕地喝光了。

噗　吹氣聲:噗,一口氣吹滅了十多支蠟燭。

C8-16 形:　健康·強壯

健康　人體生理機能正常,沒有疾病:身體非常健康/使下一代健康地成長。

康健　健康:祝君康健。

強壯　身體結實,有力氣:足球運動員個個身體強壯。□強健;健壯;壯健。

健　強健;健康:雄健/健美/保健/父母健在。

強　身體有力;力量大:身強體壯/年富力強。

壯　強健:身體壯/年輕力壯。

結實　身體健壯:這小伙子身板兒挺結實。

壯實　身體強壯結實:這孩子長得很壯實。□堅實。

硬實　〈方〉壯實;結實有力:老人家身體還很硬實。

皮實　身體結實,不易生病:這男孩很皮實,從來不生病。

健全　身體強健,沒有缺陷:身心健全/肌體發育健全。

健旺　身體健康,精神旺盛:他是個健旺的老人/入春以來,他的身體一直不很健旺。

茁壯　(生長得)強壯;健壯:讓孩子們茁壯成長。

茁實　〈方〉健壯結實:這幾個娃娃長得挺茁實。

硬朗　〈口〉指老人身體健壯:他八十了,身板兒還很硬朗。

矯健　強健而勇武:體格矯健/矯健的步伐。

虎勢 〈方〉形容健壯:小伙子長得眞虎勢。

棒 〈口〉體力或能力強:棒小伙子/運動員們身體眞棒。

粗壯 粗大而強壯:身體粗壯有力。

肥壯 肥大而健壯。多用來形容動物,用於人則含貶義。

精壯 精幹強壯:小伙子長得很精壯。

少壯 年輕力壯:少壯派/少壯不努力,老大徒傷悲。

雄健 強健有力:儀仗隊雄健威武。

頑健 〈書〉謙稱自己身體強健:我身體還很頑健。

身強力壯* 形容身體強壯有力。

銅筋鐵骨* 比喻非常強健的身體。

虎背熊腰* 形容身體魁梧健壯。

虎頭虎腦* 形容健壯憨厚(多指兒童)。

C8－17 形: 衰弱·軟弱

衰弱 身體的機能、精力衰退;減弱:病後身體衰弱/神經衰弱。

衰 衰弱:衰老/早衰/年老力衰。

弱 氣力小,不壯壯:弱不禁風/體弱多病。

衰老 年老身體精力衰弱:母親比以前衰老多了。

衰頹 身體衰弱,精神萎靡:他已經年老,精力衰頹。

虛弱 體力虧損過甚,顯得軟弱不堪:病後身體虛弱。

虛 虛弱:病後體虛,要注意調理。

軟弱 身體缺乏氣力:身體軟弱,要加強鍛鍊。

軟 軟弱:兩腿發軟/渾身軟得不能久立。

柔弱 軟弱:她從小身體柔弱。

嬌嫩 柔弱;嫩弱:一碰就倒,你這身體也太嬌嫩了。

瘦弱 身體瘦削且軟弱無力:瘦弱多病/那孩子瘦弱得很。

單薄 指身體瘦弱:身軀單薄,弱不禁風。

單弱 身體單薄無力:身體過分單弱。

孱弱 〈書〉身體瘦弱:他的身體,本來就孱弱。

羸弱 〈書〉瘦弱:形體羸弱。

荏弱 〈書〉軟弱:體質荏弱。

軟綿綿 形容身體軟弱無力:病了幾天,渾身軟綿綿的。

憔悴 憔瘁 形容人瘦弱,面色枯黃:面容憔悴/幾天不見,她又憔悴了許多。

枯槁 憔悴;消瘦:形容枯槁。

病病歪歪 形容身體多病,衰弱無力:她的身體老是那麼病病歪歪的。

弱不禁風* 形容身體虛弱,連風吹都禁受不起。

未老先衰* 沒有到老年,卻已衰老了。

面有菜色* 指因饑饉乏食,主要靠吃菜充饑,而有營養不良的臉色。

C8－18 形: 旺盛·有力

旺盛 生命力強;精神飽滿:精力旺盛/士氣旺盛。

充沛 (精神、力量)充足而旺盛:精力充沛/以充沛的熱情對待自己的工作。

飽滿 充足:精神飽滿。

勃勃 精神旺盛或欲望強烈的樣子:生氣勃勃/興致勃勃/野心勃勃。

精神 活躍;有生氣:這孩子濃眉大眼,怪有精神的。

矍鑠 〈書〉形容老年人精神健旺的樣子:年事雖高而精神矍鑠。

有力 有力量:臂膀強壯有力。

穩健 穩而有力:邁著穩健的腳步向前走去。

帶勁 有力量;有勁頭:這小伙子工作眞帶勁兒。

起勁 情緒高,勁頭大:他們做起事來很起勁。

歡實 〈方〉活潑;起勁:看,那群孩子多歡實! 也作歡勢。

耐勞 禁得起勞累:吃苦耐勞。

生龍活虎 * 比喻活潑矯健,生氣勃勃。

容光煥發 * 形容人精神飽滿振奮,身體健康。

神采奕奕 * 形容人容光煥發,精神旺盛。

C8－19 形、動：　疲勞·無力

疲勞 〔形〕❶因體力或腦力消耗過多而感到無力,想要休息:過度疲勞/不知疲勞。❷運動過度或受刺激過強,細胞、組織或器官的機能或反應能力減弱:視覺疲勞/肌肉疲勞。

疲乏 〔形〕疲勞;累:感到很疲乏/他拖著疲乏的身軀回到家裡。

疲倦 〔形〕疲乏;困倦:忙了一天,他已疲倦了。

疲 〔形〕疲乏;勞累:疲於奔命/精疲力竭。

勞 〔形〕疲勞;勞苦:任勞任怨/積勞成疾。

乏 〔形〕疲勞;疲乏:走乏了,休息一陣子/人困馬乏。

倦 〔形〕疲乏;困倦:我倦了,想早點兒休息。

疲軟 〔形〕疲乏無力:身子疲軟/腰腿疲軟。

疲憊 ❶〔形〕非常疲乏:精神疲憊/疲憊得連回家的氣力都沒有了。❷〔動〕使疲憊:用聲東擊西的戰略來疲憊敵人。

困憊 〔形〕困倦;疲乏:他已經感到困憊了。

衰憊 〔形〕衰弱疲憊:他走著,像一個衰憊的老人。

困乏 〔形〕疲乏:全身困乏,只想睡。

困頓 〔形〕非常疲憊:事務繁忙,終日困頓。

委頓 〔形〕疲倦乏力,沒有精神:老病委頓/精神委頓。

勞累 ❶〔形〕勞動過度而感到疲乏:過度勞累,有損健康。❷〔動〕使勞累:任務很艱鉅,能提前完成,真是勞累你們了。

累 ❶〔形〕疲勞:這工作很累/你累了,休息一會吧。❷〔動〕使勞累;使疲勞:別累壞了身子/這件事只好累你來做了。

勞乏 〔形〕勞累;疲倦:消除勞乏。

勞頓 〔形〕〈書〉勞累:旅途勞頓/鞍馬勞頓。

疲頓 〔形〕〈書〉疲乏勞累:疲頓得不堪言狀。

疲困 ❶〔形〕疲乏困頓:這種工作使我非常疲困。❷〔動〕使疲困:利用有利地形,疲困敵人。

疲累 〔形〕疲勞;勞累:他疲累得全身疼痛,口乾舌燥。

無力 〔形〕沒有力氣:四肢無力。

乏力 〔形〕沒有力氣:渾身乏力/腰腿痠痛乏力。

懶 〔形〕疲倦;沒力氣的樣子:身子發懶,可能有些感冒。

疲懶 〔形〕〈方〉身體發痠,沒有力氣:身子疲懶,不想工作。

懶洋洋 〔形〕形容沒精打彩的樣子:整天懶洋洋,打不起精神。

綿軟 〔形〕身體無力:渾身綿軟無力。

酥軟 〔形〕肢體軟弱無力:路走多了,兩腿酥軟。

痠軟 〔形〕肢體發痠無力:渾身痠軟/手腳痠軟。

癱軟 〔形〕肢體無力,難以動彈:渾身癱軟,一到床前就倒下了/身子骨累得癱軟了。

精疲力竭 * 精力疲憊,力氣全用完了。形容非常疲乏。□筋疲力盡 *。

人困馬乏 * 人馬都很困乏。形容體力極度疲勞。

心力交瘁 * 精神和體力都極度疲勞。

C8－20 形：　舒服

舒服 身心感到輕鬆愉快:洗了個澡,渾身舒服。

舒適 舒服安逸:舒適的生活/舒適的環境。

舒坦 舒服;身心歡快:心情舒坦。

舒展 舒適;安逸:身心舒展。

舒暢 舒服痛快:心情舒暢。

舒心 心情舒暢;適意:日子過得挺舒心。

受用 身心舒服(多用於否定):聽了這些話,心裡很不受用。

愜意　舒服：涼風吹到身上,感到很愜意。

寫意　〈方〉舒適;愜意:坐在大樹下乘涼,滿寫意。

適意　舒適:到鄉間避暑,適意極了。

爽　舒服;暢快:身體略感不爽/人逢喜事精神爽。

爽快　舒適暢快:呼吸新鮮空氣,感到非常爽快/說了要說的話,心裡爽快多了。

滋潤　〈方〉舒服:聽了他的話,心裡不知有多麼滋潤。

得勁　舒服合適:感到身體不大得勁。

自在　安閒舒適:清閒自在/聽了別人的議論,他心裡很不自在。

安適　安靜而舒適:他的晚年生活很安適。

好受　感到身心愉快;舒服:服藥出了點汗,感到好受多了/聽到幾句怪話,心裡很不好受。

好過　好受;舒服:她感到身子有一點不好過。

C8－21　形：　不舒服

不適　身體不舒服:身體偶感不適。

不快　身體不舒服:這幾天身子有些不快。

不爽　身體、精神不舒服:身體不爽/心情不爽。

難受　身體不舒服:頭疼得難受/天氣悶熱,真叫人難受。

難過　難受;不舒服:心裡非常難過/胃裡有些難過。

沈　感覺(身體)沈重,不舒服:頭沈腦熱/我這兩腿有一點沈。

不得勁　不舒適:病了幾天,渾身不得勁。

C8－22　動：　發胖·消瘦·衰退

發胖　身體變胖:人到中年,容易發胖。

發福　客套話。發胖。

衰竭　精力、機能極度減弱:心力衰竭/腎功能衰竭。

疲竭　〈書〉精力消耗淨盡:他已經精力疲竭。

消瘦　身體變瘦:生幾天病,他消瘦了許多/面容消瘦。

清減　〈書〉婉辭。消瘦:她近來清減了許多。

衰退　身體、精神等趨向衰弱:精力衰退/記憶力衰退。

虧損　身體因營養不良或受到損害而虛弱:這幾年他身體嚴重虧損,需要好好調養。

減肥　(肥胖的人)通過體育鍛鍊、控制飲食或服用藥物來減輕體重:最好的減肥途徑是運動。

C9　生病·傷殘

C9－1　動：　生病

生病　人體或動物體發生疾病:孩子生病了/他生病將近半個月了。

病　生理上或心理上發生不正常:你病了?

害病　生病。

害　發生疾病:他害了一場病/害眼。

患　害(病):他患病休學在家。

鬧　害病:鬧眼睛/鬧肚子。

鬧病　生病:他體質較差,經常鬧病。

得病　生病。

染病　生病;得病:他已染病多時。

受病　得病(多指不立即發作的):你總是睡在陽臺上,當心受病。

犯病　舊病重新發作:他身體虛弱,經常犯病。

發病　病在機體內開始發生:發病率/發病期。

犯節氣*　指某些慢性病專在節氣轉換時發作。

臥　因病躺在床上:他臥病已久,身體虛弱。

抱病　有病在身:抱病工作/抱病在家。

扶病　帶著病(做某件事):他扶病出席。

托病　藉口有病:托病辭職/托病離席。

謝病　〈書〉推脫有病(謝絕賓客或辭去官職)。

泡病號*　藉故稱病不上班:老吳只要一出紕漏,就藉故泡病號。

C9－2 名：　疾病（一般）

疾病 病的總稱:消滅蚊蠅,減少疾病／預防疾病。

病 生理上或心理上發生的不正常的狀態:他的病已痊癒／皮膚病／精神病。

疾 病:宿疾／積勞成疾／力疾從公。

症 病:急症／對症下藥。

痾 〈書〉病:沈痾／養痾。

症候 疾病:他得的這個症候可不輕。

病症 病:病症不輕。

病痛 疾病(多指小病):上了年紀,病痛就多起來了。

病態 心理或生理上不正常的狀態:病態心理。

毛病 〈方〉病:你有什麼毛病？／孩子有毛病,趕快去看醫生！

恙 〈書〉病:微恙／別來無恙。

貴恙 敬辭。稱對方的病。

C9－3 名：　重病·急病

痼疾 久治難愈的病:他醫術高明,治好了不少痼疾。

沈痾 重病;久治不愈的病:積年沈痾。

沈痼 〈書〉積久而難治的病。

惡疾 令人痛苦難治的病:不幸得了這種惡疾。

頑症 難治或久治不愈的病症。也叫**頑疾**。

病魔 比喻長期重病:病魔纏身。

急症 突然發作來勢凶猛的病症:他是得急症死的。□**暴病**。

險症 危險的病症。

絕症 指無法治好的病:身患絕症。

C9－4 名：　舊病·隱疾

舊病 以前害過的病:舊病復發／舊病根除。

老病 經久難治的病;經常發作的病:胃痛是他的老病。

老毛病* 〈方〉舊病。

病根兒 沒有完全治好的舊病。也叫**病根子**。

宿疾 一向有的病。

隱疾 不好意思告訴別人的病,如性病之類。也叫**暗疾**。

C9－5 動：　感染

感染 感受傳染:他在旅途中感染了流行性感冒。

傳染 疾病由一個生物體傳給另一個生物體:蒼蠅傳染病菌。

感冒 患感冒這種病:他感冒了／天氣變涼,當心感冒。也叫**傷風**。

傳 傳染:這病要傳人。

染 感染:他染病已久,至今未能痊癒／他身染重病。

誘發 導致發病:飲酒過度是誘發這種病的原因。

受涼 受寒冷而患感冒等病。也叫**著涼**。

中暑 因溫度過高而引起頭暈、大量出汗、血壓下降脈搏加快,甚至昏睡、痙攣等症狀:他中暑暈倒了。也叫**受暑**。

受熱 中暑。

發痧 〈方〉中暑。

C9－6 名：　病因

病因 發病的原因:先要查明病因。

誘因 導致疾病發生的原因:氣候驟變常是呼吸道感染的誘因。

病原 引起疾病的根源;病因。

病菌 能引起疾病的細菌,如傷寒桿菌、結核桿菌等。也叫**病原菌**。

病原體 能引起疾病的病毒、細菌、黴菌、寄生蟲等。

病原蟲 寄生在人體內能引起疾病的原生動物,如瘧原蟲等。也叫**原蟲**。

病毒 比病菌更小的病原體,在電子顯微鏡下才能觀察到。能通過細菌濾器,又叫濾過性病毒。寄生於動物細胞的病毒有禽流感病毒、痘病毒、狂犬病毒等。

C9-7 名: 病理‧病情

病理 疾病發生的原因和機理,以及人體在疾病發展過程中機構和功能的變化。

病程 指某種病發生、發展的整個過程。

病變 病理變化。指由疾病引起的細胞或組織的變化。

病灶 機體遭受病原體侵犯,導致組織和器官的局部病變。如肺的某一部分被結核菌破壞,這部分就叫肺結核病灶。

病情 疾病變化的情況:病情好轉／病情惡化。也叫**病況**。

病勢 指病的輕重:病勢得到控制／病勢減輕。

疫情 疫病的發生和發展情況:災區疫情嚴重。

C9-8 動: 病見好

見好 病勢減輕,有好轉:他的病近已見好。

見輕 病勢減輕。

好轉 (病勢、情況)向好的方面轉變:他的病開始好轉。

起色 情況好轉(多指沈重的疾病或做得不好的工作):他的病經診治後已有起色。

C9-9 動: 痊癒‧康復

痊癒 病完全消除,恢復健康:他還沒有痊癒／希望你早日痊癒。

好 痊癒:他的病好了／我的牙痛還沒有好。

癒 病好了:病癒。

癒合 傷口長好:傷口癒合得很好。

平復 疾病或創傷痊癒復原:病體日趨平復／傷口平復。

康復 恢復健康:他的身體已完全康復。

復原 **復元** 病後恢復健康:他病剛好,身體尚未復原。

霍然 〈書〉疾病迅速消除:服藥之後,即可霍然。

C9-10 形、動: 病重‧垂危

危重 〔形〕病勢極其危急嚴重:病已危重。

病篤 〔形〕〈書〉病勢沈重:母病篤,望速歸。

危篤 〔形〕〈書〉病勢危急,接近死亡:他病已危篤。

危殆 〔形〕〈書〉(形勢、生命等)十分危險:病勢危殆／生命危殆。

危 〔形〕指人快要死去:病危／臨危／垂危。

垂危 〔形〕病重將死:生命垂危。

危淺 〔形〕〈書〉垂危:人命危淺,朝不慮夕。

垂死 〔形〕接近死亡:垂死之年／垂死掙扎。

臨危 〔動〕病重將死:這是他臨危時留下的話。

瀕危 〔動〕〈書〉病重將死:臨危:母病瀕危。

彌留 〔動〕〈書〉病重快要死去:彌留之際。

臨終 〔動〕人將要死(指時間):臨終遺言。

病入膏肓＊ 病勢嚴重到不可救藥的程度。

氣息奄奄＊ 呼吸微弱。形容快要斷氣的樣子。

回光返照＊ 日落時光線反射而使天空短時間發亮。比喻人臨死前精神短暫興奮,神志忽然清醒。

C9-11 名: 症狀‧體癥

症狀 人體因發生疾病而表現出來的各種異常狀態,如發燒、嘔吐、咳嗽、盜汗等。▯**病像**;**病狀**;**病癥**。

症候 症狀:咳嗽、盜汗、午後低熱都是肺結核病的症候。

氣 中醫指某種病像:痰氣／濕氣。

體癥 醫生檢查時能覺察到的病人的異常變化,如心臟雜音、肝、脾腫大等。

病容 有病的氣色:面帶病容。

後遺症 某種疾病痊癒或主要症狀消退之後所

遺留下的一些症狀。

C9－12 形：　痛·痠·癢

痛 由於疾病、創傷等感到難受：傷口痛／肚子痛。

疼 痛：牙疼／把腳碰疼了。

疼痛 痛：遍體疼痛。

頭痛 頭部疼痛。也叫**頭疼**。

絞痛 內臟劇烈疼痛，像有東西在擰：肚子絞痛／心口一陣絞痛。

陣痛 分娩時因子宮一陣一陣地收縮而引起的疼痛。

壓痛 醫學上指檢查身體用手按壓某一部位時所產生的疼痛的感覺。壓痛部位常爲病變所在處。

火辣辣 痛得像被火燒著一樣：燙傷的手火辣辣地痛。

痠 人身肌肉因疲勞或疾病引起的微痛而無力的感覺：腰痠背痛／寫字寫得手痠。

痠痛 身體又痠又痛：渾身痠痛。

痠軟 身體痠痛無力：渾身痠軟。

痠溜溜 形容輕微痠痛的感覺：走了一天，腿肚子痠溜溜的。

癢 皮膚或黏膜受到輕微刺激時引起的想撓的感覺：渾身發癢／隔靴搔癢。

瘙癢 癢：皮膚瘙癢得難受。

刺癢 〈口〉癢：蚊子叮了一下，很刺癢。

刺撓 〈口〉很癢：渾身刺撓。

癢癢 〈口〉癢。

C9－13 形、動等：　腫脹·潰爛

腫脹 〔形〕腫而發脹：渾身腫脹／喉嚨腫脹。

腫 〔形〕皮膚、肌肉或黏膜等組織由於發炎、充血等原因而體積增大：腳腫／眼腫。

脹 〔形〕身體上一種緊張壓迫的感覺：頭昏腦脹／肚子脹。

膀 〔形〕浮腫：他的臉有一點膀。

發炎 〔動〕人體由於外界的有害物質刺激所起的複雜反應。症狀有體溫增高，血液成分改變，局部發紅、發熱、腫脹、疼痛、機能障礙等：防止傷口發炎。

潰爛 〔動〕傷口或發生潰瘍的組織因病菌感染而化膿：傷口污染潰爛。

化膿 〔動〕有發炎病變的組織因細菌感染而生膿。

潰瘍 〔名〕皮膚、黏膜或深部組織，由於外傷、感染、血液循環障礙等原因致局部壞死而形成的缺損。

C9－14 動、名：　出血·充血

出血 〔動〕血管壁破裂，血液流出：手被刀割破，出血了／胃出血。

大出血 〔名〕動脈破裂或內臟損傷等引起的大量出血。

外出血 〔名〕從血管流出的血液排出體外，如鼻出血、皮膚外傷出血、咯血、嘔血、子宮出血等。

內出血 〔名〕流出血管的血液停留在身體內部而不排至體外。如腦出血、胰出血等。

嘔血 〔動〕食管、胃、腸等消化器官出血經口腔排出。胃炎，胃及十二指腸潰瘍或血吸蟲病所致的食道靜脈曲張等均可引起嘔血。

吐血 〔動〕內臟出血由口中吐出。

咯血 〔動〕喉部或喉以下呼吸道出血經口腔排出。肺炎、肺結核、支氣管擴張等常有這種症狀。

便血 〔動〕大便或小便中帶血。一般指大便帶血。

血尿 〔名〕尿中帶血。可分爲肉眼血尿及顯微鏡血尿兩種。

失血 〔動〕大出血以後，體內血液含量減少。

充血 〔動〕器官或局部組織內，由於血管的擴

張，含血液量異常增多，如消化時胃腸充血、
　運動時肌肉充血等。

鬱血　〔動〕血液鬱積在靜脈管內。

C9－15　動、名：　發燒・寒噤

發燒　〔動〕❶因病而體溫增高，超過 37.5℃：他
　感冒發燒，感到很不舒服。❷由於受到刺激
　或情感衝動而產生灼熱感覺：聽了這些指責
　的話，她的臉上直發燒。

發熱　〔動〕因病而體溫增高，發熱：我發熱已近
　十日，不能外出。

寒熱　〔名〕中醫指身體怕冷發熱的症狀。泛指
　發燒：昨夜發了寒熱，今天四肢軟綿綿的。

高燒　〔名〕指體溫在攝氏 39 度以上。也叫**高
　熱**。

低燒　〔名〕指體溫在攝氏 37.5～38 度。也叫**低
　熱**。

寒噤　〔名〕因受冷或受驚而身體顫抖：涼風吹
　來，他打了個寒噤。也叫**寒戰**、**寒顫**。

冷戰　〔名〕〈口〉寒噤：我不由得打了一個冷戰。
　也作**冷顫**。

發冷　〔動〕一種自我意識上感到寒冷的症狀：他
　斜靠在炕上，感到全身發冷。

發抖　〔動〕因寒冷、害怕、氣憤、激動等而身體顫
　動：冷得渾身發抖／氣得發抖。

C9－16　動：　嘔吐・便秘・腹瀉

嘔吐　胃內食物不自主地通過食管、口腔流出體
　外：船上下顛簸，有人嘔吐起來／病人不斷地
　嘔吐。

吐　消化道或呼吸道裡的東西不自主地從嘴裡
　湧出：吐血／他病得不輕，一吃東西就吐。

吐　使東西從嘴裡出來：吐痰／她怕酸，把葡萄
　吐掉了。

嘔　吐：嘔血／嘔心瀝血。

哯　〈口〉嘔吐：孩子吃了一點奶都哯出來了。

乾噦　要嘔吐又吐不出來：他乾噦了半天，什麼
　也沒吐出來。

反胃　吃了東西後，胃裡難受，有噁心、嘔吐症
　狀：他好像吃了反胃的東西，感到發嘔。也說
　翻胃。

噁心　想嘔吐：聞到這種氣味叫人噁心。

便秘　大便困難而次數減少，糞便乾燥，多由消
　化道疾病引起。也作**便閉**。

腹瀉　大便次數增多，糞便稀薄，有的帶有黏液、
　膿血。常見的病因有腸道感染、消化機能障
　礙、腸道腫瘤等。也叫**水瀉**。

瀉肚　腹瀉的通稱。

拉稀　〈口〉腹瀉：一家人都鬧肚子拉稀。

瀉　拉肚子：上吐下瀉／瀉藥。

吐瀉　嘔吐和腹瀉。

鬧肚子＊　腹瀉。

拉肚子＊　〈口〉腹瀉。

C9－17　動、名等：　窒息・氣喘

窒息　〔動〕呼吸困難或停止呼吸。多因缺氧、中
　毒、呼吸系統發生障礙或其他機械作用而引
　起：室內不通風，使人窒息得透不過氣來。

閉氣　〔動〕呼吸微弱，失去知覺：他跌了一跤，一
　下子閉氣了。

背氣　〔動〕〈口〉由於某種原因而暫時停止呼吸：
　嬰兒背氣了，趕快做人工呼吸。

岔氣　〔動〕呼吸時兩肋感到不舒服或疼痛。多
　由於用力過猛或急遽轉身時肌肉或神經受損
　傷而引起。

憋氣　〔動〕因空氣不流通或呼吸受障礙而產生
　窒息的感覺：地下室待久了，人就憋氣。

奄奄　〔形〕形容氣息微弱：氣息奄奄／奄奄待
　斃。

氣喘　❶〔動〕呼吸急促：氣喘吁吁／他走得過
　急，有一點氣喘。❷〔名〕呼吸困難的症狀，由
　呼吸道平滑肌痙攣等引起。患者呼吸急促費

力,喉間有哮鳴音。慢性支氣管炎、肺炎、心
力衰竭等病多有此症狀。也叫**哮喘**。

喘 ❶〔動〕急促地呼吸:山路很難走,累得人直
發喘。❷〔名〕指氣喘。

喘吁吁 喘噓噓 〔形〕呼吸急促的樣子:他喘吁
吁地高聲喊人。

喘呼呼 〔形〕喘吁吁:他喘呼呼地跑過來。

C9－18 名、形: 氣胸·腹水·水腫

氣胸 〔名〕胸膜腔內出現空氣或其他氣體的症
狀。多由結核菌等肺部感染或胸部外傷引
起。患者感到呼吸困難,胸部疼痛。

膿胸 〔名〕由化膿性細菌侵入胸膜腔引起胸膜
炎,在胸膜內積聚膿液。

血胸 〔名〕胸部受傷後,胸膜腔內積聚血液。

腹水 〔名〕腹腔內有液體積聚。心、腎疾患以及
腹腔內疾病都能引起腹水。

水臌 〔名〕中醫指腹水。

水腫 〔名〕細胞間液體積聚而發生的局部或全
身腫脹。由於血液式淋巴循環回流不暢、營
養不良、腎臟和內分泌調節機能紊亂等原因
引起。通稱**浮腫**。

燒心 〔形〕胃部燒灼的感覺,多由胃酸過多刺激
胃黏膜引起。

C9－19 名、形等: 耳鳴·嘶啞·口臭

耳鳴 〔名〕外界並無聲音,而感到耳朵裡有聲音
的症狀。多由中耳、內耳或神經疾病引起。

嘶啞 〔形〕發音困難,聲音低沈而失去正常的圓
潤音調。多由於喉炎、聲帶麻痺、喉腫瘤等症
引起:他說話的聲音有一點嘶啞。

沙啞 〔形〕嘶啞:他失去嗓音以後,一直用沙啞
的聲音講話。

失音 〔動〕因喉部肌肉或聲帶發生病變而失去
正常的發音功能,嗓音低弱,嚴重時發不出聲
音:她最近失音了,不能唱歌。

倒嗓 〔動〕戲曲演員嗓音變低啞,不能發出圓潤
的聲音。

倒 〔動〕倒嗓:他的嗓子倒了。

倒倉 〔動〕戲曲演員,在青春期發育時,嗓音變
低或變啞。

口臭 〔名〕嘴裡發出難聞的氣味。由於口腔不
潔、齲齒、齒槽化膿、慢性口炎、消化不良等原
因引起。

C9－20 動: 受傷

受傷 身體部分地受到破損:他腿部受傷了。

負傷 受傷:因公負傷/腿上負傷的地方常隱隱
作痛。

掛彩 作戰受傷流血:班長掛彩了。

損害 使健康、名譽、事業、利益等遭受損失:損
害健康/損害視力。

損傷 損害;傷害:烈日曝曬會損傷皮膚。

勞損 因疲勞過度而使身體受到損傷:腰肌勞損
/他那雙近視眼,因讀過多的書而勞損了。

傷害 使身體組織受到損害:傷害身體。

傷 傷害:傷身體/傷目。

扭 因轉動不慎而傷筋骨:扭了腰/把腳脖子扭
疼了。

閃 因動作過猛,使身體一部分筋骨受傷:閃了
腰/胳臂閃了,抬不起來。

蹩 手、腳等猛折而筋骨受傷:脖子蹩了/當心
蹩了手腕兒。

崴 〈方〉腳扭傷:把腳崴了。

蹩 〈方〉腳腕或手腕扭傷:腳蹩了,一著地就痛。

誤傷 不小心使人體受傷:小心別誤傷了人。

遍體鱗傷* 滿身都是傷痕。

皮開肉綻* 傷勢極重,皮肉都裂開了。

體無完膚* 全身受傷,沒有一塊好皮膚。

C9－21 名: 創傷

創傷 身體受傷的地方;外傷:腿上的創傷醫治

好了。

傷　身體受到的損害：刀傷／重傷／養好了傷。

傷口　受傷破裂的地方：傷口癒合／傷口化膿。
也叫**瘡口**。

傷痕　人體受傷所留下的痕跡：臉上有帶血的傷
痕。也叫**創痕**。

傷疤　傷口癒合後留下的痕跡：他左眼眉上有個
不大明顯的傷疤。

疤　傷口或瘡口長好後留下的痕跡：他左頰上有
個疤。

疤瘌　疤拉。疤。

患處　長瘡癤或受外傷的地方：別讓患處感染發
炎。

內傷　由跌碰踢打等原因引起的氣、血、臟腑、經
絡的損傷。

外傷　指身體外部受到的損傷。

暗傷　因跌打碰壓等造成的身體內部的損傷。

挫傷　因碰撞壓擠而造成肌肉較大面積軟組織
的損傷：背上有一塊挫傷。

燒傷　火焰、強酸、強鹼、電能以及某些射線使身
體受到的損傷。

火傷　因火焰的烤灼造成的損傷。

工傷　工人在生產勞動中受到的意外傷害。

凍傷　由於氣候寒冷引起體溫調節功能障礙、血
液循環不良，造成皮膚、肌肉凍傷。

勞傷　中醫指勞累過度引起的內傷。

傷勢　受傷的情況：傷勢較輕／傷勢嚴重。

C9-22　動、形等：　昏迷・眩暈・心悸

昏迷　〔動〕中樞神經系統受到嚴重抑制而長時
間失去知覺。嚴重的外傷、腦膜炎、腦出血等
都能引起這種症狀：他昏迷過去，不省人事。

昏　❶〔動〕失去知覺；昏迷：他昏了過去。❷
〔形〕神志不清：昏頭昏腦。

昏厥　〔動〕因腦部一時性供氧不足而短時間失
去知覺：他昏厥不久就意識清醒了。

暈厥　〔動〕昏厥：他的病越發嚴重，已經暈厥過
兩次。

厥　〔動〕突然昏倒，失去知覺；氣閉：昏厥／痰厥
／厥倒了。

暈　〔動〕頭腦發昏，感到周圍物體在旋轉，身體
像要跌倒：暈船／眼暈／他一坐車就要暈。

暈　〔動〕❶昏迷：暈倒／嚇暈了。❷同「暈」（用於
「頭暈、暈頭暈腦、暈頭轉向」等）。

眩　〔形〕〈書〉眼睛昏花：頭暈目眩。

眩暈　〔動〕頭昏眼花，感覺到本身或周圍的物體
在旋轉。多由內耳、小腦、延腦等機能障礙引
起：船在風浪中前進，我感到有些眩暈。

昏眩　〔動〕頭昏眼花：看見兒子病倒在床上，她
顫抖了，昏眩了／他感到一陣昏眩。

發昏　〔動〕神志不清：你說這些話，簡直是頭腦
發昏。

昏亂　〔形〕神志不清：他因發高燒，頭腦昏亂，說
胡話。

昏沈　〔形〕頭腦迷糊，神志不清：昏亂：他感到頭
腦昏沈，和衣睡著了。

迷糊　〔形〕神志或眼睛模糊不清：病人熱度還很
高，有時迷糊／他睜開迷糊的雙眼。

暈頭轉向*　頭腦發昏，辨不清方向。

天旋地轉*　形容眩暈時的感覺，由於頭昏而感
到天地在轉動。

不省人事*　失去知覺，昏迷不醒的樣子。也指
不懂人情世故。

心悸　〔動〕心臟跳動加速，節律不齊。由貧血、
大出血等引起。正常人在運動或情緒激動時
也可有這種現象。

C9-23　形、動：　麻木・痙攣

麻木　〔形〕身體的一部或全部發生像螞蟻爬那
樣的感覺，對外界刺激反應不靈敏，甚至完全
喪失感覺。一般由於身體局部長時間受壓、
受冷、接觸某些化學物質或神經系統有疾患

所引起:手腳都凍得麻木了/全身麻木,自己不能翻身。

麻 〔形〕輕微麻木:手臂有點麻/他哭得時間太長,嘴也哭麻了。

木 〔形〕較嚴重的麻木感覺:坐久了,兩腳發木/手凍木了。

麻木不仁＊ 麻木沒有感覺。

痙攣 〔動〕骨骼肌或平滑肌突然不自主地抽搐。多由中樞神經受刺激引起:她臉色漸變,全身痙攣。

抽搐 〔動〕肌肉不自主地收縮,多見於四肢和顏面,一般由緊張、氣憤、悲傷或神經系統疾患引起:他臉色發白,雙唇抽搐,猛烈地哭泣起來。也說**抽搦;搐搦**。

抽筋 〔動〕筋肉痙攣:腿肚子抽筋兒了。

抽縮 〔動〕機體因受刺激而收縮:我看見母親鼻子兩邊的肌肉,重重的抽縮了幾下。也說**搐縮**。

抽動 〔動〕肌肉一縮一伸地動:她哭著,雙肩一起一縮地在抽動/她嘴角抽動了一陣。也說**搐動**。

抽風 〔動〕手腳痙攣、口眼歪斜的症狀。

C9－24 動: 麻痺・癱瘓

麻痺　麻痹 身體某一部分的知覺或運動功能完全或部分喪失,是神經傳導路徑發生病變或機能障礙的結果:他半身麻痺,不能行動。

癱瘓 身體全部或一部分完全或不完全地喪失運動功能:四肢癱瘓/他的一條腿癱瘓了。

癱 癱瘓:他害風濕性腰腿疼,癱在炕上幾年了。

風癱　瘋癱 癱瘓:年老風癱的外祖母想要看看他。

偏癱 身體一側癱瘓:老人偏癱在床上已有一年多了。

截癱 下肢全部或部分癱瘓。多由脊髓疾病或外傷引起。

半身不遂 偏癱:老漢半身不遂,癱在炕上不能動彈。

C9－25 動、形等: 發瘋

發瘋 〔動〕精神受到嚴重刺激而言行失去常態,是精神病的症狀:這裡太沈悶,再住下去,我會發瘋的。

發狂 〔動〕受到某種刺激而精神失常;發瘋:他傷心到快要發狂了。

發痴 〔動〕發瘋:你笑什麼,難道是發痴了?

發癲 〔動〕發瘋:我想他不是發癲,而是放刁。

瘋 〔形〕神經錯亂;精神失常:她被嚇瘋了。

瘋癲 〔形〕瘋;神經錯亂,精神失常:他這一陣瘋癲得更厲害了。

瘋狂 〔形〕瘋;瘋癲:他瘋狂一般地奔走呼號。

狂 〔形〕精神失常;瘋狂:發狂/狂人。

癲狂 〔形〕❶言語行動失常的精神病症狀。❷形容興奮到了極點:他們都已在興奮裡變成癲狂。

癲 〔形〕精神錯亂:她反反覆覆想著要施行的手段,簡直癲了。

瘋瘋癲癲 〔形〕精神失常的樣子(常用來形容人言語行動十分輕狂):他看見人便瘋瘋癲癲,胡言亂語。

瘋頭瘋腦＊ 精神失常的樣子。

歇斯底里 〔名〕音譯詞。即癔病。常用來形容人情緒激動,舉動失常:一個思想健康的人,絕不會這樣歇斯底里的。

C9－26 名: 瘋子・白痴

瘋子 患嚴重精神病的人。也叫**瘋人**。

狂人 瘋狂的人。

白痴 患白痴病的人。

傻子 智力低下,不明事理的人。也叫**傻人**。

痴人 愚笨的人。

痴子 〈方〉❶傻子。❷瘋子。

C9－27 名、形等：　殘疾·殘廢

殘疾 〔名〕肢體、器官或其功能方面的缺陷:他腿上落下了殘疾/殘疾人。

殘疾 〔動〕人的四肢或其他器官失去一部分或者喪失其機能:他這條腿從小就殘廢了。

傷殘 ❶〔動〕因受傷而殘廢:他是在戰爭中傷殘的/他移動著傷殘的身體爬過來。❷〔名〕人體上的生理缺陷或機能障礙;殘疾:傷殘人/傷殘兒童。

跛 〔形〕腿或腳有殘疾,走路時身體不平衡:跛腳。

瘸 〔形〕〈口〉跛:他從小就瘸了一條腿。

拐 〔形〕瘸:她是拐著腿走了十多里趕來的。

蹺 〔形〕〈方〉跛;瘸:蹺腳。

拽 〔形〕〈方〉胳膊有毛病轉動不靈:拽胳膊使不上勁。

瞎 〔形〕視覺完全喪失:他眼睛瞎了。

盲 〔形〕瞎:盲人/夜盲。

眇 〔形〕〈書〉原指一隻眼瞎,後也指兩眼全瞎:目眇耳聾。

失明 〔動〕失去視覺;瞎:雙目失明。

聾 〔形〕聽覺完全喪失或遲鈍:聾子/他的耳朵越來越聾了。

背 〔形〕聽覺不靈:耳朵有點背。

耳背 〔形〕聽覺不靈:他有點耳背。

聾啞 〔形〕既聾且啞:聾啞人。

啞 〔形〕因生理缺陷或疾病而不能說話:他小時候發高燒,把嗓子弄啞了。

啞子 〔名〕〈方〉啞巴。

口吃 〔形〕一種習慣性的言語缺陷。說話時字音重複或詞句中斷:他說話口吃。

結巴 〔形〕口吃:他說話結巴,一句話半天說不出來。

嗑巴 〔形〕〈方〉口吃:你嗑嗑巴巴的,就少說幾句吧。

咬舌 〔形〕說話時舌尖常接觸牙齒,發音不清:他說起話來,有些咬舌。

弱智 ❶〔形〕低能;智力低於正常人,是殘疾的一種:弱智教育/弱智兒童。❷〔名〕弱智的人:弱智教育訓練班。

低能兒 〔名〕生理或精神有缺陷,智力低下,近於痴呆的兒童。

C9－28 名：　殘障者

殘障者 有殘疾的人。

傷殘人 殘疾人:國際傷殘人奧運會。

殘廢 有殘疾的人:他的手已經殘廢了。

廢人 因殘廢而失去工作能力的人:他四肢不能動彈,幾乎成了廢人。

跛子 跛腳的人。也叫**瘸子**。

拐子 〈口〉腿腳瘸的人。

瞎子 失去視力的人。也叫**盲人**;**盲子**。

獨眼龍 瞎了一隻眼的人(含譏諷意)。

聾子 耳聾的人。

聾聲 〈方〉聾子:他嗓門很大,大概把老師當成聾聲了。

啞吧 由於生理缺陷或疾病造成不能說話的人。也叫**啞子**。

結巴 口吃的人:他是個結巴。

磕巴 〈方〉口吃的人。

咬舌兒 說話咬舌的人。也叫**咬舌子**。

癱子 癱瘓的人。

植物人 指由於腦神經損傷,致使意識活動喪失而覺醒能力尚存的病人。此類病人有時睜眼若醒,但對周圍環境不能感知。

C9－29 名：　畸形

駝背 脊柱向後拱起造成的畸形。多由坐立姿勢不正或佝僂病、脊椎關節炎等疾病引起。也叫**羅鍋**;**羅鍋兒**;**羅鍋子**。

駝子 駝背的人。

佝僂 脊背向前彎曲的一種畸形。

雞胸 胸骨向前凸出的一種畸形,狀似雞的胸廓。

水蛇腰 指細長而略彎的腰。

羅圈腿 向外彎曲的兩條腿。

唇裂 先天性畸形,上唇直著裂開。飲食不方便,說話不清楚。也叫**兔唇**。

腭裂 先天性畸形,常與唇裂同時出現。腭部分或全部裂開,飲食不方便,說話不清楚。由於母體在懷孕期間受到某些病理的刺激,使胚胎正常發育受干擾所致。

豁嘴 ❶唇裂。❷有唇裂的人。也叫**缺嘴**。

六指兒 ❶長了六個指頭的手。❷有六指兒的人。

對眼兒 兩眼的瞳孔向中間傾斜。也叫**鬥眼**;**鬥雞眼**。

疤瘌眼 ❶眼皮上有疤痕的眼睛。❷眼皮上有疤痕的人。

C 10 疾 病

C 10－1 名： 疾病(總稱)

急性病 急驟發作,變化迅速、症狀又較嚴重的疾病,如霍亂、急性闌尾炎等。

慢性病 病理變化緩慢、治療過程較長的病,如結核病、心臟病等。

併發症 一種疾病在發展過程中引起另一種疾病,後一種疾病即為前一種疾病的併發症,如麻疹引起的肺炎。也叫**合併症**。

後遺症 疾病痊癒或主要症狀消退後遺留下來的某種組織、器官的缺陷或功能障礙。如小兒麻痺症後的下肢癱瘓。

地方病 經常發生在一定地區的疾病。

職業病 由於某種勞動的特殊性質和環境而引起的慢性疾病。通常多指工業生產中由於機械性刺激、化學藥品刺激等引起的慢性疾病,常見的如塵肺、矽肺、職業中毒等。

傳染病 由病毒、細菌和寄生蟲等病原體傳染引起的疾病。能在人群或人群與動物間相互感染,如流行性感冒、肺結核、細菌性痢疾等。

流行病 能在較短時間內廣泛蔓延的傳染病,如流行性感冒、腦膜炎、霍亂等。

時令病 在一定的季節內流行的病。

瘟疫 指流行性急性傳染病:去年春天瘟疫流行。□**疫瘟**。

疫病 泛指流行性的傳染病。

時疫 一時流行的傳染病。

瘟 ❶瘟疫:遭瘟。❷特指牲畜的急性傳染病:豬瘟／牛瘟。

疫 瘟疫:檢疫／疫情／免疫力。

瘟病 中醫對各種急性熱病的統稱,如春瘟、暑瘟、伏瘟等。

C 10－2 名： 循環系統疾病

心力衰竭 因心肌收縮功能減弱,心臟排血量降低引起全身組織瘀血而產生的疾病。症狀表現為呼吸困難、腹水、水腫、肝腫大等。

心律失常 指由於各種原因所致的心跳過快、過慢或不規則。各種心臟病(如心力衰竭、心肌炎等)、甲狀腺功能亢進、大量失血、休克、藥物中毒等都可導致心律失常。常見的有竇性心動過速、過緩,竇性心律不齊,過早搏動,陣發性心動過速,心房顫動等。也叫**心律紊亂**。

冠心病 冠狀動脈粥樣硬化性心臟病的簡稱。由於冠狀動脈粥樣硬化使管壁增厚,管腔狹窄,造成心臟血液供應不足所引起。表現為心絞痛、心肌梗塞、心律不齊、心功能不整等。

心絞痛 發生在前胸正中、胸骨後部的一種陣發性疼痛或壓迫感。由冠狀動脈供血不足,暫時的缺血、缺氧所引起。常在飯後、情緒緊張或勞動時發生。也叫**狹心症**。

心肌炎　由風濕病、白喉、病毒感染或藥物中毒等所引起的病症。症狀是心悸、氣喘、心區痛、心律失常、心力衰竭等。

心包炎　心包膜受到細菌感染而發炎。分急性與慢性兩種。急性心包炎幾乎都是繼發於其他疾病，心腔內有大量積液或積膿，起病急，主要症狀有發熱、心前區疼痛和氣急；慢性心包炎主要由急性心包炎轉化而來，心包因疤痕黏連而增厚，心臟活動受到嚴重限制，常有肝臟腫大、腹水、呼吸困難等症狀。

高血壓病　以動脈血壓持續升高為主要表現的一種常見病。成人舒張壓在九十五毫米汞柱以上，或收縮壓在一百六十毫米汞柱以上即為高血壓。表現為頭暈、心悸、失眠、健忘、易怒和耳鳴等。嚴重時可有心、腦、腎功能障礙。診斷時應與腎動脈疾病、內分泌疾病引起的症狀性高血壓相區別。

風濕病　一種反覆發作的全身性炎症。主要表現為發熱、關節炎、心慌、心跳過快等症狀。若累及心臟，則為風濕性心臟病；若累及關節，則為風濕性關節炎。

克山病　一種流行於中國大陸東北、西北、西南偏僻地區的地方病，一九三五年最先在黑龍江省克山縣發現。症狀是噁心、吐黃水、胸部脹悶，四肢冷、血壓低，有時呼吸困難，下肢浮腫。是一種原因未明的心肌病。可分為急型、慢型和潛在型三種。

攻心翻　〈方〉克山病。

虛脫　由大量失血、脫水或中毒等引起的心臟和血液循環的突然衰竭。症狀是皮膚和口唇蒼白、體溫和血壓下降、脈搏細弱、出冷汗等。

猝死　指自然發生，出乎意料的突然死亡。世界衛生組織確定於發病後六小時內死亡者為猝死。急性胰腺炎、心臟病等均可導致猝死，但心臟病的猝死中一半以上為冠心病所引起。

腦貧血　腦部暫時性缺血或缺氧的病症。多由精神刺激、營養不良、失血等引起。有面色蒼白、四肢無力、噁心、頭痛、耳鳴等症狀。

貧血　血液中紅血球數和血紅蛋白量低於正常。一般分為失血性貧血、溶血性貧血和造血性貧血。症狀有心跳、氣短、頭痛、眩暈等。

白血病　造血系統的一種惡性疾病。特徵是白血球在骨髓及造血組織中異常增生並有質的變化。按病程緩急及白血球成熟程度可分為急性和慢性兩類。急性症狀為發熱、出血和貧血等；慢性症狀為蒼白、眩暈、體重減輕、肝、脾、淋巴結腫大等。俗稱**血癌**。

血友病　一種遺傳性出血性疾病，由女性傳遞，但患者都是男性。其共同特徵為活性凝血活酶生成障礙，凝血時間延長，患者全身各處都易出血。出血可自發，或輕微創傷後出血不止。出血多在關節腔、肌肉、皮下黏膜和泌尿系統，以關節腔為好發部位，反覆出血可造成關節畸形。

C 10－3 名：　呼吸系統疾病

支氣管炎　支氣管黏膜的炎症。急性的由細菌、病毒感染，或物理化學因子刺激所引起。症狀為氣管刺癢、咳嗽和頭痛、發熱等。慢性的多因支氣管反覆感染，或長期經受煙、塵等刺激所致。病程久者，可形成肺氣腫。

支氣管哮喘　一種較常見的呼吸道過敏性疾病。原因複雜，或由外界過敏原（如花粉、蟎、魚、蝦等）引起，或由植物神經功能失調，迷走神經過度興奮所致。主要症狀是陣發性氣急、胸悶、伴有哮鳴音和咳嗽、咳痰等。可自動或經治療後緩解。

支氣管擴張　由支氣管及其周圍肺組織的慢性炎症使支氣管壁受損所致。主要表現為長期咳嗽、大量膿痰和反覆咯血。病變嚴重或反覆感染，可併發肺氣腫，甚至肺源性心臟病。

肺炎　由細菌、病毒、真菌等引起的肺部急性炎

症。發病急遽,高燒、咳嗽、胸痛、呼吸急促,
有鐵鏽色的痰等。可併發急性胸膜炎、敗血症
等。

肺膿腫 由各種病原菌引起肺部急性化膿性炎
症而形成的膿腫。多由扁桃腺炎、鼻竇炎等
引起。發病急驟,出現高熱、咳嗽、咳膿痰、胸
痛等。中醫叫做**肺癰**。

肺氣腫 因細支氣管長期發炎而引起肺組織膨
脹和過度充氣,造成彈力減退、容積膨大的病
症。由慢性支氣管炎、支氣管哮喘等引起。
症狀有咳嗽、咳痰,呼吸困難等。

肺水腫 是肺臟內血管與組織之間液體交換功
能紊亂所致的肺含水量增加的疾病。主要症
狀是劇烈咳嗽、發紺、吐大量粉紅色痰等。

肺結核 一種呼吸系統慢性傳染病,由結核桿菌
引起。症狀是不規則低熱、出盜汗、咳嗽、多
痰、消瘦、乏力,有時咯血。俗稱**肺病**;**肺癆**。

癆病 中醫指肺結核。

胸膜炎 胸膜壁層和臟層發炎的病。多由細菌、
病毒等感染引起。常繼起於肺結核、肺炎、肺
膿腫等症。發病較急驟,有發熱、胸痛、呼吸
困難等症狀。也叫**肋膜炎**。

C 10－4 名： 消化系統疾病

胃炎 急性或慢性胃黏膜炎症。由細菌及其毒
素感染等引起。發病時,胃痛,噁心,嘔吐,食
欲不振,食後感到上腹部膨脹等。

胃、十二指腸潰瘍 胃腸道黏膜發生潰爛的病。
由於胃腸黏膜的抵抗力降低,易於受胃液消
化而形成潰瘍。胃潰瘍常發生於胃小彎及幽
門前區,十二指腸潰瘍多在十二指腸的球部。
症狀主要為上腹部疼痛,有時嘔吐、吐酸水。
胃潰瘍的痛多出現在進食後半小時至一小
時,十二指腸潰瘍的痛多出現在進食後三～
四小時。

胃下垂 胃在腹腔內下垂的一種病症。由身體

衰弱、固定胃的韌帶鬆弛所引起。表現為腹
部發脹,疼痛;靜臥時症狀消失,走路時加重。

腸炎 小腸或結腸黏膜的炎症。急性腸炎發病
急驟,腹痛劇烈,頻繁腹瀉,伴有頭痛、發熱,
多為細菌或細菌毒素引起。慢性腸炎長期腹
瀉、腹痛,多由慢性細菌性痢疾或阿米巴痢疾
引起。

腸結核 由結核桿菌侵入腸部引起的病,常繼發
於肺結核。症狀有腹痛、腹瀉與便秘交替發
生,大便中有膿血,發熱、消瘦等。

肝炎 肝臟發生炎症的總稱。由病毒、梅毒螺旋
體、變形蟲或磷、砷等藥物中毒引起。通常指
病毒性肝炎。症狀為厭食、乏力、噁心、肝腫
大,也可出現黃疸,肝功能異常。

肝硬變 由營養不良、酒精中毒、化學毒物、遺傳
或代謝性疾病引起肝臟變硬的一種慢性疾
病。症狀為食欲不振、消瘦、右上腹部脹痛、
肝臟變硬、脾腫大、腹水等。也叫**肝硬化**。

胰腺炎 胰腺的炎症。有急性和慢性兩種,急性
症狀是上腹和左腰背部持續地劇烈疼痛,發
熱,嚴重時發生休克。慢性症狀是出現消化
不良、腹痛、脂肪痢等。

黃疸 血液中膽紅色素濃度增高到超過正常量
引起的症狀,表現為皮膚、黏膜和眼的鞏膜發
黃。多見於肝臟、膽道、胰腺和血液疾病。通
稱**黃病**。

C 10－5 名： 內分泌、代謝疾病

甲狀腺腫 甲狀腺腫大的病。一種由食物中缺
碘引起,主要症狀為頸前部腺體腫大。多見
於高原山區,女多於男。一種由甲狀腺機能
亢進、自身免疫反應等原因引起,有眼球突
出、心跳加速、兩手顫動、易激動發怒等症狀。

尿崩症 一種內分泌病。因體內抗利尿激素分
泌不足或腎臟對抗利尿激素反應有缺陷而引
起。主要症狀是多尿、煩渴。

糖尿病 一種新陳代謝疾病。因胰島素分泌不足,食物中含的碳水化合物的代謝不正常,致使血、尿中含糖量增高,葡萄糖從尿中排出體外。症狀是食慾亢進,時感口渴,小便增多,身體疲乏、消瘦。

肥胖症 由於人體代謝失調而造成脂肪沈積過多的病,一般認為體重超過標準體重的百分之二十的稱肥胖症。脂肪沈積部位,女性以下腹、四肢、臀部及乳房為主,男性以頸、頭、軀幹為主。

痛風 一種由蛋白質代謝紊亂在體內積聚大量尿酸所致的疾病。病人血中尿酸濃度增高,在關節軟骨面、耳輪等處由於尿酸鹽沈積呈細小針尖狀結晶。症狀為手指、腳趾、膝、肘等關節疼痛腫脹,發生變形。本病主要見於男性。

腳氣病 由於缺乏維生素 B1 而引起的疾病。多見於以米食為主食的地區。症狀是患者疲勞軟弱、手足麻木、肌肉疼痛萎縮、頭痛、失眠、下肢發生水腫,嚴重者可發生心力衰竭等。

壞血病 由於體內缺乏維生素 C 而引起的疾病。本病少見,偶見於嬰兒。症狀是全身軟弱無力,肌肉和關節疼痛,齒齦腫脹出血,皮膚易有青紫等。

C 10－6 名： 泌尿系統疾病

腎炎 非化膿性炎症一大類腎臟病的總稱。通常指瀰漫性腎小球腎炎。發病與免疫、遺傳、代謝、中毒等因素有關。症狀有血尿、蛋白尿、水腫、高血壓等。

腎盂腎炎 由大腸桿菌引起的腎臟及腎盂炎症性疾病。可分為急性和慢性。急性腎盂腎炎,起病急驟,高熱、寒顫、腰痛及尿頻、尿痛,會伴有食慾不振、噁心、嘔吐等症狀;慢性多由急性遷延而來,症狀較輕。

腎結核 由肺部結核桿菌侵入腎臟引起的繼發性病變。早期無明顯症狀。當腎乳頭處病變潰破時,會出現尿頻、尿急、尿痛。發生腎積水、膿腎或腎周圍組織結核病變時,會出現腰痛、腰脹、發熱等。

腎結石 在腎盂和腎盞內形成結石的一種疾病。症狀是腰持續性觸痛,可沿輸尿管向下放射至下腹、睪丸和外生殖器。有時可產生陣發性痙痛、血尿、排尿困難。

腎下垂 腎臟隨著呼吸運動活動的幅度超過一個椎體的稱腎下垂。多見於體格瘦長的人。右腎較左腎為常見。產生原因是全身結締組織薄弱,腹壁肌肉鬆弛。症狀是腰痛,可為持續性或間歇性劇痛。平臥休息後緩解。

膀胱炎 是一種常見的膀胱炎性疾病,大多在抵抗力較差時由細菌入侵而引起。急性膀胱炎起病突然,常見症狀是尿頻、尿痛、膿尿等。急性期如處理及時,常在七～十天內症狀消失,否則會轉為慢性,但症狀較急性期輕微。

尿毒症 由於腎臟功能衰竭,體內廢物不能充分排除,積集在血液和組織內而引起的中毒現象。症狀是頭痛、噁心、抽搐、昏迷等,有時導致死亡。多發生在腎炎後期。

尿滯留 由尿道阻塞或膀胱機能發生障礙引起膀胱內大量尿液不能排除。脊髓疾患、腹腔手術、膀胱或尿道結石等都能引起這種病。

前列腺炎 由淋病雙球菌、結核桿菌等引起的前列腺急性或慢性炎症。症狀是尿道口有白色黏液溢出,尿頻,下腹、會陰或陰囊處有疼痛。

C 10－7 名： 神經病

神經病 ❶神經系統(腦、脊髓中樞神經和周圍神經)發生的病變如腦瘤、腦炎、面神經癱瘓、坐骨神經痛等。❷精神病的誤稱。神經病與以精神活動障礙為主的精神病是兩種性質不同的疾病。

神經痛 因周圍神經器質性或功能性異常引起,

放射到其支配部位的疼痛。常見的是三叉神經痛、肋間神經痛和坐骨神經痛，均爲局部劇烈疼痛。

三叉神經痛 指面部三叉神經分布區域內反覆發作的陣發性劇痛。有原發性和繼發性兩種。原發性病因至今尚未淸楚；繼發性由顱內嚴重病變引起。

坐骨神經痛 指沿著坐骨神經分布區域內（即臀部、大腿後側、小腿後外側和腳的外側面）的疼痛。多發於中年男子，以單側發病居多。疼痛由腰部、臀部或髖部開始，向下蔓延，疼痛劇烈，夜間更爲嚴重。

面神經癱瘓 面神經由於受急性非化膿性炎症的影響引起的面部肌肉運動功能障礙。表現爲病側面部嘴角向對側歪斜，眼瞼不能閉合，流淚，面肌鬆弛，說話「漏風」，流口水等。也叫**面癱**。中醫叫做**口眼喎斜**。

脊髓炎 常發生於胸段脊髓，多見於男性靑壯年。多由病毒或細菌感染引起。發病前一～三周內常有發熱、感冒等症狀，隨後可出現肢體癱瘓、感覺減退或消失，大小便瀦留或失禁。

偏頭痛 由頭部血管舒縮障礙所引起的陣發性一側頭痛。起病時有眼花、眩暈等感覺。患者一般有家族史。中醫叫做**偏頭風**。

中風 是由腦血管和腦血液循環發生障礙所引起的神經系統急性疾病。發病時突然頭痛，昏迷，短時間內失去知覺。病後會造成身子偏癱或截癱。多見於老年人。也叫**卒中**。

癲癇 大腦的慢性疾病。因腦部興奮性高而過量放電所引起的陣發性大腦功能紊亂。表現爲突然神志喪失，全身抽搐，有的口吐泡沫。俗稱**羊角風；羊癲風**。

腦充血 腦血管血液增多的病症。症狀有面部潮紅、眼花、耳鳴、頭痛等。多由過度疲勞、心臟和腦血管病變等引起。

腦溢血 急性腦血管疾病之一。腦血管發生病變，血液流出管壁，使腦機能遭受破壞。絕大多數是高血壓病伴發腦小動脈病變在血壓驟升時發生，亦稱高血壓性腦出血。以五十歲左右的高血壓病人發病最多。發病前有頭痛、頭暈、肢體抽搐等症狀。也叫**腦出血**。

腦栓塞 由於異常物體（栓子）沿血液循環堵塞支配腦部的動脈，造成急性腦缺血和梗死。主要表現爲單癱、偏癱、失語、抽搐等。

腦膿腫 細菌進入腦部引起腦部感染化膿，有熱、寒顫、全身不適、頭痛、噁心、嘔吐、頸部發硬等症狀。

腦震盪 頭部遭受沈重打擊或碰撞後，即刻發生的中樞神經系統一時性的功能障礙。受傷後有短時間的意識喪失，近事性遺忘。

C 10－8 名：　精神病

精神病 由大腦功能紊亂引起精神活動異常的疾病。主要症狀爲知覺、記憶、思維、感情、行爲和智能等方面的異常。

神經錯亂 通常指精神病。

癲狂 中醫指精神錯亂的一類疾病。

痰氣 〈方〉❶指精神病。❷指中風。

癔病 多由精神受重大刺激或不良暗示引起的一類神經症。常突然爆發，發作時哭笑吵鬧、語無倫次，或有痙攣、癱瘓、失語等現象。也叫**臟躁症**。

歇斯底里 音譯詞。即癔病。

精神官能症 較輕的大腦功能障礙疾病的總稱。發病常與精神因素有關。通常指神經衰弱、癔病、心血管神經症、胃腸神經症等。也叫**神經症**。

神經衰弱 一種神經官能性疾病。多由精神負擔過重、腦力勞動過度等原因引起。表現爲頭痛、耳鳴、失眠、易興奮、易疲勞、記憶力減弱等。

精神分裂症　是一種常見的精神病。多數起病緩慢，早期表現常爲情感淡漠。逐漸發生幻覺、妄想、沈默、獨自發笑、思想感情和行爲不協調等。多發生於靑年。

強迫症　以重複出現明知不合理而又無法擺脫的觀念、意向和行爲特徵的一種疾病。如怕髒而反複洗手，外出時怕疏忽而反複檢查是否門已關好等。嚴重者會伴發憂鬱，甚至產生消極自殺的意念。也叫**強迫性神經症**。

白痴　因大腦發育不健全而造成智力方面的障礙。患者智能低下，動作遲鈍，思維和言語都不發達，意向和情感都很幼稚，不能治癒。

夢遊症　一種意識障礙。在睡眠中無意識地起來進行一些習慣性動作，如走步、搬移物品等。也叫**夢行症**。

譫妄　由高燒、酒醉、藥物中毒以及其他疾患引起的意識障礙。表現爲一時精神錯亂，辨認和反應能力減弱，同時伴有幻覺、囈語、焦躁等症狀。

更年期憂鬱症　由中年過渡到老年這段時期所產生的以焦慮爲症狀的一種精神病。患者緊張不安、煩躁、憂鬱、食欲減退、消瘦。

老年痴呆症　老年期慢性進行的腦組織衰退引起的疾病。發病與遺傳、代謝障礙、內分泌減退、衰老等因素有關。早期症狀爲記憶減退，主觀任性、固執、對人淡漠等，進而智能全面減退，後期臥床不起，大小便失禁，也叫**阿茨海默症**。

帕金森氏症　又名「震顫癱瘓」，是一種大腦基底神經節中所含有度巴胺的細胞以不尋常的連度死亡，而引起意志行動失調的疾病，通常以老人罹患者居多。症狀多半由單手無意識的顫抖開始，然後出現運動徐緩、僵硬、臉上肌肉不動、眼睛瞪視、表情固定卻常口微張，像幼兒般流口水。

C 10－9 名：　職業病・中毒等

塵肺　因大量吸收某些工業生產中產生的有害灰塵而引起的職業病。肺部有瀰漫性纖維化病變，肺彈性減弱，有呼吸困難、咳嗽、胸痛等症狀。容易併發肺結核、肺炎等。

矽肺　由長期吸入含二氧化矽的灰塵所引起的一種職業病。肺部有廣泛結節性纖維化病變。症狀是呼吸短促，胸悶或胸痛，咳嗽，常併發肺結核。嚴重時影響肺功能，喪失勞動力。也叫**硅肺**。

日射病　由烈日長時間直接照射頭部引起的腦部損傷的病症。症狀是頭痛，耳鳴，煩躁不安，嚴重時昏睡，痙攣，血壓下降。

放射病　由射線照射引起的疾病。由於照射情況不同，可分爲急性和慢性兩型。人整個身體受到大量放射線的照射，可發生急性放射病，症狀有頭痛、頭暈、步態不穩、嘔吐、出血和感染等。慢性放射病是長期受超容許劑量的照射，達到一定累積劑量後所引起。症狀有乏力、頭昏、頭痛、記憶力減退、食欲不振、脫髮和白血球減少等。

鐳射損傷　鐳射是由處於激發狀態的原子、離子或分子，在光子激發下而產生的一種新型光輻射。主要危害人們的眼睛和皮膚：可見光波段的鐳射，主要引起眼底視網膜灼傷；紅外鐳射可損傷虹膜和晶狀體；紫外鐳射可引起角膜、結膜炎，也可灼傷皮膚。

高山病　人登上空氣稀薄缺氧的高原地區或高山上而發生的病理反應。一般健康人在海拔四公里以上地區有頭痛、頭暈、噁心、呼吸困難、心跳加快等症狀。也叫**山暈**。

中毒　某些有毒物質進入體內發生化學作用，使機體受到損害而引起的功能障礙或病理現象。有職業中毒、食物中毒、藥物中毒等。一般症狀是噁心、嘔吐、腹瀉、頭痛、眩暈、呼吸

急促、瞳孔異常等。

中暑 由於長時間受到烈日照射或高溫的作用，體內熱量不能迅速發散，積蓄過多而發生高熱的病症。症狀表現爲頭痛、心悸、噁心、嘔吐、體溫升高等，嚴重時出現昏倒、痙攣、呼吸困難。

觸電 人體接觸較強的電流，引起組織、腦和心臟等的功能障礙。有皮膚燒傷、心跳加快、昏迷、呼吸停止等症狀，甚至死亡。應及早進行搶救。

暈車 人坐車時，由於車輛運動而使人體發生的前庭自律神經功能障礙。一般有眩暈、流涎水、吞嚥動作增多，噁心、嘔吐等症狀。

暈船 坐船時因船行震盪而使人體發生的神經功能障礙。症狀與暈車同。

電腦病 是一種新的文明病，症狀包括：乾眼症、近視、前臂疼痛無力。上肢和手部肌肉、肌腱由於長時間機械性的動作而造成累積性傷害症候群。而且長時間面對終端機可能造成孕婦產出畸型兒，對於忙碌的上班族而言，電腦病是最不容易被重視的疾病，但其後遺症可能比想像中來得大。

C 10 – 10 名： 傳染病

感冒 由病毒引起的一種呼吸道傳染病，在身體疲勞、衰弱、抵抗力低時極易感染。起病急，有噴嚏、鼻塞、流涕、咽痛、咳嗽、聲啞等症狀，同時伴有低熱、乏力、食欲減退、全身痠痛。也叫**傷風**。

流行性感冒 由流感病毒引起的一種急性呼吸系統傳染病。有單純型、肺炎型、中毒型三種。能在短期內廣泛蔓延。症狀是突然高熱，頭痛，畏寒，全身痠痛，咽喉發炎等，有時噁心、嘔吐或腹瀉。嚴重者可併發肺炎。簡稱**流感**。

水痘 由水痘帶狀疱疹病毒引起的一種急性傳染病。主要通過唾液飛沫傳染。感染後二～三周內發病。多見於二～五歲的小兒。症狀爲先全身皮膚出現紅色斑丘疹，以後變爲水疱，乾燥結痂。痘疹在三～五天內分批出現，面部和軀幹部較多，頗癢。痘痂脫落後，一般不留疤痕。

麻疹 痲疹 由痲疹病毒引起的一種小兒急性傳染病。六個月至五歲小兒最易感染，潛伏期約八～十二天。發病時有高燒、咳嗽、流涕、咽部和結膜發炎等。兩三天後口腔頰黏膜或唇內側有細小白點，周圍有紅暈。以後全身出現紅色斑丘疹，自耳後頸部到面部自上而下逐漸蔓延到下肢。疹出齊後，若無併發病，熱度漸退，疹也自上而下順序消褪。常見的併發病有肺炎、中耳炎、口腔炎、腸炎等。俗稱**疹子**。

疹子 〈方〉麻疹。

風疹 由風疹病毒引起的一種急性小兒呼吸道傳染病。多見於二～五歲小兒。症狀是發熱、輕咳、流涕，一、二日後面部出現紅色皮疹，迅速遍布全身。皮疹一般類似痲疹樣，但較小。常伴有耳後和枕骨部淋巴結腫大。皮疹於數日內消褪。痊癒後，併發病少。也叫**風痧**。

小兒麻痺症 病毒侵入脊髓引起的急性傳染病。患者多爲一～六歲的兒童。輕症僅發低熱而無癱瘓；重症發高燒，四肢疼痛，痙攣，以後出現癱瘓。口服疫苗可預防。也叫**脊髓灰質炎**。

流行性出血熱 由蟲媒病毒引起的自然疫源性疾病，傳染源是黑線姬鼠。潛伏期一般約二周。症狀以發熱、出血、腎臟損害和休克等爲特徵。主要併發症有急性心力衰竭、支氣管肺炎、腎臟破裂等。目前尚無特效療法，滅鼠是消滅本病的關鍵。

流行性腮腺炎 由腮腺炎病毒引起的急性呼吸

道傳染病。多見於三、四歲以上的兒童。起病大多較急，有發熱、畏寒、頭痛、咽痛等，一～二天後即見腮腺部腫脹，以耳垂爲中心，向前、後、下腫大。多兩側腮腺同時腫脹。可併發睪丸炎、卵巢炎、腦膜炎、胰腺炎、腎炎、心肌炎、耳聾等。

腸病毒　其潛伏期爲二～十天，平均約三～五天，大部分患童的病情非常輕微，但少數有嚴重後遺症或是致命性的疾病，例如：無菌性腦膜炎、腦炎、心肌炎、心包膜炎、肺炎、肢體癱瘓等。

手足口病　病原主要是克沙奇 A16 型，特徵是手、足及口腔出現水泡，口中潰瘍，出現在舌頭及口腔黏膜；手較容易有水泡，背側較多，但是手掌、腳掌也常見，偶爾可在屁股發現水泡。腸病毒 71 型也會造成手口足病的流行，而且病情較嚴重，常併發中極神經感染。

天花　由天花病毒引起的一種急性傳染病。症狀是先發高熱、頭痛，隨後全身依次成批出現斑疹、丘疹、疱疹，最後變成膿疱，十天左右結痂。痂蓋脫落後留有疤痕，俗稱「麻子」。種牛痘可以預防。也叫**痘；痘瘡**。

狂犬病　由狂犬病毒引起的中樞神經系統急性傳染病。主要因狂犬咬傷、抓傷而傳染。潛伏期短者十天，常見者五十～六十天，最長者可達兩年。症狀是精神失常，噁心，流涎，看見水就恐怖，肌肉痙攣，呼吸困難，最後全身癱瘓。死亡率極高。受傷後早期注射狂犬病疫苗，可防止發病。也叫**恐水病**。

黃熱病　由病毒引起的急性傳染病，症狀爲高熱突發，心跳遲緩，嘔吐，黏膜出血。

流行性乙型腦炎　由乙腦病毒引起的一種中樞神經系統急性傳染病。蚊類是傳染媒介，夏秋季流行，患者多爲兒童。起病急，有高燒、頭痛、嘔吐、頸強直、昏迷、驚厥、肢體抽搐或癱瘓等症狀。病往往留有後遺症。簡稱**乙腦**。通稱**腦炎**。

流行性腦脊髓膜炎　腦膜炎雙球菌引起的急性傳染病。患者多爲兒童。症狀是突發高熱，嘔吐，劇烈頭痛，頸強直，有的皮膚黏膜出現瘀點和斑痕，嚴重者昏迷，發生休克或腦水腫。常見的後遺症有精神障礙、肢體癱瘓等。注射流腦疫苗可預防。通稱**腦膜炎**。簡稱**流腦**。

白喉　由白喉桿菌引起的急性呼吸道傳染病。多在秋冬季流行，幼兒容易感染。症狀是咽、喉有灰白色膜，聲音嘶啞、噁心、嘔吐等，嚴重者可引起心肌炎和癱瘓。

百日咳　由百日咳桿菌引起的一種急性呼吸道傳染病。冬末春初流行，患者多見於十歲以下兒童。起病時有類似一般傷風的咳嗽，逐漸發展爲陣發性連續咳嗽，咳嗽時吸氣很急，聲門痙攣，伴有類似雞叫的聲音，直至咳出大量稠痰或嘔吐爲止。病程較長，往往延續數周至近百日，因而得名。

猩紅熱　溶血性鏈球菌引起的一種呼吸道傳染病。多見於三～七歲的兒童。症狀是發熱，咽痛，頭痛，嘔吐，舌頭表面呈草莓狀，有點狀紅疹，紅疹消失後脫皮。

破傷風　由破傷風桿菌引起的急性傳染病。病菌從傷口侵入體內，最初是嚼肌痠脹，頸部不靈活。以後面部肌肉痙攣，牙關緊閉，吞咽困難。最後全身肌肉有陣發性抽搐，呼吸困難。

痢疾　由痢疾桿菌、溶血組織阿米巴引起的腸道傳染病的總稱。常見的爲痢疾桿菌引起的細菌性痢疾，症狀爲發熱、腹痛、腹瀉、裡急後重、大便帶膿、血等。由阿米巴引起的阿米巴痢疾，起病較慢，糞便暗紅色並有腐肉臭味。

白痢　中醫指大便中含黏液或膿而不含血液的痢疾。

赤痢　中醫指大便中帶血不帶膿的痢疾。

赤白痢　中醫指大便中帶膿血的痢疾。

細菌性痢疾　由痢疾桿菌引起的一種常見腸道傳染病。以潰瘍性結腸炎為主要病變。主要症狀有發熱、腹痛、腹瀉、裡急後重（想排便又排不出）和膿血便。傳染源是帶菌者和患本病病人。多發於夏秋季。簡稱**菌痢**。

傷寒　❶由傷寒桿菌引起的急性腸道傳染病。因進食染有病菌的食物或飲料而感染。症狀是持續性高熱，脈搏相對緩慢，脾臟腫大，白血球減少，腹部常有玫瑰色疹出現。易併發腸出血、腸穿孔等症。❷中醫對多種熱性病的總稱，又指由風寒侵入人體而引起的病。

副傷寒　副傷寒桿菌引起的急性腸道傳染病。症狀類似傷寒，但較傷寒輕微，病程也比傷寒短。

斑疹傷寒　由立克次氏體引起的一種急性傳染病。是由人虱或鼠蚤作媒介而傳染。症狀是突發高熱，頭痛，全身痛，幾天後出現較多瘀點樣皮疹，會伴有明顯的神經和精神症狀，常併發肺炎。

霍亂　❶由霍亂弧菌引起的烈性腸道傳染病。起病急驟，上吐下瀉，迅速脫水，眼球下陷、四肢痙攣，逐漸進入周圍循環衰竭狀態。❷中醫泛指具有劇烈的吐瀉、腹痛等症狀的胃腸疾患。

瘹螺痧　中醫指霍亂。發病時手指末節變瘹。

炭疽　由炭疽桿菌感染引起的一種急性傳染病。人因接觸病畜而感染。症狀是皮膚潰瘍、水腫、出血、壞死。有皮膚炭疽、腸炭疽、肺炭疽等類型。

鼠疫　鼠疫桿菌藉鼠蚤傳播的烈性傳染病。野生嚙齒動物及家鼠感染這種病後，由蚤叮咬傳染給人。有腺鼠疫、肺鼠疫和敗血型鼠疫三種。腺鼠疫最為常見。症狀是高燒、淋巴結腫脹、出血等。也叫**黑死病**。

回歸熱　由回歸熱螺旋體引起的一種急性傳染病。分虱傳和蜱傳兩種類型，分別由體虱或蜱傳入人體。症狀是陣發性高燒、全身痠痛、嘔吐、肝脾腫大、高熱持續數日，退熱後約一週，症狀又重新出現（回歸），如此反覆二～五次後而癒。

敗血症　細菌侵入血液循環引起的嚴重全身性感染。致病菌主要為葡萄球菌、大腸桿菌、溶血性鏈球菌等。發病多見於夏秋季。起病較急，症狀是發冷、發熱、嘔吐、腹瀉、皮膚或黏膜有出血點、肝脾腫大等。嚴重時發生昏迷或休克。

愛滋病　即 AIDS。全稱為後天性免疫缺乏症候群。是一種名叫 HIV 病毒引起的傳染病，通過性交、輸血或母嬰間傳染。病毒侵入人的 T 淋巴細胞，導致嚴重的細胞性免疫缺陷，使人體喪失對病原微生物的抵抗力。感染病毒後潛伏期較長，約二～五年，發病後有淋巴結腫大、持續高熱、呼吸困難、口腔糜爛、全身疼痛等症狀，最後死於嚴重感染和腫瘤。目前尚無有效療法，死亡率極高。〔英 AIDS，是 acquired immune deficiency syndrome 的縮寫〕

登革熱　俗稱「斷骨熱」，其媒介是白線斑蚊和埃及斑蚊，大都在東南亞流行而造成多人死亡。典型症狀為突發性高燒、發疹、關節肌肉壓痛、頭痛、血小板減少、尿蛋白、腎衰竭等。登革熱的療法是以支持療法為主，包括補充電解質、水分、凝血因子恆定等，目前尚無藥物可以治療，完全視患者免疫力來改善病情。

C 10 - 11 名：　寄生蟲病

瘧疾　由瘧原蟲引起的一種急性傳染病。傳染媒介是蚊子，多在夏秋季發病。由於瘧原蟲的不同，有的隔一日發作，有的隔二日發作，也有不定期發作的。症狀是陣發性寒顫、高熱、出汗、頭痛、肝脾腫大。俗稱**瘧子**。

冷熱病　〈方〉瘧疾。

擺子　〈方〉瘧疾：打擺子。

絲蟲病　一種由絲蟲引起的淋巴系統炎症及阻塞的慢性寄生蟲病。絲蟲形狀像白絲線,由蚊子傳播。症狀是發熱、寒顫、皮膚粗糙、淋巴結腫大,陰囊、臂部或腿部往往變粗。也叫**血絲蟲病**。俗稱**流火;粗腿病**。

血吸蟲病　由寄生在人的肝臟和腸內的血吸蟲引起的一種嚴重疾病。傳染源是病人糞便中的血吸蟲卵,傳染媒介是釘螺,通過疫水與皮膚接觸。症狀為發熱、起風疹塊、腹瀉、有腹水、肝脾腫大、消瘦、貧血等病情。

羅漢病　〈方〉血吸蟲病。

蛔蟲病　由寄生於小腸的蛔蟲引起的病症。人或家畜均可因進食受蟲卵污染的水或食物而感染。蟲卵在腸內逐漸發育長大為成蟲,引起陣發性臍周腹痛、厭食或易饑、噁心、消瘦等症狀。嚴重者可引起腸梗阻、闌尾炎、腸穿孔及其他疾病。

鉤蟲病　鉤蟲寄生於小腸引起的疾病。因手足皮膚接觸鉤蟲幼蟲污染的土壤而感染。症狀是在幼蟲鑽入皮膚處,引起皮疹、咳嗽、消化不良和貧血等。

蟯蟲病　蟯蟲寄生在人體內小腸下部和大腸裡所引起的疾病。雌蟲常在夜間爬出肛門產卵,引起肛門奇癢。另外有腹痛、噁心、厭食、嘔吐等症狀。

絛蟲病　絛蟲寄生於小腸引起的疾病。因進食未煮熟的含有絛蟲幼蟲的豬、牛肉而得病。有腹痛、腹瀉、消化不良、肛門搔癢等症狀。

囊蟲病　由鏈狀絛蟲的幼蟲寄生在人體各組織引起的疾病。絛蟲的幼蟲寄生在豬體內,有頭、頸和囊狀尾部,俗稱囊蟲。人被感染後,幼蟲鑽進腸壁循血流到達皮下組織、肌肉、腦和眼等處,產生皮下和肌肉結節、癲癇、視力減退等症狀。

滴蟲病　由滴蟲引起的傳染病。滴蟲寄生在腸道內或陰道內。前者引起腸道滴蟲病,主要症狀是腹瀉。後者引起滴蟲性陰道炎,症狀是白帶增多並帶泡沫有臭味,外陰部和陰道內有瘙癢感或灼痛感。

薑片蟲病　由薑片蟲寄生於人體小腸引起的寄生蟲病。由於生食水紅菱,荸薺等而感染。主要症狀是慢性腹瀉、消化不良、局部或全身浮腫。患者會有吐蟲或便蟲的現象。

鞭蟲病　鞭蟲寄生於盲腸所引起的疾病。輕度感染無明顯症狀,有大量成蟲寄生時,下腹有陣痛和壓痛,有慢性腹瀉,大便帶鮮血或隱血等症狀。

阿米巴痢疾　由溶血組織阿米巴引起的腸道傳染病,急性發作的症狀為低熱,大便帶血,黏液呈醬紅色,腐敗腥臭,一日排便數次至十次左右。急性期如未充分治療,可反覆發作而轉為慢性。出現腹瀉與便秘交替,腹部感覺不適。

黑熱病　由黑熱病原蟲引起的寄生蟲病,經白蛉媒介傳播。主要症狀為長期不規則發熱、消瘦、進行性肝、脾腫大和全身血球減少等。曾流行於中國大陸長江以北的農村,引起人們恐慌。

C 10－12 名：　外科疾病

痔　肛門或直腸末端的痔靜脈叢發生曲張而形成一個或多個突起的小腫塊。有內痔、外痔和內外混合痔。症狀為灼熱、肛門墜脹、疼痛、便血等。多見於從事久坐、久立工作或經常便秘的人。通稱**痔瘡**。

肛裂　肛管深及全層的皮膚因糞便乾硬受到損傷而發生的裂口,感染後形成慢性潰瘍。排便時劇烈疼痛,常有少量出血。癒後易復發。

肛瘻　直腸肛門周圍組織發生膿腫。一般由葡萄球菌、鏈球菌和大腸桿菌等感染引起。形成瘻管,內口和直腸腔相通,外口開在皮膚上,有的流膿血。也叫**痔漏;漏瘡**。

腹膜炎 腹膜的炎症。由細菌感染、化學刺激（胃液、腸液、胰液、膽汁等）或損傷所引起。大多爲急性。主要症狀爲腹痛、腹肌緊張，常伴有噁心、嘔吐、腹脹、發熱、氣急等。

闌尾炎 闌尾的炎症病變。由病菌、寄生蟲或其他異物侵入闌尾引起。症狀先是中上腹或臍周圍疼痛，逐漸加劇，幾小時後疼痛轉移至右下腹，會噁心、嘔吐等。嚴重者闌尾穿孔，引起腹膜炎或闌尾包塊。

腸套疊 腸子的一段套入另一段的腔內引起腸子堵塞的一種急性腸梗阻病。症狀是突然腹痛、嘔吐、大便帶血等。

盲腸炎 ❶闌尾發炎蔓延到整個盲腸，就成爲盲腸炎。❷闌尾炎的誤稱。

腸梗阻 腸內容物在腸腔內通過發生困難。可由多種原因引起，但多爲機械性腸梗阻（如腸黏連、腫瘤壓迫、腸套疊、蛔蟲團等）造成腸腔狹窄或閉塞，使腸內容物不能通過。症狀是腹痛、腹脹、便秘、停止排氣（放屁）、嘔吐等。也叫**腸阻塞**。

腸穿孔 腸壁穿孔，糞便等流入腹腔，引起感染的一種急性腹症。有嘔吐、劇烈腹痛、脈搏微弱等症狀。

膽囊炎 常見的膽囊炎性疾病。爲腸道中的細菌經膽道蔓延到膽囊所引起，或爲細菌從血液、淋巴管播散而來。急性膽囊炎患者百分之九十以上伴有膽石症，常突然發作，主要症狀爲右上腹絞痛並放射至右側背部或肩部，伴有噁心、嘔吐等。急性膽囊炎可發展爲慢性膽囊炎，有長期消化不良等症狀。

膽石病 指膽道系統（包括膽囊和膽管）某一部位發生結石的疾病。症狀按膽石的大小及其所在部位等而有不同。爲膽石嵌入膽道口，可產生膽絞痛。常在飽餐或進食高脂肪食物後數小時內發作，或在腹部受到震動後發作。痛時會大汗淋漓，面色蒼白、噁心及嘔吐。

疝 體腔內任何臟器向外突出的不正常現象。多由於腹腔內壓增高和腹壁薄弱而引起。常見的有腹股溝疝、股疝、臍疝等。

疝氣 通常指腹股溝部的疝。由於小腸通過腹股溝區的腹壁肌肉弱點墜入陰囊而引起。症狀是腹股溝凸起或陰囊腫大，時有劇痛。多見於小兒和青少年。也叫**小腸氣**。

休克 音譯詞。全身血液循環發生嚴重障礙，機體組織血液灌注不足引起的全身反應。是一種綜合症。引起休克的原因有大量出血、嚴重創傷、嚴重感染、中毒、心肌損害、精神刺激等。主要症狀是血壓下降、反應遲鈍、臉色蒼白、四肢發冷、大量出冷汗、脈搏細弱、呼吸急促等。病發快，危及生命，應緊急搶救。

內出血 血液流入體腔或組織內的病症。可由外傷（如肝、脾破裂）、血管本身病變（如腦溢血、動脈瘤破裂）等原因引起。嚴重的可引起急性貧血、休克。

栓塞 在循環的血液中出現血栓或其他不能溶解的異常物質（如脂肪栓子、空氣栓子、細菌栓子、羊水栓子等）流到較小的血管，不能通過而將血管堵塞。症狀是患部有劇痛，有關組織出現缺血、缺氧現象。

凍傷 身體局部組織由於受到過低溫度引起的損傷。多發生在肢部末梢和身體暴露部位。受凍部位皮膚蒼白，發涼，發硬，麻木。經溫暖解凍後，輕的紅腫、發癢、灼痛；重的皮膚起水泡，甚至出現組織壞死。

燒傷 由熱力（火焰、灼熱的氣體）、電能、化學物質、放射線等引起的皮膚等組織的損傷。燒傷深度分爲三度：一度爲表皮燒傷；二度傷達眞皮層；三度損壞皮膚全層並累及皮下組織、肌肉和骨骼。也叫**灼傷**。

膿腫 由於細菌通過破損的皮膚或黏膜侵入組織或由淋巴和血液帶入組織，使組織局部發炎、壞死並化膿積聚形成腫塊。淺部膿腫時，

局部紅、腫、痛、熱,多伴有全身疲乏、體溫升高、頭痛等症狀。深度膿腫開始時只有局部疼痛和觸痛,但全身發熱、脈搏增速和患部功能障礙等症狀均較明顯。

癤 由葡萄球菌或鏈球菌侵入毛囊或皮脂腺內引起的化膿性炎症,常發生於頭、面、背部和易受機械性刺激的頸、腰及臀部。症狀是局部出現充血硬塊、化膿、紅腫、疼痛。通稱**癤子**。

疔 中醫指一種小惡瘡。生於表皮內毛囊汗腺等處,多在顏面及四肢末梢,形狀如豌豆,頂部有膿頭尖,紅腫劇痛。病理變化急驟,常發寒熱。也叫**疔瘡**。

瘡 ❶通常稱皮膚上或黏膜上發生潰爛的疾病。❷外傷:刀瘡。

瘡疤 瘡癒合後留下的疤痕。

癰 金黃色葡萄球菌侵入皮膚和皮下組織所引起的化膿性炎症。多發生在頸、背、上唇等部位。症狀先是局部紅腫,形成硬塊,有劇烈脹痛,以後腫塊越來越大,表面有許多膿頭,流出膿液,膿頭間的皮膚常常壞死。常伴有發燒、寒顫等全身病狀。

癰疽 中醫外科病名。毒瘡,即癰。

甲溝炎 指甲周圍軟組織的化膿性感染。多因刺傷、撕剝肉刺或修剪指甲時損傷所引起。初起時指甲患側有輕度疼痛、紅腫和發熱,如不及時治療就會化膿,並向指甲的另一側或指甲下蔓延。

C 10－13 名： 骨、關節疾病

關節炎 關節發炎的病。發病時關節紅腫疼痛,體溫有時增高,嚴重的會使關節變形或脫位。種類很多,有風濕性的,如風濕性關節炎、類風濕性關節炎;感染性的,如化膿性關節炎、結核性關節炎;代謝性的,如痛風等。

大骨節病 一種以關節粗大爲特徵的骨關節病。

是多見於中國大陸東北和西北某些地區的地方病,好發於兒童及青少年。症狀首先表現爲手足關節痠痛,活動不靈活,隨後各關節逐漸變粗,運動受限,可致身材較矮小和步履不穩。

平足症 足弓減低或下陷的疾病。由於青春期體重驟增、懷孕、久病初愈、過度疲勞或長期站立工作等原因,使肌力不足,足部韌帶難以負擔體重而使足弓下陷。初期可感覺足內側發熱、痠脹;繼之,逐漸加重,稍稍行走或站立不久即感疼痛。也叫**扁平足**。

肩周炎 肩關節周圍的軟組織炎症。多見於五十歲左右的人。病因是受寒或外傷。症狀先是肩部漸感痠痛,以後肩關節活動逐漸受限,直至喪失活動能力。俗稱**漏肩風**或**五十肩**。

脫位 由於外傷或關節內部發生病變,關節的骨頭離開其正常的位置。多發生於肘關節、肩關節、髖關節。一般需用手術復位。也叫**脫臼**。

脫骱 〈方〉脫臼。

骨折 骨骼因外傷或骨組織本身疾病而斷裂。表現爲斷列部位疼痛、痠脹、有瘀斑。有開放性骨折和閉合性骨折,前者易感染,較嚴重。

C 10－14 名： 皮膚病

痣 皮膚上的青色、紅色或黑褐色的斑點或疙瘩,由先天性的血管瘤或淋巴管瘤,或皮膚色素沈著引起。沒有疼痛或刺癢等症狀。

痦子 隆起的痣,半球形,紅色或黑褐色。

黑痣 皮膚上的黑色、棕色斑點或乳頭狀突起,由黑色素細胞聚集而成。有的是生來就有的,有的隨年齡增長而出現。一般無痛癢等感覺。如長大迅速、顏色加深並有疼痛感,則可能會變爲惡性黑色素瘤,應立即就醫診治。

黑子 〈書〉黑色的痣。

黶 〈書〉黑色的痣。

記　皮膚上生下來就有的深色的斑。也叫**胎記**。

疣　一種由病毒感染而出現在皮膚上的突起。顏色跟正常皮膚相同或黃褐色,表面乾燥粗糙。一般不痛不癢,有的有壓痛感。多長在面部、頭部或手背等處。也叫**肉贅;贅疣**。俗稱**瘊子**

疙瘩　**疙疸**　皮膚上突起的或肌肉上結成的硬塊。

瘢　皮膚上生斑點的病。

雀斑　面部出現黃褐色或黑褐色的小斑點。表面光滑,不痛不癢。夏季經烈日曝曬,其顏色加深,數目增多;冬季則顏色轉淡,數目也減少。大多在六～七歲後開始出現,患者多為女性。

壽斑　老年人皮膚上出現的黑斑。多指臉上的。

麻子　人出天花後皮膚上留下的疤痕:這個人滿臉麻子。

疹　皮膚上突起的很多的紅色小顆粒,小的像針尖、粟米,大的像豆粒。通常紅色,也有黃或褐色的。多由皮膚表層發炎浸潤而引起。如丘疹、疱疹等。

丘疹　皮膚表面由於某些疾病而引起的小疙瘩,半球形,多為紅色。也有發生在表皮內部的,如扁平疣。

疱　皮膚上長的像水泡的小疙瘩。

疱疹　由疱疹病毒引起的一種皮膚病。多發生在上唇或面部,最初局部發癢,然後出現內含透明液體的水泡,會微痛,一兩周後結痂自癒。

水疱　因病理變化,漿液在表皮裡或表皮下聚積而成的黃豆大小的隆起。水疱內液體吸收結痂後不留遺痕。

燎泡　皮膚上因火傷或燙傷而起的水疱。也叫**燎漿泡**。

單純疱疹　由病毒引起的密積體群水疱。好發於皮膚和黏膜交界處,如口角、唇緣等部位。

常伴隨急性發熱病時發生。一週左右水疱結痂脫落而癒,有的可反覆發作。俗稱**熱瘡**。

帶狀疱疹　由病毒引起的急性炎症性皮膚病。患處皮膚感覺過敏或神經痛等,繼而沿外周神經分布,出現排列成帶狀的丘疹,隨後變為水疱。一般伴有局部淋巴結腫痛。疱疹癒後不留疤痕,很少復發。

天疱瘡　一種嚴重的大疱性自體免疫性皮膚病。多發生於中青年。常見的是口腔黏膜先發生水疱,後擴散到皮膚,疱壁鬆弛,容易破裂。有瘙癢或疼痛,發熱、厭食等症狀。

膿疱病　由溶血性鏈球菌或金黃色葡萄球菌引起的一種急性化膿性皮膚病。症狀是皮膚上出現紅斑,很快變成水泡或膿疱,瘡壁薄而易破,膿液中病菌不斷向鄰近部位蔓延擴散。多發生於臉、頸、四肢等部位,患者多為兒童。也叫**黃水瘡;膿疱瘡**。

痂　傷口或瘡口表面上由滲出物凝結而成的塊狀物,常含有膿、細菌、血和上皮細胞等。傷口或瘡口痊癒後自行脫落。

丹毒　由溶血性鏈球菌引起的一種皮膚炎症。多發生於小腿或面部。起病時發高燒,隨即皮膚出現片狀紅斑,與正常皮膚之間界限明顯,有灼熱和疼痛感,伴有患處局部淋巴結腫大和寒顫。

流火　下肢丹毒的俗稱。

麻風　由麻風桿菌引起的慢性傳染病。主要侵犯皮膚、黏膜和周圍神經。潛伏期一般為二～五年。主要症狀是:形態多樣的皮膚損害,毛髮脫落,不出汗,周圍神經腫大變硬,有痛感或壓痛,並可出現感覺、運動障礙,導致肢體殘廢和畸形。一般經數年治療,可望痊癒。

癬　由黴菌引起的某些皮膚病的統稱。種類很多,如體癬、頭癬、手癬、足癬、股癬等。

頭癬　由黴菌引起的頭部皮膚病。有白癬和黃癬兩種。

白癬 由黴菌引起的一種頭癬。主要發生於兒童。頭皮出現圓形或形狀不規則的鱗屑斑，白色或灰白色，大小不等，數目不一。刺癢，毛髮脫落。病程持續多年，一般到青春發育期即可痊癒，癒後毛髮生長不留疤痕。也叫**髮癬**。

黃癬 由黃癬菌引起的一種頭癬。多見於兒童。初爲黃色斑點或小膿疱，有鼠尿樣的特殊氣味。結痂後，毛髮脫落，癒後有疤痕，不再生毛髮。俗稱**瘌痢;癩;禿瘡**。

體癬 由黴菌引起，發生在面、頸、軀幹、四肢等暴露部位的癬。爲淺紅色環形斑塊，表面有白色鱗狀屑，有輕度瘙癢感。也叫**圓癬;金錢癬**。

花斑癬 由黴菌引起，發生在頸部、胸部、背部等處的一種癬。症狀是皮膚上出現黃豆大小的圓形斑，淺黃色或深褐色，日久變成白色，表面有米糠細小鱗屑，一般不痛不癢。俗稱**汗斑**。

手癬 由黴菌引起發生在手掌和指間的癬。可由自身足癬感染。症狀是出現紅斑或水泡，刺癢，脫皮，嚴重時發生糜爛。中醫叫**鵝掌風**。

足癬 由黴菌引起發生在腳趾之間的癬。症狀是起水泡，奇癢，抓破後流黃水，嚴重時潰爛。也叫**腳癬**。俗稱**腳氣**。

牛皮癬 一種慢性炎症性皮膚病。多發生於頭皮、肘部和膝關節附近，可發展到全身。症狀爲有多層銀白色鱗屑的丘疹或斑片。有癢感，不傳染。常於夏季減輕冬季加重。也叫**銀屑病**。中醫稱**松皮癬**。

皮炎 具有炎性反應的皮膚病的統稱。

頑癬 中醫指經久不癒或難以治好的皮炎，如神經性皮炎等。

神經性皮炎 一種皮膚神經功能障礙性疾病。由情緒波動、神經衰弱、局部摩擦刺激等引起。多發生在頸部、大腿內側、會陰、肘窩、膕窩等處。開始時患處有陣發性劇癢，搔抓後漸出現許多圓形或多角形扁平小丘疹，皮色或淡褐色。以後丘疹逐漸增多擴大，形成許多表面粗糙肥厚的斑塊。病程極頑固，可遷延數年至數十年不癒。

紅斑性狼瘡 一種機體自身免疫紊亂性疾病。多見於青年女性，分皮膚性和全身性兩種。前者好發於面部等暴露部位，常呈對稱分布，呈蝴蝶或蝙蝠狀;後者對腎、肝、心臟等損害甚鉅。

疥 由接觸疥蟲引起的一種傳染性皮膚病。常發生於手指兩側和指縫間及手腕屈面、肘窩、腋下、下腹部大腿內側等處。症狀爲局部起丘疹和水疱，不變顏色，奇癢，夜間尤甚。也叫**疥瘡;癩疥瘡**。

胼胝 **跰胝** 手掌或足底突出部位因長期摩擦引起的局部皮膚角質層增厚。邊緣薄，中間厚，質地堅實，呈淡黃色。無疼痛感覺，如伴發雞眼，則有壓痛。通稱**跰子** **繭子;老跰 老繭**。

膙子 〈口〉跰子。

雞眼 腳掌或腳趾上易受摩擦或壓迫部位角質層過度增生而形成的小圓硬塊，中心爲一圓錐形角化物質，形狀像雞的眼睛，行動時有壓痛感。多爲穿不合適鞋子或鞋底不平引起。

皸裂 〈書〉手掌或足跟等處的皮膚因寒冷乾燥而產生的裂痕，有痛感，裂口有時出血。多見於冬季。

痱子 酷暑季節皮膚上起的紅色或白色小疹。因環境濕熱，汗腺分泌多，排泄不暢而引起。很刺癢，常因搔抓導致繼發性感染。

濕疹 一種常見的過敏性皮膚病。常發生在面部、陰囊、女陰、肛周或四肢彎曲的部分。多由神經系統機能障礙引起。症狀先後有皮膚發紅、發癢，形成丘疹或水泡，糜爛、滲液、結

痂和落屑等。自覺瘙癢。常反覆發作。

繡球風　中醫指由濕疹、營養不良或黴菌引起的陰囊部皮膚發癢症。

蕁麻疹　突發性暫時性的皮膚上水腫斑塊。致病原因很多，對某種食物、藥品、花粉或灰塵等過敏，胃腸道障礙，內分泌失調以及外界物理化學刺激等均可引起發作。症狀爲皮膚突然出現隆起的紅腫塊，顏色粉紅或蒼白，發癢。可以在幾分鐘至幾小時內消褪，不留痕跡，但常常復發。俗稱**風疹塊**。

鬼風疙瘩　〈方〉蕁麻疹。

白癜風　一種原發性皮膚色素脫色斑。多由皮膚不能形成黑色素引起。症狀是皮膚上呈現大小不等、形狀不一、邊界清楚的一片片白斑，邊緣色素往往稍深。不痛不癢。也叫**白斑病**。中醫稱**白駁風**。

酒糟鼻　因血管運動、神經機能失調，導致鼻及面部皮膚毛細管擴張的一種皮膚病。由嗜酒、內分泌失調等因素引起。症狀是鼻部結締組織增生，皮脂擴大成小硬結。病程緩慢。也叫**酒渣鼻**；**紅鼻子**。

狐臭　胡臭　腋部、陰部等部位的皮膚內大汗腺分泌汗液發出異常的刺鼻臭味。多在發育期以後發生，到老年氣味逐漸減輕。也叫**狐臊**。

痤瘡　一種毛囊、皮脂腺的慢性炎症。多生在青年男女的面部，也有的生在胸、肩和背部。通常是針頭大小的丘疹，有的有黑頭。常於感染後發生膿瘡或膿腫。俗稱**粉刺**。

禿髮　有多種，常見的爲斑禿和早禿。斑禿爲成片脫髮，圓形或不規則形，一片或數片，嚴重者全身毛髮脫落。能治癒，但易復發。早禿常伴有皮脂溢出，多發生於額部兩側，逐漸後移至顱頂。早禿多發生於青春期的男性。

狼瘡　由結核桿菌引起的一種皮膚疾病，多生在面部。最初皮膚出現暗紅色結節，逐漸增大，形成潰瘍，結黃褐色痂，常形成瘢痕。

臁瘡　一種生在小腿臁骨部位的皮膚病，由葡萄球菌或鏈球菌引起。起初皮膚上發生小膿泡，逐漸增大，形成潰瘍，流膿，疼痛，癒後留下瘢痕。

凍瘡　局部皮膚因受凍，血液循環發生障礙所造成的損害。主要發生在手、足和耳廓等暴露部位。初起爲水腫性紫紅色斑片，嚴重的有水疱。疱破後可形成潰瘍，有瘙癢和灼痛感。到溫暖季節逐漸痊癒，次年冬季，常再復發。

凍瘃　〈方〉凍瘡。

C 10－15　名：　性病

性病　主要由性交傳染的疾病，如梅毒、淋病、軟下疳等。□花柳病。

梅毒　由梅毒螺旋體引起的一種慢性接觸性傳染病。多由性交傳染，也可由孕婦傳給胎兒。症狀：初期，在外生殖器部位發生紅色炎性硬結；第二期，全身皮膚發疹，全身淋巴結腫大，個別內臟器官發生病變；第三期，皮膚、黏膜形成梅毒瘤，循環系統或中樞神經系統發生病變，如脊髓癆、進行性麻痹。

楊梅　〈方〉梅毒。

淋病　由淋病雙球菌侵入尿道所引起的一種性病。由性交等接觸方式傳染。患者尿道發炎，化膿，尿中帶有膿血，排尿困難及發熱等。

白濁　中醫指淋病。

下疳　有硬性和軟性兩種。硬下疳是梅毒初期，生殖器、舌、唇等形成潰瘍，病灶的底部堅硬而不痛。軟下疳由軟性下疳鏈桿菌引起，生殖器外部出現黃豆大小的多數潰瘍，觸之柔軟而疼痛。

橫痃　由下疳引起的急性腹股溝淋巴結炎，腫脹化膿，可能破潰，伴有高熱和劇痛。

C 10－16　名：　腫瘤

腫瘤　人體內一種不正常增生或分化而形成的，

同周圍組織不協調的新生組織。按腫瘤細胞結構、生長方式和對人體危害性可分良性和惡性兩類。良性腫瘤細胞分化成熟、生長緩慢,腫塊有包膜,邊界清楚,不轉移,一般危害較小,如腺瘤、脂肪瘤、纖維瘤等。惡性腫瘤細胞分化不成熟、生長較快,腫塊無包膜,邊界不清,常浸潤和破壞周圍正常組織和轉移到遠處組織,危害生命,如癌、肉瘤、白血病等。也叫**瘤;瘤子**。

癌 上皮組織生長出來的惡性腫瘤。多發生於胃、肝、肺、腸道、子宮頸、乳腺、鼻咽和皮膚等部位。形態有蕈型、乳頭型、結節型、潰瘍型、浸潤型等,質地較硬,邊界不清。也叫**癌瘤;癌腫**。

肉瘤 骨頭、淋巴組織、造血組織等部位發生的惡性腫瘤,如淋巴肉瘤、骨肉瘤、纖維肉瘤、脂肪肉瘤等。

囊腫 良性瘤的一種。囊狀腫塊,有包膜,內有液體或半固體的物質。肺、卵巢、皮脂腺等器官內都能發生。生長一般緩慢,可用手術切除。

鼻咽癌 鼻咽頂部和咽隱窩內的惡性腫瘤。中國大陸沿海與台灣為好發地區,多見於男性。本病可能與 EB 病毒感染有關。主要症狀為鼻涕帶血、耳鳴、重聽、單側頭痛等。往往在早期即由頸淋巴結轉移。

肺癌 最常見的肺部惡性腫瘤。癌腫發生於較大的支氣管,逐漸侵入肺血管。常見的症狀為明顯的乾咳、胸痛、咯血等;繼發感染者,有發熱、咳膿痰等。長期吸紙煙是肺癌的重要致病因素。長期吸入瀝青、石棉和放射性物質,患慢性支氣管炎、肺結核者,也易患肺癌。也叫**支氣管癌**。

食管癌 食管鱗狀上皮的惡性腫瘤,大多發生於四十歲以上,尤以六十～七十歲為最多。進行性嚥下困難是本病最典型的症狀。

胃癌 胃黏膜的惡性腫瘤。多發生在胃竇部。多見於四十～六十歲男性。胃息肉、胃潰瘍和慢性萎縮性胃炎有可能演變為胃癌。症狀為上腹悶脹、疼痛、食欲不振、噁心、噯氣;逐漸腹部有增大而堅硬的腫塊、腹水、鄰近臟器與淋巴結轉移等。

肝癌 指肝細胞或肝內膽管上皮細胞惡變形成的惡性腫瘤。多見於四十～五十歲男性。早期多無症狀,後期大多有黃疸、腹水、肝臟腫大、食欲減退、消瘦乏力,終因嘔血、便血、腹內出血及肝昏迷而死亡。

胰腺癌 一種常見的胰腺腫瘤。多發生於中年以後男性。常見症狀為腹痛、體重減輕、進行性黃疸、噁心、嘔吐、腹瀉、便秘等。

結腸癌 發生在結腸的惡性腫瘤。早期多無症狀,隨著癌腫的增大,可有黏血便、便頻、腹痛、腹瀉、便秘等。

直腸癌 發生在直腸的惡性腫瘤。主要症狀是大便次數增多,糞條變細,糞便帶血、黏液,有劇烈疼痛。

乳房癌 是婦女常見的惡性腫瘤之一。早期無任何不適,僅在乳房內有較小腫塊,如不及時發覺並切除,癌腫逐漸增大,侵入周圍皮膚、肌肉,可與之黏連固定;鄰近乳頭的癌塊因侵入乳腺導管而使乳頭內陷,有時有血性液體溢出;隨後向周圍淋巴結轉移,也可通過血液轉移至肺、骨或肝。

血管瘤 是一種先天性血管良性腫瘤。多見於嬰兒。有微血管瘤和海綿狀血管瘤。前者呈暗紅色,平坦或稍隆起,大小不一,發展緩慢;後者由一團粗大壁薄的血管所組成,質地像海綿,大小不一。多長在皮下和肌肉中,也可能在腦、肝、腎、腸等臟器中。

顱內腫瘤 生長在腦內的腫瘤。有神經膠質瘤(屬惡性)、腦膜瘤、神經鞘瘤和垂體瘤(一般屬良性)等。症狀有頭痛、嘔吐、意識不清,嚴

重時可發生「腦疝」,最後引起死亡。也叫**腦瘤**。

黑色素瘤　是一種惡性腫瘤,可由黑痣惡變而成,也可自行發生。當黑痣惡變時,迅速長大,顏色加深,伴疼痛、潰爛、出血,四周出現彗星狀小瘤或色素環。容易經淋巴或血液向遠處轉移。對黑痣不宜多加摩擦或挑刺。

子宮肌瘤　由子宮平滑肌細胞增生而形成的一種良性腫瘤。多見於三十歲以後的中年婦女。可生長在子宮任何部位。症狀有子宮出血、月經過多、經期延長和白帶增多等。

子宮頸癌　為女性生殖器最常見的惡性腫瘤。多見於中年以上婦女。子宮頸糜爛與裂傷,和疱疹病毒 II 型可能是本病的致病因素。初期症狀不明顯。晚期浸潤癌主要症狀為陰道不規則出血,分泌物增多呈膿性或米泔水樣,有惡臭,小腹及腰骶部疼痛。

淋巴瘤　是原發於淋巴結或淋巴組織的惡性腫瘤。多見於頸部、縱隔、腹腔淋巴結、扁桃腺、胃、小腸等處。表現以無痛性、進行性淋巴結腫大為最典型。發熱、脾腫大也較常見。晚期有惡病質、貧血等症狀。可分為何杰金病及非何杰金淋巴瘤兩大類。

C 10－17 名：　婦科疾病

子宮頸炎　細菌侵入宮頸所引起的急性發炎。因分娩、流產、手術或性交而受損傷所致。症狀為陰道流出大量黃色膿樣物,小腹脹痛,有時體溫升高。

陰道炎　發生於陰道黏膜的炎症。由滴蟲或黴菌所引起。症狀為陰道分泌物較多,呈泡沫狀,乳白色或黃色,有時血性或膿性。有外陰瘙癢、灼熱、刺痛、性交疼痛等。

盆腔炎　女性內生殖器及其周圍的結締組織或盆腔腹膜發炎的總稱。急性發作時一般有發熱、寒顫、食欲不振、下腹疼痛和陰道膿性分泌物增多等症狀。轉為慢性時有低熱、乏力、精神不振、周身不適、月經失調等症狀。

乳腺炎　婦女乳腺的炎症,多見於哺乳期。發病時局部腫脹、發紅、劇痛,有的化膿、伴有發冷、發熱等全身症狀。也叫**乳房炎;奶瘡**。

痛經　在經前或行經期間出現難以忍受的下腹疼痛。嚴重時,出汗、噁心、嘔吐,甚至昏厥。分原發性和繼發性兩種。原發性與精神因素、體質因素及子宮痙攣性收縮有關。繼發性由生殖器及盆腔炎症而引起。也叫**經痛**。

閉經　凡年逾十八歲,月經尚未初潮者,稱原發性閉經;月經週期已建立後,出現連續三個月以上停經者,稱繼發性閉經。原因很多,如子宮、卵巢、腦垂體及下丘腦病變均可引起閉經。

白帶　婦女陰道內排出的分泌物,在正常情況下只有少量僅足濕潤陰道表面。白帶是指陰道分泌物較正常增多而言。由生理變化引起的白帶,多為黏液性,無臭氣。病理變化引起的白帶,多見於生殖器有炎症或腫瘤時,呈膿性或血性,有惡臭。

不孕症　婚後同居二、三年未孕的病症。原因很多。男性可由各種原因造成精液異常或阻礙精子與卵子結合,女性可由各種原因造成妨礙產生健康卵子或阻礙精子與卵子結合。嚴重陰道炎或宮頸炎等也可造成不孕。

更年期　婦女由於喪失卵巢功能而出現的一系列症狀。一般發生於自然絕經前後,手術摘除卵巢或放射線照射卵巢之後。主要表現為月經紊亂,陣發面部潮紅,情緒不穩定(易激動、抑鬱等),失眠乏力,皮膚發麻,頭暈目眩,記憶力減退等。

C 10－18 名：　兒科疾病

疳　中醫指小兒面黃肌瘦、腹部膨大的病症。多由飲食無節制或腹內有寄生蟲引起。

遺尿症　小兒三歲以後在夜間睡眠中不能控制

小便，遺尿在床上的不正常現象。多見於容易興奮、過度敏感或睡眠不熟的兒童。

佝僂病　因維生素 D 不足而使吸收鈣磷能力失常引起的營養不良疾病。多見於嬰幼兒。早期症狀是多汗，夜間睡眠不安，易驚哭等。如不及時治療，可出現雞胸、背、兩腿彎曲、方頭、腹部脹大、發育遲緩等。也叫**軟骨病**。

侏儒症　生長停滯，身材長得過分矮小的病症。身高比同民族、同性別、同年齡低百分之三十，或成人身高在一百三十公分以下。致病原因最常見的為腦垂體前葉的功能低下，其他有內分泌功能不全、營養或代謝紊亂、遺傳性軟骨發育不全或不良等。

舞蹈病　有不規則的舞蹈樣動作為特徵的疾病。由大腦基節神經節病變所引起，最常見的病因為風濕熱。多見於五至十五歲的孩子。發病早期表現為動作笨拙、拿東西不穩，症狀發展加重後，經常出現噘嘴、皺眉、搖頭以至手足快速、無目標、不規則的動作，像跳舞一樣。

手足搐搦症　因維生素 D 缺乏，使血鈣降低而引起的全身或局部肌肉抽搐。以一歲以內嬰兒為多見，常發於初春季節。上呼吸道感染或腹瀉可促使本病發作。常伴有佝僂病。抽搐會突然出現，少數嬰兒有喉鳴，重者可突然死亡。

過動兒症　一種兒童輕度腦功能失調而導致行為異常的病。患病的通常男孩比女孩多。症狀為活動過多，上課時不能靜坐聽講，不停地做小動作，甚至大聲說話，任意走動；較嚴重的還會衝動任性，打架鬥毆。症狀嚴重的可用藥物治療。一般隨年齡的增長，症狀會自然好轉，也作**好動兒**。

沙利竇邁兒　因孕婦服用一種叫「沙利竇邁」鎮靜止吐藥物而導致生出畸型的胎兒。在西元一九五七～一九六二年間，醫師常給孕婦服用沙利竇邁，作為減緩晨吐症狀的藥物。不料在一九六一年，醫學界才發現該藥會導致胎兒畸形引起缺手、缺腿，上肢的外形像魚類的鰭，因此全面禁用。

黏多醣病童　為遺傳性疾病，俗稱「黏寶寶」。該病因缺乏分解酸性黏多醣的酵素，導致體內組織器官大量堆積黏多醣，大部分在骨骼、血管、皮膚、肝、肺臟等。目前可利用骨髓移植治療，唯成效仍待觀察。

C 10－19 名：　眼病

近視　看近物清楚而看遠物模糊的一種視力缺陷。是由於眼球的晶狀體和視網膜的距離過長或晶狀體折光力過強，而使進入眼球的影像落在視網膜前引起的。眼球前後球徑過長引起的近視稱真性近視。因睫狀肌調整過度緊張，而引起晶狀體屈光力過強的近視，稱假性近視。

遠視　看遠物清楚而看近物模糊的一種視力缺陷。是由於眼球的晶狀體和視網膜間的距離過短或晶狀體折光力過弱，而使進入眼球的影像落在視網膜後引起的。患者除視力模糊外，常伴有視力疲勞、頭昏、頭痛等症狀。

散光　一種看東西模糊不清的視力缺陷。是由於角膜或晶狀體之折光面各經緯線的曲率半徑不一致，而使視網膜上的成像不在同一平面上所致。分為近視散光與遠視散光兩種。

老視眼　人到了一定年齡由於晶狀體質的變硬，彈性減退，使調節能力衰退而形成的視力缺陷。出現老視眼，同個人的健康和屈光狀態有關，出現的平均年齡約四十五歲。用凸透鏡製成的眼鏡可以矯正。也叫**花眼；老花眼；老光眼**。

麥粒腫　由葡萄球菌侵入眼瞼的皮脂腺引起的急性化膿性炎症。症狀是眼瞼疼痛，眼瞼的邊緣靠近睫毛處出現粒狀的小疙瘩，局部紅腫。多發於青年。嬰幼兒患此病，症狀較嚴重。□**針眼**。

沙眼　由沙眼病毒引起的眼慢性傳染病。輕度患者眼部發癢或有異物感，眼屎增多。嚴重者結膜上形成灰白色顆粒，逐漸形成瘢痕，眼瞼內翻，睫毛內倒，使角膜發生潰瘍，影響視力。

角膜炎　角膜損傷後受細菌、病毒、眞菌等感染引起的炎症。症狀是角膜混濁或潰瘍、劇烈疼痛、畏光、流淚、視力減退等。

結膜炎　由細菌或病毒感染引起的眼結膜的炎症。症狀是眼紅腫、眼屎多，有時引起角膜病變。也叫**紅眼；赤眼**。

鞏膜炎　鞏膜表層或深層的炎症。常與結核、痛風、風濕病等全身性疾病有關。表層發炎時，局部出現結節性隆起、顏色紫紅，相應處球結膜水腫、充血，有壓痛，伴有怕光和流淚；深層發炎時，鞏膜呈瀰漫性紫紅色結節性隆起，疼痛劇烈。

白內障　眼球晶狀體的一部分或全部變混濁的眼病。分先天性和後天性兩類。先天的發自胎兒時期，多爲靜止性，混濁不繼續發展；後天的多爲進行性。最常見的爲老年性白內障，在瞳孔內呈白色或灰白色，造成視力障礙，成熟後，用手術摘除，可望恢復視力。

青光眼　由於眼內壓增高引起的一種眼病。分原發性和繼發性兩大類。症狀是瞳孔放大，角膜水腫，呈灰綠色，劇烈偏頭痛，嘔吐，視力急邃減退。應早期診斷，及時治療。也叫**綠內障**。

斜視　由眼球位置異常、眼球肌肉麻痺等原因引起的眼病。雙眼視線不能集中在同一目標上，當一眼注視目標時，另一眼的視線偏斜在目標的一邊。根據偏斜方向，可分爲內斜、外斜、上斜和下斜。也叫**斜眼**。

內斜視　一眼或兩眼的瞳孔經常向中間傾斜的一種眼病。通稱**對眼；鬥眼**。

複視　指兩眼同時看一物體時，出現重複的兩個物像的一種病態。主要由於眼外肌麻痺，雙目運動不協調，物像不能投射於兩眼底的「對應點」上所致。複視時常有頭暈、噁心、嘔吐等症狀。

色盲　缺乏正常辨別顏色能力的色覺障礙，由視網膜的錐狀細胞內缺少某些成分引起。有不能區別紅綠兩色的紅綠色盲和不能區別色彩的全色盲兩種。男性患者較多，且多屬先天性的。輕度色覺障礙，稱爲**色弱**。

雪盲　因雪地上反射的強烈的光長時間刺激眼睛而引起的視力障礙。症狀是眼睛疼痛，怕見光，流淚，嚴重時失明。

夜盲　因缺乏維生素 A 等原因使視網膜上的視紫質減少而引起的夜視障礙病。主要表現爲夜間光線不充足時視力很差或完全不能看見東西。

雀盲眼　〈方〉夜盲。

飛蚊症　由眼球內玻璃體混濁，不透明物體投影在視網膜上引起的眼病。患者常覺視野中有灰塵、黑點、飛蚊等物浮動。有生理性的，一般不影響視力；有病理性的，多繼發於眼內炎症、出血等，多影響視力，應及時治療。

視網膜剝離症　指視網膜從色素上皮層分離。分原發性和繼發性兩種。前者常與高度近視等有關，後者多因視網膜脈絡膜炎、腫瘤等病變所引起。初期常感到眼前有閃光或黑點飛舞，隨後視野中某一區域出現暗影，視物變形等。如不及時治療，可致失明。

C 10－20　名：　耳、鼻、咽喉、口腔疾病

中耳炎　中耳的炎性病變。分非化膿性與化膿性兩種。前者多因鼻腔或鼻咽部炎症引起，後者由化膿性細菌（葡萄球菌和鏈球菌等）從咽喉進入鼓室引起。症狀是耳內劇痛、耳鳴、發燒、流膿、聽力減退，嚴重時鼓膜穿孔。

耳朵底子　〈方〉中耳炎。

外耳道炎　由於挖耳損傷或污水流入導致細菌

感染，或黴菌寄生等引起的外耳道炎症。主
要症狀爲外耳道局部劇痛或奇癢。

美尼爾氏病 一種驟發旋轉性眩暈，伴有耳鳴、
耳聾的內耳病。是因內耳的內淋巴液增多，
導致壓力增高所引起。症狀是常反覆突然發
生眩暈，伴有噁心、嘔吐、耳鳴和聽力減退等。

耳鳴 聽覺功能紊亂而出現的一種症狀。病人
可持續性或間斷性地聽到一種實際上並不存
在的聲音，當環境安靜時反更明顯。多由中
耳、內耳或神經系統的疾病引起。

鼻炎 鼻腔黏膜炎症。分急性、慢性、過敏性和
萎縮性。急性鼻炎即一般所稱傷風、感冒，由
鼻病毒經飛沫傳播引起，有鼻涕多、噴嚏、鼻
塞、嗅覺減退等症狀。慢性鼻炎多因急性鼻
炎反覆發作所致，外界的不良刺激因素，如塵
埃、有害氣體、乾燥、潮濕等也是致病原因。
過敏性鼻炎是對某些過敏原敏感所致，往往
突然發作，症狀與急性鼻炎相似。萎縮性鼻
炎是慢性鼻炎的一種，鼻腔黏膜甚至鼻甲骨
質萎縮，鼻腔內形成膿痂，散發臭氣。

鼻竇頭 鼻竇黏膜的炎症。有急性和慢性兩種。
急性鼻竇炎常是急性鼻炎的延伸。症狀是流
膿涕、鼻塞、頭昏、頭痛和局部壓痛。慢性鼻
竇炎往往是由於急性鼻竇炎反覆發作未能及
時治療的結果。

鼻息肉 鼻腔或鼻竇黏膜水腫向下墜垂所形成
的腫塊。多因過敏性鼻炎、鼻腔各種炎症引
起。早期無明顯症狀。息肉長大會阻塞鼻
道，產生鼻塞、嗅覺減退，鼻涕增加等。

鼻出血 鼻子流血的症狀。鼻黏膜的血管豐富，
位置表淺，外傷或炎症等均可引起出血。此
外，高熱、高血壓、血液病等全身性疾病也可
引起鼻出血。也叫**鼻衄**。

咽炎 咽部黏膜的炎症。由病毒、鏈球菌和流行
性感冒桿菌感染所引起。急性期咽部乾燥、
充血、發熱、略感疼痛、吞嚥困難。經多次發
作即轉爲慢性，有咽黏膜充血、增厚、隱痛、異
物感等症狀。

扁桃腺炎 由鏈球菌、葡萄球菌等侵入扁桃腺引
起的炎性病變。發病多與上呼吸道感染有
關。急性扁桃腺炎起病急驟，有高熱、咽痛及
全身不適、四肢痠痛等症狀。如反覆發作，可
轉爲慢性。

喉炎 喉黏膜炎症。急性喉炎常是上呼吸道炎
的一部分，症狀是乾癢、喉痛、咳嗽、多痰、聲
音嘶啞。嬰兒易出現喉梗阻，吸氣困難。慢
性喉炎症狀是發癢、乾咳、聲音嘶啞、喉黏膜
充血增厚，有時聲帶閉合不全。

口炎 口腔黏膜的炎症。症狀是黏膜紅腫，疼
痛，有時局部形成潰瘍。多由消化不良、病菌
感染等引起。

口角炎 一種口部疾病。多由缺乏維生素 B2，
細菌感染所引起。症狀是口角處紅腫、糜爛，
有時結痂，張嘴時刺痛。

口瘡 口炎、口角炎等的統稱。

鵝白瘡 由白色黴菌感染引起的一種傳染性口
腔黏膜疾病。多見於嬰兒和體弱幼兒。症狀
爲口腔黏膜上出現白色或微黃色的斑塊，用
力拭去，黏膜上會留下血點。

走馬疳 由麻疹、猩紅熱等傳染病引起的一種小
兒急性口腔病。症狀是口腔黏膜部分組織潰
瘍，發黑、壞死，並向外潰爛，口中有特殊臭
味。嚴重時會昏迷。也叫**牙疳**；**走馬牙疳**。

牙周炎 牙周組織(包括牙骨質、牙周膜、牙槽骨和
牙齦)的一種慢性炎症。致病原因與營養、內分
泌、上下齒咬合不齊，以及牙石積聚等因素有關。
患者多在三十歲以上。主要症狀爲牙齦水腫、充
血和齦下溢膿，牙齒鬆動、傾斜等。

齲齒 牙齒硬組織逐漸崩解的一種慢性病。由
細菌和含糖食物作用於易感牙面而引起。症
狀是吃冷、熱、甜或酸的食物時感到牙痛，齒
齦腫脹。也叫**齲病**。俗稱**蛀牙**；**蟲牙**。

聾啞症 幼兒在說話前發生嚴重耳聾,無法學習
　語言,長大後形成旣聾且啞的病。

C 11　醫療·藥物

C 11-1　動、名：　醫療

醫療 ❶〔動〕治病;醫治:悉心醫療／蛇毒可以
　醫療疾病。❷〔名〕疾病的醫治:醫療設備／公
　費醫療／以醫療爲職業。

健康水療 即時下流行的 SPA。該槪念起於土
　耳其活水浴,土耳其浴普遍強調先蒸氣舒張
　毛細孔、特殊手套的洗刷水沖及按摩,透過大
　自然的能量,讓身體、心靈獲得洗滌和解脫。
　而「SPA」一詞源於比利時一個名叫 SPAU 的
　小鎭,因鎭上的男女老少經常在山泉邊浸泡
　泉水,消除疲勞而聞名。健康水療已廣被世
　人喜愛,日本更結合傳統的湯浴文化和現代
　運動生理學,把 SPA 改造成度假休閒、養生保
　健中心。

診療 〔動〕診斷和治療:巡迴診療。□診治。

治療 〔動〕醫治;用藥物、手術等消除疾病:你這
　個病要好好治療。

醫治 〔動〕治療:精神病一般很難醫治。

醫 〔動〕醫治:請你早點把他的病醫好／頭痛醫
　頭,腳痛醫腳。

治 〔動〕醫治:治病救人／不治之症。

療 〔動〕醫治:療病／電療／鍼灸療法。

臨床 〔動〕醫生親臨病牀前給病人診病,泛指醫療
　機構的業務實踐:臨床經驗／臨床敎學。

就醫 〔動〕病人去醫生那裡看病:急病要趕快就
　醫。□就診。

應診 〔動〕接受病家就診:眼科專家掛牌應診。

施診 〔動〕義務給人看病:王醫生每月施診一
　次。□施醫。

巡診 〔動〕巡迴診病:派醫療隊去農村巡診。

看病 〔動〕❶醫生給病人治病:李醫生給人看病
　去了。❷找醫生治病;就診:他去醫院看病。

醫護 〔動〕醫療護理:細心醫護／醫護人員。

行醫 〔動〕醫生從事醫療業務:他行醫多年／他
　開設診所行醫。

天竺鼠人 指扮演實驗動物角色的人,以自己的
　身體提供給醫院、藥廠或研究單位測試新藥
　或新的治療方式,來換取高酬金,這種職業通
　常不公開刊登廣告,僱用的人員也有一定的
　條件。天竺鼠人的主要工作就是到僱主要求
　的地點吃飯睡覺,偶爾被抽血、驗尿等做一些
　臨牀健康檢查。目前法規規定,接受新藥實
　驗者完成一次實驗後,必須休息二至四個月,
　休藥期間不能接受其他的實驗。

C 11-2　動：　診察

診察 對病情進行檢查:診察病情。□診視。

診 診察:門診／出診／會診。

診斷 檢查病情後對病症作出判斷:他的病經診
　斷確定是急性腸炎。

門診 醫生在診療室給不住院的病人治病:這位
　老專家每週門診兩次。

出診 醫生到病人家裡去給病人看病:深夜出
　診。

初診 病人首次去看病。

複診 病人初診後再去看病。

候診 病人在醫院等候診療。

會診 幾個醫生共同診斷(疑難病症):他的病已
　由名醫會診。

急診 病情嚴重,須緊急診治:去醫院急診／急
　診病人激增。

確診 診斷結果確定:已確診爲早期肝癌／病情
　難以確診。

檢查 醫生對人體病情或健康狀況仔細查看:檢
　查肺部／全身檢查。

隨訪 爲了解療效,追蹤病情發展變化等情況,

醫生在治療結束後訪問病人。

C 11－3 動：　護理

護理　觀察、記錄病情,執行醫生治療方案,照料
　　病人飲食起居等:精心護理／護理產婦。

看護　護理:看護病人。

守候　看護:護士日夜守候重傷員。

看顧　看護;照顧:周到地看顧病人。

照護　照顧護理傷病員。

C 11－4 動：　救治

救治　對病情嚴重的傷病員及時醫治,使脫離危
　　險:懇請醫生悉心救治／請求他用最好的藥去
　　救治病人。

救護　營救並護理重病重傷人員,使脫離危險:
　　燒傷人員已得到及時救護。

急救　緊急救治:送醫院急救。

挽救　從病危中救回來:挽救生命／垂危病人得
　　到挽救。

搶救　在病人危急的情況下迅速救護:醫生們全
　　力搶救病危的孩子。

C 11－5 動、名：　診斷方法

診脈　〔動〕用手按在病人腕部的動脈上,來診察
　　病象。也說**切脈**;**按脈**;**號脈**。

把脈　〔動〕〈方〉按脈。

望聞問切＊　中醫診斷疾病的四種方法。望是觀
　　察病人的面色、舌苔、神情;聞是聽病人的聲
　　音、咳嗽、喘息;問是詢問病人的症狀和病史;
　　切是用手診脈。也合稱「四診」。

聽診　〔動〕診察的一種方法。借助聽診器以聽
　　心、肺等內臟器官的聲音,從而作出診斷。

透視　〔動〕用 X 射線透過人體在螢光幕上所形
　　成的影像來觀察體內某些器官的形態、運動
　　狀況、病變特徵等。

血壓　〔名〕血液對動脈血管壁的側壓力。血壓

在一次心動週期中是不斷變化的。心臟收縮
時,動脈血壓升高,其最高值稱作收縮壓;心
臟舒張時,動脈血壓下降,其最低值稱作舒張
壓。動脈血管硬化,彈性變差,神經、內分泌
功能紊亂,都會影響血壓。

血沈　〔名〕檢查單位時間內紅血球下沈速率的
　　一種方法。將加入抗凝劑的血液放在特製的
　　帶有刻度的玻璃管中,紅血球即下沈,而在血
　　柱上方逐漸出現血漿層,此血漿層紅血球的
　　毫米數即爲紅血球下沈的速度。測定血沈對
　　臨床診斷有重要意義。

脈搏　〔名〕心臟收縮時,由輸出血液衝擊所引起
　　的動脈壁有節律的搏動。醫生可據以診斷疾
　　病。健康成年人安靜時的脈搏數,一般爲每
　　分鐘六十～八十次。簡稱**脈**。也叫**脈息**。

脈像　〔名〕中醫稱脈搏所表現的快慢、強弱、深
　　淺等情況,分爲浮、沈、遲、數、細、洪、濡、弦、
　　滑、澀、虛、實、長、短等二十八種。

物理診斷　〔名〕診斷疾病的一種方法,如觀察病
　　人的面色、表情和發育情況,用聽診器聽病人
　　心、肺的聲音,用手指敲或按病人的胸腹部,
　　用小槌敲病人的肘、膝關節等。

愛克斯線診斷　〔名〕用 X 光射線透視、拍片以幫
　　助診斷。

心電圖　〔名〕簡稱 EKG,是檢查心臟非常重要
　　的醫療儀器。心臟收縮時,心臟的竇房結會
　　傳出微弱的電訊到房室結,這種從心房傳導
　　到心室的微弱電流,維持心臟規律跳動,而心
　　電圖就是心房到心室間電訊傳導的紀錄。心
　　電圖可分成休息狀態下的一般心電圖、運動
　　心電圖、二十四小時心電圖等。

腦電圖　〔名〕腦子活動產生的生物電,經過特殊
　　的電子儀器放大描記出曲線圖,用以幫助診
　　斷腦部的各種疾病。

超音波診斷　〔名〕一種用低功率超音波掃瞄診
　　斷疾病的方法。具有簡便、迅速、無損傷等優

點,適用於對腦、眼、心血管、肝、膽、腹部腫塊
等疾病的診斷,也用於對胎兒的檢查。

C 11－6 名、動： 藥方‧處方‧病曆

藥方 〔名〕爲治療某種病症而開出的若干種藥
物的名稱、劑量和用法的組合。

方子 〔名〕藥方。

方 〔名〕藥方;方子:驗方／偏方兒。

處方 ❶〔動〕醫生給病人開藥方。❷〔名〕藥方:
這位醫生開的處方很有療效。

開方子 〔動〕開藥方。也說**開方兒**。

單方 〔名〕民間流傳的藥方。也作**丹方**。

成方 〔名〕現成的藥方。

驗方 〔名〕臨床經驗證明確有療效的現成藥方。

偏方 〔名〕民間流傳的、不見於古典醫學著作的
中藥方。

土方兒 〔名〕民間流行的、不見於醫藥專門著作
的藥方。

秘方 〔名〕未經公開而有較大療效的藥方。

醫囑 〔名〕醫生下達的有關診斷、治療、護理工
作的吩咐。

病歷 〔名〕醫院對每個病人的病情、診斷和處理
方法、治療情況的紀錄。也叫**病案**;**病史**。

病例 〔名〕❶某種疾病的實例。某個人患過某
種疾病,即爲某種疾病的病例。❷疾病統計
的計算單位。一個人患一種病爲一個病例,
如一人同時患兩種病即爲兩個病例。

C 11－7 動： 配藥

配藥 根據處方配製藥劑。也說**配方**。

配伍 把兩種或兩種以上的藥物配合在一起使
用,以加強藥效、減弱毒性和副作用等。

調配 把藥物調和、配合。

炮製 把中草藥原料加工成藥物的方法。有烘、
炮、炒、洗、泡、漂、蒸、煮等。炮製可使藥物性
能改變,減除副作用,增強療效。

抓藥 ❶店員按照中藥方子爲病人配藥。❷拿
著中藥方子去買藥。

入藥 用做藥物:橘皮可以入藥。

下藥 醫生用藥:對症下藥。

打藥 〈方〉買中藥。

C 11－8 動、名： 治療方法

內服 〔動〕把藥物從口中吃下去。也叫**口服**。

忌口 〔動〕有病或服藥後禁食某種食品。也說
忌嘴。

外敷 〔動〕把藥膏等塗抹在體表患處。

熱敷 〔動〕用約 50℃ 的熱水袋或濕毛巾敷在身
體病變部位。有消炎、促進局部血液循環等
作用。也叫**熱罨**。

冷敷 〔動〕用冰袋或冷濕毛巾敷在身體病變部
位有減輕疼痛,降低局部溫度,緩解炎症的作
用。

表 〔動〕中醫指用藥物使身體感受的風寒發散
出來。

注射 〔動〕用注射器刺入皮下或血管把藥液輸
送到機體內。俗稱**打針**。

輸血 〔動〕把健康人的血液輸給同血型的病人。
目標在於增加血容量,增加血漿蛋白,改善血
液循環,增強機體抵抗力。輸血一般從靜脈
輸入,對病勢嚴重者可直接從動脈輸入。

麻醉 〔動〕用藥物或針刺等方法使機體或機體
的一部分暫時失去對外界刺激的反應。分爲
全身麻醉、局部麻醉和脊髓麻醉三種。多在
施行外科手術時採用。

手術 ❶〔名〕使用刀、剪等醫療器械對人體疾病
進行切除、修補、縫合等治療的方法:動手術／
盲腸切除手術。❷〔動〕進行手術治療:他手
術後,健康恢復得很快。

開刀 〔動〕給病人做割治的手術:他這個病要趕
緊開刀。

主刀 〔動〕主持給病人開刀:由老軍醫主刀／主

任醫生親自主刀。

穿刺　〔動〕爲了診斷或治療,用不同的特製針刺入血管、體腔或器官抽取液體或組織,亦可注入藥物。常用的有靜脈穿刺、腹腔穿刺、肝穿刺等。

切除　〔動〕外科手術指去掉身體上發生病變部分的組織:切除腫塊。

縫合　〔動〕外科手術指用特製的針和線縫好傷口。

移植　〔動〕外科手術指把有機體某部分的活組織或器官(如細胞、皮膚、骨骼、腎臟等)補在同一機體或另一機體的缺損部分上,使其恢復功能,如皮膚移植、角膜移植等。

植皮　〔動〕移植皮膚:爲大面積燒傷者植皮。

整形　〔動〕使用手術修復或矯正人體上先天的缺陷(如兔唇、腭裂)或後天的畸形(如瘢痕、眼瞼下垂)使修整部分恢復正常。

骨髓移植　〔名〕取健康人骨髓組織中的造血幹細胞,從靜脈移植至病人的骨髓中,使其重建骨髓的造血功能和免疫功能。多用於嚴重聯合免疫缺陷綜合症、再生障礙性貧血和急性白血病的治療。

物理療法　〔名〕一種治療方法。利用光、電、聲、熱泥、熱蠟、溫度不同的水等刺激身體某一部分皮膚,以引起神經系統、血液循環系統等方面的反應,從而使某些疾病得到治療。簡稱**理療**。

水療　〔名〕物理療法之一。利用不同溫度的水、水的壓力和化學成分來沖洗、浸泡、摩擦患者的身體,以改善其生理和神經系統的調節功能,從而達到消炎、退熱、止痛等治療作用。

電療　〔名〕物理療法之一。利用電器裝置發熱或電流刺激來使人體組織發生一系列物理化學變化,從而達到治療某些病症的目標。

磁療　〔名〕物理療法之一。利用醫療器械所產生的磁場作用進行的治療。多用於治療疼痛性疾患、軟組織損傷、炎症等。

化學治療　〔名〕用藥物配合機體的抵抗力以抑制或殺滅病原體的治療方法。簡稱**化療**。

放射治療　〔名〕利用各種放射線(包括 X 線、γ線、各種高能粒子束等)對細胞所起的破壞或抑制作用而進行的治療方法。在治療惡性腫瘤中是主要治療方法之一。簡稱**放療**。

超音波療法　〔名〕利用高功率超音波引起人體溫熱和一系列生化反應的理療方法。用於治療神經痛、疤痕攣縮、挫傷、關節炎和有腫塊的乳腺炎等。

食療　〔名〕以合理配製的食品配合醫療進行治病強身的方法。

療程　〔名〕對某些疾病連續治療的一段時間,叫做一個療程:治好他的病,需要兩個療程。

C 11-9　名、動：　　鍼灸·按摩

鍼灸　〔名〕針法和灸法的合稱。用特製的金屬針,按穴位刺入患者體內,通過人體經絡腧穴的反射,促使經絡通暢,氣血調和,達到治病強身的目標,叫針法。用火點燃艾絨炷的一端置於熏烤穴位附近,利用熱的刺激來溫通氣血,防治疾病,叫灸法。也作**針灸**。

扎針　〔動〕用特製的針刺入一定的穴位治療疾病。

按摩　〔動〕用手循序在人身上某些部位推、拿、按、摩、搓、搖、捏、揉等。以疏通經絡、調和氣血、促進代謝、提高身體抗病能力。也叫**推拿**。

拔罐*　一種治療方法。點燃酒精棉球或紙片,放入小罐內。燃燒片刻後把罐口覆蓋在施治部位的皮膚上,造成局部充血,以達到治療目標。可治療關節炎、肺炎、神經痛等症。也叫**拔火罐***。

C 11-10　名、動等：　　療效·見效

療效　〔名〕治療的效果;藥物的效力;針刺對鼻

炎有顯著療效／這藥療效很好。

效驗　〔名〕預期的醫療效果：一針已見效驗，燒全退了。

神效　〔名〕出奇的治療效驗：用鍼灸鎮痛有神效。

速效　〔名〕迅速出現的療效：這種藥治感冒有速效。

特效　〔名〕特殊的療效：特效藥。

見效　〔動〕發生效力：這藥服下去準見效／見效快。

奏效　〔動〕見效：哪有立刻奏效的藥？

有效　〔形〕有療效：藥品有效期／推拿治關節炎很有效。

靈驗　〔形〕藥物有奇效：這藥治病很靈驗。

靈　〔形〕靈驗：新出的止咳藥很靈。

無效　〔形〕沒有效力；沒有效果：醫治無效／搶救無效。

失效　〔動〕失去效力：有些藥過期後就會失效。

著手成春＊　稱讚醫術精湛，一下手就能起死回生。□妙手回春＊。

C 11－11 名、動：　免疫・防疫

免疫　〔名〕機體識別自身成分與非自身成分的能力，有排斥或消滅異物、保護機體的功能。可分為非特異性免疫和特異性免疫。前者是機體先天存在的防禦機製，也稱先天性免疫；後者是機體在後天受內、外環境因素的刺激，包括預防傳染病的免疫接種而獲得的一種功能，因此也稱獲得性免疫。

抗原　〔名〕進入機體能產生抗體並與該機體發生免疫反應的有機物質。每種抗原都會產生理化結構與之相對應的抗體。

抗體　〔名〕機體受抗原刺激產生的具有特異性免疫功能的蛋白性物質，存在於血清及淋巴液、乳汁、唾液、淚液等體液中。抗體與相應的抗原結合後，可以被吞噬、排泄而清除抗原，或使抗原失去致病作用，所以常用以防治某些疾病。

內毒素　〔名〕含在細菌細胞內的有毒物質，只有等細菌死亡和分解後才能釋放出來。性質穩定，對組織細胞有損害作用，能引起機體中毒症狀。

外毒素　〔名〕某些細菌分泌的有毒物質，如白喉桿菌、破傷風桿菌分泌的毒素。在產生過程中，毒性強，對個別組織器官有親和力，能引起特殊病變。

抗毒素　〔名〕機體內在細菌毒素刺激下產生的一種能中和外毒素的抗體。抗毒素應用於治療肉體中毒、白喉、痢疾、破傷風等。

類毒素　〔名〕細菌的外毒素經化學藥品處理後，失去活性，但仍保有與抗體結合或刺激抗體產生免疫能力的細菌毒素。用於預防某些傳染病，例如白喉類毒素可以預防白喉。

血清　〔名〕血漿除去纖維蛋白原後得到的淡黃色透明膠狀液體。血清不會凝固，有免疫作用。

防疫　〔動〕預防、控制和消滅傳染病：防疫措施／防疫站。

防治　〔動〕預防和治療：防治肝炎。

消毒　〔動〕用高溫、光照等物理方法或化學藥品殺死病原微生物：給食品消毒。

防腐　用藥品等抑制微生物在有機物質中生長繁殖，以防止變質腐爛：防腐劑。

殺菌　〔動〕用日光、高溫、氯氣、石碳酸、酒精、抗生素等殺死病菌。也叫滅菌。

疫苗　〔名〕能使機體產生免疫力的細菌、病毒、立克次氏體、螺旋體等製劑，如牛痘苗、麻疹疫苗等。

卡介苗　〔名〕預防結核菌的一種疫苗。把結核桿菌放在馬鈴薯培養基上培養，並使其毒性減弱到無害的程度後製成的。除能預防結核病外，還有防治麻風病的作用。

牛痘苗 〔名〕把減毒的天花病毒變種接種到牛犢身上,使發病,再從牛犢身上的痘疱中取出痘漿,使其所含病毒的毒力減弱,製成活的疫苗,叫做牛痘苗。牛痘苗接種到人體上,可產生免疫力,預防天花。也叫**痘苗**。

預防注射 〔名〕把疫苗或抗毒血清注射到人或其他動物體內,使體內產生能預防某種傳染病的抗體。

種牛痘 〔動〕把牛痘苗接種在人體上,使產生對天花的免疫力。也叫**種痘**。

種花朵 〔動〕〈方〉種痘。

C 11 - 12 名: 醫學

醫學 研究如何保護和增進人類健康以及預防、減輕和治療疾病的科學。我國醫學有中醫和西醫兩個體系,正在逐漸結合,向統一的新醫學方向發展。

中醫 中國固有的醫學。也叫**國醫**。

西醫 從歐美各國傳入中國的醫學。

醫務 醫療事務:醫務工作。

醫道 治療的技能:醫道高明。

醫理 醫學道理或醫學理論知識:病情分析符合醫理/掌握醫理。

醫術 醫療技術;醫道。

醫科 有關醫療、藥物、公共衛生等各種醫藥學科的統稱。

醫書 講述醫學的書籍(多指中醫的)。

C 11 - 13 名: 內科・外科等

內科 醫療機構中主要用藥物而不用手術來醫治機體內部疾病的一科。

外科 醫療機構中主要用手術來醫治機體內外疾病的一科。

婦科 醫療機構中專門醫治婦女特有疾病的一科。

產科 醫療機構中指導孕婦的孕期保健和輔助產婦分娩的一科。

兒科 醫療機構中專為兒童防治疾病的一科。

C 11 - 14 名: 醫務人員

醫生 掌握醫藥知識和醫療技術,以防治疾病為專業的人員。

大夫 〈口〉醫生。

醫師 受過高等醫學教育或專門訓練,經國家衛生部門審查合格,擔任主要醫療工作的人員。

醫士 受過中等醫學教育或一定專業訓練的中級醫務工作人員。在防治疾病及衛生防疫方面,是醫師的助手。

中醫 用中國固有的醫學理論和方法治病的醫生。

儒醫 舊時指讀書人出身的中醫。

世醫 承襲上代為醫的中醫。

郎中 〈方〉中醫醫生。

西醫 運用歐美各國的醫學理論和技術防治疾病的醫務工作者。

神醫 比喻醫道異常高明的醫生。

庸醫 醫術低劣的醫生。

軍醫 具有軍籍在軍隊中服務的醫生。

獸醫 為家畜家禽防治疾病的醫生。

牙醫 以拔牙、鑲牙和治療牙病等為專業的醫生。

護士 擔任護理工作的醫務工作者。

看護 護士的舊稱。

助產士 受過中等專業教育或一定專業訓練,能獨立接生和護理產婦的醫務人員。

產婆 舊時以接生為業的婦女。也叫**收生婆**。

衛生員 衛生所、學校等單位專管醫療衛生事務的人員。

C 11 - 15 名: 病人

病人 生病的人。

病員 部隊、機關、團體中稱生病的人員。也叫

病號。

病家 病人和病人的家屬。

病夫 病人。常指多病的人。

病包兒 〈口〉多病的人。

傷員 受傷的人員(多用於軍隊)。也叫**傷號**。

患者 〈書〉害某種病的人:肺炎患者。

C 11－16 名： 醫療機構及設備

醫院 治療和護理病人的機構。備有一定數量的醫務人員、病床設施和必要的醫療設備。

診所 ❶私人開業醫生診治疾病的處所。❷規模比醫院小的醫療機構。

醫務室 機關、學校、工廠等內部設立的給員工看病的處所。

保健站 ❶為醫療、救護、防疫等需要而在基層設立的小型衛生機構:婦幼保健站。❷醫務室。

衛生所 設立在基層的簡易醫療衛生機構:初生嬰兒滿月後,可至衛生所打預防針。

精子銀行 是指將精子儲存在特製的冷藏庫中,儘量保持它解凍後的活動力和延長冷藏期限,以供使用。在以下幾三種情況需借重精子銀行:一、當男性在做輸卵管結紮手術前。二、男性因疾病必須接受有害生殖器官的治療時。三、精蟲稀少的男性。四、月經週期不規則的女性。五、聚少離多的夫婦也可以利用精子銀行儲存的精液來增加懷孕的機會。

病房 醫院、療養院裡病人住的房間。

病床 醫院或療養院裡供住院病人用的床。

產院 專為孕、產婦進行保健、分娩、護理等項服務的醫療機構。

家庭病床 醫院在病人家裡設置的病床。主要為照顧年老體弱、行走不便的非危重病人,醫護人員定期前往檢查、醫治。

家庭醫師 指受過家庭醫學訓練的專科醫師,其工作本質以家庭為中心,項目則包括綜合健康照顧及住院、會診,且不論病情的新舊,家庭醫師都要照顧到,以完整的醫療診治來維持病人的健康。

擔架 抬送傷員或病人的用具。用木棍或竹竿等做架子,中間繃著帆布或繩索。

救護車 醫療衛生機構專門用於接運急救傷病員的車子。

C 11－17 名:醫療器材用品

注射器 用以注射藥液或抽液的醫療用具,帶有活塞和針頭。

針頭 安在注射器上的針狀微金屬管。

聽診器 聽診用的器械。也叫**聽筒**。

銚子 煎中草藥用的沙鍋,一般用沙土燒製而成。壺狀,口大有蓋,一邊有柄,另一邊有嘴。

藥罐子 煎中草藥用的罐子。

藥棉 供醫療用的經過消毒的脫脂棉花。

藥捻子 帶藥的紙捻或紗布條,外科用來放入傷口或瘡口內。

紗布 包紮傷口用的經過消毒的織得稀疏的棉織品。

繃帶 包紮患處用的紗布帶。

橡皮膏 一面塗有膠質的布或布條,用來把敷料固定在皮膚上。

火罐 拔火罐用的小罐。

艾絨 乾艾葉搗成的絨狀物。中醫鍼灸時用來治病。

毫針 針刺穴位用的細針。按照粗細和長短的不同有多種型號。

金針 鍼灸用的針。古時多用金、銀或鐵製成,現多用不鏽鋼製成。

銀針 指鍼灸用的毫針。今多用不鏽鋼製成。

體溫計 測量體溫用的儀器。在細玻璃管內裝上水銀製成,根據水銀受熱後膨脹的程度表示體溫的高低。按測量部位,分口表和肛表兩種。也叫**體溫表**。

血壓計　間接測量人體動脈血壓的儀器。有水
　銀柱式和彈簧表式兩種。常用者爲水銀柱式,
　以玻璃管內水銀柱的升降表示血壓的數值。

假牙　牙齒脫落或拔除後,鑲上的用金屬或塑膠
　等材料製成的牙。用以恢復失去的咀嚼功
　能。也叫**義齒**。

假眼　眼球摘除後,裝上的人眼球形狀的假眼,
　用玻璃或塑膠等材料製成。用以維持面容,
　但不能補償視覺功能。也叫**義眼**。

假肢　一種用來代替殘缺的肢體並補償部分功
　能的人造模擬肢體,如假手、假腿等。通常用
　柳木、鋁鋼、植物纖維或塑膠製成。現有利用
　自體肌肉活動所產生的生物電加以放大來指
　揮和推動假肢活動的電子假手。

C 11－18 動：　療養・調養

療養　在特定的醫療機構或地點治療調養:在海
　邊療養。

休養　休息,調養:他去加州休養了/休養半年。

靜養　安靜地休息:在家裡靜養身體。

調養　調節飲食起居並服用藥物,使身體恢復健
　康:把身體調養好/安心調養。

將養　休息,調養:你還要將養幾個月,才能痊
　癒。

將息　調養:將息一下身體。

調護　調養,護理:由於精心調護,母親的健康恢
　復得很快。

調理　調養,護理:調理了一些時候,他的傷痊癒
　了。

調攝　〈書〉調理保養:加意調攝。

保養　保護,調養:保養身體。

頤養　〈書〉保養:頤養天年。

養生　保養身體:養生之道。

攝生　〈書〉養生;保養身體:攝生養性。

C 11－19 動：　生育

生育　生小孩兒:她沒有生育孩子/節制生育。

生　生育:她生了個男孩。

生產　生育:她懷孕九個月,快生產了。

育　生育:節育。

養　生育:她養了一個女孩。

分娩　生育:分娩的日子近了/進醫院分娩。

臨月　懷孕足月,到了產期:你將臨月,應在家休
　息。

臨產　即將分娩:要臨產了,有些緊張。也說**臨
　盆;臨蓐**。

催產　用藥物或其他方法使孕婦子宮收縮,遂將
　胎兒產出。也說**催生**。

接生　幫助產婦分娩:接生員。

收生　接生:收生婆。

早產　胎兒未足月就產出。多由孕婦子宮口鬆
　弛、胎膜早破,或疾病引起。

流產　胎兒未滿二十八周就產出,一般不能成
　活。多由內分泌異常或劇烈運動引起。通稱
　小產;小月。

難產　分娩時胎兒不能自然地產出。多由於產
　婦骨盆狹小、胎兒過大、胎位不正或產婦子宮
　收縮乏力引起。須用產鉗術或剖腹產等手術
　助產。

頭生　第一次生育:她是頭生,不免有些顧慮。

孿生　兩人同一胎出生:孿生姐妹/他倆孿生,
　長相一模一樣。通稱**雙生**。

坐月子　〈口〉指婦女生產後一個月裡休息調養。

坐蓐　〈書〉坐月子。

弄璋　〈書〉稱生男孩子(古人把璋給男孩子玩。
　璋:一種玉器)。

弄瓦　〈書〉稱生女孩子(古人把瓦給女孩子玩。
　瓦:原始的紡錘)。

C 11－20 名：　身孕・孕期

身孕　婦女懷了胎兒的現象:妻子已經有了身
　孕。

身子　〈口〉身孕:她已有五個月的身子。

大肚子 〈口〉身孕：她每天還是挺著大肚子工
　作。也叫**大身子**。

孕期 從受孕到產出胎兒的一段時期，通常為二
　百六十六天，自末次月經的第一日算起則為
　二百八十天。

預產期 預計的分娩日期。計算方法是從最後
　一次月經的第一日後推九個月零七天。多數
　孕婦在預產期前後二周內分娩。

產褥期 產婦產出胎兒後子宮及全身的形態和
　機能恢復到原來狀態為止的期間。約需要六
　～八周。□**產後**。

C 11－21 名： 胎兒

胎兒 母體內的受精卵發育成的人的幼體。

胎 人或其他哺乳動物母體內的幼體：懷胎／胚
　胎／胎兒。

胎位 胎兒在子宮內所處的位置。胎頭向下的
　縱位最為常見。胎位異常會引起難產。

胎膜 包裹在胎兒外面的膜狀物。對胎兒起保
　護作用，並幫助胎兒吸收養料，排除廢物。

胎盤 胎兒在腹內發育時期與母體連通並交換
　物質的器官。呈圓盤狀。胎兒娩出後，胎盤
　隨同胞衣和臍帶一起排出子宮外。

胎衣 中醫把胎盤和胎膜統稱為胎衣。也叫**胞
　衣；衣胞**。

羊水 指妊娠後羊膜腔內的液體，是羊膜上皮和
　胚胎的分泌物。胎兒在羊水中自由活動，並
　受其保護，免受震盪。俗稱**胞漿水**。

胎氣 指婦女在懷孕期間的噁心、嘔吐以及下肢
　浮腫等現象。

C 11－22 名： 孕婦‧產婦‧產兒

孕婦 懷孕的婦女。也叫**妊婦**。

雙身子 〈口〉孕婦。

產婦 在分娩期或產褥期中的婦女。

產兒 剛產出的嬰兒。

頭生兒 第一胎生下的孩子。

孿生子 同一胎出生的兩個孩子。通稱**雙胞胎**。

試管嬰兒 將婦女成熟的卵子和男子精液置於
　試管或培養於容器中，使之結合並培養至一
　定階段，然後移置於婦女的子宮腔內，繼續發
　育成成熟胎兒而產出的嬰兒。

C 11－23 動： 節育‧優生

節育 節制生育。指夫婦在正常生活情況下，採
　用各種避孕方法，使女方暫不受孕。

避孕 用人為的方法阻止精子和卵子相結合，避
　免受孕，以實行計畫生育。

人工流產 用一定技術措施使孕婦妊娠中止、胎
　兒經陰道排出的一種方法。為實行計畫生育
　的一種補救措施，也是某些患有嚴重疾病的
　妊娠婦女一種治療保健手段。

墮胎 人工流產。也說**打胎**。

計畫生育* 有計畫地控制生育。即運用科學方
　法，控制生育的時間，調節生育的密度。

絕育 採取輸卵管或輸精管結紮等方法使人失
　去生育能力。

結紮 把輸卵管或輸精管紮住，使管腔不通的一
　種絕育手術。

晚育 育齡婦女推遲生育子女：提倡青年男女晚
　婚、晚育。

優生 對遺傳特性注意選擇和改進，以改善下一
　代的智力和體質。

C 11－24 名： 藥物（一般）

藥物 能防治疾病和病蟲害的物質。

藥品 藥物和化學試劑的總稱。

藥 藥物；藥品：中藥／農藥／藥到病除。

藥石 古時指藥和治病的砭石。泛指藥物：藥石
　罔效。

中藥 中醫常用的藥物，以植物為最多，也有動
　物和礦物。也叫**國藥**。

西藥 指西醫常用的藥物。

藥材 製中草藥的材料。也泛指製成的丸散膏丹等藥品。

藥草 可作藥用的草本植物。

草藥 用植物做的藥材。

生藥 從植物體或動物體採來，簡單加工而未精製的藥物。亦指天然藥物。

熱藥 中醫指具有熱性或溫性、能夠祛寒的藥，如附子、肉桂、乾薑等。

涼藥 中醫指清火、解熱的藥，如黃連、大黃、犀角等。

藥味 中醫藥方中所用藥的總稱：開的藥味多是貴重的。

藥引 中藥方劑中的輔助藥物，能調節藥性，增強藥效。也叫**藥引子**。

藥丸 丸狀藥物。也叫**藥丸子**。

藥丸 製成丸劑的中藥。

丸 藥丸：丸散膏丹／牛黃解毒丸。

丸劑 用藥物粉末跟水、蜂蜜或澱粉糊混合成的丸狀藥劑。

散 中藥藥末，多用做藥名：健胃散／丸散膏丹。

丹 顆粒狀或粉末狀的中藥：仁丹／靈丹妙藥。

藥粉 粉末狀的藥。也叫**藥面**。

藥片 片狀的藥劑。

藥膏 膏狀的外用藥劑。

膏子 〈口〉熬成濃汁服用或敷用的藥膏。

膏藥 一種外用中藥。用藥物與油混和煎熬而成的膠狀物，塗在紙或布上製成。貼在患處，有消腫、止痛等作用。

藥水 液體狀的藥。

藥酒 用藥材浸製的酒，如虎骨酒。

藥劑 根據藥典或處方配成的藥。

製劑 生藥或化學藥品按一定規程加工製成的藥物，如丸劑、酊劑、血清、疫苗。

酊劑 生藥用酒精浸出的藥劑，或化學藥物的酒精溶液，如橙皮酊、碘酊等。簡稱**酊**。

酏劑 含糖和揮發油或含其他主要藥物的酒精溶液製劑。簡稱**酏**。

醑劑 揮發性物質的酒精溶液製劑。如樟腦醑、氯仿醑。簡稱**醑**。

栓劑 塞入肛門、尿道或陰道內的固體藥劑，一般為棒狀或球狀。在體溫下逐漸融化，發揮藥性。也叫**坐藥**。

C 11－25 名： 藥性·藥理

藥性 藥物的性質和功能。

藥力 藥的功效。

藥味 藥的氣味或味道。

藥性氣 藥的氣味。

藥理 藥物對機體的作用和在體內所起的變化及藥物防治疾病的原理。

特效藥 對某類疾病有特殊療效的藥。

抗藥性 生物對於藥物的抵抗性。某些病菌或病毒在含有藥物的人或動物體內經非致死性濃度作用一定時間後，產生對藥物的抵抗力。例如有些結核桿菌已對鏈黴素產生抗藥性。

C 11－26 名： 常用藥物

1.消毒防腐藥

汞溴紅 消毒防腐藥。為藍綠赤褐色小片或顆粒，易溶於水，微溶於酒精和丙酮，用於皮膚消毒。也叫**紅汞**。

紅藥水 紅汞百分之一～百分之二水溶液的俗稱。

龍膽紫 深綠紫色粉末。溶於水和酒精。醫藥上用做消毒防腐劑，對革蘭氏陽性細菌有抑制作用。也叫**甲紫**。

紫藥水 甲紫百分之一～百分之二水溶液的俗稱，紫色。

過氧化氫溶液 過氧化氫百分之三的水溶液，無色透明液體。醫療上用做消毒劑，常用於洗

滌創傷、潰瘍。俗稱**雙氧水**。

高錳酸鉀　深紫色晶體，易溶於水。醫療上用為消毒防腐劑，百分之零點零一二五稀溶液呈紫紅色，常用於飲食用具等的消毒。也叫**灰錳氧**。

碘酊　用碘、碘化鉀和酒精製成的棕紅色透明液體，主要用做皮膚消毒劑。也叫**碘酒**。

乙醇　由含澱粉或糖的物質發酵分餾而得，為無色易燃氣體，有特殊氣味。百分之七十的乙醇消毒作用很強，常用於皮膚和手術器械的消毒。也叫**酒精**。

來蘇兒　音譯詞。含百分之五十煤酚的肥皂溶液，棕色，有毒。用做消毒劑。

福馬林　音譯詞。百分之四十的甲醛水溶液。有強烈的刺激性臭味。用做消毒、防腐劑，可用於器皿和傷口的消毒，以及生物標本的防腐。毒性很大，用時應小心。

2.維生素類藥物

維生素　生物維持生命及促進生長所必須的一類有機化合物。一般可從正常飲食中獲得。大致可分為水溶性和脂溶性兩類，前者如維生素 B 族、維生素 C，後者如維生素 A、D、E、K 等。如果飲食中缺乏某種維生素或該種維生素不能被機體吸收，就會發生維生素缺乏症。許多維生素現已提純或人工合成，作為藥用於防治維生素缺乏症。

維他命　音譯詞。即維生素。

維生素 A　黃油狀液體。其前身為胡蘿蔔素，存在於胡蘿蔔、玉米、青豆、紅辣椒等植物性食品中。動物肝臟能將胡蘿蔔素轉化為維生素 A，故動物肝臟、魚肝油中含量較多。缺乏維生素 A 時，能引起夜盲症、乾眼症及皮膚粗糙等。

維生素 B1　無色針狀結晶。在米糠、麥麩、瘦豬肉、花生和大豆等食物中含量豐富。有增加食欲、幫助醣代謝和消化作用。缺乏維生素 B1 時，能引起腳氣病、多發性神經炎、消化不良等。也叫**硫胺**。

維生素 B2　黃色結晶，稍有苦味。在小米、大豆、酵母、綠葉菜、肉、肝、蛋、乳等食物中含量較多。人體缺乏時，能引起結膜炎、口角炎、皮膚炎、陰囊炎、眼緣炎、貧血等。也叫**核黃素**。

維生素 B5　白色結晶，溶於水和酒精。在牛奶、雞蛋和新鮮蔬菜中含量較多。人體缺乏該維生素時，會引起皮膚粗糙，並發生皮炎、舌炎等症。也叫**煙酸**；**維生素 PP**。

維生素 B6　吡哆醇、吡多醛、吡多胺的總稱。在食物中分布較廣，人體缺乏者極少見。醫療上多應用維生素 B6 製劑以防治嘔吐，還用於肝炎、白血球減少等症的輔助治療。

維生素 B11　黃色結晶，溶於水，在綠葉菜、肝、腎中含量較多。能促進體內核酸的合成。人體缺乏時易產生巨細胞型貧血。也叫**葉酸**。

維生素 B12　暗紅色固體，能溶於水和酒精。動物肝臟中含量豐富。有刺激骨髓造血機能的作用。缺乏時會發生惡性貧血。也叫**鈷胺素**。

維生素 C　無色結晶，溶於水和酒精。分布於新鮮的蔬菜和水果中。性質不穩定，容易被熱破壞。可維持組織細胞的功能與再生，尤其是與結締組織的完整性有密切關係，能增強人體抵抗力，促進傷口癒合。缺乏時，易引起牙齦出血、皮下出血和壞血病。也叫**抗壞血酸**。

維生素 D　無色無臭的結晶，溶於油脂。能促進腸道對鈣和磷的吸收，對骨骼的發育有重要作用。魚肝油、卵黃中含量豐富。動物體內的膽固醇在日光的作用下會變成維生素 D。兒童缺乏時，易引起佝僂病。

維生素 E　淡黃色油狀液體，溶於油脂及其他溶

劑。蔬菜、肝臟和粗糧種子的胚芽中含量較豐富。能促進生殖能力。缺乏時出現肌肉萎縮、不育、流產等症。

維生素 K　黃色油狀液體或固體,溶於油脂。綠色蔬菜和魚肉裡含量較多。能促進凝血酶元的生成而使血液凝固,在外科和婦產科中用來防止出血。

魚肝油　從鯊魚、鱈魚等的肝臟中提煉出來的黃色稀薄脂肪,略有腥味,主要含維生素 A 和維生素 D。常用於夜盲症、佝僂病等。

3.抗生素類藥物

抗生素　某些生物(主要是微生物)產生的化學物質,能抑制或殺死其他微生物。多由青黴菌或鏈絲菌產生,如青黴素、鏈黴素、卡那黴素等。廣泛應用於治療微生物所引起的傳染性疾病。也叫**抗菌素**。

青黴素　從青黴菌培養液中提取的一種抗生素。常用的是青黴素的鉀鹽或鈉鹽,為白色粉末,易溶於水,對葡萄球菌、鏈球菌、淋球菌、肺炎雙球菌等革蘭氏陽性細菌有抑制作用。有些病人有過敏性反應,使用前須做皮膚試驗。

盤尼西林　音譯詞。即青黴素。

鏈黴素　從鏈黴菌培養液中提取的一種抗生素。白色或微黃色粉末,溶於水。對結核桿菌作用較突出,對鼠疫桿菌、大腸桿菌等有抑制作用。一般作肌肉注射。過久或過量使用有嚴重毒性反應。

紅黴素　從紅色鏈絲菌的培養液中提取的一種抗生素。白色或淡黃色結晶。對青黴素已產生抗藥性的金黃色葡萄球菌、溶血性鏈球菌、肺炎球菌等的感染有療效。一般多口服。

慶大黴素　音譯詞。結構類似鏈黴素的一種抗生素,其硫酸鹽為白色粉末,溶於水。對多種桿菌和球菌有較強的抑制作用,用於治療腎炎、腸炎、敗血症、腦膜炎等。毒性較大,限用

於危及生命的嚴重感染。

卡那黴素　音譯詞。從卡那鏈絲菌培養液中提取的一種抗生素。結構及作用與鏈黴素相似。易溶於水。對多種桿菌和球菌有抗菌作用,用來治療敗血症、泌尿道感染、肺炎、腹膜炎等。對腎臟、聽覺有損害,宜慎用。

新黴素　從法地鏈絲菌培養液中提取的一種抗生素。其硫酸鹽系白色或微黃色粉末,易溶於水。能抑制多種細菌,對肺炎、敗血症、化膿性腦膜炎、腸道感染有較佳的療效。一般多口服。

氯黴素　從委內瑞拉鏈絲菌培養液中提取的一種抗生素。白色或微黃色結晶,溶於水。對多種細菌,尤其對革蘭氏陰性細菌有抑制作用。主要用於傷寒、斑疹傷寒、細菌性痢疾、百日咳、泌尿道感染等。可滲入腦脊液,有利於對腦膜炎的治療。口服吸收良好。

金黴素　從金黴菌培養液中取得的一種抗生素。其鹽酸鹽為金黃色結晶,溶於水。對很多種病菌、某些病毒和立克次體都有抑制作用。用於對青黴素有抗藥性的細菌感染。一般多口服。

強力黴素　抗生素的一種。淡黃色結晶性粉末,溶於水。對多種球菌和桿菌有抗菌作用,對立克次體、阿米巴瘧原蟲等有抑制作用。用於治療呼吸道感染、尿路感染及腸道感染等。口服易吸收。

林可黴素　由鏈絲菌所產生,其鹽酸鹽為白色結晶性粉末,無臭或幾無臭,味苦,易溶於水。抗菌譜與紅黴素相近,對革蘭氏陽性細菌和厭氧菌類有較強抗菌作用。有能滲透進入骨組織的特點,對急、慢性骨髓炎有效。也叫**潔黴素**。

先鋒黴素Ⅵ　抗菌素類藥的一個新品種。對金黃色葡萄球菌和肺炎桿菌有較強的殺菌作用。對溶血性鏈球菌、肺炎球菌、大腸桿菌等

均有抗菌作用。主要用於泌尿系統感染、呼吸系統感染、皮膚感染和中耳炎等。

異煙肼 有機化合物，白色針狀結晶，味初甜後苦，易溶於水。對結核桿菌有抑制和殺滅作用。毒性小，口服易吸收。

雷米封 音譯詞。即異煙肼。

利福平 為天然產利福黴素的半合成衍生物。土紅色，難溶於水。抗菌譜廣，對結核桿菌的作用特強。主要用於耐藥性結核桿菌和金黃色葡萄球菌感染。口服毒性小。

磺胺 磺胺噻唑、磺胺脒等磺胺類藥物的總稱。有抑制細菌和衣原體的生長繁殖作用。用於防治多種病菌感染。

消炎片 磺胺類藥片的俗稱。

4.抗寄生蟲藥物

奎寧 從金雞納樹等植物的皮中提製出來的白色結晶或無定形粉末，有苦味。能防治各種瘧疾的發作，但副作用較多，如耳鳴、重聽、頭昏、噁心、嘔吐等，現已不常用於抗瘧。也叫**金雞納霜**。

氯喹 為白色結晶粉末，味苦。易溶於水。主要能有效地控制瘧疾的發作。還可用於治療阿米巴肝病、華枝睪吸蟲病、肺吸蟲病、結締組織病等。

阿的平 音譯詞。黃色結晶粉末，有強烈苦味。能控制瘧疾症狀，也可用於阿米巴病、縧蟲病和癌性胸腹水的治療。副作用小，可用於孕婦。

卡巴胂 為人工合成的五價砷劑。主治阿米巴痢疾，對陰道滴蟲病、絲蟲病亦有效。但對腸外阿米巴病無效。

滅滴靈 白色或乳白色結晶粉末。能溶於水及乙醇。具有強大殺滅陰道滴蟲的作用。對阿米巴痢疾及阿米巴肝膿腫療效明顯。其毒性小，口服方便。

枸櫞酸哌嗪 白色晶末，無臭，味酸，易溶於水。主要用於治療腸蛔蟲病，也可驅蟯蟲。也叫**驅蛔靈**。

敵百蟲 有機磷殺蟲藥。白色結晶粉末，能溶於水，以及醇、丙酮、苯等有機溶媒中。能殺滅多種昆蟲，適用於殺滅蔬菜、果樹、糧食作物等農業害蟲，也可殺滅蚊、蠅、虱、蚤、臭蟲及釘螺等。

5.解熱鎮痛藥

阿司匹林 音譯詞。白色結晶，味微酸。除有解熱和鎮痛作用外，還有較強的抗風濕作用。用於治療傷風、感冒、頭痛、神經痛等症。

複方阿司匹林片 阿司匹林、非那西汀和咖啡因製成的解熱鎮痛藥。用於高熱、傷風感冒、頭痛等。統稱「APC 片」。

撲熱息痛 音譯詞。是非那西丁體內的代謝產物，有解熱鎮痛作用。常用於感冒發燒、關節痛、神經痛及偏頭痛等。

安乃近 音譯詞。白色或黃白色結晶性粉末，易溶於水。主要用於退熱，治療頭痛、急性關節炎、風濕性神經痛等。

消炎痛 白色結晶性粉末，易溶於醇，不溶於水，具有消炎、解熱、止痛作用。

保泰松 白色或微黃色結晶粉末，溶於醇、醚。主治風濕性關節炎、類風濕性關節炎、關節強直性脊椎炎。毒性較大，不用作一般的解熱鎮痛藥。

6.作用於循環系統的藥物

強心劑 具有強心作用，能使心臟肌肉收縮力增加、心率減慢、改進血液循環的藥物。用於治療休克、心力衰竭等。常用的有洋地黃、地高辛、西地蘭 D 等。

毛地黃 為玄參科植物洋地黃的乾葉或葉粉。常用於治療各種原因引起的慢性心功能不

全、陣發性室上性心動過速和心房顫動、心房
撲動等。易積蓄中毒,必須嚴遵醫囑。也叫**洋
地黃**。

地高辛　音譯詞。由毛花洋地黃中提純製得。
爲無色片狀結晶或結晶性粉末,無臭、味苦。
用途同洋地黃。

西地蘭 D　由毛花甙丙(西地蘭)去乙醯化而得。
主治急性心力衰竭、室上性心動過速、心房顫
動等。

毒毛旋花子甙 K　由夾竹桃科植物綠毒毛旋花
的種子中抽出的各種甙的混合物。爲白色或
黃白色粉末,溶於水及醇。適用於各種急性
心力衰竭或慢性充血性心力衰竭急性發作、
急性肺水腫。

奎尼丁　音譯詞。從金雞納樹提取的一種生物
鹼。其硫酸鹽爲白色有絹絲光澤的細小結
晶,無臭、味苦、難溶於水。主治陣發性心動
過速、心房顫動和早搏等。

普魯卡因胺　其鹽酸鹽爲白色或黃白色結晶性
粉末,易溶於水及醇。主治陣發性心動過速、
頻發性早搏、心房顫動和心房撲動。

心得安　音譯詞。腎上腺素乙受體阻斷劑。爲
白色結晶性粉末,易溶於水。有降低心收縮
力、減慢心率和傳導等作用。主治心律失常,
也可用於心絞痛、高血壓等。

硝酸甘油　近無色不透明油狀液體,有香甜味,
稍溶於水,易溶於酒精。用於防治心絞痛、急
性心肌梗塞等。

亞硝酸異戊酯　爲微黃色澄清液體,味苦辣、有
特殊香氣。不溶於水,可與醇混合。用於心
絞痛、膽絞痛、氰化物中毒。腦溢血患者忌
用。

利血平　音譯詞。從蘿芙木中提取出的一種生物
鹼。白色結晶或白色結晶性粉末,難溶於水。
具有降低血壓、減慢心率、對精神病性躁狂症
狀有安定作用。

降壓靈　從夾竹桃科蘿芙木屬植物蘿芙木中提
取的總生物鹼。白色結晶或結晶性粉末,難
溶於水。適用於早期高血壓,並對高血壓病
人的其他症狀如頭痛、頭暈、耳鳴、心悸等都
有一定程度的改善。

腎上腺素　從家畜牛、羊的腎上腺髓質中提出或
用人工方法合成的一種生物鹼。爲白色或淡
棕色輕質的結晶性粉末,難溶於水及醇。主
要用於搶救過敏性休克、心臟驟停、支氣管哮
喘,止住鼻黏膜及牙齦出血等。

硫酸亞鐵　由鐵粉與硫酸作用而得。含鐵百分
之二十～百分之三十。微藍綠色棱柱結晶或
淡綠色粉末,易溶於水。主治缺鐵性貧血。

右旋糖酐　蔗糖經腸膜狀明串珠菌—1226 發酵
後生成的高分子葡萄糖聚合物。膠體溶液專
供注射用。能增加血漿溶積,維持血壓,供出
血及外傷休克時急救用。也可代替人血漿,
靜脈注射。

7.作用於呼吸系統的藥物

氨茶鹼　茶鹼的乙烯二胺複鹽。白色或黃色顆
粒或粉末。用於心力衰竭時的氣喘、心絞痛、
膽絞痛和心源性水腫等。

異丙腎上腺素　爲白色結晶性粉末,易溶於水。
常用於支氣管哮喘,心臟驟停,房室傳導阻
滯,也用於心源性休克和感染性休克等。也
叫**治喘靈**。

麻黃素　從麻黃中提出的一種生物鹼,白色結
晶。有收縮血管、興奮中樞神經、鬆弛支氣管
平滑肌等作用。用於治療支氣管哮喘、鼻黏
膜充血腫脹等。

氯化銨　無色結晶或白色結晶粉末,味鹹、涼。
用於上呼吸道炎症、乾咳,痰不易咳出及利尿
等。

可待因　音譯詞。含於鴉片中,是製造嗎啡時的
副產品,也可由嗎啡經甲基化製得。常用者

為磷酸可待因。主治無痰乾咳以及劇烈、頻繁的咳嗽。

咳必清 非成癮性鎮咳藥。對咳嗽中樞有選擇性抑制作用。用於上呼吸道感染引起的急性咳嗽及百日咳。

8.作用於消化系統的藥物

瀉藥 服後能引起下瀉的藥物，如硫酸鎂、硫酸鈉、大黃、蓖麻油、液狀石蠟等。用以治療便秘，排除腸內毒物或異物。

硫酸鎂 瀉藥。白色棱柱形小結晶。用於排除腸內毒物和腸寄生蟲、阻塞性黃疸、慢性膽囊炎及降血壓等。孕婦及經期婦女禁用。

普魯本辛 音譯詞。白色或黃色結晶性粉末，味極苦，易溶於水和乙醇。主治胃炎、十二指腸潰瘍、胃腸痙攣、胰腺炎等。

硫糖鋁 蔗糖硫酸酯的鹼性鋁鹽。主治胃及十二指腸潰瘍。也叫**胃潰寧**。

氫氧化鋁 由明礬與碳酸鈉兩溶液相互作用製成。白色粉末，不溶於水及醇。用於胃及十二指腸潰瘍病、胃酸過多及其他胃腸疾患。

胃舒平 複方氫氧化鋁製成的片劑。有止酸和收斂作用，可保護潰瘍面，防止出血。用於胃酸過多和胃、十二指腸潰瘍。

9.作用於神經系統的藥物

安眠藥 能抑制大腦皮層、引起睡眠的藥物，如魯米那、巴比妥等。

鎮靜藥 對大腦皮層有抑制作用的藥，如溴化鈉、溴化鉀、魯米那等。

利眠寧 白色或類白色結晶性粉末，味極苦。溶於水及乙醇。用於焦慮性和強迫性神經官能症、癔病、神經衰弱患者的失眠及情緒煩躁等。孕婦慎用。

眠爾通 音譯詞。白色結晶性粉末，微溶於水，易溶於醇、氯仿和丙酮。對中樞神經有抑制作用。用於抗焦慮、輕度失眠等。孕婦慎用。

安寧 即眠爾通。

安定 白色結晶性粉末，易溶於氯仿，不溶於水。用於焦慮性神經官能症、睡眠失調、肌肉痙攣、癲癇等。嬰兒禁用。

苯巴比妥 白色結晶狀粉末，不溶於冷水，難溶於熱水，能溶於氫氧化鈉或碳酸鈉溶液。主要用於鎮靜、催眠、抗驚厥、麻醉前給藥及癲癇大發作等。

魯米那 音譯詞。即苯巴比妥。

水合氯醛 由醇與氯作用生成氯醛，再與水化合而成。無色透明棱柱形結晶，有臭氣，苦味，易溶於水、酒精及醚。用於神經性失眠、伴顯著興奮的精神病、破傷風痙攣等。

溴化鉀 白色結晶或結晶性粉末，味鹹，易溶於水。用於神經衰弱、癔病、神經性失眠、精神興奮狀態。長期應用，會積蓄中毒。

氯丙嗪 安定藥。為白色或微紅色結晶粉末，易溶於水及乙醇。主治精神病、嘔吐，用於低溫麻醉時可防止休克的發生，與鎮痛藥合用治療癌症病人的劇痛。也叫**冬眠靈**。

苯妥英鈉 無色無臭粉末，易溶於水。用於防治癲癇大發作及精神運動性發作。

谷維素 存在於米糠中的阿魏酸酯的混合物。白色微黃粉末，難溶於水，能溶於乙醇及氯仿等。主治自律神經功能失調、週期性精神病、腦震盪後遺症、更年期綜合症等。

麥角胺 從麥角菌提取的一種生物鹼。其酒石酸鹽為無色結晶或白色結晶性粉末，能溶於水及乙醇。主治偏頭痛，能減輕症狀，無預防及根治作用。

咖啡因 音譯詞。從茶葉或咖啡中提取的一種生物鹼。有光澤的針狀結晶，難溶於水及醇。用於急性感染中毒，催眠藥、麻醉藥中毒所引起的呼吸衰竭及循環衰竭，對神經官能症有療效。

鎮痛藥 能消除劇烈疼痛的藥物,常用的有嗎啡、度冷丁等。

嗎啡 音譯詞。從鴉片中提取的生物鹼。爲白色有絹絲樣光澤的針晶或晶末,味苦,能溶於水和醇。有強力鎮痛、鎮靜作用和快感。主治骨折等外傷性劇痛、心絞痛,還用於心原性哮喘、止瀉等。

度冷丁 音譯詞。一種人工合成的化合物。白色結晶性粉末,易溶於水。鎮痛作用比嗎啡弱,但不抑制呼吸,且導致快感的作用較輕,比較不易成癮。是嗎啡的良好代替品。其另一作用爲能解除平滑肌的痙攣。主要用於急性銳痛,也可用作麻醉前給藥。

麻醉劑 能引起麻醉狀態的藥物。全身麻醉時多用乙醚、笑氣、氟烷等,局部麻醉多用可卡因、普魯卡因等。此外如嗎啡、鴉片等都可用做麻醉劑。也叫**麻藥;蒙藥**。

普魯卡因 音譯詞。有機化合物。針狀結晶或結晶性粉末,味苦,毒性較小,用做局部麻醉藥。注射後一般在數分鐘內起作用,維持三刻鐘左右。

約會強暴藥 又稱「強姦藥片」,英文學名爲FM2。該藥易溶於水、無色無味,心生歹念的人在飲料中摻入,喝下的人即呈昏迷狀態,沒有抵抗力,歹徒得以逞其獸欲。

10.其他常用藥物

苯海拉明 人工合成的化合物,爲白色結晶性粉末,味苦,有特殊臭味,能溶於水及醇。用於皮膚黏膜的過敏性疾病,防止暈車、暈船等。有思睡、眩暈和噁心、嘔吐等副作用。

撲爾敏 白色結晶性粉末,易溶於水及酒精。抗過敏作用較強,用於蕁麻疹、神經性皮炎、蟲咬引起的皮膚瘙癢和水腫等。思睡副作用小,適用於小兒。

葡萄糖酸鈣 白色結晶或顆粒粉末。無臭乏味,能溶於水,不溶於乙醇。用於急性血鈣缺乏症,如嬰兒手足搐搦症,防治慢性鈣缺乏症,也作爲治療蕁麻疹、急性濕疹、皮炎的輔助藥物。

氫化可的松 白色或近白色的結晶性粉末。能溶於醇,不溶於水及醚。用於一些嚴重中毒感染、過敏性疾病、風濕病、風濕性關節炎、嚴重的支氣管哮喘等。

胰島素 從家畜的胰臟內取出的一種多肽激素。主治糖尿病,也用於精神分裂症、神經官能症及乙型腦炎後遺症等的治療。

輔酶A 從鮮酵母中提取,由泛酸、腺嘌呤、核糖、半胱胺及磷酸所組成。用於白細胞減少症、原發性血小板減少、紫癜、功能性低熱等。也可作爲脂肪肝、肝昏迷、急慢性肝炎等疾病治療的輔助用藥。

阿托品 音譯詞。從癲茄、洋金花、莨菪等生藥中提取的一種消旋生物鹼。其硫酸鹽,爲白色結晶粉末,無臭、味苦、易溶於水、醇。用於搶救感染性中毒性休克、胃痛、腸絞痛、急性胰腺炎等。

利尿藥 促進排尿的藥物,如噻嗪類、汞劑、利尿酸等。用以消除水腫和腹水。

避孕藥 能防止婦女受孕和終止妊娠的藥物。女用避孕藥如複方炔諾酮、複方甲地孕酮、甲孕酮、炔諾酮等,男用避孕藥如棉酚。

威而鋼 一種針對男性性器官「陰莖」內海綿體所研發出來的男性壯陽藥。其服用的副作用包括:頭痛、臉部潮紅、腹瀉頭暈,甚至死亡。至於年紀較大、體力不佳,或是患有肝病或腎臟病者,要服用威而鋼前,最好先與醫師商量。

C 11 - 27 名: 補藥·補品

補藥 補養身體的藥物。

補品 補養身體的藥物或食品。

滋養品 營養豐富、能供給身體養料的食物或藥

品,如牛奶、魚肝油、人參等。

人參 多年生草本植物。有紡錘形的肉質根,加工後中醫用以入藥。有補肺健脾、生津安神作用。能治療脫、崩漏失血及一切元氣衰弱、氣虛津少等症。

高麗參 朝鮮北部產的人參。功用與人參相近,性偏溫,力量較強。也叫**朝鮮參**;有的叫**別直參**;**紅參**。

西洋參 人參同屬植物。根略呈圓柱形,形似人參,原產北美等地。中醫入藥,有補肺、養陰、清火、生津等作用。

阿膠 驢皮去毛後加水熬製而成的黑色膠質塊。原產山東東阿縣。性平味甘,有滋陰潤燥、養血止血功效。也叫**驢皮膠**。

靈芝 多孔菌科靈芝屬赤芝或紫芝的子實體。菌蓋木栓質,半圓或腎形。性溫,味甘,有滋補強身、安神健胃作用。

鹿茸 為雄鹿未角化帶茸毛的幼角。性溫,味甘鹹。有補腎陽、壯筋骨作用。用於身體虛弱、陽萎、遺精等。

C 11－28 名：　良藥

良藥 療效好的藥:良藥苦口而利於病。

妙藥 有奇效的藥:靈丹妙藥。

仙丹 傳說中認為能長生不老或起死回生的藥。

聖藥 迷信的人指靈驗的藥:靈丹聖藥。

靈丹妙藥＊ 泛指具有神療效果的藥。□**靈丹聖藥**＊。

C 11－29 名：　毒藥・毒物

毒藥 能給生物體生理機能造成嚴重危害甚至死亡的藥物。

毒物 對機體會造成損害,引起功能障礙,甚至死亡的物質。有些毒物如砒霜,蛇毒等,在低劑量下也可用作藥物。

毒品 指鴉片、嗎啡、海洛因等有毒的嗜好品。

毒 指毒品:吸毒／販毒。

毒素 某些有機體產生的有毒物質,如蓖麻種子、毒蛇的毒腺等所含的有毒成分。

毒餌 在食物中摻入砒霜等藥品製成的毒物。常用來毒殺害蟲、老鼠等。

砒霜 又稱「三氧化二砷」,白色粉末,有時略帶黃色或紅色,毒性很強。可做殺蟲藥、殺鼠藥。也叫**白砒**;**紅砒**;**信石**。

紅礬 〈方〉砒霜。

鴆酒 傳說中一種毒鳥的羽毛浸的酒,有劇毒。

鴆毒 〈書〉毒藥;毒酒。

鴆 指毒酒:飲鴆止渴。

C 11－30 名：　藥店

藥店 出售藥品的商店。

藥房 ❶出售西藥的商店。❷醫院或診所裡供應藥物的部門。

藥鋪 出售中藥的商店。主要按中醫藥方配藥和供應中藥成藥。

C 12　衛　生

C 12－1 名、形：　衛生

衛生 ❶〔形〕能保護健康、防止疾病:衛生飲料／穿不乾淨的衣服,不衛生。❷〔名〕有利於保護和增進健康、防止疾病的環境和措施:講衛生／個人衛生／環境衛生。

保健 〔名〕對個人和集體採取的保護健康、預防疾病的措施:婦幼保健／勞動保健。

環境衛生 〔名〕人們居住或工作所在地周圍的衛生情況和條件:維護環境衛生。

勞動保護 〔名〕以保護勞動者在勞動中的安全和健康為目標而採取的各種措施。簡稱**勞保**。

世界衛生組織 簡稱 WHO。一九四五年聯合國

國際機構會議在美國舊金山舉行時所成立。其宗旨是希望達到世界人類平等的健康狀態。健康的定義不是疾病的消除，而是身心及社會福利措施皆達到完全之境界。

C 12－2 形： 清潔

清潔 沒有塵土、油垢等髒東西；乾淨：街道打掃得很清潔／注意清潔衛生。

乾淨 沒有塵土、雜質等：換一件乾淨的衣服／把房子打掃得乾乾淨淨。

潔 清潔：不吃不潔的食物。

淨 清潔；乾淨：器皿要洗淨／窗明几淨。

潔淨 清潔；乾淨：潔淨的餐具／街道安寧、潔淨。

整潔 整齊而清潔：衣著整潔／書寫整潔／房間收拾得很整潔。

清爽 〈方〉整潔；乾淨：屋子打掃得很清爽／衣服洗清爽了。

清新 清潔而新鮮：雨後叢林空氣分外清新。

一塵不染＊ 佛教修道者達到真性清淨不被色、聲、香、味、觸、法等六塵所污染為「一塵不染」。後多用以形容清淨廉潔，不受壞習氣影響。也指環境或物體非常清潔。

纖塵不染＊ 一點灰塵也沾不上，形容極其清潔。

窗明几淨＊ 窗子明亮，桌子乾淨。形容房間清潔。

C 12－3 形： 骯髒

骯髒 不乾淨；髒：這孩子滾得一身泥，骯髒極了／這條街狹窄骯髒。

髒 有塵土、污垢、污漬等；不乾淨：別把手弄髒了／房子弄得又髒又亂。

齷齪 髒；不乾淨：衣服怎麼穿得那樣齷齪。

腌臢 〈方〉髒：那條小巷腌臢得很。

埋汰 〈方〉髒：那地方很埋汰／滿臉塵垢，一副埋汰模樣。

邋遢 〈口〉不整潔：衣著邋遢／別那麼邋邋遢遢的。

肋胑 〈方〉邋遢。

污濁 水、空氣等不乾淨；混濁：污濁的水排入陰溝／室內空氣污濁。

污 髒：污泥／不要把水弄污了。

濁 混濁：濁氣／污泥濁水。

混濁 （水、空氣等）含有雜質，不乾淨，不清澈：混濁的波濤／空氣混濁。□渾濁。

惡濁 污穢；不乾淨：室內煙味嗆人，空氣惡濁。

污穢 〈書〉不乾淨：周圍環境污穢不堪。

穢 骯髒：穢土／污穢。

髒污 骯髒；污穢：髒污的手／別把新衣服弄髒污了。

髒亂 又髒又亂：那個露天市場髒亂不堪。

蓬頭垢面＊ 形容頭髮很亂，臉上很髒。

囚首垢面＊ 形容人久不梳洗，頭髮蓬亂，臉上骯髒，好像囚犯一樣。

灰頭土臉＊ 形容面容污穢。

披頭散髮＊ 形容頭髮長而亂，不梳理，不整潔。

C 12－4 動： 污染

污染 使沾染上有害物質：工廠煙囪的黑煙污染著城市的空氣／水源受到了嚴重污染。

污 〈書〉弄髒；污染。

玷污 弄髒（多用於比喻）：玷污名聲。

染污 弄髒：河水被染污了。

沾染 因接觸而被不好的東西附著上：傷口沾染了細菌／嚴防食物沾染不潔物質。

油 被油弄髒：別把衣服油了。

漬 油泥等積在物體上難以除去：汗水把襯衫漬黃了／衣上漬了很多油漆。

C 12－5 名： 污濁

污濁 骯髒的東西：洗掉身上積存的污濁。

污穢 骯髒的東西：清除污穢／滿地污穢。

污　泛指髒東西:去污粉／糞污／藏污納垢。

污垢　積在人身上或物體上的髒東西:滿臉污
　　垢。□垢污。

垢　髒東西:油垢／牙垢／衣服潔淨無垢。

污毒　污濁有毒的東西:清除污毒。

污痕　污穢的痕跡:器械擦洗得很乾淨,沒有一
　　點污痕。

污點　沾染在人身或物體上的污垢:洗掉衣服的
　　污點。

污染　空氣、土壤、水源等侵入有害物質造成危
　　害生物或破壞環境衛生的現象:環境污染／清
　　除污染。

髒土　塵土、垃圾等:倒掉髒土。□穢土。

泥垢　泥和污垢:滿身泥垢。

塵垢　灰塵和污垢:牆頭桌面積滿塵垢。

污泥濁水*　污濁的泥和水。常用來比喻落後、
　　腐朽和反動的東西。

皴　〈方〉積存在皮膚上的泥垢:看你一脖子皴,
　　快去洗洗吧!

油泥　含油的泥垢:滿地油泥。

油污　帶有油膩的污垢:滿手油污。□油垢。

漬　〈方〉積在物體上、不易除去的油垢:油漬／
　　茶漬。

C 12－6 動:　洗・刷・擦

洗　用水或汽油等液體去掉污垢:洗臉／洗衣
　　服。

浣　洗:浣紗／浣衣。

汰　〈方〉洗:汰衣服／汰頭。

滌　洗:洗滌／滌除。

洗滌　用液體洗:洗滌碗筷／洗滌衣服、被褥。

洗濯　洗滌:衣服要經常洗濯。

沖洗　用水沖掉物體上附著的東西,使清潔:在
　　水龍頭下沖洗頭髮／暴雨沖洗後的馬路顯得
　　格外乾淨。

沖　沖洗:地面用水沖一沖／司機把車沖乾淨
　　了。

清洗　洗乾淨:炊具都要清洗消毒。

刷　用刷子清除或塗抹:刷鍋／刷去衣上的灰塵
　　／用石灰漿刷牆。

刷洗　用刷子蘸水洗;把髒東西放在水裡清洗:
　　刷洗鍋碗／刷洗地板。

洗刷　用刷子蘸水刷;用水洗:把衣服洗刷乾淨。

拆洗　拆開洗淨:拆洗棉大衣。

漿洗　衣服洗了以後放在粉漿中使挺刮:漿洗衣
　　服／襯衫雪白,像剛漿洗過的。

淨　擦洗乾淨;使乾淨:淨一淨桌面兒／淨手／淨
　　水器。

蕩　洗:蕩滌／把衣服在河裡蕩一蕩。

涮　❶把手或東西放在水裡擺動,使乾淨:涮涮
　　手／把毛巾涮一涮。❷用水放在器物裡搖動,
　　把內壁沖洗乾淨:把瓶子涮一下。

擦　用布、毛巾等在物體上摩擦,使乾淨:擦臉／
　　擦汗／擦玻璃。

拭　擦:拭淚／拭目以待。

擦拭　擦:擦拭玻璃／擦拭武器。

揩　擦:揩桌子／揩汗。

抹　擦:抹桌子／抹一把臉。

抹　擦:他吃完飯把嘴一抹就走了。

搌　〈方〉來回細擦:先用濕布把玻璃擦淨,然後
　　再搌一過兒。

拂　撣掉或擦掉:把身上的塵土拂去。

拂拭　撣掉或擦掉污垢:拂拭身上的塵土／拂拭
　　額上的汗。

撣　用撣子或別的東西輕輕地把灰塵去掉:把帽
　　子上的灰撣一撣／撣掉大衣上的雪。

C 12－7 動:　掃除

掃除　清掃髒物:室內外要經常掃除。

掃　用掃帚、笤帚等東西除去灰塵垃圾等:掃地／
　　掃垃圾／把床掃一掃。

打掃　掃除;清理:打掃教室／院子打掃得很乾

淨。

灑掃 灑水掃地：灑掃庭院。

清掃 徹底掃除：清掃馬路。

掃房 打掃室內的牆壁和房頂；大掃除。

清道 打掃街道，清除路上的障礙：清道夫。

大掃除 全面地打掃：開學前，每個教室都要大掃除一次。

C 12－8 動： 盥洗

盥洗 洗手洗臉：盥洗室／盥洗器皿。

盥漱 洗臉漱口：他盥漱完畢就走了。

漱 口中含水洗口腔：用藥水漱漱口。

淨手 〈方〉洗手：淨淨手，再吃飯。

C 12－9 動： 洗澡

洗澡 用水洗，除去身上污垢：洗澡間／洗澡有益健康。

澡 洗身體：澡盆／澡堂。

浴 洗澡：浴缸／浴室／海水浴。

沐浴 洗澡：沐浴梳洗。

潑浴 〈方〉洗澡。

淋浴 使水從上往下噴，沖洗身體。

擦澡 用濕毛巾擦洗身體。

搓澡 洗澡時讓別人給擦洗身子。

冲涼 〈方〉洗澡：打盆冷水冲涼。

擦背 〈方〉搓澡。

修腳 修剪腳趾甲或削去腳上的老趼。

洗三 舊俗。給出生三天的嬰兒洗澡。

C 12－10 名： 盥洗用品用具

毛巾 擦臉和擦身用的針織品，上面經紗拳曲，質地鬆軟。

手巾 用土布做成的擦臉布；毛巾。

羊肚兒手巾 〈方〉毛巾。

肥皂 用油脂和氫氧化鈉製成的去污用品。

胰子 〈方〉肥皂。

藥皂 用脂肪酸鹽和石碳酸、來蘇等化學藥品製成的肥皂。用來洗澡，有消毒作用。

香皂 加入香料製成的肥皂，多用來洗臉。

香胰子 〈方〉香皂。

牙刷 刷牙用的小刷子。也叫**牙刷子**。

牙粉 用碳酸鈣、肥皂粉、香料、殺菌劑等製成的粉狀物，用以刷牙除垢。

牙膏 用甘油、牙粉、白膠粉、水、糖精、澱粉等製成的膏狀物，裝在金屬或塑膠的軟管裡。用以刷牙除牙垢。

臉盆 洗臉用的盆。

面盆 〈方〉臉盆。

C 12－11 名： 洗澡用品用具

浴衣 洗澡前後穿的衣服。

浴巾 洗澡前後披在身上的大毛巾。

澡盆 洗澡用的大盆。舊式的多爲木製，新式的用鑄鐵澆成塗以搪瓷燒製。

浴盆 〈方〉澡盆。

浴缸 新式的大澡盆。

衛生設備 指接通下水道的臉盆、澡盆和抽水馬桶等。

C 12－12 名： 盥洗、洗澡處所

盥洗室 洗臉、洗手、漱口的房間。

衛生間 有衛生設備的房間。

浴室 有洗澡設備的房間。

浴池 ❶同時供許多人洗澡的設備，形狀像池塘，用石頭或混凝土、瓷磚築成。❷藉指澡堂（多用做澡堂名稱）。

池子 〈口〉浴池。

池湯 澡堂中的浴池。也說**池塘**。

澡堂 營業性的供人洗澡的地方。也叫**澡堂子**。

澡塘 ❶浴池。❷澡堂。

C 12－13 動： 理髮

理髮 修剪頭髮，使整齊。

剃頭　剃去頭髮,指理髮。

剃　用特製的刀刮去頭髮或鬍鬚等:剃鬍子／剃光頭。

推頭　用推子理髮。

刮臉　用剃刀把臉上的鬍鬚和寒毛刮掉。

修面　〈方〉刮臉。

吹風　用吹風機頭髮吹乾,使服貼。

梳理　用梳子整理鬚、髮等:梳理頭髮。

梳　梳理:把辮子梳一梳。

梳頭　梳理頭髮:梳頭洗臉。

梳洗　梳頭洗臉:梳洗打扮。

燙髮　用熱能或化學藥水使頭髮捲曲美觀。

電燙　用電熱燙髮,使捲曲。

冷燙　用化學藥水而非熱能燙髮,使捲曲。

化燙　指冷燙。

C 12－14 動:　美容

美容　使容貌美:美容院。

整容　❶修飾容貌:母親親自爲她整容。❷用手術整治面部生理缺陷,使美觀:整容術。

化粧　用化粧品使容貌美:參加宴會總要化粧一番。

打扮　使容貌、衣著美觀:梳粧打扮／姑娘們愛打扮。

梳粧　梳洗化粧。

C 12－15 名:　桓式

髮式　經過修剪梳理的頭髮的式樣:她的髮式很入時。也叫**髮型**。

劉海兒　垂在前額的整齊短髮。

辮子　❶把頭髮分股交叉編成的條兒:梳辮子。❷像辮子的東西:蒜辮子。

髮辮　頭髮辮子。

髻　盤在頭上的各種形狀的頭髮:蝴蝶髻／抓髻。也叫**鬏**。

纂　〈方〉婦女梳在頭後邊的髮髻。

髮髻　抓髻　梳在頭頂兩旁的髻。也叫**靈鬏**。

頭路　〈方〉頭髮向相反方向分開梳時,中間露出頭皮的一條縫兒。

分頭　頭髮向兩邊分開梳的髮式。

平頭　男子髮式,頭頂留髮一寸左右,剪平,前部稍高,腦後和兩鬢的頭髮全推光。

光頭　把頭髮剃光的頭。

大背頭　男子髮式,留鬢角,頭髮全向後面梳。

C 12－16 名:　理髮用品用具

推子　有上下重疊的兩排帶刃的突齒狀的理髮用具。使用時,上面一排的齒狀利刃左右移動,把頭髮剪下來。用電力的叫電推子。

剃刀　剃頭或刮臉用的刀子。

梳子　整理頭髮的用具,多用木料或塑膠製成。

保險刀　刮鬍子的用具。刀片安在特製的刀架上,使用時不會刮傷皮膚。也叫**安全剃刀**。

自動刮鬍刀　用乾電池發動的剃鬍子的用具,使用安全方便。

吹風機　手持小型鼓風機,洗髮後用來吹乾頭髮。

髮網　婦女罩頭髮的網子。

髮夾　婦女夾頭髮的夾子,多用金屬、塑膠等製成。也叫**髮卡**。

頭繩　用棉、毛、塑膠等製成,主要用來紮髮髻或辮子的細繩子。

辮繩　紮髮辮用的頭繩。

C 12－17 名:　理髮處所、人員

理髮店　以爲人理髮爲業務的店鋪。

美容院　以替人美容爲業務的店鋪。

理髮師　從事理髮工作的人。

美容師　從事美容工作的人。

C 12－18 名:　化粧用品

化粧品　脂粉、香水等化粧用的物品。

髮蠟　用凡士林、香料製成的化粧品,抹在頭髮上使有光澤而不蓬鬆。

頭油　抹在頭髮上的油質化粧品。

香水　用酒精、香料、蒸餾水製成的化粧品。

香澤　〈書〉潤髮用的香油。

脂粉　胭脂和粉,化粧用品。

胭脂　婦女常用來塗在兩頰或嘴唇上的紅色化粧品。

口紅　用來塗在嘴唇上使唇色紅潤的化粧品。也叫**唇膏**。

雪花膏　用硬脂酸、苛性鉀、甘油、香料等製成的白色膏,用以滋潤皮膚。

花露水　稀釋的酒精中加香料製成的化粧品。

撲粉　❶化粧用的香粉。❷爽身粉。

爽身粉　一種用滑石粉、氧化鋅、碳酸鎂、硼酸、薄荷腦等加香料製成的粉末,撲在身上可以吸收汗液,防止生痱子,產生清爽的感覺。

粉底霜　抹在面部、頸部用來打底色的化粧品。能與皮膚融爲一體,無明顯的化粧痕跡。

眼影　眼部使用的化粧品。一般有三類顏色,即:影色、亮色、強調色。因它包括塗在眼睛周圍的全部顏色,故稱眼影。

C 12－19 名：　其他衛生用品

手絹　隨身攜帶的小塊方形織品。也叫**手帕**。

手巾　〈方〉手絹。

口罩兒　一種用紗布製成的衛生用品。罩在嘴和鼻子上,防止灰塵和病菌侵入。

手紙　大小便時用的紙。

草紙　用稻草等做原料製成的略呈黃色的紙,手感粗糙,多用來做包裝或衛生用紙。

衛生紙　手紙。

衛生棉　婦女經期所使用的棉墊。

衛生棉條　婦女經期用品。多選用純藥棉和高吸水材料複合而製成條狀的棉製品。

尿布　包裹嬰兒身體下部或鋪在床上接尿用的布。也叫**尿布**。

褲子　〈方〉尿布。

牙籤　剔除牙齒縫中食物殘屑用的扁平的細棍兒,一端較尖。

牙線　棉線製成的,用來剔除牙縫中的殘渣。

耳挖子　掏耳垢用的小勺兒。

耳挖勺兒　〈方〉耳挖子。

D 人類·社會

D1　人

D1-1 名：　人·人類

人 能製造勞動工具、進行社會勞動,用語言進行思維的高等動物,是社會歷史和文化活動的主體。

人類 人的總稱,指人的全體:人類社會/造福人類。

新人類 新世代的人。與傳統的、舊時代的人不同:一、出生在臺灣已經逐漸富裕的年代,未體驗過物資缺乏的困窘二、行事作風大膽,認為「只要我喜歡,有什麼不可以」。此外,由於年紀輕,沒有包袱,新人類也較不謙遜,較不腳踏實地。

新新人類 一開始是飲料的廣告詞。強調是比新人類還要新的世代,行事作風更為灑脫自在。後漸漸取代「新人類」,成為 X 或 Y 世紀的代名詞。

噍類 〈書〉能飲食的動物,特指活著的人。

世人 社會上的人:真相揭穿,世人莫不驚詫!

人士 在社會上有一定影響或在某方面有代表性的人物:民主人士/愛國人士/港澳知名人士。

人氏 人(指籍貫說):他是本地人氏。

人手 指勞動力;做事的人:做事人手不夠。

人員 從事某種工作的人:行政管理人員/警衛人員/文職人員。

人物 能代表一方面或具有突出特點的人:英雄人物/歷史人物。

D1-2 名：　男·女

男性 人類兩性之一,能產生精細胞生育下一代。

男 男性。

女性 ❶人類兩性之一,能產生卵細胞懷胎生育下一代。❷婦女:尊重女性。

女 女性。

男女 男性和女性:男女老少。

D1-3 名：　男人·女人

男人 成年男性。

男子 男性的人。

男兒 成年男性:好男兒志在四方/男兒當自強。

男子漢 成年男性(多就男性的健壯或剛強說):這點兒勇氣都沒有,算什麼男子漢!

新好男人 「新」字意味著與傳統不同,象徵與時代的脈動一道呼吸。因此,新好男人的特徵,並非有男子氣概,而是兼具女性的溫柔體貼,加上負責、堅毅的性格。

父 對男性長輩的稱呼,男子:伯父/舅父/姨父/父老鄉親。

新好爸爸 一九九○年代末期,吹起一股「新好……」的形容詞,即指除了好之外,還能切合、呼應時代的需要。

漢 成年男子:老漢/單身漢/彪形大漢。

漢子 成年男子。

夫　成年男子：匹夫／懦夫／一夫當關,萬夫莫
　　敵。

相公　舊時稱成年男子。

丈夫　舊稱成年男子：大丈夫／丈夫氣概。

鬚眉　〈書〉鬍鬚和眉毛,男子的代稱。

女人　成年女性：她是一位能幹的女人。

女子　女性的人：女子中學／女子體操。

女士　對婦女的尊稱。

娘　❶對女性長輩的稱呼：大娘。❷年輕婦女：
　　新娘／姑娘。

娘兒們　〈方〉女人(含輕蔑意,也可用於單數)：
　　你們娘兒們幹不了這種重活。

女流　婦女(含輕蔑意)：女流之輩。

巾幗　〈書〉古代婦女戴的頭巾。借指婦女：巾幗
　　英雄。

婦　❶女性的通稱：婦幼保健／婦孺皆知。❷已
　　婚的女子：少婦／新婦。

婦女　成年女子的通稱。

婦人　已婚的女子。

婦道　婦女：單靠她一個婦道人家把兩個孩子拉
　　拔大,真不容易。

嫂　稱跟自己年紀差不多的已婚婦女。

士女　古代指未婚男女,後來泛指男女。

兒女　青年男女：兒女情長。

D1－4 名： 年齡(一般)

年齡　人或動植物已經生存的年數：他快到退休
　　年齡了。

年紀　人的年齡,歲數：老人家,您多大年紀?

年歲　年紀：他年歲很大,仍堅持鍛鍊。

年　❶歲數：年富力強／年邁。❷歲數的分期：
　　幼年／童年／青年／中年／老年。

歲　計算年齡的單位：周歲／十歲／這孩子幾歲?

歲數　〈口〉人的年齡：老爺爺多大歲數?

旬　十歲為一旬：年過六旬／八旬老母。

齡　歲數：適齡／同齡／高齡。

庚　年齡：年庚／同庚／貴庚。

年華　年齡；時光：青春年華／虛度年華。

壽數　指人活的年限：壽數已盡。

年事　〈書〉歲數；年紀：年事已高。

春秋　春季和秋季,常作一年的代稱。也指人的
　　年歲：幾度春秋／你們青年人春秋正富。

足歲　指從出生時起到計算時為止共經歷的整
　　年數,或者說經歷過的生日數。例如,一個已
　　經過了第二十個生日、但尚未過第二十一個
　　生日的人是二十足歲的人。

虛歲　出生後就算一歲,以後每過一次新年就增
　　加一歲。虛歲一般比足歲大一～二歲。

年齒　〈書〉年齡：年齒徒增。

周歲　年齡滿一歲：他已經十八周歲了。

弱冠　古代男子二十歲行冠禮,因為未達到壯
　　年,故稱弱冠。後世泛指男子二十歲左右的
　　年齡。

而立　指人三十歲。《論語・為政》：「三十而立。」
　　意謂人到了三十就該有所作為。

不惑　指人四十歲。《論語・為政》：「四十而不
　　惑。」意謂人到四十歲,不為是非所迷惑。

半百　指人五十歲：年過半百。

花甲　古代用十天干配十二地支紀年,錯綜搭
　　配,六十年一循環,稱為花甲。後稱人年滿六
　　十歲為花甲：年逾花甲。

古稀　指人七十歲。杜甫《曲江》詩句「人生七十
　　古來稀」：年近古稀。

D1－5 名： 幼年・青年・
　　　　　　　　　壯年・老年

幼年　指人三歲左右到十歲左右的階段。

小兒　指幼年：我自小兒喜歡畫畫。

童年　幼年,兒童時代：金色的童年。

學前期　兒童從三歲到五六歲的時期。也稱幼
　　兒期。

學齡 指兒童適合於上學的六七歲的年齡。

少年 指人十歲左右到十五六歲的階段：少年時
代。

青年 指人十五六歲到三十歲左右的階段：青年
學生／青年一代。

華年 〈書〉青年時代；青春：惜華年，勤讀書。

正當年 正在身強力壯的年齡：十七十八力不
全，二七七八正當年。

青春 青年時期：青春年少。

妙齡 指女子的青春時期：妙齡少女。

青春期 由兒童發育到成人的一個過渡時期。
女性表現爲乳房發育，月經開始；男性則開始
出現洩精現象。

壯年 指人三十歲左右到四十歲的階段：他正當
壯年，精力充沛。

盛年 指壯年。

中年 指人四五十歲的階段：人到中年。

更年期 一般指女子月經停止前數月至三年內
一段時期。此時卵巢功能逐漸衰退到最後消
失，是婦女實際生育能力的終結。

老年 指人六十歲以上的階段：老年保健／老年
大學。

晚年 指老年人一生的最後時期：安度晚年。

晚歲 晚年；老年：晚歲篤學不倦。

暮年 晚年；老年：烈士暮年，壯心不已。

高年 ❶高齡：這位高年教授不顧體弱，仍在著
書立說。❷指老人：敬養高年。

殘生 人的晚年：了此殘生。□**餘生**。

殘年 晚年：風燭殘年。□**餘年**。

老境 老年時代：漸近老境。

耋 〈書〉指七八十歲的年紀。泛指老年：耄耋之
年。

耄 〈書〉指八九十歲的年紀。泛指老年：老耄。

白頭 指年老：白頭到老。

皓首 〈書〉白頭，指年老：皓首窮經。

風燭殘年 * 風中之燭，極易熄滅。比喻人到了
臨近死亡的晚年。

桑榆暮景 * 日暮時，夕陽斜照桑樹、榆樹上，一
派黃昏景象，比喻人的老年時光。

D1－6 形：　年幼・年輕・年老

幼 年齡小；未長大的：幼兒／幼苗／幼獸。

幼小 初生不久的；未成年的：幼小的心靈。

幼稚 年紀小：幼稚可愛。

年輕 年紀不大（指從十幾歲到二十幾歲）：年輕
人／年輕力壯。

少相 相貌比實際年齡顯得年輕：她燙了髮，更
見少相。

後生 〈方〉相貌顯得年輕：他年已半百了，看上
去還這麼後生。

少壯 年輕力壯：少壯派／少壯不努力，老大徒
傷悲。

年高 年紀大：年高德劭／有志不在年高。

年邁 年紀老：家裡有年邁的父親。

老邁 年老（含衰老意）：老邁無力。

朽邁 〈書〉年老衰朽。

高邁 〈書〉年紀大；老邁。

老朽 衰老腐朽：老朽無能。

老大 〈書〉年老：少壯不努力，老大徒悲傷。

高大 年紀大（多見於早期白話）：老夫年紀高
大，力不從心。

上年紀 * 年老；歲數大：上了年紀，精力不濟。

上歲數 * 〈口〉上了年紀。

蒼老 聲音、容貌等顯出老態：近年來他蒼老多
了。

D1－7 名：　一生

一生 從生到死的整個人生；一輩子：奮鬥一生。

一世 一生；一輩子：人生一世／一生一世。

終身 一生：終身大事／終身遺憾。

終生 一生：奮鬥終生。

畢生 終身；一輩子：他畢生從事教育工作。

平生　一生；一輩子：為科學而獻身是我平生的願望。

一輩子　〈口〉從生到死：難的是一輩子做好事，不做壞事。

生平　一個人的一生：生平事迹。

今生　這一輩子：今生今世。□今世。

半生　半輩子：老人家勞碌半生。

半世　半輩子：枉活了半世。

半輩子　人的半生：解放前，他在窮愁中熬了半輩子。

百年　人的一生；終身：百年之好。

沒世　一輩子；終生：沒世不忘／沒世無聞。

D1－8 名：　嬰兒・兒童・少年

嬰兒　不滿周歲的小孩兒：懷抱嬰兒。

黃口小兒＊　指小孩，常用以譏諷他人年幼無知。

嬰孩　嬰兒。

赤子　初生的嬰兒：赤子之心。

小毛頭　〈方〉對幼嬰的愛稱。

乳兒　哺乳期的嬰兒。

小兒　兒童：小兒科。

小兒　男性嬰兒：胖小兒。

童蒙　〈書〉年幼無知的孩子。

兒童　一歲到十六七歲的人：兒童節目／兒童樂園／兒童文學。

兒　小孩子：兒戲／兒歌。

小孩兒　〈口〉兒童。

小孩子　兒童。

小不點兒　指很小的孩子。

幼兒　幼小的兒童：幼稚園／幼兒教育。

幼　小孩兒：婦幼保健／扶老攜幼。

伢　〈方〉小孩子。

孺子　〈書〉小孩子：孺子可教。

孩子　兒童：女孩子／孩子氣。

孩童　兒童：孩童們正在做遊戲。

小鬼　對小孩兒的親昵稱呼。

寧馨兒　〈書〉原意是「這樣的孩子」，後來多用於褒義。

囡　〈方〉小孩兒：男小囡／女小囡。

囡囡　〈方〉對小孩兒的親昵稱呼。

娃娃　小孩兒：小娃娃／胖娃娃／布娃娃。

寶寶　對小孩兒的親昵稱呼。

乖乖　對小孩兒的親昵稱呼。

娃子　〈方〉小孩兒。

小朋友　指兒童。

小人兒　〈方〉對未成年人的親昵稱呼。

小子　〈書〉年幼的人；晚輩：後生小子／少林小子。

小　年紀小的人：一家老小／兩小無猜。

少年　十歲左右到十五六歲的人：少年宮／英俊少年。

D1－9 名：　青年・成人

青年　指從十五六歲到三十歲左右的人：女青年／知識青年。

大青年　指年齡較大的未婚青年。

知青　知識青年的簡稱。

社青　社會青年的簡稱。指既不上學又未就業的青年。

小字輩　指資歷較淺的年輕人。

紅男綠女＊　形容穿著入時、裝飾華麗的青年男女。

成人　成年的人：成人教育。

大人　成人（區別於小孩）：幾年不見，你已長成大人了。

D1－10 名：　青年男人

小伙子　〈口〉青年男子：咱們村裡的小伙子個個精明能幹。

後生　〈方〉青年男子：後生可畏。

壯丁　舊時指青壯年男子（多指符合當兵年齡的人）：拉壯丁。

少爺 ❶舊時僕人稱主人的兒子。❷舊時稱富貴家庭出身的男性青少年。

D1－11 名： 青年女人

姑娘 未婚的女子:十二三歲小姑娘╱十七八歲大姑娘。

少女 年輕未婚的女子。

小姐 僕人稱主人家未出嫁的女兒。

處女 沒有性交過的女子。也泛稱沒有結過婚的女子。

處子 〈書〉處女。

黃花女兒 處女的俗稱。

娘 年輕女子:漁娘╱伴娘。

娘子 對年輕婦女的尊稱(多見於早期白話)。

少奶奶 ❶舊時僕人稱少爺的妻子。泛指富貴家庭裡的年輕已婚婦女。❷舊時對別人的兒媳婦的尊稱。

少婦 年輕的已婚女子。

女郎 稱年輕的女子:摩登女郎╱金髮女郎。

婆娘 〈方〉泛指已婚的青年婦女。

婆姨 〈方〉泛指已婚的青年婦女。

媳婦兒 〈方〉泛指已婚的青年婦女。

閨女 沒有出嫁的女子。

閨秀 舊時稱富有人家的女兒:名門閨秀。

小家碧玉＊ 舊時指小戶人家年輕貌美的女子。

老姑娘 超過一般婚齡,年齡偏大的未婚女子。

D1－12 名： 老人(一般)

老人 老年人:尊敬老人。

老 老年人(常用作尊稱):您老╱尊老愛幼。

老人家 〈口〉對老年人的尊稱:您老人家請先上車。

遺老 ❶指前朝的舊臣。❷〈書〉指經歷世變的老人。

孤老 年老而無子女的人。

耆老 〈書〉六十歲以上的老年人。

耆宿 〈書〉有名望的老年人。

長老 〈書〉年紀大的人。

風中之燭＊ 比喻隨時可能死亡的人或隨時可能消滅的事物。

D1－13 名： 老年男人

老翁 〈書〉年老的男子。

翁 年老的男子;老頭子:漁翁╱不倒翁。

父 指老年的男子:田父╱漁父。

父老 對鄉里故土老年人的敬辭:父老兄弟。

老者 年老的男子。

老夫 年老男子的自稱(多見於早期白話)。

老丈 〈書〉對年老男子的尊稱。

老漢 ❶年老的男子。❷老年男子的自稱。

老頭兒 年老的男子(含親熱意)。

老頭子 年老的男子(含厭惡意)。

老爹 〈方〉對年老的男子的尊稱。

老爺爺 小孩子尊稱年老的男子。

老大爺 對年老男子的尊稱(多用於不相識的)。

老公公 〈方〉小孩子稱呼年老的男人。

叟 〈書〉年老的男人;老頭子:童叟無欺。

公公 對年老的男子的尊稱。

爺爺 〈口〉稱呼跟祖父年紀相仿的男人。

D1－14 名： 老年女人

老嫗 〈書〉年老的婦女。

嫗 〈書〉年老的婦人。

老婆子 年老的婦女(含厭惡意)。

老婆婆 〈方〉小孩子稱呼年老的婦人。

老大娘 〈口〉對年老婦女的尊稱(多用於不認識的)。

老奶奶 小孩子尊稱年老的婦人。

老太婆 年老的婦女。

老身 老年婦女自稱(常見於早期白話)。

老太太 對老年婦女的尊稱。

嬤嬤 〈方〉稱呼年老的婦女。

老娘　〈方〉已婚中年或老年婦女的自稱(含自負意)。

大娘　對年長婦女的尊稱。

大媽　對年長婦女的尊稱。

D1－15　名：　老少·婦孺

老少　老年人和少年人：男女老少，歡聚一堂。

老小　老年人和小孩兒。泛指一家人：一家老小都是博士。

童叟　小孩和老頭：童叟無欺。

婦孺　婦女和小孩：婦孺皆知。

婦幼　婦女和幼兒：婦幼衛生／婦幼保健。

大小　大人和小孩兒：一家大小都愛看報。

D1－16　名：　人的特稱

人　指從事某種工作或活動的人：商人／軍人／介紹人／主持人。

手　做某種工作或擅長某種技能的人：水手／選手／歌手。

主　❶權力或財物的所有者：霸主／業主／船主。❷當事人：買主／失主。❸接待賓客的一方：東道主／客隨主便。

員　❶指工作或學習的人：教員／譯員／學員／駕駛員。❷團體組織中的分子：黨員／會員／社員／隊員。

客　奔走各地從事某種活動的人：政客／說客。

匠　在某方面有很高造詣的人：科學巨匠／文學巨匠。

子　❶古代特指有學問的男人，是男人的美稱：孔子／老夫子／諸子百家。❷人的通稱：男子／女子。

家　從事某種專門活動、掌握某種專門知識、技藝的人：科學家／藝術家／企業家／政治家。

夫　❶舊時稱從事某種體力勞動的成年男子：農夫／漁夫／車夫。❷舊時稱服勞役的成年男子：夫役／民夫／征夫。也寫作**伕**。

徒　❶人(含貶義)：賭徒／匪徒／不法之徒。❷信仰某種宗教的人：佛教徒／回教徒／基督徒。

分子　屬於一定階級、階層、集團或具有某種特徵的人：知識分子／積極分子。

粉領族　專指「女性中產階級」的上班族群。這些女性的特色是工作能力強、穿著打扮入時、生活獨立自主，為兩性平權的擁護者。也叫**粉領貴族；粉領新貴**。

頂客族　DINK 的音譯，「Double Incomes No kids」的縮寫。英文直譯為「兩份收入，沒有孩子」。凡夫妻或同居的兩人，彼此都有固定的工作或穩定的收入，並約定不生孩子，享受單純的兩人世界。

SOHO族　即以個人或個人工作室為工作單位，以接案子為生。上班時間自由、不必打卡，但收入較不穩定，也沒有年終及考績獎金等保障。也叫**舒活族**。

搖頭族　又稱擺頭族。指周旋在舞廳，以在舞池裡瘋狂跳舞為樂的人。由於跳快節奏的舞，必然會瘋狂地扭腰甩頭，故稱之。可能也有吸毒的疑慮。

新臺灣人　指不論先來後到，凡是認同臺灣，願意為臺灣前途打拚的臺灣住民。此種「新臺灣人」論，為前總統李登輝先生於一九九八年台北市長選舉時所倡導。目的在以「土地認同」突破省籍情結的糾葛，凝聚臺灣現有住民中，本省人、客家人、外省人、原住民的共識，以形塑臺灣的集體認同。

D1－17　名：　人的蔑稱、俗稱

傢伙　〈口〉指人(含戲謔意或輕視意)：小傢伙／你這傢伙真不知好歹。

東西　指人(含厭惡或喜愛的感情)：這個人不是好東西。

貨色　喻指人或人的言論、作品等(含貶義)：這批流氓沒有一個好貨色。

貨 指人(罵人的話):寶貨/賤貨。

棍 泛指品質低下的人,無賴:惡棍/賭棍。

鬼 ❶對人的蔑稱:酒鬼/吝嗇鬼/膽小鬼。❷ 稱逗人喜愛的人:小鬼/機靈鬼。

廝 對人的蔑稱(多見於早期白話):這廝/那廝。

雜種 指人(罵人的話):小雜種。

渾蛋　混蛋 不明事理的人(罵人的話)。

D1－18 名： 姓名

姓名 姓和名字。

姓 表明家族系統的字:尊姓/複姓/百家。

姓氏 表明家族系統的字。姓起源於女系,氏起源於男系。後來說姓氏,專指姓。

氏 ❶指姓:阮氏兄弟。❷舊時稱已婚婦女。在父姓後加氏,如張氏、王氏。通常又在父姓前加夫姓,如李張氏(夫姓李,父姓張)。❸對名人、專家的稱呼:釋氏/老氏/攝氏溫度計。

單姓 只有一個字的姓,如張、王、劉等。

複姓 兩個字以上的姓,如歐陽、上官、司馬等。

漢姓 ❶漢族的姓。❷非漢族人所用的漢族的姓。

名 名字;名稱:人名/書名/替我簽個名/給孩子起個名兒。

單名 用一個字取的名字。

雙名 用兩個字取的名字。

名字 ❶一個或幾個字的名跟姓合在一起代表一個人:給孩子起個名字。❷用一個或幾個字代表一種事物。

名號 名字和別號。

名姓 名字和姓:來人留下名姓沒有?

字 舊時通常根據人名中的字義另取的別名,如岳飛字鵬舉,李白字太白。

表字 人在本名外所取的與本名有意義關係的另一名字(多見於早期白話)。

號 原指名、字以外另起的別號。後來也泛指名以外另起的字,如蘇軾字子瞻,號東坡居士。

別號 舊時名、字以外另起的稱號,如李白字太白,別號青蓮居士。

名諱 舊時指尊長或所尊敬的人的名字。

別名 正式名字以外的名稱。

筆名 作者發表作品時用的別名,如魯迅是周樹人的筆名。

化名 為隱藏真實姓名而改用的名字。

外號 人的本名以外,別人給另起的名字(多表現別人對該人特徵的誇張):她的外號叫大腳婆。也叫**綽號;諢名;諢號**。

小名 小時候起的非正式的名字。也叫**乳名;奶名**。

學名 入學時使用的正式名字。

D1－19 名： 稱呼

稱呼 寫信或當面招呼用的、表示彼此關係的名稱,如同志、哥哥等。

稱謂 因親屬關係或由於身分、職業、地位等而得來的名稱,如父親、老師、醫生、經理、局長等。

尊稱 對人表示尊敬的稱呼,如「林老」是人們對林里長的尊稱。

愛稱 表示親昵、喜愛的稱呼,如寶貝、心肝兒等。

謙稱 表示謙恭的自稱,如愚、晚、後學等。

徽號 美好的稱號:大家送給他「詩人」的徽號。

D1－20 動： 姓‧名‧稱呼

稱 叫;叫做:大家稱他為優秀企業家。

叫 (名稱)是;稱為:別人叫我小張。

稱呼 叫:請別稱呼我的職稱,就叫我老張吧。

尊稱 尊敬地稱呼:人們都尊稱董必武為董老。

姓 姓是……:她姓華/新廠長姓什麼?

名 名字叫做:他姓王名典/姓甚名誰?

起名 取名字:孩子快要滿月,該給他起名了。

化名 為隱去真實姓名而改用別的名字:那個時

候,魯迅不得不化名發表文章。

自稱 ❶自己稱呼自己:他自稱是詩人。❷自己
聲稱:他自稱通曉三國文字。

冒名 假冒別人的姓名:冒名頂替／冒名騙取財
物。

D1－21 名: 籍貫

籍貫 家族世代居住或個人出生的地方:他的籍
貫是廣東。

籍 籍貫:本籍人士／閩籍僑胞。

原籍 原先的籍貫:他原籍東京。□祖籍。

老家 原籍:我老家在日本。

寄籍 長期離開本籍居住外地,附於外地的籍
貫:他原籍東京,寄籍大阪。

客籍 ❶寄居外地的籍貫。❷寄居本地的外地
人:他是客籍人,原籍福岡。

土籍 祖輩久居的籍貫。

D1－22 代: 我·我們

我 ❶稱自己。也用來指「我方」、「我們」,如敵
疲我打,我國,我校。❷自己:自我陶醉／忘我
精神。

咱 〈方〉❶我:咱愛看京劇。❷我們:咱工人要
講團結。

俺 〈方〉❶我:俺爹／俺老伴。❷我們(不包括聽
話的人):俺村／俺莊稼人。

余 〈書〉我:余致力於古代史研究。

吾 〈書〉我;我們:吾愛吾師,吾尤愛真理／吾國。

予 〈書〉我:予取予求／人莫予毒。

人家 說話人自稱,我:你走慢點兒行不行? 人
家跟不上啊。

本人 ❶說話人指自己:我說說本人對這個問題
的意見。❷當事人自己或前邊提到的人自
己:他的體會還是由他本人來談吧。

個人 說話人自稱,我(多在正式場合發表意見
時用):我個人認為這種做法不妥。

我們 稱包括自己在內的若干人(有時如同「咱
們」,包括談話的對方)。

咱們 ❶稱說話人和聽話人雙方:你在工廠工
作,我擺小吃攤糊口,咱們都為掙錢努力。❷
借指我或你:咱們是個大老粗(指我)／乖,咱
們不哭(對小孩,指你)。

吾輩 〈書〉我們。

吾儕 〈書〉我們。

吾曹 〈書〉我們。

吾人 〈書〉我們。

D1－23 代: 你·你們

你 ❶指對方(一個人)有時也用來指「你們」,如
你校、你所、你廠等。❷泛指任何人:你要做
好工作,你得好好學習。

您 你的敬稱:老師,您早。

爾 〈書〉你:爾虞我詐。

汝 〈書〉你。

你們 稱對方的若干人或包括對方在內的若干
人:你們都是國家未來的主人翁。

汝曹 〈書〉你們。也說**汝輩**。

爾曹 〈書〉你們。

D1－24 代: 他(她)·他(她)們

他 稱自己和對方以外的某個男性:他是企業家。

她 稱自己和對方以外的某個女性,有時也代指
自己敬愛的或珍愛的事物:她是歌劇演員／玫
瑰,她像徵著愛情。

彼 對方;他:知己知彼／彼進我退／彼強我弱。

彼此 那個(人)和這個(人);雙方:不分彼此／他
們彼此還不熟悉。

伊 他或她(文學作品多用以指女性)。

伊人 〈書〉那個人(多指女性)。

渠 〈方〉他。

他們 稱自己和對方以外的若干人。

她們 稱自己和對方以外的若干女性:她們都是

女飛行員。

人家 指某個人或某些人,大致相當「他」或「他們」:你快走,人家在等你!

它 稱人以外的事物:有個東西在黑影裡蹲著,我看不清它是貓還是狗。

它們 稱不止一個的事物。

D1－25 代: 大家

大家 指一定範圍內所有的人:大家的事大家關心/大家都不是初次見面,彼此不要拘束。

大伙兒 〈口〉大家。也說**大傢伙兒**。

諸位 敬辭。總稱所指的若干人:諸位來賓。

各位 敬辭。總稱所指的若干人:各位同志/各位來賓。

列位 諸位。

D1－26 代: 自己・別人

自己 ❶複指句中已出現的人:他自己知道是怎麼回事/你這樣固執,害了別人,也害了自己。❷泛稱句中未出現的某個主體本身:自己的事自己做。

自家 〈方〉自己:他忽而想起了自家的身世。

自各兒　自個兒 〈方〉自己。

自身 自己:這件事你自身也有責任。

自我 自己(常表示自己對自己作某事):自我介紹/自我批評/發現自我。

自 自己:自言自語/自告奮勇/他自說姓徐。

己 自己:與己無關/對人是畫廊經紀人,對己卻毫無美學素養。

本身 自身,也指團體單位或事物:你本身應該多做自我批評/這臺機器本身品質不好。

身 自己;本身:身歷其境/身為民意代表應當以身作則。

獨自 自己一個人:他獨自離家遠行。

各自 ❶個別❷〈方〉每人自己:說完話,他們便各自動手盛飯。

別人 指自己或某人以外的人:這件事不要告訴別人。

人家 別人:人家能學會,我就學不會?

他人 別人:關心他人,比關心自己為重。

旁人 別人:你不要管旁人的意見,自己該怎麼做就怎麼做。

D1－27 代: 誰

誰 ❶問人:剛才誰來了? ❷任指,表示任何人:明天下不下雨,誰也不知道。❸虛指,表示不確定的人:今天沒有誰給你打電話。❹用在反問句裡,表示沒有一個人:誰不知道他的為人?

誰個 〈方〉哪一個人;誰:誰個認真,誰個馬虎,大家都知道。

哪個 ❶哪一個:你認識哪個人? ❷〈方〉誰:哪個的信?

何許人 〈書〉原指什麼地方人,後來也指什麼樣的人。

孰 〈書〉❶誰:孰能知之? ❷哪個(表示選擇):孰優孰劣/孰勝孰負。

何人 什麼人:何人得獎,何人受罰,榜上都寫著。

D1－28 名、代: 稱人的敬辭

臺端 〔代〕敬辭。舊時稱對方(多用於機關、團體給私人的函件)。

臺甫 〔名〕敬辭。舊時用於探問對方的表字。

君 〔名〕〈書〉舊時對人的尊稱:劉和珍君/在座諸君。

公 〔名〕對上了年紀的男子的尊稱:諸公/夏公。

兄 〔名〕對男性朋友的尊稱。

同志 〔名〕❶為共同的理想、事業而奮鬥的人,特指同一個政黨的成員。❷同性戀圈中對友伴的稱呼。

閣下 〔名〕舊時對人的尊稱,現多用於外交場
　合:大使閣下。

尊 〔代〕敬辭。稱對方(人或有關事物):尊姓大
　名/尊府。

貴 〔代〕敬辭。稱與對方有關的事物:貴姓/貴
　體/貴公司。

雅 〔代〕敬辭。舊時用於稱對方的情意、言行:
　雅意/雅囑/雅正。

先生 〔名〕對男子的尊稱(著重表示尊敬時,現
　也用於對女性):王先生/魯迅先生。

小姐 〔名〕對未結婚的女子的尊稱,現多用於社
　交場合:張小姐/小姐,請這邊坐。

太太 〔名〕對已婚婦女的尊稱(前面帶丈夫的
　姓):張太太/李太太。

密司脫 〔名〕音譯詞。對男子的尊稱,先生:密
　司脫張。

密斯 〔名〕音譯詞。對未結婚的女子的尊稱,小
　姐:密斯李。

D1－29 名、代: 自稱的謙辭

鄙人 〔代〕謙辭。舊時用做自稱。

弟 〔名〕男性對朋友謙稱自己(多用於書信)。

小弟 〔名〕男性對朋友或熟人謙稱自己。

兄弟 〔名〕〈口〉男子跟同輩的人或對衆人說話
　時謙稱自己。

不才 〔代〕舊時對人謙稱自己。

不佞 〔代〕〈書〉舊時對人謙稱自己。

小人 〔代〕古代指地位低的人,後也用做對自己
　的謙稱。

賤 〔代〕謙辭。舊時稱有關自己的事物:賤軀。

敝 〔代〕謙辭。稱有關自己的事物:敝姓/敝公
　司。

愚 〔代〕謙辭。用於自稱:愚兄/愚見/愚意。

晚 〔代〕謙辭。後輩對前輩的自稱(多見於書
　信)。

老朽 〔代〕老年人謙稱自己。

D2 家 族

D2－1 名: 家族

家族 以血統關係為基礎形成的社會組織,包括
　同一血統的幾輩人:張家四世同堂,是鎮上有
　名的大家族。

親族 家屬和同族;家族。

宗族 同一父系的家族。也指同一父系家族的
　人。

族 有親屬關係的群體:家族/族長/滅族。

大族 指人口多、分支繁的家族。

世族 封建社會中世代做官的家族。

望族 〈書〉舊指有名望的大家族。

寒族 舊指社會地位低下的家族。

世家 封建社會中世代做官的人家:豪門世家/
　世家子弟。

家門 ❶〈書〉稱自己的家族:家門不幸。❷〈方〉
　本家:他是我的家門堂兄弟。

本家 同宗族的人:他是我的本家哥哥。

長房 家族中長子的一支。

同宗 同一家族:我和他雖然同姓,但不是同宗。

同房 指家族中同一支的:同房兄弟。

宗祧 指家族相傳的世系:繼承宗祧。

世系 舊時指家族世代相承的系統。

譜系 家譜上的系統。

嫡 ❶封建宗法制度稱正妻,也稱正妻所生的。
　❷宗族中血統最近的:嫡親姐妹/嫡堂兄弟。

庶 封建宗法制度稱旁支,也稱妾所生的。

旁支 家族系統中不屬於嫡系的支派。

宗法 古代以宗族為中心,按血統遠近關係來組
　織、統治社會的法則:宗法社會/宗法制度。

外族 本家族以外的人。

外姓 ❶本宗族以外的姓氏。❷外姓的人。

D2－2 名： 血統

血統　人類因生育而自然形成的關係。凡是同
　　一祖先的人爲同一血統。

血緣　血統:血緣關係。

血脈　血統:同胞兄弟,血脈相通。

親緣　血統上的根源:親緣關係。

父系　❶血統上屬於父親方面的:父系親屬。❷
　　父子相承的:父系家族制度。

母系　❶血統上屬於母親方面的:母系親屬。❷
　　母女相承的:母系家族制度。

D2－3 名： 親屬

親屬　和自己有血統關係、婚姻關係或較近血統
　　關係的人:直系親屬/旁系親屬。

直系親屬　有直接血統關係或婚姻關係的人,如
　　父、母、子、女、夫、妻等。

旁系親屬　指直系親屬以外在血統上和自己同
　　出一源的人及其配偶,如兄、弟、姊、妹、伯父、
　　叔父、伯母、嬸母等。

嫡系　一脈相傳的派系;正支。

血親　有血統關係的親屬,分直系血親和旁系血
　　親。

骨肉　比喻血統關係近的親人,爲父母、兄弟、子
　　女等:骨肉團聚/骨肉情深。

親眷　❶親戚。❷眷屬。

親人　❶直系親屬或配偶:闊別四十年的親人,
　　終於團聚。❷比喻關係親密、感情深厚而非
　　親屬關係的人:旅途中處處有親人。

眷屬　家眷;親屬:他攜帶眷屬返鄉務農。

家屬　戶主本人以外或員工本人以外的家庭成
　　員。

家眷　妻子、兒女等(有時專指妻子):帶著家眷
　　出外旅遊/他三十多歲了,還沒有個家眷。

家小　〈口〉妻子和兒女(有時專指妻子):他家小
　　住在美國/他家小個個是電腦能手。

妻子　妻子和兒女。

妻兒老小＊　指包括父母妻子的全體家屬。

女眷　女性眷屬。

六親　指父、母、兄、弟、妻、子,一說指父、母、兄、
　　弟、夫、妻。泛指親屬:六親不認。

D2－4 名： 親戚

親戚　和自己有血統或婚姻關係的家庭或個人:
　　她從小寄養在親戚家裡/他倆是親戚。

姻親　有婚姻關係的親戚,如丈夫的父母、兄弟
　　姊妹或妻子的父母、兄弟姊妹。

姻婭　**姻亞**　〈書〉親家和連襟。泛指姻親。

內親　和妻子有親屬關係的親戚的統稱,如內
　　弟、連襟等。

表親　中表關係的親戚。

近親　血統關係較近的親戚:近親不可結婚。

至親　❶關係最近的親戚:至親好友。❷血緣關
　　係最近的親屬:骨肉至親。

長親　輩分大的親戚:論輩分,他還是我的長親
　　呢。

尊親　❶輩分高的親屬:他們幾位都是我家的尊
　　親。❷敬稱對方的親戚:我和尊親曾經見過面。

老親　多年的親戚:老親舊鄰都來祝賀他的婚
　　事。

親友　親戚朋友:親友盈門。

乾親　拜認的親戚,如乾爹,乾娘等。

D2－5 名： 夫妻

丈夫　女子的配偶。

夫　丈夫:夫妻/夫唱婦隨。

男人　〈口〉指丈夫:她男人是個壯實漢子。

老公　〈方〉丈夫。

老頭子　妻子稱丈夫(多用於老年人)。

女婿　〈口〉丈夫。

夫婿　〈書〉丈夫。

漢子　〈方〉丈夫:俺漢子是酒罈子。

當家的 〈方〉丈夫。

外子 〈書〉對人稱自己的丈夫。

郎君 舊時妻子對丈夫的稱呼。

相公 舊時妻子對丈夫的敬稱。

前夫 再婚之後稱死去的或離了婚的丈夫。

未婚夫 已經訂婚尚未結婚的丈夫。

妻子 男子的配偶。

妻 妻子：娶妻／妻離子散／賢妻良母。

婦 妻子：夫婦／夫唱婦隨。

妻室 〈書〉妻子。

女人 〈口〉指妻子：他的女人待他很好。

夫人 對別人妻子的尊稱(多用於交際和外交場合)。

老婆 〈口〉妻子。

老婆子 丈夫稱妻子(用於年老的)。

太太 稱某人的妻子或對人稱自己的妻子。

婆娘 〈方〉妻子。也說婆姨。

屋裡人 〈方〉對人稱自己的妻子。也說屋裡的。

娘兒們 〈方〉妻子。

媳婦兒 〈方〉妻子。

娘子 〈方〉妻子。

渾家 妻子。多見於近代白話。

髮妻 原配妻子。

大老婆 有妾的人的髮妻。

正房 指大老婆；髮妻。

內人 對人稱自己的妻子。

內子 〈書〉內人。

內助 指妻子：賢內助。

中饋 〈書〉婦女在家裡主管的飲食等事。借指妻子：中饋猶虛(尚未娶妻)。

拙荊 謙辭。舊時對人稱自己的妻子。

繼配 在元配死後續娶的妻子。也稱繼室。

填房 舊時稱續娶的妻子。

前妻 再婚之後稱死去的或離了婚的妻子。

前房 舊稱先前娶的妻子。

未婚妻 已經訂婚尚未結婚的妻子。

妾 舊社會男子在妻子以外娶的女人。

小老婆 舊社會男子在妻子以外娶的女人；妾。

偏房 妾。

側室 舊時指偏房；妾。

姨太太 〈口〉妾。

配偶 夫妻雙方；丈夫或妻子。

愛人 丈夫或妻子。

老伴 老年夫婦的一方。

夫妻 丈夫和妻子。

夫婦 丈夫和妻子：新婚夫婦／他們夫婦倆都從事新聞工作。

伉儷 〈書〉夫妻：伉儷情深。

結髮夫妻 舊時指初成年結婚的夫妻。也泛指第一次結婚的夫妻。

佳偶 〈書〉感情好、生活幸福美滿的夫妻。

兩口子 指夫妻倆。也說兩口兒。

公婆 〈方〉指夫妻。

D2-6 名： 父母

父親 稱生養自己的男子。

父 父親；爸爸：父母／父子／父兄。

爹 〈口〉父親：爹娘／爹媽。

爹爹 〈方〉父親。

爸 〈口〉父親。也說爸爸。

爺 〈方〉父親：爺娘。

大 〈方〉父親：俺大進城去了。

翁 父親：家翁／尊翁。

老子 〈口〉父親：別叫你老子生氣。

繼父 婦女再嫁的丈夫是她帶去的子女的繼父。

後爹 〈口〉繼父。

先人 指已故的父親。

養父 稱領養自己的非親生父親。

義父 非親生之父而拜認為父者。

乾爹 義父的俗稱。

母親 稱生養自己的女子。

母 母親；媽媽：父母／母女／母愛。

媽〈口〉母親。也說**媽媽**。

娘 母親：爹娘／娘胎。

老娘 老母親。

嫡母 妾所生的子女稱父親的髮妻。

庶母 舊時子女稱父親的妾。

繼母 男子再娶的妻子是原有子女的繼母。也叫**後母**。

後媽〈口〉繼母。

晚娘〈方〉繼母。

養母 稱領養自己的非親生母親。

義母 非親生之母而拜認爲母者。

乾娘 義母的俗稱。

父母 父親和母親。

爺娘〈方〉父親和母親。

雙親 父親和母親：雙親健在。

老人 稱上了年紀的父母或祖父母：上有老人，下有兒女。

老人家 對人稱自己或對方的父親或母親：他老人家身體還很硬朗／你們老人家身體好嗎？

堂上〈書〉指父母。也說**高堂**。

老親 年老的父母：告慰老親。

D2－7 名：　子女

兒子 父母所生的男孩。

兒 兒子：兒女／生兒育女。

子 兒子：父子／子女／獨生子。

子嗣〈書〉（在繼承關係上）指兒子。

子息 子嗣。

男 兒子：長男／只生了一男一女。

長子 排行最大的兒子。

獨子 唯一的兒子（沒有兄弟姊妹）。也叫**獨生子**。

養子 領養的兒子。

義子 無血緣關係而收認爲子者。

螟蛉 蜾蠃常捕螟蛉餵它的幼蟲，古人誤認爲蜾蠃以養螟蛉爲自己的兒子，後因以爲養子的代稱。也叫**螟蛉子**。

女兒 父母所生的女孩。

女 女兒：她只生過一女。

閨女〈口〉女兒：你家閨女快上學了吧？

姑娘〈口〉女兒：這是您的姑娘？

獨生女 唯一的女兒（沒有兄弟姊妹）。

獨養囡〈方〉獨生女。

養女 領養的女兒。

掌上明珠＊ 比喻深受父母珍愛的女兒。又稱「掌珠」、「掌上珠」、「掌中珠」。

子女 兒子和女兒：教養子女／做子女的要孝敬父母。

兒女 子女：兒女們都已長大成人。

男女〈方〉兒女。

心肝 父母對年幼子女的昵稱：心肝兒寶貝兒。

獨苗 比喻獨生子女：母親捨不得他這個獨苗出外留學。

遺腹子 父親死後才出生的子女。

暮生兒〈方〉遺腹子。

私生子 無法定婚姻關係的男女所生的子女。

混血兒 不同種族的父母所生的孩子。

D2－8 名：　曾祖父母·祖父母

曾祖 父親的祖父。

太公〈方〉曾祖。

太爺 ❶〈方〉曾祖。❷祖父。

曾祖母 父親的祖母。

太婆〈方〉曾祖母。

祖父 父親的父親。

爺爺〈口〉祖父。

公公 祖父。

祖母 父親的母親。

奶奶〈口〉祖母。

D2－9 名：　外祖父母

外祖父 母親的父親。

外公 外祖父。

公公〈方〉外祖父。

老爺〈方〉外祖父。

外祖母母親的母親。

老外〈方〉外祖母。

姥姥 老老〈口〉外祖母。

老娘〈方〉外祖母。

D2－10 名：　伯祖·叔祖

伯祖父親的伯父。

伯公〈方〉❶伯祖。❷丈夫的祖父。

伯祖母父親的伯母。

伯婆〈方〉❶伯祖母。❷丈夫的伯母。

叔祖父親的叔父。

叔公〈方〉❶叔祖。❷丈夫的叔父。

叔祖母父親的叔母。

叔婆〈方〉❶叔祖母。❷丈夫的嬸母。

D2－11 名：　伯父·叔父·姑母

伯父父親的哥哥。

伯伯父:大伯/表伯/姻伯。

大伯父親的大哥。

大爺〈口〉伯父。

伯伯〈口〉伯父。

伯母伯父的妻子。

大媽伯母。

大娘〈口〉伯母。

叔父父親的弟弟。

叔叔父。

叔叔〈口〉叔父。

叔母叔父的妻子。

嬸嬸母。

嬸母叔父的妻子。

嬸子〈口〉嬸母。

嬸嬸〈方〉嬸母。

嬸娘〈方〉嬸母。

姑母父親的姐妹。

姑姑母:大姑/表姑。

姑姑〈口〉姑母。

姑媽〈口〉姑母(指已婚的)。

姑娘〈方〉姑母。

姑夫姑母的丈夫。也叫**姑父**;**姑丈**。

D2－12 名：　姨母·舅父

姨母母親的姐妹。

姨姨母。

姨兒姨母。

姨媽〈口〉姨母(指已婚的)。

姨娘〈方〉姨母。

姨夫姨母的丈夫。也叫**姨父**;**姨丈**。

舅父母親的弟兄。

舅舅父。

舅舅〈口〉舅父。

娘舅〈方〉舅父。

母舅舅父。

舅母舅父的妻子。

舅媽〈口〉舅母。

妗子〈口〉舅母。

妗母〈方〉舅母。

D2－13 名：　兄·弟·姐·妹

哥哥❶同父母(或只同父、只同母)年紀比自己大的男子。❷同族同輩年紀比自己大的男子:堂房哥哥。

哥❶哥哥:大哥/二哥。❷親戚中同輩年紀比自己大的男子:表哥。❸稱呼年紀跟自己相近的男子(含尊敬或親熱意):張大哥/王二哥。

兄❶哥哥:長兄/父兄。❷對男性朋友的尊稱:老兄/仁兄。

兄長❶哥哥。❷同輩男子間的尊稱。

大哥❶排行第一的哥哥。❷〈口〉尊稱年紀跟自己相仿的男子。

弟弟 ❶同父母(或只同父、只同母)而年紀比自己小的男子。❷同族同輩年紀比自己小的男子：叔伯弟弟。

弟 ❶弟弟：胞弟／堂弟。❷親戚中同輩比自己年紀小的男子：表弟／內弟。❸朋友間自己的謙稱。

兄弟 ❶弟弟。❷稱呼年紀比自己小的男子(含親切口氣)。

弟兄 弟弟和哥哥：他有兩個弟兄／咱倆是親弟兄。

手足 比喻弟兄：親如手足／手足之情。

昆仲 〈書〉稱人兄弟。

雁行 鴻雁飛行時整齊的行列，比喻兄弟。

哥兒 弟弟和哥哥：他們哥兒倆感情很好。

哥兒們 〈口〉弟兄們：哥兒們加油啦！

伯仲 指兄弟的次序(老大和老二)。也代指兄弟。

伯 弟兄排行中的老大：伯兄／伯仲叔季。

仲 弟兄排行中的老二：仲兄／仲弟。

叔 弟兄排行中的老三：伯仲叔季。

季 弟兄排行中的老四或最小的：季弟。

姐姐 ❶同父母(或只同父、只同母)年紀比自己大的女子。❷同族或親戚中同輩年紀比自己大的女子：遠房姐姐。

姐 姐姐：堂姐／表姐。

姊 姐姐：姊妹。

大姐 ❶排行第一的姐姐。❷對比自己年紀大的女子的尊稱。

妹妹 ❶同父母(或只同父、只同母)年紀比自己小的女子。❷同族或親戚中同輩年紀比自己小的女子：叔伯妹妹。

妹 妹妹：堂妹／表妹／弟妹／小妹。

娣 古時姐姐稱妹妹。

妹子 〈方〉妹妹：二妹子。

姐妹 ❶姐姐和妹妹：她沒有姐妹，是個獨生女／她們姐妹倆都愛音樂。❷泛指兄弟姐妹；同

胞。也說**姊妹**。

姊妹 指姐姐和妹妹。

姐兒們 〈口〉姐妹們。

姐兒 〈方〉姐妹：她家姐兒三個，數她最能幹。

弟妹 弟弟和妹妹。

D2－14 名：　嫂・弟媳・姐夫・妹夫

嫂 哥哥的妻子：大嫂。

嫂子 〈口〉哥哥的妻子。

嫂嫂 〈方〉嫂子。

弟媳 弟弟的妻子。也叫**弟婦**。

弟妹 〈口〉弟媳。

嫂娘 〈方〉嫂子。

姐夫 姐姐的丈夫。

姐丈 姐夫。也叫**姊夫**；**姊丈**。

妹夫 妹妹的丈夫。

妹婿 〈書〉妹夫。

D2－15 名：　公婆・岳父・岳母

公公 丈夫的父親。

公 丈夫的父親：公婆。

翁 ❶丈夫的父親：翁姑(公公和婆婆)。❷妻子的父親：翁婿(岳父和女婿)。

公爹 〈方〉丈夫的父親。

婆婆 丈夫的母親。

婆 丈夫的母親：公婆／婆媳／婆家。

姑 〈書〉丈夫的母親。

婆母 〈方〉丈夫的母親。

公婆 丈夫的父親和母親：公公和婆婆。

翁姑 公公和婆婆。

舅姑 〈書〉丈夫的父親和母親。

岳父 妻子的父親。也叫**岳丈**；**丈人**。

外舅 〈書〉岳父。

泰山 舊時岳父的別稱。

岳母　妻子的母親。也叫**丈母**；**丈母娘**。

外姑　〈方〉妻子的母親。

D2－16 名：　大伯子·姑·
　　　　　　妻舅·姨

大伯子　〈口〉丈夫的哥哥。

小叔子　〈口〉丈夫的弟弟。

姑　丈夫的姐妹。

大姑子　〈口〉丈夫的姐姐。

小姑子　〈口〉丈夫的妹妹。

妻舅　妻子的兄弟。

舅子　〈口〉妻子的兄弟。

大舅子　妻子的哥哥。也叫**內兄**。

小舅子　妻子的弟弟。也叫**內弟**。

舅嫂　〈口〉妻兄、妻弟的妻子。

妗子　〈口〉妻兄、妻弟的妻子。

姨　妻子的姐妹。

大姨子　〈口〉妻子的姐姐。

小姨子　〈口〉妻子的妹妹。

D2－17 名：　媳·婿

媳　媳婦：婆媳／兒媳。

媳婦　兒子的妻子。也叫**兒媳婦**。

子婦　〈書〉兒媳婦。也指兒子和兒媳婦。

童養媳　舊時未成年就被送到婆家養活、預備將
　　來做媳婦兒的女孩子。

養媳婦　〈方〉童養媳。

婿　女婿：翁婿／賢婿。

女婿　女兒的丈夫。

子婿　〈書〉女婿。

半子　〈書〉指女婿。

東床　東晉太尉郗鑑派門客到王導家選女婿。
　　王導的幾個兒子態度都很拘謹，只有王羲之
　　若無其事地敞開衣襟，坐在東邊床上。結果
　　郗鑑把女兒嫁給了他。故後來稱女婿為東

床。

姑爺　〈口〉岳家稱女婿。

姑老爺　岳家對女婿的尊稱。

贅婿　入贅(男子到女家結婚)的女婿。

D2－18 名：　姪·甥

姪　姪子：表姪／內姪／世姪。

姪子　弟兄或其他男性親屬的兒子。也說**姪兒**。

猶子　姪子。

姪婦　〈書〉姪媳婦。

姪媳婦　姪子的妻子。

姪女　弟兄或其他同輩男性親屬的女兒。

姪女婿　姪女的丈夫。

外甥　姐姐或妹妹的兒子。

甥　外甥。

外甥女　姐姐或妹妹的女兒。

內姪　妻子的兄弟的兒子。

內姪女　妻子的兄弟的女兒。

D2－19 名：　孫·曾孫

孫　兒子的子女：祖孫三代／長孫。

孫子　兒子的兒子。

孫女　兒子的女兒。

孫媳婦　孫子的妻子。

孫女婿　孫女的丈夫。

長孫　長子的長子。也指排行最大的孫子。

承重孫　按宗法制度，如長子比父母先死，長孫
　　在祖父母喪亡時，叫承重孫。

外孫　女兒的兒子。

外孫子　〈口〉外孫。

外孫女　女兒的女兒。

姪孫　弟兄的孫子。

姪孫女　弟兄的孫女。

曾孫　孫子的兒子。

重孫　〈口〉孫子的兒子。也叫**重孫子**。

玄孫　曾孫的兒子。

D2－20 名： 妯娌·姑嫂·連襟·親家

妯娌 哥哥的和弟弟的妻子的合稱：她家妯娌親如姊妹。

姑嫂 女子和她的弟兄的妻子的合稱：姑嫂和睦相處。

連襟 姐妹的丈夫之間的親戚關係。

襟兄 妹妹的丈夫稱姐姐的丈夫。

襟弟 姐姐的丈夫稱妹妹的丈夫。

親家 夫妻雙方的父母互稱對方為親家。

親家公 稱媳婦的父親或女婿的父親。

親家母 稱媳婦的母親或女婿的母親。

D2－21 名： 不同輩親屬合稱

爺兒們 〈口〉長輩和晚輩男子合稱。

爺們兒 〈方〉爺兒們。

爺們 〈方〉男人。

爺兒 〈口〉長輩男子和男女晚輩合稱，如父親和子女，叔父和姪子、姪女（後面常帶數量詞）：父女爺兒倆相依為命。

娘兒們 長輩婦女和男女晚輩合稱。

娘兒 〈口〉長輩婦女和男女晚輩合稱，如母親和子女，姑母和姪兒姪女（後面必帶數量詞）：娘兒三個飼養了幾十頭豬。

父子 父親和兒子：他家父子兩代人都是能工巧匠。

祖孫 祖父或祖母和孫子或孫女：他家祖孫三代都務農。

叔姪 叔父和姪子。

翁婿 岳父和女婿。

婆媳 婆婆和媳婦。

D2－22 名： 親屬、親戚關係

曾 指中間隔兩代的親屬關係：曾祖／曾孫。

親 ❶有血統或婚姻關係的人：血親／姻親／姑表親／非親非故。❷血統最接近的親屬關係：親姊妹（同父母的姊妹）／親叔伯（父親的弟兄）。

同胞 同父母所生的：同胞兄弟／同胞姐妹。

胞 同胞；嫡親：胞兄／胞姊／胞叔（父親的胞弟）。

叔伯 同祖父的或同曾祖父的（兄弟姐妹）親屬關係：我倆是叔伯弟兄。

堂房 同宗而非嫡親的親屬關係：堂房弟兄（同祖父、同曾祖或更疏遠的弟兄）／堂房叔叔（父親的堂房弟弟）。

堂 堂房：堂兄／堂姊妹。

從 堂房：從兄／從叔。

嫡親 血統最近的親屬關係：嫡親姐姐。

嫡堂 血統關係較近的親屬關係：嫡堂姊妹。

中表 和祖父、父親的姐妹的子女或和祖母、母親的兄弟姐妹的子女的親戚關係：中表親戚。

姑表 一家的父親和另一家的母親是兄妹或姐弟的親戚關係（區別於「姨表」）：姑表兄弟／姑表姐妹。

姨表 兩家的母親是姐妹的親戚關係（區別於「姑表」）：姨表兄弟／姨表姐妹。

表 中表（親戚）：表姐／表姑。

姻 因婚姻而發生的親戚關係，如稱弟兄的岳父、姐妹的公公為「姻伯」，稱姐妹的丈夫的弟兄、妻子的表兄弟為「姻兄」、「姻弟」等。

親家 兩家兒女相婚配的親戚關係。

D2－23 名： 對別人親屬的尊稱

令尊 尊稱對方的父親。

令堂 尊稱對方的母親。

令郎 尊稱對方的兒子。

公子 尊稱別人的兒子。

令嬡 尊稱別人的女兒。

千金 敬辭。稱別人的女兒。

女公子 舊時尊稱別人的女兒。

令閫 舊時尊稱對方的妻子。

令親 尊稱對方的親戚。

令 敬辭。用於稱對方的親屬或親戚：令弟／令親（親戚）。

D2－24 名： 對自己親屬的謙稱

家父 謙辭。對人稱自己的父親。

家母 謙辭。對人稱自己的母親。

家嚴 〈書〉謙辭。對人稱自己的父親。

家慈 〈書〉謙辭。對人稱自己的母親。

家兄 謙辭。對人稱自己的哥哥。

家姊 謙辭。對人稱自己的姐姐。

舍弟 謙辭。對人稱自己的弟弟。

舍妹 謙辭。對人稱自己的妹妹。

舍親 謙稱自己的親戚。

家 對人謙稱自己的長輩或年長的親屬：家父／家兄。

舍 對人謙稱自己輩分低或年紀小的親屬：舍弟／舍姪。

D2－25 名： 祖宗

祖宗 一個家族或民族的祖先。

祖上 家族中上輩：咱祖上沒有一個讀書識字的。

祖先 一個家族或民族的上代：我家祖先世代務農。

祖輩 祖宗；祖先。

先人 祖先。

先世 祖先。

上代 家族或民族的較早的一代或幾代。

始祖 有世系可考的最早的祖先。

遠祖 許多代以前的祖先。

D2－26 名： 後代

後代 後代的人；子孫：植樹造林,造福後代／這家人沒有後代。

後人 子孫；泛指後代的人：前人種樹,後人乘涼／他沒給後人留下田產。

後輩 後代,指子孫。

下輩 ❶家族中的下一代。❷指子孫。

後嗣 子孫；後代。

裔 後代：後裔／華裔／希臘裔女教師。

後裔 後代子孫：山東曲阜現在還有孔子的後裔。

華裔 華夏族的後裔。今泛指中華民族的後裔。現多指華僑在僑居國所生並取得僑居國國籍的子女：美籍華裔科學家。

苗裔 〈書〉世代久遠的子孫；後代。

子孫 兒子和孫子,泛指後代：不肖子孫／炎黃子孫。

兒孫 兒子和孫子,泛指後代。

D2－27 名： 輩分・世代

輩分 家族、親戚、世交中世系次第：論輩分他還是我的叔叔。

輩數兒 輩分：他輩數兒比我大,我稱他舅舅。

先輩 輩分：他年齡比我小,而行輩比我大。

班輩 〈方〉行輩。

輩 行輩；輩分：長輩／晚輩／老前輩。

世代 好幾輩子：世代習武／世代相傳。

世 父子相傳而成的輩分：四世同堂。

代 世系的輩分：下一代／世世代代／祖孫三代。

祖祖輩輩* 世世代代：我家祖祖輩輩生活在紐約。

生生世世* 佛教指每次生在世上的時候,就是每一輩子。後指永生永世,一代又一代。

D2－28 名： 長輩・尊長

長輩 輩分大的人：尊敬長輩。

前輩 尊稱年長或資歷深的人。

行輩 前輩。也指去世的令人欽敬的人：革命先

輩。

老輩　年長或行輩高的人。

老前輩　尊稱同行裡年紀較大、資歷較深、經驗
　　較豐富的人。

上輩　❶家族中的上一代：這幅畫是上輩傳下來
　　的。❷祖先：這口井是我們上輩打的，至今已
　　有二百多年了。

上輩子　祖先。

父老　對老年人的尊稱。多指鄉里故舊中的長
　　者：父老兄弟。

尊長　地位或輩分比自己高的人。

長者　❶年紀大、輩分高的人：小輩要敬重長者。
　　❷年高有德的人：他是一位德高望重的長者。

伯父　稱呼跟父親輩分相同而年紀較大的男子。

大爺　❶伯父。❷對年長的男子的尊稱。

叔　稱呼跟父親同輩而年紀較小的男子。

叔叔　尊稱跟父親同輩而年齡較小的男子。

伯母　稱呼跟母親輩分相同而年紀較大的婦女。

大媽　❶伯母。❷對年長已婚婦女的尊稱。也
　　說**大娘**。

嬸　稱呼跟母親輩分相同而年紀較小的已婚婦
　　女：張大嬸／李二嬸。也說**大嬸兒**。

D2－29 名：　同輩·晚輩

同輩　相同的輩分。也指輩分相同的人：他們是
　　同輩的親戚／他是你的同輩。

平輩　同輩：我們兩人年齡相差很大，卻是平輩。

同儕　〈書〉同輩。

儕輩　〈書〉同輩。

晚輩　輩分低的人。

小輩　輩分小的人。

後輩　同行中年紀輕、資歷淺的人。

D2－30 名：　孝子·逆子

孝子　對父母十分孝順的子女。

逆子　忤逆不孝順的兒子。

D2－31 動：　過繼·斷後

過繼　❶把自己的兒子給沒有兒子的兄弟或親
　　戚做兒子。❷沒有兒子的人，把兄弟或親戚
　　的兒子作為自己的孩子。

繼嗣　〈書〉過繼。

承繼　❶給沒有兒子的伯父、叔父等做兒子。❷
　　把兄弟等的兒子收做自己的兒子。

過房　〈方〉過繼。

出繼　過繼給別人做兒子。

斷後　斷絕後代，沒有子孫。

絕後　沒有子孫後代。

D3　出生·養育·喪葬

D3－1 動：　出生

出生　胎兒從母體中分離出來：我出生於美國。

出世　出生：他出世的時候是清朝末年。

誕生　（人）出生：孫中山誕生於一八六六年。

降生　〈書〉出生；出世：一個小生命降生了。

下生　〈口〉出生。

落生　〈方〉出生：嬰兒安全落生了。

墜地　〈書〉指嬰兒剛剛生下來：呱呱墜地。

滿月　（嬰兒）出生後滿一個月。

落草　〈方〉指嬰兒出生。

孿生　一胎生兩個嬰兒：孿生子／孿生姊妹。也
　　說**雙生**。

D3－2 名：　生日

生日　（人）出生的日子。也指每年滿周歲的那
　　一天：十一月十二日是國父孫中山的生日。

生辰　生日。

誕辰　生日（多用於受人們尊敬的名人）：十一月
　　十二日，人們集會紀念孫中山誕辰。

壽辰　生日（多用於年歲大的人）：慶祝祖父壽

辰。

壽誕 壽辰。

大慶 敬辭。稱老年人的壽辰：八秩大慶。

初度 〈書〉原指初生之時，後用以稱生日。

D3－3 名、動： 生肖·屬

生肖 〔名〕同十二地支相配用來記人的出生年
的十二種動物，即鼠(子)、牛(丑)、虎(寅)、兔
(卯)、龍(辰)、蛇(巳)、馬(午)、羊(未)、猴
(申)、雞(酉)、狗(戌)、豬(亥)。如子年生的人
屬鼠，丑年生的人屬牛等。也叫屬相。

屬 〔動〕用十二屬相記生年：屬兔／屬猴。

D3－4 動： (人)生存
(參見 B1－2 生存·死亡)

存 活著；生存：存亡／倖存／父母俱存。

在 生存；活著：我離鄉多年，不知他老人家還在
不在。

在世 活在世上；生存：我遠渡重洋讀書那一年，
我祖父還在世。

健在 健康地活著：他的父母都健在。

苟活 得過且過地活著：男兒豈能苟活。

苟全 只圖眼前保全(性命)：苟全性命／寧可犧
牲，決不苟全。

偷生 苟且地活著：寧可戰死沙場，決不屈辱偷
生。

苟延殘喘* 暫時拖延臨死前的喘息，比喻勉強
維持生存。

D3－5 名： (人)生命
(參見 B1－1 生命)

人命 人的生命(多用於受到傷害時)：搞不好要
出人命的／人命關天。

身 指人的生命：獻身／捨身為國／奮不顧身。

壽命 人生存的年限。也比喻物的使用或存在
的期限：這位老媽媽身子骨硬朗，壽命一定長
／延長機器的壽命。

壽 年歲；生命：壽比南山／長壽。

大限 壽數；死期：大限來臨。

餘生 僥倖保全的生命：劫後餘生／虎口餘生。

殘生 僥倖保存下來的生命：劫後殘生。

民命 人民的生命：國脈民命。

D3－6 動、形： 親生·領養

親生 ❶〔動〕自己生育：老大是她親生的。❷
〔形〕自己生育的或生育自己的：親生女兒／親
生父親。

生身 〔形〕生育自己的：生身父母。

婚生 〔形〕男女合法婚姻所生的(子女)。

私生 〔形〕男女非合法婚姻所生的(子女)：私生
子。

頭生 〔形〕第一胎生的(子女)：頭生兒。

領養 〔動〕領來別人的孩子，當做自己的子女撫
養。

收養 〔動〕收下別人的孩子，當做自己的孩子撫
養。

抱養 〔動〕抱來別人的孩子，當做自己的孩子撫
養。

抱 〔動〕領養(孩子)：她的孩子是抱來的。

寄養 〔動〕寄託給別人撫養：我妹妹從小寄養在
鄉下親戚家。

D3－7 動： 養育·餵養

養育 撫養並教育：養育子女是父母的責任。

扶養 撫育並教養：她把子女撫養成人。

撫育 照料兒童使健全地生長：撫育烈士遺孤。

鞠養 〈書〉養育；撫養。

保育 撫養、教育幼兒，使健康成長：保育員。

撫養 從物質上、生活上給予幫助；養活：子女有
撫養老年父母的義務。

養活　供給錢或物使生存:父親靠微薄的收入養
　　活一家人。

養　養活:養家/養老/他是靠哥哥養大的。

拉扯　〈口〉辛勤撫養:母親好不容易把咱兄妹倆
　　拉扯大。

拉　〈口〉撫養:祖母省吃儉用把我拉大。

拉巴　〈方〉辛勤撫養。

餵養　給幼兒東西吃並加以照護;養育:母親辛
　　辛苦苦把我們姐妹倆餵養大。

哺乳　以母親的乳汁哺育初生的幼兒。

哺養　〈書〉餵養。

哺育　〈書〉餵養。比喻培養教育:孩子們在老師
　　哺育下健康成長。

D3－8 動: 成人‧出挑

成年　人到了發育成熟的年齡:子女都已成年。

成人　人發育成熟:長大成人。

成丁　舊時指男子成年。

成材　比喻成爲有用的人:孩子不受教育,怎麼
　　能成材呢?

出挑　青年人的體格、相貌等向美好的方面變
　　化,成長:這姑娘越發出挑得標緻了。

出落　青年人(多指女性)的體態、容貌等變得比
　　以前更美好:這姑娘出落得分外漂亮。

出息　❶長大有所作爲:他比以前可出息多了。
　　❷〈方〉出落。

D3－9 動: 贍養‧侍奉

贍養　供給生活所需:贍養年老父母。

供養　贍養(長輩或年長的人):供養父母。

奉養　侍奉贍養(長輩):她想把母親接到美國來
　　奉養,盡一點孝心。

養老　奉養老年長輩:父親年齡大了,我也去國
　　外,誰給他養老呢?

侍奉　〈書〉侍候奉養長輩:盡心侍奉婆婆。

事　〈書〉舊指侍奉,伺候:事父母要盡心。

承歡　舊時指侍奉父母,使歡喜:承歡膝下。

孝順　盡心奉養父母,順從雙親心意:幾個兒女
　　中只有他孝順父母。

孝敬　❶孝順父母,尊敬長輩:他很孝敬他媽。
　　❷把錢物給尊長,表示敬意:她常把一些好吃
　　的孝敬老人。

D3－10 動: 服侍‧照料

服侍　**伏侍**　伺候;照料:他臥病期間,由大家輪
　　流服侍。

侍候　服侍:侍候老爺爺/侍候傷患。

伺候　照料別人起居飲食:這位大嫂伺候生病的
　　丈夫很有耐心。

陪侍　陪伴服侍:我這次回鄉,一直由姪子陪侍。

照料　關心料理(人或事):照料老人和孩子/照
　　料家務。

照顧　❶照料;幫助:父親臨走時叮囑我要好好
　　照顧母親。❷特別關心,加以優待:照顧傷患
　　/照顧老弱乘客。

照拂　照料;照顧:他有殘疾,行動不方便,你應
　　該照拂他。

照看　照料:照看病人/家裡的事由我來照看。

照應　照料:飛機上的空服人員對我們照應得很
　　好。

招呼　照料:她是個職業婦女,上班時把孩子留
　　在保母家,由保母招呼。

關照　關心照顧(人或事):你要是有個媽關照關
　　照你,多好呀/以後這裡的工作請你多多關
　　照。

看顧　看護;照顧:這姑娘長年看顧鄰居一位臥
　　床不起的婆婆。

看承　〈書〉看顧照料:務請格外看承。

D3－11 動: (人)死亡
(參見 B1－2 生存‧死亡)

亡故　死去:我的父親終於病日重一日地亡故

了。

卒　死亡：生卒年月。

弱　〈書〉喪失；死亡：敦厚長者又弱一個。

逝　死亡：逝世／病逝。

歿　死：病歿／早歿。

薨　死的別稱。君主時代稱諸侯或三品以上大官之死：薨殂。

崩　古代稱帝王、皇后之死：駕崩。

殂　死亡：殂沒／殂謝。

殞命　〈書〉死亡；喪身。

隕滅 殞滅　喪命；死亡。

溘逝　〈書〉突然死亡。

故　死亡：病故／父母早故。

身故　死亡：因公身故。

故去　死去（多指長輩）：每逢清明，我總去墓地祭祀故去的老父。

斷氣　停止呼吸；死亡。

嚥氣　斷氣；死亡：臨嚥氣以前，她拉著我的手。

物故　〈書〉死亡；去世。

致死　導致死亡：因併發症致死。

垂死　接近死亡：病人這時已經垂死。

物化　〈書〉去世：這些「五四」時期的作家，只有少數人還健在，不少人已經物化。

去世　（成年人）死去；逝世：我小的時候，母親就去世了。

逝世　（成年人）死去：三月十二日是孫中山先生逝世紀念日。

故世　去世：他寫文章追懷早已故世的師友們。

謝世　去世：這兩位作家已先後謝世。

棄世　去世：老父三年前已經棄世。

下世　〈書〉去世：他老伴下世幾年了，全靠兒女們照顧。

客死　〈書〉死在異國或他鄉。

D3－12 動：（人）死的婉辭、悼辭

仙逝　婉辭。稱人去世。

千古　婉辭。哀悼死者，表示永別（多用於輓聯、花圈的上款）。

作古　〈書〉婉辭。去世：如今這兩位先生均已作古。

歸西　婉辭。指人死。

不在　婉辭。指死亡：我出生時，祖父已不在。

過去　婉辭。指死亡：她的老母上半年過去了。

永眠　婉辭。指死亡：他安詳地永眠了。

長眠　婉辭。指死亡：我思念那長眠在山谷裡的老友。

合眼　婉辭。指死亡：一合眼，就沒什麼可牽掛的了。

凋謝　指老年人死亡：老成凋謝。

安息　婉辭。對死者表示悼念：安息吧，親愛的朋友。

長逝　一去不復返；逝世：他上月在英國長逝了。

永別　永遠分別。指死亡：他萬分悲慟地向那永別人世的老人哭喊。

永訣　〈書〉永別：一別竟成永訣。

不諱　〈書〉婉辭。指死亡。

見背　〈書〉婉辭。指父母去世。

棄養　〈書〉婉辭。指父母去世。

老了　婉辭。指死亡。

沒了　婉辭。指死亡。

三長兩短＊　意外的災禍或事故。也是對人的死亡的婉轉說法（多用於虛擬、假設）：萬一老人家想不開，有個三長兩短，可怎麼辦呢？

壽終正寢＊　舊時指年老了安然地死在家中（正寢：舊式住宅的正屋）：到那時候，我也許早已「壽終正寢」了。

永生　宗教指人死後靈魂不滅。現多用於哀悼死者，表示精神不朽：林老師毫無疑問是永生的了。

永垂不朽＊　（姓名、事業、精神等）永遠流傳後世，不會磨滅。多用作悼詞：革命先烈永垂不朽。

D3－13 動： （人）死的蔑辭

翹辮子*　指死亡（含譏笑或詼諧意）：投機分子
　剛剛買進數萬股的股票，就遇到股市崩盤，氣
　得翹辮子了。

玩兒完　〈口〉死亡；垮臺（含詼諧意）：那次車禍
　我差一點玩兒完了。

見鬼　指死亡或毀滅：讓那些歹徒見鬼去吧。

倒頭　〈方〉指死亡（常用於咒罵他人）。

伸腿　〈口〉指死亡（含詼諧意）。

回老家*　指死亡（多含譏笑、詼諧意）：送他一顆
　子彈，讓他馬上回老家。

上西天*　指死亡。

一命嗚呼*　指死亡（含詼諧、嘲諷意）：光緒皇帝
　死後不久，慈禧太后也一命嗚呼了。

D3－14 動： 爲正義而死

犧牲　爲了崇高的目標而甘心捨棄自己的生命：
　爲國犧牲。

舍身　爲國家或爲他人而犧牲自己：捨身報國／
　捨身救人。

獻身　貢獻出自己的全部精力或生命：烈士爲革
　命事業而英勇獻身。

就義　爲正義事業而遭敵人殺害：一九〇七年秋
　瑾在紹興從容就義。

捐軀　爲崇高的事業而放棄自己的生命：爲國捐
　軀。

殉　爲了某種理想或目標而犧牲自己的生命：殉
　國／以身殉職。

殉國　爲國家利益而犧牲自己的生命：以身殉
　國。

殉難　爲國家或正義事業而遇難犧牲：慷慨殉
　難。

殉節　❶指戰敗或亡國後，爲保全志節而犧牲生
　命：臨危殉節。❷指婦女爲抗拒凌辱或屈從
　封建禮教而自殺。

殉職　爲本職工作而犧牲生命：白大夫不幸以身
　殉職。

授命　〈書〉獻出生命：臨危授命。

陣亡　在戰場上犧牲：老人的兒子在戰爭中陣亡
　了。

玉碎　比喻爲保全氣節而犧牲（常與「瓦全」對
　舉）：寧爲玉碎，不爲瓦全。

殺身成仁*　爲維護正義而犧牲生命。

舍生取義*　爲正義事業而犧牲生命。

馬革裹屍*　用馬皮把屍體包裹起來。形容英勇
　作戰，壯烈犧牲。

肝腦塗地*　原形容戰場上慘死情景，後指盡勞
　盡瘁，不惜犧牲生命。

死得其所*　形容死得有意義，有價值：爲人民利
　益而死，死得其所。

D3－15 動： 死於非命

死於非命*　遭受意外的災禍而死亡。

橫死　因被殺、自殺或遇到凶險而死亡。

凶死　因被殺、自殺而死亡。

喪命　死亡（多指死於暴病或凶殺）：他途中遭人
　暗算，險些喪命。

斃命　喪命（含貶義）：兇犯拒捕，已當場斃命。

畢命　〈書〉結束生命（多指橫死）。

暴卒　得急病突然死亡。

屈死　受冤屈而死。

瘐死　〈書〉指囚犯病死在獄中：某槍擊犯瘐死在
　的牢獄中。

D3－16 動： 夭折

夭折　未成年而死亡；早死：她的第一個孩子早
　年便夭折了。也說**夭逝**。

夭亡　未成年而死亡；夭折：牆上掛著姊姊夭亡
　的小孩的照片。

夭殤　〈書〉夭折。

早逝　未成年或年紀輕就死去。

殤 〈書〉未成年就死去。

短命 壽命不長。

D3－17 動： 自殺

自殺 自己結束自己生命：他跳江自殺了。

自盡 自殺：服毒自盡。

尋死 自殺或企圖自殺。

尋短見* 自殺。

作死 自找死路。

輕生 看輕自己的生命；自殺：我勸他不要輕生。

自戕 〈書〉自殺。

自裁 〈書〉自殺。

上吊 用掛在高處的繩索套在頭頸上自殺。

懸梁 用繩帶吊死在房樑上：懸梁自盡。

投繯 〈書〉上吊（繯：繩索的套子）：投繯自縊。

自縊 〈書〉上吊自殺。也說**自經**。

自刎 割頸自殺。

抹脖子* 用刀割脖子。自殺。

服毒 吃毒藥（自殺）。

蹈海 〈書〉跳到海裏（自殺）。

送死 自尋死路：這個時候，你倒敢回來送死。

D3－18 動： 親屬死亡

丁憂 〈書〉遭受父母的喪事。

斷弦 死了妻子（古時以琴瑟喻夫婦）。

悼亡 〈書〉悼念死去的妻子。也指死了妻子：有悼亡之痛。

D3－19 名： 喪事

喪事 人死後處理安葬、追悼等方面的事：喪事從簡。

白事 指喪事。

後事 指喪事：料理後事。

喪禮 有關喪事的禮儀。

葬禮 殯葬儀式：定期舉行葬禮。

孝 舊時尊長死後在一定時期內遵守的禮俗：守孝。

喪家 有喪事的人家。

追悼會 沈痛悼念死者的儀式。

國葬 以國家名義為有特殊功勛或特殊地位的人舉行葬禮。

國喪 舊指帝、后的喪事。臣民縞素，停止宴會婚嫁。

殯儀館 停放遺體、辦理喪葬事宜的機構。

D3－20 動： 治喪

治喪 辦理喪事。

發喪 宣告某人死亡，為死者辦理喪事。

報喪 把家人去世的消息通知親友。

訃告 報喪。

奔喪 從外地趕回去辦理長輩親屬的喪事。

開弔 喪家在出殯前接待親友來弔唁。

舉哀 指高聲號哭以示哀悼。

喪葬 辦理喪事，埋葬死者。

送終 長輩親屬臨終時，小輩在旁守護照料。也指料理長輩親屬的喪事。

裝裹 給死者穿衣服。

辭靈 出殯前親友向靈柩行禮告別。

守靈 守在靈床、靈柩或靈位旁邊。

守喪 守靈。

伴宿 〈方〉出殯前一天夜裡，親屬通宵守靈。

殯殮 入殮和出殯。

大殮 把屍體裝入棺木或火化時舉行喪禮。

裝殮 給死者穿好衣裳，放入棺木。

入殮 把屍體裝入棺木。也叫**成殮**；**收殮**。

D3－21 名： 靈堂·靈位

靈堂 停靈柩放骨灰盒或放置遺像供人弔唁的廳堂或屋子。

靈位 舊時為死者暫設，用來供奉的寫著死者名字的木牌。也叫**靈牌**。

神主 舊時迷信的人所供奉的寫著祖先名字的

狹長小木牌。

牌位　指神主或其他寫著受祭者名字的木牌。

D3－22 名： 喪服

喪服　舊時為哀悼死者而穿的用本色粗布或麻布做成的服裝。也叫**孝衣；孝服**。

孝　喪服：穿孝／披麻戴孝。

重孝　最重的喪服：身穿重孝。

凶服　〈書〉喪服；孝衣。

素服　本色或白色的衣服，多指喪服。

縞素　白衣服，指喪服。

孝幔　靈柩前掛的幔帳。

器喪棒　出殯時孝子所持的哀杖。也說**器喪棍**。

D3－23 名： 孝子

孝子　父母死後居喪的人。

孤子　舊時指死了父親的兒子。

哀子　舊時指死了母親的兒子。

遺孤　指某人死後留下的年幼子女。

D3－24 動： 帶孝

帶孝　戴孝　死者的親屬在一定時期內，穿孝服、纏黑紗或紮白頭繩，表示哀悼。

穿孝　舊俗，人死後，晚輩或平輩親屬在一定時期內穿孝服，表示哀悼。

掛孝　帶孝。

守孝　舊俗，尊親死後，在服喪期滿前不娛樂不交際應酬，表示哀悼。

守制　守孝，遵行居喪的制度。舊時在守制期內謝絕應酬，不得應考、婚嫁，現任官則須離職。

居喪　〈書〉守孝。

服喪　為死去的長輩或平輩親屬在一定時期內帶孝，表示哀悼。

熱孝　指祖父母、父母或丈夫去世不久，身穿孝服。

除服　舊俗，守孝期滿脫去喪服。

除喪　〈書〉除服。

D3－25 動： 弔唁·悼念

弔唁　祭奠死者並慰問遭喪事的人。

弔喪　到喪家祭奠死者。

弔孝　〈口〉弔喪。

弔　弔唁；弔喪。

悼念　悲哀地懷念死者：悼念校長的大會，明天舉行。

哀悼　悲痛地追念死者：許多人送來花圈，哀悼校長。

悲悼　傷心地悼念死者：這個輓歌是千萬人為悲悼一個捨身救人的勇者而共同譜寫的。

傷悼　哀傷地悼念死者：她傷悼丈夫的早死。

悼　悼念：追悼／悼亡／悼詞。

軫念　〈書〉悲痛地懷念死者：殊深軫念。

默哀　為表示沈痛的悼念，低頭肅立著：在受難者的慰靈碑前，我們默哀行禮。

傷逝　悲傷地懷念死去的人。

哀　悼念：哀悼／默哀。

追悼　沈痛地追念死者：大家沈痛地追悼這位受人尊敬的老人。

D3－26 名： 訃聞·悼辭·死訊

訃聞　向親友報喪的文告，多附有死者事略及祭奠的時間、地點。也叫**訃文；訃告**。

唁文　對遭喪事者表示慰問的詩文。

唁函　對遭喪事者表示慰問的信函。

唁電　對遭喪事者表示慰問的電報。

行狀　舊時敘述死者生平事迹的文章。也叫**行述**。

哀辭　一種哀悼死者的文體，多用韻文。

悼詞　悼辭　對死者表示哀悼的講話或文章。

輓詞　輓辭　哀悼死者的詞章。

輓歌　追悼死者的哀歌。

輓聯　哀悼死者的對聯。

死訊　人死了的消息。□**死信；凶訊**。

噩耗　指親屬或敬愛的人死亡的消息。

誄　悼念死者的文章。

D3－27 動：　出殯

出殯　把靈柩運到墓地或寄放的地方。也說**出喪**。

殯葬　出殯和埋葬。

發送　辦理喪事，特指**殯葬**。

送殯　陪送靈柩到墓地或寄放的地方。也說**送喪**。

送葬　陪送死者遺體到墓地或火化地點。

執紼　指送葬時手執牽引靈柩的大繩，泛指送葬。

發引　出殯時抬出靈柩。泛指出殯。

D3－28 名：　壽衣·棺材等

壽衣　裝殮死人的衣服，有的老人生前已做好備用。

裝裹　死人入殮時穿的衣服。

棺材　裝殮死人的器具，一般用木料製成。也叫**棺木**。

棺　棺材：蓋棺論定。

櫬　〈書〉古時指內棺，後泛指棺材。

壽材　棺材，多指老人生前準備的。也叫**壽木**。

壽器　棺材。也指生前預製的棺木。

靈柩　已裝進死者的棺材。

靈櫬　指靈柩。

棺柩　靈柩。

槨　古代棺材外面的套棺。

火匣子　〈方〉粗劣的小棺材，多塗紅色。

骨灰盒　盛放死者骨灰的盒子。

靈床　停放屍體的床鋪。

靈車　裝運屍體、靈柩或骨灰盒的車子。

殯車　出殯時運靈柩的車子；靈車。

D3－29 名：　紙馬·花圈等

紙馬　迷信用品，印有神像，供祭祀時焚化用的紙片。也指用紙糊成的車、馬等，祭祀時供死者、鬼神享用。

冥衣　迷信用品，燒給死者的紙衣。

冥鈔　迷信用品，燒給死者的假鈔票。

紙錢　迷信用品，燒給死人或鬼神的方孔錢形紙片。

紙錠　用錫箔糊製成銀錠狀的冥錢。迷信認爲焚化給死者，可供其當錢用。

錫箔　迷信用品，上塗一層薄錫的紙，用來疊成元寶，焚化給死人。

銀錠　迷信用品，用錫箔折成或糊成的假元寶，焚化給鬼神。

花圈　用鮮花或紙花紮成圓形的祭奠物品。

D3－30 動：　埋葬

埋藏　掩埋死者遺體或骨灰。□**葬埋**。

葬　掩埋或用其他方法處理死者遺體：埋葬／火葬／海葬。

送葬　送靈柩下葬或送遺體火化。

安葬　妥善地埋葬。

下葬　把靈柩或遺體埋入土裡。也說**落葬**。

入土　埋進墳墓：我是快入土的人了，沒啥怕的。

葬身　埋葬屍體（多用於比喻）：死無葬身之地／葬身魚腹。

土葬　把裝著屍體的棺材埋到土裡。

火葬　遺體焚化後，將骨灰裝在盒子裡，保存或埋葬。也叫**火化**。

天葬　某些民族或某些宗教徒的葬法。人死後，將屍體運到山林或曠野，以被鷹鷲等食盡爲吉祥。

水葬　把遺體投入水中，任其漂流，讓魚類吞食。

海葬　把遺體投入海洋，讓波濤衝擊，魚類吞食。

叢葬　把許多屍體合葬在一起。

合葬　把生前爲夫妻或關係極其親密的人的屍骨葬入同一墓坑內。

陪葬　古代指臣子或妻妾的靈柩埋葬在皇帝或丈夫的墳墓旁。

殉葬 奴隸社會的野蠻風俗,逼迫死者的妻妾、奴隸等活活地隨同埋葬。也指用俑和器物隨葬。

遷葬 指把靈柩從原來的葬地遷移到另一地方埋葬。

D3－31 名: 墳墓

墳墓 埋葬死人的墓穴及上面的土堆。

墳 為埋葬死人而築起的土堆;墳墓。

墓 墳墓:公墓/烈士墓。

墳塋 ❶墳墓。❷墳地。

丘墓 〈書〉墳墓。

壽藏 出生時所建的墓壙。

陵墓 ❶帝王的墳墓。❷人民領袖或革命烈士的墳墓。

陵園 帝王或諸侯的墓地。現也指以陵墓為主的園林。

陵 陵墓:中山陵/十三陵/謁陵。

陵寢 〈書〉帝王的墳墓,寢廟。

靈寢 帝王的陵寢。也泛指墳墓、靈柩。

山陵 〈書〉指帝王的墳墓。

冢 墳墓:荒冢/義冢/衣冠冢。

衣冠冢 只埋著死者的衣服等遺物的墳墓。也叫**衣冠墓**。

義冢 舊時埋葬無主屍骨的墳墓。

叢冢 亂葬在一片地方的許多墳墓。

叢葬 許多死者合葬的墳墓。

生壙 舊時有錢人生前營造的墓穴。

墳頭 埋葬死人後在地面上築起的土堆,也有用磚石砌的。

墳地 墳墓所在的土地。

墳山 〈方〉❶用做墳地的山,也指墳地。❷高大如山的墳頭。❸墳墓後的土圍牆。

墓地 埋葬死人的地方;墳地。

墓穴 埋棺材的坑。

壽穴 舊時有錢人生前營造的墓穴。

窀穸 〈書〉墓穴。

墓室 墳墓中放棺椁的部位。

墓道 墳墓前或墓室前的甬道。

D3－32 名: 墓碑・墓誌

墓碑 墓前或墓後刻有死者姓名、生卒年月等的石碑。

神道碑 墓道前記載死者事迹的石碑,也指所刻碑文。

墓碣 墓碑的別體。形狀與墓碑有區別。

墓表 指墓碑。因其豎於墓前或墓道內,表彰死者,故稱。

墓誌 放在墓裡刻有死者生平事迹的石刻。也指這種石刻上的文字。

墓誌銘 墓誌石刻的文字。包括誌和銘兩部分。誌文用散文記敘死者家世等,銘文用韻文多是對死者的讚揚、悼念或安慰之詞。

D3－33 動: 掃墓

掃墓 到墳前祭奠、打掃,對死者表示追念。

上墳 掃墓。

拜掃 掃墓。

省墓 〈書〉回鄉探望尊長墳墓。

瞻仰 恭敬地看望:瞻仰人民英雄紀念碑。

參謁 瞻仰尊敬的人的遺像、陵墓等。

拜謁 〈書〉瞻仰(陵墓、碑碣):拜謁烈士陵園。

謁陵 瞻仰英雄、領袖人物的陵墓。

D3－34 動: 祭祀

祭祀 備供品向祖先或神佛致祭行禮,表示崇敬,祈求保佑。

祭 祭祀:祭祖先。

祀 祭:祀祖。

奉祀 〈書〉祭祀。

祭奠 舉行儀式,追念死者:祭奠陣亡將士。

奠 用祭品向死者致祭:祭奠/奠儀。

供 用供品祭祀神佛或祖先表示崇敬。

主祭　主持祭禮:主祭人。

陪祭　陪同主祭人主持祭禮儀式。

路祭　舊俗出殯時親友在路旁奠祭。

公祭　公共團體或社會人士舉行祭奠,向死者表
　　示哀悼:公祭死難烈士。

D3－35 名： 祭禮·祭品等

祭禮　❶祭祀或祭奠的儀式:舉行祭禮。❷祭祀
　　或祭奠用的禮品:敬奉祭禮。

祭文　祭祀或祭奠時所朗讀的文章,以表示哀悼
　　或禱祝。

祭壇　爲祭祀而搭的高臺。

祭品　祭祀或祭奠用的食品。

供品　祭品。

供　在神佛或祖先像前陳列的供品:上供。

齋供　淨素的供品。

賻儀　〈書〉贈給喪家的財物。

奠儀　贈給喪家祭奠用的財物。

D3－36 名： 遺物·遺囑等

遺物　死者或古人留下來的東西。

遺產　死者留下來的財物、債權等。

遺囑　死者留下的書面或口頭的囑咐。

遺命　遺囑。

遺志　死者生前未能實現的志願:繼承先烈遺志。

遺願　死者生前未能實現的願望:早日整理出版
　　父親的遺稿,實現他老人家的遺願。

遺言　死者生前留下的話。

遺訓　死者生前所說的告誠的話。

遺教　死者留下的學說、主張等。

遺文　古人或死者留下的詩文。

遺澤　先人遺留下來的恩惠或書札、文稿、物品
　　等。

遺書　❶死者臨終時留下的書信。❷前人留下而
　　由後人刊印的書,如《王國維遺書》。也泛指死者
　　遺留的著作。

遺容　❶人死後的面容。❷遺像。

遺像　死者生前的相片或畫像。

遺照　死者生前的相片。

遺業　❶前人留下來的事業。❷前人留下來的
　　產業;遺產。

D4　性愛·婚姻·家庭

D4－1 名： 性·情欲

性　有關生物的生殖或性欲的:性生活／性器官
　　／性知識／性行爲。

性欲　對性行爲的要求。

情欲　對異性的欲望。

情　情欲;性欲:春情／發情期。

春　男女情欲:春心／懷春。

春心　兩性愛慕的心情。□春情;春意。

色情　性欲方面的情緒或事(多含貶義):色情讀
　　物。

肉欲　性欲(貶義):黄色小說充滿肉欲的描寫。

D4－2 名： 愛情

愛情　男女相愛的感情:純潔的愛情。

情　愛情:談情說愛。

愛　對異性的深摯的感情:求愛。

情愛　愛情。

情網　無法擺脫的愛情:陷入情網。

柔情　溫柔的感情。

痴情　迷戀過分的愛情。

風情　表現在言行上的男女相愛的感情(多含貶
　　義):賣弄風情。

D4－3 動： 懷春·戀愛

懷春　〈書〉指少女愛慕異性:少女懷春。

情竇初開*　剛懂得愛情(多指少女)。

兩小無猜*　男女小時候相處融洽,沒有猜疑。

求愛 男女的一方向對方提出愛情的要求:有許多小伙子向她求愛。

動情 對異性產生愛慕的情感。

鍾情 感情專注地愛慕:那小姐鍾情於他。

一見鍾情* 指男女之間一見面即產生情感。

幽會 情侶秘密會面。

幽期 幽會:幽期密約。

戀愛 未婚男女互相愛慕:談戀愛。

戀 戀愛:初戀/熱戀/失戀。

愛戀 男女熱戀而捨不得分開。

初戀 第一次戀愛或戀愛不久。

熱戀 男女熱烈地相戀。

求偶 尋求配偶。

偷情 指男女暗中相愛。

失戀 戀愛的一方失去了愛情:他神情沮喪,一看便知是失戀了。

負心 背棄原有愛情。

相思 男女彼此愛慕,而又無法接近引起思念。

單相思 男女間只有一方對另一方愛慕。

相好 男女相愛:兩人眉來眼去,暗中相好了。

D4－4 動: 調情

調情 男女間挑逗、戲謔:一男一女正在調情賣俏。

吊膀子 調情。也常指調戲勾引婦女。

調戲 用輕佻的語言舉動戲弄婦女。

賣俏 裝出嬌媚的姿態誘惑人。

傳情 傳達情意(多指男女之間):那小姐用眉目向小伙子傳情。

眉來眼去* 形容以眉眼傳情。

D4－5 名: 情人

情人 戀愛中的男女的一方。

戀人 情人。

意中人 合乎自己心意的異性。

情侶 戀愛中的男女或其中的一方。

情郎 相戀男女中的男性。

朋友 男女戀愛中的對象。

愛人 男女戀愛中的一方。

對象 男女戀愛中的對方:找對象/她有對象了。

D4－6 形: 多情·薄情

多情 重感情,多指重愛情:多情的姑娘/自作多情。

痴情 多情達到痴心的程度:她一直痴情地愛著他。

綢繆 〈書〉形容情意深厚;纏綿:情意綢繆。

纏綿 〈書〉形容情意深厚;綢繆:情意纏綿。

繾綣 〈書〉形容情意纏綿,難捨難分:情意繾綣。

脈脈 形容默默地用眼神或行動表達情意:含情脈脈。

薄情 不念情義(多用於男女愛情):薄情郎。

薄倖 〈書〉薄情;負心:薄倖男兒。

無情 沒有感情:他是個無情無義的人。

喜新厭舊* 喜愛新的,厭棄舊的,多指男女愛情不專一。

恩愛 (夫妻)情愛深厚,彼此親密。

海誓山盟* 男女相愛時指山海為誓言,表示愛情要像山海那樣永恆不變。也說**山盟海誓***。

D4－7 動: 擁抱·接吻

擁抱 為表示親愛用兩臂合抱:兩人緊緊地擁抱著。

親嘴 兩個人以嘴唇相接觸,表示親昵。

接吻 親嘴。

親吻 用嘴唇接觸(人或物),表示親熱喜愛。

依偎 (兩人)親熱地相互緊靠著:一對戀人依偎在一起/孩子依偎在母親的懷抱中。

D4－8　名、動：　性行爲
（參見 B1－7 性・性交）

性行爲　〔名〕爲滿足性欲或生殖的需要而對異性做出的行爲。

性生活　〔名〕男女雙方的性行爲。

房事　〔名〕指夫妻間的性行爲。

性交　〔動〕男女發生性行爲。

交媾　〔動〕性交。

人道　〔動〕指人性交（就能力說，多用於否定式）：不能人道。

雲雨　〔動〕指男女性交。

行房　〔動〕指夫妻性交。

同房　〔動〕指夫妻過性生活。

肏　〔動〕指兩性性交。多用作詈詞。

手淫　〔動〕自己用手刺激生殖器，以發洩性欲。

D4－9　名：　婚姻

婚姻　男女結成夫妻的事。也指男女結婚形成的夫妻關係：婚姻自主／美滿婚姻。

婚嫁　泛指男女婚事。

婚　婚姻：成婚／婚約。

親事　婚事：她忙著辦女兒親事。

終身大事＊　關係一生的重大事情，特指婚姻。

群婚　原始社會的初期的一種婚姻形態。指某一氏族的一群男子和另一氏族的一群女子互爲夫妻。

D4－10　動：　求婚・訂婚

求婚　男女的一方請求對方與自己結婚。

求親　男女一方的家庭向對方的家庭請求結親。

攀親　〈方〉求親；訂婚。

許婚　女方或其家長接受男方的求親。

許配　由家長作主讓女兒與人訂婚。

許字　〈書〉許婚。

許　許配；許婚：把女兒許了人家。

字　舊時稱女子許配。

待字　〈書〉指女子尚未許配：待字閨中。

訂婚　定婚　男女訂立婚約。

定親　訂婚（多指由父母作主訂立婚約）。

聘　定親：聘禮。

有人家兒＊　指女子已經定親。

D4－11　名：　聘禮・嫁粧

聘禮　訂婚時，男家送給女家的財物。

彩禮　舊時訂婚和結婚時，男方送給女方的財物。

財禮　彩禮。

定禮　聘禮。

插定　舊俗，訂婚時男方送給女方的彩禮。

嫁粧　女子出嫁時帶到夫家去的家具、衣被及其他生活用品。也作**嫁裝**。

粧奩　女子梳粧用的鏡匣。泛指嫁粧。

粧　指嫁粧：送粧。

粧新　〈方〉新婚時穿用的衣服和床上用品。

陪奩　〈方〉嫁粧。

陪嫁　〈方〉嫁粧。

陪送　〈口〉嫁粧。

D4－12　名：　婚約・婚書

婚約　男女雙方對婚姻的約定。

婚書　舊式結婚證書。

結婚證書　男女雙方經過合法手續結成夫妻的證明文件。

D4－13　動：　結婚

結婚　男女經過合法手續結爲夫妻。

成婚　結婚。

完婚　〈書〉（男子）娶妻成家（多指長輩爲晚輩娶妻）：他的小兒子今天完婚。

安家　組成家庭；結婚。

成家 （男子）結婚:成家立業。

結合 （男女）結成夫妻。

拜堂 舊式婚禮的一種儀式,新郎新娘一同參拜天地,一同拜見父母公婆。也叫**拜天地**。

合卺 〈書〉舊時成婚時的一種儀式,新郎新娘各拿匏瓜剖成兩半的瓢來飲酒。後指成婚。

圓房 舊指童養媳和未婚夫開始過正式夫婦生活。

結親 〈口〉結婚。

聯姻 〈書〉兩家通過婚姻關係結成親戚。

通婚 ❶結成姻親:張、王兩家通婚,已有兩代了。❷不同種族、民族的人相結婚。

婚配 結婚;許配:父母因為她年紀這麼大還沒有婚配,都不免心急。

匹配 〈書〉婚姻配合。

換親 兩家互娶對方的女兒做媳婦。

初婚 ❶第一次結婚:他已年過六十,才初婚。❷剛結婚;新婚。

新婚 剛結婚:新婚夫婦。

早婚 在一般結婚年齡之前結婚。

晚婚 到了法定結婚年齡後,再延遲若干年才結婚。

同居 ❶夫妻共同生活。❷男女雙方沒有結婚而共同生活。

搶親 一種婚姻風俗,男子透過搶劫女子的方式來成親。也指用暴力搶劫婦女成親。

D4－14 動： 嫁・娶

嫁 女子結婚,成為男方的家庭成員:男婚女嫁/她還沒嫁人。

出嫁 女子結婚:姐姐就要出嫁了。

出閣 出嫁:她三個女兒都已出閣。

過門 女子出嫁到男家:我媽叫我快點過門去。

上頭 舊時女子臨出嫁時把頭髮攏上去結成髮髻,不再梳辮子。

出聘 女子出嫁。

聘 出嫁:出聘/把女兒聘出去。

陪送 女子結婚時娘家送嫁粧給她。

娶 男家把女子接過來成親:娶妻/娶媳婦。

娶親 男子結婚。也指新郎到女家去迎接新娘。

討親 〈方〉娶親。

迎娶 娶妻。

迎親 男家到女家迎接新娘。

D4－15 動： 招親・入贅

招親 ❶招人到家裡做女婿。❷被人招到家裡做女婿;入贅。

招贅 招人入贅:他十六歲被本村姓吳的招贅為婿。

招女婿 招人入贅做女婿。

入贅 男子到女家結婚,成為女家的家庭成員:她的丈夫是入贅到她家的。

上門 〈方〉指入贅。

倒插門 舊時指男子到女家結婚入贅。

D4－16 名： 婚齡・婚期

婚齡 指法定的結婚最低年齡。

婚期 男女雙方約定的結婚日期。

佳期 ❶結婚的日期。❷男女戀人相約幽會的日期。

吉期 指結婚的日子。

蜜月 新婚後的第一個月。

銀婚 歐美風俗稱結婚二十五週年為銀婚。

金婚 歐美風俗稱結婚五十週年為金婚。

D4－17 名： 婚禮

婚禮 結婚儀式:舉行婚禮。

新房 新婚夫婦的居室。

洞房 新婚夫婦住的房間:入洞房/鬧洞房。

喜酒 結婚時招待親友的筵席。

喜聯 為慶賀結婚而寫的對聯。

喜事 特指婚事。

喜果 舊俗訂婚或結婚時,款待或分送親友花生、紅棗等乾果。

喜糖 結婚時款待或分送親友的糖果。

D4－18 名： 新郎・新娘

新郎 結婚時的男子。

新娘 結婚時的女子。也叫**新娘子**。

新婦 新娘。

新媳婦兒 〈口〉新娘。

新人 指新娘和新郎。有時特指新娘。

D4－19 動、名： 主婚・證婚等

主婚 ❶〔動〕主持婚禮。❷〔名〕主婚人。

主婚人 〔名〕婚禮的主持人。

證婚人 〔名〕舉行婚禮時的證明人。

儐相 〔名〕舉行婚禮時,新郎新娘的陪伴人:男儐相/女儐相。

伴郎 〔名〕男儐相。

伴娘 〔名〕女儐相。

喜娘 〔名〕舊式結婚時照料新娘的婦女。

D4－20 動、名： 說媒・媒人

說媒 〔動〕給人介紹婚姻。□做媒。

保媒 〔動〕舊指說媒。

作伐 〔動〕〈書〉做媒。

撮合 〔動〕從中介紹促成(多指婚姻)。

媒人 〔名〕說合男女婚事的人;婚姻介紹人。

冰人 〔名〕舊時稱媒人。

月下老人 〔名〕傳說中掌管姻緣的神。常在月下翻檢婚姻簿冊,使有情人終成眷屬。因而作爲媒人的代稱。也叫**月老**。

紅娘 〔名〕《西廂記》中崔鶯鶯的侍女,促成鶯鶯和張生結合。後來人們把紅娘作爲熱心促成別人姻緣的介紹人的代稱。

介紹人 〔名〕特指促使男女雙方相互認識並產生婚姻關係的人;媒人。

媒妁 〔名〕〈書〉媒人。

媒婆 〔名〕舊社會裡以替人做媒爲業的婦女。

D4－21 動： 離婚・退婚

離婚 依照法定手續解除夫妻關係。

離異 〈書〉離婚。

退婚 解除婚約。

退親 退婚。

悔婚 訂婚後一方不履行婚約。

休 舊時指丈夫離棄妻子,斷絕夫妻關係:休妻。

仳離 〈書〉離別。特指夫妻分離。也指丈夫遺棄妻子。

D4－22 動、名： 再婚・重婚・復婚

再婚 〔動〕離婚或喪偶後又結婚。

再嫁 〔動〕婦女再婚。

再醮 〔動〕舊時稱寡婦再嫁。

填房 〔動〕舊時指女子嫁給死了妻子的男人。

續弦 〔動〕男人喪妻後再娶。

改嫁 〔動〕婦女離婚或配偶死後再跟別人結婚。

轉嫁 〔動〕改嫁。

重婚 〔動〕指已有配偶而又與人結婚:重婚者須依法追究其刑事責任。

二婚頭 〔名〕舊時稱再嫁的婦女(含輕視意)。也叫**二婚兒**。

後婚兒 〔名〕舊時稱再嫁的婦女。

復婚 〔動〕已離異的男女雙方重新恢復婚姻關係。

D4－23 名、形、動： 鰥・寡・獨身

鰥 ❶〔名〕無妻或喪妻的人:鰥夫/鰥寡孤獨。❷〔形〕無妻或喪妻的:鰥居。

鰥夫 〔名〕無妻或喪妻的人。

鰥居 〔動〕男子無妻或喪妻,獨自生活:他已鰥居了兩年多。

寡 〔形〕婦女死了丈夫:寡婦/寡居。

寡居 〔動〕婦女死了丈夫後獨自生活:他家裡還有一個寡居多年的姐姐。

孀居 〔動〕〈書〉寡居;守寡。

守寡 〔動〕婦女丈夫死後不再結婚。

寡婦 〔名〕死了丈夫的婦人。

孀婦 〔名〕〈書〉寡婦。

孤孀 〔名〕寡婦。

嫠婦 〔名〕〈書〉寡婦。

望門寡 ❶〔形〕舊時指女子訂婚後,死了未婚夫。❷〔名〕指未嫁而夫死的女子。

棄婦 〔名〕舊時指被丈夫遺棄的婦女。

獨身 〔形〕❶不結婚的:這些婦女立志過一輩子獨身生活。❷沒有家屬或家屬不在身邊,獨自生活:她的丈夫長年獨身在外,沒人照顧。

光棍兒 〔名〕沒有妻子的成年男子;單身漢:四十歲了,他還在打光棍兒(過單身漢的生活)。

單身 〔形〕沒有家屬或沒有和家屬在一起,只一個人生活:單身宿舍/他在外面工作都是單身過活。

單身漢 〔名〕沒有妻子的人。

鰥寡孤獨* 泛指沒有親屬依靠、需要照顧的人。孤:幼而無父的人;獨:年老沒有兒女的人。

D4－24 名： 家庭·人家

家庭 因婚姻、血緣或收養關係而形成的人的群體,是社會組織的基本單位,一般包括夫妻、父母、子女和其他共同生活的親屬。

家 家庭;人家:他家有五口人/家家愛清潔。

家宅 家庭;住宅:兩兄弟三天兩頭吵鬧,攪得家宅不寧。

家園 家中的田園,泛指家鄉或家庭:重建家園/懷念家園。

人家 家庭:大戶人家。

老家 ❶在外的人稱故鄉或故鄉的家庭。❷指原籍:回美國老家看望父母。

良家 舊時指清白人家:良家婦女。

好人家 清白的人家。也指境況富裕的人家。

門戶 家庭;門第:自立門戶/門戶低微。

住戶 定居在某處的人家:村子裡住戶有六七十家。

戶 ❶人家;住戶:富戶/家喻戶曉/全村只有幾十戶。❷從事某種職業的人或家庭:農戶/商戶/屠戶。

大戶 ❶人口多的人家;分支繁的家族。❷有財勢的人家。

小戶 ❶人口少的人家。❷貧苦的、社會地位低微的人家。

棚戶 〈方〉住在簡陋房屋裡的人家。

破落戶 衰敗沒落的人家:她出身於由官宦世家成為破落戶的家庭。

門 原指家族或家族的一支,現也指家庭:長門長子/門當戶對/雙喜臨門。

寒門 〈書〉❶貧寒、微賤的家庭。❷謙稱自己的家。

豪門 有錢有勢的家庭:豪門子弟/交結豪門。

名門 有名望的家族、家庭:名門世家/出自名門。

D4－25 名： 親戚家

戚家 親戚家:赴戚家賀喜。

男家 指婚姻雙方男方的家。

女家 指婚姻雙方女方的家。

娘家 出嫁的女子稱自己父母的家。

婆家 婦女稱丈夫的家。也說**婆婆家**。

外家 ❶泛指母親和妻子的娘家。❷出嫁的女子稱娘家為外家。

岳家 妻子的娘家;岳父母家。

D4－26 名： 家長·主婦

家長 ❶指父母或其他監護人:學校召開家長會。❷家庭中為首的人:家長制。

當家的 〈口〉主持家務的人;一家之主:你家誰

是當家的?

主婦 家庭的女主人。

女主人 客人對家庭主婦的尊稱。

內當家 女主人。

D4－27 名、動： 家事

家事 〔名〕❶家庭的事情:料理家事。❷〈方〉家庭的經濟狀況:家事困窘。

家政 〔名〕指家庭事務的管理工作:主持家政。

家常 〔名〕家庭日常生活:扯家常／家常飯。

家務 〔名〕家庭生活的事務:家務繁忙。

家計 〔名〕〈書〉家庭生計;家境:家計寬裕。

家用 〔名〕家庭的生活費用:貼補家用。

家境 〔名〕家庭經濟情況:家境清寒。

家道 〔名〕家境:家道小康／家道貧寒。

家累 〔名〕家庭生活負擔:家累繁重。

家長里短 ＊ 〈方〉家常:婦女們閒扯家長里短。

分家 〔動〕原共同生活的親屬把共有家產分開,各自立戶生活。

分爨 〔動〕〈書〉分家過日子(爨:燒火煮飯)。

持家 〔動〕料理家務:勤儉持家。

當家 〔動〕主持家務:他的妻子很會當家。

懼內 〔動〕〈書〉怕老婆。

氣管炎 〔名〕諧音爲「妻管嚴」。戲謔語,指怕老婆,也指怕老婆的人:別人早就開玩笑地說我是氣管炎了。也作**妻管嚴** ＊

D4－28 名： 家法・家譜等

家法 封建制度下家長用來治本家人和本族人的法度:高老太爺想用家法維持這個四分五裂的家。

族規 封建家族中的規矩。

家規 家庭中的規矩:不守家規。

夫權 舊時丈夫支配妻子的權力。

家教 家庭中父母對子女的教育。

家譜 封建家庭記載本族世系和重要人物事迹的簿冊或圖表。

家聲 家庭的聲譽。

D4－29 形： 風流・浪漫

風流 指有關男女間的情愛或放蕩行爲:風流韻事。

浪漫 音譯詞。行爲輕浮放蕩(多指男女關係):他生活浪漫,名聲不好。

羅曼蒂克 音譯詞。浪漫的。

好色 喜愛女色,放縱情欲。

桃色 舊時指有關不正當男女關係的(事情):桃色新聞／桃色事件。

黃色 象徵腐化墮落的:黃色書刊／黃色照片。

香艷 舊時形容內容涉及閨閣情思、詞藻艷麗的詩文,也用於色情的小說、電影等。

豔情 舊時指描寫男歡女愛的事豔情詩詞。

D4－30 動： 姦淫

姦淫 ❶男女間發生不正當的性行爲。❷姦污。

淫 發生不正當的男女關係;姦淫。

姦污 強姦或誘姦。

通姦 沒有夫妻關係的男女發生性行爲(多指一方或雙方已有配偶)。

私通 通姦。

捉姦 捉拿正在通姦的人。

姘識 〈書〉非夫妻關係的男女私相結合。

姘居 非夫妻關係而同居。

猥褻 做下流的動作:猥褻婦女。

強姦 男子用暴力與女子發生性行爲。

誘姦 用欺騙手段使異性跟自己發生性行爲。

亂倫 違反法律和風俗習慣,跟近親發生性行爲。

苟合 指男女間不正當的結合。

野合 男女私通。

D4－31 形： 淫亂

淫亂 在性行爲上違反道德準則:生活淫亂。

淫　❶淫亂;淫蕩:淫行／淫棍。❷色情的;誨淫
　　的:淫書／淫畫。

淫穢　淫亂的;下流的:淫穢書刊／淫穢錄影。

淫猥　淫穢,猥褻。

淫褻　猥褻。

猥褻　淫穢下流的(語言行動)。

淫蕩　淫亂放蕩。

荒淫　過度貪戀酒色:荒淫無恥。

苟且　不正當的(多指男女關係)。

D4－32 名：　情夫‧情婦

情夫　一方或雙方已有配偶的男女發生性愛關
　　係,男方是女方的情夫。

情婦　一方或雙方已有配偶的男女發生性愛關
　　係,女方是男方的情婦。

姘夫　非夫妻關係而同居,男方是女方的姘夫。

姘婦　非夫妻關係而同居,女方是男方的姘婦。

姘頭　非夫妻關係而發生性行爲的男女或其中
　　的一方。

面首　舊時指供貴婦人玩弄淫樂的美男子。

外遇　已婚男女與外人發生的不正當男女關係。

第三者　原指當事雙方以外的人。特指插足於
　　他人家庭、與夫婦中的一方保持不正當男女
　　關係的人。

D4－33 名、動：　同性戀愛

同性戀愛　〔名〕男子和男子或女子和女子之間
　　發生的戀愛關係。

雞姦　㞓姦　〔動〕指男子與男子之間發生性行
　　爲。

D4－34 動：　狎妓‧賣淫

狎妓　舊時指玩弄妓女。

嫖　舊時指男子到妓院玩弄妓女:嫖妓／嫖賭／
　　嫖客。

冶游　原指到郊野遊玩。後專指狎妓。

賣淫　指婦女出賣肉體。

賣笑　舊時娼妓或歌女用聲色供人取樂,以換取
　　錢財。

D4－35 名：　妓女等

妓女　賣淫的婦女。

妓　妓女:娼妓／狎妓。

娼　妓女:暗娼／逼良爲娼。

娼婦　妓女(多用於罵人)。

婊子　妓女。

神女　舊時指妓女。

窰姐兒　〈方〉妓女。

姑娘兒　舊時稱妓女。

暗娼　暗地裡賣淫的妓女。

私娼　非公開賣淫的妓女;暗娼。

野雞　舊社會沿街拉客的低級私娼。

破鞋　亂搞男女關係的女人;暗娼。

妖精　比喩以姿色迷惑男人的不正經女子(多用
　　於罵人)。

D4－36 名：　妓院‧鴇母

妓院　舊社會妓女賣淫的場所。

窰子　〈方〉妓院的別稱。

堂子　〈方〉妓院的別稱。

青樓　〈書〉妓院:賣身青樓。

鴇母　舊社會開設妓院的女人。也叫鴇兒;老
　　鴇。

虔婆　舊時指鴇母。

D5　人群‧社會

D5－1 名：　人種‧民族

人種　具有區別於其他人群的共同遺傳體質形
　　態特徵的人群,主要根據膚色、毛髮、面部結
　　構和身體比例來區分。不同人種的體質形態

的特徵是由於在不同地理區域長期定居,受不同的自然條件的影響而形成的。世界上的主要人種有蒙古人種(黃種)、歐羅巴人種(白種)、尼格羅-澳大利亞人種(黑種)。也叫**種族**。

種　人種:黃種／白種。

民族　人們在歷史上經過長期發展而形成的穩定的共同體。一般有共同的語言、共同的居住地域、共同的經濟生活和表現在共同文化上的共同心理素質。

族　民族;種族:加強各族人民之間的團結。

外族　本民族以外的民族。

異族　別的民族;外族。

少數民族　多民族國家中人口居於少數的民族。在我國,指漢族以外的占總人口百分之六的蒙古、回、藏、維吾爾、哈薩克、苗、彝、壯、布依、朝鮮、滿等五十多個兄弟民族。

D5－2 名： 中華民族

中華民族　我國各民族的總稱。分布在亞洲的東部和中部。包括漢、蒙古、回、藏、維吾爾、苗、彝、僮、布衣、朝鮮、滿等五十六個民族,十二億人口。中華民族是勤勞、勇敢和富有創造精神的偉大民族。在幾千年的歷史發展中,以其燦爛的文化著稱於世。

漢族　我國各民族中人口最多的民族,也是世界上人口最多的民族。漢族由古代華夏族和其他各民族逐漸發展而成,有近四千年有文字可考的歷史和豐富的文化遺產,是世界上文明發達最早的民族之一。

華胄　〈書〉華夏的後裔,指漢族。

漢人　漢族;漢族人。

漢民　〈口〉指漢族人。

夷　❶我國古代稱東方各民族;也泛稱中原以外各民族:四夷／夷狄。❷舊時指外國或外國人:夷人／夷務。

狄　我國古代北方的一個民族。秦漢後泛指北部的少數民族。

胡　我國古代泛稱北方和西方的各少數民族。

蠻　我國古代泛稱長江中游及其以南的少數民族。

中華民族分布地區

民族名	人口數(萬)(1990)	主要分布地區
漢	104248.22	全國各省、市、自治區
蒙古	486.68	內蒙古、遼寧、新疆、吉林、黑龍江、青海、河北、河南
回	880.30	寧夏、甘肅、河南、新疆、青海、雲南、河北、山東、安徽、遼寧、北京、內蒙古、黑龍江、天津、吉林、陝西
藏	459.33	西藏、四川、青海、甘肅、雲南
維吾爾	721.44	新疆
苗	739.80	貴州、雲南、湖南、廣西、四川、廣東、湖北
彝	657.22	四川、雲南、貴州、廣西
僮	1548.96	廣西、雲南、廣東、貴州
布依	254.51	貴州
朝鮮	192.06	吉林、黑龍江、遼寧、內蒙古
滿	982.12	遼寧、黑龍江、吉林、河北、北京、內蒙古
侗	251.40	貴州、湖南、廣西
瑤	213.40	廣西、湖南、雲南、廣東、貴州

民族名	人口數(萬)(1990)	主要分布地區
白	159.48	雲南
土家	570.42	湖南、湖北、四川
哈尼	125.40	雲南
哈薩克	111.17	新疆、甘肅、青海
傣	102.51	雲南
黎	111.09	廣東
傈僳	57.49	雲南、四川
佤	35.20	雲南
畬	63.04	福建、浙江、江西、廣東
高山	30(估計)	臺灣、福建
拉祜	41.15	雲南
水	34.60	貴州、廣西
東鄉	37.39	甘肅、新疆
納西	27.80	雲南、四川
景頗	11.92	雲南
柯爾克孜	14.15	新疆、黑龍江
土	19.16	青海、甘肅
達斡爾	12.14	內蒙古、黑龍江、新疆
仫佬	15.93	廣西
羌	19.83	四川
布朗	8.23	雲南
撒拉	8.77	青海、甘肅
毛南	7.20	廣西
仡佬	43.80	貴州、廣西
錫伯	17.28	新疆、遼寧、吉林
阿昌	2.77	雲南
普米	3.00	雲南
塔吉克	3.35	新疆
怒	2.71	雲南
烏孜溫克	1.45	新疆
俄羅斯	1.35	新疆
鄂溫克	2.63	內蒙古、黑龍江
德昂	1.55	雲南
保安	1.22	甘肅
裕固	1.23	甘肅
京	1.90	廣西
塔塔爾	0.49	新疆
獨龍	0.58	雲南
鄂倫春	0.70	內蒙古、黑龍江
赫哲	0.42	黑龍江
門巴	0.75	西藏
珞巴	0.23	西藏
基諾	1.80	雲南

D5－3 名： 人群

人群 聚在一起的許多人：她突然出現在人群中。

群 聚在一起的人：成群結隊。

人海 有如汪洋大海的人群。

人潮 像潮水似的人群。

人流 像流水似的絡繹不絕的人群：連續不斷的人流湧向廣場。

男男女女* 男女在一起一大群人：舞會上，男男女女神采飛揚。

烏合之眾* 像烏鴉那樣聚合的一群。比喻臨時雜湊起來，毫無組織紀律的一群人。

D5－4 名： 人民·群眾

人民 泛指以勞動群眾為主體的社會基本成員。

民 人民：為國為民／軍民團結。

個人 單獨一個人：個人意見／個人利益服從集體利益。

平民 指普通老百姓：平民百姓。

黎民 〈書〉民眾；百姓。

庶民 〈書〉民眾；百姓。

百姓 人民。也叫**老百姓**。

蒼生 〈書〉古代指老百姓：蒼生薈薈。

生靈 〈書〉指人民：荼毒生靈。

布衣 〈書〉封建社會中平民的別稱：布衣之交。

黔首 〈書〉古代稱老百姓。

良民 安分守己的老百姓。泛指一般平民。

群眾 泛指人民大眾：深入群眾／群眾是真正的英雄。

民眾 人民大眾：喚起民眾。

公眾 大眾；社會上大多數人：公眾輿論／公眾利益。

萬眾 人民大眾：萬眾矚目／萬眾一心。

大眾 廣大群眾：勞苦大眾／大眾的呼聲。

三教九流* 三教指儒教、道教、佛教。九流指儒家、道家、陰陽家、法家、名家、墨家、縱橫家、雜家、農家。泛指宗教、學術中的各種流派。也泛指社會上各種行業和江湖上各種人物。也說**九流三教***。

D5－5 名： 社會

社會 以共同的物質生產活動為基礎而相互聯繫起來的人類生活共同體，是由一定的經濟基礎和上層建築構成。

人間 人類社會；世界上：人間天堂／換了人間。

人世 人間。也說**人世間**。

世間 社會上；人間：世間罕見／世間奇聞。

人寰 〈書〉人間：慘絕人寰。

D5－6 名： 社會形態、制度

社會形態 指在一定歷史發展階段上由一定的經濟基礎和跟它相適應的上層建築構成的有著特殊性質的社會。原始社會、奴隸社會、封建社會、資本主義社會、社會主義社會和共產主義社會是人類社會發展中各種不同的社會形態。

社會制度 以社會的經濟制度為基礎的各種制度的總稱。不同的社會制度，反應著不同的社會性質。

社會關係 指人們在共同的實踐活動中結成的相互關係的總稱。生產關係是一切社會關係的基礎，其他政治、法律、道德等關係都建立在生產關係基礎之上。

原始社會 人類歷史上最初的社會形態，從原始群的形成開始，直到原始公社解體，奴隸制形成，延續約三百萬年之久。其特徵是：生產工具簡陋，生產力極低，生產資料公有，人們共同勞動，共同消費，沒有剝削，沒有階級和國家。□**原始公社制度**。

氏族 原始社會中由血緣關係結合起來的人類共同體。人們以氏族為單位組織集體生產活

動,集體佔有生產資料,產品平均分配,沒有私有,沒有剝削。

部落 原始社會中由一些血緣相近的氏族結合而成的集體。

奴隸社會 原始社會解體後產生的人類歷史上第一個人剝削人的社會。其特徵是:奴隸主佔有奴隸和全部生產資料,社會生產力比原始社會有很大的發展,城市逐漸形成並與鄉村對立,同時出現腦力勞動和體力勞動的分工和對立。

封建 一種政治制度。古代君主把土地封賞給宗室和功臣,讓他們在這土地上建國。周朝開始有這種制度。

封建社會 取代了奴隸社會的一種社會形態。其特徵是:地主階級佔有絕大部分土地,農民只有很少或全無土地,只能耕種地主的土地,依附於封建地主,無人身自由。

封建主義 即封建的社會制度。

資本主義 以資本家佔有生產資料並用以剝削雇傭勞動、榨取剩餘價值為基礎的社會制度。資本主義的基本矛盾是生產社會化和生產資料私人佔有形式之間的矛盾,這一矛盾的階級表現就是無產階級與資產階級之間的對立和鬥爭。

社會主義 以生產資料社會主義公有制為基礎的社會制度。其基本特徵是生產資料社會主義公有制(全民所有制和勞動群眾集體所有制),實行「各盡所能,按勞分配」的原則。在社會主義國家裡,無產階級掌握了國家的政權。

共產主義 ❶十九世紀中葉,馬克斯、恩格斯所倡,它的基本理論為唯物史觀、階級鬥爭及剩餘價值說。❷泛指今之國際共產主義。

D5－7 名： 階級·階層

階級 人們在一定的社會經濟結構中,由於所處的地位不同,對生產資料的關係不同和支配社會財富的方式與多寡不同而分成的集團,如工人階級、資產階級等。

地主階級 佔有土地、自己不勞動、依靠收取地租剝削農民為生的階級,是封建社會的統治階級。

資產階級 佔有生產資料作為資本以榨取雇傭勞動者的剩餘價值的階級,是資本主義社會的統治階級。

民族資產階級 殖民地半殖民地或新獨立國家中的中等資產階級。是在外國資本入侵和本國封建主義解體中發展起來的。

中產階級 中等資產階級。

無產階級 在資本主義社會,指不佔有生產資料、依靠出賣勞動力為生的雇傭勞動者組成的階級。也稱工人階級。

工人階級 即無產階級。在資本主義社會,指不佔有生產資料,依靠出賣勞動力為生的勞動者所形成的階級。在社會主義下,工人階級是國家的領導階級。

階級 ❶在同一階級中,因社會經濟地位不同而分成的若干層次,如農民階級中有雇農、貧農、中農等不同的階級。❷分屬和依附於不同的階級,因某種相同的特徵而形成的社會集團,如以腦力勞動為主的知識分子。

階級性 階級屬性。是在階級社會裡反映一定階級的利益和要求的社會特性。

階級鬥爭 階級社會裡敵對階級之間基於階級利益的根本對立而進行的鬥爭。一般指被剝削階級和剝削階級、被統治階級和統治階級之間的鬥爭。

D5－8 名： 階級分子

分子 屬於一定階級、階級、集團或具有某種特徵的人:資產階級分子／知識分子／積極分子。

奴隸主 奴隸社會中生產資料和奴隸的佔有者,

是奴隸社會的統治者。

奴隸　奴隸社會中生產勞動者,是奴隸主的財產。奴隸沒有獨立人格和人身自由,被當作「會說話的工具」,任憑奴隸主役使、買賣、以至屠殺。

地主　佔有土地,自己不勞動,依靠出租土地或雇員剝削農民為主要生活來源的人。

封建主　早期封建社會中佔有封賜領地並在領地內握有行政司法權的統治者。

領主　奴隸社會和封建社會中在一個區域裡的統治者。

資本家　佔有生產資料、剝削雇傭勞動、榨取剩餘價值的人。

工人　不佔有生產資料、依靠工資收入為生的勞動者。

無產者　資本主義社會中不佔有生產資料、依靠出賣勞動力為生的雇傭工人。

勞動者　參加勞動並以工資收入為生活主要來源的人。有時專指從事體力勞動的人。

知識分子　具有一定科學文化知識的腦力勞動者,如科技工作者、文藝工作者、教師、醫生、記者等。

工人貴族　在資本主義社會裡,被資產階級收買的工人階級隊伍中極少數上層分子。他們領取高額工資,享受特殊待遇,是資產階級在工人運動中的代理人。

囊生　西藏早期農奴主家的奴隸。也譯作**朗生**。

D5－9 名：　集體‧集團

集體　為一定目標而結合的一群人:集體榮譽/集體行動。

團體　有共同目標和某種共同活動的集體:團體活動/學術團體。

組織　按照一定的宗旨和系統建立起來的團體:黨團組織/工會組織。

集團　為了一定目標組織起來共同行動的團體:

軍事集團/公司企業集團/財政金融集團。

社團　各種群眾性組織的總稱,如工會、婦女聯合會、企業家聯誼會等。

會　某些團體或組織:工會/婦女聯合會。

黨　由私人利害關係結成的集團:結黨營私。

幫　為某種目標而結成的團伙:匪幫/黑幫/馬幫。

伙　由同伴結成的集體:合夥/散伙/成群結伙。

幫會　早期民間秘密組織(如青幫、洪幫、大刀會等)的總稱。

幫伙　為圖謀私利、進行非法活動而結成的小集團:警方日前破獲了以竊盜珠寶為主的幫伙。

團伙　進行犯罪活動的集團:流氓團伙/盜竊團伙。

群眾組織　非國家政權性質的群眾性團體,如工會、同學會、企業家聯誼會等。

陣營　為共同利益和目標而聯合起來的集團:和平陣營/反法西斯陣營。

營壘　軍營和四周的圍牆,比喻政治集團:革命營壘。

界　指按職業、工作、地位或性別劃分的社會成員的總體:學術界/工商界/婦女界/各界人士。

林　指會聚在一起的同類人或事物:學林/武林/碑林/書畫之林。

壇　指從事文藝或體育工作的社會成員的總體:文壇/體壇/影壇/棋壇。

D5－10 名：　群眾組織

同業公會　舊時同行業的企業聯合組成的維護本行業和行業成員利益的行會組織。簡稱**公會**。

行會　舊時城市商人或同行業的手工業者的聯合組織。宗旨是為解決業主困難和保護同行利益。

行幫　行會。

協會　促進某種共同事業發展的群眾團體:作家協會/發明家協會。

工會 工人階級的群衆組織。

商會 商人爲了維護自己的利益而組成的團體。

學會 由研究某一學科的人組成的學術團體,如
語文學會、地理學會等。

D5－11 名： 集體成員

成員 集體或家庭的組成人員:民主黨派成員╱
家庭成員。

會員 某些集體組織的成員:工會會員╱同盟會
會員。

委員 ❶委員會的成員:工會委員。❷被委派擔
任特定任務的人員:調查委員。

理事 理事會的成員,代表團體行使職權、處理
事務。

社員 以社命名的團體組織的成員:詩社社員。

團員 某些以團命名的組織的成員:代表團團員。

黨徒 參加某一集團或派別的人(含貶義)。

黨羽 集團中首領以外的人(含貶義)。

徒子徒孫 * 徒弟和徒弟的徒弟。泛指黨羽。

會衆 舊時指參加某些會道門組織的人。

D5－12 名： 首領

首領 指某些集團的領導人。

頭目 指某些集團中爲首的人(多含貶義):這個
人是盜竊團伙的頭目。

頭子 首領(含貶義):土匪頭子。

頭兒 〈口〉某集團或某單位的領導人。也說**頭
頭兒**。

把頭 舊時指把持某一行業的頭目,如包工頭等。

會首 舊時民間某些稱爲會的組織的發起人或
首領。也叫**會頭**。

霸主 控制住某一地區或領域的人或集團。

盟主 稱某些團體的首領或權威。

酋長 氏族社會裡部落的首領。

頭人 某些少數民族中的首領。

D5－13 動： 結社

結社 組織社團:人民有集會結社的自由。

組織 有目標有系統有計畫地結合起來:組織群
衆╱組織盛大遊行。

解散 取消(社團或集會):解散國會╱組織被解
散了。

D5－14 動： 參加·退出

參加 加入某種組織或投入某種活動:參加工會
╱參加義務獻血。

加入 指成爲組織的成員:加入義勇隊╱加入作
家協會。

參 加入;參加:參軍╱參賽。

入夥 加入某一集體或集團(多含貶義):拉人入
伙。

入 加入(組織):入會╱入伍╱入籍。

在 參加(某團體);屬於(某團體):在黨╱在校。

退出 脫離(團體或組織)。

退 退出:退職╱退伍╱退團。

退夥 舊時指退出幫會。

脫離 斷絕(某種聯繫):脫離群衆╱脫離組織關
係。

脫 脫離:脫黨。

離 脫離:離隊╱離團。

D5－15 名： 公社

公社 ❶原始社會中,人們的一種結合形式,如
氏族公社。❷資產階級政權的一種形式,如
法國、義大利早期的公社。❸無產階級政權
的一種形式,如法國一八七一年的巴黎公社。
❹特指人民公社。

人民公社 一九五八年至一九八二年間中國大
陸農村政社合一的集體經濟組織形式。由高
級農業生產合作社聯合而成。一九八二年撤
銷,設立鄉人民政府,農村集體經濟組織爲鄉

農工商公司所取代。

D5－16　名：　城·鎮

城市　人口集中、工商業發達、交通便利的地區。

城　城市：進城／城鄉物資交流。

市　城市：市區／市徽／市容。

都　大城市：鋼都。

都市　大城市。

都會　人口衆多、工商業發達的大城市；都市。

邑　城市：城邑／都邑。

垣　〈書〉城：省垣(省城)。

城池　〈書〉城牆和護城河，指城市。

城郭　城牆(城指內城的牆，郭指外城的牆)，泛指城市。

通都大邑＊　四通八達的大城市。

碼頭　〈方〉指交通便利的商業港埠：跑碼頭／水陸碼頭。

埠　通商的城市：商埠／本埠／外埠。

埠頭　〈方〉碼頭。

鎮　較大的市集：市鎮／鄉鎮。

城鎮　城市和集鎮。

集鎮　比縣城小的居民區。

鎮子　〈方〉集鎮。

市鎮　較大的集鎮。也叫**市集**。

鄉鎮　鄉和鎮，泛指較小的市鎮。

村鎮　村莊和小市鎮。

D5－17　名：　鄉村

鄉村　農民聚居的地方，人口分布比城鎮分散。

農村　鄉村。

鄉　鄉村：下鄉／魚米之鄉。

鄉間　鄉村裡：鄉間小道。

鄉下　〈口〉鄉村裡：到鄉下採訪。

村莊　農民聚居的地方。也叫**村子**。

村　村莊：山村／村學。

莊　村莊：莊漢／莊戶人家。

莊子　〈口〉村莊：那座莊子人口不多。

村落　村莊。

屯　村莊(多用於村莊名)。

屯子　〈方〉村莊。也叫**屯落**。

寨子　四周有柵欄或圍牆的村子，泛指村子。

寨　寨子：村寨／山寨。

山寨　有寨子的山區村莊。

邊寨　邊疆地區的寨子。

三家村　泛指偏僻的小鄉村。

D5－18　名：　居民

居民　定居在某一地方的人：城鎮居民。

住戶　定居某處的家庭或單獨立戶的個人：這幢樓裡有四家住戶。

住家　住戶。

人家　住戶：這山溝裡只有十來戶人家。

人煙　指人家；住戶：人煙稠密／荒無人煙。

市民　城市居民：那裡的市民文明程度很高。

水上居民　從事水上作業以船爲家的居民。多指在福建、廣東、廣西沿海港灣和內河上的漁民。舊稱**蜑民**；**蜑戶**。

土著　世代居住本地區的人：這些人是山區的土著。

土人　外地人稱不發達地區的居民(含輕視意)。

貧民　指無固定職業、生活窮苦的人。

盲流　從農村盲目流入城市的人。

冒尖戶　富裕程度超過一般的人家。多指農村中一下子富裕起來的人家。

D5－19　名：　人口·戶籍

人口　❶居住在一定地區內的人的總數：全國人口普查／這個縣的人口有六十多萬。❷一戶人家的人的總數：他們家人口少。

人丁　人口：人丁興旺。

食指　〈書〉比喻家庭人口：食指浩繁(人口多，負擔重)。

家口　家庭人口:家口日增。

戶口　❶住戶和人口:調查戶口。❷戶籍:報戶
口╱遷戶口。

戶籍　地方民政機關按戶登記的本地居民的簿
冊。也指本地居民的身分。

戶主　戶籍上一戶的負責人。

戶長　〈方〉戶主。

D5－20 名： 僑民

僑民　在另一國家定居,但仍然保留本國國籍的
人。

華僑　長期僑居國外而具有我國國籍的人。

華裔美人　簡稱 ABC。A,意爲 AMERICA,美
國;B,意爲 BRON,出生;C,意爲 CHINESE,
中國人。ABC 組合起來即爲「在美國出生的
中國人」。

歸僑　歸國的華僑。

僑胞　僑居國外的同胞。

僑眷　指華僑眷屬。

僑　寄居國外的人:華僑╱日僑。

外僑　外國(寄居本國)的僑民。

D5－21 名： 外國人

外人　指外國人:外人經營的企業。

外族　非本國人:抗擊外族入侵。

洋人　外國人(多指西洋人)。

鬼子　對侵略我國的外國人的憎稱。

毛子　舊時俗稱西洋人(含貶義)。

洋鬼子　舊時民間對侵略我國的西洋人的憎稱。

D5－22 名、動： 移民

移民　❶〔動〕一定數量的居民遷移到外地或外
國去定居和謀生。❷〔名〕遷移到外地或外國
去落戶的人。

殖民　〔動〕原指一國向它所征服的地區或國家
移民。後指資本主義國家在經濟上政治上控
制不發達的國家或地區,掠奪財富,奴役當地
人民。

D6　地位·品類

D6－1 名： 地位·身分

地位　個人或團體在社會關係中所處的部位:政
治地位╱他在醫學界很有地位╱近年來我國
的國際地位日益提高。

位置　地位;職位:重要的位置╱位置越高越要
以身作則。

等級　按人和事物的性質、程度、地位等的不同
而作出的區分:等級觀念╱封建社會裡等級森
嚴。

等第　〈書〉人的名次等級:按考分高低排列等
第。

品第　〈書〉等級;地位。

身分　身份　❶人在社會上或法律上的地位、資
格:我們要以主人翁的身分規劃國家的建設
事業╱他是以原告的身分出庭的。❷受人尊
重的地位:他不願擠公車,深怕有失身分。

身價　舊指一個人的社會地位:一登龍門,身價
十倍╱他出了名,身價自然也高起來。

名位　名譽和地位:一心爲公,不求名位。

名分　指人在社會上的名義、身分和地位:說話、
處事要合乎名分。

要津　重要的渡口。比喻顯要的職務、地位:身
居要津。也說津要。

青雲　高空。比喻很高的官職、地位:平步青雲╱
青雲直上。

體面　身分;面子:顧全體面╱有失體面。

D6－2 名： 資歷·出身

資歷　資格和經歷:他是一位資歷很深的老教育
家。

資格　❶從事某種活動所應具備的條件、身分：審查代表資格。❷從事某種工作或活動的經歷：老資格的政治家。

經歷　親身經受過或親手做過的事：他有不平凡的生活經歷。

履歷　❶個人資格、職位的經歷：會員入會，要填報個人的簡要履歷。❷指記載履歷的文件；履歷表：請你先把這一份履歷填好。

簡歷　簡要的個人履歷。

出身　❶個人早期的經歷：學生出身／學徒出身。❷由家庭經濟情況所決定的身分：貧農出身／工人家庭出身。

家世　〈書〉家庭的世系；門第：家世顯貴。

門第　封建時代指家庭的社會地位：書香門第。

門戶　門第；家庭：門戶相當／另立門戶。

戶　門戶；門第：門當戶對。

門閥　封建時代權勢很大的家庭。閥：古代仕宦人家大門外的柱子，常用來張貼功狀。

門楣　指門第。楣，門框上的橫木：光耀門楣。

身家　❶自身和家庭：爲了國家的利益，犧牲小我的利益在所不惜。❷指家庭出身：身家清白。

身世　個人長期的境遇(多指不幸的)：她一生坎坷，身世淒涼。

來歷　人的由來或經歷：來歷不明／這個人大有來歷。

底細　來歷：對底細不明的人不可輕信。

來頭　指人的資歷或背景：此人來頭不小。

D6－3　名：　稱號

稱號　授予個人或集體的名稱：環保天使稱號／他獲得模範勞工的稱號。

頭銜　指官銜、軍銜、學銜等稱號：榮獲博士頭銜。

銜　職位和級別的名號：學銜／軍銜／大使銜。

職稱　按職務、專業水準高低所劃分的級別名稱，如助理工程師、工程師、高級工程師等。

官銜　官員的職位稱號。

軍銜　區分軍人職位等級的稱號，如上將、中校、上尉等。

學銜　區分高等學校教師和科學工作者等級的學術職稱，如教授、副教授、講師、助教、研究員、助理研究員等。

D6－4　名：　名義

名義　身分，資格；做某事時用來作爲依據的名稱：以個人名義／以民意代表的名義。

名　名義：名正言順／冒名頂替／不該以出差爲名，到處遊山玩水。

幌子　舊時商店掛在門外表明所賣商品的標誌。比喻進行某種活動時，爲掩蓋眞實意圖而假藉的名義：不允許以愛心捐款爲幌子，到處招搖撞騙。

旗號　舊指標明軍隊名稱或將領姓氏的旗子。現用來比喻作壞事時借用的某種名義：打著酬賓的旗號，傾銷劣次產品。

D6－5　名：　名聲

名聲　指人或事物在社會上給人的印象和所獲的評價：他學識淵博，名聲很大／她有過前科，名聲不大好。

名譽　個人或集體的名聲：要愛惜名譽／學生在外要遵法守紀，珍惜學校名譽。

聲名　名聲：頗負聲名／聲名狼藉。

名　名聲；名譽：名不虛傳／名滿天下。

譽　名譽；好名聲：譽滿全國／享有盛譽。

名望　名譽和聲望：張老師桃李滿天下，很有名望。

聲望　爲衆人所敬仰的名聲：這位專家在國內外聲望日隆。

望　名望；聲譽：德高望重／信望卓著。

聲譽　聲望和名譽：他在學術界中的聲譽是很高

的。

盛名 很大的名望:久享盛名。

美名 好的名聲、名稱:美名天下傳。

大名 盛名:大名鼎鼎。

令名 〈書〉美名;好名聲。

威名 因有威力而使人敬畏的名望:威名遠揚。

威望 衆所敬服的聲望:我國國際威望不斷提高,我們的朋友遍天下。

威信 威望和信譽:樹立威信／威信很高。

聲威 名聲和威望:聲威大震。

身價 名譽地位:經人們這麼一反對,反而抬高了他的身價。

英名 傑出人物的名字或名聲:他們的英名將傳揚天下。

德望 品德和聲望。

資望 資格和聲望。

權威 具有足以使人信服的力量和威望:他是世界上權威的地質學家。

名頭 〈方〉名聲。

名氣 〈口〉名聲:名氣不小／頗有名氣。

罵名 受人咒罵的壞名聲:秦檜留下千載罵名。

穢聞 〈書〉醜惡的名聲(多指淫亂的名聲):穢聞四播。

醜聞 醜惡的事情;惡劣的名聲:他的醜聞早已不脛而走。

虛名 不符合實際的好名聲:徒有虛名,並無實學。

浮名 虛名。

知名度 指人或事物的名聲在社會上傳布的遠近和爲人知曉的程度:這位美國女作家在全世界的知名度相當高／這家廠商參加展覽會的目標主要是提高產品的知名度。

D6－6 動: 成名

成名 因有某種成就,廣爲傳揚而得到好名聲:一舉成名／成名之作。

著稱 有名聲而被人稱說:瑞士以山奇水秀著稱於世。

馳名 名聲傳播很遠:馳名中外。

馳譽 到處獲得聲譽:鍼灸療法的功效馳譽世界。

飲譽 享有名譽;譽滿:他的許多著作在全世界一版再版,飲譽海內外。

蜚聲 〈書〉揚名;有聲譽:美國職籃蜚聲世界體壇。

顯揚 顯耀;著稱:聲名顯揚於世。

顯耀 聲譽、勢力等著稱:顯耀一時。

流芳 〈書〉好名聲流傳後世:流芳百世。

專美 〈書〉獨享美名:千百女青年紛紛投入救災行列,不讓男士專美。

附驥 蚊蠅附著在好馬的尾巴上藉以遠行千里。比喻依附名人,跟著出名。多用爲謙詞。也說**附驥尾**＊。

一鳴驚人＊ 《史記·滑稽列傳》:「此鳥不飛則已,一飛衝天;不鳴則已,一鳴驚人。」後比喻平時無特殊表現,一下子做出驚人的事情。

D6－7 形: 有名

有名 名字傳得遠,大家都知道;有名氣:歐洲出了許多有名的芭蕾舞蹈家。

著名 有名;名氣大:著名演員／莫內是著名的畫家。

出名 有名;名字爲人所知:他是我們這裡出名的人物／他以善於寫報告文學而出名。

聞名 有名;名聲傳播很廣:舉世聞名／維也納是以音樂而聞名的城市。

知名 有名;著名(多用於人):知名學者／知名人士。

名 出名的;有名聲的:名作家／名山大川。

大牌 牌子大,比喻名氣大:大牌演員／大牌歌星。

赫赫有名＊ 形容聲名非常顯著。赫赫:顯著盛

大的樣子。

大名鼎鼎＊ 形容名氣很大。鼎鼎:盛大的樣子。也作**鼎鼎大名**＊。

如雷貫耳＊ 形容人的名聲響亮。

有頭有臉＊ 形容有名譽有威信。

眾望所歸＊ 眾人所敬仰的。形容威信高,得到群眾信任:當時魯迅、梁實秋先生都是眾望所歸的文壇重鎮。

德高望重＊ 品德高尚,聲望很高(多用於稱頌老年人):德高望重的長者。

D6－8 形： 無名

無名 姓名不爲世人所知的:無名小卒/無名英雄。

默默無聞＊ 不出名;沒有人知道:默默無聞地埋頭工作。

無聲無臭＊ 沒有聲音,沒有氣味。形容沒有名聲或對外界沒有什麼影響:我母親含辛茹苦,無聲無臭地度過一生。

湮沒無聞＊ 名聲被埋沒,無人知道。

不見經傳 經傳上沒有記載。指人或事物不爲人知。也指事物沒有來歷,缺乏文獻根據:一些名不見經傳的人,在某些問題上常常有高明的、正確的見解。

D6－9 名： 面子

面子 ❶體面;表面的虛榮:愛面子/他辦事不重實際,只求面子上好看。❷情面:秉公辦理,不講面子。

面目 面子;臉面:連這樣簡單的事情都做不好,怎有面目見人?

臉面 情面;面子:看在我的臉面上,你饒了他吧。

顏面 體面;面子:不顧顏面。

臉 臉面:沒臉見人。

體面 體統;身分:辦得光彩,不失體面。

大面兒 〈方〉面子。

情面 情分和面子:不顧情面/情面難卻。

人情 情面:托人情/不講人情。

情 情面:說情/求情。

老臉 ❶年老人謙稱自己的面子:看我的老臉,就原諒他這一次吧! ❷厚臉皮。

D6－10 名： 榮譽

榮譽 光榮的名譽:能拿到全勤獎是學生最大的榮譽。

光榮 榮譽:光榮歸於人民。

光 光榮:爲國增光。

光寵 〈書〉賜給的榮譽或恩惠。

盛譽 很大的榮譽、名譽:久負盛譽。

D6－11 形： 光榮

光榮 被公認爲值得稱讚和尊敬的(一般用於做了有利於人民和合乎正義的事情):一人授勳,全家光榮。

榮耀 光榮;有好名譽:考察南極勝利返航的科學家們是何等榮耀啊。

光耀 榮耀:父親因兒子立功受獎而感到光耀。

榮 光榮:肝膽相照,榮辱與共/榮獲英雄稱號。

榮光 光榮;榮耀。

榮幸 光榮而幸運:承蒙指教,我感到十分榮幸。

光彩 光榮;體面:廠長立了功,全廠都光彩。

體面 光榮;光彩:不勞而獲是不體面的。

好看 臉上有光彩;體面:學生有了成就,老師面子也好看。

D6－12 名： 恥辱

恥辱 名譽上受到的損害;可恥的事:苟且偸生,只會給兒孫留下恥辱。

恥 恥辱:雪恥/不以爲恥,反以爲榮。

羞辱 恥辱,指因聲譽受損害而感到難爲情:她忍受不了被誹謗的羞辱。

辱　恥辱：榮辱／忍辱負重。

奇恥大辱＊　極大的恥辱。

屈辱　受到的壓迫和侮辱：百年屈辱，雪於一旦。

D6－13 形： 羞恥

羞恥　羞愧恥辱；不光彩：人要有羞恥之心。

可恥　應當認爲羞恥：節約光榮，浪費可恥。

無恥　不知羞恥：卑鄙無恥／無恥之徒。

難看　不光彩；不體面：他說話擠眉弄眼，太難看了。

難聽　不光彩；不體面：這種事說出去，多難聽。

厚顏　厚臉皮，形容不知羞恥：厚顏無恥。

不要臉　不知羞恥（罵人的話）。

恬不知恥＊　對可恥的事滿不在乎，不感到羞恥。

寡廉鮮恥＊　不廉潔，不知羞恥。泛指不懂恥辱。

遺臭萬年＊　死後壞名聲流傳下去，永遠被人唾罵。

D6－14 動： 增光・玷辱

增光　增加光彩：爲國增光。

爭光　爭取光榮、榮譽：爲母校爭光。

生色　增添光彩：她的歌唱表演讓晚會生色不少。

玷辱　使蒙受恥辱：玷辱人格。

玷污　弄髒；污損。比喩使（人格、名聲）蒙受損害：玷污名聲。

污辱　玷污：你不該污辱我的人格。

辱沒　玷污；使蒙受恥辱：不要辱沒先進工作者的光榮稱號。

辱　使受恥辱；玷辱：幸不辱命／喪權辱國。

衣錦榮歸＊　古時指富貴後，穿了錦繡衣服回到故鄉。含有向親友誇耀的意思。也說**衣錦還鄉**＊。

D6－15 動： 丟臉

丟臉　喪失體面；臉上沒有光彩：你們淨出壞主意，讓我去丟臉。也說**丟面子**＊

出醜　丟臉：他存心看我出醜。

丟人　丟臉：不做丟人的事。

坍臺　〈方〉丟臉：在衆人面前坍臺。

現眼　〈方〉出醜；丟臉：丟人現眼。

現世　出醜；丟臉：活現世。

出洋相＊　鬧笑話；出醜：我們乾脆故意出洋相，讓同事們樂一樂，以達到娛樂效果。

出乖露醜＊　現出謬誤，露出醜態。形容當衆出醜丟臉。也說**出乖弄醜**＊。

名譽掃地＊　名譽完全喪失。

身敗名裂＊　地位喪失，名譽敗壞。

當場出彩＊　出彩：以前戲劇表演殺傷時，用紅色水塗抹，裝作流血的樣子。比喩當場敗露秘密或當衆出醜。

D6－16 形： 尊貴・顯達

尊貴　值得敬重；高貴：尊貴的客人。

高貴　❶高尚可貴的：先進人物的高貴人格。❷地位特殊、享受優越的：過著高貴的生活。

顯貴　官位很高的：顯貴人物。

顯達　舊指官位高而有名聲：地位顯達。

顯赫　權勢、名聲顯著而盛大：聲勢顯赫／顯赫一時。

榮華　草木開花。比喩興盛或顯達：不慕榮華富貴。

富貴　有錢又有地位的：富貴人家。

D6－17 形： 卑賤

卑賤　❶舊指出身卑微或地位低下：古時候奴僕的社會階級十分卑賤。❷（行爲）卑鄙下賤：他願意做最髒最累的工作，但決不幹卑賤的勾當。

微賤　舊指社會地位低下；無業或從事低賤職業：出身微賤。

低賤　地位低下；不高貴：不做低賤的人／這個

職業,勞累卻不低賤。

貧賤　貧窮而社會地位低下:貧賤不能移。

下賤　❶舊時指出身或社會地位低賤:出身下賤。❷卑劣;下流:想不到他竟幹出這樣下賤的事情。

賤　❶地位低下:貧賤／賤民。❷卑鄙:賤相／賤骨頭／賤脾氣。

卑微　地位低下,渺小而無所作爲:一個忘了時代使命的人,是多麼卑微啊。

低微　地位低下,渺小而不起作用:低微的身分／社會地位低微。

下流　惡劣,卑鄙,不正派:下流話／下流作風／行爲下流。

卑下　❶地位低下;微賤:他以卑下的工作爲生。❷(品格、行爲等)低劣:品格卑下／情操卑下。

卑　❶地位低下:不卑不亢／尊卑不分。❷品質低劣:卑鄙／卑不足道。

低三下四＊　形容卑賤恭順,阿諛逢迎。

D6－18 名：　偉人・要人

偉人　偉大的人物:革命偉人／科學上的偉人。

大人物　有成就、有地位、有名望的人。

風雲人物＊　言論行動對時局有很大影響的人。

要人　指官職高、權勢大的人物:各國要人雲集紐約。

要員　指擔任重要職務的人員:中央要員蒞省視察。

巨頭　大頭目。政治、經濟界等有勢力有影響的人物:工業巨頭／金融巨頭。

大亨　舊時稱某一地方或某一行業有錢有勢的人,如大官、富商或大流氓頭子。

巨人　在某一方面有巨大影響和傑出貢獻的人物:文壇巨人。

D6－19 名：　常人・無名氏

常人　平凡的人;普通的人:常人辦不成的事,他

都能辦成。

凡人　〈書〉平常的人;一般的人:凡人俗語。

凡夫俗子＊　平凡的人;平庸的人。

小人物　沒有地位、沒有影響的人物。

小蘿蔔頭＊　對小男孩兒的親昵的稱呼;小人物。

匹夫　❶舊指平民百姓。也泛指平常人:天下興亡,匹夫有責。❷指沒有學識智謀的人:匹夫之勇。

無名小卒＊　比喻沒有地位和名氣的普通人。

無名氏　隱瞞自己姓名或查不出姓名的人。

D6－20 名：　名人

名人　著名的人物:名人書畫／名人軼事。

名士　舊指知名的文人。也指有一定名望而不願做官的人。

名流　社會上有名望的人士。

聞人　衆所知名的人。

名士派　舊指社會上自由散漫、不拘小節的文人。也指這種人的作風。

新秀　新出現的年輕人才:在全國體操賽中,老將、新秀競演絕技。

新星　新出名的傑出人物(多指演員、運動員):她是在影壇嶄露頭角的一顆新星。

頭面人物　社會上有較高地位和較大聲望的人物。

大腕　源於早期黑話的流行語,指有成就、有實力、有影響的人物,特別是著名的演員、臺柱子。

D6－21 名：　隱士・遺民

隱士　舊指隱居山野不願做官的人:不再出山的隱士。

隱逸　〈書〉避世隱居的人。

遺民　指改朝換代後仍然效忠前朝、不再做官的人。也泛指大動亂後遺留下來的人民。

遺老　❶指改朝換代後仍然效忠前朝、拒不承認

新代的年老舊臣。❷〈書〉泛指經歷世變的老人。

遺少 指改朝換代後跟隨老一輩仍然眷念前朝的年輕人。

D6－22 名： 紳士

紳士 舊指地方上有地位、有勢力的人,多為地主或退職官僚。也叫**士紳**。

紳耆 舊指地方上的紳士和有地位的老人。

耆紳 〈書〉年老的紳士。

豪紳 舊時地方上依仗權勢欺壓人民的紳士。

劣紳 早期指仗勢作惡、魚肉鄉里的紳士。

土豪 早期指有錢有勢、壓榨農民的地主:土豪劣紳。

D6－23 名： 權貴

權貴 舊時居高位、有權勢的貴族,官僚:不畏權貴。

顯貴 舊指做大官有權勢的人。

顯要 官居要職、聲勢顯赫的人。

貴人 地位尊貴的人:達官貴人/貴人多忙。

貴族 奴隸社會、封建社會以及現代君主制國家,享有世襲特權的統治階級上層人物。

貴胄 〈書〉貴族的後代子孫。

上流 舊指社會地位較高的人:上流社會。

權門 舊指有權勢的人家:依附權門。

侯門 舊指顯貴之家:侯門似海。

豪門 舊指豪富權貴的人家:豪門子弟。

王族 國王的同族。

皇族 皇帝的家族。

D6－24 名： 僕人‧僕從

僕人 被雇到家庭中做雜事、供役使的人。

僕 僕人:僕役。

下人 舊指僕人。

奴僕 舊社會在主人家裡從事雜役、聽候使喚的人。

奴婢 舊社會受役使的、沒有人身自由的男女僕人。

底下人 下人。

僕役 僕人。

僕婦 舊指年齡較大的女僕。

傭 僕人:女傭。

媽 舊時連著姓稱年齡較大的女僕:李媽/王媽。

老媽子 舊時指女僕(含有輕蔑意)。

娘姨 保母的舊稱。

阿姨 對保育員或保母的稱呼。

保母 保姆 受雇為人照管兒童、料理家務的婦女。

婢女 指被出賣,供有錢人家役使的女孩子。

丫鬟 指供有錢人家役使並喪失人身自由的女孩子;婢女。

丫頭 丫鬟;婢女。

使女 婢女。

侍女 舊時供有錢人家使喚的年輕女子。

奶媽 受雇於人,以乳汁哺育別人嬰兒的婦女。

乳母 奶媽。

奶娘 〈方〉奶媽。

嬤嬤 〈方〉奶媽。

奶子 〈方〉奶媽。

侍者 〈書〉侍候人的人。

侍從 舊指在皇帝或高級官吏左右侍候衛護的人。

僕從 指跟隨主人身旁聽候差使的僕人。

伴當 舊指跟隨著作陪的僕人或夥伴。

跟班 舊時跟隨在官員身邊供使喚的人。

隨從 隨同高級官員外出的工作人員。

親隨 舊時跟隨主人身旁聽任差遣的僕役。

聽差 舊時指在機關或有錢人家做勤雜工作的男僕。

當差 舊指男僕;聽差。

西崽 舊時稱洋行、西式餐館中的男僕（含輕蔑意）。

D6－25 名： 主人

主人 舊時聘用管家、帳房、家庭教師等的人；雇用僕人的人：阿娥嫂走投無路，只好來找老主人了。

東家 舊時受雇用或聘請的人對主人的稱呼；佃戶稱租土地給他的地主。

主 舊時占有奴隸或雇用僕役的人：奴隸主／主僕。

主子 舊時奴僕稱主人。現多比喻操縱、主使他人幹壞事的人。

老爺 舊時僕人稱男主人。

太太 舊時僕人稱女主人。

D6－26 名： 好人·壞人（一般）

好人 思想好、品行好的人：好人好事。

善類 〈書〉善良的人（多用於否定式）：他是個兩面三刀的人，並非善類。

明人 光明磊落的人：明人不做暗事。

本分人 安於自己所處的地位和環境的人。

壞人 品行惡劣的人；壞分子。

惡人 惡劣的人；壞人。

歹人 〈方〉做壞事的人。多指盜賊。

壞東西 壞人（罵人的話）。

壞蛋 〈口〉壞人（罵人的話）。

渾蛋 混蛋 認識模糊、不明事理的人（罵人的話）。

小人 人格卑劣的人：小人得志。

小丑 小人：小丑跳樑／政治小丑。

禽獸 鳥和獸。比喻毫無道德觀念、行為卑鄙惡劣的人：禽獸行為／衣冠禽獸。

衣冠禽獸* 穿戴著衣帽的禽獸。指道德敗壞、行為卑劣，如同禽獸的人。

跳樑小丑* 上躥下跳、興風作浪而又沒有多少能耐的壞傢伙。形容猖狂的樣子。跳樑：也作「跳踉」，亂蹦亂跳。

無恥之徒* 不知羞恥的人。

牛鬼蛇神* 牛鬼，佛敎指地獄中的牛頭虎。蛇神，指蛇精。指奇形怪狀的鬼神。比喻社會上形形色色的壞人。

魑魅魍魎* 古代傳說中害人的妖怪。現比喻各式各樣危害人民的壞人。

落水狗 比喻失勢的壞人：魯迅以文痛打落水狗的作風，令人稱快。

癩皮狗 比喻卑鄙無恥的人。

妖孽 〈書〉妖怪；魔鬼。比喻邪惡的人。

妖魔鬼怪* 妖怪和魔鬼。比喻各式各樣危害人民的壞人。

狐群狗黨* 比喻勾結起來共同作惡的壞人。也作**狐朋狗黨***。

奴才 以供人驅使、助人作惡來博取主子寵信的奴僕。

餘孽 未被徹底消滅、殘留下來的壞人或惡勢力：封建餘孽。

殘渣餘孽* 比喻掃蕩之後殘存的壞人。

D6－27 名： 聖賢·君子

聖賢 聖人和賢人。

聖人 舊指思想品德和智慧最高的典範人物，如孔子自漢以後被歷代封建統治者推崇為聖人。

賢人 有德行有才能的人。

聖 聖人；品德和智慧極高的人：先聖。

賢 賢人：先賢／任人唯賢。

哲人 〈書〉智慧卓越的人。

哲 哲人：先哲／賢哲。

完人 沒有缺點的人：金無足赤，人無完人。

賢達 有德行有聲望的人：社會賢達。

賢能 有德行有才能的人。

賢哲 有德行有智慧的人。

先知 指對社會、政治等重大問題認識較一般人為早的人。

先覺 指在政治、社會改革方面覺悟得較一般人為早的人：先知先覺。

堯舜 堯和舜是傳說中上古的賢明君主。後來泛指聖人。

泰斗 泰山和北斗。比喻德高望重或有卓越成就而為眾人所敬仰的人：文壇泰斗。

泰山北斗＊ 泰斗。

先賢 舊稱已去世的品德高尚的人。

前賢 〈書〉稱品德高尚的前輩。

先哲 〈書〉指已故的有才德的人。

長者 年高有德的人。

君子 古代指地位高的人。後指品格高尚的人：以小人之心度君子之腹／君子不掠人之美。

正人君子＊ 品行端正的人。

謙謙君子＊ 謙恭和藹，能嚴格要求自己的人。也用來諷刺事事謙讓、毫無原則的人。

仁人君子＊ 指道德高尚，能熱心助人的正直人士。

志士 有志氣和節操的人：愛國志士。

仁人志士＊ 仁愛而有節操的人。

烈士 ❶為正義事業而壯烈犧牲的人：革命烈士。❷古代指有志於建功立業的人：烈士暮年，壯心不已。

D6－28 名： 英雄・豪傑

英雄 ❶才略出眾，為民族或人民的利益作出重大貢獻的人物：民族英雄／救災英雄。❷舊指勇武過人的人：英雄好漢。

豪傑 才能傑出，很有氣魄的人：梁紅玉是女中豪傑。

英豪 英雄豪傑：先烈的遺志激勵著一代英豪。

英傑 英雄豪傑：那些英勇善戰的革命領袖都是創造歷史的英傑。

俊傑 才智出眾的人物：識時務者為俊傑。

人傑 〈書〉才智特出的人物：生當為人傑。

無名英雄＊ 姓名不為人知的英雄人物。

D6－29 名： 俠客・義士

俠客 舊指武藝高超、抑強扶弱、見義勇為的人。

豪俠 勇武而講義氣的人：江湖豪俠。

劍俠 精於劍術的俠客(舊小說中人物)。

義士 舊指能維護正義、幫助別人的人。

D6－30 名： 元老・功臣

元老 稱政界年輩高，資歷深的人：革命元老。

元勳 對國家開創或建設有極大功勞的人：開國元勳。

功臣 君主時代稱有功的官吏。現指對國家有特殊功勞的人：不以功臣自居。

D6－31 名： 骨幹・中堅

骨幹 由骨頭組成的身體的支架。比喻在總體中起重要作用的人或事物：骨幹力量／技術骨幹／骨幹作用。

臺柱子 戲班中的主要演員。借指集體中的骨幹分子。

柱石 柱子和柱子下面的基石。比喻擔負國家重任的人：青年是國家的柱石。

支柱 起支撐作用的柱子。比喻中堅力量或主要人物：以全國青年為支柱的志願軍，在戰鬥中所向披靡。

頂樑柱 比喻起主要作用的力量或人物：這位工程師是工廠的頂樑柱。

主心骨 可依靠的主要人物或事物：他是我們研究所的主心骨。

棟樑 房屋的大樑。比喻能擔當國家重任的人：國家的棟樑／棟樑之才。

基幹 骨幹；基本力量：基幹民兵。

中堅 集體中最強有力且起骨幹作用的成分：中堅人物／中堅力量。

龍頭　龍燈的頭部。比喻居於領導地位或起骨幹帶頭作用的人。

中流砥柱＊　屹立在黃河激流中的砥柱山。比喻在動盪艱難的環境中能擔當重任、支撐危局的人或力量。

活動家　在政治生活和社會生活中行動積極並有較大影響的人物。

活動分子　在集體生活中很活躍，起推動作用的人：在社團方面，他是個出名的活動分子。

D6－32 名：　模範・先鋒

模範　值得學習或仿效的人或事物：勞動模範／模範人物／樹立模範。

榜樣　值得作爲樣子供人學習的先進人物或先進事例：榜樣的力量是無窮的。

樣本　工業上供檢驗或劃線用的作爲標準的板狀工具。比喻可作學習、仿效的榜樣：樹立樣本。

標兵　閱兵場上用以標示界線的士兵。比喻可以作爲學習榜樣的個人或單位：學習標兵／樹立標兵。

表率　好榜樣：老師要做學生的表率。

師表　〈書〉品德學識上值得學習的榜樣：爲人師表。

典型　具有代表性或概括性的人物或事件：學習典型／典型經驗。

典範　值得作爲學習、仿效標準的有代表性的人或事物：周經理是嚴於律己的典範。

楷模　典範；模範：奉爲楷模／青年學生的楷模。

英模　英雄模範的合稱。作戰英勇、才能出衆、有重大貢獻的人。

勞動模範　政府授予在生產建設中工作成績卓著或有突出貢獻的先進人物的一種光榮稱號。簡稱**勞模**。

先進工作者　由基層群衆評選出來的進步快、工作成績突出、可以作爲學習榜樣的人。

先鋒　行軍、作戰時的先頭部隊，也指率領先頭部隊的將官。現比喻在工作中起帶頭作用的人：革命先鋒／先鋒作用／先鋒隊。

排頭兵　走在隊伍最前面的兵士。比喻起先鋒帶頭作用的人：菁英運動員是攀登體育運動技術高峰的排頭兵。

先行者　事業的首先倡導人：中國革命的先行者是孫中山先生。

先鋒　走在前面引導的人：革命先鋒。

急先鋒　比喻積極帶頭的人：經濟改革的急先鋒。

旗手　在隊伍前面打旗子的人。比喻在某種事業中領導人們前進的先行人物：魯迅是新文化運動的旗手。

新人　❶指具有新思想、新作風的人：新人新事／一代新人正在茁壯成長。❷某方面新出現的人物：影壇新人。

D6－33 名：　姦徒・害人蟲

姦徒　奸詐陰險的人。

奸佞　〈書〉奸詐邪惡、善於奉承獻媚的人。

奸邪　奸詐邪惡的人。

佞人　善於以巧言諂媚的人。

姦宄　〈書〉犯法作亂的人。

禍水　比喻引起禍患的人或勢力。

害人蟲　比喻危害人民的人或集團：消滅一切害人蟲。

害群之馬＊　比喻能給公衆帶來危害的壞人。

笑面虎　比喻貌似善良而心懷凶惡的人。

中山狼　古代寓言故事：戰國時的趙簡子在中山打獵，一條狼中了箭向路過的東郭先生求救。東郭先生救了它，可是狼得救後卻要吃救命恩人東郭先生。後用中山狼比喻忘恩負義的人。

D6－34 名：　暴徒・豪強

暴徒　用強暴手段侵害別人、擾亂社會秩序的

人:嚴防暴徒擾亂會場。

強暴 強橫凶暴的人:不畏強暴。

豪強 依仗權勢、橫行不法、欺壓人民的人:翦除豪強。

豪門 舊指有錢有勢的家族:豪門大族。

豺狼 豺和狼,兩種凶惡的野獸。比喻凶惡殘忍的壞人:豺狼當道。

魔王 佛教指專做破壞活動的惡鬼。比喻極其凶暴的惡人:混世魔王。

虎狼 比喻凶惡殘暴的人。

閻王 閻羅,佛教指管地獄的神。比喻極其凶惡殘忍的人。

混世魔王＊ 比喻擾亂世界安寧、給人民帶來嚴重災難的壞人。

蛇蠍 蛇和蠍子。比喻狠毒的人:蛇蠍心腸。

亡命之徒＊ 不顧性命、冒險作惡的壞人。

梟雄 〈書〉舊指強橫雄健、野心勃勃的人物:一代梟雄。

D6－35 名: 流氓·惡霸

流氓 原指無業游民。現在指不務正業、為非作歹的人。

潑皮 流氓;無賴。

光棍 地痞;流氓。

無賴 遊手好閒、品行不端、慣於放刁耍賴的人。也叫**無賴漢;無賴子**。

二流子 遊蕩成性、不務正業的人。

阿混 對待工作敷衍塞責、苟且度日的人。

阿飛 身穿奇裝異服、舉動輕狂、流氓氣十足的青少年:流氓阿飛。

拉三 〈方〉女流氓。也作賴三。

白相人 〈方〉無賴漢;專門靠敲詐勒索為生的人。

拆白黨 〈方〉專門用引誘手段騙取錢財的流氓集團或壞分子。

壞分子 泛指必須依法懲辦的盜竊犯、詐騙犯、殺人放火犯、流氓和其他嚴重破壞社會秩序的壞人。

地痞 舊指地方上的流氓。

痞子 地痞;流氓。

地頭蛇 舊指地方上強橫霸道、欺壓百姓的壞人。

惡棍 為非作歹、欺壓群眾的無賴漢。

土棍 地方上的惡棍。

惡人 凶狠的人;壞人:惡人先告狀。

惡霸 依仗反動勢力獨霸一方、欺壓鄉里、無惡不作的壞人。

霸王 比喻極端霸道、蠻不講理的人。

霸主 指在某一地區或特定範圍內稱王稱霸的人或集團。

土皇帝 指盤據一方的軍閥或橫行一地的大惡霸。

把頭 舊指把持某一行業壓迫、剝削工人的人。

賭棍 靠賭博生活的無賴。

D6－36 名: 走狗·幫凶

走狗 善跑的獵狗。比喻受人豢養、為人奔忙、協同作惡的人。

狗腿子 〈口〉為有權勢的人奔走作惡的人;走狗。

腿子 〈口〉狗腿子。

鷹犬 打獵用的鷹和狗。比喻受人驅使、充當爪牙的人。

奴才 甘心受人驅使、充當爪牙的人。

幫凶 幫助壞人行凶作惡的人。

打手 地主惡霸所豢養的專替主人打架行凶的狗腿子。

走卒 差役。比喻受豢養、幫助作惡的人。

爪牙 凶禽猛獸的爪和牙。比喻壞人的幫凶或黨羽。

嘍囉 僂儸 舊指盜賊頭目的部下。現比喻反動派的幫凶或僕從。

D6－37　名：　浪子‧公子哥兒

浪子　生活放蕩、不務正業的青年人:浪子回頭。

敗家子　任意揮霍家產、不能自立的子弟。

敗子　敗家子:敗子回頭。

公子哥兒　原稱官僚和富家不知人情世故的子弟。後泛指嬌生慣養、講究享受、不事生產的男子。

花花公子＊　不務正業、衣著華麗、只知吃喝玩樂的富貴人家子弟。

高幹子弟＊　在中國大陸指高級幹部的子女。

紈袴子弟＊　〈書〉舊指富貴人家衣著華麗、遊手好閒的子弟。紈袴:也作「紈綺」,細絹做的褲子。

膏粱子弟＊　〈書〉舊指吃精美食物的富貴人家子弟。膏粱:肥肉和細糧。

衙內　舊泛指官僚子弟(多含貶意)。

惡少　品行惡劣的青年:洋場惡少。

大少爺　舊指公子哥兒。現多指好逸惡勞、揮霍浪費的人。

鬧將　好滋事生非的年輕人。

D6－38　名：　潑婦等

潑婦　潑辣蠻橫的婦女:潑婦罵街。

悍婦　凶狠粗暴的婦女。

雌老虎　比喻凶悍的婦女。

三姑六婆＊　三姑指尼姑、道姑、卦姑(占卦的婦女);六婆指牙婆(以介紹人口買賣為業的婦女)、媒婆、師婆(女巫)、虔婆(鴇母)、藥婆(治病的婦女)、穩婆(接生婆)。早期這些婦女往往藉這類身分幹壞事,因此用「三姑六婆」泛指不務正業的婦女。

D6－39　名：　舞女‧交際花

舞女　舞場中以伴人跳舞為職業的年輕女子。

交際花　早期在社交場合活躍而有名的女子(含輕蔑意)。

D6－40　名：　偽君子‧滑頭

偽君子　假裝正派、欺世盜名、實際上品行卑劣的人。

假道學　假裝正經、高談哲理、實際上行為醜惡的人:偽君子。

兩面派　陽奉陰違、口是心非的人。也指對矛盾的雙方都敷衍討好的人。

變色龍　一種能變換身體顏色以適應周圍環境的蜥蜴。比喻見風轉舵的政治投機分子。

投機分子　利用時機謀取私利的人。

鄉愿　〈書〉指鄉里中表面忠誠謹慎,實際上欺世盜名的偽君子。也指膽小怕事、不分是非的人。

滑頭　處世圓滑、不老實的人。

老江湖　長期在外謀生,富有閱歷,深於人情世故的人。

老狐狸　比喻陰險狡猾的人。

老油子　處世經驗多而圓滑世故的人。也說**老油條**。

油子　〈方〉閱歷多、熟悉情況而狡猾的人。

油嘴　說話油滑,喜歡狡辯的人。

貧骨頭　〈方〉❶小氣或貪圖小便宜的人。❷話多而令人生厭的人。

D6－41　名：　老好人

老好人　〈口〉脾氣隨和、待人厚道的人。有時也指原則性不強的人。

好人　老好人:同事間有爭議時,他總是充好人,不肯說公道話。

好好先生＊　待人友好、與世無爭,不問是非曲直,只求保持和氣的人。

濫好人　〈方〉好好先生。

菩薩　比喻心腸慈善的人。

D6－42 名： 凶神‧怪物

凶神 迷信者指凶惡的神。比喻凶惡的人。

凶煞 比喻凶惡的人。煞,凶神。

凶神惡煞* 凶惡的神。比喻凶惡的人。

惡魔 佛教稱阻礙佛法和善事的惡神。比喻非常凶惡的人。

魔鬼 宗教或傳說中指誘人作惡、害人性命的鬼怪。比喻邪惡勢力或壞人。

夜叉 佛教指吃人的惡鬼。比喻醜陋而凶惡的人。也譯作**藥叉**。

饕餮 古代傳說中貪食的惡獸。比喻凶惡貪婪的人或貪吃的人。

怪物 傳說中奇形怪狀的妖魔。比喻性格古怪的人。

D7　社會關係

D7－1 名： 關係‧緣分

關係 人和人或人和事物之間的相互聯繫:師生關係/社會關係。

緣分 迷信的人認爲命中注定的遇合的機會。一般指人和人或人和事物之間發生某種聯繫的可能性:他倆緣分好,中學、大學都在同一所學校/老婆婆總是怨嘆沒有中獎的緣分。

緣 緣分:機緣/姻緣/他們兄弟分居海峽兩岸四十年,今天終於有緣相會了。

因緣 機緣;緣分。

人緣兒 人和周圍的人相處的關係,有時指良好的關係:有人緣兒/他人緣兒不好。

人頭 指與人的關係:他在金融界人頭很熟。

瓜葛 瓜和葛都是蔓生植物,能攀附、纏繞在別的物體上。比喻互有牽連的親友關係,也泛指兩件事情互相牽連的關係:他們之間的瓜葛,誰也說不清楚/他和這件事沒有瓜葛。

人際關係 人與人之間的關係,指人們在交往接觸過程中所發生的關係:維繫好人際關係/建立友好的人際關係。

群眾關係 個人和周圍群眾交往接觸的情況。

社會關係 ❶指個人的親戚、朋友等關係。❷人們在社會活動中結成的相互關係。包括生產關係及爲生產關係所決定的政治、法律、宗教等關係。

D7－2 名： 友誼

友誼 朋友間友好交往的情誼:他對於友誼是十分珍惜的。

友情 朋友間親近的感情;友誼:真正的友情比寶石還要透明,比金子還要高貴。

交情 人們相互交往中發生的感情:我們有老交情,儘管十年不見面了,而彼此的心還是相通的。

交誼 〈書〉人們相互交往中的友好關係:人與人之間的交誼首重誠信。

交 交往;交誼:一面之交/忘年之交。

舊 老交情:他們的父輩有舊。

私交 私人間的交情:他倆私交很深。

一面之交* 見過一面的交情。也即僅僅認識,沒有深交。也說**一面之雅***。

D7－3 名： 朋友

朋友 ❶有同樣愛好、志趣,互相了解並有感情的人:她們是表姐妹,也是好朋友。❷熟識、有交往的人:他交遊廣闊,各方面的朋友很多。❸對不知姓名的人的稱呼(有時語意含譏諷或不尊重):那位大嗓門兒的朋友,今天沒到公園來。

友 朋友:交友/良師益友/以文會友。

朋 朋友:高朋滿座/親朋好友。

友人 熟識、有交往的人:國際友人。

相識 彼此認識的人;有交往的人:老相識/車

上偶遇,成了相識。

哥兒們　〈口〉❶弟兄們。❷好友間的稱呼,帶有親熱口氣。

故　老朋友;舊交:故舊／沾親帶故／尋故訪友。

兄長　對年資較高的男性朋友的尊稱。

老兄　對男性朋友或熟人的稱呼。

熟人　彼此認識較久的人:在聯歡會上,遇見不少熟人。

D7－4　名：　好友・益友

好友　感情深厚的朋友:至親好友。

良友　好朋友。

友好　要好的朋友:生前友好。

摯友　情深意篤的朋友。

執友　〈書〉志同道合的朋友。

密友　關係親密的朋友。

知己　彼此相互了解並有深厚情誼的人:他們是多年的知己,無話不談。

知交　知心朋友:在學生時代他們兩人就成了知交。

知音　相傳春秋時伯牙善彈琴,鍾子期能從伯牙的琴聲聽出他的心意。鍾子期死後,伯牙不再彈琴,認為沒有人能聽懂他的琴音了。後用「知音」指了解自己或對作品能深刻理解的人:只要你的作品真正寫得好,就不怕沒有知音。

相好　彼此關係親密的朋友。

相知　彼此互相了解而情誼深厚的朋友:他倆是老相知,無話不談。

至交　最要好的朋友:彼此至交,你的事也就是我的事。

神交　情投意合、相知有素的朋友:彼此情趣相投,向慕有素,早成神交。

契友　情意相投的朋友。

益友　思想、工作、學習上有幫助的朋友:良師益友。

畏友　秉性正直、為自己敬畏的朋友。

諍友　〈書〉有真心誠意、能直言規勸的朋友:多年來你一直是我的諍友。

忘年交[*]　年歲差別大、輩分不同而志趣相投、感情深厚的朋友:他倆既是師生,又是忘年交。

戰友　一起在軍隊中服役的人,或一起參與某種鬥爭的人:老戰友／革命隊伍中的戰友。

難友　一起蒙難的人。

D7－5　名：　舊交・新交・故友

舊交　老朋友:不忘舊交／新朋舊交。

故舊　舊交;老朋友:門生故舊／親戚故舊。

故人　老朋友:懷念故人／故人相見,分外親切。

故知　〈書〉故人:他鄉遇故知。

故交　〈書〉老朋友。

舊　老朋友:訪舊／懷舊。

世交　世代有交情的人或人家:你我世交,還分什麼彼此?

父執　〈書〉父親的朋友。執,志同道合的人。

初交　初次交接或結識不久的人:雖是初交,卻也一見如故。

新交　剛結識不久的朋友:老友新交,濟濟一堂。

故友　已去世的朋友;生前跟自己相知頗深的人:追憶往事,緬懷故友。

D7－6　名：　損友

損友　對自己有害,產生壞影響的朋友。

酒肉朋友[*]　只在一起吃喝玩樂而不做正經事,不可共患難的朋友。

酒肉朋友[*]　指結交不正派的壞人。

D7－7　動：　交友

結交　跟人結識來往,使關係密切:他倆結交已久。

結識　跟人相識交往:他是我三十年代結識的老友。

交接 結交:交接幾個外國朋友。

交游 〈書〉結交朋友:交游極廣。

交 結交:交朋友/遠交近攻。

軋 〈方〉結交:軋朋友。

相交 相互交往,做朋友:我和他相交遠在二十
年前。

訂交 結爲朋友:初次訂交。

締交 (朋友)訂交:他們在中學時代即已締交。

交好 結成知己:我和他交好之後,每月至少見
面一次。

相知 彼此交往,相互了解:我們是相知多年的
老朋友。

相識 彼此熟識:我倆早已相識,不要介紹。

結緣 結下緣分,彼此離不開:從小愛讀寫,跟筆
墨結緣。

神交 彼此慕名而沒有見過面:我們神交已久,
但至今還沒有一面之緣。

D7－8 動：　結拜

結拜 因感情親密或目標相同而相約爲異性兄
弟姐妹。也說**結義**。

拜盟 以一定形式結拜爲異姓兄弟。

拜把子＊ 拜盟。

換帖 舊指交換寫有姓名、年齡、籍貫、家世的帖
子,結拜爲異姓兄弟。

D7－9 形、動等：　友好・和睦

友好 〔形〕親近和睦:友好的態度/友好鄰邦。

友愛 〔形〕友好親愛:團結友愛/友愛的集體。

友善 〔形〕〈書〉對朋友親切和好:對老師尊敬,
跟同學友善。

親善 〔形〕親近友好(多指國家關係):兩國親善
/親善大使。

知己 〔形〕彼此了解而情深誼厚的:知己朋友。

知心 〔形〕知己:知心話/知心朋友。

莫逆 〔形〕彼此思想感情投合,十分友好:莫逆

之交。

和睦 〔形〕相互親密和好:鄰里和睦相處。

和樂 〔形〕和睦快樂:家庭和樂。

融洽 〔形〕彼此和睦相處,關係好:群體關係融
洽。

要好 〔形〕彼此親近,感情融洽:他倆要好,十年
如一日。

相好 〔形〕彼此感情融洽,關係親密:兩人消除
了誤會,更加相好。

通家 〔形〕〈書〉指兩家交誼深厚,來往密切,如
同一家:通家之好。

團結 〔形〕和睦;友好:團結友愛,親如手足。

和氣 ❶〔形〕態度溫和;友善:他對待每一個人
都非常和氣。❷〔名〕和睦的關係、感情:不要
過分計較,免傷和氣。

投機 〔形〕意見相合:他們倆談得很投機/話不
投機半句多。

投契 〔形〕情意相合:我們相處多年,彼此投契。

投緣 〔形〕情意相合:兩人初次見面,談得很投
緣。

相投 〔動〕(思想感情)彼此合得來:兩人趣味相
投。

投合 〔動〕合得來:兩人性情投合。

和好 〔動〕恢復親近和睦的感情:兩人和好如
初。

有舊 〔動〕〈書〉舊日曾相交好;有老交情:王老
師和他兩人有舊。

念舊 〔動〕不忘舊日的交情:他還念舊,常來看
我。

夠交情＊ 有足夠的交情;不失朋友的情分。

夠朋友＊ 能盡朋友的情分。

一見如故＊ 初次見面就像老朋友一樣。形容思
想、感情一經交流,就很融洽。

志同道合＊ 彼此志向相同,理想一致。

D7－10 名：　仇恨

仇恨 因利害衝突或受過侵害而產生的深度憎

恨:別人的仇恨像座山,他的仇恨大如天。

仇隙 〈書〉因強烈的怨恨而產生感情上的裂縫。

敵愾 〈書〉對敵人的仇恨和憤怒:同仇敵愾。

敵意 仇恨的心:懷有敵意。

冤仇 因被人侵害或蒙受欺凌侮辱而產生強烈的仇恨:結下冤仇/多年冤仇,一旦消解。

仇 仇恨:苦大仇深/切骨之仇。

恨 怨恨,仇視:深仇大恨/報仇雪恨。

仇怨 仇恨,怨恨:仇怨深似海。

夙嫌 舊有的嫌隙:夙嫌很深。

宿怨 一向存在的怨恨:你的一番肺腑之言消除了他們的宿怨。也作**夙怨**。

嫌怨 不滿的情緒,怨恨。

惡感 對人不滿或嫌惡的感情:他的一舉一動無不叫人產生惡感。

惡意 不良的居心:惡意誹謗/心懷惡意。

睚眥 發怒時瞪眼睛。藉指小的仇恨:睚眥之怨/睚眥必報。

恩怨 恩惠和仇恨(多偏指仇恨):不計個人恩怨。

世仇 世世代代積累下來的仇恨。也指世代有仇的人或人家。

深仇大恨 * 極深極大、難以消除的仇和恨。

血海深仇 * 形容有親人遭殺害、留下血債的深仇大恨。

切骨之仇 * 形容深到極點的仇恨。

D7－11 名: 敵人

敵人 因利害衝突、互不相容而跟自己敵對的人或敵對的一方面:階級敵人/民族敵人。

仇人 因仇恨而互相敵視的人:難道你們不是弟兄,而是仇人?

仇敵 仇人,敵人:他的新舊仇敵恨不得逼死他。

寇仇 仇敵。

仇家 仇人。

對頭 仇敵;敵對的一方:死對頭/冤家對頭。

剋星 比喻對某種對象能起特殊作用的對手:我遇到了剋星,算我倒楣/T 細胞具有免疫效應,是癌細胞的剋星。

冤家 仇人:冤家路窄。

仇 仇人:疾惡如仇/親痛仇快。

敵 敵人:化敵為友/分清敵我。

死敵 矛盾尖銳,勢不兩立的敵人:武裝販毒集團是各國人民的死敵。

死對頭 仇深恨切、無法和解的仇敵。

眼中釘 比喻極端痛恨、無法容忍的人:這人幹了不少壞事,已成人們的眼中釘,肉中刺。

肉中刺 比喻極端痛恨而必須拔除的東西。

公敵 公眾共同的敵人:人民公敵。

夙仇 向來痛恨的仇人。

夙敵 素來不相容的敵人。

D7－12 形、動: 敵對‧不和

敵對 〔形〕根本利害衝突,互不相容,處在敵視對抗地位:敵對階級/敵對態度。

敵視 〔動〕用敵對態度、當敵人看待;仇視:人們不再敵視我,而用友好態度對待我。

仇視 〔動〕以仇恨的心情看待:死抱老古董,仇視新事物。

不共戴天 * 不跟仇敵在同一個天底下生活。形容仇恨極深,勢不兩立。

勢不兩立 * 形容雙方矛盾尖銳,你死我活,不能共存。

冰碳不相容 * 比喻兩種對立的事物不能並存。

不對 〔形〕不和睦;合不來:他倆積怨很深,素來不對。

不和 〔形〕不和睦:姑嫂不和。

不合 〔形〕不和;合不來:他倆性格不合,難以共處。

彆扭 〔形〕跟別人意見不合:她脾氣太彆扭,和別人合不來。

作對 〔動〕有意跟人為難:命運似乎跟我作對。

反目 〔動〕不和睦,翻臉:夫妻們爲了這些小事常常反目。

翻臉 〔動〕對人態度突然變壞:翻臉不認人。

翻 〔動〕〈口〉翻臉:把他惹翻了/不講情面,說翻就翻。

參商 〔形〕〈書〉參、商兩顆星,此出彼沒,互不相見。比喻彼此對立,不和睦;也比喻親友隔離,不能相見。

結仇 〔動〕結下冤仇。

結怨 〔動〕結下怨恨。

失和 〔動〕雙方由和睦變爲不和睦:爭分遺產,導致姊妹失和。

鬧彆扭 * 雙方因有意見而合不來;因心懷不滿而故意爲難對方:他倆經常鬧彆扭。

鬧意見 * 因意見不合而相互指責:有話好商量,不要鬧意見。

齟齬 〔動〕〈書〉上下牙齒不相配合,比喻彼此意見不合:雙方發生齟齬。

貌合神離 * 表面上一致,實際上心思不一樣。

同床異夢 * 同睡在一張床上做不同的夢。喻共同做一件事而各有各的打算。

D7-13 動: 報仇·報復

報仇 對仇敵採取報復行動:爲死難同胞報仇。

復仇 報仇:矢志復仇。

報復 用敵對態度或手段對損害過自己利益的人進行回擊:他想乘機報復對方。

報 報復:善有善報,惡有惡報。

穿小鞋 * 比喻暗中對人刁難、報復,或施加限制:他還是該說就說,不怕人家給他穿小鞋。

報仇雪恨 * 打擊仇敵,洗雪怨恨。

以眼還眼,以牙還牙 * 比喻對方用什麼手段來,就用什麼手段予以回擊:「犯而不校」是恕道,「以眼還眼,以牙還牙」是直道。

以毒攻毒 * 用毒藥來治療毒瘡等病症。比喻以對方所使用的厲害方法來制服對方,也比喻利用惡人來對付惡人。

同仇敵愾 * 共同一致地對敵人抱著仇恨和憤怒。

D7-14 名: 糾紛·嫌隙

糾紛 因雙方看法不一致或利害衝突而引起爭執的事情:家庭糾紛/調解糾紛。

糾葛 葛藤蔓延纏繞。比喻糾纏不清的事情:工作上的糾葛/買賣雙方發生糾葛。

嫌隙 因不滿或猜疑而產生的隔閡、怨恨:多年嫌隙,消於一旦。

芥蒂 細小的梗塞物。比喻積在心裡的怨恨或不快;有隔閡:消除心裡的芥蒂。

疙瘩 疙疸 比喻想不通或難以解決的問題:思想上有疙瘩。

碴兒 嫌隙;爭吵的藉口:他們正想找個碴兒害咱們,不能不防著點兒。

過節兒 〈方〉嫌隙:這些小過節兒,我想你也不會記在心裡。

亂子 糾紛:工地的工人又出了亂子,你趕快去一下。

婁子 〈口〉亂子;糾紛:惹婁子/出婁子。

D7-15 名、形等: 分歧·隔閡

分歧 ❶〔形〕有差別;不一致:意見分歧/觀點分歧。❷〔名〕指思想、意見等的差別:在這個問題上,我們之間有分歧。

矛盾 ❶〔名〕矛和盾是古代兵器,分別用於攻擊和防禦。比喻兩種事物或言行之間的互相牴觸:矛盾百出/人民內部的矛盾,作品中也有了適當的反應。❷〔動〕互相牴觸,互相排斥:自相矛盾/前後矛盾。❸〔形〕矛盾的狀態:他前後的態度非常矛盾。

隔閡 ❶〔名〕思想感情上的互不相通,有距離:消除隔閡/他們兩人的隔閡很深。❷〔形〕思想感情有距離,有差別:兩代之間很容易隔

閡。

隔膜 ❶〔名〕思想感情上的互不相通,互不了解:他倆之間仍然有隔膜。❷〔形〕情意不相通,彼此不了解:我和他久不往來,畢竟隔膜了。

裂痕 〔名〕器物破裂的痕跡。比喻思想、感情等方面出現的分歧或距離:他倆的婚姻一度出現過裂痕。

代溝 〔名〕指老少兩代之間在社會價值觀念、行為舉止、習慣愛好、個人理想等一系列心理活動中的差異:我們老同志決不要以「代溝」為理由,不去和年輕人交朋友。

D7－16 動：　牽連・連累

牽連 因某人或某事產生的影響而使別的人或事蒙受不利:這一突然的變化,牽連到他的弟弟也跟著倒了霉。

牽扯 牽涉;牽連:希望你不要把家庭關係牽扯到工作上去。

牽纏 牽扯;糾纏:許多問題牽纏不清。

牽制 ❶關於建蓋運動場的經費,恐怕會因震災受到牽制,無法撥款。❷牽制:我當時深感文藝界問題受各方面牽制太大。

乾連 牽連。

乾礙 關係;牽連;妨礙:他是他,我是我,彼此毫無乾礙。

攀扯 牽連拉扯:他生怕人家把他的事情攀扯出來。

拉扯 〈口〉牽扯;牽涉:自己做事自己承當,不要把別人拉扯進去。

拉 牽累;拉扯:這件事是你一人做的,不要把我拉上。

連累 牽連,使受到損害:都怨我,是我連累了她。

掛累 連累。

牽累 ❶因別人、別事的牽制而受累:我因有家務牽累著,不能出遠門。❷連累:他過去曾因朋友的問題受到牽累。

拖累 使受牽累:我又得上四年大學,還要拖累媽媽再吃四年苦。

帶累 連累,使別人連帶受損失:千萬不要因為這件事而帶累了同事們。

累及 連累到:累及家人。

受累 受到連累:無辜受累。

城門失火,殃及池魚 ＊　相傳春秋時,宋國池仲魚所居近城門,一次城門失火,延及其家,仲魚被火燒死。一說因城門失火,大家汲水救火,池水乾涸,魚皆枯死。後用以比喻無端受牽連而遭禍害。

D7－17 動：　挑撥

挑撥 把一方的話或事搬給另一方,使雙方不和,引起糾紛:挑撥是非／他不該挑撥同學們的關係。

挑動 挑撥煽動:挑動群眾武鬥／挑動士卒,惑亂軍心。

挑 挑撥;挑動:就是你不生心,旁人也要挑是非。

挑唆 用煽動性的話語使別人生疑竇、鬧糾紛或做壞事:他受了旁人挑唆才鬧分家的。

調唆 挑唆,使跟別人鬧糾紛:倘非旁人調唆,怎會鬧到這步田地?

調弄 調唆。

播弄 撥弄　挑撥:播弄是非。

和弄 〈方〉挑撥:他們兩人鬧意見,你不要去和弄。

離間 從中挑撥,使不團結:警惕有人從中離間。

鼓搗 挑撥;設法支配。

搬弄是非 ＊　把別人私下的話傳給對方,蓄意挑撥,擴大矛盾;或者背後妄加評議,說長道短,引起爭端。

遇事生風 ＊　一有機會就借端搬弄是非,興風作

浪。

調嘴學舌*　背後說人長短,播弄是非。調嘴:耍嘴皮;學舌:把人家的話向別人再說一遍。

調三窩四*　搬弄是非,挑撥離間。也說**調三斡四***。

D7－18 動:　爭鬥

爭鬥　雙方不讓,互相毆打;打架:兩人意見不合,竟動手爭鬥起來。

鬥　對打:械鬥／鬥個你死我活。

搏鬥　徒手或持械猛烈地廝打:他與歹徒搏鬥,光榮負傷。

格鬥　奮力對打;激烈搏鬥:他徒手同握著匕首的歹徒格鬥。

打架　互相毆打:兄弟打架,驚動四鄰。

鬧架　〈方〉吵嘴打架:我不願跟你鬧架。

幹架　〈方〉打架;吵架:他常跟人幹架。

剋架　〈方〉打架。

動手　打人:君子動口不動手。

動武　毆打;使用武力(指打架、發動戰爭等):先是鬥嘴,繼而動武。

抓撓　〈方〉打架。

交手　雙方對打:兩位拳師再度交手。

毆打　打人:新婚不久,丈夫就毆打她。

打　毆打;打架:打得頭破血流／快住手,不要再打了。

扭打　兩人揪在一起打:兩人扭打在一起。

廝打　互相扭打:他輸了錢拿不出,還和人家廝打。

相打　互相打架:這兄弟倆常常相打。

凶毆　凶狠地毆打。

械鬥　使用器械或武器打群架:這群流氓偷竊、械鬥,無所不為。

打群架*　雙方聚集一夥人互相毆打。

D7－19 動:　調解・和解

調解　進行勸說,使雙方消除成見,平息爭端:調

解糾紛／從中調解。

調停　居間調解,平息爭端:由雙方工會組織出面調停。

調處　調停處理:這件房屋買賣糾紛,公司已下命令,委由律師去調處。

調和　❶排解糾紛,使雙方重歸和好:他們之間鬧了點意見,你去調和一下。❷用折衷的辦法使雙方矛盾緩和:把是非弄明白,不要調和敷衍。

排解　調解(糾紛):他家裡不睦,好幾次排解都無濟於事。

勸解　勸說,使和解:眼看老倆口要開戰,他不得不過來勸解。□**解勸**。

說和　從中勸說,使雙方和解。

斡旋　從中調停,把僵局扭轉過來:他私下對雙方都作了承諾,答應居中斡旋。

疏通　溝通雙方,調解爭執,使建立某種關係:請人向他疏通一下,消除他們的隔閡。

和稀泥*　喻指無原則地調和各方的矛盾:處理問題要講原則,不能和稀泥。

打圓場*　調解糾紛,使和解:要不是有人出來打圓場,恐怕這場糾紛還要升級。

排難解紛*　排除危難,調解糾紛;調停雙方爭執。

息事寧人*　調和爭端,把事情平息下來,使人們相安無事(多指無原則地進行調解)。

和解　停止爭執,重歸於好:她表示願意和解。

言和　結束戰爭或糾紛,達成和解:他不但不因我的挑釁而發怒,反而跟我握手言和。

講和　結束戰爭或平息事端,從此和平相處。

說服　用充分的理由勸說開導,使對方心服:耐心說服。

以理服人*　擺事實,講道理,使人信服。

言歸於好*　彼此重新和好。言:文言句首虛詞,無實際意義。

D7－20 動： 決裂・絕交

決裂 徹底破裂,無法彌補(指思想、感情、關係、談判等):我是和家庭徹底決裂才跑出來的。

決絕 堅決斷絕(關係):她毅然與家庭決絕。

決撒 決裂;破裂(多見於早期白話)。

抓破臉* 〈口〉比喻感情破裂,不顧情面,公開爭吵。

一刀兩斷* 比喻徹底斷絕關係。

藕斷絲連* 藕已折斷,絲還連著。比喻沒有徹底斷絕關係。

絕交 斷絕朋友間的交往或國家間的邦交:你和他是多年的老朋友,怎麼能為這點小事絕交呢? 也說**斷交**。

割席 〈書〉三國時管寧和華歆同學,合坐在一張席上讀書。後來管寧鄙視華歆的為人,就把席割開分坐。後世以「割席」指朋友間斷絕交往:做了官兒的與故人割席,是常見的事。

下逐客令* 秦始皇曾下令驅逐從各國來的客卿,後泛稱要趕走不受歡迎的客人為「下逐客令」。

D7－21 名： 鄰居・同鄉

鄰居 住處接近的人家或人:彼此在工作上是同事,在生活上是鄰居。

鄰人 住處接近的人。

鄰舍 〈方〉鄰居:左右鄰舍。

鄰里 同一鄉里的人:咱倆在家是鄰里,在外是戰友。

街坊 〈口〉鄰居。

同鄉 同一籍貫的人:聽口音,你和我同鄉吧。

老鄉 ❶同鄉:原來你和他們是老鄉。❷對不知姓名的農民的稱呼。

鄉親 ❶同鄉的人:你我是鄉親,不要見外。❷在農村中對當地人的稱呼。

鄉里 家鄉。也稱同鄉的人:倒行逆施,魚肉鄉里。

D7－22 名： 夥伴

夥伴 伙伴 加入同一組織或共同從事某種活動的人:共同經商的夥伴/幾個讀書時的夥伴,又聚首一堂了。

同伙 夥伴(多含貶義):他供出了合謀行騙的同伙。

同伴 在一起共同從事某項活動的某個人或某些人。

伴侶 生活和工作在一起而又關係親密的人。有時特指夫妻:終身伴侶。

儔 〈書〉伴侶:儔侶/同儔。

伴 夥伴;同伴:結伴出遊/搭個伴兒。

伙計 〈方〉同伴;合作共事的人。

搭檔 〈方〉協作的人:老搭檔。也作**搭當**。

老搭檔 經常在一起或多年合作共事的人。

伙 同伴;若干人結合的一群:散伙/結伙。

一起 〈方〉一伙:一起人圍著看熱鬧。

同道 志同道合的人;同一職業的人:新聞界同道。

同好 興趣愛好相同的人:公諸同好。

D7－23 動： 結伴・散伙

結伴 結為同伴:這次去溫泉,我們三人結伴同行。

搭伴 趁便做伴:他獨來獨往,從不跟我們搭伴。

搭伙 合成一伙:和他一起搭伙工作的還有本村的三個青年。

搭幫 〈方〉(許多人)結伴:搭幫出海捕魚。

打伙兒 〈口〉結伴;合夥。

散伙 團體、組織等解散:劇團散伙了。

拆伙 散伙。

拆散 使集體、家庭等組織解體,成員分散:好端端的一個家庭給拆散了。

D7－24 形、動等：　同年・同事

同年 〔形〕年齡相同：夫妻倆同年。

同歲 〔形〕同年。

同庚 〔形〕歲數相同：他們二人同庚。

同名 〔形〕名字或名稱相同：他倆同名又同在一個班級。

同姓 〔形〕同一姓氏：同姓不同宗。

同事 ❶〔動〕在同一單位工作：從前我和他同事。❷〔名〕同一單位工作的人：老同事／他是我的同事。

共事 〔動〕在一起工作：我們共事多年。

D7－25 動：　幫助

幫助 給人出力、出主意或從物質上、精神上給予支援：遇到困難，大家要互相幫助／只有你能幫助她進步。

幫 幫助；別人有困難時給以支援：我幫他抄稿子，他幫我改文章。

助 幫助；協理、輔佐別人做某事：助人爲樂／助我一臂之力。

扶助 幫助：扶助老弱。

援助 支援，幫助：援助災區難民／第三世界的國家應該互相援助。

援 援助：求援／孤立無援。

臂助 〈書〉出一臂之力相助；出力幫助：前承臂助，銘感五內。

贊助 讚許而予以支持、幫助：她從開始就對這件事熱心贊助。

支援 用人力、物力支持、援助：他主動要去非洲支援當地建設。

聲援 公開發表聲明予以支持：聲援南非人民反種族主義的鬥爭。

扶持 扶助：供應平價化肥，扶持農業生產。

扶植 幫助，培養：熱情地扶植新生事物，使它們茁壯成長。

扶 幫助：救死扶傷／扶危濟困。

拉 幫助：他學習有困難，請你拉他一把。

拉扯 〈口〉扶助；提拔：把他拉扯到經理職位上來。

拉巴 〈方〉扶助；提拔。

扶掖 扶助：他扶掖後進者的氣度，令人敬佩。

提攜 領著孩子走路。比喻在事業上扶助培養後輩：提攜新生力量。

提挈 〈書〉照顧，提拔：他早年曾受業師的資助和提挈。

支持 給予鼓勵或贊助：支持經濟改革／支持民營企業。

互助 互相幫助：團結互助／互助合作。

吃偏飯 * 比喻給予特殊關懷或幫助：對學習差的學生要幫助他消除自卑感，給他吃偏飯。□**吃小竈** * 。

D7－26 動：　救濟

救濟 用財物幫助遭受災害或生活困難的人：我們這裡年年鬧春荒，要靠政府救濟。

接濟 從物質上給予幫助，使度過困難：他經常接濟有困難的親友。

救助 援救，幫助：經各方大力救助，災區群眾很快恢復了生產。

周濟 對窮困的人給予物質上的幫助：咱們鄉的地方建設經費總是不夠用，多虧各企業家的捐款。

濟 救濟：濟困扶危／緩不濟急。

周恤 〈書〉表示同情憐憫並給予物質幫助。

施捨 出於同情或積德修善的思想，把財物送給窮人或寺廟。

施與 施捨（財物）；給予（恩惠）。

恩賜 原指封建統治者給予賞賜。現泛指因憐憫而施捨：你不要把這情誼看做是她恩賜給你的。

濟貧 救濟貧窮的人：劫富濟貧。

補助　以財物幫助(多指組織上對個人):困難補
　　助/經濟補助。

幫補　在經濟上幫助,彌補不足:他靠稿費幫補
　　家用。

搭補　〈方〉補貼;幫補。

救急　幫助解決緊急的困難或突發的病痛:他終
　　於想出了一個救急的辦法/醫務人員採取了
　　救急的措施。

捐助　無償地拿出財物幫助:這所學校的經費,
　　多半靠社會捐助。

資助　用錢財幫助:資助優秀學生升學深造。

賑濟　用錢財、衣物、糧食等救濟:賑濟災民。

仗義疏財*　爲了維護正義或講義氣,慷慨地拿
　　出錢財來幫助別人。

雪中送炭*　比喻在別人急需的時候送去財物,
　　給予幫助。

D7−27 動：　援救

援救　幫助別人,使脫離危險或困境:爲了援救
　　那艘英國船,我們提供了三百噸燃油。□救
　　援。

救　援救;挽救:救人/救死扶傷/救國救民。

拯救　援救,使脫離危難:他想做一番事業,拯救
　　世上受苦的衆生。

搭救　幫助人脫離危險或災難:他把一個落水的
　　小孩搭救上岸。

解救　使脫離危險或擺脫困境:老一輩革命家奔
　　走呼號,前仆後繼,來解救國家的危亡。

營救　設法援救:鐵達尼號沉船時,救難隊雖緊
　　急營救,卻徒勞無功。

挽救　從危險中救回;使脫離困境:挽救垂危病
　　人/挽救失足青少年。

救助　拯救和援助:救助無辜受害的人。

救生　救護生命:救生圈/從事救生工作。

活命　〈書〉救活生命:活命之恩,沒世難忘。

救命　拯救有死亡危險的人:救命恩人。

D7−28 名：　恩惠

恩惠　給予的或受到的好處:施予恩惠/我不願
　　意接受別人的恩惠。

恩　恩惠:感恩不盡/忘恩負義。

惠　恩惠:平等互惠/受惠無窮。

恩德　恩惠:老師教導的恩德,學生沒齒難忘。

恩澤　舊稱皇帝或官吏給予臣民的恩惠。澤,指
　　雨露滋潤草木,比喻施惠予人。

恩典　舊稱帝王給予臣下的恩賜和禮遇。也泛
　　指恩惠。

人情　恩惠;情誼:東家樂得送個空頭人情,就答
　　應了他。

小惠　小小的好處、利益:略施小惠。

口惠　口頭上許給人的好處:這不過是他不負責
　　任的口惠。

小恩小惠*　爲了籠絡人而給的一點好處。

D7−29 動：　感恩·忘恩

感恩　受到別人的恩惠而感激:感恩圖報/感恩
　　不盡。

報恩　報答別人給予自己的恩德:您這樣照顧
　　我,叫我怎樣報恩呢?

報德　對所受別人的恩德給予報答:以德報德。

報答　受人恩惠後用實際行動來感謝:報答父母
　　養育之恩。

報償　報答和補償:母親爲我們操勞一生,從不
　　希望什麼報償。

報效　爲報答恩惠而爲對方盡力:報效國家。

補情　報答情誼:你對我這麼好,我拿什麼來補
　　情呢?

忘恩　忘記了別人對自己的恩德:他雖不求圖
　　報,你也不能忘恩。

忘本　指境遇變好後忘掉自己原來的處境或生
　　活情況:一個人要記住自己的過去,不能忘
　　本。

辜負　對不起別人的期望或幫助:不要辜負大家的期望。

飲水思源*　喝水想到水源。比喻不能忘本。

感恩戴德*　感激別人對自己的恩德。

感恩圖報*　感激別人恩德而設法報答。

忘恩負義*　忘記別人對自己的恩德,做出背棄道義的事情。

恩將仇報*　用仇恨回報別人給自己的恩惠。

以怨報德*　用仇恨報答恩惠。

過河拆橋*　比喻利用他人的力量達到目標後,把幫助過自己的人拋開。

兔死狗烹*　兔子捕殺光了,獵狗不再有用,就被殺死煮來吃。比喻事情成功後,把曾經效勞盡力的人殺掉。

鳥盡弓藏*　飛鳥打盡了,弓就藏起來不用。比喻曾經效勞出力的人,事後被閒置、拋棄。

得魚忘筌*　筌:捕魚的竹器。意思是,竹器是用來捕魚的,捕到魚就把它忘了。比喻達到了目標就忘了所依靠的東西。

D7－30 名、動:　福利

福利　❶〔名〕生活上的利益:為人民謀福利。❷〔動〕使生活上得到利益:發展生產,福利人民。

善事　〔名〕慈善的事:行善事。

善舉　〔名〕〈書〉慈善的事。

造福　〔動〕給人創造幸福:造福後代/為人民造福。

行善　〔動〕做善事:行善積德。

惠及　〔動〕把好處給予某人或某地:惠及鄉鄰/惠及四方。

利　〔動〕使有利:利國利民。

便利　〔動〕使便利:便利群眾。

利於　〔動〕對某人某事有利:忠言逆耳利於行/利於團結的事要多做。

D7－31 形:　親密

親密　感情融洽,關係密切:她和學生的關係很親密/兩人相處得十分親密。

親愛　關係密切,感情深厚:親愛的老師/親愛的故鄉。

親　關係近,感情好:在班級裡,他們兩個最親。

親近　關係密切接近:他們兩家一向很親近。

近　親密:近親/兩人關係很近。

親切　❶親近而情意真摯:回到闊別十年的故鄉,一草一木都備感親切。❷熱情而關心:親切的教導/親切的話語。

密切　接近;親近:關係密切/往來密切。

緊密　非常密切:緊密團結/緊密合作。

親熱　親切而熱情:小朋友對老師很親熱。

親昵　十分親熱:她倆手拉手談個沒完,親昵極了。

悌己 體己　親近的;貼心的:悌己話。

貼心　最親近,最知己:貼心人/貼心的話兒說不完。

熱和　〈口〉親熱:他對人總是那麼熱和。

熱乎 熱呼　熱和:他倆稱兄道弟的,熱乎極了。

近乎　〈方〉關係親密:兩家來往極其近乎。

相好　彼此關係親密,感情融洽:他倆相好已久,進而發展成戀愛關係。

款洽　〈書〉感情真誠融洽。

情投意合*　雙方思想感情十分融洽。

形影不離*　形容彼此關係極其密切,經常在一起。□形影相隨*。

如影隨形*　像影子跟著形體一樣,片刻不離。形容雙方關係十分親密。

相依為命*　互相依靠著過日子,誰也離不開誰。

水乳交融*　水和乳汁融合在一起。比喻關係極其融洽或結合得十分緊密,分不出彼此。

心心相印*　形容彼此思想感情完全一致,不用語言說明就能互相了解。

唇齒相依* 嘴唇和牙齒互相依靠。比喻關係密
切,互相依存,不可分離。

唇亡齒寒* 嘴唇沒有了,牙齒就會感到寒冷。
比喻雙方關係密切,利害相關。

D7－32 形: 疏遠

疏遠 不親近,感情上有距離:兩人關係比較疏
遠。

生疏 疏遠:我們倆雖是至親,但多年不交往,反
倒生疏了。

生分 感情疏遠:他們幾年來很少來往,顯得有
些生分。

見外 當作外人看待:你我自家人,請不要見外。

外氣 〈方〉因見外而客氣:咱們老同學,可不興
外氣。

外道 指禮節上過於周到而顯得彼此疏遠;見
外:我們是老朋友,你這樣客氣倒顯得外道
了。

疏闊 〈書〉疏遠:交往疏闊。

不即不離* 對人保持一定距離,不親近也不疏
遠。

若即若離* 又像接近,又像離開。形容對人保
持一定距離。

D7－33 動、形: 熟識

熟識 〔動〕對人認識較久,或對事物了解較透
徹:我們在小學同學五年,彼此很熟識。

熟 〔形〕熟識的(人):熟人／咱們一回生,二回
熟。

面熟 〔形〕見過面,有些相識:這個人好面熟,好
像在哪裡見過。□面善。

眼熟 〔形〕看著好像認識,但記不起在哪裡見
過:我看著你很眼熟,我們是不是以前見過?

似曾相識* 好像曾經見過面。

D7－34 形: 陌生

陌生 因從未接觸過而不認識;生疏:陌生人／

初來乍到,對這地方未免有一點陌生。

生疏 因從未接觸過或很少接觸而不熟悉:這個
人我沒見過,很生疏／雖是初到這裡,但我並
不感到生疏。

生 生疏:生人／人生地不熟。

面生 面貌生疏;不認識:這位客人比較面生。

眼生 看著不認識,印象模糊:回到闊別多年的
家鄉,什麼都眼生了。

素昧平生* 對某人向來不了解,不相識。

人地生疏* 指初到一個地方,對當地的人事和
環境都不熟悉。

非親非故* 既不是親屬,也不是故舊。表示彼
此毫無關係。

D7－35 名: 私人・親信

私人 因親戚朋友關係或因私利而追隨自己的
人:濫用私人。

近人 跟自己關係比較近的人:這時他身邊已沒
有一個近人了。

自己人 跟自己關係密切的人:彼此屬於同一方
面的人:我們是自己人,有話儘管直說。

親信 親近、有權勢者並受到信任的人:偏聽親
信的話,容易脫離群眾。

心腹 比喻十分親信的人:指派自己的心腹充當
機要秘書。

紅人 受上司寵信的人。也指受重視、受歡迎的
人。

寵兒 比喻受到特別寵愛的人。

D7－36 名: 外人・生人

外人 沒有親友關係的人或不屬於某種範圍、某
個組織的人:她是你姨媽,不是外人／團裡的
事,不要對外人說。

局外人 指置身事外或與某事無關的人:以局外
人自居。

生人 不認識的人。

陌路 〈書〉指路上遇到的生人:視同陌路。也說
　　陌路人。

路人 路上行人,比喻跟自己不相干的人:視若
　　路人。

閒人 空閒無事的人或與事無關的人:閒人請勿
　　入內。

異己 同一集團中跟自己有嚴重意見分歧或利
　　害衝突的人:排除異己。

D7－37 名： 靠山

靠山 比喻可以依靠的人或力量:在當地,他以
　　權勢財富為靠山,橫行鄉里。

依靠 可以依靠的人或物:你不要把他當作依
　　靠。

倚靠 指依靠、依賴的人:老太太無兒無女,身邊
　　沒有什麼倚靠。

依託 可以依靠的人或物:他離鄉遠走,她似乎
　　失去了依託,常常感到空虛。

後臺 比喻在幕後操縱、支持的人或集團:不管
　　你的後臺多硬,犯法就要受到制裁。

後盾 在後面支持、援助的力量:軍人是保衛國
　　家堅強的後盾。

奧援 〈書〉指在內部暗中支持幫助的力量:他能
　　出國深造,完全是善心人士給予奧援。

腰杆子 比喻背後支持的力量:人家是董事長派
　　來的,腰杆子硬。

扛叉的 靠山;後臺:背後這個扛叉的,我們惹不
　　起呀。

保護傘 靠山:他結識了一位大人物,找到了保
　　護傘。

D7－38 名： 門路

門路 指能達到個人某種目標的途徑:鑽門路╱
　　門路多。也叫門子;路子。

後門 比喻私下拉關係、通融舞弊的途徑:開後
　　門╱走後門。

階梯 臺階和梯子,比喻向上或前進的憑藉或途
　　徑:進身階梯。

臺階 比喻為緩和僵持局面,給人擺脫窘境而開
　　闢的途徑:事情既已到了這個地步,你們就給
　　他找個臺階兒下吧。

墊腳石 比喻為向上爬、謀求高位的人所利用的
　　人或事物。

敲門磚 用來敲門的磚,敲開門後就扔掉了。比
　　喻借以謀取名利的初步手段:說不定這封檢
　　舉信還是一塊敲門磚哩。

終南捷徑* 唐朝盧藏用曾隱居長安附近的終南
　　山,借此得到很大名聲而做了大官。後來用
　　「終南捷徑」比喻求取名利最近便的門路,也
　　比喻達到目標的便捷途徑。

後路 比喻在說話或做事時留下迴旋的餘地:他
　　從不把事情做絕,總為自己留條後路。□退
　　路。

後手 後路:留個後手。

餘地 言語或行動中留下可迴旋的地步:不留餘
　　地╱別把話說死,要留有餘地。

地步 言語行動中可以迴旋的餘地:他事先留了
　　地步,事情才順利地解決了。

D7－39 動： 拉攏

拉攏 為了加強力量,得到好處,施用手段使別
　　人向自己靠攏:他喜歡用小恩小惠拉攏人。

拉 拉攏:那些官僚、政客愛跟學生接觸,意在拉
　　學生擁護他們。

籠絡 籠和絡是縛住牲口的用具。引伸為用手
　　段拉攏人:籠絡人心。

牢籠 〈書〉用手段籠絡:牢籠誘騙。

收買 以某種好處來籠絡人,使他為自己所用:
　　他們想花錢收買少數的敗類。

收攏 收買拉攏:施用慣技收攏人心。

收攬 收買拉攏:收攬民意╱收攬民心。

懷柔 舊指統治者用溫和的政治手段籠絡人心,

使歸附自己：鎮壓與懷柔，兼施並用。

拉關係 *　拉攏、聯絡人，使有某種關係：他向來
　不肯托人情、拉關係。

拉交情 *　拉攏感情；硬湊朋友關係：找個在位的
　人拉拉交情，遇事自然會有個照應。也說**套
　交情** *。

拉近乎 *　拉攏關係，表示親近：沒想到他也跑來
　跟我拉近乎。也說**套近乎** *。

D7－40 動：　勾結

勾結　為幹不正當的事或謀求不應得的利益而
　暗中結合在一起：互相勾結，狼狽為奸。

勾搭　勾引搭識；引誘他人或串通一氣做不正當
　的事：他竟跟一個不三不四的女人勾搭上了。

串通　暗中勾結，互通聲氣，配合行事：串通一氣
　／你們主僕串通起來拿我取笑，我下次不再來
　了。

勾引　勾結、引誘人做壞事：防止青少年受壞人
　勾引。

勾通　暗中串通；勾結：這個犯罪分子勾通盜竊
　集團，盜竊了廠裡大量資材。

私通　暗中勾結；私下裡串通：私通盜竊犯，伺機
　作案。

通同　串通：通同作案／通同舞弊。

朋比為奸 *　互相勾結在一起幹壞事。朋比：互
　相勾結。

狼狽為奸 *　比喻互相勾結，共同作惡。

結黨營私 *　結成小集團，謀取私利，幹出壞事。

招降納叛 *　招引、蒐羅敵方投降、叛變過來的
　人，以擴大自己的勢力。現多指蒐羅壞人，培
　植黨羽。

沆瀣一氣 *　唐朝崔瀣參加科舉考試，主考官崔
　沆錄取了他。當時有人嘲笑說：「座主門生，
　沆瀣一氣。」後用來比喻氣味相投的人勾結在
　一起。

臭味相投 *　比喻在思想、作風、興趣等方面彼此

投合。現多用於貶義。

物以類聚 *　同類的事物常聚在一起。多比喻壞
　人臭味相投，互相勾結。

同流合污 *　比喻夥同壞人一道做壞事。

穿連襠褲 *　〈方〉比喻利害一致，互相勾結包庇。

一鼻孔出氣 *　比喻抱著相同的見解和態度（含
　貶義）。

D7－41 動：　排擠

排擠　利用權勢或手段使自己不滿意的人離開
　原來地位或失去利益：他用自己的特殊地位
　排擠了競爭者。

排斥　設法使自己不滿意的人或事物離開自己
　身邊：排斥異己／排斥新生事物。

擯斥　排斥：應該歡迎而不是擯斥敢於說真話的
　人。

傾軋　為爭權奪利而彼此排擠打擊：互相傾軋。

排擯　〈書〉排擠；拋棄：屢遭排擯。

鉤心鬥角 *　原形容宮室建築的結構錯綜精緻。
　後用來比喻各用心機，明爭暗鬥。

黨同伐異 *　偏袒同黨、同伙或跟自己意見相同
　的人，攻擊、排斥異己或跟自己意見不同的
　人。

D7－42 動：　攀附·迎合

攀附　抓著東西往上爬，比喻巴結、投靠有權勢
　的人，以求升官發財：他為了早日升遷，一心
　想攀附這個大人物。

攀援 攀緣　比喻投靠有權勢的人往上爬；攀附：
　他積極奔走官場，可也沒有攀援上去。

夤緣　〈書〉比喻攀附權貴向上爬：夤緣得官。

趨附　迎合依附有權勢的人：有良心有骨氣的文
　人，決不會逢迎趨附，賣身投靠。

趨奉　迎合奉承：他善於趨奉上司，討得他們的
　歡心。

攀龍附鳳 *　比喻巴結、投靠有權勢的人，獵取個

人名利。

趨炎附勢*　比喻迎合依附有權勢的人。

抱粗腿*　比喻依附有權勢的人,使自己得益。

迎合　有意使自己的言語、舉止、行事適合別人
　的心意:迎合顧客的心理／迎合觀眾的趣味。

逢迎　巴結、奉承別人:他這種人一貫對上級阿
　諛逢迎。

附和　(言論、行動)盲目追隨別人:要善於獨立
　思考,不要隨聲附和。

阿附　〈書〉逢迎附和:阿附權貴。

先意承旨*　原指在君主或父母沒有想到之前就
　先想到,並能遵照著去做。後來泛指揣摩人
　意,竭力逢迎,以博取歡心。旨,也作「志」。

D7－43 動: 　鑽營

鑽營　巴結有權勢的人,以謀取個人名利:他是
　一個削尖腦袋向上鑽營的小人。

鑽謀　鑽營(謀取):我免職後,頗有些人在那裡
　鑽謀補缺。

活動　指為取得好處或解除困難而聯絡、說情、
　鑽營:朋友們都佩服他交遊廣,遇著困難事情
　總是要請他活動。

運動　為謀取私利而奔走鑽營:他竭力運動,要
　收回那封揭發他的匿名信。

鑽門子*　〈口〉巴結有權勢的人。

鑽漏洞*　利用可乘的機會進行有利自己的活
　動。

走後門*　指通過不正當的門路用請托、行賄等
　手段謀求私利。□**走路子***;**走門子***。

走內線*　指利用對方的眷屬、親信進行某種活
　動以達到升官獲利的目標。

蠅營狗苟*　像蒼蠅那樣追逐腥臭;像狗那樣苟
　且偷生。比喻為追求名利而不顧廉恥到處鑽
　營。也作**狗苟蠅營***。

手眼通天*　形容善於鑽營,手腕高強,頻頻得
　逞。

D7－44 形、名: 　勢利

勢利　〔形〕形容對有錢有勢的人恭維巴結,而對
　沒錢沒勢的人則冷淡歧視的惡劣作風:這個
　人很勢利。

勢利眼　❶〔形〕作風勢利:他真勢利眼,不願見
　我這個窮朋友。❷〔名〕作風勢利的人:他是
　一個勢利眼。

欺軟怕硬*　欺負軟弱的,害怕強硬的。

狗仗人勢*　比喻奴才、走卒倚仗主子的權勢欺
　人。

世態炎涼*　形容社會上一些人對人的勢利態
　度,在別人得勢時就巴結,失勢時就冷淡。

前倨後恭*　先前態度傲慢,後來又恭敬有禮。
　形容對人的態度因對方地位、身分的變化而
　前後不同,是一種勢利作風。

D7－45 動、形: 　團結·不團結

團結　❶〔動〕為了實現共同理想或完成共同任
　務而結合或聯合:全國各族人民團結起來／團
　結廣大群眾。❷〔形〕和睦;友好:我們很團
　結。

協力　〔動〕共同努力:同心協力／協力做好工
　作。

通力　〔動〕一同出力:通力合作。

齊心　〔形〕思想感情一致:齊心協力／大家很齊
　心。□**同心**。

一條心*　形容大家意志相同,團結一致。

戮力同心*　齊心合力,團結一致。戮力:合力。

群策群力*　大家一起想辦法,一起出力量。

同舟共濟*　同坐一條船過河。比喻在艱險的處
　境中,大家齊心協力,共同戰勝困難。

風雨同舟*　狂風暴雨中同乘一條船。比喻共同
　經歷艱辛,一齊度過困難。

同甘共苦*　共同享受歡樂,一起承擔憂患。

和衷共濟*　大家一條心,一起渡過河。比喻同

心協力,克服困難。

一心一德＊　大家一條心,思想行動一致。

同心同德＊　同一心願,同一行動,爲同一目標而努力。

萬眾一心＊　千萬人一條心。形容團結一致。

眾志成城＊　大家齊心協力,就像城牆那樣堅不可摧。比喻大家團結一致,力量就無比強大。

離心離德　形容大家各想各的,各做各的,毫不團結。

貌合神離＊　表面上一致,內心卻不合。

同床異夢＊　比喻在一起生活或同做一件事而心裡各有各的打算。

分道揚鑣＊　比喻因目標不同而各走各的路。揚鑣:指驅馬前進。

各行其是＊　各人按照自己的意見去做。形容大家思想行動不一致。

各自爲政＊　各人按自己的主張去做,不相配合,不顧全局。

四分五裂＊　形容分散,不統一,不團結。

分崩離析＊　形容國家或集團不團結,到了四分五裂不可收拾的地步。

D7－46 形：　孤獨

孤獨　單獨一個人;孤單:他既沒有父母兄弟,又沒有朋友,非常孤獨。

孤單　單身無靠:她一個人離家在外,有時便感到孤單。

孤　單獨:孤身一人/孤芳自賞。

孤寂　孤獨寂寞:獨自家居,心情分外孤寂。

孤零零　獨自一人,無依無靠;孤單:她孤零零地獨自度日,晚景淒涼。

孑然　〈書〉形容獨自一人,孤寂無伴:孑然一身/孑然而立。

孤立　❶同其他事物不相聯繫:不能孤立、片面地看問題。❷脫離大多數,得不到同情和支持:孤立無援/敵人越來越孤立。

寂寞　孤單冷清:他一個人單獨生活,不免有點寂寞。

落寞　落漠　落莫　寂寞;冷落:旅途落寞/落寞的山村。

枯寂　枯燥寂寞:生活枯寂。

孤苦伶仃＊　沒有父母,孤單困苦,無依無靠:父母死後,她孑然一身,孤苦伶仃。

相影相弔＊　只有自己的身體和影子互相慰問。形容極其孤獨。

形單影隻＊　孤零零的一個身軀、一個影子。形容孤單寂寞,沒有伴侶。

離群索居＊　離開同伴孤獨地生活。索居:單獨居住。

獨善其身＊　原指做好個人品德修養。現多指只顧自己,不考慮別人或團體。

單槍匹馬＊　單身持槍騎馬上陣,比喻單獨行動,沒有別人幫助照應。

D7－47 名：　光杆兒等

光杆兒　光禿禿的草木或沒有葉子襯托的花朵。比喻沒有家屬的孤獨人或脫離群眾、失去助手的領導:光杆司令。

孤家寡人＊　孤(傳統戲曲中多作「孤家」)、寡人都是古代君主的自稱。現用「孤家寡人」指脫離群眾、孤立無援的人。

單幹戶　用來指喜歡單獨做事,不願跟人合作的人。

D8　社　交

D8－1 動、名：　社交・交際

社交　〔名〕社會上人與人之間的交際往來:社交活動。

交際　〔動〕人與人相互往來接觸:他善於交際/她平日不大同人交際。

來往 〔動〕互相走動、接觸;交際:朋友是有的,
　　但是到了這樣的時候,他們都不跟我來往了。

往來 〔動〕交往走動:她不跟任何人往來,只是
　　默默地坐在草棚裡。

交往 〔動〕互相來往:他喜歡和有文化涵養的人
　　交往。

往還 〔動〕來往;往來:往還頻繁/他們之間常
　　有書信往還。

往復 〔動〕往來;來往:賓主往復。

走動 〔動〕互相往來:他們本是親戚,經常走動。

走 〔動〕(親友之間)來往:走親戚/走娘家。

過從 〔動〕〈書〉來往,交往:在家鄉時,我和他常
　　相過從。

過往 〔動〕來往,交往:經常過往。

接觸 〔動〕接近,交往:他倆是同行,經常接觸。

處世 〔動〕在社會中活動,與人交往相處:遇硬
　　則軟,遇軟則硬,是他處世的一大功夫。

做人 〔動〕跟人交往、相處:他會做人,群眾關係
　　很好。

應酬 〔動〕交際往來;跟有關的人打交道:應酬
　　頻繁/忙於應酬。

酬酢 〔動〕賓主互相敬酒;泛指應酬:他們忙於
　　酬酢飲宴。

酬應 〔動〕禮節上的往來交際:善於酬應。

張羅 〔動〕應酬;招待:客人陸續來到,請您幫我
　　張羅一下。

周旋 〔動〕交際,應酬;打交道:他和一群高貴的
　　人士周旋著。

打交道* 〈口〉交際;交往;聯繫:這個人心眼兒
　　挺多,很難打交道。

待人接物* 跟人接觸、相處。這個孩子待人接
　　物很有禮貌。

投桃報李* 人家送給我桃子,我拿李子回報他。
　　比喻彼此間友好的贈送和往來。

禮尚往來* 在禮節上講究有來有往。也指你對
　　我怎麼樣,我就對你怎麼樣。禮:禮節;尚:注

重。

D8-2 名:　人情·世態

人情 ❶人與人間的相處關係和情誼:人情冷暖
　　/走後門,托人情。❷指禮節應酬等習俗:人
　　情往來/風土人情。

世態 社會上人對人的態度:世態炎涼。

世情 世態人情:不諳世情。

世故 處世經驗:人情世故/此人老於世故。

人情世故* 社會上與人相處的道理和經驗:精
　　通人情世故的他,對人表面上總是溫柔而寬
　　大。

D8-3 名:　禮貌·禮節

禮貌 待人接物時謙虛恭敬的表現:懂禮貌/講
　　禮貌。

禮 ❶社會生活中由道德觀念和風俗習慣形成
　　的禮節或儀式:婚禮/喪禮。❷表示尊敬的言
　　語或動作:施禮/賠禮/回禮。

禮數 〈口〉禮貌;禮節:懂禮數/有禮數。

禮節 表示尊敬、祝賀、哀悼等的習慣形式,如鞠
　　躬、握手、敬禮、獻花等。

禮俗 泛指由風俗習慣形成的婚、喪、祝賀、交往
　　等的禮節。

禮法 社會上通行的禮儀和法紀。

禮路兒 〈方〉禮貌。

繁文縟節* 煩瑣的、不要緊的禮節。也比喻瑣
　　碎多餘的事項。

D8-4 名:　禮儀

禮儀 禮節和儀式:重禮儀/外交禮儀。

儀式 舉行典禮或會議的程式和形式:歡迎儀式
　　/開會儀式/閱兵儀式。

典禮 莊嚴而隆重的儀式:開幕典禮/畢業典
　　禮。

盛典 規模宏大的典禮:國慶盛典/百年校慶盛

典。

大典　國家舉行隆重盛大的典禮:開國大典。

慶典　盛大隆重的慶祝典禮:開幕慶典。

儀仗　❶古代帝王、高級官吏外出時,侍衛人員所拿的旗、傘和武器等物。❷舉行大典或迎接外國貴賓時,護衛人員所拿的武器。也指遊行時隊伍前列所拿的旗幟、標語等。

儀仗隊　❶執行禮節性任務的武裝部隊。通常用於迎送外國元首、政府首腦和高級將領等。也用於隆重典禮。❷遊行隊伍中走在前面,由手持旗幟、標語的人員組成的隊伍。

升旗　把國旗、軍旗等慢慢地拉到旗杆頂上的禮儀。

下半旗＊　表示哀悼的重大禮節。先把國旗升至杆頂,然後下降到離杆頂約占全杆三分之一的地方。也說**降半旗**＊。

禮花　盛大節日或舉行盛典為表示慶祝而放的焰火:國慶之夜,所施放的禮花十分繽紛。

禮炮　對國賓表示敬禮或舉行慶祝盛典時所放的炮:軍樂高奏,禮炮雷鳴。

D8－5 名: 虛禮

虛禮　表面應酬的習俗禮節:講求實際,不施虛禮。

浮禮兒　〈方〉虛禮。

俗套　習俗上常見的陳腐的禮節客套:新事新辦,免去俗套。

虛套子　只講形式的應酬禮節。

虛文　空有形式而沒有意義的禮節:虛文浮禮,一概免除。

D8－6 動: 行禮·回禮

行禮　用舉手、鞠躬等形式致敬禮:我就把右手按到左胸上,彎腰行禮。

敬禮　以一定的禮儀表示敬意:向國旗敬禮。

施禮　行禮:他往前走了一步,伸開雙臂,彎腰施

禮。

見禮　見面行禮。

致敬　向人敬禮或表示敬意:向白衣天使致敬／通電致敬。

握手　彼此伸手互握一下。通常為見面或分別時的禮節,也用於致賀或慰問:握手言歡。

拉手　握手。

拱手　面對他人,兩手在胸前相抱,表示恭敬:他趕忙向大家陪笑拱手。

抱拳　一手握拳,另一手抱著拳頭,合攏在胸前,表示恭敬。

鞠躬　彎身行禮:他上前恭恭敬敬地向老師鞠躬。

折腰　〈書〉彎腰行禮:江山如此多嬌,引無數英雄競折腰。

哈腰　腰稍微向前彎下,表示禮貌:點頭哈腰。

作揖　兩手抱拳高拱,身子略向前傾,以表敬意:任他作揖也好,磕頭也好,反正不理他。

打躬作揖＊　兩手抱拳彎身行禮。多形容態度恭順。

打千　古時男子的敬禮形式。右手下垂,上身略向前俯,左腿向前屈膝,右腿略彎。

萬福　古時婦女行的敬禮。兩手輕輕抱拳重疊在胸前右下側上下移動,身體略向前彎。

拜拜　舊時婦女行禮,即萬福。

拜　❶舊時行敬禮(下跪叩頭或打躬作揖等)的通稱:拜了三拜。❷見面行禮表示祝賀:拜年／拜壽。

下拜　跪拜。

跪拜　磕頭:船夫們跑上龍母廟燒香跪拜。

磕頭　舊時禮節。雙膝著地,兩手扶地,拜下時頭近地或著地。也叫**叩頭**。

叩首　舊時跪拜禮,磕頭:三跪九叩首。

叩拜　舊時禮節。叩頭下拜:叩拜活佛。

頓首　磕頭。舊時多用於書信的末尾或開頭。

還禮　以禮節回答別人的敬禮。

也叫**回禮**；**答禮**。

D8－7 動： 問好

問好 向別人問候，表示關切：向同學們問好。

問安 問好(多用於對長輩)：請代我向老師問安。

請安 對長輩問安：她帶著孩子給爺爺請安。

問候 對別人的起居寒暖表示關切；問好：向你全家問候。

問訊 問候。

致意 表示問候之意：反覆致意／其他同事請代致意。

寒暄 寒和暖。借指見面時談天氣冷暖等應酬話：他不容客人寒暄，就開始執行工作任務。

招呼 用言語表示問候：遇見人總要招呼。

打招呼* 對人招呼，表示問候：鄰居們都走過來跟我打招呼。

D8－8 動： 祝願

祝願 對人表示良好的願望：他握住她的手，祝願她婚後幸福。

祝 祝願：祝你健康長壽／祝你工作順利。

祝頌 表示美好的願望：我祝頌您老而彌健，延年益壽。

祝福 原指迷信的人祈求上帝、神鬼賜福。現指祝人平安幸福：祝福你和孩子一路平安。

祝禱 禱告祝願：馨香祝禱／人們祝禱午後能下一場大雨，使旱情有所緩解。□**禱祝**。

D8－9 動： 慶祝

慶祝 為共同的喜事或節日，舉行活動表示歡樂、祝賀或紀念：慶祝豐收／慶祝五一勞動節。

慶賀 慶祝；賀喜：慶賀你隊又一次榮膺全國女籃冠軍。

慶 慶祝；慶賀：慶豐收／普天同慶。

賀 慶祝；慶賀：賀年／賀我們的總務主任榮獲「五一」勞動獎章。

祝賀 慶賀：我衷心祝賀我們的詩歌藝術放射出新的光芒。

致辭 **致詞** 舉行儀式時，發表勉勵、祝賀、感謝、哀悼等方面的講話：由主席致辭／致歡迎辭。

賀喜 向有喜事的人表示祝賀：來賓紛紛向這對新婚夫妻賀喜。

道喜 向人祝賀喜慶的事：室內洋溢著花香，人們互相道喜。

道賀 道喜；祝賀：他的畫在展覽會上獲得好評，我向他道賀。

恭喜 祝賀人家可喜的事：老伯，恭喜你們兄妹團圓啦。

額手稱慶* 手舉到額上，表示慶祝或高興。

D8－10 名： 祝詞·賀詞

祝詞 **祝辭** 表示良好祝願或慶賀的話或文辭。

賀詞 對喜慶的事所說的表示慶賀的話：致賀詞。

賀電 表示祝賀的電報。

賀函 表示祝賀的信件。也叫**賀信**。

賀卡 向人祝賀節日、生日或喜慶之事的卡片。

D8－11 動、名： 祝壽·賀年等

祝壽 〔動〕祝賀老年人的生日：給老奶奶祝壽。

暖壽 〔動〕舊俗在過生日的前一天，家人和近親好友來祝壽。

拜壽 〔動〕祝賀生日。多用作敬詞：給您拜壽來啦。

壽星 〔名〕老人星。自古以來當作長壽的象徵。後用作對過生日的老人的頌稱。

壽禮 〔名〕祝壽的禮品。

壽麵 〔名〕祝壽時所吃的麵條，象徵長壽。

壽桃 〔名〕民間習俗用桃做慶壽的吉祥物品，一般用糯米粉製成，也有用鮮桃的。

賀年 〔動〕向人慶賀新年：賀年片。

拜年　〔動〕向人祝賀新年：登門拜年。

拜節　〔動〕節日向人祝賀。

新禧　〔名〕新年吉祥幸福：恭賀新禧。

D8－12　動：　鬧房・溫室

鬧房　新婚之夜，親友們聚集新房跟新郎新娘說笑逗樂，以增添祥和喜慶氣氛。

鬧新房＊　鬧房。

溫室　舊俗在親友結婚的前一天趕到新房參觀賀喜。

溫居　舊時指前往親友新居賀喜。

D8－13　動：　訪問・回訪

訪問　到某地或某人處去看望、探問：訪問歷史名城／他又訪問了近處的本家和親戚。

拜訪　訪問（含敬意）：拜訪老朋友／專程拜訪。

拜謁　〈書〉❶拜見（含敬意）：得知我父親回鄉，鄰居們都來拜謁。❷瞻仰（陵墓、碑碣等）：拜謁烈士陵園。

拜見　拜會；會見：請先帶我拜見貴公司董事長。

拜會　拜訪；會見（含敬意）：新任大使拜會了外交部長／他先到後臺拜會幾位管事。

過訪　〈書〉登門訪問，看望：他一向就和我們很生疏，好幾年也不過訪一次。

造訪　〈書〉前往拜訪：登門造訪／幾個年輕人造訪了這個美麗的小島。

走訪　前往訪問；拜訪：我在澳大利亞只待了二十一天，走訪的地方是很少很少的。

做客　去到別人那裡，充當對方的客人：到爸爸的戰友家做客。

拜客　拜訪別人：第二天我開始出門拜客。

回訪　在對方來訪問以後去拜訪對方：出國回訪。

回拜　回訪。

報聘　代表本國政府到別國回訪：外交部長到美國回訪。

訪　看望；訪問：探親訪友。

拜　拜訪：拜街坊／拜客。

看　訪問：看朋友／看病人。

D8－14　動：　看望

看望　去長輩或親友處問候：我回到母校，看望諸位師友。

探望　看望（多指遠道）：我路過美國時，順便探望兩個在舊金山的親友。

拜望　探望（含有敬意）：登門拜望。

省視　看望，探望（多指對長輩、親屬）：她回故鄉去省視老母。

探視　看望：他訪日以前，我到醫院探視過他。

探訪　探望，訪問：我正是從城裡趕來探訪你的。

探問　探望，問候：這次去紐西蘭，我也到一位舊友處探問。

望　拜訪，問候：望望朋友。

探　看望：探病／探親／探監。

省親　回鄉或去遠處探望父母或其他長輩：他回西班牙省親去了。

探親　探望親屬。多指探望父母或配偶：正好我爸爸從日本來信問到我，我就申請出國探親。

串親戚＊　看望親戚。

串門子＊　到別人家去坐坐，聊聊天兒：他一回來，扔下鋪蓋捲兒就串門子去了。也說串門兒。

D8－15　動：　進見

進見　前去會見（地位或輩分高的人）：進見總統／他專程來此進見德高望重的王老先生。

晉見　進見：忽然來了一位不速之客晉見王先生。

進謁　〈書〉進見；謁見：特地遠道前來進謁。

晉謁　〈書〉進謁；進見：父親領著他晉謁了一位老朋友。

謁見　進謁：文藝工作者組團赴美，謁見諾貝爾

文學獎得主。

參見 謁見:我是奉上級命令來參見司令的。

參謁 會見自己尊敬的人;瞻仰尊敬的人的遺像、陵墓等:明天正是君王親自去參謁活佛的好日子。

覲見 〈書〉朝見君主。

D8－16 動： 邀請

邀請 有禮貌地請人到自己的地方或指定的地方來或做某事:老船長邀請我們登船參觀。

邀約 邀請:他一再邀約,請我今晚去他家吃飯。

約請 邀請:我們正式備函約請,希望他早日來美。

約 邀請:校長約老師們到家裡聚餐。

請 邀請:偵察員請來嚮導,隊長要親自和嚮導談話。

敦請 誠懇地邀請:他為表示對胡博士尊敬,親自前來敦請。

特約 特地約請或約定:特約撰稿人/特約某人來美登臺演出。

邀 邀請:應邀/特邀/相邀。

邀集 把有關的人員邀請到一起:她邀集了全班同學,歡迎劉校長來參觀他們的畫室。

約集 邀集。

約同 〈書〉邀請別人一起:約同前往。

D8－17 動： 迎接

迎接 前去接到來的人並陪同著一起來:到車站迎接客人。

迎迓 〈書〉迎接:研究生負責到機場迎接外國專家。

迎候 在一定地點等候迎接:當地居民早已夾道迎候。

出迎 出來迎接:聽說他到來,局長親自出迎。

歡迎 ❶高興地迎接:我們一下飛機,就看到許多人前來歡迎。❷樂意接受:歡迎你多提意見。

迎 迎接:遠迎貴客/送往迎來。

接 到某個地點去陪同親人或客人一起來:我把母親接到住處來住。

迎新 歡迎新來的人:迎新晚會。

洗塵 設宴歡迎遠道來的客人:略備薄酒,為二位洗塵。

掃榻以待 * 打掃床上灰塵,等待客人到來。指歡迎客人光臨。

D8－18 動： 見面

見面 雙方當面相見:很高興跟您見面/多年沒見面了,很是想念。

會晤 會面:兩校教師多次會晤,充分交換了對教育改革的意見。

會 見面;會見:我趕到遙遠的地方去會一個病重的朋友。

晤 見面:晤談/有要事相商,請來一晤。

會面 見面:他苦心安排途經巴黎時同她會面。

晤面 見面:在宴會上兩位作家第一次晤面。

覿面 〈書〉會面;當面。覿:見。

會見 跟別人相見:董事長在百忙中抽出了時間會見外國廠商。

接見 接待,見面:院長和專家們先後接見了他。

約見 約定時間相見:我分別約見青年編採人員,同他們懇談。

碰面 見面:我約他今晨八點鐘在辦公室碰面。

召見 上級叫下級來見面:老師通知學生代表,校長在中午時要召見他。

求見 請求接見:聽說某先生來到貴地,他特意來此求見。

乾謁 〈書〉抱著某種目標而求見(顯要人物)。

D8－19 動： 陪伴

陪伴 跟在身邊做伴:陪伴貴賓參觀。

陪 陪伴;伴同:父親叫旅館裡一個熟識的服務

生陪我去。

伴　陪伴;隨同:晚上我在燈下溫課,她坐在一旁
　　打毛線伴著我。

陪同　陪伴著一同去(進行某種活動):我由妻子
　　陪同去拜望老師。

隨同　跟著;陪著:幾位高級工程師也隨同出國
　　訪問。

伴隨　隨同:在我開會的六七天裡,他一直伴隨
　　著我。

奉陪　敬辭。陪伴;相陪:家裡有要事需要我回
　　去處理,恕不奉陪了。

作陪　當陪客:他離開東京的前夜,日本首相招
　　待他,並要我作陪。

做伴　當陪伴的人:老人身邊只有一個女兒做
　　伴。

D8－20 動：　招待·挽留

招待　用友好的態度或應有的禮節歡迎、接待賓
　　客或顧客:慇懃招待/他對過往的來賓招待得
　　很周到。

待　招待:待客/以酒飯相待。

接待　迎接,招待:做好來訪者的接待工作。

款待　熱情優厚地招待:盛情款待/用龍井茶款
　　待客人。

待承　招待;看待:日子不好過,對您這恩人沒有
　　好好待承。

挽留　留住將要離去的人:再三挽留/真心地挽
　　留。

款留　誠懇地挽留:我們款留他多待幾天。

留　不讓離去:留客/看她很像一個安分耐勞的
　　人,便將她留下了。

D8－21 動：　送別·告別

送行　到遠行者啓程的地方跟他告別:他動身的
　　時候,她到船上送行。

送別　送行:人們用不捨的目光為他送別。

歡送　高興地送別:這是他第一次離家遠行,親
　　友都來歡送。

送　陪著離開的人走;送行:送孩子上學/把客
　　人送到門口。

餞行　設酒食送行:今晚上是給表姐餞行,每個
　　人都應該出點力。

餞別　餞行:鄉親們備辦薄酒粗飯,慇懃餞別。

話別　臨別前聚談:他明天將去美國,我到他住
　　的飯店話別。

敍別　話別:師生敍別,依依難捨。

握別　握手分別:我伸手和他握別了。

惜別　捨不得分別:此時此際,我心頭湧起了依
　　依惜別之情。

臨別　將要分別:臨別贈言。

告別　❶離別;分手:告別故鄉/跟母校告別。
　　❷辭別:出國前夕,他忙於向親友告別。❸同
　　死者最後訣別,表示哀悼:大家瞻仰了遺容,
　　含淚向遺體告別。

告辭　道別:我站起身來向親人們告辭。

辭別　臨行前告別:我明天就要啓程了,特來辭
　　別。

拜辭　敬辭。告別:拜辭雙親,匆匆登機。

辭行　遠行前向親友告別:動身的前一天,我向
　　母校師生辭行。

D8－22 名：　主人·客人

主人　接待客人的人:感謝主人的盛情款待/天
　　還沒大亮,我們就辭別了主人。

主　主人:賓主/喧賓奪主。

主人翁　當家做主的人:以主人翁的態度對待工
　　作。

東　❶主人。古時主位在東,賓位在西,因稱主
　　人為東:東家/房東。❷請客的人:今晚他做
　　東請客。

東道　請客的主人:做東道/今天備點兒薄酒粗
　　飯,略盡東道之誼。也叫**東道主**。

地主　住在本地的人:略盡地主之誼。

客人　外來或請來的人;爲接洽事務而來訪問的
　　　人:家裡經常有客人/我公司每天有客人來談
　　　生意。

客　　客人:送客/客來了/不速之客。

人客　〈方〉客人:他家常有人客來往。

賓　　客人:外賓/賓至如歸。

賓客　客人的總稱:賓客盈門。

來客　來訪的客人:海外來客。

來賓　來的客人:招待來賓。

座上客　指席上受主人慇懃招待的客人。泛指
　　　受邀請的客人。

貴賓　尊貴的客人。

上賓　受敬重的客人:以上賓相待。

熟客　常來的客人:這是一位熟客,不要怠慢了
　　　他。

生客　不認識的客人。

稀客　不常來的客人:你是稀客,難得見面。

遠客　遠方來的客人:爲遠客接風。

外賓　外國客人:熱情招待外賓。

國賓　接受本國政府邀請前來訪問的外國元首
　　　或政府首腦。

賓主　客人和主人:賓主頻頻舉杯。

陪客　主人請來陪伴客人的人。

不速之客*　沒有邀請而自己來的客人。速:邀
　　　請。

D8-23 動、名: 　待遇

待遇　❶〔動〕對待:老師教學生們許多待遇的禮
　　　節。❷〔名〕對待人的情形、態度、方式:不公
　　　平的待遇/周到的待遇。

禮遇　〔名〕尊敬有禮的待遇:他們給了這位前總
　　　統以國家元首的禮遇。

優待　❶〔動〕給予好的待遇:優待殘障人士。❷
　　　〔名〕優越的待遇:我到仙臺也頗受了這樣的
　　　優待。

優遇　〔動〕優待:予以優遇。

寬待　❶〔動〕寬大對待:寬待願意悔過自新的
　　　人。❷〔名〕寬容的待遇。

對待　〔動〕用某種態度或行爲加於人或事物:正
　　　確對待自己,正確對待別人/認眞對待工作。

對　　〔動〕對待;對付:對事不對人/針鋒相對。

待　　〔動〕對待:忠厚待人/以禮相待。

看待　〔動〕用某種眼光或態度對待人或事物:如
　　　果你這樣看待我的話,我會感到莫大的委屈。

慢待　〔動〕冷淡、怠慢地對待:他是遠道來這裡
　　　觀摩的,我們不能慢待人家。

苛待　〔動〕苛刻地對待:我雖然是來幫傭的,他
　　　們也不該苛待我。

薄待　〔動〕慢待;虧待:大家都說他薄待了兄弟
　　　的孩子。

虧待　〔動〕不公平或不盡心地對待:你就安心工
　　　作吧,我們的總經理決不會虧待你。

冷遇　〔名〕冷淡的待遇:受到冷遇。

冷眼　〔名〕❶觀察事物時的冷靜或冷淡的態度:
　　　冷眼旁觀。❷冷淡的待遇:冷眼相待。

冷板凳　〔名〕比喻淸閒冷落的職務。也指受到
　　　冷淡的待遇:坐冷板凳。

開小竈*　原指集體伙食中另安排高標準的伙
　　　食。也比喻提供超出一般的待遇或條件:敎
　　　師特爲他開小竈,幫他補課。

D8-24 形、動: 　慇懃·怠慢

慇懃　〔形〕懇切、熱情而周到:慇懃接待/待人
　　　慇懃。

客氣　❶〔形〕對人謙讓有禮:客氣的態度/說話
　　　很客氣。❷〔動〕說客氣的話,做客氣的動作:
　　　彼此客氣了一番/你怎麼對我也客氣起來。

客套　❶〔名〕表示客氣的套語;應酬話:自己人
　　　不用講客套。❷〔動〕說客氣話:臨走了,他還
　　　要客套幾句。

賓至如歸*　客人到了這裡就像回到自己家裡一

樣。形容招待熱情周到。

好客 〔形〕樂於接待客人:鄉下人都十分好客。

怠慢 〔動〕❶待人冷淡、不敬重:人家主動地登門拜訪,而他卻怠慢了人家。❷表示招待不周的客套話。

輕慢 〔動〕對人傲慢,不尊重:她處處受人尊重,從來沒有被輕慢過。

簡慢 〔動〕輕忽、冷淡,招待不周:今晚簡慢了你,容明晚補請。

失禮 〔動〕違背禮節,對人不敬:說話失禮/輕舉妄動,難免失禮。

失敬 〔動〕向對方表示歉意,責備自己禮貌不周。

非禮 〔形〕不禮貌,不合禮節:非禮行為。

失態 〔動〕態度、舉止放肆,不合乎禮節:酒後失態。

冷淡 ❶〔形〕缺乏熱情;不關心:對人態度冷淡。❷〔動〕使受到冷淡的待遇:不要冷淡顧客/我沒有冷淡過來訪的朋友。

冷落 〔動〕給以冷淡待遇:你們不能這樣冷落她。

謝客 〔動〕❶向賓客致謝。❷謝絕會見賓客:閉門謝客。

吃閉門羹＊ 客人被拒絕進門。

D8－25 動:　離別

離別 較長期地離開平日熟悉的人或地方:常想到那已離別五、六年的故鄉去看一看。□**別離**。

離 離開;分離:離鄉背井/形影不離。

別 分離:告別/臨別贈言/生離死別。

分離 別離:現在我最大的苦楚就是和我的女兒分離。

離開 跟人、物或地方分開;別離:離開親人/離開法國。

分別 離別:我們一同走出店門,在門口分別了。

分開 人或事物不聚在一起:咱們幾個老朋友已經分開多年了。

作別 分手,告別:談了一個鐘頭光景,才起身作別。

分首 指離別。

分手 別離,分開:這時夜已深,該到分手的時候了。

分袂 〈書〉分手;離別:我們在美國分袂,不覺已一年了。

暌離 〈書〉離別。

暌違 〈書〉分離;不在一起:回到暌違了三天的自己的房裡,感到一切都是異樣地親切。

長別 長時期的分別。

闊別 久別:師生闊別十多年,感慨自然很多。

訣別 永久地分別:我們這次分手不料竟成訣別。

永別 永遠分別,常指人死:他萬分悲慟地向那永別人世的老人哭喊。

永訣 〈書〉永別:不料,那一次我和大哥的見面竟成永訣。

生離死別＊ 難以再見的離別或永久的離別。

D8－26 動:　離散

離散 隔離分散,不能團聚(多指親屬):他的父母兄弟姐妹都離散在各地。

分散 散在各處;不集中:他的弟子們也是分散在東西南北的。

疏散 把密集中的人或物分散開:疏散人口/疏散物資。

星散 原來在一起的人像星星那樣分散在各處:景物依舊,而朋友早已星散。

雲散 曾在一起的人像雲那樣分散到各處:往日的同學早已雲散。

流離 〈書〉由於戰亂、災荒等原因而流轉離散:流離失所/顛沛流離。

流散 流離分散:她的兩女一男,都流散在外。

失散　離散:他終於找到了失散多年的女兒。

風流雲散*　像風一樣流動,雲一樣飄散。比喻原來相聚的人分散到各處。

D8－27 動：　團聚·會合

團聚　聚會在一起;相聚(多指親人分別後再聚會):只有週末,她們母女才能團聚一次。

團圓　親屬團聚,多指夫妻而言。

完聚　〈書〉團聚:他的妻子調回故鄉,牛郎織女終於□完聚了。

聚會　(人)聚集會合:在外地的詩人們也在這天,聚會一堂。

聚首　聚會;見面:他從倫敦遷到巴黎,和我曾經聚首過一個時期。

會合　由分離而相會;聚集在一起:你單獨先走,到瑞士再讓她去和你會合。

集合　許多人或物聚在一起:廣場上集合了許多人。

會同　跟有關方面會合起來一同去做:關於員工住房問題將會同其他部門商討解決。

雲集　比喻許多人從各處聚集到一起:萬商雲集／全國有幾百名記者、作家雲集義大利。

薈萃　(優秀人物或美好事物)會集,聚集:人才薈萃／故宮博物院是珍寶薈萃的地方。

D8－28 動：　相逢

相逢　彼此遇見:相逢在首都／仇人狹路相逢。

遇到　碰到:偶然遇到一位作家。

遇見　遇到:我沒想到昨天會遇見她。

遇　相逢;碰到:相遇／偶遇／不期而遇。

碰見　未經約定而偶然見到:在路上碰見了一位多年不見的老同學。

碰到　碰見:我是在學校門前碰到他的。

逢　遇到;遭遇:久別重逢／逢凶化吉。

撞見　碰見:無意間我撞見了他們。

撞　無意中遇到;碰見:幾天來找不到他,卻在車

上撞著了。

邂逅　〈書〉不約而相遇:邂逅於途／沒想到在車站竟與昔日的學生邂逅。

遇合　相遇而彼此投合:當年在紐約的遇合,使他們結成了終身的友誼。

巧遇　湊巧遇到:和我巧遇不久的朋友已經對我無話不談了。

不期而遇*　沒有相約而遇見。

萍水相逢*　比喻和不相識的人偶然相遇。

D8－29 動：　露面

露面　出來在公眾面前進行交際應酬等活動:他好久不在公共場所露面了。

照面　露面;見面:這些天他一直不照面／我和總教練照面次數不多。

亮相　戲曲演員上下場時做出短時靜止的姿勢,比喻公開露面或公開表明態度、觀點:新局長在會議上初次亮相,給大家留下很好的印象。

出頭露面*　在公眾場合出現。

拋頭露面*　舊指婦女出現在大庭廣眾之中。現泛指公開露面。

出風頭*　出頭露面表現自己:這個人鬧名譽地位,好出風頭。

D8－30 動：　介紹·推薦

介紹　❶使雙方相識或發生聯繫:覺民把那個陌生人介紹給她認識了。❷推薦:我介紹一位朋友來這裡工作。❸引進:把日本文學介紹到國內來。

紹介　介紹。

引見　帶領人相見,使彼此認識:這算是把小說的主人翁引見給讀者了。

牽線　為雙方接上關係使相識:他們的婚事是她給牽線的。

穿針引線*　比喻從中聯繫、撮合,使能成事。

說合　代別人介紹而促成他們的事:為高齡青年

說合婚事。

說 舊指說合,介紹:說親事。

推薦 把好的人或事物向別人介紹,希望任用或採納:地區的一個工廠推薦她上大學/這篇好文章值得向讀者推薦。

推舉 推薦;推選:推舉能人/推舉代表。

引薦 介紹、推舉:她引薦總經理和我認識。

舉薦 推薦:舉薦他擔任廠長。□薦舉。

薦 推舉:薦人/毛遂自薦。

薦引 〈書〉引薦;介紹。

毛遂自薦 * 戰國時,秦國的軍隊圍攻趙國的都城邯鄲,平原君奉命去楚國求救。他的門客毛遂主動請求跟著去。到了楚國,毛遂幫助平原君說服了楚王派兵救趙。後用「毛遂自薦」表示自告奮勇推薦自己。

D8－31 動: 求情・説情

求情 請求對方答應自己的要求或寬恕自己的過失:我本來是代人求情,想不到遭了一頓奚落。

討情 〈方〉求情。

求饒 請求饒恕:不要受偽善者的欺騙,也不要向殺人犯求饒。

告饒 請求饒恕:人們面容愁苦,有的說好話告饒,有的默然無語。

討饒 求人饒恕:你們說我壞話,非要你們討饒不行。

說情 替人求情,請求幫助或寬恕:當時多虧你為我說情,才免掉了許多麻煩。

講情 給別人求情,使獲得寬恕:既然有人講情,那你就從寬議處。

說項 唐朝楊敬之很看重項斯,贈詩有「平生不解藏人善,到處逢人說項斯」的句子。後來就用「說項」指替人說好話、講情:有人替他說項,說他生性耿介,是個典型軍人。

美言 替人說好話:請你為我美言幾句。

緩頰 〈書〉婉言勸解或代人講情。

關說 〈書〉代人陳說、講情:經友人關說,才沒有追究。

托人情 * 通過各自的社會關係請人代為說情。也說**托情**。

D8－32 動: 求助

求助 請求別人幫助:求助於人/向各方面求助。

乞憐 乞求別人憐憫和同情:他是再也不向你們乞憐的了。

搖尾乞憐 * 形容卑躬屈膝地向人討好、諂媚,博取別人的歡心。

乞哀告憐 * 乞求別人憐憫和幫助。

乞求 請求別人給予:我們歡迎給予幫助,但不乞求施捨。

乞靈 〈書〉指迷信的人求助於神佛。比喻乞求不可靠的幫助:有些村幹部竟乞靈於土地菩薩來消災。

伸手 向別人要東西:不要一有些微難就向別人伸手。

啓齒 開口說話。多指向別人有所請求:我見他確有困難,才替他向您啓齒的。

請托 請求或托付別人辦私事;通關節,走後門:為這件事他輾轉請托了幾個人。

請命 請求保全生命或解除困苦:為百姓請命。

D8－33 動: 感謝・酬謝

感謝 表示感激的心意:對你們的熱情招待,我萬分感謝。

感激 因別人的好意或幫助而心情激動,對他產生好感:他感激妻子忠貞的情意。

感紉 〈書〉感激不忘:無任感紉。

感荷 〈書〉感謝:不勝感荷。

銘感 因感激而深深地銘記在心中:你給了我許多幫助,我銘感終身。

謝　感謝:謝天謝地／自己人,不用謝了。

謝謝　感謝:謝謝你的好意／倒真該謝謝他。

道謝　用言辭表示感謝:她連聲向我道謝。

稱謝　道謝:一給他幫忙,他就連聲稱謝。

致謝　向人表示謝意:向捐助單位致謝。

申謝　表明謝意。

鳴謝　公開表示謝意:特此登報鳴謝。

璧謝　〈書〉敬辭。退還原物並表示感謝。

感恩　對別人給予的恩惠表示感激:感恩戴德／感恩不盡。

酬謝　送人金錢禮物等表示感謝:大家都幫了忙,應該酬謝酬謝。

酬答　酬謝;答謝:我應該好好酬答他的美意。

酬報　用錢財或行動報答:他這樣熱忱地支持我,我卻無力酬報他。

答謝　受別人的幫助或招待後表示感謝:鄉親們對我的深情,我常常想著如何答謝。

報答　用實際行動或禮物來表示感謝:我們要一輩子報答他的大恩大德。

報德　報答別人的恩德:以德報德。

報恩　報答別人的恩情:我幼年時失足落水,他救過我,我要報恩!

補報　報答:先生的恩德一定要補報。

補情　報答情誼。

感同身受＊　心裡感激就像親身受到對方的恩惠一樣。

感激涕零＊　因感激而流下淚來。形容極為感動。

刻骨銘心＊　別人對自己的恩德牢牢記在心上,永遠忘不了。

D8－34 動:　送禮·回禮

送禮　為表示慶賀、慰問或感謝等而贈送禮品。

送情　〈方〉送禮。

獻花　把鮮花獻給貴賓或敬愛的人:一位小朋友上前獻花。

獻禮　為表示敬意或祝賀而獻上禮物:國慶獻禮。

送人情＊　〈方〉送禮。

行人情＊　指送禮物至親友家或到親友家賀喜、弔喪等。

借花獻佛＊　比喻拿別人的東西做人情。

回禮　〈方〉回贈禮品:他把珍藏多年的書送給了我,我不知用什麼回禮才好。

贈答　互相贈送(禮品、詩文)。

折乾　指送禮時用錢來代替物:一時想不出買什麼禮物合適,還是折乾吧。

D8－35 名:　禮物

禮物　為表示尊敬、慶賀、感謝或友好等情意而贈送的物品:送一件有紀念意義的禮物。

禮品　禮物。

禮　禮物:請客送禮／獻禮／禮輕情意重。

禮金　用作禮物的現金。

賀禮　為表示祝賀而贈送的禮物。

儀　禮物:賀儀／謝儀。

贈禮　贈送的禮品。

贈品　贈送的物品。

人情　禮物:送人情。

人事　〈方〉禮物。

菲儀　謙辭。菲薄的禮物。

千里鵝毛＊　俗語:「千里送鵝毛,禮輕情意重。」比喻禮物雖然微薄,但是情意深厚。

見面禮　初次見面時贈送的禮物或禮金(多為年長者對年幼的)。

士儀　舊指贈送給人的土產品。

聘禮　聘請人時,為表示敬意或誠意而送的禮物。

D8－36 名:　謝意·謝詞

謝意　感謝的心意:深表謝意。

謝忱　感謝的誠意:略表謝忱。

謝詞　在儀式上對主辦者或參加者所說表示感謝的話：家屬向來賓致謝詞。

謝帖　受人禮物後道謝的回帖。

D8－37　名：　會・會議

會　許多人爲一定目標（學習、娛樂、議事等）而集合一起的活動形式：討論會／聯歡會／開一個會。

會議　有組織有目標地商議事情的會：工作會議／聯繫會議。

大會　❶人數衆多的會：群衆大會／慶祝大會。❷國家機關或團體召開的全體會議：代表大會。

年會　社會團體等一年一度舉行的集會：敎育學會年會。

常會　按章程規定在一定期間舉行的會議；例會：召開常會。

例會　按章程定期舉行的會議。

盛會　盛大隆重的會：民族團結的盛會。

座談　圍繞一個中心，不拘形式地漫談、討論的會：時事座談會／經濟改革座談會。

碰面會　交流情況、交換意見的短時間的會議。

片兒會　按地區臨時分組召開的會。

茶話會　一種備有茶點自由漫談的集會。

茶會　一種備有茶點招待的社交性集會。

聯席會議　不同的單位、團體爲了商量解決彼此有關的問題而聯合舉行的會議。

圓桌會議　用圓桌或把席位排成圓圈，參加各方代表圍桌而坐，以示席次不分上下，地位平等。國際會議常採用這種形式。

電話會議　通過電話舉行的會議。

D8－38　名：　會場・席位

會場　集會的場所：維持會場秩序。

坐位　座位　供人坐的位子（多用於公共場所）：前排坐位。

席位　會場的座位。特指在議會中所占的席位。

席次　宴會或隆重集會上排列的座位次序：按席次入座。

座次　坐位的次序。

座無虛席＊　座位沒空著的。形容賓客、觀衆或出席會議的人很多：場內燈火輝煌，座無虛席。

虛位以待＊　空著位子等候。也說**虛席以待**＊。

D8－39　名：　議案・議程

議案　提交會議討論決定的方案：通過議案。

議題　會議討論的題目。

議程　會議進行的程式：大會秘書處公布了大會的議程。

提議　向會議提出的供討論的建議。

提案　提請會議討論決定的方案或建議。

決議　會議討論通過的決定。

D8－40　動：　開會

開會　若干人聚在一起進行集體活動（議事、聯歡、聽演講等）：學生們在草坪上開會。

集會　若干人集合在一起開會：集會遊行／群衆集會。

召開　召集、舉行（會議）：召開群衆大會／召開緊急會議。

閉會　會議結束。

散會　會議結束，參加的人離開會場。

休會　會議進行期間暫時停止：會議暫時休會，代表們去遊覽海濱。

流會　會議因不足法定人數而不能按計畫舉行。

D8－41　動：　議事

議事　商量、討論公事：議事日程。

提議　提出意見供討論：在班會上，有人提議去陽明山玩。

附議　開會時對別人的提議表示同意：這個建議

很好,我附議。

動議 在會議進行中臨時提出建議:臨時動議／緊急動議。

表決 用舉手、投票等方式作出決定:付表決／主席宣布討論完畢,進行表決。

議決 對議案通過討論作出決定:這個辦法已經大會議決了,不久即可實行。

複議 把已做決定的事再討論研究:這個問題先這樣定了,如以後發現新的情況,再行複議。

D8－42 動: 出席‧缺席

出席 參加會議等活動:上周的座談會,我沒有出席／她是出席婦女代表大會的代表。

列席 參加會議,有發言權而無表決權:我去美國列席一個學術會議。

到會 來會場報到,參加會議。

與會 參加會議:與會者一致同意。

到場 到某種集會或活動所在地:親自到場。

在場 親自在事情發生或進行的現場:事故發生時,我們都在場。

入席 舉行宴會或儀式時到指定席位上就座:請來賓入席。

即席 〈書〉入席,就座:賓主即席。

離席 退出宴會或會場:提前離席／中途離席。

缺席 應該參加某種活動而沒有到:請準時到會,不要缺席。

告退 在集會中請求先離去:儀式結束,客人們一一告退了。

D8－43 動、名: 約會

約會 ❶〔動〕預先約好相會:我約會他在大柳樹下碰面。❷〔名〕預先約定的會見:我今晚另有約會,不能到你家去。

約期 ❶〔動〕約定日期:約期見面。❷〔名〕約定的日期:別誤了約期。

約定 〔動〕事先經商量而確定:他們約定暑假一起去義大利。

預定 〔動〕預先規定或約定:大會預定在本月底舉行。

踐約 〔動〕履行約定(多指約會):他希望我暑假能踐約北上。

履約 〔動〕照約定的時間和方式去做:你儘可放心,我們一定履約。

失約 〔動〕沒有履行約定的事(多指約會):寧可別人對自己失約,自己對別人一定守信／沒有料到他又失約了。

爽約 〔動〕失約:一定準時赴會,決不爽約。

D8－44 動: 慰問

慰問 安慰問候勞苦或受害的人:慰問災區人民。

慰勞 慰問犒勞有功的人:慰勞戰士。

撫慰 安慰;安撫:撫慰災民。

安撫 安頓撫慰:安撫人心／安撫百姓。

撫恤 (政府機關等)對因公受傷、致殘的人員或因公犧牲以及病故人員的家屬進行安撫並給予物質上的照顧幫助:撫恤金／撫恤烈士遺孤。

道乏 向為自己出力的人表示感謝:我們的經理親自給你道乏來了。

道勞 道乏。

問寒問暖* 形容對別人生活上的關切。

噓寒問暖* 形容對別人生活非常關切。噓寒:呵出熱氣使受寒的人感到溫暖。問暖:問冷問熱。

D8－45 形、動等: 禮貌用語

1. 形、動: 問候‧祝賀

早 〔形〕問候話。用於早晨見面時互相招呼:您早!

好 〔形〕問候話。安好。用於見面時互相招呼:您好／早安!

晚安〔形〕客套話。用於晚上道別(多見於翻譯作品)。

恭喜〔動〕客套話。祝賀喜事:老伯,恭喜你們一家人終於團聚啦。

2. 動: 迎送

久仰 客套話。早就聽說,仰慕已久(初次見面時說):久仰大名/噢,您就是張先生,久仰,久仰!

久違 客套話。好久不見:您剛從國外回來的嗎? 久違了。

失迎 客套話。因未親自迎接而向來客表示歉意:我昨天不在家,失迎了。

失陪 客套話。因不能陪伴到底而表示歉意:我有事先走一步,失陪了。

拜辭 敬辭。告別:我明天回美國,特來拜辭。

留步 客套話。請送客的主人不要送行:請留步吧。

再見 客套話。分手告別時,表示希望以後再見面。

再會 再見。

回見 客套話。分手時,表示希望回頭再見面。

回頭見＊ 回見。

3. 動: 請托

煩勞 敬辭。使人麻煩操心:煩勞您給我寫一封介紹信。

煩 敬辭。煩勞:這件事煩你操心。

勞 客套話。表示請人幫忙:這件事勞你費神。

勞駕 客套話。請人幫助或表示感謝:勞駕,把這封信順便代我投了/勞駕,請閃開點,讓我過去。

有勞 客套話。請托或答謝別人代自己做事:老師,有勞您管管這孩子。

勞動 敬辭。煩勞:勞動您去一次。

麻煩 客套話。表示給人增添了負擔:請老師原

諒,這件事本不該來麻煩你的。

分神 分些精神。常用做請托的客套話:請分神替我抄一份資料。

費神 耗費精神。常用做請托的客套話:請您費神給我們的刊物寫篇文章。

勞神 費神:二位姐姐請休息吧! 別再為我勞神啦。

費心 耗費心思。常用做請托或致謝的客套話:請你費心轉達我的謝意。

難為 客套話。感謝別人代自己做事:難為你替我打個電話/這件事難為你了。

辛苦 勞苦。常用做求人做事的客套話:辛苦您親自走一趟。

借光〈口〉客套話。要求別人給自己方便:借光讓我到前頭看看。

4. 動: 請問·請教

請問 敬辭。請求對方解答問題:請問一共多少錢?

請教 請求別人指教:這個問題要向您請教了。

動問〈方〉客套話。請問:我只知道你姓郭,不敢冒昧動問大名。

借問 敬辭。向人打聽事情:里長,借問路燈經費有著落嗎?

賜教 敬辭。給予指教:這篇文章難免有說錯的地方,希望讀者不吝賜教。

指教 指點教導。請人提意見的客套話:請多批評、指教。

領教 ❶領受別人教益時說的客套話:請你把意見說出來,讓我領教領教。❷向人請教:我有個問題向您領教。

叨教 領教。受到指教,表示感謝的客套話:今天前來叨教,受益匪淺。

5. 動: 邀請

屈駕 敬辭。指委屈大駕。用於邀請人:敬請屈

駕光臨。

光臨 敬辭。稱客人來到:歡迎光臨指教!

駕臨 〈書〉敬辭。指對方到來:歡迎駕臨寒舍／屆時敬候駕臨。

賞光 客套話。請對方給自己面子,接受邀請:有空請賞光來寒舍坐坐。

候光 〈書〉敬辭。等候光臨。

賞臉 客套話。請對方接受自己的要求或贈品:一杯薄酒,請您賞臉。

恭候 敬辭。恭敬地等候:恭候光臨／恭候已久。

有請 客套話。表示請客人前來相見:主人有請。

蒞臨 〈書〉敬辭。來臨;來到:歡迎蒞臨指導。

惠臨 敬辭。稱別人來到自己這裡:如蒙惠臨,不勝欣幸。

枉駕 〈書〉敬辭。稱對方來訪自己或請對方往訪他人:日昨枉駕,失迎爲歉。

6. 動: 感謝·抱歉

承情 客套話。領受情誼:一路承情指點照應。

承蒙 客套話。受到:承蒙指導,獲益良多。

承 客套話。受到:承大力相助,不勝感激。

多謝 客套話。表示感謝。

領情 因接受禮物或好意而感激:你們遠道來看我,我打心裡領情。

不敢當 謙辭。對別人的招待、誇獎等表示承當不起:多承過獎,愧不敢當。

抱歉 表示對不起人,心裡過意不去:抱歉得很,你的稿子沒能採用。

對不起 對人表示慚愧。常用做表示抱歉的套語。也說**對不住**。

怠慢 客套話。表示招待不周:他送我出來,連聲說:「怠慢,怠慢。」

失禮 自己感到禮貌不周,有所怠慢,向對方表示歉意。

失敬 客套話。向對方表示歉意,責備自己招待不周,對人不夠尊敬。

少禮 客套話。❶請人隨意些,不要過分拘泥於禮節。❷稱自己禮貌不夠周到。

心領 客套話。用於辭謝別人的禮物或酒食招待:您的好意我心領了,至於吃飯就免了吧。

叨光 客套話。沾光;受到好處,表示感謝:我今晚叨光坐你的車回城。

托福 依靠別人的福氣,使自己幸運。答人問候的客套話:托您的福,我近來身體還可以。

D9 生活·境遇

D9-1 動: 生活

生活 ❶人和動物爲延續生命而進行各種活動:當我們還小的時候,我們不知道應該怎樣生活。❷生存:那樣一個家庭,誰也無法生活下去。

過活 維持生活;謀生:他遊手好閒,沒法跟他一起過活。

度日 過日子(多指在困境中):度日如年／靠撿破爛度日。

過 度過:日子過得越來越舒適／過富裕生活。

安身 指在某處居住和生活:無處安身／安身落腳之地。

吃飯 泛指生活和生存:靠真本事吃飯。

活命 維持生活、生命:擺地攤活命。

混 馬馬虎虎、得過且過地生活:混日子／混了半輩子。

過日子* 安排生活;過活:小倆口精打細算,挺會過日子。

安身立命* 生活有著落,精神有寄託。

D9-2 名: 生活

生活 ❶人或其他生物爲了延續和保存生命而

進行的各種活動：社會生活／研究熊貓的生活。❷衣食住行等方面的情況：家庭生活／提高生活水準。

生計 ❶衣食住行的情況：生計困難。❷維持生活的辦法：自謀生計。

生涯 指為謀生而從事的某種職業，也泛指生活：敎書生涯／政治生涯／流浪生涯。

日子 生活，生計：咱們的日子越過越香甜。

生 生計：謀生／營生／捕魚為生。

生路 能夠生活下去的途徑：找生路／另謀生路。

活路 賴以生活下去的辦法：這年頭天災頻繁，眞是難以活路了。

寢食 泛指日常生活：放榜期近，他為自己能否被錄取而寢食不安。

衣食 泛指基本生活資料：衣食豐裕／衣食無虞。

起居 泛指人們日常的作息生活：起居飲食要有規律。

私生活 個人生活（多指個人在日常生活中的品質作風）：不要干涉別人的私生活／私生活不嚴肅。

冷暖 泛指日常生活情況：把群眾的冷暖時時放在心上。

生老病死 * 泛指生活中的生育、養老、醫療、殯葬等事：對於人民的生老病死，我們都要關心。

衣食住行 * 泛指生活上的基本需要：外匯存款逐年提高，人民的衣食住行的條件，也漸漸得到改善。

D9－3 動： 過年·過節

過年 歡度新年或春節：家家戶戶歡歡喜喜地忙著過年。

辭歲 舊俗，農曆除夕家中小輩向長輩行禮祝福，共迎新春。

守歲 舊俗，在農曆除夕終夜不睡，直到天明。

過節 為慶祝節日而備辦酒食、探親訪友或進行文娛活動。

D9－4 動： 做生日

做生日 * 慶祝生日：給孤老做生日。

做滿月 * 在嬰兒滿月時宴請親友。

做壽 做生日（多指老年人）：給奶奶做壽。

D9－5 動： 謀生

謀生 謀求維持生活的途徑：出外謀生／到都市謀生。

營生 謀生：去海外營生／他從小不會營生。

求生 尋求活路；設法生存下去：求生的欲望激勵著她。

為生 （用某種途徑）謀生：以養蜂為生／一家四口無以為生。

餬口 勉強維持生活：畢業後，他靠賣小籠包餬口。

度命 維持生命（多指在困境中）：那時，全家喝稀粥度命。

混事 只以維持生活為目標從事某種職業：他還不是在那裡混事，哪有半點責任心。

討生活 * 尋求生活出路；混日子：在窮困潦倒中討生活。

走江湖 * 舊時指奔走四方，靠某些技藝（卜、醫藥、雜技、武術等）謀生：他從小就跟著父親走江湖。□跑江湖* ；闖江湖* 。

D9－6 動： 奮鬥

奮鬥 為了達到一定目標作出巨大的努力：只要百折不回地奮鬥下去，最後勝利必屬於我們。

發奮 振作起來，勤奮不懈：發奮讀書／青年人應該發奮有為。

奮進 奮發向上，爭取進步：在冷遇中堅持，在艱難中奮進。

奮發 振作起來;激發:失敗能讓人奮發。

奮勉 振作努力:一部好的作品往往會激勵青年讀者奮勉向上。

發憤 下決心努力:發憤圖強／發憤學習。

拚搏 奮力鬥爭,拚命地幹:敢於拚搏／發揮拚搏精神。

自強不息＊ 自己努力向上,永不懈怠:那些自強不息的青年,身上無不閃耀著青春的光輝。

臥薪嘗膽＊ 春秋時越國被吳國打敗,越王句踐立志報仇。爲了激勵自己不忘恥辱,他夜裡睡在柴草上,又在吃飯和睡覺前都要嘗一嘗膽汁的苦味。經過長期的準備,終於打敗了吳國。後用「臥薪嘗膽」形容刻苦自勵,發憤圖強。

奮不顧身＊ 勇往直前,不顧自身安危。

D9-7 動: 奔忙

奔忙 奔走操勞:他爲大家的事日夜奔忙。

奔波 忙碌地到處奔走:四處奔波／她終年爲生活奔波。

奔走 爲特定目標而到處活動:奔走呼號。

奔命 奉命奔走:疲於奔命。

跑 爲某種事情而奔走:跑單幫／你們跑了快半個月,賺了多少錢?

闖蕩 離家在外四處謀生:他從小在碼頭上闖蕩,已有一、二十年了。

走南闖北＊ 形容到處奔跑,走過許多地方。

D9-8 動: 自立

自立 自己維持生活,不依賴別人:那時他還沒有收入,不能自立。

獨立 ❶不依靠別人而生活或工作:我必須獨立,必須自己做事／她已完全能夠獨立了。❷一個國家或政權不受別的國家或政權的統治而自主地存在:第二次世界大戰後有很多殖民地國家獨立了。

自主 自己做主,不受別人支配:獨立自主／婚姻自主／事關重大,不敢自主。

自食其力＊ 依靠自己的勞動維持生活。

自給 依靠自己生產的東西滿足自己的需要:自給自足／這兩個邊遠小縣,糧食已能自給。

立足 ❶站住腳,能住下去或活下去:有了立足之地。❷處於某種地位:立足現在,展望未來。

立身處世＊ 指置身於社會中與人交往相處。

D9-9 動: 依附·投靠·收留

依賴 依靠別人或別的事物而存在,不能自立:我要不依賴任何人,自己掙飯吃。

依附 依賴;從屬:他準備退休以後回家鄉去依附兒子。

仰人鼻息＊ 仰賴別人的呼吸生存下去。比喻依賴別人,不能獨立自主。

寄人籬下＊ 寄居在人家籬笆底下。比喻依附別人過活。

俯仰由人＊ 形容行動受人支配、控制。俯仰:低頭和抬頭,泛指一舉一動。

受制 受到控制:受制於人。

附屬 依附,歸屬:這個托兒所是附屬於小學的／你能賺錢了,卻認爲母親是附屬你的。

附麗 〈書〉依附;附屬:人必生活著,愛才有所附麗。

寄生 比喻自己不勞動,靠剝削別人爲生:寄生生活／寄生蟲。

投靠 投奔依靠別人:投靠朋友／聽說他現在又投靠另一個有權勢的人了。

投奔 前往依靠別人:他不願拖累你,才動身到洛杉磯去投奔親戚。

求靠 〈方〉請求別人接受自己前去投靠。

求人 請求別人幫助:求人不如求己。

收留 接收並留下(有困難的人):一個年輕女人,來歷不明,誰能收留她?

收容 （組織、機構等）收留：流浪老人被收容在
養老院。

D9－10 動： 遊盪·苟安

遊盪 閒遊,不務正業：他去年就離開學校,在社
會上遊蕩。

浪蕩 到處遊盪：他們終年浪蕩在外,無所作爲。

吃現成飯＊ 光吃飯,不做事,坐享其成。

吃閒飯＊ 吃了飯不做事,過著遊盪的生活。

尸位素餐＊ 指空占著職位不做事(尸位),吃閒
飯(素餐)。後有時也用於自謙,表示沒做什
麼事情。

遊手好閒＊ 形容遊盪懶散,好逸惡勞。

苟安 只顧眼前的安逸,得過且過：青年人要有
所作爲,豈能苟安於小小成就。

苟全 苟且地保全性命：寧肯戰死沙場,也不投
降敵人,苟全性命。

苟活 得過且過地活著：人,不是依傍大樹而苟
活著的葛藤。

偷生 馬虎地、得過且過地活著：誰能想到他竟
留在異邦屈辱偷生。

偷安 貪圖眼前暫時的安逸：苟且偷安。

瓦全 比喻喪失氣節,苟且偷生：寧爲玉碎,不爲
瓦全。

苟延殘喘＊ 勉強延續一口臨死的喘息。形容暫
時勉強維持生存。

得過且過＊ 只要混得過,就勉強過下去。也指
工作馬虎,不負責。

醉生夢死＊ 像在醉夢之中,昏昏沈沈,糊裡糊塗
地生活著。

D9－11 動、形： 墮落·腐化

墮落 〔動〕思想、行爲脫離常軌,往壞裡變：他從
此一天天墮落下去。

腐化 〔動〕❶思想行爲變壞：生活腐化／貪污腐
化。❷使墮落；腐蝕：享受主義腐化了現代年
輕人。

腐敗 〔形〕❶思想醜惡、行爲墮落：生活腐敗。
❷制度、機構腐朽黑暗：晚清政府腐敗無能,
喪權辱國。

腐朽 〔形〕比喻思想陳腐、生活墮落或制度敗
壞：腐朽昏庸／化腐朽爲神奇。

腐蝕 〔動〕使人受壞影響而逐漸變質墮落：防止
毒品腐蝕青少年的身心。

蛻化 〔動〕比喻人的思想、行爲腐化墮落：在壞
人引誘下,兄弟倆蛻化到了不可救藥的地步。

失足 〔動〕比喻誤入歧途或犯嚴重錯誤：可貴的
是他偶一失足就能迷途知返。

落水 〔動〕比喻墮落：全社會都伸出手來挽救落
水的青年。

沈溺 〔動〕沈迷於某種不良境地,難以自拔：沈
溺酒色／他沈溺在賭博裡,根本不去上班。

沈淪 〔動〕陷入痛苦或罪惡的境地：朋友們不能
看著他整天吃喝玩樂,沈淪下去。

花天酒地＊ 形容迷戀酒色,生活荒淫腐化。

D9－12 動： 流浪·流亡

流浪 沒有固定的職業和住址,到處漂泊謀生：
在異鄉,我曾是一個流浪街頭的人。

漂泊 飄泊 生活不安定,到處奔走：她沒有家,
孤身漂泊海外。

流蕩 流浪,閒游：在外流蕩,終年不歸。

浪迹 沒有固定的住處,到處流浪：浪迹江湖／
浪迹天涯。

飄零 漂流；漂泊：十多年來,他四處飄零。

流離 〈書〉由於戰亂災荒而離開家鄉,到處漂
泊：顛沛流離／接二連三的天災人禍,使得成
千上萬的人民痛苦流離,漂泊海外。

失所 沒有安身的地方：流離失所。

亂離 因遭戰亂而流離失所：在兵荒馬亂的年
月,人民備嘗亂離的痛苦。

流徙 到處轉移,生活不能安定：他死於全家逃

奔流徙，啼饑號寒之中。

流落 因生活窮困而漂泊在外：流落江湖／他如今竟流落到這般田地，我眞想不到。

流亡 因戰亂、災害或政治上的原因而被迫離開家鄉或祖國：列寧曾兩次被迫流亡國外。

顛沛流離* 形容生活動蕩不安，窮困窘迫，四處流浪。

萍蹤不定* 形容奔走各地，行止無定，像浮萍一般。

D9－13 動： 乞討·拾荒

乞討 向人要食物、錢財等：孤兒寡母，無依無靠，只得沿街乞討。也說**討乞**。

求乞 討飯；懇求施捨：一個六七十歲的老婦人坐在布店的屋檐下求乞。

行乞 向人乞討：沿街行乞。

討飯 向人乞求伙食財物。也說**要飯**。

乞食 〈書〉要飯。

拾荒 因貧困而拾取柴草、穀物或別人扔掉的廢品等。

撿破爛兒* 撿取別人扔掉的破舊物品。

D9－14 名： 遊民·乞丐

遊民 沒有正當職業的人：由於政府落實社會福利，無業遊民已幾乎不可見。

流民 因災荒或戰禍而流浪各地，生活沒有著落的人：只要一戰爭，就造成一大批流民。

浪人 到處流浪的人。

癟三 上海人舊稱無正當職業而以乞討或偷竊爲生的遊民。今多指有流氓行爲的人。

流浪漢 無固定職業，到處流浪的男人。

乞丐 專靠乞討過活的人。

丐 乞丐。

花子 化子 乞丐。

叫花子 叫化子 〈口〉乞丐。

D9－15 名： 人事·世事

人事 人的離合、禍福、生死等情況：這兩年來，人事變化太大了，許多事情都出人意料。

世事 世界上、社會上的事：不知世事／世事多變。

滄海桑田* 大海變爲桑田，桑田變爲大海。比喻世事變化很大。

滄桑 「滄海桑田」的略語：世事滄桑／歷盡滄桑。

D9－16 名： 境遇

境遇 生活的境況和遭遇：優越的境遇使他不知一粥一飯來處的不易。

境況 所處的地位和狀況（多指經濟情況）：她的家庭境況大有改善。

處境 生活等方面所處的狀況：處境困難／處境危險。

境 境況：家境／事過境遷。

地步 處境（多指不好的）：他晚年落到這種地步，大家都沒有想到。

田地 地步：想不到他會落到這步田地。

地 地步；境地：設身處地／留有餘地。

遭遇 生活中遇到的事（多指不幸的）：坎坷的遭遇／一生遭遇，曲折離奇。

機遇 〈書〉好的遭遇；機會。

遭際 遭遇：他年輕時的遭際很不幸。

際遇 〈書〉生活中遇到的事（多指好的機遇）。

景遇 〈書〉生活情況和遭遇：年老多病，景遇欠佳。

身世 個人的經歷和遭遇（多指不幸的）：她那悲慘的身世，實在令人同情。

順境 順利的境遇：在順境中成長。

逆境 不順利的境遇：身處逆境，信念更堅。

老境 老年時的境況：老境頹唐。

晚景 比喻老年時的景況：他的晚景凄凉。

況味　〈書〉境況和情味：領略生活的況味。

D9－17　名：　命運

命運　❶迷信的人指人一生中的貧富、禍福、生死等遭遇：悲慘的命運。❷泛指人或事物發展變化的趨向：命運掌握在自己手裡。

運　運氣：時運／好運／走運。

運氣　命運，機會：這個年輕人遠走他鄉，決定要試試自己的運氣。

氣運　運氣。

運道　〈方〉運氣。

命　命運：聽天由命／一個人的貧富禍福絕非什麼命中注定。

天命　迷信者稱天神的意志；也指由天神主宰的人的命運：早期科技不發達時代，人們由天命主宰一切。

天數　迷信的人把一切意外的、難以理解的災難都說成上天安排的命運，叫做「天數」：流浪老人想，我命這麼苦，難道是天數嗎？

數　天命；命運：在數難逃（迷信的說法）／數該如此。

氣數　迷信的人指人或事物的存亡期限：那時一些老人私下都說，眼看大清氣數已定了。

流年　舊時算命、看相的人稱人一年的運氣：流年不利。

天意　迷信的人指天神的意旨。

時運　一時的運氣（迷信說法）：時運不濟。

時氣　〈方〉一時的運氣，又特指一時的幸運（迷信說法）：有時氣，交好運／虧我時氣好，才免除了一場災難。

厄運　壞運氣；不幸的遭遇：迭遭厄運。

背運　不好的運氣：人家走紅運，我卻走背運。

死命　必然死亡的命運：致敵以死命。

手氣　指賭博抓彩時輸或贏的運氣。

D9－18　名：　前途

前途　前面的路程。比喻事物發展的前景：前途

光明／前途渺茫。

前程　前途；將來的成就：錦繡前程／前程遠大。

出息　發展前途；志氣：這孩子肯鑽研，有出息。

出路　向前發展的道路；前途：高科技的研發，是E世代最有出路的事業。

奔頭兒　經過奮鬥可以指望的前途：教書育人，大有奔頭兒。

未來　將來的情景：我們有美好的未來。

正路　為人處事的正當途徑：想發財致富得走正路，不可投機取巧。

邪道　不正當的生活道路：走上邪道的人，只要他回頭了，我們就不要歧視他。

邪路　邪道。

正道　正路。

陽關道　原指古代經過陽關（今甘肅敦煌西南）通向西域的大道。後泛指寬闊暢通的大路。比喻通往美好前景的道路：你走你的陽關道，我走我的獨木橋。

鵬程萬里*　《莊子・逍遙遊》裡說，大鵬從北溟向南海飛去，水擊三千里，乘風上行達九萬里。後來用「鵬程萬里」比喻前程遠大。

D9－19　動：　遭遇・遭受

遭遇　碰上，遇到（敵人或不幸的事）：遭遇戰／他一生遭遇太多的苦難，性格變得怪癖。

遇　相逢，碰上：遇敵／遇險／不期而遇。

適值　〈書〉恰好遇到：好友來訪，適值我出差。

遭受　受到（不幸或損害）：遭受挫折／遭受損失。

遭　遇到（多指不幸或不利的事）：遭殃／遭打擊／遭侮辱。

受　遭受：受傷／受批評／受重用。

蒙受　受到：蒙受恩寵／蒙受冤屈。

蒙　受到：蒙難／蒙你大力協助。

遭逢　遇到；遭受：遭逢戰亂／遭逢險情。

吃　受，承受：吃虧／即使任務再重，我們也能吃下來。

挨　遭受;忍受:挨批評/挨了一頓皮鞭。

落得　得到,跌到(很壞的境地):落得個人財兩
空/落得個身敗名裂。

注定　爲某種規律或所謂命運預先決定,必然發
生,不可避免:命中注定/敵寇的失敗是注定
了的。

D9-20 動、名：　經歷

經歷　❶〔動〕親身見過、做過或經受過:我們經
歷過這麼多的危險,吃過這麼多的苦。❷
〔名〕親身見過、做過或經受過的事:教學經歷
/生活經歷。

閱歷　❶〔動〕親身去觀察、體驗:多接觸人,多閱
歷,就能夠培養文學才能。❷〔名〕由觀察和
體驗得來的經驗、知識:豐富的閱歷/閱歷很
深。

經驗　❶〔名〕由反覆實踐得來的知識或技能:經
驗豐富/經驗教訓。❷〔動〕經歷:魯迅也經驗
過「寂寞和空虛」的重壓。

歷練　〔名〕經驗和鍛鍊:他富有歷練,辦事穩重。

閱世　〔動〕〈書〉經歷世事:人到中年,閱世漸深。

親歷　〔動〕〈書〉親身經歷:他親歷了幾十年的風
風雨雨。

身歷　〔動〕親身經歷:身歷其境/他在敵後,身
歷了許多艱苦的鬥爭。

涉世　〔動〕經歷世事:那些富有生活哲理的話,
只有涉世很深的人才說得出。

少不更事*　年輕,閱歷不多,缺乏經驗。也作少
不經事*。

D9-21 名：　幸運・幸福

幸運　好的運氣;難得的好機會:/在車禍中沒
有受傷,是他最大的幸運。

福氣　得到幸福的命運:您老身體硬朗,有福氣。

福分　〈口〉有享受幸福生活的運氣、福氣:福分
好/有福分。

運氣　幸運:你家孩子碰到好運氣了。

造化　迷信者指福氣;運氣:大難不死,算是我的
造化。

天幸　避過危險、免受災禍的好運氣。

洪福　大福氣:洪福齊天/共享洪福。也作鴻
福。

紅運　好運氣:交紅運/走紅運。也作鴻運。

幸福　愉快美滿的生活和境遇:他把能爲人民服
務看作自己最大的幸福/決不會因損害別人
而得到幸福。

幸　幸運:榮幸/有幸/深以爲幸。

福　幸福:造福/因禍得福。

口福　能吃到好東西的機會:口福不淺。

眼福　能看到珍奇、美好事物的機會:一飽眼福。

後福　未來的或晚年的幸福:大難不死,必有後
福。

清福　生活安閒舒適的幸福:享清福。

冥福　迷信的人指人死後在陰間享受的福氣。

D9-22 形：　幸福

幸福　生活、境遇美滿、愉快:生活過得很幸福/
幸福的家庭。

幸運　運氣好;稱心如意:她很幸運參加了亞運
會的開幕式。

甜蜜　形容感到幸福、愉快、舒適:婚後,他倆過
著甜蜜的生活。

美滿　美好圓滿:他們的小家庭過得很美滿。

甜美　愉快,舒服:甜美的回憶。

甜絲絲　形容感到幸福,愉快。也說甜滋滋。

D9-23 動：　享福・享受

享福　享受幸福,指生活過得愉快美滿:晚年退
休在家享福。

納福　〈書〉享福:起居納福。

享樂　享受安樂(含貶義):他是享樂慣了的,恐
怕過不了艱苦生活。

享用　享受,使用:這桌荣並不是白白供大家享用的。

享受　享有,受用,指在物質上或精神上得到滿足:享受勞保待遇／他甚至沒有享受過多少童年的快樂。

消受　享受,受用:這我可消受不了／這一瓶酒,只有你老人家才消受得起。

享　享受:坐享其成／共享天倫之樂。

分享　和別人共同享受一份(快樂、幸福等):孩子們的歡樂,我也分享到了。

安享　安適地享受:安享榮華富貴／安享天倫之樂。

坐享　不出力而享受:坐享其成／坐享別人勞動果實。

D9－24 動、形: 走運

走運　❶〔動〕遇到的事符合自己的意願;遇到好運氣:他今年走運,生意做得很順利。❷〔形〕運氣好:你眞走運,碰到一位好老師。

交運　〔動〕遇到好運氣:你家今年交運,既陞官又發財。

走時　〔形〕〈方〉走運。也說**走時運**。

得時　〔形〕遇到的時機好。

僥倖　〔形〕形容碰巧得到成功或意外地避免了不幸:要採取防患措施,不能存僥倖心理。

萬幸　〔形〕萬分幸運(多指避免了禍患):汽車雖撞壞,乘客沒有死傷就算萬幸了。

有幸　〔形〕得到某種難得機會而感到很幸運:我有幸見到教宗。

三生有幸*　「三生」佛敎指前生、今生、來生。形容非常幸運。

D9－25 形: 悲慘

悲慘　處境、遭遇極其痛苦,使人傷心:在舊社會,農奴過著非人的悲慘生活。

悽慘　淒涼悲慘:臨死時,她發出悽慘的叫聲。

悲涼　悲傷淒涼:我的心禁不住悲涼起來了。

淒涼　寂寞冷落而感到悲慘:他站住了,臉上現出歡喜和淒涼的神情／她不禁感到這住所空曠淒涼。

淒清　淒涼:淒清的笛聲,如泣如訴。

淒楚　〈書〉悲傷痛苦:哭聲淒楚／神色淒楚,欲哭無淚。

慘痛　悲慘沈痛:慘痛的敎訓／慘痛的歷史。

慘然　形容心中淒涼、悲苦:她慘然一笑,感到無話可說。

慘苦　悽慘痛苦:慘苦的生活／慘苦的命運纏繞著她。

慘絕人寰*　人世間再也沒有比這更悲慘的情景。形容慘痛到了極點。人寰:人世。

慘不忍睹*　形容悲慘到極點,叫人不忍看下去。

傷心慘目*　形容景像十分悽慘,令人不忍心看。

D9－26 形: 倒霉

倒霉　遇事不順利;遭遇不好:即使遇到倒霉的事,也不要垂頭喪氣。也作**倒楣**。

倒運　〈方〉倒霉;沒有好運氣。

倒竈　〈方〉倒霉。

背時　〈方〉不順利,倒霉:近來甫提多背時了,做什麼事都不稱心。

背運　運氣不好:背運的事都讓我們攤上了。

背興　〈方〉倒霉:又白走一遍,眞背興!

背　〈口〉不順利;倒霉:手氣背。

觸霉頭*　〈方〉碰到不愉快的事;倒霉:早晨一出門就遇到大雨,眞觸霉頭。也作**觸楣頭**。*

不幸　不走運,使人失望的、痛苦的:不幸的遭遇／不幸的消息。

不祥　不吉利:不祥之兆。

晦氣　不吉利,倒霉:我不想再騎這輛晦氣的自行車。

喪氣　〈口〉倒霉;不吉利:要信心十足,別說喪氣話。

D9－27 形、名： 吉·凶

吉 〔形〕吉利,吉祥:大吉/逢凶化吉。

吉利 〔形〕事情順利遂心:吉利話/吉利的兆頭。

吉祥 〔形〕事情順利,有好運氣:吉祥物/吉祥如意。

祥 〔形〕吉利;吉祥:不祥/祥雲。

吉慶 〔形〕吉利喜慶:吉慶日子/平安吉慶。

凶 〔形〕不幸;不吉利:凶訊/凶多吉少。

吉日 〔名〕迷信者指吉利的日子:選個吉日,破土開工。

祥瑞 〔名〕迷信者指吉祥的預兆:祥瑞紛呈。

吉兆 〔名〕迷信者指吉祥的預兆:燈花開,喜鵲叫,這些都是吉兆。

凶兆 〔名〕迷信者指不吉祥的預兆:人們把夜貓子叫說成是凶兆。

吉凶 〔名〕未來的好運氣和壞運氣:吉凶未卜/吉凶難以逆料。

D9－28 形： 平安

平安 平穩安全:平安無事/祝你一路平安。

安好 平安,情況良好:身體安好/家中大小安好。

安 平安;安全:安樂/轉危為安。

無恙 〈書〉沒有疾病、災禍;平安:別來無恙/安然無恙。

安康 平安健康:敬祝雙親安康。

安定 (生活、形勢等)平靜穩定:安定團結/市面繁榮,人心安定。

安生 生活安定平靜:他攪得我沒法過得安生。

安然 平安;安安穩穩:安然無恙。

D9－29 形： 清閒·安樂

清閒 清靜而閒暇:他日夜操勞,沒有片刻清閒。

安閒 安靜清閒:幾位老年人安閒地在林蔭道上散步。

輕閒 輕鬆自在,無事要做:放假回鄉,他很不習慣過於輕閒的生活。

閒適 清閒而安適:閒適的生活/心情閒適。

閒散 空閒而無拘束:生活長期閒散,勤快的人也會變為懶惰的。

悠閒 閒適輕鬆:她母親退休後,過著悠閒而安適的生活。

悠悠 閒適,自由自在:悠悠自得。

悠然 〈書〉悠閒而自由自在的樣子:悠然自得。

優游 悠閒舒適:優游歲月/生活優游。

安逸 安閒舒適:不久她就喜歡上這種安逸的生活了。

安適 安寧舒適:在此起居安適,請家中放心。

恬適 安靜舒適:生活恬適/屋前有個花園,幽靜雅緻,恬適宜人。

安樂 安寧而快樂:安樂窩/青年人不能只圖眼前的安樂。

康樂 安樂:富強康樂。

安居樂業* 居住安定,喜愛自己的職業。形容人們過著安定的生活,從事愉快的勞動。

養尊處優* 處於尊貴的地位,過著優裕的生活。

髀肉復生* 長期不再騎馬,大腿上的肉也長豐滿了。感嘆久處安逸,虛度光陰,不能有所作為。髀:大腿,股部。

D9－30 形： 困苦·艱辛

困苦 生活困難痛苦:困苦的生活磨練出堅強的意志。

困難 生活窮困,不好過:那怕日子再困難,也得讓孩子念書。

困乏 〈書〉生活窮困。

困頓 生活或處境艱難窘迫。

困厄 生活困難,處境窘迫。

顛連 〈書〉困苦:顛連無告。

艱難 困難:生活艱難。

艱苦 艱難困苦:艱苦的生活/艱苦的工作。

艱辛 〈書〉艱難辛苦:學習是一種艱辛的勞動/備嘗艱辛。

難過 過活不容易:窮困的日子很難過。

艱難竭蹶* 形容生活非常艱難困苦。竭蹶:指經濟困難。

啼饑號寒* 因饑餓寒冷而啼哭。形容生活極端困苦。

饑寒交迫* 饑餓與寒冷交相逼迫。形容無食無衣生活困苦不堪。

水深火熱* 比喻人民生活極端痛苦。

生靈塗炭* 百姓像陷入泥沼,落入炭火一樣。形容人民處於極端艱難困苦的境地。生靈:百姓;塗炭:泥沼和炭火。

民不聊生* 人民生活不安寧,日子無法過下去。

餐風宿露* 形容旅途奔波或野外生活的艱苦。也說**餐風飲露***。

飽經風霜* 形容經歷了長期餐風飲露生活的艱辛困苦。

D9－31 名： 困難·困境·險境

困難 複雜、阻礙多、不好辦的事:我們有堅強的決心,一定能克服暫時的困難。

難處 困難的所在;困難:領導有領導的難處,大家應予支持和諒解。

難關 難通過的關口。比喻不易克服的困難:共度難關/攻破難關。

困境 困難的處境:擺脫困境/一度陷入困境。

困厄 艱難窘迫的處境:在困厄中掙扎。

患難 艱苦而危險的處境:患難之交/同甘苦,共患難。

憂患 困苦患難:飽經憂患。

窮途 絕路。比喻極端困苦的境地:窮途末路。

末路 路途的終點。比喻沒落衰亡的境地:侵略者已瀕臨末路。

火坑 比喻極端悲慘的境遇:墮入火坑/跳出火坑。

風浪 比喻險惡的境遇:久經風浪。

絕境 完全沒有出路的境地:陷入絕境/瀕臨絕境。

絕地 絕境:陷入絕地。

死地 必死的境地:必欲置之死地而後快。

慘境 悲慘的境地:衣食無著,陷入慘境。

險地 危險的境地:脫離險地。

險境 險惡的境地:身陷險境。

樊籠 關鳥獸的籠子,比喻不自由的境地:逃出樊籠,獲得自由。

窮途末路* 形容無路可走,面臨絕境。

驚濤駭浪* 比喻極端險惡的環境。

D9－32 名： 災禍
（參見 H2－36 災害）

災禍 自然的或人為地造成的嚴重的危害和苦難:災禍突然降到她們母女身上。

災害 ❶多指旱、澇、蟲、雹、地震、颶風等自然現象造成的危害和損失:這是多年沒有過的乾旱,災害十分嚴重。❷人為的禍害:當時軍閥連年內戰給人民造成嚴重的災害。

災 災害;災禍:救災/防災/鬧災/消災免禍/天災人禍。

災患 災害:災患頻仍。

災難 天災人禍所造成的損害及帶來的苦難:災難深重/根治淮河,消除它給人民帶來的災難。

災殃 災難:連年戰火,土地荒蕪,老百姓備受災殃。

苦難 痛苦和災難:舊社會裡勞動人民深受苦難。

不幸 災禍:幼年失學,是他一生最大的不幸。

浩劫 大災難:侵略戰爭給人民帶來空前的浩劫。

禍　對人造成巨大危害的事;災難:惹禍/闖下
　　大禍/禍不單行。

禍事　對人危害嚴重的事:由於管理不善,禍事
　　頻頻發生。

亂子　禍事:出亂子。

樓子　〈口〉禍事;亂子:出樓子/你這樣下去,遲
　　早要捅樓子。

禍害　災禍;災害:造成禍害/禍害不小。

禍患　禍事;災難:禍患無窮/洪水給人們帶來
　　禍患。

禍殃　災禍:十年浩劫時期,說話稍一不慎,就可
　　能招來禍殃。

禍亂　災難和變亂:禍亂臨頭。

橫禍　意外的禍患:飛來橫禍。

慘禍　慘重的禍害:第二次世界大戰是全人類的
　　一場慘禍。

飛災　意外的災害:飛災橫禍。

患　災禍:水患/外患/有備無患。

殃　禍害:那年蟲災受殃面積達幾千頃。

害　禍害,壞處:有害無益/爲民除害。

難　不幸的遭遇;災難:蒙難/受苦受難。

後患　以後將會發生的禍患:留下後患/後患無
　　窮。

隱患　潛藏的禍患:放好易燃物品,消除火災隱
　　患。

匪患　盜匪造成的禍害:邊區百姓,飽受匪患。

人禍　人爲的禍害:那次災害與其說是天災,不
　　如說是人禍。

天災　自然災害,如水災、旱災、風災、蟲災、地震
　　等:天災人禍。

火災　失火造成的災害。

回祿　傳說中的火神名。借指火災:慘遭回祿。

水災　由於久雨、河水氾濫或山洪暴發等造成的
　　災害。

洪災　洪水造成的災害。

無妄之災*　意想不到的災禍。

D9－33 動：　鬧災·救災

鬧災　發生災害:建了大水庫,這一帶就不再鬧
　　災了。

受災　遭受災害:受災面積達十萬頃。

受害　受到災害:這次風災,本地受害極爲嚴重。

救災　❶消除災害:防洪救災。❷用財物救濟受
　　災的人民:集中人力物力,緊急救災。

賑災　賑濟災民。

起火　著火:房屋起火了,趕快搶救。

失火　發生火災:城門失火,殃及池魚。

走水　〈方〉失火。

救火　趕到發生火災的地方,撲滅火焰,搶救傷
　　員:救火是一場緊張的戰鬥。

鬧饑荒*　遭遇荒年:過去這一帶經常鬧饑荒。

D9－34 動：　惹禍·遺禍·出事

惹禍　引起禍事或招致禍患:因爲怕他惹禍,我
　　只得天天在家看住他。

闖禍　招惹是非,滋生事端:好好在家讀書,不要
　　出去闖禍。

肇禍　闖禍:酒後切勿開車,以免肇禍。

召禍　〈書〉引來災禍:這樣到處亂闖,總有一天
　　要召禍。

遺患　留下禍根,讓別人受害:濫伐森林,以致水
　　土流失,遺患後人。

遺禍　留下禍患,使人受害:血吸蟲不滅,遺禍無
　　窮。

貽害　留下禍害,使受損失:不做貽害子孫後代
　　的事情。

以鄰爲壑*　把鄰國當作深溝,把本國的洪水排
　　泄到那裡去。比喻嫁禍於人,損人利己。壑:
　　深溝。

縱虎歸山*　比喻放走敵人,留下禍患。

養虎遺患*　比喻包庇姑息、縱容壞人,留下後
　　患,自己反受其害。

出事　發生事故:學生爬山時,她尾隨照顧,總怕出事。

出亂子*　發生差錯或毛病:車子開得太快,容易出亂子。

出岔子*　發生事故或出現差錯:操縱這臺機器可不是玩兒的,稍一不慎就會出岔子。

D9－35　名：　禍根・禍首

禍根　引起禍患的根源:賭博是社會不安定的一大禍根。

禍端　〈書〉禍事的根源:滋生禍端／消除禍端。

禍胎　禍根。

禍心　做壞事的念頭:包藏禍心。

禍首　造成禍害的首要分子:罪魁禍首。

心腹之患*　比喻隱藏在內部的十分危險的禍害。

D9－36　動：　受苦・遭殃

受苦　遭受痛苦:受苦受難／她自從被愛心人士領養後,就不再受苦了。

吃苦　承受艱苦:吃苦耐勞／吃苦在前,享樂在後。

含辛茹苦*　形容忍受辛苦。茹,吃。也說茹苦含辛*。

受難　遭受災難:關懷受難的同胞。

受累　受到勞累;耗費精力:這麼多工作,讓你一個人受累,真過意不去。

受罪　受到折磨、痛苦:坐這輛破舊的車子去顛簸趕路,真是活受罪!

遭罪　受罪。

遭劫　遭逢劫難:風浪太大,救生艇無法向那艘遭劫的小船靠攏。

遭殃　遭受災禍:誰沒有老婆孩子,我們能眼看著她們母子倆遭殃嗎?

窮途潦倒*　形容走投無路,極為失意。

在劫難逃*　迷信謂命中注定要遭受災禍,無法逃脫。借指一定要發生的壞事情,是避免不了的。

D9－37　動：　遇難

遇難　因受迫害或遇意外災難而死:數十名旅客因飛機失事遇難。

被難　因災禍或重大變故而喪生:那年瘟災來勢凶猛,被難的人數以萬計。

死難　遭難而死:哀悼死難烈士。

罹難　遭受意外的災禍而死:不幸罹難／為罹難同志致哀。

遇害　被殺害:他在外地經商,卻不幸遇害。

受害　受到損害或殺害:在這次不幸事故中受害的人數以百計。

D9－38　動：　冒險・拚命

冒險　不顧危險地去進行(某項工作或活動):冒險搶救落水兒童／你毫無準備,不要去冒險。

拚命　不顧性命地、捨棄性命地去爭鬥或做某事:跟敵人拚命／事情到了這個地步,和人家拚命也沒用了。

拚死　拚命:拚死吃河豚。

拼命　〈方〉拚命。

玩兒命　〈口〉拿性命當兒戲,不顧危險去拚:我從小喜歡打架,比我大七八歲的,我也敢找人家玩兒命。

豁出去　不顧一切;捨棄:寧可把生命豁出去,也不在敵人面前低頭屈服。

捋虎鬚*　捋老虎的鬍鬚。比喻冒險:捋虎鬚都不怕,這點困難算什麼?

虎口拔牙*　比喻幹危險的事。

鋌而走險*　在無路可走或絕望的情況下採取冒險行動。鋌:快走的樣子。

孤注一擲*　把所有的錢都押做賭注,來賭最後一次的輸贏。比喻在危急時使出全部力量來做最後一次冒險。注:賭博時所押下的錢;

擲:賭錢時擲骰子。

狗急跳牆 * 比喻走投無路時不擇手段地蠻幹。

不入虎穴,焉得虎子 * 不進老虎洞,怎能捉到小老虎?比喻不冒危險、不經歷艱苦的實踐,就不能取得成功。

D9－39 動: 遇險·脫險

遇險 遭遇危險:白衣戰士把十多位遇險旅客的生命,從死神手裡搶了回來。

脫險 脫離危險境地:幾個落水船員已經脫險歸來。

出險 脫險:首先要護送婦幼出險。

遇救 從危險中得救:我們在死亡線上掙扎了三天三夜,終於遇救了。

獲救 得救:遇險遊客,全部獲救。

九死一生 * 形容經歷多次極大的危險而死裡逃生。

絕處逢生 * 在沒有出路的情況下又得到了生路。

死裡逃生 脫離極危險的處境求得生存。

虎口餘生 * 從老虎嘴邊逃出生命。比喻經歷了極大危險而生存下來。

D9－40 動: 逃難·亡命

逃難 為躲避戰亂、災荒而逃往他處:這一家老小是從災區逃難出來的。

逃荒 因災荒而逃到外鄉謀生:電影裡的男主角十來歲就跟著父母逃荒到外地。

逃反 為躲避戰禍匪患而逃往他處:有幾百逃反的老百姓露宿在屋簷下。

逃亡 逃跑出去,流浪在外:家鄉淪陷,一家人四散逃亡。

逃命 逃亡以保全性命:逃命他鄉。

逃生 逃離危險以求生存;逃命:死裡逃生。

亡命 逃亡;流亡:亡命異鄉／他在日本過了多年亡命生活。

D9－41 名: 難民·災民

難民 由於戰亂、災害而流亡他鄉、生活困難的人:戰爭連連,使得一波波的難民冒險偷渡,遠至異鄉討生活。

難胞 稱本國的難民,現多指在國外受排擠、受迫害的僑胞。

難僑 稱在國外受迫害、受苦難的僑胞。

難友 稱一同蒙難的人。

難兄難弟 * 指曾經共過患難或正同處於患難中的人。

災民 遭受災害的人。

流民 遭受災害而流亡他鄉的人。

D9－42 動、形: 得志·失意

得志 〔動〕志願得以實現:少年得志／他有時候也要求我,要我得志後不要忘記他。

得勢 〔動〕得到權勢(多用於貶義):壞人得勢,好人遭殃。

飛黃騰達 * 比喻驟然得志,官職升得很快(多用於貶義)。飛黃:傳說中跑得快的神馬名;騰達:高跳。

失意 〔動〕不得志:官場失意。

落泊 落魄 〔動〕〈書〉窮困,不得志:一生落泊／落泊江湖。

落拓 〔動〕〈書〉潦倒失意:懷才不遇,落拓終生。

潦倒 〔形〕頹喪,不得意:窮途潦倒。

蹭蹬 〔形〕〈書〉遭遇挫折,困頓失意:一生蹭蹬,未嘗得志。

坎坷 〔形〕道路不平。比喻生活中波折多,不得志:歷盡坎坷／命途坎坷。

失勢 〔動〕失去權勢:只要是失勢的,便總要受奚落。

坐冷板凳 * 比喻不被重視或受到冷遇,常指擔任不重要的閒職。也比喻久候接見或長期候差。

D9－43 動、形：　沾光・吃虧

沾光　〔動〕憑藉別人或某種事物的助力而得到好處：當我順利的時候，他們都來沾光討好。

討巧　〔動〕費力不多而占了便宜：他不肯苦幹硬幹，卻會沾光討巧。

受益　〔動〕得到利益；受到好處：做好環境衛生，大家受益。

占便宜＊　❶取得非分不正當的好處或利益：他遇事總想占便宜。❷佔有某種優越條件：你個子高，打籃球自然占便宜。

討便宜＊　存心取得一點好處或利益：他是來討便宜的。

分潤　〔動〕分享利益（多指金錢）：看到人家有非法收入，不加勸阻，卻想分潤。

染指　〔動〕比喻從中獲得非分的利益：這是一種特權，別人休想染指。

不勞而獲＊　自己不勞動，卻佔有別人的勞動成果。

無功受祿＊　沒有功勞而得到俸祿。泛指沒有出力而接受報酬。

坐享其成＊　自己不動手，不出力，享受別人取得的成果。

吃虧　〔動〕❶受損失：讓別人吃虧自己占便宜的事，他是從來不幹的。❷在某方面條件不利：這個籃球隊吃虧在隊員身材比對方矮。

上當　〔動〕受騙；吃虧：買來路不明的衣物，小心上當。

上鉤　〔動〕被人引誘上當：街頭賣假藥的，花言巧語，引人上鉤。

受騙　〔動〕被人欺騙：受騙上當。

冤枉　〔形〕不值得；吃虧：白忙了一場，真冤枉。

D9－44 動、名：　折磨・磨難

折磨　〔動〕使在肉體上、精神上受痛苦、受打擊：雖然病痛折磨著他，但是他仍舊頑強地堅持研究工作。

折騰　〔動〕折磨；使人痛苦，難以忍受：這病折騰我半年多。

揉磨　〔動〕〈方〉折磨。

揉搓　〔動〕〈方〉折磨。

煎熬　〔動〕❶比喻強烈地折磨：這種焦慮把她煎熬得有些衰老了。❷忍受折磨：寒冬裡，頂著刺骨冷風去做生意，是一件難以煎熬的事。

磨折　〔動〕折磨：她的後娘經常打罵磨折她。

磨　〔動〕折磨：好事多磨。

磨難　魔難　〔名〕在困苦的境遇中遭受的阻礙和折磨：他曾遭受的磨難，一時也說不完。

D9－45 形、動：　為難・窘迫

為難　❶〔形〕處境困難，不好應付：左右為難／這件事叫我很為難。❷〔動〕刁難；作對：他是有意和我為難。

作難　❶〔形〕為難：他感到一個人幹，實在很作難。❷〔動〕刁難：他這樣做是故意作難人。

刁難　〔動〕故意使人為難：沒想到他竟對我百般刁難。

兩難　〔形〕這樣做或不這樣做都感到為難：進退兩難。

窘　〔形〕為難：他一時回答不上來，顯得很窘。

窘迫　〔形〕處境十分為難：家境清寒，生活窘迫／那時他常受同學們的奚落，處境十分窘迫。

受窘　〔動〕陷入為難的境地：這裡都是人生面不熟的，讓你受窘了。

尷尬　〔形〕處境困難，不知怎樣辦：我一時不能答應，也不便拒絕，實在尷尬。

狼狽　〔形〕傳說狽是一種前腿特別短的獸，走路時要趴在狼身上，離開狼，就無法行動。所以用「狼狽」形容十分困窘的樣子：狼狽不堪／處境狼狽。

難堪　〔形〕窘；忍受不了：當眾揭老底，使人難堪。

好看〔形〕指使人難堪：你當衆批評我，豈不是存心要我好看！

下不來〔形〕指在人前受窘：他的謊言被當衆揭穿，他自己也感到下不來。

進退維谷* 進退都處於困難的境地。形容進退兩難。維：文言虛詞；谷：山谷，喻指困境。

一籌莫展* 一點計策也施展不出，一點辦法也想不出。常形容處境困難，無法應付。籌：指計策、辦法。

焦頭爛額* 比喻極爲狼狽的情狀或境遇。

走投無路* 形容沒有出路，陷入絕境。

山窮水盡* 山和水都到了盡頭，已無路可走。比喻已陷入絕境。

騎虎難下* 比喻做事中途遇到困難，迫於形勢，欲罷不能。

左右爲難* 形容這樣做那樣做都有難處，不容易應付。

左支右絀* 應付了左面，右面又不夠了。形容力量不足，顧此失彼，十分窘迫。

捉襟見肘* 拉一下衣襟就露出胳膊肘來。比喻顧此失彼，窮於應付。

D9－46 動： 自作自受

自作自受 自己做的事自己承受。指做了錯事壞事，自己受害。

自食其果* 自己吞食自己種出來的果實。指做了壞事，自己遭受懲罰。

咎由自取* 災禍是自己招來的。

玩火自焚* 比喻幹冒險或害人的事，最終害了自己。

作法自斃* 自己立法反而使自己受害。

飛蛾撲火* 比喻自尋死路，自取滅亡。

庸人自擾* 本來沒有問題而自找麻煩或自尋煩惱。

搬起石頭砸自己的腳* 搬起石頭本想打別人，結果反而砸了自己的腳。比喻想害人結果害

了自己。

D 10　社會狀況

D 10－1 名： 世道

世道 指社會習俗、風尙等狀況：眞想不到我還能逢上今天的好世道。

世風〈書〉社會風氣：世風日下，人心不古。

世情 社會上人與人之間的關係、感情和態度：初出茅廬，不懂世情。

世面 社會上各方面的具體情況：靑年人要經風雨，見世面，在磨練中成長。

世界 社會的形勢、風氣：你不能用守舊的眼光看二十一世紀的世界。

D 10－2 名： 風俗

風俗 社會上長期形成而相沿下來的風尙、習慣、禮節等：過年是許多民族都有的風俗／這裡還保留著不少舊風俗。

俗 風俗：民俗／習俗／移風易俗。

習俗 習慣和風俗：幾千年形成的舊思想、舊俗還殘留在人們的頭腦裡。

民俗 民間的風俗習慣：西藏的民俗帶有濃厚的宗敎色彩。

風土 某一地區特有的自然環境和社會風俗習慣的總稱：風土人情。

民情 人民的生產、生活、風俗習慣等情況：深入群衆，熟悉民情。

風化 風俗和敎化（多用於指男女關）係：有傷風化。

陋俗 不良的風俗：革除陳規陋俗。

流俗 社會上通行的風俗習慣（含貶義）：有志靑年，豈能隨著流俗沈浮？

世俗 流俗：世俗之見／他這還是用世俗眼光看人。

D 10－3 名： 風氣

風氣 社會上或部分人群中流行的愛好或習慣：
要形成講文明、講禮貌的風氣。

風尚 社會上普遍流行的風氣和習慣：追求高標
準的生活方式成爲一時風尚。

風 風氣：歪風邪氣／此風不可長。

時尚 當前社會上的風氣、愛好：跳交際舞成爲
當今時尚。

俗尚 普遍流行的社會風氣：獨行其是，不拘俗
尚。

習尚 風尚。

古風 古代的風俗習慣。多指質樸的生活作風：
艱苦樸素，崇尚古風。

遺風 以前時代遺留下來的風氣：人人能歌善舞
是苗族自古的遺風。

新風 新的好風尚：除舊習，樹新風。

正氣 正大光明的作風或純正良好的風氣：發揚
正氣／扶持正氣，抑制歪風。

邪氣 不健康、不正當的風氣或作風：正氣上升，
邪氣下降。

歪風 不正當的風氣；不正派的作風：掃除歪風
邪氣／一定剎住這股歪風。

不正之風* 不正當的作風，不良的風氣。多指
拉關係、開後門、假公濟私、濫用職權、任人唯
親等而言。

裙帶風 利用裙帶關係來謀取私利的風氣。裙
帶關係，指借妻女姊妹等勾結攀援的姻親關
係。

D 10－4 名： 潮流·潮

潮流 比喻社會發展的趨勢或某種傾向：新潮流
／歷史潮流。

時髦 比喻社會上一時出現的某種趨向：趕時
髦。

主流 比喻事物發展的主要方面和基本趨向：分
析事物要抓住主流。

逆流 比喻反動的潮流：政治逆流。

暗流 地面下的水流。比喻潛伏的思想傾向或
社會動向。

巨流 比喻巨大的時代潮流：一小撮頑固分子，
怎能阻擋歷史巨流？

狂瀾 洶湧的波浪。比喻動盪的局勢或猛烈的
潮流：挽狂瀾於既倒。

狂飆 比喻迅猛的潮流或力量。飆，暴風：革命
的狂飆，掃除了一切污泥濁水。

大風大浪* 比喻社會上尖銳、複雜、激烈的鬥爭
或艱苦的戰鬥歷程。

潮 比喻大規模的社會變動或運動趨勢：思潮／
新潮／學潮。

高潮 比喻事物發展過程中高漲的階段：一個文
化建設的高潮即將到來。

低潮 比喻事物發展過程中低落的階段：研究學
問處於低潮時，要堅定勝利的信心。

暗潮 比喻暗中發展，還沒有表面化的事態或思
想傾向。

狂潮 比喻聲勢浩大的局面：在青年中掀起了卡
拉 OK 的狂潮。

D 10－5 動、形： 流行

流行 ❶〔動〕廣泛地流傳、傳播：這個刊物已在
全國流行／這是現在流行的髮式。❷〔形〕流
傳、傳播很廣：流行歌曲／有些古典通俗小說
至今仍很流行。

風行 〔動〕迅速而廣泛地流傳、傳播：風行一時／
這本書早已風行全國。

盛行 〔動〕大規模地流行：調查研究之風，盛行
全國。

盛 〔形〕流行很廣：盛極一時／體育鍛鍊的風氣
很盛。

風靡 〔形〕形容事物流行得很快，像風吹倒草木
似的：我國的鍼灸療法已風靡世界。

時興　〔形〕時興：她打扮得很時行。

時行　❶〔動〕一時流行：那些年,農村裡正時興
　練武術╱他們不時興跳傘結婚這一套。❷
　〔形〕一時正在流行的：時興的打扮╱這種組合
　家具現在很時興。

興　〔動〕❶流行：現今不興叫「長官」了。❷使盛
　行：大興調查研究之風。

成風　〔動〕形成風氣：文明禮貌,蔚然成風╱貪
　污受賄,一時成風。

約定俗成＊　某種事物的名稱或社會習慣經過人
　們長期沿用,得到公認而固定下來。

應時　〔形〕適合時令或時尚的：應時果品╱應時
　服裝。

應景　〔形〕適合當時節令的：應景食品。

趨時　〔動〕〈書〉趕時髦。

趕時髦＊　❶迎合當時流行的風尚：他也想趕時
　髦學外語。

趕時髦＊　❷追隨大家去做當時社會上最流行的
　事：出風頭,趕時髦,容易冲昏頭腦,犯錯誤。

D 10－6 形：　太平・安定

太平　社會秩序正常,平安無事：太平盛世╱太
　平景象。

昇平　太平：歌舞昇平。

承平　〈書〉長期繼續太平：累世承平。

清平　〈書〉太平：清平世界。

平靖　社會秩序安靜穩定：平靖無事╱邊境平
　靖。

安定　(社會、形勢、生活)平靜穩定：生活安定╱
　安定團結的政治局面。

平靜　安靜,沒有動蕩或混亂：一場風波終於平
　靜了。

安寧　安定平靜：生活安寧╱社會安寧。

安堵　〈書〉生活不受騷擾：安堵如故。

寧靖　〈書〉社會秩序安定：四境寧靖。

安謐　〈書〉安穩、正常而寧靜：環境安謐,空氣清
　新。

安瀾　〈書〉水波平靜。比喻太平：天下安瀾。

穩定　穩固安定：經濟繁榮,社會穩定。

風平浪靜＊　比喻平靜無事或局勢安定。

弊絕風清＊　貪污舞弊的事完全沒有,社會風氣
　十分良好。也說風清弊絕＊。

夜不閉戶＊　夜裡不用關門睡覺,也沒人來偷盜。
　形容社會安寧,風氣良好。

路不拾遺＊　東西掉在路上沒人拾取,占為己有。
　形容社會風氣良好。遺：遺失的錢物。也說
　道不拾遺＊。

D 10－7 形：　腐敗・黑暗

腐敗　(政府、組織、制度、措施等)敗壞、混亂、黑
　暗、無能：晚清政府極端腐敗。

腐朽　(社會、政治、生活、思想等)陳腐、敗壞、沒
　落：腐朽的生活╱腐朽不堪。

腐爛　(社會、政治、生活等)極端腐朽敗壞,難以
　繼續存在：當地的殖民主義政權,腐爛透頂。

黑暗　比喻社會腐敗,政治反動：在那黑暗的歲
　月裡,哪有科學的地位,又哪有科學家的出
　路!

漆黑一團＊　周圍一片黑暗,完全沒有光明。多
　用來形容社會、政治等極端黑暗。也說一團
　漆黑＊。

暗無天日＊　形容政治十分腐敗,社會極端黑暗。

天昏地暗＊　比喻政治、社會黑暗混亂。也說昏
　天黑地＊。

烏煙瘴氣＊　比喻秩序混亂、風氣不正或社會黑
　暗。

烏七八糟＊　形容十分雜亂。

D 10－8 形：　混亂

混亂　沒有條理,沒有秩序：交通混亂╱社會混
　亂。

紛亂　雜亂,沒有規律：紛亂的人群╱紛亂的文

藝現象。

紊亂　沒有規律,沒有條理:局勢紊亂／紊亂的思想情緒。

荒亂　社會秩序極端動蕩不安:在那荒亂的年月,人們白天連門都不敢出。

紛擾　混亂:在學生的請願中有一點紛擾,他們就驚詫了!

擾擾　〈書〉紛亂;動蕩不安:人潮洶湧,擾擾不息。

攘攘　紛亂:來來往往,熙熙攘攘。

亂騰　混亂;不安靜,沒有秩序:吆喝誇賣,一片亂騰。

亂騰騰　形容混亂或騷動:門外亂騰騰地擠滿了人。

亂紛紛　形容雜亂紛擾:他心裡亂紛紛的／亂紛紛的人群,洶來湧去。

兵荒馬亂*　形容戰爭中動蕩不安的混亂景象。

雞犬不寧*　形容騷擾得十分厲害,連雞犬都不得安寧。

D 10－9 動:　動蕩・騷亂

動蕩　波浪起伏。比喻局勢、情況不穩定、多變化:政治動蕩／他一生在動蕩中度過,充滿了苦難。

波動　水波動蕩。比喻情況不穩定;多變動:物價波動／情緒波動。

動亂　動蕩混亂:十年動亂期間／動亂的年代。

騷亂　混亂地騷動:這一次四處騷亂,你受驚了麼?

亂套　打亂次序或秩序:這一場大病,使我的生活亂套了。

亂了營*　〈方〉比喻發生騷動,秩序混亂。

風雨飄搖*　在風雨中飄盪不定。形容局勢動蕩,極不穩定。

風雲變幻*　比喻局勢動蕩不定,變化莫測。

D 10－10 動:　擾亂

擾亂　攪擾,使混亂不安:擾亂秩序／我們剛安定下來的生活,又被這件事擾亂了。

騷擾　擾亂,使不安寧:敵軍近來不斷騷擾我邊境。

滋擾　騷擾:在外地經商的生意人,經常受到流氓滋擾。

擾動　❶打擾驚動:在當時情況下,我不便擾動會場。❷攪擾;騷動:明朝末年,農民紛紛起義,擾動遍及全國。

驚擾　驚動干擾:請勿輕信謠言,自相驚擾。

攪亂　攪擾使混亂;擾亂:整個會場秩序完全被這伙人攪亂了。

騷動　擾亂使不安:少數人騷動了一陣子,不久就安靜下來。

喧擾　喧嚷擾亂:這幫人喧擾到深夜才離去。

擾攘　騷擾;紛亂:世界上的某些地區,仍然干戈擾攘,紛爭四起。

D 10－11 名:　動亂

動亂　動蕩混亂的局面:經過那場大動亂,社會秩序一時還不能恢復正常。

變亂　因戰爭、叛亂等造成的混亂局面:在這場變亂中,許多文物遭受破壞。

暴亂　破壞社會秩序的武裝騷亂:平定暴亂。

戰亂　戰爭造成的混亂局面:他們一家人是在戰亂中失散的。

兵亂　戰爭造成的騷擾和混亂。

禍亂　災禍和變亂:禍亂頻仍／發生了一場大禍亂。

D 10－12 名:　風潮

風潮　指群眾掀起的一種反抗運動:鬧風潮／風潮迅速平息。

浪潮　比喻大規模的社會運動或聲勢浩大的群

衆性運動:爭買刮刮樂的浪潮席捲全國。

風暴 比喻規模大而來勢迅猛的事件:經濟風暴。

怒潮 洶湧潮湃的浪潮。比喻聲勢浩大的反抗運動:革命怒潮。

工潮 由工人掀起的罷工等風潮。

學潮 由學生、教職員掀起的罷課、遊行等風潮。

D 10−13 形： 熱鬧·繁華

熱鬧 景象繁盛活躍:這是最旺的漁季,也是最熱鬧的海市。

鬧熱 〈方〉熱鬧。

繁華 市面繁盛、興旺:紐約是美國最繁華的城市。

紅火 〈方〉形容興盛、熱鬧:這次聯歡活動弄得挺紅火。

火暴 火爆 〈方〉旺盛;熱鬧:日子過得很火暴。

繁盛 繁榮興盛:現在這個城市,比過去任何時期都更爲繁盛。

熙熙攘攘* 形容人來人往,擁擠熱鬧。□熙來攘往*。

車水馬龍* 車如流水,馬如遊龍。形容車馬來往不絕,繁華熱鬧。

萬人空巷* 家家戶戶的人都從巷子裡走出來聚集在大街上。形容慶祝、歡迎等場面非常熱鬧。

門庭若市* 門口和院子裡像集市一樣熱鬧。形容來往的人很多。

戶限爲穿* 門檻都被踏斷。形容門庭進出的人很多。戶限:門檻。

D 10−14 形： 冷落·荒涼

冷落 冷清蕭條,很少人來活動:那古老的小城,街道狹窄,市面冷落。

冷清 冷靜、蕭索而淒涼:一到晚上,那條街冷清得不見人影。

冷清清 冷清、幽靜而寂寞:冷清清的夜晚。

清冷 冷清:傍晚,遊客們都進了旅館,小街上顯得十分清冷。

冷靜 〈方〉人少而寂靜:這裡只有幾戶人家,白天也很冷靜。

落寞 落漠 落莫 冷落,寂寞:落寞的山村。

冷僻 冷落偏僻:這條冷僻的煤屑路平時很少行人。

荒涼 人煙稀少,清冷淒涼:滿目荒涼／一片荒涼景象。

荒 偏僻,冷落:荒野／荒無人煙。

淒涼 冷靜、寂寞而悲傷:人去樓空,她不禁感到這住所的空曠淒涼。

淒清 淒涼:劫後的小村,一片荒涼淒清的景象。

門可羅雀* 門前可張網捕雀。形容門庭冷落,客人稀少的景象。

D 10−15 動、形： 擁擠

擁擠 ❶〔動〕(人或物)聚集一起而靠攏得很緊:請按次序進場,不要互相擁擠。❷〔形〕形容人或物多,擠在一起,難以行走、移動:商店裡顧客很多,十分擁擠。

擠 ❶〔動〕(人或物)緊緊靠攏在一起:屋子裡擠滿了人。❷〔形〕形容人或物多而地方小:屋子裡人太多,非常擠。

蜂擁 〔動〕像蜂群似的擁擠著:一群人蜂擁而上。

接踵 〔形〕後面人的腳尖碰著前面人的腳跟。形容往來的人多,連續不斷:看望他的人接踵而來。

擠擠插插 〔形〕〈方〉形容非常擁擠:倉庫裡的貨品堆得擠擠插插的,再也容不下新東西了。

摩肩接踵* 肩挨肩,腳碰腳。形容人多而擁擠。

水泄不通* 水都流不出去。形容十分擁擠或包圍嚴密。

人山人海* 形容聚集的人極多。

肩摩轂擊 *　人多得肩和肩相摩擦，車多得輪和
輪相碰撞。形容行人車輛往來擁擠。轂：車輪
中心的圓木，借指車輪。也說**摩肩擊轂** *。

D 10－16　形、動：　喧鬧

喧鬧 ❶〔動〕發出大而雜亂的聲音：我聽到遠處
有許多人歡笑和喧鬧著／漲了水的山溪潺潺
地喧鬧。❷〔形〕聲音大而雜亂：人聲喧鬧／繁
華喧鬧的街市。

喧擾 〔動〕喧嚷擾亂：昨天夜裡有人在附近喧
擾。

喧騰 ❶〔動〕喧鬧沸騰：整個工廠都喧騰起來
了。❷〔形〕聲音多而雜亂、響亮熱鬧：一片喧
騰的鑼鼓聲。

喧闐 〔形〕〈書〉聲音大而雜亂（多指車馬聲）：車
馬喧闐。

喧囂 〔形〕聲音雜亂吵鬧：他很想脫離喧囂的都
市生活，到海濱度假。

吵鬧 〔形〕聲音雜亂：人聲吵鬧，難以入睡。

嘈雜 〔形〕聲音喧鬧雜亂：這時老師還沒有來，
教室裡傳出一片嘈雜聲。

聒噪 〔動〕聲音雜亂，吵鬧：電線桿上那只高音
喇叭放足音量聒噪著。

聒耳 〔形〕聲音雜亂刺耳：聒耳的蟬鳴擾人安
靜。

鼎沸 〔形〕〈書〉鍋裡的水沸騰起來。形容（聲
音、情狀）喧鬧，混亂：人聲鼎沸／四海鼎沸。

沸反盈天 *　形容人聲喧囂雜亂。

沸沸揚揚 *　形容像沸水翻騰一樣地喧鬧。

D 10－17　形：　安靜

安靜 沒有聲音；沒有喧鬧：樓房四周都是園林，
環境很安靜。

寧靜 安寧平靜，沒有騷擾：假日的校園，十分寧
靜。

清靜 環境安靜，不嘈雜：這地方又清靜又寬敞。

冷靜 清靜，不熱鬧：這條街很冷靜，白天也不見
行人。

寂靜 靜，沒有聲音：寂靜無聲／教室裡一片寂
靜。

肅靜 嚴肅而寂靜：學生都用心應考，教室裡肅
靜無聲。

幽靜 幽雅寂靜：月光下的林蔭道，非常幽靜。

沈靜 很靜：清晨，校園沈靜無聲。

沈寂 非常靜，沒有聲音：會場上又突然沈寂了。

幽寂 幽靜；沈寂：獨自漫步在幽寂的林間小道
上。

岑寂 寂靜；寂寞：夜深了，四週一片岑寂。

消停 〈方〉安靜；安穩：日子過得很消停。

靜謐 〈書〉安靜，形容無聲響的情狀或境界：柔
嫩的柳絲低垂在靜謐的小河上。

背靜 地方偏僻安靜：他家住在一條背靜的巷弄
裡。

僻靜 背靜：他在公園裡一個僻靜的地方看書。

寂然 〈書〉形容寂靜的樣子：同學們都熄燈就寢
了，校園裡寂然無聲。

靜悄悄 形容非常安靜，沒有聲音：河灣靜悄悄
的連一點波浪的響聲也聽不見。

雅雀無聲 *　形容沒有一絲聲響。

萬籟俱寂 *　形容周圍環境十分寧靜。萬籟：自
然界中發出的響聲。

萬杆籟無聲 *　一點聲音都沒有。形容環境十分
清靜。

E 飲食・衣服・居住・財產

E1　飲食（一般）

E1－1 名：　飲食（合稱）

飲食　吃的和喝的東西；食物和飲料。

吃喝　〈口〉吃的和喝的飲食：不怕沒有吃喝／他給我準備了三天的吃喝。

口腹　指飲食、吃喝：不貪口腹。

飯菜　飯和菜：飯菜已經做好。

酒食　酒和飯菜：每天用酒食招待。

酒飯　酒和伙食：通知廚房給客人準備酒飯。

酒菜　酒和菜：酒菜都是餐廳送來的。

茶飯　泛指飲食：不思茶飯。

茶點　茶水和點心：用茶點招待。

E1－2 名：　食物（一般）
（參見 B11－1 糧食・穀物，B11－3 蔬菜）

食物　一切可以用來吃的東西。

食品　食物，多指經過加工製作的罐頭食品：菜場供應大量的葷素食品。

吃食　〈口〉食物：家裡吃食已經不多了。

食糧　人吃的糧食：供應食糧／食糧不足。

粗糧　指玉米、高粱、小米、豆類等糧食。

細糧　指大米、白麵等糧食。

雜糧　稻、麥以外的各種糧食。

主食　主要食物。一般指米飯、饅頭等。

副食　主食以外的食物，如菜蔬魚肉等。

甜食　甜的食品。□甜品。

葷　指魚肉類或有動物油的食物：葷菜。❷佛教徒稱葱蒜韭等有辛味帶刺激性的菜：五葷。

葷腥　指魚肉類食物。

肉食　肉類食物。

素　以植物（蔬菜、瓜果等）為原料的食物：素菜／吃素。

素食　素的伙食或素的點心。

生冷　不熟的和不熱的食物。

冷食　涼的食品，如冰棒、冰淇淋等。

乾糧　預先做好的乾的主食，如炒米、炒麵、饅頭、烙餅等。

E1－3 名：　飲料（一般）

飲料　經過加工製造供飲用的液體，如酒、茶、汽水、橘子水、牛奶、咖啡等。

熱飲　熱的飲料，如熱茶、熱牛奶、熱咖啡、熱可可等。

冷飲　涼的飲料，如汽水、橘子水、酸梅湯等。

軟飲料　不含酒精的飲料，如汽水、果子露、牛奶等。

健康飲料　以標榜能夠補充營養、多喝無害的飲料，例如：補充鈣、鈉等電解質，且調整濃度使其近似體液的運動飲料；摻加水溶性纖維素的纖維飲料；含醋或礦物質的機能性飲料等。事實上，過度飲用健康飲料，容易不知不覺囤積過多醣類或色素、防腐劑，反而不健康。

E1－4 名、動：　營養・滋養

營養　〔名〕❶生物由外界吸取、消化、利用養料

來維持生長發育等生命活動的作用:營養不良。❷養分:缺乏營養/牛奶富於營養。

滋養 ❶〔動〕供給養分:滋養身體/雨露滋養禾苗壯。❷〔名〕養分:雞蛋、牛奶都有豐富的滋養。

滋補 〔動〕供給身體所需要的養分;補養:人參能滋補身體。

養分 〔名〕物質中含有的為有機體吸取後能維持生命活動的成分:吸收養分/養分不足。

養料 〔名〕能維持生命、促進生長的物質:養料豐富。

滋養品 〔名〕能滋養身體的含有豐富養料的食品或藥品,如魚肝油、雞蛋、牛奶等。

補養 〔動〕用補品來滋養身體:病後要注意補養。

補 〔動〕補養:多令吃點人參補補身子。

E1-5 動: 吃

吃 把食物等放在嘴裡咀嚼後咽入體內。也指吸、喝入體內:吃飯/吃菜/吃藥/吃奶/吃茶。

食 吃:食之乏味/應多食蔬菜。

餐 吃:聚餐/飽餐/餐風宿露。

啖 〈書〉吃或給人吃:啖飯/啖以香蕉。

用 吃、喝的客氣說法:請用茶/等您用過飯後再說吧。

服 吃:服藥。

茹 〈書〉吃:茹素/茹毛飲血。

吃喝 吃和喝,泛指吃:他想吃喝點東西/他靠著窗子坐下,慢慢地吃喝著。

E1-6 動: 喝

喝 把飲料或流體食物吸食入體內:喝水/喝粥。

飲 喝:飲酒。

吸 把液體從嘴引入體內:他把一瓶汽水三口兩口就吸到肚裡去了。

呷 小口地喝:呷了一口茶。

抿 用嘴唇沾喝極少的一點:抿了一口酒。

啴 用嘴唇吸:啴一口酒。

啜 〈書〉喝:啜茗/啜粥。

酌 斟酒,泛指飲酒:獨酌/對酌。

嘡 〈方〉無節制地吃喝:這年輕人嘡了幾杯酒,嘡得爛醉。

嗆 水或食物因不小心而進入氣管引起咳嗽又突然噴出:水喝得太急,嗆了出來/慢點兒吃,不要嗆著。

E1-7 動: 咬·嚼

咬 上下牙齒相對用力把東西夾住或弄碎:咬了一口蘋果/咬緊牙關。

嚼 用牙磨碎食物:細嚼慢咽。

咀 嚼;細細品味:含英咀華。

咀嚼 嚼:一邊說話,一邊咀嚼著饅頭。

啃 一點點一點點地往下咬:啃肉骨頭/啃玉米。

嗑 用牙齒咬硬的或有殼的東西:嗑瓜子。

E1-8 動: 吮·舔

吮 用嘴吸取:吮乳/她拿起魚骨頭,吮了又吮。

嘬 聚縮嘴唇用力吸取:小孩兒嘬奶。

吮吸 聚攏嘴唇吸取:吮吸乳汁/吮吸小勺裡的米湯/吮吸手上的傷口。□吸吮。

吸食 用嘴吸進食物:從牛骨裡吸食骨髓。

舔 用舌頭吸取食物或接觸東西。

E1-9 動: 咽·吞

咽 使嘴裡的食物或別的東西通過咽頭到食道裡去:狼吞虎咽/他急忙把嘴裡的東西咽下去。

吞 把食物或別的東西整個地或成塊地咽下去:吞藥丸/囫圇吞棗/一個饅頭他幾口就吞下

肚去。

饢 一個勁地往嘴裡塞食物；拚命地吃。

吞食 吃東西不嚼或不細嚼，成塊地或整個地咽下：吞食藥片。

吞咽 吞食下去：他急中生智，把信吞咽進自己肚子裡。

狼吞虎咽* 形容吃得又猛又急。

E1－10 動： 餵

餵 把食物送進別人嘴裡：給病人餵藥／餵孩子奶吃。

餵養 給幼兒吃東西，撫育其成長：把孩子餵養大。

哺 〈書〉餵食(幼兒)：哺乳／嗷嗷待哺。

哺養 〈書〉餵食：人工哺養／媽媽用自己的奶汁把你哺養長大。

哺育 〈書〉餵養：哺育嬰兒。

E1－11 動： 品嘗

品嘗 嘗試滋味，並仔細辨別：主人剪下一串葡萄讓我們品嘗。

品味 仔細辨別滋味：他是一位美食家，精於品味食物的美惡。

品 品味：品茶／他在細細地品咖啡的滋味。

嘗 試著吃一點，辨別滋味：嘗嘗味道／嘗鹹淡。

呷 仔細品嘗：那孩子把糖送到嘴邊，呷一呷是什麼滋味。

嘗新 吃應時的新鮮食品：葡萄剛上市，請你們嘗新。

E1－12 名： 飯食

飯食 每天定時吃的食物，包括主食和副食：廠裡飯食很好。

飯 指伙食：早飯／晚飯。

膳食 伙食：膳食由學校免費供給。

膳 伙食：午膳／膳費。

餐 伙食：西餐／晚餐。

伙食 學校、部隊、工廠、機關等集體中所辦的伙食：改善伙食／免費供給伙食。

包飯 按約定時間支付固定費用的伙食：吃包飯。也叫**包伙**。

饌 〈書〉伙食：盛饌／饌具。

餚饌 〈書〉豐盛的飯菜：餚饌精美。

盛饌 豐盛的伙食：以盛饌款待。

素餐 素的伙食。

早飯 早晨吃的伙食。

午飯 中午吃的伙食。

晚飯 晚上吃的伙食。

便飯 日常吃的比較簡單的伙食：家常便飯。

快餐 不需燒煮或稍經加工即可食用的伙食。

客飯 ❶集體食堂臨時供給來客的伙食。❷火車、輪船等賣給旅客的份兒飯。

野餐 帶到野外吃的伙食。

份兒飯 論份賣的伙食。

盒飯 裝在盒子裡論份出售的伙食。

自助餐 指由就餐者自己動手隨意挑選的現成伙食。

E1－13 動： 用餐

用餐 吃飯：請在這裡用餐。

就餐 吃飯：客人到餐廳就餐／就餐時間。

進餐 吃飯：姐妹們陪著她進餐。

進食 吃飯：他剛動好手術，還不能進食。

聚餐 聚會在一起吃飯：這天晚上我們十一人在五星級飯店聚餐。

會餐 聚餐：為了慶祝工程建設的勝利，今晚大家會餐。

野餐 帶了食品到野外去吃：我們今天去公園野餐。

偏 表示自己已先吃過飯或茶點等的客套話：我偏過了，您請用吧。

包飯 按約定時間(多為一個月)收取固定費用

向用戶供給每天的伙食:我們在街道餐館包飯了。也叫**包伙**。

打牙祭*　〈方〉指偶爾吃一頓豐盛的飯菜。

打平伙*　〈方〉大家平均出錢,聚在一起吃喝。

E1－14　動：　解餓·解渴

解餓　消除餓的感覺:他吃花生米解餓／吃這麼點兒東西,不解餓。

充饑　吃東西解餓:他帶了點乾糧,預備途中充饑。

點饑　吃少量東西解餓:少買點兒吧,點點饑就行了。

療饑　〈書〉解餓;充饑:可以療饑。

點心　稍微吃點東西解餓:吃點兒餅乾點心點心。

點補　稍微吃點東西:餓了就拿個冷饅頭點補點補。

墊補　〈方〉吃點心;點補:吃塊糕墊補一下。

果腹　〈書〉使肚子飽。

吃零嘴*　吃零食。

吃嘴　〈方〉吃零食。

解渴　消除渴的感覺:喝杯茶解渴。

E1－15　名：　點心·小吃

點心　主餐以外的小吃食,如餛飩、包子、油條、糕、餅、布丁等。

點　點心:早點／茶點。

早點　早晨吃的點心。

早茶　早晨吃的茶點。

夜宵　夜裡吃的點心、小吃等。也叫**夜消**。

小吃　飲食店、攤出售的粽子、燒賣、豆腐腦、油茶、涼粉等熟食品的統稱:小吃攤／大眾小吃。

零食　正常伙食以外的零星食品,如糖果、小吃等:不要讓孩子多吃零食。

鼎邊趖　以米漿在大鍋中游動煎熟後,再添加配料烹煮成類似焿湯的美食,它原先是福州菜

的一種,福州人稱作鼎邊趖糊或鍋邊糊。

E1－16　名：　菜餚

菜　經過烹調的蔬菜、蛋、禽、魚、肉等用來佐餐的食品的總稱:素菜／葷菜／京菜／炒一盤菜。

餚　烹調熟的魚肉類葷菜的總稱:美酒佳餚。

菜餚　經過烹調的佐餐的各種菜(多指葷菜):豐美的菜餚。

菜蔬　經過烹調的各種蔬菜、肉類等。

小菜　❶下酒飯的菜蔬,一般爲鹽或醬醃製的,不包括葷菜:他只吃小菜小酒,不動那盤牛肉。❷泛指一切佐餐的菜餚:只有這幾樣小菜,請用個便飯吧。❸〈方〉泛指蔬菜、魚肉、禽蛋等:小菜場。

小賣　餐廳中不成桌的、分量少或專供零售的現成菜:應時小賣。

小吃　❶下酒的小菜。今多指餐廳中分量少、價錢低的菜:經濟小吃。❷西餐中主菜以外的小盤冷食。

素菜　用蔬菜、瓜果、豆類等做的不含肉類的菜。

葷菜　全用或部分用魚肉禽蛋爲原料做的菜。

什錦　用多種原料(不分主副)做的菜:素什錦／什錦砂鍋。

熟菜　已經烹調的菜,多指熟肉食等。

冷葷　冷吃的葷菜。

滷味　滷製的冷葷,如滷雞、滷蛋、滷肉等。

酒菜　下酒的菜。

飯菜　下飯的菜。

涼菜　冷吃的菜。

涼碟　盛在碟子或小盤子裡的涼菜(多爲冷葷)。

冷碟兒　〈方〉涼碟。

冷盤　盛在盤子裡的涼菜(多爲冷葷)。

拼盤　用兩種以上的涼菜組成的冷盤。

盤兒菜　把各種原料按一定分量搭配好放在盤裡出售的生菜餚。

盆菜　〈方〉盤兒菜。

雪蛤膏　蛤蟆肚子裡的膠塊,經過加工處理後便可製成雪蛤膏。它無色、無味,有補肝虛、療肺弱的功效,以顆粒大、色澤光潤微黃、雜質少且無異味者為上品。

懷石料理　為什麼叫懷石呢? 傳說古代的禪僧,一日只吃兩頓,因此在斷食修行時,將溫熱的石頭抱持懷裡,藉以忘卻一時的饑餓與寒冷,故而稱之。懷石料理的精神在於自然不粗糙、精緻不做作,是一種結合四季節令,崇尚自然的美食文化。

E1－17 名：　湯・汁・羹等

湯　❶食物加水煮後所得的汁液:肉湯／米湯。❷有多量汁水的菜餚:豆腐湯／酸辣湯／青菜湯。

清湯　沒有菜、肉的湯(有時放點兒葱花等)。

老湯　煮過雞、鴨、肉等的陳湯,內中混有香料。

高湯　煮雞、鴨、肉等的清湯,也指一般的清湯。

白湯　不加調味的肉湯。

汁　含有某種物質的液體:牛肉汁／橘子汁。

汁水　〈方〉汁:鴨梨汁水多。

汁液　汁。

露　用花、果、葉等蒸餾而成或在蒸餾水中加入果汁等製成的飲料,如玫瑰露、果子露、荷葉露等。

凍兒　凝結成半固體的湯汁:肉凍兒／魚凍兒／果凍兒。

羹　有濃汁或成糊狀的食品:水果羹／豆腐羹／雞蛋羹。

糊　粥狀的食品:芝麻糊／面糊。

芡　用芡粉調成的濃汁:做菜時加芡可使湯汁變稠。□粉芡。

E1－18 名：　果品
（參見Ｂ11－4 果樹・水果）

果品　可食的果類,包括鮮果和乾果。

果子　可供食用的果實。

鮮果　新鮮的水果。

乾果　曬乾的水果,如柿餅、乾棗等。

乾貨　曬乾或風乾的果子。

E1－19 名：　美味・粗食

美味　味美的食品:美味珍饈。

佳餚　味美的菜餚:這條小河的蚌,肥嫩鮮美,是農家的佳餚。

珍饈　珍羞　〈書〉珍奇味美的食物。

山珍海味*　山中海裏出產的珍貴食品。泛指豐盛精美的菜餚。也說山珍海錯*。

水陸　指水中和陸地所產的食物:水陸雜陳。

膏粱　肥肉和細糧,泛指精美的食物。

甘旨　〈書〉美味的食物。

甜頭　甜味,泛指好吃的味道。

異味　不尋常的美味:這真是難得的異味。

美食　精美的飲食。

粗食　粗劣的,不精美的飲食。

糟糠　酒糟和米糠,舊指窮人吃的粗糧。也用作「糟糠之妻」(貧窮時的妻子)的簡稱。

粗茶淡飯*　普通的、不精美的飲食。

家常便飯　家庭日常吃的伙食。

E1－20 名：　中餐・西餐

中餐　中國式的伙食。

西餐　西洋式的伙食。

大菜　指西餐。

番菜　西餐的舊稱。

E1－21 名：　酒席・宴會

酒席　酒和成桌的菜餚,用於請客或聚餐:上等酒席／預定酒席兩桌。

宴　酒席;宴會:設宴／赴宴。

宴席　請客的酒席:大擺宴席。

便宴　普通的,非正式的宴席:設便宴招待。

筵席 原指飲宴時設的座位,後專藉指酒席:安排筵席。

筵 指筵席:喜筵/壽筵。

席 成桌的飯菜;酒席:特地擺了一桌席請客。

席面 筵席;筵席上的酒菜:席面很豐富。

素席 全用素菜的宴席。

素酒 〈方〉素席。

宴會 較隆重的備有酒席的聚會:參加盛大宴會。

酒會 用酒和點心招待客人,形式比較簡單的宴會。

國宴 國家元首或政府首腦為招待國賓舉行的宴會。

家宴 為家人團聚或招待客人在家裡舉行的宴會。

E1－22 動： 宴請

宴 用酒席招待客人或聚餐:宴客/歡宴。

宴請 設宴招待:宴請賓客。

請客 邀請人吃飯、看戲、遊玩等:今天下館子、看電影都由我請客。

款待 殷勤熱情地(多用食品等)招待:盛情款待/主人用名貴的龍井茶款待來客。

接風 宴請剛從遠地來的客人:今晚為先生接風,請一定出席。

洗塵 宴請剛從遠道來的人:明天在飯店給您二老人家位洗塵。

餞行 備酒食送行:臨走時,我們幾個老同學給他餞行。

餞別 設酒菜送別:他們備辦酒菜,殷勤為我餞別。

回請 受人宴請、招待後為答謝而還請對方:他明晚設宴回請這幾位企業家。

還席 回請:從前總是吃你的,今天我來做東算是還席吧!

做東 當東道主(請客的主人),指請客吃飯:今晚我來做東,請諸位敍一敍。

饗 〈書〉用酒食款待人。泛指請人享用:饗客/以饗讀者。

布菜 把菜餚分給座上的客人:女主人殷勤布菜。

吃請 接受宴請:當前吃請之風很盛,你做了幹部應該堅決抵制。

E1－23 名： 食欲·食量

食欲 想吃東西的欲望:促進食欲/食欲旺盛。

胃口 指食欲:胃口很好。

口福 能吃到好東西的運氣:我總算有口福,趕上喝你一杯喜酒。

飯量 一個人一頓飯能吃的食物的量:飯量不小/飯量增加。□食量。

酒量 一個人一次能喝的酒的限度:他有酒量,多喝幾杯不礙事。

E1－24 形、動： 飽·餓·渴·饞

飽 〔形〕滿足了食量:你吃飽了嗎/我吃得很飽。

解飽 〔動〕〈方〉(東西)吃下去耐饑:吃大餅油條解飽。

餓 ❶〔形〕肚子空,想吃東西:肚子餓了。❷〔動〕使受餓:給牲口多添點兒料,不要餓著它。

饑 〔形〕餓:如饑似渴/饑不擇食。

饑餓 〔形〕餓:饑餓難忍。

餓飯 〔動〕挨餓:再找不到工作,就要餓飯了。

渴 〔形〕口乾,想喝水:口渴。

焦渴 〔形〕非常渴:他感到焦渴極了。

饞 〔形〕看見好的東西就想吃;專愛吃好的:這人又饞又懶/饞得流口水。

嘴饞 〔形〕饞:他這人嘴饞,看見好東西就想吃。

貪嘴 〔動〕貪吃:小孩子貪嘴,把肚子吃壞了。

垂涎 〔動〕因想吃而流口水。也比喻羨慕別人

的好東西,極想得到:垂涎三尺/垂涎欲滴。

倒胃口＊ ·因爲對食物膩味而不想再吃:這東西
　　吃多了容易倒胃口。

E2　食　物

E2-1　名：　米·米製品

米　穀類或其他植物去掉殼的子實,特指稻米:
　　小米/花生米/粳米/米飯。

大米　稻脫了殼的子實。□稻米。

白米　指碾製較精的稻米,有時泛指稻米。

粳米　粳稻碾出的米,米粒短粗,黏性較大,脹性
　　小。

籼米　籼稻碾出的米,黏性小,脹性大。

糯米　糯稻碾出的米,黏性大。

江米　糯米。

黃米　黍實碾出的米,粒比小米稍大,色黃,黏
　　性。

糙米　碾製不精的大米。

小米　粟脫了殼的子實。

高粱米　高粱碾出的米。

米粉　❶米磨成的粉:米粉肉。❷米加水磨漿過
　　濾後製成的細條狀食品,類似麵條。

米麵　〈方〉米粉。

炒米　❶乾炒的或煮熟晾乾後再炒的米:炒米花
　　/炒米糒/炒米糕。❷蒙族人民用炒熟去殼的
　　糜子米拌牛奶或黃油做成,爲日常食物。

年糕　用黏性較大的米或米粉蒸煮後舂壓成的
　　條塊狀食品。原是農曆年的應時食品,現在
　　四時都有。

E2-2　名：　麵·麵食

麵　❶糧食磨成的粉,特指小麥磨成的粉:玉米
　　麵/小米麵/麵粉。❷麵條:切麵/湯麵/炸
　　醬麵。

麵粉　小麥磨成的粉。

白麵　小麥磨成的粉。

小米麵　❶小米磨成的麵。❷〈方〉糜子、黃豆、
　　白玉米合起來磨成的麵。

玉米麵　玉米磨成的麵。

棒子麵　〈方〉玉米麵。

雜和麵兒　攙少量豆類磨成的玉米粉。

麵食　用麵(麥粉或其他穀物的粉)製作的食品
　　的統稱。

麵條　用麵製作的細條狀的食品。

捲麵　一種製成短條並包捲成筒狀的乾麵條。

掛麵　製成後懸掛晾乾的麵條,一般麵裡攙有少
　　量食鹽。

龍鬚麵　一種很細的麵條。

雜麵　❶用綠豆、小豆等磨成的粉。❷用雜麵製
　　成的麵條。

切麵　手切或機製的麵條。

抻麵　用手抻成的麵條。

拉麵　〈方〉抻麵。

刀削麵　用刀削成的窄而長的面片。也叫**削麵**。

通心粉　一種乾的中心空的圓麵條。

速食麵　一種用開水冲或略煮便能食用的麵條。

麥片　燕麥或大麥粒壓成的小片,可做食品。

麵筋　把麵粉加水洗去所含的澱粉,剩下的混合
　　蛋白質凝結成糰,叫做麵筋。可用作副食品。

炒麵　炒熟的麵粉,可用開水冲了吃。

糌粑　用炒熟的青稞麥磨成的粗麵。用酥油茶
　　或青稞酒拌和著吃。是藏族的主要食品。

E2-3　名：　飯·粥

飯　煮熟的穀類食品,多指米飯:大米飯/高粱
　　米飯。

米飯　用大米或小米做成的飯。

乾飯　不帶湯的米飯。

鍋巴　燒飯時黏附鍋上烘焦了的一層飯:用鍋巴
　　燒泡飯吃。

蓋飯　用碗盤等盛米飯在上面加菜而成的論份出售的飯。也叫**蓋澆飯**。

泡飯　米飯用開水泡或加水重煮而成的較爲稀薄的飯。

粥　用糧食等加較多的水煮成的稀薄的糊狀食物,多指稀薄:大米粥／玉米粥／熬粥。

稀飯　用米煮的粥:小米稀飯／高粱米稀飯。

臘八粥　民間風俗在農曆十二月(臘月)初八這一天,用米、豆等穀物和棗、栗、蓮子等乾果和在一起煮成的粥。

米湯　煮米飯時取出的湯。也指用少量的米熬成的很薄的稀飯。

E2－4　名：　湯麵·炒麵

湯麵　帶湯的麵條,有菜、肉等煮入湯內或另加澆頭。

麵湯　〈方〉湯麵。

光麵　不加菜、肉、作料的湯麵。

陽春麵　〈方〉只加葱花和少量作料的光麵。

麵坯兒　已煮好而未加作料的麵條。

冷麵　煮熟冷卻後涼拌的麵條。

炒麵　煮熟後加菜、肉、作料用油炒的麵條。

澆頭　加在盛好的麵條或米飯上面的葷素菜餚。

麵碼兒　用來拌麵條吃的切好的蔬菜。

菜碼兒　〈方〉麵碼兒。

滷　用雞蛋、肉類、木耳等做湯勾芡做成的濃羹,用來澆在麵條等食物上:打滷麵／在麵上多澆一點滷兒。

E2－5　名：　饅頭·麵包

饅頭　❶用發麵蒸成的食品,沒有餡兒。❷〈方〉包子:肉饅頭／生煎饅頭。

饃　〈方〉饅頭:蒸饃／白面饃。也叫**饃饃**。

包子　用發麵做皮,用菜、肉、糖、豆沙等做餡,蒸熟後吃的食品:肉包子／豆沙包子。

餑餑　〈方〉❶糕點。❷饅頭。❸用雜糧麵製成的塊狀食品:高粱麵餑餑。

燒賣　一種類似包子的食品。用極薄麵皮包餡,上端捏成細褶兒,蒸熟後吃。

捲子　一種麵食品。把發麵擀成薄片,一面塗上油鹽,再捲起切成塊,蒸熟。

捲兒　捲子:花捲兒／銀絲捲兒。

花捲　捲成螺旋形的捲子。

麵包　用發酵的麵粉烤製的食品,較饅頭鬆軟。多在和麵時加入蛋、糖、油等。

劑子　做饅頭、包子等麵食品時,把和好的麵,分成的長條形和小塊兒,叫做劑子。

E2－6　名：　餃子·餛飩

餃子　一種麵食品。把麵粉擀成圓形薄皮,包入餡子,對合成半圓形,煮或蒸吃。

餃　餃子:水餃／燙麵餃。

水餃　❶用水煮的餃子。❷帶湯吃的餃子。

蒸餃　蒸熟了吃的餃子。

鍋貼兒　用平底鍋加少量的油和水煎熟的餃子。

扁食　〈方〉餃子。

餛飩　用薄麵皮兒包餡做成的食品,煮熟後多帶湯吃,也可用油煎了吃。

抄手　〈方〉餛飩。

E2－7　名：　窩頭·餄餎

窩頭　用玉米粉或其他雜糧麵蒸製的食品,圓錐形,底下有窩兒。也叫**窩窩頭**。

餄墻　合餎　用蕎麥麵或高粱面軋成的食品,狀如麵條,煮著吃。也說**河漏**。

E2－8　名：　餅

餅　泛指用麵粉做成的扁圓形食品,烤熟或蒸熟:燒餅／月餅／烙了一摞餅。

餅子　用玉米麵、小米麵等做成貼在鍋上烙熟的長圓形厚餅。也叫**貼餅子**。

烙餅　烙熟的餅,有的在餅內加油鹽。

鍋餅 用發麵做的厚大的烙餅。

鍋盔 較小的鍋餅。

燒餅 用發麵烤製的小麵餅,面上附有芝麻,有的加入少量甜或鹹的餡兒。

大餅 ❶用白麵烙成的大張的餅。❷〈方〉饒餅。

火燒 麵上沒有芝麻的燒餅。

煎餅 用高粱、小麥或小米等浸水磨成糊狀,在鏊子上烙,用竹片平攤得極薄的餅。多用來捲油條吃。

蒸餅 用發麵疊成多層,夾油、芝麻醬等後蒸熟的餅。

薄餅 一種麵食,用燙麵做成兩層相疊,擀得很薄,烙熟後能揭開的餅。

春餅 指立春日作為節令食品的薄餅。吃時,把各種菜餚捲在餅內。

粑粑 〈方〉餅類食物:玉米粑粑。

饢 維吾爾族、哈薩克族的一種烤製成的麵餅。

餡兒餅 包有肉、菜等碎屑合成的餡兒的餅。

E2－9 名： 油炸食品

麻花 把麵粉做成細條,兩三股擰在一起,用油炸成的麵食。

饊子 〈方〉把麵粉做成相連的細條,扭成花式,用油炸成的麵食。

油條 長條狀的油炸麵食。一般兩股,外脆內鬆軟。多用作早點。

油炸鬼 麵粉中和入鹽、鹼、油,放進滾油中炸成的麵食。有長條狀或圓圈狀。

油餅 扁圓形的油炸麵食,鬆而軟。多用做早點。

薄脆 油炸麵食,薄而脆。

餜子 麵製油炸食品,即麻花。

春捲 油炸麵食。用麵粉做成薄皮,包上餡,捲成細長形,在油裡炸熟。

E2－10 名： 糯米食品

糰子 米或粉等做的球形食品,多有餡子:玉米

粉糰子/糯米糰子。

糰 糰子:湯糰/糯米糰。

圓子 有的地區稱用糯米粉做的團子。大多有餡,沒有餡的則較小:豆沙圓子/酒釀圓子。

湯圓 帶湯吃的圓子。

湯糰 〈方〉湯圓。

元宵 即用糯米粉等做的圓子。是元宵節的應時食品,故名。

江米酒 用糯米釀造的食品,有汁水,甘甜,帶酒味。□醪糟;酒娘。

粽 用箬竹葉或葦葉把糯米包紮成三角錐體的食品。是端午節的應時食品。也叫粽子。

八寶飯 糯米加果料、蓮子、豆沙等多種食品蒸熟的甜食。

糍粑 用糯米製成的食品。糯米蒸熟,搗揉成餅狀,陰乾。吃時油炸或蒸煮。

E2－11 名： 麵茶・豆腐腦等

麵茶 用麵粉、糜子麵等加開水做成的糊狀食品,吃時加麻醬、椒鹽。

茶湯 用黍子麵加開水沖熟的糊狀食品,吃時加糖。

油茶麵兒 用牛骨髓或牛油炒麵粉,加糖、芝麻等製成的食品。吃時用開水沖成糊,也叫油茶。

豆腐腦兒 黃豆磨成漿煮開後,加入石膏而凝結成的半固體食品。比豆腐含水分多,嫩,加調味品即可吃。

豆花兒 煮開的豆漿加入鹽鹵而凝結成的半固體食品,比豆腐腦兒稍老。

涼粉 用綠豆粉等製成的涼拌食品。吃時加醋、辣椒等。

E2－12 名： 奶・奶製品

奶 乳汁的通稱:吃奶/牛奶/奶油。

奶子 〈口〉可供食用的動物乳汁,如牛奶、羊奶

等。

酸牛奶　牛奶經人工發酵而成的半固體食品，帶酸味，易於消化吸收。

煉乳　牛奶或羊奶經過煉製凝結而成的。可以貯存，吃用時稀釋。

奶酪　由牛奶、羊奶等提煉成的半凝固食品。□乳酪。

乾酪　牛、羊奶等經發酵、凝固製成的食品。含蛋白質、脂肪頗多，色淡黃，味微臭。

奶茶　加入牛奶或羊奶的茶。

奶油　牛奶中提取的半固體食用油脂，白色，微黃。脂肪含量較黃油低。

黃油　從牛奶或奶油提製的固體脂肪，色淡黃。

白脫油　音譯詞。黃油。

酥油　牛奶或羊奶經過煮沸、冷凝而提出來的脂肪。

人造黃油　由一種或多種動植物油脂製成的食品，用於烹調，也可作為一種塗抹食料。

麥淇淋　音譯詞。人造黃油。

奶粉　牛奶或羊奶除去水分製成的粉末，可用開水沖成液體食用。

代乳粉　用大豆和其他有營養的原料製成的粉狀食品，可以代替鮮奶供嬰兒食用，故名。

E2－13　名：　糕點

糕點　糕和點心的總稱。

糕　用米粉或麵粉攪和其他原料製成的塊狀食品，如年糕、蛋糕等。

餌　糕餅。

果餌　糖果糕餅。常指供小兒吃的。

茶食　指糕餅之類食品。

餜子　〈方〉點心。也專指麻花。

花糕　一種包有糖餡或乾果的糕。習俗為重陽節的應時食品。

雲片糕　用米粉加糖和核桃仁等蒸熟，切成長方形薄片的糕。

發糕　用米粉或麵粉等發酵加糖蒸成的鬆軟的糕，有的加棗兒、青絲等。

絲糕　用小米麵或玉米粉等發酵蒸成的鬆軟的糕。

蜂糕　用鬆軟的發麵加糖蒸製成孔如蜂窩的糕。

餅乾　用麵粉和雞蛋、糖、牛奶等烤成的食品。多做成各種形狀的小薄塊兒，質乾，可貯存較長時間。

酥　麵粉和油製成的松脆易碎的點心，多夾入各種果仁：桃酥／杏仁酥／核桃酥。

蛋糕　雞蛋、麵粉加糖、油烤或蒸成的鬆軟的糕。

槽糕　〈方〉用模子製成各種型式的蛋糕。也叫**槽子糕**。

蛋卷　用雞蛋、麵粉加油、糖烘製薄皮成捲狀的點心。質乾，鬆脆。

月餅　有餡的點心，多為圓形，是中秋節的應時食品。

沙其瑪　原為一種滿族糕點名。把油炸的細麵條用蜜糖、奶油等黏合，再切成長方塊。

羊羹　用赤小豆粉、瓊脂、砂糖等製成的糕。

E2－14　名：　西點

西點　西洋式的糕點。

排　音譯詞。用麵粉、奶油、果醬、巧克力等製成的西式點心：蘋果派。

布丁　音譯詞。用麵粉、雞蛋、牛奶、水果等製成的點心。西餐中用作甜食。

三明治　音譯詞。夾心麵包片。兩片麵包之間塗有黃油並夾有冷肉、火腿、乳酪或有厚味的小食品。

漢堡　音譯詞。夾牛肉餡等的小圓包。

熱狗　用麵包夾熱香腸、酸菜、芥末油等製成。其形狀如狗伸舌吐氣，故稱。

E2－15　名：　糖果

糖果　糖製的食品。

糖　糖果的簡稱:硬糖/軟糖/檸檬糖。

口香糖　用人心果樹的膠質加糖和香料製成的糖果,只可咀嚼,不能吞下。

皮糖　用糖加適量的澱粉熬製的糖果,多加有芝麻,韌性很強。

巧克力　音譯詞。以可可粉爲主要原料,加上白糖、香料製成的食品。

喜糖　結婚時招待賓客或分送親友的糖果。

糖瓜　用麥芽糖做的瓜形糖果。舊俗用做祭竈神的供品。

E2－16 名：　蜜餞·果脯

蜜餞　用蜜或濃糖漿浸製的果品。

果脯　桃、杏、梨、棗等水果去核用糖或蜜浸後晾乾製成的食品。

脯　果脯:桃脯/杏脯。

葡萄乾　曬乾的葡萄。

雜拌兒　攙雜在一起的各種果脯。多用作年節的食品。

E2－17 名：　炒貨

炒貨　指瓜子、花生、蠶豆、栗子等乾炒食品,商店裡稱爲炒貨。

瓜子　瓜的種子。特指經加鹽、香料焙製成乾炒食品的西瓜或南瓜的種子。

花生米　落花生的果實去殼後剩下的種子,供榨油和食用。可加鹽、糖、香料炒製成乾炒食品。也叫花生仁。

花生豆兒　〈方〉花生米。

E2－18 名：　冷食

冰棍兒　一種冷食。把水、果汁、糖等混合冷凍成小長條狀,用竹、木籤做把兒。

冰棒　〈方〉冰棍兒。

棒冰　〈方〉冰棍兒。

霜條　〈方〉冰棍兒。

雪條　〈方〉冰棍兒。

刨冰　一種冷食。把冰刨成碎屑,盛入杯中,加上糖、果汁等現做現吃。

冰霜　一種冷食。用熟水或沙濾水冷製成白霜狀的細屑,盛杯加入果汁等吃。

冰淇淋　音譯詞。用水、牛奶、雞蛋、糖、果汁等混合攪拌加冷凝結而成的半固體食品。

雪糕　〈方〉冰淇淋。

冰糕　〈方〉❶冰淇淋。❷冰棍兒。

冰磚　指凍成磚塊形的冰淇淋。外用紙包裝,便於貯藏出售。

紫雪糕　外層包有巧克力的冰淇淋。

E2－19 名：　肉食

肉食　肉類食物。

肉　肌肉。食物方面指可以食用的動物的肉:牛肉/豬肉/雞肉/羊肉。

肉排　牛排或豬排。

牛排　大而厚的牛肉片,多指用之煎或炸做成的菜餚。

豬排　可以煎、炸做成菜餚的大而厚的豬肉片。

肉皮　通常指豬肉的皮。

肉糜　〈方〉細碎的肉。

腰花　指豬、羊等的腰子用刀劃出交叉的刀痕後切成的小塊兒,備做菜餚用。

百葉　〈方〉做食物用的牛羊等的胃。

夾肝　〈方〉指做食物用的牛、羊、豬等的胰腺。

肚子　用做食物的牛、羊、豬等的胃:炒羊肚子。

下水　牛、羊、豬等的內臟,有些地區專指肚子(和腸子):豬下水。

里脊　用做肉食的豬、牛、羊等脊椎骨內側的條狀嫩肉:糖醋里脊。

胸子肉　〈方〉裡脊。

肥瘦兒　〈方〉半肥半瘦的肉。

口條　用做食品的豬舌或牛舌。

蹄筋　用做食物的牛、羊、豬的四肢中的筋。

腦兒　供食用的動物腦髓：豬腦兒／羊腦兒。

排骨　用做食物的豬、牛、羊等的肋骨、脊椎骨及附著在骨上的一部分肉。

肋條　〈方〉用做食品的豬、羊、牛等的帶肉的肋骨。

五花肉　在前腿和腹部之間，肥瘦分層相間的豬肉。

五花兒　〈方〉豬腿肘處的瘦肉，橫切呈梅花形。

肘子　用做食物的豬腿上部。

蹄膀　〈方〉肘子。

蹄子　〈方〉肘子。

囊膪　豬近兩乳部分的肉。

囊揣　囊膪。

肥腸　用做食物的豬大腸。

牛腩　〈方〉牛腹和胸脯的鬆軟肌肉。食用美嫩可口。

野味　從山野獵得的做肉食的鳥獸，如野雞、野豬、狍子等。

丸子　把剁碎的肉、魚等加上作料而糰成的丸狀食品。

圓子　〈方〉丸子。

鬆　用魚、雞肉、瘦豬肉等做成的碎末狀或絨狀食品：魚鬆／肉鬆。

脯子　雞、鴨等胸部的肉。

膘　肥肉：去膘的肉。

E2－20　名：　臘味・肉鬆・鹹菜等

臘味　把魚、肉、雞、鴨等用鹽醃後燻乾或風乾製成(一般多在臘月)的一類食品的總稱。

臘肉　醃製後風乾或燻乾的肉。

火腿　醃製的豬腿。

火肉　〈方〉火腿肉。

脯　肉乾：豬肉脯／牛肉脯。

香腸　用豬的小腸腸衣塞入碎肉和作料等晾乾製成的食品。

灌腸　腸衣內塞肉末、澱粉加作料製成的食品。

臘腸　用豬的瘦肉糜、肥肉丁加澱粉、作料等塞入腸衣內經煮和烤製成的熟肉食。

粉腸　用糰粉加油、鹽、作料等灌入腸衣內做成的熟食品。

鯗　剖開晾乾的魚：鰻鯗／白鯗。

鯗魚　鯗。

肉鬆　用豬、牛等的瘦肉焙乾製成碎屑狀的食品。

魚鬆　用魚類的肉焙乾製成碎屑狀的食品。

鹹菜　用鹽或醬醃製的蔬菜。

醬菜　用醬或醬油醃製的菜蔬，如醬瓜、醬茄子等。

酸菜　將白菜澆以滾水，使發酵製成。味酸，故名。

E2－21　名：　蛋品・什件兒

蛋品　用雞、鴨等禽蛋製成的食品和半製品，如蛋粉、皮蛋、鹹鴨蛋等。

皮蛋　用石灰、黏土、食鹽、稻殼等包在蛋殼上醃製成的雞蛋或鴨蛋。因蛋青上有像松針的花紋，所以也叫松花；松花蛋。

變蛋　皮蛋。

鹹蛋　用鹽水或鹽、泥混和的漿水醃製的蛋。

冰蛋　去殼並把蛋黃打散冷凍的蛋，便於貯存。

蛋粉　用蛋黃製成的乾粉。

雞子兒　〈口〉雞蛋。

果兒　〈方〉雞蛋：果兒湯。

雞雜　用做食物的雞的肫、肝、心等。

什件兒　用做食物的雞、鴨、羊等的內臟：炒什件兒。

E2－22　名：　鮮貨

鮮貨　新鮮的蔬菜、水果、魚蝦等。

時鮮　應時上市的新鮮蔬菜、魚蝦、水果等。

海鮮　供食用的新鮮的海產魚蝦等。

魚鮮　供食用的水產魚蝦等。

E2-23 名： 海味

海味 海洋裡出產的食品,多指海參、魚翅、干貝等珍貴的。

魚脣 用鯊魚的脣加工製成的海味。

魚肚 用某些魚類的鰾製成的食品。

魚子 魚卵。某些魚子為名貴食品,如大馬哈魚子。

蝦仁 去頭去殼的鮮蝦肉。

蝦米 去殼曬乾的蝦肉。

開洋 〈方〉蝦米。

海米 海產的小蝦米。

蝦皮 煮熟曬乾的毛蝦。

蟹粉 〈方〉指用來做菜餚的蟹肉和蟹黃。

蟹黃 蟹的卵巢,色橘黃,味鮮美。

燕窩 金絲燕啣海藻混合唾液吐出的膠狀物所築成的巢,營養價值較高,是一種珍貴食品。

魚翅 用鯊魚的鰭加工製成,是一種珍貴食品。也叫**翅;翅子**。

江珧柱 用江珧的肉柱(閉殼肌)曬乾製成的珍貴食品。通常也叫干貝。

干貝 用海產扇貝等的肉柱(閉殼肌)曬乾製成的珍貴食品。

E2-24 名： 豆製品

豆腐 黃豆浸水磨漿煮開後加入石膏或其他凝固劑製成的食品。

豆腐乾 用布包豆腐(有的加香料)蒸製而成的食品。

香乾 加香料的豆腐乾。

千張 薄的豆腐乾片。

百葉 〈方〉千張。

豆腐皮 煮熟的豆漿表層薄皮,晾乾製成的食品。

腐竹 捲緊成條狀的乾豆腐皮。

豆腐衣 〈方〉豆腐皮。

油皮 〈方〉豆腐皮。

豆腐乳 經過發酵、醃製的小塊豆腐。也叫**腐乳;醬豆腐**。

乳腐 〈方〉豆腐乳。

豆乳 〈方〉豆腐乳。

豆芽兒 黃豆或綠豆浸水所發的芽,用做蔬菜。

豆嘴兒 水浸開或剛剛露芽的大豆,用做蔬菜。

凍豆腐 經過冰凍的豆腐。

臭豆腐 鹽醃發酵後有特殊氣味的小塊豆腐。可供食用。

麻豆腐 用綠豆等做澱粉剩下的渣子,可做菜吃。

粉條 用綠豆、蠶豆、白薯等的澱粉製成的細條狀的食品。

粉絲 成線狀的細粉條。

線粉 〈方〉粉絲。

粉皮 用綠豆、白薯等的澱粉製成的薄皮,可做菜吃。

豆漿 黃豆用水浸,磨成漿後去渣而成的飲料。也叫**豆乳;豆腐漿**。

豆汁 ❶〈方〉豆漿。❷製綠豆粉時剩下來的汁做的飲料,味酸。

E2-25 名： 餡兒·果料兒

餡兒 麵食、糕點等食品裡面包的糖、豆沙或肉、菜等細屑合成的東西:棗泥餡兒／餃子餡兒。

豆沙 用紅小豆、紅豇豆或雲豆煮熟搗爛成的泥狀物,可做糕點的餡兒。

澄沙 過濾後較為細膩的豆沙。

豆蓉 把煮熟的木豆、大豆、豌豆或綠豆曬乾磨粉加糖製成的泥狀物,用做糕點餡兒。

棗泥 把棗兒煮熟去皮去核搗爛製成的泥狀物,用做糕點的餡兒。

果料兒 把青絲、紅絲、松子、瓜仁、桃仁、葡萄乾等加在甜糕點上作為裝飾和佐味的物品,叫做果料兒。

青絲　青梅等切成的細絲,放在糕點面上或餡內,用做點綴。

紅絲　用蘿蔔或甜椒等切成的細絲,在糖液中煮製,加紅色素製成,多放在糕點面上做點綴。

松仁　松子裡面的仁,可以吃。

松子　〈方〉松仁。

E2－26　名：　食油

食油　供食用的油,如菜油、麻油、花生油、豬油等。

油　指動物的脂肪和由植物或礦物中提煉出來的脂質物:奶油／花生油／煤油。

植物油　從植物種子或果實中壓榨或提煉出來的油,可供食用的有豆油、花生油、麻油等。也可做潤滑油、油漆等的原料。

素油　指供食用的植物油。

茶油　用油茶樹的種子榨取的油。加熱將毒素分解後,可供食用。

茶子油　〈方〉茶油。

菜油　用油菜子榨的油。也叫**菜子油**。

清油　〈方〉❶菜油。❷茶油。❸素油:清油大餅。

豆油　用大豆榨的油。

花生油　用花生米榨的油。

生油　〈方〉花生油。

芝麻油　用芝麻榨的油,有香味。也叫**麻油;香油**。

椰油　椰子的果肉曬乾後榨的油。

糠油　從米糠中提煉出來的油。

沙拉油　一種調製沙拉用的上等植物油。

動物油　從動物體內取得的油脂,如豬油、鯨油等。供食用,也可做潤滑劑和化工原料。

葷油　指豬油。

大油　〈口〉豬油。

板油　豬體腔內壁上呈板狀的脂肪。

脂油　〈方〉板油。

E2－27　名：　食鹽

食鹽　無機化合物,成分是氯化鈉。無色或白色結晶體,有鹹味,易溶於水,為人體所必需的物質。工業上用途也很廣。

鹽　食鹽的通稱。

鹽巴　〈方〉食鹽。

精鹽　經過加工、不含雜質的食鹽。

海鹽　用海水曬成或熬成的鹽。也叫**大鹽**。

池鹽　從鹹水湖中採取的鹽,成分同海鹽。

井鹽　從鹽井汲取含有鹽質的水製成的鹽。四川、雲南等地都有出產。

岩鹽　地殼中沈積的成層的鹽。四川出產很多,用途同海鹽。也叫**礦鹽;石鹽**。

硝鹽　從含鹽分較多的硝土或鹹土中熬出來的鹽。也叫**小鹽**。

鹽花　細鹽粒;鹽霜。

鹽霜　含鹽分的東西乾燥後表面呈現的像霜的細鹽粒。

E2－28　名：　醬・醋

醬　❶用發酵的豆、麥等加鹽做成的糊狀調味品:豆醬／甜麵醬。❷搗爛成糊狀的食品:果醬／花生醬／蝦醬。

豆醬　大豆煮熟發酵後製成的醬。也叫**豆瓣兒醬**。

黃醬　呈紅黃色的豆醬。

黑醬　呈黑色的豆醬。

甜麵醬　用饅頭發酵後製成的醬,有甜味。

甜醬　〈方〉甜麵醬。

辣醬　用辣椒、大豆等製成的醬。

花生醬　把花生炒熟、磨碎而製成的醬,有香味。

芝麻醬　把芝麻炒熟、磨碎而製成的醬,有香味,也叫**麻醬**。

蝦醬　把小蝦磨碎製成的醬狀食品。

番茄醬　用番茄製成的醬狀食品。

果子醬　用水果加糖製成的糊狀食品：蘋果醬／草莓醬。也叫**果醬**。

醬油　用豆、麥、鹽和水釀製的液體，色黑或黃紅、味鹹，用做調味品。

醋　用米、麥、高粱、酒等發酵釀成的液體，有酸味，用做調味品。

陳醋　貯存多時的醋，醋味醇厚。

健康醋　即是用水稀釋醋，並添加砂糖、香料、礦物質或其他營養份調配而成的健康飲料，常喝能夠恢復疲勞、防止老化並增進身體健康。

E2－29 名： 糖

糖　食用糖及糖製食品的統稱，如白糖、冰糖、巧克力糖等。

食糖　食用的糖，如白糖、紅糖等。

蔗糖　用甘蔗榨汁熬成的糖，有白糖、砂糖、紅糖等。

代糖　指因應現代人「要甜不要胖」的新趨勢，各種甜度高、用量省、熱量少的高濃味甜味劑，包括：糖精、甜精、阿斯巴甜等合成醣類；或甘草素、甜菊精、索馬甜等天然萃取類

寡糖　是由二至十個單糖分子所結合而成的，大多數存在植物裡。使用寡糖作爲甜味劑的飲料稱爲寡糖飲料(Olig)，常見於乳酸飲料、清涼飲料或罐裝咖啡。能夠增加大腸菌數目，促進腸的功能。也作**寡醣類**。

白糖　把甘蔗或甜菜的汁熬過後，除去糖蜜而製成的糖，結晶顆粒較小，白色或微黃色。

綿白糖　用細小結晶的白糖拌和適量轉化糖製成的細砂糖。軟綿成**糰**而不易結成硬塊，且易於溶化。

砂糖　結晶顆粒較大的蔗糖。粗製而含少量糖蜜的爲赤砂糖，精製成白色鬆散砂粒狀的爲白砂糖。

紅糖　用甘蔗的糖漿熬成的糖，含有少量糖蜜，結晶顆粒較大，褐黃色、紅褐色或黑色。

黃糖　〈方〉紅糖。

黑糖　〈方〉紅糖。

冰糖　把蔗糖溶化成糖汁，加溫蒸發後濃縮結晶而成的冰塊狀的糖。透明或半透明，白色或微黃色。

方糖　精製的白砂糖壓製成的正方形小糖塊，放入飲料，可即溶。

飴　飴糖。

飴糖　以含有澱粉的物質爲原料經糖化和加工製成。含有麥芽糖、葡萄糖及糊精，味甜爽口，用於製糖果、糕點等。

麥芽糖　用大麥芽所含的澱粉酶使澱粉水解製成的糖。能溶於水，有還原性，可水解爲葡萄糖。是飴糖的主要成分。

糖稀　含水份較多可流動的麥芽糖。用於製糖果、糕點等。

糖漿　❶製糖時熬成的濃度爲百分之六十的糖溶液，用於做糖果等。❷用蔗糖加水加熱溶解製成的稠糖汁用於製藥，使藥味改變，容易服用。

E2－30 名： 作料・香料

作料　烹飪或製作食物時用的調味品，如油、鹽、醬、醋、酒、葱、薑、蒜、茴香、花椒等。

調料　作料。

俏頭　〈方〉烹調時爲增加滋味、色澤而另加上的少量東西，如香菜、韭菜、辣椒、木耳等。

料酒　烹調時用做作料的黃酒。

味精　用澱粉經微生物發酵方法製成的調味品。白色粉末狀，用來放在菜或湯裡增加鮮味。也叫**味素**。

糖精　一種食品添加劑。以甲苯爲主要原料製成，無色結晶，比蔗糖甜三百～五百倍，但味不鮮美，也沒有營養價值。做食糖代用品時，應按食品添加劑使用標準使用。

澱粉　存在於植物中的碳水化合物，多含於植物

子粒、塊根、塊莖中,是麵粉、馬鈴薯、西米等重要食品的主要成分。製成的澱粉,是無定形白色粉末,主要用於食物,也用於製造酒精、葡萄糖、紙張、藥品等。

小粉 澱粉。

糰粉 用綠豆或芡實製成的澱粉,多用於烹調。

芡粉 用芡實做的粉,烹製菜餚時加上芡粉可使湯變濃。

香料 一種帶有獨特香味的有機物質,從動物或植物體中取得,也可用化學合成法製成。廣泛用於製造食品、飲料、煙草、化粧品等。

五香 調味用的茴香、花椒、大料、桂皮、丁香等五種香料。

八角 常綠灌木八角的果實,呈八角形,是常用的調味香料。也可入藥。在不同的地區也叫做大料、茴香等。

大料 〈方〉八角。

茴香 ❶多年生草本植物,嫩莖、葉作蔬菜,果實晾乾作調味香料。❷〈方〉八角。

花椒 落葉灌木或小喬木花椒的種子晾乾製成的調味香料。中醫可入藥。

椒鹽 把焙乾的花椒和鹽碾碎製成的調味品。

桂皮 肉桂樹的皮,可做香料或製桂油,也可以入藥。

芥末 調味品,芥菜種子磨製成的調味品,粉末狀,有辣味。

咖喱 用薑黃、胡椒、番椒、茴香、陳皮等的粉末合製成的調味品,色黃,味香辣。

胡椒 常綠藤本植物胡椒的果實,小圓粒,味辣而香,研成細粉末,做調味的香料,也可入藥。

豆豉 用黃豆或黑豆煮熟經過發酵製成的食品。有鹹淡兩種,都可用做菜餚的調味品,淡豆豉也可入藥。

蒜 多年生草本植物,嫩的葉子和花莖可以做菜蔬。地下鱗莖,略呈球形,由許多蒜瓣構成,味辣,有刺激性氣味,用做作料,也可入藥。也叫**大蒜**。

薑 多年生草本植物薑的根莖,黃褐色,有辣味,多用做調味品,也可入藥。

葱 多年生草本植物,管狀,下部白色,有辛辣味,多用做調味品。

蝦子 乾製的蝦的卵,用做調味品。

蠔油 用牡蠣的脂肪製成的調味品,褐色,味鮮美。

滷蝦油 滷蝦的清汁,供調味用。

E2－31 名： 酵母‧麴

酵母 真菌的一種,常見的為黃白色,圓形或卵形,內含蛋白質、水分、脂肪、維生素等。可用它發麵粉、釀酒、製醬等。又叫「**酵母菌**」或「**釀母菌**」。

酵子 〈方〉發麵用的含有酵母的麵糰。也叫**引酵**。

焙粉 發麵用的白色粉末,是碳酸氫鈉、酒石酸和澱粉的混合物。也叫**發粉**。

起子 〈方〉焙粉。

麵肥 發麵時用的含有大量酵母的麵塊。

麴 用麥子、麩皮、大豆等發霉製成的塊狀物,含有大量的微生物及酶類。釀酒或製醬時用以引起發酵。

酒麴 釀酒用的麴。也叫**酒母**。

小麴 釀酒的發酵劑,用於釀造黃酒或江米酒,也用來做酒釀。麴塊較大麴小。也叫**酒藥**。

大麴 釀造白酒的發酵劑。麴塊磚狀,較小麴大。釀造的酒稱大麴酒,味醇美,如茅臺酒、汾酒、瀘州大麴等。

E3 飲 料

E3－1 名： 茶‧茶葉

茶 ❶茶樹。❷指茶葉:綠茶／紅茶／烏龍茶。

❸用茶葉沏成的飲料:一杯茶。❹某些飲料的名稱:杏仁茶／酥油茶。

茗　茶樹的嫩芽。泛指喝的茶:香茗／品茗。

茶葉　茶樹嫩葉和芽的製成品,可以用水沏成飲料。

茶水　泛稱茶或開水:茶水站／茶水自備。

茶鹵兒　濃茶汁。飲用時再加入適量的水。

小葉兒茶　細嫩的茶葉。

芽茶　極嫩的茶葉。

抹茶　日本茶道的一種,源自於宋朝。指把新採的綠茶嫩芽磨成粉末,再直接沖泡,趁新鮮時喝掉,口感最佳。其優點是能將茶末吃乾抹盡,使得一般不能自茶湯吸收的鉀、錳、氟等茶葉中不溶於水的礦物質,也能隨著茶粉末一同入口。

梗兒茶　用茶樹的葉柄或嫩莖製成的茶葉。

綠茶　茶葉的一大類,是用高溫破壞鮮茶葉中的酶,製成的不發酵茶。泡出的茶水保持鮮茶葉原有的綠色而較清。

清茶　❶用綠茶沏的茶水。❷指只備茶水而不備其他點心食品。

雨前　綠茶的一種。用穀雨前採摘的細嫩芽尖製成。

明前　綠茶的一種。用清明前採摘的細嫩芽尖製成。

旗槍　綠茶的一種。由帶頂芽的小葉製成。茶芽剛剛舒展成葉稱旗,尚未舒展稱槍。

龍井　綠茶的一種。葉片扁平,色澤翠綠。產於浙江杭州南高峰前龍井。

瓜片　綠茶的一種。葉片狀似瓜子殼,泡出來的茶清綠香醇。產於安徽六安、霍山等地。

大方　綠茶的一種。產於安徽歙縣、浙江淳安等地。

碧螺春　碧蘿春　綠茶的一種。葉片加工後蜷曲呈螺狀,色澤清翠。產於江蘇太湖洞庭山。

花茶　用茉莉花等鮮花燻製的茶葉。

香片　花茶。

紅茶　茶葉的一大類,是全發酵茶。鮮茶葉經過萎雕、揉捻、發酵、乾燥製成。泡出來的茶呈紅色,有特別的香氣和滋味。

祁紅　紅茶的一種,產於安徽祁門。

烏龍茶　半發酵的茶葉。茶葉邊緣發酵,中間不發酵。主要產於福建、臺灣、廣東等省。

緊壓茶　毛茶經過蒸軟壓緊成各種定型的茶葉塊,如磚茶、沱茶、普洱茶等。

磚茶　指經過加工壓緊,形狀像磚的茶葉塊。也叫**茶磚**。

沱茶　壓成碗狀的茶葉塊,產於雲南、四川。

普洱茶　雲南省普洱縣出產的茶葉,多壓製成塊。

E3－2　名:　咖啡‧可可

咖啡　音譯詞。用咖啡樹種子炒熟製成的粉末或塊狀物,可做飲料,有興奮作用。也指製成的飲料。

可可　音譯詞。用炒熟的可可樹種子炒熟製成的粉末,可做飲料。也指製成的飲料。也叫**蔻蔻**。

E3－3　名:　汽水‧果汁

汽水　一種含有二氧化碳的飲料,其中配有適量的糖、果汁、香精、食用色素等。

荷蘭水　〈方〉汽水。

鹽汽水　含有適量食鹽的汽水。

礦泉水　用含有大量礦物質的地下水製成的飲料。

果汁　鮮果的汁水,用做飲料。

果子露　在蒸餾水中加入果汁製成的飲料。

可口可樂　音譯詞。美國出產的一種清涼飲料。

E3－4　名:　酒(一般)

酒　用高粱、米、葡萄、大麥芽等含糖類的物質發

酵製成的含有酒精的飲料,有刺激性,種類很多。

酒漿　〈書〉酒。

水酒　淡薄的酒。多用於謙稱自家請客所備的酒:請吃杯水酒。

素酒　就著素菜而喝的酒。

陳酒　存放多年的酒,酒味醇。

藥酒　用藥材浸製的酒,如虎骨酒、五加皮(酒)等。

米酒　用糯米、黃米等釀成的酒。

果子酒　用水果發酵製成的酒。

露酒　含有果汁或花香味的酒。

汽酒　含有二氧化碳的酒,用某些水果釀成,有葡萄汽酒、蘋果汽酒等。

E3－5 名： 白酒

白酒　用高粱、玉米、甘薯等糧食或某些果品爲原料的各種蒸餾酒的總稱。透明無色,含酒精量較高,引火能燃燒。也叫**白乾兒**;燒酒。

大麴　瀘州大麴酒的簡稱,產於四川省瀘州市。

二鍋頭　酒精含量在百分之六十以上的較純的白酒。釀酒蒸餾時,除去最先出的和最後出的酒,留下來的就是二鍋頭。

茅臺酒　貴州仁懷縣茅臺鎮出產的白酒。味醇美,有獨特香氣。簡稱茅臺。

汾酒　山西汾陽杏花村出產的白酒,酒味清香、醇厚。

竹葉青　❶以汾酒爲原酒加入多種藥材配製成的一種酒,略帶黃綠色,味醇美。❷一種不經著色的紹興酒。

五糧液　用小麥、高粱、玉米、稗子、穀子五種原料釀造的白酒。具有特殊風味,是四川宜賓出產的名酒之一。

西鳳酒　陝西鳳翔柳林鎮出產的白酒。

雄黃酒　攙有雄黃的燒酒。民間在端午節時飲用。

E3－6 名： 黃酒

黃酒　用糯米、大米、黃米等釀造的酒。含酒精量較低。因酒呈黃色,故名。

紹興酒　浙江紹興出產的黃酒。主要有加飯、善釀、香雪、元紅、竹葉青等品種。也作**紹酒**。

老酒　〈方〉酒,特指紹興酒。

加飯酒　紹興酒的一種。以糯米和小麥爲原料釀製而成,味醇。

花雕　最上等的紹興酒,因裝在雕花的罎子裡而得名。

E3－7 名： 其他酒

啤酒　音譯詞。一種含二氧化碳的低濃度酒精飲料。用大麥加啤酒花或葎草釀成,味甘,略帶苦味。也叫**麥酒**;皮酒。

葡萄酒　用經過發酵的葡萄或葡萄乾製成的酒,含酒精量較低。分爲紅葡萄酒和白葡萄酒兩種。

白蘭地　音譯詞。用葡萄或蘋果、桃等水果汁發酵蒸餾並加藥配製成的蒸餾酒。含酒精量百分之三十八～百分之四十三。

香檳酒　音譯詞。一種含有二氧化碳的起泡白葡萄酒。酒精含量一般在百分之十三～百分之十五,因原產於法國香檳而得名。

威士忌　音譯詞。一種用麥類爲原料經發酵蒸餾而製成的蒸餾酒,含酒量百分之三十～百分之七十。

伏特加　音譯詞。蘇聯酒精飲料。將酒精經過活性碳處理,除去不純氣味後,加水製成。酒精含量爲百分之三十六～百分之六十。

雞尾酒　由兩種或兩種以上的酒或由酒摻入果汁配製而成的酒。多在飲用時臨時調製。

E3－8 動： 飲酒

酌　斟酒,也泛指飲酒:酌酒／對酌／小酌／自斟

自酌。

斟　倒酒或倒茶:斟酒／自斟自飲。

篩　❶斟酒:篩滿一杯酒。❷使酒熱:把酒篩一篩再喝。

釃　又❶斟酒。❷濾酒。

暢飲　盡情地喝酒:開懷暢飲。

酗酒　大量喝酒,毫無節制;撒酒瘋:酗酒鬧事。

縱酒　不加節制地飲酒:縱酒盡興。

下酒　就著菜喝酒:用一碟花生仁下酒。

把酒　〈書〉端起酒杯,指飲酒:把酒話舊。

E3－9 動: 敬酒·勸酒

敬酒　酒席間斟上酒請人喝。

勸酒　勸人喝酒。

祝酒　向人敬酒,表示祝願、祝福等:向來賓祝酒。

碰杯　飲酒前舉杯輕輕相碰,表示祝賀:賓主相互碰杯。

乾杯　喝乾杯中的酒。多用於宴會上祝酒的場合:為客人們的健康乾杯／為我們的新生活乾杯吧!

E3－10 動、形: 醉

醉　〔動〕飲酒過多,神志不清:我喝酒醉過一次。

醉醺醺　〔形〕形容人喝醉了酒的樣子:他酒喝得醉醺醺的。

爛醉　〔形〕大醉:他喝得爛醉如泥。

沈醉　〔動〕過度飲酒而陷入昏沈狀態中:他拚命地喝酒,連夜連晚地沈醉。□酣醉。

酩酊　〔形〕醉得迷迷糊糊的樣子:酩酊大醉。

酖酖　〔形〕大醉的樣子:酖酖大醉。

醒酒　〔動〕使由醉而醒:喝杯茶醒酒。

E3－11 名: 醉態

醉態　喝醉以後神志不清的狀態:他喝酒多了,有些醉態。

醉鄉　喝醉以後神志上別有的一種境界:沈入醉鄉。

醉意　醉的感覺或神情:他已經微有醉意。

醉眼　〈書〉喝醉以後迷糊的眼睛:醉眼矇矓。

醉步　喝醉後不穩的腳步:他邁著醉步回家去了。

E3－12 名: 酒徒

酒徒　嗜酒的人。

酒鬼　嗜酒無節制的人(罵人的話)。

醉漢　喝醉了酒的男人。

醉鬼　指經常喝醉酒的人(譏諷的話)。

醉貓兒　指醉後舉動失常的人(譏諷的話)。

E4　食物製作·質量

E4－1 動、名: 烹調·炊事

烹調　〔動〕燒煮調製食物(多指做菜):她擅長烹調／同一樣菜餚,烹調得好壞,滋味相差很遠。

烹飪　〔動〕烹調食物:烹飪方法／善於烹飪。

調味　〔動〕調配作料,使食物的滋味可口:調味品／花椒、葱可用以調味。

炊事　〔名〕有關做飯做菜的工作:炊事員／他從事炊事工作多年了。

掌杓　〔動〕指主持烹調:這桌酒席由王師傅掌杓。

掌灶　〔動〕指在餐廳、食堂或辦酒席的人家主持烹調:掌灶兒的(掌灶的人)。

E4－2 動: 煮·蒸·熱

煮　把食物或其他東西放在有水的鍋裡加熱、燒開:煮飯／把病人的碗筷煮一下。

燉　❶加水用文火久煮使食物熟爛:燉肉／燉鴨。❷把東西盛在碗裡或其他器皿中,再在水中加熱:燉藥／燉酒。

煨　❶用文火慢慢地煮：煨牛肉。❷把食物放在
火灰裡慢慢烤熟：煨栗子。

煲　〈方〉用文火煮食物：煲飯／煲粥。

熝　〈方〉把蔬菜等放在水裡煮：熝白菜／熝豆
腐。

熬　長時間地煮使成糊狀或有濃汁：熬粥／熬
藥。

炆　〈方〉用微火燉食物或熬菜等。

燜　蓋嚴鍋蓋，用文火把食物煮熟：燜飯／油燜
筍。

焗　〈方〉將食物和調料放在密閉容器中，利用蒸
氣使食物變熟：全焗雞。

扒　先將原料煮至半熟，再放到油鍋裡炸，最後
用文火煮酥：扒雞／扒羊肉。

臥　〈方〉把去殼的雞蛋放到開水裡煮：臥個雞子
兒。

咕嘟　長時間煮：鍋裡的菜快咕嘟爛了。

烀　用少量水，半蒸半煮，把食物燜熟：烀白薯。

汆　把食物放在開水裡稍煮一下：汆丸子／鯽魚
汆湯。

焯　把蔬菜放在沸水中略煮一下就撈起來：焯芹
菜。

涮　把生的薄肉片等放在開水裡略煮一下（再蘸
作料吃）：涮羊肉。

蒸　利用沸水的熱氣使食物熟或熱：蒸饅頭／把
冷飯蒸熱。

清蒸　烹調方法，不放醬油帶湯蒸：清蒸雞／清
蒸鯿魚。

清燉　烹調方法，湯中不放醬油用慢火燉：清燉
雞。

熱　加熱；使熱：把飯熱一熱。

溫　稍微加熱使變暖：溫一杯酒／把飯溫熱了
吃。

暖　使變溫暖：暖一暖酒。

燙　用火或熱水使東西溫度升高：把酒燙熱。

煨　用熱的東西接觸涼的東西使變暖：把冷菜放
在飯鍋裡煨一煨。

E4－3　動：　燒・炒・炸

燒　❶烹調方法，有的先用油炸，再加湯汁、作料
來炒或燉；有的先煮熟再油炸；有的近乎烤：
紅燒魚／燒茄子／燒羊肉／叉燒／燒雞。❷加
熱使物體起變化：燒水／燒飯。❸指烹調：她
很會燒菜。

炒　烹調方法，把原料放在鍋裡加熱並不斷翻動
使熟，炒時一般先放少量油：炒雞蛋／炒菠菜／
炒花生。

爆　〈方〉烹調方法，鍋內油溫燒到高熱時，把菜、
肉等主料放入迅速反覆拌炒，加調料。

煎　❶烹調方法，把食物放在少量油的熱鍋裡，
慢火加溫使表面變成黃色：煎魚／煎豆腐。❷
把東西放在水裡煮使所含的成分進入水中：
煎藥／煎茶。

炸　❶烹調方法，把食物放在較多的熱油鍋裡，
加溫使熟：炸油條／炸排骨。❷〈方〉焯：用開
水炸一下芹菜。

炮　烹調方法，把原料放入熱油鍋中，在旺火上
急炒：炮羊肉。

汆　〈方〉用油炸：油汆花生。

熘　烹調方法，把原料放在加有適量油的鍋裡炒
熟，再放進拌好調料的澱粉汁翻炒幾下出鍋：
醋熘白菜／熘里脊。

燴　烹調方法。❶菜炒後加適量的水用溫火煮
熟，最後加入芡粉汁：燴什錦。❷把主食和菜
混合一起加水煮：燴餅／燴火燒。

煸　〈口〉烹調方法，燒熱油鍋，先放作料，再放進
原料快炒，用來做蔬菜，可使菜保持原色和鮮
嫩：煸豆芽。

烹　烹調方法，先用熱油略炒，再加入調料及少
量湯、汁，迅速翻炒：烹對蝦。

煤　〈方〉❶用極少的油煎。❷焙。❸蒸。

爆　烹調方法。❶把魚肉放在滾油裡急炒過油，

隨後放作料翻炒即成:爆三樣/油爆蝦。❷
〈方〉把牛羊肚一類的原料放入沸水中稍微一
煮就取出來:爆肚兒。

拔絲 烹調方法,把油炸過的山藥、蘋果之類的
　　主料放進熬滾的糖汁裡拌和,至糖汁全包在
　　主料上即成。此菜用筷子夾起來,糖遇冷就
　　拉成絲狀:拔絲山藥。

紅燒 烹調方法,把肉、魚等加油略炒,並加醬
　　油、糖等作料,燜熟呈醬紅色:紅燒牛肉/紅燒
　　鯉魚。

滑溜 烹調方法,把肉、魚等用油炒,加作料和湯
　　汁,再勾芡使汁變稠:滑溜魚片/滑溜里脊。

勾芡 烹調方法,做菜或做湯時,加上芡粉使汁
　　變稠。

熯油 〈方〉烹調方法,把油加熱後澆在菜餚上。

E4－4 動:　烤・烙

烤 把東西挨近火使乾或熟:烤肉/烤白薯/把
　　濕衣服烤乾。

炕 〈方〉烤。

燔 〈書〉烤:燔肉。

炙 烤:炙肉。

熗 烹調方法。❶將菜餚在沸水中略煮一下取
　　出加作料拌:熗芹菜。❷油鍋熱後,先把少量
　　蔥、薑、蒜等放入略炒,使有香味。

焙 把東西放在器皿裡用微火烘:焙茶/焙一點
　　點花椒。

烘 用火烤:烘山芋。

烙 放在鐺上或鍋裡加熱使熟:烙餅。

E4－5 動:　回鍋・餾

回鍋 把已熟的食品重新燒煮:回鍋肉。

回籠 把冷的已熟食物(饅頭、包子等)放入籠屜
　　再蒸熱。

餾 把已熟的食物再重蒸:把饅頭餾一餾。

烔 把涼了的熟食重新蒸或烤:烔饅頭。

E4－6 動:　腌・鹵・燻等

腌 用鹽、醬等浸漬食物:腌肉/腌鹹菜。

鹵 用五香鹹汁或醬油煮製食品:鹵鴨/鹵口
　　條。

燻 食物製作方法,把原料煮熟或炸透,用有芳
　　香味的木柴木屑的煙火灼炙,使帶有特別氣
　　味:燻雞/燻魚/燻腿。

風乾 放在室外借風力吹乾:風乾栗子/風乾臘
　　肉。

糟 用酒或糟醃製食物:糟魚/糟肉。

漤 ❶用鹽腌。❷把柿子放在熱水或石灰水裡
　　泡,以除去澀味。

E4－7 動:　冰

冰 把東西和冰放在一起或放進冰箱使涼:把西
　　瓜冰一冰。

冰鎮 把食物或飲料和冰等放在一起使涼:冰鎮
　　西瓜/冰鎮汽水。

冷凍 降低溫度,把魚、肉等所含水分凝固,以防
　　腐敗。

冷藏 把食物等貯存在低溫設備裡,以免變質。

E4－8 動:　發酵

發酵 指微生物使有機化合物發生分解等化學
　　變化,起泡、變酸的過程。如發麵、釀酒就是
　　利用發酵作用。

發麵 用酵母使麵發酵。

發 食物因發酵或水浸等而脹大:麵發了/把海
　　參發一發。

E4－9 名:　食譜

食譜 ❶介紹菜餚糕點等各種食品製作方法的
　　書:《大眾食譜》。❷開列的每頓飯菜的單子:
　　一週食譜。

菜譜 ❶介紹菜餚製作方法的書。❷菜單。

菜單 ❶餐廳或食堂供應的菜餚品種的單子。
❷開列一頓食用的各樣菜餚的單子(多用於
宴席)。

E4－10 形： 生·熟·嫩·老

生 ❶果實沒有成熟:生桃子/這西瓜是生的,不
甜。❷食物沒有燒煮過或燒煮得不熟:生米/
這黃瓜嫩,可以生吃/這魚燒得有一點生。

夾生 食物沒有完全熟:夾生飯。

熟 又〈口〉❶植物果實完全長成:稻熟了/蘋果熟
了。❷食物燒煮到可吃的程度:熟菜/飯熟了。

爛 食物煮得過熟後變鬆軟:爛飯/肉煮爛了。

爛糊 食物很爛:爛糊麵。

稀爛 極爛:羊肉煮得稀爛。

爛熟 肉、菜等煮得極熟。

麵糊 〈方〉食物纖少而柔軟:白薯烀得很麵糊
/這瓜麵糊,留給老年人吃吧。

嫩 指食物烹調得法,容易咀嚼:這肉片炒得嫩。

老 指食物燒煮時間長,火候大,發硬不嫩:雞蛋
煮老了/豆腐燒老了。

E4－11 形： 酥·脆·艮

酥 食品鬆而易碎:酥糖/香酥鴨炸得很酥。

酥脆 食物酥而且脆:雞炸得酥脆適口。

脆 食物易斷易碎,容易咀嚼:炒春筍嫩脆爽口/
拌海蜇皮又香又脆。

脆生 〈口〉食物脆:黃瓜生著吃很脆生。

鬆脆 食物又鬆又脆:桂花肉鬆脆鮮嫩。

艮 〈方〉食物堅韌而不脆:艮蘿蔔/艮了的花生
米不好吃。

皮 食物韌性大或因放久了而不鬆脆:皮糖/花
生米放皮了,不好吃/這塊餅都皮了。

E4－12 形： 新鮮·走味兒

新鮮 食物新宰殺(魚、雞、肉等)、新採摘(蔬菜、
水果)或新製作而沒有變質變味的:新鮮魚蝦/
這些茄子很新鮮/這盤菜剛炒好,要趁新鮮吃。

鮮 新鮮:鮮蛋/鮮香椿/鮮牛奶。

鮮嫩 新鮮而嫩:新藕鮮嫩/鮮嫩的青菜。

褐變 一種稱為多酚氧化酶的褐變酵素與褐變
反應物質的酚類化合物都存在於新鮮蔬果的
細胞裡面。一旦蔬果被切開或碰撞擦傷後,
褐變酵素會把酚類化合物氧化且經過連串複
雜的化學反應後,生成黑色素,破蔬果的外
觀,這種過程就叫做「褐變」。

走味兒 失去原有的滋味、氣味:茶葉放得日子
太久,就走味兒了。

餿 食物因腐敗而發出酸臭味:這塊豆腐餿了。

哈喇 〈口〉形容食油或含油食物腐敗的味道:這
些胡桃都哈喇了。

E4－13 名： 口味

口味 ❶食品的味道:她燒的菜,口味很好。❷
各人對食品味道的愛好:這菜很對他口味。

味道 物質具有的能使舌頭產生某種味覺的特
性:這個菜味道好/請先嘗嘗味道。

味 舌頭嘗到的味道:甜味/辣味。

滋味 味道:大家吃得很有滋味。

五味 指甜、酸、苦、辣、鹹,也泛指各種味道。

風味 事物的特色:這茶是浙江特產,別有風味/
風味小吃/江南風味。

回味 吃過美好食物以後的餘味:喝過這茶後,
很久還有回味。

餘味 食物吃過後留下的耐人回想的味道(也常
用於比喻):這鰣魚異常鮮美,食後饒有餘味/
歌聲美妙,餘味無窮。

E4－14 形： 可口·乏味

可口 飲食的味道好或冷熱適宜:這些自己家裡
燒的菜,吃起來格外可口。

入味 有滋味:牛肉燒得很入味。

是味兒 〈口〉食物等味道純正;合口味:菜做得

是味兒。

適口　滋味好,合口味:家鄉菜吃起來適口。

合口　可口;適口:味道很合口。

爽口　適口;可口:黃瓜拌著吃很爽口。

香　食物味道好,可口:飯菜很香。

香甜　又香又甜;可口:香甜的哈蜜瓜/他餓極
　　了,吃起來感到今天飯菜的味道非常香甜。

甘美　味道香甜:椰子汁味甘美。

水靈　〈方〉蔬菜、水果等鮮美多汁:西瓜多水靈。

鮮　鮮美:味道鮮/雞湯眞鮮。

鮮美　菜餚、瓜果等滋味好:清蒸鱖魚,非常鮮美。

對味兒　合口味:飯菜很對味兒。

乏味　沒有滋味:這碗湯淡而乏味/食之乏味,
　　棄之可惜。

不是味兒＊　〈口〉味道奇怪:這個菜吃起來不是
　　味兒。

E4－15 形、名：　香·臭·腥
（參見 F 11－28 香味）

香　〔形〕氣味好聞:這東西聞起來味道眞香。

好聞　〔形〕聞著舒服愉快:這茶的香氣很好聞。

香噴噴　〔形〕香氣很盛:香噴噴的小米飯。

香馥馥　〔形〕香氣很濃:香馥馥的桂花。

噴香　〔形〕香氣很濃:飯菜噴香。

清香　❶〔形〕香味清淡:茶味清香。❷〔名〕清淡
　　的香味:田裡飄散著菜花的清香。

臭　〔形〕氣味難聞:臭氣/臭味道/臭不可聞。

難聞　〔形〕氣味聞著不舒服、不愉快:這塊肉的
　　氣味很難聞。

臭烘烘　〔形〕很臭。

臭乎乎　〔形〕有些臭。

腥氣　❶〔名〕魚、蝦、血、肉等的一種特殊氣味:
　　這魚有一股腥氣。❷〔形〕有腥氣:這魚不新
　　鮮,眞腥氣。

腥　❶〔名〕腥氣:放些料酒去腥。❷〔形〕有腥

氣:這堆蝦壞了,又腥又臭。

膻　〔形〕像羊肉一類的氣味:膻氣/她嫌羊肉
　　膻,不肯吃。

腥膻　〔名〕又腥又膻的氣味:羊圈裡的腥膻氣味
　　太濃。

腥臭　〔形〕又腥又臭:屋裡有一股腥臭味。

臊　〔形〕一種腥臭氣味:臊臭。

腥臊　〔形〕又腥又臊:腥臊難聞。

土腥氣　〔名〕泥土的氣味:這種魚吃起來有土腥
　　氣。也叫**土腥味**。

E4－16 形：　鹹·淡

鹹　像鹽的味道:鹹菜/鹹魚。

鹹津津　略微有點鹹。

口重　❶菜味偏鹹:他愛吃口重的,菜裡要多放
　　些鹽。❷指人愛吃鹹一些的味道:我知道他
　　口重,所以多放了點鹽。

口沈　〈方〉口重。

淡　鹽分少,味道不鹹:菜太淡。

口輕　❶菜味淡:他喜歡吃口輕的,菜裡少放點
　　鹽。❷指人愛吃淡一些的味道:我口輕,用不
　　著蘸醬油。

E4－17 形：　甜·酸·苦·辣

甜　像糖或蜜的味道:哈密瓜眞甜。

甘　甜:甘泉/味甘如蜜。

甘甜　甜:甘甜的泉水。

蜜甜　像蜜一樣甜:蜜甜的瓜。

甜絲絲　略有甜味:這蘿蔔甜絲絲的。□
　　甜津津。

酸　像醋的味道:山楂很酸/酸黃瓜。

酸溜溜　略有酸味。

酸不唧溜　〈方〉有酸味:這棗子酸不唧溜的,不
　　大好吃。

苦　像膽汁、黃連的味道:苦瓜/這藥苦極了。

澀　像明礬那樣使舌頭感到麻木難受的味道:生

柿子很澀。

苦澀　又苦又澀:剛結出的李子苦澀得沒法吃。

辣　像薑、蒜、辣椒等有刺激性的味道:辣醬/薑還是老的辣。

辛辣　味道或氣味辣:大蒜辛辣異常。

辣乎乎　有辣味:芥菜疙瘩辣乎乎的。

辣絲絲　略有辣味:這個菜吃到嘴裡辣絲絲的。

　　□**辣酥酥**。

E4－18　形：　油膩

油膩　含油多的:他不愛吃油膩的東西。

膩　食物含油脂過多:這菜太膩了,我不想吃。

膩人　油膩,使人不想吃:這麼肥的肉太膩人了。

油汪汪　東西上油很多:青菜炒得油汪汪的。

油乎乎　東西上油很多:油乎乎的烙餅。

E4－19　形：　醇厚·清淡

醇厚　氣味、滋味純正濃厚:酒味醇厚。

醇　〈書〉酒味純正濃厚:醇酒/清醇。

厚　味道濃:酒味很厚。

釅　汁濃味厚:釅醋/這杯茶太釅了。

濃烈　氣味很濃:濃烈的酒香。

濃重　氣味很濃很重:濃重的藥味。

濃郁　氣味濃重:酒味濃郁/濃郁的花香。

清淡　❶氣味、顏色等不濃厚:一杯清淡的龍井茶。❷食物含油脂少:老人宜吃清淡的食物。

清醇　氣味、滋味純正濃厚:酒味清醇。

香醇　芳香醇厚:香醇的美酒/茶味香醇。

醇和　(性質、味道)純正平和:這種煙,香味醇和。

淡薄　味道不濃:酒味淡薄。

E5　飲食處所·用具

E5－1　名：　飯館·食堂

飯館　製作飯菜供人在店內食用的商店。也叫

飯館子。

館子　餐廳:上館子/吃館子。

飯店　〈方〉餐廳。

酒樓　規模較大的、有樓的餐廳。

酒家　指酒店,現多用做餐廳名稱。

餐廳　指較大的飯館。現旅館、火車站、飛機場等賣飯菜的地方,多用做名稱。有些餐廳也用做名稱。

飯莊　較大的餐廳。也叫**飯莊子**。

飯鋪　較小的餐廳。

食堂　❶機關、團體中為本單位成員設置的飯廳。❷有的餐廳用做名稱。

飯廳　供吃飯用的房子。

E5－2　名：　茶館·酒店等

茶館　賣茶水供顧客在店內飲用的店鋪。

茶樓　有樓的茶館(多用做茶館的名稱):茶樓酒館。

茶室　茶館。

茶居　〈方〉茶館。

茶堂　〈方〉茶館。

茶肆　〈書〉茶館。

茶座　❶茶館所設的座位。❷賣茶水供坐飲的地方。多附設於旅館、戲院等。

茶社　茶館,多用做名稱。

茶亭　賣茶水的亭子,多設在路邊或公園裡。

酒店　賣酒的店鋪。有的設有座位,供顧客堂飲。□**酒鋪**。

酒肆　〈書〉酒店。

酒館　以供顧客堂飲為主的酒店。

酒吧間　〈方〉原指西餐館或西式旅館中賣酒的地方。現也把供顧客堂飲的酒館叫做酒吧。

咖啡館　賣咖啡、西點供顧客在內食用的店鋪。

E5－3　名：　廚房

廚房　做飯菜的地方。

廚　廚房。

伙房　一般指部隊、學校等的廚房。

庖廚　〈書〉廚房。

灶火　〈方〉廚房。

灶頭間　〈方〉廚房。

中央廚房　就是把食品的原料集中於現代化的調理場所，經過洗滌、切割及烹煮，調製成完全成品或半成品之後，個別派送至分店加熱出售。這種設備現代化，專門負責料理食物的大型場所，即稱作「中央廚房」。

E5－4　名：　廚師

廚師　以烹調爲職業的人。

廚子　舊指廚師。

火夫伙夫　舊指燒火、做飯的人。

大師傅　〈口〉廚師。

炊事員　工廠、機關、學校、部隊等單位裡稱擔任炊事工作的人。

伙頭軍　近代小說戲曲中稱軍隊中的伙夫。

掌杓兒的　餐廳、食堂中主持烹調菜餚的廚師。

E5－5　名：　飲食服務人員

服務員　旅館、飯店等招待客人的工作人員。

茶房　舊稱在旅館、戲院、輪船等公共場所做供應茶水等雜務的人。□**茶役**。

跑堂兒的　舊指酒館中做搬送酒菜工作的人。

店小二　旅館、酒館中招待客人的伙計（多見於早期白話）。

茶博士　茶館的伙計（多見於早期白話）。

西崽　舊時蔑稱洋行或西式餐館中的男僕。

堂倌　舊稱茶館、酒館中做招待客人工作的伙計。

酒保　酒店裡的伙計（多見於早期白話）。

E5－6　名：　茶錢·膳費等

茶錢　❶在茶館飲茶的用費。❷小費。

茶資　茶錢。

膳費　伙食所需的費用。

小費　顧客在正額外加給服務人員的零錢。

小帳　〈口〉小費。

酒錢　舊指雇主在雇員應得工錢外加給的少量的錢。

E5－7　名：　炊具·餐具（總稱）

炊具　燒火做飯的用具，如鍋、杓、瓢、菜刀等。

餐具　吃飯的用具，如碗、碟、筷、羹匙等。

茶具　喝茶的用具，如茶壺、茶杯等。

酒器　盛酒和飲酒用的器皿，如酒壺、酒盅等。

E5－8　名：　爐灶

爐灶　爐和灶：泛指燒火做飯的設備：修理爐灶。

爐子　取暖、做飯或冶煉用的器具或設備。

爐　爐子。

火爐　爐子。

灶　用磚土等砌成的燒火做飯的設備。也借指廚房。

灶頭　〈方〉灶。

支子　一種帶腿的鐵箅子，架在火上，用來烤肉。

支爐兒　有許多小孔的沙鍋，扣在火爐上用來烙餅。

鍋臺　灶上部鍋的周圍的平面，可放置東西。

爐臺　爐子上部可以放東西的平面。

爐膛　爐子裡面燒火的地方。

爐坑　爐灶下凹下去承接爐灰的地方。

爐條　爐膛和爐底之間間隔排列的鐵條，用來承煤漏灰。

爐箅子　爐膛和爐底之間承煤漏灰的鐵箅子。

太陽灶　使太陽光聚集，把太陽能變爲熱能的炊事裝置。也叫**太陽爐**。

E5－9　名：　鍋

鍋　烹煮食物的器具，口敞開，底圓，呈半球形，多用鐵製：鐵鍋／沙鍋／鋁鍋。

煲　〈方〉壁較陡直呈圓筒狀的鍋:瓦煲／銅煲。

鑊　❶〈方〉鍋。❷古代煮食物的一種大鍋。

鑊子　·〈方〉鍋。

鼎　古代的炊具。多爲青銅或陶土製成。圓鼎
　　兩耳三足,方鼎兩耳四足:銅鼎／鼎鑊／鼎足。

炒杓　炒菜用的小鐵鍋,有木柄,形狀像杓子。

盫子　·烹飪用具,形象壁直而深的鍋,多用沙土
　　燒製:沙盫子／瓷盫子。

鏊子　烙餅用的器具,鐵製,圓形平面,中間稍凸
　　起。

氣鍋　一種沙鍋,中央有管子通到鍋底,烹調時
　　食物裝入沙鍋放在鍋裡蒸,使水蒸氣從管孔
　　進入沙鍋。蒸熟的食物味純汁濃:氣鍋雞。

高壓鍋　有密封裝置的鋁鍋。加熱後內部產生
　　較高壓力使溫度超過 100℃,有加熱快,省燃
　　料等優點。可用於煮、蒸飯菜或一般消毒。
　　也叫壓力鍋。

電鍋　以電爲能源,配有自動控制開關的新型家
　　用炊具。可煮、蒸飯菜。也叫電煲。

火鍋　金屬製炊具,鍋中央有爐放置碳火,用時
　　燒滾鍋中的湯,把肉、菜等放入,可隨煮隨吃。

一品鍋　金屬製的炊具,上面是鍋,下面是盛炭
　　火的座子。

鐺　烙餅用的平底鍋。

沙鍋　用陶土和沙燒成的炊具,用來煮食物或熬
　　藥。

沙鍋淺兒　比較淺的沙鍋,形略像盆,有的下面
　　有腿。也叫沙淺兒。

E5－10　名:　蒸籠

蒸籠　用竹木等製成的蒸食物用的炊具。下層
　　是成套的屜子,上層是一隻共用的屜帽。

籠屜　竹木等製的蒸食物的炊具。下面是成套
　　的可以層層疊放的屜子,上面是屜帽。

籠　蒸屜:小籠包子／饅頭剛上籠／一籠蒸餃兒。

屜　屜子,特指籠屜:一屜包子。

屜帽　籠屜的蓋子。

屜子　竹木製的扁平盛器,分層格架成套的屜子
　　大小相等,可以疊放在一起。

甑子　蒸飯用的木製桶狀炊具,有屜子而無底。

蒸鍋　蒸食物用的金屬製圓桶形的鍋,鍋中可放
　　一、二層屜子。

E5－11　名:　壺·瓶

壺　金屬或陶瓷製的盛液體的容器,口小腹大,
　　多有柄或提樑:茶壺／酒壺／水壺。

余子　燒水用的細長形薄鐵罐,可以插入火爐
　　裡,使水開得快。

銚子　吊子　金屬或沙土製的燒水或熬藥的器
　　具,形狀像壺,出水口大,有蓋有柄:藥銚子／
　　沙吊子／銅吊子。

茶炊　用銅、鐵等製的燒水供沏茶用的器具。形
　　狀像高大的壺,有長嘴和柄,有兩層壁,在中
　　間燒火,四周裝水。也叫茶炊子;茶湯壺。

燒心壺　〈方〉茶炊。

咖啡壺　燒煮咖啡用的器具。有玻璃製、鋁製和
　　不鏽鋼製等。

酒嗉子　〈方〉一種錫或陶瓷製的細而高的酒壺,
　　頸細,底大,無柄。

旋子　溫酒用的金屬器具。

保溫瓶　由瓶膽和外殼組裝成的保溫用具。瓶
　　膽壁由二層玻璃製成,中間眞空,有在較長時
　　間保持瓶內溫度的作用。盛熱水的通常叫暖
　　水瓶,盛冷飲食的通常叫冰瓶。

暖水瓶　用來盛熱水的保溫瓶,瓶口較小。也叫
　　熱水瓶。

暖瓶　〈方〉暖水瓶。

暖壺　❶有棉套等保溫的水壺。❷暖水瓶的俗
　　稱。

冰瓶　用來盛冷食的大口保溫瓶。

E5－12　名:　杓·瓢

杓　舀取東西的用具,約作半球形,有柄:鐵杓／

湯杓／小杓。也叫**杓子**。

舀子　舀水、油等液體用的杓子，較大，有的底是
　　平的。也叫**舀兒**。

水舀子　舀水的杓子。

漏杓　有許多小孔的杓子。

瓢　舀水或米、麵等物的用具，用葫蘆或木頭做
　　成。

笊籬　用竹篾、柳條或金屬絲等編成的用具，形
　　似蛛網，有長柄，能漏水，可以從湯水裡撈取
　　東西。

E5－13 名：　菜刀・砧板等

菜刀　用來切菜、切肉的刀。

砧板　切菜時墊在下面的木板，現也有用塑膠做
　　的。

菜板兒　砧板。

菜墩子　切菜切肉時墊在下面的厚木，圓形，用
　　橫斷的粗大樹幹做成。

案板　做麵食、切菜用的長方形木板。

擀麵杖　擀麵用的木棍兒。

礤床兒　把瓜、蘿蔔、馬鈴薯等刮刨成絲的用具。
　　在長方形木板或竹板中間挖空，釘住一塊鑿
　　有許多斜孔的金屬片製成，利用斜孔翹起的
　　薄刃片刮刨東西成絲。

鍋鏟　廚房用具，平板狀，長柄，鐵製或鋁製。

E5－14 名：　籃子
（參見 P7－4 簍・籮・筐）

籃子　用藤、竹、柳條、塑膠等編的盛東西的器
　　具，上面有提樑：菜籃子／飯籃子。

籃　籃子。

淘籮　用來淘米洗菜或盛東西的籮。

筲箕　用來淘米洗菜的竹器，形狀像畚箕。

E5－15 名：　缸・罈・罐

缸　陶、瓷、玻璃等製的盛物器具，圓形，一般底

小口闊：水缸／酒缸／玻璃缸。

醬缸　製作和儲存醬、醬油、醬菜所用的缸。

罈子　腹大口小的陶器或瓷器，多用來盛酒、醋、
　　油等。

罈　罈子：酒罈。

甏　〈方〉罈子，瓮。

埕　〈方〉酒甏。

瓮　腹大、口小的陶器，一般下部較上部略細，用
　　來盛水、酒等：酒瓮／鹹菜瓮。

罐　汲水或盛東西用的瓦器，泛指各種盛東西的
　　圓或方筒形大口的器具：水罐／餅乾罐。

罐子　罐：茶葉罐子／把油裝滿一罐子。

罐頭　〈方〉罐子。

錫罐　用鍍上鋅或錫的鐵皮製的密封罐、筒，多
　　用來裝香煙、食品等：錫罐裝的餅乾。

聽子　〈方〉裝東西的聽。

E5－16 名：　磨・臼

磨　碾碎糧食的工具，通常是用兩個圓石盤相
　　合，可以旋轉碾壓：推磨／水磨／電磨。

磨盤　〈方〉磨。

臼　舂米的用具，用石鑿成，形狀像盆。

杵　舂米或捶衣用的圓木棒，一頭粗一頭細。

E5－17 名：　碗・盤・盆・桶

碗　盛飲食物的器具，圓形，上面大口敞開，下有
　　小底，一般多為瓷製：菜碗／飯碗／湯碗。

海碗　特大的碗。

飯盒　裝飯菜的盒子，用鋁、不鏽鋼或塑膠製成。

盤　底平而邊淺的盛放物品的器具，多為圓形：
　　茶盤／托盤。

盤子　盤：端盤子。

盆　盛東西或洗東西的用具，圓形，比盤子深，陶
　　瓷製、木製或金屬製，現也有塑膠製的：瓦盆／
　　搪瓷盆／臉盆／花盆。

盆子　〈口〉盆。

淺子　盛東西的用具,圓形,周圍的邊比較低,多用柳條編製。也說淺兒。

碟　盛食物的小盤:瓷碟／一小碟菜。

碟子　碟。

茶盤　放茶壺茶杯的盤。也叫**茶盤子**。

托盤　盛物用手托舉的盤子,多用於端飯菜或茶。

茶托　用來墊在茶杯底下的器皿。

鉢　形似小盆的陶瓷製器具,用來盛菜、飯、茶水等。

鉢頭　〈方〉鉢。也叫**鉢子**。

桶　盛東西的圓筒形器具,有的有提梁:水桶／油桶。

吊桶　桶梁上拴著繩子或竹竿的桶,用來從井或河裡向上提水。

E5－18　名:　杯

杯　盛酒、茶或其他液體的器具,一般為圓柱狀,下部略細,容積不大:茶杯／酒杯。也叫**杯子**。

盅　沒有把兒的小杯子:茶盅／酒盅。也叫**盅子**。

盞　小杯子:茶盞／酒盞。

缸子　小而較精緻的缸或罐,有的有蓋,多用來喝水或盛糖果等:糖缸子／玻璃缸子。

茶缸子　喝茶用的圓柱形杯子,有柄有蓋。

E5－19　名:　匙‧筷

匙　小勺,用來舀取湯汁或其他液體及粉末狀物:湯匙／茶匙。也叫**匙子**。

湯匙　用來舀湯喝的匙子。

羹匙　湯匙。

調羹　羹匙。

筷　夾取食物的細棍兒,用竹、木、金屬等製成:竹筷／碗筷。也叫**筷子**。

箸　筷子。

牙筷　用象牙製造的筷子。

E5－20　名:　其他用具

餐巾　用餐時放在膝上或胸前的布巾。

炊帚　用篾絲等做成的刷洗鍋碗的用具。

笀帚　〈方〉炊帚(多指竹的)。

罩　覆蓋東西用的器物:紗罩／玻璃罩。也叫**罩子**。

紗罩　覆蓋食物的器具,在竹木框架上蒙上鐵紗或紗布製成。

抹布　擦器物用的布塊。□撢布。

E6　煙‧毒品

E6－1　名:　煙

煙　煙草或煙草的製成品:煙葉／香煙／吸煙。

煙葉　煙草的葉子,是製造煙絲、香煙等的原料。

烤煙　烤乾的煙葉,是製造香煙的主要原料。

葉子煙　曬乾或烤乾的煙葉。

曬煙　曬乾或晾乾的煙葉,是旱煙、水煙和雪茄煙絲的原料。

煙鹼　含於煙草中的生物鹼,無色油狀液體,在空氣中變成棕色。有刺激性氣味,毒性很大,所以抽煙能引起慢性中毒。農業上可用做殺蟲劑。

尼古丁　音譯詞。煙鹼。

E6－2　名:　香煙‧雪茄

香煙　用薄紙捲成細筒形的切碎的煙葉,配有香料,供吸用。也叫**紙煙;煙捲兒**。

捲煙　❶香煙。❷雪茄。

雪茄　音譯詞。用煙葉捲成的煙,較一般的香煙粗而長。

呂宋煙　雪茄煙。因菲律賓呂宋島所產聞名於世,故名。

煙頭　紙煙吸到最後剩下的部分。

煙蒂 煙頭。

煙屁股 〈口〉煙頭。

煙灰 煙吸後燒剩下的灰。

煙油子 煙袋桿中存積的油垢。

E6－3 名： 煙絲

煙絲 切碎成絲或顆粒的煙葉。

煙斗絲 裝在煙斗中吸的煙絲。也叫**斗煙絲**。

旱煙 裝在旱煙袋裡吸的煙葉或煙絲。

水煙 用水煙袋吸的煙絲,吸時使煙從水中通過,故名。

鼻煙 用鼻孔吸取的煙草粉末。

板煙 壓成塊狀或片狀的煙絲。

E6－4 名： 毒品

毒品 指作為嗜好品用的鴉片、嗎啡等。

毒 ❶對生物體有害的物質:病毒／毒氣／中毒。❷指毒品:吸毒／販毒。

毒物 有毒的物質:香煙中含有尼古丁等毒物。

鴉片 雅片 一種用罌粟果實中的乳汁液製成的毒品。藥用有鎮痛、止瀉等效用。常用容易成癮。也叫**阿片**;**阿芙蓉**。通稱**大煙**。

煙土 未經熬製的鴉片。

煙膏 煙土熬成的膏。

煙泡兒 吸食時在煙燈上燒好的鴉片。

嗎啡 音譯詞。由鴉片中提取的一種麻醉藥物。有鎮痛作用,連續使用易成癮。

海洛因 音譯詞。用嗎啡製成的一種毒品,白色晶體,味苦,有毒。醫藥上用作鎮靜劑、麻醉劑。常用易成癮。

白麵兒 用作毒品的海洛因的俗稱。

可卡因 音譯詞。從古柯等的樹葉中提得的一種藥物,白色結晶狀粉末,易溶於水,可做局部麻醉劑。吸收後毒性大。

古柯鹼 即可卡因。

大麻 一種用印度大麻或其花葉製成的毒品。

通常製成捲烟吸用,亦可咀嚼、鼻吸或吞服。可影響中樞神經系統,引起快感,繼之引起倦睡。

E6－5 動： 吸·吸食

吸 把氣體、液體引入體內;吸食:吸煙／吸毒。

抽 吸(煙):抽根煙吧!

吃 吸(煙):吃鴉片煙／不吃煙,不喝酒。

吸食 用嘴吸進毒品:吸食鴉片。

噴雲吐霧 * 形容抽鴉片煙或吸煙很厲害的情景。□**吞雲吐霧** *。

E6－6 名： 煙具

煙具 吸煙用具,如煙袋、煙缸等。

煙袋 吸食旱煙或水煙的用具。多指旱煙袋。

旱煙袋 吸旱煙的用具,一般由煙袋桿兒、煙袋鍋、煙袋嘴兒三部分組裝而成(參見以下各條)。

煙袋鍋 安在旱煙袋頂端盛煙葉的金屬的小鍋狀物。也叫**煙袋鍋子**;**煙鍋兒**。

煙袋嘴兒 安在旱煙袋衘在嘴裡頭的短管子。用金屬、玉石等製成。

煙袋桿兒 裝在煙袋鍋和煙袋嘴兒中間的管兒,一般用竹或木製成。也叫**煙桿兒**。

水煙袋 吸水煙的用具,銅製,下為裝水筒,筒上一端為裝煙管,一端為吸煙的長管,煙通過水的過濾而吸出。也叫**水煙筒**;**水煙斗**。

煙斗 ❶吸煙用具,多用堅硬的木頭製成,一頭像大的煙袋鍋,裝煙葉,一頭衘在嘴裡吸。❷吸鴉片用具,在煙槍頂端,陶質球狀,把煙泡放在上面燒著吸食。

煙嘴兒 吸紙煙用的短管子,一端裝紙煙,一端衘在嘴裡。

煙槍 吸鴉片用的長管,多用竹製成,頂端裝煙斗。

煙燈 吸鴉片時燒煙泡兒用的小燈。

煙灰缸　吸煙時用來盛煙灰的器具。也叫**煙缸**。

E6－7 名：　煙癮·煙鬼

煙癮　舊指吸鴉片煙的癮，現泛指吸煙的癮頭：過煙癮。

煙癖　吸食鴉片或吸煙的癖好：他從年輕時就有煙癖。

煙容　指抽鴉片煙的人焦黃憔悴的面色：滿臉煙容。

煙鬼　譏稱有鴉片煙癮的人。也指吸煙癮頭很大的人。

癮君子　原指隱居的人，後借以嘲諷吸毒吸煙成癮的人。

E7　衣　服

E7－1 名：　衣服（一般）

衣服　穿在身上遮體禦寒的東西，多用布帛皮革等物縫製而成。

衣　衣服：上衣／穿新衣／豐衣足食。

服　衣服：制服／便服／奇裝異服。

衣裳　〈口〉衣服。

衣衫　衣服；衣著：衣衫襤褸／衣衫整潔。

服裝　衣服鞋帽的總稱（一般專指衣服）：服裝整潔／中老年服裝。

裝　服裝：軍裝／青年裝。

穿著　衣著；裝束：穿著樸素。

穿戴　穿的衣服和戴的帽子、首飾等：穿戴華貴大方。

衣著　指穿戴，包括衣服、鞋、襪、帽子等：衣著入時。

服飾　衣著穿戴：服飾華麗。

打扮　裝飾出來的樣子；衣著穿戴：看她的打扮，就知道是個學生。

衣物　指衣著和其他生活用品：隨帶衣物一箱。

成衣　製成後由商店出售的衣服。

男裝　❶男人穿的服裝。❷男人的裝束：女扮男裝。

女裝　❶女人穿的服裝。❷女人的裝束：男扮女裝。

童裝　幼童穿的服裝。

小衣裳　指兒童穿的衣服。

E7－2 名：　上衣

上衣　穿在上身的衣服。

上身　上衣：她穿著花上身，藏青裙子。

衫　單上衣：汗衫／棉毛衫。

茄克衫　音譯詞。一種長及腰部、下口束緊的短外套。上身蓬鼓，帶有折縫。

滑雪衫　一種冬令服裝，式樣有大衣式、茄克式等。原為登山、滑雪時所穿，故名。

兩用衫　❶正反兩面為同一衣料的可反穿的外罩衫。❷裡外為不同衣料和顏色的、既可保暖又能防雨的外罩衫。

羽絨衫　內絮羽絨的禦寒上衣。

襖　有襯裡的上衣：皮襖／小棉襖。

棉襖　內絮棉花的上衣。

獵裝　一種設計構想源於打獵服裝的日常穿的上衣。

背心　沒有領子、不帶袖子的上衣。

馬甲　〈方〉背心。

坎肩　即背心，多為夾的或棉的，一般穿在外面。

青年裝　一種中山裝領、三開袋的上衣。

E7－3 名：　內衣

內衣　貼身穿的衣服的總稱。

小衣裳　指小褂和襯褲。

小褂　貼身穿的中式單上衣。

褲衩　貼身穿的短褲。

三角褲　貼身穿的三角形短褲。

襯褲　穿在裡面的單褲。

小衣 〈方〉襯褲。

兜肚 貼身護在胸部和腹部的菱形布製品,上用帶子套住脖頸,左右兩角釘有束腰帶子。也叫**抹胸**。

兜兜 〈口〉兜肚。

緊身兒 貼身穿的瘦而緊的上衣。

襯衣 通常貼身穿的單衣。

襯衫 穿在裡面的西式單上衣。

汗衫 ❶一種單薄的穿在上身的內衣。❷〈方〉襯衫。

汗褂兒 〈口〉汗衫。

汗背心 細紗或絲織成的貼身穿的背心。

E7－4 名：　外衣

外衣 穿在外層的衣服。

外套 套在外面的西式短上衣。❷大衣。

外罩 罩在衣服外面的褂子。

大衣 長至膝部的外衣,一般指西式外衣。

大氅 大衣。

斗篷 披在肩上的無袖外衣。也叫**披風**。

一口鐘 〈方〉斗篷(因樣子像古樂器中的鐘)。

棉外套 風帽跟領子連在一起的棉大衣。

風衣 擋風的外衣。

風雨衣 可以擋風,又可遮雨的外衣。

E7－5 名：　絨衣·棉毛衣褲

絨衣 一種線織而表面起絨的較厚的上衣。

衛生衣 〈方〉絨衣。

絨褲 一種線織而表面起絨的較厚的褲子。

衛生褲 〈方〉絨褲。

棉毛衫 一種單內衣,是比較厚的針棉織品。

棉毛褲 一種單內褲,是比較厚的針棉織品。

運動衫 體育運動時穿著的針織上衣。

線衣 用粗棉線織成的上衣。

E7－6 名：　毛衣等

毛衣 用羊毛、絲、棉、麻等天然纖維線、合成纖維線、混紡線等編織而成的衣服的總稱。

毛線衫 毛衣。

絨線衫 〈方〉毛線衫。

羊毛衫 用羊毛編織的細毛線衫。

棒針衫 用較粗的針來編織較粗的絨線而成的寬鬆上衣。

腈綸衫 用腈綸絲編織成的上衣,耐光、耐腐蝕。

彈力衫 用彈力絲編織成的上衣,富有伸縮性。

E7－7 名：　皮衣

皮衣 用毛皮或皮革製的衣服。

皮外套 風帽跟領子連在一起的皮大衣或以人造毛、呢絨做襯裡的大衣。

皮袍 用毛皮做裡子的袍子。

皮茄克 用皮革製成的茄克(一種上身蓬鼓、下口束緊的短外套)。

皮襖 用毛皮做裡子的中式上衣。

皮大衣 用毛皮做裡子的西式外衣。有的毛皮朝外做面料(多爲女性穿用)。

裘 〈書〉毛皮的衣服:狐裘/輕裘/集腋成裘。

E7－8 名：　單衣·棉衣·春裝等

單衣 沒有襯裡的單層衣服。

夾衣 裝有襯裡的衣服。

棉衣 絮了棉花的較厚衣服。

春裝 春天穿的衣服。

夏裝 夏天穿的衣服。□夏衣。

秋裝 秋天穿的衣服。

冬裝 冬天穿的禦寒的服裝。□冬衣。

寒衣 禦寒的衣服,如棉襖、棉褲、皮襖等。

E7－9 名：　褲子

褲子 穿在腰下及兩腿上的衣服,由褲腰、褲襠和兩條褲腿構成。

褲 褲子。

下身兒 褲子。

褲襠　兩條褲腿相連的部分。

褲兜　褲子上的口袋。

褲腳　❶褲腿的最下端。❷〈方〉褲腿。

褲腿　褲子穿在兩腿上的筒狀部分。

褲腰　褲子最上端繫腰帶的部分。

開襠褲　幼兒穿的襠裡開口的褲子。

連襠褲　襠裡不開口的褲子。

兜兜褲兒　小孩夏天穿的帶兜肚的小褲子。

套褲　套在褲子外面的沒有褲腰只有褲腿的褲
　　子。一般用於腿部保暖，也有的用來保護褲
　　子或防雨。

連腳褲　嬰兒穿的一種褲子，褲腳包住腳底，連
　　成襪子形狀。

馬褲　爲便於騎馬而設計的一種褲子，臀部和大
　　腿部分較寬鬆，膝蓋以下部分與小腿緊貼。

棉褲　內絮棉花的褲子，用於防寒保暖。

燈籠褲　一種褲腿長過膝蓋，下端縮口有褶，緊
　　箍在腳腕上的褲子。

喇叭褲　一種褲腿由上向下逐漸展開、呈喇叭形
　　的褲子。

牛仔褲　一種用比較厚實的布料縫製的緊身褲
　　子。最早爲美國西部牧牛者所穿，故名。

E7-10 名：　裙子

裙子　穿在腰部以下的服裝。有長裙、短裙、套
　　裙、褲裙等多種。

裙　裙子：短裙／長裙。

百褶裙　打有很多褶襉的裙子。

直筒裙　裙身呈直筒狀的裙子。

喇叭裙　腰圍細小、下襬逐漸擴大，呈喇叭形的
　　裙子。

旗袍裙　裙身似旗袍、兩旁開衩的裙子。

迷你裙　一種裙身很短的裙子。

圍裙　工作時圍在身前，以免污染衣服或傷害身
　　體的布料或橡膠薄片。

褲裙　一種把裙身一分爲二、略似兩條褲腿的裙

子。

襯裙　一種襯在裙子裡面的薄裙。

連衣裙　裙子和上衣連在一起的女裝。

布拉吉　音譯詞。連衣裙。

E7-11 名：　睡衣·浴衣

睡衣　專供睡覺或臨睡前在室內穿用的衣服。

晨衣　早晨起床後在室內穿用的衣服。

浴袍　專供洗澡前後穿用的衣服。

E7-12 名：　衣服各部分

領子　衣服上端圍繞脖子的部分。

領口　❶衣服上端圍繞脖子的圓孔及其邊緣。
　　❷領子兩頭相合的地方。

領　❶領子：衣領／翻領兒。❷領子的孔及其邊
　　緣。

翻領　領子的一種式樣：領口敞開，領子的上部
　　或全部翻轉向外。

袖子　上衣套在胳膊上的筒狀部分。□袖筒。

袖　袖子：衣袖／短袖。

袂　〈書〉袖子：分袂(分別)／聯袂前往。

袖管　〈方〉袖子。

袖口　袖子的邊緣。

套袖　套在衣袖上的、單獨的袖子，起保護衣袖
　　的作用。也叫袖套。

罩袖　〈方〉套袖。

襟　多指衣服的前面部分，也用來指衣服的後面
　　部分或衣服的邊緣：大襟／底襟／對襟／後襟／
　　裡襟。也作衿。

裾　〈書〉衣服的大襟，也指衣服的前後部分。

大襟　鈕釦在一側的中式衣服的前面部分。

底襟　中式衣服右側，被大襟遮住的狹長部分。

小襟　底襟。

後襟　衣服的背後部分。

前襟　衣服的前面部分。

門襟　衣服鎖鈕眼的部分。

裡襟　衣服釘鈕釦的部分。

對襟　中裝上衣的一種式樣，大襟一分爲二，在胸前正中用鈕釦扣合。

襬　衣、裙的最下面的部分。也叫**下襬**。

褶　衣服上經摺疊而縫成的紋：百褶裙／褲腿中間縫了一條褶兒。也叫**褶子**。

裀　〈方〉衣服上打的褶子：打裀。

襠　兩條褲腿連接的部分：褲襠／開襠褲。

衩　衣服旁邊或前後開口的地方：開衩。

裉　衣服腋下前後接縫的部分：煞裉（把裉縫上）／抬裉（衣服從肩到腋下的尺寸）。

口袋　用軟薄材料製成的有口盛器，也特指衣兜：這件制服有三個口袋。

袋　衣兜；口袋：褲袋／衣袋。

兜　口袋一類的東西，特指衣服的口袋：褲兜／衣兜／把鋼筆插在左上兜。

緄邊　滾邊　在衣服、布鞋等的邊緣縫製的一種圓棱的邊緣。□**緄條**。

E7－13　名：　款式

款式　格式，樣式：這件大衣款式新穎。

格式　一定的規格式樣：設計校服格式。

樣式　式樣；形式：時裝樣式不斷翻新。

式樣　人造物體的形狀；樣子：各種式樣的服裝。

花式　花紋的式樣，也泛指一切式樣或種類：兩匹毛料，質地相近，花式不同。

時式　時新的式樣（多指服裝）：男女時式大衣。

時樣　時式。

E7－14　名：　中裝

中裝　指中國舊式服裝。

中服　中裝。

長袍兒　男子穿的中式長衣。

馬褂　舊時男子套在長袍外面的對襟的短褂。原爲滿族人騎馬所穿的外褂。

褂子　中式的單上衣。

褂兒　褂子：大褂兒／短褂兒／小褂兒。

袍　中式的長衣服：皮袍。也叫**袍子**。

棉袍子　內絮棉花的中式長衣。也叫**棉袍兒**。

袍罩兒　套在袍子外面的大褂。也叫**罩袍**。

罩衣　穿在短襖或長袍外面的單褂。也叫**罩褂兒**。

罩衫　〈方〉罩衣。

長衫　男子穿的大褂。

大褂　身長過膝的中式單衣。

旗袍　一種婦女穿的長袍，原爲滿族婦女服裝。

袷袢　維吾爾、塔吉克等民族所穿的對襟長袍。

E7－15　名：　西裝·和服

西裝　西洋式的服裝：他身穿一套淺綠西裝。也叫**西服；洋服；洋裝**。

紗籠　音譯詞。東南亞一帶的人穿的用長布裹住身體的服裝。

和服　日本的民族服裝。因日本人屬大和民族，故稱。

E7－16　名：　時裝

時裝　❶式樣新穎入時的服裝：時裝展銷／時裝表演。❷當代通行的服裝：時裝戲。

古裝　古代式樣的服裝：古裝戲／古裝打扮。

新裝　新的服裝：全身上下，都換了新裝。

新妝　女子的新式服飾：她換上一身新妝，欣然赴宴。

奇裝異服＊　式樣奇異的服裝，多指和當時通常式樣不同的服裝（含貶義）。

E7－17　名：　制服·工作服

制服　統一的、有規定式樣的、能表現職業特徵的服裝。

中山裝　一種服裝，軍裝領子，上身上下左右各有一個帶蓋子能扣上的口袋，下身是西式長褲，因孫中山提倡而得名。

學生裝　一種服裝,上身有三個不帶蓋子和鈕釦的口袋,領子不向下翻,下身是西式長褲,因多是學生穿的,故名。

校服　學校規定學生穿的統一服裝。

工作服　為了適應某種工作需要而特製的服裝。

E7-18　名：　禮服

禮服　在莊嚴的場合或舉行隆重儀式時穿的服裝。

大禮服　參加盛大典禮時穿的服裝。

晚禮服　參加大規模晚宴時穿的服裝。

燕尾服　男子西式晚禮服的一種,前身較短,後身較長而下端分開像燕子尾巴。

朝服　封建時代君臣上朝時穿的禮服。

袞服　古代帝王的禮服。

E7-19　名：　便服

便服　❶日常穿的服裝。❷專指中式服裝。也叫**便裝**。

便衣　平常人穿的服裝(區別於軍警制服):摘下軍帽,換一身便衣。

短裝　只穿中裝上衣和褲子而不穿長衫:一身短裝打扮。

短打　指短裝。

輕裝　輕便的服裝:輕裝就道。

微服　〈書〉舊時高級官員外出時為隱瞞身分而換穿的平民衣服:微服出巡。

E7-20　動：　穿·戴

穿　把衣服鞋襪等物套在身上或腳上:穿鞋/穿襪子/穿一套新衣。

戴　把東西加在頭、面、耳、手、臂等處或衣物上:戴帽子/戴領帶/戴耳環/胸前戴一朵大紅花。

上身　第一次把新衣穿在身上:她打的那件新毛衣,今天剛上身。

著　穿:身著軍裝/吃著不愁。

披　覆蓋或搭在肩背上:身上披著雨衣。

套　罩在外面:套上一件棉大衣。

罩　覆蓋;套在外面:棉襖外面罩著一件罩衫。

打扮　使容貌和衣著好看:打扮得很漂亮。

裝扮　打扮:他不講究穿著,從不裝扮自己。

妝飾　打扮:她把自己妝飾得花枝招展。

裝飾　在身上裝點修飾,使美觀:她向來不愛裝飾。

佩帶　(把徽章、領章、肩章、臂章等)掛在胸前或身上相應的部位上:佩帶校徽/佩帶紅領巾。也作**佩戴**。

佩　佩帶:胸佩大紅花。

別　用別針把另一樣東西附著或固定在布、紙等物體上:襟前別著一枚胸針。

登　〈方〉穿(鞋、褲等):腳登高跟鞋。

趿拉　把布鞋後幫踩在腳後跟下:他趿拉著鞋走出來。

靸　〈方〉把布鞋後幫踩在腳後跟下;穿(拖鞋):靸著老棉鞋上街。

換季　隨著季節更換衣著:清明節都過了,身上穿的也該換季了。

更衣　換衣服:更衣室。

E7-21　動：　脫·解

脫　取下;除去:脫帽/脫鞋/脫掉大衣。

扒　剝;脫掉:扒下鞋襪趟水/他的衣服也被扒光了。

褪　使穿著套著的衣物從身上脫掉:把袖子褪下來/褪下臂套。

摘　取下戴著、掛著的東西:摘帽子/摘眼鏡。

解　把束縛著或繫著的東西打開:解釦子/解衣推食。

寬衣　敬辭。請人脫]去衣服:天氣熱,請寬衣。

脫帽　摘下帽子(大都表示恭敬):脫帽致敬。

免冠　脫帽。原表示謝罪,後來表示敬禮。

卸妝　（婦女）除去身上的裝飾:新娘正在卸妝。

卸裝　演員除去化裝為劇中人時穿戴塗抹的東西:對鏡卸裝。

下裝　卸裝。

E7－22 形：　合身

合身　衣服適合身材:他穿這套西裝挺合身。

稱身　衣服合身。

可體　衣服的大小長短,跟身材正好合適:他身材高,買現成的衣服很難可體。

可身　〈方〉可體:這件上衣很可身。

跟腳　〈方〉鞋的大小鬆緊正好合適,便於走路。

E7－23 形、動：　入時·過時

入時　〔形〕合乎時尚(多指裝束):她穿著新穎入時。

時興　❶〔動〕一時正在流行:茄克衫目前正時興,男女都穿。❷〔形〕入時而流行:農村姑娘打扮都很時興/這是最時興的式樣。

時行　❶〔動〕時興:穿長袍曾經時行過。❷〔形〕入時:旗袍這種服裝又很時行了。

流行　❶〔動〕廣泛地傳播;盛行:目前流行著戴耳墜子/這首民歌正到處流行。❷〔形〕廣泛傳播的:目前最流行的服裝/流行款式/流行歌曲。

興時　❶〔動〕時行;流行。❷〔形〕入時;時興:興時的牛仔衣褲。

盛行　〔動〕大規模地流行:盛行一時/這種打扮,上海正在盛行。

過時　〔動〕不再流行:那種喇叭褲早就過時了。

時髦　〔形〕形容人的裝飾衣著或其他事物入時:她打扮得很時髦。

摩登　〔形〕音譯詞。指合乎流行式樣的;時髦:最摩登的式樣。

簇新　〔形〕極新(多指服裝):姑娘們都穿上簇新的衣服。

時新　〔形〕服裝式樣一時最新的:時新款式。

E7－24 形：　齊楚·華美

齊楚　形容服裝整潔:衣裝齊楚。

楚楚　鮮明整潔的樣子:衣冠楚楚。

挺括　〈方〉(衣服、布料等)較硬而平整:襯衫領子要熨得挺括些。

挺脫　〈方〉衣著挺括、舒展:一身穿著挺脫體面。

俐落　整齊有條理:一身打扮,乾淨俐落。

華麗　美麗而有光彩:服飾華麗/客廳布置得很華麗。

華美　華麗。

艷麗　鮮明美麗:穿著一條艷麗的長裙。

花梢　顏色鮮艷(多指服飾):打扮得太花梢反而不順眼。

花裡胡梢　〈口〉顏色鮮艷紛雜:她打扮得花裡胡梢的。

花枝招展*　形容婦女打扮得十分艷麗:展覽會上招待的小姐,個個打扮得花枝招展。

E7－25 名：　盛裝

盛裝　莊重、華麗的裝束:穿上節日的盛裝。

盛服　〈書〉盛裝。

艷裝　指女子鮮明美麗的裝束:姑娘們個個艷裝麗服。

紅裝　紅妝　〈書〉紅色服裝。泛指婦女的艷麗裝束:中華兒女多奇志,不愛紅裝愛武裝。

靚裝　靚妝　〈書〉美麗的妝飾、打扮。

華服　華麗的服裝。

E7－26 形：　襤褸·單薄

襤褸　藍縷　衣服破爛:衣衫襤褸/襤褸不堪。

麻花　〈方〉形容衣服因久穿而磨損、將要破爛的樣子:他的衣袖都磨得麻花了。

單寒　衣服單薄,不能禦寒:身上單寒,四肢打顫。

單薄 指衣服被褥等薄而且少，不能禦寒：他穿
　　得太單薄／床上只有一條單薄的被子。

捉襟見肘* 拉一下衣襟就露出胳膊肘兒，形容
　　衣服破爛。也用以比喻顧此失彼，窮於應付。

鶉衣百結* 破爛的衣服上打了很多疙瘩。形容
　　衣衫襤褸。

E7－27 名：　破衣

百衲衣 泛指補丁很多的衣服。

鶉衣 〈書〉鵪鶉羽毛又短又花，藉以指稱破舊不
　　堪、補丁很多的衣服。

破綻 衣物上的裂口：他穿的藍布褂胸前已出現
　　兩處破綻。

破衣爛衫* 破爛的衣衫。多用來形容穿著襤
　　褸。

E7－28 動、形：　光赤·赤露

光赤 〔動〕(身體)外露著：光赤著上身。

光 〔動〕光赤：光膀子／光著腦袋。

光溜溜 〔形〕形容身體裸露、沒有遮蓋的樣子：
　　孩子們脫得光溜溜的在河裡洗澡。

赤 〔動〕光著：赤著腳／赤身露體。

赤膊 〔動〕光著上身：男人們都赤膊在樹下歇
　　著。

赤背 〔動〕光著上身。

赤腳 〔動〕光著腳(一般指不穿鞋或襪)：赤腳走
　　路／赤腳穿涼鞋。

跣足 〔動〕〈書〉光著腳。

光頭 〔動〕頭上不戴帽子：他從不戴帽，總是光
　　著頭。

赤條條 又〔形〕形容光著身體，一絲不掛。

赤光光 〔形〕〈方〉赤條條。

赤裸裸 又〔形〕形容全身裸露：孩子們赤裸裸地
　　在小河裡戲水。

赤露 〔動〕裸露(身體)：敞開上衣，赤露著胸口。

裸 〔動〕光著身子：赤裸／裸著身子。

裸體 〔動〕光著身子：裸體人像。

袒 〔動〕把上衣敞開，露出(身體的一部分)：袒
　　胸露臂。

袒露 〔動〕裸露(身體)：他袒露著的胸膛被太陽
　　曬得黝黑。

E8　穿戴用品

E8－1 名：　帽子

帽子 戴在頭上用以遮陽、禦寒、防雨、擋風等或
　　供裝飾的用品。

帽 帽子：草帽／衣帽／脫帽。

帽耳 帽子兩旁保護耳朵的部分。

帽舌 帽子正前面伸出的邊沿部分，用於遮擋陽
　　光。形狀像舌頭，故稱。

帽盔兒 沒有帽檐、帽舌的硬殼帽子。

帽檐 帽子前面或四周伸出的邊沿部分。

禮帽 跟禮服配套、用於莊重場合的帽子。

便帽 日常戴的帽子。

睡帽 供睡覺時戴的帽子，以防頭髮蓬亂。

鴨舌帽 帽檐較長，呈月牙形，帽頂的前部向下
　　傾斜，與帽檐中央的釦子相搭的一種帽子。

風帽 ❶一種遮住耳朵和後領、便於禦寒擋風的
　　帽子。❷跟皮大衣、棉大衣搭在一起以利擋
　　風的帽子。

瓜皮帽 形狀像半個西瓜皮的舊式便帽，一般用
　　六塊瓜瓣形的緞子或布綴合，頂上有小結。
　　□小帽。

帽頭 半球形的舊式便帽。

草帽 用麥稈等編成的帽子，用來透風防曬。

箬帽 箬竹的葉子和竹篾製成的帽子，用來擋雨
　　和遮蔽陽光。

笠 用竹篾等編成的帽子，用以擋雨和遮蔽陽
　　光：竹笠／斗笠。

斗笠 遮陽、擋雨的帽子，頂尖、邊寬，用竹篾夾

油紙或竹葉、葦葉製成。

柳條帽 用柳條編製的安全帽,輕而結實,多爲
建築工人所用。

冠 帽子:怒髮沖冠/衣冠齊整。

皇冠 皇帝戴的帽子。

王冠 國王戴的帽子。

冕 古代天子、諸侯、卿、大夫所戴的禮帽,後來
專指帝王的禮帽:加冕典禮/冠冕堂皇。

紗帽 古代文官戴的一種帽子。後因而用作官
職的代稱:擲紗帽(比喻憤而辭職)。也叫**烏
紗帽;烏紗**。

E8-2 名：　鞋

鞋 爲保護腳和便於著地走路而穿的用品,沒有
高筒,鞋幫一般在踝骨以下:皮鞋/涼鞋/拖
鞋。

鞋子 〈方〉鞋。

履 鞋:衣履/削足適履。

鞋幫 鞋的前後和兩側、除了鞋底以外的部分。

鞋臉 鞋幫的上部和前部。

皮臉兒 舊式布鞋鞋臉正中用窄皮條沿起的圓
梗。

皮掌兒 釘在鞋底前後的皮子。

鞋底 鞋的最下方與地面接觸的部分。

後跟 鞋或襪挨近腳跟的部分。

鞋墊 墊在鞋裡的墊子。

皮鞋 用皮革製成的鞋。

革履 皮鞋:西裝革履。

草鞋 用稻草等編製成的鞋。

毛窩 〈方〉棉鞋。

涼鞋 夏天穿的鞋面有孔、便於通風透氣的鞋。

高跟兒鞋 鞋跟部分特別高的女鞋。

膠鞋 用橡膠製成的鞋,有時也指用橡膠做底的
布鞋。

跑鞋 賽跑時穿的一種輕便皮鞋,底部窄而薄,
前掌兒裝有釘子。是釘鞋的一種。

跳鞋 跳高、跳遠時穿的一種輕便皮鞋,底部窄
而薄,前後掌都裝有釘子。

球鞋 一種帆布幫兒、橡膠底的鞋,適於球類運
動員穿用。

繡鞋 婦女穿的繡著花朵或花紋的鞋。也叫**繡
花鞋**。

拖鞋 只有前臉沒有鞋幫、適於室內穿用的便
鞋。

靸鞋 ❶草編的拖鞋。❷鞋幫納得很密的布鞋,
前臉包住腳面,上縫皮樑或三角形皮子。

木屐 木底的拖鞋。

旅遊鞋 用橡膠或橡塑爲鞋底,皮革或化纖爲面
料製成,適合跋山涉水穿的輕便、耐磨、防滑
的鞋。

烏拉　靰鞡 東北地區冬天穿的一種保暖的鞋,
用整塊牛皮製成,裡面墊烏拉草。

E8-3 名：　靴

靴 幫子略呈筒狀、高到踝子骨以上的鞋:馬靴/
皮靴。

靴子 靴。

靴筒 靴子圍住小腿的筒狀部分。也叫**靴靿**。

馬靴 騎馬時穿的長筒靴子,也指一般的長筒靴
子。

膠靴 用橡膠製的靴子,利於涉水。

靰靴 〈方〉高靿棉鞋。靿:靴筒。

E8-4 名：　襪子·手套

襪 穿在腳上的保護和防寒用品,包住整個腳,
一般直到腳腕以上。多用棉、絲、毛、化纖等
針織而成,也有用布縫製的:棉紗襪/絲襪/
錦綸襪/布襪。

襪子 襪。

襪船 〈方〉沒有筒的布襪,形狀像便鞋。

襪套 一種既可單獨穿,又可穿在長襪子外邊的
襪狀套,主要起保暖作用。

襪筒　襪子穿在腳腕以上的筒狀部分。

手套　套在手上的物品，用棉紗、毛線、布、皮革等材料製成，起防寒或保護作用。

E8－5 名：　頭巾・圍巾・領帶

頭巾　婦女覆蓋頭部、面部的紡織物，多爲正方形，起防寒、防塵及裝飾作用。

圍巾　圍在脖子上的柔軟的長巾，用棉、毛、絲等針紡織品或皮毛製成，起保暖或裝飾作用。

圍脖兒　〈方〉圍巾。

網巾　絲線結成的網狀的頭巾，用來攏住頭髮。

網子　特指婦女攏住頭髮的小網。

包頭　頭巾，包頭的布：靑布包頭。

面紗　婦女用來遮蓋面部的薄紗，多爲方形，以防風塵或起裝飾作用。

披肩　舊時婦女加在肩上的服飾。

頭繩　用棉、毛、塑膠等製成的細繩子，婦女多用來扎頭髮。

絨頭繩　用棉絨、毛絨等紡製成的較鬆的頭繩。

乳罩　婦女保護乳房、使不下垂的用品。也叫**奶罩；胸罩**。

文胸　〈方〉乳罩。

領帶　繫在西服襯衫領子上，懸在胸前長及腰部的帶子。

領結　繫在西服襯衫領子前的蝴蝶狀橫結。

領巾　繫在脖子上的三角形的紡織品：紅領巾。

E8－6 名：　腰帶・背帶等

腰帶　束在腰部的帶子。

皮帶　用皮革製成的帶子，特指用皮革製成的腰帶。

褲帶　束住褲子的腰帶。

裙帶　束住裙子的腰帶。常用作比喻與妻女姊妹等有關的。

褡包　長而寬的腰帶，用布或綢做成，繫在衣服外面。

背帶　一種搭在肩上，不扣住整個腰圍，繫住褲子或裙子的帶子。

吊帶　❶圍繞在腰部，從兩側垂下來吊住長襪筒以防脫落的帶子。❷圍繞在腿上吊著襪子的帶子。也叫**吊襪帶**。

腿帶　束緊褲腳的長帶子。

綁腿　纏裹小腿的布帶。

E8－7 名：　錢包・提包等

錢包　用布、皮革或塑膠做的隨身攜帶的裝錢的小袋。

皮夾子　隨身攜帶的裝錢小袋，用薄軟皮革製成。也叫**皮夾兒**。

腰包　束在腰間的錢包：掏腰包。

腰　指腰包或衣兜：我腰裡還有些錢，足夠路上零花的。

荷包　隨身攜帶、裝零錢和零星物品的小袋：荷包裡鼓鼓的。

皮包　用皮革製成的手提包，多用於裝書籍文件。

背包　原指行軍或外出時背在背上裝衣被的包，皮革製或布製。現也指用兩根帶子分掛在雙肩上背的包。

挎包　有長帶子可以掛在肩膀上背的包。

提包　有提樑可用手提的包。

手提包　提包。

拎包　〈方〉提包。

褡褳　一種中央開口，兩端都能裝錢物的長方形口袋。大的可搭在肩上，小的可掛在腰帶上。

書包　學生上學時裝書籍、文具用的包，用布或皮革製成，有帶可背在肩上。

E8－8 名：　首飾

首飾　原是婦女戴在頭上的裝飾品，今泛指耳環、項鍊、戒指、手鐲等。

飾物　首飾。

頭面　舊時稱婦女戴在頭上的飾物：一副頭面。

插戴　婦女插入髮髻、戴在頭上的裝飾品。特指舊俗男家送給女家的定婚首飾。

簪　別住髮髻的長針，用金屬、骨頭、玉石等製成：金簪／簪纓。也叫簪子。

玉簪　用玉製成的簪子。也叫玉搔頭。

釵　舊時婦女別在髮髻上的首飾，由兩股簪子合成：金釵／玉釵／荊釵布裙。

戒指　用金屬、玉石等製的小環，套在手指上作裝飾或紀念用。也叫指環。

鑽戒　鑲嵌著鑽石的戒指。

鎦子　〈方〉戒指。

扳指兒　本為射箭時戴在拇指上的玉石指環，後來用做裝飾品。

鐲子　套在手腕或腳腕上的環形裝飾品，多用金、銀、玉等製成。

鐲　鐲子：金鐲／玉鐲。

手鐲　套在手腕上的環形裝飾品。

釧　鐲子：金釧／玉釧。

手釧　〈方〉手鐲。

耳環　戴在耳垂上的裝飾品，多用金、銀、珠、玉等製成。

耳墜子　〈口〉耳環（多指帶著墜兒的）。也叫耳墜兒。

鉗子　〈方〉耳環。

項鍊　項練　套在頸上、垂掛胸前的鏈形首飾，多用金銀或珍珠、寶石等串聯而成。

項圈　婦女或兒童套在頸上的環形裝飾品，多用金銀製成。

雞心　一種雞心形的掛件首飾，多垂於胸前。

E8－9 名：　帽徽·領章·袖章

帽徽　釘在制服帽子前面正中的特製徽章。也叫帽章。

帽花　帽子前面的裝飾品，多用珠寶製成。

領章　軍人、警衛或某些機關的工作人員佩戴在制服領子上的特定標誌，用以表示軍種、級別或職務等。

袖章　套在袖子上表示身分或職務的標誌。

袖標　戴在袖子上表明身分或職務的標誌。

肩章　佩戴在制服兩肩上，用來表示職務或級別的標誌。

臂章　佩戴在衣袖上臂部分、用來表示身分或職務的標誌。

E8－10 名：　雨衣·雨鞋

雨衣　防雨的外衣，多用油布、膠布或塑膠等製成。

雨披　塑膠製成的、騎自行車時用的防雨用具，形似斗篷。

蓑衣　用草或棕編成的雨衣。

雨鞋　雨天外出穿的防水鞋。多為長筒靴形，也有短筒形和一般便鞋的。

套鞋　原指套在鞋子外面的防雨的膠鞋，後來泛指雨天穿的防水的膠鞋。

油鞋　塗桐油以防水的舊式雨鞋。

E9　衣服製作·衣料

E9－1 名：　針線·縫紉

針線　指縫紉、刺繡等工作：針線事情／做針線。

針黹　針指　指針線活：他母親靠做些針黹補貼家用。

縫紉　泛指服裝的剪裁、縫製等工作。

活計　指縫紉、刺繡或其他製作手藝：針線活計。

女工　舊時指婦女做的紡織、縫紉、刺繡等工作。也作女紅。

針腳　❶留在衣服上的針線痕跡：絲兒很細，幾乎找不到針腳。❷縫紉時針與針之間的距離：她做的衣服針腳又小又勻，非常平整。

線腳　〈方〉針腳：線腳全露出來了。

E9－2 動：　縫紉

縫紉　製作服裝：她一起牀，就開始縫紉起來。

縫　用針線把衣料連綴起來：縫衣裳／縫一件棉襖。

裁剪　縫製衣服前把衣料按一定的式樣、尺寸裁開：這套衣服裁剪得很合身。

裁　用刀、剪把衣料按尺寸分成若干部分：裁衣服。

鉸　〈口〉用剪刀剪斷：這塊皮子硬，鉸不動。

裪　〈方〉在衣物上縫花邊。

絎　用針線固定面子和裡子及夾層中所絮的棉花等，力求針腳不外露：絎棉襖／絎被子。

綴　用針線縫：你衣服後面破個口子，我來綴上幾針。

繚　用針線縫：繚貼邊／褲子破了條縫兒，繚幾針。

繰　縫紉方法，做衣服邊或帶子時，把布邊向裡捲起縫，使針腳不露到面上：繰邊／繰一根帶子。

緝　縫紉方法，用細密相連的針腳縫：緝鞋口／緝邊。

緄　縫紉方法，沿著衣服等的邊緣縫上布條、帶子等：緄一道邊緣。

綳　縫紉方法，稀疏地縫住或用針別上：綳被頭／橫幅上綳著大字標語。

鎖　縫紉方法，做衣物邊緣或釦眼時，用細密針腳斜交或鉤連地縫：鎖邊／鎖釦眼兒。

釘　用針線把帶子、鈕釦等縫在衣物上：縫釦子。

攃　〈方〉把衣服的附加物件縫上：攃釦子／攃花邊。

絮　把棉花、絲綿等鋪進衣服或被褥的夾層裡：絮棉襖／在褥子裡多絮些棉花。

吊　做皮衣時在皮桶子上加面子或裡子：吊皮襖／給皮袍吊裡子。

沿　給衣物鑲上一條邊：沿鞋口。

紉　引線穿過針眼。

穿針　使線的一頭通過針眼。

縫補　縫和補：這件衣服縫補縫補就能再穿。

織補　用紗或絲按照織物的經緯紋路把衣服上的破口補好。

補　添上相同或相近材料，修理破損的東西：補鞋子。

補綴　修補（多指衣服）：母親替我補綴運動衫褲。

縫窮　指早期農村社會裡貧苦婦女代人縫補衣服：縫窮婦。

縫縫連連　泛指縫補工作：她年紀還不老，可以幫人做些縫縫連連的事情。

熨　用烙鐵或熨斗把衣物燙平：熨襯衫。

燙　熨：把這套西服送到店裡去燙。

烙　用燒熱了的金屬器物燙，使衣服平整或在物體上印下線條或文字：烙褲子／把編碼烙在課桌椅上。

排　〈方〉用楦子填緊或撐大新鞋，使式樣符合設計要求：把這雙棉鞋排一排。

納　縫紉方法，用較粗的線密密地縫，使鞋底、襪底等結實耐磨：納鞋底子。

上鞋　緔鞋　把鞋幫、鞋底縫合成鞋。

釘　補鞋底。

E9－3 動：　繡花

繡　用各色絲、絨、棉線在綢、布等上面用針穿刺成花紋、圖像或文字：錦旗上繡著四個大字。

繡花　繡出圖畫或圖案：繡花枕頭。

刺繡　手工藝的一種，用彩色絲線在紡織品上繡出圖畫或圖案。

紮花　〈方〉刺繡。

挑　一種刺繡的方法，用針挑起紡織品上的經線或緯線，把針上的線從底下穿過去：挑花。

挑花　手工藝的一種，用彩色的線在棉布或麻布的經緯線上挑出許多細小的十字，構成各種

圖案。一般作爲枕頭、桌布、服裝的裝飾。

E9-4 名: 裁縫‧鞋匠

裁縫 做衣服的手藝人。

成衣 舊指做衣服的匠人爲成衣匠,簡稱成衣:
　　他年輕時是一個成衣。

鞋匠 以做鞋或修補舊鞋爲職業的小手工業者。
　　舊時俗稱**皮匠**。

E9-5 名: 針‧線‧熨斗‧縫紉機等

針 縫衣物用的引線工具,一頭尖銳,一頭有眼,
　　多用金屬製成:縫衣針／繡花針。

針眼 ❶針鼻兒。❷被針扎過後所留下的小孔。

針鼻兒 針上用來引線的小孔。

鉤針 編織衣、帽、花邊等用的針,尖的一頭彎成
　　小鉤。

花兒針 繡花用的細針。

引線 〈方〉縫衣針。

頂針 做針線活時戴在手指上的箍,用金屬或其
　　他材料製成,可以抵住針鼻兒,使針容易穿過
　　衣物的縫合處。

針箍 〈方〉頂針兒。

線 用絲、棉、麻、化學纖維等製成的細長的東
　　西:棉線／毛線／一根線／用線縫一縫。

棉線 用棉紡成的線。

絲線 用絲製成的線。

麻線 用麻製成的線。

線頭 ❶線的一端。❷用剩下的短線。也叫**線
　　頭子**。

線軸兒 纏線用的軸形物。也指纏有線的軸形
　　物。

針頭線腦* 〈口〉針線等縫紉用品。

烙鐵 燒熱可以燙平衣物的鐵器,底面平滑,上
　　面或一頭有把手。

熨斗 燙平衣物的用具,金屬製,形狀像斗,裝有
　　木柄,中燒炭火。

電熨斗 用電發熱的熨斗。

楦子 製鞋、製帽時所用的木模。也叫**楦頭**。

楦 楦子:鞋楦／帽楦。

鞋楦 用來楦鞋的木製腳狀模型,也可用金屬或
　　塑膠製成。也叫**鞋楦頭**。

縫紉機 縫製衣物的機器,一般用腳蹬,推動線
　　腳快速縫合;也有用手搖或電動機做動力的。

拷邊機 一種在裁剪後的紡織品的毛邊上縫合
　　鉤連、以防紗線脫散的機器。

編織機 一種能把棉紗或毛線等交叉編織成爲
　　預定衣物的機器。

E9-6 名: 鈕釦‧拉鏈等

鈕釦 用來扣合衣服的小圓球狀或小圓片狀物,
　　面上有孔眼或背面有環柄,以便釘住。也叫
　　鈕子;**釦子**。

鈕 鈕釦:衣鈕／布鈕。

釦 釦子:衣釦。

襻 扣住鈕釦的套。也叫**鈕襻**。

子母扣兒 鈕釦的一種,由一凸一凹的兩個金屬
　　小圓片扣合起來。

摁鈕兒 〈口〉子母釦兒。

撳鈕兒 〈方〉子母釦兒。

拉鏈 一種鏈條形的金屬或塑膠製品,縫在衣服
　　對襟、袋子或皮包的裂口上,可拉開和鎖合。
　　也叫**拉鎖**。

別針 一種彎曲而有彈性的針,尖端可以扣住和
　　打開,便於把兩件衣物連結起來,又可解開。
　　常用來把花、珠翠裝飾品及布片等佩帶在衣
　　物上。

E9-7 名: 花邊‧絛帶

花邊 用紗線或絲線編織或刺繡成各式花式的
　　帶子,通常用來做衣物的鑲邊,起裝飾作用。
　　也指用同樣工藝製成的桌布、窗簾等。

絛子 用絲線編織成的圓形或扁平的帶子,多作

衣物邊沿的裝飾品。

縧　縧子：縧帶／絲縧。

帶子　用皮、布等做成或用棉、絲等織成的窄而
　　長的條狀物，多用來紮繫衣物。

帶　帶子：衣帶／帽帶／皮帶。

飄帶　衣帽、旗幟等上面用做裝飾的帶子，多狹
　　長而薄，可隨風飄動。

彩帶　彩色的絲綢帶子。

E9－8　名：　鞋帶·鞋油等

鞋帶　穿過鞋面上的洞眼把鞋繫緊的帶子。

鞋眼　釘在鞋面的洞眼上，用來穿鞋帶的小金屬
　　圈。

鞋油　擦在皮鞋上，使有光澤並起保護作用的蠟
　　狀物，有各種顏色。

鞋粉　擦在鞋面上，使色澤光潔的粉，有各種顏
　　色。

鞋拔子　穿鞋用具。角質、金屬、塑膠等製的曲
　　面薄片，略似匙，穿鞋時放到鞋後跟裡，向上
　　拔可使腳跟易於登進去。

E9－9　名：　衣料·紡織品

衣料　製作衣服用的各種面料的總稱。包括纖
　　維製品、皮革毛皮製品、蠶絲織品等。

料子　衣料。有的地區特指毛料。

紡織品　用棉、麻、絲、毛等纖維材料經過紡織及
　　其複製加工的產品。包括機織品、針織品、編
　　織品、氈毯等。

棉織品　用棉紗或棉線織成的布匹和成件衣物。

毛織品　用羊毛及其他獸毛纖維或人造毛等織
　　成的料子和用毛線編織的衣物。

毛料　用羊毛及其他獸毛纖維或人造毛等織成
　　的料子。

絲織品　用蠶絲或人造絲織成的衣料和編織成
　　的衣物。

錦繡　精美艷麗的絲織品。常用來比喻華麗或

美好：錦繡衣裳／錦繡前程／萬里江山如錦
繡。

混紡　用兩種或幾種不同類別的纖維混合在一
　　起紡織的織物。一般化纖織物大多為化學纖
　　維和天然纖維的混紡織物。

絨　表面覆蓋著一層細毛的棉、毛或絲紡織品。
　　光滑柔軟，觸感較好：棉花絨／絲絨／長毛絨。

E9－10　名：　棉布·麻布

布　用棉、麻、棉型化學纖維及其混紡等織物的
　　統稱，是縫製衣服的主要材料：棉布／麻布／
　　一匹花布。

布匹　布（總稱）。

棉布　用棉紗織成的布：棉布大褂。

麻紗　用細支紗或棉麻混紡織成的平紋布。布
　　面呈寬窄不勻、高低不平的細條紋。多用來
　　做夏季的衣服：麻紗襯衫。

葛布　用葛的纖維織成的布，可做夏季服裝。

麻布　原指用棉、亞麻織成的厚而結實的布。現
　　泛指用棉、毛、麻、聚脂等織成的粗紋平織布。
　　可作衣料，也可用於室內裝飾和物品包裝。

夏布　用苧麻織成的平紋布。輕薄涼爽、吸濕易
　　乾，堅牢耐用。多用作夏季衣料、蚊帳等。是
　　我國特產。

縐布　面上織有皺紋的棉布。

粗布　❶一種由粗細不勻的紗線織成的平紋棉
　　布，質地較粗糙。❷土布。

大布　〈方〉粗布。

毛布　用較粗的棉紗織成的布。

土布　以當地出產的棉、麻等為原料，經手工紡
　　紗織布、染色加工而成的紡織品。

老布　〈方〉土布：老布褂子。

斜紋布　一種棉織品，經緯密度大，布面呈現斜
　　紋。是柔軟耐磨的衣料。

斜紋　〈口〉斜紋布。

卡其　音譯詞。一種經緯密度大、質地厚實的斜

紋布。也作**咔嘰**。

市布 一種本色平紋棉布,質地較細密,布面平整耐磨,但彈性不足。

細布 一種質地比市布更細密的平紋布。

竹布 一種布紋緻密的棉布,漂染成白色或淡藍色,多用來作夏季服裝。

府綢 一種平紋棉織品,質地細密平滑,紋路清晰,有絲綢感。

陰丹士林 音譯詞。用陰丹士林藍(一種有機合成染料)染的布。

絨布 有絨毛的棉布,質地柔軟,保暖性強,多用來做冬令內衣褲、被裡等。

帆布 一種用亞麻或棉紗等織成的平紋布,粗厚耐磨,可製船帆、帳篷、躺椅、挎包、衣、鞋等。

漆布 用漆或其他塗料塗過的布,可做桌布、書皮等。

油布 塗上桐油的布,用來防水防濕:油布雨衣／油布傘。

防雨布 不透水的布,用緻密的混紡織品浸在防水液體中製成。有耐水性,但通氣性很差。多用做苫布、雨衣等。

火浣布 用石棉織成的布,能耐火。可做消防衣、工作服等防護用品。

羅緞 用雙股棉線作經、三股棉線作緯、以變化平紋組織織成的棉織品。表面有光澤,質地厚實堅牢。可用作衣料、鞋面布、窗簾等。俗稱**四羅緞**。

洋緞 一種棉織品。緞紋,表面富有光澤。多用來做鞋帽沿條和服裝襯裡。

羽緞 一種用細支棉紗織成的棉織品,緞紋,富有光澤。用作衣裡、鞋口條、傘布等。□**羽綢**。

羽紗 一種以絲為經、棉紗為緯交織而成的織物,似羽緞而較疏細。多用作服裝襯裡。

橫貢緞 緯紗密度大的緞紋棉織品。平滑,富有光澤。

直貢緞 經紗密度大的緞紋棉織品。平滑,富有

光澤。

線呢 用彩色的紗或線按不同花型織成的仿毛呢棉織物,質地厚實,富於彈性。多用於製作外衣。

燈芯絨 經過切割起絨紗,使表面具有圓形棱脊或縱行條紋的織物。因其狀如燈芯草,故稱。用於作外衣、鞋帽、裝飾品等。也叫**條絨**。

平絨 正面有短而密的絨毛,背面光滑的棉織物。平整,富有光澤,保暖性好,適於做服裝、鞋帽、舞臺簾幕等。

棉花絨 一種由粗紗織成的棉織品,較厚,表面有絨毛,多用做服裝襯裡。

E9－11 名： 綢緞

綢緞 綢和緞。泛指絲織品:她愛穿綢緞的衣服。

綢 用蠶絲或化學纖維平紋提花織成的絲織品。質地細密、薄軟:紡綢／塔夫綢。

綢子 綢。

緞 用蠶絲、人造絲或兩者交織而成的絲織品。質地厚密、表面平滑而有光澤:軟緞／素緞。

緞子 緞。

錦 有彩色花紋的緞紋絲織品:雲錦／錦緞。

織錦 ❶織有精美花紋的緞。緊密平整,富有光澤,花色多至七、八色。❷一種織有圖畫、像刺繡似的絲織品。為杭州等地特產。

雲錦 提花組織絲織品。彩色鮮艷,花紋瑰麗如彩雲。是歷史悠久的工藝絲織品。

綾 用蠶絲或蠶絲同化學纖維長絲交織而成的絲織品,像緞子一樣柔軟有光而質地較薄:紅綾／綾羅綢緞。

綾子 綾。

羅 用合股絲織成的絲織品。質地稀疏有排孔透氣,手感滑爽,花紋美觀:羅衣／羅扇。

綃 生絲織成的綢子。質地稀疏,輕薄似紗。

絹 一種用蠶桑絲和化學纖維長絲交織而成的

絲織品,質地薄而堅韌。

綺 有花紋的絲織品:綺羅。

塔夫綢 音譯詞。一種用蠶絲織成的平紋絲織品,質地細薄平滑,緊密堅牢,多用來做婦女服裝。

柞絲綢 用柞蠶絲織成的平紋絲織品,色澤黃暗,質地細密堅牢,多用做夏季衣服。舊稱**繭綢**。

錦緞 表面有彩色花紋的緞紋絲織品,用於做服裝、被面、裝飾品等。

軟緞 一種緞紋絲織品,手感柔軟,光澤很強,多為純一色的,適於做婦女服裝、被面、刺繡用料、裝飾品等。

縐紗 表面呈皺紋的絲織品。用兩種不同拈向的拈絲作緯,以平紋組織織成,質地堅牢,適於做衣服、被面等。

喬其紗 音譯詞。一種平織紋的縐紗,薄而透明,表面布滿小紗孔,質地柔軟挺實,常用來製作窗簾、圍巾、舞裙、婦女夏季衣服等。

香雲紗 一種塗過薯茛汁液的提花絲織品。表面黑色,底面棕黃色,質地柔潤爽滑,富有光澤。用做夏季衣料,耐穿易洗,主要產於廣東。也叫**薯茛綢;拷紗**。

紡 一類用桑蠶絲或化學纖維長絲織成的平紋絲織品,質地細密,平整輕薄:杭紡。

紡綢 一類用生絲、絹絲或化學纖維長絲等織成的平紋絲織品,質地細軟,輕薄,堅韌,適宜做夏季服裝。

小紡 質地較薄的紡綢。

杭紡 指杭州出產的一種紡綢。

線春 一種用蠶絲織的絲織品,有幾何圖案花紋,質地堅韌厚實,多染成單色,宜於做春季衣料。

電力紡 用電力織機織造的一種真絲織物。質地輕薄柔軟,平挺滑爽,光澤柔和,宜做夏令服裝、裙子等。

華絲葛 一種平紋提花絲織品,質地柔潤細薄,宜做夾衣料。

絲絨 用蠶絲和人造絲織成的絲織品,表面有平整的絨毛,顏色鮮艷、有特殊光澤,質地柔軟,多用做婦女服裝、帷幕及裝飾品。

E9-12 名: 呢絨

呢絨 毛織品的統稱。泛指用羊毛及其他獸毛或人造毛等原料織成的各種織物。有良好的保暖性和抗皺性,是優質服裝材料。

呢 一種較厚較密的毛織品,多用來做制服、大衣等:花呢/厚呢。

呢子 呢。

凡立丁 音譯詞。一種精梳毛織成的平紋單色毛織品。質地薄而挺括,光澤自然,適宜於做夏季外衣。

派力司 音譯詞。一種用精梳毛織成的平紋毛織品,表面現出縱橫交錯的隱約的條紋和均勻散布的白點,質地輕薄挺爽,多為淺色,適宜於做夏季衣服。

華達呢 一種有明顯斜紋的毛織品或棉織品,質地柔軟結實,顏色純樸,適宜於做春秋外衣。

嗶嘰 音譯詞。一種密度比較小的斜紋毛織品。質地柔軟,多染成藏青或黑色,適於作春秋服裝。另有一種斜紋的棉織品,分為紗嗶嘰和線嗶嘰,多用做服裝和被面,也簡稱嗶嘰。

花呢 外表呈條、格、點等多種花型的一類精梳毛織品。品種很多,適於製作春秋季外衣。

制服呢 一種用粗梳毛紗織成的呢子,正反面都有絨毛,質地緊密耐磨,宜做秋冬季制服。

馬褲呢 一種用粗梳毛線織成的斜紋毛織品。質地厚實耐磨,斜紋明顯,多染成深色。因最初多用做馬褲而得名。也適於做大衣、外套等。

直貢呢 一種精緻、光滑的斜紋毛織品或棉織品,表面可見細密成銳角的斜線,質地厚實,

耐磨,多染成深暗色,宜於多用來做大衣、鞋面等。

禮服呢　毛織直貢呢的別稱。

法蘭絨　音譯詞。一種將染色羊毛滲入原色羊毛紡成混色紗織成的平紋或斜紋織品。正反兩面都有絨毛,質地柔軟,色澤較淺,適宜於做春秋季的服裝。

大衣呢　一種粗紡呢絨,質地厚實,保暖性強,宜做冬令男女長短大衣。外觀風格有紋面、呢面、絨面及花式等。

雪花呢　用夾有白色的混色紗織成的一種大衣呢。呢面白點斑駁,有如雪花,故稱。

拷花呢　一種比較厚重的大衣呢,表面有起伏凹凸、整齊精緻的拷花紋路,色澤深素,保溫性強。

板司呢　用平紋組織構成呢面的一種花呢,宜做春秋服裝。

克羅丁　一種用精梳毛織成的變化緞紋呢絨。呢面呈獨特的近似人字花紋和條狀斜紋,有輕微絨毛,宜做大衣及西裝。

駱駝絨　呢絨的一種。背面用棉紗織成,正面是用粗梳毛紗織成一層細密而蓬鬆的毛絨,柔軟而保暖性強。因毛絨作駝毛色,鬆軟如駝毛,故名。多用做衣帽的裡子。

長毛絨　一種用毛紗做經,棉紗做緯交織而成的割絨毛織物。正面有挺立平整的絨毛,長達十毫米左右,保暖性能好。適宜於做冬季穿戴的帽子、衣領等。也叫**海虎絨**。

天鵝絨　一種起絨的絲織物或毛織物。色彩華美,外觀富麗,多用做服裝和裝飾品。也叫**毛捲絨**。

E9－13 名：　化纖·混紡織品

化學纖維　用高分子化合物為原料加工而成的纖維。用天然的高分子化合物製成的叫人造纖維,如人造絲、人造毛、人造棉等;用合成的高分子化合物製成的叫合成纖維,如錦綸、維

綸等。簡稱**化纖**。

維綸　一種用乙炔、乙烯、醋酸、甲醛為原料製成的合成纖維。性質與棉纖維相近,吸濕性強。但強度較高,耐酸鹼,彈性較差。與棉混紡,織成維棉布,宜於做夏季衣服。工業上用作繩索、帆布、漁網等。通稱**維尼龍;維尼綸**。

氯綸　用聚氯乙烯樹脂製成的纖維,能耐強酸強鹼,抗焰隔音,保暖性能特別好,可作純紡和混紡的織物,用來做工作服和製造絕緣布等。

腈綸　用丙烯腈為主製成的合成纖維。耐光,耐腐蝕,柔軟、蓬鬆、捲曲像羊毛,比重小。可以純紡或與羊毛混紡。用於製造毛線、衣料、毛毯、窗簾、帳篷布等。

錦綸　用聚醯胺樹脂熔紡而成的合成纖維。強度高,耐磨,耐腐蝕,彈性大。可純紡和混紡。用於製襪子、衣料、漁網、降落傘、絕緣材料等。

尼龍　音譯詞。錦綸的舊稱。也指用聚醯胺樹脂製成的塑膠。

丙綸　由丙烯聚合,經熔紡而成的合成纖維。質輕,耐磨,耐酸鹼,吸水性小。可純紡或與棉、毛等混紡,用來製造麻袋、繩索、漁網等。

滌綸　音譯詞。用二元酸和二元醇的聚酯熔紡製成的合成纖維。強度高、回彈性佳,耐皺性好。用來織達克龍衣料或製造簾子線、絕緣材料等。

維棉布　維綸與棉花混紡織成的布。

達克龍　音譯詞。用滌綸純紡或與棉、毛混紡的織物。達克龍做的衣物耐磨,不走樣,可以做快。

涼爽呢　一種用滌綸與羊毛混紡而成的織物。輕薄,滑爽,堅牢耐穿。也叫**毛滌**。

E9－14 名：　毛皮
（參見 P6－40 皮革）

毛皮　帶毛的獸皮,可用來製成衣、帽,保暖美

觀。也叫**皮毛**。

皮子　皮革或毛皮。

皮桶子　配合成件的毛皮衣料。也說**皮桶兒**。

皮板兒　指皮桶子毛下的底板。

皮貨　指皮桶子等毛皮貨品。

裘皮　羊、兔、狐、貂等動物的皮經過帶毛鞣製而成
　　的革。輕軟保暖，用於製禦寒服裝：裘皮大衣。

貉絨　拔去硬毛的貉子皮，質地柔軟輕密。

狐腋　用狐狸的胸部、腹部和腋下的毛皮，由人
　　工拼製的皮衣料。

E9－15　名：　棉花・絲棉・羽絨等

棉花　棉桃中的纖維，可以紡紗，是棉紡工業的
　　主要原料。用來絮衣服被褥等，輕軟保暖。

棉絮　❶棉花的纖維，用來絮衣服、被褥。❷棉
　　花胎。

絮棉　用來絮衣服、被褥等的棉花；棉絮。

絮　❶棉絮。❷古代指粗的絲綿。

棉花胎　用棉花纖維做成的可以絮被、褥等的成
　　型的襯層。

棉花套子　〈方〉棉花胎。

絲綿　用蠶繭表面的亂絲整理製成的東西，拉鬆
　　散後像棉花而更為輕軟保暖，用於絮衣服、被
　　褥等。

綿　絲綿。

綿子　〈方〉絲綿。

羽絨　加工過的鵝、鴨等的絨（細軟的毛）毛的統
　　稱。保溫性能好，可絮衣服、被子。

鴨絨　加工過的鴨的絨毛，細軟輕鬆，保溫性強，
　　適宜於絮衣服、被褥等。

鵝絨　加工過的鵝頸的絨毛，細軟保溫，可用來
　　絮衣服、被褥等。

駝絨　駱駝的絨毛，用來織衣料、毯子等，也可絮
　　衣服、被褥等。

E9－16　名：　毛線

毛線　用羊毛紡成的線，也有用羊毛和化纖混合

紡成或純用化纖紡成的。鬆軟有彈性，用於
編織衣物。

絨線　〈方〉毛線。

開司米　音譯詞。原指克什米爾所產的山羊絨
　　毛，輕暖有彈性，是高級的毛紡原料。現泛指
　　細而軟的優良毛線或羊絨衫、圍巾、手套等織
　　品。

馬海毛　音譯詞。安哥拉的馬海種山羊毛，纖維
　　長，彈性足，強度大，潔白光亮，波浪彎曲。是
　　製造毛線和長毛絨織物的優良原料。

膨體紗　用腈綸紡成的類似毛線的東西。蓬鬆、
　　柔軟、保暖性好。多用來做針織品。

E9－17　名：　刺繡

刺繡　我國傳統的精美手工藝品，在織物面上有
　　用彩色絲線繡成的花卉、山水、人物等畫面，
　　如蘇繡、湘繡、蜀繡等。

平金　一種刺繡品，緞面上有用金、銀色線繡成
　　的各種花紋。

顧繡　明代上海顧氏製成的刺繡，繡工精美，當
　　時人稱為顧繡。後泛指沿用顧氏繡法的刺
　　繡。

蘇繡　蘇州一帶出產的刺繡品。劈絲勻細，色澤
　　秀麗。

湘繡　湖南出產的刺繡品。繡工精細，用色鮮
　　明。

蜀繡　以四川成都為中心出產的刺繡品。針腳
　　平齊，片線光亮。

甌繡　浙江溫州一帶出產的刺繡品。構圖精練，
　　紋理分明。

E9－18　名：　襯布・鋪襯

襯布　托在衣領、兩肩或褲腰等部分裡面的布。

襯兒　襯在衣、帽、鞋等裡面某一部分的布：領襯
　　兒／袖襯兒／帽襯兒／鞋襯兒。

鋪襯　零碎的布片或舊布，做補釘或袼褙用。

補丁　補釘　補靪　補在衣服或其他物件破損處
　　的東西:褲子上打了一塊補丁。
袼褙　用布或紙裱糊成的厚片,多用來做布鞋、
　　書套、紙盒等。

E 10　建築物·建築

E 10－1 名:　建築物

建築物　人們為居住和進行生產或其他活動而
　　建築成的物體,如房屋、橋梁、水壩等。
建築　建築物的通稱:天壇是明代的建築。

E 10－2 名:　房屋

房屋　各種房子(平房、樓房等)的總稱:購買房
　　屋/房屋出租。
房子　由牆、頂、門、窗等構成,供人居住或從事
　　其他活動的建築物:造房子。
房　房子:一所平房。❷房間:書房。
屋　❶房子;房屋:疊床架屋。❷房間:一間屋住
　　三個人。
屋宇　〈書〉房屋:聲震屋宇。
屋子　房間:兩間屋子。
平房　❶只有一層的房子。❷〈方〉用灰土做頂
　　的平頂房屋。
活動房屋　以金屬或塑膠為主要材料,可隨時裝
　　拆遷移,供臨時居住的房屋。

E 10－3 名:　樓房

樓房　兩層或兩層以上的房屋:路旁蓋了一排樓
　　房。
樓　❶樓房:大樓/高樓大廈。❷樓房的一層:
　　一樓/五樓。
樓臺　泛指樓房(多用於詩詞戲曲):樓臺會/近
　　水樓臺。
大廈　高大的樓房。今多用做高樓名:高樓大廈

/上海大廈。
摩天樓　原指二十世紀初美國紐約建造的一幢
　　五十七層的建築。現泛指高層建築。
高層建築　一般指八、九層以上設有電梯的樓
　　房。
吊樓　❶有一部分用支柱架在水面上的房屋。
　　❷山區的一種木板或竹造的房屋,下面用木
　　椿或竹椿做支柱。
過街樓　橫跨在街道或巷弄上端的樓房,底下可
　　以通行。
閣樓　在屋頂或較高的房間上部搭的一層矮小
　　的房間。
閣　一種四方形、六角形或八角形的建築物,一
　　般為兩層,面面開窗,多建在庭園或風景區的
　　高處,供遊憩和憑高遠眺:亭臺樓閣/滕王閣。
高閣　高大的樓閣:高閣臨江。

E 10－4 名:　茅屋

茅屋　用蘆葦、稻草等鋪屋頂,以竹、泥為牆的房
　　子,大多簡陋矮小:茅屋三楹。
茅廬　茅屋。
茅舍　〈書〉茅屋:竹籬茅舍。
蓬門蓽戶*　用蓬草、樹枝、竹枝等編成的門,形
　　容窮人住的簡陋房屋。

E 10－5 名:　棚·帳篷

棚　❶一種有頂無牆供遮蔽陽光、風雨的建築,
　　用竹木或鋼鐵搭架子,上面覆蓋席、布、石棉
　　瓦等:車棚/涼棚。❷簡陋的房屋:羊棚/碾
　　棚。
棚子　〈口〉簡陋的房屋:草棚子/馬棚子。
涼棚　夏天搭起來遮蔽烈日、供工作或歇息的棚
　　子。也叫天棚。
彩棚　由彩紙、彩綢、松柏枝葉等裝飾的棚子,多
　　用於慶祝活動。
罩棚　用蘆葦、竹子等搭在門前或院子裡用來遮

蔭的棚子。

工棚　工地上臨時搭建供工作或住宿用的簡便房屋。

窩棚　用草蓆等臨時搭建的簡陋的供居住的棚子。

滾地龍　舊時的貧民用草蓆等拼湊搭成的低矮、簡陋的居住棚子。

帳篷　撐在地上的流動性設備，多用帆布、尼龍布做成。用來遮蔽陽光、風雨或臨時居住。

E 10－6 名：　窰・窖

窰　窰洞，住人的土屋。

窰洞　在土山坡上挖的供人居住的山洞或土屋。

地洞　挖在地下的洞。

窖　收藏東西的地洞或土坑：菜窖／花窖。

地窖　保藏薯類、蔬菜等以保溫防凍的地洞或地下室。

地下室　房屋建築在地下部分的大廳或房間（多為多層建築的地下部分）。

地窖子　〈口〉❶地下室。❷地窖。

E 10－7 名：　宮殿

宮殿　指帝王住所。也泛指高大華麗的房屋。

宮闕　宮殿。因皇宮門前有兩個闕（望樓），故稱。

宮　❶古為房屋的通稱，後專指帝王居住的房屋：後宮／行宮。❷現常用做一些文化娛樂場所的名稱：少年宮／文化宮。

殿　高大的堂屋。特指供奉神佛或帝王受朝理事的堂屋：佛殿／大雄寶殿／金鑾殿。

皇宮　皇帝居住的地方。

王宮　君主居住的地方。

宮室　古時房屋的通稱，後指帝王的宮殿。

行宮　在京城以外各地備帝王出行時居住而建的宮殿，也指帝王出行時在各地臨時居住的官署或住宅。

離宮　帝王出巡時在都城之外臨時居住的宮殿。

寢宮　❶帝王后妃居住的宮室。❷指帝王陵墓。

E 10－8 名：　亭・臺・榭

亭子　一種有亭無牆的小型建築物，方形、圓形或多角形。多建在公園裡或路旁，供人遊憩。

亭　亭子。

涼亭　供人乘涼休息或遮雨避暑的亭子。

臺　高而平的建築物，可供眺望：瞭望臺／亭臺樓閣。

榭　建築在高土臺上的房屋，多開敞和四面設窗扇：歌臺舞榭。

水榭　園林或風景區中，建在水邊或水上的供人遊憩、眺望的房屋。

E 10－9 名：　牌坊・碑碣

牌坊　一種形似牌樓的建築物，上面刻有題字。舊時多建於廟宇、祠堂、衙署、園林或街道口，用以宣揚封建禮教，表彰功德。

牌樓　一種裝飾用的建築物，多建於街市要衝或名勝入口。用木、磚、石等材料建成，形似幾個並列的大門洞，上面有檐，檐下有題字。也有臨時用竹、木等扎彩搭成的，用於慶祝活動。

華表　古代宮殿、城闕、陵墓等前面用做裝飾的大石柱。柱身多雕有蟠龍等紋飾，上部為雲板和蹲獸。

碑　刻有文字或圖畫用作紀念或標記的豎立石頭：紀念碑／里程碑。

碑碣　〈書〉碑。古代把長方形的刻石稱碑，圓頂形的刻石稱碣，後多不分。

碑額　碑的上端和題字。也叫**碑首**。

碑陰　碑的背面。

碑文　刻在碑上的文字或從碑上抄錄、拓印的文字。也叫**碑銘**。

碑記　刻在碑上的記事文字。也叫**碑誌**。

碑刻 刻在碑上的文字或圖畫。

碑亭 保護碑的亭。

碑林 許多碑碣林立的地方,如陝西西安市碑林,有石碑六百多種。

贔屓 蠵龜的別名。舊時碑下的石座,習慣上多雕成贔屓形狀,即取其力大能負重之意。

E 10－10 名：　城牆·城樓等

城牆 爲防衛而在城市周圍建築的又高又厚的牆。

城 城牆:城腳／萬里長城。

城垣 〈書〉城牆。

城郭 城牆(內城的牆叫城,外城的牆叫郭)。多泛指城市。

城圈 城牆。也指城的面積。

城池 城牆和護城河。也泛指城市。

城堡 城池營壘。泛指堡壘式的小城。

城腳 城下;沿城牆一帶地方。也叫**城根**。

城頭 城牆頂上。

城壕　城濠 護城河。

城樓 城門上面的瞭望樓。

望樓 城牆上瞭望用的樓。

箭樓 建於城上的樓,周圍有窗孔,用於瞭望和射箭。

角樓 建在城角上的樓,用於瞭望和防守。

譙樓 〈書〉城門上瞭望的樓。

城闕 〈書〉城門兩邊的望樓。

女牆 城牆上面呈凹凸形的短牆。也泛指矮牆。

箭垜子 女牆。

城垜 城上的矮牆。也泛指城牆。

城垛 ❶城牆向外突出的部分。❷城堞。

雉堞 城牆上排列如齒狀的短牆,可便於防衛和攻擊。

甕城 圍繞在大城城門外的小城。也叫**月城**。

鐘樓 舊時城市裡懸置大鐘的樓,樓內有專人按時敲撞報時。

鼓樓 舊時城市裡裝置大鼓的樓,樓內有專人按時敲擊報時。

金城湯池＊ 金屬鑄造的城牆,沸水流淌的護城河,比喻防守堅固,不可攻破的城池。

E 10－11 名：　地基·地面

地基 承受建築物重量的土層或岩層。土層一般經過換土並墊上砂、碎石等分層夯實加固。

房基 房屋的地基。

根基 建築物的根腳;基礎:樓房一定要有鞏固的根基。

根腳 建築物的地下部分:這座房子根腳牢,還可加蓋一層樓。

地腳 〈方〉地基。

柱石 柱子和墊在柱子底下的基石。

地面 建築物內部及其周圍地上鋪砌的一層表面,一般以木、磚、石或混凝土爲材料:花磚地面／水磨石地面。

地板 鋪在室內地上的木板,多爲長條,也有以小方塊組成:拼花地板。

E 10－12 名：　屋面等

屋面 屋頂部分的遮蓋層:茅草屋面／瓦屋面。

屋架 承載屋面的骨架,用木料、鋼材或鋼筋混凝土等製成。

屋脊 兩個斜屋面相交處形成的一條棱脊。

頂棚 房屋內在屋頂下或上面樓板下加的一層表面,或在葦箔、秫秸、木條上糊紙或抹灰,或釘木板油漆,使平整美觀,並起保溫、隔音作用。也叫**天棚**。

天花板 頂棚。一般的抹灰,講究的加上雕刻或彩繪。

煙筒 爐灶上出煙的管道,穿過屋面通到室外。也叫**煙囪**。

氣樓 屋頂上的突出高起部分,兩側有窗,用來通風或透光。

瓦壟 屋頂上瓦的鋪排行列中的隆起部分。也叫**瓦楞**。

E 10－13 名：　樑・桁・柱・檐

樑 架在牆上或柱子上支撐房頂的長條形構件，一般用木、鋼、鋼筋混凝土等製成：屋樑／樓板樑。

椽子 設置在檁條上架著屋面板或鋪設瓦片的木條。

椽 椽子。

桷 〈方〉方形的椽子。

檁 架在屋架或山牆上面托住椽子或屋面板的小樑，一般用木材、型鋼或鋼筋混凝土製成。也叫**檁條**；**桁**。

檁子 〈方〉檁。

脊檁 設置在屋架或山牆上面最高的一根長條形構件。也叫**正樑**；**大樑**。

棟 〈書〉脊檁；正樑。

桁 屋架前後兩個柱子之間的大橫梁。也叫**房桁**。

柱子 建築物中直立的起支撐作用的長條形構件，用木材、石頭、型鋼或鋼筋混凝土製成。

柱 柱子：樑柱。

柱頭 ❶柱子的頂端。❷〈方〉柱子。

支柱 起支撐或承重作用的柱子。

檐 屋頂下垂伸出的邊沿部分。

檐子 〈口〉房檐。

廊檐 房屋前廊突出在柱子外邊的部分。

屋檐 屋頂下垂伸出牆外的部分。也叫**房檐**。

E 10－14 名：　門

門 ❶房屋、車船或圍起來的地方的出入口：房門／車門／園門／穿堂門。❷安在上述出入口上能關閉開啟的裝置：木門／鐵門／一扇門。

戶 單扇門。也泛指門：夜不閉戶。

門戶 門：緊閉門戶。

門扇 設在房屋等的出入口，能開關的板狀裝置：門扇上貼著年畫。

門檻 **門坎** 門框下端靠著地面的橫木。

門限 〈書〉門檻。

門框 門扇四周安裝在牆上的固定框子。

門楣 門框上端的橫木。

門板 ❶房屋上簡陋的木板門，卸下可做牀、桌用。❷店鋪臨街的一面像門牆一般的多塊木板，晚間裝上，以保衛安全。

門樓 大門頂上裝飾性的建築物。

門閂 門關上後，橫插在門內、加固牢度的木棍或鐵棍。也叫**門栓**。

閂 門閂：門沒有上閂。

插銷 裝在門或窗上用金屬製的閂。

屈戌兒 帶有兩個腳的金屬小環，釘在門窗邊上，用來掛上釘鎺或鎖。

釘鎺兒 釘在門窗上可以扣住門窗的鐵器。

宅門 大住宅的正面大門。

大門 指從街道進入整個建築物的一道主要的門。

二門 大門裡面穿過院落、深入內宅的一道總門。

正門 建築物正面直通堂屋的主要的門（區別於後門、旁門等）。

後門 建築物後面通另一條街巷的門。

便門 正門之外便於開關進出的小門。

旁門 正門旁邊或建築物側面另闢的較小的門。

側門 旁門。

角門 建築物邊角上的小門，泛指小的旁門。也叫**腳門**。

屏門 隔斷裡院和外院或屏蔽正院和跨院的門。

街門 院子臨街的門。

太平門 公共場所如電影院、會堂等，為保證群眾安全、便於緊急疏散而設置的旁門。也叫**安全門**。

月亮門兒 院牆上圓月形的門洞。

拱門　上端是弧形結構,能承受壓力的門。也指門口上由弧線相交或曲線對稱構成的門。

穿堂門　兩巷之間、另有小巷供穿行,在小巷口所造的門一樣的建築物。

垂花門　一種舊式住宅的二門。門頂上頭修建的像屋頂的蓋,四角有雕花彩繪的下垂短柱,故稱。

E 10－15 名：　窗

窗　房屋、車船等的壁上或頂端通氣透光的裝置:落地窗/天窗/舷窗。也叫**窗戶,窗子**。

窗格子　窗戶上用木條或鐵條製成的縱橫交錯格子。

窗櫺　〈方〉窗格子。

窗扇　窗戶上可以開關的裝置。

窗框　窗扇四周安裝在牆上的固定框子。

窗屜子　〈方〉窗戶上套裝的邊框,用來糊冷布或釘鐵紗。

窗臺　窗戶下面的平面部分,可用來放置物件。也叫**窗沿**。

百葉窗　裝有許多活動橫條薄片的一種窗扇。既能遮陽擋雨,又可通風。

天窗　設在房頂上用來採光、通風的窗子。

窗洞　在牆上開的通氣透光的洞。

氣窗　在房頂開設的窗子,一般較小,用來採光通氣。

吊窗　可以推出室外向上吊起的窗子。

落地窗　一種直落到室內地面的高大窗子,兼有門的作用,便於進出。

老虎窗　凸出在屋瓦斜面上的窗子,有利於屋頂部分的採光和通風。

E 10－16 名：　牆

牆　用磚、石或土等築成的屏障,可承架屋頂並隔開內外:砌一堵牆。

壁　牆:壁畫/壁報。

牆壁　牆。

山牆　人字形屋頂的房屋左右兩邊的牆壁。也叫**房山**。

牆頭　牆的頂端或最高部分。❷矮而短的圍牆。❸〈方〉牆壁。

牆角　兩牆相接而形成的角,或靠近角的地方。

牆根　牆的底部離地不遠的部分。

牆腳　❶牆根。❷牆的基石。

牆裙　室內牆壁下半部外加的表面層,常用水泥砂漿、水磨石、瓷磚或油漆木板等材料做成。高度一般與窗臺持平。用以保護牆面並起裝飾作用。也叫**護壁**。

花牆　上半段用磚、瓦砌成鏤空花紋圖案的牆。

夾層牆　雙層的牆,中空,可以放置東西。

防火牆　房屋的兩端或內部的兩個部分之間用非燃燒材料砌築的厚牆,可以防止火災蔓延。也叫**風火牆**。

影壁　❶大門內或屏門內起遮擋作用的牆壁。❷照壁。❸指塑有浮雕的牆壁。

照壁　在外對著正門用作屏蔽裝飾的牆壁。也叫**照牆**。

蕭牆　〈書〉照壁。

圍牆　環繞房屋、場院、園林等起隔絕、遮擋作用的牆。

圍子　土、樹枝等編築成的圍牆,多用作環繞村莊的屏障:土圍子/牆圍子。

板牆　分隔房間的木板牆。

隔扇　分隔房間的幾扇連在一起的木板牆,每扇上部多做成窗櫺,糊上紙或裝上玻璃。

隔斷　指板壁、隔扇等分隔房間的裝置。

E 10－17 名：　梯·臺階·欄杆

梯　❶梯子:竹梯/舷梯。❷作用跟梯子相似的設備:樓梯/電梯。

梯子　爬高的用具。一般以兩根長的竹子或木條並排做支柱,中間橫插若干根供踏步攀登

的短的竹子或木條製成。

樓梯　架設在兩層樓房之間,分成一級一級供人上下的設備。

扶梯　❶有扶手的樓梯。❷〈方〉梯子。

電梯　高層建築物中用電做動力的升降裝置。

自動電梯　使用人操縱按鈕即可按規定程式自動開關門和升降的電梯。

自動樓梯　設置在樓房兩層之間電動傳送帶式的樓梯,人立在上面不動即可傳送上下樓。

盤梯　一種適用於塔形建築物的扶梯。中間豎立一根圓軸,軸旁輻射式地安裝若干摺扇形的梯級,繞軸盤旋而上。

太平梯　倉庫、影院、公共場所等樓房為防止意外,便於緊急疏散、救護而在牆外設置的樓梯,直通地坪。也叫**安全梯**。

天梯　登上高處的梯子,多裝置在煙囪、水塔等建築、設備上。

臺階　用磚、石、混凝土等砌的一級一級的建築物,供人上下,多在房前、大門前或坡道上。

踏步　〈方〉臺階。

階梯　臺階和梯子。多用於比喻向上的憑藉或途徑。

欄杆　橋梁或涼臺等邊上用竹、木、石、金屬等製成的起攔擋作用的設備:橋欄杆／鐵欄杆。也作**闌干**。

欄　欄杆:石欄／井欄。

E 10－18　名：　陽臺・走廊・騎樓

陽臺　樓房窗門口伸出的小平臺,有欄杆,可用以納涼、曬衣物等。

曬臺　在屋頂設置的露天小平臺,有欄杆或矮牆,可供曬衣物或乘涼等。

涼臺　供人乘涼的平臺。

露臺　〈方〉曬臺。

平臺　曬臺。

廊子　屋檐下的過道或通向另一座房子的有遮蓋的過道。

廊　廊子:長廊／前廊後廈。

走廊　屋檐下的通道,或有頂的過道。

畫廊　有彩繪的走廊。

迴廊　順著園林或屋宇的地勢而曲折環繞的走廊。

穿廊　二門兩旁的走廊。

遊廊　連接兩座或幾座房屋的走廊。

過道　連接大門口和房門的走道,或各個房間、各個院子之間的走道。

甬道　❶庭院中間正對著廳堂、用磚石砌成的路。也叫**甬路**。走廊;過道。

穿堂　房屋之間能穿行的過道或廳堂。

騎樓　〈方〉臨街樓房向外伸出遮蓋人行道的部分,用以避雨、遮陽。

門洞　大門裡面有頂蓋的長過道。也叫**門道**。

E 10－19　名：　檐溝・下水道

檐溝　設在屋檐下的槽形排水溝,用以承接匯集屋面的雨水,由豎管引流到地面。一般用石棉水泥、鍍鋅鐵皮等製成。

水落　〈方〉檐溝。

天溝　屋面和屋面或屋面和高牆連接處引泄雨水的溝槽。一般用石棉水泥、鍍鋅鐵皮等製成。

水落管　把檐溝裡的雨水引到地面或下水道的豎管,多用石棉水泥、鍍鋅鐵皮等製成。也叫**雨水管;落水管**。

下水道　排除地面、地下雨水和污水的溝道。

明溝　露天的排水溝。也叫**陽溝**。

暗溝　地下的排水溝。也叫**陰溝**。

滲溝　挖在街道下面用以排除地面積水的溝道。

滲坑　在庭院地面下挖的排除地面積水或管道污水的坑,水流進坑後,逐漸滲到地裡去。也叫**滲井**。

化糞池　在住房旁地面下用磚、混凝土建築的深

坑,上面嚴密封蓋,用以收蓄由廁所通過管道
泄出的糞便,使其沈澱、腐化。

E 10－20 動：　建築
（參見 I2－3 施工）

建築　造房、架橋、鋪路等:大禮堂建築得雄偉壯
麗/建築浦江大橋。

建造　建築;修建:建造倉庫/建造人行天橋。

建　建築:建新房。

造　製作;建立:造船/造廠房。

營造　經營建造:營造多層樓房。

營建　營造,修建:營建遊樂場。

改建　在原有基礎上加以改造,使適合新的需
要:改建後的新校舍,寬敞明亮。

興建　開始建築(多指規模較大的):學校的大禮
堂,於八月正式動工興建。

蓋　建築(房屋):蓋樓房。

修蓋　修建(房屋):修蓋一排員工宿舍。

大興土木＊　大規模興建房屋、道路、橋梁、隧道
等,多專指蓋房子。

E 10－21 動：　修繕・翻蓋

修繕　修理、整治建築物,使牢固美觀:修繕校
舍。

修葺　修繕:修葺一新。

修復　修理建築物,使恢復原來面目:遵義會議
會址經修復後重新開放。

翻修　把破損的房屋、道路、橋梁等拆除後,在原
有的基礎上重建:翻修烈士陵園。

翻蓋　翻修(房屋):把祖傳舊屋翻蓋一下。

E 10－22 動：　裝修・裝潢

裝修　對房屋及設備等安裝修飾,如塗抹牆面、
裝置門窗、接通水電等:大樓內部正在裝修。

裝飾　修飾人或物的外表,使美觀:鮮花、油畫和

塑像,把大廳裝飾得美輪美奐。

裝潢　裝飾物品,使美觀:封面用燙金大字來裝
潢/新店堂裝潢得富麗堂皇。

裝點　裝飾點綴:裝點會場/裝點山川。

E 10－23 動：　粉刷・油漆

粉刷　❶用白堊、石灰等塗刷牆壁:候車大廳,粉
刷一新。❷〈方〉抹面。

粉　〈方〉粉刷:這牆剛粉過,別亂塗亂貼。

刷　用刷子塗抹或清除:用石灰漿刷
牆/把舊標語刷掉。

抹面　在牆壁的表面抹上泥、石灰、水泥等,使平
整、光滑。

抹　把和好了的灰泥塗上,再用抹子攤開弄平:
抹牆。

油漆　〈方〉用油漆塗抹:把地板油漆一遍。

漆　用漆塗在器物上:把房門漆成深紅色的。

髹　〈書〉用漆塗在器物上。

噴漆　用噴霧裝置將塗料噴在木或鐵的器物上。

塗抹　使油漆、色彩、藥物等黏附在物體上:在鐵
欄杆上塗抹了一層防鏽漆。

塗飾　❶塗上(顏色);抹上(灰漿):塗飾牆壁。

油飾　用油漆塗飾門窗家具等:把園中亭臺油飾
一新。

E 10－24 形：　豪華・簡陋

豪華　(建築、裝飾等)富麗堂皇;十分華麗:招待
所內部布置得非常豪華。

華麗　美麗而有光彩:宏偉華麗的別墅。

華美　華麗:室內陳設,極為華美。

富麗　宏偉美麗:這所賓館裝修得非常富麗。

堂皇　形容氣勢盛大:人民大會堂富麗堂皇。

金碧輝煌＊　形容建築物裝飾華麗,光彩奪目。

美輪美奐＊　形容新的建築物高大華美。

雕梁畫棟＊　棟梁上雕刻花紋並加彩畫作為裝
飾。形容建築物的富麗堂皇。

簡陋　房屋、設備等簡單粗陋；不完備：房屋狹
　窄，陳設簡陋。

簡易　設施簡單、不完備：簡易廠房／簡易公路。

陋　(住處)狹小，不完備：陋室／陋巷。

破陋　(房屋)破舊簡陋：一間破陋的瓦房。

樸陋　樸素簡陋：室內陳設樸陋。

E 11　　住宅·庭院·園林

E 11−1 名：　住宅·住所

公設比　指公寓、大廈社區等集合住宅的公共設
　施(共同使用部分)占購屋面積的比例，包括：
　建築物的主要樑柱(支柱)、外牆、承重牆壁、
　樓地板、屋頂、樓梯間、消防設備、走廊、樓梯、
　蓄水塔、管線間、公共出入門廳、管理員室(辦
　公室)、水箱、發電機房(受電室)、電梯機房
　等，甚至公用停車場、社區公園、綠帶、社區游
　泳池、籃球場、網球場、健身房、俱樂部等開放
　公間。

夾層屋　所謂合法夾層建築爲依建築技術規則，
　建築設計施工篇第一條第十五款之定義爲：
　「夾於樓地板與天花板之間之樓層；同一樓層
　內夾層面積之和，超過該層樓地板面積三分
　之一或一百平方公尺者，視爲另一樓層。」夾
　層屋在買賣時，易發生糾紛。

海砂屋　指採用海砂建蓋的房子。其缺點是海
　砂中含有鹽分、氯離子，會因膨脹而使混凝土
　龜裂，並造成鋼筋腐蝕，而且海砂的顆粒較
　細，強度上會有問題，若沒有經過處理，根本
　無法使用在建築上。

商務住宅　源自「提供服務性住宅」的觀念。也
　就是在單純的居住空間外，額外提供居住者
　多項服務，這些服務除了運動休閒外，最特殊
　的是必須具備商務機能，如集中設置商務中
　心室、資訊室或各居住房提供了自動化設備

的需求。

住宅　供人居住的房屋(多指較大的)：住宅區／
　前面開店鋪，後進是住宅。

宅子　〈口〉住宅：這是他新買的宅子。

宅　房屋；住所：內宅／深宅大院。

宅院　帶院子的宅子，泛指住宅：孩子們在宅院
　裡遊玩。

住房　居住的房屋：新建大批住房。

居室　❶房屋；住房：居室狹小簡陋。❷住人的
　房間：他分配到一套三居室的住房。

房舍　房屋；房間：打掃房舍。

舍　房屋：宿舍／校舍。

廬舍　〈書〉簡陋的房屋；田舍：廬舍爲墟。

公寓　❶出租給許多人家居住的公共寓所。多
　爲樓房，有成套房間，設備較齊全。❷舊時城
　市裡一種出租的住所，類似旅館，房租按月計
　算。

三合房　一種舊式住宅建築，三面是屋子，中間
　是院子。也叫**三合院**。

四合房　一種舊式住宅建築，北面是正房，東西
　是廂房，南面是倒座，中間是院子。也叫**四合
　院**。

大雜院　有許多戶人家居住的院子。

獨院　一家住戶獨用的院子。

深宅大院＊　一家獨住的圍牆高、房屋多的大院
　子。

住所　居住的處所(多指住人家的)：他在城裡另
　有一個住所。

居所　住所；暫時居住的處所。

寓所　居住或寄居的地方：回到寓所，已近午夜。

寓　居住的地方：公寓／客寓／醫寓。

新居　剛遷入或才建成的住所：喬遷新居。

故居　過去曾經居住過的寓所：胡適故居。也叫
　舊居。

故宅　〈書〉故居。

斗室　指極小的屋子：身居斗室，胸懷祖國。

陋室　簡陋的房屋:棲身陋室。

蝸居　〈書〉比喻窄小的住所。常用作謙詞。

E 11－3 名：　公館・別墅

公館　舊指官員和有錢有勢的人的住宅。

官邸　政府供給高級官員的住所。

邸　高級官員的住所:官邸/私邸。

私邸　高級官員的私人住所。

府第　官僚貴族或大地主的住宅。也叫**府邸;邸 第**。

王府　封號爲王爵的人的住宅。

別墅　原有住宅外另在郊外或風景優美處建造 的園林住宅。

別業　〈書〉別墅。

E 11－4 名：　民房

民房　屬私人所有的房屋;民用住房:租用民房。

民居　民房:各省民居,各有不同的建築風格。

私房　私人所有的房屋。

E 11－5 名：　房東・房客

房東　出租或出借房屋的房產所有人。

房產主　房產所有人。

二房東　指把租借來的房屋高價轉租借給別人, 從中牟利的人。

租戶　租用房屋或物品、依約交付租金的人。

房客　向房東租用房屋住、依約交付租金的人。

E 11－6 動：　居住 （參見 J2－14 住宿）

居住　較長期地住在一個地方:他已在美國居住 多年。

住居　居住:有些船戶長年住居在船上。

住　居住;住宿:我住在英國/他在倫敦住了一 夜。

居　住:分居/暫居/久居。

寓居　居住(他鄉):魯迅晚年寓居上海。

棲身　暫時居住:廣多華僑棲身國外。

棲止　寄居;停留:暫時在友人處棲止。

棲息　居住或停留(在某處):我們民族世代棲息 在這塊土地上。

居留　停留居住:他在新加坡居留了十年。

寄居　住在外地或別人家裡:他從小就寄居在舅 舅家裡。

寄寓　〈書〉寄居:隻身寄寓他鄉。

羈旅　〈書〉長期寄居他鄉:弟兄羈旅各西東。

定居　在某地固定地居住下來:定居紐約,已歷 五十年。

聚居　集中地居住某一區域:舊金山聚居了相當 多的華人。

群居　成群地居住:過著群居生活。

散居　分散居住:他們一家人從此散居各地。

雜居　兩個或兩個以上的民族在一個地區居住: 這裡是漢族、苗族雜居的地方。

僑居　在國外居住:僑居海外,行醫爲生。

客居　在外地或外國居住;旅居:他客居異國,已 經二十多年。

旅居　在外地居住:旅居北京。

卜居　〈書〉擇地居住:卜居郊外。

蟄居　〈書〉長期居住在某一個地方;不出頭露 面:蟄居鄉間。

隱居　深居鄉野,不出來做官。現也指匿居一 處,不爲外人知曉:爲了安心寫作,他只好隱 居鄉下。

E 11－7 動：　遷移

遷移　離開原來所在的地點,換到別處去:他家 從洛杉磯遷移到紐約/學校遷移到郊區/遷 移戶口。

遷徙　遷移(多用於新舊地點距離較遠):人口遷 徙/他們一家是遠從澳洲遷徙來的。

遷居　搬家：一年內兩次遷居。

移居　更換居住的地方：他家從福建移居臺灣。

搬家　把居住地點遷到別處去：幫助老師搬家。

搬遷　遷移：他家是從美國搬遷來的。

搬　遷移：他把家從鄉下搬到城裡。

徙　遷移：轉徙／徙居。

遷　遷移：拆遷／本公司定下個月遷滬。

徙居　搬家：徙居來滬。

挪窩兒　〈方〉離開原來所在的地方；搬家：在這裡還沒住多少時間，就又挪窩兒了。

喬遷　搬遷到新而好的地方：一俟新大樓完工，這裡的住戶都要喬遷／恭賀你廠喬遷之喜。

內遷　往內地遷移：抗日戰爭時，大批學校內遷四川／這批工人是隨廠內遷來的。

動遷　動員住戶遷移：這塊地方動遷了近三百戶居民。

安土重遷＊　安於本鄉本土，不願輕易遷移他處。

E 11－8　名：　正房・廂房

正房　宅院裡位置在正面的房屋，通常是坐北朝南的。也叫**上房**。

堂屋　正房，有時僅指正房居中的一間。

廂房　正房前面兩側的房屋：東廂房／西廂房。也叫**配房**。

後罩房　〈方〉四合院中正房後邊，跟正房平行的一排房屋。

倒座　四合院中跟正房相對的房屋。

E 11－9　名：　房間

房間　房子內由牆壁分隔成的各個部分，供人居住或使用。

屋子　房間：我家有兩間屋子。

室　屋子：教室／臥室／會客室。

屋　房間：東屋／裡屋。

裡屋　相連的幾間屋子中，處在裡面，不直接跟外邊相通的房間。也叫**裡間**。

外屋　相連的幾間屋子中直接跟外邊相通的房間。也叫**外間**。

套間　幾間相連的屋子中，在正房兩側，有門相通的房間。也指兩間相連的屋子中的一間，沒有直通外面的門。

套房　旅館內組合成套的房間。

單間　❶只有一間的屋子。❷旅館、飯店中供一個人或同來的幾個人使用的小房間。

亭子間　〈方〉上海等地一些舊式樓房中的小房間，一般位於正樓後下方的樓梯中間、廚房的上面。

E 11－10　名：　臥室

臥室　供睡覺的房間。也叫**臥房**。

寢室　臥室，多指集體宿舍：男寢室／女寢室。

洞房　新婚夫婦的臥室：洞房花燭／鬧洞房。

E 11－11　名：　廳堂

廳堂　供聚會或會客的大房間：賓館底層有一個很寬敞的廳堂。

廳　廳堂：大廳／客廳／他住著一套三室一廳的房屋。

廳房　〈方〉廳堂。

客廳　接待客人的大房間，一般在房子的正中。

客堂　〈方〉客廳。

大廳　大型建築物中寬敞明亮的大房間，多用於公衆集會或招待賓客等。

正廳　居中的大廳。

花廳　正廳以外、坐落於花園或跨院中的客廳。

E 11－12　名：　書房

書房　專供讀書寫字用的房間。

書屋　舊時供讀寫用的房子。

書齋　書房。

E 11－13　名：　閨房

閨房　舊時指女子居住的內室。也叫**閨閣**。

閨閣 舊時指婦女居住的地方;內室。

閨門 閨房的門:終日不出閨門。

繡房 舊時指青年女子住的房間。

內宅 舊時指住宅內女眷的住宅。

E 11－14 名：　飯廳

飯廳 供吃飯用的房間,多較爲寬敞。

餐廳 公共場所的飯廳。一般是旅館、會堂、車站、機場等附設的營業性食堂。

食堂 機關、學校、廠礦等集體爲本單位成員供應伙食的地方。

E 11－15 名：　廁所

廁所 供人大小便的地方。也叫**便所**。

廁 廁所:男廁/女廁/公廁。

茅房 〈口〉廁所。

茅廁 〈口〉廁所。

茅坑 ❶〈口〉廁所裡的糞坑。❷〈方〉茅房;廁所。

馬桶間 住房裡放置馬桶的房間;廁所。

更衣室 體育館、游泳池等地設置的專供更換衣服的房間。也委婉地稱公共場所中設備較好的廁所。

E 11－16 名：　門房·汽車間等

門房 機關、學校、工廠等大門口看門人工作的房間。

下房 僕人住的房間。

汽車間 專用於停放汽車的房屋。□車庫。

衣帽間 公共場所中暫時寄存衣物的房間。

E 11－17 名：　庭院

庭院 正房前的院子,泛指房屋前後、兩側的空地:穿過庭院,進入花廳。

庭園 種著花木的庭院;住宅近旁的花園。

庭除 庭院(除:臺階):灑掃庭除。

庭 正房前的院子:前庭。

院子 房屋外面用牆或柵欄圍起來的空地。

院落 院子。

院 院子:前院/四合院/我們三家住一個院兒裡。

天井 宅院中正房與廂房或房子與院牆圍成的露天空地;泛指院子。

E 11－18 名：　籬笆·柵欄

籬笆 用竹、葦、樹枝、秫秸等編成的屏障物,一般圍繞在房屋、場地的四周:竹籬笆。

籬 籬笆:竹籬茅舍。

籬落 〈書〉籬笆。

笆籬 〈方〉籬笆。

綠籬 用多刺植物密植而成的圍牆。有隔離、防護和裝飾作用。

花障 有花草藤蔓攀附的籬笆。

藩籬 籬笆。比喻門戶或屏障。

柵欄 用木條或鐵條做成類似籬笆的遮攔物:院子四周都圍上了柵欄兒。

柵 柵欄:鐵柵/柵門。

柵子 〈方〉用竹子、蘆葦、樹枝等編成的類似籬笆的遮攔物,多用來圈住家禽。

E 11－19 名：　水井

水井 井:一口水井。

井 從地面往下鑿成的垂直的汲水的深洞,洞壁多砌上磚石:一口井/雙眼井/掘井。

枯井 乾枯的滲不出水來的井。

旱井 ❶爲了積蓄雨水、補充水源而挖的井。❷無水的井,冬季用於貯藏蔬菜。

管井 用機械鑽鑿、用水泵汲水的深水井。口徑較小,主要用鋼管、鑄鐵管或混凝土管作井壁。也叫**機井**。

洋井 機井、管井的舊稱。

透河井 挖在靠近河邊的井,便於用溝渠或管道

引進河水。

自流井　打在具有壓力的含水層的井,水能自動地噴出來,供飲用和灌溉。

自來水　為居民和企業供應生活、生產等用水的設備。把地面或地下的天然水經過淨化、消毒處理,通過管道輸送給用戶。用水時開啟龍頭,水便自行流出,故名。

水塔　自來水設備中增高水壓的裝置。主體是支架在塔狀構築物高處的大水箱,用豎管與地下水管相通。水塔愈高,水壓愈大,也就愈能把水送到一定高度的建築物上。

E 11-20　名：　園林

園林　種植大量花草樹木、供人觀賞遊憩的地方:蘇州園林,舉世聞名。

公園　供群眾遊覽休息的公共園林。

園　供人遊覽休息的地方:公園／遊園。

囿　〈書〉養動物的園地:園囿／鹿囿。

苑　〈書〉古代養禽獸、種花木的地方,多指帝王遊樂、打獵的園林:鹿苑／御苑。

花園　種植花木、建有亭池供遊玩休息的場所。

花圃　種花草的園地。

園囿　〈書〉供遊玩的花園或動物園。

花壇　種植花卉的土臺子,一般四周用磚石鋪砌短牆圍住。

花池子　園中四周設矮欄圍住,用來種花草的地方。

屋頂花園　高樓頂上平臺布置花木,加以綠化,供人遊憩的場所。

假山　庭院或園林中從平地上或在土丘上用石塊堆砌而成的供觀賞的小山。

山子　〈方〉假山。也叫**山子石兒**。

動物園　搜集、飼養各種有觀賞研究價值的動物,供人參觀識別,藉以進行科學普及教育的專門公園。

植物園　搜集、栽培各種花草樹木,供科學研究或觀賞遊憩的專門園林。

E 11-21　名：　草地·樹蔭

草地　❶雜草叢生的或種植牧草的大片土地。❷園林中鋪上草皮或培植適當草類的地面。

草坪　園林中培養的平坦的草地。

綠地　指城市中種植樹木花草的綠化地帶。

樹蔭　樹木枝葉遮住日光所形成的陰影:在樹蔭下乘涼。

綠蔭　指樹陰:在園中綠蔭下席地而坐。

林蔭道　在中軸或兩旁植樹,有濃密樹蔭的道路。有遮蔭、防塵、綠化環境等作用。也叫**林蔭路**。

行道樹　道路兩旁成排的樹木,可以遮蔭、防塵和綠化環境。

E 12　家用器物

E 12-1　名：　家具

家具　家用的器具,主要指木器。

家什　〈口〉器具,家具。

家生　〈方〉家具:紅木家生。

木器　用木材製造的家具,如床、桌、椅、櫃等。

竹器　用竹子做的器物,如籃子、籮筐等。

藤器　由某些植物的匍匐莖或攀緣莖編製的用具,如藤椅、藤箱等。

組合家具　由若干箱櫃等根據需要或居室條件組裝成套的家具。

桌椅板凳　泛指生活上最普通的家具。

E 12-2　名：　桌子

桌子　一種上為平面,下有支柱,供吃飯、寫字、放東西等用的家具。

桌　桌子:書桌／飯桌。

圓桌　圓形桌面的桌子。

方桌 方形桌面的桌子。

几 小桌子：窗明几淨。

茶几 放茶具用的小桌子。

八仙桌 每邊可坐兩個人的大方桌。

四仙桌 小的方桌，每邊只坐一個人。

六仙桌 方桌的一種，介乎八仙桌和四仙桌之間的中型桌子。

炕桌 放在炕上的矮腳桌子。

書桌 用來讀書寫字、放置文具的桌子。

寫字臺 寫字、辦公用的較大的桌子，一般都有抽屜和小櫃子。

一頭兒沈 〈方〉書桌或辦公桌的一種，櫃子或抽屜集中在一頭，另一頭只有桌腳。

書案 〈書〉舊式的狹長的書桌。

案 舊式的長條形桌子。

條案 一種舊式的長條形桌子，長約一丈，寬約一尺。供陳設物品用。也叫**條几**。

香案 放置香爐、燭臺的長條形桌子。

臺 桌子或類似桌子的器具：寫字臺／乒乓臺／梳粧臺。

臺子 ❶專爲打撞球、乒乓球而特製的大桌子。❷〈方〉桌子。

梳粧台 供梳洗、打扮用的家具。一般裝有鏡子和放梳粧用具的抽屜。

鏡台 上面裝有鏡子的梳粧臺。

桌面 桌子的平面，可放東西或做事情，一般爲固定的，也有可活動拆卸的。

抽屜 桌子、櫥櫃等家具中可抽出推回的活動扁匣，用於盛放衣物。

抽斗 〈方〉抽屜。

屜子 〈方〉抽屜。

E 12－3 名： 坐具·椅·凳

坐具 供人坐的用具。

椅子 有靠背的坐具，用木頭、竹子、金屬等製成。

椅 椅子：藤椅／太師椅／桌椅板凳。

躺椅 靠背特長並向後傾斜的椅子，可供人斜躺休息。

太師椅 一種舊式的比較寬大的椅子，有靠背和扶手。

交椅 ❶一種古代坐具。有靠背，腿交叉，能摺疊。❷〈方〉椅子。多指有扶手的。

轉椅 安著螺旋軸能左右旋轉、上下升降的椅子。

搖椅 能夠前後搖晃的椅子。其構造是兩邊前後腿下用弓形橫木連結，弓背著地，能轉換重心而不傾倒。

折椅 不坐時可以摺疊合攏的椅子。

圈椅 靠背和扶手接連起來，形成半圓圈的椅子。

輪椅 裝有輪子的椅子，供行走有困難的人用作代步。

沙發 音譯詞。裝有彈簧襯墊或厚保麗龍等的矮腳寬舒靠背椅。

靠背 〈方〉椅子。

凳子 沒有靠背的坐具，用木料、竹子、塑膠等製成。

凳 凳子：方凳／長凳／小凳兒。

板凳 用木料製成的凳子，多爲狹長形。

春凳 舊式的寬而長的凳子，木料做工都較講究。

馬扎 馬劄 一種便於攜帶的小凳子。腿交叉，凳面用帆布或麻繩等繃成，可以摺疊。

杌子 矮小的凳子。

杌 杌子。

杌凳 杌子。

E 12－4 名： 床

床 供人睡覺用的家具：木床／鐵床／行軍床。

床鋪 床。

鋪 用木板搭的床。

榻　低而狹長的床:竹榻／病榻。

臥榻　〈書〉床:臥榻之側,豈容他人鼾睡。

床榻　床:呻吟床榻。

炕　北方用土坯或磚砌成的供睡覺用的長方臺。多數下面有洞,可燒火取暖。

火炕　內設煙道,通向室外,可燒火取暖的炕。

牙床　床架上下鑲嵌牙雕刻、裝飾華麗的床。

吊床　兩頭掛在固定的物體上,並與地面保持一定距離的床。有厚布製的,也有金屬或木料製的。

折床　用後可以摺疊、不占很多地方的床:鋼絲折床。

搖籃　可以左右搖動的嬰兒睡具。

行軍床　一種可以摺疊的輕便的床,用木架或金屬架繃著帆布做成,供行軍或野外工作時用。也叫帆布床。

床屜子　架在床架上的平面部分,多用棕繩、藤皮、鋼絲等緊繃在木框上製成。

棕繃　用棕繩編製的床屜子。也叫棕繃子。

E 12－5 名：　臥具

臥具　睡覺時用的物品,指枕、蓆、被、褥、帳等。也叫寢具。

枕蓆　〈書〉枕和蓆,泛指臥具。

被子　睡覺時蓋在身上保暖的物品,一般用布或綢緞做面,用布做裡子,中間架上棉花、絲棉、羽絨等。也叫被臥。

被　被子:棉被／毛巾被。

被頭　〈方〉被子。

被服　被褥、毯子和服裝(多指軍用的):被服廠。

被單　❶單層布被。❷鋪在床上或睡覺時墊在被子下面的布。也叫被單子。

被窩兒　折成長筒形的被子,人可躺在裡面睡覺。

被褥　被子和褥子。

鋪蓋　褥子和被子。

鋪墊　被、褥、枕等床上用品。

鋪陳　〈方〉床上用品。

被頭　❶縫在被子上蓋於頭部一端的長條形的布,便於單獨拆洗。❷〈方〉被子。

被套　用布縫製的相當於被子大小的口袋,在一頭或一面的中間開口,以裝進棉胎,可便於拆洗。❷棉被的胎。❸旅行時放被褥等物的行李袋。

褥子　鋪墊在床上的臥具,用布、棉絮或獸皮等製成。

褥　褥子:被褥／褥單。

茵　褥子或墊子:綠草如茵。

褥單　蒙在褥子上的布。

褥套　褥子裡面的棉花胎。❷旅行時裝被褥的布袋,反面中間開口。

棉被　絮了棉花的被子。

毛巾被　質地跟毛巾相同的針織毯子。也叫毛巾毯。

羽絨被　內絮羽絨、輕軟保溫的被子。

床罩　遮蓋床上被褥的罩子,可阻擋灰塵,增加美感。

毯子　鋪在床上、地上或掛在牆上的較厚實的棉毛織品,大多有鮮明美觀的圖案。

毯　毯子:床毯／地毯／壁毯。

毛毯　羊毛毯和人造毛毯的通稱。用粗梳毛紗線作經緯,雙面拉毛,質地厚實,宜於保暖。

絨毯　一種線織而表面纖維拉起成絨的毯子。

線毯　用粗棉股線作經,粗紗作緯的棉織毯子,雙面拉絨,質地厚實。

枕頭　躺臥時,墊在頭下的物品:繡花枕頭。

枕　枕頭:涼枕心／高枕無憂。

枕心　放在枕頭裡的內裝木棉、蒲絨或羽絨等的布袋,用以充塞枕頭,使厚而鬆軟。也叫枕頭心兒。

枕套　枕心外面的套子,長方形,一般用布、綢等料製成,有的面上繡花。也叫枕頭套。

枕巾 鋪在枕頭上面、保持枕套潔淨的毛巾或類
　　似織物。

E 12-6 名： 蓆·墊

蓆 用草、葦篾、竹篾等編成的平片的鋪墊用具，
　　以鋪於炕、床等爲主：草蓆／炕蓆。

蓆子 〈方〉蓆。

衽蓆 〈書〉睡覺鋪的蓆子。

涼蓆 夏天用的蓆子。

枕蓆 鋪在枕頭上的蓆子。也叫**枕頭蓆**。

墊子 擱在床、椅等上用來襯托的用具：椅墊子／
　　草墊子。

墊 墊子：靠墊／鞋墊兒／墊上運動。

坐墊 鋪在椅子、凳子上的墊子。

靠墊 半躺著或坐著時靠在腰背後的墊子：沙發
　　靠墊。

靠枕 枕頭狀靠墊。

草墊子 用稻草、蒲草等編成的墊子。

草薦 草蓆；草墊。

稿薦 用稻草、麥秸等編成的墊子。

彈簧墊子 裝有彈簧的墊子，鬆軟而有彈性。

椅披 披在椅背上的老式裝飾品，多用紅綢緞繡
　　花製成，現在還用於戲曲演出。

桌布 鋪在桌面上的布或類似的片狀物，用以保
　　護和裝飾。也叫臺布。

E 12-7 名： 簾·帳

簾 遮蔽門窗等的用品，用布、竹子、葦子等做
　　成：布簾／門簾。

簾子 〈口〉簾：竹簾子。

窗簾 遮蔽窗戶的簾子。

門簾 掛在門上、遮風擋視線的簾子。也叫**門簾
　　子**。

暖簾 冬天用來擋風保暖的棉門簾。

湘簾 用有斑點的湘妃竹編製成的簾子。

葦箔 用蘆葦編製的簾子。

帳 用布、紗、綢子等製成的遮蔽用品：蚊帳／帳
　　篷。

帳子 掛在床上或屋裡的遮蔽用品，多用布、紗、
　　綢或化纖等做成。

蚊帳 夏天用來防避蚊蟲的帳子，有傘形和長方
　　形兩種。

幔 懸掛室內的遮擋用品，用大塊布、綢、絲絨等
　　做成：布幔／窗幔。

幔子 〈方〉幔。

幔帳 幔。

帷 圍起來做遮擋用的布；帳子：帷幕／帷幄／羅
　　帷。

帷子 帷：車帷子／床帷子。

帷幕 掛在舞臺前或較大的屋子裡用來遮擋的
　　幕布。

帷幔 帷幕。

E 12-8 名： 櫃·櫥·架

櫃 存放東西的器具，上面有蓋或前面有門，一
　　般爲木製或鐵製：衣櫃／書櫃／鐵櫃。也叫**櫃
　　子**。

櫥 收藏東西的器具，前面有門，一般爲木製或
　　鐵製：衣櫥／書櫥。

櫥櫃 ❶放置食具的櫃子。❷可以當桌子用的
　　較低的立櫃。也叫**櫃櫥**。

立櫃 一種直立的較高的櫃子，前面有門，有的
　　裝有隔板或抽屜，多用來存放衣物。

頂箱 放在立櫃上面的小櫃。

五斗櫥 放置衣物的家具，多爲一門和五個大抽
　　屜。

床頭櫃 放在床頭旁的小櫃子。

紗櫥 儲存食物的櫥櫃，門和兩側蒙上冷布或鐵
　　紗。

壁櫥 房屋裡嵌入牆內的櫥櫃。

躺櫃 一種平放的矮櫃子，長方形，上面加蓋。

架子 用木料等構成的用來支撐或放置器物的

東西：花盆架子／貨架子。

架　架子：書架／碗架。

衣架　掛衣服用的家具。

E 12－9　名：　箱·盒

箱　收藏衣物的長方形器具，用皮革、木頭、鐵皮、人造革等製成：樟木箱／衣箱。也叫**箱子**。

箱籠　泛指各種盛衣服、用品的器具。

篋　〈書〉小箱子：藤篋／書篋。

行篋　〈書〉外出時隨身攜帶的小箱子。

書箱　存放書籍、文稿的箱子。

手提箱　裝隨身用品、文件的有提梁的小型箱子。

枕頭箱　收藏首飾、契據等貴重物品的小箱子。

籯　竹箱或籔兒。

書籯　存放書籍的竹箱。

盒子　盛東西的器具，由底和蓋相合，用紙板或木板、塑膠、金屬等製成。

盒　盒子：文具盒／火柴盒。

飯盒　裝飯菜的盒子，用鋁、不鏽鋼或塑膠製成。

提盒　有提梁的一組盒子，多為兩層或三層，用竹、木、鋁或搪瓷製成，用於裝飯菜、糕點等食物。

匣子　裝東西的方形小盒子。

匣　匣子：首飾匣。

鏡匣　婦女盛梳粧用品的匣子，多在蓋子裡層裝有可以支起來的鏡子。

E 12－10　名：　扇子·傘

扇子　能搖動生風的用具：一把扇子／用扇子把蚊子趕走。

扇　扇子：鵝毛扇／摺扇。

蒲扇　用香蒲葉製成的扇子。

羽扇　用鳥類長羽毛製成的扇子：羽扇綸巾。

葵扇　用蒲葵葉子製成的扇子。俗稱**芭蕉扇**。

團扇　圓形的扇子，周圍用鐵絲或竹篾做圈，蒙上絹、綾或紙作為扇面。

紈扇　用細絹繃在鐵絲圈上製成的團扇。

摺扇　用竹、木、象牙等做骨架，架面均勻地糊上紙或絹而成，摺疊自如的扇子。

檀香扇　用檀香木做扇骨或直接連綴成扇面的扇子。

傘　防雨或遮陽的用具，用竹子或金屬的細條做骨，罩上油紙、布、尼龍、塑膠等製成，中有柄，可張合：雨傘／撐一把傘。

陽傘　遮擋陽光的傘，用布或綢子做傘面。

旱傘　〈方〉陽傘。

雨傘　擋雨的傘，用油紙、油布、塑膠布、尼龍布等做傘面製成。

雨具　防雨的用具，如雨傘、蓑衣、雨鞋、雨披等。參見 E8－10 雨衣·雨鞋。

折傘　骨架可摺疊、手柄可伸縮的傘。

自動傘　一種有彈簧裝置、一按撳鈕，即可自動撐開的傘。

E 12－11　名：　火盆·湯壺·暖氣

火盆　盛碳火等的陶瓷盆子，用於室內取暖或烘乾衣物。

炭盆　內燒木炭的火盆。

湯壺　一種扁圓壺形用具，內盛熱水後放入被中取暖，多用銅合金或陶瓷、塑膠製成。也叫**暖壺**。

湯婆子　〈方〉湯壺。

手爐　冬天隨身攜帶供烘手取暖的小爐，多為銅製，扁圓形，爐中燃燒碎碳、鋸末等，蓋上有許多小孔，以透氣助燃。

腳爐　冬天烘腳取暖用的小爐，形製類似手爐而稍大。

手籠　冬天婦女暖手用的筒狀物，兩邊開口，用毛皮或綢布絮入棉花製成。

壁爐　就著室內牆壁砌成的生火取暖的設備，下圍鐵欄，上有煙囪通向屋外。

電爐 利用電能作熱源的現代化設備。用於取暖、炊事及工業上加熱、烘乾、冶煉等。

烘籃 中間放置小火盆的竹籃,可隨身攜帶,用來取暖。

火籠 〈方〉烘籃。

烘籠 ❶〈方〉烘籃。❷竹片、柳條或荊條等編成的無底籠子,覆蓋在爐子或火盆上,用來保持距離,烘烤衣物。

熱水袋 內盛熱水的橡膠袋,用於捂手取暖或熱敷治病。

暖氣 ❶利用鍋爐燒出的蒸氣或熱水通過管道輸送到各個房間,以增高室溫的放熱設備:安裝暖氣。❷指這種設備的管道中的蒸氣或熱水:暖氣還沒來,房裡很冷。

水汀 音譯詞。暖氣。

取暖器 靠熱能取暖用的器具。有紅外線取暖器、煤氣取暖器等多種。

E 12 - 12 名：　便壺・馬桶・痰盂

便壺 男性夜間或病中臥床,用來小便的器物,陶瓷或搪瓷製成。

夜壺 便壺(多指舊式的)。

便盆 供大小便用的盆,多為臥床的病人所需。

便桶 供大小便用的桶。

馬桶 木頭或搪瓷製的有蓋便桶。

馬子 〈方〉馬桶。

恭桶 馬桶。

淨桶 婉辭。馬桶。

抽水馬桶 上接水箱,下通化糞池、下水道的瓷質馬桶。

衛生設備 指抽水馬桶和下泄下水道的臉盆、浴缸等。

潔具 指衛生設備。

痰盂 供吐痰的器皿。

痰桶 〈口〉痰盂。

E 12 - 13 名：　刷子・掃帚・撣子・拖把等

刷子 清除灰垢或塗抹油漆等的用具,用毛、棕、金屬絲、塑膠絲等穿結在竹、木或塑膠板上製成,一般有長柄。

板刷 毛較粗硬的無柄刷子,板面較寬,多用來洗刷厚質衣服或油污木器等。

掃帚 掃地的用具,多用竹枝紮成。

笤帚 掃地、除塵的用具,用細竹枝或去粒的高粱穗、黍子穗紮成,比掃帚小。

撣子 雞毛或布條綁成的清潔用具,有長柄,用來拂去灰塵。

雞毛撣子 用雞毛紮在藤條或竹竿的前端製成的撣子。

雞毛帚 〈方〉雞毛撣子。

拖把 擦拭地板的用具,用布條或棉線繩紮在長木棍的一端做成。也叫**拖布**；**墩布**。

拖糞 〈方〉拖把。

蒼蠅拍子 打蒼蠅的用具,用小塊鐵紗或紮有小孔的皮革、塑膠裝上竹把手做成。

拂塵 撣灰塵、驅蚊蠅的用具,用棕線或獸類的鬃鬣、尾毛製成。

蠅甩兒 〈方〉拂塵。

E 12 - 14 名：　家用燈具 （參見 P7 - 10 燈具〈一般〉）

燈 用來照明或供其他用途的發光、加熱的器具:油燈／電燈／酒精燈。

燈具 泛指各種照明用具。

燈火 點亮著的燈:萬家燈火／燈火管制。

亮兒 燈火:半夜了,屋裡還點著亮兒。

油燈 用植物油做燃料的燈。

劤 〈書〉油燈:銀釭。

燈盞　沒有罩的油燈。

煤油燈　用煤油做燃料的燈。

燈油　點燈用的油,通常指煤油。

燈台　燈盞的底座。

燈心　燈芯　油燈裡用來吸油點火的燈草、紗線
　　等。

燈草　燈心草莖中的白色絨條,用做油燈的燈
　　心。

燈苗　油燈的火焰。

燈罩　燈上集中亮光或防風的遮蓋物,如煤油燈
　　上的玻璃罩兒,電燈泡上的傘狀罩子。

電燈　利用電能發光的燈。通常指白熾電燈。

電燈泡　白熾電燈上用的發光器件,是一個真空
　　的或充以惰性氣體的玻璃泡,一般呈梨形,裡
　　面有鎢絲,電流通過時,鎢絲白熱,發出亮光。

燈泡　〈口〉電燈泡。

燈頭　❶接連電線末端、用來安裝燈泡的裝置:
　　螺絲口的燈頭。❷煤油燈上安裝燈罩、扭動
　　燈心的零件。

燈傘　電燈上傘狀的罩子。

燈絲　白熾燈泡或電子管內的金屬絲,多為細
　　鎢絲,在真空中通過電流能發光、發熱、放射
　　電子或產生射線。

汽燈　一種利用本身熱量把煤油變成蒸氣,噴射
　　到浸有硝酸釷溶液的紗罩上,引起燃燒發光
　　的白熱照明燈具。

螢光燈　一種用於照明的低壓水銀燈。玻璃燈
　　管兩端裝有電極,內壁塗螢光物質。製造時
　　抽去空氣,充入少量水銀蒸氣和氬氣。通電
　　後,產生紫外線,激發螢光物質,使發出光。
　　光線柔和、光效高、較耐用。俗稱日光燈。

保險燈　❶一種手提的有燈罩的煤油燈。❷
　　〈方〉汽燈。

風燈　一種手提或懸掛的能防風避雨的煤油燈。
　　也叫風雨燈。

馬燈　一種手提的能避風雨的煤油燈。因騎馬
　　夜行時可掛在馬背邊上,故名。

壁燈　裝置在牆壁上兼有裝飾作用的燈。

枱燈　放在桌子上可移動使用的有座子的電燈。
　　也叫桌燈。

燈籠　懸掛或手提的照明用具。用細竹篾或鐵
　　絲做骨架,糊上紗或紙,成為半透明的籠,內
　　點蠟燭。現多內裝電燈,用做裝飾。

紗燈　用薄紗糊在籠骨上做成的燈籠。

花燈　用彩繪燈罩及紅、黃色穗子等裝飾的燈。
　　多指元宵節供觀賞的:看花燈／鬧花燈。

華燈　光輝燦爛的燈:華燈初上。

宮燈　一種用絹、紗做成的六角形或八角形的掛
　　燈。罩上繪有彩圖,下垂穗子。原為宮廷所
　　用,故名。

走馬燈　一種供觀賞的花燈。把人騎著馬的(或
　　其他)剪紙形像,貼在燈裡特製的輪子上,輪
　　子因燭火造成的氣流而繞軸定向旋轉,人物
　　形像也隨著一同轉動,循環不息。

長明燈　長年不滅的大油燈,多掛在佛像或神像
　　前。

手電筒　用乾電池做電源的小型筒狀照明用具,
　　用鐵皮、塑膠等製成,可隨身攜帶。也叫電
　　筒;手電。

電棒　〈方〉手電筒。

E 12－15　名:　蠟燭・香

蠟燭　用蠟或其他油脂做的用來照明的圓柱形
　　物品。

蠟　蠟燭:點上一支蠟。

燭　蠟燭:火燭／風中之燭。

花燭　早期結婚新房裡點的上面飾有龍鳳圖案
　　的紅蠟燭:洞房花燭／花燭之喜。

燭花　蠟燭燃燒時燭心結成的穗狀物。

燭淚　蠟燭燃燒時沿著燭體流下的油。也稱蠟
　　淚。

燭臺　插蠟燭的器具,多用銅錫製成。也叫蠟

臺。

蠟扦 上有尖釘下有底座可以插蠟燭的器具。

香 用木屑攙香料做成的細條,燃燒時散發香氣,舊俗用於祭祀祖先或供奉神佛。有的加上藥物,可以薰熏蚊子:一炷香／蚊香／燒香拜佛。

線香 一種細長如線不帶棒兒的香。

盤香 繞成螺旋形的線香,燃燒時間長。

棒兒香 用細長的竹棍或木棍做芯子的較粗糙的香。

蚊香 含有除蟲菊等藥料,燃著後可以薰死或趕跑蚊子的香。

香燭 祭祀用的香和蠟燭。

E 12－16 名： 鏡子

鏡子 有光滑的平面,可照見人、物形像的器具。一般用平面玻璃在背面鍍銀或鍍鋁製成。

鏡 鏡子:對鏡自照／明淨如鏡。

穿衣鏡 可照見全身的大鏡子。

明鏡 明亮的鏡子:泉水清澈一如明鏡。

E 12－17 名： 擺設・裝飾

擺設 房裡安放、布置的物品家具和裝飾品等:書房裡的擺設很雅緻。

陳設 擺設:除了書櫥、桌椅外,室內沒有什麼陳設。

裝飾品 專爲增加美觀而裝置、擺設的物品。

裝飾 裝飾品:廳裡有一些小裝飾。

飾物 器物上的裝飾品,如花邊、綢帶、流蘇等。

E 12－18 動： 布置・擺設

布置 在一定場所根據需要安放和陳列家具、裝飾品及其他物件:布置會客室／會場已布置完畢。

安放 使器物處於一定的位置:把電冰箱安放在飯廳一角。□**擺放**。

擺布 布置:這個房間擺布得十分雅緻。

擺 安放;排列:把桌子擺好／把刊物擺整齊。

擺設 安放、布置物件:臥室擺設得很雅緻。

擺置 安放;擺設:擺置東西／室內家具擺置得整整齊齊。

陳設 擺設:客廳裡陳設著一套新式沙發。

陳列 把物品擺出來供人觀看:櫥窗裡陳列著許多樣品。

擺列 擺放;陳列:室內桌椅擺列得很整齊。

E 12－19 名： 屏風

屏風 室內用於擋風或隔斷視線的用具。一般用木料或竹子做成,加以雕飾,或在框架上蒙以綢、布。單扇或多扇相連。

屏 屏風:竹屏／畫屏。

圍屏 多扇相連、可以摺疊的屏風,通常是四扇、六扇或八扇。

畫屏 雕飾著圖畫花紋的精美屏風。

插屏 桌面擺設的小屏風。下有插座,上插大理石、牙雕、貝雕或有圖畫的鏡框。

E 12－20 名： 花瓶・盆景等

花瓶 貯水插花的瓶子,用於室內裝飾。

膽瓶 一種頸部細長、腹部粗大的花瓶。

花插 ❶插花的鉛製底座,座上密布尖釘,一般放在扁平淺口的水盆裡。❷泛指花瓶。

盆景 一種供觀賞的陳設品。在盆中栽種和布置小型的花草、樹木、水、石、亭、橋等,模仿自然風景製成。

E 12－21 名： 家用電器

冰箱 ❶冷藏食物或藥品用的器具,箱內放冰塊,以保持低溫。❷電冰箱。

電冰箱 冷藏物品的電氣裝置。在箱內利用液態冷凝劑蒸發爲氣體時,吸收熱量而形成低溫。氣化的冷凝劑再由壓縮機壓成液體,循

環使用,保持低溫。

電扇　利用電動機帶動葉片旋轉,使空氣流動的一種電氣裝置。供天熱時降溫取涼用。常見的有吊扇、臺扇、落地扇等。

洗衣機　一種可洗滌衣服等物的家用電器。有自動的和半自動的。

空氣調節器　一種調節室內空氣的裝置。簡稱**空調**。

排氣扇　一種裝在廚房裡用來收集、排除油煙氣的設備,一般裝在爐灶的上部或側面。

微波爐　利用電磁波產生熱能來加熱、烘烤食物的裝置。

E 13　財　產

E 13－1　名：　財產

財產　屬於國家、集體或個人所有的物資、金錢、土地、房屋等。

財富　指一切有價值的東西:自然財富／物質財富／精神財富。

財物　金錢和物資。

財帛　錢財(古時拿布帛作為價值的代表,流通的手段)。

財寶　錢財和貴重的物品:金銀財寶。

動產　指金錢、器物等可以移動的財產。

不動產　指土地、房屋及其附著物(如樹木、水暖設備)等不能移動的財產。

恆產　舊時指田地、房屋等家庭固定的產業、不動產。

浮財　指金錢、糧食、衣服、什物等可以移動的財物;動產。

橫財　意外得來的財物(多指不義之財):大發橫財。

洋財　指跟外國人做買賣得到的財物,泛指意外得到的財物:發了一筆洋財。

錢財　金錢;財富。

錢　錢財;財富:有錢有勢。

財　金錢和物資的總稱:財源／勞民傷財。

所有　領有的東西;可以使用、處分的財物:罄其所有／這些衣物就是他的全部所有。

E 13－2　名：　私產

私產　私人所有的財產。

產業　指土地、房屋、企業等私有財產。

家產　家庭的財產。也叫**家業;家私**。

家當　〈口〉家產。

家底　一個家庭長期積累起來的財產:家底不薄。

私蓄　個人積存的錢或物。

私房　家庭成員個人私下的積蓄(財物):私房錢。

梯己　**體己**　私房。

祖產　祖上留傳下來的產業。□**祖業**。

遺產　❶人死後遺留下來的財產,包括財物、債權等:繼承遺產。❷借指歷史上遺留下來的精神財富或物質財富:醫學遺產／文化遺產。

E 13－3　形：　富

富　擁有很多金錢或財產:貧富懸殊／他家是全村最富的。

裕　富足;財物多:禽獸草木廣裕／裕然有餘。

富裕　財物豐富充足:農民比前幾年富裕了。

富餘　足夠耗用而有剩餘:把富餘的錢存起來／他倆的收入是富餘的。

富有　擁有大量財產:他家並不富有／這個商人很富有。

富足　富裕:生活富足。

富饒　財富充裕;物產豐富:富饒的江南水鄉。

富庶　物產豐富,人口眾多:這一帶是長江下游最富庶的地區。

充裕　充足有餘:經濟充裕／預算打得很充裕。

豐裕　富裕:生活豐裕。

豐足　富足:家用豐足。

寬裕　寬綽富餘:生活寬裕/手頭寬裕。

餘裕　富裕;充足有餘:日常開支有了餘裕。

優裕　富裕;充足:過著優裕的生活。

寬餘　寬裕:日子過得挺寬餘。

寬綽　富餘:有些家庭過得不很寬綽。

殷實　富裕;富足:殷實人家/找個殷實鋪保。

方便　婉辭。指身邊有富餘的錢:如果你手頭方便,書款請先墊一下。

有錢　富足:他雖然很有錢,生活仍很節儉。

趁錢　稱錢〈方〉有錢:你現在趁錢了,別忘記窮弟兄。

闊　富有;奢侈:闊老/不要擺闊。

富貴　指有錢有勢:榮華富貴/他不求顯達,不求富貴。

豐衣足食*　吃穿都很豐富充足。形容生活富裕:自己動手,豐衣足食。

家給人足*　家家豐裕,人人富足。□家給民足*。

E 13－4 形: 窮

窮　缺乏錢和必需的東西,過著低等水準的生活:他家裡還很窮/人要窮得有志氣。

貧　窮:貧民/家貧/貧病交迫。

貧窮　缺乏財物;生產量和生活物資缺乏:家境貧窮/戰亂後,人民的生活普遍都很貧窮。

窮乏　貧窮,沒有積蓄:家境窮乏。

貧乏　貧窮:資源貧乏。

窮困　生活貧窮,經濟困難:擺脫窮困/窮困潦倒。

貧困　貧窮困苦:改變山區貧困面貌。

貧寒　窮苦:貧寒人家/家境貧寒。

寒　貧困:家寒/寒舍。

窮苦　貧窮困苦:窮苦的家庭/過著十分窮苦的日子。

貧苦　貧窮困苦:生活貧苦,日子難捱。

窮愁　窮困愁苦:窮愁潦倒。

清苦　貧苦:收入微薄,生活清苦。

清貧　貧寒:家道清貧/安於清貧的生活。

清寒　清貧;貧寒:家境清寒/資助清寒學生。

寒苦　貧窮困苦:過著寒苦的日子。

窘迫　指難以維持現有生活,非常窮困:生計窘迫。

窘　窮困:從前他家裡很窘。

拮据　經濟窘迫,錢不夠用:手頭拮据。

緊　經濟不寬裕;拮据:這個月沒進項,手頭很緊。

緊巴巴　形容經濟不寬裕:兩位老人省吃儉用,日子過得緊巴巴的。

支絀　款項等不敷分配:經費支絀。

竭蹶　〈書〉原指力氣用盡而走路艱難,後用來形容經濟困難:財政竭蹶。

困頓　生活或處境艱難窘迫:窮愁困頓。

困乏　〈書〉生活貧困:他家生活困乏。

困窘　貧困窘迫:他從此生活愈益困窘。

困難　生活窮困,不好過:困難戶/困難補助。

空乏　窮困;貧乏。

不便　缺錢用:手頭一時不便,沙發就不買了。

赤貧　窮得什麼也沒有:家道赤貧,糠菜度日。

鬧饑荒*　〈方〉比喻經濟困難;周轉不靈:天災人禍連連,使得家裡年年鬧饑荒。

手緊　指缺錢用:月底手緊,暫不添購。也說手頭兒緊*。

一無所有*　什麼東西都沒有。形容極為貧窮。

別無長物　沒有多餘的東西。原指作官清廉,現多用來形容生活窮困,一無所有。

一貧如洗*　形容窮得什麼都沒有。

囊空如洗*　口袋裡空無一物,像洗過的一樣。形容一文錢也沒有,十分貧困。

一文不名*　一個錢都沒有,形容極其貧困。也說不名一文*;不名一錢*。

入不敷出*　收入不夠支出,形容經濟困窘。

寅吃卯糧*　寅年就吃了卯年的口糧。比喻入不
　敷出,預先支用了以後的收入。也說**寅支卯
　糧***。

饔飧不繼*　〈書〉指吃了上頓沒下頓。形容生活
　極其貧困。饔飧:早飯和晚飯。也說**饔飧不
　飽***;**饔飧不給***。

債臺高築*　戰國時周赧王欠債很多,無法償還,
　被債主逼得躲到宮裡的一座高臺上。後人就
　用來形容欠債很多,難以清償。

家徒四壁　家裡只有四堵牆,形容窮得空無所
　有。也說**家徒壁立***。

E 13−5 形：　小康

小康　指可以維持中等生活水準的家庭經濟狀
　況:小康人家/家家都達小康水準。

溫飽　穿得暖,吃得飽:現代的農民都過著溫飽
　的生活。

好過　生活上困難少,日子容易過:這幾年,日子
　好過多了。

過得去　(生活)不很困難:他家人人有工作,日
　子還過得去。

E 13−6 名：　富人

富人　有大量財產的人。□**富翁**。

富豪　有錢又有權勢的人。□**豪富**。

首富　舊時指某一地區中最富有的人家。也叫
　首戶。

闊老　舊時稱年紀較大的富人。也作**闊佬**。

闊少　舊時稱富有人家的子弟。

小開　〈方〉指廠主或店主的兒子。

暴發戶　指用不正當手段或由於偶然機會而突
　然發財或得勢的人。

財主　舊時指擁有許多財產、刻薄盤剝窮人的
　人。

財東　財主。

老財　〈方〉財主:地主老財。

朱門　紅漆的大門,舊時指豪富人家:朱門繡戶/
　朱門酒肉臭。

大款　稱呼既有錢又出手大方的人的流行語,多
　用於指社會上經商、炒股票、房地產而富裕起
　來的人物。

E 13−7 名：　窮人

窮人　沒有財產,難以維持生活的人。

窮措大　舊時譏諷窮困的讀書人的稱呼。也說
　窮醋大。

窮棒子　舊時對貧苦農民的蔑稱,現在用來贊稱
　貧窮而意志堅強的人:窮棒子精神。

窮光蛋　對窮苦人的蔑稱。

窮骨頭　指貧窮的人(罵人的話)。

貧民　沒有固定職業、生活窮苦的人。

寒士　〈書〉舊時指貧窮的讀書人。

棚戶　〈方〉在簡陋的房屋裡生活的住戶:棚戶
　區。

柴門　用樹枝、秫秸、零碎木材等做成的門,舊時
　比喻貧苦人家。

E 13−8 名：　境況

境況　所處的地位和狀況。多指經濟狀況:他家
　境況大有改善。

光景　境況;狀況;情景:光景一年好似一年。

景況　光景;境況:父親死後,家裡的景況不如以
　前了。

家境　家庭的經濟狀況:家境優裕/家境清寒。

家道　家境:家道小康。

手頭　手中所有,指個人的經濟情況:手頭緊/
　手頭拮据。

手下　手頭:他現在手下富餘,可讓他多出點兒
　錢。

E 13−9 名：　費用

費用　花費的錢財:伙食費用/籌措費用。

用費　費用；需開銷的錢：日常用費／節約用費。

費　費用：學費／生活費／免費。

用　費用：家用／零用／節用。

用度　指各種費用：他講究排場，用度大。

用項　費用；用度：今年廠裡添置設備，用項要增加一些。

花費　消耗的錢：裝修這套房子，要不少花費。

支出　支付的款項：減少支出。

花消　花銷　〈口〉花費。

手面　〈方〉指用錢的寬緊：這位歸僑手面闊綽。

花項　〈方〉用錢的項目：她愛打扮又愛玩，平日花項很多。

E 13－10　名：　生活費

生活費　維持生活的基本費用：城市的生活費比農村高。

家用　家庭的生活費用：做些女工，貼補家用。

日用　日常生活的費用：他家的日用安排很有計畫。

零用　零碎花用的錢：上街要帶些零用。

零錢　❶零用：他很少花零錢。❷幣值小的錢，如角、分：帶些零錢買車票。

零花　〈口〉零用。

E 13－11　動：　花費

花費　用掉；消耗掉：花費金錢／花費精力。

費　花費；消耗：費錢／費電／費工。

花　用；耗費：花錢／花時間。

零花　零碎地花錢：這錢你留著零花吧！

用　使用；花錢：用錢／錢不要亂用，要節約每一塊錢。

零用　零碎地花錢：這一元錢給你零用。

破費　花費（金錢等）。多用作別人為自己花錢的應酬話：今天讓你破費了。

破鈔　破費錢鈔。多用於應酬話：又讓你破鈔了，真是不好意思。

自費　自己負擔費用：自費留學／自費旅遊。

公費　由國家或團體供給費用：公費醫療／公費出國進修。

付帳　付給應付的貨款、飯錢、住宿費用等。

會帳　付帳。多指一人給大家付帳。也說會鈔。

開帳　交付帳款。多用於吃飯、住旅館等：請貴客到櫃檯上開帳。

掏腰包＊　〈口〉從腰包裡掏錢，指出錢：今天我請客，不用你掏腰包。

E 13－12　動、形：　節省

節省　❶〔動〕把不必要的耗費儘可能減少下來：節省開支／節省水和電／節省時間。❷〔形〕儉省；不浪費：母親常周濟別人，而她自己生活很節省。

節約　❶〔動〕減少不必要的消耗：節約資金／節約糧食／節約時間和精力。❷儉省；不浪費：他很節約，從來不亂花錢。

節　〔動〕節約：節電／節煤／節衣縮食。

省　〔動〕節省；節約：省錢／省吃儉用。

撙節　〔動〕節約；節省：撙節日常開支。

撙　〔動〕節省：撙下一些錢。

節儉　〔動〕節省；減少：節減經費／節減開銷。

緊縮　〔動〕收緊縮小：緊縮開支／家庭開銷要再加緊縮。

節餘　〔動〕因節省而剩下：這個月省吃省用，節餘了幾千元。

儉省　〔形〕不浪費財物；節省：他一向儉省，從不毫無節制地花錢。

省儉　〔形〕〈方〉儉省。

儉約　〔形〕〈書〉儉省，節約：先生平易近人，自奉儉約。

儉樸　〔形〕儉省樸素：生活儉樸。

節儉　〔形〕耗用錢物有節制；儉省：生活節儉／節儉持家。

儉　〔形〕節省；不浪費：克勤克儉／儉以養廉。

經濟 〔形〕節省;效益高:用電爐取暖,太不經濟／經濟實惠。

樸素 〔形〕生活節約,不奢侈:衣著樸素／艱苦樸素。

仔細 子細 〔形〕〈方〉儉省:收入雖多,日子過得卻很仔細。

勤儉 〔形〕勤勞而節約:勤儉持家／勤儉地過日子。

刻苦 〔形〕生活儉樸:這孩子從小就很刻苦,不亂花錢。

節衣縮食＊ 省穿省吃,泛指節儉。□**縮衣節食**＊。

省吃儉用＊ 節省吃的和用的,形容生活十分節約。

精打細算＊ 使用人力物力時計算精細,避免浪費。

寬打窄用＊ 計畫或準備得充裕些,使用時節約些。

細水長流＊ 原比喻一點一滴堅持不間斷地做一件工作,現常比喻節約使用財物,使保持充足,常備不缺。

開源節流＊ 開闢水源,節制水流。比喻在財政經濟上增加收入,節省支出。

量入爲出＊ 根據收入的多少計畫支出。

E 13－13 動: 浪費

浪費 無益地或過多地消耗財物、人力、時間等:提倡節約,反對浪費／浪費糧食／浪費時間。

揮霍 任意花費錢財:揮霍無度。

糜費 靡費 浪費;過度耗費:生活糜費／靡費國帑。

抖摟 〈方〉浪費;亂用錢財:不到月底,他就把薪資抖摟光了。

暴殄天物＊ 原意是殘害滅絕天生之物。今指任意糟蹋財物。

大手大腳＊ 形容胡亂花錢用物,不知節制。

揮金如土＊ 像散發泥土一樣任意花錢,形容揮霍浪費到了極點。

E 13－14 形、名: 奢侈・排場

奢侈 〔形〕揮霍錢財,追求享受:生活奢侈／奢侈浪費。

鋪張 〔形〕過分地追求形式,講究排場:儘量節約,不要鋪張。

豪華 〔形〕生活上過分奢侈、鋪排:氣派豪華,一擲千金。

奢華 〔形〕奢侈豪華:陳設奢華／他認爲生活理應奢華舒服。

浮華 〔形〕表面上豪華闊氣而實際上空虛無用:崇尚浮華／浮華的排場。

奢靡 奢糜 〔形〕奢侈浪費:生活奢靡／風氣奢糜。

侈靡 〔形〕〈書〉奢侈浪費;奢華:侈靡成風。

闊綽 〔形〕生活奢侈,講究排場:不要講排場,比闊綽。

闊氣 〔形〕豪華奢侈:屋裡擺設很闊氣。

闊 〔形〕闊綽;闊氣:擺闊／他的穿著打扮比以前闊多了。

排場 ❶〔形〕鋪張而奢侈:來客穿得很排場。❷〔名〕鋪張奢侈的形式或局面:講排場,擺闊氣／他家辦喜事的排場很大。

場面 〔名〕表面的排場:擺場面／場面很大。

窮奢極欲＊ 形容盡情享樂,奢侈到了極點。也說**窮奢極侈**＊。

鋪張揚厲＊ 形容極其鋪張,過於講究排場。

紙醉金迷＊ 形容使人沈迷的奢侈糜爛的享樂生活。

一擲千金＊ 原指賭博時一次賭注就投出千金。後用以形容生活極度奢侈,任意揮霍。

E 13－15 形: 慷慨

大方 在財物上不計較;不吝嗇:他用錢很大方。

慷慨 大方；不吝惜：慷慨無私的援助／慷慨地
　　捐獻。

慨然 毫不吝惜地；慷慨地：慨然相贈／慨然允
　　諾。

手鬆 指隨意花錢或贈送，沒有計畫：他一向手
　　鬆，毫無積蓄。

有求必應＊ 只要有人請求，就一定應諾。

E 13－16 形： 吝嗇

吝嗇 過分愛惜自己的財物，該用的也不用：他
　　吝嗇得很，該出的錢也不肯拿出來。

吝 小氣；吝嗇：吝惜／不吝賜教。

慳吝 吝嗇：慳吝鬼／慳吝成性。

鄙吝 〈書〉過分吝嗇：生性鄙吝。

嗇刻 吝嗇；慳吝：為人嗇刻。

小氣 吝嗇：他一向小氣，不會多出錢的。

小兒科 吝嗇；小氣：他連一塊錢也要計較，太小
　　兒科了。

摳搜 〈口〉吝嗇：這人真摳搜，像個守財奴。

摳 〈方〉吝嗇：這個人真摳。

摳門兒 〈方〉吝嗇：你一個錢不肯出，未免太摳
　　門兒了。

手緊 指不隨意花錢或給人東西：他向來手緊，
　　從不請客。

小手小腳＊ 形容花錢、用東西過於小氣，不大
　　方。

一毛不拔＊ 一根毫毛也不肯拔。形容極端自
　　私、吝嗇。

斤斤計較＊ 形容一絲一毫也要計較（多含貶
　　義）。斤斤：過分計較。

錙銖必較＊ 形容對極少的錢或極小的事都要計
　　較。錙、銖：古代極小的重量單位。

E 13－17 動、形等： 貪婪

貪 〔動〕❶愛財；貪污：貪財／貪贓枉法。❷不知
　　滿足；求多：貪得無厭／貪玩。❸貪圖：貪便宜
　　／貪大求全。

貪婪 〔形〕貪得無厭（含貶義）：貪婪地吞食著每
　　一道菜餚。

貪心 ❶〔名〕貪得的欲望：貪心不足蛇吞象。❷
　　〔形〕貪得無厭，不知足：對於錢財，她很貪心。

貪圖 〔動〕極力追求，希望得到（某種好處）：貪
　　圖享受／貪圖額外收入。

貪得無厭＊ 貪心很大，沒有滿足的時候。

得寸進尺＊ 得到一寸，還想得到一尺。比喻貪
　　心越來越大。

得隴望蜀＊ 後漢光武帝劉秀給岑彭的信中說：
　　「人苦不知足，既平隴，復望蜀。」後用「得隴望
　　蜀」比喻得寸進尺，貪得無厭。

欲壑難填＊ 欲望像山溝一樣很難填平。形容貪
　　心太大，很難滿足。

唯利是圖＊ 只要有利就去追求，別的什麼都不
　　顧。

利欲薰心＊ 貪圖私利的欲望迷住了心竅。

利令智昏＊ 因貪圖私利而使頭腦發昏，不辨是
　　非，忘掉一切。

E 13－18 動： 發財・破產

發財 獲得大量財物：發財致富／恭喜發財。

生財 增加財富；發財：生財有道。

發家 使家庭變得富裕：勤儉發家／他是靠經商
　　發家的。

暴發 短期內突然地發財得勢（含貶義）：暴發戶
　　／他暴發以後，把住宅裝修一新。

發 因獲得大量錢財而興旺：發家致富／他做了
　　一年生意就發了。

富 變富；使富：讓少數人先富起來／富國強兵。

破產 喪失全部財產：破產倒閉／破產的農民流
　　入城市。

敗落 由盛而衰；破落：家道敗落。

破落 （家境）敗落：破落戶／破落地主／家業破
　　落。

E 13－19 名：　守財奴‧敗家子

守財奴　指富而吝嗇的人。也說**看財奴**。

貧骨頭　❶指吝嗇的人或愛貪小便宜的人。❷指話多而令人生厭的人。

鐵公雞　比喻十分小氣、一毛不拔的人。

吝嗇鬼　對吝嗇的人的蔑稱。也說**小氣鬼**；**小氣貨**。

敗家子　不務正業、任意揮霍,使家產敗落的子弟。

敗子　敗家子：敗子回頭。

破落戶　指先前有錢有勢而後來敗落的人家。也指這種人家的無賴子弟。

E 13－20 動：　有‧沒有

有　表示掌握、保持某些事物,可以使用和支配：我有一本書／他有許多存款／對這件事她有責任／我一有機會就到英國看你。

具有　有(多用於抽象事物)：具有現實意義／具有法律效力／具有觀賞價值。

具　具有：初具規模／獨具匠心。

具備　具有；齊備：需要的材料,都已具備／具備一切有利條件。

備　有；具備：德才兼備／萬事俱備。

領有　表示掌握並保持(財產、土地、人口、資源等)：這個國家領有 3000 多個島嶼和一億多人口。

所有　領有：所有權／森林、礦產等資源歸國家所有。

擁有　大量地佔有或具有：我國擁有大量煤碳資源／通俗讀物擁有廣大的讀者。

保有　擁有：保有自己耕種的土地。

富有　大量具有：富有創造性／富有管理經驗。

趁　〈方〉富有；擁有：趁錢／他家連一張桌子都不趁。

享有　在社會上取得(權利、聲譽、威望等)：在學術界享有崇高威信／殘疾兒童同樣享有受教育的權利。

佔有　取得並保持(財產、土地等)：佔有大量房產／佔有第一手材料。

據有　佔有：據有一席之地／據有兩處公房。

沒有　表示「有、具有、領有」等的否定：沒有財產／沒有條件／沒有知識。

沒　沒有：要物沒物,要錢沒錢。

無　沒有：身無分文／大公無私／言之無物。

E 13－21 動：　得到‧接受

得到　❶事物變成屬於自己：得到一枚金牌／得到一次出國進修的機會。❷獲得：工作得到改進／損失得到補償。

得　得到：得益／他得了頭獎。

取得　得到：取得合法權益／取得寶貴經驗。

取　❶拿到手：取款／取行李。❷得到；招致：取樂／取笑／自取滅亡。

獲得　得到；取得(多指經過努力的)：獲得獎學金／獲得博士學位／獲得經驗教訓／獲得豐收。

獲　得到；取得：獲獎／不勞而獲。

獲取　取得：獲取利潤／獲取報酬。

領取　拿到發給的東西：領取工資。

領　領取：領錢／領材料。

到手　拿到手；得到：他托人買的東西,已經到手了。

奪　❶強取；搶：巧取豪奪。❷爭先取得：奪高產／一舉奪魁。

奪取　❶強行取得；用武力強取：奪取群眾財物／奪取敵人陣地。❷努力爭取：奪取國家建設的勝利。

占據　用強力取得、保持(地域、場所、位置等)：占據上風／占據重要的地位。

據　占據：據為己有／各據一方。

占　占據：強占公地／給我占個座位。

撈 指用手段取得：撈外快／撈一把／一點好處也沒撈到。

弄 設法取得：弄錢／弄點兒東西吃／弄一張營業執照。

掙 用勞力換取：掙錢／這東西是掙來的，不是偷來的。

賺 〈方〉掙（錢）：開一天車，賺了三千元。

接受 對給與的事物容納而不拒絕：接受饋贈／接受任務／接受群眾批評。

受 接受：受禮／受之有愧／受讀者歡迎。

收受 收取；接受：收受賄賂／收受禮品。

收 取得東西使屬於自己：收錢／收稅／收歸國有。

接收 ❶收受；接受：接收來稿／接收禮物／接收新會員。❷根據法令把機構、財產等收歸己方所有：所有財產由政府派員接收。

收納 收進去；拿下來：收納現金／手續不完備，未便收納。

收取 收；取得：收取手續費／收取積欠帳款。

收回 把發出、借出的錢物取回來：收回欠款／把借出去的書刊全部收回。

取給 取得；取自：企業發展資金主要取給於內部積累。

E 13－22 動： 交·給

交 把事物轉移、託付給有關方面：交學費／交稅／交一個重要任務給你。

給 使別人得到某些東西或受到某種遭遇：學校給我獎學金／這個事故給他一個沈重的打擊。

交給 交；付給；託給：請你把這筆錢交給他／把任務交給我吧。

交付 交給：交付定金／新劇場已經交付使用。

給付 付給（款項等）：照章給付恤金。

給予 給；使得到：給予獎勵／給予幫助／給予照顧。也作**給與**。

給以 給；給予（多用於抽象事物）：給以幫助／給以適當的獎勵。

付 ❶交給：付印／付表決／付之一笑。❷給（錢）：付款／付帳／分文不付。

付與 拿出；交給：付與巨款／付與法定利息。

與 給：交與本人／與己方便，與人方便。

賦予 交給重任、使命等：這是時代賦予我們青年的神聖使命。

予 給：授予勳章／免予處分／予人口實。

轉交 把一方的東西交給另一方：請把這本書轉交給小組長。

E 13－23 動： 索取

索取 要；討取：索取錢物／索取額外報酬。

要 ❶希望得到或保有：他要一本辭典／這雙鞋我還要呢。❷因為希望得到或收回而有所表示：要帳／弟弟跟我要電影票。

索 要；取：索還／索價過高。

討 索取：討債／討教。

索還 要還；討回：索還舊欠。

需索 索取：需索財物／需索無厭。

勒索 威逼別人，索取財物：勒索民財。

予取予求* 原指從我這裡取和求（財物）。後用來指任意索取。

E 13－24 動： 贈送

贈送 無代價地把東西送給別人：贈送禮物／謝絕贈送。

贈 把東西送給人：贈書／贈款。

送 贈送：奉送／送禮／千裡送鵝毛。

奉送 敬辭。贈送：免費奉送。

饋贈 贈送（禮品）：互相饋贈禮物。

饋送 饋贈：買些土產饋送親友。

轉送 把收到的禮物再贈送給別人：我把老師送給我的一本著作轉送給他。□**轉贈**。

敬 有禮貌地送上：敬煙／敬茶／敬你一杯酒。

回敬 回報別人的敬意或饋贈：回敬主人一杯

酒。

捐獻　拿出私人財物獻給國家或公益團體：他把自己的藏書捐獻給圖書館。

捐　自願地無償地把東西送人：捐錢／捐畫。

捐款　爲某種正當目標捐助款項：爲災區群眾捐款。

捐輸　〈書〉捐獻：慷慨捐輸。

輸　〈書〉捐獻（財物）：輸財助戰。

捐贈　贈送財物（給國家或集體）：捐贈圖書、儀器。

捐助　拿出財物來幫助（用於公益事）：捐助錢款賑濟災民。

E 13－25　動：呈獻

呈獻　把物品或意見等恭敬地送給尊敬的對象：謹把這篇文章呈獻給敬愛的讀者／她決心把自己的青春呈獻給上帝。

呈　恭敬地送上：謹呈／呈閱／呈上狀紙。

獻　恭敬地提供（物品、力量、意見等）：獻花／獻策／爲祖國獻出了畢生精力。

貢獻　把力量、物資等獻給國家或公眾：他把珍藏的祖傳文物貢獻國家／老百姓都在爲社區建設貢獻力量。

敬獻　敬辭。獻上：向革命烈士敬獻花圈。

供獻　奉獻：願每個人都爲需要幫助的人供獻出自己的力量。

奉　給；獻給（多指對上級或長輩）：奉上薄禮一份。

奉獻　恭敬地交付；呈獻：她把自己的青春和一顆赤誠的心奉獻給國家。

敬奉　敬辭。恭敬地送上：敬奉名酒一瓶。

孝敬　把物品獻給尊長，表示敬意：這包蜜棗是她買來孝敬父母的。

E 13－26　動：　賞賜

賞賜　把財物等送給地位低的人或晚輩：爺爺賞

賜我一隻手錶，作爲獎勵／豐收是用勤勞爭取的，不是靠自然賞賜的。

賞　賞賜；獎勵：賞罰分明／賞給他一本字典。

賜予　賞給：賜予黃金百兩／大自然賜予我們的資源，非常豐富。

賜　賞賜：賜敎／請即賜復。

恩賜　原指封建統治者給臣民以賞賜，今泛指因憐憫而施捨：自由是人民爭來的，不是什麼人恩賜的。

E 13－27　名：　捐款·賞賜

捐款　指捐助的款項：這筆捐款用於建造兒童樂園。

賞賜　指賞賜的財物：他也得到一份賞賜。

賜　指賞給的東西、給予的好處：厚賜／受賜良多。

賞錢　賞給人的錢。

賞　賞賜或獎賞的錢物：領賞／懸賞。

賞封　舊時指裝有獎金紅封套或紅紙包。

賞格　舊時指懸賞所定的賞金數：尋人賞格。

賞號　〈方〉舊時指賞給每人一份的錢或物。

紅包　裝有錢的紅紙包，用於送禮或獎勵：送紙包／發放年終紅包。

E 13－28　動：　借
（參見 K3－11 借·貸）

借　❶取得同意暫時使用別人的財物：借進／向學校借書／他月月向人借錢。❷暫時把自己的財物供別人使用：借出／借錢給他／這輛自行車借給你用。

出借　把東西借出去：出借錄影帶／雨傘暫不出借。

借用　借別人的東西使用：借用一下你的自行車。

假　借用：久假不歸。

求借　請求別人借給財物:求借無門。

告借　向別人借錢:到處告借。

E 13−29 動: 歸還·退還

歸還　把借來或占用的錢、物交回給原主:按時
　　歸還借款。

歸　歸還:物歸原主。

還　歸還,償付:還債/書看完了就還給你。

交還　歸還;退還:把借來的東西親自交還給他。

奉還　敬辭。歸還:所借書刊,如期奉還。

璧還　〈書〉敬辭。歸還原物或辭謝贈送的禮物:
　　全部璧還。

璧謝　〈書〉敬辭。退回禮物,並表示感謝:親友
　　饋贈,一一璧謝。

璧趙　〈書〉把物品完整無損地歸還原主(參見
　　「完璧歸趙」):所借字帖,自當如期璧趙。

完璧歸趙*　戰國時代,趙國得到了楚國的和氏
　　璧,秦昭王要用十五個城池來換璧。趙王派
　　藺相如帶著璧去換城。秦王得璧後,不肯交
　　出城。相如設法把璧要回,派人送歸趙國。
　　後來用「完璧歸趙」比喻把原物完整無損地歸
　　還本人,「璧還」、「璧趙」、「璧謝」等詞均出於此
　　義。

清還　清理歸還;清償:清還圖書/清還債務。

發還　把收來的財物歸還給原主:被抄去的書
　　籍、稿件已全部發還。

退還　交還(已經收下來或買下來的東西):退還
　　劣貨/把多收的價錢退還給顧客。

退　退還:退貨/退款/退稿。

退回　退還:把稿子退回給作者。

E 13−30 動: 分配

分配　按一定的標準或規定把財物分成幾等份
　　給人:分配住房/給受災人家分配這些糧食。

分　分配:分紅/這些獎金由你們自己分吧!

分發　一個個地給與:分發獎品/分發文件。

平分　平均分配:剩餘的錢由你們兩人平分。□
　　均分。

俵分　按份或按人分發。

分得　分到手:這個月分得不少獎金。

瓜分　像切瓜一樣地分割或分配。特指分割國
　　土:瓜分贓款/瓜分領土。

E 13−31 動: 攤派

攤派　由眾人或各方面分擔(費用、任務等):攤
　　派公款時他必須多出錢/所有費用按人攤派。

分攤　分擔;攤派(費用、任務):一切開銷由大家
　　分攤/這項任務還得向外分攤才能完成。

分擔　分別負擔;負擔一部分(責任、任務、費用
　　等):責任由參加人分擔/弟弟的學費我也分
　　擔一部分。

攤　分擔:清潔費按月由各戶攤/這件事要攤給
　　大家做。

均攤　平均分攤:全部用費,大家均攤。□平攤。

E 13−32 名: 份

份　整體中的部分:把獎金分做兩份/我的軍功
　　中也有你的一份。

份額　整體中的部分數額:我只要我應得的份
　　額。

全份　完整的一份;完整的份額:全份表冊/他
　　把一個月的薪資全買了彩券。

份子　❶集體送禮時各人分攤的一份錢:出份
　　子。❷泛指做禮物的現金:婚禮收的份子他
　　全用來還債。

E 13−33 動: 保存·保藏

保存　使事物繼續存在,不受損失或不發生變
　　化:保存文物/保存資料/保存優良傳統。

存　保存;儲存:封存/存檔/存糧。

保藏　把東西收存好,以免遺失或損壞:參考文
　　件要注意保藏。

藏　收存;保藏:藏書／冷藏。

收藏　收集保藏:收藏字畫／收藏郵票。

保管　保藏和管理:他負責保管農具。

珍藏　因珍惜而妥爲收藏保存:他把珍藏多年的
　文物捐獻給圖書館。

庋藏　〈書〉保存,收藏。

E 13－34 動：　遺失

遺失　由於不小心而失掉(東西):錢包遺失了。

丟　遺失:丟三落四／丟了一隻箱子。

失　丟掉:失物招領。

丟掉　遺失:我不愼把鑰匙丟掉了。

丟失　遺失:丟失的東西找到了。

掉　遺失;遺漏:鑰匙放好,別掉了／這頁掉了幾
　個字。

少　丟;遺失:他在船上少了一個小箱子。

散失　分散遺失:所藏劇照,大部散失。

散亡　分散遺失:許多珍貴畫冊在戰亂中大多散
　亡。

亡失　遺失;散失:那些書稿早已亡失。

亡　失去;遺失:亡羊補牢。

E 13－35 動：　抛棄

抛棄　扔掉不要:抛棄財產／抛棄妻子兒女。

棄　扔掉;捨棄:如棄敝屣／棄暗投明。

扔　丟棄:不要亂扔果皮／怎能把工作扔在一邊
　不管?

丟棄　丟掉;抛開:敵人逃跑時,丟棄了不少槍
　枝,彈藥。

丟掉　抛棄:把破舊的家具全部丟掉／這樣的工
　作作風被有些同事忘記,丟掉了。

遺棄　❶丟棄:大家立即進入敵軍遺棄的塹壕。
　❷把自己有贍養或撫養義務的親屬抛開不
　管:丈夫遺棄了她。

擯棄　抛棄;排除:擯棄陳規陋習／遭社會擯棄。

捐　抛棄;捨棄:捐生／爲國捐軀／細大不捐。

捐棄　抛棄:她已捐棄前嫌,和他重歸於好／爲
　了孩子們的生長,她可以捐棄自己的一切。

廢棄　抛棄不再使用:他把廢棄多年的電風扇修
　好了。

屏棄　抛棄;扔掉:屏棄舊倫理道德觀念。也作
　摒棄。

撇棄　抛棄;丟開:撇棄享受,加入慈善工作／他
　撇棄了所有的舊碗盤。

棄絕　完全抛棄:棄絕一切不良嗜好／爲圖小利
　而棄絕朋友。

棄置　扔在一邊:這輛舊車早已棄置不用。

捨棄　丟開;抛棄:捨棄家產／爲了祖國,自己的
　一切都可捨棄。

放棄　丟掉(原有的權利、主張、意見等):放棄財
　產繼承權／放棄升學機會／放棄以前的主張。

割捨　捨棄;捨去:這叫我賣掉這些珍藏多年的
　書畫,實在難以割捨。

割愛　讓出或放棄心愛的東西。多用做婉辭:忍
　痛割愛／承割愛見贈,盛情可感。

E 13－36 動：　繼承‧轉讓

繼承　❶依法接受死者的遺產或權利:繼承人／
　繼承房屋所有權。❷接受前人留下的事業、
　文化、知識等使繼續下去:繼承革命事業／繼
　承民族文化傳統。

承繼　繼承:承繼父志／周人的文化是承繼著殷
　人來的。

承受　繼承(財產、權利等):承受父親遺產。

轉讓　把屬於自己的財物或應該享有的權利讓
　給別人:轉讓股票／技術轉讓／分配給員工的
　住房,不得轉讓。

讓　把自己的財物或權利,收取或不收取代價,
　轉移給別人:讓利／他自願把新分配到的住房
　讓給我。

F 感覺·情感·性格·行為

F1　心理·感覺

F1-1 名、動：　心理(一般)

心理 〔名〕❶感覺、知覺、記憶、思維、情感、意志、性格等的總稱,是人的頭腦對客觀現實的反應〗過程:兒童心理/社會心理。❷泛指人的思想、感情等內心活動:她抑止不住自己忌妒的心理。

意識 ❶〔名〕人的頭腦對客觀物質世界的自覺反應,是人類特有的心理反應現實的形式。包括感覺、知覺、表象等感性形式和概念、判斷、推理等理性形式。❷〔動〕察覺:經人指出,他才意識到問題的嚴重。

下意識 〔名〕心理學上指不知不覺、沒有意識的心理活動。常用來指人在潛在意識支配下不自覺地或習慣地做出某種動作:他出於下意識向前衝了一步。也叫**無意識;潛意識**。

心態 〔名〕心理狀態:消費者心態/這是一個知識分子常有的心態。

刺激 〔動〕❶外界的事物和現象作用於有機體,引起活動或變化:強光刺激他的眼睛,好久不敢睜開。❷使人精神上受到打擊或挫折:你不要再刺激他,他受不了。❸推動事物,使發生變化:採取各種措施,刺激生產力的發展。

反應 ❶〔動〕有機體受到刺激而產生相應的活動:他還沒反應過來,汽車早已開走了。❷〔名〕有機體受刺激而引起的相應活動:打針

有時有發燒、頭痛的反應。❸〔名〕事情發生後引起的議論或行動:輿論界對這件事有強烈的反應。

F1-2 名：　感覺

感覺 客觀事物的個別特性(如顏色、聲音、氣味、溫度、硬度等)通過人的感官在人腦中引起的反應,可分為視覺、聽覺、嗅覺、味覺、觸覺等:他甦醒過來,身上開始有了疼痛的感覺。

感 感覺:美感/快感。

覺 器官對外界事物刺激的感受和辨別:視覺/味覺/觸覺。

知覺 ❶客觀事物的整體直接作用於人的感官在人腦中的反應。知覺是在感覺的基礎上形成的,綜合了事物的各個不同特性,反應了事物的整體和聯繫。❷通常多用來指感覺:失去知覺。

感知 客觀事物的整體或外部聯繫在人腦中的直接反應,即知覺。

感應 受外界事物影響,引起相應的感情或動作,或造成某種結果:動物對外界刺激都會發生比較靈敏的感應。

感受 跟外界事物接觸得到的影響:這次參觀學習我有很深的感受/請大家談談自己的感受。

預感 事先的感覺:患關節炎的人對陰雨天氣常有預感。

美感 對於美的感覺或體會:她的舞姿富美感。

快感 愉快或痛快的感覺:清新的空氣給人以快

感。

F1-3 名：　各種感覺

聽覺　聲波振動耳鼓,經過聽神經傳導到大腦的聽區而產生的感覺:聽覺失靈。

見覺　物體的影像刺激視網膜,經過視神經傳導到大腦的視區而產生的感覺:他年歲雖大,視覺仍然良好。

臭覺　鼻腔黏膜與某些物體發散的物質微粒相接觸時所產生的感覺:狗的嗅覺特別靈敏。

味覺　舌頭與液體或者溶解於液體、唾液中的化學物質接觸時所產生的感覺。甜、酸、苦、鹹是四種基本味覺,其餘都是混合味覺。

色覺　各種有色光反應到視網膜,經過視神經傳導到大腦的視區而產生的感覺。

膚覺　皮膚、黏膜等受外界觸、壓和冷、熱等刺激傳入大腦所產生的感覺,包括觸覺、痛覺、冷覺和溫覺等。

溫覺　皮膚受到比體溫高的溫度的刺激時所引起的感覺。

冷覺　皮膚受到低於體溫的溫度的刺激時所引起的感覺。

觸覺　皮膚、毛髮等與物體接觸時所引起的感覺。

痛覺　身體組織因受傷害或受強烈的刺激所產生的感覺。

平衡覺　因頭部或身體所處位置的方向、運動速度的改變或受震動而引起的感覺。內耳中的半規管和前庭是平衡覺的器官。

幻覺　沒有外界刺激而產生的虛假的知覺,例如事實上並沒有聲音而聽見聲音,眼前無物而看到各種形象等。有某種精神病或在催眠狀態中的人,常有幻覺。

錯覺　由於某種原因引起的對客觀事物的錯誤的感覺。如同一灰色,放在黑、白兩種不同背景上,看來前者較白,後者較黑。

手感　用手撫摸時的感覺:絲綢手感柔軟光滑。

F1-4 動：　感覺

感覺　產生某種感覺:秋風吹到身上,他感覺到一絲寒意。

感　感受,感覺:內心深感不安/身體稍感不適。

感受　感覺到,受到;接受:心裡感受到無限的溫暖/感受風寒。

覺得　產生某種感覺:遊興很濃,一點也不覺得疲倦/我覺得你近來脾氣有點古怪。

覺　感覺;感到:不知不覺/推開窗戶,頓覺寒氣襲人。

感到　感到:感到羞辱/身上感到有些涼。

發　感覺;感到:發癢/四肢發麻/嘴裡發苦。

預感　事先感覺到:天氣異常悶熱,人們預感到就要下一場大雨。

痛感　深切地感覺到:我現在還痛感有周密研究如何保護地球環境的必要。

F1-5 形：　（感覺）靈敏・遲鈍

靈敏　對刺激能迅速反應;(感官、思想、行動等)反應快:狗的嗅覺非常靈敏/他雖身體老弱,頭腦倒還靈敏。

敏銳　對外界事物反應靈敏而準確:目光敏銳/他對周圍變化的感覺非常敏銳。也說**銳敏**。

敏感　對外界事物反應很快:蟋蟀、蜘蛛對微弱的震動都很敏感/想不到她對這樣小事也非常敏感。

過敏　❶有機體對外界刺激的感受性不正常地增高的現象:他對青黴素過敏。❷過於敏感:他並沒有諷刺你,你未免太過敏了。

快　靈敏:這孩子腦子快,理解力強/眼明手快。

靈　靈敏;靈活:心靈手巧/嗅覺很靈。

遲鈍　(感官、思想、行動等)反應慢,不靈敏:目光遲鈍/我腦子遲鈍,一時反應不過來。

麻木不仁[*]　肢體麻痺,喪失感覺。比喻思想不

敏銳,對外界的事物反應遲鈍或漠不關心。

F1－6　動：　看

看　用眼睛和視力發現和辨別外界事物的形象：
看書／屋裡黑黝黝的,看不見東西／看! 火車
來了。

瞧　〈口〉看：瞧,誰來了! ／讓我進屋裡瞧一下。

瞅　〈方〉看：我瞅見他們進了電影院。

睃　〈方〉看(口氣不莊重)：畫的像不像? 我來睃
睃／把照片傳過來,讓我睃一眼。

觀　看：觀日出／察言觀色／袖手旁觀。

視　看：視而不見／虎視眈眈／目不斜視。

覽　看：遊覽／展覽／一覽無餘。

望　看：向遠處看：朝門外望了一眼／一望無際／
登高望遠。

覷　〈書〉看：面面相覷／小覷。

睜　張開眼睛：怒目圓睜／睜一眼,閉一眼。

F1－7　動：　看見

見　看到；看見：視而不見／你見到他回來沒有?

看見　看到：他看見了你／從後花園遠眺,可以
看見兩株高高的榕樹。

瞧見　〈口〉看見：他瞧見光榮榜上有自己的名
字。

瞅見　〈方〉看見：她瞅見我來了,連忙打了個招
呼。

觸目　眼光接觸到；看到：觸目皆是／觸目驚心。

目睹　親眼看到：耳聞目睹／我目睹了這一動人
的情景。

目擊　親眼看見：你是事件的目擊者／我親自目
擊,才知確有其事。

目見　親眼看到：耳聞不如目見。

親眼見　用自己的眼睛看：這場面是我親眼見
的,印象特別深。

F1－8　動、形：　注視

注視　〔動〕注意地看：他聚精會神地注視著舞臺

上的表演。

盯　〔動〕集中視線看；注視：他睜大了眼睛盯著
我。

瞄　〔動〕❶把視力集中在射擊或投擲的目標上：
槍瞄準了再放。❷注意看：他從門前走過,對
她瞄了一眼。

凝視　〔動〕聚精會神地看：我凝視著夜空中燦爛
的星光。

注目　〔動〕目光集中到一點；注視：她的行動十
分引人注目／他注目向槍聲響處望去。

張目　〔動〕❶睜大眼睛,憤怒的樣子：張目叱之／
張目瞋視。❷注目；看重：他為作品寫的短
序,令人張目。

矚目　〔動〕注視：舉世矚目／報告文學已為廣大
讀者所矚目。

矚望　〔動〕注視：矚望夜空／社員們站在田頭矚
望著他漸漸遠去的身影。

凝眸　〔動〕〈書〉眼珠不轉動地看：凝眸遠望。

定睛　〔動〕集中目光：定睛細看。

目不轉睛 *　注意力高度集中地看,眼珠一轉也
不轉：同學們目不轉睛地看著老師做實驗。

怒視　〔動〕憤怒地注視：怒視敵人,毫無懼色。

目送　〔動〕注視著人或車、船等離去：我目送他
跳上公共汽車走了。

逼視　〔動〕靠近目標,緊緊盯著看：他用冷峻的
目光逼視著來人。

眈眈　〔形〕注視的樣子：虎視眈眈／那人目光眈
眈,不轉睛地望著他。

睽睽　〔形〕形容張目注視：眾目睽睽／她在睽睽
眾目前面演說,神態自若。

F1－9　動：　端詳

端詳　仔細地看：她久久地端詳著多年不見的兒
子／他雙手捧著玉雕,細細地端詳著。□端
相。

端量　仔細地看；打量：過河要先端量一下河身

有多寬。

諦視　〈書〉仔細地看：她諦視著自己的丈夫，默然不語。

審視　仔細地察看：海圖室裡，船長和大副在審視氣壓計。

F1－10 動：　遠望

遠望　向遠處看：登高遠望／櫻花盛開，遠望有如一片紅霞。

瞻望　往遠處看；往將來看：我們瞻望著山峰上的寶塔／瞻望前途，滿懷信心。

展望　❶往遠處看：站在山頂展望，四周景物，盡收眼底。❷觀察、預測事物發展的前途：展望未來，信心倍增／展望世界經濟發展趨勢。

瞭望　從高處遠望。特指從高處或遠處監視敵情：我登上山頂四處瞭望／司令員拿望遠鏡瞭望敵人的陣地。

眺望　從高處向遠處看：登樓眺望白雲深處的山峰。

騁目　〈書〉放眼往遠處看：騁目遠望。

放眼　放開眼界觀看：放眼世界／放眼未來／朝機窗外放眼望去，一片雲海，無邊無際。

極目　用盡眼力向遠處看：極目平原／極目楚天舒。

縱目　放眼（遠望）：縱目四眺／縱目遠山。

在望　在視線以內，可以望見：車近杭州，六和塔已經在望。

憑眺　在高處向遠處觀看景物：倚欄憑眺周圍的湖光山色。

F1－11 動：　環視・張望

環視　向周圍看：老師走進教室，環視了一下學生。

環顧　〈書〉向四周看；環視：環顧四周。

四顧　向四周張望：倉惶四顧／四顧無人。

掃視　迅速地環視四周：他先掃視了一下全場觀

眾。

張望　❶向四周或遠處看：他走進巷弄，向四下張望。❷從孔隙裡看：他從門縫兒向屋裡張望。

顧盼　〈書〉向兩邊或四周看：左右顧盼／顧盼自雄。

東張西望*　向東看看，向西看看。形容不停地四處張望。

左顧右盼*　不住地向左右兩邊看。

F1－12 動：　俯視・仰視

俯視　從高向下看：從山頂俯視，這淺澗像銀帶子一般晶亮。

俯瞰　〈書〉俯視：我憑窗俯瞰山城的夜景。

鳥瞰　從高處往下看：登上塔頂，可以鳥瞰全城景物。

仰視　抬頭向上看：躺在草地上仰視天空。

仰望　仰視：仰望星空。

舉目　〈書〉抬起眼睛看：風景不殊，舉目有山河之異／舉目無親。

F1－13 動：　瞟・瞥

瞟　斜著眼睛看：她瞟了我一眼，默不作聲。

斜視　斜著眼睛看：目不斜視／她斜視著進來的顧客，不理不睬。

乜斜　微微瞇著眼睛斜看：她用傲慢的目光乜斜著這位陌生的男人。

側目　斜著眼睛看。形容因畏懼、憤恨或鄙視而不敢或不屑從正面看：側目而視／這人平日仗勢欺人，久為鄰里所側目。

睇　〈書〉斜視：微睇。

睇視　斜視；細看：我向四周睇視了一忽兒，默默地走出墓地。

睥睨　〈書〉斜視，有厭惡、高傲意：睥睨世人／睥睨千古。

睨　斜著眼睛看：睨視／斜睨／她睨著我不做聲。

瞥　很快地看一下：一瞥／我只在汽車經過時瞥
　　了一眼商場的前門。

瞥見　一眼看見：突然瞥見街對面有一個熟人。

F1－14 動： 窺視

窺視　暗中、隱蔽地察看：有人在窗外窺視室內
　　動靜。

窺　暗中偷看。也泛指觀看：我窺了他一眼，他
　　正望著遠處樓上的燈光／只要伸首一窺，就能
　　看見。

窺見　看出來或覺察到：從字裡行間，可以窺見
　　作者博大的胸懷。

窺探　暗中察看：窺探別人秘密／他發現外邊有
　　人窺探。

窺伺　暗中觀察或監視：她時刻提防房外有沒有
　　人在窺伺。

偷眼　偷偷地看；窺視：他偷眼向她一看。

探頭探腦* 　形容伸出頭四處張望，進行窺探。

F1－15 動： 觀察

觀察　對事物或現象進行察看、了解：觀察周圍
　　環境／觀察社會現象／對陣地形勢仔細觀察。

察看　為了解情況而仔細地觀看：察看現場／察
　　看地形。

觀看　有目標地看；觀賞；參觀：觀看演出／他一
　　面散步，一面觀看市容。

探望　察看：他在船上用望遠鏡探望兩岸動靜／
　　這裡的地形、道路事先都派人探望過。

觀望　❶觀看；張望：聽見飛機飛去，甲板上的人
　　都在仰頭觀望。❷以猶豫或旁觀的態度觀看
　　事物的發展變化：他徘徊觀望，沒有參加的決
　　心。

觀測　觀察並測度（情況）：觀測對方動靜／觀測
　　敵人火力。

洞察　觀察得非常清楚：洞察一切／洞察民情。

洞見　很清楚地看到：洞見癥結所在／明辨是

非，洞見一切。

明察　❶觀察得很清楚：明察秋毫／明察其姦。
　　❷明理觀察：明察暗訪。

體察　體驗觀察：體察民情。

著眼　從某一方面進行觀察、考慮：大處著眼，小
　　處下手／我們種花植樹，並不是單純點綴風
　　景，而是從人民生活著眼。

察言觀色* 　仔細觀察別人的言談和神色，以了
　　解其心意。

通觀　總體來看；全面觀察：通觀全國經濟形勢。

綜觀　綜合觀察：綜觀全局／綜觀國內外形勢。

望風　給正在進行秘密活動的人觀察動靜：他為
　　竊賊守門望風。□把風。

觀風　察看時機，以便行動；望風：你們儘快從小
　　路繞過去，我在這裡觀風掩護。

巡風　來回走動望風：派人在門外巡風。

F1－16 動： 參觀

參觀　實地觀察（事業、工作成績、景物、建設
　　等）：參觀展覽會／參觀水電站／他赴外地參
　　觀。

觀光　參觀、遊覽（景物、建設等）：他每到一個城
　　市，總是先去觀光市容。

觀摩　實地觀看彼此的成績，相互交流學習經驗
　　和長處：觀摩技術操作／互相觀摩，截長補短。

觀禮　參觀典禮：美術館舉行落成典禮時，市長
　　親蒞觀禮。

F1－17 名： 視力

視力　眼睛辨別物體形象的能力：他的視力日漸
　　減退／要注意保護視力。□目力。

眼力　❶視力：她上了年紀，眼力差。❷觀察事
　　物，辨別是非好壞的能力：她有眼力，挑中了
　　一個好丈夫。

眼光　❶視線：人們的眼光頓時都集中到舞臺上
　　／他那友好的眼光，鼓勵著我把話說下去。❷

觀察事物的能力;觀點:他做事有眼光,也有
魄力/不要用懷疑的眼光看待人。

目光 ❶眼睛的神采:目光炯炯/目光呆滯。❷
觀察事物的能力;眼力:目光短淺。

眼色 向人示意的目光:看人的眼色行事/我多
次向他使眼色,不讓他再講下去。

眼神 ❶眼睛的神態:眼神呆滯。❷〈方〉視力:
她眼神兒不濟,我從對面走過去,她都沒發
現。❸〈方〉眼色:他向我使眼神兒,讓我不要
說。

視線 看東西時,眼睛和所看物體之間的假想直
線:一座高樓擋住了我的視線。

視野 目光所及的空間範圍:登上山頂,視野頓
時開闊了。

眼界 所見事物的範圍,借指見識的廣度:他見
多識廣,眼界高/你該多到外面走走,開開眼
界。

F1－18 形： 眼尖·眼花

眼尖 視力敏銳:小孩子眼尖,一看就認出他來
了。

眼明手快* 眼光尖銳,動作敏捷。

炯炯 形容目光明亮:兩眼炯炯有神。

眼花 眼睛視物模糊:頭昏眼花。

眼花繚亂* 繚又作撩。在看複雜紛繁的東西
時,眼睛發花,感到迷亂。

目眩 眼花:頭暈目眩。

走眼 看錯:把次貨當好貨,這次你可看走眼了。

昏花 視力模糊不清:老眼昏花。

F1－19 形： 顯眼

顯眼 明顯而容易被看到;引人注目:他在會場
裡找一個最不顯眼的地方坐下。□顯目。

明顯 清楚地顯露出來,容易讓人看見或感覺
到:路旁有明顯的街牌/他的優點和缺點都很
明顯。

顯 露在外面,容易看見:顯而易見。

醒目 形象明顯,容易看清:標題醒目/把這張
海報貼到醒目的地方/路旁樹立的標牌,十分
醒目。

醒眼 〈方〉醒目:把這盆花擺到醒眼的地方。

起眼 醒目;惹人重視(多用於否定式):別看他
人長得不起眼,處事可很老練。

刺眼 ❶光線過強,使眼睛不舒服:燈光太亮,有
一點刺眼。❷惹人注意,看起來感到不舒服:
她打扮得花姿招展,非常刺眼。□刺目;扎
眼。

招眼 引人注意:這個人的舉動很招眼。

惹眼 〈方〉顯眼;引人注目:她的穿著打扮實在
惹眼。

打眼 〈方〉刺眼;引人注意:他身上那鮮艷的草
綠色上衣在人叢中似乎特別打眼。

觸目 顯眼;引人注目:比賽場上掛著一條大字
橫幅,非常觸目。

F1－20 動： 聽

聽 用耳朵接受和辨別聲音:聽廣播/聽電話/
我聽得很清楚/我聽到有人敲門。

收聽 聽(廣播):收聽新聞節目。

諦聽 仔細地聽:好奇心驅使我諦聽她的動靜。

傾聽 認真仔細地聽:他細心傾聽每個委員的發
言。

聽取 聽;聽到;聽從。多用於聽意見、要求、匯
報等:聽取蛙聲/聽取讀者的直言/聽取友人
的忠告。

聆 〈書〉聽:聆聽/聆教。

聆聽 〈書〉注意地聽:他屏息聆聽老師的教誨。

聆取 〈書〉聽取:虛心聆取代表們的意見。

洗耳恭聽* 恭敬地專心傾聽。用於聽人講話時
的客氣話。

F1－21 動： 聽見

聽見 聽到:聽見清亮的雞叫聲/火車經過村外

的聲音,這裡可以聽見。

聞 聽見:聞所未聞╱耳聞目睹╱充耳不聞。

聽說 聽到別人說:聽說他昨天離開美國了。

耳聞 聽說:他耳聞到一些風言風語╱他受賄的事,早有所耳聞。

傳聞 輾轉聽到:傳聞的事,不足為憑。

風聞 由傳聞得知:關於他的不幸遭遇,我也有所風聞。

F1－22 名、形： 聽力

聽力 〔名〕耳朵辨別聲音的能力:測試聽力。

耳背 〔形〕聽覺不靈:他八十多歲了,已有點耳背。

背 〔形〕聽覺不靈:老人家耳朵有點背,你說話聲音大些。

耳沈 〔形〕聽力差:一場大病後,他變得耳沈了。也說**耳朵沈**。

耳聰 〔形〕聽覺靈敏:耳聰目明(形容人耳、目功能良好,頭腦清楚,觀察敏銳)。

耳生 〔形〕聽著感到生疏:這種口音,我感到耳生。

耳熟 〔形〕聽著感到熟悉:門外講話的人,聲音有點耳熟。

F1－23 形： 好聽・難聽

好聽 ❶(聲音)聽著舒服;悅耳:這首民歌真好聽。❷話說得使人滿意:好聽的話要聽,不好聽的話也要聽。

動聽 聽起來使人感動或發生興趣:他講故事很動聽╱詩歌須有形式,要易懂、易記、易唱、動聽。

中聽 (言語)聽起來讓人滿意:他說的話實事求是,很中聽。

受聽 (言語)聽起來入耳:好話未必受聽。

悅耳 聽著使人感到愉快;好聽;動聽:悅耳的歌聲╱潺潺的泉水聲,十分悅耳。

入耳 中聽:他的話聽起來很入耳,但對你未必有好處。

順耳 (言語)聽起來舒服,合意:人們愛聽順耳的話╱他說的都是些不順耳的話。

難聽 ❶聲音不悅耳:這首搖滾樂曲怪難聽的。❷言語粗俗刺耳:他那些罵人的話,難聽極了。

刺耳 聲音尖銳嘈雜或言語尖刻,聽起來不舒服:機房裡傳來刺耳的噪音╱他的話太刻薄,聽起來很刺耳。

聒耳 聲音嘈雜刺耳:蟬鳴聒耳,令人心煩。

扎耳朵＊ 〈口〉(聲音或言語)聽起來不舒服;刺耳:高音喇叭響起來真扎耳朵╱他的這些牢騷話聽起來扎耳朵,但並非全無道理。

逆耳 言語不順耳:忠言逆耳利於行。

F1－24 形： 清晰

清晰 清楚;顯明;不模糊:圖像清晰╱聲音清晰╱思路清晰╱岸邊人影清晰地映入水中。

清楚 事物容易讓人辨認、了解:字跡清楚╱兩人的談話,門外聽得很清楚╱事情的真相越來越清楚了。

清 清楚:看得清╱問清根由╱這些話你聽清了吧╱對他把道理講清。

清爽 清楚;清晰:聲音清爽╱他說些什麼,我沒有聽清爽。

明晰 清楚;分明;不模糊:煙消霧散,湖上的景物更加明晰了。

歷歷 (物體或景象)一個一個清楚分明:歷歷可數╱歷歷在目。

分明 清楚:黑白分明╱脈絡分明╱界限分明。

洞若觀火＊ 好像看火一樣看得透徹、分明。形容對事物觀察得清楚明白。也說**明若觀火**＊。

F1－25 形： 模糊

模糊 **模胡** 不清楚;不分明:那幅畫畫面已經模

糊了／霧中的遠處景物十分模糊／對這件往事我只有一些模糊的記憶。

糊塗　胡塗　模糊：牆上字跡糊塗／霧裡行人車輛,看起來很糊塗。

朦朧　不清楚;模糊:月色朦朧／遠山朦朧。

迷茫　廣闊,看不清的樣子:漫天飛雪,田野一片迷茫。

渺茫　遙遠而模糊不清:煙波渺茫／前途渺茫。

茫茫　沒有邊際,模糊不清:雲海茫茫／茫茫大霧籠罩了山腳的村莊。

縹緲　隱隱約約,若有若無:虛無縹緲／戲臺在燈火光中,縹緲得像一座仙山樓閣。也作**飄渺**。

隱約　看起來或聽起來不清楚;感覺不明顯:對岸的村舍隱約可見／遠處傳來隱隱約約的笛子聲／言談中隱約透露出一點不滿情緒。

隱隱　隱約:青山隱隱／雷聲隱隱／胃部隱隱作痛。

依稀　模模糊糊:遠處景物依稀可見／一些在校往事,還依稀記得。

恍惚　恍忽　(看得、聽得、記得)不真切;不清楚:三十年前的情景,我恍惚還記得。

漫漶　書版、石刻等因年代久遠磨損或受潮而模糊不清:石碑字跡漫漶,不能辨認。

影影綽綽 *　模糊,不真切的樣子。

F1－26 動：　嗅

嗅　用鼻子辨別氣味;聞:他接過手帕先嗅了一嗅。

聞　用鼻子嗅:剛進廚房,就聞到一股焦味。

F1－27 名：　氣味

氣味　物質散發的,鼻子可以聞到的味:氣味芬芳／一股難聞的氣味。

味　❶物質具有的能使鼻子感到某種嗅覺的特性;氣味:香味／臭味／無色乏味／我聞到一種難聞的味。❷物質具有的能使舌頭感到某種味覺的特性;味道:甜味／酸味／這道菜色、香、味俱全。

氣　氣味:香氣／臭氣。

氣息　氣味:春風帶來新翻的泥土的氣息。

味道　舌頭嘗出的滋味:嘗嘗味道／這盤菜的味道真好。

臭　氣味:乳臭未乾／氧是無色無臭的氣體。

異味　不正常的氣味:這些魚怎麼有一股異味?

F1－28 名、形：　香味
（參見 E4－15 香·臭·腥）

香味　〔名〕芳香的氣味:煮熟的新米飯,散發著香味。

香氣　〔名〕香味:站在池塘邊可聞到那荷花清淡的香氣。

香　❶〔名〕本指穀物熟後的氣味。引伸指一切好聞的氣味:異香撲鼻／滿室酒香。❷〔形〕好聞的;芳香:香水／鳥語花香。

芳　❶〔名〕花草的香味。泛指香氣。也比喻美好的德行、名聲:流芳百世／萬古流芳。❷〔形〕芳香;香:芳草／芬芳。

芳香　❶〔名〕香氣:芳香濃郁／空氣中飄散著醇酒般的芳香。❷〔形〕氣味很好聞;香:盛開的牡丹花,氣味芳香。

芬芳　❶〔形〕香;芳香:桃李芬芳／他正在欣賞園中美麗芬芳的花草。❷〔名〕香氣:庭院裡散發著茉莉花的芬芳。

馨香　❶〔名〕散布很遠的香氣:滿遍山隅散布著幽蘭的馨香／案上點著一炷香,馨香滿室。❷〔形〕芳香:病房中陽光溫煦,花卉馨香。

香澤　〔名〕〈書〉香氣:微聞香澤／香澤四溢。

芳澤　〔名〕古代婦女潤髮用的香油。泛指香氣:芳澤濃郁。

異香　〔名〕奇特的香味;濃烈的香味:窗外飄來

一股異香。

幽香〔名〕清淡的香氣:蘭花沁出陣陣幽香。

清香❶〔形〕香味清淡:清香的龍井新茶。❷
〔名〕清淡的香味:湖中荷花發散出陣陣清香。

清馨❶〔形〕香味清淡:他獨自在清馨的花叢中
散步。❷〔名〕清淡的香味:清馨四溢。

馥馥〔形〕〈書〉香氣濃厚:庭院裡花香馥馥。

馥郁〔形〕〈書〉香氣濃厚:滿園飄散著桂花馥郁
的香氣。□郁馥。

郁郁〔形〕香氣濃厚:芳香郁郁/鮮花散發著郁
郁的香氣。

濃郁〔形〕氣味濃厚:花香濃郁/酒味濃郁。

香馥馥〔形〕形容香味濃厚:他呷了一口香馥馥
的新茶。

F2　欲望·意願

F2－1 名:　欲望·需要

欲望　想得到某種東西或達到某種目標的要求、
意願:求知的欲望/他這些不切合現實的欲望
永遠得不到滿足。

欲　欲望:食欲/求知欲/利欲薰心。

欲念　欲望(多用於壞的或不應該有的):他竭力
抑制自己也感到可恥的欲念。

私欲　個人的欲望:為滿足私欲,他做了不少壞
事。

物欲　對物質享受的欲望:物欲不加克制,會失
去理智。

需要　對事物的欲望或要求:滿足群眾日常生活
的需要/適應現代化建設的需要。

需求　需要;要求:滿足市場的需求/每逢過年,
應節的食品特別需求。

嗜欲　指感官上追求享受的強烈欲望:克制不良
嗜欲。

要求　為一定目標提出的願望或條件:產品質

符合要求/玩耍是孩子正當的要求。

貪心　貪得的欲望:貪心不足/聽來人一說,他
又起了貪心。

野心　對權勢、名利等的非分欲望:野心家/野
心勃勃/侵吞鄰國領土的野心。

F2－2 動:　要求·需要

要求　為一定目標提出具體的願望或條件,希望
得到滿足或實現:要求學習外語/要求作深入
細緻的調查研究。

需求　因需要而要求:她並不需求我經濟上的援
助/兒童最需求的是良好的教育。

需要　應該具有或必須具有:這些材料我們十分
需要/創作需要比較厚實的生活積累。

需　需要:各取所需/以應急需。

求　希望實現某種願望或達到某種目標:求上進
/有求於人/求大同存小異。

急需　緊急需要:這個問題急需解決/搶運救災
急需的物資。

期求　希望得到:期求戰爭的勝利/期求通過談
判解決爭端。

企求　盼望得到:他企求獲得獎學金/她們縱情
歌唱,從不企求掌聲和喝采。

強求　硬性地要求:對一件事各人會有不同的看
法,不能強求一律/他不同意照你的意見做,
就不要強求了。

妄求　非分地要求:不要脫離實際,妄求過高的
生活。

務求　必須要求(達到某種情況或程度):務求如
期完工。

苛求　過嚴地要求:對孩子不要過分苛求。

覬覦　〈書〉非分地希望或企圖得到:覬覦高位/
覬覦非分之財。

F2－3 名:　意志

意志　人們自覺地決定要達到某種目標的心理

狀態:創業者要有堅強的意志/他意志太薄
　弱,不能成就大事業。

志向　指關於立身行事的理想和決心:志向遠大
　/做一個對社會有益的人是我的志向。

志趣　志向和興趣:我們倆有相同的志趣。

趣　志趣:旨趣/各懷異趣。

志氣　意志和勇氣;志向和氣概:人小志氣高/
　我很佩服他有堅定的志氣。

心氣　志氣:這孩子心氣高。

意氣　❶意志和氣概:意氣風發/意氣昂揚。❷
　志趣:意氣相投。

志　志向;志願:志同道合/志在四方/有志於教
　育事業。

心志　意志;志氣:心志已衰/大家弟兄有這個
　心志的,請喝完這盅酒!

壯志　偉大的志向:壯志凌雲/滿懷壯志/壯志
　未酬。

壯心　豪壯的志願;壯志:烈士暮年,壯心不已。

遠志　遠大的志向:宏才遠志/心懷遠志。

抱負　遠大的志向:滿懷抱負/抱負不凡。

雄心　遠大的理想和抱負:雄心勃勃/雄心壯
　志。

志願　志向和願望:立下志願/他上大學的志願
　實現了。

宏願　偉大的志願:為慈善事業而獻身是他的宏
　願。也說弘願。

初願　起初的心意、願望:經商本非我的初願。

心胸　志氣;抱負:心胸遠大,膽識超人。

決心　堅定不移的意志:下決心/表決心/任何
　困難都動搖不了我的決心。

決斷　決定事情的魄力:他做事精細又很有決
　斷。

恆心　持久不變的意志:要有恆心,才能學好外
　語/這孩子學習成績不穩定,主要由於缺乏恆
　心。

毅力　堅強持久的意志:學習外語沒有一點毅力

是學不好的。

F2－4 動:　立志·決意

立志　樹立志向:下定決心,立志成才/立志獻
　身國家的教育事業。

矢志　發誓立志:矢志不渝/矢志為航天事業奮
　鬥。

立意　打定主意;決心:他立意留在山上從事教
　育工作。

蓄志　早就存有某個志願:蓄志獻身現代化事
　業。

決意　拿定主意;決計:他決意投身教育界。

決計　確定主意:無論如何,我決計明天就走。

決斷　拿定主意,做出決定:對這件事,他一時還
　決斷不下/事態緊迫,望從速決斷。

決心　決意;下決心:經過考慮,他決心留在家
　鄉,不出國了。

發狠　下定決心;狠心:大家發狠,要踢贏這場
　球。

狠心　下定決心,不顧一切:她一狠心,離家出走
　了。

橫心　不顧一切地下決心:她橫心要走是攔不住
　的。

鐵心　指下定決心:他鐵心投下鉅資拍藝術片。

F2－5 形:　有恆·無恆

有恆　有恆心,能長期堅持下去:有恆為成功之
　本。

持之以恆＊　有恆心地長期堅持下去。

堅持不懈＊　堅定地做下去,毫不鬆懈。

有始有終＊　做事有開頭也有結尾,指能堅持到
　底。

善始善終＊　做事從開頭到結尾都很好。

全始全終＊　做事從開始到結束都很完善。

始終如一＊　自始至終都保持一個樣子。

始終不懈＊　自始至終毫不鬆懈。

鍥而不舍 ＊　堅持不停地雕刻。比喻做事持之以
恆，堅持不懈。

愚公移山 ＊　古代寓言，有位老人名叫北山愚公，
他下定決心要移去家門前攔路的太行、王屋
兩座大山，率領子孫們挖山不止，並堅信世世
代代挖下去，終會有一天把山鏟平。比喻做
事有毅力，有恆心，不怕困難。

無恆　沒有恆心，不能堅持下去：做事切忌無恆。

有始無終 ＊　做事有開頭沒有結尾，半途而廢，不
能堅持到底。

虎頭蛇尾 ＊　頭大如虎，尾細如蛇。比喻做事有
始無終，開始聲勢很大，後來勁頭越來越小。

一曝十寒 ＊　曬一天，凍十天。比喻學習或工作
勤奮時少，懈怠時多，沒有恆心。

三天打魚，兩天曬網 ＊　比喻學習或做事時常中
斷，沒有恆心，不能堅持。

F2-6 名：　願望

願望　希望將來能達到某種目標的想法：他畢生
最大的願望是致力醫學研究工作／他的留學
願望終於實現了。

意願　願望；心願：捐獻自己遺體是死者生前的
意願。

意　心願；願望：隨意／滿意／稱心如意。

心願　內心盼望將來能達到某種目標的想法：老
人家的心願是能看見兒子成家立業。

願　願望：如願以償／事與願違。

意思　意見；願望：女方認為婚禮不要鋪張，男方
也有這個意思。

誓願　下決心許下的心願：立下誓願。

夙願　一向懷有的願望：振興國內的教育事業，
是這位老教育家的夙願。也說**宿願**。

遺願　死者生前未能實現的願望：祖父的遺願終
於實現了。

希望　❶願望：成為 E 世代的網際網路人，是全
民的希望。❷指希望所寄託的人或事物：兒
童是國家的未來和希望。

盼頭　可以實現的願望；希望：有盼頭／他感到
這件事沒有盼頭了。

奢望　過高的期望：我們在物質生活上不應有任
何奢望。

厚望　深厚的期望：寄以厚望。

指望　所盼望的；盼頭：你的事有指望了／他的
病沒什麼指望了。

眾望　眾人的希望：眾望所歸／不孚眾望。

本心　本來的心願：給孩子們歡樂是這位老作家
的本心。

初衷　最初的心願；本意：弄成這樣的結果，並不
是我的初衷。

泡影　比喻落空的事情或破滅的希望：理想成了
泡影。

F2-7 動：　希望

希望　心裡想（達到某種目標或出現某種情況）：
希望人類居住的地球不再被破壞／我十分希
望成為一個對社會有貢獻的人。

想望　希望；盼望：年輕人總是想望幸福的／他
從小就想望著成為一個文學家。

企望　希望；盼望：殷切企望／他豎起耳朵，企望
著腳步聲的出現。

指望　一心期待；盼望：父母都指望子女早日成
材。

冀望　〈書〉希望：冀望得到諒解／我們冀望通過
代表們的發言，能引起政府和幹部對這個問
題的關心和重視。

希冀　〈書〉希望；希圖：有所希冀／雨後的晴爽
看來是不可希冀了。

願　希望；期望：但願如此／願你們永保青春。

望　希望；盼望：望子成龍／有關資料，望速寄
來。

希　希望：敬希指正／有何困難，希即電告。

冀　〈書〉希望；希圖：冀有所獲。

欲　希望;想要:欲罷不能／躍躍欲試／欲加之
　　罪,何患無辭!

想　希望;打算:他想出國深造／我想到美國迪
　　斯樂園遊覽。

願意　希望(發生某種情況):教師願意他教的每
　　個學生都有好成績／我們都願意你留在這裡
　　工作。

期望　期待和希望:他期望有個安適的歸宿／爲
　　人父母者都期望孩子成長爲有用的人材。

盼望　殷切期望;期待:盼望你早日恢復健康／
　　日夜盼望你的喜訊。

屬望　〈書〉期望;期待:做父母的誰不屬望子女
　　早日成材。也作矚望。

深望　〈書〉深切地希望:深望各界人士予以幫助
　　支持。

懸望　牽掛盼望:早日寫信回家,免得家人懸望。

祈望　〈書〉盼望:人們祈望著天快快下雨／我們
　　祈望您老人家早日康復。

巴望　〈方〉懷著急迫的心情指望;盼望:我巴望
　　能見到你／這部書正是我所巴望得到的。

鵠望　〈書〉像天鵝那樣引頸翹望,形容殷切盼
　　望:鵠望增援。

F2－8　動:　　渴望

渴望　迫切希望:渴望自由／他渴望得到一部百
　　科辭典。

熱望　熱切盼望:我熱望得到讀者的批評指正。

引領　〈書〉伸起脖子遠望,形容殷切地盼望:引
　　領而望／引領企踵。

翹企　〈書〉翹首企足(抬起頭,踮起腳後跟),形
　　容殷切地盼望:不勝翹企之至。

企足而待　*　踮起腳跟等待。形容急切盼望或很
　　快就要實現。

望眼欲穿　*　眼睛都要望穿了。形容盼望、想念
　　非常殷切。

望穿秋水　*　形容盼望得非常急切。秋水:比喻
　　眼睛。

如饑似渴　*　像餓了想吃飯,渴了想喝水那樣。
　　形容要求很迫切。也說如饑如渴*。

F2－9　動:　　有望·無望

有望　有希望:成才有望／成功有望。

在望　(盼望的事)已在眼前,即將到來:勝利在
　　望／豐收在望。

指日可待　*　形容事情、希望等不要多久就可以
　　實現。

無望　沒有希望:這個地區今年自然災害嚴重,
　　豐收已告無望。

可望而不可即　*　可以望見,但不能夠接近或得
　　到。形容事情、目標看來可以實現,而實際難
　　以實現。

F2－10　動、形:　　失望

失望　❶〔動〕希望沒有實現;感到沒有希望,失
　　去信心:他這一次又沒考好,完全失望了／我
　　們一定努力踢好這場球,不讓觀衆失望。❷
　　〔形〕因爲希望落空而不愉快:我等了許久,不
　　見你來,多麽失望啊!／他滿臉失望的神色默
　　默地走了。

絕望　〔動〕失去希望;毫無希望:求職多次沒有
　　成功,他幾乎絕望了／他雖身患癌症,並不絕
　　望。

死心　〔動〕斷絕希望;失去信心:試驗又一次失
　　敗了,他們並不死心。

沮喪　❶〔形〕灰心失望:神情沮喪／不要因暫時
　　受到挫折而沮喪。❷〔動〕使灰心失望:我們
　　打的這個勝仗,大大地沮喪敵人的士氣。

向隅　〔動〕〈書〉面對著屋子的一個角落。比喩
　　孤獨失意或得不到機遇而失望:向隅而泣／到
　　貨不多,欲購從速,以免向隅。

廢然　〔形〕〈書〉消極失望的樣子:廢然而返。

大失所望　*　原來的希望完全落空了,形容非常

失望。

垂頭喪氣* 低垂著頭,情緒不振。形容因遭受失敗或挫折而情緒低落,萎靡不振。

萬念俱灰* 一切念頭都破滅了。形容極端悲觀失望。

事與願違* 事實跟願望相違背。

F2－11 形、動：　灰心

灰心 〔形〕因遭受挫折、失敗而意志消沈:我奔走幾天,到處碰壁,感到灰心/這件事的失敗,使他很灰心。

喪氣 〔動〕因事情不順心或遇到挫折而情緒低落:垂頭喪氣/大家並不因比賽失利而喪氣。

傷氣 〔動〕〈書〉喪氣;短氣:聞者莫不傷氣。

短氣 〔形〕缺乏自信;灰心喪氣:遇到一點點困難,他就說了不少短氣的話。

氣短 〔形〕志氣沮喪;情緒低落:英雄氣短/雖然這次考試失敗了,他並不氣短。

氣餒 〔形〕失掉信心和勇氣:試驗一次又一次失敗,但他毫不氣餒。

洩氣 〔動〕失去信心和勇氣:他一遇到困難就洩氣。

洩勁 〔動〕失去乾勁:在困難面前,要鼓足勇氣,不要洩勁。

心灰意懶* 灰心喪氣,意志消沈,失去進取心。也說**心灰意冷***。

槁木死灰* 枯死的樹木和燃燒後的冷灰,比喩心情極端消沈或冷淡。

F2－12 動：　追求

追求 用積極行動爭取達到某種目標:追求眞理/追求光明/追求理想境界。

尋求 尋找探索;追求:尋求友誼/尋求理解/尋求成功的經驗。

謀求 設法尋求:謀求和平/謀求合理的解決辦法/謀求生活的出路。

渴求 迫切要求:渴求知識/渴求得到深造的機會。

力求 盡力追求;努力謀求:力求提高產品品質/構思力求新穎,語言力求簡潔。

探求 探索尋求:探求原子秘奧/探求人生眞諦。

訪求 探訪尋求:訪求故友/訪求稀世珍本。

夢寐以求* 睡夢中都在尋找。形容追求某種目標的願望非常迫切。

求之不得* 追求而不能得到。也常用於正在積極尋求某種事物時,突然達到了目標:這正是我求之不得的一本好書。

F2－13 動：　願意・不甘

願意 認爲符合自己的心願而同意(做某事):這件事他很願意馬上去做/他從來不願意說空話/這門親事,她未必願意。

願 願意:心甘情願/自覺自願/願負法律責任。

樂意 甘心願意:對群眾有利的事,再多也樂意做。

樂於 對於做某種事情感到愉快:樂於助人/樂於替人排憂解難。

自願 自己願意:自願參加義務獻血/我們的結合是自願的。

志願 出於自己的志向和願望;自願:他志願去荒蕪人煙的沙漠地區進行考察。

情願 自己心裡願意:如果不能完成任務,情願受罰/人家旣不情願,就不要強求。

甘願 心甘情願:爲教育甘願獻出自己的一切/他們沒有一人甘願落後。

甘 情願;樂意:不甘落後/俯首甘爲孺子牛。

甘心 願意;情願:甘心情願/你就甘心聽人擺布,自己沒有一點主見?

甘於 甘心於;願意:甘於做配角/敵人不甘於失敗。

肯 願意;同意:肯接受勸告/肯幫助別人。

自覺自願＊　自己認識到應該如此而主動願意做。

心甘情願＊　心裡完全願意，毫不勉強。也作**甘心情願**＊。

何樂而不爲＊　爲什麼不樂意做呢？用反問語氣表示當然可以做，或很願意做。

有意　有某種心思或願望：有意回國投資／雙方有意進一步協商。

有心　有某種心思或志願：她有心接婆婆來同住／他有心報考托福。

不甘　不樂意；不情願：不甘示弱／不甘寂寞／不甘久居人後。

無意　沒有做某事的願望：無意參加／我無意干涉你的私事。

無心　沒有心思或意願：他無心過問這件事。

懶得　厭煩；不願意（做某事）：這人不講理，我懶得理他。

F2-14 動：　滿意

滿意　（對人或事物）感到滿足自己的願望；符合自己的心意：他們對你並不滿意／這種作法，大家都滿意／他夢想移民，他不滿意目前的生活環境。

滿足　❶對已得到的感到已經足夠：有了一些成績，不能就此滿足／他滿足於現在的生活。❷使滿足：滿足員工提出的要求／滿足人民生活的基本需要。

中意　對人或事感到滿意；合意：你挑一件中意的就買下吧／對他那種粗率直爽的樣子，我很中意。

合意　合乎心意；中意：對她我合意／找個合意的對象。

如意　符合心意：稱心如意／他工作稍不如意就皺起眉頭。

遂心　合自己的心意；順心：他一句話也不說，一定又遇到不遂心的事了。

遂願　滿足願望；如願：盼望多年，這回總算遂願了。

稱願　符合心意；如願：她表面假作憂愁，心中稱願／把這幫壞蛋抓起來，人人稱願。

如願　符合願望：如願以償／擇偶要求過高，恐怕很難如願。

可人　稱人心意；令人滿意：風味可人／秋色可人。

宜人　合人心意；可人：景色宜人／氣候宜人。

心滿意足＊　心意非常滿足；稱心如意。

正中下懷＊　正好符合自己的心意。

F2-15 形：　滿意

滿意　滿足願望的；符合心意的：他找到一份滿意的工作／她臉上露出滿意的微笑。

樂意　滿意；高興：這個意思不管你樂意不樂意，我還是要說／聽到外面一些閒話，她很不樂意。

愜意　稱心；滿意：聽了這番話，她臉上露出了愜意的微笑。

愜心　〈書〉愜意。

愜懷　〈書〉稱心；滿意：詩這麼一改，我也愜懷。

理想　合乎希望的；令人滿意的：這件事辦得很理想／這次考試成績不夠理想。

稱心　符合心願；心滿意足：稱心如意／老人的日子過得很稱心／要辦成幾件稱心的事，眞不容易。

可心　恰合心願；合意：可心的人／可心的事／可心的衣服。

可意　稱心如意；合意：她心中已經有了可意的人了。

順心　合乎心願：諸事順心／這些年來，他日子過得很順心。

順遂　事情順利，合乎心意：事事順遂。

甘心　稱心滿意：不達目標，我們決不甘心。

對眼　〈口〉合乎自己的眼光；滿意：她看遍了店

裡的時裝,對眼的很少。

知足 對已經得到的或達到的感到滿足:他在生活上很知足。

差強人意* 大體上還能使人滿意:近來他的學習成績總算差強人意。

盡如人意* 完全符合大家的心意。

F2－16 形、動: 不滿

不滿 ❶〔動〕(對人或事物):感到不滿意:大家不滿他這種說法／他的行爲引起群眾不滿。❷〔形〕令人不滿意的:群眾的不滿情緒很普遍／大家對他的表現很不滿。

遺憾 ❶〔形〕不滿意;大可惋惜:非常遺憾／深表遺憾。❷〔動〕(對人或事)感到不滿意;惋惜:無所遺憾／他似乎十分遺憾於聽到他這話的人太少了。

抱憾 〔動〕心中存有遺憾:抱憾終生／他深深抱憾於沒有堅持走開拓者的道路。

快快 〔形〕形容不高興或不滿意的神情:快快不樂／快快不得志。

彆扭 〔形〕不順心:爲這件事,這幾天我心裡怪彆扭的。

不順心 〔形〕不順心:我一進城就碰見一件不順心的事。

不平 〔動〕不滿;憤慨:心中不平／憤憤不平。

不忿 〔動〕不平;不服氣:他這話別人聽了都不忿。

不服氣 〔動〕不平;不心服:他這樣說,我也不服氣。

氣不忿 〔動〕不服氣:他想到沒有受到別人同樣的待遇,就氣不忿。

噴有煩言* 形容許多人議論紛紛,表示不滿。

怨聲載道* 到處充滿了怨恨的聲音。形容群眾普遍強烈不滿。

F2－17 形: 得意

得意 稱心如意(多指驕傲自滿):得意忘形／這部小說是他的得意之作／只取得初賽勝利,還不是得意的時候。

自得 自己感到得意或舒適:有的人稍有成績就洋洋自得／他晚年鄉居過著怡然自得的生活。

抖 譏諷人因有錢有勢而得意、神氣的樣子:他做了幾天總經理,就抖起來了。

美 〈方〉得意:考了個100分,他就美得不得了。

飄飄然 輕飄飄的,好像浮在空中。形容舒暢得意的樣子:幾句讚美的話,說得他心裡飄飄然起來／他感到飄飄然心無牽掛。

得意忘形* 形容人過於得意而失去了常態。

怡然自得* 形容安適愉快而自感得意的樣子。

自鳴得意* 自己認爲很得意。

沾沾自喜* 形容自己感到滿足而得意的樣子。

揚揚得意* 十分得意的樣子。也作 **洋洋得意***。

躊躇滿志* 形容自己感到心滿意足,洋洋得意的樣子。

搖頭晃腦* 形容對人表現出洋洋自得的樣子。

搖頭擺尾* 形容得意或輕狂的樣子。

顧盼自雄* 向四周看來看去,以爲只有自己了不起。形容得意忘形的樣子。

揚眉吐氣* 揚起眉毛,吐出胸中悶氣。形容擺脫壓抑和困苦後暢快得意的神情。

F2－18 形: 失意

失意 不得志;不如意:他被免職後,常常流露失意的情緒。

惆悵 因失望或失意而愁悶、傷感的樣子:在離家的前夕,他心裡十分惆悵／他懷著惆悵的心情,一個人寂寞地走了。

悵悵 因失意而不快的樣子:久等不見他來,心中悵悵的,讀不下書去。

悵惘 惆悵迷惘的樣子:她臉上現出悵惘的神情／想到不知何時能再相見,心中不免悵惘。

惘然 形容失意的樣子:惘然若失／提到他的

事,我和母親都有些惘然。

悵然　〈書〉因失意而不快的樣子:悵然而返/悵
然如有所失。

憮然　〈書〉悵然失意的樣子:憮然失望/憮然不
樂。

惝怳　惝怳　〈書〉惆悵;失意;心神不安:寸心惝
怳/使人惝怳。

F2－19 形、副：　隨意・任意

隨意　〔形〕任憑自己的意思:架上書報可隨意閱
覽/這部自行車可隨意調換速度。

隨便　〔形〕怎麼方便就怎麼做,不加限制;不多
考慮;隨意:他這個人不拘小節,隨便得很/人
們在茶館裡隨便喝茶,隨意聊天。

恣意　〔形〕任意,不加限制:恣意妄爲/恣意詆
毀他人/恣意破壞綠化。

隨心所欲*　由著自己的心意,願做什麼就做什
麼。

自由　〔形〕不受拘束;不受限制:自由出入/自
由發表意見/他感到過獨身生活很自由。

任意　〔副〕沒有拘束,不加限制,愛怎麼樣就怎
麼樣:任意行動/任意胡作非爲。

肆意　〔副〕由著自己的性子,不受拘束(多含貶
義):肆意詬罵/肆意攻擊和誹謗/肆意破壞
公共財物。

擅自　〔副〕超越職權範圍自作主張:擅自決定/
擅自處理/擅自離開工作崗位。

擅　〔副〕擅自:擅離職守/擅入防區。

肆無忌憚*　任意妄爲,毫無顧忌。

F2－20 副：　故意・無意

故意　有意識地這樣做(多指明知不應或不要這
樣做而這樣做):他故意大聲說話,讓房裡的
人聽得到/他故意捉弄人/你昨天遲到,我看
是故意的。

故　故意:故作姿態/明知故犯。

有意　心裡有主意想這樣做;故意:他有意地放
慢了腳步,等她趕上來/我昨天不是有意說那
些話的,你不要誤解。

有心　心中想要這樣做;故意:我們有心逗她樂
一下/他是有心來搗亂的。

存心　有意;故意:存心刁難/你這不是存心給
我出難題嗎?

成心　故意:他這時還不來,看來是成心不來了。

無意　不是故意的:無意中妨礙了別人/這件事
無意間讓他母親知道了。

無心　不是故意的;無意:言者無心,聽者有意/
那些話是他無心說出的。

F2－21 副：　特意

特意　表示專爲某件事:打算明天回美國,特意
來告辭/這些東西都是特意買給你的。

特地　特意:特地前來拜訪/今天是特地替你餞
行的。

特爲　特意;特地:今天特爲約你出來,想和你談
一談。

特別　特意;特地:公司特別爲他開了一次慶祝
會。

特　特意;特地:特派專人前往/特舉數例,以爲
佐證。

專誠　特地:今天專誠來拜訪,恭賀你喬遷之喜/
這位大師是我們專誠到法國請來的。

專程　專爲某事而去某地:專程前來探望/專程
去機場迎接外賓。

F2－22 副：　寧願

寧願　表示比較兩方面之後,情願選取某一方
面:我寧願去打工賺錢,也不能去作奸犯科/
他們寧願自己餓著肚子,卻把乾糧讓給新來
的夥伴吃。

寧可　寧願;兩相比較,選取一面:寧可住的房子
狹小些,我也願離開這裡/我看寧可小心點兒

的好。

寧肯 寧願:他寧肯跟著爹娘到邊疆去,也不肯留在村裡。

寧 寧願;寧可:寧缺毋濫/寧死不屈/寧為雞口,不為牛後。

情願 寧願;寧可:他情願生活清苦,也不肯下海而影響專業。

F3　情　感

F3－1 名：　情感

情感 人對客觀事物是否符合人的需要而產生的心理反應,如喜歡、憤怒、快樂、悲哀、恐懼、厭惡等:在情感上他是同情災民的/內心充滿了對家鄉的情感。

感情 ❶對客觀事物較強烈的心理反應;情感:流露感情/感情激動/不要感情用事。❷對人或事物關切、喜愛的心情:她在孩子們身上傾注了深摯的感情/他已看出她對他有了感情。

情 感情;心情:熱情/無情/情真意切。

感 情感;心情;感想:好感/自豪感/真情實感/百感交集。

情緒 ❶從事某種活動時產生的心情、心境:急躁情緒/驕傲情緒/情緒波動/穩定群眾情緒。❷特指不正當、不愉快的情感:鬧情緒/不能看見他有情緒就遷就他。

感觸 接觸外界事物而引起的思想情緒:重遊故地,感觸頗多。

勁頭 〈口〉積極的精神或情緒:他幹起活來勁頭十足。

情素 ❶情感:共同的生活,增加了朋友間的情素。❷真情;本心:互通情素/書中表達了作者對社會、人生的情素。也作**情愫**。

情操 思想、信念和情感結合起來,比較穩定的心理狀態:高尚的情操。

情意 對人的感情:情意深厚/情意纏綿/不負鄉親的一片情意。

情思 情意;情感;心情:情思綿綿/他懷著恬靜的情思,在岸邊悠閒散步。

心意 情意:東西不多,但這是鄉親們的一點心意。

意思 指禮物所代表的心意:這禮物是他的一點意思,你就收下吧。

厚意 深厚的情意:我決不辜負您的厚意。

深情 深厚的感情:深情厚誼/他的話裡蘊涵著對科學研究的無限深情。

熱情 熱烈的感情:熱情奔放/熱情洋溢/滿腔愛國熱情/青年人富於熱情。

激情 強烈的、難以抑制的情感:他的演講充滿激情。

溫情 溫柔的感情;和悅的態度:溫情蜜意/她滿懷溫情地從丈夫手裡接過孩子。

柔情 溫柔的感情:柔情蜜意/柔情似水/萬種柔情。

豪情 豪邁的感情:豪情壯志/滿懷豪情。

好感 對人對事滿意或喜歡的情感:他辦事公道,大家對他很有好感。

惡感 不滿或憎恨的情感:素有惡感/我對他並沒有惡感。

反感 反對或不滿的情緒:引起反感/大家對這種做法很有反感。

F3－2 名：　心情

心情 內心感情狀態:心情愉快/你的心情我是能夠理解的。

心境 心情;心緒:心境愉快/心境開朗/他近來心境不大好。

心緒 心情;心思:心緒如麻/我這次回鄉,根本沒有什麼好心緒。

心潮 比喻如潮水起伏一樣不平靜的心情:心潮澎湃/心潮起伏。

心思　做某件事的心情:工作太忙,哪有心思去
　逛公園/近來沒有心思寫作。

心意　心情:他是苦水泡大的孩子,曉得窮苦人
　家的心意。

心懷　心意;心情:她冒險來送情報,打動了他的
　心懷。

心腸　心情;感情:什麼事也打不動他的心腸/
　你們還有心腸看電影?

心地　心情;心境:心地舒暢/打定主意之後,心
　地倒十分輕鬆了。

閒心　清閒安適的心情:工作還忙不過來,哪有
　閒心去種花養魚!

痴心　沈迷於某人或某種事物的心思:痴心妄想
　/一片痴心。

責任感　自覺做好分內的事的心情:對社會的責
　任感激勵著他。

責任心　責任感:有責任心的出版家和編輯人
　員,都重視校對工作。

優越感　自以為比別人優越的心理:他在言語舉
　動上總是帶有一種優越感。

F3-3　名:　心事・衷情

心事　心裡思念、期望或盤算的事:想心事/滿
　腹心事/了結一椿心事。

心曲　心事:讓我還是把你當成朋友,和你談談
　心曲吧。

衷情　內心的情感:傾訴衷情。

衷曲　難以吐露的心事;衷情:這一句話已足夠
　訴盡她的衷曲。

衷腸　內心的感情;衷情:衷腸話/傾吐衷腸。

苦衷　痛苦或為難的心情:他不願表態,自有難
　言的苦衷。

隱衷　不願告人的心事:他們是抱著不可告人的
　隱衷的。

F3-4　名:　情分

情分　人與人之間的情感:父子情分/看在朋友

情分上我應該幫助你。

情誼　人與人相互關心、敬愛的感情:情誼深厚/
　大家都被他們師生間真摯的情誼感動了。

情義　人與人間應有的情誼:他對朋友很重情義
　/他在危難中援助過我的情義,終生難忘。

魚水情　形容像魚和水不能分離一樣的,極其親
　密的情誼:愛狗成痴的他,與家中的狗兒如魚
　水情膩在一起。

厚誼　深厚的情誼:深情厚誼。

人情　情誼;恩惠:空頭人情/竟然拿公物做人
　情。

盛情　深厚的情意:盛情難卻/你的盛情,我已
　心領了。

恩情　深厚的情義;恩惠:恩情重如海深/你對
　我們家的恩情,我永遠不忘。

F3-5　名:　情調・意味

情調　❶思想感情所表現出來的格調:他的作品
　中流露了感傷的情調。❷事物所具有的能引
　起人各種不同感情的性質:異國情調/這裡的
　湖山又樸素,又秀氣,另有種自然的情調。

情趣　情調趣味:月夜蕩舟湖上,別有一番情趣。

情味　情調;意味:饒有情味/她唱的山歌,頗有
　些悲涼的情味。

情致　情趣;興致:這首詩很有情致。

雅趣　高雅的情趣:我沒有你那種種花養鳥的雅
　趣。

天趣　自然的情趣,多指寫作或藝術品的韻致:
　這幅山水畫天趣盎然。

意味　情調;趣味:這部作品的鄉土意味很濃/
　他的這些話意味深長。

意趣　意味;情趣:他寫的隨筆,雖少卻很有意
　趣。

意思　情趣;趣味:這個人講起話來含蓄幽默,真
　有意思/那一夜在山頂上睡,可有意思了。

韻味　情趣;意味:這套叢書,很有中國文化韻

味。

F3－6 動： 感動

感動 ❶受外界事物影響，引起內心激動：我被他的精神所感動。❷使感動：他那無私奉獻的精神深深地感動了我。

感 感動：感人肺腑／感天動地。

感觸 受外界刺激而產生某種心理活動；觸動：有所感觸／什麼夜鳥悲啼、秋蟲蛩語，已不能感觸他的神經。

觸動 因外界刺激而引起某種感情變化：一番話觸動了老人的心事／她的情緒漸漸平靜下來，我不忍心去觸動。

動 ❶感動：動人心弦／不為所動。❷觸動：動了肝火／動了公憤。

動心 引起思想、感情的波動：面對物質誘惑，他從不動心。

動容 有所感動而表現在面容上：他那慷慨激昂的講演，聽眾無不為之動容。

動人 感動人：動人心弦／動人的情節／歌聲清越動人。

打動 使人感動：他的一番話打動了我的心。

感染 某種思想、感情或行為引起別人產生相同的思想、感情或行為。也指受到別人思想、感情或行為的影響：他這種對事業、對人民的愛深深地感染了我／我感染到他這種愉快的心情也微笑了。

悵觸 惆悵感觸：無端悵觸／回憶歷史，令人悵觸萬端。

棖觸 〈書〉觸動；感觸：棖觸萬端／棖觸著他的心緒。

感人肺腑＊ 形容使人深受感動。肺腑，指內心深處。

觸景生情＊ 看到眼前的景物，有所感觸而產生某種感情。

即景生情＊ 為眼前的景物所觸動而產生某種思想感情。

百感交集＊ 種種感觸交織在一起。形容感慨很多。

F3－7 動、形： 激動

激動 〔動〕❶感情因受刺激而衝動：心情十分激動／高考被錄取了，他激動得說話聲音都發顫了。❷使感情衝動：激動人心／大家被這位革命家的事跡所激動著。

衝動 〔動〕感情強烈波動，抑制不住：創作的欲望在心中衝動起來。

興奮 〔動〕激動；振奮：聽到消息，他興奮異常／她臉上放著光，顯然被她自己的想法興奮著。

感奮 〔動〕因感動而興奮或奮發：令人感奮不已／大家都感奮起來，一起發動群眾改造自己的環境。

亢奮 〔形〕極度興奮：他一下子精神亢奮起來／她臉上泛出亢奮的紅光。

熱烈 〔形〕興奮激動：熱烈歡迎／會場裡響起了熱烈的掌聲。

緊張 〔形〕精神處於極度興奮不安的狀態：第一次走上講臺，他心裡很緊張／突然接到電話，他緊張得手都發抖了。

激昂 〔形〕情緒激動昂揚：慷慨激昂／他在感情激昂時，詞鋒是很銳利的。

昂揚 〔形〕(情緒等)高漲；激昂：意氣風發，鬥志昂揚／邁著昂揚的步伐／歌聲昂揚。

高昂 〔形〕(情緒、聲音)向上高起：士氣分外高昂／歌聲越來越高昂。

沖沖 〔形〕感情激動的樣子：氣沖沖／怒氣沖沖。

慷慨 〔形〕情緒激昂：慷慨陳詞／慷慨就義。

慷慨激昂＊ 形容情緒振奮，意氣昂揚。也作**昂慨慷**＊。

情不自禁＊ 感情激動，自己控制不住。

F3-8 動、形：　振奮

振奮　〔動〕❶精神振作奮發：站在這幅畫面前，我感到精神振奮／聽了他的講話，大家的情緒馬上振奮起來。❷使興奮、振作：振奮人心／振奮人的進取精神。

奮發　〔動〕精神振作，情緒高漲：精神奮發／奮發圖強／失敗能促人奮發。

振作　〔動〕使精神旺盛，情緒飽滿：你應該振作起來，好好生活下去／他受到鼓勵，又重新振作起精神來。

振刷　〔動〕振作：她振刷起精神來，和他談了很久。

抖擻　〔動〕使精神振作：抖擻精神。

激發　〔動〕❶激動奮發：興致激發／慷慨激發。❷刺激使奮發：激發學生的愛國心／激發人民勤勞致富的熱情。

激奮　〔動〕激動振奮：心情激奮／會場那邊，傳來激奮人心的鑼鼓聲。

煥發　〔動〕❶發出(光彩、光輝)：容光煥發／精神煥發。❷振奮；振作：煥發鬥志／煥發上進的心。

風發　〔形〕指像風一樣迅速，比喻精神奮發：鬥志昂揚，意氣風發。

勃發　〔形〕〈書〉煥發、旺盛的樣子：英姿勃發。

激揚　❶〔形〕激動振奮：激揚的歡呼聲／我的心魂由激揚而寧靜。❷〔動〕激勵使振奮：激揚士氣。

鼓舞　❶〔動〕使振奮起來，增強信心或勇氣：鼓舞鬥志／烈士們英勇奮鬥的精神鼓舞我們勇往直前。❷〔形〕興奮；振作：歡欣鼓舞／他的報告，令人鼓舞。

上勁　〔動〕精神振奮起來；來勁：他越做越上勁。

來勁　〔動〕使人振奮：這麼多人一起工作，可真來勁。

起勁　〔形〕情緒高，勁頭大：大家一條心，可以做很起勁／孩子們玩得真起勁。

帶勁　〔形〕有勁頭；起勁：別看他年紀小，做起活來可真帶勁。

生氣勃勃＊　富有朝氣，充滿活力。

朝氣蓬勃＊　比喻旺盛的精神或氣勢。形容精神振奮，生氣勃勃。

意氣風發＊　形容精神振奮，氣概高昂。

生龍活虎＊　像很有生氣的蛟龍和富有活力的猛虎。形容精力充沛，生氣勃勃。

F3-9 形：　懊喪·消沈

懊喪　因遇不如意事而心裡煩惱，情緒低落：他沒考上大學，有些懊喪／她臉色煞白，神情懊喪。

頹喪　情緒低落，精神不振：神情頹喪／他頹喪地回到家裡。

頹廢　意志消沈，精神委靡：思想頹廢／過著散漫頹廢的生活。

頹靡　頹喪；委靡：精神頹靡／士氣頹靡。

頹唐　精神委靡不振：神情頹唐／他老年過著貧病頹唐的生活。

委靡　萎靡　精神不振；意志消沈：精神委靡／委靡不振。

消沈　情緒低落；意志消沈／大家勸她不要這樣消沈，要快活起來。

低沈　情緒低落；消沈：這幾天他情緒低沈，整天不說話。

黯然　神情懊喪、情緒低落的樣子：黯然神傷／他黯然低下了頭。

掃興　原有的興致因遇到某種干擾或破壞而低落：一個不速之客的到來，使大家都很掃興。

敗興　在高興時因遇到不愉快的事而興致低落：乘興而來，敗興而返／剛走進公園就下起大雨來，大家感到挺敗興。

頹然　〈書〉形容懊喪的樣子：神情頹然／頹然思睡。

嗒然 〈書〉形容懊喪、悵惘的樣子：嗒然若失／
我們只好嗒然而歸。

憮憮 〈書〉精神委靡的樣子。也形容病態：憮憮
瘦損／病憮憮地睡在床上，不思飲食。

灰溜溜 形容神色暗淡、神態懊喪或消沈的樣
子：輸了這場球，隊員們都有一點灰溜溜的。

灰 懊喪；消沈：心灰意懶。

蔫 精神不振作；消沈：病蔫了／你這幾天怎麼
蔫了，有什麼事不順心吧？

蔫不唧 〈方〉形容人情緒低落、精神不振的樣
子：他這兩天蔫不唧兒的，是不是有病了？

沒精打采 * 形容情緒低落，精神萎靡不振。也
說無精打采 *。

F3－10 形： 著急

著急 因事情緊迫、困難而憂慮，擔心和激動不
安：問題遲遲不能解決，他十分著急／你別著
急，他明天一定會來出席。

發急 著急：你不要發急，先讓他把話說完。

起急 〈方〉著急；焦急：你不要這樣起急，孩子在
外面玩累了就會回家的。

情急 因遇到某種情況而著急：情急智生／一時
情急，說話冒犯了人。

焦急 內心急躁不安：心裡十分焦急／孩子的病
不見好，她很焦急。

焦慮 著急憂慮：他為這件事非常焦慮／我心情
平靜下來，不再焦慮。

焦心 著急；焦慮：等得焦心／你不用焦心，他明
天就能回來。

焦躁 著急而煩躁：車子久等不來，使他焦躁起
來／我那時焦躁的心情是無法形容的。

焦灼 〈書〉非常著急；焦躁：她焦灼地東張西望
了半天，還是不見人影。

心急 心裡急躁；著急：心急如焚／他做事太心
急，常常出錯。

心焦 著急；焦慮：你不要心焦，這件事明天大家

再商量。

性急 性情急躁：你不要性急，坐下來慢慢商量／
她對兒女，從來沒有一句性急的話語。

乾急 心裡著急而沒有辦法：乾急有什麼用，趕
快找車子送醫院搶救。

乾瞪眼 形容只是乾著急而無法對付：望著剛剛
開走的末班車，他只能乾瞪眼。

急赤白臉 〈方〉形容心裡著急，臉色難看。

心急火燎 * 心裡急得像火燒一樣，形容非常著
急。也說心急如焚 *。

火燒火燎 * 比喻心急如焚。

搓手頓腳 * 兩手相摩，雙腳直跺。形容焦急不
耐煩。也作搓手頓足 *。

抓耳撓腮 * 抓抓耳朵和腮幫子。形容人焦急而
又沒有辦法的樣子。

F3－11 形： 心靜

心靜 心裡平靜：星期日孩子們進進出出，不讓
我心靜／他一向心靜，沒有雜念。

平靜 心情平和安靜：他表面上似乎很平靜，內
心卻十分激動。

寧靜 （環境或心情）平靜；安靜：誤會消除，我心
裡漸漸寧靜下來。

沈靜 （性格、心情、神色）沈穩閑靜；平靜：她是
個性格沈靜的姑娘／他的臉色很沈靜，似乎心
裡盤算什麼。

恬靜 〈書〉安靜；寧靜：她舉止文雅，性格恬靜／
她恬靜的臉上露出微笑。

寧帖 （心情）寧靜：兒子病癒出院，母親的心才
漸漸寧帖。

熨帖 心裡平靜：一番入情入理的話，說得他心
裡十分熨帖。

坦然 心情平靜，沒有顧慮的樣子：坦然自若／
他心裡非常坦然／他神情坦然，毫無懼色。

釋然 〈書〉因疑慮消除而心情平靜的樣子：前些
時傳聞他的噩耗，今見其親筆信，心裡才釋

然。

泰然　心情平靜安定的樣子：泰然處之／泰然自若。

安寧　（心情）安定；寧靜：向老師承認了錯誤，他感到心情安寧多了／我必須把心裡的話寫出來，才能得到安寧。

平心靜氣＊　心情平和，態度冷靜。

心平氣和　心情不急躁，態度很溫和。

F3－12 形：　鎮靜

鎮靜　情緒穩定平靜，不激動，不緊張：鎮靜自若／面臨隨時可能發生的危險，她顯得十分鎮靜。

鎮定　遇事沈著，不慌亂：遇事非常鎮定／我們需要的是熱烈而鎮定的情緒。

沈著　鎮靜；不慌忙緊張：沈著應戰／待人接物，態度很沈著。

沈住氣＊　在情況緊急或情緒激動時克制自己，保持鎮靜：遇到緊急情況，要沈住氣，不要輕舉妄動。

冷靜　沈著，不感情用事：在困難面前，他態度很冷靜。

從容　不慌不忙；沈著鎮靜：神態從容／從容不迫／從容就義。

安詳　從容；穩重：態度安詳／舉止安詳。

自若　〈書〉遇事鎮定自然，不變常態：神態自若／談笑自若／泰然自若。

不動聲色＊　不說話，不在神色上流露感情。形容神態鎮靜、沈著。也說**不露聲色**＊。

若無其事＊　像沒有那麼一回事。形容態度鎮靜，或不把事情放在心上。

行若無事＊　好像沒有這回事。形容遇事態度鎮靜如常，毫不緊張。有時也指對壞人壞事，聽之任之，無動於衷。

從容不迫＊　形容神態鎮靜，不慌不忙。

好整以暇＊　原指既嚴整又從容。現多形容繁忙之中，仍然從容不迫。

F3－13 形：　安心

安心　心情安定：安心養病／她做會計工作很安心。

塌心　〈方〉安心：塌心地看書學習／你說一聲，我就塌心了。

塌實　踏實　（心情）安定；安穩：心裡塌實／夜裡多夢，睡不塌實。

安然　心情安定；沒有顧慮：聽見他一口答應，她心裡才安然。

心安理得＊　事情做得合乎情理，心裡很坦然。

高枕無憂　把枕頭墊得高高的，安心地睡覺。形容非常安心，無憂無慮。也形容放鬆警惕，麻痺大意。也說**高枕而臥**＊。

安慰　心情安適：孩子勤奮學習，她心裡感到安慰／教的學生在托福考試中取得好成績，對他是莫大的安慰。

欣慰　感到欣喜和安慰：令人萬分欣慰／父親滿臉帶著欣慰的笑容。

快慰　感到愉快和安慰；欣慰：一別數年，接到來信，深感快慰。

F3－14 形：　不安

不安　（心情）不安定：惶恐不安／他的這些行為，令人心裡不安。

忐忑　心神不定：心中忐忑／他臉上露出忐忑不安的神情。

耿耿　形容有心事，煩躁不安的樣子：耿耿於懷／耿耿不能入睡。

打鼓　形容心裡忐忑不安：事情能不能辦成，一點兒也沒有把握，心裡直打鼓。

惶惶　恐懼不安的樣子：人心惶惶／惶惶不可終日。也作**皇皇**。

惶惶不安＊　形容驚慌恐懼，心中十分不安。

惴惴不安＊　形容因發愁或害怕而心神不定的樣

子。

如坐針氈＊　像坐在插了針的氈子上一樣。形容心神不安。

心慌意亂＊　形容心神慌亂，拿不定主意。

芒刺在背＊　像芒和刺扎在背上一樣。形容惶恐不安。

六神無主＊　形容心慌意亂，拿不定主意。六神：古人指心、肺、肝、腎、脾、膽六臟的主宰。

做賊心虛＊　比喻做了壞事，怕人察覺而心神不安。

F3－15 動：　放心・擔心

放心　心情安定沒有憂慮或牽掛：你只管放心，我一定負責到底／孩子穿過馬路去上學，父母實在放心不下。

寬心　解除心中焦慮愁悶：你告訴大媽，她家裡我會照顧的，讓她寬心養病吧。

想開　不把不如意的事老放在心上：天無絕人之路，你老人家想開些吧。

想得開　能想開：他性情樂觀，遇事很想得開。

擔心　心中有顧慮；放心不下：你不要為我擔心／他沒有開燈，因為擔心會吵醒妻子。

揪心　〈方〉放心不下；擔心：這孩子總在外面惹事，真叫人揪心。

懸心　擔心；不放心：懸心吊膽／他一到校就給家裡寫信，免得父母懸心。

掛心　心裡牽掛；放不下心：我在這裡一切都好，請你不要掛心。

掛慮　掛心；掛念：孩子有人照看，你不用掛慮。

牽心　掛心：牽心掛肚／為家裡的事牽心。

顧慮　擔心招致不利的影響和後果：你不要顧慮，該怎麼說就怎麼說／聽了他這些話，我一切顧慮都消失了。

想不開　不如意的事情留在心裡，擺脫不了：事情已經過去，你不要想不開了。

F3－16 名、形：　熱情

熱情　❶〔名〕熱烈的感情：滿腔熱情／熱情奔放。❷〔形〕感情熱烈：待人熱情／熱情周到／他是個熱情的嚮導。

熱心　〔形〕對人對事熱情，肯盡心盡力：熱心幫助別人／他對公益事業非常熱心。

熱腸　〔名〕熱心；熱情：待人一片熱腸／他這人有熱腸，急功好益。

熱心腸　〔名〕待人熱情、做事積極的性情：她有一個熱心腸的鄰居。

熱忱　❶〔名〕熱烈的感情：滿腔熱忱／他以極大的熱忱關心教育事業。❷〔形〕感情熱烈而誠摯：熱忱地為顧客服務／他對同志對人民極端熱忱。

熱誠　❶〔形〕熱心而誠摯：熱誠歡迎／熱誠待人。❷〔名〕熱烈而誠懇的心情：滿腔熱誠／海外僑胞懷著愛國熱誠回到家鄉支援建設。

狂熱　〔形〕極度熱情：眼中閃爍著狂熱的目光／狂熱地演唱流行歌曲。

親熱　〔形〕親密而熱情：像兄弟一樣親熱／親熱地依偎在媽媽的懷裡。

熱和　〔形〕〈口〉親熱：這兩家人相處得挺熱和。

熱乎　熱呼　〔形〕親熱；熱和：兩人情同手足，一見面就熱乎的不得了。

熱乎乎　熱呼呼　〔形〕心情激動興奮；親熱：我只感到心裡熱乎乎的，握住他的手不放。

古道熱腸＊　形容待人熱情、義氣。

F3－17 形：　冷淡・無情

冷淡　（對人或事物）不熱情；不關心：他昔日對這孩子過於冷淡／社會上對這次評獎活動反應很冷淡。

冷漠　冷淡、不關心：他為這件事對我很冷漠／從他們流露出來的眼光中可以看出是極端的冷漠。

冰冷　很冷。比喻非常冷淡：冰冷的心／冰冷的神情／臉色冰冷，叫人不敢接近。

淡漠　冷淡；沒有熱情：神情淡漠／淡漠的眼神。

淡薄　感情、興趣等不濃厚；冷淡：我對跳舞的興趣已日漸淡薄／人情淡薄。

漠然　冷淡、不關心的樣子：漠然處之／漠然無動於衷。

淡然　〈書〉漠然；淡漠：淡然處之／淡然忘懷／淡然微笑。

淡　冷淡；不熱心：淡於名利／淡淡地應付了幾句。

冷　不熱情；不溫和：冷臉子／冷言冷語／冷冷地瞥了一眼。

冷冰冰　形容不熱情，冷淡：先生冷冰冰地板著面孔，不教我了。

冷言冷語＊　冷冰冰地說著含有譏諷意味的話。

冷若冰霜＊　像冰霜一樣寒冷。形容態度冷淡，沒有熱情。也形容態度嚴肅，不易接近。

漠不關心＊　對人對事態度冷淡，毫不在意。

漠然置之＊　對人對事態度冷淡，不經意地放在一邊。

無情　沒有感情；對人冷淡：對人冷酷無情／他待自己的親人竟這樣無情。

無動於衷＊　內心毫無觸動，對事情毫不在意。

F3－18　動、形：　發洩（感情）

發洩　〔動〕儘量散發出（某種情緒）：發洩心中憤怒／一肚子怨氣，無處發泄。

宣泄　〔動〕吐露；發泄（心中鬱悶）：宣泄心中的積鬱／宣泄滿腹的牢騷。

泄　〔動〕發洩：泄恨／泄憤。

抒發　〔動〕表達；發抒（感情）：這首歌抒發了作者對故鄉深摯的懷念之情。也說**發抒**。

抒情　〔動〕抒發感情：這是一篇借景抒情的散文／他的小說有濃厚的抒情色彩。

動情　〔動〕觸動感情；情緒激動：她臉上泛著紅量，大概是想起往事而動情／他輕聲而動情地說著。

忘情　〔動〕❶不能克制自己的感情，任其發洩：他興奮極了，忘情地高聲歌唱。❷無動於衷；感情上沒有牽掛：忘情於名利榮辱／他對往事不能忘情。

盡情　〔形〕盡量滿足自己的情感，不受拘束：盡情歌唱／這裡的風景實在太美了，他要盡情地觀賞。

縱情　〔形〕盡情：縱情歌唱／縱情歡笑。

情見乎辭＊　真情從言辭中流露出來。見，同「現」。

F3－19　動：　克制（感情）

克制　用內在的力量控制住某種情感：他竭力克制內心的憤慨／他說這些話，只不過是為了克制不快的情緒。

抑制　把某種感情控制住、壓下去；克制：盡力抑制內心的激動／無法抑制滿腔的怒火。

抑止　抑制（感情）：她有些憤怒，但又強行抑止著。

壓抑　抑制感情，使不流露或發展：他心情激動，無法壓抑自己的情感／他壓抑不住心中的憤怒。

自抑　自己控制自己：她心情萬分激動，不能自抑地流下了眼淚。

自持　自我控制（情緒、欲望）：在困難、複雜的情況下，他能冷靜自持。

自制　克制自己：眼淚奪眶而出，無法自制。

按　抑制：按不住心頭怒火。

按捺　抑制：他按捺不住激動的心情。

捺　抑制；壓下：捺著性子／捺不住滿腔的怒火。

平　抑止（怒氣）：平民憤／你先把氣平一平再說下去。

憋　極力抑制：憋著一肚子氣／心裡的話，再也憋不住了。

F3－20 動：　忍耐·忍不住

忍耐　把痛苦的感覺或某種情緒抑制住,不使表現出來:忍耐著雙腿的痠痛,繼續前行/對他這種無理的態度,我無法忍耐。

忍受　強忍著承受(痛苦、困難、不幸等):忍受饑寒/為了祖國的榮譽,她們真是忍受了一切/別人的歧視和嘲笑,使我無法忍受。

忍　忍耐;忍受:忍氣吞聲/忍無可忍/是可忍,孰不可忍?

容忍　寬容忍耐:他這樣隨意欺負人,我們不該容忍/他的容忍、緘默不能再維持下去了。

隱忍　藏在心裡,勉強忍耐:他竭力隱忍著失去親人的悲痛。

唾面自乾＊　被人家往臉上吐唾沫,不擦掉而讓它自乾。比喻受了侮辱,極度忍耐,不敢稍有反抗。

忍氣吞聲＊　形容受了氣,勉強忍耐,不敢出聲。

逆來順受＊　對外來的壓迫或無禮的待遇,採取順從、忍受的態度。

忍不住　忍耐不住;忍受不住:許多話我不能不說,再也忍不住了。

難忍　難以忍受:疼痛難忍。

難耐　難以忍耐、忍受:熱得難耐的天氣。

忍無可忍＊　忍受到再也無法忍受下去。

F3－21 動、副：　禁受·禁不住

禁受　〔動〕受;忍受:禁受考驗/禁受不住這樣的打擊。

承受　〔動〕禁受:承受艱險/他承受不了這麼多的痛苦與壓力。

經受　〔動〕承受;禁受:在戰爭中,他們經受了最嚴重的考驗。

禁得住　〔動〕承受得住(用於人或物):禁得住考驗/這座木橋禁得住卡車通過嗎?

禁得起　〔動〕承受得住(多用於人):要禁得起批評,更要禁得起表揚/他是個堅強的人,能禁得起這個打擊。□經得起。

耐　〔動〕受得住;禁得起:耐勞/耐寒/耐用/耐人尋味。

禁不住　〔動〕❶承受不住;經受不起:他禁不住人家的幾句好話,滿口答應下來了/她病剛好,禁不住外面的冷風。❷抑制不住,不能控制自己:他禁不住笑出了聲/他非常感動,禁不住流下淚來。

禁不起　〔動〕承受不住:禁不起別人的恫嚇和欺騙/禁不起嚴峻的考驗。□經不起。

不禁　〔副〕抑制不住;不由自主:不禁熱淚盈眶/看到眼前的情景,我不禁想起了兒時的往事。

不由得　〔副〕不禁:突然有人進來,他不由得緊張起來。

由不得　〔副〕不禁;不由自主地:她聽見後面有聲音,由不得回頭一看。

不由自主＊　不能由自己控制自己的情感、行為。

不能自已＊　不能控制自己。

F3－22 動：　愛

愛　對人或事物有深厚的感情;非常喜歡:他很愛她/她以前愛他,但現在好像恨他了/愛烹飪/愛勞動/愛科學。

熱愛　熱烈地愛:熱愛祖國/熱愛自己的專業。

深愛　深厚地愛:他深愛生育、撫養自己的媽媽。

厚愛　深愛:蒙朋友們厚愛,我衷心感謝。

摯愛　真誠地愛:父母總是摯愛幼小的孩子/始終摯愛著她。

敬愛　尊敬熱愛:敬愛父母/敬愛師長。

博愛　指廣泛地愛一切人:博愛無私/一位站在講臺上的老師正在大談博愛精神。

疼愛　關切喜愛:疼愛兒女/他從小受到祖母的疼愛。

疼　疼愛:小孫子聽話,是奶奶最疼的孩子。

心疼　疼愛:媽媽很心疼日見消瘦的女兒。

偏疼　特別疼愛：爺爺就是偏疼最小的孫子。

憐愛　疼愛；憐惜：對這個體弱多病的孩子，父母十分憐愛。□愛憐。

撫愛　關懷疼愛：母親撫愛自己的女兒／他們受到祖國這樣撫愛，心裡很是感動。

愛撫　疼愛撫慰；撫愛：他沒有受過多少母親的愛撫／她愛撫地摸著孩子的頭。

老牛舐犢＊　牛常舐小牛。比喻父母疼愛子女。

愛屋及烏＊　愛那個人，因而也愛他屋上的烏鴉。比喻愛某人因而也愛跟他有關的人和物。

F3－23　名：　愛

愛　待人或物的深厚真摯的感情：父母對子女的愛是真摯無私的／世上沒有無緣無故的愛，也沒有無緣無故的恨。

愛心　喜愛的感情；熱愛關懷的心意：喜則愛心生／伺養寵物要有愛心。

歡心　喜愛或賞識的心情：他很得老祖母的歡心。

母愛　母親對子女的愛：他幼小時就失去母愛。

F3－24　動：　寵愛

寵愛　上對下嬌縱偏愛：她對子女過分寵愛／她從小是父母寵愛的孩子。

寵幸　寵愛。多用於帝王對后妃及臣下：唐朝時楊貴妃得到皇帝的寵幸。

寵　寵愛：祖母很寵他／你別把孩子寵壞了。

溺愛　過分地寵愛：她是一個溺愛孩子的媽媽／他小時候父母過分溺愛他，結果害了他。

嬌　過分寵愛：嬌生慣養／這孩子被他媽媽嬌壞了。

慣　放任，縱容：嬌生慣養／你可不能老是慣著孩子們。

嬌慣　溺愛縱容：弟弟仗著母親的嬌慣，常常欺侮她。

嬌養　（對小孩）寵愛放任，不加管教：她是嬌養慣了的，受不得一點委曲。

嬌縱　嬌慣放縱：他對自己的兒子太嬌縱了。□慣縱。

嬌生慣養＊　從小在備受寵愛和放縱中長成。

F3－25　形：　可愛·可喜

可愛　值得愛；令人喜愛：可愛的玩偶／這孩子活潑可愛／小熊貓很可愛／太陽似乎不像剛才那樣可愛了。

可喜　❶可愛：生得十分可喜／可喜娘（可愛的姑娘）。❷令人高興；值得欣喜：做了一件可喜的事／形勢有了可喜的變化。

喜人　使人喜愛：造型喜人／迷你城堡的模型真喜人。

愛人　逗人喜愛：這孩子胖乎乎的小臉蛋兒多愛人兒。

逗人　引人喜愛：牡丹花開，美麗逗人。

宜人　合人心意：風景宜人／氣候宜人。

F3－26　形：　好看
（參見C6－7　美貌）

好看　使人看著舒服；美觀：這束鮮花真好看／你穿這身衣服很好看。

中看　好看；順眼：中看不中吃／這套家具似乎中看一些。

入眼　中看：看得入眼／選最入眼的買。

順眼　看著舒服：這人穿著樸素大方，看上去很順眼。

悅目　看著感到愉快；好看：園中各種熱帶蘭花，令人賞心悅目／廣場中心的花壇萬紫千紅，艷麗悅目。

美觀　好看；漂亮：衣服式樣美觀大方／大廈建築得很美觀。

漂亮　好看；美觀：她那雙動人的眼睛最漂亮／女孩子們都穿著漂亮、時髦的衣服。

美　美麗;好看:姑娘長得很美/價廉物美/江南風景美如畫。

麗　美麗;好看:天生麗質/風和日麗/山河壯麗。

美麗　美好艷麗;好看;漂亮:容貌美麗/一束美麗的鮮花/美麗的風景。

秀美　清秀美麗:秀美的姿態/姿容秀美/這個公園風景秀美絕倫。

秀麗　清秀美麗:容顏秀麗/月色秀麗/她那秀麗的字跡。

挺秀　挺拔秀麗:身材挺秀/字跡挺秀/挺秀的白楊樹。

明麗　明淨美麗:陽光明麗/明麗的湖光山色。

綺麗　鮮艷美麗:綺麗奪目/服飾綺麗/景色綺麗。

絢麗　燦爛美麗:絢麗多彩/絢麗的彩虹。

靡麗　〈書〉精美華麗:雕飾靡麗/文筆靡麗。

瑰麗　異常美麗;華麗:色彩瑰麗/文辭瑰麗。

華麗　美麗而有光彩:服飾華麗/宏偉華麗的殿堂/華麗的詞藻。

華美　華麗:華美的壁毯/室內裝潢華美。

富麗　❶宏偉華麗:富麗堂皇的大廈。❷富饒美麗:富麗的河川。

壯麗　❶雄壯美麗:山川壯麗/那燦爛的晚霞,多麼壯麗!❷宏偉瑰麗:文辭壯麗。

艷　色彩鮮明美麗:艷麗/嬌艷/百花爭艷/這幅畫顏色太艷了。❷特指容貌美好:美艷/妖艷/艷如桃李。

艷麗　鮮明美麗:姿容艷麗/服飾艷麗/文彩艷麗。

鮮艷　鮮明美麗:鮮艷奪目/姑娘穿著色彩鮮艷的民族服裝。

濃艷　(色彩)濃重艷麗:楓葉火紅,秋天的山色是那樣濃艷。

嬌艷　嬌嫩艷麗:色澤嬌艷/嬌艷的荷花在水面上輕輕浮動。

嬌嬈　嬌艷美好:體態嬌嬈/花正盛開,在叢綠中顯得格外嬌嬈。

妖嬈　艷麗嫵媚:體態妖嬈/須晴日,看紅粧素裹,分外妖嬈。

旖旎　繁盛美好:風光旖旎。

錦繡　花紋精美鮮艷的絲織品,比喻美麗或美好:錦繡江山/錦繡前程。

如花似錦＊　像花朵、錦緞一樣。形容衣著華麗,或風景、前程等十分美好。

萬紫千紅＊　形容百花盛開,色彩艷麗。現常用來比喻事物豐富多采。

姹紫嫣紅＊　形容各種色彩的花嬌艷美好。

琳琅滿目＊　滿眼都是珍貴的物品。形容美好的事物很多(多指書籍或工藝品等)。

花團錦簇＊　像花朵、錦繡匯聚在一起。形容五彩繽紛、鮮艷華麗的景象。

美不勝收＊　形容美好的東西太多,一時來不及看。

F3－27 形： 難看
（參見 C97 醜陋）

難看　不好看;醜陋:他的臉色黃得真難看/字寫得很難看。

刺眼　惹人注意並使人看了不舒服;不順眼:他這身穿著有一點刺眼/我已儘量把文章裡刺眼的字句刪去了。也說**刺目;扎眼**。

不堪入目＊　形容東西粗劣或行為卑鄙,不值得看。

F3－28 名： 興趣

興趣　對某種事物愛好或關切的情緒:興趣廣泛/興趣濃厚/我對於棋類運動很感興趣。

興味　興致;趣味:興味索然/這部小說引起了我的興味。

興頭　因為高興而產生的勁頭;興趣:他對乘船

遊湖最有興頭。

興致 興趣;高興的情緒:興致勃勃/大考在即,再好的電視劇也引不起我的興致。

興會 ❶因一時的感受而生的意趣:幾句打油詩是我乘一時的興會,謅出來的。❷興致:興會淋漓。

興 興趣;興致:雅興/猶有餘興/乘興而來/有些話我說了怕敗你們的興。

意興 興致:意興勃勃/意興闌珊。

雅興 高雅的興趣:他雅興不淺,即席作了一首詩。

豪興 極好的興致:老人的豪興不減當年,和大家一起登上山頂。

餘興 未盡的興致:餘興正濃/餘興未盡。

趣味 使人愉快,感到有興趣的特性:饒有趣味/追求高尚趣味,反對低級趣味。

趣 趣味;興趣:輕鬆有趣/湖光山色,相映成趣。

情趣 情調趣味;興趣:分別在即,大家白天做活也沒有情趣/她們即興表演的歌舞,別有情趣。

樂趣 使人感到快樂的趣味:栽花、養鳥,增添生活樂趣/我在工作中嘗到了無窮的樂趣。

生趣 生活情趣;樂趣:生趣盎然/小燕子由南方飛來,為春光平添了許多生趣。

風趣 幽默詼諧的趣味(多指語言、文章):這位節目主持人的語言很有風趣。

幽趣 〈書〉幽雅的趣味:竹林深處,別有幽趣。

勁 趣味:下棋沒勁,還是玩牌吧。

胃口 比喻對事物或活動的興趣:打撲克牌不對我的胃口。

閒情逸致 * 閒適的心情,安逸的興致。

F3－29 動： 喜歡

喜歡 對人或事物產生好感或興趣:喜歡讀書/喜歡梅花/這孩子真討人喜歡。

歡喜 喜愛;喜歡:他歡喜唱歌/我歡喜住在市郊。

喜愛 喜歡:他喜愛這位外國作家的作品。

愛 喜歡:愛勞動/愛看電視。

偏愛 在幾個人或幾件事物中特別喜愛其中的一個或一件:奶奶偏愛小孫女/在國畫中他偏愛花鳥題材。

鍾愛 特別喜愛:老太太對這個外孫女極為鍾愛/那是我妻所鍾愛的鋼琴。

心愛 從心裡喜愛:心愛的人/這些都是他心愛的文具。

喜好 喜歡;愛好:他從小就喜愛畫畫。

喜 愛好:喜新厭舊/這孩子喜靜不喜動。

愛好 喜愛:愛好體育活動/愛好書法。

好 喜愛:勤奮好學/好大喜功/好為人師/好在人前表現自己。

熱中 ❶急切盼望得到名利權勢:熱中於升官發財。❷十分愛好(某種活動或事業);沈迷:熱中攝影/熱中於電腦。

嗜 特別愛好:嗜好/嗜煙酒。

愛不釋手 * 喜愛得捨不得放手。指非常喜愛。

酷愛 極其愛好:酷愛和平/他從小酷愛文學。

上癮 愛好某種事物而成為癖好:他聽搖滾樂聽得上癮了。

欣賞 認為好;喜歡:我很欣賞他這種作風/他非常欣賞這部作品的風格。

F3－30 形： 有趣·乏味

有趣 使人感到有趣味或發生興趣的:他講的故事很有趣/這些電動玩具新穎有趣。

趣 有趣味的;有興趣的:趣事/趣聞。

風趣 詼諧有趣而意味含蓄:她感到他說話比以前風趣了。

滑稽 (言語、動作或事態)令人發笑:他那副滑稽的扮相,一上場就把觀眾逗樂了/他這種自相矛盾的行為,實在滑稽可笑。

詼諧 說話風趣,引人發笑:他說話很詼諧╱她神情有時帶點沈思,說話有時帶點詼諧。

俳諧 〈書〉詼諧滑稽:言辭多俳諧。

幽默 音譯詞。詼諧風趣而意味深長:他的講話含蓄而幽默。

好笑 引人發笑;可笑:他說話時的動作真好笑。

發噱 引人發笑;可笑:他說的單口相聲令人發噱。

哏 〈方〉有趣;滑稽;可笑:這段啞劇真哏。

好玩 有趣;能引起興趣:遊戲機很好玩。

有意思 有趣:玩電動玩具真有意思。

逗趣 〈方〉有趣味,引人發笑:馬季表演的相聲真逗趣。

津津 興味濃厚的樣子:津津樂道╱他正在津津有味地吐煙圈。

妙趣橫生＊ 不斷地流露出美妙的意趣。多用於讚美語言、文章或藝術品。

耐人尋味＊ 值得反覆體味。形容意味深長。

乏味 沒有趣味;乏味:語言乏味╱他感到這個家庭既單調又乏味。

無味 沒有趣味;沒有興趣:枯燥無味╱我近來百事無味,心神不安。

索然 沒有意味、沒有興趣的樣子:興致索然╱索然乏味╱看他依舊說不上話來,她感到索然,輕輕地吁了一口氣。

倒胃口＊ 因膩味而不想再吃。比喻興味索然,產生反感:這種庸俗的唱詞,聽了真叫人倒胃口。

殺風景＊ **煞風景**＊ 有損風光景物,比喻敗壞興致:比賽到一半,下起雨來,殺風景得很。也說**大殺風景**＊**大煞風景**＊。

F3－31 名: 愛好

愛好 指喜愛的事:打網球是他的業餘愛好。

嗜好 特殊的愛好(多指不良的):吸煙是一種不良的嗜好。

好尚 愛好和崇尚:人各有好尚。

口味 各人對於食品味道的愛好,比喻個人的愛好:上級的決議、指示不合口味的,他就不認真執行╱書中流暢的文筆倒很合我的口味。

脾胃 比喻對事物好惡的習性:這文章正合他的脾胃╱我們已摸清了他的脾胃。

癖好 積久成習的特殊愛好:種花養鳥是他一生的癖好。

癖 癖好;嗜好:怪癖╱潔癖╱嗜酒成癖。

癖性 癖好和習性:癖性難改,我一有空就要到書店走走。

怪癖 古怪的癖好:你這個怪癖也該改一改了。

癮 嗜好;癖好:他抽香煙很快就上了癮╱這個人的酒癮實在深。

癮頭 指濃厚的興趣:他看足球的癮頭真大,有賽必看╱我也和你一起回去,在這裡沒有一點癮頭。

F3－32 動: 欣賞

欣賞 以喜愛的心情,看或聽美好的事物,領略其中的趣味:欣賞音樂╱欣賞維也納河的景色。

賞 欣賞;玩賞:賞花╱賞月╱賞心悅目╱雅俗共賞

觀賞 觀看欣賞:觀賞節日焰火╱觀賞雜技團的精彩表演。

玩賞 觀賞;欣賞(山水、花鳥、工藝品等):玩賞書畫╱玩賞牡丹╱玩賞雪景。

賞玩 欣賞玩味(景物、藝術品等):賞玩盆景╱賞玩字畫╱她沿著小溪邊走邊賞玩兩岸幽雅的風景。

把玩 拿在手中賞玩:骨董商接過那只宋代瓷瓶,反覆把玩,不忍釋手。

鑑賞 鑑別和欣賞(藝術作品、文物等):鑑賞名家墨寶╱他精通書畫,有很高的藝術鑑賞力。□賞鑑。

奇文共賞＊ 奇妙的文章共同欣賞(語本晉·陶潛

《移居》詩:「奇文共欣賞,疑義相與析。」)。現
常用於貶義,指對內容荒謬的文章大家來共
同評判討論。

雅俗共賞* 不論文化程度高低,人人都能夠欣
賞。

F3－33 動: 迷戀

迷戀 對某種事物特別喜愛而難以捨棄或離開:
他喜歡數理化,近來又迷戀上電腦了/他回到
了少年時迷戀的草原/有志青年不會迷戀優
裕的物質生活。

留戀 不忍捨棄或離開:這裡的風景,真令人留
戀/我們都很留戀學生時代的生活。

依戀 捨不得離開;留戀:孩子們望著老師越走
越遠的背影,都很依戀/我對故鄉的一草一
木,都十分依戀。

眷戀 深切地留戀;依戀:他對家鄉的河流、樹
林,懷著深切的眷戀之情。

貪戀 十分留戀:貪戀都市的豪華生活/他貪戀
這時田野中的雪景。

流連 留戀;捨不得離開:流連忘返/她在樹下
流連很久,才慢慢走回來。也作**流連**。

低回 留戀:低回不忍遽去。也作**低徊**。

依依不捨* 形容非常留戀,捨不得分開。

依依惜別* 形容十分留戀,不願意分別。

戀戀不捨* 形容十分眷戀,不願意分離。

難分難解* 形容雙方關係十分親密,難以分開。
□**難解難分**。

樂不思蜀* 蜀漢亡國後,後主劉禪被安置在晉
都洛陽,仍過著荒淫的生活。司馬昭問他:
「頗思蜀否?」他答:「此間樂,不思蜀。」後用來
比喻樂而忘返或樂而忘本。

F3－34 動: 沈迷

沈迷 深深地迷惑、迷戀:沈迷不悟/他沈迷在
賭博裡,曠職好多天了。

著迷 對人或事物愛好極深,難以捨棄;入迷:凡
是偵探影片,他都要看,簡直著迷了。

迷 ❶迷戀;沈迷:他一到紐西蘭,就迷上了海洋
/這孩子看電視入了迷。❷使迷戀;使沈迷:
景色迷人/他被金錢迷了心竅。

入迷 喜歡或專注某種事物而沈迷其中,忘記一
切;著迷:學生時代,寫詩曾使我入迷/他講述
旅行的見聞,大家都聽得入迷了。

沈溺 陷入;沈迷;迷戀:沈溺在悲哀中/沈溺於
聲色/沈溺在賭博裡,不能自拔。

沈湎 〈書〉沈溺。多指嗜酒:沈湎於酒/沈湎於
愛情的幸福之中。

入魔 迷戀某種事物到了神智痴呆昏亂的地步:
他愛打麻將已經入魔了。

瘋魔 ❶入迷;入魔:他跳舞跳瘋魔了。❷使入
迷:世界杯足球賽的電視實況轉播,也瘋魔了
各地的球迷。

沈醉 大醉。比喻深深地迷戀某種事物或沈浸
在某種境界中:我常常沈醉在對學校生活的
回憶中/悠揚的琴聲,使他聽得沈醉了。

陶醉 比喻沈醉在某種事物或境界中:美妙的歌
聲令人陶醉/她整個心靈被對將來的幻想陶
醉了。

心醉 內心陶醉:當時的歡樂情景真令人心醉。

醉心 對某一事物強烈愛好而一心專注:醉心於
聲樂/醉心於雕塑藝術。

神魂顛倒* 形容對某事物入了迷以致心神不
定,失去常態。

如醉如痴* 形容因興奮、陶醉而神態失常。也
說**如痴似醉***。

F3－35 動: 愛惜·不惜

愛惜 愛護,不隨意糟蹋:愛惜糧食/愛惜光陰。

珍惜 珍視愛惜:珍惜名譽/珍惜友誼/珍惜光
陰。

顧惜 顧全愛惜:為了工作,他從不顧惜自己身

體/這裡的人民從來不顧惜勞力和血汗。

體惜　體恤愛惜:大家體惜他年老體弱,只讓他做點輕便事情。

珍愛　珍視愛護:珍愛今天的幸福生活/她是父母珍愛的女兒。

愛護　愛惜並保護:愛護公共財物/同學們應互相愛護/愛護兒童就是愛護國家的未來。

愛　愛惜;愛護:愛公物/愛名譽。

惜　愛惜;珍惜;吝惜:惜力/惜墨如金/惜售。

吝惜　過分地愛惜;捨不得:爲了早日寫好回憶錄,他非常吝惜時間/在培養孩子方面,他用錢毫不吝惜。

吝　吝惜:望不吝賜教。

捨不得　很愛惜,不忍放棄或離開,不願意使用或處置:捨不得離開/捨不得亂花一分錢/新衣服捨不得穿。

敝帚自珍＊　自己家裡的破舊掃帚,也被看作寶貝。比喻東西雖不好,可是自己還很珍惜。

不惜　不顧惜;捨得:不惜工本/不惜任何代價/犧牲一切,在所不惜。

捨得　願意割捨;不吝惜:他捨得花錢買書/他爲學好外語,真捨得花時間。

F3－36　動、形:　惋惜

惋惜　〔動〕對於損失、不幸或意外變化等表示同情或遺憾:同學們都爲他因病沒有參加化妝舞會感到惋惜/大家用惋惜的眼色,目送她走出月台。

可惜　❶〔動〕值得惋惜:可惜全天有雨,你們不能遊湖了/可惜我工作太忙,不能陪你們去。❷〔形〕值得惋惜的:半途而廢,實在太可惜了/這是一件非常可惜的事。

惜　〔動〕〈書〉可惜:惜年老體弱,不能遠遊/惜連日陰雨,未盡遊興。

痛惜　〔動〕沈痛地惋惜:痛惜失去一位良師/我十分痛惜那些白白浪費的青春歲月。

嘆惋　〔動〕感嘆惋惜:大家對於她的不幸身世,嘆惋不已。

心疼　〔動〕捨不得;惋惜:眼看這樣糟蹋糧食,真叫人心疼。

肉痛　〔動〕〈方〉心疼。

F3－37　動、形:　同情·可憐

同情　〔動〕對別人的遭遇在感情上發生共鳴;或對別人的行動表示理解、贊成:對他受到不公平的待遇,我們都很同情/她非常同情這些孤兒/我們對南非人民反種族主義的抗爭非常同情。

憐憫　〔動〕對別人的不幸表示同情:大家都很憐憫這個受虐兒/他不願意受別人憐憫。

憐恤　〔動〕同情,憐憫:你不憐恤她,還有哪個憐恤她?

憐惜　〔動〕同情愛惜:我們決不憐惜壞人/孩子這麼小就失去父母,令人憐惜。

可憐　❶〔動〕憐憫:老太太可憐這個流浪兒,收養了他/對這種壞人誰也不會可憐。❷〔形〕值得憐憫的:他老年無依無靠,很是可憐/她哭得十分可憐。

可憐見　〔形〕值得憐憫:這孩子小小年紀沒有娘,怪可憐見的。

憐　〔動〕憐憫;同情:同病相憐/惜老憐貧。

憫　〔動〕〈書〉憐憫:其情可憫/憫其幼小/悲天憫人。

哀憐　〔動〕對別人的不幸遭遇,表示同情:他應該哀憐她們母女,幫助她們。

哀矜　〔動〕〈書〉憐憫;哀憐。

體恤　〔動〕設身處地爲別人著想,給予同情和照顧:他在廠裡一向體恤家裡有困難的同事。

同病相憐＊　比喻因有同樣不幸的境遇或共同的痛苦而互相同情憐憫。

惜老憐貧＊　同情老人,憐憫窮人。也說**憐貧惜老**＊。

悲天憫人*　哀嘆社會的腐敗,憐憫人民的疾苦。

F3－38 動：　厭惡

厭惡　對人或事物有強烈的反感,很不喜歡:我對他的狂妄態度非常厭惡/他看一眼髒亂的小巷,臉上露出厭惡的神情。

討厭　厭惡;不喜歡:我討厭那些愛背後說別人壞話的人/雨下個不停,真令人討厭。

厭　❶因過多而不喜歡:吃厭了/這裡我住厭了。❷厭惡;嫌棄:喜新厭舊/兵不厭詐。

嫌惡　厭惡;嫌棄:令人嫌惡/她開始嫌惡這個家庭。□嫌憎。

憎惡　憎恨;厭惡:我憎惡那些唯利是圖的市儈。

痛惡　極端厭惡:損人利己的行為令人痛惡。

惡　討厭;憎恨:深惡痛絕/好逸惡勞。

憎　厭惡;恨:憎惡/愛憎分明/面目討厭。

嫌　厭惡;不滿意:嫌貧愛富/大家嫌他話太多。

討嫌　厭惡:這個人很自私,大家都討嫌他。

膩煩　因次數過多而感到厭煩;厭惡:他整天哼那支小曲兒,真叫人膩煩/她膩煩了這裡的生活,急著要回鄉下去。

膩味　膩煩;厭煩:他說起來沒完沒了,真叫人膩味。

嫌棄　厭惡而不願接近:我犯了錯誤,可同事們並沒有嫌棄我/他不肯住下,一定是嫌棄這個地方。

厭棄　厭惡而嫌棄:他厭棄自己的家/自私自利的獨裁者往往被大眾厭棄。

厭煩　討厭;嫌麻煩:她對顧客有問必答,從不厭煩。

厭倦　對某種活動失去興趣,感到厭煩:他厭倦了都市生活/他們還年輕,對愛情不會厭倦。

頭痛　比喻感到為難或厭煩:這個問題一時解決不了,叫人頭痛。也說**頭疼**。

噁心　使人極為厭惡:他那阿諛奉承的醜態,真叫人噁心!

作嘔　噁心,比喻非常厭惡:他這種虛偽淺薄的做作,叫我作嘔。

深惡痛絕*　對某人或某事厭惡、痛恨到極點。

F3－39 形：　討厭

討厭　惹人厭煩;令人心煩:這人說起話來囉囉唆唆,真討厭/這事頭緒太多,辦起來很討厭。

討嫌　惹人厭煩:今天早晨又有大霧,真討嫌!

絮煩　因過多或重複而使人感到厭煩:他嘮叨個沒完沒了,實在絮煩透了。

煩　厭煩:他的這些話我早聽煩了。

膩　因過多而厭煩;膩煩:有些電視連續劇片頭太長,叫人看膩了/一聽他開口,心裡就膩得很。

無聊　(言談、文章、行動等)沒有意義,沒有作用而令人生厭:這些人常常來閒坐空談,真無聊/他說的都是無聊的廢話。

可憎　令人厭惡;可恨:面目可憎。

可惡　令人厭惡、惱恨:行為可惡/他搬弄是非,挑撥離間,實在可惡。

該死　〈口〉表示厭惡、憤恨或埋怨:真該死,他怎麼又來了?

面目可憎*　面貌、樣子令人厭惡。

F3－40 動：　恨

恨　❶對人或事強烈地不滿:對這個大漢奸,無人不恨之入骨/她並不恨你/群眾最恨以權謀私的行為。❷悔恨;不稱心:我恨自己來晚了一步,沒有和老師話別/兒子不聽他的話,是他終身的恨事。

仇恨　因利害矛盾而強烈地恨:她從來沒有像現在這樣仇恨他/他用仇恨的眼睛盯著敵人。

怨恨　對人或事強烈地不滿和責怪:她怨恨自己的兒子不爭氣/看到這女人無辜受罪,大家都怨恨這無理的法律。

怨　❶怨恨:天怒人怨。❷責怪;埋怨:怨天尤人/自怨自艾/大家怨他不爭氣。

怨尤　怨恨：你不要怨尤別人，要想想自己。

恚恨　〈書〉怨恨；憤恨：心懷恚恨。

惱恨　氣惱；怨恨：他惱恨兒子太不爭氣。

悵恨　惆悵惱恨：悵恨不已。

怨望　怨恨；心懷不滿：百姓怨望朝廷／她臉上
　　流露出怨望的神情。

怨艾　〈書〉怨恨：我沒有再說什麼，只是深自怨
　　艾。

憎恨　厭惡痛恨：群衆對這批貪污分子無比憎恨
　　／他非常憎恨這種用公款大吃大喝的行爲。

嫉恨　因忌妒而憎恨：那時他嫉恨我，常常故意
　　和我爲難。□忌恨。

憤恨　憤慨痛恨：工人們對這些貪婪狡猾的奸商
　　非常憤恨。

痛恨　深切地憎恨：大家對這個可恥叛徒非常痛
　　恨／我痛恨自己不能克制自己。

記恨　把仇恨記在心裡：他倆爭吵過，但互相並
　　不記恨。

懷恨　記恨；心裡怨恨：懷恨在心。

銜恨　心裡懷著怨恨或悔恨：銜恨而死。

抱恨　心裡存有恨事：抱恨終身。

含恨　懷恨；抱恨：我忘不了含恨死去的親人。

飲恨　〈書〉含恨：飲恨吞聲／默然飲恨，無可伸
　　訴。

恨入骨髓*　比喻怨恨極深。也說恨之入骨*。

咬牙切齒*　咬緊牙齒。比喻痛恨到極點。

切齒痛恨*　形容極爲憤恨。

痛心疾首*　極爲傷心頭痛。形容痛恨到極點。

疾惡如仇*　憎恨壞人壞事如同憎恨仇敵一樣。
　　也作嫉惡如仇*。

不共戴天*　不能與敵人在一個天底下共存。形
　　容仇恨極深。

F3－41 名：　恨
（參見 D7－10 仇恨）

恨　仇恨、怨恨或悔恨的事：深仇大恨／報仇雪
　　恨／她滿腔的恨一下子都發洩出來了。

怨恨　強烈的不滿或仇恨：他把對這伙人的怨恨
　　深深地埋在心裡／滿腹怨恨，無處訴說。

怨　怨恨；仇恨：恩怨分明／彼此無怨無仇／雙方
　　積怨已久。

怨氣　怨恨的神色或情緒：怨氣沖天／滿肚子怨
　　氣都衝著他發洩出來了。

悶氣　鬱結在心裡沒有發洩的怨恨或憤怒：一肚
　　子悶氣無處發洩。

怨毒　怨恨；仇恨：他對張家似乎有極深的怨毒。

嫌怨　怨恨；仇怨：兩人間的嫌怨太深了。

宿怨　舊有的怨恨：消除宿怨。

幽怨　鬱結在內心的怨恨：他已經讀出她寫這信
　　時心中的幽怨。

民怨　人民群衆對反動統治者的怨恨：民怨沸
　　騰。

仇怨　仇恨；怨恨：滿腔仇怨，無處訴說。

F3－42 動：　埋怨

埋怨　因爲事情不如意而對有關的人或事物表
　　示不滿：埋怨別人／這件事你儘管大膽去做，
　　不要怕別人埋怨。

抱怨　心中不滿，責怪別人；埋怨：他抱怨家人對
　　他不關心。

責怪　責備；埋怨：你不該沒弄清事實就責怪別
　　人。

嗔怪　對別人的言行不滿，加以責怪：妻子嗔怪
　　他對孩子管敎不嚴。

錯怪　因誤會而責備或抱怨別人：這件事是我錯
　　怪了他。

牢騷　說抱怨的話：他在這裡牢騷了半天才走。

怪罪　責怪；埋怨：這件事他根本不知道，你不能
　　怪罪他。

歸罪　把罪責、過錯歸於（某人）：這事我從未過
　　問，怎麼能歸罪於我?

鬧情緒*　因工作、學習等不合意而情緒不安定：

這幾天他在鬧情緒。

怨天尤人 * 　既抱怨天，又責怪人。形容對不如意的事情一味埋怨或歸咎於客觀。

F3－43 形、動： 委屈

委屈 ❶〔形〕受到不應有的指責或待遇而心裡難過：她無故被人埋怨，心裡十分委屈／他委屈地流出了眼淚。❷〔動〕使人受委屈；虧待：這件事只好委屈你辦一辦了／這幾天住在這裡，太委屈你了。

屈 ❶〔形〕委屈：受屈／暗暗叫屈／屈居第二名。❷〔動〕使受委屈：這次可屈了你了。

抱屈 〔動〕遭受或感到委屈：抱屈含冤／大家知道這件事的真相，都為他抱屈。

抱委屈 * 　抱屈：讓你抱委屈了。

憋氣 〔形〕有委屈或煩惱而不能發洩：我提的建議，都被擱置起來了，真叫人憋氣。

窩氣 〔形〕憋氣：他討了個沒趣，心中十分窩氣。

窩囊 〔形〕因受委屈而煩悶、難受：他無故受人指責，心裡很窩囊。

窩心 〔形〕〈方〉受到委屈、侮辱或誣衊不能表白而心中苦悶：他受到批評，一時不能分辯，感到很窩心／我今天碰到一件窩心的事。

F3－44 形： 快樂

快樂 感到高興、幸福或滿意：孩子們玩得十分快樂／老人們快樂地笑了起來。

樂 快樂；高興：樂不可言／樂極生悲／心裡樂開了花。

快 高興；快樂；舒暢：先睹為快／人心大快／親痛仇快。

愉快 快樂；舒暢：心情十分愉快／過了一個愉快的假期／愉快地接受了邀請。

愉 快樂；喜悅：愉悅／歡愉／面有愉色。

愉悅 喜悅；歡樂：心情愉悅／電燈光發出明亮愉悅的光輝。

高興 愉快而興奮：老師為學生進步而十分高興／他今天似乎很不高興。

開心 快樂；舒暢：春遊路上，同學們有說有笑，十分開心。

快活 快樂：他受到表揚，心裡十分快活／一群鴿子在天空中快活地飛翔。

歡喜 快樂；高興：她歡喜得眉開眼笑／他雖然口裡沒說，但滿心歡喜。

歡 快樂；高興：歡送／歡呼／歡天喜地。

歡快 歡樂暢快：心情歡快／歡快的氣氛／歡快地唱起來。

歡樂 快樂：家家過著歡樂的生活／孩子們歡樂地唱著跳著。

樂意 愉快；高興：你的話說得他有些不樂意／她滿心歡喜，眼中含了無限的樂意。

樂和 〈方〉快樂：他們一家日子過得挺樂和／你看海灘上孩子們玩得多樂和啊！

歡暢 歡樂暢快：心情無比歡暢／溪水歡暢地流淌著。

歡娛 〈書〉歡樂：萬分歡娛／歡娛未盡。

歡欣 歡樂喜悅：歡欣鼓舞／比賽勝利的消息傳來，同學們歡欣若狂。

欣 欣喜；欣幸：欣逢佳節／欣聞股票大漲。

欣喜 快樂；歡喜：欣喜若狂／老友重逢，欣喜萬分／她的神色中流露著無限的欣喜。

欣忭 〈書〉快樂；喜悅：踴躍欣忭／不勝欣忭。

喜悅 高興；愉快：心情十分喜悅／她臉上露出喜悅的神色。

喜歡 高興；愉快：這消息真叫人喜歡／喜歡得手舞足蹈。

喜 快樂；高興：喜出望外／面有喜色／喜怒無常。

狂喜 極端高興：他接到錄取通知書時，狂喜地蹦了起來。

驚喜 又驚又喜：驚喜交集／對他的到來，我們感到說不出的驚喜。

欣然 〈書〉喜悅的樣子：欣然自得／欣然命筆。

欣欣 極其高興的樣子：欣欣然有喜色。

怡然 喜悅、安適自在的樣子：怡然自得／怡然一笑。

陶然 舒暢快樂的樣子：陶然自樂。

陶陶 快樂的樣子：其樂陶陶。

融融 和睦快樂的樣子：其樂融融。

樂陶陶 〈書〉形容很快樂的樣子(多用在韻文中)：幸福生活樂陶陶。

樂滋滋 〈口〉形容喜悅的樣子：他樂滋滋地拿著獎狀回到家裡。

樂呵呵 形容高興的樣子：他捧著一大疊新書，樂呵呵地跑進屋來。

興匆匆 形容興致很高的樣子：他興匆匆地登上領獎臺。

喜匆匆 形容十分高興的樣子：他喜匆匆地宣布喜訊。

喜滋滋 形容內心很歡喜的樣子：他受到表揚，心裡喜滋滋的。

喜洋洋　喜揚揚 形容非常歡樂的樣子：春節到了，家家戶戶喜洋洋。

甜津津 形容感到幸福愉快：生活過得甜津津的／他甜津津地笑了。

甜絲絲 形容感到幸福愉快：她看到學生們都走上了工作崗位，心裡甜絲絲的。也說**甜滋滋**。

心花怒放* 形容心裡喜悅，興奮極了。

興高采烈* 情緒高昂熱烈。形容非常高興、快樂。

歡天喜地* 形容非常歡喜。

喜出望外* 遇到意想不到的事而特別高興。

大喜過望* 因結果超過原來的期望而感到特別高興。

大快人心* 指壞人受到懲罰或打擊，使人心裡非常痛快。

樂不可支* 形容快樂到極點。

樂不可言* 快樂得無法用言語形容。

皆大歡喜* 大家都很歡喜。

無憂無慮* 沒有憂愁，沒有顧慮。形容非常快樂。

F3－45 形：　悲哀

悲哀 傷心；哀痛：他因母親去世，十分悲哀／室內一片悲哀的哭聲／我不願她分擔我的悲哀。

悲 悲哀：樂極生悲／悲不自勝／這裡令人心悲的事也不少。

哀 悲哀；悲傷：哀泣／哀呼／哀思／生榮死哀。

傷心 遭受不幸或不如意的事而內心痛苦，形容極其悲痛：他不幸英年早逝，大家都很傷心／她受了委屈，傷心地哭了。

痛心 極端傷心：令人痛心／人們為老人悲慘的遭遇痛心。

悲傷 傷心難過：大家勸她不要過分悲傷／他想到自己的身世，不知不覺地悲傷起來了。

傷悲 悲傷：少壯不努力，老大徒傷悲。

傷感 因有所感觸而悲傷：這情景怎能不叫人傷感／這首詩充滿傷感的情調。

悲慟 悲傷痛哭；極度悲哀：悲慟不能自勝／在烈士墓前，流下悲慟的眼淚。

悲戚 〈書〉悲哀憂傷：滿臉悲戚的神色／她把悲戚埋在心底。

悲鬱 悲傷憂鬱：臉上顯露出悲鬱的神色。

悲愁 悲哀憂愁：孩子們無憂無慮，不知什麼叫悲愁。

悲愴 〈書〉悲傷：心情悲愴／不勝悲愴。

哀傷 悲傷：心裡感到無限哀傷／遠處傳來提琴聲，拉的是哀傷的調子。

哀戚 〈書〉悲哀；悲痛：備感哀戚／心中升起一份無言的哀戚。

痛 悲傷：叫人心痛／痛不欲生／她聽了這話，哭得更痛了。

悲痛 傷心，難過：悲痛欲絕／老人溘然去世，全家十分悲痛。

哀痛　哀傷悲痛:哭聲極為哀痛／他同情她啜泣時發自內心的哀痛。

悲苦　悲哀痛苦:悲苦生活的磨練,使他比同齡的孩子懂事得多。

沈痛　深深的悲痛:沈痛悼念／心情十分沈痛。

悲切　〈書〉悲痛:言辭悲切／莫等閒白了少年頭,空悲切。

痛切　沈痛深切:他見孩子哭得痛切,連忙上前勸解。

腸斷　形容極度悲痛:琴聲淒婉,令人腸斷。

斷腸　形容極度悲痛或思念:斷腸人在天涯。

銷魂　消魂　形容極度悲傷、愁苦:黯然銷魂。

哀哀　悲哀不已的樣子:哀哀欲絕／孩子嚇得不敢說話,只是哀哀地哭。

悲酸　悲痛心酸:她幼年嘗盡了生活的艱辛和悲酸。

悲辛　悲痛辛酸:他有過一段悲辛的童年生活／他漸漸忘了從前的悲辛。

辛酸　辣味和酸味,比喻痛苦悲傷:他流下了辛酸的眼淚／她的一生充滿貧苦人民的無限辛酸。也說酸辛

淒愴　〈書〉悽慘;悲傷:心情無比淒愴／淒愴的歌聲。

淒惻　〈書〉哀傷;悲痛:她過著孤苦的生活,心情是悽惻的。

淒然　悲傷的樣子:淒然淚下／淒然握別。

淒切　淒涼而悲哀(多形容聲音):淒切的蟬鳴／遠處傳來女人淒切的哭聲。

慘然　形容心中淒涼、慘苦的情狀:慘然一笑。

哀毀骨立 *　形容因父母喪亡極度悲哀而瘦到僅剩下骨架支立。

椎心泣血 *　哭得捶擊胸部,眼淚帶血。形容非常悲痛的樣子。

如喪考妣 *　像死了父母一樣。形容極度悲傷和著急(含貶意)。

樂極生悲 *　快樂到極點轉而發生悲哀的事情。

兔死狐悲 *　比喻因同類的死亡或失敗而悲哀。

F3－46 形:　痛苦

痛苦　身體或精神感到非常難受:久病不愈,十分痛苦／他遭受打擊,精神上很痛苦／他對我們傾訴痛苦的心情。

苦痛　痛苦;難受:他無故受人指責,內心十分苦痛。

苦　痛苦;難受:苦不堪言／他生活過得很苦／他受不了這樣的苦。

苦澀　形容內心痛苦:他這種苦澀的心情,一時無法使她理解。

酸楚　辛酸痛苦:看到這情景,他不禁一陣酸楚,流出眼淚。

慘痛　悲慘痛苦:慘痛的景象／這次(交通事故)的敎訓太慘痛了。

慘苦　悽慘痛苦:慘苦的生活／她的身世極為慘苦。

愧痛　慚愧而內心痛苦:臉上露出愧痛的神色／他愧痛地低下了頭。

難受　心裡不痛快;不好受:看到戰友犧牲,他心裡難受極了／她難受地哭出聲來。

難過　心裡不好過;難受:他犯了錯誤,心裡很難過／他們這樣不公平地對待你,我為你難過。

不是味兒 *　(心裡感到)不好受:聽了他的這番話,心裡直感到不是味兒。也說不是滋味 *。

心如刀割 *　心裡像被刀割一樣。形容極度痛苦。

痛定思痛 *　形容所受痛苦極為沈重,在痛苦的心情平靜之後,又回想當時所遭受的痛苦。含有吸取敎訓,警惕未來的意思。

F3－47 形:　樂觀・悲觀

樂觀　精神愉快,對現狀和未來充滿信心和希望:他對自己的前途很樂觀／我們不能盲目樂觀／當前的形勢令人樂觀。

達觀 對不如意的事情看得開：這個人很達觀，從來不為生活窮困發愁。

開朗 樂觀、爽快，不陰鬱低沈：性格開朗／心胸開朗。

開闊 思想、心胸開朗：他是一個思想開闊的人／她容易急躁，而心胸又不開闊。

開豁 思想、胸懷開闊：聽了這些話，他的心裡頓時開豁了。

明朗 思想、胸懷開朗；樂觀：性格明朗／經過學習，他個性越來越明朗了。

豁達 性格開朗；氣量大：為人豁達大度／行為豁達。

闊達 豁達：他性格闊達，不拘小節。

曠達 心胸開闊，遇事想得開：他性格豪爽，為人曠達。

想得開 不把不如意的事情老放在心上：他想得開，不會把這些事放在心上。

樂天 安於自己的處境，沒有不滿和憂慮：樂天知命／她樂天、豁達，從不在困難面前垂頭喪氣。

樂天知命* 舊指順應命運的安排，安於自己的處境，沒有任何憂慮。現引伸為樂於現狀，安守本分。

知足常樂* 自己知道滿足，心裡就經常快樂。

悲觀 精神頹喪，對現狀和未來沒有信心：悲觀失望／即使遇到困難和挫折，也不要悲觀。

想不開 把不如意的事情放在心裡，擺脫不了：這人老是想不開，竟走上了厭世的絕路。

厭世 消極悲觀，厭惡人世：極端困苦的生活折磨得他有點厭世了。

聽天由命* 聽任命運的安排、擺布。是一種宿命論的悲觀消極觀點。

心如死灰* 心像死灰一樣。形容心情極度消極悲觀。

意懶心灰* 意志消沈，灰心喪氣。形容心情極度消極悲觀。也說心灰意懶*。

F3－48 形： 憂愁

憂愁 因遭遇困難或不如意的事而心裡痛苦、煩悶：母親久病不愈，使我憂愁／她滿腹憂愁，無處訴說。

憂 憂愁：樂而忘憂／先天下之憂而憂。

愁 憂愁：滿面愁容／愁眉不展。

憂傷 憂愁，悲傷：神色憂傷／他的作品充滿憂傷的情調。

憂戚 〈書〉憂愁，悲傷：他面無笑容，話也不多，彷彿是很憂戚的。

憂鬱 憂傷，鬱悶：憂鬱成疾／她憂鬱地點了點頭。

憂憤 憂愁，憤恨：憂憤成疾／校長看看學生去了一半，心裡不免憂憤。

悲愁 悲傷，憂愁：她痛苦悲愁，無處申訴。

哀愁 悲哀，憂愁：哀愁的心情，一時無法排遣。

愁苦 憂愁，苦惱：父親度過了愁苦的一生。

憂悒 〈書〉憂愁不安：神色憂悒。

愁腸百結* 憂愁鬱結在腹中。形容極度憂愁。

憂心忡忡* 憂愁得心神不安。

憂心如焚* 心裡憂愁得像火燒一樣。形容極其憂愁。

日坐愁城* 比喻整天為憂愁所包圍，陷入愁苦不能解脫的境地。

多愁善感* 形容人感情脆弱，經常發愁，容易傷感。

F3－49 動： 憂慮

憂慮 憂愁擔心：深為憂慮／父母所憂慮的是我考不上大學。

憂 擔憂；憂慮：憂國憂民／杞人憂天。

愁 憂慮：不愁吃，不愁穿／我愁得兩天沒有睡好覺。

擔憂 憂慮；發愁：我們都為他的健康擔憂／你用不著擔憂。

焦慮 焦急,憂慮:焦慮不安/久旱不雨,農民都非常焦慮。

過慮 不必要地憂慮:事情並不嚴重,請你們不要過慮。

發愁 感到憂慮、愁悶:他一直在為孩子不要讀書發愁/這事辦起來不難,你不要發愁。

犯愁 發愁:你不要犯愁,問題總會解決的。

鬱積 憂愁、憤懣積聚在心裡不能發洩:鬱積成疾/他心裡鬱積已久的憤怒,再也抑制不住地迸發出來。

鬱結 憂愁、煩悶集結在心裡不能消解:她的聲音裡面含著鬱結的愁思。

杞人憂天* 傳說,古代杞國有個人怕天會塌下來,自己無處藏身,愁得寢食不安。比喻不必要和無根據的憂慮。

庸人自擾* 指本來沒有事,而平庸的人瞎著急或自找麻煩。

F3－50 名： 憂心

憂心 〈書〉憂愁的心情:憂心如焚/憂心忡忡。

憂 使人憂愁的事:隱憂/高枕無憂/內憂外患/無後顧之憂。

隱憂 深藏在心裡的憂慮:鬱鬱不樂,如有隱憂。

殷憂 深深的憂傷:我心裡隱隱有難以慰解的殷憂。

愁緒 憂愁的情緒:愁緒交加/愁緒滿腔。

愁思 憂愁的思緒:燈光黯黯地籠罩著人的愁思。

憂思 憂愁的思緒:他出現在臉上的憂思,已經完全消失了。

愁腸 愁思鬱結的心腸:愁腸百結/我此後果然用心讀書,媽媽才漸漸把愁腸放開。

心病 憂慮或煩悶的心情:這個問題不解決,一直是我的心病。

鄉愁 思鄉的愁悶心情:心頭浮起無限的鄉愁。

離愁 離別的愁思:我懷著離愁跟家人告別。

F3－51 名： 苦處

苦處 經受的痛苦:做娘的受足了苦處,總不能讓女兒再受一遍。

苦楚 痛苦。多指生活上經受的:受盡苦楚/他不會忘記過去受過的苦楚。

苦頭 痛苦;苦楚:我過去吃過人云亦云的苦頭/什麼苦頭,我都能忍受。

苦水 比喻蘊藏在內心的痛苦。也比喻艱難痛苦的生活:老人把滿腹苦水都說出來了/他是在苦水中長大的。

隱痛 不願或難以告人的痛苦:他立刻明白自己的話又觸到他們的隱痛了。

痛處 隱痛的所在:我想問她棄家出走的原因,又怕刺到她的痛處。

心病 指隱痛或隱私:一句話正說中了他的心病。

切膚之痛* 親身受到的痛苦。指感受很深的痛苦。

F3－52 形： 煩悶

煩悶 心情不舒暢:他遇到一件麻煩的事,心情很煩悶/心中煩悶,無法排遣。

煩惱 煩悶苦惱:自尋煩惱/這件事實在令人煩惱。

煩 苦悶;煩惱:心煩意亂/這幾天我心裡煩得很。

苦惱 痛苦煩惱:自尋苦惱/他為這事心裡非常苦惱。

煩擾 因受外界攪擾而心裡煩惱:這幾天我心情很煩擾,一直不平靜。

憂煩 憂愁,煩惱:這些事使他心裡憂煩,坐臥不安。

憂悶 憂愁,煩悶:他秋眉深鎖,哀聲嘆氣,看起來憂悶極了。

沈悶 心情沈重煩悶;不爽朗:她心裡沈悶,真想

大哭一場。

苦悶 苦惱,煩悶:他總是很樂觀,從來沒有苦悶的時候。

鬱悶 煩悶;不舒暢:他近來心情鬱悶,很少談笑。

愁悶 憂愁,煩悶:看到這種情況,他愁悶起來了。

無聊 由於閒散而感到精神空虛和煩悶:下雨天悶在家裡,非常無聊/他實在閒得無聊,也養起鳥來了。

懊惱 不順心;煩惱:去遲了一步,書沒有買到,非常懊惱。

不快 不愉快;不高興:心中不快/傳來令人不快的消息。

抑鬱 憂憤,煩悶:長期抑鬱的心情損害了他的健康。

陰鬱 憂鬱;不開朗:心情陰鬱/她滿腹心事,面色陰鬱。

鬱悒 〈書〉苦悶:心情鬱悒/鬱悒寡歡。

沈鬱 沈悶,憂鬱:他在沈鬱的心緒中,又回憶起許多往事。

憤懣 抑鬱,煩悶:不勝憤懣/心裡的憤懣全部煙消雲散了。

憋氣 委屈或煩惱而不能發洩;心情不舒暢:他這些事兒,聽了真叫人憋氣。

憋悶 煩悶;心情不舒暢:不把事情說明白,心裡實在是憋悶。

憋 悶;不痛快:心裡憋得慌/你把話快說出來呀,可把人憋死了。

悶 心情不舒暢;煩悶:悶悶不樂/心裡悶得很/消愁解悶。

熬心 〈方〉心中煩悶;不舒暢:他說著又提起這幾年來熬心的事。

窩火 憋氣;氣惱:這幾天他心裡窩火,常常摔碗、罵人。

窩憋 〈方〉煩悶;窩火:他受了委屈,心裡窩憋,

整天不搭理人。

悶悶不樂＊ 因有不如意事心裡煩悶不快活。

鬱鬱寡歡＊ 心裡十分苦悶而缺少樂趣。

F3-53 形: 舒暢

舒暢 (心情)舒展痛快;開朗愉快:心裡十分舒暢/一到了海濱,我心裡就感到分外舒暢。

寬暢 舒暢:心情寬暢/好像壓在心上的石頭搬掉了,我感到十分寬暢。

歡暢 歡樂,暢快:孩子們又跑又跳,玩得很歡暢。

暢快 舒暢,快樂:心情暢快/大家暢快地交談。

痛快 舒暢;高興:今天大家玩得真痛快/這是一件令人不痛快的事。

酣暢 十分暢快:孩子睡得真酣暢/他們酒正喝得酣暢/他總是笑得那樣酣暢。

爽快 舒適暢快;痛快:把要說的話都說了,他感到心裡爽快多了。

鬆快 輕鬆爽快:心情鬆快/她雖說已到中年,笑起來還像年輕人一樣地鬆快。

舒心 〈方〉心情舒暢;適意:舒心的酒,千杯不醉/媽媽晚年的日子過得很舒心。

快意 心情爽快舒適:眉梢眼角流露出一種快意的神情/三五好友喝茶聊天,十分快意。

暢 舒暢;痛快;盡情:暢遊/暢飲/心情不暢/暢所欲言。

開懷 胸懷敞開,無所拘束,十分暢快:開懷暢飲/開懷歡笑。

輕鬆 不感到有負擔;不緊張:他笑得那麼輕鬆/他感到心裡輕鬆了許多。

輕快 輕鬆愉快:輕快的歌聲/這件事辦妥了,我感到格外輕快。

是味兒 (心裡感到)好受;舒服:聽了他的這番話,感到真是味兒。

心曠神怡＊ 心境舒暢,精神愉快。

如釋重負＊ 像放下重擔子那樣輕鬆舒暢。

賞心悅目[*]　因欣賞美好的景物而心情舒暢。

F3－54 動：　怒

怒　對人或事不滿意而極不愉快:不禁大怒／惱
　　羞成怒／哀其不幸,怒其不爭。

發怒　因對人或事極不滿意而表現出粗暴的聲
　　色舉動:他近來心情不好,常常為一點小事發
　　怒／我沒想到他又發怒了。

動怒　發怒:犯不著為這點小事動怒。

惱怒　生氣;發怒:這件事使他大為惱怒,怎麼勸
　　解都無濟於事。

含怒　心裡生氣而沒有發作:他臉上含怒,一言
　　不發。

盛怒　大怒:盛怒未消。

狂怒　極端憤怒:看到消息,他一陣狂怒,把報紙
　　撕得粉碎。

生氣　因不如意而極不愉快;發怒:他脾氣不好,
　　動不動就生氣／為這件事,老人非常生氣。

動氣　〈口〉生氣:我就實話實說了吧,你不要動
　　氣。

掛氣　〈方〉生氣;動怒:他怕他倆越說越掛氣,打
　　起架來。

氣　❶發怒;生氣:他氣得暴跳如雷。❷使生氣:
　　他已經很不高興,你別再氣他了。

惱　❶生氣;惱怒:你的話把他惹惱了。❷使生
　　氣、惱怒:他這是故意惱我。

憤　惱怒;怨恨:激起公憤／洩私憤／義憤填膺。

動火　〈口〉發怒:他沒聽我把話說完,就動火了。

動肝火[*]　〈口〉比喻發怒,發脾氣:你犯不著動肝
　　火。

惱火　生氣;惱怒:瞧他那個樣子,我就惱火／情
　　況還不清楚,你先不要惱火。

冒火　生氣;發怒:他一向是好脾氣,這回也冒火
　　了。

光火　〈方〉發怒;惱怒:別惹我光火。

上火　〈方〉發怒,生氣:他不做聲,裝糊塗,人們

越發上火了。

掛火　〈方〉發怒;生氣:你還年輕,容易掛火。

火　發怒:沒等人把話說完,他就火了。

炸　〈口〉突然發怒:一聽這話,他就炸了。

嗔　發怒;生氣:嗔怒／轉嗔為喜／她半嗔半笑地
　　說。

發狠　惱怒;生氣:他倒在床上發狠,怪我怎麼還
　　不回學校。

拂袖　〈書〉把衣袖一甩,表示生氣:拂袖而去。

拍案　拍桌子,表示強烈的憤怒:拍案而起。

惱羞成怒[*]　因惱恨羞愧到了極點而發怒。□**老
　　羞成怒**[*]。

大發雷霆[*]　比喻勃然大怒,聲如雷霆。

勃然大怒[*]　突然發作大怒。

義憤填膺[*]　被違反正義的事所激起的憤怒充滿
　　胸膛。

F3－55 形：　憤怒

憤怒　因強烈不滿而情緒激動到極點:大家都非
　　常憤怒／人群裡不斷發出憤怒的喊聲。

憤慨　氣憤不平:敵人的暴行引起人們的極大憤
　　慨／工人們對業主任意延長工時,都極其憤
　　慨。

悲憤　悲痛憤怒:悲憤填膺／他強忍著心中的悲
　　憤。

氣憤　生氣;憤恨:對這種損人利己的行為,我們
　　非常氣憤。

氣惱　生氣;惱怒:祖母很氣惱,怪家裡人什麼都
　　瞞著她。

憤憤　氣憤不平的樣子:憤憤不平／他沒說什
　　麼,便憤憤然走了。□**忿忿**。

憤然　氣憤的樣子:憤然離座,退出會場／他憤
　　然作色地站起來發言。

悻悻　憤怒、怨恨的樣子:悻悻見於詞色／他竟
　　自悻悻然走了。

悻然　憤怒、怨恨的樣子:悻然而去。

怒沖沖　形容非常生氣的樣子:他怒沖沖地說著事情的經過。□氣沖沖。

氣呼呼　形容生氣時呼吸急促的樣子:他頭也不回,氣呼呼地走出門外。

怒不可遏＊　憤怒得難以抑制。

怒火中燒＊　憤怒的火焰在心中燃燒。形容心中懷著極大的憤怒。

怒髮沖冠＊　憤怒得頭髮直豎,頂起帽子。形容憤怒到了極點。

令人髮指＊　形容憤怒到了極點。髮指:頭髮直豎。

暴跳如雷＊　氣憤得跳腳喊叫,像打雷一樣。形容極其憤怒。

七竅生煙＊　氣憤得好像耳、目、口、鼻都冒煙。形容憤怒到極點。

F3－56 名:　怒氣

怒氣　憤怒的情緒:怒氣沖沖／一股怒氣,湧上心頭。

怒火　比喻強烈的憤怒:滿腔怒火／壓不住心頭的怒火。

心火　心裡的怒氣:心火直往上冒,按捺不住。

無明火　怒火:他按捺不住那一肚子的無明火。也作**無名火**。

肝火　指容易急躁發怒的情緒:這人肝火旺,動不動就罵人／這點事用不著動肝火。

肝氣　容易發怒的心情:這人肝氣盛,別惹他。

火氣　比喻怒氣:事情沒辦好,他火氣大得很。

雷霆　比喻怒氣:大發雷霆。

火　比喻怒氣:心頭火起／火冒三丈／他的火也上來了。

眾怒　大家共同的憤怒:眾怒難犯。

F3－57 名:　怨憤

怨憤　怨恨;憤怒:兩人素無怨憤／怨憤無處發洩。

義憤　被不正義的事情激起的憤怒:義憤填胸／這些壞人壞事,激起了群眾的義憤。

公憤　公眾共同的憤怒:引起公憤／公憤難平。

私憤　個人間的怨憤:洩私憤／報私憤。

民憤　人民大眾對罪惡的人或事的怨恨憤怒:激起民憤／民憤極大／緩和民憤／不殺不足以平民憤。

鬱憤　鬱結在心裡的怨憤:滿腔鬱憤／一吐鬱憤。□幽憤。

F3－58 動:　發脾氣

發脾氣　因事情不如意而有粗暴的言語舉動:他動不動就發脾氣／他今天大發脾氣,又摔東西,又罵人。□鬧脾氣。

發作　發脾氣:他很想發作一下,然而沒有勇氣,只好委屈地忍受。

發火　發脾氣:有理好好講,不要發火／這個人一向脾氣很好,這一次可發火了。

起火　著急;發脾氣:你別起火,先讓人家把事情說清楚。

發標　發脾氣;耍威風:他外面受了氣,卻回家對老婆孩子發標。

發毛　〈方〉發脾氣:沒等我把話說完,他就發毛了。

使性子　發脾氣:他和家裡人使性子,整天一句話不說／她使性子一個人回去了。

耍態度　發脾氣:他常常為一點點小事耍態度。

F3－59 動:　出氣‧賭氣

出氣　發洩心中的怨憤:他一遇心裡不如意,就拿孩子出氣。

撒氣　拿旁人或藉別的事情發洩怒氣:她不敢說爸爸不是,只好拿妹妹撒氣。

殺氣　發洩氣憤;出氣:他受了委屈,反而拿我殺氣。

遷怒　把對某人的怒氣發洩到另一人身上;或自

己不如意時對別人發怒:他們大失所望,竟遷
怒於我／我的脾氣不大好,遷怒的事兒有的
是。

洩憤　發洩心中的憤怒、怨恨:他們趁機向他洩
憤。

嘔氣　鬧彆扭,生悶氣:光嘔氣能解決問題嗎?／
你犯不著嘔氣,傷了身子。

賭氣　因不滿意或不服氣而任性(行動):他跟人
賭氣,整天不說話／他一賭氣,辭職不幹了。

負氣　賭氣:負氣出走／這是他一時負氣的話,
你不要在意。

F3－60 動：　激怒·息怒

激怒　刺激使發怒:大家顯然被他的話激怒了。

觸怒　因觸犯而使人發怒:他的文章觸怒了某些
人。

震怒　震動並引起極大的憤怒:某財團惡性倒閉
的消息傳來,震怒了眾多廠商／不良幫派的械
鬥使警察局長赫然震怒。

惹氣　引起惱怒:我本不想跟你惹氣,是你逼得
我這麼說的。

激憤　激動而憤怒:群情激憤／他這種旁若無人
的態度把王老先生給激憤了。

感憤　因有感觸而憤慨:令人感憤／我親自去看
這些情景,大為感憤。□感念。

息怒　停止發怒:請先息怒,讓我把事情說清楚。

消氣　平息怒氣:人家已經賠禮道歉,你也好消
氣了。

壓氣　使怒氣平息:說幾句好話給他壓壓氣。

解氣　消除心中的氣憤:你就打我幾下解解氣
吧。

解恨　消除心中的憤恨:把這些售假藥害死人的
奸商繩之以法,為群眾解恨。

F3－61 動：　害怕

害怕　遇到困難、危險等感到擔心或發慌:她一

個人夜間走路,心裡很害怕／這說明他害怕艱
苦,追求安適／他做錯了事,害怕被人知道。

懼怕　害怕:面對威脅,他毫不懼怕／這位級任
導師很嚴厲,學生們都懼怕他。

恐懼　害怕:無所恐懼／非常恐懼／他恐懼那個
即將到來的厄運。

怕　害怕;恐懼:怕死／欺軟怕硬／什麼困難都不
怕。

恐　害怕;畏懼:爭先恐後／有恃無恐。

懼　害怕;畏懼:臨危不懼／毫無所懼／面有懼
色。

畏　害怕;恐懼:畏罪／不畏艱險／望而生畏／人
言可畏。

畏懼　害怕;恐懼:無所畏懼／在困難面前,不能
畏懼退縮／她臉上流露出畏懼的神色。

畏縮　害怕而向後退縮:畏縮不前／他畏縮地躲
在父親身後,不敢上前。

憂懼　憂愁,恐懼:憂懼不安／母親病重,他深感
憂懼。

危懼　憂慮,恐懼:心存危懼／那些時我們差不
多每天時刻都在惴惴危懼著的。

疑懼　疑慮而恐懼:你帶槍去會引起他們疑懼／
她對我疑懼的態度表示得更明顯了。

生怕　很怕;非常擔心:我生怕他誤了飛機／他
見她臉色不好,生怕她又生了病。

生恐　〈書〉生怕;只怕:他生恐誤了考期,提前走
了／學校當局生恐學生將事情鬧大。

後怕　事後想起來感到害怕:想到當時情景,不
免有些後怕。

驚　❶害怕;恐慌:心驚膽戰／大驚失色／驚得忙
往後退。❷使害怕;震驚:驚心動魄／打草驚
蛇。

驚嚇　❶因受意外刺激而害怕:孩子驚嚇得哭著
撲到媽媽懷裡。❷使害怕;驚動:不要驚嚇動
物。

嚇　害怕;使害怕:我嚇得要死／別嚇著孩子／他

這些話嚇不了我。

受驚　受到突然刺激或威脅而害怕:這孩子冒冒失失,讓你受驚了。

吃驚　受驚;感到意外:令人吃驚/他們一下子吃驚地看著我。

震驚　❶受震動而害怕、發慌:舉世震驚/消息傳來,使我們大為震驚。❷使震動吃驚:震驚中外/突然高漲的物價震驚了他們平靜的心情。

忌憚　〈書〉畏懼;懼怕:肆無忌憚/有所忌憚。

憚　〈書〉怕;畏懼:不憚煩/過則勿憚改/無所畏憚。

心悸　心裡害怕:夜裡走山路,實在叫人心悸。

喪膽　形容極為恐懼:聞風喪膽/使敵人喪膽。

失色　因吃驚或恐懼而臉色變白:大驚失色。

發毛　〈口〉害怕;驚慌:他看見這情景,心裡有些發毛。

怯場　在某些場合感到緊張、害怕而言語、舉動顯得不自然:他和同事很少打交道,公司一有活動,顯得怯場/她初次登臺,多少有一點怯場。

怯陣　臨陣害怕。比喻怯場:隊員個個信心十足,毫不怯陣/這次招考,許多小伙子怯陣,偏是她一個人報了名。

憷場　〈方〉怯場:你放心,他這個人不會憷場。

憷　〈方〉害怕;畏縮:這孩子憷見生人/初次登臺,心裡憷得慌。

發憷　〈方〉膽怯;畏縮:遇到一點點困難,他就發憷了。

擔驚受怕*　擔憂害怕。指常處在驚嚇、恐懼之中。

望而生畏*　看見了就害怕。

心有餘悸*　事過之後,心裡還感到害怕。悸:因害怕而心跳。

F3-62 形:　膽怯

膽怯　膽小;畏縮:在困難面前,不能膽怯/這孩子膽怯,不敢一個人上街。

膽寒　害怕;膽怯:心驚膽寒/深夜裡奔騰咆哮的河水聲,使人膽寒。

畏怯　膽怯;害怕:遇事畏怯/她畏怯地望著那嚴厲的臉,不敢出聲。

畏葸　〈書〉膽怯;畏懼:畏葸不前/一向忠厚謹慎的她,現在變成畏葸而憂鬱。

心虛　膽怯:他這時心虛已經到了極點,不覺顫抖起來/你笑也掩飾不了你心虛。

怯生　〈方〉見到不熟識的人有些害怕和不自然;怕生:這孩子怯生,客人一抱他就哭。

怕生　(小孩)怕見生人;怯生:這孩子怕生,來了客人就躲到媽媽懷裡。也說**認生**。

縮頭縮腦*　形容膽小、畏縮的樣子。

縮手縮腳*　形容做事膽子小,顧慮多。

束手束腳*　捆住手腳。比喻做事膽小顧慮多,不敢放手地幹。

畏首畏尾*　怕前怕後,怕這怕那。形容膽小怕事,疑慮重重。

前怕狼,後怕虎*　比喻膽小怕事,顧慮重重,畏縮不前。也說**前怕龍,後怕虎***。

F3-63 形:　驚慌

驚慌　害怕慌張:神色驚慌/驚慌失措。

驚恐　驚慌恐懼:驚恐失色/驚恐萬狀。

驚駭　〈書〉驚慌害怕:一個孩子落在水裡,驚駭得大哭起來/她發出驚駭的叫聲。

驚惶　震驚慌恐;驚慌:驚惶失色/他眼光中露出無限的驚惶。

驚愕　〈書〉因吃驚而發愣:消息傳來,個個驚愕得目瞪口呆。

惶恐　驚慌害怕:惶恐不安/他非常惶恐,不敢說話。

惶惑　因疑惑而害怕:惶惑不安/他惶惑地往四面看,不知道應該怎麼辦。

怔忪　〈書〉驚恐:怔忪不寧。

恐怖　感到生命受威脅而引起的恐懼：那裡的景象十分恐怖／敵人蓄意製造恐怖氣氛。

恐慌　驚惶不安：物價連續上漲，人們起了恐慌／貪污受賄分子，心裡十分恐慌。

虛驚　(後來事實證明是)不必要的驚慌：受了一場虛驚。

心慌　心裡驚慌：心慌意亂／我看他這時好像有點心慌。

毛　驚慌：心裡發毛／這些不良少年見了警察都嚇毛了，動彈不得。

毛咕　〈方〉有所疑懼而驚慌：他竟這麼笑，鬧得我有點發毛咕。

嚇人　可怕；使人害怕：山高路狹，爬上去真有些嚇人。

瘆人　使人恐懼；嚇人：這部影片的恐怖場面，很瘆人。

咋舌　〈書〉因驚訝、害怕而說不出話來：索價之高，令人咋舌。

惶惶不可終日*　心中惶急，感到一天也過不下去。形容極度惶恐不安。

戰戰兢兢*　❶因畏懼而小心謹慎的樣子。❷因害怕而發抖的樣子。

驚惶失措*　因驚慌而舉止失常，不知該怎麼辦才好。

提心弔膽*　形容十分擔心或害怕。□**懸心弔膽***。

聞風喪膽*　一聽到風聲就嚇破了膽。形容非常驚慌恐懼。

心驚膽戰*　形容非常驚恐。也說**膽戰心驚***。

心驚肉跳*　形容心神恐懼不安。

不寒而慄*　天氣不冷而身體發抖。形容極其恐懼。

氣急敗壞*　呼吸急促，狼狽不堪。形容非常驚慌或羞惱。

屁滾尿流*　形容極度驚恐或狼狽不堪的樣子。

失魂落魄*　形容心神不定，非常驚慌的樣子。

也作**喪魂落魄***。

魂不附體*　形容極度驚慌，萬分恐懼。□**魂飛魄散***。

亡魂喪膽*　形容極度驚慌恐懼。

風聲鶴唳*　前秦苻堅進攻東晉，在淝水大敗，潰兵聽到風聲和鶴叫，都以為追兵已到。後來用「風聲鶴唳」形容非常驚恐疑懼或自相驚擾。

草木皆兵*　前秦苻堅進攻東晉，登壽春城瞭望，見晉軍陣容嚴整，十分恐懼，把八公山上草木都當成晉軍。後來用「草木皆兵」形容極度驚恐，疑慮重重。

談虎色變*　比喻一提到可怕的事物就情緒緊張，驚恐得連臉色都變了。

杯弓蛇影*　有人在友人處飲酒，掛在牆上的弓影映入酒杯中，他疑心杯裡有蛇，自己中了蛇毒，回家後就生了病。見漢應劭《風俗通義·怪神第九》。後來以「杯弓蛇影」比喻因幻覺而生疑慮，妄自驚慌。

毛骨悚然*　身上毛髮豎起，脊梁骨發冷。形容極度驚慌恐懼。

駭人聽聞*　使人聽了非常驚慌害怕。

F3 – 64 形：　慌張

慌張　恐懼緊張；心神不定；動作忙亂：來人神色慌張／她初次登臺，動作有些慌張。

發慌　因恐懼、著急或虛弱而心神不定；心裡不沈著：他發言時很沈著，一點兒不發慌／她病中有時感覺心頭氣悶得發慌。

著慌　著急，慌張：你別著慌，慢慢說／聽醫生說病一下子不能好，他心裡很著慌。

慌　慌張；忙亂：慌手慌腳／心慌意亂／他心裡慌得很。

慌亂　慌張而忙亂：第一次上講臺，心裡不免有點慌亂／院子裡響起一串慌亂的腳步聲。

慌神　心慌意亂：碰到這樣麻煩的問題，沒有家

人在身邊,他有一點慌神。

張皇 〈書〉慌張;驚慌:張皇失措/神色張皇。

失措 因驚慌而舉動失常,不知怎麼辦:驚慌失措/茫然失措/神色失措。

倉惶 匆忙而慌張:倉惶出逃/倉惶失措/他倉惶地還了禮。也作**倉黃**。

周章 〈書〉驚恐;慌亂:狼狽周章/周章失措。

手忙腳亂* 形容做事慌亂而無條理。

手足失措* 手腳不知放在哪裡好。形容極其慌亂,不知道該怎麼辦。□**手足無措***。

不知所措* 不知道怎麼辦才好。形容受窘或驚慌。

F3－65 形: 驚奇

驚奇 對某種事物吃驚地感到非常奇怪;自然科學館裡的科學實驗使孩子很驚奇/他的神色顯得十分驚奇。

驚異 驚奇,詫異:他們用驚異的目光看著我。

驚訝 驚異;驚奇:他的突然到來,使大家十分驚訝/她驚訝得一時說不出話來。

詫異 驚訝;驚詫:夜裡聽見這種聲音,我有一點詫異/她聽媽媽這樣問,倒詫異起來。

驚詫 驚奇;驚訝:大家驚詫地看著他/在學生請願中有一點紛擾,他們就驚詫了。

納罕 感到稀奇少見而驚奇;詫異:會場裡空無一人,眞敎我納罕/使我納罕的是這些死者家屬沒有悲痛的神情。

駭異 非常驚訝;驚異:他見我一個人住在樓上,很駭異/我對自己的病沒有什麼駭異的地方。

駭怪 驚訝;駭異:有很多事使人驚疑駭怪,幾乎不相信自己的眼睛和耳朵。

駭然 驚訝的樣子:大家聽了駭然,半晌說不出話。

奇怪 令人驚奇;驚異:他這樣做,朋友們都十分奇怪/試驗中有一些失誤,並不奇怪。

奇異 驚奇;詫異:大家用奇異的目光注視這位不速之客。

奇 出人意料;令人驚異:出奇制勝/不足爲奇。

異 驚奇;奇怪:深以爲異。

驚疑 驚訝疑惑:他們用驚疑的眼光打量著他。

怪訝 詫異;驚訝:我雖然有點怪訝,也沒想到是有什麼意外的事。

大驚小怪* 形容對於沒什麼值得奇怪的事過分地驚訝。

呆若木雞* 形容因驚訝恐懼而發呆的樣子。

瞪目咋舌* 睜著眼睛說不出話來。形容驚訝或受窘而發楞的樣子。

F3－66 形: 慚愧·羞愧

慚愧 因自己有缺點、錯誤或未盡責而感到不安:我辜負了師長對我的期望,感到十分慚愧/他懷著慚愧的心情向她賠禮道歉。

慚 慚愧;羞慚:大言不慚/面有慚色。

愧 慚愧;羞愧:問心無愧/面無愧色。

愧怍 〈書〉慚愧:對方的豪爽、寬宏,使他深感愧怍。

愧恧 〈書〉慚愧:一想到那次對他的錯怪,就使我很愧恧。

愧汗 〈書〉因羞愧而流汗。形容羞愧到了極點:想起這事,就使我愧汗。

愧疚 〈書〉慚愧而內心不安:我帶著愧疚的心情去看望他。

抱歉 表示對不起人,心中過意不去:很抱歉,無可奉告/我錯怪了你,萬分抱歉。

抱愧 心中感到慚愧:有負厚望,實在抱愧。

歉疚 慚愧不安:勞累母親給我煮消夜,心上感到說不出的歉疚。

負疚 〈書〉抱愧,自己感到對不起人,心中不安:多年來沒能照顧好她,我深感負疚。

內疚 內心感到慚愧不安:由於疏忽大意,給工作帶來不應有的損失,我深感內疚。

過意不去 感到心中不安;抱歉:爲這件事,一次

一次地麻煩您,真過意不去。

不過意　過意不去:這麼晚來打擾您,真不過意。

羞愧　感到羞恥和慚愧:十分羞愧/他對自己的
無能感到羞愧。

羞慚　羞愧:她紅著臉羞慚地低下頭去/他滿臉
羞慚,轉身走了。

羞赧　〈書〉羞愧得臉紅。形容非常害羞:她臉上
露出羞赧的顏色/他有些羞赧,低下頭看書。

赧顏　〈書〉因羞慚而臉紅:想到這件事,自覺赧
顏。

赧然　〈書〉羞愧臉紅的樣子:赧然汗下/赧然一
笑。

覥顏　〈書〉形容羞愧的神色:覥顏向人。

覥然　〈書〉羞愧的樣子:覥然不語。

虧心　言行違背正理;問心有愧:不說虧心話,不
做虧心事/我這樣做,沒有一點虧心的地方。

無地自容＊　沒有地方可以讓自己躲藏起來。形
容十分羞愧。

自慚形穢＊　原指因自己容貌舉止不如人而感到
慚愧。後來泛指自愧不如別人。多用作謙
詞。

F3－67　動、形：　無愧

無愧　〔動〕沒有什麼可以慚愧的:當之無愧/無
愧於人。

問心無愧＊　捫心自問,毫無慚愧。

不愧　〔動〕❶不感到羞愧:不愧於心/仰不愧於
天。❷當之無愧;當得起(某種稱號):他不愧
為德威並重、勇謀兼備的傑出將領。

硬氣　〔形〕有正當理由,問心無愧:自己掙的錢,
用起來硬氣/按時完成工作,說起話來硬氣。

對得起　〔動〕對人無愧;不辜負:這些年來,我在
生活上是對得起她的。也說**對得住**。

F3－68　動：　懊悔

懊悔　言行有了過錯,心裡恨自己不該這樣:他

沒有參加這次考試,非常懊悔/我懊悔沒有聽
老師的忠告。

悔　懊悔;悔恨:悔不當初/悔之已晚/我深悔當
時沒有聽你的勸告。

悔恨　懊悔:他悔恨來遲了一步/我悔恨當初不
曾練就一筆好字。

愧恨　因慚愧而悔恨:他深自愧恨,低下了頭。

懊惱　悔恨而引起煩惱:事情沒有辦好,他非常
懊惱。

後悔　事後懊悔:他後悔在會上話說得太多了。

失悔　後悔:她知道自己做了糊塗事,現在開始
失悔了。

懺悔　因認識了過去的錯誤或罪過而感到內疚:
我懺悔這些年來我對她的健康不夠關心。

追悔　追溯往事,感到悔恨:追悔莫及/他對以
前的過失,不曾有半星兒追悔。

自悔　對自己的言行感到後悔:我自悔失言,不
再開口。

愧悔　慚愧懊悔:愧悔無地/他為剛才的粗暴舉
動愧悔。

痛悔　深切地後悔:他痛悔自己輕易放棄了難得
的機遇。

嗟悔　嘆息懊悔:嗟悔無及。

翻悔　因後悔而推翻曾經允諾的事或說過的話:
這事是你親口答應的,不能翻悔。□**反悔**。

自怨自艾＊　原指悔恨自己的錯誤,並加以改正。
現多只指自己悔恨。艾:治理。

悔不當初＊　後悔當初不該這樣做:早知今日,悔
不當初。

悔之無及＊　後悔已來不及。

噬臍莫及＊　原意是自己咬自己的肚臍是搆不著
的。後用來比喻後悔已來不及。

F3－69　動：　羨慕

羨慕　喜愛別人的長處、好處或有利條件,希望
自己也能得到或做到:我真羨慕現在青年的

學習環境／他的演講才能，令人羨慕。

羨　羨慕：臨淵羨魚／羨長江之無窮。

慕　羨慕；仰慕：慕名而來／不慕虛名。

愛慕　因喜愛或敬重而願意接近：她非常愛慕虛
榮／小姐的臉上，立刻流露出對他傾心愛慕的
神情。

思慕　愛慕；仰慕：他對她的思慕之情，一天一天
地濃厚起來。

欣羨　喜愛而羨慕：她對園中的一尊尊塑像，欣
羨不已。

歆慕　〈書〉羨慕：他的男子漢氣度，很使人歆慕。

歆羨　〈書〉羨慕：他的小家庭有著令人歆羨的幸
福和舒適。

艷羨　〈書〉十分羨慕：他對大都市的豪華生活，
毫不艷羨。

稱羨　稱讚羨慕：嘖嘖稱羨／她的風姿才華，為
大家稱羨。□贊羨。

嘆羨　贊嘆羨慕：女友們都對她投以嘆羨的目
光。

傾慕　嚮往愛慕：互訴傾慕之情。

傾心　愛慕；真誠地嚮往：一見傾心／他青年時
傾心革命，毅然離開學校，奔赴解放區。

嚮往　熱愛、羨慕某種事物而想望得到或達到：
這裡良好的學習環境，令人嚮往／他還像兒時
那樣嚮往海洋。

憧憬　嚮往（美好事物）：憧憬幸福的明天／滿懷
對社會主義的憧憬。

神往　內心嚮往：令人神往。

眼紅　羨慕：他一下子成了千萬富翁，朋友們莫
不眼紅。

眼熱　羨慕；眼紅：她看見別的同事不斷買新衣
服，卻從來不眼熱。

F3－70　動：　敬仰

敬仰　對人或品德、功業尊重愛慕：我一向敬仰
這位老學者／先生的道德文章素為人所敬仰／

哈佛大學是我從小敬仰的高等學府。

景仰　敬重仰慕：人們景仰朝拜聖地麥加。

欽仰　欽佩仰慕：他是現在許多青年所欽仰的偶
像。

仰慕　敬仰愛慕：私心仰慕／仰慕大名已久。

敬慕　尊敬仰慕：他有許多令人敬慕的地方／我
敢說沒有人不敬慕他。

景慕　尊敬仰慕：我懷著景慕的心情瞻仰了岳飛
的故居。

企慕　仰慕：先生博學多能，為我平生所企慕。

心儀　〈書〉心中嚮往、仰慕：心儀不置／心儀已
久。

仰　〈書〉敬慕：高山仰止／人所共仰。

仰望　〈書〉敬仰而有所期望：他是出類拔萃的青
年科學家，為眾目所仰望。

想望　〈書〉仰慕：想望風采（意為仰慕其人，渴求
一見）。

肅然起敬*　產生了十分敬仰的心情或態度。

F3－71　動：　佩服

佩服　對別人的才識、言行表示敬重和信服：他
為人正直，大家都很佩服／全廠員工都佩服新
廠長管理業務的能力。

欽佩　敬重佩服：老先生的道德學問，一向為青
年教師所欽佩／我很欽佩你的膽量。

敬佩　敬重佩服：我喜愛這些茁壯的花卉，我更
敬佩那些辛勤的園丁。

讚佩　稱讚佩服：他工作一貫認真負責，著實令
人贊佩。

感佩　感動佩服；欽佩：他這種認真忘我的工作
精神，使每一個接觸他的人都極為感佩。

驚佩　驚訝而欽佩：他當場發表了使人驚佩的意
見。

佩　佩服：可敬可佩／令人感佩。

畏　佩服：令人畏服／後生可畏。

崇拜　尊敬欽佩：崇拜偶像／崇拜民族英雄／反

對盲目崇拜。

服氣 〈方〉佩服；由衷地信服：他精明幹練，處事果斷，部下對他很服氣。

服 服從；信服：心服口服／心悅誠服。

信服 相信並佩服：她最信服你，你去勸勸，她會聽的。

心服 從心裡信服：他說的話叫人心服／這樣不公平的處理，沒有人會心服。

嘆服 稱讚並佩服：對這部長篇小說內容的充實，結構的嚴密，我非常嘆服。□**贊服**。

折服 佩服；信服：他對當前經濟形勢的分析，足以使人折服。

推服 推許佩服：他的書法，向為朋友們所推服。

悅服 從心裡佩服或服從：人心悅服／他的晚年所為，不一定為人悅服。

口服 口頭上表示信服：口服而心非／口服心不服。

拜服 佩服。敬辭：他武藝高超，我拜服之至。

傾倒 非常佩服，愛慕：萬千觀眾為她的美貌和歌聲所傾倒。

服膺 由衷地信服：這是他從小服膺的古訓／他的道德文章，為我所服膺。

心悅誠服* 真心誠意地佩服或服從。

五體投地* 指兩手兩膝和頭一起著地，原是古印度最恭敬的禮節，佛教沿用。比喻心悅誠服，佩服到了極點。

甘拜下風* 真心佩服別人，自認不如。

F3－72 動：　忌妒

忌妒 對才能、名譽、地位或境遇比自己好的人心懷怨恨：看見長得好，穿得漂亮的女人，她就忌妒／他自己掌握不好新的操作方法，卻忌妒別人。

妒忌 忌妒：她對有些同學穿著講究名牌，既不妒忌，也不羨慕。

嫉妒 忌妒：他知道有許多人對他的成功，心懷嫉妒。

忌 嫉妒：忌才／妒賢忌能。

嫉 忌妒：入宮見嫉／嫉賢妒能。

妒 忌妒：妒能嫉賢／大家微有詫愕的感覺，但也混和著莫可名狀的羨與妒。

嫉恨 忌妒憎恨：有些人嫉恨他，背後說他壞話。□**忌恨**。

忌刻 忌妒刻薄：他為人忌刻，沒人願意和他接近。也作**忌克**。

吃醋 比喻產生嫉妒情緒。多指男女關係方面：她一見丈夫和別的女人談笑，便有一點吃醋／四個兄弟，卻分成兩派，你親了這一邊，那一邊就要吃醋。

F3－73 名：　妒忌心

妒忌心 嫉妒的心情：她的妒忌心越來越大。

妒火 強烈的妒忌心：妒火中燒／他懷有不滿的妒火。

妒意 妒忌的情緒：她勉強笑著，竭力不露出心中的妒意。

醋心 妒忌心。多用於男女關係：她的醋心很重。

醋意 嫉妒的情緒：聽他稱讚鄰村的婦女，她有些醋意。

醋勁 嫉妒的情緒。多用於男女關係：聽人家一說，他不由得有點醋勁兒。

醋罈子 比喻嫉妒心很重的人：她是有名的醋罈子，這件事她知道了準要鬧翻天。

F3－74 動：　重視

重視 對人或事物認為重要而認真對待：重視知識和知識分子／上級對我們反應的情況很重視。

重 重視；看重：重男輕女／重文輕武／為時人所重。

看重 認為重要；重視；看得起：他這才感到他的

職業是這樣被人看重／領導上看重他，才派他
擔任這個工作。

注重　重視：注重科學研究／他很注重做好人際
關係。

倚重　看重並信賴：他是上級倚重的得力幹部。

器重　（上對下）看重；重視：領導上很器重他的
精明幹練。

見重　〈書〉受到重視：其見重如此。

推重　（對某人的思想、行爲、著作等）重視並讚
許：他的這部著作，爲許多專家所推重／在近
代畫家中，他最推重的是吳昌碩。

推崇　推重崇敬：李白、杜甫被世人推崇爲唐代
最偉大的詩人／家鄉人推崇他爲鄉鎮企業的
領袖。

珍重　重視愛惜；珍愛：他感到在校時王老師對
他的教誨，特別值得珍重。

珍惜　珍重愛惜：珍惜友誼／珍惜理想／青年人
要珍惜你們的今天。

珍視　珍惜重視：珍視個人的名譽／珍視友情。

寶重　珍惜重視：這些文物早已爲收藏家所寶
重。

講求　重視；追求：飲食要講求營養／讀書要講
求方法／辦企業要講求經濟效益。

講究　講求；重視：講究衛生／他做思想工作很
講究方式方法。

厚　重視；推崇：厚此薄彼／厚古薄今。

青睞　眼睛正著看，指對人或事物喜愛、重視：他
工作出色，獲得領導的青睞／這批新潮時裝，
備受年輕人青睞。□**青眼**。

垂青　用青眼相看。表示重視或見愛：輔導教師
對他格外垂青。

看得起　〈口〉重視：承蒙你看得起我。

瞧得起　〈口〉看得起：做人要被人瞧得起。

另眼相看* 　用另一種眼光去看待。形容對某個
人或某種人特別重視或特別照顧。

刮目相看* 　去掉舊的看法，用新的眼光來看待。

指別人已有顯著的進步，要加以重視。

F3－75 動：　輕視

輕視　不重視；看不起：不要輕視體力勞動／媽
媽是個要強的人，總不願被人輕視。

鄙視　輕視；看不起：他十分鄙視這些投機商人／
他講究打扮，追求享受，受到同學們的鄙視。

蔑視　認爲卑劣而輕視；小看：蔑視敵人／他們
用蔑視的眼神看著他。

藐視　看不起；小看：藐視困難／在戰略上要藐
視敵人，在戰術上要重視敵人。□**渺視**。

賤視　輕視；鄙視：賤視民衆的人，必將爲民衆所
唾棄。

小視　小看；輕視：他被人小視，只能怪他自己不
好。

小看　輕視：不能被人家小看／你不該這樣小看
人。

小瞧　〈方〉小看：你可別小瞧人，他一擔能挑二
百多斤呢！

看輕　輕視：不要看輕自己／千萬不要看輕貧苦
的人。

漠視　冷淡地看待；輕視：漠視群衆疾苦／漠視
生產安全。

歧視　不平等地看待：反對種族歧視／有些職業
用人時往往歧視婦女。

無視　不放在眼裡；不認眞對待；漠視：無視紀律／
他已經取得很大的成績，我們怎麼能無視呢？

鄙夷　〈書〉輕視；看不起：我向來鄙夷他的爲人。

鄙薄　輕視；鄙棄：我並沒有鄙薄他的意思／女
人們見了她，臉上立刻露出鄙薄的神氣。

鄙棄　輕視；厭惡：他喜歡挑撥是非，被大家鄙棄
／我鄙棄那種一味追求享樂的生活方式。

唾棄　看不起；厭惡：健康的笑料能使人更痛切
地唾棄腐朽醜惡的事物。也作**吐棄**。

輕蔑　看不起；輕視：他輕蔑地看我一眼，轉身走
了／我忘不了她那輕蔑的眼光。

侮蔑 輕視;輕蔑:他受到別人的侮蔑和譏諷／他們對於外來人並不感覺生疏,更沒有絲毫侮蔑的情態。

睥睨 〈書〉眼睛斜著看,有輕蔑、厭惡、傲慢等意:睥睨君親／睥睨千古。

白眼 看人時露出白眼珠,表示對人輕視或厭惡:白眼看人／遭人白眼。

薄 輕視:不薄今人愛古人／厚古薄今／厚此薄彼。

菲薄 輕視;看不起:有人以菲薄別人來抬高自己／不妄自菲薄並不是就要自滿。

不屑 認爲不值得(做);輕視:不屑一顧／他只是搖了搖頭,表示不屑去吃那頓飯／他不屑地看了敵人一眼。

看不起 〈口〉輕視:你不要眼睛長在頭頂上,老是看不起別人。□瞧不起。

不足道 不值得說起;不值得重視:微不足道／在這嚴峻的時刻,個人的感情眞是不足道啊!

不起眼 〈方〉不值得重視;不引人注目:別看它不起眼,可還是一味名貴的中藥呢。

不在話下＊ 指事物輕微,不值得說起,或不值得重視。

嗤之以鼻＊ 用鼻子發出冷笑的聲音,表示蔑視。

一笑置之＊ 笑一笑就把它擱在一邊,表示不值得理睬,不值得重視。

不屑一顧＊ 形容對某事物極度輕視,認爲不值得一看。

無足輕重＊ 不足以影響事物的輕重。指無關緊要,不值得重視。

視如糞土＊ 看某事物如同穢土一樣。比喻極端蔑視。

F4　性　格

F4－1 名:　性格

性格 人在對人或事物的態度和行爲方式上所表現出來的較穩定的心理特徵,如正直、陰險、誠實、虛僞、勇敢、怯懦等:她性格溫和嫻靜／這部作品生動細緻地刻劃了幾個人物不同的性格。

性情 性格;脾氣:他的性情比較急躁／孩子的性情很像他父親。

心性 性情:她心性溫順／他心性好動,整天閒不住。

性子 〈口〉性情;脾氣:他性子倔強得很／火爆性子。

性 性格;脾氣:性急／任性／一味使性。

性氣 性格脾氣:性氣剛烈／他早摸熟了這匹馬的性氣。

脾氣 ❶性情:這老頭的脾氣眞倔／他終於摸熟了這頭牛的脾氣。❷容易發怒的性情;急躁的情緒:發脾氣／他在脾氣頭上,什麼也聽不進。

氣性 ❶氣質;性格:氣性剛直。❷特指容易生氣或生氣後一時不易消除的性格:這老頭氣性實在大。

脾性 〈方〉脾氣;性格;習性:他是個好脾性的人／騎馬的人要摸清馬的脾性。

個性 一個人較穩定的各種心理特徵的總和,包括性格、氣質、興趣、信念等:他這人個性很強／她的個性爽朗、樂觀。

氣質 人的個性特徵之一。主要表現在性情的活躍、急躁、沈靜,動作的靈敏、迅猛、遲鈍等方面:氣質不俗／他具有詩人的氣質。

氣味 比喻性格和志趣:氣味相投／有些人就是一輩子也沒有讀書人的氣味／他很有點俠士的氣味。

性行 〈書〉性格和行爲:他的歷史和性行,你這位老同學應該知道得頂清楚。

火性 急躁易怒的脾氣:他就是那種火性,改不了。

火氣 暴躁的脾氣;怒氣:他火氣大,動不動拍桌

子。

牛脾氣　倔強執拗的脾氣：又發牛脾氣了，眞拿你沒有辦法。

牛性　牛脾氣：他有一股子牛性，擰得要命。□ 牛勁。

牛脖子　〈方〉牛脾氣。

孩子氣　孩子似的脾氣或神氣：他雖已經成年，卻還有孩子氣，還沒有失去赤子心／你眞是越來越孩子氣了。

稚氣　孩子氣：他那稚氣的眼神中閃爍著智慧的光芒。

耐性　能忍耐、不急躁的性格：他堅持不懈學習外語，很有耐性。

野性　粗野不馴服的性情：這孩子有野性，父母管不住他。

獸性　形容極端殘忍野蠻的性情：敵兵獸性大發，姦淫燒掠無所不爲。

小性子　常因小事就發作的脾氣：她又使起小性子，和媽媽頂撞起來了。

F4－2 名：　品質・品行

品質　人的行爲、作風所表現的思想、認識、性格等方面的素質：好品質／品質優秀／品質惡劣。

品　品質；品格：人品／品學兼優。

品格　品質；性格：品格高尙／品格低劣。

品性　品質；性格：品性良好／他這種品性全出於母親的陶冶。

素質　❶人的生理上的原來的特點。❷事物本來的性質。❸白色的底質。正是這些風雨、陽光、大樹、小草等自然景物，長年累月地陶冶了他的品德和素質。

質地　指人的品質或素質：這孩子質地很好，你們做父母的要好好培養他。

人品　人的品質、品格：他人品很好／你看隊長的人品多高尙。

人格　❶人的性情、氣質、能力等特徵的總和：敎育要培養健全的人格／童話中把動物人格化了。❷人的道德品質：人格高尙／她沒有損害家庭的名譽和自身的人格。❸人按照法律或社會準則能作爲權利、義務主體的資格：尊重婦女人格。

雙重人格　指一個人兼有的兩種互相對立的品質（含貶義）：這就是他雙重人格的表現：一半眞實，一半虛僞。

靈魂　人格；良心：出賣靈魂。

人頭兒　〈方〉指人的品質：人頭兒次（人品差）／坐了車不給錢，您說是什麼人頭兒。

品德　品質道德：學習英雄的高尙品德／勤勞勇敢是我國人民最好的品德。

美德　美好的品德：愛護公共財物是公民的美德。

賢德　善良的德行：她頗有賢德。

品行　有關道德的品質和行爲：品行端正／她愛上的人的品行怎樣，她一點都不知道。

操行　品行（多指學生在學校裡的表現）：操行優良／他在校操行很好，但學習成績一般。

德行　道德和品行：他很重視德行的修養。

操守　平時的品行、品德：操守廉潔／操守不謹。

F4－3 名：　天性

天性　指人先天具有的品質或性情（實際上是在社會環境影響和敎育下形成的）：這孩子天性好動／愛美是人的天性。

本性　固有的性質或個性：江山易改，本性難移。

賦性　天性：賦性聰穎。

稟性　天性；本性：稟性忠貞／稟性愚懦。

秉性　本性；性格：秉性忠厚／正直的秉性。

生性　從小養成的性格、習慣：生性沈默寡言／他生性好動，整天閒不住。

人性　❶人的本性，是在一定的社會制度和歷史條件下形成的：人性論／我國古代哲學中對人

性有性善、性惡等不同的觀點。❷人所具有的正常的感情和理性:通人性／沒有人性／泯滅人性。

F4－4 名: 道德

道德 人們共同生活及其行爲的準則和規範,通過輿論對社會生活起約束作用。不同的社會階段、不同的階級有不同的道德觀念:封建道德／職業道德／道德高尚／道德敗壞。

德 道德;好的品行:公德／私德／德才兼備／德高望重。

公德 公共道德:助人爲樂是一種社會公德。

私德 在私人生活上所表現的道德品質:他孝順父母,私德爲人稱道。

人道 指愛護人的生命、關懷人的幸福、尊重人的人格和權利的道德:人道主義／慘無人道／不講人道。

道義 道德和正義:給以道義上的支持／沒有道義上的保障。

倫理 指人與人相處的各種道德準則:倫理學／封建社會的倫理道德觀念還在束縛一些人。

禮教 奴隸社會、封建社會中統治階級制定束縛人的思想行爲的禮法和道德準則:揭露封建禮教吃人的本質。

三綱五常* 我國封建社會提倡的主要道德標準。「三綱」指君爲臣綱,父爲子綱,夫爲妻綱。「五常」通常指仁、義、禮、智、信。

三從四德* 封建禮教束縛、壓迫婦女的道德標準。「三從」是「未嫁從父,旣嫁從夫,夫死從子」。「四德」是「婦德、婦言、婦容、婦功」(婦女的品德、辭令、儀態、勞動)。

F4－5 名: 節操

節操 〈書〉氣節和操守:他是有血性、有節操的學者。

節 節操:保持晚節／高風亮節。

氣節 堅持正義,不向敵人屈服的志氣和品德:民族氣節／蘇武不屈不撓的氣節,令後人景仰。

名節 名譽和節操:保全名節／以名節爲重。

品節 品格節操:品節卓異。

貞操 ❶指忠於信仰和原則,始終如一的品德:保持革命者的貞操。❷舊指女子不失身或從一而終的節操:傳統的貞操觀念,使她在丈夫死後不願再婚。

貞節 貞操。多指封建禮教提倡的女子不失身、不改嫁的道德:貞節牌坊／老太太深信她的哲理,是「忍」字敎她守住貞節。

童貞 指沒有經過性交的人所保持的貞操(多指女性):他一直好好保持著他的童貞,到現在還是個童男。

F4－6 動、形: 守節‧失節

守節 〔動〕❶堅守節操:爲人守節淸苦。❷舊指女子在丈夫死後不再嫁或未婚夫死後終身不嫁。

殉節 〔動〕❶爲保全節操而犧牲生命:戰敗殉節／國亡殉節。❷舊指女子因抗拒凌辱而死或屈從封建禮敎因丈夫死而自殺。

失節 〔動〕❶喪失節操:貪慕富貴的人往往容易失節。❷舊指婦女失去貞操:失節偸生。

變節 〔動〕❶喪失節操:變節投敵。❷特指女子失去貞操:變節改嫁。

屈節 〔動〕失去節操,多指對敵人屈服歸附:屈節事敵／屈節辱命。

失身 〔動〕失節:失身於匪人／失身改嫁。

貞潔 〔形〕指婦女在節操上沒有污點:其母淸貧貞潔／她是一個貞潔的女人。

貞烈 〔形〕剛正有氣節。多指婦女堅守貞操,寧死不屈:女性貞烈,怨懟其夫,投川而死。

節烈 〔形〕封建道德指婦女貞節剛烈:他死後,他的夫人很節烈,投水而殉。

F4－7 形： 善良

善良 心地好，純潔正直，不懷惡意：心地善良／他是一個又聰明又善良的人。

善 善良：善心／善意／存心不善。

和善 溫和善良：性情和善／她看見來的是一個面孔和善的年輕人。

溫良 溫和善良：性格溫良／神色溫良。

馴良 和順善良：鄉民們忠厚馴良。

純良 純正善良：風氣純良／我知道你是一個純良的女子。

淳良 敦厚善良：那時的百姓眞是淳良。

仁義 〈方〉性情溫和善良：一顆仁義的心／我們的戰士對敵人這樣狠，而對人民卻是那樣地仁義。

賢惠 形容婦女心地善良，通情達理：她賢惠、心腸好、肯幫助人。也作**賢慧；賢德**。

賢淑 形容婦女性格溫和善良：他有一個賢淑的妻子。

F4－8 形： 仁慈

仁慈 仁愛慈善：祖母爲人寬厚仁慈／他是一位仁慈的長者。

仁愛 對人關心、愛護和樂於幫助：奶奶有一顆仁愛的心，經常幫助不幸的人。

慈善 對人關懷而富有同情心：慈善事業／他是個有一副慈善心腸的人。

慈悲 原爲佛敎語，指給人快樂，拔除人的苦難。泛指慈善與憐憫：出家人以慈悲爲懷／老太太發慈悲，可憐這些窮苦人。

慈愛 仁慈愛憐(多用於上對下或父母對子女)：母親對待兒女總是慈愛的。

慈祥 慈愛和善(多形容老年人的態度、神色)：她母親是個慈祥的老太太。

慈和 慈祥和藹：那敎師慈和的眼光看著他，叫他想想這樣的事情該不該。

慈 和善；仁慈：慈母／心慈手軟／慈眉善目。

仁厚 仁愛寬厚：待人仁厚／他身體魁梧，相貌卻還仁厚。

仁至義盡* 形容對人的關心、愛護或幫助已盡了最大的努力。

慈眉善目* 形容慈愛和善的樣子。

大慈大悲* 佛敎語。指對衆生廣大的慈善心和憐憫心。後用來形容非常慈善。

F4－9 形： 凶惡

凶惡 (性情、行爲或相貌等)狠毒、可怕：兩個匪徒面目十分凶惡／他在凶惡的敵人面前毫無懼色。

凶狠 (性情、行爲)凶惡；狠毒：匪徒眼裡射出凶狠的目光／敵兵燒殺搶掠，就像一群凶狠的野獸。

凶橫 (行爲態度)凶惡；蠻橫：他非常凶橫，蠻不講理。

凶暴 (性情、行爲)凶狠；殘暴：敵人凶暴殘忍。

凶 凶惡；殘暴：凶焰／凶相畢露／這傢伙眞凶。

惡 凶惡；凶狠；凶猛：惡霸／惡戰／凶神惡煞／窮凶極惡。

暴 凶惡；殘酷：暴君／暴政／暴行／暴徒／橫征暴斂。

強暴 強橫凶暴：侵略者的強暴行爲，受到全世界輿論的譴責。

狂暴 凶暴；殘暴：性情狂暴／敵人把和平居民作爲發洩狂暴和凶殘的對象。

橫暴 強橫凶暴：目前敵人儘管是這樣橫暴，我們一定能摧毀它。

殘暴 殘忍凶暴：歹徒極端殘暴的槍殺了人質。

殘忍 凶狠；惡毒：罪犯殺人的手段非常殘忍。

凶殘 凶惡；殘暴：這傢伙手段極爲凶殘／敵人凶殘地屠殺手無寸鐵的居民。

殘酷 凶狠；殘忍：冷酷無情：手段殘酷／鬥爭殘酷，傷害無辜。

暴烈　凶暴；猛烈：這人性子暴烈。

暴虐　凶狠；殘酷：暴虐無道／侵略者的暴虐行
　　徑，激起人民的極大憤慨。

暴戾　殘酷凶惡；粗暴乖戾：他的脾氣越來越狂
　　躁暴戾，近乎瘋狂。

暴戾恣睢*　形容凶狠殘暴，恣意妄爲。

酷虐　殘酷凶狠：敵人對待俘虜，酷虐已極。

野蠻　蠻橫霸道：態度野蠻／野蠻地狂轟濫炸。

凶悍　凶暴強悍：爲人凶悍／凶悍狡黠的強盜。

凶狂　凶惡猖狂：敵人凶狂地燒殺搶掠。

潑辣　凶悍，不講理：這女人是村裡有名的潑辣
　　貨／大家都看不慣她那蠻不講理的潑辣樣兒。

邪惡　（行爲）不正當而且凶惡：邪惡的用心昭然
　　若揭。

惡狠狠　非常凶狠的樣子：她惡狠狠地啐了他一
　　口。

窮凶極惡*　極端殘暴凶惡。

惡惡實實　〈方〉狠狠的：她惡惡實實地瞪了人家
　　一眼。

張牙舞爪*　原形容野獸的凶相，現常用來形容
　　人猖狂凶惡的樣子。

慘無人道*　殘酷得失去了做人的道德。形容極
　　其殘暴凶惡，滅絕人性。

滅絕人性*　完全失去人的理性。形容極端殘忍
　　凶惡。

人面獸心*　外貌是人，內心卻同野獸一樣。形
　　容非常凶狠殘暴。

F4－10 形：　狠毒

狠毒　凶狠毒辣：手段狠毒／狠毒的心腸／沒想
　　到他會這樣狠毒。

惡毒　陰險狠毒：用心惡毒／用惡毒的語言攻擊
　　別人。

刻毒　刻薄狠毒：語言刻毒／爲人刻毒。

歹毒　陰險狠毒；惡毒：心腸歹毒／這傢伙極其
　　凶狠歹毒。

毒辣　心腸、手段狠毒殘酷：他的手段毒辣得很／
　　他們這件事做得太毒辣了。

心毒　心腸狠毒：心毒手辣，無惡不作。

黑心　（心腸）陰險狠毒：這傢伙眞黑心，到處敲
　　詐勒索，不擇手段。

狠心　心地殘忍：這個做母親的眞狠心，竟把自
　　己女兒趕出門。

狠　凶狠；殘忍：心狠手辣／孩子被打成這樣，他
　　爸爸眞狠。

毒　毒辣；凶狠：毒計／下毒手／這伙暴徒手段眞
　　毒。

辣　狠毒；凶狠：心狠手辣／這些貪污受賄的，沒
　　有一個手不辣。

心狠手辣*　心腸凶狠，手段毒辣。

殺人不見血*　殺了人而不留痕跡。比喻害人的
　　手段非常陰險狠毒。

喪心病狂*　喪失理智，像發瘋一樣。形容言行
　　昏亂荒謬或殘忍惡毒到了極點。

傷天害理*　形容極端殘忍狠毒，毫無人性。

狼心狗肺*　比喻心腸像狼和狗一樣凶惡狠毒或
　　忘恩負義。

狼子野心*　狼崽子的本性是凶惡的。比喻凶暴
　　的人殘暴成性，用心狠毒。

F4－11 形：　陰險

陰險　表面和善，內心不懷好意：陰險毒辣／那
　　傢伙對她陰險地笑了笑。

險惡　陰險惡毒：用心險惡／居心險惡。

陰毒　陰險毒辣：陰毒的手段／他長得一臉慈眉
　　善目，心腸卻十分陰毒。

陰賊　陰險殘忍：爲人陰賊貪婪。

陰　陰險：陰謀詭計／這個工頭性子挺陰。

險詐　陰險奸詐：人心險詐／險詐的陰謀。

陰鷙　〈書〉陰險凶狠：他現出陰鷙的笑容。

奸險　奸詐陰險：爲人奸險。

鬼蜮　陰險害人的：鬼蜮伎倆。

借刀殺人* 比喻自己不露頭面,利用別人去害人。

笑裡藏刀* 比喻外表和氣,心裡陰險狠毒。

口蜜腹劍* 嘴上說的很甜,肚裡卻是害人的壞主意。形容人嘴甜心毒,陰險狡詐。

兩面三刀* 比喻當面一套、背後一套,玩兩面派手法。形容陰險狡詐。

F4－12 名： 善意·惡意

善意 善良的心意;好意:善意相勸／我對他的批評,完全出自善意。

善心 好心腸;好心:大發善心／拿善心待人。

良心 本指天然的善良心性,後多指內心對是非、善惡的正確認識。也指好心:良心未泯／說話做事要憑良心／他對你是本著良心的。

好心 好意:不要辜負人家一片好心。

好意 善良的心意:好心好意／謝謝你的一番好意。

苦心 為某種願望而用的心思或精力:煞費苦心／你不能辜負父母節衣縮食供你讀書的一片苦心。

惡意 壞的用意;不良的居心:話雖然重了些,但決無惡意。

黑心 陰險狠毒的心腸:這傢伙看見人家的好東西,就使黑心弄壞它。

禍心 作惡的念頭:包藏禍心。

邪心 不正當的心思;邪念:起了邪心。

賊心 邪心;邪念:賊心不改。

邪念 不正當的念頭;邪心:萌生邪念。

F4－13 形： 正直

正直 公平無私;真誠坦率:為人正直／做一個正直的人。

耿直 剛強正直;直爽:他性格耿直,看不慣不合理的事。也作**梗直;鯁直**。

正大 (言行)正直無私:正大光明／群眾都在談論他這種不正大的行為。

公正 公平正直,沒有偏私:辦事公正／作出公正的評價。

嚴正 嚴肅正直:為人嚴正／持論嚴正。

剛正 剛強正直:秉性剛正／剛正不阿。

剛直 堅強正直;剛正:他脾氣剛直,得罪了東家。

方正 品行正直:他是一位極方正、質樸的人。

耿介 〈書〉光明正大;正直,不同流合污:性情耿介／他是耿介不苟的人。

狷介 〈書〉正直孤高,潔身自好:他是個極狷介的人,不肯無故吃人一杯水。

雅正 〈書〉正直;方正:品性雅正。

烈 剛直;剛毅;有氣節:剛烈／壯烈／烈性漢子。

磊落 (心地)正大光明;坦率開朗:胸懷磊落／光明磊落。

光明正大* 心地坦白,言行正派。也作**正大光明***。

堂堂正正 形容光明正大。

F4－14 形： 正派

正派 品格正直老實,言行光明正大:他辦事正派,待人忠厚。

正經 言行正派;嚴肅認真:他交的朋友是個正經的年青人／你說話正經些。

端正 正派;正直:品行端正。

端方 正直;端正:樸厚端方／品行端方。

正當 (品行)端正;正派:他不是個正當的商人。

外圓內方* 比喻外表隨和,內心卻很嚴正。

F4－15 形： 直爽·坦白

直爽 性格坦率爽朗,言行沒有顧忌:我一見面就看出你這個人很直爽。

直率 直爽;坦率:他直率地提出了自己的見解。

率直 坦率;直爽:她率直地表明自己的態度。

真率 真誠坦率:他非常真率,沒有一點做作。

爽直　直爽:他性情爽直,說話不繞彎子。

爽氣　〈方〉爽快:說話爽氣些,別吞吞吐吐的。

爽快　直爽;爽氣:對我們的要求,他很爽快地答應了。

爽利　爽快:他這個人不爽利。

爽朗　爽直;開朗:他性格爽朗,不拘細節/她神色鎮定,爽朗地笑著。

開朗　坦率;爽朗:性情開朗/胸襟開朗。

明朗　樂觀;爽快:性格明朗。

痛快　爽快;直率:他是個痛快人/他痛快地答應了我們的要求。

快　直爽;爽快:心直口快/快人快語。

樸直　樸實率直:性格樸直/爲人樸直。

直　直截;直爽:直言不諱/直抒己見。

心直口快*　性情爽直,言談痛快,有什麼說什麼。

直性　性情爽直:他是個直性人,說話不會拐彎抹角。□**直性子**。

直心眼兒　心地直爽:她向來有什麼說什麼,辦事爽氣,是個直心眼兒的好姑娘。□**直心腸**。

直腸子　〈口〉比喻直性子;直心眼兒:他是個直腸子人,肚裡有話不說憋得慌。

坦白　心地純正,語言直率:襟懷坦白/大家都很喜歡他的坦白和誠懇。

坦率　坦白直率:雙方坦率地交換了意見。

坦蕩　形容心地純潔,胸襟開朗;坦率:胸懷坦蕩。

光明　心地坦白,沒有私心:光明磊落/光明正大。

爛漫　爛熳　爛縵　坦率自然,毫不做作:天眞爛漫/他還有爛漫的孩子氣。

光風霽月*　雨過天晴時的清風和明月。比喻人品格高潔,胸襟坦白開闊。

胸無城府*　比喻人胸懷坦蕩,不用心機。

F4－16 形:　高尚

高尚　道德品質崇高:品德高尚/高尚的情操/做一個高尚的人。

高貴　品德高尚尊貴:高貴品質/高貴的無私奉獻精神。

高潔　高尚純潔:高潔的品格/高潔的情操。

崇高　極高;高尚:崇高的理想/崇高的氣節/崇高的榮譽。

神聖　極爲崇高、莊嚴的;不可褻瀆的:保衛祖國是軍人的神聖使命/祖國的神聖領土不容侵犯。

偉大　品格崇高;才識卓越:偉大的戰士/偉大的人格/林肯是世人尊崇的偉大人物。

清高　品德純潔高尚:操守清高/一般人都承認教育是清高事業/這個人自命不凡,自以爲比什麼人都清高。

淡泊　〈書〉恬淡;不追逐名利:淡泊明志/他對人裝出淡泊無求的神氣。也作**澹泊**。

恬淡　清靜淡泊,不熱中於名利:恬淡無爲/生性恬淡,不慕名利。

脫俗　脫離庸俗;不沾染俗氣:離塵脫俗/這部小說是脫俗之作。

F4－17 形:　純潔

純潔　純粹清白;沒有污點,沒有私心:心地純潔/她是天眞純潔的好孩子。

聖潔　神聖而純潔:懷著聖潔而嚴肅的心情/聖潔的人民英雄紀念碑。

天眞　心地單純、樸實,不虛偽做作:天眞爛漫/她性情豪爽,一片天眞/這是一群天眞純潔的孩子。

清白　品行純潔;沒有污點:爲人清白/我的歷史清白/捏造罪證,玷污不了人家的清白。

純眞　純潔眞摯:純眞無邪/純眞的愛情,久而彌堅。

樸質　質樸純眞:心地純潔樸質/言詞樸質。

冰清玉潔*　像冰一樣清明,玉一樣純潔,比喻人品行高尚純潔。也說**玉潔冰清***。

潔身自好＊ 保持自身純潔，不隨波逐流，不同流合污。

一塵不染＊ 比喻人的品行清白純潔，絲毫沒有沾染不良習氣。

F4－18 形： 卑劣

卑劣 卑鄙惡劣：人品卑劣／他這種人什麼卑劣的手法都使得出。

卑鄙 （語言、品行）低下惡劣；不道德：卑鄙無恥／卑鄙齷齪／用卑鄙的手段排斥異己。

卑俗 卑劣庸俗：語言卑俗。

卑污 卑鄙骯髒：人品卑污／卑污的企圖。

猥陋 〈書〉卑鄙低劣：文詞猥陋／形容猥陋。也說**猥鄙**。

猥劣 〈書〉鄙陋；卑劣：爲人猥劣。

不端 不正派；不規矩：行爲不端／誣人不端。

不肖 品行不好；不成材：不肖之徒／不肖子孫。

無行 品行不好；行爲惡劣：有才無行／無行文人。

下流 卑鄙齷齪：下流無恥／滿口下流話／黃色下流書刊。

下作 卑鄙；下流：行爲下作／下作的小人／下作話不堪入耳。

下賤 卑劣下流：下賤的傢伙／他竟幹出這樣下賤的事情。

賤 品質低下；卑鄙；下流：賤骨頭／賤脾氣。

骯髒 污穢；不乾淨，比喻卑鄙，醜惡：骯髒的思想／骯髒的交易。

曖昧 （行爲）不光明；不可告人：兩人關係曖昧／她對這種曖昧情形，感到很窘迫。□暗昧。

不三不四＊ 形容行爲不端，不正派。

幸災樂禍＊ 對別人遭受的災禍，非但不同情，反而很高興。

狗彘不如＊ 形容人品行極端卑劣，連豬狗都不如。

衣冠禽獸＊ 穿衣戴帽的禽獸。指道德品質敗壞，行爲極端卑劣，如同禽獸的人。

F4－19 形： 誠實

誠實 言行跟內心思想一致；不虛假；不說謊：爲人誠實／他是個誠實的孩子，不說假話／培養學生誠實的品德。

老實 ❶忠厚誠實；不虛假：做老實人，說老實話。❷規矩；安分守己：這個人外表很老實，想不到也愛賭錢。

樸實 質樸誠實：心地樸實／作風樸實。

信實 誠實，講信用：他辦事信實可靠。

規矩 （行爲）端正老實：合乎標準或常規；守本分：學生們都很規矩／他規矩地站著聽老師講話／他是個規矩的生意人，把買賣作賠了。

誠 眞實；誠實：誠心誠意／開誠布公／他的心很誠。

老實巴交 〈方〉忠厚誠實，規矩謹愼的樣子：看他平時老實巴交的，生起氣來也勸不住。

心口如一＊ 嘴裡說的和心裡想的一樣。形容誠實直爽。

表裡如一＊ 指外表和內心一個樣。形容思想和言行完全一致。

言行一致＊ 說的和做的一個樣。

說一不二＊ 形容說話算數，決不更改。

F4－20 形： 奸詐・狡猾

奸詐 虛偽狡詐，不講信義：爲人奸詐／奸詐無行。

奸 奸詐；陰險；刁滑：奸計／奸笑／那個老傢伙奸得跟狐狸似的。

奸猾 **奸滑** 詭詐狡猾：他這人很奸猾，善於掩飾。

奸邪 奸詐邪惡：奸邪小人。

狡猾 **狡滑** 詭詐刁鑽，不可相信：敵人十分狡猾／他狡猾地騙取人們的同情。

滑 狡猾；不誠實：油腔滑調／這個人滑得很。

狡詐 狡猾奸詐:狡詐多端／作案的歹徒十分狡詐。

狡獪 〈書〉詭詐:為人狡獪多變／那個壞蛋臉上現出狡獪的獰笑。

狡黠 〈書〉狡猾詭詐:幾個人裡,他最為狡黠／她狡黠地朝我笑了一笑。

刁滑 狡猾:這些不法分子很刁滑／她打算用點手段從這刁滑的小伙子心裡挖出真話來。

刁 狡詐:撒刁／放刁／新來的同事倒老實,可是那主管刁得很。

刁悍 刁猾凶狠:刁悍之徒／民俗刁悍。

刁頑 狡猾頑固:態度刁頑／人這麼小,卻這樣的刁頑。

刁鑽 奸詐:刁鑽古怪／她做人刁鑽,不是好惹的。

詭詐 欺詐;狡詐:陰險詭詐。

詭譎 〈書〉狡詐;狡黠:為人奸狡詭譎／他詭譎地笑了起來。

權詐 〈書〉奸詐;詭詐:世路多權詐。

譎詐 〈書〉狡詐;奸詐:譎詐成性,反覆無常。

別有用心* 言行中另有打算,指有不可告人的企圖或陰謀。

心懷叵測* 心裡藏著難以窺測的惡意或詭計。

包藏禍心* 心裡懷著損害他人的念頭。形容奸詐的人心懷惡意。

老奸巨滑* 老於世故,極其奸詐狡猾。

油頭滑腦* 形容人狡猾輕浮,不誠實。

詭計多端* 詭詐的計謀或壞主意很多。

狡兔三窟* 狡猾的兔子有三個窩,比喻行動狡獪,藏身的地方很多。

F4－21 形: 忠誠

忠誠 真心誠意,無二心,盡心竭力:忠誠無私／對國家無限忠誠／忠誠地執行任務。

忠 忠誠;盡心竭力:忠心／忠告／效忠／為國盡忠／忠於人民。

忠實 忠誠老實:為人忠實／忠實的信徒／忠實地履行了諾言。

忠厚 忠實厚道:忠厚的長者／待人忠厚／那孩子太忠厚了,我擔心他受人欺負。

忠直 忠誠正直:為人倔強忠直／忠直的友人。

忠勇 忠誠勇敢:為人忠勇／忠勇的戰士。

忠貞 忠誠堅貞:忠貞不渝／忠貞不屈。

精忠 純潔忠貞:精忠報國。

忠義 忠貞而合乎正義:忠義之士／忠義彪炳。

忠烈 忠義壯烈:人民懷念他的忠烈,在當地為他鑄了座銅像。

篤厚 忠實厚道:素性篤厚／篤厚恭謹。

篤實 忠厚老實:篤實敦厚。

篤 忠實;專心:篤行不倦／篤信佛教／情愛甚篤。

赤膽忠心* 赤誠忠實的心,形容十分忠誠。也說忠心赤膽*。

披肝瀝膽* 打開肝,滴下膽汁。比喻對人真誠相見,竭盡忠誠。

忠心耿耿* 形容非常忠誠。

F4－22 名: 忠心‧二心

忠心 忠誠的心:赤膽忠心／忠心耿耿。

紅心 赤誠的心,比喻忠於革命的意志:一顆紅心為人民。

丹心 赤誠的心;忠心:披布丹心／留取丹心照汗青。

赤心 赤誠的心;丹心:赤心報國／以赤心相見。

二心 異心;不忠誠:懷有二心／要有二心,天打五雷轟。也作貳心。

F4－23 動: 忠於

忠於 忠誠地對待:忠於理念／忠於事業／忠於職守。

效忠 忠誠地為人效力;全心全意地出力:效忠祖國／為新政權效忠。

盡忠　竭盡忠誠。多指爲國事竭盡全力或犧牲
　　生命:竭力盡忠／爲國盡忠／艱苦奮鬥,盡忠
　　民族國家到底。

竭誠　竭盡忠誠:竭誠相與／竭誠擁護。

F4－24 形：　厚道・樸實

厚道　爲人善良寬厚,不刻薄:待人厚道／這個
　　人相貌厚道,做起事來卻十分刻薄。

敦厚　誠樸厚道:性格單純敦厚。

溫厚　溫和寬厚:她爲人溫厚淳樸。

仁厚　仁愛寬厚:他是一位仁厚慈祥的長者。

寬厚　寬容厚道:待人寬厚。

憨厚　淳樸厚道:憨厚的漢子／他憨厚地笑著。

淳厚　質樸厚道:這位將軍像普通士兵一樣淳
　　厚、質樸。

渾厚　淳厚;敦厚:他貌似渾厚,而心地異常陰
　　險。

憨直　憨厚直爽:他雖爲人憨直,但心眼兒很小。

戇直　憨厚耿直:鄉民善良戇直。

樸實　敦厚誠實:他平時作風樸實,最厭惡浮誇
　　習氣。

質樸　淳樸;樸實:天眞質樸／他有山裡人質樸
　　厚道的氣質。□樸質。

樸厚　樸實厚道:她臉色很黝黑,但是另有一種
　　樸厚可愛的氣質。

淳樸　敦厚樸實:風俗淳樸／戰士們的氣質是那
　　樣的淳樸和謙和。

純樸　純潔質樸:他的氣質並不是你想的那樣純
　　樸可喜。

誠樸　眞誠樸實:爲人誠樸坦率。

渾樸　淳厚樸實:他喜歡這裡渾樸的生活氣息。

隱惡揚善*　隱瞞別人的壞處,而只宣揚他的好
　　處。

F4－25 形：　刻薄

刻薄　對人冷酷無情:爲人奸狡刻薄／她做事爲

什麼這樣刻薄?／他說話非常刁鑽刻薄。

苛刻　過於嚴厲;刻薄:他對待學生過分苛刻／
　　那廠商挑剔得非常苛刻。

忌刻　對人忌妒刻薄:性多忌刻／心存忌刻。也
　　作忌克。

澆薄　(人情、風氣)刻薄,浮薄,不淳樸敦厚:世
　　風澆薄／他們談論到世態的炎涼和人情的澆
　　薄。

冷酷　對人冷淡苛刻,沒有同情心:冷酷無情／
　　他竟這樣冷酷地對待自己的母親。

冷峻　冷酷嚴峻:他的眼光異樣地冷峻。

冷峭　比喻性情刻薄;態度嚴峻:性情冷峭／他
　　那冷峭的神色,使我悚然。

F4－26 形：　缺德

缺德　缺乏好的品德;不道德:隨意攀折行道樹,
　　眞缺德／我絕不做這種缺德的事。

喪德　喪失德行;缺德:你總不能做那個喪德的
　　事啊。

不道　〈書〉違反道德或法紀:所爲不道。

不道德　不符合道德標準:私拆別人信件是不道
　　德的行爲。

不義　不合道義;不正當:不義之財／陷人於不
　　義。

德薄　德行淺薄:德薄才庸／德薄能鮮。

F4－27 形：　溫和・柔順

溫和　性情、態度、言語等平和,不嚴厲、不粗暴:
　　賦性溫和／吐屬溫和／他臉上和眼睛裡一點
　　溫和的樣兒也沒有。

溫柔　溫和柔順:她性格溫柔嫻靜／她語氣裡滿
　　含著溫柔。

溫厚　溫和寬厚:爲人溫厚／他是天生的溫厚。

和氣　態度溫和:爲人極和氣／他對顧客很和
　　氣。

和善　溫和善良;和藹:態度和善／那個年輕人

很和善。

和易 溫和平靜；和氣：和易近人／他臉上露出謙卑和易的笑容。

和藹 性情溫和，態度可親：和藹近人／教師問我許多話，態度十分和藹。

和藹可親 * 態度溫和親切，容易親近。

和悅 和藹：和悅的語氣／和悅的神情。

好性兒 脾氣好：他生來好性兒，對人很隨和。

好說話 指脾氣隨和，容易商量、通融：你真太好說話了／不能看人家忠厚、好說話，就欺侮人家。

好聲好氣 * 〈口〉語調柔和，態度溫和。

溫文爾雅 * 態度溫和，舉止文雅。

嬌柔 嬌媚溫柔：她嬌柔地依偎在媽媽懷裡。

柔和 溫順；溫和：性情柔和／他用柔和而恭敬的聲音回答。

柔順 溫柔和順；溫順：她性格柔順，能體貼人。

柔媚 性情溫和平順；態度柔和嫵媚：她柔媚謙恭，不牴觸任何人／她的態度非常自然而柔媚。

溫順 溫和順從：她對丈夫很溫順，知道體貼。

和順 和善溫順：性情和順。

婉順 溫順：她是一個婉順的女性。

溫馴 溫和馴順：性情溫馴／我已不再是個溫馴的受氣包了。

馴順 馴服和順：他的母親是一個溫和馴順的婦女。

馴良 和順善良：這孩子老實馴良／兔子馴良得近乎懦弱無能。

馴溜 〈方〉性情和順：他聽話，不鬧脾氣，比誰都順溜。

順和 （話語、態度）平順緩和：兩人談話的口氣挺順和。

隨和 和順，不固執己見：他為人隨和，在原則問題上卻不含糊。

一團和氣 * 態度和藹可親。現多指不講原則地與人和氣相處。

F4－28 形：　剛強

剛強 指意志、性格堅強，對困難、壓力不畏懼、屈服：他性格剛強勇敢／在困難面前，他顯得十分剛強／她的語氣又剛強又果斷。

堅強 堅固有力，不可動搖或摧毀：意志堅強／堅強的毅力／他是個堅強不屈的戰士。

頑強 堅強；強硬：他在學習中表現得十分頑強／戰士們頑強地向對岸前進。

不屈 不屈服：堅貞不屈／寧死不屈／英勇不屈。

鋼鐵 比喻堅強：鋼鐵戰士／鋼鐵意志。

剛健 堅強有力：生性剛健忠厚／她儼然地站著，婀娜中帶了剛健。

剛勁 剛健強勁：我欽佩他那剛勁的氣魄。

剛烈 剛強，有氣節：性格剛烈／他是個正直、剛烈的人。

剛正 剛強正直：稟性剛正／剛正不阿。

剛直 堅強正直；剛正：他因為脾氣剛直，得罪了東家。

剛毅 剛強堅決：他性格剛毅，處事果斷／面對敵人，他的神色十分剛毅。

強硬 堅強有力；堅決不退讓：措詞強硬／態度十分強硬／採用強硬手段。

強項 〈書〉不肯低頭，形容剛正不屈：強項令／落個強項之名。

硬氣 〈方〉剛強；強硬；有骨氣：我有時很硬氣，有時很軟／他很硬氣，從來不羨慕別人的闊綽。

烈性 性格剛烈：此人烈性耿直／她是個烈性的女子。

烈 剛直；堅貞：烈性／想不到她的性子這樣烈。

硬 剛強；強硬：硬骨頭／硬漢子／語氣很硬／欺軟怕硬。

剛 堅強；剛直：志剛意堅／他這人膽大、性子剛。

百折不撓 * 無論受到多少挫折，都不屈服退縮。

形容意志堅強,不怕困難。也說**百折不回***。

不屈不撓* 在壓力下不屈服動搖。形容意志行動堅定頑強。

寧死不屈* 寧可犧牲,也不向敵人屈服。

F4－29 名: 硬漢

硬漢 堅強不屈的男子:他是個硬漢。也叫**硬漢子**。

鐵漢 剛強的男子。也指身體健壯的男子:錚錚鐵漢。也叫**鐵漢子**。

大丈夫 指有志氣、有作為、有氣節的男子:大丈夫頭可斷,志不可奪。

F4－30 形: 倔強

倔強 性格強硬直傲,不屈於人:他這個人太驕傲,太倔強/你這倔強的脾氣總也改不了。

倔巴 〈方〉性格耿直執拗;倔:這個老頭有點倔巴。

倔 〈口〉性格耿直,態度生硬:倔老頭/這傢伙真倔/他脾氣倔,不多說話。

犟 固執;倔強;不聽勸導:他脾氣太犟/你發什麼犟勁?

艮 〈方〉脾氣倔強或說話生硬:這個人夠艮的/他說話太艮。

倔頭倔腦* 形容說話、做事固執生硬的樣子。

桀驁不馴* 〈書〉形容性情倔強傲慢,不馴順。

F4－31 形: 勇敢

勇敢 不怕危險和困難;有勇氣;有膽量:全國人民勤勞勇敢/這些新戰士作戰非常勇敢/他勇敢地投入戰鬥行列。

勇 勇敢;勇猛:勇冠三軍/智勇雙全/勇往直前/勇奪男子全能冠軍。

英勇 非凡的勇敢:英勇善戰/英勇殺敵/英勇就義。

無畏 無所畏懼:英勇無畏/無私無畏/發揚大無畏的忘我精神。

孤膽 出眾的膽量。多形容敢於單獨跟許多敵人英勇戰鬥的:孤膽英雄。

大膽 有勇氣;不畏怯:大膽改革/大膽試驗/您最大膽,最有理想。

斗膽 大膽,形容膽子大。多用作謙辭:這事我已斗膽作主,不知尊意如何?

一身是膽* 全身都是膽子。形容膽量極大。囗**渾身是膽***。

奮不顧身* 奮勇向前,不顧自身安危。

赴湯蹈火* 比喻不避艱險,奮勇向前。

出生入死* 原指從出生到死去。後用以形容冒生命危險,不怕犧牲。

捨生忘死* 形容勇往直前,不顧自身安危。也作**捨死忘生***。

視死如歸* 把死看作像回家一樣。形容為了正義事業不怕犧牲生命。

臨危不懼* 遇到危難毫不害怕,形容勇敢堅強。

勇往直前* 不畏艱險,勇敢地一直前進。

前赴後繼* 前面的人衝上去,後面的人緊跟上來。形容連接不斷地英勇鬥爭。

前仆後繼* 前邊的人倒下了,後邊的人緊跟上去。形容英勇戰鬥,不怕犧牲。

一往無前* 一直向前,無所阻擋。形容不怕困難,勇敢前進。

F4－32 形: 勇猛

勇猛 勇敢有力:勇猛的武士/戰士們個個不怕疲勞,勇猛前進。

勇武 勇猛威武:勇武過人/勇武善戰。

勇壯 勇猛剛強:秉性勇壯/勇壯的行為。

神勇 非凡的勇猛:神勇無比。

驍勇 〈書〉勇猛:驍勇善戰/他是個驍勇剽悍的將領。

勇悍 勇猛強悍:他當年是何等的勇悍。

強悍 剛強勇猛:他生就一副強悍的性格/這個

游牧民族強悍善戰。

剽悍　輕捷勇猛：剽悍好戰／山地民風剽悍。

驃悍　勇猛：驃悍的騎手／他是個中年人，有北大荒人那股驃悍勁。

潑辣　勇猛；有魄力：她能洗能作，幹起活來眞潑辣／新廠長作風大膽潑辣，得到工人的信任。

F4－33　動：　敢於

敢　有勇氣、有膽量做某種事：爲了眞理，敢愛，敢恨，敢說，敢做，敢追求／他心中有愧，不敢抬頭看人／你一個人敢不敢去？

敢於　有膽量、有決心去做某事：敢於實踐／敢於鬥爭／敢於承擔責任。

勇於　臨事不退縮；不推委：勇於負責／勇於改正錯誤／勇於探索。

膽敢　仗著有膽量而敢於做某事：誰膽敢以身試法，必將受到嚴厲懲罰。

敢作敢爲*　做事勇敢，無所顧忌。

敢作敢當*　敢作敢爲，勇於承擔責任。

F4－34　名：　勇氣·血性

勇氣　敢作敢爲、毫不畏懼的氣概：鼓足勇氣／勇氣十足／她沒有勇氣再去孤身奮鬥了。

膽量　不怕危險、困難的精神，敢作敢爲的魄力：他做事很有膽量／對這事他毫不熱心，也缺乏膽量。

膽子　膽量：這孩子膽子眞大／他本來膽子就小／這事你就放開膽子做吧。

膽　膽量：膽大心細／膽戰心驚／給他喝杯酒，壯一壯膽。

膽力　膽量和魄力：膽力過人／他是個富有膽力的人。

膽氣　膽量；勇氣：膽氣豪壯／我們兄弟姊妹受教育的費用，全是由富於膽氣與見識的母親擔負的。

膽略　膽量和謀略：膽略過人／敢於藐視強敵的

英雄膽略。

膽識　膽量和見識：膽識超群／你眞有不尋常的膽識，我很佩服。

血性　剛強正直的性格和氣質：這小伙子有血性，不受那窩囊氣／他是一個沒有血性，只顧自己的人。

血氣　血性：他們都是有血氣的靑年。

F4－35　名：　勇士
（參見D6－28英雄·豪傑）

勇士　有力氣、有膽量的人；勇敢的人：她像對勇士俠客一般地信任著他。

勇夫　勇敢的人：重賞之下，必有勇夫。

武士　有勇力的人；軍人：文臣武士。

武夫　❶勇士：赳赳武夫。❷指軍人：有野心的武夫。

壯士　豪壯而勇敢的人；勇士：蝮蛇螫手，壯士斷腕。

猛士　勇敢有力的人；勇士：眞的猛士，將更奮然而前行。

好漢　勇敢有作爲的男子：英雄好漢／好漢不吃眼前虧。

英雄　才能勇武過人的人；爲正義事業英勇奮鬥，令人敬佩的人：民族英雄／戰鬥英雄／英雄豪傑。

好樣的　〈口〉有骨氣、有膽量、有能力的人：這幾個靑年人都是好樣的。

初生之犢*　剛出生的小牛。比喻勇敢大膽的年輕人：以初生之犢的勇氣，站在一切戰鬥的前列。

F4－36　形：　軟弱

軟弱　沒有力量；不堅強：生性軟弱／軟弱無能／莫把我們的忍耐當做軟弱可欺。

懦弱　沒有勇氣；不堅強：懦弱無能／生性懦弱，

膽小怕事。

軟　❶懦弱；軟弱：欺軟怕硬。❷不堅定，容易被
感動或動搖：耳朵軟／心腸軟。

薄弱　單薄軟弱；不雄厚；不堅強：意志薄弱／能
力薄弱。

脆弱　不堅強；經受不起挫折：感情脆弱／她那
脆弱的心靈，再也受不起打擊。

柔弱　軟弱；不剛強：性格柔弱／她是那樣膽怯，
那樣柔弱。

荏弱　〈書〉柔弱；怯弱：荏弱的女子。

愚懦　愚昧懦弱：生性愚懦。

婆婆媽媽　形容人感情脆弱：他就是這麼婆婆媽
媽的，一點小事也掉眼淚。

F4－37 形：　怯懦

怯懦　膽小怕事；懦弱：在強手面前，絕不能怯
懦。

怯弱　膽小；懦弱：她是個怯弱的人。

怯　膽小；懦弱：怯聲怯氣／你這麼怯，簡直不用
上場啦。

懦　畏怯軟弱：懦夫。

孬　〈方〉怯懦；無能：孬種／你在她跟前也太孬
了，叫她欺負住啦！

卑怯　卑下怯懦：行為卑怯／卑怯的靈魂。

怯生生　形容膽小畏縮的樣子：她怯生生地挨著
母親坐下。

窩囊　怯懦；無能：這個人太窩囊，什麼事也辦不
好／他那副樣子，夠窩囊的。

草雞　〈方〉比喻怯懦畏縮：既然來了，就得試試，
空手回去，不顯著我們草雞？

色厲內荏　形容外表嚴厲強硬，而內心軟弱怯
懦。

F4－38 名：　懦夫

懦夫　軟弱無能的人：不敢面對生活，沒有勇氣
進取的人是懦夫。

軟骨頭　比喻沒有骨氣的人：這個軟骨頭，有奶
便是娘。

窩囊廢　〈方〉怯懦無能的人：沒想到你這樣膽小
怕事，是個窩囊廢。

膿包　比喻懦弱無能的人：你們這些膿包，一點
勇氣都沒有。

屌頭　〈方〉卑劣怯懦的人（罵人的話）：這班屌
頭，真是沒有骨氣。

狗熊　喻指怯懦無能的人：是戰士還是狗熊，決
不在於你臨死前是否有一番豪言壯語。

乏貨　〈方〉比喻沒能耐、不中用的人：這批人全
是乏貨。

廢物　罵人話。比喻無用的人：這人已無從挽
救，完全是個廢物。

F4－39 形：　寬宏

寬宏　胸懷開闊，氣量大，能容人：度量寬宏／寬
宏大量。也作寬弘、寬洪。

寬大　氣量大；寬厚；不苛刻：心懷寬大／對人以
寬大為懷。

寬厚　寬大厚道：為人寬厚／他待人過分寬厚。

寬　寬宏；寬厚：以寬服人／他平時待人太寬／嚴
以律己，寬以待人。

大度　氣度寬宏，能容人：豁達大度／為人大度，
不拘小節。

大量　氣量大，能容忍：寬宏大量／他們是那麼
大量，那麼坦白。

恢宏　寬宏；博大：氣度恢弘／志量恢弘。也作
恢弘。

恢廓　〈書〉寬宏：胸懷恢廓／恢廓大度。

坦蕩　形容胸襟開闊，心地純潔：胸懷坦蕩。

豁達　心胸開闊，性格開朗：豁達大度／行為豁
達。

曠達　〈書〉（心胸、性格）豁達；開朗：胸襟曠達／
天性曠達。

豁朗　豁達開朗：心胸豁朗／性情豁朗。

寬宏大量* 形容人度量很大,待人寬厚,能容人。

豁達大度* 胸襟開闊,氣度寬宏,能夠容人。

F4－40 形： 豪放

豪放 氣魄宏大,無所拘束:豪放不羈/性情豪放/豪放瀟灑的風姿。

豪爽 豪放爽直:氣度豪爽/他們總是那樣質樸、豪爽。

豪邁 氣魄大;豪放而無拘束:豪邁曠達/氣概豪邁。

颯爽 〈書〉豪邁而矯健:英姿颯爽。

粗豪 粗疏豪放:粗豪坦率/粗豪狂放。

粗獷 粗豪;豪放:品性粗獷/風俗粗獷/筆調粗獷雄渾。

不羈 〈書〉不受束縛;不可拘限:放蕩不羈/不羈之才/不羈而雄渾的氣魄。

放達 豪放豁達,不受世俗禮法的拘束:放達不羈/他的思想非常放達和浪漫。

通脫 〈書〉放達脫俗,不拘小節:通脫不羈/言論通脫。也作**通侻**。

落拓 **落托** 〈書〉豪邁放浪,不受拘束:落拓不羈/落拓有大志。

落魄 落拓;放浪不羈:落魄無行/落魄江湖。

風流 豪放瀟脫;傑出不凡:名世風流/風流人物。

超脫 高超,不同凡俗:為人超脫/風格超脫。

超逸 (神態、意趣)超脫不俗:格調超逸/風姿超逸。

F4－41 形： 驕傲

驕傲 自高自大看不起別人:他一向驕傲,目中無人/生產上稍有起色,千萬不要驕傲。

驕矜 驕傲自負:態度驕矜/意氣驕矜。□**矜驕**。

驕慢 驕傲怠慢:態度驕慢/她極驕慢地躲開了他。

驕 驕傲;自滿:勝而不驕/戒驕戒躁/驕兵必敗。

矜誇 驕傲誇耀:力戒矜誇/一時的勝利並不足以這樣的矜誇。

虛驕 沒有相應的才能、力量而妄自驕傲:虛驕情緒/有的青年容易犯一種毛病,即知識稍有進步,便虛驕之氣逼人。

傲 驕傲;傲慢:傲骨/傲氣/居功自傲。

傲慢 驕傲而對人怠慢,沒有禮貌:態度傲慢/傲慢無禮。

神氣 得意;傲慢:他兩手叉腰非常神氣地看著大家/他已經不那麼神氣了。

牛氣 〈方〉形容驕傲自大的神氣:他比從前越發驕傲,越發牛氣起來了。

高慢 高傲;傲慢:我沒有那麼高慢,對我的夥伴橫加指責。

高傲 驕傲自負,看不起人:態度高傲,目空一切。

孤高 孤傲,不合群:孤高自許/有人疑心他孤高,那不過是誤解。

孤傲 孤僻高傲:孤傲不群/去掉孤傲習氣/她自悔往日太孤僻,太孤傲。

傲岸 〈書〉自高自大;高傲:傲岸自恃。

自負 自以為了不起:這個人自負得很/他臉上露出自負的微笑。

自用 〈書〉自以為是,不接受別人意見:剛愎自用/愚而自用。

自滿 滿足於自己已取得的成績:驕傲自滿/滋長自滿情緒/要認真學習一點東西,必須從不自滿開始。

自是 自以為是:為人自是專橫,不聽規勸。

自大 自負:夜郎自大/自高自大。

拿大 〈方〉自高自大,看不起人;擺架子:他太拿大了,動不動就不理人/他從來就不拿大。

狂妄 妄自驕傲;極端自大:他說這些話,未免太狂妄了/大家不過給她一點面子,她反倒更加

狂妄。

不遜 傲慢無禮;不謙虛:出言不遜。

狂 傲慢;狂妄:狂人／狂言／他這個人狂得很。

不自量 過高地估計自己:蚍蜉撼大樹,可笑不自量。

翹尾巴＊ 比喻驕傲自大:有的人有了點成績就翹尾巴。

自高自大＊ 自以爲了不起;驕傲自負。

妄自尊大＊ 狂妄地自高自大。

夜郎自大＊ 夜郎(今貴州西部)是漢代西南一個小國。一次,夜郎國的國君問漢朝使者:「漢朝和我們夜郎比,哪個大呢?」(見《史記·西南夷列傳》)。後來用以比喻人妄自尊大。

不可一世＊ 自視甚高,以爲在當代沒有人可以相比。形容極其狂妄自大,目空一切。

自命不凡＊ 自以爲不平凡、了不起。形容高傲自負的態度。

孤芳自賞＊ 以爲自己是獨有的香花。比喻自命清高,自我欣賞。也指自我驕矜,自命不凡。

惟我獨尊＊ 認爲只有自己最高貴、最了不起。形容狂妄自大,目中無人。

旁若無人＊ 好像旁邊沒有人,形容態度高傲或從容、自然。

目中無人＊ 眼裡沒有旁人,形容驕傲自大,不把別人放在眼裡。

目無餘子＊ 眼睛裡沒有其餘的人,形容驕傲自大,輕視別人。

目空一切＊ 什麼都不放在眼裡。形容極端驕傲自大,什麼都看不起。

盛氣凌人＊ 用驕橫傲慢的氣勢逼人。形容態度極爲傲慢。

神氣活現＊ 形容十分得意傲慢的樣子。

老氣橫秋＊ 原形容老練自負的神態。現多用來形容自高自大,擺老資格;或形容暮氣沈沈的樣子。

好爲人師＊ 喜歡以別人的老師自居;自負而不

謙虛。

倚老賣老＊ 仗著年紀大,賣弄老資格,看不起別人。

恃才傲物＊ 依仗自己有才能而驕傲自大,看不起別人。

頤指氣使＊ 不說話,只用面部表情示意來指使人。形容有權勢的人傲慢地指揮別人的神氣。□目指氣使＊。

趾高氣揚＊ 走路時腳抬得高高的,神氣十足。形容驕傲自大,得意忘形的樣子。

高視闊步＊ 眼睛向上看,步子邁得很大。形容傲慢或自豪的神態。

大模大樣＊ 形容傲慢、滿不在乎或神氣活現的樣子。

忘乎所以＊ 因過度興奮或驕傲自滿而忘記了一切。也說忘其所以＊。

落落寡合＊ 形容人性情孤傲,跟別人合不來。

F4-42 名: 　驕氣

驕氣 驕傲的態度、作風:你不要當衆誇獎這孩子,這樣會增長他的驕氣。

傲氣 驕傲自大的神態和作風:傲氣十足／傲氣不可有,傲骨不可無。

傲骨 比喻高傲不屈的性格:他一身傲骨,從不趨附權勢。

狂氣 狂妄自大的性格、習氣:這種有幾分天才的人,染上一種狂氣,就好矜誇自滿。

F4-43 形: 　謙虛

謙虛 虛心,不自滿,肯接受意見、批評:他一向謙虛,能誠懇地向人求教／保持謙虛、謹慎的美德。

謙 謙虛:過謙／滿招損,謙受益／他略謙了兩句。

謙遜 謙虛恭謹:待人謙遜／他在學生面前也保持著謙遜的態度。

謙恭　謙虛而有禮貌:爲人謙恭厚道/他說話語
　氣溫和謙恭。

謙卑　謙虛,不自高自大:他很謙卑,不自信。

謙和　謙虛和藹:爲人謙和/言語謙和。

謙冲　謙虛:他是一個和藹、謙冲的老人。

謙抑　謙虛:他謙抑地把功績都推在別人身上。

虛心　不自滿,不固執己見,肯接受別人意見:虛
　心接受批評/虛心地向專家請教/他表現得
　不夠虛心。

客氣　對人謙虛有禮貌:他對客人非常客氣/我
　們客氣地拒絕了他的要求。

過謙　過分謙虛:既然是大家一致推舉,你就不
　要過謙了。

平易　(性情、態度)謙虛溫和:平易近人/平易
　可親。

平易近人＊　性情、態度謙遜溫和,使人容易接
　近。

虛懷若谷＊　胸懷開闊,像山谷那樣深廣。形容
　非常虛心。

深藏若虛＊　把寶貴的東西收藏起來,好像什麼
　也沒有似的。比喩人很有知識才能,但不願
　在人前表現,非常謙虛,像沒有才智一樣。

大智若愚＊　指才能智慧極高的人,不炫耀自己,
　看起來好像愚笨。

不恥下問＊　不認爲向地位、學問不如自己的人
　虛心請教,是不體面的事。

謙恭下士＊　謙虛恭敬地對待地位比自己低的有
　學識的人。

F4－44　形：　急躁·耐心

急躁　❶遇到不如意的事情而煩躁不安:他性情
　急躁,動不動就發火/一想起那些麻煩的問
　題,他就急躁不安起來。❷急於達到目標,沒
　有考慮周全,做好準備就行動:搞建設不能急
　躁冒進/要克制急躁情緒,動工前做好充分準
　備。

浮躁　輕浮急躁;不沈著:這個人性情浮躁得很,
　事情不能交給他辦。

毛躁　性情急躁;不沈著,不細心:他這人脾氣毛
　躁/他做起事來,毛躁不堪,丟三落四的。

暴躁　遇事急躁,不能控制感情:他脾氣暴躁,容
　易激動/性子暴躁的人,不適宜做營業員。

暴　急躁:他脾氣雖然暴,但他的心是好的。

煩躁　煩悶急躁:心情煩躁/他忽然煩躁起來,
　坐立不安。

焦躁　焦急而煩躁:她生性焦躁,容易動怒/他
　焦躁地跺著腳。

躁　急躁;不冷靜:戒驕戒躁/少安毋躁/他脾氣
　躁,一句話不對,就冒火。

粗暴　魯莽;暴躁:性子粗暴/有人粗暴地用力
　推開門。

性急　脾氣急躁,沒有耐心:這事不能一下子就
　開始,你別性急。

褊急　〈書〉氣量狹隘,性情急躁:其人猜忌褊急。

狷急　〈書〉心胸狹窄,性情急躁:褊急:性狷急。

操切　辦事過於急躁:操切從事/這事辦得太操
　切了點兒。

操之過急＊　事情辦得過於急躁。

耐心　不急躁,不厭煩,能堅持:耐心說服/耐心
　等待/解決複雜的問題要有耐心,不能急躁。

耐煩　不急躁;不厭煩(多用否定式):他的講話
　太長,聽的人都不耐煩了/客人沒有走,她就
　露出不耐煩的神色。

急性子　性情急躁:他是天生急性子,家裡總是
　坐不住。

慢性子　性情遲緩:沒見過你這樣慢性子的人,
　什麼事都不著急。

少安毋躁＊　耐心安靜一陣子,不要急躁。也作
　少安無躁＊。

F4－45　形、動：　固執

固執　❶〔動〕堅持(某種原則、意見等):擇善固

執/固執己見。❷〔形〕堅持己見,不肯變通:
他的父親非常固執/我沒想到你性格這樣固
執。

拘泥 〔動〕固執而不知變通:拘泥成規/他作畫
並不拘泥於傳統的技法。

拘囿 〔動〕〈書〉局限於某個範圍;拘泥:不要拘
囿於陳舊的禮俗。

執泥 〔動〕〈書〉固執;拘泥:不可執泥一端。

拘執 〔形〕拘泥;固執:這位主人拘執不過/他
處事也過於拘執。

執拗 〔形〕固執任性,堅持己見:他又鬧起執拗
的脾氣來。

拗 〔形〕固執;執拗:他人老了,性子越來越拗
了。

執著 〔形〕對某一點堅持不放;拘泥;固執:他執
著地要坐火車,不肯坐飛機/他對教學懷有執
著的信念。

古板 〔形〕固執守舊;死板不知變通:這人脾氣
有一點古板/他過於古板,什麼事都按照老辦
法做。

剛愎 〔形〕倔強固執:剛愎不遜/剛愎自信。

剛愎自用* 倔強固執,自以為是。

一把死拿* 〈方〉形容固執死板,絲毫不肯變通。

固執己見* 頑固地堅持自己的意見,不肯改變。

死心眼 〔形〕固執;不知變通:你不要死心眼兒,
別再護著他。

一個心眼* 比喻固執不知變通。

師心自用* 固執己見,自以為是。

一意孤行* 不聽別人勸告,固執地按自己的意
思行事。

F4－46 形: 頑固

頑固 ❶愚昧保守,不知變通,不願接受新事物:
頑固守舊/他的思想很頑固。❷指固執己見:
他們越這樣說,我越頑固。❸指立場反動,不
肯改變:頑固派/這傢伙頑固地堅持反對的立

場。

頑梗 愚頑而不馴服:頑梗不化/態度頑梗。

死硬 頑固:死硬派/死硬的態度絲毫沒有改
變。

愚頑 愚昧頑固:生性愚頑。

頑固不化* 愚昧保守,固執而不知變通。也指
堅持錯誤,不肯改悔。

執迷不悟* 堅持錯誤而不悔悟。

至死不悟* 到死也不醒悟。

F4－47 形: 心窄

心窄 氣量狹小;遇事想不開:他心窄,聽不得批
評的話。

小心眼* 氣量狹窄:你別小心眼兒了,為這麼點
事不值得生氣。

小氣 〈方〉氣量小:咱們男子漢可別那樣小氣。

狹窄 (心胸、意識等)不宏大、寬廣:心地狹窄/
眼光狹窄。

狹隘 (心胸、氣量、見識等)不宏大、寬廣:心胸
狹隘/見聞狹隘/這個人有點固執和狹隘。

狹小 狹窄:心胸狹小/氣量狹小/眼光狹小。

褊狹 〈書〉(心胸、氣量、見識等)狹隘:心胸褊狹
/氣量褊狹/才學褊狹。

鼠肚雞腸* 比喻氣量狹小,只考慮小事,不顧全
大局。□小肚雞腸*。

F4－48 形: 怪僻

怪僻 (性格、言行)古怪孤僻:舉止怪僻/老人
的脾氣不知是嚴峻還是怪僻。

孤僻 孤獨怪僻:她性情孤僻難說話。

乖僻 怪僻:她成了一個性情乖僻的老人。

乖張 性情執拗;怪僻,行為偏僻:性格乖張/他
為人乖張。

乖戾 (性情、言行)古怪,不合情理:她的性格乖
戾,跟大家合不來。

乖剌 〈書〉怪僻;不諧和。

F4－49　形：　内向・外向

内向　指人性格深沈,思想感情等深沈,不外露：她性格內向,平日不苟言笑／他是個內向的人。

深沈　沈著穩重,思想感情不外露：他為人深沈,從不輕易發表意見。

含蓄　涵蓄（思想、感情）不輕易表露：她是個含蓄的姑娘／進入中年,她的性格比以前含蓄了。

沈默寡言*　性情沈靜,很少說話來表露思想感情。

外向　指人性格開朗活潑,愛活動,思想感情易於表露：她性格外向,愛參加社交活動。

鋒芒畢露*　比喻人的才幹、銳氣全部顯露出來。多形容人愛逞強顯能,好表現自己。

F5　行為・態度

F5－1　名：　行為

行為　人受思想支配而表現出來的活動：正當的行為／行為不檢點。

作為　所作所為；行為：同事們都看不慣他平日的作為。

行事　行為：他的人品、行事,一向正直無私。

行止　舉動行為；品行：行止不端／有虧行止。

行動　行為；舉動：採取果斷的行動／及時製止了一次錯誤的行動。

舉動　行動；舉止：舉動彬彬有禮／狂妄的舉動。

舉措　舉動；行為：舉措適當／舉措失當。

舉止　舉動；行動：舉止失措／他坐在一旁默默地觀察女客們的舉止言談。

表現　言行中表示出的行為、作風：突出的表現／還要看他今後的表現。

行徑　行為和舉動（多指壞的）：罪惡行徑／無恥行徑。

形跡　神情舉止；行為：形跡已露／形跡可疑。

行藏　形跡；行止；來歷：被人識破行藏／你注意過他的模樣、行藏和風格嗎?

言行　言語和行為：言行一致／言行謹慎。

德行　道德和品行：德行高尚。

嘉言懿行*　〈書〉善良美好的言語和行為。

暴行　凶惡殘酷的行為：敵寇滅絕人性的暴行。

獸行　❶指極端野蠻殘忍、喪失人性的行為：群眾憤怒控訴匪徒肆意燒殺的獸行。❷特指發洩獸欲的行為：敵寇姦淫侮辱婦女的獸行。

邪行　不正當的行為：惡意邪行。

穢行　〈書〉醜惡、放蕩的行為：他少年時有穢行。

罪行　犯罪的行為：滔天罪行／罪行累累。

F5－2　名：　態度

態度　❶舉止神情：態度莊重／態度和善。❷對人和事的看法在言行中的表現：態度鮮明／端正學習態度／抱旁觀態度。

神態　神情態度：神態嚴肅／神態失常。

情態　神態：顯出一副漫不經心的情態。

故態　舊時或平時的態度；老脾氣：故態復萌／依然故態。

姿態　對待事情的舉止態度：採取友好合作的姿態／擺出盛氣凌人的姿態。

高姿態　對人對事比較寬容、諒解或不計較的態度、風格：在這個問題上,我們要作出高姿態,不同他們斤斤計較。

F5－3　名：　作風

作風　・思想、工作或生活上表現出來的態度、行為：作風踏實／生活作風／官僚作風。・指文藝家或作品的風格：他在藝術上,作風老老實實。

氣　作風；習氣：傲氣／驕氣／書生氣。

架子　自高自大、裝腔作勢的作風：官架子／他

常常要拿架子。

氣派　態度作風:氣派不凡／小家子氣派／要有
書香門第的氣派。

勢派　氣派;派頭:好大的勢派／從來沒見過這
樣的勢派。

派頭　言談、舉止、穿著等表現出的氣派:他舉止
大方,很有派頭／穿著講究派頭。

風格　作風;風度品格:他的風格很瀟灑／務實
的風格。

格調　〈書〉指人的風格或品格:這人格調不高／
他具有音樂家的格調。

F5-4 名: 氣概

氣概　對待重大問題上表現的態度、氣勢:英雄
氣概／氣概非凡／他那種藐視困難的氣概,令
人欽佩／他缺乏男子漢的氣概。

骨氣　剛毅不屈的氣概:他是有骨氣的,沒有向
敵人低頭／窮人要有窮人的骨氣。

風骨　剛強不屈的氣概:老人風骨不凡。

氣質　人的風格,氣度:他目光敏銳、善於經營,
具有企業家的氣質。

魄力　❶處事的膽識和果斷作風:他處事果決,
有驚人的魄力。❷氣勢;氣魄:魄力雄偉。

氣魄　氣概;魄力;氣勢:爲人正直有氣魄／老將
軍氣魄英武,不減當年。

朝氣　早晨的氣象,比喻精神振作,奮發進取的
氣概:朝氣蓬勃／青年大都有朝氣,有進取心。

威風　令人敬畏的聲勢或氣派:威風凜凜／重振
威風／他那點威風,別想在我們面前施展。

氣勢　(人或事物)表現出來的力量、氣概、威勢:
氣勢洶洶／氣勢磅礴／氣勢雄偉。

氣焰　比喻人的威風、氣勢:氣焰極盛／打掉敵
人的囂張氣焰。

聲勢　聲威和氣勢:聲勢浩大／虛張聲勢。

英氣　英勇、豪邁的氣概:英氣勃勃／眉宇間透
露出一股英氣。

豪氣　豪邁的氣概:英風豪氣／豪氣四溢。

銳氣　旺盛的氣勢:老戰士銳氣不減當年／直下
兩局,挫了對方銳氣。

銳　銳氣:養精蓄銳／養銳蓄威。

正氣　❶正大光明的氣概;剛直堅貞的氣節:浩
然正氣／正氣凜然。❷光明正大的作風;純正
良好的風氣:發揚正氣,打擊歪風。

浩氣　正大剛直的氣概;正氣:浩氣長存／浩氣
傳千古。□浩然之氣*。

F5-5 名: 氣量

氣量　❶寬容忍讓的限度;度量;胸懷:氣量狹窄
／氣量大的人不計較區區小事。❷特指能容
納不同意見的度量:領導者應有接受群眾批
評的氣量。

度量　對人寬容、忍讓的限度;器量:度量寬宏／
他度量大,能容人。也作肚量。

器量　氣量;度量:器量弘深／器量褊窄。

氣度　氣概和度量:氣度不凡／他表現了堅定的
原則性和偉大的氣度。

量　氣度;氣量:有容人之量／量小非君子。

心氣　氣量:他心氣狹窄,讓不了人。

心路　度量;氣量:媽媽心路窄,遇事想不開。

心眼　胸懷;氣量:這人心眼兒窄,一點小事都容
不了／她的心眼兒向來是很大方的。

心胸　氣量:心胸開闊／心胸狹隘。

胸懷　心胸;氣量:胸懷坦蕩／胸懷狹窄。

胸襟　氣量;抱負:胸襟宏大／開闊的胸襟。

襟懷　胸懷;氣度:襟懷寬廣／襟懷坦蕩。

海量　寬宏的度量:一切還請海量包涵。

洪量　寬宏的氣量。

雅量　宏大的度量:先生素有雅量。

斗筲　〈書〉斗、筲都是小的容器。比喻狹小的氣
量或短淺的才識:斗筲之人。

F5-6 名: 習性

習性　長期在某種自然或社會環境中養成的特

性:生活習性／習性懶惰／我的習性不大好，
每不肯相信表面上的事情。

習慣 ❶由於多次重複形成的不易改變的行爲：
我有午睡的習慣／吸煙是不良的習慣。❷習
俗；風尙:這樣做不合當地習慣／不要拘泥傳
統習慣。

習 習性:相沿成習／積習難改。

習氣 習性；習慣。多指不良的習慣或作風:官
僚習氣／流氓習氣／養成了酗酒的習氣。

習染 壞習慣:他這種長期習染一時難以革除。

癖性 個人特有的癖好、習性:癖性難改／逛舊
書店成了他的一種癖性。

癖習 癖性:他健談的癖習早已衰退，坐一陣子
就匆匆地走了。

積習 長期養成的習慣:積習難改。

惡習 壞習氣:有些領導染上了官僚主義惡習。

陋習 不良的習慣、風俗:破除官僚的一切陋習。

痼習　固習 長期養成的不易改掉的習慣:打麻
將已成了他的痼習。

劣根性 長期養成的、根深蒂固的壞習性:這些
流氓都有遊手好閒、貪吃懶做的劣根性。

惰性 不易改變的不好的、落後的習性:克服自
己苟且偸安的惰性。

野性 粗野不馴順的性情:這孩子在山溝裡長
大，身上多少帶點野性。

書卷氣 指讀書人的風格和氣質:他說話文縐縐
的，書卷十足。

F5－7 動：　習慣

習慣 多次接觸某種新的情況或環境而逐漸適
應:他習慣於每天早起鍛鍊身體／這裡我住了
半個月，一切都習慣了。

慣 習慣於；習以爲常:吃這種糙米飯，我們已經
慣了／他慣於夜間寫作，早晨睡眠。

習染 常接觸某種習氣(多指壞習氣)而沾染:他
常和里弄裡吃酒賭博的靑年來往，不免有所
習染。

習以爲常＊ 經常做某件事，養成了習慣。

習與性成＊ 長期習慣於怎樣，就會形成某種性
格。□**習以成性**＊。

F5－8 形：　眞誠

眞誠 眞實誠懇；沒有一點虛假:眞誠無私的幫
助／眞誠地合作／待人十分眞誠。

熱誠 熱情而誠懇:熱誠接待／熱誠相助。

至誠 極爲誠懇:至誠待人／不要辜負他一片至
誠的心意。

赤誠 極眞誠:推心置腹，赤誠相待／把自己赤
誠的心獻給慈善事業。

赤忱 極眞誠；赤誠:我有一顆赤忱的心，願把餘
年奉獻給藝術。

虔誠 恭敬而眞誠:虔誠祈禱／懷著虔誠的心情
走進羅馬大教堂。

精誠 〈書〉眞心誠意；非常眞誠:精誠團結／精
誠所至，金石爲開。

誠摯 誠懇眞摯:誠摯的請求／誠摯的友情／態
度非常誠摯。

誠篤 眞誠忠厚:爲人寬厚誠篤／兩人間的感情
非常誠篤。

誠懇 眞誠而懇切:誠懇待人／他說話的語氣非
常誠懇。

懇摯 誠懇眞摯:態度懇摯／言辭懇摯。

純眞 純潔眞摯:純眞的愛／他們都是樸實、純
眞的靑年。

眞摯 眞誠懇切:爲人眞摯／眞摯的情誼／兩人
的感情非常眞摯。

眞心 誠心誠意:我說的是眞心話／我是眞心請
你來幫忙。

誠心 眞誠；懇切:誠心協助／誠心悔改／誠心爲
人民服務。

深摯 深厚而眞誠:深摯的感情／深摯的相思。

衷心 出自內心的；眞誠的:衷心愛戴／衷心歡

迎/衷心感謝/衷心希望大家批評指教。

由衷 發自內心的:言不由衷/表示由衷的感謝。

實心 心地誠實:實心實意/他是個實心的人/這都是我的實心話。

實心眼 心地誠實;實心實意:有人說他不是實心眼地爲工作。

實心實意* 言行出於內心;眞誠。□**眞心實意*** 。

F5－9 名: 誠心

誠心 眞誠的心意:一片誠心。

眞心 眞實的心意:一片眞心/我這些話出於眞心。

誠意 誠心;眞心:毫無誠意/誠心誠意/他用行動表示了自己的誠意。

赤心 赤誠的心:他們以赤心相見。

赤忱 極眞誠的心:爲廣大讀者竭誠服務的一片赤忱。

丹心 赤誠的心:一片丹心/人生自古誰無死,留取丹心照汗青。

丹忱 丹心:丹忱不泯。

眞情 眞誠的心情或感情:眞情實感/流露眞情。

悃 〈書〉眞心誠意:悃誠/謹表謝悃/一傾微悃。

悃誠 〈書〉誠懇的心:俯察悃誠/俾盡悃誠。

F5－10 動: 竭誠

竭誠 竭盡忠誠;竭盡誠心:竭誠盡節/竭誠相助/竭誠爲顧客服務。

推誠 以誠心相待:推誠任賢/推誠相與/推誠相見。

傾心 竭盡誠心:傾心吐露/傾心交往/傾心長談。

披瀝 〈書〉指竭盡忠誠:披瀝陳辭。

披膽 〈書〉指竭盡忠誠。

披肝瀝膽* 比喩開誠相見或竭盡忠誠。也作**披瀝肝膽*** 。

肝膽相照* 比喩對人赤誠,以眞心相見。

開誠相見* 與人交往,眞誠地相待。

開心見誠* 對人推心置腹,眞心誠意地相待。

開誠布公* 與人交往,眞誠相待,坦白無私。

推心置腹* 比喩眞心誠意待人。

推襟送抱* 比喩推誠相見。襟抱:心意。

F5－11 形: 懇切

懇切 誠懇殷切:情意懇切/言詞懇切/懇切的希望。

熱切 熱烈而懇切:熱切希望早日得到你的答覆/熱切的心情溢於言表。

殷切 深厚而急切:殷切的想望/他要爲家鄉爭氣的心情非常殷切。

殷殷 情意深厚懇切的樣子:殷殷囑咐/殷殷期望/他殷殷地問到國內的朋友。

諄諄 形容敎誨勸告懇切有耐心:諄諄告誡/諄諄囑咐/諄諄不倦。

拳拳 〈書〉誠摯、懇切的樣子:情意拳拳/拳拳的忠心/拳拳服膺。

惓惓 〈書〉懇切的樣子:惓惓垂問/惓惓的心意。

諄諄告誡* 懇切耐心地勸告敎誨。也作**諄諄告戒*** 。

語重心長* 言詞懇切,情意深長。

F5－12 形、動: 虛僞・假裝

虛僞 〔形〕不眞實;不誠實;虛假:他很虛僞,說的話不可靠/他虛僞地表示謙讓。

假惺惺 〔形〕虛情假意、裝假的樣子:一副假惺惺的面孔/假惺惺地說了幾句。

僞善 〔形〕假裝善良:揭露了他做人的僞善/一眼就看淸了他僞善的面目。

作假 〔動〕言行舉止不眞實;不眞誠;裝糊塗:弄

虛作假／這人慣於作假,不可輕信。

做假　〔動〕弄虛作假:時常做假的人,沒有不露馬腳的。

假裝　〔動〕故意做出某種動作或姿態來掩飾眞相:假裝沒聽見／他假裝認眞聽取學生意見的樣子。

僞裝　〔動〕假裝:僞裝積極／表面上僞裝廉潔,暗地裡卻貪污受賄。

裝假　〔動〕假裝做某種樣子:偶爾裝假,還可以騙騙人,總是裝假,別人就不會相信了。

裝　〔動〕假裝:裝病／裝瘋賣傻／在別人跟前,他老是裝出一副可憐的樣子。

佯　〔動〕假裝:佯敗／佯狂／佯爲歡笑。

裝佯　〔動〕〈方〉假裝;弄虛作假:你別裝佯,這事你不會不知道。

打佯兒　〔動〕〈方〉假裝不知道:他跟人打佯兒,想蒙混過去。

言不由衷*　說的話不是出於眞心。形容心口不一,虛僞敷衍。

口是心非*　嘴上說是,心裡卻不是這樣想。指心口不一的虛僞表現。

陽奉陰違*　表面上遵從,暗地裡違抗。

虛與委蛇*　指對人虛情假意地敷衍應酬。委蛇:隨意應付。

鱷魚眼淚*　西方古代傳說,鱷魚呑食人畜時,一邊吃,一邊流下眼淚。比喩凶殘的壞人假裝慈悲。

F5－13 名:　僞裝

僞裝　軍事上用來僞裝的東西。泛指隱蔽自己的身分、面目以達到某種目標的行爲或手段:剝去貪污分子的僞裝,現出他們的眞正面目。

畫皮　小說中惡鬼用來僞裝美女的採繪人皮(見《聊齋誌異・畫皮》)。比喩掩蓋猙獰面目和醜惡本質的美麗外表:她親自揭發,撕掉詐騙集團僞裝的畫皮。

假面具　做成人物臉形的面具。比喩僞裝的外表:學生們用事實揭穿了他僞善的假面具。

F5－14 形:　圓滑

圓滑　形容處世善於敷衍,討好,對各方面都應付得很周到:這個人做事十分圓滑／他的答覆圓滑得很。

油滑　圓滑;世故;不誠懇:他非常油滑,隨聲附和幾句便走開了。

世故　爲人處世老練圓滑,不得罪人:沒想到他年紀輕輕,竟這樣世故／他太世故了,絕不會帶頭發言的。

滑頭　油滑,不老實:做滑頭生意／這個人比誰都滑頭。

油嘴　說話油腔滑調,不實在:我討厭油嘴的人。

油　油滑,不誠實:油頭滑腦／油腔滑調／這人一向對人不誠實,油得很／他年紀小小的,怎麼這樣油呢?

滑　油滑;狡詐;不誠實:滑頭滑腦／他這個人滑得很,托他辦的事靠不住。

兩面光　比喩兩方面敷衍討好,態度圓滑:他這人很會耍兩面光。

八面光　形容圓滑世故,對各方面都敷衍討好:他在中間陪笑,只求八面光,誰也不得罪。

八面鋒　形容措詞圓滑,模稜兩可,好像從哪方面講都有理:他善於鑑貌辨色,說起話來八面鋒。

八面玲瓏*　原指窗戶通徹明亮。後形容爲人處世機靈圓滑,對各方面都能應付得很周到。

油腔滑調*　形容說話或文章輕浮油滑,不誠懇,不實在。

油嘴滑舌*　形容說話油滑輕浮。

滑頭滑腦*　形容油滑、不老實。

順風轉舵*　比喩跟著情勢轉變自己的態度(含貶義)。也說**隨風轉舵***。

看風使舵*　看風向轉動舵柄,改變航向。比喩

看情勢,或看人眼色行事(含貶義)。也說**見
風轉舵**＊。

隨風倒 形容沒有一定的立場和主見,看風使
舵,哪一邊勢力大就跟著哪一邊走。

F5-15 形： 公正

公正 公平正直,不偏私;為人公正／只要我們
做得公正,群眾不會有意見的。

公道 公正;公平;合理:價格公道／他站出來說
了公道話。

公平 公正而不偏袒:分配公平／公平交易。

公 公平;公正:秉公辦理／公買公賣／這事他處
理得不公。

持平 公正;公平:持平之論／我的議論,自信是
持平的。

平允 〈書〉公平適當:持論平允／處事平允。

公允 公正恰當,不偏不倚:態度公允／辦事公
允。

中允 〈書〉公正;公允:貌似中允。

嚴明 嚴肅而公正:軍紀嚴明／執法嚴明。

公平合理＊ 處理事情公正而合乎情理。

天公地道＊ 形容十分公平合理。

一視同仁＊ 原指對百姓一樣看待,同施仁愛。
後泛指一律平等待人,不偏愛,不歧視。

不偏不倚 不偏袒或倒向任何一方,表示公正
或保持中立。

大公無私＊ 辦事公正,沒有私心,不偏袒。

鐵面無私＊ 形容公正嚴明,不怕權勢,不講情
面。

明鏡高懸＊ 傳說秦始皇有一面鏡子,能照見人
心的善惡(見於《西京雜記》)。後用「明鏡高
懸」比喻官吏執法嚴明,判案公正,或辦事明
察秋毫,公正無私。也說**秦鏡高懸**＊。

F5-16 形： 不公

不公 不公平;不公道:處理不公／分配不公。

不平 不公平:抱不平／消除不平現象。

偏私 講私情,袒護一方;不公正:偏私之舉／他
辦事毫不偏私。

偏頗 偏向於一方;不公平:偏頗之見／立論偏
頗。

偏心 心意偏向一方;不公正:不說偏心話／兩
個孩子,他對女兒特別疼愛,太偏心了。

厚此薄彼＊ 厚待或重視一方,薄待或輕視另一
方。表示對人對事不同等看待,有偏心。

一頭兒沈＊ 〈方〉比喻進行調解時不公正,偏袒
一方。

F5-17 形： 無私

無私 沒有私心;不自私:大公無私／無私地奉
獻／無私的援助。

忘我 忘掉自己;不顧惜自己:忘我精神／夜以
繼日地忘我勞動。

大公無私＊ 指一心為公,毫不考慮個人私利。

公而忘私＊ 為了公眾大事,忘記個人私事和利
益。形容有一心為公的精神。

大義滅親＊ 為了維護正義,對犯罪的親屬不講
私情,使受到應得的制裁。

捨己為公＊ 為了公眾的利益而捨棄個人的利
益。

捨己為人＊ 為了別人而不惜捨棄自己的利益。

F5-18 形： 自私

自私 只為自己打算,只圖個人利益,不顧別人
和集體:他很自私／這是極端自私的行為／自
私的人處處只想到自己,心目中沒有別人。

自私自利＊ 專為自己利益打算,不顧別人和集
體的利益。

損人利己＊ 損害別人的利益,使自己從中得到
好處。

假公濟私＊ 假借公事的名義或公家的力量,謀
取私人的利益。

患得患失 * 沒得到時,擔心不能得到;已經得到,又憂慮將會失去。形容斤斤計較個人的利害得失。(語出《論語·陽貨》)

挑肥揀瘦 * 比喻為了個人利益,對事物或工作挑來挑去。

以鄰爲壑 * 把鄰國當作排泄洪水的溝壑。比喻只圖自己一方的利益,把困難或災禍轉移給別人。

隔岸觀火 * 對岸失火,隔河觀望。比喻見人有急難不去援助,而採取旁觀的態度。

明哲保身 * 原指明智的人為保全自身,不參與可能給自己帶來損害或危險的事。現指只圖不損害自己利益或不犯錯誤而對原則性問題不表示態度,迴避鬥爭。

獨善其身 * 原意指獨自修養好品德。現多指只求修養自身品行,不顧集體和國家的事。(語出《孟子·盡心上》「窮則獨善其身」)

F5－19 動：　袒護

袒護 出於私心無原則地支持或庇護某一方:他公然袒護犯錯誤的親友。

包庇 袒護;暗中保護(壞人壞事):他們做了錯事,還要互相包庇/包庇犯罪分子,必將自食其果。

庇護 包庇;袒護:不許庇護壞人/子女有了錯誤,父母不應該庇護他們。

庇蔭 〈書〉大樹枝葉遮蔽陽光。比喻包庇或袒護:他仗老子的庇蔭,又一次逃脫了懲罰。

打掩護 * 在主力的側面或後面對敵作戰,以保護主力部隊。比喻掩蓋或庇護(壞人壞事):你不要為他的錯誤打掩護。

偏袒 偏心袒護一方:媽媽偏袒小妹妹,把我訓斥了一頓/我保證會公平裁判,決不偏袒某一方。

左袒 偏護一方:他們爭吵起來,當時誰也沒勸解或左袒。

左右袒 偏護某一方:不爲左右袒。

偏護 偏心袒護一方:不要因為是自己的部下、朋友就偏護他。

偏向 ❶傾向、側重一方:當時詩歌注重明白曉暢,偏向自由的形式。❷袒護一方:這樣好吃懶做的人,你還要偏向他。

向著 〈口〉偏袒:媽媽凡事總是向著小妹妹。

護短 為缺點、過失辯護:自己有錯誤要勇於改正,不能護短/你不要再替他護短。

F5－20 名：　公心·私心

公心 ❶公正之心:秉持公心,執法嚴明。❷爲公衆利益打算的心意:他回鄉捐款辦學,完全出於公心。

私心 爲個人利益打算的念頭:私心重/不存私心。

私念 爲自己打算的念頭:消除私念。

私欲 個人的欲望:私欲膨脹/抑制私欲。

利己主義 只顧自己利益、不顧別人利益和集體利益的思想和生活態度,是一種認爲個人利益高於一切的人生觀。

私心雜念 * 爲個人或小集團打算的各種想法。

F5－21 形：　嚴肅·威嚴

嚴肅 神情、態度、氣氛等莊重,使人敬畏:他態度嚴肅,不苟言笑/會場氣氛嚴肅/軍容整齊嚴肅。

嚴正 嚴肅正當;鄭重:嚴正聲明/嚴正警告/嚴正的立場。

嚴整 嚴肅整齊(多指隊伍):軍容嚴整。

整肅 嚴肅;嚴整:法紀整肅/衣冠整肅/軍容整肅。

肅穆 (神情、態度、氣氛等)嚴肅恭敬;嚴肅安靜:神情肅穆/氣象肅穆/會場莊嚴肅穆。

鄭重 嚴肅認真:鄭重其事/態度非常鄭重/鄭重宣布退出會議。

威嚴 嚴厲;嚴肅:神態威嚴/他用威嚴的眼光注視著我們。

威風 形容有聲勢、氣派:你看他站在臺上多麼威風/他們一路走著,還很威風地喊口號。

儼然 嚴肅莊重的樣子:儼然危坐。

愀然 〈書〉神色變得嚴肅或不快的樣子:愀然變色/愀然不悅。

凜然 嚴肅、令人敬畏的樣子:大義凜然/正氣凜然/他顯出凜然不可侵犯的樣子。

凜凜 嚴肅、令人敬畏的樣子;凜然:凜凜有生氣/威風凜凜。

正色 神色嚴肅、態度嚴正:正色嚴詞地拒絕/正色痛斥。

厲聲 (說話)聲音大而嚴厲:厲聲訓斥/厲聲粗氣地說話。

一本正經＊ 原指一部正規的經典。後用以形容態度莊重嚴肅,非常規矩認真。有時帶有諷刺的意味。

正襟危坐＊ 整理好衣襟,端端正正地坐著。形容嚴肅、恭敬或拘謹的樣子。

凜若冰霜＊ 形容態度神色極其嚴肅,使人不易接近。

冷若冰霜＊ 像冰霜一樣寒冷。形容人態度極其嚴肅,不易接近。

聲色俱厲＊ 說話時的聲音和臉色都很嚴厲。

F5－22 名: 威風

威風 威嚴使人敬畏的聲勢氣派:凜凜威風/老將軍威風不減當年/他又想在眾人面前擺威風。

威嚴 威風:冒犯威嚴/教師叫那個無理取鬧的學生退出教室,以維護自己的威嚴。

威儀 嚴肅莊重,使人敬畏的儀容舉止:她的威儀,使這班人不敢動邪念。

威 表現的使人畏懼懾服的力量或使人敬畏的氣勢、態度:耀武揚威/作威作福/不矜威益重,無私功自高。

雄威 強大的聲勢;雄壯的威風:雄威大振。

雄風 威風:你怎麼滅自己志氣,長別人雄風/某將軍集虎將之雄風和儒家之文采於一身。

雌威 指女子發怒時顯示的威風:大發雌威。

虎威 威武的氣概。多指武將的威風:真有叱咤風雲的虎威。

下馬威 剛到便施展威風。指官吏初到任時對下屬顯示的威風,泛指一開頭就向對方顯示的威力:我沒想到一開始他就給這麼厲害的下馬威。

F5－23 形: 活潑

活潑 (行動)富有生氣和活力;不呆板:天真活潑/舉止、態度活潑/語言活潑。

活躍 (行動)活潑積極:這些孩子玩得十分活躍歡樂/他是校裡球類運動的活躍分子。

歡 〈方〉活躍;起勁:越說越歡/年輕人一談到自助旅行,就愈聊愈歡。

歡實 〈方〉活躍;起勁:孩子們玩得挺歡實。也作**歡勢**。

生龍活虎＊ 形容富有生命力,活潑有朝氣。

歡蹦亂跳＊ 形容十分活潑歡快:大伙兒懷著歡蹦亂跳的心情。也作**歡迸亂跳**＊。

龍騰虎躍＊ 形容矯健活躍,生氣勃勃。

F5－24 形: 頑皮

頑皮 愛玩鬧,不聽勸導:這孩子太頑皮了,一點也不聽話/你還記得我頑皮的微笑嗎?

調皮 ❶頑皮:孩子這麼大了,還光知道調皮/她很聰明,就是比男孩子還調皮。❷不馴順;難對付:新來的同學很調皮,不安安靜靜上課。

皮 頑皮;調皮:這些學生太皮,要多加管教。

皮臉 〈方〉頑皮:這孩子真皮臉。

淘氣 頑皮;調皮:這男孩很淘氣,不聽話。

嬉皮笑臉 *　形容嬉笑頑皮的樣子。

F5－25 形： 拘束

拘束　過分約束自己言行,態度不自然:隨意一點,不要太拘束/他拘束地站在客人面前。

拘板　〈方〉言行拘束呆板;不活潑:他為人謹小慎微,有些拘板/你不要太拘板,該說就說。

拘謹　(言語、行動)拘束謹慎:他向來是個拘謹的人,這時自然不會先開口/學生見到新來的老師,態度有些拘謹。

拘泥　拘束:晚間吃酒,大家取樂,不可拘泥/母親曉得這些年輕人是很拘泥的。

拘禮　拘泥於禮法或禮節:大家隨意坐坐,不要拘禮。

矜持　拘謹;拘束:他和我談話,態度有點矜持/我後悔自己不該過於矜持。

局促　拘謹,不自然:他坐下來感到很局促/初次在大會上發言,有些局促。也作**侷促**、**跼促**。

貧氣　舉止不大方;小家子氣:他的言談態度總有些貧氣。

小家子氣 *　小戶人家氣派。形容舉止拘謹,不大方:有話直說,別那麼小家子氣。也說**小家子相** *。

F5－26 形： 自由·悠閒

自由　不受拘束;不受限制:出入自由/自由競爭/他在這裡生活得很自由。

自在　❶自由;不受拘束:逍遙自在/自由自在。❷安閒舒適:日子過得挺自在/挨了一頓批評,心裡很不自在。

自由自在 *　無拘無束,安閒舒適的樣子。

逍遙　悠閒自在,不受拘束:逍遙法外/他退休後常去遊山玩水,過著逍遙的生活。

翛然　〈書〉無拘無束,悠閒自在的樣子:翛然而往,翛然而來/夜半醒來,皓月中天,翛然四

顧,感到心中一片空靈。

悠閒　安閒舒適而無所牽掛:悠閒自得/神態悠閒/在林蔭道上悠閒地散步。

安閒　安靜悠閒;安逸閒適:安閒自在/這些日子,我心裡安閒極了/他過不慣退休後安閒的生活。

清閒　清靜悠閒:這幾天事情不多,非常清閒/他在鄉間過著清閒的生活。

悠忽　〈書〉悠閒懶散:他心境恬淡,大半生在悠忽中度過。

悠然　自由自在,閒適的樣子:悠然神往/幾個老人悠然地坐在樹下乘涼。

悠悠忽忽　形容悠閒懶散的樣子:整天悠悠忽忽,得過且過。

F5－27 形： 靈活

靈活　❶敏捷,不呆板:身手靈活/腦筋靈活/動作靈活。❷善於隨機應變,不拘板:靈活機動的戰略戰術/靈活運用/原則性要靈活執行。

活　活動;靈活:這孩子心太活,讀書不專心/這一段文章寫得很活。

活泛　❶動作敏捷靈活:腰腿功夫活泛。❷處事機智靈活:走江湖的,心裡活泛,嘴巴又快。

活絡　靈活;不明確:把話說得活絡些,留個餘地。

活動　靈活;不呆板:你最好把話說得活動些/這年月做事要活動著點,該應酬的應酬,別怕花錢。

機動　靈活(運用);權宜(處置):機動費用/機動力量/不給工廠一點機動的餘地,恐怕不妥。

權宜　暫時適宜;變通的:權宜處置/乃一時權宜,非久遠之計。

圓通　通達事理,處事靈活:他是個極圓通的人,很長於應付。

F5－28 動： 變通

變通　不拘常規,根據實際情況作適應的變動:

出現了新情況,原來的規定,要變通一下／各
地可以根據具體情況變通處理。

權變 權宜變通;隨機應變:應急權變／智不足
以權變／他這個人是善於權變的。

機變 機智權變;隨機應變:臨時機變／用兵機
變如神。

從權 採用機宜變通手段:從權處理／這事應從
權處理,不可拘執常規。

隨機應變* 隨著時機或情況的變化而靈活應
付。形容處事靈活機敏,善於變通。

通權達變* 為了適應當前的情勢,不受常規約
束而採取靈活變通的辦法。

見機行事 看清適當的時機或根據具體情況,
靈活地處理事情。□**相機行事***。

因地制宜* 根據不同地區的實際情況和具體條
件,制定適宜的措施。

順水推舟* 順著水流的方向推船。比喻順應情
勢或趁著方便說話辦事。

將錯就錯* 已知事情做錯,索性順著錯誤做下
去。

將計就計* 利用對方的計策反過來向對方施
計。

F5－29 形: 呆板

呆板 不靈活;不自然;死板:神情呆板／形式呆
板／做事不能太呆板。

呆 不靈活:目瞪口呆／如今我手裡呆,一個活
錢也沒有。

刻板 比喻呆板、機械,沒有變化:為人刻板,不
知變通／他一上班,先沏好茶,再捧起報紙,刻
板得很。

平板 平淡呆板,缺少變化:他的演講平板乏味／
他一句一句平板地說著。

呆滯 不靈活:眼光呆滯／她的眼睛有些呆滯,
默不做聲。

板滯 (文章、言語、表情等)呆板;沒有變化:敍

述過於板滯／眼神板滯。

凝滯 不靈活;呆滯:目光凝滯。

死板 ❶呆板;不生動:生性死板／語言死板／表
情死板／這圖畫多麼死板。❷(做事)不靈活;
不會變通:大家怨他辦事太死板／不能死板地
模仿別人。

死 不靈活;死板:死心眼兒／死讀書／別把話說
得太死,要留有餘地。

僵硬 呆板;不靈活:態度僵硬／工作方法有些
僵硬。

生硬 ❶不自然;不純熟:文句生硬／動作生硬／
操著生硬的英語。❷不柔和;不溫順;不細
緻:態度生硬／話說得有點生硬／作風未免過
於生硬。

機械 比喻死板,不知變通:學習別人經驗,不能
機械地模仿。

公式化 指不根據具體情況而死板地依照某種
固定方式處理問題。

劃一不二* (說話、做事)一律;一致。引伸為刻
板:寫文章也不能劃一不二,可說之處說一
點,不能說的便不說。

板板六十四* 宋代官鑄銅錢,兩板對合六十四
文,不得增減。後用「板板六十四」形容做事
刻板,不知變通或不能通融。

依樣畫葫蘆* 比喻單純模仿,模仿原樣,不知改
變,沒有創新。也說**依樣葫蘆***。

按圖索驥* 按照圖像尋求良馬。比喻作事拘泥
成法,機械死板,不知變通。現也比喻按照
畫和線索去尋找事物。

刻舟求劍* 《呂氏春秋·察今》中說:楚國有個人
過江時,劍掉進水裡,他就在船舷上刻個記
號,等船停後,就從記號處下水找劍,劍自然
沒有找到。後因以「刻舟求劍」比喻拘泥成
法,不知隨著情況的發展變化而變通。

膠柱鼓瑟* 彈奏瑟時把瑟上的弦柱膠住,結果
不能調節聲調的高低。比喻拘泥固執,不知

隨形勢變通。

F5－30 形： 文雅

文雅 溫和有禮貌而不粗俗：言談文雅／她穿著
　樸素，態度十分文雅／他變得比以前文雅了。

風雅 文雅：談吐風雅／舉止風雅。

嫻雅 **閒雅** 文雅安祥；文靜大方（多形容女
　子）：儀態嫻雅／她舉止大方，莊重嫻雅。

儒雅 〈書〉學問淵博，風度文雅：風流儒雅／他
　外貌儒雅，而秉性剛直。

大雅 〈書〉文雅大方：無傷大雅／不登大雅之
　堂。

文靜 文雅安靜：這姑娘十分文靜／他看起來很
　文靜。

嫻靜 文雅安祥：性情嫻靜／神態嫻靜。

文氣 文靜：這個小姐長得很文氣。

秀氣 文雅而不粗俗：她舉止端莊秀氣。

斯文 文雅：他說起話來很斯文／孩子斯斯文文
　地坐在父親身旁。

文縐縐 形容人言語、舉止文雅的樣子：他說話
　慢條斯理，文縐縐的。

文質彬彬* 原指人的文采和質樸配合得宜。後
　多形容人舉止文雅有禮貌。

彬彬有禮* 文雅而有禮貌。

溫文爾雅* 態度溫和，舉止文雅。□**溫文儒
　雅***。

雍容爾雅* 神態、舉止從容不迫，文雅大方。□
　雍容大雅*。

F5－31 形： 威武·雄壯

威武 力量強大，威嚴而有氣勢：身材魁梧，相貌
　威武／歡迎的行列，很有秩序，很威武。

英武 英俊威武：英武無匹／英武的少年。

雄壯 （氣魄聲勢）強大有力：身材威武雄壯／歌
　聲雄壯嘹亮。

雄大 雄壯有力：雄大的氣魄。

雄偉 雄壯偉大：氣勢雄偉。

雄健 強健有力：雄健的精神／雄健而整齊的步
　伐。

雄威 〈書〉雄壯威武：糾糾雄威。

虎虎 形容威武雄壯或精神旺盛的樣子：虎虎勢
　勢／虎虎有生氣。

赳赳 威武雄健的樣子：赳赳武夫／雄威赳赳。

雄赳赳 威武的樣子：雄赳赳，氣昂昂／跑進來
　一個雄赳赳的少年。

氣昂昂 形容人精神振奮，氣勢威武：他得志之
　後，人就和先前兩樣了，臉也抬高起來，氣昂
　昂的。

八面威風* 形容威風十足，聲威盛大的樣子。

氣宇軒昂* 形容人心胸開闊，氣度不凡。也作
　器宇軒昂*。

氣壯山河* 形容氣概雄壯豪邁，足以使高山大
　河壯麗生色。也說**氣壯河山***。

氣吞山河* 氣勢可以吞沒高山大河。形容氣魄
　極大。

氣冲霄漢* 形容魄力很大，勇氣很高。霄漢：指
　天空和銀河。

氣貫長虹* 形容氣勢雄壯，好像能穿過天上的
　長虹一樣。

叱咤風雲* 大聲怒喝，就可使風雲變色。形容
　聲勢威力極大。

龍騰虎躍* 如龍飛騰，似虎跳躍。形容矯健有
　力、威武雄壯的姿態。

F5－32 形： 粗野

粗野 （言談、舉止）不文明；沒有禮貌；缺少敎
　養：動作粗野／行爲粗野／滿口粗野的話。

粗魯 粗野魯莽；不文雅；不細緻：性格粗魯／沒
　想到他說話竟這樣粗魯。也作**粗鹵**。

粗 粗魯；粗野：粗話／好好勸他，不要動粗／她
　長得並不醜，可是又粗，又俗氣。

野 粗魯沒禮貌；蠻橫不講理：撒野／這些人愛

打架,野得很。

村野 性情粗野;粗俗:一身村野氣／他說話做
事改不了村野的習性。

粗獷 粗野;粗魯:染上粗獷的習氣／舉動粗獷
無理。

獷悍 粗野強悍:生性獷悍／獷悍不羈。

F5－33 形： 庸俗

庸俗 平庸鄙陋,不高尚:生活作風庸俗／作品
內容庸俗／有些電影只圖迎合庸俗的低級趣
味。

粗俗 (談吐、舉止等)粗野庸俗;不文雅:語言粗
俗不堪／打扮極為粗俗。

鄙俗 粗俗;庸俗:詞句鄙俗／舉止鄙俗。

粗鄙 粗野鄙俗:語言粗鄙／他粗鄙地大笑起
來。

鄙陋 庸俗淺薄:我開始感覺到他們的鄙陋和少
見多怪。

猥瑣 外貌、舉止庸俗不大方:這個闊少衣著華
麗而相貌猥瑣。也作**委瑣**。

猥劣 〈書〉鄙陋卑劣:為人猥劣／他這番話活活
畫出了自己猥劣的嘴臉。

俗氣 粗俗平庸,不高雅,不大方:她滿身金銀首
飾,打扮得真俗氣／這房間布置得太俗氣了。

俚俗 粗俗平庸:文詞極為俚俗／她疑惑自己變
得俚俗了。

傖俗 〈書〉粗野鄙俗:言語傖俗。

村俗 粗俗:言談村俗／這一點點村俗東西,請
你收下。

俗 庸俗;不高雅:俗不可耐／這部小說的語言
實在太俗了。

村 粗俗:村話／撒村(說粗話、髒話)／從院子裡
走出許多村的、俏的鄉下姑娘來。

俗不可耐* 庸俗得使人難以忍受。

F5－34 動： 講理

講理 ❶明白事理;服從道理:大家都要講理,誰

也不欺負誰／從來沒見過你這樣不講理的人
❷評斷是非;評理:咱們找個地方去講理／從
前人有了紛爭,往往聚在茶館講理。

說理 服從道理;講理(多用於否定式):我問你
你到底說理不說理?

評理 評斷是非曲直:究竟你對還是我對,請大
家給評理。

通情達理* 很懂得道理,說話、做事合情合理
也作**知情達理***。

通達 通情達理:他為人通達,不拘小節。

F5－35 形： 蠻橫

蠻橫 粗暴,強橫,不講道理:態度十分蠻橫／不
准蠻橫干涉他國內政。

橫蠻 蠻橫;粗暴,不講理:作風橫蠻。

野蠻 蠻橫:這幫流氓非常野蠻／他態度很野
蠻,不准別人發言。

蠻 粗暴,強悍,不講理:蠻不講理／胡攪蠻纏／
不怕他再蠻,也要找個講理的地方。

強橫 強硬蠻橫:態度強橫／強橫無理。

豪橫 強暴蠻橫:在魚販子中,他欺行霸市,極為
豪橫。

豪強 強橫:他在鄉下豪強霸道,沒有人惹得起。

潑辣 ❶凶悍不講理:這女人是有名的潑辣貨／
她非常潑辣,沒有人敢惹她。❷有勇氣:作風
非常潑辣。

霸道 蠻橫不講理:橫行霸道／他工作中獨斷專
行,作風霸道。

悍然 蠻橫凶悍的樣子:悍然不顧／悍然出兵。

專橫 專斷蠻橫:態度專橫／專橫跋扈／幾年來,
他狂妄專橫,幹盡了壞事。

驕橫 驕傲專橫:為人驕橫跋扈／狂妄驕橫,不
可一世。

跋扈 專橫;霸道:飛揚跋扈／跋扈恣睢／他在廠
裡獨斷專行,越來越跋扈。

不可理喻* 無法用道理來使他明白。形容蠻橫

不講理。

蠻不講理 * 蠻橫不講道理。

橫行霸道 * 倚仗勢力任意妄為，蠻橫不講道理。

飛揚跋扈 * 形容驕橫放肆，不受約束，目空一切。

F5－36 形：　虛榮

虛榮　虛假的榮耀；表面上的光彩：虛榮心／不慕虛榮／他打仗不是為了升官晉級，也不是為了虛榮。

好勝　喜歡超過別人：好勝心切／爭強好勝／這些小姐個個好勝，穿著打扮都想超過別人。

好名　愛好榮耀；追求虛名：他過於好名，工作並不踏實。

愛面子 *　怕損害自己的體面，被人瞧不起：她愛面子，死不肯認錯／他好強，到了愛面子的程度。

好高騖遠 *　脫離實際地追求目前達不到的過高過遠的目標。騖：追求。

好大喜功 *　一心喜愛做大事，立大功。現多用來形容舖張浮誇、不切實際的作風。

沽名釣譽 *　有意做作或用某種手段獵取名譽。

欺世盜名 *　欺騙世人，竊取名譽。

F5－37 動：　誇耀

誇耀　向人顯示自己有才能、功勞、地位等；炫耀：他有了成績從不在人前誇耀／他不免又把自己過去的職位誇耀一番。

炫示　向人誇耀；顯示：他的目標就是要炫示一下自己的勢力。

炫耀　炫示；誇耀：炫耀武力／炫耀自己的財富。

顯示　明顯地表現出來；故意做出讓人看：顯示軍事實力／他愛在人前顯示本領／他脫下上衣，顯示胸前作戰留下的傷疤。

顯擺　〈方〉顯示並誇耀／你不用再顯擺了，你有多少本事，大家都知道。也作**顯白**。

顯耀　顯示，炫耀：他在名片上印一長串頭銜，顯耀自己現在的地位。

誇示　向人顯示；誇耀：他常向學生誇示自己的作品。

擺　故意顯示；炫耀：擺闊／擺排場／擺老資格。

咋呼　〈方〉炫耀：你不要有一點成績就亂咋呼。也作**咋唬**。

賣弄　有意顯示、誇耀（自己的本領）：賣弄風情／他有了一點點新知識，就到處賣弄。

搬弄　賣弄：快別搬弄你那小聰明啦。

招搖　炫耀；張揚：到處招搖／避免招搖／招搖過市（故意炫耀自己，引人注意）。

賣嘴　賣弄嘴皮子來顯示或誇耀自己：她常在鄰居面前賣嘴，到處討好。

表現　有意顯示自己的長處：他好在人前表現自己／他是不喜歡表現自己的人。

標榜　❶誇耀；稱揚：互相標榜／自我標榜。❷提出某種好聽的名義，加以宣揚：標榜民主自由。

逞能　顯示自己能幹；賣弄本領：你剛學一點皮毛，別那麼逞能！

逞強　顯示自己本領強：逞強好勝／這個小傢伙不知天高地厚，一味逞強。

出風頭 *　出頭露面表現自己：她很喜歡出風頭／他藉機出風頭，想博得大家稱讚。

掉書袋 *　譏諷人愛引用古書詞句，賣弄淵博：一個作者不擇對象地掉書袋子反而會顯出自己的淺薄。

班門弄斧 *　在魯班（古代有名巧匠）門前擺弄斧頭。比喻在行家面前賣弄本領。

F5－38 動：　擺闊‧擺架子

擺闊　講排場，顯示闊氣：從儉辦婚事，不要擺闊／他負了許多債，沒法擺闊了。

擺門面 *　〈方〉講究排場氣派，追求形式：商店重要的不是擺門面，而是講究商品品質、服務態

度。

擺譜兒　〈方〉擺門面，講排場：他家裡魚缸、鳥籠、洋狗，都是爲了擺譜兒。

裝門面＊　比喻爲求表面好看而粉飾、點綴：他特地向朋友借來花架子、盆景，爲自己裝門面。

撐門面＊　勉強維持表面的排場和規模：他現在全靠女兒女婿給撐門面。也作**撐場面**＊。

擺架子＊　裝腔作勢，自以爲了不起：他一擺架子，恐怕比大老板還十足。□**拿架子**＊。

F5－39 形：　謹愼

謹愼　對自己言行和外界事物細心注意，以免發生有害或不幸的事情：他爲人一向謹愼，膽小怕事／他從此說話更加謹愼了。

謹　謹愼；愼重：謹行／謹守法紀／謹小愼微。

愼　謹愼；愼重：愼言謹行／愼始全終。

謹嚴　❶謹愼嚴肅：他是一個律己謹嚴的人。❷謹愼嚴密：文章筆力奔放而法度謹嚴／立論說理極爲謹嚴。

嚴謹　嚴密謹愼；謹嚴：治學態度嚴謹／文章結構嚴謹。

謹飭　〈書〉謹愼：臨事謹飭／他平日言行都很謹飭。

愼重　謹愼恃重；謹愼認眞：愼重其事／處理人的問題要格外愼重／他愼重地表示了自己的意見。

審愼　周密愼重：辦事十分審愼／措詞極爲審愼／這事希望你能審愼地處理。

小心　謹愼：做事極其小心／路上很滑，我不小心跌了一跤。

小心翼翼＊　原指謹愼恭敬的樣子，現在用來形容舉動極爲愼重，絲毫不敢怠慢疏忽。

謹小愼微＊　對待細小的事情小心謹愼。多含有因而綑縛不前，不能果斷的意思。

戰戰兢兢　形容怕得發抖或小心謹愼的樣子。

兢兢業業　形容做事小心謹愼，勤懇認眞。

F5－40 形：　安分

安分　規矩老實，安於本人身分地位，遵守本身責任義務：安分守己／安分些，別再闖禍！

本分　安分守己：這人一向很本分，不會出事的。

規矩　（行爲）老實正派；合乎標準或常理；安分守己：他爲人非常老實規矩／他做生意規矩得很／孩子規規矩矩地站在父親身旁。

老實　誠實規矩；循規蹈矩：做老實人，辦老實事／這孩子老實得很，放學後從來不在外面亂跑。

老實巴交　誠實淳樸、規規矩矩的樣子：他平時看著老實八交的，生起氣來可不好惹。

安分守己＊　安守本分，規矩老實，不做違法的事。

循規蹈矩＊　遵守規矩。

規行矩步＊　步行端正。比喻言行謹愼，安分守己。也比喻墨守成規，不知變通。

隨遇而安＊　指能安於所處的任何環境。

F5－41 形、副：　輕率

輕率　〔形〕（說話、做事）隨意，不愼重，不認眞：言語輕率／他處理問題太輕率／沒有充分的證據，不能輕率地下結論。

魯莽　〔形〕說話、做事不加考慮；輕率；莽撞：他是個有涵養的人，不會魯莽從事的／他沒愼重考慮，便魯莽地提出反對的意見。也作**鹵莽**。

莽撞　〔形〕言語、行動輕率魯莽；冒失：她後悔自己太莽撞，低著頭不說話／他莽撞地闖進了會場。

冒失　〔形〕輕率，不小心；魯莽：你怎麼這樣冒失，把客人都得罪了／他做事冒失，惹了幾次禍。

冒昧　〔形〕不顧（地位、能力、情況等）是否合宜；魯莽輕率。常用作謙詞：不揣冒昧／我冒昧說說我的淺薄意見／他這樣做未免有一點冒

昧。

孟浪〔形〕〈書〉魯莽;冒昧:不可孟浪從事/事過之後,我深悔自己的孟浪。

造次〔形〕〈書〉魯莽輕率;不審慎:不可造次行事/事關重大,不敢造次。

貿然〔副〕輕率地;缺乏考慮地:貿然允諾/未經請示,貿然作出決定。

率爾〔副〕〈書〉輕率地:率爾從事/率爾操觚(指草率成交)。

率然〔副〕〈書〉不慎重;輕率的樣子:率然應答。

愣〔形〕魯莽;冒失:愣頭兒青/愣小子/愣頭愣腦。

愣頭愣腦 * 　形容魯莽、冒失的樣子。

魯莽滅裂 * 　形容做事莽撞輕率。

不管不顧 * 　形容人冒失,莽撞:一個人不管不顧地闖進來。

不管三七二十一 * 　比喻不問是非情由,不顧一切,執意行事。

不知進退 * 　形容言語、行動魯莽,沒有分寸。

不知死活 * 　形容做事不知利害,魯莽輕率。

輕舉妄動 * 　未經慎重考慮,輕率地盲目行動。

風風火火〔形〕形容匆忙、莽撞的樣子。

F5－42 形:　穩重・莊嚴

穩重　(言語、行動)沈著莊重,有分寸,不輕率:舉止穩重大方/他為人穩重,辦事沈著老練。

穩健　穩重;不輕浮冒失:作風穩健/他年紀雖輕,處世卻小心謹慎,老成穩健。

沈穩　沈著穩重:舉止沈穩/她在眾人面前總是那麼沈穩持重。

持重　謹慎穩重:老成持重/他辦事一向持重,得到大家的信任。

莊重　端莊穩重;不隨意;不輕浮:神情莊重/她莊重地轉過身,不慌不忙地走了。

莊嚴　莊重而嚴肅:神態莊嚴/莊嚴地宣告。

尊嚴　莊重威嚴,尊貴莊嚴:體貌尊嚴/尊嚴的

講壇。

端莊　(舉止、神情)端正莊重:容貌端莊/儀態端莊/舉止端莊。

端重　端莊穩重:舉止端重。

安詳　穩重;從容:神情安詳/他安詳而自信地說著。

安穩　安詳穩重:老師很安穩地回答我們的疑問。

不苟言笑 * 　不隨意說笑。形容態度穩重嚴肅。

道貌岸然 * 　形容外貌莊重嚴肅,一本正經的樣子。常含有諷刺意味。

老成持重 * 　辦事老練穩重,不輕舉妄動。

冠冕堂皇 * 　❶莊嚴正大。多用為貶義,形容表面上莊嚴正大,實際並非如此。❷形容某種行為是公開的或合法的。

F5－43 形:　大方

大方　(態度)自然,不拘束;不俗氣:言談舉止都很大方/打扮得樸素大方。

瀟灑　蕭灑　(神情、舉止)灑脫不拘束;沒有俗氣:談吐瀟灑/神態瀟灑/她立刻被他瀟灑不羈的風姿吸引住了。

灑脫　(言談、舉止、性格、風度等)大方自然,不拘束;不俗氣:大家喜歡他灑脫、爽快的性子/他動作灑脫而從容。

灑落　灑脫:襟懷灑落/豐姿灑落/他近來變得不像從前那樣爽朗灑落了。

倜儻　俶儻　〈書〉豪爽灑脫,不受世俗拘束:風流倜儻/倜儻不羈/性情倜儻,不拘小節。

跌宕　跌蕩　〈書〉(性格、行為)灑脫放蕩,不受拘束:為人跌宕不檢/風流跌宕。

翩翩　形容舉止文雅,風度灑脫(多指青年男子):風姿翩翩/翩翩少年/翩翩出世。

飄逸　〈書〉(神態、舉止)瀟灑,不俗氣:體態飄逸/風度飄逸/神采飄逸。

自然　不勉強;不拘束;不做作:神態自然/言談

自然／他的態度很不自然。

雍容 形容儀態溫文大方,從容不迫:氣度雍容／雍容華貴／雍容閒雅／進退雍容。

堂堂 形容容貌壯偉大方:容貌堂堂／儀表堂堂。

大大落落 〈方〉形容態度大方:他大大落落地進來坐下,毫不拘束。

落落大方* 形容舉止瀟灑自然。

F5－44 形: 輕浮

輕浮 (言語、舉動)不穩重;不嚴肅;不踏實:他忠厚誠實,不是輕浮的青年／他言語輕浮,不可相信。

輕佻 (言語、舉動)不莊重;不嚴肅:他那副輕佻儇薄的形態,令人作嘔／她是個漂亮卻輕佻的姑娘。也作**輕窕**。

輕薄 輕佻浮薄。多指以輕佻態度對待婦女:輕薄無禮／態度輕薄／他是個輕薄無行的人。

輕狂 非常輕浮;舉止輕狂／行為輕狂放蕩。

癲狂 輕狂;不莊重:癲狂不羈／癲狂耽酒。

張狂 輕狂:他看不慣態度那樣張狂的女人。

漂浮 **飄浮** 比喻學習或工作不踏實,不深入:作風漂浮／他的工作很漂浮。

浮標 **浮飄** 輕浮;不踏實:言辭浮標／他工作浮標,一點點不認真。

浮 輕浮;不踏實:弟弟有點浮,不像哥哥那樣踏實。

佻巧 〈書〉輕佻巧詐:其性佻巧。

佻薄 〈書〉輕薄;輕佻:為人奸巧佻薄／佻薄文人。

儇薄 〈書〉輕佻;輕薄:儇薄無行／她鄙視他過於儇薄。

佻達 **佻㒓** 〈書〉輕薄放蕩;輕浮:舉止佻達／佻達子弟。

狎昵 過分親近而態度輕佻:兩人狎昵的態度,令人咋舌。

搖頭擺尾* 形容得意或輕狂的樣子。

油頭滑腦* 形容人狡滑輕浮。也說**油頭滑臉***。

油頭粉面* 形容打扮得妖艷輕浮。

油嘴滑舌* 形容說話油滑輕浮。

F5－45 形: 風騷

風騷 風流放蕩。特指女性舉止輕佻:他為人性格風騷／她擠著眼,扭著腰,在人前賣弄風騷。

騷 輕佻;淫蕩:那人又騷又吃醋／騷貨(罵人話。指淫蕩的女人)。

妖 舉止不莊重,不正派;打扮奇特。多指女性:色美而善為妖態／妖裡妖氣。

妖媚 姣美而不莊重:她眼珠一轉,很妖媚地笑了／她打扮得很妖媚。

妖冶 原指艷麗。現多指艷麗而不正派:她的穿著妝扮雖華麗耀眼,卻顯得妖冶。

妖艷 原指艷麗。現多指女子姿容、服飾美麗而不莊重。□冶艷。

風流 ❶艷麗而輕浮:風流寡婦／外似風流,心偏持重。❷跟男女間放蕩行為有關的:社會上正盛傳他的風流韻事。

水性 形容女子作風輕浮:她是個水性的人。

水性楊花* 水隨勢而流,楊花隨風飄飛。比喻女子作風輕浮,用情不專。

搔首弄姿* 故意做出媚態,賣弄姿色。

眉來眼去* 形容以眉眼傳情。

F5－46 形: 放肆

放肆 (言語、行動)輕率任性,沒有顧忌,不受約束:行為過於放肆／說話檢點些,不要放肆。

放縱 (行為)不守規矩,不受約束,沒有禮貌:放縱不羈／這孩子過慣了放縱的鄉間生活。

放蕩 (行為)放縱,不受約束或輕佻不檢點:放蕩不羈／你大概心裡認為我有點太隨意,太放蕩。

放浪　放縱,不受約束;行爲不檢點:放浪不羈/
　她是個美麗聰明而放浪的女性/他已漸漸不
　滿她的放浪。

浪蕩　行爲不檢點;放蕩:浪蕩公子/作風浪蕩。

荒唐　行爲放蕩:他在校裡專門搗亂,行動荒唐/
　這是他年輕時一時糊塗做的荒唐事。

恣肆　放肆,無所顧忌:驕橫恣肆。

恣睢　〈書〉放縱;任意胡爲:恣睢暴戾。

囂張　言行放肆;邪惡勢力、不良風氣增長:他近
　日行爲越發囂張了/敵人氣焰囂張一時/投
　機商販又囂張起來了。

猖狂　狂妄而放肆:近來走私活動十分猖狂/歹
　徒猖狂地掃射路人。

猖獗　凶猛放肆,任意橫行:敵人十分猖獗/猖
　獗一時的路匪已被肅清。

非分　不合本分;不安分;超過常度:非分之想/
　非分的要求。

肆無忌憚*　任意胡作妄爲,沒有顧忌和恐懼。

無所顧忌*　沒有什麼顧慮和畏懼。

爲所欲爲*　想做什麼就做什麼,愛怎麼做就怎
　麼做(貶義)。

無法無天*　形容目無法紀,肆無忌憚地胡作非
　爲。

明目張膽*　形容公開大膽地做壞事,無所畏忌。

氣焰囂張*　形容言行放肆,態度狂妄。

F5－47 形： 散漫

散漫　任意隨意,不受拘束,不守紀律:自由散漫
　/沾染上散漫的習氣。

隨便　隨著方便做,不多考慮,不加限制:我是隨
　意說說,請你不要介意/書架上的書請不要隨
　意翻動。

懶散　行動懶惰散漫;精神不振作:他一向懶散,
　過不慣按時上下班的生活/我生怕自己懶散,
　而有遲誤。

疏懶　懶散不受拘束:疏懶成性/我知道他疏

懶,也不以他久無消息爲奇。

吊兒郎當　〈口〉形容儀容不整,態度不莊重,作
　風散漫:他實在過於吊兒郎當了。

大大咧咧　形容隨隨意便,滿不在乎的樣子:這
　個大大咧咧的漢子,爽氣得很。

大大落落　形容隨隨便便,滿不在乎:你這次出
　差不能大大落落的,一定要認眞了解實際情
　況。

無所用心*　對什麼事都不動腦筋、漠不關心:飽
　食終日,無所用心。

不修邊幅*　不修整邊幅(布帛的毛邊)。比喻人
　儀表、服飾不講究,很隨意。

不拘小節*　待人處世不拘泥於小事。現多指不
　注意生活小事。

F5－48 形： 認眞

認眞　嚴肅對待,不草率,不敷衍:他辦事非常認
　眞/這件事請你認眞考慮。

頂眞　認眞:這件事對他們關係不大,他們不會
　過於頂眞。

較眞　〈方〉認眞:對孩子的話,你何必太較眞。

負責　認眞踏實;盡到應盡的責任:他工作很負
　責/學習他認眞負責的精神。

嚴肅　(作風、態度等)認眞;嚴格:他對工作十分
　嚴肅認眞/要嚴肅對待群衆的批評。

正經八百　〈方〉嚴肅認眞的;莊重的:從事研究
　工作,就要正經八百地做。也作正經八本。

一絲不苟*　形容辦事仔細認眞,連最小的地方
　也不馬虎。

一板一眼*　板、眼:戲曲音樂的節拍。比喻言
　語、行爲有條理,合規矩、不馬虎。□一板三
　眼*。

丁是丁,卯是卯*　形容做事極端認眞、實在,一
　點不馬虎。丁:指榫頭;卯:指鉚眼。也作釘
　住釘,鉚是鉚*。

獅子搏兔*　比喻對小事也非常重視,拿出全部

力量,認眞對待。

事必躬親* 不論什麼事都必定親自去做。

F5－49 形： 馬虎

馬虎 馬糊 草率;疏忽大意:孩子作業很認眞,一點也不肯馬虎/路上常出事兒,你可別馬虎大意。

含糊 含胡 不認眞;馬虎:這是原則問題,一點不能含糊/這件事要愼重處理,不能含糊敷衍。

草率 馬虎;不細緻;不認眞;不愼重:這件事,我們處理得太草率了/情況還不完全清楚,不能草率地下判斷。

潦草 ❶(做事)草率;不仔細;不認眞:他做事認眞,從不潦草/老師批改作業,應謹愼,不能潦草。❷(字)不工整:字跡有的工整,有的潦草/抄寫得過於潦草。

草 草率;馬虎;不細緻:草辦粧奩,粗陳筵席/字寫得太草了,看不淸楚。

草草 草率;匆匆忙忙:草草了事/草草收場/他草草吃了一碗飯,便放下筷子。

苟且 隨意;馬虎;敷衍了事:因循苟且/苟且塞責。

拆爛污* 〈方〉比喻不認眞負責,把事情搞壞。爛污:稀屎。□扯爛污*。

敷衍潦草* 形容做事不認眞,不仔細。也說**膚皮潦草***。

掉以輕心* 對某事態度輕率,不重視。

丟三落四* 形容做事馬虎或記憶力不好而丟了這個,忘了那個。也作**丟三拉四***。

粗製濫造* 製作東西粗劣,馬虎,不顧品質。也指工作不負責任,草率敷衍。

偷工減料* 不顧工程或產品的品質,暗中削減工序和用料。也指做事爲了省力,馬虎敷衍。

頭痛醫頭,腳痛醫腳* 比喻辦事只是臨時應付,敷衍過去,不全盤考慮,從根本上解決問題。

F5－50 形： 積極

積極 ❶主動的;熱心的;進取的:態度積極/工作積極/積極參加訓練。❷正面的;肯定的;促進發展的:積極作用/採取積極的措施/從積極方面來說。

主動 ❶不依靠外力推動而自覺行動:主動參加義務勞動/主動承擔繁重工作。❷造成有利局面,能按自己意圖行動:我方處於主動地位/爭取主動,先發制人。

能動 自覺主動的:發揮主觀能動性/能動地推動工作。

自告奮勇* 形容積極主動地要求承擔某項艱鉅任務。

力爭上游* 比喻積極努力爭取先進。上游:江河的上流。

再接再厲* 比喻一次又一次地努力向前,堅持不懈。

自強不息* 自己努力向上,永不停息。

急起直追* 立即行動起來,迅速向前追趕(先進的人或事物)。

當仁不讓* 形容遇到應該做的事,就積極主動去做,不退讓,不推辭。仁:正義的事。

F5－51 形： 消極

消極 ❶不主動的;消沈的;不求進取的:消極思想/消極情緒/不能抱消極等待態度。❷反面的;否定的;阻礙發展的:消極作用/消極因素/他的態度很消極。

被動 ❶依靠外力推動而行動:被動應付/做工作總是等上邊催促,那就太被動了。❷處於不利局面,不能按自己意圖行動:被動地位/錯了一步,就處處陷於被動。

消沈 情緒低落,精神不振作:意志消沈/我現在不消沈,轉爲積極了。

低沈 (情緒)低落消沈:她心情變得這樣低沈,

整天緊皺眉頭。

無所作爲＊ 安於現狀，不努力上進，不想作出什麼成績或貢獻。

無所用心＊ 對任何事情都不動腦筋，漠不關心。

聽天由命＊ 任隨命運擺布或聽憑事態自然發展變化，不作主觀努力。

得過且過＊ 能湊合過得去就這樣過下去，別無他求。常形容安於現狀，沒有長遠打算，敷衍地生活下去。也指辦事馬虎，敷衍塞責。

做一天和尚，撞一天鐘＊ 比喩得過且過，消極混日子。

F5－52 動： 注意

注意 把心理活動（感知、記憶、思想、情緒等）集中到某個方面：注意飲食衛生／注意收集資料／這個人在公司裡到處打聽產品，我們不由得對他注意起來。

留意 注意；小心：留意行情變化／留意一下週圍的事物。

留神 注意；小心（多指防備危險或錯誤）：天雨地滑，腳下要多留神／對形體相似的字，校對時要特別留神。

留心 留意；小心：留心觀察身邊事物／這個人不大可靠，和他談話要留心。

當心 留意；小心：河裡水急，游泳要當心／你第一次出門，處處要自己當心。

小心 注意；謹愼：小心火燭／小心著涼／路上要隨時小心。

經意 留心；注意：他對一切家事，全不經意。

經心 留意；留神：漫不經心／對他病中飲食，十分經心。

在意 留意；在心：這件事你要小心在意／花錢多少，他並不在意。

在心 放在心上；留心：對這件事，你別不在心／媽媽死後，他的吃喝冷暖，全由姊姊在心。

介意 把不快的事放在心上；在意：這事根本與你無關，你不要介意。

在乎 在意；介意：他請不請我參加，我並不在乎。

上心 〈方〉放在心上；留心：上心在意／報名投考這件事，你可要上心。

入神 對某事物注意力高度集中：他手拿一本書，看得入神了／廣播的音樂，她正聽得入神。

傾注 把感情、精力等集中到某一方面或某一事物上：她對學生傾注了眞摯、親切的感情／他近年傾注主要精力在寫散文上。

凝神 集中精神、注意力：凝神望著窗外／凝神傾聽鋼琴的演奏。

顧 注意；照管：奮不顧身／識大體，顧大局。

顧及 照顧到；注意到：整天忙於工作，無暇顧及家事／你的設想，顧及社會效果沒有？

顧全 照顧到，使不受損害：顧全大局／爲了顧全她的面子，沒有指出姓名。

照顧 注意；考慮：照顧全局／他處理這件事，對許許多多細枝末節都照顧到了。

F5－53 動： 不注意

忽視 不注意；不重視：靑少年的校外教育不可忽視／他特地考察了一向被忽視的偏僻山區。

忽略 疏忽，沒有注意到：只追求數量，忽略了品質／教學上的弊病在於以教師自己爲本位，忽略了學生能力。

疏忽 忽略；因粗心而沒有注意：疏忽職守／有些細小而重要的事，常被疏忽／因疏忽而遭受重大的損失。

漠視 冷淡地對待；認爲不重要而不加注意：漠視群眾的疾苦／她感到被漠視，損傷了自己的尊嚴。

失神 疏忽；不注意：我一失神，滑了一跤／駕駛時稍失神，就會出事故。

失愼 疏忽；不謹愼：言語失愼／行爲失愼／自製炸彈，失愼爆炸。

走神 注意力不集中;精神分散:操作時稍一走神,手跟不上機器,就會出事故/他繼續和客人應答著,但已經走神了。

分心 分散精神或注意力:一面做作業,一面看電視,當然會分心/孩子住校學習,情況很好,你不要為他分心。

不經意 不注意;不留神:他只管獨自看報,不經意冷落了來客/那話彷彿是他不經意說的。

不在意 不放在心上:他極力掩飾自己的惶恐,勉強做出不在意的樣子。

不在乎 不在意;不放在心上:別人對他的種種議論,他都不在乎/他不來就不來,我並不在乎。

無所謂 不在乎;沒有什麼關係:這事怎麼辦都好,我是無所謂的/他對任何事都抱著無所謂的態度。

視若無睹＊ 雖然看見,卻跟沒有看見一樣。形容對眼前事物毫不關心,不注意。□視而不見＊。

漫不經心＊ 隨隨便便,一點也不放在心上。□漫不經意＊。

滿不在乎＊ 完全不放在心上,一點也不當回事。□滿不在意＊。

漠然置之＊ 不經意地放在一邊。形容不注意,不關心。

心不在焉＊ 心思不在這裡。形容思想、精神不集中。

心猿意馬＊ 心像猿、馬一樣難以控制。形容心神不定,心思不專。□意馬心猿＊。

F5-54 形: 專心

專心 注意力集中;非常用心:專心聽課/他上機器操作,非常專心,旁邊有人說話也不能擾亂他。

專注 專心注意:神情專注/他專注地看著樂譜。

專一 專心一意;不分心:用心專一/他做起事來非常專一,我站在他後邊他也不知道。

用心 專心;多用心力:用心聽講/孩子讀書很用心。

悉心 用盡全部的心力:悉心關懷/悉心照料邁的父親。

潛心 專心而深入:潛心典籍/潛心鑽研技術。

著意 專心;用心:她著意打扮自己/作者特別著意描寫了幾個主人翁性格思想的矛盾衝突。

措意 留意;用心:無所措意/不大措意。

刻意 專心致志;用盡心思:刻意求工/刻意經營/她並不刻意修飾,可是整整齊齊,有模有樣。

聚精會神＊ 精神高度集中。

全神貫注＊ 全部精神集中在一點。

專心致志＊ 用心專一,集中精神。

一心一意＊ 心思十分專一,沒有別的雜念。□專心一意＊;一個心眼＊。

全心全意＊ 指一心一意,不夾雜其他念頭。

心無二用＊ 一個人的心思一時只專注於一件事,不分散精神。□心不兩用＊。

廢寢忘食＊ 顧不了睡覺,忘記了吃飯。形容對某事專心致志,非常努力。

F5-55 形: 細心

細心 心思細密:細心琢磨/細心校對/對病人照料得十分細心。

仔細 子細 細心:仔細研究/海關對旅客行李檢查得很仔細/你的文章我仔細地看過了。

細 仔細;周密:精打細算/膽大心細/他細想之後,心裡更不安了。

過細 十分仔細:過細地核對一遍/這些話要過細推敲起來,其實是有毛病的。

把細 〈方〉仔細;小心:做事把細/他這人把細得很。

細密　不粗忽大意;仔細:細密地部署/觀察得
　非常細密。

心細　細心;膽大心細/別看他樣子粗笨,做事
　可心細呢。

精心　特別用心;細心:精心設計/精心安排。

精細　細心;仔細:我近來事太多,看文章也不能
　精細。

F5－56 形：　粗心

粗心　不仔細;疏忽:粗心大意/經你們一說,我
　也感到自己太粗心了。

粗　疏忽;不細心:粗心大意/粗粗看了一遍/事
　情做得太粗。

大意　不細心;不注意:麻痹大意/粗心大意/做
　事大意不得。

粗率　粗疏;不細心:文詞粗率/我悔不該粗率
　地否定了他的意見。

粗疏　粗心;疏忽:這人工作一向粗疏,重要事情
　不能交給他辦。

疏忽　粗心大意;粗疏:一時疏忽/以後不要這
　樣疏忽大意。

馬虎　粗心大意;隨隨便便:辦事馬虎/你怎麼
　這樣馬虎呀!

粗枝大葉＊　比喻做事粗心大意,馬虎不認眞。

毛手毛腳＊　形容做事粗心大意,不仔細,不認
　眞。

F5－57 動、名：　警惕

警惕　〔動〕對可能出現的危險或錯誤等保持警
　覺:警惕敵人的陰謀/對盲目追求高消費的傾
　向值得警惕。

惕厲　惕勵　〔動〕〈書〉警惕;戒懼:日夜惕厲。

警戒　〔動〕警惕防備:由於昨天的事,她對這個
　人開始有了點兒警戒。

警覺　❶〔名〕對危險或情況變化等的敏銳感覺:
　對敵人的陰謀早有警覺。❷〔動〕對危險或情

況變化等敏銳地感覺到;警惕:聽到這個消
息,他頓時警覺起來/他對和自己有關的事,
無論大小,都異常警覺。

鑑戒　❶〔動〕使人警惕,引爲敎訓:深可鑑戒/
　可爲鑑戒的事。❷〔名〕使人警惕、引爲敎訓
　的事:可爲鑑戒/引爲鑑戒。

戒　〔動〕警惕;防備:戒驕戒躁。

戒心　〔名〕警惕、防備之心:早有戒心/來客的
　過分恭維,使他不能不存戒心。

戒懼　〔動〕警惕和畏懼:他說的這些情況,實在
　是我們應該戒懼的。

居安思危＊　處在安定和平的環境中要想到可能
　會出現的危險、困難。

F5－58 形：　麻痹·鬆懈

麻痹　麻痹　喪失警覺;疏忽大意:對這件事,你
　可不要麻痹大意呀/我們不能有任何麻痹思
　想。

鬆懈　注意不集中;做事不專心、不抓緊:他工作
　認眞,從不鬆懈/紀律千萬不要鬆懈。

懈　鬆懈;懈怠:常備不懈/此志不懈/不懈的努
　力。

鬆弛　鬆懈;不緊張:精神鬆弛/有幾個學生好
　像染上了鬆弛懶散的習氣。

鬆散　(精神)不集中;鬆懈:思想鬆散/他整天
　鬆鬆散散,不好好學習。

渙散　(精神)分散,不集中;鬆散:人心渙散/軍
　心渙散/團結渙散。

疲沓　鬆懈,不起勁:他工作疲沓,追求享受。也
　作懶散。

麻木不仁＊　肢體麻痹,沒有感覺。比喻人對外
　界事物反應遲鈍,或漠不關心,沒有感情。

高枕無憂＊　墊高了枕頭睡覺,無所憂慮。現多
　比喻思想上麻痹大意,放鬆警惕性。

F5－59 形：　堅定

堅定　(意志、主張、立場、信念等)堅強穩定;不

動搖;膽識堅定／堅定不移的決心／勝利永遠
屬於意志最堅定的人。

堅決 （態度、行動、主張等）確定不移;下定決
心,不猶豫:語氣非常堅決／堅決消滅來犯之
敵／他的意見遭受堅決的反對。

堅 〈書〉堅定;堅決:堅信／堅守陣地／志堅意
／窮當益堅。

堅毅 堅定而有毅力:堅毅挺拔／性格堅毅／病
痛的折磨沒有改變老人堅毅、安詳的神采。

堅貞 保持節操,堅定不變:志節堅貞／他在敵
人面前,堅貞不屈。

堅忍 堅毅不動搖;能忍耐:堅忍不拔／我很佩
服他的堅忍。

堅韌 （精神、意志、性格等）堅定有韌性:戰士們
的意志堅韌剛強／生活把他磨練得更加堅韌
了。

堅苦 堅毅刻苦:堅苦卓絕／向黑暗勢力作堅苦
的抗鬥。

銳意 用心專一,態度堅決:銳意講學／銳意革
新。

堅貞不屈＊ 堅守節操,不向惡勢力屈服。

堅貞不渝＊ 堅守節操,決不改變。也形容對愛
情專一,決不變心。

始終不渝＊ 自始至終一直不改變。形容態度堅
毅。

堅苦卓絕＊ 堅毅刻苦的精神、行為超越尋常。

矢志不渝＊ 立下志願,發誓堅守,決不改變。

有志者事竟成＊ 只要有志氣,有毅力,堅定不
移,事情一定會成功。

鍥而不捨＊ 鏤刻一件物品,不到完成,決不罷
手。比喻做事堅持不懈,有恆心,有毅力。

海枯石爛＊ 直到大海枯乾,岩石風化成土。形
容可經歷極長久時間的考驗。多用作愛情誓
詞,表示意志堅定,永不改變。

破釜沈舟＊ 秦末項羽領兵攻秦,渡河後打破飯
鍋,鑿沈渡船,表示誓死不再回來。比喻下定

決心,有進無退拚到底。

F5－60 形、副: 　果斷

果斷 〔形〕判斷或決定作得及時,毫不遲疑:採
取果斷的措施／他是一個果斷幹練的領導人。

果決 〔形〕勇敢堅決;果斷:當機立斷,果決行事
／他用果決的口氣下了命令。

果敢 〔形〕果斷勇敢:採取果敢的行動／他在戰
爭中處處英勇果敢。

斷然 ❶〔形〕堅決;果斷:採取斷然措施。❷
〔副〕表示行動堅決、果斷:我們斷然拒絕了對
方提出的無理要求／一切誣陷不實之詞,斷然
不能承認。

毅然 〔副〕堅決果斷地;毫不猶疑地:她毅然離
開這冰冷的家／他謝絕外國研究機構的聘請,
毅然返回祖國。

決然 〔副〕堅決果斷地:這一點,他們並未決然
反對／我不依戀,我也不決然離去。

毅然決然＊ 形容非常堅決果斷:毅然決然,當機
立斷。

當機立斷＊ 抓住時機,毫不猶豫地作出決斷。

斬釘截鐵＊ 形容說話做事非常堅決果斷。

大刀闊斧＊ 原形容軍隊氣勢威猛。後比喻辦事
果斷而有魄力。

快刀斬亂麻＊ 比喻做事果斷爽快,迅速地解決
複雜的問題。

一不做,二不休＊ 事情旣然已經做了,就索性做
到底。

F5－61 動、形: 　猶豫

猶豫 〔動〕拿不定主意:猶豫不決／他又猶豫起
來／你別猶豫了,不能錯過這個機會。

猶疑 〔動〕因有顧慮而難以決定;猶豫:猶疑不
定／你用不著猶疑,他們是歡迎你去的。

遲疑 〔動〕拿不定主意;猶豫:遲疑不定／遲疑
觀望／他遲疑了一會兒,便推門進去。

躊躇〔動〕猶豫不決:他起初有些躊躇,後來還是同意和我們一起去了/他毫不躊躇的賣掉手中的積優股票。

踟躕　踟躇〔動〕猶豫;遲疑:他再三踟躕,終於下了決心。

游移〔動〕遲疑不決:請早作決定,不要游移/同學們勸他回去,他只是游移不決。

徬徨〔動〕猶豫不決,不知往哪個方向好:內心徬徨無主/舉動徬徨失措/他感到心中的徬徨苦悶無處宣洩。也作**彷皇**。

徘徊〔動〕來回反覆考慮,猶疑不決:徘徊歧路/徘徊觀望/到底該不該這樣做,他徘徊起來了。

趑趄〔動〕〈書〉想前進又不敢前進,疑懼不決,猶豫觀望:趑趄不前/趑趄觀望/你不可不放開腳步走上前去,不容趑趄。

逡巡〔動〕〈書〉有所顧慮,遲疑;猶豫:他奉命起草,逡巡未敢動筆/為了真理,他絕不逡巡囁嚅,去遷就別人的見解。

優柔〔形〕猶豫不決,不果斷:優柔寡斷/你要改變你優柔的性情。

二乎〔形〕〈方〉❶猶豫;畏縮:你快下決定吧!別再二乎了。❷指望不大:看來你托他的事二乎了。也作**二忽**。

動搖〔形〕不穩固;不堅定:立場動搖/軍心動搖/他的思想很動搖。

優柔寡斷＊形容作事猶豫,缺少決斷。

當斷不斷＊應當決斷的時候不作決斷。形容臨事猶豫不決。

三心二意＊意志不堅定,猶豫不決。

舉棋不定＊拿起棋子無法決定怎麼下。比喻遇事猶豫不決,拿不定主意。

首鼠兩端＊形容猶豫不決或動搖不定。首鼠:即躊躇。□**首施兩端**＊。

瞻前顧後＊形容做事考慮周密。也形容顧慮過多,猶豫不決。

裹足不前＊腳被纏住,不能前行。多指有所顧慮,停步不前。

F5－62 形:　明朗・含糊

明朗(態度、情緒)明顯;(性格、作風)開朗爽快:他對這事的態度很明朗/他性格明朗,平易近人。

分明清楚;明顯:愛憎分明/他對這事持反對態度,更加分明。

鮮明分明而確定;不含糊:性格鮮明/立場鮮明/他鮮明地提出自己的意見。

含糊　含胡(意思)不明確清晰;(態度)不明朗:他的解釋非常含糊/他的態度含糊得很/他只含糊地敷衍了幾句。

含混不清楚;不明確:他的答覆含混不清。

曖昧(態度、用意)含糊:他近來態度十分曖昧/他抱怨運氣不好,忽又曖昧地笑起來。

暗昧〈書〉曖昧:她只暗昧地淡淡一笑,沒有其他任何表示。

模稜形容遇事不置可否,態度含糊:他態度模稜得很,表示不出「然」或「否」。

模稜兩可＊形容對一件事的雙方都認為可以,態度含糊,不分是非。

依違〈書〉依從或違背。指猶豫;模稜:依違未應/依違兩可。

依違兩可＊模稜兩可。

兀禿　烏塗含糊;不爽利:辦事不能這麼烏塗。

不置可否＊不表示同意,也不表示反對。形容態度模稜兩可。

F5－63 動:　反覆
(參見O6－30 重複)

反覆顛來倒去,變化不定:反覆無信/人事幾經反覆/說一是一,說二是二,決不反覆。

反覆無常＊一陣子這樣,一陣子那樣,變化不

定。

朝三暮四 * 原來比喻使用手段欺騙人。後來比喻變化多端，反覆無常。

朝令夕改 * 早上下的命令，晚上就更改。形容政令多變，或主張、辦法時常改動，變化不定。

朝秦暮楚 * 時而為秦效力，時而為楚效力，比喻反覆無常，也指朝在秦地，暮在楚地，形容行蹤不定。

出爾反爾 * 原意是你怎樣對待人家，人家也就怎樣對待你。今多用來指言行前後矛盾，反覆無常。

翻雲覆雨 * 唐·杜甫詩《貧交行》：「翻手作雲覆手雨，」後用來比喻耍手段，弄權術，反覆無常。

見異思遷 * 看到不同的事物就想改變原來的主意。指意志不堅定，喜愛不專一。

F5－64　動：　信任

信任 對人相信而敢於托付、任用：朋友們對你非常信任／他是個可信任的幹部／他信任地把這事交我去辦。

信賴 信任並依靠：老村長一心為公，深受群眾信賴／她以信賴的眼光看著他。

信從 不要盲目信從／這個沒有確實根據的傳說，許多人竟信從了。

信托 信任並托付：他是可信托的朋友／她把孩子旅途上的一切，完全信托給他了。

信用 信任並使用，委用：信用德才兼備的幹部／他受到領導的信用。

親信 親近信任：他是最為上級親信的人。

寵信 寵愛信任（多含貶義）：寵信奸佞／深受主子寵信。

取信 取得信任：要以優良品質，取信用戶／不潔身自好，不足以取信於友人。

言聽計從 * 說的話，出的計謀，都被聽從採納。形容十分信任。

F5－65　名：　信用

信用 能夠履行諾言或成約而取得的信任：這個出版社，很講信用／做人不能不守信用／寧可不賺錢也要維持信用。

信 信用：失信／守信／言而有信。

信譽 信用和聲譽：信譽卓著／要以信譽為重／本廠的產品已經在社會上樹立了信譽。

信義 信用和道義：他對朋友是講信義的／世界上最不守信義的莫過於他了。

F5－66　形：　信實

信實 有信用；誠實可靠：為人信實，不講虛文。

可靠 可以信賴依靠：為人穩重可靠／這件事交給他最為可靠。

妥靠 穩妥可靠：這件事要派一個妥靠的人去辦。

牢靠 穩當可靠：他的作風浮誇，辦事不牢靠。

牢穩 穩當可靠：東西交他保管，最為牢穩。

靠得住 可靠；可以信任：這事托他辦，一定靠得住，你儘管放心。

靠不住 不可靠；不可相信：這個人靠不住，不要托他辦事／這個消息靠不住。

F5－67　動：　守信

守信 保持信用；遵守信約：你和人家說好了日期，就要守信／老郵工向船上接送郵件，像潮漲潮落一樣守信。

踐諾 〈書〉履行諾言：如不踐諾，必為人恥笑。

踐約 履行約定的事：他準時踐約來到我們的駐地。□履約。

實踐 履行（諾言）：他一定會實踐自己的諾言／我有過諾言，就要實踐。

應典 〈方〉實踐說過的話：他說話不假思索，到時不應典。

還願 拜神的人實踐對神許下的諾言。比喻履

行諾言：你誇下海口，看你拿什麼來還願。

言而有信＊　說話守信用。

一諾千金＊　一經許諾，就價值千金。形容說話極有信用。

一言既出，駟馬難追＊　一句話說出了口，即使是四匹馬拉的車子也追不上。形容話一經說出，就無法收回，即說出的話要算數。

言必信，行必果＊　說話一定要守信用，行事一定要果敢。

F5－68 動：　失信

失信　違背諾言或約定，失去信用：我對朋友從不失信／你可一定要來幫忙，別讓我失信。

爽信　〈書〉失信：我於下個月上旬奉訪，決不爽信。

背信　不守信用：背信棄義／她氣惱地指責他的背信。

食言　話說了又吞回去。指說了話不算數，不履行諾言：食言而肥／決不食言／他沒有食言，天天去醫院看她。

失約　沒有履行約定的事項。多指沒有履行約會：寧可別人對自己失約，自己可得對人守信，這是他做人的準則／她答應昨天到車站送他，可是失約了。

爽約　〈書〉失約：屢次爽約，致成訟事／星期日演講之邀，幸勿爽約。

背約　違約；失信：背約入侵／不敢背約／背約者罰。

負約　違背原來的約定；失約：一再負約，怎能問心無愧。

違約　違反條約或契約的規定：違約受罰／因這商人屢次違約，他告到法院。

言而無信＊　說話不講信用。

食言而肥＊　形容言而無信，只圖自己得到好處。

自食其言＊　自己說的話不算數。形容說話不守信用。

輕諾寡信＊　輕易許下諾言，但很少守信用。

背信棄義＊　不守信用，不講道義。

F5－69 動：　隱瞞

隱瞞　掩蓋眞相，不讓人知道：她隱瞞了自己的眞實年齡／這就是我的觀點，對你不要隱瞞。

瞞　隱瞞：他竟瞞了我，偷偷出國／這事你瞞不了我。

隱諱　有所顧忌而隱瞞不說：他對自己工作中的錯誤，毫不隱諱。

背　隱瞞：他背著她去了幾次舞廳／他背著你說你壞話。

掩蓋　隱瞞：掩蓋事實眞相／掩蓋罪行。

掩飾　用手段掩蓋粉飾（不好的東西）：他並不隱瞞、掩飾自己的缺點、錯誤／她強顏歡笑掩飾自己的疲憊和厭煩。

粉飾　塗飾表面，掩蓋污點或失誤：粉飾缺點／他把事情經過不加粉飾地記錄下來。

矯飾　故意做作，掩飾眞相：矯飾欺人／最好的演員也矯飾不了自己眞實的感情。

遮飾　遮蓋；掩飾：經理若問起，我可以隱瞞遮飾，但恐怕紙包不住火。

文飾　掩蓋；掩飾：孩子一有錯誤，父母就掩蓋文飾，那是害他。

文過飾非＊　掩飾自己的過失、錯誤。

遮掩　掩蓋；隱瞞：她極力遮掩內心的恐懼／他們企圖遮掩實情，欺騙群眾。

遮蓋　掩飾；隱瞞：不要藉理由遮蓋自身的缺點。

遮羞　用言語或行動掩蓋羞恥、尷尬的事：遮羞解嘲／他知道自己的話太不得體，趕緊向我們作個鬼臉來遮羞。

諱言　有所顧忌而不敢說或不願說：毋庸諱言／他敢於革新，對工作中的困難和失誤，並不諱言。

諱　隱諱；隱瞞：諱疾忌醫／直言不諱。

諱莫如深＊　原指事情重大，因而隱瞞不講。後

指把事情緊緊隱瞞，惟恐別人知道。

諱疾忌醫*　隱瞞疾病，不願醫治。比喻掩飾缺點、錯誤，害怕別人批評指出。

打埋伏*　比喻隱瞞問題或隱藏物資、人力。

打掩護*　比喻掩飾、遮蓋或包庇(缺點、錯誤、壞人等)。

藏頭露尾*　形容言行遮遮掩掩，不肯把眞相全部暴露出來。

隱姓埋名*　隱瞞自己的眞實姓名，不讓別人知道。

保密　保守秘密，使不洩漏：嚴格保密／這事可要保密，不許外傳。

秘　保守秘密：秘而不宣／秘不發表。

守口如瓶*　閉口不說，像瓶口塞緊了一樣。形容說話謹愼或嚴守秘密。

秘而不宣*　保守秘密，不肯公開。

F5－70 動：　揭露

揭露　揭示隱蔽的、掩蓋的事物，使顯露出來：揭露事實眞相／揭露兩人工作中的矛盾／他生怕別人揭露他的底細。

揭示　指出或闡明不易看淸的事物實質：這個童話揭示了一個相當精確的眞理／作品還遠遠沒有揭示出生活的實質。

揭　揭示；揭露：揭了他們的老底／揭他的短處。

揭發　❶揭露缺點、錯誤、罪行等：發動群衆起來揭發他的貪污受賄行爲／爲了改進工作，我們也要揭發自己的缺點。❷揭示；闡明：生物在進化，被達爾文揭發了／洞察事物，掌握矛盾，揭發奧秘，都可以產生幽默。

揭破　使掩蓋著的事實眞相暴露出來；揭露：揭破陰謀詭計／揭破他們的謊言。

揭穿　揭露；揭破：揭穿假面具／揭穿秘密／揭穿僞裝。

揭底　揭露底細：他這事做得見不得人，就怕有人揭底。

揭短　揭露別人的短處：這樣被人當衆揭短，使他十分難堪。

說破　把眞相或隱情等揭示出來：心事被朋友說破，他不好意思地笑了一笑。

點破　用扼要的話說破：一句話點破了他的謊言／用不著我點破，誰一看就知道是他做的。

說穿　用話揭穿：我的辦法說穿了也很平常。

拆穿　揭穿；揭露：拆穿敵人的陰謀／他們騙人的把戲，早已拆穿了。

戳穿　揭穿；說破：戳穿他的假面具／戳穿算命測字騙人的秘密。

捅　戳穿；揭露：他乾脆把眞實情況全捅出來了。

抖　全部揭露：他的醜事都給抖出來了。

抖摟　〈方〉揭露：把老底都給你抖摟出來。

兜翻　揭露隱情：把他過去的醜事兜翻出來，讓群衆認識他的眞面目。

兜底　把底細全部揭露出來：這一回總算給他兜底了。

兜　兜底：把他的隱私全兜出來，讓大家看看。

F5－71 形、動等：　公開

公開　❶〔形〕面對大家；不加隱蔽：公開宣傳／公開表明態度／我們的活動是公開的。❷〔動〕使秘密的成爲公開的：她向大家公開了他們的戀愛關係／這些資料暫時不能公開。

公然　〔副〕公開，不加掩飾地；毫無顧忌地：公然擾亂會場／公然推卸責任／對方公然違反共同聲明。

明　〔形〕公開的；不隱蔽的：明爭暗鬥／明察暗訪／有話明說。

明白　〔形〕公開的；不含混的：有看法就請明白講出來／明白告訴你，你的意見我們不能接受。

當面　〔副〕面對面地；在面前地：當面對質／有話請當面講淸楚。

當衆　〔副〕當著衆人；在大家面前：當衆宣布／當

衆承認錯誤／有些問題,**最好當衆解釋一下。**

明目張膽 * 　形容公開地、大膽地做壞事,毫無畏
忌。

F5-72 形、副： 秘密

秘密 〔形〕隱蔽的;不讓人知道的:秘密活動／
秘密組織／他們秘密地開了一個會。

機密 〔形〕重要而秘密的:機密文件／這是一件
特別機密的事。

絕密 〔形〕極端機密的:絕密文件／絕密消息。

機要 〔形〕機密而重要的:機要秘書／機要工
作。

隱秘 〔形〕隱蔽而不顯露:行動很隱秘／聯絡點
設在一個極隱秘的地方。

詭秘 〔形〕(態度、行動等)隱秘難以捉摸:行蹤
詭秘／他們這事做得異常詭秘。

秘 〔形〕不公開的;隱密的:秘方／秘藏／秘製。

黑 〔形〕秘密的;不公開的:黑市／黑社會／黑名
單。

鬼祟 〔形〕行為詭秘,不光明正大:這傢伙行動
極為陰險鬼祟／他鬼祟地放低聲音說話。

心腹 〔形〕藏在內心不輕易對人說的:心腹話／
心腹事。

地下 〔形〕指秘密的;不公開的:地下組織／地
下活動。

潛在 〔形〕存在於事物內部不易顯現或發覺的:
潛在意識／潛在的危機／群眾潛在的力量。

背眼 〔形〕〈方〉指不容易被人看見的(處所):他
躲在一個背眼的地方。

背後 〔副〕背後;不當面:背後罵人／當面不說,
背後亂說。

幕後 〔名〕舞臺帷幕的後面。比喻暗中,不公開
的:幕後操縱／幕後策動／幕後活動。

背地 〔副〕不當面;暗中:背地說人壞話／兩人
背地常有來往。也作**背後**。

暗地 〔副〕私下;暗中:暗地勾結壞人／暗地托

人說合。也作**暗地裡**。

私下 〔副〕背後:這件事是他私下告訴我的。也
作**私下裡**。

暗中 〔副〕私下裡;背後:他和幫派暗中有聯繫／
他要我暗中調查一件事。

暗 〔形〕隱蔽的;不公開的;秘密的:明察暗訪／
暗自悲傷／這些反動派,有的是明的,有的是
暗的。

暗暗 〔副〕暗中;私下裡;不暴露地:暗暗發誓／
暗暗流淚／暗暗觀察他們的動靜。

悄悄 〔副〕(行動)不讓人知道;暗暗地:她夜裡
悄悄地離開宿舍逃回家來。

偷 〔副〕背著人;暗地裡:偷看／偷聽／偷越國境
／趁別人不在,偷著溜出來。

偷偷 〔副〕暗暗。形容行動不讓人發覺:他們偷
偷躲在屋裡吃東西／我偷偷拍下兩張照片。

偷偷摸摸 〔形〕形容背後做事,不敢讓人知道。

不露聲色 　不讓心裡的本意從語氣或臉色上顯
露出來。

鬼頭鬼腦 　形容行動鬼祟,不正派。□賊頭賊
腦。

F5-73 動： 服從

服從 　同意和依照別人的意見行事;不違抗:服
從上級命令／少數服從多數／你這個決定是
錯誤的,不能強叫大家服從。

服 　服從;順服:心服口服／心悅誠服／要叫他老
老實實服咱管。

聽從 　接受別人意見並服從:他聽從老師的勸
告,不再吸煙了／落到這個地步,都是盲目聽
從別人教唆的緣故。

聽 　聽從:大家都聽他的指揮／他不肯聽別人的
勸告。

從 　聽從;順從:言聽計從／唯命是從／天從人
願。

從命 　服從命令;聽從吩咐:欣然從命／實難從

命。

聽命 從命：俯首聽命／聽命惟謹。

順服 服從；依從別人的意志，不違抗：順從父母的意思／他順從地忍受著，認為一切都是命運的安排。

順 依從：百依百順／順我者昌，逆我者亡／你不能什麼事都順著他。

依從 順從；依照別人的主意：我只得依從，讓他一個人走回去。

依 順從；同意：只要你說得有理，我就依了你／別的都可商量，這一點絕不能依你。

依順 依從；順從：家中事事都依順她。

順服 依從；服從：抓到的俘虜，開始不肯順服，最後還是歸服了。

隨順 順從；依從：他沒奈何，只得隨順。

隨 順從；依從：你說咋辦就咋辦，我隨你的。

畏服 因敬畏而服從：威名遠揚，四方畏服／他正氣凜然，令人畏服。

馴服 ❶使順從：馴服野馬／進一步馴服黃河，變水患為水利。❷順從：這個有點野性的姑娘，在他的面前馴服了／從此長江要通過閘門，馴服於人的指揮了。也作馴伏。

服貼 馴服；順從：兩個淘氣的孩子，只有對叔叔服貼。也作伏帖。

帖服 服貼：大家都在他面前帖服了。

聽話 聽從上級或長輩的話。泛指聽從：這孩子善良老實，柔順聽話／快站住！不聽話，先揍你一頓再說。

買帳 承認對方的長處或力量而表示佩服或服從（多用於否定）：以勢壓人，人家反而不買帳／他在那裡指手畫腳，可誰也不買帳／他對你還算是買帳的。

百依百順 一切事情都依順別人。形容一味順從，處處遷就讓步。

心悅誠服 真心誠意地服從或佩服。

唯命是聽 只要是命令就聽從，指絕對服從。也

說唯命是從。

低聲下氣 形容在人前恭順小心的樣子。

低首下心 形容屈服順從的樣子。

唯唯諾諾 一味順從附和別人，不敢表示不同意見。

馬首是瞻 古代作戰時士兵看著主將馬頭的方向決定進退。比喻服從指揮或樂於追隨。

俯首帖耳 形容走獸低著頭，耷拉著耳朵，非常馴服的樣子。比喻非常馴服（含貶義）。

F5－74 動：　遵守

遵守 依照規定行動；不違背：遵守規章制度／遵守紀律／遵守父親的遺訓。

遵照 依照；按照：遵照法令執行任務／他決定遵照表哥的計畫辦理。

遵 依照；遵守：遵例行事／他遵父命，出國繼續深造。

遵從 遵照並服從：遵從師長教誨／遵從上級命令。

遵行 遵照執行：以上禁令，必須切實遵行／請即批示，以便遵行。

遵辦 遵照辦理：指示各節，均已遵辦。

遵奉 遵照奉行：遵奉當局的命令。

遵循 遵照：遵循慣例／遵循實事求是的原則。

遵命 依照上級或對方的命令或囑咐做：遵命照辦／你既這樣說，我遵命就是了。

奉命 接受命令；遵照命令：奉命惟謹／奉命執行任務。

奉令 遵從命令：奉令戒嚴／奉令查禁。

守 遵守：守約／守本分／遵紀守法。

信守 忠實地遵守：信守諾言／忠於誓約，信守不渝。

嚴守 ❶嚴格地遵守：嚴守紀律／做古詩就要嚴守平仄格律。❷嚴密地保守：嚴守秘密。

死守 固執而機械地遵守：死守成法／死守陳規陋習。

謹守　謹慎小心地遵守:謹守古訓/謹守校規。

恪守　〈書〉恭謹地遵守:恪守父訓/恪守紀律/
　　恪守不渝。

確守　確實地遵守:確守信譽。

F5－75 動：　屈服

屈服　對外來壓力妥協服從,不反抗:不管他們
　　怎樣威脅恫嚇,我們決不屈服/他竟卑怯地對
　　惡勢力屈服讓步了。

屈伏　〈書〉屈服;屈從他人:恥於屈伏/決不向
　　強暴屈伏。

屈從　委屈勉強地順從:他不得不違心地屈從於
　　家裡的世俗之見/對婚姻這終身大事,她決不
　　願屈從別人。

屈　屈服;使屈服:寧死不屈/威武不能屈。

懾服　❶因恐懼而屈服:她被金錢的魅力懾服
　　了。❷使恐懼而屈服:面對惡勢力,我們決不
　　懾服。

就範　被迫服從控制和支配:俯首就範/在法律
　　的威力面前,不怕你不就範。

屈撓　〈書〉屈服;卑躬退縮:意志堅決,終不屈撓
　　/當此強敵,未曾屈撓。

低頭　垂下頭。比喻屈服順從:不向困難低頭/
　　叫河水讓路,高山低頭。

屈膝　下跪。比喻屈服;投降:屈膝求和/卑躬
　　屈膝/「學者」屈膝於銀子面前之醜態,真令人
　　不齒。

F5－76 動：　違背·抗拒

違背　不遵守;不依從(原則、方針、精神、諾言
　　等):違背平等互利原則/違背中央既定方針/
　　違背先前諾言。

違反　不符合(規律、原則、情理、制度等):違反
　　客觀規律/違反實事求是的原則/違反操作
　　規程/違反學校制度。

違　〈書〉違背;違反:不違農時/違法亂紀/違心

之論/陽奉陰違/父命難違。

違誤　違反和延誤(多用於公文):迅速查處,不
　　得違誤。

違拗　有意不順從;違背:違拗老人的心意/那
　　時她有時為一件衣服,對母親違拗,耍脾氣。

違抗　違背並抗拒:違抗命令/違抗組織決定/
　　違抗母親的意願。

違忤　〈書〉違背;不順從:他雖然不大願意,卻也
　　不敢違忤長輩的意思。

違逆　違抗;不遵從:違逆父命。

拂逆　違背;違反:他不忍拂逆老人家的盛情厚
　　意。

忤逆　❶違抗;不順從:我是你的岳父,又是你的
　　老師,我的話你不得忤逆。❷不孝順:他從小
　　孝順父母,不敢忤逆。也作迕逆。

悖逆　違逆;忤逆:言語悖逆/悖逆不軌。

忤　違逆;不順從:喜與人忤/與人無忤/不以為
　　忤。

背棄　違背並毀棄:背棄盟誓/背棄信義。

背離　違背;脫離:背離原則/背離父母所指引
　　的道路。

背　違反;違背:背信棄義/他救了自己,我怎麼
　　能背人家呢?

抗拒　對抗並拒絕:抗拒邪惡/抗拒改造/電子
　　化時代的潮流不可抗拒。

抗命　抗拒命令:抗命不從/戰士忍淚後撤,不
　　敢抗命。

相左　〈書〉相互違反;相互不一致:雙方意見相
　　左/他感到現實總是與自己意願相左。

背道而馳　朝著相反的道路跑。比喻行動的方
　　向跟原定的目標相反。

F5－77 形、動：　越軌·離譜

越軌　〔動〕(行為)超出規章制度所允許的範圍:
　　越軌的行動。

出軌　〔動〕語言行動越出常軌:沒想到他會有這

樣出軌的行為。

離譜〔形〕離開公認的準則;離格兒:這些奇談怪論,實在太離譜了。

離格〔形〕言行不合公認的準則:有你在旁邊,他也不敢太離格。

出格〔形〕離格:你說的這些話,未免有些出格。

出圈兒〔動〕比喻言行越出常規:開開玩笑是可以的,可不能出圈兒/你說這話,出圈兒了。

F5－78 形、動: 恭敬·尊敬

恭敬 ❶〔形〕對人謙恭而有禮貌:他對長輩的態度十分恭敬/他恭敬地請客人上坐。❷〔動〕尊敬;尊重:為世人所恭敬/我對他很恭敬,因為我早聽到他是極質樸、博學的人。

虔敬〔形〕真誠地恭敬:他是一個虔敬的佛教信徒/他用虔敬的眼光注視著神龕。

恭謹〔形〕恭敬謹慎:恭謹有禮/他用極恭謹的態度,打了個敬禮。

恭順〔形〕恭敬順從:平時他裝出一副恭順聽話的樣子。

尊敬〔動〕重視而恭敬地待人:尊敬師長/受人尊敬。

尊〔動〕尊敬;尊崇:尊師重道/尊老愛幼/尊王攘夷。

敬 ❶〔動〕尊敬;尊重:敬老憐貧/鄉人沒有不敬他的。❷〔形〕恭敬;嚴肅:敬請光臨/敬候起居。❸〔動〕恭敬地送上:敬一杯酒/敬上茶來。

尊重〔動〕敬重;重視:尊重人才/尊重知識/尊重讀者的意見。

敬重〔動〕恭敬尊重:這位退休回鄉的老將軍,備受人們的敬重/他們一向是很敬重您的。

敬愛〔動〕尊敬熱愛:互相尊重敬愛/他是我們一致敬愛的領導。

敬畏〔動〕敬重而又畏懼:敬畏鬼神/祖父是全家所崇拜、敬畏的人。

拜〔動〕尊崇;佩服:崇拜/甘拜下風/拜金主義。

尊崇〔動〕尊敬推崇:他是深為許多作家推崇的批評家。

崇敬〔動〕推崇敬仰:崇敬革命先輩/他是懷著崇敬的心情去拜訪這位學者的。

欽敬〔動〕欽佩尊敬:他如此坦然大度,令我內心欽敬。

崇尚〔動〕推崇;尊重:崇尚儉樸/崇尚儒家/那是一個崇尚英雄的年代。

必恭必敬＊ 形容態度十分恭敬。也作**畢恭畢敬**＊。

肅然起敬＊ 嚴肅認真地產生恭敬、尊重的心情或態度。

相敬如賓＊ 指夫妻互相敬重,有如對待賓客。

舉案齊眉＊ 後漢樑鴻的妻子孟光給丈夫送飯時,總是把端飯的盤子舉到和眉毛一樣高。後用來形容夫妻互相尊敬。

F5－79 形: 自卑

自卑 自己輕視自己,缺乏趕上別人的信心:自卑心理/他在別人面前顯得很自卑。

自餒 自己失去勇氣:他感到是自己的錯誤,有些自餒了/你很好不要自餒,但也不可自滿。

自慚 自己感到慚愧:自慚迂拙/自慚孤陋寡聞。

妄自菲薄＊ 毫無根據地過分看輕自己。指不自重,自暴自棄。

自慚形穢＊ 原指因自己的容貌舉止不如別人而羞愧。泛指不如別人而感到羞愧。

自愧弗如＊ 自己感到不如別人而內心羞愧。

自輕自賤＊ 自己輕視自己,甘心墮落。

自暴自棄＊ 自己甘於落後,不求上進。

F5－80 動: 冒犯

冒犯 因沒有禮貌而衝撞、得罪了對方:我昨天

講話粗魯,冒犯了你,請多原諒／我不是有意冒犯校長的尊嚴。

觸犯 衝撞;冒犯:他一句話竟觸犯了眾人／我無意中觸犯了他們的族規。

得罪 惹人不愉快或惱怒;冒犯:他從不得罪人／只要憑眞心講眞話,就不怕得罪人。

開罪 得罪;冒犯:他這樣含糊其詞,是怕開罪了客人。

沖犯 言語或行動衝撞、冒犯人:你不要出言不遜,沖犯了長輩。

衝撞 沖犯;冒犯:這個年輕人倔頭倔腦,一開口就衝撞人。

唐突 〈書〉冒犯;衝撞:唐突先賢／冒昧造訪,未免唐突吧?

犯上 冒犯或違抗上級或長輩:犯上作亂。

犯顏 〈書〉敢於冒犯君主或尊長的威嚴:犯顏進諫。

太歲頭上動土 * 舊時迷信說在太歲(木星)出現的方向動土興工,會招致災禍。因而用「太歲頭上動土」比喻敢於觸犯有權勢和強暴的人。

F5－81 動: 諂媚·奉承

諂媚 卑賤地奉承、討好別人:這個人慣於諂媚逢迎,取悅上司／他諂媚地向我們打招呼。

獻媚 為討好而做出使別人歡心的姿態或舉動:一些別有用心的人向他獻媚,向他誘惑／這批人正爭著向新主人獻媚。

取媚 獻媚;討人歡心:取媚權貴,毫無骨氣。

阿諛 用好聽的話迎合奉承人:阿諛曲從／我不是那種阿諛權勢的人。

諂諛 諂媚阿諛:我聽慣了諂諛奉承的話／在局長面前,他臉上露著諂諛的笑容。

討好 迎合奉承,以博得別人的歡心或稱許:他到處討好／為了討好這位顯赫人物,他費盡心機。

買好 討好:他是憑本事吃飯,用不到故意買好

兒／這個人喜歡在上級面前買好。

賣好 討好;使用手段討好別人:這傢伙慣於賣好,他的話只有一半兒是眞的。

取悅 故意取得別人的喜歡;討好:她瞧不起那些以媚態取悅男性的女人／這個刊物並不用花裡胡哨的彩圖來取悅讀者。

恭維 恭惟 為討好而讚揚對方;奉承:他們當面恭維你,背後說你的壞話／她寫的東西,實在不敢恭維。

奉承 討好;阿諛:他從來不奉承別人／她已聽厭了那一套奉承的話。

捧場 原指特意到劇場去讚賞戲曲演員的表演,以抬高其身價。泛指替別人吹噓叫好:這次由你出面組織義演,會有許多人出來捧場。

捧 奉承;捧場:他就喜歡聽人家捧他／這個戲曲演員近來被捧紅了。

吹捧 吹噓捧場:互相吹捧／他們隨意胡說什麼,都有人吹捧。

巴結 奉承;討好:大家看不慣他極力巴結總經理的樣子。

拍馬屁 * 比喻獻媚討好:新經理剛上任,他就去拍馬屁。

拍馬 拍馬屁:他喜歡聽別人奉承,圍繞身邊的都是些溜鬚拍馬的人。

拍 指拍馬屁:此人能吹會拍。

溜鬚 比喻諂媚奉承:溜鬚拍馬／他這人除了溜鬚以外,什麼事也做不來。

獻慇懃 * 為了討人歡心而加倍小心伺候:他總是找機會在領導面前獻慇懃。

灌迷湯 * 比喻用甜言蜜語奉承人,迷惑人:你不要給我灌迷湯,這事我辦不了。

抬轎子 * 比喻對上阿諛奉承:領導幹部要警惕有人吹捧,抬轎子。

戴高帽子 * 比喻恭維、吹捧別人。也說**戴高帽兒** *。

溜鬚拍馬 * 〈口〉比喻諂媚奉承。

脅肩諂笑＊ 聳起雙肩，裝出笑臉。形容巴結奉承別人的醜態。

卑躬屈膝＊ 在人前低頭、彎腰、下跪。形容沒有骨氣，諂媚奉承。也說**卑躬屈節**＊。

搖尾乞憐＊ 原指狗搖著尾巴討主人的歡喜。比喻卑躬屈膝，向別人獻媚討好。

奴顏婢膝＊ 形容卑躬屈膝，向人諂媚奉承的奴才相。

奴顏媚骨＊ 形容卑鄙、無恥、諂媚、討好別人的嘴臉和品質。

F5－82 動： 理睬

理睬 用言語、眼色、表情等招呼人或對別人的言行表示態度：她默默地坐在一旁，不理睬他／兩人自從鬧過意見，誰也不理睬誰。也說**睬理**。

理 理睬。多用於否定：他對人總是愛理不理的／他走進店裡，沒有人出來理他。

睬 答理；理睬：不理不睬／沒有人睬他。

理會 理睬；注意：他問了幾句，人家並不理會／這件事拖了半年，沒人理會。

答理 跟別人講話或打招呼；理睬：他平時很少說話，不愛答理人／這事不知說過多少遍，他就是不答理。也作**搭理**。

F5－83 動： 關心

關心 對人或事重視、愛護，常放在心上：他關心他人勝過關心自己／關心國家大事／對孩子的學業，她漠不關心。

關懷 關心愛護：關懷青年一代的成長／老師對我們的關懷無微不至／大橋動工以來，得到全市人民的熱情支援和關懷。

關切 關心：政府對災區人民的生活極為關切／他目前的處境，令人關切。

關注 關心並重視：一年來多蒙關注／中東地區局勢的發展，引起全世界的關注。

眷注 〈書〉愛護關注：眷注甚篤／承蒙眷注。□**眷顧**。

體貼 細心揣度別人的心情和處境，給以同情和照顧；關懷：體貼入微／她對多病的母親真是夠體貼的。

體恤 設身處地為別人（多指遭遇困難或不幸的）著想，給予同情和幫助：體恤災民，緊急調去救濟物資／家裡沒有一個人體恤我，憐憫我。

噓寒問暖 噓寒：向寒冷的人呵熱氣使感到溫暖。形容對別人非常關懷。

問寒問暖＊ 形容對人極為關懷、體貼。

知疼著熱＊ 形容對人非常關心、體貼。多用於夫妻或親屬間。

體貼入微＊ 形容對人關懷照顧得細緻周到。

F5－84 動： 安慰

安慰 使人心情安適愉快：她耐心地、輕聲地安慰病中的母親／我為他擔心，他反而用微笑安慰我／他最需要的是安慰和理解。

慰 安慰：以慰人心／慰勉有加／聊以自慰。

勸慰 勸解安慰：老師對他說了許多勸慰勉勵的話／大家千方百計地勸慰他不要悲觀失望。

撫慰 安慰；安撫：撫慰傷病人員／撫慰一顆破碎的心。

慰藉 〈書〉安慰；撫慰：他托人帶信回家，慰藉老母／他的話對我是莫大的慰藉。

自慰 自我安慰：聊以自慰／些許成績竟得到大家的讚許，也足以自慰了。

告慰 表示安慰；感到安慰：我一年來工作的進步，聊可告慰在遠方家鄉的親人／家裡孩子們都健康活潑，可以告慰。

勉慰 勉勵安慰：彼此互相勉慰／他把青年人送到門外，勉慰了幾句。

寬慰 寬解安慰；勸慰：寬慰父母的心／你再去寬慰他幾句。

寬解　寬慰勸解,使消除憂煩:我深感無法用言語寬解他的傷感。

慰解　安慰勸解:他問明友人是給母親帶孝,便說了些慰解的話。

溫存　懇懇地撫慰:她說些令人寬心的話,溫存著母親的心。

壓驚　用酒食、財物等安慰受驚的人:備一桌酒菜給他壓驚。

聊以自慰＊　姑且用來自我安慰。

畫餅充饑＊　比喻用空想來自我安慰。

望梅止渴＊　曹操帶兵行軍,士兵口渴而途中無水。曹操騙他們說前面有梅林,到那裡可吃梅子。士兵聽了都流出口水,不再喊渴(見《世說新語·假譎》)。後用「望梅止渴」比喻用無法實現的空想寬慰自己。

過屠門而大嚼＊　比喻心中羨慕而不能如願,只得用不切實際的方法來安慰自己。也省作**過屠大嚼**＊。

F5－85 動:　勉勵

勉勵　勸人努力;鼓勵:互相勉勵／勉勵文藝工作者致力推動文化藝術。

勉　勉勵:自勉／互勉／有則改之,無則加勉。

砥勵　勉勵;激勵:用老一輩科學家的獻身精神砥礪自己。

嘉勉　〈書〉嘉獎勉勵:傳令嘉勉／殊堪嘉勉。

慰勉　安慰,勉勵:他用自身的經歷來慰勉我,鼓舞我。

策勵　督促勉勵:用先烈精神策勵後人。

策勉　鞭策勉勵:共相策勉／我常策勉自己要全心全意為大眾謀福利。

勸勉　勸導並勉勵:勸勉後學／看見他情緒不好,我總是說幾句勸勉的話。

鼓勵　激發人使精神振作,積極向上;勉勵:鼓勵人們向前看／對落後的學生要多加鼓勵。

激勵　激發鼓勵:他用先進人物的事跡激勵我們

／丈夫幾次激勵她走出家庭,為社會服務。

打氣　比喻鼓勵:朋友們給他打氣,叫他不要灰心／我用不著別人來打氣壯膽。

F5－86 動:　寬容

寬容　對人寬大,能容忍,不計較:我有過失,父親從不寬容／他對部下能寬容就寬容,讓人改過自新。

容　寬容;原諒:有容人之量／情理難容。

寬恕　(對有過失或罪行的人)寬容饒恕:她承認那時說的謊言,我寬恕了她／魯迅先生對待敵人,是決不寬恕,也決不妥協的。

恕　❶寬恕;原諒:恕罪／如果我的信使你傷心,請你恕我。❷客套話。請對方不要計較:恕不遠送／恕未早復。

寬宥　〈書〉寬恕;原諒:雖蒙寬宥,內疚實深／對於那些破壞分子絕不能寬宥。

寬待　寬大地對待:寬待俘虜／對放下武器的敵人,應當寬待。

寬讓　氣量大,不計較;寬容:互相寬讓／寬讓為懷。

饒恕　對有過失的人免予責罰;寬容:他已認罪,你就饒恕他一次吧／我沒有在你遭遇危險時幫助你,是我永遠不能饒恕自己的過失。

饒　饒恕;寬容:求饒／膽敢再犯,決不輕饒／就饒了他這一次吧!

寬貸　〈書〉寬容;饒恕:對於屢教不改的罪犯,決不寬貸。

寬假　〈書〉寬容;寬貸:對逾期不歸者,立即革除,不稍寬假。

寬饒　寬大饒恕:必須將他依漢奸治罪,決不寬饒。

輕饒　輕易地饒恕;寬容:他的罪行不止一樁,大家不會輕饒他。

寬大　對犯有錯誤或罪行的人,從寬處理:看你是初犯,我們寬大你這一回／對於認識錯誤,

決心悔改的人,我們總是寬大的。

開恩 給予寬恕或恩惠:只有支配她的人開恩,才會改變她的命運/那女人懇求他開恩,她甘願多出幾個錢。

留情 出於情面,加以寬恕或原諒:手下留情/如敢於以身試法,決不留情。

超生 佛教指人死後靈魂再投生為人。比喻寬容或開脫:只求菩薩超生我們/還望筆下超生。

姑息 不講原則地寬容:姑息養奸/他嚴於律己,對自己的錯誤,從不姑息。

姑寬 姑息寬恕:違犯軍紀,決不姑寬。

包容 寬容:對部下寬大包容/如有差錯,望多多包容。

網開三面* 把捕禽獸的網打開三面。比喻寬大對待犯有錯誤或罪行的人。也作**網開一面***。

既往不咎* 對過去的錯誤不再責備追究。也作**不咎既往***。

姑息養奸* 無原則地寬容,就會助長壞人壞事。

養癰貽患* 生了毒瘡不及時醫治,給自己留下禍害。比喻對壞人、壞事姑息寬容,結果自身遭受禍害。也說**養癰成患***。

F5－87 形： 嚴格

嚴格 對制度、規定、標準等認真,不放鬆:嚴格遵守紀律/嚴格執行計畫/對子女品行上的要求很嚴格。

嚴厲 嚴肅厲害;不寬容:老師的態度非常嚴厲/廠長嚴厲地批評了他。

嚴峻 很嚴格;嚴厲:治軍嚴峻/父親的臉色十分嚴峻/他在戰鬥中經受了嚴峻的考驗。

嚴 嚴格;嚴厲:嚴於律己/懲處從嚴/對孩子的管教要嚴。

嚴酷 嚴厲;嚴格:他對別人的批評,未免太嚴酷了/嚴酷的教訓,使他清醒了許多。

嚴刻 嚴厲苛刻:神氣嚴刻/那家工廠規則非常嚴刻。

言出法隨* 法令一經宣布,立即嚴格執行。

令行禁止* 有令一定立即執行,有禁一定立即止住。形容執行法令嚴格而迅速。

F5－88 動： 讓步

讓步 在爭執中放棄自己的一些意見、要求或利益:經過會談,對方終於讓步/在原則問題上,我們決不讓步/在價格方面,外商也格外讓步。

讓 把好處給別人:讓路/把榮譽讓給別人。

退讓 讓步;自己方面後退,把好處讓給對方:這不是為我個人利益,我不能退讓/對方在談判中妄想用要挾恫嚇,迫使我們退讓。

妥協 為解決爭執、避免衝突而讓步:對黑暗勢力,決不妥協/他對廠裡保守的思想,抱著遷就妥協的態度。

忍讓 容忍讓步:朋友間偶有爭執,應該彼此忍讓/你對他不要一味忍讓遷就。

容讓 容忍退讓:他們遇有關係大家的事,互相商量,互相容讓。

遷就 放棄某種原則或自己意願,去順應別人的觀點或行為:對子女追求高消費的傾向,不可遷就/他愛護青年,但從不遷就青年。

俯就 降低要求遷就:她在擇偶上決不肯俯就/朋友看不慣他巴結俯就某些人的行為。

退避三舍* 春秋時,在晉楚城濮之戰中,晉文公遵守諾言,把軍隊後撤了三舍(古時三十里為一舍)。後用來比喻對人讓步或迴避,避免衝突。

委曲求全* 曲意遷就,暫時忍讓,以求保全。

F5－89 動： 謙讓

謙讓 謙虛地推讓或退讓:互相謙讓/你是貴賓,請在主席臺上就座,不要謙讓。

禮讓 有禮貌地謙讓:客人們互相禮讓一番,才

各自就座。

推讓　由於謙虛或客氣而不肯接受：我們誠意留他便飯，他也就不推讓，坐下來了。

辭讓　謙虛地推讓：既然大家一致推舉，你不要再辭讓了。

互讓　互相謙讓：同志間要互諒互讓。

儘讓　〈方〉讓別人占先；推讓：榮譽面前，要有儘讓。

讓路　給別人讓開道路：給老師讓路，是學生應有的禮貌。

讓座　❶讓出座位：在公共車輛上，應讓座給老弱病殘。❷請客人入座：起立讓座。

讓位　❶推讓座位：客人們互相讓位就坐。❷讓出官位或職位。

F5－90　動：　隨群・從俗

隨群　跟大家一樣行動：看大家都喝，他也隨群喝了兩杯。

從眾　按多數人的意見或做法行事：此事還有些地方需要核實，現在姑且從眾這樣說。

從俗　依從當地習俗；順從時俗：我也從俗稱呼他老先生／從俗浮沈，與世俯仰。

隨俗　從俗；從眾：在這裡混事，你不隨俗一些，你就站不住腳。

隨大溜＊　自己沒主見，說話、做事跟著多數人：到哪裡旅遊，由你們商量，我隨大溜。也作**隨大流**＊。

隨波逐流＊　比喻無主見、無立場地跟著別人或順著潮流走。

隨俗沈浮＊　順從世俗行事，沒有主見。

與世沈浮＊　順從世俗，隨波逐流。也說**與世浮沈**＊。

隨鄉入鄉＊　到一個地方就按當地風俗習慣行事。也說**入鄉隨鄉**＊。

隨聲附和＊　形容沒有主見，別人說什麼，自己就跟著說什麼。

人云亦云＊　隨聲附和，別人怎麼說，也跟著怎麼說。

F5－91　動：　悔悟

悔悟　認識自己以前的過錯，悔恨而醒悟：翻然悔悟／經過老師和父母的耐心教育，他終於悔悟了。

悔改　認識自己所犯過錯，悔恨並加以改正：眞誠悔改／經過教育，他已有認罪和悔改的表現。□**改悔**。

悔過　承認並悔恨自己的過錯：悔過自新／我宣傳社區大學的好處並不犯罪，決不悔過。

悔罪　悔恨自己以前的罪惡：他在服刑期間有悔罪的表現。

回頭　比喻悔悟而改變原來的想法或行為：浪子回頭金不換／你已走上錯誤的道路，要及早回頭。

改過　改正過失或錯誤：改過自新／只要眞心改過，大家會原諒他的。

自新　自覺改正錯誤，重新做人：悔過自新／這件事使我慚愧，催我自新。

翻然悔悟＊　迅速而徹底地悔恨和醒悟。翻然，也作**幡然**。

懸崖勒馬＊　騎馬到了懸崖邊上，才收住繮繩，使馬止步。比喻到了危險或錯誤的邊緣，及時醒悟回頭。

回頭是岸＊　佛家語：「苦海無邊，回頭是岸。」勸惡人悔改向善。後用來比喻有錯誤或罪行的人，只要悔過自新，就有出路。

改邪歸正＊　從邪路回到正路上來，改正錯誤，不再做壞事。

迷途知返＊　迷失道路後知道回來。比喻犯了錯誤，能夠改正。

敗子回頭＊　不務正業、傾家蕩產的子弟不再在歧路上走下去。比喻犯有錯誤或罪行的人悔過自新。

放下屠刀,立地成佛* 　原爲佛家語,勸人改惡從
　　善,修行成佛。後來比喻作惡的人只要眞心
　　悔改,不再爲非作歹,就能成爲好人。

洗心革面* 　洗滌心思,改變面貌。比喻徹底悔
　　改。

脫胎換骨* 　道敎認爲修煉得道,就可脫掉凡胎
　　凡骨,換易成仙胎仙骨。現用來比喻通過敎
　　育改造,根本改變思想立場,重新做人。

今是昨非* 　現在做的對,而過去錯了。指悔悟
　　過去的錯誤,一切要重新開始。

痛改前非* 　徹底改正以前的錯誤。

F5－92 動： 反省

反省　回顧自己的思想言行,檢查其中的缺點和
　　錯誤:朋友們的勸告,促使我反省,認識了自
　　己的錯誤。

內省　內心反省,檢查自己有無錯誤:他不罵別
　　的老師,只罵你,你也該內省一下爲什麼被
　　罵。

省　反省;省察:三省吾身/捫心自省。

省察　反省;內省:我深自省察,並沒有過這樣的
　　心思/他沒有認眞省察自己的過錯。

反思　對過去的事深入地思考、反省:對那段痛
　　苦生活,我們親身經歷者都應當深刻反思。

捫心　撫摸胸口。表示反省:捫心自問/你捫心
　　想想,你闖的禍多麼大。

捫心自問* 　摸著胸口自己問自己。指自我反
　　省。

反躬自問* 　反過來問問自己怎麼樣。指自我反
　　省。也說撫躬自問*。

反求諸己* 　從自己身上找原因,指反躬自問。

F5－93 動： 逗引

逗引　❶引逗:他假意地作了許多許諾,想逗引
　　我說出眞情。❷逗弄:他常常逗引鄰家的孩
　　子們玩。

引逗　用言語、行動或色、香等引起對方注意,觸
　　發對方情緒:他花言巧語引逗青少年跟他學
　　賭錢/小丑裝作要哭的樣子,引逗得孩子們大
　　笑。

逗　❶引逗:他說這話是逗著你玩,不要在意。
　　❷引起;觸動:孩子胖臉上的兩個小酒窩,眞
　　逗人喜歡。❸引人發笑:他那傻呼呼的樣子,
　　眞是逗死人。

逗弄　引逗;撩撥:他退休家居,逗弄孫子是最大
　　的樂趣/他生性溫和,同伴們怎樣逗弄激發,
　　他也不發急。

挑逗　逗引;撩撥:他存心去挑逗她/對於她的
　　種種暗示和挑逗,他似乎並不理會。

招惹　挑逗;觸動:招惹是非/這些麻煩都是你
　　自己招惹來的。

招　❶逗引;招惹:招蜂引蝶/這孩子愛哭,你不
　　要招他。❷引起人喜愛或厭惡:討人喜歡/招
　　衆人嫌。

惹　❶招惹:他很容易動氣,你別去惹他/誰也
　　沒有惹著你呀! ❷引起人喜愛或厭惡:惹人
　　歡喜/惹人討厭。

撩　撩撥:春色撩人/她被櫥窗裡陳列的服裝,
　　撩得心動/不知道是誰撩他生氣。

撩撥　引逗;挑動;招惹:他故意拿話撩撥她/春
　　天的鳥語花香,撩撥人心情蕩漾。

撩逗　挑逗:她唱起山歌來,撩逗得後生們心裡
　　癢酥酥的/他遇到鄉里婦女們就要撩逗撩逗。

招蜂引蝶* 　比喻逗引異性。多指女性逗引男
　　性。

F5－94 動： 戲弄

戲弄　以耍笑捉弄人來開心:因爲我長得胖,同
　　學們總戲弄我/你不應該戲弄老年人。

戲耍　戲弄;捉弄:他第一次做生意就被人愚弄、
　　戲耍,大上其當。

捉弄　拿人開玩笑,使人爲難:這孩子過於老實,

在學校常常被人捉弄。

作弄　捉弄：她心中暗笑，想作弄他一下。

調弄　調笑戲弄：他用調弄的口吻對她說話，使她非常厭煩。

撮弄　捉弄；戲弄：我不能聽任別人撮弄。

嘲弄　嘲笑戲弄：朋友們嘲弄他是書生，做不來生意。

耍弄　戲弄；捉弄：村裡有許多婦女被他耍弄過。

耍　戲弄；耍弄：別耍人／他這是有意耍我們。

玩弄　戲弄：她這時才明白被人用欺騙手段玩弄了／他已經十三歲了，大人們還把他當作小孩來玩弄。

調戲　戲弄；調笑。多指對婦女用輕佻侮辱的言語、行動戲弄挑逗：調戲良家婦女／有幾個過路的女士被他們調戲過。

促狹　捉弄人；惡作劇：促狹鬼／不知是誰促狹，故意在他頭上敲了一下。

捉狹　促狹；捉弄：捉狹鬼／幾個要好的同學，常常相互捉狹或打鬧。

調理　〈方〉耍笑捉弄；戲弄：他喜歡調理老實人。

開心　戲弄別人，使自己高興；開玩笑：他過於老實，別人常拿他開心。

開胃　〈方〉戲弄別人，使自己痛快：他正在犯愁，你還去拿人家開胃。

愚弄　欺騙戲弄：愚弄無知青年／他若明白是被人愚弄，決不會甘心。

惡作劇　使人難堪的戲弄：你別惡作劇，叫人下不了臺。

F5－95 動：　戲謔

戲謔　用詼諧的話取笑；開玩笑：相互戲謔／大家盡情戲謔嬉笑，鬧個不停。

開玩笑*　❶戲弄人，拿人取笑：他最喜歡和人開玩笑。❷用不嚴肅的態度對待；當作兒戲：前面的路難走，你開車要當心，可不能開玩笑。

調笑　❶戲弄取笑；開玩笑：打諢調笑／他們互

相調笑、打鬧。❷調戲：他正在調笑一個不正派的女人，被同事撞見了。

耍笑　戲弄取笑；調笑：他們肆無忌憚地耍笑她，欺侮她／這孩子老老實實，你們為什麼要笑他？

謔　〈書〉開玩笑；嘲弄：相謔／善謔。

調謔　戲謔；調笑：他好用粗話調謔人，令人難堪。

笑謔　開玩笑；戲謔：他和她笑謔了好一陣子才走。

諧謔　〈書〉說話詼諧而略帶戲弄：機智善辯，好諧謔。

諧戲　〈書〉用詼諧的話開玩笑；戲謔：語中間以諧戲。

鬥嘴　耍嘴皮；開玩笑：他就愛嬉皮笑臉地跟人家鬥嘴。

起哄　打趣；開玩笑：他說這話是故意跟你起哄／你別聽別人起哄，說我越來越年輕了。

逗笑　逗引人發笑：他明明逗笑，臉上卻是一本正經。

逗樂　引逗以取樂；引人發笑：同宿舍的人跟我互相撩水逗樂／這個故事真夠逗樂的，一聽就止不住笑。

逗趣　〈方〉用有趣的言語或行動引逗人發笑：你這人真會逗趣，怪不得大家歡迎你。

湊趣　逗笑取樂：人家心情不好，你卻拿他湊趣。

打趣　拿人取笑；嘲弄：死丫頭，你也來打趣我。

尋開心*　逗樂兒；開玩笑。也指故意捉弄人：你這樣做，簡直是拿我尋開心。

打哈哈*　開玩笑：說正經的，別老是打哈哈了。

逗悶子*　〈方〉開玩笑：他真會拿人逗悶子。

鬧著玩*　戲弄；開玩笑：這可是一件大事，不是鬧著玩兒的。

F5－96 動：　欺騙

欺騙　用虛假的言行掩蓋事實真相，使人相信、

上當:他痛恨自己欺騙了父親/我委託他辦理此事,因爲他不會欺騙我。

欺 欺騙:欺世盜名/童叟無欺/自欺欺人。

騙 用謊言或詭計使人上當;欺騙:騙人/你不用騙我,我心裡明白。

蒙騙 欺騙:假話能蒙騙一些人,不能蒙騙所有的人。

誆騙 說謊話欺騙人:你想把我當三歲小孩來誆騙/他被人誆騙,吃了大虧。

哄騙 用假話或耍手段騙人:百般哄騙/這種拙劣的手法,只能哄騙無知的孩子。

哄 說假話、耍手段騙人;哄騙:你哄人,我不信。

愚 欺騙;蒙蔽:爲人所愚/以受愚爲恨。

誆 用謊言騙人:誆人財物/你爲什麼老是誆我?

誘騙 誘惑欺騙,使上當:用甜言蜜語誘騙無知少女/死者是被人誘騙到樹林裡殺害的。

瞞哄 隱瞞眞實情況進行欺騙:他很精明,你瞞哄不了他。

欺詐 用狡猾奸詐的手段騙人:欺詐買主/他竟對朋友也施展欺詐手段。

欺哄 說假話欺騙;哄騙:一些不法商販全靠欺哄顧客賺錢。

欺瞞 掩蓋眞相騙人:你用不著多心,這件事我沒有欺瞞任何人。

欺蒙 蒙蔽眞相騙人:他膽敢欺蒙上級,必須徹底查究。

蒙蔽 隱瞞眞相,使人上當;欺騙:我們不能用虛假的宣傳蒙蔽群衆/他很擔心會受到下邊辦事人的蒙蔽。

蒙哄 用虛僞手段欺騙:他這樣做是爲了蒙哄人。

蒙混 用欺騙的手段使人相信其虛假的言行:蒙混過關/他們的本事是善於以外商身分蒙混旁人。

糊弄 〈方〉欺騙;蒙混:老人家心裡明白,你糊弄不了他/他這些話是糊弄人的,我不信。

胡弄 〈方〉糊弄:他瓶裡裝的是假藥,是胡弄人的。

哄弄 〈方〉欺騙,耍弄:這是實話,我不哄弄你。

詐 欺騙:詐財/爾虞我詐/兵不厭詐/他話中有詐。

耍花腔 * 用花言巧語欺騙人:你老實些,不要耍花腔。

迷惑 使人辨不清是非,摸不著頭腦;使人受蒙蔽:聲東擊西,迷惑敵人/不要被他的花言巧語迷惑住了。

鬧玄虛 * 用使人迷惑的手段欺騙:他們故意鬧玄虛,叫你上當。

打馬虎眼 * 〈方〉故意裝糊塗蒙騙人。

招搖撞騙 假借名義,到處炫耀自己,進行欺詐、蒙騙。

爾詐我虞 * 你欺騙我,我欺騙你。形容彼此互相猜疑,互相欺騙。也說爾虞我詐*。

瞞上欺下 * 瞞哄上級,欺壓下級和群衆。

欺上瞞下 * 對上欺騙,對下隱瞞。

一手遮天 * 形容倚仗權勢,玩弄手段,欺騙上級,蒙蔽群衆。

瞞天過海 * 比喻用僞裝來瞞騙別人,背後偷偷地活動。

欺世盜名 * 欺騙當時的人,竊取名譽。也作盜名欺世*。

自欺欺人 * 用自己都不相信的話或手段去騙人,旣欺騙自己,又欺騙別人。

掩耳盜鈴 * 把自己耳朵捂住去偷鈴鐺。比喻自己欺騙自己。

掩人耳目 * 遮蔽別人的耳目。指用假象蒙騙人。

偷梁換柱 * 比喻暗中玩弄欺騙手法,以假的代替眞的,以劣的充作優的。

偷天換日 * 比喻暗中改變重大事物的眞相來欺騙、蒙蔽別人。

F5－97 動：　耍滑・搗鬼

耍滑　玩弄手段使自己少出力或免負責任：偷奸耍滑／說話算數，工作時可不許耍滑。也作**耍滑頭** *。

耍奸　❶耍滑：他在工作上從來不耍奸。❷施展奸滑手段：這傢伙壞主意多，最會耍奸。

耍花招 *　❶賣弄小聰明；玩弄技巧：他很會耍花招兒，逗孩子們玩。❷玩弄欺詐手段：你的底細大家都知道，別想在這裡耍花招。也說**耍花式** *。

耍心眼兒 *　為個人利益對人暗用心機：她對朋友常要耍心眼兒。

使壞　出壞主意；施展奸滑手段：警惕有人暗地使壞。

作假　施展詭詐手段；耍花招：作假騙人。

掉槍花 *　〈方〉比喻施展奸滑手段；耍花招：這傢伙不老實，又在掉槍花。

擺噱頭 *　〈方〉耍花招：他做推銷生意，很會擺噱頭。

做手腳 *　施展手段；暗中耍花招：我懷疑他是在帳簿裡做手腳。

搗鬼　暗中使用詭計或搗亂；耍花招：聽說有人搗鬼，咱們要提高警惕／快把實話告訴我，不要搗鬼。

搞鬼　暗中使用詭計；暗中搗亂：又出了事故，不知是誰在搞鬼。

做鬼　從事騙人的勾當；搞鬼：有人從中做鬼。

弄鬼　搗鬼；耍花招：他們來看我，我沒有生病，都是你在弄鬼。

鬧鬼　暗中施展詭計；搗鬼：就是他們鬧鬼，也沒什麼大不了的。

弄虛作假 *　搞虛假的一套來騙人。

故弄玄虛 *　故意玩弄花招，使人迷惑，摸不著頭腦。

掛羊頭賣狗肉 *　比喻用好的名義做幌子，實際上名不副實或做壞事。

F5－98 動：　耍賴

耍賴　使用撒潑放刁等無賴手段：這兩個人吃了東西不掏錢，還要耍賴。也說**耍無賴** *；**耍賴皮** *。

撒賴　放肆胡鬧；耍無賴：他喝了酒躺下裝死，當眾撒賴。

撒潑　無理取鬧；耍賴：這是學校，你不能這麼哭鬧撒潑。

撒刁　以狡猾手段使人為難；耍賴：趁機撒刁訛詐。

撒野　對人粗野無禮，任意妄為：你怎麼不懂規矩，跑到辦公室來撒野／不良少年們撒野、打架的事現在少了。

F5－99 動：　胡鬧

胡鬧　沒有道理地行動、吵鬧：一群小流氓在巷口胡鬧，沒有人管／你不應該聽任孩子跟著人家胡鬧。

胡來　❶任意行動；胡鬧：你這個辦法行不通，不要胡來／沒想到他這樣任性胡來。❷特指男女間不正當的交往：他對妻子跟別人胡來非常氣憤。

胡攪　任意搗亂；胡鬧：胡攪蠻纏／你是組長，不要隨著他們胡攪。

瞎鬧　亂來；胡鬧：他們不顧實際地瞎鬧一陣，什麼問題也解決不了。

亂來　胡亂行動；胡來：大家行動要一致，聽統一指揮，不能亂來／她表面上跟大家說說笑笑，卻並不跟人亂來。

亂搞　亂來；胡來：組裡的事不能任他一個人胡來亂搞／亂搞男女關係。

胡弄　胡來；亂搞：你警告他不要在外面胡弄。

瞎胡鬧 *　沒有道理地亂來；胡搞：他一個人能把大家說服嗎？你叫他不要在會上瞎胡鬧。

胡攪蠻纏* 蠻不講理,胡亂糾纏。

胡作非爲* 不講道理,不顧法紀,肆無忌憚地做壞事。

無理取鬧* 毫無道理地跟人家吵鬧;故意胡鬧。

恣意妄爲* 任意胡作非爲。

F5－100 動： 欺負

欺負 用蠻橫無理的態度或手段侵犯、壓迫或侮辱:他說這話是欺負我們老實人/孩子小,常受年紀大的同學欺負/大國不能欺負小國。

欺 欺負:欺生/欺人太甚/欺軟怕硬

欺侮 欺負侮辱:你這樣欺侮老人家是不道德的/咱們家族的人可不是好欺侮的。

欺凌 欺壓凌辱:在外地討生活她受盡了欺凌/人民受帝國主義欺凌的日子已一去不復返了。

欺壓 欺負壓迫:欺壓老百姓/他仗著家裡有錢,常常欺壓鄉民。

欺生 欺負新來的人:見我新來乍到,他們就欺生。

侮 欺負;輕慢:災民是不可侮的/團結起來,共禦外侮。

侮弄 欺侮戲弄:兩個頑皮的孩子,故意去侮弄他。

凌虐 〈書〉欺壓虐待:凌虐百姓/她婆婆成天咒罵她,百般凌虐她。

凌辱 欺凌侮辱:橫遭凌辱毆打/受盡百般凌辱。

凌轢 〈書〉欺壓:凌轢百官/凌轢萬民。

虐待 用殘暴的手段對待:虐待婦女/虐待老人。

蹂躪 踐踏。比喻用暴力任意欺凌、摧殘、侵害、侮辱:恐怖分子到處肆意殘殺村民,蹂躪人質/這個國家的領土和主權正遭受侵略者的蹂躪。

踐踏 亂踩亂踏。比喻摧殘,蹂躪:土豪劣紳憑藉勢力,踐踏農民/這樣踐踏民主和法紀,使他非常氣忿。

摧殘 摧毀,殘害,使蒙受嚴重損失:摧殘兒童身心的體罰必須禁止/秦始皇的焚書坑儒,使文化受到無比嚴重的摧殘。

糟蹋 糟踏 蹂躪;侮辱:糟踏良家婦女/你別平白無故糟蹋好人。□糟踐

作踐 糟蹋;摧殘:作踐婦女/她對待傭人,抱持著想怎麼作踐便怎麼作踐的心態。

仗勢欺人* 依仗某種權勢欺壓人。

欺軟怕硬* 欺負軟弱的,懼怕強硬的。

狗仗人勢* 比喻走狗、奴才依仗主子的權勢欺壓人(罵人的話)。

狐假虎威* 老虎捉到狐狸,要吃它。狐狸說:「天帝命我做百獸之長,你吃我是違背天帝命令。你若不信,我走在前面,你跟在後面,看看百獸見了我敢不逃跑嗎?」老虎聽了就跟在它後面走,百獸看見它們果然都逃掉了。老虎不知道百獸怕自己,還以爲是怕狐狸(見《戰國策·楚策》)。比喻倚仗別人的威勢來欺壓人。

F5－101 動： 侮辱·玷污

侮辱 侮弄羞辱別人,使其人格、名譽受到損害、恥辱:他竟當衆侮辱我們的老師/作者的名譽受到莫大的侮辱。

污辱 ❶侮辱:不能隨意污辱別人的人格:他仗著權勢,污辱鄉民。❷玷污;姦污:世界大戰時,日本軍人污辱了無數良家婦女。

羞辱 使蒙受恥辱:他們要當衆羞辱她,叫她難堪/他被人羞辱不止一次。

辱 使受恥辱:玷辱;喪權辱國/辱身敗名。

玷辱 使蒙受恥辱:自己以後更要努力,不能玷辱這模範的稱號。

折辱 〈書〉侮辱:折辱降卒/橫加折辱。

輕侮 輕蔑侮辱:人民有不被輕侮的權利。

玷污　污辱,使不光彩:玷污清白／我們沒有玷污祖國的榮譽,死而無愧。

辱沒　玷污;玷辱:我們一定盡力戰鬥到最後,決不辱沒我軍的聲譽。

褻瀆　對人輕慢,不恭敬:褻瀆神聖／我沒想到我這樣衣冠不整,會褻瀆了她。

佛頭著糞*　鳥雀在佛像頭上放糞。比喻美好的事物被玷污、褻瀆。

F5－102 動:　恐嚇

恐嚇　用要挾的話或手段威脅人,使害怕:他說這些話恐嚇不了我／只有膽小的人怕被他恐嚇。

威嚇　用威勢來恐嚇:威嚇群衆／他正氣凜然,不怕威嚇。

恫嚇　恐嚇;威嚇:教育孩子不能用恫嚇手段／他根本不怕你們恫嚇。

威懾　用武力或聲勢使對方感到恐懼:威懾力量／站在面前的敵人,被指揮官冒著火花的眼神威懾住了。

嚇唬　用言語或手段使人害怕;恐嚇:他這些虛張聲勢的話嚇唬不了人／你不要大聲呵叱,嚇唬孩子。

嚇　使害怕:嚇死人／別嚇著孩子。也作唬。

唬　〈口〉虛張聲勢、誇大事實來嚇人或欺騙人:你這一套唬別人行,唬不了我。

F5－103 動:　誘惑

誘惑　用手段迷惑人,使上當或做壞事:他們用高額回扣誘惑你,千萬要保持頭腦清醒／他對物質的誘惑,從來不動心。

誘　誘惑;引誘:威迫利誘／誘敵深入。

引誘　誘惑:他曾經利用金錢引誘過朋友犯罪／他被流氓引誘,走上了歧途。

勾引　引誘人做壞事:有人同學總是勾引他去賭博／他迷上了那個勾引他的女服務生。

利誘　用利益(金錢、名位等)引誘:敵人是威脅和利誘雙管齊下的／他拒絕了對方的利誘,毫不動搖。

煽誘　煽動誘惑:煽誘少年／當時親日派首要分子,潛伏在黨政軍各機關中,日夕煽誘。

煽惑　煽動迷惑:有人在工人中煽惑,鼓動他們鬧事。

誘脅　利誘威脅:對方以金錢爲釣餌誘脅他接受條件。

誘迫　引誘逼迫:那時敵人正在加緊誘迫蔣介石政府投降。

F6　表　情

F6－1 名:　表情

表情　在臉部或姿態上表現出的思想感情:愉快的表情／臉上毫無表情。

神情　人面部的表情:神情自若／神情沮喪／她臉色煞白,現出緊張、驚懼的神情。

神氣　神情;神態:神氣極爲嚴肅／我看出他神氣不對,可想不出用什麼話安慰他。

神　神氣;表情:眼神／神色自若／看他那神兒,準是心裡有事。

神色　神情面色:神色慌張／神色自若／一臉尷尬的神色。

神采　人面部的神氣和光采:神采飛揚／神采煥發／神采奕奕。

樣子　神情;神態:沒精打采的樣子／顯出不屑一顧的樣子。

色　面部表現出來的神情、神色:喜形於色／察言觀色／泰山崩於前而色不變。

臉色　❶臉上的表情:臉色溫和／一聽這話,他臉色頓時變了。❷指令人難看的神色:我情願挨餓,也不願再去看老板娘的臉色。

形色　臉上的表情;臉色:他臉上很有些得意的

形色。

臉子〈方〉不高興的神色:我何必到這裡來看他的臉子。

嘴臉臉色,指面部的表情、神色:露出一副不尷不尬的嘴臉/老太太從來沒有給她好嘴臉。

F6－2 動: 表情

表情通過面部或姿態的變化等表達思想感情:表情達意/善於表情/他動作活潑,臉孔很會表情。

示意用表情、動作、言辭或圖形表達某種意思:揮手示意/他指了指睡著的孩子,示意客人說話輕點。

表露(思想、感情)在表情、眼光、神色中表現出來:他的喜怒很少表露在外/他心裡雖然萬分焦急,但臉上不敢表露。

流露(感情、心意等)不自覺地表露出來:喜悅之情,頓時從他臉上流露出來/他的眼光裡流露出很深的感情。

發流露(感情):發愁/發笑/大發雷霆。

洋溢充分流露:他滿臉洋溢著得意的神情。

充溢流露;洋溢:孩子們的臉上充溢著幸福的笑容。

浮泛流露;呈現:在他臉上隱隱地浮泛著最天眞的表情。

奔放(思想、感情)充分地流露:她是一個感情奔放的人/他感到自己的暴躁未免奔放到可笑的程度。

F6－3 動: 笑

笑露出喜悅的表情,發出歡快的聲音:他高興地笑了/看見他那滑稽樣兒,我禁不住哈哈大笑/她平時很愛笑。

樂〈口〉笑:樂得合不上嘴/他的話把大家都逗樂了。

發笑笑起來:他的話逗人發笑/他又矮又胖的樣子,看著叫人發笑。

失笑不由自主地發笑:啞然失笑/令人失笑/不禁失笑。

歡笑快樂地笑:拍手歡笑/孩子們在大聲歡笑著。

嬉笑歡笑;笑著鬧著:他們嬉笑著走來/課堂裡一片孩子們的嬉笑聲。

開顏臉上顯露出笑容;笑:她也開顏笑了/大庇天下寒士盡開顏。

解頤〈書〉面頰上現出笑容;開顏:欣然解頤/詞語詼諧,閱者無不解頤。

喜逐顏開* 心裡高興,滿臉現出笑容。□喜笑顏開*;笑逐顏開*。

喜形於色* 內心的喜悅流露在臉上。

眉開眼笑* 形容滿臉笑容,極其高興。□眉花眼笑*。

滿面春風* 形容心情喜悅,態度和藹,滿臉笑容。□春風滿面*。

忍俊不禁* 忍不住發笑。忍俊:含笑。

破涕爲笑* 止住眼淚,露出笑容。指轉悲爲喜。

強顏歡笑* 內心本不高興,臉上勉強裝出歡笑的樣子。

F6－4 動、形: 微笑

微笑〔動〕不出聲地、略露出一點笑容:他寬厚地微笑著/聽了他的意見,老師讚許地微笑了。

哂〔動〕〈書〉微笑:微哂/哂納。

哂笑〔動〕微笑:她不回答他的話,只是哂笑。

粲〔動〕〈書〉露齒而笑:以博一粲。

淺笑〔動〕微笑:淺笑微顰/他故作友好地淺笑一下。

啞笑〔動〕聲音低沈地笑:一句話使他止不住啞笑起來。

含笑〔動〕臉上帶著笑容:他含笑回答我的話/營業員含笑迎送顧客。

莞爾　〔形〕〈書〉形容微笑的樣子：莞爾而笑／相顧莞爾。

囅然　〔形〕〈書〉笑的樣子：囅然而笑／囅然微笑。

嫣然　〔形〕形容女子笑容嬌媚的樣子：嫣然一笑／相視嫣然。

粲然　〔形〕〈書〉笑的樣子：軍人粲然皆笑／座客為之粲然／粲然一笑。

笑瞇瞇　〔形〕形容微微合上眼皮而笑的樣子：他性情溫和，說起話來總是笑瞇瞇的。

笑嘻嘻　〔形〕形容微笑的樣子：她笑嘻嘻地走進來。

笑吟吟　〔形〕形容微笑的樣子：老人笑吟吟地招呼我們坐下。

F6－5 動、形： 大笑

大笑　〔動〕大聲發笑：哈哈大笑／哄堂大笑／他止不住大笑起來。

狂笑　〔動〕縱情大笑：敵人猙獰地向她們狂笑。

嘩笑　〔動〕眾人喧嘩大笑：我們毫無拘束地嘩笑著。

笑噱　〔動〕〈書〉大笑；笑：笑噱不止／足資笑噱。

噱　〔動〕〈書〉大笑：談笑大噱／可資一噱／相對噱談。

噱　〔動〕〈方〉笑；使人發笑：發噱／噱頭。

哄笑　〔動〕眾人同時大笑：他一句話引得大家哄笑起來／外邊傳來一陣哄笑聲。□轟笑。

哄堂　〔動〕滿屋人同時大笑；哄笑：哄堂大笑／目標在使人讀之「哄堂」。

哄然　〔形〕形容許多人同時大笑：滿座客人哄然大笑／站在旁邊的人哄然笑了。

絕倒　〔動〕〈書〉大笑不能自持：詼諧百出，令人絕倒。

捧腹　〔動〕手捧著肚子大笑：令人捧腹／莫不捧腹絕倒。

噴飯　〔動〕吃飯時忍不住笑而噴出飯粒：令人噴飯／為之噴飯。

笑哈哈　〔形〕笑出聲的樣子：他笑哈哈地把我的手提包接過去。□笑呵呵。

前仰後合＊　身體前後晃動，形容大笑時的樣子。

F6－6 動： 傻笑・苦笑・獰笑・暗笑等

傻笑　無意義地笑：他咧著嘴不出聲地傻笑。

憨笑　樸實天真地笑；傻笑：他紅著臉不好意思地憨笑。

痴笑　傻笑；無意義地笑個不停：這女孩長得很俊秀，卻喜歡望著人痴笑。

乾笑　勉強裝著笑：他在一旁嘻嘻地乾笑著。

苦笑　內心苦悶而勉強地笑：朋友問我近年的景況，我只有苦笑。

強笑　勉強地笑：在經理面前，他只好強笑著向顧客道歉。

慘笑　心情痛苦而勉強作出笑容：老太太顫動著嘴唇慘笑了一下。

冷笑　輕蔑、諷刺或無奈地笑：微微冷笑／他搖了搖頭，站在旁邊冷笑。

暗笑　暗暗地笑；竊笑：他急得像熱鍋上的螞蟻，她卻在旁邊暗笑。

竊笑　偷偷地笑：我心中竊笑他不自量力／他忍不住背過身竊笑。

匿笑　竊笑；暗笑：他聽見隔壁有女人吃吃匿笑的聲音。

獰笑　惡毒地笑：這傢伙有恃無恐地獰笑著。

奸笑　陰險地笑：他奸笑著和帶來的人做了個手勢。

佯笑　假裝笑：他很後悔自己說錯了話，只好佯笑著。

嬌笑　嫵媚地笑：她「噗哧」嬌笑了一聲／她嬌笑著把剛從水裡摘出的菱角塞在我手裡。□媚笑。

諂笑　為諂媚而強笑：脅肩諂笑／新局長一進辦

公室,他就諂笑著跑過去迎接。

F6－7 名：　笑容·喜色

笑容　笑時面部的神情狀態：笑容可掬／面帶笑容／她憔悴的臉上浮現一絲笑容。

笑臉　含笑的面容：笑臉相迎／賠笑臉兒。

笑顏　笑臉；笑容：笑顏常開／臉上一絲笑顏也沒有。

笑貌　笑容；笑顏：他的聲音和笑貌深深地印在每個人的心裡。

笑靨　笑容；笑顏：她常常保持著她的笑靨。

笑影　面部現出笑的神情：臉上掠過一絲笑影。

笑口　笑時口部的形態；笑容：笑口常開。

喜色　喜悅的神色：他的臉上帶著喜色。

喜氣　歡喜的神色：滿臉喜氣。

和顏悅色＊　和藹可親的臉色：和藹喜悅的神情。

喜眉笑眼＊　滿臉上喜悅含笑的神情。

F6－8 聲、形：　笑聲

哈　〔聲〕笑聲(多疊用)：哈哈大笑／嘻嘻哈哈。

嘿嘿　〔聲〕笑聲：嘿嘿直笑／他嘿嘿笑起來。

呵呵　〔聲〕笑聲：樂呵呵／笑呵呵。

哧　〔聲〕笑聲(常疊用)：她哧的一聲笑了／她在旁邊哧哧地笑。

嘻嘻　〔聲〕笑聲：嘻嘻地笑個不停。

格格　〔聲〕笑聲：她忍不住格格地笑出聲來。

噗哧　噗嗤　〔聲〕笑聲：噗哧笑了一聲。

啞然　〔形〕〈書〉形容笑聲：啞然而笑／啞然失笑。

F6－9 動：　歡騰

歡騰　高興得歡呼跳躍：消息傳來,人群頓時歡騰起來／他考上托福,全家人莫不歡騰。

歡躍　歡騰：國慶之夜,人們歡躍著,歌唱著／你們開創了新局面,令我歡躍。

雀躍　欣喜得像雀兒一樣跳躍：喜訊傳來,全場雀躍歡呼。

手舞足蹈＊　雙手揮舞,兩腳也跳動起來。形容高興到了極點的樣子。

歡聲雷動＊　歡呼的聲音很大,像雷響一樣。

歡蹦亂跳＊　極度歡樂、活潑的樣子：小伙子們高興得歡蹦亂跳。

F6－10 動：　哭

哭　因痛苦、悲哀或感情激動而流淚,出聲或不出聲：孩子疼痛得哭出聲來／她哭得非常傷心／得到兒子錄取的消息,媽媽激動得哭了。

啼　出聲地哭：啼饑號寒／啼笑皆非。

啼哭　出聲地哭：大聲啼哭／啼哭不止。

啼泣　哭；啼哭：日夜啼泣／孩子在母親懷裡,又歡笑又啼泣。

哭鼻子＊　〈口〉哭(含諧謔意)：這個新戰士挨批評,哭鼻子了／她動不動就哭鼻子。

灑淚　落淚；揮淚：灑淚滿衣襟。

揮淚　揮灑眼淚：相對揮淚／揮淚而別。

哭哭啼啼　哭個不停：她常常回娘家哭哭啼啼的訴苦。

哭天抹淚＊　哭哭啼啼的樣子：不知道他有什麼心事,整天在家裡哭天抹淚的。

聲淚俱下＊　邊訴說,邊哭泣。形容極其悲痛的樣子。

F6－11 動：　泣

泣　小聲或無聲地哭：泣訴／可歌可泣／泣不成聲／兩人唏噓對泣。

哭泣　小聲地哭；泛指哭：他捂著臉哭泣／她伏在床上嚶嚶地哭泣。

涕泣　哭泣；流淚：涕泣沾襟／他被感動得涕泣起來。

哀泣　悲哀地哭泣：哀泣不止／伏在床上哀泣。

悲泣　悲傷地哭泣：亂後重逢,相對悲泣／他暗自悲泣自己的命運。

飲泣　〈書〉因極度悲痛而淚流滿面,流到嘴裡：

飲泣吞聲／他雙手捂著臉,無聲地飲泣起來。

啜泣　一吸一頓地低聲哭泣;抽噎:相對啜泣／
低聲啜泣／大嫂邊啜泣邊訴說自己的不幸。
□抽泣。

抽咽　一吸一頓地哭泣;啜泣:他把面孔撲在她
的膝頭,低聲抽咽著。也作**抽噎**。

抽搭　〈口〉抽噎:她背過臉去,肩膀聳動著,抽搭
起來。

歔欷　**噓唏**　〈書〉抽噎;嘆息:他說時不住地歔
欷嘆息。

欷歔　**唏噓**　〈書〉哽咽;抽泣:獨自欷歔／唏噓
不已／我們幾乎要唏噓起來了。

哽咽　哭時咽喉阻塞,不能痛快地出聲:他哽咽
著答不出話來／她用哽咽了的嗓音苦苦哀求。

悲哽　悲傷地哽咽:老婦人悲哽著訴說自己的遭
遇,她的眼睛已滿含淚水了。□**悲咽**。

嗚咽　低聲哭泣:她嗚咽著訴說自己不幸的遭遇
／迷失老人坐在地上又嗚咽起來。

吞聲　〈書〉不出聲。特指不出聲地哭泣:吞聲飲
泣／吞聲泣別。

泣不成聲*　哭泣得哽咽住,出不來聲音。形容
非常悲痛。

F6－12 動:　號

號　大聲哭;哭:哀號／你別在這裡號,回你家哭
去／他說到這裡,頓足捶胸地乾號了起來。

號哭　連喊帶叫地大聲哭:號哭失聲／靈堂傳來
一陣陣號哭的聲音。□**嚎哭**。

嚎　大聲哭喊:她一路只是嚎、罵,喉嚨全啞了。

哭嚎　大聲哭叫:她委屈地哭嚎不止。

呼號　因極其悲傷而大聲哭叫:仰天呼號／聽到
一陣呼號的聲音。

哀號　悲哀地大聲哭:她伏在媽媽身上哀號起
來。

乾號　不流淚地號哭:他站著不動,也不說話,只
是乾號。

號咷　**號咪**　放聲大哭:她不敢放聲號咷,怕有
人聽見／這時她索性號咷起來。也作**嚎咷**、**嚎
咪**。

痛哭　盡情地大哭:痛哭流涕／伏案痛哭。

慟哭　〈書〉極悲哀地哭泣:失聲慟哭／放聲慟哭
起來。

慟　〈書〉痛哭:慟倒在山坡上。

呼天搶地*　大聲叫天,用頭撞地。形容極度悲
痛、冤苦或著急而號哭的樣子。

鬼哭狼嚎*　形容大聲哭叫,聲音悲慘淒厲。也
用來形容聲音大而雜亂,令人驚恐:山洪下來
了,一時山搖地動,鬼哭狼嚎。

F6－13 形:　流淚

簌簌　眼淚紛紛下落的樣子:她看見那掛了黑紗
的相片,不禁簌簌地流下眼淚。

撲簌　眼淚下落的樣子:她點點頭,撲簌撲簌掉
下眼淚。

漣漣　淚流不止的樣子:泣涕漣漣／淚下漣漣。

漣洏　〈書〉流淚的樣子:涕淚漣洏。

潸潸　〈書〉形容淚流不止的樣子:熱淚潸潸,沾
濕衣襟／我潸潸地流下眼淚。

潸然　〈書〉流淚的樣子:不覺潸然涕下。

泫然　〈書〉流淚很多的樣子:泫然淚下／泫然對
泣。

涔涔　淚、血、汗、水等不斷流出或滲出的樣子:
淚涔涔下。

汍瀾　〈書〉淚流出又快又多的樣子:泣涕汍瀾／
老淚汍瀾。

淚汪汪　眼睛充滿淚水的樣子:孩子兩個大眼睛
淚汪汪地望著我。

涕泗滂沱*　形容眼淚鼻涕流得很多,像下大雨
一樣。

F6－14 聲、形:　哭聲

哇哇　〔聲〕哭聲、吵嚷聲等:孩子餓了,哇哇地

哭。

呱呱 〔聲〕〈書〉小孩兒的哭聲:呱呱墜地/呱呱
而泣。

嗚嗚 〔聲〕低沈的哭聲:他嗚嗚地哭個不停。

嗚嗚咽咽 〔聲〕悲哀的哭聲:他聽見有人在屋裡
嗚嗚咽咽地哭。

嗚嗚啕啕 〔聲〕哭聲:我傷心極了,嗚嗚啕啕地
哭起來。

幽咽 〔形〕〈書〉形容低沈微弱的哭泣聲:泣聲幽
咽。

F6－15 名: 愁容·懼色等

愁容 憂愁的神色:愁容滿面/面帶愁容。

愁雲 比喻憂鬱的神色:行情不好,村裡人們都
是滿臉的愁雲。

苦臉 心情愁苦的神色;愁容:大家顯出苦臉來
了/我看不慣他那副苦臉。

苦相 愁苦的神情:她整天愁眉不展,一臉苦相。

哭喪著臉* 心裡苦惱、不痛快,臉上露出沮喪、
不高興的神色。

愁眉苦臉* 皺著的眉頭,痛苦的面容。形容憂
愁、苦惱的神色。

愁眉鎖眼* 緊皺著雙眉和雙眼。形容憂愁、苦
惱的樣子。

愁眉不展* 由於憂愁、眉頭緊皺。形容心事重
重。

懼色 害怕的神色:面對敵人的威嚇,毫無懼色。

驚魂 驚慌失措的神情:驚魂不定。

難色 為難的表情:面有難色/他收斂了笑容,
顯出一些難色。

F6－16 形: 害

害羞 因膽怯、怕生或做錯了事怕人笑話而心中
不安、難為情:她見了生人臉就紅了,有點害
羞/連這麼簡單的題目都做不出,他也不害
羞。

害臊 〈口〉害羞:這麼大了,還要媽媽抱,也不害
臊/有話照實說,不要害臊。

羞 害羞;難為情:羞紅了臉/羞得低頭不說話/
真羞死人。

臊 害羞;難為情:臊得臉都紅了/他第一次出
門,想家就哭,也不嫌臊。

怕羞 害羞;怕難為情:他見人很怕羞/客人一
來,她就怕羞躲進裡屋去。

羞澀 害羞;難為情,態度不自然:姑娘給客人端
來一杯茶後,羞澀地退回自己屋裡。

羞人 害羞;難為情:感到分外羞人/羞人答答。

羞怯 害羞膽怯:這孩子見了生人有些羞怯。

含羞 臉上帶著害羞的神情:含羞不語/她含羞
地低下頭。

腼腆 羞澀、怕難為情:她溫柔腼腆,沒說話臉先
紅了。也作靦覥。

忸怩 害羞,不大方的樣子:她一向很大方,今天
不知為什麼這樣地忸怩。

嬌羞 嬌媚含羞:少女嬌羞地笑著。

紅臉 臉變紅,指害羞:她膽子小,和生人講話就
紅臉。

臉皮薄* 指容易害羞:他臉皮薄,不肯上臺講
話。

磨不開 難為情;不好意思:感到臉上磨不開/
有要求儘管提,有什麼磨不開的? 也作**抹不
開**。

羞答答 害羞的樣子:有什麼話儘管說,不要老
是羞答答的。

羞人答答 形容感到難為情、不好意思的樣子:
我那閨女臉皮嫩,羞人答答,不肯和生人說
話。

難為情 ❶害羞;慚愧:她見來了客人,難為情地
躲開了/他這樣信口開河,一點也不難為情。
❷情面上過不去:大家都是熟人,這件事不答
應他,真有點難為情。

不好意思 ❶害羞;難為情:大家都誇獎他,反而

弄得他很不好意思。❷礙於情面而只能怎樣
或不便怎樣:人家一再要求,他不好意思拒絕,
只得答應。

面紅耳赤*　形容因害羞、著急或發怒時臉和耳
朵都發紅的樣子。

F6－17 形：　沒羞

沒羞　不知害羞;這人眞沒羞,什麼髒話都說得
出。

好意思　不怕難爲情;不知害羞:這種事你還好
意思告訴他?

臉皮厚*　不知害羞;不容易害羞:他就是臉皮
厚,趕也趕不走。

厚臉皮　不害羞;不知羞恥:你可眞夠厚臉皮的,
問也不問是誰買的,拿起來就吃。

厚顏　厚臉皮,不知羞恥:厚顏忍辱。

老臉　厚臉皮;不知羞恥:我不願老臉去央求他。

皮臉　〈方〉形容不知羞恥:沒見過他這樣皮臉的
人。

覥著臉*　〈口〉厚著臉皮:他總是覥著臉向人討
這要那。

涎著臉　〈方〉厚著臉皮:他也涎著臉笑了／他
涎著臉打量她。

涎皮賴臉*　嬉皮笑臉、厚著臉皮地糾纏人的樣
子。

F6－18 名：　臉皮

臉皮　指害羞的心理:此人臉皮之厚,世上無兩／
我這麼厚著臉皮找你幫忙,實在是不得已啊!

慚色　羞愧的神色:面有慚色。

紅潮　害羞或感情激動時兩頰上泛起的紅暈:他
走上臺時臉上湧現了一陣紅潮。

愧色　羞愧的臉色:面有愧色／她躋身於大藝術
家行列之中,也毫無愧色。

F6－19 動：　發呆

發呆　因著急、害怕、憂愁或心思有所專注而毫

不注意外界事物:他立在窗口默默地望著外
面發呆／她有時獨自一人對著棋子發呆。

發怔　發呆:她對著母親的遺像發怔。

發痴　〈方〉發呆:整個下午,她一個人在書房裡
發痴。

愣　發呆;失神:接到電報,他愣住了。

發愣　〈口〉發呆:聽到這突如其來的消息,他發
愣了,好久沒說一句話。也作**發楞**。

愣怔　眼睛發直;發愣;發呆:幾個不良少年被問
得直打愣怔。

愣神　發呆;失神:他坐在沙發上愣神。

打愣兒　〈方〉發呆;發愣。

出神　因精神過度集中而發呆:他對著一張照片
出神。

傻眼　因出現某種意外情況而發呆:翻開試卷,
他傻眼了,那些題目連一點印象也沒有。

F6－20 形：　呆

呆　表情死板;發愣:呆若木雞／嚇呆了／他聽了
這話,呆了半天不作聲。

木然　發呆沒有表情的樣子:木然呆立／我們談
論爭執著,他只在旁木然地靜聽。

眼睜睜　睜眼睛看著。多形容發呆、無可奈何的
樣子:這孩子膽兒小,眼睜睜地看著別人揀起
他的球跑掉了。

呆若木雞*　形容因恐懼或驚訝而發呆的樣子。

張口咋舌　張著嘴說不出話來。形容因理屈或
緊張、害怕的樣子。

瞪目咋舌*　睜著眼睛,說不出話來。多形容窘
迫或驚駭的樣子。

目瞪口呆*　睜大眼睛說不出話來。形容極度吃
驚或恐懼而發愣的樣子。

直眉瞪眼*　豎起眉毛、瞪大眼睛。形容發呆或
生氣的樣子。

F6－21 動：　變色・瞪眼・橫眉等

變色　改變臉色。指臉上現出憤怒、恐懼或悲傷

等的神色:勃然變色/當他獲知全部的投資都
　化爲烏有時,卻仍能不變色。

作色 改變臉色。指臉上現出嚴肅或憤怒的神
　情:愀然作色/父親作色地制止他。

紅臉 臉色變紅。指發怒:小孩子怎麼招惹他,
　他也不紅臉。

紅眼 兩眼發紅。指發怒。

板臉 繃緊面孔。指臉上現出嚴肅、不滿或冷淡
　的神情:你不要動不動就跟我板臉/他板著臉
　不說話。

呱嗒 呱噠　因不快、生氣而板起臉:他呱嗒著
　臉,一言不發。

虎起臉* 臉上露出嚴厲或凶狠的神色:來人突
　然虎起臉,兩眼惡狠狠地盯著我們。

斂容 〈書〉臉上現出嚴肅端莊的神色:斂容正色
　/整頓衣裳起斂容(唐·白居易詩句)。

瞪眼 睜大著眼睛。多表示無可奈何或發怒:乾
　瞪眼/有話好說,你別瞪眼!

怒目 生氣時睜著眼睛:怒目切齒/怒目而視。

橫眉 聳起雙眉。指怒目而視:橫眉豎眼/橫眉
　冷對千夫指(魯迅詩句)。

橫眉怒目* 聳眉瞪眼。形容怒目而視,態度強
　硬或凶狠的樣子。□橫眉努目*;橫眉立眼*;
　橫眉豎眼*。

直眉瞪眼* 形容發怒或發呆的樣子。

疾言厲色* 言語急促,神色嚴厲。形容發怒或
　感情激動時的神情。

F6－22 名: 怒容·凶相等

怒容 憤怒的神色:面帶怒容/怒容滿面。

怒色 憤怒的表情:面有怒色。

冷臉子 冷淡的、不溫和的臉色:給人冷臉子看。

凶相 凶惡的面目:露出凶相/我看他滿臉凶
　相,不是好人。

凶相畢露* 凶惡的面目完全暴露出來。

凶光 指凶惡的眼神:他霍地站起來,兩眼露出

可怕的凶光。

F6－23 動: 嘆氣

嘆氣 心裡不痛快、不滿意或有感觸而呼出長氣
　並發出聲音:唉聲嘆氣/老人坐在屋角不住地
　嘆氣。

嘆 嘆氣:長吁短嘆/仰天長嘆/她輕輕地嘆了
　一口氣。

嘆息 嘆氣:我們爲她的不幸遭遇而連聲嘆息/
　他聽見屋裡有嘆息的聲音。

太息 〈書〉大聲嘆氣;深深地嘆息:仰天太息/
　羅馬教堂的美,令人太息。

興嘆 〈書〉發出感嘆:慨然興嘆/沒有預算,只
　能望著華服興嘆。

嗟嘆 嘆息:嗟嘆不已/朋友們都爲他的失敗而
　惋惜、嗟嘆。

嗟 〈書〉嘆息;感嘆:長嗟/嗟我白髮。

噓 慢慢地呼氣;嘆氣:仰天而噓。

長嘆 深長地嘆息:長嘆一聲/他回想兩年來的
　處境,不覺長嘆。

浩嘆 大聲嘆息;長嘆:不勝浩嘆/誠堪浩嘆。

悲嘆 悲傷嘆息:他對自己不幸的命運不禁悲嘆
　起來/她悲嘆時光的流逝,生命的短促。

哀嘆 悲哀地嘆息;悲嘆:對遭遇的不幸,她只有
　暗自哀嘆。

慨嘆 因有感觸而嘆息:他提起家境貧苦使自己
　失掉深造的機會,就慨嘆不已/這確是令人慨
　嘆的事。

喟嘆 〈書〉因感慨而嘆息:他喟嘆了一聲/如今
　要和你們離別,我也是不無喟嘆啊。

感嘆 因有所感觸而嘆息:兩人談起往事,不免
　感嘆一番/她那不幸的身世令人感嘆。

感慨 感嘆:感慨萬端/老人連連點頭,似乎有
　無限的感慨。

感喟 感嘆:感喟不已/他長長感喟了一聲。

長吁短嘆* 長一聲,短一聲,不停地嘆息。形容

十分憂愁的神情。

唉聲嘆氣 * 　因煩悶、憂傷、惋惜或痛苦而出聲地嘆息。

無病呻吟 * 　沒有病而發出呻吟聲。比喻沒有值得憂慮的事情而長吁短嘆;也比喻作文無眞情實感而矯揉造作。

F6－24　形、嘆等：　嘆氣

喟然 〔形〕〈書〉嘆氣的樣子:喟然長嘆/他喟然而說。

慨然 〔形〕形容感慨的樣子:慨然興嘆/慨然而賦。

嗚呼　烏呼 〔嘆〕〈書〉表示嘆息:嗚呼哀哉/嗚呼,宏才遠志,厄於短年。

唉 〔嘆〕表示憂傷、惋惜或感慨:唉,今天又去不成了/唉,我爲什麼總是這樣倒霉!

嗐 〔嘆〕表示傷感、惋惜或感慨:嗐!他竟病成這個樣子/嗐,這都怪我們的班長啊。

咳 〔嘆〕表示傷感、惋惜、後悔或驚異:剛買的就丟了,咳! 眞有這種怪事!

唉 〔聲〕嘆息的聲音。

F6－25　形、動：　做作

做作 〔形〕有意裝出某種表情、腔調、動作等:他的態度過分做作/她唱得還可以,就是演得太做作。

造作 〔形〕做作:矯揉造作/她舉止大方,一點點不故意造作。

裝相 〔動〕故意裝出某種姿態;裝模作樣:你別裝相,有話直說好了。

作態 〔動〕故意做出某種姿態或表情:忸怩作態。

作勢 〔動〕裝模作樣;作態:裝腔作勢。

裝腔 〔動〕〈口〉故意做作:他不免有些裝腔/別裝腔,這事你不會不知道。

拿喬 〔動〕故意表示爲難以抬高自己身價:這事最好去找王師傅,他不會跟你拿喬。

扭捏 〔形〕言談舉止不自然;裝腔作勢:她在生人面前有些扭捏。

拿捏 〔形〕〈方〉扭捏;故作姿態:他見對方派專車來接送,不禁自鳴得意,拿捏著不肯上車/她拿捏好一陣子,才說了一句話。

裝蒜 〔動〕〈口〉裝糊塗;裝模作樣:別裝蒜啦,對這件事你比誰都清楚。

裝佯 〔動〕〈方〉假裝;裝模作樣:你這樣哼哼唧唧裝佯,簡直像個小孩子/讓他裝佯,不會有人理睬。

佯狂　陽狂 〔動〕〈書〉假裝瘋癲:發佯狂/誰知道他是眞瘋還是佯狂!

擺樣子 * 　裝裝樣子,沒有實際:他這人就是喜歡擺樣子。

裝樣子 * 　裝模作樣:他老是裝樣子哄人。

裝模作樣 *　**裝模做樣** * 　故意做樣子給人看。形容十分做作。

矯揉造作 * 　把彎的變成直的,把直的變成彎的。形容故意做作,很不自然。

拿腔作調 * 　故意裝出某種腔調,十分做作。也說**拿腔拿調** *;**拿腔捏調** *。

裝腔作勢 * 　裝出一種腔調、一種姿態。形容故意做作。□**拿腔作勢** *。

像煞有介事 * 　好像眞有這麼回事似的。多形容裝腔作勢,小題大做的樣子。也說**煞有介事** *。

裝瘋賣傻 * 　故意裝成瘋癲、痴呆的樣子。

裝聾作啞 *　**裝聾做啞** * 　假裝耳聾口啞。形容裝作不知道,故意不聞不問。

F6－26　形、動：　撒嬌·賣俏

撒嬌 〔動〕仗著受人寵愛故意作態:撒嬌使性/都上中學了,還要在爺爺面前撒嬌。

嗲 〔形〕〈方〉形容撒嬌的樣子:她又在爸爸面前發起嗲來。

嬌媚〔形〕撒嬌獻媚的樣子：她們嬌媚地奉承老
　太太。

賣俏〔動〕故意裝出嬌媚的姿態誘惑人：倚門賣
　俏／她到外面賣俏，還回來假裝正經哩。

嗲聲嗲氣＊　形容撒嬌的聲音和態度。

撒嬌撒痴＊　故意做出嬌憨的姿態。

搔首弄姿＊　故意作出種種媚態，賣弄姿色。多
　用於女性(含貶義)。也說**搔頭弄姿**＊。

擠眉弄眼＊　用眉眼傳情示意。

G1　思想·思維

G1-1　名：　思想·意識

思想　客觀存在、反應在人的意識中,經過思維活動而產生的認識成果。思想概括了原有認識的經驗,成為說明現象的本質和規律的原則、理論。凡經過實踐檢驗證明符合客觀實際的思想是正確的,反之,則是錯誤的。

思維　思惟　人腦對客觀事物概括的和間接的反應過程,是認識過程的高級階段。人的思維是在實踐的基礎上產生和發展的。

意識　❶人腦對客觀世界的反應,是感覺、思維等各種心理過程的總和:存在決定意識,意識又反作用於存在。❷觀念。特指對某一社會問題或自然現象的覺悟和認識:金融意識/人均意識/環境意識。

觀念　❶思想;意識:傳統觀念/隨著形勢的發展人們的觀念也應該更新。❷客觀事物在人腦裡留下的概括的形象:這部紀錄片使我們對候鳥的生活習性和遷徙規律有了清楚的觀念。

意識形態　人們對於世界和社會的有系統的看法和見解,包括政治、法律、道德、哲學、藝術、宗教等各種觀點和思想的體系。意識形態是在一定的經濟基礎上形成的,在階級社會裡具有階級性。也叫**觀念形態**。

腦筋　指意識:舊腦筋。

心理　泛指人的意識、思想、感情等內心活動:我揣摩他的心理,是不想離開學校。

心靈　指內心、精神、思想等:純潔的心靈/人不僅要外表美,更應注重心靈美。

精神　指人的思想、意識和一般心理狀態:精神文明/精神面貌/為少年兒童提供精神食糧。

靈魂　❶指精神、思想、感情等:靈魂純潔/教師是人類靈魂的工程師。❷比喻起主導和決定作用的精神因素:這幾句話是整本書的靈魂,體現了它的全部精神。

魂　❶迷信指所謂能離開肉體單獨存在的精神。也叫靈魂。❷指精神或情緒:神魂顛倒/魂牽夢繫。

主觀　屬於自我意識方面的。指人的思想、意識、精神:主觀努力/主觀願望/從主觀上找原因。

客觀　人的意識之外的物質世界,包括自然界和人類社會:客觀效果/客觀條件/這是客觀上存在的情況。

思潮　❶不斷湧現的思想活動:思潮澎湃。❷某一時期內有較大影響的思想傾向:文藝思潮。

基調　原是音樂術語,現也借指作品或講話的主要精神或基本傾向:他的發言的基調就是團結。

G1-2　動：　思維·思考

思維　思惟　進行思維活動:人能思維,能製造工具/我再三思維,決定提出一點意見。

思考　深入地思索、考慮:反覆思考。

思索 用心思考,尋求解答:他苦苦思索,試圖找到一個兩全的辦法。

思量 思索;考慮:我思量著這問題該怎麼解決才好。

思想 思考;思量:我前後思想著,心裡不能平靜/他是對每件事都要仔細思想一下的人。

思慮 思索;考慮:他思慮得極為周密。

思謀 〈方〉思索;考慮:他踱來踱去,思謀著對策。

思忖 〈書〉思量;考慮:我暗自思忖他說這句話的心情。

思 考慮;思考:深思熟慮/思前想後。

想 思考;動腦筋:敢想敢做/想方設法。

著想 (為某人或某事)考慮:為孩子的前途著想。□設想。

聯想 由某人某事物想起其他有關人或事物:提起紐約,人們就聯想到自由女神像。

尋思 思索;考慮:獨自尋思。

考慮 思考;仔細想:我的話是不是有道理,請你考慮。

琢磨 反覆考慮:這句話值得琢磨。

揣摩 反覆思考、推求:我揣摩著事情的變化和發展。

絞腦汁＊ 費盡心思,動足腦筋:這道題很難解,真叫人絞腦汁。

算計 考慮;估計:這件事要先算計算計再去辦。

計算 考慮;籌劃:她心裡計算著怎麼應付他。

轉念 改變念頭:我正想去,一轉念感到還是緩一步為好。

G1-3 名：　認識・理論

認識 人的頭腦對客觀事物的反應:感性認識/理性認識/正確的認識/對當前形勢有了進一步的認識。

感性認識 認識的初級階段,即感覺和印象階段。是人們通過感官獲得的對客觀事物的現象各個片面和外部聯繫的認識。

理性認識 認識的高級階段,即概念、判斷和推理的階段。是人們經過思考分析而得到的對事物本質和規律性的認識。

理論 指概念、原理的體系,是人們對自然、社會和人類思維的系統化的認識:理論和實踐相結合/專家們對方案進行了理論上的探討和可行性研究。

真理 客觀事物及其規律在人們意識中的正確反應:追求真理/堅持真理/實踐是檢驗真理的唯一標準。

相對真理 指對客觀世界發展的某一階段具體過程的正確認識,是人們對客觀世界近似的、不完全的、相對正確的反應。

絕對真理 指對世界最全面最完善的認識。它是無數相對真理的總和。絕對真理存在於相對真理之中,通過相對真理表現出來。

哲理 關於宇宙和人生的原理:這部書裡充滿艱深的哲理。

主義 關於自然界、社會以及學術問題等的系統理論和主張:唯物主義/達爾文主義/浪漫主義。

共識 共同的認識:雙方經過幾個月的協商,終於取得了共識。

G1-4 名：　道理

道理 ❶事物的規律;事理:山裡的人誰都懂得打獵的道理。❷事情或論點的根據;理由:他把道理講清楚了,大家心服口服/言論荒謬,不合道理。

理 道理;事理:順理成章/理直氣壯。

公理 社會上公認的正確道理:歷史證明公理必定戰勝強權。

天理 ❶天道;自然法則:天理難容/上順天理,下合人情。❷宋代理學家指封建倫理,認為是永恆的客觀法則。也泛指道義:沒想到他

這麼沒天理,沒良心!

天道 我國古代哲學家指自然界發展變化的規律:四時更變化,天道有盈虧。

事理 事情的道理:他這人太不明事理了。

情理 指人的通常心理和事物的一般道理:不近情理/這本是情理之中的事。

理性 理智;明白事理控制行為的能力:他是很講理性的,不會感情用事。

常情 一般的情理:愛美是人之常情。

物情 事物的道理:世態物情。

理由 事情的道理和原由:他說明瞭理由,得到了諒解。

大體 重要的道理;有關全局的道理:做事要顧大局,識大體。

大義 大道理:深明大義/微言大義/不能徇私情而忘大義。

義 公正合宜的道理或行為;正義:義不容辭/義正詞嚴。

義理 ❶合乎一定的倫理道德的行為準則;道理:那老板娘是講義理的人。❷文章言辭的內容和道理。

正理 正確的道理:做錯了事,承擔責任,才是正理。

正道 正理;事物發展的正常規律:人間正道是滄桑。

正義 公正的道理;合乎多數人利益的道理:伸張正義/正義戰勝了邪惡。

公道 公正的道理:主持公道/公道自在人心。

分曉 道理(多用於否定式):這個人好沒分曉。

堂奧 〈書〉廳堂和內室的深處,比喻深奧的道理或境界:未窺堂奧/入文家堂奧。

眞諦 眞實的意義或道理:人生的眞諦/愛情的眞諦。

名堂 道理;內容:他突然離開,這裡面一定有名堂。

所以然 為什麼是這樣。指道理或原由:這些人都怕負責任,沒有一個說出個所以然來。

一面理 一方面的理由;片面的道理:你這是些什麼話,不能只說一面理啊。

G1－5 名: 規律

規律 事物之間的內在的聯繫和必然的發展趨勢。規律是客觀存在的,人們能夠認識它、利用它,但不能創造它,消滅它。也叫**法則**。

原理 事物某一領域中帶有普遍性的、最基本的規律:科學原理/你不懂電的原理,不要隨意擺弄電器。

定理 已經證明具有正確性、可以作為原則或規律的結論或命題。如勾股定理。

定律 為實踐所證明瞭的,反應客觀事物在一定條件下發展變化規律的論斷:萬有引力定律/能量守恆定律。

準則 言論、行動等依據的原則:行動準則/道德準則/國際關係準則。

公理 已為實踐反覆證實而被認為不需再加證明、無可辯論的眞理。例如「兩點之間直線最短」就是平面幾何的一條公理。

公例 一般的規律:優勝劣敗,適者生存是天演的公例。

原則 說話、行事或觀察問題所依據的法則或標準:堅持原則/這是基本原則,不能隨意改變/他原則上同意我們的意見。

通例 常規;一般的情況:國際通例/各地的通例。

通則 普遍適用的規章或法則:不超速、不闖紅燈是行的通則。

教條 指被盲目接受、生搬硬套的原理、原則:死搬敎條/他的思想被那些陳腐的敎條束縛住了。

G1－6 名: 世界觀·人生觀

世界觀 人們對整個世界(自然界、社會、思維)

的總體根本的看法。世界觀是人們在長期的社會實踐中逐漸形成的。每個人都有自己的世界觀,在所具有的世界觀的支配下觀察問題和處理問題。也叫**宇宙觀**。

方法論 關於認識世界和改造世界的根本方法。方法論是和世界觀一致的。一般說來,有什麼樣的世界觀,就有什麼樣的方法論。

認識論 關於人類認識的來源、本質、過程、作用和發展規律以及認識和實踐的關係的學說。在認識論上存在著唯心主義和唯物主義、形而上學和辯證的根本對立。

唯物主義 一種哲學的主要派別,認為世界是物質的,是在意識以外不以意識為轉移而客觀存在的。物質是第一性的,精神、意識、思想是人腦對外部世界的反應,是第二性的。它在歷史上經歷了三個階段:古代樸素唯物主義,近代形而上學唯物主義,馬克思的辯證唯物主義和歷史唯物主義。唯物主義是先進社會階級的世界觀。

唯心主義 與唯物主義對立的哲學學說,認為精神、意識、思想是第一性的,而物質、自然界是精神、意識、思想的產物,是第二性的。它有兩種基本形式:主觀唯心主義和客觀唯心主義。唯心主義一般是反動階級的世界觀。

辯證法 ❶關於事物普遍聯繫和發展的哲學學說。是和形而上學對立的世界觀和方法論。它認為事物處在不斷運動、變化和發展變化之中,是它內部固有的各種矛盾鬥爭的結果。辯證法經歷了古代樸素的辯證法、唯心主義辯證法和馬克思主義唯物辯證法三個歷史階段。❷特指唯物辯證法。

唯物辯證法 馬克思、恩格斯創立的研究自然界、人類社會和思維發展最一般規律的科學,是建立在徹底的唯物主義基礎上的辯證法。它包括三個基本規律:對立統一規律、品質互變規律和否定之否定規律。對立統一規律是唯物辯證法的實質和核心。

歷史唯物主義 馬克思、恩格斯創立的關於人類社會發展一般規律的理論,是無產階級認識社會發展的世界觀和方法論。它認為社會存在決定社會意識,社會意識又反作用於社會存在;社會發展有其固有的客觀規律,生產力和生產關係、經濟基礎和上層建築的基本矛盾運動是社會發展的動力。也叫**唯物史觀**。

形而上學 同辯證法相對立的世界觀和方法論。又稱「玄學」。其特點是用孤立、靜止、片面、表面的觀點看世界,認為一切事物都彼此孤立,永遠不變;如果說有變化,也只是數量的增減和場所的變更,而這種變化的原因不在事物內部的矛盾而是由於外力的推動。

主觀主義 不從客觀實際出發,而只從主觀願望或臆想出發來認識和對待事物的思想作風。它有時表現為教條主義,有時表現為經驗主義。

教條主義 主觀主義的一種表現形式。主要特點是:不從實際出發,不分析事物的變化、發展,不研究事物矛盾的特殊性,只是從書本上的個別詞句、定義出發,生搬硬套現成的原則、概念來處理問題。

經驗主義 主觀主義的一種表現形式。主要特點是:片面看重經驗,輕視理論的作用,把局部的狹隘的經驗誤認為普遍真理。

形式主義 片面追求形式而忽視內容實質的思想方法和工作作風。

人生觀 對於人生的目標、價值、意義的根本看法和態度,是人們所處的客觀物質生活條件和主觀因素綜合發生作用所形成的。人生觀是世界觀在人生問題上的反應,在階級社會裡,不同的階級有不同的人生觀。

宿命論 認為世界上發生的事情都是由一種不可避免的力量(命運)所決定的唯心主義理論。它否認人的一切創造能動性,認為人的

生死、貧富、禍福等都是由命運決定和支配,
人是無能爲力的。

G1－7 名： 意念

意念 念頭;想法:雖然是演習,但大伙兒意念上
都當作實戰,個個奮勇衝向火場。

念頭 心裡的打算:轉念頭/打消念頭。

念 念頭;心裡的打算:一念之差/萬念俱灰。

思想 念頭;想法:他從小就有當個醫生治病救
人的思想。

想法 思索所得的結果;意見:這個想法很不錯。

想頭 〈口〉想法。

心思 想法,打算:我猜不透他的心思。

心目 想法和看法:在人們心目中,他是值得敬
重的人。

心勁 想法;念頭:大家都是一個心勁,把這塊荒
地變成良田。

打算 考慮;計畫;想法:每人都有自己的打算。

動機 人做某種事情的主觀願望:他的動機雖
好,可是方法不對。

痴心 對某人或某事物極度迷戀的心思:一片痴
心/痴心妄想。

痴想 不切實際、難以實現的想法:我說的這些
只是痴想,沒什麼用處。

空想 不切實際的想法:他有著孩子般的空想。

雜念 不純正的想法。多指爲個人打算的念頭:
摒去各種雜念。

妄念 不切實際或不正當的念頭:根絕妄念/一
切妄念都已消除。

邪念 不正當的念頭:起了邪念。□**邪心**。

鬼胎 比喻不可告人的念頭:心懷鬼胎。

G1－8 名： 意見

意見 ❶看法;主張:互相交換意見/大家都擁
護他的意見。❷指對人、對事不滿意的想法:
誰對我有意見不妨當面提。

意思 意見;想法:看他的意思是不想參加,所以
我也不勉強他了/我是很願意,但還不知人家
有沒有意思。

看法 對事物所持的見解;觀點:我不同意他的
看法。

見解 對於事物的理解和看法:他在論文中提出
了新的見解。

見地 對事物的認識和主張:頗有見地/他的見
地有獨到之處。

主意 對於事情所持的確定的意見:拿定主意/
改變主意。

主見 確定的意見;主意:她雖然年輕,但遇事很
有主見。

主張 對於行事持有的見解:各有主張/這事是
他自作主張決定的。

主 見解;主意:心裡沒主/先入爲主。

主心骨 主見;主意:平時說得頭頭是道,遇事卻
沒個主心骨。

點子 主意;辦法:想把這事辦好,要大家出點
子。

歪點子 不正確的辦法;壞主意:你這人盡出歪
點子。

呼聲 呼喊的聲音。比喻群眾的意見和要求:傾
聽群眾的呼聲/肅清貪污、根絕浪費是全國人
民一致的呼聲。

高見 敬辭。用以稱對方的見解:有何高見? /
請諸位發表高見。

灼見 明白透徹的見解:灼見眞知/頗有灼見。

卓見 高明的見解:他早就提出了控制人口的卓
見。

眞知灼見 ＊ 正確的認識,透辟的見解。灼:明
白。

遠見 遠大的眼光;深遠的見解:遠見卓識/辦
企業要有遠見。

創見 獨到的見解:他的方案富有創見,值得考
慮。

成見 對人或事物的固定不變的看法：我們不該對他抱持成見／希望雙方消除成見，互相諒解。

定見 確定的見解或主意：對於此事他早有定見，不會輕易改變。

一定之規＊ 一定的規律或規則。常比喻已經打定的主意。

短見 淺薄的見識：庸人短見。

管見 從管中看到的。比喻淺陋的見識。用作謙詞，指自己的見解：這是個人管見，請多指正。

淺見 短淺的見識：這樣的事，以我的淺見寡識，是萬萬想不到的。

偏見 偏於一方面的或不正確的見解；成見：辦事應該公正，不能有偏見。

私見 ❶個人的成見或偏見：這完全由於他存有私見。❷個人的見解：依我私見，此事不宜過急，請慎重考慮。

臆見 〈書〉主觀的見解；個人的私見。也用作謙詞：附陳臆見，以供採擇。

拙見 謙詞。稱自己的見解：依個人拙見，這事應當從長計議。

一孔之見＊ 指狹隘、片面的見解。

一得之愚＊ 謙詞。指自己一點膚淺的見解。

說法 意見；見解：我不同意你的說法。□講法。

成說 現成的通行的說法：要敢於創新，不要囿於成說。

臆說 沒有根據只憑想像的說法：他們憑一些臆說來曲解古書。

異議 不同的或反對的意見：沒有異議／有人提出異議。

二話 不同的意見（多用於否定句）：一切照你的意見辦，我絕無二話。

唾餘 比喻別人的點滴言論或意見：拾人唾餘。

G1－9 動： 主張・認為

主張 對事情持有某種見解：他主張這事早點辦

／有人主張多派幾個人下鄉採購。

主 主張：主戰／主和。

主持 主張；堅持：主持正義／主持公道。

堅持 堅決保持、維護；持續進行：堅持原則／堅持不懈。

力持 堅持；竭力主張：力持正論／力持己見。

認為 對人或事物確定某種看法或作出判斷：我認為他是可以信賴的／我們不認為這是你的過失。

以為 認為：自以為是／信以為真／我以為你被風雪擋在路上了，沒想到你比我先到。

覺得 認為（語氣不太肯定）：我覺得這篇文章主旨不夠突出。

當 以為；認為：他當我是一個十足的傻子／我當他早來了，可現在還沒有到。

當做 認為；看作：你穿這一身筆挺的西裝，客戶會當做你才是老板。

道 以為；認為：我道是你做的，原來是他。

作 當做；作為：作罷／作廢／認賊作父。

作為 當做：作為藉口／作為罷論／作為榜樣。

G1－10 形： 主觀・客觀

主觀 對事物的認識，不依據實際情況，單憑自己的偏見：他的看法太主觀了／這僅是我主觀的意見，難免有不妥當的地方。

自以為是＊ 認為自己的看法正確，不接受別人意見。指主觀，不虛心。

自作聰明＊ 自以為聰明，擅作主張。指主觀逞能。

自行其是＊ 按照自己認為對的做，不接受別人意見。指主觀，固執己見。

自說自話＊ 〈方〉自作主張，不理會別人意見。

先入為主＊ 以為先接受的說法或意見是正確的，有了成見，就不容易實事求是地接受後來的不同意見。

一相(廂)情願＊ 處事只憑單方面願望，不考慮

另方面意見。指只從主觀願望出發,不顧客
觀實際情況。

客觀 按照事物的本來面目去認識,不加個人偏
見:他對問題的分析比較客觀/這篇報導很客
觀地暴露了事實真相。

實事求是* 本指弄清事實,得出正確結論。現
多指從實際情況出發,客觀地、正確地認識事
物、處理問題。

G1－11 名： 感想

感想 接觸外界事物引起的思想反應:我看完他
的來信,有很多感想。

感觸 接觸外界事物而引起的思想情緒:這次回
到離別多年的家鄉,感觸很多。

觀感 參觀、訪問、觀察事物後所產生的感想和
印象:訪問電視台的觀感/我很想請他談談對
巴黎的觀感。

雜感 許多方面的或零星的感想:這裡記的是我
旅途中的一些雜感。

同感 同樣的感想或感受:對此,我有同感。

浮想 腦子裡不斷湧現的感想:浮想聯翩/他靜
臥床上,摒絕一切浮想。

百感 種種感觸:百感交集/百感悽惻。

G1－12 動： 想像

想像 想象 想出某一事物的形象或過程:這裡
當年繁華的景況,依稀還能想像得出/事情將
怎樣發展變化,現在很難想像。

設想 想像;假想:我設想中的「文學館」是一個
資料中心。

意想 想像;料想:這正是我意想中的渡假別墅/
這樣的結果是意想不到的。

暢想 敞開思路地想像:暢想曲/暢想未來。

遐想 悠遠地思索或想像:那個從未去過的世
界,使她遐想,使她神往。

幻想 不切實際地想像:不要幻想一經商就能成

為百萬富翁。

空想 沒有依據地想像:他並不了解實際情況,
一些辦法完全是坐在辦公室裡空想出來的。

假想 帶假設性地想像:她彷彿進入了童話中假
想的仙境/他知道前邊道路十分艱險,便假想
種種困難,預作準備。

試想 試著設想(多為婉詞):你試想,要是沒有
人天天打掃,這裡的環境將是怎樣? /天寒地
凍,試想在野外工作的人有多辛苦。

夢想 ·做夢也在想;渴望:他從小就夢想能駕駛
飛機飛上藍天。妄想;空想:你們膽小怕事,
別夢想我會學你們的樣兒。

懸想 憑空想像:他不禁為事情的可能結果懸想
起來,擔心起來。

虛懸 憑空設想:這個虛懸的計畫,結果不會有
何成就。

胡思亂想* 不切實際、沒有根據地瞎想。

想入非非* 脫離實際地幻想不能實現的事。

異想天開* 想得離奇而不切實際,不能實現。

白日做夢* 比喻幻想根本不可能實現。

痴心妄想* 一心想著不切實際、無法實現的事。

G1－13 名： 想像

想像 想象 在原有知覺材料的基礎上,經過聯
想、改造,創造出新的形象的心理過程:這根
本不是事實,完全出於你的想像。

理想 對未來事物的想像或希望(多指有根據
的、合理的,區別於空想、幻想):偉大的理想/
我們的理想一定會實現。

幻想 對還未實現或不可能實現的事物的想像:
美麗的幻想/科學幻想。□**玄想**。

空想 不切實際的想像:空想永遠也成不了現
實,幻想卻可能結出豐碩的果實/他有著一切
孩子的空想,眼睛欣喜地閃動著。

黃粱夢 唐傳奇《枕中記》的故事說:盧生在客店
遇一老道給他一個枕頭,他枕著入睡,夢見一

生享盡榮華富貴,一覺醒來,見店主人在他睡前所蒸黃粱(小米)還沒有熟。後用來比喻夢寐以求的好事,實際上是空虛的幻想。

迷夢 沈迷不悟的夢想:冷酷的生活現實,粉碎了我的迷夢。

南柯夢 唐代李公佐的傳奇小說《南柯太守傳》裡說,淳於棼夢入大槐安國,當了南柯太守,享盡榮華富貴,醒來才知是大夢一場。後用來指一場夢或比喻一場空歡喜。

夢幻泡影* 佛經上說世界上一切事物都像夢境、幻術、水泡和影子一樣無常和空虛。現比喻空虛而容易破滅的幻想。

G1－14 動: 深思

深思 深刻地思考:深思熟慮/值得深思。

沈思 深沈地思考;靜默地想:沈思默想/沈思良久/她坐在桌前陷入沈思。

熟思 慎重而周密地思考:我望你熟思的就是這件事。

冥想 深沈地思索和想像:苦思冥想/她望著窗外的景色,默默地冥想著往事。

凝思 聚精會神地思考:我正在凝思,他匆匆地走到我面前。

三思 慎重地反覆考慮:三思而後行/這事還請你三思。

深思熟慮* 深刻地周密地思考。

冥思苦想* 深沈地苦苦思考。

G1－15 動: 斟酌

斟酌 反覆衡量考慮:斟酌取捨/斟酌字句/事情這樣辦,是經過再三斟酌的。

掂掇 斟酌;衡量:事情這樣辦好不好,請大家再掂掇掂掇。

掂量 斟酌:該送多少糧食去,你掂量著辦吧/他掂量好要問的詞句,來人已跨上自行車走了。

掂對 斟酌:各位回到村裡掂對著辦就是了。

參酌 參考某種材料或情況,加以斟酌:請參酌往例辦理。

權衡 衡量;斟酌:權衡利弊得失/他權衡了同志們的各種建議,感到一位老同志的辦法最好。

衡量 考慮;斟酌:衡量輕重緩急/他把自己的話仔細衡量,好像有些話不很妥當。

酌量 反覆斟酌考慮:這事由你酌量辦吧!

G1－16 名: 內心

內心 心裡頭:內心世界/出自內心/他內心的痛苦,不願別人知道。

心跡 內心的真實情況:表白心跡/以明心跡。

心坎 內心深處:放在心坎兒上。□**心髓**;**心尖**;**心底**。

心田 內心;心意:深深地印入了心田/他明白了她的心田。

心眼 內心:她打心眼兒裡喜歡這孩子。

心曲 內心:亂我心曲。

心裡 內心;思想裡;頭腦裡:心裡高興/我心裡有好多話要說。□**心中**;**心上**;**心頭**。

心魄 內心;胸懷:撼人心魄。

心腹 藏在內心的:心腹事/心腹話/吐露心腹。

肺腑 比喻內心:感人肺腑/出自肺腑。

心弦 指受感動而起共鳴的心:扣人心弦。

方寸 指內心;心緒:方寸已亂/蓄之方寸。

寸心 ❶內心;心裡:寸心欲碎/文章千古事,得失寸心知。❷微小的心意:聊表寸心。

胸次 心裡;心懷:喜怒哀樂不入於胸次/胸次光明。

胸懷 內心;心裡:直抒胸懷/思鄉之情湧上胸懷。

胸臆 內心;藏在心裡的:發自胸臆/直抒胸臆。

G1－17 名: 居心·心地

居心 心裡懷著的某種念頭:居心險惡/人們猜

不透他這樣做是什麼居心。

存心　心裡久已有的念頭:存心不良/事情雖然沒有辦成,他的存心還是好的。

用心　居心;用意:別有用心/想不出他的用心。

用意　用心;企圖:他的用意是好的/我不明白他說這話的用意。

心地　居心;用心:心地善良/心地純樸。

心腸　心地;用心:心腸好/他是個好心腸的人。

心術　內心;居心(多指壞的):心術不正。

心眼　心地;存心:心眼好/心眼太偏。

心底　〈方〉心地;存心:這人心底不好。

心氣　用心;存心:誰也猜不透他的心氣。

G1－18　名:　腦力・理智

腦力　人的理解、記憶、思維、想像等的能力:腦力勞動/腦力好/用腦力/費腦力。

腦筋　人的思維器官。也指思考、記憶等能力:動腦筋/費腦筋。□**腦子**。

頭腦　腦筋,指思考、記憶等能力:保持頭腦清醒/沒想到他這樣沒頭腦。

心思　思考能力;腦筋:用心思/白費心思/心思靈巧。

心力　❶思維能力;腦力:用盡心力和體力。❷心思和體力、能力:竭盡心力/心力交瘁。

心竅　指思維能力和思想(我國古時以為心臟有竅才能思維):開了心竅/鬼迷心竅/他那一雙眼能看穿人的心竅。

心血　心思、精力:費盡心血/這部作品是他多年心血的結晶。

心勁　思考和分析問題的能力:他這人很有心勁。

理智　清醒、冷靜地思考、辨別事理和控制自己感情、行為的能力:不要失去理智,感情用事/我希望你能保存一點冷靜的明辨是非的理智。

理性　理智;從理智上控制行為的能力:她一想

起這些就忍不住要失去理性地大哭一場。

靈機　突然產生的思路;靈活而敏捷的心思:靈機一動,想出了好主意。

G1－19　名:　思路・觀點

思路　思維的條理脈絡;思想的門徑:思路清楚/思路開闊/思路不開。

思緒　思想的頭緒;思路:思緒萬端/一聲叫喚打斷了他的思緒。

理路　思想或文章的條理:他講話理路不清。

觀點　從一定的立場或角度出發,對事物所持的看法:歷史觀點/觀點正確/政治觀點。

眼光　觀察事物的能力;觀點:眼光短淺/他很有眼光/這人精明能幹,我的眼光斷不會錯的。

眼力　辨別是非好壞的能力;眼光:眼力高/他是個有眼力的/他很滿意自己觀察事物的眼力。

G1－20　名:　心計

心計　計謀;心裡的打算:用盡心計/她是一個有心計的女人。□**心數**。

心機　心思;計謀:費盡心機/有心機,有膽量。

心路　心計;計謀:幾個孩子中就是他心路最多。

心術　心計;計謀:就算他使心術,我也不相信會把我怎麼樣。

城府　比喻待人處事難以揣測的用心:城府很深/他是個沒有城府的人。

機心　〈書〉巧詐功利的用心:他雖然對人沒有機心,而自己生活卻充滿信心。

G1－21　動、形:　用心・盡心

用心　❶〔動〕使用心力:飽食終日,無所用心/這孩子讀書不肯用心/她只在打扮上用心。❷〔形〕集中注意力;專心:這孩子學習非常用心/他們都在用心地聽講。

費心 〔動〕耗費心思：請你費心把這本書帶給他／這件事讓您多費心了。

盡心 〔動〕用盡心力：你這件事我一定盡心辦好／爲他的事我花了好多時間，他還以爲我不盡心。

著意 〔形〕用心；集中注意：著意描寫／著意打扮。

刻意 〔形〕用盡心思：刻意求工／刻意修飾。

存心 〔動〕心裡懷著某種念頭：存心害人／他存心要使我難堪。

蓄意 〔動〕心裡預先懷著某個念頭；存心：蓄意已久／蓄意破壞／蓄意挑釁。

盡心竭力* 用盡心思，使完力量。

煞費苦心* 竭力地用盡心思。

挖空心思* 想方設法，費盡心機(多用於貶意)。

處心積慮* 指存心已久(多用於貶意)。

殫精竭慮* 使盡了精力，費盡了心思。□殫思竭慮*。

嘔心瀝血* 形容費盡心力。

G1－22 動： 記憶

記憶 對認識或經歷過的事物能夠記住或想起：他對許多往事都能記憶／當時他怎麼說的，我現在已經不記憶了。

記 把印象保留在腦子裡；不忘：你的電話號碼我記住了／那天從哪條路去的，記不清楚了。

記取 記住並吸取：記取歷史教訓／有些事你並不有意記取，卻總是難忘。

記得 想得起來；沒有忘：二十年前發生的事，我還記得。

切記 務必記住：切記到校後立即來信。

牢記 牢牢記住：我把母親叮囑的話牢記心中。

銘記 牢牢地記住：銘記在心／終身銘記。

銘刻 指牢記在心：銘刻不忘。

銘心 銘記在心：銘心刻骨。

介意 記在心上(多指不愉快的事)：我的話出於無意，請不要介意。

刻骨銘心 形容留下的印象極其深刻，永遠忘不了(多用於對別人的感激)。也說鏤骨銘心。

沒齒不忘 一輩子終身不會忘記。沒齒：沒世，終身。也說沒世不忘。

言猶在耳 形容別人說過的話好像還在耳邊，記得很清楚。

G1－23 名、形等： 記憶力

記憶力 〔名〕記住事物的形象或事情的經過的能力：記憶力好／記憶力衰退／喪失記憶力。

記性 〔名〕記憶力：記性好／我的記性不如你／這孩子沒記性，讓他不要來，他又來了。

記事兒 〔動〕指兒童初有辨別和記憶事物的能力：他那時才兩歲，就記事兒了。

忘性 〔名〕容易忘事的毛病：你可真忘性大，連昨天才花費的錢就不記得了。

健忘 〔形〕記憶力不好，容易忘事：你太健忘，這事才幾天就記不得了？

丟三落四 形容漫不經心，常常忘事。

淡薄 〔形〕(印象)因淡忘而模糊：我離鄉整整二十年，對故鄉的印象已非常淡薄了。

淡漠 〔形〕記憶不真切，印象淡薄：時過境遷，這事在我記憶裡已經淡漠了。

過目成誦 看一遍就能背誦，形容記憶力特別強。

G1－24 名： 記憶·印象

記憶 過去的事物的印象：記憶猶新／記憶已經模糊／在我的記憶中，他是一位和藹可親的長者。

印象 外界事物在人的頭腦中留下的跡象：這本書給我留下很深的印象／你對法國的印象如何？

表象 在感知的基礎上頭腦中形成的事物的形象。感知過的事物不在面前時，腦中再現出

來的形象,叫記憶表象;由記憶表象加工改造成的新形象叫想像表象。

幻象 由幻想、幻覺或夢境產生的事物的形象:那只是你夢中美麗的幻象。

浮光掠影 水面的反光、一掠而過的影子。比喻不深刻的印像。

G1－25 動: 回想

回想 想過去的事;回憶:回想舊事/他盡力回想當時的情景。

回憶 回想:老同學的信使我回憶起充滿理想和抱負的學生時代。

憶 〈書〉回想;回憶:憶往事/憶江南。

回顧 回想:回顧過去的經驗教訓/回顧去而不復返的少年時代。

回首 〈書〉回顧;回想:回首往事/人事萬端,不堪回首。

回溯 回顧;回憶:回溯抗日戰爭的歷史/回溯起來,那是一年以前的事。

追想 回想:追想從前的快樂生活/事後追想起來,感到很對不住朋友。

追憶 追想;回憶:追憶昔日的繁榮景象/追憶過去,感慨很多。

追思 追想;回憶:追思先生的音容笑貌,不覺黯然淚下。

追懷 追思;回憶:我現在只能追懷往事,表示對他的敬意和悼念。

追念 追想;回憶:追念先生急流勇進、不屈不撓的一生。

緬懷 追念;追想(久已過去的事情):緬懷往古/緬懷先烈/緬懷歷史上偉大的革命事件。□**緬想**。

撫今追昔* 面對當前事物,引起對往事的追思。

重溫舊夢* 比喻重新經歷或回憶過去的事。

G1－26 動: 想念

想念 (對人或環境等)不能忘懷,希望見到:想念親人/想念家鄉/想念學校/他帶來了孩子心裡想念的各種糕餅。

想 想念;懷念:想家/朝思暮想/孩子很想媽媽。

念 想念;惦念:念念不忘/父母都念著遠在外地讀書的兒女。

思念 想念;懷念:我非常思念我的外語老師/他無時不思念故土和親人。

思 想念;懷念:思親/低頭思故鄉/朝思暮想。

懷念 思念:我非常懷念在農村過春節的情事。

懷想 懷念:懷想故人/懷想往日的友情。

懷戀 懷念留戀:懷戀父母的恩情/懷戀從前的生活。

懷 想念;懷念:懷友/懷舊/懷古。

思慕 思念並仰慕:他是我思慕已久的一位長者。

渴慕 非常思慕:我們同去訪問一向渴慕的一位老教授。

惦記 對人或事物心裡老是想念,放心不下:她無時不惦記遠在異國的兒子/他很惦記家鄉的情況。□**惦念**。

掛念 想念;惦記:她在外打工,心裡老是掛念家裡的人。□**記掛;牽掛;牽念**。

掛 〈方〉心裡牽掛;掛念:你安心休養,不要老掛著學校裡的事/他到現在還掛著我們。

惦 掛念;惦念:他在家養病,還總是惦著廠裡的事。

顧念 顧及;惦念:顧念舊情。

眷念 深切地懷念:眷念故土/他對家鄉始終懷有眷念之情。

軫念 〈書〉悲痛地懷念:軫念亡友/殊深軫念。

相思 彼此想念。多指男女相互愛慕而無法接近引起的想念:兩地相思/相思只有甜味,而單思完全是苦的。

渴想 非常想念:時時渴想/她見到了日夜渴想的人。

感念 思念;感激懷念:感念不忘/先生的行事
令人感念。

感懷 有所感觸;感傷地懷念:感懷往事/感懷
身世。

念舊 懷念故舊;不忘舊日情誼:在他病中,她還
念舊,常去探望。

懷舊 懷念故人或往事:人到老年,愈加懷舊。

懷古 思念古代的人或事:懷古傷今/發懷古之
幽思。

一日三秋＊ 一天不見,就好像過了三年。形容
想念非常殷切。

念念不忘＊ 時刻地、不斷地想念著,不能忘懷。

朝思暮想＊ 早晚都在想念。形容深切地想念。

牽腸掛肚＊ 形容非常惦念,放心不下。

G1－27 動: 忘記

忘記 ❶經過的事不再留在記憶中;不記得:他
們的深情厚意,我永遠不能忘記/我忘記了他
的地址。❷應該做的事沒有記住去做:他伸
手一摸,錢包忘記帶了。

忘 忘記;不記得:這件事我忘不了/我忘問他
的姓名了。

忘掉 忘記:讓我們把過去一些不愉快的事全忘
掉吧。

忘卻 〈書〉忘記;忘掉:他遺忘了苦難的過去。

遺忘 忘記;因日久而不記得:離校時老師的贈
言,我終生不會遺忘/這是一個久已被人遺忘
的故事。

忘懷 忘記;沒放在心上(多用於否定):他當時
說的話和誠摯的神情,我從未忘懷。

失記 〈書〉忘記;遺忘:年久失記/姓名失記。

淡忘 印象淡薄下去以至於忘記:童年生活,已
逐漸淡忘了。

G1－28 動: 相信

相信 認為某種對象是確實的、正確的而不懷

疑:我相信他的為人/說這事是他做的,我不
相信。

信 相信;不懷疑:信以為真/半信半疑/信不信
由你。

聽信 聽了並相信:他對你的話向來是聽信的/
不要聽信謠言。

置信 相信(多用於否定):難以置信/不可置信
/我盡量說了,但沒法使他們置信。

憑信 相信;信賴:這只是他們幾個人片面之詞,
不足憑信。

確信 堅定地相信,不懷疑:他確信自己選擇的
道路是正確的,絕不動搖。

堅信 堅定不移地相信:堅信自己崇高的信仰/
我堅信他一定如約前來。

輕信 輕率地相信:輕信花言巧語/重證據,不
輕信口供。

誤信 錯誤地聽信:他感到自己有點輕率,誤信
了片面之詞。

自信 相信自己:他自信有能力完成這一任務/
不要過分自信。

信任 相信:我對他一向非常信任/聽見這突如
其來的消息,她不信任地望著他。

當真 信以為真:他這話是隨意說的,你不要當
真。□認真。

耳食 〈書〉指不加省察,輕信傳聞:耳食之談。

G1－29 動: 疑惑

疑惑 心裡不明白或不能確定而不相信或引起
猜測:疑惑不解/他疑惑是鄰居取走了他的報
紙。

懷疑 疑惑;不很相信:你不能憑空懷疑別人/
敢於懷疑前人陳舊的觀點。

疑 疑惑;不相信:將信將疑/深信不疑/他總疑
他們是在那裡笑他。

疑心 懷疑:他天天回家很晚,媽媽疑心他交上
了不好的朋友。

猜疑　沒有根據地懷疑:他們猜疑是我把這事告
　訴別人的/你們不要互相猜疑。

生疑　產生疑惑:他這兩天行動很不正常,令人
　生疑。□起疑;犯疑。

置疑　表示懷疑(多用於否定):不容置疑/無可
　置疑。

狐疑　猜疑;懷疑:他心裡一直狐疑著,家裡會不
　會知道他逃學。

多心　起疑心;不相信:我們沒有說你,請不要多
　心。

吃心　〈方〉多心:大家說的是別人,你用不著吃
　心。

嘀咕　思忖;猜疑:我心裡一直嘀咕著這件事/
　他暗自嘀咕:「可不要把我調去。」

打悶雷*　〈方〉比喻不明真相,悶在心裡亂猜疑:
　你快說吧,不要叫人家打悶雷。

將信將疑*　不敢輕信;有些相信,又有些懷疑。
　□半信半疑*。

G1-30 名、形：　疑心·疑難

疑心　〔名〕懷疑的念頭:他這人疑心很大/他越
　是解釋就越引起我的疑心。

疑念　〔名〕懷疑的想法:他擔心左右鄰舍會起疑
　念。

疑點　〔名〕可疑的地方;不了解的地方:他的陳
　述中有不少疑點/他提出書中的一些疑點,請
　老師解釋。

疑竇　〔名〕〈書〉疑心;可疑的地方:頓生疑竇/指
　出書中疑竇加以解答。

疑團　〔名〕積聚在心裡的疑念:滿腹疑團/打破
　疑團/解不開的疑團。

疑雲　〔名〕比喻積聚在心裡的疑惑;疑團:她的
　臉上漸漸地堆滿了疑雲。

疑難　❶〔形〕疑惑難解的:疑難的詞義/疑難問
　題/疑難雜症。❷〔名〕疑惑難解的地方或問
　題:我在學習中有任何疑難,他都給我以詳細

的解釋。

嫌疑　〔名〕被懷疑有某種行為的可能性:這事他
　有重大嫌疑/不避嫌疑。

疑心病　〔名〕多疑的心理狀態:這怕是她的疑心
　病。

可疑　〔形〕值得懷疑:他近來的行動很可疑/他
　們想起他許多可疑的事。

無疑　〔形〕沒有疑問:確鑿無疑/必敗無疑。

多疑　〔形〕疑心重;疑惑多:生性多疑/這事不
　會牽涉你,不要多疑。

疑神疑鬼*　懷疑這個,又懷疑那個。形容疑心
　特別重,無中生有,胡亂猜疑。

疑心生暗鬼*　指心有懷疑就會胡亂猜疑,容易
　誤會。

形跡可疑*　神情舉止令人懷疑。

G1-31 動：　推想·估計

推想　根據已知的情況想像、估計未知的事情:
　我多年沒有回鄉,推想起來,那裡的面貌一定
　有很大的變化。

推測　根據已知的事情猜想、估計未知的事情:
　從他只請假三天來推測,他不會到很遠的地
　方去。

推度　推測;推想:他推度到對方的心情,也就不
　再向他詢問什麼。

推斷　對事物推求研究後做出判斷;推測斷定:
　根據現場情況,可以推斷不是一個人作的案。

猜想　根據某種跡象或憑想像推想和估計:看他
　面帶喜色,我猜想這事可能成功了。

猜測　根據線索或憑想像推測:人們猜測不出他
　說這些話的用意。

猜　猜想;猜測:他猜不出母親的心思。

懷疑　猜想:我懷疑這事是他做的。

估計　對事物的性質、數量、變化等做大致的推
　斷;對事情的發展作推測或猜想:估計效果不
　錯/我估計他會接受這項工作/雨這麼大,我

估計他來不了。□**估量；估摸；算計**。

估算 估計(著重數量方面)：估算產量／估算成本。

掂掇 估計：我掂掇這件事能夠辦成功。

打量 以為；估計：你打量我真的不懂嗎？

捉摸 猜測；推想：不可捉摸／她的心思真叫人難以捉摸。

忖度 推測；估量：我忖度，他大概就是總指揮吧。

忖量 忖度；揣測：他的意思，很難忖量。

揣測 忖度；推測：我揣測他說的並不全是真實情況。

揣度 估量；揣測：揣度他的本意是想做一件好事。

揆度 〈書〉揣度；估量：揆度情勢／揆度得失。

猜度 猜想；揣度：她在心中暗暗猜度他話裡的意思。

揣 〈書〉忖度；估量：揣得失／不揣冒昧。

懸揣 揣測；猜想：我這些話不是憑空懸揣的。

臆測 主觀地推測：憑空臆測／很難臆測。

臆度 憑主觀猜想；臆測：他的見解只是出於臆度。

想 猜想；推測：我沒想到情況竟如此複雜／想是前邊車出毛病了，這麼多車停在這裡。

想見 由推想而知道：情況很複雜，可以想見／讀這首詞，可想見他當時的豪邁氣概。

推見 推想出：看封面和書名，就不難推見這類書的性質。

想來 表示只是根據推測，不能完全肯定：很久不通音訊，想來你身體很好。

想當然 憑主觀推測，認為事情大概或應該如此：你不能憑想當然辦事。

G1－32 動： 預想‧預料

預想 對尚未發生或進行的事預先推想：途中會有預想不到的困難／會議遇到的問題是他沒有預想過的。

預料 事先推測：大家預料，明天的會不會開了／事情的發展並不如他預料的那麼順利。

預測 預先推想或斷定：事態的發展很難預測／我無法預測她的未來。

預計 預先計算或推測：這項工程預計一年完成／預計他要來的時候，她就躲出去。

預見 事先看出事物的發展變化：他們預見到市場發展的趨勢，及時改換了產品。

預卜 事先料定：此事能否成功，難以預卜／他自稱能預卜禍福安危，但沒人信他。

預言 預先說出將要發生的事情：當時就有人預言，人口問題將是困擾我們的大問題。

諒 料想：諒可準時到達／諒他也不敢。

意料 事先對情況、結果進行推測、估計：我早已意料到會出事／這真是意料不到的。

料 預料；估計：不出所料／真給你料著了。

料想 猜測將發生的事；預料：料想不到情勢變化這麼快／我料想他還會回來。

料及 〈書〉料想到：事情如此發展，是始未料及的。

逆料 預料：事情能否成功，尚難逆料。

承望 預料到：他不承望會落到這樣的結果。

展望 向將來看；預測事物發展的前途：展望未來／展望美好的明天。

想不到 出於意料以外，沒有估計到：真想不到在這裡遇見你。

想得到 在意料之中，能預想到：誰想得到，事情竟會弄得這麼糟。

不料 沒想到：原以為他會反對的，不料他倒同意了。

不意 不料；沒想到：不意遺失證件，失去聯絡。

不期然而然＊ 沒有希望這樣，竟然是這樣了。形容出乎預料。也省作「不期而然」。

一葉知秋＊ 看見一片落葉就知道秋天將要來臨。比喻從某些細微跡象，就預料到事物發

展變化的趨勢。

審時度勢＊　觀察了解時勢,預測形勢的變化。

未卜先知＊　事情發生之前,沒有占卜就先知道了。比喻有預見。

G1－33　名：　預見

預見　能預先料到事物的未來發展、結果的見解:科學的預見／英明的預見／他的預見十分正確。

預想　事先的推想:事實證明瞭我的預想／預想和現實總是有距離的。

預料　事先的推測:果然不出我的預料／他的預料沒有錯。

預言　預先說出的有關將發生的事情的話:他的預言得到了證實／那種期待我們失敗的預言肯定要落空。

意料　事先對情況、結果等的估計:出不了他的意料／這是意料之內的事。

意表　意想之外:出人意表。

G1－34　動：　計畫·打算

計畫　❶事先打算、考慮:我計畫下週去澳洲。❷預先擬定行動或工作的內容和步驟:他們已經計畫好了,利用本地資源在這裡辦廠。

籌劃　計畫安排:這裡正籌劃建造高級住宅區。

籌謀　想辦法;籌劃:他善於籌謀,敢於決斷。

擘劃　**擘畫**　〈書〉籌劃;安排:經營擘劃／報社初創,他盡力擘劃,貢獻甚大。

謀劃　**謀畫**　籌劃;想辦法:當時,他為了謀劃一家衣食,拚命兼差打工賺錢。

統籌　從總體考慮;通盤籌劃:統籌兼顧／統籌全市支援災區工作。

策畫　出主意;定辦法:策畫起義／幾個年輕人策畫了這部有聲有色的連續劇。

劃策　**畫策**　出主意;定計策:出謀獻策／幕後劃策。

運籌　制定策略;籌劃指揮:運籌帷幄／精心運籌、縝密思考。

企圖　打算;謀劃;力求辦到:他們企圖突圍,沒有成功。

試圖　打算;設法做到:他說了許多好話,試圖影響我們。

妄圖　狂妄地謀劃:妄圖篡改歷史／妄圖僥倖過關。

徐圖　〈書〉慢慢地從長謀劃:徐圖良策／徐圖東山再起。

盤算　反覆細緻地思索或籌劃:他盤算著怎樣進一步節省開支。

合計　盤算:兩人合計了一下,決定走小路進村。

打算　事先考慮;計畫:我打算先複習英語／他總是先想到別人,很少為自己打算。

打譜　合計;盤算:他心裡打譜,這事難辦,得親自出馬。

計較　打算:這件事,我們還得從長計較,才能決定。

準備　❶打算:我準備明天找他商量／我不準備在會上發言。❷預先籌劃安排:積極準備起義／接待外賓工作已經準備好了。

算計　暗中謀劃損害別人:他到處造謠,說我們存心要算計他。□計算。

謀算　❶謀劃;盤算:他正在謀算明年的生產計畫。❷暗中謀劃損害別人;算計:他竟也跟著別人一起謀算我。

圖謀　打算;謀劃:圖謀不軌／圖謀侵吞公款。

合謀　共同策畫(多含貶義):合謀走私漏稅／這勾當是他們三人合謀幹的。

同謀　共同謀劃(做壞事):他竟敢和他們同謀／他這樣做乾必有同謀的人。

預謀　預先謀劃:他投案自首,舉發同伙預謀已久的行為。

蓄謀　早已懷有惡意的、害人的謀劃:蓄謀已久／蓄謀迫害。

陰謀　暗中策畫(做壞事):陰謀叛逃。

密謀　秘密策畫:密謀偷越國境。

妄想　狂妄地打算:敵人妄想阻擋我軍前進／那時,我不自量力,妄想一舉成名。

深謀遠慮*　計畫周密,考慮深遠。

費盡心機*　用盡心思謀算;想盡辦法。

機關用盡*　用完周密巧妙的計謀;費盡心機(含貶義)。也說**機關算盡***。

千方百計*　想盡一切辦法,用盡一切計謀。

將計就計*　利用對方所用的計策,反過來向對方施計。

G1－35 名:　計畫‧打算

計畫　預先擬定的工作或行動的內容、辦法和步驟等:五年計畫／生產計畫／要有切實可行的計畫。

規劃　比較長遠的發展計畫:遠景規劃／治理黃河規劃。

宏圖　弘圖　宏大的規劃:大展宏圖／四化建設的宏圖。□**鴻圖**。

雄圖　宏偉的計畫或深遠的謀略:雄圖大計。

百年大計*　有關長遠利益的計畫或措施。

打算　對行動如何進行和安排的想法;計畫:新學年的打算／對下崗後的工作他已有打算。

意圖　想達到某種目標的打算:我不想隱瞞自己的意圖,只求得到你們的諒解。

企圖　打算;意圖:敵人有向西逃竄的企圖／這是他自私自利的個人企圖。

意旨　意圖:政府應受人民的監督,而絕不應該違背人民的意旨。

成算　已定的打算:他心中早有成算。

妄想　不能實現的打算:他提出的要求,完全是不會達到的妄想／快斷了你的痴心妄想吧!

小算盤　比喻爲個人或局部利益的打算:大家都明白他心裡的小算盤,是趁便到歐洲遊一趟。

小九九　〈方〉乘法口訣。比喻爲自己的打算;小算盤:他懷著自己的小九九,滿口說的都是假話。

如意算盤*　比喻只從好的方面去想的打算:這是他的如意算盤,實際做起來,困難多著呢。

G1－36 名:　計謀

計謀　爲進行某種活動、擺脫困難或制勝敵人而想出的主意或辦法:定下計謀／中了他卑鄙的計謀。

計策　謀劃;策略:這大概是人家用的計策,使他上了圈套。

策　計謀;辦法:獻計獻策／束手無策／這是上策。

策略　謀略;計謀;根據形勢變化發展而制定的行動方針和鬥爭方法:以出奇制勝的策略獲得成功／正確的戰略策略,把鬥爭引向勝利。

決策　決定下來的政策或策略:教育部廢除聯考是重大的敎改決策。

機關　計謀;心機:識破機關／機關用盡／他怕她說溜嘴,洩漏了機關。

勝算　能夠取得勝利或成功的謀略:穩操勝算。

巧計　巧妙的計策:巧計多端。

謀略　計謀和策略:有膽量,有謀略。

方略　計畫;策略:建設方略／她想不出一個對付他們的方略。

韜略　古代兵書《六韜》、《三略》的並稱。借指計謀、謀略:素有韜略／他有點韜略,常給村裡出點子來對付敲詐勒索的勢力。

機謀　機智靈活的計策、謀略:他胸中自有機謀／中了別人的機謀。

權謀　隨機應變的謀略:爲人機智,多權謀。□**權略**。

權術　權謀;手段(多含貶義):玩弄權術。

遠謀　深遠的謀略:貪求近功而無遠謀。

機宜　依據客觀情勢所採取的方針、策略:在會議上他面授了一些機宜。

智謀　才智和謀略：他指揮作戰,常以智謀取勝。
　□智略。

智術　智謀;權術：善用智術／打小算盤,弄小智
　術。

神機妙算*　驚人的機智,奇妙的謀劃。形容計
　謀高明而有預見。

苦肉計　故意傷害自己身體以騙取對方信任的
　計謀。

G1－37　名：　陰謀

陰謀　陰險詭詐的計謀：敵人的陰謀沒能實現／
　識破他們的陰謀。

詭計　狡詐的計謀、花招：詭計多端。

毒計　狠毒的計策：敵人反攻的毒計。

毒謀　毒辣的計謀：暗施毒謀。

奸計　奸詐的計謀：中了奸計。

狡計　狡猾的計謀：戳穿他們的狡計。

暗箭　暗中射來的箭。比喻暗中傷人的陰謀詭
　計：暗箭傷人／暗箭難防。

鬼把戲　陰險害人的手段或計策：我倒要看看他
　有什麼鬼把戲。

G1－38　名：　邏輯

邏輯　❶思維的規律：說話寫文章都要合乎邏
　輯。❷指邏輯學。通常指形式邏輯。❸客觀
　事物發展的規律性：生活的邏輯。

邏輯學　形式邏輯和辯證邏輯的總稱,是研究思
　維的形式和規律的科學。舊稱「論理學」、「名
　學」。

形式邏輯　研究思維形式及其規律的科學。它
　研究概念、判斷和推理及其正確聯繫的規律
　和規則,而不問概念、判斷和推理的具體內
　容。它是幫助人們認識事物、正確表達思想
　和論證思想的工具。

辯證邏輯　研究思維辯證法的科學。它研究思
　維形式如何正確反映客觀事物的運動變化、

反映事物的內外矛盾和複雜關係;研究各種
思維形式在認識發展過程中的聯繫和轉化;
要求人們對具體事物作具體分析;用實踐來
檢驗和確定思想的正確性。

概念　反映事物的本質屬性的思維形式。人在
　認識過程中,把所感覺到的事物的共同特點
　抽出來加以概括,就成為概念。客觀事物不
　斷發展變化,概念的內容也隨著人們實踐和
　認識的深入而不斷豐富。反映概念的語言形
　式是詞語。

內涵　概念所反映的事物的特有屬性。例如
　「人」這一概念的內涵,是「能夠製造並使用工
　具進行勞動,有語言、能思維的動物。」

外延　具有概念所反映的特有屬性的事物。例
　如「人」這一概念的外延,是指古今中外一切
　的人。

範疇　反映客觀事物的普遍本質的基本概念。
　各門科學中都有各自的一些基本範疇,如化
　學中的「化合」、「分解」,政治經濟學中的「商
　品」、「價值」,哲學中的「本質和現象」、「形式和
　內容」等。

判斷　指對客觀事物具有某種性質有所肯定或
　否定的思維形式,是人們對客觀事物認識的
　結果。在形式邏輯上用命題表達出來。如
　「科學就是生產力」就是一個判斷。

推理　從一個或幾個已知的判斷(前提)得出另
　一個新判斷(結論)的思維過程。如由「銅能
　導電,鐵能導電,鋁能導電」和「銅、鐵、鋁都是
　金屬」推出「凡是金屬都能導電」,就是推理。

歸納　從一系列個別事實推出一般結論的推理
　方法(跟「演繹」相對)。

演繹　指從一般到特殊的推理方法,即由普遍性
　的前提推出特殊性結論(跟「歸納」相對)。

類比　指根據兩種事物在某些屬性的相似,推出
　它們其他的屬性也可能相似的間接推理方
　法。如在地質勘探工作中,人們根據兩個地

區的地質構造類似,由其中的一個地區有某一礦產,推出另一地區也可能有某一礦產。類比推理是一種或然性的推理,其結論是否正確還有待實踐證明。

三段論 演繹推理的一種形式。由一個共同的概念聯繫著的兩個前提(大前提和小前提)推出結論,如:「凡動物都有生和死(大前提),人是動物(小前提),所以人有生必有死(結論)。」

前提 ❶作為推理的依據的已知判斷。如三段論裡的大前提和小前提。❷事物發生和發展的先決條件:勤奮是成功的前提。

大前提 演繹推理中包含著一般性知識的前提。在三段論中是含有結論中的賓詞,作為結論依據的命題。

小前提 演繹推理中包含著特殊性知識的前提。在三段論中指含有結論中的主詞,表達具體事物的命題。

命題 邏輯學指表達判斷的語言形式,由繫詞(「是」或「不是」)把主詞和賓詞聯繫而成。如「珠穆朗瑪峰是世界最高峰」,這句子就是一個命題。

同一律 形式邏輯的基本規律之一。就是在同一思維過程中,每個概念、判斷必須具有確定的同一涵義,不能混淆不相同的概念和判斷。違反這條規律,就會犯「偷換概念」、「偷換論題」的邏輯錯誤。

矛盾律 也叫「不矛盾律」,形式邏輯的基本規律之一。就是在同一思維過程中,對同一對象不能同時作出兩個矛盾的判斷。即不能既斷定它是什麼,又斷定它不是什麼。違反這條規律就要犯「自相矛盾」的邏輯錯誤。

排中律 形式邏輯的基本規律之一。就是在同一時間、同一關係下對同一對象所作互相矛盾的兩個判斷不能都假,必有一真。即在它是什麼和它不是什麼之間必須選擇一個。違

反這條規律就會犯「兩不可」的邏輯錯誤。

矛盾 ❶辯證法上指事物內部對立著的諸方面之間的既互相排斥又互相依賴的關係。❷形式邏輯中指兩個概念互相否定或兩個判斷不能同真也不能同假的關係。❸泛指事物間互相對立、排斥的關係:我們相互之間沒有矛盾。

G1－39 動: 分析

分析 把事物、現象或觀念分解成各個組成部分,找出各個部分的性質特點和彼此之間的關係:分析當前形勢/分析社會問題/分析這篇文章的含意。

辨析 辨別分析:辨析詞義/他仔細觀察她說話時的臉色,辨析話中的含意。

辨證 辨析考證:辨證精湛。

剖析 分析;辨析:文章剖析事理比較透徹/作者剖析了人物的內心世界。

剖解 分析:他把道理剖解得很透徹/作品從剖解人物的性格入手。

離析 〈書〉分析;辨析:離析字義。

條分縷析＊ 一條一條地分析。形容分析得細密清楚而有條理。

G1－40 動: 綜合·概括

綜合 ❶指把分析過的事物、現象的各個部分、屬性結合起來考察,從整體上認識事物的本質和發展的規律:要從許多人的活動中找出其共同性與個性,然後綜合為作品中的典型人物。❷把不同種類、不同性質的事物或現象組合在一起:綜合治理/綜合各方面意見。

概括 ❶把一類事物中某些事物的共同特點歸結在一起,形成對整個這類事物的認識:「候鳥」這個詞概括了隨季節變更而遷徙的鳥類的特徵。❷總括:關於這個問題的意見,概括起來有兩條。

總括　統括;概括;把各方面合在一起:他把各方面意見總括起來,擬訂一個合理的方案。□**綜括**;統括。

歸納　綜合;概括:他把大家的意見歸納爲三點。

歸結　總括而得出結論:領導者的責任,歸結起來,主要地是出主意、用幹部兩件事。

總結　對情況加以分析、研究做出結論:總結經驗/把先進人物的先進思想總結出來。

G1－41 動：　判斷

判斷　經分析、辨別,確定事物的性質、情況:誰是誰非,很難判斷/根據情況判斷,他們路上一定出事了。

判定　辨別斷定:判定眞僞/骨董商仔細的端詳手中的白玉,判定是漢朝出土的。

斷定　判斷、確定:警方斷定這是一起交通事故。

論斷　推論判斷:根據史實論斷歷史人物的功過是非。

預斷　事先斷定:他的前途究竟如何,還難以預斷。

臆斷　憑猜測主觀地判斷:妄加臆斷/我們的工作究竟有了什麼結果,我不敢臆斷。

武斷　沒有充分根據,憑主觀隨意判斷:對這事他是否完全同意,我不能武斷。

G1－42 動：　推論

推論　用語言形式進行推理:這樣推論下去,謊話也會變成眞理了。

推演　推論演繹:我說「多看外國書」,你卻推演爲將來都說外國話,變成外國人了。

類推　比照某一事物的道理推出同類的其他事物的道理:以此類推/這事這樣辦,也可以類推到別的事。

舉一反三 *　從所舉的一個方面類推而知道其他方面。從一件事情類推而知道許多事情。

觸類旁通 *　掌握某一事物的知識或道理,進而類推了解同類的其他事物。

G1－43 名：　結論

結論　❶推理中由已知判斷推出的新判斷,即推理的結果。❷對人或事物所下的總結性論斷:對他的錯誤結論已經推翻/採取這個措施是依據專家的結論。

斷語　斷定的話;結論:他搶著給她下了斷語。

總結　對行動、工作經過分析、研究作出的結論:經驗總結/工作總結。

小結　在整個過程中的一個階段的總結:做小結/工作小結。

定論　確定的結論:不作定論/已有定論。

G1－44 名：　論證

論證　❶邏輯學上指引用論據來證明論題眞實性的論述過程。❷立論的根據。

反駁　論證的一種特殊方式,即用一個論證去推翻另一個論證的邏輯過程。

論題　指在論證過程中,眞實性需要證明的判斷(命題),即論證的對象。

論點　議論中所要闡述的觀點;論題。

論據　指在論證過程中,用來證明論題眞實性的判斷或事實,即立論的根據。

反證法　一種間接論證的方法。通過論證與原論題相矛盾的論題的錯誤,從而證明原論題的正確。

歸謬法　一種反駁的方法。從對方的論題出發,推出一個與事理相違背的荒謬的結論,從而否定對方的論題。

G1－45 動：　證明

證明　用可靠的材料來表明或斷定人或事物的眞實性:他證明了這個命題/事實證明我當時不在現場。

論證　論述並證明:他在文中論證了翻譯工作的

需要。

證實 證明其確實:這項發明已被證實是有價值的／消息還有待證實。

驗證 通過試驗或應用來證實:經過實踐驗證,大家公認這一方案是可行的。□證驗。

說明 證明:網際網路的風行,說明了二十一世紀是高科技的時代。

印證 證明與事實或想法相符:他試驗得到的結果印證了我論文中的設想。

應驗 事情的發展、結果和原來的預料相符:氣象俗諺能夠應驗的不在少數。

求證 尋找證據或求得證實:科學重視切實求證,不相信憑空設想。

引證 引用事實、言論或資料作爲根據來證明:他引證許多古今中外的史實,把道理說得很透徹。

G1－46 名: 證據

證據 用來證明某事物的眞實性的其他事物:拿出確鑿的證據／證據不足／所有的證據,都不可靠。

證 憑據;證據:以此爲證／發證單位／憑證入場。

據 憑證;證據:立此爲據／有憑有據／查無實據。

憑 證據:口說無憑／不足爲憑／眞憑實據。

左證 佐證 證據:左證確鑿／援引成例,以爲左證。

憑證 證據:這是可以使人信服的憑證。

憑據 作爲證明的文件或實物:這事是他的主意,我有憑據。

明證 明顯的證據:他貪污受賄,已有明證。

鐵證 確鑿的證據;不容否認的證據:鐵證如山。

印證 用來印證的事物:這件打補丁的襯衫是他艱苦樸素生活作風的印證。

實據 確實的證據:實據俱在,不容否認。

信物 作爲憑證的物件:愛情的信物。

信據 眞實可信的證據:書中所引信據,無可置疑。

眞憑實據＊ 眞實可靠的證據。

反證 可以駁倒原論證的證據:提供反證。

旁證 側面的證據;間接的證據;佐證:旁證材料。

G1－47 名、動: 根據

根據 ❶〔名〕作爲論斷前提或言行基礎的事物:他的理論有科學的根據／你的話有什麼根據? ❷〔動〕以某種事物作爲根據;依據:你這樣說根據什麼? ／分配工作應當根據各人所學的專業。

依據 ❶〔動〕以某種事物作爲依託或根據:有所依據／你依據什麼作出這個論斷? ❷〔名〕作爲依託或根據的事物:這些資料可以用作製訂計畫的依據。

引據 〔動〕引用以作爲根據;引證:這篇文章引據那邊的報告,寫得有聲有色。

基於 〔動〕根據:基於以上理由,我不同意承辦這個工程。

G1－48 名: 定義

定義 對一個概念的內涵,即它所反映的事物的本質屬性的確切、概括的說明。如「平行四邊形」這個概念的定義是:「兩對邊互相平行的四邊形」。

界說 定義的舊稱。

狹義 指在較小範圍內的具體意義(與「廣義」相對)。如狹義的文藝單指文學,廣義的文藝包括文學、戲劇、音樂、美術等。

廣義 範圍較寬的含義(與「狹義」相對)。如「金」,廣義指金、銀、銅、鐵、錫等金屬,狹義專指黃金。

G1－49　動：　分類

分類　根據事物的特點劃分成類：在圖書館裡，書籍通常是按科目分類。

歸類　❶分類。❷把各個事物按其特性歸入不同的類別。如一種語言的詞分爲若干詞類，把各個單詞歸類，是確定它屬於哪個詞類。

分門別類*　按事物的特性分成各種門類；按事物所屬類別進行整理或處理。

分別部居*　分類排列。

G2　認識・知識・能力

G2－1　動：　認識・理解

認識　指對事物有了理性的認識，了解了事物的本質和規律：要在實踐中認識眞理／認識原子能才能利用它／大家認識到規劃好企業管理的重要性。

理解　經過思考而認識到；了解事物的道理：對上級的指示我們要認眞理解／群衆有些不滿情緒，是可以理解的。

知道　❶看到、聽到或察覺（現象、情況、資訊等）：你知道外面在下雪嗎？／這孩子穿得這麼少，也不知道冷／這個消息我昨天就知道了。❷對事實或道理有所認識和理解：你說的道理我都知道／他知道自己的想法是錯誤的。

知　知道：知己知彼／知無不言／有些話我不該說不該說。

知曉　知道；曉得：這個地方很偏僻，很少爲人知曉。

識　知道；了解：不識時務／一代天驕，成吉思汗，只識彎弓射大雕。

懂　知道、了解（事物的道理）：懂道理／懂業務／我不懂你的意思。

懂得　知道（道理、做法等）：每個人都應懂得自己肩負的重任。

懂事　明白事理；善於理解別人的意圖：這孩子懂事／你怎麼這麼不懂事？

理會　認識、理解某種事物的意義、道理等，並有所體會：他沒有完全理會我的意思。

領會　理解；明白（別人的心意）：她領會了他送來這本書的心意。

領悟　領會；理解。特別指弄明白了本來不懂或不了解的事情：聽了他的解釋，我才開始有所領悟。

領略　領會；理解：人們看戲，未必都能領略其中的深意。

體會　通過親身經歷而有所領會：我深深體會到家庭的溫暖。

體驗　在實踐中認識事物：到農村去體驗生活／做敎師的辛苦和快樂，是我親身體驗的。

體味　仔細體會：作者長期和農民生活在一起，所以能體味到他們的眞實感情。

悉　〈書〉詳盡地知道：來信收到，欣悉一切／熟悉情況。

知悉　〈書〉知道；了解：內情如何，無從知悉。

通　了解；懂得；明白：粗通文墨／通情達理／博古通今。

通竅　通達事理：他是石頭腦袋不通竅。

通達　明白（人情事理）：通達事理／他爲人通達。

了解　清楚地知道：我了解這件事的全部過程／我們共事十多年，我了解他。

了　〈書〉了解；明瞭：其所易了，闕而不論／了如指掌。

了了　〈書〉明白；懂得：他讀這本書，不甚了了。

明瞭　明白；懂得：他到校不久，就明瞭了一切情況／你的用意我是明瞭的。

清楚　了解：這件事的眞實情況我並不清楚。

明白　知道；了解：你的解釋我明白了／他們完

全明白該怎樣做。

明知 明明知道:明知故問／明知他錯了,你還要偏袒他／明知山有虎,偏向虎山行。

情知 明知:你情知他弄虛做假,爲什麼一句話不說?

曉 ❶知道;明白:家喻戶曉／無人不知,無人不曉。❷使人知道:曉以大義。

曉得 知道、懂得:我曉得他不想來／他嘴裡這樣說,誰曉得他心裡怎樣想。

會 理解;懂得:心領神會。

會心 領會:會心微笑／大家聽了他的話,都會心地笑了起來。

會意 會心;領會:他已經會意,不要再說了。

意會 不經說明而心中領會:只可意會,不可言傳／你對她的一片眞情,她當然能夠意會的。

心照 不要對方明說而心裡知道、明白:心照不宣／這只能彼此心照,不便說破。

心領神會＊ 內心深刻地領會。

融會貫通＊ 把各方面的知識或道理融合領會,從而得到全面透徹的理解。

茅塞頓開＊ 原來心裡好像有茅草堵塞著,現在忽然被打開了。形容思想忽然開竅,一下子理解、領會了某個道理。也作**頓開茅塞**＊。

豁然貫通＊ 形容頓時領悟某個道理。

豁然開朗＊ 頓時出現開闊明亮的境界。比喻豁然貫通,頓時明白某個道理。

G2－2 動: 認識・辨別

認識 能確定某人是誰或某事物是什麼;辨別:多年不見,我還認識他,老人卻不認識我了／這條路我不認識。

認得 認識;識別:我不認得你們,你們走吧／你也不過多認得幾個字,有什麼驕傲的。

認 認識;辨別:認字／認清方向／各人的行李,請自己來認。

識 認識;識別:識字／老馬識途／素不相識。

辨別 把兩個以上事物的特點加以比較,從而看出它們相互的差異;區別;分辨:辨別顏色／辨別是非／辨別不同品種的植物。

辨 辨別;分辨:眞假難辨／不辨菽麥／在昏暗的暮光中辨不清她的氣色。

辨認 辨別;識別:字跡模糊,難以辨認／仔細辨認各種草藥。

辨識 辨認識別:只見灰濛濛一片,我們辨識不出是煙是霧。

辨析 辨別分析:辨析事理／辨析詞義／他從她這種眞誠關切裡辨析話中的含意。

識別 辨別;辨認:識別假冒偽劣商品／讓大家都學會識別騙子的伎倆。

分辨 辨別:你能分辨水仙球莖和蒜頭的不同嗎?／我剛到農村時,連韮菜和麥子都分辨不出。

分 分辨;分別:分清敵友／五穀不分／眞假難分。

分清 分辨清楚:分清是非／即使是親兄弟,財務也要分清,以免日後起爭執。

分別 辨別:分別主次／分別緩急／這兩人的相貌簡直難以分別。

區別 把兩個以上的事物加以比較,認識它們不同的地方;分別:區別不同情況,加以正確對待／他還小,不能區別好人、壞人。

區分 〈書〉區別;劃分:對兩種性質的矛盾,要嚴格區分。

判別 辨別:判別好壞／判別良莠。

判明 辨別清楚:判明眞相／判明資料的可靠性。

鑑別 辨別眞假好壞(常用於對藝術品的識別):他精於鑑別／這幅畫經專家鑑別,不是眞跡。

鑑定 辨別並確定事物的眞偽優劣;鑑定文物／鑑定產品品質。

G2－3 動: 熟悉・精通

熟悉 了解得清楚:他熟悉這裡的一草一木／獵

人很熟悉山間小路。

熟知　清楚地知道:他熟知這裡的風土人情。

熟習　❶熟悉:對這裡的街道他很熟習。❷對某種學問或技術學習或掌握得熟練,了解得深刻:熟習會計業務/熟習果樹栽培技術。

習　熟悉:習地形/不習水性。

熟識　對某人認識得較久或對某種事物了解得較深刻:我與他相交十年,彼此熟識/漁民的孩子自幼便熟識水性。

熟諳　〈書〉熟悉:熟諳歷史/他於詩詞歌賦無不熟諳。

諳　〈書〉熟悉:不諳世事/素諳此道。

熟稔　〈書〉非常熟悉:他回到家鄉,已找不到他所熟稔的故人了/熟稔的曲調勾起了他的回憶。

稔　〈書〉熟悉:素稔/相稔。

精通　深刻地理解並熟練地掌握(某種學問、技術等):他精通西洋畫法/鍼灸、推拿等醫術,他都精通。

通曉　透徹地了解:他通曉法律/這個市場慣例是大家所通曉的。

貫通　全面透徹地理解:融會貫通/歷代史傳,無不貫通。

貫　貫通:學貫中西。

掌握　熟悉並能運用或支配:掌握規律/掌握技術/掌握一門外語。

曉暢　〈書〉熟悉;精通:曉暢法理/曉暢軍事。

詳悉　詳細地知道:詳悉始末/當地民情風俗,皆所詳悉。

瞭如指掌*　形容對事物的情況了解得非常清楚,就像指著自己掌上東西給人看一樣。

如數家珍*　好像數說自己家裡的珍寶一樣。比喻對所說事物的情況十分熟悉。

G2-4　動:　洞悉·看透

洞悉　透徹地知道:洞悉對方意圖/洞悉情勢。

洞曉　透徹地知道;洞悉:洞曉世故/洞曉利害。

洞達　透徹地理解:洞達人情世故。

洞察　透徹深入地觀察、了解:洞察是非/她是能洞察孩子思想感情細微變化的母親。

看透　徹底地了解;透徹地認識:他這樣做有什麼用意,我還沒有看透/對他這人的為人處世,我算看透了。

看穿　看透;識破:她很快就看穿了這些人的來意。

看破　看透;看穿:看破紅塵/他生怕讓人看破自己的秘密。

識破　看穿別人的秘密或事物的真像:識破敵人的陰謀詭計/他怕被人瞧見,識破他是臨陣脫逃的。

洞燭其奸*　形容看透對方的陰謀詭計。

洞隱燭微*　形容對事物觀察、了解得深刻透徹。也作洞幽燭微。

心明眼亮*　頭腦清醒,眼光明亮。形容洞察事物,能明辨是非。

G2-5　動:　發覺

發覺　開始知道(隱藏的或以前沒注意的事):他們走了一段路,發覺有人盯梢/騎上車,我才發覺車胎沒有氣。

發現　發覺;找到或看到(隱藏的東西):發現問題/發現目標/他發現自己處在一個尷尬的境地。

覺察　發覺;看出來:相處久了,大家覺察到新廠長是個嚴以律己的人。□察覺。

意識　覺察;感覺到:她意識著這一定是有人在偷聽她們的談話/這時他才意識到問題的嚴重。

窺見　覺察到:從「雜文」中可以窺見魯迅的學問的淵博/他以為自己已經窺見了她的心思。

G2-6　動:　醒悟

醒悟　在認識上一下清醒過來,由模糊而清楚,

由迷惑而明白或由錯誤而正確:經過啓發,他
終於醒悟,認識了自己的錯誤/大家的指責和
勸說,都是希望他能翻然醒悟。

覺悟　從迷惑中醒悟過來,明白某種道理:人們
覺悟到要發展農業生產必須重視科學技術/
要使受蒙蔽的人及時覺悟。

覺醒　覺悟;醒悟:被壓迫的民族日益覺醒/廣
大的工農群眾已經覺醒了。

醒　覺悟;明白:及時猛醒/他這個糊塗人,現在
總算醒過來了。

悟　覺悟;理解:恍然大悟/執迷不悟/從這件事
我悟出一點道理/他沒有悟過來,以為是真
的。

覺　覺悟;明白:自覺自願/覺今是而昨非。

省悟　醒悟:他猛然醒悟自己方才說的話不大妥
當。

省　醒悟;明白:猛省/發人深省/你們省得什
麼?

憬悟　〈書〉醒悟:莫不豁然憬悟。

感悟　受到感動而醒悟:悚然感悟/大家耐心勸
導,終於使他感悟。

深省　**深醒**　深刻地醒悟:發人深省。

猛省　**猛醒**　猛然醒悟,忽然明白過來:令人猛省
/她默坐片刻,忽然猛省地拿起書。

開竅　❶弄懂道理;搞通思路:在老師的教導下,
我有些開竅了。❷指兒童開始長見識:我的
知識開竅得很早。

自覺　自己有所認識而覺悟:自覺遵守紀律/自
覺自願地報名參軍。

醍醐灌頂*　酥油澆到頭上。佛教用以比喻用智
慧進行啓發,使人徹底醒悟。

恍然大悟*　形容一下子明白過來,完全醒悟。

G2-7 動、形等:　不解・誤解

不解　〔動〕不理解;不懂:大惑不解/「你這是什
麼意思?」他不解地問。

不詳　〔動〕不知道;不清楚:其姓氏不詳/近況
不詳。

未詳　〔動〕不知道或了解得不清楚:出處未詳/
作者生平未詳。

誤解　❶〔動〕(對別人的意思)理解得不正確:他
誤解了你的意思/我出於好心,不怕別人誤
解。❷〔名〕不正確的理解:這是他對我的意
見的誤解/他們之間的誤解已經消除。

誤會　❶〔動〕錯誤地領會(別人的意思):你誤會
了我的意思,我沒有同意這樣做。❷〔名〕對
別人意思的誤解:消除誤會/這是一個誤會。

茫然　〔形〕不知道、不明白的樣子:事情變化這
麼快,很多人都心中茫然/茫然不知所措。

發蒙　〔動〕〈口〉糊塗;弄不清楚:聽你一講,我反
而發蒙了。

不摸頭　〔動〕〈口〉不了解情況:我人生地不熟,
這裡情況一點點不摸頭。

沒譜兒　〔動〕〈方〉心中無數:這件事怎麼辦,我
心裡全沒譜兒。

胸中無數*　指對事情實際情況不了解,不知該
怎樣處理。也說**心中無數**。

一知半解*　形容知道得很少,理解得不深透。

漆黑一團*　一片黑暗。形容一無所知。

一竅不通*　比喻什麼都不懂。竅,指心竅。

不求甚解*　原指讀書只求領會要旨,不刻意在
字句上花工夫。後多形容學習、工作不認真,
不求深刻理解。

囫圇吞棗*　把棗子整個兒吞下去。比喻在學習
上不加分析、籠統接受,不求深刻理解。

G2-8 形:　明白・清楚

明白　(內容、意思、道理等)明顯、透徹、容易了
解:這段文章的意思是很明白的/他講話容易
聽得明白/老師對問題作了明白的解釋。

明　明白;清楚:情況不明/是非愈辯愈明。

明瞭　清楚;明白:簡單明瞭/他已經把話說得

再明瞭不過了。

了然　明白清楚:不甚了然／一目瞭然／我聽了，心裡才了然點。

清楚　清晰、有條理，使人容易了解，容易分辨:說理清楚／字跡清楚／帳目清楚／事實清楚。

清醒　(頭腦)清楚明白;不糊塗,不迷惑:清醒地估計形勢／頭腦清醒。

亮堂　(思想)開朗;(認識)清楚:聽了他這番話,我心裡亮堂了。

透亮　明白;清楚:他們幹的勾當,我嘴上不說,心裡可是透亮的。

明亮　明白:經你一加解釋,我心裡明亮了。

分曉　清楚;明白:書上說得不分曉／這事要去問個分曉。

一目瞭然＊　一眼就看得清楚。

心明眼亮＊　頭腦清醒,眼光明亮。形容看問題很清楚,能明辨是非。

G2－9　名:　知識·學問

知識　人們在實踐中獲得和積累起來的認識和經驗:理論知識／科學知識／知識豐富。

常識　普通知識;一般的知識:科學常識／法律常識／衛生常識。

見識　通過接觸事物所得到的知識;見聞;見解:這次南方之行使我長了不少見識／這個發言體現了他的膽量和見識。

識見　見解;見識:識見過人／自己不應該和他們一樣沒識見。

識　知識;見識:有識之士／遠見卓識。

知　知識;見識:求知／無知／真知灼見。

見聞　看到和聽到的事:旅途見聞／增長見聞。

學問　❶知識:這人沒有什麼學問／你不要小看售票員工作,其中大有學問呢。❷指系統的知識:資訊論是一門新興的學問／做學問就要有他這樣嚴謹的作風。

學識　學問;知識:學識淵博／他近年來在學識上有很大的進步。

學術　學識;泛指一切學問的總稱,包括理論的學問和應用的技術:學術淵博／研究學術／學術思想／學術團體／學術著作。

學說　學術上有系統的主張或理論:研究達爾文的學說／他的學說推翻了前人的錯誤結論。

學　❶學問:學疏才淺／學有專長／學富五車。❷學說:老莊之學／陰陽圖緯之學。❸學科:算學／史學／生物學／經濟學。

實學　切實有用的學問:真才實學／這人小有名氣,未必真有實學。

皮毛　比喻表面的膚淺的知識:只知道一點皮毛。

異端　指不符合正統思想的學說、觀點或教義:視為異端／異端紛起。

異端邪說＊　指非正統或不正當的學說、言論。

G2－10　名:　心得·經驗

心得　在學習和實踐中體驗或領會到的道理、知識、技能等:認真讀書,很有心得／介紹在銀行實習的心得。

體會　在學習和實踐中體驗、理解的東西;心得:座談會上,大家暢談各自的體會。

收穫　比喻學習、工作中所取得的知識、成績和思想認識等;心得:實習收穫很大。

經驗　由實踐得來的知識或技能:經驗豐富／歷史經驗／舞臺經驗／交流經驗。

閱歷　由經歷得來的知識和經驗:他從年輕時就走南闖北,閱歷豐富／我們是兩代人,有著不同的閱歷。

教訓　從錯誤或失敗中得到的認識或經驗:接受教訓／吸取教訓。

鑑戒　可以使人警惕、作為教訓的事情:引為鑑戒。

覆轍　翻車的軌跡。比喻導致失敗的教訓:重蹈覆轍／我們不要重蹈前人的覆轍。

G2－11 形： 博學

博學 學識豐富：博學多才／他是本公司中極方
　正、博學的人。

博識 學識廣博：博識多聞。

博雅 學識淵博：博雅多才／博雅君子。

淵博 (學識)深厚廣博：學問淵博／知識淵博。

淹博 〈書〉淵博；廣博：學識淹博。

廣博 範圍大,方面多(多指學識方面)：他從教
　三十年積累了廣博的知識和豐富的教學經
　驗。

賅博　該博 〈書〉(知識、學問)完備淵博：見聞賅
　博／經學該博。

奧博 〈書〉(知識、學問)淵深廣博：學識奧博。

精深 精熟深通；精微深奧：博大精深／他對文
　字學有精深的研究。

精湛 精深：技藝精湛。

飽學 學識豐富：飽學之士。

博大精深* 指理論、學識、思想、著作等淵博深
　奧。

博古通今* 通曉古今的事情。形容學識淵博。

博聞強識*　博聞強誌* 形容見識廣博,記憶力
　強。也說**博聞強記***。

G2－12 形： 淺薄

淺薄 學識、經驗、修養等膚淺、不足：我的一點
　語法知識很淺薄／他這樣對待朋友,未免太淺
　薄了。

膚淺 (學識、理解、思想內容等)淺,不深刻：他
　的看法很膚淺／我對這裡情況的了解是非常
　膚淺的／我這些小文章,又粗糙,又膚淺。

浮淺 淺薄；膚淺：內容浮淺／經驗浮淺／一些浮
　淺的青年。

淺 膚淺；淺薄：見識淺／才疏學淺。

淺學 學識淺薄：恕我淺學,實在說不出它的絕
　對年代。

淺陋 知識貧乏；見聞狹隘：識見淺陋／作品思
　想內容十分淺陋。

謭陋 〈書〉淺陋：學識謭陋／見聞謭陋。

鄙陋 (見識)淺薄粗俗：鄙陋無知。

鄙薄 鄙陋淺薄：鄙薄之志／鄉曲鄙薄之談。

固陋 〈書〉(見識)閉塞,淺陋：固陋不通／精神趨
　於固陋。

愚陋 愚昧淺陋：性愚陋褊狹／我現在才知道自
　己實在愚陋。

才疏學淺* 才能粗疏,學識淺薄。常用作謙詞。

孤陋寡聞* 學識淺陋,見聞狹窄。

淺嘗輒止* 剛嘗試一下就停止了。指不肯深入
　研究。

少見多怪* 見識少,遇到沒見過的事就感到奇
　怪。

G2－13 形： 無知

無知 沒有知識；不明事理：年幼無知／無知妄
　為。

愚昧 沒有知識；文化落後：愚昧無知／要大力
　宣傳科學知識來消滅愚昧和迷信。

愚蒙 愚昧：他想盡其所知來啓發一下鄉民的愚
　蒙。

蒙昧 ❶愚昧；不明事理：蒙昧無知。❷沒有文
　化：蒙昧未開／蒙昧時代。

混沌 無知無識的樣子。思想混沌／拿混沌頭
　腦去觀察社會,自然得不到正確的認識。

渾渾噩噩 形容無知無識,糊裡糊塗的樣子。

不學無術* 沒有學問,沒有本領。

不辨菽麥* 分不清豆子和麥子,形容愚昧無知。
　多指缺乏實際生產知識或沒有常識。

G2－14 名： 知識分子

知識分子 具有一定文化科學知識、主要從事腦
　力勞動的人,如科技工作者、教師、醫生等。

讀書人 舊時指知識分子：他是個普通讀書人。

文人　讀書並能做文章的人：文人雅士／文人墨客／文人相輕。

文化人　從事文化工作的人。也泛指知識分子。

士　舊指讀書人、知識分子：士、農、工、商。□士人。

書生　讀書人：白面書生／書生本色／他依然是書生風度。

學士　舊時指研求學問的讀書人；學者：文人學士。

先生　對知識分子的稱呼。常用作尊稱。

儒生　原指學習、信奉儒家經書的人。後泛指讀書人。

學究　❶讀書人的通稱。多指迂腐淺陋的讀書人：學究氣／冬烘學究。❷舊時指私塾教師：老學究／學究先生。

腐儒　迂腐的讀書人。

迂夫子　迂腐的讀書人。

書呆子　言語行事不懂聯繫實際、不知變通的讀書人。

G2－15　名：　　學者·專家

學者　研求學問的人。多指在學術上有一定造詣的人：訪問學者／請學者講學。

專家　在學問、技術某一方面有專門研究或特長的人：老專家／數學專家／紡織專家。□專門家。

專才　精通某方面學識或業務的專門人才：培養專才／專才專用。

權威　在某種範圍裡被公認為最有影響、最有地位的人或事物：他是經濟學界的權威／這部著作是現代企業管理學的權威。

通人　〈書〉學識淵博、通達古今的人：他是博覽群書的通人。

家　在某種學問的研究中或在某種活動中有成就的人：數學家／音樂家／旅行家／教育家／舞蹈家。

師　掌握某種專門知識、技術的人：畫師／會計師／營養師／美容師。

大家　著名的專家、作家：古文大家／這幅畫出於大家手筆。

大師　對有突出成就的學者、專家的尊稱：國學大師／京劇大師。

大拿　〈方〉稱在某一方面最有權威的人：技術大拿。

大方　指識見廣博或有專長的專家：方家：貽笑大方。

方家　語本《莊子·秋水》：「吾長見笑於大方之家。」原指深明大道的人。後指精通某種學問或藝術的人：「敝帚自珍，不值方家一笑。」

宗師　在思想或學術上受人尊崇，可奉為師表的人：一代宗師／天下宗師。

泰斗　泰山北斗。比喻德高望重或有卓越成就而為眾人所敬仰的人：文壇泰斗／京劇界的泰斗。

泰山北斗*　比喻德高望重或在學術、技術等方面有卓越成就，為人們尊重敬仰的人。

G2－16　名、動：　　文盲

文盲　〔名〕不識字或識字很少、沒有基本讀、寫能力的成年人或超過上學年齡的兒童。

半文盲　〔名〕識字不多的成年人。

睜眼瞎子　〔名〕比喻不識字的人；文盲。

胸無點墨*　形容沒有讀過書，文化水準極低。

目不識丁*　丁，泛指簡單的字。形容人不識字或沒有學問。也說**不識一丁***。

不識之無*　唐白居易在《與元九書》中說，他在出生才六七個月時，有人指「無」字、「之」字給他看，心裡已能默識。後來用「不識之無」形容人不識字，文化水準很低。

掃盲　〔動〕掃除文盲，對不識字或識字很少的人進行識字教育：掃盲運動。

脫盲　〔動〕指不識字的人經過學習後達到一定

標準,脫離文盲狀態。

復盲 〔動〕受過初等教育或經掃盲教育脫盲的人,因長期不讀不寫而重新變爲文盲。

G2－17 名： 老粗·半吊子

老粗 指沒有文化的人。常用作謙詞。也說**大老粗**。

半吊子 舊時錢串一千叫一吊,半吊是五百,不能滿串。用來形容知識不豐富或技術不熟練的人。

半瓶醋 比喻對某種知識或某種技術一知半解的人。

二把刀 〈方〉稱對某項工作知識不足、技術不精的人。

洋盤 〈方〉舊時譏諷外國人不熟悉中國情況,也用以指對都市中外來的或時髦的事物缺乏經驗的人。

土包子 指在本地生長、沒有見過世面的人(含譏諷意)。□**土巴佬**。

G2－18 名： 智力

智力 人認識客觀事物和運用知識、經驗等解決實際問題的能力:智力出衆/發展智力/智力開發/智力測驗。

智慧 智力。泛指聰明才幹:群衆的智慧和力量是無窮無盡的。

智 智慧;知識:足智多謀/鬥智不鬥力/不經一事,不長一智。

智能 智慧和行動能力;智力:智能不足/幫助兒童智能的發育/智慧型機器人。

智商 即智力商數。指個人的智力測驗成績和同年齡被試成績相比的指數,是確定智力發展和掌握知識水準的標誌。常見的智商有兩種:一、比率智商,即以智力年齡與實足年齡之比乘以100。如智商爲100,標示智力爲中等,在120以上爲「聰明」,在80以下爲「愚笨」。二、離差智商,即以個人的智力測驗分數與同年齡組正常人的智力平均分數之比喻爲智商。

資質 人在智力方面的素質;天資;稟賦:學校裡資質個個不同的兒童,同樣需要培養。

稟賦 人先天的體魄、智力方面的素質:這孩子有藝術的稟賦,是可造之材。

天資 人秉賦的智力;資質:天資聰穎。

天賦 天資:這孩子在繪畫方面天賦很高。

天稟 〈書〉天資:天稟聰穎/發明創造是他的天稟。

天分 天資;天賦:這孩子天分高。

天才 天賦的智慧和才能;卓絕的創造力、想像力:天才出於勤奮/她在音樂方面很有天才。

才思 文藝創作的思路和能力:才思敏捷/才思縱橫。

才智 泛指才能和智慧:才智過人/他恨自己的才智不能施展。□**智才**。

才分 天資;才能:他的才分不算高,但勤奮過人,終於獲得了成功。

才華 表現於外的才能。多指文化、藝術方面的:才華橫溢/才華出衆/你比我有才華。

才氣 才能,氣魄:才氣過人/他是個很有才氣的企業家。

才情 才華;才思:他的才情、舉止都和一般人不同。

慧心 聰慧的心思;智慧:別有慧心。

靈機 靈活而敏捷的心思:靈機一動,計上心來。

G2－19 形： 聰明

聰明 智慧高,記憶和理解力強:聰明過人/我的幾個孩子,就是小的還聰明一點。

聰敏 聰明,反應快:自幼聰敏/他是聰敏人,一聽這話,什麼都理會過來了。

聰慧 有智慧,理解和思考能力強;聰明:她是個聰慧的小姑娘/她一雙聰慧的眼睛盯著他笑

著。

聰穎〈書〉聰明,智力特出:他從小就聰穎過人。

穎慧聰明;有智慧:性情穎慧／穎慧過人。

穎悟聰明;理解力強:天賦穎悟／穎悟絕群。

穎異聰慧過人:自幼穎異。

內秀資質聰明而外表上不顯露:她心靈內秀,好學不倦／他是個內秀的人。

明白聰明;懂道理:他是個明白人／老師喜歡他,因為他明白懂事。

明智懂事理,有遠見:我認為這是一個明智的辦法。

伶俐聰明;機靈:這孩子活潑伶俐／他是個聰明伶俐的人。

精聰明;機靈:這孩子可真精,我還沒說,他已經猜到了。

精靈機靈:他們一家兄弟幾個個個精靈透頂。

精明精細聰明:精明能幹／他是個精明的企業家。

乖聰明;機靈:乖孩子／他吃過虧,所以學乖了。

乖巧聰明機靈:這小傢伙乖巧得很／她小的時候,就非常伶俐乖巧。

乖覺聰明機靈:他這人乖覺得很,你只要點一點,他就會明白。

靈透聰明:這姑娘心眼太靈透了。

惺惺聰明;機靈:他三歲未能行,然能語言,極惺惺。(也指聰明人:惺惺惜惺惺。)

足智多謀*富於智慧,善於謀劃。

G2－20 形:　機智·靈活

機智聰明靈活,能迅速應付事態變化:這個青年戰士勇敢機智／他機智地擺脫了敵人的跟蹤。

機警機智靈敏,對情況變化能迅速反應:初到生疏環境,他十分機警／聽到響聲,他機警地拔出手槍。

機敏機智敏捷;機警靈敏:機敏過人／偵察人員機敏地追蹤到犯罪分子窩藏的巢穴。

機靈聰明靈活;機智:這孩子十分機靈／她機靈的眼光落在他的臉上了。也作**機伶**。

靈活❶敏捷;不呆板:頭腦靈活／孩子明亮的眼睛顯得靈活和聰慧。❷機智,善於應變;不拘泥:採取靈活的措施／原則要靈活執行。

靈敏靈活敏捷,反應快:感覺靈敏／思維靈敏／動作靈敏／這笑顏是她靈敏的智慧的表現。

靈巧聰明靈敏:心思靈巧／動作靈巧。

靈靈活;靈敏;靈巧:心靈手巧／年紀大了,耳朵、眼睛不那麼靈了。

機動靈活(運用,處理):機動靈活的戰略戰術／這項經費可由學校機動處理。

活泛靈活;機靈:他心裡活泛,嘴巴又快。

隨機應變*隨著情況時機的變化,機動靈活地應付。

通權達變*為了適應當前情況的需要,不按常規而採取靈活的辦法做事。

相機行事*看具體情況,選擇時機靈活地辦事。

G2－21 形:　愚笨

愚笨智力差;頭腦遲鈍,不靈活;不聰明:同伴們嫌他愚笨,不願意和他玩／他並不愚笨,就是不喜歡讀書。

愚愚笨;傻:愚人／愚夫愚婦／愚不可及／大智若愚。

愚蠢愚笨;愚昧無知:敵人既凶狠又愚蠢。

愚傻愚蠢:他後悔自己做的愚傻的事。

愚拙〈書〉愚笨:我再也不幹那愚拙、煞風景的事。

愚魯愚笨粗魯:我生性愚魯,一時不能領悟。

愚鈍愚笨遲鈍:我不知道他這樣愚鈍。

魯鈍愚笨遲鈍:資質魯鈍。

遲鈍感覺、思想、行動等反應慢,不靈敏:神經遲鈍／頭腦遲鈍／眼神遲鈍。

頑鈍 〈書〉愚笨遲鈍：資質頑鈍。

笨 ❶智力差；不聰明：笨人／笨頭笨腦／我比別的同學笨，想學好數學要多下工夫。❷不靈巧；不靈活：笨手笨腳／我的嘴很笨，不會說什麼。

笨拙 愚笨；不聰明；不靈巧：笨拙的想法／笨拙的口舌／他的動作過於笨拙。

蠢笨 愚蠢；笨拙：貪婪而蠢笨的敵人／短矮蠢笨的身材。

蠢 ❶愚蠢：蠢人／蠢材／蠢頭蠢腦／他這人眞蠢。❷笨拙：蠢若木雞。

痴 愚笨；不聰明：痴人／痴笑。

痴呆 愚笨；遲鈍：這孩子從小痴呆／他神情痴呆地站在那裡。

愚痴 愚蠢痴呆：他太愚痴，沒有智慧。

痴騃 〈書〉愚蠢；不聰明：生而痴騃。

愚騃 〈書〉愚蠢；痴呆。

呆 ❶痴；傻：呆子／他不呆不傻。❷遲鈍；不靈活：呆頭呆腦／兩眼發呆／呆若木雞。

憨 傻；痴呆：憨笑／憨頭憨腦／孩子憨乎乎地睜著眼睛發愣。

戇 傻；愚笨：戇頭戇腦／他只好在一旁戇笑著。

肉頭 〈方〉傻；不懂事：肉頭肉腦／他又做了肉頭事。(也指傻瓜；壽頭：睜了眼睛做肉頭。)

傻 頭腦蠢笨，不明事理：你眞傻，他騙人的話你也信／他表面裝傻，心裡明白。

傻氣 愚蠢；糊塗：傻裡傻氣／你太傻氣，這麼輕易地上了當。

傻呼呼 不懂事或憨厚老實的樣子：小伙子傻呼呼地直笑。□傻呵呵。

傻不棱登 形容愚蠢、糊塗的樣子：你傻不楞登地站在那裡做什麼？

呆頭呆腦* 形容愚蠢、遲鈍的樣子。□傻頭傻腦*。

G2－22 形： 糊塗

糊塗 胡塗 對事物認識不清；思路混亂；不明事理：他的話我越聽越糊塗／他小事糊塗，大事不糊塗／讓每一個糊塗的人都清醒起來。

糊裡糊塗 糊塗：我在這裡糊裡糊塗地混了十幾年。

渾 糊塗：渾人／渾頭渾腦／你這孩子眞渾，老師的話也不聽。

昏聵 眼花耳聾，比喻愚昧，糊塗：昏聵無能。

昏憒 頭腦昏亂；愚昧，糊塗：昏憒頑固。

昏蒙 糊塗；不明事理：這一席話使他昏蒙的腦筋頓時清醒起來／他老朽昏蒙，凡事你就讓著他點兒吧。

昏庸 糊塗而愚蠢：老朽昏庸／昏庸無能。

昏 昏憒；糊塗：老而益昏／我怎麼這樣昏，竟在這裡睡下了，萬一出了事，不連累你嘛！

懵懂 糊塗：一時懵懂／這人似乎也很懵懂。

悖晦 〈方〉糊塗；昏聵：年老悖晦。□背晦。

顢頇 糊塗而馬虎：顢頇了事／這人顢頇懶惰，什麼事都做不好。

冥頑 〈書〉糊塗而頑固：冥頑不靈／冥頑不化。

昏昏噩噩 形容糊塗、愚昧的樣子。

G2－23 名： 聰明人

智多星 《水滸》中足智多謀的人物吳用的綽號，後用以泛指聰明、計謀多的人。

智囊 比喩足智多謀的人，特指爲某些集團、機構提供諮詢、出謀獻策的人：智囊團。

諸葛亮 三國時的政治家、軍事家。小說《三國演義》對他的智慧謀略多所渲染，一般常借指足智多謀的人物。

明眼人 頭腦清楚、明察事理的人：這究竟是什麼原因，明眼人一看就清楚。

神童 指聰明超衆，才能非凡的兒童。

G2－24 名： 笨人

笨伯 愚笨的人：他是個十足的笨伯。

笨蛋 愚笨的人(罵人的話)。□笨貨。

蠢人　愚蠢的人。

蠢材　蠢才　蠢人(罵人的話)。□蠢貨。

愚氓　〈書〉愚昧無知的人。

二百五　〈口〉指糊塗或莽撞的人：他是個老頑
　固，也是個二百五。

傻瓜　糊塗、不明事理的人(罵人或戲謔的話)。

壽頭　〈方〉昧於人情世故，容易受人愚弄欺騙的
　人；傻瓜。

呆子　智力低下、反應遲鈍的人；傻子。

憨子　〈方〉傻子。

木頭人　比喻愚笨或反應遲鈍的人。

阿木林　〈方〉壽頭；傻瓜。

G2－25　名：　糊塗人

糊塗蟲　不明事理的人(罵人的話)。

渾蛋　混蛋　不明事理的人(罵人的話)。

渾蟲　比喻不明事理的人。

馬虎　粗心大意的人。

寶貝　對無能或荒唐的人的蔑稱：這個人眞是個
　寶貝。

活寶　指無能或滑稽可笑的人：兄弟倆整天遊遊
　蕩蕩，是一對活寶。

妄人　〈書〉無知妄爲的人：誤信妄人的胡言亂
　語。

鄔襪子　〈方〉指愚笨無能、不曉事的人。

G2－26　名：　修養‧造詣

修養　指知識、理論、思想、藝術、品德等方面通
　過長時間的學習或鍛鍊所達到的一定水準：
　文學修養／政治修養／他待人處世很有修養。

素養　平日的修養：他是著名的數學家，而對於
　文學卻有深湛的素養。

水平　思想、文化、藝術、科學、技術、生產、生活
　等方面所達到的高度：他有一定的理論水平／
　努力學習，不斷提高自己文化水平和藝術修
　養。

水準　文化、藝術、生活等方面達到的程度；水
　準：這裡群眾的文化水準較低／他的生活水準
　本來相當高，到根據地就自動降低了。

程度　文化、教育、知識、能力等方面的水準：文
　化程度／你的文化程度比我高。

造詣　學問、藝術、技能等所達到的水準：造詣很
　深／他在繪畫技法上確有獨到的造詣。

學力　學術上的造詣；文化知識的程度：學力深
　厚／具有同等學力。

G2－27　名：　能力‧才能

能力　人順利完成某種活動所具有的力量、條件
　和心理素質：各人的能力有大小／他的工作能
　力很強／提高學生英語聽說能力。

能　能力；才能：無能／逞能／各盡其能。

能耐　〈口〉本領：誰有能耐誰來做／他沒有你能
　耐大。

能事　〈書〉擅長的本領：各有能事／極盡其誇張
　之能事。

本領　從事某種活動的技術、能力：他本領很大／
　學到一套過人的本領。

本事　本領：本事大／他是個很有本事的人。

才能　人順利地完成某種活動所必須的各種知
　識和能力的結合：他有演講的才能／讓靑年人
　都能充分發揮各自的才能。

才　才能：博學多才／量才錄用／人盡其才。

才力　才能；能力：才力超群。

才具　〈書〉才能；才幹：頗有才具／才具出衆。

才學　才能和學問：這個靑年人很有才學。

才識　才能和見識：才識過人／才識淺薄。

才幹　辦事和實踐活動的才能：在實踐中增長才
　幹／他的才幹和學問，受到同學們的欽佩。

幹才　辦事的才能：他這人很有幹才。

歪才　不合正道的才能：他這人不喜歡讀書，卻
　有些歪才。

才略　才能和謀略(多指政治或軍事上的)：深有

才略。

雄才大略 傑出的才能和非凡的謀略。

膽略 勇氣和才略：膽略兼人／有敢於藐視敵人的英雄膽略。

功 功夫：練功／基本功／得到這一成績絕非一日之功。

功夫 工夫 本領；造詣：他的繪畫功夫很深／那些高難度動作顯示了運動員的功夫。

功力 工力 指在技藝或學術上的功夫、造詣：他的字寫得好，很有功力。

出手 開始做某件事情時表現出來的本領：出手不凡。

本能 ❶動物和人由遺傳得來的不學而會的能力。有食物本能、哺育本能、性本能等。❷指天性；本性：人都有愛美之心，追求美也是人類的本能之一。

G2－28 形：　能幹

能幹 有才能，會辦事：小伙子很能幹，工作非常出色／她是個能幹的家庭主婦。

行 能幹：他真行，一人幹了兩人的活／這事最好交別人去辦，我不行。

成 能幹(必須加「真」，少用)：他可真成，又進了一個球。

來得 〈口〉能幹；可以勝任：她家務事兒樣樣來得。

幹練 有才能和經驗，能熟練勝任：她是一位精明幹練的外貿專家／這一定是個幹練堅決、久經戰鬥的人物。

精幹 精明幹練：經過幾年鍛鍊，他更加精幹老練了／這個年輕人看上去很精幹。

精悍 ❶精明能幹：活潑精悍／短小精悍。❷精壯勇猛：這是一支精悍的部隊。

精明強幹＊ 機智精明，辦事能力很強。

賢明 有才能有見識：賢明的領袖。

英明 才能卓越而明智有遠見：英明果斷／英明的決策／英明的預見。

英俊 才能傑出：英俊有為／少年英俊。

得力 做事能幹：得力助手／他辦事得力／他是鄉里最得力的幹部。

得用 得力：這人做事小心得用，這事交他辦，儘可放心。

G2－29 形：　無能

無能 沒有能力；沒有才能：事沒有辦好，我深恨自己無能／大家沒想到新廠長這麼無能。

低能 能力低下：他痛恨醫生的低能和醫院的腐敗，拿人命當兒戲。

不才 沒有才能：老夫不才，怎敢擔當重任？

庸碌 平凡而沒有作為：庸碌無能／庸碌之輩。

碌碌 平庸而無所作為：庸庸碌碌／碌碌無為／碌碌無奇。

窩囊 〈方〉無能；怯懦：他這人一向窩囊，不敢在人多的地方講話。

差勁 品質、能力差或品質低：他這人真差勁，什麼事也幹不來。

二五眼 〈方〉差勁(也指能力差的人)：都是你幹的那種二五眼的蠢事。

一無所長＊ 沒有一點專長。

志大才疏＊ 志向大而才能低。

無能為力＊ 用不上力量。多指沒有能力去做某事。

G2－30 動：　有為·無成

有為 有作為：奮發有為／年輕有為。

成材 樹木長成，可以做材料。比喻成為有用的人：青年人要努力奮鬥，立志成材。

成器 成為器具，比喻成為有用的人；成材：為了使孩子成器，她耗盡了心血。

勝任 能力足以擔任(某一職務、工作)：勝任愉快／不能勝任。

稱職 能力能勝任所擔當的職務：他是一個很稱

職的幹部。

大有作爲 * 能充分發揮才能,做出很大的成績。

大器晚成 * 貴重的器物要長時間才能做成。比喻有大才,能擔當重任的人物往往成就比較晚。

無成 沒有成功;沒有成就:一事無成／畢生無成。

不成材 不成材料。比喻不能成爲有用的人;沒出息:你這不成材的敗家子!

不成器 不能成爲有用的器物。比喻不成材,沒出息:聽說他的兒子不成器。

一事無成 * 一件事也沒做成。指事業上毫無成就。

無所作爲 * 安於現狀,不能也不想做出什麼成績。

不郎不秀 * 元明時代官僚、貴族子弟稱「秀」,平民子弟稱「郎」。原指不高不低。後用以比喻不成材或沒出息。

不稂不莠 * 稂、莠都是害苗的草,原指田中沒有野草。後用以比喻不成材或沒出息。

不堪造就 * 沒有成材的條件,不可能培養成材。

G2-31 形: 老練

老練 經驗豐富,辦事精明穩妥:他是個深沈老練的人。

老到 (做事)老練穩妥:她做事又俐落,又老到。

老成 閱歷多,精明能幹;老練穩重:老成持重／少年老成。

老辣 (辦事)老練而厲害:他辦事敏捷而又老辣。

練達 閱歷多,老練而通曉世故人情:開明練達／老成練達。

老於世故 * 老練而富於處世經驗。

老成持重 * 閱歷多,經驗豐富,辦事老練穩重。

少年老成 * 指年輕人舉止穩重,辦事老練。

老謀深算 * 周詳的謀劃,深遠的打算。形容人辦事經驗豐富,精明老練。

老馬識途 * 《韓非子·說林上》記載,管仲跟隨齊桓公春天出去打仗,冬天回來時迷了路,他放老馬在前面走,就找到了路。比喻富有經驗,熟悉情況,能在工作中起指導作用。

曾經滄海 * 《孟子·盡心上》:「故觀於海者難爲水」。唐·元稹《離思》詩:「曾經滄海難爲水」。後用以比喻曾經歷過很大的場面,眼界開闊,經驗豐富。

G2-32 形: 幼稚

幼稚 頭腦簡單或缺少經驗:這個見解未免太幼稚了／他現在變得老成穩重,不像年輕時那麼幼稚了。

天眞 頭腦單純;幼稚:她這種虛榮心理,實在天眞得可笑。

少不更事 * 指人年紀輕,閱歷不多,缺少經驗。

初出茅廬 * 原指東漢末諸葛亮離開居住的茅屋,開始輔佐劉備。後用以比喻剛剛工作還缺乏經驗。

乳臭未乾 * 身上奶腥還沒有退盡。諷刺人幼稚無知。

羽毛未豐 * 小鳥身上的羽毛還未長滿。比喻力量還未壯大或學識、閱歷很淺。

G2-33 名: 人才

人才 人材 有才能的人:人才輩出／培養人才／他是一個難得的人才。

才 材 有才能的人;人才:眞才／專才／群才雲起／自學成才。

天才 具有天賦的才能的人:在數學方面他是一位天才。

才子 才華出衆的人:他在大學裡是一位才子。

全才 才能全面發展的人。也指在一定範圍內各方面都擅長的人才:文武全才／在體育方面,他是個全才。

通才 兼備多種才能的人：他學識淵博，是個通
　才。

奇才 有異常才智的人：他無疑地是個奇才。

英才 指才智傑出的人：樂育英才。

英靈 〈書〉傑出的人才。

精英 才能、技藝出眾的人：藝壇精英／青年精
　英會聚一堂。

幹才 有辦事才能的人：在建設工作方面，他是
　位幹才。

幹將 辦事幹練或敢幹的人：他是個很得力的幹
　將。

能人 能幹的人；在某一方面才能出眾的人：他
　兩個是村裡的能人／各行各業都有能人。

強人 精明能幹的人。現多指在某方面有很大
　的權力和影響力的人：女強人／企業界的強
　人。

能手 對於某種工作或技能特別熟練的人：生產
　能手／技術能手。

萬事通 什麼事情都通曉的人。多含譏諷意。
　也叫**百事通**。

G2-34 名： 庸才

庸才 〈書〉指才能平庸、低下的人：我不過是一
　個庸才。

庸人 平常的人；沒有作為的人：庸人行徑／庸
　人自擾。

庸夫 庸人：凡是有大志而不求達到的，便是庸
　夫。

阿斗 三國時蜀漢後主劉禪的小名。阿斗為人
　庸碌，後用以指昏庸無能的人：他真是個扶不
　起的阿斗。

草包 裝著草的袋子。比喻沒有學識或能力的
　人。

飯桶 比喻無用的人。罵人只會吃飯、不會做
　事：他什麼事都做不好，是個飯桶。

酒囊飯袋 * 譏諷無能的人，只會吃喝，不會做
　事。

乏貨 〈方〉不中用的人（罵人的話）。

廢人 沒有能力、無用的人。

廢物 比喻無用的人（罵人的話）。

膿包 比喻無用的人（罵人的話）。

窩囊廢 〈方〉怯懦無能的人；廢物。

繡花枕頭 * 比喻徒有外表而無真才實學的人。

紙老虎 比喻貌似強大凶狠而實際虛弱無力的
　人或集團。

G3　言語(一般)

G3-1 名： 言語(一般)

言語 人們所說的話：言語不通／言語粗俗，不
　堪入耳。

言 ❶話；言語：名言／言行一致／意在言外。❷
　指一個字或一句話：五言詩／全書二十萬言／
　三言兩語。

語 言語；話：千言萬語／語重心長。

言辭　言詞 說話或寫文章時所用的詞句：言辭
　懇切／我被他惡毒的言辭激怒了。

話 ❶說出來的能夠表達思想的聲音；言語：你
　講的話我都聽明白了。❷把說的話記錄下來
　的文字：書上的話很有道理。

話語 言語；說的話：老陳話語少，做事多。

談 所說的話：傳為美談／經驗之談。

唇舌 比喻說的話：大費唇舌／犯不著跟他白費
　唇舌。

口舌 指勸說、爭辯、交涉時的言語、言詞：費了
　好多口舌，才平息了他們的爭吵。

講話 講演的話：他的講話贏得熱烈的掌聲。

一席話 一番話：他的一席話，句句在理，令人心
　服。

片言 簡短的幾句話：片言相告／片語隻字。

片言隻語 * 少量的幾句話；個別的詞句。□隻

言片語*。

G3－2 動：　説話(一般)

説　說話；講述：有說有笑／我說的是實話／這事是他說的。

説話　用語言表達意思：他平時很少說話／她羞慚得不知應該怎樣說話和動作。

講話　說話；談話：他講話聲音很輕／要講話就得講老實話。

發話　說話；開口：幾個人裡他發話最多／不等他發話，先有人提出問題來了。

道　❶說：能言善道／一語道破。❷用語言表示(情意)：道歉／道賀。

説道　說(小說中用來直接引進人物說的話)：廠長說道：「今年的業績務必要達到六億元。」

説道　〈方〉說；談論：你把事情的經過跟大家說道說道／讓我們說道說道，再作決定。

言　說；說話：知無不言，言無不盡／言而無信／不言而喻。

言語　〈方〉說話；開口：你走的時候要言語一聲／我說了好多，他就是不言語。

話　說；談：話舊／話當年／話家常。

敍　說；談：閒言少敍／暢敍友情。

嘮　〈方〉說；談：老朋友聚在一起嘮得很起勁。

講　說；談：講話／講故事／他講起話來聲音比誰都大。

擺　說；談；陳述：擺事實，講道理／各人都擺出自己的觀點。

開口　指說話：不敢開口／他沈默一會兒，終於開口了。□**開腔**。

開言　開口說話(多見於舊小說、戲曲中)：姑娘未及開言，老太太的話也來了。

啓齒　開口。多表示有所請求：不敢啓齒／難以啓齒。

出口　開口；說話：出口傷人／出口成章。

出言　說話；發言：出言不遜／出言無狀。

口稱　口頭上說：他們口稱友好，卻心懷惡意。

做聲　發出聲音；說話：不管人家怎樣勸說，他就是不做聲。□**則聲**。

吱聲　〈口〉做聲；說話：同他談了好多時，他一直不吱聲／他不知怎麼回事，不敢吱聲。

吭　發出聲音，指說話：他看見這樣的事連一聲也沒吭。

吭聲　出聲；說話(多用於否定式)：他受了許多委屈，可是從來不吭聲。

吭氣　吭聲；說話：幾個人看著他，都沒吭氣。

言聲　吭聲；說話：他站在旁邊不言聲，只是發愣。

失聲　不自主地發出聲音：他失聲叫了起來／他忍不住失聲笑了／失聲咋舌，驚嘆不已。

轉文　又說話時愛用文言詞句：你別轉文啦，我們聽不懂。也作**踱文**。

G3－3 動：　談話

談話　兩個人或許多人在一起說話：公園裡，人們三三兩兩地在談話／我們兩人常有機會談話。

談　說話；談話：我談一談自己的想法／有事面談／兩人無話不談。

交談　相互接觸談話：他們兩人在親切交談。

會談　雙方或多方面會面，相互交談：雙方約定日期進行會談。

敍談　隨意交談：他們坐下來敍談了半天。

面談　當面交談：約期面談／他希望和我面談一次。

對話　雙方相互交談：你可以開誠布公地同他對話。

交口　❶交談：我和他已經很久沒有交口了。❷眾口同聲地說：交口稱奇／交口詆毀。

會話　對話。現多用於學習語言時：英語教師教他會話。

通話　❶用彼此都懂的話交談：我和法國友人用

英語通話。❷用電話交談：她催我打電話和你通話。

G3-4 名： 言談

言談 說話的內容和態度：言談舉止／言談荒謬。

談吐 說話時的措辭和態度：從他的談吐中看得出他是一個很有決斷的人。

吐屬 〈書〉談話用的言詞；吐屬：吐屬不俗。

辭色 〈書〉說話的言辭和神色：辭色嚴厲／喜悅之情形於辭色。

詞令 辭令 應對得宜的言詞：善於詞令／外交詞令。

答詞 答辭 表示謝意或回答的言詞：他代表全體畢業同學致答詞。

G3-5 名： 話題·話柄

話題 談話的中心，主題：最近，世界盃高爾夫球賽成了人們的話題／他們又把話題轉到物價上了。

話頭 談話的頭緒；話題：話頭被電話鈴打斷了／重新拾起話頭。

話茬 話頭：他接住我的話茬說了下去。

話鋒 話頭；談話中所指向的方面：他把話鋒一轉，談論到詩歌創作問題上來了。

話柄 供人談話的資料：別給人留下話柄／被人家作為話柄。□話把；談柄。

談鋒 談話的鋒芒；談話的勁頭：談鋒犀利／談鋒很健。

談助 〈書〉談話的資料：好事的人以為談助。

說頭 可談之處；可議論的：只有這件事還有些說頭兒／他面孔白淨，五官端正，沒有絲毫說頭。

G3-6 名： 口氣

口氣 ❶說話的措詞或感情色彩：嚴肅的口氣／漫不經心的口氣／他的口氣流露出對老師有點不敬重。❷說話的氣勢：他口氣不小，好像真有解決問題的辦法。❸言外之意；口風：聽他的口氣，對我的意見並不同意。

口吻 口氣：他這種居高臨下的口吻真教人難以接受。

語氣 說話的口氣：他嚴厲的語氣開始轉為溫和了。

話音 〈口〉言外之意：聽他的話音，好像不同意派你去。

腔調 指說話的語氣、聲音等：他說話的腔調不自然，有些做作。

腔 說話的調子：南腔北調／學生腔／洋腔洋調。

調子 比喻說話時帶的某種情緒：談到自己身世，她的調子很低。

調頭 〈方〉語氣：他說起話來全是老板的調頭。

口風 話中露出的意思：探口風／不露一點口風。

話口 〈方〉口氣；口風：從話口裡，我知道他很不滿意。

話茬 口風；口氣：聽他的話茬，這件事他也幫不了忙。

G3-7 名： 口才

口才 說話的才能：他口才很好，曾多次參加演講會。

口齒 言語表達能力：口齒伶俐／她口齒比你厲害多了。

辯才 善於言談或辯論的才能：政治家大多有辯才。

三寸不爛之舌 * 形容能言善辯的口才。□三寸舌。

G3-8 動： 傾談·暢談

傾談 傾心而盡情地交談：兩位老朋友常在一起傾談。

交心　把自己的眞心話無保留地向對方說出來：領導要和群衆多交心。

談心　談心裡話；閒談：促膝談心／對酌談心。

傾吐　把心裡話盡情說出來：傾吐心中的苦悶。

傾訴　把想說的話全部說出來：傾訴衷腸／我的痛苦，向哪個傾訴？

暢談　盡情地談：暢談這次旅行的觀感。

縱談　無拘無束地談：茶話會上，大家縱談移民潮的現象。

長談　長時間談；暢談：我們找個地方坐下來長談。

深談　深入地交談：我和他只見過幾次面，沒有深談過／很想找時間和你深談。

暢所欲言＊　把想說的話都盡情地說出來。

津津樂道　興趣很濃厚地談論。

G3－9　動：　詳說

詳說　詳細地述說或說明：他給我一封信，詳說他近年的情況。

詳談　詳細地談說：有些情況，下次見面時再詳談。

細說　詳說：細說端詳／我現在沒工夫細說。

原原本本＊　（述說）從頭至尾的全部過程：他說得原原本本，有頭有尾。

一五一十＊　比喻從頭至尾，原原本本。

有頭有尾＊　形容敍述完整、詳盡或做事有始有終。

淋漓盡致　形容言語、文章表達得詳盡、充分。

G3－10　動、形：　直言

直言　〔動〕直率地說；說老實話：醫生對他的病情不便當面直言／他有什麼意見，可以坦率直言。

質言　〔動〕〈書〉如實地說；直言：質言之／不敢質言。

昌言　〔動〕〈書〉直言不諱：憤而昌言／未敢昌言。

直言不諱＊　直率地說而不隱諱。

和盤托出＊　比喻把情況或意見全部說出來，毫無保留隱諱。

嘴直　〔形〕說話直爽：她嘴直，勸老太太不要阻撓女兒的婚事。

嘴快　〔形〕有話藏不住，馬上說出或提前說出：心直嘴快／他嘴快，把對這件事的安排全講出來了。

侃侃　〔形〕形容說話理直氣壯，從容不迫：侃侃而談／她在森嚴的法庭上，旁若無人地侃侃辯論。

直截　〔形〕（說話）直率爽快：他這回要直截說問題了／你有話直截說，別轉彎抹角的。也說**直捷**。

直截了當＊　形容說話、做事乾脆爽快，不繞彎子。

一針見血＊　比喻說話直截精當，切中要害。

開門見山＊　比喻說話做文章一開頭就直截了當，進入本題。

單刀直入＊　比喻說話直截了當，不繞彎子。

仗義執言＊　爲伸張正義，堅持說公道話。

G3－11　動：　轉彎・改口

轉彎　拐彎兒。❶比喻說話曲折隱晦或改變話頭：他性子直，說話從來不會轉彎。❷比喻改變想法：他是個死心眼兒，一點不會轉彎。

繞彎兒　比喻不照直說話而用婉轉曲折的說法：這孩子還沒有學會成年人那樣繞彎兒說話。也說**繞彎子**。

繞脖子＊　〈方〉比喻說話辦事不直截了當；繞彎子：你有話就直說，不用繞脖子／這麼繞脖子的話，虧你想得出。

繞圈子　比喻說話不直截了當；繞彎子：你東西沒借到就說沒借到，別跟我繞圈子。□**兜圈子**。

轉彎抹角＊　比喻說話繞彎子、不直截了當。

旁敲側擊＊ 比喻說話、寫文章不直接說明本意而從側面曲折地表達出來。

改口 改變自己說話的內容或語氣：我現在這樣說，以後也絕不改口／他發覺自己話說重了，連忙改口。

改嘴 〈口〉改口：以後你就這樣說，別改嘴。

G3－12 動： 插話

插話 在別人談話中間插入幾句話：他作傳達報告時，主席插話，解釋了幾句／她認真地聽他們討論，不想插話。

插嘴 不等別人的話說完，就加入講話（多指不合宜地）：父親和客人談話，他也要插嘴／你別插嘴，讓他把話說完。□插座。

打岔 故意打斷別人的話，把話題扯開去：他不等媽媽說完，連忙拿話打岔／我幾次講話都是他在當中打岔。

置喙 〈書〉插嘴；加入談論：不容置喙／無從置喙。

搭訕 搭赸 為跟人接近、攀談或敷衍、寒暄而找話說：他藉口送茶水進屋跟來客搭訕／他和老父親搭訕了幾句，就回自己房裡了。

搭茬 接過別人的話說：我跟你叔叔談話，你少搭茬。

多嘴 不該說而說：你不了解情況，別多嘴／他們的事，由他們商量去，用不著我們多嘴。

搶嘴 〈方〉搶先說話：請按次序發言，不要搶嘴。

G3－13 動： 失言

失言 說了不該說的話：不慎失言／他發覺自己剛才失言了，所以再也不開口。

失口 不慎脫口說出不該說的話：他忍不住失口罵了一聲。

脫口 不加思考地說出：脫口而出／他話一脫口，就感到還不如不說的好。

說溜嘴 說話不慎而出差錯或洩漏機密：他知道說溜嘴了，連忙改口。

走話 〈方〉說話洩漏秘密：他們提防他會走話。

G3－14 動： 強調

強調 用堅決口氣提出；特別著重：我還要強調一句，生產紀律不能放鬆／不要遇到困難就強調客觀原因。

著重 強調；把重點放在某方面：他這次講話著重於學生品德修養方面／當前要著重反對貪污腐化。

偏重 著重某方面；傾向某方面：雜文是散文的一支，比較偏重於說理。

側重 偏重：作家對自己所描寫的對象總是有所強調，有所側重／該社的出版物，側重於文藝美術方面。

G3－15 動： 附會

附會 把兩件沒有關係或關係很遠的事物勉強說成有關係：牽強附會／神話中有些故事是絕對不能附會為史實的。也作**傅會**。

比附 拿不能相比的事物來勉強相比或附會：比附古人／兩國情況不同，不能用這個事例為比附。

皮傅 〈書〉以膚淺的知識牽強附會：強以字義皮傅。

牽強 把沒有關係或關係不大的事物硬拉在一起：他說的理由未免過於牽強。

穿鑿 把沒有某種意義的事物說成有某種意義，牽強地解釋：穿鑿之論／以意穿鑿／書中這種說法，未免穿鑿。

鑿空 〈書〉憑空無據；穿鑿：鑿空之論／不可鑿空立論。

牽強附會＊ 把不相關或關係不大的事物說成有關係，勉強地比附。

穿鑿附會＊ 生拉硬扯，牽強解釋。

生拉活扯＊ 比喻牽強附會。也說**生拉硬扯**＊。

望文生義* 不懂詞句的正確意義,只從字面上牽強附會,錯誤地解釋。

G3－16 動： 支吾

支吾 說話含混躲閃;用含混的話搪塞、敷衍:支吾其詞/他不肯說實話,一味支吾。

囁嚅 〈書〉想說而又止住不說;吞吞吐吐地說:口將言而囁嚅/老婆子囁嚅著,沒有回答出來。

吞吐 言語支吾,含混不清:吞吐其詞/他心裡想出風頭,卻故意吞吐掩飾。

吭哧 言語吃力,支吾:他吭哧了半天,才嘟嘟囔囔地說出來。

閃爍 說話稍微露出一點意思,但不肯說明確;說一點留一點:語言閃爍/閃爍其詞。

吞吞吐吐* 形容說話有顧慮,想說又不痛快地直說。

支支吾吾* 形容說話含混躲閃,吞吞吐吐。

張口結舌* 形容理屈詞窮,無言答對,或緊張害怕說不出話來。

G3－17 形： 含糊

含糊 含胡 (聲音、言語)不清晰;不明確:話語含糊/他含胡地嘟囔著,聽不清要說什麼。

含混 含糊;不明確:他說話語音含混,聽不清楚。

籠統 含糊;缺乏分析,不明確,不具體:你講得過於籠統,請詳細解釋一下。

含糊其詞* **含糊其辭*** 話說得含含糊糊,不清楚,不明確。

隱約其詞* **隱約其辭*** 說話語意含糊,躲躲閃閃。

模稜兩可* 言語、態度含糊,不明確表示可否。

語焉不詳* 話說得不詳細。

語無倫次* 說話雜亂,沒有條理。

G3－18 動： 閒談

閒談 沒有一定中心地談無關緊要的話:大家閒談著,時時發出笑聲/昨晚他來找我閒談。□閒聊;談天;說閒話。

聊天 〈口〉閒談;談天:整個下午他們都在公園茶室裡聊天。

聊 〈口〉閒談:大伙兒一坐下,就可以聊上半天。

神聊 漫無邊際地閒聊:他陪朋友海闊天空地神聊,直到深夜。

攀談 閒談;交談:他把行李放下,和旁邊的青年旅客攀談起來。

扯 隨意地談;閒聊:你來了,我正要找你扯一扯/兩人扯起來就沒完沒了。

閒扯 漫無目標地閒談:我和他在湖邊長椅上坐下來,天南地北地閒扯。

拉 〈方〉談;閒談:拉家常/我有事想和你拉拉/兩人要上四兩白乾兒,兩盤小菜,邊拉邊喝。

拉扯 〈方〉閒談;閒扯:我還有事要辦,沒時間和你拉扯。□扯拉。

拉呱 〈方〉閒談:他坐在樹蔭下,和老鄉們拉呱。

嘮嗑 〈方〉閒談;聊天:他在屋裡跟客人嘮嗑呢。

閒磕牙 〈方〉閒談;說空話:他進屋時,幾個人正在閒磕牙。

擺龍門陣* 〈方〉談天或講故事:戰士們一有空閒,就擺龍門陣。

侃 談;閒談:直到深夜,他才從朋友那裡侃完回來。

侃大山* 漫無邊際地閒談:他們常聚在一起,海闊天空地侃大山。

G3－19 動： 耳語·私語·自語

耳語 湊近耳朵小聲說話:兩個人互相耳語了好一陣子。

咬耳朵 〈口〉耳語:兩人咬耳朵談了半天才各自回家。

私語 低聲說話；私下裡說話：竊竊私語。

唧噥 小聲說話：他不肯站起來說，只和鄰座的人唧噥了好一會。□噥噥；喳喳。

打喳喳 〈方〉小聲說話；耳語。

嘀咕 小聲說；私下裡說：她獨自在嘀咕著。

叨咕 小聲絮叨：老太太又在叨咕個沒完。

哼唧 低聲說話、唱歌或誦讀：他常一個人在房裡哼唧詩詞。

交頭接耳* 頭靠著頭，湊近耳朵低聲說話。

竊竊私語 私下小聲交談。

咕唧 咕嘰 小聲說話或自言自語：這兩人咕唧了半天，連吃飯也忘了／你一個人在咕唧些什麼？

咕噥 小聲說話。多指自言自語：他一面哭，一面嘴裡咕噥著。

咕嚕 低聲說話或說話含混、絮叨：不知道老頭子在咕嚕什麼。

嘟囔 不斷地、含混地自言自語：他賭氣往外走，嘴裡還不住嘟囔著。□嘟噥。

沈吟 遲疑不決，低聲自語：獨自沈吟良久。

自言自語* 自己跟自己說話：她往往在灶間裡自言自語。

G3－20 名：　私話

私語 不讓外人知道的話：這是我對你講的私話，別到外面亂說。□私話。

私房話 私話；體己話：鄰居的婦女們都愛來找她，跟她說私房話。

心腹話 藏在心裡輕易不對人說的話：不是摯友我是不會說心腹話的。

梯己話 體己話 知心話；私話：他跟我吐了許多體己話。

悄悄話 低聲說不讓外人知道的話；私房話：他們的悄悄話被我無意中聽見了。

G3－21 動、形：　嘮叨·囉唆

嘮叨 〔動〕說起話來沒完：老太太就是愛嘮叨／她一進門就嘮叨開了。

絮叨 ❶〔動〕翻來覆去地說：我哪有許多話跟她們絮叨。❷〔形〕形容說話繁瑣囉唆：他絮絮叨叨地說了好幾遍。

絮聒 〔動〕嘮叨：他遇見熟人絮聒起來就沒個完。

絮語 〔動〕連續不斷地低聲說話：花前絮語／他正和她輕聲地絮語。

絮煩 〔形〕囉唆繁瑣：他講話過於絮煩。

絮絮 〔形〕形容說話連續不斷：提起這樁事，他就絮絮地講個沒完。

喋喋 〔動〕話多；嘮叨：喋喋不休／不要喋喋。

呶呶 〔動〕話多，說起來沒完：呶呶萬言／呶呶不休。

叨叨 〔動〕沒完沒了地說（含厭惡意）：別再叨叨了，沒人願意聽。

叨嘮 〔動〕〈口〉叨叨；嘮叨：老太太坐在炕上，又叨嘮開了。

嘵嘵 〔動〕嘮叨：嘵嘵不休。

嘚啵 〔動〕〈方〉嘮叨：她遇見我就要嘚啵幾句。

囉唆 囉嗦 ❶〔形〕形容說話瑣碎、嘮叨：這人話真囉唆。❷〔動〕嘮叨地說話：老張囉唆了半天，誰也聽不懂他說些什麼。

嚕嗦 〔形〕說話絮叨；囉嗦：她頭腦不清楚，說話有點嚕嗦。

嚕蘇 〔形〕〈方〉囉唆：不要嚕蘇，快跟我來。

嘴碎 〔形〕說話絮叨：老大娘人很善良，就是嘴碎。□碎嘴。

貧嘴 〔形〕愛多說廢話或玩笑話：貧嘴滑舌／他這人就愛耍貧嘴。

耍貧嘴 〔動〕〈方〉嘮叨地說廢話或玩笑話：他對著那些厚施脂粉的女人們亂耍貧嘴。

饒舌 〔動〕嘮叨；多嘴：他喝多了幾杯酒，也例外地饒舌。

刺刺不休* 形容說話絮叨，沒完沒了。

G3－22 動：　費話

費話　耗費言詞；多說無用的話：該怎麼辦你自己知道,用不著我費話／不用費話啦! 快走吧!

費唇舌　費話;多費言詞:大家既已拿定主意,我又何必再多費唇舌。也說**費口舌**。

廢話　說無用的話:趕緊照我說的去做,別廢話!

磨牙　多費唇舌;無意義地爭辯:他不安心工作,天天找同事磨牙／我沒有工夫跟你磨牙。

磨嘴　〈方〉磨牙:你不用跟他磨嘴,他不會吃這一套。也說**磨嘴皮子**。

贅言　多說;說無用的話:不待贅言。

贅述　多餘地敍述:其餘的這裡不一一贅述了。

G3－23 名：　廢話

廢話　無用的話;多餘說的話:他說了半天,都是些廢話。□**費話**。

絮語　嘮叨的話:兩人有說不盡的絮語。

贅言　廢話;冗詞:以上是一些無須說,還不免要說的話,所以叫做「贅言」。

車軸轆話　〈方〉重複、絮叨的話。

旁岔兒　〈方〉比喻離開正題的話或事情。

G3－24 名：　碎嘴子等

碎嘴子　指話多、說話絮煩的人。

話匣子　比喻話多的人。

長舌婦　指愛說閒話、搬弄是非的女人。

婆婆嘴　比喻言語絮叨的人。

貧骨頭　〈方〉指說話絮叨可厭的人。

G3－25 形：　精當·貼切

精當　(言語、文詞)精確恰當:文章用詞精當／他對該書的評論是極其深刻而精當的。

貼切　(措詞)確切,恰當:文章中的比喻通俗而貼切。

熨帖　貼切;妥帖:該文用詞熨貼,剪裁精當。

切當　貼切;恰當:引用典故,必須切當／水簾洞這個名稱,形容得十分切當。

妥切　妥當;貼切:用典妥切／我由於研究不足,難免分析不夠妥切。

妥帖　恰當;貼切:文中語句,字字妥帖。

切題　講話、文章的內容切合題旨:這些應徵的文章,有的切題,有的不切題。

貼題　切合題意:這篇文章雖短,但寫得很貼題。

G3－26 形、動：　中肯·離譜

中肯　〔形〕言論抓住要點,正中要害或恰到好處:你對他的批評很中肯／這是一個中肯的指示。

剴切　〔形〕〈書〉切中事理;切實:他的分析詳明剴切／她雖是說得那麼剴切,但並沒有立刻去做。

切中　❶〔動〕擊中,準確說中:切中要害／他的話句句切中時弊。❷〔形〕切要中肯:評論切中。

恰如其分＊　指說話或辦事掌握了正合適的分寸。

恰到好處＊　指說話做事正好到了最適當的地步。

談言微中＊　言語隱約曲折,但切要中肯。

言必有中＊　一說話就必定說到點子上,非常中肯。

一語破的＊　一句話就切中要害。

畫龍點睛＊　比喻說話或作文時在關鍵地方加一兩句精闢的話,表明要旨,使內容更加生動有力。

離譜　〔動〕說話、做事離開公認的準則、規範:他在氣頭上,話越說越離譜了。□**離格兒**。

離弦走板兒＊　說話或做事離譜。

離題　〔動〕說話、做文章脫離主題:他演講起來海闊天空,越說越離題／有的人信手寫來,離題萬里,偏又捨不得割棄。

隔靴搔癢* 比喻說話、做事沒有抓住要害,不中肯。

語無倫次* 說話亂七八糟,沒有條理。

無的放矢* 沒有箭靶亂射箭。比喻說話做事沒有明確的目標或對象,不切合實際。

G3-27 形: 尖銳・刻薄

尖銳 尖而鋒利,形容言語激烈、深刻:他的言詞十分尖銳/他的錯誤行爲受到尖銳的批評。

尖利 尖銳;鋒利:你有些話說得太尖利了。

銳利 (言詞、文筆、目光等)尖銳:言論銳利/筆鋒銳利/銳利的眼光。

鋒利 (言語、文筆)尖銳有力:出語鋒利/文筆鋒利。

犀利 (言語、文筆、目光等)尖銳;鋒利:談鋒犀利/他很犀利地把她批評一番。

尖刻 說話尖銳刻薄:他的語氣非常尖刻/我說話有時較為尖刻,不留情面。

刻薄 說話挖苦、諷刺:這人胸襟狹窄,講話刻薄/我忍受不了那種看不起我們的刻薄話。

尖酸 說話帶刺、刻薄,使人難受:他的話裡帶些尖酸的諷刺。

辛辣 比喻言語、文筆尖銳、刺激性強:言詞極爲辛辣/這些最貼切的比喻,也是最辛辣的諷刺。

嘴尖 說話尖酸刻薄:他這人嘴尖,專愛嘲弄人。

嘴損 〈方〉嘴尖:村裡人都知道她嘴損,說話使人難堪。

言重 話說得過重:這可是錯怪我,您言重了。

唇槍舌劍* 形容雙方言詞鋒利,爭論激烈,也作**舌劍唇槍*** 。

尖嘴薄舌* 形容說話尖酸刻薄。

輕嘴薄舌* 形容說話輕佻刻薄。也作**輕口薄舌*** 。

貧嘴薄舌* 形容愛多說油滑刻薄的話。

咄咄逼人* 形容言語傷人,使人難以忍受。咄

咄:表示責備或驚詫。

G3-28 形: 婉轉・含蓄

婉轉 宛轉 說話溫和而曲折含蓄:他的語氣很婉轉/他婉轉地對主人說明了來意。

委婉 委宛 言詞婉轉、不直說:委婉的勸說感動了他/她委婉地辭謝了宴請。

婉和 婉轉溫和:她心裡有點懷疑,口氣卻故意非常婉和。

和緩 平和舒緩:語氣和緩/文辭和緩。

婉約 〈書〉委婉含蓄:所爲詩詞,清新婉約。

含蓄 涵蓄 言語、詩文意思含而不露,耐人尋味:他的文章語言含蓄,給讀者留有思考的餘地。

蘊藉 言語、詩文含蓄而不顯露:他的詩含蓄深,有餘情,值得反覆吟味。

話裡有話* 話裡隱含另外的意思。

話中帶刺* 話裡包含著譏笑和諷刺。

意在言外* 語意含蓄,眞意未明白說出,讓人自去體會。

醉翁之意不在酒* 宋歐陽修《醉翁亭記》:「醉翁之意不在酒,在乎山水之間也。」後用以比喻本意不在此而在別的地方。

G3-29 名: 婉言

婉言 婉轉的話:婉言勸告/婉言謝絕。

婉詞 婉辭 委婉或恭順的言詞:婉詞謝絕。

軟語 柔和而委婉的言詞:軟語溫言/軟語商量。

好話 求情的話:他央求別人從旁說幾句好話。

好言 善意的話;溫和婉轉的話:好言相勸。

好言好語* 出於善意的言詞;和善委婉的言詞。

G3-30 形: 健談・嘴笨

健談 善於說話,經久不倦:他很健談,跟客人了一個上午。□**善談**。

嘴巧　善於言辭:她不光琴棋書畫樣樣精,而且
　　心靈嘴巧,很會講故事。

嘴乖　〈口〉說話乖巧動聽:這孩子嘴乖,逗人喜
　　愛。

能說會道*　形容人善於言辭,口才很好。

伶牙俐齒*　口齒伶俐,形容能言善道。

娓娓動聽*　形容健談而且感人。

口若懸河*　說起話來像河水下瀉,滔滔不絕。
　　形容善於言辭,極為健談。

滔滔不絕*　像流水一樣連續不斷。多形容健
　　談,說話連續不斷。

天花亂墜*　佛教傳說:高僧講經,感動上天,天
　　上各色香花紛紛降落下來。後來用「天花亂
　　墜」形容言談誇張,有聲有色,動聽而不切實
　　際。

嘴笨　不善於說話:我嘴笨,這事還得麻煩你去
　　交涉。

嘴鈍　說話遲鈍,不善於言辭:他嘴鈍,說服不了
　　別人。

嘴軟　❶不善言辭;口氣緩和:她是一個嘴軟的
　　女人。❷說話不硬,不理直氣壯:他們都吃過
　　人家的賄,說話嘴軟。

訥　不善於說話;口齒笨拙:他訥於言詞,講解得
　　不透徹。

訥訥　〈書〉形容說話遲鈍:他說起話來,訥訥然
　　的,不肯多說。

木訥　〈書〉樸實遲鈍,不善言辭:木訥寡言。

笨嘴笨舌*　說話嘴笨,表達能力很差。也說笨
　　口拙舌*。

詞不達意*　辭不達意*　言辭不能充分、確切地
　　表達思想感情。

G3－31 形:　順口・拗口

順口　詞句念起來流暢、通暢:他編的歌詞,念起
　　來特別順口。

順嘴　說話流利、通暢:她罵慣了人,口氣高傲,
　　罵得十分順嘴。

順溜　(說話、文章等)流利通暢;有次序:他才念
　　了幾個月書,就念得這麼順溜。

拗口　說起來彆扭,不順口:拗口令／這段話念
　　起來拗口。□繞口;繞嘴。

G3－32 形:　口緊・口鬆

口緊　說話小心,不亂講;不輕易透露情況:這事
　　你們都要口緊,不能讓外邊人知道。也說嘴
　　緊;嘴嚴。

嘴穩　不亂說話,能守秘密:這事告訴他沒關係,
　　他嘴穩,不會亂說。

守口如瓶*　形容說話非常謹慎,嚴守秘密。

三緘其口*　多次閉上嘴不說話。形容說話極為
　　謹慎,不敢多說或亂說。

口鬆　說話不小心,愛亂講;輕易透露情況:他怎
　　麼這樣口鬆,把收購的價格都說出去啦。也
　　說嘴鬆。

G3－33 動、形:　沈默

沈默　❶〔動〕不說話;不出聲:兩人沈默了,不再
　　開口／聽見這消息,他沈默不住了。❷〔形〕不
　　愛說話;沈靜:沈默寡言／他是一個沈默的人。

緘默　❶〔動〕閉口不說話:對這樣重要的問題,
　　你不該保持緘默／我不能緘默下去了。❷
　　〔形〕沈默;很少說話:她是一個沈靜緘默的女
　　孩子／他在女人面前總是很侷促,很緘默。

靜默　〔動〕不出聲;不說話:她靜默著,坐在姊姊
　　身旁／全場靜默三分鐘,表示哀悼。

默　〔形〕不說話;不出聲:默讀／默哀／默不作
　　聲。

默默　〔形〕不說話;不出聲:默默無語／我心裡
　　默默地祝願她幸福。

默然　〔形〕沈默不語的樣子:兩人默然相對／茫
　　茫白雪覆蓋著默然不語的大地。

不作聲　〔動〕不出聲;不說話:看到他進來,大家

都不作聲了。

不則聲 〔動〕〈方〉不做聲:她只是笑,再也不則
聲了。

緘口 〔動〕〈書〉閉口不說話:緘口不言／他倆看
見老闆走過來就立即緘口了。

絕口 〔動〕住口;閉口:贊不絕口／兩人都絕口
不談時事。

杜口 〔動〕〈書〉閉口;不說話:杜口無言／杜口結
舌。

啞口 〔動〕沈默不語;無話可說:一提到去年這
椿事故,他就啞口了。

啞口無言＊ 默然不語;沒有話可以回答。

吞聲 〔動〕〈書〉❶不出聲;不說話:吞聲咋舌／我
當時只有吞聲忍受。❷不敢出聲地哭泣:吞
聲飲泣。

不贊一詞＊ 原指文章寫得很好,別人不能再添
一句話。後用指一言不發。

噤 〔動〕閉口不作聲:噤聲／噤口不答。

噤若寒蟬＊ 蟬到秋寒時即不再叫。形容不敢作
聲或默不作聲。

鉗口結舌＊ 形容不敢說話,保持緘默。也作**緘
口結舌**＊。

萬馬齊喑＊ 眾馬都沈寂無聲。比喻人們都沈默
不敢說話,不發表意見。

G3－34 動、形: 低語・低聲

低語 〔動〕低聲說話:喃喃低語。□**悄語**。

細語 〔動〕低聲細說:細語綿綿。

低聲 〔形〕小聲;輕聲:他低聲對身旁的同伴說:
「快離開吧!」

輕聲 〔形〕低聲:母親輕聲而鄭重地囑咐我。

低聲細語＊ 形容小聲說話。

悄悄 〔形〕不出聲或聲音很低:她悄悄地走出病
房／母親貼著她耳朵悄悄地說了幾句話。

悄聲 〔形〕低聲:妹妹悄聲對我說:「他不會來
了。」

悄默聲 〔形〕〈方〉不聲不響:你怎麼悄默聲地進
來,也不敲下門。也作**悄沒聲**。

蔫不唧 〔形〕〈方〉不聲不響:他蔫不唧地靠一邊
坐著,一句話也不說。

G3－35 動: 問

問 提出不知道或不明白的事情或道理,請人回
答解釋:問路／不懂就問／答非所問。

詢 問;詢問:查詢／諮詢／追詢。

詢問 向人打聽情況:他停下車詢問路旁的人前
面發生了什麼事情。

徵詢 徵求、詢問(意見):徵詢居民的意見。

發問 口頭提出問題:記者們紛紛舉手發問。

訊問 問;詢問:大家都關切地訊問他的近況。

問訊 問;打聽情況:我在村裡向許多人問訊他
的住址。

請問 敬辭。向人提出問題,要求回答:請問您
貴姓?／請問這個字怎麼念?

借問 敬辭。用於向人打聽事情:叔叔,借問這
裡離城有多遠?

試問 試著問。用於質問或否定對方:試問你是
怎麼找到這裡來的? ／如果照你的辦法去做,
試問還會成功嗎?

自問 自己問自己:捫心自問／我自問沒有說過
對不起他的話。

問答 發問和回答:相互問答／通過視聽設備,
可以直接和教師問答。

明知故問＊ 明明知道,還故意詢問。

問長問短＊ 仔細地從各方面詢問。多表示關
切。

G3－36 動: 反問・質問

反問 對發問題的人發問:針對他的指責,我反
問他說是我的失誤有什麼證據。

質問 嚴正地問以明是非;責問:他氣憤地質問
弟弟有什麼理由拆開他的信。

責問 用指責的口氣問:我責問他有什麼權利作出這一決定／他為這件事受了許多人嚴峻的責問。

詰問 〈書〉追問;責問:我疑心這事是他做的,又不好冒然詰問。

反詰 反問:他禁不住反詰一句:「你真不知道這件事?」

反唇相稽* 反過口來責問對方。稽:計較;查問。

G3－37 動: 查問

查問 調查詢問;查究追問:查問地址／查問原由。

查詢 查問;調查:發出函電,到處查詢他的情況。

盤問 仔細查問;反覆詢問:他在哨卡被盤問了半個小時。

盤詰 查問;盤問:對形跡可疑的人,盤詰得極嚴。

盤查 盤問並檢查:盤查過境旅客。

追問 追根究底地問:同事們追問他對客人說了些什麼。

盯問 〈方〉追問:大家一再盯問,他到底是什麼時候進來的。

逼問 緊逼地追問;脅迫地追問:逼問她又交了怎樣的朋友／逼問口供。

刨根兒 比喻追問底細:他直刨根兒,可是有些話我不好說出口。

尋根究底* 尋求和追究一事的根由和底細。也說**尋根問底***;**刨根究底***。

G3－38 動: 答

答 回話;回答:有問必答／答非所問／這道題他答不上來／公司對他的要求拒不作答。

回答 回應別人問話;對問題給予解釋;對要求給予回覆:他很客氣地回答了我的問話／這麼困難的問題,他恐怕回答不出。

回話 回答別人問話:我等了很久,也不見接待人員出來回話。

答話 回話;答覆:他兩眼盯著我,等我答話。

答覆 回答;對要求給予回覆:他只微微一笑,並不答覆／希望給我一個迅速的答覆。

覆 回答;答覆:電覆／函覆／請即覆。也作**復**。

回覆 回答;對要求給予回應:我們提出的幾個問題,請儘快回覆。

回應 回答:他連喊了幾聲,沒人回應。

回 回答;答覆:回話／回電／他的來信,我已回了。

答應 應聲回答:我叫了好多聲,才聽見裡面有人答應。

答對 回答別人的問話:你叫他問我,我會有話答對他／我被問得沒法答對。

應對 答對;應付:他頭一回碰到這種事,心情慌亂地應對著。

對答 回答;應對:對答如流／無人對答／對答不出。

對 回答:應對／對答／無言以對。

應答 對答:我隨意同他應答幾句／他和氣地應答著。

應聲 出聲回答:敲了半天,裡面也沒有人應聲。

應 回答;答應:我喊了好幾聲沒人應／一呼百應。

應 回答:怎麼叫他也不應。

搭腔 接著別人的話說;答話;交談:我們談正經事,你不要搭腔／老人家把手裡東西放下,才走過來跟我搭腔。也作**答腔**。

搭茬 接過別人的話說:她沒有回答,像是不願意搭茬。也作**答茬**。

酬答 應答:他勉強找些話和女主人酬答。

酬對 應對;應答:善於酬對／我最厭惡酬對標榜之詞。

酬和 用詩文相酬答:互相酬和／酬和之作。□

酬唱。

應答如流＊　對答猶如流水。形容答話敏捷流
　暢。也說**應對如流**＊。

G3－39　動：　叫・喊

叫　人或動物發出較大的聲音：拍手叫好／疼得
　大叫起來。

喊　大聲叫：喊話／喊口號／大喊一聲。

叫喊　大聲呼喊：他吃驚地叫喊起來／叫喊聲不
　絕於耳。也說**喊叫**。

叫喚　大聲叫：他疼得直叫喚／小朋友，安靜點
　兒，別叫喚了。

叫囂　大聲叫嚷吵鬧（用於貶義）：抗議遊行者還
　在叫囂要捲土重來。

叫嚷　大聲喊叫：大聲叫嚷／大門外傳來一片叫
　嚷聲。□**嚷叫**。

嚷　叫喊：他嚷得院子裡各家都知道了。

嚷嚷　〈口〉叫喊；吵鬧：他這個人不冒火，也不大
　聲嚷嚷。

吵嚷　喊叫；吵鬧：他們一陣吵嚷，把大家都驚醒
　了。

吶喊　大聲叫喊：吶喊助威／搖旗吶喊。

呼　大聲喊叫：高呼／驚呼／大聲疾呼。

呼喊　喊叫：齊聲呼喊／球賽正緊張地進行，觀
　眾不斷地呼喊著。□**呼叫**。

呼號　大叫；呼喊：大聲呼號／奔走呼號／他那充
　滿信心的聲音正在呼號。

呼噪　嘈雜地喊叫：敵兵呼噪而來／他被交易所
　裡的呼噪弄昏了。

歡呼　歡樂地呼喊：鼓掌歡呼／歡呼革命勝利。

高呼　大聲呼喊：振臂高呼／熱情高呼。□**高喚**。

高喊　大聲喊叫；高呼：戰士們高喊著向英雄學
　習的口號，衝鋒陷陣，奮勇殺敵。

喧嚷　許多人大聲喊叫：你去看看外面什麼人喧
　嚷／門外一陣喧嚷聲。

喧囂　喧嚷；吵鬧：喧囂了一天的飆車族終於安

靜下來了。

喧嘩　喧嚷：商販們在集市上高聲喧嘩。

嘩　喧嚷；吵鬧：寂靜無嘩／觀眾大嘩。

喝　大聲叫喊：大喝一聲／他剛要出門，就被父
　親大聲喝住了。

吆喝　大聲叫喊（多指賣東西、趕牲口、呼喚、叱
　喝等）：門外有幾十人一齊吆喝起來／兩人吆
　喝一天也沒賣幾個錢／他吆喝著毛驢走遠了。

吆　吆喝：山頭上幾個老鄉吆著牛羊走過來／
　他把車吆回來了。

咋呼　〈方〉吆喝：敵人都過來了，你咋呼什麼？

呵喝　為了申斥、恫嚇、禁止而大聲喊叫：大聲呵
　喝。

呼喝　叫喊；呵喝：飆車族沿路呼喝，猛按喇叭，
　嚴重影響交通。

叱咤　〈書〉大聲吆喝；大聲怒斥：聞室內有叱咤
　聲／叱咤風雲。

叱喝　大聲呵斥；吆喝：她追到巷弄口，被老大爺
　叱喝回來。□**叱呵**。

咆哮　大聲喊叫。形容人暴怒：咆哮如雷／他咆
　哮一通，悻悻地離開了。

吼　情緒激動時大聲叫喊：吼叫／大吼一聲。

鼓噪　喧嚷；起哄：眾人又停下手鼓噪起來。

哀鳴　悲哀地呼叫：絕望地哀鳴。

大聲疾呼＊　向人緊急地大聲呼喊，提醒人們注
　意。

聲嘶力竭＊　聲音嘶啞，氣力用盡。形容拼命地
　叫喊。也說**力竭聲嘶**＊。

G3－40　形：　喧嘩

喧嘩　聲音大而雜亂：笑語喧嘩／室內一片喧嘩
　歡笑聲。

喧　聲音大；嘈雜：結廬在人境，而無車馬喧／鑼
　鼓喧天／喧賓奪主。

喧囂　聲音雜亂吵鬧：他不喜歡都市的繁華和喧
　囂。

喧鬧　喧嘩熱鬧:這條街十分喧鬧／喧鬧的大街上一片節日的氣氛。

喧騰　聲音喧鬧沸騰:笑語喧騰／漁船歸來,海灘上一片喧騰。

喧然　喧嘩:笑語喧然。

嘩然　形容許多人喧嚷:輿論嘩然／我們一聽到這話,全堂嘩然大笑。

哄然　形容許多人同時喧嚷或大笑:輿論哄然／哄然大笑。

嘈雜　聲音雜亂;喧鬧:管弦嘈雜／人聲嘈雜。

嘈嘈　形容聲音嘈雜:嘈嘈切切／人聲嘈嘈。

吵鬧　聲音雜亂:人聲吵鬧／這院子周圍很吵鬧。

聒噪　〈方〉聲音喧鬧:隔壁房間聒噪的話語聲,使我不能入睡。

鬧嚷嚷　形容喧鬧嘈雜:門外鬧嚷嚷的人聲越來越高了。□鬧哄哄。

沸沸揚揚　形容聲音大而雜亂,像沸騰的水一樣喧騰。

沸反盈天*　形容人聲喧鬧嘈雜。

G3－41 動:　罵

罵　❶用粗野的或惡意的話侮辱:破口大罵／無故罵人。❷用嚴厲的話斥責:這孩子無故逃學,被媽媽罵了一頓。

責罵　嚴厲地責備:她回家太晚,被媽媽責罵。

辱罵　污辱謾罵:他不能忍受無故遭受辱罵。

謾罵　隨意亂罵:他們指點那可恨的人的背影,又是一番議論,一番謾罵。也作漫罵。

笑罵　❶譏笑並辱罵:他這樣不擇手段地做,難怪要被人笑罵。❷開玩笑地罵:她笑罵女兒:「你這丫頭,媽媽一大把年紀了,還戴花!」

臭罵　狠狠地罵:我在電話上臭罵了他一頓。

咒罵　用惡毒的話罵:他一路上咒罵道路不平、天氣不好。

叫罵　大聲罵:他們把嗓子也叫罵啞了。

唾罵　鄙棄責罵:這些貪污分子終於落了個身敗名裂、萬人唾罵的下場。

詬罵　〈書〉辱罵:互相詬罵。

叱罵　責罵:他憤怒地叱罵兒子。□斥罵。

罵街　在人多處漫罵:潑婦罵街。

丑詆　辱罵,詆毀:他們煽動一批人丑詆對方。

撒村　〈方〉說粗魯下流的話:他滿嘴撒村,太不像話了。

詛咒　原指祈求鬼神加禍於所恨的人。後泛指咒罵:人人詛咒那滅絕人性的恐怖分子罪行。

叱　〈書〉責罵;呵斥:怒叱／張目叱之。

剋　〈方〉罵,申斥:把他狠狠地剋了一頓。

罵罵咧咧　說話中夾雜著罵人的話:他罵罵咧咧地逼著妻子拿錢出來。

破口大罵*　口出惡語,大聲罵人。

指桑罵槐*　比喻表面上罵甲,真意是罵乙。□指雞罵狗*。

G3－42 名:　粗話・髒話

粗話　粗俗的話:他很憤怒,重重地罵了幾句粗話。

村話　粗話。多指罵人的髒話:她滿嘴最髒的村話,把聽的人嚇跑了。

醜話　粗俗的話;難聽的話:滿口醜話,不堪入耳／咱們醜話說在前頭,到期不還,可要賣車抵債啊。

髒話　下流、猥褻的話:不良少年講髒話戲弄她。

髒字　粗俗的字眼兒:請你話裡別帶髒字兒。

穢言　髒話;不堪入耳的話:口出穢言。□穢語;污言。

猥詞　猥辭　猥褻的詞語:這篇小說裡有不少猥詞穢語。

G3－43 動:　爭吵

爭吵　雙方大聲爭辯,互不相讓:他常常為一點小事和別人爭吵／有理由慢慢講,不要爭吵。

吵　爭吵：他倆說著說著就吵起來了／別吵，有
　　話好好說。

吵嘴　爭吵：她昨天一到家就跟哥哥吵嘴。□拌
　　嘴。

打吵　爭吵；吵嘴：兩家各自護著自己的孩子，因
　　此常常打吵。

爭嘴　❶吵嘴。❷爭吃：你這麼大了，還和弟弟
　　爭嘴。

鬥嘴　❶爭吵：跟人吵嘴。❷耍嘴皮子：他好賣
　　弄聰明，專嬉皮笑臉跟人鬥嘴。

口角　爭吵：今天晌午，不知爲什麼他和人口角
　　起來。□口舌。

罵架　吵架；相罵：他動不動爲一點小事張口罵
　　架。

粗罵　對罵；爭吵：兩家女人相罵起來，誰也不肯
　　先罷休。

吵架　劇烈地爭吵：夫妻倆又吵架了。□鬧架。

吵鬧　大聲爭吵：他擔心回到家裡妻子和他吵
　　鬧。

鬧　爭吵；吵鬧：又哭又鬧／兩人又鬧起來了。

哄　吵鬧；開玩笑：起哄／一哄而散。

鬧哄　吵鬧：一幫人無事找事地跑來鬧哄了一
　　陣。

勃豀　〈書〉（家庭內部）爭吵：婦姑勃豀／妯娌勃
　　豀。

破臉　不顧情面，當面爭吵：兩人沒談幾句就破
　　臉了。

抓破臉*　〈口〉比喻感情破裂，公開爭吵：這事他
　　再忍不下去了，只好跟他抓破臉。

頂牛　比喻爭持不下或相互衝突：他脾氣倔強，
　　容易跟人頂牛。

扯皮　無原則地爭吵；不負責地推諉：我們有理，
　　不怕他們找上門來扯皮／兩廠互相扯皮，都不
　　肯承擔賠償責任。

打嘴仗*　爭吵；激烈爭辯：爲這件事他們天天打
　　嘴仗。

G3－44 動：　頂撞

頂撞　用強硬的話反駁對方（多指對上級或長
　　輩）：他頂撞了他父親幾句／他當著眾人和老
　　師頂撞過。

頂　頂撞：我把他的話頂了回去。

回嘴　受到指責時進行辯駁或挨罵時回罵對方：
　　他對父親的責備，心裡不服，但不敢回嘴。□
　　還嘴。

頂嘴　爭辯；頂撞：他不承認自己錯了，還要頂
　　嘴。□強嘴；犟嘴。

抬槓　〈口〉爭辯：你先不用跟我抬槓，回去好好
　　想一想。

嘴硬　自知理虧而口頭上不肯承認，進行強辯：
　　在事實面前，他還嘴硬，死不承認。也說嘴
　　強。

G3－45 動：　胡說

胡說　沒有根據地或沒有道理地亂說：你不要信
　　口胡說／讓她一個人胡說去，沒有人會相信。
　　□瞎說。

胡扯　沒有根據或沒有中心地亂說：你不知道實
　　情，你這些話完全是胡扯／別胡扯啦，沒有人
　　怪你不對。□瞎扯。

胡謅　信口瞎編；隨意亂說：這報告是實地調查
　　的結果，可不是我隨意胡謅的。□瞎謅。

扯淡　〈方〉胡扯；閒扯：你別扯淡，我不信你春節
　　也不回家。

扯臊　〈方〉胡說；胡扯：別扯臊啦，這事你瞞不了
　　人。

妄說　胡說；瞎說：他一到任就這也批評，那也指
　　責，妄說一氣，怎麼能做好工作。

嚼舌　胡說；搬弄是非：他有意見不當面說，專好
　　背後嚼舌。也說嚼舌頭；嚼舌根。

亂彈琴　比喻胡鬧或胡扯：你說些什麼，簡直亂
　　彈琴。

胡說八道＊　無根據地隨意亂說。□**胡言亂語**＊。

信口開河＊　不加考慮、不負責任地隨意亂說。

信口雌黃＊　比喻不顧事實，隨意批評或亂說。雌黃：顏料，古時寫字用黃紙，寫錯了即用雌黃塗抹重寫。

G3－46 動： 空談

空談　只說不做；無行動地談論：與其坐著空談，不如做一點實事／沒有龐大財力做後盾，只一味想辦出版社，簡直是空談。

侈談　誇大而不切實際地談論：工作失職的時候，還侈談個人的作用，不外是掩飾錯誤和逃避責任。

奢談　希望過高而不切實際地談論：奢談什麼解救別人，還是先救救自己吧！

紙上談兵＊　在文字上談用兵策略。比喻空談理論，不聯繫實際。

徒托空言＊　只說空話而不實行。

空口說白話＊　只說空話不做事，或空說而沒有行動證明。

G3－47 名： 空話·瞎話

空話　內容空洞或不能實現的話：凡事想成功就要起而行，不能只靠講空話。

空談　空洞的、不切實際的言論：他的長篇大論，不過是些脫離現實的空談。□**空論**。

白話　指不能實現或沒有根據的話：空口說白話。

瞎話　不眞實或捏造的話：說瞎話／我說的都是實情，沒有一句瞎話。

夢話　比喻脫離現實、不能實現的話；空話：不要再說沒出息的夢話。

胡話　神志不清時說的話。比喻胡說的話：在那被扭曲的歲月裡，這些人滿嘴邏輯混亂的胡話，強詞奪理。

濫調　令人厭煩的、空洞而不切實際的言詞或論調：陳詞濫調。

濫言　虛妄不實的言詞：無稽濫言。

濫套子　言談、文章中浮泛不切實際的套話或格式：這種濫套子文章沒人要看。

G3－48 動、形： 誇大

誇大　〔動〕把事情說得超過了原有的程度：誇大事實／他們向上報告成績，照例誇大一番。

誇　〔動〕誇大：他把一點小事誇得比天還大。

誇張　〔動〕誇大；說得過分超過實際情況：說這個公司只用半年就扭虧爲盈，毫不誇張。

張大　〔動〕擴大；誇大：張大其詞。

誇誕　〔形〕虛誇不眞實，不合情理：書中頗多誇誕不實之詞。

虛誇　〔形〕言談虛假誇張：他不是虛誇的人／力戒虛誇與驕傲。

浮誇　〔形〕虛誇，不切實際：這個青年言語坦率而不浮誇。

誇誇其談＊　說話浮誇，不切實際。

言過其實＊　說話誇張，不符實際情況。

過甚其詞＊　說話誇大，不合實際。

G3－49 動： 誇口

誇口　說大話：在行家面前，我怎麼敢誇口？

誇嘴　〈口〉誇口：她常在人前誇嘴。

誇耀　向人顯示自己（有本領、有地位等）：他從不誇耀自己的戰功。

誇示　向人誇耀：他向朋友誇示自己的藏書。

矜誇　〈書〉誇耀：一時的勝利並不足以矜誇。

自誇　自己誇耀自己：不是自誇，我工作得不差，挑不出錯兒來。

自詡　自誇：有人發表了作品，便以天才自詡。

吹牛　說大話；誇口：我說的是實話，不吹牛。也說**吹牛皮**。

吹　說大話；誇口：別只顧吹，應該腳踏實地做些

事。

吹大氣 〈方〉誇口:好了,你別跟我吹大氣啦。

吹噓 說大話;誇張地宣揚或編造優點;吹捧:他好吹噓,總愛誇耀過去他家裡如何闊綽。

吹擂 誇口;吹噓:他們吹擂太過,致使大家感到討厭了。

吹捧 誇張地宣揚某人:他正在得勢,隨意說什麼,都有人吹捧。

標榜 吹噓;誇耀;宣揚:自我標榜／互相標榜／標榜民主自由。

說嘴 自誇;吹牛:你別光說嘴,來點兒實的。

賣功 在人前誇耀自己的功勞:他沒做多少事,卻總要賣功。

自吹自擂＊ 自己吹喇叭,自己打鼓。比喻自我吹噓。

自賣自誇＊ 自己誇自己賣的東西好。比喻自我誇口,凡是自己的什麼都好。

大言不慚＊ 說大話、吹牛皮而不感到羞恥。

賣狗皮膏藥＊ 比喻說得好聽,實際上是吹牛。

G3−50 名: 大話·奇談

大話 虛誇的話:少說大話,多做實事。

大言 〈書〉大話:口出大言。

牛皮 比喻大話:吹牛皮。

高調 比喻不切實際或說了而不去做的漂亮話:唱高調。

狂言 狂妄的話;放肆的話:口出狂言／偶發狂言。

奇談 令人感到非常奇怪的言論:奇談怪論。

海外奇談＊ 指沒有根據的、稀奇古怪的談論或傳說。

G3−51 動: 說謊

說謊 故意說不真實的話:我一定如實說,不敢說謊／這麼小的孩子就學會了說謊。

圓謊 彌補謊話中的漏洞:不用圓謊了,我知道

你在瞎說。

撒謊 〈口〉說謊:他是老實人,不會撒謊。□撒狂;扯謊。

扯白 〈方〉說謊:你別瞎扯白,這事我全知道。□扯謊。

佯言 〈書〉說假話。

口是心非＊ 嘴裡說的是一套,心裡想的卻另一套。指心口不一。

言不由衷＊ 說話不是出於內心,心口不一,即說的不是真話。

G3−52 名: 謊話

謊話 不真實的、騙人的話:他說的那些都是謊話。□謊言;假話。

謊 謊話:他怕被指責,隨口說了個謊。

誑語 騙人的話:不打誑語／連篇累牘,盡是誑語。□誑話;詐語。

妄語 虛妄不實的話;謊話:我看他說的並不是妄語。□妄言。

反話 故意說和本意相反的話:他有意見不直說,倒說了許多反話。

飾詞 掩飾真相的話;託詞:這是他顧惜情面的飾詞。

鬼話 謊話:沒有人相信他那些鬼話。

鬼畫符 比喻假的、騙人的話或東西:別聽他那套鬼畫符。

彌天大謊＊ 形容極大的謊言。

G3−53 動、名: 花言巧語

花言巧語＊ 說虛假而動聽的話騙人。也指騙人的虛假而動聽的話:終日花言巧語,誘你上鉤／她說的都是些花言巧語。

花腔 〔名〕把基本唱腔複雜化、曲折化的腔調。比喻花言巧語:耍花腔／不要聽他那花腔。

耍花腔＊ 用花言巧語騙人:他說什麼要無私援助呀,都是耍花腔。

巧言令色＊　用花言巧語和僞裝和善的臉色來迷惑、取悅人。

鼓舌　〔動〕掉弄口舌。多指花言巧語：小人鼓舌／奮筆鼓舌，嘵嘵不休。

搖脣鼓舌＊　指利用口才花言巧語進行煽動或遊說。

甜言蜜語＊　爲了討人喜歡或哄騙人而說的動聽的話。

迷魂湯　〔名〕迷信所說地獄中使靈魂迷失本性、忘記往事的湯藥。比喻迷惑人的語言或行爲。也說**迷魂藥**。

G3－54 名：　實話·好話

實話　符合眞意、實情的話：你有什麼看法？要說實話／對事情的經過，他不肯說實話。□**眞話**。

眞言　眞話；實話：經過反覆追問，他終於吐了眞言。

衷腸話　出自內心的話：臨別又說幾句衷腸話。

肺腑之言＊　發自內心的眞誠話。肺腑，指內心。

好話　有益的話；誇讚的話：他說的是好話，你要好好記住／不能只愛聽好話，聽不進批評的話。

忠言　眞誠正直的話；誠摯勸告的話：忠言逆耳／屢進忠言。

讜言　〈書〉正直的話：讜言忠告。

良言　善意而有益的話：良言相勸／悔沒有聽你的良言。

金玉良言＊　比喩非常寶貴的勸導的話。

嘉言　有益的話；好話：嘉言懿行。

諍言　〈書〉直爽地規勸人改正過錯的話：朋友們屢有諍言。

箴言　〈書〉規勸儆戒的話：他告訴我一個古代哲人的箴言。

G3－55 名：　豪語·名言

豪語　氣勢豪邁的話語：他實現了青年時的豪語。□**豪言**。

豪言壯語＊　氣魄很大的豪壯的話語。

名言　著名的、有價值的話語或言論：名言的作用其實在指示人們行動，向著某一些目標。

至言　最正確、最高明的話語或言論。

至理名言＊　合乎眞理的最精闢的話。

G3－56 名：　老話

老話　❶相傳已久的話：老話說得好：「只要功夫深，鐵杵磨成針」。❷談論過去事情的話：老奶奶常講的一些老話，大家都不感興趣了。

老調　說過多次，無新內容，使人厭煩的言辭、議論：老調重彈／說來說去，不外一些老調。也說**老調子**。

老套　指陳舊的言辭、議論；老調：他講的還是這些老套，眞叫人聽得頭痛。也說**老套頭**。

現話　〈方〉老一套的話；廢話：說的還是那幾句現話，沒人要聽。

陳言　陳舊的言詞：陳言老套／力去陳言。□**陳詞**。

陳詞濫調＊　陳舊、空泛、不切實際的言詞。

老生常談＊　老書生常講的話。指說過多次的老話。

G3－57 名：　笑話

笑話　❶引人發笑的話或事情；供人當笑料的事情：他喜歡講笑話／我不懂當地規矩，鬧了個笑話。❷開玩笑的話；不當眞的話：他是說笑話，你別以爲眞會幫你忙。

戲言　開玩笑的話；不當眞的話：我這是戲言，請不要生氣。

笑料　引人發笑的資料：她笑個不停，好像有一肚子笑料。

笑柄　給人取笑的事物；笑料：傳爲笑柄／被人當做笑柄。

笑談　笑話；笑料：他這種行爲，只能給人拿去做

笑談了。

趣話 打趣的話;笑話:她竟把別人的家庭糾紛當做趣話來到處傳播。

噱頭 逗人笑的話或舉動:這位相聲演員的噱頭很多。

哏 滑稽有趣的語言或動作:逗哏/捧哏。

玩笑 戲耍取笑的言語或行動:我跟他開個小小的玩笑。

俏皮話 幽默、風趣的話;開玩笑的話:他的幾句俏皮話,使她很不好意思,大家卻都笑起來。

G3－58 名: 閒話·怨言等

閒話 ❶與正事無關的話;不緊要的話:閒話休題,言歸正傳/休息時,大家談些閒話。❷不滿意的話;背後議論人的話:你別輕信一些閒話,隨意懷疑人。□閒言。

閒言碎語* 不滿意的話;沒有根據的話;無關緊要的話。

微詞 **微辭** 〈書〉隱含不滿或批評的言詞:友人對他的晚年行事多有微詞。

煩言 〈書〉氣憤或不滿的話;絮煩無用的話:嘖有煩言/煩言滋起。

怨言 不滿的話;抱怨的話:他勇挑重擔,從來沒有一句怨言。

怪話 牢騷、諷刺、挖苦的話:他說了許多怪話,發洩心中的怨氣。

冷風 比喻背後散布的消極言論:吹冷風/他暗中刮冷風,中傷別人。

耳邊風 比喻聽過後不放在心上的話(多指勸告、囑咐):他把我的話當作耳邊風,一句也沒聽進去。

風涼話 不負責任的含有譏諷意味的話:他不參加我們的事,卻講了許多風涼話。

冷言冷語* 含有譏諷意味的話。

G3－59 名: 客氣話·門面話等

客氣話 表示客氣的話語:他們每次見面,總要先講幾句客氣話。

客套 應酬的客氣話:講幾句客套。□客套話;套話;套語;套子。

謙詞 **謙辭** 表示謙虛的言詞。

門面話 應酬的話;表面虛飾而不切實際的話:他說的是幾句門面話,不會真幫你解決問題。

官腔 官場中的門面話;用規章、手續等來敷衍、推託、責難的話:新縣長一上任就跟我們打起官腔來。□官話。

現成話 不參與其事而在旁說的一些冠冕堂皇的空話:事情都辦完了,他才跑來說些現成話。

漂亮話 說得好聽而不兌現的話:對那些慣說漂亮話的人,我絕不輕信。

G3－60 聲: 言語聲

喃喃 低聲說話或讀書的聲音:喃喃細語/喃喃誦讀。

喊喊喳喳 形容細碎的說話聲音:鄰居喊喊喳喳的怒罵聲,一陣一陣地傳過來。

唧唧喳喳 形容雜亂細碎的說話聲、鳥鳴聲等:她唧唧喳喳分辯起來/麻雀唧唧喳喳叫著。也作嘰嘰喳喳。

嘈嘈嘈嘈 形容說話聲音嘈雜:大伙兒嘈嘈嘈嘈議論著。也說嘰嘰嘈嘈。

嘰嘰嘎嘎 形容說笑聲等:他們嘰嘰嘎嘎地笑走了過來。

嘰嘰噥噥 形容聲音小且聽不清楚:他嘰嘰噥噥了幾句,誰也沒聽清是什麼意思。

嘰哩咕嚕 形容說話聲音不清楚或別人聽不懂:他們嘰哩咕嚕不知道在說些什麼。

嘰哩呱啦 形容說話聲音大或別人聽不懂:你跟那個人嘰哩呱啦地嚷什麼?

哇哩哇啦 形容連續不斷的說話聲:你別哇哩哇啦,說起來沒完沒了。

哇啦 **哇喇** 形容說話或吵鬧的聲音:他一進門

就哇啦哇啦嚷起來。

牙牙 〈書〉形容嬰兒學說話的聲音:牙牙學語。

　□啞啞;咿呀。

朗朗 形容讀書的聲音:書聲朗朗。

吁 吆喝牲口停住的聲音。

吁 吆喝牲口向前的聲音。

G3－61 副: 表示強調、肯定語氣

可 ❶用於陳述句,表示強調或肯定的語氣:他做起事來可專心啦/她嘴裡不說,心裡可明白著呢。❷用於反問句,加強反問語氣:你沒有看見,可怎麼知道是他拿走的? ❸用於疑問句,加強疑問語氣:這是什麼地方,你可知道嗎?

才 強調確定語氣(句末常用「呢」):這才是媽媽的好兒子/他這人脾氣才怪呢/我才不信呢。

偏 ❶表示故意跟外來要求或客觀情況相反,加強語氣:他要我去,我偏不去/明知山有虎,偏向虎山行。❷表示事實同希望、預料的相反:沒帶傘,偏又下起雨來。

偏偏 同「偏」。語氣更加肯定。可用在主詞前:他不叫我說,我偏偏要說/我昨天本想約你一同去,偏偏你不在家。

也 表示強調的語氣。常和前面「連」字呼應。多用於否定句:他連飯也沒吃就走了/一點點風也沒有,樹葉一動也不動。

都 (輕讀)表示「甚至」。常與「連」字同用,有強調、肯定的語氣:這種事連小孩都知道/我叫了他好幾聲,他連睬都不睬我/你待我比親姊姊都好。

還 有「尚且」的意思,用在前一小句裡,作為陪襯,引出並加強後一小句的推論。常和「連」合用:連級任還不能說服他,你就別去白費唇舌了。

是 ❶用在句中,表示堅決肯定:昨天是冷,院子裡積水都結冰了/他是不對,你別跟他計較。

❷用在句首,突出主詞,加重語氣:是誰告訴你的? /不是我講錯了,是他記錯了。

G3－62 副: 表示反問語氣

難道 加強反問的語氣:你難道真的不知道嗎? /這樣不合理的事,難道不該管一管嗎?

難道說 難道。常用在主詞前:難道說你一點也不知道嗎?

究竟 ❶用於問句,表示疑問或追究,有加強語氣的作用:你究竟去還是不去? /究竟情況調查清楚沒有? ❷「歸根到底」、「畢竟」的意思,用於陳述句,表示評價或確認,有加強語氣的作用:他究竟還是個孩子,沒有社會經驗/他究竟是行家,一眼就看出了問題。

到底 ❶用在問句,表示追究;究竟:你到底去過沒有? /你的話到底是不是真的? ❷表示經過較長過程最後實現的情況;終於:經過幾個月的努力,新產品到底試製成功了。❸表示對某一情況的肯定、確認;畢竟:到底是你們年輕人體力好,爬山和走平路一樣輕快。

莫非 ❶莫不是,表示揣測或懷疑的語氣:聽你這麼說,莫非真的是我錯了不成/他現在還沒到家,莫非車又誤點了? ❷表示反問,相當於「難道」:你不管? 莫非你不是他哥哥?

豈 〈書〉表示反問。相當於「難道」:豈有此理? /豈非笑話? /這樣豈不是更切合實際嗎?

還 在反問句或感嘆句中,加強反問或贊嘆的語氣:我們遇到的困難還少嗎? /他的氣力還真大啊!

G3－63 副: 表示轉折、委婉語氣

倒 ❶表示同一般情理相反:沒有時間複習,可是倒考得不錯/兒子倒比爸爸老練。❷表示同事實或預料相反:想走近路,倒繞了遠道/你想得倒容易,事情哪有這麼簡單。❸表示

轉折或讓步:文章題目不起眼,內容倒頗有新意/人倒長得挺清秀的,可是說出話來太粗俗了。❹表示追問或催促:你倒說句話呀! 你倒願意不願意呀! ❺表示委婉、舒緩的語氣:你倒不用說,媽媽自然會問的/藉這機會回母校看看,倒也不錯。□倒是。

卻 表示轉折,語氣比「倒」、「可」略輕:他早已聽人說過,卻好像不知道似的/他很早就到了,卻一直沒講話。

反而 表示跟前文意思相反,或在預料和常情之外:星期天他不但沒有休息,反而比平時還忙/大家不僅不責怪他,反而都來安慰他。

反 反而。多用於書面:業務毫無進展,反不如前/她卻反不哭了,瞪著一雙淚眼,呆呆地出神。

反倒 反而;倒。多用於口語:他年紀最大,身體反倒比我們都好。

倒反 〈方〉反倒:孩子跳躍著在門口迎接了客人,可是一進屋裡,他倒反有點拘束了。

倒轉 〈方〉反而;反倒:他自己把事情辦壞了,倒轉來怪我。

也 ❶表示轉折或讓步:你就是不說,我也能猜出幾分/我做不了重活,也可以做點兒輕的嘛。❷表示委婉的語氣:他話說得太直率,也難怪人家聽了不高興/我看事情也只好如此了。

G4　言語(各種方式)

G4－1 動:　叙述

叙述 說出或寫出事情的前後經過:叙述自己身世/他把事情的經過詳細地叙述了。

述說 叙述(多指口頭的):述說創業的艱辛。

叙 記述;叙述:叙事/這篇文章以叙爲主。

述 叙述;陳說:如上所述/略述事情經過。

講述 把事情或道理講出來:他把深奧的道理講述得淺顯明白。

論述 叙述和分析:論述當前經濟形勢。

表述 叙述;說明:他在信中把自己的意見表述得很清楚。

自述 述說自己的事情:作者自述自己幼年的境遇。

追述 述說過去的事:追述學生時代往事。

追叙 追述:他激動地追叙著當年和同學們上街做採訪的情景。

綜述 綜合叙述:一週要聞綜述。

縷述 詳細叙述:恕不縷述/毋庸縷述。

贅述 多餘地叙述:這件事你已知道,不再贅述。

贅言 說不必要的話,多餘地叙述:毋庸贅言。

稱述 稱揚述說:他的行事值得稱述。

口述 口頭叙述:信是老太太口述,孫女代寫的。

口授 口頭述說;口頭傳授:這篇文章是作者病中口授,別人記錄的。

述說 叙述;陳述:述說目睹的情況/述說這次來的目標。

數說 一一列舉叙述,加以說明:他把目睹的一切數說了一遍。

訴 訴說;告訴:訴衷情/她好像有訴不完的委屈。

訴說 帶感情地陳述:訴說眞情/訴說困難。

陳述 有條理地叙述;陳說:陳述意見/他感到自己驚險的遭遇,值得陳述。

陳 陳述;述說:詳陳/面陳/慷慨陳詞。

陳說 陳述:陳說利弊。

陳訴 陳述;訴說:鄰居有什麼委屈都向她陳訴。

口口聲聲 * 不止一次地陳說或表白。

G4－2 動:　傳達·轉述

傳達 把一方的意見告訴另一方:傳達命令/我把上級指示向大家傳達一下。

傳話 把一方的話傳給另一方:都是因爲他傳話

錯誤,發生了誤會。

傳說　許多人輾轉述說:這件事城裡正在紛紛傳說著。

傳述　傳說;轉述:互相傳述/這是一個民間傳述已久的故事。

轉述　把別人的話說給另外的人聽:他向我轉述了老師臨別的話。

轉達　把一方的意思帶給另一方:請向他轉達我的問候。

轉告　把一方的事情或意思告訴另一方:請轉告小王,他要的資料我找到了。

複述　把自己或別人說過的話再述說一遍:她把今天答覆來人的話詳細地複述了一遍。

G4－3 動:　告訴·囑咐

告訴　說給人聽,使人知道:把好消息告訴大家/這件事不能告訴任何人。

告送　〈方〉告訴;告知:有什麼事趁早告送我。也作**告誦**。

告語　〈書〉告訴;述說:互相告語/既已失敗,當然無可告語。

奉告　敬辭。告訴:當面奉告/無可奉告。

稟告　舊指把事情告訴上級或長輩:她把聽到的事稟告了老太爺。

稟　對上陳述;稟告:稟知父母。

正告　嚴正而明白地告知:正告對方,要及早承認侵略罪責,公開道歉。

告　告訴;解說:有事相告/不可告人。

報　傳達;告訴:通風報信/報喜不報憂。

曉示　明白地告訴:曉示百姓/曉示村民。

曉喻　〈書〉明白地告訴。多用於上對下:曉喻天下/曉喻百姓。也作**曉諭**。

寄語　對人說寄予希望的話:寄語年輕的一代,研究科學、掌握技術。

囑咐　告訴對方記住應該怎樣做或不應該怎樣:媽媽再三囑咐他安心臥床休養。

叮嚀　反覆地囑咐:大家回家前相互叮嚀,要按時返校。也作**叮寧**。

叮囑　再三囑咐:他叮囑再三,叫我到家就寫信給他。

吩咐　口頭囑咐或指派:你有什麼事,儘管吩咐。也作**分付**。

交代　❶囑咐;吩咐:他臨別交代幾句話,就匆匆走了。❷把事情或意見向有關的人說明,解釋:交代政策/他主動交代了自己的家庭情況。也作**交待**。

G4－4 動、名:　請求

請求　❶〔動〕向別人提出要求,希望得到滿足:請求援助/請求分配任務。❷〔名〕向別人提出的要求:領導上已同意我的請求。

請　〔動〕❶請求:請你多幫助。❷敬辭。要求對方作某件事:請坐/請予指教。

懇請　〔動〕誠懇地請求或邀請:懇請取消成命/懇請光臨指教。

要求　❶〔動〕提出具體願望或條件,希望得到滿足或實現:要求調動工作/要求出國深造。❷〔名〕提出的具體願望或條件:接受對方的要求/這是合理的要求,不能拒絕。

求　〔動〕請求;要求:求饒/有求於人/求你幫個忙。

要　〔動〕請求:他要前公司開立離職證明/班長要我跟他一起走。

懇求　〔動〕誠懇地請求:再三懇求/懇求原諒/懇求父親讓他上大學。□**央求**。

求告　〔動〕請求別人幫助或寬恕:為了分配房子,他不得不四處求告。□**央告**。

哀求　〔動〕苦苦請求:他含淚哀求,她也不回心轉意。

哀告　〔動〕懇求;央告:他眼裡帶著懇求哀告的神氣。

祈求　〔動〕懇切地請求,希望得到:要自己努力,

不靠祈求別人幫助。

呼籲 〔動〕申述並請求援助、支持：呼籲和平／呼籲民主。

吁請 〔動〕呼籲，請求：吁請社會各方面關心弱勢族群。

G4－5 動： 答應·允許

答應 接受並同意別人的要求；允許：我們的條件他們都答應了／我沒有答應他的要求。

應 答應；應許：這項任務是我應下來的。

應 接受並滿足別人要求；允許：應邀／應聘／有求必應／應觀眾的要求，她又唱了一段京戲。

應允 答應；允許：他要我和他一同去，我應允了。□**應許**。

應承 對某事答應（做）；同意：承認：把任務應承下來了／父母代他應承了這件婚事。□**承應**；**應諾**；**承諾**。

允許 許可；同意：學校允許我們假日在教室裡開遊藝會／要允許人家改正錯誤。

允諾 答應；允許：她已允諾暑假和他一同回鄉。

許諾 答應；應承：慨然許諾／我對他什麼也沒許諾過。

諾 答應；允許：諾言／一諾千金／輕諾寡信。

俞允 〈書〉允許：承蒙俞允。

允 答應；許諾：不允／女兒拗不過媽媽，這才允了。

許 ❶應允；許可：不許亂動／只許成功，不許失敗。❷答應給予：以身許國／他許過我替我畫一幅畫。

准許 同意別人的要求；許可：學校已准許他因病休學／當局不准許占行人道設攤。

容許 許可；允許：事關重要，請容許我考慮後再答覆你。

許可 准許；容許：這件事不能輕易許可／只要條件許可，我願為大家辦點實事。

默許 用暗示表示已經許可：她不吭聲，或許是默許了。

容 允許：不容分辯／詳情容後面陳。

同意 對某種意見、觀點、行動等表示贊成；准許：我同意你的意見／由他做我們的代表，我完全同意。

興 〈方〉准許：對於已決定的事，不興隨意改變／騎自行車不興帶人。

算數 承認有效力：他說話算數，說今天來就今天來了。□**作數**。

G4－6 名： 諾言

諾言 應允別人的話：恪守諾言／違背諾言。

約言 約定的話：信守約言／違反約言。

夙諾 以前許下的諾言：姑母仍實踐幫助她上大學的夙諾。也作**宿諾**。

空頭支票 * 比喻不準備實踐的諾言。

G4－7 動： 拒絕

拒絕 不接受（請求、意見或饋贈）；不答應：拒絕收受禮物／拒絕出席會議／拒絕簽字。

拒 不接受；拒絕：拒不作答／拒諫飾非。

回絕 答覆對方，表示拒絕：他一口回絕了我們的要求。

駁回 不允許（請求）、不採納（建議）：駁回他的無理要求／她向上級申訴，已被駁回。

推託 借故拒絕：他推託有病，不參加會議。

推辭 拒絕：對他善意的邀請，我無法推辭。

推謝 婉言藉故推辭：大家要我出場坐在講演臺上，我也推謝了。

推卻 拒絕；推辭：我不好意思推卻他的要求，勉強同意了。

辭謝 客氣地推辭，不接受：廠裡請他退休後擔任顧問，他辭謝了。

謝絕 客氣地拒絕：謝絕參觀／我急於趕路，謝絕了他們留宿的好意。□**謝卻**。·

婉謝 婉言謝絕：對於人們的邀請，他都去函婉

謝。

遜謝　謙虛地謝絕:國外重金禮聘講學,他一一
遜謝。

推三阻四　找各種藉口推託。也說**推三推四**＊。

敬謝不敏＊　推辭做某事的客氣話。表示沒有才
能去做。

G4－8　動、名:　　保證

保證　❶〔動〕表示負責做到;確認符合某種要
求:保證工程如期完成／保證產品品質符合標
準。❷〔名〕起保證作用的人或事物:團結是
取得勝利的保證。

擔保　〔動〕負責保證:這事交給他,我擔保能辦
好／我擔保不會有人來打擾你。

保　❶〔動〕保證;擔保:保質保量／這年頭,誰也
不敢保誰。❷〔名〕保證人:這事請你作個保
吧!

包　〔動〕保證;擔保:包你滿意／別著急,我包你
他會來的。

保險　〔動〕保證:這事我敢保險,絕沒問題。

保管　〔動〕保證;擔保:叫他住在我這裡,保管他
吃好睡好／我保管他今天會來。□管保;包
管。

管教　〔動〕〈方〉管保:管教他服從你的安排。

確保　〔動〕確實地保證:確保安全／確保完成生
產定額。

準保　〔動〕保證:我準保他會來。

保證人　〔名〕保證別人的行為符合某種要求的
人。

保證書　〔名〕為了保證某件事情得到實行而訂
的文件或寫的書面材料。

G4－9　動:　　質疑・詢問

質疑　提出疑問,求得解答:大家在會上相互質
疑,公開辯論／這些陳舊的觀念,正逐漸被質
疑、被摒棄。

質詢　質疑;詢問:代表們紛紛發言質詢／在會
上他成了質詢的對象。

疑問　質疑;詢問:他一面走一面疑問:「是這裡
嗎?」

問難　對疑難問題,詰問辯論:問難經傳。

質疑問難＊　提出疑難問題,詢問別人或互相討
論,以求得解答。

闕疑　把疑難問題,暫時空著,不作臆斷:這種花
我查不出它的中文名字,只得闕疑。

存疑　把疑難問題,暫時擱置,不做定論:他認為
證明資料不足,只能夠存疑。

詢問　徵求意見:詢問左右／他詢問我有什麼意
見。

諮詢　徵求意見;詢問:技術諮詢／立法時反覆
向代表們諮詢。

徵詢　徵求、詢問(意見):他深入車間,徵詢工人
群眾的意見。

G4－10　名:　　疑問・問題

疑問　有懷疑或不理解的問題:你有什麼疑問,
儘管提出來／老師耐心地解答他的種種疑問。

疑義　❶不理解的含義或道理:他把閱讀中的疑
義,一一向老師求教。❷有懷疑的地方;疑
問:這篇文章不是他寫的,應該抽去,已無疑
義。

疑難　疑惑難解的道理或問題:我在教的科目中
遇有疑難,都請他詳細解釋。

問題　❶要求回答或解釋的題目:記者們提出不
少問題。❷需要研究並解決的矛盾:住房問
題一時難以徹底解決。

疙瘩　疙疸　比喻疑慮或不易解決的問題:心中
有個疙瘩／坦誠交談,解開了兩人之間的疙
瘩。

問號　疑問:這本書真正的作者是誰,是個問號。

謎　比喻不明白或難以理解的事物:這件事究竟
真相如何還是個謎。

悶葫蘆 比喻難以猜透而使人納悶的話或事：這事非常奇怪，究竟是什麼悶葫蘆，一時猜不透。也作**悶胡蘆**。

G4－11 動： 探問

探問 試探著詢問；打聽：探問消息／你探問一下他的意見／四處探問他的情況，都沒有結果。

探詢 探問：初次見面，我沒有探詢他的身世。

探聽 探問；打聽（多指用隱秘方式的）：探聽虛實／探聽消息／探聽別人的隱私。

探 探問；打聽：你去探探他的口氣／他沒有張嘴問，只用眼睛向她探消息。

套問 轉彎抹角地探問：他仔細地套問這個人的來訪的意圖。

試探 用言語或舉動引起對方的反應，借以了解對方的意思或態度：你去試探一下，看看他們是什麼態度。

尋問 尋求探問：我大院裡挨門挨戶地尋問他的消息。

探悉 探聽後知道：記者從有關方面探悉，該項工程近期不會開工。

探明 探聽明白：請探明他現在的住址。

刺探 暗中探聽：刺探情報／他指使人刺探我的虛實。

打聽 探問：打聽消息／打聽情況／打聽朋友的住處。□**打問**；**打探**。

掃聽 〈方〉探詢；打聽：他從外面掃聽到一點消息。

了解 探聽；調查：廠裡現在的生產情況，你去了解一下。

摸底 了解底細；摸清底細：他向我問這問那，無非是爲了摸底／村裡人誰好誰壞，他都摸底。

詐 用言語試探，誘使對方說出真情：你別拿話詐我，我什麼也不會告訴你。

問津 探詢渡口。比喻探問價格、情況等：這種式樣過時的女鞋，削價處理也無人問津／這件古董標價實在太高，不敢問津。

G4－12 動： 討論·議論

討論 就某一問題共同交換意見或辯論：討論真理的標準問題／我的這個意見，是否可行，請大家討論。

議論 對人或事物的好壞、高低、是非發表意見：大家都在議論這件事／要注意影響，不然人家會議論你的。

論說 議論：論說文／論說古今／把這個問題論說清楚，很不容易。

談論 口頭表示對人或事物的看法：人們都在談論這部電視劇。

論 談論；議論：高談闊論／無人可共論。

審議 審查討論：審議提案／審議預算／提交大會審議。

座談 坐在一起不拘形式地討論：找幾個人座談一下。

研究 考慮或討論：這個問題值得研究／你提出的辦法，今天開會研究。

研討 研究和討論：研討有關文學創作的題材問題。

漫談 就某問題不拘形式地談論或發表意見：我們一邊散步，一邊漫談詩歌創作的體會。

清談 不切實際地談論。也指無事可做而閒談：人們說他喜歡清談，但我知道他從不說空話／那時我們在家閒住，經常清談聊天。

務虛 就某項工作的政治、思想、理論等方面的問題進行討論研究：召開理論工作務虛會。

務實 指研究討論或致力於具體的工作：先務虛，後務實／他是一個務實的人。

高談闊論＊ 空洞地、漫無邊際地大發議論（多含貶意）。

說三道四＊ 亂加談論、評論。

說長道短＊ 議論他人的好壞是非。也指談說各

種事情。也作**說短論長***。

說東道西* 說這說那,隨意談論各種事情。

大放厥詞* 原指寫出很多優美的文字。後用指大發議論(現多含貶義)。

甚囂塵上* 原指軍中人聲喧囂,塵土飛揚,形容十分喧嘩紛亂的情狀。後用來形容議論紛紜或消息盛傳。現多形容反動言論極為囂張。

七嘴八舌* 形容人多語雜,議論紛紛。

G4－13 動: 評論

評論 批評或議論:評論作品的思想性和藝術性／評論產品品質的優劣。

評議 經議論而評定:群眾評議幹部／評議教學品質。

評判 判定優劣、是非或勝負:這幾篇作品的高下,請你來評判／市長是否稱職,可由民調得知。

評 評議;評判:評選模範勞工／請你評一評理。

判 評斷;評定:判卷子／判為犯規。

議 評論:無可非議／街談巷議。

論 評定,衡量:論功行賞／按質論價。

評定 經過評判或審核來決定:評定等級／評定成績。

評價 評定人或事物價值的高低:作品的內容,讀者自會領會,自會評價。

評說 評論;評價:事有事在,他的功罪自有後人評說。

評斷 評論判斷:評斷是非曲直／到底是不是他的責任,請大家評斷。

評理 評論是非:我不和你爭,找主管評理去。

評騭 〈書〉評定:評騭、辨別書畫的優劣、真偽。

評介 評論介紹:評介作品和作者。

品評 評論;評價:品評人物／品評書畫。

品題 〈書〉評論(人物、作品):在當時文壇上,文章未經名人品題,便無身價。

褒貶 ❶評論好壞:褒貶人物／褒貶是非。❷批評;指責:聽說他常背後褒貶我。

一字褒貶* 用一個字就體現出對人或事物的讚揚和貶斥。

臧否 〈書〉品評;褒貶:臧否人物／臧否萬物。

月旦 〈書〉指評論人物。

評頭論足* 評論婦女的容貌。比喻對人對事說長道短,多方挑剔。也說**品頭論足***;**評頭品足***。

皮裡春秋* 指藏在心裡不說出來的評論。《春秋》,相傳為孔子所編修,對人物事件於記敍中含有褒貶,因以之借指評論。也作**皮裡陽秋***。(晉簡文帝後名春,晉人避諱,以「陽」代「春」。)

就事論事 就事情的本身情況來加以評論。

G4－14 動: 演說

演說 在公開場合對聽眾就某個問題說明事理、發表意見;講演:他到處演說,宣傳環保的道理。

講演 向聽眾講述學術知識或對某一問題的見解:他一到這裡,各文藝團體紛紛請他去講演。

演講 演說;講演。

發言 發表意見(多指在公開場合):參加會議的人都踴躍發言／他發言時語調很平靜。

講話 發言:會上他第一個講話,詳細地說明了自己的意見。

G4－15 名: 言論

言論 對事情發表的議論或見解:這家報紙的言論向來很公正／對這些錯誤言論,必須徹底揭發批判。

議論 評論人或事物的是非、好壞所表示的意見:群眾對這件事的議論很多／他近來發表的議論,不見得都正確。

輿論 公眾的言論:得到社會輿論的支持／要重

視輿論的導向。

公論 公衆的或公正的評論：是非自有公論／終於有了無私的公論。

正論 正確合理的言論：這是客觀的、適時的正論。

宏論　弘論 識見廣博高明的言論：宏論高奇。

高論 見解高明的言論。常用作敬辭：得聆高論。

雄辯 有力的辯論：事實勝於雄辯／他正在發表他的雄辯，口若懸河。

通論 ❶通達的議論。❷貫通諸說的論述；某一學科全面的論述。多用於書名：《五經通論》／《史學通論》。

評論 批評或議論的文章：報上這篇出色的評論，是特約他寫的。參用「G426 報刊評論」。

評價 評定的價值：他的畢業論文得到很高的評價。

評語 評論的話：品德評語。

講話 講演的話：他的講話受到聽衆熱烈的歡迎。

論調 議論的傾向；意見：他的論調過於悲觀。

調子 指論調：他們這些話同保守落後分子是一個調子。□調頭；調調。

調門兒 〈口〉指論調：他的發言，調門兒倒很高。

物議 〈書〉衆人的議論，多指非議：物議嘩然／惹起了物議。

輿情 群衆的意見和情緒：順應輿情。

衆說 各種議論或學說：衆說紛紜／擇取衆說。

謬論 錯誤荒謬的言論：謬論掩蓋不了眞理／這些謬論必須徹底推翻。

謬種 指荒謬錯誤的言論、學術流派等：謬種流傳，誤人不淺。

邪說 荒謬有害的言論：異端邪說／邪說紛紜。

妖言 怪誕不經的邪說：妖言惑衆／捏造妖言。

街談巷議 * 大街小巷裡人們的議論。

不易之論 * 內容正確、不可改變的言論。□不刊之論 *。

不經之談 * 荒誕沒有根據的話；荒唐不正常的言論。

G4－16 動：　説明・解釋

說明 解釋明白：說明理由／說明事情眞相。

說 解釋；說明：他把道理說得很明白。

申述 詳細地說明：申述自己的見解／申述要求調職的理由。

申說 說明；解釋（情況、理由等）：我詳細地申說路上情況和遲到的原因。

申明 鄭重地說明：申明利害／沒等我說完，他就申明不贊成這件事。

重申 再一次申述：我當衆重申了以前的主張。

表白 說明自己的態度、情況、意見等：他向她表白了愛慕之情／我在信中表白了自己的意見。

自白 自我表白：請允許我先自白一下這次的來意。

解釋 分析、說明某事的意義、原因、理由等：我請他詳細解釋這首詩的含義／他向我解釋了事情沒有辦成的原因。

解 解釋：注解／曲解／這個詞怎麼解？

釋 解釋：釋義／古詩淺釋。

解說 解釋說明：講解員對展品詳細地解說著。

闡釋 敍述並解釋：闡釋計畫生育的意義。

闡明 把道理解釋明白：闡明深奧的哲理／闡明自己的主張。

闡述 詳盡深入地說明或論述：闡述生物進化的規律／闡述文學作品的思想性。

闡發 闡明並發揮：他善於闡發自己的論點。

釋疑 解釋疑問；消除疑難：解惑釋疑。

析疑 分析疑難；解釋疑問：析疑問難／析疑匡謬。

交代 說明；解釋（情況、意見等）：主人翁的家世，上回書已交代過了，不再重敍／他把要辦的事都交代得清清楚楚。

分解　說明;交代。常用於章回小說每回的結尾:且聽下回分解。

破說　〈方〉分析解釋:這個簽上怎麼說的? 給破說破說吧!

G4－17 動：　比方・舉例

比方　❶用一事物來說明另一事物,多指用容易明白的事物說明不容易明白的事物:用常青的松柏比方人堅貞的品格是非常恰當的。❷舉例說明的發端語;比如:這次考試全班成績都很好,比方他,三門課得了 295 分。

比喻　打比方;用類似的事來比擬說明:人們常用鴛鴦比喻夫妻 / 你用花來比喻男人是不恰當的。

比　比方;比喻:把工作比做戰鬥 / 這樣一比,就很容易理解了。

譬喻　比喻:人們把煤譬喻為「黑色的金子」。

舉例　在類似事物中,舉出一二,作為例子來說明其餘:舉例說明 / 以上各項,分別舉例如下。

示例　舉出或做出有代表性的例子:示例教學。

比如　舉例說明的發端語:有些問題急待解決,比如資金不足、缺乏技術人員等等。□**譬如**。

例如　舉例時的發端語,表示下面就是例子:地方戲曲品種很多,例如越劇、豫劇、川劇、粵劇、黃梅戲等等。

諸如　舉例發端用語,表示以下所示例子不止一個:許多業餘活動,諸如圍棋、集郵、養花、釣魚,他都愛好。

如　表示舉例;例如;比如:這個學校注意推動學生暑假活動,如夏令營、海濱游泳、森林旅行等,以增進學生的身心健康。

G4－18 名：　例子

例子　性質類同事物中具有代表性的單個;用來說明或證明某種情況或說法的事物:這不過是一個例子,相像的還很多。

例證　用來證明某一事實或理論的例子:這幫歹徒胡作非為的罪行,警方可以舉出大量例證。

例　例子;例證:舉例說明 / 有例為證。

實例　實際的例子:他舉出許多古今中外偉人的實例,來證明艱苦生活對於年輕人的必要。

比方　用一事物說明另一事物的行為:打比方 / 有一個比方。

G4－19 動：　曲解

曲解　不顧客觀事實或歪曲原意,作錯誤的解釋:他有意或無意地曲解我的談話。

歪曲　故意改變事物的真相或內容:一些歷史人物的面目被他們別有用心地歪曲了。

竄改　用作偽的手段對文字、理論、政策等曲解或更改:任意竄改歷史的人,一定受到歷史的懲罰 / 對當時的俗語,他不懂的,便任意竄改。□**改竄**。

G4－20 動：　辯論

辯論　對同一問題持不同看法的人彼此說明自己的見解和理由,揭露、分析對方的錯誤或矛盾,以明辨是非:大家還有不同意見,不妨再辯論一下 / 通過反覆辯論,雙方終於統一了認識。

辯　辯論;辯解:能言善辯 / 真理愈辯愈明 / 不容置辯 / 誰也辯不過他。

爭論　彼此堅持自己的見解或主張,互相辯論:兩人為一件事爭論不休 / 你們不要爭論下去,讓事實來說明誰是誰非。□**爭辯**;**爭議**。

爭執　雙方各持己見,互相爭論,不肯相讓:為人選問題引起爭執 / 時間不容許大家再爭執下去了。□**爭持**。

爭　辯論;爭執:據理力爭 / 大家爭了半天,誰也說服不了誰。

爭競　〈方〉爭執;計較:顧客的意見不妨聽聽,不要爭競。

爭鳴 比喻在學術等方面,各種不同觀點進行爭辯:百家爭鳴。

理論 據理爭論;評理:先把情況查明,再去和他們理論。

辯駁 爭辯反駁:他對別人的責難,並不辯駁/我用不可辯駁的事實,使他啞口無言。

辯難 辯駁;問難:他們爲爭論學術上的問題,書信往還,互相辯難。□論難。

論戰 在政治、學術等問題上因意見不同而爭論:這個集子選輯了當時關於地球環保論戰的文章。

論爭 爭辯;論戰:對這個問題,與會者意見不一,展開了論爭。

舌戰 激烈地辯論:諸葛亮舌戰群儒/大家你起我立,激烈地舌戰沒有一分一秒停止。

頂牛 比喻爭持;衝突:這兩人都有偏見,一談就頂牛/他要是仔細想想,就不會跟我頂牛。

嚼舌 指無謂地爭辯:沒功夫和你嚼舌。也說**嚼舌頭;嚼舌根**。

唇槍舌劍* 比喻爭辯激烈,言辭針鋒相對,互不相讓。也說**舌劍唇槍***。

據理力爭* 根據道理,盡力爭辯。

G4－21 動: 辯解

辯解 對受到的指責或批評,加以分辯解釋:他對別人不明眞相的質問,耐心地辯解著/這完全是他的錯誤,你不要替他辯解。

辯白 說明事實眞相或理由,以消除受到的誤解或指責:他竭力爲自己辯白,希望得到諒解。也作**辨白**。

辯護 爲維護自己或別人的利益,提出事實或理由,進行辯解:他做錯了事,卻找別人出來替他辯護。

辯誣 對受到的誣衊或冤枉進行辯解:他首先站出來,爲過去的游擊隊長辯誣。

陳辯 申述辯白:對於這次的抗爭活動,我在校長室據理力爭的陳辯。

答辯 答覆別人的問題、指責、控告等,爲自己的意見、理由、行爲解釋、辯護:談話涉及群衆對他的批評時,他並不答辯,總是岔開話頭/他定在明天進行論文答辯。

分辯 說明;辯白:你批評他,他沒有理也要分辯幾句。

解辯 爲某種見解、行爲作解釋:他怯生生地爲自己的行爲解辯。

抗辯 不接受責難而作辯解:我在心裡抗辯,卻沒有出聲。

申辯 申述理由來辯解:應該允許那些受屈的靑年出來申辯。

置辯 申辯;反駁:無可置辯/不屑置辯。

聲辯 公開辯白;辯解:他們怕把事情弄僵,不再聲辯。

強辯 把無理的事硬說成有理:他嘴裡雖然強辯,心裡卻早知道自己錯了。

狡辯 狡猾地強辯:他百般狡辯,不肯認錯。

詭辯 無理狡辯:他這不是檢討錯誤,而是進行詭辯。

剖白 分辯;辯白:他寫信給我,敍述詳情,剖白此事。

強詞奪理* 把無理的事硬說成有理的;無理強辯。

G4－22 動: 商量·接洽

商量 交換意見:這事怎麼辦,我們好好商量一下/這是他一個人的意見,並沒有和我們商量。

商談 口頭商量:商談公事/他們商談過幾次。

商討 商量討論:商討對策/商討兩地經濟合作問題。

商酌 商量斟酌:這件事要先和你仔細商酌。

商榷 商討斟酌:這篇論文有些觀點值得商榷。

商議 商量討論:這事改日我們再來商議/他談

話很小心,生怕把商議好的事洩漏出去。□
計議;商計。

商兌 〈書〉商酌:這次的大買賣,我們得好好商
兌。

面議 當面商議:價格面議。

面商 當面商談:面商一切。

商 商量:共商國是/封面設計,以後再商。

磋商 反覆商量討論:對代表人選進行磋商。

籌商 籌劃商議:籌商對策。

相商 彼此商量;商議:有要事和你相商。

情商 憑藉情面與人協商:可否同他們情商,再
緩幾天。

婉商 婉言相商:經過再三婉商,他同意留任到
明年暑假。

會商 雙方或多方在一起商量:會商下一步軍事
行動。

接洽 為解決某事跟有關方面聯繫商談:派人前
往接洽關於簽訂貿易合約的事。

商洽 接洽商談:商洽業務/商洽解決辦法。□
洽商;洽談。

面洽 當面接洽:價格和交貨日期請和來人面
洽。

會談 雙方或多方面共同商談:兩國領導人舉行
會談。

談判 有關方面就有待解決的問題進行會談:與
外商談判合資經營/交戰雙方談判換俘問題。

協商 共同商議以取得一致意見:民主協商/事
情如何解決,要看有關方面協商的結果。

協議 共同計議;協商:兩國協議建立外交關係。

交涉 協商解決彼此有關問題:跟對方交涉由他
們退賠貨款/這事已交涉幾次,沒有結果。

合計 商量:咱們合計一下,這回派誰去好。

討價還價＊ 交易時買賣雙方對價格高低,互相
爭議。比喻舉行談判或接受任務時雙方對所
提條件,斤斤計較,反覆爭議。

從長計議＊ 慢慢地慎重地商量,不匆匆決定。

G4－23 動: 承認

承認 對某種事實、言論、行為表示肯定、同意、
認可:在事實面前,他承認了自己的錯誤/他
創造的紀錄,已被奧林匹克運動會承認/我承
認我缺乏這方面的知識。

認 承認:他終於認了錯/她不肯認他是親生
的。

公認 大家一致認為:全校師生公認他是一位好
校長。

默認 心裡承認,但不說出或不表示出來:如果
你不表態,就算默認了。

確認 明確地承認:我確認這封信是先生的親
筆。

追認 事後認可、批准:這幾位在戰鬥中英勇犧
牲的同志,均被追認為烈士。

肯定 承認事物的存在或真實性:肯定他的工作
態度/對這事不可輕易肯定。

認可 承認;許可;同意:他的這些意見是被上級
認可的。

認同 ❶承認贊同:影片中那一套荒謬的生活方
式和價值觀不會被一般觀眾所認同。❷承認
是同一的:民族認同的浪潮,正衝擊著世界各
地。

認定 承認並確定;肯定:從這件事以後,同學認
定我是一個好好先生。

可 表示同意;承認:認可/許可/不置可否。

認帳 承認所欠的帳,比喻承認自己說過的話或
做過的事:有人看見東西是他弄壞的,不怕他
不認帳。

G4－24 動: 否認

否認 不承認;否定:事實俱在,誰也否認不了/
她堅決否認昨天外出過。

否定 不承認事物的存在或事物的真實性:大家
否定了他的錯誤主張/這些事實不能一概否

定。

否決　否定(意見或提案)：彼此互相否決對方的意見，直到散會，沒有得到一致的結論。

否　表示不同意；不認可；否定：否認／否決／不加可否。

抵賴　用謊言和狡辯否認所犯過失或罪行：矢口抵賴／證據確鑿，無法抵賴。

賴　不承認自己的錯誤或責任；抵賴：話明明是你說的，不要賴／事實俱在，賴是賴不掉的。

狡賴　狡辯抵賴：有人親眼看見東西是你拿的，不要再狡賴了。

賴帳　賴掉所欠的帳。也指企圖賴掉做過的事或說過的話：這話是你親口對我說的，不要賴帳。

翻悔　因後悔而不承認以前允諾的事或說過的話：說話算數，絕不翻悔。□**反悔**。

推翻　否認已有的說法、計畫、決定等：把已有的結論，全盤推翻／協議經雙方同意，簽了字，誰也不能推翻。

矢口否認＊　一口咬定，死不承認。

一筆抹煞＊　一筆全部抹掉。比喻輕率地把成績、優點全部否定。

一棍子打死＊　比喻對犯錯誤的人不加分析，全盤否定。

G4－25 動：　贊成

贊成　對別人的主張或行為表示肯定；同意；讚許：我贊成婚事簡辦。□**贊同**。

同意　對某種主張表示有相同的意見；贊成：他點點頭表示同意。

同情　對別人的行動表示贊同：我們所提出的維護古蹟計畫，已獲得全民的同情和歡呼。

響應　回聲相應。比喻以言語、行動贊同或支持某種號召或行動：響應政府的號召／有很多人響應他的提議。

支持　贊同並給以鼓勵或贊助：支持改革／相互

支持／同志們都用實際行動支持你。

擁護　贊成並全力支持：擁護改革、開放政策／你這樣為學會辦事，我們都擁護你。

採納　採用、接受(意見、建議等)：他所提建議，多被採納。

附和　對別人的言語、行動追隨應和(多含貶義)：衆人齊聲附和／不要盲目地附和別人的意見。

點頭　表示允許或贊成：這件事得老闆點頭才能辦。

苟同　隨意地同意：不敢苟同／他從不輕易苟同別人的意見。

首肯　點頭表示同意：這事他雖未立即首肯，卻也未表示反對。

一呼百應＊　一聲召喚，群起響應。形容一人號召，很多人響應。

G4－26 動：　反對

反對　對別人的言語、行動不贊成；不同意：反對舖張浪費／反對擴張侵略行為／對他的施工方案有不少反對的意見。

腹誹　〈書〉嘴上不說但心裡反對或譏笑：專制使人沈默，但無法杜絕腹誹。也作腹非。

抗議　對對方的言論或行動提出強烈的反對意見：校方針對學生的抗議事件，擬召開協調會解決。

唱反調＊　比喻提出相反的意見、論調或採取相反的行動。

唱對臺戲＊　兩個戲班對臺表演或同地同時演出。比喻提出與對方相反的意見或採取與對方相反的行動。

不以為然＊　不認為是正確的。多用來委婉地表示不同意、反對。

反其道而行之＊　採取與對方相反的辦法行事。

G4－27 動：　勸告

勸告　拿道理說服人，使改正錯誤或接受意見：

交通警察勸告行人不要穿越馬路／他聽從朋友的勸告，不再吸菸了。

勸 ❶講道理使人聽從：我勸他少喝酒／他一定要走，誰也勸不住。❷勉勵：勸學／懲惡勸善。

勸導 規勸開導：懇懇勸導／我永遠忘不了你對我的鼓勵和勸導。

勸勉 勸導勉勵：老師對他說了許多勸勉的話。

勸戒　勸誡 勸告人改正錯誤，警惕未來：他極力勸戒孩子，對人要和氣，不可隨意使性子。

勸阻 勸告人不要做某事：他們感到他這樣做不妥，卻沒有從旁勸阻。□**勸止**。

勸說 勸人做某事或同意某種意見：她耐心勸說，妹妹終於同意跟她一同走了。

勸誘 勸說誘導：他見我對這部名著有興趣，勸誘我和他合譯。

奉勸 敬辭。勸告：奉勸某些被傳媒廣為宣傳的名人要珍惜自己的榮譽。

規勸 鄭重地勸告、勸勉：朋友好好地規勸他，他就是置若罔聞。

敦勸 誠懇地勸勉：我去信敦勸他回校講一門課。

忠告 誠懇地勸告：我忠告你，千萬不能賭博。

進言 向尊長或平輩提供意見：我知道難以進言，便退出來了。

諫 〈書〉直言規勸(帝王、尊長或朋友)，使改正錯誤或採納意見：敢諫／強諫／從諫如流。

諫諍 〈書〉直言規勸：冒死諫諍／再三諫諍。□**諍諫**。

說服 用道理勸說開導，使人心服：對錯誤的意見，不是壓服，而是說服，以理服人／他決心用充分的理由說服她。

遊說 ❶指古代策士們周遊列國，勸說君主採納其政治主張：蘇秦遊說諸侯。❷泛指到處勸說別人接受自己的意見、主張：他四處遊說，使許多代表同意了他的提案。

勸解 勸導，寬解：她委屈地哭了，大家都圍上去寬解她，安慰她。□**解勸**。

開導 啓發勸導：孩子不懂事，請老師多開導開導。

開解 勸解，開導：他一時想不開，你去開解開解。

勸慰 勸解，安慰：大家都來勸慰老太太，照料她的生活。

告誡　告戒 警告，勸戒。多用於上對下、長對幼：諄諄告誡／他再三告誡我，不要輕舉妄動。

警戒 告誡使注意：我早就警戒過你們，怎麼全忘記了？

警告 ❶告誡，使警惕：他生怕隔壁有人聽見，警告我們不要再說下去。❷告誡，使認識應負的責任、後果：裁判員出示黃牌警告犯規的運動員／對該國飛機進入我國領空，我們提出嚴正警告。

儆 告誡；警告：儆戒百官／以儆效尤。

好說歹說 * 用各種理由或方式反覆請求或勸說對方。

苦口婆心 * 形容不辭勞苦、用心像慈愛的老太太一樣地再三勸告。

舌敝唇焦 * 話說得過多，以致舌破唇乾。形容費盡了唇舌。

言者無罪，聞者足戒 * 進言的人即使意見不完全正確，也沒有罪過；聽的人即使沒有對方所說的錯誤，也足以引起警戒。

G4－28　動：　批評·抨擊

批評 ❶對缺點錯誤提出意見：推動批評與自我批評／老師批評我一頓。❷對優缺點進行分析、評論：文學批評。

批判 ❶對錯誤的思想、言行進行分析，加以否定：揭露和批判反動落後的思想／他們對他的批判是錯誤的。❷指出優點和缺點，分別對待：對古代文化遺產加以批判，是文化者使命。

指摘 挑出缺點、錯誤,加以批評:他的一生在道
德上是無可指摘的。

指責 指摘;斥責:我沒有什麼錯誤可以讓他們
指責。

貶責 批評;指責:有眞才實學的人,不屑於自我
宣傳,但也無須乎自我貶責。

褒貶 指責、批評(缺點):不應在背後褒貶別人/
這篇文章被他褒貶得一文不值。

非難 指責;責問:他的意見,遭受各方面非難。

說話 指責;批評;議論:你要試行新的措施,就
別怕有人說話。

物議 〈書〉群衆的批評:他帶領男女職員上班時
間去酒店,惹來了物議。

詬病 〈書〉指責;批評:爲世詬病/受人詬病。

批 批評;批判:他今天又挨批了。

批駁 批評駁斥:眞理是批駁不倒的/他義正詞
嚴地批駁了這些顛倒是非的誣衊。

抨擊 用言論攻擊或批評:他以鋒利的言詞,抨
擊那些官僚作風嚴重的人/抨擊腐朽落後的
事物。

掊擊 〈書〉抨擊;打擊:掊擊時政。

抨彈 〈書〉批評;攻擊:抨彈前哲。

攻擊 ❶批判(錯誤、弊病等):在這書中,他攻擊
批判了貴族的偏見和冷酷。❷惡意指摘:他
們對我們肆意攻擊/這些話不是善意的批評,
而是惡毒的攻擊。

攻訐 揭發別人的過失、陰私並加以攻擊:他們
在你面前互相攻訐,是爲了討你歡喜。

鞭撻 鞭打。比喻抨擊:對官僚主義作風要無情
地鞭撻。

開炮 比喻進行激烈的抨擊:會議一開始,她就
和幾個同事站出來率先開炮。□放炮。

G4－29 動: 辯駁

辯駁 說明理由來否定對方的意見:他不同意對
他的指責,立即站起來辯駁。

反駁 提出的理由或證據來否定別人跟自己相
反的觀點或意見:他以不可爭辯的事實反駁
對方的論點。□回駁。

駁 辯駁;反駁:他的話不值一駁/他的理由充
分,你駁不倒。

駁斥 反駁指斥:他的荒謬言論一發表,立即有
許多人出來駁斥。

駁難 反駁責難:引經據典,加以駁難。

駁詰 辯駁詰問:他這句話引起了更熱鬧的分辯
和駁詰。

駁倒 成功地否定了對方的意見:只有先駁倒
他,這事才能順利進行。

G4－30 動: 責備

責備 ❶要求做到盡善盡美:責備賢者/求全責
備。❷批評;指摘:她責備孩子太粗心。

責難 責備;非難:他的這種行爲,立即受人責
難。

責 責備;責問:自責/他聽到這話,反而責別人
不早來提意見了。

斥責 嚴厲地申斥、責備:父親這樣斥責他,還是
第一次。□叱責。

呵斥 大聲斥責:媽媽趕緊呵斥她,不准她插嘴。
□呵叱;呵責;喝斥;喝叱。

苛責 過嚴地責備:我見他那極度愧怖的神色,
不忍苛責。

譴責 申斥;責備:我方嚴辭譴責這種違反協議
的行爲。

痛責 嚴厲地斥責或責罰:我痛責自己的莽撞/
教務主任當著校長的面痛責我們。

貶斥 貶責;斥責:他在記者會上,對某黑道分子
嚴厲貶斥。

痛斥 嚴厲地斥責:痛斥恐怖分子的罪行。

訓斥 訓誡;斥責:校長把他訓斥了一頓。

指斥 指摘並斥責:橫加指斥/無故受到指斥。

申斥 斥責。多用於上對下:大加申斥/他無意

中受到父親一頓申斥。

申飭　斥責;申斥:他爲這件事受到上級申飭。

責怪　責備;怪罪:完全是我的錯誤,你們不要責
怪他。

怨　責怪;埋怨:任勞任怨/我告訴你,只有一班
車了,耽誤了事可別怨我。

怪　責備;埋怨:家長怪教師沒有把孩子教好/
這事沒辦成,我不怪你。

見怪　責備;埋怨:多時沒有來看望你,請勿見
怪。

見罪　〈書〉見怪;怪罪:招待不周,請勿見罪。

怪不得　不能責備:事沒辦好,責任在我,怪不得
他。

非議　責備:無可非議/明知老師的意見不對,
他也不敢非議。

排揎　〈方〉數落;斥責:他把兩個人一齊排揎一
頓。

搶白　當面責備或諷刺:他白了我兩眼,搶白了
我一陣。

數說　責備:她正板著臉數說她的丈夫。

數落　列舉過失加以指責;責備:他悶著頭不說
話,聽她數落。

自責　自己責備自己:引咎自責/他並不悔罪,
沒有一句自責的話。

自咎　自責;歸罪於自己:看著父親漸漸遠去的
背影,我隱隱自咎起來。

聲討　公開譴責(敵人的罪行):海外僑胞在洛杉
磯集會聲討帝國主義的侵略罪行。

申討　公開譴責:藉著這次記者會,我們大力申
討恐怖分子的罪行。

問罪　指出對方罪過,加以嚴厲責問;聲討:興師
問罪/蓋天下的事,往往是決計問罪在先,而
搜集罪狀在後。

口誅筆伐＊　用語言文字進行揭露、批判和聲討。

鳴鼓而攻之＊　比喻公開宣布罪狀,加以聲討。

G4－31 動、名:　認錯・道歉

認錯　〔動〕承認錯誤:我特來認錯,請大家原諒/
他是誠心認錯,以後會變好的。

引咎　〔動〕〈書〉把過失歸於自己:引咎自責/這
件事受到公眾指責,他已引咎辭職。

道歉　〔動〕表示歉意;認錯:賠禮道歉/你錯怪
了他,應該向他道歉。

致歉　〔動〕表達歉意:請代爲致歉。

歉　〔名〕感到對不住人的心情:抱歉/來信收
悉,遲復爲歉。

歉意　〔名〕抱歉的心情:深表歉意。

歉忱　〔名〕抱歉的情意:特道歉忱。

賠罪　〔動〕得罪了人,向人道歉:我今天特來賠
罪。也作**陪罪**。

賠禮　〔動〕向人施禮認錯;道歉:這事我對不起
你們,應該向你們賠禮。也作**陪禮**。

賠話　〔動〕說道歉的話:他們既肯賠話,這事我
們也不要計較了。

賠不是　〔動〕賠罪;道歉:這事是你的錯,應該向
人賠不是才對。

謝過　〔動〕承認錯誤,表示歉意:專程登門謝過。

謝罪　〔動〕向人承認錯誤,請求原諒:我要深深
地向你謝罪,希望得到寬恕。

請罪　〔動〕自認有錯誤、過失,主動請求處分;道
歉:我看他不是來誠心請罪的。

負荊請罪＊　戰國時趙國大將廉頗不服上卿藺相
如,想侮辱他,後來他知道藺相如顧全大局,
對他屢次退讓,便背著荊條向藺相如謝罪,請
他責罰(見《史記·廉頗藺相如列傳》)。後用
「負荊請罪」指主動向對方賠禮認錯。

G4－32 動:　原諒

原諒　對疏忽或過失予以寬恕、諒解,不加責備
或懲罰:他一時糊塗,看他年輕,就原諒他這
一次/他這是貪污受賄,不能原諒。

原宥 〈書〉原諒(疏忽、過失);寬大處理(罪行):他在著作中常表示出關懷、鼓勵和原宥青年人/低頭認罪,請求原宥。

諒 〈書〉原諒:沒有早些寫信給你,請你見諒。

擔待 〈口〉原諒:這孩子不懂事,說話莽撞,請多擔待/她苦苦哀求,請他擔待這一回。

包涵 敬辭。表示請人原諒:工作沒有做好,請多多包涵。

海涵 敬辭。大度地包容。多用於請人原諒:他用一種海涵而且親昵的口吻對我說/招待不周,還望海涵。

涵容 〈書〉包涵;寬容:不周之處,尚望涵容。

諒解 了解實情後原諒對方或消除意見:他們相處得很好,遇事能相互諒解/沒有人諒解我的苦衷。

體諒 設身處地為別人著想,考慮其處境,予以諒解、寬容:姊姊最體諒我的心情/他們都不能體諒我的困難。

G4-33 動: 藉口

藉口 假托某種理由:藉口有事不去開會。

藉故 藉口某種原因:藉故早退/藉故拖延。

藉端 藉口某件事:藉端推託/藉端騷擾。

託病 藉口有病:託病請假/託病不出。

託詞 託辭 找藉口:託詞不參加會議/被人託詞拒絕。

託故 借故;假借某種理由:託故不來/借給我的書,他已託故取回。

G4-34 名: 藉口

藉口 假托的理由:他又在為自己的錯誤找藉口。

託詞 託辭 推託的話:他說有事要立刻辦,這是不願意來的託詞。

遁詞 因理屈詞窮或不願吐露真情而說的推託應付的話:他臉上現出慚愧的神色,再也找不到遁詞了。

飾詞 掩飾真相的話;託詞:這只是他用來欺蒙人的飾詞。

口實 〈書〉假托的理由;藉口:被用為口實/貽人口實。

擋箭牌 盾牌。比喻推託或掩飾的藉口:有了這些話作擋箭牌,事情好辦多了。

G4-35 動: 稱讚

稱讚 用言詞高度肯定人或事物的美好,並表示喜愛:大家稱讚他做事勤快/消費者一致稱讚這種產品品質好。

稱譽 肯定人或事物的美好,給予高度評價;稱讚:世人對林肯給予相當高的稱譽。

讚譽 稱讚;稱譽:他看了我的文章,極口讚譽,說寫得好。

讚 稱讚:讚不絕口/讚為奇蹟/我順口讚了一句:「這孩子真聰明!」

譽 〈書〉稱譽;讚美:毀譽參半/牡丹常被譽為花中之王。

稱許 認為美好而加以稱讚:他的工作作風,值得稱許/她並不稱許那一套漂亮衣服。□讚許。

讚美 稱讚:人人讚美多瑙河的美/她們熱情的服務,受到旅客的讚美。

讚嘆 稱讚;讚美:導演看了他表演的小品,連連點頭讚嘆。

讚賞 讚美賞識:專家們對素人畫家的作品,十分讚賞。□稱賞。

嘆賞 稱讚;讚賞:他對參展的工藝品的精巧,嘆賞不已。

激賞 極其讚賞:友人見到他收藏的這幅畫,深加激賞。

盛讚 極力稱讚:遊客盛讚金字塔的雄偉壯麗。

稱道 稱讚;稱述:老人們都稱道他性情和善,待人誠懇。

嘉許　〈書〉誇獎;讚許:他的工作態度,深得上級嘉許。

推許　推重讚許:他的兒童文學作品,為大家所推許。

誇　稱讚;誇獎:人人都誇她能幹。

誇獎　稱讚:她父親每次去學校開家長會,老師們都對她十分誇獎。□誇讚。

過獎　謙辭。過分地誇獎或表揚:諸位過獎了,我不過只做了一點點份內的事。

過譽　謙辭。過分稱讚:先生對我如此過譽,實在愧不敢當。

讚不絕口*　不住口地稱讚。

拍案叫絕*　拍著桌子叫好。形容非常讚賞。

交口稱譽*　大家同聲稱讚。

嘆為觀止*　讚美看到的事物好到極點。觀止:指看到這裡就夠了(已經是最好的),別的不用再看了。

G4－36　動:　頌揚

頌揚　歌頌讚揚:頌揚英雄的光輝事跡。

頌　頌揚;讚美:頌詞/歌功頌德。

讚揚　稱讚表揚:他聽慣了讚揚的話,受不了一句批評。

稱頌　稱讚頌揚:他的為人處世,為鄉里所稱頌。

讚頌　讚美頌揚:人們編成詩歌來讚頌這珍貴的友誼。

揄揚　〈書〉讚揚:他在客人面前極口為她揄揚、辯護。

傳頌　傳布頌揚:到處傳頌他捨身為國的英雄事跡。

歌頌　用詩歌頌揚;用言語文字讚美:歌頌我們今天美好的生活。

歌唱　歌頌;頌揚:歌唱我們偉大的祖國。

謳歌　〈書〉歌頌;讚美:熱情謳歌貝多芬對音樂的貢獻。

歌功頌德*　歌頌功勞和恩德。現多用於貶義。

樹碑立傳*　把有功績、有威望的人的生平事跡刻在石碑上或寫成傳記加以頌揚,讓其流傳。現多比喻通過某種途徑樹立個人聲望(含貶義)。

有口皆碑*　比喻人人稱頌。碑:記載功績的石碑。

口碑載道*　形容群眾到處頌揚。口碑:群眾口頭的稱頌。

G4－37　名:　贊語

讚語　稱讚的話:提起這姑娘,人們的贊語不絕於口。

頌詞　頌揚或祝賀的言詞:互致頌詞/「人民的領袖」是一句崇高的頌詞。

口碑　比喻眾人口頭相傳的稱頌:口碑載道/沿路口碑,嘖嘖稱讚。

美談　令人稱揚讚美的好事:傳為美談。

G4－38　動:　譏諷·嘲笑

譏諷　用旁敲側擊或尖刻的話指摘、挖苦或嘲笑別人:我看著他那裝模作樣的神氣,便故意譏諷他。

譏誚　〈書〉用冷言冷語諷刺挖苦人:他常當面譏誚人,我不喜歡這種態度。

譏笑　諷刺嘲笑:你這樣做,難道不怕別人譏笑?

譏刺　〈書〉譏諷:他這話是有意譏刺我。

譏嘲　譏諷嘲笑:她惡意地譏嘲他/他寫文章喜用譏嘲的筆調。

嘲笑　用言辭笑話別人:他穿的衣服又短又小,也不怕被人嘲笑。

嘲諷　嘲笑諷刺:他用嘲諷的語氣回答我。

嘲弄　嘲笑戲弄:雖然這些年輕人任意嘲弄他,但他並不感到難堪。

譏　用尖刻的話指責或挖苦人;譏諷:這句話雖曾被人譏為偏激,我卻至今不悔。

諷　用委婉、含蓄的話暗示、勸告或指責、諷刺:

借古諷今／冷嘲熱諷。

嘲 用言語諷刺；嘲笑：冷嘲熱諷／自我解嘲。

諷刺 用含蓄、委婉或比喻、誇張的言詞譏諷或批評：他的雜文尖銳地諷刺了形形色色的不正之風／聽了別人諷刺的話，他也裝聾作啞。

笑 譏笑：他笑我膽小怕事／你不要像他那樣動不動就笑人、鄙薄人。

笑話 譏諷；嘲笑：事情沒有辦成，他很怕別人笑話他無能。

見笑 被人笑話；笑話我（多用做謙辭）：唱得不好，請別見笑／家裡不像個樣子，讓您見笑了。

取笑 嘲笑；開玩笑：你不該當衆取笑他／他們取笑你幾句，並沒有惡意。

訕笑 譏笑：他暗暗地訕笑對手的無能。

嗤笑 譏笑：生怕爲人嗤笑。

非笑 非難譏笑：我投身革命，當時也曾遭受親友們的非笑。

恥笑 因鄙視而嘲笑：爲人恥笑／他不怕人家恥笑他那過時的衣著。

揶揄 〈書〉嘲笑；戲弄：她無法忍受同伴們的揶揄非笑。

齒冷 〈書〉張口笑得使牙齒感到冷。指恥笑：這種事說出去，豈不令人齒冷？

奚落 用尖刻的話譏諷人：他被人當面奚落了幾句，感到很難堪。

挖苦 用尖酸刻薄的話譏笑人：她言語尖刻，最愛挖苦人。

解嘲 因被人嘲笑而自作解釋或掩飾：自我解嘲／聊以解嘲。

說閒話 * 從旁諷刺或說不滿意的話。

喝倒采 * 對（藝人、運動員）表演中的差錯故意大聲叫好，以示嘲弄。

冷嘲熱諷 * 用尖刻、辛辣的語言嘲笑諷刺。

反脣相稽 * 受到指責不服氣而反過來對對方加以譏諷。

G4－39 動： 誣衊・誹謗

誣衊 捏造事實，說別人壞話，敗壞他的名譽：他這完全是毫無根據地誣衊一位好同志。

汙衊 用捏造的事實，硬說別人有汙點或卑汙，敗壞他的名譽。

誣賴 捏造事實硬說別人做了壞事，或把自己做的壞事推到別人身上：不准誣賴好人。

詆毀 誣衊；毀謗：他在書中多處詆毀其他作家。

誹謗 以不實之詞敗壞別人名譽；誣衊：反對他的人拚命地誹謗他。

毀謗 詆毀，誹謗：我對她雖不滿意，但絕不毀謗她。

詆 毀謗；誣衊：巧言醜詆／這書中有多處詆人。

謗 ❶指責別人的過失：我不敢妄謗前輩。❷誹謗；毀謗：信而見疑，忠而被謗／他編造這話來謗我。

讒 說別人壞話；說陷害人的話：憂讒畏譏／他從他們讒僞排長的話中，發現敵人官兵中間確有矛盾。

讒害 用讒言陷害：讒害善良／她因受皇帝寵妃讒害而被打入冷宮。

中傷 誣衊別人使受損害：我憎惡那暗地中傷我的人。

毀譽 毀謗和稱讚：不計毀譽／議論紛紛，毀譽參半。

醜化 將不醜的人或事物歪曲、誣衊成醜的：有人指摘這部作品醜化了警察的形象。

抹黑 比喻醜化：我不許他們給我老臉上抹黑。

血口噴人 * 比喻用極惡毒的語言誣衊、攻擊別人。

含沙射影 * 古代傳說水中有種叫蜮的動物，看見人的影子就含著沙子噴射，使人得病。後用「含沙射影」比喻暗地誹謗中傷人。

G4－40 名： 讕言

讕言 誣賴的話；沒有根據的話：無稽讕言／無

恥讕言。

讒言 誹謗的話；挑撥離間的話：聽信讒言／讒言的流布使我鬱鬱不樂。□**潛言**。

謗言 誹謗中傷的話：虛造謗言，誣陷賢良／還我清白之後，謗言不攻自破。

謗書 〈書〉誹謗攻訐別人的書信：謗書盈案。

風言風語＊ 沒有根據的話；惡意中傷的話。

G4－41 動：　造謠

造謠 為了達到某種目標而捏造消息：造謠生事／造謠惑衆。

謠傳 無事實根據地傳播：外面謠傳糧油又要漲價。

謠諑 〈書〉造謠毀謗：他們謠諑、詛咒，無所不至。

捏造 毫無根據地假造事實：憑空捏造／你根本沒有做過的事，他們也會給你捏造一點出來。

編造 捏造：編造謊言／他們編造謠言，破壞你的名譽。

編派 捏造謊言，貶低別人：他說了一套瞎話，把一個同事編派得一無是處。□**編排**。

風言風語＊ 私下裡議論或暗中散布沒有根據的傳說。

無中生有＊ 把沒有說成有。指憑空編造。

飛短流長＊ 搬弄是非，散布謠言，惡意中傷。

G4－42 名：　謠言

謠言 沒有事實根據的傳言：散布謠言／謠言四起。

謠 憑空捏造的話；沒有根據的傳言：造謠／闢謠。

謠傳 傳播的謠言：外面的謠傳越來越多。

流言 沒有根據的話。多指背後誹謗或挑撥的話：流言飛語／散布流言／輕信流言。□**飛語蜚語**。

道聽途說＊ 在路上聽到的話，在路上傳說的話。指沒有根據的傳聞。

無稽之談＊ 沒有根據、無從查考的話。稽：查考。

G4－43 動：　召喚

召喚 發出喊聲，使對方注意、覺醒而隨聲行動：時代召喚我們加快前進的步伐／在用得著我們的時候，你只管召喚。

呼喚 召喚：未來在呼喚我們／美的呼喚／她在心裡呼喚遠方的親人早日歸來。

召 叫人來；召喚：召之即來／他半夜來電，把我父親召出去了。

喚 呼喚；召喚：喚起民衆／呼風喚雨。

呼 呼喚：一呼百諾／呼之欲出／他一到，我會來呼你的。

招呼 用言語、手勢等呼喚：我在屋裡招呼他，他沒聽見／他又喊又招手，招呼我到對岸去。

招喚 呼喚；招呼：到學校把孩子招喚回來。

叫 呼喚；招呼：外邊有人叫你／把孩子們都叫到這裡來／這孩子不懂禮貌，見了客人也不叫一聲。

喚起 呼喚使奮起：喚起工農千百萬。

喚醒 叫醒。比喻使覺醒：我們深信戲劇有喚醒農民的力量。

號召 召喚群衆共同行動：號召科技人員支援農業生產。

G4－44 動：　表示

表示 用言語、行動顯出某種思想、意思、感情、態度等：表示決心／表示同情／我很明白地表示過，我不贊成你這樣做。

表 表示；表明：表決心／深表同情／略表謝忱。

表現 ❶（思想、行為、作風等）表示出來；顯現出來：他在工作中表現得非常幹練／她的態度立刻在臉上表現出來。❷故意顯示自己的長處（貶義）：他經常在學生面前表現自己。

表達 把思想、感情表示出來：我拙於言詞，表達

不出內心的感受。

表明　清楚地表示：表明心跡／他的行動表明態度已有了改變。

表態　表明態度：要求別人明確表態／不要輕易表態。

抒　表達；發抒：各抒己見／直抒胸臆／一抒心中的積鬱。

發抒　表達；表現：發抒己見／發抒所學，報效國家。也作**發舒**。

抒發　表達：抒發離愁別緒／他不願把他的感情和思想抒發出來。

發揮　把意思和道理充分表達出來：借題發揮／希望大家儘量地發揮自己的意見。

示意　用表情、動作、含蓄的話等表示意思：他指指沙發，示意我坐下／媽媽瞪我一眼，示意我不要多嘴。

示　顯示；表示：以示區別／揮手示意。

G4－45　動：　暗示

暗示　不明白表示，而用含蓄的言語或動作使人領會某種意思：他扯扯我的衣角，暗示我離開這裡／對經理的暗示，她立刻領會了。

影射　借此說彼，暗指某人某事：她聽得出許多話是在影射她，氣得臉都白了／書中人物，多有所影射。□**隱射；暗射**。

借古諷今＊　借評論古代某人某事的是非，影射和諷刺現實。

借題發揮＊　借某事爲題，發表與此事無關的議論，以表示自己眞正的意思。

G4－46　動：　透露‧洩漏

透露　❶顯露：他那緊蹙的眉宇間透露出性格的固執。❷洩露；洩漏：透露消息／有意透露一點內情。

透漏　透露；洩漏：透漏消息／透漏實情。

透底　透露底細：這筆生意，相信你會願意合作，我才向你透底。

透風　比喻透露消息、風聲：這件事，他透風給我們了。

放風　有意透露或散布消息：這幾天有人放風說廠裡又要精簡人員了。

吹風　從旁透露情況或表示意見：這次調動先在群衆中吹吹風，聽聽反應，再作決定。

吐口　把話說出來。多用於透露實情，提出要求等：不管怎麼問，他一句也不吐口／大家都同意了，只等他也吐口。

吐露　❶說出實情或眞心話：吐露眞情／他一句也不肯吐露。❷顯露；透露：灶房裡吐露出暗淡的燈光。

宣洩　吐露；洩漏：宣洩不滿情緒／這事目前不宜宣洩出去。

洩露　❶不該讓人知道的事傳出去了：洩露機密／洩露情報／她不敢洩露自己的心事。❷顯露；透露：她說起女兒，聲音裡洩露出母親的慈愛。

洩漏　洩露（秘密、消息）：洩漏風聲／這是軍事機密，絕不能洩漏。□**走漏**。

洩　洩露；洩漏：計謀外洩／嚴防洩密。

洩底　洩漏底細：行情不能對外洩底。□**露底**。

洩密　洩漏機密或秘密：廠長找他談話，把門關好，免得洩密。

失密　走漏機密或秘密：信件被拆，顯然已經失密了。

漏風　走漏風聲（消息）：這些話千萬不要漏風。

漏兜　〈方〉不自覺地把秘密洩漏出來：你這一回說走了嘴，漏兜啦！

通風　透露消息：不是他來通風，我還蒙在鼓裡呢。

報信　把消息通知人：和他約定，那裡一有動作，他立即來報信。

通風報信＊　暗中透露消息給有關方面。

通氣　互通聲氣：大家多多通氣，及時交流情況。

G4－47 動：　發表·宣布

發表　❶公開表達或宣布：發表意見／發表演說／發表書面談話／發表入選國家隊隊運動員名單。❷在報刊上登出，公之於衆：他寫的一篇報告文學在報上發表了。

發　表達；宣告：發議論／發命令／一言不發。

發言　發表意見：發言陳辭／當衆發言／學生們一個接一個地上臺發言。

宣布　向公衆說明或表示：當衆宣布抽籤結果／宣布候選人名單。

宣告　宣布：宣告成立／宣告結束／宣告無罪／宣告過期作廢。

告　表明；宣告：告一段落／已告結束。

宣示　公開表示；宣布：宣示科研成果／宣示施工計畫。

宣明　公開表明；明白宣布：宣明我們的主張／宣明這是臨時措施。

宣言　公開聲明；宣告：鄭重宣言／他向學生們宣言要多寫幾本書。

宣　公開說出；發表；宣布：心照不宣／宣戰／不宣而戰。

宣稱　公開表示：法務部長一上任便宣稱他要掃除司法上的種種積弊。

聲稱　公開表示；聲言：一幫人闖進我家，聲稱是奉了命令來檢查的。

聲言　聲稱；揚言：對方代表狂妄地聲言，他們的方案是最後的、不能改變的。

揚言　對外故意散布某種言論或說出要採取某種行動的話：他在外面揚言，廠裡的困難都是由於不尊重他的意見造成的／他揚言要對我進行報復。

自稱　自我宣稱：他自稱精通英語／他剛過六十，就逢人宣稱自己老了。

聲明　公開說明事實或表示態度：支票遺失，登報聲明作廢／我早已聲明此事與我無關。

昭示　明白地宣示：昭示全國／嚴懲重大貪污分子，以昭示大衆。

披露　❶宣布；發表：事情的真相，報上已經披露了。❷表露：披露肝膽／披露內心的苦悶。

G4－48 名：　宣言·聲明等

宣言　國家、政黨、團體或其領導人對重大問題表明意見或立場而公開發表的文告：獨立宣言／環保宣言／發表宣言。

聲明　政府、團體或個人對某些問題、事件表明意見、態度或立場而公開發表的文告或發言：兩國政府發表聯合聲明／他在報上發表一個公開聲明。

發言　發表的意見：他在大會上的發言，受到全場熱烈的歡迎。

談話　用談話形式發表的關於政治或其他重大問題的意見：各報都發表了美國總統和外國記者的談話。

講話　講演的話：他的講話代表我們多數人的觀點和意見。

G4－49 動：　宣傳·鼓動

宣傳　❶向人說明講解，使了解相信：宣傳計畫生育／宣傳吸煙的害處。❷傳播；宣揚：他到處宣傳，說公司的警衛刮中了彩券。

宣揚　❶對衆人說明講解：宣揚佛法／宣揚英雄主義。❷廣泛傳布；傳揚：宣揚好人好事／好在這是密室會談，誰也不會把內容宣揚出去：

導揚　〈書〉鼓吹宣揚：導揚風化／導揚錯誤意見。

闡揚　闡明宣揚：在文學的作品中大力闡揚革命的人道主義。

張揚　聲張；宣揚：事情還沒有決定，你可別張揚出去。

聲揚　聲張；宣揚：這事開頭還順利，可不要聲揚出去。

聲張 把消息、事情等宣揚出去：這事要暫時保密，千萬不要聲張。

嚷嚷 〈口〉聲張：這事最好不讓外人知道，你別到處嚷嚷。

鼓吹 宣傳；宣揚：鼓吹文學革命／鼓吹愛護生物。

鼓動 用語言、文字等鼓舞、激發人們的情緒，使行動起來：群衆的熱情被鼓動起來了／他們鼓動一些不明眞相的人鬧事。

策動 策畫鼓動：策動兵變／策動暴亂。

說教 指生硬地、空洞地宣傳某種道理：這些老生常談，你用不著再說敎了／空洞的說敎解決不了實際問題。

大吹大擂* 比喻大肆宣揚。

G4－50 動、名： 建議‧提倡

建議 ❶〔動〕對事情的處理或興辦提出意見：我建議這件事明天開會討論後再作決定。❷〔名〕提出的意見：他的建議，大家都認爲切實可行。

倡議 ❶〔動〕首先建議；發起：我們班倡議到森林公園旅行。❷〔名〕建議、發起的內容：他們的倡議得到大家的贊同。

提議 ❶〔動〕提出意見供大家討論：提議實行浮動工資制。❷〔名〕所提出的意見：他的提議經過大家認眞討論，多數人認爲切實可行。

動議 ❶〔名〕會議中的建議（多指臨時的）：他的動議已經討論通過。❷〔動〕在會議進行中臨時提出建議：會議開始後，我自己臨時動議，請求辭職。

提倡 〔動〕指出事物優點或提出主張，倡導、鼓勵大家實行：提倡垃圾分類，資源回收／提倡簡約、樸素的作風。

首倡 〔動〕首先提倡：首倡共和。

倡導 〔動〕首先倡議：他是我國第一個倡導職業敎育的學者。

倡言 〔動〕首先建議；提倡：倡言環保／率先倡言。

倡首 〔動〕帶頭提出某種主張或做某事：在祠堂裡辦學是他倡首的。

發起 〔動〕倡議做某事：發起組織讀書會／發起成立建設公司。

G4－51 動、名： 通知

通知 ❶〔動〕把事情告訴人知道：通知大家明天開會／他沒有通知我們就走了。❷〔名〕告知事項的口信或文書：開會通知已經發出／我突然接到緊急通知。

通告 ❶〔動〕普遍地通知：通告周知／特此通告。❷〔名〕普遍通知的文告：校門口貼了一張通告。

通報 ❶〔動〕通知；報告：警衛見我來到，立即進去通報。❷〔動〕上級機關用書面形式通告下級機關：通報表揚／通報批評。❸〔名〕上級機關通告下級機關的文件：發通報／接到敵情通報。

知會 〔動〕通知；告訴：要是有什麼事，請知會我一聲。

知照 〔動〕通知；關照：我想走就走，用不著知照誰。

關照 〔動〕口頭通知：醫生再三關照他不要下床走動。

啓事 〔名〕公開聲明某事的文字，多登在報刊上或貼在牆壁上：尋人啓事／他的啓事在報上登出來了。

須知 〔名〕一種應用文體。對所從事的活動必須知道的事項，多用做通告或指導性文件的名稱：遊覽須知／參觀須知。

揭帖 〔名〕舊時張貼的啓事、公告：街頭巷口發現一些揭帖，一律不署姓名。

G4－52 動： 發誓

發誓 莊嚴地表示決心或提出保證：我對天發誓

／他發誓要改變工廠落後面貌。□**起誓**；**立誓**。

宣誓　參加某一組織或擔任某一職務時，在一定的儀式下當衆說出誓言，表示忠誠和決心：舉手宣誓／宣誓就職／宣誓不怕犧牲，決心獻身報國。

盟誓　結盟立誓。泛指起誓：對天盟誓。

明誓　起誓；宣誓。

誓　表示決心；發誓：誓師／誓不兩立／誓不甘休／誓把侵略者消滅光。

誓死　立誓至死不變：誓死不屈／誓死不做敵人的俘虜。

賭咒　發誓：我敢賭咒說，那事一定是他們兄弟倆幹的。

誓死不渝＊　立下誓言，至死不變。

指天誓日＊　指著天、日發誓，表白忠誠或堅決。

信誓旦旦＊　誓言誠懇可信。旦旦：誠懇的樣子。

矢志不渝＊　立誓決不改變自己的志向。也作**矢志不移**＊。

G4－53　名：　誓言

誓言　發誓、宣誓時說的話：決不違背誓言／戰前的鐵石誓言，十分激動人心。□**誓詞**。

誓約　盟誓、宣誓時立下的誓言：立下共同抗戰、保衛國族的神聖誓約。

誓願　誓言和心願：我年輕時就對自己發過誓願——做一個勇敢有爲的人。

誓　表示決心的話：背誓／起個誓。

海誓山盟＊　指山和海立下的誓言、盟約，表示愛情深摯堅定，要像山和海那樣永恆不變。也說**山盟海誓**＊。

G5　語言·語法

G5－1　名：　語言

語言　人類特有的思維工具、交際工具和資訊工具，是由語音、詞彙和語法構成的一定的符號系統。

母語　❶一個人最初學會的本民族標準語或某一種方言。❷一種語言演變出多種語言，這種語言稱爲多種語言的母語。也叫**基礎語**。

國語　本民族或本國共同使用的語言。

標準語　合乎一定規範的民族共同語。「英語」是現代國際間的標準語。

口語　口頭交際使用的語言形式，是語言的基本形態。口語是書面語的基礎，書面語是口語的加工形式。在語言的發展過程中，口語又不斷接受書面語的積極影響而更加豐富發展。

書面語　書面交際使用的語言形式，是有了文字以後，在口語基礎上產生和發展起來的。口語比書面語簡短靈活，而書面語則比口語更完整、嚴謹、精密和規範。

白話　同「文言」相對，指現代漢語的書面語。它是唐宋以來在北方話口語基礎上形成的。唐代的變文、宋代的話本、明清的小說大都是用當時的白話寫成的。又稱「語體文」。五四運動以後，白話取代了文言，在社會上得到普遍應用。

文言　古漢語的書面語。它是在先秦口語的基礎上形成的。直到五四運動以前，一直是官方占統治地位的書面語言。

方言　也叫「地方話」，是語言長期分化的結果。方言有自己一定數量的詞彙，有自己的語法特點和語音特點，但它不是獨立的語言，而是共同語的地方變體。

土話　在一種方言內部，不同地區仍有若干差異。在小區域內使用的是該地的土話。也叫**土語**。

手語　聾啞人使用的交際手法。分「指語」和「手勢語」兩種。「指語」用手指的定型動作代表字母進行拼音，表達思想；「手勢語」用共同理

解的一定的手勢表示一定的意思,進行交際和交流思想。

旗語 用手執旗的各種姿態代表一定的數碼或字母,組成話語進行通訊聯絡的方法。一般用於航海、軍事或野外作業中。

文學語言 ❶語言學概念,指在共同語中,經過作家或影響較大的著作加工提煉的語言,其特點是具有典範性。❷文藝文體的語言,指在詩歌、散文、小說、戲劇等文學作品中所用的語言。也叫**文藝語言**。

語文 ❶語言和文字:語文程度/語文詞典。❷語言和文學:語文課本。

語系 具有共同的歷史來源的一些語言的總稱,如漢藏語系、印歐語系。同一語系內又可以根據關係的遠近分為若干語族,語族下再分為若干語支,如印歐語系可以分成印度、伊朗、斯拉夫、日耳曼、拉丁等語族。日耳曼語系下又可分成北支、西支、東支三語支。

G5－2 名： 語言學

語言學 以人類語言為研究對象的科學。它的主要任務是研究語言的本質、作用、結構及其發展規律等。

語音學 語言學的一個分支,主要研究語言的發音機制,語音的構成及其變化規律。

詞彙學 語言學的一個分支,主要研究詞彙的構成、詞義系統、詞彙的發展及其規律等。

語法學 語言學的一個分支,是研究語言結構規律的學科。它研究詞的構成方式和形態變化以及如何把詞組成片語或句子。

文字學 以文字為研究對象的一門科學。研究文字的性質、體系、來源和發展。

音韻學 中國傳統語言學的部門之一,主要研究漢字聲、韻、調配合情況和漢語語音系統的演變情況。也叫**聲韻學**。

語義學 ❶語言學的一個分支,研究詞義的性質、構成和演變,探求各種詞義間的異同、正反、上下、交叉等關係,分析整個句子或其中某些成分的意義。❷邏輯學系統中研究符號意義的科學。

語源學 語言學的一個分支,研究語詞的語音和意義的來源和演變,尋找並分析鄰近語言中的同源詞,進而修飾語言間的親屬關係,為歷史比較語言學提供重要依據。也叫**詞源學**。

修辭學 語言學的一個分支。它不是研究語言本身,而是研究在使用語言的過程中如何利用各種語言手段以收到儘可能好的表達效果。修辭學的任務是整理、研究各種修辭技巧,總結修辭規律,指導人們在運用語言表達思想方面達到更高的境界。

G5－3 名： 漢語·外語

漢語 漢族的語言。是中國的主要語言,也是國際通用語言之一。現代漢語的標準語在中國大陸稱為普通話,在臺灣稱為國語,在新加坡、馬來西亞稱為華語。

普通話 以北京語音為標準音,以北方話為基礎方言,以典範的現代白話文著作為語法規範。

官話 舊時對北方方言的通稱,包括華北官話、西北官話、西南官話和下江(江淮)官話。它通用地域廣大,也是各方言區之間交際使用的語言。五四以後,這一舊稱逐漸被「普通話」所代替。

外國語 外國的語言文字。簡稱**外語**。

外文 外國的語言或文字。

世界語 一種國際輔助語。波蘭人柴門霍夫於1887年以 Esperanto(懷著希望的人)的筆名發表了他的國際語新方案。以後人們即以 Esperanto 為語言名。它的語法比較簡明,易於學習。

洋涇濱語 早期在中國大陸幾個沿海通商口岸流行的一種混合語,是漢語和英語長期接觸、

混雜而產生的。它的詞來自英語,發音和語法基本上是漢語。

英語 國際通用語言之一。屬印歐語系日爾曼語族西日爾曼語支。使用英語的國家和地區極爲廣泛,也出現了一些地區性的變體,如美國英語、加拿大英語、澳洲紐西蘭英語、南非英語等。

G5－4 名： 語音

語音 語言的聲音,是人類由言語器官發出表達一定意義的聲音。語音可以劃分出不同的語音單位,如音節、音素、音位等。

標準音 標準語的語音規範,通常以一個地點的語音爲基準,這個地點一般是該民族經濟、政治、文化的中心。如現代漢語以北京語音爲標準音。

正音 標準語音。

國音 舊指以北京語音爲基礎的漢語標準音。

方音 方言的語音。相對於標準音。方音有自己的語音體系,是不同方言之間區別的重要標誌。

古音 ❶古代的語音。❷音韻學指周秦兩漢時期的漢語語音。

今音 ❶現代的語音。❷音韻學指隋唐時期的語音。

鄉音 家鄉的口音:他外出多年,但鄉音未改。

土音 地方話的口音;方音:山東土音／他說話滿口土音。

話音 ❶說話的聲音:她話音剛落,他就霍地站起來。❷言外的意思:我聽她母親老是誇你,我就聽出話音了。

口音 帶有個人、地方或民族的語言特徵的語音:他的普通話帶有濃重的南方口音／聽他口音好像是常州人。

音 ❶口音;話音:鄉音未改／他說話時音都變了。❷話裡微露的意思:聽話聽音兒。

尖團音 尖音和團音的合稱。古代漢語語音系統中舌尖音(z、c、s)和舌面音(j、q、x)跟 i、ü 以及 i、ü 起頭的韻母相拼,分別形成尖音和團音。如「將」「節」是尖音字;「姜」「結」是團音字。

尖音 見「尖團音」。

團音 見「尖團音」。

兒化 北京話裡的一種語音現象。就是詞尾的「兒」字不成音節,而和前一個音節的韻母連在一起,帶上捲舌動作的尾音。如「大伙兒」。有時捲舌動作使原來韻母發生音變。如「小孩兒」、「一點點」說成。有的兒化有確定詞性和區別詞義的作用。如「畫」(動)、「畫兒」(名);「信」(信函)、「信兒」(消息)。

同化 一種音變現象。不同的音在連讀的時候,因受鄰音的影響而變得相同或相近。

異化 一種音變現象。本來相同或相近的幾個音,在連發過程中,其中一個音變得和其他的音不相似或不相同。例如兩個上聲字連讀時,前一個異化爲陽平。「雨傘」讀如「魚傘」。

G5－5 名： 音節・音素

音節 語音結構的基本單位,是聽覺上最易分辨的自然語音單位。例如「飄」是一個音節,「皮襖」是兩個音節。一個漢字的字音一般就是一個音節。也叫**音綴**。

音素 語音的最小單位,是對自然語音單位進行分析的結果。例如ㄅ、ㄆ、ㄇ、ㄈ等都是一個個音素。

音位 一種語言或方言裡能夠區別意義的最小語音單位。比如(幹)和(看)的不同意義是通過不同的聲母ㄍ和ㄎ來區別的;又如(丹)和(當)是通過韻母中不同的韻尾ㄢ和ㄤ來區別的。

音值 音素的實際讀音。音素在語音結構中常受其他音素影響而有所變化。例如:普通話

中 ia、i、in 中三個 i 實際並不一樣;又如 ta、tai、tan、tang、tian 中五個 t 實際也有細微差異。它們的音值並不相等。但這種差異並無區別意義作用,所以仍屬一個音位,它們只是同一音位的不同變體。

G5-6 名:　元音·輔音

元音 發音時氣流通過口腔不受任何阻礙,發音器官緊張度均衡的一類音素。也叫**母音**。

捲舌元音 把舌尖捲起靠近硬腭,發出的帶上捲舌音色彩的元音。

複合元音 又叫複元音,由兩個或三個元音音素結合而成,發音時口型逐漸變化從發一個元音過渡到另一個元音。

鼻化元音 氣流同時從鼻腔口腔通過所發出的元音,帶有鼻音色彩。普通話語音中 ng 尾韻兒化時元音變成鼻化元音,如「(幫)忙兒」mángr～mar(～鼻化符號)。

輔音 發音時氣流通過口腔受到一定的阻礙,構成阻礙的發音部分肌肉緊張的一類音素。也叫**子音**。

復輔音 在一個音節裡兩個或更多的輔音結合在一起叫復輔音,如英語 spring(春天)中的 spr。

唇音 雙唇音、唇齒音的統稱。

雙唇音 上唇和下唇形成阻礙而發出的音。

唇齒音 上齒和下唇形成阻礙而發出的音。也叫**齒唇音**。

舌尖音 舌尖前音、舌尖中音、舌尖後音的合稱。

舌尖前音 舌尖平伸和上齒背形成阻礙而發出的音。

舌尖中音 舌尖和上齒齦形成阻礙而發出的音。

舌尖後音 舌尖翹起和硬腭形成阻礙而發出的音。也叫**翹舌音;捲舌音**。

舌根音 舌根上升,靠著或接近軟腭形成阻礙而發出的音。也叫**舌面後音**。

舌面前音 舌面前部上升,靠著或接近前硬腭而發出的輔音。

塞音 氣流通路緊閉,氣流積聚在受阻部分,然後阻塞部分突然打開,氣流迸裂而出的音。也叫**爆發音;破裂音**。

擦音 發音部位的某兩個地方靠近,形成縫隙,氣流從縫隙中擠出而發的音。也叫**摩擦音**。

塞擦音 氣流通路緊閉,然後逐漸打開,呈現窄縫,氣流從窄縫中擠出而發的音。

口音 按發音的共鳴腔劃分的輔音類型之一,相對於鼻音和鼻化元音而言。發音時軟腭上升,阻住鼻腔的通道,氣流專從口腔出來。普通話輔音中絕大部分是口音。

鼻音 按發音的共鳴腔劃分的輔音類型之一。發音時口腔氣流通路阻塞,軟腭下垂,鼻腔通路打開,由鼻腔共鳴發出。

邊音 舌尖和上腭的某一點接觸形成阻礙,氣流從舌頭邊上通過而發出的音。

清音 輔音的一類。發音時聲帶不顫動的音。

濁音 輔音的一類。發音時聲帶顫動的音。

帶音 發音時聲帶顫動的一種語音現象。帶音的是濁音。

不帶音 發音時聲帶不顫動的一種語音現象。不帶音的是清音。

G5-7 名:　聲調

聲調 指一個音節發音的高低、升降、曲直的狀況。如漢語的媽、麻、馬、罵四個字的聲母和韻母都相同,而發音的高低升降、曲直不同,就是聲調不同。聲調不同,意義也不同。

字調 指字音的高低升降,曲直狀況,即聲調。

調類 聲調的類別。古漢語的調類有平聲、上聲、去聲、入聲四大類。

調號 表示聲調的符號。

調值 有聲調的語言中各調類的實際讀法。描寫調值一般採用五度製,即把聲調高低均分

為五度,按各種聲調的高低變化,用記號和數字來表示。

四聲　指古漢語平、上、去、入四個聲調。

平聲　古漢語四聲的第一聲。

上聲　又古漢語四聲的第二聲。

去聲　❶古漢語四聲的第三聲。

入聲　古漢語四聲的第四聲。古入聲字分別歸入陰平、陽平、上聲、去聲。在有些方言中還保留入聲。

陰平　普通話字調的第一聲。

陽平　普通話字調的第二聲。

變調　語流中音節連續發生的聲調變化。

輕聲　在語流中有些字音常常失去原有的聲調,變得又輕又短,叫做輕聲。如「哥哥」、「看看」,同一個字前後調子顯然不同,後一個就是輕聲。

重音　語流中重讀的音節或詞語。單詞中重讀的音節是詞重音,語句中重讀的詞語是語句重音。在非聲調語言中,詞重音有重要的區別詞義和語法的作用。

G5－8 名： 音標

音標　標記語音的符號。通用的指標記音素的音標。各國語言學家創製了多種音素音標,其中被普遍採用的是「國際音標」。

國際音標　國際上通行的一種標音符號體系,簡稱IPA。由國際語音學會制訂,初稿發表於1888年,符號大多採用拉丁字母及其變形。經過多次修訂充實,以「一音一符,一符一音」為原則,可以精確記錄各種語音的語音。國際音標用方括弧[ ]表示。

注音字母　中國第一套法定的拼音字母,1918年公布。採用漢字筆畫構成字母。歷經修正補充,有24個聲母,16個韻母。也叫**注意記號**

G5－9 名： 音韻

音韻　漢語音韻學把漢字字音結構分析為聲母、韻母和聲調三個要素,總稱「音韻」。

聲韻　❶音韻。❷聲母、韻母的合稱。

聲母　漢字字音起頭的部分。大多數漢字聲母由輔音充當,如「紅、白」中的「ㄏ、ㄅ」。有些字直接以韻母起頭,沒有聲母,稱為「零聲母字」,如「愛、歐」等。

韻母　漢字字音中聲母後面的部分,如「紅、白」中的「ㄨㄥ、ㄞ」就是韻母。韻母的主要成分是元音,有的也包括輔音。

聲　❶聲母:雙聲／聲、韻、調。❷聲調:四聲／平仄聲。

韻　❶韻母。❷韻部。指韻母中的韻腹和韻尾部分:押韻／疊韻／新詩韻。

鼻韻母　韻尾是鼻音的韻母。例如:ㄤ、ㄢ

韻腹　韻母的主要元音。音韻學把韻母分成韻頭、韻腹、韻尾三個部分。一個韻母不一定有韻頭和韻尾,但韻腹是必不可少的。在複ㄥ、ㄣ元音韻母中,韻腹的發音最響亮。

韻頭　是介於聲母和韻腹之間的元音,又稱「介音」。如「先」、「歡」、「宣」中的ㄧ、ㄨ、ㄩ就是語音中的三個介音。

韻尾　韻腹後面的收尾音。

陽韻　古韻部韻尾類型之一,以鼻音收尾。又叫「陽聲」或「陽聲韻」。

入聲韻　古韻部韻尾類型之一,以塞輔音收尾。入聲韻和入聲是從兩個不同角度提出的概念,前者就韻尾而言,後者就聲調而言。

陰韻　音韻學家對古韻部劃為三種類型。除陽韻、入聲韻之外的韻部都屬陰韻。又叫陰聲或陰聲韻。

雙聲　雙音節詞中兩個字的聲母相同的叫雙聲,如「琳琅」聲母都是ㄌ,「滿目」聲母都是ㄇ。

疊韻　雙音節詞中兩個字的韻部(包括韻腹和韻尾)相同的叫疊韻,如「叮嚀」韻部都是ㄧㄥˊ,「荒唐」韻部都是ㄤ。

四呼　音韻學術語。按照韻母中第一個音素發音

時的口型把韻母分爲開口呼、齊齒呼、合口呼和撮口呼四類。

五音　音韻學把聲母按發音部位,分爲喉音、牙音、舌音、齒音、唇音五類,總稱五音。

平仄　古人把漢語四聲分成兩大類,合稱「平仄」。平指平聲,仄指上、去、入三聲。平仄有規律地交錯,能加強詩文的節奏感。中國古代作家早就意識到這種聲律的美,到唐代,平仄成爲新興的近體詩格律的最重要因素。

G5－10　動：　注音·拼音·正音

注音　用同音字或符號等表明文字的讀音:注音讀物/這段文字是注音的,便於初學的人閱讀。

直音　用一個漢字直接標注另一個漢字的讀音,如「音音陰」,是說「音」和「陰」同音;「韻音運」,是說「韻」和「運」同音。

反切　舊時用兩個字合起來給另一個字注音的方法。取上字的聲母和下字的韻母、聲調相拼而成,如「吐,他魯切」,「切」就是反切的意思。

拼音　一種比較科學的標音方法。在分析一種語言的語音系統的基礎上,用符號或字母代表輔音和元音拼合成語詞的讀音。

拼寫　用拼音字母按照一定規則書寫:拼寫英語單詞。

正音　根據一種語言標準音的規範,對不正確的讀音加以糾正。

譯音　把一種語言的語詞用另一種語言中跟它相同或相近的語音表示出來。例如英語「motor」,漢語譯成「馬達」;法語「montage」,漢語譯成「蒙太奇」。

G5－11　動、名：　發音·語調

發音　❶〔動〕發出語音、樂音;發出聲音:發音部位/發音方法/練習發音。❷〔名〕發出的語

音:他的發音很準確/老師認眞地矯正他的發音。

讀音　〔名〕字的念法:這個字有兩個讀音。

重讀　〔動〕說話或朗讀時,把一個詞或詞組裡某個音節或句子裡某幾個音節讀得重些、強些。如「桌子」、「木頭」、「第一」、「老張」、「白楊樹是不平凡的樹」(加·的重讀)等。

重音　〔名〕一個詞、詞組或句子裡重讀的音。根據語句結構需要的,叫語法重音。根據表達需要,把句中某些地方讀得特別重的,叫邏輯重音。

讀破　〔名〕一個字因意義不同而有兩個以上讀音時,改變其通常的讀音以表示意義轉變的讀音,叫做讀破。例如「長幼」的「長」不讀「ㄔㄤˊ」而讀「ㄓㄤˇ」,「好讀書」的「好」不讀「ㄏㄠˇ」而讀「ㄏㄠˋ」。也叫**破讀**。

口型　〔名〕人說話或發音時的口部形狀:譯製電影的配音應儘可能做到口型相合。

口形　〔名〕人的口部形狀。語音學上特指在發某個聲音時兩唇的形狀。

語調　〔名〕說話或讀書時聲音的高低輕重快慢,表示不同的語氣和情感:他竭力使自己的發言保持平靜的語調。

音調　〔名〕說話、吟誦詩文的腔調:她仍然叫他老師,但音調和先前不同。

腔調　〔名〕說話的聲音、語氣:他說起話來,一口外國腔調。

G5－12　名：　文字

文字　記錄語言、傳遞資訊的書寫符號系統,如漢字、拉丁字母等。

字　❶文字:漢字/常用字/字典/寫字。❷字音:字正腔圓/吐字清楚。❸字體:篆字/黑體字/柳字。

文　字:甲骨文/鐘鼎文。

字母　拼音文字的書寫符號,記錄語言中最小的

語音單位(音位或音素)。字母有時也用來指
音節文字的書寫符號。

手指字母 用定型的手指動作,來代表不同的字
母構成文字。是聾啞人傳遞思想進行交際的
一種手段。

圖畫文字 文字發展初期用圖形記事的原始方
式。記事的圖形不代表一定的詞句,沒有固
定的讀法。嚴格地說,它還不是真正的文字,
只是為文字的產生奠定了基礎。

表形文字 用線條來描摹事物形狀的文字。每
個字代表一定意義有一定讀法。如甲骨文中
的「⊙」「ᗡ」「ᴍ」就代表了「日」「月」和「雨」。
也叫**象形文字**。

表意文字 用符號表示意義的文字。每個字代
述語(詞)言中一個表意單位(詞或詞素)。純
粹的表意文字是沒有的。古漢字、古埃及文
字和古代蘇美爾人的楔形文字基本上是表意
的。但漢字在甲骨文階段就已有了一些形聲
字和假借字。

楔形文字 西元前三千多年美索不達米亞南部
蘇美爾人所創造的文字。用硬筆在磚、石、泥
板上壓刻,形成一頭粗、一頭細的筆劃,好像
楔子或釘子,所以也稱釘頭字。古代巴比倫
人、亞述人、波斯人等都曾使用這種文字。

表音文字 用字母表示語音的文字。表音文字
的書寫符號遠比表意文字為少。現在世界上
大多數語言用的都是表音文字,我國境內的
藏文、蒙文、維吾爾文都是表音文字。根據表
音單位的不同,可分為音節文字和音素文字。

音節文字 一種表音文字。每個符號表示語音
系統中的一個音節,如日文的假名和衣索比
亞的阿姆哈拉文字。

音素文字 一種表音文字。用字母表示語音中
的輔音和元音,拼合成音節。音素文字符號
最少,使用方便。有的音素文字由於語音的
歷史演變,讀音和字母不能完全一致,用正字
法規定了規範的拼法。

拼音文字 ❶音素文字。❷表音文字。

盲字 專供盲人使用的文字體系。由刻在厚紙
上的不同排列的凸出點子組成字符,盲人可
以通過手指觸摸識讀。也叫**盲文**。

G5－13 名： 漢字

漢字 記錄漢語的文字。漢字是世界上唯一仍
在使用的古老文字,有嚴謹的結構規律和完
整的系統性。漢字屬表意文字,一般一個字
代表一個音節,表示一定意義,有約定俗成的
用法。漢字形體複雜、數目繁多,給它帶來難
認、難寫、難記的缺點;但又由於它整齊的字
形和集中的資訊含量,在人工智能、資訊處理
中漢字仍有其獨特的作用。

中國字 中國的文字,特指漢字。

單字 一個一個的方塊漢字。

方塊字 指漢字,因漢字的形體結構呈方形,故
名。

簡體字 指漢字楷書的簡筆字。是在長期使用
過程中產生的。又稱「簡字」、「簡寫」,如「弯、
屈、图、鉄」等是早就流行的簡體字。同一漢
字簡體比繁體筆畫為少。

繁體字 與簡體相對的楷書漢字,一般筆畫較複
雜。如「彎」的繁體是「彎」、「個」的繁體是
「個」、「從」的繁體是「從」等。

異體字 漢字在歷史發展過程中形成的音同、義
同而形不同的字。如「褲、袴」,「蹟、跡、迹」,
「鷄、雞」等都是異體字。

俗體字 指流行於民間的不合規範的異體字。
在漢字簡化的過程中,根據約定俗成原則也
採用了某些俗體字,如「吊」、「这」、「迹」、「阅」
等。也叫**俗字**。

簡體字 指由漢字楷書繁體字簡化的字。漢字
發展的規律是由繁趨簡,在長期使用過程中,
曾產生不少簡體字、簡筆字。1956 年 1 月中

國大陸分批推行、試用簡體字,歷經補充和修正,目前共有 2,238 個字。

書契 〈書〉指文字(契:用刀刻,古代文字多用刀刻):古者伏羲氏如畫八卦,造書契。

G5－14 名： 古文字

古文字 古代的文字。在我國,傳統文字學所謂「古文」指先秦時代的漢字;現代文字學者多認為秦統一後的小篆和西漢早期的隸書也屬古文字。

甲骨文 商代刻在龜甲和獸骨上的文字。是現存中國最古的文字。它的基本詞彙、基本語法和基本字形結構跟後代漢語言文字是一致的。可見當時已有了一個記錄漢語的相當發達的文字體系。

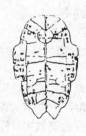

甲骨文

金　文

卜辭 甲骨文記錄的有關占卜內容的文辭。

金文 古漢字一種字體,指商、西周、春秋、戰國時期鑄刻在青銅器上的文字。

鐘鼎文 即金文。前人統稱古代銅器為鐘鼎,故名。

銘文 ❶鑄刻在青銅器上的文辭。❷刻在碑碣上的文字。

先秦石鼓文

石鼓文 春秋戰國時秦國刻在石鼓上的銘文,又指石鼓上銘文所用的字體。是我國現存最早的刻石文字。

G5－15 名： 六書·通假

六書 漢代的學者把漢字的構成和使用方式歸納出六種類型,總稱「六書」。其中象形、指事、會意、形聲是造字之法,轉注、假借是用字之法。

象形 六書之一。指用線條描畫事物形狀的造字法。如木「禾」,像一株稻麥形狀,上面是穀穗。

指事 六書之一。指用幾個抽象的符號或在象形符號上加指示性符號表示意義的造字法,如⊔(上)⊓(下)用一條弧線作基準,弧線上下加一短橫,從表示相對位置;如「本」在象形字木的根部加上指示符號,表示草木的莖或根。

會意 六書之一。指用兩個或兩個以上的字合在一起表示某一意思的造字法,如伖(休),表示人在樹旁休息。

形聲 六書之一。指由表意的「形旁」和表音的「聲旁」合在一起構成新字的方法,如「湖」的「胡」表音,左邊的三點水表意。漢字大多數是形聲字。

轉注 六書之一。即將意義相同或相近的字互相解釋,也就是互訓,如「老」的解釋是「考」,「考」的解釋是「老」;「頂」的解釋是「顛」,「顛」的解釋是「頂」。

假借 六書之一。指語言中有些詞有音無字,借用已有的同音字來表示,如「來」的本義是小麥,後被借作來往的「來」,又如「北」在甲骨文中原義指二人相背,後被借作北方的「北」。

通用 某些讀音相同、相近的字,在一定條件下、在某個意義上可以相通共用的語言現象,如「才」、「材」二字在一般情況下不可混用,但「人才」、「人材」可以通用。

通假　古書中多見的因某種原因用另一個音同
　或音近的字來代替本字,如把「早起」寫成「蚤
　起」。現代簡化漢字也採用了通假的辦法,如
　用「丑」代「醜」,用「后」代「後」等。

G5－16 名： 筆畫・偏旁・部首

筆畫　構成漢字的線條形狀,即點、橫、豎、撇、捺
　等基本筆畫及其變形。也作**筆劃**。

點　漢字基本筆畫之一,形狀是「、」。

橫　漢字基本筆畫之一,平著由左向右,形狀是
　「一」。

豎　漢字基本筆畫之一,由上垂直向下,形狀是
　「丨」。也叫**直**。

撇　漢字基本筆畫之一,向左斜下,形狀是「丿」。

捺　漢字的基本筆畫之一,向右斜下,近末端微
　有波折,形狀是「㇏」。

挑　漢字基本筆畫之一,向右斜上,形狀是「㇀」。
　也叫**提**;**剔**。

鉤　漢字基本筆畫之一,附在橫、豎等筆畫的末
　端,形狀是「亅、𠄌、𡿨、㇉」。

折　漢字基本筆畫之一,形狀是「乙、𠃍、㇆、㇄」。

筆順　漢字書寫時筆畫的先後順序,一般是先上
　後下,如「文」、「章」;先左後右,如「語」、「化」;
　先外後內,如「國」、「句」。有少數是先中間後
　左右,如「水」、「承」。

偏旁　❶漢字合體字的組成部分。如「們」的偏
　旁是「亻」和「門」、「財」的偏旁是「貝」和「才」。
　❷特指在漢字形體中常常出現的某些組成部
　分,如「江、河、湖、澆、洗」中的「氵」、「軋、軌、
　軒」中的「車」。參見「漢字偏旁表」。

聲旁　形聲字中表音的那一部分,如「校、期、近」
　中的「交、其、斤」都是聲旁。

形旁　形聲字中表意的那部分,如「花、婆、煎」中
　的「艹、女、灬」都是形旁。形旁表示的是事物
　的類別。

部首　字典給漢字分類而確定的字類標目。分

兩類:一類是嚴格依照六書體系,將同一意符
的字歸併成類的部首體系,如《說文》的部首;
另一類是按現代漢字字形結構中的相同部位
和起筆筆形歸併成類的部首體系,如《辭海》
的部首。

漢字偏旁表

（本表主要收錄不能單獨成字的
偏旁及其通行的名稱）

偏旁	名稱	例字
冫	兩點水	冰次冷
亠	點橫頭文字頭	文交高
冖	禿寶蓋	冗寫軍
讠	言字旁	計記說
丷	八字頭	並關前
厂	偏廠兒	廳曆原
ナ	左字頭	右在友
匚	三匡欄三匡	區匠匣
刂	立刀旁立刀	列劃到
屮	山字底	凶出擊
冂	同字匡	內岡罔
𠂉	每字頭	乞乍復
亻	單人旁單立人	化伏使
厂	盾字頭	反厄質
勹	包字頭	勺旬匈
厶	私字兒	允去矣
廴	建之旁	廷延建
卩	單耳旁單耳刀	印卻即
阝	左耳旁(在左)	隊防陳
阝	右耳旁(在右)	邦郊都
氵	三點水	江海流
丬	將字旁	壯粧狀
忄	豎心旁	忙懷情
宀	寶字蓋	定宇實
广	廣字頭	慶床府
辶	走之兒	邊進退
土	提土旁剔土兒	地場牆
扌	提手旁剔手兒	打投拍
艹	草字頭	花英草
廾	弄字底	異棄弊
尢	尤字旁	龍尥尬
弋	弋字旁	式書貳
囗	大口匡、方匡	國固圖
⼹	尋字頭	靈帚尋
彳	雙人旁、雙立人	行往得
彡	三撇兒	形衫須
夂	折文兒	冬處夏
犭	反犬旁	狂猶獨

偏旁	名稱	例字
饣	食字旁	饑飯餅
孑	子字旁	孩孫孤
纟	絞絲旁	紅紡絕
灬	四點底四點兒	點烈煮
礻	示字旁、示補兒	禮社神
巛	三拐兒	甾邕巢
火	火字旁	燈寵燒
王	王字旁斜玉旁	珠玫現
耂	老字頭	孝考者
木	木字旁	機材枝
牜	牛字旁剔牛兒	牧物特
攵	反文旁反文兒	收政敎
爫	爪字頭	受採覓
聿	聿字頭	隸肅書
疒	病字旁	疾症疲
衤	衣字旁衣補兒	初被裕
夫	春字頭	奉奏泰
罒	四字頭	羅罪置
皿	皿字底皿墩兒	盆益盛
金	金字旁	針鋼鋅
禾	禾木旁	種私稅
癶	登字頭	癸登凳
羊	羊字旁	差羞著
龹	捲字頭	券拳眷
尚	常字頭	黨嘗裳
米	米字旁	料粒精
西	西字頭	要票覆
虍	虎字頭	慮虛虞
竹	竹字頭	竿筍第
跙	足字旁	跑跳蹄

G5－17 名：字體

字體 ❶文字在歷史發展中由於不同用途、不同
書寫材料而形成的不同體式,如漢字的隸書、
楷書、行書等。❷書法的流派,如顏體、柳體
等。

篆書 古漢字一種字體名稱,是大篆、小篆的合
稱。

大篆 春秋戰國時期秦國使用的文字,今稱「石
鼓文」就是這種文字的代表。字形整齊勻稱,
筆畫繁複。

籀文 即大篆,也叫籀書。出於《史籀篇》,原書
已佚,許慎《說文解字》中收錄籀文二百多個
作爲異體字。

小篆 秦統一六國後對大篆
略有省變而成的字體。線
條圓轉勻稱,筆畫較簡單,
偏旁有固定的位置和寫法,
是漢字第一次規範化的字
體。

隸書 漢朝通行的字體,由篆
書簡化演變而成。筆畫由
圓筆改爲直筆或方筆。隸
書的出現是漢字由繁複變爲簡單的一大發
展。

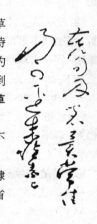

小　篆

隸　書

草書 爲書寫便捷而寫得草
率的隸書,漢魏時通行。特
點是筆畫相連,使方塊字的
結構和寫法高度簡化,達到
快寫的目標。也叫**草體**;草
寫。

草字 草寫漢字:語文作業不
可以寫草字。

章草 草書的一種。是從隸
書發展而來的,以其筆法省
變有章法可循,故名。

今草 草書的一種。是在章
草的基礎上結合楷書發展起來的。筆勢流
暢,上下牽連,已不拘於章法。

草　書

狂草 草書的一種。興於唐代,是今草的發展,
筆勢連綿回繞,字形多變難認,成爲脫離實用
的書法藝術。

楷書　漢字字體的一種。由隸書演變而來。楷書漢字完全是由筆畫組成的方塊形符號,便於書寫和認讀。現今漢字標準字體就是楷書。也叫**正書;眞書;楷體**。

楷　書

小楷　手寫的楷體小字。

大楷　手寫的較大的楷體字。

正體　❶合乎規範的漢字字體。❷楷書。□**正字**。

行書　漢字字體的一種。形體和筆勢介於草書和楷書之間,避開了楷書的拘謹,又沒有草書的放縱。筆畫連綿而各字獨立,清晰易識,又便於快速書寫。

印刷體　指用於書刊印刷和打字的字體。參見「G8－30 印刷體」。

手寫體　用於日常手寫的字體。拼音字母的手寫體可以一筆連寫。

行　書

G5－18 名：　本字‧錯別字‧ 生字‧熟字

本字　被新造或通假的字所代替的原來書寫某詞的字。如「搬」的本字是「般」,「搬」是後起的字。又如「由」借指「如同」、「好像」的意思時,其本字是「猶」。

別字　把甲字錯作乙字,錯用、錯讀的字就是別字。如把「剛愎」寫成「剛腹」是寫別字;把「恬不知恥」的「恬」ㄊㄧㄢˊ念成「括」ㄍㄨㄚ是讀別字。也說**白字**。

錯字　筆畫寫錯的字。如把「煉」寫成「煉」、「少」寫成「少」等。

錯別字　錯字和別字。

生字　不認識的字;陌生字。

熟字　已認識的字;常用的字:她幾天不溫習,許多熟字也忘了。

G5－19 名：　語法

語法　❶語言的結構規律,包括構詞法和造句法。前者指詞的構成和形態變化;後者指詞組和句子的組合。各種語言都有自己的語法。❷指對某種語言的語法研究,如傳統語法、比較語法、學校語法等。

文法　❶即語法。❷指作文之法,包括文理、文勢、章法、修辭等。

性　一種語法範疇。部分語言的名詞有陽性、陰性、中性的區別,通過一修飾語法形式表示出來,並對有關的代名詞、形容詞等作相應的變化。語法的性同客觀事物的性別有的有關,有的無關。

數　一種語法範疇。用詞形變化表示名詞或代名詞等所指事物的數量,如英語中名詞有單數和複數之分,在句中,有關的動詞也要作相應的變化。

格　一種語法範疇。某些語言中名詞(有的包括代名詞、形容詞)用詞形的變化來表示它在詞組中與別的詞之間的語法關係,例如英語 I、me、my 就是第一人稱單數代名詞的不同的格。

時　一種語法範疇。用動詞形態的變化表示動

作(或狀態)發生的時間,例如,英語動詞有現在式、過去式和未來式。

體 一種語法範疇。不少語言通過一修飾語法形式表示動作(或狀態)的過程,如英語動詞有進行式和完成式。

式 一種語法範疇,也叫「語氣」。通過一修飾語法手段表示說話者對所說事情的態度,如英語用動詞或句式的變化表示陳述、命令、虛擬等不同語氣;現代漢語則用語氣助詞和不同的語調來表示。

態 一種語法範疇。通過一修飾語法形式表明句子中主詞跟動作的關係,如主詞是動作的發出者,句子裡的動詞是主動態;主詞是動作的承受者,句子裡的動詞是被動態。

詞序 詞在詞組或句子裡的排列次序。詞序是漢語的重要語法手段。「天氣好」和「好天氣」,詞序不同,結構關係也不同:前者是主謂,後者是偏正。也叫**語序**。

G5－20 名: 詞

詞 語言中代表一定的意義,有固定的語音形式,可以獨立運用的最小的單位。詞由詞素構成。

單詞 單個的詞。

單音詞 只有一個音節的詞,如「天」、「地」、「人」、「說」、「大」、「美」等。

複音詞 由兩個或兩個以上的音節構成的詞,如「玻璃」、「問題」、「清楚」、「革命」等。

單純詞 由一個詞素單獨構成的詞,如「人」、「少」、「芙蓉」、「馬達」等。

聯綿詞 又稱「聯綿字」。指兩個字聯綴在一起表示一個意思的單純詞。聯綿詞的兩個字僅代表兩個音節,拆開便無意義,有三種類型:一類是雙聲的,如「憔悴」、「倜儻」;一類是疊韻的,如「徬徨」、「爛漫」;一類是非雙聲非疊韻的,如「滂沱」、「葡萄」。

合成詞 由兩個以上詞素組成的詞。按構成方式分複合詞和派生詞兩種。

複合詞 兩個或兩個以上詞根組成的合成詞,如「知己」、「年輕」、「自行車」等。

派生詞 由詞根加上詞綴構成的合成詞,如「老虎」、「桌子」、「創造性」、「現代化」等。

多義詞 具有幾個意義的詞,各意義之間有著一定的聯繫,例如「出」的意義是①從裡到外(跟「入」、「進」相反),這是基本意義。其餘各義是由此引伸的;②往外拿(出主意);③產生,發生(出煤,出事故);④顯露(出名,出醜);⑤超過(出軌,出人頭地);⑥支付(出錢,量入為出)等等。

同義詞 意義相同或相近的詞。例如「教室」和「課堂」,「講演」和「演講」,意義完全相同,也稱「等義詞」;「保護」和「庇護」,「批評」和「批判」,「驕傲」和「自滿」,意義相同,但並不完全相等,有褒貶、輕重等細微的差別,也稱「近義詞」。

反義詞 意義相反的詞,如「香」和「臭」,「好」和「壞」。

同音詞 語音相同而意義不同的詞,如「語句」和「雨具」。有的同音字寫法相同,而意義各不相關,如「別」(分別)和「別」(插掛)和「別」(不要)。

貶義詞 表示貶斥意義的詞,如「誣告」、「謾罵」、「武斷」、「頑固」等。也叫**貶詞**。

褒義詞 表示讚許或好的意思的詞,如「堅定」、「成果」、「果斷」、「頑強」等。也叫**褒詞**。

G5－21 名: 詞素

詞素 語言中最小的音義結合體,是語法分析的最小單位。詞素是構詞的成分。漢語詞素絕大多數是單音節的,用一個漢字來表示;多音節詞素雖有幾個漢字,但每個字只表示一個音節,沒有獨立的意思,如「馬拉松」、「奧林匹

克」、「吩咐」、「猶豫」、「囫圇」。這些詞只有一
個詞素，表示一個完整的意思，不能分割開來
理解。也叫語素。

詞根 詞的核心部分。是詞義的基礎，如「教員」
中的「教」，「人民」中的「人」和「民」，「老虎」中
的「虎」。

詞綴 附加在詞根上的構詞的輔助成分。常見
的有字首和字尾。

前綴 加在詞根前面的構詞成分，如「老師」「老
鄉」中的「老」，「阿哥」中的「阿」。也叫詞頭。

後綴 加在詞根後面的構詞成分，如「胖子」「梳
子」的「子」，「苦頭」「石頭」的「頭」。

詞尾 字尾的一種特殊類型，它既可加在詞根後
面，又可加在構詞字尾的後面。

G5-22 名： 詞義

詞義 詞的意義，即鞏固在詞的語音形式裡的人
腦對客觀事物或現象的認識。廣義的詞義，
除詞的基本意義外，還包括詞所帶的感情色
彩和風格色彩等。

本義 指一個詞的原始意義或最初的意義，如
「日」的本義是太陽，其他意義如「白晝」、「一
晝夜」、「一天一天地」等，都是由本義發展而
來的。

轉義 一個詞由原來的意義轉換派生出來的另
外的意義，如「老」這個詞有「陳舊」、「原來的」、
「歷時久」、「死亡」等意義，這些意義都是從基
本意義「年歲大」孳生、轉移、引伸出來的。

引伸義 由一個詞的本義經過引伸發展出來的
相關的意義，如「告」的本義是「訴說」，「控訴」、
「檢舉」、「請求」、「聲明」等則是引伸義。

比喻義 通過詞的比喻用法產生出來的引伸義，
如「鐵」的本義是「一種堅硬的金屬」，「堅硬」
（鐵拳）、「確定不移」（鐵的紀律）是比喻義。

褒義 詞或語句裡含有讚許或肯定的意思：褒義
詞。

貶義 詞或語句裡含有不贊成或貶斥的意思：貶
義詞。

G5-23 名： 詞組

詞組 按照一修飾語法規則組合起來的大於詞
的語言單位。根據內部的不同結構方式，詞
組有聯合、偏正、動賓、動補、主謂等類型；根
據造句法功能，詞組有名詞性詞組和非名詞
性詞組等類型。也叫片語；仂語。

固定詞組 一種結合緊密的永久性的詞組，同詞
一樣是造句法結構的最小單位。包括成語
（如「守株待兔」、「道聽途說」）、專名（如「美利
堅合眾國」、「路透社」）、習慣語（如「開夜車」、
「跑碼頭」）簡稱（如「大專院校」、「交警」）等。

G5-24 名： 詞彙

詞彙 是一種語言中所有的詞、固定詞組的總
稱，如漢語詞彙、英語詞彙。也指一個人或一
部作品所使用的詞，如魯迅的詞彙、《紅樓夢》
的詞彙。也叫語彙。

基本詞彙 詞彙中最主要、最穩定的部分。基本
詞彙中的詞叫基本詞，指稱同人們日常生活
最密切的事物，如自然現象、普通動植物、人
體各部分、常用工具、親屬、基本方位、基本數
目、基本活動和基本性質等。基本詞彙使用
最廣、最多，組詞能力最強，是構成新詞的基
礎。

古語詞 指現代語中不用或者很少用而多見於
古代文獻的詞，如「天子」、「干戈」、「稽首」、「黎
民」等。

新詞 根據語言詞彙規範化的原則，以基本詞為
基礎而創造出來的標記新事物或新認識的
詞，也叫新造詞。新詞一般是合成詞，如「掃
瞄」、「宇航」、「遙控」等。

方言詞 指流行在某些地區的方言。例如上海
話的「白相」（玩）、廣州話的「靚」（漂亮）、四川

話的「擺龍門陣」(聊天)等。

外來詞 指從外國或其他民族語言裡吸收過來的詞語。如漢語中的「幹部」、「撲克」、「引擎」、「烏托邦」等。也叫**外來語;借詞**。

熟語 詞彙的一個組成部分,是詞的固定的組合,包括慣用語、成語、歇後語、諺語、格言等。其主要特點是結構的定型性和語義的完整性,是人們在長期使用語言過程中形成和固定下來。

慣用語 熟語的一種。是一般人所熟悉的定型結構。常作為一個完整的意義單位來使用,但也可以插入別的詞語,增強表力力。例如:「碰釘子」、「碰了個橡皮釘子」;「鑽漏洞」、「鑽我們的漏洞」等。

成語 熟語的一種。是定型的詞組或短句。漢語的成語大多由四個字組成。大部分是從古代相承沿用下來的,如「完璧歸趙」是從古代歷史事實中得來的;「刻舟求劍」是從古代寓言中得來的;「一鼓作氣」是從古典作品中流傳下來的。還有來自人民口裡常說的習用語,如「七手八腳」等。

俗語 民間流行的通俗的定型的語句。如「趕鴨子上架」、「三百六十行,行行出狀元」等。

俗話 〈口〉俗語。

俚語 粗俗的或通行極窄的方言俗語,如「拆爛污」、「喝西北風」等。

諺語 熟語的一種。人們口裡常用的現成的話。往往用一二個生動的短句,總結了實踐的經驗或普遍的道理,如「種瓜得瓜,種豆得豆」,「吃一塹,長一智」等。

古諺 古代流傳下來的諺語,如「只要功夫深,鐵杵磨成針」等。

格言 熟語的一種。語句簡潔凝煉,含有深刻的教育意義,如「千裡之堤,潰於蟻穴」,「滿招損,謙受益」等。

歇後語 熟語的一種。由兩個部分組成的一句話,前一部分是個比喻或隱語,後一部分是意義的解釋。有的只說前一部分,而把後一部分省去,讓人家去體會,猜測,所以叫做歇後語,如「熱鍋上的螞蟻──走投無路」;「孔夫子搬家──淨是書(輸)」等。

口頭語 有些人在說話時常常無意識地重複出現的沒有實際意義的詞句:「這就是說……這就是說」成了他的口頭語。

術語 科技學術領域的專門用語。

座右銘 寫在座位旁邊,做為警戒、提醒用的有教益的話。

新名詞 隨同新事物新思想而產生的新詞語(不限於名詞)。

G5－25 名: 　行話·隱語

行話 各種行業為適應本行業的特殊需要而創造使用的詞語。有的行話為了迴避外人,具有秘密性。

隱語 ❶不直說本意而借別的詞語來暗示的話,古代叫做隱語,類似今之謎語。也叫**瘦辭;瘦詞**。❷某種社會集團使用的黑話。

暗語 彼此約定秘密交流資訊的話:他們約定了派人接頭的暗語。

侃兒 〈方〉暗語;行話:兩個商販談生意用了許多侃兒。

切口 幫會或某些行業中的暗語:這幫流氓談的切口,我們誰也聽不懂。

黑話 幫會、流氓、盜匪等所使用的秘密話:他行醫多年,懂得一些幫會裡的黑話。

G5－26 名: 　詞類·詞性

詞類 根據語法功能給一種語言的詞劃分的類別。由於語法特點不同,各種語言的詞類系統不盡相同,但都可分為實詞、虛詞兩大類。實詞又分為名詞、動詞、形容詞等小類,虛詞又分為介系詞、連接詞、助詞等小類。

詞性 指作為劃分詞類的根據的詞的語法特點。一個詞應歸入的某一詞類,就是該詞的詞性。有些詞句有兩類以上的語法功能,就是詞的兼類。

實詞 表示實在意義能單獨充當造句法成分的詞,現代漢語實詞類包括名詞、動詞、形容詞、數詞、量詞、副詞、代名詞七類。

虛詞 一般不表示實在意義,不能單獨充當造句法成分的詞,其基本用途是表示語法關係。現代漢語虛詞類有連接詞、介系詞、助詞、語氣詞、嘆詞、擬聲詞六類。

名詞 表示人或事物名稱的詞,如「人、山、北京、報紙、任務」,名詞不受副詞修飾,現代漢語多數名詞前面可以加數量詞,如「一種理想」、「一點積極性」等。

方位詞 名詞中表示方向位置的詞,分單純的和合成的兩類。單純的如「上、下、左、右」等,合成的如「以上、前面、裡外、當中」等。方位詞經常附著在別的詞語後面組成表示時間或處所的方位片語,如「下班後、校園裡、洛杉磯與舊金山之間」。

時間詞 名詞中表示時間的詞,如「今天、過去、早晨」等,能同介系詞組合成介系詞片語,如「從今天(開始)」「比過去(提高)」。

動詞 表示行為動作、存在、變化的詞,如「跑、跳、在、請、讓、增加、減少、想、愛」等。現代漢語動詞常用加「了、著、過」等表示完成、進行等時態。

能願動詞 動詞的一個附類,常用在動詞、形容詞前表示可能、意願等意思,如「能夠、願意、會、應該、必須」等。能願動詞可以在前後加「不」構成「不××不」格式,表示強調或委婉語氣。如「不應該不去」、「不能不相信」。也叫**助動詞**。

趨向動詞 動詞的一個附類,常用在動詞、形容詞後面表示趨向,如「來、去、上、下、進、出」等及其組合形式。有的趨向動詞還有表示時態的意思。如「做起來」是「開始做」的意思,「做下去」是「繼續做」的意思。

判斷動詞 動詞的一個附類,即「是」起連接主詞和述語(詞)的作用,表示判斷,又稱**繫詞**。

及物動詞 可以帶受詞的動詞,如「挑重擔」的「挑」,「幫助別人」的「幫助」。

不及物動詞 不能帶受詞的動詞,如「飛翔」、「休息」、「生長」、「出發」等。

形容詞 表示人或事物的性質或狀態的詞,如「好、壞、高、低、仔細、嚴格」等。漢語形容詞能受程度副詞修飾,大多數能單獨充當述詞。

數詞 表示數目標數。數詞連用或加上別的詞,可以表示序數、分數、倍數、概數等,如「第一」、「十分之一」、「十倍」、「十倍左右」。

量詞 表示人、事物或動作單位的詞,如「尺」、「寸」、「斤」、「兩」、「件」、「條」、「根」、「隊」、「次」、「遍」、「回」、「陣」等。量詞經常跟數詞一起用。

複合量詞 表示複合單位的量詞,如「架次」、「人次」、「噸公里」。

代名詞 具有替代或指示作用的詞。包括人稱代名詞(如「我」、「你」、「他」等),指示代名詞(如「這」、「那」),疑問代名詞(如「誰」、「什麼」)等。

副詞 用來修飾、限制動詞、形容詞的詞。有表示程度的如「很」、「太」;表示範圍的如「都」、「全」;表示時間的如「正」、「剛」;表示否定的如「不」、「未」;表示語氣的如「偏偏」、「也許」,以及表示情狀的如「互相」「陸續」「親自」「大力」等許多種類。副詞不能充當述詞。

介系詞 起轉介作用的虛詞,經常附著在名詞、代名詞或名詞性詞組的前面,合起來組成介系詞片語,以表示對象、範圍、處所、時間、目標、手段等,如「對於」、「關於」、「在」、「向」、「從」、「為了」、「按照」等。漢語介系詞除個別

（被）以外不能單用。

連接詞 連接詞、詞組或句子,表示它們之間的各種關係的虛詞,表示聯合關係的如「和」、「跟」、「與」、「同」、「不但……而且」等,表示偏正關係的如「如果」、「只要」、「雖然」等。

助詞 附著在詞、詞組、句子後,表示某種語法意義的虛詞,包括結構助詞(「的」、「地」、「得」)、動態助詞(「著」、「了」、「過」)。

語氣詞 附著在整個句子的末了,表示語氣的詞,如「嗎」、「呢」、「吧」、「啊」。

嘆詞 表示感嘆、應答的詞,通常不同其他實詞發生特定的關係,也不充當一般的句子成分,但能獨立成句,如「啊」、「哼」、「喂」、「嗯」等。

象聲詞 用語音摹擬聲音的詞,如「呼」、「咚」、「撲通」、「嘩啦啦」、「**轟隆轟隆**」。

發語詞 文言助詞的一種,用於一篇或一段文章的開端,如「夫」、「蓋」、「咨」、「嗟」等。

G5－27 名：　句子

句子 語言實際使用的基本單位。由詞或詞組按一定的語法規則構成,表達一個完整意思,具有特修飾語調。連續說話時,句與句之間有較大的語音停頓。句子的語調和停頓,在書面上用句號、問號或嘆號來表示。

句 句子:造句／斟字酌句。

語句 成句的話;文句:語句通順／竊用他人文中語句。

單句 句子的基本形式,相對複句而言。單句指不能分解成兩個分句的句子,如「下雨了?」「下雨了。」「這事他知道嗎?」「知道。」都是單句,有獨立的語調。有的句子雖然使用了關聯詞語,或包孕著主謂詞組,由於不能分解成兩個分句,仍屬單句,如:「因為一步棋,他們兩個爭起來了。」「晚霞在東,表示最近幾天裡天氣晴朗。」

複句 由兩個或兩個以上結構上相對獨立的、意義上有一定聯繫的分句按一定的規則構成的句子,一個複句只有一個句終語調,如「下雨了,她給孩子送傘去。」,又如「他知道,我可不知道。」二例中前面的分句「下雨了」和「他知道」都因為在複句中而失去了獨立的語調。

分句 分句是複句的組成部分,在意義上和結構上都相當於單句。分句與分句之間常用一些關聯詞語(因為、所以、就、才等)來連接,表示一定的關係,書面上用逗號或者分號表示停頓。如「前天報到,昨天開學,今天就上課了」是由三個分句組成的複句。

句群 大於句子、小於段落的語言結構單位,是前後銜接連貫的一組句子。一個句群有一個明晰的中心意思。大的句群內部還能分為小層次。

陳述句 按語氣劃分的句子類型之一,以直陳語氣敍述事實、說明意見。一般句子不帶疑問、祈使、測度等語氣的,都屬陳述句。

疑問句 帶有詢問和懷疑語氣的句子。可以是有疑而問(包括是非問、特指問、選擇問等),也可以是無疑的反問。句末用問號。

感嘆句 抒發喜悅、興奮、驚奇、憤怒、悲傷等強烈感情的句子。句末用感嘆號。句中常用「多麼」、「這麼」、「好」等表示程度的詞語,如「多麼懂事的孩子啊!」、「好大的雪呀!」等。

祈使句 帶有祈使或禁止語氣的句子,表示請求、命令、勸告、催促等。句末常用「吧、啊」語氣詞。祈使句常常沒有主詞,如「小心輕放」、「不准停車」、「進來吧,請坐」等。

G5－28 名：　句子成分

句子成分 句子的結構成分,漢語句子成分主要的有主語、謂語、賓語、補語、定語、狀語六種。

主語 一句話的話題,是謂語陳述的對象,即說的是「誰」或者是「什麼」。主語一般在謂語之前,經常由名詞、代名詞或詞組充當。

謂語　句子中對主語加以陳述的部分,說明主語怎麼樣或者是什麼。謂語一般在語後面,經常由動詞、形容詞或詞組充當。

表語　有的語法書用以指稱謂語「是」(也包括「變成」、「爲」、「像」一類的詞)後面的句子成分,說明主語等於什麼、屬於什麼或存在什麼狀態。表語常常是名詞,有時也可以是動詞、形容詞和「的」字結構、介詞結構等。

賓語　他動詞後邊的連帶成分,表示動作涉及的對象、結果等等,用來回答「誰」或者「什麼」的問題,如「我認識小王」、「他買了一本書」。句中「小王」、「一本書」就是受詞。受詞由名詞、代名詞或詞組充當。

雙賓詞　部分動詞如「送」、「教」、「給」、「告訴」等能帶兩個受詞,前一個受詞是間接受詞,多指人;後一個受詞是直接受詞,多指物。如「我托你一件事」,「他借給我一本書」。

定語　修飾、限制名詞的成分,如「美麗的花朵」中的「美麗」。修飾語由形容詞、數量詞、名詞、代名詞或詞組充當,常用「的」爲標誌。

狀語　修飾、摹狀動詞、形容詞的成分,如「他慢慢地走過來」中的「慢慢」。修飾語由形容詞、副詞、代名詞、介系詞結構及詞組等充當。常用「地」爲標誌。修飾語有時可用在句首。

補語　動詞或形容詞後面的補充成分,表示情狀、結果、可能、程度等,如「跳得高」、「跑得快」中的「高」和「快」。動詞、形容詞、數量詞、代名詞、介系詞結構、詞組都可以做補語。補語前常用「得」爲標誌。

G5－29 名、動：　句讀·標點

句讀　〔名〕古時稱文辭語意完整,語氣停頓的地方叫句;語意未盡,語氣可停頓的地方叫讀。書面上用圈(。)、點(·)來標誌。也稱**句逗**。

圈點　〔動〕在文章的語句停頓處加圈或點,表示句讀;或加在語句的旁邊,表示認爲值得注意的地方:他閱讀時,總是隨手圈點。

標點　〔動〕給原來沒有標點的著作加上標點符號:標點古籍。

斷句　〔動〕我國古書無標點符號,讀書時根據文義並按詞語的長短作停頓,或同時在書上句讀處加圈點,稱爲「斷句」。

破句　〔動〕指在不該斷句的地方讀斷或點斷。

讀破句*　斷句錯誤,把上一句末了的字連到下一句讀,或把下一句頭上的字連到上一句讀。

G5－30 名：　標點符號

標點符號　標號和點號的合稱,是書面語言的不可缺少的輔助工具。標號有引號、括號、破折號、省略號、專名號、書名號、著重號和間隔號,用來標明詞語的性質和作用;點號有句號、問號、感嘆號、冒號、分號、逗號和頓號,用來表示停頓、語氣和句子的結構關係。

標點　❶古書中標示句讀的符號。❷標點符號。

句號　標點符號(。),表示一句話完了之後的停頓。主要用於陳述句,有時也用於語氣緩和的祈使句。

逗號　標點符號(,),表示一句話中間的停頓。複句的分句之間也多用逗號。

分號　標點符號(;),表示複句中並列分句之間的停頓。分號的主要作用是分清層次,分號的停頓大於逗號而小於句號。

頓號　標點符號(、),表示句中並列的詞或詞組之間的停頓。並列各項中如果有層次,有的頓號要升爲逗號。

冒號　標點符號(:),用以提示下文。有時冒號也用來表示總括語之前的停頓。如「她是春天沒有了丈夫的;他本來也打柴爲生,比她小十歲:大家所知道的就只是這一點。」(魯迅《祝福》)

問號　標點符號(?),用在一句問話完了之後的停頓。

感嘆號 標點符號(!)，表示強烈的感情。用於感嘆句或語氣比較強調的祈使句、反問句。

引號 標點符號(橫行文字用「」、''，豎行文字開始時用『、，結束時用』、)，表示文中引用的部分。有時也用來表示特別指出的、需要注意的部分等。

括號 標點符號(()、〔〕)，表示文中注釋的部分。

破折號 標點符號(——)，標明下面是注釋、說明的部分，也表示說話的中斷和口氣的突然轉換。

省略號 標點符號(……)，表示文中省略的部分，也常用來表示說話中語氣的斷續。

著重號 標點符號(．)，用在橫行文字的下邊或豎行文字的右邊，表示文中需要強調的語句。

專名號 標點符號(—)，用在橫行文字的底下或豎行文字的旁邊，表示文中人名、地名、機關團體名之類。

書名號 標點符號(《》或﹏，後者用在橫行文字的底下或豎行文字的左邊)，表明書名，篇名之類。

間隔號 標點符號(·)，又稱音界號。表示有些翻譯人名中的音界，也表示書名和篇名的分界、月份和日期的分界等。例如：「一二·九」、「《荀子·勸學》」。

G5－31 名：　修辭格

修辭格 修辭格式。是為了提高語言表達效果而運用的各種方法和技巧，如比喻、借代、誇張等。也叫**辭格**。

比喻 一種修辭格，俗稱打比方。根據事物間的相似點，用具體熟知的事物來比擬要說的事物，使表達得具體生動，易於了解。如「驕陽似火」，用火比喻太陽的熾熱，使人得到具體深切的感受。比喻分明喻、暗喻、借喻三種。

比擬 一種修辭格。包括擬人和擬物。把物當作人是擬人；把人當作物或把甲物當作乙物是擬物。如「大海懶洋洋地躺在山腳下」。用「懶洋洋」、「躺」這些表示人動作、情態的詞語來使「大海」人格化，整個句子顯得生動形象。

借代 一種修辭格。不稱呼客觀事物本身的名稱，而用與之有關聯的其他名稱來代替。

誇張 一種修辭格。為了突出、強調事物的某些特徵，有意過甚其辭，以加強感染力。如李白《秋浦歌》有詩句「白髮三千丈，緣愁似個長」，「三千丈」便是誇張的詞語。

排比 一種修辭格。用三個以上結構相似的並列語句，把相關的意思連續地說出來，以加強語勢或表示層次。如「趕超，關鍵是時間。時間就是生命，時間就是速度，時間就是力量。」

反覆 一種修辭格。為了強調、突出某種思想或強烈地表現某種感情，而用同一語句反覆申說以加強讀者感受。如「沈默呵，沈默呵！不在沈默中爆發，就在沈默中滅亡。」(魯迅《記念劉和珍君》)

對偶 一種修辭格。由兩個字數相等、結構相同、意義上相關或相反的句子(嚴格的還講究字的平仄聲)構成的句式，如「牆上蘆葦，頭重腳輕根底淺；山間竹筍，嘴尖皮厚腹中空。」

層遞 一種修辭格。用結構相似的語句表示內容層層遞進(或遞退)。如「一年之計，莫如樹穀；十年之計，莫如樹木；終身之計，莫如樹人。」

頂真 一種修辭格。用前一句結尾的詞做後一句的開頭，使相鄰的句子首尾相連，在表達上前後意思緊扣，氣勢連貫。如「茵茵牧草綠山坡，山坡畜群似雲朵，雲朵游動笛聲起，笛聲悠揚捲浪波。」

對照 一種修辭格。把兩種相反的或有差別的事物放在一起加以比較，使說明的事物的特徵更加鮮明突出。如「革命事業需要有一批傑出的革命家，科學事業同樣需要有一批傑出的科學家。」

映襯　一種修辭格。用相似或相反的事物陪襯主要事物，使表現得更加鮮明。甲事物陪襯乙事物，如「個個那麼專心，教室裡那麼安靜！只聽見鋼筆在紙上沙沙地響。」用鋼筆寫字的聲音來襯托教室裡的氣氛。

雙關　一種修辭格。用詞造句時，利用同音或同義的條件，有意使語句字面上是一個意思，同時又隱含著另一個意思。如「春蠶到死絲方盡」句中，「絲」是「思」的雙關語。

婉曲　一種修辭格。故意不直說本意，而用委婉曲折的話含蓄地表達出來。如「你有七畝好田，百年之後還怕沒有人送你還山」句中，「百年之後」、「送你還山」分別是「死」、「給你送葬」的婉曲說法。

引用　一種修辭格。指說話、寫文章時引用名人名言、熟語等作論據。

設問　一種修辭格。在闡述觀點或敘述事實時，故意先提出問題以引起注意。

反問　一種修辭格。用疑問句的形式表示確定的意思。反問的作用是加強語氣，具有較強的說服力。也叫**反詰**。

G5－32 名：　語詞

語詞　泛指詞、片語等語言成分；文句：古代語詞／語詞難懂／語詞淺顯。

詞語　詞和片語；字眼：他仔細地辨別來客每一句話的詞語和音調。

詞句　詞和句子；泛指文章的語言：詞句優美／詞句不通。

文句　文章的詞句：文句生動／文句通順。

字句　文章裡的字眼和句子：字句通俗易懂／斟酌字句。

字眼　語句中用的字或詞：摳字眼／挑字眼／他滿嘴責怪別人的話，都用些不好聽的字眼。

用語　某方面專用或常用的詞語：課堂用語／社交用語／法律用語。

辭藻　詩文中修飾的詞句，常指用以修飾文辭的典故或古人詩文中的現成詞句：辭藻華麗／工於辭藻／堆砌辭藻。

口訣　根據某種技藝的內容要點編成的便於記誦的語句：珠算口訣／他從小就學會了算屬相、念流年的口訣。

歌訣　用有韻或無韻的整齊句子編成的順口能唱的口訣：算盤歌訣／湯頭歌訣（用中藥湯藥用的藥名編的）。

口號　為宣傳某種主張或目標的明顯簡短的詞句，常供口頭呼喊用：喊口號。

標語　宣傳用的書寫的口號。多張貼在公共場所。

G5－33 名：　典故·名句

典故　詩文等作品中引用的古代故事或古書中的詞句：他信中說要負荊請罪，是引用廉頗向藺相如登門謝罪的典故。□**古典**。

典　典故：用典／數典忘祖。

出典　典故的來源；出處：他批評你固執，說的「刻舟求劍」、「膠柱鼓瑟」，都是有出典的。

出處　詞語、典故、引文的來源：「居安思危」古人早就說過，是有出處的。

掌故　歷史上典章制度、人物事跡等的史實或傳說：梨園掌故／他熟悉老出版社的掌故。

名句　出自典籍或名人的著名的精闢的句子或片語。如「橫眉冷對千夫指，俯首甘為孺子牛」是魯迅的名句。

警句　含意精闢、深刻動人的句子：「朱門酒肉臭，路有凍死骨」是杜甫詩中的警句。

G5－34 名：　名稱

名稱　事物的名字，也用於團體或組織（不用於個人）。

名字　名稱；名目：這是一條很小的溪流，沒有一定的名字。

名 名稱;名字:書名/河名/命名。

稱 名稱:通稱/簡稱。

名目 名稱:名目繁多/別有名目。

別名 正名以外的名稱:獅城是新加城的別名。

別稱 正式名稱以外的別名:藩市是舊金山的別稱。

代號 用以代替正式名稱的別名、數碼或字母:部隊代號/產品代號。

俗名 通俗的、非正式的名稱,如番薯的俗名是地瓜。

統稱 合起來的名稱:錯別字是錯字和別字的統稱。

簡稱 字數較多的名稱的簡化形式,如奧林匹克運動會的簡稱是奧運會。

通稱 通常的稱呼,如紅藥水是汞溴紅溶液的通稱。

G5－35 動：　定名

定名 確定名稱;命名(不用於人):新建的劇場定名藝術劇場/他們辦的刊物還沒有定名。

命名 給人或事物以名稱:這個圖書館以學校創辦人的名字命名。

取名 選取名稱:這份報紙取名爲《紐約時報》。

叫做 (名稱)是:這東西叫做影印機。

稱 叫;叫做:隊員們都稱她是小甜心。

統稱 合起來叫:被子和褥子統稱被褥。

通稱 通常稱爲:螢通稱螢火蟲。

簡稱 用簡縮的詞語代替較複雜的名稱:加利福尼亞洲簡稱加州。

G5－36 名：　意義

意義 語言文字或其他信號所包含或表示的內容:你這些話的意義,我還不大明白/文言比起白話來,有時字數的確少,然而那意義也比較含糊。

意 意義;意思:辭不達意/言外之意。

義 意義:釋義/一詞多義/望文生義。

意思 意義;含義:我對這些詞句的意思還沒有完全理解/這篇文章的中心意思是明確的,積極的。

含義 涵義 詞句等所包含的意義:這段話的含義極爲深刻/對這句詩的含義有不同的理解。

歧義 語言文字的意義不明確,有兩種或幾種可能的解釋,如「關心同學的弟弟」,可以解釋爲某人去關心他的同學的弟弟,也可以解釋爲弟弟是關心同學的人。

疑義 不理解或可以懷疑的含義或道理:奇文共欣賞,疑義相與析/如有疑義,可以發問。

G5－37 動：　釋義

釋義 解釋字詞或文章的意義。

音義 注解典籍中文字的讀音和意義,多用作書名,如《毛詩音義》、《爾雅音義》等。

釋文 ❶考訂、辨認古文字,如甲骨文字、金石文字等。❷解釋古代典籍中字詞音義,多用於書名,如《楚辭釋文》、《經典釋文》。

顧名思義* 看到名稱而聯想到它的意義。

斷章取義* 引用別人的話,不顧全文的原意,而只截取其中一段或一句的意思。

望文生義* 看到詞句,不了解它的確切意義,只從字面上牽強附會地作出錯誤的解釋。

G6　常用虛詞

G6－1 連：　並列關係

和 連接類別或結構相近的並列的詞或詞組:我和你/數量和品質/賣菜的人和買菜的人。

跟 連接並列的名詞、代名詞。多用於口語:養成良好的學習習慣跟方法/我跟他都愛好文學。

同 表示平等的聯合關係,一般連接名詞、代名

詞:物理同化學我都喜歡／我同他都住在學
校。

與　連接並列的詞、詞組。多用於書面:戰爭與
和平／推動環保與資源回收／他不願讀書,只
想學做生意與賺大錢。

及　連接並列的名詞或名詞性詞組。連接多項
時,往往用在最後兩項之間:自然及人類／兩
岸的田畝及疏落的村屋／鋼鐵、煤碳、電力及
其他工業。

以及　連接並列的詞、詞組或分句。所連接的內
容,在前後之間往往有層次或先後主次之分:
加強漢族和各兄弟民族以及各兄弟民族之間
的團結／他問我那裡的氣候怎麼樣,農業生產
怎麼樣,以及當地老鄉的生活怎麼樣等等。

而　連接並列的或語意相承的形容詞、動詞或分
句:少而精／戰而勝之／經驗是寶貴的,而經
驗的取得又總是需要付出代價的。

而且　連接並列的形容詞、動詞、詞組或分句:柔
軟而且光滑／她們能唱歌,而且能跳舞／他是
我的好同事,而且還是我的好老師。

甚至　連接並列的詞、詞組或分句,用在最後一
項前,表示突出:航船用太陽、月亮、星星甚至
人造衛星來測定船位／在城市,在農村,甚至
在偏僻的山區,都流傳著這個動人的故事。
□甚至於;甚而至於。

甚而　甚至。多用於書面:同學幫我租房子,粉
刷牆壁,甚而送家具給我。

甚或　甚至。多用於書面:他的這番議論,同學
們不大理解,甚或完全不理解。

或者　表示兩種以上事物或情況交替或並存:同
學們暑假中有各種活動,或者去外地旅遊,或
者參加夏令營,或者進游泳訓練班／人們對整
個世界的看法叫做世界觀,或者宇宙觀。

或　或者,表示交替或並存。多用於書面:他每
月或多或少,總匯點錢回家／他們以為我可
欺,或糾纏,或責罵,或誣衊,鬧個沒完。

以至　表示在時間、數量、程度、範圍上的延伸,
有「直到」的意思:試驗一次不行,就兩次、三
次以至幾十次、幾百次。□以至於。

G6-2 連:　遞進、承接關係

不但　常和「而且」、「並且」、「還」、「也」、「反而」
等相呼應,表示除所說的意思之外,還有更進
一層的意思:新技術不但提高了產品品質,而
且降低了生產成本／這樣做不但解決不了問
題,反而會增加矛盾。

不僅　不但。常用在「是」前:這不僅是我個人的
看法,也是大家的看法。

不單　不但:我生病住院時,同學們不單常來看
我,而且還幫我補習功課。

不光　不但:學生不光要學習好,而且要身體好。

不只　不但:老人不只叫得出我的名字,還記得
我是哪一屆的學生。

不獨　不但:這個觀光果園不獨水果品質好,景
色也很迷人。

不特　〈書〉不但;不僅:古人之文,不特一篇之中
無冗複,一集之中亦無冗複。

不惟　〈書〉不但;不僅:一天一天過去,不惟人沒
有來,關於他的消息也漸漸聽不到了。

而且　連接並列的形容詞、動詞、副詞、分句,表
示意思更進一層。前面常有「不但」、「不僅」
等,連接分句時,後面常有「還」、「也」、「又」、
「更」:我們不僅善於節流,而且更擅長開源。

何況　用反問語氣表示前後比較,更進一層的意
思:對素不相識的人他都願意幫助,何況對多
年的鄰居。

而況　何況。多用於書面:他對父母老師的勸導
完全不聽,而況對你這個一般的朋友。

進而　表示在已有的基礎上進一步:我們完成了
第一階段的任務,進而為下一步工作打開了
局面。

別說　連接前後兩項,貶低一項藉以突出另一

項。常同「即使(就是)……也」、「連……也」等
配合使用:別說美國、日本我去過多次,就是
歐洲、澳洲,我也都到過。

慢說　漫說　別說。多見於早期白話:慢說是狗,
就是狼,我也不怕/慢說我不會飲酒,就是會
飲,今天這酒我也不能喝。

非但　相當於「不但」,但不及「不但」常用:他非
但沒有生氣,反而來安慰我。

況且　表示進一步申述或補充理由。常和「又」、
「也」、「還」等配合使用:我是不怕寂寞的,況
且還常有人來聊天。

尚且　提出明顯的事例作比較,下文常用「何
況」、「更」等呼應,表達更進一層的意思:說話
尚且要有條理,何況寫論文? /小孩尚且能做
到,更別說你是個大人。

並且　連接並列的動詞、形容詞或分句,表示意
思進一層:提案已經討論並且通過/房子寬敞
並且明亮/他不但嘴上這麼說,並且行動上也
這麼做。

並　並且。多用於書面:提前並超額完成了本年
生產任務。

再說　表示進一層意思:大家都很忙,再說星期
天可能下雨,我看這次郊遊就取消罷。

同時　連接分句。表示具有兩方面特點,常有進
一層的意思:我們要狠抓工程進度,同時也要
保證工程品質/造林可以保持水土,同時也可
以制止流沙。

從而　表示結果或進一步的行動:兩大企業合
併,從而使產量大增/我們要正視困難,從而
有足夠的精神準備來戰勝困難。

另外　表示承接,提出上文說過的以外的事。可
連接分句、句子或段落。多用於口語:請你把
這份表格給總經理送去,另外告訴總經理有
幾名廠商想見他。

此外　除此之外;另外:他喜歡游泳、打籃球、看
足球,此外還常找機會去爬山。

然後　表示一件事情之後接著又發生另一件事
情:我先去銀行、郵局,然後再上他家。

G6－3 連:　轉折關係

但是　表示轉折,引出同上文相對立的意思,或
限制、補充上文的意思。表達的重點在「但
是」以後:這項工程難度很大,但是,我們一定
要克服困難,按時完成/這篇文章篇幅短小,
但是含義豐富。

但　但是。多用於書面:我已寫了兩封信去,但
還沒得到答覆。

可是　表示轉折;但是。常用於口語:我離開家
鄉已經許多年了,可是鄉音未改。

可　可是:他嘴裡不說,可心裡很不痛快/事情
說起來容易解決,可實際上並不簡單。

而　連接意思相對或相反的詞、詞組或分句,表
示轉折。多用於書面:視而不見/費力小而收
效大/我們大家爭論得非常激烈,而你在一旁
一言不發。

然而　同「但是」,多用於書面,一般不同「雖然」
配合:他學習成績優異,自信心很強,然而對
同學十分謙虛。

不過　表示轉折。語氣比「但是」輕。多用於口
語:他倆的意見是一致的,不過說法不同而已
/這件衣服很好看,不過我穿不一定合適。

只是　表示轉折,語氣比「但是」、「不過」輕:星期
天的活動一定很有趣,只是我身體不好,不能
參加了。

反之　表示轉折,從相反的方面說。用在兩個分
句、句子或段落中間,引出同上文相反的意
思:虛心學習,持之以恆,就能取得成績,反之
將一事無成。

固然　❶表示轉折。先確認某一事實,然後下文
轉入相反的意思。常同「但是」、「可是」、「卻」
等配合:困難固然很多,但我們一定能克服。
❷先表示確認某一事實,接著同時也應承認

另一事實,轉折較輕。常同「也」、「更」等配合:
你說的固然不錯,他說的也有道理。

G6－4 連:　因果、目的關係

因爲　表示原因或理由。用在複句的偏句中,常
跟正句的「所以」相呼應:因爲路上阻車,所以
很多人上班都遲到了／我今天不去開會,因爲
沒有接到通知。

因　因爲。多用於書面:因身體不好,不能如期
出席會議。

由於　表示原因;因爲:用於前一分句,後一分句
開頭可用「所以」、「因此」、「因而」等。多用於
書面:由於松樹的樹幹裡含有樹脂,因而木質
耐腐性很強。

鑑於　〈書〉覺察到;考慮到。用在偏句的頭上,
表示正句行爲的原因或依據:鑑於連日暴雨,
河水猛漲,各地務要加強防洪措施,確保堤岸
安全。

所以　表示結果或結論。一般用於複句後一分
句開頭;有時也用於前一分句,同後面「是因
爲」、「是由於」相呼應:開會的地點離家很遠,
所以他一早就出門了／我所以不相信,是因爲
上過當了。

因此　表示結果或推論。用在複句正句的開頭,
常和偏句的「由於」、「因爲」相呼應:他辦事公
道,因此得到大家的信任／由於事先作了充分
準備,因此工作推動得很順利。

因而　連接分句,承上文的原因或理由,引出下
文的結果或推論:他以助人爲樂,見義勇爲,
因而受到群衆的讚揚／由於我們工作中難免
有一些缺點甚至錯誤,因而虛心接受別人的
批評非常必要。

可見　連接分句、句子或段落。表示下文是根據
前文所說的事實作出的判斷、結論:這本書一
上市就賣完了,可見很受讀者的歡迎。

以　〈書〉表示目標或結果。用在詞組、分句中

間:積極採用新技術,以提高產品品質／努力
節約存錢,以達成留學的夢想。

以至　表示由於上文所說的情況而產生的結果:
她英文說得那麼好,以至人們都把她當成是
美國人。也說**以至於**。

以致　表示由於上文所說的原因而造成的結果,
多指不好的或說話人不願出現的結果:他事
先不調查研究和徵求意見,以致定出的辦法
處處行不通。

以便　表示上文的動作、行爲是使下文所說的目
標容易實現。用於後一分句開頭:報刊閱畢
請放回原處,以便大家查閱。

以免　用在後一分句的開頭,表示希望避免發生
某種情況。多用於書面:應該總結一下教訓,
以免再發生類似的問題。

省得　以免。多用於口語:請你早點兒把信帶給
他,省得他再來取。□**免得**

G6－5 連:　假設關係

如果　表示假設。用於前一分句,後一分句推斷
出結論或提出問題,常用「那麼」、「就」等呼
應:如果再不下雨,就要鬧乾旱了／如果你能
來,那就請把討論的有關資料都帶來。

如　〈書〉如果:如有錯漏,請予改正／如同意,請
簽名!

假如　如果:假如大家都同意,那麼這件事就這
麼決定了。□**假若;假使**。

倘若　表示假設。多用於書面:倘若你有困難,
我另外再想辦法。□**倘使;倘或;倘然**。

倘　〈書〉倘若:我倘可以幫忙,自然仍不規避。

果然　表示事實與所說或所料相符,用於前一分
句,下一分句指出將有的結果:那裡果然像你
說的那麼好玩,我們一定抽空去一次。

果真　果然;事情果真是這樣,那我就太高興了。

要是　表示假設;如果。多用於口語:要是下雨,
你還去不去?

要 要是;如果。多用於口語:你要不答應,我可
　　就沒辦法了。

否則 如果不是這樣。用在後一分句的頭上,指
　　出不按前句所說的去做將有的結果:快點走
　　吧,否則來不及了/蟲害要及時除治,否則後
　　果十分嚴重。

不然 如果不這樣;否則。表示由前句假設的事
　　實推出的結果或結論:各項工作必須加緊進
　　行,不然就無法如期完成計畫/一定是火車誤
　　點了,不然的話,他早到了。

要不然 要是不這樣;否則:假設語氣較重。多
　　用於口語:快寫封信吧,要不然家裡人會著急
　　的。也說**要不**。

G6－6 連:　條件關係

無論 用在有疑問代名詞或選擇性詞語的分句
　　之前,表示在任何條件下都有同樣的結果或
　　結論。常和「都」、「也」、「總」等呼應:無論困難
　　有多大,我們也一定要完成任務/無論颱風還
　　是下大雨,他都堅持去跑步。□**不論**。

不管 用在有疑問代名詞或並列詞組的分句前,
　　表示不受任何條件限制,都有同樣結果,多用
　　於口語:不管遇到什麼挫折,我的決心是不會
　　變的/不管刮大風還是下大雨,他都開車到山
　　上給學生上課。

不拘 不論;不管:她脾氣好,不拘聽見別人說她
　　什麼話,都不在意。

任憑 無論;不管。後面多有疑問代名詞,常和
　　「都」、「也」、「還是」等呼應:任憑我怎麼努力,
　　他還是不滿意/任憑障礙重重,我們也要勇往
　　直前。

任 任憑:任他多麼狡猾,我們也不會上當。

憑 任憑。多用於口語:憑大家怎麼勸說,他就
　　是不肯去。

管 表示行動不受任何條件限制,相當於「不
　　管」。多用於口語,語氣較強烈:管他什麼人,

做了錯事就應該批評。

隨 有「不管」、「無論」的意思,表示不受條件限
　　制:隨你怎麼說,他就是不願意去。

只有 表示唯一的條件。從正面指出必須的條
　　件,後面多用「才」相呼應:只有你的話他才肯
　　相信/只有你去請,他才肯來。

只要 表示具有必要的條件;下文常和「就」、
　　「都」、「便」等相呼應:只要大家團結一條心,
　　這點困難就一定能克服。

既然 提出已成為現實的或已肯定的前提作為
　　條件或原因,推出結論或者提出疑問,常用
　　「就」、「也」、「還」等相呼應:既然你不願意,那
　　我也就不勉強了/既然他決心不參加,你也不
　　要再去勸說了。

既 既然。多用於書面:既決定去,就不要猶豫,
　　趕緊準備行裝。

除非 表示唯一條件。從反面強調不能缺少某
　　個條件,常同「才」、「否則」配合著用:除非你
　　點頭,他才敢去/除非生了病,否則他一定會
　　來的。

G6－7 連:　讓步關係

雖然 表示讓步,先承認某事為事實,再指出同
　　某事相反或不一致的另一事實。常同「但
　　是」、「可是」、「還是」、「可」等配合使用:他雖然
　　年紀很大,但是做起事情來勁頭比得上年輕
　　人。

雖 雖然。不能用在主詞前。多用於書面:他
　　年少,但經歷的事情可不少。

雖說 〈口〉雖然:雖說他只念過小學,可是店裡
　　凡是寫、算的事全靠他。也說**雖說是**。

儘管 表示讓步:儘管想不通,他還是去了。

即使 表示假設兼讓步。先提出一種假設情況,
　　再指出結果不因假設而轉移:即使你說破了
　　嘴,他也不會聽你的意見。

即便 即使。多用於書面:即便一宿不睡,我也

不睏。

即令 即使:即令你要放走他,他也跑不掉。

即或 即使:這小孩很挑食,你即或煮得再豐盛,他也沒啥胃口。

即 〈書〉即使:即無外力支援,亦應設法按期完成任務。

就是 即使。後面常用「也」呼應:他聽報告非常認真,就是有一兩句沒聽清楚,他也一定要問個明白。

就 〈口〉就是;即使:你就不說,我猜得出八九分來。

縱然 即使。多用於書面:這事縱然會遇到困難,我們也不能動搖,一定要堅持下去。□**縱使;縱令**。

哪怕 表示假設兼讓步。多用於口語:哪怕你們都不去,我也去／哪怕有些人還有不同意見,我們也要堅持原則,耐心說服他們。

不怕 〈方〉哪怕:不怕天氣再冷,他也要到公園做早操。

G6－8 連: 選擇關係

與其 表示通過比較,捨棄某事而選擇另一事。用在捨棄的一面,後面用「寧可」、「不如」、「毋寧」等配合:與其屈辱而生,寧可壯烈而死／與其我們到他那裡去請教,不如請他來作一次講演。

還是 表示選擇。常用於選擇問句:你吃饅頭,還是吃米飯? ／他們參加還是不參加這次展售會,應該有個確定的答覆。

或者 表示選擇:同意或者反對,你都得表個態／或者你來,或者我去,都行。

或 或者,表示選擇。多用於書面:或有或無／你能來參加或不能來,請回信。

G6－9 連: 表示列舉、總括

一來 列舉理由、目標或條件等。不單用,常同

「二來……,三來……,四來……」連用:我不想去參加這次活動,一來我對活動內容不感興趣,二來身體也不太好。

一則 表示列舉,與「一來」相當。多用於書面。常同「二則(再則)……,三則……」等連用:在歸途上,我走得很慢,一則腳痛,二則疲乏無力。

總之 總括起來說。承接上文,表示下文是總括性的話:乒乓球、籃球、排球、足球、網球,總之,凡是球類運動他都喜歡／總之,學生一定要好好學習,將來才能有所作為。□**總而言之**[*]。

G6－10 介: 表示動作的時間、處所、方向

在 ❶表示時間:會議在上午八點準時召開／事情發生在六十年代。❷表示處所:陽光照射在水面上／馬在草地上奔跑。

於 用於書面。❶表示時間:他於一九九九年出國留學／來信於前日收到。❷表示處所、來源:葡萄柚盛產於美國加州／優異成績來自於勤奮學習。❸表示方向、目標:獻身於科學事業／工程接近於完成。

當 ❶表示事件發生的時間。多用於書面:當我回來的時候,他已離家走了。❷表示事件發生的處所:請你當大家的面把事情解釋清楚。

臨 表示動作行為將要發生,一般用在動詞前:臨走時,他依依不捨同大家握別／臨開會他才通知我會上也要發言。

趕 表示動作、行為等到將來某個時候才發生。多用於口語:目前工作太忙,趕年底我才能來。

趁 表示利用時間或機會。可加「著」:希望你趁空去看一看／趁著你們正年輕,要多學習些文化知識。

乘 〈書〉趁：乘勢／乘虛而入／乘勝追擊。

從 ❶表示時間、行動等的起點：從早到晚／從學校回來。❷表示經過的路線、場所：從林中小道走。

自從 從。指過去的時間起點：自從去年九月入學，他還沒回過家／自從搬到這裡以後，他生活方便多了。

自 〈書〉從：自古以來／來自農村／自上而下。

由 從。表示起點或來源：由淺入深／由東面進入操場／由去年開始／產量由一百斤提高到150斤／由群眾中選出代表。

打 〈口〉從。表示起點或經過的地方、路線：打前天起／打鎮裡回來／打左面小巷穿過去往東走。

順 表示經過的路線。可加「著」：順藤摸瓜／順著這條道往前走。

沿 順。可加「著」：沿街叫賣／沿著荷塘，是一條曲折的小煤屑路／沿著前人開闢的道路前進。

向 表示動作的方向。可加「著」：向前看／向高處走／奔向二十一世紀／向著科技化城市的目標前進。

朝 表示動作面對的方向。可加「著」：朝南走／我們都朝著他招手。

往 表示動作的方向，常用在動詞後：這列火車開往杭州／救援物資運往災區。

望 表示動作的方向或處所。常用在動詞前：望下跳／望學校跑／水望低處流／你該望哪裡走。

G6－11 介： 表示動作的對象、目標、範圍

為 引進動作的受益者：為祖國爭光／為人民服務／為治理環境污染找到了新途徑。

給 引進動作行為的對象、承受者或發出者：給他寫封信／給業餘愛好者上課／給你添麻煩了／我的書給小弟弟撕破了。

替 為；給。用在名詞或代名詞前：我是替你著想／大家都替他高興／他在船上替人家做飯。

同 引進動作的對象；跟；向：我同你商量一件事／我打電話同他談過了。

向 引進動作行為的對象，用在動詞前：向你們學習／向學校說明情況／向困難作鬥爭。

跟 引進與動作有關的對象：你應該跟大家說清楚／她小時候老是跟媽媽淘氣。

對於 引進動作的對象或涉及的事或物：對於這個問題，各人發表了自己的看法／這種殺蟲劑對於人畜無害。

對 ❶指示動作的對象；向：他對我發脾氣／我對他說了實話。❷對於：這幾年，人們對環境保護的重要意義提高了認識。

於 ❶表示對象；對；對於：有益於人民／於事無補／滿足於已有的成績。❷表示範圍；在：於無意中透露了這個消息／聞名於世界／於繪畫、書法之外，他還擅長篆刻。

把 跟名詞結合，用在動詞前。❶名詞是後面詞的受動者，表示處置或致使：把地掃乾淨／把桌上的書放回書架／把問題搞清楚／別把身體累壞了。❷名詞表示動作的處所或範圍：把屋前屋後再清掃一遍／把全城所有書店都跑遍了。❸後面的名詞指當事者，表示發生不如意的事情：待發的文件很多，偏偏把打字員病了。

拿 引進處置的對象；把；對：不要拿別人開玩笑／他整天隨隨便便，拿工作不當一回事。

將 〈書〉把。用於對人或事物的處置：已將你要的詞典托人帶去／春風將維也納河兩岸吹綠了。

管 〈口〉把。專與動詞「叫」配合使用：大伙管他叫「機靈鬼」。

連 ❶表示包括：這次休假連來回兩天共十天／連這一車共運了八車。❷引進要強調的動作

的對象、時間和處所：他連傘也沒拿，就冒著雨上學去了／他連中學也沒讀完／他連星期日也不肯閒著／他連大門也沒讓我們進，別說屋裡了。

關於 引進動作涉及的事物或範圍：關於國際問題，大家都很有興趣／認眞貫徹關於知識分子的政策。

除了 ❶表示所說的不計算在內：除了老王，其他人都到了／這件事，除了他誰也不知道。❷表示所說的之外，還有其他：他除了英語，還懂日語。□除開；除去。

除 除了。後面與「外」、「以外」、「而外」、「之外」等呼應。多用於書面：全班學生除一人因病請假外，其餘都準時到校了。

至於 引進另一話題：至於個人安危，他早已置之度外／至於其他問題，就以後再討論吧。

就 引進動作的對象或範圍：大家就文風問題發表了看法／就我個人來說，是完全同意的／就字面看，這段話並不難懂。

在 表示範圍：在學習方面，他抓得很緊／在這些問題上，他都有獨到的見解。

從 表示範圍，常同「到」配合使用：從小孩到老人，都喜歡看電視／他的興趣很廣，從集郵、書法到釣魚、烹飪，無不愛好。

和 引進動作的對象；跟；對：我想找時間和你談談／他們是和你開玩笑，你別計較。

G6－12 介： 表示動作的 原因、目的

爲 表示動作的原因、目標。可加「了」、「著」：你不該爲一點小事發脾氣／爲眞理而鬥爭／爲了如期完工，我們必須抓緊每一個環節。

以 表示動作的原因；因爲；由於。常與「而」配合：不以奪得冠軍而驕傲自滿／這裡以旖旎的熱帶風光而聞名於世。

由於 表示原因或理由：由於材料問題，開工日期又推遲了／他不能來出席會議，完全是由於健康關係。

因爲 表示原因或理由：她從來不因爲家務多而放鬆學習／絕不能因爲取得一些成績就沾沾自喜。

因 〈書〉因爲：因小失大／因病請假／因故停演。

G6－13 介： 表示動作的 憑藉、根據

用 引進動作行爲憑藉的工具、方式或者手段等：請用鋼筆塡寫／他會用左手寫字／用生命保衛祖國／不要用老眼光來看新事物。

拿 引進動作所憑藉的事物、方法等，意思與「用」同：拿鉛筆寫字／他常拿自己失敗的經驗告誡徒弟們／就拿這些材料來寫報告，內容恐怕不夠充實。

以 表示動作的憑藉或方式；用；拿：以實際行動響應黨的號召／他以出色的表演贏得了陣陣掌聲。

由 ❶表示動作的憑藉、來源或方式等：由他最近的態度，可知他不會贊成這件事的／水是由氫和氧合成的／孩子們由老師帶著去春遊了。❷引進動作的施動者。有「(某事)歸(某人做)」的意思：會議由總經理主持／展售會籌備工作由他負責。

歸 引進事情的負責者。意思與「由」相似。多用於口語：這項工作歸你負責／材料歸你管，工具歸我管。

依照 表示以某種標準爲行動的依據：依照法律程序辦理／依照上級指示執行。

依 依照：依次排隊／這件事完全依著他的意見辦理。

按照 表示遵從、根據某種標準行動；依照：按照原計畫進行／按照規定的期限完工。

按 按照:按質論價／按期交貨／按人口平均計算。

照 依照;按照:照章辦事／就照你說的辦。

根據 表示以某種事物作爲論斷的前提或言行的基礎:不能根據他一個人的報告就作決定／根據社會實際需要設立專業學科。

據 依據:據理力爭／據我們了解／據報導,地鐵南段即將完工。

憑 引進動作憑藉、依據的人或事物:憑票入場／要提高生產量光憑紙上作業是不行的／他憑什麼反對我的意見?

從 表示憑藉、根據:從實際情況出發／從口音,我聽出他是浙江人。

論 ❶表示以某種單位爲計算標準:論斤出售／論鐘點計算工資。❷表示按照某方面來說:論體力,他在我們中間是最好的／論工作兒,他比誰都勤快。

鑑於 覺察到;考慮到。用於名詞子句前,引進行爲的依據:鑑於他們的錯誤,自己更謹慎一些／鑑於去年江水氾濫成災的教訓,今年已採取了一系列防洪措施。

隨著 組成介系詞詞組,表示行動或事件的發生所依據的條件:隨著生活水準的提高,人們的消費觀念有了很大的改變／語言是隨著社會的產生而產生,隨著社會的發展而發展的。

隨 〈書〉隨著;依據:隨機應變／隊伍隨擊鼓聲進退。

本著 表示按照、根據某種準則:本著科學的理念辦事／本著實事求是的精神處理問題。

本 〈書〉本著:希本此方針,採取適當措施。

通過 引進達到某種目標的媒介或手段:通過返校同學轉達了我對老師的問候／通過暑期下鄉調查,他了解了農村經濟的許多實際情況。

G6－14 介: 表示共同、相關、比較

跟 ❶表示共同,協同。多用於口語:你去跟他商量一下。❷表示與某事有無聯繫:這事跟你沒有關係。❸引進比較異同的對象:跟他父親一樣,他也喜愛文學。

和 ❶表示共同,協同;跟:他經常和大家一起工作。❷表示與某事有無聯繫:這事和他有關。❸引進用來比較的對象:今年的白菜價和去年一樣。

同 跟;和。多用於書面。❶表示共同,協同:這家上市的高科技公司同某研究所合作試製新產品。❷表示與某事有無聯繫:他同這件事有關係。❸引進用來比較的對象:她性格同她姊姊不一樣,她姊姊沈默寡言,她卻愛說愛笑。

與 跟。多用於書面:與此事無關／與衆不同／人腦的形成和發展是與勞動、社會實踐分不開的。

比 用於比較(性能、狀態和程度):他比你能幹／今年天氣比去年暖和／過了冬至,白天一天比一天長了。

於 表示比較。常用在形容詞或動詞後:人民的利益高於一切／上半年的產值相當於去年同期的一倍。

G6－15 介: 表示被動、致使

被 表示被動:❶引進動作的施動者:我被一陣雷聲驚醒／他被選爲代表。❷用在動詞前,不點明施動者:意見沒有被採納／敵人被打退了。❸同「所」相呼應,帶有文言色彩:被風雪所阻／我被他的熱情所感動。

讓 引進動作的施動者;被。可同「給」配合著用。多用於口語:參考書都讓他拿去了／衣服

讓雨水給淋濕了。

叫 引進動作的施動者；被。可同「給」配合著用。多用於口語：事情叫你弄糟了／零用錢叫弟弟給丟了。也作**教**。

給 表示被動；被：書給他拿走了／敵寇給我們打跑了。

爲 被。常同「所」合用。多用於書面：爲別人看不起／爲事實所證明／人人都爲他的精神所感動。

於 表示被動：足球友誼賽主隊負於客隊／這間四合院建於一百年前。

把 表示致使。同名詞結合，用在動詞前，引進受動者：可把我累壞了／他們把嗓子喊啞了／把我凍得直哆嗦。

G6－16 助：　表示時態

了 ❶用在動詞或形容詞後面，主要表示動作或變化已經完成：我已經通知了小張／看了電影再去購物／這幾年頭髮白了許多。❷用在句末，主要肯定事態出現了變化或即將出現變化：下雨了／他已經睡了／快放假了／這道題，我會算了(本來不會，現在才會)。

著 ❶表示動作正在進行：正吃著飯，他來了／她攙著奶奶慢慢兒走著。❷表示狀態的持續：外面飄著雪花／門關著，燈還亮著／還早呢，太陽還斜著呢。❸用在連動式第一個動詞(或形容詞)後，表示方式、手段等：冒著大雪上山／紅著臉說／急著上班／握著我的手不放。

過 ❶用在動詞後，表示動作完畢：吃過飯再說／電影已經放過了。❷用在動詞後，表示過去曾經有這樣的事情：這事我聽說過／我見過他好幾回。

來著 〈口〉用在句末，表示曾經發生過什麼事情：昨天你是不是去游泳來著？／你忘記了老師怎麼告訴我們來著？

來 〈口〉來著：剛才我怎麼跟你說來？

矣 〈書〉用在句末，表示已然、將然，與「了」相當：由來久矣／悔之晚矣／吾將仕矣。

G6－17 助：　輔助語詞結構

的 ❶用在詞、詞組後面，表示這個詞、詞組和後面的詞語是修飾或領屬關係：我的書／群眾的利益／美麗的花朵／管理企業的知識／對問題的看法。❷用在詞、詞組後面，組成名詞性的「的」字結構：來的客人都是男的／菊花盛開，黃的、白的、紅的都有／街邊滿是擺攤的。

地 用在形容詞、動詞或詞組後，表示前面是修飾語：爽朗地笑／雨不停地下／或多或少地有了些進步。

得 ❶用在動詞或形容詞後面，連接表示程度或結果的補語：打掃得乾乾淨淨／好得很／緊張得透不過氣來。❷用在動詞後面，表示可以、能、允許：這種蘑菇吃得／他去得，我也去得／他這個人批評不得／他看得清楚，我卻看不清楚。

者 用在詞、詞組後面，相當於「的」，組成「者」字結構，表示人或事物：老者／弱者／得勝者／失意者／學者／科學工作者／二者必居其一。

所 ❶用在動詞前面，指代動作的對象，組成名詞性詞組。多用於書面。a)加「的」修飾後面的詞或詞組：所起的作用／生產所需的原材料／觀眾所熟悉的一位名演員。b)代替名詞，加「的」或不加：所談的都是無關緊要的事／他所知道的並不多／所見所聞／所答非所問。❷跟「爲」、「被」配合，表示被動：爲實踐所證明／被表面現象所蒙蔽。

之 〈書〉❶用在修飾語和中心語中間。大致相當於「的」：無價之寶／赤子之心／其中之一／三個月之前。❷用在主謂結構之間，使變爲名詞性詞組：形勢發展之迅速，出乎預料／這裡風景之優美、氣候之溫和，都令人留戀。

們　附在指人的名詞或代名詞後邊,表示多數:人們/同志們/店員們/我們/他們。

來　附在數詞後,量詞前,表示大概的數目:十來天/三十來歲/一百來人/九斤來重/四尺來長。

把　附在「百」、「千」等數詞或「裡」、「丈」、「斤」等量詞後,表示近於這個單位的概數(前邊不能再加數詞):百把塊錢/斤把重。

第　加在整數或數詞詞組前邊,表示次序:第一/第二次/第二十二中學/第四、五兩章。

等　❶附在並列的詞語後面,表示事物列舉未盡,有時表示有所省略:小李、小張、小王等許多人都去了/筆記本、鉛筆等都帶去了。❷列舉之後歸總,一般在後面指出前列各項的總數:歐洲有多瑙河、維也納河、萊茵河等美麗、浪漫的河流。

等等　表示列舉未盡,同「等」❶,語氣稍重。

G6－18 助:　表示語氣

啊　呵　❶用在句末,表示肯定、讚嘆、疑問、請求、催促等語氣:這話說得是啊/這房子多高啊/是誰啊?/吃啊,別客氣。❷用在句子中間,表示停頓或列舉等:他啊,就是這麼個人/蔬菜啊,水果啊,魚啊,肉啊,蛋啊,源源不斷地運到城裡去。

呀　「啊」的音變。同「啊」:說呀,別害怕呀!/他的話呀,你不能全信。

哇　「啊」的音變:才幾天功夫哇/他歌唱得多好哇!

哪　「啊」的音變:大家留神哪!/快來看看哪!

嘛　麼　❶用在陳述句末尾,加強肯定的語氣,表示道理很明顯,本應如此:情況很好嘛/不會,就邊做邊學嘛!❷用在祈使句末尾,表示期望、勸阻等語氣:你好好想一想嘛/不讓你去,就別去嘛!❸用在句中停頓處,以強調後面的話:這個問題嘛,我們再研究一下。□㿜。

的　❶用在陳述句末尾,表示肯定的語氣:這道題,我會算的(本來會算)/魚挺新鮮的/告訴了他,他會生氣的。❷用在句首某些詞組後,強調原因、條件、情況等:大白天的,還怕找不到路?/平白無故的,怎麼生起氣來啦?

了　❶用在陳述句末,表示肯定的語氣:這個辦法最好了/糟太了,湯太鹹了/我已經買了車票了。❷用在祈使句末,表示催促、勸止等語氣:別再去打攪她了/走了,走了,不能再等了/我已經買了票了,你別再買。

啦　「了」和「啊」的合音,兼有「了」和「啊」的作用:❶用在句末,肯定事態出現了變化或即將變化:下雨啦/吃飯啦/天冷啦。❷用在句末,表示喜悅、驚奇、氣憤、疑問等語氣:我們又勝利啦/你連老同學都不認識啦!❸用於生動的列舉:不管是針啦、線啦、鈕釦兒啦、胭脂粉啦,貨郎擔上什麼都有。

喲　用在句末,表示祈使:大家快來喲,一齊賣力兒喲!

唄　❶用在句末,表示道理簡單,無須多說的語氣:不懂就問唄。❷用在句末,表示容易解決,不在乎的語氣:你再跟他談談不就得了唄/你願意走就走唄,沒人攔你。

給　用在表示處置、被動的句子的動詞前,加強語氣:他把書給整理好了/院子讓我們給打掃乾淨了/杯子給打碎了一個。

嗎　麼　❶用在是非問句末尾,表示疑問:外頭下雨了嗎?/你沒聽見那件大新聞嗎?❷用於反問句末,表示反問,帶有質問、責備語氣:這像話嗎?/這道理不是很明白嗎?

呢　❶用於問句末,表示疑問或反問的語氣:你打算什麼時候走呢?/這個辦法,他同意不同意呢?/你們都知道了,我怎麼沒聽說過呢?❷用在陳述句末,表示確認或強調的語氣,這場雨可真不小呢/這裡算什麼,紐約才熱鬧呢。❸用在陳述句末,表示持續的狀態:他看

電視呢/屋裡燈還亮著呢。❹用在句中,表示停頓帶有轉折的語氣:其實呢,他們也是同意的/有呢,最好;沒有呢,也不要緊。也作**吶**。

著　用於動詞或表示程度的形容詞後,加強命令、提醒或囑咐等語氣:拿著!/記著!/慢著!/慢慢兒著!/慢著點兒。

著呢　用在形容詞或類似形容詞的詞組後,表示程度很高:日落巴黎鐵塔的景致好看著呢/別著急,日子長著呢/他們倆好著呢/我想你著呢(我非常的想你)。也作**著吶**。

吧　❶用在句末,表示命令、請求、建議、催促等語氣:快說吧/咱們走吧。❷用在問句末尾表示疑問、揣測的語氣:你不會沒聽說吧?/你是新來的吧?❸用在句中,表示停頓、轉折的語氣:就拿老王來說吧,他從不計較工作時間長短。❹用在「好」、「行」、「可以」等後面,表示同意或認可,是一種應答語:好吧,就照你說的辦/就這樣吧,照原計畫繼續做下去。

罷了　用在陳述句末尾,表示僅此而已,前面常跟「不過」、「無非」、「只是」等詞呼應:我不過盡了一點分內的責任罷了/他說這些話,無非提醒你以後不要再這樣做罷了。

而已　〈書〉用在陳述句末尾,表示不過如此,意義、用法與「罷了」相當:這不過是我個人的意見而已。

也罷　❶表示容忍,只得如此。有「算了」的意思:你不說也罷,我們遲早會知道/也罷,他不參加,我們就自己做。❷連用兩個或兩個以上,表示在任何情況下都是如此:你哭也罷,笑也罷,鬧也罷,我就是不同意!

也好　同「也罷」。語氣較輕:這種事情不知道也好,知道了反倒會不愉快。

似的　是的　用在詞或詞組後面,表示跟某種情況或事物相像:我們好像從前在什麼地方見過似的/時間彷彿像長了翅膀似的飛掠過去。

的話　用在假設分句的末尾,表示假設並引起下文:如果你明天有事的話,我們後天再動身/他實在不同意的話,也不要勉強他。

起見　跟「為」配合,表示目標,有強調的語氣:為醒目起見,他用紅筆加了圈/為安全起見,他們不走小路。

不成　用在句末,表示反問或推測的語氣:難道一定要我親自去不成?/今天她沒來,莫非又是生病了不成?

乎　〈書〉❶表示疑問、反問或揣測:不亦樂乎?/王侯將相寧有種乎?❷表示感嘆:抑何其不諒乎!

也　〈書〉❶表示判斷或解釋的語氣:非不能也,是不為也/此開卷第一回也。❷表示疑問、反詰或感嘆的語氣:何其久也?/是何言也?/何其智之明也!❸用在句中,表示停頓:大道之行也,天下為公/是日也,天朗氣清,惠風和暢。

哉　〈書〉❶表示疑問、反詰的語氣:何哉?/如此而已,豈有他哉!❷表示感嘆的語氣:嗚呼哀哉!/壯哉勇士!/燕雀安知鴻鵠之志哉!

焉　〈書〉用於句末,表示陳述或肯定的語氣:有厚望焉/寒暑易節,始一返焉。

者　〈書〉用在詞、詞組、分句後面表示停頓:風者,空氣流動而成/三光者,日、月、星/如有違章者,必追究責任。

兮　〈書〉用在句末或句中,表示語氣,相當於「啊」。多用於詩歌中:大風起兮雲飛揚/力拔山兮氣蓋世。

G6－19 嘆:　表示驚訝、贊嘆

啊　呵　表示驚異或贊嘆:啊,這裡的風景多美!/啊!這是多麼驚人的奇蹟!

啊　表示驚異或讚嘆(音較長):啊,祖國,我為你歌唱。

哎呀　表示驚訝:哎呀!你瘦多了!/哎呀!你畫得可真好啊!

哎哟 表示很驚訝:哎喲! 你也會在人跟前哭窮!

嗬 表示驚訝:嗬! 這老外中國話說得真好!

嗄 表示驚訝:嗄! 這瓜真大! ／嗄! 你們來得這麼早。

嚄 表示驚訝:嚄,這事是他一手造成的!

喔唷 表示驚訝:喔唷! 一學期學雜費要十萬元。

嘻 表示驚嘆:嘻! 好堅強的性格!

啊 表示驚疑:啊,這是誰搗的鬼?

欸 表示驚異:欸,怎麼就他沒有來!

嘿 表示驚異:嘿,你手腳可真快!

咳 表示驚異或感嘆:咳! 真有這麼不合理的事! ／咳! 說起來真叫人傷心。

呀 表示驚異:呀,怎麼搞的,車子又壞了!

喲 表示輕微的驚異:喲,這裙子是你自己做的?

咦 表示驚異:咦,你怎麼在家裡,又沒去上學?

嘖 表示讚嘆、驚異等。常疊用:嘖嘖稱賞／嘖,好拳腳! ／嘖,那裡的學習環境太好了!

G6－20 嘆: 表示惋惜、懊悔

嗐 表示惋惜或傷感:嗐,這個球沒踢進,太可惜了! ／嗐,這幾夜把人眼睛都熬紅了。

咳 表示後悔或傷感:咳,這事都怪我不好! ／咳,醫生說他的病不好治啦。

嗳 表示懊惱、悔恨:嗳,這步棋走糟了!

哎呀 表示惋惜或埋怨等:哎呀,這麼好的機會錯過了／哎呀,你怎麼不早說呢!

唉 表示傷感或惋惜:唉,沒想到後來再也沒見到他／唉,好好的一套書丟了一本。

嗚呼 烏乎 〈書〉表示悲傷或感嘆:嗚呼哀哉! ／嗚呼! 英年早逝,可哀也已! ／嗚呼,「每逢佳節倍思親」。

G6－21 嘆: 表示疑問、不滿意

嗯 表示疑問:嗯,他回去了? ／嗯,身體不舒服嗎? 也作唔。

唔 表示疑問:唔,你說什麼?

哦 表示驚訝、疑問:哦,他也去參觀? ／哦,還有這麼一說?

啊 表示追問:啊? 你到底同意不同意?

嗳 表示不同意或否定:嗳,這事與你沒有關係／嗳,這事你別管。

欸 表示不以為然:欸,話可不能這麼說。

哼 表示不滿意或不相信:哼,看不出你也會撒謊。

嚇 表示不滿:嚇,你怎麼又這麼晚才來?

嗯 表示出乎意料或不以為然:嗯,信封又用完了? ／嗯,我會隨意亂說嗎?

噢 表示申斥或不滿意:噢,你還不好好學習。

呸 表示斥責或鄙視:呸! 你別胡說八道! ／呸! 這個敗類!

哎 表示驚訝或不滿意:哎! 想不到會出這樣的事／哎! 這不關你的事,你別管。

啐 表示鄙視或斥責:她生氣地低聲說:「啐,沒良心的!」

噓 表示制止、提醒等:噓! 小聲點! 別驚醒他。

噓 〈方〉表示不滿意、制止、驅逐等:噓! 腳步輕一點／場裡一片「噓」聲,把他趕下臺去。

G6－22 嘆: 表示應諾、領悟、招呼等

啊 ❶表示應諾(音較短):啊,那你就借一本給他吧。❷表示明白過來(音較長):啊,寫信的原來就是你。

唉 表示答應:唉,我聽見了,馬上就過來。

欸 表示答應或同意:欸,我這就去! ／欸,就這樣辦吧。

唔 表示應諾:唔,就這麼辦。

哦 表示領悟:哦,我明白了。

喔 表示了解或領悟:喔,原來你們是同學／喔,

是這麼回事。也作噢。

嗯　表示應允或肯定：他點點頭，嗯了一聲／他隨口回答：「嗯。」

哈　表示得意或滿意（多疊用）：哈，我沒有說錯吧／哈哈，這盤棋我贏了。

嘿　表示招呼或使人注意：嘿，老張，到這邊來／嘿，別忘了替我也買一本。

欸　表示招呼：欸，請幫一下忙！

啞　表示招呼：啞，你去哪裡去？

喏　表示讓人注意自己所指的事物：喏，你的書在這裡！／喏，這個字要這樣寫。

喂　招呼的聲音：喂，你的電話／喂，你走時喊我一聲。

G7　閱讀·寫作

G7-1　動：　閱讀

閱讀　看文字、書報並領會其表達的意義：閱讀報刊／提高閱讀能力／馬克思能閱讀歐洲許多國家的文字，並能用德、法、英三種文字寫作。

讀　閱讀：默讀／這篇文章該讀一讀／提高讀寫水準。

默讀　不出聲地讀（書）：把課文默讀一遍。

讀書　❶閱讀（不出聲）書籍；誦讀（出聲）書籍：讀書聲／讀書心得。❷指上學，學習功課：我七歲入小學讀書／他在校讀書很用功。

閱　閱讀；閱覽：閱報／這本書借我一閱。

閱覽　看（文字、圖表等）：閱覽報刊／展出宋元明清瓷器，供大家觀賞。

翻閱　翻著看（書籍、文件等）：翻閱畫報／這本書我沒細看，只是翻閱了一下。

披閱　〈書〉翻閱：披閱文件／全書已披閱一過。
　□披覽。

傳閱　傳遞著看：這份文件大家已經傳閱過了。

博覽　廣泛閱覽：博覽群書／讀書，博覽之外，還要有選擇。

泛覽　廣泛閱讀；博覽：泛覽經籍／如有餘暇，可以看看各樣的書，即使和本業毫不相關的，也要泛覽。

精讀　仔細深入地閱讀：這部著作要精讀，深入理解它的內容和精神。

熟讀　仔細閱讀並深刻理解：這幾部經典著作都是他熟讀的。

通讀　把書或文章從頭到尾閱讀完畢：這幾個劇本我已通讀過了。

瀏覽　大略地看：他隨意翻著報紙，瀏覽一下大標題／我們讀任何好作品，哪怕只是瀏覽，也可以得到啟發。

涉獵　粗略地閱讀：他對經史子集，無不涉獵／從他的詩詞裡可以看出他對古典文學，涉獵相當廣博。

G7-2　動：　誦讀

誦讀　發出聲音地讀：誦讀詩文／朝夕誦讀／室內傳出朗朗的誦讀聲。

誦　❶讀出聲音來；朗讀：誦詩／誦經。❷背誦：熟讀成誦／過目成誦。

讀　看文字、書報發出聲音；誦讀：讀報／你把有關條文讀一讀。

念　誦讀：念課文／請你把這封信念給我聽。

朗讀　把文章清晰響亮地念出來：朗讀課文／他為大家朗讀了他的新作。

宣讀　當眾朗讀（布告、文件等）：宣讀政府布告／宣讀論文。

朗誦　高聲而有感情地誦讀（詩文）：她為我們朗誦了高爾基的《海燕》。

諷誦　〈書〉朗讀；誦讀：諷誦詩書／抑揚諷誦。

傳誦　流傳並被很多人誦讀：傳誦一時／他的詩在群眾中廣為傳誦。

背誦　憑記憶把讀過的文章或詞句念出來：他對

一篇好文章,總要反覆熟讀,直到能夠背誦／他會背誦的唐詩,超過三百篇。

背　背誦:背臺詞／背條文／他把書本合上,就在老師面前背起來。

背書　背誦念過的書:他倒剪雙手,一邊踱步,一邊背書。

記誦　默記和背誦:他把杜甫詩集放在案頭,隨時翻閱,以便記誦／有些幼時讀的詩文,至老猶能記誦。

G7－3　動:　吟咏

吟咏　❶用詩歌抒發感情;作詩詞:吟咏情性／他在黑暗中閉目吟咏,摸索著寫下四十多首詩。❷有節奏地誦讀詩文;吟誦:吟咏古詩／我反覆吟咏品味這位詩人的舊作。

吟　吟咏:吟詩／抱膝長吟／吟風弄月。

咏　❶用一定的腔調緩慢地讀或唱:吟咏／歌咏。❷用詩詞等寫景抒情:咏梅／咏雪／咏史／咏懷。

咏嘆　吟咏,歌咏:他用抒情的調子咏嘆／他獨自在屋裡看書,常常低聲咏嘆。

吟哦　吟咏:他手拿一本唐詩吟哦著。

吟味　吟咏玩味:他反覆吟味這兩句李商隱的詩。

G7－4　動、名:　注解

注解　❶〔動〕用文字解釋字句:注解古籍／研究並注解魯迅的著作。❷〔名〕解釋字句的文字:《文選》的注解有數種,以李善所注最為精善／這個唐詩選本的注解準確、簡明。□**注釋**。

注　❶〔動〕用文字解釋書、文中的字句:批注／註明典故的出處。❷〔名〕解釋字句的文字:附註／腳注／文中的人物、事跡都在後面加了注。

疏　〔名〕闡釋古書及其舊注的文字:注疏／義疏／箋疏。

注疏　〔名〕注(對經書字句的注解)和疏(對注的注解)的合稱,如《十三經注疏》。

注文　〔名〕注解的文字:鄭玄注經,最為簡約,其注文有少於經文者。

釋文　❶〔名〕解釋詞語音義的文字,多用於書名,如《經典釋文》、《楚辭釋文》。❷〔動〕考釋古文字(甲骨文字、金石文字等)。

釋義　❶〔動〕解釋詞義或文義:釋義精當。❷〔名〕解釋詞義或文義的文字:這條釋義十分貼切。

詮釋　〔動〕說明;解釋:對古籍進行考證、詮釋。

詮解　〔動〕解釋(文字):文字艱深,頗費詮解／我把這首詩分段地詮解在下邊。

詮注　〔動〕詮解注釋:詮注經文。

訓詁　❶〔動〕對古書中字句作解釋。訓,指解釋詞義;詁,指用現代通行的話解釋古代語言文字或方言詞義。❷〔名〕解釋古書字句的文字。□**詁訓**。

集注　〔名〕匯集諸家對於某一古籍的注解,或加上自己的見解。多用作書名。如《詩經集注》、《論語集注》。也叫**集解;集釋**。

考釋　〔動〕考證並解釋古文字或古代文獻。

箋注　〔名〕古書文義的注釋:那些學者的箋注亦暫不刊布,因為他們自己說研究尚未成熟。

夾注　〔名〕夾在書中正文下的注解,字體較正文小,多用雙行。

腳注　〔名〕印在書頁下端的注解。

注腳　〔名〕解釋字句的文字:給這段話下一注腳。

附註　❶〔動〕對正文作解釋或補充說明:書中譯音下都附了英文原名,其再見者則不復附注。❷〔名〕補充說明或解釋正文的文字,多放在篇後或一頁的末了。

備註　〔名〕表格上預留的欄目內所附加的必要的注解說明。

備考 ❶〔動〕留作參考:存檔備考。❷〔名〕(書冊、文件、表格)供參考的附錄或附注。

G7-5 動: 參考

參考 為了學習、研究或了解情況而查閱、利用有關資料:他為完成這篇論文,參考了大量的資料/這些與問題有關的材料,可供你參考。

參照 ❶參考對照:譯者參照了幾個譯本,才弄清了作者這句話的原意。❷參考並依照(方法、經驗等):我們可以參照他們的經驗制定方案。

參看 ❶學習、研究或寫作時參考其他材料:這幾篇文章都可供你學習時參看/他重譯這部名著,有數種前人譯本可以參看。❷注釋用語。指示讀者閱讀其他有關材料作參考。□**參閱**。

參見 參看。注釋用語。

查閱 翻檢(文件、書報雜誌等)閱讀有關資料:查閱文獻/查閱檔案。

翻檢 翻動查閱(文件、書籍等):翻檢索引/他接過書隨手翻檢了幾頁。

G7-6 動: 引用

引用 用別人的言論或事例作根據:文中引用魯迅的兩句話/他的論文曾被國內外刊物多次引用。

引 引用:引經據典/旁徵博引。

引證 引用別人的言論或事例來證明:他引證許多古今的故實來說明自己論點的正確。

徵引 引用;引證:徵引經典/徵引歷代文人的吟咏作為教材。

摘引 摘錄引用:摘引杜甫詩句。

援引 引用援引法律條文/援引成例/他聽過許多人援引這句名言。□**援用**。

用事 〈書〉指文學作品中引用典故:宋詩用事有絕工者,字字天然。

引經據典* 引用經典著作的語句或故事作為根據。

旁徵博引* 為了論證充足,多方面地、大量地引用材料作為依據。

G7-7 動、名: 批注

批注 ❶〔動〕對書、文加批語並注解:批注《三國演義》。❷〔名〕批語和注解:《紅樓夢》的各家批注他都看過了。

批點 〔動〕在書籍、文章上加批注和圈點:批點杜詩/《忠義水滸傳》百回本是李贄批點的。

批閱 〔動〕閱後加批語或批示:批閱文件/批閱試卷。

評注 〔動〕評論並注釋:選定古今詩,稍加評注/標點和評注《水滸傳》。

批語 〔名〕❶對文章或人的評語。❷在文件上批示的話。

眉批 〔名〕在書頁或文稿的上端空白處所寫的批注:抄本第三回上端有墨筆眉批一條。

朱批 〔名〕評校書籍時用朱筆寫在書頁上的批語。

G7-8 動: 書寫

寫 用筆在紙上或其他東西上做字:寫字/寫大楷/寫標語。

書 書寫;記錄:書不盡言/大書特書/奮筆疾書/罄竹難書。

書寫 寫:書寫條幅/書寫潦草/親自書寫。

手寫 親手書寫:這是他手寫的一本龔自珍己亥雜詩。

筆 寫:代筆/親筆/筆之於書。

題 寫上:題名/題字/題詞。

簽 親自寫上姓名或提出簡要的意見:簽字/請簽上姓名/請簽個意見。

走筆 〈書〉很快地寫:走筆疾書/走筆如神。

開 寫出;開列:開發票/開藥方/開介紹信/教

師開的參考書目。

揥 寫字時用毛筆蘸墨並在硯上調勻墨汁:揥筆
　　/飽揥濃墨。

濡筆 〈書〉蘸筆書寫或繪畫:磨墨濡筆/濡筆題
　　詩。□濡毫。

G7－9 動： 抄寫

抄寫 按照原文寫下來:抄寫課文/抄寫參考資
　　料。

抄 抄寫;謄寫:把文件照抄一份/稿子如已抄
　　好,請帶來。

錄 記載;抄寫:照錄不誤/有聞必錄。

抄錄 抄寫:他把學到的文言詩詞用本子抄錄下
　　來/她抄錄得很快,字跡有些潦草。

過錄 把底本上的文字照樣抄在另一個本子上,
　　也指照原稿抄寫:你把這些浮記的開支過錄
　　到帳上去。

謄 抄寫;謄寫:請把這份報告謄一下。

謄寫 照底稿工整地抄寫:他把稿子謄寫清楚,
　　交給報社。

謄錄 謄寫抄錄:謄錄文稿。

謄清 謄寫清楚:謄清稿子。

繕寫 抄寫;謄錄:繕寫公文/繕寫協議書。

繕 繕寫:議定書用兩種文字各繕一份。

打字 指早期人們用打字機把文字打在紙上:這
　　位女打字員打字速度很快。

複寫 用複寫紙夾在白紙之間書寫,一次可以寫
　　出若干份:請把這個報告複寫三份。

G7－10 動： 習字
（參見 M7－9 畫·寫,M7－10 字帖）

習字 練習寫字:習字用紙/習字作業。

描紅 早期兒童初學毛筆寫字時,在一種印有紅
　　色楷字的習本摹寫:初學毛筆字的人通常都
　　是先描紅,熟悉後再臨帖。

摹寫 模寫 照著樣子寫:摹寫字帖/她看著識
　　字課本在練習簿上認真地摹寫。

臨池 漢代書法家張芝經常在池邊練習寫字,用
　　池水洗硯,使池水變黑了。後因以臨池指練
　　習書法:有寫字天分的人學習書法,也要有十
　　年臨池的工夫,才會有成就。

臨 對照書畫範本摹仿學習:臨畫/他對照字帖
　　聚精會神地臨著。

臨帖 仿照字帖學習:他臨帖學習書法,進步很
　　快。

G7－11 動： 填寫·默寫

填寫 在表格、單據等空白處,按要求寫上文字
　　或數字:填寫報表/填寫申請書。

填 填寫:填表/請填上姓名住址/把日期填錯
　　了。

默寫 憑記憶把讀過的文字寫出來:默寫一遍課
　　文。

默 默寫:默生字/默課文。

G7－12 動、名： 提行·落款

提行 〔動〕書寫或排版時另起一行:我在行文中
　　另起一段時,忘記提行了。

跳行 〔動〕❶書寫時另起一行。❷抄寫或閱讀
　　時漏去一行。

抬頭 ❶〔動〕舊時書信、公文等行文中遇到涉及
　　對方時另起一行書寫,以表示尊敬。❷〔名〕
　　舊時書信、公文等開行文抬頭的地方。現在
　　指信件、票據或單據上寫收件人或收款人的
　　地方。

落款 ❶〔動〕在書畫、書信、禮品等上面題寫姓
　　名、稱呼、年月等:這幅他剛畫完,還沒有落
　　款。❷〔名〕書畫、書信、禮品等上面題寫的姓
　　名、年月等:條幅下端的落款是他的別號。

上款 〔名〕送人的書畫、禮品,給人的書信等上
　　端題寫的對方的姓名、稱呼等。

下款 〔名〕送人的書畫、禮品、給人的書信等上面所寫的自己的名字。

G7－13 動： 塗抹

塗 亂寫亂畫；隨意地寫字或畫畫：別在紙上亂塗。

塗鴉 唐盧仝《添丁詩》：「忽來案上翻墨汁，塗抹詩書如老鴉。」後因用「塗鴉」比喻寫或畫得很壞。多用做謙辭：這是小兒塗鴉之作。

塗抹 隨意地寫或畫：信筆塗抹／孩子正在我的稿紙上塗抹著。

畫拉 塗寫潦草：他匆匆忙忙地畫拉了這封信，讓我帶給你。

東塗西抹* 胡亂塗抹。常用作自己寫作或繪畫的謙詞。

G7－14 動、名： 記錄

記錄 紀錄 ❶〔動〕把說的話、發生的事用文字寫下來或用錄音、攝影等形式保存下來：記錄會議的主要內容／口供已用錄音機全部記錄下來／影片真實地記錄了戰場的情景❷〔名〕當場記錄下來的材料：會議記錄／談話記錄。❸〔名〕做記錄的人。

記 ❶〔動〕把話或事寫下來：記事／記功／寫日記／記下地址。❷〔名〕記錄、描述事物的文章：日記／筆記／遊記／《登泰山記》。

記載 ❶〔動〕把事情寫在文章或書冊裡：這本書真實地記載了他奮鬥的一生。❷〔名〕記載事情的文字：最早的歷史記載／查閱地方誌中關於地震的記載。

記述 〔動〕用文字記錄；敘述：這篇報導記述了這個村莊的變化。□**記敘**。

記事 〔動〕記錄國家大事、史事。泛指記錄事情：記事冊。

紀要 記要 〔名〕記錄要點的文字：新聞紀要／工作紀要／會談紀要。

著錄 〔動〕記載；記錄：親筆著錄／銷售排行上的名次，與市場調查所著的很不同。

手記 ❶〔動〕親手記錄。❷〔名〕親筆寫的日記、筆記等：這件事在他晚年的手記中有簡要的記載。

速記 ❶〔名〕用一種簡便的記音符號或詞語縮寫符號迅速地把話記錄下來的方法：她只用一星期就學會了速記。❷〔動〕迅速地記錄。特指用速記方法記錄：我一面聽，一面速記在一個本子上。

G7－15 動、名： 筆記・摘記・日記

筆記 ❶〔動〕用筆記錄：他聽課專心，筆記速度也快。❷〔名〕聽講或讀書時的記錄：讀書筆記／學習筆記。❸〔名〕一種以隨手記錄的短文為主的著作體裁，內容大都為見聞、故事、感想、讀書心得等。

筆錄 ❶〔動〕用筆記錄：凡見聞所及，隨時筆錄。❷〔名〕筆錄下來的文字：他們的筆錄和我的本意不合。

筆談 ❶〔動〕用在紙上寫字代替談話或發表意見：我和這位日本朋友用漢字作筆談來互相了解。❷〔名〕一種筆記類著作：宋沈括著有《夢溪筆談》。

摘記 ❶〔動〕選取要點記錄：他的講話很重要，我摘記了和我們工作有關的部分。❷〔名〕摘記下來的內容：讀書摘記。

摘錄 〔動〕選取需要的抄寫下來：摘錄研究資料／從報刊上摘錄一條新聞。□**摘抄**。

摘要 ❶〔動〕摘錄要點：摘要發表／摘要公布。❷〔名〕摘錄下來的要點：內容摘要／談話摘要／論文摘要。

摘引 〔動〕摘錄引用：這份材料摘引自《紐約時報》。

節錄 ❶〔動〕從整篇文字裡摘抄一部分：他借來參考書籍，親手節錄重要的部分。❷〔名〕摘

錄下來的部分:原文太長,這裡發表一部分節錄,供讀者參考。

隨筆 〔名〕❶聽講、讀書隨手所做的筆記。❷一種散文體裁,篇幅短小,形式靈活,內容一般以敍事、抒情或評論爲主。

漫筆 〔名〕一種相當於隨筆的文章。多用於文章題目或書名:燈下漫筆/《戒庵老人漫筆》(明李翊著)。

日記 〔名〕每天對所做的事、見聞、感想等的記錄:日記簿/工作日記/他每天寫日記。

G7－16 動、名: 附記·留言

附記 ❶〔動〕附帶記述:現在把順便補看的幾個地方撮述一二附記在這裡。❷〔名〕在正文以外附帶的記述文字:在自己的作品書後寫跋、寫附記。

附言 〔名〕在正文後面附帶說明的話。

附筆 〔名〕❶書信後面另外加上的話。❷正文後面附帶的說明。

附錄 〔名〕附在正文後面與正文有關的文章或參考資料。

留言 ❶〔動〕訪人不遇或離開某地時留下要說的話:來訪者請留言。❷〔名〕留下的話(多指用書面形式的):留言簿。

留題 ❶〔動〕在參觀或遊覽的地方題字留念:留題於寺中。❷〔名〕留題的文字:樓上四壁滿是前人的留題。

G7－17 名: 文具

文具 筆墨紙硯等書寫用品的總稱。

文房四寶＊ 書房中常備的筆、墨、紙、硯四種文具的統稱。文房:書房。

書籤 ❶貼在線裝書封面上的紙或絹條,或懸在捲軸一端的竹或牙片,上面寫或印著書名。❷夾在書裡作爲閱讀進度標記的小片,多用紙或塑膠等製成。

鎭紙 寫字、畫畫、閱讀時用來壓紙、壓書的文具,用金屬或石等製成,多爲尺狀。也叫壓尺。

回形針 一種「回」字形的別針,多用於別紙。

大頭針 用來別紙的一種針,頭上有個小圓疙瘩。

橡皮 用橡膠或其他材料製成的文具,能擦掉石墨或墨水的痕跡。

吸墨紙 一種質地疏鬆用來吸收墨水的紙。

謄寫鋼版 刻蠟版時墊在底下的鋼板,有網紋,多鑲在木板上。「版」也作「板」。簡稱**鋼板**。

打字機 用手打出類似印刷字符的機器。可代替手工書寫、抄寫和複寫,也可打字在蠟紙上然後油印。打字機的字符可安置在杆端或圓盤輪、圓筒的周圍。中文打字機和日文打字機通常採用字盤揀字方式。

G7－18 名: 紙

紙 寫字、繪畫、印刷、包裝等用的片狀纖維製品,主要由植物纖維製成。西元一〇五年中國蔡倫用桑皮、漁網、破布等爲原料造出紙張。中國的造紙術後來傳向西方,自十九世紀起主要用木材造紙。紙的品種現已有六百種以上。

紙張 紙的總稱。

紙頭 〈方〉紙。

竹紙 用嫩竹做原料製成的紙。

毛邊紙 一種用竹纖維製成的毛筆書寫用紙。淡黃色,帶有竹簾紋印。也用來印刷古籍。

毛太紙 類似毛邊紙而稍薄,色稍暗,多產於江西、福建。

連史紙 一種毛筆書寫和古籍印刷用紙。用竹子做原料,紙質潔白細密。產於江西、福建等省。

元書紙 一種供書寫或作簿籍用紙。產於浙江。

桑皮紙 用桑樹枝條的皮做的紙,質地堅韌。

皮紙　用桑樹皮、楮樹皮或筍殼等製成的紙。紙質柔韌而薄。用於糊窗、製造雨傘和作謄寫蠟紙的原紙等。

綿紙　用樹木的韌皮纖維製的紙。色白、柔韌，纖維細長如綿。多用做皮衣襯墊、鞭炮捻子等。

高麗紙　用桑樹皮製造的綿紙。色白，質地堅韌。多用來糊窗戶和做皮衣襯裡。

宣紙　中國特產的高級書畫用紙。產於安徽宣城、涇縣。用檀樹皮及稻草爲原料製成。紙質潔白，綿軟堅韌，吸墨均勻，不易蛀蝕，適於長期存放。

道林紙　一種高級膠版印刷紙及書寫紙。因最初爲美國道林(Dowling)公司製造而得名。

有光紙　一種一面光一面毛的薄型紙。可用來單面書寫、印刷或包裝等。

白報紙　印報或印一般書刊用的紙。也叫**新聞紙**。

複寫紙　一種塗有蠟質顏料供抄寫及打字複寫用的紙。有單面、雙面兩種。

蠟紙　❶表面塗蠟的紙，具有防潮作用，可用於製作燈籠和包裹東西等。❷以皮紙爲原紙用蠟浸過製成的紙，供刻寫或打字後，做油印底版用。

油紙　塗上桐油的紙。堅韌耐折，能防潮濕。多用於製傘和包東西等。

牛皮紙　一種色澤黃褐、紙質堅韌、拉力很強的紙。用硫酸鹽木漿製成，用途甚廣。

羊皮紙　❶用羊皮做成的像紙的薄片，歐洲古代用於書寫。❷一種經化學處理製成的紙。不透油和水，厚而結實。用於油脂、食品及藥品等的包裝。

玻璃紙　一種用紙漿經過化學處理或用塑膠製成的紙。紙質薄，透明或半透明，可染成各種顏色。有防潮、防油性能。供包裝或裝飾用。

錫紙　一種金屬紙。銀白色，用於包裝、捲烟等。

草紙　用稻草爲原料製成的紙，色黃，質地粗糙，多用做包裝紙或衛生用紙。

馬糞紙　用稻草、麥秸爲原料製成的板狀的紙。黃色，質地粗糙。用於製作紙盒等。

土紙　古代的一種粗紙。現指手工造的紙。

仿紙　兒童練習寫毛筆字用的紙，多印有格子。又叫「仿格紙」。

稿紙　供寫稿用的紙，印有分行的小方格和供改稿用的直行空格。

G7 – 19 名：　筆

筆　寫字和繪畫的工具。如：毛筆、鉛筆、鋼筆、粉筆、原子筆等。

毛筆　用兔、羊、鼬、狼、雞等動物毛製成的筆。筆管以竹或其他質料製成。

羊毫　用羊毛做筆頭的毛筆。

狼毫　用黃鼠狼的毛做筆頭的毛筆。

水筆　❶毛筆的一種，用於寫小楷及畫水彩畫。筆頭一般用兩種毛做成，裡面是羊毛或兔毛，以便保存水份；外面裹以狼毛，使筆鋒勁挺。❷〈方〉指鋼筆。

湖筆　浙江湖州製造的毛筆。是著名的產品。

朱筆　蘸紅色的毛筆，多用於批點或校閱書籍、文稿，批改學生作業等。

鋼筆　筆尖用金屬製成的筆。一種用筆尖蘸墨水寫字，筆尖可以更換。另一種筆桿內有貯存墨水的裝置，寫字時墨水流到筆尖，吸一次墨水可以使用相當長的時間，這種有貯存墨水裝置的，也叫**自來水筆**。

金筆　用黃金的合金做筆頭、用銥的合金做筆尖的鋼筆。

蠟筆　用顏料攙在蠟裡製成的筆，有多種色彩，用於繪畫。

粉筆　在黑板上寫字作圖用的筆。用熟石膏粉加水攪拌，灌入模型凝固製成的條狀物。一般爲白色，也可混以顏料，成爲各種顏色粉

筆。

石筆 用滑石製成的筆,用來在石板上寫字。

鐵筆 ❶刻印章用的小刀。因爲用刀代替筆,故名。❷也指刻蠟紙用的筆。筆頭是用鋼製造。

原子筆 用油墨書寫的一種筆。筆芯是個小管,裝有油墨,小管尖端是個小鋼珠,書寫時鋼珠轉動使油墨均勻地流出。

鴨嘴筆 製圖時畫墨線用的文具,筆頭由兩片弧形鋼片合成鴨嘴形。兩片中間空隙可貯墨水,墨水可從兩片尖端的縫隙流出畫成線條。

筆心 ❶鉛筆中心用石墨製成的芯子。❷原子筆的中心部分,包括筆頭及與筆頭連接的裝有顏料油的小管。也作**筆芯**。

筆頭 筆的用以書寫的部分。

筆尖 筆頭的尖端部分。

筆桿子 ❶筆上手拿的部分:這筆桿子是竹子做的。❷指筆:他就愛動動筆桿子寫點東西。也作**筆桿**。

筆帽 套在筆頭上用來保護筆尖的套子。

筆套 ❶即筆帽。❷用線、絲織成或用布做成的裝筆的小袋子。

筆架 用來擱筆或插筆的架子,多用陶瓷、竹木、金屬等製成。

筆筒 插筆的筒形器具,多用陶瓷、竹木等製成。

筆洗 用來洗涮毛筆的器皿,用陶瓷、石頭等製成。

G7－20 名： 墨·硯

墨 書寫繪畫用的顏料,用煤煙或松煙等製成方或圓的短條,使用時和水研成墨汁:筆墨紙硯/研墨/蘸墨/墨太濃了。

墨汁 用墨和水研成的汁,也指由碳黑與液態膠調和後再以水稀釋製成的黏性液體。供書寫或繪畫用。

墨水 ❶墨汁。❷供書寫、影印、繪圖等用的有色液體,是用染料和化學藥品製成的水溶液。用於書寫的墨水顏色很多,有藍黑色、紅色、純藍色、黑色、綠色等,可供灌注鋼筆用。

朱墨 用朱砂製成的墨。用於朱筆書寫。

徽墨 舊安徽徽州(今歙縣)出產的墨,以品質、裝飾並佳著稱於世。

墨盒 一種銅製的文具,是方形的或圓形的小盒,內放吸含墨汁的絲綿,供寫毛筆字時蘸用。也叫**墨盒子**。

墨水池 一種放置桌上的文具,以玻璃爲主要材料製成,一般上有兩個並列的帶蓋的圓形小池,用來盛不同顏色的墨水。

硯 研墨的文具,有石製的,也有瓦製的。通稱**硯臺**。

硯池 凹形的硯。也指硯一端貯水的地方。

硯槽 硯一端貯水的地方。

端硯 用廣東高要縣端溪出產的石頭製成的硯臺,石質堅實細潤,雕琢精美,是硯臺中的上品。

G7－21 名： 簿·冊·摺

簿 供書寫或登記事項用的本子:練習簿/記錄簿/簽到簿。也叫**簿子**。

簿冊 記載事項或賬目的簿子。□**簿籍**。

冊 古代指編連在一起的竹簡,後來指紙張裝訂成的書本、簿子:畫冊/花名冊/紀念冊。也叫**冊子**。

冊籍 簿冊;書本。

本 紙張裝訂在一起而成的東西;冊子:書本/帳本/作業本/戶口本。

拍紙簿 紙的一邊抹膠黏住,便於一頁一頁撕下的一種本子。

折子 用紙摺疊或裝訂成的小本子,多用來記事或記帳。

折 折子:奏摺/存摺。

G7－22 動： 寫作

寫作 寫文章或進行文學創作:寫作課/練習寫

作/寫作回憶錄。

寫　寫作:寫詩/寫日記/寫小說。

著作　以文字成系統地表達知識、意見、思想、感情等;寫作:他著作這部書,用了十年的工夫。

著　寫作;著作:著書立說/這部書爲唐人所著。

著述　著作;編纂:他從青年時就從事著述工作。

撰　寫作;著述:撰文/撰稿/這篇賀詞是他預先撰好的。

撰寫　寫作:序文是他請友人撰寫的。

撰著　寫作;著述:撰著史書。

撰述　撰寫;著述:撰述先烈生平的事迹。

行文　組織文字,表達意思;寫作:行文流暢/行文要注意措詞。

作文　寫文章。多指學生練習寫作:作文簿/每週作文一次。

綴文　〈書〉連綴詞句成爲文章;作文:幼年能綴文/博覽史籍,尤工綴文。

修　〈書〉寫;編撰:修書/修史/修縣誌。

編　創作;編寫:編歌詞/編劇/編童話。

編寫　利用和整理現成的資料寫成書或文章:編寫語文教學參考書/編寫宣傳提綱。

編製　編寫;編撰:編製索引/編製歌曲。

編撰　編輯撰著:編撰文學史/編撰教科書。

殺青　古人製作竹簡,將竹火炙去水分後,削去青色表皮,以便書寫和防蛀,叫做「殺青」。一說古人著書,初稿寫在青竹皮上,取其易於改抹,改定後再削去青皮,寫在竹白上,叫做「殺青」。後泛指寫定著作。

筆耕　舊時指以寫作、抄寫等工作代替耕種來維持生活。

爬格子＊　比喩從事寫作。格子,指稿紙。

著書立說＊　撰寫著作,提出和確立自己的論點。泛指從事著作。

著作等身＊　著作與作者的身高相等。形容某人的著作極多。

G7－23　動：　執筆

執筆　用筆寫作或繪畫;特指經集體討論由個人擬訂成文:他正在執筆寫回憶錄/這個劇本是幾個人共同討論,由他執筆的。

命筆　〈書〉使筆;用筆。指執筆寫作或繪畫:欣然命筆。

下筆　用筆寫或畫。特指開始寫或畫:下筆成章/下筆千言/無從下筆。

著筆　下筆;落筆:今晨著筆,明日可完。

落筆　下筆:他是經過了周密思考才落筆的/萬語千言,竟不知從何落筆。

落墨　落筆:大處著眼,小處落墨。

涉筆　動筆;著筆:涉筆成趣/偶一涉筆。

走筆　運筆快寫:走筆疾書/走筆如飛。

揮毫　運用毛筆寫字或作畫:乘興揮毫/當衆揮毫。

揮灑　揮毫灑墨,指寫文章、作書畫時運筆自如:對客揮灑/揮灑自如。

開筆　❶舊指學生開始學做詩文:這孩子八歲就開筆做文章。❷一年中開始寫字或作詩文:新春開筆。

親筆　親自動筆寫:親筆信/這借據是他親筆寫的。

代筆　替人做文章、書寫信函或其他文件:母親口授一封信由女兒代筆/他這份書面報告,也是秘書代筆的。

捉刀　〈書〉曹操叫別人代替自己接見匈奴使臣,自己持刀立在牀頭(見《世說新語·容止》)。後來用「捉刀」指代別人做文章。

擱筆　停筆;放下筆。指中止寫作或繪畫:我本也可以就此擱筆,不再發表意見。

輟筆　停筆:我輟筆迄今已十余年。

G7－24　名：　文思·文理

文思　❶寫文章的思路:文思敏捷/文思枯竭。

❷文章的意境或思想:文思高玄/文思深茂。

筆意　書畫或詩文所表現的作者的風格和意境:筆意秀逸/筆意悠閒。

筆端　指寫字、繪畫、寫作中所表現的意境:萊茵河景色,盡入筆端/作者筆端處處流露了對故土親人的眷戀。

筆下　❶指寫文章時的措辭和用意:筆下留情/筆下超生。❷指文章:他字寫得很好,可是筆下不很通順。

文理　文章的內容及文字表達的條理:文理通順/文理未免有點稀奇。

理路　思想、文章的條理:他的文章理路清楚,通俗易懂。

筆法　寫字、繪畫、作文的技法或特色:寫景狀物,筆法細膩/我這是用的《詩經》上反覆咏嘆的筆法。

章法　詩文佈局謀篇的法則:章法謹嚴/他教人作詩要有章法。

筆路　❶筆法:筆路纖弱。❷寫作的思路:筆路荒蕪,詞源淺狹。

G7－25 名:　文風・筆勢
（參見 M4－19 風格）

文風　❶文章的風格:文風瀟灑/文風粗獷。❷使用語言文字的作風:文風不正/整頓文風。

文氣　文章的氣勢;文章的連貫性:文氣拘束/這篇文章的文氣還得順一順。

筆致　書畫、文章等所表現的情致、風格:筆致高雅/筆致秀婉。

筆調　文章的格調:他用細膩的筆調描寫田園生活。

筆勢　書畫文章的風格和氣勢:古人稱王羲之的筆勢,飄如浮雲,矯若驚鴻/他的文章筆勢遒勁奔放。

筆力　字、畫、文章在筆法上所表現出來的力量和氣勢:筆力豪邁/這孩子寫的字很有筆力。

筆觸　書畫、文章等的筆法及所表現的筆力、格調:筆觸粗獷/他以幽默詼諧的筆觸來表現生活。

文筆　文辭;文章用詞造句的技巧、風格:文筆流暢/文筆優美。

筆鋒　詩文、書畫所表現的氣勢、鋒芒:筆鋒犀利/諷刺的筆鋒,對於敵人是不知道什麼叫做寬恕的。

詞鋒　犀利的文筆或言詞:詞鋒逼人/詞鋒銳利。

G7－26 名:　文才

文才　寫作詩文的能力:文才出眾/他人品很好,文才也好。

文采　文學方面的才華:文采過人/這個青年,很有文采。

筆力　寫作的能力:筆力還不到家/從這篇文章可以看出作者的筆力。

筆底下　指寫作的能力:他筆底下不錯。

筆頭兒　寫字或寫文章的技巧、能力:他思路清楚,筆頭兒也快。

生花之筆＊　傳說李白少年時夢見筆頭生花,後來才華橫逸,名聞天下(見《開元天寶遺事》)。比喻傑出的寫作才能。也說**生花妙筆**＊。

錦心繡口＊　比喻優美的文思,華麗的詞藻。也說**錦心繡腹**＊。

文不加點＊　指寫文章一氣寫成,不用修改。

一氣呵成＊　一口氣寫成。形容文章的氣勢暢達,首尾貫通。

一揮而就＊　形容才思敏捷,寫字、畫畫、作文一動筆很快就完成。

出口成章＊　話脫口而出,就成文章。形容文思敏捷或口才好。

下筆成章＊　形容文思敏捷,寫文章很快。

倚馬可待＊　靠著戰馬草擬文件,可以立刻完成。

形容才思敏捷,寫文章快。

揮灑自如*　形容作文、寫字或作畫時運筆不受
　拘束。揮灑:揮筆灑墨。

力透紙背*　形容寫字、作畫筆力遒勁,也形容文
　章深刻有力。

江郎才盡*　南朝梁江淹少年時詩文出衆,人們
　稱他爲「江郎」。晚年詩文沒有佳句,人們說
　他「才盡」了。後來用「江郎才盡」比喻才思衰
　退。

G7－27　動、名:　措辭・修辭

措辭　措詞　〔動〕說話或寫文章時選用詞句:她
　信中措詞很客氣／寫這封信,該怎麼措詞呢?

用語　❶〔動〕措詞:用語不當。❷〔名〕某一方面
　專用的詞語:外交用語／商業用語／軍事用
　語。

遣詞　〔動〕運用詞語:遣詞立意／遣詞造句。

造句　〔動〕把詞組織成句子:他用意造句,都細
　心斟酌。

說法　〔名〕措詞:換一種說法／這不過是同一個
　意見的不同說法。

講法　〔名〕指措詞:這句話的講法不甚得當。

修辭　❶〔動〕修飾文辭:善於修辭／作文如不能
　修辭,就不能達意。❷〔名〕指修辭的方法,運
　用各種語文材料及表現方式使語言表達得準
　確、鮮明、生動。

修詞　〔動〕修飾詞句:琢句修詞。

修飾　〔動〕修改潤飾,使文字生動完美:這篇文
　章在文字上不加修飾,不添枝加葉,寫得樸
　素、眞實。

潤色　〔動〕修飾文字,使有文采:我已經譯出五
　萬字,只要潤色一回,便可以寄出。□潤飾。

點染　〔動〕點筆著色,指繪畫。也比喻寫作時修
　飾文字:這篇文章一經點染,生色不少。

推敲　〔動〕相傳唐詩人賈島對詩句「僧敲月下
　門」中用「推」還是用「敲」,猶豫不決,問韓愈。

韓愈說,用「敲」好。後人用推敲比喻斟酌、琢
　磨字句:反覆推敲／這首詩的字句,值得推敲。

剪裁　〔動〕比喻寫作時對材料進行取捨安排:這
　篇文章剪裁得當,結構嚴謹。

錘煉　〔動〕反覆琢磨研究,使詞句精練簡潔:錘
　煉字句／這首詩再加錘煉,效果會更好些。

千錘百煉*　比喻對詩文反覆推敲琢磨,多次精
　心修改。

字斟句酌*　對每個字每句話都仔細斟酌、推敲。
　形容寫作或說話的態度十分認眞、愼重。

咬文嚼字*　形容過分地推敲字句,或不重視實
　質,只在某些字句上糾纏。

點鐵成金*　舊指方士用法術點鐵石成爲黃金。
　比喻善於修飾文詞,化腐朽爲神奇。也作**點
　石成金***。

畫龍點睛*　傳說梁代畫家張僧繇在牆上畫了四
　條龍,沒有點睛。別人請他點,他把其中兩條
　點上眼睛,兩條龍就飛去了。後來用來比喻寫
　作或說話時在關鍵處用精辟的話點明要旨,
　使內容更加生動有力。

G7－28　形:　通順・工穩

通順　(文章)理路清楚,沒有語病:文理通順／
　文章寫得很通順。

通　(言語、文章)通順;流暢:文理不通／一封信
　寫得白字連篇,話也似通非通。

通暢　(思路、文章)通順流暢:文辭通暢。

清通　(文章)條理清楚,文字通順:他寫的文章
　也還清通。

流暢　(言語、文章)連貫,通暢;流利:他登臺講
　演,話越說越流暢／他的散文寫得流暢、優美
　而富於情趣。

明暢　(語言、文字等)明白流暢:他寫的散文簡
　潔明暢,而多寓意深長。

曉暢　(詩文)明白流暢:信寫得情意懇切,文字
　明白曉暢／詩句曉暢而有深意。

條暢 〈書〉(語言、文章)通暢而有條理:行文條
　暢／那孩子連說話都不能說得條暢。

流利 (言語、文章)通暢而清楚:他英語說得自
　然流利／我感到興奮喜悅,寫作起來也就流利
　酣暢。

流麗 詩文、書法流暢而華美:文筆流麗／書寫
　流麗。

暢達 (語言、文章)流暢明白:他寫的評論暢達
　鋒利,很受人讚賞。

明快 (語言、文字)明白通暢,不晦澀呆板:明快
　的筆調／他說話句子很短,很明快。

順口 詩文詞句念起來流暢:他寫的文章讀起來
　特別順口。也說順嘴;上口。

文從字順* 文句通順,用字妥貼。

洋洋灑灑 形容文章或談話很長而流暢明快。

工穩 詩文遣詞造句工整而貼切:對仗工穩。

工整 細緻整齊;不潦草:她信上的字寫得工整
　而秀麗。

貼切 (用詞)妥帖;確切:比喻貼切。

熨帖 (用詞)貼切;恰當:在這裡用這個詞來形
　容不夠熨帖。

G7－29 形: 生動・細膩

生動 具有活力,能感動人的:這篇小說人物寫
　得非常生動／作品生動地表現了學生的生活
　和思想。

活潑 生動自然;靈活而不呆板:作品的語言生
　動活潑。

傳神 形容描繪人物、刻畫形象時,能把神態表
　現出來:傳神之筆／他描寫人物,非常傳神。

神似 精神實質上相似;非常相似:他表演歷史
　人物,力求神似。

有聲有色* 既有聲音,又有色澤。形容敍述、描
　寫或表演生動、精彩。

有血有肉* 比喻文藝作品描寫的形象生動,內
　容充實。

惟妙惟肖* 形容描寫或模仿得非常相像、逼真。

繪影繪聲* 形容敍述、描寫事物非常生動逼真。
　也說繪聲繪影*;繪聲繪色*。

栩栩如生* 形容文學、藝術作品描寫、刻畫的形
　象生動逼真,像活的一樣。

活靈活現* 形容形象、神態描繪得生動逼真,就
　像出現在眼前一樣。也說活龍活現*。

呼之欲出* 一召喚就要出來。形容作品中的人
　物描寫十分生動。

躍然紙上* 活躍地顯現在紙上。形容藝術形象
　描寫刻畫得生動逼真。

細膩 (描寫、表演等)精密細緻:她的作品,思想
　縝密,描寫細膩。

細緻 精細周密:作品描寫人物的心理細緻入
　微。

細密 精細嚴密:文章結構細密／用筆細密。

入微 達到極其精細深刻的程度:他刻畫人物的
　神態,細膩入微／對人體貼入微。

絲絲入扣* 織布時,每條經線都毫不紊亂地從
　扣(筘)齒間穿過。比喻文章或藝術表演等做
　得細緻緊湊、完全合拍。

窮形盡相* 指文章描繪得極為細緻,形容得十
　分生動。也用來指醜態畢露。

G7－30 形: 簡短・精練

簡短 (語言、文章)內容簡單,言詞不長:這篇文
　章簡短生動／他的發言簡短扼要。

簡潔 (語言、文章)簡要明白:他簡潔的講話,雄
　渾而有力。

簡樸 (語言、文章等)簡單樸素:他的作品文筆
　簡樸,通俗易懂。

簡練 簡明精練:文筆簡練／語言簡練。

簡要 簡單扼要:這篇報告簡要說明瞭事故的情
　況。

簡明 (說話、寫文章)簡單明白:他的講解簡明
　扼要／這篇評論,簡明而流暢。

簡略　(言語、文章的內容)簡單不詳細：簡略的
　　說明／這筆記雖然簡略，但確是難得的資料。

簡約　〈書〉簡略；簡要：文詞簡約／這部書的舊
　　注過於簡約，又多古語。

簡括　簡要而概括：文章要寫得簡括／我把意見
　　簡括地說一下。

扼要　(說話、寫文章)抓住要點：經過思考，寫在
　　紙上比口頭說會更清楚、扼要。

精練　精煉　(文章或語言)精粹扼要，沒有多餘
　　的詞句：文章要精練，可有可無的話應刪去／
　　寫詩和散文，語言都要高度精練／他的講話很
　　精練。

凝練　凝煉　指文筆緊湊簡練：他描寫的手法簡
　　潔而凝練。

洗練　洗煉　(語言、文字、技藝等)簡練俐落：評
　　論寫得短而扼要，文辭洗練／有些電視劇情節
　　的處理不夠洗練。

言簡意賅＊　語言簡練而意思完備。形容說話寫
　　文章簡明扼要。賅：完備。

要言不煩＊　說話、寫文章簡明扼要，不煩瑣。

短小精悍＊　形容文章、言論等簡短而有力。

不蔓不枝＊　蓮莖挺直，旣不蔓延，也不分枝。比
　　喻說話或寫文章簡潔明快，不拖泥帶水，節外
　　生枝。

三言兩語＊　很少幾句話。形容話少或言語簡
　　短。

G7－31　形：　冗長・煩瑣

冗長　(文章或講話)無用的話多，拉得很長：冗
　　長空泛的報告，令人生厭。

煩冗　繁冗　指文章煩瑣冗長：寫文章該簡略的
　　地方便要加以簡略，切忌煩冗拖沓。

煩瑣　繁瑣　繁雜瑣碎。多用來形容文章或言
　　語：這篇小說的景物描寫，過於煩瑣／嘮叨繁
　　瑣的話，使人厭惡。

繁蕪　文字繁多雜亂：刪除繁蕪，取其精華。

累贅　(文字、語言)繁複囉嗦：敍述得又累贅又
　　不明白。

長篇大論＊　冗長的文章，大段的議論。

連篇累牘＊　形容文章篇幅過多，文辭冗長繁複。
　　累：重疊；牘：古代寫字用的竹簡、木片。

拖泥帶水＊　比喻寫文章、說話不簡明扼要或做
　　事不乾脆俐落。

疊床架屋＊　床上加床，屋下架屋。比喻重複累
　　贅。

東拉西扯＊　東湊一言，西拼一語。形容說話、做
　　文章雜亂瑣碎。

穿靴戴帽＊　比喻說話、寫文章的開頭和結尾生
　　硬地加上空泛的套話。

狗尾續貂＊　比喻拿壞的東西接到好的東西後
　　面。多指文學作品以壞續好，前後極不相稱。

G7－32　形：　堆砌・雕琢

堆砌　壘積磚石等，比喻寫作時使用大量不要要
　　的材料或華麗而無用的詞語：有些初學寫作
　　的人，愛堆砌形容詞。

雕琢　比喻過分修飾文字；刻意求文辭華美：他
　　寫的文章，語言樸實自然，從來不雕琢文辭。

雕砌　雕琢堆砌(文字)：有些作品只注重雕砌文
　　字，缺乏生活內容。

獺祭　〈書〉《禮記・月令》：「獺祭魚。」獺食魚時將
　　捕殺和吃剩的許多魚拋棄水邊。後來以「獺
　　祭」比喻羅列典故，堆砌成文：這個典故不知
　　為什麼從未成為詞章家「獺祭」的資料。

餖飣　〈書〉將食品擺在器皿中擺設出來。比喻
　　堆砌文辭：其詩文餖飣多而缺乏熔煉。

雕章琢句＊　比喻刻意修飾文辭。也作雕章鏤
　　句＊。

尋章摘句＊　搜求、摘取片斷辭句。指讀書時只
　　注意推求文字，不深入研究，或寫作時只套用
　　前人章法、堆砌現成詞句。

G7－33 形：　晦澀‧費解

晦澀　指詩文等文辭隱晦，不流暢，不易懂：有少數作品有些晦澀難懂。

隱晦　（語言、文章）意思曲折不明顯：他寫的詩內容隱晦含蓄，很不容易看懂。

生澀　（文句、言語等）不純熟，不流暢：他寫文章往往用字生澀。

拙澀　拙劣晦澀：文辭拙澀。

艱澀　文辭晦澀難懂：這部作品的譯文很艱澀。

生硬　不自然；不熟練：這篇文章用詞有些生硬／他詩中用了過多的詞藻，顯得堆砌生硬。

彆扭　（語言、文章）不通順，不流利：你寫的這些句子雖不是很彆扭，但也算不上流暢。

費解　（文辭、言語）難懂；不易理解：這部書文辭艱澀，實在費解／他說這些話，令人費解。

佶屈聱牙＊　形容文句艱澀，不通順流暢。佶屈：曲折，不通順。聱牙：拗口。也作**詰曲聱牙**＊。

G7－34 形：　雄渾‧奔放

雄渾　雄健而渾厚。多形容詩文或書畫的氣勢、風格：筆力雄渾。

渾厚　（詩文、書畫的筆力、風格）樸實雄厚，不纖巧、浮靡：筆力渾厚遒勁／他後期的創作風格渾厚質樸。

蒼老　形容書畫筆力、風格雄健老練：字跡蒼老。

蒼勁　（樹木、詩文、字畫、歌聲等）蒼老挺拔：書法蒼勁／蒼勁高昂的音調。

遒勁　〈書〉剛勁有力：筆力遒勁／書法遒勁。

剛勁　強勁有力：筆力剛勁／剛勁的風格。

挺拔　剛健有力：書法精練挺拔。

峭拔　形容文筆、書法雄健有力：書法峭拔而秀雅。

奔放　（思想感情、詩文氣勢等）盡情表達出來，不受拘束：感情奔放／筆勢奔放。

恣肆　（文章、言論等）豪放，無拘束：下筆千言，汪洋恣肆。

揮斥　〈書〉指意氣奔放：書生意氣，揮斥方遒。

縱橫　（文章、書畫、言論等）雄健奔放：筆意縱橫／議論縱橫。

行雲流水＊　比喻詩文等寫得自然，不受拘束。

揮灑自如＊　形容寫文章、作書畫時運筆自然，不受拘束。

一瀉千里＊　江河奔流直下，形容文筆氣勢奔放。

天馬行空＊　神馬騰空飛行。比喻詩文、書法等才思橫逸，氣勢奔放，不受拘束。

龍飛鳳舞＊　形容氣勢雄健奔放或姿態生動活潑。也形容書法筆勢舒展有力。

石破天驚＊　原指樂聲高亢激越，出人意外，有驚天動地之勢。後多形容文章、議論等新奇驚人。

不落窠臼＊　不落俗套。比喻文章、藝術作品有獨創風格。

G7－35 形：　典雅‧奧博

典雅　文章、言辭有根據，優美而不粗俗：文詞典雅／風格典雅／吐屬典雅。

典贍　〈書〉文辭典雅富麗：始見《文選》，驚其典贍。

雅馴　〈書〉文辭典雅純正：這些文章文字粗俗，不雅馴。

奧博　含義深而廣博：文辭奧博／始見《老》、《莊》，驚其奧博。

古奧　（詩文等）古而深奧，不易理解：文句古奧／語極古奧。

古雅　（詩文、器物等）古樸雅緻：所為詩文，古雅可誦。

簡古　〈書〉簡略古雅：文詞簡古／畫法簡古。

曲高和寡＊　曲調高雅，能跟著唱的人就少。比喻知音難得。現多比喻言論或作品高深、不通俗，能理解的人很少。

陽春白雪＊　戰國時楚國的一種高雅歌曲。後用

以泛指高深典雅而不通俗易懂的文藝作品。

G7－36 形： 平淡・枯燥

膚泛平淡 ❶(事物或文章、言論)平常；沒有曲折或奇特的地方：文章內容平淡得很／語言平淡乏味／故事情節極爲平淡。❷特指詩文、書畫風格自然而不加雕琢：他的詩平淡天眞而寓意深厚／他在畫幅上蕭疏平淡地僅僅畫上一點東西，而留下很多的空白，耐人尋味。

平板 平淡死板，沒有曲折變化：敍述平板／他一句一句平板地說下去，也不管別人聽不聽。

呆板 死板；不生動；不自然：文章寫得太呆板／畫面過於呆板。

死板 不活潑；不生動：這篇童話裡的人物，寫得太死板了。

板滯 (文章、圖畫、神態等)呆板：景物描寫單調板滯。

枯燥 單調而沒有趣味：語言枯燥乏味／故事情節平淡枯燥。

枯澀 枯燥而呆滯：文字枯澀呆板。

乾癟 (文章、語言等)內容貧乏，枯燥乏味：這篇文章內容空洞，乾癟得很。

乾巴巴 (語言、文字)枯燥單調：這人說話乾巴巴的／這本書內容乾巴巴的。

平鋪直敍 * 寫文章或說話不加修飾，簡單平淡地敍述出來。

千篇一律 * 指文章公式化，內容和形式沒有變化，單調乏味。也比喩事物都是一個模式，陳舊呆板。

味同嚼蠟 * 味道像嚼蠟一樣。多形容說話或文章的內容枯燥乏味。

G7－37 形： 空疏・膚泛

空疏 〈書〉(文章、議論、學問等)空洞淺薄：文章內容空疏／學識空疏。

空泛 空洞浮泛，不著邊際：寫文章發一些空泛的議論，並無補於實際。

空洞 沒有內容或內容很不切實：這篇文章內容空洞，言之無物。

膚泛 〈書〉淺薄空泛：膚泛之論。

膚廓 〈書〉文辭空泛而不切實際：文風流於膚廓。

迂闊 拘泥不切實際：迂闊之論。

汗漫 〈書〉廣泛而不著邊際；漫無標準：汗漫無稽之詞。

言之無物 * 形容寫文章或講話非常空洞，沒有實際內容。

不知所云 * 不知道說的是什麼。形容言語雜亂或不著邊際。

文不對題 * 文章的內容和題目不符合。也指談話、發言和話題不相干或答非所問。

不著邊際 * 形容文章或言論內容空泛，離題太遠。

漫無邊際 * 無邊無際。形容說話、寫文章沒有中心，離題很遠。

官樣文章 * 指襲用固定格式而內容空虛的文章。後泛指徒具形式、照例敷衍的虛文濫調或言論措詞。

G7－38 名： 稿子

稿 ❶詩文、圖畫等的草底：手稿／舊稿／定稿／起個稿兒。❷寫成的詩文、著作：投稿／審稿／征稿。也說稿子。

稿本 文章、著作的底稿或抄成的冊子。

稿件 文章、著作的稿子：作爲編輯，他的工作對象就是稿件。

文稿 文章的稿子；稿件。也指公文的草稿或公文。

畫稿 圖畫的底稿或稿本：許多年來，他作了大量的速寫、畫稿。

草稿 初步草擬的文稿或畫稿：起草稿／打草稿。□草底。

底稿 文章、信件、公文等留存備查的原稿。也指草稿:他和友人討論學術問題的信,都留有底稿。

底子 草稿:每次擬訂計畫,我都先打個底子。

清稿 謄清了的稿子。

腹稿 心裡已想好但還沒寫出或畫出的稿子:每次寫作,他總是先在心中孕育好腹稿,然後落筆。

初稿 初步的草稿;未定稿:這是我匆匆完成的初稿,還要修改和補充。

原稿 未經過修改增刪的稿子。也指據以印刷出版的稿子:作者的原稿,可改可不改者,不要改/原稿要妥加保存。

手稿 作者親手寫的原稿:這是迄今得到的梁實秋先生最後的一篇手稿。

講稿 講演、報告或教課前所寫的底稿:他的講稿已在報上發表。

G7－39 動: 起草

起草 打草稿;擬稿:起草文稿/這份報告是別人替他起草的。

起稿 起草文稿;打草稿:你先來起稿,然後我們一起來討論。

草擬 起草;初步設計:草擬文稿/草擬報告/草擬計畫。

擬 設計;起草:擬稿/請你擬一個初步計畫。

擬訂 草擬:擬訂工作計畫/擬訂寫作提綱。

擬定 起草制定:擬定遠景規劃/擬定招生簡章。

擬稿 起草文稿(多指公文):凡重要文件他都親自擬稿。

辦稿 起草公文:長官催他立即辦稿。

主稿 負責起草稿件:調查報告大家推定由他主稿。

脫稿 寫好文稿;完成著作:他寫的長篇小說已脫稿。

完稿 脫稿:他的長篇報告已經完稿了。

G7－40 動: 抄襲

抄襲 ❶把別人的文章、作業等照樣寫出來,當作自己的作品:這篇文章一大部分是從報上抄襲的/從事創作要自出心裁,千萬不要抄襲。❷模彷、沿用(別人的方法、經驗等):這種方法不是我的創造,而是抄襲別人的。

抄 抄襲;沿用:他作業不自己做,常抄同學的/別人的經驗,不能照抄。

抄用 抄襲沿用:抄用別人精闢的文句,當作自己寫的/不能盲目地抄用別人的經驗。

剿竊 抄襲、竊取(別人的作品或成果):他的小說中有些精彩的片段,竟是從別人作品中剿竊來的/他剿竊了集體的科學研究成果。

剿取 抄襲;剿竊:他剿取別人稿件的事被人發覺了。

G7－41 動: 編造

編造 憑想像創作:他在小說裡編造許多適合少年兒童閱讀的有趣的故事/他們給他編造出分不清是慶賀還是嘲弄的山歌。

編 創作;編造:編故事/編劇本/編歌詞。

杜撰 沒有根據地編造;虛構:新聞報導必須真實,絕不能杜撰/這些驚險的故事其實是作者杜撰出來的。

虛構 憑想像編造:這篇小說反應了社會現實,情節卻是虛構的/書中有的人物,不是虛構的。□虛擬。

懸擬 憑揣摩猜測想虛構:他懸擬劇中人物的容貌、舉止、性格,陷入沈思。

臆造 憑主觀幻想編造:該書所述名人軼事多憑臆造。

向壁虛造* 漢初從孔子故居的牆壁中發現一些古文經書,當時許多人不相信,說是面對孔壁,憑空假造的。後用「向壁虛造」比喻不根

據事實而憑想像編造。也作**向壁虛構**＊。

G7－42 動：　修改

修改　對文章、文件等作增刪改動：反覆修改寫
好的初稿／對現有章程根據實際情況酌加修
改。

改　修改：改稿子／給學生改作文。

改動　變動、修改（文字等）：這篇文章我只改動
了一些詞句。

改寫　❶修改文字，或換一種寫法：經過幾次改
寫才最後定稿／他想寫詩要受韻腳的限制和
束縛，還是改寫散文吧。❷根據原著修改重
寫：這幾篇童話是他根據民間故事改寫的。

修訂　修改訂正：修訂教科書／修訂施工計畫／
這篇文章是幾個人合寫，由他修訂的。

修正　修改使正確：修正了稿子中一些數字。

改訂　修訂（書籍、文字、規章、計畫等）：原想改
訂本書，但我恐怕今後未必有時間／改訂原來
計畫。

竄改　改動（古書、文件等）：書中有不少後人竄
改的地方／他編集的民間歌謠，比較可靠，不
是經過竄改的。□**改竄**。

點竄　修改；刪改（文句）：重要文稿都經過他點
竄。

塗改　抹去或用白粉塗在原來的字或畫上，重新
寫或畫：這篇稿子塗改添加的地方真不少。

塗乙　〈書〉刪改文字。塗是抹去，乙是勾添。泛
指修改文章：先生以善詩著稱，然詩稿多反覆
塗乙。

增訂　增補和修訂。多用於著作、書籍：這部詞
典經過多次增訂，品質有了較大的提高。

審訂　審閱修訂：這些教科書都是經過審訂的。

筆削　〈書〉古時在簡牘上寫字，刪改時用刀刮
去。後來用「筆削」指著述或對作品刪改訂
正：筆削舊史／兩份宣言措詞相同，僅有字句
之筆削而已。

G7－43 動：　指正（敬辭）

指正　指出並改正錯誤。多用作請人批評指教
的敬辭：文稿已擬好，特送請指正。

就正　向人求教，以改正錯誤。多用作謙辭：現
在把近年所作散文編集出版，就正於讀者。

呈政　〈書〉敬辭。呈上請指正：本想寫一篇評論
呈政，可是太忙，沒有工夫。也作**呈正**。

教正　〈書〉指教糾正。把自己的作品送人看時
的敬辭：送上拙著，尚祈教正。

雅正　把自己作的詩文書畫送人時題款用的敬
辭，表示對方高雅，請他指正：敬請××先生
雅正。

斧正　〈書〉請人修改詩文的敬辭：請編輯部同仁
大力斧正。也作**斧政**。

斧削　〈書〉斧正：拙稿一篇，還得請你斧削。

郢正　〈書〉斧正。古時郢人善於運斧，所以把
「斧正」轉為「郢正」，用於敬辭。也作**郢政**。

G7－44 動：　刪除

刪除　去掉；削除（文章中某些字句或部分）：刪
除文中重複多餘的字句／他在整理自定的文
集時，把少年時代的作品盡力刪除。

刪　去掉（文章中某些文字）：刪繁就簡／以下兩
段全可以刪去。

刪削　去掉不必要的文字：寫文章要注意簡潔，
一切旁枝末節都應該刪削。

刪改　刪削改動：寫文章不容易一揮而就，要願
意刪改，善於刪改。

刪除　刪去文字中不必要的或次要的部分：文章
較長，發表時要酌加刪除／如有刪除，要使上
下文通順。

刪略　刪除省略：這部分很重要，可惜轉載時被
刪略了。

刪汰　刪削淘汰：整理古籍對原書不能隨意改
竄、隨意刪汰。

刊落　〈書〉刪除(文字):刊落陳言／書中原有針
　　對清朝的文字,多被刊落。

抹　勾掉;除去:把這行字抹了。

勾　❶抹掉;取消:一筆勾銷／把他的名字勾去。
　　❷用勾形符號表示截取:用紅筆把重要的部
　　分勾出來。

塗　抹去或用白粉蓋上(不要的字或畫):塗改／
　　他寫了又塗掉,一時想不出怎麼改才好。

G7-45 名: 文章·著作
(參見 M4-26 作品)

文章　獨立成篇表達一定內容的文字。也泛指
　　著作:寫文章／他的文章在報上發表了。

文　文章:詩文／散文／作文／征文／文不對題。

文翰　〈書〉文章;文辭:略通文翰。

文辭　文詞　文章的語言。也泛指文章:文辭清
　　麗簡潔／錘煉文辭／將文辭再潤色一下。

文字　❶文章:這是一篇絕妙的文字／我早已想
　　寫一點文字,來紀念幾個青年作家。❷指文
　　章的詞句:雕琢文字／文字通順。

辭章　詞章　詩詞文章的總稱:性好辭章。

篇　❶首尾完整的文章:布局謀篇／宏篇巨著。
　　❷成部著作中的一個組成部分:上下篇／篇章
　　段落。

篇章　❶篇和章,泛指詩文作品:篇章結構／割
　　裂篇章。❷引伸為歷史:揭開了兩國關係史
　　的新篇章。

筆墨　指文字或書、畫、詩文:筆墨官司／不是筆
　　墨所能形容。

筆札　指紙和筆。借指文章、書畫、書信等。

著作　用文字表達知識、思想、情感等的作品:學
　　術著作／他的著作很多。

著　寫出的作品;著作:新著／名著／譯著。

著述　著作及編纂的成品:他收藏古今著述很多
　　／他對近代文史著述也廣泛涉獵。

論　分析、議論和說明事理的文章;議論文:社論
　　／評論。

論文　系統地討論或研究某種問題的文章:學術
　　論文／畢業論文／他正搜集材料,準備寫一篇
　　論文。

論著　研究某種問題的理論著作:考古學論著。

專著　研究某方面問題的專門著作:這是他關於
　　農業經濟的專著。

雜著　一種內容廣泛、形式多樣、不拘體例的著
　　作。

原著　著作的原本,翻譯、刪除、改編等所依據的
　　原來作品:這個電影是忠實於原著的。□**原
　　作**。

底本　刊印、校勘、翻譯書籍時作為依據的本子。
　　也指抄本或刊印本所依據的原本。

藍本　著作所根據的底本:要編製歌曲,有數不
　　盡的古詩、古詞作為藍本。

巨著　篇幅長或內容精深的著作:長篇巨著。□
　　鴻文。

習作　文章、繪畫等的練習作品:他把一篇習作
　　請老師評閱。

文選　一個人或若干人文章的選錄。多用作書
　　名,如《昭明文選》。

文摘　對一本書或一篇文章所作的簡要摘述或
　　選取的片段:報刊文摘。

逸文　散失的文章或文辭:輯錄散見於古籍的逸
　　文。□**佚文**。

G7-46 名: 手筆·遺著

手筆　親手寫的字、畫的畫或作的詩文:這幅畫
　　是徐悲鴻的手筆／這篇雜文一看就知道是魯
　　迅先生的手筆。

手迹　親手寫的字、畫的畫:報紙已把他的手迹
　　製版刊登出來。

手澤　〈書〉手上的汗。多用以稱先人的手迹或
　　遺物:先生的手澤如新,而墓木已拱。

親筆　親手寫的字：他拆開信來看，是父親的親筆。

墨迹　某人親手寫的字或畫的畫；書畫的真迹：大家因為敬仰他的為人，所以也重視他的墨迹。

真迹　出自書畫作者本人親手的作品：此骨董商收藏的元明人書畫真迹，不輕易展出。

遺著　前人遺留下來的著作：我把他的遺著找出來讀了一遍。

遺作　死者留下的著作：一個文學刊物發表了他的遺作。

遺書　前人留下的遺著、遺作：先哲遺書。

遺篇　❶前人遺留下來的詩文：往事越千年，魏武揮鞭，東臨碣石有遺篇。❷散失的篇章：經有遺篇。

遺稿　指前人遺留下來的手稿，後專指未發表的：朋友們把他的遺稿編成一厚冊，出版了。

遺墨　死者留下來的親筆書札、文稿、字畫等：壁上還有先生的遺墨。□遺筆。

絕筆　死前最後所作的詩文書畫等：臨終絕筆／絕筆詩。

G7－47 名：　作者・讀者
（參見 M3－36 作家）

作者　寫作文章或書的人；創作藝術品的人。

筆者　某本書或某篇文章的作者（多用於自稱）。

筆桿子　指很會寫文章的人：他是我們廠裡的筆桿子，不少報告、宣傳稿都是由他寫的。

大手筆　著名善於寫作的人：這篇文章一定出自大手筆。

著者　書或文章的作者。

讀者　閱讀書、刊、文章的人。

G7－48 名：　文僧・文痞等

文僧　文壇上投機取巧的市僧。

文痞　專以舞文弄墨顛倒是非的流氓、無賴。

文抄公　指抄襲剽竊別人文章的人（譏嘲語）。

御用文人　古代在皇帝身邊，為皇帝代筆的文人。

文化買辦　指殖民地或半殖民地國家裡販賣外國資本主義文化，為外國文化侵略服務的文人。

G7－49 動：　翻譯

翻譯　❶把一種語言文字的意義用另一種語言文字表達出來。也指方言與民族共同語、方言與方言、古代語與現代語之間的對換表達：把外國文學作品翻譯成中文／我們不懂當地方言，嚮導為我們翻譯／把《史記》翻譯成白話。❷把代述語（詞）言文字的符號或數碼用語言文字表達出來：翻譯電碼。

譯　翻譯：口譯／編譯／他們兩人合譯了一本書／這部書他只譯完了上卷。

移譯　迻譯　〈書〉翻譯：魯迅對世界文學家的作品，有所見略同者，盡量的移譯。

口譯　口頭翻譯。相對於「筆譯」而言：這幾部英國小說，都是別人口譯，由他筆述的。

筆譯　用文字翻譯。相對於「口譯」而言：他英文口語並不流利，但長於筆譯。

意譯　❶根據原文大意、不作逐字逐句的翻譯。區別於「直譯」：我開始翻譯童話時，有些地方拘泥原文，不敢意譯，令讀者看得費力。❷根據一種語言詞語的意義譯成另一種語言的詞語。區別於「音譯」：「楓丹白露」是這座皇宮的音譯，意譯大致為「美麗泉」。

直譯　盡量按照原文逐字逐句直接翻譯。區別於「意譯」：京劇的劇名有些直譯起來，外國人不大好懂。

音譯　根據一種語言詞語的發音用另一種語言中跟它相同或近似的語音表達出來。區別於「意譯」：翻譯外國的地名、人名用音譯，是一

件極平常的事。

通譯 ❶互譯兩方語言使相通曉。❷按通行的方式翻譯：這部傑作直譯應爲《神聖的喜劇》，今通譯爲《神曲》。

重譯 ❶輾轉翻譯。也指從他國語的譯文翻譯：有些蘇聯作品是從英文重譯的。❷重新翻譯：我重譯這本書，作了許多修改。

複譯 重覆翻譯：一部世界名著，即使已有好譯本，複譯也還是必要的。

破譯 翻譯出別人的秘密電碼：破譯了敵人的密電。

G7-50 名： 譯文

譯文 翻譯成的文字：他的譯文信實，儘量保留了原著的風格。

譯本 翻譯成另一種文字的本子：這部名著有好幾個譯本，這個譯本最好。

譯筆 譯文的品質或風格：譯筆流暢／譯筆拙劣。

譯作 翻譯的作品：這是我在刊物上發表的第一篇譯作。□譯著。

G7-51 名： 翻譯人員

翻譯 做翻譯工作的人：他是公司裡的德語翻譯。

譯員 翻譯人員(多指口譯的)：他原是海軍總部的一名譯員。

譯者 翻譯的人(多用於文件、作品的翻譯方面)：書中有譯者的詳細注釋。

翻譯家 專門從事翻譯工作(多指著作、作品方面)有成就的人：他是致力於把中國文學名著譯成外文的著名翻譯家。

通譯 舊時指做語言通譯工作的人。

通事 舊時指翻譯人員。

舌人 古代的翻譯官員。

G350　書籍·出版

G8-1 名： 書(一般)

書 用文字、圖畫或其他符號書寫或印刷在紙或別的材料上並製成卷冊的著作：一本書／著書／印書／讀書。

書籍 裝訂成冊的著作；書的總稱：中外書籍。

書本 裝訂成冊的書。泛指一般書籍：書本知識／他受書本的教育少。

書冊 裝訂成冊的書；書籍。

書卷 書籍。古代的書多作卷軸，所以稱爲「書卷」。

圖書 書籍、畫冊、刊物等的總稱：圖書資料／圖書目錄／圖書館。

讀物 書籍、雜誌、報紙等的統稱：兒童讀物／通俗讀物／科普讀物。

書刊 書籍和刊物。

書報 書籍和報刊。

書影 顯示某種書籍的版式和部分內容的印刷品(單頁或冊子)，從前仿照原書刻印或石印，現多用影印。

印刷品 印刷成的書報、圖片等。

有聲讀物 錄在錄音帶或唱片上的讀物，一般附有同樣內容的圖書，也可單獨出版。

G8-2 名： 書(裝訂)

書脊 書的被裝訂住的一邊，新式裝訂是前後封面聯接處，上面一般印有書名、作者名和出版機構名稱等。也叫書背。

書口 書籍上跟書脊相對的一邊，線裝書通常在這部位標注書名、卷數、頁數等。

書眉 ❶書頁上端的空白處，也叫天頭，閱讀時可作批注用。❷橫排書上端的書名、篇名等，其作用爲便於翻檢。

書籤 貼在書皮上的寫著或印著書名的紙條或絹條,或懸在捲軸一端標有書名的竹片或牙片。

書皮 ❶書刊最外面的一層,用厚紙、布、絹、皮等做成。線裝書在上面貼書籤,新式裝訂的書刊在上面印有書名、作者名、出版機構名稱等。❷為了保護書,在書皮外面再包上的一層紙。

書套 套在幾本或一本書外面的殼子。有保護作用,多用硬紙等做成,或加布面。

書衣 〈書〉❶書套。❷書皮;封面。

封面 ❶書刊外面的一層,用厚紙、布、皮、塑膠等製成,有保護和裝飾作用。也叫**書披**。特指印有書名、著者、出版者名稱等的第一面。也叫**封一**。

封二 書刊前封面的背面。

封三 書刊封底之內的一面。

封底 書刊的最後一面,即與「封一」相對的一面。也叫**封四**。

封裡 指書刊的前封面背後的一面,即封二。也指封底之內的一面,即封三。

護封 包在圖書簿冊封面外的紙,一般較厚、有光澤,印著書名或圖案,有保護和裝飾的作用。

書頁 書中印有文字或圖畫等的紙頁。

插頁 插在書刊中印有圖表照片等的單頁。

插圖 插在書刊中的圖畫。有的印在正文中間,有的用插頁形式。有補充說明內容、增加藝術性等作用。也叫**插畫**。

扉畫 書籍正文前的插圖。

扉頁 書籍封面內印著書名、著者等的一頁。也指封面內或封底前的空白頁。

版權頁 書刊正文之前或末後印有著作者、出版者、發行者、版次、出版年月、書號、定價等的一頁。

G8－3 名：　正文·附錄

正文 著作的本文,區別於「序言」、「注解」、「附錄」等。

本文 ❶指著作本身的文字;正文:誦讀五經本文。❷原文:書中內容經後人刪改,並非本文。❸此文;這篇文章:對這個問題,本文從以下幾個方面加以論述。

白文 ❶指有注解的書的正文:看注解才懂的字不能算,必須看白文。❷指有注解的書不錄注解只印正文的本子:這部《十三經》都是白文,注文省略。❸碑碣、鐘鼎或印章上的陰文。跟「朱文」相對。

篇首 文章或著作的開頭:冠於篇首。□**篇端**。

開端 事情、作品等開頭的階段或部分:他編的唱詞僅存開端。

開篇 ❶小說等作品的開端:這部小說第一回的開篇是一首詩。❷彈詞演唱故事之前的一段唱詞,作為正書的引子,也可以單獨演唱。

開場白 文藝演出開場時引入本題的道白。比喻文章或講話開始的部分:他只說了幾句開場白,下面便熱烈地討論起來。

篇末 文章或著作的結尾:附於篇末。

結尾 文章的最後部分:這篇童話的結尾寫得很好。□**煞尾**。

煞筆 文章的結尾語:文章只剩煞筆還沒寫好。

結語 文章或講話等最後帶有總結性的一段話。也說**結尾語**。

尾聲 敍事性文學作品的最後部分。

附錄 附在書刊正文後面的有關文章、文件、圖表、索引、資料等。

附記 文章、書刊正文外附帶的有關記述。也叫**附識**。

附載 附帶記載;附錄。

G8－4 名：　序·跋

序 寫在著作正文之前的文章。一般是作者說

明本書的主旨,寫作的經過等。也有是他人所寫的對本書的介紹和評述:自序/替朋友的書作序。也叫**序文敍文;序言敍言**。

弁言 〈書〉序文;序言。

引言 寫在書或文章前面類似序言或導言的短文。也指座談會、討論會開場說的話。

前言 在書或文章前面的引言,由作者說明寫作宗旨、經過和編寫體例、資料來源等,或由他人對內容作介紹或評述。

題詞 題辭 ❶一種類似序、跋的文體,內容為標明全書要旨,對作品讚許、評價或抒發讀後感想。一般用韻文,放在卷首。❷為留作紀念或勉勵而題寫的文字。

題跋 寫在書籍、字畫等前面的文字稱「題」,寫在後面的稱「跋」,合稱「題跋」。內容多為評論、鑑賞、考訂、記事等。

序跋 序文和跋文。

發凡 說明全書要旨或體例的文字,一般放在書前。也常用做書名,指對某一學科的一般介紹。

凡例 書籍正文前說明編著體例的文字。□例言。

小引 寫在書籍或詩文前面的簡短說明。

緒論 學術書籍或論文的開頭部分,一般說明論述的內容和大旨等。□導言。

緣起 一種敍述編輯、著述某書或舉辦某事的緣由、宗旨的文字,性質類似序文、前言。

發刊詞 刊物在創刊號上說明本刊宗旨等的文章。

跋 寫在書籍、文章、字畫等後面的短文,由作者或他人撰寫。內容大多屬於評介、鑑定、考釋、記述之類:序跋/題跋。也叫**跋文**。

後記 寫在書籍、文章等後面的短文,用以說明寫作目標、經過等。

書後 寫在別人著作後面,對著作有所說明,記述讀後感想或進行評論。

按語 案語 作者、編者、注釋者對有關著作內容或詞句所作的說明、提示、考證或評論。

編者按 編輯人員對所發表的文章、消息的按語,常放在文章或消息的前面。

G8-5 名: 目錄・索引

目錄 ❶按照一定次序編排,記錄圖書的書名、著者、出版、內容與收藏等情況以供利用、檢索圖書的工具。也叫**書目;書錄**。❷書刊前按次序列出的篇章名目。也叫**目錄**。❸泛指按一定次序開列以供查考的事物名目:財產目錄/產品目錄/出口商品目錄。

編目 編成的目錄:全上古、秦、漢、三國、晉、南北朝文圖書編目。

總目 總體目錄:四庫全書總目。

細目 詳細的目錄:收集到各種叢書的細目。

子目 總目、總綱下的細目:子目書名索引。

索引 根據不同要求摘出書刊中的項目或內容,按一定次序分條排列,標明出處、頁碼,供查檢:條目音序索引/人名索引。

引得 音譯詞。索引。

通檢 索引的舊稱。如《山海經通檢》、《論衡通檢》。

G8-6 名: 題目

題目 概括文章、詩歌、講演等內容的簡短詞句:這篇文章的題目很引人注意/他叫學生自擬作文的題目。

題 題目:文不對題/題外的話。

標題 標明文章、新聞報導等內容的題目:大標題/小標題/標題新聞。

正題 說話寫文章的主要題目;中心內容:文章一開頭就提出正題/話講了半天,還沒進入正題。

副題 在文章、新聞標題下面附加的作為補充說明的題目。也叫**副標題**。

篇目 書籍中篇章的題目。也指按篇章次序編
列的目錄。

要目 書刊中重要的篇目：下期要目預告。

專題 專門研究或討論的題目：專題報導／專題
研究。

課題 學習、研究或討論的題目或待解決的事
項：根據選定的課題，製訂研究計畫。

選題 選定的題目：該叢書第一批選題已確定。

G8－7 名： 概要·提綱

概要 重要內容的大概。多用於書名：他講述了
文字學的概要／《中國文學史概要》。

綱要 大綱要領；概要。常用作書名或文件名：
撮其綱要／擬訂綱要／《美學綱要》。

提要 從書籍或文章等中提出來的要點：內容提
要／他的工作是為這部叢書撰寫提要。

撮要 從文籍資料中摘取出來的要點：論文撮
要。

大要 主要的意思；概要：舉其大要。

要略 闡述主旨的概略：將講義簡縮，省去舉例，
寫成要略。

提綱 寫作、發言、研究、討論等事先提出的內容
要點：他擬了一個寫作提綱。

大綱 總綱；要點。特指著作、講稿、計畫等系統
排列的內容要點：教學大綱／宣傳大綱。

綱目 大綱和細目。常用作書名：撮取精華，提
其綱目／《資治通鑑綱目》／《本草綱目》。

梗概 大略的內容；概略：略陳梗概／劇情梗概。

概略 大概情況。特指書的內容提要：故事概略
／把每種書作一概略，使讀者增加興趣。

概論 概括的論述。多用於書名：《文藝學概
論》／《程式設計概論》。

G8－8 名： 要點·大意

要點 文章、講話等的主要內容：他擬好提綱，記
著要點，然後動筆開始寫總結。

要端 要點；重要的事項：舉其要端。

要領 文章、講話等的中心要點：這段話是全篇
的要領／他的演講，我聽了半天，不得要領。

要 重要的內容；要點：摘要記錄／提要／綱要。

要義 重要的意義；主要的內容：闡明要義。□
要旨。

大意 主要的意思：段落大意／這篇文章我看
過，大意還記得。

大旨 主要的意思；大要：領會全篇的大旨。

G8－9 名： 篇·章·節·段

篇 ❶首尾完整的詩文：短篇／長篇／積章成篇／
文章全篇洋溢著愛國的熱情。❷成部著作中
的一個組成部分：上篇／下篇／作《孟子》七
篇。

章 ❶詩歌、樂曲或文章的段落：樂章／全書共
分二十章／斷章取義。❷指文章；篇章：下筆
成章。

篇章 一部書裡的篇和章，泛指文章：篇章結構。

章節 章和節，都是長篇文章結構上的部分。一
般為篇中分若干章，章中分若干節。

節 段落。在書籍中指比「章」小的部分：音節／
第一章第一節。

章句 ❶詩文的章節和句子。❷經學家以分章
析句解說經義的一種方法。泛指對書籍的注
釋：章句之學。

段落 文章、事情根據內容分成的部分：這篇課
文可分為五個段落／工作告一段落。

段 段落：老師叫學生把課分段。

層次 事物的次序。多指語言、文章內容的次
序：層次分明。

G8－10 名： 集·編等

集 ❶彙集單篇、單幅作品或多人有關作品而成
的書。常用作書名：詩集／文集／畫集／全集／
選集／《樂府詩集》／《李太白集》。❷某些篇

幅較多的書或較長的影視片的一部分或段
落:《康熙字典》分子集、丑集等十二集／這部
影片分上下集／電視連續劇《三國演義》共八
十四集。

集子　匯輯單篇作品的書冊:他今年出了一本集
子。

編　❶成本的書。常用作書名:撮錄成編／人手
一編／正編／續編／《中國通史簡編》。❷書按
內容分的一部分:上編／下編／第一編。

輯　❶聚集很多資料而成的書:專輯／特輯。❷
整套書的一部分:這部叢書分為十輯,每輯五
本。

全集　一個作者或幾個有關的作者的全部著作
編在一起的書,如《龔自珍全集》、《魯迅全
集》、《馬克思恩格斯全集》。

總集　彙集許多作者的詩文而成的書,如《昭明
文選》、《全唐詩》、《唐詩三百首》。

別集　收集個人詩文而成的集子。相對於總集
而言,如《陶淵明集》、《杜工部集》、《秋瑾集》。

文集　把作家的作品彙集起來編成的集子,如
《朱文公文集》、《沫若文集》。

選集　選錄一個人或若干人的著作編成的書,如
《古詩選》、《現代散文選集》。

選本　從一人或若干人的著作中選取部分篇章
編成的書:這部叢書出版不久,又應讀者需
要,出了選本。

彙編　彙集性質相近的文章、文件等編成的書。
多用做書名:法規彙編／《先秦文學史資料彙
編》。

集錦　精彩的詩文、圖畫等編輯在一起的彙集:
兒童畫集錦／郵票集錦。

集刊　學術機構彙集同類論文定期或不定期刊
行的成套書刊。

G8－11 名:　正本·副本

正本　❶備有副本的書籍,區別於副本而稱為正

本。❷文書或文件作為正式依據的一份。

副本　❶著作原稿、書籍或文件正本以外的複製
本。

複本　收藏的同一種書刊或文件等不止一部時,
第一部之外的稱複本。

G8－12 名:　叢書

叢書　根據一定目標和用途,選擇若干種單獨著
作編成的一套書。有綜合性的,也有專題性
的,如《漢魏叢書》、《四部叢刊》、《叢書積體》。
現代也指將性質相近或相同的文章或著作彙
編的專輯,多為不定期出版,如《美學譯文叢
書》。也叫**叢刊**;**叢集**。

叢刻　刻板印刷的叢書。多用做叢書名稱,如
《金陵叢刻》。

叢談　性質相同或相近的文章合成的書。多用
做筆記、雜著的書名,如《詞苑叢談》。

文庫　多冊成套的圖書。多用做叢書名,如《萬
有文庫》、《現代創作文庫》。

G8－13 名:　工具書

工具書　專供查閱、檢索、徵引用的書。按一定
的目標和要求,把某一門類或各種門類的知
識資料彙集在一起,按一定方式編排而成,如
字典、詞典、類書、百科全書、索引、書目、年
鑑、手冊、圖錄等。

辭書　字典、詞典、專科辭典、百科全書等工具書
等的統稱。

字書　以字為單位,解說漢字的形體、讀音和意
義的書,如《說文解字》、《玉篇》。

字典　收集單字,按一定的次序排列,逐字註明
讀音、意義和用法的工具書,如《康熙字典》、
《新華字典》。

詞典　辭典　收集詞語按一定次序編排,加以解
釋,供人查閱參考的工具書。按照所收詞語
的性質、範圍的不同,可分為語文詞典、專科

詞典、綜合詞典和雙語詞典等。

類書　我國古代輯錄各種書籍中的資料，依照內容分門別類編排供查檢、徵引的工具書。按門類分的，如《藝文類聚》、《太平御覽》；按字、韻編排的，如《佩文韻府》、《駢字類編》。

參考書　學習、研究或寫作時用作參考的書籍。

百科全書　系統地介紹各學科或某一學科知識的大型參考書。以詞典形式編排，將各科專門名詞、術語分立條目，詳細解說，並附有參考書目和索引。有綜合性(如大百科全書)和專科性(如醫學百科全書、農業百科全書)兩類。

年鑑　系統地彙集一年內各方面或某一方面的新情況、新知識、統計資料等的參考書。每年出版一次。有綜合性的(如《中國百科年鑑》)，也有專科性的(如《中國教育年鑑》、《中國出版年鑑》)。

手冊　收集學習、工作、生活上需要的基本知識和資料，按專題彙編，供查閱參考的工具書。有綜合性的(如《人民手冊》、《世界知識手冊》)和專科性的(如《數學手冊》、《各國貨幣手冊》)。

G8－14 名：　史書·方誌

史書　記載歷史的書籍。

史籍　歷史典籍；史書。

史乘　〈書〉一般史書：永垂史乘。

史冊　歷史書冊：載入史冊。□**史策**。

青史　古代以竹簡記事，所以稱史書爲青史：名垂青史。

史料　研究歷史和編纂史書所用的資料，包括實物(文物、古跡)、文獻、著作等。

史評　評論史實或史書的著作。

通史　連貫記述各個時代歷史的史書，如《史記》、《資治通鑑》、《中國通史》等。

斷代史　記述一個或幾個朝代歷史的史書，如

《漢書》、《北史》、《新五代史》等。

正史　舊時稱《史記》、《漢書》、《清史稿》等紀傳體史書。

二十四史　自漢到清陸續編寫的二十四部紀傳體史書。即《史記》、《漢書》、《後漢書》、《三國志》、《晉書》、《宋書》、《南齊書》、《梁書》、《陳書》、《魏書》、《北齊書》、《周書》、《隋書》、《南史》、《北史》、《舊唐書》、《新唐書》、《舊五代史》、《新五代史》、《宋史》、《遼史》、《金史》、《元史》和《明史》。共三千多卷，近四千萬字。

二十五史　指《二十四史》加《新元史》。

編年體　按歷史事件發生的年月順序編寫的史書體裁，如《春秋》、《左傳》、《資治通鑑》等。

紀傳體　以人物傳記爲中心記述史事的史書體裁。「紀」指本紀，記述帝王；「傳」指列傳，記述其他人物。紀傳體創始於漢司馬遷的《史記》，後代史書多沿用。

方誌　記載一個地方的地理、歷史、風俗、教育、物產、人物、名勝、古跡以及詩文、著作的書。如縣誌、府誌等。也叫**地方誌**。

縣誌　記載一個縣的地理、歷史、風俗、人物、文教、物產等的書。

G8－15 名：　古書·經書·佚書

古書　古代的書籍或著作。□**古籍**。

故書　〈書〉❶古書。❷舊書。

故紙堆　指數量很多的古舊書籍、資料：他整天埋頭在故紙堆中。

舊書　❶用過的書；破舊的書。❷古書：他就喜歡看舊書。

帛書　我國古代寫在縑帛上的書。

經籍　〈書〉❶儒家經書。❷泛指古代圖書。

經書　指儒家的經典著作，如《易經》、《書經》、《詩經》、《春秋》、《論語》等。

緯書　漢代以神學迷信依託儒家經義宣揚符籙占驗的一類書。相對於經書，故稱。

經典 ❶舊指作爲典範的儒家著作。後泛指有
　　典範性、權威性的著作:博覽經典／奉爲經典。
　　❷泛指各宗教的經書。

經 經典:十三經／佛經／本草經／取得眞經。

典籍 記載古代法令制度的文獻。也泛指古代
　　圖書:這個小島在典籍中無從查考。

經傳 ❶舊稱儒家的經典著作爲經,解釋經文的
　　書爲傳,合稱經傳。❷泛指有權威性的著作:
　　名不見經傳。

四部 我國古代把所有圖書分爲甲、乙、丙、丁或
　　經、史、子、集四大類,稱爲「四部」。

經史子集 我國舊時圖書分類的四大類。經部
　　包括儒家經傳和小學方面的書,史部包括歷
　　史書和某些地理書,子部包括諸子百家的著
　　作,集部包括詩、文、詞、賦等總集、專集。

遺書 ❶散佚的書。❷前人的藏書。

佚書 散佚失傳的書。□逸書。

斷簡殘編* 殘缺不全的古籍。也作**斷編殘
　　簡***。

G8－16 名： 藏書·禁書·雜書等

藏書 圖書館、私人等收藏的圖書。

秘籍 珍貴罕見的書籍。

僞書 指古籍中托名僞造的書。

禁書 明令禁止刊行、收藏或閱讀的書籍。

雜書 舊指小說、雜記、隨筆等一類書。

閒書 指供消遣的書。

淫書 內容淫穢,宣揚色情的書籍。

黃色書刊 指內容低級下流、淫穢色情的書籍刊
　　物。也叫**黃書**。

G8－17 名： 圖表·譜

圖表 反應各種情況和標明各種統計數字的圖
　　形和表格的總稱:廠門內公告牌上張貼著幾
　　幅生產指標完成情況的圖表。

圖譜 按類編製、附有說明的事物圖形的書冊,

如《植物圖譜》、《歷史圖譜》。

圖說 附有圖畫用文字說明的著作,多用作書
　　名,如《太極圖說》、《天體圖說》。

圖鑑 以圖畫爲主附以文字解說的著作。多用
　　作書名,如《哺乳動物圖鑑》、《中國高等植物
　　圖鑑》。

圖錄 輯錄繪畫、藝術品等圖像(多附有簡要說
　　明)的畫冊,如《中國版畫史圖錄》、《中國歷代
　　服飾圖錄》。

圖例 地圖、統計圖等上面各種符號所作的說
　　明。

表格 根據要求分項目畫成格子,填寫文字或數
　　字的文件:空白表格／表格已經填好。

表 ❶表格:年表／統計表／登記表／填表。❷
　　分類排列記錄事項的著述,如《史記》有〈三代
　　世表〉等十表。

報表 向上級報告情況的表格:會計報表／生產
　　報表。

表冊 裝訂成冊的表格。

年表 按照年月次序編列重大歷史事件的表格,
　　如〈十二諸侯年表〉、〈六國年表〉、〈中外歷史
　　年表〉。

一覽表 說明某方面概況的表格:行車時刻一覽
　　表。

譜 ❶按照事物類別或系統編成的表冊、書籍,
　　如年譜、史譜、食譜。❷用來指導練習的圖形
　　或格式,如畫譜、詞譜、棋譜。

譜表 ❶按照事物類別或系統編成的表冊,如年
　　表、歷代紀元表。❷樂譜中用五根橫線來記
　　載音符的表格。

年譜 按年月記載某人生平事迹的著作,如《韓
　　愈年譜》、《杜工部年譜》。

G8－18 名： 柬·帖

柬 柬帖、信件、名片等的統稱:請柬／書柬／具
　　柬邀請。

柬帖　泛指信件、帖子等；遞上一封柬帖。

請柬　邀請客人的柬帖。□請帖。

帖　寫上字的紙片，用於記事、邀請、通知等：字帖兒／請帖／揭帖／庚帖。

帖子　寫著字的小紙片；請柬：下帖子。

字帖兒　寫著字的紙條，多用作通知、啟事等：寫幾個尋人的字帖兒，在要路上張貼。

G8－19　名：　單・條・卡片

單　記載事物或用作憑證的紙片或紙條：清單／名單／提貨單／存單／照單點收。

單子　記載事物的紙片或紙條：菜單子／帳單子／你拿這個單子去把東西領來。

條子　❶長方形的紙張：他交給我一張寫著字的條子。❷便條：請你替我帶個條子給他。

條　條子，多指寫上字的紙條：收條／借條／回條／封條／假條。

便條　❶供隨手書寫簡單事項的紙條：他把當天要辦的事，一一記在便條上。❷非正式的書信或通知：他開給我一張向書店取款的便條。

回條　收到物品或信件後交來人帶回的字據。也叫回單；回執。

假條　寫明請假或給假理由和期限的紙條：醫院給他開了個假條。

封條　黏貼在門戶或器物上的紙條，上面寫明日期並蓋有印章，表示封閉、封存或沒收。

卡片　摘錄各種資料供分類檢索參考用的小硬紙片：外語卡片／目錄卡片／編製卡片。

卡　音譯詞。卡片：聖誕卡／病歷卡／借書卡。

G8－20　動：　編輯

編輯　對資料、稿件或現成的作品進行整理、加工，組合成書刊：他在一家報紙編輯副刊／他為出版社編輯了幾種叢書。

編　編輯：編雜誌／編教科書。

編纂　編寫纂集；編輯（多指資料較多、篇幅較大的著作）：編纂詞典／編纂百科全書／他把歷年隨手記錄的見聞，編纂成書。

纂　編輯；編撰：纂集／纂述／先生晚年纂了一部說《易》的書。

編譯　編輯和翻譯：三十年代他為出版社編譯過幾本童話。

編審　編輯和審定（圖書、著作）：他參加了這本書的編審工作。

編排　按照一定的次序排列：我把選本中文章的次第重新編排了一次。

編次　按次序編排：本書作品目錄是按發表時間先後編次的。

詮次　〈書〉選擇和編排；編次：詩集目錄，悉本詩人年譜詮次。

編目　編製目錄：全書完稿，並已編目。

編錄　編輯著錄：收集近代名人遺聞佚事，編錄成書。

輯錄　收集、抄錄有關的資料或著作，編成書刊：輯錄逸書／輯錄歌謠。

裒輯　〈書〉輯錄：分類裒輯／諸家注解，概加裒輯。

摘編　從有關書刊、文章中摘錄並編輯：論文摘編。

G8－21　動：　校對・訂正

校對　根據原稿核對抄件或付印樣張，或根據定本核對抄本，訂正差錯：他把校樣校對了兩遍／這個抄本校對粗疏，訛錯很多。

校　核對；訂正：校核／校樣／你手上的稿件校完沒有？

校正　校對改正：初版錯字很多，第二版已一一校正。□校改。

校訂　根據原本或可靠材料校對訂正書籍文件中的錯誤：該社整理出版的古籍，校訂精宙可據／對照原文重新校訂了譯稿。

校勘　對同一書籍用不同版本和有關資料比較

核對其文字的異同和正誤真偽，以確定原文的真相：校勘古籍／整理、校勘魯迅的著作。

校讎 〈書〉一人獨校爲校，二人對校爲讎。指校勘書籍，訂正訛錯。

校閱 審閱校訂(書刊、文章的內容)：校閱清樣／校閱自己的文集。

校核 校對核查：將校樣分送編寫單位校核、修改。

校點 對書籍校訂並加標點：校點古典小說名著。

訂正 改正(文字中的錯誤)：書中文字訛誤，他都一一訂正了／他認真地訂正學生的聽課筆記。

勘誤 校正書刊文字上的錯誤：勘誤表。□**勘正**；**刊誤**；**訂誤**。

更正 對談話或文章中內容或文字上的錯誤加以改正：他要我對他談話的內容登報更正／我在這裡提一下，爲我的文章，作個更正。

G8－22 名： 編校人員

編輯 ❶新聞、出版等機構中擔任編輯工作的專業技術人員：高級編輯／助理編輯／美術編輯。❷泛指做編輯工作的人：校刊編輯。

編審 出版、新聞機構中擔任編審工作的高級專業技術人員。

編者 做編輯工作的人。

主編 主持或負責編輯工作的人。

編譯 做編譯工作的人。

校對 做校對工作的人：他在出版社當校對。

G8－23 動、名： 組稿·投稿

組稿 〔動〕編輯部按計畫約作者寫稿：雜誌社的編輯托人向我組稿。

約稿 〔動〕預約稿件；組稿：刊物停了，沒有人向他約稿，稿子寫好了，也不知向哪裡投。

稿約 〔名〕報刊徵求稿件的啓事，內容說明報刊

或某些欄目標性質、歡迎哪些稿件等。一般登在報刊上。

投稿 〔動〕把稿件投寄報社、出版社、廣播臺等，供發表或出版：我常給他辦的刊物投稿。

發稿 〔動〕編輯部門把編好的稿件發出付印：她知道週報明天早晨就要發稿，但此刻還不能靜下心來執筆。

G8－24 名： 稿費·版權

稿費 出版機構對採用的稿件、圖片等付給作者的報酬。也叫**稿酬**。

筆資 舊指爲人寫字、繪畫、作文所得的報酬。

潤筆 舊指付給詩文書畫作者的報酬。

潤格 舊指爲人作詩文書畫、治印所定的報酬標準。也叫**潤例**。

版稅 出版者付給作者或其他版權所有者的報酬。一般以出版物印數和定價的一個百分比計算。

G8－25 動： 印刷

印刷 將文字、圖畫等製成版，塗上油墨，轉移到紙、布等材料上，複製出同一圖文。中國古代印刷是用手工，將圖文反刻在木板上，刷上油墨，敷上紙，再用刷子擦壓。現代印刷是用機器，有凸版印刷、平版印刷和凹版印刷等技術，除在紙、布上印刷外，還可在其他紡織品、金屬板、皮革、塑膠、陶瓷等表面印刷：印刷傳單／他拿自己稿費印刷青年作家的作品。

刷印 用木板印。舊時印刷，先在木板上反刻圖文，再塗墨複紙，用刷子擦壓：詩集刻成後刷印了幾百部。

石印 用石版印刷。先把原文寫在藥紙上，再反移到石版上，然後塗油墨複紙，進行印刷：他的歌曲集已石印出版。

鉛印 用鉛字排版或澆製鉛版印刷：他把宣傳料拿去鉛印。

膠印　用膠版印刷。平面印版的圖文著墨後,先印在包橡皮的滾筒上,再轉印到紙張或其他材料上。

油印　在蠟紙上刻畫或打字出圖文做版,用油墨印刷:講義上油印的字很清楚。

摹印　照原本摹寫並印刷:摹印歷代書畫。

影印　照原書圖文用薄紙摹寫或用照相方法製版印刷:這批善本書已影印出版。

縮印　把書畫、文件等用臨摹或照相方法複製成縮小的印版印刷:他保存一部縮印的《山海經》。

燙金　將文字或圖案製成的金屬凸版加熱,在鋪著金屬箔的書籍封面或其他印刷品上壓印。也叫**燙印**。

套印　在同一版面上用顏色不同的版分次印刷:三色套印的《古詩歸》/套印的彩色年畫。

套色　利用紅、黃、藍三種顏色每次一種顏色,分次重疊印刷,可以印出各種顏色:年畫改用石印套色。

套紅　在普通版面上,部分用紅色印刷:套紅標題。

印　❶如蓋章般在物體上留下痕跡:車輪在地面上印出兩道線。❷印刷:印書／鉛印／付印／講義印得不夠清楚。

付印　稿件交付出版或印刷:原稿已經寄給出版社付印／最後一頁校對完畢付印了。

付梓　古時用梓木版刻書印刷,因此把稿件交付刊印叫付梓:其書未經付梓,輾轉傳抄,錯漏頗多。

打印　打字並油印:參考材料已打印出來。

排印　排版和印刷:書稿已交印刷廠排印。

刊印　刻板印刷或排版印刷:他的詩集即將刊印問世。

翻印　非原出版者照原樣重印書刊、圖畫等:翻印舊書／這些材料經過傳抄翻印,難免有錯誤缺漏。

重印　(書刊等)重新印刷:他的短篇小說集最近重印出版了。

影印　❶將書刊、圖片等照原樣印製:影印版畫二十餘幅。❷特指用靜電設備將文件、圖片等重印在紙上:影印機。

複製　仿造藝術品原件或影印書刊等:他收藏的是一幅複製的名畫／這部古籍是影印複製的。

抽印　從文稿或書刊的印刷版中抽取出一部分單獨印刷:抽印本。

G8－26 動:　刻版·排版

刻板　刻版　在木板或金屬板上雕刻或用化學方法腐蝕出文字或圖畫,作為印刷用的底版:刻版印書／刻板印刷。

雕版　在木板上雕刻文字或圖畫,用作印刷的底版。

刊刻　刻板印刷。

刊版　刊板　刻板;排版。

排字　依照原稿文字用鉛字排版。

排版　依照原稿把鉛字、圖版等排成書報所需形式的版面,以供印刷。

拼版　在排版過程中,把排好順序的文字和圖表等依照書刊所要求的大小、式樣組成版面。

套版　按照印刷頁摺疊的順序,把印刷版排列在印刷機上。

製版　製造各種印刷上用的版:他用的信箋上的花紋,是印刷廠專為他製版的。

發排　把稿件交給印刷部門排版。也說**付排**。

打樣　書報排版完了,先打印出樣張,供校對。

G8－27 名:　校樣

校樣　書刊報紙等稿件排版後印出的供校對用的樣張。

清樣　最後一次校定付印的校樣。也叫**付印樣**。

毛樣　還沒有按照版面形式拼版的校樣。

小樣　指報紙的一條消息或一篇文章的校樣。

大樣　指報紙的整版的清樣。

G8－28　名：　版

版　❶上面有文字或圖形,用於印刷的底版:木版/石版/銅版/珂羅版/刻版/排版。❷指報紙的一面:消息登在報紙頭版上。

版子　印刷書刊的底版:這次重印還是用舊版子。

版面　❶書刊每一頁的整面,包括版心和四周的白邊。❷書籍報刊每一頁面上文字、圖畫的編排形式。

版式　書刊報紙版面的格式:這書的版式不宜太小。

版口　線裝書書葉正中折頁的部位,常印有書名、卷數、頁次等。也叫「中縫」、「版心」、「頁心」或「書口」。

版心　❶線裝書的版口。❷書刊版面中印有文字、圖畫的部分。

中縫　❶線裝書的版口。❷報紙左右兩版中間的狹長部分,常用以刊登廣告、啟事或某些資料。

紙型　澆鑄鉛版的紙質凹模版。用特製的紙覆在排好的鉛版上壓製而成,可以澆鑄出相同的鉛版。也叫**紙版**。

凸版　圖文部分高出空白部分的印刷版,如木版、鉛版、鋅版等。多用於印刷報刊書籍等。

凹版　圖文凹入版面的印刷版。主要有照相腐蝕凹版和雕刻凹版。凹版印刷品,紙面上油墨稍微鼓起,如郵票、鈔票、有價證券等。

平版　版面空白部分和印刷部分都在同一平面沒有凹凸紋的印刷版,如石版、金屬平版、珂羅版等。

木板　在木板上雕刻文字或圖畫製成的印刷版。

銅版　用銅鑄成或用鋼板刻成的印刷版。有照相、電鍍和雕刻三種。主要用於印刷照相、圖片和精緻的印刷品。

鉛版　以活字版為原版製成紙型,把鉛合金熔化後灌入紙型壓成的印刷版。有平型和圓弧型兩種。

石版　石印用的印刷底版,用天然多微孔的石料經處理後製成。

膠版　膠印的印刷底版。

圖版　一種金屬印刷版。主要用於印製照相圖片、插圖或表格等。用銅、鋅等製成。

照相版　應用照相術製成的印刷版的統稱,如三色版、珂羅版等。版材有銅、鋅、鋁、不鏽鋼等。

鋅版　用鋅製成的照相凸版印刷版,多用來印刷線條畫、表格等。

珂羅版　珂璍版　音譯詞。照相版的一種。用照相法把圖、文曬印在塗有感光膠層的玻璃版上製成。多用於複製美術品、手迹和重要文獻等。因用厚磨砂玻璃作版材,故又名「玻璃版」。

謄寫版　用於油印的簡便的印刷版,把蠟紙鋪在謄寫鋼版上用鐵筆刻成。

G8－29　名：　活字・字模

活字　印刷上用的金屬或木質的方柱形物體,一頭鑄著或刻著單個反寫的文字或符號,排版時可以自由組合。我國宋代的畢昇首先發明泥活字。以後曾以膠泥、木、錫、銅、鉛等材料製成,現代通用的是以鉛、錫、銻合金鑄成。

鉛字　用鉛、銻、錫合金鑄成的印刷或打字用的活字。

字模　澆鑄印刷活字用的模型,用紫銅或鋅合金雕刻、沖壓或澆鑄製成。也叫**銅模**。

G8－30　名：　印刷體

印刷體　文字的印刷形式。字體標準化,筆畫清晰,便於辨認。我國漢字習用的印刷體有宋體、仿宋體、楷體、黑體、各種美術體等。

楷體　楷書漢字或拼音文字的印刷體。也叫**正
　　體**。

黑體　筆畫特別粗，撇捺等不尖的鉛字字體。一
　　般用於印標題或表示著重的文字。

白體　區別於黑體的筆畫較細的一種印刷字體，
　　如宋體、仿宋體等。

宋體字　宋代刻版印書通行的字體，字形方正勻
　　稱，後世稱爲「宋體字」。至明末演變爲橫細
　　直粗、字形方正的印刷體，仍稱「宋體」，是現
　　代漢字的主要印刷體。俗稱**老宋體**。

仿宋體　現代仿照宋版書字樣的一種印刷體，筆
　　畫橫直均勻工整，有長形的和方形的。

G8－31　動、名：　裝訂

裝訂　〔動〕把零散紙張加工成本子或把印刷品
　　印張加工成書冊：裝訂簿子／裝訂畫冊。

訂　〔動〕裝訂：訂個本子／把講義訂成厚厚的一
　　冊。

裝幀　〔名〕指書刊包括封面、版面、插圖、裝訂等
　　的美術和技術設計：這本書裝幀精美。

精裝　〔名〕書籍的精美裝訂形式。一般用厚紙
　　板、皮革、織物、塑膠等做封面，並燙印文字圖
　　案。

平裝　〔名〕書籍的普通裝訂形式。一般用單層
　　軟紙做封面，書脊不成弧形。

線裝　〔名〕我國傳統的書籍裝訂形式。將書頁
　　依中縫摺疊，理齊書口，前後加封面，切齊毛
　　邊，然後穿線裝訂，線露在外面：線裝書。

洋裝　〔名〕書籍的西式裝訂方法。裝訂的線放
　　在書皮裡面：洋裝書。

毛裝　〔名〕書籍不切邊的裝訂形式。精裝書和
　　平裝書都有採用毛裝形式的。

旋風裝　〔名〕古書的一種裝訂形式。把長卷摺
　　疊成冊，外加封面，使首頁和末頁相連綴。翻
　　閱時，循環不斷，狀如旋風。

蝴蝶裝　〔名〕古書的一種裝訂形式。將書面有
字的一面對折，中縫背面黏連成冊，包以厚紙
封面。翻閱時，兩邊向外，有如蝴蝶的雙翅。

G8－32　名：　印本

印本　書籍印刷的本子：這部古書流傳下來的只
　　有抄本，沒有印本。

印次　圖書每一版印刷的累計次數。如經過修
　　訂再版，就另行計算次數。

版次　同一圖書出版的先後次第。第一次出版
　　的叫「第一版」或「初版」，修訂重排出版的叫
　　「第二版」或「再版」，以下類推。

原本　❶書籍的底稿或第一次的印本。❷翻譯
　　所根據的原書。

原版　❶書籍最初的版本。❷特指書籍、電影等
　　未經翻譯的原作：原版書／原版片。

翻版　照原樣翻印的版本。

祖本　書籍或碑帖最早的寫本、刻本或搨本：蘇
　　東坡手寫的陶詩是這個刻本的祖本。

普及本　同一圖書在原有版本外出版的可以大
　　量銷行的版本。一般用紙較次、開本較小、裝
　　訂較簡、定價較低。

單行本　❶從整部著作、叢書或報刊中抽出、彙
　　集一部分單獨印行的本子。

袖珍本　版式較小、便於攜帶的書本。

巾箱本　版本較小的古書。因書型小，可裝在裝
　　頭巾的箱篋裡，故名。

聚珍本　即活字版的印本。

樣本　❶用作樣品的書。❷出版物的摘印本子
　　或商品圖樣的印本，用來做廣告或徵求意見。

樣張　印刷出來作爲樣品的單頁。

G8－33　名：　版本

版本　同一部書的不同本子。各種本子的不同，
　　是由於書籍經多次傳寫或刻印，以致有內容、
　　字體、版面、裝訂等方面的差異而形成的：搜
　　訪好的版本。

本 版本:刻本／抄本／善本。

本子 版本:手抄的本子／流傳較廣的本子。

抄本 書籍抄寫的本子。也叫**寫本**。

拓片 把碑刻、金石等器物的形狀和上面的文字、圖畫拓印下來的紙片。用搨片裝訂的冊子叫**拓本**。

刻本 木刻版印的書籍、版本:宋刻本／清刻本。

摹本 書畫按原本臨摹或翻刻的本子。

坊本 舊時書坊、書局刻印的書籍、版本。

珍本 珍貴罕見的書籍。

善本 在校勘、抄寫、刻印等方面比一般本子優異的古代的書籍、手稿、碑帖搨本等。

秘本 珍藏的不易見到的圖書和版本。

孤本 世間僅留存一份的圖書。也指僅存的一份未刻的手稿、一部書的某一版本、碑帖的舊拓本等。

百衲本 用許多不同的版本彙集而成的書籍,如《百衲本二十四史》、《百衲本資治通鑑》。

簡本 內容、文字較原著為簡略的版本。

節本 書籍經過刪除的版本。

縮影微卷 利用縮微攝影技術,將圖書、資料製成的膠捲,又稱「顯微膠片」。由於縮影時使用的系統設備不同,又分成:捲狀軟片、片狀軟片、匣式軟片、卡式軟片等。以捲狀軟片為例,一般是用三十五公釐的正片來拍製,每個鏡頭約可容納一版(面)的報紙;一捲一百英尺(約 30.5 公尺)的軟片,可拍攝八百七十個鏡頭,收錄一個月份的報紙。這種不經印刷、裝訂過程,可省略大量紙張的出版方式,稱作顯微膠片出版。

G8 - 34 動: 出版・發行

出版 把書刊、圖畫等編印發行出來:出版新書／他的散文集即將出版。

問世 指著作出版,與讀者見面:這個譯本問世以後,受到讀者的好評。

版 指排版印行;出版。書刊排印一次為一版:初版／第二版。

初版 (書刊)第一次出版:這本書初版印了五千本。

再版 (書刊)第二次出版:這本書在一九八〇年曾再版一次。

重版 (書刊)重新印行出版:這次重版,對原著作了較大的改動。

絕版 書刊原印刷的版子毀掉,不再印行:這些舊雜誌都是絕版的,賣價比新書還要高。

發行 發出新出版的書報或新印製的票證等:做好報紙發行工作／發行紀念郵票。

刊行 出版發行:該書由人民出版社刊行。

印行 印刷發行:她的詩集已由出版社繼續印行。

編印 編輯印刷:編印講義／編印出版一種叢書。

出版品預行編目 簡稱 CIP。出版品在即將出版之前,由出版者將樣書、毛本或相關資料交由專責單位,依據該書內容性質予以分類編目;出版者再將編目資料印在書內的固定位置,此即「出版品預行編目」。透過 CIP,讀者可以很快地了解本書的主要內容,而一館編目、多館共用的方式,更使各級圖書館省卻許多分類編目的人力。民國七十九年,臺灣正式實施 CIP,由國家圖書館國際標準書號中心負責辦理。

國際標準書號 簡稱 ISBN,此為一本書的識別號碼,共由十個數字所組成。透過這十個數字,可以辨識此書是哪個國家、哪個出版社所出版的。

ISBN 條碼 即 ISBN 的條碼化。歐洲國家於一九七七年共同制定了歐洲商品條碼,供各會員國之間商品流通使用。為了擴大出版品的行銷管道,國際 ISBN 總部乃於一九八〇年和國際 EAN 總會簽約協定,將 EAN 的條碼系

統與 ISBN 結合使用。ISBN 條碼化之後，就和商品條碼一樣可以經由光學儀器來解讀。這對於書店的銷售管理、庫存管理幫助很大，更直接減輕了人工成本和時間成本的負擔。

G8－35 名： 編輯、出版機構

編輯部　新聞、出版等機構中主管編輯工作的部門。

出版社　出版圖書刊物的機構。也叫**出版所**。

印刷所　印刷廠。

G8－36 名： 書店

書店　出售書籍的商店，如新華書店、外文書店。有時也指出版社。

書鋪　書店。

書局　舊時官立編書、印書的機構，後書店或出版社也有叫書局的，如中華書局。

書亭　銷售書刊的小店，多設在像亭子的小房子裡，故名。

書攤　出售書刊的攤子，書刊一般攤放在地上或床子上。

書坊　舊時印刷並出售書籍的地方。

坊間　〈書〉街市上。多指書坊、書店。

書肆　〈書〉書店；書鋪。

書社　❶舊文人讀書作詩文的會社。❷書店、出版社也有叫「書社」的，如齊魯書社。

書市　集中出售書籍的場所。

G9　資訊·通訊·新聞

G9－1 名： 資訊

資訊　❶通常指人們用口頭、書面或約定的信號、技術設施等方式傳送的消息：互通訊息／商品資訊。❷現代科學指事物發出的符號系列(語言、文字、數據、狀態等)所包含的內容，包括人和人、人和自動機以及自動機和自動機之間的消息交流，動、植物界的信號交流，細胞間和機體間的特徵傳輸等。資訊和品質、能量被認爲物質的普遍屬性：地鐵的運行資訊由電腦所控制／研究生物遺傳資訊。參見I4－6「資訊論」。

消息　❶關於人或事物情況的報導：他到處探聽消息／他答應我決不走漏消息。❷音信：他離家已經三年，毫無消息。

情報　關於某種情況的消息和報告，多指有關某方面的特定資訊，帶機密性質：科學技術情報／搜集情報／提供軍事情報。

風聲　比喻傳播出來的消息：這幾天風聲很緊／他打聽到對方內部傳出來的一點風聲。

聲氣　消息：互通聲氣／暗通聲氣。

聲息　消息；聲氣：師生間聲息相通。

風　消息；風聲：通風報信／聞風喪膽／這事不知是誰漏了風了。

音信　消息；資訊：舊時同學，時有音信／他移居國外，已多年沒有音信。也說**音訊**。

音問　音信：不通音問／音問斷絕。

音　消息；音信：佳音／前去一信，未得回音。

音塵　〈書〉消息；音信：音塵斷絕／音塵悄然。

音耗　〈書〉消息；音信：久無音耗。

信　資訊；音訊：通風報信／請你帶個信兒給他。

佳音　〈書〉好消息：靜候佳音。

喜訊　使人高興的消息；好消息：喜訊頻傳。

捷報　勝利的消息：前線傳來捷報／各條戰線，捷報紛傳。

福音　指有益於公眾的好消息：鎮上的古廟裡開辦了小學，這對貧苦子弟是一個福音。

G9－2 名： 通訊

通訊　運用各種方法，通過交通工具、電子設備發送和接收資訊的過程，可分爲郵政通訊和電子通訊。也說**通信**。

電信　利用電子設備的通訊方式,可分爲有線電通訊和無線電通訊。電信的基本種類有電話、電報、傳眞、數據傳輸、視訊電話等。

有線電通訊　利用電線、電纜傳輸電信號的通訊方式。它不易受外界干擾,可靠性較高,具有一定的保密性。

無線電通訊　利用電磁波在空間傳送資訊的通訊方式。用無線電發射機和發射天線向空間發射電信號,通過接收天線和無線電接收機接收。它不需要設傳輸線路,具有機動靈活的優點。

載波通訊　在有線通訊中,爲提高線路的利用率,使高頻電波按照低頻信號的特點而改變來傳送電信號的通訊方式。高頻電波稱爲載波。這種方式把各個電信號改變爲不同頻率的載波傳送出去,接收端用濾波器分別接收各個載波頻率不同的電信號,可使一條線路同時傳送多路電話或電報。

光纖通訊　利用光波由若干光導纖維組合的光纜傳輸資訊的通訊方式。發送端把資訊變成電信號,調製到鐳射器發出的鐳射束上,通過光纖發送出去,接收端用檢測器收到光信號後把它變成電信號,並還原資訊。光纖通訊具有損耗小、占用空間少、傳輸資訊量大、抗干擾和保密性強等優點,適用於多路通訊、電視和高速數據傳輸等方面。

鐳射通訊　利用鐳射在大氣中傳輸資訊的通訊方式。通訊時雙方天線方向必須嚴格對準,發送方將資訊的電信號調製到鐳射器發出的鐳射束上,把光束從天線發送出去;接收方將鐳射信號接收下來,通過光濾器、光檢測器還原爲資訊。鐳射通訊容量大、保密性好、設備輕便,但不易對準、易受大氣和氣候影響。

通訊衛星　利用人造地球衛星作中繼站,在兩個或多個地面站之間進行的遠距離通訊方式。其特點是通訊距離遠,可達數千至數萬公里,能實現全球通訊;通訊容量大,能同時傳送幾萬線電話或幾十線電視節目。

宇宙通訊　以星體、人造衛星、太空船等爲對象的遠程無線電通訊。包括地面站與設在太空船、人造衛星上的太空站之間、太空站之間以及地面站通過人造衛星與其他地面站之間的通訊。也叫**空間通訊**。

數字通訊　把傳送的語言、文字、圖像等資訊經過編碼轉換成一系列數字信號進行傳送的通訊方式。它抗干擾性較強,便於保密,最大的優點是由於數字信號的產生、存儲、轉接都比較方便,有利於組成以電腦爲中心的自動交換數字通訊網。

資訊網絡　一種高速資訊傳遞系統。它將採用聲音連續變化信號的通訊網絡轉變成採用數字形式的數字通訊網絡,同時進行電話與數據通訊、傳眞通訊、視頻通訊等傳遞業務。用戶有電話、電腦、電視或兼具這三種功能的設備,便可以和資訊網絡連接。

資訊高速公路　比喻大規模高速資訊互聯網絡的通稱。

G9－3 動:　傳播

傳播　人們通過談話、書信、電話等互相交流資訊,或利用報紙、書刊、廣播、電視等向衆多的人傳遞、散布資訊:傳播科學知識／消息很快在群衆中傳播開了。

傳　傳播;散布:這個謠言到處都在傳／大家把他這件事傳爲笑談。

播　傳播;傳揚:威名遠播／名播海外。

傳布　傳播:我們的呼聲在群衆中迅速地傳布開來。

傳送　傳播:勝利的喜訊通過廣播和電視傳送到千家萬戶。

傳輸　傳送:用種種工具把先進經驗傳輸給別人。

專揚　傳播:這件事要是傳揚開,他的信用可就
　完了。

交流　相互傳播、交換(資訊):交流技術成果／
　各國文化應該互相交流。

流傳　傳播開:流傳海外／這裡流傳著一個人所
　共知的笑話。

盛傳　廣泛傳播:十年前這裡盛傳過一位名醫的
　故事。

流布　廣泛傳播:流布遐邇／當時國內流布過這
　樣的謠傳。

散布　傳布;傳播:散布謠言／散布來源不明的
　消息。

散播　傳播;散布:爭執已經解決,但他們不和的
　消息已經散播開去。

播散　傳播;散布:這些話可能是他借學生們的
　嘴來播散的。

擴散　向四處擴大散布:擴散小道消息／這種錯
　誤言論不能擴散出去。

不翼而飛＊　沒有翅膀卻能飛,形容事物、消息傳
　播得很快。

不脛而走＊　沒有腿卻能跑。形容事物消息傳播
　迅速。脛:小腿。

G9－4　名:　媒介・載體

媒介　聯繫雙方發生關係或互通訊息的事物:空
　氣是傳播聲音的媒介／商業廣告是溝通行銷
　關係的媒介。

傳播媒介　向公衆傳播資訊的事物或技術手段,
　如報紙、刊物、廣播、電視等。簡稱**傳媒**。

載體　能傳遞能量或其他物質的物質,如傳遞熱
　量的運動介質、決定電流通過的帶電粒子,都
　是載體。也指記錄資訊符號的事物,語言、文
　字、卡帶(錄音帶)、唱片、電影軟片等都是資
　訊載體。

媒體　指傳播資訊的載體:視聽媒體。

多媒體　指將文字、聲音、圖形、靜態圖像、活動

圖像等多種資訊媒體通過電腦集合在一起的
技術和設備。在電腦擴充槽中插上各種積體
電路卡,再運行驅動程式,就可以實現相應的
各種功能,成爲多媒體。多媒體使人們通過
多個感官獲得相關資訊並縮短獲得資訊的時
間。

G9－5　名:　信號

信號　一種用來傳遞資訊(消息、命令、通知)的
　符號、動作(如手勢)或物理現象(光、聲、電波
　等):交通訊號／我們約定了派人聯絡的信號。

暗號　雙方約定的秘密信號:打暗號／前後的車
　輛用暗號互相聯繫。

手勢　手所做的各種姿勢,用以表示意思、信號:
　他們互相打手勢,我弄不清是什麼意思。

電信號　利用電子設備通訊時,帶有資訊(信號)
　的電流或無線電波。

電訊　無線電信號。

信號燈　用光發出各種信號的燈。以不同顏色
　的光或間歇發光顯示情況,傳達資訊。

信號彈　一種發射後產生有顏色的光或煙的彈
　藥,多用於軍事上傳達命令、指示目標或互相
　聯絡。

信號槍　發射信號彈的槍。

G9－6　名:　符號・標誌

符號　一種傳送資訊的圖案、字母等,用以代表
　人、物、屬性、數量或關係等:電碼是電報通訊
　使用的符號。

符　符號:音符／休止符。

號　符號;標誌;信號:括號／省略號／暗號／我
　舉杯爲號。

標誌　標識　表明或顯示事物特徵,用以識別的
　記號、符號等:紅十字是醫院的標誌。

標　標誌;符號:草標／路標／商標／會標。

標記　標誌;記號:他在地圖上做了許多標記。

記號 爲便於記憶、識別或引起注意而做的標誌:他存放在這裡的箱子,上面都有記號。

記 標誌;記號:暗記／印記／凡需要刪改的語句,下面都以黑點爲記。

代號 爲簡便或保密用以代替正式名稱的別名、編號或字母、符號。

呼號 無線電通訊中使用的各種代號。

碼 ❶表示數目標符號:號碼／價碼／暗碼／條形碼。❷以數字表示某種資訊的符號:電碼／密碼。

碼子 表示數目符號:蘇州碼子。

暗碼 商店在標價上所用代替數字的符號。

條形碼 商品包裝上標誌的一組粗細不一、黑白相間的條紋形代碼,內容是一組數字、符號,分別代表國名、廠名、商品名等。把條形碼利用掃描閱讀設備輸入電腦,可以迅速計算商品的單價、總價、進貨、出貨、庫存等資訊,提高處理大量商品資訊的效率。也稱**條碼**。

電碼 打電報時以電流脈衝的長短或方向組成的各種符號,用以代替字母和數字。用漢字打電報,一般用四個數字代表一個漢字。

密碼 特別編定的秘密電碼,在約定的人中間使用:截獲的敵方密碼電報被破譯出來。

明碼 ❶公開通用的電碼:這個電報用明碼發出。❷商品上標明的價碼:明碼售貨。

叉 「×」形符號,一般用來表示錯誤或作廢。

乙 「乚」形符號,從前讀書時用來畫在書上表示閱讀中止、著重或章節段落的地方。

箭頭 箭頭形符號,常用來指示方向或應該注意的地方。

G9－7 名: 信

信 把要向指定對象表達、傳送的意思、情況、消息等按一定格式寫出來的書面東西:寫信／寄信／回信／介紹信／公開信。

信件 書信和遞送的文件、印刷品的總稱:投遞信件。□函件。

書信 信:書信往來／我們分在兩地,書信不斷□書函;書簡 書柬;信函。

書 書信:家書／告全體員工書。

函 書信:公函／便函／來函／致函。

簡 書信:短簡／奉上一簡。

書札 〈書〉書信:名人書札。

信札 書信;信件:信札往來。

札 書信;信件:信札／手札。

箋 書信:手箋／附上一箋,請轉交。

翰 〈書〉文辭;書信:昨讀來翰／前奉華翰。

書翰 〈書〉書信:歷史名人書翰。

書牘 〈書〉書信、文件的總稱:書牘盈案。

尺牘 長一尺的木簡。借指信札,書信:這是先生的親筆尺牘。

牘 書信;公文:尺牘／文牘／案牘。

覆信 爲答覆對方所寫的信:還沒有得到覆信。□回信。

來信 寄來或送來的信件:來信收悉／接到很多人民來信。

家信 家庭成員間來往的信。□家書。

情書 男女間表示愛情的信:他寫給她的是研討學術的信札,並不是情書。

手書 親筆寫的信:接到家父手書。

匿名信 不署名或不署真實姓名的信。多爲了檢舉或達到攻訐、恐嚇、欺騙等目標而寫的。

黑信 〈口〉匿名信。

公開信 寫給個人或集體,同時公開發表讓公衆知道的信。

雞毛信 古時黏上或插上雞毛,表示要緊急傳遞的信件。

G9－8 名: 信紙·信封

信紙 寫信用的紙。□信箋。

信封 裝信件用的封套。□封皮;信套。

信皮兒 〈方〉信封。

G9－9　動：　通訊

通訊 用書信互通消息：他們經常通訊／我們已久不通訊。

修書 〈書〉寫信：修書一封／久未修書問候。

修函 〈書〉寫信：謹修函祝賀。

致書 〈書〉寫信給某人：致書摯友，表白心迹。□**致函**。

上書 給上級或地位高的人寫信反映情況或陳述意見：她不服環保署人員稽核的結果，上書環保署長陳情。

投書 給有關方面寫信反映情況或提出要求、意見：投書告密／有許多人慕名投書，請求解答技術問題。

覆信 答覆寫來的信：請立即覆信。也說**回信**。

函覆 用書信答覆：立即函覆。□**函答**。

來信 寫信來：你回鄉後不要忘記來信。

G9－10　名：　郵電・郵政

郵電 傳遞資訊、辦理通訊的業務，包括郵政和電信兩大部分：郵電業／郵電局。參見 G9－2「電信」。

郵政 指郵電部門為公眾傳遞信函、文件、包裹、報刊和辦理匯兌等業務。

郵務 郵政事務：郵務人員。

郵 郵政；郵務：郵電／郵局／軍郵。

軍郵 軍隊系統裡的郵政。

報務 拍發和接收及遞送電報的業務。

郵局 辦理郵政業務的機構。也叫**郵政局**。

郵電局 辦理郵政和電信業務的機構。

郵電所 郵電局或郵電分局的派出機構。

郵亭 郵局在街道、廣場等處設立的收寄郵件和辦理小額匯兌的處所。

郵筒 郵局在路旁設置的供投入信件的筒狀設備。也叫**信筒**。

郵箱 郵局設置的供人投寄信件的箱子，由郵局定時收取。

信箱 ❶郵局設在局內供個人或機構租用收受信件的箱子，編有號碼。有時某號信箱只用做收信人的代號。❷收信人設置在門前用來收信的小箱子。

電信局 專接電話和辦理電話業務的機構。

電話亭 設在郵局、街頭、車站、碼頭等處內裝電話機供公眾使用的處所，多為獨立或分割成的小間。

G9－11　名：　郵件

郵件 由郵局運送、投遞的信件、包裹等的統稱。

平信 不掛號的一般信件。

快信 另加郵資比一般信件快速運送、投遞的信件。

掛號信 付郵時由郵局登記編號、給寄信人收據的信件。信件如有遺失，寄信人憑收據可向郵局要求追查或賠償。

航空信 由飛機運送的信件。

保價信 使用郵局特製信封並按有關規定寄遞有價證券等物的信件。如有遺失，由郵局按保價金額賠償。

明信片 專供寫信用的硬紙片，郵寄時不用信封，郵資較平信低。

死信 無法投遞的信件（多因收信人地址不詳或錯誤造成）。

郵包 ❶由郵局寄遞的包裹。❷郵局裝運郵件的包裹。

郵袋 裝運郵件的口袋。

G9－12　動：　郵寄

郵寄 由郵局寄遞：他從東京把借去的大衣郵寄回來。

郵 郵寄；郵匯：家裡郵來一包衣服／哥哥給他郵來一百元。

寄 托人遞送，現專指通過郵局遞送：寄信／包

裏是從上海寄來的／他月月給家裡寄錢。

付郵 交給郵局寄遞。

郵遞 郵寄；由郵局遞送：他家住山區,郵遞不便。□寄遞。

郵傳 〈書〉郵遞：郵傳文書。

投寄 付郵寄出；郵寄：我把稿子投寄給報社。也說**投郵**。

投遞 遞送公文、信件等：這封信地址不詳,無法投遞。

遞送 傳送；投遞：遞送武器彈藥／遞送信件。

投 遞送；寄出：投信／投稿。

鄉郵 在鄉村間投遞郵件：鄉郵員／他剛到郵電局那年,被分配到郵電所跑鄉郵。

欠資 指寄件人投寄郵件未付或未付足郵資。不足郵資由郵局將郵件退回寄件人補足。

通郵 指國家、地區之間有郵件往來：兩地恢復通郵。

G9－13 名： 郵差・通訊員

郵差 郵電局中投遞郵件和電報的人員。也叫**投遞員**。

郵差 郵差的舊稱。

信差 ❶舊時稱被差遣遞送公文信件的人。❷郵差的舊稱。

鄉郵員 在村鎮間投遞郵件的郵差。

綠衣使者 因郵差穿綠色制服,被稱為綠衣使者。

通訊員 ❶部隊、機關中擔任遞送公文等聯絡工作的人。❷給報社、通訊社、廣播電台等寫稿報導消息的非專業人員。

交通員 擔任通訊聯絡工作的人員。也叫**交通**。

信使 ❶舊指奉派擔任使命或傳達消息、遞送書信的人。❷現指外交信使,由一國政府派遣遞送外交文件或外交郵袋的人員。

驛使 古代傳送官府公文、書信的人。

G9－14 名： 郵資・郵票等

郵資 郵局按規定數額向寄郵件者所收的費用。也叫**郵費**。

郵票 貼在郵件面上,表示已付郵資的憑證,由郵局發賣。

郵花 〈方〉郵票。

郵資券 〈方〉郵票。

郵品 指集郵愛好者所搜集的郵票、明信片、首日封等。

郵戳 郵局蓋在郵件上的戳子,用來註銷郵票和標明收發的郵局及收發的日期、時間。

G9－15 名： 電報

電報 ❶利用電信號遠距離傳送文字、文件、圖表、照片等的通訊方式。電報最早和多年來的傳送方法,是把字母、數字、符號等編成電碼變作電信號發送,接收端再將電碼譯出。現代用傳真技術傳送電報文件、圖片的原件,已被廣泛運用。參見「傳真」。❷指電報傳送的書面資訊：給學校打了電報／收到家裡電報。

電 ❶電報：通電全國／收到來電。❷也指電話：請即刻回電。

有線電報 電信號通過發送和接收兩端之間裝設的電線或電纜傳輸的電報。

無線電報 電信號借助無線電波傳輸的電報。發報臺將要發送的電信號調製成無線電波發射到無線電報通訊線路,接收臺收到電信號經過檢波和放大後直接收聽或用電報接收機記錄下來。

傳真 用有線或無線電裝置傳送文件、書信、圖表、照片等的真跡的通訊方式。發送時將傳送的原件分成許多黑白深淺不同的小點,通過函點掃描變成電信號,由電話線路或微波、光纖傳輸系統發送出去。接收端將收到的電

信號分解還原出原件的文字、圖表或照片。現代傳眞通訊已在郵電、氣象、商業、機關等部門得到廣泛應用。用傳眞方法傳送的電報，稱爲**傳眞電報**。

電傳　利用傳眞機和電腦，通過無線電波傳送文字、圖像等的通訊方式。用戶使用郵電部門的傳眞通訊網可直接通訊。

用戶電報　一種電報通訊裝置。用戶可以使用電信機構的線路和交換設備與其他用戶直接通報，具有接續簡捷、自動接收、迅速安全等優點。

電文　電報的文字、內容：他接到公司來的電報，電文過於簡略，不明白要他辦什麼事。

電報掛號　電報用戶向當地電報局申請，登記取得的編定號碼，用以代替該用戶發收電報的地址和名稱。

急電　需要加快傳送的電報。或稱加急電報。

回電　回覆的電報、電話：當天接到回電／我在電話機旁，等他的回電。

通電　拍給有關方面並公開發表宣布某種政治主張的電報：大會通電／向各省發出通電。

G9－16　名：　電話

電話　利用電信號傳送言語資訊的通訊方式，可使相距不同距離的用戶進行談話。按電信號傳送方式可分有線電話和無線電話。發話時電話機的送話器把聲音轉換爲電信號，經由通訊線路送達對方，在受話人電話機中還原爲聲音。

有線電話　通過兩地之間連接的電線或電纜傳輸電信號的電話。

無線電話　利用無線電波傳送語音電信號的電話。無線電話機的送話器把言語聲音轉換爲電信號調製到某個頻率的無線電載波中發射出去，接收機收到電信號後分解還原出聲音。

長途電話　超出本地區電話網通話範圍的電話。

程控電話　一種用電腦的程式控制自動接續線路的電話。它把接續過程中的摘機、撥號、轉接、呼叫、掛機等自動完成，還可利用變更程式有計時、計費、直撥分機、夜間服務及其他多種功能。

手機身分證　即手機的 IMEI 辨別碼，可稱爲「國際移動裝備辨識碼」。主要用途是提供訊息給電信網路系統，讓電信網路系統知道是哪一支手機在收發訊號，以防止被竊的手機登入網路，及監視或防止手機使用者蓄意干擾網路。

行動電話　一種可隨處移動的無線電話，俗稱大哥大。它有一個基地通訊網絡，網絡內有若干分布成蜂窩狀的基地臺，每臺控制一定地區範圍，用戶電話機把對方電話號碼傳給基地臺，基地臺轉接郵電系統通訊網絡接通收話方，使在市內或各地的雙方通話。用戶隨身攜帶行動電話，可在戶外、車船等處用來通話。

大哥大　一種行動電話的俗稱。

無線電呼叫機　一種用於尋呼的無線電話，由使用者隨身攜帶。尋呼者尋呼時打電話到控制臺，控制臺把資訊電信號傳送給尋呼機並發出呼叫聲，攜帶尋呼者就可按照機上小屏幕顯示的電話號碼或略語回電話或依照略語行動。俗稱「BB 機」。

影像電話　在普通電話線路上增加可視裝置的電話。用戶通話時可在終端設備上看到對方靜態形象和與談話有關的文件、圖片等。

視訊電話　通過電話線同時傳送圖像和聲音信號的通訊設備。由攝影管、顯像管、揚聲器、控制零件及電話機等組成。用戶通話時雙方可以互見動態形象以及顯示文件、圖片等。

數位電話　把言語聲音轉換爲數位信號傳送出去和還原爲聲音的新型電話。它的特點是占用線路只等於普通電話的四分之一，可大量

節約電話費,以及抗干擾力強,保密性好。

衛星電話 是一種衛星傳輸通訊之應用。使用者可將小型碟型天線對準負責接收和傳送訊號的衛星,使用十二伏特可充電電池推動,撥號後衛星將電話傳送至地面臺,再轉入一般電話交換機,即可直接接通用戶。此系統也可以傳送電視畫面,當年CNN(美國有線電視新聞網)獨家以衛星轉播波斯灣戰爭之後,知名度大爲提高,許多電視網、報社、通訊社等新聞媒體,以及軍事機構、外交人員等都紛紛訂購。雖然攜帶式衛星通信系統使用上十分簡便,但是若氣候不佳,通信時常會出現間歇性中斷之現象。

熱線 爲了便於即時聯繫而經常準備著直接連通的電話或電報線路。多用於各國首領之間或高級軍事指揮機關之間。

無限軟體協定 即WAP,它制定了在無線設備,例如行動電話上執行類似現有網路軟體的規格。WAP的軟體應用,只受限於設備的大小與頻寬,卻不要求特定的設備。一般可以使用的設備包括行動電話、個人數位助理(PDA)、呼叫器等。

G9－17 動： 發報·通話

發報 把文字消息、情報轉化爲電信號,用無線電或有線電裝置發送給接收者:迅速發報通知有關單位。

發電 拍發電報:發電到行政部門,請迅速撥款下來。

拍發 發出電報:我接連拍發兩份電訊給報社。

拍 拍發:他馬上給公司拍去了電報。

電 打電報:電告災情/請即電復。

回電 用電報或電話回覆對方:他打電報催問,公司沒有回電。

電覆 用電報回覆:請速電覆。

通電 把宣布某種政治主張的電報拍發給有關方面,同時公開發表:通電全國,請求聲援。

通話 通電話:他催我趕快和你通話,說明眞實情況。

傳呼 電信局或管理公用電話的人通知受話人去接電話:傳呼電話/夜間傳呼。

G9－18 名： 電報機·電話機

電報機 發送和接收電報信號的設備。由發報機和收報機組成。有多種類型,主要有電碼高速自動收發電報機、電傳打字電報機、傳眞電報機三大類。

發報機 利用無線電波發射電報信號的設備。

電話機 傳送和接收話音的通訊器件。由接通用戶的轉接、呼叫部分和傳遞、接收的通話部分組成,包括送話器、受話器、呼叫裝置和附屬開關等。按送話器電源和呼叫電信號供電方式,可分爲磁石式電話機、共電式電話機和自動式電話機等。

送話器 一種專用於電話通訊的器件,能把話音轉換爲聲頻電信號傳送到對方的受話器中再變成聲音。用於電話機、人工電話交換機等設備中。也叫**發話器;麥克風**。

受話器 一種用於電話機等的器件,能接收送話器傳來的聲頻電信號並轉換爲聲音。

耳機 ❶指可以貼於耳邊或塞入耳中的受話器。❷通常指送話器和受話器連在一起的電話零件。也叫**聽筒**。

交換機 爲電話用戶接續電話的設備,有人工交換機和自動交換機兩大類。設置在電信局、長途電話臺和裝有電話總機的單位。

報話機 一種小型無線電通訊工具,可用來收發電報或通話。

對講機 一種體積小便於攜帶的無線電話收發機。通訊距離不大。使用的雙方能在行進間相互通話。用於軍事上或運動比賽場所。也叫**步話機;步行機**。

電話答錄機　兼有錄音裝置的電話機,主要功能爲記錄雙方通話內容,錄音轉送,也可做普通錄音機、電話機使用。

G9－19 名：　報務員·話務員

報務員　電信局或機關中使用電報機拍發、接收電報的工作人員。

話務員　電信局或裝有總機單位使用交換機爲用戶接續線路的工作人員。

接線生　話務員的舊稱。

G9－20 名：　無線電

無線電　❶利用無線電波遠距離傳送資訊的技術。無線電廣泛地用於電報、電話、廣播、電視、遙控、探測、自動化及其它方面。❷「無線電廣播」或「無線電收音機」的通稱:聽無線電/修理無線電。

無線電發射機　用於無線電通訊、廣播等能產生高頻率電磁波發射電信號的設備。主要包括高頻振盪發生器、振盪調製器等。簡稱**發射機;發送機**。

無線電接收機　用天線接收無線電信號,從中選出需要的信號再轉換爲聲音、圖像、電碼等的設備。主要元件有濾波器、電振盪放大器、檢波器、揚聲器、電子顯像管等。有多種類型,如電報收信機、廣播收音機、電視接收機等。簡稱**接收機**。

天線　用來發射或接收無線電波的器件,與無線電發射機配合的叫發射天線,與無線電接收機配合的叫接收天線。天線隨所適用的波段而採用不同的形式,有垂直式天線、平面天線、鞭狀天線、菱形天線、蝶形天線、透鏡式天線、反射式天線、隙縫天線等。

定向天線　對特定方向能集中地輻射或接收無線電波的天線。在接收機上的多爲環形,在雷達上的多爲凹面鏡形。

G9－21 名：　廣播

廣播　❶利用無線電波或導線向公眾播送聲音圖像等節目標傳播形式,分爲無線電廣播和有線廣播。通常稱只播送聲音的爲「廣播」,播送圖像和聲音的爲「電視」。❷指廣播電台播送的節目:聽廣播。

無線電廣播　利用無線電波向公眾播送節目的廣播形式。通常廣播電台只播聲音節目,採用長波、中波和短波波段;電視臺同時播送圖像和聲音,採用超短波波段。

有線廣播　利用導線傳送節目的廣播形式。聲音通過放大器放大,由導線傳送到各處用戶的揚聲器或其他接收設備。

調幅廣播　使載波的振幅隨所需頻率變化的無線電廣播形式。優點是占用的頻帶較窄,用於長波、中波和短波廣播。

調頻廣播　使載波的振盪頻率按所需變化規律而變化的無線電廣播形式。優點是抗干擾性強,用於超短波播音和電視。

實況轉播　一種把事件現場實況直接播送報導的廣播形式。廣播電台、電視臺將某一正在進行中的社會活動現場的聲音、景像,結合播音員的講解,通過廣播或電視直接傳播給聽眾或觀眾。

廣播波段　爲了避免使用無線電波的業務部門(電報、電話、遙測、廣播、電視等)相互干擾,有關國際機構爲廣播業務劃分的專用波段,稱爲「廣播波段」。包括:長波(150～400 千赫)、中波(535～1605 千赫)、短波(2.3～26.1兆赫)、米波(甚高頻 41～223 兆赫)、公分波(特高頻 470～960 兆赫)。

G9－22 動：　播放

播放　通過廣播、電視設備放送聲音或影像節目:電台正在播放新聞/這個電視連續劇將在

本地電視臺播放。

廣播 廣播電台、電視臺向廣大地區的公眾播送節目：廣播重要新聞。

播 廣播；播送：直播／聯播／CNN 播出了這條消息／在晚間新聞重播一次。

播送 通過無線電或有線電向外傳送節目：播送歌曲／播送重要新聞。

放送 播送：放送話劇錄音。

播發 通過廣播發出：播發公報全文。

播音 廣播電台播送節目：電台新聞節目已開始播音。

直播 廣播電台、電視臺不經過錄音或錄影從現場採訪直接播送：現場直播中日女排比賽實況。

轉播 廣播電台、電視臺播送別的電台或電視臺的節目：轉播春節聯歡會實況。

聯播 若干廣播電台或電視臺同時轉播某電台或電視臺播送的節目：新聞聯播。

點播 指定節目請廣播電台或電視臺播送：聽衆點播的音樂節目。

首播 廣播、電視節目首次播放：這部大型電視連續劇定於今晚首播。

播映 通過電視播放影像節目：這部電影在各地電視臺也播映過。

播講 通過廣播或電視講述或講授：播講武俠小說／播講農業知識。

播唱 通過廣播演唱：播唱流行歌曲。

演播 表演並播送（廣播、電視節目）：演播連續劇／現場演播電視節目。

G9－23 動： 發送‧接收

發送 把電信號傳送、發射出去：無線電發送機／這是緊急電報，要馬上發送出去。

發報 用電報機把電報信號發送給接收者：他們用土造電鍵來練習發報。

呼叫 電台用呼號叫對方：報務員聽到長江號在呼叫：「黃河號！我是長江。前方發現敵機。」

接收 收受：接收無線電信號／無線電接收機。

收聽 聽廣播：收聽新聞聯播。

收音 接收無線電廣播的聲音：這臺收錄機收音清晰。

收看 看電視：收看球賽實況直播。

收視 收看電視：收視率／這個反腐敗題材的電視劇，受到收視觀眾的好評。

干擾 在電信通訊中，一些雜亂電波或電信號對正常接收電信號的擾亂或妨礙。干擾的來源有接收設備附近的電氣裝置（如電動機、電焊機）、無線電以及日光、磁暴等天文、氣象上的變化等。

G9－24 名： 電視

電視 傳輸和重現活動圖像及其聲音的電子技術。由攝影機將圖像轉變爲電脈衝信號，通過發射機或電纜發送出去，在接收端接收機將電脈衝信號再轉換爲明暗、彩色不同的光點，在螢光屏幕上顯示出原來的圖像。有黑白電視和彩色電視兩種。現在各國通行的均爲黑白、彩色電視兼容製式。電視廣泛應用於廣播、工業、通訊、教育、科研、醫療、軍事等方面。

彩電 彩色電視的簡稱。

電視牆 顧名思議是由許多部電視所組成的一片牆；一般的電視機是將映像管放在一個木框中間，而電視牆是利用分割主機與電腦，以電腦程式的控制，將所有的外框去掉，只剩下映像管的部分相連結。其效果可分爲四部分：①大畫面②組合畫面③靜止畫面④顏色板。

投影機 用光學投影方法將電視螢光幕上的圖像投射到特大屏幕上，以獲得放大的電視圖像的設備。廣泛應用於廣播、工業、教學等方面。

閉路電視 不對公眾開放的、非廣播性的電視系統。電視攝影機通過導線或同軸電纜與視頻，控制裝置連接，以實現傳輸和控制電視信號。閉路電視是一種極為方便可靠的通訊、觀察、探測手段，在工業、運輸、教學、醫療、海洋工程等方面有廣泛用途。

有線電視 通過同軸電纜傳輸圖像信號的電視系統。一根電纜可以傳輸四十至六十個頻道的節目，具有不受高層建築物阻擋及地形或雷電干擾、而且圖像清晰的優點。它已在各國普及，除用於一般電視廣播外，還可向用戶提供在家購物、銀行服務、訂購車票、機票、防盜等服務項目。

衛星電視 即「小耳朵」。一種利用通訊衛星轉播地面電視節目標電視。通訊衛星上的轉發器把地面傳送來的電視信號進行放大和處理，重新發射回地面的預定地區。由於通訊衛星離地球很遠，衛星電視覆蓋面廣，而且用戶可不受地理條件限制，能收到良好的圖像和聲音。

電視頻道 在電視廣播中，電視信號被調製在幾十以至幾百兆赫的甚高頻或特高頻的載波電流上，以無線電波的形式發射到空中。各國都規定了給各個電視廣播通道使用的頻率範圍和序號，稱為「電視頻道」。

G9－25 名： 電視機

攝影機 播送電視節目將景物的光影像轉換成視頻信號的裝置。主要零件有物鏡、攝影管、視頻放大器和掃瞄器等。有黑白攝影機和彩色攝影機兩種。

電視機 用來接收電視廣播節目標裝置。把收到的電信號通過電子線路分離出視頻信號和音頻信號，分別通過螢光幕和揚聲器重現原來的圖像和聲音。主要零件為顯像管、揚聲器等。有黑白電視接收機和彩色電視接收機兩種。

映像管 電視接收機中顯示圖像的器件。呈漏斗形，一頭是螢光屏，一頭是電子槍，內部高度眞空，外部套有偏轉線圈。電子槍可發射電子束，電子束的強弱受電視圖像控制，在螢光幕上掃描，產生相應的明暗不同的光點，顯示出圖像。只顯示圖像明暗程度的為黑白映像管。彩色映像管有三支電子槍和三種原色組成的螢光屏，由三支電子束激發的三種單色圖像綜合形成彩色圖像。

螢光幕 塗有螢光物資的屏幕。愛克斯射線照射或電子束發射到螢光幕上，能發出可見光。螢光幕裝在示波器或電視機映像管上，可顯示波形或圖像。也叫**螢屏；螢幕；銀屏；屏幕**。

頻道 指電視廣播中圖像信號和聲音信號的通道占用的一定頻率範圍。各國對電視廣播使用的頻道的頻率範圍都有一定規定，並分別用序號表示。

頻道分段 指有線電視系統業者將節目組合加以分級，依使用者使用級數收費。一般最便宜的級數為基本頻道級，包括當地電視臺節目和接近頻道等；擴充級則包括基本頻道、衛星頻道等；再者是付費頻道及計次付費頻道等節目，級數愈高，節目愈豐富，但收費也愈高。

鎖碼頻道 有限電視中的限制級頻道。稱為「鎖碼」是因為觀賞這些頻道的節目，必須使用解碼器，否則無法收看。所播出者多為一些兒童不宜的色情影片。

G9－26 名： 電台・電視臺

無線電台 設有利用無線電波發送和接收資訊的設備的機構。主要設備是無線電發射機、無線電接收機和天線等。

廣播電台 通過無線電波向廣大地區播送新聞、通訊、錄音報導、評論、文藝、科學常識等節目

的機構。

電台　指無線電台或廣播電台。

中繼站　在無線電通訊中,設在發射點與接收點中間,有接收—發射設備的工作站。作用是接收、放大無線電信號,再發射到下一站,最後到達終點站。

地面站　設置在地球表面上(包括裝在船舶和飛機上的)進行宇宙空間通訊的無線電台。

電視臺　錄製並播送電視節目標綜合設施和場所。內分節目製作中心和發射臺。

電視塔　以架設電視廣播發射天線的塔形支架爲主體的建築物。支架最高點安裝發射天線,天線架得越高,電視的有效接收距離越遠。塔上通常裝有多副天線,用以發射多套電視節目和無線電廣播。有時還裝有氣象觀察儀器。

電視轉播臺　設在離電視臺較遠地區轉播電視臺節目的電視發射臺。只有收轉發射設備,將接收的電視信號轉發出去,以擴大電視廣播範圍,不能自播節目。

衛星新聞採訪車　電視臺外出轉播實況用的汽車。車內裝有移動電視設備,把在會場、劇院、體育場館等現場攝取的實況圖像信號和聲音信號發送回電視臺節目中心,經編輯後播送出去。

G9－27 名：　播音員

播音員　廣播電台或電視臺播送新聞或文藝節目的人。

主持人　負責掌握廣播或電視節目播放的人。

G9－28 動、名：　錄音・錄影

錄音　❶〔動〕把聲音記錄在存儲材料(唱片、卡帶(錄音帶)等)上,以便保存和重放。已有的錄音方法有三類,爲機械錄音、磁性錄音和光學錄音:錄音機／錄音材料。也作**錄聲**。〔名〕

指錄音下來的有聲資訊:聽錄音。

錄影　❶〔動〕把圖像和聲音用磁性、光學等方法記錄在存儲材料(卡帶(錄音帶)、光碟等)上:錄影機／記者在比賽現場錄影。❷〔名〕指記錄下來的圖像:看球賽錄影。

影像　〔名〕錄下的聲音或圖像。也指錄音或錄影的設備、製品:影像製品／影像公司。

錄製　〔動〕用錄音或錄影裝置記錄聲音、圖像製作唱片、錄音帶、錄影帶等:錄製京劇唱片／錄製春節晚會電視片。

灌音　〔動〕錄音:他保存一些早年灌音的唱片。

灌　〔動〕灌音;錄音:她唱的歌曲已灌了唱片。

灌錄　〔動〕錄音:灌錄唱片。

收錄　〔動〕接收並錄製(聲音、圖像):收錄和轉播 CNN 的新聞節目。

翻錄　〔動〕照原有唱片、卡帶(錄音帶)、光碟等重覆錄製:禁止非法翻錄和銷售影像製品。

錄放　〔動〕錄製並放送(聲音、圖像)。

G9－29 名：　收音機・擴音機等

收音機　無線電收音機的簡稱。接收無線電廣播的裝置,能把收到的聲頻電信號經過放大而轉換爲聲音。按所用元件可分爲礦石收音機、眞空管收音機和半導體收音機。也通稱「無線電」。

話匣子　〈方〉原指留聲機,後來也指收音機。

電匣子　收音機的俗稱。

耳機　可塞在耳中的小型受音器,常用在收音機和助聽器上。

擴音機　用來擴大聲音的器件。能將傳聲器、拾音器或卡帶(錄音帶)錄音機等傳來的較小聲頻電信號,經過聲頻放大器放大,再傳送到揚聲器發出音量擴大,可按需要調節的聲音。也叫**擴音器**。

傳聲器　一種把聲音轉換成電信號的器件。聲波通過傳聲器時,電流隨聲波的變化做相應

的變化。按構造和工作原理,可分爲電容傳聲器、電動傳聲器、壓電傳聲器和半導體傳聲器。廣泛用於廣播、電視、錄音和擴音設備中。也叫**微音器**。

揚聲器　一種能將言語、音樂的聲頻電信號轉換爲放大的聲音發出去的電聲器件。聲頻電信號傳入揚聲器後使紙盆、膜片產生機械振動,向周圍的空氣發出聲音。普遍應用的爲電動揚聲器。按功能能可分爲高音揚聲器和低音揚聲器。俗稱**喇叭**。

傳聲筒　用以提高話音的類似圓錐形的筒。也叫「麥克風」。

喇叭筒　傳聲器和傳聲筒的俗稱。

麥克風　傳聲器和傳聲筒的通稱。

音箱　放置揚聲器的箱子,能增強音響效果。

譯意風　音譯詞。供會場或劇院使用的同聲傳譯裝置。由譯員們把講演者或影劇中人物講的話即時譯成各種不同語言,傳送到各個席位上,聽的人可從耳機中選聽所需譯語。

G9－30　名：　錄音機·錄影機等

錄音機　記錄聲音以便重放的機器。有機械式、磁性式、光學式三種類型。應用最廣的是卡帶(錄音帶)錄音機。

收錄機　兼有收音機和卡帶(錄音帶)錄音機裝置,可以收錄兩用的機器。

留聲機　利用唱針隨唱片的旋轉把聲音重放出來的機器。主要零件有帶動唱片旋轉的轉盤(機械的或電動的)、唱針、電唱頭、聲頻放大器和揚聲器等。有些留聲機還有自動換片裝置。

電唱機　用電做旋轉動力的留聲機。

話匣子　〈方〉留聲機。

唱機　留聲機、電唱機的統稱。

唱頭　唱機上把唱片的機械振動轉換爲聲頻信號,傳送到揚聲器的器件。

唱針　裝在唱機唱頭上的針,一般用鋼或人造寶石製成。播放唱片時,針尖接觸唱片盤紋隨著唱片旋轉,把機械振動傳給唱頭變爲聲頻信號。

電唱頭　電唱機中播放唱片時將機械振動轉變爲電振動的器件。主要零件有唱針和支架,連在聲頻放大器和揚聲器上發出聲音。有電磁式和晶體式兩種。也叫**拾音器**。

錄影機　把圖像變爲電信號來記錄圖像並能重放的機器。先後有機械方法錄影、磁性錄影、鐳射錄影三種類型。通常是指卡帶(錄音帶)錄影機。

磁頭　錄音機和錄影機中的重要記錄元件。裝有帶鐵磁芯的感應線圈,記錄和重放聲音或圖像時,磁頭通過感應線圈與資訊載體(卡帶(錄音帶)等)相互作用。

音響　具有高傳真度的收音、錄音設備的通稱。

卡拉OK　音譯詞。一種放錄多重聲道卡帶(錄音帶)的大功率音響設備。既可播放音樂,又可爲人伴奏供即興演唱,還能錄放即興演唱的節目。時下廣泛流行於大衆娛樂場所。

G9－31　名：　唱片·卡帶
　　　　　　　(錄音帶)·光碟

唱片　一種記錄和重放聲音用的合成塑膠製成的圓片。上面有用機械錄音方法錄製的螺旋形槽紋,可放在留聲機、電唱機等上把聲音重放出來。

錄音帶　記錄聲音振動的載體。有照相錄製的(在電影軟片上)和磁性錄製的(在卡帶(錄音帶)上)。

卡帶(錄音帶)　塗有磁性材料的軟塑膠帶子,可以記錄聲音、圖像、數據等資訊。用於卡帶(錄音帶)錄音機或存儲器中。

音帶　指錄音卡帶(錄音帶)。

盒帶　盒式卡帶(錄音帶)的簡稱。

錄影帶　記錄電視、電影圖像及聲音的卡帶(錄音帶)。俗稱**影帶**。

光碟　一種用鐳射技術製成的新型資訊載體。由兩片覆有金屬薄膜的塑膠圓片合成,上面有用鐳射打出的大量小凹坑連成的螺旋形圓線,這些小坑都是記錄下的文字、聲音、圖像、數字的資訊。光碟有極高的存儲資訊密度,一個單面直徑十餘公分的光碟能存儲上萬冊書的內容。光碟可用來作唱片、影碟和電腦存儲介質等。

鐳射唱片　一種用鐳射技術錄製的新型密紋唱片。外覆鋁膜的薄塑軟片,上面有鐳射刻的存儲立體聲數字音頻信號的小量小凹坑,可通過鐳射束掃描放大還原成原來的聲音。特點為音質優美,播放時間長。通常稱為 CD,近年又有 CD-G、CDV、CD-I 等新品種。

鐳射影碟　用鐳射技術錄影伴有聲音以供重放的塑膠圓片。用於存儲音樂、電影、電視節目。特點為音、像品質高,每一面可播放一小時。即通常所稱的 LD,近年又有 VCD、DVD 等新品種。簡稱**影碟**。

G9－32 名：　新聞

新聞　❶關於社會上新近發生的事情的消息:他突然離婚成了轟動全村的新聞。❷報刊、廣播、電視、通訊社等對國內外當前發生的事件所作各種報導的總稱,體裁有消息、電訊、通訊、特寫、調查等:國際新聞/體育新聞/記者奔赴災區採訪新聞。

新新聞學　是一種對傳統的嚴謹新聞文體的變革。它不再堅持傳統新聞寫作中的客觀原則,而是以接近文學寫作的筆法來寫新聞,同時容許加入記者的主觀評論,和對人、事、物等場景的描繪。也作**新學文學**。

五 W－H　指六個構成新聞寫作要素的英文單字,分別是 When(發生時間)、Where(發生地點)、Who(相關當事人)、What(何事)、Why(為何)以及 How(如何)六個字。

消息　一種最常使用的新聞體裁。是報刊、通訊社、電台等對最新發生的有新聞價值的事實所作及時的簡短報導。一般由醒目標題、簡括的導語和本文組成。

電訊　用電話、電報等傳送的消息。

要聞　重要的新聞:國際要聞/一週要聞。

報導　報刊、廣播等發表的新聞稿:特區報導/大會報導。

通訊　一種對消息內容作更為具體、詳細、系統的報導的新聞體裁。按內容分,有人物通訊、事件通訊、概貌通訊、工作通訊等。

特寫　一種新聞報導的體裁。對新聞人物或事件有特徵的部分、片斷用文學手法作集中、生動、形象地描述,使富有感染力,但要完全符合事實。有人物特寫、事件特寫、場景特寫等。

專訪　對新聞人物作專題採訪寫成的通訊或特寫。

專電　新聞記者從外地專為派出單位拍回的電訊:本報紐約專電。

簡訊　簡短的消息:球賽簡訊/大會簡訊。

零訊　零星的消息。大多用做報刊專欄的名稱。

花絮　比喻各種使人感興趣的零碎新聞:賽場花絮/大會花絮。

G9－33 名：　傳聞

傳聞　輾轉流傳的消息:你聽到的是外邊的傳聞,毫無事實根據。

風聞　由傳說得知的消息:關於這事是有一些風聞,報上沒有登過詳情。

傳言　流傳的話:里巷間的傳言,不可輕信。

舊聞　以往的傳聞:京都舊聞/掇拾舊聞。

遺聞　過去留下的傳聞:遺聞逸事/清末遺聞。

逸聞 不見於正式記載的傳聞:城裡到現在還流傳他祖父行醫的一些逸聞。□**軼聞**。

珍聞 珍奇的或有趣的見聞:世界珍聞／科學珍聞。

荒信 未經證實的消息:前幾天聽到一個荒信,說他們正在東鄉一帶活動。

耳風 〈方〉聽來的消息:他近來行爲不檢,我也有一些耳風。也說**耳朵風**。

小廣播 指私下傳播的不可靠的消息。

小道消息 非經正式途徑傳播的消息。

G9－34 動: 傳說·傳聞

傳說 輾轉述說(事情、消息):這件事到處都在傳說／村裡人傳說他去經商發了財。

傳述 經過多人述說;傳說:這是個至今人們還在傳述的故事。

風傳 到處傳說;傳聞:最近風傳他因炒股票虧空公款而被捕了。

哄傳 許多人傳說;紛紛傳說:這件事成了哄傳一時的新聞。

轟傳 紛紛傳說;盛傳:他的英名天下轟傳。

相傳 長期以來互相傳說:我家的後面有個很大的園,相傳叫作百草園。

誤傳 錯誤地傳說、傳播:這個消息,出外一打聽,才知道是誤傳的。

訛傳 誤傳:事實確是如此,並非訛傳。

以訛傳訛 * 把不正確的話又錯誤地傳出去,越傳越錯。

傳聞 聽別人傳說(非親見親聞):這些都是傳聞之詞,事實並非如此。

風聞 由傳聞而得知:這件事他早已風聞。

二手傳播 新聞記者無法向當事人直接進行採訪工作,而是透過其他管道得知與當事人有關的訊息,再將之報導出來。

G9－35 名: 報紙·刊物

報紙 以發表國內外新聞和時事評論爲主的定期的散頁的出版物。一般爲每日出版的日報。

報 ❶報紙:日報／看報／賣報／登報聲明。❷指某些刊物:畫報／學報。

報刊 報紙、刊物的總稱:出售報刊／他的文章在各地報刊上發表。

報章 報紙:報章雜誌／他的名字上過報章。

日報 每天早晨出版的報紙。

晚報 每天下午出版的報紙。

號外 定期出版的報刊爲及時報導緊急消息而臨時編印的增刊。因不列入原有編號,故名。

快報 機關團體等自辦的能及時反映情況的小型報紙或壁報。

簡報 內容簡要的報導:新聞簡報／大會簡報。

畫報 以刊登圖畫和照片爲主的期刊或報紙:兒童畫報／連環畫報。

黑板報 早期機關、團體、工廠、學校等寫在黑板上的報。以報導本單位內部情況及國內外重要新聞爲主,內容簡短扼要。

壁報 機關、團體、學校等內部辦的貼在牆上的報。也叫**牆報**。

學報 學術團體或高等學校定期出版的學術性刊物。

黨報 政黨的機關報。

機關報 國家、機關、政黨或群衆團體出版的報紙或刊物。

刊物 登載文章、圖片等定期或不定期連續印行的出版物。有固定名稱,一般按卷、期或年月順序編號出版,裝訂成冊。也叫**雜誌**。

刊 ❶刊物;雜誌:週刊／月刊／校刊。❷指報紙上有特定內容的一版:副刊／專刊。

期刊 定期出版的刊物。如月刊、季刊等。

週刊 每星期出版一次的定期刊物。也叫**週報**。

旬刊 每十天出版一次的刊物。

月刊 每月出版一次的定期刊物。

月報 月刊。多用作刊物名。

季刊 每季出版一次的刊物。

副刊 報紙在新聞和評論以外刊登文藝作品、學術論文等的專頁或專欄。多有固定名稱,每天或定期出版。

增刊 報刊遇有特殊需要時臨時增加的篇頁或冊子。

特刊 報刊為紀念某一節日、事件、人物而編輯的一版或一期。

特輯 報刊為特定主題而編輯的文章、資料等的一版或一期。

專號 以某項內容或某一文體為中心而編成的一期報刊,如婦女問題專號、報告文學專號。

專輯 以某一特定內容為中心編輯而成的刊物或書籍,如《紅樓夢》研究專輯。

專刊 報刊以某項內容為中心而編輯的一欄或一期,如奧運會專刊。也指有專題內容的單冊刊物。

集刊 學術機關刊行的成套的論文集,定期或不定期出版。

校刊 學校出版的刊物,內容多為本校情況的報導和師生所寫的文章。

機關刊物 國家機關、政黨或群眾團體出版的刊物。

G9－36 名： 版面

版面 報刊的每一面上稿件(文字、圖片)的編排形式。

欄 報刊、書籍的每版或每頁上用線條或空白隔開的部分,也指按內容、性質劃分的版面:左欄／通欄／體育專欄。

欄目 報刊按稿件內容、性質劃分的版面:教育欄目／專設一個讀者意見的欄目。

專欄 報刊上專門刊登某類稿件的欄目:經濟專欄,報告文學專欄。

通欄 書籍報刊上貫通版面不分欄的編排形式:通欄刊登大字標題。

報頭 報紙第一版或壁報、黑板報等上頭標報名、期數等的部分。

刊頭 報刊上標出名稱、期數等的部分。

報屁股 指報紙最末一欄或不顯眼的地方。

題花 報刊、書籍上裝飾標題的圖畫。

G9－37 名： 報刊評論

社論 報刊上發表的代表本社意見評論當前國內外重大事件、問題的文章。舊時也叫**社評**。

時評 報刊上評論時事的文章。

述評 報刊上對新聞敍述並評論的文章:國際形勢述評。

短評 報刊上簡短的評論:時事短評。

論壇 發表議論的地方。多用於報刊登載議論和批評文章的專欄(如經濟論壇、文藝論壇)或議論某種問題的集會(如亞非經濟論壇、世界婦女論壇)。

G9－38 動： 報導·採訪

報導 通過報刊、廣播等把新聞告訴群眾:各報都在頭版報導了這個消息。

採訪 為搜集(材料、新聞等)而尋訪探問:採訪新聞／採訪青年楷模的先進事蹟。

採寫 採訪並寫出:採寫球賽實況。

專訪 專為某新聞事件或問題對專家或有關人物採訪:報紙發表了他接受記者專訪時的談話紀錄。

追訪 跟蹤採訪:聯賽結束後,記者追訪了該隊主教練。

G9－39 動： 登載

登載 新聞、作品等印在報刊上發表出來:他的詩作登載在文學副刊上。□**刊登**;**刊載**。

登 登載;刊登:他寫的通訊在報上登出來了。

載 記載;登載:載入史冊／有一家報紙載起他的武俠小說來。

發表　在報刊上登載:他每週都有幾篇文章在報上發表。

刊布　〈書〉刊登公布:讀者如有意見,請不吝賜教,我們是非常樂於刊布的。

見報　在報紙上登載出來:這個消息已經見報了。

轉載　報刊上登載別的報刊上發表過的文章或消息:轉載《紐約時報》社論。

連載　作品在同一報刊上連續刊載:他的長篇小說正在報上連載。

開天窗*　舊時因檢查新聞,報紙上已排印的某些報導或言論被禁止發表,以致版面上留下成塊空白,叫做開天窗。

G9－40 動：　發刊·停刊

發刊　❶把稿件交付印行:我的第一篇小說始終沒有得到發刊的機會。❷創辦報刊;創刊:他打算會同幾個朋友發刊一個小型雜誌。

刊　❶排印出版:創刊／停刊。❷刊登;登載:今年各種刊物上,多刊奧運會的資訊。

創刊　(報刊)開始出版發行;發刊:創刊號／他們商量創刊一份文學刊物。

停刊　報刊停止刊行:他們辦的雜誌,出至第六期,被迫停刊。

復刊　報刊停刊後恢復刊行。

G9－41 動、名：　訂閱·訂戶

訂閱　定閱　〔動〕預先付款訂購報刊,以得到定時送閱:他自費訂閱多種報紙。

訂戶　定戶　〔名〕預先付款訂購報刊或其他商品的個人或單位:這家報紙的訂戶,逐月增加。

征訂　〔動〕報刊發行前徵求訂戶或確定印數。

G9－42 名：　報社·通訊社

報社　編輯並出版報紙的機構。

報館　報社的俗稱。

通訊社　採訪和編輯新聞供給各報社、廣播電台、電視臺使用的宣傳機構,如法國的法新社。

記者站　通訊社或報社長期派駐在各地區的分支機構,負責所在地區的新聞採訪報導業務以及與通訊員、作者的聯絡工作。

G9－43 名：　新聞工作者

報人　指從事新聞工作的人。

新聞記者　報社、通訊社、電台、電視臺等機構中採訪和報導新聞的專業人員。也泛指從事採訪、編輯、評論等的新聞工作人員。也說**記者**。

訪員　舊稱報社、通訊社從事外出採訪新聞的人。

通訊員　報刊、通訊社、電台等新聞機構聘請的為其經常反應情況、報導新聞的非專業人員。

主筆　指報刊評論的主要撰稿人。也指編輯部的主編或總編輯。

評論員　在報刊上撰寫批評或議論文章的人員。

專欄作家　經常為報刊某種專欄(政治、經濟、軍事等)撰寫文章的作者。

報童　早期指在街頭賣報的兒童。

G9－44 名：　廣告·宣傳品

廣告　廣泛地向公眾介紹、報導商品和服務資訊的一種宣傳方式。一般通過報刊、廣播、電視、招貼、櫥窗布置、商品陳列等形式進行:廣告欄／招聘廣告。

啓事　公開聲明某事的文字。多登在報刊上或貼在牆壁上:徵稿啓事／招領啓事。

招貼　供張貼在公共場所宣傳用的寫印有文字、圖畫的紙片或紙條。也作**招帖**。

揭帖　舊時稱張貼的私人啓事:匿名揭帖。

宣傳品　作宣傳用的物品,如傳單、招貼畫等。

傳單　向外散發的單張宣傳品。

招貼畫　早期宣傳用的圖畫，多供張貼。

無名帖　不具書寫人姓名的招帖，內容多爲誣衊
　　或恐嚇別人的不實之詞。

黑帖　〈口〉無名帖。

大字報　用毛筆書寫、字形較大的一種書面形
　　式，張貼在牆上，報導消息或發表意見。

H 農業

H1 農業(一般)

H1-1 名: 農業(一般)

農業 栽培植物和飼養動物以取得產品的生產事業。一般包括種植業和畜牧業兩大部門。大致來說,狹義的農業指種植業,廣義的農業包括種植業、林業、畜牧業、漁業和副業。

都市農業 就是在都市裡進行現代農業的經濟發展。是異於傳統農業經營形態的農業,其目的在提高農民收入並且同時增進都市的生活品質,都市農業有多種形態,休閒農業可能是最重要的一種,另外,利用屋頂、陽臺或周遭可利用環境以栽種蔬菜、花卉及其他觀賞或防護用植物的屋緣園藝也是另一種作法。

有機農業 就是不依賴化學肥料及化學合成農業,並且能源低投入的農業生產體系。它能降低生產成本,使產品保持穩定品質,不但提高收益,同時還可減少對生態環境造成衝擊。有機農法又可分類出「純有機農法」和「準有機農法」。前者是化學肥料、農藥一概不用;後者是允許使用少量的化學肥料。

農 農業:務農／學農／農事。

種植業 農業的主要組成部分。通過栽培農作物以取得糧食、蔬菜、飼料以及工業原料的生產事業。是人類生活資料的基本來源,也是農業中其他部門和工業發展的基礎。

副業 一般指主要生產業務以外附帶經營的生產事業。例如:養蠶、養蜂、打獵、採藥、手工業勞動等。

農桑 種田和養蠶;泛指農業生產:以農桑為業。

農事 農業生產方面的事務。

農功 〈書〉農事:勸農功。

農活 指各項農業生產勞動,如犁地、播種、灌溉、收割等。

莊稼事情 〈口〉農活。

農作 農業生產勞動:他回鄉時也做點農作。

稼穡 〈書〉種植和收穫。泛指農業勞動:知稼穡之艱難。

農藝 農作物的繁育、栽培等技術:農藝人員。

園藝 蔬菜、瓜果、花卉等的栽培和繁育技術。

農諺 反映農業生產經驗的通俗語句,對生產有一定指導意義,如「莊稼一枝花,全靠肥當家」、「稻鋤三遍穀滿倉,棉鋤三遍白如霜」等。

H1-2 名: 農民

農民 除農業工人以外長期直接參加農業生產勞動的人。

核心農民 是運用新穎的耕作技術,具備企業經營理念,確實直接參與農事生產,且具有領導能力,熱心服務精神的個別農民。

農 農民:貧農／棉農／工農聯盟。

農人 從事農業勞動的人;農民。

農夫 舊指男性農民。

農婦 從事農業勞動的婦女。

莊稼人 〈口〉以種田為生的人;農民。

莊稼漢 〈口〉以種田為生的男人。也說**莊稼老**

兒。

泥腿 指農民。早期多用於對農民的蔑稱。也叫**泥腿子**。

小農 指個體農民：小農思想。

老農 有生產經驗的年老農民。

糧農 以種植糧食作物爲業的農民。

棉農 以種植棉花爲業的農民。

菜農 以種植蔬菜爲業的農民。

藥農 以種植或採集藥用植物爲業的農民。

茶農 以種植茶樹爲業的農民。

煙農 以種植煙草爲業的農民。

花農 以種植花木爲業的農民。

蔗農 以種植甘蔗爲業的農民。

果農 以種植果樹爲業的農民。

林農 以營造和管理森林爲業的農民。

富農 一般佔有土地、有較多的生產工具和活動資本，自己參加勞動，但其生活來源的一部分或大部分是依靠剝削的人。其剝削形式主要是雇員、出租部分土地或兼放高利貸。

貧農 完全沒有或只佔有少量土地和生產工具的農民。一般以租種土地或出賣勞力爲生。

雇農 農村中依靠出賣勞動力爲生的長工、月工、零工等。一般沒有土地、資金或只有極少量的土地和生產工具。

中農 經濟地位介於貧農和富農之間的農民。一般佔有土地和有少量生產工具，親自參加勞動，自食其力，不出賣勞力，也不雇員。

上中農 佔有生產資料較多，生活比較富裕，經濟地位接近富農的中農。一般有輕微的非經常性的剝削。也叫**富裕中農**。

下中農 佔有生產資料較少，生活水準較低，經濟地位接近貧農的中農。一般要靠出賣部分勞動力或借債維持生活。

貧下中農 貧農和下中農的合稱。

自耕農 自己佔有土地自己耕種的農民。經濟地位一般屬於中農。

半自耕農 耕種自有的少量土地又租耕別人土地或出賣部分勞動力的農民。大多數生活貧苦，屬於貧農。

佃農 自己沒有或只有少量土地，主要租種地主、富農土地的農民。

佃戶 租種地主、富農土地的農戶。

佃富農 租種別人土地而有剝削行爲的富農。

長工 早期爲地主、富農雇傭達一年或一年以上的貧苦農民。

長年 〈方〉長工。

短工 舊時短期受人雇傭的貧苦農民。

幫工 舊時受雇幫助工作的人，多指農村的短工。

幫冬 〈方〉冬季受雇的幫工。

小半活 〈方〉舊時長年出賣勞動力的未成年雇農。

半拉子 〈方〉舊時指未成年的長工。

H1－3 名：　農戶

農戶 以務農爲業的人家。也叫**農家**。

莊戶 種莊稼的人家。

專業戶 指農村中專門或主要從事某項生產活動的農戶。一般對其所從事的活動具有一定的經驗和技能，投入資金較多，產品數量較大，商品率較高。該產品的收入在家庭經濟中占主要地位。如糧食生產專業戶、水產養殖專業戶等。

單幹戶 指中國大陸農業合作化時期不參加互助組或農業合作社的個體農戶。

五保戶 中國大陸在實行農業合作化後，農村中可以享受保吃、保穿、保燒（燃料）、保敎（兒童少年）、保葬等的農戶。「五保」是對喪失或缺乏勞動力、生活無靠的鰥、寡、孤、獨實行的一種社會保險。

H1－4 名：　農村・農場・田莊

農村 農民聚居的地方。也泛指種植農作物的

廣大地區:去農村勞動。

田園　田地和園圃,泛指農村:田園生活/田園
　風光。

田間　田地裡,也泛指農村:田間管理/出身田
　間。

農場　使用機器,在大面積土地上從事農作物生
　產的企業。

農機站　農村中爲農業生產提供農業機器服務
　或農機修理服務的企業。

田莊　❶舊指皇室、貴族、官僚、地主在農村中擁
　有的田地和莊園。❷農村;村莊。

莊園　封建主佔有和經營的大片田產。中世紀
　歐洲盛行的莊園,基本上是自給自足的經濟
　單位。莊園土地一部分%由領主直接經營,
　一部分以分地形式分給農民或農奴世代使
　用,以租佃、服勞務等形式進行剝削。中國古
　代皇室、貴族、大地主、寺觀等佔有的大田莊,
　也有叫莊園的。現代有些資本主義國家的大
　種植園、畜牧場也叫莊園。

H1－5 名: 農業機構‧區域

亞蔬中心　民國六十年,位於臺南縣善化鎮的
　「國際亞洲蔬菜研究發展中心」正式成立。它
　是我國境內現存唯一的全球性農業學術研究
　機構。亞蔬中心擁有全世界最大的種子儲藏
　室,該中心致力於研究大豆、綠豆、番茄、結球
　白菜、甘藷及葱、蒜類等作物。研究人員根據
　各國所需,提供種子或者研擬育種計畫或參
　考人文地理等條件,配合培育出質量佳、營養
　豐富,並且生產成本降低,最適合該國栽種的
　蔬菜新品種。

農檢中心　財團法人瑠公基金會爲了協助農民
　改善生產技術,維護農業環境,保持農產品品
　質,特別於民國八十年三月一日斥資一億元
　成立「農業檢驗中心」。主要業務項目包括:
　有內外銷農產品的殘留農藥檢驗、農業環境

裡的中毒性物質及重金屬含量檢驗、農業相
關資訊服務等等。

特定農業區　指凡是面積在二十五公頃以上,且
　農田水利會能夠供水地區的優良農田,將依
　法限定爲農業用途的特定農業區,禁止開發,
　以確保農業資源的永續經營。

H1－6 動: 務農

務農　從事農業生產:回鄉務農。

種田　耕種田地,指從事農業勞動:他是一個種
　田的人。

種地　種田:他從小就在鄉下種地。

種莊稼*　指以務農爲業:兄弟二人都是種莊稼
　的。

修理地球*　對從事農業體力勞動的戲謔說法。

H1－7 名: 農業經營

農產運銷制度　是一項以運銷通路及其成員活
　動爲具體表現,滑潤生產者、運銷商、消費者
　與政府之間的規範體系。其功能在於穩定地
　區間之農產品貨源及產銷調節。

水旱田輪作制度　民國八十四年度開始實施。根
　據此制度,稻穀仍將維持保證價格收購制度,
　而大豆將列爲優先取消價格制度,而直接改爲
　鼓勵種植綠肥的直接給付;高粱及玉米則減少
　收購期數,以漸進方式取消保證價格收購制
　度,並且逐步採行直接給付方式進行補貼。

休閒農業　指利用既有的農場、果園等天然資
　源,開放給一般人民能夠享受自然田野之樂,
　以促使民衆參與農業、接觸農業、體驗農業。
　常見有農業公園、農業博物館、昆蟲館、農村
　文物館、鄉土旅遊、親子農園、兒童農園、觀光
　農園、自助農園、出租農園、市民農園、銀髮族
　農園、都市農園、山地觀光農園、休閒農場等,
　統稱爲「休閒農業」。

觀光果園　休閒農業之一。果農在特定的季節、

時間,開放農場給予民衆入園摘採果實,並收取入園費。

市民農園 農民將自己的土地一小部分分租給非農身分的民衆,民衆可利用假日或空暇的時間,到自己的農園照顧所種的蔬菜、植物等,而其收成歸民衆自己所有。市民農園不僅隨處可以提供市民鄉土休閒、採果、親自耕作的田園趣味,並有助於提升都市生活品質。農民在平常時間也會幫忙巡視作物生長情形,並給予意見指導。

休閒農場 休閒農業之一。農民自己有較廣闊的土地,並將土地規劃利用。園區內設置休息區、烤肉區、露營區等,園方常會舉辦一些田園活動吸引民衆參加。

H1－8 名、動：　工分・評工

工分 〔名〕指農村社會主義集體經濟計算成員工作量和勞動報酬的單位。

勞動日 〔名〕社會主義集體經濟計算勞動報酬的時間單位。一般由十個工分折算一個勞動日。

評工 〔動〕農村集體經濟組織根據成員勞動的強度、數量和品質評定勞動工分和計算勞動報酬:評工記分。

記工 〔動〕農業集體生產組織記錄勞動成員的工作時間和勞動量。

H1－9 名：　地主

地主 占有土地,自己不勞動,或只有附帶性勞動,主要依靠出租土地,收取地租剝削農民為生的人。地主也有雇員經營、放債或兼營工商業的。

二地主 向地主租入大量土地提高租額後再轉租給別人耕種,依靠從中收取地租差額為生的中間剝削者。

糧戶 〈方〉地主。

東家 舊時佃戶對地主的稱呼。

老財 〈方〉財主。一般指地主。

H1－10 動、名　租佃

租佃 〔動〕土地佔有者(主要是地主)把土地出租給人耕種或使用收取地租。

佃 〔動〕農民向地主或其他土地所有者租地耕種:他們只佃了兩畝多地。

包租 〔動〕❶不管收成好壞,佃戶保證按規定數額向地主交地租。❷以較低租額從土地所有者租得土地,再以高租額轉租給農民,從中剝削。

承佃 〔動〕農民向土地所有者租種田地。

撤佃 〔動〕土地所有者強行收回已租給佃戶的土地。是地主脅迫佃戶加租的一種手段。□退佃。

佃租 〔名〕佃農向地主交付的地租。

押租 〔名〕舊時農民為租得田地而向地主交付的保證金。押租在退佃時應歸還。

佃權 〔名〕佃戶續租土地的權利。

H1－11 名：　田地・農田

田地 可種植農作物的土地:田地裡的莊稼生長茂盛／大片田地都種上了油菜。

田 田地,有的地區專指水田:試驗田／犁田／科學種田。

土地 田地:土地肥沃。

田畝 田地:田畝登記／丈量田畝。也叫**地畝**。

田疇 〈書〉田地;田野:園外一片田疇。

畦 田地裡用土埂分成的、排列整齊的長條形小區:田畦／一畦青菜。

畦田 四周築埂,便於灌溉和蓄水的小塊地。

平疇 〈書〉平坦的田地:平疇廣漠。

畎畝 〈書〉田地;田間。

田野 田地和原野:廣闊的田野。

地 田地:墾荒種地／在地裡工作。

白地 沒有種植作物的田地。

處女地　未經開墾的土地:到北大荒去開墾處女
　　地。

農田　供耕種的田地。

大田　指大面積的農田:大田作物／大田管理。

耕地　種植農作物,經常耕耘的土地。

莊稼地　〈口〉農田;田地。

春地　秋收後,待明春播種的田地。

秋地　夏收後待秋季播種的田地。

熟地　反覆耕種了多年的土地:熟地肥力足。

旱田　❶不能經常蓄積水的田地,只適於種植小
　　麥、棉花、大豆、花生等作物。❷得不到灌溉、
　　靠天然降水種植作物的田地。□旱地。

水田　四周有田埂,能經常蓄積水的耕地。多用
　　來種植水稻。

水地　❶水田。❷能利用灌溉系統進行灌溉的
　　耕地。□水澆地。

圩田　在中國大陸南方低窪沼澤地區,築堤圍墾
　　而成的農田。多見於長江中下游。

湖田　在湖泊邊緣淺水處築起圍埝開墾而成的
　　農田。

梯田　沿山坡等高線開闢出來的階梯式田地。
　　沿邊築有田埂,以防水土流失。

原田　〈方〉高原上的田地。

山地　❶通常指多山的地區。❷在山上開闢的
　　農地。

鹽鹼地　指含鹽鹼土的土地。參見 H2－31「鹽
　　鹼土」。

鹼地　指含鹼土的土地。參見 H2－31「鹼土」。

河漫灘　河流沿岸由沙泥淤積而成的可耕土地。

秧田　培育水稻幼苗的田。

旱秧田　土壤中飽含水份而不要在表層經常蓄
　　水的秧田。

種子地　專門培育供大田播種用的良種作物種
　　子的田地。也叫種子田;留種地。

H1－12 名：　園子

園子　種植蔬菜、瓜果、花木的地方,四周多以牆

或籬笆圍起來:菜園子／在園子裡拔葱。

園　園子:果園／瓜園／在園裡澆水。

園地　種植蔬果花木的田地:院子後邊是一片種
　　蔬菜的園地。

園圃　園子;園地:花果園圃。

圃　園子;園地:花圃／苗圃。

園田　種蔬菜的田地:耕作園田化。

菜園　種蔬菜的園子。也叫菜園子。

果園　種植果樹的園地。也叫果木園。

H1－13 形：　肥沃·瘠薄

肥沃　土地中含有豐富的適合作物生長的養分
　　和水分:肥沃的土地。

肥　肥沃:肥土／這塊地很肥。

沃　土地肥美:沃地／沃野千里。

肥美　肥沃:土地肥美。

膏腴　〈書〉肥沃:膏腴之地。

瘠薄　土地含作物需要的養分和水分少,不肥
　　沃:土質瘠薄。□瘦薄。

磽薄　土質堅硬瘠薄:土地磽薄／變磽薄為膏
　　腴。

瘠　不肥沃;磽薄:地瘠天寒。

磽瘠　土地堅硬瘠薄:西北土地比較磽瘠。

薄　土地不肥沃:田地薄,收成少／薄田數畝。

瘦　土地不肥沃:瘦田薄土／山荒田瘦。

瘦瘠　土地不肥沃:瘦瘠的山地。□瘠瘦。

貧瘠　不肥沃:土地貧瘠,產量很低。

H1－14 名：　肥田·瘠田

肥田　肥沃的田地:我們廣大的領土之上有廣大
　　的肥田沃地。

沃地　肥美的土地。□沃土。

良田　肥美的田地:把沙灘改造成良田。

沃野　肥沃的田野:沃野千里。

米糧川　盛產糧食的低平地帶的良田。

瘠田　不肥沃的田地:只分到幾畝瘠田。

瘠地 不肥沃的土地:山坡上小片瘠地也種上莊
　稼。

瘠土 瘠地:化瘠土爲良田。

不毛之地* 不生長植物的土地。泛指貧瘠、荒
　涼的土地或地帶:這塊不毛之地今日已變成
　米糧川。

H1－15 形、動: 荒蕪

荒蕪 〔形〕田地因無人耕種或缺少管理而雜草
　叢生:田園荒蕪。

荒 〔形〕❶沒有開墾的:荒山／荒地。❷荒蕪:田
　地荒了兩年沒人種。

荒廢 〔動〕廢棄而不耕種:不荒廢一寸土地。

草荒 〔形〕農田裡雜草叢生,妨礙了農作物的生
　長:這片田多時沒人管理,已經草荒了。

拋荒 〔動〕不繼續耕種田地,任其荒蕪:他出外
　經商,把分到的田都拋荒了。

撂荒 〔動〕〈方〉拋荒。

H1－16 名: 荒地

荒地 未經開墾或長期未耕種的土地。

荒 荒地:燒荒／開荒。

生地 未經開墾的土地。

生荒 適於農業生產而未開墾耕種過的土地。
　也叫**生荒地**。

熟荒 曾經耕種過,後來長時間(三年以上)拋荒
　的土地。也叫**熟荒地**。

沙荒 被大風或洪水帶來的大量沙土淹沒而形
　成的不能耕種的土地。也叫**沙荒地**。

鹼荒 因鹽鹼化而荒廢的土地。

H1－17 動: 開墾

開墾 把荒地開闢成農用地:開墾山地／開墾處
　女地。

墾殖 在荒地上開墾、種植:墾殖灘塗。

墾 翻土;開墾:墾地／墾山造林。

開拓 開闢(土地):在山坡上開拓出一片農田。

開發 開墾;開拓:開發荒山／開發邊疆。

墾荒 開墾荒地,使適合耕種:墾荒種地。□**開
　荒;拓荒**。

燒荒 燒去荒地上的荆棘雜草以利開墾。□**放
　荒**。

圍墾 築堤壩將海濱湖邊沙灘圍起來墾殖:圍墾
　蘆葦灘。

屯墾 駐軍邊遠地區,就地墾荒:屯墾戍邊。

軍墾 軍隊墾荒生產:軍墾農場。

屯田 漢以後歷代政府利用戍守兵士或農民、商
　人墾殖荒地;屯墾。

H2　種植業

H2－1 動: 種植

種植 栽種植物加以培育:種植業／種植園／種
　植花木／種植油料作物。

種 把植物的種子埋在土裡、把植物的幼苗栽到
　土裡,使之成長:種菜／種樹／種棉花。

栽植 把植物的幼苗種在土裡:栽植果樹。

栽 栽植:栽樹。

植 栽種:植樹／周圍遍植花木。

栽種 種植:屋前屋後栽種了很多花草樹木。

栽培 種植培育(植物):栽培柑橘。

培植 栽培管理(植物):精心培植花木。

培養 以適宜的條件使生物成長和繁殖:培養牡
　丹芽／培養微生物。

培育 培養幼小動植物使發育成長:培育水稻良
　種／培育幼苗。

育苗 在苗圃或苗床上培育幼苗,以備移植:細
　心選種育苗。

移植 把幼苗自苗床或苗圃移栽到大田或其他
　地裡:移植秧苗。

蒔 ❶〈方〉移植:蒔秧／蒔田。❷〈書〉栽種:蒔

花。

壓條　把植物枝條中間部分的表皮割幾條傷痕，埋入土中，或用泥土包裏，待生根後，與母株切離，使另成一個獨立植株：壓條繁殖茉莉花。也叫**壓枝**。

扦插　剪取植物的枝、根或葉子。插在濕潤疏鬆的土壤或細沙中，使其生根而成新的獨立植株：扦插花木。

插秧　把秧田裡培育的水稻幼苗移栽到稻田裡。

壅　培土成壟，種作物於壟上，或在作物種植後把行間土壤培於其根部成壟。壅作加厚了土層，有保溫、防澇作用。

無土栽培　一種栽培方法。作物不栽在土裡而栽在盛有營養液的容器裡。多用於蔬菜、花卉等作物。能避免土壤傳染病害，保持產品清潔，提高產量，也有利於實現作物生產工廠化、自動化。

H2－2　動：　耕作

耕作　用鋤、耙、犁等工具整治田地，使利於作物生長：起早摸黑耕作。

耕種　耕地和種植：他家耕種五畝地。

耕耘　耕地和鋤草，泛指田間農作：辛勤耕耘。

伙耕　共同耕種：這塊地是他們兩家伙耕的。

備耕　為耕種做準備，如選種、積肥、修理農具等：積極備耕。

種地　從事田間勞動。也說**種田**。

春耕　春播前進行土壤耕作，如鬆土、除草等。

秋耕　秋收後進行土壤耕作。

冬耕　為保墑、除蟲，冬季進行翻土除草。

畬　〈書〉焚燒田裡的草木、用草木灰做肥料的耕作方法：畬田。

精耕細作*　精心細緻地耕作：精耕細作出高產。

刀耕火種*　一種古代原始的耕作方法，在播種前，先把地上草木都燒掉，然後以草木灰作肥料，就地挖坑播種。

水耕栽培　完全不使用泥土，卻以溶解有植物必須營養素的培養液來栽培植物的方法稱為「水耕栽培」。現代化的水耕栽培，溫室環境及栽培系統一概以電腦控制，栽培出來的農作物品質佳、售價高，相對地也能提高土地與勞動生產力，農業效益極大。

H2－3　動：　整地

整地　整治耕地，如翻耕、耙地、鎮壓以及開溝、作畦、築壟等作業。

耕　用犁耙翻地鬆土：耕田／春耕夏耘。

耕地　用犁翻鬆田地裡的泥土：用耕耘機耕地。

平地　使土地平整。

犁　用犁翻鬆田地的泥土：犁地。

耙　用耙子碎土平地：今天耙了三畝地。

耖　用耖耙給稻田鬆土除草：耖田／耖稻。

耮　用耮平整土地：耮地。

耦　〈書〉古代指兩人並耕。

蹚　用犁翻土除草：蹚地。

平整　使土地平坦整齊：平整土地。

套耕　用兩張犁一前一後同時耕地，即後犁順著前犁的犁溝再犁一次，以增加耕翻深度。也叫**套犁**。

深耕　耕地深度約達六、七寸以上，以改善土壤物理性狀，提高肥力，促進土壤熟化。

翻地　用犁、鍁等翻鬆田地的表層土壤。

翻茬　在作物收割後進行淺耕，把殘茬、雜草根莖切斷翻入土中。

滅茬　把作物收割後遺留在地裡的莖清除掉。

開墒　在田裡犁出一條溝來，以便順著這條溝犁地。

開犁　❶開始耕地。一般指開始春耕。❷開墒。

H2－4　動：　挖‧扒‧填‧埋

挖　由外向裡掏取；掘：挖坑／挖泥。

挖掘　開挖：挖掘出一條水溝來。

掘 挖:掘土／掘井。

開掘 挖出:開掘地下資源。

發掘 挖掘出埋藏地下的東西:發掘古物。

刨 挖掘:刨土／刨地種菜。

鎒 〈方〉用鎒刨地或刨茬:鎒地／鎒高粱茬子。

掏 ❶挖;掘:在地上掏個洞。❷用手或工具伸進物體的口裡取東西:掏糞。

扒 ❶挖;刨:把馬鈴薯從泥裡扒出來。❷用手或用耙子一類的工具使東西聚攏或散開:扒土。

打 揭;鑿開:打井／打洞。

開 打通;開拓:在牆上開個洞／山坡上開出一塊地來種菜。

填 把凹陷地方或空隙墊平或塞滿:用土把坑填平／把洞填住。

堵 堵塞:堵住出水口。

堵塞 塞滿空隙或擋住通路:堵塞堤壩的漏洞。

塞 把東西放進空隙;填入:把窟窿塞住／木桶裡塞滿了雜物。

埋 用土或其他散碎物體掩蓋住:把儲藏的番薯埋在土裡。

埋藏 藏在泥土中:把糧食埋藏起來／地下埋藏著大量油礦。

埋沒 埋在地下;埋藏:田裡過多蔬菜被大雪埋沒了。

掩埋 用泥土等蓋在上面;埋葬:一場大雪掩埋了田裡的麥苗／掩埋屍體。

H2－5 動: 播種

播種 按一定的播種方式和規格種植:在秧田裡播種稻穀。

播種 將種子撒在土壤表層:適時播種。

播 撒布(種子):這個新稻種可以早播早收。

撒播 把種子均勻地撒布在土面上,有的還要隨即覆土:用飛機撒播樹種。也叫散播。

撒種 把種子分散播在田地裡。

點播 每隔一定距離挖個小坑,放進種子,再蓋上土:點播玉米。也叫點種。

條播 按一定行距,將種子均勻地成條播入田地裡。

密植 在單位面積土地上,適當縮小作物的行距和株距,以增加播種量和株數。合理密植可以提高作物產量。

直播 不經過育苗移栽,直接把種子播種到田地裡:直播造林。

下種 播種。

開耬 開始用耬播種某種作物。

落穀 〈方〉在秧田中播下水稻種子。

春播 春季播種。

夏種 夏季的播種:夏種作物。

秋播 秋季播種:油菜是秋播作物。

搶種 趁農時趕緊播種:搶種小麥。

搶墒 趁土壤濕潤時搶種。

趁墒 趁土壤有足夠水分時播種。

耩 用耬車播種:耩地／耩棉花。也叫耬播。

靠耩 為了適當密植,用耬在鄰近耩過的地方再耩一次,以加寬播幅。也叫靠耬。

套耩 為了密植,在耩過的兩行中間再耩一次。

埯 挖小坑點播瓜、豆等:埯花生。

耱 播種後用耱來平土、蓋土。

砘 播種後用石砘子壓實土壤。

鎮壓 播種後用鎮壓器把過鬆的土壤壓緊,使種子或植株容易吸收水分和養料,利於發芽成長。

H2－6 名: 播幅

播幅 條播種子時條的寬度。

株距 同一行相鄰植株間的距離。

行距 相鄰的兩行植株間的距離。

H2－7 名: 種植方式

輪作 一定年限內在同一塊土地上按計畫,輪換

栽種不同的作物。輪作有助於改善土壤肥
力,抑制病蟲害。也叫**輪種;輪栽;倒茬;調茬**。

換茬　在同一塊田地裡,一種作物收穫後換種另
一種作物或在不同年度的同一季節,換種不
同的作物。

連作　在同一塊土地上,連年重覆種植同一種作
物。也叫**連種;連茬;重茬**。

套作　在一種作物的生長後期,在行間或畦間播
種或栽植另一種作物。借以解決茬口矛盾和
充分利用地力。也叫**套種**。

複種　在同一塊田地上一年種植作物兩次以上。

間作　在同一塊土地上隔株、隔行或隔畦種植兩
種或兩種以上作物,以充分利用地力。也叫
間種。

混作　在同一塊土地上,按一定比例混合播種兩
種以上的作物,如大麥與豌豆混播、芹菜與四
季蘿蔔混播等。

休閒　農田在一季或一兩年內不種作物的措施,
用以恢復地力。

H2－8 名:　茬口

茬口　在同一塊土地上,輪作作物的種類和更換
次序:合理安排茬口,一年能多收一茬。

茬　❶農作物收割後留在地裡的莖根:稻茬兒／
豆茬兒。❷在同一塊地上,作物種植生長或
收割的次數。一次叫一茬:換茬／頭茬／二
茬。

正茬　某個地區輪種的各茬作物中主要的那一
茬:正茬棉。

回茬　一年內一茬農作物收穫後複種的那一茬:
回茬麥。

H2－9 名:　苗圃・溫室

苗圃　培育苗木或作物幼苗的園地。

苗床　培育作物幼苗的小塊田地。

溫室　有防寒、加溫、透光等設備的房屋。用以

在寒冷季節或寒冷地區培育喜溫的植物。□
暖房。

溫床　有保溫、加溫設備,用以在冬季或早春培
育蔬菜、花卉的苗床。通常用磚、土或木板等
築成床框,床下埋墊馬糞、落葉、垃圾等有機
物以發酵生熱給苗床加溫,或進行人工加溫,
上面裝有玻璃窗或塑膠薄膜禦寒。

冷床　有防風保溫設備、只利用日光照射來加溫
的苗床。用於冬春季提早育苗,或栽培耐寒
蔬菜。

H2－10 名:　農作物
(參見 B 11－1 糧食・穀物,B 11－2 豆
類,B 11－3 蔬菜,B 11－4 果樹・水果)

農作物　農業上指人工栽培的各種植物。如稻、
麥、棉、麻、大豆,綠肥、蔬菜、果樹等。簡稱**作
物**。

莊稼　田裡生長著的糧食作物。

糧食作物　供人類作主食用的作物的統稱。包
括穀類、薯類和食用豆類作物。

綠肥作物　以其新鮮嫩莖葉直接用作肥料的作
物,如苜蓿、紫雲英、田菁等。

穀類作物　以子實供人們作糧食或供禽、畜作飼
料的作物,如稻、麥、玉米、高粱等。

經濟作物　主要為工業提供原料的作物,如棉
花、煙草、甘蔗、橡膠等。

油脂作物　能用來榨取油脂的作物,如大豆、芝
麻、花生、油菜等。

大田作物　在大面積田地裡種植的作物,如稻、
麥、玉米、棉花等。

春花作物　春季開花的作物,如麥子、油菜、蠶豆
等。

小春作物　小春時期(農曆十月)播種的作物,如
小麥、蠶豆、豌豆等。

小春　〈方〉小春作物。

大春作物　春季播種的作物,如稻子、玉米等。

大春　〈方〉大春作物。

大秋作物　在秋季收穫的大田作物,如高粱、玉米、穀子等。

大莊稼　〈方〉大秋作物。

晚秋作物　在秋末收穫的作物,如甘薯、馬鈴薯等。

晚秋　〈方〉晚秋作物。

晚田　〈方〉晚秋作物。

秋莊稼　秋季收穫的莊稼。

越冬作物　秋季播種,幼苗越冬後到明年春季或夏季成熟的作物,如冬小麥、油菜、蠶豆等。也叫**過冬作物**。

青苗　尚未成熟的莊稼。

青紗帳　青紗障　稱夏秋之間長得高大、茂密的大片高粱、玉米等作物。

H2－11 名：　品種

品種　經過人工選育,具有一定經濟價值,在生態和形態上具有共同遺傳特點的一群生物體。

良種　具有優良性狀的作物或畜禽品種。作物良種具有高產、優質、抗病、蟲害等特點,畜禽良種具有生活力強、耗料少、生長快等特點。

劣種　性狀低劣的作物或畜禽品種。

雜種　兩種不同種、屬的植物或動物雜交而生成的新品種。一般具有生長健壯、抗逆性強、適應性廣等特點。

H2－12 動：　選種·育種

選種　❶選擇優良的動植物品種,加以繁殖:水稻選種。❷挑選好的種子,以供播種。有粒選、篩選、水選等。參見 H2－13 選種·浸種等。

育種　運用人工方法培育優良的動植物新品種。

常用的方法有利用天然變異、雜交、輻射等。

選育　選擇和培育優良品種:選育良種綿羊／選育良種玉米。

株選　一種選種方法。在田裡選擇符合優良品種條件的植株,留下來收取種子,供大量種植或繁殖新品種。

穗選　一種選種方法。在田間選擇優良品種的壯實穗子,留作種子,以保持作物品種的品質。

採種　採集植物種子。

引種　從外地或國外引進優良品種,通過試驗選擇適合本地生長的加以繁殖推廣。

復壯　採取選優防雜,改善栽培條件等方法,提高種子的純度和品質,以恢復品種原有的優良特性。

嫁接　選取優良品種植株上的枝條或芽,接到另一種植物體上,癒合後即成為一個獨立的新植株。如在海棠樹苗上嫁接蘋果枝,在杜梨樹苗上嫁接梨樹枝等。

雜交　不同種、屬或品種的生物體之間進行有性交配或無性嫁接。通過雜交、選擇可以培育出新的優良品種。

基因改造食物　是用生化技術從生物體內抽出特定基因,植入細菌或病毒,再透過這種細菌或病毒對植物的感染,把特定基因運入植物細胞中;利用這種經基因改造的植物製成的食物,即是基改食品。植入特定基因時,需同時植入一段「標示基因」,和作用有如開關的「啓動子」和「終結子」。目前市面上最常見的基因改造食物,包括:大豆、玉米、馬鈴薯、番茄。基因改造的特性,主要是希望作物能延緩成熟過程、抵禦除草劑、抵抗真菌、抵抗害蟲和提高耐熱性,有些也會減少產量耗損。

H2－13 動：　選種·浸種等

粒選　按一定標準、逐粒選取具有某一作物品種

特徵的飽滿、健壯的種子。

篩選　將種子倒在特製的種子篩裡,不斷搖動著篩子,篩去泥沙等雜物和顆粒小的種子,選出粗大飽滿的種子。

水選　將種子浸在清水或濃度適當的溶液中,輕輕攪動。下沈的是比重大的壯實的種子,上浮的是比重小的秕子、殘破的種子。撈去上浮的一層,即可選出優良種子。□**比重選**。

泥水選種　把種子倒在由百分之三十至百分之四十的黃土或黏土與水混而成的泥水中,經攪拌後,撈去浮在水面的種子,選取沈在下面飽滿完好的種子。

鹽水選種　把種子倒入一定濃度的鹽水中,經攪拌後,撈去浮在水面的種子,取出下沈壯實的種子。

浸種　播種前將種子放在水中浸一定時間,使其吸足水分,易於發芽。

拌種　播種前,把殺菌劑、殺蟲劑或肥料、激素等跟種子放在一起拌和,以滅菌殺蟲或作種肥。

曬種　對種子進行適當曝曬。在貯藏前或貯藏期間曝曬,可以降低種子含水量,防止發熱變質。在播種前進行曝曬,可以提高種子出芽率。

催芽　在播種前,將種子、薯塊、枝條等播種材料,加以溫水浸泡或藥劑處理,以促使其內部營養物質的轉化,提前發芽。

H2－14 動：　作物生長
（參見 B 10－12 發芽・分蘗,
B 10－13 吐穗・開花・結果）

扎根　植物的根向土壤裡深入生長:這棵樹扎根很深。

出苗　種子萌發後,幼苗長出土地表面:地裡的麥子出苗很齊。也叫**露苗**。

拔節　禾穀類作物發育到一定階段時,莖的各節迅速向上伸長:小麥開始拔節。

返青　植物幼苗越冬後或移栽生根後恢復生長,葉色轉青。

揚花　禾穀類作物開花時,花粉飛散。

灌漿　禾穀類作物開花結子後,莖葉內的營養物質輸送並貯存到子粒裡,胚乳逐漸發育成漿液狀。

貪青　由於氮肥或水分過多,作物葉色到了該變黃的生長後期,仍呈青綠。貪青推遲子粒成熟,使秕粒增多。

徒長　作物或果樹在生長期間,由於水、肥過多,光照不足等原因而引起莖葉生長過旺。徒長會造成減產。□**瘋長**。

倒伏　直立生長的作物,在生長期中,歪斜或倒在地上。

越冬　指秋季播種作物的幼苗度過冬季:越冬小麥。

穜　莊稼種得較早或熟得較早:穜穀子／玉米穜。

早熟　作物生長期短,成熟早。

燒　農藥、肥料過多或施用不當,使植物枯萎或死亡。

稔　〈書〉莊稼成熟:豐稔／年登歲稔。

H2－15 動：　田間管理

田間管理　從播種到收割這一階段對田間作物的一系列管理措施。如疏苗、除草、澆水、整枝、追肥、治蟲等。

疏苗　為使作物的苗不擁擠,有適當的營養面積,隨著苗的長大,分次剔除弱苗、雜苗和病蟲害苗。也叫**間苗**。

定苗　按一定株距留下健壯幼苗,拔除多餘的苗。

定植　將菜秧或苗木等移植到固定地方後不再移動。也是最後一次疏苗。

補苗 在田間作物缺苗斷壟的地段,進行移苗或補種。

保苗 採取各種措施,使地裡幼苗株數不缺損,並能苗壯生長。

整枝 修剪植株的枝葉,以調節其體內營養物質的分配,同時改善通風透光條件。常用於棉花和果樹的栽培。

打杈 把棉花、番茄等作物上多餘的枝條除去,使養分集中。

翻蔓 為了防止番薯的莖蔓著地的各節上發生小根和小薯,用手或木杆翻轉薯蔓。

提蔓 把番薯莖蔓提起,拉斷蔓節上的細根,以改善通風透光條件、降低土壤濕度,提高地溫,促進結薯。

去櫱 摘除某些穀類作物(如玉米、高粱、甘蔗等)的分櫱,以減少養分的消耗,使主莖健壯。

打尖 掐去棉花等作物主莖的頂芽,限制其生長,以調節內部營養物質的分配。也叫**打頂**。

中耕 作物生長期中,在植株間進行鋤草、鬆土、培土,以使土壤的表層疏鬆,空氣流通,提高土溫,加速肥料分解,促進根系生長。

培土 作物生長期中,結合中耕,把土培在作物莖的基部周圍,有利保水、排水,保暖防凍,防止倒伏,以及促進作物根部發育。也叫**壅土**。

壅 把土或肥料培在植物根部:壅土／壅肥。

烤田 在水稻分櫱後期,將稻田積水排盡,讓土壤受日曬後發生一定程度的乾裂,以抑制後期分櫱,促使稻根深扎,莖稈粗壯。

斷壟 為條播的粟、黍類作物間苗時,用手鋤把壟分開,使苗分別成叢。

H2－16 動：　除草

鋤 用鋤頭鬆土、除草:鋤地／鋤草。

耘 除草:耘田。

開鋤 一年中開始鋤地。即指耕作開始。

夏鋤 夏季鋤草。

夏耘 〈書〉夏鋤。

悶鋤 種子萌芽前鋤草鬆土,以利幼芽出土。

芟 除草。□芟除。

芟夷 芟荑 〈書〉除草。

芟秋 立秋後為農作物鋤草、鬆土,以利作物生長、成熟。也作刪秋。

耥 用耥耙除草鬆土:耥地。

撓秧 拔去稻田中的雜草,使稻根泥土疏鬆,以利禾苗生長。

蕑 〈書〉除草。

薙 〈書〉除草。

薅 用手拔草。

耨 〈書〉鋤草。

H2－17 動：　收穫

收穫 收割成熟的農作物:這塊地每畝收穫稻穀五百多公斤。

收割 割取已成熟的農作物:收割水稻／收割油菜。

刈 割:刈草。

釤 〈方〉用大鐮刀大片地割:釤麥。

搶收 莊稼成熟時,搶時間收割:搶收早稻。

雙搶 指夏季搶收、搶種。

夏收 夏季收割(莊稼):夏收結束。

秋收 秋季收割(莊稼):開始秋收。

麥收 收割麥子:準備麥收。

開鐮 莊稼成熟時,開始用鐮刀收割:田裡的麥子明天開鐮。

掛鐮 一年中莊稼收割工作結束,收起鐮刀。

拉秧 把過了收穫期的瓜、菜秧拔掉。

H2－18 動：　拔・摘・折・掰

拔 把固定在其他物體裡的東西拉出;抽出:拔草／拔秧／拔牙／拔刀。

揠 〈書〉拔:揠苗助長。

撏 拔取;撕;扯:撏雞毛。

摘　用手指取下植物的葉、花、果或掛著、戴著的
　　東西:摘棉花/摘點青菜/摘帽子。

採　摘取(植物的葉、花、果):採茶/採桑/採藥。

採摘　摘取(植物的葉、花、果):採摘蘋果。

採擷　〈書〉摘取:採擷野茶。

折　弄斷;摘取:樹枝折斷了/折一枝紅桃花。

撅　〈口〉折斷:把棍子撅成兩段。

拗　〈方〉用手弄彎使斷:別把鉛筆拗斷了。

攀折　拉住、折斷:勿攀折花木。

掰　用手把東西分開或折斷:掰玉米。

擗　用力使離開原物體:擗苞米棒子/擗高粱葉
　　子。

H2－19 動:　打場

打場　將收割下來的穀類、豆類作物放在場上脫
　　粒。

脫粒　把收割的作物放在場上捶打、碾軋或用機
　　器使子粒脫落下來。

篩選　用機器、木鍬等把作物子實揚起,借風力
　　吹掉其中的殼、秕粒、塵土等雜質。

攤場　把收割的莊稼攤在場上晾曬使乾燥。

揚　往上撒:揚穀/把種子揚淨後收藏起來。

簸　把作物子粒放在畚箕裡上下顛動,揚去糠
　　秕、塵土等雜物:簸芝麻。

碾場　〈方〉在場上用碾子碾滾穀、豆類作物,使
　　之脫粒。

登場　穀物收割後運到場上準備脫粒:新穀登
　　場。

起場　把經過碾軋攤曬在場上的穀物收攏起來。

H2－20 動:　碾・榨・篩・淘等

碾　用碾子滾壓穀物或其他東西使去皮、破碎或
　　變平:碾米/碾場/把藥碾成碎末。

磙　用磙子滾壓:把地磙平。

礱　用礱去掉稻殼:礱稻。

軋　碾碎;滾壓:軋棉花。

榨　擠壓出作物裡液汁:榨油。

鍘　用鍘刀切斷:鍘稻草。

舂　把穀物子實或其他物體放在石臼中搗去皮
　　殼或碾碎:舂米/舂藥。

篩　把東西放在篩子或籮裡搖動,使粗、細粒分
　　開,細粒由小洞漏下去:篩糠/篩穀子。

過篩子　把東西用篩子篩。

籮　用籮篩東西:把麵再籮一遍兒。

過籮　把東西用籮篩:這些玉米粉要先過籮。

淘　用器物盛糧食或其他顆粒狀物,放在水裡攪
　　動沖洗,汰除雜質:淘米/沙裡淘金。

H2－21 名:　收成

收成　農業產品的收穫情況:今年收成很好。

年成　一年中農作物的收成:今年年成比往年
　　好。□年景;年光。

產量　產品的數量:產量高/產量指標。

夏收　農作物夏季的收成:夏收增產。

秋收　農作物秋季的收成:秋收豐產在望。

秋景　秋天的收成。

豐年　作物收穫多的年份:今年又是豐年。

熟年　豐收的年份。

大年　豐收年:今年的蘋果是大年,價格特別便
　　宜。

平年　作物收成一般的年份:今年是平年,這塊
　　地水稻畝產仍達到五百公斤以上。

荒年　作物嚴重歉收或沒有收成的年份。

小年　指果樹、竹子生長較差、魚鮮產量較低的
　　年份。

歉歲　收成差的年份。

荒時暴月*　指嚴重災荒或青黃不接的時候。

H2－22 動、形等:　豐收・歉收

豐收　〔動〕作物獲得好收成:今年水果大豐收/
　　豐收年。

豐登　〔動〕豐收:五穀豐登。

豐產〔形〕作物產量高:推廣豐產經驗／今年小
　　麥豐產。

平產〔形〕收成與相比較的產量相當:生產條件
　　一樣,收成卻不同,有的豐收,有的平產。

減產〔動〕產量減少:這塊麥田今年減產很多。

歉收〔動〕沒有獲得好收成:今年花生歉收。

歉〔形〕收成差:歉年／歉收。

荒〔形〕收成很差:荒年／逃荒。

荒歉〔形〕作物收成很差或無收成:連年荒歉。

饑〔形〕饑荒:大饑之年。

饑荒〔名〕作物嚴重減產或無收成而引起缺糧、
　　饑餓情況:遭饑荒／發生饑荒。

饑饉〔名〕〈書〉饑荒:那年不幸遇上了饑饉。

H2－23 動、名:　倉儲
(參見 K6－18 倉庫,K6－19 儲藏)

倉儲〔動〕放在倉庫裡儲存:倉儲糧食。

倒倉〔動〕❶把倉庫中的糧食全部取出,晾曬後
　　再裝回去。❷把一個倉庫裡的糧食轉移到另
　　一個倉庫。

填倉〔動〕舊俗農曆正月二十五日為填倉節,多
　　在那天往糧囤裡添加糧食,表示吉利。□添
　　倉。

倉庫〔名〕〈書〉儲存糧食或其他物資的建築物。

倉廩〔名〕〈書〉儲存糧食的房屋。

倉〔名〕倉房;倉庫:糧倉／顆粒歸倉。

廩〔名〕〈書〉糧倉。

糧倉〔名〕貯藏糧食的倉房。

義倉〔名〕舊時為備荒賑災而設立的公益糧倉。

窖〔名〕貯藏東西的地洞或坑。農村一般用來
　　收藏蔬菜、薯類等:大白菜已經入窖。

地窖〔名〕地洞或地室,常用來貯藏薯類或蔬菜
　　等。

囤〔名〕用竹篾、荊條等編成的或用蓆箔等圍成
　　的貯存糧食的器具:他在院心用蓆子圍了三

個大囤盛糧食。

H2－24 名:　　農具

農具　農業用的生產工具,如鋤、犁、耙等。

耕具　耕田用的農具,如犁、耙等。

耒耜　古代一種耕地翻土的農具,形狀像犁。耒
　　是柄,耜是鏵。後也用作農具的統稱。

耒　古代一種翻土農具,形似木叉,可用腳踏。
　　也指耒耜上的木柄。

耜　古代一種翻土農具,形狀像現在的鍬。也指
　　耒耜上鏟土的零件,形似鏵,初以木製,後以
　　金屬製。

耬　一種播種用的農具。木製,由牲畜牽引,後
　　面用人扶著。可同時完成一行到三行條播的
　　開溝、下種和覆土工作。也叫**耬車**。

耩子　〈方〉耬。

耙　一種在長柄一端裝有鐵齒、木齒或竹齒的農
　　具。用於聚攏和疏散穀物、柴草或平整土地。
　　也叫**鈀**;**耙子**。

耙　碎土平地的農具。主要用於把耕過的地裡
　　的大土塊弄碎弄平。有釘齒耙、圓盤耙等。

釘齒耙　用大釘齒裝在某種形式的架子上而成
　　的耙,有人字耙、方耙等種。主要用於碎土、
　　平地和播種後覆土。

釘耙　由木柄和釘齒組成的耙子,有二齒、三齒
　　等種。用於碎土、平土。

鐵搭　鐵鎝　〈方〉釘耙的一種。在長柄一端裝
　　四至六個銳利而稍內彎的鐵齒。用於翻土、
　　碎土。

鎬　一種刃較鋤堅鈍而窄狹的刨土用工具:十字
　　鎬。也叫**鎬頭**。

鐪鉤　〈方〉鎬。

鋤　鬆土和除草用的農具。有一長柄,一端有鐵
　　製彎鏟,刃較寬而鋒利。也叫**鋤頭**。

耘鋤　除草和鬆土用的小型中耕器。

鎡錤　鎡鐖　〈書〉大鋤。

犁 耕地用的農具,種類很多,用畜力或機器牽引。

杈 一種用於挑、叉稭稈、柴草的農具。在長柄的一端有二至四個略彎的長齒,多為木製。

鐮刀 由平刃刀片或有鋸齒的刀片和木柄構成的農具。用於收割莊稼或割草。

鐮 鐮刀:開鐮／掛鐮。

釤鐮 一種長柄大鐮刀。適用於割麥、砍草。也叫**釤刀**。

耢 用藤條或荊條編成的農具。用於平整田地或碎土保墒。也叫**耱;蓋**。

耜子 一種翻鬆土壤用的農具。似犁而較鏵小。多用於播種前開溝、起壟。

耖 一種類似耙的農具,上有橫梁,下有一列釘齒。用於耙田後碎土。

鍬 一種裝有長柄的畚箕狀或平板狀鐵製用具。用於下挖、削平或撮取東西。也叫**鍬子**。

簸箕 用竹篾、柳條編成的器具。也有用鐵皮製的。三面有邊沿,一面敞口。用於揚去穀物糠粃、塵土,盛東西和撮垃圾等。也叫**畚箕**。

畚箕 〈方〉簸箕。

耥耙 一種稻田用的農具。狀如木屐,下有許多鐵釘,上裝長柄。用於在稻田行間推拉,鬆土、除草。

薅鋤 短柄小鋤。用於鋤草。

櫌 古代的一種農具。狀如槌。用於碎土、平整土地和覆種。

砘子 一種石製農具。播種後,用來壓實土壤。

坎土曼 維吾爾族農民所用的一種鐵製農具。用於鋤地、挖土等。

鍘 切草的器具。把刀安在底槽上,刀一頭固定,一頭有柄,可以上下活動:銅鍘。也叫**鍘刀**。

磨 弄碎糧食的工具。用兩個圓石盤做成,圓盤磨壓糧食的面上刻有磨溝。

磨盤 ❶托著磨的石頭底盤。❷〈方〉磨。

水磨 利用水力帶動的磨。多用來磨麵粉。

礱 脫去稻殼的農具。多用木製成,形狀略像磨。

碾 把東西軋碎、壓平或使穀物去皮的石製工具。由碾磙子、碾盤、碾架等構成:石碾／水碾。也叫**碾子**。

碾磙子 碾子的主要部分,是一個圓柱形石磙,可以軋碎穀物或去掉穀物的皮。也叫**碾砣**。

碾盤 承托碾磙子的石頭底盤。

水碾 利用水力帶動旋轉的碾子。多用以碾穀物。

碌碡 碾壓用的石製農具。圓柱形。由人或畜力牽引,用來壓平場地、碾軋穀物等。也叫**石磙**。

碓 舂米的工具。用柱子架起一根木杠,杠一端繫石頭,用腳踏另一端,連續起落,脫去下面石臼中穀粒的皮。簡單的碓,是一臼一杵,用手執杵舂米。

水碓 利用水力舂米的器具。

連枷　槤枷 脫粒用的農具。由一個長柄和一組平排的竹條或木板構成,用來拍打穀物,使子粒脫落。

戽斗 一種汲水灌田的舊式農具。用柳條、竹篾等編成,形似斗,兩邊有繩。兩人對立,各用雙手拉一繩將水汲起。

H2－25 名: 農機·農械

農機 農業機械的簡稱。指農業上使用的各種動力機械及與之配套的作業機具。

農械 構造較精密的農用器具,如噴霧器、噴粉機等。

風車 ❶利用風能作動力的機械裝置,可用以帶動抽水機、糧食加工機和小型引擎等。❷指扇車。

扇車 利用風力清除穀物糠粃、塵土的農械。由木箱和裝有葉片的軸構成。搖動軸柄使葉片

轉動,就可以產生風力。也叫風車。

水車 舊式灌溉機械。用人或畜力、風力,通過
　　管、筒、水槽等機件將水從低處提升到高處。

翻車 〈方〉水車。

轆轤 汲水的起重裝置。把可用手搖動的軸安
　　在井上,利用輪軸原理把水桶從井下絞起。

耕耘機 機械化農業生產的主要動力機械,牽引
　　力大。按其行走裝置的結構分,有輪式、履帶
　　式和船形等種。分別與不同機引農具配套
　　後,可進行耕種、收割等田間作業,也可用於
　　運輸或用作固定作業動力。

火犁 〈方〉農用耕耘機。

聯合收割機 能一次完成穀物的收割、脫粒和初
　　步清選工作的收割機。由收割部分和脫粒部
　　分等組成。

康拜因 音譯詞。特指聯合收割機。

抽水機 用來抽水的機器。□**水泵**。

噴霧器 噴灑農藥液的機具。用泵壓送農藥液,
　　使變成霧狀,均勻地噴灑到農作物上。

插秧機 把已育成的水稻秧苗栽插在稻田裡的
　　機器。有機動插秧機和人力(手扶)插秧機兩
　　種。

脫粒機 能將作物子粒從莖稈上或穗梗上脫下
　　的機器,如穀物脫粒機、玉米脫粒機等。

H2－26 名： 肥料(一般)

肥料 能直接或間接供給作物生長發育所需養
　　分、改善土壤性狀或促進微生物活動的物質。
　　一般分有機肥料、無機肥料、細菌肥料等種。

肥 肥料:積肥/化肥。

肥分 肥料中所含氮、磷、鉀等元素的成分,一般
　　用百分數表示,如茶籽餅含氮百分之一點一,
　　磷百分之零點三七,鉀百分之一點二三。

肥效 肥料的效力:肥效快/肥效好。

肥源 肥料的來源。如綠肥作物、人畜的糞便、
　　動物的骨頭皮毛、草木灰、榨油後剩下的油

餅,以及可作肥料的礦物質等。

基肥 播種或移栽前翻地時施用的肥料。主要
　　指廄肥、綠肥、堆肥等有機肥料,能在作物整
　　個生長期中提供養分。也叫**底肥**。

追肥 為補充養分而在作物生長期中施用的肥
　　料。多用肥效快的化肥。

種肥 為促使壯苗早發而在作物播種或移栽時
　　施用的肥料。一般用幾種肥料混和施入播種
　　溝或播種穴內。

春肥 春季(一般在春分前)所施的肥料。

直接肥料 能直接將養分供給作物的肥料,如
　　人、畜糞尿、硫酸銨等。

間接肥料 不能直接為作物提供養分,而能改善
　　土壤理化性狀,或促進土壤釋出養分的肥料,
　　如石膏、石灰等。

顆粒肥料 人工製成的顆粒狀肥料。用過磷酸
　　鈣與腐熟的廄肥混合製成,或用化肥製成。
　　可提高肥效,多在播種時施用。簡稱**粒肥**。

細菌肥料 由人工培養的某些有益微生物而製
　　成的生物肥料。通過微生物的活動,能提高
　　土壤肥力,改善作物營養狀況。如根瘤菌、固
　　氮菌、磷細菌等。簡稱**菌肥**。

速效肥料 施入土壤後,能迅速被作物吸收的肥
　　料,如碳酸氫銨、腐熟的人糞尿等。一般肥效
　　持續時間短,適於做追肥。

遲效肥料 施入土壤後,分解較慢,見效遲緩但
　　肥效持續時間長的肥料,如堆肥、綠肥、磷礦
　　粉等。適於作基肥。

商品肥料 作為商品在市場上出售的肥料,如化
　　肥、豆餅等。

H2－27 名： 有機肥料

有機肥料 含有豐富有機物質的肥料,如人畜糞
　　尿、綠肥、堆肥等。多用作基肥。

水肥 腐熟的人糞尿等加水製成的肥料。

泥肥 淺水中由動植物遺體、排泄物和土壤等腐

解混和而成的淤泥。具有一定的肥力,多作基肥。

塘肥 可作肥料的池塘裡的污泥。

河肥 可作肥料的江河、湖泊中的污泥。

綠肥 可以直接翻入土中作肥料的人工栽培或野生的綠色植物體,如紫雲英、苜蓿等。

堆肥 用秸稈、雜草、落葉等廢棄物摻入人、畜糞尿或污水堆積起來,經過腐熟而成的肥料。

雜肥 各種廢棄物混合而成的肥料,如城市垃圾等。

尿肥 用作肥料的人、畜的尿。

糞肥 用作肥料的人、畜、禽的糞便。

廄肥 畜廄中的牲畜糞尿連同墊圈的乾土、雜草飼料殘屑等混在一起漚成的肥料。也叫**圈肥;圂肥;欄肥**。

乾肥 把人畜的糞尿同泥土混合乾燥而成的肥料。

畜肥 用做肥料的牲畜糞尿。

臢肥 我國南方把垃圾、樹葉、雜草、泥土和少量糞尿一同放在小水坑裡漚製而成的肥料。主要用作稻田基肥。

漚肥 用青草、樹葉、廄肥、人糞尿和河泥等漚成的肥料。

窖肥 〈方〉漚肥。

骨粉 用動物的骨頭磨成的粉狀肥料。含較多磷和鈣,也可做飼料。用作肥料的骨粉,也叫**骨肥**。

底糞 用作基肥的糞肥。

垰 〈方〉糞肥:牛垰。

埘 〈方〉家畜廄裡積下的糞便,用作肥料:豬埘。

餅肥 油料作物的種子榨油後剩下的殘渣做成的餅狀肥料,如豆餅、花生餅等。

菜枯 油菜子榨油後的渣滓壓成的餅狀物。可作肥料。

H2－28 名: 無機肥料

無機肥料 由無機物質組成的肥料,如硫酸銨、氯化鉀、草木灰、石灰等。養分含量高,能直接為作物吸收,肥效快。多用作追肥。也叫**礦物肥料**。

化學肥料 以礦石、石油、煤、空氣、水等為原料,使用化學或機械方法製成的肥料。絕大多數屬無機肥料。具有肥分多、見效快的特點。簡稱**化肥**。

複合肥料 用化學方法製成的含有氮、磷、鉀三種或其中兩種元素的肥料,如含氮、磷的磷酸銨,含氮、鉀的硝酸鉀等。

氨水 氨的水溶液,濃度為百分之十五～百分之十八。有刺鼻臭味,是一種速效氮肥。

磷肥 以磷為主要成分的肥料,如骨粉、過磷酸鈣、鳥糞等。能使作物抗寒、早熟。

氮肥 以氮為主要成分的肥料,如硫酸銨、硝酸氨、人糞尿等。能促進作物莖葉的生長。

鉀肥 以鉀為主要成分的肥料,如氯化鉀、硫酸鉀、草木灰等。能增強作物防寒能力,促使其莖稈粗壯。

硫酸銨 一種速效氮肥,含氮約百分之二十一～百分之二十一。一般為白色結晶體,易溶於水。

肥田粉 〈口〉硫酸銨的俗稱。

尿素 有機化合物,含氮約百分之四十六。無色結晶,易溶於水。宜作基肥、追肥,不宜作種肥。也可用作飼料。也叫**脲**。

玻璃肥料 一種微量元素肥料。把含硼、砷、錳、鉬、鈷等元素的化合物和玻璃粉末混合,經高溫熔融後磨碎而成的顆粒肥料。不溶於水,肥效較持久。

草木灰 草、木、樹葉等燃燒後剩下的灰燼,含鉀量較高。是農家常用的肥料。也叫**草灰**。

煙子 生火或熬油時上升的煙凝聚而成的黑色物質,可作肥料。

H2－29 名: 農藥

農藥 農業上用來防治危害植物的病菌、蟲害、

雜草、鳥獸害，或促進植物生長的藥物。

除草劑 用來消除田間雜草的藥劑。也叫**除莠劑**。

殺蟲藥 能毒殺危害作物、林木的昆蟲以及畜禽體內寄生蟲的藥物。

六六六 一種殺蟲藥劑。能溶於酒精或煤油，不溶於水。有高殘毒。

滴滴涕 一種高效有機氯殺蟲劑。能溶於煤油，不溶於水。有高殘毒。

敵敵畏 一種揮發性較強的有機磷殺蟲劑。易溶於有機溶劑，難溶於水。殺蟲快，但殘效短。常用於防治蔬菜、棉花、糧食等作物的害蟲。對人畜的毒性較大。

敵百蟲 一種高效低毒有機磷殺蟲劑。易溶於水和有機溶劑。常用於防治蔬菜、糧棉、茶樹、果樹等作物的害蟲。

毒餌 一種用於誘殺害蟲、害鳥、鼠類等的有毒食料。用有毒藥劑和防治對象喜食的食品配製而成。

茶枯 油茶樹種子榨油後的渣滓壓成的餅狀物。可用來殺蟲、殺菌，也可作肥料。也叫**茶子餅**。

樂果 音譯詞。一種高效低毒有機磷內吸殺蟲劑。黃褐色油狀液體，一般加工成乳劑使用。常用於防治蔬菜、果樹的蚜蟲、紅蜘蛛、蟎類等害蟲。對人、畜毒性較低。

波爾多液 一種農用殺菌劑。因首先在法國波爾多(Bordeaux)城使用而得名。用硫酸銅、石灰和水製成。噴灑在農作物上，能預防多種真菌和細菌病害。

九二〇 一種植物生長激素。是從赤黴菌代謝產物中提取的白色晶體，難溶於水，能溶於醇類溶劑。能促進植物莖葉生長，提早開花結果。也叫**赤霉素**。

H2－30 動： 積肥·施肥

積肥 收集和積貯肥料。

漚肥 將雜草、綠肥、垃圾、河泥、廄肥和人糞尿等一起放在坑內，加水浸泡，讓其發酵後成為肥料。

施肥 給作物加肥料：要按時施肥除蟲。

根外施肥 在作物生育期間，將低濃度的肥料溶液或肥料粉末噴灑於作物葉面或整株植物上。

肥田 施用肥料以增加田地肥力：用豬埘同樣可以肥田。

追肥 在農作物生長期間施肥。

撒施 把肥料均勻地灑在田地裡。

穴施 播種前把肥料施入播種穴，或在生長中的作物根部附近開穴施肥。也叫**點施**。

條施 沿作物行間開溝，將肥料施入溝內。也叫**溝施**。

壓青 翻耕土地時，把綠肥作物或投放的野草、樹葉等壓入土壤裡做肥料。

起圈 清理出牲畜圈裡的糞尿及墊圈稻草等物，用作肥料。也叫**出圈；清欄**。

H2－31 名： 土壤

土壤 陸地表面有肥力、能生長植物的疏鬆表層，包含礦物質、有機質、微生物、水分和空氣等：土壤肥沃。

土 地面上的泥、沙等混合物；土壤；泥土：黃土／黏土／肥土／土堆。

壤 土壤：沃壤／紅壤。

表土 地球表面的土壤。農業上指耕作的土層。

心土 耕作層下面的一個土層。未受耕作影響，土質較堅實，養分含量少。

底土 心土層下面的一個土層，土質緊密，有防止表層水肥滲透流失的作用。

生土 未經耕作熟化的土壤。土質緊密堅實，有機質含量少，理化性狀差，微生物活動微弱，肥力低，不適於作物生長。

熟土 通過深耕、排灌、施肥等措施，土質理化性

狀得到改善,適於作物生長的土壤。

壤土 砂粒和黏土粒含量的比例接近,砂黏程度適中的土壤。土性疏鬆,保水保肥性較好,適於各種植物生長。

黏土 含黏粒較多的土壤。黏性重,土性緊密,保水保肥性好,但不易耕作,須加砂土和有機肥料改良。

泥土 土壤;黏土。

黑土 一種富含腐殖質和礦物質養料的黑色土壤。疏鬆、肥沃,結構良好,適於耕作。

紅土 氣候潮濕地區的一種紅色土壤。含鐵、鋁氧化物,有黏性和強酸性,肥力較差,土層深厚。也叫**紅壤**。

黃土 一種淺黃或黃褐色土壤。黏性較低,顆粒很細,易成粉末;透水性強,耕層薄。

黃壤 氣候潮濕地區的一種黃色土壤。含有較多鐵氧化物,含有效磷少,土質黏而酸性大。

沙土 由大量細沙和少量黏土混合而成的土壤。土質鬆散,不易保水,肥力瘠薄。

褐土 一種在暖溫帶半濕潤地區的褐色土壤。土質較黏,自然肥力較高。

海綿土 經精心改造而熟化了的土壤。因土質鬆軟,狀似海綿而得名。有機質含量高,活土層厚,具有很好的保肥、保水性能。也叫**海綿田**。

鹽土 土層中含可溶性鹽類多,不適於作物生長的土壤。

鹼土 有強鹼性反應的土壤,須經改良才適合耕作。

鹽鹼土 鹽土、鹼土和各種不同程度鹽化土和鹼化土的統稱。由於含有較多可溶性鹽類或代換性鈉,不利於作物生長,須經改良才能種植作物。

凍土 所含水分凝結成冰的土壤或疏鬆的岩石。按凍結的持續時間可分暫時性凍土、季節性凍土和多年凍土(永久凍土)。

垡子 〈方〉在耕地中翻起的土塊。

茬口 指某種作物收割以後的土壤:大豆茬口對後作很有利。

活土層 經過耕作的熟土層。

H2－32 名： 土性

土性 土壤供給作物生長所需養分和水分等的性能。

地力 土壤肥力。即土壤能滿足植物生長發育所需要的水分、養分、空氣和熱量的能力。也叫**肥力**。

地利 土地適合作物生長的有利條件。

地溫 指地表溫度和土壤內部的溫度。地溫高低對作物發芽、生長和微生物的繁殖有很大影響。

土溫 土壤內部的溫度。

H2－33 形： 板結・疏鬆

板結 土壤因缺少有機質,降雨或灌溉後,表土結成硬塊:一下雨這塊地的泥土就板結了。

板實 〈方〉(土壤)硬而結實:泥土板實。

板 (土壤)硬實:地太板了,不好鋤。

疏鬆 (土壤等)鬆散;不緊實:這樣疏鬆、肥沃的土壤,什麼莊稼都好種。

濕潤 (土壤、空氣等)潮濕而滋潤:雨後泥土濕潤,正好移苗。

H2－34 名、動： 墒情

墒情 〔名〕田裡土壤濕度的情況:查看小春的長勢和墒情。

墒 〔名〕田裡土壤的濕度:搶墒。

底墒 〔名〕莊稼種植前土壤中含有的水份:底墒充足。

驗墒 〔動〕察看或測定土壤的濕度。

保墒 〔動〕採取耙地、中耕、覆蓋等措施,減少蒸發,使土壤保存水份。

跑墒〔動〕土壤中水分因風吹、日曬而蒸發散
　　失。也叫**走墒**。

透墒〔動〕土壤中水份能滿足作物生長的需要。

接墒〔動〕下雨或灌溉後，上下土層濕土相接，
　　土壤中水份能滿足作物需要。

搶墒〔動〕趁土壤濕潤時趕緊播種：下了一場好
　　雨，人們趕著搶墒種麥。

H2－35　名：　農時

農時　農業生產中根據季節氣候變化規律適時
安排各種作物進行耕種、收穫等農事活動的
時間：不誤農時。

打春〈口〉舊俗立春那天用紅綠鞭抽打用泥做
的春牛，因此俗稱立春爲打春。

農月〈書〉指立夏後農忙的時節。

二十四節氣　我國古代根據太陽在黃道上的位
置，把一年分爲二十四個段落，稱爲二十四節
氣。每段開頭的一天有一個表明季節、氣候
和農事活動的節氣名。起源於黃河流域，自
秦漢時代已用來指導農時。

二十四節氣表

節氣名	陽曆日期	氣候和農事活動
立春	2 月 4 日或 5 日	我國以立春爲春季的開始。
雨水	2 月 19 日或 20 日	大部分地區雨量逐漸增加。
驚蟄	3 月 5 日或 6 日	漸有春雷，多眠動物開始甦醒活動。大部分地區進入春耕。
春分	3 月 20 日或 21 日	這一天，南北半球晝夜幾乎等長。此後北半球晝長夜短。
清明	4 月 4 日或 5 日	大部分地區氣候溫暖，忙於春耕春種。
穀雨	4 月 20 日或 21 日	大部分地區雨量增多，有利作物生長。
立夏	5 月 5 日或 6 日	我國以立夏爲夏季的開始。
小滿	5 月 21 日或 22 日	大部分地區麥類作物子粒漸趨飽滿成熟。
芒種	6 月 5 日或 6 日	大部分地區麥類等作物成熟，進入夏收夏種大忙時期。
夏至	6 月 21 日或 22 日	這一天，太陽經過夏至點，北半球的白晝最大，夜間最短。此後白晝漸短。
小暑	7 月 7 日或 8 日	大部分地區進入暑熱時期。
大暑	7 月 23 日或 24 日	一般認爲我國氣候最熱的時候。
立秋	8 月 7 日或 8 日	我國以立秋爲秋季的開始。
處暑	8 月 23 日 24 日	大部分地區氣溫逐漸降低，雨量漸少。
白露	9 月 7 日或 8 日	大部分地區氣溫顯著下降，秋熟作物即將成熟。
秋分	9 月 23 日或 24 日	這一天南北半球晝夜幾乎等長。此後北半球晝短夜長，北方進行秋收秋種。
寒露	10 月 8 日或 9 日	大部分地區天氣涼爽，進行秋收秋種。
霜降	10 月 23 日或 24 日	黃河中下游一般出現初霜。
立冬	11 月 7 日或 8 日	我國以立冬爲冬季的開始。
小雪	11 月 22 日或 23 日	黃河流域一般出現初雪。
大雪	12 月 7 日或 8 日	黃河流域一般漸有積雪。
冬至	12 月 21 日或 22 日	這一天，太陽通過冬至點，北半球白晝時間最短，夜間最長，此後白晝漸長。
小寒	1 月 5 日或 6 日	大部分地區進入嚴寒時期。
大寒	1 月 20 日或 21 日	一般是我國氣候最寒冷的時期。

組織人力抗洪排澇。

H2－36 名：　災害
（參見 D9－32 災禍）

災害　在農業上指旱、澇、風、沙、雹、蟲等給農作物造成的重大損害。

自然災害　旱、澇、風、沙、雹、蟲、霜凍等自然因素造成的災害。

旱災　因雨水不足，又缺少灌溉而影響作物生長，造成嚴重減產的災害。

澇　因降雨過多，田間積水，使農作物受到嚴重損害的現象。

澇災　因雨水過多，使作物被淹而造成大量減產的災害。

內澇　因雨水過多，低地積水無法宣泄而造成的災害。

風災　暴風、颱風、颶風、龍捲風等造成的災害。

風害　大風對作物所造成的災害。

雷害　作物由於雷造成的各種損害。

凍害　在冬季或早春，作物因氣溫下降而受到的各種傷害。

H2－37 形、動等：　旱・澇

旱　〔形〕沒有雨雪或雨雪過少：旱情／春旱。

乾旱　〔形〕因降水不足，土壤和空氣中缺少水分：天氣乾旱。

亢旱　〔形〕久晴不雨，旱象嚴重。

旱象　〔名〕乾旱現象：農田出現旱象。

旱情　〔名〕乾旱情況：旱情嚴重。

伏旱　〔名〕伏天出現的旱情：預防伏旱。

抗旱　〔動〕在天旱時，採取供水措施，使農作物不致乾死：抗旱保苗。

澇　〔形〕因雨水過多，莊稼受淹，也指田間積水多：澇災／莊稼澇了。

瀝澇　〔動〕雨後的積水，淹了莊稼：瀝澇成災。

排澇　〔動〕排除田間積水，使農作物不受損害：

H2－38 名：　病蟲害

病蟲害　植物的病害和蟲害：防治病蟲害。

病害　因受細菌、真菌、病毒、線蟲、藻類等的侵害或不適宜的氣候和土壤的影響，引起植物發育不良乃至枯萎、死亡的現象。

蟲害　某些昆蟲或蜘蛛綱動物對植物體造成的損害。

蟲災　害蟲給農作物造成的災害。

蝗災　成群的蝗蟲吃掉大量農作物的莖和葉所造成的災害。

螟害　螟蟲蛀食水稻、玉米等作物所造成的損害。

鳥害　農作物或農產品遭受鳥群啄食所造成的損害。

藥害　農藥使用不當對作物的損害。

H3　水　利

H3－1 名：　水利

水利　❶指水力資源的利用和水災的防止：水利設施。❷水利工程的簡稱：興修水利。

水利工程　利用水力資源，防止水害的工程，如防洪、排洪、蓄洪、灌溉、水力發電等項工程。簡稱水工。

農田水利　為農業生產服務的水利設施，如灌溉、排水、水土保持、鹽鹼地改良等措施。

水利樞紐　為了綜合利用水力資源而興建的攔河壩、溢洪道、船閘、發電廠等各種水工建築物所構成的整體，如三門峽、丹江口等大型水利樞紐。

H3－2 動、名：　灌溉

灌溉　❶〔動〕把水輸送到農田裡：灌溉麥田／這

塊地需要及時灌溉。❷〔名〕輸水到農田裡，滿足作物水份需要的措施。灌溉的方式很多，有地面灌溉、地下灌溉、噴灌、提灌、自流灌溉、人工降雨等。

澆　〔動〕灌溉：引水澆地／澆花。

灌　〔動〕澆；灌溉：引水灌田。

澆灌　〔動〕澆水灌溉：澆灌秧苗。

汲　〔動〕從下往上提水：從池塘汲水。

車　〔動〕用水車取水：車水抗旱。

戽　〔動〕以戽斗、龍骨車等農械汲水：戽水灌田。

揚水　〔動〕用水泵將水從低處提到高處。

抽水　〔動〕用水泵吸水：從河裡抽水。

電灌　〔名〕用電力提水灌溉的方式。

井灌　〔名〕打井汲取地下水灌溉農田的方式。

畦灌　〔名〕一種灌溉方法。用土埂將田地分成略有坡度的小塊畦，讓水在畦內順著坡流動，逐漸滲入土壤。適用於小麥、稻子等密植作物。

漫灌　〔名〕田面不修溝、畦、埂，放水後，任水隨坡漫流的一種粗放灌溉方式。

溝灌　〔名〕一種灌溉方法。在作物行間開溝灌水，借助毛細管的作用，讓水浸潤溝兩側的土壤。適用於棉花、玉米等寬行作物。

淹灌　〔名〕一種灌水方法。灌水後，使田面保持一定深度的水層，借助重力使水滲入土壤。適用於稻田灌水和鹽鹼土改良。

排灌　〔動〕排水和灌溉：人工排灌。

春灌　〔動〕春季灌溉（農田）。一般在冬小麥返青、拔節時進行。

冬灌　〔動〕冬季往田裡灌水。目標在於充分利用水源，預防春旱。

提灌　〔名〕一種灌溉方式。用水車、水泵等把低處的水提到高處送入渠道進行灌溉。

噴灌　〔名〕一種灌溉方式。利用機械壓力使水通過噴頭射到空中，成為霧狀水滴再均勻地灑落到田裡。

放淤　〔動〕將含有大量泥沙的渾水引到荒地或農田裡，使泥沙淤積，可改良土壤，增加土地肥力，擴大耕地面積。

淤灌　〔名〕在汛期將洪水引入農田的灌溉方式。讓洪水帶來的泥沙和養分淤積在田裡，可兼收灌溉、增肥與改良土壤的效果。

地下灌溉　〔名〕將水引進埋在地下的管道，任水從管壁孔洞滲入土壤，利用毛細管作用，使耕作土層濕潤。

自流灌溉　〔名〕讓水位較高地區的水自動流進農田進行灌溉。

人工降雨　〔名〕用人工方法創造條件，使還沒有達到降雨程度的雲層變成雨降落地面。

H3－3 名：　田埂

田埂　田間稍高於地面的狹窄小路，用以分界或蓄水：要車水灌田，須先做好田埂。也叫**埂子**。

埂　❶埂子：地埂。❷小土堤：堤埂；埂堰。

田塍　〈方〉田埂。

阡陌　〈書〉田間縱橫交叉的小路：阡陌交錯／阡陌相連。

地頭　田地的邊上：在地頭休息一陣子。也稱**田頭**。

埝　田裡或淺水裡擋水的土埂：埝埂。

壟　❶田地裡成行種植作物的土埂。也指農作物的行：寬壟密植／一壟麥。❷田埂：田壟。

塄　〈方〉田地邊上的坡埂。□**地塄**。

塄坎　〈方〉田地坎上的坡和田埂，上可行人：在塄坎上掩瓜菜。□**塄壈**。

H3－4 名：　溝渠

溝渠　為灌溉或排水而開掘或建造的水道：溝渠縱橫。

溝洫　〈書〉田間水道：開溝洫。也稱**溝瀆**。

溝　田間灌溉用的水道，也泛指一切通水道。

溝子　〈方〉溝。

地溝　用於排水或灌溉的地下溝渠。

暗溝　地下排水溝。也叫**暗渠**。

壟溝　壟與壟之間的小溝，用於排水、灌溉或施肥。

畦溝　畦與畦之間的小溝，用於排水、灌溉或田間管理。

畎　〈書〉田間小水溝：畎畝／畎壟。

渠　人工開挖的水道：勝利渠／這條渠很長。

渠道　人工開挖或填築用於排灌的水道。有排水渠道、灌溉渠道、引水渠道等。

幹渠　從水源引水的主渠道。

支渠　從幹渠引水到斗渠的渠道。是灌溉區內輸水和分配水量的渠道。

斗渠　從支渠引水到毛渠或灌溉區的渠道。是灌溉區內分配水量的渠道。

農渠　從斗渠引水到毛渠或直接送入田間的渠道。

毛渠　從農渠引水到田間溝畦的渠道。

灌溉渠　引水灌溉農田的成系統的人工水道。

圳　水溝；水渠：掘圳灌田。

H3－5 名：　堤壩

堤壩　堤和壩的合稱。泛指防水、攔水的建築物。

堤　在江、河、湖、海沿岸修築的防水建築物。多用土、石建成。

堤圍　堤：洪水湧過堤圍。

堤岸　堤：江水堤岸，連成一片。

堤防　堤：大水沖潰堤防。

子堤　在堤壩頂上臨時加築的小堤，以防上漲的洪水漫過堤頂。也叫**子埝**。

堰　能攔水和溢流的較低堤壩，能使上游水位提高，以利灌溉及航運：都江堰／河水出了堰。

塘　❶堤岸：河塘／海塘。❷水池：荷塘／魚塘。

塘堰　在山區或丘陵地區修築的小型蓄水工程。用於蓄水灌田。也叫**塘壩**。

壩　❶攔截水流的建築物，用以抬高水位、積蓄水量、修建水庫以及造田等：打壩／攔河大壩。也叫**水壩**。建在水中近岸處鞏固堤岸的水工建築物。如丁壩。

暗壩　不露出水面的壩。

丁壩　一種改變水流狀態，防止沖刷，保護堤岸的水工建築物，一端和堤岸相連，一端伸向水流，成丁字形，故名。

攔河壩　橫貫河中攔截河水的建築物。用以抬高水位或形成水庫。

攔洪壩　截攔洪水的大壩。用以防止洪水氾濫成災。

連拱壩　一種由許多拱形壩面和壩垛構成的、鋼筋混凝土結構的攔河壩。

石坎　用石塊建成的防洪壩。

圩　濱湖低窪地區為防水護田而築的堤。也叫**圩子；圍子**。

垸子　〈方〉湖南、湖北等地在江河、湖泊附近修築的護田、護村的擋水堤壩。

垸　〈方〉垸子：堤垸／修垸。

圩垸　低窪地區防水護田的堤岸，外面的堤稱圩，圩內的小堤稱垸。

H3－6 名：　水庫·旱井等

水庫　在峽谷或流域低窪處築壩攔水、蓄水而成的人工湖泊。可用於防洪、灌溉、發電、養殖等。

水閘　建造在河流或渠道中可以啓閉的擋水、洩水建築物。用於調節水位，控制流量，以利灌溉或航運。

斗門　設在灌溉渠道上斗渠進水口的小閘門。用以調節進水量。

引河　為引水灌溉而挖的水道。

溢洪道　水庫洩洪的槽形建築物。用以排泄水庫裡超過安全水位的洪水，以保證水壩等建

築物不受毀壞。

旱井　指乾旱缺水地區爲蓄積雨水、雪水而挖掘
　　的水井。口小肚大，內壁及底部均有防滲設
　　施。可供人畜飲水及灌溉農田。也叫水窖。

坎兒井　新疆等乾旱地區利用山間雪水、地下水
　　灌溉農田的水利設施。從山上水源處到農
　　田，每隔二十至三十米挖一豎井，再挖一暗渠
　　貫通各井井底，水即經暗渠流到農田灌溉。
　　豎井的作用是爲挖暗渠定位、出土、通風和日
　　後便於檢查、維修暗渠。

抽水站　用水泵提水或增加水管中水流壓力的
　　場所。也叫**揚水站**。

H3－7 動： 治水

治水　整治水道，消除水患：治水工程。

排澇　排除農田裡過多的積水，以免作物受害：
　　排澇保苗。

疏浚　清除淤塞物或挖深河槽，使水流暢通：疏
　　浚河道。□疏通。

疏導　開通淤塞的水道：疏導河流。

浚　疏通；挖深(水道)：浚河／浚井／浚泥船。

修浚　對水道的修治和疏通：修浚上游河道，保
　　證終年通航。

開浚　開掘；疏通(水道)：開浚河道。

防洪　防止洪水氾濫成災：加強防洪排澇。

防汛　在汛期採取戒備措施，防止水患：做好防
　　汛準備。

防凌　防止河水解凍時冰塊阻塞河道。

攔蓄　修築堤壩攔住水流，使水蓄積起來：攔蓄
　　山水。

蓄洪　把超過河道容量的洪水引入某一地區蓄
　　積起來，以防止泛濫成災：修建水庫蓄洪。

分洪　爲了使洪水不漫出河道，以保證下游的安
　　全，有計畫地在適當地點把部分洪水引入其
　　他河流、湖泊或蓄洪區：荊江分洪工程。

H3－8 名： 水土保持

水土　土地表面的水和土：造林可以保持水土。

水土流失　平地或坡地由於被水沖刷或風力吹
　　蝕致使地表水分和土壤同時流失的現象。水
　　土流失能使沃土變成荒地，河道淤塞，增加水
　　旱災害的嚴重程度，對農業危害性很大。

水土保持　防止水土流失、克服水旱自然災害的
　　各種措施。一般有綠化荒坡、荒溝，開梯田，
　　建壩地，修穀坊以及推行合理耕作制度等。

陸化　指水塘受到植物、天候等外界因素干擾，
　　導致淤泥日漸累積，不僅使鳥類糧食減少，棲
　　息地空間也會越來越少。

谷坊　橫築在小溝道或山溪中的水壩，用來調整
　　坡度、減緩水流，阻截泥沙，防止溝底被沖刷。
　　是山區、丘陵區一種水土保持措施。

魚鱗坑　在較陡的山坡上自上而下沿等高線開
　　挖的月牙形或半圓形的土坑，上下交錯排列
　　成魚鱗狀。坑內植樹，可以蓄雨水、截泥沙，
　　爲造林創造良好條件。是山區一種水土保持
　　措施。

水畚箕　大陸西北黃土高原地區一種防止水土
　　流失的措施。在坡地上寬而淺的凹溝中，修
　　築一道或數道成簸箕形的小土埂，用以攔蓄
　　水土。泥沙淤積後，可與兩側地埂、梯田連在
　　一起。

水平溝　一種水土保持措施。在坡地上沿等高
　　線挖成水平的溝，用來攔蓄坡面水土。

H4 林 業

H4－1 名： 林業

林業　培育和保護森林，發揮其防護作用，並取
　　得木材及林副產品的生產事業。

林　林業：農、林、牧、副、漁。

林地　指生長樹林的土地。

林場　❶培養和採伐林木的場地。❷經營林業的生產單位。

林區　有森林的地區。林區主要依山脈、水系等自然界線並參照行政區劃分。

林農　從事林業生產的農民。

H4－2 名：　森林

森林　通常指大面積生長的樹木。林業上指面積廣闊的、以集生喬木為主體，包括灌木、草本植物及動物在內的生物群落。森林有提供木材，保持水土，調節氣候，防護農田等重要作用。

樹林　成片生長的樹木，比森林範圍小。也叫**樹林子**。

林　成片的樹木或竹子：山林／竹林。

林子　〈口〉樹林：去林子裡拾柴。

叢林　樹林：在叢林裡打獵。

林帶　為防風沙而培植的帶狀樹林：防風固沙林帶／護岸林帶。

老林　成長久遠的森林：深山老林。

幼林　由尚未成材的小樹形成的樹林。

林海　形容像海洋般廣闊無邊的森林。

林冠　森林中連成一片的樹冠的總稱。林木的光合、呼吸、蒸騰作所有者要靠林冠進行，林冠對森林環境的形成有重要作用。

林濤　森林被風吹動時發出的似波濤激蕩的聲音。

H4－3 名：　林種

林種　按照林業生產主要目標而劃分的森林類型如用材林、經濟林、防護林、薪炭林等。

經濟林　以生產油料、果品、飲料、調料、藥材、工業原料等為主的森林。

用材林　以生產木材、竹材為主要目標的森林。

成材林　已經長成，能夠採伐木料的森林。

防護林　以防護為主要目標而人工營造的森林或林帶，也有就天然林劃定的。包括防風固沙林、護岸林、護田林、護路林、環境保護林等。

護岸林　種植在河、渠、湖、海沿岸，使岸土或堤防免遭沖毀的防護林帶。

護路林　為了保護路基，美化路容，改善道路環境而在鐵路、公路兩旁營造的防護林帶。

護田林　在農業地區，為保護農田、調節氣溫和水分、減輕風沙等自然災害而營造的林帶。一般由主、副林帶組成林網。

護坡林　在山坡和溝谷側坡上營造的防護林。用以固定土壤，防止雨水沖刷，保護坡田。

防沙林　在鄰近沙漠地區，為了防止流沙侵襲而營造的防護林。

防風林　在多風地區，為防禦寒風、旱風或暴風而營造的防護林。

防霜林　在常有寒流侵入的地區，為了防止霜凍、保護農作物而營造的防護林。

固沙林　為了固定沙荒和沙漠地帶的流沙，改造沙地而營造的防護林。造林常與種草等固沙措施結合進行。

薪炭林　以提供柴炭為目標而營造的森林。多選用生長快、適應性強、燃燒值高的樹種。

H4－4 動：　造林

造林　在大面積土地上用人工或機械進行植苗、播種或插條以營造森林：飛播造林。

營造　有計畫地培植(森林)：營造用材林。

植苗　把樹木的幼苗移植到造林地。

封山育林　一種保護森林成長的措施。把有條件自然成林的荒山殘林或長有幼林的山區加以封閉，禁止開荒採伐放牧，使其迅速育成新林。

綠化　種植花草樹木等綠色植物，以改善環境，防止水土流失，減少自然災害：綠化大地。

H4－5 動、名： 採伐

採伐 〔動〕砍伐森林中樹木,採集木材。

伐 〔動〕砍(樹):伐樹／伐木。

砍伐 〔動〕用斧、鋸等把樹木砍倒或鋸下:這個山上的樹木不能任意砍伐。

主伐 〔名〕砍伐森林中已成材的樹木,以取得木材,並及時進行林木更新。一般分擇伐(按要求選擇林木採伐)、漸伐(分次伐完全部林木)和皆伐(在劃定面積短期內採伐全部林木)三種方式。

原木 〔名〕採伐後鋸成一定長度的圓木料。

伐區 〔名〕林場按計畫劃定的採伐作業的區域。

貯木場 〔名〕林業上貯存、保管、調運及加工木材的場所,設在運材道或木材水道的終點,並與鐵路、公路、河流等交通線相銜接。

H5　畜牧業

H5－1 名： 畜牧業
（參見 B2－3 家畜）

畜牧業 利用飼養、繁殖家畜、家禽,以獲得畜產品的生產事業。畜牧業可為人類提供肉、奶、蛋等副食品,為工業提供皮、毛、羽、骨、血等原料,為農業提供畜力和有機肥料。也叫**牧業**。

畜牧 飼養和繁殖大批的家禽牲畜:畜牧人員／以畜牧為生。□**牧畜**。

畜力 能用來牽引農具或運輸的牲畜的力量:畜力車。

畜產 指畜牧業的產品。

H5－2 動： 飼養

飼養 餵養動物:飼養奶牛／飼養家禽。

飼育 餵養;飼養:飼育牛犢。

飼 飼養;餵養:飼雞／飼羊。

餵 給動物吃飼料;飼養:餵豬／餵雞／餵狗。

餵養 給幼兒或動物東西吃,並照料使其成長:餵養家畜／把這匹馬牽回去餵養。

畜 飼養動物:畜牧／畜狗防賊。

畜養 飼養:畜養牲口／畜養家禽。

養活 〈口〉飼養:養活了很多雞、鴨。

存欄 指牲畜還在圈內中飼養:生豬存欄五百頭。

出欄 指牲畜長成後從畜圈調出出賣或屠宰:今年共出欄生豬一千頭。

填鴨 一種人工肥育鴨子方法。按時把飼料塞進鴨子的嘴裡,並限制其活動量,使迅速長肥。

H5－3 動、名： 肥育

肥育 〔動〕使豬、雞等禽畜在屠宰前的一段時期內很快地長肥。通常採用餵給大量精飼料、限制活動等方法:農場收買架子豬,利用糧食加工廠的副產品就地肥育。也叫**育肥;催肥**。

膘情 〔名〕牲畜的肥壯狀況:牧民挑選一批羊,過秤試了試膘情。

膘 〔名〕牲畜小腹兩邊的肉:長膘／那匹馬膘很厚。

保膘 〔動〕保持牲畜生長肥壯。

抓膘 〔動〕精心飼養和管理,使牲畜肥壯。

上膘 〔動〕(牲畜)長肉:餵了精飼料,豬子上膘了。

落膘 〔動〕(牲畜)變瘦:春耕後牛落膘了。

蹲膘 〔動〕多餵精飼料而減少活動,使牲畜長肉增肥。

H5－4 動： 配種・選種
（參見 H2－12 選種・育種）

配種 使公畜與母畜的生殖細胞結合以繁殖後

代。分天然交配和人工授精兩種。

傳種　動植物繁殖後代:選擇良馬傳種。

選種　選擇比較優良的畜禽留作種用,以供繁殖。

選配　有目標地選擇公母畜進行交配,以獲得優良品質的後代:進行選種選配。

人工授精　用人工方法取出公畜精液,經過檢查、處理,輸入母畜子宮裡,使母畜受孕。人工授精有提高牲畜繁殖率和加速推廣優良品種等優點。

H5－5 名:　飼料

飼料　能提供畜禽所需的營養、促進其生長發育而對之無害的物質。

青飼料　新鮮青綠色的植物性飼料,如新鮮的牧草、野草、野菜、莖葉等。

精飼料　營養價值較高的飼料,如油餅、糠麩等。

粗飼料　是營養價值較低的一類植物性飼料,如藁杆、乾草、穀秕、夾殼等。

食　動物飼料:豬食。

料　飼料:草料/給欄圈裡加料。

泔水　淘過米的水,可作飼料。也叫**泔**。

泔腳　〈方〉指倒掉的剩飯、剩湯、剩菜等。可作豬食。

潲水　〈方〉泔水。

潲　〈方〉用泔水、米糠、野菜等混和煮成的飼料:豬潲。

牧草　可供放牧或刈割作飼料的野生或人工栽培的細莖植物。具有較豐富的營養價值,可作家畜飼料。以禾本科和豆科草本植物爲主,如黑麥草、苜蓿等。

穀草　穀子的秸稈,可做飼料。

芻秣　〈書〉牛馬的飼料。

莝草　〈方〉鍘碎的草,用作飼料。

魚粉　以經濟價值較低的魚類、或魚類加工時的廢棄物爲原料,經乾燥、粉碎等處理製成的產品。蛋白質及磷、鈣和維生素含量豐富,是一種優質飼料。

H5－6 名:　畜圈

畜圈　飼養牲畜的建築物,有棚和柵欄。□畜舍。

圈　畜圈:豬圈/羊圈。

欄　畜圈:牛欄/用乾土墊欄。

廄　養馬的棚。泛指牲口棚:馬廄/廄肥。

牢　畜圈:亡羊補牢。

舍　養家畜的圈:豬舍/牛舍。

棚圈　有棚的畜圈。

槽　餵牲畜放飼料的器具:豬槽/馬槽。

槽頭　給牲畜餵飼料的地方。

櫪　馬槽。也指關牲畜的地方:老驥伏櫪/把櫪裡的豬玀拖出來。

櫳　養禽獸的柵欄或籠子。

窩　鳥獸昆蟲居住的地方:雞窩/豬窩/狗窩/蜂窩/螞蟻窩。

堷　在牆上鑿的雞窩;雞窩:雞棲於堷/雞堷/堷肥。

H5－7 動:　放牧

放牧　在人工照管下,把牲畜放到草場任其自由吃草和活動。也叫**牧放**。

牧　放牧:牧羊/牧場。

遊牧　居無定處,帶領畜群各處放牧:這個部落一向在北荒遊牧/遊牧民族。

輪牧　把草場劃爲幾個區,按計畫依次輪流放牧,不斷循環,使牧草有再生機會,畜群能經常吃到新鮮牧草。

電牧　在牧地周圍架設有金屬絲的圍欄,通以高壓微弱電流,當家畜觸及金屬絲時,因受電擊而離開,使家畜只能在電欄圈範圍內採食和活動。有節約勞力,降低飼養成本,免除獸害等優點。

H5－8 名： 牧場

牧場 ❶放牧牲畜的地方。□**牧地**。牧養牲畜
　　的企業單位：國營牧場。□**畜牧場**。
牧區 ❶劃定用於放牧的地方。❷以畜牧業爲
　　主的地區。
甸子 〈方〉放牧的草地：一片荒草甸子。
嘮嘟 蒙古語，指圍起來的草場。也叫**庫倫**。
水草 有水源和牧草的地方：逐水草而居。

H5－9 名： 畜牧人員

牧民 牧區中以畜牧爲業的人。
牧戶 牧區中以畜牧爲業的家庭。
牧工 受雇爲人放牧的人。
牧人 放牧牲畜的人。□**牧夫**。
牧童 放牧牛羊的兒童。
牧主 擁有牲畜，牧場，雇人放牧的人。
倌 專管飼養家畜的人：羊倌／豬倌。
豬倌 專管養豬的人
羊倌 專管養羊的人
羊工 受雇爲人牧羊的人。
馬夫 舊稱飼養馬的人。
飼養員 飼養家畜、家禽的人。
獸醫 醫治禽獸疾病的醫生。

H5－10 動、名： 屠宰

屠宰 〔動〕宰殺(牲畜)：屠宰場／屠宰稅。
屠 〔動〕宰殺(牲畜)：屠狗。
宰 〔動〕殺(牲畜、家禽)：宰羊／宰一隻雞。□**宰
　　殺**。
屠戶 〔名〕舊稱以宰殺牲畜爲業的人。□**屠夫**。
屠宰場 〔名〕集中宰殺牲畜的場所。□**屠場**。

H5－11 動： 閹割

閹割 用手術摘除公畜睾丸或母畜的卵巢。閹
　　割後的禽畜失去了生殖能力，性情溫和，便於

管理和役使，也易於育肥。
去勢 割去雄性生殖器。
閹 閹割：閹雞／閹豬。
騸 〈方〉閹割雄性家畜家禽：騸牛／騸雞。
驪 摘除牲畜的睾丸或卵巢：驪雞／驪馬。
劁 閹割：劁豬／劁羊。

H5－12 名： 獸疫

獸疫 家畜或野生動物的傳染病。如豬瘟、雞
　　瘟、口蹄疫等。□**畜疫**。
豬瘟 豬的一種急性傳染病。由病毒引起，症狀
　　爲高熱不退，常蜷臥暗處，流淚，病初便秘，後
　　期腹瀉，皮膚上有紫紅色斑點，常於一至三周
　　內死亡。發病率和死亡率都很高。
牛瘟 牛的一種急性傳染病。由病毒引起，症狀
　　爲體溫迅速增高，眼和鼻孔流膿狀分泌物，口
　　內黏膜糜爛，末期腹瀉帶血。通常八至十天
　　死亡。
雞瘟 雞的各種急性傳染病。現一般所說雞瘟，
　　實際是雞新城疫，也叫亞洲雞瘟。病雞高熱、
　　昏睡、口渴、不食、雞冠和肉垂呈暗紅或黑紫
　　色，眼、口、鼻流出黏液，糞便變稀。死亡率
　　高。
羊痘 羊的一種急性傳染病。由一種病毒引起。
　　發病時先發熱、不食，心跳呼吸增快，眼結膜
　　潮紅，眼鼻流液，後在無毛或少毛部位出現痘
　　疱，癒後有疤。
口蹄疫 偶蹄獸的一種急性傳染病。由病毒引
　　起，牛、羊、豬、駱駝等均可感染。症狀爲體溫
　　升高，口腔、蹄部和乳房上發生水泡並潰爛，
　　口流白沫，跛行。傳染很快，人、犬、貓也可感
　　染。
炭疽 人畜共患的一種急性烈性傳染病。由炭
　　疽桿菌引起。病畜的症狀是發高熱，肌肉震
　　顫，口和肛門出血，脾臟顯著腫大。數小時內
　　或一至三天內死亡。參見 C 10－10 傳染病。

狂犬病 人畜共患的一種急性傳染病。由一種嗜神經性病毒所引起,大多經由咬傷傳染。病畜的症狀是食欲不振,狂躁,恐水,肌肉痙攣,最後全身麻痺而死亡。俗稱**瘋狗病**。參見C10－10傳染病。

鼻疽 馬、騾、驢的一種傳染病,由鼻疽桿菌引起。症狀爲在鼻腔、內臟和皮下形成特異性的結節,壞死後形成潰瘍,愈後遺留瘢痕。病畜日漸消瘦,以至死亡。人、貓等也能感染。

豬囊蟲病 豬的一種寄生蟲病。是由豬肉縧蟲的幼蟲寄生於豬體內而引起的。蟲體爲黃豆大小的囊泡,內有白色米粒狀頭節。人吃了有囊蟲寄生的豬肉,也可以感染。

旋毛蟲病 人畜共患的一種寄生蟲病。人及豬、犬、貓、鼠等均可感染。旋毛蟲成蟲和幼蟲寄生於體內後使肌肉僵痛,呼吸淺短,吞咽困難,嚴重時體溫升高,嘔吐,下痢,逐漸消瘦。

H6 漁業

H6－1 名： 漁業(一般)

漁業 捕撈和養殖水生動植物的生產事業。廣義的還包括水產加工業。漁業可提供副食品、工業原料和畜牧業的飼料。□**水產業**。

養殖漁業 指大量放養人工繁殖種苗,使魚隻在適宜地區放流成長的漁業,亦即是人工培育魚隻的方法。舉例而言,臺灣虱目魚的養殖就有百年以上的歷史。

海上箱網養殖 指利用箱網在海域放養魚種的養殖方法。發展海上箱網養殖,必須對於放養的魚種、密度、養殖種的生理生態及其與環境條件的關係做深入的評估。我國的海上箱網養殖分布地域,大部分分布在澎湖、屏東、新竹一帶,其中又以澎湖縣的發展最早、規模最大。

水產 海洋和內陸水域出產的有經濟價值的動物和植物,如魚類、蝦蟹類、貝類、藻類等。

漁產 漁業產品。

漁汛 魚汛 在一定水域內,某種經濟魚類或其他水生動物因產卵、越冬等原因而高度集中,適於捕撈的時期。按季節和魚種分,有春汛、冬汛、大、小黃魚汛、帶魚汛、烏賊魚汛等。□**漁期**。

漁季 沿海水域魚類成群出現,利於捕撈的季節。

H6－2 名： 漁民

漁民 以捕魚爲業的人。也叫**漁人**。

漁戶 以捕魚爲業的人家。也叫**漁家**。

漁夫 舊稱以捕魚爲業的男子。

漁翁 老漁夫。

漁父 〈書〉老漁夫。

漁婦 捕魚人家的婦女。

漁霸 舊時出租漁船、漁具或開辦漁行以剝削漁民、稱霸漁區的人。

漁工 從事漁業生產的工人。

H6－3 動： 捕撈

捕撈 捕捉撈取魚類和其他水生經濟動植物:捕撈魚蝦。

漁撈 大規模地捕撈水生動植物。

漁 〈書〉捕魚:漁業／竭澤而漁／一對補漁歸來的漁船。

網 用網捉:網魚／網鳥。

撒網 拋出並張開魚網:幾艘漁船正在撒網。

打網 〈方〉把網撒到水裡捕魚。

打魚 用網捕魚:出海打魚。

漁獵 捕魚和打獵。

H6－4 名： 漁具

魚具 漁具 捕撈水生動植物的工具。如魚網、

釣竿、魚叉以及其他聲、光、電捕魚裝置等。

網 用繩、線結成的有孔洞的捕魚工具。也可用來捉鳥。

魚網 漁網 捕魚用的網。由網片、綱索、浮子、沈子及其他附屬物組成。種類很多。

網綱 漁網上的大繩。

流網 魚網的一種。用很多網連接成帶形，放在水中直立如牆壁，可隨水流動。用來纏住或掛住不同水層中的水生動物。

流刺網 指應用動力漁船將漁網橫遮水流以等待汛游漁群「刺」上漁網，再將之捕獲的漁獲作業。

撒網 一種用於淺水地區的小型網具。圓錐形，頂端繫一長繩，下網緣縛有沈子。捕魚時，將網撒成圓形，罩向水底，逐漸收攏網將魚裹入網中，起網捕捉。

拖網 一種大型魚網。用不同網片和鋼索等組成，狀似口袋。捕魚時拋入海底，利用魚船或風力拖曳，以兜捕水底魚蝦。

圍網 一種大型網具。由網衣和網索構成，長帶形或囊形。用兩只船拉住網的兩端，把魚群圍住，逐漸縮小包圍圈，最後抽緊網下端繩索。用於圍捕密集的中上層魚類。

羅網 捕捉鳥獸和魚類的網。

罭 一種捕魚、撈水草和河泥的工具。上部有兩根交叉的長竹柄，下端裝有網兜。兩手握住竹柄，可使網兜開合。

罾 一種用木棍或竹竿做支架的方形魚網。

笱 〈方〉竹製的捕魚籠，魚進去後不能出來。

H6－5 名： 漁船

漁船 用於捕撈魚類或水生動物的專用船舶。

漁輪 機動漁船。

漁艇 小型輕快的漁船。

漁舟 〈書〉漁船。

漁火 漁船上的燈火：漁火在岸邊閃爍。

冷藏船 遠洋捕魚作業時用於魚類冷藏運輸的船隻。有凍結裝置，可將魚類冰凍保藏。

H6－6 名： 漁場·漁區等

漁場 魚類或其他水產經濟動物密集，可進行集中捕撈的水域：舟山漁場。

漁港 可供漁船停泊、避風、裝卸等用的港灣。

漁區 ❶海洋捕撈水域劃分的區域單位。❷漁業生產集中的地區，如舟山漁區等。

禁漁區 為保護漁業資源而禁止或限制捕撈的漁區。有的禁止在某段時間內捕撈，有的禁止使用某幾種漁具捕撈。

漁市 買賣魚類的場所。

漁行 舊時專門經營水產買賣的行棧。

漁村 漁民聚居的村莊。

H6－7 動、名： 釣魚·釣具

釣 〔動〕用魚鉤安上食餌誘捕魚類：釣魚。

垂釣 〔動〕垂竿釣魚：在岸邊垂釣。

釣具 〔名〕釣魚用具，如釣竿、釣鉤等。

釣竿 〔名〕釣魚或其他水生動物用的竿子，竿一端繫線，線端有鉤。

釣絲 〔名〕繫系在鉤竿頂端的線，下端懸掛魚鉤。

釣鉤 〔名〕鉤魚的彎鉤狀鉤子。也叫**魚鉤**。

魚漂 〔名〕釣魚時拴在線上能漂浮水面的東西。可使魚鉤不致沈底；如魚漂下沈，表示魚已鉤。也叫**浮子**。

魚餌 〔名〕釣魚時引魚上鉤的食物。也叫**釣餌**。

H7　養蠶·養蜂·打獵

H7－1 名： 蠶桑

蠶桑 養蠶和種桑的事：以蠶桑為業。

蠶事 養蠶中的各項工作：熟悉蠶事。

蠶月　養蠶工作繁忙的時期。

蠶禁　舊俗養蠶期間的禁忌,主要是家庭間不相往來。也稱**蠶忌**。

蠶農　以養蠶爲業的農民。

蠶戶　舊稱以養蠶爲業的農戶。

蠶師　〈書〉善於養蠶的人。

H7－2　名：　蠶蛹·蠶繭等
（參見 B8－3 蠶）

蠶蛹　蠶的幼蟲吐絲做繭以後,在繭殼內蛻皮變成的蛹。

蠶蛾　蠶的成蟲。蠶蛹在繭中化爲蛾,穿孔而出,即爲蠶蛾。色白,有羽狀觸角一對,足三對,翅兩對,但不善飛,亦不食。交配產卵後,不久即死亡。

蠶子　蠶蛾的卵。

蠶蟻　剛從卵孵化出來的蠶的幼蟲,體小色黑,像螞蟻,故名。也叫**蟻蠶**。

蠶花　〈方〉蠶蟻。

蠶繭　蠶吐絲結成的橢圓形囊殼,自身變成蛹裏在殼中。繭是繅絲的原料。

繭子　〈方〉蠶繭。

蠶沙　家蠶的屎,黑色顆粒。可作中藥、飼料或肥料。

蠶眠　蠶每次蛻皮前不食不動的狀態,稱爲蠶眠。蠶經過四次蛻皮,即吐絲做繭。

H7－3　名：　蠶室·蠶具

蠶室　養蠶的房屋,要求保溫、通風、透光並能防止蠶的敵害。也叫**蠶房**。

蠶具　養蠶的用具。

蠶箔　一種用竹篾或葦子編成的養蠶器具,圓形或長方形,平底。也叫**蠶匾**。

蠶簇　供蠶吐絲作繭的設施。多用稻草、麥秸做成,也有用竹或絲板製成的。

蠶山　〈方〉蠶簇。

蠶紙　供蠶蛾產卵用的紙。

蠶臺　用以安放蠶匾的養蠶用具。是三棱式可以折起來的木架子,中分七、八格,每格可放一蠶匾。

H7－4　名、動：　蠶絲

蠶絲　〔名〕蠶結繭時體內排出來的膠狀物質凝固而成,細長像線。按蠶的種類分,有桑蠶絲（家蠶絲）、柞蠶絲、蓖麻蠶絲等。爲優良的紡織原料。

絲　〔名〕蠶絲:絲織品／繅絲。

生絲　〔名〕用繭繅成的絲,是絲紡工業的原料。

繅絲　〔動〕把蠶繭浸在熱水裡,抽出蠶絲,並將若干個繭抽出的絲,合併成一根生絲。

H7－5　名：　養蜂
（參見 B8－2 蜂）

蜂群　蜜蜂的群體。一般每個蜂群中只有一隻蜂王,有數千到數萬隻工蜂,在繁殖季節還會產生數百至數千隻雄蜂。它們組成一個有不同分工、互相依賴、共同生活的整體。養蜂是以蜂群爲飼養單位的。

分群　蜜蜂群體的繁殖方式,即由一個蜂群中分出新的蜂群。有自然分群和人工分群兩種。自然分群是當新蜂王出房前一二天,老蜂王帶領部分工蜂飛遷新巢。人工分群是把由人工培育好的新蜂王和一部分工蜂,另組新群。也叫**分蜂**。

蜂巢　蜂群居住的處所,由工蜂營造而成。也叫**蜂窩**。

蜂房　工蜂用分泌的蠟造成的正六角形巢房。是蜜蜂產卵、發育和貯蜜之處。

蜂蠟　工蜂腹部蠟腺分泌的蠟質。是營造蜂巢的主要材料。也叫**黃蠟**。

蜂箱 一種養蜂用具。用木板製成供蜂群生活的長方形箱子。蜜蜂在箱內繁殖、釀造、貯存蜂糧、蜂蜜。

H7－6 名： 蜂蜜·蜂毒等

蜂蜜 工蜂採集花蜜釀造而成的黃白色黏稠液體。主要成分爲葡萄糖、果糖，還含有少量蛋白質、礦物質、維生素等。營養和藥用價值很高。也叫**蜜**。

蜂乳 工蜂咽腺分泌的用於餵養幼蜂王和幼蜂的乳糜。乳白色，味酸甜。含有蛋白質、葡萄糖、脂肪、多種氨基酸、維生素及其他營養成分，常用作滋補劑。也叫**王漿**。

蜂毒 工蜂尾部螫針在自衛時放出的黃色透明液體。味苦而略有芳香。含有蟻酸、正磷酸、膽鹼、組織胺、甘油、蛋白質等和多種毒素。在醫學上用於治療風濕病、關節炎、哮喘等。

蜂膠 工蜂將採來的樹脂加工而成的一種膠質，用以修補蜂巢隙縫。可治療雞眼、胼胝、皮膚病等，也可作工業原料。

H7－7 動： 打獵

打獵 在野外捕捉禽獸：到山裡打獵。

獵 打獵；捕捉禽獸：出獵／獵狐。

狩獵 打獵：冬天是狩獵的季節。

打圍 合圍捕捉禽獸。泛指打獵：幾個人到一百里路外去打圍。

圍獵 四面合圍打獵：禁止官兵圍獵。

射獵 打獵。古時多用弓箭射殺禽獸，故稱：這一帶不許射獵。

出獵 去野外打獵。

行獵 〈書〉打獵。

田獵 〈書〉打獵。

遊獵 ❶馳逐打獵：他孤身過著遊獵生活。❷出遊打獵：遊獵宴飲。

獵取 以打獵取得：獵取野生動物。

獵獲 由打獵而獲得：他把獵獲的禽獸用槍尖挑著。

獵捕 捕捉(禽獸)：獵捕野鴨。□捕獵。

獵逐 追逐獵取：獵逐野牛。

H7－8 名： 獵人·獵犬·獵具

獵人 以打獵爲業的人。

獵民 獵人；以打獵爲業的居民：把城市獵民組織起來，由主管部門發給狩獵證。

獵戶 以打獵爲業的人家。也指打獵的人：他有個朋友是有名的獵戶。

獵手 一般指技術熟練的獵人：爸爸是個好獵手。

獵狗 經過訓練有素能幫助打獵的狗。也叫**獵犬**。

獵具 打獵的用具。

獵槍 打獵用的槍支：雙筒獵槍。

獵刀 打獵用的刀。

鳥槍 打鳥用的火槍或氣槍。

I 工業・科技

I1 勞作・製造

I1-1 動： 勞作

勞作 從事體力勞動:工地上每一個人都緊張地勞作著／她們整天在織布機旁站著勞作。

勞動 進行改變勞動對象使之滿足自己需要的活動:農民在田裡辛勤地勞動著。

勞 勞動:不勞而獲／按勞分配／好逸惡勞。

工作 從事體力或腦力勞動:公司每個人都緊張地工作著。

做工 從事體力勞動:他在鋼鐵廠做工。

做活兒 從事體力勞動:他下田裡做活兒去了。

操勞 ❶辛苦勞動:他終因操勞過度,病倒在家／她為這個家日夜操勞,沒有一句怨言。❷費心料理:這件事就請你操勞了。

累 ❶操勞:累了半天,該休息一下了。❷使勞累;使疲勞:這事情真把我累壞了／你身體剛復原,不要累著它。

操作 ❶按一定的程式和技術要求進行生產活動:操作規程／他熟練地按要求操作著。❷〈書〉勞動;勞作:操作家務／工匠日夜操作。

I1-2 名： 工作

工作 泛指各種體力的或腦力的勞動:搬運行李是一種很費力氣的工作／他幹的是絞腦汁的工作。

勞動 ❶人們改變勞動對象使之滿足自己需要

的有目標的活動:腦力勞動／體力勞動／複雜勞動。❷專指體力勞動:勞動鍛鍊。

生活 〈方〉事情,指工作:做生活／這幾天我生活很忙。

活計 ❶指手藝或縫紉、刺繡等:針線活計／她做的一手好活計。❷泛指各種體力勞動:把田裡的活計趕快幹完。

活路 泛指各種體力勞動:他體力好,幹重的活路沒關係。

活 工作兒(一般指體力勞動):粗活／農活／他一整天沒有工作兒。

粗活 指技術性較低、勞動強度較大的工作:他只能幹一些粗活。

重活 費力氣的體力勞動:他身體有病,不宜做重活。

輕活 不大費力氣的工作:讓婦女們做揀棉花一類的輕活。

細活 精細的活計,也指技術性強的工作:她手巧,很適合做刺繡這類細活。

忙活 需要趕快做的工作:咱們先做這件忙活吧。

零活兒 零碎的工作或家務事:他在休養期間,每天還掙扎著做點零活兒。

外活 〈方〉工廠或手工業者代人加工的事情;家庭婦女給人做的收工錢的事情:這個廠從不接收外活／她有時也做一點點外活,貼補家用。

I1-3 動： 製造

製造 把原材料加工成有用的物品:製造果醬罐

頭／製造飛機。

製 製造；製作：製圖／製版／縫製彩旗。

造 做；製作；建：造紙／造船／造林。

製作 製造：製作燈具／製作盆景／製作設計圖
紙。

造作 製造：造作家具。

打造 製造金屬器物：打造軍器／打造農具。

做 製造；形成；構成：做飯／做農具／用甜菜做
糖。

打 製造：打一把鋼刀。

生產 人們使用工具創造各種生活資料和生產
資料：生產電視機／不要盲目生產。

產 ❶製造；生產：產銷／美產電機。❷出產：產
鹽／產哈密瓜。

加工 ❶對原料、半成品做各種工作，使達到規
定的要求，成為成品：來料加工。❷對成品做
各種工作，使更完美、精緻：這些是經過加工
的精品。

研製 研究和製造：研製新產品／他參加太空梭
的研製工作。

試製 試著製造：試製新型運輸機。

精製 在粗製品上加工；精工製造：精製奶糖／
精製的雕刻工具。

特製 特地製造：特製獎杯／為她特製一副義
肢。

配製 ❶把兩種以上的原料調配在一起製造：配
製中藥／配製顏料。❷為配合主體，使更完美
而製作：為一幅名畫配製鏡框。

自製 自己製造：自製電鈴／自製冰凍橙汁。

監製 監督製造：監製出口商品／這琴是他親自
監製的。

複製 仿照原件（多指藝術品或書畫等）加以製
作或翻印：複製圖紙／這幅宋朝山水畫是複製
的。

仿製 照一定的式樣模仿製造：仿製青銅器／仿
製古代武士服裝。□**仿造**。

改造 修改、變更原有事物，使適合需要：技術改
造／所有舊設備都要改造。

壓製 用加壓的方法製造：壓製磚坯／壓製模
具。

炮製 把中草藥原料加工製成藥物：這家中藥廠
炮製的地黃丸有較好的療效。

提製 提煉製造：用黃豆提製豆油／用石油提製
汽油、柴油、煤油。

I1−4 動： 修理

修理 ❶修治整理，使損壞的東西恢復原來的形
狀或作用：修理房屋／修理拖拉機。❷修剪：
修理桃樹。

修造 修理並建造：修造校舍／修造實驗室。

修整 修理、整治，使其完整或整齊：修整水車／
修整冬青樹。

修配 修理損壞部分並配齊零件，使完整（用於
機器等）：摩托車修配廠／修配鋼窗玻璃。

修補 修理破損的東西使完好可用：修補帳子／
修補套鞋。

修復 修理使恢復原狀（多指建築物、藝術品
等）：修復古廟／被污損的名畫已經修復。

修 修理；整治：修錄音機／把舊校舍修好。

收拾 ❶整理；整頓：收拾陳列室／收拾殘局。
❷修理：收拾雨傘。

拾掇 ❶收拾；整理：把房間拾掇得很乾淨。❷
修理：拾掇耳機。

掇弄 〈方〉修理；收拾：電視機壞了，請你幫我掇
弄一下／經他一掇弄，門鈴又響了。

回修 因品質不合要求而返工；返修：回修事情／
回修電視機。

返修 退給原修理者重新修理；退給出品單位修
理：剛修過的手錶又得送去返修／出廠的電視
機返修次數少了。

整修 整治修理：整修灌溉渠道／舊廠房整修一
新。

整治 修理;整頓治理:整治河道／交通秩序要加以整治。

I1－5 動： 敲‧捶‧砸‧揳

敲打 敲擊:敲打鐵鍋／工作坊裡,一片敲打聲。

打擊 敲打;撞擊:一片打擊鑼鼓的聲音／田裡秧苗全被冰雹打擊壞了。

打 敲;撞擊:打鑼／打鐵／把玻璃窗打碎了。

擊 打;敲打:擊鼓／擊掌。

敲 打;叩擊:把鐵皮敲平／敲警鐘／敲鑼打鼓。

叩 敲;打:叩門／誰在叩玻璃窗?

拍打 用手輕輕地打:拍打皮球／拍打帽子上的灰塵。

撲打 猛力向下敲打或撞擊:撲打蚊蠅／他脫下衣服撲打地板上的火苗。

撲打 輕輕地拍:她撲打頭髮上的雪花。

抽打 用撣子、毛巾等打掉衣物上的灰塵等:你的風衣上淨是塵土,快到門外抽打抽打。

磕打 把盛東西的器物向地上或牆、柱上碰,使附著物脫落:把餅乾筒裡的碎屑磕打掉／他將煙斗在膝蓋上磕打了一下。

磕 把東西往硬的物體上或地上碰;磕打:磕煙袋鍋兒／把黏在鞋底的泥土磕掉。

摔打 抓在手裡連續磕打:把穀粒摔打乾淨。

摔 用力往下揮動,使黏著的東西脫落:把傘上的雪花摔掉。

擂 捶;擊:擂鼓。

捶 用拳頭或棍棒等敲打:捶胸／捶鼓／挑來生土,把地填平,捶平。

捶打 敲打:捶打油茶籽／他暴躁地捶打著床板。

搗 ❶用棍棒等的一端撞擊:舂:搗蒜頭／搗石灰漿。❷捶打:搗衣。

錘 用錘子敲擊:千錘百煉／把釘子錘緊些。

砸 ❶重東西落在物體上;用重東西撞擊物體:石頭砸了腳／用錘子砸核桃。❷碰壞;打碎:茶杯砸了。

舂 把東西放在臼或乳鉢裡搗,使碎或脫掉皮殼:舂米／舂藥。

揳 ❶把楔子、釘子等捶打到物體裡面:在牆上揳個釘子。❷〈方〉捶;打:揳他一下子。

釘 ❶把釘子錘進別的物體;用釘子、螺絲釘等把東西固定或連合起來:將門牌釘在門上／釘一口箱子／釘桌子。❷縫綴:釘簿子／釘鈕釦。

I1－6 動： 按‧壓‧磨‧撐

按 ❶用手或指頭壓:按脈／按手印／按電鈴。❷用手撫;摸:按劍／他手按著酒瓶,眼中含著淚花。

揿 用手按:揿圖釘／司機拚命揿喇叭。

摁 揿;按壓:摁電鈴／司機摁著汽車喇叭。

掐 ❶用指甲按、截取或截斷:手臂上還有掐過的痕跡／她在那裡掐花／掐掉西瓜的雄蕊。❷用拇指和另一指頭捏:煙吸到半截便掐滅了。❸用手的虎口緊緊按住或扣住:用手掐住敵人脖子把敵人摁在地上／雙手掐住一條活鯉魚。

扼 掐住;握住:扼腕／扼住閘門。

卡 夾在中間,不能活動:螺絲卡在機器裡／抽屜卡住了拉不動。

捏 ❶用拇指和其他手指夾住:捏住筆桿兒。❷用手指把軟的東西弄成一定的形狀:捏麵人／捏湯糰。

壓 ❶對物體從上向下施加壓力:壓碎石子／扁擔把肩膀壓腫了。❷擱置不動:積壓／別把新衣服壓在箱底。

擠 用壓力使出來;擠壓:擠牛奶／擠橘子汁喝。

擠壓 對物體從兩邊向中間施加壓力:把熔化的塑膠擠壓成型／接生婆硬將嬰兒從母體中擠壓出來。

拶 擠壓;壓緊:拶指。

壓榨 用壓力榨出物體裡的汁液:壓榨甘蔗,取汁製糖。

榨 把物體裡的汁液擠壓出來:榨油/榨糖。

榨取 壓榨而取得:榨取果汁/榨取花生油。

壓縮 加上壓力,使體積變小:壓縮餅乾/壓縮空氣。

磨 物體相磨擦:磨剪刀/手上磨出水泡。

擦 把瓜果等放在礤床上來回摩擦,使成細條:把蘿蔔擦成絲兒來蒸糕。

碾 滾動碾子等,使穀物或他物去皮、破碎:碾穀子/碾石粉。

碾壓 圓形物體滾動,把東西軋碎或壓平:壓路機碾壓出平坦的路面。□滾壓。

推 推著工具在移動中工作:用刨子把木板推光/用軋草機推草坪。

擀 ❶用棍棒來回碾壓:擀麵條。❷〈方〉反覆細擦:把揩過的窗玻璃再擀一遍。

軋 用機器壓鋼坯:軋鋼。

軋 碾;滾壓:軋稻/軋馬路。

撐 ❶抵住;支撐:兩手撐著牆頭,一躍而過/把腳手架撐起來。❷用篙抵住河底,使船行進:把小船撐離河岸。❸張開:撐開雨傘/撐開口袋。

支撐 抵住壓力使物體不倒塌:這間危房全靠一根柱子支撐著。

支 撐;抵住:把帳篷支起來/獨木難支。

抵 支撐;抵住傾斜的老樹/用木棍抵門。

頂 支撐;抵住:用鐵棒頂住危牆/桌子斷了一條腿,用磚頭暫頂一頂。

戧 支撐:用木頭把草棚戧住,不讓它被大風刮倒。

I1-7 動: 切·截·砍·剖

切 用刀把物品割開:切肉片/把電線切斷。

切片 把物體切成薄片:把肉先切片,再切絲。

片 用刀切成薄片:片粉皮/片牛肉片兒。

割 用刀截斷:割稻/割肉。

截 切斷;割斷:截肢/截長補短/把竹竿截成兩段。

截斷 切斷:截斷鋼絲/截斷甘蔗根部。

割斷 截斷;切斷:割斷電線/割斷牽扯在一起的草根。

鍘 用鍘刀切東西:鍘稻草/鍘麥稭。

銼 用銼刀磨削:把釘子腳銼平。

拉 由於刀刃的移動,使物體被劃破;割開:他的褲子拉了個口子/她的手拉破了。

鋸 用鋸切割:鋸鋼管/鋸樹枝。

砍 用刀斧把東西猛力劈開:砍柴/把枯枝砍斷。

斬 砍:快刀斬亂麻/斬草除根。

斫 用刀斧砍:斫柴/斫樹根。

剁 用刀向下砍:剁肉醬/把樹枝剁成了三段。

伐 砍(樹):伐木/採伐/伐了三棵樹。

砍伐 用鋸、斧等把樹木折斷或砍倒:砍伐森林/不准任意砍伐園中樹木。

剖 從中切開;破開:剖竹子/把魚剖肚去鱗。

破 ❶使分開;使損壞:破門而入/破釜沈舟。❷剖開;劈開:把瓜一破兩半/乘風破浪。

劈 ❶用刀斧等把物破開:劈木頭/把毛竹劈成兩半。❷豎著分開:繩子太粗,劈成兩股用。

劃 ❶用尖銳的東西在別的物體上割:劃玻璃/把豆腐劃成兩半。❷一種東西在別的物體上擦過或掃過:劃根火柴/柳條低垂,在湖面上劃來劃去。❸撥水前進:小船劃向湖心/劃龍船。

I1-8 動: 剪·削·刮

剪 用剪刀等把細、薄的東西切開:剪彩/剪鞋樣/剪窗花。

鉸 ❶用剪刀剪:鉸紙。❷用鉸刀切削:鉸孔。

裁 用刀、剪等把布、紙等分開:裁紙/裁布製衣。

裁剪　縫製衣服時把衣料按照一定的尺寸裁成布片：裁剪西裝／學會裁剪的技藝。□剪裁。

修剪　用剪子修（枝葉、指甲等）：修剪桃樹／頭髮指甲，都要勤於修剪。

修理　修剪；整治：修理樹秧／把一頭亂髮修理整齊。

削　用刀去掉物體的表層：削梨皮／削鉛筆。

修　削或剪，使整齊：修樹枝／修指甲。

旋　用車床或刀子旋轉著切削：旋根車軸／梨要旋了皮再吃。

鋅　用鋅子削平木料：鋅一副門板。

絞　用絞刀切削：在窗框上絞孔。

鏜　用鏜床切削工件上已有的孔眼。

刮　用刀刃去除物體表面上某些附著的東西：刮鐵鍋灰／把灶台上的油垢刮掉。

刮削　用刀具把物體表面附著的東西去掉：把鐵鏽刮削掉，再塗油漆。

刨　有刨子或在刨床上刮削：刨冰／刨門板／放在牛頭刨床上刨出溝槽來。

掄　用力揮動：掄大錘／掄起鐵捶打炮眼。

I1－9　動：　戳・刺・鑿・鑽

戳　用長條物的尖端觸擊或刺穿另一物體：把地板戳一個洞／窗紙一戳就破。

捅　戳；刺：別把窗戶紙捅破了／捅了馬蜂窩。

通　用工具戳，使不堵塞：這煙囪要通一通了／通陰溝，排積水。

扎　❶刺：扎針／扎破手指。❷〈方〉鑽（進去）：扎猛子／他一頭扎進水裡，潛游出去。

杵　用細長的東西捅或戳：竹竿把窗紙杵了個洞／地太硬，鐵棒杵不進去。

刺　用針或其他尖利的東西扎入或穿過：刺繡／刺傷手指。

搠　刺；扎：向野豬連搠幾刀。

攮　刺；扎：一刀攮進肚子裡。

鑿　打孔；挖掘：鑿冰捕魚／鑿井抗旱。

鏨　在磚石上鏨；在金銀上刻：鏨字／鏨金。

穿　鏨通；刺孔：穿山洞／穿耳洞。

戳穿　刺穿：用電鑽戳穿護牆壁。

打通　除去阻隔使兩邊通連：把兩院間的牆打通／隧道已經打通。

鑽　在物體上穿孔；打眼：鑽木取火／在鋼板上鑽孔。

打眼　鑽孔。

I1－10　動：　剝・剔・夾・挖

剝　去掉外面的皮或殼：剝毛豆／剝豬皮。

扒　❶刨；挖：撥開浮土／在沙灘上扒個坑。❷剝下；拆除：扒掉黃鼠狼的皮／扒光他的衣服／把我的草房扒了。❸將物體分開：撥開草棵／他撥開前面的人走出去。

揭　❶把覆蓋、遮擋的東西移去：展覽會揭幕／揭開鍋蓋。❷把貼著的東西取下：揭下牆上的宣傳畫／揭下腿上的膏藥。

剔　❶把肉從骨頭上刮下來：剔骨頭。❷從孔隙中往外挑：剔牙／剔指甲。

挑　❶用尖的東西撥開或挖出：用針挑出手上的刺／挑野菜。❷用細長東西的一頭支起：挑燈籠／把窗簾挑開來。

夾　從兩側同時加壓力，使物體固定不動：用筷子夾菜／用鐵鉗把燒紅的碳夾到盆裡。

鉗　用鉗子夾住：鉗住燒紅的鐵塊。

攕　用筷子夾；夾取：攕菜／攕一片肉。

挖　用手或工具從物體的表面向裡用力，取出物體的一部分或裡面的東西：挖井／挖煤／挖防空洞／挖地窖。

剜　用刀挖：剜肉補瘡／剜瓜取瓢。

摳　用手指或尖細的東西往較深的地方挖：摳耳朵／把掉在磚縫裡的針摳出來。

I1－11　動：　塞・插・鑲・摺疊

塞　把東西擠進空隙裡；填入：包裡還可塞兩件

衣服／包裝玻璃瓶，周圍要塞些刨花。

掖 塞進：把信從門縫裡掖進去／你來把我的被掖緊。

襯 在裡面托上一層：襯一張白紙／襯上一層塑膠薄膜。

墊 爲了平整、舒適、加高、防震等目標而鋪襯上東西：把櫥腳墊高／玻璃器皿裝箱時，周圍要墊好。

楦 ❶用楦子填滿或撐大：楦鞋子。❷〈方〉填塞物體之間的空隙：箱子沒楦好，一對瓷瓶顛碎了。

插 扎入；穿入：見縫插針／插秧／拔根樹幹插到土堆旁。

扦 ❶插：扦上門／把花扦在瓶裡。❷用針固定：橫幅上貼的字，要用針扦住。

鑲 把物體卡進另一物體內或圍在它的邊緣：鑲一顆金牙／襯衫領子鑲著花邊。

嵌 把較小的物體卡進另一物體的凹處；鑲入：嵌金／她戴的戒指嵌著一顆鑽石。

鑲嵌 把一物體嵌入另一物體之中：耳環中鑲嵌著一粒鑽石／牆面上鑲嵌著彩色的貝殼。

摺疊 把物體的一部分翻轉和另一部分貼攏：一輛能摺疊的自行車／把床上的被子摺疊整齊。

折 摺疊：折紙／把衣服折好。

疊 摺疊：疊被子／把報紙疊好／用花紙疊蝴蝶。

I1-12 動： 磨·揉·搏·擰

磨 讓物體相摩擦，使鋒利或光滑：磨墨／磨剪刀。

磨 用磨把糧食碾碎：磨黃豆／磨玉米粉。

鋼 ❶把刀在布、皮、石頭、缸沿等上面來回磨，使鋒利：割麥前把鐮刀鋼一鋼。❷在刀口上加鋼重新鍛造，使更鋒利：新鋼的鍘刀。

鑒 把刀在布、皮、磚石、缸沿等處反覆摩擦，使鋒利：鑒刮刀／鑒刀石。

砣 用砣子(一種砂輪)打磨玉器：砣一個玉杯。

研 細細地磨或碾：研藥／研珍珠粉。

擂 研磨：擂鉢／擂藥／擂薑。

錯 兩個物體相對摩擦：上下牙錯得咯咯響。

打磨 摩擦、擦拭器物表面，使光滑潤澤：打磨青石板／那扇玻璃窗打磨得非常光亮。

研磨 ❶細磨使成粉末：在乳鉢裡研磨藥物。❷用磨料細磨器物使光滑：研磨石硯。

琢磨 雕刻並打磨玉石：這副玉手鐲是精工琢磨的。

揉 ❶用手來回地摩擦；搓：揉眼睛／她把信紙都揉碎了。❷團弄：揉成一團／揉麵做饃饃。

搓 用手掌反覆揉擦：搓麻繩／洗衣服時，領口和袖口要多搓幾下。

揉搓 用手來回地搓擦：揉搓泥團／揉搓糯米粉。

搓揉 揉搓：手掌中搓揉著泥土。

揉擦 用手摩擦；搓：用毛巾賣力揉擦身體。

搓弄 揉搓：她低頭搓弄著手絹。

挼搓 揉搓：別把領帶挼搓皺了。

挼 〈書〉揉搓：兩手相挼。

捻 ❶用手指搓轉：捻草繩／捻尼龍線。❷〈方〉罱：捻草壩泥。

團 搏 把東西揉捏成球形：團湯圓／團雪球。

團弄 搏弄 〈方〉用手掌把東西捏揉成球形：團弄橡皮泥。

擰 ❶用雙手握住物體兩端分別向相反方向用力轉動；絞：把毛巾擰乾／衣服濕得能擰出水來。❷用手指夾住皮肉用力轉動：母親用手擰她的臉。

擰 控制住物體使轉動：擰緊水龍頭／瓶蓋太緊，擰不開了。

扭 擰；用手旋轉東西：把樹枝扭斷了。

絞 ❶雙手握住條狀物的兩端分別向相反的方向扭轉動，使受到擠壓；擰：把濕衣服絞乾。❷把兩股以上條狀物擰在一起：拉住橋身的斜纜用高強鋼絲絞成。

I1－13 動：　塗·貼·裱

塗 ❶塗抹:塗藥/塗脂抹粉/塗一層黃油。❷塗改;抹去:塗去多餘的字句。

塗抹 ❶使油漆、顏料、脂粉、藥物等附著在物體上:門窗塗抹的油漆還未乾/用藥膏塗抹患處。❷隨意地寫或畫:信筆塗抹。

抹 塗抹;搽:抹上膠水/抹點兒藥膏。

抹 把和好了的泥或灰塗上後再攤平:把牆壁抹得平平整整。

塗飾 把油漆、顏料等塗上:全套家具一律用棕色塗飾。

上 塗;搽:往傷口上藥/給地板上一層蠟。

敷 塗上;搽上:敷藥/敷一層脂粉。

搽 塗抹;敷:搽一臉脂粉/搽萬金油。

擦 塗抹;搽:擦油/擦藥膏。

打 塗沫:地板打臘/她的眉毛和眼毛全打得黑黑的。

刷 用刷子塗抹:用石灰刷牆/門板上刷了油漆。

粉刷 用白堊、石灰等塗抹牆壁:房屋粉刷一新。

抿 用刷子把油或水抹到頭髮上:她照著鏡子在頭上抿了抿護髮。

泥 用土、灰等塗抹:泥爐膛/把牆縫泥好/在鐵鍋裂縫處泥上油灰。

蘸 在液汁或粉末裡沾一下:毛筆蘸飽了墨汁/番茄切片蘸白糖吃。

糊 用較濃的糊狀物塗抹:將牆壁裂縫糊上一層水泥。

糊 用黏性物把紙、布等黏起或黏在別的東西上:糊紙盒/糊一盞燈籠。

黏 ❶黏性的東西互相連結或附著在別的東西上:兩只膠鞋黏在一起了。❷用黏的東西使物件連結起來:黏信封/把鞋底黏上去。

貼 把薄片狀的東西黏在牆上或別的東西上:貼標語/貼春聯/牆上貼滿了廣告。

黏貼 用黏性的東西使紙張等附著在別的東西上:黏貼標語/黏貼廣告。

張貼 在公共場所貼:張貼通告/張貼招生簡章。

膠 用膠黏住:花瓶破了口,用萬能膠把它膠上。

膠合 用膠把東西黏在一起:膠合三夾板/膠合玻璃櫥。

裱 ❶裱褙:裱一幅名畫。❷裱糊:房間是剛裱過的。

裱褙 用紙或絲織品襯托在字畫古書下面黏貼起來,使便於觀賞保存:這部古籍經過裱褙,完整如新。

裝裱 裱褙書畫並裝上軸子、匣、套等:裝裱名人書畫。

裱糊 用紙糊房間的頂棚、牆壁等。

I1－14 動：　舀·澆·濾·沖

舀 用瓢、勺等取物(多指液體):舀水/舀一碗麵粉。

打 舀取:打油/打粥/竹籃打水一場空。

撇 從液體的表面舀取:撇油/撇一碗米湯/撇肥皂泡沫。

掏 ❶用手或工具探取東西:掏糞/從衣袋裡掏出手絹。❷挖;掘:掏地/在牆上掏洞。

澆 灑水;灌溉:澆水/澆花/澆菜園。

潑 把液體用力向外傾灑,使散開:每天店門前潑些清水,減少灰塵。

灑 ❶使水或其他東西散開落下:灑水潤地/灑米餵雞。❷東西散落下來:麥子灑了一地。

灌 ❶澆;灌溉:春灌/引水灌田。❷倒下去或裝進去(多指液體、氣體或顆粒狀物體):灌一壺開水/地上攏起一堆火,灌了滿屋子煙。

灌注 澆進液體;注入:把鐵水灌注到模型裡。

注 灌入;流入:注射/把鉛注在模子裡/一股清泉注入山澗。

濾 過濾:濾豆汁/濾湯藥。

過濾 使流體通過紗布、濾紙、木炭、沙子或其他多孔材料,把所含雜質除去:過濾醬油/不要喝未經過濾的生水。

淋 濾:淋鹽/這杯湯藥還可淋出渣子來。

過淋 過濾:中藥煎好,要用紗布過淋一下。

沖 ❶用水、酒等澆注:用開水沖雞蛋/用酒沖服。❷沖洗:用水把車沖乾淨。

沖洗 用水沖掉附著的東西:沖洗馬路/沖洗汽車。

沏 用開水沖、泡:他沏茶請我喝/沏一碗糖水。

I1-15 動: 攪拌・攪和

攪拌 用手或棍子在混合物中轉動、和弄:攪拌混凝土/把滅蟲劑攪上泥土,攪拌成顆粒。

攪 攪拌:把石灰漿攪勻/藥已經攪在酒裡。

攪動 用棍子等在液體中翻動:用鐵鍬不停地攪動水泥漿/拿一根棍子把泔水攪動幾下。

攪和 ❶攪拌:她拿起一把鍋鏟在粥裡攪和。❷攙和:落下來的木屑、塵沙和石灰漿攪和在一起了。

拌 攪拌;攙和:拌飼料/葱油拌面。

拌和 攪拌:把水泥和黃沙先拌和均勻,再加水。

打 攪拌:打糨子/打鹵。

攙 把一種東西加到另一種東西裡混合起來:石灰漿中再攙點水/攙了水,酒就不醇了。

攙和 攙雜、混合在一起:把精飼料和粗飼料攙和起來餵豬。

攙雜 攙雜 夾雜;使混雜:別把不同的麥種攙雜在一起/哭聲、叫聲和笑聲攙雜在一起。

和 使粉狀或粒狀物攙和在一起,或加水攪拌:和泥/和面/她自己吃的飯裡和上菜或豆子。

和弄 〈方〉攪拌;攪和:和弄泥漿/把石灰水和弄和弄。

對 攙和(多指液體):酒對了水,味就淡了。

攙兌 把成分不同的東西混合在一起;攙和:這種農藥要和二百倍的水攙兌使用。

I1-16 動: 扇・噴射

扇 搖動扇子或其他片狀物,使生風:扇煤餅爐/摘下草帽扇風。

扇風 搖扇生風:扇風納涼/給爐子扇風。

打扇 給別人扇扇子:媽媽為孩子打扇,使其安睡。

鼓 扇動,振動:鼓風/鼓翼高翔。

鼓風 用風箱等扇動生風:鼓風機/鼓風爐。

呼扇 ❶片狀物顫動:大風吹得尾襜直呼扇。❷用片狀物扇風:他拿著蒲扇,不停地呼扇。

噴射 利用壓力把液體、氣體或粉末噴出:噴射殺蟲劑/噴火器噴射出強烈的火焰。

噴灑 噴射散落:噴灑農藥/在會場上噴灑香水。

I1-17 動: 編・織

編 把細長條狀物交錯組織起來:編柳條筐/編尼龍繩。

織 ❶用機具使紗或線交叉穿過編成綢、布、呢絨等:織布/織地毯。❷用針使紗或線連綴套住,製成衣、襪、帽、花邊、帶子等:織魚網/織絨線衣/織毛線襪。

編織 使細長條狀物互相交叉或套連,組成衣物:編織毛衣/編織網袋。

編結 編織:編結一條圍巾/編結一頂柳條帽。

結 用線、繩等編織或扣扣兒:結網/結繩。

編製 把細長的東西交叉組織,製成器物:編製竹籃/編製草蓆。

打 編織:打手套/打毛線帽子。

I1-18 動: 包金・錯金

包金 在銅銀首飾、器物的表面包上一層薄金葉:在銅手鐲上包金。

貼金 在神佛的塑像上貼一層金箔。

錯金 特種工藝的一種,在器物上用金銀絲鑲嵌

成花紋或文字。

鎏金 我國特有的鍍金法。把溶解在水銀裡的金子塗在器物表面，烤乾後再軋光，可經久不變。

描金 用金銀粉在器物上勾勒描畫裝飾性的花紋、圖案：一套描金瓷器。

燙金 在書籍或其他印刷品上燙出金色的文字或圖案：這部詞典的封面是燙金的。

I1－19 形： 勤勞

勤勞 勞動努力，不怕辛苦：勤勞是美德／勤勞致富。

勤 做事盡力，不偷懶：手勤／勤學苦練／人勤地不懶。

勤快 〈口〉手腳勤，愛勞動：他工作勤快。

勤謹 〈方〉勤勞；勤快：她做事很勤謹。

勤懇 勤勞而踏實：工作勤懇／他是一個勤懇的人。

勤苦 勤勞刻苦：由於勤苦的訓練，他的長跑成績不斷提高。

勤儉 勤勞而節儉：勤儉持家／勤儉辦一切事業。

勤奮 做事努力不懈：勤奮學習／我要更勤奮地工作。

勤勉 勤勞不懈；勤奮：勤勉可嘉／勤勉上進。

辛勤 辛苦勤勞：辛勤耕耘／辛勤地從事教學工作。

巴結 〈方〉努力；勤奮：他工作一貫很巴結。

孜孜 〈書〉勤勉；不懈怠：孜孜不怠／孜孜以求。也作**孳孳**。

孜孜不倦 * 勤奮努力，不知疲倦。

矻矻 〈書〉勤勞不懈的樣子：終日矻矻／矻矻不歇。

手勤 做事勤快；工作麻利：她手勤，裡裡外外的事情都做得又快又好。

分秒必爭 * 抓緊時間，一分一秒也不輕易放過。

見縫插針 * 比喻抓緊時機，儘量利用一切可以利用的空間或時間。

夙興夜寐 * 早起晚睡，形容勤奮不懈。

櫛風沐雨 * 以風梳頭，以雨洗髮。形容在外奔波勞碌，風吹雨淋，十分辛苦。

胼手胝足 * 手腳都磨起趼子。形容辛勤勞動。

I1－20 形： 懶惰

懶惰 不愛勞動和工作；不勤快：懶惰成性／這孩子很懶惰，連手帕也不願洗一洗。

懶 ❶懶惰：懶漢／好吃懶做。❷疲倦；打不起精神：伸懶腰／渾身發懶。

懶怠 ❶懶惰：懶怠到這步田地，還會有什麼出息？❷不愛或不願活動：事情既已過去，就懶怠再提了。

懶散 精神不振作，行動散漫：懶散慣了，幹什麼都打不起精神。

疏懶 懶散而不願受拘束：生性疏懶。

怠惰 懶惰；不勤奮：對於怠惰的人，要經常督促。

懈怠 鬆懈懶惰；懶散：對待工作，絲毫不能懈怠。

好逸惡勞 * 貪圖安逸，厭惡勞動。

遊手好閒 * 遊盪懶散，不愛勞動。

I1－21 形： 勞苦

勞苦 勞累辛苦：勞苦功高／不辭勞苦。

辛苦 身心勞累：她辛苦了一輩子／清潔工人的工作很辛苦。

辛勞 辛苦勞累：工作辛勞／不辭辛勞／母親操持家務十分辛勞。

勞碌 辛苦忙碌：終年的勞碌，使他像一個衰弱的老人。

勞累 因勞動過度而感到疲乏：一連割了三天稻，感到很勞累／由於勞累，她的胃病又復發了。

勞瘁 辛苦勞累：不辭勞瘁／他們再也不要忍受

勞瘁的工作了。

勞頓　勞累：旅途勞頓／連日的勞頓,好像一下
子滑走了。

耐勞　經受得住勞苦：吃苦耐勞／我們鄉里的人
勤懇耐勞。

含辛茹苦＊　形容忍受辛苦。也說**茹苦含辛**＊。

千辛萬苦＊　形容非常困難辛苦。

I1－22 形、動： 忙

忙　❶〔形〕事情多,不得閒：農忙／忙裡偷閒／他
現在工作很忙。❷〔動〕不停地做、加緊地做：
你這幾天忙些什麼?／上班忙工作,回家忙燒
飯。

忙碌　〔形〕忙著做事,不得空閒：大街上,到處是
忙碌的人群／我從早到晚忙碌了一天。

繁忙　〔形〕事情多,沒空閒：他工作繁忙,但心情
舒暢／繁忙的運輸業務。

大忙　〔形〕工作集中,繁忙而緊張：三秋大忙季
節。

忙亂　〔形〕事情繁忙而沒有條理：車站內外,一
片忙亂／分清輕重緩急,克服忙亂現象。

忙於　〔動〕忙著做(某種事情)：忙於籌備畫展／
全鄉農民忙於秋收。

奔忙　〔動〕奔走操勞：為了推銷新產品,他連日
四處奔忙。

忙活　〔動〕〈方〉忙碌地工作：為了你的到來,他
忙活了半天。

無暇　〔動〕沒空閒的時間：無暇顧及／近日無暇
前往。

不暇　〔動〕沒空暇;忙不過來：不暇他顧／不暇
思索。

應接不暇＊　形容來人太多或事務繁雜,接待應
付忙不過來。

席不暇暖＊　連坐席也來不及坐暖,形容忙碌得
很。

疲於奔命＊　原指奉命奔走而疲倦不堪,後也指

事情太多,忙不過來,弄得精疲力盡。

I1－23 形、名等： 閒

閒　❶〔形〕沒有事情做;沒有做事情：閒居／閒
逛／遊手好閒。❷〔名〕沒有事的時候：農閒
忙裡偷閒。

空閒　❶〔動〕事情或活動停下來,有了閒暇時
間：等你空閒了,請到我房間來談談。❷〔名
沒有事的時候;閒暇：他一有空閒,就看書。

空兒　〔名〕空閒的時間;未占用的地方：他忙得
很,一點空都沒有／車裡連下腳的空都難找。

閒空　〔名〕沒有事的時候：找個閒空,到書店裡
看看。

閒暇　〔名〕閒空：沒有閒暇。□**空暇**。

暇　〔名〕閒暇;閒空：無暇兼顧／有暇請來校一
談。

閒散　〔形〕無事做而又無拘無束:在家裡閒散地
過了幾個月,學的手藝都生疏了。

輕閒　〔形〕工作輕鬆安閒、不繁重：他專揀輕閒
的事情幹／我現在的工作比較輕閒。

無所事事＊　閒著什麼事情也不做。

I1－24 動： 偷懶·偷閒·抽空

偷懶　貪圖安逸,做事不勤奮或有意逃避：他一
向工作勤勤懇懇,從不偷懶。

躲懶　逃避勞動,懶於工作;偷懶：大家正忙著
他卻在火爐邊躲懶。

偷閒　❶擠出空閒的時間;抽空：忙裡偷閒／偷
閒看看電視。❷〈方〉偷懶;閒著:在崗位上
他一刻也沒偷閒。

偷空　忙中抽空做別的事;偷閒：會議休息時間
偷空打個電話。

抽空　擠出時間做別的事情：他工作雖忙,還是
抽空進修夜大課程。

抽閒　抽空：抽閒郊遊／抽閒看一場電影。

得閒　得到閒暇;有空閒時間：哪一天得閒,我個

上茶館敘敘／他整天忙個不停，一刻也不得閒。

得空 得閒：你先在家待著，得空我就會來看你。

忙裡偷閒 * 在忙碌中擠出一點空閒時間。

I1－25 形、動： 拖拉・拖延

拖拉 〔形〕辦事遲緩，不及時完成：工作作風拖拉／這個人辦事總是拖拖拉拉的。

拖沓 〔形〕做事拖拉，不俐落：他辦事太拖沓／要改掉拖沓的作風。

疲塌 〔形〕懈怠拖沓：作風懶散／工作疲塌。也作**疲沓**。

拖延 〔動〕把時間向後延長：不要拖延交貨日期／你們已經拖延很久了。

磨蹭 〔動〕緩慢地走，比喻動作遲緩：任務緊急，別再磨蹭了／人家都上班了，你還在這裡磨蹭。

怠工 〔動〕故意不積極工作，降低工作效率：消極怠工／全公司一致怠工。

磨洋工 * 工作時有意拖延時間，也泛指精神懶散，工作拖拉。

I1－26 形： 熟練

熟練 因經常做某種工作，對動作、技能等精通而有經驗：業務熟練／操作熟練／他駕駛拖拉機非常熟練。

熟 熟練：熟手／熟能生巧。

純熟 十分熟練：技術純熟／純熟的操作。

純 純熟：技藝不純，還得訓練。

嫻熟 熟練：烹調手藝嫻熟／嫻熟的演奏技巧。

圓熟 熟練；成熟：他的筆法日臻圓熟。

精熟 非常熟練：劍法精熟。

穩練 沈穩而熟練：技法穩練／她的舞蹈表演成熟穩練。

諳練 〈書〉熟練；熟習：諳練騎射／打槍擊劍，無不諳練。

爐火純青 * 相傳道家煉丹，當爐火發出純青色火焰時就算成功了。比喻學問、技藝等達到了純熟的地步。

目無全牛 * 一個初殺牛的人，看見的是整個的牛，三年後技術熟練了，就只看見下刀的筋骨間隙，而看不到全牛了（見《莊子・養生主》）。後用來形容技藝已達到十分純熟，得心應手的境地。

游刃有餘 * 廚師技術熟練，把牛分割成塊時，刀子在牛的骨縫裡靈活地移動，毫無阻礙，顯得大有餘地（見《莊子・養生主》）。比喻技術熟練，解決問題毫不費力。

運用自如 * 運用得十分熟練、自然，不受阻礙。

得心應手 * 心手相應，形容技藝純熟，運用自如。

輕車熟路 * 駕著輕快的車子，走在熟悉的路上。比喻任務不重，又經驗豐富，工作容易做好。

駕輕就熟 * 駕輕車，走熟路。比喻對事情熟習，辦起來不費力。

I1－27 形： 生疏

生疏 因長期不做或不接觸而不熟練：離廠多年，手藝生疏了。

生 不熟悉；不熟練：生客／生手／他對新接手的工作，還有一點生。

手生 對要做的事不熟悉或不熟練：這工作我多年不做，手生啦。

回生 對已經學會的東西又感到生疏：學的外語生字不複習，就會回生／新學會的手法，要常練，免得回生。

荒疏 因缺乏練習、長期不用而生疏：學業荒疏／拳術很久沒有練，已經荒疏了。

荒 荒疏：貪玩把學業荒了。

I1－28 形： 巧

巧 心思靈敏，技藝高明：能工巧匠／庭園設計

得很巧。

靈巧 靈活而巧妙:心思靈巧／她手藝靈巧,能
編結幾十種花式的毛衣。

手巧 手靈巧;手藝高明:心靈手巧／這種精細
事情我幹不了,另找手巧的人吧!

巧妙 (方法或技術等)靈巧高明,超過一般:巧
妙的設計／構思巧妙／雕琢的巧妙,令人贊嘆
不已。

精妙 精緻巧妙:技藝精妙／精妙絕倫。

高妙 高明巧妙:手藝高妙／醫術高妙。

神妙 巧妙超出一般:神妙無比。

工巧 精巧;細緻(多用於工藝品或詩文、書畫):
這座象牙寶塔製作得工巧別緻。

工細 精巧細緻:這批玉器,雕琢極爲工細。

巧奪天工 * 人工的精巧勝過天然。形容技巧高
超精妙。

I1－29 形： 笨

笨 不聰明;不靈巧;不靈活:笨頭笨腦／嘴笨／
笨手笨腳。

笨拙 不聰明;不靈巧:大熊貓的動作,笨拙得可
愛／說來說去說不清楚,只怪我的嘴太笨拙。

拙笨 笨拙:口齒拙笨。

拙 笨:手拙／勤能補拙／拙於言辭／拙嘴笨舌。

I1－30 名： 技能・技藝

技能 掌握和運用專門技術的能力:重視基本技
能的培養／他已掌握了汽車駕駛和修理的技
能。

技 技藝;本領:絕技／一技之長／雕蟲小技。

技巧 藝術、工藝、體育等方面巧妙的技能:雕塑
技巧／寫作技巧／完成一個高難動作需要熟
練的技巧。

技術 泛指生產勞作上操作的技巧:他的焊接技
術,很熟練／學習駕駛技術。

功 技術和技術修養;技能:唱功／基本功／這個

青年演員,天天早起練功。

術 技巧;技藝;學問:武術／醫術／不學無術。

技藝 富於技巧性的手藝、武藝、表演藝術等:技
藝高超／演員技藝精湛。

手藝 手工技能;亦指其他技藝:手藝出衆／跟
師傅學手藝。

手段 技巧;能耐:他善於烹飪,手段高明／他很
佩服這手段的細巧。

手腕 技巧;才能:我沒有藝術手腕。

手法 藝術或文學創作的方法和技巧:表現手法
／獨特的導演手法。

技法 藝術創作上的技巧和方法:中國畫是有它
特殊的技法的／學習雕塑技法。

藝 技能;技術:手藝／才藝／工藝／多才多藝。

基本功 從事某種工作所必需具備的基本的知
識和技能:基本功很紮實／苦練基本功。

底功 基本功夫(多指戲曲表演技藝等):她自幼
學唱越劇,底功紮實。

功底 功夫的根底;基本功:他在古典文學方面
有堅實的功底。

特長 特別擅長的技能:擔任這個工作,能夠發
揮他的特長。

專長 專門的學問、技能;特長:他在製冷技術方
面有專長。

雕蟲小技 * 比喻微末的技能。多用於文人謙稱
自己寫作的詩文。

奇技淫巧 * 指過於奇巧而無益的技藝與製品:
沒有人肯花錢買這樣奇技淫巧的東西。

I1－31 名： 手工

手工 ❶靠手的技能做出的工作:手工考究／手
工精細。❷用手操作:手工編織／手工工具。
❸給手工勞動的報酬:衣料便宜,手工很貴。

手工藝 指具有高度技巧性和藝術性的手工,如
刺繡、雕花、織錦等。

細工 精密細緻的工作(多指手工):她手巧,能

做細工事情。

I1-32 名：　絕技

絕技　極高的技藝;別人很難學會的技藝:身懷
絕技/他把絕技都傳授給徒弟。

絕藝　超越尋常的技藝:練就一身絕藝。

絕招　❶絕技:身懷絕招。❷一般人想不出的手
段、計策:這是他使出的絕招。也作**絕著**。

獨門兒　一人或一家獨有的技能或產品:這種產
品,本地只有他一家廠生產,是個獨門兒貨。

I1-33 動、形：　擅長·高超

擅長　〔動〕在某方面有專長;善於:擅長繪畫/
擅長微雕。

擅　〔動〕善於;長於:不擅辭令/畫家中,有的擅
山水,有的擅人物。

擅場　〔動〕〈書〉謂強者勝過弱者,壓倒全場;後
指技藝超過衆人:以才藝擅場。

善於　〔動〕在某方面有特長;擅長:善於辭令/
善於書畫。

善　〔形〕長於;擅長:勇猛善戰/能言善辯。

長於　〔動〕對某事做得特別好;擅長:他長於唱
民歌/他長於翻譯工作。

見長　〔動〕在某方面顯出特長:她以油畫見長。

拿手　〔形〕擅長:拿手好戲/她捧出兩碗最拿手
的炒菜。

高超　〔形〕(技能、識見)好得超過一般水準:高
超的醫術/見解高超。

高明　〔形〕(技能、見解)超過一般:技術高明/識
見高明。

看家　〔形〕指自己特別擅長、別人難以勝過的
(本領):看家技藝/看家本領。

到家　〔形〕在某方面達到相當高的水準或標準:
他的駕駛技術還不到家/工作要做到家。

I1-34 形、名：　內行·外行

內行　❶〔形〕對某種工作或技術有豐富的知識

和經驗:他對養雞養鴨都很內行。❷〔名〕內
行的人:拜內行爲師。

在行　〔形〕對某種事、某行業了解底細,且有經
驗;內行:做生意他不在行/車工、鉗工、銑工,
他樣樣在行。

懂行　〔形〕〈方〉熟悉某種業務:修配汽車零件,
他懂行。

行家　〔名〕精通某種業務的人;內行:對於家用
電器,他是個行家。

裡手　〔名〕〈方〉內行;行家:行家裡手。

科班出身＊　指接受過正規教育或專門訓練(的
人)。

外行　❶〔形〕對某種工作或技術缺乏知識或沒
有經驗:外行話/對於證券交易,我完全外行。
❷〔名〕外行的人:辦工廠他是個外行。

門外漢　〔名〕對某方面事情不懂或沒有經驗的
人;外行人:對於做生意我完全是門外漢。

二把刀　〈方〉❶〔形〕對某項工作知識不足、技術
不精:說眞的,我的駕駛技術可是二把刀呢。
❷〔名〕對某項工作知識不足、技術不精的人。

力巴　〈方〉❶〔形〕外行。❷〔名〕外行人。也叫
力巴頭。

洋盤　〔名〕〈方〉對都市中普通的或時髦的事物
缺乏了解或缺乏經驗的人。

半路出家＊　比喻本來不是從事這一工作,中途
改行做這一工作。

I1-35 名：　好手·熟手·生手

好手　技藝高或能力強的人:論繡花,她是一把
好手/參賽的人裡,好手很多。

熟手　對某項工作熟練的人:搞電工,他是一個
熟手。

高手　技能高超的人:棋壇高手/外科手術的高
手。

能手　對某種技能特別熟練的人:織結能手/電
腦能手/射箭能手。

老手　對於某種事情熟練而有豐富經驗的人：養
　　花老手／炒作股票，他是老手。

斫輪老手*　指對某種事情有豐富經驗的人。斫
　　輪：砍木頭做車輪。

國手　在國內最精通某種技能的人：圍棋國手。

高明　技能、識見超過一般的人。

全能手　指擅長多種技能的人：她是一個全能
　　手，烹調、縫紉、養花都很內行。

把勢　精於某種技術的人：車把勢／做莊稼事
　　情，他可是個老把勢。也作**把式**。

能工巧匠*　手藝技術高超的人。

生手　新做某種工作，對該工作還不熟練的人。

新手　初參加某種工作：幫助工作還不熟練
　　的新手。

I1－36　名：　工匠

工匠　有手藝的工人。

匠　❶工匠：鐵匠／泥水匠／能工巧匠。❷在某
　　方面造詣高深的人：文壇巨匠。

花兒匠　指以種花、賣花為業的人。

畫匠　以繪畫為業的工匠：他只是個畫匠，稱不
　　上畫家。

篾匠　用竹篾製作器物的手工業工人。

鐵匠　製造和修理鐵器的手工業工人。

銅匠　鑄造和修理銅器的手工業工人。

錫匠　鑄造和修理錫器的小手工業工人。

小爐匠　以鍋鍋、做焊活、修理銅鎖等為職業的
　　人。

皮匠　❶製造皮革或縫製皮裘的手工業者。❷
　　製鞋或修補鞋的工匠。舊稱鞋匠。

I2　工　業

I2－1　名：　工業

工業　從自然界採掘物質資源和對原材料進行
加工製造生產資料和生活資料的生產事業。
按勞動對象，可分為採掘工業和加工工業；按
產品特點和用途，可分為重工業和輕工業。

採掘工業　以自然資源為勞動對象，開採礦物和
　　捕獵或採集自然生長的動植物，為加工工業
　　提供原材料的工業部門，如採煤工業、採油工
　　業、木材採伐、海洋捕撈等。

加工工業　以過去勞動的生產物為勞動對象，對
　　採掘工業或農業提供的原材料進行加工或再
　　加工的工業部門，如冶金、石油化工、機械、紡
　　織、造紙、食品等工業。

重工業　主要生產生產物資的工業，包括石油、
　　煤炭、冶金、電力、燃料、機械、建築材料等工
　　業。

輕工業　主要生產生活物資的工業，包括紡織、
　　食品、造紙、製藥、文教用品等工業。

製造業　對經過初步加工的採掘工業產品進行
　　再加工，製造工業成品的工業。也泛指加工
　　工業。

手工業　靠手工勞動、用簡單工具從事生產的工
　　業。

I2－2　名：　工程

工程　❶將物理、化學、數學等基礎科學原理和
　　生產實踐經驗應用到工業生產的設計、製造
　　上的專門技術，主要可分為機械工程、電機工
　　程、土木工程和化學工程等大類。❷指具體
　　的用較大而複雜的設備進行的工作或基本建
　　設項目：工程浩大／水利工程／海底隧道工
　　程。

工　工程：動工／施工／完工。

土木工程　用土、木、磚、石、混凝土等和金屬材
　　料建築房屋、橋梁、鐵路、隧道、港口等的工
　　程。

土木　指土木工程：大興土木。

水利工程　為利用水力資源和防治水的災害而

興建的工程,一般指防洪、灌溉、水力發電、城鄉供水、航運和港口等工程。

水利 指水利工程:興修水利。

I2－3 動: 施工
(參見 E 10－20 建築)

施工 按照設計要求,進行房屋、橋梁、道路、水利工程等的修建:施工計畫/前方施工,車輛繞行。

動工 ❶(土木工程)開始修建:水庫工程已經動工,預計二年可以完成。❷施工:前面正在動工,行人注意安全。

開工 ❶(工廠)開始生產:這個水泥廠是上星期開工的。❷(土木工程)開始修建:新建療養院已提前開工。

興工 (工程)開始興建;動工:紀念碑破土興工。

破土 ❶指建築興工時或埋葬時開始挖土:破土動工。❷指春天土地解凍後翻鬆泥土:破土耕種。

動土 挖地,多指開始建築或安葬。

打樁 把木樁、混凝土樁、鋼樁等打進地裡,使建築物根基堅固。

打夯 用夯把泥土、三合土等砸實,使地基堅固。

修建 (土木工程)進行施工:修建廠房/修建賓館。

修築 建築;建造:修築水庫/修築高速公路。

修 興建;建築:修機場/修碼頭/修橋補路。

興建 開始建築:興建化工聯合企業/興建核電廠。

興修 開始修建:興修水利/興修新的大橋。

竣工 工程完成:即將竣工/全部竣工,交付使用。

完工 工程或工作結束:大橋工程已經完工/小麥收割還沒有完工。

交工 施工的一方把已完成的工程交給委託建造的一方:提前交工。

I2－4 動: 鋪設・架設

鋪設 指在建築中把鐵軌、管子等連接成線路:鋪設輸油管/鋪設瓦斯管道/鋪設鐵路。

鋪 把東西展開或攤平:鋪軌/用瀝青鋪平路面。

敷設 鋪設:(軌道、管道等)敷設輸油管/敷設地下電纜。

架設 支起並安設架空的物體:架設浮橋/架設高壓電線。

架 支撐;支起:架電線/架橋。

I2－5 動: 安裝・裝配

安裝 按照一定的要求把機械或器材固定在一定的位置:安裝交通指示燈/安裝煤氣灶。

安 安裝:安門窗/安警報器。

裝置 安裝;配置:裝置門鈴/空調設備裝置好了。

設置 安裝;裝置:設置電話/設置障礙物。

安設 安裝;設置:在樓頂安設了一架雷達。

裝配 把零件或零件裝成整體:裝配電腦/裝配一套音響設備。

裝 裝配;安裝:裝保險鎖/裝閉路電視。

配 把缺少一定規格的物品補上:配零零件/配窗玻璃。

配套 把若干相關的事物組合成一整套:配套工程/配套設備/配套產品。

改裝 改變原來的裝置:玩具手槍改裝後,具殺傷力。

組裝 組合零件成為零件;組合零、部件成為器械或裝置:組裝自行車/電腦組裝部門。

I2－6 動: 養護・維修

養護 保養維修,使建築物、機器等保持良好狀態:養護公路/注意對機器設備的養護。□護

養。

養 養護:養路。

保養 保護維修(機械設備):把汽車保養好/保
養機械。

維修 保護和修理:汽車要經常維修/維修廠
房。

檢修 檢查並修理:檢修機車/檢修發電機。

搶修 建築物、道路、機械等遭受損壞時迅速突
擊修理:搶修高壓電線/洪水沖毀橋梁,立即
搶修。

失修 缺乏維護修理:房屋年久失修/設備失
修。

保修 ❶商店或工廠售出的耐用商品,保證在規
定期限內免費修理:售出冰箱,保修一年。❷
保養修理;維修:車輛保修是經常性任務。

I2-7 動: 探礦·採礦
(參見 I4-7 勘探)

探礦 尋找和勘探礦藏:勘探隊去青海探礦。

採礦 從地殼內和地表開採礦物。有露天採礦
和地下採礦兩大類。

開礦 開採礦物:進山開礦/集資開礦。

開採 挖掘礦物,也指開發地下水等自然資源:
開採金礦/開採油氣田。

採掘 挖取;開採(礦物):加快採掘進度/採掘
大理石。

採 開掘:採煤/採鐵礦石。

爆破 用炸藥炸裂或摧毀岩石、建築物等。在工
程技術上用於採礦、築路和興修水利等。

打釬 採礦、開隧道等工程中,用錘擊釬子在岩
石上鑿孔。

掘進 在採礦等工程中,沿著預定的方向,用人
力、機械等方法開鑿地下巷道,包括打眼、爆
破、通風、清除碎石、巷道支護等工作。

鑿井 也叫「井筒掘進」。在岩石、土層中用人
力、機械等方法挖掘井筒。包括破碎岩石、裝
運、井筒支護等工作。

選礦 把礦物中的廢石、雜質和其他礦物分離出
去,提高礦石品位,以適合冶煉需要。有重力
選礦、磁力選礦和浮游選礦等方法。

團礦 在礦石粉中攙黏合劑,加熱,製成適於冶
煉的硬塊。

I2-8 名: 礦山

礦山 開採礦物的地方,包括地下採掘的礦井和
露天採礦場。

礦 ❶礦床。❷採掘礦物的場所:礦井/金礦/
採礦。

礦區 開採礦物的地區。也泛指採礦企業的所
在地:這礦區的東北叢林裡,地下有豐富的煤
藏/這條公路直通礦區。

礦床 地殼裡有採掘價值的礦物的天然集合體:
大型礦床。□礦體。

品位 礦石(或礦體)中有用成分、元素、化合物
含量的百分數。品位高低表示礦石(或礦體)
的貧富程度,可分為富礦、中品位礦、貧礦。

礦脈 填充在各種岩石裂縫中分布成脈狀的礦
體,常跟地層成一個角度,如黑鎢礦石英脈、
黃銅礦石英脈、含金石英脈等。

礦苗 岩石、礦脈和礦床露出地面的部分,是礦
床存在的直接標誌:這座山已經發現許多礦
苗。□露頭。

礦層 夾在地層中作層狀分布的礦物。

礦柱 在地下採礦中,為了安全和便利而保留下
來的部分礦體,用於支撐頂板,保護巷道和地
面建築物。

礦塵 採掘礦物時產生的灰塵,進入呼吸道,對
人體有害。某些礦塵如煤塵、硫化礦塵等在
空氣中達到一定含量時,遇到火源,還會爆
炸。

煤層 地下夾在沈積岩層(頂和底板)之間含有

煤炭物質的岩層。

I2－9 名：　礦井

礦井　為地下採礦的需要而修建的通向礦床的井筒和巷道。

礦坑　為採礦而挖掘的坑和坑道。

允井　礦井和坑道。

斜井　有一定傾斜角度的礦井井筒。用於提升礦物、廢石，通風排氣，人員上落。

巷道　採礦或探礦時，為用於運輸、通風、排水、行人等而在地面或地下挖掘的水準或傾斜的通道。

坑道　採礦時在地下挖成的井筒、平峒（和地面平行的礦內通道）和巷道。

豎井　垂直通到地下巷道的礦井井筒。提升礦物的叫主井，通風、排水、輸送人員或材料的叫輔井。也叫**立井**。

井架　豎立在礦井、油井等井口，用來支撐天輪（固定在上端的滑輪）和承受礦井提升荷重的金屬結構架。

坑木　採礦工程中，用作支架的各種木料。

I2－10 動、名：　採油

採油　〔動〕在油田上，通過已鑽好的油井，用自噴法或人工舉升法，把原油從井底提到地面，經過油、氣分離，分別收集至輸油（氣）站。

煉油　〔動〕分餾石油，提取汽油、煤油等。

採氣　〔動〕在氣田上，鑽井並誘導氣流，使氣體沿著井內的自噴管道從井底流至井口；分離、脫硫後，經地面管線輸送到用氣單位。

油井　〔名〕開採石油時用鑽機從地面到油層鑽成的賴以排油到地面的孔眼。

採油樹　〔名〕噴油井的井口裝置。用來控制油井生產，由許多閘門和三通或四通管組成，因分岔多，形似樹，故名。也叫**井口閘**。

油礦　〔名〕❶蘊藏在地下的石油礦床。❷開採石油的地方。

油田　〔名〕可供開採的大面積石油層分布地區。

油苗　〔名〕地殼內的石油顯露在地面上的若干痕跡，是尋找油礦、開發油田的重要標誌之一。

油層　〔名〕地下有相互連通的孔隙、裂縫或溶洞而能積聚油（氣）的岩層。

I2－11 動：　冶金

冶金　冶煉金屬：冶金聯合企業。

冶煉　用焙燒、熔煉、電解等方法從礦石中將所需要的金屬或金屬化合物提取出來。

冶　熔煉；冶煉：冶金。

煉　用加熱等方法使物質純淨或堅韌：煉鋼／煉油。

熔煉　將礦石和熔劑加熱到一定的溫度下熔化，以得到金屬。

熔　固體受熱變成液體；熔化：熔鑄／熔解／熔爐。

銷　熔化金屬；銷毀：銷金／銷鑠。

熔化　固體在一定的高溫下變成液體：熔化鐵水。□**熔融**。

熔斷　❶加熱使金屬片或金屬絲斷開：熔斷一塊鋼板。❷金屬片或金屬絲受熱斷開：一發生短路，保險絲就熔斷。

回爐　把金屬重新熔化：廢銅回爐／這些不合格的零件只能回爐。

煉鋼　把生鐵或廢鋼放在煉鋼爐中加熱熔化，降低炭素，排除雜質，或加入某些元素製成各種鋼。

煉鐵　把鐵礦石和焦炭、木炭、石灰石等裝入高爐中冶煉，去掉礦石中雜質而得到生鐵。

煉焦　在隔絕空氣的條件下，高溫加熱，把煤煉製成焦炭和副產品。

I2－12 動：　鑄造

鑄造　將金屬加熱熔化後澆入鑄型（模型）裡，使

凝固成爲一定形狀的物件:鑄造耕耘機零件。

鑄 鑄造:鑄件/鑄字。

熔鑄 熔化並鑄造:熔鑄生鐵/熔鑄銅錠。

澆鑄 將熔化了的金屬等倒入模型裡,鑄成物件。

翻砂 ❶即用模型鑄造。將熔化的金屬液澆入砂製的鑄型中,使成預定的器物。❷指製造模型;造型。

造型 鑄造工作中製造模型。將鑄模放在砂箱中,用砂填入舂實,然後取出鑄模,砂中留下空腔,成爲模型。

I2－13 名: 鑄型・鑄件

鑄模 鑄造時製模型用的模具。用以在型砂中造成與鑄件外形基本相同的空腔,但尺寸須按鑄件加工需要而加以放大。按製作材料分,有木模、金屬模或塑膠模。參見 I3－24「模型」。

鑄型 鑄造時澆入金屬液以形成鑄件的模子。按所用材料有砂型、金屬型、泥型、陶瓷型等。

砂型 鑄造中用型砂製成的鑄型。製法是把鑄模埋在砂子裡,將砂舂實後取出鑄模,砂中留下與鑄模形狀相同的空腔,用以澆鑄鑄件。

模板 在鑄造中,用來固定鑄模和澆注系統其他模型的板。也指澆灌混凝土工程用的模型板,一般用木料或鋼材製成。

鑄件 鑄造成的金屬件。

砂眼 鑄件的一種缺陷。是在翻砂過程中,氣體或雜質在鑄件表面或內部形成的孔眼。

I2－14 動: 軋製・鍛造

軋製 一種金屬壓力加工方法。使金屬或某些非金屬材料,經過旋轉的軋輥間的壓力作用,改變其形狀和性能:軋製無縫鋼管。

軋 用機器壓或切:軋鋼。

軋鋼 把鋼錠軋製成鋼坯或各種形狀的鋼材:軋鋼機。

冷軋 通常指在再結晶溫度以下,對金屬或合金所進行的軋製。

熱軋 指在再結晶溫度以上,對金屬或合金進行的軋製。

鍛造 一種金屬加工方法。用錘擊或加壓等方法,使可塑金屬工件變形,成爲一定的形狀和尺寸,並提高其機械性能。

鍛 鍛造:鍛鐵/鍛件。

冲壓 將板料放在冲床凹模和凸模之間加壓,以獲取所需的工件。

鍛壓 鍛造和冲壓。

模壓 把橡膠塑膠等粉狀或片狀可塑性材料放在模型內,加熱、壓製成各種製品。

打鐵 〈口〉鍛造鋼鐵工件。

壓延 加壓力使金屬在必要的高溫下伸延成一定的形狀。

拉延 把條狀或管狀的材料從模子上的孔隙中拉過去,使變長、變細或改變斷面的形狀。□ **拉製**。

拔絲 把金屬材料拉製成條狀或絲狀物。通常不要加熱。也叫**拉絲**。

I2－15 名: 工件

工件 在機械加工中的工作對象。也叫**作件;製件**。

鍛件 金屬經鍛造變形而成爲一定形狀和尺寸的工件或毛坯。

I2－16 動: 加工・處理

加工 ❶把原材料、半成品的尺寸、形狀、性質,加以改進,使符合要求,成爲成品:把豬肉加工成罐頭/接受來料加工。❷在成品上再加些工,使更完美、精緻:藝術加工/產品不合要求,退回原廠加工。

冷加工 指金屬在常溫狀態下進行的加工。

熱加工　在高溫狀態下對金屬進行的加工。通常指鑄造、熱軋、熱處理和鍛造等,有時也包括焊接。

處理　用特定的方法對成型的工件或產品進行加工,使獲得所需的性能:冷處理／熱處理。

熱處理　將金屬材料或其製件加熱到一定溫度,然後進行不同程度的冷卻,使其內部組織改變,以獲得所要求的性能。通常有退火、正火、淬火、回火等。

冷處理　在金屬熱處理後,將工件冷卻到 0°C 以下的處理。工件經冷處理後,能增加硬度,提高機械性能並使尺寸比較穩定。

淬火　將金屬工件加熱到一定溫度後,即放在油、水或空氣中迅速冷卻,以提高硬度和強度。也叫蘸火。

退火　將金屬材料或製件加熱到一定溫度並持續一定時間後,使其逐漸冷卻,以降低金屬硬度和脆性,改善加工性能。

回火　把淬火後的金屬工件用較低溫度加熱、保溫,然後冷卻,使其保持一定的硬度,提高韌性或塑性。

成型　工件、產品等經過加工後形成預定的形狀。

I2－17　動：　焊接

焊接　❶用加熱、加壓力等方法將兩個分離的金屬工件連接成整體。有氣焊、電焊、鐳射焊等。❷用熔化的焊錫(鉛和錫的合金)把金屬連接起來。

焊　用熔化的金屬黏合兩塊金屬工件或修補金屬器物的縫隙:焊鋼窗／焊鐵管。

燒焊　用氣焊或電焊的方法焊接金屬件,使成整體。

氣焊　用氧炔吹管或氫氧吹管噴射出的高溫火焰,將兩個金屬工件的連接處焊接起來。

電焊　用電能加熱,使金屬工件連接處焊接起來。主要有電弧焊、接觸焊、電渣焊等。

點焊　通常把焊接物放在兩電極間,在電極壓力作用下造成圓點狀連接。適用於金屬薄板的焊接。

堆焊　用氣焊或電焊法把熔化了的金屬堆在工具或機器零件上,以修復金屬的磨損或崩裂部分。

冷焊　被焊接的金屬工件不需要加熱,在機械壓力的作用下,因表面的原子或分子發生滲透和擴散作用而達到牢固連接的目標。主要用於塑性良好的金屬,如鋁、銅等的焊接。

I2－18　名：　焊鉗·焊料等

焊鉗　電焊工具。有兩個柄,形似鉗子,能夾住電焊條,作為電焊時的一個電極。

焊槍　用於氣焊的工具。形狀像槍,前端有噴嘴,噴出高溫火焰作為熱源。也叫焊炬。

焊料　焊接時用來填滿金屬工件連接處的間隙,並藉以產生連接作用的合金。分軟和硬兩種。軟焊料熔點較低,質軟,如鉛錫合金(焊錫)。硬焊料熔點較高,質硬,如銅鋅合金、銀銅合金等。

焊劑　焊接時用的塗料,能清除金屬工件焊接部分表面的雜質,防止氧化,並改善焊縫金屬的化學成分和機械性能,如松香、鹽酸等。也叫焊藥。

焊錫　見「焊料」。

焊條　氣焊或電焊時熔化填充在焊接工件的接合處的金屬條。用金屬焊絲作為蕊子,外塗一層防氧化作用的焊劑。

I2－19　動：　鉚接·鋦露

鉚接　連接金屬器件的一種方法。把要連接的器件打眼,穿上鉚釘,捶打鉚釘沒有帽的一端,使成帽,使器件緊密連接。□鉚。

鋦　用金屬的熔液填塞物體的空隙。

錮露 用熔化的金屬堵上金屬品的漏洞：錮露鐵鍋。也作**錮漏**。

I2−20 動： 切割

切割 利用機床切斷或利用割炬噴出的火焰、電弧產生的高溫燒斷金屬材料：切割鋼板。也叫**割切**。

氣割 用氧和乙炔做燃料的吹管噴出的火焰將切割處的金屬燃燒成熔融的金屬氧化物，同時被另一噴孔噴出的純氧氣流吹出，從而割開了金屬材料。□**氧割**。

I2−21 動： 切削·研磨

切削 利用機床上的刀具或砂輪削去工件上多餘的部分，使工件獲得規定的形狀、尺寸和表面光潔度。

車 用車床切削工件：車個螺絲釘／車光。

銑 用銑床切削金屬工件：銑工／銑削。

研磨 用研具黏附著磨料摩擦金屬工件，以磨去極薄的金屬層，提高它的精度和表面光潔度。

珩磨 用若干油石或砂條組成磨具，伸入工件內部反覆旋轉，精細研磨，使工件獲得較高的精度和光潔度。

拋光 對工件或零件進行擦拭加工，以提高其表面光潔度。通常用布、鋼絲製的拋光輪，高速旋轉來進行。

I2−22 動： 提煉·裂化

提煉 用化學或物理的方法從化合物或混合物中提取所需要的東西：從原油中提煉汽油／從廢氣、廢水中提煉有用的東西。

提純 把某種物質中所含的雜質除出，使變得純淨：提純酒精／把成色不足的金子加以提純。

提製 提煉製造：用煤提製焦炭／用麻黃提製麻黃素。

裂化 石油的化學加工過程。利用高溫、高壓或加催化劑從重油製取較輕的，如汽油、燃料油等或某些化工原料。□**裂解**。

I2−23 動： 鍍·發藍

鍍 用電解或其他化學方法，使一種金屬均勻地附著在其他金屬或物體的表面上，形成薄層：鍍金／鍍鎳／電鍍。

電鍍 利用電解方法使一種金屬均勻地沈積在別的金屬或塑膠的表面，形成一層保護膜，以防止腐蝕，保持美觀，或增加耐磨、導電、光反射等性能：電鍍鋼圈。

鍍金 在器物表面鍍上薄薄的一層金子：鍍金戒指。

發藍 把鋼鐵製器物浸在適當溫度的強氧化性的化學溶液中，經過一定時間，使其表面形成一層藍色、棕色或黑色的防鏽氧化膜。多用在精密機械或槍枝上。也叫**燒藍**；**烤藍**。

I2−24 動： 紡織

紡織 把棉、麻、絲、毛等纖維紡成紗或線，再交織成布匹、綢緞、呢絨等或編織成針織物。

紡 把棉、麻、絲、毛等纖維擰成紗或把紗捻成線：紡棉花／紡線。

織 ❶使紗、線或絲經緯交叉穿過，製成布、綢、呢絨等：織布／絲織。❷用針使紗或線構成線圈互相套住，編成毛衣、花邊、網袋等：織毛線襪／織魚網。

粗紡 紡織過程中將未經加拈的棉條紡成粗紗的手續。

細紡 把粗紗牽伸變細，達到規定支數，然後加拈而紡成細紗。是紡紗的最後一道手續。

棉紡 把原棉經機械加工成為紗線。

麻紡 用黃麻、苧麻和亞麻等的纖維紡成紗。

毛紡 用羊毛、兔毛等動物纖維為原料經機械加工紡成紗線。

混紡 用兩種或兩種以上不同的纖維混合在一

起紡紗。化學纖維相互間或跟天然纖維混紡,可節約貴重原料,降低成本,或使紡織品具有新的性能,提高品質。

機織　用織機將經紗(線、絲)和緯紗(線、絲)按一定規律交織成織物。

針織　憑手工或在織機上,使紗線構成線圈,再經串套連接成針織物。

I2－25 動：　漂白·印染

漂白　用過氧化氫、漂白粉或二氧化硫使本色或帶顏色的纖維、織品等除去色素,變成白色。

漂　❶用水沖去雜質:把衣服上的肥皂氣味漂乾淨。❷漂白:這塊布漂過,變成白的了。

印染　對紡織品進行練漂、染色、印花和整理等加工:印染提花被單。

印花　用手工或機械把色澤堅牢的圖案、花紋印在紡織品上:滾筒印花/顏料印花。

染色　用染料浸染纖維,使紡織品獲得均勻而有一定牢度的色澤。

染　用染料著色:染色/染絲。

蠟染　一種民間印染工藝。用蠟刀將熔化的黃蠟在白布上繪製圖案,浸入靛缸染色後煮去蠟質,即現出白色圖案。

I2－26 動、名：　製冷

製冷　〔動〕用人工方法取得低溫,有利於易腐物品的長期保存和遠途運輸,也有利於改善高溫環境下人們的生活條件和勞動條件。

製冷機　〔名〕利用製冷劑蒸發時吸收周圍的熱量藉以獲得低溫的機械。廣泛應用於冷藏、空氣調節以及化學、食品、石油工業中。也叫**冷凍機**。

冷凍劑　〔名〕冷凍機中的媒介物質。通常為低沸點液體,降壓後蒸發成氣時,吸收四周熱量,造成低溫。經壓縮、冷凝後,又回復到液態。如是可循環使用。常用的有氨、氟利昂

等。也叫**製冷劑**。

冷藏庫　〔名〕貯藏食物或藥品等的有製冷設備的倉庫。

I2－27 動、名：　釀造

釀造　〔動〕利用發酵作用製造酒、醋、醬油等:釀造葡萄酒。

釀　〔動〕釀造:釀酒。

醞釀　〔動〕釀酒,也指造酒的發酵過程。

麴　〔名〕釀酒或製醬時引起發酵的塊狀物,多用大麥、麩皮等培養細菌而成。

酒麴　〔名〕釀酒用的麴。也叫**酒母**。

酒藥　〔名〕釀製黃酒或酒釀等用的麴。

糟　〔名〕釀酒剩下的渣子:糟糠/糟粕。通稱**酒糟**。

I2－28 名：　鹽場·原鹽等
（參見 E2－27 食鹽）

鹽場　海邊或鹽湖邊用含鹽的水製鹽的場所。

鹽田　海灘上挖的成排的四方形淺坑,用來注入海水曬鹽。

鹽灘　用來曬鹽的海灘或湖灘。□**鹽坨子**。

鹽井　為汲取含鹽的地下水而打的井。井水經蒸製結晶,即成粗鹽。

鹽池　生產食鹽的鹹水湖。可取湖水日曬或熬製成鹽。

鹽湖　水質中含鹽量較高的鹹水湖。

鹽泉　含有大量鹽分的礦泉,泉水可製食鹽。

原鹽　初步曝曬或煎熬製成的食鹽,含雜質較多,多用做工業原料。

鹽鹵　煮鹽後剩下的黑色液體,是氧化鎂、硫酸鎂和氯化鈉的混合物,味苦有毒。可用來使豆漿凝結成豆腐,也是化工原料。簡稱**鹵**。

鹵水　❶鹽鹵:鹵水點豆腐,一物降一物。❷從鹽井裡汲出供熬製井鹽的鹹水。

I2-29 名：工種·工人
（參見 K1-16 工人）

工種 按生產勞動的性質和任務劃分的工作種類,如鉗工、鍛工、銑工等。

木工 ❶製造或修理木器、製造和安裝房屋的木製構件的工作。❷製造木器和建造房屋木結構的工人。也叫**木匠**。

石工 ❶開採石料或用石料製作器物的工作。❷做開採石料或石料製作器物工作的工人。也叫**石匠**。

瓦工 ❶指房屋建築中砌磚、蓋瓦等工作。❷做砌磚、蓋瓦等工作的建築工人。也叫**瓦匠**。

泥工 〈方〉瓦工。也叫**泥瓦匠**；**泥水工**。

漆工 ❶油漆器物、門窗地板的工作。❷從事油漆工作的工人。也叫**油漆匠**。

金工 金屬的各種加工工作的總稱。

車工 ❶利用車床進行金屬切削的工作。❷使用車床工作的技術工人。

銑工 ❶利用銑床進行金屬切削的工作。❷使用銑床工作的技術工人。

鉗工 ❶用鑽子、銼刀、鉸刀、老虎鉗等手工工具進行機器的裝配或零件、零件檢修的工作。❷做機械裝配工作的技術工人。

刨工 ❶利用刨床刮削金屬材料的工作。❷做金屬刨削工作的技術工人。

鐵工 ❶製造和修理鐵器的工作。❷製造和修理鐵器的工人。也叫**鐵匠**。

鑄工 ❶熔化金屬,澆鑄器物的工作。通稱「翻砂」。❷從事鑄造工作的技術工人。

鍛工 ❶把金屬坯料加熱到一定的溫度後,用錘子擊打,使成規定形狀的工作。❷從事鍛造工作的技術工人。

焊工 ❶焊接金屬的工作。❷從事焊接工作的技術工人。

機工 機械工人。

礦工 開採礦物的工人。

河工 ❶整治河道、興修水利的工程。❷治河工人。

民工 應徵或被雇參與修築道路、堤壩及其他巨大工程的一般群眾：十萬民工參加修堤搶險工作。

I2-30 名：工程師·技師

工程師 工程技術人員的職稱。有高級工程師、工程師、助理工程師等等級。

技師 工程技術人員的職稱之一,相當於初級工程師或高級技術員。

技士 技術人員的職稱之一,低於工程師。

技術員 技術人員的職稱之一。在工程師的指導下,能完成一定技術任務的技術人員。

技工 指有專門技術的工人。

I2-31 名：工頭等

工頭 早期資本家雇用來分派生產任務、監視工人勞動的人。

領班 在廠礦企業裡管理一班或一組人工作的人。

監工 舊時在廠礦或工地監督別人工作的人。

I2-32 名：工廠·工場

工廠 直接進行工業生產活動的單位。一般分設若干不同的車間、工段、生產小組等。

廠 ❶工廠：紗廠／電視機廠。❷廠子：煤廠。

廠子 ❶〈口〉工廠：廠子裡來了一批新工人。❷指有寬敞地面可以存放貨物並進行加工的商店。

廠房 工廠的房屋,通常專指車間：廠房寬敞明亮。

車間 工廠內部在生產過程中完成某一道手續或單獨生產某些產品的單位。車間內又常分

若干工段和生產小組。

工場 ❶手工業者集合在一起從事生產的場所；作坊：竹席編織工場。❷現代工廠中的一級組織，通常由若干車間組成。

工地 進行建築、開發、生產等工作的場地：閒人不得進入工地。

工段 ❶建築、交通、水利等工程部門根據施工具體情況劃分的施工組織。❷工廠的車間內部按生產過程劃分的生產組織，常由若干小組組成。

工區 運輸、建築、工礦等企業中的基層生產單位和管理單位。

工棚 工地上臨時搭建的簡易房屋，一般為竹木結構，供做工或住宿。

工作面 進行開採礦物或岩石時，根據採掘進度而不斷向前移動的工作地點。也叫**掌子面**。

I2－33 名： 作坊・窯

作坊 手工業製造或加工的場所：竹器作坊／油漆作坊。

作 作坊：洗衣作／竹器作。

坊 ❶手工業者的工作場所：油坊／豆腐坊。❷店鋪：茶坊／書坊。

碾坊 把穀物碾成米或麵的作坊。也作**碾房**。

磨坊 磨麵粉、米粉等的作坊。也作**磨房**。

麵坊 磨麵粉的作坊。

粉坊 製作粉皮、粉條、粉絲等食品的作坊。

槽坊 舊稱釀酒的作坊。□**糟行**。

油坊 榨取植物油的作坊。

染坊 為綢、布、衣服等染色的作坊。

醬坊 製作醬、醬油、醬菜等的作坊。

醬園 製作並出售醬、醬油、醬菜等的作坊或商店。

窯 ❶燒製磚、瓦、陶瓷等的建築物：石灰窯／瓦窯。❷指土法採煤所開鑿的洞：小煤窯。

磚窯 燒磚瓦的窯。

I2－34 名： 原材料

原材料 原料和材料：不要浪費原材料。

原料 指工廠裡尚待加工製造的材料，如原木、棉花、油菜籽、鐵礦石等。

材料 可供直接製成成品的東西，如棉紗、磚瓦等：建築材料／五金材料／材料齊全，即可動工。

生料 未經加工，不能直接製成產品的原料，如原木、原棉等。

質料 產品所選用的材料：這批三夾板，質料很好。

工料 ❶人工和材料：擴建車間所需工料，要精確地估計一下。❷舊指工程所需的材料：採購工料。

廢料 產品生產過程中損壞、變質的和加工後殘餘下來的對本項生產不再有用的原材料：造紙廠利用廢料製造酒精。

下腳 原材料加工後切割、剔除下來的餘料。也叫**下腳料**。

邊角料 製作物品時，切割、裁剪下來的零碎材料：利用邊角料，巧製小玩具。

木料 初步加工後具有一定形狀的木材。

石料 用作建築、雕刻等材料的岩石或類似的物質，如天然的花崗石、石灰石和人造的水磨石、剁斧石等。

磨料 用來研磨金屬器件、玻璃等的材料，如天然的金剛石、石英等，人造的炭化矽、人造剛玉等。

爐料 按一定比例和方法裝入爐中進行冶煉的礦石及其他配料。

填料 攙在混凝土、橡膠、塑膠中起填充作用的物料，如黃土、鋸末、石棉、碳黑、滑石等。

鞣料 製革中鞣製動物皮的物料，如栲膠、魚油、鉻鹽等。能使皮革遇水不腐，柔軟耐用。

燒料 由含有矽酸鹽的岩石粉末與純鹼混合，加

熱至熔點後,冷卻凝成的一種半透明物體,用於製作器皿或手工藝品。

I2－35 名:　產品

產品　生產出來的物品:新產品/輕工業產品/產品必須更新換代。

出品　製造出來的物品;產品:出品檢驗完全合格。

成品　加工完畢,品質符合標準,可以向外供應的產品:成品包裝。

製品　製造出來的物品:乳製品/塑膠製品/玻璃製品。

活　手工加工品;產品:大路活/這批事情做得好/姐姐給人送針線活去了。

副產品　生產主要產品時附帶生產的物品,如煉焦的副產品是苯、蔥、萘等,麥子的副產品是麥稈。也叫**副產物**。

工藝品　手工藝的產品。

副品　品質沒有達到正規標準,但不改變原來用途,可降級使用的工業產品。□**瑕疵品**。

殘品　有毛病的、不完整的成品。

廢品　❶品質不合出廠規格的產品:嚴格檢驗,不讓廢品出廠。❷破舊殘缺、失去原有使用價值的物品;廢物:廢品回收。

處理品　減價或變價出售的次級、過時物品。

等外品　品質低劣,不能列入等級的產品。

大路活　〈方〉原料次劣、加工粗糙的成品。

I2－36 名:　在製品

在製品　正在加工製作、尚未完成的產品。

半製品　在加工製造過程中只有一個或幾個階段上完工、尚未全部完工的產品。如造紙廠生產的紙漿,紡織廠生產的棉紗等。也叫**半成品**。

粗製品　初步製成、尚待加工的毛坯產品。

毛坯　❶根據產品要求的尺寸、形狀製成的,還需要進一步加工的半製品。❷在機器製造中,通常指需要加工的鑄件或鍛件。也叫**坯料**。

荒子　毛坯:這批閥門荒子等待加工。

坯　❶製造磚瓦、陶瓷器時,用原料做成器物的形狀,未經燒製的,叫做坯:磚坯/瓦坯。❷泛指半成品:麵坯兒/醬坯/鋼坯。也叫**坯子**。

泥胎兒　未經入窯燒製的陶器坯子。

不子　〈方〉磚狀的瓷土塊,是製造瓷器的原料。

I3　機器·設備·工具

I3－1 名:　機器

機器　由零件裝成、用來轉換能量或產生有用功能的機構及其組合。分為原動機、變換機、工作機三類。通常將原動機、工作機聯合使用構成的機器總體(機械設備)。機器作為生產工具,可以減輕人的體力勞動,提高生產效率。

機　機器:蒸汽機/耕耘機。

機子　〈口〉❶指某些機械或裝置,如電話機、織布機等。❷槍上的扳機。

機構　機械的內部裝置或機械內部的一個組成部分,能傳遞、轉換運動或實現某種特定的運動:齒輪機構/傳動機構。

構件　機構的組成單元,可以是一個零件,也可以是由許多零件構成的剛性的整體。

機械　機器、機構等的泛稱,如農業機械、起重運輸機械、礦山機械、紡織機械等。

機具　機械和工具的統稱。

機電　機械和電力設備的統稱。

機組　由幾種不同的機器聯合而成,能夠共同完成一項技術任務的一組機器,如由汽輪機和發電機等組成的汽輪發電機組。

聯合機　由兩種以上的機器組成的聯合裝置,可

以同時進行操作、一次完成許多手續的作業，如聯合採煤機便是截煤、碎煤、裝煤的聯合機。

I3－2 名： 設備・裝置

設備 生產或生活上所需要的成套建築或器械用品：發電設備／衛生設備。

裝置 機器、儀器等設備中，構造比較複雜，功能相對獨立的物件：製冷裝置／自動化裝置。

配備 成套的設備、器材、武器等：現代化的配備／配備精良。

裝備 指配備的武器、被服、器材、技術力量等：武器裝備／技術裝備。

技術裝備 用於生產的各種機械、儀器、儀表、工具等設備。

I3－3 名： 機床

機床 製造機器和機械的機器，有切削機床、鍛壓機床等，種類繁多，是發展機器製造業的基礎。也叫**工作母機**。

床子 機床。

車床 用於金屬切削的機床，加工時工件旋轉，刀具移動著切削。主要用來做內圓、外圓和內外螺紋等成型面的加工。也叫**旋床**。

拉床 在金屬材料上切削孔眼或溝槽的機床。刀具長條形，上面有許多切削刃，工作時工件一般不動，拉刀作直線運動，在工件上拉削。

刨床 用於金屬材料的平面刨削和各種直線的成型面加工的機床。有刨刀作往復運動的牛頭刨床和工件作往復運動的龍門刨床等。

銑床 在主軸上裝有棒狀或盤狀的多刃刀具，用來銑削金屬器具平面、曲面和各種溝、槽的機床。銑削時刀具旋轉，器具移動著跟刀具接觸。種類很多，如立式銑床、龍門銑床、萬能銑床等。

磨床 裝有高速旋轉的砂輪，用來磨削金屬工件表面的機床。工件經磨削後，可達到較高的精確度和表面光潔度。種類很多，有外圓磨床、內圓磨床、萬能磨床等。

鑽床 在金屬等材料的器具上加工圓孔或攻螺紋用的機床。以鑽頭作為刀具。工作時，器具固定不動，刀具一面旋轉，一面推進。常用的有立式鑽床、搖臂鑽床、萬向鑽床等。

鏜床 在工件上用鏜刀加工孔眼的機床。工作時，工件固定在工作臺上，裝在金屬桿上的鏜刀伸進工件上已有的孔眼裡作旋轉運動，使原有孔眼擴大、光滑而精確。

鋸床 用來割斷金屬材料的機床。刀具呈長條形或圓盤形。

剪床 用來剪切金屬板料的機床。有的應用曲柄滑塊機構，使上刀片往復運動作直線剪切，如龍門剪床；有的用一對或數對圓盤形刀片的相對轉動，可以作出圓弧形、曲線形的剪切，如滾剪機。

I3－4 名： 機件

機件 組成機器的各個零件。

零件 可以用來裝配成機器、儀器以及各種設備的單個製件，如螺釘、彈簧、軸等。

器件 裝配機器、儀表等的主要零件。電器、無線電工業中特指晶體管、電子管。

配件 ❶指裝配機器或其他器物的零件、零件以及附屬品。❷指損壞後重新安裝上的零件。

備件 預備著供更換的各種零件。

齒輪 邊緣均勻地布著許多齒的輪狀機件，是機器傳動裝置上應用最廣泛的重要零件之一。通常是成對地互相嚙合，其中一個轉動，另一個就被帶動。常用齒輪的形狀有斜齒輪、傘齒輪、人字齒輪等。□**牙輪**。

飛輪 ❶安裝在機器主軸或其他轉動軸上的大而重的輪子。利用它的慣性，使機器運轉平穩。❷裝在自行車後輪上的傳動齒輪。

凸輪 一種具有曲面周緣或凹槽的零件。多固

定在轉軸上,以等速迴轉推動與曲面相接觸
的從動桿,使按某種規律作往復移動或擺動。

皮帶輪 機器的傳動裝置中安裝傳動帶的輪子。

塔輪 皮帶輪的一種。在一根主軸上,按大小順
序裝上幾個直徑不同的輪,狀如寶塔。傳動
帶掛在不同直徑的輪上,就能改變軸的轉動
速度。

滾筒 指機器上能轉動的圓筒形機件。

天軸 能轉動車間中全部或一組機械的總軸,大
多由電動機轉動,並通過皮帶和皮帶輪來傳
動。舊時多安裝在廠房高處,故名。

車軸 裝有車輪的圓柱形零件,用於承受車身的
重量。

軸承 用來支承軸並保持軸的準確位置的零件。
按支承面的摩擦性質,分為滑動軸承和滾動
軸承兩類。

滾動軸承 軸承的一種。一般有內、外圈各一
個,兩圈間裝有一連串滾珠或滾柱等滾動體,
利用滾珠或滾柱的滾動運動來代替滑動運
動,以減少摩擦力。按其構造,可分為滾珠軸
承、滾柱軸承和滾針軸承三種。

滑動軸承 軸承的一種。通常呈圓筒形,用減磨
合金或塑膠等製成,軸頸在圓筒形的軸套中
滑動。滑動軸承的摩擦力較大,在軸頸和軸
套間加入潤滑劑,可減少摩擦。

滾珠 滾動軸承中用鋼製成的圓珠形的滾動體。
也叫**鋼珠**。

軸瓦 滑動軸承中與軸頸接觸的部分,表面極為
光滑,一般用青銅、減磨合金或塑膠等製成。
也叫**軸襯**。

閥 音譯詞。在機械工程中用以調節和控制液
體或氣體在管道中的流量、減低其壓力或改
變其流動方向的裝置,如氣閥、油閥、水閥等。
按用途分,有截止閥、單向閥、減壓閥、安全閥
等。也叫**閥門;凡爾;活門**。

水門 安裝在水管上的一種閥門。

活塞 裝在汽缸裡或唧筒裡作往復運動的機件,
一般用金屬製成,呈圓盤形或圓柱形。在引
擎汽缸裡,活塞的作用是把蒸汽或燃料爆發
的壓力變成機械能,帶動連桿,轉動機軸。

韝鞴 音譯詞。鐵路界稱蒸汽機車上的活塞為
韝鞴。

火星塞 內燃機中裝在汽缸蓋上的電點火裝置,
形狀像塞子,接通高壓電時,能在兩極的微小
間隙產生火花,使汽缸裡的燃料爆發。

電嘴 〈方〉火星塞。

製動器 使車輛或機器中運動部分減低速度、停
止轉動或防止移位的裝置。也叫**閘**。

殺車　煞車 用製動裝置使汽車、摩托車等停止
前進或減低速度的機件。

變速器 汽車、船舶、拖拉機和各種機器上,用來
改變運轉速度和運動方向的裝置。通常裝在
主動軸和從動軸之間,由許多直徑大小不同
的齒輪組成。

排擋 汽車、耕耘機等用於倒車或改變行車速度
的裝置。一般分成幾級就叫幾擋。簡稱**擋**。

履帶 圍繞在坦克和某些耕耘機等兩側車輪上
的鋼質鏈帶。由履帶銷和履帶板連接而成。
車體裝上履帶可以減少對地面單位面積的壓
力,增加牽引力,便於爬坡和在不平的或鬆軟
泥濘的地面上行駛。也叫**鏈軌**。

彈簧 一種利用材料的彈性來工作的機械零件。
在外力作用下能發生伸長、縮短、彎曲、扭轉
等形變,除去外力後又恢復原狀,有控制機件
的運動、緩和衝擊或震動、貯蓄能量等作用。
按形狀分,有螺旋彈簧、板彈簧、渦捲彈簧等。

繃簧 〈方〉彈簧。

簧 彈簧或器物裡有彈力的機件:鎖簧／別把鐘
裡的簧撐斷。

發條 彈簧的一種。通常用長條狀的鋼片捲起
來,有力撐緊,有貯蓄能量的作用,逐漸鬆開
時可以產生動力。機械鐘、表、留聲機和某些

玩具裡裝有發條。

弦 〈方〉發條。

I3－5 名： 刀具

刀具 切割金屬、木材、塑膠等的工具。能通過機動或手動縮改工件的形狀和尺寸，使符合生產的需要。也叫**刃具**。

車刀 刀具的一種。裝在車床上對工件進行切削加工，刀刃通常用高速鋼、硬質合金等製成。

銑刀 刀具的一種。用於銑床上切削金屬工件，通常有較多的切削刃，用作旋轉的切削。

刨刀 刀具的一種。夾緊在刨床上往復運動，刨平工件。也指木工用的機械刨的刀具。

絞刀 刀具的一種。用於擴大工件上原有的孔，並提高孔的精度和表面光潔度。

鑽頭 刀具的一種。通常是有槽的圓桿，桿頂有切削刃，可在工件或岩石上旋轉鑽孔，多用於電鑽、鑽床、鏜床、鑽探機上。常見的有麻花鑽頭、硬質合金鑽頭、金剛石鑽頭等。

絲錐 刀具的一種。可用來加工孔內的螺紋，形狀像帶柄的螺栓，沿軸向開有具備切削功能的溝槽。有手用絲錐和機用絲錐。也叫**螺絲攻**。

I3－6 名： 動力機械

引擎 ❶把熱能轉化爲機械能的動力機器，用來帶動其他機械工作，廣泛用於交通運輸、工農業生產等方面。種類較多，有內燃機、蒸汽機、渦輪機、燃氣輪機等。□**動力機**。❷音譯詞。習慣上多指蒸汽機、內燃機等熱機。

蒸汽機 引擎的一種，利用鍋爐內的水蒸氣膨脹，通入氣缸，推動活塞作功。由供應水蒸氣的裝置、汽缸和傳動機構組成。是歷史上發明和應用最早的熱力引擎，多用做輪船和機車的原動力。

內燃機 引擎的一種。燃料在引擎汽缸內燃燒，產生高溫高壓燃氣，推動活塞而作功。內燃機用汽油、柴油或煤氣做燃料。廣泛用於汽車、機車、船舶、發電以及工農業生產等方面。

摩托 音譯詞。內燃機。

汽油機 以汽油爲燃料的內燃機。空氣與汽油混合的可燃混合物進入汽缸，被點火燃燒，產生高溫高壓燃氣，推動活塞作功。廣泛用於汽車和其他機械設備上。

柴油機 以柴油、重油、燃料油等爲燃料的內燃機。靠汽缸中被壓縮的高溫高壓空氣，使噴入的霧狀柴油燃燒膨脹作功。熱效率比汽油機高而燃料費用低。廣泛用於機車、船舶、拖拉機、載重汽車和其他機械設備上。

渦輪機 引擎的一種。利用高速流動的氣體或液體的壓力推動輪子上的葉片，使它旋轉輪軸而產生動力。按流體的不同可分爲汽輪機、燃氣輪機和水輪機。渦輪機廣泛用於發電、航空、航海等方面。簡稱**輪機**。

透平 音譯詞。渦輪機。

汽輪機 渦輪機的一種。利用高壓蒸汽經過膨脹後得到的動能推動有葉片的輪子，帶動機軸旋轉。具有轉速高，運轉平穩，功率大等特點，多用做發電和大型船舶的原動力。簡稱**汽機**。

燃汽輪機 渦輪機的一種。利用燃燒氣體的高溫高壓通過噴嘴推動有葉片的輪子旋轉而產生動力，傳給機車動輪。具有體積小，重量輕，功率大的特點。多用做發電、船舶和飛機的動力。簡稱**氣輪機**。

水輪機 渦輪機的一種。利用水流能量衝擊葉輪推動轉輪，產生機械能。是水力發電的主要動力設備，也可以直接帶動碾米機、磨粉機。

鍋爐 利用燃料燃燒釋放出的熱能，將水加熱產生水蒸氣的裝置，一般由盛水的鋼鍋和燒火

的爐膛組成。鍋爐產生的水蒸氣在工業上可用來發動蒸汽機或汽輪機。

電機 指一切能使電能和機械能相互轉換的旋轉機器，主要零件是定子和轉子。特指電動機和發電機。

電動機 將電能轉換爲機械能的機器，主要零件是定子和轉子，有交流電動機和直流電動機兩大類，是近代工礦企業的重要動力裝備。

馬達 音譯詞。電動機的通稱。

電滾子 即電動機。

汽電共生 指在一個系統中同時產生蒸汽（或熱源）及電力（或機械動力）之能源轉換系統。爲一種將一次能源同時轉變成兩種以上的二次能源之能源轉換系統。發展汽電共生的好處，包括：能源利用效率高、節省能源成本、投資回收期限短、設備使用壽命長、施工期短、減少環境污染、能源多元化。我國適合裝置汽電共生系統的產業有石化鋼鐵、水泥、食品、紡織、造紙、垃圾焚化等。

I3－7 名：　採礦機械

鑽探機 用於鑽井、鑽探的機械。一般由動力設備和鑽桿、鑽頭、岩心管、鋼架等組成。常見的有衝擊式和旋轉式兩種。也叫**鑽機**。

鑿岩機 在岩石上打眼用的機械，利用壓縮空氣使活塞作往復運動，衝擊釺子。也有用電作動力的和用液壓作動力的。也叫**風鑽**。

水槍 用於水力採掘的主要機具。一端接高壓水源，一端裝有噴嘴，利用高速水射流的衝擊，達到破碎岩石或礦體的目標。

風鎬 一種手持的風動採掘工具。以壓縮空氣爲動力來推動活塞往復運動，帶動釺子不斷衝擊岩石或煤層，使破碎。用於築路、採礦等。

釺子 用手工或動力機械在岩石上鑿孔的工具。由圓形或六角形的鋼棍製成，頭上一般有刃。

也叫**炮釺**。

截煤機 開採煤礦的機械。用由電動機帶動的鏈形、盤形或桿形的割刀在煤層上截出槽口，以提高爆破效果。目前已被淘汰。

聯合採煤機 能同時完成截煤、碎煤、裝煤等多道工序的聯合採煤機械。

I3－8 名：　冶煉設備

熔爐 熔煉金屬的爐子的統稱。

高爐 熔煉爐的一種，用於由礦石冶煉生鐵。直立，圓筒形，上下兩端稍小，爐體由耐火材料砌成，以鋼板作爐殼。爐料（礦石、石灰石、焦炭等）從爐頂裝入，被上升的煤氣預熱，熔化的鐵水從靠近爐底的出鐵口流出。也叫**煉鐵爐**。

電高爐 一種利用電熱熔煉礦石的煉鐵爐。可從低品位礦石中煉取優質生鐵，適用於電價低廉的地區。

平爐 一種用於煉鋼的熔煉爐。由爐頭、熔室、蓄熱室和沉渣室等組成。爐體用耐火材料砌成，放生鐵、廢鋼等原料的爐底像淺盆，燃燒的煤氣和熱空氣通過爐頭從兩側進入爐內，向熔池供熱，將原料熔化，冶煉成鋼液。

馬丁爐 音譯詞。平爐。馬丁（Martin），法國工程師名。

轉爐 煉鋼爐的一種。爐體圓桶形、鼓形或梨形，架在一個水準軸架上，可以轉動。不需要外加熱源，以液態生鐵和造渣料（石灰、石英、螢石等）爲爐料。也用來煉銅。

鼓風爐 ❶配有鼓風裝置的熔煉爐。容量較小，多用來冶煉銅、錫、鎳等有色金屬。❷特指熔煉爐的鼓風裝置。

爐襯 用耐火磚砌成或耐火材料搗成的熔煉爐的內壁。根據不同的要求，可分別選用鹼性爐襯、酸性爐襯或中性爐襯。

爐齡 工業上指爐襯的使用期限。通常指開始

使用到損壞重砌之間冶煉的時間、爐次或產品重量。

爐渣 ❶在冶煉過程中，雜質經過氧化與金屬分離形成的渣滓，浮在液態金屬的表面，使金屬少受氧化。有的爐渣可用作製造水泥、爐渣磚或磷肥的原料。❷煤燃燒後結成的焦渣。

爐料 礦石、石灰石、焦炭等原料按一定比例調配成的混合物。冶煉時將爐料按一定的方法裝到爐裡。

I3－9 名： 軋製、鍛壓機械

軋鋼機 軋製鋼材用的機械，由軋輥、傳動裝置和電動機等組成。鋼坯經過軋輥輾壓，就獲得所要求的截面形狀，並改變其機械性能。

軋輥 軋鋼機上直接完成軋製變形工作的零件。機上兩個輥子，轉動方向相反，彼此間留出一定形狀的縫或孔，鋼坯由縫或孔中通過，被軋成鋼材。

液壓機 利用靜止液體傳遞強大壓力的鍛壓機器。從高壓泵出來的液體，通過操縱閥進入液壓缸，使柱形活塞上升或下降，帶動錘頭、模具等進行鍛造、沖壓、擠壓、打包等工作。分為水壓機和油壓機兩類。

水壓機 利用水傳遞壓力的液壓機。水壓機產生的總壓力較大，有的可達一萬噸以上，多用於鍛造和沖壓。

油壓機 利用礦物油代替水來傳遞壓力的液壓機。

鍛錘 用作金屬壓力加工的機器，由動力帶動錘頭上下移動而產生壓力，使金屬坯料成型，並提高鍛件的機械性能。常用的有空氣錘和蒸汽錘等。

空氣錘 鍛錘的一種。利用壓縮空氣推動錘頭上下錘擊，使鍛件成型。廣泛用於中小型鍛件的加工。也叫**氣錘**。

蒸汽錘 鍛錘的一種。利用水蒸氣進入氣缸產生動力帶動錘頭上下錘擊，使鍛件成型。蒸汽錘具有較大的打擊能量，是大型鍛造工作中的重要工具。也叫**汽錘**。

沖床 鍛壓機器的一種。用沖壓的方法將金屬板料加工成型或在小型板料上打孔。也叫**沖壓機；壓力機**。

I3－10 名： 建築機械

掘土機 挖掘土方和礦石的機械。由土斗和起重裝置組成，常和運土汽車或火車配合使用。廣泛用於建築施工和露天礦開採。也叫**電鏟**。

鏟土機 鏟土、運土的一種機器。可以把鏟斗下緣的刀片切下的土自動裝入斗中，運至卸土地點。也叫**鏟運機**。

推土機 耕耘機前裝有推土鏟刀的築路機械。用於推土、填土和平整建築場地等，也可清除障礙物。

壓路機 利用重量圓筒形滾輪壓實路面和場地的機械。有雙輪、多輪等種，廣泛用於築路工程。

軋道機 〈方〉壓路機。

球磨機 一種同時具有混和作用的粉碎機械。一般由繞水準軸旋轉的圓筒或錐形筒構成，內裝鐵球等研磨體和物料，利用機身旋轉時所產生的離心力和磨擦力，將固體物料打碎或磨成細粉。因研磨體為球形，故名。

攪拌機 用來攪拌材料的機械。一般指建築工程上將水泥和石灰、砂及水攪拌均勻，成為灰漿的機械。

I3－11 名： 起重、輸送機械

起重機 用來提起或搬移重物的機器。裝有起升、旋轉和運行機構。大都由電力或內燃機驅動，種類很多，主要用於貨物裝卸和安裝工程。□**吊車**。

升降機 運載人或貨物沿著導軌作垂直升降運動的機械。一般由電動機和吊著的箱狀裝置構成。廣泛用於礦井、高爐、建築工地和多層建築物等處。

電梯 電動升降機的一種。以鋼絲繩吊掛轎箱，裝在多層建築物內的垂直井道中，沿導軌升降，用來運載人或貨物，一般都裝有比較完備的安全保護設備。

推高機 一種利用捲筒捲繞鋼絲繩來提升或牽引重物的起重裝置。常與滑車配合，廣泛用於礦山和建築工地上。也叫**絞車**。

天車 橫跨在廠房上空，可以移動的起重裝置。由能在高架軌道上運行的橋架(大車)和設置在橋架上能運行的起重機械(小車)組成。也叫**行車**。

鏟運車 起重輸送機械的一種。車的前部裝有可以升降的鋼叉和門架，用來搬運、裝卸貨物。也叫**叉車**；**鏟車**。

滑輪 一種簡單的吊掛式起重牽引裝置。由周緣有槽的輪子和穿越輪子的繩索或鏈條構成，多用於臨時性吊裝重物，有手動和電動兩大類。也叫**滑車**；**葫蘆**。

傳送帶 一種用來連續輸送材料、機件、成品的帶狀裝置，多用於工礦、建築工地、機場、倉庫等的流水作業線上。

絞盤 絞車的一種。船上豎立在甲板上，由電力或人力轉動輪軸。用來收放纜索或錨鏈。

轆轤 ❶一種安裝在井上汲水的起重工具。在樹立在井上的支架上安裝輪軸，輪軸上繞繩索，繩索兩端或一端系有水斗，搖轉輪軸的手柄，使水斗上下起落，汲取井水。❷機械上的絞盤，有的也稱轆轤。

千斤頂 一種起重工具，能頂起重物，而舉升高度不大。常見的有螺旋式和液壓式兩種。廣泛用於安裝、修理等工作。簡稱**千斤**。

I3－12 動： 使用・操縱

使用 使器物為某種目標服務：使用工具／農村耕地已普遍使用拖拉機。

使 使用；用：使電鑽鑽孔／這支焊槍好使。

用 使用；使：用犁耕地／這把刀不能用了。

使喚 〈口〉使用(工具)：這把刀使喚起來很順手。

應用 使用：應用現代化技術裝備。

操縱 控制或開動機械、儀器等：操縱方向盤／遠距離操縱。

發動 使機器運轉：發動馬達／柴油機發動起來了。

開動 (機器)開始運轉；(車、船)開行：開動電鑽／列車開動了。

開 發動或操縱(機器、車、船、飛機、槍、炮等)：開推土機／汽車開了／開槍射擊。

控制 操縱：控制閥門／光電控制。

帶動 憑藉動力使機械的有關部分相應地動起來：電動機帶動輪軸旋轉。

工作 機器、工具受人操縱而發揮作用：耕耘機正在工作／地下印刷所秘密地工作了兩年。

關 使動著的機器停下來：關電閘／把電視機關上。

停車 機器停止轉動：拉閘停車／整個車間停車了。

I3－13 名： 工具

工具 從事生產勞動所使用的器具，如錘、刨、鉗、犁、耙、鋤等。

家伙 **傢伙** 〈口〉指工具或武器：他抄起傢伙就幹起來。

家什 **傢什** 〈口〉用具；器物：把工作臺上的家什收拾一下。

器械 ❶有專門用途的器具：醫療器械／體育器械。❷武器。

小五金　安裝在建築物或家具上的某些小型金屬製品,如鎖、螺絲、鐵釘、插銷、拉手、彈簧等。

I3－14　名：　鉗·改錐·鑽等

鉗　用來夾住東西、彎曲或夾斷金屬絲的手工工具。通常用工具鋼製成,可分為鋼絲鉗、尖口鉗、平口鉗和鯉魚鉗等。也叫**鉗子**。

老虎鉗　❶鉗子的一種。鉗口有刃,多用來起釘子或夾斷釘子和鐵絲。❷鉗工等加工時用來夾住工件的一種工具。裝在鉗床上,鉗口大,借助螺桿的旋轉而緊緊夾住工件。也叫**臺鉗;虎鉗**。

鑷　用來夾取細小東西的器具。一般用金屬製成。也叫**鑷子**。

夾　用來夾住東西的小器具,如髮夾、衣夾、報夾等。也叫**夾子**。

鋏　〈書〉冶煉時來夾住器物的鉗子。

夾剪　夾取物件的一種金屬工具。形狀像剪刀,但尖端寬平,沒有鋒刃。

管鉗子　一種手工工具,用來旋緊或旋鬆帶有螺紋的管子或卡住其他圓柱形的工件。也叫**管子扳手**。

克絲鉗子　電工常用的一種工具,主要用來夾持或剪斷導線或金屬絲。鉗柄上包有橡皮或塑膠的絕緣保護套。

鏈鉗子　一種用來扳動或卡住管子等圓柱形工件的工具。鏈條可以調節,鉗口有齒,帶有長柄。

改錐　裝卸螺釘用的手工工具。用圓形鋼桿製成,一端裝有手柄,另一端呈十字形或扁平形,可嵌入螺釘的頂槽,將其旋緊或旋鬆。也叫**起錐;螺絲刀;螺絲起子**。

扳子　裝拆機器時用來旋緊或旋鬆螺絲、螺母等的工具。常用的有單頭扳子、雙頭扳子、活絡扳子等。也叫**扳手**。

夾具　用來固定工件或工具的工藝裝置。可保證在加工或裝配時的精確度,提高生產率。種類很多。也叫**卡具**。

鑽　在工件上打孔用的工具。有電鑽、風鑽、手搖鑽等多種。

錐　一端尖銳,用來鑽孔的工具。也叫**錐子**。

沖子　一種鋼製的用於打眼的工具。一端呈尖錐形。也作**銃子**。

I3－15　名：　釘子·螺釘·鉚釘

釘子　一種能起固定或連接作用的金屬物件,呈細棍形。通常一端尖銳,另一端有扁平的頭,便於承受敲擊。也可用來懸掛物品。也叫**釘**。

螺釘　一種應用螺旋原理製成、能起固定或連接作用的金屬零件。圓柱形或圓錐形,桿上有螺紋。用在木材上的叫木螺釘。也叫**螺絲**。

螺絲釘　〈口〉螺釘。

螺栓　緊固連接用的機械零件。圓桿的一端或兩端有螺紋,配有螺母,可以旋緊或拆卸。

螺母　組成螺栓的配件。外表呈六角形、方形或圓形,中心有圓孔,孔內有螺紋,跟螺柱的螺紋相嚙合,旋在螺柱上,使兩個零件或構件固定在一起。也叫**螺帽;螺絲母;螺絲帽**。

地腳螺絲　螺絲的一種,用來將機器等牢牢固定在地面上。也叫**地腳螺栓**。

螺紋　在圓柱、圓錐等外表面或內孔表面上製成的螺旋線形的條紋。外螺紋和內螺紋互相配合,起固定作用。根據螺旋線旋轉方向分右螺紋和左螺紋兩種,右螺紋較為常用。也叫**螺絲扣**。

鉚釘　連接金屬構件或其他器件用的一種金屬元件。圓柱形,一端有帽,另一端的釘頭用鉚釘槍或壓鉚機來壓製,達到連接要求。

銷子　一種圓柱形或圓錐形的金屬元件。略似釘子,插入兩個零件的孔中,使連接或固定。也叫**銷釘**。

I3－16 名： 輪·軸·槓桿

輪 車輛或機械上能夠旋轉運動的圓形零件：車輪／齒輪／飛輪。也叫**輪子**。

動輪 機車或其他機械上與引擎傳動裝置連接的輪子。

從輪 機車或其他機械上，由動輪帶動的輪子。

偏心輪 裝在轉軸上的圓盤狀零件。軸孔偏在一邊，軸轉動時，輪的外緣可以帶動另一機件作往復運動。常用於蒸汽機、壓力機等機器中。

葉輪 渦輪機裡的主要零件，是一個裝有葉片的輪盤。葉片在蒸汽或水流的推動下，使輪軸旋轉而產生動力。又指鼓風機、水泵等機器上帶葉片的輪，旋轉時使流體運動。

軸 金屬製的一種圓柱形機械零件，輪子或其他作旋轉運動的機件繞著它或隨著它轉動：車軸／齒輪軸。

轉軸 能傳遞動力的軸，如齒輪的軸、內燃機的曲軸。

曲軸 軸的一種。軸的中部有一個或幾個呈几狀的曲柄，能傳遞動力，並把機械的往復運動轉變爲迴轉運動，或把迴轉運動轉變爲往復運動。是柴油機、汽油機等的重要零件。

軸心 輪子的軸。

輪軸 一種簡單機械。由一個輪子和同心軸組成。輪子轉動時，軸也跟著轉動。輪子的半徑越比軸的半徑大越省力。絞盤和轆轤都是輪軸類機械。

槓桿 一種簡單的機械。是在外力作用下能繞著固定點轉動的桿。桿轉動時，固定點叫支點，受力的點叫力點，克服阻力的點叫重點。改變三點中任何一點的位置，都可以改變力的大小。利用槓桿原理可以製成各種既省力，又能改變力的方向的器械，如桿秤、剪刀、撬棍、鑷子等。

I3－17 名： 泵·抽氣機

泵 音譯詞。用來增加流體的壓力，並使它流動的機械。能把流體抽出或壓入容器，也能把液體提送到高處或較遠地方。按用途通常分爲氣泵、水泵、油泵、混凝土泵。也譯作**幫浦**。

唧筒 抽水、噴水的器具。

離心泵 泵的一種。利用泵內的葉輪快速旋轉所產生的離心力，將液體不斷吸入並排出。廣泛用於丘陵地區或山區抽水灌漑。

水泵 用來抽水或壓水的機器。

抽水機 由動力機或水力驅動，從低處抽水揚送高處的機器。

風泵 用來抽氣或壓縮氣體的泵的統稱。抽氣的也叫抽氣機，增壓的也叫壓縮機。也叫**氣泵**。

抽氣機 抽除氣體從而獲得眞空狀態的機具。也叫**眞空泵**。

壓縮機 用來將氣體壓縮，使壓力增加到二個大氣壓以上，然後輸往貯容器或其他設備中的機械。廣泛應用於製冷和化學工業等方面。

氣筒 一種能產生壓縮空氣的手動工具。結構簡單，由圓形金屬筒、活塞等構成，通常用於給輪胎或球膽打氣。

I3－18 名： 木工工具

錛 削平木料的平頭斧頭。刃具偏而寬，裝在木柄上呈丁字形。也叫**錛子**。

鑿 打孔或挖槽用的工具。長條形，下端呈鍥形或錐形，端末有刃。使用時錘敲上端，使刃口楔入工件。也叫**鑿子**。

鏨 雕鏨金屬或石頭的小鑿子。也叫**鏨子**。

斧 用於砍竹、伐木的工具。頭部呈楔形，裝有木柄。也叫**斧頭；斧子**。

刨 刮削木料，使光滑平整的手工工具。也叫**刨子**。

刨刀 ❶木工用的機械刨的刃具,片狀,扁長。❷手工刨上刮削木料表層的刃具。

鋸 木工用來分割木料等的工具,主要部分是一邊有許多尖齒的薄鋼條。

鋼絲鋸 一種用有細齒的鋼絲做鋸條的鋸,形狀像弓。多用來在工件上鋸出鏤空的圖案。

電鋸 利用電力帶動作高速旋轉的鋸。

銼 由鋼製成的一種手工切削工具。條形,密布著按一定方向鑿出的銳利的紋路(刃口),主要用來對金屬、木料等工件表層作平整加工。按橫斷面的形狀分為扁銼、圓銼、方銼、三角銼等。也叫**銼刀**。

板銼 常用一種橫斷面呈長方形的銼刀。也叫**扁銼**。

錘子 一種用於敲打工件的手工工具。在一個鐵做的頭上裝一把與頭垂直的柄。

鄉頭 鎯頭 錘子(多指比較大的)。

釘錘 用來釘釘子的一種小型錘子。錘頭的下端為方柱形;上端扁平,有的中間開一狹縫,用來起釘子。

槌 用於敲打的棒。圓柱形,大多一頭較大或呈球形:棒槌/鼓槌。

砧 錘、砸或切東西時墊在底下的器具。有鐵的(砸鋼打鐵時用)、石頭的(搥衣物時用)、木頭的(切魚肉、蔬菜時用)。也叫**鑽子**。

砂紙 用來磨光竹木或金屬器物的一種紙,表面黏有玻璃粉或金剛砂。

砂布 表面黏有一層金剛砂的布,用來磨光木器或金屬器物。

油石 用來磨礪精緻的刀具或磨光工件表面的工具。人工的油石由細粒磨料調製焙燒而成,呈條狀或塊狀。使用時常加油潤滑。

墨斗 木工用來打直線的工具。打線時從墨斗中抽出沾有墨汁的線,緊扣在木材兩端,提起墨線一彈,便印上了黑線。

墨線 捲在墨斗中的線繩,用於在木材上打直線。

曲尺 木工用來求直角或劃線的尺。由兩根相互垂直的尺組成,形狀像直角三角形的勾股二邊。也叫**矩尺;角尺**。

魯班尺 木工用的曲尺的舊稱。

I3－19 名： 紡織工具

紡車 一種手搖或腳踏的紡紗或紡線工具,由可搖轉的輪子帶動紡錠。

紡錘 舊時紡紗或紡線用的工具。是一根兩頭尖中間粗的圓形木棒,有的木棒中央套有小輪。把棉絮或棉紗的一端固定在紡錘上,旋轉時就能紡棉成紗或紡紗成線。

梭 織布時用以牽引緯紗同經紗交織的器件,通常是兩端呈圓錐形的長方體,形似棗核,體腔中空以安放有紗線的緯紗管。也叫**梭子**。

筘 織布機上主要附件之一。一般用鋼片編排成梳子狀,經紗從筘片間穿過。筘可以確定經紗的密度,保持經紗位置,並把緯紗推緊。也叫**杼**。

紗錠 紡紗機上加捻捲繞機構的主要機件。能通過高速旋轉把纖維捻成紗並把紗按一定形狀繞在筒管上。由紡錘演變而來。通常用紗錠的數目來表示紗廠規模的大小。也叫**紡錠;錠子;錠**。

I3－20 名： 刀・剪

刀 用來切、割、削、砍、斬、鍘的工具。種類很多,一般用鋼鐵製成:菜刀/鐮刀/刺刀/手術刀。

刀兒 小的刀:鉛筆刀兒。

刀子 〈口〉小刀。

刃 刀、劍、剪等的鋒利部分;刀口:刀刃/開刃/剪刀捲刃了。

刀刃 刀口:刀刃很鋒利。

刀口 刀上用來切、削等的一邊:好鋼用在刀口

上。

口 刀、剪、劍等的鋒刃：這把鐮刀捲口了。

刀鋒 刀刃；刀尖。

鋒 刀、劍等銳利或尖端的部分：刀鋒／槍鋒／針鋒相對。

鋒芒 鋒鋩 刀劍的尖端。常用來比喻事物的尖利部分，也比喻顯露出來的銳氣和才幹：鋒芒所向／初露鋒芒。

劈 一種簡單機械，由兩個斜面合成，縱斷面呈三角形。劈可用作切削工具，如鑿、刀、斧和各種刃具等。也叫**尖劈**。

刀背 刀上不用來切削的較厚的一邊。

鍘刀 用來切草或切削其他東西的一種刀具。刀的一頭固定，移動另一頭的把子，被鍘物便在刀口碎裂。也叫**鍘**。

鏨刀 雕刻金銀或石頭的小刀。

劈刀 用來劈木頭、砍竹子的刀，刀背較厚。

砍刀 用來砍柴的大刀，刀身較長，刀背較厚，裝有木柄。

屠刀 宰殺牲畜的刀。

獵刀 打獵用的刀。

剪刀 用來使布、紙、繩等斷開的刀，兩刃交叉，可以開合。也叫**剪**；**剪子**。

I3－21 名： 鎬·鍬·鏟

鎬 用來挖掘土石的工具。也叫**鎬頭**。

鶴嘴鎬 鎬的一種。兩端尖，或一端尖一端扁平，中間裝有木柄，用來挖掘土石。尖端長如鶴嘴，故名。也叫**洋鎬**。

鐵鍬 挖地或鏟砂、土的工具。用熟鐵或鋼打成片狀，前端邊緣略圓，後端裝有長柄。簡稱**鍬**。

鍤 挖土的工具；鐵鍬。

鏟 用來下挖、削平、翻動或撮取東西的鐵製工具。形狀略似畚箕或平板，後端裝有長柄：鐵鏟／鍋鏟。也叫**鏟子**。

I3－22 名： 棍子·扁擔·叉

棍 用樹枝、竹子或金屬製成的圓形長條：木棍／鐵棍。也叫**棍子**。

棒 棍子；棍棒：木棒／杠棒。也叫**棒子**。

杠 較粗的棍子：門杠／撬杠。也叫**杠子**。

扁擔 用來挑或抬東西的工具，扁而長，用竹子或木頭製成。

擔子 扁擔和用扁擔挑的東西：挑擔子／一副擔子。

擔 擔子：貨郎擔。

叉 一種用來刺取東西的器具，前端有兩個以上的長齒，後端有長柄：鋼叉／魚叉。

叉子 小叉。

I3－23 名： 篩子·漏斗

篩子 用來分選粗細顆粒的器具。主要部分是用金屬絲、竹條等編成的有許多小孔的網，可把細小的東西漏下去。□**篩**。

漏斗 用來過濾溶液或把液體、顆粒或粉末灌入小口容器的器具。一般上部為錐形的斗，下部為圓管。

漏子 〈口〉漏斗。

濾器 過濾液體或氣體用的裝置。一般用沙子、木炭、保麗龍等鬆散細微的固體顆粒、多孔性材料或紗布等填裝在管子或容器中構成。過濾後可將液體或氣體中所含固體雜質分離出去。

I3－24 名： 模具·模型

模具 生產上能使金屬、塑膠、橡膠、玻璃等材料成形的各種模型。

模型 ❶鑄造時製砂型用的模具；鑄模。❷用澆鑄或壓製的方法使材料成為一定形狀的工具。通稱**模子**。

模 模子：字模／銅模。

沖模 沖壓用的模具。由裝在沖床上的凸模把放在凹模上的被加工的材料切斷,或使它變形。

拉模 拉製金屬線的模具。模上有孔,當金屬絲從孔中拉過去時,便改變斷面形狀或由粗變細,一般用硬質合金製成。

土模 預製混凝土構件時用土製成的模型。製造方法與鑄工製造砂型相似。土模可以提高工效,節約木材。

I3－25 名： 量具

量具 計量和檢驗用的器具,如卡尺、量規、量角器、百分尺等。

游標卡尺 一種具有游標刻度的量具,由一根主尺和一根移動的副尺(游標)組成。用來測量零件或工件的內外直徑或厚度等,精密度可達 0.02 公釐。簡稱**卡尺**。

卡鉗 用來測量或比較工件內外直徑或兩端尺寸的量具。測量時將兩個可以開合的卡腳卡在工件上,再用尺量出兩腳尖端的距離。分內卡鉗和外卡鉗兩種。

量規 一種沒有刻度的專用檢驗量具。用於檢驗工件的尺寸、形狀或表面相互位置是否合格,而不直接量出實際尺寸的數值。一般有兩個測量端,分別表示兩個不同的尺寸,工件能通過其中一端而不能通過另一端即為合格品。有卡規、塞規、螺紋卡規、螺紋塞規等。也叫**界限量規**。

卡規 量規的一種,用於測量軸或凸形工件。

塞規 量規的一種,用於測量孔眼或凹形工件。

線規 測量圓導線直徑的卡規。通常為方形或圓形的鋼板,邊緣開有許多標著不同線號或尺寸的大小缺口。導線恰好通過的缺口所標的數值即為該線的號數或直徑。

量塊 一種沒有刻度的標準長度或角度的計量器具,用來檢驗各種量具、量規和精密工件。使用時,可在一套中選出若干塊,利用其黏合特性組成所需的尺寸或角度。也叫**塊規**。

厚薄規 測量兩個表面之間微小間隙的量具。由不同厚度(一般為 0.01～0.50 毫米)的金屬薄片組成。使用時按需要選取一片或數片,插入空隙中進行測量。也叫**塞尺**。

百分尺 一種利用螺旋原理製成的,用來精確測量微小長度、厚度等的量具。測量精度可達 0.01 毫米。也叫**分釐卡**。

千分尺 分釐卡的一種,測量精度達 0.001 毫米。

I4 科學·技術

I4－1 名： 科學

科學 關於自然、社會、思維的各種知識的體系,是在人們社會實踐的基礎上產生和發展的,是知識長期積累的總結。

學科 按照知識系統的性質而劃分的科學門類。如自然科學中的生物學、數學,社會科學中的語言學、歷史學。

學 學科:文學/物理學。

科技 科學技術。

科學革命 人類對客觀世界認識的飛躍,科學發展上的重大變革。例如哥白尼提出日心說,達爾文建立生物進化論,馬克思提出並創立歷史唯物主義觀點和剩餘價值學說,還有如相對論和量子力學的建立等都是科學史上著名的科學革命。

邊緣科學 從兩門或多門傳統學科的邊緣交叉處產生出來,並以它們的研究成果為基礎而發展起來的科學,例如量子化學就是介於量子力學、化學、生物學、數學之間的邊緣科學。

應用科學 與人類生產或生活直接聯繫並為之服務的科學,如醫學、建築學等。

格致　〈書〉「格物、致知」的省稱。原意是窮究事物的原理而獲得有關的知識。清朝末年有人用它作爲物理、化學等學科的統稱。

I4－2 名： 自然科學

自然科學　研究自然界各種物質的形態、結構和運動規律的科學。包括物理學、化學、生物學、天文學、地質學、氣象學、農學、醫藥學、數學和各種技術科學等。

物理學　自然科學中的一門基礎學科，研究自然界物質的基本結構、性質及其運動變化的最基本的規律，以及它們在實踐中的應用。物理學包括力學、熱學、聲學、光學、電磁學、原子和原子核物理學、量子力學、基本粒子物理學等。

光學　物理學中的一個分科。研究光的本性，光的發射、傳播和接收，以及光與其他物質的相互作用的規律及其應用等。

力學　物理學中的一個分科。研究物體機械運動的規律及其應用。

量子力學　現代物理學中的理論基礎之一。研究電子、質子、中子、其他基本粒子以及原子、原子核等微觀粒子的運動規律。量子力學的建立，標誌著人們對客觀規律的認識從宏觀世界深入到微觀世界。

熱學　物理學的一個分科。研究物質熱現象的性質和規律及其應用。包括熱傳導、熱效應、熱膨脹及溫度測量等。

熱力學　物理學的一個分支，研究熱現象中物態轉變和能量轉換的規律。它從大量觀測和實驗中主要得出能量的轉化和守恆定律（熱力學第一定律）、熱量傳遞的不可逆性（熱力學第二定律）和絕對零度不可能到達（熱力學第三定律）等規律，並以此爲整個熱力學理論的基礎。熱力學的結論具有高度可靠性，廣泛適用。

化學　自然科學中的一門基礎學科。研究物質的組成結構、性質、相互變化及變化過程中的能量關係。化學通常分爲無機化學、有機化學、分析化學、物理化學等基礎學科。隨著化學在各方面的應用，現代化學陸續形成許多分支學科，如放射化學、生物化學、地球化學、農業化學、海洋化學、環境化學等。

無機化學　化學中的一門基礎學科。研究碳元素以外的各種元素和它們的化合物的性質、結構、化學變化規律及其應用。

有機化學　化學中的一門基礎學科。研究碳氫化合物及其衍生物的來源、結構、性質、變化、製備、用途及其有關理論。

分析化學　化學中的一門分支學科。應用化學和物理學中的原理，測定物質的化學成分或這些成分的含量，研究其測定方法及有關理論。廣泛用於工農業、國防和醫藥衛生等部門。

地球科學　研究地球的大氣圈、水圈和岩石圈的性質、構造和形態的科學。一般包括地質學、地球物理學、地球化學、古生物學、海洋學、大氣物理學等，是一門實踐性很強的綜合性應用科學，也稱**地學**。

地理學　研究地球表面自然環境和人地關係及其發展、變化規律的科學。一般分爲自然地理學和經濟地理學。自然地理學研究人類生活在其中的自然環境，經濟地理學研究生產的地理分布以及各國各地區生產發展的條件和特點。地理學對於改造自然、改造社會和經濟建設都有重要的理論和實踐意義。

地質學　研究地殼的組成物質、地殼變動和各種地質的作用，地球的形成和發展的歷史以及礦產的形成和分布規律等的學科。在國民經濟建設中較有廣泛的應用。

海洋學　地球科學中最爲活躍的學科之一。研究海洋中各種現象及其規律、海水與海中生

物的關係以及海洋自然資源的開發利用等。可分為海洋物理學、海洋化學、海洋地質學、海洋生物學等分支學科。

氣象學 研究大氣的物理現象和化學現象及其變化規律的科學。

天文學 研究天體、宇宙的科學,主要研究天體的位置、分布、運動、形態、內部結構、化學組成、物理狀態和演化規律等。天文學在實際生活中應用很廣,如授時、編製曆法、測定方位等。

數學 見「Q2-1數學」。

I4-3 名: 生命科學

生物學 自然科學的基礎學科之一。研究生物體的結構、功能以及生物界發生和發展規律的科學。包括動物學、植物學、微生物學和古生物學等。又稱生命科學。

動物學 研究動物的形態、分類、生理、生態、分布、發生、遺傳、進化及其與人類的關係等的科學。

植物學 研究植物的形態、分類、生理、生態、分布、發生、遺傳、進化及其與人類生活的關係等的科學。

生理學 研究生物機體的生命活動和體內各器官的功能的科學,包括人體生理學、動物生理學、植物生理學等分科。

醫學 研究人類生命過程,以及保護和增進人類健康、預防和治療疾病的有效措施的科學。

仿生學 介於生物科學和技術科學之間的一門邊緣學科。研究生物系統的結構、功能等,用來改進或創造機械系統、儀器、設備、建築結構和工藝過程、自動裝置等工程技術系統的科學,如模擬人腦的結構和功能原理,改善電腦。

I4-4 名: 社會科學

社會科學 研究各種社會現象及其發展規律的科學,包括政治學、經濟學、法學、教育學、文藝學、史學、美學、宗敎學、軍事學等。

人文科學 即社會科學。一般指對社會現象和文化藝術的研究。

哲學 關於世界觀的學說,是人們對自然知識和社會知識的概括和總結。哲學的基本問題是思維與存在,精神與物質的關係問題。按照對這一問題的不同回答,各種哲學分成唯物主義和唯心主義兩大對立派別。

人類學 依據人類的生物特徵和文化特徵綜合地研究人類的科學。現代人類學分為體質人類學和文化人類學兩個主要領域。

政治學 以國家政權及其活動規律為研究對象的科學。研究國家的起源、發展和消亡,國家本質、國家制度、國家結構和職能以及國家間的關係等。

法學 又稱「法律學」。以法律及其發展規律為研究對象的科學。分支學科很多,主要有國家和法的理論、法律思想史、法製史以及民法、刑法等具體部門法學。

社會學 以人類社會為研究對象的科學。它研究社會形態、社會現象、社會關係、社會生活以及社會問題等,諸如人口、勞動、文化、道德、婦女、兒童、城市、農村、職業分工等問題,都在社會學研究範圍之內。

教育學 研究教育現象及其規律的科學。研究的主要內容有:教育的本質、目標和方針;教育的過程、原則和內容;教育的方法和組織形式;教育制度和學校管理等。

經濟學 研究物質資料的生產、交換、分配、消費等經濟關係和經濟活動規律及其應用的科學。包括的學科很多,有政治經濟學、工業經濟學、農業經濟學、商業經濟學、金融學、技術經濟學等。隨著現代社會經濟的發展,新建立的經濟學科越來越多。

政治經濟學 研究社會生產關係及其發展的科

學,闡明人類社會各個不同發展階段上支配物質資料生產、交換和分配的規律。

微觀經濟學 當代西方經濟學的重要組成部分,與宏觀經濟學相對應,以單個經濟單位(企業、消費者)的經濟活動爲研究對象。研究單個企業的生產量、成本、價格、雇員數和生產要素所有者的收入(工資、利潤、利息、地租)如何確定;單個家庭或消費者如何把收入分配在消費和儲蓄上;單個商品的市場價格和供給量、需求量的變動規律等。

宏觀經濟學 當代西方經濟學的重要組成部分,與微觀經濟學相對應,以整個國民經濟活動爲研究對象。研究國民生產總值、國民收入的變動,經濟增長的速度,社會就業總量,社會消費、儲蓄、投資數量和占國民收入的比率,貨幣流通量和流通速度,物價水準,財政金融,進出口貿易和國際收支差額之間的相互關係等。

軍事學 研究戰爭的本質和規律,以及軍隊和國家的戰爭準備和進行戰爭的方法的科學。

倫理學 關於道德的現象、本質和規律的科學。主要研究道德的起源和發展、人的行爲準則、人與人之間的義務以及道德教育和道德修養等。

美學 研究自然界、社會和藝術領域中的美以及人對美的感受的科學。主要研究範圍包括美的本質,藝術和現實的關係,藝術創作和批評的一般原則等。

I4－5 名： 歷史科學

歷史學 社會科學的一個學科,是通過史料的運用和分析,研究人類社會發生、發展的具體過程及其規律的科學。也叫**史學**。

考古學 歷史科學的一個部門。根據古代的遺迹和遺物來研究古代的社會、制度、風俗和物質文化面貌,探求人類社會歷史發展規律的

科學。

古生物學 介於生物學和地質學之間的一門科學。通過地層中各種古生物的遺體或化石,研究地質的各個歷史時期的生物發生、發展、分類、演化和分布等規律。爲尋找石油和天然氣田,可提供有益的資料。

I4－6 名： 新興科學

資訊論 應用數學方法研究資訊的計量、發送、傳遞、變換和儲存以及資訊的識別和利用等共同規律的科學。廣泛應用於通訊技術,並滲透到物理學、生物學、語言學、經濟學、管理學、仿生學、遺傳工程等方面。

系統論 研究一切綜合系統(整體)或子系統(部分)的一般模式、原則和規律的科學。它以系統思想作爲方法論基礎,內容包括系統理論、系統方法和系統工程三大部分。

控制論 研究生物(包括人類)和機器中的控制、資訊傳遞和調節的科學。基本理論是:一切生命系統(動物、人)和無生命系統(機器)都是資訊系統,又是反饋系統,可進行自我控制和調節。控制論被廣泛應用於工業、交通、軍事和生物研究等方面。

軟科學 是現代自然科學與社會科學相互滲透與交叉發展形成的某一類高度綜合性的新興科學的統稱。它綜合運用資訊科學、系統工程和計算技術等現代科學技術的理論和方法,對各種複雜的自然現象和社會問題,研究和探索其內在聯繫和發展規律,從而找出最佳決策方案或預測發展的方向。一般認爲軟科學包括科學、管理科學、決策科學、技術經濟學、人才學、政策研究等。

科學學 研究科學和科學活動的發展規律及其社會影響的綜合性新興科學。它從整體上研究科學本身的發展規律,又探索科學與社會、經濟的相互作用。科學爲進行科研管理、制

定科技政策和科技發展戰略提供必要的理論
和方法。

未來學　研究和預測未來的一門綜合性的新興
學科。用定性和定量等科學方法，預測社會
的發展前景，研究現代經濟和科學技術的發
展與人類社會的相互影響和後果，爲規劃、計
畫、管理和制定決策、發展戰略提供科學的依
據。分支很多。也叫**預測學**。

人才學　研究人才現象和人才規律的科學。研
究內容包括人才和人才結構、人才開發、人才
培養、人才鑑別和管理等問題。

I4-7 名：　技術

技術　❶進行生產活動或其他活動的操作方法
和技能：栽培技術／木工技術。❷人類在生產
勞動中積累起來的知識和經驗，以及體現這
些知識和經驗的生產工具和設備：生產技術／
技術革新。

技術性　有關技術方面的。也指方法、步驟等非
原則性的：技術性處理／技術性問題。

技術革命　因重大技術的發明而引起生產技術
上的重大變革。如蒸汽機的發明引起機器工
業生產代替手工業生產，發電機、電動機的發
明使電力作爲新能源廣泛應用於生產等。

技術革新　指爲減輕體力勞動或提高生產效率
在生產技術上進行的改革，如對工藝流程、生
產工具、原材料的局部改進等。

I4-8 動：　研究

研究　❶探求事物的性質和發展規律：調查研究
／研究生物科學。❷考慮或商討（意見、問
題）：這個問題要開會研究再作決定／你的意
見我們正在研究。

鑽研　深入研究：刻苦鑽研。

鑽　鑽研：學習不能光鑽書本，必須結合實踐。

切磋　古代把骨頭加工成器物叫「切」，把象牙加

工成器物叫「磋」，比喻互相商量研究：切磋琢
磨／同行們在一起互相切磋。

琢磨　雕刻磨製玉器，比喻研究、加工使完美：師
徒兩人正在一起琢磨如何改進操作方法。

探究　探索、研究：探究來龍去脈。

探索　深入尋求答案，解決疑問：大膽幻想，勇於
探索。

探討　深入地研究討論：探討孔子的哲學思想。

推究　探索和追查（原因、道理等）：推究思想根
源。

考究　查考；研究：這批出土古物值得仔細考究／
考究飲水污染問題。

追溯　逆流而上，走向江河源頭。比喻回顧或探
索事物的由來：追溯到盤古開天闢地。

格物　〈書〉探究事物的道理：格物致知。

攻　學習、鑽研：攻讀／攻研數學。

專攻　專門致力於研究（某一學科）：專攻化學／
學有專攻。

窮源溯流＊　探究事物的本源，尋找其發展的經
過。

探賾索隱＊　探索深奧的道理，搜索隱秘的事迹。
賾：幽深莫測。

苦心孤詣＊　煞費苦心地鑽研，在學問技藝等方
面達到了別人達不到的境地。孤詣：獨到的
意思。

I4-9 動：　考證

考證　根據歷史文獻、文物等資料來考核、證實
和說明：這樣的傳說，我們沒有辦法考證它的
眞實性／缺乏資料，無從考證。

考據　考證：傾注精力從事考據工作／他是考古
迷，任何事物一定謹愼考據其歷史源流。

考訂　根據可靠資料來考核、證實和訂正：考訂
古籍的寫作年代。

查考　調查考究，弄清事實：這個小島，在典籍中
已無從查考。

稽考 〈書〉查考:資料不足,無從稽考。

鉤稽 〈書〉查考:鉤稽文壇故實／細心鉤稽先秦
典籍的有關資料。

I4－10 動: 搜集

搜集 到處尋求事物並彙集在一起:搜集標本／
搜集研究材料／搜集文物。

收集 把分散的事物聚集起來:收集資料／鼓勵
兒童收集昆蟲草木來仔細觀察。

採 收集;搜集:採種／採礦樣。

採集 搜集;收集:採集昆蟲標本／採集草藥。

採擷 採集;選錄:採擷植物標本／採擷有關歷
史資料。

採錄 搜集並記錄:採錄古書裡的童謠、民歌,輯
為一編。

徵集 以公開方式徵求收集:徵集圖書／徵集烈
士遺物。

募集 廣泛徵集:募集救災物資。

收羅 把人或物聚集在一起:收羅研究材料。

搜羅 到處尋找、收集:搜羅到大批史料／到處
搜羅某幾種物資和材料。

搜求 到處尋找求取:搜求有關的資料／搜求研
究這個問題的著作。

徵求 用書面或口頭詢問方式求取:徵求業務管
理人員／徵求漢朝歷史文物／徵求讀者意見。

徵 徵求:徵文／徵稿／這事已徵得他的同意。

I4－11 動: 挑選

挑選 從若干人或事物中找出適合要求的:挑選
科技人才／挑選上好鋼材。

挑 挑選:挑麥種／挑上等材料買。

選 挑選:選良種／選研究課題／選參考資料。

選擇 挑選:選擇研究項目／在收集到的資料中
認真選擇。

擇 挑選:擇優錄取／兩者任擇其一。

揀選 挑選:揀選優質材料。

揀 挑選:揀容易的先做。

挑揀 挑選:挑揀種子／從堆裡挑揀出不少有用
的東西。

精選 仔細挑選完美的:精選良種／精選當代雜
文,彙編成冊。

篩選 用篩子選種、選礦等。比喻嚴格細緻地挑
選:精心篩選的中藥／作家對現象必須進行篩
選、提煉、典型化。

揀擇 挑選:這些期刊中,有的還有參考價值,
可以自行揀擇。

採擇 選取;選擇:可惜他這些意見,上級主管沒
有採擇。

抉擇 挑選;選擇:究竟採用那個方案,必須早做
抉擇。

擇優 選擇優秀的:擇優錄取。

甄選 審查挑選:甄選參加展覽產品／甄選派出
人員。

別擇 鑑別選擇:別擇藥材／別擇史料。

選取 挑選採用:選取優良品種／選取典型事
例。

摘 選取:摘要／從報刊中摘了許多資料。

取捨 選取或捨棄;選擇:取捨得當／研究中對
大量參考材料有所取捨是必要的。

取長棄短* 吸取長處,捨棄短處。

去粗取精* 去掉粗糙的,留取其精華。

去偽存真* 除掉虛假的,保留真實的。

披沙揀金* 比喻從大量事物中挑選精華。□排
沙簡金*。

取精用宏* 指從大量資料中選取精華,加以利
用。

I4－12 動、名: 試驗

試驗 ❶〔動〕為了察看某事物的效果而從事某
種活動,一般在實驗室或一定範圍內進行:新
機器經過試驗,證明性能良好／新辦法要試驗
以後再實行。❷〔名〕指試驗的工作:兩項試

驗同時進行／他決心做一次新的試驗。

實驗 ❶〔動〕在科學研究中,爲了檢驗某種理論或假設而進行某種操作或活動:這些結論是實驗了很多遍才得到的／實驗溫湯浸種。❷〔名〕指實驗的工作:科學實驗／做實驗。

嘗試 ❶〔動〕試;試驗:經過幾次嘗試,都沒有成功／寫小說,我還沒有嘗試過。❷〔名〕探索性的試驗:這是一次大膽的嘗試。

試 〔動〕試驗;嘗試:試車／屢試不爽／你按這個辦法先試試。

檢驗 〔動〕根據一定標準檢查驗看:仔細檢驗機器的各個部分／產品出廠前要經過檢驗。

化驗 〔動〕用物理的或化學的方法檢驗物質的成分、性質和結構等:抽血化驗／經過化驗,證明這批食品受過污染。

測驗 〔動〕用儀器或其他辦法檢驗:測驗新產品的性能。

證驗 ❶〔動〕通過試驗使得到證實:科學理論的準確性,要靠實踐活動來證驗。❷〔名〕實際的效驗:已有證驗。

I4－13 名： 試驗用具

燒杯 實驗室中用來給液體加熱或配製溶液的玻璃杯,杯口有嘴,便於液體倒出。

燒瓶 實驗室中用來加熱或蒸餾液體的玻璃瓶,有圓形或圓錐形的,有圓底或平底的。

試管 化學實驗用的玻璃管。柱形圓底,有的管底爲圓錐形。用於進行化學反應或借離心機分離沈澱。

滴定管 化學分析用的儀器,一種管壁有刻度,下端附有活栓的細長玻璃管。用於測量滴定溶液的體積。

濾紙 用來過濾溶液、去除懸浮物的紙。纖維純潔,有均勻的微孔,不經過施膠。一般裁成大小不同的圓形,再捲成錐形放在漏斗中使用。

本生燈 用煤氣做燃料的一種產生高溫的裝置。

由一個長管和一個套在外面的短管組成,旁有小孔,轉動短管就可以調節進入管口的空氣量以控制火焰。多供實驗加熱用。爲德國化學家本生所發明,故名。

坩堝 化學實驗室中用來熔化金屬或其他物料的器皿。圓柱形或上大下小的圓臺體形。一般用瓷土、鐵、鎳、銀、鉑或石英等耐火材料製成。

虹吸管 使液體產生虹吸現象所用的管子。在曲管中充滿液體,同時液體柱本身產生的壓強不超過大氣壓,便可使液體從比較高的地方,先流向管子上方,再向下流到較低的地方去。

I4－14 名： 試劑·溶劑等

試劑 用來實驗某一化學反應而用的物質。通常指爲測定物質成分和組成而用的純淨化學藥品。也叫**試藥**。

指示劑 化學試劑的一種。利用指示劑顏色的變化,檢驗物質中某種化合物、元素或離子是否存在或該物質的化學性質是否改變。

試紙 用指示劑或試劑浸過的小紙條。用來檢驗溶液的酸鹼性或確定某種化合物、元素或離子是否存在。

溶劑 能溶解別種液體、氣體或固體的液體。水是應用最廣的溶劑;酒精、汽油、苯是常用的有機溶劑。也叫**溶媒**。

溶液 由兩種或兩種以上不同物質所組成的均勻混合物。有固態的,如銅鎳合金;有液態的,如鹽水;有氣態的,如空氣。也叫**溶體**。

催化劑 能加速或延緩化學反應速度,而不改變本身的重量和組成的物質。通常把加速反應的物質叫做正催化劑,延緩反應的物質叫做負催化劑。

觸媒 催化劑的舊稱。

I4−15 動：　測量

測量 用各種儀器度量或測算地形、物體位置以
　及溫度、速度、功能等的有關數值：測量水位／
　測量林場面積／測量氣溫。

測 測量：測繪／湖水深不可測。

測定 經測量後確定：大樓地基已經測定。

觀測 觀察並測量（天文、地理、氣象、方向等）：
　觀測新星／觀測風力。

草測 對地形、地質的初步測量，不要求很高的
　精確度。

探測 測量。現多指用儀器考察和測量不能直
　接觀察的事物或現象：這是一片被探測過的
　荒地／高空探測／探測海的深度。

測繪 測量和繪圖：測繪地圖／測繪大橋建築草
　圖。

I4−16 名：　測量、探測儀器

標尺 用來測量地面、建築物的高度或標明水的
　深度的有刻度的尺。

標桿 用來指示測量點的測量用具。是塗有紅
　白相間的油漆的木桿，長二至三米。

覘標 一種測量標誌。架設在被觀測點上作爲
　觀測、瞄準的目標。標架用幾米到幾十米高
　的木料或鋼材製成。

水平儀 測定水平面的儀器。由框架和盛有酒
　精或乙醚的密封弧形玻璃管組成。管內留有
　氣泡。當水平儀處於水平位置時，氣泡恰在
　管上刻度的中間。根據氣泡的移動，可讀出
　被測面的水平度、不平度或不垂直度。也叫
　水準器。

水準儀 利用水平視線直接測定地面各點間高
　度差的儀器。主要由水平儀、望遠鏡和基座
　構成。

經緯儀 測量水平角、高度角等的儀器。由繞水
　平軸旋轉的望遠鏡、垂直刻度盤、水平刻度盤
　和水平儀構成。一般置於三角架上。在天
　文、地形和工程測量上廣泛使用。

六分儀 航空和航海定位用的測角儀器。可用
　來測定天體的高度角以及地面上遠處兩點所
　成的視角。因其刻度盤僅爲全圓周的六分之
　一，故名。

平板儀 測量地形用的儀器。由水平儀、圖板羅
　針和三腳架組成，可用來測量高度和距離。

雷達 音譯詞。利用無線電波探測方法觀察和
　跟蹤各種目標的設備。主要組成部分有天線
　系統、發射機、接收機和顯示器等。發射機通
　過天線將無線電波發射出去，遇到目標後，其
　中一部分反射回來，由接收機接收處理，測定
　目標的方向、距離、高度及運動狀況等。廣泛
　應用於軍事、氣象、航海、航空、勘測等方面。

聲納 音譯詞。指利用超聲波的傳播和反射探
　測水下目標狀態的儀器和技術。聲納廣泛用
　於船艦導航、漁業探測、海洋勘探、軍事上偵
　察敵艦等方面。

I4−17 動：　勘探

勘探 採用鑽探、坑探、物探、化探等方法查明礦
　藏分布情況，測定礦體的位置、形狀、大小、成
　礦規律、岩石性質、地質構造以及礦石的儲量
　和含量等情況。勘探還廣泛用於水文地質和
　工程地質等方面：勘探油礦／這一帶地下蘊藏
　豐富，亟待勘探。□**探勘**。

勘察 開礦或施工前，對地形、地質構造、地下資
　源等情況作實地調查：勘察地形／勘察礦產資
　源。□**勘查**；**查勘**。

鑽探 地質工作中常用的勘探手段之一。用鑽
　機向地下鑽孔或鑽井，通過對取出的岩心或
　土壤的分析研究，查明礦床分布、地層構造、
　土壤性質等。

錐探 探測地層的一種方法。通常用鋼錐等工
　具插入地中，根據用力大小的感覺判斷地層

情況。用於尋找水源或堤岸內有無縫隙、洞穴以及埋土層中有無磚石、木材等。

勘測 勘察和測量：勘測地形。

踏勘 到現場勘察地形或地質情況：踏勘金屬礦藏。

I4－18 動：　製圖

製圖 按一定的比例把實物或設計中的物體形象在平面圖紙上描繪出來。多用於建築、機械或工程等設計方面。

曬圖 複製圖紙的一種方法。把描在透明或半透明紙上的圖和感光紙重疊在一起，經過水銀燈照射或日光曝曬，使其感光，再經氨燻製處理，即顯出圖形。

打樣 在建築房屋或製造機械、器具之前，畫出設計圖樣。

I4－19 名：　圖樣

圖樣 用按照規定的製圖標準畫出的圖形和文字來表明土木建築、機械製造等的結構、形狀、尺寸的一種技術文件。圖中通常還註明有關材料、生產、安裝、使用和維護等技術說明與要求。

圖紙 畫有圖樣的紙。泛指圖樣、設計圖。

草圖 初步畫出的機械圖或工程設計圖，一般憑目測比例徒手勾勒，不要求十分精確。是繪製正式圖樣的依據。

藍圖 用感光紙經顯影處理而成的圖紙的複製圖，一般為藍底白線或白底紫線。供工程設計施工或編繪地圖等用。

示意圖 用簡單的線條和符號繪製的內容較複雜的機器、儀器和設備的結構要件或工作原理的略圖。也泛指用來說明某一概念或現象的圖。

立體圖 利用透視原理，將物體的結構形狀繪出的具有立體感的圖。也叫**直觀圖**。

平面圖 ❶構成物體形狀的所有線段都在一個平面上所示的圖形。❷在平面上所示的圖形。

剖面圖 表示物體被切斷後呈現出來的切斷表面的圖形。廣泛應用於工程、機械製圖等方面。

視圖 在工程製圖中，根據物體向投影面的正投影繪製出的圖形。

主視圖 光線自物體的正前方向後做正投影得到的視圖。也叫**正面圖**。

剖視圖 假想在物體的適當部位切去一部分，而繪製出其餘下部分的視圖叫剖視圖。多用來表示物體內部的結構。

側視圖 光線自物體的一側向另一側做正投影得到的視圖。也叫**側面圖**。

俯視圖 光線自物體上方向下方做正投影得到的視圖。也叫**頂視圖**。

方框圖 用來表示電路、程式、工藝流程等內在聯繫的圖形。每個方框標有各獨立部分的性能、作用，各方框用線條連接起來，表示各部分間的相互關係。簡稱**框圖**。

I4－20 名：　製圖儀器、用具

兩腳規 繪圖儀器。有兩個腳，上端鉸接在一個軸上，下端可以隨意分開或合攏，以調整兩腳間的距離。有分線規和圓規兩種。

圓規 兩腳規的一種。一腳的末端是尖針，畫圓時插入圓心所在位置，另一腳末端裝上鉛筆芯或鴨嘴筆，繞著針尖轉動，可以畫出圓或弧線。

分線規 兩腳規的一種。兩腳的末端都是尖針，可以用來移量長度和等分直線或圓弧的長度。也叫**分規**。

量角器 繪圖或量角度用的儀器。通常為半圓形薄片，在圓周上刻有從 1 到 180 的度數，可直接量出角度。

角尺 畫線用的工具，尺的兩邊互成直角。

丁字尺 畫直線的用具，呈丁字形。多用塑膠或

木料製成。

比例尺 製圖時用來量長度的一種工具。上面有幾種不同比例的尺度,繪圖時,只要選擇同一比例的刻度按原尺寸數直接量取,不要再行折算。常見的有三棱比例尺。

三角板 繪圖用的工具。通常爲木料或塑膠製成的直角三角形薄板。兩塊組成一副。其中一塊的兩銳角爲四十五度,另一塊的兩個銳角分別爲六十度和三十度。

曲線板 畫曲線用的薄板,板上有不同的連續變更曲率的邊緣,使用時用筆沿與擬繪曲線相符的一段邊緣移動,即可繪出曲線。

I4－21 動、名：　發明・設計

發明 ❶〔動〕想出或做出從前沒有的方法或事物:愛迪生發明了電燈。❷〔名〕發明出來的新事物或新方法:最新發明/四大發明。

發現 〔動〕經過探索研究,看到或找到以前沒有被人認識的事物或規律:發現新大陸。

創造 〔動〕想出前所未有的方法或理論、做出前所未有的事物或成績:創造奇蹟/創造新紀錄/創造物質財富。參見 O48「創造」。

創獲 〔名〕以前沒有過的成果或心得:這次實地考察,大家有不少創獲。

設計 〔動〕在做某項工作之前,按照一定要求,預先制定方案、繪製圖樣等:室內裝潢設計/設計一幅美好的藍圖。

專利 〔名〕國家依照法律給予創造發明者在一定期限內,對其發明創造的成果的使用、製造、銷售等所獨自享有的權益。

I4－22 名：　科研人員

科學家 從事科學研究工作、有一定成就的人。

專家 對某一門學問有專門研究或擅長某項技術的人。也叫**專門家**。

土專家 指沒有受過正規的學校教育,而在實踐中獲得某種專業知識和實際經驗的人。

家 從事某種專門工作或掌握某種專門知識技能的人:作家/物理學家/社會活動家。

研究員 科研機構中的高級研究人員。

博士後 指博士後研究人員,即取得博士學位後,在高等學校或研究機構於一定時期從事一定課題研究工作的人員。

I4－23 名：　科研機構、場所

科學院 規模較大的從事科學研究的機關,有綜合性質和專門性質兩種。

研究所 科學院下屬從事某一學科專門科學研究工作的機關。

實驗室 學校、科研機構等進行實驗的專用房間。

試驗田 專供農業科學試驗的田地。

野外工作 指科學技術工作者在郊野礦山進行的調查、勘探、測量、發掘等工作。

田野工作 野外工作的舊稱。

I4－24 名：　儀器

儀器 科學技術上用作實驗、計量、觀察、測量、計算、檢驗、繪圖和記錄自然現象、生產過程等的器具,以及控制生產或其他過程的各種裝置。一般具有精密的結構和靈敏的反應。

儀表 用於測量速度、溫度、壓力、電流、電壓等的儀器,形狀或作用像計時的表。常用的有指示式、記錄式和信號式。

計 測量或計算度數、時間等的儀器:壓力計/晴雨計/體溫計。

表 計時或測量某種量的器具:手錶/水表/電表。

儀 儀器:繪圖儀/地球儀/經緯儀。

I4－25 名：　地球儀・指南針等

地球儀 表示地球和地球表面地理狀況的一種

模型，裝在支架上，可以轉動。上面畫有海洋、陸地、河流、山脈、赤道、經緯線等。為便於說明地球的自轉、公轉、四季形成和晝夜長短等自然現象，一般地球儀都有二十三度二十七分的傾斜裝置。

指南針 用來測定方向的一種儀器。通常把磁針支在一個直軸上，可以旋轉。由於磁針受地磁場的作用，針的一頭總是指向南方。指南針是我國古代四大發明之一，廣泛用於航海、行軍或旅行等方面。

羅盤 利用指南針原理製成的一種指示方向的儀器。由幾根平行排列、可水平旋轉的磁針和有方位刻度的圓盤構成。在飛機和船舶上用於導航。

地震儀 記錄地震波的儀器。根據記錄進行分析，可以測定地震發生的時間、方向、深度和強度。主要由拾震器、放大器和記錄器三部分組成。□**地震計**。

地動儀 我國東漢時天文學家張衡創造的世界上最早的地震儀。全名為「候風地動儀」。

天球儀 測定天體的一種球形儀器。在可以繞軸轉動的圓球上刻畫著星座、黃道、赤道、赤經圈、赤緯圈等的位置。用來幫助初學天文知識的人認識星空。我國古代叫「渾天儀」或「渾象」。

渾天儀 我國古代天文儀器「渾儀」和「渾象」的統稱。

渾儀 我國古代的一種天文儀器，用來測定星辰位置。

渾象 我國古代的一種天文儀器，用來表示各種天文星象，相當於現代的天球儀。東漢天文學家張衡所創製。

I4－26 名： 溫度計

溫度計 測量溫度的儀器。常見的是在標明刻度的細玻璃管中裝著水銀或酒精，根據物體熱脹冷縮原理來測定溫度。另外在工業或科學研究上應用的溫度計還有光測高溫計、電阻溫度計、溫差電偶溫度計等。也叫**溫度表**。

寒暑表 測量空氣溫度的一種溫度計，表上通常有華氏、攝氏兩種刻度。

華氏溫度計 寒暑表的一種。規定在一個大氣壓下水的冰點為 32°F，沸點為 212°F。兩點間水銀柱高度差均分一百八十格，每格為一華氏度。用$^\circ$F 來表示。這種刻度方法是德國物理學家華倫海特發明水銀溫度計時提出的。

攝氏溫度計 一種常用的寒暑表。規定在一個大氣壓下水的冰點為零度，沸點為 100°C，兩點間水銀柱高度差均分一百格，每格為一攝氏度，用$^\circ$C 來表示。這種刻度方法是瑞典天文學家攝爾西烏斯提出的，目前廣泛使用。

I4－27 名： 光學儀器‧鏡

平面鏡 反射面為平面的鏡。日常生活所用的鏡子就是平面鏡。通常用平面玻璃鍍上銀或鋁製成。鏡前的物體在鏡中形成直立的虛像，大小和實物相同，左右方向則相反。平面鏡在控制光路方面有廣泛的應用。

球面鏡 反射面為球面的鏡，可用以成像。根據反射面凹凸的不同，可分為凹鏡和凸鏡兩種。

凸鏡 球面鏡的一種，反射面凸出。凸鏡能使入射光線發散，所成的像為正立的縮小的虛像。在汽車窗外供駕駛員看左右和後面車輛情況的觀後鏡就是凸鏡。也叫**凸面鏡**。

凹鏡 球面鏡的一種。反射面凹進去，能使入射的光線會聚在鏡前的焦點上。如果光源在焦點上，所發出的光經反射後就形成平行的光束。探照燈用的就是凹鏡。也叫**凹面鏡**。

透鏡 用水晶、玻璃等透明材料製成的鏡片，光線通過透鏡折射後成像。一般分凹透鏡和凸透鏡兩大類，是光學儀器的重要元件，廣泛應用於軍事、科學研究及日常生活等方面。

凹透鏡 透鏡的一種。鏡片的中央部分比邊緣薄,平行光線透過凹透鏡後向四外散射。近視眼鏡的鏡片就是凹透鏡。

凸透鏡 透鏡的一種。鏡片的中央部分比邊緣厚,平行光線透過以後,能使光線折射聚集於焦點上。物體放在焦點以內,由另一側看去就得一個放大正立的虛像。遠視眼鏡的鏡片就是凸透鏡。通稱**放大鏡**。

聚光鏡 ❶使光線會聚成光束的凸透鏡。❷使平行光線聚焦的凹面鏡。

稜鏡 用玻璃、水晶等透明材料做成的截面呈三角形的光學器件。在光譜儀器中用來把複合光分解成光譜;在潛望鏡、望遠鏡中用來改變光的進行方向。也叫**三稜鏡**。

分光鏡 一種目視的分光儀器,用來直接觀察光譜或測量波長。由平行光管、望遠鏡和稜鏡組成。

分光計 用來把成分複雜的光分解成光譜並測量波長、測定稜鏡角、稜鏡材料折射率和色散率等的儀器。由平行光管、望遠鏡和可以繞軸轉動、刻有游標的稜鏡臺組成。

光譜儀 把成分複雜的光分解為光譜線並進行記錄的精密光學儀器,由稜鏡或衍射光柵等構成。

攝譜儀 光譜儀的一種。能把複雜的天體光線分解成光譜,並拍攝在照相底片上。

光度計 測量發光強度的儀器。一般光度計用與已知發光強度的標準光源作比較來測量光度,也有的光度計可以直接讀出光源的光量。

濾光器 只能透過某種色光,而吸收掉其他色光的光學元件。通常是由有色玻璃、染色軟片等製成的有色透明鏡片。在攝影中利用濾光器,可校正拍攝所得影像的色調。也叫**濾色鏡**。

鏡片 指光學儀器或用具上的透鏡。

偏光鏡 能產生偏振光的濾光器,用冰洲石等製成。可消減水面或櫥窗玻璃等非金屬物體光澤表面的反光干擾。

I4－28 名: 顯微鏡・望遠鏡等

顯微鏡 觀察非常微小的物體的光學儀器。主要由一個金屬筒和兩組透鏡構成,兩透鏡間的距離可以調節。常用的顯微鏡可以放大幾百倍到三千倍左右。廣泛應用於生物學、醫學、農業及礦冶、機械等工業中。

電子顯微鏡 一種新型的顯微鏡。利用高速運動的電子束穿過物體,經過電子透鏡聚焦放大,使物體的極細微結構的影像顯示在螢光幕上。放大倍數一般可達幾十萬倍。

望遠鏡 觀察遠距離物體的光學儀器。最簡單的折射望遠鏡由一組物鏡(焦距較長的透鏡)和一組目鏡(焦距較短的透鏡)組成,由一個可以自由伸縮的小圓筒來調節。

天文望遠鏡 用來觀測天體的望遠鏡。口徑較大,聚光能力強,能觀測到微弱的天體。一般分為折射望遠鏡、反射望遠鏡和雙射望遠鏡三種類型。現代天文望遠鏡多配有電子電腦,能精確控制望遠鏡瞄準所測的天體,並對觀測數據作實時處理。

射電望遠鏡 用來接收由星體發射的無線電波以觀測天體的儀器。主要由定向天線、高靈敏度的微波接收裝置及資訊記錄處理和顯示系統等構成。觀測距離比光學望遠鏡遠得多,並且使用上不受時間和氣候變化的影響。

目鏡 望遠鏡、顯微鏡等光學儀器上接近眼睛一端的透鏡或透鏡組。也叫**接目鏡**。

物鏡 望遠鏡、顯微鏡等光學儀器上對著被觀察物體的一端的透鏡或透鏡組。也叫**接物鏡**。

潛望鏡 在隱蔽處所或潛水艇裡觀察外界或水面情況所用的光學儀器,主要由兩個直角全反射稜鏡組成。

I4－29 名： 電表・水表

電表 ❶測量各種電氣量的儀表的統稱。常見的有電流計、電壓計、電度表等。❷電度表的通稱。

電壓計 測量電壓的儀表。使用時必須接在待測電壓的兩端，即和電路並聯。計量的單位為伏特，簡稱伏。也叫**伏特計**。

電流表 測量電流強度的儀表。使用時必須和待測電路串聯。計量的單位為安培，簡稱安。也叫**安培計**。

電量計 測定電量的儀器。在使用時保持電流強度不變，可由通電的時間和析出物的品質，算出電流強度和通過的電量。電量單位為庫侖。也叫**庫侖計**。

電度表 用來累計用電量的儀表。計量的單位為千瓦小時。分單相和三相兩種，單相用於照明及家用電器用戶，三相用於電力用戶。也叫**千瓦時計；火表**。

靜電計 用靜電法測量電荷量大小的儀表。

驗電器 用靜電法檢驗物體是否帶電的儀器。常用的是以兩片極薄的金屬箔固定在導體的一端，插入玻璃瓶，另一端露在瓶外。當帶電的物體接近露在瓶外的一端時，金屬箔就因帶同種電荷而相互排斥，張開一定角度。

示波器 用來觀察和測量交流電或脈動電流波等各種電信號瞬變過程的電子測量儀器。由電子管放大器、掃描振盪器、陰極射線管等組成。廣泛應用於電子設備的研究、生產和維修等方面。

水表 一種裝在水管上，用來測定自來水用水量的儀表。在用戶放水時，表內指針轉動，指出流過管路截面的累計水量。

I4－30 名： 電腦

計算機 能自動進行數學運算的機器。由精密的機械或電子元件構成。可以用作加減、乘除等運算。現通常說的計算機指電子計算機。

電腦 能快速地進行大量計算和數據或資訊處理的自動電子機器。主要由運算器、存貯器、控制器、輸入和輸出等裝置組成。在科學研究、工農業生產、文化教育及軍事等方面廣泛應用。

中文電腦 具有中文文字處理功能的電腦。一般的電腦具有處理英文的功能，把漢字用編碼等方式輸入電腦中，就可以具備處理中文的功能，可進行多種形式的中文資訊處理，如中文資料庫、中文打印、中文文稿編輯、儲存和檢索等。

終端設備 安裝在用戶處、與資訊網絡相接的計算機終端裝置，具有向端點輸入和接收端點輸出等功能。通過終端設備，用戶可以利用通訊網絡遠距離地用鍵盤輸入數據，用螢幕顯示輸出數據，或用印表機打印結果。

硬體 也稱硬設備。指電腦系統中所有由電子、機械、光電等元件構成的零件和設備等有形實體，包括運算器、存貯器、控制器以及外圍設備等。

軟體 也稱軟設備或程式系統。指電腦運行時所需要的各種程式和有關資料，如程式庫、編譯程式、操作系統、程式設計語言等。軟體與硬體構成電腦系統，軟體的作用是規定硬體的運行動作、擴大電腦的功能和提高電腦使用效率。

計算機程式 為用計算機求解問題而預先編寫的由一系列專門指令或語言構成的、解決問題的步驟和運算次序。計算機按照所輸入的程式，循序逐條執行指令，完成指定的任務。

程式設計語言 編製計算機程式所用的語言，是一組基本的符號和這些符號的組合規則的集合。有機器語言、彙編語言、高級語言等種

類,各種又有許多不同的設計,適用於不同的情況。現在廣泛使用的有數值計算用的 AL-GOL 和 FORTRAN 語言。商業用的 COBOL 語言、易於學習和使用的 BASIC 和 LOGO 語言等。

電腦網絡　一種用通訊線路把多臺電腦互相連起來組成的系統。所連接的電腦分別裝設在不同地域和單位,網絡上可以接上許多個終端。用戶都可以共享網絡中的資源,包括硬體、軟體和數據等。各地之間、各國之間以至各洲之間都可以建立電腦網絡。

電腦病毒　一種人為設計的能像病毒一樣污染其他程式的電腦程式。它隱藏在正常的電腦軟體中,在一定條件下利用電腦運行時蔓延到其他電腦程式中並不斷複製其本身,修改其他程式,刪除機上儲存的數據,擾亂電腦操作系統的正常運行。現在人們已設計出一些抗電腦病毒的程式,作為預防它的「疫苗」。

I4－31 名：　網際網路

電子布告欄　即 BBS。是電腦與通訊結合運作下的產物,其應用範圍十分普及,包括:電腦擇友、電子購物、教學測驗、問券調查。

電子郵件　即 E—MAIL。一種透過電信總局的資訊網,所建立的電子郵件系統。傳送時,毋需紙張,只需對方的 E—MAIL 帳號。電子郵件所傳遞的僅有文字而無圖片,因此網際網路上出現了「電子賀卡」資訊站,供使用者挑選。

電腦網路　利用通訊電路,將分散的電腦連接起來,使其具備機能性、統一性,而有效率地加以利用的新資訊網路系統。這種網路的優點是可共享資源或軟體設備等重要的電腦資源。

網路傳真　是利用網際網路來達到傳真的目的。已有網路帳號的使用者,可以利用電子郵件傳真到遠端終端機上。

網路電話　利用網際網路系統為架構,將軟體安裝在具備音效與麥克風的多媒體電腦上,再鍵入通話對象的網址;如果對方在線上且願意接電話,就可以透過麥克風與喇叭通話。

網際網路　指數以萬計的網路,按照共同的技術協議(如 TCP/IP),相互連接在一起。網路用戶可以透過網際網路超越國界地使用其他網路的服務。目前網際網路可提供五項服務:一、電子郵件;二、使用者網路;三、檔案傳輸;四、跑腿地鼠;五、全球資訊網。

全球資訊網(WWW)　網際網路最初起源於美國軍方想把位於不同區域、不同廠牌的電腦用共通的方式連結起來,藉以傳遞訊息。日後,這項計畫逐漸擴展至政府、學術、研究和商業機構,形成一個複雜的網路體系。為了連線的安全性,電腦間以蜘蛛網狀互相連接,小網接大網,形成一個巨大的電腦通訊網。

國際資訊基礎計畫(NII)　旨在浩瀚的網路世界中,接送各種訊息,以節省人力。NII 推動及規劃的各項建設如電傳視訊會議、遠距教學、遠距醫療、電子購物、隨選視訊、新聞資料庫及 E—mail 推廣等。

寬頻　在硬體設備中指的是在同一纜線,可以與多個獨立訊號同時傳輸工作指令;在區域網路中是指傳輸類別的同軸電纜線信號;在電傳通訊中指的是頻寬大於語音等級(4KHZ)的通道。

頻寬　頻寬是指在固定的的時間可傳輸的資料數量,亦即在傳輸管道中可以傳遞資料的能力。在數位通訊設備中,頻寬通常以 bps 表示,即每秒可傳輸之位元數。在類比設備中,頻寬通常以每秒傳送週期或赫茲(Hz)表示。在硬體設備中,頻寬高的設備會被頻寬較低的匯流排所阻礙。

網路購物　屬於無店鋪販賣的一部分,主要的特

色便是透過網際網路（Internet）來進行交易。由於 Internet 具備有「互動性」之強大功能，亦即消費者可主動選取想要看的東西並深入了解商品特性進一步訂購，而不是被動的接受廣告或是型錄。主要交易方式有二：一、信用卡交易。二、郵政劃撥。

網路社區　①大型住宅社區中，每一戶均配有上網配件，通常是建設公司與網路服務業（ISP）共同合作。②在一個網站中，系統提供上網的人的帳號和其他附加功能，用戶只要憑此帳號即可認識同樣在此網站登錄的人，或與其聊天，進行商品交易等等，與實際生活中人與人之間的互動都是即時且直接的，故稱為網路社區。又稱虛擬社區。

I4－32 動、名：　自動化

自動化　〔動〕採用能自動控制、自動檢測、自動調整、自動加工的機器和設備，按預定的要求和程式進行生產作業。自動化是最高程度的機械化，目標在於增加產量、降低成本、提高品質，減輕勞動強度，改善操作環境，保障生產安全等。

自動控制　〔動〕在無人直接參加下，利用控制裝置自動操縱機器設備，使生產或其他過程按人們預定的操作程式和要求運行。自動控制是實現自動化的主要手段。由於電子計算機的出現，實現了對整個生產過程的自動控制。自動控制還包括對遠處對象的控制，如對火箭或人造衛星的軌道控制等。

遙控　〔動〕應用自動控制技術，通過有線或無線電路的裝置，對遠距離的機器、儀器等設備進行控制。遙控是自動控制技術和通訊技術的有機結合，廣泛應用於自動化生產、飛行武器、水力發電等方面。

遙測　〔動〕運用現代化的電子、光學儀器將遠距離被測對象的物理量（如溫度、電壓、電流、流量等）變換成電信號，並由通訊線路傳送到觀察地點進行記錄、處理的一種測量方法。廣泛應用於國防建設、工業生產及一切無法接近或不宜於近距離測量的科學技術等方面。

遙感　〔動〕使用空間運載工具和現代化的電子、光學儀器探測和識別遠距離的研究對象的性質、形狀和變化動態。廣泛應用在環境監測、資源調查和軍事偵察等方面。

機械手　〔名〕能模仿人手、臂的功能的自動機械裝置，可按固定程式進行自動傳送、裝卸等工作。多用於不適於人體直接操作的場合，如高溫、接觸放射性物質等，也可以代替人們做繁重的勞動。在機械製造、冶金工業和原子能研究等方面廣泛使用。

機器人　〔名〕能模仿人體器官多種功能的一種自動化機械。一般能行走或操作生產工具。現代機器人裝配有電腦和各種傳感器，具備一定的人工智能，可代替人的繁重勞動，或在有害的環境下進行操作或實現遙控。也叫**機械人**。

I4－33 名：　原子能技術

原子反應爐　使放射性元素的原子核裂變，並使裂變的鏈式反應有控制地進行的裝置。由中子擊破鈾、鈈等元素的原子核，發生鏈式反應而釋放大量的能量。反應爐主要用途是可作為核動力、用於發電；可產生放射性核素。供科研、醫療、工農業之用。也叫**核反應爐**；**反應爐**。

加速器　用人工方法使帶電粒子（電子、質子、離子等）在電磁場作用下加快到極高速度來產生高能粒子的裝置。種類很多，有靜電加速器、直線加速器、迴旋加速器、同步加速器等。加速器可用作研究原子核和基本粒子的性質的實驗工具，也廣泛用於醫治腫瘤、種子輻照、工業無損探傷、固體物理研究等方面。

對撞機　一種新型的圓形加速器，能使兩束作相
　　對運動的高能粒子對頭碰撞。通常是粒子在
　　進入對撞機以前，先在同步加速器或直線加
　　速器裡加速到較高能量，再入射到對撞機，使
　　兩束運動方向相反的粒子在軌道交叉處對
　　撞。對撞機是進行高能物理研究的主要裝置
　　之一。

核燃料　核反應爐內用來產生裂變，釋放大量核
　　能的放射性物質。主要是鈾、鈈、鈽等，常製
　　成棒狀。

核動力裝置　利用核反應爐產生的熱能轉變為
　　動力的裝置。通常用作船舶、艦艇等運輸工
　　具的機械能源。

核電站　見 Q8－11「原子能發電站」。

J 行動·交通運輸

J1 行動

J1-1 動： 行動

行動 行走；走動：他摔了一跤，行動不便／病人
已能下地行動。

行走 人的腳交相向前移動：整修路面禁止行走
／加快速度行走。

走 人或鳥獸的腳交相向前移動：請走人行道／
路上還有駱駝走過的痕跡。

行 人或交通工具向前移動：日行百里／行車／
行船。

走動 行走而使身體活動：早上出去走動走動，
對身體有好處／他急得在房裡來回走動／手
術後暫時不准走動。

走路 人在地上行走：走路不要爭先恐後／孩子
正學著走路。

走道兒 〈口〉走路：小孩兒剛會走道兒。

步 雙腳行走：步入會場／亦步亦趨。

步行 行走；走路：這一天步行了三十里／車太
擠，他是步行來的／骨折後不能步行。

徒步 步行：徒步旅行／背著行李徒步出發。

步履 〈書〉行走：步履維艱。

J1-2 動： 邁步

邁步 提起腳向前跨步走：邁步前進／邁步向山
下走去。

邁 邁步；跨：邁開大步／邁過門檻。

舉步 〈書〉邁步：他感到舉步艱難。

拔腳 抬起腳來(跑或走)：他答應了一聲，拔腳
就跑了。□拔腿；**拔步**。

撒腿 放開腳步：撒腿就跑。

起步 開始走，多比喻事情開始做：車子起步了／
這項工作起步較晚。

踏步 兩腳在原地交替起落：踏步不前。

J1-3 名： 腳步

腳步 指走路時兩腿的動作：腳步要穩／傳來了
腳步聲。❷走路時兩腳之間的距離：腳步大
一點。

步 腳步：跨前一步／寸步難行。

步子 腳步：步子走得很快／步子穩健。

步伐 隊伍行進時的腳步：統一步伐／步伐整
齊。

步調 行走時腳步的大小快慢：步調一致。

方步 指悠閒的大而慢的步子：踱方步。

四方步 (～兒)方步：邁四方步。

臺步 戲曲演員在舞臺上藝術化了的步法：京劇
演員很講究臺步。

碎步兒 小而快的步子：踩著碎步兒走來。也說
碎步子。

箭步 像箭射出似地邁得又快又遠的腳步：他一
個箭步躥上去。

縱步 向前跳躍的步子：他一個縱步跳過了河
溝。

穩步 平穩踏實的步子：穩步前進。

J1-4 動: 疾步・緩步

疾步 加快腳步;快步走:疾步行走/疾步如飛。

闊步 邁著大步:昂首闊步/闊步前進。

縱步 放開腳步:他縱步跳過小河溝。

大踏步 邁著大步:大踏步前進。

放步 放開腳步:放步前進。

大步流星＊ 形容腳步大而快:他大步流星地在我前面走著。□**快步流星**＊

緩步 慢慢地走:她在前面輕盈緩步。

踱 慢慢行走:踱來踱去/踱方步。

邁方步＊ 很穩很慢地走:時間不早了,不要邁方步了。

蹀躞 〈書〉小步走路:三個蹀躞的人影,越走越遠。

磨蹭 緩慢地向前走,也指(做事)慢吞吞地動作:他不顧腿上有傷,忍痛往前磨蹭/別人磨蹭半天的事情,她不一陣子就做好了。

J1-5 動: 散步

散步 隨意走走:飯後散步,有益健康/在林蔭道悠閒地散步。

信步 隨意走走:信步走去,也不知前面是什麼地方。

漫步 無目標而隨意地走:漫步萊茵河畔。

閒步 悠閒地隨意走走:飯後,他在海濱閒步。

溜達 〈口〉散步;閒走:上大街溜達溜達/兩人一面溜達,一面閒談。

遛 慢慢走;散步:遛大街/到公園遛了一陣子。

遛彎兒 〈方〉散步:他每天晚飯後出去遛彎兒。

繞彎兒 〈方〉散步:我出去繞個彎兒就回來。

轉悠 轉遊 〈口〉漫步;無目標地閒逛:這一帶都轉悠遍了。

J1-6 動: 閒逛

閒逛 到外面隨意走走;遊逛:趁車還沒有開,我們到集市上閒逛/他整日四處閒逛。

閒蕩 閒逛:放著正經事不做,成天在街上閒蕩。

閒遊 閒逛:老人們在街心花園閒遊。

遊盪 自由自在地走動:到了晚上,他總像幽靈似地在園中遊盪。

逛蕩 閒逛;遊盪(多含貶義):他又到商店裡逛蕩去了/整天在外逛蕩浪費時間。

逛 散步;閒遊;遊覽:逛大街/逛公園。

遊逛 遊覽;閒逛:岸上的景物很美,值得上去遊逛。

遊 從容地到各處行走;閒逛:周遊天下/遊園。

巡遊 閒逛;漫步:一些閒人在街道兩旁懶洋洋地巡遊。

徜徉 倘佯 〈書〉安閒自在地來回行走:我們幾個人徜徉在人行道上。

J1-7 動: 徘徊

徘徊 在一個地方來回慢慢地走:他一個人在小院子裡徘徊。

盤旋 徘徊;逗留:他在門外盤旋了半天才離開。

盤桓 〈書〉徘徊;逗留:他在銅像底下盤桓了很久才離開。

躑躅 〈書〉在一個地方走來走去:他不安地在車站附近躑躅著。

蹀躞 〈書〉來回走動:她不住地在房中蹀躞。

彷徨 徘徊;來回走動:他彷徨月下,想到她的死,忍不住嘆息。也作**旁皇**。

躊躇 徘徊不前:他一到門邊,聽到裡邊有笑聲,腳就躊躇了。

踟躕 踟躇 徘徊不前;緩慢地走:踟躕曠野/我往往喜歡踟躕在那平直的長街上。

逡巡 〈書〉徘徊不前:她在各個小巷弄裡逡巡著,一看左右沒人,便拿出傳單貼到牆上。

低回 〈書〉徘徊:平時則有三三兩兩的遊人在那裡低回。也作**低徊**。

踅 來回地走;中途折回:踅來踅去/他剛要出

大門,又踅進廂房。

J1-8 形： 快

快 移動、行走、做事速度高:乘車比坐船快／請走快一點／他動作很快。

快速 速度快的;迅速:快速行駛／快速洗印。

迅速 速度非常快:迅速登上山頂／動作迅速。

速 迅速:速回／速戰速決／速件。

火速 非常快地:火速動身／情況緊急,必須火速報告上級。

飛 像飛一樣快:飛奔／飛馳／飛漲。

飛速 非常迅速:部隊飛速前進／科技產業飛速發展。

飛快 速度非常快:汽車在高速公路上飛快地行駛。

迅疾 非常迅速:船行迅疾／傳來迅疾的腳步聲。

一溜煙 形容跑得或走得很快:稍不注意,他就一溜煙地跑掉了。

急 快;急促:腳步很急／急轉彎／急起直追。

急速 非常快:火車急速地向前奔馳。

急劇 急速:她急劇地回過頭去。

急驟 急速:街上傳來急驟的腳步聲。

急促 快而短促:病人呼吸急促,必須搶救。

急遽 急速;迅速而劇烈:病情急遽惡化。

迅 快;迅速:迅跑／迅即。

迅急 急速:迅急地傳遞。

迅猛 迅速而猛烈:熱帶風暴迅猛異常。

健步 行走快而有力:健步如飛／他從高高的石階上健步走下來。

風馳電掣* 像風的急馳電的急閃一樣,非常迅速。

J1-9 形： 慢

慢 移動、行走、做事速度低,不快:船行比車、馬都慢／慢手慢腳／你早點兒動手,不要慢了誤

事。

緩 慢;遲:緩行／輕重緩急。

緩慢 慢;不迅速:走路緩慢／列車緩慢地進站了。

遲 慢:遲遲不決。

遲緩 緩慢:動作遲緩／他遲緩地邁著腳步向公園走去。

迂緩 遲緩:行動迂緩。

慢騰騰 緩慢的樣子:他走起路來,總是這樣慢騰騰的。□**慢吞吞;慢慢吞吞;慢慢騰騰**。

慢悠悠 緩慢的樣子:一掛牛車在公路上慢悠悠地走著。也說**慢慢悠悠**。

徐 〈書〉慢慢地;緩:徐步／清風徐來。

徐徐 〈書〉慢慢地:徐徐升起／列車徐徐開動。

蹣跚 走路緩慢,搖擺的樣子:這孩子不滿周歲,已經會蹣跚著走來走去。也作**盤跚**。

姍姍 走路緩慢而從容的樣子:姍姍來遲。

慢條斯理* 從容不迫;慢吞吞:他說話做事總是慢條斯理的。

老牛破車* 形容行動慢慢吞吞,像老牛拉破車一樣。

J1-10 形： 敏捷·輕快

敏捷 (動作)靈敏迅速:他極其敏捷地登上了山頂／動作敏捷。

迅捷 迅速敏捷:運動員步法優美,動作迅捷／他迅捷地越過障礙物。

快當 迅速敏捷;不拖拉:她做事既細心又快當。

麻利 敏捷:他工作很麻利。

矯捷 矯健而敏捷:公園裡矯捷攀援的猴子吸引了許多遊客。

輕捷 輕快敏捷:動作輕捷／輕捷的腳步／輕捷地扛起行李。

輕快 (動作)不費力,速度快:腳步輕快／她輕快地走下山坡。

輕巧 輕快靈巧:動作輕巧。

翩然　〈書〉動作輕快的樣子:翩然起舞／翩然降臨。

輕手輕腳＊　手腳動作輕,儘量不出響聲:輕手輕腳地進了屋／她做事總是輕手輕腳的。

J1－11 形:　踉蹌

踉蹌　走路腳步不穩的樣子:他踉蹌地走回家去／他一個踉蹌,跌出很遠。

趔趄　身體歪斜,腳步不穩,像摔倒的樣子:他趔趄地走了過來／打了個趔趄,差點摔倒。

趑趄　行走困難;想邁步又不敢邁步的樣子:趑趄不前。

蹩　走路搖擺的樣子:鴨子一蹩一蹩地走著。

跌跌撞撞　走路不穩:他像喝醉了酒似的,走路跌跌撞撞。

一溜歪斜　〈方〉形容腳步不穩,不能照直走:他提著一把大茶壺,一溜歪斜地走進來。

磕磕絆絆　腳腿不靈、行走費力的樣子:老人磕磕絆絆跨過門檻進了屋。

磕磕撞撞　因匆忙或酒醉而走路東倒西歪的樣子:他磕磕撞撞地絆了一跤。

J1－12 動:　跑

跑　兩腳以比走快的速度向前移動,每前進一步有一瞬間兩腳均離開地面:慢慢走,不要跑／那個女孩子跑得很快。

奔　急走;快跑:狂奔／東奔西跑。

奔跑　很快地跑:孩子們不要在馬路上奔跑玩耍。

奔走　很快地走;跑:奔走相告／他急急奔走,準時趕到會場。

跑步　❶奔跑:你瞧,這會兒我已跑步上學了。❷特指按規定姿勢往前跑,是操練的一種動作:連長帶領隊伍跑步向駐地前進。

飛跑　飛快地跑:我飛跑了一陣,才趕上他們。

小跑　〈口〉小步慢跑:我小跑幾步才趕上你。

顛　〈方〉跳著跑:連跑帶顛／跑跑顛顛。

J1－13 動:　跳·越·跨

跳　腿上用力,使身體一下子離開所在的地方:跳過矮牆／孩子們邊跳邊唱。

蹦　跳:連蹦帶跳／歡蹦亂跳。

蹦躂　你給我安靜下來,別再蹦躂了／秋後的螞蚱,蹦躂不了幾天。也作**蹦達**。

打蹦兒　〈方〉蹦;跳:聽了這消息,他高興得直打蹦兒。

跳躍　跳:跳躍前進／那孩子跳躍著向我奔來。

躍　跳:一躍而起。

縱身　身體賣力向前或向上跳:縱身上馬／他縱身從側面撲向敵人。

越　跨過;跳過:翻山越嶺／越牆逃跑。

越過　跨過障礙或界限,由一邊到另一邊:越過高山／越過國境。

翻　跨過;越過:翻過籬笆／翻山越嶺。

騰越　跳起來越過:越野車騰越過一丈多寬的小河。

翻越　越過;跨過:翻越障礙物／翻越高山。

跨越　越過(地區、時間的界限):他們必須跨越太平洋到美國。

騰　跳躍:歡騰／那狗騰身猛撲過去。

跨　抬起一隻腳向前或向旁邁:跨進門來／向右跨一大步。

騙　抬起一條腿跳上馬:他一騙便上了馬。

騙腿兒　側身抬起一條腿:他一騙腿兒跳上自行車走了。

J1－14 動:　爬·登·攀·趨

爬　❶爬行:孩子向她爬過來。❷抓著東西往上去;攀登:爬上樹／爬山。

爬行　❶手腳著地向前移動:他們在亂石叢棘中奔走或是爬行。❷比喻緩慢前行或行動遲緩:車子像蝸牛似地向前爬行／要創新,不能

跟在別人後面爬行。

匍匐　匍伏　身體伏地用手腳爬著走：匍匐前進。

蛇行　身體伏在地上像蛇一樣爬行：他趴下身子，蛇行穿過草叢。

登　由低處向高處走：登樓／登月火箭。

登高　向上走到高處：登高望遠。

攀　抓住東西往上移動：攀樹／攀著繩子向上爬。

攀登　❶抓住東西而移動到上面或高處：我們攀登上帝國大廈，觀賞紐約夜景。❷比喻做事努力前進：攀登科學高峰／鍥而不捨，努力攀登。

登攀　攀登：又有一個山峰等待著這個青年人去登攀／世上無難事，只要肯登攀。

攀援　攀緣　抓著東西往上爬：登山的人攀緣峭壁，登上山頂。

攀附　依附著東西往上爬：牽牛花攀附著牆壁生長。

趟　在淺水裡走：趟水過河。也作蹚。

涉　從淺水裡走過去，泛指從水上經過：跋山涉水／遠涉重洋。

徒涉　〈書〉徒步涉水過河：這條河冬季水淺，可以徒涉。

J1－15　動：　鑽·衝

鑽　穿過；進入：鑽山洞／在水裡鑽進鑽出。

扎　〈方〉鑽進去：扎進水裡／扎到人群裡。

潛入　鑽進(水中)：潛入河底，尋找失物。

衝　迅猛地向某處闖：橫衝直撞／衝出重圍／衝鋒陷陣。

闖　猛烈地衝：闖進屋來／闖到院子裡。

撞　闖；衝：沒敲門就撞了進來／橫衝直撞。

撲　❶衝向前，使身體伏在物體上：孩子一下子撲到媽媽的懷裡。❷衝：直撲敵巢。

J1－16　動：　扭·蹓

扭　身體左右擺動：隨節拍扭扭／他故意扭著走路，令人發笑。

扭捏　走路時身體故意左右搖擺：他扭捏著身子走過來。

扭搭　〈口〉走路時肩膀隨腰一前一後地扭動：這女孩子走路扭搭起來像跳舞似的。

蹓　放輕腳步走：他蹓著腳走過來，誰也沒發現。

蹓手蹓腳*　形容走路時腳步放得很輕：他蹓手蹓腳地走進病房來。

J1－17　動：　趾·滑

趾　腳未站穩而滑動：他登趾了，掉進水裡／腳一趾，差點摔下來。

滑　在光滑的物體表面上移動：溜冰／滑了一交。

滑行　❶滑動前進：我喜歡穿著冰鞋在結冰的湖面上滑行。❷指火車、汽車等只靠慣性前進。

打滑　〈方〉因站不住、走不穩而滑動：行人走在積雪的路上容易打滑。

溜　滑行；往下滑：溜冰／從山坡上溜下來。

出溜　〈方〉滑行：腳下一出溜，摔了一跤。

打奔兒　〈方〉腿腳發軟或被絆而差點滑倒：他病還沒全好，連走路都打奔兒。

J1－18　動：　上·下

上　由低處到高處；由一處到另一處：上山／上車／沿江溯流而上／上學校去。

上來　由低處到高處來；由一處到另一處來：他在樓下，沒上來／他從南部上來已經好幾個月了。

上去　由低處到高處去；由一處到另一處去：我們上去看看／大家連忙上去迎接。

下　由高處到低處去，由一處到另一處去：下樓／順流而下／下江南。

下來 由高處到低處來或由遠處到近處來:他從
　　山頂上下來了/他剛從前線下來。

下去 由高處向低處去或由近處向遠處去:他打
　　算乘纜車下去/從臺北到高雄,還要下去三百
　　公里。

上下 從高處到低處或從低處到高處:大樓裝了
　　電梯,上下很方便。

J1－19 動： 來‧去

來 從別的地方到說話人所在的地方:他已經來
　　了/昨天誰也沒來。

過來 從一個地點向說話人(或敘述對象所在
　　地)來:上游有隻小船過來了/那個過來的人,
　　很面熟。

來臨 來到,到來:歡迎貴賓來臨/春天已經來
　　臨。

到來 來到:客人們都到來了/颱風到來之前,
　　就要做好防颱工作。

紛至沓來＊ 接二連三地到來。

接踵而來＊ 一個跟著一個地到來。

去 從所在的地方到別的地方:他已經從紐約去
　　巴黎/我去車站接人。

過去 離開或經過說話人(或敘述對象)所在地
　　向另一地點去:你在這裡等著,讓我先過去買
　　票/一輛汽車剛從門前過去。

往 去:人來人往/一同前往/一個往東,一個往
　　西。

前往 前去;去:欣然前往/專程前往災區考察。

到 往:到農村去/到博物館參觀。

赴 ❶前往;到(某處)去:赴會/赴京。❷投身進
　　去:全力以赴/赴湯蹈火。

來回 ❶在一段距離內來了再去或去了再來:從
　　大阪到京都,當天可以來回/他回家鄉來回一
　　次要花很多錢。❷來來去去不止一次:巡邏
　　人員在這條街上不停地來回。

來去 來了再去或去了再來;從宿舍到機關有交

通車,來去很方便。

來往 來和去:翻修路面,禁止車輛來往/大街
　　上來往的人川流不息。□**往來**。

往返 去了又回來;反覆來回:上鎮趕集往返一
　　次要走三小時/往返星馬之間/徒勞往返。

往復 往來:賓主往復。

往還 往來:兩人常有書信往還。

過往 來去:今天趕集,路上過往的人很多。

J1－20 動： 進‧出

進 從外面到裡面:門開著,誰都可以進/進工
　　廠做工。

進來 從外面到裡面來:請進來,屋裡暖和/把
　　門關上,叫他進不來。

進去 從外面到裡面去:他在屋裡,你進去吧/
　　洞口太小,我進不去。

進入 到了某個範圍:進入學校/進入船艙。

涉足 進入某種環境、領域:這裡較為荒僻,遊人
　　很少涉足/涉足社會/涉足學術研究。

入 進來或進去:入境/請勿入內/由淺入深。

潛入 秘密地進入:潛入敵後。

步入 走進:代表們精神奕奕地步入會場。

闖入 〈書〉擅自闖入;混進:闖入民宅。

出 從裡面到外面:出國/出了這條街,一拐彎
　　就到/出出進進的,幹什麼呀?

出來 從裡面到外面來:你快出來,外面有人找/
　　你明天出得來出不來?

出去 從裡面到外面去:屋裡很悶熱,還是出去
　　走走的好/門口人多,你出不去了。

出入 出去和進來:由此出入/出入隨手關門。

進出 進來和出去:過道不要堆雜物,免得妨礙
　　進出/進出圖書館,請出示學生證。

J1－21 動： 前進

前進 向前行動或發展:隊伍踏著整齊的步伐前
　　進/教育事業在前進。

進 向前移動:進軍/進一步/不進則退。

邁進 大步前進:部隊迅速向前邁進。

挺進 迅速地向前進:部隊順著大道向北挺進。

奮進 奮勇前進:在科學大道上不斷奮進。

並進 不分先後,同時前進:齊頭並進。

躍進 ❶跳著前進:戰士們沿著左側向前躍進。
❷比喻極快地前進:他們的生產量比前階段
躍進了一大步。

猛進 勇敢地前進,很快地前進:高歌猛進/工
業生產突飛猛進。

急進 快速地前進:賽艇搏浪急進。

一往無前* 不怕困難,無可阻擋,一直向前。

勇往直前* 奮勇地一直前進。

J1－22 動: 後退

後退 向後退;退回:後面有人,不要再後退了/
面對重重困難,他沒有畏縮後退。

退 ❶向後移動:進退兩難/快站住,沒有地方
可退了。❷使向後移動:退敵/退子彈。

退回 返回原來的地方:道路不通,只得退回原
地。

退縮 向後退;畏縮:前面就是刀山、火海,我也
決不退縮/退縮不前。

退卻 後退;畏難退縮:敵人的部隊正在退卻/
困難很大,他們並沒有退卻。

退走 向後退;退卻:現在退走還來得及。

卻步 因畏懼或厭惡而後退:望而卻步/卻步不
前。

J1－23 動: 停止

停止 動作中斷或不再進行:停止前進/他們的
談話停止了片刻。

停 停止;停留:這件事暫時停辦/我在西雅圖
停了一天,才轉機去洛杉磯。

停歇 停止行動而休息:遊客停息在樹蔭下。

停留 暫時停在一處:如果你需要,可以停留一

陣子/門口停留著一輛汽車。

止 停止:適可而止/笑聲不止。

止步 停止腳步,不再向前走:止步不前/別送
了,請止步/遊人止步。

止息 停止:工作不告一段落他就不止息。□止
歇。

站 在行進中暫時停留:等車站穩了再下去/不
怕慢,只怕站。

站住 停止前進:請站住,我有話跟你說/他在
商店門口站住了。

站住腳 ❶停止行動:他突然站住腳,不向前跑
了。❷停在某個地方:忙得站不住腳。❸在
某個地方待下去:他在鎮上站住腳了。

駐足 停步;停留:他駐足回頭看了一眼。

斂足 〈書〉收住腳步,不再往前:斂足而退。

裹足不前* 把腳纏住不能前進,比喻有顧慮而
停止不前:不要遇到困難就裹足不前。

J1－24 動: 通過

通過 從一端到另一端或從一側到另一側;經
過;穿過:汽車通過了隧道/運輸隊通過封鎖
線。

經過 通過(處所、時間、動作等):大橋經過三年
才建成/理論要經過實踐的驗證。

經 經過:途經美國/經年累月/未經允許,不准
入內。

經由 經過某地或某條路線:從渥太華經由香港
去印度。

由 經過;經由:必由之路/由水路入川。

穿 通過(孔隙、道路、空地等):穿針引線/橫穿
馬路/穿大街走小巷/穿山越嶺。

穿過 穿;通過:騎車穿過十字路口。

穿越 穿過;通過:飛機穿越森林上空/戰士穿
越敵人封鎖線。

過 從一處到另一處;經過;通過:過河/過橋/
招搖過市。

J1－25 動： 拐彎·繞圈子

拐彎 行進時改變原來的方向:車子拐彎要慢
　　行。

拐 改變方向行進:往東一拐到了新村/一直朝
　　前走,再向左拐一個彎兒。

轉拐 拐彎:在街口轉拐時,他找到了那串鑰匙。

轉彎 拐彎:宿舍離教室很近,一轉彎就到了。

彎 拐彎:一直走,再向左彎/彎過大樓就是書
　　店。

繞 走彎曲迂迴的路:繞過暗礁/此處修路,車
　　輛繞行。

兜 繞:兜圈子/開車子從村後兜過來。

繞圈子* 走迂迴曲折的路:第一次上你家,繞圈
　　子走了冤枉路。

兜圈子* 繞圈子:飛機在村子上空兜了兩個圈
　　子就飛走了。

拐彎抹角* 拐彎兒;轉彎:汽車拐彎抹角,終於
　　找到了宿營地。□**轉彎抹角***。

J1－26 動、形等： 繞道·順路

繞遠兒 ❶〔動〕不走近路而走較遠的路:我寧可
　　繞遠兒也不翻山。❷〔形〕路曲折而較遠:這
　　條路繞遠兒,還是走小路好。

繞道 〔動〕不走近路而走繞遠的路:他繞道香港
　　才回美國/前面有個水潭,請你繞道走。

抄近兒 〔動〕走較近的路:他抄近兒從小路回去
　　了。

抄道 〔動〕抄近兒:要是抄道,可以少走五里路。

順路 ❶〔形〕路沒有曲折阻礙,走起來方便:這
　　麼走順路,不繞遠兒。❷〔副〕沿著所走的路
　　線(到某處):他在洛杉磯開完會,順路到舊金
　　山看望姑母。□**順道**。

順腳 ❶〔形〕路沒有曲折,不繞遠兒;順路:從這
　　條路走順腳。❷〔副〕趁車馬等要去某個地方
　　的方便:車回來時順腳把書運來。

J1－27 動： 靠近·接近

靠近 向一定目標移動,使彼此間的距離縮小:
　　火車進站後慢慢地靠近月臺。

靠 靠近;挨近:大船靠岸了/行人靠邊走。

靠攏 挨近;靠近:小船向大船靠攏。/請大家
　　靠攏一點。

挨 ❶靠近:他家緊挨著工廠/挨肩坐著。❷依
　　次:學生們一個挨一個走進會場。

挨近 靠近:挨近我一點點,大家暖和些。

接近 靠近:前鋒已接近對方的球門/群眾都願
　　意和他接近。

湊 接近;靠近:湊到跟前/湊到門邊,向外張
　　望。

湊近 靠近:他湊近我的耳朵,輕聲地說。

貼 靠近;緊接著:貼身衣服/他貼著牆走過來。

貼近 緊緊地挨近:孩子貼近媽媽耳邊,低聲地
　　說了幾句話。

逼 十分靠近;接近:大軍已逼縣城,敵人驚慌失
　　措。

逼近 靠近、接近:聯考的日子漸漸逼近了/腳
　　步聲越來越逼近了。

進逼 向前逼近:步步進逼。

臨近 靠近;接近:療養院臨近湖邊/臨近節日。

迫近 接近;逼近:前鋒隊員迫近球門/迫近勝
　　利。

切近 靠近;貼近:切近花壇的地方圍著許多遊
　　客。

J1－28 動： 跟隨

跟隨 在後面緊接著向同一方向行動:他跑得
　　快,你要緊緊跟隨/他從小就跟隨父親在山裡
　　打獵。

跟 跟隨:你跟我來/跟著隊伍走。

隨 跟隨:隨軍前進/隨聲附和。

隨從 跟隨:我隨從調查組到了石油化工廠。

尾隨 跟隨在後面:他發現自己身後有人尾隨。

追隨 跟隨:送行的人追隨著列車,向前奔跑／他像影子一樣地緊緊追隨著她。

J1－29 動: 追趕‧超過

追趕 加快速度跟上(走在前面的人、動物或事物):落後的人已經追趕上來了／努力追趕世界先進技術水準。

追 追趕:急起直追／快點跑,追上前面的人。

追逐 追趕:他騎著摩托車追逐肇事的車子。

尾追 緊跟在後面追趕:她一面不住地喊「抓小偷」,一面緊緊地尾追著。

趕 追趕:你追我趕／趕上先進水準。

攆 〈方〉追趕:我攆不上他／努力攆上。

逐 追趕;追逐:隨波逐流／逐鹿中原。

趕得上 追得上;跟得上:你先去吧,我走得快,趕得上你。

趕不上 追不上;跟不上:他已經趁車走了,趕不上了。

超過 由(人、物、事)後面趕到前面:他加快步伐,一連超過三、四個人／摩托車超過了大卡車／他在這方面的成就超過了前人。

超 超過:超員／超產／超水準。

超越 超過;越過:他加快步子,超越前面的選手,首先到達終點／我們要超越一切障礙,爭取勝利。

趕超 趕上並超過:我們要趕超世界先進水準。

J1－30 動: 驅逐

驅逐 強迫使離開;趕走:驅逐蚊蟲／把間諜驅逐出境。

驅除 趕走;排除:入境的匪徒被全部驅除／驅除心中的雜念。

逐 驅逐:逐客／逐出門外。

趕 驅逐:趕蒼蠅／把敵人趕出去。

趕走 驅逐使離開:鬧事的人被趕走了。□**趕跑**。

驅趕 驅逐;趕走:驅趕蚊蠅／驅趕閒人。

轟 驅逐;趕走:他被轟出家門／轟麻雀。

攆 驅逐;趕走:攆他出去／他是客人,不能攆。

J1－31 動: 阻止

阻止 使不能前進;使停止行動:前面道路坍方,必須阻止車輛來往／他的做法太魯莽,要設法阻止。

阻 阻止;阻礙:通行無阻／推三阻四。

止 攔阻;使停止:止得住／止不住哭泣／止咳。

阻礙 使不能順利通過或發展:阻礙交通／阻礙生產力的發展。

阻擋 阻止;擋住:滾滾江流不可阻擋／他已下了決心,你阻擋也沒用。

阻截 阻擋;截住:河水在這裡被大壩阻截住了。

阻攔 阻止;攔住:他一定要去,你不要阻攔。□**攔阻**。

攔 不讓通過,使中途停止;阻擋:攔住去路／你願意去,我們不攔你。

攔擋 阻攔:攔擋住罪犯的車輛。

攔截 中途阻攔;截住:我們攔截住了飛彈。／攔截洪水的大壩,屹立江中。

攔路 攔住去路:攔路搶劫。

遮攔 遮擋:營造防風林來遮攔大風。

遮擋 遮蔽攔擋:遮擋寒風／弟弟要打人,哥哥急忙上前遮擋。

擋 阻攔;遮擋:擋住洞口／兵來將擋／山高擋不住太陽。

J1－32 動: 逃跑

逃跑 為躲避不利於自己的處境而離開:山洪暴發之前,村裡人都已逃跑了。□**逃走**。

逃 逃跑:敵人逃不出去了／追殲逃敵。

逃奔 逃跑(到別的地方):瘟疫發生後,不少人逃奔到外地。□**奔逃**。

逃脫 逃跑:不要讓歹徒逃脫了。

脫逃 脫身逃走:臨陣脫逃／趁大家忙碌時,他脫逃了。

逃遁 逃跑;逃避:敵人倉惶逃遁。□遁逃。

逃逸 〈書〉逃跑:流竄犯被困在小島上無法逃逸。

免脫 〈書〉比喻迅速地逃掉:不讓敵人免脫。

潛逃 偷偷地逃跑:罪犯攜款潛逃。

跑 逃走:敵人已沒處跑了。

溜 偷偷地跑掉:悄悄地從後門溜出去。

溜號 〈方〉(溜號兒)溜走:戲沒演完,他就溜號了。

逃之夭夭 * 《詩·周南·桃夭》中有「桃之夭夭」一句。因「桃」和「逃」同音,後人藉諧音改為「逃之夭夭」,用作為「逃跑」的詼諧語。

金蟬脫殼 * 蟬變為成蟲時脫去幼蟲的殼,殼留下,蟬飛走,比喻用計脫逃而使對方不能及時發覺。

J1－33 動： 逃竄·逃散

逃竄 逃跑流竄;驚慌地逃跑:潰散的敵人紛紛逃竄。□竄逃。

竄 逃跑;亂逃:抱頭鼠竄／東逃西竄。

流竄 (匪徒、敵人)亂逃:逃犯到處流竄。

出走 被環境所迫不聲張地離開家庭或當地:為了爭取婚姻自主,她決定離家出走。

出奔 出走:出奔國外／離家出奔。

出逃 逃離家庭或國家:難民企圖越境出逃。

出亡 出走;逃亡:出亡海外。

逃亡 逃跑而流浪在外:逃亡他鄉／四散逃亡。

逃匿 逃跑並躲藏起來:逃匿山林／無處逃匿。

亡命 逃亡;流亡:亡命國外。

逃散 向各處逃跑;逃亡失散:姐弟倆是四十年前家鄉淪陷時逃散的。

鳥獸散 * 形容人群像受驚的鳥獸一樣四處逃散:如鳥獸散／作鳥獸散。

樹倒猢猻散 * 比喻為首的人或勢力垮了,隨從的人一哄而散。

J1－34 動： 躲避·隱藏

躲避 ❶隱蔽起來,不讓人看見:不知他躲避什麼地方,怎麼也找不到。／這幾天他好像有意躲避我,見了面招呼都不打。❷離開對自己不利的事物:下雨了,找個地方躲避一下／不要躲避困難。

躲 躲避;躲藏:快躲起來／躲雨／明槍易躲,暗箭難防。

避 躲開;讓開:避風／不避艱險／避重就輕。

退避 退後並躲開:退避三舍／他退避一旁,靜觀動靜。

迴避 讓開;躲開:我先找他談,你迴避一下／他迴避了我提的問題。

逃避 對不願或不敢接觸的事物有意躲開:逃避責任／逃避困難。

閃避 迅速地側身向旁邊躲開:驚馬迎面奔來,他閃避不及。

閃 閃避:閃開／閃到屋檐下。

躲閃 迅速地避開;閃避:小王躲閃不及,撞到老師身上。□閃躲。

畏避 因畏懼而躲避:無所畏避／陌生人進門,孩子畏避在媽媽身後。

躲藏 把身體隱蔽起來,使人看不見:孩子躲藏在樹後面。□藏躲。

藏 躲藏;隱藏:他藏在屋裡,不肯出來。

藏身 躲藏在某處居住生活:藏身之處。

藏蹤 〈書〉躲藏;隱藏蹤跡。

藏匿 藏起來不讓人發現:有通緝犯在這個山洞裡藏匿過。

匿 隱藏;隱瞞:匿影藏形／匿名。

匿迹 隱藏起來,不再露面:銷聲匿迹／匿迹山林。

斂迹 隱藏起來,不敢再出頭露面:從此壞人斂

迹,不敢敲詐勒索。

隱藏 藏起來,不讓發現:人和東西都隱藏起來了。

隱蔽 藉別的事物來遮掩:游擊隊隱蔽在高粱地裡/深山密林隱蔽著不少珍奇動物。

隱匿 隱藏:他並不開燈,想把自己隱匿在黑暗裡/隱匿眞實情況。

隱伏 隱蔽,潛伏:這裡林木茂盛,可能有敵人隱伏。

暗藏 秘密地躲藏或隱藏:小分隊暗藏在山洞裡/暗藏武器。

潛藏 深藏,不易發覺;隱藏:這一帶有潛藏的毒蛇/當時還沒有看到潛藏在大好形勢下的危機。

隱沒 隱藏;漸漸消失:他隱沒在叢莽中。

掩藏 隱藏;遮掩住,不讓發現:他掩藏在老百姓家裡,躲過了特務的搜查/他把自己的痛苦掩藏起來。

遮藏 掩藏;遮蔽:茂密的森林遮藏了陽光。

潛伏 潛藏;埋伏:潛伏著發病的危險/特務安圖長期潛伏。

潛蹤 隱藏蹤迹:盜賊潛蹤。

龜縮 烏龜把頭縮進殼裡,比喻因畏怯而躲藏起來:敵人龜縮在城裡不敢出來。

埋伏 隱藏;潛伏:四面埋伏。

匿伏 暗藏;潛伏:搜索匿伏的殘敵。

伏 隱藏:晝伏夜出。

J1－35 動： 跟蹤

跟蹤 緊跟在後面(追趕、監視):跟蹤追擊/他沒有料到背後有人跟蹤。

釘梢　盯梢 不懷好意地暗中跟蹤:他後面有人釘梢。

釘 緊跟著不放鬆:他被特務釘住了/小張一上場,就被對方球員釘住了。

追蹤 按蹤迹追趕或根據線索尋找:追蹤了一百多里,終於抓住了逃犯。

躡蹤 〈書〉追蹤。

J1－36 名： 蹤迹・下落

蹤迹 人或動物留下的痕跡:荒僻山地不見行人蹤迹。/歹徒行動詭秘,卻有蹤迹可尋。

蹤 腳印;蹤迹:失蹤/無影無蹤/跟蹤追擊。

蹤影 蹤迹和形影:蹤影全無/好幾天不見他的蹤影。

萍蹤 〈書〉比喻蹤迹漂泊不定,像浮萍一樣:萍蹤無定。

行蹤 行動的蹤迹(指人經過、停留的地方):行蹤飄忽/沒有人知道他的行蹤。

行迹 行蹤:行迹無定/行迹詭秘。

行止 〈書〉行蹤:行止無定。

腳印 (～兒)腳踏過留下的痕跡:一步一個腳印。

腳迹 腳印:留下清晰的腳迹。

足迹 腳印:祖國各個角落都留有勘探隊員的足迹。

人迹 人的足迹:人迹罕至/荒山深谷,不見人迹。

下落 尋找中的人或物所在的地方:不知下落/下落不明/你要找的那本書已經有了下落。

著落 ❶下落:遺失的公文包有著落了。❷可以依靠的地方或有指望的來源:經費有了著落,可是人員還沒有著落。

歸宿 最終的著落;結局:經有關部門就業安排,他終於有了歸宿/人生的歸宿。

去處 去的地方:他心裡有去處,卻不告訴人。

去向 去的方向:去向已定/不知去向。

J1－37 動： 尋找

尋找 爲了得到所需求的人或事物而努力行動:尋找失散的夥伴/尋找走出深林的路/尋找眞理。□找尋。

找 尋找:找人／衣服找到了。

尋 找:尋人／尋根究柢。

尋覓 尋找:尋覓歷史文物。

尋求 尋找;追求:尋求知識／尋求解決問題的
辦法。

尋摸 〈口〉尋找:尋摸住處。

撈摸 〈口〉在水裡尋找:在河裡撈摸魚蝦。

摸索 尋找(多指方法、方向、經驗等):摸索出一
些工作經驗／黑暗中他在摸索掉在地上的一
本書。

搜 仔細尋找:這裡沒有,去那屋裡搜一搜。

搜尋 到處尋找:他從各地搜尋了不少中藥秘方
／仔細搜尋,一定能找到。

追尋 按蹤跡或線索尋找:追尋失主。

搜索 仔細查找(隱藏的人或物):搜索殘敵／四
處搜索。

物色 尋找(需要的人才或東西):物色人才／你
需要的衣料,我物色最好的送過來。

淘換 〈方〉尋覓;設法尋求:這個老式懷錶是在
舊貨商店淘換到的。

蹓摸 〈口〉尋找:你在門前蹓摸什麼?

按圖索驥＊ 按照圖像去尋求好馬,比喻按照計
畫或線索尋找。也用來形容辦事機械、死板。

J1－38 動: 迷路・失蹤

迷路 行走時迷失了方向:他走了岔道,迷路了。

迷途 迷路:迷途知返／誤入迷途。

迷失 分辨不清;走錯(方向、道路等):迷失方向
／他迷失在窄巷中找不到出路。

走失 (人、畜)出去後迷失歸路或不知下落:女
兒走失了,媽媽非常焦急／他家走失了一隻
羊。

失蹤 下落不明;不見了:飛機失事後,有幾位旅
客失蹤了／才一眨眼的功夫,書籍、紙張、筆硯
竟然都失蹤了。

杳 〈書〉遠得不見蹤影:杳無音信／音容已杳。

杳如黃鶴＊ 唐代崔顥〈黃鶴樓〉詩:「黃鶴一去不
復返,白雲千載空悠悠。」後來用「杳如黃鶴」
比喻人或物一去不見蹤影。

J2 旅 行

J2－1 動: 旅行

旅行 為了辦事、參觀、遊覽到外地去(多指較遠
的路程):全家去澳洲旅行／結婚旅行。

遠行 到比較遠的地方去:他是第一次離家遠
行。

同行 一起旅行;一起走:這次去遊學他和我同
行／兩人同行了一段路。

同路 一路同行:你也去巴黎,咱們同路。

偕行 一同走:我這次赴美,她正臥病,未能偕
行。

長征 長途旅行;長途出征:他赴非洲採訪,長征
於千里途中。

跋涉 爬山蹚水,形容旅途艱苦地行進:長途跋
涉。

跋山涉水＊ 爬山蹚水,形容艱苦地走遠路。

翻山越嶺＊ 爬過很多山嶺,形容辛苦地長途奔
波。

J2－2 動: 遊覽・遊玩

遊覽 從容地觀賞、遊玩(風景、名勝):貴賓們遊
覽了金字塔／遊覽名勝。

旅遊 旅行遊覽:外國人來中國旅遊觀光。

遊歷 遊覽、考察(多指到較遠的地方):他曾經
遊歷了歐美許多國家。

遊行 行蹤無定地漫遊:遊行四方。

遊逛 遊覽;閒逛:他到處遊逛／遊逛了加州好
幾處名勝。

遊玩 遊逛:我們在山上遊玩一回。

遠足 徒步到較遠處旅行:他年紀雖大,尚能遠

足/學校組織了一次遠足。

登臨 登山臨水,指遊覽山水:我們訪問日本,曾經登臨富士山。

觀光 (到外地或外國)參觀景物:僑胞回國觀光/外賓觀光了歷史古城。

出遊 外出遊歷:他忙於事務,很少出遊。

漫遊 隨意不受拘束地遊玩:在名山勝水間漫遊。

遨遊 漫遊;遊歷:遨遊太空/遨遊名山大川。

暢遊 盡情地遊覽:暢遊康橋/他們在黃石公園裡暢遊了一天。

浪遊 漫無目標地到處遊逛:爲了教育好孩子,父親不再外出浪遊了。

倦遊 遊玩的興趣已盡:他倦游歸來。

雲遊 到處漫遊,行蹤無定:他從此雲遊天下,四海爲家。

遊方 雲遊四方:遊方和尚。

優游 悠閒地遊覽:優游林泉/他退休後,常優游於名山大澤間湖邊。

郊遊 到郊外遊覽:老師帶領小朋友去郊遊了。

野遊 到野外遊玩:學校的幾十名教師到山上野遊。

周遊 到處遊歷;遊遍:周遊世界/周遊四方。

臥遊 〈書〉指讀遊記或欣賞山水畫、圖片等從中得到遊覽的樂趣。

神遊 〈書〉感覺中好像遊歷某地:讀著生動的記敘,我也隨作者到北海道神遊一番。

巡遊 巡行遊歷:我多麼想再一次去巡遊那繁華的市街。

J2−3 名: 路程·旅途

路程 道路的距離:從這裡到縣城有三十里路程/路程遙遠。

路 路程:路不遠/來回有三里路。

路途 路程:路途遙遠。

里程 路程:往返里程/運輸里程。

行程 行走的路程:行程萬里/縮短行程。

途程 路程(多用於比喻):途程多險/人類進化的途程。

旅程 旅行的路程:旅程艱辛/漫長的旅程。

旅途 旅行的路途:旅途見聞/他在旅途中也不放鬆學習。

舟車 〈書〉藉指旅途:舟車勞頓。

鞍馬 〈書〉鞍子和馬,藉指騎馬旅行或戰鬥的生活:鞍馬勞頓/鞍馬生活。

遠程 長距離的路程:遠程運輸/遠程航行。

遠路 遠程;遠道:走遠路/遠路來訪。

遠道 距離遠的道路:遠道歸來/走遠道。

長途 長距離的路程;遠程:長途旅行/長途電話。

近程 距離近的路程:近程旅行。

近路 距離短的道路:抄近路。

近道 近路:走近道。

短途 短距離的路程;近程:短途販運。

回程 返回的路程:回程車/回程票。

歸程 回來的路程:早日踏上歸程。

歸途 回來的路途:踏上歸途/在歸途中,大家仍然有說有笑。

單程 指一來或一去的行程:單程車票。

征程 遠行的路程:踏上征程。

征途 遠行的路途;行程:不怕征途上有多少艱難險阻。

J2−4 名: 全程·半路

全程 全部路程:馬拉松賽跑全程爲 42.195 公里。

單程 一來或一去的行程:這段路單程就有五十公里。

半路 路程的一半或中間:走到半路天下雨了/半路上停著一輛卡車。

半途 半路:半途而廢。

半道兒 〈口〉半路:半道兒碰見了熟人。

中途 半路:中途休息／汽車中途發生了故障。

中道 〈書〉半路;中途:中道分離／中道而返。

J2－5 動: 出發

出發 離開原來的地方到別處去:收拾好行裝,
連夜出發了／飛機從漢城出發直達東京。

動身 出發;啓程:我明天動身去廣州。

上路 走上路程;出發:我明天上路,行裝已準備
好了。

起程 行程開始;踏上行程:旅行團準備起程。

啓程 起程。

登程 上路;起程:他歸心如箭,恨不得馬上登
程。

首途 〈書〉動身;出發:首途進京／首途來華。

打前站* 在行軍或集體出行時,先派人到將要
停留或到達的地點辦理食宿等事務:這個班
爲連隊打前站去了。

起旱 〈方〉不走水路,走陸路(多指徒步):他是
起旱來到這裡的。

J2－6 動: 出外

出外 到外地去:出外謀生。

外出 出外:外出旅遊。

出門 ❶外出:他出門購物去了。❷離家遠行:
他出門好幾天了。

出行 出外:這次出行去過十幾個大城市。

出走 悄悄地離開家庭或住地:離家出走／倉猝
出走。

J2－7 動: 出境·入境

出境 離開國境或某個地區:驅逐出境／他辦理
完手續就出境了。

出國 離開本國到別國去:出國留學／他是去年
出國的。

出洋 指到外國去:出洋考察／出洋留學。

入境 進入國境:入境簽證／他是去年入境的。

越境 非法入境或出境;偷越國境:越境逃跑。

J2－8 動: 趕路

趕路 爲了早到目標地而加快腳步行走:早點睡
吧,明天還要趕路。

兼程 一天走兩天的路程;用加倍的速度趕路:
兼程前進／晝夜兼程。

抄道 走捷徑:抄道走,可以少走許多路。

趲 趕(路);快走(多見於早期白話。):趲路／緊
趲了一程。

J2－9 動: 帶路

帶路 帶領不認識路的人行進:他在前面帶路。

引路 帶路:初到此地,要找個人引路。

領路 帶路:隊長在前面領路。

領道 〈口〉帶路:找個人領道。

帶領 在前頭引領後面的人前進:工作人員帶領
他們進了會場。

嚮導 帶路;指引:這一帶地形複雜,需要有人嚮
導。

引導 帶領;引路:教師引導學生參觀展覽會。

前導 在前面引路;引導:請你前導,我們跟著。

先導 引路;前導:隊長在前面先導,全隊緊緊跟
上。

開路 在前面引路:開路先鋒。

開道 在前面引路:鳴鑼開道。

J2－10 動: 路過·取道·巡迴

路過 路途中經過(某地):我從西雅圖去曼谷,
路過香港。

行經 行程中經過:火車行經漢堡,正是子夜時
分。

途經 途中經過;路過:幾次途經風景區,他都沒
有停留。

取道 指選取由某地經過的路線:由楚國軍隊取
道韓國,與強秦對峙。

改道　改變行走的路線:汽車改道行駛／中途改道去新加坡。

轉道　改道;繞道:不少臺灣同胞轉道港澳來大陸探親。

巡迴　按一定路線到各處(活動):在展覽會裡,大家巡迴參觀了一遍／巡迴演出。

巡行　巡迴:長途巡行／巡行各地。

J2－11 動：　到達

到達　到了(某一地點、某一階段):客人們今天到達紐約／在五月裡,大橋工程到達了它的最高潮。

到　達於某一點;到達;達到:列車明天到巴塞隆納。

至　到:自始至終。

達　到;至:乘快車直達西伯利亞／欲速則不達。

通　有道路到達:四通八達／新建公路通往國境邊陲。

抵　〈書〉抵達;到達:平安抵京／按時抵美國。

抵達　到達(某地):我是在一九三九年抵達英國的。

直達　中途不換車換船、不停靠,直接到達:坐夜車直達歐陸／她雇了一輛三輪車,直達學校。

進抵　前進到達某地:部隊已在今晨進抵國防重鎮。

安抵　平安到達:我希望他們今天已安抵國門。

J2－12 動：　返回

返回　回;回到(原地):返回出發點／太空船返回地面。

回返　返回:迅速回返。

回　從別處到原來的地方:回家／回城。

還　回到原地:還鄉。

返　返回;回來:流連忘返／一去不復返。

歸　返回;回來:歸國／滿載而歸。

旋　回來;回到:凱旋／旋里。

回來　從別處到原來的地方來:他今天從渥太華回來。

回去　從別處到原來的地方去:他自從離開家鄉,一次也沒有回去。

折回　掉轉方向返回:半路上下起雨來,他又折回家裡。

折返　折回:一架飛機忽然折返,在市鎮上空盤旋。

J2－13 動：　停留

停留　暫時不前進,停在某處:代表團要在瑞士停留兩天再去德國／車輛不能在這裡停留。

留　停止在某一個地方或地位上不動;不離去:畢業後,他留在學校裡當教師／留在家鄉工作。

逗留　短暫地停留:經過埃及,逗留了幾天。

勾留　因耽擱而逗留:他沒有趕上航班,在機場勾留一天。

久留　長時間地停留:家中有事,不便久留／這裡不是久留之地。

羈留　長期停留(在外地):在外羈留多年。

淹留　〈書〉長期停留:淹留病榻／淹留他鄉。

盤桓　〈書〉徘徊;逗留:他在東京盤桓三天,才回新宿。

滯留　停留;不離開:他滯留這裡快一年了。

悶　待在家裡,不到外面去:他整天悶在家裡讀書。

待　〈口〉停留:他在家裡待了一個月。也作**呆**。

J2－14 動：　住宿

住宿　臨時在外居住(多指過夜):在學校住宿／他做田野調查時住宿在農民家裡。

宿　夜裡睡覺;過夜:宿營／在親戚家宿了一夜。

歇宿　住宿:找個地方歇宿。

過夜　度過一夜,多指在外住宿:昨天我在他家裡過夜。

下店 到客店住宿:早期農民進城常常爲下店發愁。

下榻 〈書〉指客人住宿:代表團下榻在一家五星級飯店。

投宿 找地方住宿:天快黑了,找家旅館投宿。

借宿 借他人的地方住宿:勘探隊在老鄉家裡借宿一夜。

寄宿 ❶借宿:我寄宿在親戚家裡。❷學生在學校宿舍裡住宿:我大學四年都寄宿在學校裡。

留宿 ❶停留下來住宿:已經很晚了,我們就在這裡留宿吧。❷留別人住宿:不要隨意留宿陌生人。

露宿 在室外或野外住宿:露宿街頭/他成天成夜在野地裡露宿風餐。

開房間* 〈方〉租用旅館的房間住宿。

J2－15 名: 旅客·遊客

旅客 出外旅行的人:南來北往的旅客日益增多/旅客絡繹不絕地離開車站。

行旅 〈書〉走遠路的旅客:行旅往來。

旅伴 旅途中的同伴:他是我去歐洲時的旅伴。

遊子 〈書〉長期在外或久居他鄉的人:海外遊子/遊子思鄉。

遊客 遊覽的人:遊客止步/接待遊客。

遊人 遊覽的人:春暖花開,萊茵湖畔遊人如織。

遊伴 遊玩的同伴:找到了一位遊伴/他既是遊伴,又是翻譯。

遠客 遠方來的客人:遠客臨門/款待來自非洲的遠客。

過客 過路的客人;旅客:接待來往過客/來去匆匆的過客。

客人 指旅客:這家旅館招待客人熱情周到。

行人 ❶在路上走的人:行人要走行人道。❷〈書〉出外或出征的人:遠方行人。

J2－16 名: 旅館·客店

旅館 營業性的旅客住宿的地方。

旅社 旅館(多用做旅館的名稱):東方旅社。

旅店 旅館。

賓館 設備講究、招待來賓住宿的地方:高級賓館。

客館 〈書〉招待賓客住宿的地方。

飯店 設備好規模較大的旅館。

旅舍 〈書〉旅館。

客舍 〈書〉旅館。

逆旅 〈書〉旅館。

旅次 〈書〉旅途中暫時住宿的地方。

途次 〈書〉旅次。

下處 出門人暫時住宿的地方:下處離此不遠。

客店 規模小設備簡陋的旅館。

客棧 設備簡陋的旅館,舊時有的兼供客商堆貨並代辦轉運。

棧房 〈方〉旅館;客棧。

馬店 主要供馬幫客人住宿的簡陋小客店。

雞毛店 舊指最簡陋的小客店。

招待所 企事業單位接待所屬單位來往的人或其他賓客的住宿處。

J2－17 名: 路費

路費 旅程中用於交通、伙食、住宿等方面的費用:出門多帶些路費。□旅費。

車錢 乘車所用的費用:這次旅遊車錢用了不少。

車馬費 指因公外出時用於交通方面的費用:出差可以預支車馬費。

盤費 〈口〉路費。

盤纏 〈口〉路費。□盤川。

川資 旅費;路費。

J2－18 名: 行李

行李 外出遠行時所帶的衣箱、鋪蓋等:行李包裹/托運行李。

行李卷兒 搬運時捲成卷兒的被褥:如今出門帶

行李卷兒的人少了。也叫**鋪蓋卷兒**。

行裝　旅行時帶的衣服、被褥等:整理行裝／行裝準備完畢。

行囊　〈書〉出門時攜帶的包裹、口袋等:收拾行囊。

旅行袋　供出門裝東西用的包或袋子。□**旅行包**。

行李車　運送行李用的小車。

J2－19 名:　旅行社

旅行社　一種專門辦理各項旅遊業務的機構。□**旅遊社**。

導遊　引導旅遊者遊覽的工作人員:他是一名經驗豐富的遊。

嚮導　帶路的人:勘探隊找了個當地人做嚮導。

J3　地方‧場所

J3－1 名:　地方

地方　❶地面、陸地、城市等的一部分:澳洲是氣候和暖的地方／市中心有一片商店密布的地方。❷空間的一部分或位置:你聽,飛機在什麼地方飛?／請你先找個地方坐下／這些畫房裡已沒有地方掛了。❸事物的部分、部位:這一篇有好的地方,也有壞的地方／請你先看看他腿部受傷的地方。

地　❶空間的一部分;地方:無地自容／這裡還有地兒,請過來坐。❷地區;地點:本地／外地／出生地。

地區　範圍較大的一塊地方:文教地區／丘陵地區。

地域　❶範圍廣大的地區:中國地域遼闊。❷指本鄉本土:地域觀念。

區域　按行政管理或自然條件劃分的地區範圍:區域自治／區域地質調查。

地帶　具有某種性質或範圍的一片地方:草原地帶／繁華地帶。

地面　〈口〉地區(多指行政區域):部隊已經進入山東地面。

地段　地面上的一段;地區:地段適中／鬧市地段／分地段管理交通。

地盤　占用或控制的地方:爭奪地盤。

處所　地方:英國是避暑的好處所。

所在　處所:在風景秀麗氣候宜人的所在建療養院／找到一個休息所在。

環境　周圍的地方:環境幽雅／環境衛生／污染環境。

J3－2 名:　場所

場所　供活動用的處所,地方:娛樂場所／公用場所。

場地　供體育活動、施工、堆物等用的空地:場地潮濕,暫停訓練。

場子　適應某種需要的較大的地方:空場子／雜耍場子。

場　❶場地;場子:會場／操場／市場／運動場。❷事情發生的地點:現場／當場。❸指某種活動範圍:官場／文場。

廣場　面積廣闊的場地;特指城市中的廣闊場地:市中心廣場。

J3－3 名:　地點‧地址

地點　所在的地方:開會地點／工作地點。

地址　居住或通訊的地點:填寫地址／這家工廠地址在郊縣。

住址　居住的地址(一般用城鎮、鄉村、街道的名稱和門牌號數表示):家庭住址。

新址　新的居住、辦公或通訊的地址:本公司定下個月遷往新址／寫信請寄新址。

舊址　❶過去居住或工作過的地址。❷遺址。

原址　原來的地址:搬回原址辦公。

遺址 已毀壞的建築物所在的地方：莫高窟遺址已經過整修。

故址 遺址；舊址：詩人白居易所居故址早已湮沒於世。

J3−4 名： 位置

位置 所在或所占的地方：這幾個城市的位置都在東南沿海一帶／大家按指定的位置坐下。

位 所在或所占的地方；位置：崗位／各就各位。

地位 （人或物）所占的地方：桌子放在原來的地位好。

部位 位置：公用部位。

坐位 座位 ❶公共場所供人坐的地方：離開坐位／票已賣完，坐位沒有了。❷指供人坐的椅子、凳子等：快給客人搬個坐位來。

座 坐位：滿座／讓座／座無虛席。

席位 會場上的、筵席上的坐位：美國代表團的席位。

席 坐位；席位：軟席／外賓席／席不暇暖。

座次 坐位的次序：排定座次。

席次 宴會上或集會上的座次：依席次入座。

上座 受尊敬的人的坐位：請坐上座。

末座 座次的末位；坐位分尊卑時，最卑的坐位：敬陪末座。

首席 最高或最尊的席位：坐首席。

J3−5 名： 城區‧市區

城區 城裡和靠近城的地區：擴建城區／城區商店林立。

城關 靠近城門一帶的城外地方，有時也指小縣城的城區。

城廂 城內和靠近城的地方，也泛指城市。

市區 城市中人口及房屋建築比較集中的地區。

街市 城市中商店較集中的地段。

鬧市 繁華熱鬧的街市：雖居鬧市，卻一塵不染。

市井 〈書〉街市；市場：市井無賴。

市廛 〈書〉商店集中的地方：市廛喧囂。

居民點 居民集中居住的地方。

貧民窟 城市中貧苦人集中居住的地方。

社區 根據人們共同生活的文化、經濟、群眾關係、公眾福利等社會因素劃分的一定區域：社區服務／社區文娛活動。

J3−6 名： 郊區

郊區 城市周圍屬這個城市管轄的地區。

郊 城市周圍的地區：東郊／郊。

市郊 城市所屬的郊區。

郊外 城市外面的地方：東京郊外名勝很多。

近郊 離城市較近的郊區：東京近郊。

四郊 城市周圍較近的地方。

遠郊 離城市較遠的郊區。

J3−7 名： 野外

野外 離居民點較遠的地方：野外露營／到野外採集標本。

野 野外：野火／露營／漫山遍野。

野地 野外的荒地：荒山野地。

郊野 郊外：一起去領略郊野風光。

荒野 荒涼的野外；荒郊：野獸出沒的荒野。

原野 距離城市較遠的廣闊平地：馬群在原野上奔馳／春天，枯黃的原野變綠了。

曠野 空曠的原野：曠野荒郊，四處無人。

荒原 荒涼的原野：一望無際的千里荒原。

四野 廣闊的原野，四周都是原野：四野茫茫，寂靜無聲。

平野 廣闊的平地：平野千里，一望無際。

山野 山嶺和原野：大雪過後，山野全白了。

田野 田地和原野：田野上一片春耕繁忙景象。

沃野 肥沃的田野：沃野千里。

J3−8 名： 本地

本地 人或物所在的或特指的某個地區：本地人

/本地口音/本地特產。

本土 原來的生長地;故鄉:本鄉本土/離開本土,謀生異地。

本鄉 ❶本土;故鄉:遣還本鄉。❷本地:大家都是本鄉人,要相互照顧。

本埠 人或物所在的商業城鎮;本市:本埠交通方便/本埠新聞。

當地 人、物所在的或事情發生的那個地方;本地:當地風俗習慣/這事發生後,當地政府十分重視。

此地 這個地方;本地:我來到此地,已有多年/此地物產豐富。

地面 〈口〉本地;當地:地面上的事,大家多關心。

鄉土 ❶本地:鄉土風味/鄉土教材。❷家鄉;本土:遠離鄉土/鄉土淪陷。

J3-9 名: 家鄉

家鄉 自己的家庭世代居住的地方;故鄉:愛家鄉,愛祖國/這幾年家鄉的變化眞大。

故鄉 出生或長久居住過的地方;家鄉:回故鄉探親訪友/巴黎是我的第二故鄉。

故土 故鄉:懷念故土。

故里 故鄉:重回故里。

故地 曾經居住過的地方:故地重遊。

故園 故鄉:故園風物依舊。

鄉里 家庭久居的小城鎮或農村;家鄉:舊日鄉里的面貌已大爲改觀。

鄉井 〈書〉家鄉:遠離鄉井。

家園 家鄉:重返家園/留戀家園。

桑梓 〈書〉桑和梓是古代家宅旁常栽種的樹,後用來比喻故鄉:他誠心想爲桑梓服務。

鄉梓 〈書〉家鄉;故鄉:鄉梓情深。

梓里 〈書〉故鄉:榮歸梓里。

J3-10 名: 外地

外地 本地以外的地方:外地產品/加強與外地

的聯繫。

外鄉 外地:外鄉人/外鄉口音/全家遷居外鄉。

外邊 〈口〉外地:他在外邊工作多年。

外埠 外地較大的城鎮:外埠客人/到外埠演出。

他鄉 離家鄉較遠的外地:作客他鄉/他鄉遇故知。

異鄉 外鄉;外地:流亡異鄉/異鄉作客。

異地 異鄉;外地:異地相逢。

客地 外地:客地人/異鄉客地/寄居客地。

客邊 客居的地方;外地:客邊人/客邊相識。

J3-11 名: 內地

內地 距離邊疆或沿海較遠的地區:沿海城市要加強與內地的聯繫。

腹地 靠近中心的地區;內地:深入腹地考察。

奧區 〈書〉❶深奧的區域;腹地。❷比喻事物的深處:性靈之奧區。

J3-12 名: 邊境

邊境 靠近邊界的地方:衛戍邊境。

邊疆 靠近國界的疆土;邊境地區:開發邊疆/支援邊疆建設。

邊陲 〈書〉靠近國界的地區;邊疆:守衛國家邊陲。

邊關 邊境上的關口:鎮守邊關/邊關報捷。

邊塞 邊疆地區的要塞;邊境:邊塞要地/邊塞烽火。

國門 比喻國境:禦敵於國門之外。

J3-13 名: 界線

界線 ❶兩個地區分界的線:劃定兩國交界的界線。❷不同事物的分界:界線分明/界線不清。

界限 不同事物的分界:是非之間,界限分明/不可混淆公私的界限。

界 界線;界限:地界/省界/以河流爲界。

分界 劃分不同地域、不同事物的線:兩省以河

流爲分界。

邊界 國和國或地區和地區之間的界線:越過邊
界/邊界糾紛。

疆界 國家或地區的界限:劃定疆界/以河流爲
疆界。

境界 疆界;土地的界限:進入山東境界。

國界 兩國之間的疆界:這條山脈是兩國的天然
國界。

地界 ❶兩塊土地之間的界線:取消地界,擴大
耕種面積。❷地區範圍:這裡已經是舊金山
地界了。

管界 管轄地區的邊界,也指管轄地區的範圍。

界石 做地界標誌的石碑或石塊。

界碑 樹立在交界處做分界標誌的石碑。

界樁 樹立在交界處做分界標誌的樁子。

J3−14 動: 鄰接・交界

鄰接 地區或處所接連:山東北部與河北鄰接/
和鋪面鄰接的是三間住房。

接鄰 地區相接連:河北南部和山東接鄰。

鄰近 兩地位置接近:這個城市鄰近避暑勝地廬
山/在鄰近車站的街道新開了幾家旅館。

比鄰 鄰近:他的家與學校比鄰/我們生當電子
時代,五洲在邇,四海比鄰。

毗連 〈書〉兩地接連:瑞士和德國毗連/毗連著
茶田的是一片高粱地。

毗鄰 〈書〉兩地相近或相連:酒店就坐落在一條
坊巷毗鄰大街的轉角處。

交界 兩地相連,有共同的疆界:這裡是緬甸與
泰國交界的地方。

接壤 兩地的疆土相連接;交界:芬蘭與挪威接
壤。

接界 交界:這裡是兩省接界的地方。

接境 接界:外蒙古與蘇聯西伯利亞接境。

J3−15 名: 國內・國外

國內 一個國家的國境以內:國內航線。

海內 古人認爲我國四面環海,因此稱國內爲海
內:海內有識之士/風行海內。

宇內 〈書〉四境之內,指天下:一統宇內。

國外 一個國家國境以外:引進國外先進技術/
去國外留學/寄居國外。

海外 國外:海外僑胞/揚名海外。

中外 中國和外國:馳名中外/中外人士。

J3−16 名: 遠方

遠方 遙遠的地方:遠方來客/有朋自遠方來。

天邊 指極遠的地方:遠在天邊,近在眼前。

天涯 天邊:遠在天涯,近在咫尺/天涯淪落人。

邊地 邊遠的地區:大力開發邊地。

邊鄙 〈書〉邊遠的地方:地處邊鄙。

絕域 〈書〉❶極遠的地方:效命絕域。❷與外界
隔絕難通的地方:身陷絕域。

天涯海角* 形容極偏僻遙遠的地方。也比喻兩
地相隔極遠。□**天涯地角***。

山南海北* 指遼遠的地方。

J3−17 名: 僻壤

僻壤 偏僻的地方:荒山僻壤。

窮鄉僻壤* 荒涼偏僻的地方。

角落 偏僻的地方:我的家鄉在山區一個偏遠的
角落。

角暗裡 〈方〉角落。

背旮旯兒 〈方〉角落;偏僻的地方。

J3−18 形: 偏僻

偏僻 離城市或中心區遠,交通不方便:偏僻的
山村/他家住在城西一個偏僻的巷弄裡。

鄉僻 距離城市遠而偏僻:住在鄉僻的山區,和
親友幾乎隔絕了。

偏遠 偏僻而遙遠:偏遠地區/地處偏遠。

荒僻 荒涼偏僻:荒僻的山區現今也改變了模
樣。

僻陋　偏僻荒涼;荒僻:僻陋的山村。

J3－19 名：　山區·水鄉

山區　多山的地區:建設山區。

山地　❶多山的地帶;山區:開發山地資源。❷在山上的農地:這種小型拖拉機適應山地作業。

山國　多山的國家或地區。

山溝　偏僻的山區:我從小在山溝裡長大。

山窩　偏僻的山區:住在山窩裡,還怕沒得柴燒?也說**山窩窩**。

山旮旯兒　〈方〉偏僻的山區:他住在這山旮旯兒裡,外邊事一概不知。也說**山旮旯子**。

水鄉　河流、湖泊多的地區:江南水鄉盛產魚蝦。

澤國　〈書〉❶水鄉。❷指遭受水淹的地區:大水時,這裡成了一片澤國。

水網地　江河、溝渠、湖泊縱橫交錯的地區:小船是水網地的主重交通工具。

J3－20 名：　要地·險地

要地　重要的地方:軍事要地／戰略要地。

要道　往來必須經過的重要道路:交通要道。

要衝　多條交通要道匯合的地方,也泛指重要的路口:這個城市地處東西交通的要衝。

衝要　軍事或交通上的重要地方;要衝:地處衝要。

重地　地位重要或性質重要的地方:工程重地,閒人莫入。

門戶　比喻出入必經的要地:三峽是水路入川的門戶。

險地　地勢險惡不容易通過的地方:憑藉險地阻截敵人。

險　險地:無險可守。

天險　天然的險要地方:長江天險。

絕地　❶極險惡的地方。❷極遠而阻隔不通的地方。

險隘　險要的關口:扼守險隘。

要隘　險要的關口:據守要隘。

關隘　〈書〉險要的關口:扼守關隘。

邊隘　邊境上險要的地方:鎮守邊隘。

咽喉　咽頭和喉頭,比喻地勢險要的交通孔道:咽喉要道。

鎖鑰　鎖和鑰匙,比喻關隘要地:北疆鎖鑰。

鬼門關　迷信傳說中陰陽交界的關口,比喻凶險的地方。

龍潭虎穴*　比喻極其凶險的地方。

刀山火海*　比喻極其危險和艱難的地方。也說**火海刀山***。

J3－21 形：　險要

險要　地勢險峻而正當要衝:地形險要／我軍攻占了險要的山頭。

險阻　道路險惡,不易通過:山路崎嶇險阻。

險惡　地勢險峻可怕:山勢險惡。

虎踞龍盤*　**虎踞龍蟠***　像虎蹲著,龍盤著,形容地勢雄壯險要。也說**龍盤虎踞***。

J3－22 名：　勝地

勝地　著名的風景優美的地方:旅遊勝地／避暑勝地。

名勝　著名的有古跡或優美風景的地方:遊覽各處名勝。

聖地　具有重大歷史意義和作用的地方:麥加聖地。

仙境　神仙居住的地方,多比喻風景美好而幽靜的地方:如入仙境。

佳境　風景優美的地方:過了橋,佳境就在眼前展開。

名山大川*　著名的大山大河。

名山勝水*　風景優美的著名山和水:人們走遍瑞士境內的名山勝水。也說**名山勝川***。

J3－23 名、副：　各處·到處

各處　〔名〕各個地方:到各處走走／各處都有人

來參觀。

四方 〔名〕指東、南、西、北,泛指各處:四方響應/志在四方。

四海 〔名〕指全國各處或世界各處:四海為家/放之四海而皆準。

五方 〔名〕指東、西、南、北和中央,泛指各地:五方雜處。

八方 〔名〕指東、西、南、北、東南、東北、西南、西北,泛指周圍、各地:四面八方/一方有難,八方支援/眼觀六路,耳聽八方。

江湖 〔名〕指四方各地:走江湖/流落江湖。

五湖四海＊ 指全國各地:我們來自五湖四海。

五洲 〔名〕指世界各地:五洲四海。

到處 ❶〔名〕各處:到處是一片新氣象。❷〔副〕到各處;在各處:到處流浪/到處打聽消息。

處處 ❶〔名〕各個地方:代表團處處受到歡迎/家鄉處處都是我不願離開的。❷〔副〕在各個地方;在各個方面:他處處陪著我/你不能處處只為自己著想。

隨處 〔副〕到處;不拘什麼地方:隨處可見/不要隨處走動。

隨地 〔副〕處處;不拘什麼地方:在農村,房前屋後隨地可種豆種瓜/不要隨地吐痰。

遍地 〔名〕各處;處處:遍地開花/遍地都是冰雪。

匝地 〔副〕〈書〉到處;處處:歌聲匝地。

在在 〔副〕〈書〉到處;處處:在在皆是。

J3－24 名： 四處

四處 周圍各處:會場裡四處響起了鼓掌聲。

四近 周圍附近的地方:四近人來車往,十分熱鬧。

四旁 前後左右很近的地方:四旁站滿看熱鬧的人。

四外 四處:四外無人/四外是遼闊的田地。

四下 四處:四下沒有避雨的地方。也說**四下裡**。

J3－25 名： 附近

附近 靠近某地的地方:家在學校附近,孩子上學很方便。

鄰近 附近:學校鄰近有郵局。

左近 附近:房子左近有一片草地。

近旁 附近;旁邊:大樓近旁有停車場。

近前 〈方〉附近;跟前:近前就有一家食品店。

跟前 附近;身邊:攤子就擺在店門跟前/他站在老師跟前。

J3－26 名： 對過

對過 指隔著街道、空地、河流等相對的地方:我家對過是一塊空地/學校在河對過。

對面 ❶對過:小雜貨店就在我家對面。❷正前方:對面來大車了,快把路讓開。

對門 指隔著街道大門相對的房子:他就住在我家對門。

J3－27 名： 角落·拐角

角落 兩堵牆或類似牆的東西相接處成凹角的地方:在院子的角落裡栽了一棵桃樹。

犄角 角落:房犄角/牆犄角。

旮旯兒 〈方〉角落:牆旮旯兒。

旮旮旯旯兒 〈方〉所有的角落:旮旮旯旯兒都找尋遍了。

拐角 拐彎的地方:巷弄的拐角停著一輛轎車。

拐彎 拐角:拐彎處有家小店。

轉角 街巷等的拐彎的地方:大街轉角有一個電話亭。

牆角 兩堵牆相接成凹角的地方:牆角堆滿了雜物。也叫**牆犄角**。

J3－28 形： 近

近 空間或時間距離短:近郊/近鄰/遠近聞名。

丘便　路近,容易走到:走這條小路比走大路近
　　便。

靠近　彼此間的距離近:兩人的座位十分靠近。

附近　靠近某地的:附近居民/孩子在附近學校
　　上學。

相近　距離不遠,相接近的:住處相近/相近的
　　兩家工廠。

接近　相距不遠:這裡和公園很接近/兩人的興
　　趣非常接近。

近在咫尺*　形容距離很近。古代稱八寸為咫。

一衣帶水*　水面像一條衣帶那樣窄,形容一水
　　相隔,雙方離得很近:中日兩國是一衣帶水的
　　鄰邦。

朝發夕至*　早晨出發晚上就能到達,形容兩地
　　相隔不遠或交通極為便利。

J3－29 形:　遠

遠　空間或時間的距離長:遠方/路遠/他家離
　　工作單位很遠。

遙遠　很遠:路途遙遠/遙遠的邊陲。

遙　〈書〉遙遠:隔江遙望/遙相呼應。

遙遙　形容距離遠:遙遙相對/山路遙遙。

迢遙　〈書〉遙遠:迢遙萬里。

迢遠　〈書〉遙遠:路途迢遠。

迢迢　形容路途遙遠:千里迢迢。

迢遞　〈書〉形容路途遙遠:關山迢遞。

遼遠　遙遠:遼遠的邊疆。

邊遠　遠離中心地區的;靠近邊界的:邊遠地區/
　　邊遠城鎮。

萬水千山*　很多的山和水,形容路途遙遠艱險。
　　也說千山萬水*。

天南地北*　一在天南,一在地北。形容距離很
　　遠。□天南海北*。

J3－30 代:　這裡・那裡・哪裡

這裡　指示較近的處所:這裡陳列著許多出土文

物/窗臺這裡陽光充足。

這兒　〈口〉這裡:這兒有人嗎?

這搭　〈方〉這裡:請你到這搭來。

這邊　指示靠近的處所;這裡:請從這邊走。

此間　指自己所在的地方,這裡:此間天氣漸暖,
　　油菜花已經盛開。

那裡　指示較遠的處所:東京那裡氣候怎麼
　　樣? /那裡是香榭大道。

那兒　〈口〉那裡:那兒的天氣比這裡冷。

那邊　指示較遠的處所;那裡:那邊有人向這裡
　　張望。

哪裡　❶問什麼處所:你住在哪裡? /這話從哪
　　裡說起? ❷泛指任何處所:她無論走到哪裡,
　　都給人好的印象。

哪兒　〈口〉哪裡:你去哪兒去? /哪兒有困難,他
　　就出現在哪兒。

J4　道　路

J4－1 名:　道路

道路　❶地面上供行人馬車輛通行的部分:道路
　　寬廣/到圖書館去有兩條道路。❷兩地之間
　　陸地的或水上的通道。

高承載車輛優先　指在特定時段特定方向上,只
　　允許具高承載率的車輛使用道路系統,其他
　　車輛則需改道行駛或選擇另外時間使用該道
　　路系統。

路　道路:大路/路難走。

道　道路:鐵路/康莊大道/道聽途說。

路途　道路:他熟悉這一帶路途/山區的路途難
　　走。

路徑　道路:他對去山區的路徑很熟悉/他回來
　　時迷失了路徑。

途　道路:半途而廢/老馬識途。

途徑　路徑,常用於比喻:攀登高山的途徑/生

活的途徑。

路線 從一地到另一地所經過的道路:他找到了一條最近的路線/越野賽跑的路線已經確定。

通道 往來通行的道路:麻六甲海峽是太平洋海運的重要通道。

通路 通道:這條公路是南北運輸的通路。

通途 〈書〉暢通的大道:天塹變通途。

通衢 〈書〉四通八達的大道:南北通衢。

要道 往來必經的,重要的道路:交通要道/這是通往西藏的要道。

坦途 平坦的道路,多用於比喻:做學問,決不是筆直的坦途。

J4-2 名: 陸路·水路

陸路 陸地上的路線:陸路運輸。

旱路 陸路:從廣島到長崎,走旱路比走水路快。

旱道 〈方〉旱路。

水路 江河、海洋上供船舶行駛的路線:水路暢通。

水道 水路:水道密如蛛網。

航道 江河湖泊等水域供船隻排筏航行的通道:航道暢通/疏浚航道。

航路 船舶在水上航行的路線:這一段航路水很深/維護航路安全。

河道 通航的河流的路線:河道寬闊/拓寬河道。

水陸 水上和陸上的交通運輸路線:水陸並進,完成運輸任務/辦理水陸聯運業務。

J4-3 名: 街·巷

街道 城鎮中旁邊有房屋的比較寬闊的道路:街道兩旁都是商店/街道整潔。

街 街道;街市:上街購物/街頭巷尾。

大街 比較寬闊、比較繁華的街道:大街小巷/逛大街。

巷 較窄的小街道:深巷/小巷。

巷弄 巷;小街道:巷弄口。

弄堂 〈方〉小巷;巷弄:弄堂門/走過弄堂到了大街。

弄 〈方〉弄堂,多用於路名:蕃瓜弄。

里弄 〈方〉小巷;巷弄:打掃里弄/里弄不可養雞鴨。

里巷 小街小巷;小巷弄:里巷瑣事。

陋巷 〈書〉狹窄破舊的小巷:身居陋巷。

J4-4 名: 路口

路口 道路匯合的地方:十字路口/路口設有行車標記。

道口兒 路口。

岔口 道路分岔的地方:前面岔口有家飯店。

三岔路口 不同去向的三條路交叉的路口。

十字路口 兩條路十字交叉的路口:十字路口行車要減速。

街頭 熱鬧的路口;街上:走上街頭/街頭擠滿了人群。

十字街頭* 道路交叉、繁華熱鬧的街道:十字街頭,行人如織。

J4-5 名: 公路

公路 市區以外的主要供各種車輛行駛的寬闊平坦的道路:高速公路/公路兩旁都種植了樹木。

馬路 供車馬行走的道路;泛指公路:馬路上禁止堆放雜物/打掃馬路。

高速公路 供汽車高速、安全行駛的公路,車速可達每小時一百二十公里。路面寬闊,有四個以上車道,中間設分隔島。全線禁止行人和非機動車行駛。

車行道 專供車輛行駛的道路。

車道 公路上劃分的供不同車速行駛的行車道,單向並排可設二至四條,每條至少寬3.5米。

容量 指在目前道路(通路)、交通及管制情況下,某一段時間內(通常取十五分鐘)人員或

車輛能合理地被預估通過車道(或道路)某一
測量點或測量路段的單位小時最大數量。

J4-6 名： 小路

便道 ❶近便的小路:到學校去有一條便道。❷
馬路兩邊的人行道:行人走便道。❸正式道
路不能使用時臨時使用的道路。

通道 劇場、礦井等裡面,供人行走的路:幕間休
息時,劇場通道裡站著不少觀眾。

走道 街旁或住宅內外供人行走的道路:大樓每
層都有寬敞的走道。

過道 房子與房子、院子與院子或房子與大門之
間的走道。也指房子內部大門通向各房間的
走道。

夾道 (夾道兒)兩旁有牆壁等的狹窄道路:走過
夾道,拐彎就是我家。

人行道 馬路兩旁供人行走的便道:行人請走人
行道。

羊腸小道* 曲折崎嶇而狹窄的小路(多指山
路)。

隘路 兩側地勢險阻,中間僅能通過的狹路。

狹路 狹窄的小路:狹路相逢。

蹊徑 〈書〉小路;途徑:別闢蹊徑。

J4-7 名： 岔路·盤道等

岔路 從幹道分出的道路:這一帶岔路很多,不
要走錯了/我是走一條岔路來的。也說**岔子**;
岔道。

歧路 從大路上分出來的小路;岔路:歧路亡羊。

歧途 ❶岔路:兩旁歧途曲巷中有許多車馬。❷
比喻錯誤的道路:誤入歧途。

盤道 山地彎曲迂迴的路:順著盤道徐徐上山。

盤陀 曲折迴旋的路。

急彎 道路突然轉折的地方:臨近急彎,車輛減
速行駛。

上坡路 由低處通向高處的道路。

下坡路 由高處通向低處的道路。

J4-8 名： 關口

關口 來往必須經過的處所:把守關口/這地方
是進入城市的關口。

關隘 〈書〉險要的關口:扼守關隘。

隘口 狹窄而險要的山口。

孔道 通往某處必須經過的關口:交通孔道。

關卡 在交通要道上為收稅或警備而設立的檢
查站、崗哨:通過關卡。

卡子 舊稱關卡:過了一道卡子。

邊卡 設立在邊界上的關卡或哨所。

J4-9 名： 隧道·棧道等

隧道 在山中、地下或水下開鑿建成的道路,供
車輛、行人、管線等通過:開鑿隧道。

索道 用鋼索在兩地之間架設的空中通道,用來
運輸東西或遊客:登山索道。

棧道 在懸崖峭壁上鑿孔架木建成的一種道路:
明修棧道、暗渡陳倉。

閣道 〈書〉棧道。

棧閣 〈書〉棧道。

J4-10 名： 熟路·死路等

熟路 走過多次而熟悉的路:輕車熟路/那是一
條熟路,不會走錯。□**熟道**。

老路 ❶以前通行的舊道路,或曾經走過的路:
新公路已經通車,不用再走老路了。❷比喻
舊辦法;舊樣子:穿新鞋,走老路。

死路 走不通的路,常比喻毀滅的途徑:路口有
牌子標明這是條死路/頑抗到底,死路一條。

絕路 走不通的路;死路:絕路逢生/走上絕路。

來路 向這裡來的道路:擋住敵人的來路。

去路 往某處的道路;前進的道路:他迷失了方
向,找不到去路。

出路 ❶通向外面的道路:大森林裡迷失方向,

很難找到出路。❷比喻發展的道路;前途:農
業的根本出路在於機械化。

退路 ❶退回去的道路:後無退路,只能前進。❷
迴旋的餘地;後路:這件事情只有這麼辦了,沒有
退路可走。

彎路 ❶不直的路:大路旁有一條彎路。❷比喻
生活、工作、學習上因方向或方法不對而多費
的冤枉工夫:他生活上走過一些彎路。

J4－11 名: 道路各部分

路面 道路的表面結構層,用土、碎石、瀝青或混
凝土等在路基上鋪成:路面平整/整修路面。

路基 鐵路和公路路面以下的基礎地層,一般分
為路堤和路塹。

路堤 在天然地面上人工堆築成的路基。

路塹 開挖天然地面而成的低於原地面的路基。

路肩 路面兩邊未鋪築路面的地帶。

涵洞 修築在公路、鐵路、堤壩下面供交通、泄水
用的通道。用磚、石、混凝土或鋼筋混凝土等
材料築成。

邊坡 路基兩側用草皮、石塊等鋪砌的斜坡。

路標 指示路線或道路情況的標誌。

路燈 安裝在道路上照明用的燈。

里程碑 ❶設於道路兩旁用以標誌里數的石頭
或水泥樁子。❷比喻歷史發展過程中可以作
為標誌的大事:五四運動是我國近代文化運
動的里程碑。

J4－12 名: 橋梁

橋梁 ❶架在河流、山谷等上面接連兩邊以便通
行的建築物。❷比喻起聯繫溝通作用的人或
事物:友誼的橋梁。

橋 橋梁:架橋/大橋/獨木橋。

正橋 橋梁跨越江河、山谷等的主要部分,與空
橋相對:南京長江大橋正橋兩端各有一對橋
頭堡。

引橋 橋梁的連接正橋與路堤的部分。跨度較
小,常為多孔。用於橋位離水面很高而又不
宜造高路堤的地方。

橋頭 橋梁兩頭和岸接連的地方。也泛指橋邊。
也叫**橋堍**。

橋頭堡 修築在大型橋梁橋頭的裝飾性建築物:
南京長江大橋的橋頭堡高七十公尺。

橋墩 橋梁下面支承橋身的建築物,多用石塊、
鋼筋混凝土等築成。

橋樁 支撐橋身的柱子。

橋基 ❶指橋墩。❷指橋頭。

橋孔 橋梁下面的孔洞:南京長江大橋正橋有十
個橋孔。也叫**橋洞**。

橋涵 橋梁與涵洞的合稱。

橋面 橋上的路面:橋面寬闊。

J4－13 名: 各種橋梁

拱橋 用拱作為橋身主要承重結構的橋。橋洞
呈弧形或半圓形。建造材料可用磚、石、混
凝土、鋼筋混凝土或鋼材等。我國趙州橋是
著名的古代大石拱橋。

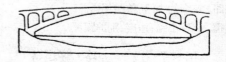

拱　橋

開合橋 橋身能開啓、復合的橋。橋身可通過平
轉、立轉、直升等方式開啓,讓高大船隻通過;
船隻通過後橋身閉合,恢復橋上交通。也叫
活動橋。

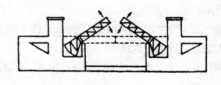

開合橋

浮橋　用船、筏或浮箱作爲橋墩鋪上木板而成的
　　橋。必要時,一部分橋身可以開啓,讓船隻通過。

吊橋　❶全部或一部分橋面可以吊起、放下的橋。
　　多用在護城河及軍事據點上。❷即懸索橋。

便橋　臨時架設的結構簡單的橋。

獨木橋　用一根木頭搭成的橋。常比喻艱難的
　　途徑:小心翼翼地走過獨木橋。

鐵索橋　以鐵索爲主要承重構件的橋,橋面鋪設
　　在鐵索上,讓行人、車輛通過。

懸索橋　用懸掛的鋼絲纜索作爲橋身主要承重
　　結構的橋。在橋身兩端橋墩上建兩座橋塔,
　　兩根懸掛橋身的纜索一端支承在橋塔上,另
　　一端固定在岸上的岩層中。橋梁用吊桿掛在
　　纜索上。懸索橋的跨度很大,可達一千公尺
　　以上。也叫吊橋。

懸索橋

斜拉橋　用固定在橋墩塔上的斜拉纜索吊住橋身
　　的橋。主要由橋梁、鋼纜索和橋墩上的塔架組
　　成。橋梁除有橋墩支承外,還被纜索拉著。與
　　懸索橋比,斜拉橋有跨度大、梁身高度小、抗風
　　抗震性能好、省工省料、造價低等優點。

斜拉橋

旱橋　橫跨沒有水的山谷、乾溝的高架橋;也指
　　架設在城市道路上空的跨線橋。

跨線橋　道路、鐵路線路相互交叉時所建的橋,
　　一條線路從橋上跨越通過另一條線路。

立交橋　即道路成立體交叉時所建的跨線橋。

天橋　火車站爲便利旅客橫過鐵路而在軌道上
　　空架設的橋。也指城市熱鬧街區在道路上空

架設的行人天橋。

立交橋

J4－14　動、形：　通行・通暢

通行　〔動〕(人、交通工具)在交通線上通過:這
　　條馬路很少汽車通行／前面修路,禁止通行。

暢通　〔動〕沒有阻礙地通行或通過:鐵路已經修
　　復,全線暢通。

通達　〔動〕暢通;通到:這一帶村落處處有公路
　　通達／這條路可以通達邊境。

開放　〔動〕道路允許通行;機場、港口允許飛機、
　　船隻出入:新建的越江大橋已開放通車。

通　〔形〕沒有阻礙,可以穿過:公路修通了／開
　　通穿山的隧道。

通暢　〔形〕通行沒有阻礙:道路通暢／這條公路
　　運輸十分通暢。

無阻　〔形〕沒有阻礙:通行無阻。

J4－15　動：　阻塞・封閉

阻塞　有障礙而不能通過:積雪融化,使這一帶
　　交通完全阻塞。

堵塞　有障礙物堵住(道路、河流、溝渠等):亂石
　　堵塞了隧道口。

阻梗　〈書〉阻塞:交通阻梗。

梗阻　阻塞:交通梗阻／這地區違規停車嚴重,
　　常常梗阻道路。

梗塞　堵塞:公路梗塞,車開不過去／哭得喉頭
　　梗塞。

阻隔　兩地隔開,不能相通或難以來往:山川阻

隔／大水沖毀橋梁,阻隔交通。

阻礙 阻擋妨礙,使不能順利通行:這起行車事
故,阻礙了交通。

擁塞 擁擠的人、馬、或車、船等堵塞道路或河
道:劇場門口擁塞得水泄不通。

壅塞 堵塞不通:淤泥使河道壅塞了。

淤塞 水道被淤積的泥沙堵塞:河道淤塞,小船
也不能通過。

封閉 嚴密關住使不能通行:臨時封閉了出城的
道路。

封鎖 用強制力量使不能通行:封鎖邊境／坑道
口被敵人用機槍封鎖。

J5　移　動

J5－1　動:　移動

移動 物體或身體改換原來位置,或使物體或身
體改換位置:冷空氣正在向南移動／把桌子移
動一下／人影開始移動／移動腳步。

移 移動:把椅子向右移一些。

挪動 移動位置:房裡擺好的桌椅,不要隨意挪
動／她兩腳不停地挪動著。

挪 挪動:把椅子挪開／請你稍微向前挪一挪。

挪移 挪動;移動:太陽悄悄地向西挪移／不要
把課桌椅挪移到教室外面去。

騰挪 挪動:把房裡原有家具騰挪一下,空出地
方來放一張寫字檯。

搬 移動物體(多指笨重的或較大的)的位置:搬
石頭／把機器搬進車間。

搬移 搬;移動:把這批貨物搬移到那邊去。

J5－2　動:　拿·抓·拈

拿 用手握住或搬動(東西):他手裡拿著一支筆
／把字典拿給我。

握 手指彎曲成拳或用力聚攏在手中東西上:握

著拳頭／握手／把手握緊,才能抓住東西／手
握鋼筆。

持 拿著;握住:持槍／手持彩帶當空舞。

執 持;拿:執筆／手執利刃。

捉 ❶握;持:捉筆題詞／捉襟見肘。❷抓;捕:貓
捉老鼠／捉強盜。

取 拿來:取錢／取行李／架上貨物,可由顧客自
取。

攥 握:把兩個拳頭攥得緊緊的／攥著繩子往上
爬。

把 握住;控制:兩手把住自行車龍頭／把舵。

把握 ❶握住;拿:駕駛員把握方向盤。❷抓住;
掌握(抽象事物):把握戰機／他把握我們每個
人的研究方向。

抓 ❶手指聚攏,把東西固定在手中:抓一把米／
他手放在口袋裡,緊緊抓住那卷鈔票。❷捕
捉:他幾天前被抓起來了／老鷹抓小雞。

綽 抓起:他綽起鐵鍬開始挖土。□抄。

揪 緊緊抓住;扭:揪住繮繩叫馬安靜下來／大
娘生氣地揪了一把他的耳朵。

捽 抓;揪:她低著頭用手捽脖子上那條白圍巾。

扭 揪住:她扭住那個人的衣領不放手／兩個人
扭在一起,互不相讓。

拈 用兩三個手指夾;捏取:拈出一枚針／拈著
卡片／信手拈來。

捏 用拇指和其他手指夾住:捏住鼻子／從盒子
裡捏出來幾個鈕釦。

撮 用三個指頭捏取細碎的東西:撮一些芝麻放
在餅上。

撈 ❶從水或其他液體裡取東西:撈魚／撈餃
子。❷順手拿或拉:他撈起一把鐮刀也跟著
別人下田去了。

摸 用手探取:下水摸魚／從衣袋裡摸出一方手
帕。

掏 用手或工具伸進去取:掏耳朵／掏陰溝／他
掏出鑰匙開箱子。

J5-3 動： 提・挎

提 垂手拿著(東西)：手裡提著一隻箱子／包裹太重，提起來很吃力。

拎 提：他拎著安全帽，向機車走去。

提溜 〈方〉提：他提溜著一袋水果走進門來。

挎 ❶手臂彎起來掛住或鉤住東西：她挎著個包袱／兩個女孩子挎著胳臂。❷把東西掛在肩上、脖頸或腰裡：肩挎文件包／腰挎小手槍。

㧗 〈方〉用胳膊挎：一個老奶奶㧗著一籃子熟雞蛋。

夾 ❶從兩旁施加壓力使物體固定不動：用筷子夾菜／用鐵鉗夾了一塊煤餅。❷把東西放在胳膊底下或手指中間使不能掉下：夾著一個文件包／夾著一支煙。

J5-4 動： 舉・托

舉 用手往上托或往上伸：舉手／舉杯。

扛 兩手舉重物：力能扛鼎。

打 舉；提：打傘／打燈籠／打起簾子。

揚 高高舉起；向上升：揚手／揚起風帆／揚眉吐氣。

端 兩手平著拿：端茶／戰士端著槍／一碗水端平。

托 用手掌或其他東西向上推或承受(物體)：一手提籃，一手托著隻盤子／兩手托腮／她用漆盤托著幾碗菜走了過來。

捧 用兩手托：捧出一大把糖／捧著一隻大碗。

擎 往上托；舉起：眾擎易舉／他從懷裡取出一個小藍布包，高高地擎著。

抬 舉；往上托：抬頭／抬起手來／你把寫字檯左邊向上抬起一點點，我來用木板墊一墊。

J5-5 動： 扛・背

扛 用肩承擔物體：扛鋤頭／扛著鋪蓋捲。

掮 〈方〉用肩扛東西：掮行李／把槍倒掮在肩膀上。

挑 用肩支承兩端掛著東西的扁擔等：挑水／挑著一副擔子／他挑起行李就走。

擔 挑：擔柴／擔著兩筐蔬菜。

抬 兩人以上合力用手或肩搬東西：抬轎子／把擔架抬過來。

背 用脊背承受物體：背包袱／背病人上醫院。

背負 背：大家把槍拿著，掮著，背負著／把大包的貨物背負到貨棧裡去。

負 〈書〉背：負重／負笈／負荊請罪。

荷 背，扛：荷鋤／荷槍實彈。

馱 用背部承受物體：肩挑背馱／馬背上馱著貨物／小孩由大人馱著過河。

J5-6 動： 拉・拖

拉 用力使物體向著或跟著自己移動：拉縴／拉鋸／拉車。

扯 ❶拉：扯住不放。❷撕；撕下：把牆上的舊廣告扯下來／衣服扯破了。

抻 〈口〉拉：抻麵條／抻一抻袖子。

拉扯 〈口〉拉：大媽把我拉扯住，跟我說了許多話。

拽 拉：把門拽上／生拉硬拽／他拽住我不放。

曳 拖；拉：曳光彈／火箭曳著長長的尾光，劃過夜空。

掣 拽；拉：掣肘／掣後腿。

撕 用手使東西(多為薄片狀)裂開或離開附著物：把信撕碎了／從練習本上撕下一張紙。

拖 拉著物體使移動：拖車／他拖出一條長凳讓我坐／她把孩子拖走了。

拖曳 拖；拉扯：他全靠大家拖曳，才走出沼澤地。

牽 拖；拉(人或牲口)：牽著孩子的手／把牛牽到地裡去。

牽引 拖著車、船、農具等使移動：空斗車被拖拉機牽引著開進了裝料檯。

拖帶　牽引:這艘柴油船拖帶著一長列木排。

J5－7 動：　推·擠

推　向外用力使物體移動:推磨／推開房門／他
輕輕推我一把。

排　推;推開:排門而出／排山倒海。

搋　〈方〉推:搋開房門／把我搋在一邊。

搡　〈方〉❶用力推:把他搡倒在地上。❷把東西
急促而重重地放下:她裝了一碗飯,搡在他的
面前。

推推搡搡　接連不斷地推:大家推推搡搡地擠進
會場。

擠　❶人或物緊緊挨在一起:會場門口人們擠作
一團／車座後面擠滿了行李。❷用身體排開
人或物:你推我擠／車裡人多,擠不進去。❸
用力壓使物體從孔隙中出來:擠牛奶／擠牙
膏。

塞　把東西放進空隙;填入:箱子裡塞滿了衣服／
手塞在大衣口袋裡。

掖　塞進空隙:她接過紙條掖在袖裡／腰裡掖著
手槍／給他把被掖緊。

J5－8 動：　扔·投·撒

扔　揮動手臂,使拿著的東西離開手:扔手榴彈／
把球扔給他。

拋　扔;投擲:拋球／他拿起錨向岸邊拋去。

摔　扔;拋:他把沾滿泥水的鞋摔出很遠。

撣　〈方〉扔:往地上一撣／把背包撣在床上,就
走出去了。

拽　〈方〉扔:把球拽得老遠。

丟　扔:把果皮丟進廢物箱。

撂　扔;丟:往火上撂沙袋／不要把廢紙撂在地
上。

投　向目標扔;拋擲:投籃／把石塊投入江中。

擲　扔;投:擲鐵餅／他擲下紙和筆,離開書桌。

投擲　扔;投:投擲標槍／他憤怒地把送來的東
西投擲門外。

拋擲　扔;投:幾個孩子向他們拋擲石子。

甩　揮動手臂往外扔:甩手榴彈／把書包甩到一
邊。

撒　放開;放出:撒網／一撒線,風箏就上去了。

撒手　放開手;鬆手:一撒手,水桶摔在井裡了／
我接住,你可以撒手了。

放手　放開握著物體的手:我拿穩了,你放手吧。

鬆手　放開手:一鬆手,鳥就飛了／拉住繩子
要鬆手。

失手　無意中放手:他吃了一驚,失手把飯碗打
碎了。

J5－9 動：　拾·接

拾　把地上的東西拿起來:拾麥穗／拾金不昧。

拾取　拾:拾取撒落在地上的米粒。

撿　拾取:撿柴／撿起一本書／撿到失物要交公。

揀　撿,拾取:揀麥穗／她彎腰把高跟鞋揀起來。

接　托住;承受:接球／我在上面扔,你在下面接
／床前放一個面盆接屋頂漏下來的雨水。

承接　用容器接取流下來的液體:用瓦罐承接清
澈的泉水。

J5－10 動：　掛·豎

掛　用繩子、鉤子、釘子等,使物體附著於某處:
掛簾子／大衣掛在衣架上／牆上掛著一幅畫。

懸　掛;掛在空中:懸燈結彩／一輪紅日高高懸
在遠方的天空。

懸掛　掛;懸:主要的大街都懸掛著大幅標語。

吊　掛;懸:門前吊著兩盞紅燈／把留種的玉米
吊起來。

張掛　展開掛上:這地方太小,這幅畫不能張掛／
床上張掛了蚊帳。

豎　使物體直著立起:豎電線桿／把梯子豎起
來。

豎立　物體或使物體垂直地立在地上:一座雕像

竪立在公園裡／門前豎立起一根旗桿。

立 使物件上端向上；豎起：把雨傘立在門口／
立竿見影。

戳 〈方〉豎起來：把高粱稈戳起來。

挑 用竹竿等的一端支起；懸掛：挑燈籠／把簾
子挑起來／沒有生意，卻還天天挑出幌子去。

J5－11 動： 鋪·蓋

鋪 把東西展開或攤平：鋪床／桌上鋪著檯布／
鋪平道路。

攤 展開；鋪平：把這些藥材攤開曬曬太陽／把
地圖攤在桌子上。

鋪攤 〈方〉鋪平攤開：鋪攤床單／把草蓆鋪攤在
地上。

鋪平 鋪開弄平：把被單鋪平。

展開 鋪開：展開地圖。

蓋 從上面遮掩；蒙上：蓋被子／蓋上一層土／鋪
天蓋地。

鋪蓋 平鋪著蓋上：白雪鋪蓋了原野。

遮蓋 蓋；遮住：厚厚的落葉遮蓋了林間小路。

蒙 遮蓋：蒙住眼睛／別把頭蒙著睡覺。

遮 擋住；遮身：別遮住陽光／遮天蓋地。

覆蓋 遮蓋：冰雪覆蓋著地面／貨物上已覆蓋了
油布。

罩 遮蓋；套在外面：用布把鳥籠罩起來。

捂 遮蓋或封住：拿手絹捂住鼻子／把蓋子捂
上，不要讓氣透出來。

苫 用席、布等遮蓋：用蘆席把麥垛苫上。

J5－12 動： 掀·捋

掀 把用來遮擋覆蓋的東西移開：掀鍋蓋／把簾
子掀開／掀起麥垛上的苫布。

揭 掀起；拉開：揭幕／把蓋子揭開／揭下牆上貼
的畫。

撩 把東西垂下的部分掀起來：把簾子撩起來／
她手撩著裙子走上臺階。

捋 用手握住條狀物向一端滑動：捋樹葉／捋起
袖子／捋下手鐲。

捋 用手指順著縷狀物抹過去：捋鬍鬚／捋馬尾
／捋繩子。

揎 捋起袖子露出手臂：揎拳捋袖／揎起袖子，
爬開細沙。

褰 〈書〉提起（衣服、帳子等）；掀起：褰衣涉水／
褰帳子／褰珠簾。

J5－13 動： 翻·倒

翻 翻動：從書堆裡翻出一本辭典／把櫃子裡衣
服翻亂了。

翻動 移動物體原來上下或內外的位置：屋裡東
西有人翻動過了／用鋤頭翻動泥土。

翻騰 反覆翻動：找不到就算了，不要再翻騰了。

倒騰 翻騰；移動：把箱子裡的東西都倒騰出來。

倒 翻轉或傾斜容器使裡面的東西出來：倒水／
倒垃圾／把袋子裡的東西都倒出來。

傾倒 把容器所盛的東西全部倒出：他猛一賣
力，把一車土傾倒在溝裡。

傾 把東西倒出；傾倒：傾筐倒篋／把管子、藥瓶
從提包傾出。

J5－14 動： 包·捲

包 用紙、布等薄片物裹東西：包餃子／頭上包
著毛巾／把衣服包在包袱裡。

裹 用紙、布等薄片物把東西封圍或纏繞起來：
裹粽子／用毯子把嬰兒裹在裡頭／裹上綁腿。

包裹 包；包紮：包裹衣物／用花紙把禮品包裹
起來。

包紮 包裹，捆紮：包紮傷口／他把罐頭包紮後
放好。

打包 用布、麻袋等把物品包裹捆紮起來：打包
裝箱／把藥品打包後再托運。

包裝 把商品包裹起來或裝進瓶、盒等：這些糖
果包裝得很精巧。

裝　把東西放進器物裡或運輸工具上:裝箱/把油裝進瓶子裡/裝車/裝船。

盛　用器具裝東西:拿碗盛飯/用臉盆盛水/這些玉米兩個簍子盛不下。

捲　❶把東西彎成圓筒形或弧形:把席子捲起來/捲起褲腳趟水。❷用片狀物把別的東西裹起來:烙餅捲大蔥/把家裡貴重東西都捲走了。

綰　❶把長條形的東西盤繞起來打成結,繫:綰個扣兒/把頭髮綰成髻。❷向上捲(衣服):綰起袖子。

挽　向上捲(衣服):挽起褲腳。

窩　使彎曲:把鉛絲窩成一個圓圈。

J5－15　動:　捆·繫·撑

捆　用繩子等纏束打結:捆行李/麥稈捆好了/把逃犯捆起來。

紮　捆;纏縛:紮拖把/紮頭繩/紮緊腰帶。

捆紮　把東西纏束在一起:把兩瓶酒捆紮起來/扯下衣襟捆紮他左臂的傷口。

打　捆:打包裹/打行李捲兒。

綁　用繩、帶等捆紮;拴縛:把他綁起來。

綁紮　綁;捆紮:綁紮貨物/綁紮傷口。

捆綁　用繩索等綁住:他被捆綁在柱子上。

縛　捆綁:手無縛雞之力。

繫　打結;套住:繫紅領巾/把圍裙繫上。

束　捆;繫:腰束一根皮帶/束手束腳/束之高閣。

束縛　捆綁:他全身都被繩索束縛著/我們不能讓別人束縛住手腳。

捆縛　捆綁;捆紮:老人捆縛拾來的枯柴。

綁縛　捆綁:大橡樹上綁縛著一個人。

拴　繫住;綁上:把馬拴在樹上/岸邊石板上的鐵環是拴小船用的。

扣　套住;連結:扣鈕子/扣上房門/一環扣一環。

襻　〈方〉拴;繫:把牲口襻上。

攏　聚、合使不鬆散或不離開:把木柴攏作一堆/攏上雨傘/車把式上前把轅馬攏住。

勒　捆住;套住;或捆、套後再拉緊:戒指緊緊地勒在她指頭上/勒緊腰帶/行李上的繩子鬆了,再勒一勒。

襻　用繩、線等連結:用繩子襻住/在麻袋裂縫上襻幾針。也叫絆。

彎　使彎曲:把鐵絲彎成鉤子/彎下身子。

J5－16　動:　拆·解

拆　❶打開;拆開:拆信/拆封/拆洗棉衣。❷拆毀;拆除:拆牆/拆房子。

拆開　把合在一起或封好的東西打開:她把信拆開/他們嫌從正門進出麻煩,就把籬笆拆開了。

拆毀　使完整的東西(建築物、機器等)分散、毀壞,失去原有形體和功用:拆毀房屋/一臺完好的機器被拆毀了。

拆除　拆毀除掉:拆除違章搭建的房屋/舊設備全部拆除。

拆散　使成套的物件分散:這套家具不能拆散出賣。

拆卸　把組合起來的東西拆開並卸下零件:這臺機器太大,拆卸後才能包裝運輸/拆卸炮彈。

下　卸除;取下:演員下裝/商店下門板/綁匪下了槍,被繩子綁了起來。

卸　把零部件從機械上拆下來:卸槍栓/先把螺絲卸下來。

解　把捆縛著或繫著的東西打開;鬆開:解包袱/解結兒/解開纜繩/解衣推食。

鬆　解開;放開:鬆綁/一鬆手茶杯落在地上/鬆開領帶。

褪　使套著穿著的東西脫離:狗褪了套兒跑了/把袖子褪下來。

J5－17 動： 開·關·鎖

開 使關閉著的東西不再關閉，人、物可以通過、進出：開門／開箱子／開口說話。

打開 開：打開窗子／打開衣櫃／打開包袱／打開書。

啟 開；打開：大門啟閉時間／啟封／啟齒。

開啟 打開：開啟閘門／電梯門自動開啟。

張 使合攏的東西分開；展開：張弓射箭／嘴張了一張，可沒說出來。

張開 打開；展開：張開口袋／張開翅膀／不好意思張開嘴求人。

撐 張開：把麻袋口撐大些／雨來了，快撐開傘。

敞 開；張開：敞著門／把領口敞著。

敞開 大開；打開；張開：大門敞開／敞開歌喉盡情唱／敞開上衣。

洞開 大開；敞開：門戶洞開。

關 使開著的東西(門等)合攏，人、物不能通過、進出：關門／關窗子／關上抽屜。

閉 關；合：閉門／閉目養神。

關閉 閉；關：房門緊緊地關閉著。

封 蓋合；關閉：封住瓶口／把信封好／大雪封山。

封閉 嚴密蓋合或關閉：用火漆封閉瓶口／封閉大門／大雪封閉了道路。

掩 關閉；合上：掩卷長嘆／街上店鋪都靜靜地掩著門。

闔 閉；闔攏：闔上箱蓋／一夜沒闔眼／隨手把書闔上。

鎖 用鎖關住或用鐵鏈拴住：鎖門／把抽屜鎖上／鎖住猴子，別讓它亂跑。

閂 在關閉的門背後用閂插上：閂上門／把門閂住。

銷 插上銷子：銷上門／門窗上插銷都銷緊了。

J5－18 動： 搖·抖·揮

搖 使物體來回地動：搖鈴／搖櫓／搖紡車／搖旗吶喊／不住地搖手。

搖動 搖物體使它動：他用力搖動樹幹，蘋果紛紛落下／人們搖動著小紅旗。

撼 搖；搖動：蚍蜉撼大樹／他把門撼了撼，關得緊緊的。

撼動 搖動；搖撼：秋風撼動玻璃窗作響。

搖撼 搖動：他把手握住欄杆，用力搖撼。

晃 〈口〉搖動：服藥前先把藥瓶晃幾下／他晃著腦袋，不相信我的話。

晃動 搖動：拉拉隊長晃動手中的旗子／老板娘晃動著肥胖的身軀向客人走去。

抖 用手握住東西使它振動；甩動：抖開床單／抖掉棉衣上的雪／抖一抖馬韁繩。

抖動 抖；用手握東西使振動：麵袋裡還有不少麵粉，再抖動抖動／她把衣料抖動一下又反轉過來看。

抖摟 〈方〉抖動，使附著的東西落下來：替她抖摟掉衣服上的雪。

揮 搖動；揮舞：揮刀／揮鞭／揮手／車開了，她還不停地揮著手絹。

揮動 揮；搖動：揮動鞭子／揮動手臂。

揮舞 舉起手臂或拿著的東西不斷地搖動；揮動：歡迎的人群揮舞著鮮花／有人拿了皮鞭揮舞著，在空中作響。

舞 揮動；舞動：手舞雙刀。

舞動 揮舞；搖動：舞動刀槍棍棒／舞動手中的花束。

掄 用力揮動：掄起鐵錘／掄斧砍去／他掄著拳頭喊起來。

振 揮動；抖動：振翅／振衣／振筆疾書／振臂高呼。

J5－19 動： 撥·扳

撥 用手腳或棍棒等使東西移動或分開：撥鐘／撥刺／撥算盤／用左腳把球撥進球門。

撥動 撥：撥動琴弦／女人撥動門閂的聲音，驚

醒了他。

撥拉　〈口〉撥：隨手撥拉一下算盤子兒／用鐵鉤子撥拉爐子裡的火炭。

扒　撥開；分開：撥開草堆／把眾人向左右撥開。

扒拉　撥；撥動：把皮球從床下扒拉出來／扒拉掉壓在苗上的浮土／他把雜物扒拉到一邊。

扒　用手或工具使東西聚攏或散開：扒柴／扒糞／把土撥開。

扒拉　〈方〉用筷子把飯連續撥到嘴裡：她趕緊扒拉完一碗飯，就回自己房裡去了。

扳　用手或工具使東西移動或轉動：扳槍栓／扳道岔／扳著指頭計算。

扳動　扳：扳動槍機／他扳動她的肩頭，想教她翻轉身來。

挑　用細長或有尖的東西撥動：挑燈芯／挑刺／挑野菜／用刺刀挑死一個敵人。

摟　用手或工具把東西聚攏起來：摟柴火／把棋子摟在一起。

扒摟　〈方〉摟：扒摟柴草。

J5－20 動：　撥弄·擺弄

撥弄　來回撥動：他忙碌地撥弄著算盤珠子／他用長柄笊子在石臼裡撥弄著。

搬弄　反覆翻動或撥動：他搬弄著手裡的鑰匙／他喜歡搬弄家裡的兩桿土槍。

擺弄　反覆撥動或移動：孩子專心擺弄自己的玩具／一個新兵擺弄著槍栓。

盤弄　擺弄；撫弄：他閒空時就盤弄收集的郵票。

弄　擺弄；擺弄著玩：他把鑰匙拿在手裡弄來弄去／兩個小孩兒在岸邊弄泥沙。

鼓搗　擺弄；撥弄：他喜歡鼓搗收音機／他沒事做就去鼓搗菜園。

搗鼓　擺弄；鼓搗：一堆人圍著鼓風機，不知在搗鼓些什麼。

J5－21 動：　放·堆

放　❶使人或物處於一定的位置：把孩子放下來／把書放在桌上／屋子裡放了一套新式家具。❷加進去：菜裡放一點醬油。

擱　放：把箱子擱到屋裡／豆漿裡擱點糖。

置　放；擱：置於桌上／置身事外。

撂　放；擱：撂下擔子／媽媽把孩子撂在床上／這事你不能撂下不管。

坐　把鍋、壺等放在爐灶火上：灶上坐了一鍋飯／把這壺水坐到爐子上。

蹾　〈方〉重重地放下：箱子裡有易碎物品，不要往下蹾。

安放　使人或物處於一定的位置：媽媽上班，把孩子安放在托兒所／房裡家具都安放好了。

安置　安放；安排：安置行李／安置家人。

頓　〈方〉放；擱：寄頓／把行李頓在哪裡？

安頓　安放；安排妥當：食宿都已安頓好了。

放置　安放：這裡可以放置雜物。

擱置　放在一邊不動用：這些設備已擱置多年了。

停放　短時間放置：把車停放在大門口／大廳裡停放著遺體。

擺　放置；陳列：桌子上擺著大大小小的貝殼／家具搬來的太多，房間裡擺不下了。

擺設　安放；陳設：房間裡擺設得很整齊／玻璃櫥裡擺設著許多美術工藝品。

投　放進去；送進去：投票／把信投進郵筒。

投放　投下去；放進去：投放農藥／把魚苗投放進池塘。

下　放入：下種／下碇／下餛飩／下網捕魚。

堆積　把東西集聚放在一處：糧食堆積成山／許多磚瓦堆積在牆外。

堆　堆積：案頭堆滿書報／滿地堆著建築材料／堆土／堆柴。

堆疊　一層一層地堆：把書籍堆疊在架上。

垛　整齊地堆：把大白菜垛在屋角。

堆垛　垛；堆積：場旁堆垛著稻草。

堆放　放置成堆：大門兩旁堆放不少雜物。

摞　把東西重疊著放：幾本書摞在一起／箱子不
　　要摞得太高。

碼　〈口〉堆疊：把磚塊碼起來／孩子在玩碼積木
　　的遊戲。

J5－22 動：　傳·遞

傳　由一方交給另一方：把球向後傳／這些古玩
　　都是祖父傳給他們的。

傳遞　一個接一個送過去；傳送：傳遞郵件／她
　　也走過來幫忙傳遞茶水。

傳送　把事物由一處傳遞到另一處：傳送物資／
　　傳送文件。

遞　傳遞；傳送：請把書遞給我／他趕緊把旗子
　　向背後的人遞。

遞送　傳送；投遞：遞送郵件／遞送消息。

投遞　遞送：投遞信件／書要立即寄去，才能在
　　開學前投遞到。

遞交　當面送交：遞交國書／這些文件必須遞交
　　本人。

呈遞　恭敬地遞交：呈遞書札／呈遞公文。

轉遞　輾轉傳送：這件受處分人的申訴書，必須
　　迅速轉遞上去。

J5－23 動：　排列

排列　順著次序放或站：按姓氏筆畫排列／公路
　　兩旁排列著一幢幢新建的樓房。

排　按著次序擺；排列：把椅子靠牆排成一行／
　　排成兩隊。

列　排列：列隊歡迎／案上列著祭品和香燭。

擺列　擺放；排列：客堂裡舊式的桌椅和擺列的
　　方法都很俗氣。

平列　平行排列：一排排車有秩序地平列著。

並列　不分主次，並排平列：展售會上許多廠家
　　的產品並列在一起，各具特色／兩隊並列第三
　　名。

並排　橫著排列在一條線上：街旁有並排的兩幢

小樓／路面可容六輛汽車並排行駛。

環列　排列在四周：各種花草環列在房屋四周。

J6　運　輸

J6－1 動：　運輸

運輸　用交通工具把人或物資從一處運送到另一
　　處：運輸糧食／把大批器材運輸到建設工地。

運　把東西從一處搬到另一處：運鋼材／這批救
　　災物資要趕快運去。

輸　運送：輸入／輸出／輸油／大批物資輸往災
　　區。

運送　把人或物資運到別處：節日增開班車運送
　　旅客／把大批民生物資運送到災區。

輸送　運送：輸送糧食。

送　把東西運去或交去：送信／送報／商業人員
　　送貨到山鄉。

搬運　把東西從一處運到另一處：搬運郵包／搬
　　運建築器材。

盤運　搬運：用駁船盤運貨物。

運載　裝載並運送：運載貨物／運載旅客。

裝運　裝載並運送：裝運建築材料／這批救災物
　　資用汽車裝運。

載運　運載；裝運。

起運　（貨物）開始運出：貨物不日即可起運。□
　　啟運。

拉　用車裝運：卡車拉來不少水果／利用回程空
　　車拉貨。

水運　用船、筏等在江河湖海上運輸：兩港之間
　　的沈重貨物，用水運既方便又節省費用。

空運　用飛機運輸：一批醫療器材藥品已空運災
　　區。

J6－2 名：　交通·運輸

交通　各種運輸和郵電事業的總稱：水陸交通／

交通發達。

運輸 指運輸工作、運輸事業:鐵路運輸/用先
進的科學方法管理交通運輸。

陸運 指鐵路、公路等陸上的運輸。

航運 水上運輸事業的統稱:內河航運/遠洋航
運。

海運 指海洋上的運輸。

河運 指內河運輸。

集裝箱運輸 使用集裝箱為裝貨容器的運輸。
集裝箱是有一定規格、可反覆使用的大型裝
貨容器,多用金屬製造。有用於裝運一般貨
物的,也有專用於裝運液體、粉狀、易腐及化
學危險品等貨物的。集裝箱運輸有節省包裝
材料、減少搬運次數、便於水陸聯運、加速貨
物周轉、降低運輸成本等優點。

貨運 運輸部門運送貨物的業務。

客運 運輸部門運送旅客的業務。

交通工具 指運輸用的車輛、船隻、飛機等:他已
弄到了遷移這些機件往內地去的交通工具。

J6-3 動: 轉運・聯運・押運

轉運 把運來的東西再運到別處去:轉運站/紅
十字會贈送的藥品,已轉運各地。

調運 調撥貨物並運輸:調運工業品下鄉。

聯運 不同的交通部門或交通路線聯合辦理連
續運輸,旅客或托運者只要買一次票或辦一
次手續:鐵路公路聯運/水陸聯運/國際聯
運。

集運 集中起來運輸:集運糧食。

駁運 在岸與船或船與船之間,用小船轉運旅客
或貨物:輪船上貨物由駁輪分批駁運。

托運 委託運輸部門運送貨物或行李:托運行李
/運輸任務緊張,零擔暫不托運。

押運 運輸貨物時跟隨看管、照料:糧食由專人
押運/押運槍枝彈藥。

押送 押運:押送糧草。

解送 押送財物或犯人:解送人犯。

中轉 中途轉換交通運輸工具:中轉站/縮短貨
車中轉時間。

J6-4 動: 裝・卸

裝 把物件放在運輸工具上:裝車/這艘萬噸巨
輪裝滿了原煤。

裝載 用運輸工具裝(人或貨物):裝載機械/家
具裝載在車上運走了。

載 裝載:載客/載貨/超載/滿載而歸。

裝卸 (把貨物)裝到運輸工具上和從運輸工具
上卸下:裝卸工人/裝卸貨物/快速裝卸。

卸 把東西從運輸工具上搬下來:卸貨/搬運工
人把一袋袋水泥從船上卸下來。

卸貨 把貨物從運輸工具上卸下來:從英國來的
船已開始卸貨。

卸載 把運輸工具上裝載的貨物卸下來:工人們
正忙著卸載。

卸車 把車上裝的東西卸下來:車子剛到,工人
就趕緊卸車了。

J6-5 動: 收拾・整理

收拾 把散開或不整齊的東西聚攏和整理:收拾
行李/收拾零碎的東西/收拾好了就動身。

拾掇 收拾;整理:把房間拾掇拾掇。

收束 收拾:收束行李。

歸攏 把分散的東西聚集在一起:他正在歸攏東
西/請你幫我把桌上的書歸攏一下。

歸置 〈口〉收拾;整理:把行李歸置歸置。□歸
著。

歸拾 歸攏收拾:歸拾行李。

整理 使事物有條理,有秩序;收拾:整理行裝/
把床鋪整理一下。

整 整理:整裝/整隊。

理 整理;使整齊:理東西/她理了理髮鬢。

打點 收拾;整理:打點行裝/把他以前送你的

東西,都打點出來。

打疊 收拾;安排:他趕緊打疊些細軟送到親戚
家。

打整 收拾;整理:打整行李/屋子已打整停當。

J6-6 動: 攜帶

攜帶 隨身帶著:攜帶乾糧/攜帶武器/攜帶家
眷。

帶 隨身拿著:帶雨傘/帶手槍/帶一個包袱。

攜 攜帶:攜兒帶女/攜了所得的東西到鎮上去
叫賣。

隨帶 ❶隨身攜帶:把不能隨帶的笨重東西暫時
留下。❷隨同帶去:信外隨帶書一包。

挈帶 攜帶;帶領:挈帶巨款/挈帶家眷。

挈 攜帶;帶領:挈眷/挈妻攜子。

夾帶 把東西藏在身上或混入其他物品中秘密
攜帶:夾帶私貨入境。

捎帶 攜帶;順便帶:這輛車專運書籍文件,不得
捎帶其他物品。

捎 捎帶;順便帶:我有一封信給他,請你捎去/
他托人捎個口信給我。

J6-7 名: 運費

運費 運輸貨物所需要的費用:運輸部門要合理
收取運費/空運的運費很貴。

運腳 〈方〉運費。

腳錢 付給搬東西的人的工錢:出火車站,付一
些腳錢,就有人幫你把行李搬上車。

腳力 腳錢。

力錢 〈方〉腳錢。

腳步錙 〈方〉腳錢。

水腳 〈方〉水運的費用。

J6-8 名: 客票

客票 旅客乘火車、汽車、輪船、飛機等的票。

全票 支付全價的客票、門票等。

半票 支付半價的客票、門票等。

免票 不收費的票。

月票 按月計價的乘坐公共交通車輛、輪渡或遊
覽公園等使用的票。

聯票 聯運的票:長途汽車聯票/飛機聯票。也
叫**通票**。

站臺票 接送旅客時進入車站月臺的票。也叫
月臺票。

J6-9 動: 剪票·補票等

剪票 火車或公共汽車、電車等上查票時,用鉗
子狀器具在車票上剪個缺口,表示查過。

補票 補買車票、船票等:無票上車,要主動補
票。

退票 退還已買的車票、船票、機票或戲票等,按
照規定收回全部或部分票價:車已經開了,你
趕快去退票。

免票 乘車、船或入場等,不需要買票。

J7 陸 運

J7-1 名: 車輛

車 陸地上的交通運輸工具,一般用輪子轉動:
汽車/自行車/車來人往/車水馬龍。

車子 ❶車(多指小型的):大街上車子很多。❷
指自行車:你還是騎車子去吧。

車輛 各種車的總稱:過馬路時注意來往車輛/
整修路面,車輛暫不通行。

獸力車 用牛、馬、驢、騾等牲口拉的車輛:農村
中常用獸力車運輸糧食。

機動車 依靠機器開動的車輛:機動車與人力車
分道行駛,有利於交通安全。

J7-2 名: 人力車

人力車 ❶依靠人力推或拉的車輛。❷指舊時

一種用人拉的載人車輛,有兩個橡膠車輪,兩
個車柄,一個坐箱。因從日本傳入,也叫**東洋
車**。

洋車 〈口〉指載人的人力車;東洋車。

黃包車 〈方〉載人的人力車。

手推車 用人力推動的裝運物品的小車。也叫
手車。

小車 指手推車。

架子車 一種人力推拉的兩輪車,用木料或鋼管
做車架,上鋪木板或竹板,城鎮中多用於運輸
貨物。

獨輪車 用人力推動的只有一隻車輪的小車,用
於載人、運貨,推動時車的兩側要保持平衡。

雞公車 〈方〉獨輪車。

排子車 一種用人力拉的車,多用於運貨或搬運
器物。

塌車 〈方〉大的排子車。

平板車 用人力推拉的運貨車,車架上鋪平板。

平板三輪 三個輪子的平板車。

大板車 用人力拉的較大的運貨的平板車。

黃魚車 〈方〉一種用人力推拉或腳蹬的兩輪或
三輪的小型運貨平板車。

J7－3 名: 馬車

馬車 ❶馬拉的載重車。❷馬拉的供人乘坐的
車,兩輪或四輪,有的轎式,有的敞篷。

大車 泛指牲口拉的載重車,兩輪或四輪。

轎車 早期用騾馬拉的供人乘坐的車,車廂外套
著帷子,與現今的轎車不同。

大型篷車 在美國拓荒時期使用的一種四輪馬
車。

J7－4 名: 自行車・摩托車

自行車 一種簡便交通工具,有兩個輪子,人騎
在上面用腳蹬著前進。

腳踏車 〈方〉自行車。

單車 〈方〉自行車。

跑車 一種車把較低、車胎較細、適用於長距離
競賽的輕便自行車。

三輪車 裝有三個車輪的用腳踏著前進的車。
有車廂的用來載人,鋪平板的用來裝貨。

輪椅 裝有兩只或三只輪子的椅子,用手轉動輪
子或由人推著前進,供行走困難的人使用。

摩托車 一種裝有內燃引擎的機動車,兩輪或三
輪,是輕便快速的交通工具,也用於軍事和體
育競賽。也叫**機器腳踏車**。

電驢子 指摩托車。

電動車 以電力為動力來源的車輛,分為純粹電
瓶式和燃電混合式兩種。所謂「純粹電瓶式
電動車」,是其動力完全仰賴電瓶的能量,而
「混合型電動車」不僅有電動馬達,還同時具
備引擎。這種美稱「零污染」的車輛已是時代
所驅。

J7－5 名: 汽車

汽車 用內燃機做動力的、運貨載人的車輛,是
現代廣泛使用的交通運輸工具。

貨車 裝載運輸貨物的車子,車廂有箱式、平板
式和自卸式等。

卡車 貨車的俗稱。

平板車 裝貨部分為長的平板的大型載貨汽車。

吉普車 音譯詞。一種前後輪均具備動力輸
能力之車輛,能適應高低不平的道路,多作軍
用,也適用於各種野外活動。

廂型車 形如麵包狀的中型載人汽車,一般設十
至二十個座位。

公共汽車 城市中供公眾乘坐、有固定路線和停
車站的汽車。

巴士 音譯詞。公共汽車。

計程車 供人臨時租用的小汽車,按時間或里程
收費。

轎車 有固定車廂和座位,供人乘用的小型汽車。

國民車　即專爲一般中產階級之大衆所設計之
車輛,或所謂的「平價小汽車」。國民車的代表
作即是德國福斯公司所生產的金龜車。

雙 B　兩種很高級、很昂貴的汽車「BMW」、
「BENZ」(賓士)的合稱。因爲車名的字母首
字都是「B」,故稱「雙 B」。

賽車　車身較低、車速很快、用於競賽的汽車。

J7-6 名：　電車·纜車·捷運

電車　用電作動力的城市公共交通車輛。由架
空接觸線供電,由牽引電動機驅動行駛。有
有軌和無軌兩種。

有軌電車　在軌道上行駛的電車。容量大、速度
快,但受軌道限制,且噪音和振動較大。

無軌電車　不用鐵軌,用橡膠輪胎行駛的電車。
有行駛機動靈活、噪音小、爬坡力強等優點。

纜車　用鋼索、絞車牽引,在傾斜軌道上行駛的
交通工具:登山纜車。

拖車　本身沒有動力裝置,由汽車、電車等牽引
的車輛。

掛車　本身沒有動力裝置,由機車、汽車等牽引
的車輛。

捷運系統　簡稱 MRT。係指運量每小時五千
(或八千)人次以上,每三至五分鐘一個班次,
擁有與他種運具分隔之獨立專用路權的大衆
運輸系統。其優點包括:班次密、運量大、準
時、安全及可靠之服務效率。

J7-7 名：　火車

火車　由機車牽引車廂,在鐵路上行駛的交通運
輸工具。因鐵路上最初使用蒸汽機車,以火
力(煤燃燒的熱能)產生牽引動力,故名:乘火
車去歐洲。

列車　由機車拖帶的連掛成列的火車:旅客列車
/國際列車/列車在平原上奔馳。

巴士　鐵路、公路上運送旅客的車輛。鐵路巴士
包括客運服務的餐車、郵車、行李車等:這幾
天京漢線南段的巴士不通。

座車　鐵路上運送旅客的車輛,有硬席座車和軟
席座車。

臥車　設有臥舖供長途旅客乘用的火車車廂,有
硬席臥車和軟席臥車。也叫**寢車**。

硬席　旅客列車上設備較簡單的、硬的座位或鋪
位:硬席車廂。

軟席　旅客列車上設備較講究的、舒適柔軟的座
位或鋪位:軟席票。

臥舖　臥車上或輪船上供旅客睡覺的鋪位。

餐車　鐵路巴士上供應旅客伙食的車廂,設有廚
房、餐廳等部分。

J7-8 名：　貨車

貨車　裝運貨物的火車或載重汽車:這輛貨車已
經超載了。

悶子車　鐵路車輛的一種,有鐵棚而沒有窗戶的
貨車。

罐車　鐵路車輛的一種,車體是圓筒形,主要用
於裝運液體或粉狀物品。也叫**罐子車;槽車**。

敞車　鐵路上沒有車頂的貨車,用於裝運木材、
鋼材、裝箱貨物等。

棚車　鐵路上有車頂、窗戶、滑動門的貨車,用於
裝運怕濕或貴重的貨物。也作**篷車**。

守車　掛在貨運列車最後的一節車廂,供列車長
辦公使用,設有緊急製動閥、瞭望臺和瞭望窗。

聯結車　大型卡車的一種。貨物裝在分離的貨櫃,
由牽引車頭拖行。聯結車能轉彎,機動性比固定
的卡車高,現代的卡車都採用此種方式。

J7-9 名：　專車·班車

專車　專爲特定的人或事行駛的火車或汽車:出
席大會的代表們乘專機到達舊金山。

專列　爲特定的人或事行駛的專用列車:外賓和
陪同人員乘專列由深圳回到廣州。

班車 機關團體使用的路線固定、按排定時間開行的車輛：他每天早晨乘廠裡的班車上班。

交通車 機關、團體、企業等為公務來往、接送員工而定時行駛的汽車或火車。

J7-10 名： 車次‧班次

車次 列車的編號或長途汽車行車的次序：請電告返家的日期車次，以便到站迎接。

快車 中途停靠車站較少、全程行車時間較短的火車或長途汽車：她已決定乘明天上午九時的快車離開。

慢車 中途停靠車站較多、全程行車時間較長的火車或長途汽車：我這次由東京去上野坐的慢車，足足七小時才到。

夜車 夜裡開出、夜裡到達或夜裡經過的列車：他昨天乘夜車回巴黎了。

晚車 晚上開出或晚上到達的列車：搭晚車。

班次 有固定路線和定時往來的交通工具開行的次數：二十一路公共汽車尖峰時段都增加班次。

頭班車 按班次行駛的第一班車。□**首車**。

末班車 按班次行駛的最後一班車：她急急忙忙鑽進地鐵入口去趕乘末班車。□**末車**。

J7-11 名： 機車‧車皮等

機車 鐵路運輸中牽引若干節車輛行駛的動力車。按動力分，有蒸汽機車、內燃機車、電力機車等：機車鳴笛，列車啓動了。

火車頭 機車的俗稱。

車廂 火車、汽車用來載人或裝貨的部分。

車皮 指火車的車廂，一般用於貨車：全部貨物裝了五節車皮。

車鉤 火車機車與車輛、車輛與車輛相互聯接的掛鉤，裝在機車、車輛的兩端。有自動車鉤和非自動車鉤兩類。中國目前使用的全部是自動車鉤。

J7-12 名： 鐵路

鐵路 鋪設鋼軌、供使用機車牽引車輛行駛的交通線路。按線路數量分，有單線鐵路、複線鐵路和多線鐵路；按其允許通過的行駛速度分，有常速鐵路(小於一百二十公里／小時)、中途鐵路(一百四十～一百六十公里／小時)和高速鐵路(大於一百八十～二百公里／小時)：鐵路運輸／西伯利亞鐵路。也叫**鐵道**。

地下鐵路 大城市為了減輕地面交通擁擠而在地下修建供客運的鐵路。

高架鐵路 大城市環繞或穿越市區的架空鐵路，主要用於行駛客運車輛，可不受地面交通干擾，使運行安全。

電氣化鐵路 用電作動力以牽引列車的鐵路。電能由軌道上空的接觸網送到電力機車，驅動電動機，牽引車廂前進。電力機車有功率大、加速快、爬坡力強及不污染環境等優點。電氣化鐵路是現代鐵路發展的主要方向。

J7-13 名： 軌道

軌道 供火車、有軌電車行駛的用鋼軌鋪設的路線。

鋼軌 用於鋪設火車、電車等軌道的鋼條。鐵路軌道鋼軌斷面為工字形，電車軌道鋼軌斷面一般為槽形。也叫**鐵軌**。

路軌 ❶指軌道。❷指鋼軌。

軌距 鐵路上兩根鋼軌頂端內側之間的距離。俄羅斯鐵路採用的標準軌距為1.435毫米。

軌枕 鐵路上墊在鋼軌下與軌道方向垂直鋪設的條狀材料，用以固定鋼軌的位置並將車輛荷載傳布到道床上。常用木材經過防腐處理或混凝土製成。

枕木 橫鋪在鐵路鋼軌下用以固定鋼軌位置的長條方木。也叫**木枕**；**道木**。

道床 指鋪在軌枕下的一層碎石和砂子等，用以

承受軌枕的壓力並傳布於路基,防止軌道移動,也有利於排水。

J7－14 名：　鐵路線路

單線　只有一組軌道的鐵路或電車道:單線鐵路。

複線　有兩組或兩組以上軌道的鐵路或電車道,可以按固定方向行車,有較單線大得多的通過和運輸能力:複線鐵路。

單軌　單線的鐵路。

雙軌　兩組軌道的複線鐵路。

幹線　交通線路中的主要線路:確保幹線暢通／鐵路幹線。

支線　交通幹線的分支線路:鐵路支線。

J7－15 名：　車站

車站　陸路交通運輸線上的停車地點,供上下乘客或裝卸貨物:火車站／公共汽車站。

票房　〈口〉火車站、長途汽車站、輪船碼頭售票的處所:他去票房買票了。

站臺　鐵路運輸中供乘客上下和裝卸貨物的高於路面的平臺:站臺上有許多送行的人。也叫**月臺**。

路簽　鐵路上車站發給到站列車准許通行的憑證。

道岔　鐵路上的一種裝置,可以左右扳動,使機車、車輛由一組軌道轉向另一組軌道上行駛:扳道岔。

轉盤　用於機車或其他有軌車輛轉換方向的圓盤形設備。盤上有軌道,車輛上轉盤後,用人力或機器轉動,使它轉到所需要的軌道上。

水鶴　鐵路上給蒸汽機車上水的裝置,是直立的圓柱形管子,上端彎曲像鶴的頭部,上水時能轉向機車。

J7－16 動：　鋪軌・養路等

鋪軌　在鐵路路基上鋪設鐵軌和軌枕:機械鋪軌／鋪軌機。

扳道　扳動道岔,使列車由一組軌道轉到另一組軌道上:扳道工。

養路　對鐵路或公路進行保養和維修:養路工人。

巡道　對鐵路線路進行步行檢查,及時發現和處理危及行車安全的故障,防止發生意外事故:巡道工。

J7－17 動：　駕駛

駕駛　操縱機動運輸工具(車、船、飛機、拖拉機等)使開動前行:駕駛員／駕駛飛機／駕駛小火輪。

駕　駕駛:駕車／駕飛機。

行駛　車、船等行進:摩托車在街道行駛／五彩繽紛的風帆行駛在江面上。

開駛　車、船等開動行駛;開行:火車白天怕遭受空襲,傍晚才開駛／輪船按班期開駛香港。

疾駛　快速行駛:汽車疾駛而過。

空駛　機動車輛等沒有載旅客或貨物而行駛:運輸車輛要儘量減少空駛。

開　發動;操縱;駕駛:開槍／開車床／開汽車／火車開了。

開動　車、船等啓動行駛;機器運轉:列車就要開動了／開動輪船／收發報機同時開動了幾臺。

開行　車、船等開動行駛:汽笛長鳴,客輪開行了。

J7－18 動：　行車

行車　駕駛車輛:行車執照／注意安全行車。

開車　駕駛機動車:他學會開車不久,就違反了交通規則。

驅車　駕車或乘車行進:驅車前往博物館。

出車　開出或拉出車輛去載人或運貨:準時出車／他出車去碼頭接旅客了。

發車　從車站或某地開出車輛:頭班車每天早晨

六點發車。

收車 把車輛開回或拉回：車隊每天下午五點收車。

超車 車輛行駛時，從旁越過前面行駛的車輛：嚴禁強行超車。

錯車 車輛在單軌或窄路相逢，或後車超越前車時，一方在鋪設雙軌的地方或路邊避讓，一方先通過，使雙方順利行駛：火車在這裡等候錯車，停了一刻鐘。

會車 相向行駛的火車、汽車等在某一地點相遇時交錯通過：會車時應關閉大光燈。

倒車 使車倒退，向後行駛：倒車時注意後面行人。

剎車　煞車 用製動器止住車輛前進：緊急煞車。

停車 使車輛停止行駛或停留：停車時間不長，請不要下車／人行道上禁止停車。

停靠 火車、輪船等停留在某個地方：特快車停靠在三號月臺／等渡輪停靠穩了再上岸。

甩車 使列車的部分車廂或全部車廂與機車脫離：機車甩車後，駛向另一軌道。

J7－19 名、動：　行車事故

車禍 〔名〕汽車、火車行車時發生的傷亡事故：今天早晨公路上發生一起嚴重車禍。

撞車 〔動〕車輛行駛時相撞：在高速公路上駕車，全是單向道，不要擔心迎頭撞車。

翻車 〔動〕車輛翻覆：拐彎地方不要開得過快，防止翻車。

出軌 〔動〕有軌車輛行駛時脫離軌道：發生一起列車出軌事故。

拋錨 〔動〕比喻汽車等中途發生故障而不能行駛：前面一部汽車拋錨，後面的車無法通過。

晚點 〔動〕車、船、飛機等開出、運行或到達遲於規定時間：火車晚點二十分鐘到站。□**誤點**。

J7－20 名：　鐵路員工

司機 火車、汽車、電車等的駕駛員。

大車 對火車司機或輪船上負責管理機器的人的尊稱。也作**大伯**。

司爐 蒸汽機車上燒鍋爐的工人。

空中小姐　空中少爺 在飛機上為乘客服務的工作人員：她是一位受到旅客讚揚的空中小姐，也作**空姐**；**空少**。

列車員 在客運列車上服務的工作人員：列車員攙扶老年人上車。

列車長 鐵路列車行車、乘務的負責人。

站長 鐵路車站管理、業務的總負責人。

道班 鐵路或公路養路工人的組織，分段負責養路工程。

J7－21 名：　駕駛員・車夫

駕駛員 機動車船、飛機、拖拉機等的駕駛人員：汽車駕駛員／飛機駕駛員。

車夫 舊稱以拉車、趕車或駕駛汽車為職業的人：馬車夫。

車把勢 舊稱精於趕車技術的人。也作**車把式**。

掌鞭 〈方〉稱趕牛車、馬車的人。

車老板 〈方〉稱趕車的人。

J7－22 名：　車輛部件

車身 各種車輛車輪、車架以上用來載人裝貨的整個部分。

車門 車上的門：開車前關好車門。

車把 騎車、推車、拉車時用手把握方向、用力的部分：握住車把。

車轅 用牲口拉的車前部套牲口的兩根直木：他用手一按車轅，縱身跳上了車。也叫**車轅子**。

車輪 車輛底部能旋轉的圓形零件。也叫**車輪子**。

車軸 穿入車輪中承受車身重量的圓柱形零件：

轉動車軸／車軸扭彎了。

軸轆　**軸轆**　**轂轆**〈口〉車輪。

輪轂　車輪中心有圓孔，可以裝軸的部分。有時指車輪。

輪輞　❶車輪周圍的框子。❷套裝輪胎用的環形鋼圈。也叫**鋼圈**。

瓦圈　自行車、三輪車等車輪上安裝輪胎的鋼圈。也叫**車圈**。

輪輻　車輪上連接輪輞和輪轂的條狀物。

輪胎　汽車、自行車、拖拉機等輪子外圍安裝的橡膠製品，一般分內胎、外胎兩層。內胎可以充氣，使輪胎具有彈性，減輕行駛時產生的震動。也叫**車胎；輪帶**。

方向盤　汽車、輪船等交通工具操縱行駛方向的輪狀裝置：駕駛員熟練地掌握著方向盤。

煞車　摩托車上一種使車輛止住前進的裝置：他踩煞車把車停住。

車閘　機動車、自行車上裝置的用來減低速度或止住前進的機件：他騎車撞人，是由於車閘失靈。

J7－23　名：　馬具

馬具　騎馬、役使馬的用具，如鞍、繮、馬鐙、籠頭等。

繮　拴牲口的繩子：脫繮野馬／信馬由繮。

繮繩　繮：馬繮繩。

扯手　〈方〉繮繩。

嚼子　橫放在馬嘴裡鏈形鐵器，兩端連在繮上，以便於駕馭。

轡　駕馭牲口的繮繩和嚼子：攬轡／緩轡徐行。

轡頭　轡。

套　把牲口與車或犁拴聯起來的繩索，一端拴在牲口脖子夾板或軛上，另一端拴在車或犁上：大車套／牲口套兒。

幫套　車轅外面拉車的套：拉幫套。

鞍　放在牲口背上供人騎坐或馱運東西的用具，多用木做支架，包以皮革棉墊製成：馬鞍／鞍馬生活。□**鞍子**。

鞍韉　馬鞍和墊在鞍下擋泥土的東西。□**鞍韂**。

鞍橋　〈書〉馬鞍。鞍的形狀如橋，故稱。

馬鞍　放在馬、騾背上供人騎坐的器具，兩頭高，中間低。也叫**馬鞍子**。

鞭　驅使牲畜的用具：馬鞭／揚鞭躍馬。也叫**鞭子**。

馬鐙　掛在馬鞍兩旁供人騎馬時踏腳的鐵製物件。

馬蹄鐵　釘在馬、驢、騾子的蹄子下的「U」字形厚鐵片，可使蹄子耐磨。

馬掌　馬蹄鐵的通稱。

籠頭　套在馬、騾等頭和嘴上用來繫繮繩或掛嚼子的物件：馬籠頭。

套包　牲口拉車、碾磨或碾場時套在脖子上的橢圓套圈，用布或皮革包裹玉米包皮、糠等製成。也叫**套包子**。

J7－24　動：　駕・趕・騎

駕　把車、農具等套上牲口拉：駕轅／乘著四匹馬駕的車／駕著牲口耕地。

駕御　**駕馭**　驅使車馬：他熟練地駕御著馬車／這匹馬很難駕御。

駕轅　牲口套著車轅拉車：這是一匹駕轅的好馬。

趕　駕馭（車、牲口）：趕馬車／趕牛羊。

趕車　驅使牲口拉的車前進：清晨他趕車出門了／趕車能手。

套車　把車上的套套在拉車的牲口身上：趕緊套車上路。

騎　兩腿跨坐在牲口背上或自行車上：騎馬／騎驢／騎自行車。

騙馬　側身抬一條腿跨上馬。

J7－25　名：　馱馬・馬夫

馱馬　用於馱運東西的馬。

馬隊 成隊的運貨的馬匹,多用於邊遠地區運
輸:帶領馬隊經過山地。

馬幫 馱運貨物的馬隊:山間鈴響馬幫來。

馬鍋頭 指率領馬幫的人。

馬夫 舊時稱飼養馬的人。

J7－26 名： 馱子・擔子・包裹

馱子 馬、騾等負載的成捆的貨物:把馱子卸下
來,讓牲口休息一陣子。

馱 馱子:卸馱／解鞍馱。

儎 ❶車、船等運輸工具所裝的東西:卸儎／過
儎。❷〈方〉一艘船所裝運的貨物叫一儎。

擔子 扁擔和掛在兩頭的東西特指貨擔:老頭兒
挑著很重的擔子,摔了一跤／一副賣湯圓的擔
子。

擔 擔子:貨郎擔／他挑著擔過橋。

挑子 擔子:菜挑子／他的肩頭是一副空挑子。

挑兒 挑子:挑挑兒。

包 包紮起來的東西:郵包／打個包／原包退還。

包裹 包紮成件的包兒:他背起包裹、提著小箱
子出門走了。

包袱 用布包起來的衣物包裹:她雙手緊緊抱著
一個包袱。

J7－27 名： 挑夫

挑夫 舊時替人挑貨物、行李等謀生的人。

腳夫 舊時稱搬運東西的工人或趕著牲口供人
雇用的人。

腳力 舊時指搬運工人。

腳行 舊時稱搬運工人或搬運業。

J7－28 名： 轎

轎 由人抬著走的舊式交通工具,供人乘坐,用
竹或木製成,方形有頂,兩邊各有一根長桿伸
出前後,抬時架在肩上。也有用騾馬馱著走
的:坐轎／抬轎。也叫**轎子**。

肩輿 〈書〉轎子。

花轎 舊時結婚時新娘坐的有彩飾的轎子。□
彩轎。

滑竿 一種由兩個人抬著走,供人乘坐的舊式交
通工具,一般在兩根竹竿中間架一個竹編的
躺椅式兜子,講究的形似轎子而無頂。

筦子 兜子 由人抬著走的舊式交通工具,用竹
椅子捆在兩根竹竿上做成,與滑竿相似。

山轎 舊時由人抬著走的登山工具,用椅子捆在
兩根桿子上做成。

馱轎 用馬、騾等馱著走的轎子。

J7－29 名： 雪橇

雪橇 一種用狗、鹿、馬等拖拉著或由人撐竿,在
雪地或冰上滑行而沒有輪子的交通工具。

爬犁 即雪橇。也作**扒犁**。

冰橇 雪橇。

冰床 一種在冰上滑行的交通工具,形似雪橇,
用竿撐或用人力、畜力推拉。

J8 航 運

J8－1 名： 船舶

船 水上的主要交通工具:木船／輪船／貨船／
漁船／遠洋船。

船舶 各種船、艦、艇、舢板等的總稱:船舶製造
業／港內船舶密集,裝卸繁忙。

船隻 船的總稱:江上船隻順流而下。

舟 〈書〉船:輕舟／龍舟／風雨同舟／逆水行舟。

舟楫 〈書〉船和槳,泛指船隻:互通舟楫／舟楫
往來。

舶 航海的大船:巨舶／海舶／舶來品。

艇 ❶指較輕便的船:遊艇／救生艇。❷指某種
快捷的大船:潛水艇／登陸艇。

艦 大型軍用船隻:軍艦／戰艦／巡洋艦／運輸

艦/航空母艦。

舫　船,多指供遊玩用的小船:遊舫/畫舫。

J8-2 名: 木船・筏子等

木船　用木材製造的船,通常用人力搖櫓、划槳行駛。

帆船　桅杆上張掛帆篷,借風力行駛的船。

機帆船　裝有動力推進設備的帆船。

航船　舊時江浙一帶在城鎮之間定期載客運貨的木船。

扁舟　小船:一葉扁舟。

獨木船　用一根樹木挖空製成的小船。

划子　用槳划水行進的小船。也泛指小船,如:汽划子。

舢舨　舢板　近海和江河上划槳行駛的木製小船,沒有甲板。也叫**三板**。

筏子　用竹、木等平排編紮成的水上交通工具,沒有艙篷。也有用牛羊皮、橡膠等製成的。

筏　筏子:木筏/皮筏。

木筏　用長木材編紮成的筏子。又叫「木筏子」。

竹筏　用毛竹編紮成的筏子。

排筏　用原木或毛竹平排地編紮成的筏子,是依靠水力、風帆、拖輪等在淺水道浮運的工具。

排　排筏:木排/竹排。

皮筏　用羊皮充氣製成的筏子,適用於在淺水急流河道中行駛。

皮船　用極堅樹枝作骨架,外蒙牛皮製成的船。是川藏等處高原急流河道中的主要交通工具。

J8-3 名: 輪船

輪船　利用機器推進,船身多用鋼鐵製成的船。

輪　輪船:萬噸巨輪/遠洋輪/輪渡。

火輪船　舊時稱輪船。也叫**火輪**。

汽船　❶用蒸汽機發動的船。❷指汽艇。

汽艇　用內燃機發動的小型船舶,輕便靈活,速度快,用作短距離交通工具,也用於體育競賽。也叫**快艇**;**摩托船**。

海輪　適合於海洋上航行的輪船。

江輪　適合於江河上航行的輪船。

客輪　以載運旅客為主的輪船,船上設有客房、鋪位、餐廳等:定期客輪/客輪碼頭。

貨輪　載運貨物的輪船,船上設貨艙和裝卸貨物的設備:巨型貨輪/碼頭上的貨輪正在卸貨。

郵輪　國際間定期、定線航行的大型遠洋客輪。由於航速快,在開闢洲際航空線前,一般委託這種客輪運載郵件,故名。也叫**郵船**。

油輪　載運散裝石油的輪船。設有裝液體的貨艙,有完善的降溫、消防設備。也叫**油船**。

救護船　用於搶救航行遇難船隻的一種大馬力高速拖船。船上備有排水、滅火、潛水、拖曳、醫療等救護設備。也叫**救難船**。

消防船　用於撲滅船隻或碼頭火災的一種高速船。船上裝有滅火水泵、滅火機等消防設備。也叫**救火船**。

破冰船　用於為其他船舶破冰開闢航道的船。它的特點是馬力大、殼板厚。船底前端向上翹起,船首、船尾設有壓載艙可以調節船的重心位置,將冰層撞碎或壓碎。

冷藏船　裝運肉類、魚類、蔬菜、水果等易腐貨物的船。船上有製冷設備,使貨物保持低溫。

拖輪　裝有拖曳設備,用來牽引駁船、排筏、浮塢、大船等的機動船。一般船體較小,但主機馬力較大。

拖船　❶拖輪。❷〈方〉拖輪所牽引的木船。

駁船　非自航的客、貨船,單艘或多艘編列成隊由拖輪拖曳或頂推航行。

拖駁　由拖輪或汽艇牽引的駁船。

遊船　專供遊覽用的船。

遊艇　專供遊覽用的較小的船。

救生艇　設置在輪船上或港口等處的小艇,用於搭救水上遇險的人。

J8－4 名： 核動力船・汽墊船等

核動力船 利用核能推進作動力的船舶。由核反應爐的熱能產生蒸汽,帶動汽輪機以推進船舶。核反應爐能在極長時間內連續產生熱能,可使船舶在海洋中長時間連續航行。

氣墊船 一種藉由強大的鼓風機將高壓空氣由船底噴出,形成氣墊以支持船體重量,用裝在船後方的空氣螺旋槳或噴射推進的船舶。

水翼船 船體下裝有位於水中的翼的新型一種船舶。航行時依靠水對水翼產生的升力,支撐船體全部或部分逐漸離開水面,這時行駛快、噪音又小。□**水翼艇**。

雙體船 有兩個並列的船體,水線以上聯結成一個整體的船。其特點是甲板面積和船艙容積大、穩定性好、航行安全。

J8－5 名： 港口

港口 在江、河、湖、海或水庫沿岸,具有一定自然條件,設有碼頭,供船舶停靠、旅客上下和裝卸貨物的地方。

港 ❶港灣:避風港／軍港。❷港口:上海港。

口岸 港口:通商口岸。

海港 沿海港口的通稱。一般利用島嶼、岬角等自然屏障或建築防波堤等以防風浪,港內有廣闊的水面和較深的航道。

海口 海灣內的港口。

港灣 具有天然或人工防風、防浪設備,便於船隻停靠或臨時避風的江灣或海灣:漁船駛進港灣避風。

軍港 軍用艦船專用的港灣,有供軍艦停泊、補給、修理以及防禦等設施。

商港 供商船停泊,上下旅客、裝卸貨物的港口。

漁港 供漁船停泊、避風、裝卸、補充物資等用的港灣,港內一般設有漁船漁具修造、漁需物資供應、漁獲物購銷貯運、冷藏加工等為漁業服務的機構。

自由港 不屬於任何一國海關管轄的港口或海港地區,貨物進出該港可以免徵關稅。□**自由口岸**。

避風港 供船隻躲避大風浪的港灣。

不凍港 較冷地區常年不結冰的港灣。

J8－6 名： 碼頭・船塢

碼頭 專供停靠船舶、上下旅客和裝卸貨物的建築:客輪碼頭／碼頭倉庫。

埠 碼頭:船已抵埠。

埠頭 〈方〉停船的碼頭。

船埠 停船的碼頭:貨輪徐徐地離開了船埠。

船塢 建造和檢修船舶用的建築物或設備。有乾船塢和浮船塢。乾船塢塢底低於水面,三面是塢壁,一面與水域相通,有啓閉閘門供塢進出。浮船塢是浮於水面,利用灌水或排水而沈浮的箱形設備,常繫泊在船廠附近,也可用拖輪拖到需要的地點。

船臺 備有各種設備專供製造船舶用的臺基,在船臺上拼裝製成後,沿軌道下水。

J8－7 名： 航標・泊位

航標 為指示船舶安全航行而設在岸上或水中的標誌,如浮標、岸標等:航標誌燈。

浮標 設置在水面的航行標誌,用來指示航道的界線、淺灘、礁石等礙航物的位置。

岸標 設置在岸上的標誌,用來指示船舶避開沙灘、暗礁等。

導標 設置在港口附近的岸上或航道狹窄的地方的航行標誌,一般由前低後高的兩標誌組成,以兩標誌所連直線的引長線指示安全航行的方向。

浮筒 漂浮在水面的密封金屬筒,下部用鐵錨固定,用來繫船或做航標等。

燈塔 設置在航線附近的島嶼、礁石或海岸上的

大型航標。有強烈發光設備,且多建成塔形,
故名。

桅燈 裝在船舶前後桅桿上的信號燈,在夜間或
昏暗天氣時用以顯示船的航向。

泊位 港區內供船舶停泊的位置,有碼頭泊位、
浮筒泊位、錨地泊位。能停泊一條船的位置
稱為一個泊位。

錨地 在水域中,根據水深、底質、避風等條件選
定的、供船舶拋錨停泊及船隊編組的地點。

J8-8 動： 航行

航行 船舶在水裡或飛機及其他飛行器在天空
行駛:安全航行/夜間航行。

航海 船舶在海洋上航行:航海家/航海活動。

通航 有船舶或飛機通行來往:上海、香港間客
船定期通航。

遠航 (船艦、飛機)長途航行:船已揚起風帆,將
要遠航。

續航 (船艦、飛機)連續航行:續航能力/續航
時間。

護航 護送船隻或飛機航行:驅逐艦為主力艦護
航/護航隊。

巡航 船隻在水上或飛機在天空巡邏航行:軍艦
正在海疆巡航。

巡弋 船隻在海上巡邏航行:海上有艦艇巡弋。

上水 船舶在江河裡從下游向上游行駛:上水
船。

上行 船從下游向上游行駛;上水:上行船/從
上海乘船上行去武漢。

下水 船舶在江河裡從上游向下游行駛:下水船
/船一路都是下水,又快又穩。

下行 船從上游向下游行駛:我們從武漢乘船下
行到上海。

J8-9 動： 起航

起航 輪船、飛機等開始航行:客輪鳴笛起航了。

□**啓航**。

起錨 船隻把錨收起,開始航行:船從維多利亞
港起錨/水手們解纜起錨。□**啓錨**。

啓碇 船開始航行;起錨:客輪十二時啓碇順流
而下。□**起碇**。

拔錨 起錨:天沒大亮,船就拔錨離港了。

開航 船隻、飛機開始航行;也指航線開始通行:
輪船按時開航/台北到日本東京飛機航線已
開航了。

出航 船或飛機駛離港口或機場:鐵達尼號首次
出航,即發生船難。

出海 船舶離開停泊地到海上去;乘船到海上
去:魚汛期,漁船都出海了/漁民出海捕魚。

J8-10 動： 停航·停泊·返航

停航 (輪船或飛機)停止航行:客輪因大霧停航
/班機停航一天。

停泊 船舶停靠:碼頭上停泊著許多船隻/一艘
軍艦停泊在港口。

碇泊 船舶把錨沈入水中穩住船身停泊:汽艇在
碇泊著的大輪船中間穿過。

靠泊 船舶靠碼頭停泊:油輪靠泊特定碼頭。

錨泊 船舶拋錨停泊:海面上錨泊著一艘萬噸巨
輪。

拋錨 船舶停止航行把錨拋入水底,使船停穩:
輪船因機器發生故障,在港口外拋錨。

返航 船隻、飛機或飛行器航行歸來:這艘油船
預定下個月初從中東返航/飛機順利返航。

J8-11 動、名： 領航

領航 ❶〔動〕由人員或使用設備引導船舶、飛機
航行:船過三峽時有人領航。❷〔名〕稱擔任
領航工作的專職人員。也叫**領航員**。

引航 〔動〕由熟悉港口、航道的人員引導或駕駛
船舶進出港口或在內海、江河一定區域內航
行。

引水　〔名〕舊稱擔任引航工作的專職人員：外輪
　　在內海，必須雇引水領路。

領港　❶〔動〕由熟悉港口的人員引導或駕駛船
　　舶進出港口。❷〔名〕稱擔任領港工作的專職
　　人員。也叫**引港**。

領江　❶〔動〕在江河上引導或駕駛船舶航行。
　　❷〔名〕稱擔任領江工作的專職人員。

導航　〔動〕利用航行標誌、雷達、無線電裝置等
　　引導輪船、飛機及飛行器航行：導航臺／導航
　　設備。

J8－12　名：　航線

航線　船舶或飛機航行的路線：開闢一條新航
　　線。

航路　水上航行的路線：這條航路最安全。

航道　江河湖泊中供船舶安全行駛的通道：航道
　　暢通／疏通航道。

河道　指能通航的河流經的路線：拓寬河道／河
　　道狹窄。

J8－13　名：　航務

航務　泛指有關船舶、飛機的航行和運輸業務。

海事　泛指有關海上的事務，如航海、造船、驗
　　船、海運權利、海運法規、國際海上公約等。

航次　❶船舶、飛機完成一次完整的運輸過程：
　　這條船一個月完成了三個航次。❷船舶、飛
　　機出航編排的次序：下個月的航次已排定。

航班　客輪或客機出航編排的班次，也指某一班
　　次的客輪或客機。

船次　船舶出航編排的次序；航次。

船隊　爲完成某一任務，組織起來的若干艘船
　　隻：船隊遠征南極。

船幫　成群結隊的船隻：船幫已經從漁港出發。

航程　船舶、飛機等航行的路程：航程萬里／完
　　成一次艱難的航程。

航向　船舶、飛機航行的方向：偏離航向。

船位　某一時刻船舶在水上的地理位置，通常用
　　經緯度來表示：測定船位。

J8－14　名、動：　航行事故

海事　〔名〕船舶在海上航行或停泊時發生的事
　　故。如擱淺、觸礁、碰撞、失火、沈沒等。

海損　〔名〕船舶在海上運輸過程中遇險所引起
　　的船舶、貨物等損失。

擱淺　〔動〕船舶在航行中進入水淺處，不能進
　　退：輪船擱淺了，我們乘坐舢板離船上岸。

觸礁　〔動〕船舶在航行中撞著江海哩的暗礁：船
　　觸礁下沈了。

迷航　〔動〕輪船或飛機在航行中迷失方向：返航
　　途中大霧瀰漫，輪船迷航了。

失事　〔動〕發生意外的不幸事故：輪船失事沈沒
　　／飛機失事墜毀。

J8－15　名：　船夫

船夫　舊時指在木船上工作的人。

舟子　〈書〉船夫。

船家　舊時指駕駛自己的木船維持生活的人。

船戶　❶船家。❷指以船爲家的水上住戶：港內
　　有不少船戶。

船民　以船爲家從事水上運輸的人。

船老大　〈方〉對木船上主要船夫的稱呼，也泛稱
　　一般船夫。

艄公　梢公　舊稱船尾掌舵的人，也泛稱船夫。

J8－16　名：　海員

海員　海洋輪船上工作人員的通稱，如駕駛員、
　　輪機員、報務員、水手、客貨運輸人員等：海員
　　俱樂部／外國海員。

船員　在海洋、內河輪船上工作的人員：長江
　　船員／船員工作守則。

船長　輪船上的總負責人。

水手　擔任船舶艙面的操舵、帶纜、測深、維修船

體和裝卸工具等工作的船員：水手們正在沖
洗甲板。

大副　輪船上船長的第一助手，負責艙面行政和
技術工作，並和二副、三副輪流駕駛輪船。

二副　輪船上職位次於大副的工作人員，負責艙
面的一部分工作。

三副　輪船上職位次於二副的工作人員，負責艙
面的一部分工作。

輪機長　輪船上負責機艙部門技術和行政工作
的船員。俗稱「大管輪」「老軌」。

舵手　操舵掌握行船方向的人；輪船上擔任操舵
的船員。

生火　輪船上燒鍋爐的船員。

J8－17　名：　艙・舷・甲板等

艙　船或飛機中載人或裝貨的部分：客艙／貨艙
／前艙／駕駛艙／貨物都已進艙。

船艙　船內載乘客、裝貨物的地方。

機艙　❶輪船上指裝置機器的地方。❷飛機上
指載客裝貨的地方。

客艙　輪船上載乘客的艙。

房艙　輪船上供乘客住的小房間。

貨艙　輪船上裝載貨物的艙。

統艙　輪船上可以容納許多乘客的大艙。

艙位　輪船、飛機艙內的鋪位或座位。

舷　船、飛機兩側的邊：船舷／左舷／右舷。

船舷　船兩側的邊。

船幫　船身的側面。

舷窗　船、飛機兩側密封的窗子。

舷梯　船、飛機旁供人上下的活動梯子。

舷門　輪船兩側設舷梯的入口處，多在船後部兩
舷。

甲板　輪船上覆蓋船體或分隔上下各層的鋼板。
一般指最上層自船首至船尾的連續甲板：船
離碼頭時，旅客站在甲板上揮手告別。

J8－18　名：　噸位・水線等

噸位　❶車、船等規定的最大載重量。船舶的噸
位為滿載排水量減去空船排水量。❷衡量船
舶容積的單位，用來計算載重量。一噸位等
於 2.83 立方米(即一百立方英尺)。

吃水　船身在水面以下的深度：許多小船，吃水
很深，張著帆駛向對岸。

水線　船在各種漂浮情況時船殼外面與水平面
的接觸線。

排水量　船體入水部分所排開水的重量。空船
浮在水面時的排水量，等於船的重量。船滿
載時的排水量用來表示船的容積，通常以噸
計。

續航力　輪船、飛機等一次裝足燃料後以某一航
速能行駛或飛行的距離。

J8－19　名：　帆・桅桿等

帆　❶掛在桅桿上，利用風力使船前進的布篷：
帆船／揚帆／一帆風順。❷〈書〉指帆船：千帆
競發。

帆篷　掛在船桅桿上的布篷；船帆。

風帆　船帆，也指帆船：扯起風帆／風帆點點／駕
起風帆，出海捕魚。

桅桿　❶船上掛帆的柱桿：豎起桅桿，掛上帆篷。
❷輪船上的高桿，用於懸掛信號，裝設天線、
支持觀測臺等。

桅　桅桿：船桅／桅燈／雙桅帆船。

檣　〈書〉❶船桅桿：帆檣如林。❷指帆或帆船：
風檣破浪急駛。

桅檣　船上掛帆的桅桿：桅檣林立。

帆檣　掛帆的桅桿；桅檣。

篷　❶遮蔽陽光、風雨的覆蓋物，用竹木、席、布
等製成，多用於車、船上：船篷／敞篷汽車／撐
起篷來。❷指船帆：扯起篷來。

船篷　❶木船上遮蔽陽光、風雨的篷。❷船帆。

J8－20 名： 槳·舵·錨等

槳 划船的用具，上端爲圓桿，下端扁平作板狀：划槳／槳聲／槳打下去，水面立刻出現波紋。

橈 〈書〉船槳，也指船：蘭橈。

棹 〈書〉❶船槳：舉棹沖流。❷借指船：歸棹／孤棹。

篙 撑船用的長竹竿或木桿：竹篙／撑篙。

櫓 裝在船梢、船旁划水使船前進的工具，比槳長而大：搖櫓。

舵 船舶上、飛機上控制航行方向的裝置：掌舵／方向舵／看風使舵。

舵輪 輪船、汽車等操縱行駛方向的輪狀裝置，又叫「方向盤」。

舵機 船舶改變航向時用來擺動船舵的裝置，設在船尾，由駕駛臺上的舵輪遠距離操縱。

錨 爪鉤形的鐵製的停船工具，一端用鐵鏈連在船上拋到水底或岸邊，可使船停穩：拋錨。

碇 拴船的石墩，停船時沈落水底以穩定船身：下碇。

絞盤 裝在船舶甲板上的一種起重設備，用來收放錨鏈或繩索：絞盤機／用絞盤起錨。

J8－21 名： 渡船

渡船 載運人、物等在江河、湖泊、海峽兩岸間橫渡的船：他乘坐渡船渡過黃河。

渡輪 載運人、物等在江河、湖泊、海峽兩岸間橫渡的輪船：汽車渡輪／過江渡輪末班已經開了。

輪渡 載運行人、交通車輛渡過江河湖海的輪船。

擺渡 指擺渡的船；渡船。

J8－22 動： 渡·擺渡

渡 ❶通過江、河、湖、海，由此岸到彼岸：渡河／遠渡重洋。❷載運人、物等過河：渡船／老船

夫把他渡到對岸。

橫渡 從江河湖海的這一邊過到那一邊：橫渡太平洋／萬里長江橫渡。

擺渡 用船載運人、物過河：用小船把貨物擺渡到對岸／大橋沒有修建時，只能擺渡過江。

泅渡 游泳渡過江、河、湖、海：水深流急，泅渡艱難。

強渡 強行渡過江河等：他帶著十七名水手，駕著木船，從水流最急的地方強渡。

搶渡 搶時間迅速渡過江河：搶渡金沙江。

偷渡 ❶偷偷地渡過江河：武工隊下了大船，靜悄悄地進行偷渡。❷偷越關隘或國境：他們密謀在西南邊界偷渡出境。

J8－23 名： 渡口

渡口 有船或筏子擺渡的地方：船在渡口靠了岸。□渡頭。

渡場 〈方〉渡口。

渡 渡口：夕陽古渡。

渡站 有一定設施、供船擺渡的地方。

津 渡口：津渡／關津／問津。

要津 重要的渡口，泛指水陸交通要道：南北要津／戰略要津。

J9　航空·航天

J9－1 名： 航空·航天

航空 人類用氣球、飛艇、滑翔機、飛機等在地球大氣層中升空、飛行的活動：民用航空／航空事業／航空兵／航空母艦。

航天 用運載火箭、人造衛星、太空梭、太空船等在地球大氣層之外的空間或太陽系內行星之間的空間飛行的活動：太空梭／航天事業。

宇航 宇宙航行的簡稱，亦稱「空間飛行」。指人造衛星、太空船等在太陽系的航行：宇航之旅

/宇航探險。

民航　民用航空的簡稱。民用航空指利用航空
器從事運送旅客、貨物、郵件以及涉及工、農
業生產、搶險救災、體育、娛樂等方面的飛行
活動。

太空人　駕駛航天器和在宇宙航行中從事科學
研究的人員。宇宙員要經過嚴格的、特殊訓
練，能適應超重、失重、低壓缺氧、高溫等特殊
環境。也叫**航天員**。

J9-2 名： 航空器

航空器　指在地球大氣層內活動的飛行器，分輕
於空氣的和重於空氣的兩大類。前者利用空
氣浮力升空，包括氣球和飛艇；後者利用空氣
動力產生升力，包括滑翔機、飛機和垂直起落
飛機。

飛行器　一切能離開地面在大氣層內或外層空
間飛行的機器和裝置的總稱。包括航空器、
航天器以及火箭和導彈等。

氣球　沒有推進裝置，利用輕於空氣的氣體（熱
空氣、氫氣或氦氣）升空的航空器。由氣囊和
吊艙或吊籃組成。氫氣球用於氣象探測、科
學研究、軍事偵察等，熱氣球主要用於航空體
育活動。

飛艇　有動力裝置、輕於空氣的航空器。沒有
翼，利用內裝氫氣或氦氣的氣囊所產生的浮
力升空，由電動機帶動螺旋槳推動前進。也
叫**氣艇**。

飛船　❶水上飛機的一種，機身下部做成船形，
用以在水面上起落。❷太空船的簡稱。

飛機　有固定機翼和動力裝置，在大氣層內飛行
的重於空氣的航空器。由機身、機翼、尾翼、
動力裝置、操縱機構等組成。種類很多，在交
通運輸、軍事、農業、探礦、測量等方面被廣泛
使用：噴氣式飛機/軍用飛機/水上飛機。

鐵鳥　指飛機。

直升機　能垂直起飛和降落的飛機。由旋翼、機
身、引擎、起落裝置、操縱系統等組成。依靠
由引擎驅動裝在機身上部的旋翼產生升力，
垂直升空。直升機不要跑道，能在狹窄場地
直升直落。多用於救護、運輸、偵察、勘探、空
降等。

直升機

噴射式飛機　用噴射引擎為動力裝置的飛機。靠
燃料燃燒產生的燃氣高速噴射出去的反作用
力來推進。速度很高，適於高速和高空飛行。

水上飛機　能在水面上起飛和降落的飛機。有機
翼下裝有浮筒作為起落裝置的；有機身下部呈
船形供水面起落的；有裝有陸上起落裝置，可
水陸兩用的。根據裝備的不同，可用於偵察、
反潛、布雷、救護、巡邏、運輸、科學考察等。

無人駕駛飛機　沒有駕駛員的飛機。靠在地面
或空中發出的無線電遙控操縱，或採用自動
操縱裝置進行操縱。適用於執行危險性較大
的任務，如用作靶機、偵察、轟炸、原子彈塵埃
取樣等。

滑翔機　沒有動力裝置的飛機。由機翼、尾翼、
機身、起落裝置、操縱機構等組成。由絞盤
車、飛機牽引升空，利用風力或其他氣流在空
中飄行。多用於航空體育運動和飛行訓練。

降落傘　使在大氣層中從空中降落的人或物體
減速下降著陸的傘狀裝置。用柔性紡織物製
成，摺疊於包內，使用時展開以增大人或物體
的運動阻力，減低速度，達到安全著陸。降落
傘最初只用於體育運動和使飛行人員從失控
的飛機安全脫離，後來廣泛用於空降人員和

空投物資、裝備，收回靶機，以及使重返地球大氣層的航天器減低速度。

J9-3 名： 航天器

航天器 指在地球大氣層以外空間按受控飛行路線運行的飛行器。不載人航天器有人造衛星、空間探測器等，載人航天器有航天站、太空船、太空梭等。

人造衛星 用火箭發射，在外層空間圍繞地球公轉軌道運行的人造天體。主要用於科學觀測、軍事偵察、電視轉播、無線電通訊等，也有可乘太空人的載人衛星。世界上第一顆人造衛星是蘇聯於一九五七年十月四日發射的。中國大陸的第一顆人造衛星是一九七〇年四月二十四日發射的。

人造地球衛星 泛指用火箭送入外層空間圍繞行星或衛星運行的人造天體，如圍繞月球旋轉的月球衛星。

人造行星 用火箭發射，擺脫地球的引力，進入圍繞太陽旋轉的行星軌道而運行的人造天體。世界上第一顆人造行星是由蘇聯於一九五九年一月二日發射的。

月球衛星 按一定軌道繞月球運行的人造天體。

人造天體 指人類用火箭發射到宇宙間的飛行體。

太空站 宇宙空間中載人的航天器，一般比人造衛星和太空船大得多，可供太空人長期在外層空間工作、居住。用於研究人對空間環境的適應能力和天文觀測、地理資源勘測、軍事偵察等。第一個太空站是蘇聯於一九七一年四月十九日發射的。也叫**航天站；軌道站**。

太空梭 能飛往太空並返回地面重複使用的載人航天器。主要由軌道器、助推火箭、推進劑外貯箱等三部分組成。軌道器有客艙和貨艙。太空梭應用廣泛，除向軌道上的航天站運送太空人、補充物資、運送、回收和維修衛

星外，還可承擔科學實驗、軍事偵察、攔截敵方衛星和洲際飛彈以及太空旅遊等任務。

太空船 用多級火箭做運載工具，從地球上發射出去，能保障太空人在宇宙空間生活和工作並返回地面的航天器，不能重複使用。太空船有多種用途，如天文觀測、地球資源勘測、軍事偵察、向太空站運送人員和物資等。也叫**載人飛船**。

空間探測器 對月球及太陽系中除地球以外的行星進行探測的無人航天器。裝載著自動探測儀和傳送其觀測得的數據和圖形的無線電裝置。主要任務是觀測行星及其衛星的地質結構、表面形狀和周圍環境等。

J9-4 名： 火箭
（參見 L 11-14 火箭·飛彈）

火箭 借助自身攜帶的推進劑燃燒產生反作用力推進的飛行器。主要由有效負載（彈頭、衛星等）、燃料容器及殼體、動力裝置、製導和控制系統（也可沒有）等部分組成。用於發射人造衛星、太空船、高空探測儀器等。軍事上用作投擲彈頭的火箭武器和裝上彈頭及製導系統製成飛彈。

運載火箭 把人造衛星、太空船、航天站等運送到宇宙空間的火箭。一般是二至四級多級火箭，其最後一級把有效載荷送到預定軌道後，本身即墜毀或依一定軌道運行。近已研製成功用降落傘回收，可重複使用。

宇宙火箭 能達到第二宇宙速度（11.2公里／秒），脫離地球引力場而進入宇宙空間的火箭。

J9-5 名： 班機·專機

班機 有固定航線、航行日期、時間的飛機：他搭紐約去舊金山的班機走了。

專機 為某人或某事特地飛行的飛機，或供某人

專用的飛機:本市為運送救災物資開過一次
專機/總統專機。

長機　在編隊飛行中,率領機群或僚機執行任務
的飛機。也叫**主機**。

僚機　編隊飛行中跟隨長機執行任務的飛機。
飛行中必須保持規定位置、執行長機命令。

機群　編隊飛行的兩架以上的飛機。各機在空
中必須相互保持一定間隔、距離和高度差。

J9－6 名:　飛機部件

升降舵　裝在飛機尾翼水平安定面後,用來調節
飛機升降的片狀裝置。

方向舵　裝在飛機尾翼垂直安定面後,可繞垂直
軸左右轉動,用來調節飛機飛行方向的片狀
裝置。

螺旋槳　廣泛應用於飛機和船舶的推進器。有
二至七槳葉,由引擎帶動在空氣中或水中旋
轉時,就產生拉(推)力,使飛機或船前進。飛
機的螺旋槳,一般裝在飛機前部;船的螺旋
槳,裝在船的尾部。也叫**螺旋推進器**。

機艙　飛機內載人裝貨的地方。

起落架　飛機的主要零件之一。飛機在地面停
放或起降滑跑時,用於支持飛機重量、吸收撞
擊能量。

油箱　特指飛機汽車上盛燃料油用的容器。

J9－7 動、名:　飛行・著陸等

飛行　〔動〕飛機、火箭、太空船等在空中航行:飛
行器/飛行編隊/一架飛機正在向北飛行。

起飛　〔動〕(飛機)離開地面開始飛向天空:飛機
準點起飛/做好起飛準備。

上天　〔動〕飛行器離開地面上升到天空:人造衛
星上天了。

騰空　〔動〕(飛機)向天空上升:飛機離開跑道騰
空而起。

俯衝　〔動〕飛機以大傾斜度高速向下飛:飛機向地
面俯衝下來/十幾架敵機向山谷裡俯衝投彈。

降落　〔動〕從空中下降;落下:飛機向機場緩緩
降落/客機降落在國際機場。

著陸　〔動〕飛機等從空中到達陸地:太空船按計
畫著陸/飛機安全著陸。

對接　〔動〕兩個大型太空船或航天站等航天器
在運行軌道上靠攏後接合成為一體。

軟著陸　〔名〕太空船、太空梭等航天器在地球、
月球等天體的表面上著陸的動作。一般要在
降落前借助反向火箭減速,降落後不損壞航
天器上的零件或載荷。

太空漫步　〔名〕太空人走出太空船外的行動。
太空人身穿特製的太空衣借助一種可在太空
中靈活移動的機動器能在艙內外完成衛星檢
修、太空站給養和安裝大型空間結構等任務。

J9－8 名:　機場

機場　供飛機起飛、著陸、停放,並有維護和組織
飛行活動設施的場所:國際機場/在機場歡迎
外賓/軍用機場。

航空港　位於航空運輸線上的大型機場,主要任
務是指揮調度、維修飛機以及保證旅客、貨
物、郵件正常運送。

航空站　規模較小的航空港。

跑道　供飛機起飛和降落時滑行用的路,一般用
混凝土鋪成,兩旁和兩端安裝燈光設備,供飛
機在夜間起飛、著陸時指示位置和範圍:跑道
燈/飛機在跑道上著陸。

塔臺　機場指揮飛機起飛、降落和在機場區域內
飛行的塔形建築物。

導航臺　設在機場或航空線上一定地點,引導飛
機或其他飛行器飛行的地面無線電臺。

歸航臺　設在機場跑道兩端延長線上,將飛機從
遠處引向機場的無線電電臺。

航空標塔　為飛行員夜間飛行指示機場位置設
立的燈塔。

K 經濟·商業·職業

K1 經濟(一般)

K1-1 名： 經濟(一般)

經濟 ❶與一定生產力相適應的社會生產關係的總和,是社會上層建築賴以建立的基礎:經濟制度/經濟結構/經濟基礎。❷物質資料的生產和相應的交換、分配、消費等活動及其相互關係:商品經濟/個體經濟。❸國民經濟的總稱。也指國民經濟各部門,如工業經濟、農業經濟等。❹日常用語中指個人或家庭的收支狀況:他家裡經濟寬裕。

經濟制度 人類社會發展的一定階段的生產關係的總和。一定的社會經濟制度是構成該社會的經濟基礎,決定其政治制度和意識形態等上層建築。歷史上已有的經濟制度有原始公社制度、奴隸制度、封建制度、資本主義制度和社會主義制度。

經濟體制 一定經濟活動的組織形式、權限劃分、機構設置、計畫和監督制度等的整個體系。是具體經濟活動的組織管理形式,除指整個國民經濟和各部門的管理體制外,也指各個不同企業的企業管理體制。

經濟規律 經濟現象發展過程中客觀存在的普遍的、本質的、必然的聯繫。經濟規律在一定的經濟條件下產生和發生作用。經濟規律不以人們的意志為轉移,人們不能創造、消滅或改造它們,但可以發現、認識和利用它們。也叫經濟法則。

自然經濟 為了滿足生產者個人或經濟單位本身的需要,不是為了交換而進行生產的經濟形式。即自給自足經濟。它是生產力水平低下和社會分工不發達的產物。隨著生產力的提高和社會分工的發展,逐漸被商品經濟所代替。

商品經濟 直接為交換而生產的一種經濟形式,包括商品生產和商品交換。是社會生產力發展到一定階段的產物。它的存在條件是社會分工和生產資料屬於不同的所有者。歷史上有簡單商品經濟、資本主義商品經濟和社會主義公有制基礎上的商品經濟。

個體經濟 以生產資料個體所有制和個人勞動為基礎的經濟。主要有個體農業和個體手工業。特點是經營分散,資金少,技術落後。在社會主義制度下,個體經濟是公有制經濟的補充。

集體經濟 以勞動群眾生產資料集體所有制和共同勞動為基礎的經濟。如我國歷史上曾有過的手工業生產合作社、農業合作社、農村人民公社等。

小農經濟 農民的個體經濟。以一家一戶為單位,在小塊土地上從事生產,經營分散,生產工具落後,生產水平低,在一般情況下,只能進行簡單的再生產。

小商品經濟 以小私有制和個體勞動為基礎的商品經濟。個體手工業者為交換和出賣而進行商品生產,是其典型。個體農業有一部分

或全部產品是爲出賣而生產,也屬於小商品經濟。

計畫經濟　由國家制定計畫、統一管理的經濟制度。是社會主義國家在生產資料公有制基礎上,按照國民經濟有計畫按比例發展的要求而實行的。

市場經濟　資源(勞動力和物質資料)的配置、社會經濟活動的運行全由市場供求關係和價格變動自發調節的經濟制度。

國民經濟　一個國家範圍內生產、流通、分配和消費諸方面的總體。包括工業、農業、建築業、交通運輸業等物質生產部門和商業、金融、郵電、服務業、科學、文化、教育、衛生等非物質生產部門。

微觀經濟　指個別生產者、個別消費者的經濟活動。如一個企業的生產安排、資金運用、設備利用、成本與利潤、市場價格與供應;一個家庭的收入與消費或儲蓄等。

宏觀經濟　指國民經濟的總體經濟活動與經濟關係。包括經濟體制、經濟結構、經濟發展速度、國民收入水平、消費與積累的比例、消費與投資的結構、財政預算與分配、貨幣流通量和流通速度、物價動向等。

K1－2 名:　生產方式

生產方式　人們取得必需的物質資料(包括生產資料和生活資料)的方式,包括生產力與生產關係兩個方面,是推動社會發展和決定社會性質的主要因素。

生產力　人們征服自然、改造自然的能力。生產力由具有一定生產經驗和勞動技能的勞動者同生產資料(包括勞動資料和勞動對象)所構成。科學技術凝結在勞動技能和勞動資料中,也是生產力。生產力是生產中最活躍、最革命的因素,是在發展生產中起決定作用的條件。

生產關係　人們在社會生產過程中結成的相互關係,是最基本的社會關係。包括三個方面:❶生產資料的所有制形式;❷各不同社會集團在生產中的地位及其相互關係;❸產品分配形式。其中起決定作用的是生產資料的所有制形式。生產關係由生產力決定,反過來又能促進或阻礙生產力的發展。

生產資料　人們從事物質資料生產所必需的物質條件,即勞動資料和勞動對象的總和。生產資料在勞動力作用下才能創造出物質財富。生產資料歸誰所有,決定著生產關係的不同類型和性質。也叫**生產手段**。

生產工具　人用來作用於勞動對象以實現預期生產目標的器具。如石斧、機器、儀器等,它是勞動資料中的決定性因素,是社會生產力發展水平的標誌。

勞動資料　人們在勞動過程中用來改變或影響勞動對象的一切物質資料。如生產工具、土地、生產用建築物、道路、運河等。其中最重要的是生產工具。也叫**勞動手段**。

勞動力　人的勞動能力,即人能夠用於物質資料生產的體力和腦力的總和。是社會生產力的基本要素。

勞動對象　在生產過程中一切被人們用勞動加工的東西的總稱。它可以是自然物,如原始森林、待開採的礦藏等。也可以是加工過的原材料,如棉花、鋼材等。

K1－3 名:　所有制

所有制　人們對生產資料的佔有形式,指生產資料歸個人或者歸階級、集團、社會所有。所有制是生產關係的基礎,它決定人們在生產中的地位和相互關係,也決定產品分配、交換的形式。所有制因生產力發展水平不同而有不同形式,歷史上在社會經濟生活中占統治地位的所有制有:原始公社所有制、封建主義所

有制、資本主義所有制和社會主義所有制。

私有制　生產資料歸私人佔有的形式。它隨著生產力的發展、社會分工的出現和原始公社的瓦解而產生，是產生剝削的基礎。

公有制　生產資料歸公共所有的形式。如原始公社所有制、社會主義的全民所有制和集體所有制。

資本主義所有制　資本家佔有生產資料並用以剝削雇傭勞動者的私有制，是資本主義生產關係的基礎。

社會主義所有制　生產資料歸全體勞動人民或部分勞動群眾共同佔有的公有制，是社會主義生產關係的基礎。中國大陸當前實行以公有制為主體的多種所有制經濟制度。

全民所有制　生產資料和勞動產品歸全體人民所有的公有制。生產資料和勞動力由國家按照國民經濟的需要作統一的配置。是社會主義所有制的高級形式。

集體所有制　主要的生產資料和勞動產品歸勞動群眾集體所有的一種公有制。是社會主義所有制的低級形式。

個體所有制　生產資料歸個體勞動者(個體農民或個體手工業者等)佔有的小私有制形式。

股份制　一種現代化的企業資本組織形式。股份所有者按所佔有股份多少，共同承擔企業經營風險和進行收入分配。中國實行股份制的企業，有國營、集體企業的股份經營，和私人集資企業的合作經營等形式。

K1－4 動、名：　生產

生產　❶〔動〕人們使用勞動工具來改造自然，創造物質資料以適合自己需要：這個工廠生產紡織機械／本地區以生產棉花為主。❷〔名〕指創造物質資料的過程：農業生產／商品生產／小生產／發展生產。

再生產　〔名〕生產過程週而復始的重覆和更新。包括生產、分配、交換、消費四個環節。有在原來規模上重覆進行的簡單再生產和在更大規模上更新進行的擴大再生產兩種類型。

商品生產　〔名〕不是為生產者自己消費而是為交換而進行的產品生產。它是以社會分工和生產資料及勞動產品分屬於不同所有者為條件而產生和發展起來的。歷史上有簡單商品生產、資本主義商品生產和社會主義商品生產三種形式。

小生產　〔名〕以生產資料個體私有制和個體勞動為基礎的生產。以一家一戶為單位分散經營，規模小，生產力水平低，如個體農業和個體手工業。

生產能力　〔名〕指一定生產單位在充分合理利用生產設備、先進生產方法和勞動組織等條件下，在一定時間內可能生產某種產品的最大限度的能力。用產品的數量表示。

勞動生產率　〔名〕勞動者創造物質產品的效率。用單位時間內所生產的產品數量或生產單位產品所耗費的勞動時間計算。單位時間內生產的產品愈多，單位產品內包含的勞動量愈少，勞動生產率就愈高；反之就愈低。也叫**生產率**。

K1－5 動、名：　交換

交換　❶〔名〕人們互換勞動或勞動產品的過程，是社會再生產過程的一個中間環節。交換由生產決定，生產的性質決定交換的性質，但交換也反作用於生產，推動或限制生產的發展。❷〔動〕互換勞動或商品；買賣商品：農民拿商品糧食和日用工業品相交換。

流通　〔名〕通過交換實現的產品從生產到消費的流轉過程，是連接生產、分配和消費的橋梁，社會再生產必不可少的環節。包括商品流通和貨幣流通。在資本主義經濟條件下，還有資本流通。

等價交換〔名〕指商品按照價值量相等的原則進行的交換。也就是按照生產商品的社會必要勞動時間進行交換,而不是按照個別勞動時間交換。在私有制社會,等價交換是通過價格圍繞價值上下波動來實現的。

不等價交換〔名〕價值量不相等的商品進行的交換。一般不是由於商品供求不平衡所引起的價格與價值的暫時背離,而是發生在經濟、政治地位強弱懸殊的交換雙方之間,一方通過賤買貴賣、欺騙、壟斷等手段從經濟上掠奪另一方的不平等的商品交換。

K1-6 動、名：　分配

分配❶〔名〕將社會產品或國民收入分歸社會、國家、社會集團或社會成員的活動,是社會再生產過程的一個環節。分配由生產決定,分配的性質和形式,由生產方式決定;但分配又反過來促進或阻礙生產的發展。❷〔動〕按一定標準或原則分(財物或價值):按勞分配／給農民分配土地。

按勞分配〔名〕即「各盡所能、按勞分配」。是社會主義社會分配個人消費品的原則。勞動者應盡其所能爲社會勞動,社會在對社會總產品做了各項必要扣除以後,再按照勞動者提供給社會的勞動量(數量和品質)來分配消費品。多勞者多得,少勞者少得。

按需分配〔名〕即「各盡所能、按需分配」。是共產主義社會分配個人消費品的原則。勞動者盡其所能積極爲社會勞動,社會則按照各個勞動者的合理需要分配消費品。這一分配原則實行的條件是:腦力勞動和體力勞動的對立已經消失,生產力有了極大發展,社會產品十分豐富,人民的思想品德有了很大提高。

同工同酬＊　不分性別、年齡、種族和民族,凡是從事同種工作,爲社會提供同等數量和品質勞動的,獲得同等的報酬。是社會主義按勞分配原則的要求。

供給制〔名〕按照生活的基本需要,對工作人員免費供給生活必需品,包括學習用品,子女生活、保育費用和一些零用津貼。供給標準一般不超過當地群眾實際生活水平,幹部同戰士、雜務人員所得大體持平。

全程員責製〔名〕中國大陸建國初期實行的一種分配制度。對工作人員每月除按標準發給一定數量的實物外,其餘服裝、鞋襪等用品均折合成貨幣發給,由領取人自行支配。

平均主義〔名〕一種要求人們在享有社會財富方面絕對平均的思想。主張不問勞動多少,技術高低,貢獻大小,一律給予同等的生活條件和勞動報酬。認爲絕對平均才算平等。這種思想是手工業和小農經濟的產物,是違背社會發展規律、不能實現的幻想。

大鍋飯〔名〕比喻不分做好做壞、做多做少,違反按勞分配原則的平均主義分配制度。

K1-7 動、名：　消費

消費❶〔名〕人們消耗物質資料和勞務以滿足物質和文化生活需要的過程,是社會再生產過程的一個環節。消費由生產決定,又反過來影響生產。廣義的消費包括個人消費和屬於生產本身的生產消費。❷〔動〕爲生活和生產的需要而消耗物質財富:合理消費原材料／這個月糧食消費得太多了。

生產消費〔名〕生產過程中工具、原料、燃料、廠房等生產資料和勞動力的消耗。它包含在生產本身之中。

個人消費〔名〕人們爲滿足個人生活需要而消耗各種物質資料和精神產品的行爲。

生活資料〔名〕人們用來滿足生活需要的社會產品。包括衣、食、住、行方面的日用品和文化娛樂用品。也叫**消費資料;消費品**。

超前消費〔名〕不顧實際經濟狀況,任意購買高

價消費品、追求高級享受,使消費超出常態水
準,造成入不敷出的消費現象。

K1-8 名: 商品‧價值‧價格

商品 用來交換的勞動產品。具有使用價值和
　　價值二重屬性。在不同的社會制度下體現著
　　不同的生產關係。

價值 凝結在商品中的無差別的一般人類勞動,
　　是商品的社會屬性,反映商品生產者之間的
　　關係。價值的大小取決於生產這種商品的社
　　會必要勞動時間的多少。價值只有在商品交
　　換中通過交換價值才能表現出來。

價格 商品價值的貨幣表現。如一條毛巾賣二
　　元,二元就是毛巾的價格。價格受價值規律
　　的支配,隨著市場供求關係的變化,經常圍繞
　　價值而自發地上下波動。

價 ❶價格:廉價商品。❷價值:等價交換。

使用價值 物品能滿足人們某種需要的有用性。
　　如糧食能充饑,衣服能禦寒等。使用價值是
　　構成社會財富的物質內容,是商品的基本屬
　　性之一。

交換價值 一種商品和另一種商品互相交換時
　　的量的比例。例如一公尺呢絨同十公尺布相
　　交換,十公尺布就是一公尺尼絨的交換價值。
　　兩種商品所以能按一定的比例相交換,是因
　　為它們都含有一般的社會必要勞動量,即價
　　值。價值是交換價值的基礎,交換價值是價
　　值的表現形式。

價值形式 商品價值的表現形式。即交換價值。
　　一種商品的價值是在與另一種商品交換時量
　　上的比例關係,即交換價值表現出來的。價
　　值形式隨著商品生產和交換的發展而發展,
　　最後發展到貨幣形態。用貨幣表現的價值形
　　式,就是價格。

價值規律 商品生產和交換的基本經濟規律。
　　商品的價值量由生產商品的社會必要勞動時

間決定,商品按照價值相等原則進行交換。
同種商品,不同生產者耗費的個別勞動時間
不同,因而商品的個別價值也不同。個別價
值低於社會必要勞動時間所決定的社會價
值,能獲得額外利益,反之就遭受損失。在私
有制條件下,價值規律能自發地調節生產和
流通,刺激生產技術的改進和提高生產率。
在社會主義條件下,價值規律同樣能發揮作
用,國家可以運用它的調節作用作為計畫調
節的補充。也叫**價值法則**。

剩餘價值 雇傭工人在生產中所創造的超過其
　　勞動力價值的那部分價值,被資本家無償佔
　　有。剩餘價值在各剝削集團間瓜分,表現為
　　利潤、地租、利息等形式。

等價物 在交換中用來體現另一種商品價值的
　　商品。貨幣是體現一切商品價值的一般等價
　　物。

商品比價 同一時間同一市場上不同商品價格
　　間的比例關係。如工業品比價,農業品比價,
　　工農業商品交換比價等。簡稱**比價**。

不變價格 由國家統一規定用某一時期的產品
　　平均價格作為計算各時期產品價值指標的固
　　定價格。也叫**固定價格;可比價格**。

計畫價格 社會主義國家對工農業產品有計畫
　　地規定的統一價格。有國家定價和浮動價格
　　兩種形式。包括某些農產品收購價、工業品
　　出廠價、批發價、零售價等。計畫價格是以
　　品的價值為基礎,並考慮商品的比價和市場
　　供求關係等因素而制定的。

壟斷價格 壟斷資本家憑藉其獨占和把持市場
　　的地位而規定的超過生產價格的價格,藉以
　　攫取高額壟斷利潤。

K1-9 名: 勞動

勞動 人們支出勞動力、利用生產工具改變勞動
　　對象使之適合自己需要的有目標的活動。勞

動是人類社會存在和發展的最基本條件。

具體勞動　指以生產某種有用物為目標,用不同的工具和操作方法,對不同的勞動對象進行的形式千差萬別的勞動。具體勞動創造商品的使用價值。

抽象勞動　指抽去各種具體形式,作為無差別的人類勞動。即勞動者在生產中勞動力的耗費。抽象勞動創造商品的價值。

必要勞動　指勞動者為謀取維持本人及其家屬生活所必需的物質資料所耗費的勞動。在資本主義社會,工人的必要勞動作為勞動力的價值,表現為工資。

剩餘勞動　指勞動者超出必要勞動範圍所進行的勞動。剩餘勞動是社會生產力發展的必然結果,也是進一步擴大生產、推動社會進步的物質條件。在私有制社會,勞動者的剩餘勞動歸生產資料私有者佔有,體現剝削與被剝削關係。在社會主義條件下,勞動者的剩餘勞動為社會所佔有,用於擴大再生產和提高勞動者的物質文化生活水平。

體力勞動　以運用體力為主的生產勞動。

腦力勞動　以消耗腦力為主的勞動,如行政管理、組織生產以及文化教育和科學研究活動。

簡單勞動　不需經過特殊訓練、沒有任何專長、一般勞動者都能勝任的勞動。

複雜勞動　需要經過專門培養和訓練,具有一定技術才能勝任的勞動。複雜勞動的培養和訓練需要花費一定的時間,因此它所含的勞動價值高於簡單勞動,在同一時間內能比簡單勞動創造更大的價值。

活勞動　指勞動者在物質資料生產過程中腦力和體力的消耗。是生產過程中的決定性因素。

物化勞動　有兩種涵義:一種指生產過程中消耗的生產資料,是過去勞動的產物,稱物化勞動。與活勞動相對又稱**死勞動**。另一種是指凝結在一切產品中的人類勞動。一切勞動產品都是人類勞動的結果,它既包括物化在生產資料中的勞動,又包括新投入的活勞動。

雇傭勞動　受雇於資本家的工人的勞動。在資本主義制度下,勞動者失去了生產資料,為了生活不得不出賣勞動力給資本家,為資本家創造剩餘價值。雇傭勞動是資本主義制度的特徵。

奴隸勞動　失去人身自由的奴隸被奴隸主強迫進行的勞動。泛指一切強迫的奴隸式勞動。

勞動強度　勞動的繁重和緊張程度。以單位時間內勞動力的消耗程度來衡量。單位時間內勞動力消耗越多,勞動強度就越高。

勞務　不以實物形式而以勞動形式為他人提供特殊使用價值的活動。一般指文化、教育、商業、金融、醫療衛生、旅遊等行業勞動者的活動。有時只指服務性行業(包括旅館、照相、理髮、洗染、修理等)的勞動:勞務收入／勞務輸出。□服務。

K1－10　名：　資本

資本　給資本家帶來剩餘價值的價值,以貨幣和生產資料的形式出現。但貨幣和生產資料本身並不是資本,只有當它們為資本家所佔有並用來作為剝削手段榨取工人創造出的剩餘價值時,才成為資本。資本體現著資本家剝削雇傭工人的生產關係。

不變資本　資本家用於購買生產資料的那一部分資本。在生產過程中,它的價值只會通過工人的具體勞動轉移到產品中去,不會增大原有價值,故稱不變資本。

可變資本　資本家用於購買勞動力的那一部分資本。在生產過程中,工人的勞動不僅能創造出勞動力的價值,而且能創造出剩餘價值。因這部分資本會增加自己的價值量,故稱可變資本。

民族資本 民族資產階級所擁有的資本。大都為中、小資本。

官僚資本 舊中國的買辦資產階級運用國家政權同外國帝國主義和本國地主階級相結合而發展起來的國家壟斷資本。

買辦資本 殖民地半殖民地國家依附於外國壟斷資本並為其剝削本國人民效勞的資本。

壟斷資本 資本主義大企業控制生產和操縱市場以攫取高額利潤的大資本。有工業壟斷資本、銀行壟斷資本等。也叫**獨占資本**。

金融資本 銀行壟斷資本和工業壟斷資本融合而成的資本。主要以互相收買對方的股票和互相參加董事會等方式使銀行資本和工業資本融合為一,形成金融資本。也叫**財政資本**。

產業資本 資本家投入工業、農業、建築業等物質生產部門的資本。是能生產剩餘價值的基本資本形式。

商業資本 在流通領域內專門從事商品買賣的資本。它本身不能生產價值和剩餘價值。在前資本主義社會裡,它是通過賤買貴賣掠奪小生產者的剩餘產品;在資本主義社會裡,它是為產業資本的商品銷售服務,並分享工人所創造的剩餘價值。

資本積累 剩餘價值的資本化。即資本家把剩餘價值的一部分轉化為資本,用來購買更多的生產資料和勞動力,擴大生產規模,使資本額增大,從而獲取更多的剩餘價值。

資本增值 指預付資本經過生產過程增大原有的價值。其增大部分就是工人勞動所創造的剩餘價值。資本增值是資本主義生產的目標。

資本循環 資本依次經過三個階段,變換形式,使資本得到增值,再回復到原有形式的運動過程。資本循環的第一階段,用貨幣購買生產資料和勞動力,貨幣資本變為生產資本,為生產剩餘價值作準備;第二階段,生產商品,生產資本變為商品資本;第三階段,出賣商品,商品資本再轉化為貨幣資本,收回預付資本並實現剩餘價值。

資本流通 資本循環中,用貨幣購買生產資料和勞動力,貨幣資本變為生產資本,以及將生產的商品出賣,商品資本再變為貨幣資本的過程。資本流通不創造價值和剩餘價值,但為創造和實現剩餘價值提供條件。

資本周轉 不斷週而復始的資本循環。從以貨幣資本形式的預付開始,經過生產過程、流通過程到全部預付資本帶著剩餘價值回到原來的形式為止,是一次周轉。資本經過生產過程和流通過程時間的總和,叫做資本周轉時間。在一年內資本周轉的次數,即為資本周轉速度。

資本輸出 資本主義國家的政府或資本家為了追求高額利潤或利息而把資本用投資或貸款方式輸出到國外。有信貸資本輸出(向外貸款)和生產資本輸出(在國外投資)兩種基本形式。

K1-11 名: 利潤
(參見K4-10 營利·虧空)

利潤 資本主義生產中剩餘價值的一種轉化形式。是資本家在出售商品後得到的超過其預付資本價值的餘額,它來源於工人勞動創造的剩餘價值。在社會主義企業中,利潤是勞動者創造的純收入的一部分,是社會資金積累的主要來源。

利潤率 剩餘價值與預付總資本的比率。利潤率表示預付總資本的增值程度,它的高低主要取決於:剩餘價值率、資本有機構成和資本周轉速度。由於利潤率總是低於剩餘價值率,所以它掩蓋了資本家對工人的剝削程度。

平均利潤 投入不同生產部門的數量相等的資

本所取得的數量均等的利潤。它是生產部門間相互競爭和資本轉移的結果。

平均利潤率 工人階級創造的全部剩餘價值同資本家全部預付資本的比率。由於各生產部門間的競爭，資本不斷由利潤率低的部門流向利潤率高的部門，促使各部門的利潤率平均化，形成平均利潤率。

壟斷利潤 資本家控制生產和流通領域，規定商品的壟斷價格而獲得的超過平均利潤的高額利潤。

超額利潤 由於採用先進的生產技術和管理方法，提高了勞動生產率，降低了成本，因而獲得的超過平均利潤的利潤。

K1－12 名： 工資

工資 以貨幣形式支付給勞動者的報酬。在資本主義制度下，工資是勞動力的價格，體現著資本家與勞動者之間的剝削關係。在社會主義制度下，工資是根據按勞分配原則把國民收入一部分分配給勞動者供個人消費的一種形式。

名義工資 以貨幣數量表示的工資。隨著幣值的升降，物價的漲落，稅收的增減，名義工資所能購買到的生活資料也會發生變化。

實際工資 以工資的貨幣額實際能換到的生活資料和服務數量爲標準來衡量的工資。是反應勞動者實際生活水準的重要標誌。

計時工資 按照工人的勞動時間來計算的工資。有月工資、周工資、日工資和小時工資等。

計件工資 按照工人所完成的合格產品件數或作業數量計算的工資。

K1－13 名： 地租

地租 土地所有者憑藉土地所有權獲得的收入。在封建制度下，地租是地主直接剝削農民剩餘勞動的形式。在資本主義經營形式下，地租是土地所有者從租用土地的農業資本家那裡取得的超過平均利潤的那部分剩餘價值。

租 地租：減租減息。

租子 〈口〉地租。

佃租 佃農向地主交付的地租。

租米 佃農交給地主作爲地租的糧食。

勞役地租 農民被迫用自己的生產工具在封建地主的土地上進行的定期無償勞動。盛行於封建社會初期。也叫**徭役地租**。

實物地租 農民用農產品和禽畜等實物定期向封建地主交付的地租。是勞役地租的代替品。

貨幣地租 農民出售部分農產品以換取貨幣，再以貨幣向封建地主交付的地租。封建社會末期，隨著商品經濟的發展，實物地租爲貨幣地租所代替。

K1－14 名： 資本家

資本家 佔有生產資料並雇傭勞動者榨取剩餘價值的人。

財閥 指壟斷資本家集團。一般指金融資本集團。如日本的三井財閥、三菱財閥，舊中國的江浙財閥。

金融寡頭 指帝國主義國家中掌握金融資本，控制經濟命脈，操縱政治權力的少數壟斷大資本家或金融集團。也叫**財政寡頭**。

財團 指控制許多公司、企業、銀行的大金融資本集團或金融寡頭。

農業資本家 經營農業，剝削雇傭農業工人以獲取剩餘價值的資本家。他們佔有生產工具，其土地或爲自有，或向地主租佃。

K1－15 名： 勞動者・勞動力

勞動者 參加勞動並以勞動所得維持生活的人。通常指從事體力勞動的人。

勞動力 相當於一個成年人所具有的體力勞動

的能力。也指參加勞動的人：這幾家勞動力都不強／他們的困難是勞動力不足。

勞力 ❶勞動時使出的氣力：付出一分勞力，便有一分收穫。❷具有勞動能力的人：他家勞力過剩，尋求出外打工。

全勞動力 指年富力強，能勝任一般較重體力勞動的人：我家有三個全勞動力。也叫**全勞力**。

半勞動力 指年幼年老、體力較弱，只能從事普通輕體力勞動的人。也叫**半勞力**。

K1-16 名： 工人

工人 依靠工資收入爲生的勞動者。在資本主義社會，工人不佔有生產資料，只能出賣勞動力，受資本家的剝削。在社會主義社會，工人擺脫了被剝削關係，成爲國家和企業的主人。

勞工 工人的舊稱：勞工神聖。

雇傭勞動者 被剝奪了一切生產資料受雇於資本家，靠出賣勞動力爲生，爲資本家創造剩餘價值的勞動者。

產業工人 在現代工業、礦業、交通運輸業等生產部門中從事生產勞動的工人。

產業後備軍 資本主義生產方式中必然形成的失業隊伍。是資本積累的產物，它便於資本家發展生產時補充勞動力，也有利於資本家隨時解雇員人和壓低工資加重對工人的剝削。

工人貴族 工人隊伍中被資產階級收買的少數上層分子。其工資數額甚高，整個世界觀和生活方式都已資產階級化。他們在工人運動中起分裂和破壞作用。

工賊 舊社會被資本家收買、在工人運動中從事破壞活動的工人。

工頭 舊時工廠裡監督工人勞動的人。

包工 雇傭一批工人去承包工程的廠商或工頭。

苦力 舊時帝國主義者對受其奴役的重體力勞動者的稱呼。

壯工 缺乏技術、只能從事簡單體力勞動的工人。

青工 青年工人。

小工 幹粗活、零活的工人。

傭工 受雇於人、從事體力勞動的人。

雇員 受人雇傭的勞動者。有時也指雇農。

學徒工 從師學藝的青工。也叫**徒工**。

包身工 舊中國受資本家和包工頭雙重剝削的年輕女工。在簽訂了定期包身契後，她們由包工頭從農村帶到工廠做工。包身期內無人身自由，生活和工作條件極爲惡劣，全部工資收入均歸包工頭所有。

童工 未成年工人。

雇員 用人單位以訂立合約形式招收的工人。合約中一般規定工作任務，工作期限及工資待遇、勞動紀律等雙方的權利與義務。雇員的政治社會地位與固定工完全相同。

臨時工 用人單位由於某項短期或季節性任務而臨時雇傭的工人。一般在任務完成後即辭退。

華工 舊指旅居國外做工的中國人。

K1-17 名： 企業·事業

企業 從事商品生產、運輸、貿易或服務性經營活動並以營利爲目標的經濟單位。如工廠、農場、礦山、鐵路、商店、旅館等。

國營企業 國家投資經營的企業。社會主義的國營企業屬於社會主義全民所有制經濟。資本主義國家的國營企業屬於國家資本主義經濟，或國家壟斷資本主義經濟。

公營企業 國家或地方經營的企業。

私營企業 私人投資經營的企業。

合資企業 本國經濟組織或個人與外國經濟組織或個人按照雙方商定的資金比例共同投資經營的企業。雙方共擔風險，共享盈利。

三資企業 指中外合資、中外合作和外商獨資開

辦的企業。

聯合企業　由從基本原料到成品爲止生產階段不同而互有關聯的各種生產部門的若干獨立企業,包括有關科研單位,結成的企業聯合組織。其目標是通過保證原材料供應、集中利用生產設備、流通過程合理化而達到降低生產成本,獲得高額利潤。

事業　由國家提供經費,不進行經濟核算,爲社會物質文化生活服務的管理單位。如文敎、衛生單位等。

公用事業　城市和鄉鎮爲滿足公衆生活需要而興辦的電報、電話、電燈、自來水、公共交通等企業的統稱。

K1－18 名： 產業

產業　指國民經濟的各部門的統稱,亦指某些具有同一屬性的企業的集合。有時專指工業:產業工人/第一產業/產業革命。

第一產業　指國民經濟中的農業(包括林業、牧業、漁業等)。

第二產業　指國民經濟中的工業(包括採掘業、製造業、自來水、電力、蒸汽、熱水、煤氣)和建築業。

第三產業　指國民經濟中第一、第二產業以外的其他各業,可分流通和服務兩大部門。流通部門包括交通運輸業、郵電通訊業、商業飲食業等。服務部門包括金融、保險業、房地產、公用事業、旅遊業、敎育、文化、廣播電視事業、科學研究事業、國家機關、社會團體,以及軍隊和警察等。

知識產業　指第三產業中進行知識生產和服務的產業。包括敎育、文化、科學研究、通訊手段、資訊機械、資訊服務等產業。

尖端產業　指技術密集程度高、對關聯產業波及效果大的產業。包括飛機、航天、原子能、海洋開發、生物工程、電子電腦、通訊技術、新能源、新材料等產業。

K1－19 動、名： 競爭·壟斷

競爭　〔動〕在商品經濟條件下,商品生產者或銷售者爲了追求最大的經濟利益而相互爭勝。是價值規律得以實現的條件。

自由競爭　〔名〕資本主義制度下,資本在各部門、各企業之間以自由轉移爲特點的競爭。自由競爭的結果引起生產集中,最後形成壟斷。

壟斷　〔動〕少數資本主義大企業或聯合企業憑藉優勢地位獨占生產和操縱市場,以攫取高額利潤。也叫**獨占**。

壟斷組織　〔名〕資本主義經濟中居於壟斷地位的大企業或聯合企業組成的**壟斷**經濟協定或同盟。其作用爲瓜分和獨占原料產地、銷售市場、投資場所,規定壟斷價格。

排擠效果　金融市場上的貨幣供給大約一直維持在一定的水準,如果有一個特別大的事件獨自吸收了鉅額資金,必然會對其他的投資市場產生影響,也就是股市、房市、銀行都會產生失血的情形。

托拉斯　〔名〕壟斷組織的一種高級形式。由許多生產同類商品的企業或生產上有密切聯繫的企業合併組成。由董事會中最大的資本家掌握領導權,其他企業主成爲按股分紅的股東,在生產、商業和法律上都喪失獨立性。其內部存在著爲分配利潤和爭奪領導權的鬥爭。

K1－20 名： 經濟週期

景氣循環　指經濟景氣歷經蕭條、復甦、繁榮和衰退四循環期。

經濟危機　指在生產過程中,週期性所發生的社會生產過剩的危機,是經濟週期的基本階段。其一般特徵是:商品大量滯銷,物價下跌,生

產下降,企業紛紛倒閉,失業劇增,利息率猛
漲,股票行情暴落。整個社會經濟生活陷於極
度的恐慌和混亂。也叫**經濟恐慌**。

經濟衰退　資產階級經濟學家對經濟活動全面
下降的現象,諱言危機,而稱為經濟衰退。一
般指國民生產總值平均下降約百分之十,平
均延續十二個月。其實質仍是資本主義的基
本矛盾引起的程度較輕微的經濟危機。

景氣　指資本主義經濟發展中出現的生產增長、
失業減少、商業活躍、市場繁榮等現象。

不景氣　指資本主義社會中生產停滯、失業衆
多、信用呆滯、市場蕭條等現象。

K1－21 名：　經濟計畫

國民經濟計畫　社會主義國家按照社會主義經
濟規律的要求,在一定時期內,對國民經濟各
部門的發展規模、比例、速度和效益等所作的
部署。按照作用的不同,可分指令性計畫和
指導性計畫兩種。

指令性計畫　國家就重大經濟活動對各級經濟
部門以行政命令形式下達的計畫,具有約束
力,必須保證完成。如因情況變化需要變動,
必須報請上級主管部門批准。

指導性計畫　國家下達給各級經濟部門只提供
指導而不具約束力的計畫。主要運用價格、
稅收、信貸等經濟槓桿以促使其實現。它有
調動企業積極性的作用。

K1－22 名：　經濟政策

六輕案　「六輕」係首座由民間企業集資興建的
石化工廠,為全國第六座輕油裂解及煉油廠。
六輕投資案關係著我國石化工業之競爭力延
續,亦是高性能塑膠及特用化學品製造的關
鍵投資。六輕案提供的十萬個就業機會也為
雲林麥寮地區帶來榮景。

海滄計畫　「海滄」面積六十一平方公里,與廈門

島隔海相望,在廈門人的眼裡,經過中共大力
開發的海滄工業區,繁景可期。台塑即提出
在福建廈門的海滄工業區,建立石化城的構
想,是所謂「海滄計畫」。

南向政策　原名「南進政策」。係以臺灣為基地,
實際輔導企業前往越南、菲律賓之蘇比克灣,
及印尼之巴丹島從事有組織之投資活動,藉
以進軍亞太市場,強化我國與亞太國家之實
質關係,分散大陸熱之風險。

大中華經濟圈　指臺灣、香港、大陸三地區之間
的經濟交流,頻率及密度均愈來愈高,因此有
人主張此三區應建立起屬於中華民族的「大
中華經濟圈」。

亞太金融中心　指為配合金融市場全面自由化
及國際化,比照亞太地區的幾個重要都會城
市,如新加坡、東京、香港等所成立「亞太金融
同業拆放中心」(TIBOR),使得外匯、期貨、證
券等金融交易更加靈活方便。以及結合臺灣
本身的貿易出口、港口轉運等特性,提升臺灣
的競爭優勢。

亞太營運中心　臺灣自一九九五年起開始推動
亞太營運中心,希望臺灣的經濟能走向自由
化、國際化。也就是積極建立臺灣的投資環
境,放寬政策上的限制,吸引外國企業選擇臺
灣作為亞太地區的行銷和經營中心。六大營
運中心包括:製造中心、海運中心、空運中心、
金融中心、電信中心、媒體中心。

K1－23 動、名：　工業化・現代化

工業化　〔動〕發展機器工業生產,使現代工業在
國民經濟中處於主導地位。

工業革命　〔名〕資本主義工業生產從手工業工
場過渡到使用機器生產的工廠制度的變革過
程,也就是資本主義的工業化。十八世紀六
十年代從英國紡織業開始,逐步發展到機器
製造、冶煉、採掘、交通等行業。到十九世紀

中葉,法、德、美、日等國也相繼完成工業革命。工業革命使社會生產力迅速增長,使資本主義制度確立在大工業的物質基礎之上。也叫**產業革命**。

現代化　〔動〕使具有現代先進的科學技術水準或管理水準:工業現代化／旅遊業現代化。

機械化　〔動〕在生產上廣泛利用電力帶動機械操作以減輕勞動,提高效率:機械化是農業發展的方向。

電氣化　〔動〕在國民經濟的各個部門廣泛地使用電力進行生產和工作以提高效率:農業電氣化。

自動化　〔動〕機器、設備等不用人力直接操作,憑藉電力、電腦的控制自動地按規定的要求和程式進行工作,完成各種生產功能,以增加產量,提高品質,降低成本,確保安全:工業自動化。

四個現代化*　指中國大陸的工業、農業、國防和科學技術的現代化。就是要用當代最先進的科學技術裝備國民經濟的各個部門。其中的關鍵是科學技術的現代化。

K2　財　政

K2－1　名：　財政(一般)

財政　國家為行使其職能對一部分社會產品進行的分配和再分配的經濟活動。包括國家資金的收入、管理、積累、分配、支出等。

財經　財政和經濟的合稱。

財貿　財政和貿易的合稱。

概算　政府、機關、團體在編製預算以前對一定時期內的收支數字所作的大概計算。是編製預算的基礎。

預算　政府、機關和事業單位經過法定程式設計和批准的年度或季度收支計畫。如國家預算、地方預算、單位預算等。

決算　政府、機關、團體和事業單位根據年度預算執行的結果,按法定程式設計的年度會計報告。

收支　收入和支出:收支相抵。

歲入　國家在預算年度中的各項收入。

歲出　國家在預算年度中的各項支出。

赤字　國家或企業年度支出超過收入的數字。在會計報表上用紅筆書寫,故名。

K2－2　名：　公款

公款　屬於公家的錢:不准挪用公款。

公帑　〈書〉公款:糜費公帑。

國帑　〈書〉國家的公款。

公費　由國家或團體提供的費用:公費留學／公費醫療。

經費　機關、學校等單位中用於經常開支的費用:追加文教經費。

撥款　上級撥下的款項:賑災撥款。

備用金　機關或企業等單位撥給內部各部門供日常零星開支的款項。

K2－3　動：　劃撥

劃撥　通過銀行轉帳或直接把款項撥給某一單位:劃撥一筆款子。

劃付　由銀行撥付。

撥付　撥款支付:工程價款已經如期撥付。

撥款　(政府或上級)撥給款項:撥款辦教育。

劃款　撥款。

劃帳　通過銀行把款項從某一單位的帳戶轉到另一單位的帳戶。

調撥　調動撥付(資金、物資):調撥經費。

上繳　把錢物交給上級:把罰沒收入上繳國庫。

K2－4　名：　金庫

金庫　國家預算資金的出納保管機構。通稱國

庫。

公庫 國民黨統治時期各級政府財政收支的經
　管機構。

府庫 舊指官府儲存財物器械的倉庫：府庫充
　實。

小金庫 指單位私自在銀行開設的各種預算外
　收支帳戶或私自保存的預算外收入的現金：
　私設小金庫，大搞吃喝招待。也叫**小錢櫃**。

K2-5　名：　公債

公債 國家舉借的內、外債務的總稱。是國家通
　過信用籌集資金的一種方式。

國債 「國家公債」的簡稱。

內債 國家在國內舉借的債務。

外債 國家向國外舉借的債務。

折實公債 以實物為計算標準的公債。公債的
　募集和還本付息，都按一定種類和數量的實
　物價格折算。

K2-6　名：　公產·公物

公產 屬於公家的財產。

公房 屬於公家的房屋。

公物 屬於公家的東西。

公共財物 公有公用的財物。

公共設施 供公眾共同使用的器物、建築物等。

K2-7　名：　稅收（一般）

稅收 國家為實現本身職能，憑藉政治權力，用
　徵稅方式強制地、無償地取得的財政收入。
　它具有強制性、無償性、固定性三個特徵。

稅 國家向有納稅義務的組織和個人按照稅法
　預先規定的標準徵收的貨幣或實物：徵稅／納
　稅／直接稅／消費稅。

捐 稅收的一種：房捐／苛捐雜稅。

捐稅 各種捐和稅的總稱。□稅捐。

租稅 舊時田賦和各種稅款的總稱：租稅繁重。

賦稅 舊時田賦和各種稅捐的總稱：徵收賦稅。

賦役 賦稅和徭役。

正稅 舊時稱主要稅收。如清代稱田賦為正稅。

雜稅 舊時稱正稅以外的其他稅收。如清代稱
　鹽稅、茶稅、契稅等為雜稅。

苛捐雜稅 * 泛指沈重而繁多的稅捐。

苛雜 苛捐雜稅的簡稱。

直接稅 直接向納稅人的收入或財產等課徵的
　稅。因納稅人是稅款的負擔者，一般是不能轉
　嫁的。如所得稅、遺產稅、土地稅、房產稅等。

間接稅 對商品和服務性行業所徵的稅。這種稅
　的納稅人可以把稅額加入商品或勞務售價中
　轉嫁給消費者。如貨物稅、關稅、娛樂稅等。

地方稅 法律規定屬於地方管理並由地方徵收、
　留用的稅。如房屋稅、土地增值稅等。

實物稅 以實物形式徵收的各種稅。

貨幣稅 以貨幣形式徵收的各種稅。

累進稅 稅率隨納稅人的收入或財產價值額的
　增長而遞增的一種稅。收入或財產價值額小
　的稅率低，大的稅率高。分全額累進稅和超
　額累進稅兩種。

滯納金 對逾期繳納稅款或水、電等費的人額外
　加收的款項。

K2-8　名：　稅制·稅務

稅制 國家稅收的制度，是徵稅的法律依據和工
　作規程。內容包括稅收種類、課稅對象、納稅
　人、稅率、減免稅、違章處理等。

稅法 關於徵稅的法規。

稅則 關於徵稅的規則和實施條例。

稅率 計算徵稅對象應徵稅額的比率。有三種：
　❶比例稅率，不管徵稅對象數額的大小，只有
　一個固定的比例徵收。❷累進稅率，課稅比
　率按照徵稅對象數額的遞增而遞增。❸定額
　稅率，對徵稅對象按其一定數量規定一個固
　定的稅額。

稅額 按稅率應徵收的稅款數額。

起徵點 稅法規定對課稅對象徵稅的起點。

免徵額 稅法規定的對納稅人收入的一部分免予徵稅的數額。

稅款 按稅收法規向納稅人收取的錢。也叫**稅金**。

稅源 稅收的來源。

稅務 稅收的事務：稅務局／稅務管理。

稅政 稅收的政策。

分稅制 按稅種劃分中央與地方的稅收收入及其管理權限的財稅管理制度。將全部稅種劃分爲中央稅、地方稅和共享稅。中央稅由中央統一立法徵收，收入歸中央；地方稅由地方立法徵收，或由中央立法而歸地方徵收；共享稅由中央立法，收入由中央和地方按一定比例分享。

K2-9 名： 稅種

稅種 國家規定的稅收種類。如產品稅、營業稅、企業所得稅、個人所得稅等。

稅目 各個稅種中規定的應課稅的項目。如產品稅中有煙、酒、糖、茶等稅目。劃分稅目，可以明確徵稅範圍和不同的稅率。

營業稅 國家對各種工商營利事業按營業額和不同稅率所徵收的一種稅。

工商稅 對從事工業生產、商業經營、交通運輸、服務性業務等類單位和個人，按其經營業務的流轉額徵收的一種稅。

產品稅 對工、農業各類產品的銷售收入課徵的一種稅。其課稅依據是產品在一定時期內所實現的銷售收入，按產品的類別劃分稅目，規定不同的稅率。

增值稅 以生產經營活動中的新增價值額爲對象而徵收的稅種。應納稅額統一按扣稅法計算。

流轉稅 對商品或勞務在流通過程中所發生的流轉額所徵收的稅，主要稅種有營業稅、產品稅、增值稅等。

印花稅 以在商事憑證、產權契約上貼政府發售的印花稅票的方式所徵收的一種稅。

所得稅 國家對個人、企業或社會團體的各種所得徵收的稅。現爲資本主義國家的主要稅收。中國大陸現行所得稅有個人所得稅、工商所得稅、企業所得稅等。

個人所得稅 對個人工資、薪金、勞務報酬、特許權使用費、財產租賃及其他收入所徵收的稅。

工商所得稅 對從事工商業的集體所有制企業和個體工商戶，按其利潤所得徵收的稅。

調節稅 爲調節大中型國營企業之間利潤水準而徵收的一種稅。國家對利潤率超過平均利潤的企業徵收這種稅款，按核定稅率計徵。

個人收入調節稅 中國大陸對中國公民在一定時期內個人收入超過一定金額時所徵收的一種稅。自一九八七年一月一日起開始徵收。根據不同的收入來源，採用兩種稅率：對由投稿、翻譯、專利權等取得的收入，利息、股息等收入，採用比例稅率；對個人工資、薪金、財產租賃、勞務報酬等收入，按地區計稅基數核算，採用超倍累進稅率。繳納個人收入調節稅後，不再繳納個人所得稅。

遺產稅 對繼承人所得的死者遺留的財產課徵的稅。□繼承稅。

土地稅 對土地所徵收的稅。如地價稅、田賦等。簡稱地稅。

田賦 我國舊時對土地徵收的稅。

錢糧 銀錢和糧食的合稱。舊指田賦：交付錢糧。

租 舊指田賦：租稅。

公糧 農業生產者或集體上繳國家作爲農業稅的糧食。

糧 作爲農業稅上交的糧食：完糧／抗糧。

農業稅 國家對從事農業生產並有農業收入的

單位或個人按一定比例所徵收的一種稅。農業稅以徵收實物爲主。

K2－10 動：　徵稅・納稅

徵稅　依法向納稅義務人收取稅款。

徵收　政府依法無償地收取(稅款、土地等)：徵收糧食／徵收土地。

開徵　開始徵收(租稅)。

徵實　(田賦)徵收實物。

徵糧　徵收公糧。

完糧　交付錢糧。

課稅　徵收賦稅。

納稅　交付稅款。

完稅　交付賦稅。

課稅　交稅。

交納　按規定交付(金錢或實物)：交納所得稅／交納公糧。

繳納　交付：繳納所得稅。

聚斂　重稅搜刮(錢財)。

橫徵暴斂*　強橫徵收額外稅捐，殘酷搜刮。

K2－11 動：　免稅・偷稅

免稅　免除應交稅款。

減免　減輕或免除(賦稅、費用等)。

豁免　免除或取消(稅捐、勞役等)。

偷稅　故意違反稅收法令，隱瞞應交稅款。

漏稅　因疏忽而沒有繳納應繳的稅款。也指有意逃避交稅。

偷漏　偷稅、漏稅。

走漏　走私、漏稅。

K3　金　融

K3－1 名：　金融・信用

金融　指同貨幣流通和銀行信用有關的一切活動。如貨幣的發行、流通和回籠，信貸的發放和收回，存款的吸收和提取，國內外匯兌的往來，利率的製訂以及證券的發行與交易等。

信用　指以按期償還、支付利息爲條件的借貸活動，如貨幣資金的借貸、商品物資的賒銷或賒購。是從屬於商品貨幣流通的一種經濟關係。

信貸　銀行存款、貸款等信用活動的總稱。通常指銀行的貸款。有時也泛指信用。

信託　個人或企業將自己的貨幣資金、有價證券或其他財產委託他人代爲管理、經營的行爲。信託業務是銀行的主要業務之一。專門經營信托業務的信用機構稱信託公司。

金融機構　從事貨幣流通和信用活動的機構。銀行是主要的金融機構，其他如投資信託公司、保險公司、信用合作社等。

簡易分行　根據金融機構設置簡易型分行管理法而定。可做的業務以存放款、信用卡預借現金、匯兌爲主，也就是完全排除企業金融部分，以個人金融服務爲主。

金融市場　一定區域內貨幣資金集中進行融通交易的場所。有存款市場、放款市場、貼現市場、黃金市場、外匯市場、證券市場等。

概括承受　指後手公司承受前手公司的所有資產與負債。但是被概括承受的機構所有人及股東，常因爲資產大於負債而產生抗拒被概括承受。不過，金融主管機關爲了穩住金融秩序與信心，對於出問題的機構，通常是以強迫性的方式，命令大型行庫將其概括承受。

K3－2 名：　貨幣

貨幣　固定充當一般等價物的特殊商品。歷史上，牲畜、貝殼、布帛和金屬等都曾充當貨幣，後來逐漸固定以金、銀等貴金屬充當。在發達的商品經濟中，貨幣具有五種職能：價值尺度、流通手段、貯藏手段、支付手段和世界貨

幣。其中價值尺度和流通手段是基本職能。

國際貨幣基金會　根據一九四四年布列敦森林
　協定成立了「國際貨幣基金會」，規範國際貨
　幣體系的法律與制度。

通貨　泛指一切在社會經濟活動中作為流通手
　段和支付手段的貨幣。包括硬幣、紙幣、支
　票、期票等，主要指國家的法定貨幣。

硬通貨　指可以兌換的外國貨幣和外匯。

錢　❶貨幣的通稱：一塊錢／銀錢。❷銅錢：一
　串錢。❸款子：一筆錢／飯錢。

金錢　貨幣；錢：金錢物件，各自小心。

錢鈔　舊時泛指貨幣。

錢幣　錢，一般指金屬貨幣。

現款　隨時可以交付的貨幣：只收現款，不要支
　票。

現錢　現款：現錢交易。

現金　❶現款。有時也指可以提取現款的支票
　等。❷銀行裡庫存的貨幣。

硬幣　❶金屬的貨幣。❷在國際金融市場上信
　用較好，能廣泛作為計價、支付、結算手段使
　用的貨幣。

軟幣　❶泛指紙幣。❷幣值不穩、匯價疲軟，在
　國際支付中一般不願接受的貨幣。

金幣　黃金鑄成的貨幣。

銀幣　白銀鑄成的貨幣。

鈿　〈方〉❶硬幣：銅鈿（銅錢；錢財）／洋鈿（洋
　錢）。❷貨幣：幾鈿（多少錢）。❸款子：工鈿／
　車鈿。

紙幣　紙製的貨幣。由國家銀行或政府授權的
　銀行發行，強制通用。在施行金、銀本位幣制
　的國家，紙幣本身沒有價值，只是代表金屬貨
　幣，執行流通手段和支付手段的職能。

鈔票　紙幣的俗稱。

錢票　〈口〉紙幣；鈔票。

票子　鈔票。

鈔　鈔票：支付現鈔。

銀行券　銀行發行的一種信用貨幣。

兌換券　舊時地方政府或沒有紙幣發行權的銀
　行、錢莊、銀號、商號為了資金周轉或補助市
　面貨幣不足而發行的可以隨時兌現的周轉
　券。

流通券　❶舊時由地方銀行發行，限於某一地區
　流通的紙幣。❷指市場上廣泛流通的一般紙
　幣。

本位貨幣　一國貨幣制度中的基本貨幣。是國
　家法定的計價、結算的貨幣單位。如我國的
　本位貨幣為元。也叫**本位幣**；**主幣**。

輔幣　「輔助貨幣」的簡稱。本位貨幣以下幣值
　小的貨幣。供日常零星交易和找零之用。

K3－3 名：　幣　制

貨幣制度　國家以法令規定的貨幣流通制度。
　包括確定本位貨幣金屬（幣材）和貨幣單位，
　各種貨幣的鑄造、印製、發行和流通程式及準
　備制度等。簡稱**幣制**。

本位　貨幣制度的基礎或貨幣價值的計算標準。
　如本位貨幣，金本位，外匯本位。

金本位制　用黃金作為本位貨幣的貨幣制度。
　包括金幣本位制、金塊本位制和金匯兌本位
　制。通常指金幣本位制，由國家用法律規定
　金幣的形狀、重量和成色，可以自由鑄造、熔
　毀，紙幣可以自由兌換金幣，黃金可以自由輸
　出入。

銀本位制　用白銀為本位貨幣的貨幣制度。法
　定本位貨幣與一定量白銀的價值相等。銀幣
　可以自由鑄造，紙幣可以自由兌換銀幣，白銀
　可以自由輸出入。我國清末和民國年間曾採
　用過此制。

複本位制　同時以金銀兩種金屬為本位貨幣的
　貨幣制度。十六至十八世紀時，曾被新興資
　本主義國家廣泛採用。

單本位制　以一種金屬為本位貨幣的貨幣制度。

如金本位制、銀本位制。

K3－4 名： 中國貨幣

銅錢 銅質輔幣,圓形,中有方孔,歷代通用。清末使用銅元後,逐漸停止流通。

銅元銅圓 清末到抗日戰爭前通用的銅質輔幣,圓形,中間無孔。

銅板 〈方〉銅元。

銅子兒 〈口〉銅元。

方孔錢 中國古代方孔圓錢的俗稱。秦以後通行兩千多年。

孔方兄 錢的詼諧譏諷的說法。因銅錢有方形的孔,故名。

銀兩 舊時以銀爲主要貨幣,以兩爲單位,因稱作貨幣用的銀子爲銀兩。

元寶 ❶中國古錢幣名。唐宋兩代鑄造較多。元寶二字鑄於幣面,其前常冠以年號、朝代等。❷中國元以後鑄成馬蹄形的金銀錠,作貨幣流通,亦稱元寶。有銀元寶和金元寶兩種。金元寶多供保藏。

銀錠 熔鑄成馬蹄、饅頭、顆粒等形狀的白銀。漢以後歷代均有鑄造,至明清流通始廣。馬蹄形銀錠又稱銀元寶。

老公銀 嘉義縣城在清朝中葉遭土匪圍困面臨斷炊,自鑄「嘉義縣誥」壽星銀元官幣。「老公銀」一面彫有俗稱南極先翁、太金仙的壽星老人扶杖像;另一面彫飾「足紋‧軍餉‧通行」字樣,周邊有「嘉義縣誥」等字樣。

銀元　銀圓 ❶用銀鑄的圓形貨幣的通稱。❷中國清末民初定銀元爲本位貨幣,每枚重七錢二分,含純銀六錢四分八釐。曾於一九一一、一九一二、一九一四年先後鑄造。一九三五年國民黨政府實行法幣政策,禁止銀元流通。

銀洋 銀元的俗稱。□**大洋**;**現洋**。

洋錢 〈口〉銀元。

袁頭 指中國北洋軍閥政府所鑄有袁世凱頭像的銀幣。也叫**大頭**。

銀角子 清末民初使用的銀輔幣,面額有五角、二角、一角、五分等種。十角等於一銀元。

角子 〈方〉舊時通用的一角和二角的小銀幣。□**小洋**。

毫子 舊時廣東、廣西等地區使用的一角、二角、五角銀幣。

毫洋 舊時廣東、廣西通用的本位貨幣。

法幣 由國家以法律規定強制通用的貨幣。特指一九三五年國民黨政府實行幣制改革後發行的紙幣。當年十一月四日,禁止銀元流通,以中央、中國、交通三銀行所發行的紙幣爲法幣。

關金 海關金單位兌換券的簡稱。國民黨政府於一九三一年五月發行,專供繳納關稅之用。一九四二年以後曾作爲紙幣與法幣一同流通。

金圓券 國民黨政府一九四八年八月十九日發行的一種紙幣。不久,因濫發而造成幣值猛跌,物價暴漲。後作廢。

邊幣 抗日戰爭時期陝甘寧、晉察冀等邊區政府的銀行發行的貨幣。

臺幣 臺灣光復後,由中央銀行委託臺灣銀行發行,而通行於臺、澎、金、馬地區的貨幣。分成紙鈔和硬幣二種。

人民幣 中國的法定貨幣。以元爲單位,一九四八年十二月一日中國人民銀行成立時開始發行。人民幣的符號爲「¥」,取元字漢語拼音「Yuan」的第一個字母加兩劃而成,讀音同「元」。

圓　元 ❶貨幣單位。一圓等於十角或一百分。❷圓形的貨幣:銀圓/銅圓。

角 貨幣的輔助單位。一角爲一元的十分之一。

毛 〈口〉角。

毫 〈方〉角。

分 貨幣的輔助單位。一分等於一元的百分之一。

K3-5 名： 外國貨幣

外幣 外國貨幣。

元 日本、南北朝鮮、緬甸、新加坡、馬來西亞、美國、加拿大、澳大利亞、紐西蘭、衣索比亞等國的貨幣單位。一般在元前冠以國名,如日圓、美元、新加坡元等。

美金 美國的本位貨幣;美元。

盾 越南、印尼、荷蘭的貨幣單位名稱。

銖 泰國的貨幣單位。

比索 菲律賓、墨西哥、古巴、多米尼加等國的法定貨幣單位名稱。

比塞塔 西班牙的貨幣單位。

盧比 印度、巴基斯坦、尼泊爾等國的貨幣單位。

盧布 蘇聯的貨幣單位。

克朗 瑞典、丹麥、挪威、冰島、捷克斯洛伐克等國的貨幣單位。

列伊 羅馬尼亞的法定貨幣單位名稱。

馬克 德國、芬蘭的法定貨幣單位名稱。

法郎 法國、瑞士等國的貨幣單位。

里拉 義大利的貨幣單位。

鎊 英國、愛爾蘭、埃及、土耳其、馬爾它、塞浦路斯、蘇丹、利亞、蘇丹、黎巴嫩等國的貨幣單位。一般在鎊前冠以國名,如英鎊、土鎊、蘇丹鎊等。

先令 奧地利、烏干達、索馬利、坦尚尼亞、肯亞等國的法定貨幣單位名稱。

第納爾 南斯拉夫、科威特、約旦、突尼西亞、阿爾及利亞、伊拉克、利比利亞等國的貨幣單位。

裡亞爾 伊朗、沙烏地阿拉伯的貨幣單位。

茲羅提 波蘭的貨幣單位。

圖格裡克 蒙古的貨幣單位。

K3-6 名： 幣值

幣值 貨幣的價值,即貨幣購買商品或勞務的能力:幣值堅挺。

貨幣升值 指增加本國貨幣的含金量或提高本國貨幣對外國貨幣的法定匯率。貨幣升值是一個國家為了阻止外幣流入本國,制止通貨膨脹所採取的一種措施。也叫**貨幣增值**。

通貨貶值 即貨幣價值下降。一個國家的貨幣貶值,有兩種方式:一是降低本國單位貨幣的含金量或降低本國貨幣對外幣的比價。一是實行通貨膨脹政策,增發紙幣,使幣值不斷下跌。也叫**貨幣貶值**。

通貨膨脹 紙幣發行量超過商品流通實際所需量時引起的貨幣貶值、物價上漲的現象。

通貨緊縮 減少流通中的紙幣發行量以提高貨幣購買力,平抑物價。

購買力 ❶單位貨幣購買商品或勞務的能力:貨幣購買力。❷一定時期內用於購買商品和支付生活費用的能力:社會購買力／個人購買力。

K3-7 名、動： 外匯

外匯 〔名〕指以外幣表示的用於國際結算的信用憑證和支付憑證,包括外幣和以外幣表示的支票、匯票、期票以及其他有價證券。

匯率 〔名〕一國貨幣單位兌換他國貨幣單位的比率。也就是一國貨幣單位用他國貨幣單位表示的價格。也叫**匯價**。

固定匯率 〔名〕指一國的貨幣匯價,只能根據國際貨幣基金組織規定的幅度內波動。當匯價漲跌達到最高限或最低限時,中央銀行有義務進行維持。

浮動匯率 〔名〕指一國的貨幣匯價,不規定其上下波動幅度,而任其按照市場供求關係自由漲跌,中央銀行沒有義務進行維持。但實質

上中央銀行或貨幣管理當局都直接或間接地
進行干預。

外匯儲備 〔名〕一國爲了保持本國貨幣的信用、
應付國際支付，必須保持的一定數量的國際
支付手段。包括黃金、外幣匯票、支票、外國
有價證券和國外短期存款等。

自由外匯 〔名〕指一國外匯市場上可以自由買
賣的外匯。

自備外匯 〔名〕指實行外匯管制國家的企業或
個人在國外存儲的各種外幣。此項外匯經申
請即可動用，無須再向外匯管理當局另辦申
請批覆手續。

外匯管制 〔名〕國家對外匯的收、支、存、兌所進
行的干預、限制、管理活動。禁止外匯自由買
賣，由政府指定機關統一管理外匯業務。也
叫**外匯管理**。

結匯 〔動〕國家統一管理外匯收支，企業或個人
以本國貨幣向國家指定的銀行買進外匯或將
自己的外匯賣給銀行，稱爲結匯。

套匯 〔動〕外匯市場上的一種投機行爲。利用
不同市場上同一種貨幣匯價的差異，以低價
買進高價賣出，藉以取得差額收益。

K3－8 名：　貨幣流通

貨幣流通 在商品流通過程中，貨幣作爲購買手
段，不斷從一個商品所有者手裡轉到另一個
商品所有者手裡，就是貨幣流通。

貨幣發行 國家銀行向流通中投放的貨幣數量
大於同一時期中回籠的貨幣數量時，就是貨
幣發行。貨幣發行必須適應生產發展和商品
流通的需要，以保持貨幣流通的穩定。

貨幣投放 國家銀行有計畫地把貨幣投入流通
領域。一般通過工資發放、商品採購、貸款等
方式進行，使貨幣的流通量適應國民經濟發
展的需要。

貨幣回籠 流通中的貨幣回到國家銀行。一般

通過銷售商品，提供勞務，吸收儲蓄，收回貨
款等方式進行，使貨幣的流通量適應國民經
濟的實際需要。

銀根 指金融市場貨幣的供應情況。市場需要
貨幣多而供應量小，叫銀根緊；市場上需要貨
幣少而供應量大，叫銀根鬆。

K3－9 動、名：　兌換

兌換 〔動〕按一定比值用一種貨幣換成另一種
貨幣：用美金兌換人民幣。

貼水 ❶〔動〕同一地區調換票據或貨幣和不同
地區匯款時，因比價不同，比價低的一方把差
額補給另一方。❷〔名〕調換票據、兌換貨幣
或匯款時比價低的一方所補足的差額。

升水 ❶〔動〕同一地區調換票據、兌換貨幣，或
不同地區匯款時，因比價不同，比價高的一方
向另一方收取一定的差額。❷〔名〕調換票
據、兌換貨幣或匯款時比價高的一方收取的
差額。

換錢 〔動〕把一種貨幣換成另一種貨幣。也指
把整錢換成零錢或把零錢換成整錢。

K3－10 名：　債·債權·債務

債 欠別人的錢財：討債／借債。

帳 債：欠帳／還帳。

宿債 長期拖欠未還的債：清理宿債。

借款 借用的錢：巨額借款／討還借款。

押款 用抵押方式借到的款項。

債權 債主依法要求債務人償還欠債和履行一
定義務的權利。

債務 借貸戶還債的義務。也指所欠的債：債務
在身，不容推卸／清償債務。

借貸戶 借別人錢財的人。

債主 放債取息的人。

帳主子 〈方〉債主。

債權人 根據法律或合約、契約的規定，有權要

求債務人償還債款和履行一定義務的人。

債務人 根據法律或合約、契約的規定，對債權人負有償還義務的人。

K3－11 動： 借‧貸

借 得到允許，暫用別人的錢財、物品或把錢財、物品給別人暫用：我向他借了五千元／借一筆錢給小李。

貸 借入或借出：貸了一筆款／把款子貸給工廠。

借貸 向人借或借給人（錢）：向親友借貸。

告貸 請求別人借錢給自己：告貸無門。

稱貸 要求別人借錢給自己：他省吃儉用，從不稱貸。

借款 把錢借進來或借出去：向國外借款／借款給周轉失靈的廠家。

押款 用動產或不動產做抵押，向銀行或其他信用機構借款。

借債 借錢：靠借債過活。

舉借 借債：舉借外債。

舉債 借債：靠舉債維持生產。

挪借 暫時借用別人的錢：到處挪借。

挪移 〈方〉挪借：這筆錢是他向別人挪移的。

挪用 ❶把原來作某種用途的款項移作他用：不得挪用教育經費。❷私自使用（公款）：挪用公款是違法行為。

通融 因臨時急用而短期借錢：請通融五千元，周內奉還。

墊補 〈方〉缺錢時暫時借用別的款項或別人的錢：借支稿費，墊補家用。

摘借 急用時臨時借錢：把摘借的錢也一下子用光了。

K3－12 動： 放債

放債 把錢借給別人，收取利息。

放帳 放債。

放青苗 舊時農村的高利貸者趁農作物尚未成熟、農民急需現款的機會，低價預購穀物。

放印子 舊時放高利貸的一種形式。本利合計，由債務人分期償還，每次還債後，在折子上蓋印為記。

墊付 暫時替人付錢：這筆帳款由我墊付。

墊 墊付：車費請你先墊一墊。

賠墊 因墊付而暫受損失：這麼多的費用，我賠墊不起。

K3－13 動： 賒欠

賒欠 用延期付款的方式買進或延期收款方式賣出（貨物）：賒欠了一筆貨／催收賒欠的貨款。

賒 賒欠：這件大衣是賒來的／前帳未清，不能再賒了。

賒帳 把買賣的貨款記在帳上，延期收付：小本買賣，恕不賒帳。

掛帳 賒帳。

掛欠 賒帳：現錢交易，恕不掛欠。

欠 借人的財物沒還，或應當給人的東西未給：這些時他生病求醫，欠了一筆帳／我還欠你兩本書沒有還。

該 欠：該他一筆錢。

拉帳 欠債。

拉虧空＊ 負債。

拖欠 久欠不還：到期一定償還，決不拖欠。

積欠 積久欠下：這家商店年年虧損，積欠了一大批債款。

欠債 欠人錢財沒還：量入為出，從不欠債。

負債 欠債：負債累累。

K3－14 動： 收債‧還債

收債 收回借出的款項：到外地收債。

討債 索取債款：上門討債。

索債 討債。

要帳　討還欠款：向客戶要帳。

還債　歸還債款：籌款還債。

還本　歸還借款、公債的本金：抽籤還本／還本
　　付息。

還帳　歸還欠債或償付所欠貸款。

抵帳　用實物或勞力等抵還帳款。

折帳　用實物作價抵償債款。

償還　歸還(財物)：償還債務。□償付。

清償　全部償還(債務)：清償歷年欠款。

K3-15 動：　典當·抵押

典當　以實物作抵押向人借錢：家裡靠典當衣物
　　度日。

典　舊指把土地或房屋等作抵押向人借錢，不付
　　利息，議定年限，到期還款，收回原物：父親死
　　後，他典田還帳。

當　以實物作抵押向當鋪借錢：他把行李當了，
　　用作路費。

典押　典當：他已沒有什麼東西可以變賣典押。

典借　典：不要無償收回典借的土地。

抵押　借錢時把財產押給對方作為償債的保證：
　　他把所有的房地產都抵押出去了。

抵　抵押：用房地產做抵。

質　〈書〉抵押：以房產質錢。

押　把財物交給對方作為保證：押金／押租／把
　　那塊地押給人。

押當　拿衣物向當鋪抵押借錢。

押帳　用某種物品做抵押向人借錢。

贖　用錢換回抵押品：向債主贖回房屋。

贖當　用錢贖回抵押在當鋪裡的東西。

K3-16 名：　當鋪·押金

當鋪　收取衣物首飾等動產做抵押品放高利貸
　　的店鋪。放款額大大低於抵押品應有的價
　　值，利率高，限期短。到期償還本利，取回所
　　當實物。過期不贖，抵押品即由當鋪沒收。

典當　當鋪。

押當　小當鋪。□押店。

當頭　〈口〉向當鋪借錢時所用的抵押品。

押金　租借時，做抵押用的錢。通常按所借物的
　　原價或高於原價交付，在歸還借物時退還。

押頭　〈方〉做抵押用的東西。

抵押品　用做抵押的物品。

質　〈書〉抵押品：以地契為質。

K3-17 名：　高利貸

高利貸　榨取高額利息的貸款。舊中國的地主、
　　富農和商人，往往兼放高利貸。

閻王帳　〈口〉高利貸。也叫閻王債。

印子錢　舊時高利貸的一種。放債人以高利放
　　款，本利合計，記在折子上，限借債人分次歸
　　還，每次歸還都在折子上蓋一印記，故稱印子
　　錢。簡稱印子。

驢打滾　舊時高利貸的一種，盛行於華北一帶。
　　貸款時間短，利率高。到期不還，利息加倍。
　　利上加利，越滾越多，如驢翻身打滾，故名。

K3-18 名：　銀行·錢莊

銀行　經營存款、放款、匯兌、儲蓄等信貸業務和
　　發行貨幣的金融機構。

錢莊　舊時由私人經營的金融業商店，以存款、
　　放款、匯兌為主要業務。

銀號　舊時規模較大的錢莊，在北京、天津、瀋
　　陽、鄭州等地稱為銀號。

票號　舊時山西人所經營的以匯兌為主要業務
　　的金融商店。在清末曾操縱全國金融，銀行
　　興起後逐漸衰落。也叫票莊。

K3-19 動、名：　存款·儲蓄

存款　❶〔動〕把錢存入銀行：按期去銀行存款。
　　❷〔名〕存在銀行裡的款項：一筆存款。

儲蓄　❶〔動〕把暫時不用的錢存起來(多指存入

銀行):每月儲蓄一點錢。❷〔名〕積存下來的
錢:他收入不多,沒有多少儲蓄。

存　〔動〕儲蓄:把節省下來的錢存到銀行裡。

儲存　〔動〕把暫時不用的錢物存放起來:儲存現
金/儲存物資。

開戶　〔動〕單位或個人在銀行開個戶頭,建立儲
蓄、信貸等業務關係。

活期存款　〔名〕存戶可以隨時存入和提取的存
款。存戶憑銀行發給的存摺,存入或支取款
項,存款利息較低。

定存　定期存款的簡稱。以一次存款、一次領回
的方式把錢存在銀行,分成一般定存單、可轉
讓定存單。一般定存單指期滿後存戶連本帶
利從銀行領回,期限屆滿前限領回本金;可轉
讓定存單則能夠轉讓,通常是企業使用。

定儲　指存款人把錢存至銀行,以分次方式提
領,時間通常在一年以上。定儲的方式有四
種:整存整付、零存整付、整存零付、存本取
息。

存款準備金　各銀行為因應存戶提領需求,除預
留庫存現金外,還須提撥一定額度準備金存
放於中央銀行。

存摺　〔名〕銀行、信用合作社等發給存戶作為記
載存款、取款用的折子。

存單　〔名〕銀行、信用合作社等發給定期存款存
戶作為存款、取款憑證的單據。

存戶　〔名〕在銀行或信用合作社等開戶存款的
人。□**儲戶**。

K3－20　動、名:　放款

放款　❶〔動〕銀行或其他信用機構借錢給用戶
(企業或個人),一般規定利息和償還期限。
❷〔名〕銀行等信用機構借給用戶的錢。

貸款　❶〔動〕甲國借錢給乙國;銀行等信用機構
借錢給單位或個人:兩國在談判貸款的條件/
銀行同意貸款給這項工程。❷〔名〕貸出的款

項:銀行增加農業貸款/還清國外的貸款。

透支　〔動〕銀行同意存戶在一定限額內支取超
過存款金額的款項。是銀行的一種放款形
式,對透支的款項收取利息。

貼現　〔動〕銀行的一種放款形式。需要資金者
拿未到期的票據向銀行借款,銀行扣除從交
付日至到期日的應付利息和手續費後,將票
面餘額付給貼現人。

押匯　〔動〕異地交易中以在運商品作為抵押向
銀行借款。有兩種:一、出口押匯,賣方以出
口貨運單據為抵押向銀行取得借款;二、進口
押匯,買方向外地購買商品時,以購進商品為
抵押向銀行取得借款。

拆借　〔動〕〈方〉以按日計息方式向人作短期借
款。

拆兌　〔動〕〈方〉拆借。

K3－21　動:　支取・兌現

支取　領取(款項):支取現金。

支　支取:預支/先支五十元。

提取　從負責保管的單位取出(存放的財物):提
取現款。

提存　提取存款:向銀行提存。

兌　憑票據支付或領取現款:到銀行兌款。

兌付　憑票據支付現款。

兌現　憑票據向銀行換取現款:這張支票不能兌
現。

擠兌　存款人和銀行券持有人爭向銀行提存和
兌現。

K3－22　名:　本金・利息

本金　存款或放款的原本金額。□**母金**。

利息　因存款、放款而得到的本金以外的報酬。
□**子金**。

利　利息:月利/本利兩清。

息　利息:月息/還本付息。

利錢　〈口〉利息。

子息　〈書〉利息。

利率　一定時期內利息和本金的比率。分年利率、月利率和日利率等種。

單利　計算利息的一種方式。不問期限長短,只按本金計算利息。

複利　計算利息的一種方式。把一定時期的利息加入本金再計算利息。

拆息　舊時金融市場上銀行、錢莊等行業間短期拆借款項的利息。

貼息　用期票調換現款時所付出的利息。

月利　按月計算的利息:月利二釐。也叫**月息**。

年利　按年計算的利息:年利一分。也叫**年息**。

債利　放債所得的利息。

高利　特別高的利息:高利貸／高利盤剝。

重利　很高的利息:榨取重利。

K3－23　動、名：　匯兌

匯兌　〔動〕本地的銀行或郵電局收進匯款人託匯的款項,並收取一定的匯費,委託外地的銀行或郵電局付款與指定的收款人。

匯　〔動〕通過銀行或郵電局把款項從甲地劃撥到乙地:把買書的錢匯給他。

匯款　❶〔動〕匯出款項:到郵局匯款給家裡。❷〔名〕匯出或匯到的款項:收到一筆匯款。

信匯　〔名〕用郵寄的匯款單通知的匯兌。

電匯　〔名〕用電報通知的匯兌。

票匯　〔名〕由甲地銀行簽發匯票,收款人憑票向乙地銀行領取匯款的匯兌方式。

匯費　〔名〕郵電局或銀行辦理匯款業務時,按匯款金額所收的手續費。

匯水　〔名〕〈口〉匯費。

承兌　〔動〕匯票付款人在匯票上簽署並寫明「承兌」字樣及日期,表示承認匯票到期有付款的義務。

K3－24　名：　證券・票據

證券　表明財產所有權或債權所作成的憑證。如提單、棧單、票據、保險單、股票、公司債券、公債券等。

有價證券　具有一定票面金額,表示持券人有權取得一定收入的證券。分股票和債券兩類。

股票　股份公司發給股東用來表明入股份數的有價證券。持有人可憑券領取股息。

債券　持券人有權按期取得固定利息、到期取還本金的有價證券。有國家發行的公債券和股份公司發行的公司債券。

公債券　國家為籌集預算資金而發行的一種債券。債券持有人過期可以憑券領取本息。

國庫券　政府為彌補預算支出而發行的一種債券。不能充當流通手段。其性質與公債相似。有些國家發行的一種可流通的不兌換紙幣,也稱國庫券。簡稱**庫券**。

票據　具有一定格式的書面債務憑證。載明體金額和日期,執票人可憑以向發票人或指定付款人支取款項。主要有匯票、本票和支票。

匯票　❶銀行或郵局承辦匯兌業務時發出的匯款憑證。由匯款人寄給異地收款人,收款人憑以兌取現款。❷一種商業票據。由債權人向債務人或其委託的銀行簽發,要求對方在其上簽章承兌,到期即付款給持票人。

本票　由發票人本人付款的票據。一般由銀行簽發,用來代替現金。有記名本票和不記名本票、定期本票和即期本票等種。

支票　活期存款的存戶對銀行發出的一種支付或劃撥存款的憑證。在一些國家,支票可以流通轉讓,具有通貨作用。在中國大陸,支票只用於提取現金或同一城市轉帳結算。

期票　商業上一種定期付款的票據。由債務人向債權人發出,出票人到期必須付款。

旅行支票　銀行或旅行社為使旅客免帶過多現款而簽發的一種支票。旅客購買這種支票時，須先在支票上簽字(初簽)，作為鑑證。在外地兌取票款時須當場再作第二次簽字(複簽)，以資核對。

空頭支票　支票簽發的金額超過銀行存款餘額或透支限額而不能生效的支票。

信用卡　商業銀行發給各戶的一種代替現款的消費憑證。持卡人可憑卡在指定的商店購物或有限額地賒購。

信用狀　❶國內貿易異地結算的一種憑證。購貨單位的開戶銀行為保證代付交易合約規定範圍內的貨款而向銷貨單位的開戶銀行簽發的憑證。❷國際貿易中，銀行簽發的保證本國進口商支付能力的憑證。進口商向本國銀行預繳保證金申請開出信用狀，由銀行把信用狀通過出口地銀行或直接寄給國外出口商，出口商向進口商開出匯票，由出證銀行承兌、付款。

背書　票據持有人轉讓票據時，在其背面簽字、蓋章的行為。經背書的票據，如出票人不能償付，背書人負有連帶償付責任。

存根　留下備查的與開出票據內容相同的底子。也叫**存執**。

券　證券、票據或一般憑證：流通券／公債券／購貨券／憑券入場。

美國存託憑條　即 ADR，也有人翻譯成美國存券收據，都是提供以美國為主的投資人，可以在美國證券市場上，買到其他國家公司的股票。

K3－25 名：　證券交易

證券市場　公開、合法地進行股票、公司債券、公債等有價證券交易的場所。

證券交易所　買賣股票、公司債券、公債等有價證券的有組織有固定場所的市場。證券交易所的業務分為兩類：一類是現貨交易，即以現款買進證券。一類是期貨交易，即在成交後一定時間才按成交時證券行情交割結算。期貨交易雙方往往沒有實際證券買進賣出，結算時只是支付行情漲落的差額。

證券經紀人　證券交易所中代客進行買賣並取得佣金的人。需具有一定資格，並向交易所繳納保證金。

上市證券　指已向某一證券交易所註冊，因而有資格在該交易所進行交易的股票或債券。

投信　投信又俗稱國內投信，也就是經由證期會核准設立，可以自行發行及顧問共同基金的公司。

投顧　俗稱海外投顧，是專門針對台灣以外的國內共同基金而設立，但是不能直接販售海外基金，只能作推薦介紹業務，也就是投資顧問。

封閉型　開放型　均屬於股票型基金。封閉型基金是以股票上市的方式交易，數量固定，是否成交要視買賣雙方的價格能不能配合而定。而開放型基金又分成高科技、中小型、金融、店頭等等，其不論募集中或完成募集，都可以自由買賣。

市盈率　股票市價與過去一年平均盈利的比率。

股市　指股票市場交易、行情漲落情況。

股民　指買賣股票的人。

股條　指公司初成立時，股票尚未印製前給予投資人的繳款書或是收據憑證，在股條中註明的內容，包括：繳款人姓名、購買股數、合計購買股票金額，並且註明此一憑證不得轉讓。

股利　上市或上櫃公司藉由股票張數(股數)增加和除權行情，使得股票更具價值。則握有此股票的投資人就可以在每年公司除權時分配得股利。

K3－26 名：　保險

保險　將少數人因風險受到的損失由多數人交

付集合的基金補償的方法。基本方式是：保險人向投保人(被保險人)收取費用，一旦投保人在保險責任範圍內發生某種意外事故而蒙受損失，保險人按契約予以經濟補償。主要有財產保險和人身保險兩大類。

再保險 保險人將承保的保險業務中的一部分保險責任轉給另一保險人，並支付約定的保險費。當發生分保合約規定的事故損失時，再保險人有賠償責任。

分保 「再保險」的俗稱。

保險人 收取保險費並按照保險合約規定負責賠款或履行給付義務的人。是簽訂保險契約當事人的一方，一般指經營保險業務的企業。

被保險人 保險合約當事人的一方。在發生損害時，按保險合約規定有權向保險人索取賠償的人。□**保戶**。

投保人 保險合約當事人中負責交付保險費的一方。一般指被保險人。在人壽保險中，有時是被保險人的關係人。

保險單 載有保險人和被保險人的權利和義務的書面憑證。是保險人單方面簽署的保險契約。內容包括：保險人與被保險人的名稱、保險標的、保險額、保險費、賠償或給付的責任範圍及其他約定事項。

保險標的 指保險項目或保險對象，如被保險人投保的財產、貨物、船舶等。

保險費 被保險人向保險人交付的費用，是保險基金的來源。

人身保險 以人身為保險標的的保險。投保人繳付議定的保險費後，在保險有效期內死亡、傷殘，或期滿生存時，保險人負有給付保險金的責任。人身保險包括各種人壽保險、人身意外傷害保險和健康保險。

勞動保險 保障員工在醫療、病殘、養老、因工傷亡以及其他特殊情況下享受一定補助金的制度。簡稱**勞保**。

財產保險 以物質財富為標的的保險。如火災保險、運輸保險、家畜保險等。被保險人根據約定繳付保險費。當發生自然災害或意外事故造成保險財產損失時，保險人負責賠償。

火災保險 財產保險的一種。被保險人將其自有或由其保管的動產或不動產投保，根據保險單的約定繳納保險費。當保險標的因遇火災、雷電、地震、地陷、崖崩等遭受損失，或為搶救遭受損失和支付費用時，保險人負責賠償。賠償金額以不超過保險金額為限。簡稱**火險**。

運輸保險 財產保險的一種。投保人按照保險單的約定支付保險費。當保險標的在運輸途中因自然災害或意外事故而受損失時，保險人負責賠償，有陸上運輸保險、水上運輸保險、航空運輸保險等種。

水險 水上運輸的保險。指內河和海上的運輸保險。

海損 被保險的船舶或貨物在航運途中因遇海難或其他意外事故造成的損失。

K4　財務・會計

K4－1 名：　財務・財權

財務 企業、事業、機關等單位在生產、經營及其他活動中有關資金的取得、分配、使用及其管理等事務。通常指企業財務：財務管理／財務監督。

財權 指支配經濟的權力：掌握財權。

財勢 錢財和權勢：依仗財勢，稱霸一方。

財源 錢財的來源。多指國家或集體收入的來源：開闢財源。

K4－2 名：　資金

資金 ❶國民經濟中財產物資的貨幣表現。按

分配形式,有財政資金和信貸資金;按用途,有基本建設資金、生產經營資金和其他特定用途的資金;按周轉性質,有固定資金和流動資金等。❷指經營工商業用的本錢。

資本　經營工商業的本錢:資本雄厚。

本錢　用來營利、生息等的錢財:做生意就要不惜本錢。□**本金**。

老本　最初的本錢:蝕了老本。

血本　經商的老本:不顧血本。

本　本錢:一本萬利/賠本生意。

股本　股份公司發行股票徵集的資本。也指投入合夥經營的工商企業的資本。

股金　企業的股東對所認股份繳納的資金。

投資　投入企業的資本:興辦重工業需要大量投資。

游資　從生產過程中游離出來的貨幣資金。也指市面上流通的資金。

財力　經濟力量(多指資金):財力充足。

資力　財力:資力雄厚。

基金　國民經濟中爲特定用途而儲備或撥出的資金。如生產基金、消費基金、教育基金、福利基金等。

公積金　社會主義集體經濟組織每年從純收益中提取的用於擴大再生產的基金。

公益金　社會主義集體經濟組織每年從純收入中提取的作爲社會救濟和文敎衛生等集體福利事業的基金。

K4-3 名:　款項

款項　供某種用途的錢(多指機關、團體等進出的數目較大的錢)。

款子　〈口〉款項。

款　款項:領到一筆款。

存項　餘存的款項。

專款　指定專門用於某一事務的款項:敎育專款/專款專用。

貨款　買賣貨物的款項:交淸貨款。

價款　按貨物價格折算的款項:這批貨物的價款很可觀。

定錢　購買商品或租用物品時預先交付的一部分錢,作爲成交的保證。也叫**定金**。

頭寸　舊指銀行、錢莊掌握的款項。收多付少叫頭寸多,收少付多叫頭寸缺,結算收付差額叫軋頭寸,借款彌補差額叫拆頭寸。

K4-4 名:　資產
(參見 E 13-1 財產)

資產　❶財產:富有資產者。❷企業擁有的資金、房屋、設備等:固定資產/該公司資產超過五千萬元。

資財　資金和物資:清理資財。

固定資產　單位價值在規定限額以上,可供長期使用並在使用中保持原有實物形態的勞動資料和其他物質資料。如企業、廠礦、機關、學校、醫院的房屋、機器、設備、工具、車輛、用具等。

房產　個人或團體保持所有權的房屋。

地產　指由個人或團體保持所有權的土地。

K4-5 名:　股東·經理
(參見 K6-11 業主)

股東　股份公司的股票持有人,有出席股東大會和參與表決等權利。也指其他合夥企業的投資人。

財東　舊時商店或企業的業主。

董事　某些企業、學校或其它團體組成的領導機構稱爲董事會,董事會的成員稱爲董事。

經理　企業負責人。總攬企業的經營管理工作。

大班　舊時稱洋行的經理。

協理　銀行、企業中協助經理主持業務的人。地位大於經理,次於副總經理。

襄理　舊時規模較大的銀行、企業中協助經理主持業務的人。地位次於協理。

K4－6　動、名：　積累·籌措

積累　❶〔動〕逐漸聚集：積累資金。❷〔名〕用於擴大再生產的那部分國民收入：注重農業輕工業，使積累更多些。

積　〔動〕積累：積錢／日積月累。

積聚　〔動〕逐步湊集：積聚大量錢財。

積攢　❶〔動〕點滴地聚集：積攢家用錢。❷〔名〕積攢的財物：她把多年的積攢都拿出來了。

聚積　〔動〕點滴地湊集：聚積財富。

積蓄　❶〔動〕積存；積聚：把工資的一部分積蓄起來。❷〔名〕積蓄的財物：他把全部積蓄捐獻給社會福利事業。

籌　〔動〕謀求得到：籌款辦學。

籌措　〔動〕謀求得到(款項)：籌措建房資金。

籌集　〔動〕籌劃收集(款項)：籌集旅費／籌集社會福利基金。

銖積寸累＊　一點一點地積累。□積銖累寸。

聚沙成塔＊　把細沙聚成佛塔。比喻積少成多。

集腋成裘＊　狐狸腋下的皮雖然小，但是把許多塊聚集起來，就能縫成一件皮袍。比喻積少成多。

K4－7　動：　投資

投資　把資金投入企業或基本建設：私人投資辦廠／國家投資修建水庫。

集資　聚集資金：集資辦廠。

招股　股份公司組織的企業，募集股金：這家公司向社會公開招股。

下本兒　〈方〉拿出本錢。

合夥　(在生產、貿易等方面)幾個人結合在一起：合夥經商。

合股　幾個人共同拿出股本(經營企業)：合股開店。

合資　幾方共同出資(經營企業)：中外合資。

獨資　一個人或一方單獨出資(經營企業)：獨資經營／獨資辦廠。

K4－8　名：　股份

股份　**股分**　股份公司或合夥經營的工商企業按資本總額分成若干金額相等的、作為集資計算單位的份額。□**股子**。

股　集合資金的一份；股份：這家公司全部股本分為五千股。

公股　公私合營企業中，國家擁有的股份。

私股　公私合營企業中，私人擁有的股份。

乾股　舊時無償贈送的股份。賺了分紅，賠了不受損失。一般用於酬勞發起人或得力員工。

身股　舊時合夥企業中，合夥人以勞務代替出資的股份。可按契約規定分配利益。一般不承擔企業損失。也叫**力股**；**人股**。

K4－9　動：　經營

經營　籌劃和管理(企業等)。也泛指計畫和組織：經營商業／慘澹經營。

經理　經營管理：經理外匯業務／分銷處由他一手經理。

經管　經手管理：往來帳目都由會計經管／誰經管，誰負責。

經紀　管理買賣；經營：小本經紀／不善經紀。

經商　經營商業：世代經商／棄學經商。

營業　經營業務(多指商業、服務性行業)：內部裝修，暫停營業／恢復營業。

公營　由國家或地方經營：公營事業。

國營　國家投資經營：國營企業。

私營　私人經營：私營工商業。

合營　共同經營。特指公私合營：這家商店以前原由他倆合營／合營企業。

承包　❶接受某項業務(工程、大批訂貨等)，負責完成：承包大橋建築工程。❷與企業所有

人(多爲公營企業)簽訂合約,負責企業的全部經營,按合約規定承擔經濟責任。

承攬 接受對方委託的業務;承包:承攬建築工程/承攬運輸業務。

包工 按照規定的要求和期限,完成某項生產任務:這項工程已由一家建築公司包工。

K4－10 名： 營利·虧空

營利　盈利 企業的純收入。是企業銷售收入扣除成本後的餘額。

利 利潤;營利:牟利/薄利多銷。

盈餘　贏餘 收支相抵多出的財物:今年有二千萬元盈餘。

紅利 企業分給股東的額外利潤或分給員工的額外報酬。也叫**花紅**。

賺頭 〈口〉利潤。

純利 企業總收入中除去一切消耗費用後所剩下的利潤。

毛利 商品售出後除去成本而沒有除去其他費用時的利潤。

淨利 企業總收入中除去各種耗費、稅款、利息等所剩下的利潤。

餘利 舊指工商業的營利。

暴利 用不正當手段在短時間內獲得的巨額利潤:牟取暴利。

重利 高額的利潤:謀取重利。

股息 企業的股東按照其所認股份定期從企業分得的盈利。也叫**股利**。

定息 中國大陸私營工商業實行全行業公私合營以後,國家對資本家的生產資料採取的一種贖買形式。即不論企業盈虧,在一定時期內,每年以固定的利率付給資本家的利息,稱爲定息。

虧空 因虧折、損失欠下的財物:他經商失敗,拉下不少虧空。

虧欠 虧空:還清了虧欠。

盈虧 指賺錢和虧損:自負盈虧。

損益 指虧本和賺錢;盈虧:年終結帳,計算損益。

K4－11 動： 賺·盈餘

賺 獲得利潤:賺了錢/上月淨賺一萬元。

營利盈利 得到利潤:今年營利一百萬元。

盈餘贏餘 收入中除去開支後剩餘:本月盈餘五千元。

營利 謀求利潤:我們的俱樂部不以營利爲目標。

牟利 謀取利潤;謀取私利:書商不能專以牟利爲目標/有些人憑藉職權牟利。

分紅 ❶指股份制企業按股份分配利潤。❷泛指企業分配盈餘或利潤。

價差 指投資人藉由買進股票後,因股價上漲而獲利,此獲利金額即價差。

一本萬利* 形容本錢少而獲得鉅額利潤。

K4－12 動： 賠·虧折

賠 做生意損失本錢:賠老本/這一趟買賣賠了好幾百萬元。

虧 受損失;虧折:虧了老本。

賠本 虧損本錢:近來生意不好做,常常賠本。

折本 本錢折損;賠本:這樣減價,怕要折本了。

虧本 損失本錢:虧本的買賣不能做。

蝕本 虧本:蝕本生意。

虧折 損失(本錢):生意清淡,月月虧折。

虧蝕 虧折;賠本:沒賺到錢,倒虧蝕很多。

虧損 資金、物資損失:虧損數千元/庫存的糧食虧損很大。

虧空 支出超過收入,欠了債:今年虧空好幾萬。

虧欠 因虧損而欠債:虧欠一筆貨款。

虧累 多次虧空欠下財物:連年虧累。

賠累 經商虧本並欠下債:賠累很多。

K4－13 動：　收入・支出

收入　收進(財物)：上半年收入的稅款有顯著的
　　增加。

收取　取來收下：收取押金／收取費用。

收　❶取來(財物)留下；收取：收租稅／收歸國
　　有。❷獲得(財物)：收益／收入／收支相抵。

收清　(款、物)全部收到：貨款已收清。

收訖　收清(貨、款)：悉數收訖。

支　付出；領取：由單位支給他一筆差旅費／先
　　支半個月工資。

支付　付出(款項)：全部經費由政府支付／這筆
　　款用支票支付。

支出　付出；支付(款項)：本月共支出薪水五十
　　萬元。

付出　交出(款項或代價)：付出了很多費用／付
　　出現款。

付　支付：付學費／付了車錢。

開支　付出(款項)：這個月開支了大量勞動保護
　　費。

開銷　付出(費用)：給你這些錢，夠不夠開銷？

超支　支出超過規定或計畫：這個月開銷大，超
　　支了很多。

付清　(款項)全部交付：欠款已經付清／付清了
　　學費。

付訖　付清(款項)：貨款業已付訖。

兩抵　兩相抵銷：收支兩抵，尚存五百元。

K4－14 名：　收入・支出

收入　收進來的錢：財政收入／營業收入／收入
　　可觀。

收益　生產上或商業上的收入：經營副業的收
　　益，年有增加。

出息　收益：鄉里辦一個磚廠，出息很不壞。

進項　收入的錢：今年村裡每戶進項都有增加。

進益　指收入的錢：他得到一筆不小的進益。

進款　指個人或團體的收入：這只是他每月進款
　　的一部分。□入款。

支出　付出去的錢：行政支出／節約非生產性支
　　出。

開支　支出；付出的費用：增加收入，節省開支。

開銷　開支的錢：住在城裡的開銷，比鄉下大。

收支　收入和支出：收支相抵，略有盈餘。

進出　收入和支出的款項：一個大企業，每天的
　　進出成千上萬。

出納　財物的支出和收入：出納員／他管金錢出
　　納，最為可靠。

K4－15 動：　補償

補償　抵消損失；補足缺欠：這次運輸方面的損
　　失，由廠方負責補償。

賠償　用錢、物補償使別人受到的損失：存倉貨
　　物如有霉變，作價賠償。

賠　賠償：東西是他遺失的，應該叫他賠。

抵償　用價值相當的錢、物補償或賠償：把加工
　　費減低一半來抵償發霉皮蛋的虧損。

賠帳　因經手財物出了差錯而賠償損失：這次
　　差費超支五千元，由我賠帳。

賠款　損壞或遺失別人東西時，用錢賠償。

取償　得到補償：消耗而有取償，就說不上是糜
　　費。

K4－16 動：　租借

租借　❶出錢借用(別人的東西)；租用：租借一
　　間店面。❷出租：把多餘的房間租借給人：
　　把空房租借給學生。

租　❶出錢借用：租房子／租了一輛汽車。❷出
　　租：把拖拉機租給別人耕地。

租賃　❶租用：租賃一間庫房。❷出租。

賃　租用：賃房子／店面出賃。

租用　付給一定代價而暫時使用別人的東西，用
　　畢歸還：租用一套家具。

借 ❶暫時使用別人的錢或物;借進:向朋友借錢／借別人的書要愛惜。❷把錢或物暫時給別人使用;借出:借錢給有急用的朋友／借書給同學。

借用 借來使用:您的雨具讓我借用一下。

出租 爲收費而把東西暫時讓別人使用:照相機出租／出租房屋。

招租 找人租借(房屋):在報上登個招租啓事。

出借 (把東西)借出去:出借圖書。

出頂 〈方〉舊時把自己租到的房屋再轉租給別人,並收取一筆費用。

包租 舊時指將租進的房屋、土地再轉租給別人。

K4-17 名: 租金

租金 承租者租賃田地、房屋、家具等付給出租者的代價:他靠幾間街面房屋收點租金過活。也叫**租錢**。

租 租金:租房住要按月交租。

租價 (東西)出租的價格:租價公道。

房租 租房屋的錢:在工資中扣除房租。

押租 租用房屋或土地時所交付的保證金。

K4-18 名: 契據

契據 契約、借據、收據等的總稱。

契約 由當事人訂立的確定買賣。抵押或租賃等關係的文書。

約據 契約、合約等的統稱。

契紙 買賣房地產的契約,也是所有權的證明。

契 契紙:房契／地契。

合約 雙方(或數方)當事人爲辦理某項事務而依法訂立的確定彼此權利義務的協議。對當事人具有約束力:產銷合約／出版合約。

合同 合約(多指條文比較簡單的)。

草約 尙未正式簽字的契約或條約。

文契 舊指借貸、買賣房地產等的契約:執有文契爲憑。

地契 舊時爲買賣土地而訂的契約。

白契 舊時買賣房屋、田地時訂立的、未經官府登記蓋印的契約。

紅契 舊時買賣房屋、田地時訂立的、經過納稅而由官府蓋印認可的契約。

活契 舊時出賣房地產時訂立的,並在上面寫明在一定期限內可贖回的契約。

死契 舊時出賣房地產時訂立的、寫明不得贖回的契約。

租約 確定租賃雙方權利與義務關係的契約。

字據 合約、借條、收據等書面憑證的統稱:出讓房產要立個字據。

借據 向人借用錢款或器物時所立的字據,由出借人保存。

借條 便條式的借據。

收據 收到錢物後寫給對方的字據。

收條 便條式的收據。

K4-19 名: 憑照

憑照 用於證明的文件:執有所需憑照。

執照 主管機關發給的准許從事某項業務的憑證:營業執照。

牌照 主管機關發給的行車憑證或從事特種營業的憑證:自行車牌照／營業牌照。

收執 政府機關收到企業或個人交付的稅金或其他費用時發給的書面憑證。

K4-20 動: 訂約・解約

訂約 雙方經過協商而訂下契約:訂約雙方各執一紙。

訂立 雙方或幾方把商定的內容用某種書面形式固定下來:訂立購貨合約／訂立貿易協定。

立約 訂立契約或條約。

約定 通過協商而確定:約定付款日期。

相約 相互約定:相約出資合營。

預約 事先約定:預約購貨/預約手術日期。

解約 解除原來的約定:不講信用,片面解約。

背約 違背事前的約定:決不失信背約。

破約 違反共同訂立的條款或不履行事先的約
定。

K4－21 名: 會計(一般)

會計 ❶企業、事業、機關等單位對經濟活動和
財政收支的核算和監督管理工作,包括填製
有關記帳憑證、記帳、算帳、編製報表以及會
計分析和會計檢查等。❷擔任會計工作的
人。

簿記 ❶會計業務中有關記帳的技術。如填寫
憑證、登記帳簿、清算帳戶餘額等。❷符合會
計規程的帳簿。

審計 一種經濟監督活動。國家審計部門按照
法律規定,對政府機構、企事業單位反應經濟
活動和財務收支狀況的會計記錄、報表等進
行審核、檢查、分析,以制定其行為是否合理、
合法,同時揭露問題,提出改進意見。

會計制度 由主管機構製訂的從事會計工作應
遵守的規則、方法和程式,包括會計業務方面
(關於會計科目、會計憑證、記帳程式、報表編
製、會計分析、會計檢查等)的制度和會計人
員的工作職責和權限等的制度。

會計師 ❶企業、機關中執行會計工作專職人員
的積稱,有總會計師、會計師、助理會計師。
❷由政府發給執照,可接受當事人委託,執行
會計業務(設計會計制度、核查帳目等)的自
由職業者。

出納 ❶財務工作中現金、票據的付出和收進。
❷擔任出納工作的人。

帳房 ❶舊時企業單位或資本家、地主家裡管理
銀錢、貨物出入的處所。❷管理銀錢貨物的
人。

K4－22 名: 帳目

帳 財、物出入的記載:一筆帳/查帳。

帳目 帳本上記載的項目:往來帳目/帳目清
楚。

會計科目 會計核算中,對資金運用和資金來源
按其經濟內容所作的分類。有總科目和明細
科目。是帳簿上開設帳戶的依據,帳戶的名
稱即為會計科目。簡稱**科目**。

帳戶 會計上帳簿中對各種資金運用、資金來
源、費用、收益所作的分類。通常按會計制度
規定的會計科目開設帳戶,帳戶的名稱即為
會計科目。

帳號 銀行在帳簿上給開戶的個人或單位編的
號。

K4－23 名: 帳冊·報表

帳冊 記帳用的簿籍。也叫**帳簿;帳本**。

帳 帳冊:記在帳上/一本帳。

分類帳 對各項經濟業務按照總分類帳戶和明
細分類帳戶進行分類登記的帳簿的總稱。按
總分類帳戶登記的帳簿稱「總分類帳」,按明
細分類帳戶登記的帳簿,稱為「明細分類帳」。

總帳 總分類帳的簡稱。

明細帳 明細分類帳的簡稱。

日記帳 按日登記經濟業務完成情況的帳簿。
可用來連續反應全部或部分經濟活動的情
況。可分普通日記帳、專欄日記帳和特種日
記帳三種。也叫**序時帳**。

流水帳 我國舊式簿記的帳簿,按日登記銀錢、
貨物往來,不分類別。

傳票 會計工作中據以登記帳目標憑單。有現
金收入傳票、現金支出傳票和轉帳傳票。

報表 會計報表的簡稱。是根據帳簿記錄加以
整理編製而成的書面報告。一般以表格形式
用數字來反應一個單位在一定時期的財務狀

況以及生產經營的情況和結果。

資產負債表 企業用來反映在某一日期財務情
況的會計報表。分「資產」和「負債」兩方,分
別表示企業的資金運用和資金來源。從中可
以了解財務情況。

損益表 企業中用來反應在一定時期內的利潤
或虧損的會計報表。

利潤表 企業會計報表的一種。用以考核企業
在一定時期內商品銷售(或業務收入)和利潤
(或虧損)的情況。

資金平衡表 社會主義企業中反映企業在一定
日期財務狀況的報表。分資金運用和資金來
源兩方,各設若干項目。兩方金額合計數應
取得平衡,故名。

K4－24 名: 單據

單據 收付款項或貨物的憑據。如收據、發票、
提單等。

憑單 領取財物或用作憑證的單據。

發票 商店出售商品後開給顧客的單據,上面寫
明品名、數量、價格、日期等;憑發票報銷／開
具發票。也叫**發單;發貨票**。

帳單 記載貨幣、貨物出入事項的單子。

報單 運貨報稅的單據。

貨票 運輸單位承運貨物時開給託運人或收貨
人的提貨票據。

提單 向倉庫提取貨物的憑證。也叫**提貨單**。

保單 寫明在一定期限內對售出的商品品質負責
的憑證。如負責修理鐘錶、家用電器的保單。

包票 保單的舊稱。也說**保票**。

棧單 倉庫或堆棧收受託存商品時發給貨主的
憑證。

K4－25 名: 借方・貸方

借貸 指簿記或資產表上的借方和貸方。

借方 簿記帳戶的左方,記載資產的增加,負債

的減少和淨值的減少。也叫**收方**。

貸方 簿記帳戶的右方,記載資產的減少,負債
的增加和淨值的增加。也叫**付方**。

資產 資產負債表的一方,表示資金的運用情
況。內容指各種財產、債權和其他能獲得經
濟利益的權利。

負債 資產負債表的一方,表示營業資金的來
源,即所負的債務。

K4－26 動: 記帳

記帳 記錄帳目:每筆交易都要當天記帳。

上帳 記上帳簿。

入帳 記入帳簿:貨款已經入帳。

出帳 把支出的款項登上帳簿:全部開銷已經出
帳。

開帳 ❶開列帳單。❷支付帳款(多用於吃食、
住宿等費)。

過帳 舊指把帳目由此一帳簿轉入另一帳簿。
現在指把傳票、單據記在總帳上或把日記帳
轉登在分類帳上。

轉帳 不收付現金,只在帳簿上記載收付關係。

銷帳 勾銷帳目。

沖帳 收支項目互相抵銷,或兩戶應支付的款項
互相抵銷。

浮記 商店把帳目暫時記在水牌上。泛指帳目
沒有結算好而暫時記上。

K4－27 動: 算帳

算帳 計算帳目:店裡每月算帳一次。

結算 把某一時期的各項經濟收支款項核算清
楚。有現金結算和非現金結算(只在銀行轉
帳)兩種。

結帳 結算某一時期的帳目。

盤帳 核查帳目。

軋帳 核算、查對帳目。

清帳 結清帳目。

K4－28　動、名：　結存

結存　❶〔動〕結算後餘存：結存現金一千元。❷〔名〕結算後存下的錢財或貨物：他省吃儉用，月月有結存。

結餘　❶〔動〕結算後餘下。❷〔名〕結算後剩餘的錢財：我家今年收支相抵，略有結餘。

節餘　❶〔動〕因節約而剩餘：節餘大筆款項。❷〔名〕節省下來的錢物：食堂每月有節餘。

淨餘　〔動〕除去用掉的，淨剩下來（錢財或實物）：除去各項開支，淨餘三百元。

餘存　〔動〕出入相抵後剩餘；結存：盤點餘存貨物／帳面餘存無多。

滾存　〔名〕逐日累計的結存。

餘額　〔名〕帳目上結餘的金額。

庫存　〔名〕庫中現存的現金或物資：庫存充裕。

K4－29　動：　核算·稽核

核算　（企業經營上）審核計算：核算成本／認股數額已經過核算。

核計　核算：辦這個廠約略核計需要資本一百萬元。

稽核　查對核算：稽核帳目。

審核　審查核定；稽核：審核預算／審核收支帳目。

K4－30　動：　報銷

報銷　❶把開支款項列出清單，連同有關單據報告財務部門核銷：報銷出差旅費／辦公費按月報銷。❷把用壞作廢的物件上報銷帳：報銷一批廢舊家具。

報帳　把領用或經手款項的使用情況報告有關部門。

交帳　❶移交經管的款項、帳目。❷報帳：這次出差旅費開支太大，沒法交帳。

核銷　審核後銷帳。

銷帳　把帳目勾銷。

實報實銷＊　根據實際支出報銷帳目。

K4－31　名：　呆帳·倒帳

呆帳　會計上指逾期已久，處於呆滯狀態，但尚未確定爲壞帳的帳。

壞帳　確定無法收回的帳。

倒帳　無法收回的帳。

爛帳　❶長期拖欠、收不回來的帳。❷也指混亂的帳目。

老帳　欠了很久未還的帳。□舊帳。

K4－32　名：　成本會計

成本會計　對企業生產經營過程中的全部費用，根據帳目詳細紀錄，進行核算分析，求得產品的總成本和單位成本的會計。

成本　生產或銷售一種產品所耗費的全部費用。

產品成本　生產一定種類和數量產品所耗費的費用的總和。由原材料、燃料和動力、折舊費、工資及附加費、車間經費及企業管理費等構成。

銷售成本　銷售商品（包括勞務）的成本。在工業企業，包括產品成本和銷售費用。在商業企業，包括購進和銷售商品所支出的全部費用。

折舊　固定資產在使用過程中發生損耗而轉移到產品成本或商品流通中的那部分價值。

K5　統　　計

K5－1　動、名：　統計

統計　❶〔名〕指對某種現象有關數據的收集、整理、計算和分析研究的工作：統計學／統計資料／人口統計。❷〔動〕匯總起來計算：統計出席人數／統計全年產量。

統計表　〔名〕用縱橫交叉的線條繪製的表格來

表明所研究現象數值的表式。

統計圖〔名〕根據統計數字繪製的圖形,用來形象地表現事物數量的大小和變動情況。

統計調查〔名〕指按照預定的要求和科學的方法,有組織、有系統地搜集各種眞實可靠的原始資料的工作。

普查〔動〕全面調查。即對統計對象的所有個體全部進行調查登記:資源普查/人口普查。

重點調查〔名〕在統計總體中選出一部分重點單位進行調查的方法。這些重點單位要能夠反應出總體的基本情況。

抽樣調查〔名〕統計調查方法之一。從調查對象的總體中,隨機抽取一定數量的單位作爲樣本進行調查,並以樣本指標數值來推斷統計總體的一般情況。

典型調查〔名〕一種統計調查方法。按照調查的目標和要求,從研究對象的總體中選取若干有代表性的單位進行深入的調查。

K5-2 名: 指數‧指標

指數 統計中指一種經濟現象在某一時期內的數值對基期數值的比數。是不同時期某種經濟現象變動程度的指標。如物價指數、生活指數等。

基期 統計中計算指數或發展速度等動態指標時,作爲對比基礎的時期。如一九八八年同一九七九年對比計算員工工資增長速度時,一九七九年即爲基期。

基數 統計中計算相對指標時作爲對比基礎的數值,即基期的數值。如一九八五年商業利潤爲一百,一九八六年的商業利潤在此基礎上增長了百分之十,基數就是一百。

基價 統計中計算不同時期平均物價指數時,用來作爲基礎的某一固定時期的物價。

物價指數 反映各個時期商品價格水準變動情況的指數。通常以百分數表示。以某一時期的物價平均數與定爲基期的物價平均數相比,所得的百分數即爲某一時期的物價指數。

生活費指數 反映不同時期居民生活費水準變動情況的指數。是根據居民日常購買零售商品和服務性支出價格編製的。

指標 綜合反映某一社會現象的數字。由指標名稱及其數值組成。有計畫指標和統計指標之分。前者表明計畫要求達到的標準,後者表明實際達到的標準。還可分數量指標和品質指標。

數量指標 反映事物規模和發展水平的指標。如工農業產品數量、員工人數等。

質量指標 反映生產或工作效率、產品品質的指標。如勞動生產率、設備利用率等。

K5-3 名: 經濟統計

經濟統計 對社會生產和再生產過程中各種現象的數量資料的統計。主要內容有:人口、國民財富、國民生產、國民收入、物資供應、商品流通、人民物質生活和文化生活等方面的統計。

總產值 在一定時期內生產單位、生產部門或整個國民經濟生產的產品以貨幣計算的價值總量。如工業總產值、農業總產值等。也叫**生產總值**。

國民生產總值 一國在一定時期內(通常爲一年)所生產的全部最終產品與勞務以貨幣計算的價值總和。可以用在當年產品與勞務上的全部開支的總和來計算,也可用生產這些產品與勞務所得到的全部收入來計算。國民生產總值是衡量一國經濟全面完成情況和發展水準的主要標準。

國民生產淨值 一國國民生產總值扣除在生產過程中固定資產的消耗之後的價值總和。

國民收入 一個國家在一定時期內(通常爲一年)各個物質生產部門新創造的價值的總和。

也就是在一定時期內社會總產品的價值扣除
同期內所消耗的生產資料價值所剩下的那部
分價值。國民收入增長的速度是一個國家經
濟發展速度的重要指標。

K5－4 名：　人口統計

人口統計　關於人口構成(年齡、性別、婚姻狀
況)和人口動態(人口數、出生、死亡和遷徙)
的統計。

人口普查　爲取得全國或一個地區的全部人口
數和人口構成狀況等資料而在特定的時期對
境內的人口進行的統計調查。

出生率　在一定時期(一般爲一年)內出生活嬰
兒數同該期人口平均數的比率。通常用千分
數表示。

死亡率　在一定時期(一般爲一年)內死亡人數
同該期人口平均數的比率。通常用千分數表
示。

人口自然成長率　在一定時期內(通常爲一年)
人口淨增數(出生數減死亡數)同該期人口平
均數的比率,通常用千分數表示。即出生率
減死亡率。也叫**人口淨增率**。

K6　商　業

K6－1 名：　商業

商業　從事商品交換的經濟活動。也指組織商
品流通的國民經濟部門。

生意　指商業經營:做生意／生意興隆。

買賣　生意:一筆好買賣。

交易　指商品買賣的活動:一筆交易／准許進行
正當的交易。

貿易　即商業活動:國際貿易／貿易公司。

商務　商業上的事務:商務活動／商務往來。

生意經　做生意的竅門:彼此都有一套生意經。

K6－2 名：　商店

商店　在室內陳列商品並從事商品買賣活動的
單位:零售商店／批發商店。

店　❶商店:布店／百貨店。❷旅館:住店／客
店。

店鋪　泛指商店。

店家　〈方〉店鋪。

鋪　商店:當鋪／雜貨鋪。

鋪戶　商店。

鋪家　〈方〉商店。

鋪子　多指設有門面而出售商品的處所:肉鋪
子。

買賣　指商店:他在鎮上有一家買賣。

市肆　〈書〉城鎮的商店。

商行　指較大的商店。

商號　舊時稱商店。

商場　❶各種商店聚集在一個較大的場所或幾
個相連的場所而組成的市場。❷規模較大、
商品比較齊全的綜合性商店。

洋行　舊時外國資本家在中國開設的商行。也
指專營對外貿易的商行。

行棧　舊時供人存放貨物並代爲介紹生意的商
行。

私商　私人出資經營的商店。

夫妻店　由夫妻兩人經營的小商店、小旅館,一
般不雇用店員。

糧行　經營糧食買賣的商店。

糧棧　舊指經營糧食批發業務的商店,也指存放
糧食的貨棧。

藥房　經營西藥。有的還兼營中成藥的商店。

藥鋪　經營中藥的商店。有的兼營西藥。

銀樓　製造、買賣金銀首飾的店鋪。

櫃房　商店的帳房。

櫃上　櫃房。也指商店。

超級市場　一種自選式綜合性零售商店。主要

經銷商品以食品、日用品、藥品、文具、玩具、家具、家用電器等爲主。貨物分門別類陳列，按量分裝，明碼標價，供顧客自由選取。場內一般設有自動監督系統，沒有售貨員。顧客選取商品後，到出口處付清貨款，即可攜貨出門。簡稱**超市**。也叫**自助商場**。

分店 一家商店在別處分設的店。也叫**分號**。

連鎖商店 指屬於同一經營系統、使用同一牌號、出售同類商品、採用同樣管理方式的商店。分布在一個或許多地區。也指大企業以一定條件特許使用其牌號、專營其產品的商店。簡稱**連鎖店**。

K6－3 名： 攤子

攤子 在路旁或廣場上擺設的售貨處：擺攤子／舊貨攤子。

攤 攤子：雜貨攤／水果攤。

地攤 把貨物陳列在地上出賣的攤子。

貨攤 出售小商品的攤子。

K6－4 名： 市場·集市

市場 ❶商品集中交易的場所：古玩市場。❷泛指商品貿易區域。如國際市場、國內市場等。

集市 農村或市鎮中定期地集中進行商品交易的市場：集市貿易。

集 集市：趕集／集日。

市 集中買賣貨物的場所：夜市／花市。

市集 集市。

圩 閩、粵等地區稱集市：赴圩。

圩場 〈方〉集市。

廟會 舊時在宗教節日或規定日期舉行的集市。一般設在寺廟內或其附近，故名。也叫**廟市**。

菜市 出售各種蔬菜和魚、肉等副食品的市場。也叫**菜場**。

市廛 〈書〉商店集中的地方。

黑市 秘密進行非法買賣的場所。

交易所 進行大宗商品和證券交易的市場。以大米、棉紗等商品爲交易對象的叫商品交易所；以股票、公司債券、公債等有價證券爲交易對象的叫證券交易所。其業務有現貨交易和期貨交易兩種。

自由市場 商品買賣的價格不受國家計畫控制而由價值規律和供求關係自由調節的市場。如農副產品市場。

K6－5 名： 公司

公司 工商企業的一種組織形式。由兩人以上集資根據政府法令組成，具有法人資格。公司資金總額分成若干相等單位稱爲股份，股份擁有者稱爲股東。按集資方式和股東所負責任，有無限公司、有限公司、兩合公司、股份有限公司、股份兩合公司等形式。

股份公司 用集股方式組成的工商企業。公司通過發行股票可以在短期內籌集巨額資金，建成強大的企業。其經營權掌握在持有大量股票的資本家手裡，公司利潤以股息形式分給股東。

無限公司 由兩個以上的無限責任股東所組成的公司。股東對於公司債務負有無限清償責任，不受其出資數額的限制。

有限公司 由兩個以上有限責任股東所組成的公司。股東對公司債務所負責任，以其所認的股本爲限。

兩合公司 由無限責任股東和有限責任股東所組成的公司。前者代表公司管理業務，對公司債務負無限清償責任。後者對公司債務的責任以其出資額爲限。

跨國公司 資本主義國家的國際性壟斷企業組織。以本國總公司爲基點，通過輸出資本，在許多國家和地區設立分支機構，或控制當地合資企業。一般經營規模大，利潤高，壟斷性強。也叫**多國公司**。

空頭公司 對一些無固定營業場所、資金、人員極少的以公司爲名義的經營單位的俗稱。這類公司一般充當貿易中間人或提供資訊、諮詢服務,有的則進行買空賣空、倒買倒賣等非法活動。

K6-6 名: 合作社

合作社 群衆按照互助原則自願建立起來,從事某種經濟活動的組織。可以發揮集體力量,維護社員的共同利益。有生產合作社、消費合作社、供銷合作社、信用合作社等形式。

生產合作社 小生產者聯合組成的從事集體生產的經濟組織。主要生產物資歸社員集體所有,社員共同參加勞動,按勞分配。

消費合作社 消費者自願入股組織起來的商業組織,主要經營消費品,供應給社員。

供銷合作社 由農民集股並由國家扶助組織起來的商業組織。其主要職能是向農村供應生產物資和生活物資,收購農副產品,促進農村商品生產。

信用合作社 個體生產者或小型企業組織的經營信貸業務的合作社。辦理存款和放款,幫助社員解決生產或生活上的困難。有由城市手工業者、小型工商業組合的城市信用合作社和由農民組合的農村信用合作社。

K6-7 名: 招牌·商標

招牌 掛在商店門前作爲標誌的牌子。寫明商店名稱,有的還寫明經售的貨物。

字號 商店的名稱。

牌號 ❶字號。❷商標。

牌子 工廠產品的專用名稱。

牌 牌子:名牌/雜牌/冒牌貨。

招子 掛在商店門口寫明商店名稱的旗子,或其他招引顧客的標誌。

幌子 掛在商店門口,表明商店性質的實物或圖形標誌。

市招 幌子。

酒簾 舊時酒店用布做的幌子,穿在竿上,掛在門口。也叫酒望。

商標 一種表明商品品質規格和特點的標誌。一般使用文字、圖形或其組合表示,具有顯著的特徵。使用在商品、商品包裝、招牌、廣告等上面。經國家商標局核准註冊的商標,註冊人享有專用權。

K6-8 名: 商店設備

鋪面 商店的門面:鋪面修飾一新。

門面 商店房屋前面沿街的部分:裝修門面。

櫃台 商店用以分隔內外、便於店員與顧客交易的設備。式樣像櫃而長,用木頭或玻璃製成。有的內部可陳列商品。也叫攔櫃 欄櫃。

櫃 ❶櫃台:化粧品櫃/文具櫃。❷借指帳房或商店:櫃上/現款都交櫃了。

櫥窗 商店臨街展覽樣品的玻璃窗:櫥窗布置一新。

貨架子 商店放貨物的架子。

生財 〈方〉商店裡家具雜物的統稱:店面生財一同出盤。

K6-9 名: 商人(一般)

商人 從事商品買賣的人:中間商人。

商 商人:茶商/坐商。

買賣人 〈口〉商人。

賈 古指開店鋪的商人。泛指商人:書賈/大腹賈。

商賈 〈書〉商人的統稱。

賈人 〈書〉商人。

商旅 往來各地經商的人:商旅往來。

坐商 有固定營業地點的商人。

行商 流動販賣,沒有固定營業地點的商人:行商坐賈。

客商　往來各地販賣貨物的商人。

客幫　舊時稱從外地來的成伙商販：近日客幫到貨較多。

外商　外國商人：與外商洽談出口業務。

坐莊　舊時稱商店派駐外地的或和外地特約的負責採購銷售的人。

私商　私人出資經營商業的人。

個體戶　生產資料爲個人所有，以個人勞動爲基礎從事生產或商業活動的人。其經營規模較小，所得由經營者自己支配。

商隊　舊時遠行販運商品、成伙結隊的商人。

商販　小本經營的商人。

販子　往來各地販賣東西的人：二道販子。

行販　流動販賣貨物的小商人。

單幫　從甲地販運商品到乙地出售的單個商販：跑單幫。

貨郎　在農村或城鎮流動售貨的小商人。有的兼營收購：貨郎擔。

小販　小本經營的流動商販。

攤販　設攤出售商品的小商販。

K6－10　名：　奸商

奸商　用投機倒把、囤積居奇等不法手段牟取暴利的商人。

倒爺　倒買倒賣、牟取暴利、擾亂市場秩序的不法商人。

官倒　利用職務地位和政治權勢，非法倒賣緊俏物資、牟取私利的人。

黃牛　〈方〉指使用各種手段購買緊俏的車船票、門票或其他短缺物資，高價出售，從中漁利的人：嚴厲取締黃牛活動。

二道販子　指從集市、商店等處買進貨物後再轉手加價出賣的商販。

市儈　本指買賣的中間人，後指唯利是圖的奸商。也指貪圖私利、狡猾庸俗的人：市儈嘴臉／市儈作風。

K6－11　名：　業主
（參見 K4－5 股東・經理）

業主　私有制社會裡企業或財產的所有者。

店東　舊稱商店或旅館的主人。

店家　舊時指旅社、酒館、飯店的主人或管事的人。

老板　私營工商業的財產所有者或經管人。

東家　舊時被雇用或聘用的人對雇主的稱呼；佃戶對租給土地的地主的稱呼。

掌櫃　舊時稱商店老板或總管商店的人。也叫掌櫃的。

行東　舊時商行或手工業作坊的業主。

小業主　指小工商業者。一般資財不多，經營規模不大，自己參加勞動或同時雇用少數工人。

K6－12　名：　店員

店員　商店的雇員。也指服務性行業的雇員。

營業員　商店裡經管售貨或收購業務的人員。

售貨員　商店裡出售貨物的人員。

伙計　舊時稱店員或長工。

從業員　舊時商業和服務性行業工作人員的統稱。

學徒　舊時在商店裡學做買賣的，或在作坊、工廠裡學習技術的青少年。□徒工。

跑外的　舊時商店或作坊裡的外勤人員。主要做辦貨、收帳或兜攬生意的工作。

跑街　〈方〉擔任外勤工作的人。

出店　〈方〉舊時商店裡擔任出外接送貨物等工作的人員。

服務員　旅館、飯店等服務性行業裡做招待工作的人員。也指機關團體中做工友作的人員。

K6－13　名：　經紀人

經紀人　舊時爲買賣雙方說合交易、從中抽取佣

金的人。也指交易所裡代人買賣而抽取佣金
的人。

經紀 經紀人。

中人 居間介紹生意、調解糾紛並做見證的人。

捐客 〈方〉舊時撮合買賣、賺取佣金的居間人。

買辦 殖民地、半殖民地國家中，替外國資本家
在本國市場上推銷商品、掠奪資源，從中取利
的中間人和經紀人。

牙子 舊時為買賣雙方談合並取得佣金的居間
人：牲口牙子。也叫**牙人**。

牙儈 〈書〉牙子。

牙商 舊時交易市場替買賣雙方說合、從中抽取
佣金的中間商人。

牙行 舊時提供交易場所、介紹買賣，從中抽取
佣金的商號或個人。

牙婆 舊時以介紹人口買賣為業，從中撈取不義
之財的婦女。

縴手 舊時給人介紹買賣或租賃房地產的人。
也叫**拉縴的**。

K6－14 名： 佣金

佣金 介紹買賣的居間人所取得的報酬。也叫
傭錢；**中傭**；**行傭**。

回扣 經手採購或替賣主招攬生意的人向賣主
索取的傭錢。這錢是從買主付給的價款中扣
出來的，所以叫回扣。

回傭 〈方〉回扣。

花消花銷 〈口〉舊時稱交易時的佣金或稅捐等。

K6－15 名： 顧客

顧客 商店或服務行業稱來購物的人或服務對
象：招徠顧客。

顧主 顧客。

主顧 顧客。

客 旅館、交通運輸等服務性行業對顧客的稱
呼：客滿／接客。

買主 商品的購買者。

K6－16 名： 行業·行會

行業 工商業中的門類：行業組織／服務性行
業。

行當 〈口〉行業。

行道 〈方〉行業。

行幫 舊時同一行業的人為了維護本身利益而
結成的小集團。

行會 ❶舊時城市中手工業者或商人按行業結
成的組織。訂有行規，以保護成員利益為目
標。❷行幫。

行規 舊時行會制定的由同行業的人共同遵守
的規章。

同行 相同的行業或相同行業的人：我們既是同
學，又是同行／向同行請教。也說**同業**。

同業公會 舊時相同行業的工商企業的行會組
織。

商會 舊時商人為維護自己利益而組成的團體。
一般由同業公會會員或商號會員組成。

工會 工人階級的群眾性組織。

黃色工會 指資本主義國家裡為資產階級或工
人貴族所控制而違背工人階級利益的工會組
織。

K6－17 名： 商品·貨物

商品 ❶用於交換的勞動產品。❷泛指市場上
出售的貨物：商品展銷。

貨物 供市場上出售的物品。

貨 貨物；商品：俏貨／貨真價實。

貨品 貨物或貨物的品種：貨品豐富。

小商品 指規格小、品種多、價值較低的日用商
品。如小百貨、小五金、部分文化用品等。

百貨 指以日用商品為主的各種貨物：百貨公
司。

小百貨 指日常生活上需用的輕工業和手工業

製品。如牙刷、鈕釦、針線、工藝品等。

雜貨 用竹木、陶瓷、黑白鐵等製成的各種零星貨物：雜貨店鋪。

統貨 指不分品質、規格而按同一價格購銷的貨物。

行貨 指未經精細加工的器具、服裝等類貨物。

土貨 本地產的物品。

土產 指某地出產的具有地方色彩的產品（多指農副產品）：這是從家鄉帶來的土產。

特產 某地特有的或具有獨特風格的著名產品。

山貨 ❶山區土產。如山楂、胡桃、栗子等。❷指用竹、木、粗陶瓷等製成的日用器物。如掃帚、畚箕、瓦盆、麻繩等。

海產 出自海洋的動植物產品。

水產 江河、湖泊、海洋裡出產的有經濟價值的動植物的統稱。如各種魚、蝦、貝類、海帶等。

南貨 指中國大陸南方各地所產的各種食品。如荔枝、桂圓、火腿等。

北貨 指中國大陸北方各地所產的各種食品。如紅棗、核桃、柿餅等。

炒貨 指乾炒的食品。如瓜子、花生、蠶豆等。

乾貨 指風乾、曬乾的果品。如柿餅、紅棗、筍乾等。

鮮貨 指新鮮的蔬菜、水果、魚蝦等。

私貨 私自販賣的違禁貨物：挾帶私貨。

黑貨 指偷稅或非法販賣的貨物：搜查黑貨。

冷貨 指銷路過時、不易賣出的商品：處理一批冷貨。也叫**冷門貨**。

熱門貨 指受人歡迎、銷售極快的商品。

大路貨 品質普通而銷路廣的商品。

現貨 交易成立後立即可以交割，或在極短期限內可以交割的貨物或外匯、證券等。

期貨 交易成立時，約定日期實行交割的貨物或外匯、證券等。

樣品 交易時用來代表全部商品品質的樣子。

存貨 儲存待售的貨物：存貨充足。

國貨 本國生產的工業製品：提倡國貨。

外貨 從外國進口的貨物。

舶來品 舊指進口貨。

來路貨 〈方〉進口貨。

拳頭商品 在國外市場上具有較強競爭能力，銷路穩定，國內貨源充足的大批量出口商品的俗稱。

K6－18 名： 倉庫

倉庫 專供儲藏物資的場地或建築物：露天倉庫／糧食倉庫。

倉 儲藏糧食等物資的建築物：穀滿倉。

倉房 儲藏糧食等物資的房屋；倉庫。

棧房 存放貨物的處所。

棧 棧房：貨棧／糧食已經進棧。

庫藏 〈書〉倉庫。

庫 儲藏東西的建築物：材料庫／刀槍入庫。

庫房 儲存財物的房屋。

貨棧 營業用的堆存貨物的倉房或場地。

堆棧 供臨時寄存貨物的場所。

糧棧 存放糧食的棧房。也指糧行。

倉廩 〈書〉糧食倉庫：倉廩富足。

冷藏庫 具有低溫設備的儲藏食品的倉庫。

K6－19 動： 儲藏

儲藏 ❶把東西存放保管起來：儲藏糧食／把不用的器材儲藏起來。❷蘊藏：這裡地下儲藏著豐富的煤礦。

儲 儲藏；積存：儲金／儲糧備荒。

儲存 把財物存放起來，暫時不用：儲存糧食／儲存現金。□**存儲**。

貯存 儲存：儲存馬鈴薯、白菜。□**存貯**。

貯 儲存；積存：貯水池／貯草過多。

貯藏 儲藏：把餘糧貯藏起來。

積存 聚積儲存：積存大量物資。

積儲 積存：把積儲的糧食捐助災區。□**積貯**。

積壓 長期積存,未作處理:許多器材積壓在倉庫裡。

儲備 把物資儲存起來以備使用:儲備禦寒衣物/儲備充足。

貯備 儲備:貯備飼料。

囤 儲存:囤貨/囤了許多稻穀。

囤聚 儲存聚集:囤聚大批物資。

存貨 儲存貨物:把這間房子也用來存貨。

庫藏 庫裡儲藏:庫藏物資/庫藏圖書數十萬冊。

K6－20 動: 訂購

訂購 定購 約定購買(貨物):訂購秋季服裝。

訂貨 定貨 訂購產品或貨物:訂貨合約/向國外訂貨。

預約 事前約定(購貨):徵求預約。

預購 預先訂購:預購糧食。

預訂 預先定購:預訂機票/預訂家具。

訂 事前約定:訂報/訂牛奶。

定 約定:定貨/定了明天的車票。

訂閱 定閱 預先付款訂購(報紙、期刊):訂閱《華盛頓郵報》。

K6－21 動: 買

買 拿錢換東西:買書/買房子。

購買 買:吃的、穿的都要到市場上去購買。

購 買:購物/購銷兩旺。

購置 購買置辦(多用於長期使用的器具):購置冰箱/購置家具。

置辦 採辦;購買:置辦嫁粧。

置備 購買;配備:置配一套工具書。

置 購置:置了幾樣家具/置了一套服裝。

添置 在原有的以外再購置:添置日用品/添置教具。

打 買:打一斤油/打張船票。

躉 整批地買進:躉了一批貨/現躉現賣。

糴 買入糧食:糴米/糴穀子。

進貨 商店裡為銷售而購進貨物:從外地進貨。

採購 挑選購買(貨物):採購副食品/採購化工原料。

採辦 採購:採辦建築材料。

收購 買進:收購舊書/收購農副產品。

收買 收購:收買舊衣服/高價收買文物。

回收 收買回來(可利用的物品):回收廢舊金屬。

統購 國家對某些重要物資(如棉、糧、油等),有計畫地統一收購:統購統銷。

代購 委託他人代理購買:由供銷社代購農副產品。

徵購 國家依法向生產者或所有者購買(農產品、土地等):徵購夏糧。

認購 應承購買(公債、股票等):認購愛心券十萬元。

選購 有選擇地購買:選購外省版圖書。

賒購 用延期交款方式購買:賒購一套住房。

搶購 爭先購買:搶購一空。

爭購 踴躍購買:爭購國庫券。

套購 用欺騙等不正當手段購買國家計畫控制的商品:套購糧食/套購外匯。

郵購 用郵遞方式購買:向外地郵購新書。

函購 用通訊匯款方式購買:函購藥品。

議購 商業部門與生產者協商議價收購(農副產品)。

派購 按計畫分派收購任務。是對某些關係國計民生的農副產品採取的收購方式。

K6－22 動: 賣

賣 用東西換錢:賣糧食/買賤賣貴。

出賣 賣:出賣房屋/高價出賣。

售 賣:售貨/全部售完。

出售 出賣:分配的房屋不能自由出售。

售賣 賣:售賣家產。

賣出　賣出去:貨物已經售出。

發售　出售:發售紀念郵票。

變賣　出賣財產什物,換取現款:變賣家產,償還債務/他家裡靠變賣東西維持生活。

變　變賣:變產。

折變　〈方〉變賣:折變房產。

折賣　減價出售:只好把商號折賣抵債。

斥賣　〈書〉變賣;拿去賣掉:斥賣藏書/斥賣房產。

標賣　❶標價出售:商品一律明碼標賣。❷用投標方式出賣:標賣一幢房子。

搭賣　出售優質、名牌商品時把其他質次或滯銷商品搭配出售:搭賣之風,屢禁不止。

拍賣　❶委託行當衆出賣委託出售的貨物,由買主報價,到沒有人再出高價時,就拍板成交,故稱。❷減價拋售;拍賣:存貨大拍賣。

叫賣　吆喝著招引顧客來買:沿街叫賣。

義賣　為正義或公益事業籌款而出賣(物品):為賑濟水災,義賣字畫。

專賣　某些商品由國家指定的專營機構經營、銷售。如香烟專賣。

攤售　設攤出售(貨物)。

出糶　出賣(糧食)。

糶　出糶:糶新穀。

上市　指貨物開始在市場上出售:這幾天西瓜大量上市了/這批貨要早一點上市。

脫手　賣出貨物(多用於倒把、變賣等):索價過高,難以脫手。

出脫　脫手。

出讓　不為謀利而賣出自用的東西:全新自行車,原價出讓。

惜售　捨不得出售:惜售緊俏商品。

賣大戶*　指商業單位把本應零售的商品大量地賣給商販。

賣悶包*　指商店出售大件商品(如電視機、電冰箱等)時,拒不拆開包裝讓顧客驗看。

K6－23　動:　銷售

銷售　賣出(貨物):今年的家電產品已開始特價銷售。

銷　銷售:暢銷/傾銷/銷往全國各地。

賒銷　用延期收款方式銷售:賒銷錄音機。

返銷　指從農村收購來的農產品再賣到農村去:返銷糧/蔬菜返銷農村是不正常現象。□回銷。

統銷　國家對某些重要物資有計畫地統一銷售:統購統銷。

內銷　產品在本國或本地區銷售:出口轉內銷。

外銷　產品向外國或外地銷售:外銷絲綢。

脫銷　貨物售完,暫時供應不上:紙張又脫銷了。

脫檔　指某種商品的生產或供應暫時中斷:這個牌子的印表機,從上月就脫檔了。□斷檔。

薄利多銷*　降低售價以擴大銷路。

配售　把某些商品(主要是生活必需品)按照政府規定的數量和價格賣給消費者。

獎售　對交售某些農副產品的生產者,優惠賣給一定數量的商品,作為獎勵:這批化肥是準備獎售給賣餘糧農戶的。

供銷　供應和銷售商品:市場上油糧供銷正常。

購銷　買進和賣出商品:購銷兩旺。

K6－24　名、形:　銷路

銷路　〔名〕商品銷售的出路:銷路不暢/商品品質好,不愁打不開銷路。

銷場　〔名〕〈方〉銷路。

暢銷　〔形〕(貨物)銷路廣,賣得快:入冬以後,冷飲依然暢銷/羽絨製品近期很暢銷。□旺銷。

俏　〔形〕商品的銷路好:俏貨/這種貨俏得很,進多少賣多少。

香　〔形〕受歡迎(多用於商品):市上這種貨現在正香。

吃香　〔形〕〈口〉受歡迎(多指商品):這種式樣的

短衫現在很吃香。

搶手 〔形〕商品受歡迎：消費者爭著買搶手貨／這種產品現在市面上很搶手。

緊俏 〔形〕貨物銷路好，供不應求：緊俏商品。

滯銷 〔形〕貨物銷路不好，賣不出去：滯銷產品，降價出售。

K6－25 動： 推銷

推銷 採取宣傳等方式擴大商品的銷路：大力推銷新產品。

兜銷 到處去推銷：兜銷商品。

兜售 兜銷：兜售積壓書刊。

試銷 為了徵求用戶意見，把少量新產品投放市場作試探性銷售：這種產品試銷後，很受歡迎。

展銷 （商品）集中展出銷售：交易會上有不少新產品展銷。

行銷 向各地銷售：這家電腦公司的行銷計畫十分成功。

銷行 行銷：銷行全國／銷行很廣。

傾銷 用低於市價或成本的價格大量拋售商品，以擊敗競爭對手，奪取市場。

拋售 預料價格將跌或為壓低價格而大量出售商品：這家商店拋售大批款式過時的服裝。

拍賣 商店聲稱減價，大量出售商品：大拍賣。

K6－26 動： 寄賣・代銷

寄賣 委託商店代賣（物品）：將電視機送往商店寄賣。也說**寄售**。

代銷 接受廠商委託，代理銷售商品：代銷信封、郵票。

包銷 把全部貨物包下來負責銷售：簽訂包銷合約。

經銷 經手銷售：中小學課本由各大書店經銷。也說**經售**。

K6－27 動： 販賣

販賣 買進商品再賣出去，從中取利：他以販賣水果為業。

販 商人買進貨物出賣：販農副產品／販牲口。

倒手 貨物從一個人手中轉賣到另一人手中：這批貨幾經倒手，價錢就抬高了。

倒騰 買進賣出；販賣：他靠倒騰雜糧賺錢。也作**搗騰**。

轉賣 把買進的東西再賣出去：轉賣自行車。

轉手 把來自一方的東西再交給或賣給另一方：一經轉手，價錢就上升了。

拉縴 為雙方介紹買賣、租賃或婚姻等並從中收取費用：這樁房產交易是他給拉縴的。

販運 從一地買進貨物運往別處出售：販運牲口／長途販運。

運銷 把貨物運往別處銷售：這一批精密機床即將運銷海外。

倒運 把甲地貨物運到乙地出售，再把乙地貨物運到甲地出售（多指非法活動）：倒運糧食。

趕集 到集市上買賣貨物，多有固定日期：今天鎮上有集，說不定他會來趕集。

趕場 〈方〉趕集。□**趕圩**；**趕街**。

跑單幫 單個商販利用各地物價的高低不同往來販賣牟利。

K6－28 動： 批發・零售

批發 成批地出賣：批發價格從優／專營批發業務。

躉賣 整批地出賣。□**躉售**。

發行 批發。

零售 商品不成批地零散出售：這是零售價，略高一些。□**零賣**。

K6－29 動： 成交・交割

成交 買賣雙方就貨物的成色、數量和價格取得

一致意見而達成交易:訂貨會每天成交數千
萬元／第二批汽車出口已經成交。

[板] 舊時拍賣行買賣貨物、達成協議時而拍打
木板。泛指貨物已經成交。也用來比喻主事
者作出決定。

[割] (商業上)雙方結淸手續:貨款已經割。

[票] 貨款付淸後,收款一方開發單據。

[貨] 交付貨物給買主。

[戶] 房屋、車輛、有價證券等財產轉移所有權
時,按照法定手續向有關部門登記,更換物主
姓名。

[訖] 雙方交易手續了結(指賣方已交淸貨物,
買方已交淸貨款):銀貨兩訖。

K6－30 名、動：　供求

[求] 〔名〕供給和需求:使商品的供求趨向平衡
／解決供求的矛盾。

[給] 〔動〕把生活中必需的物資、錢財、資料等
給人,以滿足其需要:失業人口的基本生活用
度由政府供給。

[應] 〔動〕以物力或人力滿足需要:供應食物和
衣著／供應勞動力。

[提供] 〔動〕供給(物資、資料、條件等):提供救濟
物資／提供商品資訊。

[供] 〔動〕供給;供應:供貨／供電／你們加工,我
們供材料。

[需求] 〔名〕由需要而產生的要求:滿足消費者的
需求／家用電器的需求量越來越大。

計畫供應 〔名〕爲滿足人民基本需要,國家對某
些生活必需品(如糧、油等)規定適當的份量
和價格,由商業部門對城鄉居民和需用單位
按時配售,保證供應。

供不應求 * 供應不能滿足需求。形容商品供應
數量不足。

供過於求 * 供應超過需求。形容商品供應數量
過多。

K6－31 名：　市場·商情

市場 商品交換關係的總和,體現一定地區內生
產者、經營者和消費者對各種或某一種商品
的供給和需要關係:國際市場／市場價格／金
融市場／市場繁榮。

買方市場 指在商品供大於求情況下,買方可擇
優壓價購買,處於有利地位的市場。

賣方市場 指在商品供不應求情況下,對賣方有
利的市場。賣方市場往往會出現質差價高,
品種少,服務差等問題。

商情 舊時指市場上商品供求和價格的狀況:熟
悉商情。

行情 指市面上商品價格或金融市場上利率、匯
率的情況:摸淸行情。

盤子 舊指商品行情。

行市 市場上商品、證券等的買賣價格。舊時商
品的市價,多由同行各商號的同業公會議定,
故稱。

市面 ❶城市工商業活動的一般狀況:市面繁榮
／目下市面不好。❷指市場:操縱市面／這個
產品現在市面上沒有。

K6－32 名：　旺季·淡季

旺季 交易興旺或產品供應多的季節:秋天是水
果上市的旺季。

淡季 交易淸淡或產品供應少的季節:夏天是時
裝業的淡季。

旺月 營業旺盛的月份:旺月來到,天天顧客盈
門。

淡月 營業淸淡的月份:抓緊在淡月裝修門面。

K6－33 名：　貨色

貨色 指貨物的品種、品質:上等貨色／貨色齊
全。

成色 ❶金、銀幣或金、銀器物中所含純金、銀的

量:這條項鍊的成色很好。❷泛指商品品質:
這批衣料成色很好。

正品 品質完全符合規定標準的產品:不是正品
不上櫃。

瑕疵品 品質比標準品稍差,但還能用的產品:
保證品質,不出瑕疵品。

次貨 品質較差的貨物。

副品 未達到品質要求的產品。

處理品 因污損或過時等原因而減價或變價出
售的商品。

殘貨 殘缺或質次的貨物。

殘品 有缺點的產品。

剔莊貨 廉價出售的瑕疵品;處理品。

下腳貨 賣剩下的次貨。

K6－34 形、名: 商品質量

高檔 〔形〕質優價高的(商品):高檔西裝。

低檔 〔形〕品質、等級、價格均低的(商品):低檔
收音、錄音機。

中檔 〔形〕品質中等、價格不高的(商品):中檔
服裝。

等外 〔形〕品質很差,不能列入等級的(產品):
等外品。

合格 〔形〕符合標準的:合格產品。

名牌 〔名〕出名貨物的牌子:名牌貨/茅臺是酒
中的名牌。

冒牌 〔名〕冒充名牌商品的牌子:冒牌商品/他
穿的戴的,大多是冒牌貨。

優質 〔名〕優良的品質:優質產品。

道地 〔形〕品質夠標準的:做工道地。

贋 〔形〕〈書〉偽造的:贋品。

K6－35 名: 物價

物價 商品的價格:物價平穩/物價飛漲。

市價 商品的市場價格:市價早晚不同。

價 價值;價格:等價交換/價廉物美。

價錢 商品價格:價錢便宜。

價目 商品所標的價格:價目表。

價碼 〈口〉價目。

紅盤 舊時商業中春節後(一般為正月初五日
開始營業時開出的價格。

牌價 寫在牌子上公布的規定價格。

標價 貨物標明的價格:先看衣服的標價再試
穿。

定價 核定的價格。

官價 政府規定的價格:外匯官價再次提高。

時價 當前的價格:時價穩中有漲。

平價 ❶政府為穩定市場而規定的貨物價格:平
價化肥/平價出售。

特價 特別降低的價格:特價書籍/特價拋售。

半價 原價的一半:處理商品一律半價出售。

單價 商品每一標準單位的價格。

差價 同一商品在流通過程中因各種條件不同
而發生的價格差額。如批零差價、品質差價、
地區差價、季節差價等。

剪刀差 通常指工業品價格偏高,農產品價格偏
低,工農業產品不等價交換表現的差額。兩
類商品的價格在統計圖表上按時間序列表現
為剪刀張開的形狀,故名。

K6－36 動: 定價

定價 規定價格:定價偏高。

標價 給貨物標出價格:明碼標價。

作價 規定或估定物品的價格:公平作價/作價
賠償/房屋作價變賣。

限價 政府對某些商品限定價格或價格變動的
幅度:限價出售。

議價 由買賣雙方或同行業協商議定貨品價格:
議價油/議價糧。

估價 給商品估計價格:請行家估價。

平價 對上漲的物價加以平抑:採取平價措施。

K6－37 名：　標價方式

明碼　用數字明白標出的貨物價格：明碼售貨。

暗碼　舊時商品標價所用的代替數字的符號。

明盤　舊指買賣雙方在市場上公開議定的價格。

暗盤　舊指買賣雙方在市場外秘密議定的價格。

草標兒　舊時集市中插在大件物品上表示出售的草棍兒。

K6－38 動：　漲價·跌價

漲價　價格提高：電冰箱漲價了。

漲　(物價)提高：物價看漲。

上漲　(商品)價格上升：物價上漲。

騰貴　物價飛漲：柴米騰貴。

提價　提高價格：食品提價。

加碼　指提高商品價格：有些商品短期內連續加碼。

減價　降低原來價格：減價拍賣。

跌價　(商品)價格下落：最近洗衣機跌價了。□落價。

跌落　(價格、產量等)下降：水果價格跌落了兩成。

降價　降低價格：藥品降價。

削價　削減價格：處理商品，削價出售。

放盤　舊時稱商店減價出售貨物：年關大放盤。

K6－39 形：　昂貴·低廉

昂貴　價格極高：這顆鑽石，價格昂貴。

貴　價錢高：麵粉比米貴／市上青菜越來越貴。

高昂　價錢貴：生活費用，日益高昂。

值錢　有價值，賣得出錢：黃金飾品很值錢。

賤　價錢低：賤價出售／穀賤傷農。

廉　(價錢)低：價廉物美。

低廉　(物價)低：近郊農貿市場，菜價較為低廉。

便宜　低廉：便宜貨。

廉價　價錢較便宜：廉價品／廉價出售。

公道　價錢適中；訂價合理：價錢公道。

克己　舊時商店自稱貨物價錢公道，不圖厚利。

貨眞價實 [*]　貨物品質是靠得住的，價錢也是公道的。舊時商人標榜買賣公平，招攬生意的用語。泛指實實在在，一點不假。

K6－40 動：　講價

講價　買賣雙方爭議商品價格：經過反覆講價，交易終於談成了。

要價　賣方向顧客說出商品價格：要價很高／漫天要價。

討價　要價：討價還價。

開價　賣方說出價格：開價偏高。

還價　買方因嫌貨價高，說出自己願付的價格：還價不能太低。

打價兒　〈口〉還價(多用於否定式)：不打價兒。

講盤　〈方〉雙方商談價錢或條件。也說**講盤子**

殺價　指買主利用賣主急於求售的機會，強使降低價格。

壓價　壓低價格。

討價還價 [*]　買賣雙方一個要價高，一個還價低，相互爭議價格。常用來比喻談判時講條件。

K6－41 動：　折價

折價　把實物折合成錢：全部設備折價出讓／損壞公物，折價賠償。

折實　❶把金額折合成實物價格計算：折實公債。❷打折扣後合成實在數額。

變價　把實物按時價折合(出售)：變價出賣。

K6－42 名：　折扣

折扣　指買賣貨物時，價款照定價按成減算，如減去一成，按原價九成付款，叫做九折或九扣：本店部分商品打折扣出售。

折頭　〈方〉折扣。

折　折扣：打八折／按七五折計價。

扣頭　打折扣時扣除的金額：按照實價批發，沒有扣頭。

對折　一半的折扣，即五折：打對折。

K6－43　動、名：　找錢

找錢　〔動〕收款時收到面額較大的貨幣，把超過應收的數目，用面額較小的貨幣退還。

找零　〔動〕收款時退還零頭尾數的錢。

找　〔動〕把超過應收的部分退還：付費一元，找回五角。

找頭　〔名〕收付款項時找回的錢。

K6－44　動、名：　招攬·廣告

招攬　〔動〕招引(顧客)：招攬報紙訂戶／招攬生意。

招徠　〔動〕招引；招攬：招徠旅客。

兜攬　〔動〕招攬：兜攬生意。

兜　〔動〕招攬：兜售／兜生意。

廣告　〔名〕向公眾介紹商品、報導文體節目或服務內容的宣傳方式，一般利用報刊、廣播、電視、招貼、櫥窗布置等形式進行。

招貼　〔名〕張貼在街頭或公共場所供宣傳用的文字、圖畫：門口貼著「吉屋招租」的招貼。

海報　〔名〕預告文娛、體育活動的招貼。

K6－45　動：　開業

開業　商店、企業或律師事務所、醫生診所等公開對外進行業務活動：開業行醫／在車站附近開業的餐廳，越來越多。

開張　❶新設立的商店等開始營業：擇吉開張。❷當天的第一次成交：今天過了十點還沒開張。

開市　❶(商店、市場)開始營業：開市大吉。❷商店每天第一次成交。

開門　(商店)每天開始營業。

開秤　開始交易(多用於收購季節性貨物的商業)：開秤收購棉花。

開盤　舊指交易市場每天營業開始時第一次報告行情。

K6－46　動：　歇業

歇業　商店停止營業。

關閉　(商店、工廠)停業。

停歇　歇業。

關門　❶商店歇業。❷商店每天晚上停止營業。

關　(工廠、商店等)倒閉或歇業：這家工廠長期虧本，不如關了好。

關張　舊指商店歇業或倒閉。

停業　❶暫時中止營業：停業整頓。❷歇業：勒令停業。

休業　停止營業。

倒　失敗；垮臺：廠商倒了好幾家。

倒閉　商店或企業因虧本而停業：兩廠先後倒閉。

打烊　〈方〉指商店晚上關門，停止營業：店家紛紛打烊。

收市　市場、商店停止交易：菜場多已收市。

收攤兒　收起擺著的貨物。比喻把手頭工作結束。

收盤　舊指交易市場每天營業結束時最後一次報價。也指商店自動停業。

K6－47　動：　招盤

招盤　舊時工商業主因虧蝕等原因不能繼續業，把企業的全部財產作價，招別人承購經營：招盤啓事。

盤店　舊指商店把全部貨物器具等被轉讓給他人：關門盤店。

盤　舊指把商店出讓給人；出倒：由於經營虧損，他只得把店盤了出去。

出倒　舊時工商業主因虧損等原因，將企業的商品設備和房屋等全部出售，由別人繼續經營。

□出盤。

倒 出倒:小店沒開多久,就倒給別人了。

頂盤 舊指買下別人商店或工廠出盤的全部財產,繼續經營。□受盤。

K6－48 動: 盤貨

盤貨 (商店)對照帳目清點和檢查實存貨物情況:月底盤貨,停業一天。

盤點 清點(存貨)。

盤 清點;清查:盤了一次帳。

盤庫 清點倉庫物資。

清點 清理查點:清點存貨。

清查 清理檢查:清查帳目。

清理 徹底查明,加以整理:清理倉庫。

盤帳 清查帳目。

盤存 清點檢查現有物資、財產的數量和情況。

K6－49 動: 投機·囤積

投機 利用機會謀取私利:投機取巧／投機買賣。

倒把 利用物價漲落進行轉手買賣,以牟取暴利:投機倒把。

囤積 爲等待機會高價出售而大量購存貨物:囤積糧食。

居奇 把看作難得的貨物留存不賣,等待高價出售:居奇囤積,操縱市面。

套購 採取蒙蔽、欺騙等手段或利用特權,購買市場上國家計畫分配的商品。

倒買倒賣* 指以非法手段販賣商品,低價買進轉手高價賣出,從中牟取暴利。

買空賣空* 一種買賣商品、證券等的商業投機活動。投機者預料價格要漲時先買進,等漲價後再賣出,或者預料價格要跌時先賣出,等跌價後再買進。買進賣出並無實物和貨款進出,只就一買一賣的差價結算盈虧,故稱買空賣空。也用來比喻政治上招搖撞騙,進行投機。

投機倒把* 指利用買空賣空、倒賣套購、摻雜使假、哄抬價格等不法手段牟取暴利的活動。

奇貨可居* 把市面上稀少的貨物囤積起來,等待高價出售。

冒牌 冒用同類有名商品的名稱或商標。泛指以次充好,以假充眞。

戤 假冒商品牌號圖利:戤牌貨。

K7　對外貿易

K7－1 名: 對外貿易

對外貿易 一個國家或地區與其他國家或地區之間進行的商品交換。包括進口貿易和出口貿易。簡稱**外貿**。也叫**進出口貿易**。

國際貿易 各個國家或地區間的商品交換,是世界各國對外貿易的總和。也叫**世界貿易**。

自由貿易 對進出口貿易不加限制,而任其自由競爭,並實行減免關稅的對外貿易政策。

保護貿易 通過保護關稅和其他限制進口措施來保護本國工農業生產,防止外國商品競爭的對外貿易政策。

雙邊貿易 兩個國家之間彼此保持進出口商品收支平衡的貿易。也泛指兩國間的貿易往來。

多邊貿易 三個以上國家或地區間相互保持進出口商品收支平衡的貿易。

轉口貿易 商品生產國與消費國之間通過第三國轉口而進行的貿易。從第三國來說,其所從事的貿易是轉口貿易。

補償貿易 指用信貸方式引進外國先進技術、機器設備等,以後用生產的產品或雙方協議的其他產品及加工勞務來償還貸款的一種貿易形式。

最惠國待遇 締約國雙方同意在通商、航海、關稅及公民法律地位等方面將現在和將來給予第三國的優惠待遇也相互給予對方。有有條

件和無條件兩種形式。前者指締約國一方給
予第三國的優惠待遇如果是有條件的,另一
方必須提供同樣條件,才能獲得這種優惠;後
者指締約國一方將現在或將來給予第三國的
優惠待遇自動地、無條件地給予另一方。

關稅及貿易總協定　政府間簽訂的多邊貿易協
定。其宗旨是:降低關稅,取消貿易障礙,廢
除貿易歧視。一九四七年十月三十日由二十
三國在日內瓦簽訂,管理機構設在日內瓦。
至一九九四年成員有一百一十七個國家和地
區。簡稱**關貿總協定**。

世界貿易組織　即WTO,一個代替關貿總協定
的全球性貿易組織,於一九九五年一月成立。
現有一二五個成員,是由關貿總協定的締約
方自行轉爲成員國的。它的管轄範圍包括銀
行、通訊、航運等服務貿易、知識產權保護和
國際貿易等。

K7-2 動：　通商・禁運

通商　國與國之間進行貿易:通商口岸/與周圍
國家通商。

互市　國家或民族之間互相貿易往來:兩地邊民
出入國界互市頻繁。

互惠　指國與國間根據平等原則相互給與優惠
待遇。多指通商貿易:互惠待遇/互惠關稅。

互利　互相有利:互助互利/平等互利/互利條
件。

禁運　指一國或數國政府禁止對另一國的部分
或全部貿易往來。

經濟封鎖　指一國或數國政府對另一國採取強
硬措施,以斷絕相互之間的經濟和貿易關係。

K7-3 動：　出口・進口

出口　本國商品輸出國外:出口輕工產品。

輸出　商品或資本從某一國運銷或投放到國外。

進口　本國從外國輸入商品:進口優質鋼材。□

入口。

輸入　商品或資本從國外進入本國。

轉口　一國或一地的商品經過一個港口運到另
一個港口或經過一個國家運到另一個國家:
香港是國際聞名的轉口點。

出超　在一定時期內(通常爲一年),一國向國外
出口商品的總值超過從國外進口商品的總
值。□順差。

入超　在一定時期內(通常爲一年),一國從國外
進口商品的總值超過向國外出口商品的總
值。□逆差。

K7-4 名：　關稅

關稅　國家對通過國境商品所收的稅。可分爲
進口稅、過境稅和出口稅。按徵收目標,常分
爲保護關稅和財政關稅。

進口稅　對外國輸入貨物所徵收的關稅。

出口稅　對本國出口貨物所徵收的關稅。

過境稅　一國對過境商品所徵收的關稅。

保護關稅　以提高進口商品價格來保護本國生
產爲目標而徵課的關稅。

財政關稅　爲了增加國家財政收入而不是爲了
限制進口所徵課的關稅。

關稅同盟　兩個或幾個國家爲相互之間減免關
稅並對其他國家實行統一關稅而締結的同
盟。其目標是爲同盟國產品提供更廣泛的共
同市場,排擠其他國家商品的進口和競爭。

關稅壁壘　指用以阻止或限制外國商品輸入國
內的高額進口稅。

K7-5 名、動：　海關・報關

海關　〔名〕對進出國境的貨物、行李、郵件、運輸
工具等進行監督檢查,徵收關稅,查禁走私的
國家機關。通常設在對外貿易港口、邊防站
和航空站。

報關　〔動〕貨物、行李、船舶等在進出境時,向海

關申報,請求辦理進出口手續。

退關〔動〕出口貨物經海關查驗放行後,因故未能裝運出口,向海關辦理撤銷出口手續。

結關〔動〕貨物、行李、船舶等辦完海關進出口手續,結清應付稅款、罰款,經海關核準放行。但一般多只是指船舶辦淸海關出口手續。

K7－6 動：　走私・緝私

走私　私自非法運輸、攜帶違禁物品進出國境,逃避海關檢查和納稅。

偷運　私自非法販運。

查私　查禁走私活動。

緝私　檢查走私活動,捉拿走私罪犯:海上緝私。

K8　職　業

K8－1 名：　職業

職業　個人在社會中所從事的作為主要生活來源的工作:找個理想的職業/作家也是一種職業。

工作　❶用力量或本領為一定目標而進行的活動(或做的事情):衛生工作/蓋房子是很繁重的工作/他做的是沒有報酬的工作/寫小說是他業餘的工作。❷〈口〉職業:他到處找工作/她對新工作很滿意。

生活　〈方〉指工、農業,手工業方面的工作:在田裡做了一天生活。

生計　❶維持生活的辦法:不圖生計/另謀生計。

生業　維持生活的職業:各安生業。

生涯　指從事某種職業或某種活動的生活:賣藝生涯/革命生涯。

活路　能夠生活下去的辦法:他被廠家解雇,一時找不到活路。

活計　指手藝或縫紉、刺繡等工作。也泛指各種體力勞動:針線活計/找些活計做做。

營生　〈方〉職業;工作:我勸他出外找個營生做。

飯碗　比喩職業:找飯碗/砸了飯碗。

鐵飯碗　比喩十分穩固的職業。

自由職業　指憑藉個人的專業知識技能從事的職業。如醫生、教師、律師、新聞記者、著作家、藝術家等。

K8－2 名：　業務

業務　個人的或某個機構的專業工作:業務能力/業務研討會。

事務　❶日常工作:埋頭在事務堆裡/事務纏身。❷行政雜務:事務科/事務員。

作業　為完成學習、生產或軍事等任務而進行的活動:課堂作業/車間作業/野外作業。

任務　重要的工作,或重大的責任:勇於接受任務/教師肩負著培養下一代的艱鉅任務。

日工　白天的工作。

夜工　晚上的工作:開夜工。

K8－3 名：　職務

職務　規定擔任的工作:解除一切職務。

職　職務:就職/有職有權。

職守　工作崗位:忠於職守/不能擅離職守。

職分　職務範圍應做的事:培養人才是教師的職分。

職掌　〈書〉職務上掌管的事情;職守。

職位　機關或團體中掌管一定職務的位置:不管職位高低,在法律面前人人平等。

職稱　職務名稱:職稱評定。

職別　❶職務等級:職別高。❷職務的區別。

本職　本身的職務:忠於本員工作。

要職　重要的職位:身任要職。

要津　重要渡口,借指重要職位:身居要津。

專職　由專人擔任的職務:專職幹部。

兼職　在本員工作以外兼任的職務:兼職教師。

閒職　空閒而不重要的職務:裁減閒職人員。

崗位　本指軍警站崗的處所。今泛指工作職位:堅守崗位,做好本員工作/崗位責任制。

K8－4 名: 責任

責任　❶職務範圍內應做的事:負責任/教書育人是教師的責任。❷因失職而應承擔的過失:追究責任/不得推卸責任。

責　責任:責無旁貸/愛護公物,人人有責。

事　關係;責任:這是我的疏忽,不干他的事。

專責　專門負起的某種責任:人人各有專責。

重任　重大的責任或重要的任務:肩負重任/委以重任。

使命　本指使者奉命出行。今指重大的責任或任務:歷史使命/負有光榮的使命。

職責　職務上應盡的責任:神聖的職責。

天職　應盡的職責:當兵服役是公民的天職。

仔肩　〈書〉所擔負的任務;責任:他想辭去職務,以卸仔肩。

本分　自己應盡的責任和義務:盡本分/做好本分工作。

分內　職責範圍以內:分內事,不要謝。

分外　職責範圍以外:分外的事,他也搶著幹。

負擔　指承擔的責任、費用、精神壓力等:工作負擔/經濟負擔/思想負擔。

擔子　比喻承擔的責任:勇於挑起家計擔子。

重負　沈重的負擔:如釋重負。

重擔　沈重的擔子,比喻重大的責任:敢於挑重擔。

K8－5 名: 職權

職權　職務範圍內的權力:濫用職權。

權限　職權的範圍:超越權限/辦好權限內的事。

權責　權力和責任:權責分明。

事權　處理事務的權力:事權集中。

K8－6 名: 職工

職工　❶職員和工人:本廠職工共三千餘人/職工福利。❷舊時指工人:職工運動。

職員　機關、企業、學校、團體裡擔任行政或業務工作的人員。

員工　職員和工人:學校員工。

人員　擔任某種職務的人:技術人員/雜務人員。

雇員　舊指機關不列入正式編製的受雇的工作人員。也指低薪職員。

K8－7 動: 就業

就業　得到職業;參加工作:勞動就業/充分就業/許多有科技專業知識的青年到鄉鎮企業就業。

就事　得到職業,前往工作:前面就是他前往就事的學校。

上工　舊指雇員開始到主人家工作。

謀事　指謀求職業:畢業之前,即已著手謀事。

找事　尋找職業:到處託人找事。

謀生　設法謀求維持生活的工作:外出謀生/謀生有路。

K8－8 動: 失業·無業

失業　有勞動能力而找不到工作或失去原有的工作:失業工人/失業率上升。

無業　沒有職業:無業遊民/無業家居。

待業　等待就業。

賦閒　晉朝潘岳辭官家居,作〈閒居賦〉,後來因稱沒有職業在家閒居為賦閒:賦閒家居。

家居　沒有職業,在家裡閒住:他常常失業家居。

閒居　在家閒著沒有工作:他失業之後,在家閒居半年。

K8－9 名、形: 專業·業餘

專業　〔名〕❶高等學校或中等專業學校設置的

學科門類。❷研究機關或產業部門中所分的
業務部門。

正業　〔名〕正當的職業:不務正業。

本行　〔名〕個人一貫從事的熟悉的工作:三句話
不離本行。

本職　〔名〕自己現在擔任的工作:重視本職工
作。

業餘　〔形〕❶正式工作時間以外的:業餘愛好。
❷非專業的:業餘歌手。

義務　〔形〕不要報酬的:義務勞動/義務醫療。

無償　〔形〕不出代價的,沒有報酬的:無償服務/
無償捐血。

K8－10 動：　雇用·聘請·招募

雇　❶出錢讓人為自己做事:雇店員/雇長工。
❷出錢讓人用交通工具為自己服務:雇車/雇
船。

雇傭　用錢購買勞動力:雇傭兵/雇傭勞動者。

雇用　雇:雇用保母。

雇請　出錢請人替自己做事:雇請炊事員。

雇工　雇用工人:雇員割稻。

聘請　請人擔任某種職務:聘請司機/聘請家庭
教師。

聘　聘請:受聘/應聘。

聘任　聘請擔任某種職務:聘任離休老幹部為顧
問。

延聘　〈書〉聘請:延聘打字員。

聘用　聘請擔任:聘用經理。

延請　請人擔任工作:延請律師。

請　聘請:請家庭教師/請會計師。

招聘　用公告方式聘請:招聘編輯。

徵聘　用徵求方式聘請:徵聘工作人員。

禮聘　以尊敬的方式聘請:重金禮聘/登門禮
聘。

敦聘　〈書〉誠懇地聘請:敦聘台端為教導主任。

招募　公開徵集(人員):招募工人/招募新兵。

徵募　徵求募集(財物、兵員等):徵募新兵/徵
募築路工人。

招工　招募工人:招工填補缺額。

招收　用考試等方式接收人員:招收學徒/招收
營業員。

羅致　廣泛招收、網羅(人才):羅致熟悉外貿業
務人員/羅致名角。

招致　招收,羅致(人才):招致名流/招致海外
華商。

網羅　到處搜求、招致:網羅人才/網羅一大批
文化人。

K8－11 動、形：　任職
（參見 L2－65 任用,L2－26 任·任期）

任職　〔動〕擔任職務:在旅遊局任職。

擔任　〔動〕擔當某種職務或工作:擔任民兵隊長
/擔任教學工作。

任　〔動〕擔任。

充當　〔動〕得到某種身分;擔任某種職務:充當
裁判員/充當物價檢查員。

充任　〔動〕擔任:派他充任輔導人員。

當　〔動〕擔任;充當:當幹部/當演員。

做　〔動〕擔任;充當:做介紹人/做領導/做職
員。

任職　〔動〕擔任職務:任職市政府。

出任　〔動〕〈書〉出來擔任:出任稅務局長。

專任　❶〔動〕專門擔任:專任財會科長。❷〔形〕
專門擔任的:專任教師。

兼任　❶〔動〕同時擔任幾個職務:副廠長兼任供
銷科長。❷〔形〕不是專任的:兼任教員。

現任　❶〔動〕現在擔任(職務):他現任中學校
長。❷〔形〕現在任職的:現任局長原是少將。

新任　〔形〕新近任用的:新任經理。

前任　〔形〕在現任某項職務的人之前擔任該項
職務的:前任處長。

繼任 〔動〕接替前任職務：遺職由副處長繼任。

接任 〔動〕接替別人職務：派人接任科長。

連任 〔動〕連續擔任同一職務(多指選舉產生)：連選連任。

常任 〔形〕常期擔任的：常任理事。

兼職 〔動〕在本職之外再擔任其他職務：兼職教師／他在兩家公司兼職。

在職 〔動〕現在擔任著職務：在職人員／在職一天，就要盡一天的責任。

K8-12 動： 接替·移交

接替 把別人擔任的職務或工作接過來繼續做下去：他的研究工作，一時無人接替／董事長派他接替總經理的職務。

接手 接替：管理科的工作由一個新來的青年人接手。

接事 接受職務並開始工作：新來的廠長今天接事。

頂替 接替：冒名頂替／他進廠頂替父親的工作。

接收 根據法令把對方的機構、財產等收歸己方：接收學校／接收工廠。

接管 接收管理：接管一家報紙／財務工作由我接管。

交替 接替：新老幹部交替。

交接 移交和接替：他們的交接手續已辦理清楚。

移交 ❶原來負責經管的人離職前把經管的事物交給接收的人：卸任廠長正在辦理移交。❷把事物轉移給有關方面：這條公路的路基，年底前必須移交。

交代 把經管的事物移交給接替的人：他定於下個月回廠辦理交代。

輪替 輪流替換(多指做事)：學生輪替著打掃校園。

輪換 輪流替換：輪換登台。

K8-13 動： 解雇·裁員

解雇 停止雇用：解雇臨時工。

辭退 解雇。

辭 辭退；解雇：辭掉兩個雇員。

解聘 解除聘約，不再聘用：解聘了幾位技術人員。

裁員 裁減工作人員：裁員五分之一。

裁汰 〈書〉裁減(多餘的或不合用的人員)：裁汰冗員。

下工 舊指解雇：她上個月就下工回家了。

炒魷魚＊ 〈方〉解雇。

捲鋪蓋＊ 打起行李，離開工作單位。借指被解雇或辭職。

K8-14 動： 辭職·退休 (參見 L2-36 引退·告老)

辭職 請求解除所任職務：引咎辭職／因病辭職。

離職 離開原來職位：離職進修／擅自離職。

退職 辭去職務：因病退職／勒令退職。

去職 離開原來擔任的職務：前任科長，早已去職。

退休 員工因年老或病殘照規定離開工作崗位，仍享受一定的生活福利待遇。

離休 具備一定條件的年老幹部離職休養，仍享受原來的工資待遇。

攢紗帽＊ 〈方〉扔掉烏紗帽。比喻因不滿而離職。

K8-15 動： 上班·下班

上班 在規定的時間到自己工作的地點去工作。

上工 工人每天在規定的時間開始工作。

下班 每天在規定停止工作的時間離開工作地點。

工　工人在規定的時間停止勞動。

工　工人下工。

工　在農田或工地上工作的人收拾工具,結束勞動。

班　在正常工作時間以外再增加工作時間或班次:月底加班。

點　在規定工作時間結束之後再增加工作鐘點:加班加點。

勤　在規定時間上班工作:全員出勤。

勤　在規定時間內沒有上班工作:不得無故缺勤。

班　按規定時間上下班:坐班制。

班　隨同某個班組(勞動或學習):跟班勞動／跟班學習。

班　按照規定不上班:他今天歇班,不在廠裡。也說休班。

班　代替別人上班:工人生病缺勤,幹部去替班。

K8－16　動：　接班・換班・值班

班　❶接替上一班的工作:他要下午兩點趕到廠裡接班。❷比喻接替前輩人的工作、事業:領導人地位要由青年人接班。

班　把工作任務交給下一班:我到十二點準時交班。

班　(工作人員)按時輪流替換:公共汽車上的售票員正在換班。

班　分班輪流(工作):清潔工人輪班做清潔工作。

班　在規定時間內擔任工作:明天輪到我值班。

值　舊指值班。

班　輪到在規定的時間上班工作:星期日去廠裡當班。

日　在輪到自己負責的那一天去執行規定的任務:假期值日。

輪值　輪流值班:大家輪值守夜。

K8－17　名：　班・班次

班　❶按照工作或學習等需要而編成的組織:作業班／學習班／縫紉班。❷指一天之內規定的工作(或執勤)時間:上班／值班／早班／夜班／一日三班。

班次　執行工作任務的規定時間順序或次數:築路工作日夜不停,分幾個班次。

日班　白天工作的班次:上日班。

夜班　晚上工作的班次:開夜班。也叫**晚班**。

早班　早晨開始工作的班次:這星期我輪到做早班。

K8－18　動、名：　幫工・替工

幫工　❶〔動〕幫助工作(多指農業方面):他家人手不夠,農忙時就得找人幫工。❷〔名〕幫工的人:雇用幫工參加夏收。

替工　❶〔動〕代替別人做工:找人替工。❷〔名〕代別人做工的人:病假期間,找一個替工。

短工　〔名〕臨時的雇員。

零工　〔名〕❶短時間的工作:打零工。❷做零工的人:請幾個零工幫助割稻。

零活兒　〔名〕零碎的工作或家務事:下午在家做些零活兒。

K8－19　動：　曠工・怠工

曠工　工人無故不上工。

曠職　職員無故不上班。

怠工　故意不認真工作,拖延時間,降低工作效率:消極怠工。

磨洋工＊　舊時工人抵制洋人資本家壓榨,工作時故意拖延時間。泛指工作懶散拖沓。

停工　(工廠)停止生產。

K8－20　名：　假期

假期　放假或休假的時期。

假日 放假或休假的日子:假日旅遊。

例假 ❶照規定要放的假,如元旦、春節、國慶等。❷泛指星期日。

公假 因公事請的假。

事假 因私事向單位請的假。

喪假 員工直系親屬喪亡,單位按規定給的辦喪事的假期。

探親假 單位按規定給予員工探望在外地的父母或配偶的假期。

產假 所在單位給女員工在分娩前後的休假。

病假 因病請的假。

廠禮拜 工廠裡規定的代替星期日的休假日子。□廠休。

K8－21 動： 休假・請假

休假 員工在規定的假期離職休息:輪流休假。

放假 在規定日期停止工作或學習:國慶節放假兩天。

病休 因病休養或休息:病休一月。

公休 按照規定休假:公休在家。

工休 工作一段時間後按規定休息(多行於交通運輸部門)。

輪休 輪流休息:明天是他輪休的日子。

半休 因病經醫療單位證明,半天工作,半天休息。

調休 把假日加班的時間積存起來,按照需要安排休息。

請假 因病或因事請求給予假期:無故不得請假/請假外出檢查身體。

告假 請假:告假還鄉/從不告假。

給假 給予假期:給假一週。

准假 批准請假。

K8－22 名： 薪水・報酬
（參見 K1－12 工資）

薪水 工資(多指公務人員、職員的工資) □薪資;薪金;薪給;薪工;薪資。

薪俸 舊時多指官吏的薪金。

薪餉 一般指發給軍警人員的薪金及規定的被服鞋襪等用品。

薪 薪水:發薪/加薪/減薪。

俸 舊指官吏的薪水:薪俸/高官厚俸。□俸祿。

餉 舊指軍警人員的薪金:關餉/領餉。

勞金 舊指店員或長工的工資。

月薪 按月計算的工資。

乾薪 舊指掛名而不做工作者領取的工資。

工錢 ❶工資。❷指做零活的報酬:業餘給人做衣服,賺些工錢。

報酬 因使用別人的勞動力、物件等,為報償而付給的錢或實物:就那麼一點點事,您不要再給我報酬/老奶奶拿出三個雞蛋,準備作報酬。

酬金 作為酬勞而給的錢。

酬勞 給出力的人的報酬:致送一份酬勞。

待遇 工資福利等物質報酬:待遇菲薄/待遇從優。

獎金 一種補充性的勞動報酬形式。即企業對員工超過勞動定額給以獎勵性質的勞動報酬。它能夠彌補計時工資或計件工資的不足。

K8－23 動、名： 補助・津貼

補助 〔動〕從經濟上幫助(多指集體對個人):補助子女教育費。

貼補 〔動〕❶在經濟上幫助(多指親友之間)。❷用積存的財物彌補日常的用途:用存款利息貼補家用。

補貼 ❶〔動〕在經濟上貼補:補貼車費。❷〔名〕貼補的費用:物價補貼/房租補貼。

貼 〔動〕貼補:他每月貼給媽媽五千元。

津貼 ❶〔動〕額外補助:每月津貼他一些生活

費。❷〔名〕工資以外的補助費;供給制人員
的零用錢:保健津貼/生活津貼。

K8－24 動： 發放・領取

發放 把錢物發給(一批人):發放工資/發放勞
　保用品。

發薪 發放工資。

關餉 舊指發放工資(多用於軍隊)。

領取 取得發給的東西。□領。

預支 預先支取:預支一部分稿費。

借支 先期支用工資或某些費用,以後歸還或扣
　除:借支一個月工資/借支旅費。

長支 舊時店員向店主借支工錢,到年終結算,
　叫做長支。

L 政治·法律·軍事

L1　國家·政府

L1－1 名：　國家

國家　一定階級的統治機關,是占統治地位的階級對被統治階級實行專政的工具。主要由軍隊警察政府法院監獄等國家機器組成。國家在固定的地域內擁有主權,行使權力。❷指一個國家政權所領有的整個地域:中國是一個土地遼闊資源豐富的國家。

國　國家:祖國／愛國／保家衛國。

邦　國家:友邦／異邦／邦交／禮義之邦。

祖國　祖籍所在的國家;自己的國家:熱愛祖國／歌唱祖國。

國度　指國家:我國是世界上文明開化最早的國度之一。

江山　江河和山嶺,多用來指國家的疆土或國家政權:江山如畫。

社稷　古代帝王、諸侯祭祀的土神和穀神。後來就用作國家的代稱:執干戈以衛社稷。

L1－2 名：　國土

國土　國家的領土:收復國土／國土重光。

領土　一國主權管轄下的地域,包括陸地、領水、領海和領空:領土神聖不可侵犯。□**領地**。

領水　❶一個國家領土內的河流、湖泊、運河、港口、海灣等水域。❷指領海。

領海　國家主權管轄下的與其海岸或內水相鄰接的一定範圍的海域。包括領海上空及其治床和底土。

領空　一個國家的陸地、領水和領海等的上空,是該國領土的組成部分:敵機飛近我國領空。

領域　一個國家行使主權的區域。

疆土　疆域;領土:開拓疆土。

疆域　國家領土(著重指領土面積):疆域遼闊。

國境　一個國家主權所及的領土範圍:偷越國境。

國門　❶舊指國都的城門。❷喻指邊境:邊防戰士,嚴守國門。

河山　河流和山岳,指國土、疆域:錦繡河山／還我河山。□山河。

飛地　❶指位於甲國境內的隸屬乙國的領土。❷也指地理上位於甲省(縣)而行政上隸屬乙省(縣)的土地。

金甌　金屬的盆子或杯子。比喻完整的疆土。泛指國土:金甌無缺。

半壁江山*　國土的一半。多形容敵人大舉入侵後被大片侵占的或仍保存的部分國土。

半壁　〈書〉半邊,特指半壁江山:江南半壁。

L1－3 名：　國民
（參見 D5－4 人民）

國民　具有某國國籍的人為該國國民。

公民　具有一個國家的國籍,並根據該國憲法或法律規定,享有政治權利和承擔法定義務的人。

人民　以勞動群眾爲主體的社會基本成員:中國人民／世界人民。

全民　一個國家內的全體人民:全民皆兵／全民所有制。

國人　本國的人:崇洋媚外,國人皆曰可恥。

同胞　同一個國家或民族的人:海外同胞／遇難同胞。

國籍　❶指一個人具有作爲某個國家的國民或公民的法律資格:他出生在國外,從小取得所在國的國籍。❷指飛機、船隻等屬於某個國家的關係:一架不明國籍的軍用飛機侵入我國領空。

雙重國籍　指一個人同時有兩個國家的國籍。主要由於各國國籍法關於國籍取得和喪失的立法原則不同而產生。

L1-4 名: 主權·政權

主權　一個國家在其領域內獨立自主地處理對內對外一切事務的最高權力:維護國家主權。

政權　統治階級憑藉國家機器實行階級統治的權力。也指實行統治權力的機關:掌握政權／推翻反動政權／建立革命政權。

國柄　〈書〉國家大權;政權:把持國柄／袁世凱竊去國柄。

政柄　〈書〉政權:政柄旁落。

印把子　政權機關印信的把子,比喻政權:印把子要牢牢掌握在手裡。

大權　處理重大事情的權力,多指政權:大權在握／軍政大權。

天下　指國家政權:打天下。

皇權　皇帝的權力。

君權　君主的權力。

宗主權　宗主國對藩屬國或殖民地享有的統治權或支配權。

L1-5 名: 首都

首都　國家最高權力機關所在地,通常是這個國家的政治中心。▢國都;都城。

京都　舊時稱國都。▢京城。

京師　〈書〉舊時稱國都。

京畿　〈書〉舊時稱國都及其所管轄的附近地區。

首善之區＊　〈書〉最好的地方,指首都。

故都　過去的國都。▢舊都。

舊國　舊都(古稱都城爲國)。

陪都　在首都以外另設的一個都城。

行都　舊時指首都之外另設的都城。

L1-6 動: 開國·建都

開國　建立新的國家;封建時代指建立新的朝代:開國大典／開國功臣。

建國　建立國家:建國四十週年。

建政　建立政權:民主建政。

偏安　指封建王朝失去中原大部分國土,只苟安於尚存的小部分地區:偏安江南一隅。

建都　把首都設在某地:西漢建都長安。

遷都　遷移國都:明成祖遷都北京。

L1-7 名: 國號·國旗等

國號　國家或朝代的稱號,如:漢、唐、元、明、清等。

國旗　由國家憲法規定的代表本國的旗幟。

國歌　由國家正式規定的代表本國的歌曲。

國徽　由國家正式規定的代表本國的標誌。

國花　某些國家把國內人民喜愛的花作爲本國的象徵,稱做國花。

L1-8 名: 國事·國情·國格

國事　國家大事:關心國事／國事訪問。

國策　國家的根本方針、政策。

國是　〈書〉國事;國家大計:共商國是。

國本　立國的根本:民爲國本。

國務　國家的事務;國事:國務院／國務會議。

國情　❶一個國家社會、政治、經濟、文化等方面

的基本情況或特點:符合本國國情。❷特指
一個國家某一時期的基本情況:國情咨文。

國體 國家的尊嚴、體面;國家的光榮、光彩:有
失國體的事,萬萬做不得。

國格 一個國家的體面、尊嚴和聲譽:不做有損
國格的事。

國魂 國家的靈魂。指一國特有的精神與風尚:
發揚國魂。

國威 國家的威勢或威嚴:振發國威。

L1-9 名: 國體·政體

國體 表明國家根本性質的國家體制,是由社會
各階級在國家中的地位來決定的。

政體 國家政權的組織形式。政體和國體相適
應。

國家機關 ❶行使國家職能、管理國家事務的機
關。包括國家的權力機關、行政機關、審判機
關、檢察機關以及軍隊、警察、法庭、監獄等。
也叫**政權機關**。❷特指中央一級機關。

人民民主專政 對人民內部的民主和對反動派
的專政的結合。實質是無產階級專政。

民主集中制 在集中指導下的民主和在民主基
礎上的集中相結合的制度。民主集中制是無
產階級政黨、社會主義國家機關的根本制度
和組織原則。

共和 泛指國家權力機關和國家元首定期由選
舉產生的一種政治制度:共和國。

君主專制 君主擁有無限權力,獨攬軍政大權,
不受任何限制的政治制度。

帝制 君主專制政體:推翻帝制,建立共和。

君主立憲 用憲法限制君主權力的政治制度,是
資產階級專政的一種形式。以中國大陸為
例,其議會制是由內閣掌握行政並對議會負
責,君主沒有實權,只是象徵性的國家元首。
兩元制是由君主任命對他負責的內閣,直接
掌握行政權,但要受憲法和議會的限制。

議會制 政治制度的一種。政府由議會產生並
對議會負責。議會作為國民的代議機關具有
立法和監督政府的國家最高權力。分為一院
制和兩院制。現代資本主義多實行兩院制。
也叫**代議制**;**國會制**。

內閣制 資本主義國家由內閣掌握行政權的政
體。內閣由獲得議會多數席位的政黨組成,
也有由議會中構成多數席位的幾個政黨聯合
組成的。由獲得多數席位的政黨領袖任內閣
總理或首相。內閣對議會負責,並接受議會
監督。議會可通過不信任案迫使內閣辭職。

總統制 在共和制國家中,以總統為政府首腦的
政體。總統由選舉產生,既是國家元首,又是
政府首腦;各部部長由總統任命,對總統負
責。總統無權解散議會,但對議會通過的法
案可以行使否決權。議會也不能通過不信任
案迫使總統辭職。

雙首長制 指總統能以其閣揆(總理)任免權,維
護行政權的獨立及安定,另一方面閣揆(總
理)則能運用其立法主導權及委任立法權,使
得政務的推動不受國會不安的影響。換言
之,不同於總統制的行政權獨立由總統行使,
也不同於內閣制的由閣揆(總理)代替國家元
首對國會負實質政治責任,雙首長制意即總
統與閣揆(總理)分享行政權。

L1-10 名: 共和國·君主國

共和國 實施共和政體的國家,國家權力機關和
國家元首由選舉產生。□**民主國**。

君主國 以世襲君主(稱國王或皇帝)為國家元
首的國家。在封建制度下,是君主專制制;在
資本主義制度下,一般為君主立憲制。

王國 以國王為國家元首的君主制國家。

公國 歐洲封建時代的諸侯國,以公爵為國家元
首。

大公國 以大公(在公爵之上的爵位,是世襲的

君主)爲國家元首的國家,如盧森堡大公國。

酋長國 以部落首領爲最高統治者的國家,如阿拉伯聯合酋長國,也作**阿拉伯聯合大公國**。

L1－11 名： 聯邦・殖民地等

獨立國 有完整主權的國家。□**主權國**。

聯邦 由幾個成員國(共和國、邦或州)聯合而成的統一國家,如美國、前蘇聯等。各成員國有自己的憲法、法律、立法機關和政府,聯邦也有統一的憲法、法律、立法機關和政府。聯邦是國際交往中的主體。

邦聯 兩個或兩個以上的國家爲了達到某些共同的目標而組成的聯合體,如一八一五至一八六六年的德國。邦聯的成員國仍各自保留完全的獨立主權,只是在軍事、外交等方面採取某些聯合行動。

附屬國 名義上保有一定的主權,實際上在經濟和政治方面以各種不同的方式和程度從屬於其他國家的國家。

宗主國 封建時代指直接統治和支配藩屬國的國家。現用以指統治和奴役殖民地的國家。

保護國 被迫簽訂不平等條約,將部分主權(特別是外交權)交給另一國而受其控制(名爲「保護」)的國家。這種保護關係是近代殖民統治的一種形式。

緩衝國 兩個或兩個以上大國,爲了避免彼此間直接武裝衝突,常把在地理上處於它們之間的弱小國家作爲緩和衝突的地區,因而稱這種國家爲緩衝國。

帝國 ❶通常指版圖廣大或擁有殖民地的君主制國家,如羅馬帝國、英帝國。❷指某些實行向外侵略擴張政策的國家,如希特勒時代的德國稱第三帝國。

殖民地 最初指一國在它所征服的地區或國家建立的移民居留地。在資本主義時期指被外來資本主義強國侵略、剝奪了政治、經濟的獨立自主權,並受它控制和掠奪的國家或地區。

半殖民地 指形式上獨立自主,實際上在政治、經濟、文化等方面都受資本主義強國控制和壓迫的國家。

託管地 由聯合國委託一個或幾個會員國在聯合國監督下管理某些還沒有獲得自治權的地區。是殖民國家在二次大戰後保持其原有殖民地、瓜分戰敗國殖民地的一種形式。

屬國 封建時代由宗主國控制,成爲它的藩屬的國家。

屬地 指隸屬或附屬於他國、他地區的國家或地區。

藩屬 封建時代宗主國所控制的屬地或屬國。

附庸 古代指附屬於諸侯大國的小國。現在指受他國操縱的某些附屬國。

自治領 英聯邦成員國的一種組織形式。有獨立的立法權和行政權,並可派遣外交代表,但承認英皇爲國家元首,由英皇任命總督,作爲元首派駐自治領的代表。如加拿大、紐西蘭等都曾是英聯邦內的自治領。二次大戰後,自治領的稱謂已廢棄不用。

土邦 過去非洲和東南亞某些國家在帝國主義統治下以獨立形式存在的土著王公政權。一國之內可有若干個土邦。

L1－12 名： 工業國・島國等

工業國 現代工業在國民經濟中占主要地位的國家。

農業國 農業在國民經濟中占主要部分的國家。

島國 全部領土由島嶼組成的國家,如菲律賓是個島國。

內陸國 四周與鄰國土地毗連,沒有海岸線的國家,如盧森堡是個內陸國。

L1－13 名： 友邦・盟國・敵國

友邦 跟本國友好的國家。

盟邦 跟本國締結同盟條約的國家。也叫**盟國**。

盟友 指盟國。

同盟國 ❶泛指某一同盟條約的締約國或參加
　　國。❷特指第一次世界大戰時,由德國、奧匈
　　帝國、土耳其、保加利亞等國結成的侵略性軍
　　事集團。❸特指第二次世界大戰期間,反對
　　法西斯侵略戰爭,聯合對德、意、日「軸心國」
　　作戰的中、蘇、美、英、法等國家。

協約國 第一次世界大戰時,兩個對抗的帝國主
　　義戰爭集團之一,最初由英、法、俄等國根據
　　有關的同盟協約結成,隨後有美、日、意等二
　　十五國加入。十月革命後,蘇俄宣布退出。

交戰國 事實上已經交火作戰或彼此宣布處於
　　戰爭狀態的國家。

敵國 彼此敵對的國家。

L1－14 名： 外國

外國 本國以外的國家:外國人／外國語／外國
　　專家。

異國 外國:異國情調／遠赴異國。

異域 〈書〉外國:異域風情／流亡異域。

外域 〈書〉本國以外的國家或地區:身處外域。

外 外國:古今中外／對外貿易。

鄰邦 鄰國;跟本國接壤的國家:友好鄰邦。

洋 外國:出洋／崇洋媚外。

L1－15 名： 國際

國際 國與國之間;世界各國之間:國際地位／
　　國際關係／國際新聞。

列國 同一時期內並存的各國:周遊列國／列國
　　紛爭。

東方 指亞洲(習慣上也包括埃及在內):香港被
　　譽稱東方的明珠。

西方 指歐美各國,有時特指西歐和北美等地區
　　的資本主義國家:西方國家／鍼灸療法已傳入
　　西方。

第一世界 一九七四年,世界因各種基本矛盾的
　　發展變化,而劃分為三個方面,即:謀求世界
　　霸權的蘇聯和美國兩個超級大國,屬於第一
　　世界;亞洲、非洲、拉丁美洲及其他地區的眾
　　多的發展中國家,屬於第三世界;處於超級大
　　國和發展中國家之間的經濟發達國家,如英
　　國、日本、加拿大等國屬於第二世界。中國大
　　陸屬於第三世界的社會主義國家。

第二世界 見「第一世界」。

第三世界 見「第一世界」。

發達國家 泛指生產力高度發達的資本主義國
　　家。其主要標誌是生產高度社會化,在生產
　　上廣泛應用先進的科學技術,工農業生產水
　　準和勞動生產率都較高。

發展中國家 政治上取得獨立,而經濟上仍比較
　　落後、正在逐步發展的國家,一般指亞、非、拉
　　及其他地區的第三世界國家。

東洋 指日本國:東洋人／東洋貨。

西洋 指歐、美各國:西洋參／西洋文學。

南方 國際關係中,泛指發展中國家。由於發展
　　中國家大多地處南半球,故稱。

北方 泛指發達國家。因這些國家大多地處北
　　半球,故稱。

軸心 指由帝國主義國家組成的聯合陣線。第
　　二次世界大戰前和大戰期間組成法西斯侵略
　　集團的德、意、日三國,被稱為軸心國。

列強 舊指同一時期內對外擴張、侵略的資本主
　　義強國。

超級大國 指具有強大的軍事和經濟實力,謀求
　　世界霸權的國家。

L1－16 名： 國際組織·兩岸機構

國際聯盟 第一次世界大戰後(一九二〇年)成
　　立的國際組織,先後加入的有六十三個國家。
　　它標榜以「促進國際合作、維持國際和平與安
　　全」為目標,實際上成為帝國主義國家重新瓜

分殖民地、爭奪世界霸權的工具。第二次世界大戰爆發後,聯盟無形瓦解,到一九四六年正式解散。也稱**國際聯合會**。簡稱**國聯**。

聯合國　第二次世界大戰後於一九四五年成立的世界性國際組織。總部設在美國紐約。現已有會員國一八四個(一九九三年七月止)。主要機構有聯合國大會、安全理事會、經濟及社會理事會、託管理事會、國際法院和秘書處。聯合國憲章規定,其主要宗旨是維護國際和平與安全,發展國際友好關係,促進經濟文化等方面的國際合作。

安全理事會　聯合國的主要機構之一。聯合國憲章規定,它是聯合國唯一有權採取行動來維持國際和平與安全的機構。它由十五個會員國組成,中、美、蘇、英、法為常任理事國。其餘十國為非常任理事國,由聯合國大會選出,任期兩年。安全理事會關於實質問題的決議必須得到常任理事國的一致同意。簡稱**安理會**。

國家統一委員會　民國七十九年十月一日在臺灣的中華民國政府,決定在總統府內設立國統會,由總統敦聘各黨派與社會賢達組成,以提供總統諮詢顧問並作決策。其任務主要是負責研究規劃有關國家統一與兩岸關係互動的方針。簡稱「**國統會**」。

陸委會　是「大陸工作委員會」的簡稱。陸委會乃中華民國政府在行政院所設立作為統籌大陸政策的研究、規劃、審議協調與執行部分大陸工作的一個部會層級機構。

海基會　是「海峽交流基金會」的簡稱。其設立是臺灣開放探親後,配合兩岸民間交流的發展需要,以及因應理階段兩岸關係官方不接觸原則制約下的產物。

海協會　是「海峽兩岸關係協會」的簡稱。海協會以社會團體法人「民間機構」的形態處理兩岸交流事務。

L1－17 名：　中國

中國　❶古代我國華夏族建國於黃河中下游一帶,以為居天下之中,故稱中國。❷〈書〉泛指中原地區。

中　指中國:中文/中藥/中外古今/中英談判。

中華　古代稱華夏族建都的黃河流域一帶為中華,後用以指稱中國:振興中華。

華　指中國:華僑/華裔/駐華大使。

華夏　我國的古稱:華夏子孫。

赤縣　見「神州」。

神州　戰國時騶衍稱中國為「赤縣神州」,後用「神州」或「赤縣」做中國的別稱。

九州　傳說中的我國中原上古行政區劃。九州為冀州、兗州、青州、徐州、揚州、荊州、豫州、梁州、雍州。後用「九州」做中國的代稱。

民國　中華民國的簡稱。

L1－18 名：　政府

政府　國家行政機關,即國家權力機關的執行機關。各國政府有不同的組織形式和名稱。

聯合政府　在國會選舉之後,如果有某一政黨取得過半數席位,則由該政黨組閣執政,成為單一政黨政府。如果沒有單一政黨可以取得國會過半數席位,就必須由不同政黨進行縱橫捭闔,或尋找理念相近者,或是同意政治分贓者,一齊湊出過半數的國會席位,取得立法優勢而組閣執政,形成「聯合政府」。

大藏省　世界各國通稱之財政部,在日本用漢字稱為「大藏省」為日本主管財政、金融、貨幣、匯兌之最高部門。大藏省之首席官員就叫做「大藏大臣」,即財政部長之意。

外務省　世界各國通稱之外交部或外務部,在日本稱為「外務省」其首席長官為外務大臣。

部長會議　蘇聯、印度、古巴等國家採用的中央政府的名稱。

內閣 某些國家的最高行政機關。創始於英國。由內閣總理（或首相）和若干閣員（部長、總長、大臣或相）組成。

看守內閣 實行內閣制的資本主義國家，在議會任期屆滿舉行改選，或議會被解散，或內閣遭議會投不信任票，必須更換內閣而新內閣未組成之前，原內閣暫時留任，或組成臨時性政府，繼續處理日常政務或籌備下一屆大選，稱爲看守內閣。也稱**過渡政府**。

影子內閣 某些資產階級國家的在野黨爲爭奪政權，在其議會黨團內部按照內閣形式組成的一個準備上臺執政的班子稱爲影子內閣。開始於英國。也稱**預備內閣**。

聯合內閣 在內閣制的多數政黨體系下，因沒有任何單一政策能在國會大選中獲得超過半數的席次，而必須由兩個以上的政黨進行政治合作，形成占有國會多數席次的執政聯盟並進行內閣的籌組，而形成所謂「聯合內閣」。

蘇維埃 音譯詞。意爲會議或代表會議。是前蘇聯中央和地方各級的國家權力機關。

自治機關 某些國家實行區域自治的地方，行使民族自治權力的機關。

L1－19 名： 機關

機關 辦理國家事務的部門或機構：行政機關／軍事機關／機關工作。

青瓦臺 南韓總統的辦公室稱作「Blue Houses」，南韓語文中之漢字稱呼就是「靑瓦臺」，顧名思義，就可知屋頂之結構表面是覆以靑瓦。靑瓦臺乃是南韓重要政府機構區，原本不對外開放，一九九三年，金泳三出任總統後宣布親民政策，開放該特區。

部 某些機關的名稱或機關企業內部按業務分設的工作單位：外交部／編輯部／門市部。

委員會 政黨、機關、團體、學校的集體領導機構：中央委員會／體育運動委員會／校務委員會。

司 中央部一級機關裡所設的分工辦事部門：新聞司／禮賓司／人事司。

局 機關組織系統中按業務分工而設置的辦事單位（一般在部或司之下、處之上）：教育局／商業局／糧食局。

處 機關，或機關裡的一個辦事部門（一般在局之下、科之上）：秘書處／總務處。

科 機關內按工作性質分設的辦事單位（一般在處之下、股之上）：技術科／財務科。

股 某些機關、團體內的基層組織單位（一般在科之下）：宣傳股／人事股。

科室 機關或企業中管理部門的各科、各室的總稱：科室人員。

L1－20 名： 行政區域

行政區域 國家爲進行分級行政管理而將全國劃分成若干地域。

省 國家行政區域單位。

省份 省（不跟具體的省名連用）：沿海省份／邊遠省份。

行政區 設有國家政權機關的各級地區。

市 國家行政區域單位。一般是工商業集中地或政治、文化中心。

縣 低於省一級的行政區域單位。

縣份 縣（不跟具體的縣名連用）：崎玉是日本本州的一個縣份。

自治縣 相當於縣一級的行政區域單位。

區 ❶某些國家在市內所劃分的行政區域單位。❷指某國家的縣、自治縣根據行政管理的需要而劃分的區域。不是一級行政區域單位。

鄉 介於縣、自治縣和行政村之間的農村一級基層行政區域單位。

鎮 一般由縣領導的基層行政區域單位。

盟 指內蒙古自治區相當於自治州一級的行政區域單位。

旗　指內蒙古自治區相當於縣一級的行政區域
　　單位。

州　❶指少數民族的自治州。❷舊時的一種地
　　方行政區域單位。所轄地區大小,歷代不同。
　　現在這種名稱還保留在地名裡,如杭州、蘇
　　州、廣州。

道　行政區域的名稱。在唐代相當於現在的省,
　　明、清時在省、府之間設道,職司監察。

府　自唐代至清代的行政區域名稱。隸屬於路
　　或省。一個府管幾個縣。

郡　從春秋到隋唐時劃分的地方行政區域名稱。
　　比縣小,秦漢以後一般比縣大。

保甲　舊時統治者以戶籍編製來統治人民的基
　　層政治制度。若干戶編爲一甲,若干甲爲一
　　保,戶設戶長,甲設甲長,保設保長,使人民互
　　相監視,受到層層管制。

L1－21 名：　省會

省會　省一級行政機關所在地。一般是全省的
　　政治、經濟、文化中心。也叫**省城**。

省垣　〈書〉省城。

省治　舊指省會。

省　指省會:進省謀事／抵省視察。

首府　舊時稱省會所在地的府爲首府。今多指
　　自治區或自治州人民政府所在地。

L1－22 名：　領袖‧領導

領袖　國家、政治團體或群衆組織等的最高領導
　　人:人民領袖／黨政領袖。

元首　國家的最高領導人。

首腦　爲首的人,指最高領導人:政府首腦／首
　　腦會議。□**首要**。

首席　最高或最尊的席位,指某方面的領導人:
　　首席代表。

領導　擔任領導職務的人:領導密切聯繫群衆。

首長　對政府各部門中的高級領導人或部隊中

較高級的領導人的尊稱:中央首長／師首長。

長　領導人:部長／市長／校長。

第一把手　集體領導中居於首位的負責人。

主席　某些國家、國家機關、黨派或團體某一級
　　組織的最高領導職位名稱:國家主席／工會主
　　席。

總統　某些共和制國家的國家元首的名稱。實
　　行總統制的,總統又是政府首腦:總統制／選
　　舉總統。

總理　❶某些國家政府首腦的名稱。❷某些政
　　黨、社團領導人的名稱。

首相　君主國家內閣首腦的名稱。如英國、日
　　本。某些非君主國家的中央政府首腦,也曾
　　沿用這個名稱。

國務卿　美國的首席部長。主管外交事務,由總
　　統任命。

相　某些國家中央政府各部門的領導人,相當於
　　部長:外相／無任所相。

不管部長　某些國家的內閣成員或部長會議成
　　員之一。不專管一個部的事務,出席內閣或
　　部長會議,參與決策,處理會議決定的或首腦
　　交辦的特種重要事務。

總長　北洋軍閥時期中央政府各部的最高長官:
　　外交總長／教育總長。

次長　某些國家的政府各部部長或大臣的副職,
　　有政務次長和常務次長之分。

大臣　君主制國家的高級官員:樞密大臣／掌璽
　　大臣。

宰相　封建時代輔佐君主、總攬政事的最高官員
　　的通稱。□丞相。

尚書　我國封建時代的官名。明清兩代是各部
　　的最高長官。

總督　❶明清兩代的地方官名。明代爲防邊或
　　鎮壓人民而臨時派往地方督察軍務的官員;
　　清代正式定爲地方最高長官,掌握一省或二、
　　三省的軍政大權,如兩廣總督。❷英、法等國

派駐殖民地的最高官員。

L1－23 名： 公務人員

公務員 ❶政府機關工作人員的總稱：實行新的
　　公務員制度。❷舊稱機關、團體中的工友作
　　人員。
幹部 ❶黨政機關、軍隊、團體中擔任一定公職
　　的人員。❷擔任一定領導職務的人員，區別
　　於一般群衆：工會幹部／班幹部。
官員 舊指經過任命，有一定等級的政府工作人
　　員。現在多用於外交場合。
文官 文職官員。指軍官以外的政府工作人員。
秘書 掌管文書工作並協助機關或部門領導人
　　處理日常工作的人員：秘書長／機要秘書。
主任 一個機構或所屬部門的主要負責人：敎務
　　主任／會計室主任。
科長 企業或機關中按工作性質而分設的辦事
　　部門的主要負責人：財務科科長／供銷科科
　　長。
科員 企業或機關中分設的辦事部門的工作人
　　員，職別高於辦事員：總務科科員。
幹事 專門負責辦理某項具體事務的工作人員：
　　宣傳幹事／文體幹事。
辦事員 機關工作人員的一種名稱，職別在科員
　　之下。
文書 機關或部隊裡處理公文、書信的工作人
　　員。
總務 負責機關、學校等單位裡各項行政事務的
　　人員。
庶務 舊時指辦理機關、團體裡的雜項事務的人
　　員。
收發 機關、學校等單位裡擔任公文、信件的收
　　進和發出等工作的人員。
文牘 舊時稱機關裡從事公文、書信、檔案工作
　　的人員。
員司 舊時泛指政府機關、工礦企業裡的中下級

辦事人員。

雇員 舊時指機關正式編製以外的臨時工作人
　　員，也指薪級最低的職員。現泛指機關、企業
　　中的雇用人員。
勤務員 部隊或機關裡做各項雜務工作的人員。
勤雜人員 機關、部隊裡擔任雜務工作人員的總
　　稱。
公僕 爲人民大衆辦事的人：人民公僕。
接班人 泛指接替上一班工作的人。
兩用人材 指軍隊中培養的既能打仗，又能從事
　　生產建設的軍地兩用人材。
高幹 高級幹部的簡稱。

L1－24 名： 上級·下級

上級 本組織系統中級別高、居於領導地位的組
　　織或人員：上級機關／上級組織／上級領導。
長官 舊時指政府機關或軍隊裡的高級官員：行
　　政長官。
主管 在某一部門負主要管理責任的人員：上級
　　派來一位新主管。
上司 舊時稱上級領導人：頂頭上司。□**長上**。
下級 本組織系統中級別低、處於被領導地位的
　　組織或人員：下級單位／下級軍官／下級服從
　　上級。□**下屬**。
屬員 舊時稱統屬下的官吏。□**僚屬**。
僚佐 舊時官署裡助理辦事的官吏。

L1－25 名： 編製·員額

編制 機關、軍隊、企業、學校等的組織機構設
　　置、人員定額和職務分配等：精簡編制／超過
　　編制。
建制 軍隊、機關的組織編制和行政區劃等制
　　度。
員額 按照編制的人員的定額：增添員額。
名額 人員的數額：代表名額／增加名額。
空額 空著的名額：經過整編，已無空額。

空缺　空著的職位；缺額：填補空缺。

缺額　現有人員少於規定員額的數額；空額。

缺　舊時指官職的空額，也指一般空著的職位：空缺／出缺／肥缺。

冗員　機關、企業中超過實際工作需要的閒置人員：裁減冗員。

編餘人員　軍隊、機關、企事業單位整編後多餘的人員。

L1－26　名：　議會

議會　某些國家的最高立法機關。一般由上、下兩院（也有的叫參議院、衆議院）組成。多把立法、行政、司法三權分立，分別由議會、政府和法院行使。□國會；議院

議席　議會中議員的席位。

議員　在議會中有正式代表資格、享有表決權的成員。由直接、間接選舉產生，或由國家元首任命（參議員）。

上議院　兩院制議會的構成部分。名稱各國不一，如美、日叫參議院，英國最早叫貴族院。議員通常由間接選舉產生或國家元首指定，任期較長，有的甚至是終身職或世襲職。一般有權否決下議院所通過的法案。也叫上院。

參議院　見「上議院」。

下議院　兩院制議會的構成部分。名稱各國不一，如美國叫衆議院，英國最早叫平民院，法國叫國民議會。議員通常按人口比例在選區選舉產生，定期改選。有的國家對選民資格實行各種限制。下議院按規定享有立法權和對政府的監督權。也叫下院。

衆議院　見「下議院」。

L1－27　名：　朝廷・官府

朝廷　封建時代帝王接受朝見、處理政事的地方。也指以君主爲首的中央統治機構或君主本人。

朝　朝廷：上朝／臨朝／朝野。

皇朝　封建時代對本朝的尊稱。

廟堂　〈書〉朝廷：居廟堂之上。□廊廟。

廷　朝廷；宮廷：內廷／清廷。

王室　朝廷。也指帝王家族：王室成員。

宮廷　❶封建帝王居住辦事的地方：宮廷文學。❷由帝王和大臣組成的統治集團。後泛指國家的統治集團：宮廷政變。

宮闈　帝王后妃的住所。

宮掖　指帝王的宮室；宮廷。

官府　❶舊時特指地方上的行政機關：官府衙門。❷舊時稱封建官吏：勾結官府，包攬訴訟。

官廳　舊時稱政府機關。也叫官署。

公廨　舊時官署的別稱：會審公廨。

官家　舊時指官府。也指皇帝。

幕府　古代將帥處理軍務的地方。因將帥出征時住帳幕，故名。

衙門　舊時官員辦事的地方：官府衙門。

衙　衙門；官署：縣衙／衙署。

樞要　〈書〉舊時指中央行政機構或其重要官職。

樞機　舊時指封建朝廷的重要職位或機構。

行營　舊時指出征時統帥辦公的地方或專設的機構。也叫行轅。

L1－28　名：　君主

君主　古代國家的最高統治者；現代某些國家的元首，如國王、皇帝等：君主專制／君主立憲。

君　君主：一國之君／君臣。

后　指君主；帝王：商之先后。

王　❶一國的君主；最高的統治者：國王／女王。❷君主國家的最高封爵：親王／王侯將相。

國王　一國的君主。□國君。

君王　古代稱君主或諸侯。

皇帝　封建國家最高統治者的稱號。在我國始

於秦始皇。

帝王 泛指君主,國家的最高統治者。

皇 君主;帝王。

帝 君主;皇帝。

天子 舊時指國王或皇帝。古代統治階級把他們的政權說成是受天命來統治萬民的,因此稱國王或皇帝為天子。

天王 ❶指天子。❷太平天國領袖洪秀全的稱號。

天皇 ❶指天子。❷日本皇帝的稱號。

皇上 封建時代稱在位的皇帝。也叫**聖上**。

陛下 對國王或皇帝的尊稱。

萬歲 封建時代對皇帝的稱呼。

可汗 古代蒙古、鮮卑、突厥等族最高統治者的稱號。

單于 匈奴君主的稱號。

位 指帝王或諸侯的地位:皇位／在位／即位／遜位。

L1－29 動： 即位‧退位

即位 開始做君主或諸侯:天子即位。

登基 帝王即位。□**登極**。

南面 古代以面朝南為尊位,帝王的座位正面朝南,所以稱做帝王為南面:南面為王。

踐祚 〈書〉帝王即位;登基:幼帝踐祚。

勸進 舊時指勸說實際上已掌握政權而想做皇帝的人即位做皇帝:群臣上表勸進。

在位 居於君主的地位;做君主:明太祖在位三十一年。

退位 君主讓出統治地位:一九一一年,清帝退位,帝制宣告結束。

禪讓 帝王把帝位讓給別人。傳說中堯讓位給舜,舜讓位給禹。

讓位 讓出統治地位:辛亥革命迫使清帝讓位。

遜位 帝王讓出統治地位:清帝被迫遜位。

廢黜 取消王位;廢除特權地位:廢黜皇太子。

L1－30 名： 儲君

儲君 帝王的親屬中已確定繼承王位的人。多指太子。

皇儲 確定為繼承皇位的人。即皇太子。

王儲 確定為繼承王位的人。

皇太子 皇帝選定的繼承帝位的皇帝的兒子。一般為嫡長子。

太子 確定為繼承帝位或王位的帝王的兒子。一般為嫡長子:太子登基。

東宮 封建時代太子住的宮殿,借指太子。

L1－31 名： 皇室

皇室 皇帝的家族。也叫**皇族**。

皇家 皇室。也指王朝。

王室 ❶帝王的家族。❷指朝廷。

王族 帝王的同族。□**宗室**。

太上皇 指傳位給兒子後的退位皇帝。

太后 帝王的母親。

皇太后 皇帝的母親。

帝子 帝王的子女。

王子 國王的兒子。

公主 君主國家帝王的女兒。

駙馬 漢代有「駙馬都尉」的官職,魏、晉以後,皇帝的女婿一般都當這個官,因此駙馬成為皇帝女婿的專稱。

王孫 封王者的子孫。

L1－32 名： 貴族‧爵位
（參見 D6－23 權貴）

貴族 奴隸社會或封建社會以及現代君主制國家裡統治階級中享有政治、經濟特權的階級,一般具有世襲爵位和領地,主要是皇室的親屬子弟和受封的功臣。

爵位 君主制國家貴族封號的等級。我國古代

封爵分為公、侯、伯、子、男五等。

爵　爵位:公爵/高官厚爵。

公　公爵,封建貴族五等爵位(公、侯、伯、子、男)中的第一等。

侯　侯爵,封建貴族五等爵位中的第二等。

伯　伯爵,封建貴族五等爵位中的第三等。

子　子爵,封建貴族五等爵位中的第四等。

男　男爵,封建貴族五等爵位中的第五等。

萬戶侯　漢代侯爵的最高一級,封地有萬戶以上,故稱。後泛指大官。

王侯　王爵和侯爵,泛指封建統治階級中有顯貴爵位的人:王侯將相。

王公　王爵和公爵,泛指封建統治階級中有顯貴爵位的人:王公大臣。

王爺　封建時代對有王爵封號的人的尊稱。

千歲　封建時代稱太子、王公、后妃,多見於戲曲、小說:千歲爺/千歲娘娘。

親王　帝王的親屬中被封王的人。

勳爵　❶封建時代朝廷賞賜給功臣的爵位。❷英國貴族的一種榮譽頭銜,根據國王的詔書授予,可以世襲。

爵士　歐洲君主國家授予的最低封號,不可世襲,不在貴族之列。

L1－33 名：　后妃·宮女·宦官

后　君主的妻子:皇后/后妃。

皇后　皇帝的妻子。

王后　國王的妻子。

閼氏　漢代匈奴君主的正妻。匈奴諸王之妻有的也稱「閼氏」。

娘娘　指皇后或貴妃:正宮娘娘。

王妃　❶帝王的妾,僅次於皇后。❷太子、王、侯的妻。

妃　王妃:貴妃/妃嬪。

妃子　皇帝的妾。

貴妃　地位僅次於皇后的妃子。

嬪　皇帝的妾;皇宮中的女官:妃嬪。

貴人　古代皇宮中女官名。

婕妤　倢伃　古代宮中女官名。

宮女　封建時代被徵選在宮廷裡服役的女子。
□**宮娥**。

宦官　封建時代被閹割過的、在宮廷裡侍奉帝王及其家屬的男子。也叫**太監**。

老公　〈口〉太監。

公公　對太監的稱呼。

閹人　指被閹割過、失去性能力的人。舊時用作對太監的蔑稱。

閹寺　〈書〉指太監。寺,通「侍」。宮中供役使的小吏。

L1－34 名：　官吏·官僚

官吏　舊時政府官員和辦事人員的總稱。

官　政府、軍隊裡經過任命的、有一定級別和職務的人員。現多用於軍隊和外交場合:軍官/駐外武官。

吏　舊時官員的統稱:酷吏/貪官污吏。

宦　舊稱官吏:宦途/達官顯宦。

官長　指官吏。

官員　經過任命的、擔任一定職務的政府工作人員:政府官員/外交官員。

職官　各個級別和職務的官員的統稱。

官府　〈書〉舊時稱封建官吏:勾結官府。

官僚　封建制度或資本主義制度國家裡的地位較高的官員;官吏:官僚政客。

有司　〈書〉古時指官吏。

員外　❶古時官名,全稱為員外郎,是在郎官的定額之外設置的。❷舊時指做過官的地主豪紳。

大員　舊時指職位高的官員:接收大員。

大吏　舊時指獨當一面的地方最高長官,如總督、巡撫:封疆大吏。

大臣　君主制國家的高級官員。

奸臣 封建時代指貪贓枉法、殘害忠良、對君主不忠的大臣。

欽差 封建時代由皇帝親自派遣、代表皇帝到外地去辦理重大事件的高級官員。

欽差大臣* 欽差。現多借指上級機關派來的握有實權的人員(多含譏諷意)。

胥吏 古代官府中掌管文書的小吏。

差役 舊時稱在官府中聽候使喚的人。

公差 指差役。

衙役 衙門裡的差役。

隸 衙門裡的差役:皂隸／隸卒。

走卒 差役。

幕僚 古代稱將帥幕府中的屬員,如參謀、文書等。後泛指文武官署中的佐助人員。

幕賓 幕僚或幕友。即將帥幕府中的參謀、文書等助理人員。

幕友 ❶古時稱將帥幕府中的參謀、文書等幕僚。❷明、清地方官署中無官職的助理人員,分管刑名、錢穀、文案等事務。

師爺 幕友的俗稱:刑名師爺／錢糧師爺。

L1-35 名: 官職

官職 官吏的職位:歷任顯要官職。

差使 臨時委任的職務。也泛指職務或官職:好差使／謀個差使。也作**差事**。

功名 封建時代指科舉稱號或官職名位:功名利祿／追求功名。

前程 舊時指功名職位:他的前程難保／差點把前程丟了。

烏紗帽 古代文官戴的一種黑紗製成的帽子。後用作官職的代稱。也叫**烏紗;紗帽**。

文職 文官的職務:文職人員。

武職 武官的職務:謀得一個武職。

正職 正的職位:擔任正職。

副職 副的職位:副職人選未定。

實職 實際參加工作的職位:實職人員。

肥缺 舊時指收入多、好處大的職位(缺,指官職的空額)。

遺缺 原任人員死亡或去職而空出來的職位。

官銜 官員的職位名稱。

職銜 職位和頭銜。

官爵 官職爵位。

官階 官員的等級。

L1-36 名、動: 官場‧出仕

官場 〔名〕舊指官吏階級及其活動範圍:官場惡習／他最怕見官場中人。

宦途 〔名〕舊指做官的道路、生涯;官場:宦途失意／宦途坎坷。□**仕途**。

宦海 〔名〕舊時指官吏爭奪功名富貴的場所;官場:宦海沈浮。

出仕 〔動〕〈書〉指出來做官:閉門著書,不願出仕。

仕宦 〔動〕〈書〉指做官:仕宦之家／仕宦子弟。

仕進 〔動〕〈書〉出仕,做官;在仕途中求進取:不求仕進。

宦遊 〔動〕〈書〉指為謀求做官而到處奔走。也指在外做官:宦遊四方。

彈冠 〔動〕〈書〉撢去帽子上的灰塵。比喻因友好援引出去做官。參見「彈冠相慶」。

彈冠相慶* 《漢書‧王吉傳》:「王陽在位,貢公彈冠。」意思是說王吉做了官,貢禹也撢掉帽子上的灰塵,準備跟著去做官。後來用「彈冠相慶」比喻因有人援引即將做官而互相慶賀。

L1-37 名、動: 科舉

科舉 〔名〕我國從隋唐到清末分科考選文武官吏後備人員的制度。唐代分秀才、明經、進士等科,分科舉士,故稱科舉。分級考試,有縣試、府試、院試、鄉試、會試、殿試。

科第 〔名〕指科舉考試。因考試分科錄取,每科按成績排列等第,故稱科第;科第出身。

科甲 〔名〕指科舉。漢唐取士,設甲乙丙等科,
　　後因通稱科舉爲科甲:科甲出身／科甲中人。

科場 〔名〕舉行科舉考試的場所。也借指科舉:
　　科場失意。

及第 〔動〕科舉時代稱考試中選。隋、唐特指考
　　取進士。明、清只用於殿試合格的前三名:狀
　　元及第。

中式 〔動〕科舉時代稱科舉考試合格。

登第 〔動〕科舉時代應考人被錄取:少年登第。
　　□登科。

落第 〔動〕科舉時代鄉試以上應考人沒有被錄
　　取。

下第 動〕科舉時代應考人殿試或鄉試未考中;
　　落第。

金榜 〔名〕科舉時代俗稱殿試錄取進士的榜:金
　　榜題名。

狀元 〔名〕科舉時代殿試一甲(第一等)第一名
　　的稱號。

榜眼 〔名〕明清兩代科舉殿試一甲(第一等)第
　　二名的稱號。

探花 〔名〕明清兩代科舉殿試一甲(第一等)第
　　三名的稱號。

進士 〔名〕明清兩代科舉考試中,稱經過會試及
　　殿試錄取的人。

舉人 〔名〕唐代稱各地入京應舉的人;明清兩代
　　稱鄉試錄取的人。

會元 〔名〕明清兩代科舉考試中,稱會試錄取第
　　一名的人。

解元 〔名〕明清兩代稱科舉鄉試第一名的人。

秀才 〔名〕❶唐宋間凡應舉的人皆稱秀才。明
　　清兩代專稱院試錄取後在府、縣學讀書的生
　　員。❷元明以來用以稱讀書人:秀才不出門,
　　能知天下事。

生員 〔名〕❶我國封建社會稱官學的學生。❷
　　明清兩代稱院試錄取後的應考人。通稱秀
　　才。

貢生 〔名〕明清兩代科舉制度中,稱由府、州、縣
　　學推薦到京師國子監學習或備錄用的生員。

監生 〔名〕明清兩代在國子監(封建時代國家最
　　高學府)讀書或取得入國子監讀書資格的人。
　　監生可參加鄉試。

廩生 〔名〕明清兩代稱由府、州、縣按時發給銀
　　子和糧食補助生活的生員。

L2 行　政

L2－1 名: 政務·公務

政務 政治方面的事務。泛指國家的行政管理
　　工作:主持政務。

政事 有關施政方面的一切事務;政務:攝行政
　　事。

行政 ❶執行國家政權、管理國家事務的工作:
　　行政機構／行政區劃。❷機關、企業、團體等
　　內部的管理工作:行政人員／行政措施。

民政 國內行政事務的一部分。在我國,主要包
　　括選舉、行政區劃、地政、戶政、國籍、婚姻登
　　記、優撫、救濟等。

內政 國家內部的政治事務:各國互不干涉內
　　政。

內務 國內事務(多指民政):內務部。

市政 城市管理工作,包括工商業、交通、警察、
　　衛生、文教、公用事業、基本建設等:市政建
　　設。

常務 日常事務;日常工作:常務委員／常務理
　　事。

公務 關於國家或集體的事務:公務人員／公務
　　繁忙。

公事 公家或集體的事:公事公辦／例行公事。

公幹 公事:有何公幹?

公差 臨時派遣去辦的公務:出一次公差。

差 派遣去做的事;公務:出差／交差。

L2-2　名：　權力‧權勢

權力 ❶政治上的強制力量：國家權力。❷職責範圍內的領導和支配力量：行使大會主席的權力。

權柄 掌握的權力：執持權柄。

權威 ❶〈書〉權力，威勢：權威震主。❷使人信從的力量和威望：他的評論，最有權威。

勢力 指政治、經濟、軍事等方面的實際力量：政治勢力／地方勢力。

實力 實際存在的力量：實力雄厚／增強實力／軍事實力。

權勢 權柄和勢力。也指有權有勢的人（含貶義）：倚仗權勢／結交權勢。

實權 實際的權力：實權人物／掌握實權。

威權 威勢和權力：顯示威權／擁有極大的威權。

威勢 ❶威力和權勢：他仗著平日的威勢，欺壓鄉民。❷威力和氣勢：風漸漸地減輕了它的威勢。

威棱 〈書〉威勢：威棱卻敵。

威力 使人畏懼的強大力量：不應被任何威力所壓倒。

霸權 在國際關係上憑藉實力操縱或控制其他國家的強權：堅決反對超級大國建立世界霸權。

強權 憑藉軍事、政治、經濟的優勢地位，欺壓別國的權勢：強權政治／維護公理，反對強權。

暴力 ❶強暴的力量；武力：暴力革命。❷特指國家的強制力，如軍隊、警察、法庭、監獄等。

國力 指國家在政治、軍事、經濟、工農業、科學文化等方面所具有的實力：國力日益強盛。

地盤 占據或控制的地方；勢力範圍：爭奪地盤／擴大地盤。

鐵腕 比喻強有力的統治或手段：鐵腕人物。

上方劍 即尚方劍。尚方署特製的皇帝御用寶劍。皇帝派大臣處理重大案件時，常賜以上方劍，表示授予全權，可以先斬後奏。現多稱「上方寶劍」，用以比喻上級授予全權處理的指示。

上方寶劍 見「上方劍」。

L2-3　動：　執政‧掌權

執政 掌握政權：執政黨／上臺執政。□**當政**。

當權 掌握大權：當權派／勞動人民當權。

掌權 掌握權力：上臺掌權。□**拿權**。

當令 〈方〉掌權：他已離職，不再當令了。

當道 執政；掌權：豺狼當道。

掌印 掌管印信。比喻主持政務或掌握權柄。

用事 執政；當權：奸佞用事。

親政 幼年繼位的帝王，成年後親自執政。

攝政 君主年幼或患病不能臨朝，由其年長近親或他人代君主處理政務：新君年幼，由親王攝政。

垂簾 唐高宗上朝議政時，御座後掛著簾子，皇后武則天坐在後面，參預政事。後來把女后輔助幼主掌握朝政叫垂簾。也叫**垂簾聽政*** 。

集權 把政治、經濟、軍事大權集中到中央：集權制。

專權 獨攬大權：大臣專權／專權獨斷。

弄權 把持權柄，濫用權力：宰相弄權。

越權 超出了自己的職權範圍：未便越權處理。

授權 把權力委託給某人或某機構代為執行：授權新聞局發表聲明。

稱雄 憑藉武力或某種勢力統治一方：稱雄一時的北洋軍閥被打倒了。

稱霸 憑藉權勢或武力橫行霸道，欺壓他人：稱霸一方／妄想在亞洲稱霸。

先斬後奏* 原指封建時代官員先把人殺了再報告皇帝。現多比喻未經請示，先把問題處理了，然後上報。

L2-4　動：　統治‧治理

統治 憑藉政權來控制、管理國家或地區：統治

階級／反對殖民主義統治。

治理　統治,管理;使安定有秩序:治理國家。

治　治理;管理:治家／治國／自治／求治心切。

平治　治理;清理:平治天下。

自治　團體、民族、地區等在國家、政府或上級單位領導下,自行處理本身的事務:自治區／民族區域自治。

執掌　管理;掌握:執掌大權。

代理　暫時代人負責執行某種職務:總理出國訪問期間,總理職務由副總理代理。

署理　舊時指某官職空缺,由別人暫時代理。

攝行　〈書〉代理行使職權:攝行政事。□攝理。

代拆代行＊　舊指機關負責人不在的時候,由指定的專人負責代理拆閱和審批公文,處理公務。

治國安民＊　治理國家,使人民安居樂業。

勵精圖治＊　振奮精神,盡力設法治理好國家。勵,也作「厲」。

L2－5 動：　管轄

管轄　管理,統轄(區域、機構、人員、事務等):直轄市由行政院直接管轄／煉鐵本是他管轄範圍之內的事。

管　管轄:這個縣管十幾個鄉鎮。

轄　管轄;管理:全市共轄十二個縣／這個耕作區轄五個村。

統轄　管理所屬的範圍:周圍各縣,歸市政府統轄。

直轄　直接管轄:直轄市。

統攝　〈書〉統轄:無所統攝／不相統攝。

節制　指揮管轄:有一個團歸他節制。

管制　強制管理:燈火管制／交通管制。

統制　統轄控制:經濟統制／統制軍用物資。

L2－6 動、形：　隸屬・統屬

隸屬　〔動〕受管轄或支配:這兩個機關都隸屬於財政部。

屬　〔動〕隸屬:省屬／市屬機關／埼玉縣屬本州。

歸屬　〔動〕❶隸屬於某一方面:這棟建築物歸屬某大財團。❷劃定從屬關係:島嶼的歸屬問題早已解決。

所屬　〔形〕❶統屬之下的;隸屬於自己的:通知所屬機關,一律實行。❷自己隸屬的:由所屬單位發給證明文件。

直屬　❶〔動〕直接管轄;隸屬:這個研究所直屬科學院。❷〔形〕直接統屬的:直屬機關／直屬部隊。

附屬　❶〔動〕依附;歸屬:這個國家實際上仍附屬於帝國主義國家。❷〔形〕隸屬於某一機構的:附屬醫院／附屬小學。

從屬　〔動〕依附;附屬:過去從屬於帝國主義的殖民地,現在紛紛獨立了。

統屬　〔動〕上級管轄下級;下級隸屬於上級:這兩個單位沒有統屬關係。

領屬　〔動〕彼此之間,甲方領有乙方,乙方從屬於甲方:領屬關係。

L2－7 動：　命令・指示

命令　上級對下級發出指示:命令部隊出發／命令所屬單位嚴格執行。

下令　下達命令:下令撤銷原任職務。

傳令　傳達命令:傳令嘉獎。

指令　指示;命令:指令限期破案。

通令　把同一命令發布到若干地方:通令全國各省市。

訓示　舊指上級對下級或長輩對晚輩有所指導、命令:請首長訓示。

指示　上級對下級或長輩對晚輩說明處理某事的原則或辦法:老師指示學生力行垃圾分類。

申令　發出命令:申令各縣市。

飭令　舊指上級命令下級:飭令立即執行。

明令　明文公布命令:明令撤銷／明令禁止賭

博。

授命 下命令(多指國家元首下命令)：授命組閣。

責成 指定專人或某一機構負責完成某項任務：責成行政部門負責尾牙的節目籌劃。

責令 責成；指令負責做某事：責令工務處派員搶修。

勒令 強制別人執行命令：勒令停產偽劣商品。

發號施令＊ 發命令，下指示；指揮：官僚主義者不做調查研究，只在上面發號施令。

三令五申＊ 再三命令或反覆申述、告誡。

令行禁止＊ 有令必行，有禁必止。形容執行法令堅決迅速。

L2－8 名： 命令·指示

命令 上級給下級的指示：頒布命令／連下兩道命令。

令 命令：下令／發號施令。

指示 上級機關或領導者對下級指導工作的口頭意見或書面文件：請總裁給予指示／執行政府的指示。

訓令 舊指上級機關對所屬下級機關有所指示或委派人員時所用的公文。

指令 公文的一種，上級機關因下級機關有所呈請而發的指示。

通令 發到若干地方的同一項命令。

政令 政府發布的有關施政的命令：推行政令。

明令 明文公布的命令：禁止濫伐山林，已有明令。

密令 秘密下達的命令：連夜發出密令。

禁令 禁止從事某項活動的法令：國家頒布禁令，不准濫砍樹木。

調令 調動工作人員的命令：他接到調令，當日前往報到。

成命 已發布的命令、決定等：收回成命。

批條 領導者親自手寫或作出批示的條子：來了一位拿著上級批條的客人。

L2－9 名： 文告

文告 機關或團體發布的文件：張貼文告。

布告 (機關或團體)張貼出來通知群衆的文告。

通告 廣爲通知的文告：牆上貼著一張通告。

公告 政府、機關、團體向公衆發布的文告：宣讀政府公告。

公報 由政府或機關、團體公開發布的有關重要事件、會議決議、軍事行動等事項的文告：聯合公報／新聞公報。

告示 舊時指官府所發出的布告。也指標語：安民告示／紅綠告示。

牌示 舊時貼在布告牌上的文告。

榜文 舊時指文告。

榜 貼出的文告或名單：放榜／光榮榜。

紅榜 指光榮榜。因多用紅紙或紅字書寫，故名：應徵青年，圍觀紅榜。

光榮榜 對先進人物進行表彰的榜，上列姓名、事迹，有的還附有照片。

告白 機關、團體或個人對公衆的聲明或啓事：貼一張告白，表明態度。

無頭告示 用意不明的文告。也指不得要領的官樣文章。

L2－10 動： 發布·頒發

發布 宣布(命令、指示、新聞等)：行政院發布嘉獎令／發布重要新聞。

公布 公開發布，使大家知道：公布新憲法／公布當選人員名單／公布帳目。

頒布 公布，發布(法令、條例等)：頒布行政訴訟法。

頒發 ❶正式發布(命令、指示等)：頒發禁酒令／頒發任命書。❷授予(勛章、獎狀等)：頒發十大青年楷模。

頒行 頒布施行：頒行城市交通管理條例。

頒 公布;發下:部頒文件。

揭示 公布(文告等):揭示牌。

揭曉 公布結果,使人知道:徵文揭曉/選舉結果已經揭曉。

L2－11 動: 執行・施行
(參見 O2－2 實行)

執行 實行、實施(政策、法律、命令、計畫、判決等):執行上級命令/執行緊急任務/刑罰緩期執行。

實施 實行(法令、政策、計畫等):公平交易法下個月起實施。

奉行 遵照執行:奉行上級指示的政策。

例行 按照慣例處理:例行手續/例行公事。

遵行 遵照執行:遵行政府法令。

施行 實行、執行(法令、規章等):本條例自公布之日起施行。

施政 施行政務:施政方針/施政綱領。

L2－12 動: 報告・請示・申請

報告 把事情、意見正式告訴上級或群衆:這事必須報告上級機關/報告大會籌備經過。

呈報 用公文報告上級:將材料呈報上級機關。

申報 用書面對上級或有關部門報告(多用於法令文件):申報營業數額。

陳報 陳述;報告:向中央陳報旱災實情。

上報 向上級報告:事故實情,及時上報。

上告 向上級報告:越級上告。

反應 把情況或意見如實告訴上級或有關部門:反應群衆意見。

匯報 彙集有關材料向上級或群衆報告:匯報有關工作/匯報交涉結果。

回報 報告所負使命或任務執行的情況:向長官回報交涉經過。

述職 派駐外地或到外國去做重要工作的人員,回來向主管部門匯報執行職務的情況:大使回國述職。

覆命 執行命令後回來向主管人報告。也指一般的回報:調查完畢,回局覆命。

稟告 把事情告訴上級或長輩:稟告長官/稟告祖父。

稟報 舊時稱向上級或長輩報告:如實稟報。

回稟 舊時指向上級或長輩報告:據實回稟。

上書 向上級部門或地位高的人書面陳述意見(多指政治見解):上書言事。

虛報 不照真實情況報告(多指以少報多):虛報成績/虛報產量。

謊報 以虛假的情況向上報告:謊報軍情/謊報產值。

浮報 以少報多;虛報:浮報到會人數/浮報全年產量。

請示 向上級請求指示:請示上級後,再作決定。

報請 用書面報告請示:報請上級審批。

呈請 用公文向上級請示:呈請政府核準。

申請 向上級或有關部門陳述情況,提出請求:申請營業執照/申請調動工作。□聲請。

L2－13 動: 准許・禁止

准許 同意,允許人做某事或某種要求:未經准許,不得擅離職守/准許私人開業行醫。

准 准許;許可:此處不准停車。

准予 公文用語,表示准許:准予報銷/准予通行。

批准 上級對下級的意見、建議或請求表示同意:擴建計畫已經批准。

照准 舊時公文用語,表示全部批准下級的請求:擬予照准。

核准 審核批准:該項工程業已核准。

獲准 得到准許:申請復學,業已獲准。

許可 准許;允許:未經許可,不得動用。

認可 允許;許可;同意:點頭認可/這個改革方

案是得到總統認可的。

禁止 不准許:禁止吸煙／禁止攀折花木。

禁 禁止;制止:禁賭／查禁黃色書刊。

禁絕 徹底禁止:禁絕吸毒／禁絕火種。

禁阻 禁止;阻止:嚴格禁阻／無法禁阻。

查禁 檢查禁止:查禁賭博／查禁走私活動。

嚴禁 嚴格禁止:嚴禁濫砍亂伐／倉庫重地,嚴禁火種。

取締 明令禁止或取消:取締票證買賣。

解禁 解除禁令:被禁演的劇目已遭解禁。

弛禁 〈書〉解除禁令。

宵禁 (戒嚴期間)夜間禁止通行:宣布解除宵禁。

L2－14 動: 調查

調查 對實際情況進行考察、了解(多指到現場):市長派他到學校去調查這件事／深入基層,進行調查。

查明 調查清楚:查明真相／查明原因。

查證 調查證實:查證屬實／上級派人去查證一封群眾來信。

追查 對已發生的事徹底調查(原因、經過、責任等):追查責任／對事故原因要繼續追查。

普查 普遍調查:人口普查／煤礦工人健康普查。

查考 調查考究,弄清事實:事情發生在幾十年前,當時有關人員,已無從查考。

存查 保留起來以備查考(多在閱批公文時用):歸檔存查。

備查 供查考(多用於公文):呈送主管機關備查。

考察 實地細緻地觀察調查:他奉命出國考察教育。

察看 為了解情況而仔細觀察:四處察看／親赴事故現場察看。

踏看 在現場查看:踏看火場。

驗 察看;查考:驗貨／驗證件。

查訪 調查打聽,了解情況:查訪案情。

察訪 實地觀察、訪問,進行調查:細心察訪受災群眾。

明察暗訪* 明裡觀察,暗裡訪問了解。指用各種辦法調查了解真實情況。

外調 到外單位或外地調查了解某人或某事:內查外調。

私訪 指官員隱瞞身分到民間調查:微服私訪／暗查私訪。

研習 指主管機關的幹部到某個基層單位去參加實際工作,進行調查研究:到竹科研習。

巡視 指上級幹部經常到所屬各基層單位了解或指導某一範圍內的工作,而不固定在某一單位。

摸底 了解底細:對幫派組織進行摸底。

信訪 指機關、單位的群眾來信來訪:各部門主管都應充分重視信訪工作。

L2－15 動: 審查

審查 檢查、核對是否正確、合適(多指對下級情況、計畫、提案、著作等):審查代表提案／做出審查結論。

審察 ❶審查:嚴加審察。❷仔細觀察:根據實際情況進行討論和審察。

審議 審查討論:審議年度預算。

審批 審查批示(下級上報的請示報告、書面計畫等):報請上級審批。

審定 審查決定:審定年度增產計畫。

審處 審查處理:稿已擬就,請加審處。

核 詳細地查對、考察:審核／核實／抄好的文件請你再核一核。

核對 審核查對:核對事實／核對帳目。

核實 審核是否屬實:所報產量,要進一步核實。

複審 對已經審查的事情,再一次審查。

覆核 審查核對:經過覆核,證明確實無誤。

按 〈書〉考查；查核：有原文可按。

把關 比喻按標準，講原則，嚴格檢查，防止差錯：由教研組長把關，保證教學品質。

過目 看一遍，多用來表示審核：這份名單請總統過目。□過眼。

L2－16 動： 檢查

檢查 為了發現問題而用心查看：體格檢查／檢查產品品質／檢查思想作風。

檢視 檢驗查看：檢視主要機件。

考查 檢查衡量(成績、行為等)：考查學習成績／他是經過嚴格考查才聘請的。

稽查 檢查(走私、偷稅、違禁等活動)：稽查貨物、行李。

視察 上級人員到下級機構或現場察看、檢查：市民代表分別到各基層單位視察。

巡視 到各地視察：教育局長巡視各學校。

巡查 巡迴檢查：軍警沿路巡查／電話工巡查線路。

查看 檢查，察看事物的情況：查看車上貨物／查看災情。

查究 檢查追究：查究原因。

查驗 檢查驗證是否真實：查驗旅客護照。

檢驗 檢查驗證：品質檢驗／實踐是檢驗真理的唯一標準。

盤查 盤問檢查：軍警盤查可疑行人。

清查 徹底檢查：清查戶口／清查倉庫。

抽查 從全體中提出一部分進行檢查：抽查樣品／抽查學生作業。

複查 再次調查；重新檢查：體格複查／他被派去複查一個案子。

查核 調查核實：民眾舉報的情況，查核屬實。

核查 審核查證：他從這批調查材料中核查出多處錯誤。

L2－17 動： 監督

監督 察看並督促：政府機關要接受人民監督／長期共存，互相監督。

監察 監督察看，特指監督國家機關和機關工作人員的工作以及檢舉違法失職的機關工作人員：監察機關。

督察 監督察看：派員前往督察。

督促 監督催促：工作布置下去以後，還要經常督促。

督 監管；察看：督辦／督學／督戰。

監視 從旁察看注視：哨兵嚴密地監視敵人的活動。

L2－18 名： 公文

公文 機關、團體或部隊之間相互往來、聯繫事務的正式文件：批閱公文。

公牘 〈書〉公文。

公事 〈口〉公文：公事已經發下去了。

案牘 〈書〉舊指官府文書：熟諳案牘程式。

公函 彼此沒有領導和被領導關係的機關、團體之間的來往公文。

便函 形式比較簡便、不屬於正式公文的信件(區別於「公函」)：發一便函，徵詢意見。

文牘 公文、書信的總稱。

文書 公文、書信、契約等的總稱。

文件 公文的統稱。也指有關政治理論、時事政策、學術研究等方面的文章：中央文件／參考文件。

文本 同一文件的不同語文或不同措詞的本子。也指某種文件：這個文件有中文、英文、法文三種文本。

密件 需要保密的文件或其他書面材料。

急件 需要很快送達的緊急文件。

要件 重要的文件。

抄件 複製的文件。用以留存或送給有關單位作參考。

附件 隨同主要文件發出的有關書面材料。也指隨同文件發出的有關物品。

呈文　舊時指下級給上級的一種公文。

呈　呈文:辭呈/簽呈。

呈子　呈文(多指百姓給官府的)。

簽呈　舊時機關工作人員向上級請示或報告時所寫的簡短呈文。

辭呈　向主管上級請求辭職的呈文。

事由　公文用語。指本件公文的主要內容。

L2－19 動:　收文‧發文

收發　收進和發出公文、信件等:收發室/做好收發工作。

收　接到;接受:收信/簽收。

收文　收到公文:收文登記。

簽收　收到公文、信件等後,在送件人指定的單據上簽字,作為收到的憑據。

查收　檢查後收下(多用於書信):送上會議紀錄一份,請查收。

點收　一件件地查點接收:按清單點收。

發文　發出公文。

發出　送出(公文、信件、稿件等)。

發　送出;交付:發信/發文/簽發。

發送　發出;送出(文件、信件、資料等):發送到所屬單位。

下　發出;頒布:下令/下通知。

行文　機關、團體之間的文件往來:行文各院校。

上行　公文由下級送往上級:上行公文。

下行　公文由上級發往下級:下行公文。

散發　發出;分發:散發文件/散發傳單。

分發　逐個發給:分發獎品/分發文件。

繕發　繕寫後發出:即日繕發。

印發　印刷後發出。

照發　照這樣發出。多用於文、電底稿的批語。

簽發　由主管人審核同意後簽字發出(公文、證件等):簽發護照。

摘由　摘錄公文的主要內容(事由),以便於查閱。

L2－20 名、動:　檔案‧存檔

檔案　〔名〕機關、企業等集中分類保存的各種文件和材料:人事檔案。

檔　〔名〕檔案:查檔/存檔。

案卷　〔名〕分類保存以備查考的文件:調閱案卷。

案　〔名〕案卷;公務記錄:立案/備案/聲明在案/有案可查。

卷宗　〔名〕機關或企業裡分類保存的文件。也指保存文件的紙夾子。

卷　〔名〕機關裡分類保存的文件;案卷:查卷/存卷備查。

底冊　〔名〕存留備查的檔案冊子:發文底冊。

案由　〔名〕案件的內容提要。

存檔　〔動〕把已經處理完畢的公文、書信、稿件等分類歸入檔案,以備查考。□歸檔。

L2－21 名:　印信
(參見 P7－18 圖章)

印信　政府機關圖章的總稱。

印　政府機關的圖章。泛指圖章:蓋印/鋼印/掌印。

印記　圖章,鈐記。

關防　舊時機關、軍隊、團體所用的一種長方形印章。

鈐記　舊時較低級官吏或機關、團體使用的印章。

公章　機關、團體使用的印章:必須加蓋公章,方能生效。

篆　官印的代稱,如接印叫接篆,代理叫攝篆。

璽　印信。秦朝以後專指皇帝的印,用玉製成。

玉璽　封建時代皇帝所用的玉印。

印綬　舊時稱官員的印信及繫印的彩色絲帶。

綬帶　用來繫官印或勳章的彩色絲帶。

鋼印　機關、企業、團體等使用的硬印,蓋在公文、證件上面,可使印文在紙面上凸起,不易僞造。也指用鋼印蓋出的印痕。

L2-22 動：　簽字・用印

簽字　在文件、單據等上面簽署自己的姓名,表示負責:雙方代表在正式的文件上簽字。

簽名　寫上自己的姓名:請到會代表簽名。

具名　在文件上簽名:一封不具名的舉報信。

署名　在書信、文件或文稿上,簽上自己的姓名:署名文章。

簽署　在重要文件上正式簽字:簽署兩國經濟貿易協定。

簽押　舊時在文書上簽名或畫押,表示認可。

簽　寫上自己的姓名或畫個記號:簽名/簽押/簽收。

署　簽名;題名:署名/簽署。

會簽　由兩個或兩個以上機關共同簽署文件。

用印　蓋上圖章:秘書在首長簽署的文件上用印。

打印　蓋圖章:他正在繕好的函件上打印。

蓋　打上圖章;打印:蓋章/在畢業證書上蓋鋼印。

L2-23 動、名：　批・簽

批　〔動〕在文件或文章等上面簽注意見:批改/批示/批注。

批閱　〔動〕閱讀並加批示或批改:批閱重要函件。

圈閱　〔動〕領導人審閱文件後,在固定的自己名字處畫個圈,表示已經看過。

畫行　〔動〕負責人在公文稿上寫上一個「行」字,表示認可。

畫稿　〔動〕負責人在公文稿上簽名或批字,表示認可。

畫圈　劃圈　〔動〕閱看文稿後畫個圓圈,表示同意或已閱:現在每辦一件事,要經過許多環節,經過許多人畫圈。

畫押　〔動〕舊指在文書、契約或供詞等上面簽名、按指印或畫「十」字,表示認可。

畫字　〔動〕畫押(多指畫一個「十」字)。

畫十字 *　不識字的人在文書或契約上畫個「十」字,代替簽名。

批覆　〔動〕對下級的書面報告批注意見,作爲答覆。

批示　❶〔動〕上級對下級的公文寫出書面處理意見:打個報告請領導批示。❷〔名〕上級對下級報告請示的書面意見:大家認眞討論上級的批示。

批語　〔名〕對文章的評語或批注。也指批示文件的話。

簽注　〔動〕在文稿或書籍中用簽條寫上可供參考的意見。今多指在送首長批閱的文件上,由經辦人注出擬如何處理的初步意見。也指在證件、表冊上批注意見或有關事項。

簽　〔動〕用比較簡單的文字提出要點或意見:對這封來函的處理意見是我簽的。

L2-24 動：　登記・備案

登記　把有關事項寫在表冊上以備查考:戶口登記/選民登記。

註冊　向有關機關、學校或團體登記備案:註冊商標/新生註冊。

立案　向有關機關註冊登記,取得批准:該校經教育局立案。

存案　向有關機關登記,存入紀錄,以備查考。

備案　向有關機關報告存案,以備查考:報請衛生局備案。

L2-25 動：　任命・任用
（參見 K8-11 任職）

任命　下命令任用:他轉業後被任命爲工務局局

長。

任 委派;任用:委任／任人唯賢／任他爲廠長。

任免 任命和免職:任免政府工作人員。

委任 派人擔任職務:委任他爲醫院院長。

委派 派人擔任職務或完成某項任務:他這個差使是上級委派的／廠裡委派專人指導施工。

加委 舊時指主管機關對所屬單位或群眾團體推舉出來的公職人員追辦委任手續。

任用 委派人員擔任職務:任用德才兼備的人。

眞除 〈書〉代理某職務的官員實授該職:他已代理三年,還沒有眞除。

起用 重新任用已退職或免職的人員。也泛指提拔任用:平反以後,立即起用／起用一批新秀。

錄用 錄取任用:擇優錄用／優先錄用。

選用 選擇使用或任用:選用能吃苦耐勞的青年。

引用 引薦任用:引用有專業知識的人。

調任 調動職位,擔任另一工作:調任爲分局局長。

敍用 舊時指任用(官吏):永不敍用。

重用 任命擔任重要職務:立功人員,受到重用。

收錄 收納任用:收錄職員。

任人唯親* 不管德才,只提拔重用跟自己親近的人。

任人唯賢* 只挑選德才兼備的優秀人材,加以任用。

L2－26 名: 任·任期等

任 官職;職務:上任／到任／赴任／離任／卸任。

任期 擔任職務的法定期限:任期三年／任期將滿。

新任 新任命的職位:他另有新任。

前任 在現任某項職務的人之前擔任該項職務的人:他是我的前任委派的人員。

上任 稱前一任擔任某項職務的人;前任。

後任 繼續擔任某項職務的人:這些事只好留給後任去辦了。

L2－27 動: 選拔·提升

選拔 根據一定條件挑選(人才):選拔德才兼備的幹部。

選送 挑選推薦:選送出國研究生。

選材 挑選合適的人材:爲國選材。

選取 挑選取用:通過考試,選取合格人材。

遴選 謹愼地選拔(人才):遴選接班人。

拔取 提拔錄用:科級幹部由在職人員中拔取。

提拔 選拔人員擔任更重要的職務:少數青年幹部受到越級提拔。

提升 提高(職位、等級等):他被提升到領導崗位。

提幹 提拔爲幹部:去年他被提幹當了排長。

擢升 〈書〉提升:最近他被擢升爲局長。

擢用 〈書〉提升任用:體制改革後,擢用了一批新人。

拔擢 提拔:這是先生對我的破格拔擢。

超拔 提拔;提升:超拔後進。

升遷 指調動擔任較原職高的職位:他幾年裡由科長升遷到區長。

超遷 〈書〉官吏越級提升:他受到上級賞識,一再超遷。

獎掖 〈書〉獎勵提拔:獎掖後進。

晉升 提升官員的職位:他已晉升爲副處長。

升級 (職位等)從原來的等級升到較高的等級:經過考核,他再一次升級。

提級 提升職務、工資等的級別:對有突出貢獻的人才,要敢於提級。

晉級 升級:加薪晉級／工作出色,連續晉級。

升格 地位或等級提高:公使升格爲大使。

升官 提升官職;提級。

騰達 〈書〉職位上升,宦途得意:他只知埋頭讀書,所以不能騰達。

飛黃騰達*　比喻官職、地位升得很快。飛黃:古代傳說的神馬,跑得很快。

平步青雲*　比喻一下子就達到很高的地位。青雲:高空,比喻高位。

論資排輩*　評定和提升職務級別,不是根據實際工作能力,而是根據資歷和年齡。

L2－28 動： 到職・交卸
（參見 K8－12 接替・移交）

到職　(接受任命或委派)到達工作崗位:新縣長到職不久,對鄉下情況還不太了解。

到差　舊時指到職。

視事　舊時指官吏到職開始工作:到職視事。

就職　到達工作崗位(多指較高的職位),正式開始任職:就職典禮／發表就職演說。

上任　走上工作崗位;就職:新部長明天上任。

走馬上任*　指官吏就職。

莅任　〈書〉上任:莅任視事。

出任　出來擔任(某種重要官職):出任駐聯合國大使。

在職　擔任著現職:在職幹部。

供職　擔任職務:他在省政府任職多年。

下車伊始*　舊指官吏初到任所。現泛指初到工作崗位。

去職　不再擔任原來的職務:因久病去職。

卸任　官吏解除職務。

交卸　舊時指官吏卸職,移交給後任。

瓜代　〈書〉春秋時齊襄公派連稱、管至父兩個人去戍守葵丘地方,當時正值瓜熟季節,就對他們說:「明年吃瓜的時候叫人來接替你們。」後因稱任期滿,另派他人接替爲「瓜代」。

復職　解除職務後又恢復原職:他已回局復職。

L2－29 動： 辦公・出差

辦公　處理公事:已到下班時候,沒人辦公了。

出差　(機關、部隊或企業單位的工作人員)短期出外辦理公事:他已出差到南京去。

出勤　按規定時間到固定場所工作:出勤率／全所員工都出勤了。

交差　任務完成後向上級報告:回局交差。

L2－30 動： 調動・派遣

調動　調換、變動(工作崗位):她出學校不久,工作卻調動了好幾次。

調派　調動分派(指人事的安排):調派精幹人員,充實第一線。

調集　調動集中:調集部隊／調集運輸車輛。

調配　調動分配(人力、物資等):合理調配技術人員。

調遣　調動分派:調遣得力幹部／調遣部隊。

調職　調到另一單位去工作:他調職來美工作。

選調　選拔調動:選調得力幹部充實基層。

抽調　從總體中調出部分:抽調科技人員支援邊疆。

對調　互相掉換:對調工作。

外調　把人員或物資調到外地、外單位:外調一批員工,支援內地建設。

派遣　(政府、機關、團體等)派人到外地、外單位去做工作:派遣留學生出國進修。

指派　指定某人去做某事:工作組成員是由上級指派的。

選派　挑選合適的人員派遣出去:選派談判代表。

特派　(爲辦理某項事務)特地派遣;專門委派:特派員／特派專人赴現場調查。

差使　派人去做某事;差遣:他受別人差使參加遊行活動。

差遣　派人外出工作;派遣:聽候差遣／差遣人員到下面收集情報。

遣　派出;打發:遣送回籍／調兵遣將。

派　分配;指定;委派:分派／選派／派人接收。

打發 派(出去):打發人去探聽消息。

差 派出去做事;派遣:差人送信／鬼使神差。

叫 使喚;命令:叫屬下立刻送去。

使 派遣;使喚:使人把門修好／神差鬼使。

支配 叫別人做事:他最會支配人替他跑腿。

使喚 叫別人給自己做事:幾年來他一直被總經理當司機使喚。

指使 出主意叫別人做某事:這件事一定是他們指使你做的。

分派 分別指定人去完成工作或任務;安排:給隊員們分派運輸任務／暫時回家,聽候分派工作。

分 分派:請把重活分給我做。

分發 分派(人員到工作崗位):本年畢業生已分發完畢。

分配 安排、分派工作或任務:服從組織分配／畢業後,她被分配到文化局工作。

轉關係＊ 黨派或團體成員在調動工作崗位時轉移組織關係。

L2－31 動: 稱職·失職

稱職 德才和職位相稱,能勝任所擔當的職務:他是一個稱職的幹部。

盡職 竭盡全力做好本職工作:他對自己的工作能夠盡職。

勝任 能力足以擔任:勝任管理工作／勝任愉快。

得人 得到德才兼備的人。也指用人得當:任用得人。

失職 沒有盡到職責(因而發生問題,出現差錯):廠裡倉庫被偷,與守衛人員失職有關。

瀆職 不盡職,在工作中犯嚴重過失:這場火災是由守林人瀆職造成的。

殉職 因執行職務而犧牲生命:不幸以身殉職。

L2－32 動: 考核

考核 考查審核:定期考核／考核政績。

考績 考查工作成績:年終考績／嚴格考績。

考勤 考查、記錄工作或學習的出勤情況:按月考勤／建立考勤制度。

鑑定 鑑別和評定人員的優點和缺點:自我鑑定／幹部鑑定／畢業鑑定。

評定 經過審核評議,作出決定:評定技術職稱／評定操作成績。

評獎 通過評比,對先進的給以獎勵:年終評獎。

評功 評定功績:給先進工作者評功。

評級 評定幹部、員工在職稱、工資等方面的等級:評級評薪。

銓敍 舊指政府審核官員的資歷、政績,以確定級別、職位。

敍功 〈書〉評定功勞、業績:敍功議賞。

敍 評議等級、次第:敍用／敍級／敍獎。

甄別 考核鑑定(能力、品質等):甄別考試／甄別錄用。

L2－33 動: 獎勵·表揚

獎勵 對有功的、成績優異的個人或集體給予榮譽、財物等來表揚、鼓勵:獎勵先進／獎勵優秀幹部／優勝者受到獎勵。

獎 獎勵;誇獎:有功者獎／年終尾牙,公司獎給他一輛轎車。

嘉獎 稱讚並給予獎勵:傳令嘉獎／嘉獎有功人員。

褒獎 表揚並獎勵:勇擒劫匪的司機受到褒獎。

賞 上級給下級,或長輩給晚輩榮譽、財物等:賞罰分明／賞給全勤人員每人二千元。

獎賞 對在工作中立功的或在競賽中獲勝的個人或集體給予物質獎勵:這是獎賞給女排冠軍隊的金盃。

記功 記錄功績,作為一種獎勵:給救火人員記功一次。

授獎 頒發獎狀或獎品:舉行授獎儀式。

授銜 給予軍銜、學銜或其他稱號。

授勳　按照所立功勞,授予勳章:授勳典禮。

表揚　對好人好事給予公開讚揚,以示鼓勵和提倡:表揚拾金不昧的服務員。

表彰　公開表揚(功績、事迹等):表彰他捨己爲人的英雄行爲。

追贈　在人死後補授某種官職或稱號:追贈西晉名將杜預「征南大將軍」稱號。

獎懲　獎勵和懲罰:獎懲分明。

賞罰　獎賞有功勞的人,懲罰有過失的人:賞罰嚴明。

信賞必罰*　該賞的一定賞,該罰的一定罰。說明賞罰分明。信:確實;不欺騙。

L2－34 動：　懲戒・檢討
（參見 L6－18 處罰・懲辦）

懲戒　通過處罰使人受到警戒:對失職人員各記過一次,以資懲戒。

告誡告戒　警告勸戒(多用於上級對下級,或長輩對晚輩):諄諄告誡／他再三告誡我,不可輕舉妄動。

警告　❶提醒別人,使能警惕:父母警告兒子,不要跟那些流氓習氣很重的人混在一起。❷告誡犯錯誤或有不正當行爲者,使認識應負的責任、後果:嚴正警告對方,不要一意孤行。

懲一儆百*　懲罰一個人,藉以警戒許多人。也作懲一警百*。

懲前毖後*　。把以前的錯誤和挫折作爲敎訓,使以後謹愼行事,避免重犯。毖:謹愼小心。

記過　把過失登記在案,以表處分:他長期曠職,受到記過處分。

檢討　找出自己思想、工作、生活上的缺點和錯誤,追究根源,並作自我批評:他檢討得很深刻,得到同事們的諒解。

反省　回憶檢查自己的思想行爲:只有經常反省,才能少犯錯誤。

自我批評　自覺地檢查自己的缺點錯誤,進行批評,以提高思想覺悟。

L2－35 動：　降級・免職・開除
（參見 K8－13 解雇・裁員）

降級　(職位)從原來等級降到較低的等級:受到降級處分。

降職　降低職位:降職外調。

貶職　〈書〉降低官職。

貶斥　〈書〉降低官職:慷慨陳詞,竟遭貶斥。

貶黜　〈書〉降低官職:迭遭貶黜。

貶謫　舊時指官吏降職,被派到離京城很遠的地方。

停職　暫時停止所擔任的職務,是一種處分:停職檢查。

免職　免去職務:因執行不力,就地免職。

解職　解除職務:因長期缺勤而被解職。

罷職　免去職務。

罷免　❶免去官職。❷選民或代表機關撤銷他們所選出的人員的職務。

罷官　解除官職:罷官回里。

罷黜　免除(官職):罷黜爲民。

撤職　撤消職務:撤職查辦。也說革職。

撤差　舊時指撤消官職。

開除　機關、團體將成員除名:開除公職。

革出　開除出去。

開革　開除;除名(舊時多用於軍警、員工等):他因犯罪服刑,已被廠裡開革。

革除　開除;撤職:他因經手帳目不清,已被公司革除。

斥革　〈書〉開除:長期曠職者一概斥革。

除名　把姓名從名冊中抹掉,取消其集體成員的資格:他已被公司除名。

遣散　機關、團體、部隊等撤消、改組或有其他變動時,將全部或部分人員解職,使另謀生計:

遣散編餘員工。

出缺 原任人員因故離職，留出一個有待填補的
職位：廳長病故出缺，由副廳長暫代。

L2－36 動： 引退·告老
（參見K8－14 辭職·退休）

引退 舊時指官吏辭去職務：功成引退。

告退 舊時指自請辭去職位：年老告退。

告老 舊時指官吏年老自請辭職或退休：告老還
鄉。

歸田 〈書〉舊時指退職回鄉：解甲歸田。

退隱 舊時指官吏退職隱居：退隱林泉。

L2－37 名： 官方·民間

官方 指政府方面：官方消息／官方評論。

民間 ❶人民中間：民間藝術／這是個在民間流
傳的故事。❷指非政府方面：民間協定／民間
貿易。

朝野 舊指朝廷和民間。現也指政府方面和非
政府方面：朝野人士／朝野一致推崇。

草野 舊時指民間：身居草野，心懷天下。

L2－38 形： 清明·廉潔

清明 政治有法度，有條理：政治清明。

修明 〈書〉政治清明：法令修明／內政修明。

弊絕風清* 營私舞弊的事絕迹，風氣良好。形
容政治清明，社會安定。□**風清弊絕***。

廉正 廉潔正直：廉正嚴明。

廉潔 不貪污；不損公肥私：廉潔奉公。

廉明 廉潔而清明：公正廉明。

清廉 清白廉潔：清廉自守。

廉 廉潔；不貪污：廉吏／廉政（廉潔的政治）。

兩袖清風* 比喻做官清廉。

涓滴歸公* 比喻公家的財物全部歸公，自己一
點也不侵占。涓滴：小水滴。

克己奉公* 嚴格約束自己，一心為公。

枵腹從公* 餓著肚子辦理公家的事。形容不惜
自己受苦，一心為公。

L2－39 動： 尸位·戀棧

尸位 〈書〉空占職位而無所作為：尸位誤國。

尸位素餐* 空占著職位而不盡職守，只吃閒飯
不做事。

戀棧 馬捨不得離開馬棚。用以諷刺官吏留戀
自己的職位：一些老同事到了讓位的時候，毫
不戀棧。

無功受祿* 沒有功勞而得到報酬。祿：古代官
吏的薪俸。

文恬武嬉* 文官貪圖安逸，武官一味玩樂。形
容文武官吏只追求享受，不關心國事的腐敗
現象。

L2－40 名： 官僚主義

官僚主義 指脫離實際，脫離群眾，不關心群眾
利益，只知在上面發號施令而不進行調查研
究的工作作風和領導作風。

官僚 指官僚作風，官僚主義：我可不敢耍官僚／
你說說，我怎麼官僚了？

官氣 官僚主義的作風：官氣十足／打掉官氣，
當好公僕。

官官相護* 官吏和官吏互相庇護。

文牘主義 官僚主義作風的一種。表現為不願
接觸實際，滿足於在辦公室內批辦公文，發號
施令，用以解決問題。

橡皮圖章 對某些徒有名義而無實權，只不過奉
命履行公事的個人或機構的綽號。

文山會海* 形容文件、會議極多，如山似海。是
文牘主義、官僚主義的一種表現。

公文旅行* 官僚主義作風的一種。表現為公文
在某些領導機關間輾轉傳閱、輪流劃圈、層層
報批、問題得不到及時解決的現象。

踢皮球* 喻指某些領導幹部或領導單位之間對應解決的事情互相推諉，不負責任的官僚主義作風。

L3 外 交

L3－1 名： 外交（一般）

外交 一個國家為實現其對外政策而進行的各種外事活動的總稱。包括同別的國家互派使節，政府首腦互訪，協商談判，發表聲明，締結條約，倡議並參加國際會議和國際組織以及進行經濟、文化、科技、軍事交流等活動。

彈性外交 此概念在一九七九年前後開始廣泛的使用，代表中華民國不再堅持傳統的「漢賊不兩立」政策，而願意在傳統外交名分上做讓步，即不堅持使用中華民國的國號。

務實外交 其主要涵義有三：❶放棄「漢賊不兩立」的僵硬立場，不再與中共進行外交「零和」遊戲；❷利用經濟合作或人文交流的方式，和無邦交國建立實質關係，以彌補正式外交之不足；❸致力於國際社會組織會員資格的取得與參與的管道。

金錢外交 指以金錢換取外交承認的作法。又稱作**凱子外交**。

外事 外交上的事務：外事機關／外事活動。□**外務**。

洋務 清末指關於外國的和關於模仿外國的事務：洋務派／洋務運動。

國交 國家與國家間的外交關係：訂立國交。

邦交 國與國之間的正式外交關係：建立邦交／恢復邦交。

外交辭令 適合於在外交場合運用的語言。有時也指用於掩蓋真意的委婉的言辭。

治外法權 國家之間彼此授予對方外交使節的特權。包括人身和住宅不可侵犯，不受當地法律和行政管轄，免除稅捐和服役等。出國訪問的國家元首和政府首腦，一般也都享有這種特權。

領事裁判權 帝國主義國家的僑民不受所在國法律的管轄而受其本國領事裁判的非法特權。十九世紀四〇年代，英、美、法、俄、日等帝國主義，通過不平等條約，先後在舊中國攫取了這種特權。第二次世界大戰後，已被徹底取消。

互惠待遇 兩國根據協議相互給予一定的對等優惠待遇，其具體內容多在通商航海條約或貿易協定中確定。

國際慣例 在國際交往中，經各國長期反覆實踐逐步形成的不成文的習慣做法和通例。如外交代表機關和外交人員享有的外交特權與豁免，即多來源於國際慣例，被認為具有法律拘束力。

外交特權與豁免 有時也簡稱「外交特權」。駐在國根據互重主權和平等互利的原則，按照國際慣例和有關協議，為保證和便利外國外交人員執行正常職務而給予的特殊權利。包括人身、住所、辦公處和公文檔案不受侵犯，免受行政和司法管轄，使用密碼通訊和派遣外交信使，免納關稅和稅捐，免除一切役務等權利。外交官的家屬和參加國外活動的高級政府官員也享有外交特權與豁免。

炮艦外交 帝國主義國家依靠武力為後盾實現其侵略、擴張野心的外交政策。也叫**炮艦政策**。

和平共處 指不同社會制度的國家，用和平方式解決彼此爭端，在平等互利的基礎上，發展彼此間經濟和文化聯繫。

和平共處五項原則 我國和印度及緬甸先後倡導的處理社會制度不同國家間相互關係的重要原則。這些原則是：❶互相尊重主權和領土完整；❷互不侵犯；❸互不干涉內政；❹平

等互利;❺和平共處。實際上,這五項原則也適用於所有國家之間的關係。

L3-2 名: 使節·使館

使節 由一個國家派駐他國或國際組織的外交官,或由一個國家臨時派遣到他國去專辦某項事務的外交代表。

使者 奉命辦事的人(現多指外交人員):美國使者。

大使 由一國派駐他國或國際組織的最高級的外交代表。通常都授予「特命全權大使」銜。

公使 由一國派駐他國或國際組織的、僅次於大使級的外交代表。通常都授予「特命全權公使」銜。

代辦 一國派駐他國的、低於大使和公使級的外交代表。大使或公使不在職時,在使館的高級人員中委派的臨時負責人,叫「臨時代辦」。

參贊 使館中協助館長辦理外交事務的高級外交官。館長不在時,一般由參贊以臨時代辦名義,行使館長職權:商務參贊/文化參贊。

武官 使館成員之一。是一國軍事主管機關向駐在國派遣的外交代表,也是使館館長的軍事顧問。

領事 由一國政府派駐他國某一城市或特定地區的外交官。主要任務是研究區內情況,管理僑民事務,保護僑民的法律權利和經濟利益。

特使 一國派往他國負有特殊使命的臨時外交代表。

臨時代辦 臨時代理不在任所的大使職務的外交官員。通常由使館內級別較高的外交人員擔任。

觀察員 一國派往列席國際會議或參加國際組織的非正式代表。按照國際慣例,觀察員一般有發言權,但無表決權。

隨員 駐外使館中最低一級的外交官。

使館 外交代表在所駐國家的辦公機關,由館長、外交官、公務人員組成,享有外交特權與豁免。外交代表是大使的叫大使館,是公使的叫公使館。

領事館 一國駐在他國某城市的領事代表機關的總稱。也叫「領館」。有總領事館、領事館、副領事館和領事代辦處四級。主要職務是與駐在國地方當局往來,保護僑民及商務利益。享有外交特權與豁免。

外交團 駐在一個國家首都的各國使節組成的團體。外交團不具有法律職能,它的活動多限於禮儀上的應酬,如祝賀、弔唁等。

L3-3 動: 出使·會談

出使 接受外交使命到外國去:出使英國。

出訪 到外國訪問:出訪西歐各國。

國事訪問 國家元首或政府首腦接受他國元首或首腦的邀請,對該國進行的正式訪問。

聘問 古代指國與國之間派使臣訪問:遣使通好聘問。

會見 跟別人相見(多用於外交場合):會見外賓/會見歐美知名人士。

接見 跟來人見面:接見歸僑代表。

召見 外交部通知外國駐本國使節前來見面,以便表達某種意見。

會談 雙方或多方會面座談,交換意見:就邊界問題,兩國領導人進行了會談。

談判 有關方面就彼此間的爭端或共同關心的問題,進行商議,謀求解決:和平談判/談判通商貿易問題。

折衝尊俎* 在酒席宴會中制勝千里以外的敵人。指進行外交談判。折衝:制敵取勝;尊:酒器;俎:盛菜器皿。

互惠 互相給予對方以同等的優惠待遇:平等互惠/互惠關稅。

融冰之旅 一九九八年十月中旬,海峽交流基金會董事長辜振甫率團前往中國大陸進行「參

訪」活動,期間除會晤汪道涵外並前往北京與中共國家主席江澤民會面,爲兩岸間中止已逾三年的兩岸關係開啓一道曙光,辜振甫稱此行爲「融冰之旅」。

L3-4 動、名： 建交‧結盟

建交 〔動〕兩國之間建立外交關係:兩國發表聯合公報,宣布正式建交。

締交 〔動〕締結邦交:與鄰國先後締交。

結盟 〔動〕兩個或兩個以上的國家,結成同盟:兩國締約結盟／不結盟國家。

同盟 ❶〔動〕爲採取共同行動而締結盟約:同盟罷工／同盟軍。❷〔名〕因締結盟約而聯成的一體:兩國結成同盟／軍事同盟。❸〔名〕爲實現共同政治目標而結成的組織,如「民主同盟」、「民權保障同盟」等。

聯盟 〔名〕❶兩個或兩個以上國家爲了共同行動而訂立盟約結成的集團:國際聯盟。❷也指個人、集體或階級的聯合:工農聯盟。

會盟 〔動〕指古時諸侯或國君(或其代表)相互會見並結盟:諸侯會盟。

攻守同盟 〔名〕指兩個或兩個以上國家爲了聯合對敵進攻或防守而訂立的盟約。現常借指罪犯或團伙之間爲了應付追查或審訊,暗中勾結、同共隱瞞、相互包庇、拒不交代的行爲。

遠交近攻＊ 與距離遠的國家交好,進攻鄰近的國家。是戰國時秦國的一種外交策略。後也指爲人處世的一種手段。

L3-5 名、動： 條約‧締約

條約 〔名〕廣義指兩個或兩個以上國家締結的關於政治、經濟、軍事、文化等方面的相互權利和義務的各種國際協議,包括條約(狹義)、公約、盟約、憲章、宣言、協定、議定書、換文等。狹義指重要的政治性的,以條約爲名稱的國際協議,如互不侵犯條約、友好互助條約、邊界條約、通商航海條約等。

公約 〔名〕條約的名稱之一。指許多國家舉行國際會議所締結的在某一專門問題上應共同遵守的多邊條約。如一八七四年的《萬國郵政公約》,一九八二年的《聯合國海洋法公約》等。

草約 〔名〕尚未正式簽字的條約。

成約 〔名〕已訂立的條約:已有成約可據。

盟約 〔名〕國與國間結成同盟時所訂立的條約。

商約 〔名〕國家間締結的通商條約。

和約 〔名〕交戰國間訂立的在法律上結束戰爭狀態、恢復和平關係的條約:巴黎和約。

城下之盟＊ 敵方兵臨城下,抵抗不了,被迫訂立的盟約。後泛指被迫與敵人簽訂的屈辱性條約。

協議 ❶〔動〕爲取得一致意見而雙方共同商議:經雙方協議,定期建立外交關係。❷〔名〕泛指國家、政黨、團體間就某項問題經過談判、協商後達成的共同決定:達成協議。

協定 ❶〔名〕指國家間就某方面問題經協商後訂立的共同遵守的條款:停戰協定／貿易協定／文化協定。❷〔動〕經過協商後訂立(應遵守的條款):協定一個共同綱領。

議定書 〔名〕條約名稱之一。是締約各方就個別問題達成的書面協議。通常是有關某項條約的解釋、修正和補充,附在條約的後面,或作爲單獨文件。有時也把國際會議對某個問題達成協議並經簽字的記錄,叫做「議定書」。

君子協定 〔名〕指國際交往中不經過書面上共同簽字,而以口頭上承諾或交換函件訂立的協定。君子協定依靠遵守信義,自覺履行,按照國際慣例,對當事國有一定的拘束力。也叫**紳士協定**。

香港模式 指的是一九九七年五月,臺灣與香港在香港回歸中國之前所簽署的臺港海運商談紀要。根據這份紀要,雙方同意臺港船舶進入彼此港口時,可以不必懸掛對方國旗,至於

在香港註冊的船舶進入我港口,則懸掛註冊
地香港特區的洋紫荊旗。

換文 ❶〔名〕國與國之間就已達成協議的事項
而交換的內容相同的文書。換文一般用以補
充某項條約,或確定已達成的協議。如建立
外交關係的換文,處理邊界問題的換文等。
❷〔動〕國家與國家間交換文書。

締約 〔動〕締結條約:締約後,雙方必須嚴格履
行條約中的各項規定。

締結 〔動〕訂立或簽訂(條約等):締結友好條
約。

草簽 〔動〕締約國談判代表在條約草案上簽署
自己的姓名或姓名的簡寫,表示對條約草案
文本已取得一致意見。草簽屬臨時簽署,還
有待正式簽字。

簽訂 〔動〕訂立條約並在條約上簽字:簽訂貿易
協定/簽訂意向書。

L3－6 名： 外交文件

國書 一國元首派遣或召回大使、公使時,致送
駐在國元首的正式文書。分派遣國書和召回
國書。派遣國書由大使或公使親自向駐在國
元首遞交。按照國際慣例,外交使節在遞交
國書後,才被認爲開始執行職務。我國已將
召回國書與派遣國書合併爲一,由新任使節
遞交。

照會 國家間外交往來常用的一種文書。在進
行交涉時用來表明立場、態度或提出問題、提
醒對方等。由國家元首、政府首腦、外交部長
或外交代表出面用第一人稱寫成並簽名的,
叫做正式照會;由外交部或大使館等用第三
人稱寫成,只蓋機關印章而不簽名的,叫做普
通照會。

備忘錄 外交文書的一種。用來聲明自己方面
對某一問題或事件的立場和態度,或把對某
一問題的詳細說明通知對方。可作爲照會的

附件,也可作爲獨立文件。

節略 外交文書的一種,用來陳述事實、提供證
據或說明有關法律的問題;不簽字也不用印,
重要性次於照會。

通牒 一國通知另一國並要求對方答覆的外交
文件。

最後通牒 一般指一國就兩國間的爭端給另一
國的書面通知,提出不容改變的最後要求,並
限期答覆,否則將採取強制措施,如斷絕外交
關係、實行封鎖,甚至訴諸戰爭。

哀的美敦書 音譯詞。即最後通牒。

白皮書 一些國家的政府、議會等正式發表的有
關政治、外交、財政等重大問題的文件或報告
書。由於各國習慣和文件內容不同,封面顏
色也就互異,用白色的叫「白皮書」(如美國、
葡萄牙),用藍色、黃色、紅色或綠色的,則分
別叫「藍皮書」(如英國)、「黃皮書」(如法國)、
「紅皮書」(如西班牙)或「綠皮書」(如義大利)。

藍皮書 見「白皮書」。

黃皮書 見「白皮書」。

紅皮書 見「白皮書」。

綠皮書 見「白皮書」。

L3－7 動、名： 簽證·引渡等

簽證 ❶〔動〕一國的主管機關在本國或外國公
民所持有的護照或其他旅行證件上簽注、蓋
印,表示准其出入或通過本國國境。❷〔名〕
指護照等證件上履行上述手續的簽注、蓋印。

護照 〔名〕一國主管機關發給出國執行任務、旅
行或在國外居留的本國公民的證件,用來證
明其國籍和身份。持照人享有護照頒發國的
外交保護。一般有外交護照、公務護照和普
通護照三種。

引渡 〔動〕一國根據他國請求,將逃至境內的被
指控爲罪犯的人拘捕,移交給該請求國審判
處理的行爲。

政治避難　〔名〕一國公民因政治原因逃亡他國，請求並經准許而在該國居留，不被引渡或驅逐，享有一般外國僑民的待遇。

L4　政　治

L4－1　名：　政治（一般）

政治　❶階級、政黨、社會團體和個人在建立和維護政權、治理國家、處理階級間、民族間關係及國際關係等方面的活動。政治以經濟爲基礎，並爲經濟基礎服務：民主政治／政治鬥爭／政治協商／參與政治。❷指治理國家所施行的一切措施：廉潔政治／政治腐敗。

政　❶政治：政黨／政策／參政議政。❷國家某一部門主管的業務：民政／財政。

政見　有關政治方面的見解：發表政見／兩人政見不同。

政情　有關政治方面的情況：觀察政情／熟諳當前政情。

政局　政治方面的局勢：政局動蕩。

政績　指官吏任職期間的成績：政績斐然。

朝政　朝廷的政事：參預朝政／議論朝政。

仁政　寬厚待民的政治；仁慈的政治措施：對於反動派，決不施仁政。

德政　對人民有益的政治措施：群衆不會忘記他的德政。

廉政　政府嚴格督促公務人員廉潔守法，根絕貪污受賄的政治措施：廉政建設。

暴政　殘酷地鎮壓人民、剝削人民的政治措施。

苛政　指殘酷壓迫、剝削人民的政治：苛政猛於虎。

虐政　指暴虐的政策法令；暴政。

王道　我國古代指君主以所謂仁義治天下的政策。

霸道　我國古代指君主憑藉武力、刑罰、權勢等統治天下的政策。

L4－2　名：　政治家

政治家　有政治見識和政治才能並從事政治活動，具有一定的威望和影響的人。多指國家、政黨的領導人物。

政客　從事政治活動以玩弄權術、投機取巧來謀求私利的人。

政敵　指在政治上跟自己矛盾尖銳、處於敵對地位的人。

政治犯　由於從事某種活動而被現政府認爲是犯了罪的人：要求外國政府引渡政治犯。

L4－3　名：　黨派

黨派　各個政黨、政治派別及其內部各派系的統稱：民主黨派。

政黨　代表一定的階級、階級或集團並爲實現其利益而進行鬥爭的政治組織：無產階級政黨。

黨團　黨派和政治團體的統稱。

黨綱　政黨的綱領。它規定政黨的政治目標、政治路線和組織路線，是一個政黨的基本政治綱領和組織綱領。

黨紀　一個政黨規定的該黨黨員所必須遵守的紀律。

黨性　階級性最高最集中的表現。不同的政黨或階級有不同的黨性。

黨務　政黨內部的各項事務：黨務會議。

黨籍　入黨的人所取得的黨員資格。

黨章　一個政黨章程。一般包括總綱、組織機構、組織原則和黨員的條件、權利、義務、紀律等內容。

黨證　政黨發給該黨黨員的憑證。

黨齡　一個黨員入黨後經過的年數。

黨委　某些政黨的各級委員會的簡稱。

黨員　一個政黨的成員。

黨魁　指政黨的首領（多含貶義）。

黨鞭 指國會黨團組織中,負責議員間的聯繫,以貫徹黨的決策者,黨鞭一詞,起源於英國,英國人於騎馬打獵時,常使用馬鞭來驅使亂奔的獵狗集中目標追逐獵物。一七六九年開始將國會政黨中負責督促議員按時參加開會及表決支持黨之決策的某一議員,稱為黨鞭。

L4-4 名: 政黨

中國同盟會 簡稱「同盟會」。一九〇五年孫中山在日本東京成立的中國資產階級革命政黨,以「驅除韃虜,恢復中華,建立民國,平均地權」為政治綱領。中國同盟會成立後,積極進行反清革命鬥爭,領導辛亥革命,推翻了清王朝的封建統治,建立了中華民國。一九一二年八月中國同盟會改組為「中國國民黨」。

國民黨 一八九四年成立的興中會,乃「國民黨」的前身,其後經過四次改組,名稱亦分別更改為同盟會、國民黨、中華革命黨,民國八年確定全名為「中國國民黨」。

民進黨 成立於民國七十九年九月二十八日,由江鵬堅任首任黨主席,全名為「民主進步黨」,當時是臺灣第一個本土社會的反對黨。民國八十九年三月十八日,經由全民投票之下,民進黨成為執政黨。

共產黨 根據馬克思主義建黨學說建立起來的無產階級政黨。它是無產階級的先鋒隊,無產階級組織的最高形式。其目標是領導無產階級和其他一切被壓迫的勞動人民,通過革命鬥爭奪取政權,用無產階級專政代替資產階級專政,實現社會主義和共產主義。有些國家的共產黨叫工人黨或勞動黨。

共 共產黨的簡稱。

黨 政黨。

L4-5 名、形: 政派

政派 〔名〕政治上的派別。

派別 〔名〕政黨內部因主張不同而形成的若干分支或小集團:鬧派別糾紛。

次級團體 依團體分子間的關係親密程度,分成「初級團體」與「次級團體」。這種分類法最早是由美國社會學家顧里(Charles Cooley)所提出。次級團體常藉由成員間的特殊興趣,或特殊目的而結合在一起。次級團體成員彼此很少具有親密關係,而多是視彼此為履行某一功能的角色,同在追求相互間所認同的某種明確的目標或工作。例如學校、工廠和政黨的某個黨部等皆屬於次級團體。

左 〔形〕指政治上進步的;革命的:左派/左翼。

左派 〔名〕在階級、政黨或集團內,政治上傾向於進步或革命的一派:左派人士。

左傾 〔形〕政治上、思想上傾向革命、傾向進步:左傾言論。

左翼 〔名〕階級、政黨或集團中,政治上思想上傾向革命的部分:左翼作家聯盟。

右 〔形〕指政治上保守的,反動的(與「左」相對):右派/右傾。

右派 〔名〕在階級、政黨或集團內,政治上保守、反動的一派:右派言論。

右傾 〔形〕思想上政治上保守的;在原則問題上向反動勢力妥協或投降的:右傾機會主義/思想右傾。

右翼 〔名〕階級、政黨或集團中,政治上思想上傾向保守或反動的一部分:右翼勢力。

中間派 〔名〕不左不右,忽左忽右,動搖於兩個對立的政治力量之間的派別。

L4-6 名: 私黨

私黨 出於某種企圖或陰謀,私下糾集組合的宗派集團。也指這種集團的成員:扶植私黨。

宗派 政治、文學、藝術、宗教等方面自成一派而同別的派別對立的集團(今多用於貶義):宗派活動。

幫派 爲共同的利益結成的集團、團伙或宗派（含貶義）：幫派體系／幫派分子。

死黨 ❶頑固的反動集團：結成死黨。❷甘心爲同黨及其首領拼死效忠的分子（含貶義）。

餘黨 殘留的黨羽（含貶義）：餘黨紛紛投誠。

朋黨 同類的人爲謀私利、互相勾結或爲爭權奪利、排斥異己而結成的集團：各結朋黨，互相傾軋。

黨徒 參加某一政治集團或派別的人（含貶義）。

黨羽 反動勢力集團中附從首領作惡的人：培植黨羽。

黨棍 指政黨中依仗權勢、作惡多端的人。

黨閥 指政黨內大權在握、專橫跋扈、氣焰囂張的頭目。

L4－7 名： 馬克思主義·社會主義

馬克思主義 馬克思和恩格斯的觀點和學說的體系，是關於社會、自然和人類思維的發展規律的科學。它的三個組成部分是：馬克思主義哲學、政治經濟學和科學社會主義。它揭示了資本主義生產方式的固有矛盾，指明資本主義必然崩潰、共產主義必然勝利。

列寧主義 帝國主義和無產階級革命時代的馬克思主義。它在關於帝國主義的理論，關於社會主義可能首先在一個或幾個國家取得勝利，關於建立無產階級新型政黨，關於無產階級革命和無產階級專政等問題上，發展了馬克思主義。

馬克思列寧主義 馬克思主義和列寧主義的合稱。簡稱**馬列主義**。

共產主義 指共產主義思想，即馬克思主義思想。

科學社會主義 馬克思主義的三個組成部分之一。是關於階級鬥爭、無產階級革命和無產階級專政、建設社會主義並進而實現共產主義的科學理論。它根據辯證唯物主義和歷史唯物主義的理論，論證了社會主義的實現和資本主義的滅亡是不以人們意志爲轉移的客觀規律，從而使社會主義從空想變成了科學。也叫**科學共產主義**。

社會主義 社會主義思想。是一種反對資本主義的剝削和壓迫、改造社會制度的政治主張。通常指科學社會主義。此外在十九世紀的歐洲，還有過小資產階級社會主義、資產階級社會主義、空想社會主義等。在當代，社會主義一詞也被大量使用和濫用，從而產生各種各樣的「社會主義」。

空想社會主義 十六世紀到十九世紀初，資本主義生產還不發達，無產階級對資產階級的鬥爭還未充分發展時期產生的一種社會主義學說，以法國聖西門、傅立葉、英國歐文的學說爲代表。它批判了資本主義制度，主張消滅階級對立，確信社會主義必然代替資本主義，但不了解改造社會必須通過革命鬥爭，幻想通過宣傳和示範的辦法建立社會主義制度。它對啓發工人覺悟起過進步作用，是馬克思主義的三個來源之一。

L4－8 名： 機會主義·改良主義·三民主義

機會主義 工人運動中或無產階級政黨內部的反馬克思主義的思潮或路線。機會主義有兩種：一種是右傾機會主義，其主要特點是思想落後於實際，貪圖暫時的、局部的利益，反對革命，不敢鬥爭，採取投降主義的政策。一種是左傾機會主義，其主要特點是過高地估計主觀力量，不顧客觀實際的可能性，不注意鬥爭的策略，採取冒險主義的政策。在一定條件下，左、右傾機會主義可以互相轉化，對革命都有極大的危害性。

左傾機會主義 見「機會主義」。

右傾機會主義　見「機會主義」。

冒險主義　左傾機會主義的一種表現,又叫「盲動主義」。主要特徵是不顧客觀情況和本身條件,盲目地採取冒險行動,急於求成。

修正主義　國際共產主義運動和無產階級政黨中打著馬克思主義旗號,歪曲、否定馬克思主義基本原則的一種思潮。產生於十九世紀。當時,德國社會民主黨的右派頭目伯恩斯坦最先用系統的資產階級反動觀點提出對馬克思主義的「修正」,故名。它閹割馬克思主義的革命精神,反對階級鬥爭、無產階級革命和無產階級專政。

改良主義　十九世紀末工人運動中出現的一種政治思想。它反對從根本上推翻不合理的社會制度,而只主張在原來基礎上局部地、逐漸地加以改善。其目標是麻痺人民革命鬥志,以維護並鞏固資本主義制度。

無政府主義　一種小資產階級的反動政治思潮。產生於十九世紀上半葉,以法國的蒲魯東、俄國的巴枯寧和克魯泡特金為代表。它否認任何歷史條件下的一切國家政權,反對任何組織、紀律和權威,主張建立所謂無命令、無權利、絕對自由的無政府狀態的社會。也音譯作「安那其主義」。

保守主義　落後於客觀事物發展的思想。特點是安於現狀,墨守成規,用懷疑態度對待新鮮事物,對困難估計過高,對有利條件估計不足。

三民主義　孫中山提出的,即民族主義、民權主義和民生主義。民族主義是推翻滿洲貴族統治,反對民族壓迫;民權主義是推翻君主專制,建立民國;民生主義是平均地權。

L4－9　名：　愛國主義・國際主義・沙文主義

愛國主義　指對祖國的忠誠和熱愛的思想。無產階級的愛國主義是從勞動人民的根本利益出發的,是同國際主義一致的,是從本國人民和世界各族人民共同的根本利益出發的,既熱愛自己的祖國,反對外來侵略,又尊重別的國家和民族的權利和自由。

國際主義　指無產階級的國際主義。即國際無產階級在共產主義運動中實行團結的思想,和處理民族間、國家間、政黨間相互關係的指導原則。它要求全世界的工人階級和勞動人民在爭取解放的鬥爭中,為了反對共同的敵人和實現共同的目標,必須聯合起來,團結一致,互相支援。

沙文主義　一種反動的資產階級民族主義,把本民族的利益看得高於一切,主張征服和奴役其他民族。產生於十八世紀末,十九世紀初,因拿破崙手下的士兵沙文狂熱地擁護拿破崙的侵略擴張政策,主張用武力建立大法蘭西帝國而得名。

民族主義　❶資產階級對於民族的看法及其處理民族問題的綱領和政策。在不同的歷史時期和不同的國家起著不同的作用。在資本主義上升時期的民族運動中,在現代反對帝國主義和新老殖民主義的鬥爭中,有過一定的進步作用。當資產階級利用狹隘的民族主義,不信任甚至壓迫、侵略其他民族時則是與無產階級的國際主義完全不相容的。❷三民主義的一個組成部分。參見 L4－8「三民主義」。

L4－10　名：　帝國主義・法西斯主義・種族主義

帝國主義　一國(主要是資本主義強國)對別的國家或地區實行侵略和控制的政策。這種政策,對外推行霸權主義和殖民主義,侵略、顛

覆、干涉和控制別的國家。它使強國從從屬
國攫取資源和初級產品,而從屬國成爲強國
製成品的當然市場。在文化方面,帝國主義
則利用輸出文化支配別國社會。現代帝國主
義多用友好援助的名義作掩護,實行控制別
國的經濟和政治。

殖民主義 資本主義強國壓迫、奴役、剝削弱小
國家,使淪爲殖民地、半殖民地的一種侵略政
策。其手法從直接的政治、經濟、文化侵略,
直到殘酷的軍事鎮壓,因時因地,不斷變換。
殖民主義的推行,是許多國家經濟、文化落後
的根本原因之一,也是威脅世界和平的基本
因素。

霸權主義 指帝國主義國家憑藉軍事、經濟實
力,把自己擺在統治和支配別的國家的地位,
妄圖在國際關係中稱王稱霸的反動政策。

軍國主義 使國家生活的各個方面都爲侵略戰
爭服務的反動政策和制度。它對內實行法西
斯獨裁統治,大肆擴軍備戰,使國民經濟軍事
化,並向人民灌輸侵略思想;對外瘋狂進行掠
奪、干涉、顛覆活動,直到公開發動侵略戰爭。
第二次世界大戰以前的德國和日本,就是典
型的軍國主義國家。

法西斯主義 壟斷資產階級公開實行恐怖統治
的一種專政形式。也指鼓吹這種專政的反動
思潮。起源於義大利墨里尼的法西斯黨,
二十世紀二十至四十年代在德國和義大利猖
獗一時。其主要特徵是:對內徹底取消資產
階級民主,公開實行專制獨裁,血腥鎮壓勞動
人民,竭力推行種族主義;對外瘋狂進行軍事
侵略和民族壓迫。

法西斯 音譯詞。指法西斯主義的傾向、運動、
體制等。

納粹 德語縮寫詞「Nazi」的音譯。即第一次世
界大戰後興起的德國國家社會主義工人黨,
簡稱國社黨。是以希特勒爲頭子的最反動的
法西斯主義政黨。

種族主義 宣揚種族壓迫和種族歧視的反動理
論。它認爲世界上一些種族天生就比其他種
族優越,因而優等種族負有統治其他種族的
使命。它是爲帝國主義的侵略政策和殖民統
治掩飾和辯護的工具。

種族歧視 地主、資產階級敵視、迫害和不平等
地對待不同的種族或民族的反動行爲,是帝
國主義、殖民主義制度的產物。

種族隔離 種族主義政權推行的種族歧視政策。
即在居住區域以至社會生活各個領域將居民
按種族分類,分別等級而區別對待。如南非
白人政權把居民按白種人、有色人和土著黑
人分區加以隔離,黑人多被趕到貧瘠地區,而
少數白人霸占了大部分土地和礦產資源。

L4－11 名：　政策・方針

政策 國家或政黨爲實現一定時期的政治任務
而制定的一套具體的行動準則:外交政策／落
實政策／違反政策。

綱領 一般指政府、政黨、社團根據自己在一定
時期內的任務而制定的最根本的奮鬥目標、
指導原則和行動方針:共同綱領／綱領性文
件。

政綱 即政治綱領。是國家或政黨制定的在一
定時期內最根本的政治任務和行動方針:發
布政綱。

策略 在政治鬥爭中,根據形勢發展而制定的行
動準則和鬥爭方式:講究鬥爭策略。

策 計謀;辦法:計策／良策／束手無策。

決策 指決定了的策略或辦法:決策已定／英明
的決策。

經綸 〈書〉整理絲縷。比喻政治規劃。也指政
治才能:大展經綸／滿腹經綸。

方針 引導某項事業前進的方向和目標:方針政
策／教育方針。

路線　指思想上、政治上或工作上所遵循的根本方針、準則：堅持黨的基本路線／群眾路線。

總路線　指國家、政黨在一定歷史時期內指導各方面工作的最根本的方針和準則：社會主義建設總路線。

群眾路線　無產階級政黨密切聯繫群眾和實現正確領導的工作路線。它的主要內容是：一切爲了群眾，一切依靠群眾的群眾觀點和「從群眾中來，到群眾中去」的工作方法。

L4－12 名、形等　民主·專制

民主　❶〔名〕指人民在政治上享有的參與國家政權管理和對國事自由發表意見的權利：爭取人民民主／在社會主義國家裡，人民享有廣泛的民主。❷〔形〕指合乎民主原則的：民主議政／作風民主。

憲政　〔名〕指依據憲法實行民主的政治：實行憲政／憲政運動。

民權　〔名〕舊時指人民大眾在政治上的民主權利：爭取民權／民權主義。

人權　〔名〕指人所應享有的人身自由和各種民主權利：人權宣言／保障人權。

專制　❶〔名〕君主獨自掌握政權的統治：君主專制／推翻專制，建立共和。❷〔形〕憑自己的意志獨斷專行，操縱一切：作風專制／這個領導極其專制。

專政　❶〔名〕統治階級對敵對階級實行的強力統治：人民民主專政。❷〔動〕統治階級對敵對階級實行強力統治：對一切反對社會主義的分子仍然必須專政。❸〔動〕〈書〉獨攬政權；執政。

獨裁　〔動〕掌握大權，實行專制統治：獨裁統治／獨裁專斷。

專權　〔動〕獨攬大權：獨斷專權。

專擅　〔動〕不向上級請示，擅自做主行事：他遇事專擅，一意孤行。

獨攬　〔動〕自己一個人把持：獨攬大權。

專斷　〔形〕獨自做出決定，不容別人參加意見：作風專斷／重大事情不應由個人專斷地決定。

獨斷　〔形〕專斷：大家都不同意他這樣獨斷專行。

專橫　〔形〕任意妄爲；專斷強橫：態度專橫／這樣處理未免有些專橫。

群言堂　〔名〕指領導幹部貫徹群眾路線，發揚民主，廣泛聽取批評、建議，並能集中正確意見的工作作風。跟「一言堂」相對。

一言堂　〔名〕指領導幹部缺乏民主作風，不能聽取群眾意見，特別是聽不得相反的意見，事無大小，一個人說了算。跟「群言堂」相對。

獨斷獨行＊　只憑自己意志行事，不考慮別人的意見。也說**獨斷專行**＊。

一意孤行＊　不聽勸告，固執己見，獨斷獨行。

一手遮天＊　形容倚仗權勢，玩弄手段，欺上瞞下。

萬馬齊喑＊　千萬匹馬都沈寂無聲，比喻沈悶壓抑的政治局面。喑：啞。

只許州官放火，不許百姓點燈＊　宋代田登做州官，要人避諱他的名字，於是全州都把跟「登」同音的「燈」叫做火。元宵節放燈時，州府出布告說：「本州依例放火三日」。後用以形容統治者專制，爲所欲爲，限制人民自由。也泛指自己任意行動，反而不許別人有正當的權利。

L4－13 名：　獨裁者·暴君

獨裁者　獨攬政權、專制的統治者。

獨夫　殘暴無道、眾叛親離的獨裁者：獨夫民賊。

暴君　專橫殘暴的君主。

桀紂　指夏朝末代的桀和商朝末代的紂，相傳都是暴君。泛指暴君。

昏君　昏庸的君主。

L4－14 名： 民意·群情

民意 民衆共同的意見和願望：民意測驗／代表民意。

民心 民衆共同的感情、心願：民心的向背／深得民心。

民望 〈書〉民衆的期望：民望所歸。

民情 ❶人民的生產生活、風俗習慣等情況：深入群衆，熟知民情。❷人民的心情、願望等：順應民情。

民氣 人民對國家興衰、民族安危的大勢所表現的意志、氣槪：民氣旺盛。

民瘼 〈書〉民衆的疾苦：關心民瘼。

民憤 人民群衆對罪大惡極的人的憤恨：平民憤／民憤極大。

民怨 人民群衆對反動統治者的怨恨：民怨沸騰。

人心 指人民群衆的感情、願望等：振奮人心／大快人心／人心惶惶。

公意 公衆的意願：遵循公意／公意難違。

群情 群衆的情緒：群情激奮。

下情 下級或群衆的情況或願望：洞察下情／使下情上達。

L4－15 名： 選舉

選舉 公民按照法定的程式、方式和自己的意願選定國家權力機關代表或國家公職人員的政治行爲。選舉的方式包括直接選舉和間接選舉：民主選舉／換屆選舉。

搓圓仔湯 即選舉登記截止前有意參選者之間爲使選舉單純化的退選妥協過程，其間往往涉及金錢的交換，俗稱爲「搓圓仔湯」。

賭爛票 指選舉時，因不滿甲方所作所爲，而故意投給乙方的選票。

直接選舉 選民直接投票選出代表或國家機關領導人，不經過複選手續的選舉方式。

間接選舉 先由選民選出代表，再由代表選出上一級的代表或某些國家機關領導人的選舉方式。

等額選舉 候選人名額與應選人名額相等的一種選舉方式。

差額選舉 候選人名額多於應選人名額的一種選舉方式。也叫**不等額選舉**。

普選 有選舉權的公民普遍地參加國家權力機關代表的選舉。

大選 資本主義國家指對國會議員或總統的選舉。

選民 依法享有選舉權和被選舉權的公民。

椿腳 即候選人透過社會關係網絡而在選區內所布建的選舉動員或賄選買票的據點。在傳統的選舉布椿過程中，椿腳大致可分爲大、中、小三級。大盤的椿腳可能是縣市議員、鄉鎮長，中盤的可能是鄉鎮級的民意代表，而爲數最多的小盤椿腳其來源範圍校廣，包括：村里鄰長、家族族長、互助會首親友等等，但主要以村里鄰長爲主。

候選人 在選舉中被預先提名作爲選舉對象的人。

選區 爲了進行選舉而按人口或地區劃分的區域。

選票 供選舉人填寫或圈定被選舉人姓名的票。

選民證 證明選民選舉資格的證件。

L4－16 動： 選舉

選舉 投票或舉手表決，以選出代表或負責人：選舉人民代表／選舉廠長。

民選 由人民群衆選舉：民選政府／邊區實行縣長民選。

推選 口頭提名選舉：他被推選爲代表。

提名 在選舉前提出候選人的姓名。

推舉 推選：推舉他做臨時召集人。

推 舉薦；選舉：公推／推他做談判代表。

公推　大家共同推舉(某人任某職或做某事)：公推老李爲常務委員。

票選　用投票的方式選舉。

改選　當選人任期屆滿或在任期中因故不能執行職務而重新選舉。

投票　選舉的一種方式。由選舉人將所要選的人的姓名寫在票上，或在印有候選人姓名的選票上做個標誌，投入票箱：投票表決。

無記名投票　一種選舉方式。選舉人不要在選票上寫明自己的姓名。

棄權　選舉人放棄選舉或表決的權利。

開票　投票選舉後由指定人員開啓票箱，統計候選人得到的票數。

唱票　投票選舉後，當衆開票時大聲念選票上的名字，以便統計票數。

競選　候選人爲爭取當選而進行宣傳、演講等活動：競選總統／競選公司經理。

當選　選舉時被選上：他當選爲市人民代表。

中選　當選；被選上：三個候選人，只有一個中選。

入選　當選；中選。

膺選　〈書〉當選：膺選爲政協委員。

落選　沒有被選上：廠裡選舉幹部，一半以上的科室負責人落選。

賄選　用財物收買選舉人，使他們選舉自己或跟自己同派系的人：政客競選，有的拉票，有的賄選。

擡轎　形容選舉時爲人作嫁的助選行爲。

L4－17 名： 統一戰線

統一戰線　幾個階級、幾個政黨或幾個國家在一定歷史時期內爲了集中力量，達到某種共同的政治目標而結成的聯盟。

統戰　統一戰線的簡稱：統戰工作／統戰政策。

L4－18 名： 民族問題

民族問題　指民族間的矛盾問題。民族問題在不同的社會發展階段有不同的內容和性質一般可分爲兩大類。一是由於剝削階級的民族壓迫和民族剝削造成的民族間的不平等隔閡、歧視、仇恨和戰爭等問題，屬於對抗性矛盾。一是民族的特點和差別以及歷史上遺留下來的各民族經濟、文化發展不平衡造成的事實上的不平等等問題，屬於非對抗性矛盾。

民族自決權　指每一個民族有按照自己的願望處理自己的事情，不容別人干涉的權利。主要內容是承認被壓迫民族有反對帝國主義統治、排除外來干涉、在政治上完全自主、建立獨立民族國家的權利。

民族自治　指多民族國家裡少數民族在一定聚居的地區內管理本民族內部的事務。

民族區域自治　中國大陸解決國內民族問題的基本政策。少數民族在自己聚居的地區建立自治地方(自治區、自治州或盟、自治縣或旗)，其自治機關在國務院統一領導下，除行使一般地方國家機關職權外，可以依照法律規定的權限行使自治權。

民族解放運動　指殖民地、半殖民地人民和一切被壓迫民族、被壓迫人民爲反對帝國主義、新老殖民主義，爭取民族解放和人民民主而進行的革命鬥爭。也叫**民族民主運動**；**民族革命運動**。

L4－19 名： 運動

運動　政治、文化、生產等方面有組織、有目標、規模較大的群衆性活動：「五四」運動／增產節約運動。

群衆運動　爲達到某種政治目標或經濟目標，有廣大人民參加、具有一定規模和聲勢的政治運動或社會運動。

工人運動　工人爲了實現某種要求或表示某種抗議而聯合起來進行的有組織的行動。多採

取政治罷工、經濟罷工、遊行示威等形式。簡
稱**工運**。

農民運動 指農民為反抗壓迫、剝削或為實現某
種要求而進行的大規模的有組織行動。簡稱
農運。

L4－20 名： 政治運動

政治運動 通常指在一定時期內，為完成一定的
政治任務，有組織有領導有廣大人民群眾參
加的革命運動，如英國的憲章運動，「五四」運
動。

土地改革 對封建土地所有制進行改革的運動。
我國的土地改革運動，是在中國共產黨領導
下發動農民群眾打倒地主階級，沒收地主的
土地和生產資料，分給貧苦農民，實行農民土
地所有制，從而解放了農村生產力，進一步鞏
固了工農聯盟。簡稱**土改**。

民主改革 泛指一個國家廢除封建制度，建立民
主制度的各項社會改革。包括土地、企業管
理、婚姻制度等方面。以及某些少數民族地
區的農奴、奴隸解放等。

社會主義教育運動 中國共產黨於一九六三年
至一九六六年在全國農村和少數城市推動的
清政治、清經濟、清組織、清思想的政治運動。
也叫**四清運動**。

文化大革命 一九六六年五月毛澤東發動並領
導的政治運動。它在所謂「無產階級專政下
繼續革命的理論」指導下，和對我國階級形勢
和政治狀況完全錯誤估計的情況下，由領導
者錯誤發動，並被林彪、江青兩個反革命集團
所利用，造成給黨、國家和各族人民帶來嚴重
災難的十年內亂。至一九七六年十月以粉碎
「四人幫」為標誌而宣告結束，並為全國人民
所徹底否定。

L4－21 名： 風潮

風潮 比喻群眾為迫使當局接受某種要求或改

變某種措施而採取的大規模集體行動：鬧風
潮／風潮日益擴大。

工潮 工人為實現某種要求或表示抗議，以罷
工、遊行示威等形式掀起的風潮。

學潮 即學生運動。指學生、教職員工因對教育
或政治方面有所不滿而舉行的罷課、請願、遊
行示威等活動所形成的風潮。

浪潮 比喻聲勢浩大的群眾運動或大規模的社
會運動：革命浪潮／罷工浪潮。

怒潮 洶湧澎湃的浪潮。比喻聲勢浩大的反抗
運動：九一八事變後，抗日怒潮席捲了全國。

暗潮 比喻暗中發展但還沒有明顯暴露出來的
矛盾或鬥爭（多指政治方面）。

暴風驟雨＊ 來勢迅猛的風雨。比喻聲勢浩大發
展迅速而激烈的群眾運動。

L4－22 動： 鬥爭

鬥爭 ❶矛盾雙方互相衝突，一方力求戰勝另一
方：向侵略者進行鬥爭／我的思想鬥爭得很激
烈。❷群眾揭發批判、打擊壞人：鬥爭惡霸／
組織農民鬥爭不法地主。

爭鬥 對立的一方力求克服另一方；鬥爭：兩個
派別，爭鬥得很激烈／人對自然並不降伏，還
在爭鬥。

爭奪 爭著奪取：爭奪陣地／對於這份榮譽，他
不願和別人爭奪。

爭 力求取得或達到；爭奪；鬥爭：爭先發言／力
爭上游。

鬥 鬥爭：明爭暗鬥／兩虎相鬥／鬥地主。

鬥法 用計謀暗中與人爭鬥：做敵後工作，便要
善於和敵人鬥法。

角逐 以武力爭奪；競相取勝：群雄角逐／中東
地區近年來成為各種勢力角逐的戰場。

逐鹿 比喻爭奪天下或勢力範圍：群雄逐鹿／這
兩家洋行在川江上逐鹿已久。

爭霸 爭奪霸權，爭當霸主。現也比喻比賽中爭

奪冠軍：爭霸中原／這是一場兩個世界強隊爭
　　霸的高水準比賽。

爭雄　爭相稱雄：我們推廣武術是爲了造福人
　　類，不是爲了爭雄稱霸。

競爭　跟別人爭勝：生存競爭／我廠產品今後要
　　到國際市場上和外國名牌競爭。

較量　比試本領、實力的高低強弱：經過和資方
　　的反覆較量，工人們取得了罷工的勝利。

爭衡　較量高低勝負：敢於與強手爭衡。

碰硬　指敢於同依仗權勢、違法亂紀的人作鬥
　　爭：要實現黨風的根本好轉，必須敢於碰硬。

批鬥　批判和鬥爭：十年浩劫中，他多次遭人批
　　鬥。

掙扎　用盡餘力，勉強支撐或擺脫：垂死掙扎／
　　逃犯已束手就擒，無力掙扎了。

撈稻草 *　溺水的人，連一根稻草也要抓住。比
　　喻不甘死亡，垂危中還要掙扎一番，以求倖
　　免。

明爭暗鬥 *　明裡和暗裡都在進行爭鬥。

龍爭虎鬥 *　形容雙方勢均力敵，鬥爭十分激烈。

鹿死誰手 *　原比喻不知政權落在誰的手裡，現
　　也指不知誰取得最後勝利。

困獸猶鬥 *　比喻連續失敗、瀕於絕境的敵人，還
　　要作垂死的掙扎。

L4－23 動、名：　壓迫

壓迫　〔動〕用暴力或權勢強制別人服從：被壓迫
　　民族／反抗階級壓迫。

壓制　〔動〕使用強力來限制或制止：壓制心頭怒
　　火／發揚民主，反對壓制批評。

壓服　〔動〕用強力使人服從：要以理說服，不要
　　以勢壓服。

迫害　〔動〕用手段壓迫，使受危害（多指政治性
　　的）：政治迫害／不堪反動政權的迫害，逃往國
　　外。

迫使　〔動〕用強制力促使（做某事）：迫使敵人繳

械投降／連年災荒，迫使大批農民流離失所。

黑名單　〔名〕反動統治者爲施加政治迫害而開
　　列的革命者和進步人士的名單。

白色恐怖　〔名〕指在反動政權統治下，統治者爲
　　鎮壓革命群衆的反抗鬥爭而施加的逮捕、酷
　　刑、屠殺所造成的恐怖氣氛。

L4－24 動：　反抗·請願等

反抗　用行動回擊外力壓迫；抵抗：反抗侵略／
　　婦女們起來反抗千百年來的封建壓迫。

抗議　對對方的言論、行爲等表示強烈反對：抗
　　議廠方無理開除工人／退出會場，以示抗議。

抗暴　抵抗並反擊反動派的殘暴壓迫：抗暴鬥爭
　　／奮起抗暴。

罷工　工人爲實現某種要求或表示抗議而有組
　　織地停止勞動：大罷工／罷工浪潮，此起彼落。

罷市　商人爲實現某種要求或表示抗議而聯合
　　起來停止營業。

罷課　學生爲實現某種要求或表示抗議而集體
　　停止上課。

罷教　教師爲實現某種要求或表示抗議而集體
　　停止教學。

請願　群衆採取集體行動要求政府或主管當局
　　滿足提出的某種要求或改變某種政策措施：
　　選派代表到外交部請願。

遊行　爲了慶祝、紀念或示威等上街結隊行進：
　　國慶遊行／許多市民也和學生一起遊行。

示威　爲有所抗議或要求而集體行動以顯示自
　　身的威力：遊行示威。

靜坐　爲達到某種要求或表示抗議而在公衆場
　　合安靜地坐著：靜坐請願。

絕食　拒絕飲食，表示抗議：被捕人員開始絕食
　　了。

自焚　自己燒死自己，多用來表示抗議。

L4－25 動：　擁護·推翻

擁護　贊同並全力支持：擁護環保組織／擁護政

府的決定。

擁戴　擁護推戴：大家擁戴他擔任隊長。

推戴　推舉並擁護某人做領袖：一致推戴這位老教育家做院長。

愛戴　敬愛並擁護：美國人民衷心愛戴前總統華盛頓。

推翻　❶用武力打垮原有的政權：推翻清朝,建立民國。❷對原有的計畫、決定、說法等加以否定：在科學研究上,要敢於推翻前人的結論。□推倒。

打倒　攻擊使垮臺；推翻：打倒帝國主義／官僚主義必須打倒。

L4－26 動、名：　革命・解放

革命　❶〔動〕被壓迫階級用暴力奪取政權,摧毀舊的腐朽的社會制度,建立新的進步的社會制度：革命就不怕死,怕死就不革命。❷〔動〕根本改革：窮則思變,要做,要革命。❸〔名〕革命的行動：民主革命／技術革命／思想革命。

變革　〔動〕改變,使事物本質發生變化：變革社會／變革現實。

打天下＊　用武力奪取政權：槍林彈雨打天下。

改朝換代＊　指封建社會中舊的朝代被新的朝代所代替。泛指政權更替。

起義　〔動〕❶為反抗反動統治而發動武裝革命：農民起義／武昌起義。❷指敵方的部分武裝力量或個人,背叛所屬集團,投到革命方面來：陣前率部起義。

首義　〔動〕〈書〉首先起義：武昌首義。

起事　〔動〕〈書〉起兵發動武裝鬥爭：舉兵起事。

舉事　〔動〕〈書〉起事。

發難　〔動〕發動反抗或叛亂：辛亥革命在武昌首先發難。

造反　〔動〕對原有的統治秩序採取反抗行動：不良分子的造反行為,已公然與法律挑戰。

翻天　〔動〕比喻造反：地主殘餘勢力妄想翻天。

暴動　❶〔動〕為反抗或破壞當時的政治制度、社會秩序而採取突發性的集體武裝行動：各縣農民紛紛起來暴動。❷〔名〕暴動事件：反對種族歧視的黑人大暴動。

民變　〔名〕舊指人民群眾對反動統治者的大規模反抗運動：民變蜂起。

棄暗投明＊　比喻在政治上脫離黑暗勢力,投向進步、革命方面。

解放　〔動〕❶解除束縛,得到自由和發展：解放思想／解放生產力。❷特指推翻反動統治,擺脫壓迫和剝削：解放被壓迫民族／上海解放了,人民翻了身。

翻身　〔動〕比喻從受剝削、被壓迫的處境中解放出來：翻身得解放／翻身農民生產熱情高。

抬頭　〔動〕比喻從反動統治之下解放出來：解放了,好人抬頭。

L4－27 動：　改革・改良

改革　改掉事物中陳舊的、不合理的部分,使它適合客觀情況和新的要求：改革教育／經濟體制必須加以改革。

改造　從根本上改變舊的事物,建立新的,使適應新的形勢和需要：改造世界觀／改造老企業。

革新　革除舊的,創造新的：革新設備／政治革新運動。

維新　反對舊的,提倡新的。一般指政治上的革新或改良：變法維新／戊戌維新。

改轍　變更行車道路,比喻改變辦法：老辦法行不通,要趕快改轍。

改制　改變政治、經濟等社會制度。

變法　指歷史上對國家的法令、制度作重大改革：商鞅變法／變法維新。

改良　❶去掉事物中的個別缺點,加以改進,使它更符合要求：改良社會／改良品種／改良製作技術。❷改善：改良人民生活。

改善 改變原有狀況,使變得完善:改善人民生活/改善勞動條件。

改進 改變原有狀況,使有所進步:改進工作/改進領導作風/改進操作方法。

整改 整頓並改進:認真落實各項整改措施。

革故鼎新* 破除舊的,創造新的。

鼎革 〈書〉去舊布新。舊多指改朝換代。

正本清源* 從根本上進行整頓和清理,表示進行徹底改革。

除舊布新* 破除舊的,推行新的。

興利除弊* 舉辦有利的事業,除去有害的事情。

改弦更張* 換掉舊琴弦,再安上新的。比喻改革制度或變更辦法。

改弦易轍* 改換琴弦,變更車道。比喻改變方向或作法。

L4-28 形： 革命·反動

革命 具有革命意識的:工業革命。

紅色 象徵革命或政治覺悟高:紅色政權/紅色專家。

反動 在思想上或行動上維護舊制度,敵視新制度,反對進步、革命的:反動言論/他的思想很反動/這是非常反動的行為。

反革命 反對革命政權,破壞革命活動,與人民為敵的:披著革命外衣從事反革命勾當/散布反革命言論。

白色 象徵反革命的:白色恐怖/白色政權。

白 象徵反動的:白軍/白區。

L4-29 形： 進步·落後

進步 適合時代要求,促進社會發展的:進步人士/進步思想。

先進 比一般的進步快,水準高,可作為學習榜樣的:先進人物/先進經驗/設備十分先進。

急進 急於改革或進步的:急進派。

激進 急進。多形容政治上要求革命,主張積極

改革:激進派/激進思想。

落後 停留在較低發展水準上,落在客觀形勢發展後面的:落後思想/落後的管理制度。

後進 進步較慢的:後進青年/後進單位。

L4-30 動： 開放·封鎖

開放 解除封鎖、限制、禁令等,允許與外界聯繫來往:開放農貿市場/(經濟上)對外開放,對內振興。

開通 使原來閉塞的通暢:開通社會風氣。

封鎖 採取強制措施,使與外界斷絕聯繫:經濟封鎖/封鎖外界一切消息。

封閉 指(文化、經濟等方面)與外界斷絕聯繫,不相往來:這種文化上的封閉狀況應該結束。

鎖國 像鎖門似的把國家封閉起來,與外國不相往來:閉關鎖國。

閉關自守* ❶封閉關口,不和外界往來。❷比喻因循守舊,不接受外界事物的影響。

閉關鎖國* 關閉關隘,封鎖國境,不與外國發生經濟、文化關係。

L4-31 動： 愛國·救國

愛國 熱愛自己的國家:愛國人士/愛國不分先後。

救國 拯救祖國,使免於危亡:救國救民/救國運動。

救亡 拯救祖國的危亡:救亡運動/抗戰救亡。

赴難 趕去參加拯救國家危難的工作:慷慨赴難。

毀家紓難* 捐獻全部家產,幫助國家解除危難。紓:解除。

救亡圖存 拯救國家危亡,謀求民族生存。

L4-32 名： 國難

國難 國家的患難。特指由外國武裝侵略造成的國家災難:國難當頭/共赴國難。

國恥　國家的恥辱。多指國家因被侵略而蒙受的恥辱，如被迫割地賠款、簽訂不平等條約等：誓雪國恥／勿忘國恥。

外患　來自國外的禍害。指外國侵略者的威脅或進攻：外患頻仍／內憂外患。

外禍　外患。

內難　指國家內部的變亂：平靖內難。

內憂外患*　指國家內部的變亂和外來的侵略。

內外交困*　內部外部都處於困難的境地。多指國內政治、經濟等方面和對外關係方面，處境都十分困難。

喪權辱國*　喪失主權，使國家蒙受恥辱。

L4－33　名、動：　內亂‧內訌

內亂　〔名〕指國內的武裝叛亂或統治階級內部的混戰：平定內亂。

內戰　〔名〕國內的戰爭。指國內革命力量與反革命力量之間的戰爭，或反動統治階級內部兩個集團爭奪政權的戰爭：停止內戰，一致對外。

內訌　〔動〕集團內部因爭權奪利而發生衝突或戰爭：各路軍閥連年內訌。□**內哄**

內爭　〔動〕內部相爭；內訌：兩派內爭，極爲激烈。

同室操戈*　一家人動刀槍。比喻內部爭鬥。

禍起蕭牆*　禍亂發生在家裡。比喻內部發生變亂。蕭牆：院子裡的照壁牆。

兄弟鬩牆*　兄弟在家裡爭吵。比喻內部相爭。語出《詩經‧小雅‧棠棣》：「兄弟鬩於牆。」鬩：爭吵。

煮豆燃萁*　用豆秸燒火煮豆子。相傳魏文帝曹丕叫弟弟曹植做詩，限他在走七步內做成，否則處死。曹植立即作了一首詩：「煮豆持作羹，漉菽以爲汁。萁在釜下燃，豆在釜中泣；本自同根生，相煎何太急！」後用以比喻兄弟間自相殘殺。

L4－34　名、動：　政變‧復辟

政變　〔名〕國家機構中的少數人通過軍事或政治手段，造成政權的突然更迭：陰謀發動軍事政變／政變未遂。

宮廷政變　〔名〕原指帝王宮廷內部發生的篡奪王位的事變。現在一般用來指某個國家統治集團上層中的少數人，從內部採取突然行動，奪取國家政權。

苦疊打　〔名〕音譯詞。意即政變。

逼宮　〔動〕舊時指大臣強迫帝王退位。

顛覆　〔動〕敵對勢力用陰謀手段從內部推翻合法政府：敵人陰謀進行顛覆活動。

傾覆　〔動〕顛覆；使失敗：辛亥革命傾覆了清廷的帝制統治。

篡奪　〔動〕用非法手段奪取（地位或權力）：篡奪皇位／篡奪領導權。

竊國　〔動〕篡奪國家政權：竊國大盜袁世凱。

問鼎　〔動〕春秋時楚莊王陳兵於周的邊疆，向周派來慰勞楚師的使者詢問周朝傳國寶鼎的大小輕重，有奪取周朝天下的意思。後即用「問鼎」指圖謀奪取政權；也指在某個方面爭勝：問鼎中原／問鼎球賽桂冠。

篡位　〔動〕臣子奪取君主的地位：王莽篡位。

復辟　〔動〕失位的君主復位（辟：君主）。泛指被推翻的反動統治者重新上臺或被推翻的舊制度恢復。

變天　〔動〕比喻政治上發生根本性的變化。現多指被推翻的反動勢力捲土重來：變天美夢，終於幻滅。

翻把　〔動〕敵對的一方被打敗後，重占上風：甫出獄的幫派首腦，妄圖翻把。

以暴易暴*　用殘暴的代替殘暴的。表示統治者雖然更換了人，但殘暴的統治並未改變。

L4－35　動：　叛變‧通敵

叛變　背叛自己的階級或集團，採取敵對的行

動,或投向敵對的一方:陰謀叛變/叛變投敵。

反叛 叛變:蓄意反叛。

叛離 背叛:叛離人民。

叛 背叛;背離自己一方的立場而投到敵對方面去:叛國/叛軍/衆叛親離。

反 背叛;叛變:謀反/造反。

叛亂 背叛作亂。多指武裝叛變:平息叛亂。

作亂 發動武裝叛亂:興兵作亂。

背叛 投向敵對方面,反對原來所在的階級或集團:背叛革命。

叛逆 背叛:叛逆思想/叛逆行爲。

嘩變 指軍隊突然叛變:他們正在組織敵軍的武裝嘩變。

兵變 軍隊嘩變:各地駐軍不斷發生兵變。

反水 〈方〉叛變:他是反水分子。

叛逃 背叛逃走:叛逃投敵。

叛賣 背叛並出賣:叛賣國家的漢奸,人人唾棄。

出賣 爲了個人利益,做出有利於敵人而使國家、民族、親友等受到損害的事:出賣革命/出賣同志。

賣國 爲了私利,出賣國家和人民的利益:賣國賊/賣國求榮。

賣 出賣國家或親友:賣國/賣身投靠/賣友求榮。

吃裡扒外 * 比喻受著這一方的好處,暗地裡卻爲那一方出力。

謀反 暗中謀劃反叛(國家):謀反通敵。

策反 深入敵方內部,秘密鼓動敵方人員,使倒向自己這一邊:深入匪巢,從事策反活動。

倒戈 指軍隊臨陣投敵,並掉轉槍口打自己人:那些倒戈的敵方官兵,爲人民立了功。

通敵 暗中勾結敵人:犯有通敵罪嫌。

私通 私下勾結:私通外國/私通海盜。

裡通外國 * 暗中勾結外國,進行背叛國家的罪惡活動。

投敵 投靠敵人:叛國投敵。

附逆 投靠叛逆的一方。

賣身投靠 * 出賣自己,投靠有錢有勢的人。比喻喪盡人格,甘願充當壞人的工具。

認賊作父 * 把敵人當作父親。指甘心賣身投靠敵人。

L4－36 名: 叛徒·反動派

叛徒 有背叛行爲的人。特指背叛國家或背叛革命的人:他因叛徒告密而被捕。

叛逆 有背叛行爲的人:敢作封建家庭的叛逆。

反叛 〈口〉叛變的人:清除反叛。

內奸 暗藏在內部進行破壞活動的敵對分子:嚴防內奸。

漢奸 原指漢族的敗類,後泛指投靠外國侵略者,出賣國家利益的敗類。

洋奴 指崇洋媚外、甘心受外國人驅使的人:洋奴買辦/洋奴哲學。

逆 背叛者:附逆/討逆。

賊 出賣或嚴重危害國家、人民利益的壞人:賣國賊/工賊。

賊子 危害國家和人民的人:亂臣賊子。

賣國賊 出賣國家和民族利益的敗類。

民賊 對國家和人民犯下嚴重罪行的人:獨夫民賊。

國賊 危害國家安全或出賣國家利益的敗類:外禦敵寇;內除國賊。

蟊賊 危害國家和人民的壞人:隨意倒棄廢土污染水源是國家的蟊賊,全民的公敵。

傀儡 原指木偶戲中的木頭人。比喻受人擺布操縱,沒有自主權的人或組織(多用於政治方面):傀儡政權/充當帝國主義侵略者的傀儡。

兒皇帝 五代時,石敬瑭勾結契丹建立後晉,受封爲帝,對契丹自稱「兒皇帝」。後泛指依靠外來勢力,取得統治地位的投降賣國分子。

反動派 在思想或行動上,維護舊制度,反對進步、反對革命事業的集團及其成員。

死硬派 指死心塌地堅持反動立場的一夥人。

反革命 從言論上或行動上，危害革命事業，與人民爲敵的人：鎮壓反革命。

匪幫 盜匪集團或行爲如同盜匪的反動政治軍事集團：這群匪幫橫行鄉里，村民莫不痛恨萬分。

風派 指政治上沒有堅定立場、擅於見風使舵的投機分子。

造反派 中國大陸「文化大革命」時期出現的群衆性組織，以「對走資派造反」自稱。也指參加這種組織的人。

三種人 指在中國大陸「文化大革命」期間跟隨林彪、江青一伙「造反」起家的人，幫派思想嚴重的人和打砸搶分子。

L4－37 動： 鎮壓・平定

鎮壓 統治階級用國家機器的暴力手段施行壓制：鎮壓叛亂／鎮壓反革命。

彈壓 舊時指用武力制服；鎮壓：軍警趕來彈壓請願隊伍。

平定 用武力使局勢安定：平定海內／平定叛亂。

平息 ❶(風勢、紛亂等)平靜或靜止：一場風潮，終於平息／平息民憤。❷用武力平定：平息叛亂／平息糾紛。

平靖 用武力鎮壓叛亂，恢復社會秩序：平靖邊患。

粃平 〈書〉平定：粃平叛亂。

平 用武力鎮壓；平定：平叛／平亂。

綏靖 安撫平定：綏靖四方。

戡亂 用武力平定叛亂：討賊戡亂。

L5　法律(一般)

L5－1 名： 法(一般)

法 國家制定或認可，並由國家強制力保證執行，具有普遍約束力的行爲規則的總稱。包括憲法、法律、法令、條例、法規、決定、判例、習慣法等：守法／違法／執法嚴明／知法犯法。

法律 ❶與「法」一詞通用。❷由國家立法機關依照立法程式制定和頒布，國家政權保證執行，具有文件形式的行爲規則。法律是制定從屬法規的依據，凡與法律相牴觸的文件均屬無效：遵守法律／觸犯法律。

法規 法律、法令、條例、規則、章程等法定文件的總稱。

法令 法律、政府頒布的命令、指示、決定等的總稱。

法度 ❶法令制度；法律：維護原有法度。❷行爲的準則：舉措不受法度拘束。

紀綱 法度：破壞紀綱／保持紀綱。

法紀 法律和紀律：目無法紀／遵循法紀。

成文法 由國家機關依立法程式制定，並用一定文字形式公布施行的法律。

不成文法 未經通常的立法程式，而由國家承認具有法律效力的法律，如判例、習慣法等。

習慣法 一種不成文法。經國家承認並賦予法律效力的社會習慣。

普通法 ❶「普通法律」的簡稱。指根據憲法規定不須經過特別程式制定的法律。❷在全國範圍內一般通用的法律。

特別法 只適用於特定地區、特定對象、特定時期或特定事項的法律，如戰爭時期的法律。

判例 法院可以援引作爲審理同類案件依據的判決。被稱爲判例法。英美等國把判例作爲法的主要淵源之一。

私法 西方法學法律分類用語。指保護私人利益的法律，如婚姻法、商法等。

公法 西方法學法律分類用語。指保護國家利益的法律，如憲法、行政法、刑法等。

時效 法律上規定的法律文件和某種權利發生或喪失法律效力的期限。凡符合法律規定的

時效要求的就具有法律效力,反之則失去法律效力。一般有法律文件的時效,民事起訴權利的時效,刑事追訴的時效,法院判決執行的時效以及佔有某物滿一定期限可取得所有權的時效等。

法制 統治階級按照自己的意志,通過國家政權機關制訂出來的法律制度。包括法律的制定、執行和遵守等方面。是維護統治秩序的工具:健全社會主義法制。

法統 憲法和法律的傳統,統治權力的法律根據。

法案 提交國家立法機關審查討論的具有法律性質的議案。

法理 指形成某一國家全部或某一部門法律的基本精神和學理。它對於法的制定和適用有重要意義。

法典 就某一類法律加以整理、編訂而成的比較完備、系統的法律文件,如《民法典》、《刑法典》。

法學 以法律及其發展規律為研究對象的科學。也叫**法律學**。

律 ❶法律;法令:刑律／律師。❷規則;準則:紀律／戒律／軍律。

律例 法律條文及成例:大清律例／援引律例。

典章 制度法令等的總稱:文物典章。

法網 比喻像羅網一樣嚴密的法律制度:身陷法網／難逃法網。

國法 國家的法紀:目無國法／國法難容。

王法 原指封建王朝的法律,後也泛指一般現行法律:目無王法。

法盲 指不懂法、沒有法制觀念的人:學法守法,不做法盲。

法治 指依據法律治理國家的政治思想。我國先秦時期法家在政治上主張以法統治人民,處理國事。現代國家的特徵之一是摒棄人治,實行法治。

L5－2 名: 憲法·法律

憲法 國家的根本法。它規定國家的社會制度、國家制度、國家政權機關組織、公民的基本權利與義務等。憲法在一個國家的全部法律中具有最高的權威和效力,是制定其他法律的依據。

憲 ❶法令;法度:憲令／執憲。❷憲法:立憲／憲政／違憲。

根本法 指憲法。因憲法是制定一切法律的基礎,違反憲法的法律均屬無效。

大法 指國家的根本法,即憲法。

約法 暫行的具有憲法性質的文件,如一九一二年三月制定的《中華民國臨時約法》。

憲章 ❶〈書〉典章制度:儀禮憲章。❷某些國家具有憲法作用的文件,如「自由大憲章」。❸規定國際機構的宗旨、原則和組織的文件,如《聯合國憲章》。

行政法 國家制定的關於行政機關的制度和管理活動的各種法規的總稱。主要是調整國家行政機關之間及其同其他國家機關、社會團體和公民間發生的社會關係。

刑法 規定什麼行為是犯罪,並規定適用什麼刑罰的各種法律的總稱。

刑律 刑法:觸犯刑律。

民法 調整一定範圍財產關係和人身關係的各種法律的總稱。主要規定由經濟利益形成的權利和義務,以保護社會主義公有制和公民合法權益。

商法 調整商業活動的各種法律的總稱。通常包括公司、票據、保險、海商等方面的法規。也叫**商事法**。

公司法 規定公司的種類、設立、登記、組織、權利義務以及解散和清算等的法規。

海商法 調整海上航運中船舶及其所有人與其他有關當事人間權利和義務關係的法規,以

及對船舶在航行、營運上管理的法規的總稱。

婚姻法　調整婚姻關係和家庭關係的法律。包括婚姻原則，結婚條件，夫妻之間、父母子女之間的權利、義務以及離婚等。

繼承法　調整財產繼承關係的各種法律的總稱。內容包括繼承開始的時間、地點，遺產的範圍，法定繼承和遺囑繼承，繼承權的接受、放棄和剝奪等。

勞動法　調整勞動關係以及由此產生的其他關係的法規的總稱。包括勞動管理、勞動合約、勞動報酬、勞動保護和勞動紀律、員工培訓、工會組織等方面。

土地法　調整土地關係的法規的總稱。包括土地所有權、使用權和農、林、牧、副、漁、建築、交通、水利用地等方面的法律制度。

兵役法　國家根據憲法規定公民入伍服兵役的法律制度。

選舉法　按法定程式選舉國家權力機關代表或國家公職人員的法律的通稱。它由各國的政治制度決定，是公民實現憲法賦予的選舉權的依據。

破產法　關於破產宣告、債務清償以及有關當事人權利、義務的法規。內容包括破產的條件、破產的宣告、破產的效力、破產案件的管轄等事項。

訴訟法　關於訴訟程式的法律的總稱。按性質可分為刑事訴訟法、民事訴訟法和行政訴訟法。它規定偵查、起訴、審判、上訴、申訴、再審、執行等活動的程式、方式，從訴訟程式上保證實體法（憲法、民法、刑法等）的正確實施。

國際公法　調整國家間關於政治、經濟、軍事、文化等相互關係的原則和制度的總稱。它的淵源是國際條約、國際習慣、國際法院判例及一般法律原則。它是各國在平等的基礎上協商訂定的，沒有統一的強制執行的機構。通稱國際法。

國際私法　處理和調整含有涉外因素的民事法律關係的規範的總稱。包括外國人在本國的法律地位，涉外所有權關係，對外貿易關係，涉外婚姻、家庭和繼承關係等。它的淵源是國際條約、國內法和國際慣例。

L5－3　名：　條例・章程

條例　國家機關，企業、事業單位，社會團體就某一或某些特定事項所制定的規範性文件：自治條例／勞工保險條例。

禁例　禁止從事某項活動的條例。

條令　軍事機關頒布的、用簡明條文規定的軍隊行動的準則：紀律條令。

條款　法規、條約、章程或契約上的條目：法律條款。

款　法規、條約、章程等條文的項目。通常在條下分款、款下分項：第一條第二款第三項。

條文　法規、條約、章程等分條說明的文字。

但書　法律條文中用來規定上文的例外情況或附加某種條件的文字。因一般以「但」或「但是」作為下文的開頭而得名。

規約　雙方或多方相互協議規定下來，以便共同遵守的條款。

草案　未經正式公布施行的，或雖正式公布但不作為最後決定，僅供試行的法令、章程、條例等：憲法草案。

附則　附在法規或條約後面的補充性條文。

章程　（國家機關、政黨、社團、企業事業等）明文訂定的有關制度、宗旨、組織條例、辦事規則等：招生章程。

規則　制訂出來要求大家共同遵守的某一方面的規定：考場規則／交通規則。

規程　為執行某種政策、制度而作出的具體規定：操作規程／競賽規程。

規章　國家機關，企業、事業單位，社會團體等所

制定的各項規則章程。

規定 事先對某一事物的品質、數量、方式、方法做出的決定:符合規定／遵照上級機關的規定。

通則 適合於一般情況的規章或法則:民法通則。

簡則 簡要的規則:徵文簡則。

細則 有關規章、制度、措施、辦法的詳細規則:市場管理法實施細則。

成規 沿襲下來或通行已久的規則、方法:墨守成規。

行規 舊時行會為保護成員利益而規定的必須共同遵守的章程。

L5－4 動: 立法·司法

立法 國家權力機關按照一定的程式制定、修改或廢止法律:立法機關／立法程式。

立憲 制定憲法。特指君主國家制定憲法,實行資產階級議會制度:君主立憲。

變法 指歷史上統治階級內部由上而下地對國家的政治、法律制度作重大的變革:王安石變法／戊戌變法。

違憲 違背和觸犯憲法。違憲的法律和命令,一律無效。

司法 指各級法院和檢察機關依照法律對民事、刑事案件進行調查、偵查、審判等活動來行使國家權力。

執法 執行法律、命令、條例、規定等:執法如山。

L5－5 名: 紀律

紀律 政黨、機關、部隊、學校、企業等為了維護集體利益使工作、活動正常進行而制訂的,要求所屬人員一律遵守的行動規則:三大紀律／紀律鬆弛。

紀 紀律:軍紀／違法亂紀。

法紀 法律和紀律;法度:目無法紀。

政紀 國家機關規定的公職人員必須遵守的行政紀律:整肅政紀／政紀處分。

風紀 作風和紀律:覺悟高,風紀好。

綱紀 〈書〉社會秩序和國家的法紀;法度:綱紀廢弛。

L5－6 名: 權利

權利 公民或法人依法應享有的權力和利益:人人有受教育的權利。

權益 公民或法人依法應享受的、不容侵犯的權利和利益:保護合法權益。

法權 法律賦予的權利;特權:資產階級法權。

特權 特殊的權利:取消封建特權。

人權 指人享有的人身權利和各種民主權利。包括自由、財產、安全、選舉、工作、受教育、集會結社、宗教信仰等權利。

人身權 跟人身不可分離而又沒有直接經濟內容的權益。主要包括生命權、人身自由權、姓名權、榮譽權、肖像權,親權、監護權、著作權、發明權等。也叫**人身權利**。

人身自由 指公民的身體自由不受侵犯的權利,如不得非法逮捕、拘禁、管制、搜查等。

女權 婦女在社會上應享的權利:維護女權。

公民權 公民依法享有的政治、經濟和文化等方面的基本權利。

政治權利 公民依法在政治上享有的權利。選舉權和被選舉權是公民參加管理國家的基本政治權利。言論、出版、集會、結社、通訊、人身、遊行、示威等自由都是公民的政治權利。

選舉權 公民依法選舉國家權力機關的代表或某些國家機關領導人的權利。

被選舉權 公民依法被選為代表機構代表或某些國家機關領導人的權利。

所有權 財產所有人在法定範圍內對生產資料和生活資料所享有的占有、使用、收益和處分,並排除他人干涉的權利。它是所有制在

法律上的表現。

繼承權　根據法律或遺囑承受死者遺產的權利。

居留權　一國政府根據本國法律規定,給予外國人在本國於一定期限內居留的權利。

勞動權　公民的基本權利之一。指有勞動能力的公民要求獲得參加社會勞動的機會和合理的勞動報酬的權利。

發明權　公民和法人對於自己在科學技術上發明的成果所享有的權利。

專利權　發明人依照法律對其發明成果在規定的有效期限內所享有的使用、製造、銷售或轉讓的獨占權。

版權　作者或出版者對其著作的文學、藝術作品或學術論著等享有的專有權利,包括出版、廣播、上演、銷售、修改、收回、轉讓等權利。版權受法律保護,如遭侵犯,可要求排除損害並賠償損失。也叫**著作權**。

知識產權　指人們對在科學、技術、文化藝術等領域從事智力勞動創造的成果,依法享有的專有權利。包括發明權、專利權、商標權、版權(著作權)等。

L5−7 名： 義務・責任

義務　❶公民或法人按法律規定應履行的責任:服兵役是公民的義務。❷道德上應盡的責任:她認爲照顧鄰居老人是自己應盡的義務。

責任　❶公民和法人分內應做的事:負責任／責任重大／明確責任。❷因沒有做好分內應做的事而應該承擔的過失:追究責任／推諉責任。

民事責任　公民和法人在民事上應承擔的法律責任。公民、法人因侵害公共財產或侵害他人人身、財產以及不履行債務而造成損害的,應承擔民事責任。

刑事責任　觸犯國家刑法,實施犯罪行爲必須承擔的法律責任。負有刑事責任的人要接受司法機關的審訊和刑罰。

不可抗力　在某種條件下,人力無法抗拒的強制破壞力,如地震、颱風等。因不可抗力造成的損害,可以不承擔法律責任。

文責　作者對文章內容的是非正誤及社會效果的好壞所應負的責任:文責自負。

言責　對自己當衆發表的言論所應承擔的責任。

L5−8 名： 法人

法人　法律上與「自然人」對稱,指依法成立並能以自己名義進行民事活動的社會組織。法人享有與其業務有關的民事權利,承擔相應的民事義務。

自然人　法律上與「法人」對稱,指基於自然出生而成爲能享受民事權利、承擔民事義務的公民。

L5−9 形、動： 合法・非法

合法　〔形〕符合法律規範:合法地位／合法婚姻。

法定　〔形〕法律、法令明文規定的:法定人數／法定代理人。

非法　〔形〕不符合法律規定的:非法活動／非法同居。

不法　〔形〕違反法律規定的:不法奸商／不法行爲。

私　〔形〕秘密的、不合法的:私貨／私運軍火／私通盜匪。

私自　〔形〕背著組織或他人,自己偷偷地(做不合法令規章的事):私自逃走／私自變賣公糧。

野雞　〔形〕舊時指不合規章、擅自活動的:野雞客棧／野雞大學。

地下　〔形〕秘密活動的;不公開的:地下黨／地下工廠。

黑　〔形〕隱蔽的、非法的:黑市／黑手／黑幫／黑社會。

偽〔形〕不合法的;竊取政權,不爲人民承認的:
　僞軍/僞警/僞組織。

越軌〔動〕(行爲)超出規章制度所許可的範圍:
　越軌行動/循規蹈矩,從不越軌。

守法〔動〕遵守法律和規章制度:守法戶/奉公
　守法。

奉公守法＊　秉公處理,遵守法令規章。

L6　訴訟・審判・檢察

L6－1 名：　訴訟

訴訟　司法機關和當事人(民事案件中的原告
　人、被告人,刑事案件中的自訴人)在其他訴
　訟參與人的配合下,按法定程式爲解決案件
　所進行的全部活動:訴訟程式/刑事訴訟。

自訴　被害人或其法定代理人爲追究被告人的
　刑事責任,直接向法院提起的訴訟。自訴可
　以進行調解。

原訴　原告人起訴後,又追加新的訴訟請求,對
　這個追加的新訴而言,原先已提出的訴訟請
　求叫原訴。

反訴　在同一訴訟進行中,被告人對原告人提起
　的訴訟。

本訴　被告人對原告人提起反訴後,起先原告人
　提起的訴訟稱爲本訴。

公訴　檢察機關代表國家爲追究被告人的刑事
　責任,直接向法院提起的訴訟。

追訴　司法機關或有告訴權的人對犯有罪行的
　人,在有效期限內提起追究刑事責任的訴訟。

訴狀　刑事案件的自訴人和民事案件的原告人
　用來向法院提出訴訟請求的文書。也叫**起訴
　狀**。

狀子　〈口〉訴狀。

起訴書　檢察機關向法院提起公訴時所用的文
　書。一般應寫明被告人的姓名、性別、年齡、

職業、住址,犯罪事實和證據,起訴理由和法
　律根據。

官司　〈口〉指訴訟:打官司/吃官司。

詞訟辭訟　訴訟。

L6－2 動：　起訴

起訴　向法院提起訴訟:你要找到他違法的證
　據,再向法院起訴。

控告　向國家機關、法院告發(違法犯罪的個人
　或集體):他已到法院去控告。

控　控告;告狀:被控霸占民產。

告　控告;控訴:我可以到法院去告他們。

訴　控告:上訴。

上告　向法院起訴或向上級機關告發:上告到省
　裡去。

應訴　民事訴訟中被告人接到原告人的起訴狀
　副本後,或受法院傳喚後,如期到庭進行答
　辯。

上訴　當事人不服第一審法院的判決或裁定,依
　法向上一級法院提出請求重新審理。

申訴　❶當事人或其他公民,對已發生法律效力
　的判決或裁定不服時,依法向法院或檢察院
　要求重新處理。❷國家機關工作人員和黨
　政、社團成員對所受行政紀律處分不服時,可
　申述理由,要求原機關或上級機關重新審查
　處理。

控訴　向法院或公衆陳述自己受害經過,揭露加
　害者的罪行,請求予以法律上或輿論上的制
　裁。

泣訴　哭著控訴:泣訴冤情。

打官司＊　提出訴訟或應訴。

吃官司＊　舊時指被控告有罪或被判罪服刑。

告狀　(當事人)向司法機關提出控告:到地方法
　院去告狀。

涉訟　牽涉到訴訟之中;打官司:他涉訟的案件
　已經見報了。

L6－3 名： 當事人

當事人 指對某一訴訟案件有直接利害關係的人,即刑事案件的自訴人、被告和民事案件的原告、被告,以及上訴案件的上訴人、被上訴人等。當事人雙方享有平等的訴訟權利,並承擔相應的訴訟義務。

原告人 向法院提起訴訟請求的一方當事人。通常指民事案件中以自己的名義提起訴訟的人和刑事自訴案件中的自訴人。簡稱**原告**。

被告人 被提起訴訟、追究責任的一方當事人。法律賦予訴訟權利,有權獲得辯護。簡稱**被告**。

兩造 參與訴訟的原告人和被告人。也說**兩曹**。

人犯 泛指應予或已經逮捕、拘留的刑事案件中的被告人或與案件有牽連的人。如被定罪處刑,就稱為罪犯;如被宣告無罪,就不再是人犯:一干人犯。

第三人 民事訴訟中,因與當事人爭議的訴訟標的有利害關係,而參加到訴訟中去的人。

公訴人 代表國家向法院提請追究被告人刑事責任的檢察人員。公訴人既居原告地位,又負法律監督任務。

被害人 在刑事案件及其附帶民事訴訟中,正當權利或合法利益遭受犯罪行為侵犯的人。

L6－4 動： 審判

審判 指法院對案件的審理和判決,是訴訟程式中的主要階段和中心環節:審判貪污犯／公正的審判。

審理 法院收集、審查證據、訊問證人和當事人,並組織兩造辯論,以徹底查清事實,確定性質:審理受賄案件。

審處 審判處理:交付法庭審處。

受理 警察、司法機關接受案件,予以處理:受理繼承案件。

陪審 陪審員到法院對案件協助調查,提出意見,參與審理。

原審 下級法院審理終結的案件,經上訴或其他法定程式移送上級法院時,原來下級法院的審理叫原審。

再審 已經審理終結、發生法律效力的判決或裁定,被認為確有錯誤時,由原審法院重新審判。□**複審**。

終審 法院對案件的最後一級審判。中國大陸實行兩審終審制,中級法院、高級法院和最高人民法院第二審的判決、裁定,最高人民法院的第一審的判決、裁定都是終審,當事人不得再上訴或抗訴。

斷案 審理並判決訴訟案件:秉公斷案。

斷獄 舊時指審理並判決案件:訊明案情,及時斷獄。

迴避 偵查人員、檢察人員和審判人員,對於與本人有利害關係或其他關係的案件,依法不參加偵查、檢察和審判等活動。

L6－5 動： 審訊

審訊 警察機關、檢察機關或法院向當事人等查問事實真相,了解案情:審訊俘虜／連夜進行審訊。

審 審訊;審問:受審／定期再審／三個人犯都已審過。

訊 審訊;審問:提訊／傳訊／刑訊。

審問 審訊:他被帶進警察署受到審問。

問案 審問當事人和證人,查明案情:坐堂問案。

開庭 審判人員在法庭上通過對原告、被告及其他訴訟參與人進行審問或訊問來查清案情:開庭審訊。

出庭 案件的原告、被告及其他訴訟參與人到法庭上接受審問或訊問:出庭作證。

休庭 審判人員出於案情的需要,宣告審問或辯論暫時停止:審判長宣告休庭。

提訊　把在押犯人提出來審訊。

預審　警察、檢察機關對刑事案件被告人在正式開庭審判前所進行的預備性審訊，以決定是否起訴。

提審　上級法院依法將下級法院受理的案件提歸自己審判。

公審　中國大陸人民法院公開審判重大案件的一種形式。開庭審理時，允許群眾旁聽，記者採訪，判決結果對外公布。

會審　會同審訊：上面派員來會審過兩堂。

候審　（原告、被告）到庭等候審問。

過堂　舊時指訴訟當事人到公堂（法庭）上接受審問：在押人犯，逐一過堂。

對簿　〈書〉舊時指受審問。「簿」指文書或狀紙：對簿公堂。

刑訊　用肉刑或變相肉刑來逼取口供：刑訊逼供。

拷問　拷打審問（人犯），逼取口供：嚴刑拷問。

逼供　用酷刑或威脅手段強迫犯人招供：嚴刑逼供。

逼供信*　強迫受審人招供，並輕信其未經核實的供詞。

辯護　在法院審理案件時，被告人及其辯護人為反駁控訴，證明被告人無罪、罪輕或應當從輕、免除處罰而進行申辯：出庭為被告辯護。

L6－6　名：　法院·法庭

法院　行使審判權的國家機關。

法庭　❶泛指國家的審判機關，與「法院」同義。❷法院審理訴訟案件的組織機構，根據案件性質的不同，分設刑事法庭和民事法庭。❸法院內審理訴訟案件的場所：維持法庭秩序。

庭　指法庭：刑庭／開庭／到庭／退庭。

公堂　舊時指官署中官吏審理案件的地方：對簿公堂。

人民法院　中國大陸國行使審判權的國家機關。

根據憲法規定，設最高人民法院、地方各級人民法院和軍事法院等。人民法院依法獨立行使審判權，不受行政機關、社會團體和個人的干涉。

軍事法庭　軍事系統中的專門法庭，或由軍事機關臨時組織的審判機構。

國際法院　聯合國的主要司法機關。一九四六年四月在荷蘭海牙成立，根據《聯合國憲章》《國際法院規約》及《國際法院規則》進行工作。也叫**世界法院**；**海牙法院**。

L6－7　名：　審判人員

審判長　法院組成合議庭審理案件時的負責人員。他在開庭時核對當事人，宣布案由，主持審訊。

陪審員　在英美法系的評訟體系中，由法院工作人員以外的公民中推選參加法院審判活動的人員。陪審員參加審判第一審案件時，和審判員組成合議庭進行，並享有同等的權利。

書記官　我國各級法院擔任記錄工作和辦理其他有關事項的人員。

法官　各級法院審判人員的通稱，早期稱推事。

大法官　先由司法院提名大法官若干人，再由總統提名，監察院同意任命，職權為解釋憲法及統一解釋法令案件，並組成憲法法庭，審理違憲事項。

L6－8　動、名：　檢察

檢察　〔動〕國家設立機關對法律實施監督。包括對刑事案件實行偵查、審批逮捕、提起公訴，並監督判決的執行，和對民事案件實行審判監督。也包括對於國家機關工作人員和公民是否遵守憲法和法律實行監督。

檢察官　〔名〕指各級法院行使檢察職權的工作人員。

L6－9 名： 案件

案件 涉及訴訟和違法問題,經司法機關立案審理的事件:民事案件/刑事案件。

案 事件,特指涉及法律的事件:慘案/破案/懸案。

案子 〈口〉案件。

案情 案件的具體情節:案情複雜。

案由 案件的內容提要:宣讀案由。

刑事 有關刑法的事件:刑事犯/刑事案件。

民事 有關民法的事件:民事拘留/民事訴訟。

舊案 歷時長久的案件:積年舊案/清理舊案。

懸案 一直拖在那裡,未能及時解決的案件:這個多年懸案,總算解決了。

公案 舊時指情節複雜的疑難案件。泛指社會上有糾紛的或離奇的事件:這段公案,法律會給予正當裁判。

疑案 ❶有疑問一時難以解決的案件:把疑案查個水落石出。❷泛指情況不明,令人疑惑不解,是非難確定的事件:這件事無從憑空武斷,只好作爲疑案。

無頭案 找不到線索或線索中斷的疑難案件。

竊案 偷竊財物的案件:竊案時有發生。

血案 行兇殺人的案件:限期偵破血案。

命案 殺人的案件;涉及人命的案件:發生一樁命案。

冤案 強加罪名,使蒙受冤屈的案件:平反冤案。

冤假錯案 受了冤屈的、沒有事實根據的和不按實際情況斷案的三種類型的案件。

冤獄 被告人受到冤屈的案件;冤案。

文字獄 舊時統治者爲了迫害知識分子,蓄意從其詩文中摘取隻言片語,羅織罪名構成的冤獄。

L6－10 動： 供認

供認 刑事被告人在口供中承認被指控的犯罪事實:供認不諱。

自供 刑事被告人主動地招供(犯罪事實):自供狀。

招供 刑事被告人承認自己的犯罪事實:從實招供。

招 承認罪行:招認/不打自招/屈打成招。

招認 刑事被告人承認犯罪事實:如實招認。

畫供 犯人在供狀上畫押,表示狀上記錄的供詞屬實無誤。

認罪 刑事被告人承認自己的罪行,不再辯解:低頭認罪/認罪態度較好。

伏罪 對於被指控的罪行,眞誠地承認,不再辯解。也作服罪。

交代 把罪行或錯誤向訊問人員坦白說出:交代問題/交代行騙經過。

屈打成招* 無辜的人,受到嚴刑拷打,只得含冤受屈,憑空招認。

悔過 承認並後悔自己所犯的過錯:悔過自新。

誘供 用不正當方法誘使刑事被告人按偵查、審判人員的意圖、設想或推斷進行陳述。是非法的審訊行爲。

串供 案件中的共犯、牽連犯、證人等互相串通,統一口徑,作出內容相同的虛僞供述。

翻供 刑事被告人推翻自己前已供認的犯罪事實:證據確鑿,無從翻供。

翻案 由於新證據的發現,推翻原定的判決。泛指推翻原來的評價、結論、處分等:犯人妄圖翻案。

具結 提出書面保證,表示對自己的行爲(如出庭作證、進行鑑定等)願負法律責任:當庭具結/具結悔過。

錄供 警察、司法機關在訊問時,記錄刑事被告人的話。

L6－11 名： 供詞

供詞 刑事被告人就犯罪具體事實向司法機關

所作的陳述。

供 口供;供詞:前供／翻供。

口供 刑事被告人就其被指控的有關犯罪事實
　　所作的口頭陳述。

供狀 書面的供詞。

筆供 寫成文字的供詞。

L6－12 名: 人證·物證

人證 特定的人對案件事實所作的證明,如證人
　　證言、被告人供述、鑑定人的鑑定結論等:人
　　證物證俱在。

證人 了解案情並被通知到庭作證的非當事人。

污點證人 指刑事案件的被告或犯罪嫌疑人,只
　　要在偵查過程中供述出與本身所涉案情,有
　　重要關係之待證事項或供述其他共犯的犯罪
　　事證,使檢察官得以追訴到該案的其他共犯,
　　該名證人即稱「污點證人」。

物證 對查明案件眞實情況有證明價值的有關
　　物品或痕跡,如臟物、臟款、血迹、指紋、腳印
　　等。

證物 能作爲證據用來證明案件事實的有關物
　　品或痕跡。包括物證和書證。

見證 事情發生時在場目睹,可以到庭作證的
　　人;也指可以作爲證據的物品。

罪證 犯罪的證據:罪證確鑿。

偽證 偽造的證據。指證人、鑑定人、記錄人、翻
　　譯人對與案件有重大關係的情節,故意作的
　　虛假的證明、鑑定、記錄、翻譯等。

凶器 行凶用的器具:沒收凶器。

血衣 殺人者或被殺者的沾血的衣服。

L6－13 名、動: 法醫

法醫 〔名〕法院中專門負責運用法醫學知識技
　　能,從事司法檢驗、鑑定,協助審理案件的醫
　　生。

仵作 〔名〕舊時官府檢驗命案死屍的人。

驗屍 〔動〕法醫對與案件有關的屍體進行檢查,
　　追究死者身分、致死原因和性質,作出鑑定
　　書。

L6－14 名: 律師

律師 受當事人委託或由法院指定,依法協助當
　　事人進行訴訟,出庭辯護或處理其他法律事
　　務的專業人員。

辯護人 受刑事被告人委託或由法院指定,在法
　　庭上爲被告人辯護,以維護其合法權益的人。

代理人 由法律規定、由法院指定或受當事人委
　　託,以當事人名義,代表他進行某種活動(如
　　訴訟、納稅、簽訂合約等)的人。自然人、法人
　　都可充任代理人。

訟師 舊社會裡以給涉訟的人出主意、寫訴狀爲
　　業的人。

訟棍 舊社會裡勾結官府、包打官司、從中漁利
　　的壞人:嚴厲打擊訟棍,維護法律尊嚴。

法律顧問 受當事人聘請,解答法律詢問,提供
　　法律幫助,出庭代理訴訟或爲刑事被告人辯
　　護的人。

L6－15 動: 判決·裁定

裁判 法院根據事實,依照法律對訴訟案件作出
　　裁定和判決:對這個案子法院裁判得很公正。

判 判決:判案／宣判／判了兩年徒刑。

判決 法院對審理終結的案件就實體問題作出
　　處理決定:他倆的離婚案已經法院判決。

裁定 法院在審理過程中就程式問題或某個實
　　體問題作出處理決定。

辦案 審判員審理案件:認眞辦案／秉公辦案。

定案 對審理終結的訴訟案件,作出最後的處理
　　決定:證據不足,難以定案。

結案 對訴訟案件作出最後的處理,使其結束:
　　他們的官司還沒有結案。

定性 對刑事被告人的被指控行爲,確定其是否

犯罪，犯什麼罪。

定讞〈書〉定案。讞：議罪。

宣判　法院在審理終結後向當事人宣布案件的處理決定：定期宣判。

公判　公開宣判。即法院在大會上把審理完結的案件當著當事人和到會群眾公開宣判。

仲裁　爭執雙方同意把爭議事項提交第三者判斷或裁決：民事仲裁／國際仲裁。

改判　上級法院變更原審法院的處理決定：死刑改判無期徒刑。

論處　判定罪名，給予處罰：按放火罪論處。

缺席判決　在一方當事人經合法傳喚，仍未到庭陳述、辯論的情況下，法院依法作出判決。

坐　判罪；定罪：連坐／反坐。

科　判定(刑罰)：科以罰金／科刑標準。

勝訴　民事訴訟當事人的一方受到有利於自己的判決。

敗訴　民事訴訟當事人的一方受到不利於自己的判決。

L6－16 名：　定案・判決書

定案　法院對訴訟案件所作的最後決定。

判決書　法院作出判決時所寫成的文書。為了便於當事人的了解和上級法院的監督，判決一律使用書面形式。

判詞　判決書的舊稱。

L6－17 動：　判罪・量刑

判罪　法院依據法律給犯罪的人定罪：他的犯法行為是要送法院判罪的。

治罪　以應得的刑罰懲治犯罪的人：按叛逆治罪。

論罪　判定罪刑：按貪污論罪。

抵罪　因犯罪受到應得的刑罰：傷人及盜抵罪／以三年監禁抵罪。

免罪　對於犯罪情節輕微或有某種特殊情況的

犯罪分子不判處刑罰。

量刑　法院根據犯罪的事實、性質、情節和對社會危害的程度，裁量決定刑罰的類別和輕重：量刑從輕。

處刑　法院依法對罪犯判處應得的刑罰。

服刑　承受徒刑：服刑期滿。

緩刑　對某些輕罪犯人所判處的刑罰，在一定條件下，規定一個考驗期，期內不再犯新罪，原判就不再執行；否則，新罪舊罪，合併執行。

減刑　法院根據犯人在服刑期間悔改或立功的表現，依法減輕原來判處的刑罰。

免刑　法院對犯罪情節輕微、能自首並有立功表現的犯罪分子，免予刑事處分。

L6－18 動：　處罰・懲辦

處罰　使犯罪或犯錯誤的人，在政治上、經濟上受到一定的損失而有所警戒和悔悟：這是他應得的處罰。

罰　處分；懲處：罰款／賞罰分明。

處　處罰：處以徒刑。

處分　對犯罪或犯錯誤的人，按情節輕重給予相應的處罰：延誤施工，要受處分。

懲罰　處罰：目無法紀的人，必將受到懲罰。

懲　處罰：懲戒／嚴懲不貸(貸：寬恕)／懲一警百。

懲辦　處罰；處分：懲辦走私犯。

懲處　懲罰；處分：依法懲處／從嚴懲處。

懲治　定罪懲辦：依法懲治／懲治貪污分子。

處治　處分；懲治：嚴加處治／處治罪犯。

治　懲處：治罪／把罪犯治一治。

拾掇　〈口〉懲治：我要是再犯錯誤，憑你怎麼拾掇都行。

制裁　處罰；管束：對違法分子要嚴厲制裁／依法制裁奸商。

辦　處罰；懲治：辦罪／首惡必辦。

法辦　司法機關依法懲辦犯罪分子：送警法辦／

逮捕法辦。

究辦　追查法辦：違者依法究辦。

拿辦　把犯罪的人捉來法辦：拿辦漏網案犯。

查辦　查明犯罪事實或錯誤情節，予以懲辦：撤職查辦。

嚴辦　從嚴懲辦：違抗者一律嚴辦。

重辦　嚴厲地懲辦罪犯：重罪重辦。

嚴懲　嚴厲懲罰：嚴懲不貸／嚴懲兇手。

責罰　處罰：既然他認識了錯誤，就不再責罰了。

處置　發落；懲治：將搶劫犯扭交警察機關處置。

發落　處理；處置；懲治：聽候發落／從輕發落。

整　使吃苦頭：整人／他被整了一頓。

整治　懲罰；使吃苦頭：對那些哄抬物價的不法商家必須狠狠整治。

收拾　〈口〉整治；管束：你再調皮搗蛋，等你爸爸回來收拾你。

詿誤　**罣誤**　因過失或被牽連而受到處分：他因小有詿誤而去職。

受罰　遭受處罰：因違反規章而受罰。

L6-19 動：　追究

追究　查問根由，推求原因、責任等：加緊追究，決不姑息／這樣大的事故，必須追究法律責任。

查究　調查追究：查究責任／這件事的原委要仔細查究。

盤究　盤問追究：事實清楚，證據確鑿，不用再盤究了。

根究　徹底追究：根究作案動機。

深究　認真追究：對這些枝節問題不要深究。

追　追究：追贓／這事牽涉面大，一定要追個水落石出。

追根　追究根源：追根究底。

追查　根據事故發生的經過進行調查：追查責任。

順藤摸瓜*　比喻沿著發現的線索，追究根底。

窮原竟委*　追究、查清事情的始末。

L6-20 動：　檢舉·投案

檢舉　向司法機關或其他國家機關揭發違法、犯罪分子及其違法犯罪事實：他的貪污受賄行為已被人檢舉。

揭發　揭露缺點、錯誤、罪行等：揭發走私集團／發動群眾起來揭發。

告發　向警察、司法機關或上級檢舉、揭發壞人壞事：鼓勵群眾告發。

告密　向有關機關告發別人的秘密違法活動：向監察部門告密。

報案　把已發生的刑事案件向警察或司法機關報告：到派出所報案。

舉發　檢舉、揭發（壞人壞事）：舉發違法失職人員。

舉報　檢舉；告發：舉報經濟犯罪／建立舉報制度。

報失　向治安機關或有關部門報告遺失財物，以便查找：被偷車輛已經報失。

彈劾　由國家的專門機關對違法失職或犯罪的官吏檢舉、揭發，追究法律責任。

投案　犯法的人主動到警察、司法機關交代自己的作案經過，聽候處理：投案自首。

自首　犯法的人被發覺前向司法機關或有關部門主動投案：限令有貪污行為的人在一個月內自首。

出首　❶自首：三天以內要他們自行出首。❷檢舉；告發。

L6-21 動：　誣告·陷害·株連

誣告　惡意捏造事實，憑空控告他人：誣告好人要負刑事責任。

誣陷　誣告陷害：被人誣陷。

誣害　捏造事實來陷害：誣害自己的同志。

誣枉　捏造事實，冤枉別人。

誣栽　栽贓陷害：挾嫌誣栽。

栽贓　把贓物或違禁物品暗置別人處,冒充罪證,使人遭受冤屈:栽贓加害。

坐贓　〈方〉栽贓。

構陷　耍弄陰謀詭計,陷害別人:構陷善良。

羅織　為陷害無辜的人而虛構罪狀:羅織罪名。

深文周納*　苛刻地、歪曲地援引法律條文,加罪於無辜的人。泛指不根據事實,給人妄加罪名。

反坐　舊時指把被誣告人的罪名及所應得的刑罰加在誣告人身上。

誣賴　無中生有地硬說別人做了壞事或說了壞話:別誣賴好人。

賴　硬說別人有過失或錯誤;誣賴:他憑空賴鄰居偷他家的東西。

陷害　設詭計害人:蓄意陷害朋友／他無辜地被人陷害。

讒害　用毀謗、挑撥的話來陷害別人:讒害忠良。

坑害　用陰險毒辣的手段來陷害別人:散布黃色書刊,坑害青少年。

坑　坑害:他存心坑人。

嫁禍　把禍事轉移到別人身上:嫁禍於人。

反咬　被控告者拒不認罪,反而誣賴控訴人、檢舉人、見證人:反咬一口。

反噬　〈書〉比喻罪犯誣指檢舉人為同謀。也泛指自己做了壞事反而誣賴別人。

倒打一耙*　比喻被指責者拒不認錯,反而指責對方。

株連　一人犯了罪牽連到許多人:株連無辜／一椿案子,竟株連了我。

連坐　舊時一人犯了罪,株連他的家屬、親友、鄰里、師生和主管者也受到處罰。□相坐;從坐;旁坐。

L6－22　動、名等:　冤枉

冤枉　〔動〕❶無辜的人被指為有罪;無錯的人受到指責:他並沒有過錯,受罰是冤枉的／他到處訴說受冤枉。❷使別人受冤枉:別冤枉好人。

冤屈　❶〔動〕冤枉:你不了解情況,大概冤屈了他。❷〔名〕不公平的待遇;不應有的損害:十年來他受盡了冤屈。

冤　〔動〕冤枉;冤屈:冤情／訴冤／伸冤／負屈銜冤。

無辜　❶〔形〕沒有罪:無辜平民。❷〔名〕無罪的人:株連無辜。

屈　〔動〕委屈;冤屈:受屈／叫屈／你屈不屈,到局裡去說。

屈枉　〔動〕冤枉:請你不要屈枉好人。

沉冤　〔名〕不易辯白或有待昭雪的冤屈:十載沉冤／沉冤莫白。

含冤　〔動〕有冤屈未能申雪:含冤未雪／含冤而死。

銜冤　〔動〕含冤:負屈銜冤。

蒙冤　〔動〕受到冤屈:蒙冤莫白。

墊背　〔動〕〈方〉比喻代人受過:他們闖了禍,拉我墊背。

背黑鍋*　〈口〉比喻代人承擔罪名。泛指受冤屈。

負屈銜冤*　遭受冤枉,忍受冤屈。

不白之冤　得不到辯白和昭雪的冤屈。

L6－23　動:　訴冤‧申冤

訴冤　向人訴說自己所受的冤屈:到處訴冤。

喊冤　呼叫或訴說冤屈:他到衙門喊冤去了。

叫屈　呼叫或訴說受到冤屈:連聲叫屈／你罪有應得,不用叫屈。

申冤　❶訴說冤屈,以求昭雪。❷洗雪冤屈:為民申冤／有冤的申冤,有仇的報仇。也作伸冤。

申雪　申訴冤屈以求洗雪:他不知道自己受到的冤屈什麼時候能夠申雪。也作伸雪。

鳴冤叫屈*　喊叫或訴說冤屈。

洗雪　除掉冤屈、恥辱等:洗雪冤案／洗雪國恥。

湔雪　〈書〉洗雪。

洗刷　辯白冤屈或除去恥辱:把我家的冤枉洗刷

乾淨了／洗刷羞恥。

洗　洗雪：洗冤／洗不了這場羞辱。

雪　洗掉、除去(冤屈、恥辱、仇恨)：雪冤／雪恥／雪恨。

昭雪　爲被冤枉者洗淸冤屈：昭雪冤獄。

雪冤　洗刷冤屈。

平反　把錯誤的判決或結論改正過來，使人不再蒙受冤屈：許多冤假錯案都平反了。

L6－24 動、名：　保證

保證　❶〔動〕擔保；表示負責做到：保證履行合約。❷〔名〕起擔保作用的人或事物：你們必須做出可靠的保證。

擔保　〔動〕表示負責，保證一定做到，不出問題：擔保到期如數償還。

取保　〔動〕司法機關責令刑事被告人找保人，保證隨傳隨到：取保釋放／交保候審。

交保　〔動〕司法機關將人犯交付有信用的人，保證其不逃避偵查和審判，隨傳隨到：交保回家候審。

具保　〔動〕找保人擔保：具保釋放。

具結　〔動〕向官署、法院用書面表示對自己的行爲願負法律責任：具結完案／具結釋放。

對保　〔動〕找保證人核對是否確實由他擔保。

保證書　〔名〕保證人爲了保證自己負責擔保的事情一定做到而寫成的文書。

保狀　〔名〕舊時法庭要保證人填寫的有一定格式的保證書。

保結　〔名〕舊時寫給官府的、保證他人身分或行爲的文書。

甘結　〔名〕舊時交給官署的一種字據，表示願意承當某種義務或對某事負責，如不履行諾言，甘願受罰。

保人　〔名〕保證人。

保證人　〔名〕❶保證別人的行爲將符合某種要求的人。❷對債權人負責擔保債務人履行債務的第三人。❸對法院負責擔保被告人不逃避審訊、將隨傳隨到的第三人。

保證金　〔名〕❶爲了保證某種義務的切實履行而繳納的一定金額的貨幣。❷舊時法院向被告人收取的保證隨傳隨到的一定金額的貨幣。

L6－25 動、名：　監護

監護　〔動〕法律上指對未成年人和精神病人等的人身、財產以及其他一切合法權益的監督和保護。

監護人　〔名〕承擔監護職責的人。未成年子女的監護人由他的父母或近親擔任；精神病人的監護人由他的配偶、父母、子女或其他近親擔任。

保護人　〔名〕監護人。

L6－26 動、名：　公證

公證　〔動〕公證機關根據當事人的申請，對法律行爲以及具有法律意義的行爲、文書、事實，如合約、遺囑、贈與、出生、婚姻、學歷等，依法證明其眞實性和合法性。

認證　〔動〕公證機關對當事人提出的文件審查屬實，給予證明和應有的保護。

公證人　〔名〕公證機關爲當事人主持公證的工作人員。

L7　罪行・刑罰

L7－1 名：　罪行

罪行　犯罪的行爲：罪行累累／罪行嚴重。

罪　犯法的行爲：有罪／罪大惡極／無罪開釋。

罪過　罪行；過失：舉發他的罪過／這是不可饒恕的罪過。

罪愆　罪過：他知道自己的罪愆。

罪惡　嚴重損害國家、社會和人民利益的犯罪行

為:罪惡昭彰/罪惡滔天。

罪戾 〈書〉罪過;罪惡:赦其罪戾。

罪孽 迷信的人認為今生或來世必將受到報應
　　的重大罪惡:罪孽深重。

罪名 根據犯罪行為的性質和特徵,法律所規定
　　的犯罪名稱,如傷害罪、搶劫罪、貪污罪等。

罪狀 犯罪的事實:查明罪狀/隱瞞罪狀。

罪案 罪狀;罪名:要拿著人家的罪案,才有話好
　　說啊。

罪責 犯罪行為的責任:罪責難逃/追究罪責。

L7-2 動： 作惡

作惡 幹壞事:作惡多端。

作祟 迷信者指鬼怪害人。後比喻壞人或壞思
　　想在暗中起破壞作用:投機分子作祟/封建思
　　想作祟。

作怪 壞人壞思想在暗中搗亂;作祟:興妖作怪/
　　保守思想作怪。

造孽 原為佛教用語,指做壞事將來總要受到報
　　應。現泛指幹壞事:前世造孽。也說**作孽**。

妄為 越出常軌,胡亂地做:膽大妄為/恣意妄
　　為。

肆行 不顧一切,任意妄為:肆行無忌/肆行侵
　　略擴張。

為非作歹[*] 做種種犯法的事。

無所不為[*] 什麼壞事都可以做出來。

怙惡不悛 堅持作惡,不肯悔改。

小丑跳梁[*] 渺小、醜惡的人猖狂活動,興風作
　　浪。

群魔亂舞[*] 形容許多壞人糾集在一起,猖狂活
　　動。

幫凶 幫助行凶或作惡:為反動分子幫凶。

助桀為虐[*] 比喻幫助壞人做壞事。相傳桀是夏
　　代的暴君,紂是商代的暴君。也說**助紂為
　　虐**[*]。

為虎傅翼[*] 給老虎加上一副翅膀。比喻幫助壞

人,加強他的惡勢力。也說**為虎添翼**[*]。

為虎作倀[*] 比喻幫助惡人做壞事。古時迷信傳
　　說,倀是被老虎咬死的人變成的鬼,這鬼又去
　　引導老虎吃人,充當幫凶。

L7-3 形： 罪惡

罪惡 嚴重損害國家、人民或嚴重損害別人的:
　　罪惡的高利盤剝/一顆罪惡的子彈打中了他
　　的頭部。

萬惡 罪惡多端;極為惡毒:萬惡的劫車犯/萬
　　惡的殖民主義。

罪惡昭彰[*] 罪惡極大,非常明顯。

罪惡滔天[*] 形容罪惡極大。

罪大惡極[*] 罪惡嚴重,到了極點。

罪不容誅 罪惡極其嚴重,即使判處死刑也不夠
　　抵償。

罪該萬死 要處一萬次死刑才能抵償所犯的嚴
　　重罪行。形容罪大惡極。

十惡不赦 形容罪大惡極,不可饒恕。十惡指
　　封建統治者所規定的不可赦免的十種死罪:
　　謀反,謀大逆,謀叛,惡逆,不道,大不敬,大不
　　孝,不睦,不義,內亂。

死有餘辜[*] 即使判處死刑,也抵償不了他的全
　　部罪過。形容罪大惡極。

天怒人怨[*] 形容作惡多端,國法不容,引起群眾
　　極大的憤怒。

無惡不作[*] 什麼壞事都幹。形容罪惡極大。

L7-4 動： 犯罪·違法

犯罪 做出危害社會、違反刑事法律、應受懲罰
　　的事:他因賭博而犯罪/聚眾鬥毆是犯罪行
　　為。

犯法 觸犯刑律,違反法令:私藏槍枝是犯法的。

違法 不遵守法律或法令:違法亂紀。

作案 單獨或結夥進行犯罪活動:交代作案經過
　　/作案多次的慣犯。

枉法 執法人員爲了私利或某種目標而故意歪曲或濫用法律;貪贓枉法。

犯事 做出違法的事;犯罪;勸告犯事的人從速自首。

違犯 違背和觸犯(法律、法令);違犯交通法規。

犯 違犯;抵觸:犯了法/犯兩次規了。

違禁 違犯禁令:所有毒品,都在違禁之列。

脅從 受他人脅迫而參與犯罪活動:首惡必辦,脅從不問,立功受獎。

不軌 指違反法紀或叛亂:不軌之徒/圖謀不軌。

作奸犯科 * 幹觸犯法令的壞事。科:法令。

知法犯法 * 懂得某項法令,卻故意違犯。

L7－5 名：　罪犯

罪犯 犯罪的人:刑事罪犯/戰爭罪犯。

罪人 有罪的人:民族的罪人/赦免罪人。

犯人 犯罪的人。特指被判刑在押的罪犯:看守犯人。

要犯 重大案件的罪犯:要犯已被擒拿歸案。

慣犯 經常犯罪、屢教不改的罪犯。

未決犯 未經法院判決定罪,尚在羈押中的犯人。

已決犯 已經法院定罪判刑、交付執行的犯人。

現行犯 正在預備犯罪、實行犯罪或犯罪後即時被發覺的罪犯:捕獲現行犯。

嫌疑犯 根據若干跡象,有犯罪嫌疑,尚待進一步偵查證實的人。

教唆犯 故意以語言、文字或其他手段,指使或慫恿他人實施犯罪行爲的罪犯。

刑事犯 觸犯刑法或具有刑法效力的有關法規,應承擔刑事責任的罪犯。

政治犯 因反抗現政權或從事推翻現政權的活動而被捕的人。政治犯在國際上一般受到庇護,不予引渡。

戰犯 「戰爭罪犯」的簡稱。指發動非正義的戰爭或在戰爭中犯有嚴重罪行的人。

活口 從戰爭或命案中存活下來,可以反應現場情況,提供重要線索的俘虜、罪犯等。

壞分子 通常指必須依法懲辦的盜竊犯、詐騙犯、殺人放火犯、流氓團伙和其他嚴重破壞社會秩序的犯罪分子。

L7－6 名：　主犯·從犯

主犯 組織、領導犯罪集團,主謀犯罪活動或在共同犯罪中起主要作用的罪犯。主犯應從重處罰。

元凶 罪魁禍首:侵略戰爭的元凶。

首惡 犯罪集團中罪惡最重的爲首分子:首惡必辦。

元惡 〈書〉首惡。

罪魁 實施犯罪行爲的爲首分子:罪魁禍首。

禍首 惹起災禍的主要分子。

從犯 在共同犯罪中,起次要或輔助作用、情節較主犯爲輕的罪犯。對於從犯,應比照主犯從輕、減輕處罰或免除處罰。

共犯 共同犯罪中的罪犯。按他們在共同犯罪中的地位和作用,可分爲主犯、從犯、脅從犯和教唆犯四類。

正犯 共犯中直接參與實施犯罪行爲的人。

L7－7 動：　畏罪·委罪·贖罪

畏罪 犯了罪怕受法律制裁:畏罪潛逃/畏罪自殺。

委罪 把罪責推委給別人:委罪於人。

歸罪 把罪過歸於(自己或別人):大家耽誤了工作,不能歸罪他一個人/這件事沒辦成,完全歸罪於我。

悔罪 悔恨自己的罪惡:悔罪自新/有悔罪表現。

贖罪 用財物或某種實際表現抵銷所犯的罪過:將功贖罪。

立功贖罪*　在工作中建立功勞以抵銷自己所犯的罪過。

L7－8　動：　殺害

殺害　為了不正當目標,殺人致死:慘遭殺害／殺害無辜平民。

殺　使人或生物失去生命;弄死:殺菌／殺敵／暗殺／殺人越貨。

誅　〈書〉殺(有罪的人):誅滅／罪不容誅。

誅戮　〈書〉殺害:慘遭誅戮。

結果　結束人的生命;殺死:今天結果了一個犯人。

殺傷　打死打傷:殺傷多人。

傷害　使身體組織受損害。也特指殺害,謀害:因傷害致殘／存心傷害她的性命。

殘害　傷害或殺害:殘害生靈／殘害兒童。

傷生　傷害生命;喪命:傷生害命／因車禍傷生。

凶殺　殺害人命:凶殺案／搶劫凶殺的事,時有發生。

行凶　使用凶暴的手段打人或殺人:持刀行凶。

刺殺　用武器暗殺:被人刺殺／刺殺未遂。

槍殺　用槍打死:被人槍殺／槍殺示威群眾。

仇殺　因有仇恨而殺:相互仇殺。

謀殺　用詭計殺害:謀殺案／被情敵謀殺。

殘殺　用殘酷的手段殺害:殘殺和平居民。

虐殺　用殘暴狠毒手段致人於死:不准虐殺俘虜。

肆虐　任意殘殺或破壞:敵機肆虐。

慘殺　用狠毒的手段殺害:歹徒慘殺無辜者。

遇害　被人殺害:不幸遇害。

活埋　把人活活埋在土坑裡悶死:敵寇活埋城中居民。

誤殺　因過失傷人致死:誤殺無辜。

誤傷　因過失傷害他人健康。

暗殺　乘人不備,下手殺害:遭人暗殺。

行刺　用凶器暗殺:行刺未遂。

屠殺　大批地殘殺:敵人慌亂起來,加緊了搶掠屠殺。

屠戮　〈書〉屠殺:屠戮百姓。

屠　屠殺:屠城(入城後屠殺城中居民)／敵寇燒樓房,屠百姓。

殺戮　大量地殺害:家鄉的父老兒童慘遭殺戮。

血洗　用血沖洗一個地方。比喻殘酷地大量屠殺:日寇血洗南京城。

戕害　傷害:戕害生靈。

戕賊　殺害;損害:戕賊身體／戕賊人性。

摧殘　使人或物遭受嚴重的殘害或損壞:遭受逮捕和摧殘／粗暴地摧殘兒童的身心。

L7－9　名：　凶犯

凶犯　用暴力殺人或傷人的罪犯:追捕凶犯／懲治凶犯。

凶手　行凶的人:殺人凶手。

正凶　凶殺案件中直接實施犯罪行為的人。

幫凶　凶殺案件中幫同行凶的人。

刺客　舊時稱用武器進行暗殺的人。

L7－10　動、名：　暗害

暗害　〔動〕秘密殺害或陷害:提防壞人暗害。

暗算　〔動〕暗地謀劃傷害或陷害:遭人暗算。

算計　〔動〕暗地謀劃損害他人:他總要算計別人。

計算　〔動〕出謀獻策損害他人;算計:我行得正,不怕別人計算。

小鞋　〔名〕比喻暗中給別人的刁難、約束或限制:給人穿小鞋。

暗箭　〔名〕比喻暗害他人的行為或陰謀:暗箭傷人／暗箭難防。

坑害　〔動〕用狡詐、狠毒手段使人受損害;陷害:販賣黃色書刊坑害讀者。

謀害　〔動〕陰謀殺害或陷害:伺機謀害。

乘人之危*　趁別人困難、危急的時候,要挾或侵

害人家。

趁火打劫* 趁失火混亂的時候，搶奪他人財物。
　　比喻趁別人危急，侵犯他的權益。

投井下石* 比喻在別人危急時，不去援助，反加
　　陷害。也說**落井下石***。

殺人不見血* 殺了人一點也不露痕跡。比喻害
　　人手段極其隱蔽狠毒，使受害者一時不易覺
　　察。

以鄰為壑* 把鄰國當做排洩洪水的溝壑。比喻
　　只顧自己利益，把困難或災禍轉推給別人。

L7－11 動： 毒害

毒害 用有毒的東西使人的身體或思想受害：淫
　　穢書刊毒害青年。

荼毒 〈書〉毒害；殘害：荼毒生靈／免遭荼毒。

蠱惑 毒害；迷惑(蠱，古代用來放在食物裡害人
　　的毒蟲)：蠱惑人心。也作**鼓惑**。

麻醉 比喻用某種手段使人意志消沈，認識不
　　清：靡靡之音會麻醉人的靈魂。

腐蝕 使人在壞的思想、行為、環境的影響下逐
　　漸墮落變質：有些幹部被腐蝕了／黃色書刊腐
　　蝕青年的心靈。

腐化 使腐敗墮落；腐蝕：追求特權會腐化人們
　　的思想／散布黃色書刊，腐化青年。

L7－12 動： 搶劫

搶劫 用暴力搶奪別人財物，據為己有：攔路搶
　　劫。

劫 搶劫；搶奪：打家劫舍／劫獄。

搶奪 用強力奪取別人的東西：土匪搶奪牛馬羊
　　群／搶奪庫存的槍支彈藥。

搶 搶奪；搶劫：搶球／我的錢在路上被搶走了。

搶掠 強力奪取；搶劫：行李箱篋被搶掠一空。

奪 強取；搶：爭權奪利／他猛地奪過她手裡的
　　信。

奪取 用武力強行取得：奪取他人財產／武裝奪

取政權。

劫奪 搶劫奪取：劫奪財物／劫奪工人勞動的成
　　果。

劫掠 搶劫；掠奪：敵軍進城，大肆劫掠。

掠奪 搶劫；奪取：殖民主義者肆意掠奪。

攫取 掠奪；奪取：攫取非法利潤。

掠取 奪取；搶奪：敵人掠取佔領區資源。

打劫 搶奪財物：強盜打劫過往商旅。

行劫 進行搶劫：白日行劫。

盜劫 盜竊搶劫：盜劫文物。

路劫 攔路搶劫：他怕黑夜裡遇見路劫。

洗劫 把一個地方或一戶人家搶光殺盡：財物被
　　洗劫一空／敵寇洗劫這一帶的村莊。

哄搶 許多人一哄而上，劫奪財物或爭搶商品：
　　流氓聚眾哄搶農民上市的西瓜。

打砸搶* 指中國大陸「文革」期間危害生命、任
　　意打人、破壞公共財產、搶奪文件物品等惡劣
　　行為。

打家劫舍* 成群結夥，侵入別人家裡搶劫財物。

殺人越貨* 殺害他人性命，搶劫財物。越：搶
　　劫，奪取。

明火執仗* 點著火把，拿著武器。原指公開搶
　　劫，現多比喻毫不掩飾地幹壞事。

L7－13 名： 盜匪

盜匪 搶劫財物、擾亂社會治安的人：盜匪如毛。

盜賊 搶劫或偷竊財物的人：淪為盜賊／盜賊如
　　毛。

強盜 用暴力搶奪公私財物的人：強盜行徑。

盜 偷竊東西的人；強盜：海盜／竊國大盜。

強人 強盜(多見於早期白話)。

匪盜 盜匪。

匪 強盜：土匪／匪患。

匪徒 強盜。也指行為不正、危害社會和人民的
　　壞人。

匪幫 有組織的盜匪。也指行為如同盜匪的反動

政治集團:四鄉匪幫,一網打盡╱法西斯匪幫。

匪首　盜匪頭子。

綁匪　擄人勒贖的匪徒。

土匪　地方上搶奪財物、殘害人民的武裝暴徒。

鬍匪　舊時東北各省稱土匪。

鬍子　〈方〉土匪。

股匪　成幫結伙的土匪。

慣匪　經常搶劫的匪徒。

馬賊　舊時稱經常結隊騎馬搶劫財物的盜匪。

海盜　出沒海洋上的強盜。

江洋大盜＊　出沒江河海洋,攔截船隻,劫奪財貨的強盜。

車匪路霸＊　指結伙在鐵路列車、公路巴士上搶劫旅客財物、盜竊運輸貨物的盜匪。

流寇　到處流竄,沒有固定據點的盜匪。

草寇　舊時指出沒山林、劫奪行旅財貨的強盜。

響馬　舊時指攔路劫奪商旅財貨的強盜。因行劫時先放響箭示威而得名。

匪穴　盜匪盤踞或敵兵密集的地方。

老巢　鳥的老窩。比喻盜匪長期盤踞的地方。

老營　舊時指盜匪、歹徒長期盤踞的地方。

L7－14 動、名:　擄掠・綁架

擄掠　〔動〕抓人搶東西:進城敵兵,燒殺擄掠,無惡不作。

擄　〔動〕把人或財物搶走:擄掠╱綁匪擄人勒贖。

綁架　〔動〕用暴力把人劫走:中途遭歹徒綁架。

綁票　〔動〕匪徒暗中把人劫走,脅迫被綁架者的家屬出錢贖回。

肉票　〔名〕舊時指被偷匪綁架作為抵押的人,藉以向他的家屬勒索錢財。

票　〔名〕指肉票:綁票╱贖票。

撕票　〔動〕舊時綁匪在勒索金錢的要求得不到滿足時,把被綁架者殺死。

劫持　〔動〕用武力脅迫對方服從:受人劫持╱劫持飛機。

人質　〔名〕一方扣留或劫持對方的人,用來作為抵押,迫使對方履行諾言或接受某項條件。

劫機　〔動〕劫持飛機。指劫機者用武力脅迫飛行中的飛機駕駛員飛往他們要去的某一地點,為達到目標,多同時劫持乘客作人質。

L7－15 動:　偷竊

偷竊　用不正當手段秘密地取得他人財物:偷竊貴重飾物╱偷竊保密文件。

偷　暗中拿走他人財物,據為己有:倉裡糧食被偷了。

竊　暗中拿走;偷:行竊╱竊賊╱竊人財物。

偷盜　偷竊;盜竊:偷盜公物。

盜竊　用非法手段暗中取得;偷竊:盜竊公款╱盜竊國家機密。

偷摸　趁人不備,用手探取別人財物;偷竊:偷摸錢包╱幹偷摸勾當。

扒竊　從他人身上偷取財物:抓住正在扒竊的手。

掏腰包＊　〈口〉指扒手從別人口袋裡扒竊財物。

盜賣　盜竊公私財物,變賣歸己:盜賣展出文物。

盜用　非法使用公家的或別人的名義或財物圖利:盜用公款。

捲逃　家裡或內部的人偷了全部金錢細軟等物逃走:該公司的會計經理。

盜墓　挖掘墳墓,盜竊隨葬物品:偷墳盜墓。

失竊　財物被人偷去:學生宿舍連續失竊。

失盜　失竊。

L7－16 名:　賊

賊　偷東西的人:偷雞賊╱做賊喊捉賊。

竊賊　小偷;賊。

慣竊　經常偷竊、屢教不改的人。□**慣賊**。

小偷　偷東西的人;賊:抓小偷。

扒手　從他人身上摸竊財物的小偷。也作**掱手**。

三隻手　〈方〉從他人身上摸竊財物的小偷；扒
　　手。

小綹　〈方〉扒手。

飛賊　手腳靈活,能輕快地越牆上房的竊賊。

梁上君子*　後漢陳寔家裡,夜間來了一個賊,躲
　　在屋梁上,陳寔稱他做梁上君子。後來就用
　　梁上君子作竊賊的代稱。

L7－17 名、動：　贓物・窩贓

贓物　〔名〕貪污、受賄或偷盜所得的財物：窩藏
　　贓物／查獲贓物。

贓　〔名〕贓物：賊贓／退贓／貪贓枉法。

贓款　〔名〕貪污、受賄或盜竊所得的錢：退賠贓
　　款。

賊贓　〔名〕盜賊搶到或偷到的財物：轉移賊贓。

窩贓　〔動〕私自藏匿竊賊偷來的財物。

窩藏　〔動〕私藏罪犯、贓款、贓物或違禁品。

窩逃　〔動〕窩藏逃亡的人犯。

窩主　〔名〕藏匿罪犯或贓物、違禁品的人或人
　　家。□窩家。

銷贓　〔動〕❶銷售或收買贓物：參與窩贓銷贓。
　　❷銷毀贓物：銷贓滅跡。

分贓　〔動〕分取贓物、贓款或其他不正當的利
　　益：坐地分贓。

追贓　〔動〕勒令罪犯繳回贓物、贓款：向貪污案
　　犯追贓。

坐地分贓*　匪首、窩主不親自去偷竊、搶劫,坐
　　在家裡分享偷盜來的財物。

L7－18 動：　敲詐・勒索

敲詐　用威脅、欺騙手段,索取他人財物：依仗勢
　　力,敲詐鄉民。

敲　〈口〉敲詐；敲竹槓：他被小攤販敲了幾十元
　　錢。

訛詐　假借某種理由,向人敲詐勒索：這個騙子
　　到處訛詐。

訛　敲詐；訛詐：他想訛人,你別上當。

訛賴　〈方〉訛詐。

勒索　用威脅手段逼別人拿出財物：勒索佣金。

需索　〈書〉索取；勒索：需索財物／需索無厭。

誅求　〈書〉勒索：誅求無已。

敲竹槓*　憑藉某種口實,或利用別人弱點,索取
　　財物或抬高價格。

打秋風*　舊時指利用某種機會,憑藉各種名義,
　　向人索取財物。也說打抽豐*。

L7－19 動：　詐騙・拐騙

詐騙　用假冒身分、編造謊言或設圈套等手段,
　　騙取財物：詐騙犯。

局騙　設圈套行騙：局騙錢物／局騙少年子弟。

撞騙　到處找機會行騙：他看起來老實,倒會撞
　　騙。

坑騙　用狡詐欺騙手段使人受到損害：坑騙良家
　　婦女。

招搖撞騙*　假借名義,到處炫耀,虛張聲勢,進
　　行詐騙。

盜騙　用隱蔽手段盜竊騙取：盜騙旅客行李。

騙　用欺詐手段取得：騙錢／他的行李被人騙去
　　了。

行騙　幹詐騙勾當：賣假藥行騙。

欺詐　用狡詐手段騙人,取得好處：欺詐行為。

詐　欺騙：詐騙／兵不厭詐／這裡面有詐。

拐騙　用欺詐手段把人或財物弄走：拐騙幼女。

拐　拐騙：她小時候被騙子拐走過。

拐帶　用欺騙手段挾帶財物或人口遠走：拐帶錢
　　財逃走／拐帶婦女。

誘拐　用誘騙手段把人帶到別處：誘拐孩童／少
　　女被誘拐出國。

L7－20 名：　騙術・騙子

騙術　欺騙人的伎倆：施展騙術。

騙局　為騙人而巧設的圈套：設下騙局／陷入騙

局。

圈套　比喻誘人上當的計策：這些騙子做好圈套加害居民。

陷阱　獵人用於捕捉野獸的坑穴。比喻害人的圈套。

牢籠　騙人的圈套：墮入牢籠。

彀中　〈書〉箭能射到的範圍。比喻牢籠之中圈套之中：迷眩一般讀者，使之失去冷靜，墜入彀中。

花招　欺騙人的手段；計謀：耍花招。也叫花著。

把戲　騙人的狡猾手段；花招：誰知道他又玩什麼把戲，引人上當。

騙子　騙取財物的人。

拐子　拐騙財物、人口的人。

拆白黨　〈方〉騙取財物的流氓騙子集團或壞人。

L7－21 動：　冒充

冒充　用假的充當眞的：冒充內行／冒充名酒。

冒　冒充：冒領／冒牌／冒認／冒功受獎。

充　假裝；冒充：以次充好／打腫臉充胖子。

假冒　用假的冒充眞的：謹防假冒。

假充　假裝某種樣子；冒充：假充醫學專家。

混充　蒙混冒充：混充來賓，伺機行竊。

作假　製造假的，冒充眞的；或在眞的、好的裡面攙雜假的、壞的：不法商販作假誆騙顧客。

作偽　製造假的，冒充眞的(多指文物、著作等)：有些古董商人作偽牟利。

冒名　冒用別人的名義：冒名頂替。

假托　冒用別人的名義；假冒：這本古書是後人所假托的。

偽托　在著作、藝術品等方面假冒古人或別人的名義：廳中所掛名家墨寶，多是偽托之作。

掠美　奪取別人的功績、美名，以爲己有：不敢掠美。

魚目混珠*　拿魚眼睛來混充珍珠。比喻用假的來冒充眞的。

濫竽充數*　齊宣王用三百人吹竽，南郭先生不會吹，也混在樂隊裡面充數。比喻沒有眞才實學的人，混在行家裡冒充有本領，或以假貨冒充眞貨。有時也用作自謙的話。

L7－22 動：　放火・放毒

放火　點火焚燒房屋、財物。多爲有意破壞：放火燒山／土匪進城後到處放火。

縱火　放火。

放毒　❶故意投放毒物害人：敵探在井裡放毒。❷比喻散布、宣揚有害的思想言論。

L7－23 動：　生事・搗亂

生事　引起糾紛；滋生事端：造謠生事。

惹事　引起麻煩或招來禍害：惹事生非／這孩子在外面常惹事。

肇事　引起事故；起糾紛：懲治肇事的人／酗酒肇事。

惹是非*　引起麻煩；挑起爭端：和睦相處，不惹是非。

惹是生非*　招惹是非，引起爭端。也作惹事生非*。

無事生非*　本來沒有事情，憑空製造是非，引起糾紛。

招事　惹起是非：你不要在外面招事。

找事　故意找毛病，製造矛盾，滋生事端：他這是存心來找事的。

滋事　滋生事端；鬧事：聚眾滋事。

挑釁　藉故生事，蓄意引起爭鬥：他存心打架，上門挑釁。

尋釁　故意找事，引起爭端：尋釁鬧事。

推濤作浪*　比喻蓄意挑釁，製造事端。

推波助瀾*　比喻極力從旁鼓動，促使壞的事物發展，擴大影響。

興風作浪*　比喻抓住機會，挑起事端，製造矛盾，擴大事態。

搗亂　故意擾亂、破壞:流氓到處搗亂。

搗蛋　故意找事,無理取鬧:他們也是迫不得已,並非故意搗蛋。

鬧事　聚衆挑起糾紛衝突,破壞社會秩序:尋釁鬧事/起哄鬧事。

鬧鬼　比喩壞人在暗中破壞、搗亂:背後鬧鬼。

興妖作怪 *　比喩壞人興起事端,暗中破壞搗亂。

L7－24 動、名:　賭博

賭博　〔動〕以財物作注,用鬥牌、擲骰子等比輸贏:禁止賭博/日夜賭博,放棄工作。

賭錢　〔動〕賭博。

賭　〔動〕賭博:聚賭/嗜賭成性。

耍錢　〔動〕〈方〉賭博。

賭本　〔名〕賭博的本錢:輸光了賭本。

賭資　〔名〕用來賭博的錢:沒收全部賭資。

賭注　〔名〕賭博時所押的財物:押一筆賭注。

注　〔名〕賭注/下注/孤注一擲。

賭具　〔名〕賭博的用具,牌、骰子等。

賭棍　〔名〕靠賭博騙財爲生的壞人。

賭徒　〔名〕經常參與賭博的人。

賭鬼　〔名〕沈溺於賭博的人。

賭局　〔名〕賭博的場所或集會:把賭局設在家裡。

賭場　〔名〕專供賭博的場所:開設賭場,吸引遊客。

賭窩　〔名〕對專門聚賭的處所的泛稱。□賭窟。

L7－25 動:　貪污・侵呑

貪污　利用職務上的便利,以侵呑、盜竊、作假等手段,非法占有公共財物:貪污腐化/貪污公款。

貪贓　公職人員利用職務上的方便,受賄索賄或化公爲私:貪贓枉法。

貪墨　〈書〉舊指貪污。

貪賄　貪污受賄:貪賄無藝(藝:限度)。

侵呑　把別人的或公共的財物,暗中非法占爲己有:侵呑公款/侵呑代管財物。

侵占　非法佔有別人的或公共的財產:侵占公物/侵占公房。

呑沒　把公共的或爲別人代管的財物暗中據爲己有:呑沒帳外財物。

侵蝕　隱蔽地逐步侵占(別人的或公共的財物):侵蝕公產。

盜用　非法使用(公家的或別人的名義、財物):盜用公款/盜用公章。

暗扣　私自扣減應發的財物,並把它據爲己有:暗扣軍糧/暗扣賑濟物資。

揩油　比喩趁經手財物之便,占公家或別人的便宜:代售戲票,從中揩油。

L7－26 動:　賄賂

賄賂　用財物買通別人,有所請托:賄賂公行/賄賂了海關官員。

行賄　進行賄賂別人:公然行賄。

受賄　接受別人賄賂:爲官淸廉,拒不受賄。

納賄　受賄。

打點　送人錢物,請求關照:有關人員,都打點過了。

買通　用財物收買別人,以便達到自己的目標:買通關卡。

買關節 *　用財物買通別人;行賄。

走後門 *　比喩通過拉關係、講私情、送財禮等不正當的途徑,來謀求好處或方便。

L7－27 動、名:　舞弊・營私

舞弊　〔動〕用欺騙手法暗地裡做違法亂紀的事情:營私舞弊/考試中發覺有舞弊行爲。

作弊　〔動〕暗中作違法亂紀或不合規定的事情:嚴禁作弊/通同作弊。

做手腳 *　暗中進行不正當的活動,使事情對自己有利。

上下其手* 比喻暗中通同作弊。

營私 〔動〕謀求私利：結黨營私。

徇私 〔動〕為了私情或私利而做不合法的事：徇私枉法。

徇情 〔動〕〈書〉不顧原則，曲從私情；徇私：徇情枉法。

偏私 〔動〕照顧私情，不重法紀：秉公裁判，決不偏私。

開後門* 為了私情或私利，不顧法紀，暗中給人提供好處或方便。

假公濟私* 假借公家名義，謀求私人利益。

以權謀私 利用職權為自己或小集團謀求私利。

結黨營私* 結成小集團共同謀求私利。

無私有弊* 本來沒有什麼私弊，但是處在被嫌疑的地位，易於招人猜疑。

開口子 〈口〉原指洪水衝破一處堤岸。比喻給營私舞弊行為開方便之門。

關係網 〔名〕某些人利用職權、相互勾結、相互利用以謀取政治上、經濟上的私利而結成的人際關係網絡。

關係學 〔名〕指利用關係網、走後門、請客送禮等謀求私利的方法和作風。

L7-28 動： 侵奪·霸占

侵奪 非法侵占並奪取他人財產：侵奪民田／董事長侵奪公款，導致公司股票下跌。

霸占 依仗權勢，強行侵占(他人財產、權益)：霸占市場／霸占森林資源。

強占 用強力占為己有：強占民房／日軍強占我東北。

搶占 非法佔有：搶占公房。

併吞 把別國領土或別人產業強行據為己有：日寇陰謀並吞我東北三省。

巧取豪奪* 用欺詐手段騙取或靠強暴力量奪取。

鵲巢鳩占* 比喻強占他人的房屋、土地等。

欺行霸市* 在市場上欺壓同行，壟斷價格，橫行霸道。

L7-29 動： 剝削·搜刮

剝削 憑藉生產資料的私人所有權或某些政治特權，無償地佔有別人的勞動或產品：資本家剝削工人。

盤剝 指利上加利，反覆剝削：重利盤剝。

搜刮 用各種手段掠奪財物：敵偽政權四處搜刮錢財武器。也作搜括。

刮 搜刮(財物)：刮地皮／刮得民窮財盡。

榨取 比喻剝削或搜刮：殖民主義者從這個寶島榨取了大量的財富。

壓榨 比喻剝削或搜刮；榨取：受盡地主壓榨。

斂財 搜刮錢財：這個土財主斂財的方法很多。

聚斂 搜刮財物：聚斂民財。

刮地皮* 比喻搜刮人民財物。

橫徵暴斂* 指強徵稅捐，殘酷剝削人民。

敲骨吸髓* 比喻對人民的剝削壓榨，極其殘酷。

L7-30 名： 刑罰

刑罰 國家懲罰罪犯的強制處分。其內容為剝奪罪犯的某種權益，包括財產、政治權利、人身自由以至生命。

刑 刑罰：死刑／徒刑／緩刑／免刑。

罪刑 罪責和刑罰。指依據刑法明文規定，犯什麼罪，就處什麼刑。

前科 以前曾經犯罪，受過刑罰處罰的人又犯新罪，其前罪的刑罰和執行，稱為前科。

刑期 法院宣判的剝奪自由的刑罰的執行期限。

刑種 刑罰的種類。一般分為主刑和從刑(附加刑)。

刑名 即刑種，指刑罰種類的名稱。

主刑 可以獨立適用的刑罰。主刑有罰金、拘役、有期徒刑、無期徒刑、死刑五種。

從刑 在主刑之外附加適用的刑罰。從刑有褫

奪公權和沒收財產二種。從刑也可獨立適
用。也叫**附加刑**。

管制 對罪犯不予關押,而在警察機關管束和群
衆監督下限制其人身自由的一種刑罰。

拘役 短期剝奪罪犯人身自由並強制其勞動的
一種刑罰。

徒刑 把罪犯監禁起來,剝奪其人身自由,並強
制其勞動的一種刑罰。分爲有期徒刑和無期
徒刑兩種。

有期徒刑 把罪犯在一定期限內監禁起來,剝奪
其人身自由的一種刑罰。刑期一般爲六個月
以上至十五年以下。

無期徒刑 剝奪罪犯終身自由,並實行強制勞動
的刑罰。

剝奪政治權利 剝奪罪犯在一定期限內參與國
家政治生活權利的刑罰。是附加刑的一種。

褫奪公權 舊時指剝奪犯罪分子作爲公民的政
治權利,如選舉權和被選舉權等。後改稱爲
「剝奪政治權利」。

驅逐出境 把犯罪的外國人或無國籍人逐出國
境以外。也叫**逐出國境**。

五刑 中國古代的主要刑罰,通常指殷、周時代
的墨刑(刺刻面額)、劓刑(割鼻子)、剕刑(斷
足)、宮刑(閹割生殖器)和大辟(死刑)。

L7－31 動：　判刑

判刑 法院依法對罪犯判處刑罰:判刑從嚴。□
處刑。

服刑 服徒刑:服刑期滿。

緩刑 對犯人所判處的刑罰有條件地不予執行,
而規定一個考驗期限。考驗期間,如不再犯
新罪,原判刑罰就不再執行;如再犯新罪,就
把前後所判刑罰合併執行。

免刑 法院經審判決定,對於犯罪情節輕微或有
某種特殊情況的犯罪分子免予刑事處分。

L7－32 名：　死刑

死刑 剝奪罪犯生命的刑罰,只適用於罪大惡極
的犯罪分子:判處死刑／執行死刑。

死罪 依法應判處死刑的罪行。

極刑 重到極點的刑罰,即死刑:處以極刑。

立決 明清兩代對重大死刑犯,不要等到秋審、
朝審,收到覆文即可執行死刑,稱爲立決。

絞刑 對被判死刑的罪犯,用帛、繩等勒死,或在
絞架上絞死。

凌遲　陵遲 中國古代一種最殘酷的死刑。先
分割犯人的肢體,後割斷咽喉,使在極端痛苦
中緩慢地死去。

腰斬 封建時代的一種殘酷的死刑。即把罪犯
從腰部斬成兩段。

車裂 古代的一種酷刑。原爲用車分裂屍體,將
被殺的人的頭和四肢分別拴在五輛車上,各
以一馬駕車,同時分馳,撕裂肢體。也有車裂
活人的。俗稱**五馬分屍** *。

支解　肢解 古代割去四肢的酷刑。

大辟 古代指死刑。

滅族 封建時代的一種殘酷的刑罰,如一人犯
「謀反」罪,他的父母、妻子、兄弟等親屬都要
一同被殺戮。

L7－33 動：　處死

處死 判處死刑;執行死刑:抓住逃兵,一律處死
／凌遲處死。

處決 執行死刑:依法處決一名殺人犯。

鎮壓 指處決:鎮壓反革命分子。

行刑 執行刑罰。多指執行死刑:就地行刑。

臨刑 即將被執行死刑:臨刑不懼。

伏法 (罪犯)被執行死刑:三名慣匪,先後伏法。

正法 依法執行死刑:就地正法。

斬首 砍去腦袋:押到午門外斬首。

殺頭 砍下頭;斬首:清朝盛行文字獄。牽連者

往往被殺頭。

梟首 〈書〉舊時刑罰,即把人頭斬下並懸掛起來:梟首示眾。

授首 〈書〉被殺頭:逆賊授首。

斬 砍斷。特指斬首:斬獲甚眾／斬盡殺絕／滿門抄斬。

斬決 執行斬首的死刑。

剮 古時指執行分割人體的凌遲刑:拚著一身剮,敢把皇帝拉下馬／今天拉出去給剮了。

棄市 我國古代在鬧市執行死刑,並將罪犯屍體暴露在街頭示眾:偶語棄市。

槍斃 執行死刑的一種方法。用槍打死(罪犯):槍斃攜槍叛逃分子。

槍決 槍斃:執行槍決。

明正典刑＊ 根據法律明文,處以死刑。

償命 用生命抵償:殺人償命,欠債還錢。

抵命 償命:凍死了,你們要抵命。

L7－34 名、動：　流刑

流刑 〔名〕古代把罪犯押送到邊遠地區服勞役的刑罰。

流放 〔動〕把犯人驅逐到邊遠地區去。

放逐 〔動〕流放。

充軍 〔名〕我國封建時代的一種流刑,即將罪犯押解到邊遠地區去當兵或終身服勞役。

發配 〔動〕充軍;遣送到邊遠地區:七〇年代初他被發配到黑龍江。

刺配 〔動〕我國古代在罪犯臉上刺字後發配到邊遠地區去服勞役。

L7－35 動、名：　罰款

罰款 ❶〔動〕司法或行政機關強制違法或違反規定者繳納一定數量的錢,作為處罰。❷〔名〕被罰者繳納的錢。

罰金 ❶〔動〕古時納金贖罪。❷〔名〕後泛指被罰繳納的錢;罰款。

罰鍰 〔動〕〈書〉罰金。古代以金贖罪,用鍰(重量單位)計算。

L7－36 名：　刑法(體罰)

刑法 摧殘犯人肉體的刑罰:受刑法／濫施刑法。

刑 特指摧殘犯人肉體的刑罰:用刑／上刑／刑訊。

體罰 司法工作人員違反監管法規,對被監管人故意虐待、摧殘肉體的行為。

大刑 殘酷的刑具或刑罰:動了大刑。

毒刑 殘酷的肉刑:毒刑逼供。

非刑 違反法律規定的殘酷的肉體刑罰,如老虎凳、夾棍、電刑等:非刑拷打。

酷刑 殘暴狠毒的肉刑:濫施酷刑。

嚴刑 嚴厲的刑罰:嚴刑峻法。

私刑 違反法律,私自對人施用的刑罰:濫用私刑。

肉刑 殘害人肢體、肌膚或機能的刑罰。

宮刑 古代閹割男子生殖器、破壞女子生殖機能的肉刑。也叫**腐刑**。

L7－37 動：　用刑

用刑 動用刑具加於人體,施行刑罰:用刑逼供。

動刑 施用刑具;用刑:連夜動刑拷問。

上刑 施用刑具:連日上刑,屈打成招。

拷打 審問時打犯人:嚴刑拷打。

拷問 拷打審問,泛指用刑逼供。

鞭笞 〈書〉用鞭子或板子打(多用作刑罰):受鞭笞之苦。

拶指 舊時用拶子(一種刑具)夾手指的刑罰。

銬 給犯人戴上手銬:把抓到的人先銬起來。

L7－38 名：　刑具·刑場

刑具 用刑的器具。如手銬、腳鐐、夾棍、拶子、絞架等。

手銬 鎖住犯人雙手，限制其動作自由的刑具。

銬 手銬。

腳鐐 限制犯人行動自由的刑具。用一條鐵鏈，連著兩個鐵箍，套在犯人的腳腕上。

鋃鐺郎當 〈書〉鐵鎖鏈：鋃鐺入獄。

囚車 專用於押解囚犯的車輛。

囚籠 古代用來囚禁或解送囚犯的木籠。

檻 囚籠：檻車。

桎梏 〈書〉腳鐐和手銬。現多用來比喻束縛自由、阻礙前進的東西：打破封建桎梏。

板子 舊時用來拷打案犯、施行體罰的木板或竹片：挨了四十板子。

拶子 舊時用來夾手指的刑具。

枷 舊時套在罪犯脖子上的木製刑具：披枷帶鎖。

枷鎖 木枷和鎖鏈，都是古代限制罪犯自由的刑具。也用來比喻被壓迫者所受的壓迫和束縛。

老虎凳 舊時的一種長條形的刑具。將受刑者的雙腳平放凳上，綁緊膝蓋，然後在腳跟下不斷添墊磚瓦，加重其痛苦。

絞架 把人吊死的刑具。高架上繫著絞索，把人吊起勒死。

絞索 絞刑用的繩子。

斷頭臺 十八世紀末法國資產階級革命時用過的執行斬刑的臺。臺上豎著木架，架上裝著可以急遽降下的鍘刀。

刑場 處決犯人的場所：押赴刑場。

法場 舊時執行死刑的地方；刑場。

刑房 非法施刑時所在的房屋：私設刑房。

L7－39 動： 查封·沒收

查封 司法機關對應行沒收或作其他處理的財產，經查核後，就地封存，禁止動用：查封銷售淫穢讀物的書店。

封閉 查封：封閉賭場。

查抄 清查並沒收犯罪者的財產：查抄逆產。

抄家 搜查並沒收家產。

沒收 把犯罪的個人或集團的財產強制地無償地收歸公有。也指把違反禁令或規定的東西收去歸公：沒收贓物贓款。

籍沒 古代指沒收犯罪者的私人財產，使歸官府所有。

充公 把違法犯罪者與案情有關的財物沒收歸公：贓款悉數充公。

歸公 把財物交給公家：涓滴歸公／繳獲要歸公。

掃地出門＊ 沒收全部財產，趕出家門。

L7－40 動： 關押·監禁

押 暫時把人扣留，限制他的自由：拘押／看押／他們兩個被押起來了。

關押 把犯罪的人關起來，限制他的自由：收監關押／他被關押了好多天。

在押 （罪犯）在拘留監禁中：在押犯人。

收容審查 警察機關將有輕微違法犯罪行為的人收容起來，送勞動教養場所進行審查的行政措施。

入獄 關進牢房，實施監禁：鋃鐺入獄／入獄服刑。

監禁 把判了徒刑的犯人關押起來，限制他的自由：判他十年監禁。

囚禁 把犯人關在監獄裡；監禁：這裡過去是囚禁政治犯的地方。

幽囚 囚禁。

收監 舊時指把犯人關進監獄：將案犯收監。

坐牢 關監牢，服徒刑：他因貪瀆，被抓去坐牢。

禁錮 關押；監禁：他被禁錮了三天，受到多次盤問拷打。

放風 監獄裡定時放囚犯到牢房外空地上活動。

收風 監獄裡結束放風，讓囚犯回牢房。

L7－41 動、名：　管制・監管

管制　〔動〕我國刑罰的一種。對罪犯不予關押，只施行強制管束，限制其一定行動自由：管制分子／不服管制。

管押　〔動〕對違法犯禁者臨時的看管拘押：管押在派出所裡。

監管　〔動〕對在押犯人的監視管理：加強監管。

監守　〔動〕看管（人或物）：監守人犯／監守牢門／監守自盜。

拘管　〔動〕限制；管束：嚴加拘管。

看守　〔動〕監視並管理（犯人）：看守在押人犯。

看管　〔動〕監視並管理（犯人）：嚴加看管。

看押　〔動〕臨時監管拘押：看押一批俘虜。

收押　〔動〕拘留：予以收押。

勞動改造　〔名〕對判處徒刑的罪犯，凡有勞動能力的，強迫他們在勞動中改造思想，進行文化教育和生產技能的訓練，使改惡從善，成為新人。簡稱**勞改**。

勞動教養　〔名〕對違反法紀而又可以不追究刑事責任的人，實行強制性的勞動教育改造，使成為自食其力的勞動者。簡稱**勞教**。

L7－42 名：　監獄

監獄　監禁罪犯的處所。□**牢獄**。

監　監獄；監牢：收監／探監／出監。

監牢　〈口〉監獄。

獄　監獄；牢獄：入獄／下獄／越獄／劫獄。

牢　監獄：坐牢／劫牢。

牢房　監獄裡拘禁罪犯的房間：巡視牢房。

囚牢　舊時囚禁罪犯的處所：身陷囚牢。

大牢　監獄：坐大牢。

地牢　設在地下的牢獄：打入地牢。

班房　舊時衙門裡衙役值班的房間，也用於臨時拘留案犯。後來泛稱監獄或看守所：坐班房。

囹圄　**囹圄**　〈書〉監獄：身陷囹圄。

笆籬子　〈方〉監獄：蹲笆籬子。

鐵窗　安上鐵柵的窗戶。藉指監獄：鐵窗風味（坐監牢的滋味）。

看守所　主要羈押未決犯的場所。判處二年以下徒刑，不便送往勞動改造管教隊執行的罪犯，亦可交由看守所監管。

少年感化院　即少年犯感化教養所。是警察機關管轄的對少年犯實施教育改造為主，輕微勞動為輔方針的感化教養機關。

L7－43 名：　囚犯

囚犯　被關押在監獄裡的罪犯。

囚　被關押的犯人：系囚／死囚／階下囚。

囚徒　囚犯。

監犯　關在監獄中的罪犯。

死囚　已判死刑，尚未執行的囚犯：待槍決的死囚。

階下囚　舊時指在公堂前臺階下受審的囚犯。泛指在押的案犯或俘虜：昔為座上客，今成階下囚。

L7－44 名：　看守

看守　舊時稱監獄裡監視、管理犯人的人。

獄吏　舊時指管理監獄的小官。

禁子　舊時稱在監獄中看守罪犯的人。也叫**禁卒**；**獄卒**。

劊子手　舊時指奉命直接執行死刑的人。

L7－45 動：　押解

押解　押送犯人或俘虜：兩個要犯被押解到省裡。

押送　把人或物看守護送到某處：押送搶劫犯／押送囚糧。

解送　押送犯人或財物：犯人被解送到法庭／解送款項。

押　押送：押車／押赴刑場。

解 解送:解款/把逮捕到的人犯押送到縣裡。

起解 舊時指押送犯人上路。

L7-46 動: 釋放·赦免

釋放 恢復被拘押者或服刑者的人身自由:無罪釋放/刑滿釋放。

開釋 釋放(被拘禁的人):當庭開釋。

釋 釋放:獲釋/保釋。

保釋 在押犯人在某種情況下向法院提供擔保而獲准釋放:保釋回家候審。

假釋 把刑期未滿的犯人,在一定條件下暫時釋放:假釋出獄。

赦免 依法免除或減輕對罪犯刑罰:赦免政治犯。

赦 赦免:赦令/十惡不赦。

大赦 由國家元首或國家最高權力機關對全國一般犯罪或特定犯罪赦免全部或部分刑罰:大赦令。

特赦 由國家元首或國家最高權力機關以命令方式對已被判刑的特定犯人免除或減輕其刑罰。

減刑 赦免的一種。法院依法對執行中的原判刑罰予以減輕。

L8 警 察

L8-1 名: 警察

警察 社會的公共治安:警察機關/警察人員。

治安 社會的安定秩序:維持社會治安/做好治安管理工作。

保安 ❶保衛社會治安:保安部隊。❷保護工人在生產中的安全,防止發生人身事故:工廠保安制度。

警察局 擔負社會治安、保衛人民的機關。

派出所 我國市、縣警察局管理戶籍和基層治安工作的派出機構。

巡捕房 帝國主義者在上海等商埠的租界裡為壓制中國人民而設的巡捕辦事機構。相當於舊中國的警察局。也叫捕房。

L8-2 名: 警察

警察 國家維持社會治安的武裝力量。按照任務,分為不同的警種,如戶籍、交通、刑事、司法、治安、鐵路、航運、邊防、外事等。

巡警 舊時泛指警察。現指在一定地區執行治安巡察、巡邏任務,維持社會秩序的警察。

警 警察的簡稱:民警/刑警/交通警/戶籍警。

刑事警察 從事刑事偵查和刑事科學技術工作的警察人員。簡稱刑警。

法警 法院中擔任逮捕或押送犯人、傳喚當事人、證人和維持法庭秩序等職務的人員。

路警 鐵路上維持交通秩序、保護行旅安全的警察。

崗警 在崗位上執勤的警察:沿途設有崗警。

門警 在重要機關、企業門前守衛的警察。

警衛 用武裝力量執行警戒、保衛任務的人:警衛室/警衛崗哨。

門衛 在門口守衛的人。

巡捕 舊時稱帝國主義租界裡的治安警察。

捕頭 巡捕的頭目。

L8-3 動: 偵查

偵查 警察機關和檢察機關為了搜集、審查證據,確定犯罪事實,查緝犯罪人而進行調查:偵查案情。

偵 暗中察看;偵查:一樁劫案已經偵破。

偵緝 偵查緝捕:偵緝販毒集團。

偵探 暗中刺探情報或調查案情:偵探逃犯藏匿地點。

破案 查明刑事案件的真相:限期破案。

破獲 偵破並捕獲:這個秘密機關已被敵人破

獲。

偵破　偵查破案:連月偵破數起重大案件。

L8-4 名: 偵探

偵探　暗中刺探機密或偵查案件的人員。

暗探　指反動軍警機關從事秘密偵察的人員:暗探密布。

便衣　身穿便服暗中從事偵察、保衛等工作的軍人、警察等。

捕快　舊時衙門裡緝捕犯人的差役。

馬快　舊時衙門裡偵查案情、逮捕罪犯的差役。

包探　舊時租界巡捕房裡的偵緝人員。

包打聽　〈方〉包探。

L8-5 動: 搜查

搜查　搜索檢查(罪犯或違禁物品):搜查走私犯/連續搜查幾次,一無所獲。

搜　仔細尋找、檢查:搜索/搜身/搜到大量罪證。

查　檢查;調查:查訪/查帳/查戶口。

搜捕　搜查發生案件的地點和逮捕有關的人:搜捕逃犯。

搜身　搜查身上有無夾帶或藏匿錢物:進門時必須接受搜身檢查。

抄　搜查並沒收:查抄/抄了案犯的家。

抄獲　搜查並獲得(犯罪證據或非法所得財物):抄獲偽造票證。

抄身　搜查涉嫌者上下內外衣物:不准無故抄身。

抄靶子　〈方〉搜查涉嫌者身上有無違禁物品。

L8-6 動: 傳喚

傳喚　司法機關、檢察機關用傳票或通知叫與案件有關的人到案:被傳喚的人都到庭了。

傳訊　司法機關、警察機關傳喚與案件有關的人到案受訊問:報館主筆先後被傳訊過三次。

拘傳　司法、檢察或警察機關對受傳喚而拒不到案的刑事被告人,強制傳喚到案。

傳　傳喚;傳訊:區上派人來傳她/傳證人出庭。

L8-7 動: 拘留

拘留　❶警察機關對需要受偵查的人依法在一定時間內暫時關押起來。有刑事拘留和民事拘留:他是因涉嫌一椿犯罪活動被拘留的。❷警察機關把違反治安管理法規的人關押起來,作為一種行政處罰,稱為行政拘留。一般不超過十五天。

拘禁　暫時關押:他因為受人誣陷,被拘禁了三個月。

拘押　拘禁;扣押:幾個企圖越境外逃的人被拘押在監獄候審。

拘繫　〈書〉拘禁;關押。

羈押　〈書〉拘留;拘押:羈押獄中,已經一月。□羈留。

扣留　用強制手段把人或財物留住不放:扣留偽造護照的人/扣留一批行李。

扣押　扣留;拘押:扣押一輛無證貨車/一個攜帶違禁品的人被扣押起來。

收審　拘留審查:將重大嫌疑分子收審。

L8-8 動: 逮捕·捕捉

逮捕　依法捉拿(罪犯):逮捕法辦/逮捕歸案。

拘捕　逮捕;拘留。

搜捕　搜查並捉拿與案件有關的地方和人。

緝捕　搜查捉拿(犯人):緝捕兇手/懸賞緝捕。

緝拿　搜查捕捉犯罪的人:緝拿歸案。

通緝　警察、司法機關通告各地機關、公民協助緝捕在逃罪犯:發布通緝令。

緝　搜捕;捉拿:緝私/偵緝。

捕　捉;逮:捕盜/竊賊已被捕。

捕捉　捉;逮住:捕捉昆蟲/捕捉殺人兇手。

追捕　追趕捉拿:追捕敵探。

圍捕 包圍起來捕捉:圍捕魚群/圍捕逃犯。

兜捕 從後面和兩旁包圍起來捕捉:兜捕跳車逃走的車匪。

捕獲 捉到;逮住:捕獲重要案犯。

截獲 半路上攔阻住或捕捉到:截獲一批走私軍火。

拿獲 捉住(罪犯):行凶歹徒被當場拿獲。

捕拿 擒捉:捕拿扒手。

捉拿 捕捉(犯人):捉拿兇手。

捉 用強力把人或動物拿到自己手中:捉賊/捉特務/捉雞。

拿 用強力取;捉:拿來問罪/拿住三個竊賊。

歸案 把在逃或隱藏的罪犯捕捉到,押解或引渡到主管司法機關審訊結案:捉拿歸案。

擒 捕捉;捉拿:束手就擒/擒賊先擒王。

擒拿 捉住:擒拿逃犯。

生擒 活捉(敵人、盜匪等):生擒匪首。

扭送 群眾揪住違法犯罪分子,送交警察、司法機關:把騙子扭送派出所。

落網 (罪犯、敵人)被捕獲:主要案犯紛紛落網。

一網打盡 * 比喻(罪犯、敵人)全部抓住或徹底消滅。

拒捕 不服逮捕,進行抵抗:開槍拒捕。

格殺勿論 * 舊時統治者允許所屬軍警把行凶、拒捕以及觸犯禁令的人當場打死,不以殺人論罪。

L8－9 名:　逮捕證·傳票

逮捕證 警察機關逮捕人犯的憑證。須經人民檢察院批准、決定或人民法院決定,由警察機關簽發,於執行逮捕時出示。

傳票 司法機關簽發的傳喚訴訟當事人或其他特定人到案的書面憑證。

拘票 舊時衙門開具的強制人犯及有關人員到案的憑證。

L9　軍　事

L9－1 名:　軍事

軍事 一切與軍隊的組織、訓練、技術裝備以及作戰行動有關的事:軍事工作/軍事工程/軍事科學。

軍務 軍隊中的事務;軍事任務:處理軍務/軍務緊急。

兵 軍事;戰爭:兵書/兵法/紙上談兵/兵連禍結。

甲兵 〈書〉鎧甲和兵械。泛指軍備;軍事;戰爭:治弓矢,繕甲兵/四方多甲兵。

軍政 ❶軍事和政治:軍政兩用人材。❷軍中行政事務:軍政繁忙。❸軍隊和政府:歷任軍政要職。

軍機 ❶軍事;戰爭:軍機緊迫。❷軍事機宜:貽誤軍機。

軍事管制 國家在戰爭或其他特殊情況下,由軍事部門在一定時期內接管國家政權或局部地區、特定單位的一種措施。簡稱**軍管**。

L9－2 名:　軍隊(一般)

軍隊 為政治目標服務的武裝組織。是國家政權的主要成分:人民軍隊。

軍 軍隊;武裝部隊:三軍/大軍/軍樂/參軍。

兵 軍隊:騎兵/練兵/兵臨城下。

部隊 軍隊的通稱:陸軍部隊/地方部隊/駐滬部隊。

隊伍 軍隊:一支勇敢善戰的隊伍。

行伍 古代軍隊的編制,五人為伍,二十五人為行。後用以泛指軍隊:出身行伍。

伍 古代軍隊編制的最小單位,由五個人組成;現泛指軍隊:入伍/退伍軍人。

部 ❶軍隊:我部/率部起義。❷軍隊一部分的

領導機構或其所在地:隊部/連部/軍部。

師　軍隊:師出無名/百萬雄師。

旅　軍隊:強兵勁旅/班師振旅。

人馬　泛指軍隊或士兵:全部人馬,無一傷亡。

戎　軍隊;士兵:戎裝/投筆從戎。

戎行　〈書〉軍隊;行伍:投身戎行。

武裝部隊　軍隊。

武裝力量　國家正規軍隊及地方軍、民兵等武裝組織的統稱。

武力　軍事力量:訴諸武力。

武備　〈書〉指武裝力量和軍事裝備:雖有文事,必有武備/加強武備。

三軍　❶周制,大國多設三軍:中軍、上軍、下軍。後把三軍作為軍隊的統稱。❷古代指步、車、騎三軍。現也稱陸軍、海軍、空軍為三軍。

聯軍　由幾國或幾支部隊聯合組成的軍隊:八國聯軍/東北抗日聯軍。

娘子軍　隋末李淵的女兒平陽公主統率的婦女軍隊,號稱娘子軍。後泛指女子組成的隊伍:紅色娘子軍。

L9－3　名：　正規軍・地方軍

正規軍　國家按照統一的編制組成,有統一的制度、紀律、指揮和訓練的軍隊。

常備軍　國家平時經常保持的現役正規軍隊。

國防軍　擔負保衛國家職責的正規軍。

野戰軍　適應在廣大區域機動作戰的正規軍。

後備軍　預備役軍人的總稱。包括服滿現役退伍的軍人和依法應服兵役而未入伍的適齡公民。

警察部隊　擔負守衛國家重要工礦、企業、交通設施,維持治安,警備城市和保衛邊境安全等任務的武裝力量。

武警部隊　擔負保衛地方安全任務的武裝警察部隊。

地方軍　指在一定地區內活動的部隊,是國家武裝力量的一部分。以中國大陸為例,地方軍的任務是:平時協同地方維持治安,訓練民兵;戰時配合野戰軍作戰等。也叫**地方部隊**。

民兵　不脫離生產的群眾性人民武裝組織,通常由不應被徵集服兵役的公民組成。

地方武裝　地方部隊和民兵的統稱。

民團　舊時地主豪紳組織的用以維護其利益的地方武裝組織。

保安隊　北洋軍閥時期的地方警備部隊。

團練　宋代至民國初年,地主階級用來鎮壓農民反抗的地方武裝組織。

禁衛軍　歐洲某些國家享有特權的精銳部隊。最早出現於法國,後相繼出現於英、瑞典、俄等國。蘇聯把禁衛軍作為榮譽稱號授與戰功卓著的部隊。

L9－4　名：　義勇軍・游擊隊

義勇軍　泛指人民自願組織起來抗擊侵略者的武裝部隊。

義師　起義的或為正義而戰的軍隊。

志願軍　一國或數國人民為了支援另一國家的對外戰爭或國內戰爭而自願組成的軍隊。

志願兵　自願參加軍隊服役的士兵。

游擊隊　一種執行流動作戰任務的非正規小部隊。一般人數少,裝備輕便,行動靈活,出沒在敵占區進行游擊戰,打擊敵人。

L9－5　名：　白軍

白軍　指資產階級的反動軍隊。□**白匪**。

L9－6　名：　軍種・兵種

軍種　主要根據軍事行動的空間範圍不同而分類的軍隊組織。一般分為陸軍、海軍、空軍,也有的國家分設有戰略火箭軍、國土防空軍。軍種中包括兵種、專業兵和後勤。

兵種　軍種內各部隊的分類,各有獨自的武器裝

備、戰術和戰鬥任務,如陸軍有步兵、炮兵、裝
甲兵、火箭兵、工程兵、防化兵、鐵路兵等。

陸軍 在陸地作戰的軍種。現代陸軍通常由步
兵、炮兵、裝甲兵、通訊兵、工程兵、鐵路兵、防
化兵等兵種和各專業部隊組成。

步兵 徒步作戰的兵種。是陸軍中主要的兵種。
能獨立或協同各兵種作戰。現代步兵包括摩
托化步兵、空降步兵。也稱這一兵種的士兵。

炮兵 以火炮、火箭、戰術飛彈、高射炮等為武
器,用火力突擊力量作戰的陸軍兵種。也稱
這一兵種的士兵。

裝甲兵 以坦克、自行火炮和裝甲輸送車為基本
裝備的陸軍兵種。有高度的裝甲防護,有強
大的火力和突擊力。通常執行機動作戰任
務。也稱這一兵種的士兵。也叫**坦克兵**。

工程兵 擔負戰鬥工程保障任務的陸軍兵種。
執行構築工事、架橋、築路、偽裝、設置和排除
障礙物等任務。也稱這一兵種的士兵。□**工
兵**。

防化兵 擔負防護化學武器、原子武器襲擊任務
的兵種。其基本任務是:實施原子、化學觀測
和化學、輻射偵察,實施沾染檢查和組織劑量
監督,實施消毒和消除,並指導軍隊對化學、
原子武器的防護。也稱這一兵種的士兵。

鐵路兵 擔負鐵路保障任務的兵種。通常由橋
梁、隧道、線路等專業分隊組成。其任務為搶
修被破壞的鐵路或搶建新鐵路,以保障軍隊
的機動和作戰物資的輸送。也稱這一兵種的
士兵。

通訊兵 擔負通訊聯絡任務的兵種。由有線電、
無線電、運動、信號等通訊分隊組成。也稱這
一兵種的士兵。

機械化部隊 裝備有裝甲輸送車行動和作戰的
部隊。由機械化步兵、坦克兵、炮兵、高射炮
兵及其他分隊組成。

空降兵 用傘降或機降,投入敵人後方作戰的陸

軍兵種。由傘兵、坦克兵、炮兵、自行炮兵、各
專業兵等兵種和後勤部隊組成。其主要任務
是迅速抵達或突然出現於敵人後方,配合正
面軍隊協同作戰。

傘兵 經過專門訓練用降落傘降落的空降兵。

騎兵 騎馬作戰的陸軍兵種。通常執行追擊、攔
截、奔襲以及偵察、警戒等任務。現代許多國
家已淘汰。

馬隊 指騎兵隊伍。

海軍 在海洋上作戰的軍隊。由水面艦艇、潛
艇、航空兵、岸防兵、海軍陸戰隊等兵種和各
種專業部隊組成。具有在水面、水下和在空
中作戰的能力。

水軍 古代稱水上作戰的軍隊。

水師 水軍。清代有長江水師,外海水師。

水兵 海軍的士兵。

艦隊 擔負某一戰役作戰任務的海軍編隊。由
水面艦艇、潛水艇、海軍航空兵、海軍陸戰隊
和海軍岸防炮兵等編隊組成。

海軍航空兵 擔負在海洋上空戰鬥任務的海軍
兵種。主要任務是消滅敵方海軍兵力,掩護
己方艦艇,在海洋戰區進行空中偵察和保衛
海軍基地。

海軍陸戰隊 擔負海上戰役登陸作戰任務的海
軍兵種。其組織編制、裝備與步兵部隊大體
相同。主要任務是在登陸作戰中擔任先頭部
隊,奪取和鞏固登陸場、灘頭陣地,保障主力
部隊登陸。也可擔任海軍基地和海岸防禦任
務。

空軍 在空中作戰的軍種。由各種航空兵和空
軍地面部隊組成。裝備有各種飛機,具有空
中突擊、遠程作戰和高速機動的能力。是空
中對敵戰鬥和從空中突擊敵方地面目標的主
要力量。

航空兵 裝備各種軍用飛機,在空中執行作戰任
務的空軍各兵種的統稱。按裝備和作戰任務

分,有殲敵、轟炸、攻擊、反潛、偵察、運輸等航
空兵。

雷達兵 以雷達爲基本裝備的無線電技術兵種。
其任務是對地面、海上和空中敵人實施無線
電技術偵察,發現和識別目標,指引殲敵機作
戰。

特種部隊 專門執行某種特殊任務的部隊。其
任務爲潛入敵後進行偵察、破壞、擾亂活動,
打擊恐怖組織、營救人質等。

憲兵 某些國家的軍事政治警察。

衛隊 擔任警衛工作的部隊。

儀仗隊 執行禮節性任務的小部隊。通常由陸、
海、空三軍代表人員組成,或單獨由陸軍人員
組成。用於迎送來訪的國家元首、軍政首腦
等。也用於隆重的典禮。

L9－7 名： 軍制

軍制 軍事上的各種制度。如軍隊的組織、編
制、兵役、裝備、訓練、紀律等。

編制 軍隊、機關、團體等機構的組織形式、人員
定額及職務分配:按編制配備人員／超過連隊
編制。

建制 機關、軍隊的組織編制和行政區劃等制
度:敵人軍隊建制已被打亂,削弱了戰鬥力
量。

班 軍隊編制的最小單位。在排之下。

排 軍隊編制單位。在連之下,班之上。

連 軍隊編制單位。在營之下,排之上。

營 軍隊編制單位。在團之下,連之上。

團 軍隊編制單位。在師或旅之下,營之上。

旅 軍隊編制單位。在師之下,團之上。

師 軍隊編制單位。隸屬於軍或集團軍,下轄若
干團或旅。

軍 軍隊編制單位。由若干個師和戰鬥、保障部
隊組成。

小隊 隊伍編制的基層單位。在中隊之下。

分隊 一般指軍隊中相當於營以下到班一級的
組織。

支隊 ❶軍隊中相當於團或師的一級組織。如
獨立支隊、游擊支隊等。❷作戰時的臨時編
組,如先遣支隊。

區隊 軍隊中相當於連或排的一級組織。

中隊 軍隊中相當於營或連的一級組織。由若
干小隊或分隊組成,隸屬大隊。

大隊 軍隊中相當於營或團的一級組織。由若
干中隊組成,如游擊大隊、轟炸機大隊等。

總隊 軍隊中相當於團或師(旅)的一級組織。

縱隊 一種軍隊編制單位。

小分隊 一種執行特定軍事任務的臨時性組織。
人數較少,成員精幹,靈活機動:民兵小分隊。

兵團 ❶軍隊的一級組織,相當於集團軍。下轄
若干個軍或師。❷由各兵種、各專業兵的幾
個部隊加上保障和勤務部隊組成的軍隊編
組。

軍團 一種軍隊的編制單位。相當於集團軍。

大兵團 泛指規模大的作戰單位:指揮大兵團作
戰。

集團軍 軍隊的一級組織。轄若干個軍或師。

L9－8 名： 軍人·軍屬

軍人 有軍籍的人;服兵役的人:現役軍人。

兵 軍人;戰士:工農兵。

武人 舊指軍人:武人當政。

武夫 〈書〉軍人:一介武夫／赳赳武夫。

老總 ❶舊時對軍人的稱呼。❷對中國人民解
放軍某些高級將領的尊稱(多和姓連用):彭
老總。

指戰員 指揮員和戰鬥員的合稱。

官兵 軍官和士兵的合稱。

將士 將領和士兵的合稱:前方將士。

戰鬥員 所有參加武裝部隊的成員的統稱。也
特指直接參加戰鬥的士兵。

現役軍人 　正在服役的軍人。

退伍軍人 　因服役期滿或其他原因退出現役的軍人。

榮譽軍人 　對因傷致殘的軍人的尊稱。簡稱榮軍。

軍籍 　原指登記軍人姓名的簿冊。藉指軍人的身分。

軍齡 　軍人服役的年數。

軍屬 　軍人的家屬。

烈屬 　為正義事業而獻身的人的家屬。

抗屬 　抗日戰爭時期,在革命根據地堅持對敵鬥爭的幹部和戰士的家屬。

軍民 　軍隊和人民:軍民一家。

L9－9 名: 　軍銜·軍階

軍銜 　根據軍人的職務、軍事素養、年資、功績而授予個人的稱號,如元帥、將官、校官、尉官等。

軍階 　軍銜的等級。

大元帥 　某些國家軍銜的最高一級,是這些國家武裝部隊的最高統帥。

元帥 　軍銜的一級,高於將官。

大將 　軍銜。某些國家將官的最高一級。

上將 　軍銜。將官的一級,高於中將。

中將 　軍銜。將官的一級,低於上將,高於少將。

少將 　軍銜。將官的一級,低於中將。

准將 　某些國家軍銜的一級。在少將之下,校官之上。

大校 　軍銜。某些國家校官的最高的一級。

上校 　軍銜。校官的一級,高於中校。

中校 　軍銜。校官的一級,低於上校,高於少校。

少校 　軍銜。校官的最低一級。

大尉 　軍銜。某些國家尉官的最高一級。

上尉 　軍銜。尉官的一級,高於中尉。

中尉 　軍銜。尉官的一級,低於上尉,高於少尉。

少尉 　軍銜。尉官的一級,低於中尉。

准尉 　某些國家軍銜的一級,在少尉之下。

軍士 　高於兵、低於尉官的軍銜。一般分上士、中士、下士三級。

上士 　軍銜。軍士的一級,高於中士。

中士 　軍銜。軍士的一級,低於上士,高於下士。

下士 　軍銜。軍士的最低一級。

上等兵 　軍銜。兵的一級,高於列兵。

列兵 　軍銜。兵的最低一級。

L9－10 名: 　軍官·將領

軍官 　被授予尉官以上軍銜的軍人。也指軍隊中排長以上的幹部。

官長 　舊指軍官。

長官 　舊稱軍隊中的官員。

官佐 　指軍官。

將校 　將官和校官。泛指高級軍官。

校官 　校級軍官。低於將官,高於尉官。

尉官 　尉級軍官。

武官 　指軍官。

教官 　舊指在軍隊、學校中擔任教練的軍官:軍事教官。

侍衛 　隨從衛護帝王的武官。

侍衛官 　以侍從、衛護長官為專職的武裝官員。

將官 　將級軍官,低於元帥,高於校官。也泛指高級軍官。

將 　❶將官:上將／少將。❷將領,泛指軍官:將士用命。

將領 　高級軍官:全軍將領。

將軍 　指有將級軍銜的軍官。也泛指高級將領。

小將 　古代指帶兵打仗的年輕將領。

老將 　年齡大而富有作戰經驗的將領。

宿將 　久經戰陣、經驗豐富的將領;老將。

儒將 　學識豐富、風度儒雅的將領。

猛將 　勇猛的將領。

虎將 　喻勇猛善戰的將領。

闖將 　戰鬥中勇於衝鋒陷陣的將領。

L9－11 名： 統帥

統帥 統率全國武裝力量的最高領導人：最高統帥。

元帥 古時統率全軍的將領。現爲許多國家軍隊的最高軍銜。

帥 軍隊中最高的指揮官：將帥／主帥。

將帥 泛指軍隊中高級指揮官。

總司令 全國軍隊或某一獨立軍種的最高指揮員。

司令 ❶某些國家軍隊中主管軍事的人。❷中國大陸的司令員習慣上也稱司令。

司令員 中國人民解放軍中負責領導部隊軍事工作的主管人員，如軍區司令員、艦隊司令員等。

指揮員 ❶軍隊中負責指揮作戰的軍官。❷軍隊中幹部的統稱。

主將 軍隊的主要將領；統帥。

督軍 北洋軍閥統治時期一省的最高軍事長官，總攬全省軍政大權。

都督 我國古時設置的軍事長官名。民國初年各省曾設都督，是省的最高軍政長官。

麾下 〈書〉舊時對將帥的尊稱。也指將帥的部下。麾，用來指揮軍隊的旗子。

L9－12 名： 軍師‧參謀等

參謀 軍隊中參與制訂作戰計畫，指揮軍隊行動、管理和訓練部隊的人員。

副官 舊時軍隊中辦理行政事務的軍官。

幕僚 古代將帥幕府中的屬員，如參謀、書記等。後泛指文武官署中的佐助人員。

軍師 古軍官名。舊小說戲曲中稱軍隊中爲主帥出謀獻策的人。

兵家 泛指軍事家或用兵的人：勝敗乃兵家常事。

軍需 指舊時軍隊中辦理軍隊所需物資、器材和給養業務的人。

軍醫 軍隊中負責衛生醫療工作的軍官。

L9－13 名： 士兵

士兵 軍隊中最基層的成員：幹部和士兵。□**兵士**。

兵 士兵，軍隊中最基層的成員：上等兵／普通一兵／官兵一致。

兵員 部隊士兵的總稱：補充兵員／裁減兵員。

大兵 舊時指士兵。

丘八 舊時稱兵。「丘」和「八」合成爲「兵」字，含貶義。

兵丁 士兵的舊稱。

卒 士兵：馬前卒／一兵一卒。

小卒 小兵。多用於比喻：無名小卒。

士卒 舊稱士兵：身先士卒。□**兵卒**。

戰士 ❶士兵，參加作戰的人：退役的戰士。❷泛指參加正義鬥爭或從事正義事業的人：白衣戰士／反對傳統禮教的戰士。

甲兵 〈書〉武裝的士兵。

武士 古代守衛宮廷的士兵。

L9－14 名： 衛兵‧哨兵

衛兵 擔任警衛工作的士兵。

護兵 舊指官吏的隨從衛兵。

護衛 保衛官吏的武裝人員。

馬弁 軍閥時代軍官的護兵。

警衛 執行警戒保衛任務的士兵。

衛隊 擔任警衛工作的武裝部隊。

禁軍 〈書〉古代稱保衛京城或宮廷的軍隊。

哨兵 承擔警戒任務的士兵。

崗哨 站崗放哨的士兵。

尖兵 軍隊行軍和宿營時派出在最前面執行警戒任務的小分隊，一般爲一個連，一個排或一個班。

步哨 軍隊駐紮時的哨兵。

前哨　軍隊駐紮時向有敵情的方向派出的警戒小分隊。

L9－15 名：　通訊員・勤務員等

通訊員　部隊、機關中擔任遞送公文、傳達命令等聯絡工作的人員。

交通員　抗日戰爭時期革命隊伍中擔任通訊聯絡工作的人員。

號兵　軍隊中負責吹號的士兵。

勤務　軍隊中擔任雜務工作的人。

勤務兵　舊時軍隊中給軍官做雜務的士兵。

勤務員　部隊或機關裡擔任雜務工作的人員。

雜務人員　勤務員的總稱。

司務長　連隊中掌管裝備、物資、經費、衛生、伙食等後勤工作和管理雜務人員的幹部。

伙頭軍　近代小說戲曲中稱軍隊中的炊事員。

L9－16 名：　兵役

兵役　國家規定的公民入伍當兵的義務。

現役　公民自入伍之日起到退伍之日止在軍隊所服的兵役：現役軍人。

預備役　公民在軍隊以外所服的兵役。退出現役的軍人和應服兵役尚未應徵入伍的公民，編入預備役。預備役人員應按規定參加軍事訓練，隨時準備應徵入伍，保衛國家。

社會役　指年滿二十歲役男到各機關單位服務，以替代在軍營服役。我國自八十九年實施社會役，規劃分為四大類：社會安全、國防建設、社會服務、公共衛生。役期分為二年、二年半與三年三種，具體的役別包括：警察役，消防役、科技役、海外合作役、文化役、環保役與醫療疫。也稱作**兵役替代役**。

兵役法　國家制定的公民入伍服兵役的法律。我國兵役法規定實行義務兵與志願兵相結合、民兵與預備役相結合的兵役制度。

義務兵役制　公民依照法律規定在一定年齡內有服一定期限兵役義務的制度。□**徵兵制**。

募兵制　國家以雇傭方式招募兵員補充軍隊的制度。**雇傭兵役制**。

適齡　指適合兵役應徵、入學等的年齡。

役齡　適合服兵役的年齡。

L9－17 動：　徵兵・參軍

徵兵　國家依法徵集公民服兵役。

徵　國家召集公民服役：徵兵／應徵入伍。

招兵　舊時向社會招募兵員：招兵買馬。

招募　募集人員：招募猛士／招募兵士。

募兵　招募兵士：下令募兵／募兵制。

徵募　徵求募集(士兵)。□**徵集**。

徵召　徵(兵)：徵召新兵。

抽丁　指舊社會統治者強迫青壯年男子去當兵。也說**抽壯丁**＊。

招兵買馬＊　招攬各方人員，擴充武裝力量(多用於貶義)。

參軍　參加軍隊：踴躍參軍。

服役　履行兵役義務：應徵服役。

應徵　適齡公民響應政府徵兵號召：應徵入伍。

應募　接受招募：應募參軍的人不斷增加。

吃糧　舊指當兵：我想到外地吃糧去。

入伍　參加軍隊：他已入伍一年多了。

從軍　參軍：木蘭從軍。

投軍　舊指當兵。

從戎　〈書〉投軍：少壯從戎。

投筆從戎＊　後漢班超年輕時在官府做抄寫工作，曾扔掉筆長嘆道，大丈夫應去邊疆建功立業。參軍後成為名將。後以「投筆從戎」指棄文從軍。

請纓　漢武帝派終軍出使南越(今兩廣)，想叫南越王入京朝見。終軍說，願領取一條長纓，把南越王綁到闕下來。後用請纓指自請殺敵的行為。纓：繩子。

L9－18 動：　免役・退伍

免役　免除服兵役義務。

緩役　延期服兵役。

抗丁　抗拒反動統治者抓壯丁。

退伍　軍人由於服滿現役或其他原因而退出軍隊：退伍軍人。

退役　軍人退出現役或停止服預備役。

復員　軍人因服役期滿或戰爭結束而退伍：復員軍人／復員回鄉。

轉業　由一種行業轉到另一種行業。

L9－19 動：　建軍・整編・裁軍

建軍　❶創立軍隊。❷建設軍隊：這是建軍的一項重要措施。

擴軍　擴充軍備：擴軍備戰。

擴編　（軍隊）擴大編制：把師擴編為軍。

整編　整頓改編（軍隊等組織）：對起義部隊進行整編。

整補　整頓補充（武裝力量）。

改編　改變原來的編制（多用於軍隊）：把地方武裝改編為正規軍。

收編　收留並改編（武裝力量）：收編偽軍。

縮編　（軍隊、機關）縮減編制：公司宣布要實行縮編，以因應財務的困窘。

休整　休息整頓（多用於軍隊）：部分隊伍調回後方休整。

編遣　（軍隊）整編隊伍，遣散多餘人員。

遣散　軍隊機關等改組或解散時，將全部或部分人員解職或使退伍：發放安家費，遣散回籍。

裁軍　裁減軍隊和軍事裝備。

裁兵　裁減兵員。

L9－20 動：　保衛

保衛　保護，使不受侵犯：保衛邊疆／保衛和平。

防衛　防禦保衛：正當防衛／加強防衛力量。

拱衛　環繞在四周保衛：拱衛京城。

捍衛　保衛：捍衛領空／捍衛和平。

護衛　保護，防衛：艦隊護衛運送救援物資的船隻。

守衛　防守，保衛：守衛邊疆／守衛倉庫。

自衛　受到侵犯時，保衛自己：自衛反擊／奮起自衛。

守護　看守，保護：守護邊疆。

衛護　捍衛，保護：衛護著首都的門戶。

戍守　武裝守衛；防守：戍守邊疆。

留守　軍隊進發時留下部分人員在原地守衛、聯繫。

鎮守　部隊在軍事要地駐紮防守：調遣重兵鎮守邊城。

守備　軍人防守戒備：留少數部隊在島上守備。

守土　〈書〉保衛疆土：革命軍人，守土有責。

L9－21 名：　軍區・戰區

軍區　根據戰略需要劃分的軍事區域。設有領導機構，統一領導區內軍隊的作戰、訓練、政治、行政、後勤以及衛戍、兵役、民兵等工作。

海區　根據軍事需要在海洋上劃出的一定區域。一般用坐標標明範圍。

戰區　為執行和完成戰略任務而劃分的作戰區域。

游擊區　在游擊戰爭中，游擊隊經常出沒活動，但又不能長時間佔領，與敵人經常反覆爭奪的地區。

軍事基地　為便於軍事上的進攻或防守而駐紮軍隊並儲備軍械彈藥、軍用物資等的地區，如空軍基地、海軍基地和飛彈基地等。

根據地　據以進行長期發展力勢力的基地。

板門店　是朝鮮半島上一處小農村，西元一九五三年在此簽署了韓戰停戰協定，而且該地位於南北韓交界之非軍事區，乃軍事停戰委員會之會議所在，而成為國際新聞之焦點。目

前既是軍略要地,也是觀光景點。

L9-22 名:　防務・防區

防務　有關國家安全、防禦方面的事務:加強防
　　務╱檢查防務。
國防　國家為捍衛主權、領土的安全和完整,防
　　備外來侵略所採取的軍事及其他有關方面的
　　措施:鞏固國防。
邊防　為保衛國家安全在邊境地區布置的防務:
　　邊防線。
海防　為了保衛國家安全,防備從海上來的侵
　　犯,在沿海和領海內布置的防務:海防要塞。
空防　為防備敵人空襲而採取的各種措施。□
　　防空。
城防　為保衛城市安全而採取的措施:城防工
　　事。
冬防　冬天的治安防衛措施:布置冬防工作。
防區　軍隊防守的區域:擴大防區。
防地　軍隊防守的地段或地區:開入防地。
駐地　軍隊駐守的地方:星夜返回駐地。

L9-23 動:　駐紮・駐防

駐紮　軍隊在某地住下:團部駐紮在城外。
駐屯　駐紮。
屯紮　駐紮。
進駐　軍隊開進某地駐紮下來:美軍進駐南韓。
留駐　軍隊留在某地駐紮下來:部隊留駐省城待
　　命。
紮營　軍隊安營、駐紮:在野外紮營。
安營　軍隊架起帳篷住下:安營紮寨。
駐防　部隊在某地駐紮防守:在西部山區駐防。
駐守　駐紮防守:駐守江防要塞。
換防　原在某地駐守的部隊把防守任務移交給
　　新調來的部隊。□**調防**。
移防　原駐守在某地的部隊轉移到另一處駐守。
接防　新來的部隊接替防守任務。

返防　部隊回到駐防的地方。

L9-24 名:　軍營

軍營　軍隊駐紮的營房。也叫**兵營**。
營房　軍隊居住的房屋及其周圍劃定的活動地
　　區。
營盤　軍營的舊稱。
營　軍營;營房:安營紮寨。
營壘　軍營四周的圍牆和防禦設施。
老營　舊指軍隊長期駐紮的營房。

L9-25 名:　軍權・軍令

軍權　統率和調動軍隊的權力:掌握軍權╱奪取
　　軍權。□**兵權**。
軍令　軍事命令:軍令如山╱違抗軍令。
號令　軍隊指揮戰士戰鬥或行動的命令:行軍號
　　令╱發出進攻號令。
將令　軍令:聽從將令。
軍令狀　古代將士接受軍令後所立的保證書,表
　　示如不能完成任務,願受軍法處分。
符節　古代朝廷派遣使者、傳達命令或調兵遣將
　　用做憑證的東西。用竹木銅玉等製成,上刻
　　文字,分為兩半,使用時雙方各執一半,以相
　　合為驗。
兵符　古代調兵遣將用的符節。
虎符　古代帝王授予臣下兵權和調動軍隊用的
　　憑證。用銅鑄成虎形,背有銘文,分為兩半,
　　右半存朝廷,左半給統兵將領。調動軍隊時
　　須持符驗證。

L9-26 名、動:　軍訓・操練

軍訓　〔名〕軍事訓練:參加軍訓╱加強軍訓。
軍操　〔名〕軍事操練。
兵操　〔名〕舊指軍操。
操典　〔名〕規定軍事操作原則和要領的書,如步
　　兵操典、騎兵操典等。

操練 〔動〕教授和練習軍事和體育方面的技能：操練新兵／戰士們在廣場上操練隊形。

操演 〔動〕操練、演習（軍事、體育、動作、技能）：戰士們反覆操演卧倒射擊動作／學生在操場裡操演。

練兵 〔動〕訓練軍隊，使掌握軍事技能：平時要抓緊練兵。

出操 〔動〕到戶外操練：這個連隊每天早晨都要出操。

上操 〔動〕出操：上操的號聲響了。

會操 〔動〕（軍事或體育方面）會合在一起操演：部隊在大操場會操。

收操 〔動〕結束操練：直到天黑才收操。

整訓 〔動〕整頓和訓練：把部隊調回後方整訓。

L9-27 動： 演習·檢閱

演習 按照一定的要求和方式實地訓練（多用於軍事方面）：野外演習／實彈演習／防空演習。

露營 到野外搭建營帳住宿，是一種軍事訓練活動：營長帶著部隊到遠郊露營去了。

打野外 * 部隊到野外去演習：連隊經常出去打野外。

拉練 露營訓練。指部隊離開駐地，長途行軍和露營，按作戰要求進行嚴格訓練：駐防部隊每到冬季都要拉練半個月。

檢閱 按照一定的儀式，由國家之元首親臨軍隊或群眾隊伍面前檢查：檢閱民兵／檢閱儀仗隊。

閱兵 檢閱軍隊：舉行閱兵典禮。

L9-28 名： 軍法·軍紀·軍容

軍法 軍隊中的刑法：臨陣脫逃，以軍法論處。

條令 用簡明條文規定的軍隊行動的準則。如戰鬥條令、內務條令、隊列條令等。

軍紀 軍隊的紀律：整飭軍紀／軍紀嚴明。□軍律。

軍禮 軍人的禮節。今軍隊中所行敬禮分五種：立正、注目、舉手、舉刀和舉槍：他向我們敬個軍禮。

軍風紀 軍隊的作風、紀律和軍容等：嚴守軍風紀。

軍容 軍隊和軍人的外表、威儀、紀律和武器裝備等：整飭軍容／軍容嚴肅。

陣容 ❶作戰軍隊的外貌和所顯示的力量：陣容整齊／陣容雄壯。❷指人員的配備：充實演員陣容。

L9-29 名： 軍旗·軍徽

軍旗 軍隊的旗幟。

旗號 舊指標明軍隊名稱或將領姓氏的旗幟。今多用於指某種名義，含貶義。

義旗 起義的或爲正義事業而戰的軍隊的旗幟：高舉義旗。

軍徽 軍隊的標誌。

番號 部隊的編號：取消該師番號。

纛 古代軍隊用的大旗：大纛／彩纛。

麾 古代指揮軍隊用的旗子：望麾而進。

L 10　戰　爭

L 10-1 名： 戰爭（一般）

戰爭 爲達到一定的政治目標而進行的武裝鬥爭。是解決階級和階級、民族和民族、國家和國家、政治集團和政治集團之間的矛盾的一種最高的鬥爭形式。戰爭是政治的繼續。有正義戰爭和非正義戰爭兩類。

戰 戰爭；戰鬥：宣戰／運動戰／持久戰。

仗 戰爭；戰鬥：打了一個漂亮仗／這一仗打得好艱苦。

戰事 行軍作戰的活動；泛指戰爭：這裡從未發生過戰事。

戰役　各個戰鬥部隊爲達到一定的戰略目標,按照統一的作戰計畫,在一定的作戰方向和時限內所進行的一系列的大小戰鬥的總和:淞滬戰役／淮海戰役。

役　戰爭;戰役:甲午之役／黃花崗之役。

戰雲　比喩戰爭即將爆發時的緊張氣氛:戰雲瀰漫。

戰火　戰爭炮火的禍害。借指戰爭,戰事:戰火紛飛／撲滅戰火。

戰時　戰爭時期:戰時交通管制／戰時生活。

兵戈　〈書〉兵器,指戰爭:兵戈擾攘／連年兵戈。

干戈　〈書〉泛指武器,借指戰爭:大動干戈／化干戈爲玉帛。

兵火　指戰爭:大江南北兵火連天。

烽火　古代邊防要地報警時燃起的煙火,借指戰爭:烽火遍地。

烽煙　烽火,指戰爭:烽煙四起。□狼煙。

刀兵　泛指武器,借指戰爭:刀兵之災／刀兵相見。

戰爭狀態　指交戰國之間從宣戰或事實上開始戰爭起到通常簽訂和約時止的相互敵對狀態。

冷戰　原指第二次世界大戰以後資本主義國家與社會主義國家之間的除了直接武裝進攻以外的各種敵對活動。現多指國際上利用外交手段和宣傳活動進行的不使用武器的鬥爭。

熱戰　指使用武器的實際戰爭。相對「冷戰」而言。

勝仗　取得了勝利的戰役或戰鬥:打了一個勝仗。

敗仗　失敗的戰役或戰鬥:打敗仗也不能灰心。

L 10-2 名:　戰爭(性質)

內戰　國內戰爭。指國內革命力量與反革命力量之間的戰爭和反動統治階級內部爭權奪利的戰爭。

義戰　〈書〉正義的戰爭:春秋無義戰。

抗戰　抵抗外國侵略的戰爭。在我國特指一九三七至一九四五年反抗日本帝國主義侵略的戰爭:八年抗戰中,我國人民經受了生死存亡的考驗。

解放戰爭　被壓迫的階級或民族爲爭取解放而進行的戰爭。

侵略戰爭　以侵占他國領土、掠奪他國財富和奴役他國人民爲目標而發動的戰爭。

反侵略戰爭　爲反對外來敵人的侵犯、掠奪和奴役,保衛本國的領土和主權而進行的戰爭。

農民戰爭　封建社會農民爲反抗地主階級的統治和剝削壓迫而進行的革命戰爭。

有限戰爭　指戰爭範圍在一定區域內或少數國家中,作戰一般使用常規武器的戰爭。□局部戰爭。

全面戰爭　有許多國家參加,使用各種大規模殺傷破壞性武器進行的波及世界範圍的戰爭。□全球戰爭。

常規戰爭　不使用核武器,只用常規武器進行的戰爭。

核戰爭　以核武器爲主要殺傷武器的戰爭。全面核戰爭將成爲一場人類歷史上毀滅性和破壞性最大的戰爭。

L 10-3 名:　戰爭(方式)

正規戰　正規軍隊以運動戰和陣地戰形式進行的作戰形式。其特點是有集中統一的指揮,嚴密的組織計畫,密切的協同動作和統一的後方供應等。

陣地戰　軍隊在正面戰線上依託堅固陣地進行防禦,或對據守堅固陣地的敵軍實施進攻的作戰形式。

運動戰　指正規兵團在漫長的戰線上和廣大的戰區內,進行戰役和戰鬥的外線上的速決攻的作戰形式。其特點是:正規兵團的優勢

兵力,戰鬥的突擊進攻性和流動性。

游擊戰　運用精幹、分散的小部隊機動、靈活地襲擊敵人的作戰形式。主要用於敵後作戰。

破擊戰　破壞或襲擊敵人的交通線、通訊系統、工程設施、據點、基地等的作戰方法。也叫**破襲戰**。

阻擊戰　以防禦手段阻止敵人進攻、增援或逃跑的作戰方法。目標是保障主力殲滅敵人,或掩護主力展開和轉移。

持久戰　持續時間較長的戰爭。通常是處於戰略防禦的一方採取逐步削弱較強大的企圖速戰的敵人,壯大自己,最後戰勝敵人的戰略方針而形成的戰爭形式。

消耗戰　逐漸消耗敵人力量的戰鬥。以改變雙方力量對比,變劣勢爲優勢,最後戰勝敵人爲目標,避免得不償失或得失相當的戰鬥。

地道戰　指憑藉縱橫交錯的地下坑道、掩體對敵進行戰鬥的一種作戰方法。

閃電戰　利用大量快速部隊和新式武器突然發動猛烈的首次襲擊,以求迅速取得戰爭勝利的一種作戰方法。也叫**閃擊戰**。

速決戰　在較短時間內迅速決定勝負的作戰方法。主要條件是有充足的準備,優勢的兵力和正確的指導。

殲滅戰　消滅敵人全部或大部的作戰方法。主要特點是集中優勢兵力,採取包圍迂迴戰術,各個殲滅敵人。

攻堅戰　攻擊敵人堅固設防的城鎮或堅固陣地的作戰方法。

野戰　指在要塞和大城市以外的廣大地區機動進行的戰鬥。

空戰　用飛機在空中進行的戰鬥。

海戰　用艦艇在海洋上進行的戰鬥。

水戰　在水上進行的戰鬥。

L 10－4　名：　戰亂

戰亂　由戰爭造成的社會動盪混亂狀態:遭受戰亂。

戰禍　戰爭造成的禍害:戰禍頻仍。

兵亂　戰爭造成的騷擾和災害:城裡經過兵亂,居民外逃很多。

兵災　戰爭造成的災害:鄉里連年鬧兵災。

兵燹　〈書〉戰亂造成的焚燒破壞:屢經兵燹,城中古跡受到嚴重破壞。

變亂　戰爭或暴力行動等變故造成的混亂:故鄉經過幾次變亂,已不是我記憶中的樣子了。

兵荒馬亂*　形容戰時社會動盪混亂的景象。

兵連禍結*　指連續不斷的戰爭給人民帶來嚴重的災禍。

L 10－5　名：　和平

和平　指沒有戰爭的狀態:保衛和平／和平談判。

平時　平常時期。相對於非常時期(戰時、戒嚴時)而言:戰士們刻苦訓練,把平時當作戰時。

相安無事*　彼此間沒有矛盾衝突,和平相處。

化干戈爲玉帛*　比喻變戰爭爲和平。干戈:指戰爭;玉帛:古代諸侯會盟朝聘時的禮物。

L 10－6　動：　備戰

備戰　準備戰爭。包括軍事、政治、經濟等方面的準備:擴軍備戰。

披甲　穿上鎧甲:披甲上馬。

披掛　穿戴盔甲(多見於早期白話):披掛上陣。

整裝待發*　整理好行裝,等待出發。

厲兵秣馬*　磨快兵器,餵飽戰馬。指準備戰鬥。也作**秣馬厲兵***。

披堅執銳*　穿上堅固的鎧甲,拿起鋒利的武器。指上陣打仗。

枕戈待旦*　枕著兵器,等待天明。形容殺敵心切,隨時準備作戰。

摩拳擦掌*　形容鬥志昂揚,躍躍欲試的樣子。

劍拔弩張*　劍已從鞘裡拔出,弓也張開了。形

容形勢緊張,戰爭一觸即發。

L 10－7 動、名： 動員・宣戰

動員 〔動〕❶戰爭將發生時,國家採取緊急措施,集中調動所有軍事、經濟力量爲戰爭服務:發布動員令/動員全民抗戰。❷發動衆人參加某種活動:動員居民做好環境衛生。

總動員 〔名〕爲了適應戰爭的需要,國家把全部武裝力量從平時狀態轉入戰時狀態,並在全國範圍內把人力、物力充分動員起來,爲戰爭服務的緊急措施。

誓師 〔動〕軍隊出征前,統帥向將士宣布作戰意義,鼓舞戰鬥意志,表示取勝決心:誓師北伐/誓師典禮。

宣戰 〔動〕一國宣布同另一國處於戰爭狀態:向入侵國宣戰。

聲討 〔動〕公開譴責:憤怒聲討恐怖分子屠殺平民的暴行。

傳檄 〔動〕〈書〉傳布檄文:傳檄聲討。

檄文 〔名〕古代用於徵召、曉喻、聲討的文書。特指聲討敵人或叛逆的文告:討賊檄文。

檄 〔名〕檄文:羽檄/飛檄/傳檄。

露布 〔名〕〈書〉檄文、捷報或其他緊急文書。

L 10－8 動： 起兵・出兵

起兵 ❶出動軍隊:起兵平亂。❷發動武裝鬥爭;起事:起兵反秦/起兵作亂。

興兵 起兵:興兵討賊。

興師 〈書〉起兵:興師問罪。

舉兵 起兵:舉兵平叛/舉兵東征。

稱兵 〈書〉舉兵;發動戰爭:稱兵割據/稱兵叛亂。

出兵 出動軍隊:出兵援助鄰邦抵抗侵略。

動兵 出動軍隊打仗:雙方要用談判解決爭端,不可輕易動兵。

發兵 派出或徵集、調動軍隊:發兵拒敵。

參戰 參加戰爭或戰鬥:派兵出國參戰。

赴敵 〈書〉奔赴戰場跟敵人作戰:踴躍赴敵。

上陣 上戰場打仗:輕裝上陣。

出馬 將士上陣作戰:派勁旅出馬/士氣很高,一出馬就打了勝仗。

出師 〈書〉出兵打仗:出師告捷/整軍出師。

進兵 軍隊向執行戰鬥任務的目標地前進:進兵敵後。

進軍 軍隊向目標地前進:向敵方進軍。

征戰 出征作戰:他十六歲就投身部隊,隨軍征戰。

出征 出外打仗:歡送新戰士出征。

從征 隨軍出征:從征記者。

遠征 ❶遠道出征:從沿海出發去遠征苦戰。❷長途行軍:和部隊一起去遠征。

大動干戈＊ 大規模地使用武力,發動戰爭。

L 10－9 動： 行軍

行軍 軍隊從一地點向另一地點轉移:長途行軍/夜間行軍。

急行軍 部隊爲執行緊急任務而快速地行軍:奉令急行軍,搶占山口,阻擊逃敵。

強行軍 緊急時高速度的行軍。通常在奔襲、追擊、迂迴或擺脫敵人時採用:我團奉令強行軍,於天亮以前搶占渡口。

拔營 軍隊離開駐地向別處轉移:部隊已於今晨悄悄拔營。

開拔 部隊由駐地出發:全團戰士奉令向前線開拔。

挺進 軍隊直向目標地前進:義勇軍挺進到敵人後方。

打前站＊ 行軍時,派人先到將要到達或停留的地點去辦理食宿等事務:派他們打前站,買些鮮肉改善伙食。

壓隊 行軍時,走在隊伍最後,擔負保護或監督任務:團長把壓隊任務交給我們連。

殿後　行軍時走在部隊的最後：你們排打前站，我們排殿後。

宿營　部隊在行軍或作戰後住宿：全隊在山下就地宿營。

露營　部隊在室外或野外住宿：全體戰士就地露營，無人進入民宅。

銜枚疾走＊　不出聲地急速前進。古代軍隊奔襲敵人時，常令兵士口中橫銜著枚，以防說話出聲，被敵方發覺。枚：形似筷子，兩端有帶，可繫在頸上。

偃旗息鼓＊　放倒軍旗，停擊戰鼓。指秘密行軍，不讓敵人發現目標。也指停止戰鬥。

L 10－10　名：　前鋒・後衛等

前鋒　先頭作戰部隊：前鋒已跟敵人發生遭遇戰。

先鋒　行軍或作戰時的先頭部隊。舊時也指率領先頭部隊的將領：先鋒部隊／由我們連打先鋒。

先遣隊　部隊行動前，先派出去執行聯絡、偵察或奪占重要據點等任務的小部隊：敵軍的先遣隊到了港口，及時做好了過江準備。

前衛　❶行軍時派到前方擔任警戒的部隊。❷舊時考試，名列榜尾之謂。

後衛　軍隊行軍時，被派留在後方擔負掩護或警戒任務的部隊。

殿軍　❶行軍時，走在最後的部隊。❷舊時考試名列榜尾之謂。

梯隊　軍隊行軍作戰時，按任務和行動先後次序分為幾個部分，每一部分叫一個梯隊。

敢死隊　軍隊為完成極艱鉅的戰鬥任務而由最勇敢的人組成的隨時都有犧牲可能的先鋒隊。

開路先鋒＊　古代行軍作戰時走在最前面的部隊或將領。現用來比喻在改革之路或工作中帶頭前進的人。

L 10－11　動：　討伐・掃蕩

討伐　出兵攻打(敵人或叛逆)：護國軍討伐袁世凱。

征討　討伐：征討逆賊。

征伐　討伐：征伐凶頑。

誅伐　聲討，征伐：誅伐叛逆。

征　出兵攻打：遠征／南征北戰。

撻伐　〈書〉攻擊；討伐：大張撻伐。

掃蕩　用武力徹底消滅敵人：掃蕩頑敵／掃蕩殘匪。

掃平　掃蕩平定：掃平殘匪。

掃滅　掃蕩，消滅：徹底掃滅殘餘的敵人。

蕩平　掃蕩平定：蕩平群寇。

討平　討伐平定：討平叛賊。

削平　〈書〉消滅；平定：削平叛亂。

L 10－12　動：　挑戰・請戰

挑戰　故意激怒敵人使出戰：連日挑戰，敵人龜縮不出。

搦戰　挑戰：使輕兵搦戰。

叫陣　在陣前叫喊，促對方出戰；挑戰：鼓噪叫陣。

挑釁　借故生事，蓄意引起衝突或戰爭：敵人多次在邊界挑釁。

尋釁　挑起事端；挑釁：敵船進入內河尋釁。

啟釁　製造爭端，進行挑釁：蓄意啟釁／藉故啟釁。

求戰　❶尋求與對方交戰：游擊隊出沒無常，敵人求戰不得。❷要求參加戰鬥：戰士們鬥志昂揚，求戰心切。

請戰　請求參加戰鬥：他帶病請戰／各連爭先請戰。

L 10－13　動：　作戰

作戰　進行戰爭，戰鬥；打仗：持續作戰／指揮作

戰。

開戰 打起仗來；交戰：跟敵國開戰。

開仗 開戰：兩支軍閥隊伍隔著北運河開仗。

戰鬥 敵對雙方發生武裝衝突；作戰：戰鬥在第一線／戰鬥得非常頑強。

戰 戰鬥；打仗：百戰百勝／戰無不勝，攻無不克。

打仗 進行戰爭；作戰：當年跟東洋人打仗，上海好多廠關了門。

開火 用槍炮射擊；打仗：如果對方敢於開火，我們便堅決還擊。

交火 交戰；互相開火：先頭部隊已跟敵軍交火。

轉戰 連續在許多不同地區作戰：轉戰大江南北／隨軍四年，轉戰萬里。

接火 〈口〉開始用槍炮互相射擊：前線接火了。

打響 開火；戰鬥開始：一場硬仗打響了。

交戰 雙方作戰；互相開火：交戰國／雙方交戰多次，互有勝負。

交兵 〈書〉交戰：兩國交兵。

交鋒 雙方鋒刃相接。藉指交戰：兩軍交鋒

對壘 ❶兩軍相持；交戰：跟優勢的敵軍對壘。❷泛指兩方競爭，如寫作詩文、下棋、賽球等：兩國棋壇高手初次對壘。

用兵 指揮軍隊作戰：用兵如神／不輕易對外用兵。

動武 使用武力，指鬥毆或發動戰爭：隨意動武傷人／勸阻雙方克制，不要動武。

用武 ❶使用武力：用武之國。❷比喻施展本領：英雄無用武之地。

出戰 出陣跟敵人作戰：奉令堅守陣地，伺機出戰。

夜戰 在夜間作戰：善於夜戰。

L 10－14 名：　戰鬥

戰鬥 指敵對雙方在有限的地域和較短的時間內所進行的武裝衝突：戰鬥任務／一場激烈的

戰鬥。

實戰 實際的戰鬥：富有實戰經驗／軍校學生到前線參加實戰。

初戰 戰爭或戰役的第一仗：初戰告捷。也叫**序戰**。

前哨戰 決戰前雙方前哨部隊有所接觸而發生的小規模戰鬥。

遭遇戰 敵對雙方在行動中正面相遇時發生的戰鬥。

巷戰 在城鎮街道內進行的戰鬥。

白刃戰 敵對雙方接近時用刺刀、槍托、匕首等進行的面對面的拚死格鬥。也叫**肉搏戰**。

近戰 古代指敵對雙方用刀、劍、長矛等武器進行的肉搏戰。今指敵對雙方用接近射擊、擲手榴彈、肉搏戰等方式進行的近距離戰鬥。

L 10－15 動、名：　激戰‧決戰

激戰 ❶〔動〕激烈地戰鬥：我軍正在與企圖突圍之敵展開激戰。❷〔名〕激烈的戰鬥：經過一場激戰，殘寇全部被殲滅了。

苦戰 〔動〕艱苦奮力地戰鬥：苦戰一夜，我軍已轉為優勢。

鏖戰 〔動〕激烈地戰鬥；苦戰：城郊硝煙瀰漫，雙方正在奮力鏖戰。

奮戰 〔動〕奮勇戰鬥：我軍在前方浴血奮戰。

力戰 〔動〕奮力戰鬥：經過一夜力戰，衝破敵軍防線。

搏戰 〔動〕拚搏戰鬥：短兵相接，拚死搏戰。

酣戰 〔動〕激烈地戰鬥：終宵酣戰，相持不下。

惡戰 ❶〔動〕激烈戰鬥：軍閥連年惡戰。❷〔名〕十分激烈的戰鬥：雙方展開一場惡戰。

血戰 ❶〔動〕進行殊死的戰鬥：誓與頑敵血戰到底／拚力血戰，衝出重圍。❷〔名〕非常劇烈的戰鬥：一場血戰，迫在眉睫。

混戰 〔動〕目標不明或對象變換、混亂地交戰：各派軍閥連年混戰／兩伙人大約混戰了十分

鐘,大批警察趕到,把他們驅散了。

決戰　❶〔動〕敵對雙方使所有者力爲決定勝負而戰鬥:與敵進行決戰決勝／尋找決戰的時機。❷〔名〕敵對雙方進行的決定勝負的戰役或戰鬥:大決戰／最後的決戰。

會戰　❶〔動〕戰爭雙方主力在一定地區和時間內進行決戰:我軍與敵軍在臺兒莊會戰。❷〔名〕戰爭雙方在一定地區和時間內進行的決戰:這是一場決定勝負的大會戰。

死戰　❶〔動〕拚死戰鬥:決與來犯之敵死戰到底。❷〔名〕關係到生死存亡的戰鬥或戰爭:決一死戰。

硬仗　〔名〕正面硬拚的戰鬥;雙方實力不相上下,需要付出很大代價才能取勝的戰鬥:要紮實的打幾場硬仗。

死仗　〔名〕不顧生命、硬拚到底的戰鬥:打一場死仗。

浴血奮戰 *　全身浸透了血還在奮力戰鬥;形容英勇頑強,堅持戰鬥。

一決雌雄 *　打一場決戰,分出勝負、高低。

背城借一 *　在自己的城堡下跟敵人決一死戰。指作最後的決戰。

背水一戰 *　背向江河,後無退路,迎面作戰。形容與敵決一死戰。

L 10 – 16　動:　助戰・助威

助戰　❶用兵力或勞力協助作戰:出兵助戰。❷助威:擂鼓助戰。

助威　從旁幫助,增加聲勢:吶喊助威／我軍從側面佯攻,爲友軍助威。

鼓噪　古代指將士出戰時擂鼓吶喊,壯自己的聲勢:鼓噪前進。

吶喊　大聲叫喊助威:戰士們齊聲吶喊,衝入敵陣。

搖旗吶喊 *　古代作戰時,後面的人搖著旗子,大聲喊叫,給前面作戰的人助威。現多用來比喻給別人助長聲勢。

L 10 – 17　動:　進攻

進攻　主動接近敵方,發動攻擊:進攻敵人的據點／如果敵人進攻,我們堅決反擊。

進擊　進攻;攻擊:奮勇進擊。

出擊　出動兵力向敵方進攻:主動出擊／頻頻出擊。

進逼　(軍隊)向前逼近:步步進逼／三國時代,魏軍已進逼蜀國,惟孔明仍處變不驚。□進迫。

攻擊　進攻;攻打:集中火力,猛烈攻擊。

攻打　爲奪取敵方陣地或據點而進攻:攻打敵人堡壘。

攻　攻打;進攻:攻城／攻無不克／攻占敵軍據點。

突進　集中兵力向一定方向或地區迅猛前進:我游擊隊向敵占區突進。

突破　集中兵力向敵人防線的一點集中攻擊,以打開缺口:突破敵人的防線／突破層層封鎖。

打擊　攻擊,使受挫折:給予沈重打擊／打擊侵略者。

擊　打擊;攻擊:反戈一擊／聲東擊西。

痛擊　狠狠地打擊:迎頭痛擊／痛擊來犯之敵。

會攻　幾支部隊聯合進攻:調集兵力會攻敵軍司令部。

主攻　集中優勢兵力在主要方向上對敵進攻:團長帶領精銳部隊迂迴到敵後作側面主攻。

助攻　以部分兵力在次要方向對敵進攻,配合主攻部隊殲滅敵人:一班長帶領一個班和一個火箭組從側面助攻。

強攻　用強力進攻:與其強攻,不如智取。

猛攻　猛烈地進攻:我恐怖分子集中火力猛攻政府軍隊。

攻堅　對據守堅固防禦工事的敵人發動攻擊:敢於攻堅。

佯攻　虛張聲勢地向敵方進攻：帶領一個連從正面佯攻，吸引敵人火力。

火攻　用火攻擊敵軍：火攻敵營。

追擊　追趕著攻擊：追擊敵軍／跟蹤追擊。

追逼　追趕進逼：我軍乘勝追逼逃敵。

追亡逐北＊　追擊敗逃的敵人。亡、北，指戰敗的逃兵。也說**追奔逐北**＊。

L 10－18 動： 反攻

反攻　軍隊在防禦或退卻之後轉入進攻：我軍已開始反攻。

反擊　回擊進攻的敵人：只要敵人膽敢入侵，就要堅決反擊。

反撲　被打退後又回過頭來，再舉進攻：敵人不甘失敗，連日瘋狂反撲。

回擊　受到攻擊後，反過來攻擊對方：敵人一開火，我軍立即猛烈回擊。

還擊　回擊：奮起還擊。

翻把　敵對一方被打敗後，再占上風：嚴防反動勢力翻把。

反戈一擊＊　掉轉矛頭向自己陣營進攻。

殺回馬槍＊　掉轉馬頭給追擊者突然襲擊。

捲土重來＊　形容失敗後重新積聚力量，又打回來。捲土：捲起塵土，形容人馬奔跑。

重整旗鼓＊　指失敗後重新集合力量再出發。旗鼓：旗幟和戰鼓，古代軍隊指揮員發號令的用具，借指軍事力量。

L 10－19 動： 衝鋒・搏鬥

衝鋒　向敵方迅猛前進，衝殺戰鬥：山腰的敵人多次向山頂衝鋒，妄圖奪占至高點。□衝擊。

拚殺　不顧一切地跟敵人格鬥：用刺刀與守敵拚殺。

廝殺　互相拚殺：全班衝上去，與敵廝殺不止。

拚搏　奮力搏鬥：頑強拚搏，死守陣地。

衝殺　衝鋒拚殺：一陣衝殺，擊退了敵人。

肉搏　徒手或用刺刀、槍托等搏鬥：戰士們衝破防線，與敵方展開肉搏。

搏擊　搏鬥；格鬥：徒手搏擊。

搏鬥　徒手或使用刀棒等激烈地對打：和敵人進行殊死的搏鬥。

格鬥　緊張激烈地交手搏鬥：戰場上一片格鬥廝殺的景象。

拚刺　步兵在近距離交戰時，用槍刺格鬥：我排戰士衝進敵陣，跟守敵激烈拚刺。

刺殺　作戰時用刺刀拚殺：子彈打光了，他用刺刀刺殺了好幾個敵人。

打頭陣＊　在最前面作戰：只要出兵抗戰，我們一定打頭陣。

短兵相接＊　兩方逼近，用短兵器交戰。也用來比喻面對面的激烈鬥爭。

衝鋒陷陣＊　向敵人衝擊，攻陷敵陣。形容英勇作戰。

刀光劍影＊　刀劍相擊，光影閃爍。形容戰鬥十分激烈。

槍林彈雨＊　槍如林，彈似雨。形容戰場上炮火密集，戰鬥激烈。

L 10－20 動： 襲擊

襲擊　對敵方出其不意地進攻：突然襲擊／夜間襲擊。

閃擊　集中兵力突然襲擊：第二次世界大戰時，希特勒多次使用閃擊戰術。

突擊　集中兵力，火力對敵人陣地急速而猛烈地攻擊：突擊敵軍外圍工事。

突襲　出其不意地攻擊：他帶領騎兵突襲敵軍一個據點。

襲　突然攻擊：偷襲／夜襲。

偷襲　趁人不備，突然襲擊：敵人來偷襲村子，被哨兵發現了。

偷營　偷襲對方軍營：偷營劫寨。

奇襲　出其不意地攻擊：突擊隊不斷出動奇襲，

殺傷很多敵人。

襲取 出其不意地奪取：襲取敵軍據點。

奔襲 向遠處的敵人迅速進軍，發動突然進攻：隊長決定今晚就奔襲鎮上的偽軍。

襲占 襲擊並占領：襲占敵偽盤據的幾個村莊。

破擊 破壞，襲擊：破擊敵人的軍火庫。

抄襲 繞道從敵人背後或旁邊發動突然攻擊：從側翼抄襲敵軍。

掩殺 乘人不備進行攻擊；衝殺：乘勝掩殺／從背後掩殺。

游擊 機動、分散、出沒無常地襲擊：在敵占區打游擊。

狙擊 暗中埋伏，伺機襲擊：敵軍的車隊遭受游擊隊狙擊。

聲東擊西* 聲稱要攻打東邊，實際上卻進擊西邊。指在戰術上故意迷惑敵人。

先發制人* 指在戰爭中，先下手以掌握主動，制服敵方。

出奇制勝* 用奇兵或奇計戰勝敵人。

出其不意* 在敵方想不到的時候突然發動進攻。

攻其不備* 在敵方沒有防備時突然進攻。也作**攻其無備***。

神出鬼沒* 一陣子出現，一陣子隱沒，變化莫測。指用兵機動靈活，使人難以捉摸。

L 10−21 動： 攔截·圍攻·突圍

攔截 在半路上攔截、打擊敵人：攔截敵軍增援部隊。

攔擊 攔截：攔擊進入領空的敵機。

攔截 中途阻擋，使不能通過：民兵出動，攔截過路的偽軍。□**阻截**。

邀擊 攔截；攔擊：游擊隊攔路邀擊從城裡開出來的敵人。也作**要擊**。

堵擊 攔住敵方出路，進行攻擊：堵擊的炮火，打得敵軍亂成一團。

阻擊 用防禦手段阻止敵人的移動或進攻：緊急開赴前線阻擊敵人反撲。

鉗擊 從兩邊對敵人發動攻擊，使不能自由行動：我軍派一團兵力去鉗擊敵人後方，切斷其退路。

側擊 從側面攻擊：我軍派兵插入淪陷區，側擊據守的敵軍。

合擊 幾支軍隊共同向同一目標進攻：據守孤城之敵已處在我三路大軍合擊之中。

夾擊 從兩面同時攻擊：我軍從兩翼夾擊竄入山溝的敵人。

夾攻 從兩面同時進攻：兩路夾攻／內外夾攻。

包抄 繞到敵人背後或側面去攻擊：那時敵人常來包抄我們村子，搜索叛軍。

兜抄 從後面和兩旁包圍起來攻擊：敵人來村裡兜抄，我們迅速從地道撤離。

包圍 從四面圍住敵人同時進攻：我軍已經從西、北、南三面包圍了敵軍。

圍 從四周攔阻，使裡外不通；包圍：圍城／被圍／突圍。

合圍 作戰時把敵人從四面圍住：軍隊把巴黎團團合圍，斷絕它的外援。

圍困 四面包圍，使失去援助，陷於困境：游擊隊苦戰一晝夜，解救了被圍困在村裡的人民。

圍攻 包圍起來進行攻擊：敵人打算從三面圍攻上來。□**圍擊**。

圍剿 包圍起來用武力消滅：敵人圍剿游擊隊的計畫徹底失敗了。

圍城打援* 進攻一方以部分兵力包圍敵方據守的城鎮或據點，誘使敵方增援，然後以事先部署好的主力部隊殲滅敵方援軍。

腹背受敵* 受到敵人從前後兩方來的夾攻。

天羅地網* 上下四方都設有羅網。比喻包圍嚴密，無法逃脫。羅：捕鳥的網。

四面楚歌* 楚漢交戰時，項羽的楚軍被劉邦圍困在垓下，晚上聽到四面漢軍都唱楚歌。項

羽驚異地說:「漢軍把楚地都占領了嗎?爲什麼楚人這麼多呢?」後用「四面楚歌」比喻處於四面受敵、孤立無援的境地。

裡應外合＊　外面進攻,裡面接應。

甕中捉鱉＊　從大甕子裡捉甲魚。形容絕對有把握戰勝敵人。

甕中之鱉＊　大甕子裡的甲魚。比喻逃不了的敵人。

突圍　突破敵人的包圍:我軍決定從側翼突圍。

解圍　解除敵人的包圍:敵援軍趕到,被困城裡的老弱婦孺才得解圍撤走。

L 10－22 動、名:　僞裝‧掩護‧埋伏

僞裝　❶〔動〕軍事上指採取措施來掩蔽自己,迷惑敵人:把卡車用竹枝僞裝起來,躲避敵機的轟炸。❸〔名〕軍事上用來僞裝的東西:防禦工事上布滿了僞裝。

掩蔽　❶〔動〕隱藏;遮蓋:聽到空襲警報,大家趕快找地方掩蔽。❷〔名〕供遮蓋的東西或隱藏的地方:這座樹林子正好做我軍的掩蔽。

掩護　❶〔動〕作戰的一方對敵採取警戒、牽制、壓制等手段,以保障自己部隊行動的安全:用炮火猛烈轟擊對岸敵軍陣地,掩護我軍渡河。❷〔名〕指作戰時可遮蔽身體,免遭攻擊的工事、山崗、樹木等:狙擊手用一道土牆做掩護對敵射擊。

隱蔽　〔動〕借某些東西把自己遮掩起來:隱蔽在密林裡的民兵正準備出擊。

斷後　〔動〕軍隊撤退時,派一部分人在後面掩護:他率隊親自斷後。

打掩護＊　在主力部隊的側面或後面跟敵人作戰,確保主力部隊完成任務或撤退。

埋伏　〔動〕把兵力秘密布置在預計敵人必經之處,伺機出擊:游擊隊埋伏在村外高粱地裡。

迂迴　〔動〕部隊爲斷敵退路,阻敵增援,繞到敵人的側面或後面去(進攻):我軍用少數部隊佯攻正面之敵,把主力迂迴到敵後去。

設伏　〔動〕布置埋伏:在要道旁設伏。

伏擊　〔動〕用預先埋伏的部隊,伺機對敵襲擊:他帶領部下,伏擊槍擊犯。

打埋伏＊　預先隱藏起來,伺機發動攻擊:連長留下一排人在這裡打埋伏。

伏兵　〔名〕埋伏起來伺機攻擊敵人的軍隊:提防伏兵/伏兵四起。

疑兵　〔名〕爲迷惑敵人而布置的軍隊:在山口設疑兵,使敵人不敢貿然前進。

奇兵　〔名〕出其不意而突然襲擊的軍隊:以奇兵取勝。

重圍　〔名〕層層的包圍:衝出重圍/身陷重圍。

L 10－23 動:　侵略‧併吞

侵略　用武力侵犯別國領土、主權,掠奪別國財富並奴役別國人民:歷史上,大國侵略小國的事件不勝枚舉。

侵犯　用武力侵入別國領域:戰國時代,秦始皇憑藉強大武力侵略鄰國。

侵凌　侵犯欺凌:恐怖分子侵凌人質,引起世人公憤。

進犯　(敵軍向某處)進攻:敵寇多次進犯我根據地。

竄犯　敵軍進犯:殘匪竄犯海島。

竄擾　敵軍流竄騷擾:敵軍竄擾邊境。

侵入　用武力進入別國境內:把侵入邊境的敵人打出去。

侵擾　侵犯騷擾:敵機侵擾市空。

侵襲　侵入襲擊:敵機侵襲不設防城市,掃射和平居民。

入侵　侵入國境:堅決消滅入侵之敵。

入寇　〈書〉入侵:八國聯軍,大舉入寇。

入犯　(敵軍)侵入國境騷擾:扼守山口,嚴防敵人入犯。

侵　越境進犯:入侵/敵軍多次侵我邊境。

犯　侵犯：擊退來犯之敵／人不犯我，我不犯人。

騷擾　擾亂，使不安寧：敵軍經常騷擾我邊境地區。

干犯　干擾侵犯：我國領土主權，不容干犯。

侵占　用武力強占別國領土：帝國主義的國家以武力悍然侵占他國。

侵吞　用武力侵略、吞併別國領土：戰國時代，各霸主無不想侵吞他國。

併吞　侵占別國的領土或別人的產業，使之成為自己所有的一部分：強國併吞弱小鄰國／他資力雄厚以後，漸漸併吞較小的廠商。□吞併。

兼併　〈書〉併吞：秦始皇兼併六國，統一天下。

吞滅　並吞；消滅：六國先後被強秦吞滅。

蠶食鯨吞* 　像蠶吃桑葉，像鯨吞水中生物。比喻用或慢或快的不同方式進行侵略吞併。

L 10－24 動：　抵抗・迎戰

抵抗　用力量制止、擋住對方的進攻、壓迫：抵抗電腦病毒的蔓延／對資方的無故裁員，員工們奮起抵抗。

抵禦　抵抗；抵擋：抵禦外侮／抵禦海上襲擊。

抗御　抵抗；防禦：抗御敵人的瘋狂進攻。

抗　抵抗；抵擋：抗敵／抗戰。

御　抵擋：卸敵／御侮。

對抗　抵抗：被包圍的殘敵，還妄想對抗，拒不交槍。

抵擋　擋住；抵抗：堅決抵擋住敵人的攻勢。

招架　抵擋：敵人招架不住，敗下陣去／只能招架，不敢還手。

抗拒　抵抗，拒絕：抗拒入侵之敵／攻勢猛烈，不可抗拒／抗拒父母包辦婚姻。

頑抗　（敵人）頑固地抵抗：負隅頑抗／敵人拒不投降，妄圖頑抗到底。

御侮　抵抗外來的侵略：全民抗戰，共同御侮。

迎戰　迎上前去跟來犯之敵作戰：我機凌空迎戰。

應戰　跟進攻的敵人作戰：全民動員，奮起應戰。

迎擊　對著前來的敵人攻擊：民兵分成兩個小組，迎擊進犯的敵人。

抗擊　抵抗並反擊：抗擊前來掃蕩的敵軍。

應敵　對付敵人的侵犯：做好應敵準備／現有兵力足以應敵。

負隅頑抗* 　依靠險要的地勢頑固地抵抗。

困獸猶鬥* 　被圍困的野獸還要作最後掙扎。比喻不甘心失敗，在困境中仍要頑抗到底。

L 10－25 動：　防禦

防禦　守衛自己，抵禦敵人：駐軍邊疆，防禦敵人入侵／不能消極防禦。

防守　警戒，守衛：防守邊疆／防守陣地。

防備　做好準備，以應付攻擊，避免危險：加強守衛，防備敵人偷襲。

守　防守：守土／易守難攻／守住陣地。

防　戒備；防守：防奸／防空／猝不及防。

防範　防備；戒備：嚴加防範。

設防　設置防禦的兵力、設施等：步步設防／沿邊界設防。

布防　布置防守的兵力：在城外四周布防。

聯防　幾支武裝力量聯合起來防禦敵人：軍民聯防。

撤防　撤除防禦的部隊和工事：援軍已奉令撤防。

防空　採取各種措施，防備敵機空襲：防空警報。

守望　看守，瞭望：哨兵日夜守望在崗樓上。

守望相助* 　為了防禦敵人來犯，鄰近的村鎮彼此加強看守瞭望，遇警時互相通報、幫助。

據守　把守；防守：據守要地。

把守　守衛（衝要地方）：把守關隘／把守城門。

把關　把守衝要關口：由英雄連把關。

扼守　把守（險要的地方）：扼守山口的部隊擊退了突襲的敵軍。

固守　堅決地守衛住：固守陣地。

堅守 牢牢地守住：堅守防線。

退守 軍隊後退到一定地區防守：退守城內／退守第二線。

困守 在被圍困中堅守：困守危城。

死守 拚死守衛：死守橋頭堡。

嚴陣以待* 擺好嚴整的陣容，作好戰鬥準備，迎擊來犯的敵人。

以逸待勞* 指作戰時先採取守勢，養精蓄銳，等到來犯的敵人疲勞時再乘機出擊。

按兵不動* 指作戰時使主力軍隊暫不行動，等待有利時機。

堅壁清野* 加固城堡防禦工事、營壘，並將四野的人口、牲畜、糧食和其他財物，轉移和收藏起來，使敵人既攻不進來，又無所收穫，沒法堅持下去。

空室清野* 對敵作戰時，把每戶人家裡的東西和田裡的作物都收藏起來，不讓敵人掠奪、利用。

步步爲營* 軍隊每前進一步就設下一道營壘，鞏固一個陣地。形容進軍謹慎，防範嚴密。

穩紮穩打* 穩當地紮營和打仗。指採用愼重而有把握的戰術對付敵人。

L 10－26 動： 求援・接援

求援 請求援助：向後方求援。

請援 求援：急電請援。

乞援 乞求援助：向友軍乞援。

告急 報告情況緊急，請求火速援救：前方來電告急。

搬兵 搬取救兵。泛指請求調動力量援助：敵軍正在四處搬兵。

支援 用人力、物力、財力等支持、援助：集中力量，支援前線。

接援 （對軍事行動）接應援助：調動兵力，接援前方部隊。

增援 增加人力、物力，支援（軍事行動）：增援部隊，源源到達／增援守城友軍。

應援 （軍隊）接應援助：友軍應援部隊及時趕到。

接應 ❶戰鬥時配合己方的人行動：接應先頭部隊。❷接濟；供應：大量軍糧，源源接應。

策應 與友軍互相呼應，配合作戰：攻城戰一打響，潛伏在城裡的突擊隊立即起來策應。

回援 部隊改變原來的主攻方向，回過頭來支援友軍：回援守軍。

打援 攻打增援的敵軍：圍城打援。

阻援 在半路上阻擊增援的敵軍：以四個縱隊，承擔阻援任務。

勤王 〈書〉舊指君主的統治地位因內亂外患而動搖時，臣子發兵援救：起兵勤王。

L 10－27 名： 援軍

援軍 增援的軍隊；救兵：援軍兼程開赴前線。

援兵 援軍；救兵：援兵一到，敵軍就解圍而去。

救兵 前來支援、解救危急的部隊：向三軍統帥討救兵。

後援 援軍。泛指支援的力量：你們團打前鋒，我們團做後援／鼓起民氣，做政府的後援。

聯合國和平部隊 是一支由聯合國總部，依安理會決議，由各會員國共同出兵組成，以派赴發生軍事衝突或內戰的地區，擔負調停、維持秩序、停火監督或協助救濟災民等任務的部隊。

L 10－28 動： 攻占

攻占 攻打並占領：攻占橋頭堡。

攻破 攻打進去；攻下：攻破第一道防線。

打下 攻占（某地點）：打下一座邊陲重鎮。

攻陷 攻克；攻占：省城被敵攻陷。

擊破 打垮；打敗：一舉擊破調來增援的敵軍。

奪取 用武力強拿到手：奪取堡壘／奪取武器彈藥。

攻取 攻打並奪取：攻取前進途中的制高點。

攻克　打下;攻占(城鎮或據點):軍隊攻克首都。

占領　用武力占有(某地):占領城市／占領渡口。

占據　用強力取得或保有(地域、場所等):敵軍進城,占據了通衢要道。

占有　占據:這座縣城已爲敵軍占有。

進占　進攻並占領(某一地區):進占敵軍撤出的沿江城鎮。

侵占　用武力侵略占有別國的領土:政府有完善的軍備才能抵抗敵軍的侵占。

搶占　搶先占領:搶占橋梁和渡口。

強占　用武力或其他強硬手段占領:他因強占公有土地而遭受控告。

L 10－29 動:　擊敗・摧毀

擊敗　攻擊,使失敗:擊敗對手／在一場空戰中擊敗了來犯的敵機。

擊退　攻擊,使後退:激戰三小時,終於擊退了敵人。

挫敗　擊敗:敵人連續三次進攻都被我守軍挫敗。

打垮　打擊,使崩潰:這一仗把敵人一個團徹底打垮了。

重創　使遭受嚴重的挫傷:敵軍受了重創,不敢輕舉妄動。

擊潰　打擊使潰散:我軍擊潰了敵人的攻勢。

擊毀　擊中並毀壞:擊毀敵軍。

擊破　擊敗;打垮:擊破入侵敵軍。

摧毀　強有力地破壞:炮兵在十分鐘內摧毀了一座大橋。

搗毀　砸壞;摧毀:搗毀敵人巢穴。

粉碎　使徹底失敗或毀滅:粉碎敵人的攻勢。

擊落　打下來:擊落前來空襲的敵機。

擊沈　擊毀,使沈入水底:擊沈敵艦艇多艘。

所向披靡*　風吹到的地方,草木隨之倒伏。比喻力量(多指軍事力量)所到之處,什麼也阻擋不了。

所向無敵*　所到之處,沒有敵手。形容軍事力量極爲強大。

所向無前*　所指向的地方,沒有誰可以阻擋。形容軍力強大,勢不可擋。

勢如破竹*　形勢像破竹子一樣,破開幾節之後,其餘都迎刃而解。比喻戰事節節勝利,毫無阻礙。

摧枯拉朽*　摧毀枯草朽木。比喻敵人或腐朽勢力很容易打垮。

犁庭掃穴*　犁平其庭院,掃蕩其巢穴。比喻徹底摧毀對方。

L 10－30 動:　殲滅

殲滅　用武力消滅敵人:殲滅敵人以保國土。

殲　殲滅:殲敵數百／全殲入侵之敵。

滅　消滅;殲滅:滅蠅／滅敵。

消滅　除掉,使不能存在:消滅殘敵／敵人不投降,就堅決消滅它。

剿滅　用兵討伐,使消滅:剿滅流竄匪徒。

剿除　剿滅:剿除殘匪。

剪除　鏟除;消滅:剪除一批暗藏的毒品。

剪滅　徹底消滅:剪滅邊境殘敵。

攻殲　攻擊並殲滅:集中兵力,攻殲敵人主力部隊。

圍殲　包圍起來殲滅:分兵圍殲竄犯之敵。

聚殲　把敵人包圍起來徹底消滅:龜縮到據點裡的敵軍,被我聚殲。

一網打盡*　比喻全部抓住或徹底消滅,一個也不漏掉。

趕盡殺絕*　驅逐、消滅淨盡。也泛指對人刻毒,做事過分,不留餘地。

斬草除根*　比喻徹底消除禍根,免生後患。也說剪草除根*。

風捲殘雲*　比喻像大風吹散殘雲一樣,一下子把殘留的東西(常指殘餘的敵人或勢力)消滅

乾淨。

秋風掃落葉*　比喻強大的力量迅速地清除衰敗的勢力。

滅此朝食*　消滅了這些敵人再吃早飯。形容要立刻殲滅敵人的決心和氣概。此：指這些敵人。

L 10－31　動：　撤退

撤退　（軍隊）從原來的陣地或占據的地區退出：奉命撤退／撤退到山區。

退卻　軍隊在作戰中向後撤退：起義隊伍撤離城市，向農村退卻。

退兵　❶撤退軍隊：下令退兵／從前線退兵。❷迫使敵軍撤退：退兵之計。

撤兵　撤退或撤出軍隊：從前線撤兵。

撤軍　撤出軍隊：兩國協議分期從邊界撤軍。

撤離　撤退，離開：撤離沿海城市。

撤　退：撤退／後撤／撤出占領軍。

回師　作戰時往回調動軍隊：回師援救。

班師　調回在外作戰的軍隊：命令出征部隊迅速班師。

鳴金收兵*　敲起鑼來，讓士兵撤回營壘。比喻結束戰鬥。鳴金：敲鑼，古代作戰時收兵的信號。

L 10－32　動：　潰逃

潰逃　（軍隊）被打垮而逃跑：主帥一受傷，這軍就立即潰散了。

潰散　（軍隊）被打垮而逃散：主帥一受傷這軍隊就立即潰散了。

逃竄　逃跑流竄：敵軍亂作一團，紛紛逃竄。□竄逃。

流竄　（匪徒、敵軍）到處亂逃：一幫殘餘匪徒，流竄各地。

奔竄　慌忙逃跑：打得偽軍狼狽奔竄。

竄　逃跑；亂跑：竄來竄去／東奔西竄。

抱頭鼠竄*　抱著頭像老鼠一樣逃跑。形容敵人急忙逃跑的狼狽相。

棄甲曳兵*　丟掉鎧甲，拖著兵器。形容打了敗仗，狼狽逃跑的樣子。

狼奔豕突*　像狼和豬那樣奔跑亂闖。形容成群壞人到處亂竄亂逃。

開小差*　軍人違紀，私自離隊逃跑。

臨陣脫逃*　軍人在上陣作戰時膽怯逃跑。

望風披靡*　草木隨風散亂倒伏。比喻軍隊喪失鬥志，望見對方氣勢很盛，未經交戰就潰散了。

望風而逃*　遠遠看見對方的氣勢很盛，就嚇得逃跑了。

落荒而逃*　離開大路，向荒野逃去。形容被打敗而狼狽逃跑。

L 10－33　動、名：　俘虜

俘虜　❶〔動〕作戰時捉住（敵人）：俘虜敵軍。❷〔名〕作戰時被抓住的敵人：不虐待俘虜。

戰俘　〔名〕戰爭中被捉住的敵軍官兵：交換戰俘。

傷俘　〔名〕受傷的俘虜：遣返傷俘。

活口　〔名〕可以提供情況的俘虜、罪犯等。

俘　❶〔動〕作戰時捉住（敵人）：被俘。❷〔名〕作戰時捉住的敵人：戰俘／遣俘。

俘獲　〔動〕俘虜（敵人）和繳獲（武器等）：俘獲數百敵人和大量武器彈藥。

虜獲　〔動〕捉住（敵人），繳獲（武器等）：虜獲甚多，戰果輝煌。

活捉　〔動〕在作戰中抓住活著的敵人：活捉敵人五十多人。

生擒　〔動〕活捉：生擒匪首。

L 10－34　動：　繳獲

繳獲　從戰敗的敵方取得（武器、裝備等）：繳獲大量槍枝、彈藥。

繳械　❶迫使敵人交出武器:投降敵軍已被我軍
　　　繳械。❷(敵人)被迫交出武器:守敵紛紛繳械
　　　投降。

收繳　收取;繳獲:收繳槍枝、彈藥三卡車。

截獲　在半路上攔截而奪取或捉到(敵方物資或
　　　人員):截獲一車軍火/在難民群中,截獲敵軍
　　　幾個偵察兵。

L 10－35 動、名:　傷亡

傷亡　❶〔動〕受傷和死亡:傷亡慘重/傷亡了一
　　　千餘人。❷〔名〕在作戰中受傷和死亡的人:
　　　交戰雙方互有傷亡。

死傷　❶〔動〕死亡和受傷:死傷多人/死傷的士
　　　兵都運走了。❷〔名〕死亡和受傷的人:死傷
　　　累累/死傷狼藉。

殺傷　〔動〕打死打傷:殺傷甚眾/這幫土匪被殺
　　　傷一部分,其餘都被俘了。

斃傷　〔動〕擊斃打傷:這次戰鬥,共斃傷敵軍千
　　　餘人。

陣亡　〔動〕在戰場上作戰而死:老人兩個兒子都
　　　在戰爭中陣亡了。

擊斃　〔動〕用槍打死:擊斃敵方團長一名。

馬革裹屍＊　用馬皮把陣亡軍人屍體包起來。指
　　　英勇作戰,死於戰場。

肝腦塗地＊　原指在戰爭中慘死。後多用來表示
　　　竭盡忠誠,不惜犧牲性命。

受傷　〔動〕身體或物體受外力而部分破損:腿部
　　　受傷/他是受傷後被俘的。

負傷　〔動〕受傷:幾個負傷的戰士仍堅守陣地,
　　　不下火線。

掛花　〔動〕作戰時受傷流血:連長掛花了,被抬
　　　到後方醫院。也說掛彩。

傷兵　〔名〕作戰受傷的士兵:慰勞傷兵。

傷員　〔名〕作戰受傷的人員:護送傷員。

傷號　〔名〕作戰受傷的人員。也叫彩號。

L 10－36 動:　失守

失守　沒有保住所守的土地,被敵人佔領:陣地
　　　失守/省城失守。

棄守　放棄防守:沿江城市相繼棄守。

失陷　(土地、城鎮)被敵方佔領:城市失陷後,他
　　　們轉移到農村打游擊。

淪陷　(國土)被敵人佔領:敵軍攻下我方數城
　　　市,連首都也淪陷了。

淪喪　喪失;淪陷:戰況告急,各鄉鎮市已相繼淪
　　　喪。

陷落　(領土)被敵人攻占:江防重鎮,一度陷落/
　　　半壁江山,陷落敵手。

失地　喪失國土:失地千里。

L 10－37 動:　淪亡

淪亡　(領土)喪失;(國家)滅亡:民族危急,國將
　　　淪亡。

敗亡　失敗滅亡:只有奮起抗戰,才能挽救敗亡
　　　的命運。

覆亡　(國家)滅亡:清王朝終於覆亡。

滅亡　(國家、民族等)不復存在或使不存在:這
　　　個民族終於滅亡了/一個國家若充斥貪污歪
　　　風,將自取滅亡。

亡　滅亡;敗亡:身弒國亡/國破家亡。

亡國　國家滅亡;使國家滅亡:亡國之君/亡國
　　　滅種。

L 10－38 動:　收復

收復　用武力奪回失去的陣地、領土:收復失地/
　　　收復城池。

克復　通過進攻戰勝敵人,收復被占的地方:克
　　　復舊都/克復滬寧。

克　〈書〉戰勝;攻取;克復:克敵制勝/攻無不克
　　　/迭克名城。

光復　收復失去的城鎮或國土:英勇三軍光復了

首都/光復國土。

L 10－39 動： 勝利

勝利 在戰爭、鬥爭或競賽中打敗對方:抗戰八
年,我們終於勝利/經過頑強拚搏,女排選手
們攀登了勝利的高峰。

勝 ❶打敗對方;勝利:這一仗我們一定能勝/
這一場他們勝了,就能進入決賽。

戰勝 在戰爭或競賽中取得勝利:我們武器不如
敵人,但還要戰勝他/在聯賽中戰勝所有球
隊。

打敗 戰勝敵人或競賽對手:徹底打敗侵略者。

挫敗 在戰爭或比賽中擊敗對方:挫敗了猖狂來
犯的敵軍/主場球員以較大優勢挫敗了客隊。

敗 打敗(敵人):大敗敵軍。

戰敗 打敗(敵人);戰勝(敵人):小國戰敗了大
國。

得勝 取得勝利:得勝而歸/旗開得勝。

獲勝 得勝:在最後決戰中獲勝。

取勝 得勝:我軍以突擊戰術取勝。

決勝 決定最終的勝負:運籌帷幄之中,決勝千
里之外。

大捷 在戰爭中取得巨大勝利:我軍大捷的消息
振奮人心。

報捷 報告勝利的消息:前線來電報捷。

告捷 ❶戰鬥或競賽取得勝利:首戰告捷。❷報
告勝利喜訊:向後方告捷。

制勝 制服敵人以取勝;戰勝:出奇制勝/制勝
於千里之外。

奏捷 作戰取得勝利:一戰奏捷。

奏凱 因得勝而高奏凱歌。泛指取得勝利:奏凱
而歸。

凱旋 勝利歸來:歡迎籃球國手凱旋歸國。

旗開得勝 * 軍隊發號令的戰旗一揮動就打了勝
仗。形容迅速取勝。也比喻事情一開始就取
得勝利。

馬到成功 * 戰馬一到就取得勝利。形容迅速獲
勝。

百戰百勝 * 每次打仗都獲勝。形容勇猛強大,
所向無敵。

百戰不殆 * 多次作戰而不失敗。形容每戰必
勝。

兵不血刃 * 兵器上沒有沾上血。形容未經戰鬥
就制服敵人,取得勝利。

哀兵必勝 *《老子·六十九章》:「抗兵相加,哀者
勝矣。」意思是兵力相當的兩軍對抗,心情悲
憤的一方必定獲勝。後用以指受壓抑而悲憤
地奮起反抗的軍隊,一定能打勝仗。

降龍伏虎 * 降伏龍虎。比喻戰勝強敵。

L 10－40 動： 失敗

失敗 在戰爭、鬥爭或競賽中被對手打敗:敵人
決不甘心失敗,還會繼續搗亂/足球隊員面對
失敗的局面沈著冷靜。

戰敗 打敗仗;在戰爭中被打敗:侵略軍戰敗了。

打敗 在戰爭或競爭中失敗;打敗仗:即使我們
打敗了,也可以繼續戰鬥。

敗 失敗;打輸:轉敗為勝/立於不敗之地。

敗北 〈書〉軍隊被打得背向敵人逃跑,即打敗
仗。也指在競賽中失敗:屢次出擊,未嘗敗北
/我足球隊以一比二敗北。

北 〈書〉敗退:屢敗屢北/追奔逐北。

失利 戰敗;打敗仗:軍事上接連失利。

覆沒 (軍隊)全部被消滅:全軍覆沒/和優勢的
敵人打硬仗,顯然有覆沒的危險。

覆滅 全部被消滅;覆沒:敵人拚命掙扎,也沒有
逃掉覆滅的下場。

披靡 潰散不成軍:守敵望風披靡。

潰敗 (軍隊)被打垮;崩潰敗退:敵軍不堪一擊,
很快就潰敗了。

崩潰 (軍隊、政治、經濟)完全破壞,徹底垮臺:
敵軍全線崩潰。

慘敗 慘重地失敗：入侵的敵人遭受慘敗。

敗績 〈書〉軍隊潰敗。也泛指失敗：王師敗績。

潰不成軍* 軍隊被打得散亂不成隊伍。形容潰敗的狼狽相。

人仰馬翻* 人馬都被打得仰翻在地。形容慘敗或混亂不堪的樣子。也作**馬仰人翻***。

片甲不存* 形容失敗慘重，全軍覆沒。也作**片甲不留***。

土崩瓦解* 比喻徹底崩潰，不可收拾。

落花流水* 原形容殘春的景象。後用來比喻慘敗，不可收拾。

一敗塗地* 形容失敗慘重，不可收拾。塗地：「肝腦塗地」的省略，形容慘死。

損兵折將* 士兵和將領都大量傷亡。形容作戰失敗，死傷很多。

L 10−41 動： 征服・制服

征服 ❶用武力攻打別的國家或民族使屈服：侵略者用武力征服小國的妄想破滅了。❷運用力量或施加影響使對方服從：人類用勞動和智慧征服了大自然。

降服 用強力使對方屈服：降服一切拒不放下武器的敵人。□**降伏**。

制服 用強力壓制使屈服：強國制服弱國／他們想施點壓力制服學生。□**制伏**。

收伏 使敵人投降屈服；制服：收伏叛匪／他看她是有用之材，決心把她收伏。

收服 使投降歸順；制服：收服村民／他很想收服這個青年人。

降 使屈服；降伏：降龍伏虎。

伏 降服；制伏：伏虎／伏魔。

懾服 使恐懼而屈服：正義感絕不是用暴力所能懾服的。□**懾伏**。

折服 制服；說服：我們有充足的理由和證據，足以折服他們。

L 10−42 動： 投降・招降

投降 停止抵抗，向敵方屈服：無條件投降／敵人不投降，就堅決消滅他。

投誠 （敵人、叛軍）誠心歸附：叛軍頭目帶部前來投誠。

請降 請求接受投降：被圍敵軍彈盡援絕，派人出城請降。

乞降 乞求接受投降：寧可戰死，決不屈膝乞降。

歸降 歸順投降：叛軍紛紛持械歸降。

降順 投降歸順：只要敵人願意降順，就給予寬待。

降服 投降屈服：叛亂分子畏罪降服。

降 投降：受降／寧死不降。

反正 由邪歸正。指敵方的軍隊或人員投到己方：一些幫派分子自從有了宗教信仰以後，紛紛反正。

詐降 假裝投降：當心敵人詐降。

誘降 引誘對方投降：敵人對抗我軍誘降的詭計，一再落空。

勸降 勸說使投降：敵人勸降，總是找那些不堅定的人。

招降 招引對方前來投降：派人招降叛軍。

招安 舊時統治者勸說武裝反抗者投降歸順：《水滸》中的宋江，一開始就在等候招安。

受降 接受敵方投降：闕下受降。□**納降**。

招降納叛* 招收、接納敵方投降、叛變的人。也指網羅壞人，擴充勢力。

L 10−43 動： 停戰・議和

停戰 交戰雙方根據協議暫時停止軍事行動：下令停戰／簽訂停戰協定。

停火 交戰雙方或一方停止開火攻擊：暫時停火，交換傷病員。

休戰 交戰雙方達成協議，暫時停止軍事行動：休戰一星期。

弭兵 〈書〉平息戰爭。

議和 交戰雙方進行談判,以結束敵對狀態:兩國議和。

講和 雙方就結束戰爭或爭端,達成和解:不打退侵略者,決不講和。

言和 講和:休兵言和。

求和 處於劣勢或戰敗的一方向對方請求停戰,恢復和平:秘密求和／屈膝求和。

謀和 謀求結束戰爭,恢復和平:為拯救受難同胞而謀和。

媾和 交戰雙方達成協議或締結和約,結束戰爭狀態。

和談 交戰雙方為謀求和平而談判:同意和談／參加和談。

L 10－44 名: 和議・和約等

和議 ❶交戰雙方達成的恢復和平的協議:和議已經成功,內戰停止了。❷關於停戰、謀和的主張:力主和議。

和會 參戰各方休戰後舉行的和平會議:巴黎和會。

和平談判 交戰雙方為恢復和平而進行的談判:兩國同意在第三國城市進行和平談判。

和約 交戰國之間訂立的結束戰爭狀態,調整領土、政治、軍事、經濟等問題,恢復和平關係的條約或協定。

城下之盟* 在敵軍兵臨城下時,被迫訂立的屈辱盟約。也泛指被迫簽訂的屈辱條約。

L 10－45 動: 統率・指揮

統率 統轄率領:統率全軍人馬／統率各路大軍。□統帥。

統領 統率帶領:他統領一支一萬多人的隊伍。

統馭 統率,控制:統馭全軍,待命反攻。

率領 帶領:聖女貞德率領法國軍隊據守奧爾良。□領率。

率 帶領:率部起義。

帶領 領導,指揮:帶領突擊隊攔截敵人。

帶 帶領:帶兵／帶隊。

督率 監督統率:督率將士,連日進攻。

指揮 發令調度:服從命令聽指揮／指揮千軍萬馬南下作戰。

督戰 監督並指揮作戰:師長親臨前線督戰。

發號施令* 發命令;下指示;指揮。

調兵遣將* 調動兵馬,派遣將領。指組織、調配兵力,準備作戰。

運籌帷幄* 在軍隊帳幕中謀劃、指揮。指在後方決定作戰策略。

掛帥 掌帥印,當元帥。指居於領導、統領地位:掛帥出征／誰能解決,誰掛帥當總指揮。

升帳 〈書〉古代將帥進入中軍帳,聽取軍情,發號令。後多比喻升到主要領導地位。

L 10－46 名: 統帥部

統帥部 泛指國家的軍事最高指揮機構,集中統率國家的武裝力量。

大本營 戰時軍隊的最高統帥部。

司令部 軍隊首長實施作戰指揮、管理、訓練等工作的機關。

指揮所 軍隊指揮員指揮作戰的機構和場所。通常設在便於指揮和較隱蔽的地點。有通訊聯絡、交通設備和工程設施等。

行營 舊指軍隊出征時統帥的營帳或房屋。也指軍事長官的駐地辦事處。

行轅 舊指高級官員出行時就地所設的辦公處所;行營。

虎帳 古時指將軍坐鎮指揮的營帳。

幕府 古代將帥辦公的地方。因出征時住帳幕裡,故名。

L 10－47 名: 戰略・戰術

戰略 ❶指導戰爭全局的方針、計畫和策略:戰

略部署／戰略決策／戰略防禦。❷國家、政黨在一定歷史階段指導全局的方針和策略：革命戰略／財經政策是一國的重要戰略之一。

戰術 ❶實施戰鬥的原則和方法：迂迴包圍戰術／籃球賽中戰術變化比較多。❷比喻在戰爭和工作中使用的方法：處理事情要講究方法，講究戰術。

韜略 本指古代的兵書《六韜》、《三略》。後來藉指用兵的計謀：他是一位滿腹韜略的老將。

方略 用兵的全盤計畫和重要策略：作戰方略。

兵法 ❶古代指用兵作戰的策略和方法。❷兵書。特指《孫子》。

兵符 ❶古代調兵遣將的符節（一種憑證）。借指兵權。❷兵書；兵法。

兵書 古代研究兵法的著作的統稱，如《孫子》、《六韜》、《尉繚子》、《三略》等。

空城計 明代羅貫中《三國演義》中寫，街亭失守，司馬懿大軍直逼西城，諸葛亮無兵禦敵，又來不及撤退，卻大開城門，並在城樓撫琴，司馬懿疑有埋伏，引兵退去。後泛指掩飾自己力量空虛，迷惑對方的策略。

逃魂陣 舊小說中指一種能使人靈魂迷失、不辨方向的陣列。比喻能使人迷惑的陣勢、圈套。

知己知彼＊ 《孫子·謀攻》：「知彼知己，百戰不殆。」後多說「知己知彼」。指對敵我雙方的情況都很了解。

將計就計＊ 利用對方的計策反過來用在對方身上，使他上當。

緩兵之計＊ 延緩敵軍進攻的策略。也指使事態暫時緩和，以便考慮應付辦法。

兵不厭詐＊ 《韓非子·難一》「戰陣之間，不厭詐偽。」指用兵作戰時，不排斥使用欺詐的計謀來迷惑敵人。

L 10－48 名： 兵力

兵力 軍隊的實力。包括人員、武器裝備等：兵力單弱／雙方投入大會戰的兵力不下百萬。

軍力 兵力：軍力雄厚。

陣容 ❶作戰隊伍的外貌或所顯示的力量；陣容整齊／強大的陣容。❷隊伍人力的配備：充實陣容／最佳陣容。

實力 實在的力量（多指軍事、經濟方面的力量）：以實力為後盾／增強國防實力。

戰鬥力 軍隊的作戰能力：戰鬥力極強／加強戰鬥力。

有生力量 原指軍隊中人員和馬匹。也泛指有戰鬥力的軍隊：消滅敵人有生力量。

L 10－49 名： 主力·翼側

主力 軍隊中用於執行作戰任務的主要力量：主力部隊／主力艦。

主力軍 ❶擔負作戰主力的軍隊。❷比喻起主要作用的力量：一支文藝戰線的主力軍。

翼側 作戰時部隊或陣地的兩翼：左翼側／右翼側／向敵翼側的碉堡突擊。也說**側翼**。

兩翼 軍隊作戰時，部署在正面部隊左、右兩側的部隊：加強兩翼的力量。

左翼 作戰時部署在正面部隊左側的部隊。

右翼 作戰時部署在正面部隊右側的部隊。

偏師 指在主力軍以外配合作戰的部分軍隊。

L 10－50 名： 友軍·敵軍

友軍 協同本部隊對敵作戰的部隊：支援友軍。

同盟軍 結成同盟的軍隊。也泛指為共同目標鬥爭的友軍或友好力量。

盟軍 結成同盟、共同對敵的軍隊。

敵軍 敵對的軍隊：擊退入侵敵軍。

勁敵 實力強大的敵人或對手：經過苦戰，挫敗勁敵。

頑敵 頑固抵抗的敵人：圍殲頑敵。

死敵 勢不兩立的敵人：中國寓言故事中，貓和老鼠是死敵。

L 10－51 名：　雄兵·孤軍等

雄兵　強有力的軍隊:險要關口由雄兵把守。

雄師　雄兵:百萬雄師過大江。

勁旅　〈書〉戰鬥力強大的軍隊:一支無敵的勁旅。

重兵　力量雄厚的軍隊:駐有重兵把守。

天兵　傳說中指天神的兵。比喻威武善戰、行動神速的軍隊。

大軍　人數衆多、聲勢浩大的武裝部隊:大軍移師南下。

鐵騎　〈書〉穿鐵甲的騎兵。泛指精銳的騎兵:鐵騎縱橫。

鐵馬　披鐵甲的戰馬;鐵騎:金戈鐵馬。

輕騎　裝備輕便的騎兵:以輕騎出擊。

驍騎　〈書〉勇猛的騎兵。

鐵流　比喻戰鬥力很強的隊伍。

生力軍　❶新投入作戰的戰鬥力強的部隊:一支生力軍開赴前線。❷比喻新參加某種工作或活動,能起積極作用的人員:這是一支文藝戰線上的生力軍。

貔虎　比喻勇猛的將士或軍隊:貔虎千重。

貔貅　比喻勇猛善戰的軍隊:十萬貔貅。

孤軍　孤立無援的軍隊:孤軍深入/孤軍奮戰。

老弱殘兵*　指軍隊中年老體弱、缺乏戰鬥力的士兵。多用來比喻年老體弱、工作能力較差的人。

蝦兵蟹將*　傳說中龍王的兵將。常比喻敵人不中用的小頭目和嘍囉。

L 10－52 名：　亂兵·逃兵

亂兵　叛變或潰敗逃散的兵:亂兵到處騷擾居民。

潰兵　戰敗潰散的兵:潰兵到處搶奪。

逃兵　從部隊脫逃出來的士兵:窩藏逃兵。

兵痞　指專以當兵爲職業、品性惡劣、爲非作歹、欺壓百姓的壞人。

散兵游勇*　指逃散、失去統屬的士兵。

L 10－53 名：　士氣

士氣　軍隊的鬥志。也指群衆的振奮精神:士氣高昂/鼓舞士氣。

軍心　軍隊官兵的戰鬥意志:軍心振奮/惑亂軍心。

鬥志　戰鬥意志:鬥志昂揚/激發鬥志。

同仇敵愾*　全體一致,對敵人懷著仇恨和憤怒。

破釜沈舟*　秦末,項羽與秦兵打仗,過河後把鍋打破,把船鑿沈,表示不勝利不生還。後用以表示下定決心戰鬥到底。

視死如歸*　把死看作像回家一樣平常。形容爲了正義事業,不惜犧牲的決心。

奮不顧身*　爲正義而奮勇向前,不考慮個人的安危。

身先士卒*　作戰時,將帥衝在士兵前面,帶頭勇敢殺敵。

以一當十*　一個人抵擋十個人。形容英勇善戰。

前仆後繼*　前面的人倒下了,後面的人緊跟上去。形容連續不斷地英勇奮戰,不怕犧牲。

前赴後繼*　前面的人衝上去,後面的人緊跟上。形容奮勇向前,連續不斷。

一鼓作氣*　《左傳·莊公十年》:「夫戰,勇氣也。一鼓作氣,再而衰,三而竭。」意思是作戰靠勇氣,進軍時擊一通鼓,士氣最盛。後用來比喻趁銳氣旺盛時一下子把事辦成或鼓足幹勁。

再衰三竭*　古時作戰以擊鼓指揮士兵衝鋒,再擊三鼓之後,士氣由衰落而用盡。形容士氣逐漸低落,不能再振作。參見「一鼓作氣」。

L 10－54 形：　善戰·好戰·厭戰

善戰　善於作戰:英勇善戰。

耐戰　能持久戰鬥:堅韌耐戰。

好戰 熱中於鼓動或發動戰爭：抵制好戰言論。

窮兵黷武 * 使用全部兵力，悍然發動侵略戰爭。
形容非常好戰。

師出無名 * 沒有正當理由而出兵打仗。也比喻
沒有正當理由而做某事。

厭戰 厭惡戰爭：人心厭戰／軍中有好些官兵因
厭戰而自殺。

怯陣 臨陣膽怯：這些戰士雖然初上戰場，可是
一點也不怯陣。

輕敵 輕視敵人，不認眞對待：任何輕敵的思想
都是錯誤的。

L 10－55 名： 戰場·戰線

戰場 兩軍交戰的地方：開赴戰場／開闢新戰
場。

戰地 兩軍交戰的地區：戰地服務團／去戰地探
訪。

疆場 戰場：馳驅疆場／戰死疆場。

沙場 平坦廣闊的沙地。古代多指戰場：效命沙
場。

陣地 軍隊爲作戰而占據的地方：炮兵陣地／陣
地堅固／宣傳陣地。

敵陣 敵方陣地：猛攻敵陣。

陣腳 軍隊作戰時部署的戰鬥隊列的最前方：陣
腳大亂／壓住陣腳。

內線 軍隊處在防衛或被包圍形勢下的作戰線：
內線作戰。

外線 軍隊採取進攻或包圍敵方的形勢下的作
戰線：外線作戰。

戰線 兩軍作戰時前沿的接觸線：縮短戰線／文
藝戰線。

火線 兩軍交火的前沿地帶：輕傷不下火線。

陣線 戰線。常用於比喻：革命陣線。

防線 防禦工事連成的線：構築防線／突破敵軍
防線。

L 10－56 名： 前方·後方

前方 接近戰線的地區：慰勞前方將士／奔赴前
方。

前線 作戰時雙方軍隊接近的地帶。也喻指工
作的第一線：支援前線／趕赴水庫工程前線。

前沿 防禦陣地最前面的邊沿：前沿陣地。

前敵 前線：身臨前敵／前敵總指揮。

後方 離戰線較遠的地區：安定後方／後方加緊
生產。

大後方 指抗日戰爭時期國民黨統治下的西南、
西北廣大地區。

總後方 指揮整個戰爭的領導機關所在的後方。

敵後 戰時敵人的後方：推動敵後游擊戰。

L 10－57 名： 陣勢

陣勢 作戰時的布局：擺開陣勢／陣勢嚴整。

陣 古代指作戰隊伍的排列和布置。現也指作
戰時的兵力部署：背水擺陣／攻陷敵陣。

疑陣 爲了迷惑敵人而布置的陣勢：故設疑陣。

一字長蛇陣 排列成一長條的陣勢。

散兵線 步兵兵員散開後成橫線的戰鬥隊形。

L 10－58 名： 工事

工事 保障軍隊作戰的建築物，如地堡、塹壕、交
通壕、掩蔽部等：構築工事／永備工事／野戰
工事。

軍工 軍事工程。包括築城、設置和克服障礙
物、爆破、構築和保養道路、橋梁、渡口，有關
偽裝的工程以及給水、動力供應等。

掩體 供射擊、指揮、觀察、技術兵器操作用的露
天掩蔽工事，使人員及武器裝備不被殺傷破
壞，如步兵掩體和機槍、火炮、坦克、雷達、汽
車掩體等。

掩蔽部 保障人員免受炮火傷害，以便工作、休
息的封閉型掩蔽工事。一般構築在地下。

壁壘　古時軍營的圍牆,作爲進攻或防守的工事。現多用來比喩對立事物的界限或陣營:壁壘森嚴／壁壘分明／在思想方面樹立堅强的壁壘。

戰壕　作戰時爲隱蔽、掩護而挖的壕溝。

壕溝　作戰時挖掘的供掩護用的溝。

塹壕　在陣地正面挖掘的、有射擊掩體的曲線形或折線形壕溝,也叫**散兵壕**。

胸牆　在掩體前面和戰壕邊沿用土堆砌起來的矮牆,用以防禦槍彈和炮彈、躲避敵人的觀察,並可在射擊時作爲武器的依託。

坑道　利用自然岩土層作爲防護層的地下工事,用於指揮、戰鬥、隱蔽人員、儲藏物資。

交通壕　陣地內連接塹壕和其他工事供交通用的壕溝,在重要地段上有觀察、射擊等設備。也叫**交通溝**。

地道　在地面下挖掘的交通坑道,用於隱蔽地接近敵人、實施突然攻擊等。

防空壕　爲了防備空襲、減少損害而挖掘的供隱蔽用的壕溝。

防空洞　爲了防備空襲、避免或減少損害而挖的地洞。

護城河　古代由人工挖掘的圍繞城牆的小河,用於防守。

城壕　城濠　護城河。

鐵蒺藜　一種軍用障礙物。鐵製,多刺釘,狀似蒺藜。通常布設在道路上或淺水中,用以阻礙敵軍人馬、車輛的行動。

電網　用金屬線架設的可以通電的障礙物,用於防敵或防盜。

鹿砦　鹿寨　一種軍用障礙物,把樹木的枝幹交叉放置,用來阻止敵方的步兵或坦克。因狀似鹿角,故名。也叫**鹿角**。

銅牆鐵壁*　比喩十分堅固的防禦工事或不可摧毀的防禦力量。也作**鐵壁銅牆***。

深溝高壘*　挖掘深的壕溝,構築高的壁壘。指設置堅固的防禦工事。

壁壘森嚴*　形容防禦工事堅固,守備嚴密。

金城湯池*　金屬鑄造的城,流著滾水的護城河。形容城池防守堅固,不易攻破。

固若金湯*　形容防守極其堅固。金湯:指「金城湯池」。

堅不可摧*　多指防禦工事極爲牢固,無法摧毀。

L 10－59 名:　堡壘·據點等

堡壘　建築在衝要地點供防守用的堅固工事,是要塞或野戰陣地的組成部分:炸毀敵人堡壘。

碉堡　軍事上供觀察、射擊、駐兵用的堅固建築物,多用磚、石、鋼筋混凝土等建成。有圓形、方形、多角形等數種。

地堡　供步槍、機槍等實施環形射擊用的有掩蓋的防禦工事,用土、木、磚、石或鋼筋混凝土等建成。通常爲圓形,內有一個或幾個射擊室和休息室。

炮臺　舊時在江海口岸和其他衝要地帶構築的永久性工事,用於防守時發射火炮。

炮樓　高的碉堡,通常有二至三層,四周有槍眼,可以瞭望和射擊。

碉樓　舊時供防守和瞭望用的較高建築物。

崗樓　一種較高的碉堡,挖有槍眼,可供哨兵向外瞭望、射擊。

槍眼　碉堡、崗樓或牆壁上挖出的小洞,用來由裡向外開槍射擊。

據點　軍隊戰鬥行動所憑藉的地點。通常築有堅固工事,設有障礙物,備有作戰物資,以利於防守和進攻。

要塞　軍事上有重要意義的,擁有守備部隊、武器裝備和必要的物資,遭受圍攻時可以長期防守的據點。

街壘　在街道、橋旁、山路或建築物間的空地上用磚、石、木、沙袋等橫向堆積成的障礙物。用以阻擋人馬、車輛通過和用作射擊的依託。

橋頭堡　爲扼守和保護重要橋梁、渡口而在其附近構築的碉堡、地堡或據點。也泛指作爲進攻的據點。

登陸場　指軍隊在渡江或渡海作戰時，爲保障後續部隊登陸和展開而奪取的敵方岸上的一部分地區。

制高點　軍事上指某一區域內，能夠居高俯視、發揮火力、控制周圍地面的高地或建築物。

L 10－60 動：　警戒·巡邏

警戒　軍隊爲防備敵人的偵察和突然襲擊而採取保衛措施：加強行軍警戒／沿鐵路的敵人，警戒得很嚴密。

警備　（軍隊）警戒防備：加強警備／警備森嚴／警備部隊。

警衛　用武裝力量警戒、保衛：充實警衛力量，確保廠礦安全。

戒備　警戒防備：戒備森嚴／營房四周都有哨兵戒備。

守備　防範警戒：守備邊城／加強守備。

衛戍　（軍隊）保衛防守：衛戍首都／衛戍區。

站崗　站在崗位上執行守衛、警戒任務：在大門外站崗執勤。

放哨　站崗或巡邏：派人在村口放哨。

巡邏　巡查警戒：每天晚上，村外都有民兵巡邏。

巡查　到各處查看：敵人正在鐵路沿線巡查。

梭巡　如穿梭般地往來巡邏：梭巡不斷／他帶著手下人在這一帶梭巡。

巡夜　在夜間巡查警戒：輪流巡夜。

守夜　夜間守衛：派戰士輪班守夜。

巡哨　巡邏偵察：夜間小心巡哨。

查哨　檢查哨兵執行任務情況：連長查哨來了。也說**查崗**。

L 10－61 名：　哨所

哨所　警戒分隊或哨兵的駐所：邊防哨所。

哨卡　設在邊境或要道的哨所：受到哨卡的盤查。

崗哨　警衛人員站崗放哨的地方：軍營門外設有崗哨。

崗亭　供軍警站崗用的小亭子。

崗位　軍警執行守衛任務的地方。

觀察所　作戰時爲觀察實戰情況而設置的場所，通常設在視野開闊而不易暴露的地點。

瞭望哨　從高處遠處觀察敵情的崗哨。□**觀察哨**。

望樓　用於瞭望的小樓。

烽火臺　古代邊疆戍兵爲用烽火報警而構築的高土臺。

L 10－62 動、名：　偵察·偵探

偵察　〔動〕爲了查明敵方軍事動態、武裝力量、政治情況及經濟潛力等而進行活動：高空偵察／偵察敵人後方。

偵探　❶〔動〕暗中探聽敵情：深入敵巢，偵探虛實。❷〔名〕做偵探工作的人。

暗探　❶〔動〕暗中刺探：暗探敵方機密。❷〔名〕搞秘密偵察工作的人（多指敵對一方的）。

探子　〔名〕舊時軍隊中做偵察工作的人。

間諜　〔名〕爲一國所派遣或收買潛入別國刺探軍事情報，竊取國家機密，或進行破壞、顛覆活動的人：國際間諜／間諜活動。

奸細　〔名〕爲敵人探消息、送情報的人：謹防內部奸細。

細作　〔名〕舊指暗探；間諜。

特務　〔名〕經過特殊訓練，從事刺探情報、顛覆、破壞等活動的人：防止特務打進組織內部。

特務　〔名〕軍隊中擔任警衛、通訊、運輸等特殊任務的人員：特務員／特務連。

敵特　〔名〕敵人派來的特務：肅清敵特。

敵探　〔名〕敵人派來刺探我方機密情報的間諜：發現這個人竟是潛伏的敵探。

坐探　〔名〕專在某處內部刺探消息、收集情報的
　　人：她是敵方派到機關裡的坐探。
內線　〔名〕布置在對方內部探聽消息或進行其
　　他活動的人：收買內線。
克格勃　〔名〕音譯詞。是前蘇聯間諜機構「國家
　　安全委員會」的俄文縮寫。其任務是掌握祕
　　密警察，進行特務活動，並向國外派遣間諜，
　　從事搜集情報，進行滲透、暗殺與顛覆。也指
　　為克格勃工作的間諜。
第五縱隊　〔名〕西班牙一九三六年內戰時，叛軍
　　用四個縱隊進攻首都馬德里，同時揚言，還有
　　個潛伏在首都的第五縱隊準備在內部隨時策
　　應。後來以第五縱隊泛指潛藏在內部的敵方
　　組織或間諜。
木馬計　〔名〕傳說古希臘人遠征特洛伊城，久攻
　　不下。後來用計造了一匹大木馬，派勇士藏
　　在馬肚裡，棄置城外。特洛伊人把木馬作為
　　戰利品運進城內。當晚木馬中的勇士出來打
　　開城門，與攻城軍隊裡應外合，占領了特洛伊
　　城。後來把派人潛伏到敵方內部進行破壞或
　　顛覆活動的辦法叫「木馬計」。
特洛伊木馬　〔名〕比喻潛伏在內部進行破壞活
　　動的敵人。參見「木馬計」。
偵察兵　〔名〕派到前哨偵察敵情的士兵。
斥候　❶〔動〕舊指偵察：以輕騎斥候。❷〔名〕也
　　指進行偵察的士兵：遠遣斥候。
探馬　〔名〕做偵察工作的騎兵：探馬回報敵軍已
　　退。
臥底　〔名〕〈方〉指埋伏下來做內應的人。

L 10－63 名：　軍情

軍情　軍事情況：刺探軍情。
軍機　軍事機密：洩漏軍機。
情報　有關對方的軍事、政治、經濟等方面情況
　　的紀錄或報告，多屬於機密性的：搜集軍事情
　　報。

諜報　刺探得到的情報：諜報員。
敵情　敵方的軍事、政治、經濟等情況。特指敵
　　人對我方採取行動的情況：掌握敵情／偵察敵
　　情。
戰況　作戰的情況：戰況不明／戰況改觀。
戰報　關於戰爭情況的公報或報導：本地軍事機
　　關常有前方戰報公布出來。
戰局　在一定時期、一定地區內戰爭發展的局
　　勢：戰局出現新的轉折／戰局變化很大。

L 10－64 動：　勞軍
（參見 D8－44 慰問）

勞軍　慰勞軍隊：文藝小分隊去前線勞軍／群衆
　　紛紛捐款勞軍。
勞師　舊指慰勞軍隊。
犒勞　用酒食等慰勞：犒勞勝利歸來的戰士。
犒賞　慰勞賞賜：犒賞三軍。
優撫　優待和撫恤（烈屬、軍屬、殘疾軍人等）：做
　　好優撫工作。
擁軍優屬＊　擁護軍隊，優待革命軍人家屬：推動
　　擁軍優屬活動。

L 10－65 名：　戰功

戰功　在戰爭中立下的功勞：戰功卓著／這支部
　　隊立下了累累的戰功。
武功　〈書〉軍事方面的功績；戰功：頌揚武功／
　　要先務文治，不要急圖武功。
戰績　在戰爭中獲得的成績：戰績輝煌／這三年
　　的戰績，在歷史上是空前的。
戰果　戰鬥中獲得的勝利成果。也指工作中獲
　　得成績：赫赫的戰果／戰果輝煌。
戰利品　在作戰中從敵方繳獲的武器、裝備等：
　　戰場尚未清理，到處堆積著戰利品。

L 10－66 名：　戰犯

戰犯　發動侵略戰爭或在戰爭中犯有嚴重罪行

的人:審判戰犯。

戰爭販子　蓄意破壞和平,積極策畫、發動侵略戰爭,企圖從中取利的反動頭子。

戎首　〈書〉發動戰爭的主謀、禍首。

L 11　武器·裝備

L 11－1 名：　武器(一般)

武器　❶直接用於戰鬥,具有殺傷力和破壞力的器械和裝置。古代有刀、劍、弓、箭等,近現代相繼出現了槍炮、化學武器、生物(細菌)武器和火箭、飛彈、核武器等。❷泛指進行鬥爭的工具和手段:思想武器。

兵器　武器。

兵　兵器:兵工廠／秣馬厲兵／短兵相接。

戰具　作戰器械;武器:戰具精利。

軍械　各種武器、彈藥及其儀器、器材、附件等的統稱:軍械庫。

軍器　軍用的器具,如鼓鐸、槍械等:他們的軍器並不完備。

軍火　武器和彈藥的總稱:私運軍火。

械　武器:繳械／械鬥／攜械投誠。

槍杆　槍身。泛指武器:拿起槍杆打敵人。

槍杆子　槍杆。泛指武器或武裝力量。

利器　鋒利的兵器:精兵利器／身藏利器。

暗器　暗中投射,使人不及防備的兵器,如鏢、袖箭等:用暗器傷人。

火器　利用火藥或炸藥的爆炸作用或發射彈頭進行殺傷和破壞的武器,如槍,炮,炸彈,火箭等。

刀槍　刀和槍。泛指武器:拿起刀槍上戰場。

刀兵　泛指武器:大動刀兵。

兵戎　指武器:兵戎相見。

仗　刀戟等兵器的總稱:兵仗／儀仗／明火執仗。

輕武器　射程較近,便於攜帶的武器,如步槍、衝鋒槍、機關槍等。

重武器　射程遠,威力大的武器,如各種大炮。

常規武器　通常使用的不屬於大規模殺傷破壞性武器範圍的各種武器,如槍、炮、飛機、坦克等(區別於「核武器」)。

核武器　利用核裂變或熱核聚變反應時快速放出的能量,造成大規模殺傷和嚴重破壞的武器,如原子彈、氫彈。可用飛彈、火箭、火炮等發射,或用飛機投擲。也叫**原子武器**。

核裝置　一種能在其內部放出核能量、實現爆炸過程的裝置,多指原子彈和氫彈。

生物武器　用各種致病的微生物(細菌、病毒、立克次體及眞菌等)和某些細菌所產生的毒素來傷害人畜、毀壞農作物的一種武器。其攻擊範圍大,威懾力量強,危害時間長。一九二五年日內瓦簽訂的國際公約和一九七二年聯合國公約禁止使用生物武器。也叫**細菌武器**。

化學武器　主要指用來毒害人、畜或毀壞農作物的毒劑和施放毒劑的炮彈、炸彈、飛彈、彈頭、地雷等。也指噴火或發煙的軍用器械。化學武器屬於大規模殺傷武器。一九二五年在日內瓦簽訂的國際公約,禁止使用化學武器。

鐳射武器　可分爲直接鐳射武器和間接鐳射武器。前者利用鐳射直接殺傷敵人或摧毀目標,由於光速快,光強度高,命中率極高。目前一些大國把它作爲戰略武器,正在秘密研製。後者運用鐳射測距、跟蹤、導航等技術用於常規武器,增強殺傷能力,如鐳射製導飛彈、炸彈和炮彈等。目前已廣泛投入實戰裝備。

L 11－2 名：　刀·劍

刀　古代用於砍殺的兵器。

槍刺　安裝在步槍槍頭上的鋼刀或鋼錐。用以在格鬥中刺殺敵人。□**刺刀**。

軍刀　舊時軍人用的長刀。

馬刀　一種供騎兵衝鋒時劈刺用的長刀。也叫**戰刀**。

指揮刀 指揮官用的狹長的刀。用於發令調度士兵作戰、演習或操練。

朴刀 古代兵器。刀身窄長,刀柄較短。可雙手使用。

白刃 鋒利發光的刀、劍:白刃戰／白刃相加。

刃 刀:利刃／兵不血刃。

匕首 短劍。

劍 古代兵器。用青銅或鐵鑄成,形細長,前端尖,兩邊有刃,中間有脊,短柄。插在鞘內,可隨身佩帶:擊劍／舞劍／佩劍／劍拔弩張。

寶劍 原指稀罕而名貴的劍。後來泛指一般的劍。

乾將莫邪 古代傳說,吳國人乾將、莫邪夫婦爲吳王製成兩把寶劍,一名乾將,一名莫邪。後即用乾將、莫邪泛稱寶劍。

L 11-3 名: 槍·矛

槍 長柄的一端上裝有鋼鐵尖頭的舊式兵器,如紅纓槍、標槍。

長槍 長柄的槍。

標槍 長桿的一端裝有金屬槍頭的兵器。可向遠處投擲。

投槍 可以投擲出去殺傷人、獸的標槍。

梭鏢 在長柄一端裝有單尖兩刃刀的兵器。

花槍 一種像矛而較短的舊式兵器。

紅纓槍 一種在槍頭下面裝飾著紅纓的長槍。

流星 一種古代兵器。在鐵鏈的兩端各繫一個鐵錘,其一用以飛擊敵人,另一提在手裡用以自衛。

矛 一種在長桿的一端裝有尖銳金屬槍頭的古代兵器。

戈 一種長柄一端裝有橫刃的古代兵器。橫刃上下皆刃,用以橫擊和鉤殺。

戟 一種合戈、矛爲一體的古代兵器。略似戈,兼有戈的橫擊、矛的直刺兩種作用。

斧 一種古代兵器。一端爲大的斧頭,裝有長柄。

鉞 一種形似板斧而較大有長柄的古代兵器。

錘 一種短柄的上端裝有金屬圓球的古代兵器:銅錘。

鞭 一種用金屬製成形似棍子的古代兵器。有節,無鋒刃:鋼鞭／竹節鞭。

L 11-4 名: 弓·箭

弓 射箭或發彈丸的器械。在有彈性的弧形木條的兩端繫上堅韌的弦而成。拉緊弓弦,猛然鬆手,搭在弦上的箭或彈丸便會彈射出去:彈弓／張弓搭箭。

硬弓 要用大力才能拉開的弓。

彈弓 發射彈丸的弓。古代用做武器,今多用於打鳥。

弩弓 古代一種用機械發箭的弓。

弩 弩弓:萬弩齊發／強弩之末。

箭 一種搭在弓弩上發射的古代兵器。用長約二、三尺的竹或木細桿裝上金屬尖頭製成,桿的末端附有羽毛:箭無虛發。

矢 箭:飛矢／無的放矢。

響箭 射出時能發響聲的箭。也叫鳴鏑。

嚆矢 響箭。因發射時聲先於箭而到,常用以比喻事物的開端或先行者。

袖箭 藏在衣袖裡借助彈簧力量暗中發射的箭。

流矢 飛箭;沒有確定目標的箭:爲流矢所中。也叫**流箭**。

矢石 箭和礌石,古代用於守城的武器。礌石,作戰時從高處推下打擊敵人的石頭:矢石如雨。

彈丸 供彈弓發射用的石丸、鐵丸或泥丸:彈丸雨下。也叫**彈子**。

彈 彈丸:泥彈。

箭頭 箭的尖頭。

箭鏃 箭的金屬尖頭。

L 11-5 名: 盔·甲·盾

盔 戰士、消防人員或礦工等用來護頭的帽子,

多用金屬製成,也有用藤或皮革做的。

鋼盔 金屬製成的帽子,用來保護頭部。

盔甲 古代戰士的護身服裝,用金屬或皮革製成。盔保護頭部,甲保護身體。

甲胄 甲和盔:身披甲胄。

披掛 指穿戴的盔甲:全身披掛。

甲 古代戰士用皮革或金屬製成的護身服。也叫**鎧甲**。

兜鍪 古代將士作戰時戴的頭盔。

盾 古代作戰時用來防護身體、遮擋刀箭的武器。也叫**盾牌**。

藤牌 藤製的盾。也泛指盾。

L 11−6 名: 槍枝

槍枝 槍的總稱:槍枝彈藥。□**槍械**。

長槍 槍筒長的火器的統稱,如步槍、馬槍、卡賓槍等。

槍 口徑在二釐米以下,利用火藥氣體壓力發射子彈的武器,如手槍、步槍、衝鋒槍等。

步槍 一種槍膛有膛線的長管槍,單人使用,能在近戰中以火力、槍刺和槍托殺傷敵人。有非自動、半自動、全自動之分。

大槍 步槍(區別於手槍或其他短槍等)。

毛瑟槍 指舊時德國毛瑟(Mauser)工廠製造的步槍、手槍和轉輪手槍。

來福 舊指槍膛內刻有來福線(膛線)的步槍。

馬槍 一種供騎兵用的槍。性能和構造與步槍相似,但槍身較短,射程較近。也叫**騎槍**。

火槍 用火藥發射鐵砂的舊式槍。現多用於打獵。

抬槍 一種用火藥發射鐵砂的舊式火器。發射時,將較短的槍筒擱在一個人的肩上,由另一人點導火線。

氣槍 利用壓縮空氣發射鉛彈的槍,多用來打鳥。

火銃 一種用火藥發射鐵彈丸的舊式管形火器。

銃 火銃。

短槍 槍筒短的火器的統稱,如各種手槍。

手槍 單手發射的短槍,用於近距離射擊。可分自動式和半自動式。

無聲手槍 一種發射時聲音微弱的手槍。

駁殼槍 一種能夠連續射擊的手槍,射程比普通手槍遠。外裝木盒,射擊時可把木盒移裝在槍後作為托柄。也叫**盒子槍**;**盒子炮**。

轉輪手槍 一種帶有多彈膛轉輪的手槍。轉輪上有五六個彈膛,兼作彈倉,旋轉轉輪,可逐發實施射擊。

左輪 一種轉輪手槍。裝子彈的輪能從左側甩出來,故名。

勃朗寧 一種能連續射擊的手槍。因由美國人勃朗寧(John Moses Browning)設計而得名。

信號槍 發射信號彈的槍。形似手槍,有單管和多管等數種。所發出的信號彈以不同顏色和數目表達一定的內容,用於發出號令,報告情況,指示目標和相互聯繫等。

自動步槍 利用射擊時產生的火藥氣體為動力,能連發射擊的步槍。裝有快慢機的,也可單發射擊。

機關槍 裝有槍架,腳架,能連續自動發射的步兵武器。用於以彈頭殺傷地面、水上和空中的各種目標。有輕機關槍、重機關槍、高射機關槍等。簡稱**機槍**。

輕機關槍 裝有槍架,重量較輕,可由一個人攜帶和射擊的機關槍。能射擊八百米以內的目標。

重機關槍 裝有穩固槍架,比較重,能長時間連續射擊的機關槍。可分解搬運,集體使用。能射擊一千米以內的地面目標和五百米以內空中目標。

烏茲衝鋒槍 簡稱「UZI」,為以色列所製造生產。以色列為考慮中東地區多沙漠的地形條件而於一九四九年開始研製 UZI,除以色列軍隊以 UZI 作為制式衝鋒槍外,也是西方國家廣為採

用的一種衝鋒槍。該槍的標準附件尚有刺刀、榴彈發射插座等等。

高射機關槍　一種裝有旋轉式高射架和瞄準器的機關槍。主要用於射擊低空飛行的飛機，也可射擊地面輕型裝甲目標。

槍托　固定和保護槍身的托柄，多為木製。射擊時頂在胸肩部。

槍栓　槍上的機件，可以推送子彈進槍膛，前端的撞針可以撞擊子彈發火射出。

槍機　槍上發射子彈的機件。

槍膛　槍管中裝送子彈的部分。

膛線　槍膛、炮膛內的螺旋形凹凸線，能使彈頭旋轉飛行，以保持穩定，增加射程，提高命中率和貫穿力。也叫**來福線**。

撞針　槍炮裡撞擊子彈或炮彈底火的機件。

準星　槍上瞄準裝置的一部分，通常位於槍口上端。

表尺　槍炮上瞄準裝置的一部分。上有刻線標明距離或角度，按射擊目標調整表尺，可以提高命中率。

L 11－7 名：　火炮

火炮　使用火藥發射炮彈的重型射擊武器。火力強，射程遠。用以殲滅、壓製敵有生力量，摧毀敵方防禦工事和其他設施。按類型分加農炮、迫擊炮、榴彈炮、無坐力炮；按用途分反坦克炮、高射炮、航空炮、海岸炮等。

炮　火炮。古代的炮最早是用機械發射石頭的。火藥發明後改用火藥發射鐵彈丸。今指口徑在二釐米以上能發射炮彈的重型武器。

大炮　通常指口徑大的炮。

小鋼炮　小型火炮的俗稱。

山炮　適用於山地作戰的一種火炮。炮身較短，彈道較彎曲，射程較近，重量小，能分解搬運。舊稱過山炮。

無後坐力炮　發射時炮身不向後坐的火炮。構造簡單，重量小，運動方便，適於隨伴步兵轉移作戰。也叫**無坐力炮**。

曲射炮　初速小、彈道彎曲的一類火炮，如迫擊炮、榴彈炮等。

迫擊炮　一種進行曲線射擊的火炮。從炮口裝彈，用座鈑承受後座力。用以射擊遮蔽目標和破壞野戰工事。炮身短，重量較輕，適用於在各種地形上作戰。

榴彈炮　一種進行曲線射擊的火炮。可用以射擊各種不同地形的目標。有牽引式和自行式兩種。

重炮　泛指重型大炮，如榴彈炮、加農炮、高射炮等。

平射炮　初速大、彈道低伸的一類火炮。射程遠，具有強大威力，如加農炮、反坦克炮等。

加農炮　音譯詞。一種炮身長、初速大、彈道低、射程遠的火炮，適用於對地面、水面目標進行平射或對空中目標進行射擊。

反坦克炮　一種用來摧毀坦克和裝甲車輛的火炮。也可用來殺傷有生力量和擊毀武器。炮身長，彈道低，發射速度快，穿甲力強。也叫**防坦克炮**。

自行火炮　裝在坦克底盤上的火炮。用以直接隨伴坦克和步兵，遂行炮火支援快速兵團，並同敵人坦克作鬥爭。

高射炮　對空中目標進行射擊的火炮。射界大，發射速度快，射擊精度高。多配有自動裝置，能自動跟蹤和瞄準目標。

火箭炮　使用火箭彈進行射擊的一種火炮。能在短時間內依次發射幾發以至幾十發火箭彈。火力猛，威力大，機動性能好，適用於射擊大面積目標。

火箭筒　一種圓筒形的輕型攜帶式武器，發射裝有彈頭的火箭。利用穿甲彈和爆破彈摧毀近距離的裝甲目標、技術裝備和殺傷有生力量。

擲彈筒　一種發射炮彈的圓筒型小型武器，炮彈

從筒口裝入,射程較近。

爆破筒　一種爆破用的火器。鋼筒內裝上炸藥和雷管組成。多用來破壞敵方工事和障礙物,或炸毀敵人坦克。

噴火器　一種利用噴火油料噴射燃燒火柱的近戰武器。由噴火油料容器、噴槍和點火裝置組成。當油料受到壓力而噴出時,即被點火裝置點燃,形成火柱,射向目標。用來消滅敵人和燒毀敵武器、裝備器材等。分為背囊式噴火器、自行噴火器和坦克噴火器。

炮衣　罩在炮外面的帆布套。

炮塔　火炮上的裝甲防護殼體。坦克、大口徑的海岸炮、軍艦上的主炮等,一般都裝有炮塔,以保護操縱人員。有旋轉式和固定式兩種。

炮位　戰鬥或軍事演習時火炮所安放的位置。

炮眼　掩蔽工事的火炮射擊口。

號炮　用於傳達信號的炮。

L 11−8 名:　彈藥

彈藥　槍彈、炮彈、手榴彈、炸彈、火箭彈、地雷等具有殺傷能力或其他特殊作用的爆炸物的統稱:槍支彈藥/彈藥所。

槍彈　用槍發射的彈藥。由彈殼、底火、發射藥、彈頭部分構成。發射時由槍擊針撞擊底火,引燃發射藥,產生氣體將彈頭推出。有時專指彈頭。

子彈　槍彈的俗稱。

槍子兒　〈口〉槍彈。

達姆彈　一種彈頭殼頂端有十字切口或鉛心外露的槍彈。彈頭射入人體後變形,造成重創,並中鉛毒。國際公約已禁止使用。因英國人首先在印度達姆達姆(Dum-dum)的兵工廠製造而得名。

炮彈　用火炮發射的彈藥。通常由彈頭、藥筒、引信、發射藥和底火等部分組成。發射時底火點燃發射藥,產生高溫高壓氣體,將彈頭推

出,彈頭到達目標時,引信引爆彈頭內的炸藥,使彈丸爆炸。按用途分為穿甲彈、爆破彈、燃燒彈、煙幕彈等。有時專指彈頭。

炮子兒　〈口〉小的炮彈。

穿甲彈　能穿透裝甲的炮彈、航空炸彈。有內裝高能炸藥的,也有實心的。用以摧毀坦克車、裝甲車和其他裝甲目標。

榴霰彈　一種彈頭薄、殼內裝有彈子、拋射藥以及定時引信的炮彈。能在預定的目標上空爆炸,用以殺傷暴露的有生力量。也叫**子母彈**;**霰彈**。

催淚彈　一種裝填有催淚性毒劑的彈藥。爆炸後能強烈刺激眼睛,引起刺痛、流淚。

空包彈　一種沒有彈頭的槍彈或炮彈。通常在演習或舉行典禮、鳴放禮炮時使用。

照明彈　一種能發光照明的炸彈或炮彈。彈體內裝有發光藥劑和小降落傘,投擲或發射後,引信點燃發光劑,張開降落傘,能在空中發出強光。用於夜間觀察或指示攻擊目標。

曳光彈　一種彈頭尾部裝有發光藥劑的槍彈或炮彈。發射後能發光,用來顯示彈道和指示攻擊目標。

信號彈　一種發射後能產生有顏色的光或煙的彈藥。用於發出號令、報告情況和通訊聯絡等。

宣傳彈　散發宣傳品的炮彈或炸彈。彈體內裝宣傳品,用火炮發射或飛機投擲。

煙幕彈　爆炸後能放出煙霧的炸彈、炮彈、手榴彈和槍彈等。利用煙霧迷漫敵人或指示目標。

流彈　亂射的或無端射來的子彈、炮彈:流彈傷人/誤中流彈。

飛彈　流彈。

彈殼　❶彈藥藥筒的俗稱。❷炸彈的外殼。

彈頭　槍彈、炮彈、飛彈等的前部,射出後能起殺傷、破壞作用。

彈丸　槍彈炮彈的頭。

彈　槍彈;炮彈;炸彈:達姆彈/原子彈/中彈。

彈道　彈頭(包括槍彈、炮彈、飛彈彈頭)從射出
　　點到命中點所經的路線。因受空氣阻力和地
　　心吸力的影響,形成不對稱的弧形。
彈片　炮彈、炸彈等爆炸後的碎片。
彈坑　炮彈、地雷、炸彈等爆炸後在地面或其他
　　物體上所形成的坑。

L 11−9 動、名:　打靶・射箭

打靶　〔動〕按一定規則對設置的目標進行射擊,
　　用以訓練和檢驗射擊技術。
射箭　〔動〕用弓把箭發射出去:騎馬射箭。
上膛　〔動〕把槍彈納入槍膛或把炮彈推進炮膛,
　　準備發射:槍上膛,刀出鞘。
瞄準　〔動〕射擊時為使彈頭打中目標,利用某種
　　裝置調整槍口、炮口的方位和高低:他站在重
　　機槍掩體裡試著瞄準。
脫靶　〔動〕打靶時沒有命中:他打了三槍,都脫
　　靶了。
命中　〔動〕射中、打中或投中預定的目標:他開
　　一槍就命中了。
百發百中*　形容射箭或射擊準確,每次都命中
　　目標。
打靶場　〔名〕進行打靶訓練的場地。場內設有
　　目標以及觀察、通訊、安全等設備。也叫**靶
　　場;射擊場**。
靶　〔名〕練習射擊或射箭的目標。□**靶子**。
環靶　〔名〕中間一個圓點,外圍套著若干層圓圈
　　以區別命中準確度的靶子。
靶臺　〔名〕打靶時射擊者發射的位置。
箭靶子　〔名〕練習射箭的目標。也叫**箭垛子**。

L 11−10 動:　射擊

射擊　用槍炮等火器對準目標發射彈頭:開槍射
　　擊/實彈射擊。
發射　把槍彈、炮彈、火箭、人造衛星等用推力或
　　彈力送出去:向敵陣發射了幾千發炮彈/成功

地發射了一顆通訊衛星。
發火　子彈、炮彈的底火經撞擊後,引起火藥爆
　　發:一扣扳機就發火了。
點射　用機關槍、衝鋒槍、自動步槍等對準目標
　　進行斷續的射擊:他在矮牆後面瞄準點射,已
　　經射倒了五個敵人。□**點發**。
攢射　向目標密集地射擊:他不幸在敵人攢射下
　　中了彈。
掃射　用機關槍、衝鋒槍等自動武器左右移動連
　　續射擊:我軍以交叉火網不停地掃射,封鎖敵
　　人的退路。
射　用推力或彈力送出(箭、子彈等):射箭/射
　　出一發子彈。
飲彈　〈書〉身上中了子彈:飲彈身亡。
開槍　發射槍彈;用槍射擊:開槍示警/向敵人
　　開槍。
打槍　開槍:她自幼就學會打槍。
放槍　開槍:不准亂放槍。
打冷槍*　乘人不備暗中突然向人開槍:偵察兵
　　在樹林裡捕獲了幾個打冷槍的敵人。
卡殼　槍膛、炮膛裡的彈殼退不出來。
砲擊　用炮彈轟擊:砲擊敵人防線。
開炮　發射炮彈:對敵艦開炮。□**打炮;放炮**。
轟擊　用炮火、炸彈攻擊:集中火力,轟擊敵軍碉
　　堡。
轟　用砲擊;用火藥炸:炮轟/轟炸/整個村莊被
　　轟成一片平地。

L 11−11 名:　射手・火力

射手　能熟練使用弓箭或槍炮射擊的人:機槍射
　　手。
槍手　❶古代指持長槍的兵。❷使用槍射擊的
　　人。
神槍手　槍法非常準確的人:百發百中的神槍手。
炮手　操作火炮的戰士。
火力　武器彈藥的殺傷力和破壞力:火力很猛/

敵人最大的火力不過是機關槍。

火網　由縱橫交錯的彈道所組成的密集火力：敵
　　人利用各個據點構成嚴密的火網。

火力圈　在一個區域內各種武器攻擊力所及的
　　範圍：民兵們已退出敵人的火力圈。

火力點　作戰時機槍、火炮、火箭筒等配置和發
　　射的地點。也叫**發射點**。

排槍　許多支槍向一個方向、一個目標同時射擊
　　的火力：集中火力，排槍齊放。也叫**排子槍**。

排炮　許多門炮向一個方向、一個目標同時轟擊
　　的炮火：一陣排炮，震得大地好像在晃蕩。也
　　叫**排子炮**。

彈著點　槍彈或炮彈著落的地點。

射界　火器射擊時上下左右所能達到的範圍：射
　　界廣闊。

射程　彈頭射出後所能達到的距離：步槍的射程
　　較遠。

L 11－12 名：　炸彈・炸藥・毒劑

炸彈　一種爆炸性武器。用鐵製成外殼，內裝炸
　　藥，觸動信管就立刻爆炸或延期爆炸。一般
　　用飛機投擲。

手榴彈　一種用手投的小型炸彈，有的裝有木
　　柄，爲近戰的有力武器。分爲反步兵手榴彈、
　　反坦克手榴彈和特種手榴彈等。

手雷　一種用於毀傷坦克及其他裝甲車的大型
　　手榴彈。

地雷　埋設在地下或置於地面上的一種爆炸性
　　武器。由雷體和引信組成。受目標作用起爆
　　或由操縱起爆。用以殺傷敵人有生力量和破
　　壞敵人技術裝備、道路以及各種工事。可分
　　爲防坦克地雷、防步兵地雷和專用地雷。

定時炸彈　雷管上裝有計時器的炸彈，能按預定
　　的時間爆炸。

燃燒彈　能引燃或燒毀地面目標的槍彈、炮彈、
　　手榴彈或炸彈等。一般用鋁熱劑、黃磷、凝固

汽油等作爲燃燒劑。也叫**燒夷彈**。

凝固汽油彈　一種內裝凝固汽油（汽油、煤油和
　　增稠劑等的混合物）的燃燒炸彈。爆炸時向
　　四周濺射，火焰可達 1,000℃ 左右的高溫，並
　　能黏附在各種物體上長時間地燃燒。用於消
　　滅敵人的有生力量和燒毀技術兵器。

水雷　一種布設在水中用以擊毀敵方艦船的爆
　　炸性武器。一般由艦艇、飛機布設，分爲艦布
　　水雷、潛布水雷和航空水雷。又可按在水中
　　狀態分爲錨定水雷、沈底水雷和漂雷。

魚雷　一種能自行推進、自行控制方向和深度的
　　圓柱形水中炮彈。頭部裝有引信和烈性炸
　　藥，用以炸毀敵方艦艇，破壞碼頭、船塢及其
　　他目標。由艦艇的魚雷發射管、岸基發射臺
　　發射或由飛機投擲。

深水炸彈　一種在水中預定深度爆炸的炸彈。彈
　　體內裝普通炸藥或核裝料。由艦艇或飛機投
　　放，用以炸毀敵方潛艇、錨定水雷和沈底水雷。

炸藥　受熱或撞擊後能由其本身能量發生爆炸
　　的物質。爆炸時釋放出大量的能和高溫氣
　　體，對其周圍環境有作功和破壞的能力。

火藥　一種爆炸性的混合物或化合物，主要用於
　　發射和爆破。最早應用的是黑色火藥，爆炸
　　時有煙；後逐漸爲爆炸時無煙的硝化纖維素
　　取代。

黑色火藥　一種最早發明的火藥，由硝石（硝酸
　　鉀）、硫酸和木炭混合製成。黑色，粒狀。燃
　　燒和爆炸時煙霧很大。容易點火，廣泛供軍
　　用、獵用和爆破用，並能製造煙火、爆竹。黑
　　色火藥是唐朝時發明的，十三世紀傳入歐洲。

無煙火藥　由硝化纖維素或硝化纖維素與硝化
　　甘油製成的火藥。有硝化棉火藥和硝化甘油
　　火藥兩種。爆炸時煙很少。用於作槍、炮的
　　發射藥或火箭燃料。

苦味酸　學名「三硝基苯酚」。淡黃色晶體，味
　　苦，不易吸濕，乾燥時容易爆炸。過去曾廣泛

用作軍用炸藥,因對炮彈的金屬表面有強腐蝕作用,現已爲梯恩梯(TNT)所代替。軍用上通稱**黃色炸藥**。

梯恩梯 即 TNT,是 trinitrotoluene 的縮寫。學名「三硝基甲苯」。淡黃色晶體,味苦,不溶於水,不與金屬作用。是一種烈性炸藥。對撞擊不敏感,沒有引爆不會爆炸,使用安全。廣泛用於裝填彈藥和爆破,可單獨或與其他炸藥混合使用。

引信 裝在炮彈、炸彈、地雷、魚雷、火箭等上用來引起爆炸的一種裝置。也叫**信管**。

引線 引火使爆炸物爆炸的藥線。燃燒速度不高。

導火線 向雷管、黑色火藥等引火使爆炸的引線。線芯用黑色火藥製成,外包棉、麻線並塗有防濕劑。也叫**導火索**。

雷管 炸藥、炮彈、炸彈等用的引爆裝置。一般用容易發火的化學藥品裝在金屬、紙質或塑膠小管中製成。最初用雷汞做引爆藥,故名。

毒劑 戰爭中用來殺傷敵有生力量和毀壞植物的劇毒性化合物,多爲氣體,也有煙霧狀和液滴狀的。按對人體殺傷作用可分爲神經麻痺性毒劑、全身中毒性毒劑、糜爛性毒劑、窒息性毒劑、刺激性毒劑等;按有效殺傷時間可分爲暫時性毒劑和持久性毒劑。毒劑是大規模殺傷化學武器,一九二五年在日內瓦簽訂的國際公約禁止使用。

毒氣 專指氣狀的毒劑,也泛指毒劑。舊稱**毒瓦斯**。

L 11－13 動： 轟炸・布雷

轟炸 從飛機上對準地面或水上目標投擲炸彈:敵機瘋狂轟炸。

炸 用炸藥爆破;用炸彈轟炸:炸毀橋梁／碉堡被炸塌了。

爆炸 物質在短時間內發生急遽變化,於有限的容積中釋放大量的能量。爆炸時產生很高的壓力和極熱的氣體,對周圍物體有爆破或推動作用。爆炸主要由化學反應或核反應所引起。常用於採礦、築路、軍事等方面:軍用倉庫起火爆炸了／一顆炮彈在他們右邊爆炸了。

爆破 利用炸藥的爆炸破壞岩石、建築物等。爆破廣泛應用於採礦、水利、築路和建築等工程中。在軍事上,用以殺傷敵有生力量,破壞敵技術兵器和軍事目標等:爆破敵人碉堡。

空襲 用飛機、飛彈等從空中襲擊(敵方目標):空襲敵軍事基地／空襲警報。

投彈 從飛機上投擲炸彈或燃燒彈等。也指投擲手榴彈:敵機竄入城市上空投彈。

布雷 布設地雷或水雷:用飛機布雷／避開布雷區。

排雷 排除布設的地雷或水雷。

掃雷 掃除布設的地雷或水雷。

起雷 起出布設的地雷或水雷。

L 11－14 名： 火箭・飛彈・原子彈

火箭 見「J243 火箭」。

飛彈 裝有彈頭、動力裝置和制導系統的高速飛行武器。由炮管、發射臺或飛機的彈倉發射。依靠制導系統能控制飛行軌跡,使彈頭擊中預定目標。按飛行方式分爲彈道式飛彈和巡航式飛彈。按發射點和目標位置可分爲地對地、地對空、空對空、空對地、艦對空、艦對艦、岸對艦、反潛和反彈道等飛彈。

彈道飛彈 飛彈的一種。由火箭引擎和制導系統控制飛行到預定高度和預定速度後,引擎關閉,彈頭和彈體分離,沿彈道曲線飛向目標。也叫**彈道式飛彈**。

巡弋飛彈 飛彈的一種。依靠噴射引擎的推力和彈翼產生的升力,由制導系統控制在大氣層飛行。也叫**飛航式飛彈**。

洲際飛彈 用多級火箭做運載裝置,射程一萬公里以上的戰略彈道飛彈。可以從一大洲襲擊

另一大洲的目標。

原子彈 裝有核裝料,具有很大殺傷破壞作用的炸彈。其引爆裝置使核裝料引起核裂變,產生鏈式核反應,在極短的時間內放出巨大能量,發生猛烈爆炸。爆炸時產生衝擊波、光輻射、貫穿輻射和放射性沾染。

氫彈 利用氫元素核聚變反應釋放的能量產生殺傷破壞作用的核武器。爆炸時,首先由作爲引爆裝置的特製原子彈發生爆炸,產生數千萬度高溫,促使熱核裝料(氘、氚)發生核聚變反應,放出巨大能量,形成更猛烈的爆炸。其爆炸威力可達幾千萬噸梯恩梯當量,比原子彈大得多。也叫**熱核武器**。

中子彈 裝有中子彈藥,利用強輻射起大規模殺傷作用的核武器。可用飛彈運載,或用榴彈炮發射,或用飛機投擲。爆炸時釋放的中子輻射能穿透鋼甲或幾尺厚的土地,對有生力量有極大的殺傷作用,在較小區域內能殺傷坦克或建築物內的人員。

L 11 - 15 名：　戰車

戰車 ❶用於作戰的車輛。❷坦克的舊稱。

裝甲車 作戰用的有裝甲防護的汽車或列車的通稱。也叫**鐵甲車**。

坦克 音譯詞。裝有火炮、機關槍和旋轉炮塔的履帶式裝甲戰車。有輕型、中型和重型三種。也叫**坦克車**。

裝甲列車 有裝甲防護的列車。由裝甲機車、裝甲平車和掩護平車組成。用於在鐵路沿線作戰和輸送人員,物資。

裝甲汽車 有裝甲防護的輪胎式汽車。裝有機槍或火炮。用於戰鬥、偵察、警戒和通訊聯繫等。

裝甲輸送車 用於作戰的履帶式或輪式裝甲輸送車輛。裝有機槍、加農炮等武器。用於輸送人員,並予以火力支援。

L 11 - 16 名：　軍用飛機

偵察機 用於進行空中偵察的飛機。通常裝有航空照相機和雷達、電視、紅外線等特種技術設備。有的裝有各種電子偵察儀器。

轟炸機 裝有轟炸武器、用以實施轟炸的飛機。有裝載炸彈、魚雷、飛彈或核武器的設備、轟炸瞄準設備、電子領航設備和防禦性射擊武器。一般具有遠程飛行性能。

戰鬥機 用於殲滅敵機和無人駕駛空襲兵器的飛機。裝有機關槍、機關炮和飛彈等武器。一般體積小,機動性能強,速度快(現代戰鬥機爲超音速),上升迅速,操縱靈便。舊稱**驅逐機**;**殲擊機**。

戰 鬥 機

攻擊機 從低空對地面或海上目標進行攻擊的戰鬥飛機。多爲單座或雙座。裝有機關槍、機關炮、火箭、炸彈等武器。用於直接支援地面部隊作戰。

L 11 - 17 名：　艦艇

艦艇 各種執行戰鬥任務或專門任務的軍用船隻。

戰船 古時指作戰用的船。也叫**兵船**。

戰艦 古時指大型戰船。今指執行戰鬥任務的艦艇。

軍艦 海軍執行戰鬥任務用的各種艦艇。主要有巡洋艦、戰列艦、驅逐艦、航空母艦、潛艇、魚雷艇等。也叫**兵艦**。

艦 大型軍用船隻:巡洋艦/旗艦/艦隊/登艦檢閱。

艨艟 古代的一種戰船。也作**蒙衝**。

旗艦 一些國家的海軍艦艇,編隊司令所在的軍

艦。在艦上懸掛該級司令的旗幟，故稱旗艦。中國人民解放軍海軍稱指揮艦。

戰列艦 一種噸位大、火力強、裝甲厚、速度快、巡航半徑大、防潛能力好的大型軍艦。十九世紀後期至第二次世界大戰時曾是世界海軍的主力軍艦。第二次世界大戰後，由於海軍航空兵的廣泛使用，它已被淘汰。也叫**戰鬥艦;主力艦**。

巡洋艦 一種速度快、火力大、主要在遠洋活動的大型軍艦。通常裝有大口徑火炮和魚雷發射器等。主要擔負航空母艦和戰列艦的護航、砲擊敵艦船、摧毀岸上目標和支援登陸作戰等任務。分為重巡洋艦、輕巡洋艦和航空巡洋艦。現代的巡洋艦以飛彈為主要武器，稱飛彈巡洋艦。火炮巡洋艦將逐漸被淘汰。

驅逐艦 一種速度快、機動性強、比巡洋艦小的中型軍艦。通常裝備有火炮、魚雷、深水炸彈和火箭等。主要任務為攻擊敵潛艇和水面艦艇，以及護航、布雷、偵察和警戒等。現代以飛彈為主要武器的驅逐艦稱飛彈驅逐艦。

航空母艦 供作戰飛機起飛和停駐的大型軍艦。基本上是海上機場，有裝甲飛行甲板和幫助飛機彈射起飛的彈射器。運載飛機可達百餘架。能遠離海岸機動作戰。按戰鬥任務可分攻擊航空母艦、反潛航空母艦和多用途航空母艦等。

航空母艦

護衛艦 一種輕型軍艦。主要用於為大型軍艦或運輸船護航，擔負反潛、巡邏和警戒任務。裝備有火炮、魚雷發射器、深水炸彈發射器等。裝有飛彈的稱飛彈護衛艦。

炮艦 以火炮為主要裝備的輕型軍艦。主要用於在江河和瀕陸海域中作戰。

炮艇 以火炮為主要裝備的小軍艦。主要用於在內河或沿海巡邏、護航、布雷和施放深水炸彈等。也叫**護衛艇**。

布雷艦 專門布設水雷的軍艦。用於在己方基地港口、航道附近和敵艦停泊的海域布設水雷。

掃雷艦 利用掃雷具搜索和消滅水雷的軍艦。主要用於掃除水雷障礙，引導艦艇通過雷區航道。

掃雷艇 一種掃雷用的小型艦艇。主要用於在內河、港灣淺水區或狹水道掃除水雷障礙。

魚雷艇 專用於發射魚雷的小型艦艇。能隱蔽而迅速地接近敵人艦船，突然實施魚雷攻擊。也叫**魚雷快艇**。

登陸艇 運送登陸部隊和武器裝備在敵岸登陸的艦艇。其特點是船底平，吃水淺，船舷高，適於靠岸，船頭有可以打開的門，便於人員坦克、車輛在無停靠設備的海邊迅速登陸。

潛艇 一種能在水面下航行進行戰鬥活動的艦艇。主要用以襲擊敵人艦船和岸上目標，並擔任戰役偵察、反潛、布雷等任務。現代潛艇的武器裝備有水雷、自動跟蹤、魚雷、反潛火箭和各式飛彈等。按武器裝備分魚雷潛艇和飛彈潛艇;按動力分常規動力潛艇和核潛艇。也叫**潛水艇**。

潛　水　艇

核潛艇 以核反應爐為動力的潛艇。核反應爐的鈾芯有的可供潛艇航行六十四萬公里。能

長時間連續地在水下進行戰鬥活動。

獵潛艇　搜索和消滅敵潛艇的小型艦艇。裝備
有聲納、雷達等對潛搜索器材和深水炸彈、小
口徑火炮等武器。主要擔負基地海區的防潛
任務，也可用於護航和巡邏。

L 11－18　動：　巡航·護航

巡航　(艦艇、飛機)巡邏航行：艦隊出海巡航／
駕駛飛機巡航護林。

巡弋　艦艇在海上巡邏：炮艦在沿海口岸往來巡
弋。□遊弋。

護航　護送作戰船隻或飛機航行：派軍艦爲商船
護航／由三架戰鬥機護航。

L 11－19　動、名：　裝備

裝備　❶〔動〕給軍隊配備武器、被服、器材、技術
力量等。有時也指給工礦、企業配置機器、技
術設施等：新編的幾個師都是用外國武器裝
備的／幫助我們設計和裝備了許多工廠。❷
〔名〕指配備的武器和軍需物資、技術設施等：
這是一支有現代化裝備的精銳部隊。

配備　❶〔動〕根據需要裝備(武器、器材等)或布
置(兵力、人力)：配備了武器的工人接受編隊
參加戰鬥／在陣地右側配備了兩個營。❷
〔名〕指配備的武器、器材等：配備精良／現代
化的配備。

整備　〔動〕整頓配備(多指武裝力量)：整備兵
力，伺機反攻。

軍備　〔名〕軍事編制、軍事裝備和軍事訓練：重
整軍備／縮減軍備。

武裝　❶〔名〕軍事裝備：強大的武裝力量／解除
敵人武裝。❷〔動〕用武器來裝備：把民兵武
裝起來／用現代化裝備武裝軍隊。

軍需　〔名〕軍隊所需要的各種物資和器材。特
指給養、被服等：軍需品／軍需供應。

輜重　〔名〕行軍時隨軍攜帶的武器、彈藥、糧草、
被服等物資：繳獲敵人大量輜重。

戰略物資　〔名〕與戰爭有關的重要物資，如糧
食、鋼鐵、石油、橡膠、稀有金屬、鈾燃料等。

L 11－20　名：　後勤

後勤　❶後方在物資、財務、衛生、運輸等方面保
障前方需要的各種勤務：加強後勤，支援前
線。❷指機關、團體中的行政事務工作。

戰勤　爲支援前方作戰而提供的各種勤務，如運
送物資、傷員，站崗放哨，維護交通、裝備彈藥
等：把戰勤工作弄得更好一些。

地勤　空軍部隊指在地面上執行的各種工作，如
維修飛機、裝備彈藥等：地勤人員。

空勤　空軍部隊指在空中執行的各種工作：空勤
組。

外勤　❶部隊、機關、企業等經常在外面進行的
工作：跑外勤。❷從事外勤工作的人。

內勤　❶部隊以及有外勤工作的機關、企業稱在
內部進行的工作：分派給他的是內勤任務。
❷從事內勤工作的人。

L 11－21　名：　軍費·糧餉

軍費　國家用於軍事方面的費用：巨額軍費／削
減軍費。

軍餉　軍人的薪俸和給養：籌集軍餉。

糧餉　舊指軍隊中發給官、兵的口糧和錢：糧餉
不足。

軍糧　供應軍隊食用的糧食：保障軍糧供應。

糧草　軍用的糧食和飼料：運送糧草的車輛絡繹
不絕。

糧秣　糧草：糧秣、彈藥源源送上前線。

給養　供給軍隊的糧秣、燃料、被服等生活必需
物資：給養充足／運送給養。

L 11－22　名：　被服

被服　指軍用的被褥、毯子和服裝：趕製被服，支

援前方。

軍服　軍人穿的制服。

軍裝　軍服。

戎裝　〈書〉軍服。

背包　行軍或旅行時背在身上的衣被包裹。

裹腿　纏在小腿部位褲子外邊的長布帶。士兵行軍時常打上裹腿，用以保護腿部並使步行輕便有力。也叫**綁腿**。

L 11－23 名：　兵工廠・兵站等

兵工廠　製造武器、彈藥、裝備的工廠。

兵站　戰時軍隊在後方交通線上設置的供應、轉運機構。主要負責補給物資、接送傷病員和接待過往部隊等。

軍械庫　裝配、修理、儲藏各種槍炮、彈藥及其備件、附件的倉庫。

武庫　舊指儲藏兵器的倉庫。

M 教育·文化·藝術·體育

M1 教 育

M1-1 名: 教育(一般)

教育 ❶學校按照一定社會的要求,有目標、有計畫、有組織地培養人的活動。❷指社會上一切增進人們知識技能和品德修養的活動:社會教育/家庭教育。

德育 以培養學生思想品德爲目標的教育。

智育 向學生傳授知識技能、發展其智力的教育。

體育 ❶以鍛鍊體力、增強體質、增進健康爲主要任務的教育,通過各項人體運動來實現。在學校教育中,是培養全面發展的勞動者的重要方面之一。❷指各種體育運動:醫療體育/體育館。

美育 培養正確的審美觀點和欣賞能力的教育,使學生對自然美、社會生活美和藝術美具有審美感,並使其藝術愛好和藝術創造才能得到發展。

訓育 舊時學校對學生的管理工作和思想道德教育。

學制 學校教育制度的簡稱。指國家按照一定的教育方針,對各級各類學校的組織系統、性質、任務、入學條件、課程設置、學習年限等所作的規定。

家教 家庭教育的簡稱。指家長對其幼年或青少年子女施加的教育和影響:他從小受到良好的家教。

M1-2 名: 各類教育

幼兒教育 學齡前幼兒在幼稚園所受的教育。也叫**學前教育**。

基礎教育 國家規定的對兒童實施的最低限度的教育。

初等教育 對學齡兒童實施的全面的基礎教育。國內對兒童實施初等教育的學校爲小學。

義務教育 國家法律規定的,一定年齡的兒童所必須接受的普通教育。

中等教育 在初等教育的基礎上實施的一般文化科學知識的教育,或培養某類專業知識的教育。

高等教育 繼中等教育階段後在高等學校裡所進行的專業教育。高等教育的基本任務是培養各種專門人才。國內實施高等教育的學校爲大學、專門學院和專科學校。

普通教育 實施一般文化科學知識的教育。例如:小學和中學。

職業教育 給予學生從事某種職業所必須的知識和熟練技能的教育。我國實施職業教育的機構有各種職業學校、技工學校等。

業餘教育 利用休閒時間爲提高在職人員的政治、文化和專業水準而進行的教育。

特殊教育 廣義指對正常兒童之外的超常(天才)、低能(弱智)、器官缺陷(盲、聾啞、肢殘等)、兒童精神病缺陷、品德有缺陷(少年犯罪)兒童的教育。狹義專指對生理和智力有

缺陷兒童的教育。

社會教育　指學校以外的文化教育機構對青少年和人民群眾進行的教育。

成人教育　對成人進行的再教育,是學校教育的繼續、補充和延伸。成人教育的形式很多,除補習學校、員工學校、各種業餘學校外,還可通過自學、廣播教學、函授教學、講習班等不同方式進行。

繼續教育　按照社會發展和科學技術不斷更新的實際需要,對已有中、高等學歷的在職人員進行文化或專業訓練的教育。有時也指成人教育或終身教育。

人本教育　強調以人爲本的教育。重視人性的積極面,認爲人有自由意志,因此必須對自己的行爲負責。亦強調價值及情意的教育,重視所謂敏感度訓練,在教學過程中,常使用「價值澄清法」,對一些道德上的兩難問題從不同角度討論,以此訓練學生思辨及抉擇的能力。

M1－3 動:　教育

教育　啓發、誘導,使明白道理:說服教育／教育兒童熱愛祖國／事實教育了我。

教導　教育,指導:耐心教導／老師教導我們:要飲水思源。

教　教育;教導:因材施教／言傳身教。

教養　教育,培養:教養子女是父母的天職。

教化　〈書〉教育感化:對罪犯應重在教化,使他們重新做人。

教訓　教育,訓誡:讓事實教訓說謊的孩子。

訓　教導;訓誡:不要隨意訓人。

教誨　〈書〉教導;誘導:諄諄教誨。

訓誨　〈書〉訓導,教誨:訓誨子弟。

訓喻　訓諭　〈書〉教誨;開導:諄諄訓喻。

訓導　教訓,開導:訓導有方。

訓誡　訓戒　訓導,告誡:從嚴訓誡,決不姑息。

言教　以言辭教育別人:教師不僅要言教,還要身教。

身教　以模範行動影響別人:身教重於言教。

言傳身教＊　口頭上傳授,行動上示範。指用模範的言行去影響別人。

耳提面命＊　《詩經·大雅·抑》:「匪面命之,言提其耳。」意思是不但當面教導,而且提著耳朵叮囑。形容懇切地教誨。

十年樹木,百年樹人＊　比喻培養人才是長久之計,很不容易。語本《管子·權修》:「十年之計,莫如樹木;終身之計,莫如樹人。」

M1－4 動:　培養

培養　按照一定目標,進行長期教育訓練使成長:培養合格的師資。

培育　培養、教育,使茁壯成長:培育祖國的下一代。

培植　培養,扶植:培植新生力量。

栽培　栽種培育植物。比喻培育、提拔人才:我能做出一些成績,全靠您的栽培。

扶植　扶助,培植:扶植新手／扶植年輕的一代。

造就　培養,使有成就:造就科技人才／造就德才兼備的幹部。

陶冶　燒製陶器和冶煉金屬。比喻給人品性上以良好的影響:藝術可以陶冶情操／他從小受到家庭音樂氣氛的陶冶。

陶鑄　燒製陶器和鑄造金屬器物。比喻造就、培育人才:人的才幹是從社會實踐大熔爐裡陶鑄出來的。

陶鈞　〈書〉製陶器時所用的轉輪。比喻造就人才。

薰陶　比喻長期接觸某人或某事物,在生活習慣、思想品行等方面逐漸受到好的影響:我從小受到母親的薰陶,養成天天看書的習慣。

薰染　比喻長期接觸某人或某事物,在生活習慣、思想品行等方面逐漸受到壞的影響:這孩

子受到周圍環境的熏染,學會了喝酒、賭博。

耳濡目染*　耳朵聽得多了,眼睛見得多了,不知不覺受到影響。濡:沾濕;染:浸漬。也說 **目濡耳染**。

M1－5 動：　訓練

訓練　有計畫地教育、指導,使通過練習掌握某種技能:基礎訓練／訓練體操運動員。

教練　指導別人學習,使掌握某種技術:乒乓名將教練新手,非常認眞。

培訓　培養和訓練,使有專門知識技能:培訓技術人員。

集訓　集中在一處訓練:運動員冬季集訓。

輪訓　在一定期限內按計畫輪流訓練(人員):幹部輪訓。

整訓　整頓和訓練:加緊整訓部隊。

受訓　接受訓練:到短訓班受訓。

練習　反覆學習、實踐:練習彈鋼琴／練習書法。

練　練習:練唱／練字／勤學苦練。

M1－6 動：　鍛鍊

鍛鍊　冶煉金屬。❶比喻通過體育運動增強體質:鍛鍊身體。❷也比喻通過工作實踐經受考驗,增長才幹:鍛鍊意志。

錘煉　反覆琢磨加工,使精煉、純熟(多用於藝術技巧):在錘煉語言上下功夫。

磨鍊　在艱苦環境中鍛鍊:困境能磨鍊人的意志。也作**磨練**。

磨礪　把有尖、刃的金屬用石具磨使銳利。比喻磨練:人的意志越磨礪越堅強。

砥礪　砥:細磨刀石;礪:粗磨刀石。❶磨鍊:砥礪學行,提高文化水準。❷勉勵:互相砥礪,共同進步。

淬礪　〈書〉製造刀劍時必經淬火磨礪,使鋒利。比喻人的刻苦鍛鍊:朝夕警省淬礪。

闖練　離開家庭,到社會上去鍛鍊:這些年來,他東奔西跑,闖練出一身膽量來。

摔打　比喻在艱苦的環境中經受鍛鍊:到生活的風浪中去摔打。

千錘百鍊*　比喻經過多次艱苦的鬥爭和考驗。❷比喻詩文反覆修改。

M1－7 動：　管教

管教　管束教導:這孩子要交給他的家長管教管教／她管教不了自己的女兒。

管束　約束使守規矩:路旁父母在管束孩子,不讓奔跑／他在家裡怕父親管束。

管　管束;管教:我太激動了,幾乎管不住自己／這孩子太頑皮,非管一管不可。

拘管　管束:交由家長嚴加拘管。

調教　調理教導;訓練:她把小狗調教得十分機靈。

調理　調教;訓練:他想把新來的會計調理成自己的幫手。

M1－8 名：　學界

學界　舊指教育界。

學閥　指倚仗權勢把持教育界或學術界的人。

學棍　舊時憑藉權勢在教育界拉幫結派、爲非作歹的人。

M2　學校·教學

M2－1 名：　學校(一般)

學校　有計畫有組織向青少年或成年人進行系統教育的機構。由國家、集體或個人設立。

學堂　學校的舊稱:小學堂／中學堂。

校　學校:高校／校外／母校。

學　學校:小學／中學／入學／轉學。

軍校　培養軍事幹部的學校。

廠校　工廠辦的任職工學習文化和技術的學校。

社區大學 ❶成年人業餘學習文化的學校。❷群眾或社團集資開辦的學校。

夜校 晚間上課的學校,多指業餘學校。也叫**夜學**。

M2－2 名： 幼教機構

幼稚園 實施幼兒教育的機構。

托兒所 照管、教養嬰兒和幼兒的機構。

育幼院 收養和教育孤兒的機構,一般設有托兒所、幼稚園和小學等。

M2－3 名： 初等學校

小學 對學齡兒童實施初等教育的學校。

初級小學 我國實施過的修業四年的小學。簡稱**小學**。

高級小學 我國實施過的在小學基礎上再修業兩年的小學。簡稱**高小**。

完全小學 設有初級和高級兩部的小學。簡稱**完小**。

附小 附屬小學的簡稱。大多為師範學校供教學實習和教學研究而設立。

森林小學 主張以心理組織方式,根據兒童的經驗、能力、興趣、需要來組織教材,使學生從實際生活經驗中獲得美育,在大自然裡吸取美學經驗。在教學原則方面,著重如何使孩子「知困而學習」;其教學方法分成「混齡教學」、「個別化教學」。

M2－4 名： 中等學校

中學 實施中等普通教育的學校,一般分國中和高中兩部分。

初級中學 單獨設立,招收小學畢業生實施三年中等普通教育的學校。簡稱**國中**。

高級中學 招收國中畢業生實施後一階段中等普通教育的學校。簡稱**高中**。

完全中學 設有國中和高中的中學。簡稱**完中**。

附中 附屬中學的簡稱。大多為高等師範院校等供教學實習和教學研究而設立。

M2－5 名： 高等學校

大學 泛指實施高等教育的學校,包括綜合大學、專科大學、學院等。

學府 學術薈萃的場所。特指高等學校:大學是培養人才的最高學府。

太學 我國古代設在京城的最高學府,以傳授儒家經典為宗旨。魏晉以後,名稱制度時有變化。

綜合大學 由多種科系組成的高等學校,培養文理各學科的理論研究和教學人才。

學院 實施某類專業教育的高等學校,如師範學院、音樂學院、體育學院等。

專科學校 實施高等教育的一種學校,按同類專業設置,如師範、財經等。修業年限為二至三年。

大專 指高等專科學校(區別於中專)。

專業 高等學校或中等專業學校按照社會專業分工需要所設置的學業門類。各專業都有體現培養目標的獨立教學計畫。

專修科 高等學校附設的實施短期專業教育的班級。

函授大學 運用通訊方式書面實施高等教育的機構。學生自學以國家教學大綱編寫的教材為基礎,並得到系統的輔導。

空中大學 運用電視、錄音設備等手段實施專業教育的高等學校。簡稱**空大**。

夜大 晚間上課的高等學校。

M2－6 名： 專業學校

師範學校 培養初等教育師資的學校。包括普通師範、幼兒師範等。簡稱**師範**。

幼兒師範 培養幼稚園師資的學校。簡稱**幼師**。

技術學院 培養專業技術的學校。簡稱**技校**。

職業學校　實施普通教育與職業技術教育相結合的中等學校。包括農業中學、職業中學和其他職業(技術)學校。

M2-7 名：　特殊學校教育

聾啞學校　運用手語、直觀教具、發音口型等特殊手段教育聾啞兒童的特種學校。

盲童學校　運用特殊方式教育盲童的學校。

回歸主流　自一九七〇年代以來,特殊教育方面興起了一般潮流,即儘量使殘障兒童與其他正常的同儕在一起受教育,一般稱爲「回歸主流」。

特殊兒童　指由於某些生理的、心理的或社會的障礙,使其無法從一般的教育環境中獲得良好的適應與學習效果,而需藉著教育上的特別協助以發展展其潛能的兒童。

特殊班級　指爲了便利教育某一類型特殊兒童,而在普通學校或醫療機構設置的班級,其與普通班級最大的差異在於聘用受過專業訓練的老師,並有適應於特殊兒童教學的課程與教材,特殊班內通常配置有特殊教學設備、敎與專門訓練的教材。

M2-8 名：　私塾

私塾　舊時私人設立的教學場所。多爲一人執教,個別教學,沒有固定的教材和修習年限。也叫**塾學**。

蒙館　舊時對兒童進行啓蒙教育的私塾。也叫**蒙學**。

館　舊時塾師教書的處所:設館/教館。

村塾　舊時農村中的私塾。也叫**村學**。

村校　設立在農村中的小學。

義學　早期一種免費的私塾,辦學經費來自地租或社會捐助。也叫**義塾**。

M2-9 動：　招生

招生　招收新學生:提前招生/招生簡章。

招收　用考試或其他方式選取:招收新生/招收研究生。

招考　用廣告方式召請符合條件的人前來應考:招考學員/招考企業管理人員。

保送　由學校、單位推薦去學習:學校保送他上公立大學。

選送　挑選推薦:選送業務精英出國深造。

選拔　按照一定的條件挑選:選拔經理人才/選拔太空人。

M2-10 動、名：　應試

報考　〔動〕報名投考:報考師範大學/報考飛行員。

應考　〔動〕參加招考的考試:各界青年踴躍應考。

應試　〔動〕應考。

槍替　〔動〕舊指考試作弊,代人作文或答題:加強考場巡視,照片核對,嚴防槍替。也叫**打槍**。

槍手　〔名〕舊指混入試場,代人應考的人。

M2-11 動：　錄取

錄取　按照標準選定(考試合格的人):錄取新生。

取　錄取:藝術系這次招生只取五名。

考取　通過考試被錄取:他考取了體育學院。

正取　正式錄取(區別於「備取」):我校今年正取新生二百名,備取十五名。

備取　在正取名額之外再錄取考分接近的若干名,以備正取生缺額的遞補。

出榜　張貼被錄取人名單。

放榜　公布被錄取人名單。

落榜　榜上無名,沒被錄取:他今年高考落榜,準備明年再考。

落第　舊指科舉考試未中選。

落選　沒有被選上:他應聘落選了。

名列前茅* 指名次擺在最前面。古代行軍時持茅(旗)走在最前面的叫前茅。

名落孫山* 宋朝孫山考取末名舉人回家,鄉人向他打聽自己兒子是否考取,孫山說:「解名盡處是孫山,賢郎更在孫山外。」(見宋範公偁《過庭錄》)。後用以指應考不中。

M2－12 動、名: 註冊・開學等

報到 〔動〕辦理到校登記:按時報到。

註冊 〔動〕向學校教務部門登記學籍:辦理註冊手續。

學籍 〔名〕向學校辦理註冊手續後取得的入學資格:保留學籍/開除學籍。

開學 〔動〕學期開始:開學典禮。

始業 〔動〕學業開始:秋季始業。

M2－13 動: 入學・求學

入學 ❶開始進某校學習:小學生就近入學。❷開始進小學學習:兒童七歲入學。

上學 ❶到學校學習:準時上學。❷開始到小學學習:這孩子七歲,該上學了。

讀 上學:他一讀完高中,就工作了。

就學 向某人或到某處學習:就學於某國畫大師/早年就學於哈佛大學。也說**就讀**。

放學 ❶學校裡課業結束,讓學生回家:我每天放學回來幫媽媽做些家務。❷放假:大考一結束就要放學。

散學 〈方〉當天課業結束,不再留校學習。

走讀 學生只在學校上課不在學校住宿:走讀生。

旁聽 不屬該班學生,而去隨班聽課:我在普林斯頓大學旁聽一些課程。

進修 為提高業務水準而進一步學習:脫產進修/業餘進修。

半工半讀* 學生一面學習,一面勞動的學習方式。學習與生產勞動並重,大致各占一半時間。

求學 從事學習,探求學問:在國外求學/求學心切。

從師 跟師傅學習:從師學藝/從師習鍼灸三年。

投師 從師學習:投師訪友/千里投師。

拜師 以一定的禮儀認某人為老師或師傅:拜師學藝/舉行拜師儀式。

受業 〈書〉從師學習:受業於名師。

師事 〈書〉以師禮相待,向他學習:師事當代名醫。

M2－14 名: 年級・班級

年級 學校裡按照學生修業年限分成的班級。如初中規定修業年限為三年,就編為三個年級。

級 年級。

班級 學校裡的班或級的泛稱:我們學校班級很多。

班 ❶學校裡同一年級中劃分的教學單位:一年級一班/每一年級都有四個班。❷一般教學活動所作的編組:學習班/幼稚園大班。

班次 學校裡班級的次序:按班次編排學生名單。

M2－15 動: 升級・留級

升級 每學年經過學業成績檢查與評定,及格的學生准予升到高的年級。

升班 〈口〉升級。

跳級 學生越過本應經過的班級升入更高的班級,如由初一升到初三:這所學校允許成績優秀的學生跳級。也說**跳班**。

留級 學生學年成績沒有達到升級標準,留在原來的年級重讀:這孩子玩心太重,今年留級了。

留班 〈口〉留級。

M2－16　動：　升學・轉學・休學等

升學 由低一級學校進入高一級學校:今年這所小學的畢業生全都升學了。

轉學 學生轉到另一所學校學習:轉學到外地。

轉科 學生從某一科轉到另一科學習。

轉系 學生從某一系轉到另一系學習。

休學 學生經學校批准,暫停學習,仍保留學籍:他因病休學一年。

停學 學生因故停止上學。

輟學 中途離校,停止上學:他剛讀完初二就輟學了。

復學 休學後再去上學:申請復學。

退學 學生因故不能繼續學習而離校,或因嚴重違反校規,不許繼續學習而被取消學籍:自動退學／勒令退學。

逃學 學生無故不上學:貪玩逃學。

𨑨學 〈方〉逃學。

開除 將學生或集體成員除名,使其離校或退出集體:他因嚴重違反紀律被學校開除。

除名 從名冊中去掉姓名;開除:他因屢次違反校規,已被除名。

M2－17　動、名：　放假・假期

放假 〔動〕按照規定在某一節日或其他日期停止上課或工作:中秋節放假一天／學期考試結束,開始放假。

放學 〔動〕〈方〉放假:放學回鄉。

休假 〔動〕按規定或經批准享受休息假期:他休假一週,到廬山去。

假期 〔名〕放假或休假的時期:學生們利用假期作社會調查。

假日 〔名〕放假或休假的日子:假日旅遊。

例假 〔名〕國家規定的假日,如星期日、元旦、春節等。

寒假 〔名〕學校裡的冬季假期,在一、二月間。

暑假 〔名〕學校裡的夏季假期,在七、八月間。

暑期 〔名〕暑假期間:暑期作業／暑期培訓。

春假 〔名〕學校春季放的假,多在四月初:去年春假,我去英國旅遊。

M2－18　名：　學年・學期・學時

學年 學校的教學年度。自秋季開學到次年暑假,或自春季開學到當年寒假為一學年。

學期 學校教學年度的分期。一學年分為兩個學期,自秋季開學到寒假和自春季開學到暑假各為一個學期。

學時 一節課的教學時間,一般為四十五分鐘,小學多為四十分鐘。也叫教時。

課時 學時:課時計畫／我教兩班數學,每週十二課時。

M2－19　動：　考勤

考勤 考查、記錄學習或工作的出勤情況:嚴格考勤。

出席 到課堂上課或到會場參加會議:今天開課,全班同學都出席了。

缺席 沒有按規定來上課或開會:因病缺席／不能無故缺席。

遲到 比規定時間到得晚:不遲到,不早退。

早退 未到規定時間提前離開。

曠課 學生未經請假而缺課:曠課太多,不能參加考試。

M2－20　動、名：　修業・畢業

修業 〔動〕學生在校學習:修業期滿,給予證書。

肄業 〔動〕在校學習尚未畢業,或沒有讀足修業年限而離校:他肄業於復旦大學／我曾在師範學院肄業。

畢業 〔動〕學生在校修業期滿,成績合格,准予結束學習:中學畢業／畢業考試。

結業 〔動〕學習期滿,結束學業(多指短期訓

練):教師暑期進修班結業／舉行結業典禮。

卒業〔動〕舊指畢業。

休業〔動〕學校結束一個階段而暫停學習:休業式。

文憑〔名〕學校發給學生作為修業期滿、准予畢業的憑證。也叫**畢業證書**＊。

M2－21 動： 留學

留學 到國外學校學習或研究:留學歐美／公費留學。

留洋 舊指在外國留學。

放洋 舊時指到外國留學或出使外國。

遊學 舊指離開家鄉去遠處求學:遊學他鄉／遊學英國。

M2－22 名： 學歷·學位

學歷 學習的經歷,指曾在哪些學校畢業或肄業:具有大學學歷。

學位 由高等學校或國家根據個人專業學術水平授予的稱號,一般分為學士、碩士、博士三個等級。

學衔 根據高等學校教師和科學工作者的專業學術水準而授予的職稱。一般依次分為助教、講師、副教授、教授和助理研究員、副研究員、研究員等級別。

學士 高等學校授予本科畢業生的學位,為學位的最初一級。

碩士 由國務院授權的高等學校和科學院授予合格研究生的學位,為僅次於博士的第二級。

博士 學位的最高一級。一般在取得碩士學位後再研究一二年,通過博士學位的考試課程及論文答辯,方能由國務院授權的高等學校和科學研究機構授予。

M2－23 名： 校規·學風

校規 學校所定的要求學生遵守的規則:校規很

嚴,誰也不敢違反。

校紀 學校所定的學生必須遵守的紀律。

校訓 學校規定的學生思想行動的指南。

校風 學校的風氣:校風不正／整頓校風。

學風 學習或研究學習的風氣:嚴謹、認真的學風。

學潮 指學生、教職員因對當時政治或學校事務有所不滿而組織罷課、遊行、請願等所掀起的風潮。

M2－24 名： 校徽·校慶等

校徽 學校師生員工佩帶在胸前的標明校名的徽章。

校刊 學校出版的報導本校教學活動和刊登師生文章的刊物。

學報 高等學校或學術機構定期出版的學術性刊物。

校慶 學校成立紀念日。

M2－25 名： 學生組織

同學會 大中學校裡全體學生的群眾性團體。其執行機構由全校學生或學生代表選舉產生。

夏令營 夏季設立的供青少年參與活動接觸自然的野外營地。

童子軍 指國家的少年兒童組織。

M2－26 名： 校舍·校園等

校舍 學校的房屋:校舍高大整齊。

校園 學校的園地,泛指整個學校範圍:校園裡鳥語花香／校園歌曲,流行一時。

操場 供體育活動或軍事操練的場地。

運動場 供體育鍛鍊和各項比賽的場地。

宿舍 學校或機關、企業供給本單位成員住的房屋。

校辦工廠 學校設立的供學生實習或勞動實踐

的工廠。有的也從事生產經營活動。

M2－27 名： 教室

教室 校舍中用於教學的房間。也叫**課室**。

課堂 ❶教室在用來進行教學活動時叫課堂：課堂作業／課堂發問。❷泛指進行各項教學活動的場所：社會是個大課堂。

課桌 學生上課用的桌子。

講堂 舊指教室。

講臺 建造或放置在教室、會場的一端正中，高出地面的臺子，供教師或主持人站著宣講。

講壇 講臺；泛指演講討論的場所：這次研討會，給持不同學術觀點的人提供了一個講壇。

M2－28 名： 教具

教具 供教學用的實物、標本、模型、幻燈、圖表、音像設備等的總稱。

教鞭 教師講課時用來指示板書、圖片的棍兒。

黑板 用以寫粉筆字的黑色平板，用木頭、塑膠或磨砂玻璃製成。

粉筆 用熟石膏粉在模型中凝製成的小圓柱，用來在黑板上寫字、畫畫。

掛圖 掛著看的大幅地圖或圖表。

M2－29 名： 學費·獎學金

學費 ❶學生按規定向學校繳納的學習費用：減免學費。❷學生個人求學的花費。

雜費 學校爲雜項開支而向學生收取的費用。

獎學金 政府、學校、團體或個人給予學習成績優良的學生的獎金。

助學金 政府發給學生的學習、生活補助金。

M2－30 名： 教師（一般）

教師 擔任各科教學工作的專業人員。也叫**教員**。

師 教師；師傅：能者爲師／師徒關係。

老師 ❶教師。多用於稱呼：朱老師，我請教您一個問題。❷泛指各方面值得學習的人：只要你虛心好學，到處都有老師。

教習 教員的舊稱。

先生 老師。也用作對讀書人的敬稱：教書先生。

夫子 ❶舊時對學者或老師的稱呼。❷稱死讀古書而思想陳腐的人：夫子氣／迂夫子。

老夫子 ❶舊時對塾師的稱呼。❷稱迂闊陳腐、不愛活動的讀書人。

師長 對教師的尊稱。

教官 舊時在軍隊或軍校中擔任教練的軍官：軍事教官。

教練 訓練別人掌握某種技術的人：體操教練。也叫**教練員**。

教養員 指幼稚園的教師。

保育員 幼稚園和托兒所負責照管兒童生活的人員。

師資 指可以當教師的人才：培養師資／師資陣容堅強。

M2－31 名： 大學教師

教授 高等學校職稱最高的教師。

客座教授 在台灣，教育部、國科會等有關單位，採取獎助措施延攬海外學人或外籍學者，到各公私立大專院校任教，以提高師資水準、加強教學、學術研究及協助旅外學人返國任教的積極性措施。其待遇補助，以一年爲原則。期滿如有必要，得申請續聘補助二次。

副教授 高等學校職稱次於教授的教師。

講師 高等學校職稱次於副教授的教師。

助教 高等學校職稱最低的教師。

導師 高等學校或研究機構中負責指導學習、研究、論文寫作的人員。

M2－32 名： 學生（一般）

學生 ❶在學校讀書的人：中學生／女學生。❷

泛指跟人學習知識、技能的人:在科技知識方面我要做你的學生。

生 門徒;學生:門生/男生/師生/招生。

學員 一般指工作過的年紀較大的參加培訓的人。

學子 〈書〉學生:莘莘學子。

學士 舊指讀書人:文人學士。

弟子 舊稱學生;徒弟。

門生 舊指向老師或前輩學習的人。也叫**門人**;**門下**。

門徒 門生;徒弟。

後學 年輕學淺的人(常用作謙辭):惠及後學。

受業 舊時學生對老師的自稱:受業某某敬贈。

男生 男學生。

女生 女學生。

交換學生 不在學校住宿的學生。

通學生 舊稱交換學生。

寄宿生 在學校住宿的學生。

借讀生 戶籍不在本地區,暫時就讀某校的學生。多為中小學生。

新生 新入學的學生。

老生 早已在學的學生。

調幹生 已在機關、企業或團體任職,離職帶薪入校學習的學生。

M2-33 名: 各級學生

小學生 在初等學校讀書的學生。

中學生 在中等學校讀書的學生。

大學生 在高等學校讀書的學生。

中專生 在中等專業學校讀書的學生。

研究生 在大學或科研機關研究進修,攻讀碩士、博士學位的學生。

留學生 留居國外大學或研究生院學習研究或進修的學生。

M2-34 名: 高才生

高才生 高材生 才智高超、成績優異的學生。

高足 本指良馬,比喻高才。常用作稱呼別人的學生的敬辭。

菁英 學生中智力出眾,學習成績優異的人:數學菁英/菁英班。

M2-35 名: 師範·師道

師範 〈書〉學習的榜樣:為世師範。

師表 〈書〉品德學識上值得學習的榜樣:為人師表/萬世師表。

師承 師徒繼承傳授的系統:學有師承。

師法 〈書〉老師傳授的學問或技藝:信守師法。

師道 〈書〉❶從師求學的道理。❷指老師所應具備的品性修養、治學方法等:這位教授既管學習,又抓思想,確已盡了師道。

M2-36 名: 學校職員

校長 學校裡行政和業務的最高領導人。

班導 學校裡負責學術教育以及引導正確人生觀的教師。

級任 舊指學校裡負責管理一個班級的教師。

學監 舊時學校裡監督、管理學生的人員。

教導 負責教學行政工作的人員:教導主任。

教職員 學校裡的教員和職員的合稱。

教工 學校裡教職員工的簡稱。

M2-37 名、動: 同學·校友

同學 ❶〔動〕同在一個學校學習:我自幼和他同學。❷〔名〕在同一個學校學習的人:他是我中學的同學。❸〔名〕稱呼學生:同學,請問你圖書館在哪裡?

同窗 ❶〔動〕同在一個學校學習:我們同窗三載。❷〔名〕同在一個學校學習的人:我們是舊日的同窗。

同門 ❶〔動〕舊指受業於同一個老師。❷〔名〕舊指受業於同一個老師的人。

同班 ❶〔動〕同在一個班級裡:小學時我和他同

班/同班學習。❷〔名〕同一個班級的同學:他
們幾個人是同班。

校友　〔名〕學校師生稱在本校畢業的人,有時也
包括曾任本校教職員的人:校友會。

學長　〔名〕對同學的尊稱。

師兄　〔名〕❶稱同時跟從一個師傅學習而拜師
時間在前的人。❷稱師傅的兒子或父親的徒
弟中年齡比自己大的人。

師弟　〔名〕❶稱同時跟從一個師傅學習而拜師
時間在後的人。❷稱師傅的兒子或父親的徒
弟中年齡比自己小的人。❸老師和學生(弟
子):他們師弟二人,感情很好。

M2－38 名、動:　教學

教學　〔名〕師生雙方的協同活動,是學校的主要
工作,是學生接受教育的基本途徑:課堂教
學。

蒙特梭利教學法　是在二十世紀初,由義大利人
瑪麗亞‧蒙特梭利所提出的一種學前教育和
初等教育法。其目的是透過身體自由的活動
和自助教學器發展兒童的直覺和感知能力,
並強調讀、寫技巧的早期培養;發展個人的獨
創性及自我教育是蒙特梭利教學法重要的哲
學觀。

教學　〔動〕向人傳授(知識和技能等):他全神貫
注地在教學。

遠距教學　透過新的通訊、網路、多媒體、電腦等
技術,使教學由單向變成互動式的雙向交流。
遠距教學具有即時群播、虛擬教室、課程隨選
三大特色,可應用於校際修課及醫學科技,達
成教育資源共享的目的。

教書　〔動〕教學生學習:她在小學裡教書。

教　〔動〕教學:教學生識字/互教互學。

傳授　〔動〕把知識技能教給別人:傳授科學養雞
方法。

傳　〔動〕傳授:把自己治學的方法傳給學生。

授　〔動〕傳授;教:授課/講授。

傳習　〔動〕教人學習(技藝):傳習繪畫技法。

面授　〔動〕當面講授:面授英語會話。

口授　〔動〕口頭傳授(沒有文字記錄的歌曲、技
藝等):把民間藝人口授的材料,加以記錄整
理。

教授　〔動〕講解,傳授(知識):在大學教授英語。

函授　〔動〕以通訊方式指導學習:函授學校。

M2－39 動:　學習

學習　通過閱讀、聽講、研究、實驗、工作實踐等
方式獲得知識、技能:學習科學技術。

學　學習:學文化/勤學苦練/學而不厭。

習　反覆地學和練:習字/學而時習之。

讀書　❶看著書本朗讀或默讀:校園裡處處有讀
書聲/同學們在閱覽室聚精會神地讀書。❷
泛指學習:認真讀書/我曾在美國讀書。也說
念書。

上課　教師講課或學生聽課:張老師在上課/學
生上課很認真。

聽講　聽人講課或講演:用心聽講,擇要記錄。

補課　老師給學生補教所缺的課或尚未掌握的
知識:王老師課外經常給學生補課。

練習　反覆學習、操作,以求熟練:練習畫畫/彈
琴和打字,都要經常練習。

預習　學生預先自學將要講授的功課:預習新課
文。

複習　重新學習已經學過的知識,以求鞏固:複
習迎考。□溫習。

補習　為了彌補某種知識缺陷而在業餘或課外
再次學習:補習英語語法/補習班。

攻讀　努力學習或鑽研某一門學問:攻讀物理學
/刻苦攻讀。

深造　進一步學習,求獲得更高深的知識:畢業
後打算出國留學深造。

自學　沒有老師指導,自行學習、研究:自學大學

課程／自學成才。

自習 學生在規定時間或課外自己學習:寄宿生早晚都到教室裡自習。

自修 ❶自習:自修課／晚自修。❷自學:自修高等數學。

M2-40 動、形: 用功·不用功

用功 ❶〔動〕努力學習:人家都玩去了,他還在教室裡用功。❷〔形〕學習努力:姐弟倆學習都很用功。

力學 〔動〕〈書〉努力學習:力學成才／力學不輟。

篤學 〔動〕專心好學:勵志篤學。

孜孜　孳孳 〔形〕〈書〉形容勤奮,不懈怠:孜孜不倦。

矻矻 〔形〕〈書〉形容勤勞、努力:矻矻終日／孜孜矻矻。

淺嘗 〔動〕略微嘗試一下,不作深入研究:淺嘗輒止。

磨穿鐵硯* 比喻用功讀書,持久不懈。

焚膏繼晷* 夜裡點上油燈繼續做白天的事。形容學習努力或工作勤奮。膏:油脂,指燈油;晷:日影,指白天。

不求甚解* 原指讀書不咬文嚼字,現多指學習只求懂得個大概,不求深入理解。

M2-41 動: 講課

講課 給學生講解教材;上課:王老師講課生動／請專家講課。

講授 講解傳授:講授無線電知識。

講述 講解,述:講述小說的情節。

講解 解釋,說明:王老師講解課文,深入淺出,通俗易懂。

講 ❶述:講故事。❷解說:擺事實,講道理。

講習 講授和學習:講習班。

講學 公開講述自己的學術理論:聘請客座教授講學。

串講 ❶指對語文教材逐字逐句地講解:對艱深的文言文需要串講。❷指學完一篇文章或一本書後再把整個內容作概括連貫的講述。

主講 主持講課或講演:兩漢文學由李老師主講。

M2-42 動: 指導·指點

指導 指示教導;指點引導:指導學生做實驗／對畢業生的升學加以指導。

開導 用道理啟發誘導,使理解:他太愛鑽牛角尖,請你去開導開導。

誘導 勸誘,教導:教育孩子要善於啟發誘導。

誘發 誘導,啟發:適當的表揚能誘發學習的積極性。

指點 指引,點明:我們青年人缺乏經驗,請多多指點／這孩子真聰明,一指點就明白。

指 提示;點明:請指出這一章的重點。

點 指明;啟發:他很聰明,你點一下,就開竅了。

點拔 提示,指引:一經老師點拔,學生就理解了。

輔導 在學習上給予幫助和指導:加強課外輔導。

循循善誘* 善於有步驟地引導,教育。循循:有次序的樣子。

M2-43 動: 啟發

啟發 開導、提示,使引起聯想而有所領悟:啟發學生積極思維／互相啟發。

啟示 指點、開導,使認識事理:他經常啟示青年人,不應該迷信古書上講的道理／這一切事情啟示我們,要勇於探索,敢於創新。

啟迪 〈書〉開導;啟發:玩具可以啟迪兒童的智慧。

啟蒙 ❶使初學的人得到入門的基本知識:他是我的啟蒙老師。❷普及新知識、新思想,使人擺脫愚昧和落後狀態:啟蒙運動／魯迅也是在

科學上給中國啓蒙的人。

是示 把要點或啓發思考的因素指出來,以引起
注意:提示解題方法/提示內容要點。

發問 提出問題,要求回答:課堂發問。

M2-44 名: 課・課程

課 ❶在規定時間內,有計畫的分段教學的形
式:上一節課/今天下午沒課。❷教材的段
落:這本教科書共有二十課/第二課。❸學校
中的學科;課程:語文課/這學期我要學習五
門課。

大課 集合不同班級的學生在一起上課的教學
形式:上大課。

講座 講授某種學科或專題的教學形式,一般用
報告會、廣播或在刊物連載的方式進行:企業
管理講座。

課程 學校裡教學的科目和進程:課程安排/課
程表。

學科 ❶按照知識的性質而劃分的門類,如自然
科學中的物理、化學等。❷學校根據教育任
務及學生年齡階段選擇必須掌握的基礎知識
的教學科目,如語文、數學等。

科目 學術或其他事物按性質劃分的類別:學習
科目繁多/必修科目/選修科目。

基礎課 爲實現培養目標而開設的基礎知識和
基本技能的課程。中小學開設的課程一般都
是基礎課。

專業課 專業學校中,使學生獲得某一方面專門
知識和技能的課程。

必修課 按教學計畫規定,學生必須學習的課
程。

選修課 在規定科目中,學生可以自由選擇的課
程。

功課 學生按照規定日常學習的知識、技能和作
業:他這學期每門功課都及格。

課業 功課;學業:認眞對待課業/不可荒廢課

業。

學業 學習的功課和作業:學業成績優良/完成
學業。

M2-45 名: 教材

教材 按照教學大綱和實際需要編寫的供教學
用的材料,如教科書、講義等。

教科書 按照教學要求編寫的教學用書。□**教
本**。

課本 教科書:語文課本。

讀本 課本(多指語文或文學課本):文言文讀
本。

教程 專門學科的課程(多用作書名):中國古代
史教程。

講義 教師按照教學要求而編寫的給學生學習、
研究用的材料。

講稿 爲教課或演講而寫的底稿。

教案 教師爲講課而製訂的課時計畫。內容包
括課題、教學目標、教學方法、教學進程等。

M2-46 名: 作業

作業 教師布置給學生預習、練習、複習的功課:
課堂作業/暑假作業。

練習 爲鞏固學習效果形成基本技能而安排的
作業:布置練習。

習題 供學生練習的題目。

作文 學生作爲練習所寫的文章。

M2-47 名、動: 考試

考試 ❶〔名〕檢查並評定學生掌握的知識、技能
的一種方法,有口試、筆試、現場作業等方式:
考試及格/畢業考試。❷〔動〕採用一定方式
檢查掌握知識技能的情況:數學考試。

考 〔動〕考試:今天考語文/他決定考大學。

考查 〔動〕用一定的標準檢查、衡量(行爲、活
動、成績):考查學生的品德/考查學業成績。

試驗 〔名〕舊指考試。

測驗 〔動〕考查學習成績：平時測驗／測驗學生的寫作能力。

甄別 〔動〕考核鑑定（能力、品質等）：經過嚴格甄別，他被錄取了。

期考 〔名〕學校在學期結束前舉行的考試。

大考 〔名〕學校裡學期結束的考試。

初試 〔名〕指分兩次舉行的考試的第一次。一般考普通科目：初試全部及格。

複試 〔名〕分兩次舉行的考試的第二次。由初試及格者參加，一般考專業科目。

補考 〔動〕爲因故缺考或考試不及格的人再次舉行考試：補考外語。

筆試 〔名〕要求應試人在試卷上寫出答案的考試方式。

口試 〔名〕要求應試人口頭回答問題的考試方式。

面試 〔名〕主考者當面提出問題要求應試人即時回答的考試方式。

命題 〔動〕出試題或作文題：歷史試卷請張老師命題／命題作文。

M2－48 名：　試題・試卷・試場

試題 考試題目。

題 題目：作文題／文不對題。

題目 ❶概括詩文或講演內容的簡短詞句。❷在練習或考試時提出的要求解答的問題。

標題 標明詩文或新聞報導內容的簡短詞句：文章要有醒目的標題。

偏題 冷僻的考題：全面考查，不出偏題。

難題 不容易解答、處理的問題：他善於解數學難題。

試卷 供應試人寫答案，或應試人已寫好答案的卷子：發試卷／交試卷。也叫**考卷**。

卷子 考試寫答案的簿子或單頁紙：批卷子／發卷子。

卷 卷子：閱卷／準時交卷。

答案 對問題所作的解答：答案正確／終於找到了答案。

考試卷 做好了解答的卷子：一份出色的考試卷。

白卷 沒有寫出文章或答案的考卷：交白卷。

試場 舉行考試的場所：所有教室都做了試場。也叫**考場**。

M2－49 名、動：　成績・及格

成績 〔名〕工作或學習的收穫：成績優良／學習成績大有提高。

分數 〔名〕評定學業成績或比賽勝負時所記的數目：他數學考試分數居全班第一。

百分制 〔名〕評定學生學業成績的一種記分法。以零～一百數字爲分數符號，分別表明不同品質的成績，以一百分爲最高，六十分爲及格。

五分制 〔名〕評定學生學業成績的一種記分法。以一～五數字爲分數符號，分別表明不同等級的成績，以五分爲最高，三分爲及格。

學分 〔名〕高等學校採用的計算學生學習分量的單位。每科課程規定爲若干學分，課程期滿考試及格者，即取得該學科的學分。學生讀滿規定的學分才能畢業。

名次 〔名〕按照一定標準（如學習成績）排列的姓名的次序：名次居前／名次很低。

及格 〔動〕考試成績達到或超過規定的最低標準：全班考試成績都及格了。

M2－50 動：　評閱・批改

評閱 閱覽並評定成績：評閱物理試卷／評閱畢業論文。

評分 根據成績評定分數：演講比賽評分結果揭曉／由授課教師主持考試評分。

批閱 閱讀並批改或批示：批閱數學練習／批閱

重要文件。

批改　修改文章、作業等並加批語：批改作文。

批　批改；評分：批作文／批卷子。

判　評定：判卷子／只給他的數學成績判了 70
分。

M2－51 名：　教研機構

教研室　教育機關和學校設立的教學研究機構。

教研組　學校按學科設立的研究教材教法、提高
教學品質的組織，由同一學科的教師組成：語
文教研組／體育教研組。

教改會　行政院於八十三年九月成立「教育改革
審議委員會」簡稱「教改會」。其主要目的是
就國內教育各種體制改革及政策提出建言。

M3　文　化

M3－1 名：　文化

文化　❶人類在社會歷史實踐過程中所創造的
物質財富和精神財富的總和。特指精神財
富，如文學、藝術、教育、科學等。❷考古學上
指同一歷史時期、同一地區、具有共同特徵的
遺迹、遺物的綜合體，如仰韶文化、龍山文化。
❸指語文、史地、科學常識等一般知識：學文
化／文化水準。

文明　文化：物質文明／東方文明。

國故　指本國歷史上固有的學術文化：整理國
故。

國粹　指本國文化的精華（含保守意味）：保存國
粹。

物質文明　指人類社會物質生產和物質生活的
改善狀態，它表現為勞動工具和技術的進步、
物質財富的增長以及由此引起的物質生活方
式的變化。物質文明是精神文明的基礎。

精神文明　指人類社會精神生產和精神生活的
發展狀態，它表現為教育、科學、文化的發達
和人們思想、政治、道德水準的提高。精神文
明是發展物質文明的必要條件和保證。

M3－2 名：　文獻

文獻　有歷史價值或重要參考價值的圖書資料：
當代文獻／學術文獻。

典籍　記載古代法令制度的文獻，也泛指古代圖
書。

資料　工作、學習或科學研究上用作依據或參考
的材料，通常指書籍、報刊、圖表、圖片、調查
統計報告及音像材料等：參考資料／資料必須
準確、豐富。

材料　書面記錄的事實或資訊，可供參考或研
究：人事材料／原始材料。

史料　歷史資料：史料翔實。

M3－3 名：　文物

文物　❶歷代遺留下來的具有歷史意義和文化、
藝術價值的實物，如建築、墓葬、遺址、碑刻、
工具、武器、生活器皿和各種藝術品等：保護
文物／出土文物。❷舊指典章制度。

古物　古代遺留下來的物品。

古董　骨董　古代遺留下來的可供鑑賞、研究的
器物。

古玩　供擺設玩賞的古代器物。

文玩　供玩賞的器物：金石文玩。

吉光片羽*　吉光是古代傳說中的神馬，以它的
毛皮為裘，入水不沈，入火不焦。「吉光片羽」
是指吉光的一片毛皮，比喻殘存的珍貴文物。

M3－4 名：　古迹

古迹　古代遺留下來的建築物或其他遺迹：名勝
古迹。

遺迹　古代或舊時代遺留下來的具有歷史意義
的痕跡：歷史遺迹／甲午海戰遺迹。

勝迹 有名的古跡、遺迹：名山勝迹／歷史的勝迹。

遺址 毀壞已久的有歷史意義的建築物所在的地方：圓明園遺址。

故宮 ❶過去帝王的宮殿。❷特指北京故宮，又名紫禁城，原爲明清兩代的皇宮，是我國現存規模最大、最完整的帝王宮殿和建築群。現爲故宮博物院。

故居 從前曾經住過的房子：紹興魯迅故居。

石窟 古代就著山崖開鑿的寺廟建築，裡面有佛像或佛教故事的壁畫和石刻等，如敦煌、雲崗和龍門的石窟，都是我國珍貴的文化遺產和藝術寶庫。

聖地 ❶宗教徒稱與宗教創始人生平事迹有重大關係的地方，如基督教徒稱耶路撒冷爲聖地，伊斯蘭教徒稱麥加爲聖地。❷有重大歷史意義和紀念價值的地方：至聖先師孔子的出生地──曲阜，已成爲聞名遐邇的聖地。

發祥地 舊指帝王祖先出生或創業的地方。現指民族、革命、文化等興起發源的地方：黃河流域是中國古代文化的發祥地。

策源地 戰爭、社會運動等策動和興起的地方：廣州是北伐戰爭的策源地。

長城 中國萬里長城的通稱。戰國時、齊、楚、燕、趙、魏、秦和中山等國分別在自己國境內築建長城。秦統一後，把原秦、燕、趙北面的長城連接起來，西起臨洮、東至遼東，號稱萬里長城。現在的長城是明代在舊城基礎上修築的，西起嘉峪關，東到山海關，全長一萬三千餘里。長城是我國古代偉大工程之一，也是世界著名的古跡。

金字塔 一種古代雄偉的建築物，用磚、石堆成方錐體，遠看像漢字「金」字，故譯稱金字塔。以埃及和中、南美洲的金字塔最爲著名。埃及的金字塔都是古代帝王的陵墓，開羅附近最大的一座建於西元前二七〇〇年，高達146.5米，由約二百三十萬塊巨石疊成，規模宏大，爲世界著名的古跡。

M3－5 動、名：　考古

考古 ❶〔動〕根據古代的遺迹、遺物和文獻研究古代歷史：熱愛考古工作／根據考古成果。❷〔名〕指有關考古的科學：他對考古的專業知識十分在行。

出土 〔動〕指古器物從地下被發掘出來：出土文物／這些竹簡是在曲阜出土的。

化石 〔名〕埋藏在地層裡已變成跟石頭一樣的古代生物的遺體、遺物或遺迹。研究化石可以了解生物的演化、確定地層年代、推斷古地理環境和古氣候等。

M3－6 名、動：　墓葬

墓葬 〔名〕考古學上指墳墓：發掘墓葬／墓葬群。

明器 〔名〕古代陪葬的器物。最初的明器是死者生前用的器物，後來多爲陶土、木頭等仿製品。考察各個時代明器的特點，有助於了解當時的社會生活面貌。也作冥器。

殉葬 〔動〕古代一種野蠻風俗，用活人（死者的妻妾、奴隸等）隨同死者埋葬。也指用器物或俑（木偶、陶偶）隨葬。

隨葬 〔動〕用器物、車馬等隨同死者埋葬：隨葬物。

殉葬品 〔名〕舊時人死後用以隨葬的物品。一般有俑、飲食用具、金、銀、玉器等。

俑 〔名〕古代殉葬的偶像，一般爲木製或陶製，有男女奴僕、儀仗隊等。

秦陵兵馬俑 〔名〕秦始皇陵墓附近出土的一組隨葬陶塑兵俑、馬俑，仿秦宿衛軍精製而成。已出土八千多件。形體高大，神態各異，造型逼眞，並有彩繪，具有極高的藝術價值。現陳列在原址的秦始皇兵馬俑博物館，被譽爲世

界歷史奇迹之一。

M3-7 名：　博物館・圖書館

博物館　搜集、保藏、陳列和研究物質文化和精
　　神文化的實物以及自然標本的文化教育機
　　構。分為社會歷史、自然科學和綜合三種類
　　型。

博物院　博物館:故宮博物院。

圖書館　搜集、整理、保管各種出版物和文獻資
　　料,以供人們閱覽參考的機構:市立圖書館。

開架式　圖書館的一種借閱方式。由讀者自行
　　在書架上選取圖書。

閉架式　圖書館的一種借閱方式。由管理員憑
　　單取書交給讀者。

M3-8 名：　文化館

文化館　為了推動群眾文化休閒活動而設立的
　　機構。活動內容有閱覽、展覽、講座、演出並
　　舉辦多種類型的學習班、輔導業餘藝術創作
　　等。

文化宮　一種規模較大、設備較好的文化娛樂機
　　構,一般設有電影院、演講廳、圖書館等,並輔
　　導群眾文化活動,舉行文藝演出。

青年宮　組織各界青年推動各項文化、科學、藝
　　術活動,進行思想、科學文化教育的機構。

少年宮　對學生進行校外教育的中心。組織少
　　年兒童推動文化、科技等活動,進行思想、科
　　學文化教育。

少年之家　供少年兒童進行文化、休閒活動的地
　　區性機構,規模一般小於少年宮。

M3-9 動、名：　展覽

展覽　〔動〕把物品陳列出來供人觀看:公推動覽
　　/出土文物展覽。

展出　〔動〕展覽出來:這位畫家的新作品正在北
　　京展出。

預展　〔動〕正式展出前先行展覽,請人參觀,以
　　便聽取意見,加以改進:全國畫展分區預展。

巡展　〔動〕巡迴展覽:一九八〇年鑑眞大師像從
　　日本回國巡展。

展評　〔動〕通過展覽進行評比:全市一百多家紡
　　織廠的新產品參加展評。

展期　〔名〕展覽的日期。

展覽品　〔名〕陳列出來供人觀看的物品。也叫
　　展品。

畫展　〔名〕繪畫展覽會:花鳥畫展。

回顧展　〔名〕為回顧過去的成就而舉辦的展覽
　　會。多指重演或重映歷年來優秀的劇目、影
　　視等:在全國十大城市舉辦懷舊戲曲影片回
　　顧展。

展覽會　〔名〕按照一定的主題,推動出相關的物
　　品、標本、模型以及圖片、圖表等,供人參觀、
　　欣賞、學習的集會或機構:書畫展覽會/農業
　　展覽會。

博覽會　〔名〕原指一國舉辦的或有許多國家參
　　加的大型的多門類的產品展覽會。現亦指規
　　模較大的展覽會:生活用品博覽會。

展覽館　〔名〕專供展覽用的建築物:農業展覽
　　館。

M3-10 動、名：　紀念

紀念　❶〔動〕用言行或事物對過去的人或事表
　　示懷念:紀念先烈/紀念運動。❷〔名〕紀念
　　品:這支筆給你作個紀念。也作**記念**。

紀念品　〔名〕表示紀念的物品:把他留下的書作
　　為紀念品吧。

紀念章　〔名〕表示紀念的徽章。

紀念日　〔名〕歷史上發生過重大事情值得紀念
　　的日子。

紀念館　〔名〕為紀念重大歷史事件或重要歷史
　　人物而保藏、陳列與之有關的遺物、圖片的建
　　築物。一般以事件發生的地點和人物出生、

居住、工作的處所爲館址。

紀念碑 〔名〕爲紀念有巨大功績的人或重大事件而立的石碑。

憑弔 〔動〕對著遺迹、墳墓等懷念前人，追憶往事：憑弔古戰場／他特地到詩人墓前憑弔一番。

M3－11 動、名： 收藏

收藏 〔動〕收集保藏：收藏名家字畫。

收藏家 〔名〕專門收藏書籍、字畫或其他文物的人：古錢幣收藏家。

集郵 〔動〕收集並分類保存各種郵票。

首日封 〔名〕發行某套新郵票的第一天寄發的，在郵票上蓋有特製紀念郵戳的信封。

紀念封 〔名〕爲舉辦運動會、博覽會、郵票展覽會而特別發行的一種供集郵用的、表現紀念主題的信封。信封上有與該項活動有關的文字、圖案和蓋有特製的紀念郵戳的郵票。

火花 〔名〕指火柴盒上的畫。可供收藏、欣賞。

M3－12 形、動等： 文明·野蠻

文明 〔形〕❶社會發展到較高階段和具有較高文化教養的：文明社會／文明行爲。❷舊指具有現代西方色彩的（風俗、習慣、事物）：文明棍／文明戲。

開化 〔動〕（人類）由原始狀態進入文明狀態：這地方愚昧落後，似乎還沒開化。

野蠻 〔形〕不文明的，未開化的：野蠻民族。

蒙昧 〔形〕❶未開化的：蒙昧時代。❷沒有知識，不明事理：蒙昧無知。

混沌 ❶〔名〕古人想像中世界開闢以前一片模模糊糊的景象：混沌初開。❷〔形〕無知無識的樣子；糊塗：這只是拿浮薄眼光和混沌頭腦去觀察社會。

M3－13 形： 開明·保守

開明 思想開通，明白事理，不頑固保守：開明人

士。

開通 思想不守舊；態度不固執：思想開通。

保守 ❶保持舊觀點、舊作風，不求進步革新：保守思想／保守落後。❷落後於客觀實際的：保守的統計數字。

守舊 保持舊的看法或做法，不願改變：守舊人物擋不住歷史的潮流。

頑固 思想保守，不願接受新事物，或堅持錯誤觀點不肯改變：頑固不化／頑固分子。

陳腐 陳舊腐朽；不合時代要求：這些舊書，內容陳腐不堪。

迂腐 言行拘泥於陳舊的準則，不合時宜：迂腐之見／言談迂腐。

迂 迂腐：迂夫子／都說這個人很迂，其實他很有執著精神。

迂闊 調子高而不切合實際：迂闊之論。

墨守成規＊ 指死守老規矩，不求改進。墨守：戰國時墨子善守城，因稱善守者爲墨守；成規：久已通行的規則、方法。

固步自封＊ 形容安於現狀，不求上進。故步：原來的步伐；封：限制住。也作**故步自封**。

閉目塞聽＊ 閉著眼睛，堵住耳朵。形容與世隔絕，脫離客觀實際。也作**閉門塞聽**＊。

一仍舊貫＊ 完全按照老例辦事。

抱殘守缺＊ 守住殘缺陳舊的東西不肯放棄。形容頑固保守，不接受新事物。

M3－14 形： 洋氣·土氣

洋氣 指帶有西方的式樣、習俗、風格、色彩的（含貶義）：他的穿著很洋氣／滿口外文詞語，一派洋氣。

洋 ❶外國的：洋錢／洋人。❷現代化的：土洋結合。

土氣 式樣、風格不時髦：一身藍布衫褲，顯得很土氣。

土 ❶限於某一地區的：土特產／土生土長。❷

出自民間的：土專家。❸不時髦：土里土氣／
別看他穿得很土，思想倒很開通呢。

土頭土腦＊　（穿著、作風）不時髦、不合潮流的樣
子。

M4　文　學

M4－1　名：　文學・藝術（一般）

藝術　通過塑造形象來反映社會生活、表現作者
思想感情的具有典型性、眞實性和審美價値
的各種作品。藝術有各種不同的表現手段和
方式，包括文學、音樂、舞蹈、繪畫、雕刻、建
築、戲劇、電影、曲藝等。

文學　用語言文字塑造形象以反映社會生活，表
達作者思想感情的一種藝術。通常分詩歌、
散文、小說、戲劇四大類。

文藝　文學和藝術的總稱，有時專指文學或表演
藝術：文藝作品／文藝演出。

風騷　風，原指《詩經》中的《國風》；騷，原指屈原
的《離騷》。後來泛指文學或詩文寫作。

文藝學　以文藝的本質、特徵、起源、社會功能及
其發展規律爲研究對象的科學。包括文藝理
論、文藝史和文藝批評。

藝術性　形象地反映生活所顯示的藝術特點的
總和。包括形象的生動、典型，藝術形式的完
美、獨創，表現手法的豐富、巧妙等方面：藝術
形象越鮮明，藝術形式和表現手法越完美，藝
術性也就越高。

思想性　文藝作品描繪的全部形象所體現出來
的思想意義。作品思想性的高低，取決於作
者的世界觀和作品反映生活的深刻程度。

傾向性　作家、藝術家在作品中流露出來的對現
實生活的愛憎態度，是一定的立場觀點和政
治傾向的反映。

概念化　指文藝創作中對現實生活缺乏具體深

刻的描寫和典型形象的塑造，用抽象的概念
代替人物個性的傾向。概念化的作品缺乏思
想力量和藝術感染力。

公式化　指文藝創作中套用某種固定程式來描
寫社會，刻劃人物，安排情節，顯得千篇一律，
枯燥乏味，不能反映豐富多彩的現實生活。

民族形式　一個民族的文學藝術在表現本民族
社會生活的創作活動中逐漸形成的，具有本
民族特點、符合本民族欣賞習慣的藝術形式。

民間藝術　群眾直接創造，爲群眾所喜聞樂見並
廣泛流傳的藝術，包括音樂、舞蹈、造型藝術、
工藝美術等。

民間文學　由群眾集體創作，在群眾中廣泛流
傳，並不斷加工、修改的文學，主要是口頭文
學，包括神話、傳說、故事、歌謠、戲曲、曲藝
等。

口頭文學　由民眾口頭創作、口耳相傳，沒有書
面記載的文學。

說唱文學　一種韻文散文兼用，可以連講帶唱的
文藝形式。有以說爲主的評書、評話；有以朗
誦爲主的快書、快板；有以唱爲主的鼓詞、曲
詞；有以對白爲主的相聲。也叫**講唱文學**

古典文學　古代優秀的、有定評的典範文學作
品。也泛指古代文學作品。

新文學　指五四運動時期產生的以反帝反封建
爲主要內容、以白話文寫作爲基本形式的文
學。

兒童文學　爲少年兒童創作、符合兒童審美趣味
的文學作品。在表現手法上，力求通俗易懂，
生動有趣，適應少年兒童的心理、生理特徵。
包括兒歌、童話、故事、小說、戲劇等。

黃色文學　一種表現沒落階級意識的文學。內
容庸俗猥褻，充滿色情、兇殺、犯罪和低級興
趣。

暴露文學　只揭露社會黑暗面，而不能指出光明
前景的文學。如清末的《官場現形記》等一類

作品。

比較文學 伴隨著近代世界性文化交流而興起的一門新興文學學科。它主要運用比較方法,通過對不同民族的文學現象的比較分析,探討彼此影響和相互關係,以尋求文學發展的共同規律,並爲一個國家和民族提供文學發展的橫向借鑑。

傷痕文學 指大陸文革之後興起的文學潮流,作品題材主要是控訴文革期間四人幫對民衆的迫害。也稱作**抗議文學**。

M4－2 名： 文藝思潮

現實主義 文學藝術上的一種創作方法。主張眞實地客觀地反映現實,通過典型形象的塑造,揭示社會生活的某些本質規律。

寫實主義 現實主義的舊稱。

批判現實主義 歐洲十九世紀三十年代開始盛行的一種文藝思潮和創作方法,其特點是以現實主義的態度批判封建主義和資本主義制度的罪惡,揭露社會現實的黑暗,同情下層人物的悲慘命運。但由於歷史和階級的局限,作家不能指出罪惡產生的根源和社會發展的趨勢。代表作家有英國的狄更斯、法國的巴爾扎克、俄國的托爾斯泰等。

浪漫主義 文學藝術上的一種創作方法。其重要特徵是,在反映現實生活時注重對於理想世界的追求和主觀情感的抒發,善於運用想像和誇張的手法來塑造理想化的藝術形象。浪漫主義有積極浪漫主義和消極浪漫主義,前者能突破現狀,面對未來,後者多粉飾現實,留戀過去。

文藝復興 歐洲十四～十六世紀從封建社會過渡到資本主義時期的思想文化運動,因宣揚復興古代希臘、羅馬文化而得名。主要思潮是人文主義,提倡人權和人性,反對神權,提倡個性解放,反對禁欲主義。文學家但丁和莎士比亞,藝術家達·芬奇和拉斐爾,自然科學家哥白尼和伽利略等都是文藝復興的代表人物。文藝復興擺脫了教會對於人們思想的束縛,爲近代科學和文學藝術的發展和資產階級革命奠定了思想基礎。

人道主義 歐洲文藝復興時期的社會思潮。推崇人的價值,提倡人人平等和個性自由,肯定追求物質幸福是正當的行爲。十八世紀法國資產階級革命時期,又把它具體化爲自由、平等、博愛等政治口號。人道主義在資產階級上升時期,曾廣泛地反映在哲學、政治和文學藝術等方面,起過反封建的積極作用。

人文主義 歐洲文藝復興時期代表新興資產階級文化的主要思潮。主張思想自由和個性解放,提倡學術研究,以復興古代文明爲口號,反對宗教束縛和經院哲學。在資本主義萌芽時期起過進步作用。

人性論 一種主張人有天生的普遍的共同本質的觀點或學說。歐洲文藝復興時期,人性論的主要內容是反對宗教神學、封建制度和封建道德對個性的束縛,提倡個性解放。

古典主義 歐洲十七～十八世紀文學藝術上的一個流派。主張以古代希臘、羅馬的作品爲典範,悉心模仿,尊重傳統,崇尚理性,要求均衡、簡潔,蔑視宗教權威。對於歐洲戲劇創作影響很大,但因一味模仿,缺乏創造,帶有較嚴重的保守性、抽象化和形式主義傾向。

自然主義 十九世紀末期在法國興起的文學藝術創作中的一種傾向和流派。主張用生物學觀點分析和表現人物,注重描寫生活中的個別現象和細微末節,否定藝術的典型化,因而不能正確地反映社會生活的本質。

百花齊放,百家爭鳴 * 一九五六年中國共產黨提出的發展、繁榮社會主義科學、文化和藝術事業的方針。主張在黨的領導下,只要有利於社會主義事業,藝術上不同的形式和風格

流派可以自由發展,科學上不同的學派可以自由爭論。

M4－3 名：　文學體裁

體裁　文學作品的表現形式和品種。可用不同的標準分類。按有韻無韻,可分為韻文和散文。按結構可分為詩歌、散文、小說、戲劇。每一類中又各有不同的表現形式(體裁),如詩歌有抒情詩、事詩等,小說有長篇小說、短篇小說等。

體式　〈書〉體裁。

體制　作品的體裁、格局。

體　體裁:新體詩／日記體小說。

文體　文章體裁。

騷體　我國古典文學的一種體裁,以模仿屈原的《離騷》形式而得名。句子較長,形式自由,分句之間多用「兮」字以舒緩語氣。

駢體　始創於漢、魏,盛行於六朝的一種文體。講究對仗,聲韻和諧,偏重形式,詞藻華麗。與「散體」相對。

駢文　用駢體寫的文章。

四六文　駢體文的一種,全篇多以四字六字的句子相間成文,故名。語句對偶、講求聲韻。

散體　語句長短不齊,不求對偶不押韻的文體,與「駢體」相對。

散文　指不講韻律、不求字句整齊的文體,與「韻文」、「駢文」相對。

辭章　詞章　❶詩文的總稱。❷文章的寫作技巧:深究義理,講求辭章。

韻文　泛指用韻的文體,同散文相對如詩、詞、曲、賦等。

韻語　押了韻腳的文詞,指詩、詞、唱詞和歌訣等。

詞話　起源於宋元,流行於明代的一種說唱文學形式。散文裡間雜詞曲,有說有唱,是章回小說的前身。明代也稱夾有詩詞的章回小說為詞話,如《金瓶梅詞話》。

詩話　宋代說唱文學的一種形式。散文裡間雜著詩,一般每節前為說話,末了有供唱的通俗的詩贊,如《唐三藏取經詩話》。

章回體　我國明清兩代長篇小說的主要形式。分章回事,首尾相連,每回有對仗工整的一副標題概括全回內容,如《水滸》等。

演義　以歷史事迹為背景,用章回體的形式,選取史書和傳說的大量材料,整理加工,連綴撰寫而成的長篇小說,如《三國演義》、《封神演義》。

M4－4 名：　詩歌·歌謠

詩歌　各種體裁的詩的總稱:詩歌朗誦。

詩　一種文學體裁。它要求用有節奏、有韻律而又高度精煉的語言集中地反映社會生活,抒發濃烈感情,一般分行書寫,可以吟唱朗誦:詩情畫意。

詩篇　❶泛指各種詩:他寫的這些詩篇很感人。❷比喻生動有意義的故事、文章等:英雄的詩篇。

詩章　詩篇。

歌謠　民歌、民謠和兒歌、童謠的總稱。特點是群眾創作,隨口唱出,通俗樸素,韻腳自然。

謠　群眾口頭創作、口頭傳唱的簡短的歌。

民謠　民間流傳的歌謠,內容多與當代時事政治有關的。

民歌　勞動人民口頭創作、口頭流傳,並在流傳過程中不斷得到集體加工、改造的詩歌作品。多反映他們的理想、願望和對現實的要求。語言樸素,曲調繁多,形式生動活潑,富有地方色彩。

山歌　流行於南方山野地區的民歌,多在勞動時歌唱。歌詞爽朗質樸,節奏自由明快。

童謠　流行於兒童中間的歌謠。短小活潑,通俗明快,有的表達樸素的願望,有的唱出對現實

的諷喻。

兒歌 為兒童創作、適合兒童傳唱的歌謠。大都反映孩子們的生活情趣和願望,短小活潑,簡明易懂,韻律和諧,琅琅上口。

風 古代指民歌。《詩經》裡的《國風》,就是從古代十五國採集來的民歌:土風。

樂府 原為漢代掌管音樂的官署,負責採集各地民歌來製譜配樂。後世便把這類民歌歌詞或文人模擬沿襲之作統稱樂府。□樂府詩。

竹枝詞 原為川東一帶民歌,唐詩人劉禹錫據以改作新詞,歌唱山川風土和男女戀情。後代文人多有仿作,都是七言絕句,通俗輕快。

M4－5 名: 新詩・舊詩・格律詩

新詩 指五四以來的白話詩。

白話詩 五四以後稱打破舊詩格律(字句、對偶、平仄、押韻等),用白話寫成的詩。

舊詩 指用文言和傳統的體裁格律寫成的詩,包括古體詩和近體詩。也叫舊體詩。

古詩 ❶泛指古代詩歌。❷古體詩。

古體詩 指區別於唐代近體詩(律詩、絕句)的一種詩體。句式有四言、五言、六言、七言、雜言等(以五、七言為多),不限句數,不講對仗、平仄和用韻也較自由。也叫古風。

古 古體詩:五古／七古。

近體詩 指唐代形成的律詩和絕句,因稍晚於古體詩故稱。格律嚴整,韻調和諧,句數、字數、平仄、用韻、對仗都有規定。也叫今體詩。

格律詩 詩歌的一種。在字數、句數、音韻等方面都有一定的格式和規定。常見的有詞曲,五言、七言的律詩和絕句。

律詩 唐初形成的一種詩體,因講究格律而得名。分五言律詩和七言律詩兩種。每首四聯八句,每句有一定的平仄格式,雙句押韻,首句可押可不押,中間兩聯要對仗。

律 律詩:五律／七律。

絕句 詩體名。分五言絕句、七言絕句。每首四句,每句有一定的平仄格式,雙句押韻,首句也可押韻。也叫截句。

絕 絕句:五絕／七絕。

十四行詩 歐洲一種格律嚴謹的抒情詩體。每首十四行,在義大利,由兩節四行詩和兩節三行詩組成;在英國,由三節四行詩和兩行對句組成。

商籟體 音譯詞。即十四行詩。

俳句 日本的一種抒情短詩,每首僅十七個字。

M4－6 名: 抒情詩・敘事詩

抒情詩 以直接抒發感情的方式來反映社會生活、表達思想觀點的詩歌。只重真情實感的吐露,不重故事情節的完整和人物形象的刻畫。

田園詩 以農村自然景物、鄉野寧靜生活為題材的詩歌。

牧歌 以田園生活情趣為題材的詩歌和樂曲。

朦朧詩 一種著重表現自我感覺、幻象、潛意識等的詩。多用象徵、隱喻等手法,語言晦澀難懂。

街頭詩 寫在街頭牆上或靠傳單來散發的詩歌,內容多反映社會現實,激起群眾熱情。也叫牆頭詩。

打油詩 相傳唐人張打油寫了一首《雪詩》:「江上一籠統,井上黑窟窿。黃狗身上白,白狗身上腫。」後世因把這類語言詼諧,隱含譏諷,不拘格律的通俗詩稱為打油詩。

自由詩 新詩的一種。語言順應自然,不講究格律,段數、行數、字數也看需要而定,不受約束。一般不押韻,也可押大致相近的韻。

散文詩 兼有散文和詩的特點的一種文學形式。寫法同散文一樣,不押韻,不分行,不用對仗,但語句凝練,注重節奏,富有詩的意境。

敘事詩 以敘述有意義的事件來反映社會生活

的詩歌。有比較完整的故事情節和鮮明的人
物形象。

故事詩 敍事詩的一種。用詩的語言寫成的完
整的故事。

史詩 敍述重大歷史事件或古老傳說的長篇敍
事詩。

頌歌 表示讚美頌揚的詩歌。

頌 以頌揚爲內容的詩文、歌曲。

讚歌 讚美人或事物的詩歌；一曲無私奉獻的讚
歌。

讚美詩 基督教用於讚美上帝頌揚敎義的詩歌。
也叫**讚美歌**。

M4－7 名： 賦・詞・曲

賦 漢、魏、六朝時盛行的一種文體。是散文和
韻文的結合，重視文釆，講究排比、鋪陳和聲
調，常用於寫景、敍事和抒情。

辭賦 漢代常把辭和賦統稱爲辭賦。後人因而
泛稱賦體文學爲辭賦。

詞曲 詞和曲的總稱。

詞 古代詩歌的一種。由五、七言詩和民間歌謠
發展而來，形成於唐，盛行於宋。原爲合樂的
歌詞，體調很多，按譜填寫，句子長短不一，多
分上下兩片，格律嚴謹。有小令和慢詞兩種。

長短句 詞的別稱。因音樂節拍要求句子長短
不齊而得名，如《稼軒長短句》。

詩餘 詞的別稱。意爲詞是詩歌在形式上的演
變而成的。

慢詞 依慢調填寫的詞，語句較長，節奏舒緩，如
《木蘭花慢》《西江月慢》等。簡稱**慢**。

曲 ❶泛指秦漢以來各種可以入樂的歌曲。如
漢大曲、唐宋大曲、民間小曲等。❷一種韻文
體裁。始於南宋，盛行於元明。體式與詞相
近，亦爲長短句，多用口語，可加襯字。分戲
曲、散曲兩類。

詞餘 曲的別稱。意爲曲是詞在形式上演變而

成的。

散曲 沒有道白和動作指示的倚聲填詞的曲子
形式，盛行於元、明、清。同詞相似，內容以抒
情、寫景爲主，專供清唱。有小令和散套兩
種。

散套 由同一宮調的幾支曲子組成的組曲，能獨
自成套，一韻到底，跟劇曲前後有聯貫的套數
不同。用於敍事或抒情。

套數 劇曲或散曲中，用多種曲調互相聯貫，成
爲有頭有尾的一套曲子。

小令 ❶指字數不多的短小的詞。❷指短小的
散曲，一般以一支曲子爲獨立單位。

令 小令。多用作詞調、曲調名，如《如夢令》，
《叨叨令》。

M4－8 名： 對聯

對聯 兩幅字數相同、對仗工穩、平仄協調的聯
語。可懸掛或黏貼在柱上作裝飾、供慶吊之
用。也叫**對子**。

門聯 貼在門上的對聯。

楹聯 張貼或懸掛在堂前柱子上的對聯。泛指
對聯。

春聯 春節時寫在紅紙上、貼在門上的對聯。

桃符 古代在大門上掛的兩塊畫著門神或寫上
門神名字的桃木板，以爲能壓邪。後多在上
面貼春聯，因此借指春聯：桃符萬戶更新。

喜聯 結婚時表示喜慶的對聯。

輓聯 哀悼死者的對聯。

M4－9 名： 散文

散文 指與詩歌、小說、戲劇文學並列的一種文
學體裁。一般篇幅短小，表現方法靈活多樣，
可以抒情、敍事或議論。有雜文、隨筆、小品、
遊記、特寫等樣式。

小品文 散文的一種。篇幅簡短，形式活潑，內
容多樣，或夾敍夾議，或寫景狀物，或直抒胸

臆,特點是深入淺出,言近旨遠,並往往有幽
默感和諷刺力量。

小品 原指佛經的簡本,現指簡短的雜文或小品
文:時事小品／歷史小品／科學小品。

隨筆 散文的一種。隨手筆錄,不拘一格,或借
事抒情,或夾叙夾議,以短小精緻、意味雋永
為特色。

漫筆 隨手寫出所見所感,形式自由不羈的文
章。多用於文章的題目:旅途漫筆。

雜文 散文的一種。是直接、迅速反映社會各方
面的文藝性論文。特點是篇幅短小,形式多
樣,叙事、議論、抒情兼有,靈活運用幽默、諷
刺的筆法,富有戰鬥力和感染力。雜談、雜
感、隨筆、小品文等都可歸入雜文一類。

雜感 寫零星感想的雜文。

雜記 記述見聞、瑣事、感想等類文章的總稱。

筆記 一種以隨手記錄、分別成篇的文體,舉凡
見聞、傳說、軼事、感想、評論,無所不包。

筆談 筆記。多用於書名,如《夢溪筆談》。

記 述、描寫事物的文章。常用作篇名或書名,
如《登泰山記》、《搜神記》。

日記 個人每天對生活、工作、思想活動等方面
所作的記錄:生活日記／工作日記。

遊記 散文的一種。記述旅途見聞,描繪山川景
物、表達思想感受的文章,如《徐霞客遊記》。

M4－10 名: 傳記

傳記 記錄人物生平和主要事迹的文章。

傳 傳記:列傳／小傳／自傳。

傳略 簡述人物生平的傳記。

事略 記述人物主要事迹的傳記。多用於已故
的親屬戚友:先考事略。

小傳 人物生平事迹的簡略傳記。

回憶錄 一種文體。用文學形式記叙個人的生
活經歷或所熟悉的歷史事件:辛亥革命回憶
錄／甘地回憶錄。

口述歷史 指由歷史事件的當事人,口述親身見
聞及對該事件的評估。「口述歷史」可視為傳
記的變體,較近於回憶錄,所不同處在於口述
歷史是由史學研究機構推動,選定適當的歷
史人物,錄下當事人的訪談回憶,再由受過史
學專業訓練的人員加以整理,並對照當時事
件的紀錄,進行補充詢問,以更近於史實。

本紀 紀傳體史書中帝王的傳記,為司馬遷在
《史記》中所首創。按年月順序排比大事,列
在全書的前面,對全書起總綱作用,如《秦本
紀》。

世家 《史記》中世襲封國諸侯的傳記,按照諸侯
的世代編排,如《留侯世家》。後代的紀傳體
史書不用這一名稱。

列傳 紀傳體史書中一般將相或其他名人的傳
記。也有記載少數民族和其他國家歷史的,
如《明史》中的《四川土司一·馬湖列傳》、《外
國三·日本列傳》。

自傳 以第一或第三人稱來叙述自己生平事迹
的傳記。

別傳 古人把正式列入史書或家譜的傳記稱為
本傳,本傳以外的傳記,或補充本傳的記載,
統稱別傳,如《趙雲別傳》。

外傳 指記載人物的遺聞軼事而又不見於正史
的傳記,如《高力士外傳》。

評傳 帶有評論的人物傳記。

外史 指野史、雜史和某些以描述人物為主的舊
小說,如《儒林外史》。

野史 舊時私人編撰而未經官方認可的史書:稗
官野史。

稗史 指記載閭巷風俗、軼聞瑣事的野史。

秘史 舊指統治階級內部未曾公開的史事,也指
關於某一著名人物私人生活瑣事的記載,如
《清宮秘史》。

年譜 按年月記載人物生平事迹的著作,如《辛
稼軒年譜》。

家譜　記載一個家族的世系和本族重要人物事
　　迹的譜冊。□宗譜；族譜。

M4－11　名：　故事

故事　一種文學體裁。描述一組情節生動連貫，
　　人物關係完整，有感染力的眞實的或虛構的
　　生活事件。較適合於口頭講述：民間故事／給
　　孩子講《天方夜譚》的故事。

傳說　民間口頭長期流傳下來的、有特定時間、
　　地點、人物的傳奇性故事。有的根據事實，有
　　的純屬幻想，在一定程度上反映了群衆的願
　　望和要求。

神話　古人借助幻想創造的神祇或被神化的英
　　雄人物的故事。是人類早期的不自覺的藝術
　　創作，反映了人們對自然現象和社會生活的
　　原始理解和對理想的追求。神話與迷信不
　　同，它富有積極的浪漫主義精神。

童話　兒童文學的一種。用豐富的想像、擬人、
　　誇張等手法創作的符合兒童心理特徵的故
　　事。一般語言淺顯，情節神奇曲折，富有教育
　　意義。

寓言　一種文學體裁。把較深的道理寄託在假
　　想的故事裡，有勸戒或諷喻的意味。形式短
　　小，情節簡單，多採用擬人、隱喻、象徵等手
　　法，如《伊索寓言》。

笑話　內容風趣，情節虛構，能引人發笑、啓人智
　　慧的故事。

M4－12　名：　小說

小說　一種文學體裁。通過一定的故事情節、典
　　型環境的描述和人物形象的塑造來概括地反
　　映社會生活，揭示社會本質。按其篇幅的長
　　短和內容的廣狹，可分長篇小說、中篇小說、
　　短篇小說、小小說等。

說部　舊指小說和以逸聞、瑣事爲主要內容的著
　　述。

傳　述歷史故事或人物故事的文學作品。多用
　　作小說的名稱，如《水滸傳》、《英烈傳》。

傳奇　❶小說體裁之一。一般指唐代興起的用
　　文言寫的短篇小說，如《李娃傳》、《會眞記》
　　等。❷情節離奇古怪，人物行爲超越尋常的
　　故事：富有傳奇色彩。

稗官　稗官，古代專給帝王講述街談巷議、閭巷
　　風俗的小官。後用來借指小說。

稗官野史　泛指記載逸聞瑣事的作品。

閒書　指小說等類非必讀、供消遣的書。

長篇小說　篇幅長的小說。情節複雜，人物較
　　多，能有頭有尾地反映一定歷史時期的廣闊
　　的社會生活面貌。

中篇小說　篇幅長短、情節繁簡、人物多寡介於
　　長篇小說和短篇小說之間的小說。

短篇小說　篇幅短小，情節緊湊，人物集中的小
　　說。它一般選取富有典型意義的生活片斷，
　　刻畫人物性格的一側面，以相對完整的故事，
　　集中地反映社會生活。

小小說　一種篇幅在千字以內的小說。往往只
　　寫生活中的一個小鏡頭，不講情節的完整，但
　　求突出地反映現實。也叫微型小說。

章回小說　舊時長篇小說普遍採用的體裁。全
　　書分成若干故事連接、長短整齊的段落，每一
　　段落爲一回，每回標有題目，概括全回故事內
　　容。

演義　對一定歷史事迹，根據史書及傳說材料，
　　增添細節，加工編寫的章回體長篇小說。著
　　名的如《三國演義》、《封神演義》。

偵探小說　十九世紀末產生並盛行於歐美的一
　　種通俗小說。描寫刑事案件的發生和破案經
　　過，常以才智過人的偵探作爲中心人物，描繪
　　他們在與匪盜鬥智角逐中的機巧和勇威，情
　　節曲折離奇，撼人心魄。

推理小說　指偵探小說，因其在破案過程中常使
　　用嚴密細緻的邏輯推理方法而得名。

科學幻想小說 依據科學上的新成就、新發現以及可能達到的預見,用幻想方式和驚險動人的故事情節,描述未來世界情景和人類利用這些科學發現可能完成的新奇蹟。題材範圍很廣,有利於培養青少年對科學的興趣和愛好。

M4－13 名: 報告文學

報告文學 一種文學體裁。是文藝性的通訊報告,兼有新聞和文學的特點。運用文學的表現手法,通過生動的情節及時地報導具有典型意義的眞人眞事,形象地再現生活。

速寫 一種文體。一般篇幅短小,用簡煉有力的文筆,迅速集中地描述事件輪廓、人物概貌和生活場景。

特寫 報告文學的一種體裁。要求以文藝手法描寫生活中富有意義的眞人眞事,突出其典型特徵的片斷。要有高度的眞實性,但在細節上容許作具體的描寫和適當的藝術加工。

M4－14 名: 文藝批評

文藝批評 人們按照一定的美學觀點對作家的作品、創作活動、創作傾向進行分析和評價,是介於藝術和文藝學兩者之間的一種文藝創作。體裁包括書評、對某一問題的專論、評述當代文藝創作的專著等。

詩話 我國古代評論詩歌和詩人以及記錄詩人逸事、評介警句名篇的著作。文章短小精緻,生動活潑,旣具學術性,又富趣味性,如《全唐詩話》、《滄浪詩話》。

詞話 我國古代評論詞的內容、詞的作者以及有關詞的本事和考訂的著作。因從詩話所派生,其體式特徵與詩話相似,如《人間詞話》、《蕙風詞話》。

影評 評論電影電視的文章。

M4－15 名: 題材·主題

題材 文學藝術作品中表現主題的材料,是作者從大量素材中選擇出來並經過提煉、加工而成爲作品具體描述的生活內容。

材料 可供寫作參考的事實和文字資料:搜集寫作材料。

素材 文學藝術創作的原始材料,即未經提煉加工的社會生活現象。

主題 文學藝術作品通過藝術形象表現出來的中心思想,是作品思想內容的核心。也叫**主題思想**。

本題 談話或作品的主題或主要論點:這段文字緊扣本題,要言不煩。

中心思想 一般指文章、發言的主要思想內容。文學藝術作品的中心思想,通常稱爲主題或主題思想。

M4－16 名: 人物

人物 文學藝術作品所描寫的人。

原型 原來的模型。特指文藝創作中塑造人物形象所依據的現實生活中的眞人。

典型 文藝作品中作者從同類人物中概括出來的能反映現實生活本質規律而又具有獨特鮮明個性的藝術形象。也叫**典型人物**。

形象 文藝作品中根據現實生活的各種現象加以選擇、綜合所創造出來的生動具體的、富有藝術感染力的生活圖畫。主要指人物形象。

主人公 文學作品中的主角,是小說、戲劇集中刻畫的中心人物。也叫**主人翁**。

正面人物 文藝作品中代表進步方面的、被肯定的人物。

反面人物 文藝作品中代表落後或反動方面的、被否定的人物。

反派 文藝作品中的反面人物。

M4－17 名： 情節

情節 文藝作品中人物性格形成和事態發展的過程。其主要內容是以人物爲中心展開的具體事件和矛盾衝突。完整的情節由開端、發展、高潮、結局等部分組成。

故事 事性文藝作品中用來顯示人物性格和表現主題的情節。也稱**故事情節**。

本事 文學作品主題所根據的故事情節。也指電影、戲劇或小說的故事梗概。

高潮 叙事性文藝作品中情節的矛盾衝突解決發展到最尖銳階段，是決定主人翁的命運或解決基本事件關鍵性的瞬間。也稱**頂點**。

結局 叙事性文藝作品中人物性格和情節發展的最後階段。至此，矛盾衝突已經解決，人物事件有了最後的結果，主題思想有了充分的展示。

尾聲 叙事性文藝作品中的最後一部分。一般用來交代人物的歸宿、事件發展的遠景，借以跟序幕相呼應。

線索 比喻事物發展的脈絡。在叙事性文藝作品中指人物性格和情節發展的脈絡。

伏筆 文藝作品中描寫、叙述的一種手法。作者對後面章節中將要出現的人物或事件，在前面有關部分預先作出提示或暗示，埋伏線索，以求前後呼應。這種手法有助於收到全文結構謹嚴，情節發展合理的效果。也稱伏線。

穿插 文藝作品中爲了襯托主題而安排的一些次要情節。

細節 文藝作品中用來表現人物性格或社會環境的細微的環節或情節。適當的細節描寫有助於藝術形象的塑造和主題思想的表達。

背景 在文藝作品中，對人物活動起重要作用的社會環境、自然環境或歷史條件。

場面 叙事性文藝作品中，由人物與人物在一定時間、地點相互發生關係而構成的生活情景。

大團圓 文藝作品中主要人物歷經悲歡離合、艱難曲折終於團聚的結局。

M4－18 名： 意境

意境 文學藝術作品中描寫事物、抒發感情所達到的情景交融、富有感染力的情調和境界：反覆吟誦領會詩的意境／這幅畫意境清新，耐人尋味。

意像 意境：他的詩意像超越，音奏淒清。

意味 ❶含蓄的意義：這首詩意味深長。❷意境、情調、趣味：他的散文富有詩的意味／意味無窮。

意趣 意味和情趣：他的文章雖短而很有意趣。

筆意 詩文、書畫所表現的作者的意趣：筆意雋永。

詩意 指像詩所表達的那樣給人以美感的情調和境界：這篇頌詞很有詩意。

詩情畫意* 富有詩畫的情調和意境：威尼斯水都風光，處處充滿詩情畫意。

意在言外* 眞正的意思在言辭之外。多指詩文含意深遠，耐人尋味。

M4－19 名： 風格

風格 一個時代、一個流派或一個作家的文藝作品所表現出來的藝術特點：民族風格／不同風格的作品紛紛湧現出來。

格調 指某一作家或某一作品所獨具的風格情調：朱自清的散文格調清新。

風骨 指作家、作品的風格（含剛健正直意）：他的詩文，自成一家風骨。

筆致 文章書畫等用筆的風格：筆致細膩。

筆調 文章的格調：筆調幽默／文藝筆調。

窠臼 〈書〉指文章或其他藝術品所蹈襲的老格式、老套子：構思獨到，不落前人窠臼。

俗套 陳舊的格調和形式：不落俗套，有所創新。

M4-20 名：　韻律

韻律　詩歌中平仄、押韻的格式和規則。也泛指音樂的節奏規律：節奏鮮明，韻律和諧。

格律　寫作韻文所依照的格式和韻律，即詩、賦、詞、曲等關於字數、句型、平仄、對仗、聲韻等方面的具體規定：格律嚴整。

韻腳　韻文句末押韻的字：換韻腳。

平仄　平聲和仄聲。泛指由平仄構成的詩文韻律。

詩韻　❶做詩所押的韻。❷做詩押韻所依據的韻書，一般分為平、上、去、入四聲，再分韻部，如《平水韻》共分一百零六韻。

詞韻　❶填詞所用的韻。❷填詞所依據的韻書，以《詞林正韻》較為常用。

詞調　填詞的格律和聲調。

詞牌　填詞用的詞調的名稱，如「念奴嬌」、「滿江紅」。每個詞牌的字數、句數、平仄和韻腳都有規定的程式。

詞譜　輯錄各種詞調的格式，經過分類編排，供人作為填詞依據的書。

M4-21 動、名：　創作

創作　〔動〕指創造文學藝術作品，即作者對生活提煉加工，運用藝術手法，塑造藝術形象而進行的活動：專心創作／介紹創作經驗。

塑造　〔動〕用語言文字描寫人物形象：塑造典型人物。

構思　〔動〕作者在創作文藝作品時運用心思，如提煉題材、確定主題和布局謀篇等。

運思　〔動〕指寫作詩文時運用心思；構思。

立意　〔動〕確定文藝作品的主題：立意新穎。

命意　〔動〕確定主題；立意。

布局　〔動〕對作品的結構作全面的安排：布局謀篇。

即興　〔動〕就當前感受，觸發起興致而創作：即興詩／即興之作。

即景　〔動〕就眼前景物作詩或繪畫：即景詩／田園即景。

意匠　〔名〕詩文及其他藝術品的構思設計：別具意匠。

機杼　〔名〕〈書〉本指織布機。比喻詩文的構思和布局：自出機杼。

意識流　〔名〕文學上一種表現方法。它以內心獨白、自由聯想、象徵暗示等手法來刻畫人物；不按正常的生活邏輯，而以意識的流動、任意跳躍的方式來反應生活。

心裁　〔名〕內心的考慮和籌劃（多指關於文學藝術的）：作者獨具慧眼，別出心裁。

獨出心裁＊　指文藝作品的構思、安排等有作者獨到的地方。也泛指獨自想出來的辦法與眾不同。□**別出心裁**＊。

搜索枯腸＊　形容寫作時苦思冥想。枯腸：指才思窮竭。

M4-22 動、名：　叙述

叙述　❶〔動〕寫出或說出事情的前後經過：他在書中叙述了這個事件的本末。❷〔名〕文學創作的一種基本表達方式和表現方法，指對人物、事件和環境所作的概括介紹和陳述。有順叙、倒叙、插叙、追叙等。

叙事　〔動〕用文字叙述事情：叙事詩／叙事詳盡。

順叙　〔名〕一種叙述方法。即按照事件發生、發展的時間先後順序來叙述。順叙情節清楚，容易使讀者掌握事件發展的線索。

倒叙　〔名〕一種述方法。即先寫事件的結局或某些突出的情節，然後再回過頭來述事件的開端和經過。它可以引起讀者懸念，增強作品的吸引力。

插叙　〔名〕一種叙述方法。在叙述事件的過程中暫時中斷一下叙述線索，插入其他有關事

情的敘述。必要儯插敘有助於情節的嚴密和
內容的豐富。

追敘　❶〔動〕敘述過去的事情:追敘他得獎獲勝
的經過。❷〔名〕一種敘述方法。先寫出結
果,再倒回頭去敘述經過。

補敘　〔動〕補充敘述:把先前未及交代的事補敘
出來。

鋪敘　〔動〕詳細地敘述:作者用大量篇幅,鋪敘
主人翁坎坷的生活道路。

鋪陳　〔動〕鋪敘:將事情經過,逐層鋪陳。

敷衍　敷演　〔動〕〈書〉敘述並加以發揮:收集零
量材料,敷衍成篇。

M4－23 動、名:　描寫

描寫　❶〔動〕用語言文字把事物的形象表現出
來:描寫打工的點點滴滴。❷〔名〕文學創作
的一種基本表現方法,指以形象生動的語言
對事物所作的具體的描繪和刻畫。有人物描
寫、景物描寫、心理描寫、動作描寫、場面描寫
等:這部作品中的景物描寫,細緻入微。

描繪　〔動〕用語言文字繪畫似地把事物具體生
動地表現出來:描繪自助旅行生活的情景。
□**描畫**。

描摹　〔動〕按照人或事物的原樣描寫:作家要具
備描摹人物的本領。

摹狀　〔動〕描摹。

摹寫　模寫　〔動〕泛指描寫:摹寫人物情狀。

描述　〔動〕描寫敘述:當時的感受,難以描述。

形容　〔動〕對事物的形象、性狀、特點加以描述:
心情激動無法形容。

寫真　〔名〕對事物的如實描寫:這篇報導可說是
當前農村生活的生動寫真。

寫照　〔名〕如實描寫刻畫出來的情景:老舍的
《駱駝祥子》是早期人力車工人苦難生活的眞
實寫照。

寫實　〔動〕眞實地描繪事物,不加渲染鋪張:寫

實文學/非寫實的諷刺,不過是造謠和誣護而
已。

白描　〔名〕文學上指一種描寫手法。即抓住描
寫對象的主要特徵,用簡練的文字勾勒出來,
不加渲染和烘托。

素描　〔名〕文學上指用樸素簡潔的語言,不加渲
染的樸素描寫:山村生活素描。

抒寫　〔動〕表達和描寫:戰士們用詩歌抒寫自己
的豪情壯志。

刻畫　〔動〕用語言文字或其他藝術手段描繪、表
現人物的形象、性格:劇中著力刻畫的是一家
客棧中的衆生相。

勾畫　〔動〕用簡短的文字描寫:這篇特寫勾畫出
特區嶄新的面貌。

勾勒　〔動〕用簡單的筆墨描寫出事物的大致情
況:小說開頭就勾勒出主要人物的形象。

M4－24 動:　寫作詩詞

賦　作(詩、詞):即景賦詩。

塡詞　即作詞。按詞的格律,選字用韻,使合音
節。

和　依照別人詩詞的題材或體裁寫作詩詞:奉和
詩一首。

唱和　一個人做了詩或詞,別人相應作答(多按
照原韻):互相唱和。

酬唱　用詩詞互相答贈。

酬和　用詩詞相答:詩集中大多是與友人酬和之
作。

步韻　依照別人做詩所用的韻及其用韻的先後
次序和詩。也稱**次韻**。

押韻　壓韻　詩、詞、賦、歌曲等,有些句末用韻
母相同或相近的字,使聲音和諧悅耳。

合轍　(戲曲、小調)押韻:這段快板書聽起來有
些地方不合轍。

吟風弄月*　原指某些詩人常用風花雪月爲題材
寫詩。後多指詩歌作品內容空虛,脫離現實。

M4－25 名： 作家
（參見 G7－47 作者）

作家 從事文學創作有成就的人：作家協會／雜文作家。

文人 會做詩文的讀書人：文人相輕／文人墨客。

文化人 抗日戰爭前後指從事文學、藝術、新聞出版工作的人。也泛指知識分子。

斯文 〈書〉舊指文人或文化：斯文掃地。

文學家 專門從事文學創作有成就的人。

藝術家 專門從事藝術創作或藝術表演有成就的人。

文豪 傑出的、偉大的文學家：當代文豪。

文宗 〈書〉指學問文章廣為眾人景仰、師法的人：一代文宗。

詩人 從事詩歌創作有成就的人。

騷人 〈書〉詩人：騷人墨客。

騷客 〈書〉詩人。

桂冠詩人 源於古希臘、羅馬時代，有以月桂樹葉編成的冠冕授予競賽優勝者的傳統。歐洲中世紀大學裡則有校方以桂冠授予獲得修辭學及詩學學位的學生，因此以後有「學士桂冠」和「博士桂冠」的產生。此後「桂冠詩人」逐漸成為一種榮銜，用來頒贈給才華卓越的詩人。

M4－26 名： 作品
（參見 G7－55 文章・著作）

作品 文學、藝術創作的成品：他的作品，先後問世。

作 作品：原作／成功之作。

創作 文學、藝術作品：劃時代的創作。

擬作 模擬別人作品的風格或別人口吻而寫的作品。

處女作 作者的第一部作品：《雷雨》是曹禺的處女作。

大作 尊稱別人的作品：拜讀大作。

名篇 著名的文章：選讀名篇。

佳作 好的作品：佳作如林。

傑作 特別出色的作品：《家》是巴金的傑作。

華章 〈書〉詞句優美的詩文，多用於稱頌：落花時節讀華章。

雄文 氣勢宏偉、意義深遠的好文章。

名句 含意深刻的著名語句。

絕唱 造詣極高，無與倫比的作品：千古絕唱。

大手筆 ❶傑出的文藝作品：副刊上這篇文章是誰的大手筆？❷著名的作家：這些作品都出自大手筆。

急就章 應急需而匆忙寫成的作品。

拙筆 謙稱自己的作品：拙筆一紙，敬請斧正。

M4－27 名： 文壇

文壇 文學界：文壇巨匠。

文苑 文壇；文藝界：蜚聲文苑。

文林 〈書〉眾多文人聚集的地方。泛指文壇、文藝界：躋身文林。

藝苑 文學藝術薈萃的地方。泛指文藝界：藝苑奇葩。

藝林 舊指藝術界或文藝圖書收藏的地方：藝林盛事。

沙龍 音譯詞。原義為客廳。十七世紀末葉起法國貴族、資產階級文人常接受貴族婦女的招待，聚會在客廳中談論文藝、政治。後來就稱文人雅士清談文藝、政治的社交集會場所為沙龍。

M5　戲劇・電影

M5－1 名： 戲劇（一般）

戲劇 由演員扮演角色當眾表演故事的藝術形式。運用文學、音樂、舞蹈、美術等多種藝術手段來塑造人物形象,反映社會生活。按表現形式可分戲曲、話劇、歌劇、舞劇等,按作品類型可分悲劇、喜劇、正劇等,按題材可分歷史劇、現代劇、童話劇等,按容量可分多幕劇和獨幕劇。

戲 戲劇。也指雜技:京戲／馬戲／演戲。

劇 戲劇:喜劇／獨幕劇／現代京劇。

戲曲 我國傳統的戲劇形式。是以唱、念、做、打、舞多種表演手段來創造舞臺形象的藝術,如昆曲、京劇和各種地方戲。

劇種 戲劇藝術的種類。根據不同的藝術特點可分為戲曲、話劇、歌劇、舞劇等。根據表現手段的不同,可分為木偶戲、皮影戲等。根據起源地點、流行地區、語言及音樂曲調的不同,可分為京劇、昆劇、越劇、滬劇、豫劇、黃梅戲等。

話劇 一種以對話和動作為基本表現手段的戲劇。

啞劇 一種不用對話或歌唱而以動作和表情來表達劇情的戲劇。

詩劇 一種用詩做對話的戲劇。歐洲十九世紀以前的劇本,多是用詩體對話的形式寫成的。

正劇 戲劇的一種類型。一般以表現嚴肅的矛盾衝突為內容,兼有悲劇和喜劇兩種因素,便於多方面反映複雜的社會生活。

喜劇 戲劇的一種主要類型。一般用誇張、幽默的手法,諷刺和嘲笑醜惡、落後的現象,肯定美好進步的事物。結局必然是醜惡事物的失敗,正義力量的勝利。

悲劇 戲劇的一種主要類型。一般以表現主人翁的命運、理想、事業與現實之間的矛盾衝突及其苦難、失敗與毀滅為基本特點。

悲喜劇 戲劇的一種類型。兼有悲劇和喜劇的成分,通常在主人翁歷經坎坷磨難之後,終於出現喜劇性的圓滿結局。

鬧劇 喜劇的一種。運用比喜劇更誇張的手法,在滑稽的情節和熱鬧的場面中,來揭示劇中人行為的矛盾。也叫**笑劇;趣劇**。

歌劇 一種以歌唱為主,綜合音樂、舞蹈、表演等藝術為一體的戲劇形式。有正歌劇、喜歌劇、大歌劇、輕歌劇等類型。

舞劇 一種以舞蹈為主,兼用音樂、啞劇等藝術手法來表現內容和情節的戲劇。

歌舞劇 一種綜合歌唱、音樂和舞蹈等藝術的戲劇。

秧歌劇 由秧歌發展而成的歌舞劇。有簡單的情節,用鑼鼓伴奏。

獨幕劇 全劇事件在一幕內完成的戲劇。可根據劇情分為若干場和景。情節結構集中緊湊,矛盾衝突迅速展開。

多幕劇 全劇事件分成若干幕完成的戲劇。情節複雜,人物較多。按分幕數目可分三幕劇、四幕劇、五幕劇等,有的還加上序幕和尾聲。

現代劇 以現代社會生活為題材的戲劇。也叫**現代戲**。

歷史劇 以歷史事件和古代人物為題材的戲劇。

活報劇 一種以速寫手法快速反應時事的戲劇形式。情節簡短,生動活潑,多在街頭演出。

街頭劇 一種適合在街頭、廣場演出的戲劇形式。多以現實的事件為題材,鼓舞觀眾與演出者在認識和感情上的一致。也叫**廣場劇**。

廣播劇 一種適合廣播電台向聽眾播送的戲劇。著重用對白、音樂、音響效果等藝術手段創造聽覺形象,展開劇情,刻畫人物,以獲得戲劇效果。

M5 - 2 名: 戲曲

文戲 以唱工或做工為主的戲曲。

武戲 以表演武工為主的戲曲。也叫**武劇**。

鬧戲 舊時稱以丑角表演為主的戲曲。

傳奇 明清兩代盛行的長篇戲曲。每本一般由二十至五十餘齣組成。以唱南曲爲主，曲詞中夾有念白。著名的有明湯顯祖的《牡丹亭》、淸孔尙任的《桃花扇》等。

本戲 故事完整、成本演出的戲曲。

連臺本戲 分多次連續演出的本戲。每次只演一兩本，自成起訖。內容多爲神怪、武俠之類。

折子戲 指戲曲演出時，內容情節可以獨立而又較爲精彩突出的一個段落。如演整本《牡丹亭》是本戲，單演其中的《春香鬧學》或《遊園驚夢》是折子戲。

小戲 ❶專演小型戲曲的劇種，如花燈戲、花鼓戲等。有時也指大戲劇種中演出角色較少，情節較簡單的戲，如京劇《小放牛》。❷指折子戲。

大戲 大型的戲曲。戲的情節複雜，角色行當齊全。

看家戲 指某個演員或劇團屢演不衰的最拿手的戲。

大軸子 一次戲曲演出中節目排在最後的一齣戲。一般都是重頭、精彩的節目。

壓軸子 一次戲曲演出中節目排在倒數第二位的一齣戲。因最末一個劇目稱大軸子而得名。

清唱 不化裝的戲曲演唱形式。一般只唱某出戲中的片段。

地方戲 流行於某一地區，用方言演唱，具有地方色彩的劇種，如川劇、湘劇、越劇、滬劇等。

社戲 舊時農村中迎神賽會時所演的戲。意在酬神祈福，一般在廟臺或露天搭臺演出。

對臺戲 舊時兩個戲班爲了爭奪觀衆，壓倒對方，同時演出的一樣戲碼。

獨角戲　獨腳戲 只有一個角色的戲。

M5－3 名： 劇場・電影院

劇場 戲劇或其他表演藝術演出的場所。也叫**劇院；戲院**。

環境劇場 是一九六〇年代戲劇運動的一個流派，其目的在於藉著消除觀衆與演員之間的空間界限，以加強觀衆對於戲劇的理解，在演出時，舞臺周圍常有伸入到觀衆席內的多層平臺、陽臺、斜坡及各種支架，甚至會邀請觀衆或等待觀衆一齊參與演出。

戲園子 舊指戲曲演出的場所。也叫**戲館子**。

梨園 唐玄宗時宮庭歌舞藝人集中習藝的處所。後爲戲班、戲曲界的別稱：梨園弟子。

影劇院 放映電影兼供演戲的場所。

電影院 專供放映電影的場所。

影院 電影院。多用作電影院的名稱。

正座 劇場中正對舞臺的座位。

池座 劇場正廳中的座位。

池子 舊指劇場正廳的前部。

安全門 在電影院等公共場所內爲保證安全而設置的旁門。便於人們緊急疏散用。

M5－4 名： 舞臺

舞臺 供戲劇、歌舞演出用的高出地面的臺。

戲臺 〈口〉舞臺。

樂池 舞臺前面專供樂隊伴奏的地方，有矮牆跟觀衆席隔開。

前臺 舞臺面對觀衆的部分，是演員表演的地方。

後臺 舞臺後面的部分，是演員化裝和準備上演的地方。

幕 舞臺正面掛著的演戲或放映電影用的大塊布、綢、絲絨等：開幕／銀幕。

幕布 幕。

帷幕 舞臺上或其他地方供遮擋用的大塊幕布：拉開帷幕／降下帷幕。

銀幕 放映電影或幻燈時用來顯示影像的白色幕布：銀幕生涯。

守舊 舊時戲曲演出時掛在舞臺上的底幕，上繡各種與劇情無關的裝飾性圖案。左右各有門

簾,供演員上下場。新式舞臺出現後,演出傳
統劇仍有使用底幕的,戲劇界稱之為守舊。

M5－5 名： 布景‧道具等

布景 舞臺或攝影場上按照劇本內容所布置的
　　景物。
景 戲劇、電影的布景和攝影棚外的景物:背景／
　　外景。
景片 舞臺布景的構件,上面畫有表示室內、室
　　外、田野、山川各種景物的圖案和形象。
切末 砌末 戲曲舞臺上所用的簡單布景和特
　　製的大小道具。
背景 ❶舞臺上或電影裡放在後面的布景。❷
　　造型藝術中襯托主體的背後景物。
內景 指戲劇舞臺上的室內布景和電影攝影棚
　　內的景物。
外景 指戲劇舞臺上的室外布景和電影攝影棚
　　外的景物。
場景 指戲劇、電影表演中的場面。由布景、音
　　樂和登場人物組合而成的景況。
道具 指戲劇演出或電影攝製時供表演用的器
　　物。一般分大道具(桌、椅、車輛等)和小道具
　　(茶杯、花瓶等)。
效果 戲劇、電影表演時人工製造的各種聲音
　　(如風雨聲、槍炮聲等)和某些自然景像(如火
　　光、閃電、日出等)。是烘托環境氣氛、增加眞
　　實感的手段。
燈光 舞臺燈光的簡稱。舞臺美術造型手段之
　　一。運用舞臺上或攝影棚內的照明設備顯示
　　環境,渲染氣氛,突出主角,並提供必要的燈
　　光效果(如日出、流水、下雪、閃電等)。

M5－6 名： 戲裝

水袖 傳統戲曲服裝的袖端拖下來的白綢,約一
　　尺見長。因甩動時形似水波,故名。
行頭 ❶戲曲演員演出時所穿的服裝。按不同

劇目、角色行當、人物特點,有各種固定的式
　　樣。❷泛稱一切戲曲演出用具。
戲裝 戲曲演員演出時所穿戴的衣服、靴帽等。
戲衣 戲曲演員演出時所穿的衣服。
龍套 戲曲中扮演隨從、兵卒的演員所穿的繡有
　　龍紋的戲裝。
靠 戲曲中扮演古代武將的演員所穿的鎧甲。

M5－7 動、名： 化妝

化妝 〔動〕演員為適合所扮角色的外部形象而
　　用化妝材料修飾容貌並改換服裝。□**扮妝**;
　　妝扮;**上妝**。
勾臉 〔動〕演員勾畫臉譜。
臉譜 〔名〕戲曲演員面部化裝的一種程式。用
　　特定的油彩在面部勾畫出某種圖案,以顯示
　　扮演人物的身分和性格特徵。
髯口 〔名〕戲曲演員按扮演角色時的年齡和性
　　格所戴的假鬍子,有黑、白、灰、紅、紫等各種
　　顏色。
翎子 〔名〕戲曲中武將盔帽上所插的雉尾,長約
　　五、六尺,用來加強舞蹈性和裝飾美。
扮相 〔名〕演員化裝成劇中人物後的形象:這位
　　小生扮相十分英俊。

M5－8 動： 排演

排演 戲劇、電影等在演出或開拍前,演員在導
　　演指導下的練習。一般分初排、連排、總排和
　　彩排等階段:排演新編歷史劇。
排練 排演練習:排練歌舞／排練文藝節目。
排戲 排演戲劇:演員們正在緊張地排戲。
排 排演:五天排了一齣戲／一齣新排的話劇。
彩排 戲劇、舞蹈和其他文娛節目等在演出前按
　　演出要求進行化裝排演。
預演 在正式演出前試演。

M5－9 動： 扮演‧表演

扮演 演員化裝成某一角色出場表演:扮演反面

人物／她扮演過《西廂記》中的紅娘。

扮　扮演(角色):他在《白蛇傳》裡扮法海。

飾　扮演(角色):她在《白蛇傳》裡飾白娘子。

演　表演:演出／演京劇／演雙簧。

去　扮演(戲曲裡的角色):她在《包公傳》裡去展昭。

串演　扮演:他是有名的票友,常在舞臺上串演角色。

串　擔任戲曲中角色:串戲。

反串　戲曲演員臨時扮演自己行當以外的角色:由一位著名的花旦反串小生。

表演　戲劇、音樂、舞蹈、曲藝等演出;演員把情節或技藝表現出來:化裝表演／他一面朗誦,一面手舞足蹈地表演。

主演　扮演戲劇、電影中的主角:她主演過兩部電視連續劇。

合演　共同表演:母女倆登臺合演。

配戲　配合主角演戲。

幫腔　某些戲曲劇種中的一種演唱形式。一人在前臺主唱,多人在後臺幫唱,藉以突出角色情緒,渲染舞臺氣氛。

客串　非專業演員偶爾參加專業劇團演出。

玩兒票　舊指業餘參加戲曲表演。

M5－10 動:　演戲

演戲　表演戲劇:廟前廣場今天演戲。

唱戲　〈口〉演唱戲曲:她從小就喜歡唱戲。

演唱　表演(歌曲戲曲):她演唱的民歌,很受聽眾歡迎。

清唱　不化裝地演唱戲曲。一般只唱戲曲中的片段,伴奏的規模也較小:一位崑曲演員清唱了《牡丹亭》中的一折。

獻技　表演技藝給人看:向上海觀眾獻技。

下海　舊指業餘戲曲演員成為職業演員。

M5－11 動:　演出

演出　把戲劇、舞蹈、曲藝等節目表演給觀

衆欣賞:劇場裡正在演出。

開演　(戲劇等)開始演出:戲還沒開演,觀衆已滿座了。

獻演　(戲劇、技藝等)向觀衆表演:隆重獻演。

開鑼　戲曲開演。

上演　(戲劇、舞蹈、電影等)開始對外演出:上演保留劇目。

會演　**匯演**　若干文藝團體為互相觀摩交流,或匯報評比而集中一處所作的演出:全國曲藝會演。

調演　把各地演出團體的某一類節目集中在一處作交流演出:現代題材戲曲調演。

公演　公開演出:幾個劇團聯合公演話劇。

義演　為社會救濟或公益事業籌款而舉行演出:為殘疾人募捐而義演。

打炮　舊時名角在一戲院初次登臺,演出其拿手好戲:打炮三天／打炮戲。

走穴　原意為戲班子從一地走到另一地的演出。現指演職人員在劇團演出計畫外自由組臺輕裝到外地演出。

M5－12 動:　上場·下場

上場　演員出場:她站在門邊,等候上場。

出場　演員登臺(表演):她一出場就吸引了觀衆。

出臺　出場。

上臺　走上舞臺或講臺:上臺演出／文官武將,輪流上臺。

登臺　上臺:登臺獻藝。

登場　(劇中人)走上舞臺:登場亮相。

粉墨登場＊　塗上粉墨,化妝上臺演戲。今多比喻經過喬裝扮扮,爬上政治舞臺(貶義)。

下臺　走下舞臺。

下場　演員退場。

M5－13 動:　開幕·閉幕

開幕　拉開舞臺前面的幕布,表示一場戲或一個

節目的演出開始:國慶晚會正式開幕。

報幕　文藝演出時,在每個節目開演之前由專人向觀眾報告節目名稱、作者和演員姓名,有時也簡單介紹節目內容:由一位名演員報幕。

開場　戲劇或其他文藝節目演出開始:在鑼鼓聲中開場。

謝幕　戲劇或其他文藝節目演出結束後在一片掌聲中,演員站到臺前向觀眾答謝致意:謝幕三次。

閉幕　拉攏舞臺前面的幕布,表示一場戲或一個節目演出結束:戲曲表演閉幕了。

終場　戲劇、歌舞等演出結束。

M5－14　名：　幕・齣・場次

幕　戲劇按照情節的發展變化和時間、地點的轉換而劃分的段落。每幕還可以分若干場:獨幕劇／第一幕第二場。

齣　傳奇劇本中的一個大段落。同雜劇的「折」相近。戲曲的一個獨立劇目也叫一齣:一齣京劇。

場　戲劇中相對完整的較小段落。一幕有時分為若干場,也有全劇分為若干場的。

景　戲劇的一幕中因布景不同而劃分的段落:第二幕第一景。

折　元代雜劇的一個段落。北曲每個劇本分四折,一折相當於後來的一齣。

引子　戲曲中角色初上場時所唱的一段曲子或所念的一段韻文。

開場白　戲曲或文藝演出開場時引入正題的道白。

定場白　戲曲中主要角色第一次出場時所念的一段自我介紹的獨白。

定場詩　戲曲中主要角色第一次出場時,開頭所念的自我介紹的詩,通常是七言四句。

序幕　戲劇第一幕之前的一場戲,用來介紹人物的來歷和劇情發生的遠因,或暗示全劇的主題。

結幕　多幕劇中結尾的一幕。

楔子　元雜劇裡加在第一折前頭或插在兩折之間的片段。

尾聲　❶南曲、北曲的套曲中最後一支曲子的泛稱。也指戲曲樂隊在每齣戲結束時所吹奏的樂曲。❷大型戲劇作品中最末一幕之後的一場戲。多用以交代人物的歸宿,事件發展的遠景等。尾聲經常與序幕相呼應。

場次　戲劇、電影、歌舞等演出的場數。

M5－15　名：　臺詞・說白

臺詞　戲劇、電影中人物所說的話。包括對白、獨白、旁白。

戲詞　戲曲中的唱詞和說白的總稱。

戲文　戲詞。

潛臺詞　指臺詞中所隱含的實質意義和言外之意。

白　特指戲曲、歌劇中只說不唱的語句。

說白　戲曲、歌劇中唱詞以外的臺詞。

道白　戲曲中的說白。也叫念白;口白。

賓白　戲曲中的說白。傳統戲曲以唱為主,白為賓,故稱說白為賓白。

獨白　戲劇、電影中角色獨自一人所說的話,多用來表達某種願望和抒發內心情感。

對白　戲劇、電影中角色間的相互對話。

旁白　❶指劇情進展中,角色在一旁直接向觀眾品評對手的言行,或表達本人用心的活動,而假設同臺的其他演員不知情的表演方式。❷電影或電視節目中只聽到聲音,而看不見發聲者的播音方式。

背躬　戲曲中的旁白。說旁白叫做「打背躬」。

京白　京劇中用北京方言念的道白。為加強音樂性和節奏感,念成一種吟誦調,而不同於日常說話的語氣。

韻白　❶戲曲中以中州韻為標準所念的道白。

❷戲曲中句子整齊押了韻腳的道白。

科白　戲曲中角色的動作和道白。

M5－16 動：　打諢

打諢　戲曲演員在演出中說些詼諧有趣的話引人發笑，叫做打諢。

插科打諢*　指戲曲演員在演出中穿插一些滑稽的動作和詼諧的語言來引人發笑。

M5－17 名：　程式動作

亮相　戲曲表演中的一種程式動作。劇中主要人物上下場時，或表演舞蹈時，在一個短暫的停頓中作出靜止的藝術造型，用來顯示人物的精神狀態。也作動詞用：他出場亮相，動作很美。

起霸　戲曲中的武將上陣前所做的整盔、束甲等一套程式動作，用以烘托舞臺的戰鬥氣氛。

走邊　武戲中的角色表演夜間潛行、靠路邊疾走的一套程式動作。

趟馬　戲曲中表演騎著馬走或跑的一套程式動作。演員右手執鞭揮舞，借助舞蹈化的手勢、身段、步伐，配合鑼鼓節奏，表現騎在馬上的種種姿態。

吊毛　戲曲表演的一種撲跌動作。身體向前撲，頭朝下，凌空一翻，以背著地。

搶背　戲曲表演的一種撲跌動作。身體向前斜撲，以左肩背著地，就勢翻滾。

雲手　戲曲表演的一套程式動作。以雙手、兩臂相互協調的動作姿態，表現人物的精神氣度。

短打　戲曲術語。戲曲中表演作戰時，演員穿短衣、薄底靴開打：短打戲／短打武生。

臥魚　戲曲表演的一種程式動作。有正、反臥魚兩種。正臥魚的動作為：踏右步，雙手抖袖，右腿往前伸出再往後繞，撇在左腿後，站穩，緩緩下蹲往右臥，背著地，壓在右腳上，左手放在背後，右手放在胸前。京劇《貴妃醉酒》

嗅花時即運用此動作。反臥魚動作則相反。

甩袖　戲曲表演的一種程式動作。為了表現劇中人的身分、性格和情緒，演員甩動綴在衣袖端上尺餘長的白綢。

跑圓場　戲曲演員圍著舞臺中心快步繞行，表示長途行走，轉換地點。

M5－18 名：　演技

演技　表演的技巧。指演員在表演中創造藝術形象的技能：演技高超／他的演技真到了家。

唱工　唱功　戲曲的歌唱藝術：唱功戲／昆曲的唱工。

做工　做功　戲曲中演員的動作和表情：做功戲／滿身做工，滿臉的戲。

工架　功架　戲曲演員表演時的身段和姿勢。

武工　武功　武術功夫。多指戲曲中演員的武術表演。

武打　戲曲中演員表演的武術搏鬥。

身段　戲曲演員在舞臺上表演的各種舞蹈化形體動作。

臺步　戲曲演員在舞臺上表演時走路所用的步法。按照劇中人性別、年齡、身分以及規定的情景，使用不同的臺步。

臺風　戲劇演員在舞臺上表現出來的風度。

M5－19 名：　唱腔

唱腔　戲曲音樂的聲樂部分，指人歌唱的腔調。每個劇種都有一定的唱腔：她的唱腔優美安詳，餘音繞樑。

腔調　戲曲音樂中成系統的曲調，如京劇的西皮、二黃，川劇的高腔、昆腔等：他唱老生戲，腔調韻味極像譚叫天的。

板式　戲曲唱腔的節拍形式，如京劇中的慢板、快板、二六、流水等。

聲腔　戲曲中的許多劇種所共有的、成系統的腔調，如昆腔、高腔、梆子腔、皮黃等。

花腔　有意把歌曲或戲曲的基本腔調複雜化和曲折化的唱法。

昆腔　戲曲聲腔,元代產生於昆山。明代魏良輔等人加以改良,建立了委婉細膩、流利悠遠的昆腔歌唱體系,對許多地方戲曲劇種產生了深遠的影響。也叫**昆曲;昆山腔**。

梆子腔　戲曲聲腔,因用硬木梆子擊節而得名。流行於陝西、山西、河南、河北、山東各省,大多高亢激越。也叫**梆子**。

二黃　二簧　京劇、漢劇等所用的主要腔調,有導板(倒板)、慢板、原板、垛板、散板、搖板等曲調。一般用於表現豪放雄壯、沈著穩重的感情。

西皮　京劇、漢劇等所用的一種主要腔調。有導板(倒板)、慢板、原板、二六、快板、流水等曲調。聲腔高亢剛勁、活潑明快,一般用於表達歡樂、奔放、激昂的感情。

皮黃　皮簧　戲曲聲腔。在京劇、漢劇、徽劇裡,西皮和二黃並用合稱皮黃。

弋陽腔　戲曲聲腔。起源於江西弋陽,流行地區很廣。臺上由一人獨唱,後臺眾人幫腔,只用打擊樂器伴奏。也叫**弋腔**。

高腔　戲曲聲腔。由弋陽腔與各地民間曲調結合而成。聲調高亢、有後臺幫腔,只用打擊樂器,跟弋陽腔相同。有婺劇高腔、湘劇高腔、川劇高腔等。

徽調　徽劇所用的腔調。主要腔調有吹腔、高撥子、二黃、西皮等。清代傳到北京,與漢調等合流,演變形成京劇的腔調。

吹腔　徽劇主要腔調之一,用笛子伴奏。京劇、婺劇等劇種中都保存有吹腔。

亂彈　❶指梆子腔系統的聲腔。❷對昆腔、高腔以外的戲曲腔調的統稱。

高撥子　徽劇主要腔調之一。由秦腔流傳至安徽桐城一帶結合當地民間曲調演變而成。音調激越高亢。簡稱**撥子**。

M5－20　名：　轍口

轍　戲曲、雜曲、歌詞所押的韻:合轍。

轍口　轍:換個轍口。

十三轍　京劇、北方地方戲和北方曲藝唱詞所用韻腳的十三大類,包括:中東、江洋、衣欺、姑蘇、懷來、灰堆、人臣、言前、梭波、發花、乜斜、遙條、由求。

M5－21　名：　角色

角色　❶戲劇、電影中演員所扮演的劇中人物。❷戲曲演員所扮演的劇中人物的類型,如生、旦、淨、丑等。

角　❶劇中人物;角色:主角／配角。❷行當;角色:旦角／丑角。❸演員:名角。

行當　戲曲演員專業分工的類別。主要根據角色的類型來劃分,如京劇的生、旦、淨、丑等。

主角　戲劇、電影中的主要角色或扮演主要角色的演員。

配角　戲劇、電影中的次要角色或扮演次要角色的演員。

龍套　戲曲中扮演士兵、夫役等侍從人員的演員。扮演龍套叫做「跑龍套」。

武行　戲曲中專門表演武打的配角。多出現在開打的場面,所扮角色在劇本中大都沒有名字。

生　戲曲中扮演男性的角色。常是劇中主要人物。按照劇中人物年齡、性格、身分的不同,可細分為老生、小生、武生等。

生角　生。通常專指老生。

老生　生角的一種。扮演中年或老年男子。一般是性格正直剛毅的正面人物。按照年齡的不同,分別掛黑鬚、灰黑鬚或白鬚。也叫**鬚生**。

武生　生角的一種。大多扮演勇武的青壯年男子。大都是正面人物。偏重開打。

小生 生角的一種。扮演青年男子,不戴鬍鬚。京劇中小生用尖音假嗓演唱。

娃娃生 生角的一種。扮演少年兒童。表演上要不失天真和稚氣,用本嗓念唱。

紅生 生角的一種。扮演勾紅臉人物。

旦 戲曲中扮演婦女的角色。根據所扮演的劇中人年齡、性格、身分等的不同可分為正旦、花旦、老旦、武旦、小旦、彩旦等。

旦角兒 旦。有時特指青衣、花旦。

正旦 旦角的一種。扮演性格剛烈、舉止端莊的中年或青年女性。

青衣 即正旦。因所扮人物常穿青色褶子而得名。

花旦 旦角的一種。扮演性格活潑或放蕩潑辣的青年或中年女性,常帶喜劇色彩。

老旦 旦角的一種。扮演老年婦女。偏重唱工,唱腔同老生相近。

武旦 旦角的一種。扮演勇武的女性。表演上重撲跌翻打,以表現身手矯健、驍勇善戰。

刀馬旦 旦角的一種。扮演使用大刀長槍、騎馬作戰的青壯年婦女。

小旦 旦角的一種。扮演年輕女子,表演上要求顯示天真童稚。有的戲班裡把閨門旦、花旦等角,統稱為小旦。

四大名旦 指的是傳統京劇界旦行中四大流派的創始演員,分別為梅蘭芳(梅派)、程硯秋(程派)、尚小雲(尚派)、荀慧生(荀派)。他們四人雖專攻旦角,卻是不折不扣的男性,此乃與清朝自乾隆朝開始,不准女性登臺唱戲的陳規有關。

外 戲曲角色。扮演老年男子。表演上基本與老生相同。

末 戲曲角色。扮演中年男子。表演上基本與老生相同。

丑 戲曲角色。扮演滑稽的人物。在鼻梁上抹一小塊白粉為外表特徵。有文丑、武醜的區別。也叫**丑角**。

小丑 戲曲中的丑角或雜技中作滑稽表演的人。

小花臉 醜的俗稱。由於化裝時在鼻梁上抹一小塊白粉而得名。

三花臉 醜的俗稱。由於同大花臉、二花臉並列而得名。

武丑 丑角的一種。扮演有武藝而又機警、滑稽的男性人物。偏重翻跳武工。俗稱**開口跳**。

文丑 丑角的一種。扮演性格滑稽的人物。以念白、做工為主。

彩旦 丑角的一種。扮演滑稽或奸刁的婦女。也叫**丑旦**;年齡較老的叫**丑婆子**。

淨 戲曲角色。扮演性格剛烈、粗暴或相貌上與衆不同的男性人物。面部用臉譜化粧,演唱用寬音或假音。也叫**淨角**

花臉 淨的俗稱。因必須勾臉譜而得名,京劇中有銅錘、黑頭、架子花臉等區別。也叫**花面**。

大花臉 淨的一種。一般指扮演的人物地位較高、舉止穩重、表演上著重唱工的淨角。

大面 〈方〉大花臉。

武二花 花臉的一種。表演時偏重武工,講究工架。

銅錘 花臉的一種。偏重唱工。因京劇《二進宮》中的徐延昭手執御賜銅錘而得名。

黑頭 花臉的一種。因勾黑臉而得名。偏重唱工。

檢場 指的是傳統戲曲舞臺上的服務人員,其工作內容是在演出進行中出入舞臺搬置道具或是撒放火彩等。檢場上臺時並不穿著戲服,而是一律穿上深藍色的長袍、黑色鞋襪。

M5－22 名: 地方劇種

越劇 浙江戲曲劇種。由嵊縣一帶的山歌小調發展而成。曲調清悠曲折,表演細膩真切。主要流行於浙江、上海一帶。

紹劇 浙江戲曲劇種。表演粗獷,善於表達悲壯

感情。流行於紹興一帶。也叫**紹興大班**；**紹興亂彈**。

甬劇 浙江戲曲劇種。由寧波農村山歌發展而成。流行於寧波和上海。也叫**寧波灘簧**。

婺劇 浙江戲曲劇種。流行於金華（古稱婺州）一帶。風格上接近於昆腔、高腔、灘簧。也叫**金華戲**。

滬劇 上海戲曲劇種。由上海灘簧接受文明戲的影響發展而成。曲調優美，有江南鄉土氣息，適於表現現代生活。流行於上海、蘇南、浙江杭、嘉、湖地區。

滑稽戲 戲曲劇種。以演喜劇、鬧劇爲主，情節滑稽，表演誇張，以引人發笑爲藝術特色。劇中人物雜用各地方言，也演唱南北戲曲、流行歌曲等。流行於上海和江蘇、浙江部分地區。

錫劇 江蘇戲曲劇種。由無錫、常州一帶的曲藝灘簧發展而成。曲調清新柔和，富有江南水鄉民間音樂風味。又叫「常錫文戲」。流行於江蘇南部和上海市。

蘇劇 江蘇戲曲劇種。由曲藝「蘇州灘簧」發展而成。曲調旋律優美清雅、表演細膩，注重內心體驗。流行於江蘇蘇州一帶。

揚劇 江蘇戲曲劇種。由揚州花鼓戲和蘇北香火戲吸收揚州清曲、民間小調發展而成。原名維揚戲。流行於揚州、南京、鎮江、上海一帶。

淮劇 江蘇戲曲劇種。由淮陰、鹽城、阜寧一帶民間曲藝發展而成，原名江淮戲。流行於江蘇、上海和安徽部分地區。

淮海戲 江蘇戲曲劇種。唱腔明快豪爽，鄉土氣息濃厚。原名淮海小戲。流行於淮陰、徐州一帶。

評劇 流行於華北、東北等地的地方戲曲劇種。是在河北東部流行的曲藝蓮花落的基礎上，吸收河北梆子、京劇等的藝術成就演變而成。曲調活潑自然，擅長表演現代生活。早期叫

蹦蹦兒戲 也叫**落子**。

絲弦 河北戲曲劇種。受昆曲、河北梆子、京劇的影響。用琵琶、三弦伴奏。流行於石家莊、邢臺、保定、陽泉一帶。

曲劇 新興戲曲劇種。解放後由曲藝發展而成。如北京曲劇、河南曲劇、安徽曲子戲等。也叫**曲藝劇**。

影調劇 戲曲劇種。在唐山皮影戲腔調的基礎上，吸收了京劇、河北梆子等表演藝術的特點而形成。流行於河北唐山一帶。

二人臺 戲曲劇種。由曲藝二人臺發展而成。初爲曲藝走唱形式，由一男一女表演，後發展爲戲曲形式。

吉劇 戲曲劇種。在東北二人轉的基礎上發展而成。擅長運用手絹功、扇子功和水袖功，具有濃厚的生活氣息和鮮明的地方特色。流行於吉林省。

秦腔 戲曲劇種。由陝西、甘肅一帶的民歌發展而成。音調激越高亢，以梆子按節拍，節奏鮮明。流行於陝西及其鄰近地區。也叫**陝西梆子**。

晉劇 戲曲劇種。演員注重唱功、唱腔和表演，具有梆子腔激越粗獷的特色。也叫**山西梆子**；**中路梆子**。

蒲劇 山西梆子劇劇種。音調高亢激昂，以演慷慨悲壯的歷史大戲爲主。流行於山西、河南、陝西。

呂劇 山東戲曲劇種。由山東琴書發展而成。曲調明朗輕快，靈活順口，擅於表現現代生活。流行於山東以及河南、江蘇、安徽等省部分地區。

柳子戲 山東戲曲劇種。由山東弦索小曲發展而成。表演粗獷豪放，流行於山東西部和江蘇北部、河南東部一帶。

豫劇 河南戲曲劇種。明代秦腔、蒲州梆子傳入河南後，與當地民歌小調融合而成。以梆子

按節拍，唱腔流暢，節奏鮮明。流行於河南全省和陝西、山西等地。也叫**河南梆子**。

徽劇 安徽戲曲劇種。舊稱徽調。在表演上具有動作粗獷、氣勢豪壯的特點。流行於安徽和江蘇、浙江、江西等地。

廬劇 安徽戲曲劇種。原名倒七戲。由大別山和淮河沿岸的民間歌舞發展而成。流行於合肥、蕪湖、淮南等地區。

黃梅戲 安徽戲曲劇種。又叫黃梅調。因主要曲調由湖北黃梅傳入而得名。唱腔委婉清新，表演細膩動人。流行於安徽中部和江西、湖北部分地區。

泗州戲 安徽戲曲劇種。起源於舊泗州，由民間歌舞「花鼓」發展而成。唱腔自由靈活。流行於安徽淮河兩岸。

粵劇 廣東戲曲劇種。曲調由皮簧、梆子等演變而來，並吸收了一些民間小調。流行於廣東、廣西壯族自治區和香港、澳門等地。也叫**廣東戲**。

瓊劇 戲曲劇種。由潮汕高腔劇、閩南梨園戲結合海南地區歌謠曲調發展而成。流行於海南島及雷州半島部分地區。也叫**海南戲**。

閩劇 福建戲曲劇種。流行於福州方言地區。也叫**福州戲**。

莆仙戲 福建戲曲劇種。表演藝術別具風格，身段、手勢、臺步都有獨特的程式。流行於莆田、仙遊一帶。

梨園戲 福建戲曲劇種。基本曲調是福建南曲。有大梨園（成人班）、小梨園（兒童班）之分。流行於閩南方言地區和臺灣。

歌仔戲 臺灣戲曲劇種。由閩南民間音樂流入臺灣，並受京劇、梨園戲影響，結合當地民謠山歌發展而成。唱腔自由，唱詞通俗。流行於臺灣和福建南部閩南方言地區。因發源於福建薌江一帶，後又稱爲**薌劇**。

桂劇 廣西戲曲劇種。由當地民間戲曲彩調和徽調、祁陽戲結合而成。表演上重做功，逼眞細膩，講究武戲文做。

邕劇 廣西戲曲劇種。清道光、咸豐年間形成於古名邕州的南寧，故名。流行於廣西壯族自治區南寧、百色等地。

滇劇 雲南戲曲劇種。形成歷史較久長，傳統劇目豐富。唱腔流暢，旋律輕快，長於表達輕鬆愉快的情緒。流行於雲南全省和四川、貴州部分地區。

壯戲 壯族戲曲劇種。由壯族山歌、說唱曲調發展而成。流行於廣西壯族自治區和雲南壯族聚居地區。

川劇 四川戲曲劇種。由當地民間「燈戲」融合其他劇種而成。流行於四川全省和貴州、雲南部分地區。

黔劇 貴州戲曲劇種。由一種用揚琴伴奏的曲藝發展而成。

花燈戲 流行於雲南、四川、貴州等省的一種戲曲劇種。由民間玩耍花燈的歌舞發展而成。跟花鼓戲相近。

楚劇 湖北戲曲劇種。由黃陂、孝感一帶的花鼓戲發展而成。流行於湖北全省和江西的部分地區。

漢劇 湖北戲曲劇種。腔調以西皮、二簧爲主。流行於湖北全省和河南、陝西、湖南部分地區。歷史較久，清嘉慶、道光年間傳入北京，與徽劇融合，逐漸演變而成京劇。也叫**漢調**。

花鼓戲 戲曲劇種。流行於湖北、湖南、安徽等省，由民間歌舞發展而成。同花燈戲、採茶戲的藝術風格相近。

湘劇 湖南戲曲劇種。因流行地區不同而有幾個支派。如長沙湘劇、衡陽湘劇、常德湘劇等。

祁劇 湖南戲曲劇種。唱腔高亢激越。形成於湖南祁陽，流行於祁陽、邵陽、零陵、郴縣、黔陽地區。

贛劇　江西戲曲劇種。由弋陽腔發展而成的綜合高腔、昆腔、徽腔、皮簧等各種唱腔的劇種。流行於贛東北一帶。

採茶戲　戲曲劇種。江西、湖北、湖南、安徽等省區的各種採茶戲的總稱，由民間歌舞發展而成。藝術風格同花鼓戲相近。

彝劇　彝族戲曲劇種。由彝族歌舞藝術發展而成。流行於雲南楚雄彝族自治州。

侗劇　侗族戲曲劇種。由侗族民間說唱藝術「嘎錦」和「擺古」採用舞臺形式發展而成。流行於貴州、廣西等地侗族聚居地區。

藏戲　藏族戲曲劇種。由民間歌舞、宗教儀式以及說唱藝術等發展而成。腔調高亢、嘹亮，主要樂器是皮鼓和銅鈸。流行於西藏、青海等地區。

傣劇　傣族戲曲劇種。由傣族民間歌舞發展而成。流行於雲南傣族聚居的地區。

M5－23　名：　京劇·昆曲

京劇　流行全國的戲曲劇種之一。清末形成於北京。其前身爲徽劇，通稱皮簧戲。道光年間，漢調進京，被二簧吸收，形成徽漢二腔合流，並接受了昆曲、秦腔的曲調和表演方法，演變爲北京皮簧戲，即京劇。表演上唱、做、念、打並重，多用虛擬性的動作。唱腔、音樂、臉譜、服飾都達到很高的藝術水準，對各地劇種影響很大。也叫**京戲**。

大戲　〈方〉京戲。

京派　京劇的一個流派，以北京的表演風格爲代表。

海派　京劇的一個流派，以上海的表演風格爲代表。

昆曲　用昆腔演唱的戲曲劇種。元末形成於昆山，後流行於江蘇南部（南昆）和北京、河北（北昆）等地。以演唱傳奇劇本爲主。昆曲歷史悠久，劇目豐富，表演上動作優美，舞蹈性強，音樂唱腔尤具特殊風格，集中體現了中國傳統戲曲的審美特點。也叫**昆劇**。

M5－24　名：　木偶戲·皮影戲

木偶戲　用木偶表演故事的戲劇。表演時，演員在幕後一邊操縱木偶，一邊配樂演唱。按照木偶形體和操縱技術的不同，分爲布袋木偶、提線木偶、杖頭木偶和鐵線木偶，各有藝術特色。也叫**傀儡戲**。

提線木偶　木偶戲的一種。木偶關節部分繫有細線，演員在舞臺上空用線牽引木偶，使表演各種動作。

杖頭木偶　木偶戲的一種。演員用木杖托舉木偶，操縱木偶表演各種動作。也叫**托偶**。

布袋木偶　木偶戲的一種。木偶頭部連在布袋上，外加戲裝。演員以手伸入布袋，操縱木偶表演各種動作。

錢線木偶　木偶戲的一種。演員用三根竹管套上鐵枝操縱木偶表演各種動作。

皮影戲　用獸皮或紙板做成人物剪影來表演故事的戲曲形式。表演時，用燈光把剪影照射在布幕上，演員在幕後一邊操縱剪影表演，一邊配樂伴唱。劇目與唱腔同地方戲曲相同。

影戲　皮影戲的古稱。在北宋時已開始流行。

驢皮影　〈方〉皮影戲。因劇中人物剪影使用驢皮而得名。

M5－25　名：　劇本·唱本

劇本　戲劇作品。由人物的對話、唱詞和舞臺指示等組成。

戲劇　指劇本。

戲本　戲曲劇本的舊稱。又叫戲本子。

臺本　經過導演加工處理、適於舞臺演出的劇本。

腳本　劇本的通稱。一般指表演戲劇、曲藝和攝製電影所使用的底本。

唱本 戲曲或曲藝唱詞的小本子。

唱段 戲曲演唱中的一整段唱腔。

劇情 戲劇的情節。

電影劇本 爲拍攝電影而寫的劇本。分爲：電影文學劇本，是按電影藝術特點，組成情節結構，寫出具體的場景、動作、對話及解說等，作爲影片拍攝工作的基礎；分鏡頭劇本，是導演根據文學劇本的內容分爲許多鏡頭供拍攝用的工作劇本，也叫工作臺本；鏡頭紀錄本，是對完成影片的每個鏡頭的景別、攝法、臺詞、動作等的紀錄，也叫完成臺本。

M5－26 名： 劇團

劇團 演出戲劇的藝術團體，由演員、導演及其他工作人員組成。

班子 劇團的舊稱。

戲班 戲曲劇團的舊稱。也叫**戲班子**。

科班 舊時訓練戲曲藝徒的教學組織。教學方法多爲口傳身授，著重基本功鍛鍊：科班出身。

草臺班子 演員較少、設備簡陋的戲班子。因常在農村或小城市的廟臺或廣場流動演出而得名。

文工團 文藝工作團的簡稱。由部隊、地區和部門成立的從事演出、宣傳的文藝演出團體，演出節目以小型多樣爲主，包括音樂、舞蹈、戲劇、曲藝等。

M5－27 動、名： 編導

編導 ❶〔動〕編寫劇本並指導排演。❷〔名〕編劇和導演的人。

編劇 ❶〔動〕編寫劇本。❷〔名〕編寫劇本的人。

導演 ❶〔動〕組織和指導戲劇或電影的排演。❷〔名〕擔任組織和指導排演工作的人。

M5－28 名： 演員

演員 戲劇、電影、舞蹈、音樂、曲藝、雜技等表演藝術工作者的通稱。

藝人 舊指戲曲、曲藝和雜技等演員。

優伶 戲曲演員的舊稱。

優 舊指戲曲演員：一代名優。

伶 舊指戲曲演員：名伶／老伶工。

戲子 舊稱專業戲曲演員（含輕蔑意）。

女優 舊稱戲曲女演員。

坤角兒 舊稱戲曲女演員。也叫**坤伶**。

班底 舊指戲班中主要演員以外的其他演員。

票友 指業餘戲曲演員。

M5－29 名： 明星

明星 稱有名的演員、運動員等：電影明星／體育明星。

影星 電影明星。

童星 出了名的未成年的電影演員。

新星 新出現的有突出成就的演員：新星輩出／歌壇新星。

新秀 新出現的優秀人才：文壇新秀／影視新秀。

臺柱子 舊指戲班中的主要演員。臺：舞臺。

名角 著名的戲曲演員：戲院已另聘名角。

紅角兒 舊指受到廣大觀衆歡迎或部分人捧場的戲曲演員。

M5－30 名： 場面

場面 戲曲演出時伴奏的樂器和演奏者。分文場（管弦樂）和武場（打擊樂）兩種。

文場 戲曲伴奏樂隊所用的管弦樂器。也稱演奏管弦樂器的樂師。

武場 戲曲伴奏樂隊所用的打擊樂器。也稱演奏打擊樂器的樂師。

M5－31 名、動： 劇務

劇務 〔名〕❶劇團裡有關排練和演出的各種事務。❷指擔任這類事務工作的人。

場記〔名〕❶記錄戲劇排演情況或電影拍攝情況的工作。❷指擔任這類工作的人。

檢場❶〔動〕舊時戲曲演出中當場在舞臺上布置、收拾道具。❷〔名〕檢場的人。

包銀〔名〕舊時戲院按照約定付給劇團或主要演員的報酬。

票房〔名〕舊時業餘戲曲演員聚會練習的場所。

滿座〔動〕劇場、影院等場所的座位坐滿，或按座位出售的票賣完：今日各場全部已滿座。

爆滿〔動〕滿座：這次話劇團赴美演出，場場爆滿。

M5－32 名： 劇目·海報

劇目戲曲的名稱。也叫**戲目**。

戲碼戲曲演出依次排列的節目。

保留劇目一個劇團或其主要演員演出獲得成功，而成為經常演出的戲劇節目。

海報預告戲劇、電影等演出的劇目、時間、地點等的招貼。

戲報子舊稱預告戲曲演出時間、地點的招貼。

M5－33 名： 觀眾·聽眾

觀眾到現場或從銀幕、螢幕上觀看表演或比賽的人。

聽眾到現場聽音樂、演講或收聽廣播的人。

戲迷愛好看戲或唱戲而入迷的人。

影迷愛好觀看電影而入迷的人。

球迷愛好打球或看球類比賽而入迷的人。

棋迷愛好下棋或看人下棋而入迷的人。

M5－34 名： 電影

電影以視覺和聽覺形象為主的綜合性藝術。把拍攝在條狀軟片上的景物或人物活動的連續性靜止畫面，連同錄下的音響，通過放映機連續地擴大播映在銀幕上，看起來像實際活動的形象。

影戲〈方〉電影。

影電影的簡稱：影評／影星。

寬銀幕電影電影樣式的一種。銀幕略作弧形，甚至排環狀，比普通銀幕寬得多，使觀眾看到更廣闊的景像，產生身臨其境的感覺。其配音多為立體聲還音裝置。

全景電影寬銀幕電影的一種。用三臺同步運轉的放映機，將各占畫面三分之一的三條影片同時投映於弧形的寬銀幕上，合成完整的畫面，給觀眾提供一百四十六度的水準視野。

HD電影指利用HDTV（高解晰度電視）拍片的技術，將磁帶影像轉換成電影膠片。HDTV的高畫質影像，每個畫面由一千多條的掃瞄線構成，並不遜色於電影影片的解晰度。

立體電影給觀眾看到具有立體感影像的電影。立體電影有兩種：一種是要戴紅綠眼鏡或偏光眼鏡觀看；一種是用光柵銀幕，使人產生立體視覺。

M5－35 名： 影片

影片❶用來放映電影的軟片。❷放映的電影：新聞影片。

拷貝音譯詞。指從攝好的電影底片上影印出來供放映的正片。

黑白片用黑白電影軟片拍攝的影片。

彩色片用彩色軟片拍攝的影片，放映在銀幕上能現出影像原來的自然色彩。

故事片具有完整的故事情節，由演員扮演故事中人物的影片。也叫**藝術片**。

記錄片　紀錄片真實地、系統地記錄報導某一事件或問題的影片。

新聞片真實地報導當前國內外政治、經濟、軍事、文化、體育等時事動態的影片。是迅速及時、現場採訪拍攝製作而成的。

科學教育影片運用電影特有的藝術手段，對自然現象、社會現象以及科學技術知識作通俗

說明的影片。此外,供教學用的和供科學研究用的影片,也屬科學教育影片,簡稱**科教片**。

美術片 運用各種美術創作手段來塑造形象,表現故事情節的影片,有動畫片、木偶片、剪紙片等。

動畫片 美術片的一種。把人物的表情、動作、變化等分畫成許多幅有連貫性的圖畫,依次一張張拍攝下來。以一定的速度連續放映時,銀幕上就出現活動的影像,故名。

卡通片 音譯詞。動畫片。

木偶片 美術片的一種。按照戲劇情節,設計木偶的動作,用攝影機連續拍攝木偶表演的各個動作而成。

剪紙片 美術片的一種。用紙剪成人物和背景的形象,塗上色彩,裝配關節,再將其活動、變化,分解成若干姿態,逐格拍攝而成。

M5－36 動、名： 攝製·放映 ·術語

攝製 〔動〕拍攝並製作影片:攝製紀錄片。

拍攝 〔動〕用攝影機把人或事物的形象照在底片上:到海濱拍攝外景。

攝影 〔動〕攝影機鏡頭對準實物,通過軟片的感光作用拍下實物的影像。通常指照相、拍電影、拍電視:攝影留念。

NG 鏡頭 意指不被導演採用的鏡頭。NG 鏡頭有時是因演員的表現不好、技術性的錯誤致成,或是導演直覺地認為不夠完美,於是喊出「NG」,要求重拍的意思。

打板 為拍攝電影(電視)影片的用具之一。由一塊細長的條板和一塊同條板相同長度的方形或矩形板以螺絲鎖在一起,其作用有二:①在板子上記錄每一場景的資料,上有片名、導演、場景、分鏡號碼和日期等,導演喊「開麥拉」的時候,攝影師同時攝下板上的資料,以利剪接時尋找所要的畫面。②開拍時,助理

用力把板條打在方形或矩形板上,產生「叭」的聲音,以利剪接師在聲音和影像合成的作業上做同步的剪接。

走位 指演員於舞臺上位置移動及方向的安排。

殺青 完成電影的拍攝工作稱為「殺青」。其後的作業,則是字幕剪接、配音和配樂等製作。

錄音 〔動〕使用機械、光學或電磁等裝置把聲音記錄下來:電影錄音/錄音帶。

同步錄音 指在影片拍攝現場同時記錄聲音的一種錄製方式。

配音 〔動〕❶攝製影片時,將拍攝成的畫面放映在銀幕上,按照演員口型、動作和情節需要,配錄話音、歌聲、音樂和音響。❷譯製影片時,用某種語言錄音代替原片的錄音:配音演員。

剪輯 〔動〕電影製作中,按照劇本結構和電影表現方法的要求,把拍攝好的鏡頭和聲帶加以選擇、整理、刪剪,編排成一部完整的影片。也叫**剪接**。

鏡頭 〔名〕❶攝影機、放映機上用來形成影像的透鏡或透鏡組。❷攝製電影中,攝影機從開始轉動到停止時所攝取的一系列連續的畫面。一部影片是由許多不同的鏡頭組成的。

特寫 〔名〕電影表現手法。在近距離內拍攝人像或物體的某一部分(人像多為面部),使特別放大,以造成強烈而清晰的視覺形象,突出人或物的特徵:特寫鏡頭。

蒙太奇 〔名〕音譯詞。在電影製作中,指鏡頭的剪輯。是電影藝術的重要表現手法。攝製者根據劇本的主題、結構和自己的創作構思,把拍成的分鏡頭畫面加以選擇、剪接、編排,從而產生呼應、對比、聯想、襯托、懸念等效果,使影片更完整、更有表現力和吸引力。

畫外音 〔名〕電影的一種表現方法。影片中的聲音不是由畫面中的人直接發出的,以豐富畫面的內容。常見的有旁白和內心獨白兩種

形式。

特技〔名〕指採用各種特殊技巧和設備來拍攝某種場景的方法。有模型攝影、合成攝影、曝光技巧、煙火效果等,可以把生活中罕見的場景在銀幕上逼眞地顯示出來。

放映〔動〕用強光裝置把影片、圖片中的形象照射在銀幕上:放映電影/放映幻燈。

上映〔動〕電影放映:上映故事片。

伴音〔名〕電影和電視中配合圖像的聲音。

字幕〔名〕用放映機或幻燈機放映在幕布上的文字。多用來幫助觀眾理解劇情或唱詞、外語譯文等。

銀幕〔名〕放映電影或幻燈用來顯示影像的白色屏幕。一般用塗有硫酸鋇或金屬粉末的布料或塑膠製成。

幻燈〔名〕利用光學裝置將透明圖片映射到白色幕布上形成放大的影像或文字。廣泛用於宣傳教育、舞臺演出、學校教學等方面:放幻燈/看幻燈。

譯製〔動〕將影片的對白、解說、旁白、歌詞等,從一種語言譯成另一種語言,配音複製到影片上。

M5－37 名:　畫面

畫面　畫幅、銀幕、螢屏上呈現的形象。

淡　畫面轉移法的一種,可分為淡入和淡出。「淡入」是指銀幕上單一的顏色,通常為黑色或白色,利用光學效果逐漸發亮而成為一個清楚的映像或畫面,多半用在一個故事或其段落的開始;「淡出」則是由一個清楚的映像或畫面,漸漸淡化成完全的單一色調,多半用於結束一個段落或故事。

溶　畫面交互轉移法的一種。把一個淡出的畫面叠印在另一個淡入的畫面上,它的作用暗喻著時間的流逝或推移,或者空間上的變化,有時也指心靈上錯綜複雜的表現。

劃　畫面轉移法的一種。指一個景把另一個景覆蓋或推出銀幕的一種光學效果,其覆蓋或推出的形式有規則形狀的(如垂直線般的進行)和不規則形狀的,此效果多半應用於段落主題上的變化。

切　指原來影像的內容迅速且直接地變換成另一個影像內容。

定　指將動作中的被攝物體靜止化,亦即所謂定格攝影。

場景　指電影(電視)劇情中的一個情節,發生於某一個單獨環境,所以場景包含了兩個要素:一為故事本身的發展片段,一為周圍環境的設置,例如在機場的送行場景,可視為一個場景。

近景　電影攝影中攝取人物的上半身或人體某一部分的畫面。也指攝取景物的某一部分的畫面。

中景　電影攝影中攝取人物膝蓋以上部分的畫面。

全景　電影攝影中攝取人物全身形象或一百八十度視角範圍內景物的一種畫面。

遠景　電影攝影中攝取遠距離人物和景物的畫面。

後景　在畫面上主體之後起襯托作用的景物。

M5－38 名:　電影攝影機等

電影攝影機　拍攝電影用的光學機械。主要零件有攝影鏡頭、自動曝光及輸片機構和暗盒等,能連續攝取被攝體的活動影像。簡稱**攝影機**。

電影放映機　放映影片用的光學機械。由燈箱、光學系統、傳動輸片裝置和發聲裝置等構成。簡稱**放映機**。

幻燈機　放映幻燈片的光學裝置。由光源、聚光鏡、放映鏡頭等零件構成。也叫**幻燈**。

錄音機　記錄聲音以便重放的機器。由傳聲器、

放大器和記錄器構成。常用的是卡帶(錄音
帶)錄音機。是把收錄的聲音變成相應的電信
號,再把電信號所產生的磁場變化記錄在卡
帶(錄音帶)上。重放時把卡帶(錄音帶)上的
磁場變化還原成聲音。

M6 　音樂・舞蹈

M6－1 名： 音樂

音樂 藝術的一種。通過有組織的音響運動創
　造藝術形象,以表現思想感情、反映社會生
　活,並積極影響人們心理。基本要素或表現
　手段是旋律、節奏和聲,必須通過演奏、演唱
　才能產生藝術效果。可分為聲樂和器樂兩大
　類。

樂 音樂:奏樂／配樂。

樂歌 ❶泛指音樂和歌曲。❷有音樂伴奏的歌
　曲:在樂歌聲中翩翩起舞。

樂理 音樂的基礎理論:精通樂理。

國樂 我國的傳統音樂。

西樂 泛指歐美的音樂。

管弦樂 用管樂器、弦樂器和打擊樂器配合演奏
　的音樂。

吹打樂 用管樂器和打擊樂器演奏的音樂。

室內樂 原指西歐貴族府邸中只在室內唱、奏的
　音樂,有別於在大廳中演出的音響巨大的教
　堂音樂。現今泛指區別於管弦樂曲的各種重
　奏、重唱曲或獨奏、獨唱曲。

爵士樂 音譯詞。20 世紀初產生於美國的一種
　通俗音樂,以歐洲和非洲音樂文化兩相結合
　為基礎。演奏時沒有完整的樂譜,僅憑一個
　大體輪廓和彼此默契即席發揮,以強烈的切
　分音貫串全曲。

搖滾樂 一種具有舞曲性質的爵士樂,起源於美
　國,後流行於歐洲。除具有爵士樂的一般特

點外,節奏具有更強烈的動感。

聲樂 用人聲歌唱的音樂。有男、女聲或童聲獨
　唱、重唱、對唱、合唱等表現形式。也可以有
　樂器伴奏。

器樂 用樂器演奏的音樂。有獨奏、齊奏、重奏、
　協奏、合奏等表現形式。

軍樂 用管樂器和打擊樂器演奏的音樂。音響
　宏大,節奏鮮明,富有戰鬥氣息。因軍隊中常
　用而得名。

哀樂 喪葬或追悼時演奏的樂曲,曲調低沈悲
　哀。

民樂 ❶民族音樂。❷民間器樂。

輕音樂 指輕快活潑,通俗動聽,富於抒情色彩,
　結構比較簡單的樂曲,包括器樂曲、舞曲、流
　行歌曲、爵士音樂等。

廣東音樂 流行於廣東各地區的絲竹合奏音樂。
　以民間小調為基礎,吸取了粵劇音樂和外來
　音樂的某些特點發展而成。演奏時以高胡、
　揚琴等弦樂器為主,配以笛子、洞簫等。

標題音樂 用題目標明中心內容的器樂曲,如我
　國琵琶曲《十面埋伏》、吹打樂《百鳥朝鳳》、二
　胡獨奏曲《二泉映月》。

無標題音樂 不以題目標明作品內容或創作意
　圖,只用曲式體裁、調名速度等名稱來命名的
　器樂曲,其內容由欣賞者自己去體會,如貝多
　芬的各種鳴奏曲、交響樂、協奏曲等。也叫**純
　音樂**。

M6－2 名： 歌曲

歌曲 供人歌唱的作品。由詞和曲構成,是詩歌
　和音樂的結合:流行歌曲。

歌 歌曲:民歌／唱支歌。

曲 歌曲:高歌一曲。

歌詞 歌曲中的詞。

樂歌 有音樂伴奏的歌曲。

戰歌 鼓舞士氣的歌曲。

凱歌　勝利之歌：凱歌高奏。

軍歌　泛指軍中唱的激勵士氣的歌：軍歌激揚。

國歌　為一國政府所規定的代表本國的歌曲。通常在隆重的集會或舉行國際交往儀式等場合演奏。

悲歌　悲壯、哀痛的歌曲。

挽歌　哀悼死者的歌曲。

情歌　表達男女愛情的歌曲。

戀歌　情歌。

主題歌　電影、歌劇中表現主題思想的歌曲。

組歌　圍繞同一主題寫成的若干支層次清楚、聯繫緊密的歌曲。歌曲的開頭和各支之間常用朗誦詞加以說明和連接，如《長征組歌》。

陽春白雪＊　春秋時楚國歌曲名。因其高深難懂，能唱和的人很少，以後用來比喻高深的、不通俗的文藝作品，常與「下里巴人」對舉。

下里巴人＊　春秋時楚國民間歌曲。因其淺顯易懂，唱和的人很多。以後用來比喻通俗普及的文藝作品，常與「陽春白雪」對舉。

流行歌曲　泛指通俗順口、結構短小、易於傳唱的歌曲。這種歌曲在一定時期內流行較廣。

校園歌曲　指臺灣青年學生自己創作、編寫、演唱和伴奏的歌曲。內容多為反映自然風光，懷鄉思親以及抒發愛情等。現也泛指青年學生創作的流行歌曲。

M6-3　名：　民歌

民歌　民間口頭創作、傳唱的歌曲，包括山歌、牧歌、號子等。曲調優美，語言樸素，能反映每個民族的性格、習慣和願望，富有生活氣息。

山歌　一種民歌。多在山野勞動時放聲歌唱。內容多反映勞動、愛情生活。形式短小，曲調爽朗質樸，節奏自由。

牧歌　牧民放牧時所唱的歌曲。流行於內蒙古和西北草原地區，內容多歌唱放牧生活。旋律舒緩、悠長，節奏自由。

漁歌　漁民捕魚時所唱的歌曲，內容多反映他們純樸的勞動生活。

夯歌　工人打夯時，為協調動作、一齊出力而哼的歌曲。演唱形式多為一人領唱，眾人唱和，然後齊唱。

號子　集體勞動時所唱的歌曲，起到協調動作、鼓舞情緒的作用。歌詞大都即興編唱，曲調高亢，節奏齊整。多為一人領唱，眾人應和：船夫號子。

信天游　陝北民歌的主要形式。曲調高亢、悠長，節奏自由。歌詞一般兩句一段，短的只有一段，長的可接連數十段。用同一曲調反覆演唱，反覆時曲調可稍有變化。

兒歌　適合於兒童傳唱的歌曲。形式短小，語言淺顯生動；內容多表現兒童的生活情趣和思想感情。

M6-4　名：　樂曲

樂曲　音樂作品。因題材內容、結構形式、風格特點以及演奏方法等的不同而有不同的形式。

曲　樂曲：作曲／譜曲／插曲。

曲子　曲：一支優美動聽的曲子。

樂章　交響樂、大合唱等成套樂曲中的組成部分。結構上有相對的獨立性，有一定的主題，可單獨演奏。

小調　流行於民間的短小樂曲。曲調柔婉流暢，多用以詠唱傳說故事，抒發情懷。也叫**小曲兒**。

時調　發源於民間，流行於各地的時興小調、小曲。有的已發展成曲藝，有演唱，有伴奏，如天津時調、湖北小曲、揚州小曲。

催眠曲　催嬰兒入睡時所唱的小歌曲和由此發展而成的形式簡單的聲樂曲或器樂曲。音樂形象親切，音域適中，節奏平穩，速度緩慢。也叫**搖籃曲**。

牧歌 聲樂或器樂曲的一種。最初爲歐洲的一種世俗歌曲，盛行於義大利。以愛情、自然景物爲題材。原爲獨唱，後發展爲重唱、無伴奏合唱等形式。

舞曲 以舞蹈節奏爲基礎寫成的樂曲，多用於爲舞蹈伴奏。旋律優美，節奏鮮明。

圓舞曲 一種每節三拍子的舞曲。節奏輕快，旋律流暢。起源於奧地利民間，流傳極廣。也音譯爲「華爾茲」(參見 M6－27 該條)。

進行曲 用整齊勻稱的步伐節奏寫的聲樂曲或器樂曲，適合於隊伍行進時演奏或歌唱。結構嚴整，節奏鮮明，氣勢雄壯豪邁。

奏鳴曲 指一般由三～四個樂章組成的器樂曲，用一件或兩件樂器演奏。如鋼琴奏鳴曲、小提琴奏鳴曲等。

協奏曲 由一個獨奏者和一個管弦樂隊協同演奏的難度很高的音樂作品。通常有三個樂章。也有由一件獨奏樂器演奏的樂曲，如小提琴協奏曲《梁山伯與祝英台》。

迴旋曲 一種樂曲形式。其特點是表現基本主題的旋律多次反覆，結合著若干不同的插段。

間奏曲 ❶插在歌劇、舞劇或話劇幕與幕之間演奏的小型樂曲。❷一種形式自由，篇幅短小的器樂曲，如德國作曲家舒曼《鋼琴小集》中的作品。

組曲 由若干器樂曲組成的套曲。其中各曲有相對的獨立性。分古典組曲和近代組曲兩類。

小夜曲 一種由曼陀林、吉他伴奏的聲樂曲或器樂曲。旋律優美、舒緩，富有浪漫的愛情色彩。

狂想曲 一種富於幻想或敍事性的器樂曲。特點是形式自由，運用民歌主題，富有英雄史詩性。多數屬鋼琴獨奏曲。

交響曲 一種大型的管弦樂套曲，器樂的最高形式，通常由四個樂章組成，各樂章體裁與奏鳴曲相似，具有廣泛的藝術概括力，適合表現變化複雜的思想感情。也叫**交響樂**。

交響詩 一種單樂章的標題管弦樂曲。常取材於文學作品，著重發揮音樂特殊表現功能，創造出某種詩的意境。

插曲 配置在電影或戲劇中的較有獨立性的樂曲。

清唱劇 由獨唱、重唱和合唱用管弦樂隊伴奏的成套樂曲。多供合唱隊演唱。

套曲 由若干樂曲或樂章組合成套的大型器樂曲或聲樂曲。

咏嘆調 歌劇、清唱劇或大合唱中的獨唱曲。篇幅較大，音響悅耳、音程長，用管弦樂器或鍵盤樂器伴奏。

宣敍調 一種模擬語言音調的吟誦性曲調。節奏自由，伴奏簡單，內容大都敍述劇情的發展，起引子作用。

大合唱 一種大型聲樂套曲。包括獨唱、對唱、重唱、齊唱等，有時插入朗誦，通常用管弦樂隊伴奏。可表現史詩性、戲劇性的題材。

M6－5 名： 序曲・尾聲

序曲 歌劇、清唱劇、舞劇等開場時演奏的管弦樂曲。有暗示劇情的作用。也指純爲音樂會演奏而寫的、只有一個樂章的器樂曲。

前奏曲 一種單樂章的小型器樂曲。安排在大型樂曲之前，作爲序奏，起創造氣氛的作用，一般跟整部樂曲有統一的情調。

引子 某些樂曲的開始部分。具有明確的調式、調性、速度、力度、情緒等，起提示內容和引導主題的作用。

過門 歌曲或唱段開始前、中間停歇處、以及結束時，樂器單獨奏出的音樂部分，稱爲過門。「引子」和「尾聲」也可稱爲過門。有醞釀情緒、承先啓後等作用。

尾聲 大型歌曲或樂曲的最後一個部分。往往

在曲終之後,加入一部分而成爲歌曲、樂曲的引伸,用以表達未盡之意,常能在結束時形成高潮。

M6－6 名： 樂譜

樂譜 演唱或器樂演奏用的譜子。常見的有總譜、分譜和主旋律譜等。按記譜的方法又可分五線譜、簡譜、工尺譜等。

歌譜 歌曲的譜子。

曲譜 戲曲的樂譜。

譜子 用一系列音樂符號(音符、休止符等)把樂曲作品記錄出來的書面形式。

譜 譜子:爲歌詞作譜。

五線譜 音樂記譜法的一種。由五條平行橫線組成。按照一定要求,將不同時值的音符或休止符記在線上或線間。

簡譜 音樂記譜法的一種。用七個阿拉伯數字1、2、3、4、5、6、7和特定的附加符號作音符。

工尺譜 我國傳統記譜法之一。約產生於隋唐時期。歷代各地所用符號不盡相同,常見的是用上、尺、工、凡、六、五、乙依次記寫七聲,用「ㄟ」、「×」、「○」、「・」、「△」等做板眼節奏符號。

音符 樂譜中表示樂音長短高低的符號。五線譜上用加符干或再加符尾的實心、空心小橢圓形和特定的附加符號來標記,簡譜上用七個阿拉伯數字和特定的附加符號來標記。

M6－7 動： 歌唱

歌唱 ❶唱:縱情歌唱。❷頌揚(偉大的人物、事件等):歌唱戲曲。

歌吟 唱歌;吟咏:低聲歌吟。

歌咏 唱歌:歌咏比賽。

唱 按照樂律發出聲音:能演會唱／唱流行歌曲。

歌 唱:高歌一曲／載歌載舞。

哼 低聲唱:邊走邊哼著曲子。

度曲 〈書〉❶作曲。❷按照曲譜唱。

笙歌 〈書〉泛指奏樂唱歌:徹夜笙歌。

高歌 放聲歌唱:高歌一曲／高歌猛進。

悲歌 悲壯地歌唱:慷慨悲歌。

引吭高歌＊ 放開嗓子,大聲歌唱。

M6－8 動、名： 獨唱‧合唱等

獨唱 ❶〔動〕一個人單獨演唱:她獨唱了兩支新歌。❷〔名〕由一個人單獨演唱的演唱形式,常用樂器伴奏,也有用齊唱或合唱伴唱的:女聲獨唱／男聲獨唱。

合唱 ❶〔動〕若干人同唱(一支歌):她起了個音,大家合唱起《生日快樂》來／歌咏團合唱了《採蓮謠》。❷〔名〕一種演唱形式,由按聲部分成兩組或兩組以上的歌唱者共同演唱同一歌曲。有男聲合唱、女聲合唱、混聲合唱等。

領唱 〔動〕在合唱中由一個人或幾個人帶頭唱,或由幾個人輪流獨唱:這個女聲小合唱節目,由她領唱。

伴唱 〔動〕從旁唱歌,配合別人表演:我們爲她的舞蹈伴唱。

重唱 〔名〕一種演唱形式。兩個或兩個以上不同聲部的歌唱者,各按自己聲部的曲調,重疊演唱同一歌曲。按聲部或人數,可分爲二重唱、三重唱、四重唱等。

齊唱 〔名〕一種演唱形式。兩個以上的歌唱者按同度或八度音程關係同時演唱一首歌曲。

對唱 〔名〕一種演唱形式。兩人或兩組歌唱者作對答式的演唱。

輪唱 〔名〕一種演唱形式。演唱者按聲部分成兩個或兩個以上的組,以一定的時距先後演唱同一個旋律的歌曲,形成此起彼落、連續不斷的藝術效果。

對歌 〔名〕一種流行於我國少數民族地區的歌唱形式。歌唱者雙方一問一答地對唱,多爲

即興編詞。

表演唱〔名〕一種以歌唱爲主,並帶有簡練的舞蹈動作的演唱形式。

M6－9 動、名：　演奏

演奏〔動〕用樂器表演:樂隊演奏了一曲交響樂。

奏〔動〕演奏:奏國歌。

奏樂〔動〕演奏樂曲。

配樂〔動〕詩朗誦、話劇、電影等根據情節的需要配上音樂,以增強藝術效果。

吹奏〔動〕用管樂器演奏。也泛指演奏。

吹打〔動〕用管樂器和打擊樂器演奏。

吹〔動〕撮攏嘴唇用力吐氣,使管樂器發出聲音:吹笛子/吹小號。

獨奏〔名〕一種演奏形式。由一個人演奏某種樂器,如鋼琴獨奏、手風琴獨奏等。有時還輔以其他樂器伴奏,如小提琴獨奏,常用鋼琴伴奏。

合奏〔名〕一種演奏形式。由多種樂器共同演奏某一多聲部樂曲。常按樂器種類的不同分成若干組,分擔某些聲部。有管樂合奏、管弦樂合奏等。

重奏〔名〕一種演奏形式。兩個以上的演奏者,各按所擔任的聲部,用多種樂器或一種樂器同時演奏同一多聲部器樂曲。按聲部或人數分爲二重奏、三重奏等。

伴奏〔動〕在唱歌、跳舞或獨奏等表演中,再用一件樂器或一個樂隊配合演奏:她們表演舞蹈,我用手風琴伴奏。

齊奏〔名〕一種演奏形式。兩個以上的演奏者用相同或不同的樂器,按同度或八度音程關係演奏同一曲調,如小提琴齊奏、民樂齊奏等。

彈〔動〕用手指或器具撥動、敲擊,使樂器振動發聲:彈琴/彈琵琶。

彈奏〔動〕用彈撥樂器演奏音樂:彈奏一曲。

拉〔動〕牽引樂器的某一部分,使其振動發聲:拉二胡/拉手風琴。

撫琴〔動〕〈書〉彈琴:撫琴長嘆。

定弦〔動〕調整樂器弦的鬆緊以校正音高。

M6－10 動：　拍板·指揮

拍板　給演唱的人打鼓板:你唱,我拍板。

擊節　〈書〉打拍子。節,古代樂器,用竹編成。

打拍子＊　敲打或揮手以表示樂曲的節奏。

指揮　指揮者根據對音樂作品的內容、風格和藝術特色的理解,用手勢或指揮棒以及身體動作、面部表情指示節拍、速度、力度等的變化,引導演唱、演奏者把樂曲的內容及思想感情正確地表達出來:由他指揮大合唱。

M6－11 名：　樂音

樂音　發音體有規律的振動而產生的具有固定音高的音。聽起來和諧悅耳。樂器和人的歌喉均能發出樂音。

音高　由於發音體振動頻率的不同所造成的聲音的屬性,頻率次數多者音高,頻率次數少者音低。在音樂聲學中稱**音調**。

音色　音的色彩和特性。由發音體的質料、發音方法和泛音的數量、頻率、振幅決定的。可以憑音色的不同來區別各種樂器的音響和每個人的聲音。也叫**音品**。

音質　❶音色。❷在錄音、插音等系統中除指音色外,兼指聲音清晰和逼真的程度。

音準　音樂上指音高的準確程度。在演唱或演奏時,發音有時準確,有時會不準確。

音域　某一樂器或人聲所發出的最低音到最高音之間的範圍。

音區　樂器或人聲音域的一部分。是對樂器或人聲的整個音域根據其音高、音色加以劃分,一般都可分爲高、中、低三個音區。

聲區 指人歌唱時的發聲音域劃分的音區。一般分爲三種：頭聲區（高聲區）、混聲區（中聲區）、胸聲區（低聲區）。

M6－12 名： 旋律・調式・節奏

旋律 由高低、強弱、時值不同的若干樂音按一定的調式和節奏組成的前後相連的系列。旋律體現音樂的內容和風格，是音樂的基本要素。也叫**曲調**。

主旋律 在多聲部音樂中，以一個聲部（通常爲高聲部）爲主，這個聲部稱爲主旋律。其他聲部只起潤色、豐富、烘托和補充作用。

調式 樂曲都是由若干基本音所構成，它們按照彼此之間的關係組成體系，叫做「調式」。調式中的第一音處於核心地位，叫「主音」。

調子 ❶曲調，音樂上高低、長短配合成組的音。❷調式，一組樂音彼此之間相互結成的系列關係。

調頭 〈方〉調子。

調 ❶調子：這個調很好聽。❷調式中 Do 的音高位置。以什麼音做 Do，就叫什麼調，例如以 C 做 Do 就叫 C 調。

節奏 音的強弱、長短有規律地交替出現的現象。是塑造音樂形象的基本手段。

節拍 樂曲中週期性出現的強拍弱拍交替出現的序列，是衡量節奏的單位。

拍子 音樂中劃分小節時值長短的單位。按每小節包含的拍子數，稱爲幾拍子，如二拍子、三拍子、四拍子等：打拍子。

拍 拍子；音樂的節奏：四分之二拍／合拍。

板眼 民族音樂和戲曲中的節拍。強拍子擊板，稱「板」；其餘拍子擊鼓，稱「眼」，合稱板眼。如二拍子稱一板一眼，三拍子稱一板二眼。

鼓點 戲曲中鼓板的節奏，對其他樂器起指揮作用。

音階 調式中的各音從主音到八度音，按照音高次序向上或向下排列的一組音。

音程 兩個樂音之間的距離，以「度」爲單位，兩音間包含幾個音級就稱幾度。如二到二是一度，二到四是三度，二到五是四度。

M6－13 名： 音律

音律 指音樂體系中各音的絕對準確高度及其相互關係，爲確定調式音高的基礎。也叫**樂律**。

律呂 我國古代校正樂律的器具。用竹管或金屬管製成，共十二管，管徑相同，以管的長短來確定音的不同高度。從低音管算起，成奇數的六個管叫做「律」，成偶數的六個管叫做「呂」，合稱「律呂」。後來用律呂指音律或樂律。

律 我國古代用來確定樂音高低的標準，把樂音分爲六律和六呂，合稱十二律。

音名 ❶我國古代十二律的名稱。如黃鐘、大呂等。❷音樂中代表不同音高的七個基本音的名稱，即 C、D、E、F、G、A、B。它們在五線譜和鍵盤樂器上都有固定的位置。

M6－14 名： 嗓音

嗓音 說話、歌唱的聲音：嗓音清脆。

嗓子 喉嚨。借指從喉嚨發出的聲音：尖嗓子。

嗓門兒 嗓音：嗓門兒高／她扯開嗓門兒旁若無人地唱了起來。

調門兒 歌唱、說話時音調的高低：把調門兒放低些。

洋嗓子 歌唱時使用西洋發聲方法發出的嗓音：他練了洋嗓子。

假嗓子 歌唱時使用的非天然的嗓音。京劇中青衣、花旦、小生等角色常用之：她用假嗓子唱小調。

歌喉 唱歌人的嗓音。也借指歌聲：美妙的歌喉／歌喉婉轉。

童聲 兒童在變聲以前的嗓音,不論男女兒童其音色均與女聲近似。

M6－15 名： 和聲・聲部

和聲 ❶兩個以上的樂音按一定規律同時發聲的協調的配合。❷歌曲中一人或眾人應和的部分。古樂府和唐歌曲中都有和聲。

聲部 凡具有橫向進行意義的音的線條,稱爲聲部。四聲部由高至低分高音部、中音部、次中音聲部、低音部;它們相當於聲樂中的女高音、女低音、男高音、男低音。

男聲 聲樂中的男子聲部,一般分爲男高音、男中音、男低音。

女聲 聲樂中的女子聲部,一般分爲女高音、女中音、女低音。

M6－16 名： 音樂家

音樂家 在音樂創作、表演或研究上有相當成就的人。

作曲家 從事歌曲創作有相當成就的人。

歌唱家 對歌唱表演有特殊才能的人。

歌手 擅長歌唱的人。

歌星 指有名的歌唱演員:她是青年人喜愛的歌星。

指揮 用特殊手勢、身體動作和面部表情組織、調度樂隊或合唱隊排練、演出的人。

M6－17 名： 琴師・鼓手・號手

琴師 戲曲樂隊中操琴伴奏的人。

鼓師 戲曲樂隊中敲擊板鼓、統一節拍的人。

鼓手 樂隊中打鼓的人。

號手 吹號的人。

吹鼓手 舊時婚喪禮儀中吹奏樂器的人。現常用來比喻替某事或某人大肆宣傳的人。

M6－18 名： 樂隊・樂團

樂隊 用各種樂器共同演奏音樂作品的樂團。有管弦樂隊、交響樂隊、銅管樂隊、民族樂隊等。

樂團 音樂演出的團體:交響樂團。

合唱團 由不同聲部的演唱者組成的歌咏團體。

M6－19 名： 樂器

樂器 用來演奏音樂的器具,能發出一定節奏、固定音高的音響。

管樂器 利用氣流使簧片、管體振動而發聲的樂器。民族管樂器分簧管樂器(如嗩吶、管)、無簧管樂器(如笛、簫)兩類;西洋管樂器也根據質地分銅管(如小號、圓號)、木管(如單簧管、大管)兩類。也叫**吹奏樂器**。

弦樂器 由於琴弦振動而發音的樂器。分四類:撥弦樂器(如琵琶)、弓弦樂器(如二胡、小提琴)、擊弦樂器(如揚琴),擊弦鍵盤樂器(如鋼琴)。

絲竹 我國弦樂器和管樂器的總稱。絲,指弦樂器;竹,指竹製管樂器:江南絲竹。

打擊樂器 由於敲打其本體而發聲的樂器。有的有固定音高,如編鐘、定音鼓、木琴等;有的無固定音高,如鑼、鈸、梆子、拍板等。

響器 指鐃、鈸、鑼、鼓等打擊樂器。

鍵盤樂器 有鍵盤裝置的樂器。鍵盤由一系列按音階排列的長方形黑、白琴鍵組成。按鍵使琴箱內部的弦、管、簧片等振動而發聲。如風琴、鋼琴、電子琴等。

M6－20 名： 弦樂器

琴 ❶泛指某些樂器,如鋼琴、提琴、口琴、胡琴等。❷指古琴。

胡琴 拉弦樂器。用馬尾張在竹弓上,置於兩弦之間,往返拉動發音。有京胡、二胡等。

二胡 胡琴的一種。琴筒用木或竹製成,一端稍大,蒙蟒皮,張弦兩根。聲音低沈,柔和優美。

南胡 即二胡,因原先流行於南方而得名。

京胡　胡琴的一種。琴筒竹製，一端蒙以蛇皮。形狀似二胡而略小。發音剛勁嘹亮。是京劇的主要伴奏樂器。

京二胡　胡琴的一種。形狀與二胡相似，聲音介於京胡、二胡之間，常用於京劇伴奏。也叫**嗡子**。

四胡　胡琴的一種。形狀似二胡，有四根弦，琴弓粗壯，用雙股馬尾分別夾於一、二及三、四弦之間。拉動時四弦同時發聲。是曲藝大鼓的主要伴奏樂器。

板胡　胡琴的一種。琴筒用木料或椰殼製成，呈半球形，口上蒙以桐木薄板，琴弓長而粗壯，夾在兩弦之間。聲音高亢，是梆子戲的主要伴奏樂器。

高胡　即高音二胡，也叫粵胡。一般用鋼絲弦。音色明朗飄逸，宜演奏抒情的曲調。

三弦　彈撥樂器。琴箱方圓，兩面蒙皮，柄長，有三根弦。戴假指甲或用撥子彈奏。聲音響亮渾厚。分大三弦和小三弦兩種。大三弦用於大鼓書的伴奏，小三弦用於昆曲的伴奏。通稱**弦子**。

柳琴　彈撥樂器。似琵琶而略小。有四根弦。音色清脆，音域廣，音量大。用於獨奏、伴奏和合奏。

琵琶　彈撥樂器。音箱呈半梨形，以桐木板蒙面，琴頸向後彎曲，有四根弦，十二柱，現民間琵琶有十七柱。用手或撥子彈撥。音色清脆明亮，用於獨奏、合奏和伴奏。

揚琴　擊弦樂器。琴身爲一梯形的扁木箱，上面有鋼絲弦數十檔，每檔三、五根，用富有彈性的兩根竹籤擊奏。常用於伴奏和民樂合奏。也作**洋琴**。

古琴　我國源於周代的一種撥弦樂器。琴身狹長形，木質音箱，琴面張弦七根，外側有徽十三個。演奏時左手按弦，右手撥彈。琴音清幽。多用於獨奏或琴簫合奏。也叫**弦琴**。

古箏　我國源於戰國時秦地的一種彈撥樂器。在木製長方形音箱上張弦，每弦用一柱支撐。弦製歷代不一，有十二弦、十三弦、十六弦等。今發展爲二十五弦。音色輕雅，優美動聽。用於獨奏、伴奏或小型樂隊合奏。也叫**箏**。

瑟　我國源於春秋時的一種彈撥樂器，常與古琴或笙合奏。形似古琴，但無徽位，有五十弦、二十五弦、十五弦等種，今瑟有二十五弦、十六弦兩種，每弦有一柱。

築　古代擊弦樂器。形製似箏，有十三根弦，弦下設柱。用竹尺擊弦發音。

箜篌　古代彈撥樂器。有臥式、豎式兩種。弦數因形體大小而有不同，最少的五根，最多的二十五根。

冬不拉　東不拉　哈薩克族彈撥樂器。下部呈梨形，有長柄，一般張弦二根或四根，用撥子彈奏。音量較弱。用於歌舞伴奏。

馬頭琴　蒙古民間拉弦樂器。木製，共鳴箱扁平，呈梯形，蒙以羊皮或馬皮。琴柄頂端刻有裝飾性馬頭，故名。弓由馬尾製成，在弦外拉奏。發音圓潤，音量較弱。用於獨奏、伴奏和合奏。

曼陀林　音譯詞。彈撥樂器。形似小提琴，呈梨形，有四對金屬弦，用撥子彈奏，音色清脆。用於獨奏或伴奏。也譯作**曼陀鈴**。

吉他　音譯詞。彈撥樂器。外形比曼陀林稍大，背面扁平，張弦六根或七根，以手指撥奏。用於伴奏民間舞蹈或歌唱。也稱**六弦琴**。

提琴　拉弦樂器。有弦四根，分小提琴、中提琴、大提琴、低音提琴四種。

小提琴　提琴的一種。木製（面板用雲杉，背板用槭木）。琴頸附有指板，琴身內裝有音樑，撐有音柱。聲音圓潤，音域寬廣，音色富於變化，表現力強。用於獨奏、重奏和合奏，是管弦樂隊中主要的旋律樂器。

梵啞鈴　小提琴的音譯名。

中提琴 提琴的一種。形狀、構造同小提琴相似，但體積稍大，定弦比小提琴低五度。常用於重奏和管弦樂隊，也用於獨奏。

大提琴 提琴的一種。形製與小提琴相似，但琴身大得多。定弦比中提琴低八度。用於獨奏、重奏和管弦樂隊。

低音提琴 提琴的一種。與其他提琴比，外形近似，體積最大，音域最低，是管弦樂隊的低音基礎。也叫**倍大提琴**。

豎琴 一種大型立式的彈撥樂器。在直立的三角架上安有四十八根弦，七個踏板。常用於管弦樂隊，也可獨奏。

月琴 彈撥樂器。琴身扁圓，琴柄較短。舊製爲4根弦，兩根爲一組，現改爲三根弦，增加了半音品柱。以撥子彈奏，發音清亮。多用於合奏、戲曲伴奏，也可獨奏。

M6 - 21 名： 管樂器

笛 我國的管樂器。多爲竹製。單管橫吹，有吹孔、膜孔各一，指孔六個。尾部常有二～三個出音孔。品種有短笛、梆笛等。發音清脆嘹亮。用於獨奏、伴奏和合奏。也叫**笛子**；**橫笛**。

短笛 構造與長笛相同，長度僅及長笛的一半，管身較細。發音比普通長笛高一個八度。

風笛 由風囊（皮囊）、吹管和若干簧管組成。演奏時，把氣吹入風囊，並用手臂加以壓縮，使氣流入簧管而發音。流行於歐洲民間。

長笛 由管身（中空的管體）和音鍵兩部分組成。用金屬或木料製成。音色清澈，宜於演奏抒情的旋律。

雙簧管 一種直吹的木管樂器。由哨子、管身和喇叭口三部分組成，哨子上裝有雙簧片。有短雙簧管、中音雙簧管、英國管、上低音雙簧管等。音色柔美，常用於表達田園風光和凄涼氣氛。

單簧管 一種直吹的木管樂器。由哨子、小筒管身和喇叭口四部分組成，哨子上有單簧片。小筒與管身之間可伸縮。音色圓潤華麗，常用於管弦樂隊。

簫 吹管樂器。竹製，單管直吹。上有六個音孔，正面五個，背面一個。頂端有吹孔，下端背面有出音孔和助音孔。音色清幽柔和。用於獨奏和合奏。

洞簫 簫因下端不封口又稱洞簫。

笙 簧管樂器。用十七根長短不齊的竹製簧管（其中三根不發音）插入銅斗中製成。奏時手按指孔，利用吹吸氣流振動簧片發音。音色柔潤，多用於伴奏、合奏，也可獨奏。

胡笳 我國古代北方民族的一種簧管樂器。類似笛子。木製，有三孔，兩端彎曲。

號筒 舊時軍隊中傳達命令的管樂器。筒狀，管細口大，用銅製成。

號 ❶號筒。❷銅管樂器的通稱。

號角 古時軍隊中傳達命令的管樂器。後也泛指喇叭一類的東西。

軍號 軍隊裡用來發出簡單號令的喇叭，以規定的音調表達一定的內容。

鼓角 古代軍隊裡用來發出號令的戰鼓和號角。

喇叭 銅管樂器。上細下粗，最下端的口部向周圍擴張，可以擴大音量。

法螺 古時做佛事時用的樂器，故名。用磨去尖頂的海螺殼製成。漁船、航船等常用法螺來做號角。

嗩吶 音譯詞。簧管樂器。原爲波斯、阿拉伯一帶的樂器。形製大小不一。管身木製，正面七孔，背面一孔，吹口裝有簧片，下口裝銅喇叭。發音響亮，是民間吹打樂中的主要樂器。

蘆笙 我國苗、侗等族的簧管樂器。有大、中、小等多種類型。由六根蘆竹管和一根吹氣管插入一長方形木斗中製成。外側開有按音孔，下端裝置銅簧，吹氣振動簧片發音，音色明亮。

渾厚。常用於舞蹈伴奏或獨奏。

口琴 一種活簧片吹奏樂器。琴身扁長,上面有兩排並列的小孔,裡面裝有一系列銅製小簧片,按自然音階排列。用嘴吹吸小孔發音。

M6－22 名： 打擊樂器

鑼鼓 我國民間打擊樂器的總稱:鑼鼓喧天。

鑼 銅製打擊樂器。形似淺盤,以槌敲擊發聲。種類很多,有大鑼、小鑼、堂鑼、雲鑼等。常用於吹打樂和戲曲、歌舞伴奏:敲鑼打鼓。

小鑼 鑼面較小,中部稍突起。以竹片或木片擊奏發音。常用於戲曲及民間鑼鼓樂。也叫**手鑼**。

鈸 由兩個相同的圓形銅片組成的打擊樂器。銅片中部隆起成半球形,正中有孔,可以穿繫綢條,便於手抓。兩片合擊發聲。用於吹打樂及戲曲歌舞伴奏。

鐃鈸 大型的鈸。

镲 小鈸。

鉦 古代行軍時用的打擊樂器,青銅製成。形似倒置的銅鐘而狹長,有長柄。

鐘 用金屬製成的響器。中空,懸掛於架上,用槌敲擊發聲。

編鐘 古代打擊樂器。歷代形製不一。一般由十六只大小相次的銅鐘掛在木架上組成,用小木槌擊奏發聲。

鼓 打擊樂器。一般以木為框,呈圓桶形或扁圓形,中空,一面或兩面蒙獸皮,用雙槌敲擊鼓皮發聲。形製大小不一,有大鼓、小鼓、定音鼓、腰鼓等。

腰鼓 框用木製,短圓柱形,兩端小而中腰較粗,雙面蒙皮,用綢帶縛在腰間,雙手執槌,交替擊奏。用於秧歌,邊奏邊舞。

漁鼓 魚鼓 以長竹筒為體,一頭蒙上豬、羊薄皮。奏時,左臂豎抱,右手擊筒底。多用於給演唱道情伴奏。

堂鼓 以木為框,兩面蒙牛皮製成。置木架上,以木槌敲擊。常用於民間器樂合奏及戲曲樂隊。

羯鼓 古代羯族傳入內地的一種鼓,盛行於唐代。外形如桶,放在小牙床上,用兩根木杖敲擊。

長鼓 ❶朝鮮族打擊樂器。圓筒形,中段細而實,兩端粗而中空,用繩繃緊鼓皮。演奏時右手執細條敲擊一面,左手敲擊另一面,兩手節奏交錯。❷瑤族打擊樂器。長筒形,腰細而實,兩端蒙皮。斜掛腰側,用手拍擊。

八角鼓 滿族打擊樂器。木製,八角形,一面蒙蟒皮,周圍嵌響鈴。演奏時用指彈擊鼓面發出鼓聲,或搖動鼓身發出鈴聲。今為曲藝單弦的主要伴奏樂器。

手鼓 維吾爾、哈薩克等族打擊樂器。木製,扁圓形,一面蒙羊皮,框內周圍有金屬片或小銅環。演奏時,以手執鼓,拍擊鼓面並搖動鼓身。常用做舞蹈的伴奏樂器。

定音鼓 銅製,形似鍋,鼓蒙牛皮,周圍有螺旋裝置,用以調整音高。是管弦樂隊的重要打擊樂器。

板鼓 鼓框用硬木合成,一面蒙牛皮,內腔呈喇叭形,鼓面中央開口直徑約一寸。演奏時用雙籤敲擊鼓心或邊心,發音清脆響亮。是戲曲及民間吹打樂中的指揮樂器。

拍板 打拍子的打擊樂器。由三塊硬木板組成,頂端用繩連接。演奏時左手握後一塊,使與前兩塊互相敲擊發聲。通常在民樂合奏及戲曲伴奏中起擊節指揮作用。因演奏時左手執板,右手敲板鼓,也叫做**鼓板**。

檀板 檀木製的拍板。

木魚 木製,刻成圓魚頭形,中間鏤空,用小木槌敲擊出聲。為僧尼念經時敲打的響器。也有用於民間器樂合奏的,通常為圓形或長方形。

梆子 用兩根長短不一的硬木棒製成,長的為圓形,約十七釐米,稍短的為長方形。兩手各執其一,互擊發聲。用於梆子腔的伴奏。

簡板 用兩片一尺多長的竹板或木板製成,夾擊

發聲。用於戲曲或道情的伴奏。

M6－23 名：　鍵盤樂器

鋼琴　琴體木製髹漆，內有鋼板片，上張鋼絲弦，鍵盤有八十五鍵或八十八鍵。一按鍵就能帶動裏有厚絨的木槌擊弦發音。音域寬廣，表現力豐富，能演多聲部音樂。是重要的獨奏樂器，也常用於伴奏及合奏。

風琴　外形如一個長方木箱。由鍵盤、簧片、風箱、音栓、增音器和踏板等組成。用雙腳踩踏板鼓動風箱，使空氣振動簧片，同時按動鍵盤而發音。

手風琴　風琴的一種。由鍵盤、簧片和摺疊的皮製風箱組成。演奏時，左手拉動風箱，右手按鍵盤，使空氣振動簧片發音。音色優美富有變化。用於獨奏、重奏和伴奏。

管風琴　用幾組音色不同的管子構成。彈奏時，牽動機械裝置，由風箱壓縮空氣通過管子而發音。形體大，音量強，音色豐富、多變，能發出近似銅管樂器和木管樂器的聲音。

電子琴　一種運用各種高低頻率的電路振盪產生聲音，通過揚聲器播送的鍵盤樂器。由電子振盪電路、鍵盤、各種控制開關、揚聲器、殼體等組成。由於電子合成器的作用，它能設計各種聲音，發出各種樂器聲。一人演奏，就可產生一個樂隊的效果。也叫**電子風琴**。

M6－24 名：　樂器零件

弦　樂器上經過摩擦、振動發聲的線。一般用絲線、銅絲或鋼絲等製成：外弦／定弦。

絲弦　用絲擰成的弦。

琴弓　拉弦樂器的零件。弓杆用竹或木製成，弓毛一般用馬尾。

撥子　彈撥樂器中用於撥弦發音的小薄片。通常用牛角、象牙、金屬、塑膠等材料製成。

簧　樂器中用以振動發聲的薄片，用葦、木、竹、銅等製成：簧片／笙簧。

鍵　樂器上用以按彈而牽動其他部分振動發音的裝置。

琴鍵　風琴、鋼琴等上面裝置的用於按動而引起振盪發音的部分。

笛膜　從竹子或蘆葦的莖中取出的薄膜，用來貼在笛子左端第二孔上，吹奏時因氣流振動而發聲。

M6－25 名：　舞蹈

舞蹈　藝術的一種。以經過提煉、組織和藝術加工的、有節奏的人體動作和造型來表現人的生活、思想和感情。其基本要素是動作姿態、節奏和表情。一般用音樂伴奏。主要體裁有民間舞、古典舞、民族舞、交際舞、芭蕾舞等。

舞　舞蹈：交際舞／輕歌曼舞。

獨舞　由單人表演的舞蹈。技巧要求高，音樂需配合得非常緊密。也可以是舞劇或集體舞的一個組成部分，用來突出地刻畫人物性格。也叫**單人舞**。

雙人舞　一般由男女兩個人表演。技巧要求高，需音樂緊密配合。也可以是舞劇或集體舞的一個組成部分，用來突出地刻畫人物性格。

集體舞　❶一種群眾娛樂性舞蹈。人數可多可少，形式自由，動作簡單。常用於集體聯歡場合。❷由多數人共同表演的舞蹈。要求隊形不斷變換，動作整齊劃一。也叫**群舞**。

樂舞　有音樂伴奏的舞蹈。

芭蕾舞　音譯詞。歐洲古典舞蹈。起源於義大利，形成於法國。表演的主要手段是音樂、舞蹈和啞劇。女演員舞蹈時常用腳趾尖點地而立，也叫**腳尖舞**。

搖擺舞　西方現代流行舞蹈的一種。表演時，男女成對，全身扭動，左右搖擺。節奏強烈，感情奔放，形式多樣，風格自由。

狄斯可　音譯詞。搖擺舞的一種，淵源於美國黑

人和墨西哥人的民間舞蹈。舞時在強烈的搖滾樂伴奏下，男女臉對著臉自由地搖擺扭動身體。也指跳這種舞時的伴奏音樂。

霹靂舞　源於美國黑人的一種舞蹈，興起於二十世紀七十年代。把芭蕾舞步、自由體操、雜技、啞劇動作融合一起，用節奏強烈的音樂伴奏，動作時緩時速。基本形式有轉舞、鬥舞、觸電舞或木偶舞等。

M6-26　名：　民間舞蹈

秧歌　流行於大陸東北、陝北、河北各地的民間舞蹈。演員一般持扇子、手帕或彩綢起舞，多用鑼鼓伴奏，具有歡樂、興奮、熱鬧的特點。分為大場、小場和過街：大場是集體舞蹈，由鑼鼓絲弦曲牌伴奏；小場是只有二、三人表演的小型歌舞；過街是在街上行進時踏著音樂節拍而跳的簡單舞蹈。

腰鼓舞　我國廣為流行的民間舞蹈。表演時，身穿彩服，腰掛橢圓形小鼓，雙手執槌，邊敲邊舞。鼓點多變化，節奏強烈，動作健美。

花鼓舞　一種民間舞蹈。各地表演形式不一：有男女二人對舞，一人執小鑼，邊敲邊歌邊舞，如鳳陽花鼓；有在鼓槌上繫一長穗，在舞動中以穗擊鼓，如山東花鼓。

霸王鞭　一種民間舞蹈。表演時，一面揮舞兩端嵌銅錢的彩色短棍，上下左右交替，敲擊肩背四肢，一面按節歌唱。也叫**花棍舞；打連廂**。

跑旱船　一種民間舞蹈。用竹、木、秫秸等紮成無底船體，外蒙以布。扮演女子的舞者站在船中，船舷繫在腰間，作坐船狀；另一人扮演艄公，手持木槳，作划船狀。兩人合舞，或邊舞邊唱，如船行水上。也叫**採蓮船**。

高蹺　一種民間舞蹈。表演者扮成各種人物，腳踩在有腳踏裝置的長木棍上，邊走邊表演。表演形式分大場（多人群舞）和小場（二、三人表演）。

鍋莊　藏族民間舞蹈。一種節日或農閒時的集體性休閒活動。表演時，男女各站半圈，相對而立，自右而左，一人領唱，衆人齊唱，邊歌邊舞。舞姿健美，曲調高亢。也流行於一些彝族地區。

跳月　苗族、彝族民間舞蹈。是青年男女社交活動的一種形式，多在節日月夜進行。男女成雙對舞，男的吹笛子，或彈三弦，女的拍掌或搖鈴。歌舞節奏鮮明，情緒歡快。

花燈　流行於雲南、貴州、四川等地區的民間舞蹈。表演者提燈執扇，載歌載舞。後發展為有故事情節的小型歌舞劇「花燈戲」。

採茶燈　流行於我國南方產茶地區的民間舞蹈。表演者左手提籃，右手執扇，載歌載舞，表現採茶女歡樂工作的場景。

劍舞　由古代劍術發展而成的一種舞蹈。表演者持單劍或雙劍起舞。舞姿英武優美，形式豐富多彩。

龍舞　流行很廣的民間舞蹈。用竹、木、紙、布等紮成龍，有七節至十餘節不等，但必為單數。表演時，一人持彩珠在龍頭前翻滾流動，作種種戲龍姿態，撐龍者配合緊追不捨，使龍體隨之上下左右地舞動，表現龍的游動、盤旋、騰飛等姿態，有的在每節內燃燭，也叫**龍燈**。

獅子舞　流行很廣的民間舞蹈。一般由兩人合扮一頭大獅子，或一人獨扮一頭小獅子，由一扮武士的人持彩球逗引，使獅子表現各種神態和動作。

M6-27　名：　交際舞

交際舞　從西歐古老民間舞蹈發展而來的一種社交性舞蹈。由男女兩人在音樂伴奏下按規定的步法對舞。有華爾茲、狐步、探戈等形式。也叫**交誼舞**。

華爾茲　音譯詞。交際舞的一種，起源於奧地利民間的一種舞蹈。三四拍。男女成對在舞曲

伴奏下旋轉而舞,分快步和慢步兩種。伴奏的舞曲也稱華爾茲(中國常稱之為圓舞曲)。

狐步 交際舞的一種。起源於美國黑人民間舞蹈。四四拍。在音樂伴奏下,男女相向,成對起舞。步伐簡潔凝重。

探戈 音譯詞。交際舞的一種。起源於非洲,流行於歐美。中速,二四拍或四四拍。步法變化甚多,舞姿優美。流行於社交舞會,也常用於表演。

倫巴 音譯詞。交際舞的一種。源於古巴黑人的雙人舞,流行於南美和歐洲。四四拍。基本步法為一小節跳三步,舞時上身平直,臀部自然向左右擺動。

M6－28 動、形： 舞蹈(跳舞)

舞蹈 〔動〕按照音樂節奏作出各種姿態的步伐、手勢、跳躍、轉身等動作;跳舞:在手風琴伴奏下,姑娘們舞蹈起來。

跳舞 〔動〕❶舞蹈:孩子們在院子裡跳舞。❷特指跳交際舞。

舞 〔動〕❶舞蹈:邊歌邊舞／能歌善舞。❷拿著某種東西而舞蹈:舞劍／舞龍燈。

載歌載舞* 一邊唱歌,一邊跳舞。形容盡情歡樂:樂團歌手載歌載舞地到了運動場。

輕歌曼舞* 輕鬆愉快的音樂和柔美優雅的舞蹈:大廳裡人們正沈醉在輕歌曼舞的歡樂中。

婆娑 〔形〕盤旋的樣子(多指舞蹈):婆娑起舞。

翩翩 〔形〕形容輕快地跳舞,也形容動物飛舞:翩翩起舞／蝴蝶在花叢中翩翩飛舞。

翩躚 〔形〕〈書〉形容輕快旋轉的舞姿:弟兄姊妹舞翩躚／翩躚起舞。

M7　美術·攝影

M7－1 名： 美術

美術 ❶藝術的一個門類。用一定的物質材料和造型手法塑造占有一定空間的有美感的形象,藉以反映客觀現實,表現作者的思想感情和審美情趣。包括繪畫、雕塑、建築藝術、工藝美術等。也稱**造型藝術**。❷專指繪畫。

繪畫 造型藝術的一種。用某些工具和材料,在平面物上通過線條、色彩、明暗、構圖等表現手段創造的具審美價值的形象。按使用材料和技術的不同,分為油畫、水彩畫、水墨畫、帛畫、版畫、素描等。

丹青 〈書〉丹砂和青雘兩種可作顏料的礦物,是中國古代繪畫常用的顏色。借指繪畫:擅長丹青。

繪事 〈書〉關於繪畫的事情:精於繪事。

書畫 書法和繪畫的合稱。多指供人欣賞的書畫藝術品:舉行書畫展覽會。

中國畫 指用中國特有的毛筆、墨和礦物顏料在宣紙或絹上作畫,和詩文、書法、篆刻有機結合的中國民族繪畫。按題材分為人物、山水、花卉、翎毛、走獸、蟲魚等畫科;按技法分為工筆、寫意兩種。簡稱**國畫**。

西洋畫 西方各個畫種的總稱。構圖注重透視,描繪不留空隙,以明暗方法表現出質體的形象。因使用的工具、材料的不同,可分鉛筆畫、木碳畫、水彩畫、水粉畫、油畫等。簡稱**西畫**。

工藝美術 造型藝術的一種。指工藝品的造型設計和裝飾性美術。可分為日用工藝美術(染織工藝、陶瓷工藝、家具工藝等)和陳設工藝美術(象牙雕刻、壁掛、首飾、室內裝飾等)。

造型 創造出來的物體的形象:造型優美／新穎的造型。

藝術品 藝術作品。通常指造型藝術作品。

M7－2 名： 畫(一般)

畫 圖畫;畫成的藝術品:人物畫／江山如畫。

圖畫 用線條、色彩繪出的形象。

圖 圖畫：圖片／看圖識字。

畫圖 圖畫(多用作比喻)：這些詩篇構成了一幅農村生活的多彩的畫圖。

畫面 畫幅或銀幕上面所呈現的形象：優美的畫面。

圖像 畫成、攝製、印製或播放出的形象：圖像清晰。

圖形 畫在紙上或其他平面上的物體的形狀：幾何圖形。

圖案 有裝飾意味的花紋或圖形。結構一般要求整齊、勻稱。廣泛用於染織、印刷、建築、工藝美術等方面。

圖樣 按照一定的規格和要求繪製的圖形，表示物體的大小、形狀和結構，供製造或建築時做樣子。

插圖 插附在書刊中起說明和補充作用的圖畫。形式多樣。一般指文學作品中的藝術插圖。

插畫 文學作品中藝術性的插圖。

彩繪 器物上的彩色圖畫：陶瓷彩繪。

畫稿 圖畫的底稿。

模本 供臨摹用的書畫底本。

摹本 書畫原作的複製品。有為學習傳統技法而臨的摹本，有為保存原作、利於流傳而製的副本性質的摹本，也有為欺騙收藏者而作偽的摹本。

範本 可供學習摹寫的典範樣本：習字範本。

絹本 寫在絹上的字畫：這兩幅山水都是絹本。

贗本 名人書畫或碑帖的偽造本。

扉畫 書籍正文前的插畫。

M7－3 名：　畫(材料、技術)

水彩畫 用水調和水彩顏料繪在有滲水性的紙上的畫。利用畫紙的白底與水分互相滲融等條件，可產生透明感、潤澤感及明朗、輕快等特有效果。

水粉畫 用水調合粉質顏料在紙、布、木板或牆壁上繪成的畫。顏色不透明，具有覆蓋力，可用於創作、寫生，也可用於大幅壁畫、舞臺布景、小幅裝潢設計等。

油畫 西洋畫的主要畫種。用調色油調合顏料繪製在布、木板或厚紙上的繪畫。顏色有較強的遮蓋力，能表現複雜的色調和層次。有真實感，且便於修改，宜於保存。

鉛筆畫 用單色鉛筆或彩色鉛筆繪成的畫。主要用線條表現物像，筆法細緻，層次分明，常用於素描或速寫。且用具簡便，易於修改。

木碳畫 用木碳鉛筆或木碳條繪成的畫。多用於素描、人物寫生及油畫的草稿。也叫**碳筆畫**。

素描 單用線條描繪，講究明暗對襯，不加彩色的畫，如鉛筆畫、木碳畫等。

版畫 用刀或化學藥品等在木版、石版、鋅版、銅版等版面上雕刻或腐蝕後影印出來的畫。按版面性質和材料的不同，可分為凸版(如木刻)、凹版(如銅版畫)、平版(如石版畫)等。

木版畫 版畫的一種。用刀在木板上刻出圖形，再用紙拓印出來。就拓印使用的版數和顏料性質的不同，分為單色木雕、套色木雕、油印木刻、水印木刻等。也叫**木刻**。

銅版面 版畫的一種。在以銅為主的金屬版面上塗蠟刻畫或腐蝕出圖形，將油墨填入凹線中，即能印出凸起的線條來。

石版畫 版畫的一種。先用含有油質的藥墨在石版或特製的鉛皮上作畫，然後在版面塗上一層酸性阿拉伯樹膠，可影印多張。

麻膠版畫 版畫的一種。在黃麻布的底子上，加一層樹脂乾燥油和軟木屑的混合物，經壓製而成版面，然後在上面刻製版畫。製作方式和印製效果與木版畫相似。

鑲嵌畫 用有天然彩色的石子和有各種顏色的陶瓷片、琺瑯或玻璃片鑲嵌而成的圖畫。一般鋪於牆壁、天花板和地面，以裝飾建築物和

庭院。

磨漆畫 用松脂油調漆和金銀、朱砂等礦物質顏
色在板上繪畫,乾後用木碳或磨石夾水打磨。
畫面平滑光亮。

壁畫 繪在牆壁、天花板或墓穴洞窟壁面上的圖
畫。分爲粗地壁畫、刷地壁畫和裝貼壁畫等:
敦煌壁畫。

岩畫 刻在山洞壁或山崖上的畫。

鐵畫 我國獨有的一種工藝美術。用鐵片和鐵
線鍛打成各種山水、花鳥圖形,塗上黑色或棕
紅色,作成掛屏、掛燈等裝飾品。具有端莊凝
重,蒼勁古樸的獨特藝術風格。

M7 - 4 名: 畫(題材、内容)

風景畫 以描寫室外自然景物爲内容的繪畫。
畫的對象包括山石、竹木、建築、庭院、森林、
荒野、天空、江湖等。在中國畫中稱爲山水
畫。

風俗畫 以社會生活、風俗習慣爲題材的繪畫,
如《貨郎》、《清明上河圖》、《耕織圖》等。

漫畫 一種具有強烈諷刺性、幽默性的繪畫。多
用素描或版畫形式。通過誇張、變形、比喻、
象徵等手法創造出幽默、詼諧的效果,藉以諷
刺、批評或讚美社會生活中的某些人或事。

卡通 音譯詞。漫畫。

宣傳畫 一種以宣傳鼓動爲目標的繪畫,一般附
有簡短的帶號召性的文句。造型簡括,色彩
鮮明,具有強烈的感染力和號召力。大都經
過複製,張貼在街頭和公共場所。也叫**招貼
畫**。

廣告畫 以介紹商品或文娛體育活動爲目標的
宣傳畫。要求内容生動、新穎,構圖允許合理
的誇張。

年畫 我國民間過春節時張貼的一種畫。含有
喜慶新年、辟邪賜福的意義,故名。特點是構
圖飽滿,線條單純,色彩鮮明,生活氣息濃,有

較強的感染力。

連環畫 用許多畫面連續敍述一個完整故事情
節的繪畫形式。内容多取材於文學作品、歷
史事件或現實生活,有簡短的文字說明。一
般以線描爲主,也有彩繪和攝影等。

兒童讀物 〈口〉裝訂成冊的連環畫。

組畫 用一組畫來表現同類題材的繪畫形式。
畫幅較少,畫面較大,每幅畫具有相對的獨立
性,各幅畫沒有明顯的相互關係,但都是同一
主題的組成部分。

M7 - 5 名: 中國畫

水墨畫 純用水墨、不著彩色的國畫。有筆法和
墨法之分。筆法指以鉤、勒、皴、點等方法來
描摹物體的形狀,墨法指運用墨的濃淡乾濕
作烘、染、破、積等變化,以取得「水暈墨章」、
「如兼五彩」的藝術效果。

山水 即山水畫。以山川自然景色爲主要題材
的國畫。有青綠山水、金碧山水、沒骨山水、
水墨山水等形式。

人物 以人物爲題材的國畫。以線條表現,要求
能生動地傳達人像的神情意態。

花鳥 以花卉、竹石、鳥獸、蟲魚、蔬果爲題材的
國畫。在表現形式上,有工筆花鳥畫、寫意花
鳥畫、工筆兼寫意花鳥畫之分;在繪畫技巧上
有多種畫法,包括白描、雙勾、水墨、沒骨、點
垛之分。

花卉 以各種花草爲題材的國畫。

翎毛 以鳥類爲題材的國畫。

草蟲 以花草和昆蟲爲題材的國畫。

仕女 士女 以古代上層婦女生活爲題材的國
畫。

博古 以古器物爲題材的國畫:博古圖。

帛畫 我國古代繪在絲織品上的畫。

指頭畫 用指頭、指甲和手掌蘸水墨或顏色在紙
或絹上作的畫。

M7－6　名：　肖像畫

肖像畫　描繪真實人物形象的畫,包括頭像、半身像、全身像、群像等。肖像畫要求不僅「形似」,而且「神似」。

肖像　以某個人為主體的畫像或照片。

畫像　畫出來的人像。

寫眞　即肖像畫。因繪寫人的真容,故名。

繡像　❶用各種不同顏色的線繡成的人像。❷通俗小說中用精細線條繪畫的人物圖像,多附在卷首。

M7－7　名、動：　國畫技法

白描　〔名〕國畫的一種畫法。純用墨線勾描物像,不著顏色。有單勾和複勾兩種。單勾用線一次畫成。複勾在淡墨全部勾好的基礎上,再次勾勒,以加重質感和濃淡變化,使物像更有神采。

工筆　〔名〕國畫的一種畫法。用筆工整細緻,敷色層層渲染,細節明澈入微。常見的有工筆人物、工筆花鳥等。

寫意　〔名〕國畫的一種畫法。用簡練、概括、誇張的手法,注重做到神態俱足,以抒發作者主觀意趣為主。筆簡意邃,含蓄蘊藉。

布景　〔動〕國畫的一種畫法。指按照畫幅大小,妥善安排畫中景物。

渲染　〔動〕國畫的一種畫法。用水墨或淡的色彩塗抹畫面,以烘染物像,加強藝術效果。

烘托　〔動〕國畫的一種畫法。用水墨或淡的色彩點染物像的輪廓外部,使其鮮明突出。

勾勒　〔動〕國畫的一種技法。指用線條畫出物像的輪廓。

雙鉤　〔動〕國畫的一種技法。從左右或上下用兩條線勾描物像的輪廓。

皴　〔動〕國畫的一種運筆方法。畫山石和樹皮時,以線條勾出輪廓後,再用淡乾墨側筆而畫,以表現其紋理和凹凸向背。

皴法　〔名〕畫國畫用皴的各種方法。畫山石的有披麻皴、斧劈皴、解索皴等,畫樹皮的有鱗皴、繩皴、橫皴等。

潑墨　〔動〕國畫的一種畫法。用大筆將飽蘸的墨汁淋漓地灑在紙上或絹上,隨手描繪物像。筆勢奔放,用墨如潑。

點染　〔動〕繪畫時點綴景物並抹上顏色。

點垛　〔動〕國畫的一種畫法。用筆尖蘸墨汁或顏色,在紙上鋪開,即一筆之中就顯出濃淡不同;或先後蘸甲、乙兩色,再點垛出甲色、乙色和甲乙混合色。畫花葉和花瓣,多用此法。

M7－8　名：　書法

書法　書寫文字的藝術。特指用毛筆書寫漢字的藝術,是我國傳統藝術之一。包括執筆、用筆、點畫、結構、布局、風格等方面:書法家／鋼筆書法。

寫法　書寫文字的方法:楷書寫法。

字畫　書法和繪畫作品:名家字畫。

字　書法作品。

墨寶　指珍貴的字畫。也用來尊稱別人寫的字或畫的畫。

墨迹　某人親筆寫的字或畫的畫:珍藏名家墨迹。

翰墨　〈書〉筆和墨。借指書畫或文章:工於翰墨。

法書　藝術性很高,可以作為典範供他人觀賞取法的書法作品。也用作對別人書法的敬稱。

眞迹　出於書法家或畫家本人之手的作品,區別於臨摹或偽造的:王羲之眞迹。

飛白　一種特殊的書法。用枯筆殘墨落紙,使筆畫中露出絲絲白地。

M7－9　動：　畫・寫

畫　用筆或類似工具做出圖形:畫人像／畫油

畫。

寫 ❶用筆在紙上或其他東西上做出字形：寫字
／寫對聯。❷畫：寫生／寫眞。

繪 畫；描寫：繪了一幅山水畫／繪聲繪色。

繪畫 作畫；描繪：他拿出他繪畫的水滸人物給
我們看。

描 照著底樣畫或寫：描圖樣／描紅。

描畫 畫；描寫：描畫山村景色。

描繪 描畫：描繪自然風光。

勾 畫出事物的輪廓；描繪：他只用寥寥幾筆，就
勾出一個人物的形象。

寫生 直接以實物或自然風景爲對象進行繪畫：
靜物寫生／他帶學生到野外寫生去了。

寫實 對事物眞實地描繪：這幅畫是戰地生活寫
實的作品。

寫眞 畫人像：畫家爲戰鬥英雄寫眞。

寫照 畫人物的形象：傳神寫照。

畫像 畫出人物圖像：給老祖母畫像。

畫圖 畫出事物圖形：給幼兒讀物畫圖。

素描 主要以單色點、線和塊面來表現物體或人
物的形象。是訓練造型能力的基本功之一。
使用的工具有鉛筆、木碳、鋼筆、毛筆等。

速寫 一邊觀察對象，一邊用簡單的線條把它的
形體、動作和主要特點迅速地描繪出來。是
訓練造型能力和收集素材的一種手段。

落筆 下筆：他畫畫經過縝密構思後才落筆。

落墨 下筆：寫意畫要從大處落墨。

揮毫 〈書〉拿起毛筆畫畫兒或寫字：當衆揮毫作
畫／乘興揮毫。

書丹 用筆蘸丹砂在碑石上寫字。泛指書寫碑
上的文字。

臨摹 照書畫原樣摹仿。臨，指在原本旁，仿照
著寫或畫；摹，指用紙覆在原本上依著形狀寫
或畫：臨摹古畫／臨摹碑帖。

臨池 〈書〉相傳漢朝書法家張芝在池邊練習寫
字，用池水洗硯，一池水都變黑了。後因稱練

習書法爲臨池。

M7－10 名： 畫譜・字帖

畫譜 ❶畫帖。有的有畫法圖解，作爲臨摹繪畫
的範本。❷鑑別圖畫或評論畫法的書。一般
只有文字，沒有附圖。

畫帖 供學習、臨摹用的圖畫範本。

字帖 供學習、臨摹用的書法範本。多爲名家墨
迹的石刻搨本、木刻印本或影印本。

法帖 供人臨摹、欣賞的名家書法的搨本或印
本。

印譜 彙集古印或名家手刻印章而成的書。

M7－11 名： 畫幅・畫軸・畫冊

畫幅 ❶圖畫：畫幅中的山水，點染得很有神韻。
❷畫的尺寸：一尺的畫幅，包含了千里的景
象。

畫卷 成卷軸形的畫。

畫軸 總稱裝裱後帶軸的圖畫。

掛軸 裝裱成軸可以懸掛的字畫。

條幅 直掛的長條的字畫。

掛屏 貼在帶框的木板上或鑲在鏡框裡的屏條。

立軸 長條形的字畫，尺寸比中堂小。

單條 單幅的長條字畫（區別於「屏條」）。

屏條 成組裝裱的掛軸。通常四條或八條爲一
組。

中堂 懸掛在客廳正中的尺寸較大的字畫。

斗方 用於書畫的一、二尺見方的紙。也指寫在
一、二尺見方的紙上的字或畫。

畫屏 用圖畫雕飾的屏風。

畫冊 裝訂成冊的畫。

畫報 以刊登圖畫、照片爲主的期刊或報紙。

畫片 印製的單幅圖畫，多經過縮小。

畫片兒 〈口〉畫片。

圖片 用來說明某一事物的圖畫、照片等的總
稱：教學圖片。

畫頁　書報中印有圖畫或照片的篇頁。

冊頁　分頁裝裱的字畫。

M7－12　名：　碑帖

碑帖　石刻、木刻法書的搨本或印本。供欣賞或臨摹研習用。

搨本　把碑刻、鑄器上的文字、圖像拓印下來裝訂成的紙本。

搨片　把碑刻、銅器等文物的形狀及其上面的文字、圖像拓印下來的紙片。

M7－13　動：　裝裱·拓

裝裱　給書畫裱褙和裝軸。先用紙覆托在書畫背面，再用綾、絹、紙鑲邊，然後在上下（立幅）或兩邊（橫幅）安裝軸杆。經裝裱的書畫、碑帖，牢固美觀，便於收藏和懸掛觀賞。

裱　用紙或絲織品做襯托，把字畫、書籍等裝潢起來，如有破損，並加適當修補，使美觀耐久，便於觀賞、保存：他送給我的畫已經裱好了。□裱褙。

拓　用紙摹印碑石或器物上的文字或圖像。先在碑石或器物上蒙一層濕紙，輕輕拍打，使凹凸分明，然後塗上墨，使顯出文字、圖像來。

M7－14　名：　畫家

畫家　擅長繪畫而有成就的人。

畫師　❶畫家。❷以替人繪畫爲業的人。

畫匠　繪畫的工匠。舊也指藝術技巧不高的畫家。

書法家　書法造詣高的人。

M7－15　名：　畫院·美術館

畫院　國家或團體所設立的繪畫機構。

美術館　收藏並陳列美術作品的機構。

畫室　供繪畫用的房間。

畫廊　❶展覽圖畫、照片的走廊。❷某些藝術博物館的名稱，如國家畫廊。

M7－16　名：　繪畫用具等

畫板　繪畫時用來固定畫紙的木板。

畫布　畫油畫用的布。多爲麻布。

畫架　繪畫用的三腳架。繪畫時在上面放置畫板或繃著畫布的框子。

靜物　作爲繪畫、攝影對象的靜止物件，如瓜果、鮮花、器皿、文具等：靜物畫／靜物攝影。

模特兒　音譯詞。繪畫、雕塑時爲塑造形象而用來供模仿、參考的實物。主要指穿衣的或裸體的人。

M7－17　名：　雕塑

雕塑　❶造型藝術的一種。採用硬質材料或可塑材料雕、刻或塑成各種實體的形象。一般分圓雕（即立體造像）和浮雕（即淺雕、凸雕）兩類。❷也指雕塑出來的藝術品。

雕刻　用竹、木、石、象牙、貝殼等材料雕出各種形象的藝術。也指雕刻成的工藝品。

浮雕　雕塑的一種。指在實體的表面上雕出凸起的藝術形象。依表面凸出厚度的不同，分爲高浮雕、淺浮雕和中浮雕等形式。

圓雕　雕塑的一種。把實體前後左右上下各方面都雕塑出來，不附著在任何背景上的立體藝術形象。可以從各個角度來欣賞。

石雕　在石頭上雕刻形象、花紋的藝術。也指用石頭雕刻成的藝術品，如青田石雕。

石刻　刻著文字、圖畫的碑碣或石料雕刻品，如廣元石刻。也指刻在石上的文字或圖畫。

牙雕　在象牙上雕刻形象、花紋的藝術。也指用象牙雕成的工藝品，如北京牙雕。

貝雕　把貝殼砂、磨、雕刻加工或鑲嵌而成的工藝品，如大連貝雕。

竹刻　在竹製器物上雕刻文字、圖畫的一種工藝品。有竹刻的筆筒、煙盒、扇骨、對聯等。

碑刻　刻在石碑上的文字、圖畫。

塑像　用石膏或泥土等塑成的人像。

泥塑　民間工藝之一。用黏土摻入少量棉花纖
　　維，捏製成人物、鳥獸形象，外加裝飾彩繪。

泥人　用黏土捏成的各種小型人物形象，並施彩
　　繪。

泥胎　未經金粉、顏料塗飾彩繪過的泥塑偶像原
　　型。

石膏像　用石膏製成的人物及人體各部分的形
　　象，分素色和彩色兩種。

造像　用石頭、木頭、金屬雕成或用泥土塑成的
　　形象。

M7－18 動：　雕刻・塑造

雕刻　在竹、木、石、象牙、金屬等材料上刻出文
　　字、形象或花紋：雕刻人像／雕刻出精緻的花
　　紋。

雕　雕刻：精雕細琢。

刻　雕刻：刻石／刻圖章。

塑造　用石膏、泥土等材料塑成人物形象等：塑
　　造一尊半身像。

塑　塑造：塑佛像。

鏤空　雕刻出穿透物體的花紋或文字：鏤空的象
　　牙球。

雕鐫　雕刻；鐫刻：雕鐫匾額。

雕琢　雕刻玉石：這酒杯是用瑪瑙雕琢的。

雕花　雕刻出圖案、花紋：在石柱上雕花。

造型　創造物體的形象：造型藝術／擅長造型。

篆刻　雕刻印章。因印章字體多用篆文，先寫後
　　刻，故名。

精雕細刻*　精心細緻地雕刻。常用來比喻創作
　　藝術品時細緻地加工。

M7－19 名：　攝影

攝影　用照相機或電影攝影機在感光材料上拍
　　取景物影像並使成為固定畫面的過程。通常

需經過拍攝、沖洗和印放三個步驟。

立體攝影　再現景物三度空間形象的一個攝影
　　品種。使用立體照相機或加用立體附加鏡拍
　　攝，印成兩張透明正片，裝在立體觀影器中，
　　就能利用視覺中的錯覺，產生立體效果。

全息攝影　一門利用光波干涉來攝製和再現物
　　體立體形象的技術。拍攝時用兩條相干光束
　　（鐳射），一束直接投射到軟片上，另一束照到
　　被攝體上，經反射後也投射到軟片上。兩條
　　光束同時疊加在軟片上，產生干涉，形成水波
　　狀條紋的全息圖。這種全息圖記錄了被攝體
　　的全部光資訊。當這種底片被鐳射束或白光
　　束處理後，觀察者透過底片，可以看到一個逼
　　真的物體立體像。

航空攝影　從飛機上或其他飛行器上對地面、海
　　上、空中目標進行的一種攝影。用於航空測
　　繪、森林調查、資源勘測、軍事偵察等。也叫
　　空中攝影。

M7－20 動：　拍攝

拍攝　用照相機或電影攝影機把人、物的形象照
　　在感光軟片上：拍攝景物／拍攝電影。

攝取　拍攝：攝取街景／攝取幾個鏡頭。

攝　拍攝：攝製。

拍　拍攝：拍照片／拍電影。

照　拍攝：照了幾張相。

攝影　拍攝照片或電影：會後全體攝影留念／攝
　　影棚。

照相　照像　拍攝照片：同學們在一起照相。也
　　說拍照。

留影　拍照留作紀念：在巴黎鐵塔前留影。

合影　若干人合在一起照相：全體合影留念。

M7－21 名：　照片

照片　把拍攝好的感光底片放在特殊的感光紙
　　上，經過顯影、定影、洗印製出的所拍攝的人、

物形象的圖片:風景照片／黑白照片／彩色照
片。

照片兒　〈口〉照片。

相片　人的照片。

相片兒　〈口〉相片。

照　相片或畫像:劇照／集體照／風景照。

影　❶照片:近影／影集。❷舊指祖先的畫像:
拜影。

象　比照人、物製成的形象:畫像／錄影。

小照　指自己尺寸較小的照片。

小影　小照。

玉照　對別人照片的敬稱。

快照　攝影社爲使顧客短時內即可取得而急速
印製的照片。

彩照　彩色照片的簡稱。

M7－22 名： 照相機

照相機　能在感光片上攝取物體影像的器械。
由鏡頭、暗箱、底片、快門、光量控制以及測
距、取景系統等主要部分組合而成。也叫**攝
影機**。

相機　照相機的簡稱。

鏡頭　❶照相機或攝影機前的光學透鏡部分。
❷構成影片的基本單位,即電影攝影機每拍
攝一次所攝取的畫面。

暗箱　聯繫鏡頭、快門與感光片的箱體,關閉時
不透光,是構成照相機的重要零件。

快門　照相機中控制曝光時間的重要零件。按
在照相機中所處的位置,可分爲鏡前快門、鏡
後快門、鏡間快門和焦平快門四種類型。

光圈　照相機鏡頭中能開大收小、改變有效孔徑
的裝置。用以調節進入鏡頭的光束,配合快
門的速度來控制曝光時間。

景深　拍攝景物時在感光片上形成清晰影像的
景物縱深範圍。使用小光圈、短焦距和適當
地利用暗影,都可以得到較好的景深。

焦距　由鏡頭頂點到與其相應的主焦點之間的
距離。

閃光燈　一種能發出短暫的強光的攝影光源器
材。有普通閃光燈、電子閃光燈(萬用閃光
燈)、照相機內藏閃光燈、電腦自動閃光燈等
多種。

測光表　攝影時用來掌握準確曝光的儀表。應
用光電效應測量被攝物的亮度,藉以控制攝
影曝光的時間和光圈的大小。也叫**曝光表**。

三腳架　安放照相機、測量儀器等用的有三個支
柱的架子,能使機具固定,不受震動。

M7－23 名： 軟片

軟片　攝影用的感光材料。把感光藥膜塗在透
明的塑膠薄片(片基)上製成。有黑白和彩色
兩大類。區別於以玻璃爲片基的硬片,也叫
膠片。

軟捲　成捲的軟片。

底片　❶拍攝過的軟片,經曝光、顯影、定影等處
理後,片上物像與實物明暗相反或顏色互補,
用以印放照片或影片。也叫**底版**;**頁片**。未
拍攝過的軟片。

正片　可將底片(負片)上的負像印成正像的感
光材料。用於印製電影片、幻燈片等。

印相紙　曬印照片的感光紙,表面塗有鹵化銀乳
劑。

放大紙　放大照片的感光紙,表面塗有鹵化銀乳
劑,感光速度比印相紙高。

M7－24 動： 沖洗·放大

沖洗　攝影中將已曝光的軟片進行顯影、定影、
水洗、乾燥等加工處理。

洗印　沖洗和影印照片、影片。

洗　攝影中的沖洗:洗軟片／洗照片。

曝光　使感光材料在一定條件下感光。軟片或
感光紙受到光產生光化作用,形成潛影,經沖

洗、處理,即呈現可見的影像。照相和洗印都
必須經過曝光。也叫**暴光**。

顯影　把曝過光、產生潛影的照相底片或相紙,
在暗室中用顯影藥液處理,使顯現可見的影
像。

定影　把顯影後的感光材料放入定影液裡,溶去
未感光的鹵化銀,使影像穩定下來,不再變
化。

放大　用放大機將底片影像投射到感光紙上,製
成大於底片畫面的照片。

擴印　用彩色照片擴印機放大、印製彩色照片。

M8　曲藝·雜技

M8-1 名：　曲藝·曲調

曲藝　中國流行於人民群眾中的以說唱為主的
表演藝術。說唱時帶有表演動作,演員一般
只有一至二、三人,常由一個演員模擬多種角
色,道具也很簡單。因地區、民族、方言和表
演形式的差異,有很多曲種,主要的有評話、
大鼓、彈詞、琴書、道情、相聲、快板等。

說唱　指有說有唱的曲藝,如大鼓、彈詞、相聲
等。

玩意兒　〈口〉泛指曲藝雜技,如大鼓、相聲、雙
簧、魔術等。

說書　評書、評話、彈詞等曲藝的俗稱。一般只
說不唱,多說長篇故事,如北方評書、蘇州評
話等。有時也泛指某些有說有唱的曲藝,如
彈詞、鼓詞等。

都馬調　原名「什碎仔」,是臺灣歌仔戲中極重要
的一種曲調,多半用來叙事或是抒情,悲喜皆
可表現,有時亦可作為哭調。

M8-2 名：　評彈·大鼓等

評彈　曲藝的一種。由蘇州的評話和彈詞結合
而成,流行於蘇南、上海、浙江一帶。

彈詞　曲藝的一種。表演者一至三人,有說有
唱,用三弦伴奏,或再加琵琶或月琴陪襯。流
行於南方各省,均用當地方言說唱。

開篇　在彈詞演唱正書故事之前加唱的短篇唱
詞。其內容自為起訖,只是作為正書的引子,
也可以單獨表演。有對口、群唱、對白開篇等
形式。

評書　曲藝的一種。一人表演,只說不唱。說書
時要表、白、評三者渾然一體。書目多為長篇
故事,現在也說中篇、短篇。流行於北方各
地。

琴書　曲藝的一種。說唱故事,一般以唱為主,
以說為輔。伴奏樂器主要是揚琴,故名。有
山東琴書、徐州琴書、北京琴書等。

大鼓　曲藝的一類。用韻文演唱故事,夾有少量
說白。由一人自擊鼓、板,一至數人用三弦等
樂器伴奏。因方言、曲調的不同而有京韻大
鼓、西河大鼓、梅花大鼓、山東大鼓、東北大
鼓、湖北大鼓、安徽大鼓等曲種。

鼓書　大鼓。

道情　曲藝的一種。以唱為主,用漁鼓、簡板伴
奏。原以道教故事為題材,後來逐漸說唱民
間故事,並與民間歌謠結合發展為曲藝。有
陝北道情、隴東道情等。也叫**漁鼓;魚鼓**。

京韻大鼓　曲藝的一種。具有半說半唱的特色,
唱中有說,說中有唱,韻白在演唱中占重要位
置。伴奏樂器有大三弦、四胡、琵琶。演員自
擊鼓板掌握節奏。

梨花大鼓　曲藝的一種。起源於山東農村。由
一人演唱,或二人對唱,唱詞每句七字或十
字,用梨花簡(像犁鏵的金屬片。梨花是犁鏵
的諧音。)擊拍,用三弦、四胡伴奏。也叫**山東
大鼓**。

鐵片大鼓　曲藝的一種。演唱者左手打鐵綽板
(月牙形鐵片),右手擊鼓,自奏自唱。也叫**鐵**

板大鼓。

單弦　曲藝的一種。原由一人操三弦自彈自唱，現多由演唱者自擊八角鼓，他人用三弦伴奏。流行於北京、華北、東北等地。

清音　曲藝的一種。一般由一個女演員演唱，自打鼓板。書中人物多時，由伴奏者任配角或幫腔。用琵琶、二胡等伴奏。流行於四川。

河南墜子　曲藝的一種。演唱形式有自拉自唱、一拉一唱和對口唱三種。演唱者手打檀木，伴奏者拉墜胡，並用一種腳踏的梆子打節拍。形成於河南，流行於安徽、山東等地。也叫**墜子**。

二人轉　曲藝的一種。一般由男女二人表演，以唱爲主，伴以舞蹈。唱詞每句七字或十字。用板胡、嗩吶等伴奏。流行於黑龍江、吉林、遼寧一帶。

M8－3 名：　快板·對口詞等

快板　曲藝的一種。表演者自擊竹板，按較快的節奏念誦唱詞；唱詞合轍押韻，整齊均勻。單口、對口、三人以上均可。靈活多樣，能敍事、說理和敍情。

快書　曲藝的一種。由一人說唱，演員自擊節子和竹板（或銅板），以節子掌握節拍，以竹板烘托氣氛。唱詞押韻，說時節奏明快。有山東快書、竹板快書等。

山東快書　曲藝的一種。一人說唱，手持半月形銅板或竹板打拍子，說詞押韻，節奏較快。流行於山東及華北、東北各地。

數來寶　曲藝的一種。由一人或兩人說唱，用竹板或繫有銅鈴的牛髀骨打拍。最初藝人沿街說唱，多爲即興編詞。後入娛樂場所演唱，唱詞內容有所變化，逐漸演變爲快板書。流行於北方各地。

對口快板　由兩人以較快的速度對口朗誦唱詞，結合動作表演的快板。

蓮花落　曲藝的一種。由一人或兩人演唱，僅用竹板打節拍，也有輔以節子、小鑼的。每段唱詞常以「蓮花落，落蓮花」一類句子做襯腔或尾聲。

落子　〈方〉華北、東北一帶對蓮花落的俗稱。

對口詞　曲藝的一種新的形式。由兩人用較快的速度對口朗誦唱詞，輔以較大幅度的動作表演。一般不用樂器伴奏。唱詞具有朗誦詩的特點。

多口詞　對口詞的一種形式。由兩個以上的人共同表演。也叫**群口詞**。

雙簧　曲藝的一種。由兩人表演，一人藏在背後，或說或唱；一人坐在前面，只按後面人說唱的內容表演相應的動作，配合默契，妙趣橫生。有時故意露出破綻，逗引觀眾發笑。

M8－4 名：　相聲

相聲　曲藝的一種。我國特有的傳統藝術形式，以用生動幽默的語言來引起觀眾發笑爲特點。多用於揭露、諷刺壞人壞事，現也用來歌頌新人新事。主要藝術手段爲說、學、逗、唱。演出形式簡便靈活，有單口、對口、多口及化裝相聲等。起源於北京，流行於全國。

單口相聲　由一個演員表演的相聲。以語言幽默風趣，善於模擬各類人物語調爲特點。

對口相聲　由兩個演員共同表演的相聲。一人逗哏，一人捧哏，用對話形式進行。

多口相聲　由三個人以上演員表演的相聲。各人各有自己的性格、身分和任務。

滑稽　曲藝的一種。一般由一人或兩人表演，以說笑話、學各地方言、模仿各種戲曲唱腔、小調等爲主，生動活潑，富有風趣。流行於上海和江蘇、浙江一帶。也叫**獨角戲，獨腳戲**。

段子　大鼓、相聲、評書等曲藝中可以自成段落、一次演完的節目。

M8－5 動、名：　曲藝表演

說書　〔動〕表演評書、評話、彈詞等曲藝：拜師傅學說書。

逗哏　〔動〕曲藝術語。相聲表演中，演員用滑稽有趣的話或動作引人發笑。

捧哏　〔動〕曲藝術語。相聲表演中，配角用奉承或挑剔的話來配合主角，製造笑料。

抓哏　〔動〕戲曲中的丑角或相聲、評書等曲藝演員在表演時即景生情臨時編出臺詞來逗觀眾發笑。

包袱　〔名〕曲藝術語。相聲、快書、滑稽等曲藝中的笑料。醞釀、組織笑料叫「繫包袱」，把笑料在適當處說出來叫做「抖包袱」。

醒木　〔名〕說書藝人用的道具。是一小塊硬木，用來拍桌子，以引起聽眾注意或加強聲勢，創造氣氛。

手面　〔名〕曲藝術語。評話、彈詞等曲藝演唱中所作的整冠、捋鬚、抖袖、開門、上馬、舞刀、挽弓等虛擬動作。用以刻畫人物形象、交代故事情節。

歌仔戲　是臺灣最為人熟知的地方戲曲。其曲調除了演唱傳統的「什碎仔」外，又從流行歌曲中吸收了具有起承轉合的七言四句曲式，即「七字仔」。歌仔戲除了舞臺表演形式外，亦先後透過廣播、電影、電視深入各個家庭中。

跳加官　傳統戲曲表演的一個項目，因表演加官者是採取輕快跳躍的方式，故稱「跳加官」。表演者戴著白色的微笑面具，即「加官臉」，一面跳著臺步，一面向觀眾展示手中的條幅，好讓觀眾見著頌詞以感染祈福的喜氣。加官表演一般都是為了逢年過節或某些特殊的慶祝而舉行，為的是加添好運與喜氣。

M8－6 名：　雜技

雜技　以各種具有高難度的技巧為主要手段的表演藝術，包括車技、口技、頂技、蹬技、繩技、走鋼絲、空中飛人等。廣義的雜技也包括魔術、馬戲、馴獸等。

雜耍　舊指曲藝、雜技等。

把戲　舊稱雜技：玩把戲。

百戲　古代雜技的總稱。

猴戲　由經過訓練的猴子表演的雜技。猴子做穿衣服、戴假面、翻觔斗、騎羊奔馳等動作。有的用羊、狗等同猴一起表演。

馬戲　原專指馬術表演。現為各種馴獸表演的統稱。其形式多為演員表演馬術及指揮經過訓練的各種動物表演各種技巧動作，現在一般馬戲演出，也包括魔術和雜技。

走繩　雜技的一種。演員在懸空的繩索上來回走動，表演各種高難度的動作。也叫**走索**。

走鋼絲　雜技的一種。演員一人或二、三人，在一根懸空的鋼絲上來回走動，作各種形體動作以及騎車、翻觔斗、舞蹈等高難度技巧的表演。

車技　雜技的一種。演員在特製的雙輪或單輪自行車上表演各種動作。

流星　雜技的一種。在長繩的兩端拴上水碗或火球，演員用勁甩動繩子，使水碗或火球在空中飛舞而水不溢，球不墜，形似流星，故名。

轉碟　雜技的一種。演員雙手各執二、三根細竿，每一細竿頂著一個碟子的底，借助腕力使之飛快轉動，同時做翻觔斗、背劍、叼花、單臂倒立等高難度的動作而碟子仍飛轉不墜。

飛車走壁　雜技的一種。演員騎著自行車，或者開著摩托車或特製的小汽車，在口大底小的木製圓形建築物內壁旋轉奔馳。

M8－7 名：　魔術・口技等

魔術　雜技的一種。表演者借助物理、化學原理和機械裝置，並以敏捷的手法，表演各種物體、動物或水火等的迅速變化，造成觀眾的錯

覺,視假像爲眞實。也叫**幻術**。

戲法 中國傳統的魔術。表演者以靈巧敏捷的
手法或通過暗藏挾帶表演各種物件、動物或
水火等增、減、隱、現的迅速變化。

口技 雜技的一種。演員運用口腔發音技巧來
模仿各種聲音,如蟲鳴、鳥啼、獸叫聲、風雨
聲、槍炮聲以至人類活動中的嬰兒啼哭、衆人
吵鬧聲等。表演時配上簡單情節並輔以動作
來加強眞實感。

相書 〈方〉口技。

拉洋片 一種民間雜耍。在一個裝有凸透鏡的
木箱中,掛著各種畫片。藝人一邊拉換畫片,
一邊說唱畫片內容。觀看者從透鏡裡可以看
到放大的畫面。也叫**拉大片**。

M8-8 動: 賣藝

賣藝 舊時藝人在街頭或娛樂場所以表演雜耍、
武術、曲藝等賺錢:靠賣藝爲生。

賣唱 舊時在街頭或娛樂場所以演唱歌曲、曲藝
賺錢:沿街賣唱。

賣解 舊時在街頭或公共場所以表演雜技技藝
賺錢謀生:跑馬賣解。

跑馬解 舊時騎在馬上表演各種技藝,以賺錢謀
生。也說**跑解馬**。

M9 體 育

M9-1 名: 體育

體育 ❶指學校以鍛鍊身體、增強體質爲目標的
教育。❷指體育運動。

體育運動 指爲促進身體正常發育和充分發展
身體機能的各種鍛鍊方法和活動,包括體操、
田徑、球類、游泳、武術、登山、射擊、溜冰、滑
雪、舉重、摔跤、擊劍等各種項目。

運動 指體育運動:體操運動／水上運動。

軍事體育 以普及軍事知識、技能爲目標的體育
運動,包括射擊、跳傘、航空模型、摩托艇、摩
托車運動等。

醫療體育 通過體育運動促進機能恢復、治療疾
病的一種方法。常用的有醫療體操、太極拳、
氣功、按摩、步行等。

體壇 體育界。

文體 文娛和體育的簡稱:文體活動。

M9-2 名: 運動員

運動員 經常參加體育運動的訓練和競賽,具有
一定運動技術水準的人。

選手 經選拔獲得參加體育比賽資格的人。

健兒 原指英勇善戰的人,後泛指身體強健而擅
長體育技巧的青年人:綠茵場上的健兒。

健將 運動員技術等級中最高一級的稱號。也
泛指某種活動中的能手:運動健將／游泳健
將。

種子 指種子選手或種子隊。在進行分組淘汰
賽時,安排在各組裡實力較強的選手稱爲種
子。在以隊爲單位的比賽中,安排在各組裡
實力較強的隊稱爲種子隊。

M9-3 名、動: 教練‧裁判

教練員 〔名〕直接負責培養和訓練運動員的人
員。具有較高的專業理論和技術水準,掌握
一定的教學和訓練方法,並在比賽時臨場指
導。

教練 ❶〔動〕訓練別人掌握某種體育技能。❷
〔名〕教練員:排球教練。

裁判員 〔名〕在體育運動競賽過程中,主持比
賽,根據競賽規則,評定成績、勝負和名次的
人員。

裁判 ❶〔動〕根據運動競賽規則,對運動員的競
賽成績和競賽中發生的具體問題當場做出評
判。❷〔名〕裁判員。

國家裁判〔名〕指最高一級裁判員的稱號。

國際裁判〔名〕具有在國際體育運動比賽中擔任裁判資格的裁判員。

拳師〔名〕以傳授或表演拳術爲職業的人。

M9－4 名：　運動場所

體育場供體育教學、訓練和運動競賽用的公共場所。一般備有各種必要的設施,建有固定的看臺。

運動場供體育鍛鍊和比賽用的場地。

球場推動球類運動的場地。有籃球場、足球場、網球場等。其形式大小和應有設施根據各種球類活動的要求而定。

跑道徑賽場地上賽跑用的路。標準跑道爲四百米,包括兩個半徑爲三十六米的半圓式彎道。一般設有六至十條分道。速度溜冰用的路也叫跑道。

賽場進行(體育、文娛等)比賽的場所。

體育館室內體育運動場所的總稱。有單項的,也有綜合性的。

健身房專門爲體育鍛鍊而裝備的大型房間。

游泳池專門建造的供游泳運動用的水池。有室內的和室外的兩種。正式比賽用的池子長五十米、寬二十一米,水面至水底的深度在一點八米以上。

跳水池備有跳板、跳台等跳水設備的游泳池。水深爲三點五米至四點五米。

跳台跳水池旁爲跳水而建的臺子,臺上設有跳板。臺高一般爲五米、七點五米和十米。

M9－5 名：　運動會

運動會指包括若干運動項目規模較大的運動競賽會。

奧林匹克運動會世界性的業餘體育運動競賽會,由國際奧委會主辦。起源於古代希臘在奧林匹亞城舉行的體育競技會。近代第一屆奧林匹克運動會於 1896 年在希臘雅典舉行。此後,每四年一屆,輪流在各會員國舉行。至一九九六年,已舉行了二十六屆,其中因兩次世界大戰而中斷過三屆。簡稱**奧運會**。

亞洲運動會亞洲的綜合性運動會,由亞洲奧委會主辦。每四年一屆,與奧運會相間舉行。至一九九〇年已是第十一屆,在北京舉行。簡稱**亞運會**。

M9－6 動、名：　比賽

比賽❶〔動〕在體育、生產等活動中,比較本領、技能的高低:比賽排球／咱倆比賽一下,看誰寫得快。❷〔名〕比賽的活動:足球比賽／歌咏比賽／插秧比賽。

賽❶〔動〕比賽:賽跑／比了一場球。❷〔名〕比賽的活動:球賽／田徑賽。

競賽❶〔動〕互相比賽,爭取優勝:球場上競賽得很激烈／兩個小組你追我趕,互相競賽。❷〔名〕競賽的活動:體育競賽／拔河競賽／勞動競賽。

競技〔動〕指體育比賽:雙方運動員競技狀態都很好。

比試〔動〕互相較量本領、技能的高低:我們比試比試,看誰跑得快。

爭勝〔動〕在比賽中爭取優勝。

奪標〔動〕奪取錦標,特指奪取冠軍:我隊終於以三比二險勝奪標。

奪魁〔動〕奪取第一名。

奪冠〔動〕奪取冠軍。

衛冕〔動〕爭取保持冠軍紀錄:女排冠軍衛冕成功。

比武〔動〕比賽武藝:兩人出場比武。

角鬥〔動〕比賽搏鬥:角鬥場。

角力〔動〕徒手相搏,比賽力氣。

較量〔動〕❶通過競賽或鬥爭比本領、比實力:到場上較量一下,便分出兩隊誰強誰弱了。

❷計較:他並不和他們較量這些小事。

罷擂臺 ＊　設擂臺(舊時武術家比武的臺子)公開挑戰,讓人上臺來比武。

打擂臺 ＊　參加比武。現多比喻在競賽中應戰。

參賽　〔動〕參加比賽:這次足球賽有十幾個隊應邀參賽。

開賽　〔動〕開始比賽:開賽十分鐘,湖人隊便已獲得三分。

出陣　〔動〕指運動員上場參賽:他們讓預備隊員出陣試腳。

開局　〔動〕原指開始下棋,引伸爲開始比賽:公牛男籃一開局便接連發動快攻。

熱身　〔動〕爲準備參加正式比賽而進行比賽,旨在提高技術能力和適應能力:青年足球隊後天出征,昨日熱身。

出線　〔動〕指體育運動比賽中的優勝者獲得參加更高一級比賽的資格:美國冰球隊在世界冰球錦標賽中,苦戰出線。

逼和　〔動〕體育競賽中經過盡力奮鬥,和強大的對手賽成和局。

掛拍　〔動〕指網球、乒乓球、羽毛球等運動員結束運動生涯,不再參加正規訓練和比賽。

掛鞋　〔動〕指足球、田徑等運動員結束運動生涯,不再參加正規訓練和比賽。

M9－7 名： 體育競賽

選拔賽　運動競賽的一種。主要任務是挑選優秀運動員,組成參加高一級競賽的代表隊。

淘汰賽　運動競賽的一種。參加者按一定的組合進行比賽,負者被淘汰,勝者繼續比賽,直到最後決定出名次爲止。

循環賽　運動競賽的一種。按一定的組合,對參加者每場比賽結果給予一定的分數,最後以全部比賽積分多少確定名次。主要有循環制(每方與其他各方相遇一次或數次)、奧林匹克制和杯賽制(逐步淘汰)。

對抗賽　運動競賽的一種。兩個或幾個國家、地區、單位之間聯合舉行的單項體育運動比賽。邀請賽、友誼賽也都屬於這一類。

團體賽　運動競賽的一種。按規定的人數和方法進行的競賽。決勝方式很多,如有的以參賽隊得勝場數先超過總比賽場數半數以上者爲優勝。

錦標賽　運動競賽的一種。通過比賽確定某項運動個人或團體冠軍。也稱**冠軍賽**。

安慰賽　運動競賽的一種。是參加單淘汰賽第一次比賽即被淘汰者之間的一種比賽。使參加者得精神安慰。安慰賽也採用單淘汰制,獲冠軍者也有獎勵。

邀請賽　運動競賽的一種。由一個或幾個單位舉辦,邀請其他一些單位參加的某項運動的比賽。一般以交流經驗、互相學習、增進友誼爲目標。

友誼賽　運動競賽的一種。以增強友誼,交流經驗,提高技術水準爲目標而進行的體育項目比賽。

熱身賽　運動競賽的一種。爲準備參加重大的正式比賽而進行的適應性比賽(如邀請賽、友誼賽等):這次體操邀請賽,是今年奧運會前的一次重大的國際熱身賽。

測驗賽　運動競賽的一種。爲了達到一定的標準或了解運動員提高的程度而組織的比賽。如體育鍛鍊標準、身體素質、運動基本技術的測驗比賽等。

及格賽　大型比賽的一種措施。一般在參加人數過多時,先舉行及格賽,達到預定成績標準者,才能參加正式比賽,如田徑、游泳、舉重等及格賽。

表演賽　爲了宣傳體育運動、擴大影響而舉行的比賽。對準備推動的項目作示範性介紹,參加重大比賽後的匯報表演等都屬此類。

通訊賽　在不同的地區之間用通訊方式進行的

比賽。適用於以時間、距離、重量、環數等客觀標準計算成績的項目。參加單位按競賽規程在本地測定運動員的成績，填報主辦機構，以評定名次。

等級賽 運動競賽的一種。爲技術水準或年齡相近的運動員舉辦的比賽，以鼓勵和促進運動員提高運動水準，達到一定等級。如甲、乙級的足球聯賽、籃球聯賽等。

杯賽 運動競賽的一種。以某種獎杯命名的運動競賽。屬錦標賽性質，如戴維斯杯網球賽、尤伯杯賽等。

聯賽 運動競賽的一種。在籃球、排球、足球等球類比賽中，三個以上同等級球隊之間的比賽。目標是檢查訓練情況，提高運動技術水準。

初賽 運動競賽的第一輪比賽。

預賽 在決賽前進行的比賽。目標是選拔出參加決賽的選手(個人或團體)。

複賽 初賽後、決賽前進行的體育運動競賽。

決賽 體育運動競賽中最後一次決定名次的比賽。

球賽 球類比賽。

M9-8 名： 對手

對手 ❶競賽的對方：這場足球比賽，我們遇到了很強的對手。❷本領不相上下的人：棋逢對手。

對方 跟自己處於對立地位的一方：球類比賽要善於了解對方。

敵手 力量與自己相抗衡的對手：這個隊是上屆冠軍，我們恐怕不是他們的敵手。

對頭 對手：他倆是網球場上的對頭。

M9-9 名： 冠軍・錦標等

冠軍 泛稱得第一者。常指體育運動等競賽中的第一名。

亞軍 體育運動等競賽中的第二名。

季軍 體育運動等競賽中的第三名。

殿軍 體育運動等競賽中的最末一名。也指競賽後入選的最後一名。

連冠 對在同一體育比賽項目中連續多次獲得冠軍者的稱號：本校女排再次衛冕成功，奪得了「五連冠」。也叫**連霸**。

獎杯 體育運動競賽中發給優勝者的獎品。一般由金屬製成，表面鍍金，杯狀。

獎章 運動競賽中的一種獎勵性徽章，發給優勝者佩帶。一般有金質、銀質、銅質三種，分別由第一、二、三名獲得。

錦標 授給運動競賽中優勝者的獎品，如錦旗獎杯、銀盾等。

錦旗 用彩色綢緞製成的旗子，授予競賽優勝者，以示表彰。

銀盾 體育競賽中贈給優勝者的銀質盾形獎品。

銀杯 體育競賽中贈給優勝者的銀質杯形獎品。

吉祥物 大型運動會用某些動植物圖案作爲象徵吉祥的標誌。一般由主辦國或主辦地區設計，如 1990 年第十一屆亞運會以我國珍貴動物大熊貓的圖像作爲吉祥物。

M9-10 名： 體操

體操 體育運動項目標一種。是對動作姿態和人體造型有特定要求的身體操練。操練形式有徒手操和器械體操兩大類。

廣播體操 一種利用廣播配上音樂來指揮的徒手體操。動作簡易，不同年齡、性別和不同健康狀況的人都可操練，是廣泛推動的群眾性體育活動。

團體操 一種綜合性的集體表演的體操項目。由徒手體操、輕器械體操、舞蹈和技巧動作組成，在音樂伴奏下進行。可通過隊形變換組成各種字形、圖案，作出各種造型，表現一定的主題。一般在大型運動會或節日活動中表

演。

保健操 根據醫療和保健的需要,綜合運用我國醫學中推拿、穴位按摩等方法編製的徒手體操或器械體操,如眼保健操。

柔軟體操 能使身體柔軟靈活的各種徒手體操。

疊羅漢 一種綜合體操和雜技形式的表演項目。由集體進行,人上架人,重疊成種種形式,塑造出不同形象。常被穿插在團體操中進行表演。

M9－11 名：　競技體操

競技體操 以競技為直接目標的體操。男子有自由體操、單槓、雙槓、吊環、鞍馬、縱跳馬六項。女子有自由體操、平衡木、高低槓、橫跳馬四項。

自由體操 男女競技體操項目之一。由翻騰、倒立、轉體、平衡、舞蹈、跳躍等動作組成。整套動作應組成一個協調而有節奏的整體。女子自由體操按規定用音樂伴奏進行。

器械體操 在單槓、雙槓、鞍馬、平衡木等體育器械上所做的體操動作。有靜止姿勢、用力動作、擺動動作三大類,包括各種擺動、屈伸、回環、全旋,以及用力慢起、靜止、造型等。

單槓 男子競技體操之一。在兩支柱間架起一根橫槓,運動員用一手或兩手握槓做擺動、擺越、回環、轉體、騰越、空翻等動作。

雙槓 男子競技體操之一。用兩根木槓平行地固定在支柱上。運動員用兩臂支撐握槓做出擺動、倒立、轉體、屈伸、騰越、空翻等動作。

高低槓 女子競技體操之一。用兩根橫槓固定在不同高度的支柱上。運動員在槓上可做屈伸、回環、轉體、騰越、空翻、倒立等動作。

吊環 男子競技體操之一。在一個支架的橫梁上掛兩根繩,繩的下端各安一隻木環。運動員手握吊環,做擺動、回環、轉肩、十字、倒立、空翻等動作。

跳箱 體操項目之一。由木框重疊而成跳箱,略呈梯形,高低可以調節。箱面蒙以皮革或帆布,內襯棕絲。運動員可用不同姿勢和方法跳過跳箱,或在箱上做各種動作。

平衡木 女子競技體操之一。用一根長五百釐米、寬十釐米的橫木平置並固定在能升降的支架上。運動員在木上做跳步、轉體、滾翻、空翻、倒立等動作。

跳馬 競技體操之一。使用的運動器械長一百六十釐米,略似馬背,包以皮革。運動員用手支撐馬背作騰越、手翻、空翻和轉體等動作。正式比賽男子用縱跳馬,女子用橫跳馬。

鞍馬 男子競技體操之一。使用的運動器械略似馬形,背部裝有兩個半圓木環。運動員用雙臂交替支撐在馬背的各個部位,做腿的擺越交叉、全旋、轉體等動作。

M9－12 名：　藝術體操

藝術體操 女子競技性體操。其動作由走、跑、跳、轉體、平衡、波浪和身體各部分的擺動、繞環、屈伸及各種舞蹈步法等組成。徒手或持繩、圈、棒、帶、球五種輕器械。在音樂伴奏下進行。也叫**韻律體操**。

繩操 一種以繩子為器械的藝術體操。繩兩端無握柄,可有小結頭。可做各種擺動、繞環、跳繩、拋接等動作。

圈操 一種以竹、木或塑膠製成的圈為器械的藝術體操。可做各種滾動、拋接、旋轉、跳躍、鑽圈和平衡等動作。

球操 一種以球為器械的藝術體操。球用軟塑膠製成。可做各種托球、滾球、拍球、轉球和拋接等動作。

棒操 一種以棒為器械的藝術體操。棒用木料或合成樹脂製成,尾端細,前端粗。運動員兩手各持一棒做各種擺動、繞環和拋接等動作。

帶操 一種以帶為器械的藝術體操。在一根短

小的竹棍或木棍上繫一綢帶。運動員手持小棍做各種擺動、繞環、抖動、拋接等動作。

M9－13 名： 田徑運動

田徑運動 體育運動的一個大類。包括各類走、跑項目（徑賽），跳躍、投擲項目（田賽）和全能運動。

田賽 田徑運動中各種跳躍、投擲項目競賽的總稱。成績以尺丈量，以釐米為計算單位。因在跑道以外的場地內進行，故稱田賽。

徑賽 田徑運動中競走和各種賽跑項目標總稱。成績以時間計算。因在跑道上進行，故稱徑賽。

田徑賽 田賽和徑賽的合稱。

跳高 田賽項目之一。分立定跳高和急行跳高兩種。通常比賽的均為急行跳高。是有由節奏的助跑、單腳起跳、越過橫竿和落地等動作組成。過竿姿勢有剪式、滾式、跨越式、俯臥式和背越式等。

撐竿跳高 田賽項目之一。運動員雙手握竿在快速助跑中將竿插穴，借助竿子的支撐與彈力，以懸垂擺體和舉腿引體等竿上動作，使身體越過一定高度的橫竿。

跳遠 田賽項目之一。分立定跳遠和急行跳遠兩種。通常比賽的均為急行跳遠。運動員沿著直線助跑，在起跳板上用單腳起跳騰空，最後雙腳同時落入沙坑。因空中動作的不同，分蹲踞式、剪式（走步式）、挺身式、空翻式等姿勢。

三級跳遠 田賽項目之一。運動員經過快速助跑後連續跳三步：第一步為單足跳，用踏跳腳落地；第二步為跨步跳，用擺動腳落地；第三步跳躍後雙腳落入沙坑。

鉛球 田賽項目之一。即推鉛球。球用鐵做外殼，中心灌鉛。運動員以掌托球置於肩頸之間，在投擲圈內經過滑步或旋轉用力把球從肩上方推出，以落入規定區域內為有效。

鐵餅 田賽項目之一。即擲鐵餅。餅體大部分為木質，鑲有鐵心和鐵邊，中間稍隆起，像凸鏡。運動員以手指節扣住餅緣，在投擲圈內身體急速旋轉後，用單手將餅擲出，以落在規定區域內為有效。

標槍 田賽項目之一。即擲標槍。標槍杆木製或金屬製，中間粗，兩頭細，前端安著尖的金屬頭。運動員以單手持槍，沿直線助跑後，用全身力量和最快的出手速度將槍從肩上方擲出，槍尖須先著地，以落入規定區域內為有效。

鏈球 田賽項目之一。即擲鏈球。球體用銅或鐵製成，上面安有鏈子和把手。運動員站在三面圍有鐵絲護籠的圓圈內，雙手握著鏈球的把手，借助於快速的連續旋轉將球擲出，以落在規定角度內為有效。

手榴彈 田賽項目之一。即手榴彈擲遠。投擊器械鐵製，似軍用手榴彈。運動員經過助跑後，在投擲線內，單手將彈從肩上方擲出，以落在規定區域內為有效。

賽跑 比賽跑步速度的運動。有短距離、中距離、長距離和超長距離賽跑，還有跨欄、接力、障礙和越野賽跑。

長跑 徑賽項目之一。指較長距離的賽跑。包括男子三千米以上，女子一千五百米以上項目。

短跑 徑賽項目之一。指較短距離的賽跑。包括男女一百米、二百米、四百米和少年六十米。

競走 徑賽項目之一。走時兩腳不得同時離地，前腳跟著地時，腿必須伸直，膝關節不得彎曲。

馬拉松賽跑 一種超長距離賽跑項目。全程四萬二千一百九十五米，在公路上進行。西元前四九〇年，希臘人在馬拉松平原戰勝了入

侵的波斯軍。士兵斐迪皮茨從馬拉松一口氣跑到雅典(全程四十二公里一百九十五米)報捷後，力竭死去。爲了紀念這一歷史事迹，一八九六年在雅典舉行的近代第一屆奧林匹克運動會就用這個距離作爲賽跑項目，定名爲馬拉松賽跑。簡稱**馬拉松**。

接力賽跑 徑賽項目之一。以隊爲單位參加競賽，每隊四人，各跑四分之一的距離。第一人持棒跑完一定距離，在接棒區內將棒傳給第二人續跑，如此依次傳遞接力棒，直到最後一名隊員跑到終點爲止。有男女四×一百米、男女四×二百米、男四×四百米等項。

越野賽跑 一種群衆性的長距離競賽項目。通常在野外或公路上舉行。比賽距離一般男子爲三千～一萬米，女子爲一千五百～三千米。

障礙賽跑 徑賽項目之一。運動員在跑完全程的過程中要通過若干柵欄、水坑等障礙物。形式很多，有的是越過障礙，有的是鑽過障礙，有的要攀越板牆等。正式比賽距離爲三千米。

跨欄 徑賽項目之一。即跨欄賽跑。在規定的賽程內每隔一定間距設置欄架，運動員在賽跑中要依次跨越欄架跑到終點。欄架有高、低、中三種，比賽距離也有多種。

全能運動 田徑運動中的綜合性比賽項目。由跑、跳、擲部分項目組成，分三項、五項、十項全能運動三種。運動員按規定順序在兩天內比賽完畢。根據特定的評分標準以總分多少決定名次。

M9－14 名： 球類運動

球類運動 指以各種球爲器械的運動，是體育運動的一大類。有足球、籃球、排球、網球、棒球、壘球、手球、乒乓球、羽毛球等項目。

球 ❶體育運動用的各種球的總稱，如足球、排球、籃球等。❷指球類運動：球賽／看球。

球藝 球類運動的技巧：切磋球藝／球藝高超。

網球 球類運動之一。球爲橡膠製品，外表以毛質纖維覆蓋。球場長方形，中間隔一道球網。運動員各占半個場區，用球拍將球往返拍擊。比賽分男、女團體，有男、女單打，男、女雙打及混合雙打五種。

羽毛球 球類運動之一。球用半球狀軟木包羊皮插上羽毛製成。球場長方形，中間橫隔一道球網。運動員各占半個場區，用球拍將球在空中往返拍擊。比賽分男、女單打、男女雙打、男女混合雙打及男、女團體賽七項。

板羽球 一種球類遊戲。球形似毽子，用三根羽毛插在半球形的膠皮托上製成。球拍木製，稍大於乒乓球拍。打法類似羽毛球。

手球 綜合籃球和足球的特點而發展起來的一種球類運動。球用單色的皮製成，內裝橡膠膽，比排球略小而較重。球場長方形。比賽時分兩隊，每隊七人，其中一人守球門。運動員用手傳球，投入對方球門爲得分，得分多者獲勝。

棒球 球類運動之一。球小而硬。球場呈直角扇形，設有四個壘位。分兩隊比賽，每隊九人。兩隊輪流攻守一次爲一局。攻方隊員在本壘依次用棒擊守方隊投手投來的球，並乘機跑壘，能依次踏過一、二、三壘並安全回到本壘者得一分。守方隊員截接攻方擊出的球後可以持球碰觸攻方跑壘員或持球踏壘以「封殺」跑壘員，不使得分。比賽九局，以得分多者獲勝。

曲棍球 球類運動之一。球小而硬。比賽在近似足球場的場地上進行，分兩隊，每隊十一人。運動員各持一米長帶有彎頭的曲棍擊球，以射入對方球門爲得分，得分多者爲勝。其技術、戰術、規則與足球基本相似。

高爾夫球 球類運動之一。球的表面用硬橡皮製成，實心，比網球小。運動員用木製或金屬

製一米勺形棒擊球,使通過障礙進入小圓洞。參加者二至四人,以擊球入洞而所擊次數最少者爲勝。

壘球 球類運動之一。球用紗線或其他纖維纏成硬團,外包軟皮製成,體積較大而軟;棒子稍細;球場較小,呈直角扇形,四角各設一壘。比賽方式與棒球相似。

馬球 球類運動之一。球用藤根、竹根製成,球面塗以白漆。球場長方形。比賽分兩隊,每隊四人。運動員騎在馬上用曲棍擊球,以擊入對方球門爲得分,得分多者爲勝。

水球 球類運動之一。球用皮革或橡膠等製成,內充空氣,防水。比賽多在游泳池內進行,分兩隊,每隊七人。除守門員外,運動員只能用單手傳球、接球、運球和射球,把球射進對方球門爲得分,得分多者獲勝。

橄欖球 球類運動之一。因球形似橄欖,中國稱爲橄欖球。球可用腳踢、手傳,也可抱住奔跑。可分英式和美式兩種。英式每隊十五人,美式每隊十一人,比賽規則、分場、記分方法均不相同。比賽以進球多者爲勝。

地滾球 在木板道上用球撞擊木瓶柱的一種室內運動。球用硬膠和塑膠混合製成,有三個小孔,便於手指插入握球。比賽分男女單打、雙打和團體賽。雙方每人都連續滾完兩個球爲一局。把豎立的十根木瓶柱擊倒一根得一分。一局終了,以得分多者爲勝。

保齡球 音譯詞。即地滾球。

撞球 ❶一種室內球類遊戲,是智力與體力結合的健身活動。球多用塑膠製成,實心。兩人在特製的長方鋪呢臺盤上進行比賽。各以一白球作主球,以杆擊之,撞擊賓球(紅)或對方主球而自落袋,或直接撞擊賓球落袋者得分,先完成約定分數者爲勝。又稱**彈子**。〈方〉指乒乓球。

康樂球 一種球類遊戲。用木架支起一週圍有高起邊緣的方盤,盤的四角各有一圓洞。玩時在盤裡擺上若干扁圓形的木球,玩者按一定規則用杆子把自己的球全部撞進圓洞者爲勝。也叫**克郎球**。

M9－15 名、動: 足球

足球 〔名〕球類運動之一。球殼皮製,內裝橡膠膽。球場長九十～一百二十米,寬四十五～九十米,兩端設球門。比賽分兩隊,每隊十一人,其中一人擔任守門員。運動員主要用腳踢球,也可用頭頂球,除守門員外,不得用手或臂觸球。以將球射進對方球門爲得分,得分多者獲勝。

球門 〔名〕在足球場兩端端線中間設置的像門框的架子。架子後面有撐起的網,球射進球門後落在網裡。

守門員 〔名〕足球、手球等球類比賽中把守本方球門的隊員。其任務是守衛球門,不讓射球入內。

前鋒 〔名〕足球、籃球等球類比賽中擔任進攻的隊員。其任務是突破對方後衛防線,爭取進攻得分。

前衛 〔名〕足球、手球等球類比賽中擔任助攻與助守的隊員。其位置在前鋒和後衛之間,起攻防的紐帶作用。

中鋒 〔名〕足球、籃球等球類比賽中的前鋒之一。位置在全隊或鋒線中央。

後衛 〔名〕足球、籃球等球類比賽中擔任防守的隊員。足球後衛有邊後衛、中衛之分。任務是阻止對方進攻,並積極搶截,反守爲攻。

罰球 〔動〕足球、籃球等球類比賽中,一方隊員犯規時,由對方隊員執行罰任意球、點球(足球)或投籃(籃球)等處罰。

角球 〔名〕足球比賽規則之一。守方隊員將球踢出本方端線時,由攻方隊員在離球出界處的角球區內踢球,稱爲角球。

任意球〔名〕足球比賽規則之一。當隊員犯規時，裁判員鳴笛停止比賽，由對方在犯規地點罰球，稱爲任意球。分爲直接任意球，即罰球者可以直接將球射入對方球門；及間接任意球，即罰球者踢出的球，須經其他隊員觸及後再射入球門。

點球〔名〕足球比賽規則之一。守方隊員在本方罰球區內犯規應判罰直接任意球時，判罰點球。罰點球時，球應放置在距球門線正中十一米處。除守門員和罰點球的隊員外，其他隊員退出罰球區和罰球弧外。球踢出後，雙方隊員才能進入罰球區。

球門球〔名〕足球比賽規則之一。攻方隊員將球踢出對方端線時，由守方隊員將球放在離球出界處的半邊球門區踢球，稱爲球門球。

手球〔名〕足球運動規則名稱。在比賽中，運動員故意用手或臂帶球、觸球、推球爲手球犯規。守門員在本方罰球區內除外。

越位〔名〕足球比賽規則之一。比賽中，當隊員踢球時，在球前面的同隊隊員處在對方的半場內，而且對方端線之間的隊員又少於兩人時，處於越位位置的隊員若有接球的行動，爲越位犯規。應罰由對方隊員在越位地點踢間接任意球。

人牆〔名〕足球運動技術名稱。是比賽中的一種防守方法。在球門前三十米左右被罰任意球時，幾個防守隊員並肩站在一排，像一道牆一般，幫助守門員封住對方射門的部分角度。

鏟球〔動〕足球運動員倒地搶截球的技術動作。有正面鏟和側後鏟兩種。

射門〔動〕足球運動員掌握時機用各種腳法把球踢向對方球門。要求動作快速、準確、有力。

M9－16　名、動：　籃　球

籃球〔名〕球類運動之一。球用牛皮做殼，橡膠做膽，或全用橡膠製成。球場長二十六米，寬十四米，兩端設球架，上裝球籃。比賽分兩隊，每隊五人。雙方運用傳球、運球、投籃和搶截等技術相互攻防，以將球投入對方的球籃爲得分，全場比賽四十分鐘，分上下兩半時，以全場得分多者爲勝。

運球〔動〕籃球隊員在原地或移動中用單手連續拍打地面反彈起來的球。是控制球、支配球、組織戰術配合及突破防守、發動攻擊的重要手段。

傳球〔動〕籃球進攻隊員有目標地把球轉移給同隊隊員，組織進攻。有單手傳球和雙手傳球。

投籃〔動〕籃球隊員用投、拍、扣等方法將球投向對方球籃。有單手肩上投籃、雙手胸前投籃、單手反手投籃和勾手投籃等。

蓋帽〔動〕籃球攻方投籃隊員投球剛離手的一剎那，或球已投出尚未達到最高點之前，守方隊員立即跳起用手在空中將球打落，稱爲蓋帽。

籃板球〔名〕籃球運動技術名稱。比賽中，隊員投籃不中，碰到籃板或籃圈彈回的球。爭奪籃板球是攻防轉化的關鍵。

帶球走〔名〕籃球比賽規則之一。比賽中，隊員持球後移動腳步的方法違反了規則，即判帶球走違例。由對方在邊線擲界外球。

三分球〔名〕籃球運動技術名稱。指隊員在弧線外投進對方球籃的球。因難度較大，投進一球得三分，故名。

侵人犯規〔名〕籃球比賽規則之一。比賽中雙方運動員因身體接觸而造成的犯規。包括推、撞、頂、絆、拉、阻撓等犯規動作。

技術犯規〔名〕籃球比賽規則之一。比賽中因技術上錯誤而造成的犯規。包括故意延誤比賽、隊員任意離場或有不禮貌、投機取巧的行爲等。

違例〔名〕籃球比賽規則之一。比賽中,運動員違反了規則而未造成犯規的行動。對於違例的判處,只取消該隊的控制球權,將球交給對方擲界外球或跳球。

M9－17 名、動： 排球

排球〔名〕球類運動之一。球用牛皮或人造革做殼,橡膠做膽。球場長十八米,寬九米,中間隔有球網。比賽分兩隊,每隊六人,各站在網的一邊,雙方把球從網上空拍來拍去,相互攻守。一方將球擊落對方場內或對方失誤時,如為發球的一方即得一分,如為接球的一方則得回發球權。以十五分為一局。

墊球〔動〕排球運動員承接對方的發球、扣球、攔回球時,兩臂伸直相靠、兩手相並、虎口向上,用兩前臂組成的平面將球墊出。

扣球〔動〕排球運動員騰空跳起,揮動手臂,手掌有力地擊球過網,由助跑、起跳、空中擊球和落地四個緊密銜接的動作組成。

攔網〔動〕排球運動員騰空跳起,在球網附近高於球網的上沿用雙手阻擊對方打來的球,使不得過網。由準備姿勢、移動、起跳、空中攔擊和落地等動作組成。

一傳〔動〕排球運動員在本方場區內有目標地雙手墊球,把球送到預定位置,以便組織進攻。

二傳〔動〕指接應一傳或防守後傳來的球,再把球傳給扣球手。二傳隊員富由防守轉化為進攻的橋梁作用。

主攻手〔名〕排球運動中進攻、反擊中的主要攻擊隊員。要求善於強攻、扣調整球和各種戰術球。

連擊〔名〕排球比賽規則之一。當一個隊員用腰部以上身體任何部位連續觸球多於一次(攔網除外),則被判為連擊。

持球〔名〕排球比賽規則之一。球在運動員腰

部以上身體任何部位停留時間稍長,或未將球清晰地擊出,或出現撈球、捧球、推球和攜帶球時,則判為持球。

短平塊〔名〕排球運動中一種快攻戰術。指二傳手傳出球路平、速度快的球給和他距離短的扣球手,以迅速攻擊對方。也用於喻指經濟建設中某些投資少、週期短、收效快的措施。

M9－18 名、動： 乒乓球

乒乓球〔名〕球類運動之一。球用白色賽璐珞或塑膠製成,直徑約四釐米。打時有「乒乓」聲,故名。球臺長方形,中間橫隔一道球網。運動員分別站在球臺的兩端,用球拍輪流擊球,球必須在臺上反彈一次後還擊。握拍法分直拍和橫拍。打法有推、抽、搓、削、拉等。分單打、雙打,以二十一分為一局。

抽球〔動〕乒乓球運動員的攻擊手法。手臂由身體的後下方向前上方揮拍擊球,拍形前傾。有快抽、拉抽、掃抽之分。

削球〔動〕乒乓球運動員的防守手法。球拍後仰,由身體的右上方向前下方發力,揮動成弧形路線,在下降期觸球中下部,將球旋轉擊回。

搓球〔動〕乒乓球運動員近臺還擊下旋球的一種方法。有快搓、慢搓、加轉搓與不轉搓等形式。

推擋〔動〕乒乓球運動員的一種擊球手法。擊球時,前臂向前推擊,同時手腕外旋,使拍形前傾,在上升時擊球中上部,將球快速推回。擊球後,手臂繼續前送,手腕外旋,使球拍下壓。

弧圈球〔名〕乒乓球運動中一種上旋力非常強的進攻技術。基本動作是,將球拍用力摩擦球的中部或中上部,手臂向上或向前方發力,使球飛行弧度線的曲度大,反彈後前沖力大。對方回擊時,容易出界或擊出高球。

上旋球〔名〕乒乓球運動的一種擊球方法。在

擊球時將球拍在向前用力的同時,加以向上
用力使球產生順著前進方向的旋轉。這樣擊
出的叫上旋球。

下旋球〔名〕乒乓球運動的一種擊球方法。在
擊球時將球拍在向前用力的同時,加以向下
用力使球前進中產生一種向下的旋轉。這樣
擊出的叫下旋球。

側旋球〔名〕乒乓球運動的一種擊球方法。又
分左、右側旋。用球拍接觸球的側面發力,如
從右到左摩擦球的,稱為左側旋;從左到右摩
擦球的,稱為右側旋。

M9－19 名：　游泳

游泳　體育運動的一類。人在水裡運用頭部、軀
幹、手臂和腿的相互配合的動作,使身體活動
或前進。按姿勢不同分仰泳、蝶泳、蛙泳、自
由泳、混合泳等。

仰泳　游泳的一種姿勢,也是游泳運動項目之
一。身體仰臥水面,兩臂同時或輪流經空中
前移,在肩前方入水,再經體側向後划水;兩
腿同時蹬夾或上下交替打水。

側泳　游泳的一種姿勢。身體側臥水面,兩臂輪
流划水,兩腿做剪水動作前進。

爬泳　游泳的一種姿勢。身體俯臥水面,保持平
直,兩臂輪流經空中前移,在肩前入水,再經
腹下向後划水;同時兩腿平伸,交叉打水。因
游泳時腿臂動作像爬行而得名。

蛙泳　游泳的一種姿勢,也是游泳運動項目之
一。身體俯臥水面,兩臂對稱地划水,同時兩
腿也對稱地屈伸蹬水。因模仿青蛙游水動作
而得名。

蝶泳　游泳的一種姿勢,也是游泳運動項目之
一。身體俯臥水面,兩腿並攏進行波動形的
上下打水。兩臂對稱地經體側由前向後、由
外向裡划水,接著向後向外推水。因形似蝴
蝶扇翅而得名。

自由泳　❶游泳運動項目之一。運動員可用任
何一種姿勢游進,在轉身和到達終點時,可用
身體任何部分觸池壁。❷爬泳。

潛泳　一種游泳方法。身體在水下游進。有潛
深和潛遠、使用器材(氧氣瓶、腳蹼等)和不使
用器材的區別,姿勢有蛙式潛水、蛙式長臂潛
泳和爬式潛泳。

踩水　一種游泳方法。人體直立深水中,兩腿交
替上下蹬水造成浮力,兩臂放鬆伸出,用手掌
在體前向內和向外壓水。

跳水　游泳運動項目之一。運動員從跳板或跳
台跳入水中,身體在空中做出屈體、抱膝、翻
騰、轉體等優美的動作。

花式游泳　游泳運動項目之一。只有女子項目。
在水中做出各種優美動作的藝術性游泳。比
賽分為規定動作及自選動作兩種。自選動作
由運動員自行創編,配以音樂伴奏。規定動
作比賽時,必須著深色游泳衣,戴白色帽子。

M9－20 動：　游泳

游泳　人或動物在水裡游動:到江河裡去游泳。

游水　在水裡游;游泳:孩子們在河邊游水／她
游水、跳舞,樣樣都學會了。

游　在水裡行動:迎著時髦游去。

擊水　❶拍水:舉翼擊水。❷指游泳:到中流擊
水,浪遏飛舟。

潛水　在水面以下活動:潛水員／潛水運動。

浮水　游泳:他是浮水的好手。

浮　游水:他跳下水浮到對岸。

狀水　游泳:我小時候在河裡學會了狀水。

泅水　游水:在河裡捉魚的人要會泅水。

泅　游水:兩個人泅到岸邊來了。

會水　會游泳:在海濱長大的人,個個會水。

M9－21 名、動：　溜冰·滑雪

溜冰　❶〔名〕體育運動項目之一。穿著冰鞋在

冰上或專設的溜冰場上滑行。有速度溜冰和
花式滑冰兩種。❷〔動〕在冰上滑行：他每到冬
季都常去溜冰。

滑冰〔動〕❶溜冰：他答應今年敎我滑冰。❷穿
著裝有四個小滾輪的鞋在平坦的混凝土地面
上滑行。

滑雪❶〔名〕一種雪上體育運動項目。腳穿木
製的滑雪板，手撐滑雪杖，在雪地上滑行。❷
〔動〕在雪上滑行：他們到山上滑雪去了。

冰球〔名〕一種冰上體育運動項目。運動員手
持球桿，腳穿特製的冰鞋，身著防護裝備，在
設有木製界牆的冰場上進行。球用黑色硬橡
膠製成，形狀似餅。分兩隊比賽，每隊六人，
其中守門員一人。雙方用杆擊球，將球擊入
對方球門者得分，得分多者獲勝。

滑旱冰〔名〕穿著帶滾輪的特製靴子或在鞋下
緊紮帶有四個小滾輪的裝置，在瀝青或水泥
鋪面的場地上進行的一種運動。分花式滑和
速滑兩種。

M9－22 名：　摔交·柔道

摔跤　摔交　一種角力運動。兩人徒手較量，力
求把對方摔倒，使身體某部位觸地。各國都
有自己民族特點的摔交形式和方法。正式比
賽是按體重分級進行。

攉跤　攉交〈方〉摔跤。

柔道　兩人徒手較量的競技運動。運動員身穿
白色柔道服（長袖上衣和長褲），繫腰布，赤
足。比賽按體重分爲八級，在鋪有草墊的臺
上進行，以摔、壓、絞、反關節等動作摔倒對
手。也叫**柔術**。

相撲　日本流行的一種角力運動，類似現代的摔
交和中國古代的角抵。比賽時兩運動員徒手
裸體，下身只繫一條護襠肚帶，以使對方身體
除兩腳外任何部分著地或出界外爲勝。比賽
時間無限制，如雙方精疲力盡尚不分勝負，可

在休息後繼續比賽，直至決出勝負。

M9－23 名：　舉重

舉重　體育運動項目之一。使用槓鈴、啞鈴等器
械進行鍛鍊和比賽。也是各項體育運動中進
行力量訓練的重要手段。

挺舉　舉重方式之一。運動員先以連續動作用
雙手把槓鈴從地上先提到胸前，起立站直，再
用屈膝等動作舉過頭頂，至兩臂伸直，兩腿
收回直立在一橫線上，然後放下槓鈴。

抓舉　舉重方式之一。運動員雙手將槓鈴從地
上向上提起舉過頭頂，中間不在胸前停頓，直
到兩臂伸直，兩足收回站在一橫線上，然後放
下槓鈴。

啞鈴　舉重輔助練習器械之一。有兩種形式：一
爲固定啞鈴，用鐵製成，中間把柄細，兩頭呈
球形。因球爲實心，練習無聲，故名。一爲調
節啞鈴，把柄兩端可裝卸不同重量的圓形鐵
片。

槓鈴　舉重器械。由鐵製橫槓、槓鈴片（圓盤形
鐵片）、卡箍組成。槓鈴片最重的二十五公
斤，最輕的一點二五公斤。練習或比賽時，可
以按需要調節重量。

石擔　中國民間舉重器械。用兩塊石鑿成重量
相等的圓盤，中穿孔，固定在一根毛竹棒的兩
端，形似一副擔子，故名。有各種不同重量的
石擔。舉法有抓舉、推舉、挺舉、雙足蹬，還有
各種花式練法。

石鎖　中國民間舉重器械。用石料鑿成，中間有
握手處，形似古代銅鎖，故名。重量大小不
一。舉法有抓舉、擺舉及各種花式練法。

M9－24 名：　馬術

馬術　騎馬的技術。體育運動的一種。有賽馬、
乘馬超越障礙和馬上技巧等項目。

騎術　馬術。

賽馬 比賽騎馬速度的運動。歷史悠久。在我
　國內蒙古、新疆、西藏等少數民族中極爲盛行。
　比賽距離自一～十公里不等。賽馬運動流行
　的國家和地區遍及全世界，奧林匹克運動會
　列爲馬術比賽項目。

跑馬 指賽馬。

M9－25 名： 武術

武術 我國傳統的體育項目，包括拳術和使用兵
　器的技術，是鍛鍊身體和自衛的手段。運動
　形式有由攻、防基本動作按照一定規律組成
　的拳術套路、器械套路和對打套路等。

拳術 武術的一種。按其結構形式的不同可分
　成各種類別，如長拳、短拳、太極拳、形意拳
　等。其技法都編成套路，便於進行訓練。

拳腳 拳術：練就一身好拳腳。

拳棒 泛指武術：延請教師，學習拳棒。

武藝 指武術本領：武藝出眾。

把勢 武藝：練把勢／懂得些把勢。也作**把式**。

解數 舊指武術的架式。泛指武藝、本領、手段：
　使盡渾身解數。

花拳 姿勢優美而不能用於搏鬥的拳術。

太極拳 拳術的一種。創始於清初，流派很多。
　練拳時要靜心用意，呼吸自然，動作柔和緩
　慢，連貫協調，輕靈沈著，圓活完整。具有保
　健和醫療的作用。

少林拳 拳術的一種。唐以後嵩山少林寺(在今
　河南登封縣)僧徒常習武藝，其拳術剛健有
　力，樸實無華，自成體系，故名。

氣功 我國特有的一種鍛鍊身體和治療疾病的
　方法。主要通過安定精神，集中意念，調整呼
　吸等方式自我鍛鍊，以改善人體機能，發揮身
　心潛力，達到保健延年的目標。有靜功和動
　功兩大類，練功方法各有特點。

M9－26 名： 棋類

棋 文娛項目之一。用棋盤和棋子進行，一般由
兩人對局。有象棋、圍棋、軍棋、跳棋等。象
棋、圍棋均屬體育運動項目之一。

圍棋 中國傳統棋種之一。棋盤縱橫各十九條
　平行線，構成三百六十一個交叉點。棋子圓
　形，分黑白兩色。下棋雙方分別用黑白棋子
　各一百八十枚對著，互相圍攻，吃去對方被圍
　而無活眼的棋子。最後以實有空位和子數相
　加計算，或單計空位，多者爲勝。

象棋 中國傳統棋種之一。棋盤由九根直線和
　十根橫線組成，共有九十個交叉點，棋子就擺
　在這些交叉點上。中間一道界河把棋盤劃爲
　兩半，下棋雙方各占一半布陣。各有將(帥)、
　士(仕)、象(相)、車、馬、炮、卒(兵)共十六個
　子，各子走法不同。雙方按照規則對下，以
　「將死」對方的將(帥)爲勝，不分勝負爲和。

國際象棋 國際通行棋種之一。起源於亞洲。
　棋盤爲正方形，由六十四個黑白相間的小方
　格組成。兩人對局，各有一王、一後、雙車、雙
　象、雙馬、八兵共十六子，各子走法不同。雙
　方按照規則對下，以「將死」對方爲勝；雙方如
　不能「將死」，可根據規則判爲和局。國際象
　棋現在有多種大型世界性比賽。

跳棋 棋類遊藝之一。棋盤爲六角形，上有許多
　三角形格子。可由二人、三人、四人或六人對
　局。各方分別占一犄角布下棋子，按照規則
　移動或隔子跳越，以全部棋子先走到對面的
　犄角者爲勝。

五子棋 棋類遊藝之一。棋具與圍棋相同。兩
　人對局，輪流下子，互相截堵，以先把五個子
　連成一條直線者(不論縱線、橫線或斜線)爲
　勝。

軍棋 棋類游藝之一。有陸軍棋和陸海空軍棋
　兩種。前者有子五十枚，棋子各以軍職和軍
　器定名。後者有子七十枚，在陸軍棋基礎上
　加上各式軍艦和飛機。兩種棋玩法相似。兩
　人對局，第三人作公證人。雙方棋子背向豎

立,走子相碰時超由公證人根據規則,判定一
方子被吃,或雙方均爲死子。以奪得對方軍旗
者爲勝。

M9－27 動：　下棋·打拳

下棋　進行棋類活動:我和他在家裡下棋。

下　進行棋類活動時,舉手著子,也指進行棋類
活動:他要想很久才下一步棋/我從小就愛下
圍棋。

著棋　下棋。

對局　指下棋或賽球:兩人對局。

對弈　〈書〉下棋。

手談　〈書〉下圍棋:與友人手談。

悔棋　棋子下定後收回重下。

打譜　按照棋譜擺出棋子,鑽研下棋技術。

打拳　練習拳術。

M9－28 名：　其他運動項目

擊劍　體育運動項目之一。比賽時,運動員穿特
製保護服裝,戴護具,用特製的彈性鋼劍相互
刺或互劈。按刺和劈中對手身上有效部位次
數的多少而定勝負。

拳擊　體育運動項目之一。比賽雙方戴特製的
皮手套按規則用拳相互攻擊和自衛,以擊倒
對方爲目標。被擊倒的一方在十秒內站起的
可繼續比賽。如雙方均未被擊倒,則按有效
的打擊次數來判定勝負。

射箭　體育運動項目之一。在一定的距離用箭
射靶,以射中箭靶環數計分,按總分多少決定
名次。

射擊　體育比賽項目之一。比賽時,使用槍枝對
各種設置的目標進行射擊。按所用槍枝的種
類、射擊姿勢、射擊距離、射擊目標而分爲不
同的項目。按命中環數或靶數評定成績。

登山運動　體育運動項目之一。運動員徒手或
使用專門裝備攀登各種不同地形的山峰或山
嶺。可分爲旅遊登山、競技登山和探險登山。

賽車　指駕車比賽,包括自行車、摩托車和汽車。

拔河　中國民間運動項目。在地上劃兩條線表
示河界,人數相等的兩隊各自站在河界的兩
邊,隊員分別握住橫互在河界上粗繩的一端。
繩中央紮一紅帶爲標誌,垂直於「河」中央。
裁判員發令後,雙方用力拉繩,以把繩上標誌
拉過規定的界線爲勝。

划艇　水上運動項目之一。一種特殊的爲比賽
用的小船,用單葉槳划行,無槳架,運動員划
槳時一腿跪立,一腿屈膝。分男子單人、雙人
兩項,賽程爲五百米和一千公尺。

皮艇　用皮艇划行的划艇比賽。艇用膠合板或
玻璃鋼製成。男子分單人、雙人、四人等項,
賽程爲五百公尺和一千公尺。女子分單人、
雙人兩項,賽程爲五百公尺。

賽艇　水上運動項目之一。艇形似梭子,運動員
操持單葉槳划水推動艇體前進。比賽按單
槳、雙槳和單人、雙人、四人、八人以及有舵
手、無舵手等分項。賽程男子爲二千公尺,女
子爲一千公尺。

帆船運動　水上運動項目之一。運動員駕駛以
風帆爲推動力的船隻在規定距離內比賽航
速。船型有多種,奧運會規定比賽用的船型
有龍型、星型、飛行荷蘭人型、暴風雨型等。
每種船型進行七場比賽,以其中六場最佳成
績爲總分計算名次。

衝浪運動　水上運動項目之一。運動員站在衝
浪板上,或利用腹板、跪板、充氣的橡皮墊、划
艇、皮艇等駕馭海浪。在比賽時,根據運動員
在規定時間內衝浪的數量和品質(起滑、轉
彎、滑行距離和選擇浪的難易程度等)進行評
分。

自行車運動　體育運動項目之一。用特製的賽
車比賽騎行速度,比賽分爲公路賽、賽車場賽
和越野賽三類。奧運會規定的比賽項目有短

距離賽、計時賽、追逐賽、公路賽等。

現代五項運動 一種綜合性的男子全能運動,為
　奧運會比賽項目。由越野賽馬、擊劍(重劍)、
　手槍射擊、游泳(三百公尺)、越野賽跑(四千
　公尺)五個項目組成,按每天一項順序比賽。
　以運動員的個人和團體總分確定名次。

跆拳道 朝鮮民間流行的體育運動項目。是運
　動員運用拳、腳、腰、腿工夫以打、砸、踢、跳等
　動作進行防身和攻擊的競技性運動。第二十
　四屆奧運會列為表演項目,第十一屆亞運會
　定為正式比賽項目。

M9－29 名： 運動用品

球拍 用於拍打乒乓球、羽毛球、網球等的用具。
　乒乓球拍木板製,橢圓形,上黏橡膠或海綿,
　有短柄。羽毛球、網球球拍,用羊腸線或尼龍
　線在橢圓形框上穿織繃緊,有長柄。也叫**球
　拍子**。

球膽 足球、籃球、排球等內層的氣囊,用薄橡皮
　製成,打足空氣後,球就膨脹飽滿,富有彈性。

球鞋 一種橡膠底、帆布幫的鞋,適於運動時穿
　用。

跑鞋 賽跑時穿用的釘鞋,鞋底窄而薄,前掌有
　幾個鋼釘。

跳鞋 跳高、跳遠時穿用的釘鞋,前後掌都有鋼
　釘。

冰鞋 溜冰時穿的鞋,皮製,鞋底裝有用金屬製
　成的刀。

冰刀 裝在冰鞋底下的金屬製的刀形器具。有
　跑刀、花式刀、冰球刀三種。

滑雪板 滑雪時穿在腳上的長形木板。舊為木
　製,後改用輕金屬製成。

游泳衣 女子游泳時穿的服裝。背心式緊身,上
　下身連穿。單色或有花紋,用棉、毛或化纖織
　物製成。

比基尼 音譯詞。一種上下不聯接的由狹窄的

胸罩和小三角褲組成的女式游泳衣。也是國
　際女子健美比賽的比賽服。

三點式 即比基尼。因這種游泳衣上下不聯接,
　成三點,故名。

救生圈 圓圈形水上救生設備。外層為帆布,內
　實保麗龍或成型軟木。漆有紅、白兩色。可
　支撐人體在水上漂浮。

M 10　娛樂·遊戲

M 10－1 名： 娛樂·遊戲

娛樂 快樂有趣的活動:種花養鳥是老年人最喜
　愛的娛樂。

遊戲 休閒活動,如捉迷藏、下軍棋、猜燈謎等。
　某些非正式比賽項目的體育活動,如跳繩、踢
　鍵子等也叫遊戲:孩子們在院子裡玩投鏢遊
　戲。

遊藝 遊戲;娛樂:遊藝場／遊藝節目。

文娛 文化休閒活動,如看戲、看電影、唱歌、跳
　舞、做遊戲等:文娛晚會／業餘文娛生活。

M 10－2 動： 娛樂·消遣

娛樂 消遣;使人快樂:節日里大家盡情娛樂／
　影片要用健康的內容來娛樂觀眾。

取樂 尋求快樂:以猜謎取樂。

作樂 取樂:尋歡作樂。

行樂 〈書〉消遣取樂:及時行樂。

消遣 用自己感興趣的事來度過空閒時間或解
　悶:他喜歡到郊外釣魚消遣／他把逛書店作為
　最好的消遣。

消閒 消磨空閒的時間:她愛看偵探小說,藉以
　消閒。

散心 使心情暢快;排除煩悶:緊張工作以後,他
　總要到外面去散心。

散悶 排遣煩悶:她帶女兒出來散悶。

解悶　解除煩悶：他偶爾喝兩盅,只是爲了解悶。

狂歡　縱情地歡樂：晚會上大家盡情狂歡。

盡興　興趣充分得到滿足：他們在新日本暢遊十天,才盡興而歸。

排遣　藉某種活動解除不愉快情緒：他到海邊散步,想排遣心頭的鬱悶。

M 10－3 動：　遊戲

遊戲　玩耍;進行某種休閒活動：老師帶領學生在公園裡遊戲／他們打紙牌,只是遊戲,並不賭博。

嬉戲　〈書〉遊戲;玩耍：她坐在長椅上織毛衣,看著女兒在草地上嬉戲。

玩耍　從事自己喜愛的休閒活動：你把功課做好,再出去玩耍。

戲耍　遊戲;玩耍：孩子們在田埂邊戲耍。

玩　做遊戲：小朋友們在院子裡玩捉迷藏。

戲　玩耍：小孩子喜歡戲水。

嬉　遊戲;玩耍：他餓了便哭,飽了便嬉。

耍　〈方〉玩耍：大家耍了一陣子牌。

遊玩　遊戲玩耍：讓孩子們到外邊遊玩去。

遊樂　遊玩嬉戲：盡情遊樂／城裡遊樂的場所,他都去過了。

遊憩　遊玩和休息：琉球的確是遊憩的好地方。

遊嬉　〈書〉遊戲玩耍：他少年時不務正業,喝酒遊嬉。

M 10－4 名：　遊樂場·遊藝會

遊樂場　供群衆進行遊戲休閒活動的場所。

樂園　幸福快樂的地方：兒童樂園／建設一座最合理想的人民樂園。

俱樂部　音譯詞。進行政治、社會、文藝、娛樂等活動的團體和活動場所。現多指社會團體所設的文化娛樂場所：船員俱樂部／華僑俱樂部。

書場　供說書、相聲、評彈等曲藝表演的場所。

舞場　舊稱營業性的供人跳舞的娛樂場所。

舞廳　❶供跳舞用的大廳。❷指營業性的舞場。

舞池　舞廳中心供跳交際舞用的場地。因比周圍休息的地方略低,故稱。

茶館　設有座位,供顧客喝茶、休息的店鋪。

茶社　茶館(多用做茶館的名稱)。

茶樓　有樓的茶館(多用做茶館的名稱)。

茶座　❶賣茶的處所(多指室外的)：公園裡設有茶座。❷賣茶的店鋪所設的座位。

遊藝會　以文藝表演、遊戲活動等爲內容的集會：迎春遊藝會。

遊園會　在公園或花園裡舉行的聯歡會：國慶遊園會。

晚會　晚間舉行的以表演文娛節目爲主的集會：聯歡晚會。

堂會　舊時有喜慶事的人家,邀請藝人到家裡演出的文娛集會。

舞會　跳交際舞等的集會：週末舞會。

M 10－5 名、動：　謎語·繞口令

謎語　〔名〕用隱語暗射事物或文字供人猜測的遊戲形式。一則謎語有謎面和謎底兩部分。

隱語　〔名〕謎語的古稱。不把本意直接說出來,而藉別的話來暗示。

燈謎　〔名〕貼在花燈上供人猜射的謎語,也有掛在繩子上或貼在牆上的。猜燈謎是我國一項傳統的休閒活動。

燈虎　〔名〕燈謎。以老虎不易射中,形容燈謎難猜,故名。

詩謎　〔名〕用詩句爲謎面的謎語。

文虎　〔名〕用文句爲謎面的謎語。

謎面　〔名〕猜謎語時說出來供人猜測的暗示性的話。常用隱喻、比擬、諧音、析字或描繪形象特徵等表現手法。

謎底　〔名〕謎語的答案,即謎面所隱射的事物或文字。

猜謎兒〔動〕猜測謎語答案。

猜謎〔動〕〈書〉猜謎兒：行令猜謎。

破謎兒〔動〕❶〈口〉猜謎兒。❷〈方〉出謎兒給人猜。

繞口令〔名〕一種語言遊戲。把聲母韻母或聲調極易相混的字交錯、重疊組成拗口的句子，要求一口氣急速念出。如：十四四十四十四，十四是十四不是四十，四十是四十不是十四。也叫**拗口令**。

急口令〔名〕〈方〉繞口令。

M 10－6　名、動：　酒令

酒令〔名〕舊時宴會飲酒時的遊戲。由一人發令，在座的人依令說唱詩詞或做遊戲，做錯或做不出的罰飲酒：行酒令。

行令〔動〕行酒令：划拳行令。

猜枚〔名〕舊時一種遊戲（多用於酒令）。把錢幣、棋子、瓜子、乾果等類小物品握在手中，讓人猜測單雙、數目或顏色。中者為勝，錯者為負。

划拳　豁拳　搳拳〔動〕飲酒時，兩人同時出拳伸指喊數，說出的數目正好為雙方伸出手指之和者獲勝，負者受罰飲酒。也說**猜拳**。

拇戰〔動〕〈書〉划拳。

打通關*　筵席上某個人同全席的人順次比賽划拳飲酒，稱為打通關。

M 10－7　名：　牌·色子

牌　一種娛樂用品。也有用作賭具的。如紙牌、撲克牌、麻將牌等。

紙牌　❶用硬紙製成的牌。上面印著各種點子或文字，種類很多。❷指撲克牌。

葉子〈方〉紙牌。

紙葉子〈方〉紙牌。

骨牌　牌類的一種。多用獸骨製成，也有用竹子、烏木、象牙製成的。每副三十二張，分別刻著用不同方式排列的從二個到十二個點子。多用作賭具。

牙牌　用象牙製成的骨牌。

頂牛兒　骨牌的一種玩法。由兩人或幾人輪流出牌，點數相同的一頭互相銜接，接不上的人從手裡選一張牌扣下。以終局不扣牌或所扣點數最小者為勝。

接龍〈方〉頂牛兒。

牌九　骨牌賭博的一種：推牌九。

撲克　音譯詞。一種紙牌。每副五十二張，分四種花色，我國通稱為黑桃、紅桃、方塊、梅花。每種有十三張，依次為 A、K、Q、J、10、9、8、7、6、5、4、3、2 各一張，另有附加牌大王、小王各一張。玩法甚多。

橋牌　撲克牌遊戲之一。由四名牌手分成兩對進行對抗。每個牌手得十三張牌，每人出一次牌，四張牌為一墩。出牌前先確定一種花色為將牌或無將。將牌高於其他花色。打牌的直接目標是贏得牌數。

麻將　牌類的一種。娛樂或賭博用具。用竹子、骨頭或塑膠製成。上面刻有花紋或字。共一百三十六張。四人同玩。也稱**麻雀**。

色子　一種娛樂或賭博用具。用骨頭或塑膠等製成，為六面立體小方塊，六面分別刻一、二、三、四、五、六點。玩時用來投擲，以點數決勝負。

骰子〈方〉即色子。

M 10－8　動：　打賭·抽籤

打賭　約定以對某事結果的猜測是否正確為輸贏：這場球紅隊一定會贏，我敢打賭。

賭東道　用請客來打賭：我們幾個人賭東道，輸了的請客。也叫**賭東兒**。

拈鬮兒　用若干張小紙片寫上字或記號，由有關人各取一個，以決定誰該得什麼或做什麼：大家用拈鬮決定次序。也叫**抓鬮兒**。

抽籤　❶從許多寫有語句的竹籤中,在神前抽出一根或幾根,用來占卜吉凶的迷信活動。❷用抽竹籤拈鬮兒,多用於決定先後順序。

M 10－9 名： 捉迷藏・跳繩等

捉迷藏　一種兒童遊戲。一人蒙住眼睛捉在他身邊來回躲藏的人。或大家蒙住眼睛相捉:我們小時候是捉迷藏的夥伴。

藏貓兒　〈口〉捉迷藏。

跳房子　一種兒童遊戲。在地面上畫幾個相連的方格,一隻腳著地,沿地面把一塊小瓦片依次踢入各個方格。也叫**跳間**。

跳繩　民間體育活動之一。兩手分別捏住一根繩子的一端,不斷把繩子揮舞成圓圈,由頭上迴轉於足下,趁繩子每次貼近地面時跳過。用長繩可兩人同時搖動,集體輪跳或同時跳。

跳橡皮筋兒　一種兒童遊戲。橡皮筋是用一根橡膠製成或以橡皮圈聯結而成的細條。由兩人分執橡皮筋兩端,率直固定,人站在橡皮筋的旁邊用腿做踏、勾、踩、跨、擺、踢等動作,來回跳動,可以跳出許多花式變化。

M 10－10 名： 玩具

玩具　專供兒童玩耍遊戲的器物:電動玩具／橡皮玩具。

玩意兒　〈口〉玩具。

玩物　供玩耍或觀賞的器物:櫃裡擺著幾件玩物。

M 10－11 名： 玩偶

玩偶　供兒童玩耍的人像玩具,多用木頭、塑膠、絨布或泥土製成。

泥人　用黏土捏成的人像。

木偶　木頭雕刻成的人像:木偶戲。

洋娃娃　兒童玩偶。多模仿西洋小孩相貌做成,故名。

兔兒爺　中秋節應景的泥製兔頭人身玩具。

不倒翁　兒童玩具。形似老頭,底部圓形,上輕下重,扳倒後能自己起來。

扳不倒兒　〈口〉不倒翁。

M 10－12 名： 風箏・陀螺・毽子等

風箏　一種傳統民間玩具。用竹篾紮的骨架上糊紙或絹,做成蟲、魚、鳥、獸形以至人形等,繫上長線,可以利用風力放上天空。古代以紙製成鳶形,稱為紙鳶。又在紙鳶上繫竹哨,升空後竹哨受風發聲如箏鳴,因而稱為風箏。放風箏是一項體育活動,近年來正逐漸進入國際比賽的行列。

紙鳶　〈書〉風箏。

紙鷂　〈方〉風箏。

鷂子　〈方〉紙鷂。

陀螺　兒童玩具。用木頭製成的圓錐體,下面有鐵尖,形似海螺。玩時放在地面,用繩子不斷抽擊,使之直立不斷旋轉。

地黃牛　兒童玩具。用竹筒做成的陀螺。旋轉時發出嗡嗡的響聲。

空竹　一種玩具。用竹或木製成。在短圓柱的兩端或一端裝上中空的圓盤,盤邊上有小孔,雙手用兩根細棍繫上棉繩抖動圓柱使迅速旋轉,即發出嗡嗡的聲音。也叫**空鐘**。

響鈴　〈口〉空鐘的俗稱。

鐵環　兒童玩具。用鐵條製成的圓環。玩時用長的鐵鉤推著向前滾動。

捻捻轉兒　兒童玩具。木製,扁圓形,中裝軸,一頭尖。玩時把尖頭接觸平面,用手捻軸使旋轉。

皮球　遊戲用具。用橡膠製的空心球,富有彈性。遊戲時,可拍到地面上跳起,連續拍打計數。

球兒　小的球。特指兒童玩的小玻璃球。

毽子　遊戲用具。用布或皮縫裏銅錢或金屬片
　　爲底座，上紮一束雞毛製成。玩時用腳連續上
　　踢，不讓其落地。

毽　毽子。

尪仔標　乃於直徑約五公分左右的馬糞紙上印
　　製各類圖案之圖形紙牌，爲早期童玩之一。
　　尪仔標牌面圖案之印製包羅萬象，往往隨各
　　年代不同時尚之風行而有異，包括：《水滸
　　傳》、《西遊記》等章回小說中的傳說人物、布
　　袋戲風雲人物——史豔文、怪老子等，以及影
　　歌視紅星。

M 10－13 名： 滑梯・鞦韆等

滑梯　兒童遊戲用具。在高架子的一面裝上梯
　　子，另一面裝上一塊斜的滑板。玩時攀著梯
　　子上去，再從斜板上滑下來。

蹺蹺板　兒童遊戲用具。用木架支撐著一塊狹
　　長而厚的木板的中央而成。玩時兩人在兩端
　　對坐輪流以腳點地，使身體隨木板一起一落。

浪木　運動和遊戲用具。用一根長木兩端穿鐵
　　鏈，平懸在木架下，離地約一尺。人站在木上
　　用力使木頭搖盪，順勢做各種前進、後退或轉
　　體等動作。也叫浪橋。

木馬　兒童遊戲用具。木製，形狀像馬。底部爲
　　兩根平行的弧形木板，可以坐在上面前後搖
　　動，當做騎馬。

竹馬　兒童遊戲時放在胯下當馬騎的竹竿。

秋千　鞦韆　我國傳統的運動和遊戲用具。在
　　木架或鐵架上懸掛兩根平行下垂的長繩，下
　　拴橫板。人站在板上，兩手握繩，兩腿伸屈蹬
　　板，使人隨板在空中前後擺動。

M 10－14 名： 其他玩具

積木　兒童玩具。用木料或塑膠製成的一整套
　　大小、形狀各不相同的方塊，多染上色彩。可
　　用來拼搭各種建築物模型。

七巧板　兒童玩具。用正方形薄板或厚紙分裁
　　爲形狀、大小不同的七塊。可拼排成各種各
　　樣的圖形。

黏土　用生橡膠、白石臘、陶土、石膏等材料攪和
　　顏料製成的泥。柔軟有塑性，不易乾。供兒
　　童捏塑人形、動物形、物品等。

萬花筒　兒童玩具。用硬紙製成一個長筒，兩端
　　鑲著玻璃，內壁裝三條長寬一樣的玻璃鏡片，
　　成正三角柱形。筒的一端放著各種顏色的紙
　　屑或碎玻璃，另一端開一小孔。持筒向亮處
　　轉動，從小孔中看去，由於鏡面光線反射，可
　　以看到千變萬化的彩色圖案。

西洋鏡　一種供娛樂用的裝置。在一個匣子裡
　　裝著若干畫片，可以左右移動更換，從匣上的
　　透鏡可以看到放大的畫片。因最初畫片多是
　　西洋畫，故名。也叫西洋景。

走馬燈　一種供玩賞的燈。燈內置一輪子，上貼
　　用彩紙剪成的各種人騎著馬的形象或其他圖
　　像，輪下點蠟燭或電燈，熱氣上騰引起空氣對
　　流，使輪子不斷轉動，人物圖像也隨之旋轉。

哈哈鏡　用凹面或凸面玻璃製成的大鏡子。人
　　站在鏡前，會照出奇形怪狀的形象，引起哈哈
　　大笑，故名。

魔方　一種智力玩具。由二十六塊每面顏色不
　　同的立方體和中心軸組成，可以旋轉成各種
　　彩色圖案。爲匈牙利人埃爾涅・魯畢克所發
　　明。

魔棍　一種智力玩具。由若干色彩不同的小三
　　角組成，可以扭折成各種圖形。

N 宗教・民間信仰

N1 宗 教

N1-1 名： 宗教(一般)

宗教 一種社會意識形態,其基礎是相信並崇拜
超自然、超人間的神靈和神秘力量,把希望寄
託於「天國」或「來世」,從精神上受到感召。
它是一種支配著人們日常生活的外在力量,
在人們頭腦中的幻想的反應。

一神教 只信奉一個神的宗教,如猶太教、基督
教和伊斯蘭教。三教都認為自己所信奉的神
創造並主宰世上一切,是無所不在、無所不能
的,但也不否定其他精神體如天使、魔鬼等的
存在。

多神教 崇拜眾多神靈的宗教。多神教除崇奉
一位最高的主神外,還膜拜特定的職司神,如
山神、河神、愛神、戰神以及各種行業神,地區
守護神等。

拜物教 原始宗教形式的一種。原始人對自然
力量不理解,把某些特定物體(如樹木、石頭、
弓箭、刀斧等)當作有意志的神靈加以崇拜。

精神體 宗教所幻想的不受自然規律制約,但有
智能和意志,且能影響客觀事物的存在。包
括神、仙、鬼、怪和人的靈魂。也叫**超自然體**;
靈體。

圖騰 宗教信仰的最早形式之一。印第安語
totem 的音譯,有「親屬」和「標記」的含義。原
始人相信各氏族分別源出於各種特定的物類

(大多數為鳥、獸、魚等動物,其次為植物或
石),此物就被尊奉為該氏族的圖騰,禁殺類
食,作為其標誌。

祖先崇拜 對先祖亡靈的崇拜。原始社會早期
的人認為祖先的亡靈仍在冥冥中過著生活,
並有能力給予兒孫保佑賜福,因而要用一定
的儀式加以崇拜。

偶像崇拜 把所信奉之神靈的形象塑造出來,加
以頂禮膜拜。迷信者認為泥塑木雕的偶像雖
非神靈本身,但一經製成,神靈便附著其上,
神聖不可褻瀆。

偶像 ❶用木頭、泥土雕塑供人敬奉的人像。❷
比喻盲目崇拜的對象。

土偶 用泥土塑造的偶像。

木偶 用木頭雕成的偶像。

木雕泥塑* 用木頭雕刻或用泥土塑造的偶像。
也說**泥塑木雕***。

禁忌 舊時指禁戒普通人接觸的事、物、人,以及
對此所持的忌諱觀念。認為某些神聖或不潔
的事物,只有巫師或祭司才能接觸並處理,普
通人擅自接觸,必將觸怒神靈而遭禍殃。

塔布 波利尼西亞語 taboo 的音譯。原特指某一
種禁忌,現泛指各種禁忌。

教派 某種宗教內部的派別。

正宗 ❶指佛教各派的創建人所傳下來的嫡派。
❷泛指一脈相承的正統派。

異端 ❶中世紀基督教中取得正統地位的派別
對異己派別的貶稱。❷舊指不符合正統思想
的主張或言論:異端邪說。

外道 ❶佛教對佛教之外的宗教哲學派別的通稱(佛教自稱爲「內」,認爲其他宗教或學說都不合眞理,故貶稱「外道」)。❷借指不符合「正統」的異端邪說:邪魔外道。

外教 佛教自稱爲內教,統稱其他宗教爲外教。

N1－2 動： 信仰

信仰 對某人或某種主義、宗教等極度推崇信服,引爲自己行動的準則和努力的方向:信仰上帝／信仰佛教。

信 信仰;信奉:信敎／篤信佛敎。

信奉 ❶信仰並敬奉:信奉天主。❷相信並奉行:信奉朱子「治家格言」。

奉 信仰;尊重:奉爲楷模／奉若神明。

虔奉 恭敬地信仰:虔奉《太上感應篇》。

崇奉 崇拜;信仰:崇奉禮敎／崇奉儒家思想。

供奉 把香燭、祭品放在神佛或祖先的像前表示敬意;供養:供奉佛像／供奉祖父母。

敬奉 恭敬地供奉(神佛):敬奉觀世音菩薩。

供養 用供品祭祀(神佛或祖先):祖宗牌位前供養著鮮花和果品。

供 把香燭、果品等放在神位或祖先遺像前表示敬奉:供祖宗。

崇拜 尊敬;佩服:崇拜神佛偶像／崇拜民族英雄。

在教 〈口〉信奉某種宗教。特指信奉伊斯蘭敎。

崇信 崇拜迷信:先民崇信鬼神。

迷信 ❶信仰神仙鬼怪等並不存在的超自然力量:他愛讀《聖經》,卻不迷信上帝。❷泛指盲目地信仰和崇拜:不迷信古人。

N1－3 名： 佛教

佛敎 與基督教、伊斯蘭敎並稱爲世界三大宗敎。相傳爲西元前六至五世紀古印度的迦毗羅衛國(在今尼泊爾境內)王子悉達多(後人尊稱爲釋迦牟尼)所創。其基本敎義有四諦、五蘊、十二因緣等。認爲世界虛幻,人生無常,充滿著苦;人們如「今生」繼續作惡,將會受到輪迴報應,「來生」變成餓鬼、牲畜,只有消除一切世俗的欲望,才能斷絕苦根,達到「涅槃」或「解脫」。佛教廣泛流行於亞洲許多國家。西漢末年(一說東漢)傳入中國。

釋敎 佛教在中國的別稱。因係釋迦牟尼所創立,故名。

佛門 指佛教。

釋門 指佛教。

空門 指佛教。因佛教宣揚「諸法皆空」,認爲世界上一切都是空的,故稱:遁入空門(信佛出家)。

釋家 佛教的稱謂。

華嚴宗 中國佛教宗派之一。以《華嚴經》爲主要經典,故名。該宗以六相圓融、十玄緣起、三觀等說闡明法界緣起的道理和觀行的方法。

天臺宗 中國佛教宗派之一。以《法華經》爲主要教義根據,吸收了各派思想而形成。創始人是六世紀的智顗,因他住在天臺山,故其所著之《法華玄義》、《摩訶止觀》、《法華文句》被奉爲「天臺三大部」。它的宗義以「五時」、「八教」爲總綱,以「一心三觀」、「三諦圓融」爲中心思想。

禪宗 中國佛教重要宗派之一。以直指心性的頓修頓悟爲修行方法。相傳五世紀由印度菩提達摩傳入中國。八世紀分爲南北兩宗。南宗主張頓悟,北宗主張漸悟。後來北宗日漸衰歇,南宗中臨濟、曹洞兩派流傳不絕。

淨土宗 中國佛教宗派之一。奉東晉慧遠爲初祖,實爲唐代善導創立。以《無量壽經》、《觀無量壽經》、《阿彌陀經》等爲主要經典,宣稱只要一心專念「阿彌陀佛」名號,死後即能「往生」阿彌陀佛西方淨土(極樂世界),故名。因

修行簡便,中唐以後廣泛流傳。

大乘 梵文 Mahāyāna 摩訶衍那的意譯。「摩訶」,大;「衍那」,意為乘載,即大乘佛教。西元一世紀左右形成的一個佛教派別。大乘除標榜「自我解脫」外,更宣揚大慈大悲,普渡眾生,把成佛渡世,建立佛國淨土作為最高目標。主要經典是《般若經》、《維摩經》、《法華經》、《華嚴經》等,主要流傳於中國、韓國、日本等地。

小乘 梵文 Hīnayāna 希那衍那的意譯。「希那」,小;「衍那」,意為乘載,即小乘佛教。主張自利或自渡,追求個人解脫,以「灰身滅智」,證得阿羅漢為最高目標。主要經典是《阿含經》。小乘是大乘教派認為它教義繁瑣,不能超渡眾人,對它的貶稱。

喇嘛教 中國佛教的一支。喇嘛為藏語,意為「上師」。西元七世紀佛教傳入西藏後,同當地原有的「本教」長期相互影響而形成。教義上大小乘兼容而以大乘為主。主要流行於中國藏族、蒙古族地區。也稱西藏佛教或藏傳佛教。

N1-4 名: 基督教

基督教 ❶與佛教、伊斯蘭教並稱為世界三大宗教。西元一世紀起源於巴勒斯坦。相傳為猶太的拿撒勒人耶穌所創立。以《舊約》、《新約》為聖經。認為上帝創造並主宰世界,人類從始祖起就犯了罪,並在「罪中受苦」,只有信仰上帝及其子耶穌基督才能獲救。四世紀成為羅馬帝國的國教。十一世紀分裂為天主教和東正教。十六世紀宗教改革以後,又從天主教陸續分裂出許多新的教派,合稱新教。❷在中國專指基督教新教。

天主教 基督教的主要教派之一。除崇拜天主(即上帝)和耶穌基督外,還尊奉瑪利亞為「聖母」。其教義源於聖經和聖經傳說。嚴格劃分教士和俗人的界限;教士不得結婚。也叫**公教**;**羅馬公教**;**舊教**。

正教 基督教的一派,與天主教、新教並稱為基督教三大派別。十一世紀,基督教分裂為東西兩派,以君士坦丁堡為中心的東部教會自命為「正宗的教會」,故稱正教或東正教。崇拜上帝和耶穌基督,亦尊瑪利亞為「聖母」,不承認教皇為教會的首腦,與自稱「公教」(天主教)的西部教會相對立。十八世紀初葉,俄羅斯正教進入我國華北一帶建立教會。也叫**東正教**。

新教 基督教的一派。與天主教、正教並稱為基督教的三大派別。十六世紀歐洲宗教改革運動中,因反對羅馬教皇統治而分裂出來的基督教各教派的總稱。主張教會制度不應強求一律,牧師和俗人之間不存在原則的對立,反對崇拜聖母。主要宗派有信義會、長老會、聖公會、浸禮會、公理會、衛理公會等。鴉片戰爭前後傳入中國。在中國,也稱**耶穌教**。

教會 天主教、東正教、新教等教派信徒的組織。也指某一地區或某一教堂全體信徒的組織。

教廷 以羅馬教皇為首的天主教會政教合一的君主制的最高統治中心,設在梵蒂岡。

教區 天主教會、新教聖公會等由主教管轄的教務行政區。基督教新教有些教會也用來稱一般教務行政區。

N1-5 名: 伊斯蘭教

伊斯蘭教 與佛教、基督教並稱為世界三大宗教。西元七世紀初由阿拉伯人穆罕默德所創立。信奉阿拉為唯一的神,穆罕默德則是阿拉的使者,以《古蘭經》為阿拉啟示的經典。相信一切皆由阿拉前定,也信後世。盛行於西亞、北非和東南亞等地。唐代傳入中國。在中國也叫**清真教**;**回教**;**天方教**。

教門 〈口〉指伊斯蘭教。

遜尼派 遜尼,阿拉伯文 Sunni 的音譯,意爲「遵守遜奈者」。伊斯蘭教最大的一個教派,有正統派之稱。該派承認艾卜‧伯克爾、歐麥爾、奧斯曼、阿里四代哈里發(繼任者)都是穆罕默德合法繼任者。除信奉《古蘭經》外,還根據《六大聖訓集》建立自己的學說。世界穆斯林大多屬遜尼派。

什葉派 什葉,阿拉伯文 Shī‘ah 的音譯,意爲「追隨者」。伊斯蘭教派之一,與遜尼派對立。該派只承認阿里及其後裔爲穆罕默德的合法繼任者。強調《古蘭經》的「隱意」,並作出自己的解釋。還以《四聖書》爲本派的「聖訓」。允許教徒在受迫害時隱瞞信仰,允許臨時婚姻。主要分布在伊朗、伊拉克、巴基斯坦、印度、葉門等地。也作**十葉派**。

門宦 伊斯蘭教的神秘主義與中國封建家族制相結合而形成的宗教派別。清初產生於西北回族地區。創始人被尊爲教主,地位、權力多世襲,以致形成宗教領袖的高門世家。主要有哲合林耶、虎非耶、格底林耶、庫不林耶四大門宦。現已廢除。

N1-6 名： 道教

道教 產生於中國的宗教,爲東漢時張道陵所創立。淵源於古代的巫術和秦漢時的神仙方術,以煉丹修持、追求長生不死、得道成仙爲目標。奉道家老聃爲教祖,尊稱他爲太上老君,以《道德經》、《正一經》等爲主要經典。南北朝時開始盛行。

五斗米道 早期道教的一派。東漢張道陵在四川鶴鳴山創立。因入道者須出五斗米,故稱。又因道教徒尊張道陵爲天師,也稱**天師道**。

太平道 早期道教派別之一。東漢末年張角創立。尊崇黃帝和老子。以《太平經》爲主要經典。曾以傳教爲名發動農民起義,稱爲「黃巾賊」。後被鎮壓失敗,太平道亦隨之衰歇。

正一道 道教符籙各派的總稱。元以後爲道教的兩大教派之一。源出天師道。奉持《正一經》,宣揚鬼神崇拜,以畫符念咒驅妖降魔,祈福禳災。信徒可不出家,可結婚,可在齋期以外飲酒食肉。

全眞道 與正一道並列爲道教兩大教派。不事符籙燒煉。信徒須出家,不能結婚,並禁食葷腥。

N1-7 名： 其他宗教

猶太教 猶太人所信奉的宗教。奉雅赫維(即耶和華)爲唯一眞神,並稱猶太人爲雅赫維的特選子民。它的主要經典《律法書》、《先知書》、《聖錄》被基督教所繼承,成爲《聖經‧舊約全書》的一部分。

拜火教 波斯古代宗教之一。認爲世界有黑暗神(惡)和光明神(善)在鬥爭,人有自由選擇的意志,能決定自己的命運,因而把火作爲光明和善的化身來崇拜。西元六世紀傳入中國,稱爲**祆教**。

婆羅門教 梵文 Brāhmṇa 的音譯。印度古代的宗教。以崇拜婆羅賀摩(梵天)而得名。以《吠陀》爲最古的經典,信奉多神,認梵天爲創造之神,相信因果輪迴之說。四世紀時,吸收佛教和耆那教的某些教義,八、九世紀經過改革更名爲印度教。

印度教 婆羅門教吸收佛教和耆那教某些教義,經過改革而成的宗教。現在流行於印度、尼泊爾等國。

薩滿教 原始宗教的一種。因滿族及通古斯族稱巫師爲「薩滿」而得名。該教認爲薩滿是氏族薩滿神的化身,能保護族人,消災祈福。流行於亞洲、歐洲極北部地區。

白蓮教 元、明、清三代民間流行的一種秘密宗教組織。原是佛教白蓮宗的一支,後奉無生老母爲創世主,派別甚多。其教義崇尚光明,

深信必能戰勝黑暗。教內實行封建家長式統
治。入教須舉行儀式,交付錢財。教徒多爲農
民、手工業者、城市貧民或流民。曾多次被利
用作爲發動農民起義鬥爭的工具。

天理教　白蓮教支派之一。以八卦的區分爲其
組織形式。信奉「眞空家鄉,無生父母」,對著
太陽禮拜念經,祈避刀兵災禍。十八世紀曾
在北京、河南發動起義。也稱八卦。

道門　舊時封建迷信組織,如一貫道、先天道等。

N1－8 名：　神·佛·上帝

神　❶宗教觀念。指具有人格和意志、能影響世
間事物,甚至主宰整個世界的超自然體。神
的觀念始於原始社會,是人們對於不能理解、
無法駕馭的外界事物以人格化的方式在頭腦
中的虛幻反應。對神的信仰和崇拜,是一切
宗教的基礎。❷指神話傳說中有超人能力的
人物:鬼使神差／料事如神。

神道　❶〈口〉神的代稱。❷關於上帝、鬼神、天
命、禍福等的說法。

神明　泛指神:奉若神明。

神靈　神的總稱。

神祇　〈書〉「神」指天神,「祇」指地神。神祇泛指
一切神。

造物主　宗教指創造天地萬物和人類的神靈。
基督教認爲上帝是世上萬物的創造者,故稱
上帝爲造物主。亦稱**創世主**。

天公　假想中的人類和自然界的主宰者。也稱
上天。

天神　神話傳說中指天上的神靈。

蒼天　天。古人認爲蒼天是主宰世間人事的神。
也叫**上蒼**。

佛　❶「佛陀」的簡稱。意爲覺者、知者。佛教指
修行圓滿而成道者。小乘用爲對釋迦牟尼的
尊稱,大乘除指釋迦牟尼外,還泛指一切覺行
圓滿者。❷佛像:玉佛／千佛洞。❸比喻慈悲

的人:一片佛心。

佛陀　梵文 Buddha 的音譯。「佛」的全稱。舊譯
浮圖;浮屠。

如來　釋迦牟尼佛的稱號,也用於自稱。「如」,
即眞如,指佛所說的「絕對眞理」。佛經說釋
迦牟尼成佛是循此眞如達到佛的覺悟,故稱
如來。

菩薩　❶梵文 Bodhisattva 音譯。菩提薩埵的簡
稱。意爲「覺有情」、「發大心的人」。原爲釋迦
牟尼未成佛時的稱號,後來指修持大乘教義
而尙未成佛的修行者。佛典常提到的有彌
勒、文殊、普賢、觀世音、大勢至等。❷泛指佛
和某些神靈偶像。❸比喻心腸慈善的人:菩
薩心腸。

法王　❶意爲某一宗教的說法之主。佛經中對
釋迦牟尼的尊稱。❷我國元明兩朝對喇嘛教
首領的封號。

空王　諸佛之泛稱。也作一佛之專名。

佛子　❶菩薩的通稱。❷佛門弟子。❸佛教泛
指一切眾生,以其悉具佛性,故名。

彌勒　梵文 Maitreya 音譯的略稱,意爲「慈氏」。
佛教菩薩名。佛經上說他在龍華樹下繼承釋
迦牟尼之位而成佛。中國佛寺裡供奉的彌勒
塑像,祖胸露腹,笑口常開。

觀世音　簡稱觀音。中國佛教的四大菩薩之一,
佛教稱之爲大慈大悲的菩薩,謂遇難眾生只
要念其名號,即可得到解救。在中國寺院中
的塑像爲女身。也叫**觀自在;觀音大士**。

羅漢　梵文 Arhat 音譯。阿羅漢的簡稱。佛教
指斷絕了一切嗜欲、解脫了煩惱的修行者。
是小乘佛教修行的最高果位。說是應享眾生
供養,不再生死輪迴。

金剛　梵文 Vajra 的意譯。佛教指守護佛法的
天神,因手執「金剛杵」(印度古代堅硬的兵
器)而得名。寺院四大天王像俗稱四大金剛。

飛天　佛教壁畫或石刻中的凌空飛舞的神。梵

語稱神爲「提婆」，而提婆又含「天」的意思，故譯爲飛天。

神仙　❶神話傳說中的人物。具有超人的能力，可以超脫凡塵，長生不老。❷比喻逍遙自在，毫無牽掛的人：神仙生活。❸比喻料事準確、預知未來的人。

仙　❶神仙。道教指經過修煉、能超脫塵世、善神通變化而長生不死的人：八仙過海。❷指超越常人的人：酒仙／詩仙。

仙人　方士或道士所幻想的長生不老，且有竦身入雲、潛行江海之類神通的人。

神人　❶神仙；得道的人。❷比喻儀表氣度不凡的人：望之若神人。

神物　神仙。

天王　神話傳說中指某些天神。

玉皇大帝　「昊天金闕玉皇大帝」的簡稱。道教說是總執「天道」的最高神，是天界的「皇帝」。也稱**玉帝**。

天尊　道教徒崇拜的最尊貴的天神。如元始天尊、靈寶天尊、道德天尊（太上老君）、玉皇大天尊等。

帝君　指神話中地位較高的天神。

眞人　道教稱修眞得道或成仙的人。唐以後尊崇道教的皇帝也用作授與某些歷史人物或著名道士的稱號。如唐玄宗封莊周爲「南華眞人」。

元君　道教對女仙的尊稱。如西王母稱金母元君，后土夫人稱碧霞元君。

八仙　先見於民間神話傳說，後爲道教所供奉的八位神仙。即李鐵拐、鍾離權（漢鍾離）、張果老、何仙姑、藍采和、呂洞賓、韓湘子、曹國舅：八仙過海，各顯神通。

女神　神話傳說中的女性的神。

神女　即女神。

娘娘　迷信的人對女神的稱呼：娘娘廟。

仙女　年輕的女仙人。

仙姑　女仙人。

仙子　❶仙女。❷泛指仙人。

天仙　神話傳說中指天上的仙女。常用來比喻美女。

嫦娥　神話中后羿的妻子，偷吃了丈夫從西王母處得到的長生藥，奔上月宮，成爲仙女。也叫**姮娥**。

西王母　道教所崇奉的神話中的女神。說她豹尾虎齒，能歌善嘯，住在昆崙山瑤池，園內種有蟠桃，人吃了能長生不老。民間視西王母爲長壽的象徵。也稱**王母娘娘**。

二郎神　我國古代傳說的治水之神，因爲他的廟在四川省灌縣都江堰。也稱作「灌口二郎神」。根據民間戲曲以及文學作品《西遊記》裡的描寫：二郎神是楊戩，穿著戎裝，有三隻眼睛，手上拿著三尖兩刃刀，並有一條神犬跟隨。

七娘媽　❶臺灣民間傳說中的兒童保護神，即「七星姐」、「七星娘娘」、「織女星」，其誕辰是農曆的七月七日，即七夕、乞巧節，也叫「七娘媽節」。❷另一說法是七娘媽即織女，乃玉皇大帝的第七個女兒，又被視爲女孩子的守護神，所以七夕這天，女孩子可以向七娘媽祈求美貌與巧手。臺灣共有四座專祀七娘媽的廟，其中最著名的是臺南市的開隆宮。

太子爺　我國民間傳統神話中的人物，即「哪吒太子」、「羅車太子」、「中壇元帥」以及「玉皇上帝駕前大羅仙」，有三頭、九目、八臂、腳上踩風火輪，以火尖鎗和混天環爲武器，能呼風喚雨。

灶王爺　我國民間傳統信仰的神祇，即「灶神」。在每年農曆十二月二十三或二十四日（亦稱小年夜）「送神」，民間過去有「祭灶神」的習俗，至大年初四則「接神」。

城隍爺　我國傳統信仰中的神祇，既管陰間事務，也管陽間的是非善惡。臺灣最早的城隍

廟是鄭成功時代所建的臺南府城隍廟,此稱「府城隍爺」。

風獅爺 金門地區一種民俗的鎮風石,由於其地多夏風強,當地的人就將直立的獅型石雕立於迎風的路口,以抵禦強風。此外,人們也認爲風獅爺有驅邪的作用。

七爺八爺 臺灣民間信仰中專門緝拿惡鬼的兩位神,又稱范、謝將軍。范將軍名叫范無救,就是「八爺」,黑臉,矮胖;謝將軍名叫謝必安,就是「七爺」,白臉,高瘦。主要的任務是捉拿陽間作奸犯科的人到城隍爺那兒問案,以保護城內安全。

註生娘娘 我國南方民間信仰裡的授子之神。凡是婦女受胎、安產、成長,都由其掌管。「註生娘娘」臺語謂之「註生媽」。又稱作**「順天聖母」、「南臺夫人」**。

床公床母 我國民間傳統觀念中的房幃之神,是守護生兒的保育之神。據說床公床母就是周文王夫婦,因爲他們生了一百多個兒子,在過去重視人丁旺盛的時代,祭拜床公、床母是件重要的事,在臺灣也有類似的信仰,新人結婚當天要拜「床公床母」,結婚之前要「安床」,婦女生產,小孩出疹或哭啼不停,也都會祭拜「床公床母」,以保平安。

保生大帝 臺灣傳統信仰的神祇,信衆爲醫療之神。據傳保生大帝出生時異香滿室,十七歲那年,自西王母處學會伏魔之法,並獲授醫書,從此行醫濟世,積了許多功德,所以玉皇大帝召其升天。臺灣奉祀保生大帝的廟宇有一百多座,每年三月十五日是保生大帝的生日,慶祝活動北部以大龍山同保安宮的「大道公出巡」最爲盛大,南部則以臺南學甲鎭慈濟宮的「上白礁」最有名。也稱作**大道公**。

聖母 ❶迷信者對某些女神的稱呼。❷天主教徒稱耶穌的母親瑪利亞。

上帝 ❶我國古代指天上主宰萬物的最高的神。❷基督教新教信奉的神,認爲是天地萬物的創造者和主宰者,能對人賞善罰惡。

耶和華 希伯來語 Yěhōwāh 的音譯。猶太教中最高的神。基督教《舊約》中視爲上帝的同義詞。

天主 中國天主教對其所信奉的神的稱呼。取意爲「天地眞主,主神主人亦主萬物」。即認爲上帝是天地萬物的創造者和主宰者。

耶穌 希臘文'Iysous 的音譯。基督教所信奉的救世主,稱之爲「基督」。據《新約》說,是上帝的獨生子,爲拯救世人而降生於猶太伯利恆。

基督 希臘語 Christos 的音譯。基督教對耶穌的專稱。

先知 ❶猶太教、基督教稱受上帝「啓示」而傳達神的旨意或預言未來的人。❷阿拉伯文 Nabī 的意譯。伊斯蘭教指直接得到或通過天使、做夢等得到阿拉「啓示」的人。《古蘭經》稱穆罕默德爲先知。

主 基督教徒對上帝、伊斯蘭教徒對眞主(「阿拉」神)的稱呼。

阿拉 阿拉伯文 Allāh 的音譯。伊斯蘭教信奉的唯一的神的名稱。該教相信阿拉是創造宇宙萬物、主宰一切、無所不在的獨一無二的眞神。中國通用漢語的穆斯林稱之爲**眞主**。

天使 ❶伊斯蘭教指聽候阿拉差遣的天神,要求教徒信奉。❷基督教指上帝的使者。認爲是上帝所創造的一種精神體,以傳達和貫徹上帝的旨意爲使命。❸佛教稱人的老、病、死爲三天使。❹西方文學藝術中天使的形象多爲插上翅膀的少女或小孩,用以比喻天眞可愛的人。

N1－9 名: 天堂・地獄

天堂 ❶按照多數宗教教義指上帝或神仙在天上居住的地方,遵守教規的人,死後靈魂都升入天堂,永久享福。❷比喻美好幸福的生活

環境:上有天堂,下有蘇杭。

天國　基督教指天堂。即以上帝爲中心、眾得救者的靈魂安享福樂的國土。

天界　指神仙境界。道教認爲死者經過「超度」,可使其生前的罪過得到寬宥,升入「天界」,脫離「鬼道」。

天園　阿拉伯文 Jannat 的意譯,又譯「天堂」、「樂園」。伊斯蘭教指信教、行善、敬畏眞主且履行教規者死後永居之地。是阿拉所賞賜的一個兼有物質、精神享受的永久和平的極樂境界。與「火獄」相對。

伊甸園　伊甸爲希伯來文‘Edēn 的音譯。猶太教、基督教《聖經》中指人類始祖亞當和夏娃居住過的樂園。

淨土　大乘佛教指佛、菩薩所居的地方,因那裡沒有塵世的污染,故名。與世俗眾生居住的「穢土」、「穢國」相對。也叫**淨國;佛國**。

極樂世界　佛經中指阿彌陀佛所居住的國土。因「其國眾生,無有眾苦,但受諸樂」,故名。說是凡信仰阿彌陀佛並稱念佛名者,死後即可往生這光明、清淨的樂土。也稱**西方淨土**。

西方　佛教專指阿彌陀佛西方淨土,也稱**極樂世界**。

西天　❶我國古代佛教徒用以稱呼印度,因印度爲佛教發源地,位於我國西南方:到西天取經。❷極樂世界的俗稱:上西天(死亡)。

地獄　❶按照許多宗教共有的教義,指位於地下、有罪的人死後靈魂永遠受苦的地方。❷比喻黑暗悽慘的環境:地獄生活/人間地獄。

火獄　與「天園」相對。伊斯蘭教指充滿烈焰的火海,爲後世受苦受難的地方。是信奉多神、不信眞主、作惡犯罪者死後靈魂必然的歸宿。

N1-10　名:　經典·經籍

經典　❶各種宗教宣揚教義的根本性著作:佛教經典。❷傳統的、具有權威性的、有指導作用的著作:博覽經典。

經　經典:佛經/古蘭經/念經拜佛。

經籍　❶經書。❷泛指古代圖書。

佛經　佛教的經典。相傳爲教徒所傳述的釋迦牟尼在世時的說教,也包括後世他人假托釋迦言行的著作。也叫**佛典;釋典**。

釋藏　佛教經典的總匯。「藏」原指盛物的竹筐,用以概括全部經典。

三藏　佛教經典的總稱。包括經(教義)、律(戒律)和論(論述或注解)三大部分。通曉三藏的僧人稱爲三藏法師,如唐玄奘被稱爲唐三藏。

大藏經　漢文佛教經典的總稱。以經、律、論三藏爲主,並包括印度和中國其他佛教著述在內。後泛指一切文種的佛典叢書。簡稱《藏經》。也稱**一切經**。

維摩經　佛教經典。亦稱《維摩詰經》。說明達到解脫的關鍵在於主觀修養,而不一定要過嚴格的出家修行生活。闡揚大乘佛教「般若性空」的思想。

法華經　佛經名。全稱《妙法蓮華經》。「妙法」意爲說教之法,微妙無上;「蓮華」比喻潔白美麗。重點在於調和大小乘的各種說法,認爲一切眾生皆能成佛。是天臺宗的主要經典。

華嚴經　佛經名。全稱《大方廣佛華嚴經》,是華嚴宗的主要經典。此經從「法性本淨」出發,認爲一切現象均由「清淨心」隨緣而生,離開「一心」,別無他物,把客觀世界說成是主觀精神的產物。

般若經　佛教大乘空宗經典。全稱《大般若波羅蜜多經》。「般若波羅蜜多」意爲通過智慧到達涅槃之彼岸。闡明宇宙萬物都出於「因緣和合」,假而不實,唯有通過「般若」(智慧),才能把握佛教眞理,達到覺悟解脫。是大乘佛教的基礎理論。

阿彌陀經　佛教經典。也稱《小無量壽經》。經

文描繪阿彌陀佛所在西方極樂淨土的景象，勸人專念阿彌陀佛名號，死後即能「往生淨土」。因修持方法簡易，在佛教中影響很大。爲淨土宗日常念誦的主要經典。

心經 全稱《般若波羅蜜多心經》。「心」意爲核心、綱要。說明以般若（智慧）觀察宇宙一切事物「自性本空」的道理，證悟「無所得」的境界，完全否定客觀世界的存在。此經只有二百餘字，便於傳誦，流行甚廣。

道藏 道教經典的總集。卷帙浩繁，內容龐雜，包括經戒、科儀、符圖、煉養等經書，以及諸子百家的部分著作。

道德經 道教經典。即《老子》或《老子五千文》。道教自稱源出先秦道家，尊老聃爲「老君」，奉《道德經》爲主要經典，把書中提出的「道」神化爲宇宙的主宰，與「老君」合爲一體，對其他內容也賦予神秘的解釋，作爲宣揚神仙信仰的依據。

玉皇經 道教經典。全稱《高上玉皇本行集經》。通稱《皇經》。爲道士齋醮、祈禳以及道門功課必誦的經典。

參同契 道教經典。東漢魏伯陽撰。大旨將周易、黃老、爐火三家法理參合爲一，是論述修仙、煉丹的最早著作，道教奉爲丹經之祖。

靈飛經 道教經典。內容談存思、符籙之法。唐書法家鐘紹京曾節錄經文，寫成《靈飛經帖》，字體精妙，後人多用爲臨習小楷的範本。

聖經 ❶猶太教經典，主要內容有上帝創造世界和人類始祖的神話傳說以及猶太教法典、先知書、詩歌、格言等。❷基督教經典。包括《舊約全書》和《新約全書》。

舊約全書 基督教《聖經》的前一部分。即猶太教《聖經》。因猶太教稱《聖經》是上帝與猶太民族在西奈山訂下的盟約，號稱「約書」。基督教繼承下來，稱之爲《舊約全書》。簡稱**舊約**。

新約全書 基督教《聖經》的後一部分。叙述耶穌言行，基督教早期發展情況等。基督教認爲它是基督降世、流血受難後上帝與人重新訂立的盟約，故稱。簡稱**新約**。

福音書 基督教《新約全書》中的《馬太福音》、《馬可福音》、《路加福音》和《約翰福音》的統稱。主要講述耶穌成人、醫病趕鬼、復活升天及其言行的故事。

古蘭經 阿拉伯文 Qur'ān 的音譯，意爲誦讀。一譯《可蘭經》。是穆罕默德作爲「阿拉」的啓示陸續頒布的經文，爲伊斯蘭教最高的經典。其主要內容包括伊斯蘭教的基本信仰、宗教制度和社會制度三個方面。中國舊稱《天經》、《天方國經》、《寶命眞經》。

聖訓 穆罕默德闡述《古蘭經》文和在傳教活動中的言行錄，其中包括他默認的教門弟子的重要言行，被伊斯蘭教視爲《古蘭經》的補充與解釋。

N1－11 名： 教義·教規

教義 宗教中的一些基本主張，規定爲信徒必須信奉的不可置疑的眞理。

教規 宗教教徒應遵守的各項規則。

教條 ❶宗教上的基本信條，只許信徒服從，不容批評懷疑。❷只憑信仰、不考慮具體情況而盲目接受或引用的原理、原則。

佛法 ❶佛教教義和教義所表達的「眞理」。❷佛教徒認爲佛所具有的法力。

二諦 佛教教義。指「眞諦」和「俗諦」。佛教認爲，視一切事物爲「有」，是世俗之見，其實它們是虛幻不實的，這種道理稱爲「俗諦」。說一切事物都是空的，乃無謬的眞理，這種道理稱爲「眞諦」。必須將眞、俗二諦結合起來觀察現象，才合乎中觀，中道。

無我 亦稱「非我」、「非身」。佛教教義。認爲世間一切事物都沒有一個獨立的、實在的自體

的存在,即沒有一個常一主宰的「自我」存在。

無常 佛教教義。指世間一切事物和思維概念都在生滅變化過程中,流復不定,無常住性,以此否定它們的存在,沒有永恆的實體存在。有「刹那無常」和「相續無常」兩義。

緣起 佛教用語。「因緣生起」的略語。佛教認為一切事物必須具備種種「因緣」(條件)而後生起。同樣,也因種種「因緣」的演變而變異或消失。「此生則彼生,此滅則彼滅」。因此,物無自性,皆是「空」。能悟此道理,便不會有煩惱痛苦,就能超脫生死,得解脫。

業障 佛教名詞。「業」指身、口、意三方面的活動,這三方面違反戒條的行為,如殺生、偷盜、邪淫、妄語等皆是修行的障礙,故名。修行者必須除淨諸業障。

輪迴 佛教教義,沿襲自婆羅門教,加以發展而成。意謂一切有生命的東西,如不尋求解脫,就會像車輪運轉一樣,永遠在六道(天堂、人間、阿修羅、地獄、餓鬼、畜生)中,生死循環,無有止息。

因果報應 * ❶佛教基本教義之一。意謂任何思想行為,必然導致相應的後果。現世界人們的貧富窮通是前生所造善惡諸業的結果,「今生」的善惡行為亦必導致「來生」的禍福報應。❷道教教義。認為天對善者賜福、增壽,對惡者則降福、減壽,甚至把他的鬼魂打入地獄。

中道 佛教用語。指不偏不倚、不墮極端的道路、觀點、方法。佛教所主張的一切事物都是遷流無常,而又相續不斷,就是脫離「斷見」和「常見」兩邊的「中道」。

涅槃 梵文 Nirvāna 的音譯。佛教用語。意為佛教全部修行所要達到的超脫生死的最高理想境界。小乘佛教以「灰身滅智、捐形絕慮」為涅槃,即死亡之代稱,故後來也稱僧尼逝世為「涅槃」、「入滅」或「圓寂」。

圓寂 涅槃的意譯。謂諸德圓滿,諸惡寂滅,達到佛教修行理想的最終目標。也用作僧尼死亡的代稱。

解脫 佛教用語。指教徒修行到達最後階段,即可從世俗煩惱繩索的束縛中擺脫出來,而「自在無礙」。有時與「涅槃」、「圓寂」同義。

四大 佛教用語。佛教謂地、水、火、風為構成物質的四種元素,故稱。認為世界萬物和人身都是由「四大」組成,所以人身無常、不實、受苦。後世並有「四大皆空」之說,形容一切客觀事物、包括人身都是虛幻的。

法寶 ❶指佛教所說的教義和教典,為構成佛教的佛、法、僧三寶之一。又指和尚用的衣鉢、錫杖等。❷道教指能施展法力、制服或殺傷妖魔的寶物。❸比喻用起來特別有效的工具、方法或經驗。

慈悲 佛教用語。說是佛、菩薩愛護眾生,給予安樂(慈);憐憫眾生,拔除苦難(悲)。慈悲是佛道的根本。

眾生 ❶佛教名詞。對人和一切有情生物的通稱。包括天、人、阿修羅(容貌醜陋的鬼神)、地獄、餓鬼、畜生六道。也叫「有情」。❷專指人和動物:芸芸眾生。

大道 道教教義。認為大道無名無形,生成宇宙及萬事萬物。道與生相守,生與道相保,二而一,一而二。

清靜 道教教義。認為清靜是道的根本。萬物常清常靜,一切了無,則道自來居。

無為 ❶道教教義。認為處世要順其自然,清心寡欲,不要妄自作為。❷佛教名詞。與「有為」相對。指非因緣所生、永恆不變的絕對存在,與法相、真如、涅槃等同義。

福音 基督教稱耶穌所說的話及其門徒所傳布的教義。

原罪 基督教教義。指人類始祖傳下來的罪。基督教認為亞當和夏娃在伊甸園違反上帝命令,偷吃禁果,犯了罪,傳給子孫,綿延不絕,

成爲人類一切罪惡和災禍的根源。人們既有
與生俱來的原罪,就需要信奉上帝,以謀救贖。

救贖 基督教教義。認爲人類因始祖亞當犯罪
而具有原罪,無法自救,上帝差其獨生子耶穌
降世成人,釘死於十字架作爲替罪的「贖價」,
借以拯救信徒的靈魂。

末日 ❶基督教教義,指「世界末日」。認爲現實
世界充滿罪惡,終有一天要徹底毀滅。那時
所有世人將接受上帝的審判。❷伊斯蘭教
「信後世」的重要內容。一說指復生日,一說
指人類總死亡日。❸泛指死亡或滅亡的日
子:侵略者的末日。

末日審判 ❶基督教教義。認爲上帝將於世界
末日審判所有的人,凡得到救贖的將升上天
堂坐享永福,不得救贖的將撢下地獄遭受永
刑。❷伊斯蘭教指阿拉對人們的最終審判和
清算。歸信阿拉爲一神並做善事的人永居天
園,不信者或作惡者墮入火獄。

永生 ❶基督教教義。認爲得到基督拯救的靈
魂升入天堂和上帝相結合,就能超越時空,得
到眞正永恆的生命。❷道教教義。認爲人的
生命存亡、年壽長短,決定於自身,只要善於
修道養生,安神固形,便可以長生不死。

三位一體* ❶基督教基本信條。認爲上帝(或
天主)雖只有一個,但又包括聖父、聖子、聖靈
(聖神)三個位格。上帝通過三者的行動或表
現以顯示其本體。❷指三者結合成一整體。

N1－12 名: 教徒·信徒

教徒 信仰某一種宗教的人:佛教教徒。

信徒 ❶信仰某一種宗教的人:他是一位基督教
信徒。❷泛指信仰某一學派、主義或主張的
人:這位老先生是老莊學派的信徒。

和尚 ❶原爲佛教對師父的尊稱。❷僧人的通
稱。

僧 出家修行的男性佛教徒;和尙:僧侶/削髮

爲僧。

僧徒 和尚的總稱。

僧侶 ❶僧徒。❷借指某些別的宗教(如古印度
婆羅門教、中世紀天主教)的出家修道的人。

釋子 和尚。

老衲 〈書〉年老的和尚。

比丘 梵文 Bhiksu 的音譯。即和尚。年滿二十
歲受過具足戒的男僧。

喇嘛 藏語音譯,意爲「上師」。喇嘛教對僧侶的
尊稱。但漢族常把蒙藏僧人統稱爲喇嘛。

沙門 梵文 Śramana 音譯的略稱。按照戒律出
家修道的男僧。

沙彌 梵文 Śramanera 音譯的略稱。七歲以上、
二十歲以下、已受十戒的出家男子。

頭陀 梵文 Dhūta 的音譯。指行腳乞食,堅守苦
行的僧人。

行腳僧 指遠離鄉曲,隨處參訪,腳行天下,求法
證悟的和尚。□雲遊僧。

行者 在佛教寺院服雜役而未剃髮的出家者。
也指行腳或乞食的僧人。

尼姑 出家修行的女佛教徒。即「比丘尼」。

尼 尼姑:削髮爲尼。

比丘尼 梵文 Bhiksunī 的音譯。已受具足戒的
出家女子,即尼姑。

沙彌尼 梵文 Śramanerikā 的音譯。七歲以上、
二十歲以下、已受十戒的出家女子。

女尼 尼姑。

姑子 〈口〉尼姑。

僧尼 和尚和尼姑。

僧俗 僧尼和一般人。

信士 信仰佛教的男人。

信女 信仰佛教的女人。

善男信女* 信仰佛教的人們。

居士 受過「三規」、「五戒」的在家男性佛教徒。
舊時有些自命清高者也多自稱居士。

女居士 受過「三規」、「五戒」的在家女性佛教

徒。

法師　❶指通曉佛法、善於講解並致力修行傳法的僧人。❷對和尚禮貌上的稱呼。❸對道士的尊稱。

上人　❶指持戒嚴格、精於義學、智德勝於居士之上的僧人。❷對和尚的尊稱。

大師　❶意爲「大的師範」。佛教尊奉釋迦牟尼爲大師。後用爲對和尚的尊稱。❷在學問或藝術上造詣很深爲衆人所尊敬的人：經學大師／藝術大師。

禪師　❶具有高超智慧德行的禪宗僧人。❷對和尚的尊稱。

大德　指有大德行者。佛教對佛、菩薩、長老的敬稱。也用以指高僧。

宗師　❶佛教指傳佛心宗(禪宗)之師。❷在思想或學術上受人崇敬、奉爲典範的人：一代宗師。

高僧　對德行高尚、在傳經習禪上成績卓著的僧人的尊稱。

道士　❶奉行道教經典規戒、修習道術的教徒的通稱。一般指道教的宗教職業者。❷早期佛教對僧人的稱呼。

道人　有道術的人。❶舊時對道士的尊稱。❷早期習慣上稱佛教徒爲道人。

老道　〈口〉道士。

羽士　道士的別稱。因道士宣揚修道者能求仙飛升，故名。也稱**羽人；羽客**。

方士　古代稱好講求仙、煉丹或有奇方異術的人。

黃冠　道士的別稱，因其所戴束髮之冠爲黃色，故名。

煉師　古代對通曉養生、煉丹之術的方士的尊稱。

高功　道教法師專名。指比較熟悉道教經書和儀節，率領衆人在法壇上作宗教儀式的道士。

道長　對年長德高的道士的尊稱。

道姑　即女道士。

女冠　女道士。因區別於男道士的「黃冠」之稱，故名。

修士　天主教或東正教離家修道的男教徒。也稱**修道士**。

修女　天主教或東正教中離家修道的女教徒。通常須發「三絕」大願：絕財、絕色、絕意。從事祈禱或傳教工作。

穆斯林　阿拉伯文 Muslim 的音譯。意爲「順從者」，指服從阿拉旨意，信仰伊斯蘭教的人。

穆民　即穆斯林。伊斯蘭教信徒。

N1－13 名： 祖師·教職

祖師　❶佛教、道教中創立宗派的人。❷學術上或理論上創立派別的人。❸會道門徒衆稱本會門或本道門的創始人。❹舊時手工業者稱本行業的開創人：魯班祖師。

教主　某一宗教的創始人。如釋迦牟尼是佛教教主，穆罕默德是伊斯蘭教教主，老聃被奉爲道教教主。

老君　「太上老君」的簡稱。道教尊老聃爲道教教主，奉爲「至尊無上」、「神變無方」的天神，並稱之爲 **太上老君**。

天師　東漢末年道教徒對創立五斗米道的張道陵的尊稱。後世道教徒相沿奉之爲「天師」。張的子孫也世嗣「張天師」稱號。

佛爺　佛教徒對釋迦牟尼的尊稱。泛稱佛教的神。

教職　在宗教內部擔任的職務。

方丈　❶禪寺的長老住持所住的房間。約一丈見方，故名。❷借指佛寺的住持。❸道教寺院的負責人。其居住的靜室也叫方丈。

住持　❶佛寺主管的和尚的職稱，意爲「久住護持佛法」。❷道觀的負責道士。

寺主　一寺之主，係佛教寺院的主管僧。與上座、維那合稱「三綱」(統轄僧衆的三個僧職)。

上座 ❶最尊的坐位。用爲對出家年歲高者的尊稱。❷對有德行、守戒律的僧人的尊稱。❸指全寺之長,爲統轄僧衆的僧職。

長老 ❶對年長和尚的尊稱。❷對佛寺住持的尊稱。❸基督教新教某些宗派中教徒領袖的職稱。

監院 ❶負責處理寺廟內部事務的和尚。又稱「監寺」。❷負責處理宮觀內部事務的道士。

知客 佛教寺院中負責接待外來賓客的和尚的職稱。道觀中也設有此職。也稱**典客**。

維那 主管僧衆威儀、進退、綱紀的和尚。寺院三綱(上座、寺主、維那)之一。

活佛 ❶喇嘛教指根據轉世制度取得地位的高級僧侶的俗稱,視爲神佛的化身。地位高低順序爲:達賴班禪、法王、一般活佛。❷舊小說中指濟世救人的和尚。

堪布 ❶喇嘛教掌管戒律者的稱號。❷喇嘛教寺院的主持人。❸原西藏地方政府的僧官名。

呼圖克圖 蒙語的音譯,意爲「化身」。清代對喇嘛教中有勢力有地位的活佛的封號。在西藏,其地位僅次於達賴、班禪。

教皇 全世界天主教會最高統治者,自稱爲「基督在世的代表」。駐羅馬梵蒂岡,由「樞機主教團」選舉產生,任期終身,不受罷免。也稱**羅馬教皇**。

樞機主教 天主教羅馬教廷中的最高級主教,由教皇任命,有選舉教皇的權利和被選爲教皇的資格。因穿紅色禮服,世稱**紅衣主教**。

大主教 基督教某些派別的神職人員的一種頭銜。在天主教和英國聖公會(新教的一派)是管理一個大教區的主教,領導區內各個主教。亦稱**總主教**。

主教 天主教、東正教的高級神職人員。通常是一個地區教會的主管人,有派立牧師之權。

神父 天主教、東正教的一般神職人員的尊稱。通常爲一個教堂的負責人。負責管理教徒,進行傳教活動。正式職位稱**司鐸**。

牧師 新教的一種神職人員,負責主持宗教儀式,管理教務。

教士 基督教會傳教的神職人員。有時特指新教的牧師或天主教的神父。

傳教士 宗教職業者,基督教會派到各地去傳教的神職人員。

哈里發 ❶伊斯蘭教執掌政教大權的領袖。❷中國大陸伊斯蘭教對在寺院中學習伊斯蘭經典人員的稱呼。

教長 ❶穆斯林集體禮拜時列於前面主持儀式的人。❷清眞寺的首領。

阿訇 波斯語 Ākhund 的音譯,原意爲「教師」。伊斯蘭教主持教務、講授經典的人。也叫**阿衡**;**阿洪**。

穆安津 阿拉伯文 Mu'adhdhin 的音譯。伊斯蘭教清眞寺宣禮員,即按時呼喚信徒做禮拜的人。

伊瑪目 阿拉伯文 imām 的音譯,意爲「首領」、「站在前列的人」。中國穆斯林對清眞寺教長的稱呼。

海推布 阿拉伯文 Khatīb 的音譯。伊斯蘭教職。向穆斯林宣講教義、主持禮拜的人。與穆安津、伊瑪目合稱三掌教。

達賴喇嘛 意譯爲「智慧之海」。達賴喇嘛按西藏傳統的密宗修法到至高之地,就可自在轉世;依稀在轉世後與前世的生命,有著連貫修行的作用,藏人稱爲仁波切,平常人尊稱爲活佛;其實是修持無上金剛乘的佛教密乘的再來聖者。

N1－14 動、名: 入教

入教 〔動〕信仰並加入某一宗教組織。

出家 〔動〕❶離開家庭到寺院做僧尼:出家修行。❷道士捨家觀居,也稱出家。

剃度 〔動〕佛教用語。指給要出家的人剃去鬚髮,接受戒條。

受戒 〔動〕佛寺召集初出家的人受戒,使成爲正式的僧尼。

歸依 皈依 〔動〕佛教用語。原爲信仰佛教者的入教儀式,後來泛指誠心誠意信奉佛教或參加其他宗教:歸依佛門。

削髮 〔動〕信佛教者剃髮出家:削髮爲尼。

洗禮 〔名〕❶基督教的入教儀式。一般是主禮者口誦規定的禮文,向受洗者的頭額上注水表示洗罪。也有把受洗者浸在水裡的。

浸禮 〔名〕基督教洗禮方式的一種。主禮者口誦規定禮文,引領受洗者全身浸入水池中片刻,以求赦免原罪。

受洗 〔動〕基督教徒接受洗禮。

領洗 〔動〕入基督教的人領受洗禮。

N1－15 動： 修行・修煉

修行 ❶佛教指依據教義苦身修養,力求轉變世俗的欲望和認識,以擺脫煩惱、超脫生死輪迴,達到涅槃境界。❷道教指修道成仙的實踐。

修道 宗教信徒反覆地虔誠地修習教義,使有所領悟,付諸實踐。

學道 修道。

苦行 某些宗教徒的修行方式。故意長期忍受物質上的困難和精神上的折磨,以期得到一種神秘力量,達到解脫境界。

隱修 天主教、正教出家人隱居修道。一種是分散遁迹深山曠野,獨自修行;一種是聚居一處,有宏偉的教堂和充分的生活設施,形成隱修院或修道院。

修煉 指道教方士服氣養身、燒煉丹砂等活動。

修仙 道教方士煉丹服藥,吸取「生氣」,安神養性,以求長生不老。

點化 道教指在烹煉過程中,添加藥物,催化成丹。借指僧道用言語、方術啓發世人悟道。

服氣 ❶道教修煉方法之一。認爲呼吸吐納可以服食「日精月華」,修練成仙。

煉丹 道教修煉方法。指將朱砂放入爐火燒煉,製成長生不死的金丹。此方術又分爲二:把人體當作爐鼎,以靜功和氣功修煉精、氣、神的,稱爲「內丹」;用爐火燒煉藥石的,稱爲「外丹」。

煉氣 道教修煉方法。通過吐納服食等方式,鍛鍊自身內在的精氣。

吐納 道教修煉方法。認爲呼吸吐納可以吸取「生氣」,吐出「死氣」,達到長生目標。

導引 原爲古代強身祛病之道。被道教吸收爲修煉方法。認爲自摩自捏,伸縮手足,除勞去煩,能通血脈,除百病,益壽延年。

辟穀 道教修煉方法。即不食五穀。辟穀時仍要吃藥物,並兼做導引功夫。認爲經過辟穀修煉,可以長生不老。

羽化 舊時迷信者稱仙人能「變化飛升」,把成仙叫羽化。後道教徒用作「死」的代稱。

脫胎換骨* 道教修煉用語。謂一旦修道成仙,可脫凡胎而成聖胎,換凡骨而爲仙骨。

N1－16 名： 道行

道行 僧道修行的方法和功夫。

三昧 梵文 Samaādhi 的音譯。佛教重要修行方法。謂使心神專注一境而不散亂。可以取得確定認識,作出確定判斷。

頓悟 佛教用語。關於證悟成佛的方法和步驟。指無須長期循序修習,也不要大量布施,一旦把握佛教「眞理」,即可突然覺悟成佛。禪宗南宗主張此說。

漸悟 佛教用語。指人心受到世俗的沾染很深,必須經過長期循序修習才能達到對佛教眞理的覺悟。禪宗北宗主張此說。

禪機 佛教禪宗教人悟道的方法。即和尚說法

時，只要用言行或事物來暗示教義，便能使人悟道的機要秘訣。也指悟入「禪定」的訣竅。

當頭棒喝＊ 佛教禪宗考驗信徒悟道的方法。禪宗和尚接待來學的人，常常當頭一棒或大喝一聲，令其立即回答問題，以考驗領悟佛理的程度。後用以比喻促人猛醒的警告。

方術 古代原泛指巫祝術數之類。後指道教承襲為修煉濟度的方法。包括煉丹採藥，服食養生、祭祀鬼神、祈禳禁咒等。

方技 方術。

仙丹 神話傳說中的靈丹妙藥，說是吃了可以起死回生或長生不老。

內丹 道教修煉方法。與「外丹」相對。把人體當「爐鼎」，以體內「精」「氣」為藥物，運用「神」去燒煉，據說可使「精」、「氣」、「神」凝為聖胎而成仙。

外丹 道教修煉方法。與「內丹」相對。用鉛汞配合其他藥物做原料，放爐中燒煉而成的丹藥。初步煉成的叫「丹頭」，只作點化用，進一步便煉成可「服食」的「金丹」，說是食之可以成仙。

N1－17 動： 持齋·持戒

持齋 宗教徒遵守素食或限制吃某種東西的戒律。

齋戒 ❶舊時祭祀鬼神前，沐浴更衣，不吃酒肉，以示虔誠。❷伊斯蘭教「五功」之一。在教曆九月齋戒一月，白天禁絕飲食和房事等。

封齋 指伊斯蘭教徒在齋月（教曆九月）或齋月中每日的齋戒。中國伊斯蘭教要求教徒嚴守齋功，故又稱**把齋**。

吃素 指不吃魚肉等葷腥食物。佛教徒吃素還包括不吃蔥蒜一類有刺激性氣味的食物。

吃齋 ❶吃素：吃齋念佛。❷（僧人）吃飯。

小齋 基督教虔修方式之一。意為「節制己身」，主要方式為在規定日期內減食。天主教、東正教一般規定每星期五不食肉。稱為**守小齋**。

大齋 基督教虔修方式之一。在受難節和聖誕節前一日，規定除一餐飽食外，其餘兩餐僅食半飽或更少。也稱**禁食**。

開齋 停止齋戒。伊斯蘭教指齋月（教曆九月）結束。教曆十月一日為開齋節。中國天主教在復活節那天結束齋戒。

持戒 宗教指嚴格遵守戒律。

受戒 ❶佛教徒出家後在一定儀式下接受戒律。❷伊斯蘭教指朝覲者進入麥加前履行宗教儀式。

開戒 宗教徒解除戒律。

破戒 宗教徒或受過戒的人違反了戒律。

大淨 伊斯蘭教規定，在有大穢（房事、遺精、月經、產期血淨等）後參加禮拜、念經、宰牲活動，必須自上而下沖洗全身（包括漱口，洗鼻孔），並默念禱詞或贊詞。

小淨 伊斯蘭教規定，在有小穢（流血、嘔吐等）後，參加禮拜時，須洗手、洗臉、洗肘、漱口、洗鼻孔，用濕手抹頭和沖洗雙足，並默念禱詞或贊詞。

代淨 指穆斯林禮拜時，如因缺水或有病，可用他物代替水作大、小淨。一般用雙手在淨土或淨沙、淨石上一拍，然後擦手和抹臉，以示屈服或抱歉。

N1－18 名： 戒律

戒律 宗教為信徒制定的必須遵守的準則和法規。佛教有五戒、十戒、具足戒等。道教基本戒律為五戒，還有八戒、十戒、二十七戒以至多者一千戒。

戒條 戒律。

五戒 ❶佛教在家男女信徒終身應遵守的五項戒條。即不殺生，不偷盜，不邪淫，不妄語，不飲酒。❷道教初入道的出家和在家道士必須

奉持的五項戒條。內容爲不殺生,不葷酒,不
口是心非,不偷盜,不邪淫。

清規　佛教爲出家在家的信徒制定的行爲規則。
認爲這對僧尼有清靜作用,故名。

清規戒律*　❶佛、道教徒必須遵守的規約和戒
條。❷泛指成規慣例。特指束縛人的、不合
理的規章制度。

N1-19 動:　入定·參禪

入定　佛教修行方法。閉目靜坐,專注一境,控
制身心,止息雜慮。

入靜　道教修煉方法。謂修煉者靜處一室,擯除
私心雜念,無私無慮,以接天神。

打坐　佛教、道教的修行方法。閉目盤膝而坐,
調整呼吸,摒除一切雜念,專注一境。

禪定　佛教重要修行方法。認爲靜坐斂心,專注
一境,思慮義理,久之可達身心輕安,觀照明
淨的狀態。

止觀　佛教重要修行方法。「止」是坐禪入定,
「住心於內」,不分散注意力;「觀」是集中觀察
思考,深入內省功夫,得出佛教的觀點、智慧
或功德。修行者可借「止觀」以悟到「性空」而
成佛。

參禪　佛教禪宗修行方法。指習禪者爲求「明心
見性」,到各處去參學。也指坐禪。

參悟　伊斯蘭教指通過「阿拉」創造的宇宙萬物,
來認識「阿拉」的存在和偉大。也指參禪悟
道。

N1-20 動:　禮拜

禮拜　❶佛教徒向佛或菩薩、上座大德行禮致
敬。儀式分九等:發言慰問,俯首示敬,舉手
高揖,合掌平拱,屈膝,長跪,手膝踞地,五輪
俱屈,五體投地。❷基督教新教的主要宗教
活動。認爲耶穌在星期日「復活,故以該日爲
禮拜之日,由牧師在教堂率領教徒舉行,內容

爲祈禱、讀經、唱詩、講道等;做禮拜。❸伊斯
蘭教「五功」之一。教徒向麥加克爾白(聖寺
內的方形石殿)祈禱的宗教儀式。有站立、誦
經、鞠躬、叩頭、跪坐等動作。

跪拜　跪下磕頭:燒香跪拜。

拜　行禮表示敬意:拜佛/拜年。

膜拜　虔誠地跪著舉手行禮:頂禮膜拜。

參拜　用一定的禮節進見或瞻仰可尊敬的對象:
參拜佛像/參拜中山陵。

頂禮　雙膝跪下,兩手伏地,頭部頂著所尊敬者
的腳。是佛教徒最高的敬禮。

頂禮膜拜*　佛教最高的敬禮。現多指過分的恭
敬崇拜(含貶義)。

五體投地　指兩手、兩膝和頭一起著地。是佛教
最恭敬的行禮儀式。

主麻　阿拉伯文 Djum'ah 的音譯,意爲「聚會」。
伊斯蘭教定星期五午後教徒舉行的集體禮拜
稱爲主麻禮拜。內容爲禮拜、誦《古蘭經》和
由伊瑪目宣講教義。

合十　佛教徒普通禮節,兩掌在胸前對合,十指
並攏表示衷心敬意。亦稱**合掌**。

N1-21 動:　朝拜

朝拜　❶宗教徒到聖地或名山大寺向神、佛禮
拜:朝拜佛祖。❷封建時代文武百官上朝廷
向君主跪拜。

朝山　佛教徒到名山大寺進香拜佛,祈求保佑。

朝頂　佛教信徒登山拜佛。

進香　佛、道信徒遠道到聖地或名山的廟宇去燒
香朝拜。

朝聖　❶天主教徒朝拜聖地的活動。認爲可借
此祈福、贖罪或感恩還願。以巴勒斯坦的耶
路撒冷和伯利恆,義大利的羅馬爲朝聖聖地。
❷伊斯蘭教徒朝拜麥加。

朝覲　宗教信徒朝拜聖像、聖地。如伊斯蘭教穆
斯林於教曆每年十二月赴麥加朝拜「聖寺」。

該教規定凡身體健康、有經濟能力的穆斯林，不分男女，一生應去麥加朝覲一次。

巡禮　教徒朝拜聖地。

N1-22　動：　祈禱

祈禱　即禱告。一種宗教儀式。❶基督教指向上帝和耶穌懇求、稟告、感謝、讚美等。天主教還包括呼請聖母瑪利亞及其他聖徒向天主和基督代求。❷穆斯林為在今世、來世得到某種慰藉而向真主提出某種祈求，儀式近似禮拜。

禱祝　禱告祝願：禱祝雙親旅途平安。

禱告　祈求神的保佑或向神表示祝願。

馨香禱祝 ＊　迷信者陳設祭品，燒香向神祈禱。後多指真誠地期望。

默禱　不出聲地祈禱：為母親的康復默禱。

口禱　出聲地祈禱。

阿門　希伯來文 āmēn 的音譯。意為真誠。猶太教和基督教祈禱時常用的結尾語。表示唯願如此，允獲所求。

祝福　❶基督教在聚會、禮拜或彌撒結束前，由主禮的牧師或神父祈求上帝賜福給參加者的一種簡短儀式。❷我國部分地區的舊俗，除夕供祭天地，祈求賜福。❸泛指祝人平安幸福：祝福你一路平安。

彌撒　拉丁文 Missa 的音譯。天主教的主要宗教儀式。由神父用麵餅和葡萄酒表示耶穌的「聖體」和「聖血」來祭祀天主，祭後進行分食。

教阿　阿拉伯文 Du'ā' 的音譯。意為祈禱。穆斯林在集體禮拜後，由阿訇帶領舉雙手向真主祈禱，然後把手往臉上一放。

N1-23　動：　念經

念經　宗教教徒朗讀或背誦經文：念經拜佛。

誦經　背誦經文。

嗦經　念經。

念佛　信佛的人靜坐入定，連續念誦「南無(nāmó)阿彌陀佛」或「阿彌陀佛」。據說如此一心念佛可以不生情欲，有助於擺脫煩惱業障，死後往生佛國。

N1-24　動、名：　拜懺

拜懺　〔動〕僧尼、道士念經禮拜，代人懺悔消災：念經拜懺。

禮懺　〔動〕向佛禮拜，懺悔罪業。

懺悔　〔動〕❶佛教每半月集合舉行誦戒，給犯戒僧人以說過改悔的機會。以後成為脫罪祈福的宗教儀式。❷伊斯蘭教指教徒向「阿拉」祈求恕罪。❸認識過去錯誤或罪行並表示痛心和悔改。

打醮　〔動〕道士為人設壇祭禱，祈求賜福消災。是積德功之一。

超度　〔動〕僧、尼、道士、道姑為人誦經拜懺，說是可救度亡靈，使脫離苦難。

佛事　〔名〕指僧尼為人禮佛誦念、懺悔罪業的儀式。

法事　〔名〕指僧、道拜懺、打醮之類宗教儀式。

青詞　〔名〕道教徒齋醮時獻給天神的奏章表文。因用朱筆寫於青藤紙上，故名。也稱綠章。

N1-25　動：　傳道

傳道　❶宣揚、傳播某一宗教的教義。❷宣揚、傳授某一學派的學說。

布道　指基督教宣講教義。

講道　基督教各教派舉行公眾崇拜儀式時由牧師(或神父)講解《聖經》，新教對此尤為重視。

傳教　❶指宣傳宗教教義，講解經文，勸人信仰，發展教徒。❷特指宣傳基督教教義。

說教　❶宗教信徒根據經典宣傳教義。❷比喻生硬地、不切實際地空談理論。

說法　佛教指講解佛法：現身說法。

傳法　泛指傳播佛教。特指佛法師徒相傳。

瓦爾茲　阿拉伯文 Wa'z 的音譯。意爲「勸戒」。伊斯蘭教指禮拜前，由教長或阿訇向教徒宣講教義。

取經　❶中國佛教僧人到西域或古印度求取佛典：唐僧西天取經。❷比喻向先進人物、單位或地區吸取經驗。

N1－26　動：　化緣

化緣　僧、尼或道士、道姑向人求取布施。他們宣稱施捨者能與佛、仙結緣，故名。

募化　和尚、道士求人施捨財物。

勸化　❶佛教指勸人爲善。❷募化。

掛單　遊方和尚到寺廟裡投宿。「單」，指僧堂兩側的名單。把衣鉢掛在名單下面，故稱。也稱**掛搭**。

N1－27　動、名：　布施

布施　〔動〕佛教指把財物、體力、智慧等施捨給人，爲他人造福，積累功德。也泛指施捨財物。

施捨　〔動〕❶把財物送給窮人或出家人。❷伊斯蘭教徒自願將部分財物捐助給窮人和有需要的穆斯林。

施齋　〔動〕把食物施捨給出家人。

放生　〔動〕佛教信徒奉行不殺生的戒條，把別人捉住的魚鳥等小動物買來放掉。

施主　〔名〕佛教稱施捨財物、飲食給佛寺的人。通常用來稱呼一般的在家人。

檀越　〔名〕向佛寺施捨財物、飲食的世俗信徒；施主。

齋飯　〔名〕和尚向人乞討來的伙食。

N1－28　名：　宗教器物

法器　❶佛教、道教舉行宗教儀式時所用的引磬、木魚、鐃鈸等器物。❷佛教指具有傳承佛法才器的人。

蒲團　用蒲草、麥秸等編成的圓形墊具。佛教、道教徒在打坐、跪拜時使用。

念珠　佛教徒念佛誦經時用以計數的串珠，通常以香木串成。每串一般有十八、二十七、五十四、一百零八顆等幾種。也稱**數珠**。

錫杖　佛教用物，成爲法器。杖高與眉齊，頭部有錫環。僧人行乞時，用以振環作聲，以代扣門，兼防牛犬。

禪杖　佛教用物。用竹或葦製成，一端包軟物。坐禪時，若有昏睡者，下座用軟的一端觸之便醒。後泛指僧人的手杖。

鉢　即「鉢盂」。僧尼吃飯用具。扁圓形，底平，口略小。

袈裟　僧尼披在外面的法衣，用許多長布條拼綴縫成。照戒律規定應用青（銅青）、泥（皂）、木蘭（赤黑）三色。

法衣　僧尼、道士在舉行宗教儀式時穿的衣服。

衲衣　即「百衲衣」。「百衲」形容縫衲之多。佛教戒律規定，僧尼爲表示「苦修」，應用人們遺棄的破布碎片縫納成衣。和尚自稱「衲子」、「老衲」，便由此而來。

衣鉢　❶僧尼的袈裟和鉢，代表僧尼的一切所有。佛教禪宗師徒間的道法授受，常付衣鉢爲信，稱爲「衣鉢相傳」。❷泛指上一輩專家傳授下來的思想、學術、技能等。

木魚　佛教法器。木製，中間鏤空，作魚形。一爲圓魚形，置於佛殿，念經時敲之，以調音節；一爲直魚形，懸於齋堂前，朝、中二頓粥飯時敲之，以告僧衆。

引磬　亦稱「小手磬」。銅製小鐘，狀如碗，隆起的頂端有鈕，附以木柄，便於手執。是用於佛事的樂器。

香爐　佛教法器。燒香裝灰的器具。通常用金屬或陶瓷製成，圓形有耳，底有三足。

鈴　佛教法器。作法事時用。金屬製成，鐘形或球形，內懸金屬小丸，搖動時相擊作聲。

梵鐘　佛教法器。特指寺院裡的大鐘。

法鼓　❶佛教法器。設在法堂的東北角。❷比
　　喻佛的說法。

暮鼓晨鐘*　❶佛敎規矩,寺院早上撞鐘,晚上擊
　　鼓,以報時間。❷比喻可以使人警覺醒悟的
　　話:你的金玉良言,不啻暮鼓晨鐘。也作晨鐘
　　暮鼓*。

度牒　舊時官府發給僧尼的身分證,證明准許其
　　出家,免交賦稅,不服徭役。

戒牒　舊指佛敎出家者受戒後所領受的合法證
　　明書。

舍利　梵文 Śarira 音譯的略稱。意爲「身骨」。
　　佛敎稱釋迦牟尼遺體火化後結成珠狀的東
　　西。後也指高僧死後燒剩的骨燼。

佛牙　佛敎傳爲釋迦牟尼遺體火化後所留下的
　　牙齒。

佛像　佛陀或菩薩、羅漢等的造像。

道巾　道士所戴的帽。有混元巾、九梁巾、純陽
　　巾、太極巾、荷葉巾、靠山巾、方山巾、唐巾、一
　　字巾等九種。

道袍　道士做道場時穿的長袍。

霞帔　道士服飾。本指我國古代貴族婦女禮服
　　上類似披肩的部分。後因道士服上飾有雲霞
　　花紋,披於肩背,故名。有五色雲霞帔、九色
　　雲霞帔等。

聖衣　基督敎的主敎、牧師或其他神職人員舉行
　　宗敎儀式時所穿的禮服。天主敎稱祭服。意
　　謂行祭獻禮時所穿。

聖體燈　天主敎敎堂內點燃的長明燈,以示供有
　　聖體(象徵耶穌身體的餅),故名。

聖牌　天主敎徒宗敎佩戴物。爲一金屬小牌子,
　　上刻有耶穌、瑪利亞、天使或聖徒像。認爲佩
　　有此物,可避禍得福。

聖杯　基督敎做彌撒或設聖餐時,專用來盛葡萄
　　酒的大口高腳鍍金酒杯。

主敎權杖　實行主敎制的基督敎會的主敎,在主
持宗敎儀式時爲顯示其神權而使用的金屬手
杖。較人身略長,上部彎曲雕花。

湯瓶壺　伊斯蘭敎徒小淨(洗手、洗臉、洗肘、漱
　　口、洗鼻孔等)時用來盛水的壺。

贊珠　穆斯林念誦贊詞用以計數的珠串。用寶
　　石、瑪瑙、琥珀、象牙等製成。一般爲三十三
　　顆、九十九顆,也有一百顆或一千顆的。

戒衣　❶穆斯林朝覲聖地的男子從受戒起到開
　　戒止穿的一種服裝。實際只是沒有接縫的兩
　　幅白布,一幅圍在腰間,一幅披在肩上。❷道
　　敎徒受戒時穿的一種黃色寬袖衣服。

N1－29 名、動: 符咒

符咒　〔名〕符和咒語的合稱。迷信者認爲可用
　　來「驅使鬼神」。

符籙　〔名〕道士所畫的一種筆畫屈曲的圖形或
　　線條,聲稱可用以遣神役鬼,鎮魔壓邪,祈福
　　禳災。係從古代巫術衍化而來。也稱丹書。

符　〔名〕符籙:護身符/畫了一道符。

咒　❶〔名〕僧、道、方士誦念的難以理解的語句,
　　認爲可以驅鬼降妖。❷〔名〕佛敎密宗的眞
　　言。❸〔動〕說辱罵別人或希望別人不順利的
　　話:咒人死。

眞言　〔名〕❶指佛敎經典的要言秘語:念誦眞
　　言。❷咒語。借指口訣、要語等:念十六字眞
　　言。

護身符　〔名〕❶道士或巫師所畫的符或念過咒
　　的物件,被認爲可以辟邪消災,保護生靈。❷
　　舊時佛敎僧尼,持有度牒,即可免除徭役、賦
　　稅,因稱度牒爲護身符。❸比喻能庇護自己
　　的人或事物。

畫符　〔動〕道士用朱筆或墨筆勾畫符籙。

念咒　〔動〕僧、道、方士等念誦據說可以驅鬼降
　　妖的難以理解的語句。

掐訣　〔動〕僧、道一面念咒,一面用拇指掐其他
　　指頭的關節。

N1－30 名：　象徵

象徵　用以象徵某種抽象意義的具體事物。

和平鴿　猶太敎、基督敎《聖經》故事中表示平安
　的好徵兆。據《創世紀》載：古代洪水曾淹沒
　大地。坐在方舟裡的諾亞（挪亞）放出鴿子探
　測水情。鴿子銜著橄欖樹枝回來，證實洪水
　確已退去，平安確已到來。西方文學作品常
　據此把鴿子和橄欖枝作爲和平的象徵。

橄欖枝　和平的象徵。參見「和平鴿」。

方舟　《聖經》故事中諾亞爲避洪水而造的長方
　木櫃形大船。據《創世紀》稱，上帝降洪水滅
　世時，「義人」諾亞遵照主的旨意建造此船，並
　帶全家和留種的動物各一對避入，倖免於難。
　西方文學常以方舟作爲避難處所的象徵。

代罪羔羊　古代猶太敎在贖罪日行祭禮時，用來
　代人承擔罪過的羊。據《聖經》記載，古猶太
　敎每年大祭時，由大祭司把雙手按在一隻公
　羊頭上，表示全民族的罪過已由此羊承擔。
　基督敎沿襲此說，並把耶穌比爲替世人負罪
　而被殺獻祭的羔羊。西方文學中常用以比喻
　代人受過者。

十字架　原爲古代羅馬帝國的殘酷刑具。用於
　處死奴隸和無羅馬公民權的人。基督敎認爲
　耶穌爲替世人贖罪，被釘死在十字架上，因用
　以作爲基督敎信仰的標記。西方文學作品中
　多把「十字架」作爲受難或死亡的象徵。

聖誕樹　基督敎習俗中慶祝聖誕節時的裝飾品。
　一般用杉、柏等塔形常綠樹。樹上掛著花彩、
　緞帶、玩具和禮品等，也有飾以彩燈的，以增
　添節日氣氛。十八世紀從歐洲開始盛行。

聖誕老人　基督敎傳說故事中白鬍紅袍的老人。
　據說會在聖誕節晚上，由煙囪進入各家分送
　禮物給兒童。西方各國，每於聖誕之夜，處處
　有人扮演這一角色。

安琪兒　英文 angel 的音譯，意爲「天使」。基督
　敎、伊斯蘭敎指神的使者。在西方文學中常
　刻劃成插上翅膀的少女或小孩，用作天眞、美
　麗、純潔的象徵。

N1－31 名：　宗敎節日

涅槃節　佛敎紀念釋迦逝世的節日。對釋迦生
　卒年月，有不同說法。中國、韓國、日本等國
　的大乘佛敎一般定於每年夏曆二月十五日。
　屆時寺院舉行佛涅槃法會，掛像誦經。

浴佛節　紀念釋迦誕生的節日。中國漢族地區
　佛寺於夏曆四月初八舉行誦經法會，並根據
　佛生時九條龍口噴香雨洗浴佛身的傳說，以
　各種名香浸水灌洗佛像。此外還舉行拜佛祭
　祖、施捨僧侶等慶祝活動。也稱**佛誕節**。

盂蘭盆會　根據《佛說盂蘭盆經》釋迦弟子目連
　求佛救度其在地獄受苦的母親的故事，每逢
　夏曆七月十五日，佛敎徒舉行超度歷代祖先
　亡靈而舉行的法會：有齋僧、拜懺、放焰口等
　活動。也叫**中元節**；**鬼節**。

跳布扎　西藏喇嘛敎習俗。在宗敎節日裡喇嘛
　扮成神佛魔鬼，誦經跳舞。據說可以驅邪。
　也叫**打鬼**；**跳神**。

薩噶達娃節　藏曆每年三月三十日至四月十五
　日，藏宗地區信徒禮佛誦經，紀念釋迦牟尼誕
　生、出家、圓寂的節日。

臘八節　紀念釋迦成道的節日。相傳釋迦於夏
　曆臘月初八成道。此後每逢這一天，佛敎寺
　院舉行儀式，煮臘八粥（用米、豆、棗、栗、蓮子
　等混合煮成）供佛，以後民間相沿成俗。也叫
　成道節。

玉皇聖誕　道敎節日。相傳夏曆正月初九爲「玉
　皇大帝」誕辰，道觀裡要舉行祭祀儀式。

老君誕日　道敎節日。二月十五日爲道敎敎主
　老子誕生日。每逢此日，道觀要作道場，念誦
　《道德眞經》以爲紀念。

蟠桃會　道敎節日。相傳三月三日爲西王母誕

辰,大開蟠桃盛會,宴請諸仙。道觀於每年此
日舉行紀念儀式。

天師誕日 道教節日。三月十五日爲創教人張
(道陵)天師誕生日,道觀要設壇供齋祭禱。

呂祖誕日 道教節日。傳說四月十四日是全眞
道北五祖之一呂洞賓誕生日,道觀於是日舉
辦齋醮儀式。

關聖誕日 道教節日。六月二十四日爲關(羽)
聖帝君誕辰,道觀舉辦隆重道場,敎徒及信士
前往燒香膜拜。

聖誕節 基督教紀念「耶穌誕生」的重要節日。
敎會規定每年十二月二十五日守此節。每年
這一天,信徒家中擺聖誕樹,向親友報佳音,
唱聖誕歌,化裝成聖誕老人向兒童贈送禮物。

感恩節 美國習俗節日。每年十一月的第四個
星期四,舉行感謝上帝恩賜豐收的慶祝活動。

狂歡節 歐洲民間的節日。多在基督教大齋前
三天舉行,人們在此日宴飲跳舞,盡情歡樂。
因「封齋」期間禁止肉食,故也稱**謝肉節**。

嘉年華會 英文 Carnival 的音譯。即狂歡節。

聖靈降臨節 基督教紀念「耶穌門徒領受聖靈」
的重要節日。敎會規定爲每年復活節後第五
十天。

復活節 基督教紀念「耶穌復活」的重要節日。
時間規定爲每年春分第一次月圓後的第一個
星期日(在三月二十一日至四月二十五日之
間)。

受難節 基督教紀念「耶穌受難」的節日。時間
規定爲每年復活節前的星期五。

開齋節 伊斯蘭敎主要節日。該敎敎曆規定每
年九月爲齋月,齋月最後一天如能望見新月,
次日就過開齋節,否則順延一兩天。這一天,
穆斯林沐浴盛裝,舉行會禮,相互祝賀。

古爾邦節 伊斯蘭教主要節日。敎曆十二月十
日這一天,敎徒要沐浴盛裝,宰殺牛、羊、駱
駝,互相饋贈。也叫**宰牲節**;**犧牲節**。

聖紀 伊斯蘭教重要節日。穆罕默德於西元六
三二年三月十二日逝世。相傳這與他誕生的
月日相同,因此有紀念「聖紀」和「聖忌」的雙
重意義。清眞寺由阿訇誦經、贊聖、講述穆罕
默德的生平業績等。

登霄節 伊斯蘭教節日。相傳教曆七月十七日
夜,穆罕默德由「天使」陪同,乘「天馬」自麥加
至耶路撒冷,並從那裡「登霄」,遨遊七重天,
拜見「先知」,黎明重返麥加。穆斯林因視耶
路撒冷爲聖地,敎曆因規定是日爲「登霄節」。

N1－32 名：　宗教建築

寺 ❶佛教僧衆供佛和聚居修行的處所。東漢
時洛陽的白馬寺是我國最早的寺。❷穆斯林
禮拜、講經的地方:清眞寺。

寺院 佛寺的總稱。

庵 原指隱世修行者所住的茅屋。後多指尼姑
所居的佛寺。

庵堂 〈方〉尼姑庵:庵堂相會。

叢林 ❶佛教僧衆聚居的寺院。也稱禪林。道
教也用作「宮觀」之稱。

梵刹 梵文 Brahmā Ksetra 的音譯。意爲清靜
的地方。原指「佛國」,後轉爲寺院之美稱。

刹 佛教寺廟:古刹。

禪房 僧徒居住的房屋,泛指寺院。

廟 供奉神佛、祖宗或先賢的建築物:關帝廟／
家廟／文廟。

廟宇 供奉神佛或歷史上名人的處所。

觀 道教的廟宇:白雲觀。

宮 廟宇(多用於名稱):雍和宮／青羊宮。

道院 出家道士居住的廟宇,較宮、觀稍小。

道宮 道教的廟宇。也叫**道觀**。

宮觀 道宮和道觀的合稱。道教祀神和舉行宗
敎儀式的場所。

教堂 基督教舉行宗教儀式的建築物。天主教
稱**天主堂**;新教稱**禮拜堂**。

修道院 ❶天主教、東正教出家修行的教徒聚居
　　之所,也稱**隱修院**。天主教、東正教培養神職
　　人員的學院,也譯作**神學院**。

清眞寺 伊斯蘭教徒舉行集體禮拜的寺院。也
　　稱**禮拜寺**。

禁寺 伊斯蘭教第一大聖寺,在沙烏地阿拉伯麥
　　加城的中央。該地禁止凶殺、搶劫、械鬥,故
　　名。

先知寺 伊斯蘭教著名淸眞寺。位於沙烏地阿
　　拉伯麥地那城。爲穆罕默德所建,死後陵墓
　　亦在此。與禁寺、耶路撒冷的阿克薩淸眞寺
　　合稱伊斯蘭敎三大聖寺。

克爾白 阿拉伯文 ka'bah 的音譯。意爲立方體
　　形的房屋,是麥加「禁寺」內一座方形石殿。
　　穆罕默德曾將這個石殿所在的方位定爲教徒
　　禮拜的朝向。後遂成爲穆斯林朝拜的中心。
　　中國穆斯林稱之爲**天房**。

聖地 ❶宗教徒稱與教主生平事迹有重大關係
　　的地方,如伊斯蘭教徒稱麥加爲聖地,基督教
　　徒、伊斯蘭教徒稱耶路撒冷爲聖地。❷指具
　　有重大歷史意義的地方:革命聖地。

塔 佛敎建築物。梵文 Stūpa 音譯的略稱,即佛
　　塔。通常爲五、七、十一或十三層,平面多作
　　方形或八角形,用木、磚或石頭建成,內藏舍
　　利和經卷等。著名的如陝西大雁塔、杭州六
　　和塔、上海龍華塔。

浮屠　浮圖 梵文 Buddhastūpa 的音譯。即佛
　　塔。

寶塔 佛塔的俗稱。

石窟 佛敎寺廟建築的一種,就山崖開鑿而成,
　　裡面有佛像或佛敎故事的壁畫、石刻等,成爲
　　珍貴的藝術寶庫,如甘肅的敦煌,河南洛陽的
　　龍門,山西大同的雲崗等石窟。

道場 ❶佛敎指:(1)修行學道之所。(2)供佛祭
　　祀的地方。(3)某些法會:水陸道場、慈悲道
　　場。❷道教指:(1)舉行祈禱法事的場所。(2)

規模較大的誦經禮拜儀式。

法壇 道士設壇祭禱的場所。也叫**經堂;齋壇**。

講堂 佛教講經說法的殿堂。通常以前廳爲佛
　　殿,後堂爲講堂。

禪堂 和尚打坐修行的處所。

佛堂 佛教信徒供奉佛像的處所。

佛龕 木料製成的小閣子,專供供奉佛像。

神龕 供奉神像或祖先牌位的小閣子。

N2　民間信仰

N2-1 名： 鬼神·妖·魔

鬼 迷信者認爲人死後的靈魂成爲鬼。說是可
　　夜間出現或托夢傳話,也能作祟害人。也指
　　萬物的精靈。

鬼物 鬼。

鬼神 鬼和神靈的總稱:迷信鬼神。

鬼怪 迷信者稱面目猙獰、作祟人間的鬼物。比
　　喻邪惡的人或勢力:妖魔鬼怪。

神怪 神仙和鬼怪:神怪小說。

神異 神怪。

鬼魅 〈書〉鬼怪。

鬼蜮 鬼怪(蜮,傳說中的在水裡暗中害人的怪
　　物)。比喻暗中害人的壞人:鬼蜮伎倆。

妖怪 傳說和迷信者所說形狀怪異可怕,有妖
　　術、能害人的精靈。也稱**妖魔;妖**。

妖精 妖怪。有的以美女形象出現,因用以比喻
　　艷麗迷人的女子。

妖孽 妖怪。也指怪異的事物或壞人。

妖物 妖怪一類的東西。

精靈 宗教認爲介於人與神之間的超自然體。
　　神通廣大,有善良的,也有邪惡的。

魔鬼 ❶基督教用語。原係上帝所造天使之一,
　　因妄圖與上帝比高下而墮落,後仍然繼續反
　　抗上帝,誘人犯罪。❷傳說中指迷惑人、坑害

人的鬼怪。比喻邪惡的人或勢力。

魔 魔鬼:妖魔/惡魔。

鬼魔 基督教《聖經》指邪惡的靈體,與魔鬼有別。魔鬼只有一個,而鬼魔則爲數甚多,常給人間帶來各種禍害。

魔怪 妖魔和鬼怪。

惡魔 佛教稱阻礙佛法、扼殺善事的惡神、惡鬼。比喻兇惡的人。

魔王 惡魔。比喻極其兇暴的人:混世魔王。

怪物 傳說中奇形怪狀的妖魔。比喻性情古怪的人。

夜叉 梵文 yaksa 的音譯。本爲印度神話中一種半神的小神靈。佛經中說它是一種吃人的惡魔。常用於比喻醜陋兇惡的人。也譯作藥叉。

撒旦 希伯來語sātān 的音譯。意爲「抵擋」。因它專與上帝爲敵,猶太敎、基督敎指魔鬼。

狐仙 迷信者傳說狐狸可修煉成仙,化爲人形,神通廣大。也叫**大仙**。

山魈 傳說中深山裡的獨腳鬼怪。

妖魔鬼怪＊ 泛指妖怪和魔鬼。比喻各種惡勢力:掃除妖魔鬼怪。

魑魅魍魎＊ 古代傳說中山林裡害人的妖怪。比喻各種危害人的壞人。

靈魂 宗教觀念。指幻想中的寓於人的軀體內而又主宰人體的一種非物質的東西。認爲死亡是靈魂離開軀體的必然結果。

鬼魂 迷信者指死人的靈魂。

魂魄 迷信者指附著於人體內,又可脫離軀體而獨立存在的精神。

魂 魂魄:魂不附體。

魂靈 〈口〉主宰人體的非物質存在;魂。

幽魂 迷信者指人死後的靈魂。□幽靈。

陰魂 ❶迷信者稱人死後的魂靈。❷比喻壞人壞事遺留下的惡劣影響:陰魂不散。

亡魂 陰魂(多指剛死不久的):超度亡魂。亦稱亡靈。

雷神 古代神話中司打雷之神。道教認爲雷神「主天之災福,持物之權衡;掌物掌人,司生司殺」。奉爲「九天應無雷聲普化天尊」。也叫**雷公**。

電母 古代神話中司閃電之神。

雨師 古代神話中司雨之神。

風伯 古代神話中的司風之神。也叫**風師**。

門神 古代神話中司門之神。漢時畫醜怪兇惡的神荼、鬱壘之像分貼門戶左右,據說能制服惡鬼;唐時則畫全副戎裝的秦叔寶、尉遲敬德之像貼在門上,據說能鎮邪。後遂沿襲以爲門神像。

鍾馗 傳說中能打鬼的神。據傳唐明皇病中夢見一大鬼捉食一小鬼。此大鬼自稱鍾馗,生前應武舉未中,死後決心消滅天下妖孽。明皇醒後,命畫工畫其像。舊俗民間常掛鍾馗像,謂能驅邪避祟。

竈君 古代神話中主管飲食之神,供奉於竈頭。後演變爲掌管禍福、記錄功過的神。舊俗臘月二十三、二十四日送竈,除夕接竈。通過迎送,以求上天奏善事,下地降吉祥。道教有《竈王經》。也叫**竈神**;**竈王爺**。

財神 民間供奉的認爲可以招財進寶、發家致富之神。俗以三月十五日爲神誕。相傳姓趙名公明,秦時得道。道教尊爲「正一玄壇元帥」。也稱**趙西元帥**;**財神爺**。

土地 古代神話中村社的守護神。民間每逢年節奉祀,祈求四方清靜,五穀豐登。道教列爲神祇奉祀。也叫**社神**;**土地爺**;**土地公**;**福德正神**。

回祿 〈書〉古代神話中的火神。後借指火災:回祿之災。

蠶神 古代神話中司蠶之神。又稱「馬頭娘」。道教有《利益蠶王妙經》、《養蠶營種經》。

媽祖 東南沿海民間傳說的女神。古稱「天妃」

或「天后」。舊時航海者於船上供奉其神像。道教奉爲航海保護神。

文昌　原爲古代對斗魁六星的總稱。星相家認爲是吉星,主大貴。後道教尊之爲主宰功名、祿位的神。舊時士人爲保功名,亦多崇祀。也稱**文曲星;文星**。

魁星　原爲古代天文學中二十八宿之一,叫「奎宿」。後道教稱之爲主宰文章盛衰之神。舊時很多地方建有「魁星閣」來崇奉。

壽星　❶舊俗以爲司長壽之神。民間把他畫成一個慈祥的老人:白鬚、持杖、頭額修長而隆起。也稱**南極老人;老人星**。稱被祝壽的人。

月老　月下老人。神話傳說指主管婚姻之神,以常在月下翻檢婚姻簿冊而得名。借指媒人。

關帝　三國蜀漢大將關羽。其忠義勇武的事迹,歷代受人敬仰。後被神化,尊爲關公。元、明、清各朝皇帝,多次加封爲「關聖帝君」、「關聖大帝」。道教奉爲降神助威的武聖人。佛敎列爲伽藍神之一。農民造反講義氣,工商業者做買賣講信用都以關公形象爲楷模。

藥王　古代傳說神農嘗百草,被尊爲藥王。後唐道士、醫學家孫思邈山居著述《千金要方》、《千金翼方》等書,集方書之秘要,亦被尊爲藥王。舊時藥坊常於農曆四月二十八日舉行藥王會,以表崇敬。

城隍　古代神話中守護城池的神。唐、宋以後奉祀城隍的習俗遍及各地。在農曆四、五月間舉行城隍會,置城隍於神輿,扛抬巡行。道敎以城隍爲剗惡除凶、護國保邦、管領鬼魂之神,也稱**城隍爺**。

龍王　傳說中深藏河海、統領水族、司興雲降雨之神。佛敎《華嚴經》載,無量諸天龍王興雲布雨,令眾生熱惱消滅。道敎亦有《龍王經》謂天旱或火災,誦經召龍王,即可普降甘霖。

閻羅　梵文 Yamarājā(閻魔羅闍)音譯的略語。意爲「陰間的統治者」。佛敎沿襲印度神話,

謂爲管理地獄的魔王。傳說他屬下有十八判官,各管一個地獄。也叫**閻羅王;閻王**。

判官　本爲唐、宋時輔助地方官處理公務的人員。迷信傳說中用來指閻王手下管「生死簿」的官。

小鬼　迷信者稱鬼神的差役。常用作對小孩的暱稱。

無常　迷信者稱人垂死時前來勾魂的鬼。

青龍　道教所信奉的東方之神和吉祥之神。

白虎　道教所信奉的西方之神和凶神。

瘟神　傳說中降瘟疫害人之惡神。歷代有以紙船明燭送瘟神之習俗。也叫**疫神;瘟鬼**。

旱魃　傳說中引起旱災的妖怪。

太歲　❶古代神話中的值歲神。據說太歲所在方位爲凶方,忌興土木或遷徙房屋,否則要遭禍殃:太歲頭上動土。❷借指獨霸一方的土豪。

蒼龍　太歲。有時比喻兇惡的人。

凶神　迷信者稱凶惡的神。亦稱**凶煞**。

凶神惡煞＊　泛指凶惡的神。常借指惡人。

牛鬼蛇神＊　牛鬼指地獄中的牛頭虎,蛇神指蛇精,都是陰間鬼卒形象。泛指各種鬼神。現比喻形形色色的壞人。

牛頭馬面＊　迷信傳說指地獄中閻王手下的兩個鬼卒,一個頭似牛,一個臉像馬。常用來比喻各種醜陋凶惡的人。

N2-2 名：　上界・陽間・陰間

上界　迷信者稱天上神仙居住的地方。

下界　迷信者指人間。與「上界」相對而言。

陽間　迷信者以屬於活人或人世的爲陽,稱人世間爲陽間。

塵世　佛敎、道敎指現實世界。□**塵寰**。

紅塵　塵世;人世間。

大千世界＊　佛敎據印度傳說,稱以須彌山爲中心,同一日月所照的四天下爲一「小世界」;

「小世界」的千倍為「小千世界」,「小千世界」的千倍為「中千世界」,「中千世界」的千倍為「大千世界」。後用「大千世界」泛指廣闊無邊的世界。

陰間 迷信者以屬於鬼神的為陰,稱人死後靈魂居住的地方為陰間。也叫**陰曹;陰司**。

幽明 陰間和陽世:幽明異路。

黃泉 ❶指人死後埋葬的地方。古人認為天玄地黃,泉在地下,故名:命喪黃泉。❷迷信者指陰間。也說**九泉;泉下;泉臺**。

地府 迷信者指人死後靈魂所在的地方;陰間:陰曹地府。

地下 〈口〉地府。

酆都城 迷信傳說指陰間地獄所在。

鬼門關 ❶迷信傳說指陰陽交界的關口。❷比喻凶險的場所或危難的時刻。

N2-3 名: 仙境

仙境 傳說和道教指仙人居住、清靜超凡的地方。今比喻風景優美的處所。

帝鄉 傳說中天帝居住的地方。

天宮 神話指天神的宮殿。

玉宇 ❶傳說指神仙居住的華麗的宮殿:瓊樓玉宇。❷借指宇宙。

玉清 道教指神仙居住的最高仙境。

月宮 傳說指月亮裡的宮殿。也用作月亮的代稱。

蟾宮 〈書〉月宮。傳說月中有蟾蜍,故名。借指月亮。

瑤池 神話稱女神西王母居住的地方。

蓬萊 神話傳說中指位於渤海神仙居住的仙島。

龍宮 傳說中龍王的宮殿。

水晶宮 傳說指龍王建在水裡的宮殿。

洞天 道教稱神仙居住的名山勝地,意謂洞中別有天地:洞天福地。

洞府 道教稱深山中神仙居住的地方。

仙山瓊閣＊ 傳說中神仙居住的地方。仙山,指蓬萊、方丈、瀛洲三神山;瓊閣,美玉砌的樓閣。今比喻美妙渺茫的幻境。

N2-4 名、動: 前生‧今生‧來生

三世 〔名〕佛教教義,「世」意為遷流。指個體一生存在的時間,即過去(前世、前生),現在(今世、今生)和未來(來世、來生)。是因果輪迴說的理論根據。□**三際**。

前生 〔名〕根據佛教生死「輪迴」之說,指人生的前一輩子。認為「欲知前果,今生受者是」。□**前世;宿世**。

今生 〔名〕根據佛教生死「輪迴」之說,指人生的這一輩子。□**今世**。

來生 〔名〕根據佛教生死「輪迴」之說,指人死後再轉生到世上來的那一輩子。認為「欲知來世因,今生作者是」。□**來世**。

投胎 〔動〕根據佛教「輪迴」之說,指人或動物死後,靈魂不滅,再度投入母胎,轉生於世。也稱**投生**。

轉生 〔動〕根據佛教生死「輪迴」之說,指人或動物死後,靈魂重新投胎,成為另一個人或動物。

轉世 〔動〕❶轉生。❷特指喇嘛教首領的一種繼承制度。凡活佛死後,寺院上層通過占卜、降神等儀式,從與活佛圓寂同時出生的嬰孩中,選定一個「靈童」作為「轉世」者,繼承其政教地位。

N2-5 動、名: 許願‧燒香

許願 〔動〕❶祈求神佛時,許下某種酬謝:向天地許願。❷借指預先答應對方,待事成後給以某種好處。

發願 〔動〕向神佛表明心願或願望:起誓發願。

還願 〔動〕拜神的人於願望實現後履行對神許下的諾言:燒香還願。

願心　〔名〕祈求神佛時應許將來給予的酬謝:許下願心。

燒香　〔動〕佛、道信徒求神拜佛時點燃線香,插入爐中:燒香禮佛。□焚香。

拈香　〔動〕燒香。

燒紙　〔動〕焚燒紙錢供奉神、佛或讓死者在陰間使用。

N2-6 名：　巫・巫師

巫　古代稱以舞降神的人,兼事占卜、星曆之術,說能爲人祈福消災。後專指以裝神弄鬼,畫符念咒替人祈禱爲業的人。

巫師　稱專以裝神弄鬼、施展巫術、騙取財物爲業的人。

師公　男巫師。

巫婆　指專以行使巫術、騙取財物爲業的女人。也叫女巫。

巫神　巫師。

神婆　〈方〉女巫。

神漢　男巫師。

仙姑　專以求神、問卜爲業的婦女。也叫道姑。

巫術　幻想依靠「超自然力」對客體加以影響或控制的活動。起源於原始社會前期,原想用來保護氏族、驅趕妖邪,後來逐漸被用作裝神弄鬼、進行欺騙的工具。

N2-7 名、動：　星相・算命

星相　〔名〕根據星象和相貌推測人的氣數、命運的一種方術。認爲人的壽夭、貴賤、吉凶、禍福、貧富常同星宿的位置和人的面貌有關。

星象　〔名〕指星體的位置、明暗、運行等現象。迷信者往往靠觀察星象來推測人、事的變化。

星命　〔名〕迷信者認爲人的禍福、夭壽同星宿的位置及其運行有關,妄言可以按人的出生年、月、日、時,配合日月和水、火、木、金、土五星的位置和運行,來推算出其一生命運。

風水　〔名〕認爲住宅基地或墳地周圍的地勢、風向、水流等條件,可以影響其家族、子孫的禍福盛衰。

堪輿　〔名〕〈書〉風水。

八字　〔名〕中國的一種算命方法。迷信者認爲用天干地支表示人出生的年、月、日、時,合起來恰好八個字。根據這「八字」,即可推算一個人的命運好壞,前途吉凶:生辰八字。

陰陽生　〔名〕舊時以星相、占卜、相宅、相墓等爲業的人。特指以代人辦理喪葬相地、擇日等事爲業的人。

星相家　〔名〕專以代人占星看相、推算命運爲業的人。

星象家　〔名〕專以觀察星相、推測人事爲業的人。

算命　〔動〕根據人的生辰八字,用陰陽五行生剋之道來推算其一生命運的迷信活動。也叫算八字*。

看相　〔動〕根據觀察人的相貌、氣色、骨骼或手紋來判斷人的吉凶禍福的迷信活動。也叫相命。

N2-8 動：　占卜・扶乩・測字

占卜　古代用龜甲、蓍草等,後世用銅錢、骨牌等預測人事吉凶禍福的迷信活動。

打卦　迷信者按照卦象預測吉凶禍福:求神打卦。也叫算卦;占卦;卜卦。

問卜　迷信者用占卜、算卦的方法來解決疑難不決的問題:求神問卜。

起課　迷信者用搖銅錢看正反面,或掐指頭算干支的方式預測吉凶。也叫卜課;占課。

求籤　迷信者在神佛面前抽取籤條來占吉凶。也叫抽籤。

占星　迷信者根據觀察星象來預測吉凶。

扶乩　扶箕　一種迷信活動。用木製的丁字架放在沙盤上,在架子上吊一根小棍子,兩個施

術者扶著架子,依法「請神」。小棍子在沙盤上移動,形成文字,就算做神的指示。也叫**扶鸞**。

測字 把漢字的偏旁、筆畫拆開或合併,穿鑿附會,曲意解釋,以預測吉凶。也作**拆字**。

N2－9 名: 傳統習俗

建醮 中國民間傳統的祭祀活動。在臺灣,建醮的時間通常在春夏之交或秋冬之交,亦即農曆三、四月份或九、十月份。建醮大典除了「歹生肖」的虎年之外,幾乎年年都辦,目的無非是祈願與還願。又稱作**作醮**。

做七 當人死後,必先斷氣,軀體失去了機能,但是魂魄仍生,嗣後每逢七天,依次散離一魄,因此道教有「做七」的規定,目的是使魂魄不要分離,透過道士的他力達到生命的不亡,到了七七四十九日的時候,幫死者解冤、還債,使死者毫無罣礙,再行為死者水火煉度陶魂鑄魄、眾形合命,超薦化界而達到生命的永在,並且為死者立牌位,讓魂魄可以憑依而接受子孫的香火供養。又稱作**水火煉度**。

乞龜 是一種民間祈求神明降福的宗教性活動,於每年農曆正月十五日,即上元節舉行。當天上午,「還願」的信眾到廟中奉上各式各樣的紅龜粿、糕仔粿等,以回報神恩;到了下午,心有所求的民眾則來此燃香膜拜、許願,擲得「聖筊」後,就可以把求得的紅龜粿帶回家供在神案,而後全家分食,以獲神明庇佑,所求順利。

搶孤 民俗活動之一。參加者競爬高聳的孤柱,翻上孤棚,搶取餓鬼享用過的祭品。人們認為搶到,在一年之中會有好運,故兼有普渡孤魂與娛樂的目的。

過火 臺灣民間強化神像威力並使人潔身除穢的宗教性儀式。廟方往往在神明生日之前,為其修整,這叫做「粉面」,重新打扮好之後,則於廟會時「過火」,以強化神威。過火之前,先由「紅頭仔」唸咒、安符、作法,以清淨法場,並向火場灑鹽——謂之「摔鹽米」。接著由法師或乩童前導——稱作「開火路」,信徒則抬著神轎或奉著神像從火場穿越。穿越時的走向,則依流年的吉向而定。

送神 就其狹義是指「送灶神」;就其廣義,則指送諸神。送神即是送神升天,向玉皇大帝述職、稟報人間善惡之意。臺灣民間百姓一般都在農曆十二月二十四日的子時舉行,燒金紙貢祭品,也有討好神明的意味。

撿骨 指將先人埋葬多年的墓打開,將其遺骨擦、晒後裝入骨罈的習俗,是臺灣特有的風俗。又稱作**撿金;撿風**。

放天燈 為元宵節民俗活動之一。傳為三國時代諸葛亮所發明,以作為軍事通信之用。北縣平溪、十分一帶山區,原為平埔人所居,漢人入山開墾,迭有衝突情事,墾殖者因通信不便,遂施放天燈,互報平安。又稱作「孔明燈」、「祈福燈」、「平安燈」。

燒王船 是臺灣民間的一種祈福祭典,盛行於南部,它的原始意義是送瘟出海。

牽亡陣 是臺灣民間喪葬的一種陣頭,目的在超度或接引亡魂。整個牽亡陣的過程分成五個步驟:「請魂就位」、「調神」、「調營」、「出路行」以及「送神」。又稱作**牽亡歌陣**。

五子哭墓 臺灣民間辦喪事時,喪家請來的一種陣頭。這種陣頭多被聘於獨子或無子嗣的喪家,一方面補償單傳或無子者對亡者的孝思,再則也有避免場面冷清的作用,但有些喪家子嗣眾多,為了排場或熱鬧,仍然會請五子哭墓來助陣。

鹽水蜂炮 原是臺南縣鹽水鎮在每年元宵節民間所舉辦的一項傳統活動,不過許多外地的廟會活動也將此納入。「蜂炮」也稱「烽炮」。放蜂炮,鹽水人稱作「放蜂仔」或「從蜂

炮」,意思是群蜂出巢。其來源說法莫衷一
是。有傳關聖帝君指示在正月十三飛升日出
駕驅瘟,沿途居民則大放爆竹助威,至元宵節
始結束,瘟疫果然完全絕跡。鹽水居民感謝
關聖帝君的保佑,這個放炮的習俗漸漸演變
成放「蜂炮」。

安太歲燈 依民間傳統習俗,逢本命年的信徒可
以在農曆正月初九日到天公廟「安太歲」,以
求平安。安太歲燈的信徒必須把自己的名字
請進太歲符,再放進由剪刀、皮尺、秤錘、鏡子
和兩把劍等象徵知分寸、斤兩以及光明的「太
歲燈」裡,讓值年的太歲星保佑。

開光點眼 臺灣民間使一尊新神像附有神靈的
宗教性儀式。無論神像是泥塑、木雕或紙糊
的,正式供奉之前必須由道士「開光點眼」(或
單稱「開光」或「點眼」),神像方能眼觀四界、
庇護眾生。這個儀式的過程大致上是用筆沾
雞冠、鴨舌或鵝首的血與硃砂,把天光引射在
神像上,並且口念「開光咒」。在神像的各部
位一一點過後,再把符鏡與砂筆置放在神像
前,儀式便告完成。

O 事情・情狀（一般）

O1 事情（一般）

O1-1 名： 事情

事情 人類生活中的一切活動和遇到的一切社會現象：他把事情處理得井井有條／這是生活裡偶然發生的事情。

事 事情：國事／家事／新事新辦。

物事 〈書〉事情：誰都知道這是紳士們的物事。

事務 要做的或所做的事情；日常工作：事務繁忙／處理日常事務。❷總務（多指後勤工作）：事務員／事務工作。

事體 〈方〉事情：家裡有許多事體要做。

事項 事情的項目：注意事項／他逐一說明和這次會議有關的事項。

事宜 關於事情的安排和處理：討論合資經營事宜／商談兩國領導人互訪事宜。

O1-2 名： 事件・事故

事件 已經發生的不平常的大事情：政治事件／重大歷史事件。

事變 突然發生的重大政治性、軍事性事件：「九・一八」事變／西安事變。

糾紛 爭持不下的事情：家庭糾紛／調解鄰里糾紛。

亂子 糾紛；禍事：出亂子／鬧亂子。

風波 比喻糾紛或亂子：風波迭起／平息一場風波。

風暴 比喻規模宏大、氣勢猛烈、有如狂風暴雨的事件或形勢：革命風暴／西方金融市場爆發了搶購黃金的風暴。

軒然大波＊ 比喻巨大的糾紛或風潮：代表們紛紛提出質問，會場裡掀起了軒然大波。

事故 意外的損失或災禍（多指在生產、交通、工作上發生的）：交通事故／醫療事故／防止工傷事故。

事 事故：出事／平安無事／多事之秋。

變故 意外發生的變化或事故；災禍：防止中途發生變故／家庭的變故，並沒有使他意氣消沈。

事端 事故；糾紛：滋生事端／故意製造事端。

岔子 事故；差錯：出了岔子／他處處找我們的岔子。也說岔兒。

問題 事故；意外：這位駕駛員行車百萬公里，沒有出過問題。

意外 料想不到的不幸事件：謹慎駕駛，以免發生意外。

萬一 可能性極小的意外變化：加強防衛措施，以防萬一。

差池 意外：萬一有什麼差池，責任是你們的。也叫差遲。

長短 指死亡等意外變故：大娘若有什麼長短，孩子歸我們照顧。

三長兩短＊ 指意外的事故、災禍（常作「死亡」的婉詞）：我只有這一個兒子，要有個三長兩短，叫我怎麼活呀！

風吹草動＊ 比喻輕微的變故：有什麼風吹草動，

你們就搬進城來住吧!

O1－3　名：　　大事·好事·樂事

大事　重大的或重要的事情:婚姻大事/國家大事。

盛事　盛大的、美好的事情:奧軍的比賽是全世界的一大盛事。

正事　正經的事:今天我們只談正事,不說無關的話。

好事　❶對社會、人民有益的事情:好人好事/在一定條件下,壞事能轉化成好事。❷舊時指慈善的事情:這位老太太做過不少救苦濟貧的好事。❸舊時指喜慶事;又特指婚配事:成全了他們的好事。

實事　切合實際、有實益的事:少說空話,多辦實事/修建隧道是市府今年要辦的一件實事。

喜事　❶值得高興和祝賀的事:棉花豐收是件大喜事。❷特指結婚的事:大家幫他把喜事辦得很好。

幸事　幸運的事情:舊時秀才中舉,亦屬門庭之幸事。

樂事　令人歡樂的事:賞心樂事/人生樂事。

快事　令人感到痛快滿意的事:閉門讀書是我一大快事。

韻事　風雅的事(舊時多指文人名士吟詩作畫集會遊覽等活動):風流韻事。

佳話　被廣爲傳誦的好事或趣事:千古佳話/一時傳爲佳話。

樂子　〈方〉❶快樂的事:孩子們好動,打打鬧鬧也是個樂子。❷惹人笑的事:他吃蛋糕,嘴角黏了不少奶油,這可給孩子們添了個樂子。也說**樂兒**。

趣事　有趣的事:生活趣事/奇聞趣事。

哈哈兒　〈方〉引人發笑的事:他總是找些哈哈兒來逗大家笑。

O1－4　名：　　壞事·憾事

壞事　不好的事情;起破壞作用的事情:他們做了許多殘民害理的壞事。

暗事　見不得人的、不光明正大的事:明人不做暗事。

勾當　事情,現多指壞事:罪惡勾當/他幹了許多見不得人的勾當。

劣迹　惡劣的事迹:劣迹昭彰/他帶頭揭發了校長的劣迹。

陰私　不可告人的壞事;隱秘的事:揭人陰私/他爲人光明磊落,沒有什麼不可告人的陰私。

憾事　認爲有缺憾、感到不滿足的事情:引爲憾事/平生憾事。

恨事　令人遺憾的事情:終身恨事。

O1－5　名：　　急事·難事·奇事

急事　緊急的必須立即處理的事情:家裡有急事,請假半天。

急務　急需辦理的事:整治受污染的河水,是當前城市建設的急務。

緩急　〈書〉危急的事:如有緩急,當全力相助。

急茬兒　〈口〉緊急的事情。

當務之急＊　當前急需辦理的事情:穩定物價是當務之急。

燃眉之急＊　像火燒眉毛那樣緊急。比喻非常急迫的情況或事情:先解決燃眉之急。

難事　困難的不容易做到或做好的事情:修理電扇又不是什麼難事/天下無難事,只怕有心人。

奇事　罕見的特殊的事情:奇人奇事/聞所未聞的奇事。

奇迹　極難做到的不平凡的事迹:我國的萬里長城是古代文明史上的一大奇迹。

奇聞　令人感到驚奇的事情或消息:船員們談論非洲各地的奇聞怪事。

怪事　不合常理的事情:咄咄怪事／倉庫裡連連出現監守自盜的怪事。

O1－6 名：　私事・瑣事

私事　私人的事:工作時間不做私事。

隱私　不願別人知道的私事:她很怕有人揭穿其隱私。

瑣事　細小零碎的事情:料理生活上的瑣事／瑣事纏身。

雜事　瑣事;正常工作以外的零碎事務:他每天中午休息時還要處理一些雜事。

雜務　正常業務以外的瑣碎事務:雜務繁冗。

閒事　與己無關的事;無關緊要的事:他愛多管閒事。

小節　無關原則的小事:生活小節／瑣屑小節。

末節　零星、瑣碎的事;小節:這次會議要解決主要問題,不要糾纏在細枝末節上。

細節　無關緊要的小事;小節:生活細節／不修細節。

細故　不要認眞計較的小事:別爲這點細故傷了和氣。

枝節　❶比喻次要的事情:先解決主要問題,再解決枝節問題。❷比喻在處理一件事情的過程中意外地生出的一些問題:談判橫生枝節,進展很慢。

細枝末節*　比喻無關緊要的小事情。

雞毛蒜皮*　比喻無關緊要的瑣碎小事。

繁文縟節　繁瑣的儀式或禮節。也用來比喻瑣碎多餘的事情。也作**繁文縟禮***。

薄物細故*　〈書〉微小的不要重視的事情。

O1－7 名：　往事

往事　已往的事:回首往事,不因虛度年華而悔恨。

舊事　過去的事;往事:舊事重提。

遺事　前人遺留下來的事迹:先烈遺事／清末遺事。

逸事　散失而爲世人不大知道的事迹。多指不見於正式記載的:他收集近代文人逸事,輯成一書。也作**軼事　佚事**。

事迹　事情經過的痕跡;過去所做過的重要事情:革命事迹／先進事迹。

陳迹　過去的事:歷史陳迹／已成陳迹。

前塵　往事;陳迹:前塵如煙。

O1－8 名：　秘密

秘密　隱蔽起來,不讓別人知道的事情:保守秘密／洩漏秘密。

隱秘　秘密的事:有不可告人的隱秘／刺探他人隱秘。

隱情　不願告訴人的事情:關於這件事,他必有難言的隱情。

事機　要嚴守機密的事情:由於事機失密,戊戌變法以失敗告終。

機密　重要秘密的事:掌管機密／洩漏國家機密。

難言之隱*　難以說出來的隱情:他當時似乎還有難言之隱。

O1－9 名：　情勢・形勢

情勢　事情的狀況和趨勢:情勢有所好轉／當前情勢十分危急。

形勢　事物發展的現狀和趨勢:國際形勢／形勢日趨緊張。

局勢　一定時期中政治、軍事等的發展情況:當前局勢非常緊張／國際局勢趨向緩和。

勢頭　〈口〉事物發展的趨勢;情勢:農業生產繼續保持良好勢頭。

均勢　力量平衡的形勢:雙方保持均勢／打破均勢。

優勢　力量強或條件好的有利形勢:發揮技術優勢／集中優勢兵力。

劣勢 力量弱或條件差的不利形勢：處於劣勢／力爭擺脫劣勢。

事態 事情的發展情況；局勢(多指壞的)：事態嚴重／事態進一步擴大。

態勢 狀態和形勢：恢復我軍原來態勢。

事機 情勢；時機：事機成熟／貽誤事機。

方向 〈方〉事情的狀況和趨勢；情勢：窺測方向，以求一逞。

風色 比喻發展中的情勢：風色不妙／看風色行事。

風雲 比喻動盪多變的局勢：時代風雲／風雲變色。

風暴 氣勢猛烈的事件或現象：颶風的風暴震撼著古城。

風雷 比喻聲勢浩大而猛烈的衝擊力量：革命的風雷。

氣候 比喻情勢或動向：政治氣候。

現勢 當前的形勢：世界現勢日趨緩和。

時勢 一定時期的政治、社會形勢和發展趨勢：時勢造英雄／思想是隨時勢而進化的。

時務 當前的大事或客觀形勢：你應該識點時務。

時會 當時的特殊情況或機遇：時會變化／遭逢時會。

時局 當前的政治形勢：時局穩定／時局出現轉機。

世局 整個世界的局勢：世局不穩。

O1－10 名： 局面

局面 一定時期內,事情的狀態、形勢：開創新局面／鞏固安定團結的政治局面。

全局 整個的局面：胸懷全局／處理事情要有全局觀點。

大局 整個的局面；全面的形勢：要以大局為重／識大體,顧大局。

定局 確定不移的局面：比賽勝負已成定局。

長局 可以長久維持下去的局面：企業連年虧損,這樣下去終非長局。

僵局 相持不下或困窘的局面：談判陷入僵局／他想說一句得體的話,打破僵局。

殘局 事情失敗或經過變亂後的殘破局面：挽回殘局／這副殘局很難收拾。

現局 目前的局面：現局很難維持。

爛攤子 比喻難以維持、整頓的局面：那個企業連年虧損,難以維持,現在派他去收拾爛攤子。

O1－11 名： 危局

危局 危險的局勢：全民團結一致抗戰,才能挽救危局。

危亡 瀕於滅亡的危急局勢：奮起抗戰,挽救民族危亡。

危機 ❶潛伏的禍害或危險：內戰危機／危機四伏。❷嚴重困難的關頭：經濟危機／信用危機／人才危機。

敗局 失敗的局面：敗局已定,無可挽回。

險情 危險的情況：上游洪水暴漲,沿岸出現險情。

O1－12 名： 事實

事實 實有的事情；事情的實際情況：說的都是空話,沒有事實／鐵一般的事實,不容抹煞。

實際 客觀存在的事物或情況；事實：切合實際／脫離實際／她只耽於幻想,不願接觸實際。

現實 當前存在的客觀實際；事實：要把美好的理想變為現實／現實是誰也無法迴避的。

實 實際；事實：務實／落實／名副其實／傳聞失實。

實事 真實存在的事物或情況：他記述的都是確曾有過的實事。

O1－13 名： 本質・內容

本質 指事物本身所固有的、主要的、根本的性

質:透過現象把握事物的本質。

實質　事物實在的眞正的性質;本質:領會文章
　　的實質精神。

內容　事物內部所包含的實質或意義:會談的內
　　容沒有透露/這篇文章的內容還不夠充實。

內中　(某種事物)裡頭:內中情形,微妙複雜/
　　只有少數人知道內中的秘密。

底蘊　〈書〉事情的詳細內容;內情:只有當事者
　　知道事情的底蘊。

內涵　概念的內容;泛指事物所包含的內容:這
　　部影片的主題,有很豐富的內涵。

O1－14　名:　形式

形式　事物的組織結構和形狀:形式優美/藝術
　　上不同的形式和風格可以自由發展。

形態　事物在一定條件下的表現形式:意識形態
　　/水在不同的溫度下表現爲三種形態。

結構　事物的各個組成部分及其結合方式:語言
　　結構/經濟結構/文章結構嚴謹。

格局　結構、格式和布局:自成一種格局/打破
　　原有格局。

模式　事物的某種標準形式或式樣:現成的模式
　　/過分模式化,勢必扼殺創造性。

框架　建築工程中,由梁、柱等聯結成的結構。
　　比喻事物的結構、格式:大家共同對全部規劃
　　搭了一個框架。

架子　比喻事物的組織、結構:整篇文章的架子,
　　已經搭起來了。

花架子　比喻事物只圖好看,沒有實際價值的表
　　面形式:講求實效,不搞花架子。

O1－15　名:　現象

現象　事物在發展、變化中表現出來的外部形
　　態:社會現象/自然現象/看問題要透過現象
　　看本質。

事物　泛指客觀存在的物體和現象:新事物不斷

湧現/事物的變化由於它有內在的矛盾。

表面　❶物體露在外面的部分:這些家具的表面
　　很光滑。❷事物的外在現象或非本質部分:
　　表面現象/表面文章/她表面上很鎮靜,心裡
　　可是又急又慌。

標　事物的表面或枝節:治理環境污染,不僅要
　　治標,更要治本。

表　表面;外部現象:由表及裡/表裡如一/虛有
　　其表。

表層　表面:凍土表層/社會表層/他從中國事
　　態的表層進而接觸到中國人民的思想感情。

外部　表面;外面:外部現象/事物發展的根本
　　原因,不在事物的外部而在事物的內部。

景象　現象;狀況:豐收景象/市場上一派繁榮
　　景象。

假象　**假相**　不符合事物本質的表面現象:不要
　　被假象所迷惑。

險象　危險的現象:險象叢生/洪水中河堤多次
　　出現險象。

怪象　奇怪的現象:市場上出現一些怪象。

壯觀　雄偉的景象:埃及金字塔是馳名世界的一
　　大壯觀。

奇觀　宏偉壯麗的罕有景象或稀奇少見的事情:
　　義大利地下溶岩洞,堪稱天下奇觀。

O1－16　名:　迹象·預兆

迹象　事物隱約顯露出來的某些痕跡或現象:有
　　迹象表明,近期內可能發生地震。

徵象　發生某種情況的迹象;徵候:病情已有好
　　轉的徵象。□徵候。

預兆　事物在發生前顯現出的一些迹象:烏雲翻
　　滾是暴風雨即將來臨的預兆。

兆頭　事前顯示的迹象;預兆:好兆頭/不吉的
　　兆頭。

先兆　事先呈現出來的迹象:長江南北普降大
　　雪,是一個豐年的先兆。

徵兆　事前出現的迹象；先兆：天氣那麼好，沒有一點下雨的徵兆。

前兆　某些事物在沒有暴露之前的一些徵兆：心臟早搏頻繁，是心肌梗塞的前兆。

朕兆　〈書〉事物變化的苗頭；預兆：這個大家庭的分崩離析，早有朕兆／井水變得混濁，是發生地震的朕兆。

O1－17　名：　核心・主體

核心　事物的主要部分；中心：核心力量。

中心　事物的主要的或主導的部分：中心思想／發展生產力是一切工作的中心。

重心　事物的中心或主要部分：抓住問題的重心／重心偏移。

重點　同類事物中重要的或主要的部分：工作重點／建設重點／講解課文要求突出重點。

基點　中心；重點：以集鎮爲基點，發展農村商品經濟。

主體　事物的主要部分：主體工程／中國革命的主體是中國的老百姓。

主腦　事物的主要部分；中心：寫一篇文章要有個主腦／工業是國民經濟的主腦。

主導　主要的並起引導發展方向作用的事物：現今的幾個強國主導著世界經濟的發展。

中樞　在某事物的系統中起主導作用的部分：中樞神經／交通中樞。

心臟　比喻事物的中心：華盛頓首府是美國的心臟。

O1－18　名：　外圍・環節

外圍　以某一事物爲中心而存在的事物：外圍組織。

環節　相互關聯的一系列事物中的一件：中心環節／主要環節／薄弱環節。

環　環節：學前教育是整個教育體系中重要的一環。

片段　整體中的某一部分：生活片段／長篇小說的一個片段。也作片斷。

鱗爪　〈書〉比喻事物的片斷：暑期生活鱗爪。

一鱗半爪＊　比喻零星片斷的事物。

O1－19　名：　關鍵

關鍵　事物最關緊要的部分；對事物的情況和發展起決定作用的環節：成才的關鍵在於努力／能否把人畫活，眼睛是個關鍵。

癥結　肚子裡結塊的病。比喻事物疑難所在或難以解決的關鍵：經過反覆檢驗調試，產品品質上不去的癥結終於找出來了。

關子　故事情節中最緊要、最能吸引人的地方。比喻事情的關鍵：賣關子(說書人講到緊要關頭，故意煞住，以吸引聽衆的注意力)。

關節　事物中起關鍵性作用的環節：找到問題的關節／這是個重要的關節，一定要抓好。

節骨眼　(～兒)比喻重要的、起決定作用的環節或關頭：在籃球比賽的節骨眼上，他投進了致勝的一球。

要害　人身上易於致命的部位。比喻事物的關鍵部分或軍事上的要地：要害部門／要害問題／擊中對方要害。

要點　❶文章或談話的主要內容：列舉要點／記錄談話要點。❷重要的據點：戰略要點／交通要點。

焦點　比喻事情的關鍵或問題爭論的集中點：定價多少是他不肯讓步的焦點／大家的發言集中在爭論的焦點上。

問題　關鍵或要點：根本問題／核心問題／重要問題在善於學習。

肯綮　〈書〉筋骨結合的地方。比喻關鍵、要害：他的發言，言簡意賅，切中肯綮。

樞紐　門樞和紐帶。比喻事物的關鍵或相互聯繫的中心環節：樞紐工程／香港早已成爲亞洲的交通樞紐。

樞機 比喻事物的關鍵部分：耳目是心靈的樞機。

鎖鑰 比喻軍事上的關防要地：北門鎖鑰。

刀口 比喻最能集中力量、發揮作用的地方：要在刀口上賣力兒／把錢花在刀口上。

點子 關鍵的地方；要點：答案雖然詳細，但是沒有答在點子上。

契機 事物轉化的關鍵；機會：日本以明治維新為契機，逐步強盛起來／他在等待制服對手的契機。

O1－20 名： 方面

方面 ❶事情或事物的一面：對問題的各個方面都考慮過了／要從一個人言行的各方面來了解他。❷指相關或並列的人或事物的一方：矛盾的主要方面／各方面人士的意見都要考慮。

方 方面：我方／敵方／賓主雙方。

地方 事物的某一部分：這篇論文有可取的地方，也有不足的地方。

點 事物的某一方面或部分：優點／特點／肖像描寫要突出某一點，給人以深刻的印象。

端 方面；點：舉其一端／犖犖大端。

一邊 事情的一個方面：不能根據一邊的理由判斷是非。

一端 事情的一方面或一點：僅此一端，已足以證明他的論點是錯誤的。

一面 事物的一個方面：一面之詞／看到積極的一面，也要看到消極的一面。

一頭 事物的一個方面：對國家、集體、個人三個方面必須兼顧，不能只顧一頭。

正面 ❶事情、問題等直接顯示的一面：我們不但要看到事物的正面，也要看到它的反面。❷事物好的、積極的一面：正面意見／正面人物。

反面 ❶事情、問題等的另一方面：正面的意見要聽，反面的意見也要聽。❷事物壞的、消極的一面：反面人物／反面意見。

對立面 哲學上指事物中相互依存、相互矛盾的兩個方面。也指社會生活中立場、觀點等互相對立的方面：在辯論會上，他倆站在對立面。

O1－21 名： 系統・制度

系統 同類事物按照一定的秩序和內部聯繫組成的整體：組織系統／供電系統／水利工程系統。

系 系統：根系／派系／直系親屬／母系家族制度。

體系 有關事物或某些意識按其內部聯繫而構成的一個有系統的整體：思想體系／理論體系／經營管理體系。

網 條條相通、脈脈相連的組織系統：鐵路網／灌溉網／電訊網／情報網／發行網。

結構 組成整體的各個部分及其搭配和排列：調整經濟結構／合理安排文章的結構布局。

組織 ❶事物的系統或各部分間的配合關係：這本著作內容組織十分嚴密／管理組織日益完善。❷按照一定目標、任務和系統結合的集體：黨組織／工會組織／地方組織／文化組織。

系列 同性質而又相關聯的成組成套的事物：系列產品／系列電視劇／一系列問題亟待解決。

構造 事物的各個部分間的安排、組織及其相互關係；結構：發現了石油構造／這部機器構造複雜。

制度 在一定歷史條件下形成的政治、經濟、文化等方面的體系：社會制度／奴隸制度／婚姻制度／司法制度。

體制 機關、企業和事業的組織、管理等制度：國家領導體制／企業管理體制／進行體制改革。

體統 應有的體制、格局、規矩等：不成體統／有失體統。

O1－22　名：　標準

標準　比較、評定事物的依據或準則：實踐是檢驗眞理的唯一標準／生活上低標準，工作上高標準。

準　標準：水準／準星／以中原標準時間爲準／以六十分爲準。

規範　規定或公認的標準：語法規範／服務規範／社會道德規範。

準則　作爲言行依據的原則：國際關係準則／以憲法爲政治生活的準則。

法度　行爲的準則；規範：應對進退，皆有法度／古人用筆，一挑一趯，皆有法度可尋。

原則　說話或行事所依據的標準或法則：原則上同意／堅持基本原則／在原則問題上決不退讓。

規則　制訂出來供有關人員共同遵守的具體規定：遵守交通規則／學習工廠管理規則。

圭臬　〈書〉古時測日影的標杆。比喩事物的準則或法度：奉爲圭臬。

尺度　泛指標準：放寬錄取尺度／嚴格掌握職稱評定的尺度。

信條　信實遵守的準則：立身處世的信條／「無徵不信」是我這個考據家的信條。

O1－23　名：　規矩

規矩　社會生活的基本準則或公認的習慣：按規矩辦事／這孩子無法無天，一點不懂規矩。

繩墨　木工畫直線用的工具。比喩規矩或法度：不中繩墨／事事拘守繩墨。

矩矱　〈書〉規矩；法度：合乎矩矱。

制度　工作、生活中要求大家共同遵守的規矩或準則：學習制度／考勤制度／財務制度／保密制度。

常規　長期實行下來的規矩：敢於打破常規／遵守課堂常規。

成規　現成的、沿用已久的規則、方法：墨守成規／不能盲目地因襲成規。

定規　一定的規矩；成規：我天天早起鍛鍊，已成定規。

陳規　過時的、不適用的規章制度：陳規陋習／破除陳規。

陋規　不合理的慣例：移風易俗，革除陋規。

慣例　向來的做法；常規：國際慣例／沿襲慣例／日常生活慣例。

老例　老規矩；舊習慣：新事新辦，不照老例／家鄉過春節，事事有老例。

常例　常規；慣例：按照常例，給生活困難者以年終補助。

通例　慣例；常規：星期日休息，是機關、學校的通例。

定例　慣例；常規：每學期開兩次家長會，已成我們學校的定例。

向例　慣例；常例：這裡過年時，向例要到親友處拜年。

成例　現成的例子；固有的辦法：沿用成例／不能老是援引成例。

O1－24　名：　事例

事例　❶有代表性的、可做例子的事情：典型事例／結合實際事例進行法制宣傳教育。❷成例，可以作爲依據的前事：按照以往事例處理。

範例　值得學習、模仿的事例：如何深化企業內部改革，這個公司爲我們提供了一個範例。

前例　可供援用參考的以前有過的事例：史無前例／事情這樣處理，並沒有前例可循。

先例　已經有過的事例：不乏先例／即使沒有先例，也要勇於開創。

特例　特殊的事例：這只是個特例，不宜普遍推行。

實例　實際的例子；具體的例子：援引實例／用

實例說明問題。

O1-25 名： 榜樣

榜樣 ❶值得學習或仿效的人或事物:他們成功的經驗是大家學習的榜樣。❷樣子;先例:殺雞給猴看,拿你先做個榜樣。

模範 值得學習仿效的好榜樣:青年人的模範/起模範作用/做遵法守紀的模範。

楷模 值得學習的榜樣;模範:他的爲人與文章,都可作爲青年學者的楷模。

典範 有代表性,可作爲標準的榜樣或模範:魯迅的作品是我國現代文學的光輝典範。

典型 具有代表性的人物或事件:他的敎改經驗,是值得總結和推廣的典型。

旗幟 ❶比喻榜樣或模範:樹立了生產戰線上的一面旗幟。❷比喻某種思想、學說或政治力量:五四運動高舉起科學和民主的旗幟。

樣本 比喻學習的榜樣:樣本戲/樹立樣本。

樣子 供人仿效、模擬的式樣或榜樣:你要好好做,給大家做個樣子/動手裁剪之前,先畫個樣子。

法 標準;榜樣:法帖/不足爲法/不要盲目取法外國。

O2 做　事

O2-1 動： 做事

做事 ❶進行某種工作或辦理某項事務:他做事一絲不苟/做事要講究效率。❷擔任某種具體的職務或工作:他在新聞界做事。

做 ❶從事某種工作或活動:做生意/做家務/做健美體操。❷舉行、舉辦(某些慶祝或紀念活動):爲祖父做七十大壽/做忌辰。

幹 ❶做(事):埋頭苦幹/不幹則已,一幹就幹到底。❷擔任;主管:他幹過敎練/會計工作我幹不了。

弄 做;搞:弄一桌飯菜/孩子把鐘弄壞了/好事兒給弄糟了。

操 做;從事:自操井臼/重操舊業。

搞 做;幹;弄:搞秘書工作/搞設計/把關係搞糟了。

整 〈方〉弄;搞:門鎖壞了,你來整一整。

爲 做;幹:事在人爲/敢作敢爲/爲非作歹。

辦事 做事情:出門辦事/他辦事有能力。

行事 辦事;做事:行事穩妥/見機行事。

行 ❶做;辦;實施:行醫/能說能行/簡便易行/行之有效。❷進行(某種活動):請示後再行辦理/另行通知/試行銷售。

動手 開始做;做:大家快動手,爭取早點兒完工/消滅老鼠,人人動手。

著手 動手;開始做:著手編制明年預算/這項工作一時無從著手。□入手。

下手 動手;做:他們正在找下手的機會。

上手 動手;開始做:他拉小提琴,一上手就不願放下。

O2-2 動： 實行

實行 用行動來實現理論、政策、計畫等:實行計畫生育/這項新的計畫正在實行。

從事 ❶做某種工作;進行某種活動:從事教育事業/從事生物科學研究/從事舞臺美術設計。❷按某種規定處理:軍法從事。

施行 ❶開始執行法令、規章等:本條例自公布之日起施行/施行燈火管制。❷用某種方式或辦法去做;實行:施行心臟手術/施行強制手段。

施 實行:施工/發號施令/因材施教/無計可施。

進行 從事某種活動;做某事:討論正在進行/把試驗工作繼續進行下去。

舉行 進行(集會、談判、比賽等):舉行新書展覽

/舉行中學生運動會。

履行　實行(約定的或應做的事):履行諾言/履行職責/公民應履行憲法規定的義務。

力行　盡力去做:身體力行/做事要深思力行。

厲行　嚴格實行:厲行交通整頓/厲行增產節約。

預行　預先實行:預行展出/預行放映。

實踐　❶實行:魯迅以自己的作品十分完善地實踐了他的理論。❷履行(自己的諾言):他以堅決的行動實踐了自己的誓言。

行動　為一定目標而進行活動:他們按照計畫,立即行動起來。

推行　普遍實行:推行農業計畫/推行政策。

推廣　擴大事物使用或起作用的範圍:推廣環保教育話/推廣有機食物。

並舉　一齊進行;同時辦:土洋並舉/新房建築和舊屋改造並舉。

並行　同時實行:並行不悖。

並行不悖*　同時進行或同時存在而不相衝突。

雙管齊下*　本指畫家能兩手各執一支筆,同時作畫。比喻兩件事情同時進行或兩種方法一齊採用。

O2－3 動: 處理

處理　安排、辦理(事務);解決(問題):負責處理日常工作/有急事即待處理/著手處理懸而未決的問題。

辦理　按照事務性質、情況,加以安排、解決;處置:這件事交給他辦理/辦理郵購業務/手續已經辦理完畢。

辦　❶處理;辦理;料理:辦公事/辦交涉/事情辦好了。❷創設;興建;經營:辦報/辦工廠/勤儉辦一切事業。❸採購:辦嫁粧。

處事　辦事:他初次處事,十分謹慎。

料理　辦理;照管:料理家務/料理後事。

摒擋　收拾;料理:摒擋行裝/摒擋零星用品。

照料　照看料理:你把孩子交給我照料好了/母親臥病在家,要有人照料。

照看　照料,看管:照看曬在場上的穀子/老奶奶在家照看孩子。

照應　照料;照顧:孩子到公園去玩,要有人照應/請空服人員照應這位老太太下飛機。

操持　❶主持;料理:操持家務。❷籌劃;處理:慶祝兒童節的事,學校交給我們操持。

處置　安排;處理:他對這件事作了妥善處置/捐款可交他們自由處置。

措置　安排;料理:措置得宜/他在工作上碰到許多難以措置的事。

措手　著手處理;應付:難以措手/做好預防工作,以免屆時措手不及。

經手　經過親手處理:來往款項都由他經手/他經手訓練的運動員,成績都很突出。

過手　經手辦理(錢財、帳目):重大的財務支出,他都親自過手。

舉辦　舉行(活動);開辦(事業):舉辦商品展售會/舉辦話劇義演/舉辦歌舞晚會。

承辦　接受辦理(某些業務):承辦房屋裝潢及水電裝修/承辦科學技術諮詢業務。

包辦　單獨負責,全盤辦理:購置材料的事,由他一手包辦。

照辦　依照別人的意見、要求辦理:凡上級交代的工作,他都一一照辦。

仿辦　仿照辦理:這件事別處也沒有前例可以仿辦。

踢蹬　清理;處理:踢蹬這些事情,費了很多精神。

協理　協助辦理:店務繁忙,急需有人協理。

治標　對事情表面的毛病加以應急處理:加固堤岸只是治標,開河挖渠才是治本。

治本　從根本上處理、解決:理財既要治標,又要治本。

一刀切　比喻工作簡單化,用同一的標準和方法

處理問題：調整工資要貫徹按勞取酬的原則，不可一刀切。

O2－4 動： 管理

管理 ❶負責掌握辦理某項工作：管理治安工作／管理公共衛生／廠長應管理好生產。❷保管和料理：易燃品要統一管理／管理文物。❸照管並約束：管理少年犯／管理大熊貓。

管 ❶管理；掌管：管伙食／一個管內勤，一個管外勤。❷看管：晚上我倆一起到田裡管西瓜。

理 管理；辦理：當家理財／日理萬機。

經管 經手管理：她經管的財物沒有絲毫差錯。

掌管 負責管理：由廠長掌管全廠事務。

掌 掌管；主持：掌印／掌權。

管事 負責管理事務：你在職一天，就要管事一天。

看管 照看，管理：看管行李／看管糧倉／孩子沒人看管。

保管 保藏和管理：歷史博物館的珍貴文物保管得很好。

照管 照料管理：照管幼兒／這裡的事請您照管一下。

調理 照料；管理：男人們調理牲口／她把家務調理得很好。

O2－5 動： 安排·部署

安排 妥善布置；安置：安排工作日程／安排人事／生產安排得有條不紊。

安置 使人或事物有著落；安排；安放：妥善安置待業人員／靠近窗戶安置了一架鋼琴。

安頓 把人或事物安排停當：把回國觀光的僑胞安頓在華僑招待所。

鋪排 布置；安排：節日的慶祝活動已經鋪排妥當。

部署 安排、布置（人力、任務）：部署兵力／部署救災工作。

布置 ❶安放或陳列物件；整理場所：布置房間／布置會場。❷安排（工作、活動）：布置防洪工作／布置課外作業。

布 安排；布置：布了三道防線／布下天羅地網。

布局 對事物作整體的規劃安排：圍棋布局／生產規模重新布局。

配備 ❶按需要安排或分配（人力或物力）：配備工程技術人員／配備通訊器材。❷布置（兵力）：指揮部給我團配備了兩千發子彈。

配置 配備布置（人力、物力）：配置兵力／配置物資。

支配 安排；調度：他感到白天的時間不夠支配／增加的幾個勞動力，歸他支配。

分派 分別安排工作或任務：他留在家裡等候分派工作。

分配 分派：分配工作。

分 分派：他要求分到最忙碌的部門去。

O2－6 動： 籌辦

籌辦 籌劃辦理：這項工程由你負責籌辦／籌辦慶祝活動。

籌 籌措：自籌經費／籌到一筆錢。

籌備 事先計畫、準備：展覽會已籌備就緒／籌備慶祝國慶節。

籌措 設法措辦；設法取得（錢物）：著手籌措集會慶祝事宜／籌措兒童福利基金／籌措民生物資物品。

措辦 籌劃辦理：她的喪葬，全是一些老朋友經手措辦的。

操辦 籌辦：我們兩人負責操辦婚禮／操辦家具。

張羅 籌劃；籌措：他近來正張羅購買家具，裝修新房／忙著張羅款項過節。

O2－7 動： 委託

委託 托別人代辦：委託書／委託朋友捎個信／

委託她買點藥。

托　請人代辦:托人捎信/這件事托你辦一下。

托付　委託別人辦理或照料:把郵包托付他代我
寄出/把孩子托付給岳母帶領。

付托　交給別人辦理:公司里的事情全付托了
他。

交托　付托;托付:她把女兒交托給鄉下的母親
照顧。

寄託　❶托付:行李寄託在旅館裡。❷把理想、
希望、感情等放在(某人身上或某事物上):國
家的希望寄託在青年身上/他把情感寄託於
工作上。

寄　付托;寄託:把一箱書寄在朋友家裡/寄希
望於未來。

囑託　托付:母親囑託表兄好好照應我/他囑託
我帶些家鄉土產出來。

信託　信任並託付別人辦事:這件事就完全信託
您了。

轉託　把受人委託的事再託付另外的人:這件事
你一時沒時間辦,就請你轉託朋友幫幫忙。

拜託　敬辭。託人代辦(事情):拜託你把藥交給
我母親。

請託　請求並託付別人辦事:請託友人找到一位
家庭教師/謝絕一切親友請託。

央託　請託:這冊書是他央託東京的友人買的。

O2－8 動:　代辦

代辦　代為辦理:他的轉學手續是我代辦的。

代理　❶暫時代任某項職務:代理局長/他代理
了會計科長。❷受別人委託,代表其進行某
種社會活動(如訴訟、納稅、簽訂合約等)。

代勞　代別人做事:這件事恕我不能代勞/刊物
的校對和發行都請你代勞。

代庖　〈書〉代替廚師的工作。比喻代別人做事
或代理他人職務:他的報告稿多由秘書代庖。

越俎代庖*　掌管祭祀神主的人越過祭器,代替

廚師做飯(見於《莊子·逍遙游》)。比喻超越
自己職權辦事或包辦代替。

受託　接受別人的委託,代為辦理:本店受託徵
詢用戶意見。

O2－9 動:　創造

創造　做出或想出前所未有的事物:創造物質財
富/創造新的世界紀錄/創造了人間奇蹟。

創新　創造新的:藝術作品,貴在創新/繼承是
為了創新。

首創　沒有先例地創造;首先創辦:造紙技術為
我國首創/飛機由萊特兄弟首創。

獨創　獨特創造:經絡學說為我國古代醫學家所
獨創/獨創一格,不落窠臼。

獨出心裁*　原指詩文構思有獨到的地方,別創
一格。泛指想出的主意和辦法與眾不同。

獨闢蹊徑*　獨自開闢一條新路。比喻獨創一種
新方法。

獨樹一幟*　單獨樹起一面旗幟。比喻自成一
家,與眾不同。

獨具匠心*　具有與眾不同的巧妙構思和獨創
性。□**別具匠心***。

別具一格*　具有與眾不同的風格。

別開生面*　另外開創新的局面、新的風格或形
式。

別出心裁*　獨創與眾不同的構思或辦法。

自成一家*　在學問或技術上,有獨創的見解或
做法,形成獨自的風格或體系。

另起爐灶*　比喻放棄原來的,重新做起或另做
一套。

不落窠臼*　不落俗套。比喻文章藝術風格上有
創新。

O2－10 動:　模仿

模仿　摹仿　依照現成的樣子做:孩子善於模仿
大人的行為/學繪畫開始階段離不開模仿。

仿效　模仿(別人的方法、式樣、行爲等)：音樂作品我們不能滿足於仿效，還要有所創新。□**效仿**。

模擬　摹擬　模仿：初學作文，可以模擬他人／口技演員能模擬許多鳥獸的聲音。

仿照　模仿別人或已有的方式方法做：他講起課來，處處仿照老教師的樣子／庭園建築仿照蘇州園林的式樣。

效法　模仿別人的做法做：效法前人／在經營管理方面，小企業也有值得大企業效法的。

取法　效法；仿效：這種刻意模仿，不足取法。

師法　效法；學習(某人或某流派)：師法古人／師法魏晉碑帖。

套用　模仿著應用：套用別人方法／套用舊小說裡的陳詞濫調。

學　模仿：鸚鵡學舌／他會學雞叫。

套　模仿：套公式／這是闋詞套的詞牌是鷓鴣天。

仿古　模仿古代器物或藝術品的形式：展品中除了眞品外，有不少是仿古作品。

擬古　模仿古代的式樣或風格：畫集中有幾幅擬古作品。

祖述　遵循並效法前人的行爲或學說：祖述堯舜。

步武　武：腳步。跟著別人腳步走。比喻模仿、效法：步武前賢。

躪武　〈書〉步武：力求躪武前人，亦步亦趨。

依傍　模仿：依傍前人，改成新法／獨立改製，無所依傍。

東施效顰*　美女西施病了，皺著眉頭，按著心口，顯得很美。同村的醜女東施見了，也照她的樣子做。結果反而更醜(見《莊子·天運》)。比喻盲目模仿，效果適得其反。顰：皺眉。

畫虎類狗*　比喻好高騖遠，盲目想做大事業，反而不成功。也比喻模仿失眞，反而弄得不倫不類。也作**畫虎類犬**。

效尤　仿效別人的壞樣子做：嚴厲打擊不法分子，以儆效尤／衆人群起效尤。

效顰　比喻盲目模仿，弄巧成拙(參見「東施效顰」)：他模仿別人寫的書，被譏爲效顰之作。

依樣葫蘆*　比喻照樣模仿，不加改變，缺乏創造。也說**依樣畫葫蘆**。

照貓畫虎*　比喻按類似的樣子模仿，不求眞切。

亦步亦趨*　別人慢走，也跟著慢走；別人快走，也跟著快走。比喻自己毫無主見，追隨別人，處處模仿。

上行下效*　上面的人怎麼做，下面的人就照樣仿效著做(多用於貶義)。

如法炮製*　按照成法，炮製中藥。比喻依照現成的方法做事。

步人後塵*　踩著別人的腳印走。比喻效仿別人。因襲陳法，缺乏創造。後塵：走路時揚起的塵土。

O2－11 動：　沿襲

沿襲　依照舊傳統、舊習慣行事：這些老習慣一成不變地沿襲下來／沿襲舊例，逢雙趕集。

沿用　繼續使用(過去的制度、法令、方法等)：沿用老法釀酒／這是沿用多年的商標。

因襲　沿用；模仿：因襲舊習／因襲祖傳秘方。

因循　沿襲：因循舊規／因循守舊，不圖創新。

襲用　沿襲採用：襲用老譜／襲用他熟知的江湖手法。

襲取　沿襲並採取：襲取外國小說的故事編成戲曲。

承襲　沿襲：承襲舊制／世代承襲。

蹈襲　走別人走過的老路；沿襲：蹈襲前人的覆轍／文中多蹈襲古人語句。

模仿　照原樣引用：模仿原句，不求甚解／模仿外國的經驗。

援例　引用先例或慣例：援例申請撥款／你要是開個頭，人家就要援例。

相沿　沿襲下來:相沿成俗/相沿已久。

生搬硬套*　機械地模仿別人的方法和經驗。

生吞活剝*　比喻生硬地模仿或搬用別人的理論、經驗、言辭等,而不切實際。

率由舊章*　完全按照老規矩行事。率由:遵循,沿用。

蕭規曹隨*　蕭何和曹參先後擔任漢高祖的丞相。蕭何創立了一套規章制度,他死後曹參仍然按老一套行事。比喻按照前人的成規辦事。

削足適履*　把腳削去一部分以適合穿上尺寸小的鞋。比喻拘泥成規慣例,或生搬硬套別人經驗。

陳陳相因*　原指倉裡的米穀逐年增積。比喻因襲老一套,沒有創造革新。

O2-12 動、名:　借鑑

借鑑　〔動〕把別人的經驗或敎訓借來當做鏡子,對照自己,從中吸取或學習:發達國家企業管理的先進經驗,值得我們借鑑/小說創作中的人物描寫借鑑於古典小說。□借鏡。

龜鑑　〔名〕龜,古時占卜用的龜甲;鑑,鏡子。比喻可資對照、作爲警戒的別人的經驗或敎訓:足爲龜鑑。□龜鏡。

攻錯　〔動〕本指琢磨玉石,比喻藉他人的長處補救自己的短處(參見「他山攻錯」):朋友之間,可以互相扶助,互相攻錯。

他山攻錯*　語出《詩經·小雅·鶴鳴》:「它山之石,可以爲錯……它山之石,可以攻玉。」意思是可以借助別的山上的石頭琢磨玉石。後用來比喻借他人的長處補救自己的短處。

殷鑑　〔名〕語出《詩經·大雅·蕩》:「殷鑑不遠,在夏後之世。」意思是殷人滅夏,殷人子孫應把夏的滅亡引爲鑑戒。後來泛指可作爲借鑑的往事:一些外國文人惡癖的例子,可以作爲中國文學青年的殷鑑。

前車之鑑*　漢劉向《說苑·善說》:「《周書》曰:‘前車覆,後車戒。’」比喻先前的失敗,可以作爲以後的敎訓。也說**前車可鑑***。

O2-13 動:　使用·利用

使用　使人或物爲做某事或達到某種目標發揮效用:合理使用業務骨幹/使用電腦寫作/資金有限,不能儘量使用。

使　用;使用:賣力兒/使手段/使了一筆錢/見風使舵。

用　使用:節約用電/古爲今用/把力氣用在刀口上。

利用　❶使事物或人發揮效能:利用廢舊物資/利用休閒時間。❷用手段使人或事物爲自己服務:壞人利用鄉民散布謠言/利用迷信、進行詐騙。

運用　按事物的特點使用:熟練運用語言/運用腦筋,吸收外來經驗/運用科學的研究方法。

動用　使用(人力、物力或財力):動用一萬民工築堤/這座橋是群衆自籌資金建造的,沒有動用國家一分錢。

啓用　開始使用:新建的大樓即將啓用。

試用　在正式使用之前,先用一個時期,看是否合適:新來的大學生要試用一年/這個產品經過試用,品質不錯。

實用　實際使用:這種產品,包裝雖好,卻不切實用/整個工程實用三千萬元。

採用　對符合要求的事物加以利用:採用新工藝/合理化建議已被採用。

選用　選擇使用:選用新材料/他設計的方案已被選用。

備用　事先準備好,供需要時使用:登記備用人才/隨帶備用現金/儲藏糧食備用。

調用　調配使用:調用賑災物資/調用骨幹力量。

慣用　慣於運用或使用:慣用誇張口氣/慣用欺

詐伎倆。

習用 經常使用;慣用:習用語/竹製家具為南方農民所習用。

急用 急需使用(財物、方法等):火速電匯,以應急用/請把車借給我,有急用。

公用 公共使用;共同使用:公用電話/屋前那塊場地是這幾家住戶公用的。

合用 共同使用:姊妹倆合用一把雨傘/兩家合用一間浴室。

通用 (在一定範圍內)普遍使用:英語是國際通用的語言。

代用 用性能相近的東西代替原物使用:代用品/代用材料/有些中藥可以互相代用。

連用 連接起來使用:連用三個反問句/前後屋子可以連用。

濫用 胡亂地沒有節制地使用:濫用職權/濫用錢財/寫文章不要濫用詞藻。

盜用 非法使用(別人名義或財物):盜用公款/盜用記者名義,招搖撞騙。

移用 把用於別處的資金或東西拿來使用:他移用了一筆購藥的款項/把他的一篇文章移用來代序。

挪用 把原定用在某方面的錢移作他用:挪用教育經費/所有賑災專款,不準挪用。

引用 ❶用別人的話或某種資料說明問題:引用例證/引用名言/引用史實。❷引進他人的資金、設備、技術來使用:引用外資/引用國外先進設備。

援用 引用:援用先例/援用有關規定。

一搭兩用* 一樣東西當兩樣用:這個鋁盒子,又能盛飯,又能舀水,一搭兩用。

綜合利用* (對物質資源或能源等)全面、充分而合理地利用:綜合利用廢氣、廢水。

O2－14 動: 成立·創立

成立 ❶(組織、機構等)條件具備,籌備成功,正式開始活動:企業家聯誼會宣告成立。❷(理論、意見)有根據站得住腳:他的論點切合實際,可以成立/這個理論根據不足,不能成立。

設立 創設,成立(新的組織、機構等):設立諮詢小組/設立教育基金。

設置 設立;開設:設置圖書資料室/設置選修課程。

建立 ❶開始成立;創建:建立農場/建立新的鋼鐵基地。❷開始產生或形成:建立邦交/建立通訊聯繫/建立產銷協作關係。

建 創立;設置:建軍/建國/建交。

立 建立;設置:立國/立功/立碑/不破不立/成家立業。

建設 創立新事業或增加新設施:建設社會主義的現代化強國/建設核電站。

開辦 建立;開設(工廠、商店、學校、醫院等):這個托兒所是私人集資開辦的。

開設 ❶開辦;設立(商店、工廠、學校等):開設茶館、浴室/縣城裡新開設一所中學。❷設置:系裡開設了幾門選修課。

開 ❶開辦;開創:開賓館/開旅行社/開一代新風。❷舉行:開舞會/推動覽會。

開闢 ❶打開通路;創立:開闢新航線/開闢馬路/開闢港口/開闢了中國文學的新紀元。❷開拓發展;建設:開闢邊疆/開闢財源/開闢遊覽區。

開拓 開闢;擴展:開拓邊疆/開拓道路/開拓生物研究的新領域。

締造 創造,建立(偉大的事業):締造新的國家/他們締造了我國的航天事業。

創立 首先建立:創立同盟會/創立新文體/哥白尼創立了太陽中心學說。

創辦 開始辦;開創:這所學校創辦於一八九二年/創辦一所現代文學資料館。

創設 創立;創辦:這家藥廠創設了藥物研究所。

創建 首次建立;創立:同盟會是國父所創建的/

聯合國創建於一九四五年。

創業 開創事業：艱苦創業／創業難，守成也不易。

創始 開始建立：這家中藥店創始於清乾隆年間／美國是聯合國的創始國之一。

開創 開闢建立；創始：開創新局面／自己開創生活的道路。

初創 剛剛創立：企業還處在初創階段，基礎較薄弱。

草創 剛剛開始創立或創辦：事業正在草創時期，應該注重網羅人才。

興辦 創辦；興建：興辦職業教育／興辦實業／興辦文化娛樂中心。

興 創辦；設立；發動：籌資興學／興修水利／興利除弊／大興文字獄。

起家 興家立業，泛指開創事業：這家工廠是靠全體員工勤儉起家的。

白手起家 * 兩手空空地興家立業。形容原來沒有基礎或條件很差而創立起一番事業。也說**白手成家** *。

O2－15 動： 主持

主持 負責掌握、處理：主持開幕典禮／主持電視節目。

主管 負主要責任管理：主管讀者來信來訪／基建工作由他主管。

主辦 負責辦理：主辦作文比賽／這個文藝晚會由作家協會主辦。

掌握 控制；主持：掌握實權／掌握公司財務的運作／掌握討論會。

握 掌握；控制：握有兵權。

掌管 負責管理；主持：經費開支由經理親自掌管／掌管機要部門。

總攬 全面掌握：總攬軍政大權／總攬內外工作。

執掌 掌握（職權）；掌管：執掌軍、政大權／執掌

鐵路交通。

拿 掌握：拿權／她遇事能拿得穩。

拿事 主持事務：她雖已不拿事，但仍關心員工的生活。

當家 主持家務。泛指主持事務：人民當家作主／這個公司現下由企業家第三代當家。

扛大樑 * 比喻承擔重任，主持主要工作：公司選派幾個青年人到美國高科技公司扛大樑。也說**挑大樑** *。

O2－16 動： 控制·支配

控制 掌握限制，使不能任意活動或超出範圍；操縱：控制感情／控制水土流失／控制南北交通要道／控制招生名額。

駕御 駕馭 使人或事物按照自己的意志行動；控制：他能駕御那些調皮搗蛋的人／認識自然是為了駕御自然。

操縱 用不正當的手段支配、控制：操縱股票市場／幕後操縱選舉／他自己不知道是被人操縱的。

支配 ❶安排：合理支配時間／支配工資。❷（對人或事物）指揮控制：利己思想支配著他，使他走入歧途／我不能事事都受別人支配。

左右 支配；操縱：左右局勢／他自有主見，不為人所左右。

主宰 支配；掌握；統治：主宰天下／主宰自己命運的。

牽線 耍木偶牽引提線。比喻幕後操縱或撮合關係：他們這些活動背後有人牽線。

擺布 操縱；支配：她不甘心任人擺布／新上任的業務經理處處喜歡擺布別人，惹得同仁之間怨聲載道。

擺弄 擺布：早期的佃農貧苦無立椎之地，一切聽憑地主擺弄。

播弄 操縱；擺布：你願意像她那樣白白地任人播弄一生嗎？

團弄　摶弄　擺布;玩弄:他一下到鄉里,就被人
團弄住了。

O2－17 動:　把持

把持　操縱;獨占權力或地位:他把持著一切權
力/投機分子把持農貿市場,哄抬物價。

把　掌握;把持:他把著大小事情不放手。

壟斷　把持;獨占:壟斷市場/壟斷財權/壟斷國
際事務。

攬　把持:自攬財權,糜費無度。

把攬　把持包攬:他把全院大小事都把攬了。

獨攬　獨自把持:獨攬軍政大權。

包辦　獨攬;把持:包辦代替/父母不應包辦子
女婚事。

O2－18 動:　調動

調動　❶更動(位置、用途等):調動工作崗位/
房子的用途有一些調動。❷調集:調動部隊,
加強防衛/調動一切積極因素。

調度　安排;調整(人力、物力):調度救火車輛/
這些人員由你調度。

提調　指揮調度:有關單位主管親臨現場提調救
難工作的進行。

調集　調動人力物力使集中:敵人調集殘餘兵
力,瘋狂反撲/指揮部調集防汛器材。

調配　調動安排(人力物力):交通車輛不夠調配
/煤碳供應調配失衡。

調用　調配使用:調用庫存物資/培訓人員,隨
時調用。

選調　選拔調動:從青年學生中選調具服務熱誠
的擔任義工。

O2－19 動:　整理

整理　使事物整齊、有條理:整理庫存物資/整
理稿件/整理傳統劇目。

清理　徹底地整理或處理:清理資產/清理倉庫
積壓商品/清理救災工作。

整頓　清理事物使整齊、健全:整頓組織/整頓
交通秩序/整頓收集起來的材料/整頓募集
來的書籍。

整飭　使整齊、有條理;整治:整飭校風/整飭儀
容。

整　整理;整頓:整風/整隊/整裝待發/整衣斂
容。

理　使整齊;整理:把架上東西理好/這事比較
複雜,先理出頭緒再辦。

整肅　使整齊、嚴肅;整頓:整肅衣冠/整肅軍紀
/整肅市容。

嚴肅　整飭使嚴明認眞:嚴肅軍紀/嚴肅法制。

收拾　整理;整頓:收拾屋子/廠裡這個爛攤子,
不好收拾。

整治　❶整理;治理:整治果園/整治隊伍。❷
做某項工作;辦理:整治飯菜/整治莊稼。

調整　爲適應某種情況而調配整頓:調整作息時
間/調整人事安排。

理順　整理使協調、有條理:理順經濟關係/理
順價格體系/理順流通渠道,鼓勵發展高科技
業。

O2－20 動:　參加

參加　❶加入(組織);投入(活動):參加宗教團
體/參加中學生數學競賽。❷發表提出(意
見):這是你們的家事,外人不便參加意見。

參與　參預　參加計議某事並一起活動:參預政
事/你們的事,我不參與/預算編制,她也參
與了。

插足　比喻參與某事:這些事沒有我們插足的餘
地/內部事務,容不得外人插足。

插腳　比喻參與某事;插足:他們之間的事,你不
要去插腳。

廁足　〈書〉插足:廁足其間。也作側足。

插手　參與某事:這是家庭糾紛,外人不要插手

干涉。

沾手　用手接觸。借指參與某事：不歸我主管的
　　事，我不便沾手。

伸手　參與或干預別人的事；插手：霸權主義者
　　以救世主自居，到處伸手。

插身　指參與活動：他不願插身那些無謂的爭
　　論。

廁身　〈書〉參與某部門或某項工作；置身：廁身
　　其間／廁身於教育界。也作**側身**。

投身　獻身於(某種事業)：投身教改洪流／投身
　　石油勘探工作／投身科技事業。

置身　把自己放在：置身於火熱的生活中／置身
　　事外。

獻身　把自己的精力或生命全部貢獻出來：獻身
　　於教育事業／願爲國家獻身。

O2－21 動：　干預

干預　干與　參預、過問(別人的事)：不要干預
　　別人私生活／這件事你未免干預太多了。

干涉　❶過問、干預：婚姻自由，別人不得干涉／
　　不干涉別國內政。❷制止：你在這裡停車，警
　　察要來干涉。

介入　參加進去干預(別人的事)：鄰居爭吵，不
　　要貿然介入。

過問　對別人的事表示意見或參與：對於有損公
　　共利益的事，我們不能不過問／這件事你去過
　　問一下。

越權　(行爲)超出職權範圍：越權行爲／這是財
　　務部門的事，我們不能越權處理。

O2－22 動：　出面

出面　以個人或集體名義做某種事：出面調解糾
　　紛／作家協會出面組織一次文藝座談會。

出頭　出面；帶頭：他一時不便出頭說話／由你
　　出頭辦這件事比較合適。

出馬　指出面做事：由廠長親自出馬去交涉。

出臺　演員上場。比喻公開出面活動：這件事他
　　謀劃很久，現在親自出臺到各處聯繫／作品出
　　自一位新出臺的女作家。

出名　出面：這次大型義賣，由幾位老畫家出名
　　組織。

出頭露面*　在公衆場所出現。也指在衆人面前
　　表現自己。

O2－23 動：　接受

接受　對事物容納而不拒絕：接受任務／接受教
　　訓／虛心接受批評意見。

領受　接受：領受獎金／領受任務／老師的批評
　　和教誨，他是虔誠地領受的。

領　接受：領教／這份情意我心領了。

受　接受：受教育／他的演講很受聽衆歡迎。

承受　接受：承受嚴格的考驗／對她的熱誠，我
　　實在不配承受。

承接　承受；接受：承接來料加工／承接上門修
　　理水電業務。

秉承　接受；承受。多指奉行上級的意旨、指示：
　　秉承上級意旨／秉承父親母親的教育理念。
　　也作**稟承**。

經受　承受；禁受：經受考驗／經受了重大的壓
　　力。

奉　接受(多指上級或長輩的命令、指示)：奉命
　　行事／前奉來書。

承攬　接受；承擔(別人委託的業務或事務)：承
　　攬廣告業務／他把同學們該做的事情也承攬
　　下來。

接納　接受：他被接納爲新會員／他能虛心地接
　　納大家的意見。

O2－24 動：　擔當

擔當　接受並負責任：擔當重任／有什麼風險都
　　由我擔當／他能擔當起這個任務嗎？

承當　擔當：總務主任一職，決定由他承當／事

故的責任,他們不肯承當。

承擔 負擔;擔當:承擔責任／承擔風險／廠裡的事有他全力承擔。

擔負 承當責任、工作、費用等:擔負重大責任／哥哥擔負他的學費。

擔待 承擔;擔當:你的一切花銷,由我來擔待／貨款收不回來,責任我們擔待不起。

擔承 承擔責任:這個罪名,我們決不肯讓你擔承。

負責 擔負責任:保衛工作,由你負責／不能按時完工,你們要負責。

負擔 承當;擔負:負擔主要任務／負擔全部醫療費用。

擔 承當;擔負:擔風險／我在這裡擔的事情太繁。

負 承受;擔負:負責任／身負重任／他從此負起生活的重擔。

分擔 擔負一部分:分擔責任／分擔任務／分擔部分費用。

負荷 〈書〉擔負;承擔:負荷重任。

背 負擔;擔負:背黑鍋／背著沈重的家庭包袱。

頂 擔當;支持:凡是重大事情,都由他一個人頂／困難再大也要頂住。

肩負 擔負:肩負重任／肩負人民的希望。

兜攬 把事情拉來,由自己承擔:他一向愛兜攬事情。

包攬 把事情兜攬過來全部承擔:包攬訴訟／包攬產品銷售業務／孩子的衣、食、住,她一手包攬。

包圓兒 〈口〉全部承擔:你們先回去吧,這點兒掃尾工作我來包圓兒。

包 承擔:我這裡現在只包學生的伙食,不外賣／放哨的任務我包了。

攬 拉到自己這邊或自己身上;包攬:攬些木匠事情做／他把麻煩事兒都攬到自己身上。

獨當一面* 能單獨擔當或領導一個方面的工

作。

擺脫 撇開牽制、束縛、困難等:擺脫困境／擺脫危機／擺脫落後狀態／從痛苦的心情中擺脫出來。

解脫 ❶擺脫;解除:解脫束縛／從煩惱中解脫出來。❷開脫:妄圖解脫罪責。

逃脫 擺脫:逃脫不了罪責／逃脫不了應有的懲罰。

脫離 離開(某種環境);斷絕(某種關係):脫離險境／脫離群眾。

脫身 離開某種環境;擺脫某種事情:他想離開會場,卻不能脫身／廠裡事情太多,這幾個月我無法脫身。

抽身 脫身離開:假期裡我抽身回家探親／事情繁忙,無法抽身。

開脫 解除或擺脫(罪名或過失的責任):你別為他開脫罪責／他正為自己的過錯找一個開脫的理由。

出脫 開脫(罪名):他的罪行確鑿,你不該為他出脫。

推卸 不肯承擔(責任):推卸責任／他應負的罪責,不容推卸。

推脫 推卸:他生怕有啥意外,自己推脫不了責任。

脫卸 擺脫;推卸:出了事故,他作為工程師是脫卸不了責任的。

推委 把責任推給別人:對方表示承擔責任,決不推委。也作**推諉**。

推 推委:該由我負的責任我決不推掉。

卸責 推卸責任:他為自己辯解,急於卸責。

嘗試 探索地做某種事或進行某種活動,以了解

其性質、規律和效果等;試:這種新方法不妨
大膽嘗試一下／寫作報告文學,他也嘗試過。

試 從使用或實踐中,探索事物的性質、效能或
體驗活動的方式、規律等;嘗試;試驗:這衣服
你試一下合身不合身／這種方法我已試過了。

試探 試著探索(路徑、問題、方法等):他用竹竿
試探水的深淺／他試探過用鍼灸麻醉。

摸索 試探;尋求:摸索經驗／摸索前進的道路。

試行 嘗試地實行:該條例從明年起開始試行／
試行統一收費標準。

O2－28 動: 合作‧單幹

合作 為共同目標一起工作,或共同完成某項任
務:影片由中國大陸、港、臺電影工作者合作
拍攝／雙方合作的前景十分廣闊。

協作 (若干人或單位)互相配合,一起工作:通
力協作／這幾年來,我們一直互相協作。

協同 各方互相配合做某事:海陸空協同進行軍
事演習／協同辦理。

配合 各方合作共同做好某事:緊密配合／雙方
配合默契／樂隊與演員配合得很好。

搭檔 〈方〉協作;合夥:咱倆搭檔表演一段相聲。

單幹 不與他人合作,單獨地工作:他不願跟別
人合夥經營,堅持單幹／我以前做翻譯工作,
都是一個人單幹。

獨行 獨自實行;按自己意志行事:獨行其是。

自力更生＊ 不依賴幫助,用自己力量把事情做
好。

單槍匹馬＊ 比喩沒有幫助,單獨行動。也說匹
馬單槍＊。

O2－29 動: 用力‧努力

用力 ❶使用力氣;花費精力:為辦成這件事,他
用力很多／翻譯詩歌是十分用力的工作。❷
把力量用在某方面;致力:中年以後,她用力
於雕刻。

出力 拿出力量;用力;盡力:有錢出錢,有力出
力／他不願為別人的事出力。

為力 出力;盡力:無能為力／假如女兒要謀個
位置,做長輩的總可為力。

費力 化力氣;費精力:費力不討好／不用父親
費力了,等我來收拾吧。

合力 一起出力:合力工作／合力解決問題／兩
鄉合力疏浚一條河道。

協力 大家共同努力:同心協力／協力完成任
務。

戮力 〈書〉一齊出力;合力:戮力同心／戮力殺
敵。

努力 儘量使出力量:少壯不努力,老大徒傷悲／
只要努力,沒有辦不成的事／我努力過,但都
失望了。

盡力 用出全部力量:做事要盡心盡力／我願為
建設家鄉盡力。

竭力 用盡力量;盡力:醫護人員盡心竭力,搶救
傷員。

致力 用力於某項事業;竭力:悉心致力／致力
教改。

賣力 儘量使出自己的力量:他對接受的任務,
能夠賣力。

使勁 用力氣:推車上橋,大家都要使勁。

用勁 用力氣:寫字別用勁太大／大伙兒一齊用
勁。

下勁 賣力;努力:想練好功夫,非下勁不可。

賣勁 儘量使出力量:他做起事來比以前賣勁。

加勁 增加力量;努力:你想學好,就要加勁／要
是你願意加勁,咱們來競賽吧。

加油 比喩加勁;進一步努力:觀衆齊聲高呼為
運動員加油／同志們,加油幹吧。

拚命 豁出性命去幹;竭盡全力:他在為賺錢拚
命／他一幹起事情來就拚命。

竭盡全力＊ 用盡全部力量。

不遺餘力＊ 使出所有力量,毫不保留。

盡力而爲＊　用全力去做。

殫精竭力＊　用盡精力。

殫精竭慮＊　用盡精力和心思。

盡心竭力＊　用盡全部心思和力量。

O2－30 動：　爭取

爭取　❶力求獲得：爭取勝利／爭取好的收成／爭取國際援助。❷力求實現：爭取按時完成任務／爭取達到先進技術水準。❸努力使人站在某一方面：我爭取過他，可是很不容易。

爭奪　爭搶奪取：爭奪名利／爭奪至高點／爭奪冠軍。

爭衡　較量輕重；比試高低：她敢與世界冠軍爭衡。

力爭　竭力爭取：力爭上游／力爭主動／力爭把商品打入國際市場。

爭勝　競爭勝負；爭取優勝：他事事好與人爭勝／參賽雙方都想爭勝。

奪　爭先取得；爭取：奪豐收／奪高分／爭分奪秒。

奪取　❶用強力取得：奪取政權／奪取橋頭堡。❷努力爭取：奪取地方建設的經費／奪取網球賽世界冠軍。

獵取　奪取；追求：獵取名利。

牟取　謀取(私利)：非法牟取暴利。

謀取　設法取得：謀取權位／利用職權，謀取私利。

O2－31 動：　帶頭·爭先

帶頭　首先行動起來以帶動別人：帶頭發言／帶頭做承包／起帶頭作用。

領頭　帶頭：隊長領頭唱歌／推動社區服務總得有人領頭。

牽頭　出面主持，聯絡各方，共同工作：由作家協會牽頭開這個會。

爲首　做領導人：我國派出一個以體委主任爲首的體育代表團／這次鬧事據了解是以他爲首。

打頭　在前面帶領；帶頭：車隊由四輛摩托車打頭。

挑頭　帶頭：這件事，誰來挑頭？／這個詩詞研究小組是由一位退休教師挑頭組織的。

領先　走在最前面或處於優勝地位：農業經濟改革我國處於領先地位／我籃球隊比分遙遙領先。

占先　處於優先地位：在這次競賽中，高二班占先了。

當先　走在最前面：奮勇當先／遇事當先。

一馬當先＊　比喻衝在最前頭，起帶頭作用。

爭先　爭著趕到別人前頭：爭先恐後／在座談會上，大家爭先發言。

搶先　搶著趕到別人前頭：搶先報名參軍／他搶先登上山頂。

搶　爭先：搶購／髒活累活搶著幹。

爭先恐後＊　爭著上前，唯恐落後。

先聲奪人＊　作戰時，先造成強大的聲勢，來挫傷敵人的士氣。比喻做事搶先一步，取得主動。

先發制人＊　作戰時，先發動攻勢以控制對方，取得主動。泛指做事率先下手，爭取主動。

O2－32 動：　決定

決定　❶對如何行事做出主張：我決定不回鄉過春節了／政府決定開放油品自由競爭／兩國決定建立外交關係。❷一事物對另一事物起主導、制約作用：內容決定形式／存在決定意識。

定　決定；確定：定名次／考試時間已經定了。

決斷　做決定；拿主意：我校是否參賽，一時難以決斷。

決意　拿定主張；決計：我決意先去巴黎，再去波士頓。

規定　對事物的數量、品質或方式、方法等按要求做出決定：規定生產指標／統一規定學校作

息時間。

定局　做出最後決定：比賽勝負尚未定局。

定案　對問題、事件、方案等做出結論或決定：各省把計畫報告中央，經過討論，最後定案。

定規　〈方〉決定：這事由誰來辦，還沒定規。

核定　審核決定：所需經費報請主管機關核定。

審定　審查決定：方案經審定後方可實施／審定生產計畫。

內定　在內部作出決定（多指人事調配）：業務主任人選早已內定。

釐定　〈書〉整理，規定：根據教改方針，釐定相關法規。

確定　明確地決定：確定主席團名單／確定管理目標。

指定　確定（人選、時間、地點等）：指定集合地點／指定臨時召集人。

預定　預先規定或約定：預定年內交稿／預定一套客房。

裁處　考慮決定並處理：酌情裁處。

裁斷　經過考慮作出決定：送請董事會裁斷。

裁奪　斟酌決定取捨、可否：這個辦法是否妥當，報請上級裁奪／文稿採用與否，由編輯裁奪。

裁決　經過考慮，作出決定：他們各自說明爭論的理由，請主管裁決。

裁度　〈書〉推測估計後決定。

定奪　決定：事情辦或不辦，由他們商量定奪。

O2－33 名：　決定

決定　對如何行動所定下的事項：傳達上級的決定／慎重作出決定。

規定　對某一事物的品質、數量、方式、方法等所做決定的內容：照規定辦／應該遵照規定／這項新規定符合實際情況。

定規　一定的規矩；成規：操作程式早有定規。

定案　對事件、方案、案件等所做的最後決定：照定案執行／這事已有定案，不要再議。

決議　經會議討論通過的決定：董事會的決議已經公布／他們對決議有不同意見。

O2－34 動：　制訂

制訂　創制，訂立：制訂方案／制訂城市發展計畫／新的管理法規正在制訂。

制定　定出（法律、規程、計畫等）：制定《行政訴訟法》／制定比賽規則。

擬訂　起草製訂：擬訂增產節約計畫／擬訂城市綠化遠景規劃。

擬定　起草制定：擬定初稿／擬定管理辦法。

擬　擬訂；擬定：擬宣傳提綱／施工方案擬好了。

草擬　起草；初步寫出或訂出：草擬一份文件／正在草擬綱要。

編製　根據資料，做出（計畫、方案等）：編製預算／編製圖書目錄。

編造　整理有關資料，做成（報表、名單等）：編造在職人員名冊／編造會計報表。

創製　初次製訂（法規、文件等）：創製商事法規／創製社會保險體系。

炮製　原指把中草藥原料製成藥物。比喻編造；製訂（含貶義）：所有罪證都是由那不肖商人一手炮製出來的。

訂立　有關方面經過協商，把條約、契約、合約等用書面形式肯定下來：訂立協定／訂立友好互助條約。

訂　訂立；製訂：訂了草約／合約訂好了。

立　制定；訂立：立法／立案／立約。

O2－35 動：　準備・無準備

準備　❶事前安排或籌劃：準備雨具／準備發言提綱。❷打算：這個會議我準備參加／我準備寫一本回憶錄。

備　準備；預備：備課／備了一輛自行車／備而不用。

預備　事先準備：給客人預備茶點／預備明天的

功課。

有備無患＊　事先有準備，可以避免禍患。

未雨綢繆＊　在天沒有下雨時，先修補好房屋的門窗。比喻事先做好準備。

抱佛腳＊　諺語「平時不燒香，急來抱佛腳」的省略說法。比喻平時不作準備，臨來慌忙應付。

臨渴掘井＊　到口渴時，才去挖井。比喻平時沒有準備，事到臨頭，才想辦法。

臨陣磨槍＊　到了上陣殺敵的時候，才去磨槍。比喻事到臨頭，才匆忙準備。

留地步＊　說話、做事不要絕對化，要留下迴旋的地方。□**留餘地**＊。

留後手＊　事先準備好將來發生困難時能加以補救的措施。

留後路＊　為防備事情萬一失敗而預留退路或事先想好補救辦法。

O2－36 動：　抓緊·放鬆

抓緊　緊緊把握住，不放鬆：抓緊有利時機／抓緊春耕生產／冬季訓練非加緊不可。

加緊　加快或加強：我加緊了腳步／加緊戰鬥準備／加緊調查研究工作。

加速　加快速度：加速前進的步伐／加速教改工作的推動。

加強　使更堅強或更有效：加強國防／加強團結／我對未來的信念加強了。

放鬆　（對事物的控制或注意）鬆弛下來：不能放鬆警惕／他近來對學習放鬆了。

鬆勁　放鬆用勁的程度：勝利在望，不要鬆勁。

鬆手　❶手放開，不再握緊：緊緊抓住繮繩，不要鬆手。❷比喻放鬆對事物的注意或控制：工作要抓緊，不能鬆手。

O2－37 動：　應付·將就

應付　❶採取一定的辦法來對待人或事：他很會應付愛挑剔的顧客／他們正忙於應付突然事故／學生們正全力應付考試。❷不認真地對待人或事；敷衍：對學習不能抱應付的態度／對你的事，他不過應付應付，不會認真辦的。❸對付；將就：這件舊棉衣，今年冬天還可以應付應付。

敷衍　❶不認真地、不負責地對待人或事；表面上應付：他對來客耐著性子敷衍了幾句／對工作不能馬馬虎虎，敷衍了事。❷勉強維持：這點工錢，還敷衍不了一個月的開支／這件大衣不算舊，還可以敷衍一兩年。

塞責　對自己應負的責任馬馬虎虎地應付過去：敷衍塞責／聊以塞責。

對付　❶針對具體情況，採取相應措施；應付：對方實力很強，這場球不好對付。❷將就；湊合：那時候生活條件較差，粗菜淡飯也就對付著過去了。

應卯　原指舊時吏役，每天清晨卯時到衙署聽候點名，應聲報到。後引伸為照例到場應付了事：他沒心思讀書，只是去學校應卯。

搪塞　敷衍塞責，應付一下：他沒有吐露真情，只是用不相干的話來搪塞。

搪　搪塞；應付：搪差事／謊言搪不住認真的盤問。

纏　〈方〉應付：這人脾氣古怪，真難纏。

將就　勉強地接受事物或適應環境：山區裡買不到新鮮蔬菜，這些乾菜，你將就吃幾天吧／請你先在這裡將就過一夜。

遷就　曲意將就：他堅持自己的意見，不肯遷就／對錯誤思想不可遷就。□**牽就**。

湊合　將就：這件棉大衣湊合著再穿一多吧／山上生活艱苦些，也湊合著過啦。

就合　〈方〉將就；湊合：就合著隨意吃點兒。

虛應故事＊　照例應付，敷衍了事。

虛與委蛇＊　對人假意慇懃，敷衍應酬。委蛇：態度隨和地敷衍應付別人。

勉為其難＊　勉強去做能力所不及的事情。

削足適履　把腳削去一部分以適合穿上小鞋。比喻無原則地遷就成例，或不顧具體情況，生搬硬套。

O2－38 動： 等待

等待 停留著不行動，直到某人到來或某事、某種情況出現：等待機會／等待親人回來／等待好消息。

等候 等待（某人、某事或某種情況的到來）：等候命令／等候班機／等候貴賓光臨。

等 ❶等待；等候：等船／等火車／等開會。❷等到：等雨停了再走。

候 等待；等候：候機室／過時不候／請稍候。

聽候 等候：聽候消息／聽候通知／聽候分派。

佇候 〈書〉站著等候（表示心情急切）：佇候佳音／佇候光臨。

守候 等候：他守候在電話機旁。

待 等候：嚴陣以待／整裝待發／以逸待勞／迫不及待。

虛位以待* 留著位子等待。也作**虛席以待***。

恭候 敬辭。恭敬地等候：恭候前來指教／恭候光臨。□**敬候**。

鵠候 〈書〉直立等候；恭候：鵠候明教。

靜候 靜靜地等待：靜候機會／耐心地靜候佳音。

立等 ❶站著等候（表示希望立刻辦理）：立等辦理／立等回音。❷短時間等待：交印名片，限時可取。

立候 〈書〉站著等候：立候佳音／立候批示。

坐等 坐著等待；不採取行動而只是等待：我坐等很久，他才回來／要外出推銷，不能坐等客戶上門。□**坐候**；**坐待**。

少安毋躁* 暫且耐心等待，不要急躁。

O2－39 動： 幫助·成全

幫助 對別人做的事盡一份力，或予以物質上、精神上的支持：朋友間應互相幫助／老師在經濟上幫助我念完高中／感謝大家幫助我改正錯誤。

幫 幫助：請你幫我拿這個箱子／他常幫同學補習功課。

助 幫助：助人為樂／助我一臂之力／愛莫能助。

幫忙 幫助別人做事，泛指幫助別人解除困難：要不是你來幫忙，我做到半夜也做不完。

幫同 幫助別人一同（做事）：請個助手幫同抄寫書稿／幫同母親做些家務。

幫襯 〈方〉❶幫助；幫忙：熱心幫襯鄰居照看孩子。❷從經濟上給以幫助；幫補：他不時從生活上幫襯我。

相幫 〈方〉幫助：請相幫我買一張車票／上坡路滑，勞駕相幫推一把。

搭手 順便給別人幫忙；幫助一下：老年人上下車時，列車員上前搭手／我這麼忙，他卻悠閒地立在一邊，一點點也不搭手。

協助 幫助；輔助：協助辦理／協助廠方解決困難。

輔助 幫助；協助：他做這項實驗有兩個助手輔助／對成績較差的學生要多加輔助。

襄助 幫助；協助：襄助公益事業／對社區活動大力襄助。

助人為樂* 以幫助別人作為自己的快樂。指樂於幫助別人。

雪中送炭* 比喻在別人有困難或急需時，給予幫助。

臂助 〈書〉幫助：以資臂助／承蒙臂助。

成全 幫助別人，使實現願望：我儘量幫助你，成全你的婚事／你就成全我，讓我調個工作吧。

周全 成全；幫助：周全他們這樁好事。

作成 〈方〉成全：作成他倆親事。

圓成 作成，把事情辦妥：有了經費就能圓成他的試製計畫。

玉成 成全。常用作敬辭：我女兒的婚事，就請你玉成吧。

成人之美＊　成全別人的好事或幫助實現他的願望。語出《論語·顏淵》：「君子成人之美，不成人之惡。」

開綠燈＊　比喻為某種行動提供方便：對改革措施要開綠燈／不能給歪風邪氣開綠燈。

O2－40 名：　助手

助手　協助別人進行工作的人：配備助手／張教授有個得力的助手。

副手　協助負主要責任者工作的人；助手：每位專家都有副手協助。

副　輔助的職務；擔任輔助職務的人：大隊副／二副。

幫手　幫助做事的人：你給我找個好幫手。

下手　助手：他充當主廚師傅的下手。

左右手　比喻最親近的得力助手：他已成為主任醫生手術上的左右手。

膀臂　比喻得力的助手：他精明能幹，不愧為領導的膀臂。

臂助　〈書〉助手：他被總工程師留在身邊作為臂助。

羽翼　翅膀。比喻輔佐的人或力量：以為羽翼／羽翼已成／新上任的祕書長博學多聞，處事熟練，是首長的最得力羽翼。

股肱　〈書〉大腿和胳膊。比喻左右輔佐得力的人：股肱之臣。

O2－41 動：　支持·助長

支持　給予鼓勵或援助：互相支持／支持正義事業。

助長　幫助增長，使向某方面發展：不能助長不正之風／掃除落後和黑暗，助長進步和光明。

幫腔　指在戲曲演出中主唱者演唱時，多人和著唱。比喻支持或附和別人的說法：有人幫腔，他氣焰更囂張了。

撐腰　比喻給予有力的支持：你設計的服裝既前衛又創新，我們給你撐腰。

抱腰　〈方〉比喻援助和支持；撐腰：你要自己挺得住，別指望別人給你抱腰。

助威　幫助增加氣勢、力量：鼓掌助威／觀眾不斷吶喊，為主隊助威。

捧場　原指特意到劇場去讚賞某一演員的表演以抬高其身價。現泛指故意替別人的某種活動吹噓，以助長聲勢。

敲邊鼓＊　比喻從旁幫腔；從旁聲援。也說**打邊鼓**＊。

搖旗吶喊＊　古時軍隊出陣，搖動旗幟，大聲呼喊，用以耀武揚威。後用以比喻給別人助長聲勢。

O2－42 動：　服務·效勞

服務　為社會或他人利益做事：為人民服務／服務於教育事業／科學為生產服務。

效勞　出力服務：為國效勞／甘願為朋友效勞。

效力　出力服務；效勞：有志青年要為國效力／希望進入國家足球隊效力。

效命　奮不顧身地盡力服務：效命沙場／為國效命。

效死　甘願捨棄生命地竭力服務：為國效死／效死疆場。

賣命　❶拚命地、盡最大力氣地工作：他沒日沒夜地趕車送貨，為東家賣命。❷為某人、某集團所利用去幹可能送命的事：他為幫派賣命，卻落得橫死異鄉的下場／那批人手裡都有槍械，都是吃賣命飯的。

報效　為報答恩情而效力：報效恩師／報效國家。

投效　〈書〉自請前往效力：海外華僑紛紛回國投效，參加抗戰。

盡職　盡力做好本分工作：他擔任這個工作，一定能盡職／把不盡職的人員調離崗位。

O2－43 動：　應該

應該　按照道理要做：青年人應該經風雨,見世面/應該按期完成計畫/他說謊話,實在不應該。

應當　應該：應當維護公共秩序/應當支援災區人民/工作應當踏實。

該當　應當：該當批評/該當做出點成績來。

理應　按理應該：理應相互諒解/學生理應集中精力學習。

理當　應當；理應：理當出席會議/理當為大家的事出力。

理合　照理應當(舊時公文用語)：理合呈報備案。

應　應當：應分清是非/應有盡有/學習應虛心,不應自滿。

該　❶應當；理應：該出發了/工作該有個計畫/該做的事馬上就辦/他工作這樣賣力,該受表揚。❷應當是：你今年上小學,該七歲了/這次圍棋比賽,該老李出馬了。

當　應該：當說的就說,不要顧慮。

宜　應該：動工宜早不宜遲/不宜魯莽從事。

合　應該；應當：他不合這樣對待同僚/那是過去的事,只合永遠埋葬在被忘記的深谷裡。

需要　一定要；應當：學習需要專心/法律知識需要普及。

須　必須：應考須知/事前須做好充分準備。

要　需要；應該：公僕要為人民群眾服務。

O2－44 動：　代替

代替　一個人或事物換到另一個人或事物的位置：寬闊的馬路代替了小街陋巷/用塑膠代替木材/小李代替小張上場比賽。□**替代**。

代　❶代替：代課/代銷/代人受過/代他出席會議。❷代理：代校長。

替　代替：我替你值班/她替同伴做家務。

替換　用另一個人或事物去調換原來的人或事物：他累了,你去把他替換下來/出門要帶些替換的衣服。

接替　接過別人的工作繼續作下去；代替：他奉令接替了經理的職務/他的工作我接替不了。

頂替　接替；代替：冒名頂替/派他頂替組長的工作/她頂替退休的母親接掌公司董事一職。

代表　代替：她代表學校參加會議/我在會上代表大家發了言。

頂　代替：要貨真價實,不能以劣頂優/他受傷了,你去頂他一下。

取代　佔有並代替別人或同類事物的位置：便利商店進駐各社區,已逐漸取代了傳統雜貨店的地位/電腦的文書排版功能已完全取代了打字機。

取而代之*　奪取別人的地位和權力由自己代替他。也泛指由一事物代替另一事物。

O2－45 動：　依靠

依靠　利用別的人或事物的幫助達到一定的目標：他依靠親友的資助念完了大學/他依靠戰功取得現在的高官地位。

依賴　依靠別的人或事物,不能自立：我不依賴任何人,要自己掙飯吃/我們公司不能依賴銀行貸款來維持現狀。

倚靠　依靠：倚靠山鄉竹林,發展家庭手工業。

倚賴　依賴：從小培養獨立生活的能力,不要事事倚賴父母。

依　依靠：相依為命/孤獨無依/老人回鄉依兒女度過晚年。

靠　依靠；依賴：在家靠父母,出外靠朋友/提倡科學種田,不靠天吃飯。

賴　依賴；依靠：靠天吃飯,賴天穿衣/完成任務,有賴於大家的努力。

倚仗　依靠權勢或有利條件；依賴：他倚仗有父母撐腰,到處滋生是非/這些人倚仗人多勢

衆,在會場裡搗亂。□ **依仗**。

依傍　依靠:互相依傍／他自幼父母雙亡,無可依傍。

依託　依靠:我軍依託複雜的地形,靈活地攻擊敵人。

憑藉　依靠;依仗:憑藉技術優勢,不斷研製新產品／憑藉權勢,橫行霸道。

憑　依靠;憑藉:憑勞力賺錢糊口／憑推出新產品和別的廠競爭。

依憑　依靠;憑藉:依憑天然河汊,發展養殖事業。

憑依　倚靠:老年孤單一人,無可憑依。

憑仗　依靠;憑藉:憑仗山果野菜,度過災荒／恐怖分子憑仗地勢險惡跟國家軍隊作對。

仰仗　依賴;依靠:仰仗老師的指導,我的英語水準才提高了。

仰賴　依靠;依賴:仰賴政府大力支持。發展鄉鎮企業。

仰給　依靠別人供給;依賴:這個團體的經費,目下還得仰給於人／我國家電用品已不再仰給外國。

仗恃　倚仗;依靠:他仗恃有靠山,在鄉里肆意欺壓人。

仗　憑藉;倚靠:仗義執言／仗勢欺人／狗仗人勢。

恃　倚仗;憑藉:有恃無恐／恃強凌弱／自恃才高。

指靠　指望依靠:生產有我們,國防指靠你們了／她指靠子女供養過活。

指　依靠;仰仗:指望／清潔工作要大家做,不能光指著我一個人。

O2－46　動：　借助·寄託

借助　取得別的人或事物的幫助:借助啦啦隊的聲勢／我們的目力不夠,應該借助於望遠鏡和顯微鏡。

借重　❶從別人那裡取得幫助和支持:我們要團結所有愛好和平的國家和人民,借重一切有用的力量。❷用作依靠別人力量的敬辭:以後有要緊事,還要借重您來幫助。

倚重　依靠器重:長官對他特別倚重。

假手　❶利用別人做某事來達到自己目標:他搞破壞活動,從不直接出面,而是假手別人。❷特指請別人代筆:他做報告親自擬稿,從不假手於秘書。

因人成事 *　依靠別人辦好事情。

寄託　把理想、希望、感情等放在某人或某事物上:國家的將來寄託在青年們身上／陵園裡的一草一木,都寄託著人們對先烈的崇敬和懷念。

寄　寄託:寄厚望於年輕一代／不要寄以過多希望。

寄予　寄託:國家對青少年寄予莫大的期望。也作**寄與**。

O2－47　動：　給予·加以

給予　〈書〉提供;使得到或受到(多用於抽象事物):給予支持／給予同情／給予出路／這些謊言給予他的損害是外人不易理解的。也作**給與**。

給以　給予;使受到(多用於抽象的事物):給以表揚／給以通報批評／給以適當的照顧／給以無情的打擊。

給　使對方得到或遭受到:父親給我一本詞典／他給大家的印象很好／他給了我力量和鼓勵。

寄予　給予(同情、關懷等):寄予深厚的同情／寄予眞誠的祝福。也作**寄與**。

賦予　交給(任務、使命等):賦予新的生機／實現四個現代化是時代賦予我們的歷史使命。

予　給;給予:免予處分／予人口實／政府軍予敵人以沉重的打擊。

加以　給以(對前面提到的人或事物的如何處置

或對待):加以總結／加以制裁／對行業不正
之風一定要加以整頓。

加 給以:不加考慮／嚴加管束／橫加干涉／妄
加指責。

施 給予;施加:己所不欲,勿施於人／因材施
教。

施以 給予:施以強迫式教育。

施加 給予(壓力、影響等):施加政治壓力／散
布謠言,對輿論施加影響。

強 強迫別人接受(意見、做法或其他本不應
有的東西):強加罪名／把強加給的誣陷不
實之詞統統推倒／不要把某一家的書法強加
給初學的人。

橫加 不講道理,強行施加:橫加摧殘／橫加干
預／捏造罪名,橫加迫害。

栽 硬給加上:栽贓誣陷／栽上一個莫須有的罪
名。

安 加上:他們憑空給我安了一個誹謗罪名／給
他安了一個顧問頭銜。

O3　成功·失敗

O3-1 動:　完成·實現

完成 達到或實現了預定的目標;做完了工作:
完成生產任務／工程已如期完成。

完 完成:完工／完婚／完稿。

完事 事情結束;辦完:完事大吉／他傷了人只
打個招呼就想完事。

蕆事 〈書〉事情辦理完成:非目前所能蕆事。

成就 完成:成就一番事業／這是四十年乃至幾
千年未曾成就過的奇勛。

告成 原指上級完成的功業,後泛指宣告事情完
成:重建的紀念館,前日告成／和議告成。

告竣 宣告事情完成(多指較大的工程):機場擴
建工程全部告竣／校稿尚餘二百餘頁,未知何

時才能告竣。

落成 (建築物)建造完成:落成典禮／又一座大
橋落成了。

完工 工作或工程完成:裝修門面預定月底完
工。

竣工 工程完成:提前竣工／工程年內竣工。

完竣 完成;竣工:籌備工作業已完竣／房屋已
進行翻修,可惜沒有完竣。

竣 完畢;完成:竣事／竣工／告竣。

得 〈口〉完成:飯得了,吃完再走!

一蹴而就* 踏一步就能成功。形容事情輕而易
舉,很快完成。

善始善終* 事情從開頭到結束都很好。

實現 成為事實;使成為事實:教改理想一定能
實現／這個計畫一時還不能實現／實現了兩
國關係正常化。

貫徹 徹底實現或體現;落實:認眞貫徹各項方
針、政策／把會議精神貫徹到具體工作中去。

落實 使計畫、措施、政策等得到實現:催他們把
調動你的事落實／落實垃圾分類的政策。

達成 達到;得到結果:雙方達成協議／爭取達
成一致意見。

達到 到了(某一程度或預期目標);實現:達到
及格標準／達到小康水準。

得逞 (不良意圖)得以實現:敵人的陰謀決難得
逞。

得計 計謀得以實現:他以次充好,欺騙消費者,
自以為得計。

O3-2 動、名:　成功

成功 〔動〕工作或事業達到預期目標;獲得預期
結果:研製新產品成功了／認眞總結成功的經
驗／成功了不驕傲,失敗了不氣餒。

成事 〔動〕辦成事情;成功:成事不足,敗事有餘
／知難而退,怎能成事?

有成 〔動〕成功;有成就:如事情萬一有成,自當

厚謝／他在學業上肯下苦功鑽研,可望有成。

成 〔動〕完成;成功:大功告成／一事無成。

遂 〔動〕完成;成功:功成名遂／謀害未遂。

成敗 〔名〕成功或失敗:成敗得失／成敗利鈍／不以成敗論人／事情的成敗,還不能預料。

水到渠成＊ 水流到的地方,自然會形成河渠。比喻條件具備,事情自然會順利成功。

打響 〔動〕(戰鬥)開火。比喻事情開始進行或初步成功:搶修輸電線路的戰鬥,在黎明前打響了／她這一試唱就打響了。

勝利 ❶〔動〕工作、事業獲得成功:勝利完成任務／大會勝利閉幕／經過多次試驗,終於勝利了。❷〔名〕工作、事業獲得的成功的結果:勝利一定屬於我們／大家齊心協力奪取麥收的勝利。

瓜熟蒂落＊ 瓜熟了,瓜蒂就自然脫落。比喻條件具備、時機成熟,事情就能順利成功。

馬到成功＊ 戰馬一到就取得勝利。比喻工作、事業很快取得成功。

捷足先得＊ 行動敏捷的人先達到目標或得其所求。**捷足先登**＊。

如願以償＊ 像所希望的那樣得到滿足。指願望完全實現。

O3－3 動： 解決・克服

解決 處理(疑難、矛盾等)使有結果:靠詞典解決學習上的疑難／解決淡季蔬菜供應問題／事情一時還不能解決。

速解 迅速地解決:速戰速決／問題複雜,需要仔細研究,不能速決。

迎刃而解＊ 用刀劈竹子,頭上一破開,下面就迎著刀口分割開了。比喻事情很容易地順利解決。

解鈴繫鈴＊ 佛敎禪宗語:「解鈴還須繫鈴人」的縮略。比喻由誰惹出來的麻煩,仍須由誰來解決。

釜底抽薪＊ 從鍋底抽去燃燒的柴火,使水不沸騰。比喻從根本上解決問題。

克服 用意志和毅力戰勝(缺點、錯誤、困難、不利條件、消極因素等):克服困難／克服畏難情緒／克服不良傾向。

O3－4 動、名： 失敗・挫折

失敗 〔動〕工作或事業沒有達到預期目標:試驗失敗／和談宣告失敗／從失敗中吸取敎訓。

失利 〔動〕(鬥爭或比賽)沒有取勝:在這場足球比賽中,客隊失利／考試失利。

挫折 〔名〕失敗;失利:遇到挫折／挫折鍛鍊了我們的意志。

挫敗 ❶〔名〕挫折和失敗:他多次參加聯考,卻屢遭挫敗。❷〔動〕擊敗。

受挫 〔動〕遭受挫折:屢次受挫,毫不氣餒。

認輸 〔動〕承認失敗:這盤棋我認輸了／她當著那麼多人面前,嘴裡決不肯認輸。

隕越 〔動〕〈書〉喻指失敗;失職:幸免隕越／未嘗隕越。

破產 〔動〕比喻失敗:敵人的陰謀完全破產／他們的謊言徹底破產。

砸鍋 〔動〕〈方〉比喻事情辦糟或失敗:由於意見分歧,他們的合夥生意砸鍋了。

砸 〔動〕〈方〉(事情)失敗:這次大考,數學考砸了／把好端端的事兒給辦砸了。

栽跟頭＊ 比喻失敗或出醜:他最近炒股票栽跟頭。

吹 〔動〕(事情)失敗或(感情)破裂:計畫吹了／他的女友跟他吹了。

漂 〔動〕〈方〉(事情、計畫、帳目)落空:這事兒沒有什麼盼頭,漂了。

跌跤 跌交 〔動〕比喻犯錯誤或受挫折:工作中跌跤是難免的。

落空 〔動〕沒有達到目標;失敗:出國學習的希望落空了／擴建廠房的計畫總算沒有落空。

撲空　〔動〕沒有在目標地找到要找的對象：警察搜查撲空，匪徒已經轉移了。

泡湯　〔動〕〈方〉落空：外出旅遊計畫泡湯了。

流產　〔動〕比喻事情進行中遭受挫折而不能實現：年度商品展覽會因故流產了。

碰壁　〔動〕比喻遇到阻礙或遭拒絕；受挫：到處碰壁／在現實生活中好人往往碰壁。

碰釘子*　比喻遭受拒絕或受斥責：他表示只要有希望，碰釘子也不在乎。

碰一鼻子灰*　比喻遇到阻力或被拒絕，落個沒趣。

功虧一簣*　語出《尚書·旅獒》：「為山九仞，功虧一簣。」堆九仞高的山，只差一筐土而沒有完成。比喻一件大事只差最後一點努力而未能成功（含有惋惜的意思）。

功敗垂成*　在事情快要成功的時候，遭受失敗（含有惋惜的意思）。

付諸東流*　把東西扔在東流的水裡被水沖走。比喻希望落空或成果盡失。也作**付之東流***。

雞飛蛋打*　雞飛走了，蛋也打碎了。比喻全部落空，一無所得。

一事無成*　什麼事情都做不成；連一樣事也沒有做成。

O3－5　動：　壞事·誤事

壞事　把事情搞壞：他做這件事，毫無經驗，恐怕要壞事。

敗事　搞壞事情；失敗：成事不足，敗事有餘／即使敗事，亦罪有所歸。

僨事　敗事：魯莽僨事／如果膽大心粗，適足僨事。

成事不足，敗事有餘*　非但不能把事情辦好，反而把事情搞壞。

誤事　敗壞事情；耽誤事情：他這樣冒失，恐怕要誤事／我勸他少喝幾杯，以免誤事。

耽誤　❶因拖延而錯過時間、機會：道路車輛阻塞，耽誤了上班時間／趕緊把這批材料送去，不可耽誤。❷因耽擱而誤事：耽誤了生產／這病要到醫院認真檢查，不要耽誤。

耽擱　耽誤：女兒的婚事也讓她給耽擱了／幾個重傷人員沒有擔架送，耽擱下來。

遲誤　遲延耽誤：準時起飛，一分鐘也沒有遲誤／遲誤交貨日期，按合約賠款。

延誤　遲延耽誤：準時開會，決不延誤／因氣候惡劣，起航時間延誤了半天。

貽誤　耽誤；錯誤遺留下來，使人受害：虛度時光，貽誤前程／有的古籍注釋以訛傳訛，貽誤後學。

坐失　不主動行動，白白地失掉（時機）：猶豫不決，坐失良機。

坐誤　坐失：因循坐誤，功敗垂成。

失誤　由於疏忽而造成差錯；耽誤：操作失誤／認真檢查失誤的原因。

O3－6　動：　徒勞

徒勞　空耗勞力；白費心力：徒勞往返／這事你不要管，管了也是徒勞。

白費　毫無效果地耗費：白費功夫／你這些精力不會白費。

枉費　徒然耗費；白費：枉費筆墨／枉費心機／枉費功夫。

白做　〈口〉白費力氣；沒有用：我對那裡的情況不清楚，去了也是白做／他很固執，我怕怎麼對他說也是白做。

為人作嫁*　語出唐·秦韜玉《貧女》詩：「苦恨年年壓金線，為他人作嫁衣裳。」後以「為人作嫁」，比喻白白地為別人辛苦忙碌。

緣木求魚*　爬到樹上去捉魚。比喻方向或方法錯誤，一定勞而無功，達不到目標。語出《孟子·梁惠王》：「以若所為，求若所欲，猶緣木而求魚也。」

前功盡棄*　以前的努力和成績全白費了。

徒勞無功＊　白白費勁，沒有一點功效。也說**徒勞無益**＊；**勞而無功**。

問道於盲＊　向瞎子問路。比喻向一無所知的人求教；白費唇舌，無濟於事。

對牛彈琴＊　比喻對無知的人講道理，白費力氣。

隔靴搔癢＊　比喻說話、做事不中肯，不切實際，不能解決問題，徒勞無功。

海底撈月＊　比喻根本達不到目標，白費力氣。也說**水中撈月**＊。

O3－7 動： 無法·無奈

無法　沒有辦法：如何說服他，我實在無法下手／這個問題現在無法解決／這麼多債務，我無法償還。

沒轍　〈口〉沒有辦法：如何處理好這件事，我想來想去，還是沒轍。

沒門兒　〈方〉沒有門路；沒有辦法：這件事怎樣辦，我也沒門兒。

無計可施＊　沒有什麼計策可以施展出來；沒有什麼辦法可以採用。

一籌莫展＊　一根籌碼也擺布不開。比喻一點計策也施展不出，一點辦法也沒有。

束手無策＊　像雙手被捆住一樣，拿不出一點辦法。

束手待斃＊　捆住雙手等死。比喻遇到困難或危險，不及時設法解決，卻坐等失敗。

坐以待斃＊　坐著等死。形容在危急情況下毫無辦法和作爲，坐等災難臨頭。

無奈　無可奈何：萬般無奈／我這樣做，實在是出於無奈。

無可奈何＊　沒有辦法；無法可想。指事已如此，已無力挽回：他把事情弄到這步田地，我也無可奈何。

無奈何　無可奈何；沒有辦法：他只好無奈何地點了點頭。

沒奈何　無法可想；無可奈何：天太熱，沒奈何只

好收工回來了。

奈何　❶怎麼辦（表示沒有辦法）：無可奈何／徒喚奈何。❷指採取手段、辦法整治對方：等我慢慢奈何他／何苦來要尋事奈何別人。

怎奈　奈何；無奈：怎奈連日風大，不能行船。

不得已　沒有別的辦法，只好如此；無可奈何：出於不得已／不得已而求其次／把他開除，實在是不得已。

迫不得已＊　迫於情勢，不由得不那樣做。

萬不得已＊　實在沒有辦法；不能不這樣做。

萬般無奈　實在無可奈何，毫無辦法。

望洋興嘆＊　指在偉大的事物面前感嘆自己渺小。現多指要做一件事，感到自己力量不夠，無可奈何。

O3－8 動： 無力

無力　沒有能力；無能爲力：無力解決／環境太壞，她一定無力自拔／計畫中的展覽會規模太大，我們無力單獨舉辦。

無能爲力＊　用不上力量。多指沒有能力或能力薄弱（做某事）。

力不從心＊　心裡想做而能力不夠。

心有餘而力不足＊　心裡很想要做，可是力量不夠。□**心餘力絀**＊

獨木難支＊　一根木頭支撐不住一座要倒的大廈。比喻一個人的力量難以支撐全局。

孤掌難鳴　一個巴掌拍不響。比喻一個人勢單力薄，難以成事。

獨木不成林＊　一棵樹不能成爲森林。比喻單靠一個人的力量成不了大事。

愛莫能助＊　心裡雖然很同情，但是無力幫助。

鞭長莫及＊　《左傳·宣公十五年》：「古人有言曰：'雖鞭之長，不及馬腹。'」原指鞭子雖長，但不應打到馬肚子上。後來用「鞭長莫及」指力量達不到。

黔驢技窮＊　唐·柳宗元在《三戒·黔之驢》裡說，

黔地(今貴州)本來沒有驢,有人帶去一頭,放養於山下。老虎見它形體大,叫聲響,最初非常害怕。後來試著靠近它,只是被踢了一腳。老虎看透驢的技能不過如此,就跳過去把它吃了。後用「黔驢技窮」比喻外表嚇人,實際本領不大,就連這點兒有限的本領也用完了。

遠水救不了近火 *　比喻緩慢的辦法解決不了急迫的問題。

巧婦難爲無米之炊 *　靈巧的婦女,沒有米也做不出飯。比喻做事缺乏必要的條件,有本領也很難做成。

O3－9 動：　取得

取得　得到:取得勝利/取得重大成果/取得群眾信任。

取　❶得到;招致:取勝/取而代之/咎由自取。❷採取;選取:十名考生中取二名/兩害相權取其輕/取人之長。

得　得到:得勝/得益/得不償失。

得到　事物成爲自己所有;獲得:得到一筆獎金/得到出國深造機會/得到好評/問題得到圓滿解決。

獲　得到;取得:獲准/不勞而獲/獲益匪淺。

獲得　取得;得到:獲得豐收/獲得寶貴經驗/獲得上級表揚/獲得觀眾熱烈的掌聲。

博得　取得;贏得(同情、讚賞、信任等):博得好評/博得群眾的信任/博得朦朧派詩人的稱號。

贏得　博得;得到:贏得滿堂喝采/贏得了聲譽/贏得最後勝利。

榮獲　光榮地取得:榮獲一等獎/我跳水健兒榮獲三塊金牌。

榮膺　〈書〉光榮地接受:榮膺名譽教授/榮膺戰鬥英雄的光榮稱號。

吸取　吸收採取:吸取先進經驗/吸取失敗教訓。

博取　用言語、行動取得(信任、贊譽等):博取上級的倚重/他竭力博取她的歡心。

沾　得到好處:利益均沾/誰也沒沾過你一點點好處。

唾手而得 *　不動手就可得到。形容得來容易,不費力氣。

O3－10 動：　失掉

失掉　❶原有的不再具有;沒有了:失掉職位/失掉信心/失掉理智。❷沒有取得或沒有把握住:失掉報考機會。

失去　失掉:失去聯繫/失去自由/失去青春歲月。

失　失掉;錯過:失了信心/機不可失/有所得,必有所失。

去　失掉;失去:大勢已去。

失卻　〈書〉失掉:失卻家庭的溫暖/失卻自制力量/失卻了難得的機會。

喪失　失去:喪失理智/喪失勇氣/喪失鬥志。

喪　失去;喪失:喪家之犬/喪盡天良/喪權失地。

錯過　失去(時機):錯過申請期限/本來說好和他在洛杉磯會面,又因事錯過了。

失時　錯過時機:耕種失時,影響產量。

斷送　喪失;毀掉:斷送性命/斷送前程。

葬送　斷送:一筆快到手的獎金,葬送在他一個人手裡了。

坐失良機 *　白白地失掉好機會。

失之交臂 *　兩人肩擦肩地走過去。指當面錯過機會。

O3－11 名：　事業

事業　❶事情的成就;功業:他立志要在世上做一番事業。❷指具有一定目標、規模、自成系統的、關係社會發展的社會活動:教育事業/養殖事業。❸特指沒有生產收入、由國家或私人團體開支其經費的社會工作:事業費/事

業單位。

業績 完成的事業和建立的功勞；重大的成就：先烈的輝煌業績／工程建設者的偉大業績。

業 事業；功業：創業維艱／建功立業／功成業就。

功 事情；事業：大功告成／前功盡棄／功敗垂成。

大業 偉大的事業：立壯志，創大業／完成國家統一大業。

偉業 〈書〉偉大的業績：魯迅在現代文學史上建立了不朽的偉業。

功業 功勛和事業：功業卓著／韓信乃漢朝開國功臣，立下不少輝煌功業。

勛業 功業：為人民立下不朽的勛業／勛業傳遍大江南北。

事功 事業和功績；功業：這是我們繼起者要完成的事功／不要急於事功。

創舉 前所未有的行動或事業：偉大的創舉／飛機的發明是歷史上的的創舉。

O3－12 名：　成就

成就 事業上的成績：光輝的成就／他是一位有突出成就的科學家。

成績 工作上或學習上的收穫：我國在城市的建設和改造方面獲得顯著成績／他的各科成績都有所提高。

果實 比喻經過勞動或努力得到的收穫：勝利果實來之不易／奧運比賽捷報頻傳，果實纍纍。

成果 工作或事業的收穫：取得豐碩成果／推廣科研成果。

碩果 大的果實。比喻巨大的成績：摘取科研碩果／碩果纍纍。

結晶 結晶體。比喻珍貴的成果：勞動的結晶／這部集子是他十年心血的結晶。

名堂 結果；成就：咱們得幹出個名堂來／他的研究方法不對頭，怕搞不出什麼名堂來。

一得之功* 一點微小的成績。

O3－13 名：　功勞

功勞 對事業的貢獻：這份功勞是大家的／他在戰爭中有過出生入死的功勞。

功 功勞；功績：有功之臣／勞苦功高／為人民立新功。

勞績 功勞和成績：他主持編審工作，勞績卓著。

功績 功勞和勞績：戰士們創造了許多驚天動地的功績。

貢獻 對國家、人民所做的有益的事：戰士們對國家作出了無私的貢獻／比貢獻，不比待遇。

功德 功業和德行：他默默行善數十載，功德無量／革命先烈的功德長留天地。

首功 ❶第一次或首先立下的功勞：射擊選手獲得一塊金牌，立了首功。❷第一等功勞：三連在狙擊戰中的戰績，列為首功。□頭功。

勛 功勞；功勛：勛章／屢建奇勛／授勛典禮。

勛績 功勞；功績：將軍的勛績，彪炳千古。

勛勞 功勛；功勞：勛勞卓著。

功勛 為國家、人民建立的功績勛勞：他為人民立下的功勛，將永世長存。

功烈 〈書〉功勛業績：他的功烈已著於史冊。

殊勛 〈書〉特殊的功勛：將軍戎馬一生，屢建殊勛。□奇勛。

偉績 偉大的功績：豐功偉績永垂史冊。

豐功偉績* 偉大的功勞和業績。

O3－14 名：　效果

效果 某種事物或行為所產生的結果：實物教學的效果很好／宣傳的社會效果非常顯著。

效益 效果和利益：經濟效益／社會效益。

效 效果；功效：行之有效／迅速收效／完全無效。

功效 效果；成效：功效顯著／這些都是這項改革措施的功效。

成效　功效；實際效果：卓有成效／改革已收到
　　顯著的成效。

實效　實際效果：講求實效／收到實效。

時效　在一定時間內能起的作用：時效已過的藥
　　品不宜服用／過期票證，已失時效。

作用　對事物產生的影響；效果：起積極作用／
　　重視宣傳報導的作用／發揮模範人物的帶頭
　　作用。

O3－15　名：　責任

責任　分內應做的事：教育子女是父母應盡的責
　　任／做保衛工作責任很重。

責　責任：盡了責／責無旁貸／愛護公物，人人有
　　責。

職責　職務和責任：職責範圍應當明確／保衛國
　　家是人民戰士的神聖職責。

專責　專門擔負的某項責任：各有專責／維護鐵
　　路交通秩序和安全，是路警的專責。

天職　應盡的職責：治病救人是醫生的天職。

任務　擔負的責任：交付擔任的工作：完成生產
　　任務／接受搶險救災任務／今年財政稅收任
　　務已超額完成。

本分　本身份內的事和應盡的責任：本分工作／
　　恪守本分／教書育人是教師的本分。

負擔　擔負的工作；擔當的責任；承受的壓力：減
　　輕學生的作業負擔／他在經濟上沒有負擔／
　　她的思想負擔很重。

擔子　比喻擔負的責任：父親死後，家庭的擔子
　　全壓在母親肩上／他敢接手廠長職務，就不會
　　怕擔子重。

包袱　比喻行動上或思想上的負擔：放下思想包
　　袱／他一出學校就背上家庭的包袱。

O3－16　名：　錯誤
（參見O5－14錯誤）

錯誤　不正確的思想、行為等；由於思考、理解不

正確或知識、技能不足等而做的事或說的話：
　　堅持真理，修正錯誤／工作中有了錯誤，要勇
　　於承認／他因為不詳細了解機器使用方法，操
　　作上出了錯誤。

差錯　錯誤：他工作不細心，常出差錯。□差誤；
　　差訛。

差池　〈方〉錯誤：他工作認真，沒有過半點兒差
　　池。也作差遲。

謬誤　錯誤；差錯：真理總是在謬誤中發展的。

舛誤　〈書〉謬誤；差錯：報上所載演說內容，有漏
　　脫，有舛誤。

紕繆　〈書〉錯誤：書中記載，時有紕繆。也作紕
　　謬。

紕漏　錯誤疏失；小事故：他工作上出了個小小
　　的紕漏。

訛誤　錯誤。多指文字、記載方面：報上所載，多
　　有訛誤／排印粗疏，訛誤頗多。□訛舛。

訛謬　訛誤；差錯。多指文字、訓讀方面：校讎訛
　　謬。

訛脫　文字上的錯誤、脫漏：這個印本出於較古
　　的底本，訛脫最少。

偏差　工作中偏離方針、政策或標準的差錯：工
　　作上儘量避免出偏差。

O3－17　名：　過失

過失　由於行為疏忽或思想、認識不正確而發生
　　的錯誤：這件事是他的過失／工作中難免有過
　　失，但不要推卸責任。

過　錯誤；過失：有過必改／將功補過／我承認這
　　是我的過。

失　錯誤；過失：智者千慮，必有一失。

過錯　錯誤；過失：這都是我犯的過錯／不能對
　　過錯採取無所謂的態度。

錯　過錯；過失：知錯就改／鑄成大錯。

錯處　過錯：倘有錯處，望加批評指正／出了些
　　錯處，改了就好。

責任 因沒有做好分內應做的事而應承擔的過失:查明這次事故應由誰承擔責任/出了差錯,不要推委責任。

失閃 意外的錯誤或危險:她身子不大方便,連上街都怕有個失閃。

閃失 意外的差錯;岔子:帶幼兒郊遊,有什麼閃失,責任就大了。

疏失 疏忽失誤:好學生的作業也會有偶然的疏失。

非 錯誤;過失:是非不分/痛改前非。

咎 過失;罪過:咎由自取/引咎辭職。

不是 錯處;過失:他說了你許多不是/你動手打人是最大的不是。

不韙 〈書〉不是;過失:重犯不韙/冒天下之大不韙。

把柄 器物上供人用手拿的部分。比喻被人用來要挾或攻擊的錯處:他平時說話不小心,被人抓住把柄。

辮子 比喻把柄:不抓辮子,不打棍子。

小辮子 比喻把柄:既然改好了,就不要老是揪住人家的小辮子。

罪過 過失:把孩子寵壞了,是我的罪過/他的罪過不小。

罪愆 〈書〉過失;罪過:他總感到自己是負有罪愆的人。□罪尤。

愆尤 〈書〉罪愆;過失:自問對國家對人民並無愆尤。

功過 功勞和過失:我回顧自己幾十年走過的道路是非功過看得清楚。

功罪 功勞和過失:千秋功罪,誰人曾與評說?

O3-18 名: 漏洞

漏洞 縫隙;小孔。比喻說話、做事或辦法中不周密而顯出缺點的地方;破綻:這篇文章漏洞百出,不能自圓其說/你想的很周密,沒有一點漏洞。

漏子 漏洞:謊言總是有漏子的/你沈住氣,別叫人看出漏子來。

破綻 衣物上的裂縫。比喻說話、做事或辦法中露出的漏洞:破綻百出/這位圍棋名手看出對方的破綻,落下了奠定勝利的一子。

罅漏 裂縫和孔隙。比喻事情的漏洞:認真檢查,修補罅漏。

馬腳 比喻做壞事留下的痕跡;破綻:他幹的損人利己的事,早已露出馬腳。

狐狸尾巴* 古時傳說狐狸能夠變成人形來迷惑人,但是它的尾巴卻始終變不掉,成為妖怪原形的標誌。比喻壞人的本來面目或掩蓋不住的壞主意、壞行為。

O3-19 動: 立功·居功

立功 建立功勞:殺敵立功/他立功心切,不顧病痛,帶頭衝在搶險護堤的前列。

立功贖罪* 建立功勞來抵銷、彌補所犯的罪過。

居功 自認為有功勞:居功自傲/在建造大橋中,他的貢獻最多,但從不居功。

邀功 求取功勞;把別人的功勞歸於自己:邀功求賞/他為了邀功,全不顧工人的過度勞累。

請功 請求記功:全班戰士一致給他請功。

歸功 把功勞歸屬於某人或某集體:該校能囊括全國運動比賽十項金牌,全歸功於選手的努力和教練的指導有方。

醜表功* 不知羞恥地表白自己的功勞:是成績,大家有目共睹,何必急於醜表功呢?

賣功 在別人面前誇耀自己的功勞:他在介紹新產品研發經驗時,再三再四為自己賣功。

好大喜功* 不問條件是否具備,一心只想做大事,立大功。

O3-20 動: 委過

委過 推卸過失:委過於人/不爭功,也不委過。

委罪 推卸罪責;委過:事實俱在,怎能委罪於

人?

歸罪　把罪責歸於(某人或集體):這起事故應由
　　我負主要責任,不能歸罪別人。

歸咎　把過失歸於(某人或某方面);歸罪:孩子
　　在外沾染壞習氣,不能歸咎於學校／電影上座
　　率的下降,不能全部歸咎於電視。

O3－21 動：　改正

改正　把錯誤的(思想、行為)改成正確的:改正
　　缺點和錯誤／這些不正確的姿勢和動作,都要
　　改正。

改　改正:有錯必改／改邪歸正。

正　改正;糾正:正誤／正音正字。

糾正　改正(錯誤、缺點等):糾正不正之風／糾
　　正學生坐的姿勢／重理輕文的偏向,應該糾
　　正。

矯正　改正;糾正:矯正視力／矯正語音／矯正不
　　好的習慣。

糾　改正;矯正:有錯必糾。

糾偏　糾正偏差或偏向:認真糾偏,落實政策。

改邪歸正＊　離開邪路,回到正路上來。

撥亂反正＊　糾正(澄清)混亂的局面,恢復正常
　　秩序。

矯枉過正＊　把偏向一側的東西扭正,結果又歪
　　向另一側。比喻糾正錯誤做得過了頭。

O3－22 動：　挽回·補救

挽回　❶使既成的不利局面好轉或恢復原狀;扭
　　轉:挽回頹勢／挽回經濟損失／造成的不良影
　　響已無法挽回。❷挽救:挽回老人生命／她已
　　越陷越深,無可挽回了。

扭轉　糾正或改變事物的發展方向或不正常情
　　況:扭轉不良的社會風氣／長期虧損的局面迅
　　速地扭轉了。

補救　設法矯正錯誤、彌補損失,挽回不利情勢:
　　如有錯漏,要及時補救／他拚命進場護盤,避

免股市狂跌／形勢對我們不利,要設法補救才
好。

彌補　填補不足的部分;補救;挽回:碑板殘缺部
　　分已無法彌補／彌補財務上的虧空／要盡力
　　設法彌補這些經濟損失。

彌縫　❶彌補;補救:財務上的失誤,已無法彌
　　縫。❷設法遮掩缺點、錯誤,使不暴露:互相
　　姑息,上下彌縫。

挽救　使脫離危險的境地或不利的局面:挽救病
　　人的生命／挽救了危難中的國家和民族。

補偏救弊＊　彌補偏差疏漏,糾正錯誤缺點。

賊走關門＊　比喻平時疏忽,出了事故才慌忙防
　　範。也作**賊去關門**＊。

亡羊補牢＊　走失了羊,趕快修補羊圈,還不算太
　　晚。比喻有了失誤後及時補救,免得再受損
　　失。

O4　限制·破壞

O4－1 動：　限制·約束

限制　規定範圍、界限,不許超過;約束:限制行
　　動自由／操場大小,限制了活動範圍。

限　指定範圍,不許超過:稿件字數不限／限於
　　時間,不能多講。

限量　限定數量、止境:商品限量供應／前途未
　　可限量。

限定　在數量、範圍、時間等方面作出規定:稿件
　　限定字數／限定時間交卷／這類書在限定的
　　範圍內供應。

拘　限制:性別不拘／體裁不拘／不拘一格。

克　限定;約定(時間):克期竣工／克日送達。

限止　限制;約束:環境限止了他。

範圍　限制;概括:魯迅的作品,似乎並不能用
　　「樸素」二字來範圍它／議論縱橫,不可範圍。

約束　限制;管束:我約束自己不多說一句話／

用《學生守則》約束學生的行為。

拘束 過分限制、約束：她只想離開拘束她二十年的家／他喜歡這言語行動不受拘束的環境。

檢束 檢點約束：在這公衆場所，咱們應當自己檢束。

束縛 捆綁。比喻使（思想、行動）受到限制約束：封建的家庭觀念牢牢地束縛著他／不必要的清規戒律束縛了群衆的積極性。

羈絆 束縛；牽制：我回家後一直被一些瑣事羈絆著／他一向爽直，不受羈絆。

牢籠 束縛：他為人正直，可惜為江湖義氣所牢籠了。

牽制 拖住，使行動受限制；約束：互相牽制／敵人側翼受我軍牽制，不敢輕舉妄動。

牽掣 牽制；約束：不受習慣勢力牽制／友軍牽制了敵人的兵力。

O4－2 動： 制止

制止 強迫使停止；使不繼續做下去：制止高聲喧嘩／制止銷售偽劣商品／制止不正之風。

抑止 壓下去；使止住：他抑止不住的淚水，奪眶而出／她抑止著忿怒，轉身走了。

抑制 壓下去；控制；抑止：他抑制不住內心的興奮，滿面含笑。

壓制 用強力限制或阻止：竭力壓制住心頭怒火／誰壓制批評，誰就會被群衆孤立起來。

壓 壓制：不以勢壓人／拿大帽子壓人。

強壓 用強力壓制：對頑皮兒童，要耐心教育，不可強壓。

遏制 制止；控制：遏制不住內心的恐懼／會場上群情激憤，不可遏制。

遏抑 竭力制止；控制：一時怒火中燒，難以遏抑。

壓抑 抑制、感情、力量等，使不能充分流露或發揮：她竭力壓抑住自己的恐懼和不安。

殺 消除；削弱：殺價／風勢稍殺／狠殺歪風邪氣。

扼殺 掐住脖子，使人死亡。比喻壓制、摧殘，使不能生存或發展：敵人妄圖扼殺革命力量／扼殺新生事物。

挫 壓抑；降低：我隊先攻進一球，挫了對方的銳氣。

挫折 壓制、限制，使削弱或不能順利進行：不要挫折群衆的積極性。

杜絕 徹底制止或消滅：杜絕不正之風／杜絕貪污浪費。

鉗制 用強力使言行受限制：他那張愛發議論的嘴被鉗制住了／敵人兵力受到鉗制，不敢來犯。

抵制 阻止，使不能侵入或發生作用：抵制不良風氣／偽劣商品受到消費者抵制。

O4－3 動： 強迫

強迫 用強力迫使服從：強迫命令／孩子不喜歡吃，你就不要強迫他吃／學習靠自覺，不能強迫。

迫 逼迫；強迫：迫於形勢／為人所迫／饑寒交迫。

強 勉強：強人所難／未經你同意，絕不相強。

逼 強迫；威脅：他這樣做是被人逼的／你不要逼人太甚。

逼迫 用壓力促使；強迫：她這麼早出嫁，完全是父母逼迫的／在他嚴峻的眼光逼迫下，我不敢正視。

強逼 強迫；逼迫：他不服從，也沒法強逼他／好作品不是強逼出來的。

勒逼 強迫；威逼：你不去就不去好了，又沒有誰勒逼你。

立逼 逼迫別人立即做某事：立逼償還欠款／他立逼著老張跟他一同走。

脅迫 用威脅手段強迫：他是被人脅迫參加的。

威脅 用威力恫嚇、逼迫，使屈服：用恐嚇信威脅

不了他／水庫建成後,這一帶不再受洪水威脅了。

威逼　用威力逼迫:任憑他們怎樣威逼,教授也不肯說出檔案庫的密碼。□威迫。

威嚇　用威力恫嚇:不怕武力威嚇／敵人拿出槍威嚇他。

威懾　用強力或聲勢壓制,使恐懼、服從:反動派的囂張氣焰,只能威懾住意志薄弱的人。

迫使　用強力逼迫人做某事:我軍以強大的攻勢迫使敵人繳械投降。□強使;逼使。

驅使　迫使人去做某事:我不能受人隨意驅使／好奇心驅使我擠進人群,看個究竟。

驅遣　驅使:一些童工被雇主驅遣做粗活。

驅策　驅使;促使:生活的壓力驅策他到外鄉找活幹。

驅迫　驅使;逼迫:她童年時為饑寒驅迫,隨父親沿街乞討。

強制　用威力迫使;強迫:下命令強制執行／她強制著使自己的感情不過分激動。

強加　強迫別人接受(某種意見或做法):給人強加罪名／把強加在知識分子頭上的誣陷不實之詞,統統推翻。

勉強　使人做他不情願做或難做到的事:他們沒有勉強我,我仍然住在學校宿舍裡／婚姻大事,不能勉強。

強人所難＊　勉強使別人去做他不願做或難做到的事。

勉為其難＊　勉強做力所難及或不情願的事。

O4－4 動:　挾持

挾持　用威力強迫對方服從:敵人以兵力挾持他們投降。□脅持。

挾制　倚仗勢力或抓住別人缺點,強使服從:他堅強不屈,不為強暴所挾制。

要挾　利用對方弱點,或仗恃自己勢力,迫使對方滿足自己的要求:她慣用哭泣要挾媽媽同

意／收購商人趁機要挾,壓低價格。

脅從　被脅迫而跟從別人幹壞事:法官對確是脅從作案的,量刑可酌予從輕。

劫持　要挾;挾持:歹徒劫持了人質／艦長已被兩名叛變水兵劫持。

裹挾　指形勢、潮流等將人捲入,迫使跟從行動:青年們順從手機熱的裹挾,幾乎人手一機。

裹脅　脅迫別人,使跟從行動:他們被偷匪裹脅走了／要把敵人營壘中被裹脅的人拉回來。

O4－5 動:　指使・慫恿

指使　出主意叫別人去做(多指壞事):他這樣做是受人指使／我問你,是誰指使你來的?

主使　出主意叫別人去做壞事;指使:幕後主使別人犯罪的要負主要刑事責任。

唆使　挑動或指使別人去做壞事:壞分子唆使兒童行竊／他受人唆使,才幹了壞事。

嗾使　指使;唆使:他聽人嗾使,跟我作對。

教唆　指使慫恿別人做壞事:教唆犯／對教唆青少年幹壞事的人必須嚴懲。

叫　指使:他叫幾個流氓到店裡搗亂。

慫恿　勸說或鼓動別人做某事:叔叔也從旁慫恿父親送我到英國留學／他堅持不肯表演,別人再也慫恿不動他了。

扇動　煽動　引起並助長別人的情緒或行動:扇動鬧事／扇動罷工／煽動人民為生存而鬥爭的情緒。

煽惑　煽動使受迷惑或做壞事:有人指控他煽惑工人／頭腦清醒的人不會受謠言煽惑。

撮弄　教唆;煽動:他倆關係這麼緊張,也許有人在背後撮弄。

攛掇　慫恿:他攛掇我買一件花襯衫。

攛弄　攛掇;慫恿:這部轎車是他攛弄我買的。

捅咕　從旁慫恿別人做某事:我堅決不做這種缺德事,你不要瞎捅咕。

煽風點火＊　比喻煽動別人做壞事。

O4－6　動：　縱容·放任

縱容　對錯誤言行不加制止,任其發展:對孩子的壞習慣不能縱容／亂設攤位,是管理人員縱容出來的。

縱　不加拘束;放任:縱欲／縱情高歌／縱聲大笑。

放縱　放任縱容;不加約束:他多次違紀,不可再放縱他／我知道不該這樣放縱自己的感情。

寬縱　寬容放縱:對學生一味寬縱,是教師的失職。

嬌縱　嬌慣縱容:他對小女兒過分嬌縱了。

放任　不加約束,聽其自然活動或發展:子女犯了錯誤,爲人父母不該放任不管。

聽憑　讓別人自己去決定怎樣行動:買還是不買,聽憑你自己拿主意。

聽任　讓別人自由行動或發展,不加干涉、限制:聽任學生自行其是,結果害了他們／要追求自己的理想,不能聽任命運的擺布。

聽　聽憑;聽任:聽其自然／不能聽其錯誤下去,不加糾正。

任憑　聽任;聽憑:參加還是不參加,任憑你自己決定。

任隨　任憑:這裡開架陳列各種工具書,任隨讀者自由閱覽。

任　任憑:聽之任之／任人擺布／貨色齊全,任你隨意挑選。

隨　任憑:回去或留下,隨你決定吧。

放任自由*　聽任自然發展,不加約束:對青少年的思想和行爲,要加以正確的引導,不能放任自由。

O4－7　動：　阻止·阻撓
(參見 J1－31 阻止)

阻止　阻攔制止,使(行動、事情)不能繼續:他拿定了主意,誰也不能阻止他／這種非法交易應加以阻止。

阻撓　阻止或從中破壞,使不能順利進行:對我們的改革措施,他們暗中加以阻撓／施工計畫,意外地受到阻撓。

阻遏　阻止:改革的潮流不可阻遏。

遏止　用力阻止:心頭湧起一股無法遏止的激情。

遏　抑制;阻止:怒不可遏／響遏行雲。

阻礙　阻擋住,使不能順利通過或進展:阻礙了經濟的發展／驕傲阻礙了她的進步。

障礙　阻礙;阻擋:廢除障礙群衆發揮積極性的陳舊規章制度。

阻難　阻撓留難:他回國前,居留國再三加以阻難／我們的戀愛很順利,沒有受到家庭的阻難。

留難　故意阻撓刁難:他們借故多方留難／這一次不會再留難他了。

掣肘　拉住胳膊。比喻在別人做事時從旁牽制、阻撓:各部門互相掣肘／我職權內的事,不容別人從旁掣肘。

作梗　從中阻撓、妨礙:因女方父母作梗,他們的婚事一再推遲。

擋橫兒　在別人做事時,從中干預、阻撓:有意見趁早說出來,別在半路上擋橫兒。

拉後腿*　比喻利用某種關係或親密感情,牽制、阻撓對方的行動:母親說:「你儘管報名暑期遊學,我不拉後腿。」也說扯後腿*。

拖後腿*　比喻牽制、阻撓別人前進,或使事物不能發展:繁重的家務在給她拖後腿。

O4－8　名：　阻礙

阻礙　阻擋,使不能通過或進展的事物:事情快要辦成,又碰到一點小阻礙／驕傲是前進的最大阻礙。

障礙　阻礙通過或進展的事物:排除一切外界的

障礙/清除阻撓進步的障礙。

阻力 阻礙事物進展的力量:工作遇到阻力/環
保運動衝破重重阻力,蔚為一股風潮。

攔路虎 比喻前進道路上的障礙和困難:生字、
生詞是兒童閱讀課文的攔路虎。

絆腳石 比喻阻礙發展前進的事物:搬掉驕傲自
滿這塊絆腳石,你才會進步。

枷鎖 枷和鎖。舊時的刑具。比喻所受的壓迫
和束縛:粉碎精神枷鎖/打破封建枷鎖。

桎梏 腳鐐和手銬。古代刑具。比喻束縛人的
事物:摧毀千年來封建思想的桎梏。

緊箍咒 《西遊記》裡唐僧用來制服孫悟空的咒
語,念起來能使孫悟空頭上戴的金箍越縮越
緊,頭痛難忍。比喻束縛人的事物。

O4-9 動: 妨礙

妨礙 干擾,使事情不能順利進行;阻礙:隨意停
車,妨礙交通/討論事情請輕聲細語,別妨礙
別人自修。

妨 ❶妨礙;阻礙:與禮敎有妨/久雨不妨農。
❷妨害:不妨/適量飲酒,於健康無妨。

礙 妨礙;阻礙:礙事/礙手礙腳/到處設攤,有
礙觀瞻。

幹礙 妨礙;關涉:孩子在這裡玩,不幹礙你的
事。

關礙 阻礙;妨礙:無甚關礙/這事做不好,將會
關礙其他工作。

傷 妨礙:無傷大雅/有傷風化。

妨害 妨礙;損害:吸煙妨害健康/這種樹的表
皮剝下來,並不妨害它的生長。

O4-10 動: 擾亂

擾亂 影響、妨礙正常生活或活動,使混亂或不
安:擾亂秩序/擾亂人心/我的工作被擾亂
了。

打擾 ❶擾亂,使不安:說話聲音輕些,不要打擾

人家的睡眠/我一拿起書,孩子就來打擾。❷
婉辭,用於表示打擾了人家的歉意和感謝:對
不起,打擾您啦/這件事眞是打擾您啦。□打
擾。

攪擾 妨礙、擾亂別人,使不安寧:你不要攪擾她
念書/她被意想不到的煩惱所攪擾。

攪 擾亂;打擾:他正專心做功課,你不要去攪他
/這件事是你給攪壞的。

擾 攪擾:庸人自擾/她彷彿沒有睡好久,便被
擾醒了。

煩擾 攪擾:讓爺爺早些安歇,別再煩擾他老人
家了。

干擾 妨礙;擾亂:在這裡寫作,不會有人干擾/
開會時間停止會客,免受外界干擾。

相擾 ❶互相干擾:彼此各不相擾。❷表示打擾
別人的客氣話:冒昧相擾,很感不安。

驚動 舉動影響別人,使吃驚或受打擾:驚動四
座/孩子剛剛睡著,別去驚動他。

攪亂 ❶攪擾,使混亂不安:攪亂會場秩序/她
們平靜的生活,被他攪亂了。❷弄亂,使失掉
順序:剛整理好的書又被攪亂了。

搗亂 有意破壞,擾亂,找麻煩:少數人在會場裡
搗亂/這個小流氓到處搗亂/把孩子帶到外
邊去玩,別讓他跟我搗亂。

攪和 〈口〉擾亂:經他這麼一攪和,事情更難辦
了。

攪局 擾亂安排好的事;要不是他攪局,我們的
討論會早就結束了。

搗麻煩* 〈口〉惹事生非,引起麻煩:你這淘氣
鬼,不幹正經事,淨來搗麻煩。

O4-11 動: 糾纏

糾纏 煩擾;攪擾:糾纏不休/爸爸正忙著,別去
糾纏他。

纏 攪擾;糾纏:請你不要再來纏我。

纏繞 糾纏;攪擾:他晚上不是失眠便是被噩夢

纏繞。

繞 纏繞;糾纏:我看在這個問題上,你是有點繞
住了。

蠻纏 無理糾纏:胡攪蠻纏／違反原則的事,你
再蠻纏我也不會答應。

歪纏 不講道理地糾纏:你要據理力爭,可不能
歪纏。

磨 糾纏:這孩子磨人／為一點小事,他在這裡
磨我半天。

纏磨 長時間地糾纏;攪擾:一件心事纏磨著他,
使他睡也睡不好。

軟磨 和緩地纏磨:不管你怎樣軟磨,這件違反
規章的事,我們不會同意。

磨蹭 糾纏:孩子要去公園,跟我磨蹭了半天。

蘑菇 糾纏:他跑來跟我蘑菇了好半天。

泡蘑菇 * 故意糾纏,拖延時間:別賴在這裡泡蘑
菇,快工作去!

胡攪蠻纏 * 胡亂攪擾,無理糾纏。

死皮賴臉 * 形容不顧羞恥,糾纏不休。

死乞白賴 糾纏不休。

O4－12 動: 刁難·為難

刁難 故意使別人難以應付:百般刁難／你這是
故意刁難我。

放刁 使用狡猾手段跟人為難:放刁撒潑／你這
是故意放刁。

為難 ❶跟人作對;刁難:這是照章辦事,決非故
意為難。❷使感到難以應付:他一時想不出
好辦法,大家只好不讓他為難了。

難為 使人難以應付:他不情願,就不要難為他。

作對 跟人為難;做對頭:他不是有意跟你作對。

作難 為難;難為:叫人作難／他明明是有意作
難人。

難人 使人感到難辦:這種難人的事,還是少碰
為妙。

難 使感到困難:這道題目把我難住了／什麼困

難也難不倒我。

拿捏 要挾;刁難:他們真會拿捏人,以為這裡沒
人能挑水了。

拿人 要挾人;刁難人:你不要拿人,你不做我們
來做。

拿 制服;刁難:你能做的事人家也能做,你拿不
住人。

窘 為難;使為難:她窘得滿臉通紅／別再七嘴
八舌地窘他了。

格 〈方〉刁難:格人。

過不去 為難:只要你照章納稅,我們不會跟你
過不去的。

O4－13 動: 找事·挑剔

找事 故意找毛病,挑起爭吵:她哪裡在專心購
物,她是找事來的。

找岔子 * 故意挑毛病:他帶領幾個人來故意找
岔子。也說**找碴**。

找碴 找岔子:他們一伙一清早就來找碴鬥毆。
也作**找茬**。

抓茬兒 〈方〉故意挑別人的小毛病;找茬兒:你
別想在這件事上抓茬兒。

抓辮子 * 比喻抓住別人缺點,作為把柄:有些人
動不動就抓辮子整人。□**揪辮子** *。

挑剔 過分地在細節上挑毛病:這篇文章論證嚴
密,無可挑剔／這是他們故意挑剔。

挑眼 故意找差錯;挑剔:他處處愛挑眼,一點小
毛病也要罵。

挑刺兒 找岔子;挑剔:人家講話,他愛挑刺兒。

吹求 〈書〉吹毛求疵;挑剔毛病:刻意吹求。

吹毛求疵 * 把皮上的毛吹開,尋找瑕疵。比喻
故意挑剔毛病、存心尋找差錯。

挑毛揀刺 * 故意挑剔細小的毛病。

挑三揀四 * 形容挑來挑去,嫌這嫌那或有意挑
剔。

揀精揀肥 * 比喻苛刻選擇,多方挑剔。

O4－14 動： 麻煩·費神

麻煩 使人勞累、費事:麻煩你給我帶個口信兒/他的家務事從不麻煩別人。

絮聒 麻煩(別人):爺爺身體不好,家務事情別再絮聒他老人家了。

費神 耗費精神。常用作托人做事或致謝的客氣話:通行證、機票,朋友都給辦好,用不著我操心費神/請費神照顧一下老太太上車。

勞神 費神:糾紛已有人調解,不用他們勞神了/廠裡的事,就請您多勞神啦。

費心 耗費心思。常用於托人做事或向人致謝:這件事就請他費心辦一辦/我的意思請您費心代為轉達。

費力 耗費力氣:白費力/不費力,什麼事兒都辦不成。

費勁 費力:他同時擔任兩份工作,似乎並不費勁。

費事 麻煩;費力:你隨意做點吃的,千萬不要費事。

找麻煩* (給自己或別人)增添負擔:不要在枝節問題上糾纏不清,自找麻煩。

費手腳* 費力;費事:這事兒不好辦,很費手腳。

O4－15 動： 破壞·損害

破壞 ❶使事物受到損害:破壞別人名譽/一個美滿的婚姻就這樣被破壞了/嚴防不法分子的破壞活動。❷變革、摧毀舊制度、舊風俗習慣等:破壞舊習俗,樹立新風尚/破壞舊的腐朽的制度。❸違反(規章、條約);擾亂(紀律、秩序):破壞協定/破壞學校紀律/正常的生活秩序被破壞了。

敗壞 損害;破壞:敗壞名聲/敗壞社會風氣。

拆臺 比喻用破壞手段,使別人倒臺或工作失敗:可以互相競爭,但不能互相拆臺/不免有人來趁機拆臺。

挖牆腳* 比喻從根本上損害別人;拆臺:他吃裡扒外,給企業挖牆腳。也說**拆牆腳***。

掃地以盡* 比喻全部破壞或清除,毫無存留。也作**掃地無餘***。

損害 使利益、名譽、健康等受到損失:不許損害集體利益/飲酒過度,損害身體健康/你的話損害了她的自尊心。

危害 使遭受損害或破壞:污染水源,會危害人民健康/取締危害社會治安的違法行為。

苦害 損害;使受苦:這些地頭蛇再也不敢苦害人了。

禍害 使受損害或破壞:山洪暴發,禍害了沿河農田/發生強烈大地震,我家被禍害得很慘。

糟害 糟蹋破壞:防止野豬糟害莊稼/以前這裡的森林由著人亂糟害。

侵害 (異物或暴力)侵入,使受損害:戴好防毒面罩,免受有毒氣體侵害。

貽害 留下禍害:黃色讀物,貽害青年/濫伐樹林,貽害無窮。

傷害 損害(身體、感情等):不要傷害孩子的自尊心/我擔心他誤解我們的意思,傷害了團結。

損傷 損害;傷害(身體、感情、積極性等):視力受到損傷/這論資排輩,損傷了多少中、青年的積極性。

挫傷 損害,傷害(積極性、感情等):挫傷了士氣/挫傷了她幼弱的心靈。

O4－16 動： 消除

消除 除去;使不存在:消除災禍/消除思想顧慮/消除隔閡。

消 除去,使消失;消除:消災祛病。

除 去掉;消除:除弊興利/除舊布新。

去 除掉;除去:消痰去火/去粗取精,去偽存真。

消弭 消除(壞事):消弭外患/消弭戰禍/消弭

內亂的危機。

革除 鏟除;去掉:革除積弊／革除陳舊的習俗。

摒除 拋棄;排除:摒除世俗觀念／摒除不正之風。

擯除 拋棄;排除:擯除陳規陋習／擯除雜念,專心學習。

祛除 除去:祛除風寒／祛除疑慮。

排除 除去;消除:排除謬見／排除故障,使機器正常運轉。

排遣 排除;消除(不愉快的情緒):她用唱歌來排遣鬱悶的心情／他心裡的痛苦、憤怒難以排遣。

破除 除去;消除(思想、習慣等):破除迷信／破除依賴心理／破除情面觀點。

破 破除;突破:破例／破舊立新／破紀錄。

掃除 除去;消除(障礙前進的事物):掃除文盲／低落的情緒,要堅決掃除。

驅除 趕走;除掉:驅除心中煩悶／只有我自己的寂寞,無法驅除。

解 消除;使不存在:解渴／解悶／解乏。

打消 消除(某種思想情緒):打消顧慮／他打消了辭職的念頭。

O4－17 動： 消滅

消滅 除掉(敵對的或有害的人或事物),使不存在:消滅害蟲／消滅貧窮和落後／消滅一切敢於入侵之敵。

滅 消滅,使不存在:滅蚊蠅／殺人滅口／滅此朝食。

毀滅 摧毀,消滅:毀滅城市／毀滅證據／歷史上沒有一個反人民的勢力不被人民毀滅的。

鏟除 用鏟子除掉。比喻消滅有害的事物:鏟除障礙,掃清前進的道路／腐朽的、迷信的東西,必須鏟除。

根除 從根本上除掉;徹底消滅:根除血吸蟲病／我的自卑心理並沒有根除。

根絕 徹底消滅;根除:他愛說謊話的習慣,很難根絕。

肅清 完全消滅;徹底清除:肅清殘匪／肅清餘害。

澄清 〈書〉肅清混亂局面:有澄清天下之志／澄清外患。

廓清 〈書〉澄清;肅清:廓清天下／廓清邪說,誅戮異端。

清除 全部徹底除掉:清除積雪／把貪污腐化分子一律清除出去。

蕩滌 沖洗;清除(污穢、邪惡的事物):把貪婪、自私的念頭蕩滌乾淨／蕩滌舊世界的污泥濁水。□滌蕩。

斬草除根* 比喻連根鏟除,徹底消滅,不留後患。

O4－18 動： 取消·廢止·免除

取消 **取銷** 把原有的制度、資格、權利、規定、計畫等去掉或使失去效力:取消禁令／取消會員資格／取消原定的計畫。

撤銷 **撤消** 取消;撤除,不保留:撤銷降職處分／撤銷黨內外一切職務／撤銷駢枝機構。

撤 除去:把他的職務撤了／撤去酒席。

銷 去掉;解除:把這筆爛帳銷去／銷聲匿跡。

取締 明令取消或禁止:取締沿街擺攤／取締黃色書刊／取締迷信活動。

註銷 取消登記在冊的事項:註銷學籍／註銷借書的記錄。

吊銷 收回並取消(發出去的證件):他違章開車,被吊銷駕駛執照。

勾銷 取消;刪除:一筆勾銷／他在人們記憶中已被勾銷了。

繳銷 繳回註銷:繳銷牌照。

撤除 除去;取消:撤除戒備／樓房竣工,鷹架全部撤除了／撤除處分。

裁撤 裁減取消(機構等):裁撤基金會／裁撤分

行。

收回 撤銷；取消(意見、命令等)：收回成命／收回提案。

抹殺　抹煞 強行全部勾銷或否定：這些有目共睹的事實，誰也抹殺不了／他們的功績不容抹殺。

一筆勾銷 * 一筆把全部抹掉。比喻把一切全部取消。

一筆抹殺 * 一筆把全部抹掉。比喻輕率地取消或否定。

一風吹 比喻一下子全部取消。

廢止 取消(法令、制度等)，不再使用：廢止契約／廢止舊章程／廢止填鴨式教學方法。

廢除 取消、廢止：廢除體罰／廢除陋規／廢除不平等條約。

廢弛 廢棄鬆弛。指法令、紀律、制度等因不施行或執行鬆弛而失掉約束力：綱紀廢弛／煙禁已廢弛很久了。

廢棄 拋棄不再使用：舊的管理規章，一律廢棄不用。

廢置 廢棄而擱置不用：把廢置多年的庭園闢為公園。

廢 停止；廢棄：半途而廢／廢科舉，興學校。

免除 去掉；取消：免除苛捐雜稅／免除誤會／免除煩惱。

免 去掉；免除：免收學費／免去兼職／相互送禮的事，全都免了。

蠲除 〈書〉免除：蠲除肉刑／蠲除苛捐。

蠲免 免除：蠲免勞役／蠲免重災區的農業稅／把粗畚一概蠲免。

解除 去掉；消除：解除婚約／解除颱風警報／解除戒嚴令／不能解除思想上的武裝。

解散 取消(組織或集會)：解散非法組織／群眾集會被強行解散了。

O4－19 動：　混淆·顛倒

混淆 混雜在一起，使界限模糊：散布謠言，混淆

是非／黑白分明，不可混淆。

混同 把不同的人或事物混在一起，等同看待；混淆：廚餘和廢紙的處理方式不同，你可別混同了。

淆惑 〈書〉混淆，使迷惑：淆惑人心／淆惑視聽。

模糊　模胡 混淆；使不清楚：不要模糊了敵我界限／兩種意見不能模糊。

顛倒 使事物與原有的或應有的位置相反：顛倒是非／顛倒黑白／歷史真相，不容顛倒。

混淆黑白 * 故意把黑的說成白的，白的說成黑的，顛倒是非，製造混亂。□顛倒黑白 * 。

混淆是非 * 故意把對的說成不對，把不對的說成對。顛倒黑白，製造混亂。□顛倒是非 * 。

混為一談 * 把不同的事物混同起來，說成是同樣的事物。

指鹿為馬 * 秦二世時，丞相趙高陰謀篡位，怕群臣不服，先設法試驗。他獻一匹鹿給二世，說：「這是馬。」二世笑道：「丞相把鹿說成馬了。」旁邊的大臣，有的不說話，有的說是馬，有的說是鹿。趙高後來把說是鹿的人殺害了。比喻故意顛倒是非，混淆黑白。

本末倒置 * 把事物主要的和次要的弄顛倒了。本：樹根；末：樹梢。

捨本逐末 * 放棄根本的、主要的，而去追求枝節的、次要的。

輕重倒置 * 把輕重、主次的位置弄顛倒了。

反客為主 * 客人反過來成為主人。比喻變被動為主動。

喧賓奪主 * 客人的聲音比主人的還要大。比喻次要事物壓倒了主要事物或占據了主要地位。

張冠李戴 把姓張的帽子戴到姓李的頭上。比喻弄錯了對象或事實。

O4－20 動：　罷休·放棄

罷休 停止正在做的事，不再進行：不把問題談

透不肯罷休/不獲全勝,決不罷休。

罷手 停歇下來;住手:這盤棋下了大半天才罷手/試驗不成功,決不罷手。

住手 歇下手來;停止做某件事:她整夜上網聊天,不到天亮不住手/不准打架,趕快住手!

作罷 停止進行;結束:雙方意見分歧很大,這事只好作罷。

干休 罷休;罷手:他不說,記者們是決不干休的。

甘休 情願罷休:不搞出成績,決不甘休。

善罷甘休* 輕易地罷手、了結。多用於否定。

放棄 拋棄(原有的財物、權利、意見等):放棄休假的機會/絕不能放棄原則/看樣子守軍要放棄陣地了。

歇手 停止或放棄做著的事情:打字打了一半,還不能歇手/他感到生意並不好做,就歇手不幹了。

撒手 停止正在做的事;丟開:我經管的事,暫時還不能撒手/離了婚,他就對孩子撒手不管。

甩手 比喻丟下工作不管:甩手不幹。

撂挑子* 放下擔子。比喻把應做的工作丟下不管:他動不動就鬧意氣,撂挑子。

置之不理* 把事情擱在一邊不管,不理睬。□**置之不顧***。

O4－21 動: 防止·防備

防止 預先防備制止:防止火災/防止發生意外/防止傳染疾病。

防 防備;防止:防火/以防萬一/防他看得眼紅,要來敲詐。

防備 預先做好準備以應付攻擊或避免損害:防備盜匪流氓乘機鬧亂子/趁賭徒不防備時,一網打盡。

防範 防備;戒備:防範傳染病流行/他早已事事防範,有備無患了。

防護 防備和保護:他戴上安全帽防護頭部/派

了許多警察到體育場防護。

預防 事先防備:預防病蟲害/預防洪水氾濫這種突發事故,也是無從預防的。

提防 小心防備:車上擁擠,提防扒手/他向四周看一看,提防別人聽見。

嚴防 嚴密防備;認真防止:嚴防敵機入侵/嚴防假冒。

謹防 小心防備:謹防污染/謹防拐騙。

防微杜漸* 在壞事情或錯誤思想冒頭時就加以制止,不讓它發展擴大。

防患未然* 在禍患未發生以前,就採取預防措施。

有備無患* 事先作好防備措施,可以避免禍患。

曲突徙薪* 把煙囪改建成彎曲的,把灶旁柴火搬開,以免發生火災。比喻事先採取防備措施,以避免災禍。

O4－22 動: 避免

避免 防止,使不發生:避免車禍/避免浪費/提倡調查研究,避免主觀臆斷。

避 防止;避免:避孕/避災/力爭主動,力避被動。

免 避免:免疫/做了充分準備,才能免臨時慌亂/僅以身免。

倖免 僥倖地避免(災難):倖免於難/群匪挨家洗劫,鄉民無一倖免。

力避 儘可能避免:行文應求簡潔,力避繁冗/作戰要力避被動。

逃避 躲開,避免接觸對自己不利的事物:逃避現實/逃避不了的罪責/只有弱者才逃避犧牲。

規避 想辦法躲避:工作中的矛盾無法規避/對具體問題雙方都規避不談。

躲避 躲開,迴避(不利的事物):你總是揀難事做,從不躲避責任/她並不躲避他的眼光。

迴避 有意躲開;避免:我迴避我沒有參加的事

情/遇到困難,他從不迴避。

切忌　務必避免:寫文章切忌死板、老套,光說些人人都會說的話。

切戒　務須避免或防止:對此種人,切戒憤怒。

O4－23　動、副：　難免

難免　〔動〕不容易避免;沒法避免:工作上難免出錯/從事科研碰到困難是難免的事/討論問題,發生爭議是難免的。

不免　❶〔動〕不能避免;難免:情知難免。❷〔副〕免不了:單身在外有時不免感到孤寂/工作剛接手,不免有些生疏。

未免　〔副〕❶不免:消息突然傳來,未免令人吃驚。❷表示免不了認爲怎樣(表示否定的婉詞):你這樣批評他,未免有些過分/他把問題未免看得太複雜了。

免不了　〔動〕不可避免;難免:開創新的事業,免不了要走些彎路。

免不得　〔動〕免不了;難免:兩隊實力相當,免不得有一場激戰。

O4－24　動：　避忌

避忌　爲避免不利而不做(某些事)或不說(某些話):他們對半身像是大抵避忌的,因爲像腰斬/他們在老板面前,說話還有些避忌。

避諱　❶避忌:既然是朋友,說話也就不用避諱。❷迴避:戰士們就地解手,並不避諱。❸指封建時代對君主或尊親的名字,必須避免直接寫出或說出。

忌諱　❶因風俗習慣或迷信,禁止說或做某些認爲不吉利的話或事;避忌:在老年人面前忌諱說「死」字。❷力求避免產生不利後果的事:學文言文最忌諱不求甚解/他另外打一份工,很受雇主忌諱。

禁忌　禁止說或做忌諱的話或事;忌諱:我們禁忌說人「死了」,總用比較溫和的字眼兒來表示同情。

忌　禁忌;忌諱:忌風/忌嘴/忌吃生冷食物/研究問題,忌帶主觀性和片面性。

諱　因有所顧忌或避忌而不說:直言不諱/諱疾忌醫。

O5　情形·狀況

O5－1　名：　情形·狀況

情形　事物表現出來的形態:我對當時的情形,並不清楚/往日同學互相切磋的情形,我至今還記得。

情況　情形;狀況:情況正常/不了解情況,不要輕率發言/在任何情況下,都要堅持原則。

情狀　情形;狀況:現場情狀,慘不忍睹/他把當時的情狀,如實地描述了一遍。

情　情形;情況:軍情/病情/知情不報/情非得已。

情景　(某個場合的)具體情況和景象:兒時情景,歷歷在目/悲慘情景/情景逼眞。

氣象　情況;情景:氣象萬千/到處呈現出新氣象。

景象　情景;狀況:一片豐收的景象。

情事　情況;事實:他幾乎把老家的情事完全忘了/查明違法亂紀情事。

情節　事情的變化和經過:情節複雜/這裡面有些情節,還弄不清楚/他打架傷人,情節嚴重。

狀況　情形:經濟狀況有所好轉/健康狀況不佳/競技狀況良好。

實況　事情的實際情況:實況報導/電視臺播放大會實況。

現況　現時的情況:現況不明/現況已趨向穩定。

現狀　目前的狀況:滿足於現狀/現狀一時難以改變。

近況　最近的情況：打聽一位老朋友的近況／你近況可好？

盛況　盛大熱烈的狀況：盛況空前／當年開國大典的盛況，猶歷歷在目。

境地　情況；境界：困苦的境地／演技已達到完美的境地。

境界　事物表現的情況或所達到的程度：思想境界／她的表演達到出神入化的境界。

境域　境界；境地：理想的境域／那邊鳥語花香，別有境域。

條件　基本狀況：家庭經濟條件不錯／健康條件良好。

動態　事物發展變化的情況：科技動態／市場動態／世界經濟動態。

O5－2　名：　內情・眞相

內情　內部情況；實情：透露內情／不明內情／了解貪污集團內情的人，出面揭發。

底細　（人或事情的）根源；內情：我知道他的底細誰也不了解／事情的底細我全知道。

底　事情的根源或實況：摸底／追根究底／尋根究底。

底裡　人或事情的內情；底細：外人不知底裡／問明底裡，再作決定。

底子　底細：預先摸清底子，做到心中有數。

老底　內情；底細：他就喜歡揭人家的老底／我知道他的老底。

根底　底細：不管什麼事，他總喜歡追問根底。

端的　事情的底細和經過：不知端的／忙向來人打聽端的。

虛實　虛和實；眞和僞。泛指內部實際情況：不明虛實／派人來打聽虛實。

就裡　內情；底細：若不是他說了，我怎麼知道就裡。

底牌　撲克牌遊戲中最後才亮出的牌。比喻留待最後使用的力量。也比喻底細、內情：我們到現在還沒摸清他的底牌。

路數　事情的底細：他的路數，大家已經知道。

眞相　事情的眞實情況：眞相大白／先弄清事實眞相，再考慮如何處理。也作**眞象**。

眞情　眞實的情況：透露眞情／只有深入調查研究，才能了解眞情。

內幕　內部的秘密情況：內幕新聞／總統選舉內幕／揭露貪污集團的內幕。

黑幕　醜惡的內情；黑暗的內幕：揭穿與走私集團互相勾結的黑幕。

O5－3　名：　詳情・全貌

詳情　詳細的情況：不知詳情／詳情已經見報／本案詳情，有待深入調查。

端詳　詳情：不知端詳／細說端詳。

全貌　事物的全部情況；整個面貌：深入了解新區建設的全貌／弄清事情全貌以前，不要遽下結論。

全豹　比喻事物的全貌：未窺全豹／我有機會看到該叢書的全豹。

O5－4　名：　概況

概況　大概的情況：學校概況／農業生產概況。

概貌　大概的狀況：上海市政建設概貌／介紹臺灣概貌。

概觀　概括的觀察；大概的情況。多用於書名：運河概觀／新疆地理概觀。

概要　主要內容的大概。常用於書名：他說明略整個方案的概要／中國文學史概要。

概略　簡略的情況。常指書的內容提要：小說故事概略／我介紹的只是全書的概略。

大概　大致的內容；大體的情況：事情的來龍去脈，我已知道一個大概。

大要　概要：舉其大要。

大略　大概；大要：全劇情節的大略，我還記得。

崖略　〈書〉大略；概略：非十數萬言不能說明其

崖略。

梗概 大概;概略:略陳梗概/劇情梗概。

輪廓 事情的概況:我希望讀者能看到抗日戰爭中,我軍艱苦鬥爭的一些輪廓。

O5－5 名: 環境·氣氛

環境 周圍的情況和條件:家庭環境對性格的形成有一定的影響/創造良好的工作環境。

場合 一定的時間、地點、情況:社交場合/公共場合/講話要注意場合。

場面 一定場合下的情景、規模:場面壯闊/悲壯動人的場面/這個電視劇的武打場面十分驚險。

背景 對人物、事件的發展、變化起重要作用的客觀情況和條件:政治背景/歷史背景/時代背景。

來歷 人或事物的由來或背景:這個人來歷不明/這把劍有它不平凡的來歷。

氣氛 一定環境中使人有某種感覺的景象或情調:會場氣氛莊嚴肅穆/球場上充滿緊張、熱烈的氣氛。

空氣 氣氛:校園裡洋溢著濃厚的學習空氣/政治空氣一下子緊張起來。

氛圍 周圍的氣氛:生活在充滿猜疑的氛圍中/國慶日晚上,人們在歡樂的氛圍中爭看煙火。也作**雰圍**。

場面上 社交的場合。多指較上層的交際場合:他感到多和場面上的人來往,才被人家看得起。

桌面上 比喻公開的或應酬性的場合:他說的是桌面上的話/這些問題最好擺到桌面上大家討論。

O5－6 名: 優點·缺點

優點 好的地方;長處:發揚優點/謙虛、誠懇是他的優點/校舍建在城市近郊有許多優點。

長處 某方面的特長:取別人的長處,補自己的短處/要善於發現幹部的長處,做到人盡其才。

長 專精的技能;長處:一技之長/揚長避短/各有所長。

瑜 〈書〉玉石的光彩。比喻人的優點:瑕不掩瑜,瑜不掩瑕/瑕瑜互見。

缺點 (品行或事物等)不完善的地方;欠缺:要正視自己的缺點/工作難免有缺點/這篇作品的主要缺點是人物形象不鮮明。

欠缺 不夠的地方;缺點:這幅畫畫得好極了,看不出有什麼欠缺。

缺欠 缺點:他唯一的缺欠是有點急躁。

缺陷 殘損、欠缺或不完備的地方:彌補缺陷/這孩子生理上有缺陷。

缺憾 事情不夠完美,使人感到遺憾的地方:這本書內容很好,唯一的缺憾是有不少錯字。

短處 某方面的不足;缺點:不要掩蓋短處/要多看別人的長處,更要善於發現自己的短處。

短 缺點:說長道短/不誇長,不護短/取長補短,共同提高。

瑕 玉上的赤色斑點。比喻缺點:白璧微瑕/瑕瑜互見/瑕不掩瑜。

瑕疵 玉的斑痕。比喻事物的缺點或人的過失:全文論證嚴密,沒有瑕疵/小小的瑕疵,不能掩遮他的功績。

瑕玷 〈書〉玉上的斑點或裂痕,比喻缺點;毛病:自問平生行事,並無瑕玷。

毛病 指人或物的缺點;工作中的失誤:你這自以為是的毛病什麼時候才能改/由於安裝技術上有毛病,水管多處漏水。

通病 一般都有的缺點、毛病:套話連篇,是不少文章的通病/平時抓得鬆,臨考攻一攻,這是我班同學的通病。

O5－7 名: 好處·壞處

好處 ❶對人或事物有利的因素;好的方面:勤

儉節約好處多／讓孩子們都知道青蛙對人類的好處。❷使人得到利益的事物:貪圖好處／他從非法買賣中獲取好處。

益處　好處:參加儲蓄益處多／植樹造林對人類很有益處。

益　好處:獲益良多／做好環境衛生,人人受益／游泳對健康有益。

利益　好處:一切爲了人民的利益／維護消費者的利益。

利　利益:有利有弊／興利除弊／戒煙對健康有利。

裨益　〈書〉益處;好處:使用錄音卡帶(錄音帶)對學習外語,大有裨益。

補益　益處;好處:亂登廣告,對扭轉虧損,毫無補益。

便宜　不該得的利益:占便宜／不貪小便宜。

甜頭　好處;利益:嘗到了讀書的甜頭／給他一些甜頭,他就會說你好。

壞處　對人或事物不利的因素;壞的方面:抽煙和酗酒,壞處很多／不要只看人家的壞處,也要看到人家的優點。

害處　對人或事物有害的因素;壞處:現在人人都知道吸煙有害處。

弊　害處;毛病:有利無弊／利大於弊／興利除弊。

弊病　毛病;弊端:這個單位財務管理不善,弊病很多。

弊端　❶弊病:清除種種弊端。❷產生弊病的原因:剖析弊端／杜絕弊端。

流弊　相沿而成的弊病:聯考的流弊很大。

積弊　相沿已久的弊病:消除積弊。

宿弊　多年的弊病:清除宿弊。

利弊　好處和壞處:互有利弊／利弊參半／權衡利弊得失。

利害　利益和損害:利害攸關／企業盈虧與員工有直接利害關係。

得失　❶利益和損失;成功和失敗:他從不計較個人得失。❷好處和壞處;利弊:兩種做法互有得失／應愼重權衡得失,以定取捨。

O5－8 形:　好

好　(人或事物)品質、品質符合標準,適合要求的;對人有利的;使人滿意的:她是一個好學生／這是一本好書,那一本也好／不要錯過好機會。

大好　很好;好得很:形勢大好／莫辜負大好春光。

上好　最好;很好:上好的絲綢／上好的高麗參。

良　好:良種／不良行爲／良師益友／良藥苦口／良莠不齊。

良好　令人滿意的;好:良好的祝願／動機良好／良好的家庭環境。

優良　良好;非常好:優良學風／發揚優良傳統／培養優良稻種。

精良　精緻完美:精良的工藝品／武器裝備精良。

佳　美好:佳節／佳音／甚佳／美味佳餚／漸入佳境。

美　令人滿意;好:美名／美德／價廉物美。

美好　好。多用於生活、願望、前途等:美好的願望／美好的心靈／美好的將來。

美妙　美好,奇妙:美妙的歌聲／岩洞景色神奇美妙／美妙的青春年華。

精美　精緻美好:我國的玉雕工藝精美無比。

精彩　優美;出色:朗讀精彩的詩篇／藝術家們的表演十分精彩。

妙　美好:妙語橫生／妙不可言／妙語雙關／情況不妙。

棒　〈口〉(體力、能力)強;(成績)好:他身體眞棒／他數理化各科都很棒。

嶄　〈方〉好;優異:女主角演得頂嶄／料子嶄,花式新。

可以 不壞;好:這幾個大字寫得還可以／這件衣服平日穿穿還可以。

不錯 〈口〉不壞;好:孩子長得挺不錯／這窗花剪得不錯。

地道 實在,夠標準的:他做什麼工作都很地道／這套衣服手工特別地道。

要得 〈方〉好(用來表示同意或讚美):這辦法要得,我贊成／這篇文章硬是要得。

不離 〈方〉不錯;還可以:她喜歡民歌,唱得還不離。

不含糊 不錯;好:她的小楷寫得端正清秀,眞不含糊。

優秀 非常好;出色:品德優秀／培養優秀人才／成績優秀。

優異 特別好:取得優異的成績／選用品學優異的人才。

優勝 優越;優良:我國現有的社會制度比舊時代的社會制度要優勝得多。

優越 優異;優勝:生活條件優越／才華優越／優越的社會地位。

優 優良;美好:優質／擇優錄取／優劣不分。

頭號 最好的:頭號白粳／頭號貨色。

出色 特別好;超乎尋常的:表演出色／出色的成績／出色地完成了設計任務。

漂亮 出色:打個漂亮仗／說一口漂亮的普通話。

沒治 〈口〉指人或事物好到極點:眞正的良鄉栗子,沒治了。

頂刮刮 很好:頂刮刮的廚師。也作頂呱呱。

呱呱叫 〈口〉非常好;極好:這種呱呱叫的貨色,你去哪裡買?

妙不可言* 美妙至極,無法用言詞表達。

O5－9 形: 壞

壞 不好。(人或事物)品質、品質不符合標準、不適合要求的;對人不利的;使人不滿意的:他是一個壞孩子／這條路很壞,不好走／吸煙酗酒都是壞習慣。

惡 壞;惡劣:惡意／惡人／惡勢力／惡習／惡言惡語。

惡劣 很壞:作風惡劣／惡劣的影響／近來天氣十分惡劣。

劣 壞;不好:劣質／劣馬／優劣難分。

低劣 (品質、品行等)很不好:產品品質低劣／成績低劣的學生。

粗劣 粗糙低劣:粗劣的衣服／這本書印刷粗劣。

窳劣 〈書〉粗劣:軍械窳劣／店裡或有玩具可得,但恐必窳劣。

歹 壞;惡:歹人／歹徒／不識好歹／爲非作歹。

孬 〈方〉壞;不好:孬話／孬種／不分好孬,什麼都要。

破 品質不好的;看不上眼的:這破車誰要騎／這種破戲怎能吸引觀衆?

鬼 壞;糟糕:出鬼主意／這種鬼地方,連一口水都喝不上。

差 不符合標準;不好:品質太差／視力一天比一天差。

差勁 品質不好;能力低:這一塊手錶太差勁,忽快忽慢／你也太差勁了,一個球都沒有投進。

遜色 差勁:大爲遜色／他畫的很好,書法也不遜色。

賴 〈口〉不好;壞:好賴不分／今年秋糧收成不賴。

錯 壞;差:這盤菜味道不錯／你這樣用功,考試成績錯不了。

蹩腳 〈方〉品質不好;技術很差:蹩腳西裝／這人鋼琴彈得太蹩腳了。

不良 不好:居心不良／消化不良／不良習慣／不良影響。

不善 不好:來意不善／管理不善,導致虧損。

不堪 很壞;糟糕:他的爲人並不像外面說的那

麼不堪。

不濟　〈口〉不好;不中用:精力不濟/腿腳不濟。

不妙　不好:病情有些不妙/我廠今年經濟效益
不妙。

沒治　〈口〉情況壞得很,無法挽救:他這人沒治
了。

不像話　壞的程度,無法形容:頭髮亂得不像話/
這孩子頑皮得不像話。□**不成話**。

要不得　(人或事物)不好;使人不滿意:打人罵
人要不得/這種缺斤少兩,坑害顧客的行為要
不得。

糟　壞;不可收拾:好好的事給搞糟了/糟了,我
忘了帶身分證。

糟糕　(情況)極其不好:考得糟糕透了/真糟
糕,我把飛機票給丟了。

稀糟　〈方〉壞到極點:他把事情弄得稀糟,不可
收拾。

不堪設想＊　不能想像。指預料事情的結果會非
常壞。

O5－10 形：　偉大

偉大　雄偉;宏大;崇高;卓越;不尋常;令人景
仰:偉大的發明/偉大的善慈事業/偉大的人
物/偉大的目標/愛因斯坦在科學上的建樹
是偉大的。

宏偉　(規模、計畫等)雄壯偉大:埃及金字塔氣
勢極為宏偉/製訂了宏偉的遠景規劃。

雄偉　雄壯而偉大:萬里長城氣勢非常雄偉/雄
偉的義大利教堂。

壯偉　雄壯而偉大:山勢險峻而壯偉/陣容極其
壯偉。

偉　大;偉大:偉人/偉舉/偉論/豐功偉績。

宏大　巨大;宏偉:規模宏大/宏大的計畫/展現
宏大的歷史畫卷。

遠大　(前景)長遠而廣闊:目光遠大/前途遠大
/青年人應有遠大的理想。

巨大　(規模或數量)非常大:巨大的成就/巨大
的變化/巨大的財政支出。

鴻　大;宏大:鴻圖/鴻儒/鴻篇巨製。

宏　大;遠大:宏圖/宏論/宏觀世界。

弘　大:弘圖/弘願/取精用弘。現多作「宏」。

頂天立地＊　形容人格偉大,氣概豪邁。

震古爍今＊　震動古人,顯耀今世。形容事業或
功績非常偉大。爍:閃光;照耀,也作「鑠」。

驚天動地＊　使天地震動。形容聲勢浩大或業績
偉大。

光芒萬丈＊　形容光輝燦爛,照射很遠。常用來
形容人物或事業的偉大和不朽。也作**光焰萬
丈**＊。

O5－11 形：　渺小

渺小　微小:遠離了群體,個人的力量是很渺小
的/和大自然相比,他感到自己十分渺小。

渺　渺小:渺不足道。

藐小　微小:藐小的力量/這件事藐小得很,不
值一提。

微小　極小;細小:微小的利益/微小的進步/情
況有了微小的變化。

微不足道＊　非常渺小,不值得一說。

微乎其微＊　形容非常小或非常少。

不足掛齒＊　形容事情很小,不值得稱道。掛齒:
在嘴上說。

不過爾爾＊　不過如此罷了。形容他人的作為渺
小平凡,沒什麼了不起。

無足輕重＊　少了它並不輕,多了它並不重。形
容事物極其細小,無關緊要。

無關宏旨＊　跟主要的宗旨沒有什麼關係。形容
意義不大或關係很小。

滄海一粟＊　大海裏的一顆小米。形容非常渺
小。

九牛一毛＊　比喻極其渺小輕微。

O5－12 形：　正確

正確　符合事實、道理或某種標準：正確無誤／正確的答案／正確的政治方向／估計得很正確。

對　正確：你做得對／問題回答得對／你計算出的數目不對。

是　對；正確：認清是與非／實事求是／自以爲是／似是而非。

然　對；不錯：不以爲然。

不錯　對；正確：這道題算得不錯／不錯，這話是我說的。

不差　沒有差錯：絲毫不差／你的話不差，他錯怪你了。

不爽　不差；沒有差錯：毫釐不爽／屢試不爽／報應不爽。

無誤　全對；沒有差錯：確切無誤／核實無誤／帳目無誤。

得法　（做事）方法正確：運用得法／操縱得法／學習得法，大有長進。

確當　正確恰當：用詞確當／給予確當的評價。

對頭　正確；合理：方向對頭，不會走冤枉路／經營方法對頭，企業就有生氣。

標準　合乎標準的；正確的：標準的普通話／新區居民住宅的標準式樣。

規範　合乎一定標準的：他做的指揮動作很規範／這個詞用法不規範。

無可非議*　沒有什麼可以批評指責的。形容言行正確。

顚撲不破*　無論怎樣摔打都破不了。比喩理論或學說正確，不會被駁倒。

毫釐不爽*　一點點也不差。形容十分正確。

屢試不爽*　多次試驗，都沒有差錯。形容性能、情況十分正確。

放之四海而皆準*　不論把它用在什麼地方都是準確的。比喩具有普遍性的眞理，處處適用。

O5－13 形：　準確

準確　行動的結果完全符合實際情況或預期要求：發音準確／這些數據準確可信／得到準確的消息。

準　準確：我的錶走得很準／你的估計不一定準／他的判斷相當準。

精確　十分準確；極爲正確：統計數字相當精確／精確的分析和結論。

確切　準確恰當：措詞確切／這個判斷並不確切。

百發百中*　形容射箭準確，每次都射中目標。比喩料事極爲準確，做事十分有把握。

百不失一*　一百次中不會失誤一次。形容料事準確，做事有把握。□**百無一失***。

萬無一失*　形容料事極爲準確，做事極有把握，不會出差錯或失誤。

O5－14 形：　錯誤

錯誤　不正確；不符合客觀實際：錯誤的思想／我不同意這個錯誤的結論／他的做法完全是錯誤的。

錯　不正確；不對：錯字／錯話／錯認了人／帳算錯了。

誤　錯誤：誤解／誤認了人／誤食中毒。

左　錯；不相合：想左了／意見相左。

差　錯誤：我記差了／計算得一點也不差。

不對　錯誤：他的發言有一些不對的地方。

不對頭　不合適；錯誤：什麼地方不對頭，請立即指出／方法不對頭的，必然引出錯誤的結論。

荒唐　（思想言行）離奇、錯誤，違反情理：這話簡直荒唐／他竟做出這樣荒唐的事來。

荒謬　毫無道理；錯誤到了極點：荒謬絕倫／居然提出這樣荒謬的主張。

謬　錯誤的；荒唐的：謬論／大謬不然／其言不謬。

乖謬　荒謬,不合常理:言論乖謬。

乖舛　〈書〉❶謬誤;差錯:賞罰乖舛／前後乖舛。❷不順利:運途乖舛。

錯漏　(文字)錯誤和脫漏:排印上錯漏的地方很多。

荒謬絕倫＊　荒誕、錯誤到了極點,沒有什麼可以相比的。

大謬不然＊　大錯特錯,完全不對。

陰差陽錯＊　比喻由於各種偶然因素而造成差錯。也說**陰錯陽差**＊。

魯魚亥豕＊　由於篆文「魚」與「魯」、「豕」與「亥」字形相似,抄寫時把「魯」寫成「魚」,把「亥」寫成「豕」。用以指傳抄或刊印上的文字錯誤。

百無一是＊　全部錯了,沒有一樣是正確的。

一無是處＊　一點對的地方也沒有,全部錯了。

破綻百出＊　比喻說話做事露出的漏洞很多。破綻:衣服的裂口。□**漏洞百出**＊。

似是而非＊　好像是對的,實際上並不對:似是而非的論點,最容易把人引入歧途。

千慮一失＊　經過反覆思考,偶爾也會有失誤。

鑄成大錯＊　指造成重大的錯誤。錯:銼刀,借指錯誤。

差之毫釐,失之千里＊　毫釐的偏差,造成千里的差錯。形容微小的錯誤,結果會造成大錯。也說**差之毫釐,謬以千里**＊。

O5－15 形：　合理

合理　合乎道理或事理:公平合理／合理要求／合理負擔／這個建議很合理。

有理　合乎道理:言之有理／他說的有理,我們贊成。

在理　有理;合理:母親的話句句在理。

得理　有理;合理:得理不讓人。

像話　(言行)合乎事理或情理:挪用伙食費買煙抽,太不像話了／敢於認錯,能當面道歉,這才像話。

站住腳　理由能夠成立:你講的這些道理,能站住腳嗎?

靠邊緣　〈方〉比喻近乎情理:他這些話,還靠邊緣。

合情合理＊　合乎常情和事理。□**入情入理**＊。

理所當然＊　從道理上講應當這樣:欠債還錢,理所當然。

言之成理　話說得有道理。

順理成章＊　原指寫作遵循事理,自成章法。後多用指說話,做事合乎道理,不違常例。

天經地義＊　合乎天地自然法則的道理。也指道理絕對正確、不容置疑。

名正言順＊　名分或名義正當,說起來道理上也講得通。

理直氣壯＊　理由正當,說話也氣勢雄壯。

義正詞嚴＊　道理正當,語言嚴肅有力。

通情達理＊　懂得道理。形容說話做事,合情合理。

師出有名＊　出兵有正當的理由。比喻採取某一行動是有正當理由的。

O5－16 形：　不合理

不合理　不合道理或不合事理:不合理現象／如有不合理的地方,望批評指正。

無理　沒有道理:無理取鬧／無理要求。

輸理　在道理上說不過去:明知輸理,偏要狡辯。

理虧　理由不充分;不合道理:既知理虧,就不要糾纏下去。

理屈　理由站不住腳;理虧:自知理屈／理屈詞窮。

不像話　(言行)不合道理或情理:半夜裡還在高聲談笑,真不像話!

沒分曉　沒有道理;糊塗:不要再提那些沒分曉的話。

不作興　〈方〉情理上不允許;不合情理:做買賣欺騙顧客是不作興的。

說不過去 *　與情理不合,沒法交代:把全部家務交給老母親,恐怕說不過去。

理屈詞窮 *　理由站不住腳,無話可說。

莫名其妙 *　不能說出或明白其中的奧妙。表示事情不合常理,使人不能理解。也作**莫明其妙** *。

強詞奪理 *　明明無理,硬說成有理。

豈有此理 *　哪有這個道理? 用於對不合理的言行表示氣憤。

O5－17 形、副：　當然

當然　❶〔形〕應當這樣:理所當然／當然代表／大家對問題有不同看法是當然的。❷〔副〕表示合情合理,沒有疑問:學習當然要努力／你成績這樣好,當然可以得到獎學金／當然,這件事一定幫你辦好。

自然　〔副〕表示理所當然:功到自然成／我親眼看過他,自然不會弄錯。／辦法好,大家自然會贊成。

自　〔副〕自然;當然:公道自在人心／改革自有後來人／不甘落後,自應迎頭趕上。

敢情　〔副〕〈方〉❶表示情理明顯,不會錯:辦一次全校春遊,那敢情個個歡迎。❷表示發現先前沒有發現的情況:我想誰來的電話,敢情是他呀。

敢自　〔副〕〈方〉敢情:你和我們一起去,那敢自好／我回家才知道,敢自他還沒走。也說**敢則**。

O5－18 形：　真實

真實　跟客觀事物或情況相符合的;不虛假的:真實姓名／真實情況／報告文學裡的事情和人物都是真實的。

真　❶真實;不虛假的:真人真事／真才實學／真憑實據／他說話三分真,七分假。❷清楚;確實;真切:聽得真,看得真／說話字音咬得真。

實　真實;實在:實況／實感／真心實意／貨真價實。

實在　真實;不虛:他說的話都很實在。

真正　名實相符的;真實:真正的團結／真正的貨色／他是個真正的男子漢。

真切　真實確切;毫不模糊:當年的情景記得很真切／窗外有人談話,聽不真切。

真確　❶真實:真確無誤／已經證實這個消息是真確的。❷真切:在聚光燈下,我看得分外真確。

真格的　〈方〉實在的:該抓就抓,這次可要動真格的了／說真格的,我不打算去。

可靠　真實可信:這些傳聞很不可靠／你敢說這個謠言一定可靠嗎?

確實　真實可信:確實的情況／傳聞未必是確實的,不可輕信。

確切　確實:確切的消息／不了解他確切的下落。

確　與事實相符;真實:確訊／千真萬確／證據不確。

確鑿　非常確實:證據確鑿／在確鑿的事實面前,他無法狡辯。

鑿鑿　〈書〉確實:言之鑿鑿／證據確鑿。

活生生　實際生活中的;真實而生動的:活生生的事例／活生生的人物形象。

千真萬確 *　形容非常真實。

名副其實 *　名聲或名稱與實際相符合。也說**名符其實** *;**名實相副** *;**名實相符** *。

名不虛傳 *　傳出的名聲不是虛假的。指名實相符,實在很好。

無可置疑 *　情況確鑿,沒有什麼可懷疑的。

毋庸置疑 *　確鑿可信,無須懷疑。

O5－19 副：　確實

確實　表示對客觀情況的真實性加以肯定:事情確實難辦／這家商店確實有經營特色。

的確 確實；實在：的確好／的確沒見過／這的確是本好書。

確 的確；實在：確有其事／確非良策。

眞 的確；實在：今夜月亮眞圓／眞叫人高興／時間過得眞快／這部機器眞頂用。

實在 ❶的確：他說些什麼我實在沒聽到／這桌菜餚實在太豐盛了。❷其實：你說這道題很難，實在並不難。

眞正 的確；確實：眞正領悟／眞正過意不去／這個城市的面貌眞正變了。

眞個 〈方〉眞正：你眞個不願意走？

確乎 的確：確乎不可多得／歌聲確乎美妙。

確然 的確：確然可信／確然與眾不同。

果然 表示眞實情況跟所說或所料的相符：果然不出所料／果然不負眾望／這事果然像你說的那樣，很難辦。

果眞 果然：他的學習成績，果眞很好／電話果眞是他打來的。

當眞 確實；果然：當眞有效／當眞令人歡喜／他說送我一張照片，當眞就送來了。

著實 實在；確實：這裡天氣著實寒冷／社長的批評，著實使他難堪。

委實 實在；的確：這場球贏得委實不容易／他這樣推託不管，委實說不過去。

其實 表示所說的是眞實情況(承上文而意有轉折)：他看起來氣色不好，其實身體很健康。

誠然 確實；實在：你的話誠然不錯／事態的發展誠然如你所料。

果不其然＊ 果然(強調結果恰如所料)：天氣預報將有雪，果不其然，大雪下了一整天。也說**果不然**。

O5－20 形：　切實

切實 符合實際的；實實在在的：辦法切實可行／切實改正工作作風。

塌實　踏實 ❶(工作、學習)切實；不浮躁：工作

踏實認眞／踏踏實實爲群眾辦幾件實事。❷(情緒)安定；不煩亂：事情辦妥了，心裡才感到塌實。

扎實 (工作，學問)塌實；實在：他的工作作風很扎實／他在金融方面有扎實的理論知識。

實在 〈方〉(工作)扎實；不虛假；不馬虎：他幹的事情很實在。

篤實 實在：學問篤實／行事篤實。

認眞 嚴肅對待，不馬虎草率：認眞思考／認眞學好本領／認眞改正缺點。

實事求是＊ 按照實際情況探求事物的規律性，用以正確對待和處理問題。

腳踏實地＊ (比喻)做事踏實認眞。

一步一個腳印＊ 比喻做事踏實。

O5－21 形：　明顯

明顯 事物的情狀清楚地顯露出來，容易讓人看見或感覺到：這件事的眞實情況已經很明顯／雙方意見分歧，十分明顯。

顯著 非常明顯：取得顯著成績／發生顯著變化／各報在一版顯著地位登出「長征」火箭發射衛星成功的消息。

顯明 明顯；清楚：他說這些話的用意十分顯明／姊妹倆的性格有顯明的差異。

顯豁 顯著明白；十分明顯：顯豁的標題／內容很顯豁。

醒豁 明顯；清楚：道理講得十分醒豁。

明確 清楚明顯而確定：明確的目標／態度很明確／他明確地表示同意。

昭著 明顯；顯著：臭名昭著／劣迹昭著。

昭彰 明顯；顯著：罪惡昭彰／眾目昭彰，罪責難逃。

昭然 形容很明顯：昭然若揭／昭然可見。

犖犖 〈書〉明顯；分明：犖犖大者。

顯而易見＊ 形容情況，道理很明顯。

彰明較著＊ 極其明顯，容易看清楚。彰、明、較、

著都是明顯、顯著的意思。

有目共睹＊　人人都可看見。形容極爲明顯。

盡人皆知＊　所有的人都知道。

從所周知＊　大家都知道。

昭目昭彰＊　指情況明顯，大家都看得很清楚。

衆目睽睽＊　大家都睜大眼睛注視著。指(壞人壞事)情況明顯，無法隱匿。

O5－22　形：　虛假

虛假　跟客觀事物和情況不符合的；不眞實的：虛假的繁榮／不能報導虛假的數字／影片反映的生活太虛假了／他虛假地表示同情。

虛　虛假；不眞實：虛名／虛構／虛張聲勢／弄虛作假／虛情假意／虛晃一槍。

假　❶不眞實的；虛偽的；偽造的：假話／假貨／假仁假義／弄虛作假／假裝老實。❷人造的：假牙／假肢。

偽　故意假裝掩蓋眞相的；虛假的：偽裝／偽造／偽君子／去偽存眞。

虛偽　不眞實；假裝：一副虛偽面孔／他爲人十分虛偽／他虛偽地表示接受批評。

有名無實＊　只有名聲或名義，而無實際。

徒有虛名　空有個虛名聲。形容有名無實。徒有：空有。

名存實亡＊　名義還留存著，實際上已不存在。

名不副實＊　名聲與實際不相符。也作**名不符實**＊；**名實不副**＊。

虛有其表＊　表面好看，實際上並不如此。形容人或事物有名無實。

捕風捉影＊　比喻以不可靠的傳聞或似是而非的迹象爲根據說話或做事。

O5－23　形：　虛幻·虛妄

虛幻　憑空幻想的，不眞實的(形象)：虛幻的仙境／世外桃源，畢竟是詩人虛幻的想像。

虛無　道家謂「道」的本體虛無，無所不在又無形象可見，有而若無，實而若虛。泛指空無所有，不可捉摸：我們的研究成功了，猶如虛無的海市蜃樓化作絢麗多彩的黎明。

虛無縹緲＊　形容事物若有若無，空虛渺茫，沒有根據，不可捉摸。

虛妄　沒有事實根據的；不眞實的：虛妄的臆測／無稽之談，虛妄不可信。

空幻　虛幻：這不過是空幻的夢想而已。

荒誕　極不眞實；極不合情理：荒誕無稽的傳說／內容過於荒誕離奇。

無稽　沒有根據的；虛妄的：荒誕無稽／無稽之談。

不經　沒有根據的；不合常理的：荒誕不經／不經之談。

荒誕不經＊　形容虛妄不合情理。

O5－24　名：　幻象

幻象　憑空想像的或由虛假的感覺產生的形象：他在病中眼前常常出現一種幻像。

泡影　水泡和影子。比喻容易破滅、落空的事情或希望：奪冠的希望化爲泡影。

鏡花水月＊　鏡中的花，水裡的月。比喻虛幻的景象。

空中樓閣＊　比喻虛幻的事物或脫離實際的理論、計畫。

幻景　想像的、虛幻的景象：她被那未來的、美麗的幻景迷住了。□**幻影**。

幻境　虛幻奇妙的境界：他最愛讀童話中描繪的美妙的幻境。

O5－25　形：　實際·具體

實際　❶實在的；具體的：實際情況／實際經驗／實際水準／拿出實際行動來。❷合乎事實的：他的建議比較實際／這個規劃訂得不實際。

現實　切合客觀情況的：採取現實的態度／新訂的計畫比較現實／這是一個比較現實的設想。

具體 ❶內容明確的;不籠統的;不抽象的:具體內容/具體辦法/工作安排得很具體。❷特定的;確實的:你在學校裡擔任什麼具體工作?/具體問題要具體分析。

O5－26 形:　空洞‧抽象

空洞 沒有內容或內容不切實:文章內容十分空洞/脫離實際的議論空洞乏味。

空虛 沒有實在的內容;不充實:思想空虛/生活空虛/美麗的詞藻掩飾不了空虛的心靈。□虛空。

空泛 空洞浮泛,不切實際:光發表空泛的議論,解決不了任何實際問題。

抽象 不具體的;籠統的;空洞的:抽象的說教/只憑抽象的理論,不能解決任何具體的問題。

華而不實* 只開花不結果。比喻只有好看的外表,卻沒有充實的內容。

空洞無物* 裡面空虛,沒有實際內容。

O5－27 形:　全面

全面 事物的各個方面的總和:全面規劃/全面安排/對問題看得很全面/考慮問題要全面。

全般 整個;全面:廠長就當年的全般工作作了安排。

全部 事物各個部分的總和;整個:全部情況已經查明/敵人已全部消滅。

全 整個;全部:全國/全家/全力以赴/全書我都看過了。

全盤 全部;全面:要有全盤的規劃/他的設想全盤落空了/全盤西化的路是走不通的。

完全 全部;整個:這樣做我完全沒有料到/你的話完全合情合理。

整個 全部:整個世界/整個事業/我整個上午都在接待來賓/整個計畫都落空了。

全副 全部;整套:全副武裝/他把全副精力投入到工作中。

一系列 把全部都包括在內的:一系列計畫/一系列建議。

O5－28 形:　片面

片面 ❶單方面的:片面之詞/片面撕毀合約。❷偏於某一方面的(跟「全面」相對):片面觀點/你看問題太片面了/不要片面理解會議精神。

斷章取義* 引用別人的文章或談話,只截取其片斷,不顧原文原話全部含義。

盲人摸象* 傳說幾個瞎子摸一隻大象,摸到腿的說大象像一根柱子,摸到身軀的說大象像一堵牆,摸到尾巴的說大象像一條蛇,相互爭論不休。比喻對事物只有片面的了解,就作出全面的判斷。

管中窺豹* 從竹管的小孔裡來看豹。比喻只看到事物的一部分,不是全體。與「可見一斑」連用,比喻可以從觀察到的一部分推測全貌。也比喻不知事物的全貌,只就看到的一部分,作片面的理解。

管窺蠡測* 從竹管的孔裡看天空,用貝殼做的瓢量海水,能看到的、量到的只是極小的一部分。比喻對事物的觀察和了解很狹窄、片面。

坐井觀天* 坐在井底看天。比喻眼光狹小,見解十分短淺、片面。

只見樹木,不見森林* 比喻只見局部,不見全體。形容對事物的觀察、了解片面,不完整。

O5－29 形:　完全

完全 事物應有的部分全有,沒有缺損:新建的實驗室設備完全/計畫制定得很完全。

齊全 (事物的部分、品種)應有盡有:生旦淨丑,角色齊全/應帶的藥品均已購置齊全。

齊備 齊全:穿戴用品,樣樣齊備。

齊 完全;完備:材料不齊/東西還沒有買齊/人已經來齊了。

全　齊全;完整:缺少的零件已經配全了/有關
　　情況你知道得並不全。

完備　應有的全部都有:設施完備/資料完備/
　　手續還不完備。

賅　完備;概括:本末兼賅/言簡意賅。

賅備　完備:首尾賅備/網羅賅備,細大不遺。

完具　〈書〉完備:肢體完具。

O5－30　形:　完美

完美　完備美好:完美無缺/完美的藝術形式/
　　處理得力求完美。

完善　完備良好;完美:各項服務措施,還不夠完
　　善/要有一套完善的管理制度。

完滿　完美無缺;圓滿:完滿地履行合約/問題
　　解決得很完滿。

圓滿　完全無缺;完滿;使人滿意:得到圓滿的答
　　覆/圓滿地完成任務/交涉的結果很圓滿。

圓全　〈方〉圓滿;周全:這事辦得圓全,各方都很
　　滿意。

圓　完滿;圓滿:把話說得圓些/他把事情辦得
　　很圓,各方面都照顧到了。

健全　事物完善無缺:身心健全/財會制度健
　　全。

十全　完滿無缺:事難十全/一個人的才幹不可
　　能是十全的。

完美無缺*　完備美好,沒有缺點。

盡善盡美*　形容事物完美達到極點。

盡如人意*　完全符合人們的心願。

十全十美*　各方都完美無缺。

白璧無瑕*　潔白的玉上沒有一點斑點。比喻人
　　或事物完美無缺。

O5－31　形:　周到

周到　各方面都照顧到,不疏忽:考慮周到/接
　　待顧客,熱情周到/提供周到的服務。

周全　周到;全面:這個增產節約方案考慮得很
　　周全。

周至　周到:思慮周至/丁寧周至。

周　周到;完備:招待不周/計畫不周。

周密　周到而細密:周密的計算/周密地安排工
　　作/問題考慮得很周密。

精到　精細周到:論述精到/精到的見解。

萬全　非常周到;極其安全:萬全之策/萬全的
　　防火措施/對危險的作業要有萬全的防護設
　　備。

面面俱到*　各個方面都顧到,沒有遺漏。

O5－32　形:　嚴密

嚴密　細緻周到;沒有疏漏:嚴密封鎖/嚴密注
　　視事態的發展/防範極其嚴密。

嚴謹　嚴密謹慎:論證嚴謹/文章結構嚴謹/治
　　學態度極其嚴謹。□謹嚴。

無懈可擊*　沒有鬆懈的地方可以被人攻擊或挑
　　剔。形容十分嚴密。

無隙可乘*　沒空子可鑽。形容十分嚴密。也說
　　無懈可乘*。

天衣無縫*　原指仙女穿的衣服,不用針線製作,
　　沒有縫兒。後來比喻事物完美,沒有瑕疵。
　　也比喻處事嚴密周到。

細緻　精細周密:細緻地觀察/做細緻的思想工
　　作/他辦事很細緻。□細密。

緻密　細緻周密:紋路緻密/在顯微鏡下作緻密
　　的觀察。

縝密　周密,細緻:心思縝密/經過縝密的分析
　　研究。

綿密　細緻周密:思慮綿密/手段極為綿密。

細針密縷*　針線細密。比喻做事細緻周到。

O5－33　形:　猛烈

猛烈　氣勢強,力量大,來得突然:火勢凶猛烈/
　　狂風猛烈地吹來/發起猛烈的攻勢。

劇烈　猛烈:劇烈運動/劇烈的競爭/震動得非

常劇烈。

激烈　(言詞、動作)劇烈：言論激烈／爭辯得很激烈／展開激烈的肉搏戰。

強烈　❶極強的；力量很大的：日光強烈／強烈的抗議／受到強烈的刺激。❷鮮明的；程度很高的：強烈的對比／強烈的民族自尊心。

利害　凶猛；劇烈；難以對付或忍受：我頭痛得利害／這人手腕眞利害／流氓如敢搗亂，就叫它嘗嘗過肩摔的利害。也作**厲害**。

霸道　猛烈；厲害：這藥藥性霸道，不可亂用／這樣處罰未免太霸道了。

凌厲　形容氣勢迅速而猛烈：朔風凌厲／我方凌厲的攻勢，迫使對方節節後退。

尖銳　(言論、鬥爭等)激烈：鬥爭尖銳化／雙方矛盾日益尖銳／提出尖銳的批評。

凶猛　(氣勢、力量)凶惡猛烈：凶猛的虎豹／暴風來勢極爲凶猛，不可阻擋。

洶洶　形容氣勢盛大猛烈：聲勢洶洶／他們仗著人多勢衆，氣勢洶洶地走來。

猛　猛烈：風勢很猛／猛沖猛打。

劇　猛烈；激烈：劇痛／劇毒／劇變／劇戰／病勢轉劇。

激　急遽；猛烈：激流／激戰／激增。

烈　強烈；猛烈：烈酒／烈馬／興高采烈／轟轟烈烈。

盛　猛烈；旺盛：風狂火盛／年少氣盛。

狂　猛烈；急遽；聲勢大：狂風暴雨／力挽狂瀾／狂轟濫炸／洪水狂瀉。

O5－34 形：　急遽

急遽　迅速而猛烈：形勢急遽變化／物價急遽上漲。

迅猛　迅速而猛烈：大風來勢非常迅猛／野火迅猛地延燒著。

急驟　急速；迅速而突然：一陣急驟的馬蹄聲。

急遽　非常快；急速：氣溫急遽下降／形勢正在

急遽地變化。

急轉直下＊　情勢突然變化，並迅速地順勢發展下去。

雷厲風行＊　像打雷那樣猛烈，像風吹那樣急遽。形容聲勢猛烈，行動迅速。也比喻執行政策法令嚴格迅速。

迅雷不及掩耳＊　比喻事情突然發生，來勢迅猛，使人不及防備。

O5－35 形：　強大

強大　(力量)堅強充足：強大的後盾／我國國防力量日益強大。

強硬　堅強有力的；決不退讓的：態度十分強硬／措詞很強硬／遇到強硬的對手。

強勁　非常有力的：強勁的東風／派出一支強勁的先鋒部隊。

強盛　強大而興盛(多指國家)：我們的國家日益強盛／只有實現社會主義現代化，我國才能更加強盛。

強　力量大：國強民富／身強力壯／工作能力很強／這是一支實力較強的球隊。

雄　強大的；有氣魄的：雄兵／雄姿／雄圖。

雄壯　(氣勢、聲威)強大：隊伍威武雄壯／嘹亮的歌聲，十分雄壯有力。

雄大　(氣勢)強大有力：陣容雄大／氣魄雄大。

雄偉　雄壯偉大：山勢雄偉／綿延法、瑞、義、奧四國的阿爾卑斯山，山勢險峻，十分雄偉。

雄健　強健有力：體魄雄健／筆力雄健。

堂堂　形容氣魄大；力量大：堂堂男子漢／堂堂之陣。

磅礴　(氣勢)雄偉：這幅畫筆意酣暢，氣勢磅礴。

雷霆萬鈞＊　比喻威力極爲強大。鈞：古代重量單位，一鈞合三十斤。

急風暴雨＊　急遽而猛烈的風雨。形容聲勢強大，來勢迅猛。多用於迅速出現的事件或群衆運動。□暴風驟雨＊。

翻江倒海* 　原形容水勢浩大。現多用來比喻力
　量、聲勢非常強大。也作**倒海翻江**。

無堅不摧* 　任何堅固的東西都能摧毀。形容力
　量非常強大。

O5－36 形：　弱小・軟弱

弱小 　力量、勢力又弱又小：弱小民族。

弱 　氣力小；能力低；勢力差；不強：年老體弱／
　智力較弱／弱國／這個球隊力量不弱。

微弱 　小而弱：脈搏微弱／力量微弱／不要在微
　弱的燈光下看書。

微薄 　微小而單薄；數量不大：貢獻自己微薄的
　力量／微薄的報酬。

單薄 　力量小；內容不充實：我隊沒有主力隊員，
　力量單薄／文章材料單薄，缺少說服力。

薄弱 　單薄弱小；不堅強：基礎薄弱／意志薄弱／
　能力薄弱／注意生產中的薄弱環節。

軟弱 　沒有力量；不堅強：性格軟弱／政治上處
　於軟弱的地位。

虛弱 　軟弱；沒有實力：國力虛弱／軍隊虛弱，沒
　有戰鬥力。

衰弱 　(事物)由強轉弱：國力日益衰弱／敵軍攻
　勢已經衰弱。

貧弱 　貧窮而衰弱：國家貧弱／貧弱的民族。

O5－37 形：　盛大・浩大

盛大 　規模大、儀式隆重的：舉行盛大的閱兵式／
　節日晚會規模盛大。

盛 　盛大：盛會／盛典／盛況／盛舉。

堂皇 　氣勢盛大：大會會場布置得十分堂皇。

皇皇 　堂皇，盛大：皇皇巨著／皇皇文告。

赫赫 　顯著盛大：赫赫有名／立下赫赫戰功。

浩大 　(氣勢、規模)很大：聲勢浩大／工程浩大。

大張旗鼓* 　原指臨戰大規模地擺開旗鼓。今比
　喻推動某項工作聲勢壯，規模大。

轟轟烈烈* 　轟轟，聲音巨大；烈烈，火勢旺盛。
　形容聲勢浩大，氣魄雄壯。

浩浩蕩蕩* 　指水勢廣闊壯大。現常用來比喻氣
　勢浩大或隊伍強大。

波瀾壯闊* 　比喻氣勢或規模雄壯浩大。

如火如荼* 　像火那樣紅，像荼(茅草的花)那樣
　白。原來比喻軍容之盛，現用於形容氣勢盛
　大或氣氛熱烈。

O5－38 形：　緊張

緊張 　(事情、情況)激烈或緊迫：工作緊張／故
　事情節緊張曲折／戰事一觸即發，空氣十分緊
　張。

吃緊 　(政治、軍事形勢等)緊張：敵軍調動頻繁，
　前線吃緊／年底銀根吃緊。

白熱化 　(事態、情感等)發展到最緊張的程度：
　雙方矛盾到了白熱化的程度。

一觸即發* 　原指箭在弦上，一碰就會發出。比
　喻事態十分緊張，稍一觸動，馬上就會爆發。

箭在弦上* 　比喻已經到了事情不得不做或話不
　得不說的時候。形容情況十分緊張。

劍拔弩張* 　劍從鞘裡拔出來，弓也張開了。比
　喻形勢緊張，一觸即發。

如臨大敵* 　如同遇到強大敵人一般。形容情況
　極為嚴重、緊張。

山雨欲來風滿樓* 　滿樓風聲，預示山雨將來。
　原系晚唐詩人許渾的詩句。現多用來比喻重
　大事變發生前夕的緊張氣氛或迹象。

O5－39 形、動：　緩和

緩和 　❶〔形〕(情勢、氣氛等)平和；不緊張：局勢
　趨向緩和／雙方的爭執已緩和下來／來人的
　口氣比較緩和。❷〔動〕使緩和：緩和兩國的
　緊張關係／緩和內部矛盾。□**和緩**。

緩 　〔形〕緩和；不緊張：緊張的形勢緩下來了／
　他的口氣一下子變緩了。

弛緩 　〔形〕(局勢、氣氛等)趨於鬆動緩和：會場

裡緊張的空氣終於弛緩下來。

緩解 ❶〔形〕緊張的情勢得到緩和:近來交通的緊張情況,略有緩解。❷〔動〕使緩解:採取有效措施,緩解市場蔬菜緊缺情況。

緩衝 〔動〕使衝突緩和:緩衝地帶/見到他們不和,他出來從中緩衝。

O5－40 形: 危險

危險 可能遭受損害或不幸的;不安全:危險地帶/高空作業很危險/他目前處境十分危險。

危 危險:居安思危/危如累卵。

險 可能遭受損害或不幸:險情/好險呀/這事不算險,還有比這更險的。

危殆 〈書〉(形勢、生命)非常危險:社稷危殆/時勢危殆/病勢危殆。

危急 危險而急迫:處境危急/情勢十分危急。

險惡 (情勢)凶險可怕:病情險惡/形勢險惡。

驚險 情景十分危險,使人驚奇緊張:驚險場面/驚險鏡頭/雜技空中飛人有許多驚險動作。

凶險 (情勢)非常危險:處境凶險/病情凶險。

危如累卵 * 危險得如同疊起來的蛋,隨時可能摔下打碎。比喻情勢極其危險。

岌岌可危 * 岌岌,山高峻險惡的樣子。形容情勢極其危險,快要傾覆或滅亡。

千鈞一髮 * 千鈞的重物吊在一根頭髮上。比喻情況萬分危急。(鈞,古代重量單位,三十斤為一鈞)。也說一髮千鈞 *。

不絕如縷 * 好像只有一根細線維繫著,幾乎就要斷了。比喻事態極其危急,也形容聲音微弱悠長。

間不容髮 * 間隙中容不下一根頭髮。比喻情勢危急到了極點。

搖搖欲墜 * 形容地位極不穩固,非常危險,很快就要崩潰。

朝不保夕 * 早上保不住晚上,意外就會發生。形容情勢危急或生命垂危。也說朝不慮夕 *。

危在旦夕 * 形容危險隨時會發生。

O5－41 形: 安全

安全 沒有危險;平安,不受威脅:人身安全/安全施工/安全行車十萬公里。

平安 平穩安全;沒有危險,沒有事故:旅途平安/平安無事/平安地到達目標地。

平穩 平安穩當;沒有波折危險:語調平穩/車行平穩。

安然 平安;平穩:安然無事/安然度過難關。

安然無恙 * 指人平安無病。泛指平安無事。

轉危為安 * (局勢或病情)由危急轉為平安。

化險為夷 * 使危險的情況變為平安;轉危為安。

O5－42 形: 簡單
(參見 G7－30 簡短・精練)

簡單 ❶(結構、情況)不複雜;頭緒少;容易理解或處理:簡單明瞭/手續簡單/結構簡單/故事情節簡單。❷草率,不細緻:工作作風簡單粗暴/不可簡單從事/調查過於簡單。

簡 簡單:簡譜/簡裝/簡體字/一切從簡。

單 種類或項目少,不複雜:簡單/單純/單調。

單調 簡單、重複而缺少變化:講演內容枯燥單調/色彩單調/生活單調。

簡易 ❶簡單易行:簡易的辦法。❷設施不完備:簡易樓宇/簡易運貨車。

簡便 簡單便利:這個方法很是簡便/請你認真把事辦好,不要只求簡便。

O5－43 形、副: 單純

單純 ❶〔形〕簡單純一;不複雜:思想單純/這個問題很單純。❷〔副〕單一地;只顧:不能單純追求升學率/不能單純注重產量。

單一 〔形〕只有一種的:單一產品/色調單一/服裝式樣單一。

純粹　〔副〕單純地;完全:這計畫純粹是閉門造車／這傳聞純粹是無稽之談。

純　〔副〕單純地;完全:純屬謠言／純係虛構。

純一　〔形〕單純;單一:心地純一／想法純一。

O5－44 形：　詳細

詳細　周密完備:詳細調查／詳細彙報／故事情節講得十分詳細／統計項目很詳細。

詳　詳細:詳情／詳述／詳略得當／不厭其詳。

詳盡　詳細而全面,沒有遺漏:詳盡的分析／解說力求詳盡。

詳密　詳細而周密:計畫詳密／詳密的論證。

周詳　周到而詳細:考慮周詳／訂一份周詳的計畫。

詳明　詳細而明白:注釋詳明／講解詳明。

詳備　詳細完備:注釋詳備／史書上沒有留下詳備的記載。

詳悉　詳盡:記事詳悉。

詳實　詳細而確實:內容詳實／引例詳實／記載詳實可信。也作**翔實**。

纖悉無遺*　一點點也沒有遺漏。形容極為詳細完備。

不厭其詳　不厭煩詳細。即越詳細越好。

O5－45 形：　複雜

複雜　事物的種類、頭緒等多而雜:問題複雜／思想複雜／社會關係複雜／複雜的腦力勞動。

繁雜　煩雜　(事情)多而雜亂:家務繁雜／領導人不要成天陷於繁雜的事務堆裡,要懂得分層負責。

冗雜　(事務)繁雜:瑣務冗雜,窮於應付。

紛繁　繁多而複雜:門類紛繁／頭緒紛繁。

繁複　多而複雜:手續繁複／整理古籍,校勘工作十分繁複。

繁多　種類多:時裝式樣繁多／菊花品種繁多／市場管理費名目繁多。

盤根錯節*　樹根木節盤旋交錯,不易砍伐。比喻事情繁難複雜,難以處理。

千頭萬緒*　形容事情頭緒繁多,情況複雜。

錯綜複雜*　形容頭緒繁多,情況複雜。

犬牙交錯*　形容交界線曲折,像犬牙一樣參差不齊。也比喻形勢錯綜複雜。

撲朔迷離*　語出古樂府《木蘭詩》。撲朔:指雄兔腳亂動;迷離:指雌兔眼半閉。原指雄兔、雌兔形態不同,但在地上跑時,就模糊不清,難辨雄雌。後用以形容事情錯綜複雜,不易分辨。

目迷五色*　形容顏色多而雜,使人看不清楚。比喻事物錯綜複雜,難以分辨。

O5－46 形：　瑣碎

瑣碎　細小而繁多:家務事都很瑣碎／寫調查報告,瑣碎的事不要贅述。

瑣　細小;零碎:瑣事／瑣聞／瑣憶。

瑣雜　瑣碎而繁雜:他嫌事務工作過於瑣雜,不願意做。

瑣屑　〈書〉瑣碎:事務瑣屑。

瑣細　瑣碎:他處理瑣細的事務,很耐心細緻。

煩瑣　繁瑣　繁多而瑣碎:語言煩瑣／手續繁瑣。

煩冗　繁冗　(事情)煩瑣;(心情)繁雜:事務煩冗／心緒煩冗。

繁縟　〈書〉繁多而瑣碎:繁縟的禮節。

囉唆　囉嗦　(事情)瑣碎、麻煩:想不到手續這麼囉嗦／他又碰到囉嗦的事了。

委瑣　〈書〉細小瑣碎;拘泥小節:委瑣小事,不值一提。

O5－47 形：　合適

合適　符合實際情況或客觀要求:書架靠牆角放很合適／評彈演員穿長袍比較合適／在這個地點開會不合適。□**合式**。

合宜　合適;相宜:她擔任公關工作很合宜／森

林公園是合宜的遊憩場所。

相宜　適宜;合適:她做節目主持人很相宜。

適宜　合適;相宜:這個季節出外旅遊最爲適宜/選擇一個老年人穿的適宜的式樣。

恰當　合適;妥當:這段評語很恰當/他的工作已作了恰當的安排/他在會上恰當地表達了自己的觀點。

適當　合適;合宜:提出適當的人選/安排工作要適當/適當使用人才。

得當　(言行)合適;恰當:措詞得當/工作安排得當/這篇文章詳略得當。

的當　〈書〉恰當;合適:這句話刪改得很的當。

恰　合適;適當:用語不恰/不無欠恰之處。

當　合適;合宜:措詞失當/用人不當/文章內容當否? 請加指正。

允當　得當;適當:繁簡允當/公平允當的辦法。

確當　正確恰當;適當:寫文章力求語言確當/表達意見中肯確當。

相當　適宜;合適:找一個相當的理由/考慮一個相當的人選。

愜當　〈書〉恰如其分;適當:理多愜當/其言愜當。

得體　言行得當;恰當:應對得體/這位外交家的即席發言很得體。

得宜　適當;合適:事務處理得宜/人員配備、調度得宜。

妥帖　恰當;十分合適:話說得妥帖得體/事辦得十分妥帖。也作**妥貼**。

熨帖　妥帖;合適:用詞熨帖/很快就把事情辦得十分熨帖。

對頭　❶合適;正確:方法對頭/態度不對頭。❷合得來:兩人性格不對頭,終於分手了。

對路　合適;稱心;合乎要求:這是農村銷售順暢的輕工業產品/他從事財務會計工作正對路。

對勁　❶合適;稱心:這輛舊自行車,踏起來倒挺對勁。❷情意投合:小夫妻倆好像不大對勁,

時常吵嘴。

適當　程度適當;合適:措置適當/老年人也要有適當的體力活動。

合度　合乎尺度;合適:舉止合度/這件衣服長短合度。

適量　數量適宜;合適:飲食要適量/適量的運動有益健康。

適中　❶旣不太過,又非不及;正合適:溫度適中/身長、體重適中。❷位置不偏不斜:地點適中。

恰如其分＊　辦事、說話很有分寸,恰到好處:對員工的表揚和批評,都要恰如其分。

恰到好處＊　說話、做事正好達到最恰當的地步。

適可而止＊　說話、做事到了適當的程度就停止。

O5－48 形: 妥當

妥當　穩妥適當:行李早已收拾妥當/事情辦得很妥當/工作布置欠妥當。

妥　❶妥當:妥爲保管/方法欠妥/問題處理得不妥。❷齊備;停當:事已辦妥/供貨合約尚未談妥。

妥善　妥當完善:妥善安置傷員/妥善處理鄰里關係。

妥靠　妥當可靠:掛號郵寄,較爲妥靠/他辦事比較妥靠。

妥實　妥當;實在:把信交給妥實的人送去/一時竟想不出妥實的辦法。

平妥　穩妥妥帖:措詞平妥。

服貼　妥當:她把家務事料理得很服貼。

穩妥　穩當;可靠:這個辦法比較穩妥/這事由他辦最爲穩妥。

穩便　安穩方便:穩便的措施/照你的方法去做不夠穩便。

穩當　穩妥適當;妥當:他辦事穩當可靠。

停當　齊備;妥當:飯菜已準備妥當/事情已安排停當。

定當　〈方〉停當;妥當:商談定當／籌備定當。

安穩　穩當;平靜:小汽車安穩地在公路上奔馳／讓老邁的父母過幾年安穩日子。

牢穩　穩妥可靠:把這些票據放牢穩些,切勿遺失。

牢靠　穩妥可靠:錢款交給他保管,較爲牢靠／這人辦事不夠牢靠。

保險　穩妥可靠:箱子上了鎖,十分保險／我說的辦法,保險得很。

把穩　〈方〉穩當;靠得住:做事把穩／他守口如瓶,把穩得很。

四平八穩*　形容說話、做事穩當。現多用來形容做事但求不出差錯,缺乏創新精神。

十拿九穩*　形容十分可靠,很有把握。也說**十拿九準***。

O5－49 形：　失當

失當　不合適;不妥當:用人失當／調配失當／處置失當。

失宜　〈書〉不適宜;不妥當:處置失宜／賞罰失宜。

不善　不妥當;不好:處理不善。

不妥　不妥當:他們意見,總體方向不妥。

不對碴　不符合當時當地情況;不妥當:他們討論自己學校裡的事,我一插嘴就感到不對碴。

過猶不及*　事情做得過了頭,就同做得不夠一樣,都是不妥當的。

矯枉過正*　糾正錯誤做得過了頭,結果反而失當。

畸輕畸重*　偏輕偏重。指言行輕重失當。

著三不著兩*　指說話或做事考慮不周到,輕重失當。

O5－50 形：　順利

順利　事情進展中沒有或很少遇到阻礙或困難:籌備工作進行得很順利／手續順利地辦好了／雙方爭執已經順利解決。

順手　順利,沒有遇到阻礙:接待工作做得很順手／事情辦得不大順手。

順遂　事情做得順利,符合心意:諸事順遂／孩子們的升學都很順遂。

順溜　順利,沒有阻礙:這事情他可以做挺順溜。

得手　(做事)順利;達到目標:球隊進攻頻頻得手／這陣子工作可以做很得手。

得勁　舒適;順利:這鞋穿起來怪不得勁／這輛汽車開起來挺得勁。

順暢　順利通暢,沒有阻礙:文筆順暢／下水道經過疏浚,排水順暢了。

一帆風順*　比喩非常順利,毫無波折。

得心應手*　心裡想的,手上都能運用自如。形容技藝純熟,或做事順手。

左右逢源*　比喩做事得心應手,非常順利。

萬事亨通*　一切事情都很順利。

O5－51 形、名：　不利·曲折

不利　〔形〕不順利:處境不利／人地生疏不利於推動工作。

曲折　❶〔形〕事情複雜;不順利:故事情節非常曲折／事情發生了曲折的變化。❷〔名〕複雜的、不順利的事情或情節:經過許多曲折／現在遇到的只不過是暫時的曲折。

波折　〔名〕事情進行中發生的曲折:歷經波折／產品試製過程中遇到不少波折。

周折　〔名〕(事情)反覆曲折;不順利:費了不少周折／幾經周折,資金方才落實。

周章　〔名〕〈書〉周折;苦心:煞費周章。

橫生枝節*　比喩插進了一些意料不到的問題,使主要問題不能順利解決。

節外生枝*　比喩在問題之外又出現了新問題。多指故意設置障礙,使問題不能順利解決。

一波三折*　形容寫字筆法曲折多姿或文章結構轉折起伏。也比喩事情發展波折多,不順利。

一波未平,一波又起＊　比喻事情波折多,一個問題還未解決,另一個問題又出現了。

好事多磨＊　一件好事在進行中常常經歷許多波折。

O5－52 形、動：　便利·不便

便利　❶〔形〕用起來或做起來沒有阻礙,容易達到目標:這裡附近有超市,購物很便利／有了隧道和大橋後,浦江兩岸交通便利多了。❷〔動〕使便利:增設零售網點,便利群眾生活。

便　〔形〕❶便利;方便:便於學習／行旅稱便／得便／就便。❷簡單的;非正式的:便餐／便函／便條／便衣。

便當　〔形〕方便;容易;簡單:這裡離市場近,買菜很便當／這幾道應用題做起來滿便當。

方便　❶〔形〕便利:給人方便／這裡進出方便／騎自行車上班十分方便。❷〔形〕合適:在你方便的時候,我們談談。❸〔動〕使便利:在車站設置銀行、郵局,方便過往旅客。

簡便　〔形〕簡單方便:用法簡便／手續簡便／操作簡便。

便宜　〔形〕方便適宜;便利:便宜行事／這是個便宜可行的辦法。

靈便　〔形〕靈活;輕巧;使用方便:手腳靈便／裝有小輪子的旅行袋攜帶靈便。

便捷　〔形〕方便直捷:製作便捷／這是一條通往火車站的便捷小徑。

近水樓臺＊　宋人蘇麟詩句「近水樓臺先得月」的縮語。比喻由於接近而得到方便。

省事　〔形〕簡便;不費事:工作不能只圖省事／使用墨汁寫字比磨墨省事。

省便　〔形〕省事方便:用影印機影印文件非常省便。

不便　〔形〕不方便;不適合:行走不便／交通不便／他年紀大,不便參加劇烈運動。

未便　〔形〕不便;不適宜:這事未便自作主張／

在會上談論個人私事,恐有未便。

礙事　〔形〕妨礙做事;不方便:桌上堆滿了書報,很礙事。

O5－53 動、形：　濟事·不濟

濟事　〔動〕成事;頂事(多用於否定):難以濟事／人太少,恐怕不濟事／這麼幾個人怎能濟事?

頂事　〔形〕能解決問題;管用(多用於否定):在雪地裡穿這種長氈靴最頂事／你讓小孩子去說,不頂事。

抵事　〔形〕〈方〉頂事;有用(多用於否定):這個人是村長,說話很抵事／地裡的瓜,夜裡只他一個人看,不抵事。

頂用　〔形〕頂事;有用:他分到的牲口很頂用／空口說白話,一點點不頂用。

中用　〔形〕頂事;有用(多用於否定):他是個中用的孩子／這些陳舊的器械,不中用啦。

管用　〔形〕有效;能起作用:這藥真管用,吃幾服病就好了。

得用　〔形〕適用;得力:這種電子門鈴真得用／別看他年輕,卻是個很得用的幹部。

不濟　〔形〕〈口〉不好;不頂用:精神不濟／視力不濟／這個小伙子再不濟也是大學畢業生啊。

不行　〔形〕不中用;不好:人老了,身體不行了／他的手工不行,做的衣服不合身。

不中　〔形〕〈方〉不合用;不好:打家具,這種木材不中／你的主意不中,解決不了問題。

不濟事　〔形〕不頂事;不管用:這種病,吃多少藥也不濟事。

無濟於事＊　對於事情沒有什麼幫助或益處。

杯水車薪＊　用一杯水去澆一車著火的柴草。比喻力量太小,無濟於事。

O5－54 形、動：　有效·無效

有效　〔形〕能達到預期目標;有效果:有效期限／有效措施／原來的獎懲辦法仍舊有效。

靈光　〔形〕〈方〉頂用;效果好:這種膏藥真靈光／她的針線事情很靈光。

事半功倍*　形容費力小,收效大。

生效　〔動〕發生效力:合約一經簽訂,立即生效／針炙兩個療程,定能生效。

見效　〔動〕生效:服這個藥,見效快。

奏效　〔動〕取得預期的效果;見效:服藥期間,必須充分休息,方能奏效／教育孩子不是一味批評所能奏效。

收效　〔動〕收到實際效果:收效甚微／去年建成的防洪抗澇工程,今夏已收效。

得力　〔動〕得益;見效:我吃這個藥很得力／他精力如此充沛,得力於體育鍛鍊。

行之有效*　實行起來有成效。

立竿見影*　比喻迅速收效。

卓有成效*　有顯著的成績和效果。

無效　〔形〕沒有效力;沒有效果:加強工作計畫性,避免無效勞動／未經公證,合約無效。

失效　〔動〕失去效力:合約期滿失效／失效針藥,一律報廢。

失靈　〔動〕(機器的某一零件或身體的某一器官)變得不靈敏或失掉作用:煞車失靈／聽覺失靈。

事倍功半*　形容費力大,收效小。

O5－55 形、動:　有益·無益

有益　〔形〕有幫助;有好處:開卷有益／青蛙捕食害蟲,對農作物有益。

無害　〔形〕沒有危害:多吃粗糧,非但無害,而且有益／少量飲酒於身體無害。

有利　〔形〕有好處;有幫助:不要錯過有利的時機／這些條件對雙方都有利／城市綠化有利於人民的身心健康。

無益　〔形〕沒有好處:煙酒對健康無益／那些描寫武鬥、凶殺的小說,對青少年有害無益。

不利　〔形〕有害;沒有好處:吸煙對健康非常不利／對人民不利的事,絕不能做。

無補　〔動〕無益;沒有幫助:於事無補／這些脫離實際的想法,無補於按期完成任務。

O5－56 形、名等:　時興·背時

時興　〔形〕一時流行的:武術片和偵探片都很時興／聖誕卡、賀年片又成時興的東西了／現在旅遊考察非常時興。

熱門　〔名〕對許多人具有吸引力的事物:企業管理是個熱門話題／近年來,英語又成為人們競相學習的熱門。

吃香　〔形〕〈口〉受社會歡迎:科學園區裡研發高科技的人員很吃香／夏天,最吃香的食物莫過於冰磚、雪糕了。

熱　〔形〕受許多人歡迎的;興旺的:熱銷／熱貨／熱點／歌劇又熱起來了。

紅　〔形〕象徵事業順利、成功、受重視等:紅人／紅角兒／紅得發紫／她一齣戲唱紅了。

吃得開　〔動〕通行無阻;受人歡迎:此人在工商界吃得開／名牌產品一向吃得開。

背時　〔形〕〈方〉❶不合時宜:這批背時貨,對折廉售。❷倒霉;不順利:這場球我們又輸了,真背時。

冷門　〔名〕原指賭博時很少有人下注的一門。現比喻冷僻的、不時興的工作、事業等:冷門學科,要組織人去鑽研。

冷　〔形〕不受歡迎的;沒人過問的:冷貨／受到冷遇。

吃不開　〔動〕行不通;不受歡迎:知識需要更新,老教材吃不開了。

O5－57 副:　順便

順便　乘做某事的方便,兼帶做另一事:順便說一句／到郵局匯款時,順便買了幾張郵票／上街順便買一些菜回家。

就便　趁著方便;順便:就便把門帶上／你領薪

水時,請就便代我領一領。

趁便　順便:你上班時,趁便替我請一天病假。

乘便　乘著機會;順便:乘便提一個問題／我從
　　家鄉來,乘便帶了些土產送人。

順手　順便;捎帶;隨手:順手關上大門／順手遞
　　杯子給我／順手拿了就走。

帶手　〈方〉順便:收拾房間時,把走廊帶手給掃
　　一掃。

順帶　順便;捎帶:你去買鞋時,順帶幫我買兩雙
　　襪子。

隨手　順手:隨手關門／隨手收拾一下報紙。

跟手　〈方〉隨手:老師講著,跟手把標題寫在黑
　　板上。

趁手　〈方〉隨手:清理抽屜時,趁手把信件整理
　　一下。

信手　隨手:信手拈來／信手寫了一首舊詩／信
　　手拿起桌上的書看一看。

就手　順便:她打開電視機,就手關上檯燈。

捎帶　順便:他洗衣服,捎帶把我的襯衣也洗了。

捎帶腳兒　〈方〉順便:我吃過飯,捎帶腳兒把你
　　的飯盒領出來了。

O5－58 副:　迎頭·劈面

迎頭　朝著(人、物)的正面;迎面:迎頭痛擊／迎
　　頭趕上去。

當頭　正對著頭;迎頭:當頭棒喝／當頭一擊。

劈頭　正沖著頭;迎頭:我在路上,劈頭碰見了級
　　任老師。也作**辟頭**。

頂頭　正對著頭;迎面:在回家的路上,我頂頭碰
　　上一位多年不見的老朋友。

摟頭　〈方〉對準著腦袋;迎頭:摟頭一棒／一盆
　　水摟頭澆去。

攔腰　從中腰(切斷、截止、抱住):他把逃犯攔腰
　　抱住／大壩把洶湧的江水攔腰截住。

迎面　對著臉:海風迎面吹來／一群賽跑健兒迎
　　面飛奔而來。

劈面　正沖著臉;劈臉:暴風雪劈面襲來／劈面
　　遇見一位久違的老同學。

劈臉　正沖著臉;迎面:北風夾著雪花劈臉吹來。

劈胸　對準胸膛:劈胸一拳,打得他暈頭轉向。

劈頭 *　正對著頭和臉壓下來:暴雨夾著冰雹劈
　　頭地打下來。也作**劈頭蓋腦** *。

O5－59 形、副:　直接·間接

直接　〔形〕不通過中間事物的;無轉折的(跟「間
　　接」相對):直接聯繫／直接播送／你們兩人直
　　接商談／他已能直接閱讀英文資料。

徑直　〔副〕直接;一直(做某事):他在縣城下了
　　車,徑直奔回家／他徑直追問下去,使對方沒
　　法答覆。

徑自　〔副〕憑自己意思,直接行動:她不待允許,
　　徑自進了院長室／大家談得正高興,他卻徑自
　　走了。

徑　〔副〕直接;徑自:酌情徑行處理／不在美國
　　停留,連夜徑赴澳洲。

一直　〔副〕❶不拐彎地(直線前進):沿著這條路
　　一直走就到新車站。❷表示動作始終不間斷
　　或不改變:老街改造的工作一直持續進行。

直　〔副〕直接;徑自;一直:直達快車／這艘客輪
　　直航香港／她傷心得直流淚。

一頭　〔副〕表示動作急;徑直:下了課,他一頭鑽
　　進了圖書館。

間接　〔形〕通過中間事物發生關係的(跟「直接」
　　相對):間接選舉／間接傳染／間接認識／我間
　　接地聽到他的一些情況。

O5－60 形、副:　共同·分別

共同　❶〔形〕屬於大家的;大家一致的:共同目
　　標／共同綱領／共同事業／徹底消滅核武器,
　　是世界人民的共同心願。❷〔副〕大家一齊
　　(做):共同承擔責任／共同商討問題。

共　〔副〕在一起;一齊:共事／同舟共濟／甘苦與

共。

同 〔副〕共同;一齊(做):同謀/同吃同住同勞動/同乘一班飛機。

一同 〔副〕表示大家同時同地(做某事):一同唱歌/一同打球/跟外國小朋友一同慶祝「國際兒童節」。

一道 〔副〕一起(行動);一同:一道研究/咱倆一道上街走走。

一起 〔副〕一同;一道(行動):一起住,一起吃/我倆幼年時一起上學,一起回家。

一齊 〔副〕一同;同時:千萬個彩色氣球一齊升空/二十多輛消防車一齊出動。

齊 〔副〕一起;同時:齊唱/齊步走/百花齊放/並駕齊驅。

一路 〔副〕一起(行動):我也是去公園,咱倆一路走。

一併 〔副〕表示合在一起:一併解答/一併處理/這幾個問題,下次會議一併討論。

並 〔副〕一同;一起:相提並論/並行不悖/預防和治療並重。

一塊兒 〔副〕一同;一起:她倆一塊兒排練,一塊兒上臺演唱。

聯合 〔形〕結合在一起的;共同的:聯合政府/聯合聲明/鋼鐵聯合企業。

夥同 〔副〕若干人合在一起(做事):他引誘青少年夥同作案。

分別 〔副〕分頭;各自:早操完畢,各班分別回到教室。

分頭 〔副〕若干人從不同方面,分開同時(做事):分頭找人/分頭辦事/分頭準備。

個別 〔形〕單個;各個分開的:個別談話/個別情況/個別交換意見。

各別 〔形〕各不相同的;有分別的:各別處理/對於犯不同性質錯誤的人要各別對待。

O5－61 副:　獨自·互相

獨自 單獨一個人:他獨自騎車環行全國/獨自悲傷/獨自完成任務。

單獨 不跟別人合在一起;獨個兒:單獨行動/單獨承擔責任/他才學了半月,已能單獨開車了。

獨 獨自:獨唱/獨白/獨斷獨行/獨善其身。

獨力 依靠自己一個人的力量:獨力經營/他很小就獨力維持生活/全書的翻譯,由他獨力完成。

單個兒 獨自一個人:老漢這些年一直單個兒過活。

獨個兒 自己一個人;單個兒:他獨個兒上街購物。

互相 表示彼此對待的關係:互相尊重/互相幫助/互相依存。

互 互相;彼此:互為表裡/互教互學/互通有無/互致問候。

相 互相:相愛/相依為命/相輔相成/首尾相接/理論與實際相聯繫/好言相勸。

相互 互相;表示彼此對待的關係:相互學習/相互促進/相互滲透。

交互 互相:交互提意見/交互送紀念品/交互影響。

O5－62 副:　從中

從中 在兩方之間;在其中(做某事):從中挑唆/從中調停/從中得到啟發。

就中 從中;在其中:就中傳話/就中協調步驟/就中彌補裂痕。

居中 處在中間;從中:居中斡旋/居中調處/為加強行業間的聯繫,我廠居中牽線搭橋。

居間 在雙方之間(調解、說合):居間穿針引線/居間調停。

O5－63 副:　親自

親自 由自己直接(做某事):親自動手/親自出馬/局長親自下基層調查研究。

親身　親自:親身體驗/親身遭際/親身經歷。

親　親自:親眼目睹/親臨指導/親筆簽字。

親手　由自己動手(做):親手書寫/親手經管/這棵銀杏樹是曾祖父當年親手栽種的。

親口　由自己開口(說或吃):親口保證/親口嘗嘗味道。

親眼　用自己眼睛(看):親眼目擊/親眼觀察/親眼目睹。

O5－64 副:　竭力

竭力　盡力地(做):竭力幫助/竭力克制/竭力搶救/竭力忘掉那些痛苦的往事。

一力　盡全力;竭力:一力承擔/一力成全/一力推薦。

肆力　〈書〉盡力(做):肆力筆耕。

專力　集中力量(做某事):專力攻讀工程物理。

奮力　努力鼓起力量:奮力殺敵/奮力排澇搶險。

極力　用盡全力;想盡辦法:極力主張/極力保護環境衛生/極力克服困難。

大力　用很大的力量:大力支持/大力推廣/大力引薦。

鼎力　〈書〉大力(表示感謝或請托時的敬辭):承鼎力推薦/望鼎力協助。

全力　❶用全部力量或精力:全力以赴/全力支持/全力防治/全力拚搏。

拚命　比喻盡最大的力量;極度地:拚命掙扎/拚命叫喊/拚命地趕任務。

O5－65 形:　勉強

勉強　❶自己能力不夠或不情願,還是去做:他身體不好,還勉強連夜把全文譯好/他礙於情面,勉強同意了。❷將就、湊合達到某種標準:他說的理由實在太勉強/這套舊衣服還勉強可以穿。

硬　勉強:硬幹/硬撐/生搬硬套。

強　勉強:強求/強辯/強詞奪理/強顏歡笑/強不知以為知。

生硬　勉強;不自然:生硬地套用別人的經驗/他答應時的態度有些生硬。

O5－66 副、形:　索性

索性　〔副〕直截了當;乾脆:這篇作文老寫不好,索性換個題目/既然做了,索性一口氣做到底。也作**索興**。

爽性　〔副〕索性:別再轉彎抹角的,爽性直說吧。

乾脆　〔形〕直截了當;爽快:他辦事十分乾脆/把可有可無的詞句乾脆刪掉。

簡直　〔副〕〈方〉索性:留校也無心複習,簡直放他回家算了。

直截　〔形〕(說話、做事)簡單爽快:他一進門就直截說明來意。

直截了當＊　形容說話、做事簡捷乾脆。

O5－67 副:　趕緊

趕緊　表示立即迅速行動,毫不拖延:電線冒煙了,趕緊切斷電源/病人呼吸很急促,趕緊請醫生來。

趕快　表示加速行動,不誤時機:趕快煞車/趕快跑,否則要遲到了/你趕快寫封回信給他。

趕忙　表示迅速行動;趕緊:他自知失言,趕忙表示歉意/瓢潑大雨倒下來了,他趕忙跑進店鋪躲雨。

儘快　儘量加快;趕快:儘快完工/危重病人儘快送往醫院。

從速　趕快;趕緊:存貨無多,欲購從速/沿江工廠污水排放問題,應從速解決。

快　趕快;從速:快把屋子收拾乾淨/快出來幫忙抬東西。

急忙　因著急而加快行動:接到報警電話,他急忙趕赴出事地點。

連忙　趕快;急忙:連忙回答/連忙閃避/見一位

老婆婆上車,我連忙讓座。

緊忙　急忙;趕緊:他緊忙騎上車走了。

O5-68 副：　動不動

動不動　表示很容易地做出某種行動(多含不滿意):動不動就生氣/這女孩子動不動哭鼻子。

一動　動不動;常常:這個人脾氣躁,一動就冒火。

動　動不動;常常:他寫文章動以萬言計。

動輒　〈書〉動不動就:動輒得咎/動輒劍拔弩張,兵戎相見。

O5-69 副：　難怪

難怪　表示弄清了原因,對所說的情況就不感到奇怪:平時鬆鬆垮垮,難怪在比賽中一觸即潰/媽媽沒有說一聲就走了,難怪她要哭。

怪不得　表示弄清了原因,對某種情況就不感到奇怪;難怪:原來火車誤點了,怪不得你回來這麼晚。

無怪　怪不得;難怪:兩人性格不同,無怪總合不來。也說**無怪乎**。

怪道　〈方〉怪不得;難怪:聽說他是來自農村的,怪道幹起農活來挺熟手。

怨不得　怪不得;難怪:他又違反課堂紀律,怨不得老師當眾批評。

O5-70 副：　無故

無故　沒有緣故:不要無故缺席/他這是無故習難人。

無端　沒來由;無故:無端滋生是非/無端獨自傷心。

平白　沒有緣故;平空:平白無故/平白誣賴好人。

平空　無緣無故;憑空:平空說別人壞話。

憑空　沒有根據;憑空捏造罪名/憑空猜想實際情況。

無緣無故*　沒有任何緣故。表示不明白事情發生的原因。

O5-71 副：　反正

反正　強調在任何情況下,結果都一樣;橫豎:不管那個岩洞多麼瑰奇,我這回反正不去/稿紙能買就多買些,反正我經常要用。

橫豎　〈口〉表示在任何情況下都如此;反正:橫豎他明天要來,這事等他來了再商量吧/不要再說了,橫豎他不會聽我們的。

橫直　橫豎:橫直各有各的自由,你一定要走,我們也不強留。

橫　橫豎:你愛看什麼節目就收看什麼,我橫沒空。

左右　反正:你愛喝什麼酒就喝什麼酒,我左右是點滴不沾唇的。

左不過　左右;反正:看電視也好,聽廣播也好,左不過是消閒解悶兒。

O5-72 副、動：　仍然·照舊

仍然　〔副〕❶表示情況繼續不變:開春以來,天氣仍然十分寒冷/他年過六十,仍然精力充沛。❷表示恢復原來情況:他把看過的報刊,仍然放回原處。

仍舊　❶〔動〕跟原來情況一樣,不加變動;照舊:人員編制,一切仍舊。❷〔副〕仍然:他在外工作多年,鄉音仍舊那麼濃重/他倆爭吵之後,仍舊和好如初。

仍　〔副〕仍然;還是:問題仍未解決/病情仍很嚴重/他復員後仍回鄉務農。

依然　〔副〕仍然:依然如故/情況非常緊急,他依然不動聲色。

依舊　❶〔動〕跟原來一樣:山河依舊/風物依舊。❷〔副〕仍舊;仍然:他進城後依舊過著勤勞儉樸的生活。

照舊　❶〔動〕跟原來一樣,不加變動:訓練內容、

時間,一切照舊。❷〔副〕仍然:他身體有病, 照舊每天準時到校。

照常　❶〔動〕跟平常一樣,沒有變動:工作時間 照常。❷〔副〕表示按照平常情況(行動、做 事):展覽館例假日照常開放/即使雨天,他也 照常外出散步。

照例　〔副〕按照慣例或常情(做):每月的薪水照 例要扣福利金/掃帚不到,灰塵照例不會自己 跑掉。

照樣　〔副〕照舊;仍然:冬天,他照樣堅持洗冷水 浴。

還是　〔副〕表示情況繼續存在或動作繼續進行: 她洗過的衣服,還是不乾淨/他年逾古稀,還 是每天早晨散步。

還　〔副〕還是;仍舊;依然:夜深了,他還在看書/ 雨還下個不停。

尚　〔副〕〈書〉還;仍舊:**實驗尚未成功**/問題尚待 進一步研究。

一仍舊貫＊　完全按照舊例做,絲毫沒有改變。

一如既往＊　完全像從前一樣。

O5－73　形、副:　徒然

徒然　❶〔形〕沒有效果的;不起作用的:他這個 人很難說服,恐怕你費盡唇舌也是徒然/徒然 浪費不少時間。❷〔副〕僅僅;只是:他並沒有 眞才實學,徒然有個虛名/如果這樣辦,徒然 有利於敵人。

徒　〔副〕❶白白地;徒然:徒有虛名/徒勞無功。 ❷僅僅;只是:徒添麻煩/徒托空言。

枉然　〔形〕毫無效果;徒然:費盡心機也枉然/ 說得好聽,沒有行動也是枉然。

枉　〔副〕白白地;徒然:枉花了一筆錢/枉費心 機/枉活了一輩子。

空　〔副〕沒有效果;白白地:空歡喜一場/空忙 一陣/空說了許多話。

白　〔副〕沒有效果;徒然:白費半天時間/白跑

一趟。

虛　〔副〕白白地;徒然:虛度年華/不虛此行/形 同虛設。

O5－74　代:　這·那·某·其他

這　❶(指示比較近的人、事物、時間、地點:這孩 子/這事/這屋子/這時候/這地方。❷代替 比較近的人、事物、時間、地點:這是新來的同 事/這是很複雜的問題/這是參考資料/他 就走/他們這才分手回家/這有一條小路。

這個　這一個(指示或代替人或事物):他這個人 很誠實/這個情況我知道/這個地方我來過/ 這個是不是你說的人/這個就是新買的電腦。

此　❶這;這個:此人/豈有此理/顧此失彼/此 情此景。❷這時候;這地點:到此為止/從此 音信全無/由此往西。❸這樣:如此而已/諸 如此類/一至於此/長此以往。

斯　〈書〉這;此;這個;這裡:斯人/斯時/以至於 斯/生於斯,長於斯。

之　〈書〉代替人或事物(限於做受詞):取而代之 /置之度外/反其道而行之/取之不盡,用之 不竭。

那　指示或代替較遠的人或事物:那傢伙/那地 方/那時候/那是五十年前的事情/那是全市 最高的建築物。

那個　那一個(指示或代替人或事物):那個老太 太/那個市場比這個好/糾紛已經解決,別 提那個了。

彼　❶那;那個:彼處/由此及彼/顧此失彼/彼 一時,此一時。❷對方;他:知己知彼/彼退我 進。

其　❶他(她、它);他(她、它)們:聽其自然/促 實現。❷他(她、它)的;他(她、它)們的:自圓 其說/各得其所/人盡其才,物盡其用。❸那 個;那樣:身臨其境/若無其事/果不其然/不 乏其人。

恁 〈方〉那:恁時節/恁光景。

該 那個(指上文說過的人或事物。多用於公文):該生/該廠/該工程/該項議案。

這些 指示較近的兩個以上的人或事物:這些孩子眞可愛/這些問題都要妥善解決/這些都是高技術的尖端產品。也說這些個。

那些 指示較遠的兩個以上的人或事物:那些學生都是醫學院的/那些旅遊勝地你去過嗎?

某 ❶指不定的人或事物:這事想必有某人知道內情/服用此藥會有某種副作用。❷指一定的人或事物:(知道名稱而不直說):本市某報/某部門。❸指自己:由我張某負一切責任。

某某 「某」的疊用形式:某某知名人物/某某學校/王某某。

有 泛指不確定的人、事物(作用跟「某」相似):這話有人說過/總有一天他會碰到困難的。

其他 代替一定範圍以外的人或事物;別的:各班班主席留下,其他人回去/最好的不過如此,其他可想而知。

其它 其他(用於事物)。

其餘 剩下的:攻其一點,不及其餘/只有幾個外省的同學還留校,其餘都回家了。

別 另外:別人/別處/別開生面/別有用心/別的話你不要說,別的事你不用管。

別樣 另外的;其他的:除了這個問題,別樣的意見你不要提。

另外 表示說過的之外的人或事物:你們幾個人整理書報,另外的都去做清潔工作/這件事是我經手,另外的事我就不知道了。

另 別的;另外:另一位客人/另一件事/另一方面。

旁 其他;另外:旁人/旁的事/今天只討論集資問題,旁的問題以後再議。

異 另外的;別的:異日/異鄉/異國/異地相逢。

他 另外的;別的:他人/他日/他鄉/並無他意

/留作他用。

O5－75 代:　什麼

什麼 ❶表示疑問,問人或事物:他是什麼人/什麼壞了/你這是幹什麼? ❷表示不肯定的事物:他們正在商量什麼/我餓了,想吃點什麼。❸表示任何事物:他什麼都不怕/你什麼時候來都可以/我什麼困難都遇到過。❹表示驚訝、不滿、不同意等:什麼! 他不願意來/這算什麼論文? 簡直是本流水帳/這事有什麼難辦的?

何 ❶什麼:何人/何事/何物/有何不可? ❷什麼處所:何往/何來/從何說起 ? ❸爲什麼:何不早說/吾何畏於彼? ❹表示反問:何樂而不爲/何足掛齒?

哪 表示疑問或反問:你要買哪一本書/分不清哪是正面,哪是背面/沒有辛勤的耕耘,哪有豐收的喜悅?

哪個 ❶哪一個:你參加的是哪個球隊? ❷〈方〉誰:哪個說的/你找哪個?

啥 〈方〉什麼:有啥說啥/信裡說些啥/去啥地方?

啥子 〈方〉什麼;什麼東西:你找我做啥子? /啥子事情都沒得。

底 〈書〉何;什麼:底處/關卿底事?

嗎 〈方〉什麼:幹嗎/嗎事/要嗎有嗎。

甚 〈方〉什麼:甚事/有甚要緊/要它作甚/這孩子眞膽大,甚也不怕。

O5－76 代:　這樣·那樣

這樣 指示事物的性質、狀態、方式、程度等:他就是這樣一個毫不自私自利的人/她的成績是靠這樣勤奮學習逐步提高的/這樣大規模的工程,他們恐怕承擔不了。也說這麼樣。

這麼 指示性質、狀態、方式、程度等:這麼刻苦攻讀的學生,確實難得/一著棋沒有下好,就

這麼處處被動。

這麼著 指示動作或情況：最後一句就這麼著，不用改了／這麼著才能保持平衡。

如此 這樣：理應如此／江山如此多嬌／早知如此，何必當初／如此父母，怎能教育好兒女？

如斯 〈書〉這樣；如此：如斯而已／逝者如斯夫，不舍晝夜。

如許 〈書〉❶如此；這樣：問渠那得清如許，為有源頭活水來。（朱熹:《觀書有感》）❷這麼些；那麼些：枉費如許口舌仍不能說服他／如許豐收成果，來之不易。

恁地 〈方〉這麼；那麼：恁地說，倒叫我不好意思。

恁 〈方〉這麼；那麼：沒見過恁聰明的孩子／用不到起來恁早／想不到他恁大膽。

然 如此；這樣；那樣：不盡然／防患未然。

那樣 指示性質、狀態、方式、程度等：當面不說，背後嘀咕，那樣不好／他可不是那樣保守的人／看你氣得那樣，這又何必呢。

那麼 指示事物的性質、狀態、方式、程度等：彼此老朋友，何必那麼客氣／像救火那麼急／不要那麼著急，坐下來慢慢兒談吧／才一個月，就發現那麼多問題。

那麼著 指示行動或方式：別那麼著了，彼此老鄰居，抬頭不見低頭見／還是讓我站著發言吧，那麼著精神會振作些。

O5－77 代： 怎樣‧為什麼

怎樣 ❶詢問性質、狀況、方式等：這是一家規模怎樣的印刷廠／演說比賽準備得怎樣了／我們怎樣在工作上密切配合？ ❷泛指性質、狀況、方式等：怎樣說他都不聽／工作要按照一定的程式去做，不能愛怎樣就怎樣。也說**怎麼樣**。

怎麼 ❶詢問性質、狀況、方式、原因等：到底是怎麼回事？／怎麼解決這個問題呢？／這會場該怎麼布置？ ❷泛指性質、狀況或方式：對他怎麼說的，我已經忘了／你看該怎麼辦就怎麼辦。❸表示程度（用於否定式）：這個人不怎麼可靠／她英語說得不怎麼流利。

怎的 **怎地** 〈方〉怎麼；怎麼樣：介紹信怎的不帶來？／你照章辦事，看他能把你怎的？

怎生 怎麼；怎樣（多見於詩、詞和早期白話）：風景怎生圖畫？／卻怎生不見來？

怎麼著 ❶詢問動作或情況：我已報名參加歌唱比賽，你打算怎麼著？ 收音機怎麼著一下子不響了？ 請你看看。❷泛指動作或情況：在公共場所得遵守秩序，不能愛怎麼著就怎麼著。

怎 〈方〉如何；怎麼：孩子這樣搗蛋，叫我怎能不生氣？／你需要用錢，怎不早說？

哪樣 ❶詢問性質、狀態等：這幾種色彩你喜歡哪樣？ ❷泛指性質、狀態等：百貨公司的貨物很多，哪樣都有。

何如 ❶怎麼樣：這個討論會請你來主持，何如？ ❷什麼樣的：剛接觸幾天，還不知道他是何如人。❸用反問的語氣表示「不如」：工作與其月月前鬆後緊，何如妥為安排，及時完成。

何等 什麼樣的：你知不知道他是何等人物？

如何 怎樣；怎麼樣：未知你的意見如何／如何提高產品品質？

若何 如何；怎樣：他近況若何？ 請就所知見告。

為什麼 詢問原因或目標：為什麼會出現海市蜃樓？／你為什麼不說話？

幹什麼 詢問原因或目標：你幹什麼發那麼大的脾氣／你這次去上海幹什麼？

幹嗎 〈口〉幹什麼：你幹嗎老盯住我？

為何 為什麼：你為何一言不發？／這幾天為何陰雨連綿？

何以 ❶〈書〉為什麼：合約剛簽好，何以又反悔？ ❷〈書〉用什麼：何以自圓其說？

咋 〈方〉怎；怎麼：咋辦？／這麼晚了，咋不回家？

焉　〈書〉怎麼(多用於反問)：焉能不去？/不入
　　虎穴，焉得虎子？

曷　〈書〉怎麼；為什麼：曷為不去？

O6　因果·過程

O6－1　名：　原因

原因　引起事情發生或造成某種結果的條件：查
　　明飛機失事的原因/奢侈淫靡只是一種社會
　　腐化的現象，決不是原因。

因　原因：病因/前因後果/事出有因。

因由　〈口〉原因：取得了成功，卻不知成功的因
　　由/了解發生糾紛的因由。

緣故　原因：今晚突然停電，不知什麼緣故。也
　　作原故。

故　緣故；原因：不知何故/借故除名/無故曠
　　課。

關係　泛指原因、條件等：由於身體關係，他不能
　　參加比賽。

緣由　原因：講清緣由/雙方訴說爭訟的緣由。
　　也作原由。

來由　事情的來歷或原因：他倆感情上的裂痕不
　　是沒來由的。

由來　事情發生的原因；來源：端午節吃粽子的
　　風俗由來/這筆款項的由來已基本弄清。

根由　來歷；緣故：追問兄弟反目標根由。

成因　(事物)形成的原因：龍捲風的成因/對海
　　市蜃樓的成因作了科學的解釋。

起因　(事件)發生的原因：學潮的起因/兩國武
　　裝衝突的起因。

緣起　事情的起因；起源：我聽父老說過他們所
　　以成為難民的緣起。

內因　事物發展、變化的內部原因。

外因　事物發展、變化的外部原因。

遠因　不是直接造成事故的原因：戊戌政變的遠
　　因/「五四」運動的遠因。

近因　直接造成結果的原因：海灣戰爭的近因。

因果　原因和結果。也指二者的關係：二者互為
　　因果/他們不但懂得現狀，而且明白因果。

O6－2　名：　條件

條件　❶制約事物發生、存在或發展的因素：自
　　然條件/必要條件/為發展經濟創造條件。
　　❷為做好某事而規定的標準或提出的要求：
　　評選先進工作者的條件/符合錄取條件。❸
　　狀況：家庭經濟條件/本人健康條件良好。

因素　❶構成事物的要素、成分。❷決定事物發
　　展、變化和成敗的原因或條件：輕敵是這次比
　　賽失利的重要因素/調動一切有利生產的積
　　極因素。

前提　事物發生或發展的先決條件：在目標一致
　　的前提下加強團結，發展生產是提高人民生
　　活水準的前提。

要求　具體的願望或條件：提出合理要求/這批
　　產品符合品質要求。

規格　泛指規定的要求或條件：要培養合乎規格
　　的人才/這個代表團要按國賓規格接待。

O6－3　名：　根源·來源

根源　事物所以發生的根本原因；起源：找出事
　　故發生的根源/長期的封建統治是導致貧窮
　　落後的根源。

根　人或事物的本源；底細：尋根/追根究底/追
　　根究柢。

根子　〈口〉事物的本源：從畫作上探究歷史發展
　　的根子/教育落後是偏遠山區貧窮的根子。

根本　事物的根源或最重要部分：土地是農業的
　　根本/要解決這個問題，必須從根本上考慮。

本　根本；根源：忘本/追本溯源/本末倒置/勤
　　儉為持家之本。

基本　根本：糧食是保障人民生活的基本。

本源　事物發生的根源：探索萬物的本源。

本原　哲學上指一切事物的最初根源：精神本原／物質本原。

來源　事物的根源；起源：我的經濟來源全靠版稅收入／生活是一切藝術創作的來源。

起源　事物發生的根源；由來：物種起源／宗敎的起源／人類的起源。也作**起原**。

淵源　水源。比喩事情的本源：歷史淵源／家學淵源。

泉源　泉水的源頭。比喩力量、知識、感情等的來源：智慧的泉源／生活永遠是文藝的泉源。

源泉　泉源：團結是力量的源泉／勞動是一切財富的源泉。

源　事物的來源：資源／財源／聲源／飲水思源／開源節流。

O6－4　動：　起源

起源　開始發生（後面常跟「於」）：知識起源於生產勞動／文學起源於圖畫／印刷術起源於中國。

發源　江河從河源頭流出。也比喩事物從某處開始：這條小河是從村後山裡發源的／我國的文化主要是從黃河流域發源的。

來源　開始發生；起源（後面常跟「於」）：白話文來源於群衆的口語／認識來源於實踐。

根源　起源（於）：他倆的家庭糾紛根源於父輩的怨仇／這種享樂思想根源於一定的社會環境。

導源　由某事物發展而來；起源（於）：自古詞章，導源小學／認識導源於實踐。

濫觴　〈書〉指江河發源處水很淺小，只能浮起酒杯。比喩事物的起源、開始：中國文化大抵濫觴於殷代。

O6－5　名：　基礎

基礎　建築物的根腳。比喩事物發展的起點或根本依據：友誼是彼此了解的基礎／他的英語

基礎很好／這個國家的工業基礎較爲薄弱。

基點　基本的立足點；基礎：自力更生是創建一切事業的基點。

基石　用做建築物基礎的石頭。比喩堅實的根基：幾千年的文化傳統是中華民族的基石。

根基　根底；基礎：根基穩固／在高中階段，他的數學知識就打下牢固的根基。

根底　基礎；底子：從小打下英文根底／牆上蘆葦，頭重腳輕根底淺。也作**根柢**。

底子　基礎：做學問要打下扎實底子／該國學生的外文底子很薄弱。

O6－6　名：　結果

結果　事物發展到一定階段達到的最後狀態；事情的結局：取得令人滿意的結果／他的成就是多年勤奮學習的結果。

果　事情的結局；結果：成果／後果／苦果／前因後果。

結局　最後的局面：悲慘的結局／喜劇多以大團圓爲結局。

終局　最後的局面；結束：比賽接近終局，勝負漸見分明。

了局　❶結局；結果：事態還在發展，將來的了局不能預料。❷長遠之計；徹底解決的辦法：這樣做只能暫時應付，不是個了局。

後果　最後的結果（多指壞的）：要事前考慮後果／後果不堪設想／濫伐山林會造成嚴重的後果。

惡果　壞結果；不好的下場：自食惡果／這一惡果是他自己一手造成的。

究竟　結果；原委：看個究竟／這孩子好學，對任何東西都要問個究竟。

分曉　事情的最終結果；底細（多用於「見」後）：能否考取，下個月可見分曉。

下文　指文章中某段或某句後面的文字。比喩事情的發展或結果：這個失竊案件，至今還沒

有下文。

產物　在一定條件下產生的事物或結果：人是時代即社會環境的產物。

O6－7 名：　目標・宗旨

目標　想要達到的地點、境界或結果：我們的目標一定能夠達到／一個人要有明確的生活目標／他做這件事，不會沒有目標。

目的　想要達到的境界或標準：爲實現共同的目的而努力／青年人要追求崇高的生活目的。

鵠的　箭靶子的中心。比喩目標、標的：教育以提高人民素質爲最終的鵠的。

方針　指導某項事業向前進展的方向和目標：教育方針／經濟方針／增強人民體質是推動體育運動的根本方針。

宗旨　主要的意圖和目標：我們的宗旨是全心全意爲人民服務／本學會以促進學術交流爲宗旨。

旨趣　〈書〉主要的意圖和目標；宗旨：本俱樂部的旨趣在於提倡高尙娛樂，陶冶會員情操。

旨　意義；意圖；目標：要旨／無關宏旨／雙方簽訂了一項旨在促進友好往來、加強科技合作的協定。

O6－8 名：　立場・出發點

立場　認識和處理問題時所處的地位和所抱的態度：彼此立場一致／對這個問題，他的立場非常堅定。

立腳點　觀察、判斷事物、處理問題時的立場：把立腳點移到人民大衆這方面來。也作**立足點**。

觀點　觀察或看待事物的立場或所抱的態度：群衆觀點／以發展的觀點看問題／爲藝術而藝術的觀點是錯誤的。

出發點　最根本的著眼點；動機：爲廣大人民謀利益，這是我們考慮一切問題的出發點。

角度　觀察、判斷事情的出發點：不能光從個人的角度上看問題／我從旁觀者的角度發表一些意見。

O6－9 名：　方法

方法　思想、說話、工作、處事所採用的途徑、程式等：你的思想方法有問題／採用新的方法製造產品／這種教學方法應該推廣。

方式　說話、做事的方法和形式：生活方式／和學生談話要注意方式／採用民主的方式動員群衆。

辦法　做好事情或解決問題的一定方式方法：你能想辦法給我買一張車票嗎？／我們的事業暫時有困難，但一定有解決的辦法。

措施　爲處理某種較重要情況而採取的具體辦法：有效措施／安全措施／對於擾亂治安分子，應採取果斷措施。

手段　爲達到某種目標而採取的方法、措施：塑造人物是表達中心思想的重要手段／用先進的手段進行實驗。

做法　製作物品或處理事情的方法：景泰藍的做法／行之有效的做法／這種做法，值得研究。也作**作法**。

法子　方法：想個法子。

法　方法；辦法：想方設法／無法對付。

章程　〈方〉辦法；主張：我自有章程／該怎麼辦，得拿個章程出來。

點子　辦法；主意：出點子／這個人點子多。

主意　心裡已經確定的意見或辦法：人小主意多／這確是個好主意，就這麼辦吧。

套套　〈方〉辦法；計策：那些老套套，沒有用啦／別看他閱歷淺，套套可不少。

老一套　陳舊的習俗或一成不變的工作方法：要改變老一套的生活方式／守著老一套方法，怎能提高產品品質？也說**老套**。

老路　指原來的做法；舊辦法：堅持革新，不走老

路。

彎路 指因工作、學習不得法而白費工夫的途徑、方法：措施對頭，可以少走彎路。

招 武術上的動作。引伸為辦法、手段：沒招兒了／這一招真厲害。也作**著**。

招數 武術上的動作。比喻辦法、手段：大哭一場就是她能使出來的最後的招數了。也作**著數**。

高招 好辦法；好主意：再也拿不出什麼高招了。也作**高著**。

絕招 一般人想不出的方法、手段：大家正在發愁，他又出了一個絕絕招。也作**絕著**。

O6－10 名： 途徑

途徑 道路。常用於比喻進行的方向、方法、步驟等：走自學成才的途徑／闖出一條增產創匯的新途徑／提高寫作能力最好的途徑是多讀別人的作品和多練筆。

路徑 途徑：開闢新路徑／找到了一條脫貧致富的路徑。

蹊徑 〈書〉途徑：獨闢蹊徑／別開蹊徑。

門徑 做事的方法、途徑、竅門：他向人大談發財的門徑／研究學術必須懂得門徑。

門路 ❶做事的途徑、方法、竅門：請你給指示一點門路／不斷的做實驗，是研究科學的不二門路。❷特指能達到個人目標的途徑：他是來城裡託親找門路的。

門道 〈口〉門路：俗話說：「外行看熱鬧，內行看門道」／找個發財致富的門道。

門兒 門徑：學習了一年半載的鋼琴，剛剛摸著點門兒。

路道 〈方〉途徑；門路：路道多／走上了一條危險的路道。

路 途徑；門路：生路／活路／窮途末路。

路子 途徑；門路：開闢一條創作的新路子。／在城裡找工作他有路子。

路數 ❶辦法；路子：有路數。❷底細：要摸清路數，不可盲幹。

出路 向前發展的途徑；前途：學財務會計的畢業生，出路看好／這裡不能發展，我們要另找出路。

路線 思想上、政治上或工作上所遵循的根本途徑：走群眾路線／堅持獨立自主的外交路線。

捷徑 近路。比喻能較快達到目標的途徑、手段：成功的捷徑／學習要不怕艱苦，沒有輕快的捷徑。

終南捷徑 ＊ 唐朝盧藏用曾隱居在京城長安附近的終南山，借此贏得名聲而做大官。舊用「終南捷徑」比喻求官的近便門路。現多比喻達到目標的便捷途徑。

死路 走不通的路。比喻走向失敗或毀滅的途徑：堅不悔改，自尋死路。

絕路 走不通的路；死路：挽救那些走上絕路的人。

死巷 走不通的巷弄。比喻絕路：你這樣做是鑽死巷。

歧途 岔道；錯誤的途徑：誤入歧途／徘徊歧途。

覆轍 道路上翻過車的車輪痕跡。比喻招致失敗的做法、途徑：重蹈覆轍。

常軌 正常的途徑或一般的方法：循常軌辦事／把學習生活納入常軌。

正軌 正常的發展道路：越出正軌／走上正軌／納入正軌。

邪門歪道 ＊ 不正當的門路或不正經的事情。也說**歪門邪道** ＊。

O6－11 名： 手段

手段 特指待人處事所用的不正當方法：手段凶狠毒辣／指桑罵槐，是她慣用的手段。

手法 不正當的手段：玩弄兩面派手法／人們未必連他這點手法也看不出來。

手腕 手段；伎倆：他又玩弄起兩面派手腕來了。

手腳 爲某種目標而暗中進行的活動：他一不在家，那老頭兒就做了手腳。

手眼 待人處世所用的手段、伎倆：手眼通天／走江湖的人，都有手眼。

一手 耍的手段：咱倆可是老朋友了，別來這一手！

權術 隨權應付的計謀手段（含貶義）：玩弄權術／慣用權術。

法術 舊時道士、巫婆等用畫符、念咒騙人的手法：用所謂法術行醫的江湖騙子在農村中仍時有出現。

伎倆 不正當的手段：拙劣的伎倆／揭穿騙人的伎倆。

花招 騙人的狡猾手段：戳穿敵人的花招／你別耍花招。也作**花著**。

花頭 〈方〉花招：耍花頭／這個那個，就數你花頭最多。

花槍 騙人的狡猾手段；花招：老實些，不要耍花槍。

花式 花招：實話實說，別耍花式。

玄虛 使人迷惑而不可捉摸的手段：故弄玄虛。

噱頭 〈方〉花招；手段：擺噱頭（耍花招）／噱頭再好也哄不住我。

把戲 比喻蒙蔽人的手法；花招：他這套把戲騙不了人。

鬼把戲 ❶陰險害人的手段、計謀：戳穿敵人的鬼把戲。❷暗中捉弄人的手段：這是他玩的鬼把戲，我們可別上當。

冷箭 乘人不備，暗中發射的箭。比喻暗中害人的手段：放冷箭／提防冷箭。

暗箭 暗地射出的箭。比喻暗中傷人的手段或陰謀：暗箭難防／暗箭傷人。

陰著兒 〈方〉陰險的手段：這一手陰著兒，叫人招架不住。

辣手 毒辣的手段：嫌犯作案的手法十分辣手。

毒手 致人死傷的狠毒手段：慘遭毒手／暗中下了毒手。

慣技 經常使用的手段（含貶義）：私拆函件是這些人的慣技。

故技 老手法；老花招：故技重演／你也可以用你的故技。也作**故伎**。

軟刀子 比喻使人在不知不覺中受到毒害的陰謀手段：黃色淫穢書刊猶如殺人不見血的軟刀子。

糖衣炮彈 * 糖衣裹著的炮彈。比喻腐蝕或拉攏人的手段：不要中了對方的糖衣炮彈，讓人拉了去。

敲門磚 指求取名利或企圖達到某種目標的初步手段。

障眼法 遮蔽或轉移別人視線，使看不清眞相的手法。也作**遮眼法**。

鬼蜮伎倆 * 暗中害人的手段。蜮：傳說中的一種能含沙射影來害人的動物。

軟硬兼施 * 軟的和硬的兩種手段一齊拿出，交替使用。

縱橫捭闔 * 原指戰國時策士以「合縱」或「連橫」的政治主張游說各國諸侯的方法。後用以指在政治上、外交上運用聯合或分化的手段。

O6－12 名： 訣竅

訣竅 關鍵性的方法；巧妙的竅門：找到學習的訣竅／魔術的訣竅在於用假象來掩蓋眞相。

訣要 訣竅。

竅門 解決難題或提高功效的巧妙辦法：動腦筋，找竅門。

秘訣 不公開的能解決問題的竅門：保健秘訣／學習最要緊的是勤學苦練，沒有什麼秘訣。

妙訣 靈妙的訣竅：養生妙訣／傳授妙訣。

門檻 門坎 〈方〉竅門；也指找竅門占便宜的本領：他們幾個人都是老門檻／這個小販門檻很精。

巧勁 〈方〉巧妙的手法：耍呼拉圈要會使巧勁。

三昧 事物的奧妙;訣竅:深得此中三昧。

O6－13 名: 條理·頭緒

條理 層次;系統;秩序:文章條理清楚/人力調度,工作安排,很有條理。

脈絡 比喻條理或頭緒:這篇習作,層次清楚,脈絡分明。

線索 比喻條理;頭緒;門路:這事還有好多線索沒有釐清楚/先要理出小說故事的線索/發現了破案的線索。

蛛絲馬跡＊ 蜘蛛網的絲,馬蹄的痕跡。比喻查究事情根源隱約可見的線索。

頭緒 絲頭。借指複雜事情的條理:茫無頭緒/頭緒紛繁/理出頭緒。

頭腦 頭緒;要領:摸不著頭腦/找不出頭腦。

眉目 頭緒;條理:事情的眉目還不清楚/這件案子總算有點眉目了。

端倪 事情的頭緒、線索:不知端倪/已見端倪。

端緒 頭緒:未見端緒/略有端緒。

秩序 有條理、有次序、不混亂的狀況:秩序井然/維持會場秩序/有秩序地上下公共汽車。

O6－14 名: 程式·階段

程式 事情進行的先後次序:會議程式/生產程式/按預定程式進行。

次序 事物在空間上或時間上按先後的排列:排好參觀次序/按照次序發言。

次 次序:名次/航次/依次發言。

次第 次序:先後次第。

序 次序:工序/音序/長幼有序/循序漸進/按姓名筆畫為序。

順序 次序:這部辭書以部首筆畫作為編排順序。

手續 辦事的程式:報名手續/手續複雜/他的申請被退回了,因為不合手續。

日程 按日排定的工作、生活程式:會議日程/旅遊日程。

步驟 事情進行的程式、次第:布置完成任務的具體步驟/不要變更原定步驟。

步調 行走時腳步的大小快慢。比喻事情進行的方式、程式和進度:統一步調/協調步調/採取一致的步調。

階段 事物發展過程中按特點及先後劃分的段落:孩子正在求學階段/工程的第一階段已經結束。

步 階段:問題要一步一步地解決/整個工程分兩步進行。

O6－15 名: 過程

過程 事情進行或事物發展變化所經過的程式、階段或始末:施工過程/教學過程/錄影轉播再現了亞運會的全過程。

進程 事情進行或向前進展的過程:歷史的進程/改革的進程/加速農業機械化的進程。

歷程 經歷的過程(多指戰鬥、生活的經歷):光輝的戰鬥歷程/艱鉅的生活歷程。

經過 過程;經歷:介紹紀錄片攝製經過/報告南極探險經過。

端的 事情的始末;內情(多見於早期白話):聽她一番訴說,方知端的。

源流 事物的發生和發展:探討傳記文學的源流。

沿革 事物發展、變化的歷程:絲綢的歷史沿革/杭州西湖的沿革。

始末 事情從開始到末尾的經過:五四運動始末/太平天國始末/他詳細說明瞭事情的始末。

本末 樹的根部和頂部。比喻事情從始至終的整個過程:詳述案情本末。

顛末 〈書〉從開頭到結尾;本末:不知顛末。

起訖 開始到終結:暑假的起訖達五十天/變更展售會的起訖日期。

首尾 ❶開頭部分和結尾部分:首尾相接/文章

要首尾照應。❷開始到末尾：這場排球聯賽
首尾共兩個星期。

始終 從開始到終了的全過程：始終如一／始終
不渝／貫徹始終。

前後 事情從開始到終了的經過、過程：他把事
情的前後詳細說了一遍。□**前前後後**。

原委 事情的始末；先後順序：深知原委／不明
原委／了解他倆失和的原委。

事由 事情的原委、來由：不問事由／把爭訟的
事由陳述清楚。

爭端 引起爭執的事由：邊界爭端／解決兩國的
爭端。

O6－16 名： 開頭

開頭 ❶事情開始的時刻或階段：工作的開頭總
會有困難的／開頭他學習很努力，後來就有點
放鬆了／開頭他還聽得到槍聲。❷事物最前
面的部分：名單的開頭，第一個便是他／文章
的開頭只用幾句話就說明瞭全篇的主旨。

開端 事情的起頭；開頭：新的開端／事情有了
良好的開端，等於完成了一半。

開始 開頭的階段：第一次登臺表演，開始她有
些緊張，過後也就穩定了。

始 開頭：自始至終／有始有終。

開首 〈方〉開始；開頭：文章的開首寫得好。

開初 〈方〉開始；起先：他開初是個生手，後來成
了行家。

初 開始的部分；起頭：年初／月初／人之初。

起頭 事物開始的時候或部分：他起頭悶聲不
響，不久就打開了話匣子／請你把故事從起頭
再講一遍。

起點 開始的地方或時間：這個城市是一條鐵路的
起點／她把得到冠軍看做攀登新高峰的起點。

頭 事物的起點、終點或頂端：開個頭／從頭學
起／苦日子到了頭／佔領山頭陣地。

最初 最早的時期；開始的時候：煙草最初不產

在中國／香港最初只是個海島漁村。

起初 最初；起先：起初他是個半文盲，現在能寫
會算。

起先 最初；開始：起先他對電腦是個門外漢，現
在已能操縱自如了。

起首 開始；起初：他起首只不過抽抽咽咽，後來
由哭泣變成號哭了。

處女 比喻第一次：處女作（第一次發表的作
品）／處女航。

破題兒第一遭 * 比喻第一次做某件事：我乘船
在海上旅行，還是破題兒第一遭。

O6－17 名： 萌芽·先聲

萌芽 植物的幼芽。比喻新生的成長中的事物：
新文化的萌芽／商品經濟的萌芽／高科技發
展的萌芽。

胚胎 ❶在母體內初期發育的動物體。❷泛指
剛形成的事物；事物的開始：在保守社會的軀
體內孕育著新世紀的胚胎。

苗頭 事物早期顯露出來的某種迹像或發展趨
勢：莊稼長勢壯旺，已露豐收苗頭。

苗子 〈方〉苗頭：及早消除火災苗子。

先聲 重大事件發生前出現的類似事件：深山裡
的動物若紛紛奔逃，經常是發生強烈地震的
先聲。

前奏 前奏曲。比喻事情的先聲：公司董事長挪
用公款強力護盤母公司股票，是導致財務危
機的前奏。

先河 古代帝王以爲河是海的本源，所以先祭祀
黃河，後祭祀大海。後用「先河」稱倡導在先
的事物：唐代的傳奇爲後世短篇小說的先河。

嚆矢 一種響箭，射出後箭未到而聲先響。比喻
事物的開端或先聲：明初三保太監率船隊下
西洋，實爲我國遠洋航行的嚆矢。

O6－18 動： 開始

開始 開始；著手進行：新學期開始了／開始了

新紀元／又一輪爭奪戰開始了。

開頭　事情、現象、行動等最初發生或出現：工作能馬上開頭最好／我常寫些短評，是從投稿於晚報副刊開頭的。

開　開始：開工／開演／開了年，我們也要養豬／你們開了一個很好的頭。

始　開始：週而復始／千里之行，始於足下／始於明代。

發端　開始；起頭：佛教發端於古代的印度。

發軔　〈書〉拿掉支住車輪的三角木頭，讓車開動。比喻事物的開端：中國的立憲運動發軔於戊戌變法。

肇端　〈書〉開端；開始：過去兩村不和，肇端於爭奪水源。

肇始　〈書〉開始；起頭：辛亥革命，民國肇始。

起　❶開始：起訖／報名從七月一日起／地方戲起於民間。❷用在動詞後，表示從……開始：從頭學起／從何說起。

上馬　比喻開始進行某項較重要的工作：開發區的建設已經上馬／又一座核電站宣告上馬。

萌芽　比喻剛產生：新思想開始萌芽／愛情的種子在她的心田裡萌芽。

權輿　〈書〉萌芽；事物剛發生：百草權輿／萬物權輿。

破天荒　唐朝時荊州每年送去考進士的舉人都考不上，當時稱為「天荒」。後來劉蛻考中了，稱為「破天荒」。後用以比喻事情前所未有，第一次出現。

O6－19 形、副：　原來

原來　❶〔形〕本來的；未經改變的：還是原來的樣子／按原來的計畫進行／我再也找不到原來的校舍了。❷〔副〕以前某一時期；當初：我原來不住在這裡／他原來是教師，現在經商了。❸〔副〕表示發現真實情況：車子越踏越重，原來內胎漏氣了。

本來　❶〔形〕原有的：本來面目／保持本來的精神狀態。❷〔副〕原先；先前：這地方本來就低窪，不下雨也積水／我本來早想去看你，但一直沒空。

原先　〔副〕原來；當初：我原先住在市中心區，去年搬遷到郊區／他原先想學建築，後來進了企業管理系。

原本　〔副〕原來；本來：我原本是學化工的。

原始　〔形〕最初的；第一手的；未開發的：原始生產方式／原始紀錄／原始森林／收集大量的原始資料。

原　❶〔形〕原來的：原稿／原籍／原職／原薪。❷〔副〕本來：彼此一家人，原不要那麼客氣。

本　❶〔形〕原有的：本性／本相／英雄本色。❷〔副〕本來：我本想不來／他本不願意說。

O6－20 名：　結尾

結尾　結束的部分：結尾工作／故事的結尾發人深省。

煞尾　事情或文章的最後部分：本文的煞尾耐人尋味。

尾　事物的最後部分：尾聲／排在隊尾／這人做什麼事都有頭無尾。

尾子　〈方〉事物的最後部分：工程還拖下個尾子。

末尾　最後的部分：署名在末尾／走在隊伍的末尾。

末了　最後：在一句話的末了，總要停頓一下。

末　事物的最後部分：篇末／歲末／夏末秋初／事情的始末。

末梢　最後的部分；末尾：辮子末梢／上月末梢。

最後　在時間上或次序上在所有別的之後：最後的勝利屬於努力不懈的人／我最後走出教室／要堅持到最後。

末後　最後：末後幾輛車子／名次排在末後。

終極　最終；最後：終極目標／遺恨沒有終極／走

向人生終極。

終 最後;末了:終點／年終／自始至終。

底 最後;末尾:月底／年底。

盡頭 末端;終點:知識沒有盡頭／滾滾人流,看不到盡頭。

止境 盡頭:學無止境／人們對客觀世界的認識永無止境。

尾聲 事情快要結束的階段:演出接近尾聲。

O6－21 動： 結束

結束 事情進行或發展到終點,不再繼續;完畢:演唱會結束／他希望討論早點結束,趕快開始工作／她過早地結束了自己的藝術生涯。

結 結束;了結:結業／結語／結帳／結案／歸根結底。

了結 結束;解決:了結我的心願／債務糾紛尚未了結。

了卻 了結;事情辦完:總算了卻一椿心願／父母為他了卻終身大事而高興。

了 完畢;結束:事情已了／沒完沒了／一了百了／不了了之。

了事 (不得已地或不徹底地)使事情結束:草草了事／敷衍了事／一走了事。

終了 結束;完了:學期終了／一幕戲已快終了／迢迢萬里路,何時終了?

終止 結束;停止:這樣的生活應該終止了／他們的戀愛關係已經終止。

告終 宣告終了;結束:心臟一旦停止跳動,生命也就隨之告終／戰爭以侵略者的徹底失敗告終。

底止 〈書〉終止:有所底止／永無底止。

終結 最後結束:學校生活終結了,而學習卻永遠不會終結。

完結 事情的整個過程全部結束:這椿麻煩事總算完結了／試驗是上午完結的。

完了 (事情)結束:夏收夏種,到月底才能完了。

完畢 完結;結束:宣讀完畢／報告完畢／小麥還沒有收割完畢。

完 完結;結束:魚兒離開水,生命就完了／我的話已說完。

畢 完結;完成:禮畢／畢其功於一役／今日事今日畢。

下 結束(日常作業或擔任的工作):下課／下班／下工／下崗／下臺。

收 停止(工作);結束:收工／收操／收攤／收兵。

收場 停止(活動);結束:會議草草收場／這事怕不容易收場。

收尾 結束事情的最後部分:工程到年底可以全部收尾。

掃尾 處理最後的結束工作:讓留下的人員來掃尾。

煞尾 收尾:這篇文章,你打算怎麼煞尾?

結尾 結束;終結:文章怎樣開頭,怎樣結尾,並無固定的格式。

O6－22 副： 終於

終於 表示某種行為、情況或預期結果,經過較長過程,最後發生或實現了:火箭終於發射成功了／經過反覆試驗,良種終於培育出來了。

終究 表示行為、事情的某種情況最後還是發生或出現了:這只是一時誤解,他終究會明白過來的／雖然多次增補修改,他終究把畢業論文完成了。也作**終久**。

終歸 表示某種情況或預期結果最後必定這樣發生或實現:問題終歸會得到解決／花終歸要落,春也終歸要殘的。

總歸 表示無論怎樣,事實、情況最後一定這樣;終究:事實總歸是事實,誰也不能抹煞／詐騙者可炫耀一時,但總歸要破滅。

終 終於;終歸;到底:終獲成功／凡是狐狸,尾巴終必露出／你遲早終要走,還不如早動身。

到底　表示某種行爲、事情經過變化,最後還是得到結果或實現了預期情況:經過一番周折,事情到底談妥了／經過大家勸說,他到底答應下來了。

畢竟　表示某種情況最後還是發生或出現了:經過努力,任務畢竟按期完成了。

竟　〈書〉終於;畢竟:有志者事竟成。

卒　〈書〉終於;最後:卒爲善士／卒無暇再往。

總算　表示某一行爲、情況或願望經過相當長時間終於發生或實現了:經過多次交涉,總算有了結果／一連乾旱兩個月,今天總算下了一場大雨。

算　總算:經過查閱資料,算把答案找到了。

到頭來　到了最後;最終:盲目行動,到頭來吃虧的還不是你自己!

O6－23 動：　進行

進行　從事(某種持續性的活動):進行科學實驗／手術進行得很順利／座談會正在進行。

前進　行動、事情向前進行或發展:取得了一些成績,我們還要繼續前進／我始終相信歷史總是要前進的。

漸進　一步一步地前進:循序漸進／事物發展有一個漸進過程。

猛進　勇猛地快速前進:高歌猛進／學業突飛猛進。

躍進　飛速前進:高科技業不斷在躍進／出口量已呈現躍進的局面。

推動　在較大範圍內進行某種活動,由小向大發展:展開增產節約運動／工作正在逐步推動。

展開　進行某種範圍廣、規模大的活動:展開戒煙宣傳運動／各項比賽全面展開。

並進　不分先後,同時進行:齊頭並進。

齊頭並進＊　多方面同時進行。

並行不悖＊　事情同時進行而不相衝突。

O6－24 動：　繼續

繼續　(活動、情況)接連下去,不間斷:這種情況可能繼續下去／比賽不再繼續／我們的討論下午再繼續／大雨繼續了三晝夜。

連續　接連不斷;一個接一個:好天氣連續了一週／做了幾個連續的動作。

連　連續;接下來:連日高溫／連年豐收／廢話連篇。

持續　延續不斷:出現持續高溫／沈默持續了很久／他倆的友誼從兒時持續到現在。

延續　照原樣繼續或延長下去:旱象已經延續了兩個月／留學時間還要延續半年。

延長　延伸;延續:延長壽命／延長工作時間／雙方同意把友好互助條約延長十年。

繼　繼續;接續:繼往開來／後繼有人／夜以繼日。

續　接連,使不中斷:續假／時斷時續／他寫好文章,又在後面續上一段。

傳　延續;繼承:世代相傳／祖傳秘方／古代傳來的文化遺產。

流傳　傳下來;延續下去:流傳後世／那些古老具睿智的諺語,已經流傳了幾百年。

繼承　承接前人的事業,使延續下去:繼承革命傳統／繼承先烈遺志。

承接　接續:承接上文／承接退休人員的工作。

接續　接連前面的;繼續:接續上回未完的故事／把剛才被打斷的對話接續下去。

接連　一個跟著一個;一次接著一次:接連不斷／接連幾場雨以後,草地已是一片碧綠了。

蟬聯　連續。多用於連任職務或連續保持某種稱號:她連續三次蟬聯世界冠軍。

此起彼伏＊　這裡起來,那裡落下。比喻事物的發生連續不斷。也作**此起彼落**＊

繼往開來＊　繼承前人的事業,開闢將來的道路:當前,我們青年正處在承前啓後、繼往開來的

歷史時期。

承上啓(起)下* 接續上面的,引起下面的。多
用於寫作。

承先啓後* 繼承前代的,啓發後代的。多用於
學問、事業方面。也作**承前啓後***。

踵事增華* 繼續以前的事業,並使它發展得更
加完善。

一脈相傳* 由一個血統或一個派別傳下來。常
比喩某種思想、學說或行爲、作風之間的繼承
關係。也作**一脈相承***。

O6－25 形、副: 不斷

不斷 〔副〕連續不間斷:學習不斷進步/捷報不
斷傳來/歡呼聲接連不斷。

不迭 〔副〕連續不停止:令人稱讚不迭。

連天 〔副〕連續不間斷:多做一點點工作,他就
叫苦連天。

聯翩 〔形〕鳥飛的樣子。形容連續不斷:浮想聯
翩/歌壇明星,聯翩來滬。也作**連翩**。

綿綿 〔形〕連續不斷的樣子:秋雨綿綿/柔情綿
綿。

源源 〔形〕連續不斷的樣子:源源不絕/源源而
來。

絡繹 〔形〕往來連續不斷的樣子:婦人們絡繹走
來,又陸續回去了。

絡繹不絕* 形容來來往往的人或車馬等連續不
斷。

接二連三* 一個接著一個,連續不斷。

O6－26 副: 連續

連續 表示同一活動或情況接連地發生:連續襲
擊敵人/連續三次被評爲先進/半月來連續
出現陰雨天氣。

接連 表示同一活動或情況一個接著一個、一次
接著一次發生:接連告捷/他接連來了兩次/
近日接連降了幾場大雨。

連 接連;連續:連說對不起/連熱了七八天。

連連 表示同一行動在短時間內接連出現:連連
點頭/連連叫好/連連得手。

一連 連續;連連:我一連說了好幾遍/旅行社
上午一連接待了四批旅客/一連刮了幾天風。

繼續 表示活動接連地、不間斷地進行或保持:
問題還要繼續調查研究/出了學校還要繼續
接受社會教育。

陸續 表示動作、行爲先先後後、時斷時續地進
行:會議代表陸續到達紐約/大辭典已陸續出
版十卷,全書即將出齊。

相繼 〈書〉一個跟著一個:代表們相繼到達/幾
幢公寓大樓相繼建成。

繼而 表示後一活動或情況隨著前一活動或情
況連續發生:他開始很驚慌,繼而感到新奇和
興奮/晚會上先是大合唱和獨唱,繼而演出了
歌舞劇。

隨後 表示一個活動或情況接著另一個活動或
情況之後發生:他聽到消息並不說話,隨後站
起身走了/你先去,我隨後就來。

一氣 不間斷地(做某事):一氣呵成/他靈感來
了,一氣寫出兩篇散文。

一口氣 不間斷地(做某件事):一口氣喝了兩碗
粥/他一口氣講了三個問題。

一個勁 表示不停地連續下去:他頭也不回,一
個勁地往山頂爬去/風一個勁地吹。

一股勁 一個勁;一口氣:他一股勁跑了二十里/
他一股勁把割下的稻米運了回來。

O6－27 動: 停止

停止 動作、行爲中斷或不繼續進行:比賽停止
了/病人呼吸停止了/江面霧大,渡船停止航
行。

停 停止:雨停了/停課一天/生產沒有停過/
他說個不停。

截止 到期停止,不再繼續:報名日期,月底截

止。

停息 停止：槍聲漸漸停息下來／等風停息了，船就繼續開航。

息 停止：息怒／川流不息／自強不息／狂風還沒有息。

止息 停止：大風刮到天明才止息。

止 停住：行人止步／到此為止／掌聲不止。

住 停止：住手／風已經住了／他一笑住了嘴。

打住 停止：他突然打住了腳步／我的話說的太多了，就此打住吧。

罷休 停止做某事；歇手：無謂的爭論可以罷休了／不達目標，決不罷休。

罷 停止：罷工／罷課／罷市／欲罷不能。

罷手 停止進行；住手：鬥到兩敗俱傷才罷手／不撲滅野火，決不罷手。

作罷 不再進行；中止：天公不作美，明天旅遊只好作罷。

歇手 停止正在做的事；罷手：他見生意難做，就此歇手。

住手 停止做的事；罷手：他一直做到天黑才住手／這事不做完，不能住手。

煞 結束；收住：煞筆／煞車／煞帳／突然煞住話頭。

休 停止；罷手：休會／休學／休戰／喋喋不休。

輟 停止；中止：輟學／輟業／或作或輟。

O6－28 動： 中止·停頓

中止 （活動）中途停止：中止演出／會談中止／比賽被迫中止。

停頓 ❶中斷；停止：廠裡一切工作都停頓了／歷史車輪滾滾向前，永不停頓。❷間歇；暫時停止：兩人的談話一直沒有停頓／工程由於調整，停頓了一年。

頓 稍停：抑揚頓挫／說到這裡，他頓了一下，接著又往下說。

停滯 因受到阻礙而不能繼續發展前進：工作不能停滯不前／這個廠的生產目前還處於停滯狀態。

中斷 中途停止，不再繼續：電訊中斷／臥病在床，他也不曾中斷閱讀。

中輟 中途停止進行：學業中輟。

間斷 中間隔斷，不連續下去：兩地通訊間斷已久／她自學英語，幾年如一日，從未間斷。

間歇 連續動作中每隔一定時間停頓一陣子：他為趕寫一篇報告，一刻也不間歇／這臺洗衣機每旋轉半分鐘間歇一次。

擱淺 比喻事情遇到阻礙，不能順利進行：談判擱淺了／這個科研項目因經費不足而擱淺了。

拋錨 〈方〉比喻在做著的事情因故中止進行：試驗開始不久就因主要人員離去而拋錨了。

斷斷續續 時而中斷，時而繼續；斷了又續，續了又斷。

半途而廢＊ 中途停止。比喻做事不能堅持，沒有做完就停止了。

O6－29 動： 不止

不止 繼續不停：血流不止／痛哭流涕不止。

不休 不停止：喋喋不休／吵鬧不休／糾纏不休。

不已 不止；不停：贊嘆不已／懊悔不已。

不置 〈書〉不止：稱嘆不置／羨慕不置。

不輟 〈書〉不止：弦歌不輟／筆耕不輟。

無間 〈書〉不間斷：他每天清晨到公園散步，寒暑無間。

沒完沒了＊ 沒有結束的時候。形容說話、動作時間長而不結束。

無盡無休＊ 說話、動作沒完沒了。

O6－30 動： 重複

重複 相同的東西再次出現；相同的事情照原樣再次做：重複的內容都已刪去了／這話你已說過幾遍，不要再重複了／歷史不會簡單地重複。

反覆　多次重複：他反覆著這個動作／這個計畫
　　的擬訂，已經反覆了多次。

顛來倒去*　東西翻過來，倒過去。指來回不止
　　一次地反覆。

翻來覆去*　身體來回翻動。形容一次又一次地
　　反覆。

來回來去*　指動作、說話一次又一次地重複。

炒冷飯*　比喻重複說過的話或做過的事，沒有
　　什麼新內容。

另起爐灶*　比喻放棄原來的，從頭做起或另創
　　一套。

O6－31　副：　再・又

再　❶表示一個動作、行為重複或繼續：再接再
　　厲／這事已經一拖再拖／我希望明天能再和
　　你談談／這篇文章請你再修改一次。❷表示
　　一個動作接著一個動作：這件事等你回來再
　　辦／先把問題調查清楚，再研究解決辦法。

一再　表示動作，情況反覆發生；一次又一次：一
　　再叮嚀／一再失敗／我一再表明自己的觀點。

再三　表示動作一次又一次重複：再三考慮／再
　　三勸阻／再三要求。

再度　表示動作、行為重複一次發生；第二次：價
　　格再度調整／再度當選會議主席。

又　❶表示同一動作、狀態重複或連續：說了又
　　說／又攻進一球／敵人的進攻又一次被我們
　　擊退了。❷表示兩個動作、狀態同時或相繼
　　發生或存在：又唱歌，又跳舞／她請老人坐下，
　　又給他倒茶／今天天氣又熱又悶。

還　❶表示動作重複或繼續進行：他明天還要來
　　／我現在還在這個學校教書。❷表示情況繼
　　續存在：天氣還很熱／多年不見，你還和從前
　　一樣年輕。

更　表示動作、情況的重複或繼續；再；又：更盡
　　一杯酒／更上一層樓／百尺竿頭，更進一步。

復　表示動作、情況的重複發生；再；又：死灰復

燃／舊病復發／帝國主義在中國橫行的時代
　　一去不復返了。

反覆　表示動作、行為一次又一次地重複：經過
　　反覆勸說，他終於醒悟了／這個辦法是我反覆
　　思考才決定的。

重新　❶表示動作、行為又一次發生；又；再：主
　　席把決議重新宣讀一遍／我重新學習了這篇
　　文章。❷表示動作、行為改變方式或內容，從
　　頭另行開始：重新安排生產／重新研究試驗方
　　法。也說從新。

重　再；又一次：重溫舊夢／不再重演／請你把話
　　重說一遍。

O6－32　副、形：　屢次

屢次　〔副〕表示動作、情況多次發生：屢次被評
　　為先進／這個路口屢次發生撞車事故。

屢　〔副〕屢次：屢教不改／屢試不爽／屢遭挫折。

屢屢　〔副〕屢次：他屢屢跟孩子們談起自己童年
　　的苦難生活。

累次　〔副〕屢次：累次提出建議／累次受到好
　　評。

累累　〔副〕連續多次；屢次：事故累累發生。

迭次　〔副〕屢次；多次：迭次談判，均未達成協
　　議。

迭　〔副〕一次又一次；屢次：高潮迭起／迭創新
　　記錄。

頻　〔副〕屢次：前線捷報頻傳／爭論頻起。

頻頻　〔副〕屢次：頻頻舉杯／頻頻囑咐。

頻繁　〔形〕次數多；連續不斷：交往頻繁／部隊
　　調動頻繁。

頻仍　〔形〕連續不斷；次數多：戰亂頻仍／外患
　　頻仍。

屢次三番*　形容次數很多。□三番兩次*；兩
　　次三番*；三番五次*。

O6－33　動：　循環・輪流

循環　事物週而復始地運動或變化：血液循環／

惡性循環／乒乓比賽循環地進行。

輪流　按次序一個接替一個，週而復始：輪流值班／輪流參觀／每月輪流一遍／分批輪流守護病員。

輪換　輪流替換(做事)：輪換上場比賽／戰士輪換著抬送傷員。

輪替　輪換：他們夫婦倆輪替著照顧孩子。

輪番　輪流(做某事)；輪換：輪番轟炸／兩邊觀眾輪番吶喊助威。

交替　輪流替換：循環交替／閱讀與寫作交替進行／他兩手交替著提一個沈重的箱子。

更迭　輪流改換；交替：人事更迭／朝代更迭／時序更迭。

更番　輪流替換：更番上崗／更番搖櫓掌舵。

倒換　輪流替換：幾套衣服倒換著穿。

倒替　輪流替換：他們分成三班，倒替著做守衛工作。

倒　調換；倒替：路上倒了三次車／分三班倒／倒手。

週而復始*　一次接一次地循環周轉。

交叉　間隔穿插：交叉作業／交叉感染／交叉出現。

穿插　互相錯開：節目豐富多彩，歌唱、舞蹈、戲曲、相聲，穿插演出。

O6－34　副：　逐步·順次

逐步　一步一步地：逐步解決問題／逐步清理積案／逐步提高人民生活水準。

順次　挨著次序：順次登機／順次購票／順次上臺發言。

順序　挨著次序：順序入場／請順序前進／各種車輛順序排著長龍。

循序　按照次序：循序漸進／循序入場。

依次　按照先後次序：請依次就座／依次發言。

挨次　順次；依次：挨次檢查／挨次上車。

以次　依次；順次：以次入座／以次排列。

逐個兒　一個一個地：他笑呵呵地逐個望著六面金牌。

逐一　逐個：對提出的問題，逐一詳細回答／他逐一詢問親友們的生活情況。

挨個兒　〈口〉逐個；順次：挨個兒搜查過路的／戰士們挨個兒走過來數落他。

O7　發展·變化

O7－1　動：　發生·出現

發生　原來沒有的事出現了；產生：事故突然發生／生活正在發生前所未有的變化／他對繪畫發生了興趣。

生　產生；發生：生了病／熟能生巧／觸景生情。

出　產生；發生：出成果／出人才／出了問題。

產生　由已有的事物中生出新事物；出現：老師的指導和鼓勵使我產生了不怕困難的力量／希望他們之間不再產生新的矛盾。

派生　從主要事物的發展中分化出來：兒童文學是因客觀需要由文學派生出來的。

萌生　〈書〉開始發生：草木萌生新芽／萌生邪惡念頭／萌生一線希望。

起　發生：起火／無風不起浪／起作用／風波驟起。

鬧　發生(不好的事)：鬧病／鬧災荒／鬧脾氣／鬧家庭糾紛。

爆發　突然發生：爆發經濟危機／山洪爆發／防止戰爭爆發／1919年春，爆發了「五四」運動。

突如其來*　出乎意料地突然發生或來到。

出現　事物開始顯露出來；產生出來：出現奇蹟／棉田出現蚜蟲／新人新事，不斷出現。

再現　已有的事情再次出現：通過藝術再現了人民的真實生活／一樁樁往事，彷彿再現在眼前。

重現　重新出現；再現：兒時情景又在夢中重現。

湧現　(人或事物)大量出現:體壇上湧現一批新秀／新生事物,不斷湧現。

閃現　短暫地出現:他那高大的身影又閃現在我的眼前／她臉上閃現出一絲微笑。

隱現　不清晰地顯現;或隱或現:海天相連處,隱現片片白帆／在山窪裡隱現著許多小屋。

有　發生或出現:有意見／有變化／有起色／形勢有了很大發展。

回潮　已曬乾或烤乾的東西又變潮濕。現常比喻已消失的舊事物、舊習慣又重新出現:近幾年迷信活動在一些農村有所回潮。

層出不窮*　連續不斷地出現。

層見疊出*　一次又一次地出現。

曇花一現*　曇花開放的時間極其短促。比喻事物難得出現一次或剛一出現就很快地消失。

O7－2 動:　顯現・預示

顯現　表露在外面,使人可以看見:天際顯現出一線曙光／他臉上顯現出幸福的微笑。

呈現　顯現;露出:新興城市呈現出一派欣欣向榮的景象／一片茂密的竹林呈現在眼前。

現　顯現;露出;出現:現原形／面現笑容／曇花一現。

顯露　原來看不見的變成看得見;顯現:顯露頭角／顯露才華／顯露無限生機。

露　顯露;表現:小草露出了幼芽／藏頭露尾／面露笑容。

露頭　露出頭部;剛剛出現:不讓錯誤的苗子露頭／不良的風氣又露頭了。

流露　(意識、感情)不自覺地表現出來:老人臉上流露出對故土和親人依戀的感情／不滿的情緒流露在他的言詞中。

表露　流露;讓人知道:她性格內向,喜怒哀樂很少表露在臉上。

顯示　明顯地表現出來:顯示內心的喜悅／這些小發明,顯示出孩子們的聰明才幹。

表示　事物本身顯出或憑藉某種事物顯出某種意義:絢麗燦爛的秋色表示著成熟和繁榮／紅燈亮了,表示禁止車輛通行。

表　顯示;表示:表態／表決心／略表心意。

表現　顯示出來:在指揮戰鬥上,他表現了卓越的軍事才能／在談話中充分地表現出他的沈著和機智。

顯得　表現出(某種情形):孩子顯得非常活潑可愛／節日的外灘顯得遊人格外多。

顯見　能明顯地看出:顯見他不老實／被告答話吞吞吐吐,顯見顧慮很多。

顯　表現;露出:大顯身手／各顯神通／顯出卓越才能。

展示　擺出來給人看;顯現出來:從機窗往下望,跨河大橋和兩岸街道清楚地展示在我們眼底／小說展示了人物的內心世界。

展現　展示;顯現:展現時代風貌／作品展現了豐富多彩的生活畫面。

浮現　經歷過的事情重新在腦子裡顯現:兒時情景又浮現在眼前／母親慈祥的面容在我的腦海裏浮現出來。

體現　某種性質、精神或現象在某一事物上具體表現出來:作品中體現了民族特點／思想要體現在行動上。

反映　反照。比喻把客觀事物的實質顯示出來:報告文學是迅速地反映現實生活的一種文學形式。

浮泛　流露;浮現:臉上浮泛出一絲微笑／她的身影時常浮泛在我的眼前。

透　顯露:白裡透紅／穩重中透著精明。

現形　顯露出原來的樣子;露出真相:謊言全被揭穿,騙子終於現形。□顯形。

形　顯露;表現:喜形於色／形諸筆墨。

亮　明顯地擺出來;顯露:亮相／亮底／亮出匕首／亮出自己的觀點。

預示　預先顯示:莊稼旺盛的長勢預示今年又將

獲得豐收。

預兆 從某種迹像預示將會發生某種事情:雲層
濃密低沈,預兆一場暴風雨的來臨。

兆 預示:瑞雪兆豐年。

O7－3 動: 存在

存在 事物實際上占據著時間和空間,沒有消
失:「地球繞着太陽公轉」鐵的事實永遠存在,
是無法否認的／很多地方現在還存在男尊女
卑的不合理現象。

存 存在;生存:倖存／名存實亡／浩氣長存／與
天地共存。

在 存在;生存:父母健在／青春常在／留得青山
在,不怕沒柴燒。

有 表示存在:屋裡有兩個小孩／法國有巴黎鐵
塔。

共存 共同存在:困難與機遇共存／兩人的友誼
與天地共存。

共處 相處;共同存在:和平共處／我們要保護
好人類共處的地球。

依存 互相依附而存在:商業的發展與工農生產
的發展相互依存。

長存 永遠存在:烈士英名,萬古長存。

O7－4 動: 保持

保持 保存原狀,使繼續下去:保持友誼／水土
保持／保持冷靜的頭腦／跟前面車輛保持一
定的距離。

維持 使繼續存在,保持不變:維持現狀／維持
原判／維持家庭生活／維持社會治安。

維繫 維持,使不失去:維繫人心／兩人之間的
異國戀藉信件往返維繫著情感。

保 保持:保溫／保暖／你再不好好溫課,優良成
績就保不住了。

保守 保持住,使不遺失:保守國家機密／嚴格
保守中立。

支持 ❶盡力維持;支撐:這家企業,連年虧損
難以支持。❷給以鼓勵或贊助:互相支持／支
持新生事物。

支撐 盡力維持:她勉強支撐起上身,把信寫完／
四口之家全靠姊姊一人支撐。

O7－5 動: 保存

保存 使事物繼續存在,不減損,不變化:保存實
力／保存歷史文物／保存並發揚光榮的革命
傳統。

保留 ❶保存不變;留下:珍貴的照片至今還保
留著／他還保留著農村儉樸的生活作風。❷
暫時留著,不予處理:保留不同的意見／保留
申辯的權利。

遺留 (以前的現象或事物)繼續存在,沒有消
失:遺留下一個腳印兒／那裡還遺留著戰爭的
痕跡／遺留的問題亟須解決。

遺 留下;遺留:遺毒／遺憾／不遺餘力／養虎遺
患。

留 保存:留長髮／留底稿／留一手／留有餘地。

留存 保留;保存:館裡留存著珍貴的歷史文獻／
母親的音容笑貌,還清晰地留存在我的記憶
裡。□存留。

殘留 部分地留存下來:遠方還殘留著一抹夕陽
的餘暉。

殘存 沒有消失乾淨而部分地留下來:山林深處
還殘存著濛濛雲霧／燃燒垃圾後,殘留下來的
星火應完全撲滅。

長留 長久地留存:美麗的海島長留在我的記憶
裡／漁民過度抽取地下水造成的地層下陷,是
我們必須長留的教訓。

O7－6 動: 消失

消失 (事物)逐漸減少以至不再存在:他的背影
在人群中消失了／薄霧已經完全消失／影響
還沒有消失。

消　消失:冰消瓦解／煙消雲散。

滅亡　消失,不再存在:國家滅亡／種族滅亡／舊的要滅亡,新的要壯大／雜文非但沒有滅亡,而且有了發展。

滅　消滅;滅亡:物質不滅／自生自滅。

消滅　消失;滅亡:恐龍早已消滅了／他聽見這話,接受手術的勇氣差點消滅了。

消泯　消失;消滅:消泯志氣／天良尚未消泯／最後說話聲、笑聲完全消泯了。

泯滅　消失:這部紀錄片給人留下難以泯滅的印象／好文章應該廣為流傳,不能聽其泯滅。

泯沒　消失:真理自在人心,未嘗泯沒／他的功績永遠不會泯沒。

泯　消失,消滅:天良未泯／怨尤悉泯。

消亡　消失;不存在:真理永遠不會消亡／挖掘整理民間音樂,不使消亡。

絕跡　斷絕蹤跡,不再出現:嚴冰封凍,鳥雀絕跡／河水嚴重污染,魚蝦絕跡。

消釋　消失;解除:所有疑慮都消釋了／讓憂憤消釋在祥和的氣氛中。

冰釋　比喻嫌隙、誤會、疑慮等徹底消除:渙然冰釋／真相大白,誤會冰釋。

消解　消釋:內心的煩惱已經消解了。

消散　消失;散掉:濃霧消散／滿懷煩悶,消散殆盡。

消逝　消失:輪船的遠影在海天交接處慢慢消逝了。

消退　減退;漸漸消失:洪水開始消退／他對她的熱情也消退下去。

衰亡　衰落以至滅亡:有些珍稀動物已瀕臨衰亡／一個能自救的民族,不會衰亡。

埋沒　使不能顯露出來,不能發揮作用:埋沒人才／你不要把人家的好意埋沒了。

湮沒　消滅;埋沒:書的作者已湮沒無聞。

湮滅　埋沒;消失:革命史跡要妥為保護,不能任其湮滅。

漸滅　消失;消滅:原始信仰既已衰歇,口頭神話也就日漸漸滅。

磨滅　因時間久遠而逐漸消失:人民英雄的功績,千秋萬世,永不磨滅／經過十年動亂,他的理想和熱情並未磨滅。

幻滅　(希望、理想等)像夢幻似地消失:願望幻滅／兒時對未來的憧憬,全部幻滅了。

破滅　落空;消失:她的夢想破滅了／他的希望又一次破滅了。

煙消雲散*　比喻事物消失得乾乾淨淨。也說雲消霧散*。

冰消瓦解*　比喻完全消失或徹底崩潰。也作瓦解冰消*。

灰飛煙滅*　比喻事物迅速消失。

無影無蹤*　沒有一點影子和蹤跡。形容完全消失。

O7－7　動:　恢復

恢復　❶變回原來的樣子:健康已經恢復／秩序還沒有完全恢復／他已回廠恢復工作／生產已恢復正常。❷失去的重新收回:恢復失地／恢復名譽。

復　恢復:復學／復婚／復古／官復原職。

回復　恢復(原來的樣子):他感覺精神已回復過來／她好像又回復了那種孩子氣。

還原　事物恢復原來的樣子:他的健康好轉,神氣又還原了／鏡子破了,無法還原。

復原　回復原狀:舊屋已經修葺復原。

復甦　生物體甦醒過來,恢復生命活動。也指事物恢復活力:萬物復甦／經濟復甦。

平復　恢復平靜:風波早已平復。

死灰復燃*　熄滅了的火灰又燃燒起來。比喻已經失敗了的勢力重新活動起來。

東山再起*　東晉宰相謝安,辭官後隱居會稽東山,後又重新出任要職。後以「東山再起」比喻失勢後重新恢復地位。

O7－8 動：　更新・復舊

更新　新的替換舊的:萬象更新╱觀念更新╱更新設備╱產品更新換代。

翻新　❶從舊的變化出新的:花式翻新╱款式不斷翻新。❷把舊的拆了重做:舊棉襖翻新。

更始　〈書〉除舊布新;從頭開始:與民更始╱勵精更始。

創新　創造新的:繼承是為了創新╱文藝作品的內容和形式要不斷創新。

維新　提倡新的。一般指改變舊法,推行新政:維新運動╱變法維新。

刷新　洗刷一新。比喻突破舊的,創造新的(紀錄、內容等):我游泳健兒,又刷新了一項世界紀錄。

推陳出新＊　揚棄舊事物的糟粕,吸取其精華,並創造出新的事物來。

吐故納新＊　指人體呼吸,呼出二氧化碳,吸進新鮮空氣。現多比喻揚棄舊的,吸收新的。

革故鼎新＊　革除舊的,建立新的。鼎:更新。

除舊布新＊　革除舊的,推行新的。

復舊　恢復過去舊的(制度,觀念、習俗、狀態等):復舊是開歷史的倒車,決沒有出路。

復古　恢復古代的制度、習俗;復舊:如果認為舊文藝什麼都好,什麼都保存,那樣就會走到復古的路上去了。

舊調重彈＊　比喻把舊理論、舊觀點重新搬出來,實行老一套。也說**老調重彈**＊。

故技重演＊　比喻再一次施展老手法。技,也作「伎」。

故態復萌＊　舊習氣、舊態度又重新恢復。

O7－9 動：　發展

發展　❶事物由小到大、由簡單到複雜、由低級到高級的變化:社會不斷在發展╱我國科技事業發展迅速。❷擴大(組織、規模等):發展新會員╱發展畜牧業。

振興　大力發展,使興盛起來:振興中華╱振興民族文化╱我國民間藝術得到了振興。

推動　使從無到有、從小到大地發展起來:推動植樹造林活動╱體育文娛活動要迅速推動起來。

進展　(事情)向前發展:城市住房建設進展迅速╱他的著作進展很慢。

蒸蒸日上＊　形容事業一天天向上發展。

方興未艾＊　事物正在蓬勃發展,不會停止。艾:停止;完結。

日新月異＊　每天每月都有更新和變化。形容發展和進步極為迅速。

O7－10 動：　興起

興起　開始出現並興盛起來:社會上興起了武術熱╱紅旗讀書運動蓬勃興起。

起來　泛指興起、奮起等:環保運動一起來╱近年起來一大批科技新貴。

崛起　興起:一座新興工業城市在開發區崛起╱近年國內高科技業迅速崛起。

突起　突然興起:異軍突起╱旅遊事業突起後,山路旁出現了一長列攤販。

勃興　蓬勃地興起:通俗唱法勃興後,歌壇平添了許多生機。

新興　新近興起:這時香港的地產業蓬勃發展,新興了許多大廈╱這是沿海地區新興的工業城市。

中興　(國家、社會)由衰微而復興:家業中興╱句踐報仇雪恥,中興越國。

復興　衰落後重新興盛起來:民族復興╱文藝復興。

風起雲湧＊　比喻新生事物相繼興起,發展迅速。

O7－11 形：　興盛・發達

興盛　蓬勃發展:高科技業日益強大興盛╱專家

預測下半年度股市繁榮興盛。

盛　興盛；興旺：百花盛開／盛極一時／太平盛世。

興旺　旺盛；興盛；發達：六畜興旺／農村出現一派興旺景象。

興隆　發達；旺盛：生意興隆／小鎮日漸興隆起來。

隆盛　興旺；昌盛：國家隆盛／清代是中國語言學發展的隆盛時期。

鼎盛　❶興盛；昌盛：鼎盛生涯。❷正當壯年：天子春秋鼎盛。

旺盛　❶生命力強；情緒飽滿、高漲：精力旺盛／士氣旺盛／麥苗長勢旺盛。❷興旺；興盛：商店業務旺盛。

熾盛　興旺；旺盛：生意熾盛／熾盛一時。

全盛　最為興盛或強盛：開元、天寶年間是唐帝國的全盛時期。

旺　興盛：瓜果旺季／士氣正旺／購銷兩旺／滿山杜鵑開得正旺。

紅火　〈方〉形容旺盛、熱鬧：日子過得挺紅火／大會開得正紅火。

發達　(事物)有了充分發展：肌肉發達／交通發達／沒有發達的科學技術，就沒有發達的工業農業。

昌盛　興旺；興盛：把我國建成一個繁榮昌盛的高科技國。

昌明　興盛發達：科學昌明／文化昌明。

繁榮　蓬勃發展；興盛：市場繁榮／繁榮富強。

蓬勃　繁榮；旺盛：朝氣蓬勃／生機蓬勃／體育活動蓬勃推動。

勃然　興起或旺盛的樣子：勃然興起／勃然有生氣。

勃勃　(精神、欲望)旺盛、強烈的樣子：生氣勃勃／興致勃勃／野心勃勃。

如日中天 *　好像中午的太陽。比喻事物發展正值最興盛的階段。

欣欣向榮 *　形容草木長勢茂盛。比喻事業興旺發達。

O7－12 動、形：　衰落

衰落　〔動〕(事物)由興盛、強大轉向沒落、弱小：家道日見衰落／鴉片戰爭後，大清帝國日益衰落。

衰敗　〔動〕衰落：企業日益衰敗。

衰退　〔動〕❶(精神、體力)趨向衰弱：熱情衰退／革命意志永不衰退。❷(政治、經濟等)衰落：經濟衰退。

沒落　〔動〕衰敗；趨向滅亡：沒落的階級／手工刺繡業已日趨沒落／頑劣、懶惰都足以使人沒落。

敗落　〔動〕由盛變衰；破落：家境敗落／市面日漸敗落／廟宇已敗落不堪。

中落　〔動〕(家境)由盛到衰：我祖父不會理財，家業中落。

衰弱　〔形〕(事物)由強轉弱：國力日漸衰弱／攻勢趨於衰弱。

衰朽　〔形〕衰落：衰朽的王朝／看起來這個城市顯得多麼古老、衰朽啊。

衰微　〔形〕衰落；不興旺：國勢衰微／家道衰微／這家老字號布莊一天比一天衰微。

式微　〔形〕〈書〉衰落；衰敗：這幾個大家族已相繼式微了。

頹敗　〔形〕〈書〉衰落；破敗：風俗頹敗／家運頹敗。

零落　〔形〕事物衰敗：著書時，他的家境已經零落／她惋惜自己零落的青春。

破落　〔形〕(家境)敗落：他出身於一個破落的家庭。

闌珊　〔形〕〈書〉衰落；將盡：春意闌珊／燈火闌珊。

凋敝　〔形〕(生活)困苦；(事物)衰敗；破敗：民生凋敝／百業凋敝／村舍凋敝不堪。

凋零〔形〕事物衰敗:百業凋零。

強弩之末*　強弩射出的箭,到射程的最後也沒有力量了。比喻強大的力量已經衰弱。弩:古代一種設機括用來射箭的機關弓。

日薄西山*　太陽將要落山。比喻人已衰老或事物已衰敗腐朽。薄:迫近。

O7-13 動:　變化

變化　事物在性質或形態上產生新的狀況:社會不斷發展變化／形勢突然變化／情況發生新的變化。

變　性質、形態、情況跟原來不同;變化;改變:社會情況變了／他的態度一下子變了／農村面貌變得很快。

變動　發生變化:這個機關的人事變動得很快／當前局勢有了很大的變動。

變遷　情況的變化轉移:世事變遷／環境變遷／二十年來,人事屢經變遷。

改變　(事物)變化:人們的世界觀隨著社會發展而改變／被動的局面開始改變了。

改　改變;變化:鄉音未改／幾年之間,家鄉面貌完全改了。

變幻　無規則地變化:風雲變幻／變幻莫測／世事變幻無常。

轉變　由一種情況變爲另一種情況:風向轉變／形勢有了轉變／他的思想開始轉變。

轉　改變方向、位置或情勢:風向轉了／轉敗爲勝／轉憂爲喜。

轉化　轉變;事物矛盾發展過程中對立面轉換位置:後進轉化爲先進／貧窮轉化爲富裕。

成爲　變成:她把一個農村姑娘培養成爲一個優秀的女飛行員／終於使願望成爲事實。

成　成爲;變成:一舉成名／立地成佛／久病成良醫／他成了知名人士。

變爲　變化成爲:變爲好學生／變爲經濟大國／由弱國變爲強國。

化　❶變化;使變化:化爲泡影／化險爲夷／化悲痛爲力量／化干戈爲玉帛。❷字尾,加在名詞或形容詞之後構成動詞,表示轉變成某種性質或狀態:美化／醜化／綠化／淡化／現代化／電氣化。

千變萬化*　形容變化極多。

瞬息萬變*　形容在極短的時間內發生又快又多的變化。

急轉直下*　情況突然發生變化,並且順勢迅速發展下去。

變化無常*　形容事物時常變化,沒有一定的規律。

天翻地覆*　形容變動巨大或鬧得很凶。也作**地覆天翻***;**翻天覆地***。

面目一新*　樣子完全改變,出現了嶄新的氣象。

面目全非*　事物的樣子改變得很利害,跟原來的完全不同(多含貶義)。

夜長夢多*　比喻時間一拖長,事情就可能發生各種意外的變化。

事過境遷*　事情已經過去,境況也改變了。也作**時過境遷***。

O7-14 名:　變化

變化　事物變成跟以前不同的狀態:化學變化／物理變化／心理變化／大地震後,山河變化劇烈。

量變　事物在數量上的增加或減少,是一種逐漸的、不顯著的變化。也叫**漸變**。

質變　事物根本性質的變化。是事物內部量變達到一定界限的結果。是由一種性質向另一種性質的突變或飛躍。也叫**突變**。

巨變　巨大的變化:滄桑巨變／山鄉巨變／老華僑暢談家鄉巨變。

O7-15 名:　趨勢

趨勢　事物發展的動向:目前經濟發展的趨勢是

好的／市場出現了好轉的趨勢。

趨向　事物發展的傾向；趨勢：企業管理走上電
　　腦化的趨向／匯價有回升的趨向。

動向　發展或活動的方向：思想動向／時局動向
　　／了解市場的動向／敵軍的動向不明。

傾向　事物發展的方向；趨勢：進步傾向／不良
　　傾向／他畢業後，傾向出國深造。

潮流　比喻社會變動或發展的趨勢：適應時代潮
　　流／革命潮流勢不可當。

動態　事情發展變化的情況：國際動態／隨時注
　　意市場動態，把握時機。

大勢　整個局勢的趨勢：世界大勢／大勢所趨／
　　大勢已定。

勢　事物表現出來的狀態或趨向：勢不兩立／趁
　　勢追擊／審時度勢。

樣子　〈口〉形勢；趨勢：天快要下雨的樣子／看
　　樣子，我隊很難轉敗爲勝。

意思　某種趨勢或苗頭：天色灰濛濛，像要刮大
　　風的意思。

頹勢　衰敗的趨勢：頹勢已成，難以挽回。

下坡路　比喻退步、衰落、滅亡的趨勢：不能眼看
　　這個球隊走向下坡路。

O7－16　動：　進化・演變

進化　事物由簡單到複雜、由低級到高級逐漸發
　　展變化：人類由類人猿進化而來／人類社會不
　　斷進化。

演變　發展變化(歷時較久)：研究生物演變的過
　　程／事情演變成這個樣子，是誰也沒料到的。

衍變　演變：金魚由鯽魚衍變而成／一些基本的
　　東西，互相配合，衍變成爲多種多樣的東西。

演化　發展變化(多指自然界的變化)：天體演化
　　／地貌演化／生物都是從簡單的演化爲複雜
　　的。

演進　演變進化：歷史演進／社會演進／生物由
　　低級到高級的變化是一個不斷演進的過程。

嬗變　〈書〉演變：館藏歷代古籍刊本，形象地顯
　　示著我國圖書出版嬗變的歷史軌迹。

遞變　順序變化；演變：季節遞變／炎涼遞變。

O7－17　動：　變更・改換

變更　改動、更換原來的狀況：變更航速／他的
　　生活習慣一點沒有變更／母親對我的愛永遠
　　不會變更。

改變　更改；變動：改變計畫／改變作風／他的態
　　度絲毫沒有改變。

變動　變更；改變：人事變動／訪問的日程有了
　　變動／他對來訪的人說的話都是老一套，只不
　　過因對象而變動幾個名詞。

改動　改換；變動：改動擴建項目／改動編排次
　　序／計畫沒有多大改動。

更動　改動；變動：全稿已經審定，文字不再更動
　　／人事安排有所更動。

變通　根據實際情況，作靈活的非原則性的變
　　動：原則上不動，各地可根據具體情況，酌量
　　變通／爲了目標，手段不妨變通。

扭轉　糾正或改變事物原來的方向或狀況：扭轉
　　失利的形勢／扭轉虧損負債的局面。

移　改變；變動：移風易俗／堅定不移／貧賤不能
　　移。

易　改變；變換：移風易俗／易地療養／改弦易轍
　　／以暴易暴。

變易　變換；變化：她的忠貞本性，世世代代不變
　　易。

移易　改變：風俗移易／這個決議是不可移易
　　的。

轉移　改變：轉移話題／轉移風氣／工作的重心
　　已經轉移。

變換　事物的形式或內容由一種換成另一種：變
　　換隊形／變換話題／服裝款式要不斷變換。

變　改變(性質、狀態)；變成：壞事變好事／變弱
　　國爲強國。

改換 去掉原來的,換上別的:改換門庭/改換生活方式/改換商標/改換集資方式。

更改 改換;變動:更改航線/共同商定的方案,不能隨意更改。

更換 更改;變換:更換衣服/更換機器設備。

掉換 ❶更換:掉換工作/買的衣服不合身,拿去掉換。❷彼此互換:今天夜班,我和你掉換一下。也作**調換**。

替換 把原來的人、物調換下來:帶一套衣服去替換/把傷員替換下來。

倒換 輪流掉換:她在工廠倒換著上早、中、晚班。

換 變換;更換:換班/換季/換衣服。

轉換 變更;改換:轉換方向/轉換立場/他的談鋒突然轉換了。

輪換 輪流替換:輪換休息/輪換值班/兩人輪換著到醫院陪伴病人。

交替 替換;輪流:循環交替/交替進行/交替出現。

更迭 輪流更換;變更:時序更迭/人事更迭/朝代更迭。

交換 各拿出自己的給對方:兩人互通姓名、交換名片/雙方交換了意見/兩隊交換場地。

對換 相互交換:兩人對換了座位。

O7－18 動: 引起

引起 某一種事物或活動使另一種事物或活動出現或發生:引起人們注意/引起糾紛/一場辯論由此而引起/引起軒然大波。

引 引起;使出現:引火燒身/引人注意/拋磚引玉。

引動 引起;觸動:一篇報導引動了我的鄉思。

招致 引起(某種不良後果):驕傲輕敵招致失敗/酒後行車,招致一場慘禍。

招 引來(不好的事物);惹起:招災/招怨/招雷殛/招人恥笑。

致 引起;導致:致病/因傷致死。

導致 引起;造成:導致感情破裂/導致發生重大安全事故。

誘致 誘發;招致(不好的結果):誘致一場誤會/誘致舊病復發。

招惹 引起(麻煩):招惹是非/別給自己招惹煩惱。

惹 引起(不好的事情或愛憎的反應);招引:惹禍/惹麻煩/惹人討厭/惹是生非。

挑動 引起;引動:這件事挑動了我的好奇心/悲慘的哭聲挑動了她的感情。

滋生 引起;發生:滋生事端/滋生戰禍/滋生自滿情緒。

O7－19 動: 使得

使得 (事物、意圖)引起某種結果;致使:電訊的發達使得人與人的距離大大縮短了/他一席話使得我深為感動。

使 致使;讓;叫:使市民得到方便/驕傲使人落後,虛心使人進步。

讓 使;致使;容許或聽任:讓我提個問題/媽媽不讓她看電視/不能讓事情這樣發展下去。

叫 致使;令;讓:花香叫人心醉/他不叫我去,我就只好留下/這事叫人為難。

教 使;讓;令;叫:敢教日月換新天/莫教山泉白白流失。

令 使;使得:令人刮目相看/令人眼花撩亂/令人痛恨。

致使 由於某種原因而使得;以致:由於年久失修,致使房屋多處漏雨/河水污染嚴重,致使魚蝦絕迹。

促使 推動使發生變化:嚴格執法,促使工商戶不敢不照章納稅/敵人的壓迫,促使熱血青年起來反抗。

O7－20 動: 推動

推動 促使事物動起來或前進:推動企業加快改

革步伐／科學技術推動了生產力的發展。

推進　推動事物進一步或加快前進：大力推進群
眾文體活動／建設事業一步一步向前推進／
把工作推進一步。

推　使事情推動：推而廣之／推向高潮。

發動　使行動起來：發動群眾／發動市民參加義
務獻血。

促進　促使加快發展前進：促進文化交流／展覽
會促進了生產經驗的交流。

助長　幫助增長（多指壞的方面）：助長依賴心理
／助長敵人的囂張氣焰／助長自滿情緒。

驅使　大力推動：為好奇心所驅使／強烈的創作
欲驅使他不疲倦地寫作。

驅策　用鞭子趕；驅使：當前改革的大好形勢，驅
策我加快步伐，努力學好專業知識。

推波助瀾 *　比喻從旁推動事物發展，助長聲勢，
使事態擴大（多用於壞事物）。

O7-21　動：　激發·催促

激發　刺激使振奮起來：激發上進心／激發愛國
熱情／艱苦的生活激發了他發憤圖強的精神。

激　使激動奮發：激怒／激將／經別人一激，他就
跳起來了。

激勵　激發鼓勵：激勵了學生們的進取心／戰友
們互相激勵。

鼓勵　激發；勉勵：鼓勵少年兒童好好學習／用
優惠政策鼓勵外國公司投資。

催促　叫人趕快或加快做某事：列車員催促旅客
趕快上車／我催促幾次，他才出門去上班。

催　催促：媽媽催我趕快起床／催人還債。

促　催；推動：促銷／促人奮進。

敦促　誠懇地催促：敦促代表來美出席會議／敦
促交戰雙方坐下來談判。

督促　監督催促：各班組互相督促，按時完成生
產任務／這孩子自覺地努力學習，不用督促。

O7-22　動：　發揚

發揚　❶發展擴大或提倡（優良作風、傳統等）：
發揚民主作風／發揚艱苦樸素的傳統。❷發
揮：發揚自己的特長／發揚大家的主動性。

發揮　把事物內在的性質或力量表現出來：發揮
群眾智慧／發揮集體力量／發揮科學長才。

伸張　擴大；發揚：伸張正氣，打擊歪風／伸張正
義，推倒一切誣陷不實之詞。

揚厲　〈書〉發揚：鋪張揚厲／揚厲團結的力量／
揚厲高尚的情操。

恢宏　〈書〉發揚：恢宏士氣／恢宏民族氣節／恢
宏愛國主義精神。也作**恢弘**。

光大　〈書〉使顯赫盛大：發揮光大／光大門楣。

發揚光大 *　發展和提倡（優良作風、傳統等），使
顯赫盛大。

O7-23　動：　增進·加強

增進　增加並促進：增進友誼／增進團結／增進
身心健康／增進兩國友好關係。

增長　增加；提高：增長見識／增長聰明才智／產
量比去年有所增長。

增強　增進，使更堅強：增強凝聚力／增強體質／
大家的信心增強了／增強國防力量。

加強　使更加堅強有效：加強聯繫／加強責任心
／加強體育鍛鍊／加強財務監督。

加劇　加深；使更劇烈：病情加劇／加劇雙方之
間的矛盾／加劇緊張局勢。

加深　使程度更進一層：加深認識／加深理解／
不要讓矛盾加深。

加重　增加重量或程度：加重壓力／加重語氣／
加重負擔。

激化　更加尖銳激烈起來：矛盾激化／戰鬥日益
激化。

強化　使堅強鞏固；加強：強化治安／強化防禦
措施／強化遵法守紀意識。

充實 使充足；加強：充實科學隊伍／充實工作經驗／努力學習，不斷充實自己。

鞏固 使堅固，不動搖：鞏固國防／友誼得到進一步鞏固／鞏固已取得的成績。

與日俱增* 隨著時間的增加而一同增進。形容不斷增進。

變本加厲* 變得比原來更加嚴重。

火上加油 比喻增加別人憤怒，或助長事態發展，使更加嚴重。也說**火上澆油***。

O7－24 動： 削弱·緩和

削弱 （力量、勢力等）減弱；變弱：紀律不嚴，會削弱部隊的戰鬥力／領導力量還要加強，不可削弱。

減弱 （力量、勢力）減小；削弱：風勢逐漸減弱／打到下半場，對方凌厲的攻勢明顯減弱。

減低 減少；降低：水災帶來歉收，減低了農民的購買力／他們對流行音樂的熱情已逐漸減低。

減退 （程度）下降：大病初愈，體力有所減退／他對邊疆生活的熱情日益減退。

減輕 程度降低或重量減少：病情減輕／體重減輕／減輕農民負擔。

減殺 削弱；減輕：今晨風勢開始減殺／他們的優勢為自己矛盾所減殺。

緩和 （事態、氣氛等）由緊張變為平和；使平和：對立情緒有所緩和／緩和國際緊張局勢。□**和緩**。

沖淡 使某種感情、氣氛、效果等減弱：時間漸漸沖淡了她喪偶的哀傷／削弱這些情節，會沖淡作品的民族風格。

軟化 由堅定轉向動搖；使軟化：經過勸解，他強硬的態度軟化了／他們每天送酒送肉，目標在軟化他。

O7－25 動： 擴大·縮小

擴大 增大範圍、規模等，擴大業務範圍／擴大光明面／擴大戰果／擴大眼界。

擴展 向外伸展，擴大（範圍、程度等）：擴展組織／擴展耕地面積／近年市區不斷向四郊擴展。

擴張 擴大（多用於勢力、野心等）：擴張勢力／擴張版圖／實行擴張主義。

擴充 擴大充實（規模、力量等）：打算把生意擴充一下／擴充師資力量／擴充軍備。

擴 伸展；擴大：擴而充之／擴編／擴軍／擴建。

發展 擴大（組織、規模等）：發展新會員／發展淡水養殖業／發展少數民族教育事業。

縮小 （範圍、規模等）由大變小：縮小業務範圍／這裡綠化面積比以前縮小了。

縮減 緊縮減少：農田的面積，大有縮減／縮減經費。□**減縮**。

緊縮 縮小；盡力減少：緊縮辦公費用／財政支出要進一步緊縮／緊縮篇幅。

壓縮 縮減；緊縮：壓縮編製／壓縮開支／壓縮篇幅／壓縮投資。

裁減 削減（機構、人員等）：裁減人手／裁減一批職員／裁減軍事裝備。

裁併 裁減合併（機構）：裁併駢枝機構。

裁汰 裁減淘汰（多餘的機構、人員）：裁汰冗員／裁汰繁冗的機構。

裁 削減；刪除：裁員／裁軍／他是從鐵路上被裁下來的失業工人。

淘汰 去掉（壞的、不合適的、失敗的）：淘汰過時的產品／淘汰老式的機器／這個隊在第一輪比賽就被淘汰了。

O7－26 動： 提前·推遲

提前 把預定時間改為較早：提前回國／提前完成任務／工程提前開工。

提早 提前：提早到會／提早下班／提早開鐮收割。

推遲 把預定時間往後移；延遲：比賽推遲一週進行／今年雨季推遲來到。

推　推遲；延遲：把公演時間推到下個月上旬／把探親時間再往後推。

推延　推遲：開學時間推延一週／她借故一再推延婚期。

推宕　拖延：對方借故推宕不肯來／該公司所欠貨款一再推宕不還。

延遲　把預定時間往後推；推遲：延遲付款／運動會的日期因雨天一再延遲。

延　時間向後推遲：延後一天／遇雨順延。

遲延　耽擱；拖延：按時納稅，不得遲延／因大霧封江，輪船遲延開航。

拖延　不能如期完成，把時間往後延長：拖延時日／問題拖延到今天，還沒有解決。

拖　拖延：不要把今天應做的事拖到明天。

稽延　〈書〉推遲；拖延：稽延時日／事務稽延，不及時處理。

遷延　拖延：開業日期一再遷延／返鄉時間不再遷延。

順延　順著日期次序向後推延：慶祝會因雨順延一天舉行。

延緩　延遲；推遲：延遲交貨日期／延緩開庭時間／延緩衰老。

延宕　拖延：計畫的擬訂不能再延宕下去。

延擱　拖延耽擱：報告應及時送上，一天也不能延擱。

延誤　拖延耽誤：電力不足，延誤了工程進展。

延期　推遲原定日期：延期開學／延期出版發行／延期來華訪問。

緩　延遲；推遲：緩辦／緩兩天／緩兵之計／刻不容緩。

展緩　推遲(日期)或放寬(期限)：行期一再展緩／繳款日期，望再展緩三天。

暫緩　暫時推遲：暫緩動工／這件事暫緩辦理。

O7－27　動：　進步‧改進

進步　(人或事物)比原來有所發展或提高：人類

社會不斷進步／科學技術日益進步。

長進　在學問、品行或技藝等方面取得進步：他的品學大有長進／他的手藝長進了不少。

上進　向好的方面發展；進步：上進心切／努力上進／鼓舞他上進。

向上　朝好的方向發展；上進：好好學習，天天向上／個個努力向上。

提高　使原來的位置、程度、水準、數量、品質等上升：提高警惕／工作效率提高了／提高產品品質／提高科學文化水準。

昇華　本指固態物質直接變爲氣體。比喻事物得到提高或精煉：藝術是現實生活昇華的結果／把對父母子女的愛昇華爲對國家人民的愛。

進取　努力上進，力求有所作爲：一個人應當有進取之心／要學習他不斷進取的精神。

改進　改變原來狀況，使有所進步：改進勞動工具／改進工作作風。

改善　改變原來狀況，使好一些：改善居住條件／他們兩人間的關係有所改善。

好轉　原來狀況向好的方面轉變：心情好轉／生活好轉／形勢好轉。

力爭上游*　比喻努力爭取進步或先進。上游：河流靠近發源地的部分。

突飛猛進*　形容發展、進步異常迅速。

循序漸進*　順著一定的次序逐步深入或提高(多指學習、工作或事業)。

迎頭趕上*　加緊追上並超過最前面的。

O7－28　動：　退步‧惡化

退步　(人或事物)情況向後倒退，比原來差：他兩年來沒有長進，反而退步了／他這學期成績不好，退步很多／我文章的退步，不能歸咎於他。

退化　生物體構造簡化、機能減退。泛指事物由好變壞：最錯誤的見解是誤認白話爲古文的

退化/社會不發展就會退化。

倒退 往後退;退回;退步:歷史是永遠不會倒退的/你不應使公司倒退到以前的管理混亂狀態/學習上不進步就要倒退。

退坡 比喻意志衰退,或在困難面前後退:不能鬆氣退坡,喪失了鬥志。

落後 落到後面:不學習就會落後/你追我趕,誰也不甘落後。

落伍 掉隊。比喻人或事物跟不上時代的步伐:要積極上進,不要落伍/跟隨時代前進,不要做落伍的人。

開倒車[*] 比喻背離前進目標,向後倒退:開倒車是絕對沒有出路的。

退縮 向後退;因畏懼而不敢向前:退縮不前/碰到一點困難就退縮的人,永遠與成功無緣。

卻步 因畏懼或有所顧慮而後退:商品價格昂貴,令人望而卻步/在困難面前不能畏縮卻步。

打退堂鼓[*] 封建官員,審畢案件,擊鼓退堂。現比喻做事中途退縮。

惡化 情況向壞的方面轉變:感情惡化/事態惡化/病情日趨惡化/關係進一步惡化。

逆轉 ❶情勢惡化:挽救時局的逆轉/病情突然逆轉,令人焦慮萬分。❷泛指情況向相反方向轉化:他憑著當十幾年廠長的經驗,深知形勢已不可逆轉。

促退 促使退步:新事物要理解和支持,不要旁觀和促退。

江河日下[*] 江河的水日益向下游流去。比喻情況一天天壞下去。

一落千丈[*] 形容地位、聲望、情況急遽下降、倒退。

每況愈下[*] 指情況越來越壞。原作**每下愈況**[*]。

瞠乎其後[*] 在後面乾瞪眼。形容落後於人,追趕不上。

O8　程度·範圍·可能

O8−1 名： 程度

程度 事物發展變化達到的狀況:天氣已到滴水成冰的程度/浪費之嚴重到了令人難以置信的程度/建築物遭受不同程度的破壞。

度 程度:極度自私/高度的責任感。

地步 達到的程度:他竟墮落到這個地步/她勤奮學習達到廢寢忘食的地步/病到了危險的地步。

步 程度;境地:他的聲譽竟低落到這一步,實非始料所及。

田地 地步;境地:他竟落到這步田地,實在無法可想。

份 達到的程度:說他一下子就好到這份,我還不大相信。

O8−2 形： 容易

容易 ❶事情做起來不麻煩,沒有困難:摘花容易種花難/從事創造發明並不容易/辦好這件事不像你想得那麼容易。❷發生某種變化的可能性大:喝生水容易得病/一些偽劣產品很容易壞。

易 容易:易學易懂/簡便易行/得來不易。

簡易 ❶簡單而容易的:簡易讀物/簡易太極拳。❷設施不完備的:簡易門診/簡易公路。

輕易 簡單容易:得到奧運會金牌,決非輕易的事/想不到贏得這麼輕易。

輕而易舉[*] 形容事情做起來很容易,毫不費力。

易如反掌 像把手掌翻過來那樣容易。形容事情很容易做。

一蹴而就[*] 踏一步就成功。形容事情輕而易舉,一下子就能做好。

唾手可得[*] 形容非常容易得到。唾手:往手上

吐唾沫。

探囊取物 *　伸手到口袋裡拿東西。比喻事情極容易辦到。

迎刃而解 *　竹子的頭上幾節一破開，下面的就隨著刀口裂開了。比喻事情很容易順利解決。

O8－3 形：　困難

困難　事情複雜，做起來阻礙多，不容易：這工作由他去做，並不困難／他病後走路有些困難／這裡地處偏僻，通訊困難。

難　❶不容易；做起來很費事：難說／那條路難走／這件事很難辦。❷不大可能：難免／難保。

繁難　煩難　複雜困難：再繁難的問題，也要解決。

艱難　困難；不容易：隊伍艱難地行進在山路上。

艱　困難：艱深／知之匪艱，行之維艱。

艱鉅　困難而繁重：艱鉅的任務／隧道工程非常艱鉅。

吃重　（工作、任務）艱鉅；費力：他擔負的設計工作十分吃重。

繁重　（工作、任務）又多又重：繁重的體力勞動／日常事務十分繁重。

艱險　又困難又危險：南極考察工作，非常艱險／把艱險的任務勇敢地承擔下來。

費事　事情複雜難辦，要費時間、精力：清理這些材料很費事。

費力　事情繁重難做：他剛來就想找不費力的事做。

費勁　（事情）難辦；費力：做機關事務工作很費勁。

費難　費事；難辦：這事他辦過多次，並不費難。

麻煩　荊棘刺手。形容事情十分難辦：及時解決了許多麻煩的問題。

辣手　〈口〉事情不好辦；麻煩：辦理一樁辣手的案子。

纏手　事情難辦或疾病頑固難治：這事有些纏手，你不用管／他這種病，大夫都感到纏手。

撓頭　用手抓頭。形容事情複雜困難，不容辦：分配住房，是最撓頭的事。

討厭　事情不好辦，叫人厭煩：這種病很討厭，天一冷就發作／這種工作討厭得很，很難討好。

好容易　很不容易(才做到某事)：這幾位老同志好容易才登上泰山的頂峰。

傷腦筋 *　形容事情難辦，費心思：產品品質一再滑坡，真傷腦筋！

千難萬難 *　形容萬分困難。

海底撈針 *　比喻事情難辦或無法實現。也說**大海撈針** *。

談何容易 *　事情嘴上說說容易，做起來並不簡單，還有困難。

O8－4 形：　淺顯

淺顯　(文字、內容等)簡單明白，容易懂：淺顯的解釋／內容淺顯有趣。

淺近　淺顯：淺近易懂／詞句力求淺近。

淺　程度不深；淺顯：見識淺／我的文化程度很淺／這本書文字比較淺，容易讀。

淺易　淺顯易懂：淺易的讀物／他的文章淺易近人。

淺明　淺顯明白：每種讀本都有一篇切實而淺明的導言。

粗淺　淺顯易懂，不深奧：能寫粗淺書信／道理很粗淺，一說就明白。

淺俗　粗淺；通俗：這本哲學書，文字和例子均淺俗易懂。

平易　淺近易懂：語言平易／文章內容平易。

通俗　淺顯明白，易於理解、接受的：通俗讀物／通俗唱法／語言通俗。

深入淺出 *　內容和講的道理很深刻，用的語言文字卻淺顯易懂。

雅俗共賞＊ 形容藝術作品優美通俗,文化程度高和文化程度低的人都能欣賞。

O8－5 形： 深奧

深奧 內容道理高深不易理解:深奧的哲理／含義十分深奧。

深邃 深奧:哲理深邃／文字深邃。

深 深奧:由淺入深／深入淺出／這本哲學專著太深了。

高深 水準高,程度深(多指學問、技術的造詣):學識高深／他在理論上、技術上都有高深的造詣。

淵深 深邃:學識淵深／淵深的見解。

精深 (學問、理論)精密深奧:內容精深／孔子思想博大精深。

艱深 (內容、文字)深奧難懂:內容晦澀艱深／文章文字艱深,不易理解。

精微 精深微妙:精微的哲理／精微的科學理論。

精湛 精深:技術精湛／書法精湛／精湛的演技。

深湛 又專又深;精深:功夫深湛／棋藝深湛／著述宏富,立論深湛。

奧妙 (內容、道理)深奧微妙,不易理解:其中道理,極為奧妙／手法十分奧妙。

微妙 深奧難以明瞭:事情複雜微妙／兩人關係很微妙。

微 精深奧妙:微言大義／闡幽發微。

O8－6 形： 深刻

深刻 ❶觸及事物本質的:內容深刻／作了深刻的分析。❷感受程度很大的:印象深刻／體會很深刻。

深入 深刻;透徹:進行深入的調查／問題討論得很深入。

深切 ❶(認識、感覺)深刻而切實:深切的感受／深切理解。❷(感情)深厚而親切:深切的同情／深切的關懷。

精闢 (見解)深刻而透徹:論述精闢／就當前形勢所作的分析十分精闢。

透徹 (了解、分析)詳盡而深入:透徹的了解／老師把道理講得非常透徹。

透 透徹;明白:摸透情況／講透道理／吃透精神實質。

入木三分＊ 原形容書法強勁有力。後多用來比喻對問題分析透徹,議論深刻。

鞭辟入裡＊ 意為深入剖析,靠近最裡層。形容分析說明問題透徹深刻。也說**鞭辟近裡**＊。

淋漓盡致＊ 形容文章、談話能把事物的情態表達得詳盡、透徹。

深長 含意深刻,耐人尋味:意味深長／文章結尾留給讀者深長的回味。

雋永 (語言、詩文)意味深長:妙語聯珠,精闢雋永／寫景狀物,雋永傳神。

深遠 (意義、影響)深刻而長遠:產生深遠的影響／意義極為深遠。

言近旨遠＊ 言詞淺近而含意深遠。

耐人尋味＊ 指意味深長,值得細細體會。

O8－7 形： 深厚

深厚 ❶(感情)深而濃:師生情誼深厚／深厚的情意。❷(學業、技術等)功底扎實:書法功力深厚／他的數學基礎十分深厚。

深 (感情)厚;(關係)密:情深意厚／兩人交情很深。

深摯 深厚而真誠:深摯的友誼／深摯的情意。

濃厚 ❶(思想、意識、感情、作風、氣氛等)深厚強烈:學術空氣濃厚／這個人的封建意識很濃厚。❷(興趣)大:孩子們玩電子遊戲興趣濃厚。

濃 程度深:睡意漸濃／遊興正濃。

O8－8 形： 深沈

深沈 ❶形容程度深:暮色深沈／哀痛極為深沈

/深沈的愛。❷(聲音)低沈:歌聲深沈有力/
深沈的呻吟聲。

沈重　程度深;心理上受的壓力重:病勢沈重/
心情十分沈重/沈重的代價/沈重的家庭負
擔。

沈　程度深:沈醉/沈思/沈痛/沈迷/睡得很
沈。

重　程度深:病重/傷勢重/禮輕情意重。

篤　(疾病)沈重:病篤/沈疴日益危篤。

沈沈　形容深沈:暮氣沈沈/沈沈入睡。

徹骨　透到骨頭裡去。形容程度極深:寒風徹骨
/冰涼徹骨的河水。

入骨　形容程度極深:恨之入骨/一種娟媚入骨
的豐度。

刻骨　深入到骨子裡。形容(感念或仇恨)深切
難忘:刻骨銘心/刻骨仇恨。

不得了　表示程度極深:高興得不得了/氣憤得
不得了。

O8－9 形：　膚淺

膚淺　(學識、理解)不深:內容膚淺/我對人生
的理解還很膚淺。

浮淺　膚淺;淺薄:浮淺之見/談一些浮淺的體
會。

皮相　從表面上看的;膚淺的:皮相之見/他這
幾句話可惜全是一種皮相的批評。

淺薄　(學識、修養)膚淺:文學根底淺薄/他抱
這種態度待人,未免太淺薄了。

浮泛　表面的;不切實的;浮淺的:言詞浮泛/交
情浮泛/只是浮泛地涉獵,談不上研究。

泛泛　浮淺;一般:泛泛而談/泛泛之交/泛泛之
才。

浮光掠影*　水面上的反光,一閃而過的影子。
比喻印象不深或認識浮淺。

蜻蜓點水*　比喻做事只偶爾在表面接觸一下,
膚淺不深入。

不痛不癢*　比喻言論、行動不切實際,不觸及要
害,不解決問題。

走馬看花*　比喻觀察事物膚淺不深入。也作**走
馬觀花***。

淺嘗輒止*　對知識、問題等不深入研究了解,剛
膚淺地嘗試一下就停止了。

O8－10 形：　輕微

輕微　數量少而程度淺的:輕微勞動/輕微外傷
/輕微近視/聲音越來越輕微。

輕　數量少,程度淺:輕傷/年紀輕/工作很輕/
病得不輕。

微　輕微:微風/微笑/微不足道/謹小慎微。

細微　細小;輕微:細微的顫動/細微的鼾聲/細
微的變化。

細　細微:細節/事無巨細。

薄　輕微;少:薄情/薄技/薄禮/薄物細故(細
微的事情)。

微薄　微小單薄;數量少:力量微薄/微薄的收
入/利潤微薄。

菲薄　微薄;少而差:菲薄的酬金/菲薄的禮物。

綿薄　謙詞。指自己能力薄弱:聊盡綿薄之力。

淺鮮　〈書〉輕微;微薄:職位淺鮮。

O8－11 形：　重要

重要　有重大意義的,起作用和有影響的:重要
工作/重要地位/這個消息很重要/會議重
要,請勿缺席。

要緊　重要:這份文件很要緊,要妥為保存/要
緊的事先辦。

要　重要:要聞/要地/要事/要件應好好保存。

緊要　緊急重要:緊要任務/緊要關頭/無關緊
要。

打緊　要緊:打緊的勾當/不用著急,這不是打
緊的事兒。

當緊　〈方〉要緊:功課當緊,做好再玩/有什麼

當緊事兒要連夜開會?

主要 有關事物中占重要地位的,起決定作用的:主要原因／主要目標／主要人物／主要情節／成績是主要的。

主 最根本的;最重要的;主要的:主力／主食／主流／主教練／以素食爲主。

主導 居主要地位並引導事物向某一方面發展的:主導思想／在科研中起主導作用。

首要 第一位的;最重要的:首要任務／首要目標／首要地位。

第一 最重要:安全第一／友誼第一／信譽第一／百年大計,品質第一。

重大 巨大而重要的:意義重大／重大成就／重大嫌疑／重大任務／重大突破。

重 重要:倉庫重地／身負重任／以工作爲重。

基本 根本的;主要的:基本情況／基本建設／基本隊伍。

根本 主要的;重要的:根本問題／根本利益。

本 主要的;中心的:本科／本題／校本部。

舉足輕重* 所處地位重要,一舉一動都會影響全局。

O8－12 形: 次要

次要 重要程度較低的:次要地位／次要任務／德育、智育、體育都要抓緊,沒有一樣是次要的。

附帶 非主要的:附帶的勞動／附帶條件。

輔助 非主要的;協助性的:輔助勞動／輔助作用／輔助人員。

從 從屬的;次要的:從犯／主從關係。

副 輔助的;附帶的:副手／副業／副作用／副產品。

O8－13 形、動: 不重要

微末 〔形〕細小;不重要:微末的貢獻／微末的能力／微末的願望。

區區 〔形〕數量少;不重要:區區小事,何足掛齒／區區之數,不要計較。

輕 〔形〕不重要:責任輕／人微言輕／避重就輕。

不要緊 〔形〕不成問題;不礙事:一次沒考好不要緊,下次加把勁好了。

不打緊 〔形〕不要緊;不重要:寫錯幾個字不打緊,改正過來就是了。

沒關係 〔動〕不要緊;不用顧慮:請儘管提意見,說錯了沒關係。

沒什麼 〔動〕沒關係;不要緊:沒什麼,衣服上只淋了幾點兒雨。

微不足道* 微小到不值得一提,很不重要。

無足輕重* 拿掉它不會更輕些,加上它不會更重些。形容無關緊要。

可有可無* 有沒有都一樣。形容極不重要。

O8－14 形: 緊急

緊急 情況急迫,不容拖延:緊急動員／形勢萬分緊急／緊急關頭／召開緊急會議。

緊迫 事態急迫,沒有緩衝餘地:時間緊迫／任務緊迫／要有緊迫感。

急迫 需要立即行動,不容遲延:情況十分急迫／來電催運救援物資,非常急迫。

緊 沒有間歇;急迫:時間緊／風聲緊／任務很緊。

急 緊急:急件／急事／急煞車／前方告急／當務之急。

迫 急促;緊急:從容不迫／迫不及待。

危急 危險而緊急:危急關頭／情勢危急。

火急 形容極其緊急:沿岸村莊都響起了火急的鐘聲／火急搶救。

十萬火急* 形容情況極其緊急,刻不容緩(函電用語)。

火燒眉毛* 比喻情勢非常急迫。

燃眉之急* 像火燒眉毛那樣緊急。比喻情勢非常緊迫。

迫在眉睫 * 比喻事情已臨近眼前,非常緊急。

急如星火 * 急促得像流星的光閃過一樣。比喻非常急迫。

迫不及待 * 急迫得不容等待。

刻不容緩 * 片刻也不容拖延。形容情勢十分緊急。

間不容髮 * 中間容不下一根頭髮。比喻情勢危急到極點。

O8－15　形：　嚴重

嚴重　程度深;事態重大或緊急:局勢嚴重／病情嚴重／情節嚴重／受到嚴重打擊／嚴重的考驗／後果極為嚴重。

重　程度深:重傷／病重／情誼重／鄉音重。

深重　形容罪孽、災難、苦悶等程度深:罪孽深重／苦難深重／心中有深重的憂愁。

慘重　(損失)極為嚴重:傷亡慘重／付出慘重的代價／這場火災損失極為慘重。

慘　程度嚴重:慘敗／股價慘跌／比賽輸得很慘。

要緊　嚴重:他只是有一點感冒,不要緊。

沈痛　嚴重;深刻:沈痛的教訓／作沈痛的檢討。

礙事　嚴重;有很大關係:受一點外傷,不礙事／這點小雨不礙事,大隊照常出發。

老火　〈方〉嚴重;厲害:病得挺老火／事情鬧得越來越老火。

不得了　表示程度深或情況嚴重:氣憤得不得了／好得不得了／不得了,颱龍捲風了。

了不得　情況嚴重,難以收拾:亂得了不得／可了不得,文件被打濕了。

大不了　了不得(多用於否定):這場球就是打不贏,也沒有什麼大不了。

觸目驚心 * 看到某種情況,使內心震驚。形容事態嚴重。也作**怵目驚心** *。

非同小可 * 形容事情重要或事態嚴重。

O8－16　形、動：　必要

必要　〔形〕不可缺少的;非這樣不可的:建立必要的規章制度／深入調查研究非常必要／這件事他來幫忙,沒有必要。

切要　〔形〕十分必要;緊要:刪去電文中不切要的字詞／這樣處理十分切要。

必需　〔動〕不可少;一定要有:生活上必需的費用／震災建設是急切、必需的。

少不了　〔動〕不會缺少;不能缺少:客廳裡少不了放幾張沙發。

少不得　〔動〕少不了:你工作連連出差錯,少不得又要挨批評。

短不了　〔動〕不能缺少;少不了:木匠短不了鋸子。

O8－17　副：　必須·無須

必須　表示事實上、情理上必要;一定要:必須謙虛謹慎／必須遵守交通規則／這件事你必須親自出面交涉。

務必　必須;一定要:務必保持艱苦樸素的生活作風／新的管理制度,務必認真執行。

務須　務必;必須:務須保持清醒的頭腦／生產計畫務須按期完成。

務　必須;務必:除惡務盡／務請準時出席。

必　必須;一定要:事必躬親／言必有信／這些都是家庭必備的藥品。

必得　必須;一定要:必得準時到會／事關安全,危險房屋必得立即維修。

非得　表示一定要這樣:要學好語言,非得下苦功夫不可。

非　表示必須這樣(後面跟「不」相呼應):你的壞脾氣非改不可／辦這件事非你不成／對這些罪犯非嚴懲不足以平民憤。

總得　必須;一定要:事情總得有個交代／犯了錯誤,總得認真檢查。

得　〈口〉表示必須:要完成今年計畫,還得加一把勁／要創造更好的成績,就得更加刻苦地學習。

千萬 務必;一定(表示懇切叮嚀):路上千萬多加小心/機密千萬不要洩漏。

切切 千萬;務必(多用於書信):切切不可疏忽。

切 務必;一定要:切記血的教訓/切勿外傳/切不可再犯錯誤。

無須 無需 不要;不用:情況已很清楚,你無須再說了/無須大驚小怪/無須敷衍別人。也說**無須乎 無需乎**。

不要 不需要;用不著:不要擔心/不要求人/會不要再開了。

不用 沒有必要;用不著:不用客氣/不用多心/不用你介紹,我們早就認識了。

何必 為什麼必須這樣。用反問語氣表示不要:都是老朋友,何必客氣/舊事何必重提/你我何必斤斤計較。

O8－18 形： 多餘

多餘 不必要的:文章語言簡潔,沒有多餘的話/適當的休閒活動,不是多餘的事。

贅 多餘的;無用的:贅物/贅言/贅述。

累贅 多餘,麻煩:出門兒少帶累贅的東西/誰也不愛聽他那些累贅的話。

冗贅 〈書〉多餘的;無用的:刪除冗贅的字句。

冗 多餘的:冗員/冗筆/冗詞贅句。

冗長 (文章、講話等)不必要的、沒用的話多,拉得很長:冗長的報告/文章寫得空泛冗長。

駢枝 駢拇和枝指。比喻多餘的,無用的:駢枝機構。

多此一舉＊ 這一舉動是多餘的。指做了不必要的事。

畫蛇添足＊ 蛇本來沒有腳,畫好了蛇再添上幾隻腳(見《戰國策·齊策》)。比喻做了多餘的事,反而有害無益。

疊床架屋＊ 床上疊床,屋上架屋。比喻重複,累贅。

屋上架屋＊ 比喻機構或層次重疊,多餘累贅。

O8－19 形： 正常

正常 符合一般情況、規律或情理:體溫正常/生活秩序恢復正常/機器運轉正常/他這幾天精神不大正常。

照常 跟平常一樣:照常營業/一切工作照常進行。

如常 跟平常一樣;照常:起居如常/家中一切如常。

好好兒 形容情況正常或方式合適:他年過七十,一口牙齒還是好好兒的/剛才還好好兒的,怎麼又生氣了?

好端端 好好兒的:怎麼好端端的一下子就發起脾氣來?

O8－20 形： 正規

正規 符合正式規定或一般公認的標準的:正規軍/正規訓練/他的操作方法很正規。

正式 符合一定手續的;符合規定標準的:正式代表/進行正式訪問/運動大會正式拉開帷幕。

正經 正式的;合乎一定標準的:這家商店賣得都是正經貨/你應該找個正經的職業。

規則 形狀、結構整齊,合乎一定的方式:這個城市建築布局很規則。

規範 合乎一定標準的:這位教師的板書不規範。

標準 合乎衡量事物的準則的:他的英語發音比較標準/他是一個標準的好丈夫。

例 按照成規或慣例進行的:例會/例行公事。

O8－21 形： 反常

反常 跟正常情況不同;不正常:氣候反常/情緒反常/出現反常現象。

失常 失去正常狀態;不正常:舉止失常/精神失常。

畸形　生物機體發育不正常。借指事物發展不
　　正常、不平衡：畸形的社會制度／畸形的城市
　　繁榮／經濟的畸形發展。

錯亂　沒有次序；失去常態：排列錯亂／神經錯
　　亂／思緒錯亂。

不對　不正常：今天臉色有些不對。

不對頭　不正常；有問題：他看大家都在發愣，立
　　刻感到不對頭。

不是味道＊　不對頭；不正常：他的行為，我越看
　　越不是味道。

O8－22 形：　平常‧普通

平常　普通；一般；不特別：平常年景／平常的事
　　情／衣料平常，做工卻很考究。

普通　到處或多數地方都有或常見的；平常的；
　　一般的：普通一兵／普通勞動者／普通的打扮
　　／普通的磚木建築。

一般　普通；通常：一般情況／一般水準／一般青
　　年學生／內容很一般，沒有新見解。

常　一般；普通：常識／常態／常規／習以為常／
　　老生常談。

通常　一般；平常：老人通常愛說舊事／他通常
　　以自行車代步。

尋常　平常；普通：不同尋常／尋常百姓家／小小
　　年紀做出的事很不尋常。

平凡　平常的；非特別的：平凡的生活／在平凡
　　的崗位上做出不平凡的業績。

平庸　尋常而不突出；平凡：智力平庸／才貌平
　　庸／識見平庸。

等閒　〈書〉尋常：非同等閒之輩／不可等閒視之
　　／他年紀雖小，卻是科學發明金牌獎得主，非
　　等閒之輩。

平淡　（事物或文章）平常；沒有曲折：過著平淡
　　而寂寞的生活／心事歸於平淡／小說情節平
　　淡乏味。

平淡無奇＊　平平常常，沒有什麼特殊的地方。

不足為奇＊　沒有什麼值得奇怪的。形容事物很
　　平常。

家常便飯＊　家裡日常吃的伙食。比喻一般常見
　　的事。

不過爾爾＊　不過如此罷了。形容別人的言行很
　　平常，沒什麼突出的地方。

司空見慣＊　唐朝司空（管工程的官）李紳請卸任
　　的和州刺史（州的行政長官）劉禹錫飲宴，叫
　　歌伎表演歌舞。劉席間作詩，有「司空見慣渾
　　閒事，斷盡江南刺史腸」之句。後來用「司空
　　見慣」表示某些事，看慣了，就感到平常、不稀
　　奇了。

數見不鮮＊　事物經常見到，就不感到有什麼新
　　奇。也說**屢見不鮮**＊。

O8－23 形：　異常‧特殊

異常　不同於平常：情況異常／情緒異常／異常
　　行為。

異樣　跟平常不一樣；特殊：異樣的景象／異樣
　　的感受／大家都用異樣的眼光打量我。

異　特殊的；奇異的：異物／異香撲鼻／異想天開
　　／珍禽異獸。

非常　不同尋常的；特殊的：非常時期／非常事
　　件／使用非常的手段。

逾常　超過尋常：悲痛逾常／歡悅逾常／親密逾
　　常。

特殊　跟普通事物或一般情況不同的；值得注意
　　的：特殊困難／特殊條件／特殊照顧／情況非
　　常特殊／給以特殊的待遇。

特別　跟一般不同的：特別快車／特別節目／他
　　的脾氣很特別。

特出　高於一般的；非常突出：特出的表現／特
　　出的優點／在高材生中，他尤為特出。

特異　跟一般的不同；特殊：特異功能／特異的
　　風格。

特　超出一般；與眾不同；特殊：特權／特等／特

價。

殊　特別;突出:殊勛／殊功／殊遇／殊效立見。

獨特　獨有的;與眾不同的:獨特的眼光／獨特的風格／獨特的手法／構思有獨特的地方。

獨到　與眾不同;特出:他的書法有獨到之處／在這方面他確有獨到的見解。

出格　超乎尋常;與眾不同:無論學業品德,她在班級中都是出格的。

與眾不同＊　跟大家不一樣;跟一般的不一樣。

異乎尋常＊　不同於平常。

不可思議＊　原為佛教用語。指思維和言語所不能達到的境界。後用以形容事物不可想像或難以理解。

O8-24 形：　奇怪

奇怪　❶跟平常的、一般的不一樣:奇怪的現象／奇怪的石頭／奇怪的言論。❷出乎意料,難以理解:他竟做出這種事,真是奇怪。

奇特　奇異而特別;跟一般的不同:奇特的景象／奇特的體態／奇特的桂林山水。

奇異　奇怪:奇異的幻覺／奇異的岩洞／奇異的海底世界／奇異的目光。

奇　❶少有的;特殊的;不平常的:奇觀／奇迹／奇遇／奇恥大辱／不足為奇。❷出人意料的:奇兵／出奇制勝。

出奇　特別突出;極不平常:熱得出奇／醜得出奇／周圍靜得出奇。

希奇　**稀奇**　稀少而新奇:希奇古怪／希奇的動物／希奇的古玩。

希罕　**稀罕**　希奇:熊貓是世界上希罕的動物／我們那裡出現一件希罕事兒。

奇妙　希奇巧妙:奇妙的冰雕／奇妙的海市蜃樓。

新鮮　剛出現的;希罕少見的:新鮮事物／我初次下鄉,處處感到新鮮。

新奇　新鮮而奇特:新奇的布景／新奇的名稱／

新奇的電動玩具。

神奇　非常奇妙;造化神奇／一些古代傳說被人們渲染上神奇的色彩。

古怪　跟一般情況很不同,叫人感到奇怪:希奇古怪／古裡古怪／脾氣古怪／裝束古怪。

怪異　奇異:怪異現象／探究怪異聲音的來源。

怪　奇異;不正常:怪人／怪事／怪物／草地上的氣候就是怪。

怪誕　離奇古怪;不合常理:怪誕反常／怪誕不經／怪誕的傳說。

詭異　怪異;奇特:行為詭異／內容詭異／色彩詭異艷麗。

詭奇　詭異:海上蓬萊,尤為詭奇。

詭譎　〈書〉古怪荒誕;奇異多變:言語詭譎／詭譎多端。

光怪陸離＊　形容形狀奇異,色彩紛繁。

千奇百怪＊　形容事物多種多樣,希奇古怪。

無奇不有＊　稀奇古怪的事物,樣樣都有。

奇形怪狀＊　形狀奇奇怪怪,極不正常。

怪模怪樣＊　形態怪怪。

O8-25 形：　非凡·突出

非凡　超過一般;不尋常:品貌非凡／非凡的成就／非凡的才華／商場裡熱鬧非凡。

不凡　不平凡;不尋常:自命不凡／出手不凡／抱負不凡／氣宇不凡。

超絕　超出尋常:超絕的智慧／演員技藝超絕。

超群　超過一般;突出:武藝超群／棋藝超群／才識超群。

了不起　不平凡;超過一般:了不起的才華／我隊中鋒,一舉破門,真了不起!

了不得　極不尋常;非常突出:他多年保持不敗紀錄,真了不得!

突出　超出一般;比一般顯著:表現突出／成就突出／這個人相貌有突出的特徵。

出眾　高出於眾人;超群:品貌出眾／才藝出眾。

傑出　(才能、成就)出衆:傑出人物／傑出的歌星／傑出的貢獻／傑出的群衆領袖。

冒尖　突出:冒尖的青年作家／他的收入是全隊最冒尖的一個。

拔尖　突出;超出一般:拔尖人物／他家的禽蛋生產,在鄉里是拔尖的。

出色　特別好;超過一般:出色的成績／他的任務完成得非常出色。

卓著　顯著的優異:功勳卓著／成效卓著／信譽卓著。

卓越　傑出;超過一般:卓越的成就／卓越的人材。

卓絶　超過一切,無與倫比:堅苦卓絶／行詣(行為事迹)卓絶。

卓異　突出;出衆:品學卓異／貢獻卓異。

卓犖　**卓躒**　〈書〉超絶出衆:卓犖絶俗／英才卓犖。

卓　高超;超絶:卓見／卓行。

卓然　卓越:成績卓然／卓然獨立。

卓然不群＊　優秀卓越,超乎常人。□**卓爾不群**＊。

鶴立雞群＊　像鶴站在雞群中一樣。比喻一個人的儀表或才能在一群人中十分突出。

登峰造極＊　登上山峰,到達頂點。比喻造詣達到極高的境地。也比喻某種事物發展到了極點。

出類拔萃＊　形容品德、才能超群出衆。萃:聚集在一起的人或物。

不同凡響＊　原指樂聲優美,不同於一般的聲音。後用來形容藝術作品或才能、言談不同一般,很出色。

當行出色＊　做本行本業的事,成績格外好。

秀出班行＊　才能優異,超過同輩同行的人。

O8－26 形: 無比

無比　沒有別的可以與之相比;沒有比得上的:

英勇無比／無比的威力／無比地激動。

無雙　獨一無二;沒有可相比的:天下無雙／蓋世無雙。

無匹　沒有比得上的;無雙:我國的悠久文化,舉世無匹。

無朋　沒有可相比的:碩大無朋。

無上　至高;無比:無上光榮／無上的智慧。

無與倫比＊　沒有什麼能比得上的。

無出其右＊　沒有人能超過他。

獨一無二＊　沒有相同的或可以相比的。

絶無僅有＊　極其少有。

絶倫　獨一無二;無與倫比:才智絶倫／絶倫超群／荒謬絶倫。

絶代　當代沒有可以相比的;舉世無雙:絶代妙手／才華絶代。

絶世　絶代:聰明絶世／絶世無雙。

曠代　絶代;空前:曠代奇才／功勳曠代。□**曠世**。

蓋世　(才能、功績)高出當代之上:力拔山兮氣蓋世／蓋世的功勳。

空前　以前不曾有過:空前的偉業／空前的發展／空前的繁榮／盛況空前。

蓋世無雙＊　在當代獨一無二,世界上沒有人能相比。

前所未有＊　從來沒有過;空前。

空前絶後＊　以前沒有過,以後也不會再有。形容非常傑出、難得。

O8－27 副: 非常・多麼

非常　表示程度很高;十分:非常高興／非常想念家鄉親人／心情非常開朗／非常熱愛旅遊。

特別　非常;特地;尤其:這幾天天氣特別熱／這間屋子是特別留給你住的／我喜歡古典文學,特別是唐詩宋詞。

特　格外;特地:成績特好／速度特快／特大的豐收／特來問候／特請人送上一信。

格外 表示程度超過一般:今天他說話格外多/雨後園林,空氣格外清新/這件事格外不好辦。

分外 超過平常;格外:月到中秋分外明/老友重逢,分外高興。

十分 表示程度高;很;非常:十分滿意/十分感動/十分沈得住氣/經驗十分寶貴/十分不過意。

十二分 形容程度極深:十二分感激/十二分滿意。

萬般 極其;非常:萬般無奈/萬般惆悵。

萬分 非常;極其:處境萬分困難/心情萬分激動/這裡危險萬分。

萬狀 許多種樣子。形容程度極深;萬般;萬分:驚恐萬狀/危急萬狀/勞苦萬狀。

不勝 非常;十分(多用於感情方面):不勝懸念/不勝感激/不勝榮幸之至。

無任 〈書〉非常;十分:無任歡迎/無任感激/無任企盼之至。

很 表示程度高;非常:很美/情況很嚴重/很高興/好得很/看得很仔細。

挺 很:講得挺生動/孩子挺聰明/這本書挺有趣兒。

怪 〈口〉很;非常:怪重的/怪嚇人的/怪不好意思的/這個孩子怪可愛的。

大 表示程度深:大清早/大紅大綠/大吃一驚/真相大白/大有收穫。

老大 很;非常:心裡老大不高興/叫人老大不放心。

甚 很;極:甚佳/幸甚/進步甚快/甚感不安。

頗 很;相當地:頗久/頗佳/頗有創見/頗有收穫/頗受歡迎。

殊 〈書〉很;極:殊有未便/殊堪告慰/殊覺不妥/殊為難能可貴。

良 〈書〉很;極:良久/獲益良多/用心良苦。

深 很;十分:深知其人/深信不疑/深有同感/深表歉意。

酷 表示程度深極:酷寒/酷暑/酷似/酷肖/酷愛。

老 很;極:老早/這人老閒不住/這人老傲慢的/太陽已升得老高了。

精 〈方〉十分;非常:削得精薄/餓得精瘦/輸得精光。

蠻 〈方〉很;挺:蠻好/這孩子身體蠻結實/字寫得蠻不錯/工作蠻積極。

交關 〈方〉很;非常:感情交關好/玩得交關開心/說話交關爽氣/穿得交關挺闊。

煞 極;很:臉色煞白/煞有介事/煞是可愛/煞費苦心。

殺 用在動詞後面,表示程度深:把人氣殺/急殺人/叫人笑殺。

死 表示程度極深:笑死人/煩死了/死黏爛纏。

壞 表示程度極深:樂壞了/急壞了/忙壞了/趕快開飯,我餓壞了。

要命 表示程度極深:路滑得要命/你這個人笨得要命/司機還沒來,乘客們急得要命。

要死 表示程度深到頂點:壞得要死/開關緊要死,擰不開/這小傢伙犟得要死。

不行 表示程度極深:我累得不行/這房間悶得不行/孩子們鬧得不行。

多 ❶表示程度很高;十分;非常:今天多冷啊!/你不知道這事多難辦啊!❷表示某種程度:能走多遠就走多遠/有多大勁兒使多大勁兒。❸詢問程度:他多大年紀了?/你能跳多高?

多麼 用法相當於「多」:她的歌聲多麼動聽啊!/不管問題多麼複雜,也要設法解決/你知道巴黎鐵塔多麼高?

好不 表示程度很深(帶感嘆語氣):廣場上好不熱鬧/心裡好不快活。

好生 多麼;很;極:這人好生面熟/心裡好生奇怪。

何等　用感嘆語氣表示非同尋常；多麼：在領獎時,他心情何等激動!／這種捨己救人的精神,何等崇高!

何其　表示程度深；多麼：何其相似／何其毒辣／明日復明日,明日何其多!

不亦樂乎*　原意是「不也是很快樂的嗎?」後常用來表示達到極度：他忙得個不亦樂乎／他全身被冰雹打得個不亦樂乎。

O8－28 副：　最・極

最　表示達到極高的程度,超過其餘同類人或事物；極；頂：最優／最多／最高一層／最先進的技術／他對情況最了解／他最喜歡看足球比賽。

頂　表示程度最高：很好／頂聰明／頂刮刮／頂喜歡游泳。

極　表示達到最大限度：極冷／極少數／好極了／極重要／盛極一時／極受鼓舞。

極度　最高的程度：極度困難／極度疲勞／極度緊張／極度哀痛。

極端　達到頂點：極端貧困／極端自私／極端不負責任。

極其　非常；萬分：情況極其複雜／問題極其嚴重／極其自由散漫。

極爲　極端；萬分：病情極爲危急／品質極爲惡劣／交通極爲擁擠／演出陣容極爲整齊。

至　最；極：至誠／至高無上／至善至美／至爲感謝／言辭懇切之至。

太　表示程度極高；最：太美了／太高興了。

窮　極端：窮凶極惡／窮奢極欲。

盡　極：盡善盡美。

盡　最：盡前頭／盡左邊。

絕　極；最：絕妙／絕頂／絕大多數／絕大部分。

絕頂　極端；最：絕頂聰明／精妙絕頂。

絕對　極；最：絕對大多數公民是守法的。

大不了　至多也不過：書找不到也別著急,大不

了再買一本。

不過　用在形容詞後面,表示程度最高：代價高不過／態度傲慢不過／這幾天悶熱不過。

不堪　用在表示消極意義的詞後面,表示程度深：狼狽不堪／擁擠不堪／道路泥濘不堪。

至多　表示最大的限度：各班學生,至多四十八個／他既然對錯誤有所認識,我看至多給個警告處分。

充其量　表示最大限度的估計；至多：這篇習作比較幼稚,充其量只能打個七十分。

至少　表示最小的限度：觀衆至少有兩萬人／他雖然不是專家,但至少比我們懂得多些。

起碼　表示最低的限度；至少：做人起碼要有點同情心／學開車起碼要熟悉交通規則／本廠工人起碼要有初中畢業文化程度。

無以復加*　無法再增加上去,表示達到頂點。

莫此爲甚*　沒有什麼能超過這個的了：居心之險惡,手段之毒辣,莫此爲甚。

O8－29 形、副：　過分

過分　〔形〕超過一定的程度或限度：他待人過分苛刻／對孩子不能過分寵愛／我這樣做並不過分／話不能說得太過分。

過度　〔形〕超過適當的限度：情緒過度亢奮／光線過度強烈／要注意適當休息,不要過度勞累。

過甚　〔形〕超過一般的程度太多：過甚其詞／未免言之過甚／驚惶過甚。

過頭　〔形〕超過一定的限度；過分：不說過頭話／凡事適可而止,不要過頭。

過火　〔形〕超過適當的限度；過分：話說得有些過火／批評過火,效果不好。

逾分　〔形〕過分；超出本分：逾分的要求／我這樣做,並不逾分。

過　〔副〕表示程度超過了限度；太：現在小學生的作業過多／飯不要吃得過飽／我們對他的

能力估計得過高。

過於　〔副〕表示超過一定的程度或限度;太:負擔過於沈重／身體過於疲乏／心情過於抑鬱／日期過於緊迫。

太　〔副〕表示超過某種限度;過分;過於:飯太熱,等涼一些再吃／會不要開得太長／你說的話似乎太多了。

忒　〔副〕〈方〉太;過於:風忒大／雨忒急／你忒多心了。

O8－30 副:　儘量・足以

儘量　表示力求達到最大限度:儘量把話說得婉轉些／字儘量寫得端正些／儘量克制自己。

儘　儘量:儘快解決／儘早安排／儘可能想得周到些。

儘先　表示放在優先地位進行:儘先安排化肥生產／讓老弱傷殘儘先登車。

夠　❶表示達到一定程度或標準:勞動一天,夠累的了／能取得這樣好的成績,他夠滿意的了／繩子已經夠長了。❷表示程度很高:這件事夠糟糕的／同志們對我的幫助夠多了。

足　夠得上某種數量或程度;足以:新電視塔足有四百多米高／這些工作,三天足能完成／不足爲訓／微不足道。

足以　表示程度夠得上:足以引爲自豪／足以說明問題的嚴重／貪污鉅額公款,不嚴懲不足以平民憤。

足足　完全夠得上某種程度或數量:行李足足有一百公斤／會場上足足有一千人／辦簽證手續,足足讓我等了一個月。

O8－31 副:　更加・尤其・甚至

更加　表示程度上加深一層:更加富裕／更加困難／比以前更加努力／對公共圖書要更加愛護。

更　更加:更勤奮地學習／請說明得更詳細些／

我更喜歡這個學校了。

更其　更加:更其劇烈／更其危急。

越　連用(越……越……)。表示程度隨著情況的變化而加深:雨越下越大／腦子越用越靈／越推卸責任,越難得到諒解。

越發　表示程度進一步加深;更加:孩子進了幼稚園,越發活潑可愛了／看見有人來勸解,她鬧得越發厲害了。

越加　越發;更加:夜深了,周圍越加顯得靜了／見他神色不對,她心中越加焦急。

越來越　表示程度隨著時間進展而加深:前途越來越遠大／跑得越來越快／秋深了,白天越來越短。

愈　❶表示程度加深;更加;越發:每下愈況／家鄉離我愈近了／我愈不耐煩了。❷連用(愈……愈……)。同「越……越……」:愈演愈烈／你愈說愈不成話了／車聲愈來愈近了。

愈加　更加;越發:病後她的身體愈加虛弱了。

再　表示程度增加;更加:讀得再慢些／再大的困難也能克服／由他出面交涉,再合適不過了。

益發　越發;更加:益發顯得年輕／學習益發勤奮。

益　更加;更:多多益善／精益求精／相得益彰。

尤其　表示程度加深或更進一步:我愛打球,尤其愛打排球／他功課學得很好,數學成績尤其突出。

尤　尤其;更:尤佳／尤爲突出／江南風景優美,尤以蘇州園林爲最。

甚至　提出突出事例,表示達到更深一層的程度:這道難題,甚至班上最好的學生也沒做出／天旱得甚至草都枯死了。也說**甚至於**。

甚而　甚至:有些家長給孩子收集作文材料,甚而動手代寫／他離家多年,甚而自己的姪子也不認識了。也說**甚而至於**。

O8－32 副:　幾乎

幾乎　表示情況接近或將近某種程度或數量;差

不多;差點:村裡幾乎家家都有電視機了／觀眾幾乎有兩萬人／腳底一滑,幾乎摔倒了／路上車擠,我上班幾乎遲到。也說**幾幾乎**。

幾　〈書〉幾乎;將近:幾不可辨／幾遭不測／榜上題名者幾達三百人。

差不多　(程度、時間、數量等)相差很少;接近:差不多要吃午飯了／離家差不多三年了／兄弟倆差不多一樣高／這個中國小朋友講的法語差不多跟法國孩子一樣流利。

差點　❶表示某種事情幾乎實現而沒有實現:我差點被人擠倒／實驗室差點失火／他差點就見著你了。❷表示某種事情幾乎不能實現而終於實現:我差點見不到你／他差點趕不上末班車。也說**差一點點**。

險　幾乎;差一點點:險遭毒手／險被老虎吃了。

險些　差一點點(發生不如意的事情):險些失足／險些上當／險些車毀人亡。

殆　〈書〉幾乎;差不多:消耗殆盡／殆不可得。

O8－33 形、副：　大概

大概　❶〔形〕概要的、不十分準確的(情況):我只記得當時大概的情況／對當前形勢做了大概的分析。❷〔副〕表示有較大的可能,但不準確:這麼晚,他大概不會來了／連日陰冷,大概要下雪。

大概其　〔副〕〈方〉大概:他大概其也聽人家說過。

大致　❶〔形〕概要的、不十分準確詳盡的,大體上的:我對他們說明瞭大致的情況。❷〔副〕表示情況主要地、約略地是怎樣:兩地情況大致相同／翻修校舍,大致要一年時間。

大體　〔副〕表示多數情形或主要方面:大體還可以／兩校的操場面積和體育設施大體相同。

大約　〔副〕表示估計情況很可能,但不很準確;大概:看他那懊喪的樣子,大約又犯什麼錯誤了／大約不出三天,他就會回來。

約　〔副〕大概;大約:左近約有十來戶人家／全部完工約需三年。

約莫　約摸　〔副〕〈口〉大概;大約:約莫兩百步光景／約莫等了半小時。

約略　〔副〕大概:約略計算一下／半個世紀過去了,那時的事我還約略記得一些。

大約摸　〔副〕〈方〉大概;約摸:我想大約摸他也知道這事。

粗略　〔副〕粗粗地,不細緻精確:他把事情經過粗略地向大家說了一遍／我把文件粗略地看一下。

大略　❶〔形〕大致的;不十分詳盡精確的:大略的統計／大略的說明。❷〔副〕粗略地;不精確細緻地:我只大略說明一下／把大略有關的資料整理出來。

大率　〔副〕〈書〉大概;大抵:大率如此／大率每隔十里,便搭有一個涼亭。

多半　〔副〕❶表示在大多數情況下怎樣:颱風多半發生在夏季。❷表示情況有較大的可能性;大概:這趟車多半不能準時到站了。

大半　〔副〕表示有較大的可能性;多半:天氣悶熱,今夜大半要下雨。

大多　〔副〕表示大多數或大部分怎樣:廠裡員工大多是本地人／代表們的建議大多已經處理。

大都　〔副〕多半:他這樣做,大都出於自私的想法／學校生活的情景,我大都還記得。

大抵　〔副〕大約;大概;多半:今年暑假,他和妻小大抵要回英國看看／結果大抵相同。

八成　〔副〕大概;多半:大會之後,八成要放一場電影。

O8－34 副：　相當‧稍微

相當　表示達到一定高的程度:進步相當快／標準相當高／演出相當成功／這個演員相當著名。

比較　表示達到一定的程度;相當:天比較冷／

他比較肯動腦筋／問題比較複雜。

較 比較:價格較高／成效較爲顯著／用較少的錢辦較多的事。

較比 〈方〉比較:交通較比便利／這個房間較比寬敞／鄉間環境較比安靜。

稍微 表示數量不多或程度不深:請你講得稍微響一點／稍微休息一下／臉色稍微有些蒼白。

稍 稍微:稍等片刻／稍感不適／稍有疑義。

稍稍 稍微:稍稍靠攏一步／稍稍調整一下。

稍許 稍微;略微:稍許挪動一下／工作稍許抓緊一點。

略微 稍微:略微關心一下／敎室略微小了一點／略微休息一陣子。

略 稍微:略知一二／略勝一籌／略有所聞。

略略 大致;稍微:略略瀏覽一遍／略略估計一下。

微微 稍微;略微:微微一笑／微微點頭示意／老人嘴唇微微顫動,卻說不出話來。

有點 略微;稍微:她今天有點傷風／他說話吞吞吐吐,叫人聽得有點不耐煩。

有些 略微;稍微:有些妒忌／有些不高興。

多少 稍微:立秋一過,早晚多少涼一些／男孩子麼,多少有些頑皮／他近來學習多少認眞一些了。

O8－35 副、形: 完全・徹底・絕對

完全 〔副〕整個地;徹頭徹尾地:完全誤解了我的本意／這話完全沒有根據。

全然 〔副〕完全地:他說的和我看到的全然不同／消防隊員衝進火海,全然不顧自身的安危。

全 〔副〕完全;全然:你說的,我全知道了／敵人全給我們打跑了。

畢 〔副〕〈書〉全;完全:原形畢露／群賢畢至。

了 〔副〕〈書〉完全(與否定詞連用):了無懼色／了無牽掛／了不可見。

徹底 〔形〕一直到底,形容深透、完全:進行徹底

的清理／調查得很徹底／要徹底改變工作作風。也作**澈底**。

徹頭徹尾* 從頭到底;完完全全:這個公司利用廣告招股是個徹頭徹尾的大騙局。

根本 〔副〕徹底、全然;始終:要根本改變這裡的居住環境／雙方立場根本是對立的／我和他根本不認識。

根 〔副〕根本地;徹底:根治／根絕／根究／根除。

壓根兒 〔副〕〈方〉根本:我壓根兒不知道有這麼一回事。

絕對 〔副〕完全;一定:絕對正確／絕對有把握／絕對不成問題／仔細校對過三遍,絕對沒有錯。

絕 〔副〕絕對(與否定詞連用):絕無此事／絕不動搖／絕不收回成命／絕不再走回頭路。

決 〔副〕絕對(與否定詞連用):決不食言／決不後悔/決不向困難低頭。

斷乎 〔副〕絕對(多用於否定式):斷乎不可倒退／此文斷乎不能發表。

斷然 〔副〕絕對;斷乎:斷然拒絕／斷然停止一切聯繫。

斷斷 〔副〕絕對;無論如何(多用於否定式):斷斷使不得／斷斷沒有這樣的事／斷斷不可輕舉妄動。

萬萬 〔副〕絕對;無論如何(多用於否定式):萬萬想不到／萬萬不可視同兒戲／萬萬不可粗心大意。

O8－36 名: 範圍・限度

範圍 事物的周圍界限:時間範圍／職權範圍／閱讀範圍／這一部文集涉及的範圍很廣。

規模 事業、機構的格局或範圍:初具規模／埃及金字塔規模宏大,氣勢雄偉。

框框 起束縛作用的規矩、制度、範圍等:打破老框框／過多的框框會扼殺文學藝術的創造性。

□框子。

圈子　人們結交或活動的範圍：社交圈子／生活圈子一小，見聞就不廣。

地盤　盤據或控制的地區；勢力範圍：擴張地盤／地痞流氓常常爲爭奪活動地盤而鬥毆。

領域　社會生活或學術思想的某個範圍：文化領域／自然科學領域。

天地　比喻活動的範圍：人不能只顧自己的小天地／藝術的天地廣闊得很。

園地　比喻活動的特定範圍：學術園地／文藝園地。

世界　某種活動範圍；領域：兒童世界／內心世界／科學世界。

手心　比喻所控制的範圍：《西遊記》裡的孫悟空始終逃不出如來佛的手心。

限度　一定的範圍；規定的最高或最低的數量或程度：參加會議的人數應該有個限度／要規定不得超過的限度。

限　某一範圍；限度：參加者以本校學員爲限／以半年爲限。

度　限度：勞累過度／縱欲無度／每個班級以十五人爲度。

分寸　說話或做事的標準或適當限度：他處理事務很有分寸／他很注意講話的分寸。

界限　限度；盡頭處：貪欲的膨脹是沒有界限的。

O8－37 形：　廣大·廣泛

廣大　範圍廣；規模大：廣大的活動範圍／建設規模相當廣大。

廣闊　範圍廣大：廣闊的襟懷／青年人的前途是很廣闊的。

寬廣　範圍廣闊：胸懷寬廣。

廣泛　涉及的方面多，範圍大：內容廣泛／廣泛流傳／廣泛推動體育運動／廣泛地閱讀中外名著。

廣　範圍寬廣；廣泛：廣義／流傳很廣。

泛　廣泛；一般地：泛讀／泛指／泛稱。

寬泛　涉及很多方面：涵義寬泛／談話內容寬泛。

普遍　廣泛存在的；具有共同性的：普遍意義／普遍現象／普遍推動捐血運動／喝下午茶在國外是十分普遍的。

遍　普遍；全面：遍地／遍野／遍體鱗傷。

O8－38 副：　凡是

凡是　表示總括某個範圍內的所有事物：凡是年滿十八歲的公民都有選舉權和被選舉權／凡是重大的事情都要經過集體討論。

凡　凡是：凡領取郵包者，都要出示身分證／凡工作上做出貢獻的人都應當受到獎勵。

是凡　〈方〉凡是：是凡稍有頭腦的人，都不會相信這些謠言的。

是　凡是（常與「都」「總」等連用）：是學生都應該學習／是又髒又累的事情，他總搶著做。

大凡　表示總括一般情況（常與「總」、「都」等連用）：大凡愛好體育運動的人，身體都比較健康。

但是　凡是；只要是：但凡渴求知識的青年，沒有不尊敬老師的。

舉凡　〈書〉凡是：他表演相聲，舉凡說、學、逗、唱，都有獨到之處／舉凡一切烹調秘方，他無不講得頭頭是道。

O8－39 副：　都

都　表示總括全部；完全：所有的問題都解決了／不論大小工作都要做好。

全　完全，全部：全聽懂了／桃子全熟了／這四部古典小說，我全看過了。

全都　全；都：代表全都到了／孩子們全都活潑可愛／工作全都安排好了。

通通　表示全部；全、都：這裡的學齡兒童已通通入學／全班同學體能測試通通及格／他把說

過的話通通忘了。□**通統；統統**。

一股腦兒* 〈方〉通通；全、都：孩子把玩具一股腦兒都搬了出來／她把長期藏在心底的話，一股腦兒傾吐出來。也作**一古腦兒***。

一塌刮子* 〈方〉通通；全都：他把所經營的企業一塌刮子搬走。

皆 〈書〉都；全：皆大歡喜／啼笑皆非／放之四海而皆準。

均 全；都：傷員均已康復／各項指標，均已達到。

咸 〈書〉全；都：老少咸宜／少長咸集／咸受其益。

備 〈書〉表示完全：關懷備至／備受歡迎／艱苦備嘗。

俱 〈書〉全部；都：面面俱到／百廢俱興／聲色俱厲／兩敗俱傷。

一律 表示總括全部；沒有例外：一律憑票入場／交易一律用現金／各民族一律平等。

一概 表示總括全部；沒有例外；一律：過期一概作廢／不用稿件，一概退回。

概 一律；一概：概莫能外／食品出門，概不退換。

一總 全；都：假期裡，她把家務一總包下來／她把肚裡的委曲一總發洩出來。

一劃 〈方〉一概：這個院子的房屋一劃都是新的。

O8－40 副： 只·單

只 表示限於某個範圍，除此之外沒有別的：我只看過越劇／只見樹木，不見森林／這本書我只看過一遍／星期日只我一人在家／全年只副業收入就超過百萬元。

只是 ❶表示限定範圍；僅僅是：我只是問問他的地址，沒有別的事／他只是太累了，沒有病。❷表示在任何條件下情況不變：他整天只是看書／無論我們怎麼勸說，他只是不聽。

不過 表示限定範圍；僅僅；只是：他不過是十幾歲的孩子／我不過隨意說說。

不外 不超出某種範圍以外：我要說的也不外這幾句話／大家關心的不外工資和物價。也說**不外乎**。

止 只；僅僅：止此一家／何止百萬。

無非 只；不過；不外乎：書中所寫的，無非是作者的所見、所聞、所感／他整天東奔西走，無非想多推銷一些新產品。

僅僅 只；不過（強調範圍小，數量少，時間短）：看問題不能僅僅看表面／這件事僅僅我一個人知道／蓋這座大樓僅僅用了九個月。

才 表示範圍小，數量少，程度低；僅僅；只：我才學了簡單簿記，還不能擔任會計工作／這個圖書館全部藏書才十多萬冊／他才初中畢業，對他不能要求太高。

惟 只；單單；僅僅：惟一無二／惟恐落後／惟命是從。也叫**唯命是聽**；**唯利是圖**。

惟有 只有：大家都贊成，惟有他不同意／這裡的情況，惟有他最熟悉。

惟獨 單單；只：他心裡裝的是人民，惟獨沒有他自己／別人都進城了，惟獨他留在宿舍。

獨 唯獨；單單：大家都乘車，獨有他步行。

單 單單；只；光：要做好工作，不能單靠熱情／這次火災遭殃的不單他們一家。

單單 表示限定在小的範圍內；只；光：大家都在鍛鍊，單單他在看報／所有的車都開過去了，單單我們的拋了錨。

偏偏 單單：大家都收到了邀請信，偏偏他沒有。

但 只；僅：但願明天有空去看望他／但聞樓梯響，不見人下來。

特 〈書〉只；但：不特如此／房前房後種樹，非特一家一戶受益。

徒 表示除此之外，沒有別的；僅僅：徒托空言／徒有虛名。

光 單；僅：光說不幹／這麼多的事，光我們幾個

人做不完／這次外出採購的,不光是他一個
人。

就　只;僅僅:這麼重的箱子,就你一個人搬不
動。

O8－41 動、形等: 　可能‧能夠

可能　❶〔動〕表示可以實現:計畫可能如期完成
／這事需要做好,也可能做好／想得到他的同
意,完全不可能。❷〔形〕能成為事實的:可能
的結果／可能的辦法／在可能範圍內幫助解
決。❸〔名〕能成為事實的屬性;可能性:改變
計畫的可能不大／會有發生意外的可能。

可以　〔動〕能夠;可能:我明天可以再來／棉花
可以織布／這個目標是可以達到的。

得以　〔動〕可以;能夠:得以擺脫困境／由於各
方大力支援,這項工程才得以提早完成。

足以　〔動〕完全可以;夠得上:模仿得足以亂真／
光是這兩點理由,還不足以令人信服。

可　〔動〕表示可能或許可:無話可說／可大可小
／可去可不去／可望而不可即。

堪　〔動〕可以;能夠:不堪忍受／不堪回首／堪稱
舉世無雙。

得　〔動〕〈方〉用在別的動詞前,表示可能(多用
於否定式):稻子正在灌漿,沒有一個月不得
開鐮收割。

會　〔動〕表示有可能實現:下午會下雨／四個現
代化的目標一定會實現／他怎麼會知道?

能夠　〔動〕❶表示有能力做某事:四歲的孩子就
能夠游泳了／這位青年車工能夠熟練操作了。
❷表示有某種用途或達到某種效率:大蒜能
夠殺菌／這條公路能夠並排開四輛汽車。❸
表示有條件,有可能或情理上許可:外面下
雨,他能夠來嗎?／我可以告訴你解題方法,
但不能夠告訴你答案。

能　〔動〕能夠:這件事他能做好／房子幾天能裝
修完畢?／不能只考慮個人利益。

O8－42 副: 　也許

也許　表示對某種情況的估計,可能而不很肯
定:黑雲低沈,午後也許要下雨／情況也許並
不嚴重。

或許　也許:他明天或許能來／這件事或許你也
聽說了。

或者　表示可能;或許;也許:這本書別的書店或
者還有／這個辦法對於解決問題或者能有幫
助。

或　也許;或者:他今秋或可來美／你如果親自
去或可解決問題。

許　也許;或許:他不來開會,許是沒接到通知吧
／他這時還沒到家,許是火車又晚點了。

容許　或許;也許:個別詞句容許有不精確之處。

容或　〈書〉或許;也許:排印差錯容或難免。

恐怕　表示估計(有時含有擔心的意思):這樣改
動,恐怕作者未必同意／雨這麼大,恐怕老先
生來不了啦。

恐　恐怕(表示估計):恐難盡如人意／傳聞恐不
眞實。

作興　〈方〉可能;也許:這次比賽,作興還會出冷
門。

興許　〈方〉也許;或許:你去跟他說,他興許會同
意／今年興許是個豐收年。

可能　也許;或許:他可能又住醫院了／第三號
颱風邊緣,可能會掠過本市。

O8－43 形、副: 　必然‧未必

必然　❶〔形〕事理上確定不移:必然趨勢／必然
結果／工作中會有困難,這是必然的。❷〔副〕
表示事理上確定會這樣:水加熱到沸點,必然
變成水蒸氣／不學習新事物,必然跟不上時
代。

必定　〔副〕表示主觀上認為事理上確定會這樣;
或表示意志堅決:他太老實,老實必定要吃虧

/請放心,到時候我必定幫助你。

一定 ❶〔形〕規定的;確定的;必然的:一定的規律/一定的關係/每天工作、學習、休息時間,都有一定。❷〔副〕表示堅決或確定;必定:我一定努力做好工作/他一定不肯去,就不要再勸說了。

必 〔副〕必定;必然:驕兵必敗/二者必居其一/他今天不來,明天必來。

定 〔副〕一定;定然:人定勝天/定可取勝/她定要走,我也不再阻攔了。

定然 〔副〕必定;一定:定然成功/他這次遠來,定然有要事商量。

勢必 〔副〕根據情勢判斷必然會怎樣:不嚴格執行管理制度,勢必影響生產效率。

肯定 〔副〕表示確定無疑;一定:情況肯定對我有利/他肯定會來出席會議。

定準 〔副〕一定:這樣優秀的節目,定準受觀眾歡迎。

一準 〔副〕必定;一定:明天一準參加活動/書看完後一準送還。

準保 〔副〕表示可以肯定或保證:我明兒準保出席/這些我都檢查過了,準保沒錯。

準 〔副〕一定:到時候準來/這一場球主隊準輸。

未必 〔副〕不一定:包裝講究的商品,品質未必可靠/我這些話他們未必會相信。

不見得 〔副〕不一定:徒弟不見得事事不如師傅/這雨不見得下得起來。

不定 〔副〕表示有疑問,不能肯定:這件事還不定該怎麼辦/你別忙張羅,他不定來不來呢。

難保 〔副〕不能保證;保不住:一個人難保不生病/這輛車子毛病多,路上難保不拋錨。

保不住 〔副〕難保;可能:天氣悶熱,下午保不住有雷雨。也說**保不定**。

保不齊 〔副〕〈方〉保不住;可能:我這兩天忙得頭昏腦脹,保不齊要算錯了。

O8－44 副、形: 偶然

偶然 ❶〔副〕表示事理上不是必然地,或一般不會有而突然地(發生):偶然發現/偶然相遇/他心中偶然一動。❷〔形〕不是必然發生而發生的;超出一般規律的:一個偶然的機會/這事完全是偶然的。

偶爾 〔副〕偶然;有時候:她偶爾抬起頭來,正看見有人向門外走去/他愛看小說,偶爾也看報紙。也作**偶而**。

偶 〔副〕偶然;偶爾:偶有所感/偶遇舊友/偶著風寒。

偶或 〔副〕〈書〉偶然;有時候:那時偶或來談的是一位老朋友。

偶一 〔副〕偶然一次;偶或:偶一為之/偶一疏忽/偶一不慎。

間或 〔副〕偶爾;有時候:夜深了,間或傳來遠處的車聲/靜靜的會場裡,間或有人咳一兩聲。

O8－45 副、形: 突然

突然 ❶〔副〕在短促時間裡,出乎意外地(發生):傍晚突然刮起大風/司機突然把車煞住/他突然暈倒了。❷〔形〕在短促時間裡發生,出乎意外的:突然的事故/他的出走太突然了。

突 〔副〕突然:突發事件/風雲突變/異軍突起。

突如其來＊ 出乎意料地突然發生。

突兀 〔形〕出乎意料地突然發生:事情來得突兀,叫人措手不及。

忽然 〔副〕表示事情迅速發生,出乎意料;突然地:牆忽然倒塌了/夜間忽然斷電/忽然起風了。

忽而 〔副〕❶表示事情迅速發生;忽然:他正走著,忽而聽見後面有人喊他/忽而黑雲密布,天一下子暗下來。❷表示行動或情況不斷交替出現連用:天氣忽而陰,忽而晴/他聽見房裡有人談話,聲音忽而高,忽而低。

忽〔副〕忽然;忽而:忽聽見樓上有人走動／天氣忽冷忽熱。

忽地〔副〕忽然;突然:病人忽地昏厥了／收音機忽地不響了。

乍〔副〕忽然:天氣乍冷乍熱／燈光乍明乍暗。

乍猛的〔副〕〈方〉突然:離家多年的兒子乍猛的回來了,叫老母驚喜若狂。

猛然〔副〕突然;驟然:猛然驚醒／猛然抬起頭來。

猛〔副〕突然;忽然:猛醒／猛回頭／猛感到心裡一陣悲酸。

猛不防〔副〕來得突然,不及防備:猛不防挨了一拳。

猛孤丁〔副〕突然:他猛孤丁地停住步,叫大家莫名其妙。

冷不防〔副〕出乎意料;突然:冷不防迎面飛來一個排球／他冷不防打了個噴嚏。

冷丁〔副〕〈方〉突然;冷不防:冷丁響了一聲悶雷／他冷丁給這一聲響嚇住了。也說冷不丁;冷孤丁。

抽冷子〔副〕〈方〉突然;乘人不注意:罪犯抽冷子逃跑了。

陡然〔副〕突然:精神陡然爲之一振／半路上,陡然捲起一陣旋風。

陡〔副〕陡然:風雲陡變／一陣陡起的狗叫聲。

驟然〔副〕突然;忽然:驟然吃了一驚／一夜秋雨,天氣驟然轉涼了。

驟〔副〕突然;驟然:風雨驟至／人數驟增／風雲驟變。

猝然〔副〕突然;出乎意料:猝然病倒／猝然生變／猝然大舉入侵。

猝〔副〕〈書〉猝然:猝不及防／猝發的疾病。

驀然〔副〕不經心地;猛然:驀然回首／驀然想起那些英勇犧牲了的夥伴。

驀地〔副〕出乎意料地;突然:她從夢中驚醒,驀地坐起／他驀地流下淚來。

霍然〔副〕突然:全場燈光霍然一齊滅了／臉色霍然一變。

遽然〔副〕〈書〉突然;驟然:遽然與世長辭／遽然離去。

遽〔副〕〈書〉驟然;立即:物價遽增。

霍地〔副〕突然;忽然:霍地破涕爲笑／他霍地站起來走出會場。

溘〔副〕〈書〉忽然;突然:朝露溘至／溘然長逝。

O8－46　動、副、形：　不料·竟然

不料〔動〕沒想到;事先沒料到:不料他竟一病不起／我們多方勸說,不料她堅決不肯回校。

不圖〔動〕〈書〉沒想到;不料:不圖今日能復返故鄉。

不意〔動〕意想不到;不料:出其不意,攻其不備／不意舊病復發,一時難以成行。

不謂〔動〕〈書〉不意;不料:不謂今日能再相見。

不虞〔動〕〈書〉意料不到:不虞家遭回祿／不虞之譽。

意外〔形〕出乎意料的:意外事故／意外的收穫／事情竟有這樣的結果,叫人感到意外。

不測〔形〕沒有料到的;意外的:變化不測／天有不測風雲。

殊不知*　竟然不知道;竟然沒想到:有人以爲犯點小錯誤無所謂,殊不知一切大錯都是從小錯開始的／我原以爲他今天要來的,殊不知他生病好幾天了。

竟〔副〕表示超出常情或出乎意料:他住在遠郊,沒想到竟比我先到／一年不見,孩子竟長得跟媽媽一般高了。

竟然〔副〕竟;居然:一年的生產任務,竟然只六個月就完成了／用一片葉子竟然能吹出動聽的樂曲。

竟自〔副〕竟然:他靠一輛自行車,竟自周遊了全國。

居然〔副〕表示出乎意料;竟然:這樣重要的會,

他居然不來參加／僅僅隨車見習幾天,他居然
學會了駕駛。

還 〔副〕表示出乎意料而居然如此:他在烹調
上,還真有一手。

還是 〔副〕沒有想到如此或竟如此;還:想不到
他還是真有解決的辦法。

O8－47 副： 湊巧

湊巧 表示正是這個時候或正遇著所希望和所
不希望的事:她正想找他問功課,湊巧他來了
／真湊巧,我要的參考書這家書店都有。

巧 恰好;湊巧:巧遇／巧合／正想打電話給你,
可巧你來了。

恰巧 湊巧:我正想澆花,恰巧下了一場透雨／我
走得正累的時候,恰巧碰到一輛回村的馬車。

恰好 正碰上;恰巧:我正想進城看病,恰好有幾
位軍醫帶藥下鄉來。

恰恰 正好;正:恰恰撞個滿懷／我的看法恰恰
跟你相反。

恰 恰恰;正巧:恰到好處／恰如其分。

剛巧 正碰上;恰巧:剛巧有人退票,我才買到當
天返京機票。

剛好 恰巧;剛巧:昨天我去,剛好他出差回來／
兩位好朋友剛好編在一個班組。

剛 恰好:買的米剛裝滿一缸／我走到車站,剛
趕上最後一班車。

趕巧 湊巧:我昨天去找他,趕巧他去歐洲了。

碰巧 湊巧;恰巧:我這次回家,碰巧看到鐵樹開
花／真碰巧,我倆又在倫敦見面了。

偏巧 恰巧:我正想去找她,偏巧她來了。

正巧 正好;剛好:走到校門口,正巧遇上了他。

正好 正巧;恰好:我發高燒時,正好巡迴出診的
醫生來了。

可巧 恰好;湊巧:漁船正失去控制時,可巧來了
海軍巡邏艇解危。

可好 恰巧;正好:哥倆正想吃東西時,可好爸爸

帶回一包糕點。

可可兒的 〈方〉不早不晚,恰巧趕上:我正埋怨
帆船速度太慢時,可可兒的起了順風。

碰勁兒 〈方〉偶然碰巧:我哪是什麼好棋手,只
是碰勁兒贏上一兩盤。

正 恰好;正好:正中下懷／這些資料,正是我要
查的。

適 恰好:適得其反／這次回鄉,適值中秋佳節。

適逢其會* 恰好碰上那個時機。

O8－48 副： 幸虧

幸虧 表示由於某種有利情況而得以免除困難
或不良後果:幸虧他煞車快,才沒有造成事故
／幸虧帶來兩把雨傘,要不然我們都挨淋了。

幸而 幸虧:我把身分證丟了,幸而被一個小孩
撿到。

幸好 幸虧:麥子幸好上午搶收完畢,沒有被雨
淋濕。

幸喜 幸虧;幸好:幸喜今日刮的是西北風,使帆
是很便當的。

幸 〈書〉幸虧;幸而:幸翻譯工作已告一段落／
幸未釀成大禍。

虧得 幸虧;多虧:虧得事先採取了預防措施,這
次颱風才沒有造成災害。

虧 幸虧;多虧:虧你提醒,我才沒有忘了去開
會。

得虧 〈方〉幸虧;多虧:得虧我隨帶工作證,否則
這郵包又領不到了。

多虧 幸虧;虧得:多虧老師悉心培養,我的兒子
才能有這麼好的成績／多虧警察幫助,受傷者
及時送到了醫院。

O9　關聯·異同

O9－1 動： 關聯

關聯 事物間互相發生聯繫和影響:世間萬事萬

物,無不錯綜地關聯著／整頓交通秩序是關聯到人民生命安全的大事。也作**關連**。

關涉 關聯;牽涉:彼此毫不關涉／這項改革措施,關涉到全廠每一個員工。

關係 關聯;牽涉:這事關係群眾的利益／發展體育事業是關係全民身體健康的大事。

關 關聯;牽涉:有關單位／不關你的事／此事至關緊要。

關乎 關係到;涉及:控制通貨膨脹是關乎全國人民經濟生活的大事。

繫 聯結;關聯:感慨繫之／聲譽所繫／存亡繫於這場戰爭的勝敗。

相關 彼此相互關聯:息息相關／休戚相關／治理三廢與環境衛生、人民生活密切相關。

相干 彼此相互關連或牽涉:你我井水河水,互不相干／他淨談些與議題毫不相干的話。

干 牽連;涉及:不干他的事／此事與你無干,請別插手。

有關 ❶有關係:有關部門／請有關人員出席會議／此事與他有關。❷涉及:要切實研究有關群眾生活的問題。

無關 沒有關係;牽涉不到:無關緊要／無關大局／與己無關／說幾句無關痛癢的閒話。

牽涉 牽連、涉及(其他的人或事):牽涉無辜／這件事牽涉許多人。

涉及 牽涉到;關聯到:這是一個涉及婦女兒童基本權益的問題／他的這項研究涉及許多方面。

涉 牽連;相關:涉訟／涉嫌／涉外案件。

波及 牽涉到;影響到:影響波及的範圍極廣／運動波及十多個省的大小城市。

O9－2 動: 是

是 ❶聯繫兩種事物,表明兩者等同或後者表明前者的類屬:星國是新加坡的別稱／像是陸地上最大的動物。❷聯繫兩種事物,表示陳述的對象的特徵或情況:這匹馬是棗紅色的／我是真心實意／房頂不是青瓦,而是紅色的洋瓦。

爲 是:勤儉爲持家之本／無尾熊圓滾滾的模樣,不愧爲動物園票選最具魅力的動物。

乃 〈書〉是;就是:失敗乃成功之母／糧食乃寶中之寶。

係 〈書〉是:以上所述,確係實情／她從小係在美國長大的。

則 〈書〉是;乃是:此則羅馬教堂之大觀也。

即 就是:非此即彼／揚子江即長江。

屬 系;是:查明屬實／確屬偶然疏忽／創業艱難,守成更屬不易。

O9－3 動: 叫做

叫做 (名稱)是:這東西叫做微波爐／研究物質的組成、結構、性質和變化規律的科學叫做化學。

叫 叫做:這種樹叫樟樹／他的名字叫李雷。

稱 叫;叫做:稱作／稱爲／自稱／師生們都親切地稱他爲老校長。

稱呼 叫:我們以同志相稱呼吧。

名 名字叫做:古代有位著名的建築工匠姓公輸名班。

曰 〈書〉叫做:山之頂曰巔／名曰集體負責,實則無人負責。

謂 〈書〉稱呼;叫做:博愛之謂仁／這種藝術,現在謂之爲「創作版畫」。

何謂 〈書〉什麼叫做;什麼是:何謂靈感?／何謂宏觀世界?

O9－4 動: 當做

當做 作爲;看成:要把環保工作當做一件大事來抓／千萬別把別人的好心當做惡意。

當 當做:安步當車／別把我當客人看待。

看做 當做;認爲:不要把學習看做一種負擔。

作爲 當做:作爲罷論／這位外科醫生把音樂作爲一種業餘愛好。

作 當做;作爲:看作／認作／過期作廢／認賊作父。

算 認作;當做;作爲:他可算是一名神槍手／以前的話,算我沒說／這個責任算誰的?

不失爲 還可以作爲:這樣處理,不失爲妥善之策／知過能改,仍不失爲有上進心的靑年。

O9－5 動:　意味·標誌

意味 含有某種意義:滄海一粟意味非常渺小／股市長紅意味著一國之景氣旺盛。

代表 表示某種意義或象徵某種槪念:這部戲裡的主人翁代表了三十年代的中國知識分子／他的生活和行爲,足以代表他的人生觀。

象徵 用具體的事物表現某種特殊意義:火炬象徵光明／鴿子象徵和平。

表示 事物本身或借助某種事物顯示出某種意義:路口紅燈亮著,表示車輛不得通行。

體現 在某一事物中具體表現出(某種性質、思想、精神、政策等):推動社區大學是政府落實「終身學習」敎育政策的體現／設計方案體現了他的非凡才華。

反映 把某事物的實質顯示出來:文學藝術反映社會生活／物候觀測的數據反映氣候條件對於生物的影響。

指 意思上指著:所謂提高是指在普及基礎上的提高／戰前,指的是一九三七年抗日戰爭以前。

指明 明確地指出:指明方向／指明出路／指明改革的途徑／在小說中,一般不指明故事發生的眞實地點。

標誌 標識 顯示某種特徵:深山裡的路徑標誌,對登山者很有幫助。

標明 寫上文字或做出記號使人識別:標明號碼／標明商品價格／標明產品出廠日期和有效時限等。

標 用文字或其他記號表明:標上問號／明碼標價。

O9－6 動:　屬於

屬於 爲某一方面所有:光榮屬於國家／屬於私人財產／這批出土文物屬於故宮博物院。

屬 歸屬:終歸勝利屬人民。

歸於 屬於;歸誰所有:榮譽歸於人民／勝利永遠歸於勇敢無畏的人們。

歸屬 屬於;從屬於某一方面:無所歸屬／家鄉的榮譽應該歸屬每一個家鄉人分享。

歸 歸屬;屬於:責有攸歸／這些事歸他管／他把成績歸自己,把差錯推到別人身上。

落 歸屬:責任落在我們肩上／這個月打掃校園工作落到我們班了。

O9－7 動:　在於

在於 ❶指出事物的本質、內容或目標:他的成功在於虛心向群衆學習／戰爭的目標在於消滅戰爭。❷表明事物的關鍵所在;決定於:一年之計在於春／能不能有所成就在於你自己。

在乎 在於:學習不能靠別人督促,全在乎自己努力。

在 在於;決定於:事在人爲／爲學貴在堅持／成敗在此一舉。

取決 由某一方面或某種情況決定(多與「於」連用):人民生活的改善取決於社會生產的提高。

有賴 表示一件事的完成要靠另一件事或某些人的幫助(多與「於」連用):體育水平的提高有賴於新生力量的培養。

O9－8 動:　包含

包含 裡邊含有;包括:許多農諺中包含著豐富的物候知識／一切事物都包含著矛盾。

含　裡面藏著;包含:眼含淚水／話裡含有深意。

包括　包含;總括:代表團包括翻譯人員總共十人／這個選集包括作者的小說、散文和詩歌。

包　容納;包括:無所不包／眼睛裡包了一汪淚水。

包羅　包括;容納:包羅萬象／這部小說包羅了中世紀的社會的政治的現象。

囊括　包羅:囊括四海／囊括一空／我跳水健兒囊括六項冠軍。

包孕　〈書〉包含;含有:包孕古今／新學科包孕諸多邊緣學科／體育比賽中包孕著民族精神。

包藏　包含;隱藏:包藏禍心／笑聲裡包藏著譏刺／他的話裡包藏著許多智慧和勇氣。

含蓄　涵蓄　包含:她的信含蓄著對家鄉的深情厚意／他平靜的目光中含蓄著憂鬱。

蘊含　蘊涵　深深地包含:這句格言蘊含著深刻的哲理／在她的長眉秀目之間,蘊涵著一股幽嫻靜雅之氣。

蘊蓄　藏蓄在內而未表露出來:地下蘊蓄著無盡的寶藏／他把胸中蘊蓄著的怨憤一下子都發洩出來。

容納　在某個空間或範圍內接受和包含(人或事物):這個會場可以容納兩千人／他容納不下一點不同意見。

包容　容納:把心放寬些,這些小事還包容不下嗎?

容　容納:這麼小的房間,容不下幾個人／這口布袋能容四斗米／間不容髮。

總括　把各方面合在一起:總括各種數據,擬定一個合理的方案／全大意,可以總括如下。□ **綜括**。

概括　把事物的共同點歸納在一起;總括:他的話可以概括各方面所提的建設性意見。

兼收並蓄*　把有關的各個方面都容納包括起來。

包羅萬象*　包括了一切景象。形容內容豐富複雜,無所不包。

無所不包*　沒有什麼東西不包括在內。形容包含的內容極爲豐富。

O9－9 動：　聯繫

聯繫　相互接上關係:理論聯繫實際／幹部聯繫群眾／一切事物都是互相聯繫、互相制約的。

聯　聯結;聯合:聯名／聯盟／聯歡／聯運／兩個縣聯起來興修水利。

聯合　聯繫,使不分散;結合在一起:全世界無產者聯合起來／雙方發表聯合聲明／展售會是幾個廠聯合舉辦的。

結合　密切聯繫:理論結合實際／教學與科研相結合。

聯結　互相聯繫結合:共同的命運把他們倆聯結在一起了／活動中心啓用後,聯結了里民間的情感。

結　結合:結親／結爲朋友／結成聯盟／集會結社。

聯絡　聯繫;互相交接:聯絡員／聯絡信號／聯絡感情。

串聯　逐個地聯繫;爲了共同行動,進行聯繫:他串聯幾戶農民,合辦養雞場。也作**串連**。

牽連　關聯;聯繫:我不知道他和這筆買賣有什麼牽連／山南山北的居民保持一線牽連。

牽扯　牽涉;聯繫:不要把兩件無關的事牽扯在一起。

O9－10 動：　隔斷

隔斷　阻隔;使彼此斷絕:人爲障礙隔斷不了兩國人民間的友好往來。

隔離　❶阻隔分離:長期隔離／夫妻隔離兩地已十多年,最近才調到一起。❷隔斷;使斷絕往來或接觸:隔離審查／傳染病人需要隔離。

隔絕　隔斷:音信隔絕／與外界隔絕／隔絕空氣是滅火的根本方法。

割裂　把完整的、有聯繫的事物分割開：割裂文義／中國詩歌發展的傳統，不能割裂。

分隔　隔斷，使彼此不相通：母女倆分隔在英、美兩地／我們的心緊緊地連在一起，任何力量都不能分隔。

分裂　使整體的事物分開：只聽見「剝」的一聲，花生分裂成兩半／要團結，不要鬧分裂。

斷絕　完全隔斷，失去原有的聯繫：斷絕往來／斷絕關係／斷絕經濟來源。

斷　隔絕；斷絕：斷電／斷糧／斷了音訊。

絕　斷絕：絕交／絕食／絡繹不絕／自絕於人民。

O9－11　動、名：　影響・作用

影響　❶〔動〕對他人或別的事物起某種作用：教師要用自己的模範行為去影響學生／飲酒過量會影響身體健康。❷〔名〕對人或事物所起的作用：好影響／不良影響／說話要注意影響／這位先進人物的事蹟產生了廣泛的社會影響。

反應　〔名〕事情發生後所引起的意見、態度和行動：他很留意別人的反應／對他所作的講演，聽眾的反應很好。

反響　〔名〕反應(多指較強烈的)：球隊奪得全市冠軍的消息，在全校師生中引起了強烈的反響。

感應　〔名〕因受外界事物影響而引起的反應：心靈感應／昆蟲和魚類對於地震有靈敏的感應。

作用　❶〔動〕對人或事物產生影響：客觀作用於主觀／外界事物作用於我們的感官形成形象。❷〔名〕對他事物產生某種影響的活動：同化作用／異化作用／消化作用／光合作用。❸〔名〕對人或事物所產生的影響，效果：發揮積極作用／起帶頭作用／日光有殺菌和增強身體健康的作用。

關係　〔名〕❶人或事物之間的相互作用、相互聯繫：社會關係／因果關係／產銷關係／正確處理政治和業務的關係。❷對有關事物的作用或影響：這事有重大關係／他去或不去，我看是沒有關係的。

O9－12　動、形：　對立

對立　〔動〕兩種事物或一種事物的兩個方面之間相互排斥、相互鬥爭：雙方意見完全對立／不能把體育鍛鍊和工作、學習對立起來／他受到批評後產生了對立情緒。

矛盾　❶〔動〕對立的事物互相排斥、互相牴觸：自相矛盾／他的話前後矛盾／兩人的意見有矛盾。❷〔形〕相互矛盾的；對立的：他說的和做的十分矛盾／他這時的心情非常矛盾。

相對　❶〔動〕在性質上互相對立：雙方堅持相對的主張，互不讓步。❷〔形〕依靠一定條件而存在，隨著一定條件而變化的：相對真理／相對高度／人口相對過剩。

牴觸　〔動〕有矛盾；對立：他當時牴觸情緒很大／那時他常常同母親牴觸，說些頂撞的話。也作**抵觸**。

牴牾　〔動〕〈書〉牴觸；矛盾：相互牴牾。也作**抵牾**。

相持　〔動〕雙方堅持對立，互不相讓：兩人各執己見，相持不下。

對峙　〔動〕相對而立：兩山隔江遙遙對峙／兩軍對峙。

對抗　〔動〕對立起來，相持不下：軍事對抗／兩種勢力形成互相對抗的局面。

膠著　〔動〕比喻相持不下，解決不了：併購案商議多年呈膠著狀態。

鼎立　〔動〕像鼎有三足一樣，三方面勢力對立：歷史上東漢末魏、蜀、吳三國鼎立。

鼎峙　〔動〕〈書〉鼎立。

相反　〔形〕兩種事物或事物的兩個方面互相對立，互相排斥：相反相成／兩人的意見完全相反／和他相反，他妻子的性格十分開朗。

背道而馳 * 朝著相反的方向奔跑。比喻行動的
方向跟目標完全相反。

南轅北轍 * 本要駕車南行，卻讓車子向北駛去。
比喻背道而馳，行動和目標相反。

格格不入 * 互有牴觸，彼此不相容。

方枘圓鑿 * 方的榫頭合不上圓的卯眼。比喻不
相投合，格格不入。

針鋒相對 * 針尖對針尖。比喻雙方策略、論點
等尖銳對立。也比喻針對對方的言論、行動，
進行回擊。

冰炭不相容 * 比喻兩種事物尖銳對立，不能並
存。也說**水火不相容** * 。

O9－13 形、動： 平衡

平衡 ❶〔形〕對立的各方在數量或品質上相等
或相抵：產銷平衡／收支平衡／平衡發展／兩
個單位的技術力量太不平衡。❷〔動〕使達到
平衡：平衡雙方力量的對比／平衡市場上求過
於供的現象。

均衡 〔形〕平衡：使國民經濟均衡地發展／力量
保持均衡。

均等 〔形〕平均；相等：機會均等／利益均等。

平等 〔形〕(地位、權利、待遇等)相等：男女平等
／各民族一律平等／平等待人／平等互利。

平均 〔形〕沒有輕重或多少的區別：平均利潤／
平均工資／平均發展／平均分攤。

O9－14 動： 符合・適合

符合 (數量、形狀、條件、情節等)相合：符合規
定標準／符合人民利益／符合國際慣例／他說
的與我們掌握的情況完全符合。

符 符合；相合：言行相符／兩人口供相符／現金
與帳面數目不符。

副 符合；相稱：名副其實／名不副實／盛名之
下，其實難副。

相符 彼此一致；相合：名實相符／與實際情況
相符。

合 符合：合意／合法／正合要求／合情合理／這
件衣服很合我的心意。

稱 適合；相當：相稱／稱身／稱職／稱心如意／
稱體裁衣。

合乎 符合；合於：合乎事實／合乎時代要求／合
乎情理。

合於 符合；適合於：合於學校規定／該刊物合
於初中學生閱讀。

可 適合：可口／可意／天氣十分可人／這回總
算可了他的心。

入 合乎；符合：入時／入情入理。

吻合 完全符合：開發的新產品應吻合社會的需
要／報告的記述與事實吻合無間。

契合 符合：兩人的觀點基本上是契合的。

默契 雙方意見暗相契合：相互默契／只能默契
神會，不可言傳／配合默契。

切合 十分符合：切合題意／切合讀者需求／切
合實際。

巧合 (事情)湊巧相合或相同：兩位多年不見的
老朋友，巧合得很，這次同日到紐約求學並住
在同一幢樓裡。

偶合 偶然相合：她倆今天服飾相同，事先並沒
有約定，只是偶合。

切 合；符合：文章切題／不切實際。

對荐 吻合；相符：兩人各說各的，根本不對荐／
事情很不對荐兒，要問個明白。也作**對碴**。

適合 符合實際情況或客觀要求；適宜：適合時
宜／適合中老年特點／這種自行車適合農民
的需要。

適 相合；切合：適用／適口／適齡／削足適履／
銷售順暢。

適宜 適合：這裡氣候好，適宜療養／夏季不適
宜出外旅遊。

權宜 暫時適宜；變通：權宜之計／這只是權宜
一時的措施，並非根本的方針。

適應　適合(客觀條件或實際需要)：適應環境／
　這裡氣候變化大,初來的人不太適應／教育事
　業必須與經濟發展的需要相適應。

服　適應：水土不服。

配　適合；夠得上：配胃口／兩人才貌相配／他配
　稱為勞工模範。

O9－15　動、形：　配合

配合　❶〔動〕各方分工合作來完成同一任務：兩
　軍配合作戰／他們執行任務能互相配合／她
　們在表演中配合得很默契。❷〔形〕合在一起
　顯得合適、相稱：旗袍和她的身材十分配合／
　粉色窗簾和藍色的牆紙不大配合。

相成　〔動〕相互配合,相互成全：剛柔相成／相
　輔相成。

相配　〔形〕配合起來合適、相稱：他倆相貌、性格
　很相配。

相稱　〔形〕配合得合適；相配：衣著要與年齡相
　稱／他講這些話和自己的身分並不相稱。

比配　〔形〕相配；相稱：從性格和愛好看,這兩人
　倒很比配。

匹配　〔形〕〈方〉結親雙方條件相稱,配得上。也
　泛指相稱：他們倆太匹配了／他這身打扮和身
　分很不匹配。

照應　〔動〕配合；呼應：這篇文章組織鬆散,前後
　不相照應。

呼應　〔動〕一呼一應,互相配合：彼此呼應／遙
　相呼應／這篇文章前後呼應,結構嚴謹。

相應　〔動〕互相呼應或照應；相適應：首尾相應／
　同聲相應,同氣相求／他的實際業務能力與職
　位極不相應／經濟富裕了,人民生活品質也就
　相應得到提高。

相輔而行＊　互相協助,配合,一起進行。

相輔相成＊　互相協助,互相配合。

相得益彰＊　雙方互相幫助,互相配合,更能顯出
　雙方的長處。

O9－16　形、動：　協調

協調　❶〔形〕配合得適當：色彩十分協調／動作
　力求協調／我們要使國民經濟持續、穩定、協
　調地發展。❷〔動〕使配合適當：協調勞資關
　係／統一認識,協調行動。

調協　〔形〕調和；協調：這種想法跟現實情況很
　不調協。

調和　〔形〕配合得適當：雨水調和／五味調和／
　色彩十分調和。

調勻　〔形〕調和均勻：脈絡調勻／春雨調勻。

和諧　〔形〕配合得適當而融和：琴瑟和諧／節奏
　和諧／色調和諧／蘇州園林布局和諧。

諧和　〔形〕和諧：這幾個音配得很諧和。

諧調　〔形〕諧和；協調：色彩諧調／旋律諧調／淺
　黃色的建築與周圍林木很諧調。

調諧　〔形〕協調；和諧：色彩調諧。

O9－17　動：　陪襯

陪襯　以別的事物使主要事物的特色更加突出；
　襯托：紅花還要綠葉陪襯／一片碧綠的湖水把
　周圍的山色陪襯得十分明媚。

襯托　以別的事物從旁對照,使主要事物的特色
　突出,更加明顯：遠近的山峰互相掩映,互相
　襯托／白雲繚繞,青松、銀杏,把幽靜的山村襯
　托得更加翠綠。

襯　陪襯；襯托：潔白的圍巾襯得她的臉色分外
　紅潤。

配　陪襯；襯托：配角／配殿／淺黃色的牆壁可用
　杏紅色的窗簾來配。

烘托　以別的事物陪襯、渲染,使主要事物更加
　鮮明、生動：作者寫群眾的反應,從側面烘托
　了教堂的宏偉。

烘襯　烘托；陪襯：「桂林山水甲天下」的詩句,只
　是著力烘襯桂林山水的妙處。

映襯　映照襯托：湖光塔影,遙相映襯／碧綠的

湖水映襯著空翠的遠山。

襯映　映襯:城牆和城樓襯映在星空之下,比白天顯得更加突兀、雄偉。

映帶　景物相互襯托:清流翠竹,映帶左右。

掩映　彼此遮掩,互相映襯:桃花已經開放,白紅兩色掩映在綠樹叢中。

相映　互相映照、襯托:湖光山色,相映成趣/園裡紅綠相映,一片春色。

鋪墊　陪襯;襯托:小說開頭的景物描寫為人物的出場作了有力的鋪墊。

點綴　加以襯托或裝飾,使事物更加美好:層層的綠葉中間,零星地點綴著些白花。

烘雲托月*　本指繪畫上,渲染雲彩以襯托月亮。比喻從側面烘托來突出主要事物。

O9 - 18 名: 異同・差別

異同　事物不同的地方和相同的地方:比較大麥和小麥的異同/分析兩種思想體系和社會制度的異同。

差別　形式或內容上的不同:縮小城鄉差別/兩人性格有很大的差別。

差異　差別:我國南北氣候,差異很大/同類事物間也有差異。

歧異　分歧;差異:經過校對,查出兩種版本有歧異多處/雙方意見的歧異已見縮小。

分歧　(思想、意見、主張、記載等的)差別:政策上有分歧/認真商討,縮小意見上的分歧。

別　差別:天壤之別/男女之別。

區別　彼此不同的地方:有原則上的區別/兩個詞在意義和用法上都有區別。

出入　(數目、詞句等的)不一致;差異:現款跟帳面數目沒有出入/他反映的情況跟事實略有出入。

差距　事物之間的差別、距離。特指跟某種標準的差別程度:思想上存在著差距/縮小城鄉生活上的差距/自己和先進工作者對照,確有很

大差距。

距離　指認識、感情等方面的差距:他們的看法還有距離/他同他同學中間的距離,一天一天地遠起來。

O9 - 19 動: 區別

區別　把兩個以上的事物加以比較,認清它們間的差異;分別:區別情況,正確對待/矛盾的性質要嚴加區別/有思維能力是人類區別於其他動物的主要標誌。

區分　區別;分別:要把好人和壞人區分開來/兩幢房子式樣差不多,很難區分。

分別　區分;區別:分別主次/分別輕重緩急/分別不同性質的事物。

分　區別:分為兩類/地不分南北/分清界限。

別　區分;區別:分門別類。

劃分　區別:劃分行業/劃分類別。

劃　劃分:劃清敵我界限/劃定勢力範圍。

O9 - 20 動: 比較

比較　把兩種或多種同類事物加以對照,辨別其異同或優劣:有比較才能有鑑別/她常拿自己和同學比較/比較一下兩個方案,然後決定取捨。

比擬　比較;相比:無可比擬/難以比擬/這兩件事性質不同,不能比擬。

比　比較:比上不足,比下有餘/學習方面我和他比起來差得多啦/把兩廠的同類產品的品質比一比。

較　比較:較量/本季度產量較上季度增加約10％。

相比　相互比較:相比之下,真品和冒牌貨很容易識別出來/我的外語水準,還不能和他相比。

打比　〈方〉比較;相比:你們是受過專業訓練的,我怎能夠打比。

對比 兩種事物對照比較：古今對比／新舊對比／今昔對比／對比之下，老王提出的辦法較好。

對照 ❶對比；相比：鮮明對照／用先進人物的事蹟，對照一下自己的言行。❷相互對比參照：文言白話對照／對照兄弟廠的經驗，改進本廠……。

比照 比較對照：兩種版本一比照，就能看出許多差異／比照原方案加以修改。

相形 相互比較：相形見絀／大家都在進步，相形之下，自己顯然落後了。

相差 事物之間有差距：相差無幾／兩個同班同學，成績卻相差很遠。

相去 有差距；相差：兩人棋藝相去無幾／他們的意見和我所提出的相去並不遠。

O9－21 形：　相同

相同 彼此一致，沒有差別：兩人的興趣愛好相同／這兩個字讀音相同／兩篇文章論點相同，寫法各異。

同 相同；一樣：同工同酬／志同道合／大同小異／我們是同一個民族。

同樣 相同；一樣；沒有差別：這兩項工程同樣重要／做同樣工作，受同樣待遇。

一樣 同樣；沒有差異：學生姐妹倆相貌一樣，脾氣也一樣／兩棟房屋用的磚瓦都一樣。

雷同 舊說打雷時引起共鳴，許多東西都同時響應。借指文字、語言不該相同而相同：文字雷同／發言者寥寥無幾，意思又多雷同。

同等 （等級或地位）相同：同等學歷／同等待遇／同等重要的地位。

一律 一樣；相同：千篇一律／規格一律／各地情況不同，不要強求一律。

一例 一律；同等：一例九折優待／沿路村舍，一例紅磚綠瓦，濃蔭覆蓋。

同一 共同的一個或一種：接受同一任務／採取同一形式／走向同一目標。

一 相同；一樣：一家人／一式兩份／一視同仁／衆口一詞／前後不一。

一般 一樣；同樣：兩座塔一般高／十個指頭不一般齊／掌聲如同暴風雨一般。

一色 全部一樣的；不混雜別種式樣的：一色的紅木家具／學童背著一色的書包。

對等 等級、地位等相等：對等的條件／雙方力量對等／雙方派出級別、人數對等的談判代表。

一致 沒有分歧，完全一樣：言行一致／步調一致／一致對外／意見不一致。

劃一 一致；一律：整齊劃一／尺碼劃一／價格劃一。

半斤八兩* 按舊制，半斤等於八兩。比喻彼此完全一樣，分不出高下。

一模一樣* 形容彼此完全相同。

毫無二致* 絲毫沒有什麼兩樣。形容完全一樣。

千篇一律* 形容詩文公式化。泛指完全按照同一形式行事，毫無變化。

大同小異* 大部分相同，只小部分有差異。形容兩個事物基本相同，差別不多。

一如既往* 跟過去完全一樣，絲毫也沒改變。

不約而同* 沒有經過商量而彼此的看法或行動完全一致。□**不謀而合***。

如出一轍* 像出自同一個車轍。比喻兩種言論或行動完全相同。

殊途同歸* 從不同的道路走到同一個目標地。比喻方法不同而結果完全一致。

異曲同工* 不同的曲調演奏得一樣美妙。比喻不同的言論或辭章同樣精彩，或不同的做法，收到同樣好的效果。也說**同工異曲***。

異口同聲* 許多人說同樣的話。形容大家的意見或說話完全一致。□**衆口一詞***。

一丘之貉* 同一個山裡的貉。比喻彼此相同，沒有差別。多用於指壞人都是同類貨色。

O9－22 形：　不同

不同　不一樣：性質不同／目標一樣，方法不同／彼此處境有所不同。

兩樣　不一樣：做法不同，效果也就兩樣／男女應同工同酬，不應兩樣對待。

兩歧　〈書〉不相同；不統一：各行其是，做法兩歧／會上出現兩歧的意見。

歧　不相同；不一致：歧義／歧視／歧讀。

分歧　不一致；有差異：理論分歧／路線分歧／意見仍然很分歧。

不一　不相同：形狀不一／品質不一／關於金字塔怎樣建成的問題，歷來說法不一。

不等　不一樣：數目不等／大小不等／優劣不等／應徵人員，學歷高低不等。

差　不相合；不相同：差得遠／兩隊實力相差不多。

迥異　大不相同：多寡迥異／情況迥異／他們學說的出發點迥異。

異樣　兩樣；不同：她的精神氣質跟青年時期毫無異樣。

異　有差別；不相同：異議／日新月異／求同存異／同床異夢。

殊　不同；差異：殊途同歸／言人人殊／影印古籍，與原本無殊。

懸殊　相差很遠：衆寡懸殊／南北氣候，冷熱懸殊／雙方力量懸殊。

徑庭　〈書〉相差很遠；懸殊：大相徑庭／前後所論，豈不徑庭？

截然不同＊　形容兩種事物毫無共同之處。截然：界限分明的樣子。

迥然不同＊　形容相差很遠，完全不一樣。

天差地遠＊　比喻相差懸殊。也說**天懸地隔**＊。

天淵之別＊　上天和深淵的差別。比喻差別極大。也說**天壤之別**＊。

判若雲泥＊　像天上雲和地下泥差距那麼大。比喻差別懸殊。也說**判若天淵**＊。

千差萬別＊　形容差別很多很大。

O9－23 動：　相等

相等　（數目、分量、程度等）彼此一樣：價值相等／面積相等／距離相等／在雙方兵力相等的情況下，勝敗取決於士氣的高低。

等於　相等；沒有區別：抓得不緊，等於不抓／你不說話等於默認。

等　程度或數量相同：相等／等價／大小不等。

等同　當做同樣的事物看待：等同視之／不能把政治和業務等同起來。

相當　兩方面差不多；比得上或能相抵：兩人相貌相當／雙方力量相當／他的文化程度相當於大專。

抵　相當；頂得上：收支相抵／吃半個南瓜能抵兩碗飯。

頂　相當；抵：一個頂兩個／這件毛衣能頂一件棉襖／一臺打穀機頂十多個勞動力。

當　相稱；相當：門當戶對／罰不當罪／一以當十。

匹敵　彼此對等；相當；相比：無可匹敵／現在你們的實力還不能和那幾家大企業匹敵。

匹　可以相比；相當：舉世無匹。

匹比　能相比；相當：這種劣質贋品，怎能與眞品匹比／他的手藝可以和城裡最好的石匠相匹比。

倫比　〈書〉同等；相當：無與倫比。

媲美　兩種事物美好的程度幾乎相等：該廠產品能與世界名牌媲美／這種酒可與茅台媲美。

比美　美好的程度相當；媲美：可以比美古人。

伯仲　〈書〉兄弟的次第，指老大，老二。比喻事物不相上下：伯仲之間／中國運河這一浩大工程，可與長城相伯仲。

勢均力敵＊　雙方勢力相當，不分上下。也說**力敵勢均**＊。

銖兩悉稱 * 兩方輕重相當。形容沒有差別,不相上下。

工力悉敵 * 〈書〉指雙方的功夫和力量完全相等,不分高低。常用於形容優秀的文學藝術作品。

旗鼓相當 * 原指作戰的兩軍勢均力敵。比喻雙方實力相等,不相上下。

棋逢對手 * 下棋能手遇到能手。比喻雙方都有本領,不相上下。也說**棋逢敵手** *。

分庭抗禮 * 古時賓主相見,分立庭院兩邊,相對行禮,以示平等。現比喻彼此地位相同或勢力相等,可以對立抗衡。

平起平坐 * 雙方會見時,可以一齊坐下,一齊站起。比喻雙方地位或權力平等,誰也不比誰低。

平分秋色 * 比喻雙方各占一半,彼此相等。

O9-24 動: 像·如同

像 ❶表示兩個事物形象相同或有較多的共同點:他的長相像他爸爸/兄弟倆的嗓音十分像/這花像玫瑰/快過年了,天氣還像春天一樣暖和。❷用於比擬,表示不同事物之間有某一點相同:鴨的身體扁而寬,像只船/人群像潮水一般湧向廣場。

好像 有些像:那瀑布的聲響好像沈雷一般/那雨中的層巒迭嶂,看上去好像一幅水墨山水畫。

活像 極像:戰士們生氣勃勃,活像一群小老虎。

如同 好像:大廳燈火通明,如同白晝/房間裡擺滿了各種食品,如同食品店一般。

如 如同;好像:江山如畫/如夢初醒/如入無人之境/十年如一日。

有如 就像;好像:這條小河,在陽光映照下有如一條銀色的飄帶/老人待他有如親骨肉。

恰如 正像:一片極目無際的青草,映著晚霞,恰如一幅圖畫。

宛如 正像;好像:廣場上歡騰的人群,宛如大海的波濤/這不幸的遭遇,對她宛如一場噩夢。

一如 完全相同:一如既往/整天躲在家裡,不敢外出,一如囚徒。

儼如 活像;十分像:彼此本不熟識,但國外相逢儼如舊友。

恍如 好像;宛如:恍如隔世/恍如夢境/我們閉了眼睛,還恍如那些人物即在跟前。

彷彿 像;如同:兩人年紀相彷彿。

猶 如同:雖死猶生/過猶不及/猶緣木而求魚。

猶如 如同:我在那裡住慣了,猶如在自己家裡一樣/希望猶如肥皂泡一樣破滅了。

猶之乎 〈書〉如同;猶如:人離不開土地,猶之乎魚離不開水。

不啻 〈書〉如同;無異於:別人這麼一說,不啻給他當頭一棒。

若 如;好像:寥若晨星/冷若冰霜/海內存知己,天涯若比鄰。

似 像;如同:歸心似箭/似是而非/似曾相識。

近似 相像;類似:他們兩人口音近似,可能是同鄉/他這樣做近似兒戲。

近乎 近似:她臉上流露出近乎天真的表情。

恰似 正好像;恰如:噩耗傳來,恰似晴空霹靂。

類似 大致相像:與此類似的事例很多/這裡的大樓建築式樣類似四合院。

類乎 好像;類似:這些荒謬的假想類乎痴人說夢/他這樣對待你類乎耍弄人。

類 相像;類似:類人猿/畫虎不成反類犬。

形似 形式上、外觀上相像:他畫的人物,不惟形似,而且神似。

貌似 表面上很像,(實際上不是):貌似強大/他這些話貌似冠冕堂皇,實際是文飾詭辯。

神似 精神實質上相似;極其相像:他作畫力求神似,不重形似/這兩幅壁畫形神幾乎是統一的,但其中形似還是多於神似。

肖 相似;像:惟妙惟肖/神情畢肖。

酷肖　極其相似;很像:他不像父親,而酷肖母親。

亂眞　模仿得很像,使人難辨眞假:他買了幾件古董,後來發現是可以亂眞的贋品。

活脫　〈口〉十分相似;活像:她經過打扮,活脫是個農村婦女。

O9－25 形：　相像

相像　彼此有相同和相近的地方:怪不得他倆眉眼有些相像,原來是舅甥/這兩部作品藝術風格十分相像。

相似　相像:這個櫥窗裡的時裝模特兒跟眞人十分相似。

逼眞　跟眞的極其相似:這幅少女像畫得十分逼眞。

相仿　大體相同;差不多:才貌相仿/村裡有幾個婦女和她年紀相仿。

相近　差不多:兩地的情況大致相近/他們都出生在江南,口音大體相近。

相類　相近似:古代的竽這種樂器,跟現在的笙相類。

相若　〈書〉相像;類似:才識相若/年紀相若。

差不多　相差有限;相似:兩人文化水準差不多/這兩種布花色差不多。

差不離　差不多:兩人的見解差不離。

不大離　〈口〉差不多:兄弟倆身量不大離/他們有什麼心思,我不大離一猜便知道。

相去無幾*　兩者相差不多。

O9－26 副：　好像

好像　有些像;彷彿:他坐在那裡不動,好像在等什麼人/他默不作聲,好像有什麼心事似的。

似乎　好像;彷彿:他操起菜刀切得那麼熟練,似乎是個專業廚師/他倆互不招呼,似乎誰也不認得誰。

彷彿　似乎;好像:狂風怒號,彷彿要把屋頂掀掉

一樣/他幹起活來,彷彿全身有用不完的力氣。

若　〈書〉好像:若隱若現/若有所思/若無其事/旁若無人。

宛　〈書〉彷彿;逼眞地:音容宛在/宛在水中央。

宛然　彷彿;好像:宛然在目/山靑水秀,花木蔥蘢,宛然是世外桃源。

儼然　很像;眞像:這個孩子說起話來儼然是一個大人。

O9－27 動：　超過

超過　❶原在某事物後面的趕到前面:大巴士超過不了小轎車/他學習進步快,超過了我。❷高出某事物之上:隊員平均年齡超過二十二歲/產量超過原來計畫/摩托車速度超過自行車很多。

超　越過;高出:超額/超載/超先進/超群絕倫。

超越　超出;越過:超越障礙/超越前人/邊境線禁止超越/時代的局限難以超越。

超出　越出一定的數量或範圍:超出定額/超出預算/超出職權範圍。

越　超出:越界/越軌/越權/越過警戒線/越級反映。

跳　越過;超越:跳級/跳一行再寫/算盤打錯了,跳了一檔。

跨　超越(數量、時間或界限):跨年度/跨地區經營/我跨系科選修了繪畫和美學。

甚　超過;勝過:日甚一日/無甚於此者/關心他人甚於關心自己。

過　超越(某個範圍或限度):過重/過半數/過期作廢/言過其實/力大過人。

逾　超過;越過:逾期/逾限/年逾花甲/情逾骨肉。

逾越　超出:逾越常規/逾越職權範圍/不可逾越的鴻溝。

不止 表示超出一定的數量或範圍：她恐怕不止三十歲／住了不止一個月／本地所產水果不止這四、五種。

越級 越過較低的一級而到更高的一級：越級上告／越級提拔。

躐等 〈書〉不按次序，超越等級：躐等而進／表現特佳的，可以躐等提拔。

O9－28 動： 勝過

勝過 比另一個人或事物優越；超過：公司裡技術上勝過我的不止他一個／一次實際的行動勝過一百句空話。

勝 勝過；超過：事實勝於雄辯／今勝於昔。

勝似 勝過；超越：不是親人，勝似親人／不管風吹浪打，勝似閒庭信步。

強似 較勝於；超過：今年年景強似去年／自力更生強似依賴別人幫助。也說**強如**。

賽 勝似；比得上：蘿蔔賽梨／快活賽神仙／科學教育培養的青年一代要賽過老的一代。

青出於藍* 《荀子・勸學》：「青，取之於藍，而青於藍。」意思是靛藍色從蓼藍中提煉出來，但顏色比蓼藍更深。比喻學生超過老師，後人超過前人。

後來居上* 後來的人或事物超過先前的。

略勝一籌* 比較起來，稍微強一些。籌：計數用的竹、木小片兒。

O9－29 動： 不如

不如 兩種事物比較，前者比不上後者：乘公共汽車不如騎自行車方便／外出看電影不如在家看電視／今年收成不如去年。

不及 不如；比不上：技術誰都不及他／論長相，她不及姐姐；論智慧，姐姐不及她。

不比 比不上；不同於：今年不比往年／我不比你，家裡有老有小，負擔較重。

不逮 〈書〉不及；達不到：力有不逮／匡其不逮（幫助他做他所做不到的）。

沒有 不如；不及：哥哥反而沒有弟弟高／無論什麼花的品種都沒有菊花那麼多。

弱 不如：客隊的實力不弱於主隊。

遜 〈書〉差；不及；比不上：稍遜一籌／他技術不遜於你。

趕不上 不如；比不上：我這件大衣的質料趕不上你的／我的成績還趕不上那幾個優等生。

相形見絀* 同類的人或事物相互比較，一方顯得很遜色。

小巫見大巫* 小巫師見了大巫師，自感法術不能相比。比喻小的跟大的一比，就顯得遠遠不如。

望塵莫及* 只能望見前面人馬行走揚起的塵土而追趕不上。比喻遠遠落在人後。

瞠乎其後* 瞠眼看著別人在前，自己落在後面趕不上。

P 物質·物體

P1　物質·物體（一般）

P1-1　名：　物質

物質　❶在空間占有一定地位,人們可以感知其
實際存在的,構成世界萬物的實體。一切物
質都是由極小的微粒—分子、原子和粒子組
成。物質種類繁多,性質不同,但也有某些共
同的基本性質,如一切物理實體都有引力和
慣性。物質可有多種狀態,常見的爲氣態、液
態和固態。此外還有等離子態、膠態和像玻
璃那樣的非晶態。物質的性質和狀態在一定
條件下可以變化:液態物質／物質資料／物質
損耗。❷指金錢、生活資料等:物質待遇／物
質享受。

實物　物質存在的一種基本形式,是由具有相對
靜止狀態的質量的基本粒子所組成的物
質。

場　物質存在的一種基本形式。場充滿整個空
間,一般對人感官無直接作用。如電場、磁
場、引力場等等。場和實物一樣,有物質的一
切屬性,具有質量、動量和能量,而且在一定
條件下可以和實物相互轉化。

反物質　一種由反粒子構成的物質,可能存在於
宇宙的某些部分。反物質的原子核包括反質
子和反中子,原子殼層則由正電子構成。

存在　哲學中指人的意識之外的客觀世界,即物
質:存在決定意識。

微觀　❶指空間線度小於分子、原子、電子及各
種基本粒子等肉眼不能直接觀察到的物體及
其各種現象:微觀世界／微觀物理學。❷泛指
事物單個、小範圍:微觀研究／微觀社會學。

宏觀　❶指空間線度大於由大量原子組成的、用
肉眼能直接觀察到的物體及其各種現象:宏
觀世界／宏觀考察。❷泛指事物總體、整個範
圍:宏觀經濟／宏觀控制。

微觀世界　微觀粒子和微觀現象的物質領域。

宏觀世界　宏觀物體和宏觀現象的物質世界。
一般指行星、恆星、星系等巨大的物質領域。

量子　微觀世界的某些物理量不能連續變化而
是以某一最小單位跳躍式地進行,這個最小
單位叫做量子。

宇稱　表徵微觀粒子運動特性的重要物理量。
微觀粒子體系相互作用時宇稱保持不變,稱
爲宇稱守恆。1956年李政道和楊振寧提出宇
稱並非是守恆的,次年爲吳健雄從實驗上證
明。

P1-2　名：　物體

物體　由物質構成的,占有有限界的一定空間的
個體:發光物體／運動物體。

體　物體:液體／氣體／晶狀體／半導體。

事物　世界上存在的一切物體和現象:客觀事物
／在我們周圍時時都有新事物出現。

東西　泛指各種具體的或抽象的事物:外面霧很
大,馬路對面的東西都看不見／他送給老人許
多日用的東西／感情眞是一種奇怪的東西。

物 ❶物體;東西;事物:礦物／貨物／化合物／建築物／物以類聚。❷自己以外的人或環境:待人接物／恃才傲物。

實物 ❶眞實的東西:實物敎學／創作前要仔細觀察實狀、實物。❷實際應用的東西:實物工資／把鈔票都換成實物。

P1－3 名：　原子·分子·粒子

原子 構成化學元素的最小物質單位。各種元素的原子具有不同的質量、大小和性質。原子由帶正電荷的原子核和圍繞原子核運動帶負電的電子組成。同種元素的原子構成單質分子,不同種元素的原子構成化合物分子。

原子核 原子中帶正電荷的核心部分。類似球體,由質子和中子組成(氫核只有一個質子)。半徑不到原子半徑的萬分之一,但原子的質量卻幾乎全部集中在原子核上。同種元素的原子,原子核中所含質子數相同。

分子 能保持物質一切化學性質的最小微粒。同種物質的分子化學性質相同。分子是由同種或不同種原子組成的。

離子 原子或原子團失去或得到電子後所形成的帶電荷的微粒:帶正電的叫陽離子,帶負電的叫陰離子。

標記原子 用於測定其行蹤的同位元素。利用其放射性或原子品質差異予以測定追蹤,以研究物質的運動和變化過程。也叫**示蹤原子**。

基本粒子 泛指比原子核小的物質單元,是目前人類所知的構成物體的最簡單的物質,包括電子、中子、質子、光子、介子、超子、反粒子等。每種基本粒子都有確定的品質,有的帶電,有的不帶電。基本粒子之間存在著強弱不同的相互作用,能相互轉變。基本粒子不是不可再分的,不能把它看成物質最後的組成單元。也叫**粒子**。

核子 構成原子核的基本粒子,是質子和中子的總稱。

質子 構成原子核的一種基本粒子。質子帶正電,所帶電量與電子相等,質子質量約是電子的一千八百三十六倍。它和中子一起構成原子核。

中子 構成原子核的一種基本粒子。中子不帶電,質量和質子基本相等。

電子 構成原子的一種基本粒子,質量極小,約爲氫原子質量的一千八百三十六分之一。在原子中圍繞原子核旋轉。電子帶負電,所帶電量是電量的最小單元。

光子 一種基本粒子,穩定,不帶電,靜止質量等於零,是光能的最小單元。光子能量隨光的波長而變化,波長愈短,光子能量愈大。

介子 質量介於電子和質子之間的一類基本粒子。有很多種類,有的帶正電,有的帶負電,有的中性。性質不穩定,會很快地轉變爲別種基本粒子。

超子 質量比中子質量大的基本粒子,能量極高而不能穩定存在。

反粒子 所有基本粒子,除絕對中性粒子外,都有與它相對應的另一種基本粒子,這種粒子總稱爲反粒子,如分別與電子、中子、質子相對應的正電子、反中子、反質子,都是反粒子。反粒子的質量、壽命與其對應粒子相同,但電荷及磁矩等相反。當粒子和反粒子相遇時會一起消失而轉化爲他種基本粒子。

反質子 一種基本粒子。是質子的反粒子。帶負電荷,質量與質子相同,在眞空中是穩定的,與質子相遇時,兩者都消失而轉化爲介子。

反中子 一種基本粒子,是中子的反粒子。質量及其他性質與中子一樣,磁矩與中子相反。

正電子 基本粒子的一種,帶正電荷,是電子的反粒子。所帶電量與電子相等;質量和電子

相同。正電子獨立存在時是穩定的,但與電子相遇會立即消失而變成光。也叫**陽電子**。

P1-4 名: 元素

元素 具有相同核電荷數(或質子數)的同一類原子的總稱。現已確知的元素有一百一十種,其中一部分是人工製得的。通常用元素的拉丁名詞的第一個字母或第一個字母加另一字母作為符號來表示化學元素。如碳「C」、「銅」Cu 等。也叫**化學元素**。

稀有元素 自然界中含量稀少或分布稀散的元素,例如鋰、鈹、鉬、鎵、硒、碲、氦、氙、氬等。

鹵素 為氟、氯、溴、碘、砹五種元素。它們的化學性質很相似,都是典型非金屬元素,能和大多數金屬和非金屬直接化合。其中砹是放射性元素。鹵素和鹵化物是重要的化工原料。

稀土元素 鑭、鈰、鐠、釹、鉕、釤、銪、釓、鋱、鏑、鈥、鉺、銩、鐿、鑥、釔、鈧十七種元素的合稱。這些元素具有銀白色金屬光澤,化學性質相似,在自然界中含量很少;常混雜共生在一起。廣泛應用於電氣工業、化學工業、陶瓷工業以及原子能工業等方面。又叫「稀土金屬」。

同位素 同種元素具有相同質子數和各不同中子數的原子互為同位素。同一種元素的各種同位素化學性質幾乎相同,在週期表中占同一位置。

放射性同位素 原子核不穩定,能自發地放出射線的同位素。每種化學元素有一種或多種放射性同位素。有天然的,但更多的是人工生產的。現已知的放射性同位素有二千種左右。

放射性元素 其所有同位素都具有放射性的元素。有天然放射性元素(女如鐳、鈾、釷等)和人工放射性元素(如鍆、鈈等)。

元素週期律 元素的化學性質隨著元素原子序數(即核電荷數或核內質子數)的遞增而呈週期性變化的規律。是十九世紀中葉俄國化學家門捷列夫所發現。它揭示了自然界物質的內在聯繫,對化學學科發展起了重大的推動作用。

成分 ❶指化合物或混合物中所含有的不同物質的種類(元素或化合物):化學成分/滌棉的成分。❷泛指構成事物的各種不同的部分或因素:這種說法有開玩笑的成分/減輕了心裡不安的成分。

組分 指化合物或混合物中各個成分,如空氣中的氧、氮、氬是空氣的主要組分。

P1-5 名: 原子量·分子式

原子量 原子的相對質量。以一個同位素碳-12 的原子質量的十二分之一作為原子質量的標準單位,將碳-12 的原子量定為 12,其他元素的原子量就是該元素原子質量和碳元素原子質量相比所得的值。如氫的原子量是 1.0079,氧的原子量是 15.999,鐵的原子量是 55.84。

分子量 分子的相對質量。分子的分子量等於分子中各原子的原子量之和。如水分子(H_2O)的分子量約為 18(氧的原子量約為 16,氫的原子量約為 1)。

莫耳 國際單位制中物質的量的單位。當物質所含的基本單元(原子、分子、離子、電子或其他粒子)數與 12 克碳-12 的原子數(約 6.023×10^{23})相等時的量,即為一莫耳。

克分子 衡量物質的分子量的單位。現已用「莫耳」代替。

克原子 衡量物質的原子量的單位。現已用「莫耳」代替。

質量數 原子核中的質子數和中子數的總和,如具有六個質子和六個中子的碳,質量數是十二;具有九十二個質子和一百四十三個中子

的鈾,質量數是二百三十五。原子的質量數
也是元素的近似原子量。

原子團　由不同種的原子結合而成的在許多化
學反應中作為一個整體參加的集合體,如
OH,SO4,COOH 等。

原子價　表示一種元素的一個原子能結合其他
原子的數目。以氫原子價作一,其他原子的
原子價即為該種原子能直接或間接與氫原子
結合或替代氫原子的數目。一種元素可具有
一種或數種原子價。也叫**化合價**。

分子式　用元素符號表示物質分子組成的式子,
如一個水分子是由二個氫原子和一個氧原子
構成的,用分子式來表示為 H2O。

化學鍵　在分子或晶體內相鄰的兩個或多個原
子(或離子)強烈的相互作用叫化學鍵。主要
有離子鍵、共價鍵、金屬鍵等類型。

分子結構　組成分子的各個原子的成鍵情況和
空間排列。分子結構決定物質的物理和化學
性質。

分子力　在分子型物質中分子和分子間的相互
作用力。它是物質分子能夠聚集為固體或液
體的主要因素,也是決定物質的沸點、熔點、
汽化熱、熔化熱、溶解度及表面張力等理化性
質的重要因素。

P1－6　名：　單質·化合物

單質　由同一種化學元素所組成的純淨物,如氧
氣、硫、銅等。

化合物　由兩種或兩種以上的元素所組成的純
淨物,如硫酸、氯化鈉、甲烷等。

無機化合物　指不含碳元素的化合物(如水、食
鹽、燒鹼、硫酸等)和少數簡單的含碳化合物
(如一氧化碳、二氧化碳、硫酸鹽等)。簡稱**無
機物**。

有機化合物　指碳元素與其他元素(如氫、氧、
氮、硫、鹵素等)組成的化合物。但不包括與

無機物相似的少數簡單的含碳化合物(一氧
化碳、二氧化碳、硫酸鹽等),如糖、醋、酒精、
汽油等都是有機化合物。簡稱**有機物**。

混合物　由不同單質或化合物通過機械混合的
物質,它沒有固定的組成,混合物中各成分仍
保持各自原有的化學性質,如空氣、海水等。

P1－7　名：　固體·液體·氣體

固體　有一定體積和形狀的物質。在不太大的
外力作用下,其體積和形狀改變很小。鋼鐵、
木材、岩石、玻璃等在常溫下都是固體。固體
分為晶體和非晶體兩大類。

液體　有一定體積,沒有一定的形狀,可以流動
的物體,但在外力作用下,不易壓縮,如在常
溫下的水、油、水銀。

氣體　沒有一定的體積,也沒有一定形狀,可以
流動的在外力作用下易被壓縮的物體。空
氣、煤氣等在常溫下都是氣體。

流體　液體和氣體的總稱。因兩者都富於流動
性,且有相似的流動規律。

等離子體　由大量的等量的接近於自由運動的
正、負帶電粒子(電子和離子)和中性粒子所
組成的物質狀態。火焰、電弧、閃電中的高溫
部分,太陽及其他恆星表面的氣層等都是等
離子體。其運動主要受電磁力支配。低溫等
離子體應用於受控熱核反應、同位素分離、無
線電通訊、焊接切割等領域。

剛體　物理學上指在外力作用下,體積、形狀和
各部分的相對位置都不會發生變化的物體。
是一個科學的抽象概念,實際物體都不是真
正的剛體。

P1－8　名：　晶體

晶體　原子、離子或分子有規律地在空間成週期
性的重複排列而形成有一定幾何形狀的固
體,如鹽、石墨等都是晶體。晶體都有一定的

熔點。也叫**結晶體;結晶**。

單晶體　原子按統一的規則排列的晶體。具有
　一定的外形,物理性質是各向異性的。

多晶體　由許多小單晶體組成的晶體,各小單晶
　體的原子排列不規則。一般無一定的外形,
　物理性質是各向同性的。

非晶體　原子排列和外形都沒有一定規則的物
　體,如玻璃、瀝青等。非晶體沒有固定的熔點。

液晶　只能存在於一定溫度範圍內的介於固態
　和液態之間過渡狀態的某些有機物。它同時
　兼有液體和晶體的特性,由於它對外界因素
　如熱、電、磁、光、聲、應力、輻射等的微小變化
　極為敏感,會在本身結構和性能方面作出相
　應改變。利用這個特性,可製作各種顯示材
　料。在電子、軍事、生物、醫藥等方面都有廣
　泛應用。

P1－9　名:　導體

導體　內部有大量自由電荷,電流容易通過的物
　質。金屬以及熔融電解質、電解質水溶液、人
　體、大地都是導體。

絕緣體　極不容易傳導電或熱的物體,如空氣、
　木材等是熱絕緣體,玻璃、陶瓷、橡膠、塑膠等
　是電絕緣體。也**叫非導體**。

電介質　不導電的物質。有固體、氣體和液體
　的,如空氣、紙、雲母、塑膠等。在工程上用作
　電氣絕緣材料、電容器的介質等。

半導體　導電性能介於導體和絕緣體之間的物
　質,如鍺、矽及某些化合物等。半導體的導電
　性能在低溫時很小,但隨著溫度的增加而急
　速增加,其他外界條件(光照、強電場等)也會
　使半導體導電性能有顯著的變化。用半導體
　製成的器件和積體電路在電子技術中被廣泛
　的應用。

超導電性　某些導電材料在溫度降到很低時,電
　阻會突然變為零,這種性質叫超導電性。以
前超導性只由某些金屬材料在－250°C 以下
時發生,近年來發現某些氧化物體系在較高
的溫度下(約－180°C)已具有超導性。

超導體　顯示出超導電性的物體。利用超導體
　可製造能產生強磁場的超導磁體以及精密的
　檢測儀器。

P1－10　名:　物態

物態　物質分子集合的狀態,是實物存在的形
　式。通常有三種,即氣態、液態和固態。近年
　來還把等離子體稱為第四態,把存在於地球
　內部的超高壓超高溫狀態,稱為第五態。此
　外還有超導態、超流態等。也叫**聚集態**。

相　相同成分的物質中,物理及化學性質完全均
　一的部分。在多相體系中,相與相之間有明
　顯界面。例如水、冰和水蒸氣是三個相。分
　子排列不同的晶體是不同的相。

氣態　物態的一種,物質呈氣體狀態。

液態　物態的一種,物質呈液體狀態。

固態　物態的一種,物質呈固體狀態。

等離子態　物態的一種,物質處於等離子體狀
　態。參見 P1－7「等離子體」。

臨界狀態　物質氣態和液態能平衡共存的狀態。
　此時物質液體的密度和它的飽和氣的密度相
　同,因而它們沒有分界面。一種物質只有在
　一定的溫度和壓強下,才能處於臨界狀態。
　也叫**臨界點**。

表面張力　液體表面相鄰部分之間相互牽引的
　力。表面張力能使不受外力作用的液體形成
　球形。因此在空氣中的小液滴往往呈圓球形
　狀。

毛細現象　當內徑很細的管子插進液體時,管內
　的液面會比管外的液面高或低的現象。毛巾
　吸水、燈芯吸油、地下水沿土壤細隙上升等都
　是毛細現象;毛細現象是每位小學生必做的
　自然科學實驗。

P1－11 名： 力

力 物體之間的相互作用。這種作用能使物體的運動狀態和物體的形狀、體積發生變化。力有三個要素：力的大小、方向和作用點。任何一個要素改變，力的作用效果就會隨著改變。

萬有引力 存在於任何物體之間的相互吸引作用。兩物體間的萬有引力大小和它們品質的乘積成正比，和它們的距離的平方成反比。物體會落向地面，行星繞太陽運動等都是萬有引力的作用。簡稱**引力**。

重力 地球對物體的吸引力，其方向基本指向地心。

摩擦力 相互接觸的兩物體，當它們有相對運動或相對運動的趨勢時，所產生的阻礙作用叫摩擦力。摩擦力的大小與物體表面的性質與壓力有關。

彈力 直接接觸的物體因發生彈性形變而產生使物體恢復原狀的作用力。

浮力 物體浸入流體（液體或氣體）中受到的向上的力。浮力的大小等於物體所排開的流體的重量。

向心力 物體作圓周運動或曲線運動時所受到的指向圓心或曲線曲率中心的力。

離心力 物體作圓周運動時所產生的離開中心的力。離心力是向心力的反作用力。

合力 一個力單獨的作用與另外幾個力共同作用的效果相同，則這一個力就是那幾個力的合力。而那幾個力就是這個力的分力。

分力 見「合力」。

P1－12 名： 作用力

作用力 物體間作用是相互的，力總是成對產生的。其中一個物體對另一個物體的作用叫做作用力，另一個物體對它的作用叫反作用力。作用力和反作用力大小相等、方向相反。

反作用力 見「作用力」。

壓力 垂直作用於物體表面的力。

壓強 單位面積上所受到的力也稱作**壓力**。

應力 物體由於外部作用或內在缺陷而發生形變時，在物體內部出現的作用力。

力矩 使物體轉動時力和力臂的乘積叫力矩。是表示力對物體產生轉動作用的物理量。

力臂 物體在外力作用下轉動時，從中心點到力的作用線的最短距離。

力偶 作用在一個物體上大小相等、方向相反但不在同直線上的兩個平行力。力偶的合力為零，不能使物體產生位移，但能使物體轉動。

P1－13 名： 能量

能量 度量物質運動的一種物理量。由於物質具有多種運動形式，能量也相應的有機械能、熱能、電磁能、原子能、化學能等多種形式。一物體具有的能量可以從一種形式轉變為另外的形式。能量也可以在物質之間發生傳遞。簡稱**能**。

動能 物體由於做機械運動，而具有的能量。在經典力學中，動能的大小是運動物體的質量（m）和速度（v）平方的乘積的二分之一（$\frac{1}{2}mv^2$）。

勢能 具有相互作用的物質系統所具有的能量，一般由物質系統的相對位置所決定。水流落差發電和發條作功的能力都是勢能。也叫**位能**。

機械能 物質機械運動的能量。包括動能和勢能。

熱能 能量的一種形式。從分子運動論觀點看，物質內部每個分子都在作不規則的運動而具有動能，所有分子動能的總和就是熱能。物體熱能的增加導致其溫度升高。

電能 帶電物質或電流所具有的能量。電能可

用導線實現遠距離輸送，並易於轉換成其他形式的能。用以測定發電站輸入電網或用戶從電網得到的能量。

光能　光所具有的能量。使軟片感光就是光能的作用。

化學能　物質內部所具有的能，可通過化學反應轉變爲其他形式的能釋放出來，如物質燃燒時放出光和熱。

原子能　原子核發生裂變或聚變反應時釋放的核的內部能量。原子能的利用基於實現重核（釙、鈾等）裂變和輕核（氘、氚等）聚變反應。也叫**核能**。

P1－14 名：　熱

熱　物體內部的分子、原子等不規則運動釋放出的一種能量。這種運動越劇烈，物體的熱（溫度）就越高。

熱量　物體之間由於溫度有差別而轉移的能量。熱量總是由溫度較高的物體傳遞到溫度較低的物體或由同一物體的高溫部分傳遞到低溫部分。量度熱量常用的單位爲卡（Cal），國際單位爲焦耳（J）。

熔解熱　單位品質的晶體物質在熔點時，從固態熔解成液態所需吸收的熱量，叫做這種物質的熔解熱。例如一克冰在 0℃ 時熔化爲 0℃ 的水需吸收八十卡熱量，八十卡就是冰的熔解熱。

氣化熱　單位品質的液體變成氣體時所需吸收的熱量，叫做該液體的氣化熱，如水在 100℃ 時的氣化熱是 539 卡／克。

潛熱　指熔解熱、氣化熱或物質晶相變化（溫度不變）時吸收或放出的熱量。

比熱　單位質量的物質溫度升高攝氏一度所需吸收的熱量，叫做該物質的比熱。反之，當它溫度下降攝氏一度會放出同樣數量的熱量。水的比熱是 1 卡／克·度。

卡路里　音譯詞。熱量單位，使一克水溫度升高

1℃ 所需的熱量。**簡稱卡**。

大卡　熱量單位，等於卡的一千倍。也叫**仟卡**。

熱功當量　與熱量單位等值的功的數量。熱功當量等於 4.1868 焦耳／卡。

熱度　溫度；冷熱程度：只有達到一定熱度物質才會熔化。

P1－15 名：　熱傳遞

熱傳遞　物質系統內熱能轉移的過程，通常有熱傳導、對流、熱輻射三種形式。也叫**傳熱**。

熱傳導　由於熱運動和分子、原子或電子的相互作用，使熱能從物體溫度高的部分傳至溫度較低的部分，結果物體各部分溫度保持平衡。熱傳導是固體中熱傳遞的主要方式。各種物質的熱傳導性能不同，金屬導熱較好。也叫**導熱**。

對流　液體或氣體通過本身流動而傳遞熱量，使溫度趨於均勻的過程。對流是液體和氣體中熱傳遞的主要形式。

熱輻射　熱傳遞的一種形式。物體因自身的溫度而沿直線向四周發射能量。物體溫度越高，輻射越強。

P1－16 名：　溫度·濕度

溫度　表示物體冷熱程度的物理量：室內溫度／表面溫度。

溫標　溫度值對比的數字表示的一種規定。是溫度的單位制。常用的爲攝氏溫標和華氏溫標。在國際單位制中，採用英國開爾文創立的開氏溫標（熱力學溫標）。

攝氏溫標　溫標的一種，以制定人攝爾修斯（A. Celsius）的名字命名。單位是攝氏度，代號℃。規定在一個大氣壓下沸水的溫度爲 100℃，冰點爲零度。

華氏溫標　溫標的一種，以制定人 G. 華蘭海特的名字命名。單位是華氏度，代號℉。冰點爲

32°F,沸點爲 212°F。

熱力學溫標 英國物理學家開爾文(W·Kelvin)依據熱力學第二定律創立的溫標。它規定以水的三相點熱力學溫度的 1／273.16 爲單位,稱爲開爾文,代號 K。也叫**開氏溫標** K。

絕對零度 熱力學溫標的零點(OK),等於 －273.16℃。絕對零度是物質理論上低溫的極限,它是不能達到的。

濕度 ❶表示空氣中所含水分多少的物理量:絕對濕度／相對濕度。❷泛指某些物質中所含水分的多少:土壤的濕度。

絕對濕度 濕度的一種表示方法。一般用單位體積空氣中所含水蒸氣的質量數來表示。

相對濕度 濕度的一種表示方法。用空氣中實際所含水蒸氣的壓強(或密度)與同溫度下飽和水蒸氣的壓強(或密度)的百分比表示。

露點 空氣濕度的一種表示法。一般指含水氣的空氣在保持氣壓不變的情況下冷卻而使所含水氣達到飽和時的溫度。氣溫與露點差值愈小,表示空氣中水氣愈接近飽和,相對濕度越大。

P2 形 狀

P2－1 名: 形狀

形狀 物體由外部的面和線條構成的外表:這塊岩石的形狀像坐著的老人／河裡的石子,形狀各不相同。

形 形狀:外形／方形／馬蹄形。

狀 形狀;狀態:奇形怪狀／呈液體狀。

形態 事物的形狀或表現形式:意識形態／山、石、樹、木,各有各的顏色和形態。

形體 形狀和結構:形體複雜。

形式 事物的形狀、結構等:建築形式多樣化。

狀態 人和事物表現出來的樣子:精神狀態／液

體狀態／雙方處於相持狀態。

外形 物體外表的形狀:外形美觀。

常態 一般的、正常的狀態:不失常態／一反常態。

變態 不正常的狀態:心理變態／生理變態。

形象 事物的形狀:形象生動／形象模糊不清。

形制 建築或物體的形狀、構造:形制古樸雅緻。

造型 創造出來的物體的形象:造型別致／優美的造型。

樣子 形狀:新產品的樣子好看多了。

樣 樣子;形狀:新樣／沒有變樣／橋樣如弓。

相 事物的樣子:月相／眞相／窮形盡相。

外觀 物體外表的樣子:外觀不雅。

舊觀 原先的樣子:恢復舊觀。

P2－2 名: 式樣

式樣 人造的物體的形狀:服裝式樣新穎／老式樣的家具。□**樣式**。

式 式樣:中式／西式／新式／舊式。

格式 一定的規格式樣:書寫格式。

款式 式樣:新款式／款式過時了。

花式 式樣或種類:花式新穎／花式溜冰。

時式 時新的式樣:時式服裝。也叫**時樣**。

新式 新近出現的式樣:新式玩具／新式建築。

老式 陳舊的式樣:老式家具。

P2－3 名: 種類·名稱

種類 根據事物的性質或特點而分成的類:礦物的種類很多。

種 種類:物種／劇種／各種商品。

類 種類:分類／物以類聚／分門別類。

類別 不同的種類:書籍按類別陳列／土壤有砂土、黏土等類別。

門類 種類:物品門類齊全。

門 種類:五花八門／分門別類。

部類 包括範圍較大的類:展品分成六大部類。

品類　種類:品類繁多。

品種　種類:品種繁多／花色品種。

花色　同一品種的不同規格或不同款式:花色點
　　　心／花色齊全。

色　種類:清一色／色色俱全。

項目　事物分成的門類:建設項目／體育項目。

檔　(商品、產品的)等級:低檔產品。

路　種類;等次:頭路貨／都是一路貨色。

列　類別:不在此列。

名稱　事物的名字:梅花有很多雅緻的名稱。

名目　事物的名稱:名目繁多／巧立名目。

名堂　花式;名目:戲曲程式有很多名堂。

P2－4　名：　類型

類型　具有共同特徵的事物所形成的種類:兩艘
　　　貨輪屬於相同的類型。

型號　同類產品不同的規格和大小:這種儀表有
　　　好幾個型號。

型　類型:模型／血型。

新型　新的類型:新型客機／建立新型的人際關
　　　係。

微型　同類東西中極小的類型:微型汽車／微型
　　　小說。

輕型　同類東西中重量輕的類型:輕型坦克／輕
　　　型建築材料。

重型　同類東西中體積、重量、功效特別大的類
　　　型:重型機器／重型坦克。

小型　同類東西中形狀、規模、體積小的類型:小
　　　型拖曳機。

中型　同類東西中形狀、規模、體積不大不小的
　　　類型:中型運輸汽車。

大型　同類東西中規模、體積或容量大的類型:
　　　大型器材／大型聯歡晚會。

流線型　一種前圓後尖,表面光滑,略像下垂水
　　　滴的形狀。物體具有這種形狀能減少在空氣
　　　或水中運動時所受的阻力:流線型汽車。

P2－5　名：　塊・粒

塊　成團或成疙瘩的東西:泥塊／把肉切成塊。

錠　按一定形狀製成塊狀的金屬或藥物等:鋁錠
　　　／藥錠。

丁　小塊(一般多指食物):雞丁／筍丁。

粒　圓球形或碎塊形細小的東西:石粒／米粒。

顆粒　小而呈圓狀的東西:顆粒肥料／這些花生
　　　顆粒很小。

P2－6　名：　粉末

粉末　極細小的顆粒:金屬粉末／研成粉末。

粉　粉末:花粉／麵粉。

末　粉末:藥末／茶葉末。也叫**末子**。

麵　粉末:胡椒麵／粉筆麵兒。

麵子　〈口〉粉末:藥麵子／煤麵子。

屑　碎末:木屑／煤屑。

霜　霜樣的白色粉末:鹽霜／糖霜。

沙　像沙樣細小的顆粒:豆沙／沙瓤。也叫**沙子**。

P2－7　名：　棍・條・樁

棍　圓的條桿狀東西:鐵棍／木棍。也叫**棍子**。

棒　棍子:鐵棒。也叫**棒子**。

杆　有一定用途的棒狀物:旗杆／標誌杆。

杆子　杆:電線杆子。

竿　截取竹子主幹而成的杆:釣竿。

竿子　竿:蚊帳竿子。

杖　泛指棍棒狀物:手杖／擀麵杖。

條　狹長或細長的東西:麵條／布條。也叫**條子**。

筋　堅韌的條子:鋼筋／鐵筋。

尺　像量長度的尺一樣的東西:戒尺／鎮尺。

樁　一端或全部埋在土中用木、石、水泥、鋼等製
　　　成的柱形物:水泥樁／橋樁／栓馬樁。也叫**樁
　　　子**。

P2－8　名：　絲・線・帶

絲　像蠶絲的細長物品:鐵絲／雨絲／玻璃絲。

線　用絲、棉、金屬等材料製成的細長而可以任
　　意曲折的東西:毛線/麻線/電線。

纖維　天然或人工合成的細絲狀的物質:化學纖
　　維。

纜　用多股線或鐵索撶成的粗繩:纜繩/電纜/
　　鋼纜。

鞭　像鞭子一樣細長的東西:教鞭。

帶　用布、皮、金屬等材料製的窄長而扁的條狀
　　物:皮帶/鋼帶/傳送帶。

P2－9 名:　片‧皮‧層

片　平而薄的東西:布片/玻璃片/紙片/瓦片。
　　也叫**片子**。

板　較硬的片狀物:木板/鋼板/玻璃板。也叫
　　板子。

皮　薄片狀的東西:鐵皮/豆腐皮。

箔　極薄的金屬片:鋁箔/金箔。

膜　柔軟的薄皮狀的:塑膠膜/橡皮膜。

衣　包在物體外面的一層東西:糖衣/花生衣。

餅　形狀扁圓的東西:豆餅/鐵餅/煤餅。

層　構成物體的一部分,一般為重疊的、片狀的:
　　表層/夾層/高層/底層。

表層　物體表面可以揭開的一層。

底層　物體最下部分的一層。

夾層　雙層的或中空的片狀物:夾層牆/這箱子
　　底上有個夾層。

P2－10 名:　球‧環‧管

球　球形或接近球形的物體:氣球/月球/棉花
　　球。

團　圓形或球狀的東西:飯糰/毛線團。

蛋　球形或卵形的東西:山藥蛋/驢糞蛋。

彈　小球形的東西:泥彈兒。

丸　細小的球形東西:泥丸/藥丸。

珠　小圓球形的東西:眼珠/水珠/算盤珠。也
　　叫**珠子**。

環　圓圈狀的東西:鐵環/門環/耳環。也叫**環
　　子**。

圈　環形的東西:鐵圈/花圈/圍成一圈。也叫
　　圈子。

輪　像輪子一樣的東西:齒輪/年輪/月輪。

管　細長的圓筒狀物體:鋼管/自來水管。也叫
　　管子。

筒　圓而中間空的物體:郵筒/筆筒/爆破筒。
　　也叫**筒子**。

捲　裹成圓筒形的東西:行李捲/蛋捲。

P2－11 名:　汁‧漿‧泡

汁　含有某種物質的液體:橘子汁/肉汁/墨汁。

汁水　汁:桑椹流出深紫色的汁水。

汁液　汁:籽粒中飽含汁液。

水　汁、液的通稱:汗水/鐵水/藥水。

液　液體;汁:血液/溶液。

沈　〈書〉汁:墨沈未乾/汗流如沈。

漿　較濃稠的液體:紙漿/豆漿。

泡　❶液體由氣體鼓起的球狀體或半球狀體:肥
　　皂泡/水泡。❷像泡狀的東西:燈泡/血泡。

泡沫　聚在液體中的許多小泡:杯中的啤酒浮起
　　泡沫。

沫　泡沫:肥皂沫/口裡吐著白沫。也叫**沫子**。

P2－12 名:　堆‧束

堆　聚集在一起的東西:煤堆/草堆。

垛　❶成堆的事物:柴垛。❷箭靶:箭垛。❸堆
　　置:把磚塊垛成個平臺。

坨　成塊或成堆的東西:粉坨/泥坨/秤坨。也
　　叫**坨子**‧

束　聚積體或捆成條形的東西:光束/花束。

把　扎成捆或束的東西:秫秸把/草把/火把。
　　也叫**把子**。

捆　用繩子等捆起來的東西:柴捆/麥捆:這些
　　要賣掉的雜誌,請先捆起來吧!

P2－13　名：　點‧星

點 ❶液體的小滴：雨點／水點。❷小的痕跡：斑點／泥點兒。也叫**點子**。

滴 顆粒狀向下落的液體：汗滴／雨滴。

星 細小的東西：火星／吐沫星。也叫**星子‧**。

花 形狀像花朵的東西：雪花／鋼花／水花。

P2－14　名：　整體‧局部

整體 一個完整物體的全部：把這些建築物連成一個整體。

通體 整個物體：珍珠通體晶瑩發亮。

主體 事物的主要部分：橋梁主體結構。

身 物體的中部或主體：船身／橋身。

幹 事物的主體或主要部分：幹道／骨幹／樹幹。

局部 整體中的一部分：局部紅腫／局部地區。

片段 整體中的一部分：零星片段／片段流霞。也作**片斷**。

P2－15　名：　骨架

骨架 指大型物體內部支撐外殼的框架：廠房的骨架。

骨 指物體內部像骨一樣的支架：鋼骨水泥／傘骨。

架子 用來放置器物、支撐物體的用具：書架子／花棚架子。

架 架子：書架／房架。

龍骨 船隻、飛機，建築物中等像脊椎和肋骨那樣的支撐和承重結構。

框 裝在門窗、器物四周，用來支撐或保護作用的架子：門框／鏡框。也叫**框子**。

邊框 指裝在扁平器物四周的框子。

P2－16　名：　表面

表面 物體跟外界接觸的部分：瓷器的表面很光滑。

面 物體表面；也指某些物體的上面一層：球面／桌面／路面。

面子 物體的表面：棉襖面子。

皮 包在物體外面的一層東西：書皮／封皮。

殼 物體堅硬的外皮：地殼／甲殼／金蟬脫殼／蛋殼／花生殼／子彈殼。

P2－17　名：　正面‧反面‧側面

正面 ❶某些物體跟外界接觸或主要使用的一面：臺布的正面印著花紋／他把茶磚的正面看了一陣子。❷建築物朝南或臨街的一面：樓房正面的陽臺上擺滿了盆花。

反面 物體上跟正面相反的一面：他拿出一個正面反面都可照人的鏡子。

背面 反面：在支票的背面簽字。

側面 旁邊的一面：從房屋側面進去。

側 旁邊：馬路兩側。

正 正面：別把衣料正反弄錯了。

反 反面：這張紙正反都有字／適得其反。

背 某些物體的背面或後部：手背／刀背。

陰 背面：碑陰。

P2－18　名：　膛‧膽‧幫

膛 器物的中空的部分：爐膛／槍膛。

膽 器物內部，用以裝水、空氣等物的東西：熱水瓶膽／球膽。

腹 器物中部內空而表面凸出的部位：鼎腹／瓶腹。

幫 物體兩旁或周圍的部分：鞋幫／船幫。

壁 物體周圍或中間有如牆的作用的部分：爐壁。

肚子 物體圓而凸起像肚子的部分：井肚子／腿肚子。

P2－19　名：　頭‧尖‧末梢

頭 物體的頂端或末梢：山頭／船頭／中間粗，兩頭兒細。

端 東西的一頭:末端/尖端/兩端。

頂 物體最高的部分:屋頂/山頂。

頂端 物體最高最上的部分:桅杆的頂端。

顛 頂端:山顛/塔顛。

穎 某些細長物體的尖端:短穎/鋒穎。

嘴 形狀或功用像嘴的東西:瓶嘴/噴壺嘴/煙嘴兒。

口 容器通外面的地方:瓶口/缸口/碗口。

尖 長形物體末端細小銳利的部分:針尖/槍尖/筆尖/塔尖。

尖頭 尖銳的末梢:把長杆的尖頭插入河底。

尖端 物體尖銳的頭兒;頂點:旗杆的尖端有一顆星星/科學的尖端。

尖頂 尖銳的頂端:尖頂房屋。

末 末梢:秋毫之末。

梢 條狀物較細的末端:竹梢/樹梢/鞭梢。

末梢 條狀物盡頭的部分:在繩子的末梢打個結。

末尾 最後的部分:船的末尾有舵。

屁股 借指某些物體的末尾:香煙屁股。

臉 指某些物體的前面部分:門臉/繡花鞋臉。

P2-20 名: 邊・角・棱

邊 物體的四周、兩側靠外的部分:桌邊/帽邊/裙子的邊緣破了。

邊緣 物體沿邊的部分:鏡子邊緣鑲了框兒/廣場的邊緣種上花草。

角 物體兩邊沿相接的地方:箱角/牆角/街角。

棱角 物體的邊角和尖角:桌子的棱角已經磨光了。

犄角 角;棱角:牆犄角/桌子犄角。

棱 ❶物體的棱角:桌子棱兒/門檻磨的沒有棱了。❷物體表面呈條狀凸起來的部分:瓦棱/搓板的棱兒。

脊 物體中間條狀隆起的部分:屋脊/山脊/橋脊。

P2-21 名: 底

底 物體最下面的部分:桶底/鞋底。

托 在物件下面起支撐作用的東西:槍托/茶托。也叫托子。

座 墊在器物底下的東西:鐘座/石碑座。也叫座子。

底座 放置或安裝物件的座子:石膏像底座/車床底座。

P2-22 名: 把・拉手・耳子

把 器具上供手拿的部分:車把/刀把。也叫把兒;把子。

柄 器物上的把:斧柄/刀柄。

柄子 〈方〉柄;把兒。

桿 器物上像棒的部分:筆桿/秤桿/槍桿。

桯子 錐子等的桿:錐桯子。

拉手 安裝在器物上便於用手拉開的東西:抽屜拉手。

把手 〈方〉❶器物的柄,把。❷拉手。

扳手 器物上用手扳動的部分。

耳子 器物兩旁供手提的部分。

襻 形狀或功用像紐襻的東西:籃子襻/鞋襻。

P2-23 名: 腳・翅・檔

腳 ❶物體的下端:牆腳/樓腳/山腳。❷器物上起支撐作用的部分:床腳。

腿 器物上起腿一樣支撐作用的部分:桌腿/椅子腿/眼鏡腿。

翅 物體上形狀像鳥翅膀的部分:紗帽翅/風翅。

翼 物體上像鳥翼的部分:機翼。

檔 器物上起支撐固定或分隔作用的木條:橫檔/直檔/這把竹梯有十一檔。也叫檔子。

P2-24 名: 蓋・塞・栓

蓋 器物上部有遮蓋作用的東西:瓶蓋/鍋蓋/

茶碗蓋。也叫**蓋子**。

帽　罩或套在器物頂上的東西:螺絲帽／筆帽／
籠屜帽。

塞　放進並堵住容器口的東西:瓶塞／活塞／軟
木塞。也叫**塞子**。

栓　❶器物上可以開關的機件:門栓／槍栓／消
火栓。❷塞子或像塞子的東西:活栓／栓劑。

閂　安裝在門背後,使門推不開的木棍或鐵棍:
門閂。

P2－25　名:　紋・斑・皺

紋　❶絲織品上織繡的花紋,也泛指各種花紋:
綾羅紋／紋飾。❷物體面上的皺痕或紋路:波
紋／指紋／皺紋／裂紋。

花紋　各種線條或圖形:這塊大理石的花紋很美
／他仔細辨認布匹上的花紋。

紋理　物體面上的花紋或線條:這塊石子上的紋
理很美。

紋路　物體表面的皺痕或花紋:槳把水面劃出紋
路／紋路清晰。也叫**紋縷**。

條紋　線條狀的花紋:汗衫上印著藍色條紋。

斑　在一種顏色物體表面上顯露的別種顏色的
點子或條紋:色斑／黑斑／雀斑。

斑點　點子形的斑:衣服染上許多藍色斑點。

斑紋　條紋形的斑:虎身上有黑色斑紋。

皺紋　物體表面因收縮或揉弄而形成的一凹一
凸的條狀痕跡:滿臉皺紋／褲子上全是皺紋。

皺　皺紋:起皺／打皺。

褶　❶衣服、紙張等摺疊而形成的條紋或痕跡:
百褶裙／褲褶／紙被壓出了褶。❷臉上的皺
紋:她七十多了,臉上還沒有褶。也叫**褶子**。

皺褶　指衣物上摺疊或揉弄而形成的褶子。

褶皺　皺紋;皺褶。

P2－26　名:　結

結　用繩或條狀物編、纏成的疙瘩:打結／蝴蝶

結。也叫**結子**。

活結　一拉就散開的結子。

死結　不易解開的結子。

扣　結子;繩扣。也叫**扣子**。

活扣　〈口〉活結。

死扣　〈口〉死結。

襻　〈方〉用繩帶等打的結:活襻兒／死襻兒。

P2－27　名:　痕跡

痕跡　物體上留下的印子:車輪的痕跡／手帕上
有血的痕跡。

痕　痕跡:疤痕／水痕。

迹　痕跡:血迹／筆迹。

印痕　痕跡:街道上留下車輪清晰的印痕。

印　痕跡:手印／齒印／馬蹄印。也叫**印子**。

裂痕　器物裂開的痕跡:瓶底有裂痕了。

裂紋　器物將要裂開的痕跡:黑板上顯出橫條的
裂紋。

璺　器物上的裂紋:砂鍋底上有一道璺。

裂璺　器物裂開的紋路:壇子上有裂璺。

道　細長的痕跡;線條:書上畫了許多紅道。

點　小的痕跡:墨點／泥點／手帕上許多血點兒。

P2－28　名:　洞・縫・口子

洞　物體上穿通或深陷的部分:山洞／樹洞／口
袋上有個洞／在牆上開洞。

孔　洞;窟窿:通氣孔／窗紙有個小孔／一座十七
孔橋。

孔洞　洞;窟窿:木板上鑿了一排排水的孔洞。

空洞　物體內部的窟窿:病人的肺部有了空洞。

漏洞　器物上能讓東西漏出去的小孔或裂縫:米
袋上有個漏洞。

眼　洞;孔:針眼／炮眼／鍋底有個小眼兒,怪不
得滲水。

竇　❶洞;孔穴:狗竇／蛇竇。❷人體某些器官
或組織的凹入部分:鼻竇／胃竇。

孔穴　孔;洞:用竹竿子把牆穿成一個孔穴。

窟窿　洞;孔:船底碰出個大窟窿。

窟窿眼兒　小洞:在薄板上穿幾個小窟窿眼兒。

縫　❶縫合或接合處的痕跡:天衣無縫／無縫鋼管。❷裂開的地方;縫隙:板縫／牆縫。

縫子　縫隙;裂縫:缸裂了一道縫子。

縫隙　物體上裂開的狹長的空處:磚窯頂上露出一個縫隙。

隙　縫子:門隙／牆隙。

裂縫　裂開的縫:板壁上有好多裂縫。□裂隙。

夾縫　兩個靠近物體中間的狹窄空隙:牆夾縫／幾張桌子中間還剩點小夾縫。

孔隙　小孔;空隙:大石背面有許多孔隙。

口　❶裂口:傷口／鞋子開了一個口。❷缺口:河堤決口。

口子　❶人體、物體的表層破裂的地方:把手割破了一個口子／衣服後襟扯了個大口子。❷山谷、堤岸等大的豁口:河堤口子決得不小。

缺口　物體局部殘缺的地方:水壩上有個缺口。

豁口　缺口:碗邊上的豁口很小。

豁子　〈方〉豁口。

裂口　裂開的口子:鞋面上出了裂口。

破綻　❶衣服鞋帽上的裂縫:補綴褲子上的破綻。❷說話做事的漏洞、毛病:他的書信、日記中恐怕也不免有破綻。

P2－29 形：　方‧圓

方　角都是直角的四邊形或六面體的形狀:方桌子／院子是方的。

方正　成正方形:字寫得很方正／臉形方正。

圓　像輪子或球的形狀:車輪很圓。

渾圓　形體很圓:渾圓的月亮／豐滿渾圓的面龐。

礅圓　很圓:眼睛睜得滾圓／滾圓的西瓜。

溜圓　很圓:溜圓的玻璃球／雙眼瞪得溜圓。

礅瓜溜圓*　滾圓:牲口個個吃得滾瓜溜圓。

P2－30 形：　正‧斜

正　位置在中間,不偏斜:正南／站得很正。

端正　物體各部分保持平衡,不歪斜:把鏡框掛端正／坐端正／五官端正。

周正　端正:容貌周正／連衣服都沒穿得周正。

平正　端正:字跡平正渾厚。

斜　跟平面或直線不平行也不垂直;不正:斜線／斜坡／房屋正面斜對著廣場。

歪　不正;偏斜:歪鼻子／歪戴著帽子。

歪斜　不正;不直:樹幹歪斜。

偏斜　不正;歪斜:太陽偏斜／鼻眼偏斜。

傾斜　歪;偏斜:屋面傾斜。

歪歪扭扭　歪斜不正的樣子:字寫得歪歪扭扭。

偏　不正;歪斜:帽子戴偏了／這堵牆有些向西偏。

P2－31 形：　平‧直‧曲

平　表面沒有高低凹凸;不傾斜:平原／場地很平／把桌子放平。

平滑　平而光滑:大理石地面很平滑。

溜平　〈方〉平滑:溜平的溜冰場。

直　不彎曲,不歪斜:直線／直立／樹幹很直。

筆直　很直:筆直的大道。

僵直　僵硬,不能彎曲,不能活動:手指僵直不能彎曲。

直溜　形容挺直:她身骨兒長得真直溜。

直溜溜　直溜:他直溜溜地站在那裡。

直撅撅　〈方〉挺直的樣子:茄子在地裡直撅撅長著。

挺　直:挺立／老漢腰背很挺。

筆挺　筆直:西裝筆挺。

直挺　筆直;僵直:他年已六十,軀幹還是像柱石那樣直挺。□挺直。

直挺挺　筆直、僵直的樣子:直挺挺貼著牆壁的,是一座木櫥。

挺拔　直立而高聳：身材挺拔／立在路兩旁的是挺拔的白楊樹。

曲　不直；彎曲：曲線／曲軸／曲徑。

曲折　彎曲：曲折的小道。

迂曲　迂迴曲折：山徑迂曲，不容易攀登。

彎曲　不直：彎曲的溪流。

彎　彎曲：彎路／老人的腰也彎了。

委曲　彎曲；曲折：水流委曲。

盤曲　〈書〉曲折盤繞：老樹枝幹盤曲。

屈曲　彎曲；曲折：山徑屈曲／手臂屈曲。

拳曲　彎曲：樹幹拳曲／滿頭拳曲的黑髮。

鬈　（毛髮）彎曲：鬈髮／鬈毛犬。

曲曲彎彎　彎曲很多的樣子：曲曲彎彎的山路。

彎彎扭扭　很彎曲的樣子：彎彎扭扭的田埂。

P2－32　形：　凸・凹・尖・禿

凸　比周圍高出：凸鏡／青筋凸起／凹凸不平。

拱　彎曲成弧形的：拱橋／拱門。

穹窿　〈書〉中間隆起，四周下垂的樣子。多用以形容天的形狀。也泛指凸起成拱形的：穹窿無際的天空。

凹　比周圍低：凹版／凹鏡。

尖　末端細小、銳利：菱角兩頭尖／長杆的一頭很尖。

尖銳　物體尖而鋒利：啄木鳥的喙很尖銳。

尖溜溜　〈方〉形容尖或鋒利的樣子。

禿　物體失去尖端：禿筆／錐子的尖磨禿了。

P2－33　形：　空・實

空　裡面沒有東西或沒有內容：空瓶／屋裡空的，一個人也沒有／空著手／空談。

空心　物體內部是空的：空心湯糰／空心磚。

空蕩蕩　形容空得什麼也沒有：一家人都出去了，房裡顯得空蕩蕩的。

空空如也＊　空得一無所有。

實　內部充滿，沒空隙：把洞填實／缸裡水結冰

凍實了。

實心　物體內部是實的：實心鐵球。

滿　達到容量的限度：屋裡坐滿了人／瓶子裡的油裝滿了。

滿登登　很滿的樣子：來了滿登登一屋子的客人。也說**滿當當**。

滿滿登登　〈口〉很滿的樣子：倉裡糧食裝得滿滿登登的。也說**滿滿當當**。

禿　❶動物沒有毛髮：禿頂／禿尾巴鷹。❷樹木沒有枝葉；山沒有草木：禿樹／禿嶺荒山。

光禿禿　空蕩蕩什麼也沒有的樣子：山頂光禿禿的，沒有樹木／神龕裡光禿禿地立著一個牌位。

P2－34　形：　粗・細

粗　條狀物的橫剖面較大：粗纜繩／這棵樹很粗／這個人長得五大三粗。

粗大　粗：胳膊粗大／粗大的木樁。

粗壯　粗大而結實：粗壯的鋼索／身材粗壯。

粗重　粗大而有力；笨重：粗重的象腿／粗重的家具。

粗實　粗大結實：小伙子長得很粗實。

細　條狀物的橫剖面較小：細竹竿／身材又長又細。

纖細　很細：筆畫纖細／身材纖細。

纖纖　〈書〉細而長：十指纖纖／幾根纖纖的水草。

P2－35　形：　大・小・中

大　物體在體積、面積、數量、力量、強度等方面超過一般或所比較的對象：大山／大海／地方大／年齡大／大風大雨／聲音很大。

巨　大；很大：巨人／巨幅山水畫／鉅額存款。

巨大　很大：工程巨大／規模巨大／巨大的能量。

龐大　巨大；過大：機構龐大／費用龐大。

宏大　巨大；宏偉：規模宏大。

高大　又高又大:高大的廠房。

碩大　非常大:碩大無朋/身軀碩大。

寬大　面積大或容積大:衣服寬大/住房寬大。

肥大　❶(衣服等)又寬又大:這件衣服做得太肥大。❷(生物體或生物體的部分)粗大壯實:相撲運動員身材肥大/肥大的果實。

大而無當*　雖大但派不了用處。

碩大無朋*　形容無比的大。朋:比。

小　物體在體積、面積、數量、力量、強度等方面不及一般或所比較的對象:小山/小河/地方小/年紀小/雨越下越小了/聲音很小。

細小　很小:身材細小/細小的聲音。

細微　細小:雨聲漸漸細微。

袖珍　體積比一般較小的,便於攜帶的:袖珍收音機/袖珍詞典。

小不點　形容很小:這麼一塊小不點的蛋糕。

一丁點　形容很小或很少:我離家時,這棵樹才一丁點。

微　細小;輕微:微型/微不足道/微風細雨。

微小　細小;很小:微小顆粒。

微細　極細小:微細的鼾聲。

微末　微小的:微末的願望。

纖小　細小:纖小的雙手。

嬌小　柔嫩細小:身材嬌小/嬌小的山花。

微乎其微*　形容非常少或非常小。

中　位置、等級在兩端之間的:中型/中等/中途/中年/中學。

半大　形體介乎大小之間,不大不小的:半大小伙子/半大的小棗樹。

P2－36 形:　長·短

長　(空間或時間)兩點之間的距離大:長街/長橋/柳枝很長/夏天畫長夜短。

修　〈書〉長:修竹/樹木修茂/人壽有修短。

修長　細長:修長的身材。

細長　細而長:細長的竹竿。

狹長　窄而長:狹長的街道。

漫長　很長,長得不見盡頭:漫長的道路/漫長的歲月。

短　(空間或時間)兩點之間的距離小:短槍/短裙/尺寸短/這條河很短/短期。

短小　短而小:短小精幹。

P2－37 形:　高·低

高　上下距離大;離平面、地面遠:高山/高樓。

高大　又高又大:高大的廠房/高大的身影。

萬丈　形容很高、很長或很深:萬丈崖壁/光芒萬丈/萬丈深淵。

摩天　接觸到天,形容極高:摩天嶺/摩天大樓。

參天　高聳入雲:林木參天/參天大樹。

通天　能到達天上,形容極大或極高:山頂高塔通天/罪惡通天。

凌雲　直上高空,比喻高遠:壯志凌雲。

低　上下距離小;離平面、地面近:低坡/院門又窄又低/水位降低了。

矮　高度小的:房子造得太矮/矮牆。

低矮　矮:低矮的茅屋。

P2－38 形:　寬·窄
(參見 A7－20 廣闊·狹隘)

寬　橫的距離大;面積或範圍廣:他長得肩寬腰粗/河面很寬/眼界寬,氣量大。

寬闊　寬:寬闊的馬路。

闊　寬:湖面平而闊/海闊天空。

寬大　面積大;容積大:場地寬大/寬大的廠房。

寬廣　面積或範圍大:道路寬廣/人的精神生活,有極寬廣的領域。

寬敞　寬大開闊:教室寬敞。

窄　橫的距離小:鞋面窄/山路很窄。

窄巴　〈方〉窄小:房子太窄巴。

狹　窄:路狹不易行走/河道很狹。

狹窄　寬度小；範圍小：狹窄的過道／生活面狹窄。

狹長　窄又長：狹長的巷弄。

瘦　（衣服鞋襪等）窄小：褲管太瘦，不能穿。

P2－39 形：　厚‧薄‧扁

厚　扁平物表面與底面間的距離大：厚鐵板／院牆很厚。

厚實　〈口〉厚：這衣服面料挺厚實。

厚墩墩　形容非常厚：厚墩墩的毛毯被。

豐厚　多而厚：羽毛豐厚。

薄　扁平物表面與底面間的距離小：薄紙／好的瓷器胎很薄。

扁　物體寬而薄：扁匣子／扁頭扁臉／把帽子也擠扁了。

P2－40 形：　深‧淺

深　從上到下或從外到裡的距離大：河水很深／深宅大院。

深邃　深；幽深：深邃的森林。

幽　深遠：幽谷／幽林／幽閨。

幽深　（山水、樹林、庭院等）深而靜：庭院幽深／幽深的山谷。

淺　從上到下或從外到裡的距離小：淺水／這院子進深很淺。

P2－41 形：　規則‧參差

規則　在形狀、結構或分布上合乎一定的方式；整齊：這片廠房造得很規則，不凌亂。

平整　平坦整齊：場地平整／路面平整。

勻整　均勻整齊：隊伍排列勻整／碑上字跡勻整。

參差　不整齊的樣子：村落參差／滿地樹枝參差的黑影。

參錯　〈書〉參差交錯：滿窗參錯的樹影。

參差不齊* 不整齊；不一致：山坡上的莊稼，高低低低參差不齊。

P2－42 形：　整齊

整齊　排列有秩序；合乎一定的形式；不凌亂：行列整齊／整齊的步伐。

整　整齊：整潔／衣冠不整。

齊　整齊：樹枝修剪得很齊／參差不齊。

齊整　整齊：禾苗長得很齊整。

整飭　整齊：服裝整飭。

齊楚　整齊：衣冠齊楚。

井井有條* 形容安排整齊有條理。

有條不紊* 有次序條理，毫不紊亂。

P2－43 形：　雜亂

雜亂　多而混亂，不整齊，無條理：院子裡雜亂地堆著東西／雜亂無章。□亂雜。

叢雜　雜亂；混雜：事務繁瑣叢雜／林木叢雜。

拉雜　雜亂：內容拉雜，不得要領。

龐雜　多而亂：聲音龐雜／內容龐雜。

蕪雜　雜亂，沒有條理：文詞蕪雜。

雜亂無章* 雜亂無條理。

錯亂　沒有次序：做事顛倒錯亂。

錯落　參差交錯：錯落不齊／錯落有致。

雜沓　雜亂：人聲雜沓。

狼藉　〈書〉非常雜亂：杯盤狼藉／滿院狼藉的東西。

紛亂　多而雜亂；混亂：會場秩序十分紛亂／頭緒紛亂。

混亂　雜亂沒有秩序：社會秩序混亂不堪。

凌亂　雜亂，不整齊：桌上的報刊雜誌非常凌亂／幾把竹椅凌亂地擺著。也作零亂。

亂　沒有秩序；沒有條理：一切都搞亂了／這裡的秩序太亂了。

亂紛紛　紛亂的樣子：亂紛紛的一片喊聲。

亂蓬蓬　蓬鬆、雜亂的樣子：亂蓬蓬的雜草／亂蓬蓬的花白鬍子。

亂糟糟　雜亂或煩亂的樣子:屋子裡亂糟糟的／
　心情亂糟糟的,不知做什麼好。

亂七八糟*　很雜亂的樣子。□烏七八糟*。

七零八落*　形容東西零零散散,很不整齊。

P2－44 形： 完整

完整　事物應有的各部分都齊全,沒有殘缺破
　損:領土完整／體系完整／一批有關的材料完
　整地保存下來。

完　完整:體無完膚／完璧歸趙。

整　全部;完整:整套設備／整箱書籍／整天沒有
　外出。

完全　❶完整;齊全:設備完全／肢體完全／材料
　不完全。❷完善:隄防完全,不怕大水衝擊／
　這種方法不夠完全。

完備　應有的全都有了:設施完備／資料不夠完
　備。

完好　完整:全部設備,完好如新／借來的資料
　已完好地歸還。

完美　完備美好:造型完美／體操動作十分完
　美。

完善　完備良好:設施完善／完善的管理制度。

無缺　沒有殘缺:完好無缺／衣食無缺。

整齊　完整:較爲整齊的資料／一套整齊的辦公
　用品。

渾然　完整而不能分開的樣子:渾然一體。

P2－45 形： 殘缺

殘缺　不完整;有缺損的部分:這套書殘缺不全／
　殘缺的圍牆。

殘　殘缺:殘品／殘編斷簡。

缺　殘缺;殘破:缺口／缺點／完整無缺。

殘破　殘缺破損:舊屋年久失修,殘破不堪。

破碎*　破裂成碎塊的:衣褲都破碎了／山河破
　碎。

破爛　殘破;破碎:滿箱破爛的書籍。

細碎　細小零碎:細碎的腳步聲。

粉碎　破損得像粉末似的:碗摔得粉碎。

破敗　殘破毀壞:塔身年久失修,已破敗不堪了。

破　東西因受到損傷而不完整:破籃子／他的穿
　戴很破。

爛　破碎;破爛:廢銅爛鐵／鞋也穿爛了。

碎　破碎:碎碗／玻璃杯摔碎了。

支離　分散;殘缺:言語支離。

支離破碎*　形容分散殘缺,不成整體。

P2－46 形： 零碎

零碎　細碎的;不成整體的:把零碎的東西整理
　一下／幹些零碎的活。

碎　零碎:碎瓦片／把一塊布剪碎了。

零　零碎;零散:零售／零存整取／化整爲零。

零星　❶零碎的:零星布料。❷分散的:下著零
　星小雨。

零七八碎*　零碎而雜亂的樣子:房裡堆滿零七
　八碎的東西。

雞零狗碎　比喻事物零碎,不完整。

P3 性 質

P3－1 名： 性質

性質　一種事物具有的區別於其他事物的特徵、
　要素:這兩種東西化學性質不同／這藥性質溫
　和／問題的性質嚴重。

屬性　事物所固有的性質、特點:商品有價值和
　使用價值兩種屬性。

性能　器物等所具有的性質和功能:機器的性能
　良好／熟悉各種藥品的性能。

性　事物所具有的性質、性能:彈性／酸性／藥性
　／惡性腫瘤／優越性。

性狀　物質的性質和形態:塑膠的理化性狀。

本性　固有的性質或個性:本性難改／薑桂本性

辛辣。

質 本質;性質:木質/流質/實質/變質。

本質 事物本身固有的、決定事物性質的根本屬
　　性:鯨在本質上和一般的魚不是同類/重要的
　　是認清問題的本質。

素質 事物本來的性質:這兩種木材,素質不同。

質地 物質材料的結構性質:這批木材質地鬆
　　軟。

P3－2 名： 品質

質量 物品優劣的程度:達到質量指標/提高產
　　品質量。也作**品質**。

品質 物品的品質:品質優良。

成色 ❶金、銀物品含純金、銀的多少:這條金項
　　鍊成色很好。❷泛指品質:這批鋁鍋成色好,
　　品質不錯。

色 物品的品質:成色/足色黃金。

身分 身份 〈方〉物品的品質:這套西服身分不
　　壞。

P3－3 名： 特性

特性 人和事物所特有的性質:使用機器要了解
　　它的特性/民族特性。

特質 事物特有的性質:這種鋼的特質是耐腐蝕
　　和不鏽/藝術的特質在於形象地表現生活。

特色 事物具有的獨特的色彩、風格等:特色糕
　　點/藝術特色/地方特色。

特點 人或事物所具有的獨特的地方:本廠產品
　　各有特點/漫畫要畫出一個人的特點。

特徵 事物可供識別的特殊徵象或標誌;特點:
　　地質特徵/氣候特徵/人物特徵/社會制度的
　　特徵。

P3－4 形： 重·輕

重 重量大;比重大:這塊鐵眞重/他的工作很
　　吃重/同樣體積時,鐵比木頭重。

沈 重量大:這東西沈得很。

沈重 重量大:沈重的擔子。

沈沈 沈重:沈沈的果子壓彎了枝頭。

沈甸甸 沈重:沈甸甸的稻穗。

壓秤 形容物體比重大,秤起來重:浸過水的靑
　　菜壓秤。

輕 重量小;比重小:這個箱子很輕/油比水輕,
　　所以浮在水面上。

輕省 重量小:這個箱子挺輕省,一手就能提著。

輕飄飄 形容輕得要飄起來的樣子:這本書用手
　　掂掂,輕飄飄的。

飄輕 〈方〉非常輕:這包東西飄輕飄輕的。

P3－5 形： 硬·軟·嫩

硬 物體內部的組織緊密,受外力作用後,不容
　　易改變形狀:硬木/花崗石很硬/泥土凍得很
　　硬。

堅 硬;牢固:堅冰/堅如磐石。

固 堅硬:固體/凝固。

堅硬 硬:金剛石非常堅硬。

硬幫幫 形容堅硬:棉褲凍得硬幫幫的。也作**硬
　　邦邦**;**硬梆梆**。

硬倔倔 〈方〉形容堅硬:他發現手槍硬倔倔地頂
　　住他的心口。也作**硬蹶蹶**。

硬掙 〈方〉硬而韌:這張紙很硬掙。

板 硬得像板子似的:板結/積過水的田地都板
　　了。

板實 〈方〉(土壤)硬而結實。

軟 物體受外力作用後,容易改變形狀:軟木/
　　軟鉛絲/麵粉和得不軟不硬。

軟和 〈口〉柔軟;柔和:毛毯很軟和。

肉頭 〈方〉豐滿而軟和:這孩子的小手眞肉頭/
　　這種米燒的飯肉頭。

綿軟 綿軟:綿軟的棉被/這條圍巾很綿軟舒
　　服。

柔 軟:柔軟/柔枝嫩條/滿頭柔髮。

柔和 柔軟;軟和:這件羊毛衫手感柔和。

柔軟 軟而不堅硬:柔軟的秀髮/柔軟的柳條。

柔嫩 軟而嫩:柔嫩的麥苗。

嫩 初生而柔弱;柔軟:嫩葉/孩子的皮膚很嫩。

嬌嫩 柔嫩:葉片十分嬌嫩。

細嫩 細膩柔嫩;皮膚細嫩。

軟綿綿 形容柔軟:軟綿綿的被褥/粞糯軟綿綿
的。

P3－6 形： 濃·淡·黏

濃 一定量的氣體或液體中所含某種成分多:濃
鹽水/濃茶/煙味很濃。

濃重 很濃:濃重的夜露/濃重的氣味。

濃厚 很濃:濃厚的煙霧/濃厚的烏雲。

稠 液體濃厚:這塗料太稠了。

稠糊 〈方〉稠:這碗粥很稠糊。

淡 液體或氣體的濃度不高:淡酒/雲淡風輕。

薄 濃度不高;淡:薄酒一杯/酒味薄。

淡薄 稀薄;不濃:輕煙淡薄/酒味很純正,可惜
辣醬太淡薄。

稀 濃度不高;水分多:稀鹽水/稀硫酸/粥煮得
太稀了。

稀薄 密度小;不濃厚;淡薄:空氣稀薄/一碗稀
薄的粥。

稀溜溜 粥、湯等液體很稀薄的樣子。

黏 物體具有的像膠水那樣能附著在別的物體
上的性質:黏液/漿糊很黏。

膩 黏:手上沾著膠水很膩。

黏糊 黏:糯米糕很黏糊。

糯 (米、穀)黏性的:糯米/糯稻。

P3－7 形： 熱·涼

熱 (物體)溫度高:天氣太熱/游泳池的水曬得
發熱了。

燙 溫度高:茶非常燙/他的臉上感到火燙的。

滾熱 非常熱:喝一碗滾熱的薑湯。

滾燙 滾熱:他一摸茶杯滾燙,把手縮了回來。

火熱 像火似的熱;很熱:火熱的太陽/一摸他
身上,也是火熱。

灼熱 像火燙著一樣熱:灼熱的陽光。

熾熱 極熱:溫度極高:熾熱的爐腔。

熱和 熱:鍋裡的飯菜還挺熱和/喝碗熱和的
粥。也說**熱乎**、**熱呼**。

熱乎乎 熱呼呼 形容熱和:她的頭摸起來熱乎
乎的。

熱烘烘 形容很熱:屋子裡生了爐子,熱烘烘的。

熱騰騰 形容熱氣蒸發的樣子:一大碗熱騰騰的
八寶粥。

涼 溫度低;不熱:涼水/天氣涼了/你的手摸起
來很涼。

冰涼 很涼:老人躺在冰涼的地上/桌上的飯菜
已經冰涼。

清涼 涼而使人感覺爽快:早晨空氣清涼/清涼
的溪水。

P3－8 形： 堅固·韌·脆

堅固 物體內部組織緊密,不易損壞;牢固:房子
結構十分堅固/堤防修得很堅固。

堅 堅固;牢固:堅甲利兵/堅不可摧。

固 牢固;結實:加固/固若金湯。

牢固 堅固;結實:這些舊家具都很牢固/圍牆
修得十分牢固。

牢 堅固;結實;經久:這條桌子腿不牢/牢不可
破。

牢靠 牢固結實:這棟建築物蓋得很牢靠。

強固 堅固:強固的基礎/強固的堡壘。

結實 堅固;牢固:這雙鞋很結實/房子蓋得不
甚結實。

皮實 器物結實,不易破損:這東西皮實耐用。

瓷實 〈方〉結實:打夯以後,地基瓷實了。

牢實 〈方〉結實:箱子裝得很牢實。

粗實 大而結實:這把椅子很粗實,禁受得住重

壓。

扎實　結實:把行李捆得扎實些。

堅實　堅固;結實:牆基打得很堅實。

深厚　(基礎)堅實:功力深厚/深厚的根源。

堅不可摧*　非常堅固,不能破壞摧毀。

韌　物體柔軟而結實,不易折斷:韌性/韌帶/堅韌不拔。

堅韌　堅固而有韌性:牛皮質地堅韌。

柔韌　柔軟而有韌性:皮革柔韌。

脆　容易折斷、碎裂:這紙發脆了。

P3－9 形：　疏・鬆・密・緊

疏　物體間距離大,空隙多;疏鬆:疏林/朗月疏星/種植這種樹木,宜疏不宜密。

疏鬆　物體內部或物體之間鬆散不緊密:土壤疏鬆/骨質疏鬆。

鬆　鬆散;不緊密:這塊地土很鬆/鞋帶鬆了。

鬆散　結合不緊密:結構鬆散/一堆鬆散的稻草。

鬆軟　鬆散綿軟:棉被曬後,鬆軟多了。

鬆弛　鬆散;不緊:肌肉鬆弛。

稀　疏:月明星稀/這塊田秧插得太稀了。

稀疏　物體、聲音等間隔大;不稠密:樹木稀疏。/炮聲漸漸稀疏了。

稀拉　稀疏:稀拉的枯草。

稀稀拉拉　稀疏的樣子:稀稀拉拉的雨點/夜裡路上行人稀稀拉拉的。□稀稀落落。

蓬鬆　形容(草、葉子、頭髮等)鬆散的樣子:蓬鬆的絨毛/頭髮蓬鬆。

密　物體間距離小,空隙小:密林/密植/店堂裡人擠得密不透風。

濃密　多而密:一頭濃密的黑髮/濃密的雲霧。

稠密　多而密:枝葉稠密/人煙稠密。

稠　稠密:稠人廣眾/槍聲或稠或稀。

密匝匝　〈口〉很稠密的樣子:密匝匝地繞滿了電線。

密實　緊密結實:這鞋底納得真密實/布織得很密實。

緊　❶物體受到拉力或壓力後所呈現的那種狀態:把繩子拉緊/彈簧繃得很緊。❷物體間非常接近,空隙很小:門關緊了,推不開/車裡人多,擠得很緊。

緊密　連得很緊,不可分隔:這種席子的質地緊密/文章結構緊密。

緊繃繃　捆扎得很緊的樣子:包裹捆得緊繃繃的。

緊巴巴　形容物體表面呈緊張狀態:汗衫太小了,緊巴巴地箍在身上。

緊湊　連接密切,中間沒空隙:這個建築群的格局很緊湊/節奏緊湊。

嚴密　物體間結合很緊,沒空隙:一間小屋搭得又結實又嚴密/酒罈封口很嚴密。

嚴實　嚴密牢靠:鐵桶焊得很嚴實。

嚴　嚴密:他進了臥室,立刻把門關嚴/瓶口封得很嚴,不會漏水。

P3－10 形：　利・鈍

利　銳利;鋒利:利刃/利劍/利爪。

鋒利　(工具、武器等)端部尖銳或刃口薄,容易刺入或切開物體:這把尖刀很鋒利。

銳利　尖而鋒利:銳利的刺刀。

犀利　(武器、言語、眼光等)銳利;鋒利:甲械犀利/犀利的刀子/語鋒犀利/兩眼射出犀利的光芒。

快　刀刃鋒利:這剪刀很快,能剪厚布料/快刀斬亂麻。

銳　銳利;鋒利:尖銳/銳器。

尖銳　物體端部很尖,容易刺破其他物體,很鋒利:這把錐子很尖銳/鷹爪長而尖銳。

尖利　尖銳,鋒利:槍頭很尖利/尖利的牙齒。

尖溜溜　尖銳;尖細:尖溜溜的小刀/尖溜溜的叫嚷聲。

飛快 很鋒利:把鐮刀磨得飛快。

鈍 不鋒利:刀刃很鈍。

P3－11 形：　光滑・粗糙(不光滑)

光滑 物體表面平而光,不粗糙:桌面平正光滑／光滑的石板路。

滑溜 光滑:擀麵杖磨得挺滑溜／孩子皮膚很滑溜。

平滑 平而光滑:樓裡地面像鏡子一樣的平滑。

滑 光滑;滑溜:樓板又光又滑／院裡青苔很滑,不好走。

光 光滑:這塊大理石磨得眞光。

光溜 光滑:緞子被面非常光溜。

溜光 非常光滑:溜光滾圓的玻璃球／牆上瓷磚砌得溜光。

光溜溜 形容光滑:一塊大石頭被水沖得光溜溜的／他的頭髮梳得光溜溜的。

潤 細膩光滑:紅潤／珠圓玉潤／她臉上的粉匀得很潤。

光潤 光滑潤澤:皮膚光潤／容顏光潤。

滑潤 光滑細潤:紙面滑潤／腳踏在滑潤的石頭上,很不好走。

細潤 精細光滑:瓷質細潤／皮膚細潤。

細膩 細潤光滑:肌理細膩／硯石細膩可愛。

滑膩 光滑細膩:肌膚滑膩。

粗糙 不光滑:皮膚粗糙／缸口粗糙刺手。

麻 表面粗糙;不光滑:這張紙的背面是麻的。

P3－12 形：　精巧

精巧 精細巧妙(多用於工藝、器物結構):這些工藝品製作十分精巧／建築物雖然古老,但結構精巧別致。

精緻 精細工巧:衣服做工精緻／書房裡擺設極爲精緻。

精妙 精緻美妙;精巧:他的象牙雕刻精妙無比。

精美 精緻美好:精美的包裝／陳列的玉器十分精美。

精良 精緻優良:設備精良／武器精良／製作精良。

精 精緻;精細:做工不精／精耕細作。

精細 精密工細:象牙球雕刻得極爲精細。

粗密 精緻細密:精密儀表／機器零件極爲精密。

緻密 細緻精密:質地緻密／結構緻密。

細 精緻;細密:雕刻得眞細／做工很細。

細密 精緻細密:衣料質地很細密。

細巧 精細工巧:細巧的小玩藝兒。

細緻 細密精緻:地毯編織得很細緻。

靈巧 靈活巧妙:這種袖珍照相機用起來靈巧方便。

輕巧 輕快靈巧:輕巧的小輪自行車。

纖巧 細巧;小巧:一只纖巧的戒指。

小巧 小而靈巧:小巧的打火機。

工巧 細緻精巧:他的人物畫極爲工巧。

工細 精巧細緻:瓷花瓶彩繪鮮麗,極爲工細。

奇巧 新奇而精巧:園林布局奇巧。

新巧 新穎精巧:機器構造新巧。

玲瓏 精巧的樣子:象牙球小巧玲瓏／欄杆結構玲瓏。

玲瓏剔透* 形容器物(多指工藝品)製作精細,結構奇巧,內部鏤空,孔穴明晰。

P3－13 形：　粗糙(不精細)

粗糙 (質料、製作)不精細:粗糙的陶器／這批零件做得很粗糙。

糙 粗糙;不精緻:糙米／糙紙。

粗 粗糙;粗劣:粗布／粗瓷／屋裡桌子、板凳都很粗。

粗劣 粗糙低劣:產品品質粗劣／粗劣的材料。

粗笨 (物體)笨重;不精細:粗笨的家具。

粗拉 〈口〉粗糙:她只能做些粗拉事情。

笨重 沈重;不靈巧:舊式的機器較爲笨重。

粗重　(物體)粗大笨重:粗重的東西,搬家時都送人了。

毛　粗糙;沒經過處理的:毛坯/事情做得太毛。

毛糙　粗糙;不精細:這些家具做得很毛糙。

粗陋　粗糙簡陋:山上一個亭子建造得極為粗陋。

簡陋　簡單粗陋;不完備:設備簡陋/廠房簡陋。

P3－14　形：　新・舊

新　❶剛出現的或剛經驗到的;性質改變得更好的:新產品/新品種/新設計。❷沒有使用過的:新家具/新房子/全身衣服都是新的。

簇新　很新:簇新的服裝。

嶄新　很新:嶄新的機器/嶄新的衣服。

全新　完全很新:室內裝飾是全新的。

舊　❶經過長時期使用或放置而變色或變形的:舊箱子/衣服穿舊了。❷早就有的;過時的:舊式樣/舊經驗。

陳　存在時間久的;舊的:陳酒/推陳出新。

陳舊　舊的;過時的:設備陳舊。

陳年　存放多年的:陳年老酒。

老　❶很久以前就存在的:老廠/老牌子。❷陳舊的:老機器/房子已經老了。

老掉牙　形容陳舊過時:這設備老掉牙了,不能使用。

古　舊的;古老的:古樹/古瓷/古書。

古老　❶存在很久年代的:古老的建築/古老的民族。❷陳舊;過時的:古老的服裝。

古舊　陳舊:古舊的家具。

P3－15　形：　貴重

貴重　價值很高:貴重物品/這些儀器十分貴重。

珍貴　價值大:珍貴禮品/珍貴資料。

名貴　著名而珍貴:名貴品種/名貴藥材/所藏書畫,十分名貴。

寶貴　價值很高;非常難得:寶貴財富/這批文物極為寶貴。

珍　寶貴;稀有:珍禽/珍品/珍果。

華貴　華麗貴重:華貴的家具/服飾華貴。

珍奇　珍貴而奇異:珍奇動物/花木珍奇。□珍異。

P3－16　形：　華麗・樸素

華麗　美麗而有光彩:服飾華麗/宮殿樓觀,極為華麗。

華美　華麗:華美的衣服。

樸素　質樸,不加修飾;不華麗:家中白木床椅,製作樸素/穿戴樸素大方。□素樸。

樸實　樸素;不華麗:衣著樸實/這幢木造的房屋,又精緻又樸實。

樸陋　樸素簡陋:他住房的樸陋,令我驚詫。

P3－17　形：　新奇

新奇　新穎而奇特:這幢大樓設計得十分新奇/參觀者被新奇的展品所吸引。□新異。

別致　新奇,跟一般不同:花式別致/造型別致。

新穎　新鮮別致:新穎款式/刊物的名稱頗為新穎。

新鮮　新穎的;新奇的;少見的:那時電腦還是新鮮東西/他在城裡看見不少新鮮事兒。

奇妙　❶新奇巧妙:「機器人」是能模仿人的動作和智能的奇妙的機器。❷神奇美妙:奇妙的世界/奇妙的音樂。

P3－18　形：　雅緻

雅緻　(器物、服飾等)美觀而不俗氣:室內布置得很雅緻/雅緻的工藝品。

淡雅　淡素雅緻:裝束淡雅/梳粧淡雅。

素雅　素淡雅緻:這些絲織品素雅、大方。

秀雅　秀麗雅緻:裝潢秀雅/山水秀雅。

古雅　古樸雅緻:書房陳設很古雅/詩文古雅。

古樸　樸素而有古代的風格:裝束古樸／古樸的
　　農民。

古拙　古樸,少修飾:碑上的雕飾很古拙／瓷瓶
　　形制古拙。

古色古香[*]　有古雅的色彩和情調。多形容書
　　畫、器物和建築等。

P3－19　形：　純粹・駁雜

純粹　沒有夾雜其他成分的:經過提煉才能得到
　　純粹的黃金／這道菜是純粹的中國菜。

純　純淨;純粹:純棉／純金／酒味很純。

粹　〈書〉純;不雜:粹白／粹美。

純淨　潔淨,不含雜質:純淨的礦泉水／空氣清
　　新純淨。

純潔　純粹潔白,沒有污點:心地純潔／純潔的
　　友情。

純正　純粹:酒味純正／他說的是純正的英語。

精粹　精美純粹:選料精粹。

一色　全部一樣的種類或式樣:廳裡一色的紅木
　　桌椅／學生穿著一色的校服。

清一色　指全部只有一種成分或一個樣式:村裡
　　蓋起了清一色的磚瓦房。

地道　真正的;純粹:地道野山人參／他煮的義
　　大利麵口味真地道。

十足　成色純:十足的赤金。

雜　多種多樣的;混在一起的:雜草／雜貨。

駁雜　雜而不純:成分駁雜／內容駁雜。

P3－20　形：　天然・人造

天然　自然存在的;自然形成的:天然氣／天然
　　大理石／天然的溜冰場。

天生　天然生成的:天生的山洞大大小小有好幾
　　個。

自然　天然的;非人力造成的;沒有人力干預的:
　　自然免疫／自然形成的村落。

天　天然的;天生的:天火／天災／天性／天足。

生　天生的;未經加工的:生漆／生料／生石灰／
　　生鐵／生荒。

原　天然的,未加工的:原油／原木／原棉。

原始　最古老的;未經開發的:原始社會／原始
　　森林。

人造　人工製造的:人造革／人造冰／人造衛星。

人工　人為的;人造的:人工湖／人工降雨。

P3－21　形：　國產・外來

國產　本國出產的:國產手錶／國產原料。

土產　本地出產的:土產品／土產的煙絲。

外來　從其他地區或國家來的:外來貨／外來人
　　／外來語。

外路　外來的:外路貨。

P3－22　名：　功用

功用　功能;用途:不同的辭書有不同的功用。

功能　事物所能發揮的作用、效能:肝臟的功能／
　　理解工具的功能,才能切實利用。

功效　功能;效率:用藥後,可立見功效／功效神
　　速。

功力　功效:這種草藥,功力很好。

用途　器物可應用的方面或範圍:塑膠的用途很
　　多／添置的機器各有特殊的用途。

用處　用途:這些工具都有用處。

用場　用處:廚餘經過回收處理後還很有用場。

用　功用;用處:無用／有用。

P3－23　名：　效力

效力　事物所產生的好的作用:新型農具的效力
　　極大。

效用　效力和作用:電腦的效用很大。

效能　效力;功能:充分發揮新設備的效能。

效果　由某種力量、因素或行為產生的結果:用
　　這種藥,效果很好／這種教育方法,很有效果。

效　效力;效果;功效:有效／無效／生效／見效／

話說了，然而沒有效。

成效 已產生的好的效果；功效：成效顯著／用新方法操作，已初見成效。

效驗 成效；效果：藥吃了很多，一點效驗也沒有。

速效 很快得到的成效：用這種農藥，有速效。

神效 神奇的效驗：服了這種藥，確有神效。

特效 特別好的效果：特效藥／這藥用來治浮腫有特效。

後效 日後的效果；日後的表現：以觀後效。

作用 一事物對其他事物產生的影響、效用或效果：酒精有消毒的作用／這機器只換零件，沒什麼作用／發揮積極作用。

反作用 相反的作用：沒想到我的話起了反作用。

P3－24 形：　實用・靈驗

實用 有使用價值的：這些家具美觀實用／機器經過改裝，更加實用了。

適用 適合使用的：這部電腦對我們很適用。

合用 適用：這些工具正合用。

得用 適用：這把鋸子很得用。

中用 合用；有用：那些舊機器不中用了／他是個不中用的人。

頂用 有用；中用：鐮刀又鏽又鈍，不頂用。

頂事 頂用：這藥吃了很頂事／沒有傘就戴草帽也頂事。

管用 能起作用；有效：計算機計算方便，很管用。

管事 管用；有用：用冰毛巾給發燒的人冰冰頭是管事的。

萬能 有多種用途的：萬能膠／萬能手錶。

軍用 軍事上用的：軍用物資／軍用設備。

民用 人民生活、生產上用的：民用建築／民用航空。

耐用 可經久使用的：耐用商品／這個牌子的洗衣機堅固耐用。

靈驗 很有效驗：好多秘方很靈驗／這個辦法確實靈驗。

靈 靈驗；效果好：靈丹妙藥／你想的辦法真靈。

靈光 〈方〉效果好：這法子真靈光。

P3－25 名：　種類

種類 根據事物本身的性質或特點而分成的類：動植物都有很多種類／日用商品種類齊全。

類 許多有相同性質的事物的集合；種類：分門別類／請把收到的材料整理歸類。

種 種類：工種／兵種／貨色很多，你要買哪一種？

類別 不同的種類；種類的區別：職務類別／商品類別。

品類 種類；類別：辨別品類／品類不一。

品種 ❶泛指產品的種類：貨物品種很多。❷指經過人工選擇、在生態和形態上具有共同遺傳特徵的生物群體：選擇蔬果新品種。

類型 按有相同特徵的事物分成的種類：他屬於知識分子類型的青年。

型 類型：大型／流線型／新型客機。

門類 按照事物的性質把相同或相近的歸在一起而劃分的類：存貨按門類放在架上／自然科學分為許多門類。

部類 範圍較大的類；門類：區別部類。

項目 事物劃分的門類：服務項目／建設項目／體操項目。

色 種類：清一色／幾色揚州糕點。

花色 同一種物品細分的種類。

列 類；範圍：不在此列／他今年未進入奧運選手之列。

路 種類；類型：少接觸那一路人／常要犯這路毛病／是哪一路貨？

族 種類；品類；類型：水族／語族／鹵族元素／士大夫之族。（現常用於指同一類型的人，如上班族、追星族、頂客族、紅脣族、飆車族等，是時髦用語。）

P3－26 名： 等級

等級 按品質、程度、重要性等的差異而劃分的
　　高下層次:商品等級/服務等級/工資等級。

等 等級:上等/同等/頭等。

等次 等級高下次序:劃分等次/評定等次。

級 等級;級別:高級/下級/局級幹部。

級別 等級的區別:職務級別/工資級別。

品級 產品商品的等級:按商品的品級定價。

品位 ❶礦石中有用元素或它的化合物含量的
　　百分率,百分率愈大,品位愈高。❷泛指事物
　　品質的等級:高品位的消費。

檔次 等次:本廠產品有幾個檔次/定期儲蓄存
　　款分一年、三年、五年、八年四個檔次。

檔 產品、商品的等級;檔次:高檔/中檔/低檔。

P3－27 形： 上等·中等·下等

上等 高等級的;品質高的:上等設施/上等面
　　料。

優質 上等:優質產品/優質服務。

高級 高等級的;超過一般的:高級照相機/高
　　級禮品。

高等 高級:高等商品/高等學校。

高檔 高級:高檔化粧品。

頭等 第一等;等級最高的:頭等貨/頭等艙/頭
　　等大事。

頭路 頭等:頭路貨。

中等 等級介於中間的:中等貨色/中等文化水
　　平。

中不溜兒 〈口〉中等:產品品質還過得去,中不
　　溜兒。也說**中溜兒**。

下等 低等級的:下等貨。

低檔 下等:低檔產品。

低級 等級在下的;形式簡單的:低級消費品/
　　低級階段。

低等 低級:低等動物。

劣等 低等;下等:劣等商品。

等外 品質差,不能入等級的:等外品。

超等 高出一般等級的:超等衣料。

超級 超等:超級市場/超級大國。

特等 特別高等級的:特等艙/特等獎。

特級 超過高級的;特等:特級大米/特級教師。

P3－28 名： 上品·下品

上品 品質優良、等級高的事物:這是紫砂壺中
　　的上品。

上等 同類事物中的最高等級:這些輪船艙位,
　　屬於上等/他的學習成績在班裡列為上等。

上乘 上品;上等:他們演出的都是古典音樂作
　　品的上乘。

下品 品質最差、等級最低的事物:他送來的只
　　是茶中的下品。

下等 同類事物中的最低等級:被列入下等。

下乘 下品;下等:小說中的下乘之作。

P4 變 化

P4－1 名： （物質）變化

物理變化 物質僅改變其物理性質(如狀態、密
　　度、溶解度等)而不產生新物質的變化,如水
　　變成冰、碘昇華等。

化學變化 物質改變其分子組成、性質等而產生
　　新物質的變化,如木材燃燒、鐵生鏽等。

裂變 一個質量大的原子核分裂成為兩個或幾
　　個其他原子核,同時可能放出中子的過程。
　　這個過程可以是自發的,也可以是誘發的。
　　裂變時能釋放出巨大能量,是取得原子能的
　　一個途徑。

衰變 原子核變化的一種,指放射性元素放射出
　　粒子後變成另一種元素的現象。也叫**蛻變**。

聚變 指在極高的溫度下,輕原子核聚合成另一

種較重原子核的過程。如氘核和氚核聚合成氦核。聚變過程中會釋放大量的能量。聚變需在高溫下才能進行，因而又叫熱核反應。

相變 物質從某種物理狀態轉變成另一種物理狀態，例如：固、液、氣三態之間的相互轉變或固體的不同晶形的互相轉變，如正交硫變爲單斜硫等。

形變 固體受力的作用時所發生的形狀和體積的改變。基本的形變有拉伸、扭轉、彎曲、剪切等。

P4－2 動： 變質·變形

變質 事物的本質發生變化：變質食物／藥材發霉變質。

變性 事物的性質發生變化：變性酒精／變性木材。

變色 物體的顏色改變：變色墨水／變色鉛筆／穿久了的衣服已經變色。

變樣 物體的形狀、式樣變得與原來不同：市容變樣了／衣著沒有變樣。

走樣 失去或改變原樣：這衣服走樣了／話被傳得走樣了。

變形 物體的形狀或尺寸發生變化：這個零件受壓變形了。

P4－3 動： 化合·分解

化合 由兩種或兩種以上的物質，經過化學反應生成一種新的物質。例如氧和氫化合成水。

合成 ❶由部分組成一個整體：一個合力是幾個分力合成的。❷通過化學反應用成分、結構比較簡單的物質製成成分結構比較複雜的物質：有機合成／合成纖維。

分解 ❶把整體分成它的各個組成部分：力的分解／因式分解。❷由一種物質經過化學反應生成二種或二種以上的物質，例如水分解成氫和氧。

電解 電流通入電解質溶液或熔融電解質，使兩個電極上同時發生化學反應的過程。可用來製取許多化工產品、冶煉金屬、電鍍等。

電離 通常指電解質在水溶液中或在熔融狀態下，解離成自由離子的過程，如氯化鈉受熱熔化或溶於水後，解離出鈉離子和氯離子。也指氣態分子或原子變爲離子的過程。

氧化 又稱氧化反應。狹義上指物質和氧化合，如燃燒、生鏽等；廣義上在任何化學反應中，物質(分子，原子或離子)失去電子的反應均稱爲氧化。

還原 ❶事物恢復原狀。❷又稱還原反應。狹義上指物質在反應中失去氧，如氧化銅失氧而成爲單質銅；廣義上在任何化學反應中，物質(分子、原子或離子)得到電子的反應均稱還原。氧化和還原都是伴同發生的。

水合 一般指物質的分子或離子和水結合，形成水化物(水合物)或水合離子的過程。例如，硫酸銅和五個水分子結合形成五水硫酸銅。在有機化學中是指含不飽鍵的有機物在催化劑存在下和水化合的過程。如乙烯水合成乙醇。也叫**水化**。

水解 化合物與水反應而分解。通常是指鹽類水解，即鹽的一種或兩種離子與水中氫離子或氫氧根離子生成弱電解質的反應。

焦化 ❶一種石油的熱加工方法，以石油的減壓渣油爲原料，在常壓下加熱至 $500°C$ 左右，以使得到各裂化產品。❷特指煤的高溫乾餾以加工和回收各種化工產品。

碳化 ❶古代植物遺骸沈積，在一定的壓力、溫度下逐漸變成煤。也叫**煤化**。❷有機物經濃硫酸處理後，氫、氧元素按水的比例脫去，剩下碳元素成碳。

風化 ❶地殼表面的岩石在風吹日曬，雨水沖刷和生物等外力長期作用下發生破壞或化學分解。❷含結晶水的化合物在空氣中失去部分

或全部結晶水,使原有晶體改變或破壞。

鈣化 有機體組織由於鈣鹽的沈積而變硬,如肺
　結核病兆的鈣化、兒童成長中骨骼的鈣化。

P4－4 動、名： 熔化

熔化 〔動〕固體加熱到一定溫度變爲液體。如
　鐵加熱到 1530°C 以上就熔化成鐵水。也叫**熔
　解;熔融**。

熔 〔動〕熔化:熔爐/熔斷。

化 〔動〕熔解:化鐵爐/化凍/化霜。

燒結 〔動〕把小粒礦石或粉末狀物質加熱,使黏
　結成塊。

熔劑 〔名〕熔煉、焊接或鍛接時,爲促進礦石或
　金屬的熔化,使與雜質結合成渣並與金屬分
　離,而加入的一些物質,例如石灰石是煉鐵的
　熔劑。

熔點 〔名〕固態晶體物質熔解時的溫度。即一
　個標準大氣壓(七百六十毫米水銀柱)時的熔
　化溫度,如冰的熔點爲 0°C;鉛的熔點爲 327.
　5°C。

P4－5 動、名： 溶解

溶解 〔動〕一種物質(溶質)均勻地分散在另一
　種物質(溶劑)中成爲溶液的過程。

溶化 〔動〕❶指固體溶解。❷指冰雪等變成水;
　融化:太陽一曬,地上的雪都溶化了。

溶 〔動〕溶解;溶化:溶液/易溶物質/樟腦可溶
　於酒精。

化 〔動〕溶解:糖化了。

稀釋 〔動〕在溶液中再加入溶劑,使溶液濃度變
　稀。

沖淡 〔動〕稀釋:把鹽水沖淡些。

溶液 〔名〕通常指物質溶解在液體中形成的均
　勻穩定混合物,例如糖水溶液。科學技術泛
　指由兩種或兩種以上物質組成的均勻混合
　物。除液態外,還可以是固態的,例如合金;

也可以是氣態的,例如空氣。

溶質 〔名〕溶液中被溶解的物質,例鹽水中的食
　鹽。

溶劑 〔名〕能溶解別種物質的物質。水就是一
　種最常用的溶劑,其他常用的溶劑如苯、丙
　酮、酒精、汽油等。

溶解度 〔名〕在一定溫度下,物質在一百克的溶
　劑中溶解的最大量,叫做該物質在這種溶劑
　中的溶解度。

飽和 〔形〕在一定溫度和壓強下,一定量的溶液
　中的溶質的量已達到了最大限度,不能再溶
　解了。

P4－6 動、名： 氣化·液化

氣化 〔動〕物質從液態向空間擴散轉化爲氣態。
　有蒸發和沸騰兩種形式。也作**汽化**。

蒸發 〔動〕在液體表面發生的氣化。蒸發可在
　任何溫度下進行,溫度高,蒸發快。蒸發要吸
　收熱量,因而會使液體及其周圍溫度下降。

蒸騰 〔動〕蒸發時氣體上升。

沸騰 〔動〕液體劇烈地轉變爲氣體的現象。沸
　騰時氣化不僅在表面進行,內部也發生氣化,
　產生氣泡。沸騰必須在一定的溫度(沸點)發
　生,沸騰過程中液體不斷吸熱但溫度保持在
　沸點不變。

揮發 〔動〕液體或固體物質在常溫下變爲氣體,
　向四周散布,如酒精、汽油、樟腦都能揮發。

昇華 〔動〕固態物質不經過液態直接變爲氣態。

液化 〔動〕氣態物質因溫度降低或壓力增加而
　變爲液態。只有在臨界溫度下的氣體才能液
　化。物質液化時放出熱量。

沸點 〔名〕液體沸騰時的溫度。各種液體的沸
　點差別很大,同種液體在不同的外界壓力下,
　沸點也不相同。例如水在標準大氣壓下的沸
　點爲 100°C,在壓強增加幾十倍時,水的沸點
　可達 200°C 以上。

水蒸氣〔名〕氣態的水。無色、無臭,遇冷會凝聚成水(液態)。

蒸汽〔名〕水蒸氣。

蒸氣〔名〕液體或固體因氣化或昇華而成的氣體:水銀蒸氣／鈉蒸氣／碘蒸氣。

汽〔名〕❶蒸氣,液體或固體變成的氣體。❷特指水蒸氣:汽輪機／汽錘。

P4－7 動、名: 凝結

凝結〔動〕物質由氣態變成液態或由液態變爲固態:淺淺的溪水已全部凝結成冰。

凝〔動〕凝結;凝固:臺階上凝著昨夜的霜。

凝集〔動〕凝結在一起:地上濺得鮮紅的血,還沒有凝集。

凝聚〔動〕物質從氣態轉變成液態:花蕊裡凝聚著清亮、晶瑩的露珠。

凝華〔動〕氣態物質不經由液態直接變成固態物質,例如空氣中的水氣在物體表面結成霜。

凝固〔動〕物質從液態轉變成固態。

冷凝〔動〕物質遇冷凝結。

結晶❶〔動〕物質從溶液、熔融體或氣態形成晶體。結晶常可以用來提純某些固態物質。❷〔名〕晶體:食鹽結晶。

凝固點〔名〕晶體物質凝固時的溫度。在一定壓強下,晶體物質的凝固點和它的熔點相同,例如水的凝固點是 0°C,冰的熔點也是 0°C。非晶體物質無凝固點。

冰點〔名〕水的凝固點。在一個大氣壓下,水的冰點是 0°C。

P4－8 動: 凍結·融化

凍結液體或含水分的物體遇冷凝結:河水和田野都凍結了。

結冰在 0°C 或更低溫度下,水從液體變成固體。

冰凍結冰;使冷凍:冰凍的土地／把獵到的野雞冰凍起來。

凍凍結:白菜凍壞了／天寒地凍。

上凍結成冰:菜已上凍了。

冷凍降低溫度,使物體凍結。冷凍可防止腐敗變質,便於貯藏和搬運:冷凍食品。

解凍冰凍融化:河流解凍了／大地解凍了。也說化凍;開凍。

開河流解凍:春天到,河開了。

開化河流、土地解凍:大河開化了。

融化(冰、雪、霜)變成水:山上的雪,雨打風吹,完全融化了。

融融化:雪融冰消。

融解融化:春雪已開始融解。

P4－9 動: 加熱·降溫

加熱向物體傳遞熱量,一般能使物體溫度升高。

保溫保持原有溫度,使不改變:保溫瓶／保溫杯。

保暖保持溫暖:保暖鞋／防凍保暖／合成纖維架片輕鬆保暖。

降溫❶降低溫度:降溫防暑／降溫措施。❷氣溫下降:氣象臺發布降溫預報。

冷卻物體溫度逐漸降低:冷卻塔／鐵板已完全冷卻。

P4－10 動: 蒸餾

蒸餾利用液體混和物各組分的沸點不同,使液體氣化而進行分離。先將液體混和物加熱使部分變成蒸氣,再將蒸氣冷凝。所得冷凝液含有較多的低沸點組分,剩餘的混和液含有較多高沸點組分。蒸餾的方法很多。廣泛應用於化學、石油、醫藥等工業。

分餾將各種不同蒸氣和氣體的混和物進行部分冷凝,其高沸點組分首先冷凝,使混和物中低沸點組分的濃度得以提高。常應用於簡單

蒸餾和精餾中。

裂化 使較大的烴類分子在高溫或催化劑作用下分裂成幾個較小分子的過程。是對石油及其餾分進行加工製取輕質燃料及化工原料的方法。有熱裂化和催化裂化。也叫**裂解**。

提純 除去某種物質中所含雜質，使變得純淨：提純酒精。

提煉 從混合物或化合物中提取出所要的物質：提煉食鹽／提煉香料。

P4-11 動：　燃燒

燃燒 物質相互劇烈反應而發熱、發光。可燃物質和空氣中的氧氣劇烈反應是最常見的燃燒。

燃 燃燒：助燃／燃料／燃眉之急。

燒 ❶燃燒、著火：燒火／把東西燒掉。❷加熱使物體起變化：燒飯／燒碳。

著 燃燒：著火了／燈點著了。

著火 東西燃燒：房子著火了。

燎 燒；延燒：燎荒／燎原／一壺水在火上燎得滾熱。

燎 被火焰燒焦：鬍子被燎了一半。

燒毀 物體燃燒毀壞：燒毀文件／燒毀房屋。

焚燒 燒毀；燒掉：廟宇被火焚燒。

焚毀 燒毀：焚毀罪證／糧食倉庫被人蓄意焚毀。

焚化 燒掉（紙錢、屍體等）。□**燒化**。

焚 燒；焚燒：焚香禮拜／把過去的日記焚掉。

自燃 物質在空氣中逐漸氧化，使溫度升高到著火點而自發地燃燒，如大量堆積的煤、柴草等物，在通風不良的情況下，就能自燃。

延燒 火勢蔓延燃燒：城內失火，延燒數百家。

燎原 大火在原野上延燒：星星之火，可以燎原。

付之一炬* 一把火燒掉。

P4-12 動：　燒火・熄滅

燒火 使燃料燃燒：燒火照明／她做飯，兒子在灶前燒火。

生火 使燃料燃燒起來；燒火：生火取暖／揀些柴草，用來生火。

生 生火：生爐子。

發火 開始燃燒：爐子發火了。

點燃 引火使燃燒：點燃篝火／點燃蠟燭。

點 點燃：點油燈／點起火把。

燃 引火使燃燒；點燃：燃著了一枝煙捲。

燃點 點燃：燃點火炬。

燃放 點燃鞭炮等使爆發：燃放爆竹／燃放煙火。

打火 磨擦火石使爆出火星，引起燃燒：打火石。

引火 點火；用易燃或燃著的東西使燃料燃燒：引火柴／引火線。

舉火 ❶生火做飯：三日不舉火。❷點火：舉火為號。

起火 ❶生火做飯：他家裡很久沒有自己起火了。❷發生火警；失火：廠房起火了。

籠火 生火；點火：他們走進屋裡，就催主人籠火。

封火 壓住爐火，使燃燒不旺，但不熄滅：他回到家，爐灶已經封火。

掌燈 點燈；上燈（指油燈）：天黑了，該掌燈了。

上燈 點燈：回到家裡已是上燈的時候了。

熄滅 停止燃燒：油燈被震翻在地上，熄滅了。

熄 熄滅：熄燈／火熄了，倉庫沒有被燒到。

滅 ❶熄滅：煤爐滅了／蠟燭滅了。❷使熄滅：滅燈／撲滅烈火。

熄火 熄滅：鍋爐熄火了。

滅火 使火熄滅：滅火器。

P4-13 名：　火

火 物體燃燒時所發的焰和光：爐裡的火很旺／火被撲滅了。

火焰 可燃物質燃燒時出現的發光發熱的可燃氣體。通稱**火苗**。

焰　火焰:紅焰／烈焰。

火頭　火焰:盆中碳火的火頭不見了。

火舌　上騰呈舌狀的火苗:著火的房子吐著紅紅的火舌。

火柱　較大的柱形火焰。

火球　球形的火團。

火花　迸發的火焰:火花四濺。

火星　極小的火;小火花:火星不斷從高爐飛迸出來。

火亮　〈方〉小的火光:爐膛裡黑黝黝的,沒有一點火亮。

火海　大片的火:城市被敵機炸成一片火海。

烈火　猛烈的火:海風捲著烈火,整個村莊在燃燒。

活火　有火焰的火。

底火　在增添燃料前已有的火。

文火　煮東西所用的小而緩的火:燉肉要用文火。

武火　烹飪所用較猛的火:燒魚要用武火。

野火　荒山野地裡草木燃燒的火:野火燒不盡,春風吹又生／野火在暮色中燒。

天火　因電擊或自燃等自然原因引起的大火:山頂廟宇被天火燒掉。

磷火　磷化氫燃燒時的火焰,藍綠色。人和動物屍體腐爛時會有磷化氫分解出來,並自動燃燒。俗稱鬼火。

星火　微小的火:星火燎原。

篝火　用竹籠罩著的火。現藉指在空曠的地方或野外用木柴燃起的火堆:老人升起篝火,坐在旁邊吸煙。

營火　夜間露營燃起的篝火:四處燃燒著熊熊的營火。

P4－14　名：　煙

煙　❶物質燃燒時產生的混有微小顆粒的氣體,呈黑、白等色:起火後冒出一股濃煙／煙燻黑了……。❷煙狀物:煙霧／煙霞。

煙柱　沖天直上的濃煙。

煙火　❶煙和火:陣地上方煙火騰騰／倉庫重地,嚴禁煙火。❷指炊煙:好多窮人家斷了煙火。

煙霧　泛指煙、霧、雲、氣等:煙霧瀰漫。

煙幕　濃厚的煙霧。軍事上可用化學藥劑來產生,用以遮蔽敵方視線。農業上可燃燒某些燃料或化學物質來產生,用以防止作物遭受霜凍。

風煙　隨風飄散的煙。

雲煙　雲霧和煙氣:雲煙繚繞。

炊煙　燒火做飯時冒出的煙:村子裡家家屋頂冒起裊裊的炊煙。

香煙　❶點燃的香所發出的煙:香煙繚繞。❷捲烟:這香煙很貴。

夕煙　黃昏時的煙霧。也指傍晚時的炊煙:夕煙籠罩了整個村莊。

P4－15　名：　灰

灰　物質充分燃燒後剩下的粉末狀物:煤灰／草木灰／衣物被燒成一堆灰。

灰燼　物質燃燒後剩下的灰和殘渣:化為灰燼。

餘燼　灰和沒燒完的東西:許多人正在刨挖火裡的餘燼。

煙灰　紙煙、煙絲等吸完後剩下的灰:煙灰缸／撢掉煙灰。

骨灰　❶人體焚化後燒成的灰:骨灰盒／骨灰安葬儀式。❷動物骨頭燒成的灰,可作為磷肥使用。

爐灰　爐子中煤碳燃燒後的灰:把爐灰清除乾淨。□煤灰。

草木灰　草、樹葉、木頭等燃燒後剩下的灰。鉀含量很高,常用作鉀肥。

P4－16　形：　熾烈

熾烈　火旺盛猛烈:一片熾烈的火焰包圍著兩艘

船。

熾盛 火燃燒得非常旺盛:火勢漸漸熾盛。

熾熱 極熱:熾熱的爐膛。

火熾 旺盛;熱鬧:比賽緊張得很,進入火熾階
段。

旺 火勢熾烈;旺盛:灶裡的火燒得很旺。

旺盛 火燃燒充分、火苗大:爐裡燒著乾木柴,火
勢旺盛。

熊熊 形容火勢很旺:熊熊烈火。

騰騰 形容火焰、氣體很盛,向上升起:烈焰騰騰
/熱氣騰騰。

發火 〈方〉爐灶生火容易燒得旺:這個灶砌得眞
好,又發火又省柴。

P4－17 形: 焦

焦 物體受熱過猛或時間過長因碳化而變黃或
變黑:饅頭烘焦了/房後幾棵樹也燒焦了。

煳 食品衣物等經燒、烤變焦:飯燒煳了/鞋幫
烤煳了。也作**糊**。

焦黑 物體燃燒後呈現的黑色:大餅烤得焦黑/
小樹被燒得焦黑。

焦脆 食物經燒烤或煎炸後變黃而酥脆:焦脆的
麻花。

P4－18 動: 膨脹・收縮

膨脹 ❶物體因溫度升高或其他因素引起長度
或體積增加:空氣遇熱膨脹/溫度計的水銀柱
因溫度升高而膨脹。❷事物擴大;增長:物價
已經上升,通貨膨脹開始。

脹 體積變大;膨脹:熱脹冷縮/球被孩子用力
吹脹了。

膨大 體積增大;脹大:根莖膨大/頸項膨大。

漲 膨脹;體積增大:木耳用水一泡,漲得很大。

收縮 ❶物體由大變小或由長變短:鋼板遇冷收
縮/棉布濕水後收縮了。❷緊縮,由分散變爲
集中:收縮兵力/收縮包圍圈。

縮 收縮:熱脹冷縮/防縮防蛀/新做的衣服下
水後縮了很多。

縮小 由大變小:褲腿比原來縮小了/縮小範
圍。

縮短 長度、時間等變得比原來短:縮短路程/
縮短工期。

縮水 某些紡織品或衣服等浸水後長度縮短:他
新做的衣服縮水後短了不少。也說**抽水**。

抽 收縮;縮小:這塊布一下水要抽一大截。

緊縮 收縮;縮小:心肌緊縮了一下/緊縮包圍
圈。

壓縮 加壓力使體積或範圍縮小:壓縮空氣/壓
縮餅乾/軍中部隊配合起來把敵人壓縮到山
腳下。

濃縮 ❶使溶液中的溶劑蒸發而增加溶液的濃
度。❷泛指使物體中不需要的部分減少,而
使需要部分的含量相對增加:濃縮食品/文學
作品要求把現實生活加以濃縮。

P4－19 動: 損壞

損壞 使物體失去原有的形態或效能:損壞農作
物/機器已損壞得不能用了。

破壞 使物體損壞:破壞公共財物/船身被破壞
不少。

破損 損壞;破壞:設備已有多處破損。

破 損壞(變得不完整):衣服破了一個口子/鍋
破得不能補了。

壞 損壞(變得不完整、失去效能、有害):自行車
壞了,不能再騎/冰箱沒有電,裡面的食物壞
了。

打 因撞、摔而破碎、損壞:雞飛蛋打/不小心打
了一個碗。

毀壞 損壞;破壞:毀壞橋梁道路。

毀損 損傷;損壞:圖書因保管不善,毀損很多。

摧毀 徹底破壞:摧毀敵人碉堡/院牆房屋已被
摧毀。

毀 破壞:這套儀器讓你給毀了／造成車毀人亡
的交通事故。

毀棄 毀壞拋棄:舊有家具已全被毀棄。

毀滅 摧毀消滅:一場大火使森林遭受毀滅。

毀傷 損壞;傷害:身體膚髮,受之父母,不敢毀
傷／毀傷他人莊稼。

P4－20 動: 破裂

破裂 完整的東西破損分開或出現裂縫:瓦罐破
裂成三四塊／住房牆壁破裂。

裂 破裂:四分五裂／木板裂了一道縫兒。

破 破裂;使分開:門板已破成兩半／把木板破
開。

裂縫 裂開成縫:這木料好,不會裂縫。

裂口 裂開成口子:手凍得裂口了。

豁 裂開、缺損:鞋豁了口子／碗邊豁了一塊。

開裂 裂開;裂縫:竹竿開裂／木板開裂。

綻 裂開:鞋開綻了／皮開肉綻。

開綻 衣縫裂開:棉衣開綻,棉花都露出來了。

綻裂 衣縫開裂;裂開:衣服綻裂／棉桃綻裂。

披 (竹木等)裂開:這根竹竿披了／這張桌面披
了。

爆裂 猛然破裂:水管爆裂,水淌了一地。

崩裂 突然破裂:山石崩裂。

崩 破裂;迸裂:地堡被炸得崩上天。

迸裂 破裂;裂開而往外飛濺:豆莢迸裂／皮膚
迸裂,流血不止。

爆 猛然破裂;迸出:火星直爆／機關炮彈打得
火車爆起一溜溜的火光。

炸 突然破裂:空瓶子在火上烤,要炸的。

斷裂 斷開破裂:階石斷裂／船體斷裂。

坼裂 裂開:堤岸坼裂。

龜裂 開裂成許多縫兒:久旱不雨,田地都龜裂了。

P4－21 動: 消耗

消耗 (物資、人力、財力)因使用而逐漸減少:消

耗原材料／消耗不少精神／消耗大量錢財。

損耗 損失消耗:損耗糧食／水果在運輸中損耗
很多／電能損耗大。

損失 沒有代價地消耗或失去:損失大量物資／
搬運糧食要儘量避免損失／這次火災,損失嚴
重。

虧耗 損耗:原料虧耗不少。

傷耗 損耗:傷耗民力。

空耗 白白地、無效果地消耗:空耗自己精力／
空耗別人時間。

折耗 物品在製造、運輸、保管中的損失消耗:新
鮮蔬菜運來時折耗很大。

磨損 因摩擦和使用造成損耗:這個零件磨損了
／輪胎嚴重磨損,不能用了。□磨耗。

耗 消耗;減損:燈油快耗乾了／耗盡精力。

耗損 消耗損失:耗損備荒糧食／耗損精神。

耗費 消耗:耗費物力、財力／耗費精神／耗費時
間。

耗盡 消耗淨盡;用完:耗盡資財。

耗竭 消耗淨盡;耗盡:兵力耗竭／財產耗竭。

疲竭 〈書〉消耗淨盡:國力疲竭／精力疲竭。

消蝕 消耗;減損:他讓挾在手指上的香煙自然
地消蝕著／嚴肅的工作消蝕他們的幽默。

P4－22 動: 侵蝕・腐蝕

侵蝕 逐漸侵害使物體變質、破壞:土壤被海水
不斷侵蝕而鹽鹼化／病菌侵蝕人體。

風蝕 地表受風力侵削而逐漸破壞。

水蝕 岩石被水衝擊或土壤被水沖刷而遭受破
壞。

浪蝕 因波浪的衝擊,湖、海岸及底部受侵蝕。

海蝕 因海水運動(波浪、海流、潮汐等),海岸及
近岸海底受侵蝕。

剝蝕 物體表面因風化而逐漸損壞:石碑上的文
字因風雨剝蝕而不易辨識。

腐蝕 物質因發生化學作用而逐漸損耗、破壞;

侵蝕：硫酸會腐蝕金屬,使失去光澤／陶瓷器
皿不怕腐蝕。

銷蝕 消損腐蝕：金玉雖埋沒糞土,不能銷蝕／
銳氣銷蝕殆盡。

P4－23 動、形： 腐爛·腐朽

腐爛 〔動〕有機體由於長期受風雨侵蝕或微生
物滋生而破壞：屍體腐爛／堆積在倉庫裡的物
資,腐爛了很多。

腐化 〔動〕腐爛：沒放進冰箱的肉已經腐化。

腐敗 〔動〕腐爛：食物已經腐敗變質／腐敗了的
枝葉。

腐臭 〔動〕腐爛發臭：買的魚已開始腐臭。

霉 〔動〕東西因黴菌作用而變質：缸裡的米霉
了,要拿出去曬一曬。

發霉 〔動〕霉：箱子受潮,裝的衣物都發霉了。

霉爛 〔動〕發霉腐爛：糧食在運輸途中霉爛了一
部分。

爛 〔動〕腐爛：好多梨摘下來就爛了。

糜爛 〔動〕嚴重地腐爛：骨肉糜爛／堆著的藥材
已糜爛發霉。

朽爛 〔動〕腐爛：埋在地下的棺木早已朽爛了。

壞 〔動〕變質；腐敗：乳酪可數年不壞／這些肉
壞了,不能吃。

腐朽 〔形〕(木頭等)腐爛：山坡上一堆腐朽的枝
葉／屋梁年久腐朽。

朽 〔形〕腐朽；腐爛：朽葉枯枝／朽木難雕。

枯朽 〔形〕乾枯腐朽：樹木枯朽／屍骨已枯朽。

糟朽 〔形〕腐朽；腐爛：經過多年風雨淋濕,門窗
糟朽了。

糟 〔形〕腐朽；腐爛：門板糟了。

P4－24 動、名： 生鏽

生鏽 〔動〕鐵、銅等金屬由於在潮濕空氣或水
中,表面被氧化、腐蝕而生成一層化合物：這
把刀好久不用,都生鏽了。

鏽 ❶〔動〕生鏽。❷〔名〕鐵、銅等金屬表面生成
的氧化物層：把鏽鏟掉。

鐵鏽 〔名〕鋼鐵表面生成的紅褐色鏽,主要成分
是氧化鐵。

銅綠 〔名〕銅表面生成的綠鏽,主要成分是鹼式
碳酸銅,有毒。可用來製顏料和煙火。也叫
銅鏽。

P5 運 動

P5－1 名、動： 運動

運動 ❶〔名〕物質不斷變化和物質間相互作用
的現象,是物質的存在方式和固有屬性：運動
是永恆的。❷〔名〕物體位置不斷變化的現
象,即機械運動：變速運動／相對運動。❸
〔動〕事物發展、變化、活動：整個宇宙都在運
動／地殼時刻在運動著／生命在於運動。

動 〔動〕物體位置、狀態改變：河水在動,船也在
動／原封不動。

運行 〔動〕運動,多指週而復始的運轉：人造衛
星運行正常／列車投入運行。

運轉 〔動〕沿著一定軌道運動：地球繞著太陽不
停地運轉。

靜止 〔動〕物體不運動：海浪翻騰,永不靜止。

靜 〔動〕靜止：風平浪靜。

停止 〔動〕物體運動中斷或不再運動：心臟停止
跳動／機器停止運轉／暴風雨停止了。

停 〔動〕停止：鐘停了／雨停了。

停息 〔動〕停止：連日的陰雨漸漸停息。

停歇 〔動〕停止：奔騰的河水,永不停歇。

止息 〔動〕停止：大風颳了一整天才止息。

平衡 〔動〕作用在物體上的力相互抵消,物體處
於相對靜止狀態：雙手用力使身體平衡／平衡
雙方對比的力量。

慣性 〔名〕沒有外力作用或作用力相互平衡時,

物體保持原有的勻速直線運動狀態或靜止狀態的特性,如行駛的車輛在動力停止作用後並不立即停下來,汽車剛起動時,車上乘客會後仰等都是慣性的作用。

P5－2 名： 機械運動

機械運動 物體之間或物體中各部分間相對位置發生變化的運動。機械運動是物質最基本、最簡單的運動形式,如地球轉動、車輛行駛、機械運轉等都是機械運動。

平動 機械運動的一種。物體作平動時,物體中各部分運動狀態是完全一樣的,物體上任兩點間連線方向保持不變。

滑動 機械運動的一種。物體沿著另一物體表面移動,物體的接觸面不變,如冰刀在冰上的運動。

轉動 機械運動的一種。物體以某一點或某一軸線為中心作的圓周運動。

滾動 機械運動的一種。一個物體在另一個物體表面上,其接觸面不斷改變位置的運動,如球、車輪在地面上的運動。

位移 物體在運動中產生的位置的移動。位移的大小是起點位置到終點位置的直線距離。

速度 ❶比較物體運動快慢和反應運動狀態的物理量。物體的位移與引起位移所用時間的比值,即單位時間內的平均速度:加快車輛行駛速度／以最高的速度飛行。❷泛指發展、變化快慢的程度:保持經濟發展速度／超過平爐煉鋼的速度。

加速度 物體運動速度的變化與發生這種變化所用時間的比值,即單位時間運動速度改變的快慢程度。

勻速運動 速度不變的運動。快慢和方向都不改變。

變速運動 速度發生變化的運動。快慢改變或方向改變或兩者同時改變。

加速運動 變速運動的一種,運動中速度逐漸增加。

減速運動 變速運動的一種,運動中速度不斷地減小。

P5－3 名： 振動

振動 物體圍繞某個中心位置沿著直線或曲線帶有重複性的運動,如鐘擺、琴弦、波濤中的船等的運動都是。

振盪 振動。多用指電磁的振動。

週期 ❶振動物體或物理量完成一次振動所經歷的時間。❷事物發展、變化過程中,某些重複出現的特徵,接續兩次出現所經過的時間:元素週期／經濟週期。

頻率 單位時間內物體完成振動的次數。頻率的單位為赫茲。

赫茲 頻率的單位,是為紀念物理學家赫茲(Heinrich Hertz)而命名。一秒鐘內振動一次稱為一赫茲。簡稱**赫**。

共振 當振動系統在週期性外力作用下,若外力的頻率接近系統的固有頻率時,則振動的振幅急遽增大的現象。在聲學中稱共鳴,在電學中稱諧振。

諧振 電的共振。在外加電動勢作用下,由電感和電容所組成的電路中,當外加電動勢的頻率與電路因有頻率接近或相等時,電路中電流或電壓急遽增加的現象。

共鳴 由一聲源發出聲波的作用而引起另一聲源的共振。

振幅 按一定規律振動的物體或物理量偏離平衡位置的最大位移。

P5－4 名： 波

波 振動的傳播過程。波傳遞本身的能量但不傳遞物質。常見的如聲波、水波、電磁波等。也叫**波動**。

橫波 振動方向與傳播方向垂直的波,如水波、電磁波。

縱波 振動方向與傳播方向一致的波,如聲波。

波峰 波在一個振動週期內,位移具有正向最大值的位置,即最高的部分。

波谷 波在一個振動週期內,位移具有負向最大值的位置,即最低的部分。

波長 波在一個振動週期內傳播的距離,即相鄰的兩個波峰或兩個波谷之間的距離。

波源 波的發出點,即首先開始振動的物體。

波速 波的傳播的速度。波速與媒體有關,並受溫度的影響,如聲音在空氣中波速在0℃時為332米／秒;在室溫下為340米／秒;在水中約為1500米／秒;光在真空中波速約為 3×10^8 米／秒。

P5－5 動: 顫動・震動

顫動 短促而頻繁地振動,一般振幅不大:樓板有些顫動。

顫 顫動:聲音發顫／一踏上去,跳板顫個不停。

抖動 顫動:哆嗦:他冷得全身抖動。

震 震動:地震／震耳欲聾／震驚。

震動 受外力影響而顫動:攪拌機猛烈地震動著。

震撼 震動;搖動:驚雷震撼大地。

撼動 搖;震動:劇烈的地震撼動著大地。

顛 顛簸:汽車顛得厲害,好多人暈車了。

顛簸 上下震盪:船身顛簸不停。

動盪 上下波動;起伏不停:波浪動盪／湖水動盪／小船在江心隨波動盪。

震盪 震動;動盪:車身震盪／轟隆隆的巨響在耳邊震盪。

簸盪 顛簸搖盪:船在江心簸盪。

盪漾 水面起伏波動:微波盪漾／歌聲盪漾。

跳動 一起一伏地動:我的心跳動得很厲害／遠處一個浮標在水面跳動。

跳 跳動:眼跳／心怦怦地跳。

撲騰 跳動:網上來的魚還不停地撲騰／我嚇得心裡直撲騰。

P5－6 動: 搖擺

搖擺 物體向相反方向來回地動:路邊的樹被風吹得搖擺不停／小船搖擺得厲害。

搖 搖擺;動搖;搖晃:他跳上去,船就向左右搖起來／地動山搖。

搖動 搖擺:一陣風吹來,樹枝搖動起來。

搖撼 搖動:地震時,感到房子在搖撼。

搖盪 搖擺動盪:小船隨波輕輕地搖盪著。

搖曳 搖動;晃盪:柳枝隨風搖曳／油燈搖曳的火焰。

搖晃 搖擺:身子搖晃了幾下／椅子舊了,坐上去就搖晃。

動搖 搖擺;晃動:水中月影動搖／蘆草在微風中動搖。

擺 來回搖動;搖擺:他把胳膊一擺說:「不要問了。」

擺動 來回搖動;搖擺:幾盆花在和風裡微微擺動。

晃動 搖擺;擺動:月光下有兩個人影在晃動。

晃 搖擺;晃動:門外掛的燈籠被風吹得晃來晃去／他不回答,腦袋直晃。

晃盪 搖擺:小船不住地晃盪／桶裡水太滿,一晃盪就流出來了。

晃悠 晃盪:搖籃晃悠起來,孩子不哭了／他走路時身子直晃悠。

悠晃 搖晃:雪花在半空中悠晃。

悠盪 懸空擺動:坐在鞦韆上來回悠盪。

悠 搖盪;悠盪:一隻小猴吊在樹枝上悠來悠去。

顫悠 顫動搖晃:木橋的橋板直顫悠。

P5－7 形: 穩固・動搖

穩 穩固;穩定:柱腳很穩／把桌子放穩。

穩固　安穩而牢固:基礎穩固。

鞏固　堅固;不易動搖:路基非常鞏固/我軍陣地鞏固。

穩定　穩固安定,沒有變動:水位穩定/機器性能穩定/形勢穩定。

固定　不變動或不移動的:固定工作/固定資產。

恆定　永遠固定的:恆定溫度。

穩如泰山＊　形容事物穩固得像泰山一樣。也說**安如泰山**＊。

根深蒂固＊　比喻基礎穩固,不可動搖。

動搖　不穩固;不堅定:基礎動搖/立場動搖。

P5－8 動： 轉動‧旋轉

轉動　物體圍繞一個中心點或軸運動:車輪轉動/機器轉動。

轉　❶轉動;旋轉:水磨轉得很快/車太重,車輪拉不轉。❷繞著某物移動;打轉:轉圈子/孩子跟著媽媽滿屋裡轉。

轉悠　轉游　轉動:眼珠子直轉悠。

旋轉　轉動:地球繞太陽旋轉/車輪在飛速地旋轉。

旋　旋轉:迴旋/天旋地轉/把油燈的帶子旋高。

運轉　有規則地轉動;旋轉:工地上各種機器照常運轉。

打轉　旋動;轉來轉去:一陣旋風在這路口打轉。

打旋　旋轉;兜圈子:滾燙的風挾著沙土打旋/賽車失控,就地打旋。

盤旋　旋轉;打轉:一架飛機在村子上空盤旋/兩顆淚珠在眼中盤旋。

迴旋　❶旋轉;盤旋:大樹林裡楓葉在風中迴旋/老鷹在空中迴旋。❷回環旋繞:畫廊迴旋。

縈繞　盤旋往復:村外溪水縈繞/憂慮縈繞在他的心頭。

縈回　縈繞;環繞:泉石縈回/一件難忘的事一直在我腦中縈回著。

繚繞　盤繞旋轉:香煙繚繞/雲霧繚繞/歌聲繚繞。

旋繞　繚繞:炊煙旋繞。

盤繞　圍繞;環繞:樹叢中茅草葛藤相互盤繞/烏黑的頭髮盤繞在額角上。

繞　❶圍著轉動:繞場一週/繞圈子。❷繚繞:雲遮霧繞。

P5－9 動： 滾動‧滑動

滾動　物體連續翻轉著移動:球在地上滾動/葉片上滾動著水珠。

滾　翻轉;滾動:一塊大石頭從山坡滾下來/臉上滾著兩顆淚珠。

骨碌　滾動:皮球骨碌到樓下去了/他一骨碌站起身來。

翻滾　❶上下滾動:江水被尾輪攪得翻滾/鍋裡的油燒得翻滾。❷來迴轉動:痛得他在床上翻滾。

翻騰　❶上下滾動:波浪翻騰/四海翻騰雲水怒。❷轉動:他來回翻騰,不住地嘆氣。

滑動　貼著物體表面移動:火車在軌道上滑動了一陣,才慢慢停下來/他踩在瓜皮上,一滑動險些跌倒。

滑　滑動:滑了一跤/艄公掌著槳,讓小船輕巧地滑到對岸。

滑行　滑動前進。也指依靠慣性前進:雪橇在冰上飛快地滑行/飛機在跑道上滑行。

溜　滑動;滑落:溜冰/雨後地滑,從山上溜下去也不會跌傷。

P5－10 動： 翻動

翻動　改變物體原來位置,上下或內外交換朝向:翻動田裡的泥土/樹上的葉子在秋風中翻動。

翻　物體上下或內外交換朝向;反轉來;顛倒:車翻了/他把手裡的東西翻個面仔細看。

翻轉 ❶翻過來:翻轉身來／有的篾條不是平貼著,而是翻轉著編織的。❷翻來轉去:他在床上左右翻轉,沒有睡著。

翻覆 ❶翻過來;反轉來:車輛翻覆。❷來回翻動:夜間翻覆,不能成眠。

翻來覆去* 形容身體不斷地翻轉。也形容動作多次重複。

顛倒 跟原有的或應有的位置上下或前後相反:架上的東西放顛倒了／是非不能顛倒。

顛來倒去* 翻來覆去。形容多次重複同一件事。

反 翻轉;顛倒:輾轉反側／易如反掌。

反轉來 反過來:群眾會反轉來擁護你們。

倒 位置、方向、順序等上下或前後顛倒:箱子底朝上,放倒了／幾本書的順序排倒了。

P5－11 動: 掉轉

掉轉 改換到相反方向:掉轉船頭靠岸／汽車掉轉方向開走了。

轉 掉轉:風向轉了／他轉身就走。

掉 掉轉;翻轉:把車掉個頭／她把棉褲翻過來、掉過去地看。

掉頭 掉轉(車、船等改換到相反方向):飛機掉頭向北飛回去了。

迴轉 掉轉:迴轉車身往後開／他聽見腳步聲,迴轉頭來。

回 掉轉:他頭也不回,逕自走了。

扭轉 掉轉:用力扭轉駕駛盤,避免了一場撞車事故。

扭 掉轉:她扭過臉不看他。

倒 向相反方向移動:司機正在向後倒車。

倒轉 轉到相反方向:戰艦倒轉了炮身。

P5－12 動: 落·倒

落 物體因失去支持而從原來的位置向下移動:樹葉落了／車上的貨箱落到地上。

墜落 落;掉下:被擊中的敵機墜落在大海裏／手一抖,酒瓶墜落在地上。

墜 落:墜地／墜入陷阱。

跌 落下:大樓窗子被震得跌到地上／飛機從半空跌下來。

跌落 落下:風箏斷了線,跌落下來。

損落 (星體等)從高空掉下:巨星隕落。

散落 分散地落下:抱著的書全散落在地上。

飄落 飄飛著落下:雪花紛紛揚揚地飄落下來。

掉 落:掉眼淚／掉雪花了。

墮 落:墮淚／墮入雲霧中。

摔 物體從高處落下:敵機被擊中摔下來了／手中茶杯摔在地上。

倒 直立的東西橫下來:大風颳倒了電線桿／院牆倒了一塊。

倒塌 (建築物)倒下來:房屋倒塌／牆垣倒塌。

塌 倒塌;陷下:遇上大雨,這房子要塌的／河灘塌了幾尺。

坍塌 倒塌:防洪牆坍塌／河岸坍塌。

坍 倒塌;崩壞:房子被震坍了。

崩塌 崩裂倒塌:岩石崩塌。

垮 倒;坍塌:大水沖垮了堤壩／橋架得很結實,走的人多,它也垮不了。

塌架 (房屋)等倒塌。

塌方 土石方塌陷。道路、堤壩和河岸旁邊的坡地、山坡或隧道、坑道的頂部突然坍塌:前面公路有幾處塌方,車過不去了。也說坍方。

傾倒 倒塌;倒下:這座古塔隨時有傾倒的危險。

傾 倒塌:大廈將傾。

傾覆 倒塌;翻倒:屋宇傾覆／航船傾覆。

P5－13 動: 升·降

升 由低處向高處移動:朝陽初升／氣球升空。

上升 由低往高移動;升高:水位上升／水蒸氣上升／溫度上升。

回升 下降後又上升:水位回升／氣溫回升。

升騰　上升;升高:煙霧升騰。

騰　上升:飛騰/廣場上騰起歡快的歌聲。

漲　水位上升:水漲船高/河水暴漲。

起　由下向上升:風吹浪起/一幢大樓平地而
　　起。

上　由低處往高處移動;升起:上山/上樓。

降　❶從高處往低處移動;落下:降雨/氣溫下
　　降。❷使落下:降旗/降級。

下降　❶向低處移動;降下:順山坡下降/飛機
　　自高空下降。❷程度、數量等降低:體溫下降
　　/成本下降。

下　下降;落下:下樓/下山/天下起了雨。

下跌　下降:水位下跌/物價下跌。

落　下降:落潮了/太陽落山了/糧價落了。

降落　落下:岔道外面降落了黃色的信號旗/飛
　　機降落在跑道上。

下落　下降:洪水下落了。

低落　下降:河水低落/價格低落/情緒低落。

回落　上漲後下降:水位回落/物價回落。

跌落　❶物體往下落:肩上的布包跌落在地上。
　　❷價格、產量等降低:糧價跌落。

降低　下降;使下降:品質降低/降低標準/降低
　　成本。

升降　上升和下降:電梯升降。

起落　升起和降落:飛機起落/思潮起落。

起伏　一起一落:群山起伏/起伏的鼾聲。

P5-14　動:　豎立・倒立

豎立　物體垂直地立起:山上豎立著一塊石碑/
　　大字招牌豎立在高樓頂上。

豎　使物體直著立起:在大門前豎根旗杆。

直立　(物或人體)跟地面垂直立著:成列的白楊
　　樹直立在公路兩旁/年老背彎,不能直立。

聳立　高高地直立:萬丈高山聳立在大河兩岸。

聳　聳立:高聳入雲/圍牆四角是四座高聳的炮
　　樓。

矗　〈書〉高聳;向上直立:上矗霄漢/他這次回
　　來,校門旁已矗起一座高樓。

矗立　聳立:一根旗杆矗立在廣場中央。

挺立　直立:一棵參天大樹挺立在田野裡。

屹立　高聳直立:巍然屹立/兩岸石壁屹立。

峙立　屹立;並立:幾個橋墩已搶出水面,峙立江
　　心。

峙　〈書〉聳立;屹立:一山飛峙大江邊。

壁立　像牆一樣的陡立:懸崖壁立。

陡立　山峰、建築等高聳直立:峭壁陡立。

兀立　直立:燈塔兀立在崖岸上。

倒立　物體頂端朝下豎立:折疊梯靠牆倒立著。

P5-15　動:　翹・垂

翹　物體的一端向上昂起:鞋頭向上翹/跳板的
　　一頭翹起來了/翹尾巴。

撅　翹起:撅嘴/撅起屁股來。

垂　物體的一端往下掛:柳絲低垂水面/瓜架上
　　垂著三四個南瓜/垂涎三尺。

墜　物體下垂;吊在下面:穀穗墜下了頭/他腰
　　後墜著一條手巾。

下垂　向下垂掛:穀穗沈甸甸地下垂著/兩手下
　　垂/滿臉下垂著淚珠。

低垂　下垂;低低垂下:她的頭低垂,眼皮也低垂
　　著/柳條低垂/暮靄低垂。

耷拉　下垂:高粱的黃葉耷拉下來了/他的頭漸
　　漸耷拉下去。

披散　散開下垂:她頭髮披散,滿臉淚痕。

P5-16　動:　伸・縮

伸　(物體或肢體)伸展:大吊車伸著長長的起重
　　臂/伸手。

伸展　向一定方向延長或擴大:山腳下伸展著一
　　片麥田。

延伸　延長;伸展:小路彎彎地延伸到村頭上。

延長　向長的方面伸展:這條公路延長了五十多

公里。

延 延長；伸展：延年／延壽／延頸企踵。

擴展 向外延伸：城鎮不斷擴展。

舒展 伸展；展開：他的眉頭舒展了／雄鷹舒展
著雙翼。

舒 伸；伸展：他慢慢地舒出三個手指來。

縮 沒有伸出；退回去：縮手／縮著脖子／匪徒們
縮到沙丘後面去了。

伸縮 ❶伸出和縮進：新建的舞臺能自動伸縮。
❷比喻在一定範圍內的變動：事情已經沒有
伸縮的餘地。

舒卷 舒展和捲縮：雲霞舒卷。

P5－17 動： 張·合
（參見 J5－7 開·關·鎖）

張 使合攏的東西分開：他嘴張了一張，沒有說
話／你不該張口傷人。

展開 伸展開去：把一幅畫展開給客人看。

展 張開；伸展：展翅高飛／愁眉不展。

裂 〈方〉東西的兩部分向兩側分開：他衣服沒扣
好，就裂著走出去。

合 並攏在一起：合上書／合不攏嘴／合上閘門。

合攏 合在一起；閉合：兩手合攏／睏極了，眼皮
不自覺地合攏了。

翕張 〈書〉一開一合：他的前胸起伏翕張得很厲
害。

翕動 〈書〉一開一合地動：她的鼻孔翕動著，深
深地吸了一口氣。

P5－18 動： 聚集

聚集 人或事物集中起來；湊在一起：聚集力量／
聚集人才／歡呼的群眾都聚集到主席臺前。

集聚 聚集；會合：閱報欄前集聚著一群人／車
棚裡集聚著成百輛自行車。

聚合 分散的人或物聚集在一起：星散了的隊
伍，陸續地聚合起來／運來的石子聚合成小山
似的一大堆。

集 會合；聚合：集郵／集資／集腋成裘／大家都
集在堂屋裡面。

聚 聚集；會合：聚居／聚精會神／歡聚一堂／門
前聚了一些人在閒談。

集合 使分散的人或物聚在一起：集合的哨子聲
響了／文藝界人士集合成立一個聯誼會。

集中 把分散的匯聚到一起：集中人力物力／集
中群眾意見／高層建築都集中在這個地區。

聚攏 聚集到一起：集市上人們聚攏到一起／天
空的烏雲漸漸聚攏了。

雲集 比喻許多人或物從各方面來，聚集在一
起：全運會前夕，體育健兒雲集首都／千帆雲
集。

密集 稠密地聚集：人口密集／艦艇密集／清掃
蚊蠅密集的角落。

叢集 很多事物聚集一起：百事叢集／市中心是
機關、銀行叢集的地方。

會合 聚集；聚合：兩支隊伍會合了／數不盡的
人群會合成一條急流，擁向足球場。

匯合 水流會合。泛指聚集；會合：幾條小溪在
山腳匯合／長江與嘉陵江匯合後，江面突然開
闊／把各地抵抗力量匯合在一起。

會 聚合；會合：會診／會審／大家會齊了一起
走。

會集 聚集；會合在一起：各方英雄好漢會集一
堂／千里淮海平原，會集了百萬大軍。

彙集 會集。也指水流會合：彙集資料／彙集人
才／一道小河彙集了萬山細流。

會聚 聚集；會合：這裡是東面、西面、北面三道
大嶺會聚的地方。也作匯聚。

薈萃 （有才能的人或精美的事物）會集：英才薈
萃／展覽會上新產品薈萃。

湊 聚集：湊了一筆錢／孩子們湊到一起玩起
來。

湊合 聚集：下課後大家湊合在一起玩／各家出的錢湊合起來足有四百元。

湊集 聚集：湊集了幾個人／一切費用由大家來湊集。

湊攏 湊合；湊集：請大伙兒湊攏向前一些／這筆款子是朋友們賣東西湊攏的。

歸攏 把分散著的東西集中在一起：請把用好的工具歸攏歸攏。

P5－19 動：　分散·分開

分散 聚集在一起的事物向各處分開：斷裂的水泥板碎塊分散在地上／同學們分散到全國各地／注意力不要分散。

分開 使人或物不聚在一起：兄弟二人已分開住／這兩種貨物要分開運輸／內容和形式不能機械地分開。

分離 分開：身首分離／從空氣中分離氧氣／文學和日常生活不可分離。

分 使整體事物離開成兩個或許多部分；分開；分散：把瓜分成兩半／全班級分三個小組／四分五裂。

散 ❶由聚集而分離，分散：散會／一哄而散／風流雲散。❷散布：散傳單／天女散花。

散開 向四處分散：天上烏雲開始慢慢散開／圍觀的人逐漸散開。

散布 分散到各處：幾千萬華僑散布世界各地／蒲公英種子到處散布著。

散落 零星散布：羊群散落在草原上／稀疏的樹林裡散落著幾頂帳蓬。

四散 向四面分散：火苗四散，映紅了周圍的房屋／羊群四散在山坡上。

雲散 像雲那樣四處分散：舊日的同學好友，早已雲散。

星散 像星星那樣分散各處；四散：人們拋棄了一切，星散了，逃走了。

飄散 飄動散開：點點楊花，隨風飄散／庭院裡馥鬱的花香飄散到每個角落。

擴散 向四處擴大分散：癌細胞已經擴散／錯誤的言論不能擴散。

疏散 將密集的人或物分散開：疏散城市人口／先把車輛疏散到後方，免遭轟炸。

拆散 使家庭、集體成員分散：拆散一家骨肉／拆散合夥關係。

P5－20 動：　連接

連接 聯接 ❶互相銜接；合成一塊：這座大橋連接兩岸的幾條要道／兩塊麥田連接成一片。❷使連接：作品就像連接作者和讀者的一座橋。

連 連接：水天相連／兩所房屋連在一起。

接 連接，使連接：節目一個接一個／把電線接上／他半天接不上氣來。

接合 連接在一起：兩塊木板接合得很嚴密。

銜接 事物相互連接：把公路和鐵路銜接起來／湖邊遊船，前後銜接／上下文相銜接。

密接 緊密連接：行軍時不可密接，要保持相當的間隔。

交接 連接；接合：夏秋交接的季節／江口是江水、海水交接的地方。

連貫 聯貫 連接貫通：這條鐵路連貫南北五省的交通／文義前後不能連貫。

連通 連接相通：山洞很深，有路連通／兩間連通的客廳。

通連 連通：前廳有地道和密室通連。

聯結 結合在一起：咱倆的命運聯結在一起。

連屬 連接；聯結：兩處房屋相互連屬／思路不能連屬。

連綴 連接；聯結：連綴成篇／上下兩句不相連綴。

綴合 連綴；組合：把幾個片斷綴合成一個完整的故事。

貫通 連接；溝通：鐵路全線貫通／山洞上下貫

通。

貫 貫連:學貫中西。

通 連接;連通:溝通/通郵/心有靈犀一點通。

溝通 使彼此通連:溝通思想感情/溝通兩國文化。

接軌 比喻兩方面事物的性質、水準相當,可以銜接溝通,互相交流:E 時代已來臨,網路社區成為新主流,日後全球各地的社區必能互相接軌。

P5－21 動:　合併

合併 由若干部分連接成一整體:這兩所學校早就合併了/幾個問題合併起來研究。

合 合併:同心合力/兩股力量合在一起。

拼合 連成一體;合在一起:土壇是由五種顏色的土拼合起來的/你們願意和誰在一起,就自己去拼合吧。

拼 拼合:把兩塊板組成一塊。

拼湊 把零碎的合在一起:他註冊的學費還是同學們拼湊的/這件嬰兒的衣服是用碎布拼湊成的。

拼綴 拼合;連綴:這首長詩竟是一些冷僻費解的詞語拼綴成的。

湊搭 拼湊:不過是隨意拿些東西湊搭湊搭罷了。

湊合 拼湊:他的報告是開會前才臨時湊合起來的。

雜湊 不同的人或不同的事物湊合在一起:他們是個雜湊的戲班子,不大會叫座。

生湊 勉強拼湊:這篇文章東拉西扯,簡直是生湊。

七拼八湊＊ 把零碎的東西勉強拼湊起來。

東拼西湊＊ 從各方面把零星事物拼湊在一起。

並 合在一起;合併:裁並/並力/兩個學校並為一校。

歸併 ❶合併:把代表們的各種意見歸併成三個問題。❷並入:把上月的賬歸併到下個月賬裡。

歸總 歸併;總共:先把大家的意見歸總一下/歸總就這麼點事兒。

合攏 合在一起:合攏兩個手掌摩擦著/眼皮一夜沒有合攏。

合成 由幾個部分合併成一個整體:臉上的灰土和汗水合成了泥/幾個不同姓的人合成一家。

組合 組織成為一個整體:這臺機器由幾百個零件組合而成。

組接 組合;連接:製作電影要把拍攝的鏡頭組接起來。

P5－22 動:　分裂

分裂 ❶整體的事物分開:細胞分裂/花盆分裂成兩半。❷使整體的事物分開:分裂疆土/分裂群眾組織。

劃分 把整體分成幾個部分:小房間用隔板劃分為二/產權劃分清楚地段/劃分文章段落。

分解 ❶整體的各個組成部分分開:分解肢體/用稜鏡分解光線。❷瓦解;分化:促使不法集團內部分解。

瓦解 ❶瓦片碎裂。比喻崩潰、分裂:敵軍已全線瓦解/恐怖分子因內訌,已面臨瓦解。❷使崩潰、分裂:對敵宣傳要側重瓦解敵人。

解體 瓦解:敵人設置的壁壘,已完全解體/傳統產業若不力求科技化,將面臨解體的命運。

解 分開;分割:解剖/分解/土崩瓦解。

崩潰 完全破壞;瓦解:不法集團的作案計畫,已被警方徹底崩潰了/他的精神和體力似乎完全崩潰了。

分割 把整體或有聯繫的事物強行分開:廟宇的圍牆幾乎把縣城分割成兩半/宣傳工作和組織工作不可分割。

割裂 分割開:敵軍企圖割裂我軍陣地/不能割裂中國詩歌發展的傳統。

脫節 原來連接著的事物分開或失去聯繫:生產和銷售脫節／上下級之間脫節。

四分五裂 * 形容徹底分裂,分散,不統一。

分崩離析 * 破裂散開。形容國家或集團分裂瓦解,不可收拾。

P5－23 動： 凸起・凹陷

凸起 比周圍高起來:胳臂上青筋凸起。

凸出 凸起;高出:凸出水面／中心凸出。

隆起 凸起:隆起胸部。

突起 凸起;高聳:奇峰突起／顴骨高高地突起。

突出 隆起;凸出:兩眼突出／一些突出湖面的岩石。

崛起 突起;聳起:一個小島崛起在廣闊天涯的大海中。

鼓 凸起:額頭上鼓一個包／鼓起嘴來。

暴 凸出;鼓起:他扭頭暴筋,睜著眼看我／他眼睛有一點暴。

凹陷 向內或向下凹進去:地面凹陷下去一尺多深／她面色蒼白,眼睛也有些凹陷。

陷 凹進去;凹陷:她病得眼睛都陷進去了。

凹入 向內凹進去:走到了一段凹入的河岸／高顴骨上嵌著一對凹入的大眼睛。

陷落 物體表面一部分向裡面凹進去:地殼陷落形成了盆地／他病得脖子的兩側深深陷落。

塌 凹入:塌鼻梁／瘦得腮幫子都塌下去了。

P5－24 動： 撞・碰・接觸

撞 運動著的物體突然接觸到別的物體:兩輛汽車相撞／他一轉身把小孩撞倒了。

碰 ❶一物體接觸另一物體:油漆未乾,不要碰著／她感到一個毛茸茸的東西碰到後頸上。❷撞,相撞:茶杯掉在地上,碰碎了／頭碰破了皮。

擊 碰;接觸:撞擊／目擊／肩摩轂擊。

磕 碰;與較硬的東西相撞:磕去煙斗的煙灰／跌了一跤,磕掉兩顆牙。

冲 猛烈地撞擊:海水把岩石冲出了個凹坑。

衝擊 水流等撞擊物體:海浪衝擊著岩石。

冲刷 水流衝擊:冲刷汽車／岩石上留下海水冲刷的痕跡。

拍 撞擊;衝擊:老鴉拍翼／驚濤拍岸,捲起千堆雪。

衝撞 撞擊:海水衝撞礁石,激起四濺的浪花。

撞擊 猛然碰撞:鐵錘撞擊著鋼釺。

磕碰 (物體)互相碰撞:玻璃杯經不起這樣磕碰。

觸 ❶碰;撞:觸礁／我用手觸一觸他,勸他不要說下去。❷接觸:觸電／觸目皆是／觸景生情。

接觸 兩物體相挨上;碰到:兩根裸露的電線接觸,爆出了火花／不要用手接觸有毒的藥品。

沾 稍微接觸或挨上:生病臥床,一個月腳不沾地／他向來煙酒不沾。

沾手 碰;接觸:每次做飯,都是婆婆親自舀米,不許她沾手。

擦 挨著或貼近:擦肩而過／他怕被人看見,擦著牆走。

蹭 因擦到而沾上:衣服上蹭了一片油污。

觸動 碰撞:無意中觸動了開關。

硌 硬物觸著人體使人感到難受或受到損傷:黃米餅子硬得能硌掉牙／被一塊小石子硌痛了腳。

點 觸到物體後立即離開:蜻蜓點水。

著 接觸;挨上:腳尖著地／不著邊際。

貼 緊挨;靠近:兩家屋子緊貼在一起／貼牆站著一個人。

拂 輕輕地擦過:春風拂面。

掠 輕輕擦過;拂過:大風掠過海邊的村莊／她用手掠一下垂肩的長髮。

P5－25 動： 卡

卡 夾在中間,不能活動:柴刀卡在樹根裡,抽不

出來／槍彈卡殼了。

搰〈方〉卡住：抽屜搰住了，拉不動。

叉〈方〉卡住：前面路窄，車叉住了。

鯁魚骨頭等卡在喉嚨裡。

P5－26 動、名：　摩擦‧潤滑

摩擦❶〔動〕兩個物體緊密接觸來回移動：摩擦生電。❷〔名〕緊密接觸的物體在接觸面上相對運動時發生阻礙運動作用的現象。也作**磨擦**。

滑動摩擦〔名〕物體作相對滑動時產生的摩擦。產生的摩擦力大於滾動摩擦的摩擦力。

滾動摩擦〔名〕物體在另一種物體上滾動時產生的摩擦。產生的摩擦力小於滑動摩擦的摩擦力。

磨蹭〔動〕輕微地摩擦：她慢慢地磨蹭，把綁在手上的繩子鬆了。

磨〔動〕摩擦：手上磨出了血泡。

摩〔動〕摩擦：摩拳擦掌／肩臂相摩。

擦〔動〕摩擦：擦火柴／把褲子擦破了。

蹭〔動〕摩擦：手蹭掉了一塊皮。

潤滑〔動〕在物體發生摩擦處加油脂等，以便於運動，減少阻力：加點機油，讓齒輪潤滑。

P5－27 動：　附著

附著較小的物體黏著、依附在較大的物體上：露珠附著在花和葉上／病人用過的衣物有病菌附著在上面。

附附著：眼淚附在她眼瞼上不曾滴下／皮之不存，毛將焉附？

附麗〈書〉附著；依附：無所附麗／沒有健康的軀體，靈魂何由附麗？

黏附一物體附著在另一物體上：這些小東西就黏附在礁石上。

依附附著；緊貼：蔦蘿依附在竹籬上／山脊上一條小路依附著懸崖通到山後面去。

巴緊貼；附著：他巴著門縫兒往外看／壁虎巴在牆上。

沾因接觸而被附著：兩手沾滿了麵粉／拍打沾在衣襟上的柴草。

沾染因接觸而附著上了不好的東西：手要接觸一切東西，不可避免地會沾染各種細菌。

P5－28 動：　遮蔽‧裸露

遮蔽一物體處於另一物體的某一方位，使後者不易被看到：月亮被烏雲遮蔽了／前面的房子遮蔽了視線。

遮遮蔽：濃密的樹葉遮住了陽光。

遮蓋從上面或外面遮住：大雪遮蓋了田野／用油布把車上的貨遮蓋上。

遮擋遮蔽；阻擋：遮擋風雪。

遮攔遮擋：衣袖短到不能遮攔腕肘。

遮掩遮蔽；掩蓋：月亮被暗灰色的雲遮掩了／他用衣服遮掩燈光，不使漏向四周去。

掩蔽遮蔽；隱藏：增援部隊掩蔽在樹林裡。

掩蓋遮蓋：綠蔭掩蓋著整個巷子／大雪掩蓋了足迹。

障蔽遮蔽；遮蓋：山頭被雲霧障蔽，看不清樹木。

屏蔽遮擋；衛護：屏蔽江南。

屏障遮蔽；保護：屏障東北的門戶。

蔭蔽遮蔽；隱蔽：滿山崗的樹林，蔭蔽著一個鄉村和它的居民／準備工作在非常蔭蔽地進行著。

蔭翳蔭蔽：他們走到椰樹蔭翳的井邊。

蔭遮蔽；遮蓋：院子裡給楊柳蔭得不見太陽。

掩遮蔽；掩蓋：掩面哭泣／掩耳盜鈴／把種子掩上土。

蔽遮蓋；遮擋：衣不蔽體／烏雲蔽日。

擋遮蔽：請站開點兒，不要擋住陽光。

蓋遮蔽；覆蓋：蓋上鍋蓋／積雪蓋了地面。

覆蓋從上面遮蔽；遮蓋：厚厚的一層落葉覆蓋著面／短髮覆蓋著前額。

覆　覆蓋;遮蔽:天覆地載。

籠罩　罩住;遮蓋:大霧籠罩在河面上。

罩　遮蓋;套在外面:伸開五指將碟子罩住／棉
　　襖外面罩了一件布褂子。

籠　籠罩;遮蔽。

裸露　沒有東西遮蓋;露在外頭:裸露著雙臂／
　　裸露出地面的煤層。

暴露　露在外頭,無所隱蔽:暴露在草坪上／暴
　　露在初秋的陽光下。

袒露　裸露;沒有遮蓋:袒露雙肩／他看見袒露
　　在斜坡下樓頂上的情景。

P5－29 動： 圍繞·纏繞

圍繞　❶以某一物體爲中心,在其周圍轉動;包
　　圍:地球圍繞著太陽轉／四周有綠樹圍繞／飛
　　機穿出雲層,圍繞著山頭盤旋。❷以某件事
　　情或問題作中心:農村各項工作都要圍繞著
　　農業生產中心。

環繞　圍繞:群山環繞／行星環繞太陽運行。

圍　圍繞;包圍:幾個人圍著方桌坐下／城被圍
　　得水泄不通。

環　圍繞:環球飛行／四面環山。

回環　環繞:村前綠水回環。

包圍　四面攔擋起來,使內外不通:別墅包圍在
　　綠樹叢中／敵軍據點已被我們包圍。

包　包圍;圍繞:村子四面被大水包住了／我軍
　　分兩路包過去。

圈　圍:用籬笆把菜田圈起來。

纏繞　條狀物圍繞在別的物體上:牽牛花纏繞著
　　籬笆,向上生長著。

盤繞　曲折地圍繞在別的物體上:小路盤繞在山
　　腰上。

纏　纏繞:頭上纏著紅布。

繞　❶纏繞:繞線／雲遮霧繞。❷圍繞;環繞:繞
　　樹三匝,何枝可棲／繞場一週。

糾纏　纏繞;交互纏繞:毛線糾纏在一起。

糾結　糾纏:樹枝糾結。

扭結　纏繞:許多線頭扭結在一起,很難解開。

絡　纏繞:絡紗／絡絲。

P5－30 動： 交叉

交叉　不同方向的線條,通過同一處或互相穿
　　過:交叉點／道路縱橫交叉／用亂樹枝交叉擋
　　住路口。

交　交叉;交錯:兩線交於一點／兩手交在背後。

相交　互相交叉:兩條鐵路在里約相交。

交錯　交叉:縱橫交錯／燈光下人影交錯。

參錯　參差交錯:樹影參錯滿窗。

闌干　縱橫交叉:星斗闌干。

交織　縱橫交錯或錯綜複雜地糾結在一起:密密
　　的綠葉交織在一起／日光水光、山影雲影交織
　　成一片。

犬牙交錯*　像狗牙一樣參錯不齊,多用來形容
　　分界線曲折錯雜。

P5－31 動： 混雜

混雜　不同的事物混合、攙和在一起:煙味、酒味
　　混雜在一起／提防隊伍裡有壞人混雜。

混　混雜:歌聲、笑聲混成一片／把選好的稻種
　　弄混了。

雜　混雜:夾雜／穀粒中還雜著石子和草籽。

混合　不同的物質攙和在一起:毛麻纖維按比例
　　混合。

攙和　把不同的東西混合在一起:火藥裡攙和了
　　灰土,不能使用。

攙合　混合;攙和:李俊主把攙合了牽機藥的毒
　　酒喝了下去。

攙兌　攙和:把酒精跟水攙兌起來。

攙　攙和;混雜:攙假／這是好酒,一點水也沒
　　攙。

攙雜　摻雜　混雜:馬蹄聲、車輪聲、機翼聲攙雜
　　在一起／別把不同規格的零件攙雜起來。

屬雜　攙雜;混雜:有遊手好閒的人屬雜在裡面。

淆雜　混雜:良莠淆雜。

夾雜　混雜:雨中夾雜著冰雹/發言請不要夾雜個人的情緒。

夾　夾雜;攙雜:風聲夾著雨聲。

錯雜　交錯夾雜:紡車聲高低錯雜,很不整齊。

間雜　夾雜;混雜:歌聲中間雜著笑語聲。

雜糅　混雜:新舊雜糅/寫文章要避免文白雜糅。

糅雜　混雜:所輯詩文,類目過多,瑣屑糅雜。

糅合　攙雜;混合:作者把歷史和傳說、事實和幻想糅合在一起。

攪和　混合;攙雜:驚嚇、擔憂、暈眩、寒冷,種種感覺攪和在一起,使她不能入睡。

攪混　混合:粌米和粳米攪混在一起了/腳步聲、呼叫聲攪混成一片。

插花　夾雜;攙雜:這個地區有好幾個民族插花居住著。

夾七夾八＊　形容事物攙雜混亂。也形容言語行動沒有條理。

雜七雜八＊　形容事物不純而混雜。

泥沙俱下＊　泥和沙混雜著隨水一起流下。多比喻好人、壞人或好事、壞事混雜在一起。

魚龍混雜＊　比喻好人、壞人混雜在一起。

P5－32　動:　流動‧凝滯
（參見 A6－19(水)流動）

流動　液體或氣體移動:湖水靜靜地流動著/一股冷空氣向南流動。

流　水或其他液體移動:汗流滿面/血流不止/一股泉水從山裡流出。

流淌　液體流動:溪水緩緩地流淌著/汗水不住地流淌。

淌　流;向下流:臉上的汗水直往下淌/她每天都在淌眼淚。

流通　流動通暢:空氣流通/血液流通。

凝滯　停止流動;不能靈活流動:她的血液好像凝滯不流了/滿天凝滯著黑雲。

淤滯　凝滯;不流通:河道淤滯/血液淤滯。

沈滯　凝滯;不流暢:空氣沈滯。

P5－33　動:　泡‧浸‧潤

泡　較長時間地放在液體中:泡一碗茶/把藥泡在酒裡/兩手在肥皂水裡泡得發白。

浸　❶泡:衣服要多浸一陣子再洗。❷液體或氣體滲入:短衫讓汗浸濕了/寒氣透過衣服浸到身上來。

浸泡　泡:浸泡種子。□**泡浸**。

浸漬　浸泡;滲透:用鹽水浸漬蒜瓣。

浸透　泡在液體中而被滲透:汗水浸透了衣服/衣袋裡的信已被雨水浸透。

浸潤　❶逐漸滲入:宣紙上的水彩,慢慢地浸潤開來。❷滋潤:細雨浸潤秧苗。

沈浸　浸在水中。也多比喻處在某種境界或思想活動中:沈浸在無休止的淚水裡/沈浸在勝利的歡樂中。□**浸沈**。

淹沒　水面蓋過物體:潮水淹沒了海灘/整個村莊都被大水淹沒了。

淹　淹沒:田被水淹了/淹死了兩個人。

漬　浸;泡:浸漬/白襯衣被汗水漬黃了。

漚　長時間浸泡:漚麻/漚肥/老媽媽的雙眼被那年年月月的淚水漚瞎了。

潤　給物體加油或水,使不乾枯:潤喉/潤膚/雨水把花蕾的香氣潤出來了。

滋潤　增添水分,使不乾枯:雨露滋潤禾苗壯。

潤澤　滋潤使不乾枯:加油潤澤齒輪/雨水潤澤乾枯的草地。

P5－34　動:　沈‧陷

沈　❶物體在水中往下落;物體墜落:把敵船擊沈了/沈入海底/太陽正在西沈。❷物體往

下陷:地面下沈。

沈沒　物體全部沈入水中:客輪遇風暴沈沒。

沒　❶沈沒:沒入水中。❷漫過或蓋過(人或物):沒腰深的大水／又高又密的野草沒到腿彎上。

沈澱　液體中的難溶解物質沈到底部:一杯河水沈澱下來,倒有半杯泥漿。

沈積　河流中的泥沙等沈澱積聚在低處:湖底沈積了許多泥沙。

淤積　沈積:河口泥沙淤積。

淤　淤積:雨後院子裡淤了一層泥。

冲積　泥沙被水流冲下帶到低處沈積:冲積平原。

陷　落入鬆軟的物體中;下沈:汽車陷在泥坑裡／陷入火坑。

陷落　陷入;下沈:地殼陷落／陷落深淵／陷落在不幸的命運裡。

陷沒　陷入;沈沒:全身陷沒在爛泥潭裡。

沈陷　地面或建築物的基礎陷下去:古塔的底座向下沈陷了很多。

P5－35 動:　漂‧浮

漂　漂浮;漂動:江心一條小船漂來漂去／菜湯麵上漂著幾滴油珠。

漂浮　飄浮　在液體表面或空氣中停留或移動:水面上漂浮著幾片落葉／小船漂浮在大海中／山頂上飄浮著白雲。

漂動　在水面上隨波移動:許多遊船在湖上漂動。

漂流　隨水漂浮流動:一長串木排從上游漂流下來。也作**飄流**。

漂移　漂流移動:竹筏緩緩地向岸邊漂移。

漂游　在水面上漂浮;漂流:帆船在大海裡漂游。

漂蕩　在水中漂動:浮萍隨著流水漂蕩。

浮　漂在液體表面或空中:浮標／浮萍／幾片白雲浮在蔚藍的天空。

懸浮　在液體或氣體中移動而不下沈:池水中懸浮著許多藻類植物／灰塵懸浮在空氣裡。

浮泛　在水上或空中漂浮:群鴨在水上浮泛／一陣陣香味在空氣中浮泛。

浮游　在水上或空中漂浮游動:一群白鵝在河面上浮游。

浮動　漂浮移動;流動:湖面上浮動著大小魚群／天空中滿布浮動的輕雲。

泛　〈書〉漂游:泛舟江上／湯裡面泛著黃色的蛋花。

氽　〈方〉漂浮:船速度減慢,像是順著水氽。

P5－36 動、形:　　飄

飄　〔動〕在空中隨風搖擺、移動或上升:外面飄著雪花／路旁柳絲飄到行人頭上／輕氣球飄上半空。

飄動　〔動〕飄;隨風擺動:風吹進來,窗簾不住地飄動。

飄揚　〔動〕隨風擺動:紅旗飄揚／雪花飄揚。也作**飄颺**。

飄灑　〔動〕❶飄舞著落下:毛毛細雨無聲地飄灑著／大雪在紛紛揚揚地飄灑。❷隨風擺動:一絡白鬍子飄灑在老人胸前。

飄搖　〔動〕隨風搖動:風箏斷了線,飄搖著落下來。也作**飄颻**。

飄盪　〔動〕在空中飄動或水中浮動:垂柳隨風飄盪／一股清新的寒氣在空中飄盪／浮萍隨波飄盪。

飄悠　〔動〕在空中或水面緩緩浮動:船在水面飄悠著／白雲在天上飄悠。

飄舞　〔動〕飄動飛舞:幾片樹葉在風裡飄舞。

飄遊　〔動〕飄動;飄悠:幾片白雲在山頭上空慢慢飄遊。

飄拂　〔動〕輕輕飄動:她的頭上飄拂著紗巾／柳絲在微風中飄拂。

披拂　〔動〕〈書〉飄拂:枝葉披拂／額前披拂著短

短的劉海兒。

飛舞　〔動〕在空中飄揚舞動：雪花飛舞／柳絮飛舞。

飛揚　〔動〕向上飄揚；飛舞：黃沙飛揚／歌聲飛揚。也作**飛颺**。

飛騰　〔動〕迅速地向上飛揚：煙霧飛騰／烈焰飛騰。

輕揚　〔動〕輕輕地飄揚：楊柳輕揚／柳絮輕揚。也作**輕颺**。

招展　〔動〕飄動；擺動：酒旗招展／迎風招展。

飄忽　〔動〕輕快地移動；浮動：雲霧在山間飄忽／行蹤飄忽不定。

飄然　〔形〕飄動的樣子：飄然而去。

裊裊　〔形〕❶細長柔軟的東西隨風飄動的樣子：垂柳裊裊。❷煙氣飄搖上升的樣子：炊煙裊裊。

紛紛揚揚　〔形〕形容雪、花、葉或散片細物紛亂飄揚：鵝毛大雪，紛紛揚揚／大樓上有許多紙片紛紛揚揚落下來。

P5－37 動、形：　滴・濺・噴・淋

滴　〔動〕液體一點一點地落下：汗水滴在泥土上／痛得眼淚直滴／滴眼藥水。

滴溜　〔動〕液體一滴一滴地落下：檐前滴溜著初融的冰水／他一張嘴，口水滴溜下來了。

濺　〔動〕液體等受衝擊向四周迸射：濺起一片浪花／渾身濺上了泥漿。

飛濺　〔動〕迅速地向四周射出：浪花飛濺／血肉飛濺。

噴濺　〔動〕液體受壓力向四周射出：瀑布噴濺著雪白的水花。

四濺　〔動〕向四周迸射：水花四濺／火星四濺。

迸　〔動〕❶向四周濺出；噴射：迸出火星／迸起浪花。❷突然發出：哭聲也一下子迸出來／過了好一陣子，嘴裡才迸出一個字。

迸發　〔動〕❶向四周濺出；噴射：噴泉迸發／迸發出熊熊火焰。❷由內向外突然發出：她埋在內心的感情，一下子迸發出來了。

潰　〔動〕〈方〉濺：鍋裡的油潰出來了。

澎　〔動〕濺出；溢出：澎了一身水／水從堤堰上澎出來。

噴　〔動〕（氣體、液體、粉粒狀固體）受壓力而急速射出：噴水池／吸了一口煙，從鼻孔裡噴出來／一咳嗽，噴了滿桌子飯粒。

噴發　〔動〕噴出；迸發：火山噴發／她滿腔的熱情就要噴發。

噴射　〔動〕氣體、液體、粉粒狀物等受壓力噴出來：煤煙、火屑從鐵爐口向外噴射／用噴霧器噴射農藥。

噴吐　〔動〕東西從口中噴出來。泛指光、火、氣等噴射出來：菜屑伴隨著唾沫從他嘴裡噴吐出來／機槍口不停地噴吐著火舌。

射　〔動〕液體受壓力而迅速沖出：噴射／注射／管子破裂，射了他一身水。

唧　〔動〕噴射液體：用唧筒唧水。

滋　〔動〕〈方〉噴射：這水管子直往外滋水。

淋　〔動〕讓水或其他液體自上落下；澆：日曬雨淋／雨水淋在她的頭髮上。

澆　〔動〕淋；灑：給花澆水／衣服被雨澆濕了。

淋漓　〔形〕沾濕並往下滴水的樣子：大汗淋漓／汗水淋漓。

淋淋　〔形〕液體連續下滴的樣子：濕淋淋的毛巾／鮮血淋淋。

P5－38 動：　漏・滲・冒・潛
（參見 A6－24 漫溢）

漏　❶液體、氣體、光線等從孔隙中流出或透出：油漏掉很多／風從窗洞漏進來／雲縫裡漏出一線日光。❷物體有孔或縫：房子漏了／鉛桶漏水了。

滲　液體慢慢地漏出或透過：這塊地土乾，水滲

得很快/血從綳帶滲出來了。

滲漏　滲透漏出:油箱滲漏/小河的水滲漏掉了,大河裡水就淺了。

滲入　液體滲到物體內部:雨水滲入泥土。

滲透　液體從物體細小的孔隙中透過:鮮血滲透了襯衣/田地滲透了農民的血汗。

透　(液體、氣體、光線等)穿過;通過:舊雨衣透水/門窗都關得很緊,一點也不透氣/從窗簾透出微弱的燈光。

透風　風可以通過;漏風:窗戶透風/沒有不透風的牆。

漏風　器物有孔隙,風可以出入:風箱漏風了/門板有縫兒漏風。

透亮　透過光線:拉開窗簾透亮兒。

沁　氣體、液體等滲入或透出:沁人肺腑/額角上沁出細汗。

沁潤　滲入浸潤:香氣直沁潤到她的心肺裡去。

沁透　滲透:詩裡沁透著詩人愛國的思想感情。

冒　(液體、氣體等)往外透;向上升:冒煙/熱得人直冒汗/泉水從地下冒出。

泛　冒出:山裡泛出清水/臉上泛出紅光。

潽　液體沸騰溢出:稀飯潽出來了。

漾　液體滿而外流:水桶中水漾出來了/眼裡漾著淚珠。

P5－39　動:　熏·刺·嗆等

熏　煙或氣體作用於物體,使變色或沾上氣味:牆被煙熏黑了/滿屋臭味熏得我受不了。也作**薰(薰沐/薰陶)**。

熏　〈方〉有毒氣體使人窒息中毒:被煤氣熏著了。

刺　聲、光、熱等刺激人的感官:刺鼻/刺耳/刺目。

煙　煙霧等刺激眼睛:兩眼都煙得睜不開了。

嗆　有刺激性的氣體進入口、眼、鼻等器官,使人感到難受:炒辣椒的氣味嗆得人直咳嗽/煙灌

進屋裡,嗆人眼睛。

辣　像辣椒、蒜等的味道刺激口、眼、鼻等器官使感到難受:辣得嘴唇都發麻了/眼睛也辣出淚來。

咬　油漆等刺激皮膚作痛或癢:他兩手發癢是被漆咬的/汗水把眼睛咬得澀痛。

殺　〈方〉藥物、汗水等刺激皮膚或黏膜使作痛:汗水殺痛了眼睛/傷口塗了藥殺得慌。

淹　汗液等浸漬皮膚使痛或癢:汗水淹得胳肢窩、肘窩發癢。

P5－40　動:　放散

放散　(煙、氣味等)向外散開:濃煙向四周放散/草和牛糞橫在道上,放散著強烈的氣味。

發　放散:揮發/發散/倉庫裡發出一股氣味。

放　散發;放散:瓶裡的鮮花放著清香。

散　放散;發散:整個房間散滿了香煙氣味。

發散　(光線、氣味、聲音等)向四周放散:汽油燈發散著刺眼的白光/花田夜晚發散出濃烈的香味。

散發　❶(氣味等)放散;發散:野花散發著誘人的清香/她健康的臉色散發著青春的氣息。❷散布;分發:散發傳單。

逸散　(氣體等)釋放;散發:防止有害氣體逸散到空氣中/二氧化碳大量增加,地球熱量不能向外逸散。

放射　(氣味等)散發:夜裡,夜來香還在暗中放射著香氣。

P6　各種物質、物資

P6－1　名:　物資

物資　生活和生產所需要的物質資料:石油是經濟建設的重要物資/物資充裕。

物產　天然出產和人工製造的物品:美國物產豐

富。

物力　可供使用的物資：愛惜人力、物力。

資料　❶生產、生活中需要的各種東西：生產資料/消費資料。❷用作依據的材料：參考資料/技術資料/收集研究資料。

資材　物資和器材：資材匱乏/調劑資材。

資源　物資的天然來源：礦產資源/水力資源/合理利用資源。

P6－2 名：　金屬

金屬　具有光澤、富有延展性，易導電、傳熱的一類物質。在常溫下，除水銀是液體外，其他都是固體，如金、銀、銅、鐵、鋅、錳等。

五金　原指金、銀、銅、鐵、錫五種金屬，現泛指金屬：日用五金。

黑色金屬　工業上對鐵、錳、鉻以及它們的合金（主要指鋼鐵）的統稱。是工業應用最廣泛的金屬材料。

有色金屬　除黑色金屬外的所有金屬的統稱，如金、銀、銅、鋁、鋅等。

鹼金屬　週期表第一類主族元素鋰、鈉、鉀、銣、銫、鈁的總稱。均具銀白色光澤，性質活潑，在自然界以化合物狀態存在，它們的氫氧化物具有強的鹼性。

鹼土金屬　週期表第二類主族元素鈹、鎂、鈣、鍶、鋇、鐳的總稱。它們的氫氧化物的鹼性僅次於鹼金屬。

稀土金屬　即稀土元素（見 P1－4 元素）。

稀有金屬　地殼中貯量少或礦體分散的金屬，如鈹、鉭、鈮、鎵等。多用來冶煉合金。

貴金屬　地殼中儲量很少、不易開採，價格較高的金屬，包括金、銀、鉑、銥等。一般具有很強的化學穩定性、延展性和耐熔性。

重金屬　指比重大於 5 的金屬，如銅、鎳、鎢、金等。

輕金屬　比重小於 5 的金屬，如鋰、鈉、鎂、鋁、鈣等。

合金　由兩種或更多種元素（其中至少有一種是金屬）熔合而成的具有金屬特性的物質。合金的性能往往優於純金屬。

非金屬　一般沒有金屬光澤和延展性，不易導電、傳熱的物質。在常溫下除溴是液體外，其他都是固態或氣態，如硫、磷、氮、氧等。

P6－3 名：　鈉·鎂·鈦·鉻·錳等

鈉　金屬元素，符號 Na。銀白色，質軟，化學性質極活潑，遇水會起猛烈反應並放出氫氣和大量熱量。鈉和它的化合物如食鹽、鹼等在工業上用途很大。

鉀　金屬元素，符號 K。在自然界中以化合態存在，銀白色，質軟。化學性質活潑，遇水會劇烈反應，產生氫氣，並能引起爆炸。鉀是植物所需的營養元素。

鎂　金屬元素，符號 Mg。銀白色，質輕，燃燒時發出眩目白光。鎂粉常用來製造照明彈和焰火。鎂鋁合金質輕，廣泛用作航空器材。

鈣　金屬元素，符號 Ca。白色，自然界中以化合態存在。化學性質活潑。人和動物的骨骼中都含有鈣。鈣的化合物在建築工程和醫藥上用途很廣。

鈦　金屬元素，符號 Ti。銀白色，質硬而輕，有較強耐腐蝕性。鈦合金鋼是新型結構材料，主要用來製造飛機，化工設備及各種機械零件。

鉻　金屬元素，符號 Cr。銀灰色，質硬脆，耐蝕。多用於製造特種合金鋼和鍍在其他金屬表面。

鎢　金屬元素，符號 W。灰色或棕黑色，性硬而脆，能耐高溫。用來製造燈絲和特種合金鋼。

錳　金屬元素，符號 Mn。銀白色，性堅而脆，在濕空氣中易氧化。主要用來製錳鋼等合金。

P6－4 名：　鐵·鋼

鐵　金屬元素，符號 Fe。具有灰色或銀白色光

澤,延展性良好,易磁化,含雜質的鐵在潮濕
的空氣中易生鏽。鐵是煉鋼的主要原料,是現
代工業應用最多的金屬。

鑄鐵　含碳量在百分之二以上的鐵碳合金。含
硫、磷等雜質,質脆,不能鍛壓。是煉鋼和鑄
造的原料。也叫**生鐵;銑鐵**。

鍛鐵　含碳量低於 0.15% 的鐵碳合金,強度較
低,質軟,延性較好,容易鍛造。也叫**熟鐵**。

灰口鐵　碳矽含量較高的生鐵。其中碳成分主
要以片狀石墨形式存在。斷口深灰色。質地
較軟,易切削,多用於鑄造。也叫**灰鐵**。

白口鐵　斷面呈白色的生鐵,其中碳成分主要以
碳化三鐵形式存在。質地硬而脆,難以加工。

球墨鑄鐵　一種生鐵,由於在澆注前加入一定量
的球化劑(如鎂等),使結構中的片狀石墨成
為球狀,因而強度、韌性、延性大大地提高。
可用來代替鑄鋼。

鍍鋅鐵　表面鍍鋅的薄鐵板,不易生鏽。通稱**鉛
鐵;白鐵**。

鍍錫鐵　表面鍍錫的薄鐵板,不易生鏽。多用於
製作罐頭。也叫**馬口鐵**。

洋鐵　舊時指鍍鋅鐵或鍍錫鐵。

鋼　含碳量低於百分之二的鐵碳合金,常含錳、
矽、硫、磷等雜質。鋼比鐵有較高的物理和機
械性能,可以淬火、鍛造、軋製,並可調整成分
來改變性能。是工業上極重要的原材料。

碳素鋼　含一定限量以內碳元素的鋼。按含碳
量的多少,又分為高碳鋼、中碳鋼、低碳鋼。

高碳鋼　含碳量高於 0.6% 的碳素鋼,硬而較脆,
可以淬火。主要用於製造切削刀具。

中碳鋼　含碳量在 0.25－0.6% 之間的碳素鋼。
主要用於製造機器零件和鋼軌。

低碳鋼　含碳量低於 0.25% 的碳素鋼,有韌性,
易加工,不能淬火。主要用於製造螺釘、橋梁
構件等。

合金鋼　在碳素鋼中加入適量的鉻、鎳、錳、鎢或

矽等元素所形成的合金。具有一些特殊的優
良性能,如耐腐蝕,耐高溫,超硬度等。

不鏽鋼　含鉻百分之十三以上的合金鋼,耐腐
蝕,不生鏽。常用來製造化工機件和日用餐
具等。

鎢鋼　含鎢的合金鋼,硬而堅韌,耐高溫。常用
來製造切削刀具和槍炮等。

工具鋼　用來製造各種切削工具、量具、模具的
鋼的統稱。

高速鋼　在鋼裡加入鉻、鎢、錳等製成的一種合
金鋼,在溫度高達攝氏六百度時,仍有良好的
切削力。主要用於製造高速切削刀具。

矽鋼　含矽量高於 0.4% 的合金鋼,具有良好的
導磁性能。常用於製造變壓器、電器中的鐵
芯等。舊稱**硅鋼**。

磁鐵　用鋼或合金鋼經過磁化製成的磁性材料。
用途很廣。也稱「硬磁材料」。

P6－5　名：　鋼材

鋼材　被軋製成一定形狀及尺寸的鋼製品,如鋼
板、鋼管、型鋼等。

大五金　粗大的金屬材料的統稱,如鋼板、鋼管、
鋼筋等。

鋼錠　鋼水澆入模型冷卻凝成的鑄塊,是製造各
種鋼材的原料。

鋼坯　鋼錠經過初軋的半成品,形狀比較簡單。
是軋鋼的材料。

鋼板　板狀鋼材。

鋼管　管狀鋼材。

無縫鋼管　一種沒有焊縫的鋼管,由鋼坯經穿
孔、擴徑等工序直接軋成。常用來製造耐高
壓鍋爐管、槍炮筒等。

型鋼　不同形狀斷面的條狀鋼材的統稱。有角
鋼、方鋼、圓鋼、槽鋼、工字鋼、鋼軌等。

工字鋼　斷面像工字的型鋼。

角鋼　斷面呈「L」形的型鋼。也叫**三角鐵**。

圓鋼　斷面呈圓形的型鋼。

槽鋼　斷面呈「凵」形的型鋼。也稱**槽鐵**。

鐵板　軋成板形的熟鐵。

鐵皮　薄鐵板。

鋼筋　用作鋼筋混凝土骨架的長條型鋼材。也叫**鋼骨**。

鋼水　液體狀態的鋼。可用來澆鑄成鋼錠或鑄件。

鋼渣　煉鋼時浮在鋼水上面的渣滓，是鋼內雜質氧化形成的氧化物。

P6-6 名： 鈷·銥·鎳·鉑

鈷　金屬元素，符號 Co。灰白色，物理性質和化學性質像鐵。用來製造合金。鈷的一種放射性同位素^{60}Co 能用來治療惡性腫瘤。

銥　金屬元素，符號 Ir。銀白色，性脆，化學性質很穩定。多用來製合金，銥合金可做坩鍋和筆尖等。

鎳　金屬元素，符號 Ni。銀白色，質堅韌，稍有磁性，在空氣中不被氧化。多用於製特種鋼、合金，或作催化劑，也用來鍍在其他金屬表面。

鉑　金屬元素，符號 Pt。銀白色，富延展性，化學性質穩定。常用作製造坩鍋、電極等，也用做催化劑。通稱**白金**。

P6-7 名： 銅·銀·金

銅　金屬元素，符號 Cu。具淡紅色光澤，延展性、導電性、導熱性都很強。是機械、電氣、國防工業的重要原料。

自然銅　一種含銅的礦物，主要成分是單質銅，也含有少量鐵、銀等雜質。紫紅色，表面因氧化而呈黑綠色。

紫銅　純質的銅，含銅量百分之九十九以上，常用來製造電線。也叫「紅銅」。

紅銅　❶紫銅。❷銅合金，其中錫、鋅、鉛各約有百分之五。常用來製造機械的零件等。

白銅　銅鎳合金，色銀白，耐腐蝕性優異，多用來製造日用器皿，工業上耐蝕結構件等。

黃銅　銅鋅合金，色黃，適於鑄造，可抽成絲或軋成片。用於製造機械零件、日用器皿等。

青銅　銅錫合金，青灰色，質硬，耐磨，抗腐蝕。多用於鑄造和壓製零件。

康銅　銅、鎳、錳合金，電阻率大，電阻溫度係數小，強度高，抗蝕性強。溫度變化時用康銅製造的電阻值變化很小，常用來製造標準電阻和熱電偶。

銀　金屬元素，符號 Ag，色白，質軟，延展性大，有良好導電、導熱性，化學性質穩定。多用來鍍銀、製造硬幣和日用器皿、裝飾品等。通稱**銀子**；**白銀**。

紋銀　舊時充作貨幣含量最足的銀子。

足銀　純度很高的銀子。

金　一種貴金屬元素，符號 Au，色黃而富有光澤，質軟，延展性大，化學性質極穩定。用來製造硬幣、首飾等。通稱**金子**；**黃金**。

赤金　純金，雜質含量小於 0.01%。也叫**足金**；**足赤**。

沙金　混合在沙裡的天然細粒金子。

金條　黃金鑄成的小塊或長條，一般為一兩或十兩，也有五兩或二十兩的。

P6-8 名： 鋅·汞·鋁·錫·鉛等

鋅　金屬元素，符號 Zn。藍白色，性質較活潑，和酸、鹼都能反應放出氫氣。多用來製造合金、鍍鋅鐵及乾電池等。

汞　金屬元素，符號 Hg。常溫下為銀白色液體，內聚力很強，化學性質不活潑，有毒。常用來製造水銀燈、科學測量儀器等。也用於醫藥方面。通稱**水銀**。

鋁　金屬元素，符號 Al。銀白色，質輕，富有延展性，易導電、傳熱。用於製造電線、包裝用鋁箔及日用器皿等。鋁合金質輕而堅韌，可作

車輛、船舶、飛機、火箭的結構材料。

鋁精　製造日用器皿的鋁的俗稱:鋁精鍋。也叫**鋁種**。

鍺　金屬元素,符號 Ge。灰白色,晶體銀白色,質脆。化學性質穩定。是一種重要的半導體材料。在自然界中分布極少,多與其他金屬共存於煤礦、鐵礦、銅礦、鋅礦中。

錫　金屬元素,符號 Sn。銀白色,在空氣中不易氧化。多用來鍍鐵和製造合金,也用於製造日用器皿。

鉛　金屬元素,符號 Pb。青灰色,質軟而重,容易氧化。主要用於製造合金、蓄電池極板及 X 射線防護材料。

銻　金屬元素,符號 Sb。銀灰色,質脆,有反常膨脹性。其合金多用來製鉛字及軸承等。銻的化合物在醫藥、化學工業上用途很廣。

鉍　金屬元素,符號 Bi。銀白色,常因含雜質而脆硬。鉍合金熔點很低,常用做保險絲和汽鍋上的安全塞等。也叫**蒼鉛**。

P6－9 名：　鐳·錒·鈾·鈈等

鐳　金屬元素,符號 Ra。銀白色,有光澤。具放射性,並能不斷放出大量的熱。鐳的放射線穿透力強,是在醫學和科研上得到實際應用的第一種元素。

鈾　金屬元素,符號 U。銀白色,在空氣中會失去光澤。具放射性。鈾粉或細屑會自燃。鈾在自然界中分布極少。是重要的核燃料。

釷　金屬元素,符號 Th。銀白色粉末,在空氣中漸變為灰色,質柔軟。具放射性。可用於醫療和製造耐火材料。經過中子轟擊,可製鈾 233,是潛在的核燃料。

錒　金屬元素,符號 Ac。具放射性,能衰變成一系列的放射性元素。存在於鈾、釷礦中。

鈈　金屬元素,符號 Pu。有淡藍色光澤。具放射性。化學性質活潑,跟鈾相似。在自然界中存在極少。是一種核燃料和核武器原料。

P6－10 名：　硼·碳·磷·砷·硫等

硼　非金屬元素,符號 B。非晶態硼是暗棕色粉末;晶態硼有灰色光澤,很堅硬、熔點高。硼常用來製造合金、火箭高能燃料、搪瓷釉料,也可用作核反應爐控制棒。在半導體工業、醫藥等方面也有重要用途。

硼砂　無機化合物,化學式 Na2B4O7·10H2O。白色或無色結晶,易溶於熱水,在空氣中易風化。用於製造光學玻璃、琺瑯、瓷釉等,醫藥上用作消毒劑。中藥叫**月石**。

碳　非金屬元素,符號 C。有三種同素異形體,即金剛石、石墨和無定形碳。在常溫下化學性質很穩定,在空氣中不起變化,在高溫下能與多種元素反應。碳是構成有機物的主要成分,碳的化合物很多,廣泛應用在工業上和醫藥上。

石墨　礦物,碳的同素異形體之一。有金屬光澤,硬度小,熔點高,導電性強,集合體常以鱗片狀存在。常用來製造電極、坩堝、鉛筆芯、潤滑劑、塗料及原子反應爐中的中子減速劑。

矽　非金屬元素,符號 Si。有無定形和晶體兩種同素異形體。灰或灰黑色,晶體矽硬而有光澤。在自然界分布極廣,常以二氧化矽和矽酸鹽形式存在。是重要的半導體材料,也用來冶煉矽鋼等合金,舊稱**硅**。

磷　非金屬元素,符號 P。有白磷、紅磷、黑磷三類同素異形體。人和動物體內都含有磷的成分。磷也是植物的必需營養元素。白磷可用於煙幕彈,紅磷用於製火柴、農藥等。

白磷　磷的一種同素異形體。淡黃色結晶,有強烈毒性,在空氣中能自燃。不溶於水,易溶於二氧化硫。軍事上用來製造煙幕彈。也叫**黃磷**。

紅磷　磷的一種同素異形體。暗紅色粉末,無

毒,不溶於水和二硫化碳。常用來製造火柴、肥料和農藥。也叫**赤磷**。

砷 非金屬元素,符號 As。舊稱砒。有灰、黃、黑三種同素異形體,常見的是灰砷。有劇毒。用於製硬質合金。砷的化合物可製藥物及殺蟲劑等。

砒 ❶砷的舊稱。❷指砒霜。

砒霜 不純的三氧化二砷的俗稱。白色粉末,有時略帶黃色或紅色,稍溶於水,劇毒。也叫**紅礬;信石**。

雄黃 礦物,成分是硫化砷,橘紅色半透明晶體,是提取砷的重要原料。用來製造有色玻璃、顏料。也入中藥,有解毒作用。也叫**雞冠石**。

硫 非金屬元素,符號 S。無臭無味、黃色晶體,有多種同素異形體。能與大多數金屬、氫、氧及鹵素(除碘外)化合。用來製造硫酸、黑色火藥、殺蟲劑及硫化橡膠等。通稱**硫磺**。

硒 非金屬元素,符號 Se。非結晶硒紅色,性脆。結晶硒灰色,能導電。硒是半導體材料,用來製造光電池、整流器、光度計等。

P6－11 名： 氟・氯・溴・碘

氟 氣體元素,符號 F。淡黃色,臭味,有毒,腐蝕性極強。化學性質很活潑,能同許多金屬、非金屬元素化合併發生燃燒。是製造特種塑膠、橡膠、冷凍劑的原料。可用作火箭燃料的氧化劑。

氯 氣體元素,符號 Cl。黃綠色,比空氣重。有強烈窒息性臭味,有毒。容易凝成液體,溶於水。用以製取漂白粉、鹽酸,以及用於生產染料、塑膠和農藥。通稱**氯氣**。

溴 非金屬元素,符號 Br。深棕紅色發煙液體,有強烈刺激性。化學性質活潑,能直接與大多數元素化合,接觸皮膚能引起嚴重創傷。用來製造染料、感光材料,溴化物可用來作鎮靜劑。

碘 非金屬元素,符號 I。紫黑色結晶,有光澤,性脆,易昇華成紫色氣體,有毒性和腐蝕性。用來製造染料;碘的製劑可用來消毒和治療甲狀腺腫。

碘仿 有機化合物,化學式 CHI3。淡黃色結晶,有特殊氣味。醫藥上用做消毒劑。也叫**黃碘**。

砈 非金屬元素,符號 At。有放射性。易揮發,某些性質似碘。

P6－12 名： 氫・氧・氮・氦等

氫 氣體元素,符號 H。是無色、無臭的可燃性氣體。具有強烈的還原性,化學性質較活潑。氫元素有三種同位素,即氕、氘、氚。氫是最輕的元素,主要用於製造合成氨和甲醇,也用作初級火箭燃料。通稱**氫氣**。

氕 氫的同位素之一,符號^{1}H。它的原子核由一個質子構成。普通氫中含 99.98％氕。

氘 氫的同位素之一,符號 D。氫氣中含氘約 0.015％。氘的原子核中有一個質子和一個中子。可用於熱核反應。也叫**重氫**。

氚 氫的最重的同位素,符號 T。氫氣中含氚約 $10^{-15}～10^{-16}$％。氚具有放射性,它的原子核中有一個質子和二個中子。主要用於熱核反應。也叫**超重氫**。

氧 氣體元素,符號 O。是自然界分布最廣的元素。無色無臭,略溶於水,化學性質很活潑,能助燃,能直接與多種元素化合。氧氣也是動植物呼吸所必需的物質。廣泛應用於冶金、化學工業、醫療、宇宙航行等方面。通稱**氧氣**。

臭氧 氧的同素異形體。淡藍色氣體,有特殊臭味。較氧易溶於水。性極活潑,用以做氧化劑、殺菌劑、漂白劑等。常用於水的消毒和空氣的淨化。

氮 氣體元素,符號 N。氮氣無色無臭,空氣中

約占五分之四,不能燃燒,也不助燃,化學性質很不活潑。氮是動植物蛋白質的重要成分,是製造液氮、硝酸的原料。又可充填電燈泡或用作阻止氧化的保護氣體。

二氧化碳　無機化合物,化學式 CO_2,常溫下無色,有酸味氣體,比空氣重,溶於水,不能燃燒,也不助燃。人和動物呼吸時,吸入氧氣,呼出二氧化碳,綠色植物光合作用時,吸入二氧化碳,呼出氧氣。固體的二氧化碳呈雪花狀,稱乾冰。工業上用作製造純鹼、滅火器、飲料等。也叫**碳酸氣;碳酐**。

一氧化碳　無機化合物,化學式 CO。無色無臭,可燃性氣體,比空氣輕,有毒,燃燒時發淡藍色火焰。是煤氣的主要成分。冶金工業重要還原劑。

氨　氫和氮的化合物,化學式 NH_3。無色有異臭的氣體,易溶於水,易液化。可作製冷劑,大量應用於製造硝酸、碳酸鈉及肥料。也叫**氨氣**。

阿摩尼亞　音譯詞。即氨。

氦　氣體元素,符號 He。無色、無臭的惰性氣體。質輕,可用於填充氣球和飛艇。也可用來製造保麗龍,填充燈泡和霓虹燈管。金屬焊接時可用作保護氣體。

氖　氣體元素,符號 Ne。無色無臭的惰性氣體,電極在氖氣中放電時發出紅光。可用作霓虹燈和機場、港口的燈標。

P6－13 名： 酸

酸　在水溶液中進行電離時所生成的陽離子全部是水合氫離子(H_3O^+)的化合物。如鹽酸、硫酸、醋酸等。酸的通性有:水溶液有酸味,能使藍色石蕊試紙變紅;能和鹼中和反應生成鹽和水;能跟某些金屬化合生成氫和鹽。

一元酸　在一個分子中只含有一個可電離的氫離子的酸,如鹽酸、硝酸等。

二元酸　在一個分子中可產生兩個氫離子的酸,如硫酸。

多元酸　在一個分子中可產生三個或三個以上氫離子的酸,如磷酸等。

強酸　在水溶液中能完全電離的酸,如鹽酸、硝酸、硫酸等。強酸具有強烈的腐蝕作用。

鏹水　強酸的俗稱,如硝酸稱爲硝鏹水。

弱酸　在水溶液中只能部分電離出氫離子的酸,如醋酸、硼酸、碳酸等。

羧酸　含有羧基的有機化合物。如醋酸、苯甲酸等等。廣泛應用於染料、合成纖維、香料、藥物等工業。也叫**有機酸**。

氨基酸　含有氨基和羧基的有機化合物,是組成蛋白質的基本單位。

P6－14 名： 無機酸

硫酸　一種強酸,化學式 H_3SO_4。無色油狀液體,比水重,重硫酸具有強烈氧化性、吸水性和脫水性,溶於水時能產生大量的熱。是一種基本化學原料,廣泛應用於化學、醫藥、石油、冶金工業。

鹽酸　一種強酸,是氯化氫氣體的水溶液。化學式 HCl。無色透明的液體,一般因含雜質而呈黃色,有刺激臭味和強烈的腐蝕性。濃鹽酸有揮發性,能與多種金屬發生反應。是一種基本化學原料,廣泛應用於化學,醫學工業。

硫化氫　無機化合物,化學式 H_2S。無色氣體,有惡臭,有毒,能燃燒。它的水溶液叫氫硫酸。用作化學試劑和印染材料。

硝酸　一種強酸,化學式 HNO_3。純品爲無色液體,有強烈的刺激氣味和腐蝕性,受熱見光會分解,可製造肥料,火藥,染料等。俗稱**硝鏹水**。

碳酸　一種弱酸,化學式 H_2CO_3。是二氧化碳的水溶液,無色,不穩定。

磷酸　一種中強酸,化學式 H_3PO_4。純品是無色晶體,通常是百分之八十三～百分之九十

八的稠厚的液體,常用作試劑,也用來製肥
料、藥品等。

矽酸　一種弱酸,化學式 $Si(OH)_4$。白色粉末,
可溶解於水,並能形成溶膠。

硼酸　一種弱酸,化學式 H_2BO_3。白色晶體,呈
鱗片狀,溶於水。醫藥上用作防腐消毒劑,也
是玻璃、搪瓷工業原料。

氫氟酸　一種弱酸,是氟化氫的水溶液,化學式
HF。無色,有毒,腐蝕性很強,能腐蝕玻璃和
多種金屬。用於溶解礦石、蝕刻玻璃等。

氫氰酸　一種弱酸,是氰化氫的水溶液,化學式
HCN。無色液體,極易揮發,有苦杏仁氣味,
有劇毒。應用於有機合成工業。

王水　一份濃硝酸和三份濃鹽酸的混合液。具
有比硝酸或鹽酸更強烈的氧化性和腐蝕性,
能溶解金、鉑和某些在一般酸中不能溶解的
金屬。用於冶金和溶解礦石等。

P6－15 名：　有機酸

醋酸　有機酸。化學式 CH_3COOH。有刺激性
氣味的無色液體。純醋酸在溫度 16.6℃ 時凝
結成冰狀,故稱冰醋酸。是製造攝影軟片、人
造絲等的原料。在食用醋中含有醋酸。也叫
乙酸;冰醋酸。

草酸　有機酸。化學式 $(COOH)_2$。無色晶體,
有毒。有還原性,常用作印染漂白劑、除鏽劑
及分析試劑等。也叫**乙二酸**。

甲酸　最簡單的有機酸。化學式 HCOOH。有
刺激性氣味的無色液體常用於印染、製革、橡
膠等工業。也叫**蟻酸**。

苯甲酸　有機酸,化學式 C_6H_5-COOH。白色晶
體,常用作食品防腐劑及用於治皮膚癬病等。
也叫**安息香酸**。

檸檬酸　有機酸,化學式 $C_6H_8O_7$。無色晶體。
廣泛存在於檸檬等植物的果實中,也可由糖
汁發酵或合成製得。多應用於食品、印染等

工業和醫藥方面。也叫**枸櫞酸**。

乳酸　有機酸,化學式 $CH_3CH-OHCOOH$。無
色液體,可溶於水。廣泛存於生物體內,應用
於食品、製革、紡織等工業和醫藥上。

水楊酸　有機酸,化學式 $C_7H_6-O_3$。白色晶體,
能昇華,能防腐殺菌,醫藥上用作防腐劑。是
製備阿司匹靈等藥原料。也用於染料工業。
也叫**柳酸**。

硬脂酸　有機酸,化學式 $C18H36-O_2$。白色蠟狀,
不溶於水。可用以製蠟燭、肥皂及化粧品等。

P6－16 名：　鹼

鹼　能在水溶液中電離、所生成的陰離子全部是
氫氧根離子的化合物,如燒鹼、熟石灰等。它
們的溶液有澀味,能使紅色石蕊試紙變藍色,
能跟酸中和反應生成鹽和水。

強鹼　鹼性反應很強的鹼。在水溶液中幾乎完
全電離,如燒鹼、苛性鉀、熟石灰等。多數強
鹼具有強烈的腐蝕作用。

弱鹼　鹼性反應較弱的鹼。在水中只能部分電
離,如氫氧化銨等。

燒鹼　強鹼。化學式 NaOH,白色固體,有很
腐蝕性,易溶於水。廣泛應用於紡織、石油、
製皂、造紙等工業中。也叫**火鹼;苛性鈉;氫
氧化鈉**。

苛性鉀　強鹼,化學式 KOH。白色固體,有很強
腐蝕性,易潮解,可作乾燥劑,也用於製皂
工業。也叫**氫氧化鉀**。

氫氧化鈣　強鹼,化學式 $Ca-(OH)_2$。即熟石灰。
參見 P6－29「熟石灰」。

氨水　氨氣的水溶液,是一種弱鹼,易揮發,有強
烈刺激臭味。可作化肥,在工業中也有廣泛
用途。

生物鹼　存在於生物體中的具有鹼性的一類含
氮有機化合物。難溶於水,味苦,有劇毒。是
奎寧、嗎啡、麻黃鹼及某些中草藥的有效成

分。因其大多數存在於植物體(如罌粟科、豆科、毛茛科等植物)中，故又稱**植物鹼**。

P6－17 名： 鹽
(參見 E2－27 食鹽)

鹽 由金屬離子(包括銨根離子)和酸根離子組成的化合物，如碳酸鈉、硝酸銨、氯化鉀等。

正鹽 既不含可電離的氫原子，又不含氫氧根的鹽，如硫酸銅、氯化鉀等。

酸式鹽 除含有金屬離子(包括銨根離子和酸根離子)外，還含有氫離子的鹽，如碳酸氫鈉、磷酸二氫鈉等。

鹼式鹽 除含有金屬離子(包括銨根離子和酸根離子)外，還含有氫氧根的鹽，如鹼式碳酸銅、鹼式氯化鎂等。

複鹽 由兩種或兩種以上的簡單鹽所組成的晶形化合物，如明礬、硫酸亞鐵銨等。

無機鹽 無機化合物中的鹽類，如硝酸銨、硫酸鉀、氯化鈉等。

純鹼 無機鹽，化學式 Na_2CO_3。白色粉末，水溶液顯鹼性，是重要工業原料，廣泛使用於肥皂、造紙、玻璃、紡織、冶金等工業，也可作洗滌劑。也叫**蘇打**；**碳酸鈉**。

小蘇打 酸式鹽，化學式 $NaHCO_3$。白色晶體，受熱易分解放出二氧化碳，常用於食品工業及製作滅火器藥液。也叫**碳酸氫鈉**。

水玻璃 一種無色透明的水溶液，主要成分爲矽酸鈉，可做膠結劑和防腐、防火材料，也應用於造紙、製皂、紡織等工業。

高錳酸鉀 化學式 $KMnO_4$。紫黑色晶體，稀溶液紫紅色，醫藥上常用作消毒劑。通稱**灰錳氧**。

銅綠 銅表面生成的綠鏽，主要成分是鹼式碳酸·銅。一種複鹽，化學式 $Cu_2(OH)_2CO_3$。粉末狀，有毒，可製煙火、顏料和殺蟲劑。

山奈　山萘 成分是氰化鈉，化學式 $NaCN$。無色晶體，有劇毒，用於電鍍、淬火、金屬熱處理等。也用於農藥。也叫**氰化鈉**。

大蘇打 化學式 $Na_2S_2O_3 \cdot 5H_2O$。無色晶體，常用作去氯劑及照相用定影劑。也叫**海波**；**硫代硫酸鈉**。

P6－18 名： 烴·烷·苯等

烴 只由碳和氫兩種元素構成的有機化合物。種類繁多、分布極廣，天然氣、石油產品、天然橡膠等都屬烴類。也叫**碳氫化合物**。

飽和烴 有機化合物中烴的一類。分子中碳原子之間都以單鍵相連結，其餘價鍵都與氫原子相結合。飽和烴可分兩大類：烷烴和環烷烴。

不飽和烴 有機化合物中烴的一類。分子中碳原子之間含有雙鍵或叁鍵的烴，如乙烯、乙炔等。

烷 有機化合物的一類。分子中只具有碳鏈無碳環的一類飽和烴，如丙烷，丁烷等。也叫**烷烴**。

甲烷 最簡單的烷烴。化學式 CH_4。無色、無味、無毒的可燃氣體，自然界分布很廣，是天然氣的主要成分。是重要燃料和化工原料。

氯仿 有機化合物，學名三氯甲烷，化學式 $CHCl_3$。無色液體，有特殊臭味，易揮發。可以做溶劑等。以前醫藥上曾用作麻醉劑。

烯 烴的一類，具有不飽和性，如乙烯、丙烯。也叫**烯烴**。

炔 烴的一類，分子中含有碳碳三鍵，具有很不飽和性，如乙炔。

乙炔 化學式 $CH \equiv CH$，無色有臭味的可燃氣體。用於金屬焊接和切割，是有機合成的重要原料。乙炔可由電石和水作用產生。也叫**電石氣**。

苯 有機化合物，化學式 C_6H_6。無色易揮發液體，有特殊芳香味。可作爲有機溶劑、香料或燃料，是有機合成的重要原料。

甲苯 有機化合物,化學式 C6H5CH3。無色液體,可燃,易揮發,有毒。可從煤焦油中提取。用作溶劑或用來製造炸藥、染料、藥物等。

P6－19 名： 醇・酚・醚・醛 等

醇 有機化合物的一大類,是烴分子中的氫原子被羥基(－OH)取代後衍生的烴化合物,如乙醇,苯甲醇等。

甲醇 化學式 CH3OH。無色易燃液體,略帶酒精味,有毒(飲用含甲醇飲料會導致失明)。可做有機溶劑和燃料,也可用來製造福馬林(甲醛)、染料等。也叫**木醇;木精**。

乙醇 一種醇,化學式 C2H5OH。無色可燃液體,有特殊的氣味,是酒類的主要成分。乙醇是化學工業的原料和重要溶劑。乙醇溶液有殺菌作用,常用作消毒、防腐劑。乙醇也可用於配製飲料,或作汽車、火箭燃料。通稱**酒精**。

薄荷腦 有機化合物,化學式 C 10H 20O。無色晶體,可從天然薄荷油中提離,也可人工合成。是一種芳香清涼劑,用於醫藥、食品和化粧品。也叫**薄荷醇**。

甘油 有機化合物,成分是丙三醇,化學式 C3H5(OH)3。無色透明黏稠液體,有甜味,吸水性很強。醫學上用以滋潤皮膚,也供製造化粧品及硝化甘油(炸藥)等,在紡織、製革、食品及煙草工業都有廣泛用途。

膽固醇 醇的一種,化學式 C 27H 46O。白色結晶,質地軟。高等動物的神經組織、血液、膽汁中含量較多。膽固醇代謝失調會引起動脈血管硬化和膽石病。

酚 ❶分子中苯環碳原子上連接著羥基(－OH)的一類有機化合物。❷有時指苯酚。可從煤焦油、木焦油等中提取,是化學及醫學工業的重要原料。殺菌、防腐是這類化合物的特徵之一。

苯酚 一種最簡單的酚,化學式 C6H5OH。無色結晶,有特殊氣味,露在空氣中因氧化而變爲粉紅色,有毒。常用作殺蟲防腐劑,也是合成染料、合成樹脂的原料。俗稱**石碳酸**。

酚酞 一種有機弱酸,化學式 C 20H 14O4。白色結晶,它的酒精溶液在鹼液中呈紅色,而在中性或酸液中無色。常在化學分析上用作指示劑,在醫藥上作緩瀉劑。

醚 有機化合物的一類,由一個氧原子聯結兩個烴基而成,通式 R－O－R′。多爲液體,化學性質一般比較穩定,如乙醚。

乙醚 有機化合物,化學式 C2H5OC2H5。無色液體,有特殊氣味,易揮發,易燃燒。常作爲溶劑,醫學上用作麻醉劑。

醛 有機化合物的一類,由羰基和一個烴基、一個或兩個氫原子相連而成。通式爲 RCHO。有甲醛、乙醛、糠醛等。

甲醛 有機化合物,化學式 HCHO。無色氣體,有刺激性氣味。常用於製造染料、炸藥、塑膠等,百分之四十的水溶液用來作消毒劑及生物標本的固定、防腐劑。也叫**蟻醛**。

福馬林 音譯詞。甲醛的百分之四十的水溶液。

乙醛 有機化合物,化學式 CH3-CHO。無色液體,有刺激氣味,比水輕,易揮發,易燃,易聚合。用於製合成有機物、鎮靜劑、防腐劑等。

丙酮 有機化合物,化學式 CH3-COCH3。無色,有微香的液體,易揮發,易燃燒。廣泛用作溶劑,是合成樹脂、合成橡膠等的重要原料。

苯 有機化合物,化學式 C 10H8。無色結晶,不溶於水,易昇華,有特殊氣味。常用來製造染料、樹脂、藥品、香料等,也用來作驅蟲劑。

樟腦 有機化合物,化學式 C 10H 16-O。無色結晶,有特殊香味。由樟樹的枝幹蒸餾而得,也可人工合成。可作驅蟲劑、防腐劑等。也叫**潮腦**。

苯胺 有機化合物,化學式 C6H5NH2。無色油

狀液體，有毒。在空氣中易氧化，逐漸成褐色。用於製造染料、藥物等。

阿尼林　音譯詞。即苯胺。

P6－20　名：　礦物

礦物　地殼中由自然作用形成的單質或化合物。具有比較固定的化學組成和物理性質，是組成岩石土壤的成分。絕大多數為固體（如鐵礦石、煤），少數為氣體（如天然氣）、液體（如石油、自然汞）及有機物（如琥珀）。已知的礦物有三千餘種。礦物是極為重要的自然資源，廣泛應用於工業、農業、科學技術和人類生活的各個方面。

礦產　埋藏於地下或露出地表可供開採利用的礦物資源。按其工業用途可分為：金屬礦產（如鐵、銅、鈾礦等），非金屬礦產（如金剛石、石灰岩、高嶺土、石棉等）和燃料礦產（如石油、煤、天然氣等）。

礦源　礦物資源：有開採價值的礦源／勘察礦源。

礦藏　埋藏在地下的各種自然礦物資源：礦藏豐富。

寶藏　蘊藏於地下的自然資源。也指儲藏的珍寶或珍貴物品、大宗財物：地下寶藏／古代藝術品的寶藏。

礦石　含有可以開採利用的礦物的岩石。

礦砂　呈砂狀的礦石。

長石　地殼中分布最廣的火成岩礦物，成分是鈉、鉀、鈣及鋇等的鋁矽酸鹽。乳白、淡黃、綠或粉紅色，有玻璃光澤。主要用於陶瓷及玻璃工業。

石英　礦石，成分是二氧化矽。晶體石英無色透明的，叫水晶，含雜質的有不同的顏色。粒狀石英是花崗岩、片麻岩、砂岩等主要成分。優質晶體可作光學儀器和無線電材料，其他可製矽酸鹽工業的原料。

雲母　礦石，主要成分為鉀、鎂、鋰、鋁等的矽酸鹽。顏色隨成分而異。耐高溫，不導電，薄片透明，具有彈性，可以彎曲，是重要的電氣絕緣材料。

方解石　礦物，成分是碳酸鈣。乳白色，含雜質的，呈各種顏色。常呈菱面體晶體。為重要的化工、冶金、建工原料。

白雲石　礦物，化學成分為 $CaMg-(CO_3)_2$。常見的為菱面體晶體，有粗粒或細粒，灰白色。質輕，有玻璃光澤。用做化工原料，耐火材料及高爐熔劑。

獨居石　礦物，化學成分是稀土元素的磷酸鹽。黃褐色或棕紅色的顆粒。是提取稀土元素和釷、鈾的原料。

螢石　礦物，化學成分是氟化鈣。純淨者無色透明，通常呈黃、綠、紫等多種顏色，有玻璃光澤，常顯螢光現象。是製取氫氟酸的唯一礦物原料，冶金工業上用做熔劑。也叫**氟石**。

滑石　礦物，化學成分是含水矽酸鎂。有淡綠、淺黃、白等顏色，硬度很小，用手接觸有滑膩感，用於橡膠、造紙、醫藥、日用化工等工業。

燧石　礦石，主要成分是二氧化矽，圓塊狀，顏色多為淺灰、褐黑等。質地堅硬，斷口呈貝殼狀，用鐵鎚敲擊時能發出火星。古代用來取火，現代工業中用做研磨材料等。通稱**火石**。

硝石　礦物，化學成分是硝酸鉀。無色或灰白色晶體，易溶於水，常和石膏等伴生。用於製造炸藥或肥料。

閃石　礦物，是大多數火成岩的主要成分。晶體呈長柱狀，顏色有暗綠、棕黑、黑綠等。石棉、軟石等都屬閃石。也叫**角閃石**。

石棉　是一種可分裂成彈性纖維絲的矽酸鹽礦物的統稱。白色、灰色或淺綠色纖維，柔軟，耐高溫，耐酸鹼，是熱和電的絕緣體。是製造防火織物，隔熱保溫材料的原料。

蛇紋石　礦物，主要成分是矽酸鎂。通常為塊

狀、片狀或纖維狀,暗綠色或淺黃色,有蠟狀光澤。纖維狀的蛇紋石可做絕熱、絕緣材料。塊狀的蛇紋石顏色鮮艷,質地緻密,可做工藝雕刻用。

磷灰石 礦物,化學成分是磷酸鈣,並含有氯、氟。多為無色或灰、褐、綠等色。有玻璃光澤,性脆。是製造磷肥、磷、磷酸的原料。

重晶石 礦物,化學成分主要是硫酸鋇。無色透明,不純的常呈灰、紅等色,比重較大。廣泛用於化工、陶瓷、玻璃、造紙和橡膠工業中。開採石油時把重晶石粉加在泥漿中可防止井噴。

P6－21 名： 岩石

岩石 由一種或幾種礦物組成的集合體,是地殼的組成物質。按成因可分為火成岩、水成岩、變質岩三大類。

岩漿 地殼深處或上地幔形成的熾熱熔融物質。成分複雜,以矽酸鹽為主,含有大量揮發成分。侵入地殼或噴出地表的岩漿,冷卻凝結後形成各種岩漿岩。

熔岩 從火山或地面裂隙中噴出或流出的熾熱岩漿。冷卻後凝成岩石。

石 岩石:花崗石／石灰石。

石頭 石;石塊:一塊石頭／石頭砌的牆。

石頭子兒 〈口〉小石頭。

礫石 地殼岩石經風化而成的岩石碎屑。

磐石 大而厚的石頭:堅如磐石／安如磐石。也作**盤石**。

火成岩 岩漿冷凝而形成的岩石。也叫**岩漿岩**。

花崗岩 地殼深處形成的火成岩。主要成分是石英、長石、雲母。顏色以粉紅色、灰白色為常見。質地堅硬,是很好的建築材料。通稱**花崗石**。

玄武岩 火成岩一種,大量分布在地表。黑色或綠色,主要成分是輝石、斜長石等。緻密堅硬,多用做建築材料。

浮岩 火山噴出岩漿凝成的海綿狀的岩石,很輕,不導熱。常做輕質混凝土材料。也叫**浮石**。

沈積岩 地表分布較廣的岩石,是地殼岩石的碎屑經沈積、受壓力膠結而形成,往往夾有生物化石、煤、石油等礦產。因大多是沈積在水底,也叫**水成岩**。

石灰岩 一種沈積岩,主要成分是碳酸鈣,是由河水從陸地帶到海中的鈣質或貝殼、珊瑚的殘骸沈積而成。因含雜質的不同,顏色有灰、黑、青、淺紅等。是燒製石灰、水泥和製純鹼的原料,也用做冶煉鋼鐵的熔劑。

白堊 石灰岩一種,色白質軟而輕,是古生物骨骸積聚而成。常用做粉刷材料和充填劑,也用來製造粉筆。通稱**白土子**。

砂岩 一種沈積岩,是砂粒,黏土等膠結而成,所含砂粒多為石英、長石等,常用做建築材料。

頁岩 一種沈積岩,是黏土經壓緊和膠結而形成。具有明顯的層埋,易裂成薄片。含石油成分的稱**油頁岩**。

變質岩 火成岩、水成岩因受壓力、溫度的劇烈影響,成分和結構發生變化而形成的岩石,如大理岩、片岩、石英岩等。

大理岩 一種變質岩。由顆粒狀方解石或白雲石等組成。一般呈白色或灰色。是優良的建築裝潢材料,也可供藝術雕刻用。因盛產於雲南大理而得名,通稱**大理石**。

漢白玉 一種質地緻密的白色細粒大理石,是上等的建築、雕刻材料。

P6－22 名： 寶石·玉

寶石 顏色艷麗,折光力強,光澤、透明度好,硬度高的礦石。化學成分是氧化鋁。常見的有紅、藍、玫瑰、綠、黃、黑、白等色,如金剛石、剛玉、紅寶石、硬玉、祖母綠等。可製作裝飾品、

金剛石 一種碳的晶體,常呈八面體或菱形十二面體。不含雜質時是無色透明,有金屬光澤。折光力極強,是已知的硬度最大的物質。常用做首飾,工業上的高級切割研磨材料。

鑽石 ❶指經過琢磨的金剛石。❷硬度很高的各種寶石,如紅、藍寶石,可用做精密儀表的軸承和裝飾品。

剛玉 礦物,三氧化二鋁的自然結晶體。硬度僅次於金剛石,有玻璃光澤。因含不同雜質呈多種顏色,是貴重的裝飾品,也可作儀表軸承,剛玉砂可作爲研磨材料。也叫**剛石**。

紅寶石 紅色透明的剛玉晶體。因含鉻而呈紅色,硬度大,常用做首飾及精密儀表的軸承。

藍寶石 藍色透明的剛玉晶體。因含鈦或鐵而呈藍色。用途同紅寶石。

人造寶石 用電熔法處理鋁礬土或工業氧化鋁製成的剛玉。人造紅寶石單晶,用於鐳射材料。

水晶 無色透明的石英晶體。晶面玻璃光澤,硬度強,斷口脂肪光澤。可用於製造光學器皿、精密儀器的軸承等。

瑪瑙 礦物,主要成分是二氧化矽。有各種花紋和顏色,多有平行層或同心層構造,硬度大,可做研磨用具、精密儀表的軸承及裝飾品。

翡翠 礦物,化學成分是 $NaAl(Si_2O_6)$。綠色或翠綠色晶體,也有淡藍綠色或白色的。有玻璃光澤,硬度大。可作爲裝飾品和工藝品材料。也叫**硬玉**。

翠 翡翠:翠簪/翠碗。

祖母綠 一種純綠寶石。因含鉻而呈鮮綠色。是名貴的裝飾品。

雞血石 一種珍貴石料,主要成分是葉臘石。質略呈透明,上有鮮紅的斑塊如雞血凝結。是製印章的上品材料。

田黃石 一種珍貴石料,主要成分是葉臘石。質瑩而略呈透明,有橘黃、枇杷黃、金黃等色,是製印章的上品石料。

蛋白石 礦物,化學成分是含水的二氧化矽。非晶質,呈緻密塊狀。乳白色或淺藍色,質脆。可做裝飾品。

貓睛石 含有石棉纖維的石英淺綠色變種。是名貴的工藝品雕刻材料。

貓兒眼 貓睛石的一種。黃綠色,質脆、有玻璃光澤,光彩變化像貓眼。是名貴的寶石,多用來製作裝飾品。

雨花石 一種石英質卵石,因盛產於南京雨花臺而得名。石體中常有自然形成的花紋圖案,異常美麗。供觀賞用,也可製爲裝飾品。

玉 礦物。不透明或半透明體,硬度大,質地細而潤澤。有白玉、黃玉、軟玉、碧玉等。可用做製造裝飾品或雕刻的石料。

玉石 ❶未經雕琢的玉。也指玉:玉石雕刻。❷玉和石頭:玉石俱焚。

軟玉 硬度較硬玉低的玉,主要成分是 $Ca(Mg \cdot Fe)_3(SiO_3)_4$。多爲綠色,半透明或不透明,有光澤,塊狀,並具有刺狀斷口。多用做雕刻材料。

碧玉 含鐵的石英石。常呈綠色或紅色,不透明。常用做雕刻、裝飾品的材料。

P6-23 名: 石料

石料 用於建築、築路、雕刻等的石質材料,包括天然岩石和人造石。

石板 片狀石料。多用於建築。

剁斧石 一種人造石料。是用摻入石屑和石粉的水泥砂漿抹在建築物表面,待硬化後,用斧頭在表面剁出石頭樣的紋理。也叫**斬假石**。

水磨石 一種人造石料。是用摻有石粒和顏料的水泥砂漿,抹在建築物表面,待相當凝固後,潑水用砂輪打磨光滑,使光亮美觀,並可製成各種圖案。常用於地板、窗臺等處。

水刷石 一種人造石料。是用摻有小石粒或塑膠粒的水泥砂漿,抹在建築物表面,待半凝固後,用硬毛刷蘸水刷去表面水泥漿而使石屑或小石子半露。常用做外牆裝飾。

卵石 岩石經自然風化或水流衝擊所形成的卵形或圓形的石塊。表面光滑,是一種天然建築材料。用於鋪路、製混凝土等。

河卵石 由水流衝擊形成的卵石。

鵝卵石 直徑在四十～一百五十毫米左右的卵石。是天然的建築材料。

P6－24 名： 石油·焦油

石油 產於地層中的油質液態可燃礦產,是多種碳氫化合物的混合物。一般是黑褐色,有特殊臭味。從石油中可提煉出汽油、煤油、柴油、潤滑油、石蠟、瀝青等,這些產品可做燃料和化工原料。

原油 從油井中開採出來未經加工的石油。

汽油 輕質石油產品,是由石油分解蒸餾所得的燃料油。無色液體,易揮發。常用做汽油機的燃料或溶劑。

煤油 輕質石油產品。由石油分解蒸餾所得的燃料油,無色液體,揮發性較汽油低,比柴油高。多用做燈油或燃料。

火油 〈方〉點燈用的煤油。

洋油 〈方〉點燈用的煤油。

柴油 石油分解蒸餾所得的燃料油,無色液體,揮發性比煤油低,比潤滑油高,主要用做柴油機燃料。

潤滑油 石油分解蒸餾所得的產物。用來塗在機器軸承等處,以減小摩擦、發熱,防止機器磨損。也有從動植物油中提煉的。也叫**機器油;機油**。

人造石油 從油頁岩、煤或其他氣體、液體燃料製成的類似天然石油的液體。

焦油 由煤、木材、油頁岩、石油分解蒸餾所得的殘餘黏稠油狀液體。有煤焦油、木焦油、頁岩焦油等。其中煤焦油最重要。

煤焦油 乾餾煤炭所得的黑褐色黏稠液體,是多種有機物的混合物。有臭味。可供提取苯、酚、萘等化工原料,也可做防腐塗料。也叫**煤潜;煤黑油**。

木焦油 乾餾木材得到的黑褐色油狀液體,黏稠,有臭味。可用作木材塗料、礦石浮選劑等。

重油 ❶由天然石油或人造石油提煉出汽油、煤油、柴油、潤滑油後所剩下的暗褐色濃稠油質液體。可作製潤滑油和石蠟的原料,也用作鍋爐燃料。❷高溫分餾煤焦油時在 230°-300°C 之間的餾分。黃綠色黏稠液體。可提取化工原料,也可用來製作木材的防腐劑。

瀝青 棕黑色的膠狀物,有天然瀝青和人造瀝青,後者主要是從石油中提煉及裂化、淨化的殘留物。主要成分是碳氫化合物。可用做鋪路材料,建築防水防腐材料和電氣絕緣材料。通稱**柏油**。

P6－25 名： 燃料·煤·炭

燃料 能產生熱量或動力的可燃性物質,主要成分是炭或碳氫化合物。按形態有固體燃料(煤或木材)、液體燃料(石油)、氣體燃料(天然氣、煤氣)。也包括能產生核能的物質如鈾、鈈等核燃料以及液氫、硼烷、肼類等火箭燃料。

煤 一種可燃的固體有機礦物。是古代植物堆積層被泥沙埋後,經長期地質作用而變質形成。按形成階段和炭化程度,可分為無煙煤、煙煤、褐煤和泥煤四類。煤是重要的能源和化工原料。也叫**煤炭**。

烏金 指煤。

原煤 從礦井開採出來,沒經過篩、洗、選等加工的煤。

無煙煤　炭化程度最高的煤。質硬、色黑,有金屬光澤,燃燒時很少有煙。通常用作生活或動力用燃料。也叫**白煤**;**硬煤**。

煙煤　炭化程度較無煙煤低的一種煤。暗黑色,燃燒時有煙。可分爲氣煤、肥煤、瘦煤、焦煤等。除做燃料用外,也是煉焦和化工的原料。

褐煤　含碳量較低的煤,有較多水分,褐色或灰黑色,無光澤。可做燃料,也用做氧化及其他化學加工的原料。也叫**褐炭**。

泥炭　炭化程度最低的煤,褐色或黑褐色像泥土,鬆軟易碎。含水量很大,含碳量低,可用做燃料,也可作爲有機肥料。工業上用做低溫乾餾原料。也叫**泥煤**。

草炭　由古代水草和藻類形成的泥炭。能浮於水面。主要用於低溫乾餾。也叫**草煤**。

焦煤　一種煙煤,有較強的結焦性,主要供煉焦用,所得的焦炭塊大,強度高。

焦炭　一種固體燃料,是用煙煤隔絕空氣加熱所得,銀灰色,質硬,多孔,主要成分爲炭,發熱量高。多用於冶煉鋼鐵,也用做化工原料。

炭　❶〈方〉煤。❷木炭。

木炭　木材隔絕空氣加熱所得的固體物質,主要成分爲炭。黑色,質硬,多細孔。可用作燃料和用來過濾氣體、液體,也用來製造活性碳、黑火藥等。

煤矸　小塊的煤。

煤核　沒燒透的煤塊內部剩下的還能再做燃料的部分。

煤球　煤末和黃土加水製成的小圓球。是日常家庭做飯取暖用的燃料。

煤磚　煤末和黃土加水製成的磚形的塊,有許多上下貫通的圓孔。用做生活和工業燃料。

煤餅　煤末和黃土加水製成的短圓柱形燃料,中間有一些貫通上下的圓孔。用於家庭做飯取暖。也叫**蜂窩煤**。

P6－26 名：　煤氣·天然氣

煤氣　通常指煤、重油等經乾餾或汽化等過程生成的可燃性氣體。主要成分爲氫、一氧化碳和碳氫化合物等。可做工業、民用燃料和化工原料。

天然氣　天然蘊藏在地下的可燃氣體,主要成分是甲烷和其他烷烴。用做燃料和化工產品的原料。

石油氣　開採石油或在煉油廠加工石油時產生的氣體。主要成分是低分子烷烴和氫氣。可以做化工原料或燃料。

液化氣　天然氣或石油加工時產生的石油氣加壓液化而得到的液態烴類混合物,無毒,燃燒完全,使用方便。用做燃料或化工原料。

水煤氣　水蒸氣通過熾熱的煤或焦炭在煤氣發生爐中作用而生成的氣體,主要成分是一氧化碳和氫氣。可做燃料和化工原料。

沼氣　沼澤底部污泥中埋藏的植物體受細菌作用,發酵分解而產生的氣體。也可用糞便、植物莖葉使發酵而製得。主要成分是甲烷。主要用做燃料,也可做化工原料。

P6－27 名：　土·泥·沙
（參見 H2－31 土壤）

土　土壤;地面上的泥沙混合物:黃土／黏土／陶土。

沙土　由80％以上的沙和20％以下的黏土混合而生的土壤。泛指含沙很多的土。

泥　土和水混和成的東西:泥坑／泥漿／沾了一身泥。

泥巴　〈方〉泥。

爛泥　含水較多、很軟的泥。

淤泥　河流、湖泊、池塘、水庫中沈積的泥沙。

泥漿　土和水混合成的黏稠的流體。

沙 細小的石粒:沙土／風沙／流沙。也叫**沙子**。

砂 沙(多指顆粒較大的):礦砂／鐵砂。

礫 小石塊:瓦礫／礫岩。

沙礫 沙子和小石塊。

P6－28 名： 塵土

塵土 附在器物表面或在空氣中飛揚的細土:塵土飛揚／滿身塵土。

塵 塵土:灰塵／一塵不染。

埃 塵土;灰塵:埃土／黃埃／塵埃。

塵埃 塵土:掃除塵埃。

灰 塵土:滿臉灰。

灰塵 塵土:房裡到處都是灰塵。

灰土 塵土:風吹來,四面飛起灰土。

纖塵 細小的灰塵:纖塵不染。

浮土 附在器物表面的灰塵。

浮塵 飄浮在空中或附在衣物表面的灰塵。

浮灰 附在器物表面的、容易打掃掉的灰塵。

煙塵 煙霧和灰塵:煙塵漫天。

塔灰 〈方〉室內房頂上或牆上垂下來成線狀的灰塵。

P6－29 名： 石灰·水泥

石灰 無機化合物。主要成分是氧化鈣,用石灰石煅燒而成。白色固體。遇水反應生成熟石灰。是常用建築材料,也可做殺蟲劑、乾燥劑使用。也叫**生石灰**;**白灰**。

熟石灰 石灰與水反應的生成物。成分是氫氧化鈣。白色粉末。是常用的建築材料,也可做殺菌劑和化工原料。也叫**消石灰**。

水泥 一種礦物質膠凝材料。用石灰石、黏土等按適當比例磨細混合裝在窰裡燒成塊,再用機器碾成粉末製成。與水拌和成漿狀後,在空氣或水中硬化,並能把砂、石等材料牢固地黏結在一起,形成堅固的石狀體。是重要的建築材料。

水門汀 音譯詞。水泥或混凝土。

混凝土 用水泥、砂、石子和水按一定比例拌和硬化而成的建築材料。有良好的耐壓、耐水、耐火性。

鋼筋混凝土 以鋼筋做骨架製成的混凝土。既有很高的強度,又能承受很大拉力。是建築和水利工程中廣泛應用的結構材料。也叫**鋼骨水泥**。

泡沫混凝土 一種建築材料。是在普通混凝土中加入泡沫製成的混凝土。內部有許多小孔,比重輕。用做承重、隔熱、隔音材料。

三合土 用石灰、碎磚、沙加水混和夯實而成的建築材料。乾燥後質堅硬,可用做牆屋地基或道路墊層。也叫**三和土**。

砂漿 由沙子和水泥、石灰或石膏、黏土等加水和成的黏結物質。建築上用於砌磚石和粉刷等。也叫**灰漿**。

P6－30 名： 黏土

黏土 顆粒很細小的土,透水性差,有黏性。可做燒製磚、瓦、陶器的原料。

高嶺土 一種純淨的黏土,白色或灰色,主要成分是鋁和矽的氧化物。通常呈緻密土塊狀集合體。是製造陶瓷和電瓷的重要材料。也叫**瓷土**。

坩子土 〈方〉瓷土。

陶土 成分、顏色不純的高嶺土,是燒製陶器和粗瓷器的材料。

礬土 含水氧化鋁的俗稱。白色粉末,往往因含有氧化鐵而帶褐色。是煉鋁的原料。

耐火黏土 一種黏土。熔點在 1580°C 以上,主要成分是矽、鋁的氧化物。因所含雜質不同,分別呈白色、灰褐色或帶紅色。質地細密,和水時有可塑性。主要用於製耐火材料。也用於陶瓷工業。也叫**耐火土**。

膠泥 含水份的黏土,黏性很大。

P6－31 名：　磚・瓦

磚　用黏土等製成並在窯裡燒製而成的建築材料。一般為長方形或方形。

磚頭　〈方〉磚。

空心磚　中心空的磚。有較好的保暖和隔音性能，比重較輕，可減少建築物重量。

瓷磚　用瓷土燒成的磚。一般是方形薄片，白色，正面塗有釉質，耐侵蝕，易於洗刷。常用於鑲砌廚房、浴室、廁所等的牆面。

缸磚　用陶土燒成的磚。黃色或赤褐色，質地密實，耐磨，耐侵蝕。多用於鋪砌室外和公共建築的地面。

馬賽克　音譯詞。鋪砌室內地面的一種小型瓷磚，方形或六角形等，有多種顏色，可以拼砌成花紋、圖案。耐腐蝕，易於刷洗。

玻璃磚　❶用玻璃製成的磚。常用的多為空心的，堅固耐磨，能透光，有良好的隔音、隔熱性能。❷指較厚的玻璃。

耐火磚　用黏土或其他耐火原料燒製成的耐火材料。用於煉鐵高爐和煉鋼爐。也叫**火磚**。

矽磚　用砂岩或石英岩製成的一種酸性耐火材料，能耐 1700℃ 左右的高溫。主要用於煉焦爐、平爐、煉鋼電爐等。

鎂磚　用鎂砂製成的一種鹼性耐火材料，能耐 2000℃ 的高溫。能耐鹼性爐渣的侵蝕。主要用於鹼性冶金爐、水泥窯等。

瓦　用黏土燒製成的屋面建築材料。有拱形的、平的或半個圓筒形的。也有用水泥等材料製的。主要用做鋪屋頂用。

板瓦　一種瓦面較寬、較平坦的瓦。

筒瓦　半圓筒形的瓦。

小青瓦　普通的中式瓦，略成拱形。也叫**蝴蝶瓦**。

滴水瓦　一種中式瓦。一端帶著下垂的邊，邊正面有花紋。蓋房頂時放在檐口，花紋朝外。

瓦頭　筒瓦下垂的邊。

瓦當　筒瓦的瓦頭。其上多有文字或圖形，作為裝飾。

石棉瓦　用石棉纖維和水泥等拌合製成的一種帶瓦壟的板狀建築材料。質輕，耐熱。用於鋪屋頂。

琉璃瓦　用較好的黏土燒製，表面塗有琉璃（一種鋁和鈉的矽酸鹽）的瓦。多為綠色、藍色或金黃色。耐久，美觀。多用於宮殿或廟宇等。

P6－32 名：　陶瓷・釉

陶　用黏土燒製的器物：陶器／陶俑／白陶／彩陶。

瓷　用含石英質的高嶺土燒製成的器物，質硬，色白，比陶組織緻密：白瓷／青瓷。

陶瓷　陶器和瓷器的統稱。

彩陶　帶有彩繪花紋的古代陶器。有兩種，一種為燒製前繪上，多為新石器時代遺物；另一種為燒成後再繪。通常多指前者。

白瓷　白色的瓷器：白瓷花瓶／白瓷方盤。

青瓷　不繪畫而塗上淡青色釉的瓷器。是世界聞名的瓷器。

釉　塗在陶瓷表面的玻璃質物質。以石英、長石、硼砂、黏土等為原料，磨成粉末，加水調製後塗在陶瓷半成品表面，經燒製而成。有玻璃光澤，能增強陶瓷的強度和絕緣性、防腐性。

色釉　有顏色的釉。

琉璃　一種彩色釉料。用鋁和鈉的矽酸化合物燒製而成。常見的有綠色和金黃色兩種。

琺瑯　用石英、長石、硼砂、碳酸鈉等燒製成的一種硼矽酸鹽玻璃質材料。塗在金屬器物表面，經燒製後形成光滑的瓷面，具有防鏽作用，用以製造搪瓷、景泰藍、徽章等。

景泰藍　我國著名的特種工藝品之一。在器物銅胎上，用銅絲掐成花紋後填上琺瑯彩釉，經

燒製後磨光鍍金或銀而成。明代景泰年間開始在北京大量製作，當時彩釉多用藍色，所以稱爲「景泰藍」。

搪瓷　❶金屬表面覆蓋琺瑯層的製品。一般以鋼鐵爲坯胎，也有以鋁製的。質輕，光滑美觀，耐腐蝕，易洗滌。廣泛用作日用品、醫療器械和食品、化學等工業的耐腐蝕設備。❷指金屬坯胎表面覆蓋的琺瑯層。

洋瓷　〈口〉搪瓷。

金屬陶瓷　利用金屬粉末和陶瓷原料燒製成的人造複合材料。兼有金屬的韌性、高導熱性和陶瓷的硬度高、耐高溫、耐腐蝕等特性。廣泛應用於引擎、金屬切削及原子能工業等方面。

P6－33 名： 玻璃

玻璃　一種非晶態硬質透明物體。是矽酸鹽類非金屬材料。通常用石英砂、石灰石、純鹼等混合熔融後形成。加熱時逐漸軟化，無一定熔點。廣泛應用於生活用品、建築和照明材料以及科學技術等方面。

石英玻璃　一種用純淨的石英砂燒製成的玻璃。具有極小的熱膨脹係數，加熱到高溫後驟然冷卻也不會爆裂。

光學玻璃　製造光學儀器用的玻璃，具有一定波長範圍的良好光學性能。照相機、望遠鏡等鏡頭都用光學玻璃製成。

毛玻璃　表面經磨過或腐蝕而粗糙的玻璃，半透明。也叫**磨砂玻璃**。

鋼化玻璃　經過淬火處理後的玻璃，具有很好的機械強度，耐衝擊，破碎時不會形成尖銳的刃口，並能經受 250～320°C 範圍的溫度突變。

安全玻璃　夾層玻璃、鋼化玻璃等一類特殊用途的統稱。耐振動撞擊，破碎時碎片也不易散落，多用於交通工具和高層建築。

鉛玻璃　含氧化鉛的玻璃。折射率較大，有吸收 X 光等射線作用，常用做輻射防護材料和製作光學儀器。

泡沫玻璃　一種建築材料。是用普通玻璃粉末和碳酸鈣等發泡劑混合製成的玻璃。具有比重小(可以浮在水面上)、隔音、絕熱等性能。

玻璃纖維　玻璃熔融後抽成的絲，具有良好的絕緣性、耐熱性和抗腐蝕性。常用做隔熱、隔音、絕緣材料。

玻璃鋼　用玻璃纖維及玻璃布增強的一種塑膠。具有重量輕、機械強度高、耐腐蝕等特性。可代替金屬製車、船外殼及機器零件。

燒料　用含有矽酸鹽的岩石粉末與純鹼混合，加上顏料，加熱熔化，冷卻後的一種物質。跟玻璃相似，但透明度較低，用來製器皿或手工藝品。

P6－34 名： 塑膠

塑膠　以天然或合成的高分子化合物(多數爲合成樹脂)爲主要成分，經加熱加壓形成的、能保持一定形狀的材料。通常還加入各種添加劑，如填充劑、增塑劑、穩定劑、著色劑等。塑膠種類很多，具有質輕、耐腐蝕、絕緣等各種優良特性。廣泛應用於各種工業並可製造日用品。

聚乙烯　一種塑膠，由乙烯聚合而成。半透明，無毒，耐腐蝕，絕緣性好。主要用於化學工業、電氣工業、日用器皿及食品包裝。

聚氯乙烯　一種塑膠，由氯乙烯聚合而成。化學穩定性好、耐腐蝕、耐老化、難燃。根據所加增塑劑量，可分成軟質或硬質塑膠。前者製薄膜、軟管等，後者可製作管材或板材。

聚苯乙烯　一種塑膠，由苯乙烯聚合而成。透明，易染色，堅硬，絕緣好。主要用於製電求絕緣材料、日用品、玩具等。

聚四氟乙烯　一種塑膠，由四氟乙烯聚合而成。耐熱、耐寒，抗腐能力特強，不易老化，絕緣性

強且具有自潤滑性。在化學,電氣等工業上廣泛應用。俗稱**塑膠王**。

電木　一種熱固性酚醛塑膠,用苯酚和甲醛合成。質地堅硬,表面光滑,耐熱、耐磨、絕緣性好。主要用作電氣絕緣材料,也叫**膠木**。

賽璐珞　音譯詞。一種塑膠,用硝化纖維和樟腦混合加熱熔成,無色透明,易燃,用來製電影軟片、乒乓球、眼鏡架和文具等。

樹脂　黏稠狀液體或堅韌固體有機化合物的通稱。有天然樹脂、人造樹脂和合成樹脂。受熱後變軟,有可塑性。是製造塑膠的主要原料,也用以製造塗料、黏合劑、合成纖維等。

尼龍　音譯詞。聚醯胺樹脂,種類很多,質輕、耐熱、耐寒、易染色、耐磨、耐油,可製軸承、齒輪、油管等,也用來製牙刷等日用品。製成的纖維是一種重要的合成纖維。

錦綸　聚醯胺樹脂(尼龍)紡織成的纖維的商品名。

有機玻璃　一種塑膠,有高透明性,比普通玻璃輕,耐衝擊,不易碎,常用做生活用品和光學儀器的鏡片,飛機、汽車窗玻璃等。

P6－35 名：　橡膠

橡膠　一類高彈性的高分子有機化合物。有絕緣性,不透水和不透氣。有天然橡膠和合成橡膠兩大類。品種很多。廣泛地用於製造輪胎、膠帶、電纜包皮等製品。

天然橡膠　從橡膠樹、橡膠草等植物中提取的膠乳加工製成的橡膠。

膠乳　從割破的橡膠樹的樹皮中流出的白色乳狀液。是橡膠工業的原料。

生橡膠　膠乳經過初步加工而成的半透明的軟片。彈性差,遇熱會發黏。也叫**生膠**。

再生膠　用廢舊橡膠製品重新加工而成的一種橡膠。彈性、耐磨性等較差。

乳膠　一種硫化橡膠。不加或加很少的充填劑,

具有很強的彈性,多用來製造薄膜製品:乳膠手套。

硫化橡膠　由天然生橡膠經硫化處理後的產品。具有耐磨抗張、不黏、不易折斷等特性。橡膠製品多用這種橡膠製成。通稱**橡皮;膠皮**。

泡沫橡膠　一種像海綿、具有許多微孔的橡膠。生橡膠加入發泡劑或對膠乳邊攪拌邊鼓入空氣,使橡膠內部產生微孔,再經硫化製成。具有質輕、柔軟、隔音、隔熱等特性。廣泛用於製造各種座墊、鞋底、救生工具及緩衝、隔熱材料等。

合成橡膠　用石油、天然氣、煤等爲原料聚合而成的高彈性高分子化合物。性能與天然橡膠相似。有些品種的某些性能甚至優於天然橡膠。

矽橡膠　一種分子中含有矽原子的合成橡膠。由有機矽聚合而成。化學性質穩定,耐高溫、耐低溫,絕緣性好。常用作飛機、火箭的密封用材料和電氣絕緣材料,在醫學上也有廣泛應用。

P6－36 名：　油漆·塗料

油漆　過去指以天然漆和桐油爲原料的塗料,現在泛指含有乾性油或兼含樹脂等的黏液狀塗料。塗在器物表面乾燥後結成薄膜,光澤美觀,堅韌耐磨,可以防腐、防鏽。

塗料　塗在物體表面能結成一層有保護作用薄膜的一種材料,如油漆、合成樹脂、乾性油等。

漆　❶用漆樹汁或其他樹脂爲原料做成的黏液狀塗料。塗在器物表面,光澤美觀,堅韌防腐。❷各類黏液狀塗料的總稱。包括天然漆和人造漆兩大類。

生漆　用漆樹樹皮流出的乳白色黏汁濾去雜質的天然漆。黑色有毒性。耐水、耐磨、耐熱,可用以製熟漆和用做家具、工藝美術品等的塗料。也叫**大漆**。

磁漆　一種人造漆。以清漆爲基料,加入顏料研

磨而成。乾燥形成漆膜較快。廣泛應用於家
具及建築裝飾。也叫**瓷漆**。

清漆 不含顏料的漆,漆膜呈透明狀。

凡立水 音譯詞。清漆的俗稱。

噴漆 一種人造漆。用硝化棉、樹脂、增韌劑和
有機溶劑製成。可用噴槍均勻噴塗在物體表
面,乾燥快。

泡力水 音譯詞。蟲膠漆的俗稱。

蟲膠漆 一種清漆。用紫膠蟲等昆蟲分泌的膠
汁所凝成的蟲膠,溶解在酒精中製成。乾燥
快,裝飾性、附著力好,但耐水、耐熱性差。廣
泛用於家具著色打底和表面上光。

硝基清漆 一種用硝基化合物製成的清漆。漆
膜具有硬度高,亮度好等特點。

蠟克 音譯詞。硝基清漆的俗稱。

防鏽漆 具有較好防鏽性能的漆。主要由防鏽
顏料、乾性油、樹脂或瀝青調製而成。常作為
底漆,塗在金屬表面。

紅丹 一種防鏽漆。主要成分為四氧化三鉛。
用於金屬防鏽。

船用漆 一種船用防鏽漆。除具有良好的防鏽
性能外,還具有一定的毒性,能殺死附生在船
底上的生物。

桐油 桐油樹果實中榨出的乾性油。有毒,塗在
物體表面,乾燥後會形成一層薄膜。油膜耐
曬,耐腐蝕。是製造油漆、油墨的原料,也可
作為防腐塗料。

P6－37 名: 膠·糊料

膠 具有黏性能黏合器物的物質。有的用動物
的皮、骨等熬成,有的由植物分泌出來,也有
的人工合成,如魚膠、樹膠等。

明膠 從動物皮骨中提取的一種蛋白質。白色
或淡黃色的半透明顆粒或薄片。易溶解於熱
水中。按性質和用途,分為食用明膠、工業明
膠、照相明膠。

魚膠 用魚鰾或魚鱗、魚骨熬成的明膠。熔化後
黏性很強,常用做黏合劑。

骨膠 用動物骨熬成的明膠。常用做黏合劑。

阿膠 一種用驢皮熬成的膠。具有滋補養血功
效。因原產山東東阿縣而得名。也叫**驢皮膠**。

蟲膠 紫膠蟲等昆蟲分泌液乾燥凝結而成的物
質。紫紅色結晶,質地很脆。加工提煉成蟲
軟片,用於製塗料、唱片和電絕緣材料。

樹膠 某些樹(如桃、杏)的樹皮或果實分泌的膠
質化合物,如桃膠、櫻膠等。

果膠 存在於植物果實中的細胞膜中的一的種無
定形膠狀物質。可用來製糖果、果醬等。

瓊脂 一種植物膠。提取海產石花菜等所含的
膠質製成。無色、無味、無定形的固體,溶於
熱水。用做微生物的培養基的凝固劑和食品
工業原料。也叫**石花膠;瓊膠**。通稱**洋菜**。

栲膠 植物糅料浸取液濃縮成的物料。主要成
分是鞣酸。由栲樹、紅樹、櫟樹等植物中提取
製成。主要用於糅革、鑽探、軟水等。

大豆膠 用豆餅製成的膠。可用以做化工原料。

乳膠 常用的一種黏合劑,成分是聚醋酸乙烯樹
脂。乳白色液體,主要用於黏合木板。

萬能膠 指用做黏合劑的環氧樹脂。能牢固地
黏合金屬、陶瓷、玻璃、木材等各種材料。

膠水 能黏東西用的液體。

糊料 在液體中膨潤成膠體的物料。能使液體
黏稠度增加,容易附著於其他物體表面。用
於織物印花和上漿等。

糊精 由澱粉不完全水解而成的一種有機化合
物,白色或黃色粉末,有黏性。工業上用作黏
合劑、糊料等。

漿糊 用麵粉等調製成的可以黏貼東西的糊狀
物。

漿子 〈口〉漿糊。

P6－38 名: 蠟

蠟 從石油、動物或植物中提取的一種物質。主

要成分是高級脂肪酸的高級飽和一元醇酯。在常溫下多為固體，能燃燒，易熔化，不溶於水。多用以製造模型、上光劑、防水劑，也可做成蠟燭用於照明。

白蠟 ❶白蠟蟲分泌的蠟質。顏色潔白，質硬而脆，熔點較高。用來製蠟燭、藥丸外殼、蠟紙、鞋油、汽車蠟等。❷經過精製顏色潔白的蜂蠟。

蜂蠟 工蜂的蠟腺分泌的蠟質，是蜜蜂造巢的材料。淺黃色至黃褐色，有光澤、能絕緣防潮。用於做上光蠟、藥膏、化粧品等。通稱**黃蠟**。

石蠟 從石油中提取的一種礦蠟。白色或淡黃色固體，溶於苯、氯仿、松節油等。供製脂肪酸、高級醇及蠟燭、軟膏、電絕緣材料等。

地板蠟 用於保護及裝飾地板的蠟製品。由天然蠟或固體石蠟和溶劑配合製成。

P6－39 名： 顏料・染料

顏料 是一種不溶於水或其他溶劑的有色的細粉末狀物質。有天然和人造兩類。如朱砂、石綠、鋅白等。廣泛用於油漆、油墨、水彩、橡膠、塑膠、搪瓷、塗料的著色。

顏色 〈口〉顏料或染料。

水彩 用水調和後使用的繪畫顏料。

朱砂 無機化合物，主要成分為硫化汞。紅色或棕紅色、無毒。是煉汞的主要原料，也可做顏料。中藥作為鎮靜劑，外用還可治皮膚病。也叫**丹砂**；**辰砂**。

鉛粉 無機顏料，成分是鹼式碳酸鉛。白色粉末，有毒。是製造油漆的主要白色顏料。也叫**鉛白**。

鋅白 無機顏料，成分是氧化鋅。白色晶體或粉末，在空氣中不變色，不溶於水，無毒。用做白色顏料。醫藥上用於製造軟膏、橡皮膏。也叫**鋅氧粉**。

泥金 一種用金箔和膠水製成的金色顏料。用於書畫、塗飾箋紙或調和在油漆中塗飾器物。

黛 一種青黑色顏料。

藤黃 藤黃樹的樹脂。黃色膠狀物質，有毒。入中藥。也作為一種黃色顏料。

赭石 天然黃色顏料。主要成分是鐵的氫氧化物和黏土，由於價格低廉，應用廣泛。

石青 一種藍色礦物顏料。由藍銅礦礦石製成。多用於國畫。

石綠 用孔雀石製成的綠色顏料。多用於國畫。

碳黑 碳氫化合物在加熱分解或不完全燃燒時形成的一種黑色粉末，主要成分是碳。主要用做橡膠的填料及製造電阻器，也用於製黑色顏料。

染料 能附著在纖維或其他物料上，使獲得鮮明而牢固色澤的有機化合物。可溶於水或某些溶劑中。有直接染料，還原染料、分散染料等很多種類，應用於紡織、塑膠、橡膠、石墨、皮革、食品、造紙等工業。

有機染料 做染料用的有機化合物的統稱。

合成染料 人工合成的染料，顏色種類和品質都遠超過天然的染料。現有的染料大多數是合成染料。

活性染料 又稱反應性染料。一種能與被染纖維發生化學作用的染料，被染物色澤鮮艷，不易褪色，勻染性能好。

偶氮染料 含有偶氮基($-N = N-$)的有機染料。用於染布、造紙、印刷和製油墨等。

剛果紅 一種有機染料。紅棕色粉末，可做酸指示劑，作為染料可直接染棉、毛等。也用於紙張著色。

靛藍 一種有機染料，原為古老的植物染料，從植物藍靛中提取，現已人工合成。深藍色，染布顏色久經不褪。也叫**藍靛**；**靛青**。

海昌藍 一種藍色染料，也叫硫化還原藍。由咔唑經硫化而成。多用來染棉、麻纖維。

陰丹士林 音譯詞。一種合成染料，顏色種類很多，最常見的是藍色。能染棉、絲、毛等，耐

洗、耐曬。

P6－40 名： 皮革
（參見 E9－14 毛皮）

皮革 用動物的皮去毛,再經加工處理後,成為具有不易腐爛、耐磨耐折、透氣等特性的物料。廣泛用於製鞋、包箱、服裝、手套、鞍具、機器輪帶等。

皮 皮革:麂皮/皮鞋/皮箱/皮夾克。

皮子 皮革或毛皮:皮子做的外套。

革 皮革:製革/人造革。

皮張 用做製革原料的獸皮。

翻皮 在皮革製品中,反面朝外的皮革。

人造革 類似皮革的塑膠製品。一般是將熔化的合成樹脂加增塑劑塗在紡織品上,再經加熱、壓製而成。

漆皮 用油漆塗飾表面製成的一種特別光亮的皮革。用來製作鞋、皮包或裝飾用皮件。

P6－41 名： 木材

木材 樹木採伐後,經初步加工,可供建築及製造器物的材料。

木料 經初步加工有一定形狀的木材。

木 木材;木料:硬木/松木/木板/木器。

木頭 〈口〉木材、料的通稱:一根木頭/木頭椅子。

原木 採伐後除去枝葉、樹皮的木材,一般按標準鋸成的一定長度的圓木段,供直接使用或加工用。

硬木 質地堅實的木材,如檀木、梨木等。

栓皮 栓皮櫟等樹皮的木栓層經採剝乾燥的產物。質輕軟,不透水,富有彈性,為電、熱、聲的不良導體。用以製救生圈、隔音板、瓶塞、絕緣材料等。也叫**木栓;軟木**。

柳條 柳樹的枝條,特指杞柳的枝條,可以編筐、籃、箱等。

P6－42 名： 板材

板材 ❶板狀的材料,如木板、膠合板等。❷原木縱向鋸成寬度為厚度三倍以上的木材。

木板 片狀的木材:用木板遮蓋/鋸木板做箱子。

板 片狀木材;木板:樓板/板壁。

企口板 一種兩側面分別加工成凸或凹形的木板,拼合時互相緊密嵌入,可防止翹起。多用來做木板牆、鋪地板等。

膠合板 用多層薄木片塗膠黏合、壓製而成的人造板材。層數多為單數,有三合板、五合板等,各層木紋縱橫交錯。膠合板強度大,木材利用率高。是家具、裝飾、建築等行業的重要材料。

三合板 三層薄木片組成的膠合板。

纖維板 一種人造木板。是用廢木料分離成木纖維或木漿,經成型、熱壓製成。能吸音、隔熱。常用於建築和家具製作等方面。

刨花板 一種人造木板。用刨花和經過加工的碎木料膠合壓製而成。可製作家具、包裝箱等。

隔音板 用於在建築物中隔音的板材。多用刨花、稻草等原料壓製而成。

P6－43 名： 木柴

木柴 做燃料或引火等用的小塊木頭。

劈柴 為做燃料或引火用而劈成小塊的木頭。

桦子 〈方〉大塊的劈柴:松木桦子/劈桦子。

引柴 引火用的小木片、小竹片或秫秸等。也叫**引火柴**。

柴火 做燃料用的樹枝、小塊木頭、秫秸、雜草等。也叫**柴禾**。

柴草 可做燃料用的草、木;柴火。

柴 木柴;柴火:上山打柴/衆人拾柴火焰高。

薪 柴:釜底抽薪/薪桂米珠。

P6－44　名：　寶物

寶物 珍貴的東西：稀有的寶物／莎士比亞的作品已經成了文學名著中不可多得的寶物。

寶 珍貴的東西：無價之寶／如獲至寶／吉林有三寶：人參、貂皮、烏拉草。

寶貝 貴重少見的東西：這些書籍都是他收藏的寶貝。

瑰寶 特別珍貴的物品：國之瑰寶／古代藝術的瑰寶。

至寶 最珍貴的寶物：如獲至寶／稱為至寶。

國寶 原指國家的鼎彝等寶器，特指傳國璽。後泛指國家的寶物：世傳國寶。

傳家寶 家中世代相傳的珍貴物品：這幅名畫是他的傳家寶。

珍寶 珍貴寶石等，泛指珍貴的東西：稀世珍寶／玩賞珍寶。

珍 珠玉等寶物。泛指珍貴的東西：奇珍／如數家珍／山珍海味。

珍品 珍貴的物品：收藏的油畫都是不易得的珍品。□珍物。

珍玩 珍貴的玩賞物，多為古董、字畫、盆景等。

奇珍異寶* 罕見的珍貴寶物：他夢想到沒人去過的地方去發現奇珍異寶。

珠玉 珍珠和玉，泛指珍貴：珠玉犬馬。

珠寶 珍珠寶石等貴重物品，多用做婦女飾物。

珠翠 珍珠和翡翠，婦女貴重的飾物：滿頭珠翠。

金玉 黃金和珠玉，泛指珍貴。常比喻珍貴美好的事物：金玉其外，敗絮其中／金玉良言。

P6－45　名：　珍珠・琥珀・象牙

珍珠 蚌類貝殼內產生的圓形顆粒，乳白色或略帶黃、粉紅、青等色，有光澤。是一種貴重裝飾品，研碎後可入藥。也叫**眞珠**；**珠子**。

珠 珍珠：珠寶／珠光寶氣。

養珠 將人工蚌球放置在蚌類貝殼內形成的珠。

串珠 串成串的珠子。

明珠 光澤晶瑩的珍珠。常比喻可寶貴的事物。

夜明珠 傳說中能在夜間放光的珍珠。

琥珀 古代松脂的化石。色淡黃、褐或紅褐。質軟性脆，熔化時有香氣，摩擦時生電。質優的用做裝飾品，質差的用來製造琥珀酸和漆。中醫用做安神鎮靜的藥。也作**虎魄**。

象牙 象的上腭門齒。大而長的圓錐形。質地潔白、細密而有光澤。多用於雕刻飾物和美術工藝品。

牙 特指象牙：牙雕／牙章。

P6－46　名：　廢物・廢料

廢物 沒有用或已不再有用的東西：添置的機器很多是不能用的廢物／利用廢物。

廢品 ❶工業生產中品質不合格的產品。❷日常生活中殘破、陳舊或失去原有使用價值的物品。

廢 廢物；廢品；廢料：修舊利廢／變廢為寶。

廢料 在製造產品的過程中殘餘的、或經加工而損壞、變質的，對本生產不再有用的原料。

廢氣 在生產過程中或燃料燃燒過程中排出的氣體。

廢水 指天然水經人類利用污染後再排出的水。分工業廢水、生活廢水、農業回流水等。

廢渣 在生活或生產中產生的無用的固體廢物。分工業廢渣、農業廢渣和生活垃圾等。

三廢 指工業生產中所排出的廢氣、廢水、廢渣。三廢能污染環境，如積極加以利用，就會變廢為寶。

下腳料 原材料加工後剩餘的碎料。如紡織廠的回絲、印刷廠的紙邊等。也叫**下腳**。

邊角料 製作、加工產品時，切割、裁剪後多餘的材料。

破爛 破爛的東西；廢品：收破爛／他沒拿走的都是些破爛。

垃圾 髒土或扔掉的廢物:倒垃圾。

髒土 塵土;垃圾。

穢土 〈書〉髒土。

P6－47 名： 渣滓

渣滓 物質經提煉或使用後剩下的雜質。

渣 ❶渣滓:鋼渣/甘蔗渣/藥渣。❷碎屑:飯渣/饃渣。也叫**渣子**。

爐渣 ❶冶金時浮於液態金屬表面的物質。是原料中的雜質與燃料中熔劑形成的渣滓。可作爲製水泥、磷肥的原料。❷煤渣。

煤渣 煤燃燒後剩下的渣滓。

豆渣 製豆漿時剩下的渣滓。可作爲飼料。也叫**豆腐渣**。

甘蔗渣 甘蔗榨汁後剩下的渣滓。可作爲造紙、人造板、釀酒的原料。

P6－48 名： 精華·糟粕· 草芥·贅疣

精華 指事物最重要、最優美的部分:集中了民族工藝品的精華/吸收中西文化的精華。也作**菁華**。

精髓 最能體現事物本質的部分;精華:青銅器作品中的精髓。

精粹 事物最精美的部分;精華:吃用牛羊,棄去蹄毛,留其精粹。

糟粕 酒糟、豆粕。比喻粗劣而沒價值的東西:保存精華,剔除糟粕。

糞土 污穢的泥土,比喻令人厭惡鄙視或不值錢的東西:視金銀如糞土。

秕糠 秕子和糠,比喻沒有價值的東西:視如秕糠。

敝屣 〈書〉破爛的鞋子。比喻沒有價值的東西:棄之如敝屣。

草芥 草和芥(小草)。比喻輕微、沒價值的東西:商紂王視百姓如草芥。

毫毛 人或鳥獸身上的細毛,比喻極細小、輕微的東西:對吳董事長而言,捐這麼點錢,沒有傷他一根毫毛。

鴻毛 大雁的毛。比喻輕微、不足道的事物:輕於鴻毛。

纖毫 比喻極其細微的事物:纖毫畢見/纖毫不漏。

秋毫 鳥獸在秋天新長的細毛。比喻細小的事物:明察秋毫/秋毫無犯。

草刺兒 比喻很細小的東西:一根草刺兒也不能讓他拿走。

贅疣 比喻多餘無用的事物:他把財產看作生活上的贅疣。也叫**贅瘤**。

蛇足 比喻多餘的事物:我這些話,恐怕是蛇足,那就請刪掉。

P7　物品(一般)

(參見 A9－20 計時器具,C 12－10、C 12－11、C 12－16、C 12－19 衛生用品,C 12－18 化粧用品,E5－7～E5－20 炊具·餐具,E 12－1～E 12－21 家用器物,G7－17～G7－21 文具·紙·簿冊,M 10－10～M 10－14 玩具)

P7－1 名： 物品

物品 各種具體的物體(多指日常生活中應用的):貴重物品/耐用物品/危險物品。

品 物品:商品/產品/消費品。

物件 泛指成件的東西:散場時別遺忘你的物件。

物事 〈方〉東西;物品:一切物事都由他保管/不想吃物事,也不曉得餓。

品名 物品的名稱。

品目　物品的名目。

玩意兒　物品；事物：這玩意兒小巧玲瓏，眞不
　　錯。

物料　物品，材料：缺乏物料／調集大批防颱物
　　料。

P7－2 名： 用品

用品　應用的物品：文化用品／體育用品。

備用品　準備供隨時需用的物件、工具等物品。
　　也叫**備品**。

日用品　日常生活應用的物品：貨架上擺滿了日
　　用品。

消費品　指供日常生活需要而消費的物品。

必需品　生活上不可缺少的物品：糧食是生活必
　　需品。

雜品　各種日用的零星物品：雜品商店。

什物　日用的衣物及其他零碎用品：打掃衛生，
　　把什物清理一下。

零碎　細碎的日用物品：他抱著臉盆和一些零
　　碎。

零七八碎＊　沒有大用的東西或零碎雜事：架子
　　上擺的都是些零七八碎／整天忙些個零七八
　　碎兒。

情趣商品　民國八十一年七月，情趣商店在臺灣
　　首家開張。情趣商店販售的商品，完全是與
　　「性」有關的商品，有以性器官爲造型的杯子、
　　菸灰缸、口紅；做成棒棒糖的保險套；各種尺
　　寸型式的性器具以及各種限制級的成人書
　　籍。

P7－3 名： 器具

器具　生活、生產中使用的物件、工具等：添置家
　　用器具／清點器具。

用具　供使用的器具：辦公用具／炊事用具。

器　器具：木器／鐵器／把玉石雕琢成器。

器物　指各種用具。

器材　器具和材料：電訊器材／運動器材。

器械　❶指有專門用途的器具：醫療器械／體育
　　器械。❷指武器：這支部隊器械精良。

器皿　泛指盛東西的日常用具，如碗、杯、缸、盆
　　等：玻璃器皿。

容器　盛東西的器具。也叫**盛器**。

陶器　用黏土燒製的器皿，一般塗有粗釉。質地
　　較瓷器鬆，有一定吸水性。

瓷器　用高嶺土等燒製的器皿。質硬脆、組織細
　　密。

木器　用木材製造的家具。

竹器　用竹子做的器物。

料器　有色玻璃製成的工藝品。

P7－4 名： 簍・籮・筐

簍　簍子：字紙簍／背簍。

簍子　用竹、柳條等編成的盛器，圓形，從口到底
　　比較深，一般沒有提梁。

簍　❶較小而深的簍子。❷竹篾編成的箱子。

筐　❶竹、籐、柳條等做成的盛器：背筐。❷兜
　　子。

筐子　一種用竹椅子捆在兩根竹竿上而成的便
　　轎。也作**兜子**。

背簍　背在身上的簍子，山區裝運東西用。

背筐　背在背上裝東西的筐子。

笆簍　用樹條或竹篾編成的簍子，多用來背東
　　西。

栲栳　筹筤　一種用柳條編成的盛器，形狀像斗，
　　底部爲半球形。也叫**笆斗**。

籠　❶用竹片編成的盛物器具：竹籠。❷用竹、
　　木或鐵絲編成的飼養鳥、蟲、雞、兔等的器具：
　　雞籠／兔籠。也叫**籠子**。

籠　較大的箱子：箱籠。也叫**籠子**。

籮　用竹或柳條等編成的裝東西的器具，大多底
　　方口圓。大的口側有兩耳，用來盛糧食，小的
　　用來淘米。

籭筐　籭。多用於盛糧食。

筐　用竹、柳條等編成的盛物器具,方形或圓形,
　　大多裝有提手:竹筐/糞筐。

筐子　較小的筐。

笆籭　用柳條或竹篾編成一種盛物器具,幫較
　　淺,圓形或方形,大小因用途而異。大的用於
　　盛糧食,小的如針線笆籭。

匾　一種圓形平底、邊框很淺的竹器。多用來養
　　蠶或盛米穀:蠶匾/針線匾。

P7－5 名:　包·袋·套

包　裝東西的口袋:書包/背包/肩上掛了一個
　　包。

草包　用草編成的包。

蒲包　用香蒲草葉編成的裝東西的袋。

麻包　用粗麻布製成的袋子。□麻袋。

袋　口袋:布袋/米袋/塑膠袋/用袋裝糖果。
　　也叫袋子。

口袋　❶用布、皮等製成的裝東西的用具:布口
　　袋/麵口袋。❷衣兜。

兜　口袋或類似口袋的東西:褲兜/衣兜/網兜。
　　也叫兜子。

囊　口袋:解囊相助/囊空如洗。

革囊　皮革製的袋子。

行囊　〈書〉出門時所帶的袋或包:收拾行囊。

網袋　用線或繩編成的袋,可用來裝物品。□網
　　兜。

絡子　用線或繩編結成的網狀袋子。

套　❶罩在物體外面的東西:筆套/手套/書套。
　　❷用繩子結成的環狀用具:繩套/牲口套/大
　　車套。也叫套子。

封套　裝文件、書刊等用的套子。

書套　罩在一本或幾本書外面的殼子,多用硬紙
　　等製成或加布面。

鞘　裝刀劍的套子:刀鞘/劍鞘。

P7－6 名:　繩·帶·鏈

繩　用草、棉、麻、棕或金屬絲等擰成的條狀物:
　　草繩/麻繩/線繩/鋼繩。也叫繩子。

繩索　繩子。特指粗繩。

索　粗繩子或大鏈子。泛指繩索:麻索/船索/
　　鐵索橋。

索子　繩子:拿出索子捆人。

纜　拴船用的粗繩或鐵索:鐵纜/解纜開船。

纜繩　多股棕或麻或金屬絲擰成的粗繩。舊時
　　多用以纜船,故名。

線繩　多股粗棉線擰成的繩子。

麻繩　麻製成的繩子。

鋼絲繩　用鋼絲絞成的繩。先用幾根細鋼絲絞
　　成一股,再由幾股絞成繩。多用於起重。

鐵索　鋼絲繩或粗鐵鏈。

草繩　用稻草擰成的繩子。

尼龍繩　用尼龍纖維製成的繩子。

紖　牛鼻繩。泛指牽引牲口的繩子。也叫紖子。

帶　用皮、布或線等做成的窄長條狀物:皮帶/
　　褲帶。也叫帶子。

鬆緊帶　用紗和橡膠絲或橡膠條夾織而成的帶
　　子,可以伸縮。

鏈　用金屬的小環勾連起來的像繩子的東西:鐵
　　鏈/錶鏈/項鍊。也叫鏈子。

鏈條　❶機械上做傳動用的鏈子。❷〈方〉鏈子。

鎖鏈　鐵環勾連成的鏈子,舊時用做刑具。也叫
　　鎖鏈子。

鎖　❶鐵環勾連成的鏈子:千尋鐵鎖沈江底。❷
　　指用作刑具的鎖鏈:枷鎖。

P7－7 名:　鎖·鑰匙·拉鏈

鎖　一種安在門、窗、箱、抽屜的開合處或鏈子的
　　環孔中,通常要用鑰匙才能打開的金屬器具。

暗鎖　鎖體嵌在門、箱、抽屜上,只露出鎖孔的一
　　種鎖。

撞鎖　安在門上,只需把門一關就能鎖上的鎖。也叫**碰鎖**。

彈簧鎖　一種利用彈簧的彈力卡住鎖芯的鎖,需用鑰匙才能打開。

鑰匙　開鎖的器具。有的鎖還必須用它才能鎖上。

鑰　❶鑰匙:銀鑰。❷鎖:門鑰。

鎖匙　〈方〉鑰匙。

拉鏈　一種可以分開和鎖合的鏈條形的金屬或塑膠製品,是在兩條布帶邊緣上嵌可勾連的凹凸形小齒兒製成。用來縫在衣服、口袋、皮包等上面。也叫**拉鍊**。

P7－8 名：　噴壺

噴壺　澆水的壺狀器具。噴水部分像蓮蓬,有許多小孔。

噴桶　〈方〉噴壺。

噴頭　噴壺或淋浴、噴灑農藥等設備中出水口上的裝置,形狀像蓮蓬,有許多小孔。有的地區俗稱**蓮蓬頭**。

噴嘴　噴射液體或氣體器具上的出口,一般呈管狀,口端管孔較小。

噴子　噴射液體的器具。

P7－9 名：　火具

火具　引火和引爆的器材。(有關引爆器材參見L11－12炸藥)

火石　❶即燧石。古代用以取火。❷用鈰、鑭、鐵製成的合金,摩擦時能產生火花。通常用在打火機中作爲火種。

火種　供引火用的火。

火鐮　一種取火的工具,用鋼製成,形狀像鐮刀,故名。用以打擊火石,能發出火星,點著火絨。

火刀　〈方〉火鐮。

火絨　用火鐮、火石取火時引火的東西,用艾草等蘸硝做成。

火煤　火媒　指火紙、火繩、引柴等引火用的東西。也叫**火煤子**。

火捻　點火用的細長紙捲。有的用紙裹著硝等做成。也叫**火紙;紙煤兒　紙媒兒**。

火繩　❶古代槍炮的引火繩。❷用艾草等搓成的繩,用以引火或驅除蚊蟲。

火柴　一端蘸有磷或硫的化合物,用以摩擦取火的細小木棒。常用的是安全火柴,火柴頭只有在火柴盒塗有紅磷的摩擦面上摩擦才能發火。

洋火　火柴的俗稱。

自來火　〈方〉火柴。也指打火機。

取燈兒　〈方〉火柴。

P7－10 名：　燈具(一般)
(參見 E 12－14 家用燈具)

燈具　指各種照明用具。

弧光燈　利用碳精棒作爲電極產生電弧的照明用具。弧光是一種強光源,可用於做探照燈,電影影片的拍攝和放映等。

水銀燈　利用水銀蒸氣放電發光的照明用具。發光效率高,使用壽命長。多用於攝影,曬圖和街道照明等。也叫**汞燈**。

紫外線燈　一種能發射紫外線的水銀燈。燈管用能透過紫外線的石英玻璃製成,管內充入氬氣和水銀,通電後在水銀蒸氣中放電發射大量紫外線。用於醫療保健、探測礦層、曬圖等方面。

無影燈　醫院中進行醫療手術的照明設備。用多個特製燈泡和反射鏡片裝入盤形罩內,光線從不同方向透過濾色玻璃射向手術臺,使手術操作時不會產生陰影。

霓虹燈　利用氣體放電發光的燈。將彎製成字形、圖形的細長玻璃管抽去空氣,充入氖或氬

等惰性氣體,兩端安裝電極,通電後發出隨所充氣體而不同的紅、藍等彩色光。多用於廣告、標語牌、裝飾照明等。

信號燈 利用燈光發出各種信號的燈。用於船舶、燈塔、道路、鐵路、機場等處。

桅燈 一種航行的信號燈,按國際航行規則,裝在輪船的前後桅杆上。

尾燈 裝在汽車、摩托車等尾部的燈,一般用紅色的燈罩,以引起後面車輛、行人的注意。

路燈 安裝在道路上照明的燈。

交通訊號燈 安裝在道路交叉口指揮車輛通行的信號燈。燈光分三種顏色,紅燈表示停止,綠燈表示前進,黃燈表示禁止車輛直行和左轉彎的警告信號。通稱**紅綠燈**。

摩電燈 音譯詞。一種裝置在自行車前面的燈,由燈頭和小型發電機構成。

探照燈 一種利用光學系統(反射鏡或透鏡)將光集中能進行遠程照明的裝置。主要在軍事上用於搜索及照射空中、地面及水上目標。也可用做信號探照燈。

礦燈 礦井裡礦工隨身攜帶的特製的照明燈。

安全燈 礦井裡有瓦斯或煤塵爆炸危險的環境中用的照明燈。燈上有耐爆的燈口和玻璃外罩破裂時能自動切斷電源的裝置。

火把 束狀的照明用具。通常用竹篾編結長條或在棍棒頂端紮上棉花蘸油而成。

火炬 火把:火炬遊行。

炬 火把:付之一炬／目光如炬。

P7－11 名： 爆竹·煙火

爆竹 用多層紙密捲火藥,兩頭堵死,接以引線,點燃能爆炸發聲的物品。多用於節日和喜慶事。也叫**炮仗;爆仗**。

炮銃 〈方〉爆竹。

雙響 一種分兩段裝火藥的爆竹。點燃後,下截先響一聲,同時升到空中,在空中上截再爆炸發聲。有的地區也叫**二踢腳;兩響**。

鞭炮 ❶爆竹的統稱。❷專指一種連成串的小爆竹,燃放時響聲連續不斷。

鞭 成串的小爆竹。

百響 〈方〉鞭。

麻雷子 一種爆竹,燃放時響聲很大。

煙火 燃放時發出各種顏色火花供觀賞的物品。形狀和製法與爆竹類似,主要在火藥中攙入一些金屬鹽類。有的還能發聲、升到空中或變幻出各種形狀。種類很多,常在節日燃放。也叫**焰火**。

花 一種煙火。夜間燃放時能噴出許多火花,供觀賞:禮花／放花。

盒子 外形像盒子的煙火。

花筒 一種圓筒狀的煙火。

禮花 舉行慶典時燃放的煙火。

起火 一種拖帶著葦子桿或細竹條的花炮,點著後能升得很高。

花炮 泛指煙火、爆竹。

P7－12 名： 鈴·鐘·梆·哨

鈴 用金屬製成的響器,常見的有球形外殼下開一條口,內放金屬丸,或在鐘形、半球形外殼裡懸一金屬小錘,振動時相擊發出響聲。

鈴鐺 晃蕩而發聲的鈴。常掛在騾馬頸下,或作為兒童玩物。

串鈴 ❶套在手上,搖動時能發聲的一種鈴。❷成串的鈴鐺。

風鈴 一種由風吹動而發響的鈴鐺,常懸掛在佛殿、寶塔等檐下。

電鈴 一種利用電磁鐵特性通電後能發出響聲的鈴。

鐘 用銅或鐵製成的一種中空的響器,受撞擊能發聲響。

洪鐘 〈書〉❶大鐘。❷洪亮的鐘聲:聲如洪鐘。

警鐘 用來報告發生意外或遇到危險的鐘。

梆　打更用的器具,空心,用竹筒或木製成。也
　叫**梆子**。

柝　〈書〉打更用的梆子。

哨子　用竹、金屬或塑膠等製成的能吹響的用
　具,多在集隊、操練或體育比賽中使用。也叫
　哨兒。

叫子　〈方〉哨子。

警笛　❶警察用來報告發生事故的哨子。❷發
　警報的汽笛。

汽笛　使蒸氣從氣孔中噴出而發出的很大聲響
　的發聲器。一般裝置於輪船、火車或工廠中。

螺號　用大的海螺殼製成的號角。

P7－13　名：　眼鏡

眼鏡　用以矯正視力或保護眼睛的透鏡。用無
　色或有色的玻璃或水晶製成。

老花鏡　用以矯正老花眼(遠視眼)的眼鏡,鏡片
　是凸透鏡。

茶鏡　用茶色玻璃或茶晶製成鏡片的眼鏡。

墨鏡　用墨晶或黑色、黑綠色玻璃製成鏡片的眼
　鏡,有避免強烈光線刺眼的功用。

太陽眼鏡　〈方〉墨鏡。

風鏡　擋風沙的眼鏡。用橡膠、塑膠或布的罩子
　圍在玻璃鏡片的周圍製成。

隱形眼鏡　用有機玻璃製成的薄片放在眼瞼內,
　貼住眼球的眼鏡。

變色眼鏡　一種新型的眼鏡,透鏡的顏色會隨著
　光線的增強而變深,在強光下可起同墨鏡的
　作用,而光線減弱後,又能逐漸恢復到完全透
　明。

P7－14　名：　手杖

手杖　走路時手裡拄的棍子。

拄杖　手杖;拐杖。

杖　手杖;拐杖:扶杖而行／倚杖而立。

拐杖　走路時拄的棍子,拿在手中的一端多是彎

曲的。也叫**拐棍**。

拐　拐杖:老公公拄個拐蹣上公車,大家紛紛讓
　座。

P7－15　名：　面罩‧護腿等

面罩　擋住或戴在面部有遮蔽或保護作用的罩
　狀用具,如電焊面罩。

護腿　❶套在小腿部的一種保護用品。❷馬球
　比賽使用的套在馬匹脛骨部分的半圓筒狀保
　護用具。

護膝　一種套在膝部,對膝關節有保護作用的用
　品。也叫**護套**。

護耳　套在耳上,保護耳朵使不受凍的用品。也
　叫**耳套;耳帽**。

護腰　圍在腰部以防止扭傷並能保暖的用品。

護肩　挑或扛東西時放在肩上,用來減少摩擦,
　保護皮膚和衣服的墊子。也叫**墊肩**。

護袖　套在衣服兩袖上以保護衣袖免遭污染和
　破損的用品。

P7－16　名：　證明書‧票

證明書　由機關、學校、團體等發的證明資格或
　權力等的文件:他拿出領事館給他的證明書。

證書　證明書的省稱:畢業證書／聘用證書。

證件　證明身分、經歷等的文件,如學生證、身分
　證等:檢驗文件。

證明　證書或證件等:出具證明。

證　證據;證件:工作證／出生證。

派司　音譯詞。指出入證、通行證、執照、護照、
　長期票、免票等。

關係　表明有某種組織關係的證件:他帶著影片
　評審團的關係。

工作證　表示一個人在某單位工作的證件。

執照　主管機關發給的准許做某項事的憑證:營
　業執照／駕駛執照。

照　執照:牌照／護照。

憑照 執照或證件。

執照 車輛經檢查合格,准許行駛的執照:你違反交通規則,請出示執照。

牌照 指車照,有時也指某些特種營業的執照。

通行證 准許在某一特定區域通行的證件。

路條 一種簡便的通行憑證。

路簽 火車站發給列車的准許通行的憑證。

票 適用於一定範圍的紙片狀憑證:門票／車票／船票／選票。

門票 公園、博物館、展覽廳等的入場憑證。

票證 糧票、油票、布票等的統稱。

P7－17 名：　名冊·名片

名冊 登記人名的本子:幹部名冊／工資名冊。

名單 記錄人名的紙片:運動員名單／得獎人名單。

花名冊 人員名冊:連隊花名冊／工廠花名冊。也叫**花名簿**。

黑名單 本意是執政者為進行政治迫害,而開列反抗者的名單;後泛指列出具負面行為者的名單:當地的不良幫派分子,已經被警方列入緝捕的黑名單。

名片 一種印有自己姓名、職位、地址等的長方形紙片,用於拜訪人或與人聯繫時送給對方。也叫**名刺**;**名帖**;**片子**。

P7－18 名：　圖章
（參見 L2－21 印信）

圖章 ❶一種刻有姓名、其他名稱或文字、圖案的小塊物件,多用石頭、木頭、金屬、象牙等做成。用來在文件、書籍、書畫上印下痕跡作為標記:刻圖章／蓋圖章。❷指圖章印下的痕跡:文件上有他的圖章。也叫**圖記**;**圖書**。

章 圖章;印章:公章／私章／蓋章。

私章 刻有個人的姓名、職務的印章。

閒章 與姓名、職務無關的個人圖章,印文多為簡短的熟語、詩句等。

印 泛指圖章:鋼印／蓋印。也叫**印章**。

印文 圖章上或印迹上的文字:他仔細察看證件上關防的印文。

戳 圖章;印記:小戳／郵戳／蓋個戳。也叫**戳兒**;**戳子**;**戳記**。

手戳 〈方〉私人的姓名圖章。

日戳 刻有年、月、日的戳子。

郵戳 郵政日戳的簡稱。郵局蓋在郵件上,註銷郵票並表明收發日期地點的戳子。

P7－19 名：　印泥·印臺等

印泥 蓋圖章用的油質顏料。多是紅色,一般用朱砂、艾絨、蓖麻油混合製成。也叫**印色**。

印油 專供印臺用的油質液體,有紅、藍、紫等色。

印臺 蓋橡皮或木質圖章用的塗有印油的盒子。也叫**打印臺**。

印盒 盛印章的盒子。也叫**印匣**。

P7－20 名：　徽章·徽

徽章 ❶古時軍隊或官署所用的旗號。❷表示身分、職業、榮譽等的標誌,多用金屬製成,佩帶在身上。

章 標誌;徽章:旗章／領章／臂章。

證章 發給本單位人員證明身分的徽章,多佩在胸前。

獎章 發給受獎人佩帶的榮譽徽章。

勛章 授給有功勞的人表示榮譽的證章。

徽 代表某個集體的標誌;符號:校徽／國徽／軍徽／帽徽。

校徽 學校師生員工佩帶的標明校名的徽章。

P7－21 名：　牌·籤·籌等

牌 木板或其他材料做的板,用於張貼文告、廣

告和做標誌或憑證：布告牌／招牌／門牌／車牌。也叫**牌子**。

標誌牌　用文字或符號標明特徵，提醒注意的牌子。多置於路側。

路牌　豎在路旁標明路名、地區名或交通路線的牌子。

門牌　釘在大門外的牌子，標明有該處的地區、街道名稱及房子號碼等。

匾　題有標記或讚揚文字的長方形橫牌，一般爲木牌，也有用綢布做的：繡金匾／門楣上掛著一塊匾。也叫**匾額**。

牌匾　掛在門楣上或牆上，題著字的木牌：醫院門前掛著紅十字的牌匾。

籤　❶作標誌用的寫有文字的小竹片或小紙片：標籤／浮籤／書籤。❷用竹、木削成的小細棍：竹籤／牙籤。❸民間或寺廟中供求神問卜用的小竹片或小細棍，常寫有文字、符號或詩句：抽籤／求籤。

籤子　〈口〉做標誌用或占卜用的籤。

標籤　標明物品名、用途、價格等的小紙條。

浮籤　一端貼在書本、文稿或試卷上，便於揭去的小紙條。

書籤　❶掛在書冊一端或貼在封面或寫或印有書名的竹、牙片、紙或絹條。❷夾在書裡，用做閱讀進度標記的小薄片。多用紙或賽璐珞等製成。

籤條　寫有文字，貼在捲軸、書籍封面或封套正中的紙片。

封條　黏貼在門窗或器物可開啓處的紙條，上面註明封閉日期，表示封閉、封存或沒收，以防私自開啓或動用。也叫**封皮**。

籌　❶竹、木、象牙、塑膠等製成的小棍或小片，主要用來計數或作爲領物的憑證：竹籌／牙籌。❷古代投壺所用的矢：略勝一籌。

籌碼　籌馬　❶計數的用具。❷舊時稱貨幣或能代替貨幣的票據。也叫**籌子**。

碼子　圓形的籌碼。

P7－22　名：　旗・幛

旗　布、綢、紙等做的標誌，方形、長方形或三角形，有的上面有文字或圖案，一邊套或繫在杆或繩上。一般懸掛在柱上或建築物上，也常用手擎舉：國旗／升旗／掛旗／舉旗。也叫**旗子**。

旗幟　❶各種旗子的總稱：節日街頭懸掛著各色各樣的旗幟。❷比喻某種思想、學說或政治力量：高舉民主與科學的旗幟。❸比喻榜樣：他成了全公司同事的旗幟。

幟　旗幟：獨樹一幟／易幟（更換旗幟）。

紅旗　❶紅色的旗子。多用做革命的標誌。❷用來獎勵競賽優勝者的紅色旗子。後即用以比喻先進的：紅旗單位。

白旗　❶戰敗投降或要求停戰的旗子。❷戰爭中敵對雙方派人相互聯絡所用的旗子。

錦旗　彩色綢緞製成的旗子，多題有文字，用於贈送團體或個人，作爲獎勵或表示敬意、謝意等。

旂　❶古代畫有兩龍並在杆頭懸有鈴鐺的旗子。❷「旗」的異體字。

旌旗　旗幟的總稱：旌旗招展／旌旗蔽天。

旌　古代用牦牛尾或兼有五色羽毛裝飾杆頂的旗子。後泛稱旗幟：揮旌北上。

旆　古代末端狀如燕尾的旗子。後泛指旌旗：紅旆飄飄。

旄　古代用牦牛尾裝飾杆頂的旗子：將軍率隊擁旄出征。

麾　古代用以指揮軍隊的旗子：望麾而進。

幡　一種垂直懸掛的長條形旗子：朱幡／長幡。

幢　古代一種垂筒形，飾有羽毛錦繡的旗子。常在軍事指揮、儀仗、舞蹈中使用。

幛　題字或綴字的整幅綢布，可以懸掛，用做祝賀或弔唁的禮物：賀幛／壽幛／祭幛。也叫**幛**

子。

P8　電‧電器

P8－1 名：　電（一般）

電　帶有電荷粒子的存在、運動和相互作用等現象。電的能量廣泛用於生產和生活各方面，如發光、發熱、產生動力等。

電荷　❶物質的一種基本屬性。分為正、負電荷二種，同種相斥，異種相吸。電荷移動形成電流。❷也指帶電的物體本身，如運動電荷、自由電荷等。

正電荷　電荷的一種。與用絲綢摩擦過的玻璃棒所帶的電荷性質相同。原子核中的每個質子帶有一個基本正電荷，原來中性的物體失去電子時表現出帶正電荷的性質。也叫**正電；陽電**。

負電荷　電荷的另一種，與用毛皮摩擦過的硬橡膠（或塑膠）棒所帶的電荷性質相同。原子中的每個核外電子帶有一個基本負電荷。原來中性的物體得到電子會表現出帶負電荷的性質。也叫**負電；陰電**。

靜電　不流動的電荷，如摩擦所產生的電荷：靜電植絨。

靜電感應　導體接近帶電體時其表面產生帶電荷的現象。在靠近帶電體的一端產生與帶電體相反的電荷，而在遠離帶電體一端產生與帶電體相同的電荷。

電能　電流或帶電物質的能量。可作為動力、通訊、照明等的能源。測量單位為度（千瓦時）。

電力　電能或用作動力的電流。

電場　傳遞電荷與電荷之間相互作用的物質特殊形式。帶電體的周圍都有電場存在，電荷之間的相互作用是通過電場傳遞的。

電磁場　物質的一種特殊形式，是相互依存的電場和磁場的總稱。電場隨時間變化產生磁場，磁場隨時間變化產生電場，兩者互為因果，形成電磁場。電場和磁場的交替變化，以光速向四周傳播，形成電磁波。

電力線　形象地表示電場中各點電場強度和電力方向的假設曲線。曲線上各點的切線方向與該點的電場方向一致。電力線的密集程度與該點處電場的強度成正比。在靜電場中，電力線不形成閉合線，也不中斷。在交變電磁場中，電力線是圍繞著磁力線的閉合線。任何兩條電力線不能相交。

電量　物體所帶電荷多少的量度。電量的單位為庫侖。

電通量　穿過電場某一給定平面的電力線的數目，表徵電場情況的物理量。等於該處的電場強度和該平面面積的乘積。

P8－2 名：　電流

電流　❶定向流動的電荷。電流通過時會產生熱效應，磁效應，化學效應等。❷指電流強度。

直流電　在電路中電荷沿一個不變的方向流動所產生的電流。可從電池、蓄電池、電流發電機或對交流電進行整流而取得。在電解、電訊上廣泛採用直流電。

交流電　方向和強度都隨時間作週期性變化的電流。日常生活和工農業生產上都離不開交流電。

脈動電流　方向不變，強度隨時間作週期性變化的電流。也叫**脈衝電流**。

感應電流　由電磁感應在導體中產生的電流。也叫**感生電流**。

渦電流　處在迅速變化的磁場的導體內由於電磁感應產生的渦旋狀電流。渦電流在金屬內流動時會產生焦耳熱，高頻電爐就是利用這

種熱效應製成的。簡稱**渦流**。

市電 指城市裡供生活用的交流電,頻率是五十赫,電壓一般是二百二十伏特。

高壓電 工業上指電壓在三千至一萬一千伏的電源。

抗大小與器件及交流電的頻率有關。電抗的測量單位爲歐姆。

阻抗 表示電路對交流電所起的阻礙和抵抗作用的量。它等於該電路的有效電壓與有效電流的比值。阻抗的測量單位爲歐姆。

P8－3 名： 電勢・電容・電阻

電勢 描述電場性質的一個物理量。電勢等於一個正電荷從任一參考點移動到電場中的一特定點時每單位電荷所需要的功或能量。在實用中常以地球爲計算電勢的參考點。電勢的單位爲伏特。也叫**電位**。

電勢差 指帶電體周圍或電路中導線不同兩點之間電位的差值。數值等於單位正電荷從一點移動到另一點時電力所做的功。電勢差的單位與電勢相同,均爲伏特。也叫**電位差;電壓**。

電動勢 表徵電源將其他形式的能量轉化爲電能,驅動電荷在電路中流動的能力的物理量。它在數值上等於單位正電荷在回路中移動一週時電力所做的功。電動勢的單位爲伏特。

電感 電路(經常爲線圈)中因本身電流變化由電磁感應產生電動勢的現象。這一現象稱爲自感。如果電動勢是在另一導體(如變壓器)中感生的,則這現象稱爲互感。電感的單位爲亨利。

電容 表徵單個或一組導體儲電性質的物理量,用該導體每單位電勢變化所貯存的電荷量來量度。單位爲法拉。

電阻 物質對電流通過起阻礙作用,將電能變換成熱能的性質。導體的電阻由其物理性質、形狀、溫度等決定。不同物質的電阻,差別很大。金屬導體的電阻最小。電阻的單位爲歐姆。

電抗 電流方向或大小變化時,電路或部分電路的電容和電感對交流電產生的阻礙作用。電

P8－4 名： 電源・電池

電源 把各種能轉變爲電能的裝置。可分爲化學電源(如乾電池、電瓶)和物理電源(如發電機、太陽能、核電)。

電池 一般指把化學能轉變爲電能的化學電池。廣義上也指把熱能轉變爲電能的溫差電池、把太陽光直接轉變爲電能的太陽能電池。以及利用放射性元素的衰變能作爲電源的核電池等。

原電池 指利用化學能產生電流,基本上不以充電復原的電池,如手電筒或收音機用的乾電池。

標準電池 一種化學電池,具有溫度和壓力不變時電動勢值穩定的特點。可用做計量、測量的電動勢標準。

乾電池 沒有流動液體的化學電池。種類很多,常用是以鋅爲負極、碳棒爲正極的碳鋅電池。通常作爲手電筒、收音機、儀表等的電源。乾電池一般不能復原重用。

蓄電池 一種把電能變成化學能儲存起的電池,放電後可用光電方法復原繼續使用。如汽車中常用的鉛蓄電池。是供應直流電的重要器件,廣泛用於交通工具、通訊設備、實驗室等方面。通稱**電瓶**。

光電池 在光的照射下能產生電動勢的器件。分爲眞空光電池和半導體光電池(硒光電池、矽光電池等)。常用在儀表和自動控制方面。

太陽能電池 能把太陽輻射能直接轉變爲電能的一種半導體光電發生器件。常用做航空器中的主要電源,也用於航標誌燈、晶體管收音

機等。

核電池 將放射性元素的衰變能直接轉變爲電能的裝置。在航空器和手提式裝置中用做自備電源。也叫**原子電池**。

溫差電池 一種利用溫差電現象使熱能直接變爲電能的裝置。

電極 電子或電器裝置、設備中的一種零件,用做導電介質(固體、氣體、眞空或電解質溶液)中輸入或導出電流的兩個端。輸入電流的一極叫陽極或正極,放出電流的一極叫陰極或負極。電極有各種類型,如陰極、陽極、焊接電極、電爐電極等。

陽極 ❶電池中吸收電子、帶正電的電極。❷電子器件中吸收電子的一極,這一極與電源的陽極相接。

陰極 ❶電池中放出電子、帶負電的電極。❷電子器件中發射電子的一極,這一極與電源的陰極相接。

P8－5 名： 電路

電路 電器裝置中,由電源、導線、電器元件等連接而成的電流的通路。

電路圖 用統一規定的符號表示電路連接情況的圖。

開路 去掉負載的、或開關沒接通的電路,開路中電流不能形成回路。也叫**斷路**。

短路 電路中電位不同的兩點直接碰接或被電阻非常小的導體接通的情況。短路時因電流過大,會產生大量的熱,從而引起損壞或火災。

並聯 電路元件的一種連接方式,元件並排地連接。

串聯 電路元件的一種連接方式,元件頭尾相接,順次連接。

電力網 電力系統的一部分。包括變電所和各種不同電壓的輸電線路。用來變換電壓,輸送和分配電能,將發電廠的電能輸送到用戶。

P8－6 名： 電線

電線 用以傳送電流的金屬線。一般用銅、鋁等具有高導電特性的金屬製成。有單股的、多股的、裸露的或包有絕緣物的等各種規格。也叫**導線**。

火線 電路中輸送電的線。在交流電路中指平均電壓大於零(即不接地)的線,在直流電路中指接正極的線。

地線 在電系統或電子設備中,接大地、接外殼或接參考電位爲零的導線。一般電器上,地線接在外殼上,以防電器因內部絕緣破壞外殼帶電而引起的觸電事故。

電纜 覆有絕緣層和保護外皮的電線,內有單根或多股互相絕緣的導線構成。架在空中或埋入地下,水底。按用途可分爲電力電纜、控制電纜和通訊電纜。

同軸電纜 一種由相互絕緣的內外導體構成的高頻電纜。由一空心導線套住另一導線,中間充填絕緣材料,使內導線軸心相互重合。廣泛用於通訊、電視等方面。

輸電線 連接電廠、變電所和用戶的電線,用以向用戶輸送電能。

P8－7 名： 電氣單位

歐姆 音譯詞。電阻單位。導體兩端電壓是一伏特,通過電流是一安培時,導體的電阻是一歐姆。由德國物理學家和電學家歐姆(Georg Simon Ohm)而得名。簡稱**歐**。

伏特 音譯詞。電動勢、電位差和電壓的單位。在電路中兩點通過電流一安培時,如果每秒鐘內做功一焦耳,這兩點間的電壓規定爲一伏特。由義大利物理學家伏特(Alessandro Volta)而得名。簡稱**伏**。

安培 音譯詞。電流強度單位。導體兩端的電壓爲一伏特,電阻爲一歐姆,則通過導體的電

流強度爲一安培。由法國物理學家安培(An-
dre Marie Ampère)而得名。簡稱**安**。

亨利　音譯詞。電感的單位。電路中的電量在
一秒鐘內的變化爲一安培,產生的自感或互
感的電動勢爲一伏特時,電路中的電感爲一
亨利。由美國物理學家亨利(Jo-seph Henry)
而得名。

法拉　音譯詞。電容的單位。一個電容器充以
一庫侖的電量時,電位升高一伏特,它的電容
爲一法拉。由英國物理學家和化學家法拉第
(Michael Faraday)而得名。

瓦特　音譯詞。電的功率單位。電壓爲一伏特,
通過電流爲一安培時,電功率就是一瓦特。
由英國發明家瓦特(James Watt)而得名。簡
稱**瓦**。

千瓦　電功率的實用單位,瓦的一千倍。舊寫作
瓩。

千瓦時　電能的一種實用單位。即電功率是一
千瓦特的用電器,通電時間一小時所消耗的
電能。通稱爲**度**。

庫侖　音譯詞。電量單位。即一安培的電流在
一秒鐘內通過導體截面的電量。由法國物理
家庫侖(Charles de Coulomb)而得名。簡稱
庫。

P8-8 名：　電氣儀表

電表　❶測量電壓、電流、電阻、電功率等各種電
學量的電氣儀表的統稱。❷電度表的通稱。

電度表　以千瓦小時計,累計消耗電能的電表。
通稱電表。

火表　電度表的俗稱。

電流計　主要用於檢測電路中微弱直流電流強
度的電表。

歐姆計　用於直接測量電阻的儀表。

安培計　測量直流和交流電流強度的儀表。讀
數以安培爲單位。也叫**安培表**。

伏特計　測量電路中電勢或電壓的儀表,讀數以
伏特爲單位。也叫**電壓表**。

瓦特計　測量直流或交流電路中有效功率的電
表,讀數以瓦特爲單位。也叫**功率表**。

萬用電表　一種多用途電表。一般可用來測量
電流強度、交流、直流電壓、電阻等。

電橋　測量各種電磁量的儀器。最簡單的電橋
是由四個串聯在閉合電路中的電阻的四端組
成網絡。網絡一對角線兩端與電源連接,另
一對角線兩端與負荷連接。用於測量儀表或
作爲自動控制、自動調節等裝置的零件。

P8-9 名：　電機

電機　一切利用電磁感應運轉的機器。主要零
件是繞有線圈的定子和轉子。能把機械能、
化學能、熱能等轉換爲電能的,叫發電機;能
把電能轉換爲機械能的,叫電動機。

發電機　將機械能、化學能、熱能等轉換爲電能
的機器。分直流發電機和交流發電機兩大
類。

電動機　將電能轉換爲機械能的機器。分直流
電動機和交流電動機兩大類。是現代工業、
交通和生活中常用的動力裝置。

馬達　音譯詞。通常指電動機。

定子　發電機和電動機的靜止部分,由繞有線圈
的鐵芯和機座組成,起磁路和承重結構作用。
也叫**靜子**。

轉子　電機或某些旋轉式機器(如渦輪機)的旋
轉部分。電機的轉子一般由繞有線圈的鐵
芯、滑環、風葉等組成。

線圈　用帶有絕緣外皮的導線按照一定形狀繞製
成的電氣元件。用於電機、電器、電子電路中。

變壓器　利用電磁感應原理來改變交流電壓的
裝置。由初級線圈(原線圈)、次級線圈(副線
圈)、鐵芯等構成。常用在輸電電路和無線電
路中。

P8－10 名： 電器
（參見 E12－14 家用燈具，
E12－21 家用電器）

電器 ❶用來接通、斷開、控制或調節電路以及保護電路、電機的器具或設備。如開關、繼電器、熔斷器等。❷指日常生活中的電氣器具，如電燈、電鈴、電爐、電冰箱等。

電料 電氣器材的統稱，如電燈、開關、電線等。

開關 使電路通、斷或改變連接方式的裝置。也叫**電門**。

電閘 指較大型的電源開關。簡稱**閘**。

閘刀 帶有刀刃楔形觸頭的開關。

電鍵 ❶電器開關。❷特指電報發報機的按鍵。

電鈕 電器開關。或調節裝置上通常用手操作的部分。多用絕緣材料製成。

插座 一種接在電源上的電器元件，與插頭合作，起連接電路作用。

插頭 一種電器元件，起連接電路作用。插頭一般裝在連接電器的導線的一端，插頭插入插座，電路就能接通。也叫**插銷**。

熔斷器 一種電路保護裝置。由金屬熔體和絕緣外殼構成。當電路過載或發生短路時，熔斷器內金屬熔體熔化從而切斷電流，達到保護設備、防止損壞和故障擴大。

熔絲 熔斷器中的金屬熔體的一種。一般是鉛錫合金，熔點較低。俗稱**保險絲**。

繼電器 一種借助一個電路的電流變化對另一個電路的電流進行控制的裝置。一般用電磁鐵、彈簧、電氣觸頭等組成。當電磁鐵線圈中電流接通或中斷時，磁鐵被吸或釋放，使得連動的觸頭被接觸或分開，從而使電路接通或斷開。種類很多，廣泛用於電話、廣播、自動控制等方面。

變阻器 調節電路電壓和電流的裝置。主要部分是電阻導電元件，可以分級或連續改變電阻值。

電磁鐵 利用電流產生的磁場使鐵芯磁化而產生吸引力的裝置。由鐵芯和繞在上面的線圈組成，當線圈中通過電流時，鐵芯就會具有磁性。廣泛用於電機、電器、自動裝置和其他設備中。

電爐 利用電流產生熱量的熔煉或加熱設備。分電弧爐、電阻爐、感應爐、電子射線爐等。工業上用於加熱、烘乾、冶煉，生活上用於取暖、炊事等。

P8－11 動、名： 發電

發電 〔動〕發出電力：火力發電／核能發電／新建的水電站開始發電。

輸電 〔動〕通過長距離導線把電能從發電廠或變電所送到用戶處。

火力發電 〔名〕利用煤、石油、天然氣等做燃料使水變成水蒸氣，推動汽輪發電機工作而發電的過程。

水力發電 〔名〕利用水流的流量和差落通過水輪機驅動發電機而將水流的機械能變成電能的過程。水力發電不耗燃料、成本低、設備也較簡單，並可與農業灌溉、航運等水利事業結合達到綜合利用。

發電廠 〔名〕用發電設備將其他能量轉變爲電能的工廠，有時也生產熱能。根據不同的能源，分火力發電廠、水力發電廠、風力發電廠、太陽能發電廠、地熱發電廠、原子能發電廠等。也叫**發電站**；**電廠**。

水力發電站 〔名〕有水輪機、發電機設備及水利建築以獲得電力的發電站。簡稱**水電站**。

熱電廠 〔名〕兼供電能和熱能的火力發電廠。在供電的同時，還利用汽輪機排出的蒸氣，供給工業和生活上需要的熱能。也叫**電熱廠**。

原子能發電站 〔名〕將核能轉變爲電能的發電

站。利用核反應爐起裂變反應釋放的熱能以產生水蒸氣推動發電機組發電。也叫**核電站**。

變電站 〔名〕改變電壓、控制和分配電能的場所。設備有電力變壓器、配電裝置、自動保護和控制裝置等。也叫**變電所**。

P8－12 動、名： 充電·放電·跑電

充電 〔動〕❶把直流電源接到蓄電池或其他乾電池，將電能轉化成化學能儲存起來，電池可以重新使用。❷在電源的作用下，使電容器的兩組極板分別獲得等量的正負電儲存起來。

放電 〔動〕❶電池或蓄電池釋放電能。❷使帶電體所帶電荷消失。放電有多種形式，如通過導體或通過空氣。有的放電會產生火花和聲響。

尖端放電 〔名〕一種氣體放電。發生在導體尖端處，當導體電壓很高時，尖端附近的電場特別強，因而使該小區域的氣體電離，導致放電。避雷針就是利用這個原理，避免雷擊。

跑電 〔動〕電線或電器由於絕緣部分損壞，從而使電流逸出，外部帶電。也叫**走電；漏電**。

觸電 〔動〕人或動物接觸不同強度的電流時，機體受到損傷，從輕微的痛感到組織燒焦，甚至死亡。

開 〔動〕使電路接通、工作：開燈／開收音機。

關 〔動〕切斷電路，使電流不能通過：關燈。

P8－13 名： 磁

磁 物質的一種屬性。人類最早發現磁鐵礦石有吸引鐵、鎳等金屬的性能。後來發現，通電導線也有這種磁性。磁性起源於電流或實物內部電子或原子核的運動，磁和電有密切聯繫。

磁體 具有磁性的物體。如天然的灰黑色的磁鐵礦石。磁體也可用鋼或其他合金用人工製成，如馬蹄鐵。

磁極 磁體上兩端磁性最強的部分。一個能自由轉動的磁體，靜止時，方向大致指向南北，指北的一端稱北極，指南的一端稱南極。同性極相排斥，異性極相吸引。

磁場 傳遞磁極、運動電荷或電流之間相互作用的物質特殊形式。磁場由磁極、運動電荷或電流產生，磁體和有電流通過的導體周圍都有磁場存在。

磁力 磁體之間相互吸引或排斥的作用力。磁體吸鐵、電機運動都是依據這種力。

磁化 使原來不顯磁性的物體在磁場的作用下獲得磁性的過程。例如使鐵針接觸磁鐵，鐵針就會因磁化作用而顯現磁性。

磁感應 物體在磁場中受磁力作用顯示磁性的現象，如鐵在磁場中受感應而變成磁體。

磁感應強度 表示磁場中各點磁力強度和方向的物理量。磁感應強度的單位是特斯拉。

磁力線 表示磁場強度和磁力方向的假設曲線。曲線上各點的切線方向與該點的磁場方向一致。磁力線的密集程度與該點處磁場的強弱成正比。磁力線永遠是閉合曲線，任何兩條磁力線不能相交。

磁通量 穿過磁場某一截面磁力線的數目，表徵磁場的方向和大小的量。即磁力線回路中磁感應強度和橫斷面積的乘積。磁通量的單位為韋伯。

磁路 磁通量通過的閉合路徑，通常由磁通量源（永久磁鐵、電磁鐵）和其他鐵磁物質構成。

P8－14 名： 電磁波

電磁波 在空間傳播的週期性變化的電磁場。無線電波、光線、X射線、γ射線等都是波長不同的電磁波。也叫**電波**。

無線電波 在空間傳播的、頻率小於三千千兆赫（波長大於一百微米）的電磁波。一般用天線

輻射或接受。是目前世界上無線電通訊和廣播使用的電磁波。

波段 無線電廣播中把無線電波按波長而劃分的段,有長波、中波、短波、超短波等。

長波 波長從一千公尺至一萬公尺(頻率為三十至三百千赫)的無線電波。長波沿地面傳播時,比較穩定。多用於測向、導航等方面。

中波 波長從一百公尺至一千公尺(頻率為三百至三千赫)的無線電波。因受大地吸收沒有短波傳播得遠。多用在廣播、測向等方面。

短波 波長十至一百公尺(頻率為三至三十兆赫)的無線電波,能在地面和電離層間反射,傳播很遠,但易受日光和氣候影響。用於遠距離通訊、廣播等方面。

微波 波長一公厘至一公尺(頻率為三百至三百千兆赫)的無線電波。微波的方向性很強,頻率很高,主要用於導航、雷達、衛星通訊等方面。

超短波 波長一至十公尺(頻率三十至三百兆赫)的無線電波。一般能穿透電離層而不被反射。用於接力通訊、電視廣播、導航、雷達等方面。也叫**米波**。

射頻 指無線電波的頻率,頻率的範圍約為三千赫至三千千兆赫。在射頻範圍內的電波,可以用天線發射出去。無線電波的頻率分為甚低頻、低頻、中頻、高頻、甚高頻、特高頻、超高頻幾個波段。

甚低頻 無線電波三至三十千赫的頻率。

低頻 無線電波三十至三百千赫的頻率。

中頻 無線電波三百至三千千赫的頻率。

高頻 無線電波三至三十兆赫的頻率。

甚高頻 無線電波三十至三百兆赫的頻率。

特高頻 無線電波三百兆赫至三千兆赫的頻率。

超高頻 無線電波三至三十千兆赫的頻率。

P8－15 名： 電子器件

電子管 在真空的玻璃管或金屬管內裝有發射、控制及接受電子流電極的電子器件。簡單的只有二個極,叫二極管。按電極數可分為三極管、四極管、五極管等。也叫**真空管**。

晶體管 用鍺、矽等晶體製成的電子管。一般作為晶體二極管、晶體三極管等的泛稱。

晶體二極管 用半導體材料製成的具有兩個電極的晶體管。具有單嚮導電性,在無線電技術中常用來作整流、檢波等用途。也叫**半導體二極管**。

晶體三極管 具有三個電極的晶體管。在無線電技術中常用來起放大、振盪或開關等作用。也叫**半導體三極管**。

電阻器 阻礙電流流通的電路元件。它使電路進行工作,並用來保護或控制電路。

電位器 一種可變電阻器。將其首尾兩端接於兩個不同的電位,可隨需要而改變其電阻。常用來調整電壓、改變音量等。

電容器 在電路中儲存電荷和電能的基本元件。由電介質(紙、雲母等)隔開的兩個或兩個以上的金屬電極組成。

印刷電路 利用印刷刻圖工藝方法,在絕緣板上做出一定圖案的導電材料(電阻器、電容器、電感線圈等)薄層的電器裝置。可以大大減少設備的體積和重量。廣泛應用於收音機、電視機及控制系統等電子設備中。

積體電路 用半導體晶體材料,將電路中的各種元件(晶體管、電阻、電容等)及連線一起製作在半導體或絕緣基片上,形成可完成一定功能的單元整體電路。它具有體積小、功耗低、可靠性高、壽命長、成本低的優點。也叫**固體電路**。

P8－16 名、動： 整流·調諧等

整流 〔名〕在電子線路中利用電子管、晶體管等把交流電變成直流電的過程。整流的裝置(電子管、晶體管、硒堆等)叫**整流器**。

反饋 〔名〕無線電技術中,把電路的中間部分或輸出端的一部分信號引回到輸入端的過程。反饋會引起增強或減弱的效應。增強輸入信號的叫正反饋,減弱輸入信號的叫負反饋。

濾波 〔名〕無線電技術中,採用一定裝置,分離不同頻率的電振盪,讓需要的頻率順利通過,將不需要的頻率濾掉的過程。所用的裝置由線圈、電容器、電阻器等組成,叫**濾波器**。

檢波 〔名〕在無線電接收機、測量儀器中,將高頻電振盪中的低頻有用信號分離出來的過程。用來完成電振盪變換的裝置(電子管、晶體管)叫**檢波器**。

調諧 〔動〕調整振盪電路,使之與外信號源發生諧振。如對無線電接收機調整其線圈及可變電容器,以獲得所需要的波長。

調製 〔名〕使電磁波的振幅、頻率等所需要傳遞的信號而變化的過程。調製方法有振幅調製、頻率調製、相位調製等幾種。

調頻 〔名〕指頻率調製,使振盪頻率按給定規律變化。調頻後的載波抗干擾性強,廣泛用於無線電通訊、廣播和電視中。

載波 〔名〕在無線電通訊和廣播的向外發射中,頻率較低的信號必須借助於高頻電波把它運載出去,這種作為運載工具的高頻波,稱為載波。

干擾 〔名〕無線電設備在正常接收信號時,其他電磁振盪對它所起的妨礙作用。引起干擾的來源主要有附近的電氣裝置、日光、磁暴等天文、氣象上的變化等。

掃瞄 〔動〕利用一定裝置,使無線電波或電子束沿一定方向、順序、範圍、週期性移動的過程,從而描繪出畫面、物體圖形等。

Q 數量

Q1 數目·數量

Q1－1 名： 數目·數量

數目 通過單位表現出來的事物的多少：你買了多少樹苗，把數目告訴他。

數 數目：人數／天數／數以萬計／不計其數。

數量 事物的多少：出口產品數量要多，品質要好。

量 數量；數目：降雨量／品質並重／限量供應。

數額 一定的數目：不能超出規定的數額。

額 規定的數目：定額／空額／額外。

額數 規定的數目：額數過少，不足分配。

整數 沒有零頭的數目，如十、三百、五千、七萬：湊個整數，共三千元。也叫**成數**。

總數 加在一起的數目：今年全市高校招生總數一萬六千人。

實數 實在的數目：整個開支是多少？說個實數。

虛數 虛假的不實在的數目：他們上報的只是個虛數。

數值 一個量用數目表示出來的多少，叫做這個量的數值，例如五公斤的「五」、八米的「八」、十秒的「十」。

數據 進行各種統計、計算、科學研究或技術設計等所依據的數值：他分析各個不同的數據，終於找到了規律。

Q1－2 名： 數字

數字 ❶表示數目標文字。漢字的數字有大寫小寫兩種，「壹貳叁肆伍陸柒捌玖拾」等是大寫，「一二三四五六七八九十」等是小寫。❷表示數目標符號，如羅馬數字。□**數目字**。

數碼 ❶數目字：把貨箱上的數碼寫清楚。❷數目；數量：這次進貨的數碼比前幾次大。

碼子 表示數目標符號：蘇州碼子／你記個碼子，免得弄錯。

羅馬數字 古代羅馬人記數用的符號。共有 I、V、X、L、C、D、M 七個，分別表示 1、5、10、50、100、500、1000。記數的方法是：相同的數字並列，表示相加，如 II 是 2，X X 是 20；不同的數字並列，右邊的小於左邊的表示相加，如 XII 是 10＋2＝12，左邊的小於右邊的表示右邊的減去左邊的，如 IV 是 5－1＝4，數字上加一條橫線，表示一千倍，如 X̄ 是 10×1000＝10,000。這幾個方法合起來就可以表示所有的自然數，如 X IV 是 10＋（5－1）＝14。

阿拉伯數字 現今世界各國通用的數字，就是 0、1、2、3、4、5、6、7、8、9。也說「阿拉伯數碼」。

號碼 表示事物的次第數目字：准考證號碼／每本書編上號碼。

號頭 〈口〉號碼；號數：把貨箱逐件編了號頭。

號 編列的次序或等級；號碼：掛號／對號入座／大號球衣／五號鉛字／第三號／門牌六號。

碼 表示數目標符號；數碼；號碼：價碼／頁碼／明碼／暗碼／密碼。

號數 事物編列的號碼：門牌改了號數。

編號 按次序編定的號碼：原有的編號不變。

標號 標誌某一產品性能的數目字，如水泥因抗

壓强度不同而有二百號、三百號、四百號等各
種標號。

天文數字　指億以上極大的數字。

Q1－3 名：　基數・序數

基數　❶表示事物個數的數,指一、二、三、十、四
　　百、五千、六萬等普通整數。❷指作爲計算標
　　準的數目。

序數　表示次序的數。漢語中表示序數的詞,一
　　般是在整數前加「第」,如「第一」、「第二」、「第
　　二十三」、「第一百零八」。序數詞後邊直接連
　　量詞或名詞時,可以省去「第」,如「二號」、「三
　　等」、「五樓」、「六班」。

Q1－4 數：　基數詞

一　數目。最小的自然數,是整數的最小計數單
　　位。

壹　「一」的大寫。

幺　「一」的另一種說法。

二　數目。一加一的和。

貳　「二」的大寫。

兩　數目。二。常用於量詞和百、千、萬、億等數
　　詞前:兩幅畫/兩個人/兩千/兩萬。

倆　〈口〉兩個(倆字後面不再用量詞):咱倆/兄
　　弟倆/倆人。

三　數目。比二多一。

叁　「三」的大寫。

弍　「三」的另一種寫法。

仨　〈口〉三個(後面不再用量詞):一個頂仨/咱
　　們仨一起去。

四　數目。比三多一。

肆　「四」的大寫。

五　數目。比四多一。

伍　「五」的大寫。

六　數目。比五多一。

陸　「六」的大寫。

七　數目。比六多一。

柒　「七」的大寫。

拐　說數字時用來代替「七」。

八　數目。比七多一。

捌　「八」的大寫。

九　數目。比八多一。

玖　「九」的大寫。

十　數目。比九多一。

拾　「十」的大寫。

什　〈書〉同「十」(多用於分數或倍數):什一(十
　　分之一)/什八(十分之八)/什百(十倍或百
　　倍)。

廿　二十。

念　「廿」的大寫。

卅　三十。

卌　四十。

百　數目。十個十。

佰　「百」的大寫。

千　數目。十個百。

仟　「千」的大寫。

萬　數目。十個千。

兆　數目。一百萬。古代指一萬億。

億　數目。一萬萬。古代指十萬。

京　古代數目名。指一千萬。

垓　古代數目名。指一萬萬。

秭　古代數目名。指一萬億。

零　❶數碼〇:五減五等於零。❷數的空位(在
　　某數位上一個單位也沒有),書面寫「〇」:車
　　號三八五〇/一百〇八。❸某些量度的計算
　　起點:最高氣溫攝氏零上十度。❹正、負數的
　　分界點:有理數包括正數、負數和零。

〇　數的空位(同「零」),多用於數字中:一九九
　　〇年/三〇三號。

洞　說數字時用來代替「零」。

Q1－5 數：　序數詞

第一　次序排列在最前面的:第一號/他是到場

壓強度不同而有二百號、三百號、四百號等各
種標號。

天文數字　指億以上極大的數字。

Q1-3 名： 基數·序數

基數　❶表示事物個數的數，指一、二、三、十、四
百、五千、六萬等普通整數。❷指作爲計算標
準的數目。

序數　表示次序的數。漢語中表示序數的詞，一
般是在整數前加「第」，如「第一」、「第二」、「第
二十三」、「第一百零八」。序數詞後邊直接連
量詞或名詞時，可以省去「第」，如「二號」、「三
等」、「五樓」、「六班」。

Q1-4 數： 基數詞

一　數目。最小的自然數，是整數的最小計數單
位。

壹　「一」的大寫。

幺　「一」的另一種說法。

二　數目。一加一的和。

貳　「二」的大寫。

兩　數目。二。常用於量詞和百、千、萬、億等數
詞前：兩幅畫／兩個人／兩千／兩萬。

倆　〈口〉兩個（倆字後面不再用量詞）：咱倆／兄
弟倆／倆人。

三　數目。比二多一。

叁　「三」的大寫。

弎　「三」的另一種寫法。

仨　〈口〉三個（後面不再用量詞）：一個頂仨／咱
們仨一起去。

四　數目。比三多一。

肆　「四」的大寫。

五　數目。比四多一。

伍　「五」的大寫。

六　數目。比五多一。

陸　「六」的大寫。

七　數目。比六多一。

柒　「七」的大寫。

拐　說數字時用來代替「七」。

八　數目。比七多一。

捌　「八」的大寫。

九　數目。比八多一。

玖　「九」的大寫。

十　數目。比九多一。

拾　「十」的大寫。

什　〈書〉同「十」（多用於分數或倍數）：什一（十
分之一）／什八（十分之八）／什百（十倍或百
倍）。

廿　二十。

念　「廿」的大寫。

卅　三十。

卌　四十。

百　數目。十個十。

佰　「百」的大寫。

千　數目。十個百。

仟　「千」的大寫。

萬　數目。十個千。

兆　數目。一百萬。古代指一萬億。

億　數目。一萬萬。古代指十萬。

京　古代數目名。指一千萬。

垓　古代數目名。指一萬萬。

秭　古代數目名。指一萬億。

零　❶數碼○：五減五等於零。❷數的空位（在
某數位上一個單位也沒有），書面寫「○」：車
號三八五○／一百○八。❸某些量度的計算
起點：最高氣溫攝氏零上十度。❹正、負數的
分界點：有理數包括正數、負數和零。

○　數的空位（同「零」），多用於數字中：一九九
○年／三○三號。

洞　說數字時用來代替「零」。

Q1-5 數： 序數詞

第一　次序排列在最前面的：第一號／他是到場

子,還沒有完工。

參半 〔動〕各占一半:疑信參半。

對開 〔動〕對半分配,雙方各占一半:全部盈餘,雙方對開。

對半 ❶〔動〕各占一半:對半兒分。❷〔數〕一倍:利潤對半兒。

過半 〔動〕超過某個數量的一半:到會人數過半/本季完成任務過半。

倍 ❶〔量〕表示跟某個數相等的數。某數的幾倍就是幾個跟某數相等的數:三的三倍是九/物價漲了一倍/產量今年是前年的兩倍。❷〔動〕按原數增加;加倍:事半功倍/倍其值。

加倍 〔動〕增加與原有數量相等的數量:加倍計算/加倍給酬。

倍增 〔動〕成倍地增加:銷量倍增/信心倍增。

翻番 〔動〕加倍:爭取工農業總產值三年翻番。

倍蓰 〔數〕〈書〉數倍;許多倍:獲利倍蓰。

兼 〔數〕兩倍或兩倍以上:兼旬(二十天)/兼年(兩年)。

Q1－9 名: 零數

零數 整數以外的小數目;零頭。如四百零三元,三元是零數。

零 零數;零頭:年紀七十有零/十塊錢花的只剩點兒零了。

奇 〈書〉零數:長八尺有奇。

奇零 〈書〉整數以外的零數。也作畸零。

零頭 不夠一定單位(計算單位,包裝單位等)的零碎數量:整十元,沒有零頭兒/裝了十箱,還剩下這點兒零頭兒。

一零兒 〈方〉極小的數量;零頭:我這些書還不及他藏書的一零兒。

有零 表示整數後,表示附有零數;掛零:一萬有零。

掛零 整數外還有零數:看他年紀不過四十掛零。

尾數 結算帳目中大數目之外剩下的小數目。

Q1－10 名、數、量: 多數·少數

·概數

多數 〔名〕一個整體中較大的數量的部分:少數服從多數/多數青年愛好音樂。

大多數 〔名〕超過半數很多的數量:生產任務大多數完成。

大半 〔數〕超過某一數量半數的數量:編織班大半是女性。

多半 〔數〕超過半數的數量;大半:參觀的人多半是外地來的。

少數 〔名〕一個整體中較少數量的部分:品質未達到指標的產品只是少數/少數人的意見也應受到尊重。

小半 〔數〕未超過半數的數量:理工科學生只有小半是女性。

些 〔量〕表示較少的數量:買了些書/考慮些問題。

一些 〔量〕表示少量的次數或種類:做過一些有益於群眾的事/擔任過一些重要的職務/書只有這麼一些,給誰看好呢。

些個 〔量〕〈口〉一些:吃些個東西/你們中間有些個會回來的。

一點 〔量〕表示很少或不定的數量:這方面的知識,我僅僅懂得一點/這一點錢實在不夠用。

一丁點 〔量〕〈方〉極少或極小的一點點:這盤菜只有這麼一丁點兒?

一星 〔量〕極少的一點點:一星燈火/他一星事情都不肯做。

概數 〔名〕不確定的數量。常用幾、多、上下、左右等或數詞連用來表示,如幾本書、二十多人、一百斤上下、五十歲左右、三五里路等。

多少 〔數〕表示不定的數量:多數已完成,剩下沒有多少了/工具有多少你拿多少來。

若干 〔數〕表示不確定的數量:經過若干天奮戰

／買了若干斤梨／商量了若干次。

幾〔數〕表示大於一而小於十的不定的數目：幾張紙／十幾人／幾百元。

Q1－11 名、形：　全部

全部〔名〕各個部分的總和；整個：全部精力／演出收入的全部都捐獻給兒童福利事業。

全體〔名〕各部分或各個個體的總和：看問題不但要看到部分，而且要看到全體／全體出席。

整體〔名〕整個集體或整個事物的全部：整體利益／全廠員工團結成一個不可分割的整體。

整個〔名〕全部：整個社會／整個上午／整個會場。

全豹〔名〕比喻事物的全部：從一點可以窺全豹。

全般〔名〕全體：全般工作／用二三例概其全般。

全數〔名〕全部：借款全數還清／敵人全數被殲。

悉數〔名〕〈書〉全數；全部：悉數奉還／悉數交公。

掃數〔名〕全部；全數：舊債已掃數還清／穀子掃數進倉。

所有〔形〕全部；一切：所有的問題都解決了／把所有知識獻給人民。

完全〔形〕全部：你的意見完全正確／困難是完全可以克服的。

全〔形〕全部；整個：全人類／這些書我全看過／他背後說的話我全知道了。

全面〔形〕各個方面的總和：全面情況／全面介紹／你考慮得很全面。

全盤〔形〕全部；全面：全盤計畫／全盤清算／對西方文化，不能全盤接受。

全副〔形〕整個；全部：全副精神／全副武裝。

盡〔形〕全；所有的：不盡合理／盡人皆知／前功盡棄。

悉〔形〕全；盡：悉心研究／悉力進行／悉聽尊便。

周〔形〕全；普遍：周身／眾所周知。

舉〔形〕〈書〉全：舉國歡騰／舉世聞名。

Q1－12 名：　部分

部分　整體中的局部：部分應該服從整體／部分地區／部分學生。

部　部分；部位：局部／底部／頭部。

局部　整體中的一部分：局部地區有陰雨／局部麻醉。

地方　部分：說得不對的地方，請多多指正。

點　事物的部分或方面：重點／優點／這一點要著重說明。

分支　從一個系統或主體中分出來的部分：分支機構／家族的各個分支。

部門　組成某一整體的部分或單位：電視公司內各部門分層負責／出版社有編輯、企畫等部門。

Q1－13 形：　齊全

齊全　應有的全有了：各類商品齊全／應帶的東西都準備齊全了。

齊　齊全；完備：設備齊／資料不齊／開會的人都到齊了。

全　齊全；完備：五味俱全／參考用書已經買全了。

完全　齊全，不缺少什麼：實驗設備完全／這個草案是比較完全的。

完備　應具備的都具備：設施完備／制度完備／請指出不完備的地方。

齊備　齊全：物品齊備／一切條件齊備。

賅備　〈書〉完備；全。

周　完備：衣履不周。

全乎　〈口〉齊全；完備：五口缸裝的小麥和其他五穀雜糧挺全乎／小商店裡貨物倒很全乎。

Q1－14 代： 一切·有的

一切 ❶全部：要杜絕一切空話／藐視一切困難。❷泛指一切事物：田野裡的一切都那麼寂靜／一切都順利。

一應 所有一切：一應俱全。

有的 表示人或事物的一部分：有的人愛看京劇／有的魚是淡水魚。

有些 有的(表示有一部分,數量不大)：有些人愛看京劇／櫥裡書很多,有些是線裝的,有些是精裝的。

Q1－15 代： 多少

多少 詢問數量：有多少人來開會？／今天花了多少錢？

幾 詢問數量(估計不太大)：你來了幾天啦？／這些書要裝幾箱？

幾何 多少：價值幾何？人生幾何？

幾許 〈書〉多少；若干：不知添了幾許白髮？

幾多 多少；幾何：問君能有幾多愁？／這袋米有幾多重？

若干 〈書〉詢問數量；多少：今年能有盈利若干？／未用的原料還有若干？

Q1－16 形： 多

多 ❶數量大：藏書多／多民族國家／缺點很多。❷比原來的數目有所增加；數量上超出：糧食比去年多收了一萬斤／錢給多了。❸表示有零頭：三十多米／一年多。❹數目在二以上的：多邊形／多年生植物。❺表示相差的程度大：孩子胖多了／好多了。

許多 數量多：來了許多朋友／這話我已說了許多遍／心裡感到踏實了許多。

好多 許多：有好多問題需要解決。

好些 好多：好些人來過這裡／他到美國好些年了。也說**好些個**。

多少 表示量多：多少人都上過他的當／這是多少年來積累的經驗。

諸多 〈書〉許多；好些個(用於抽象事物)：諸多困難／諸多不便。

眾 很多(多指人)：非洲地區人口眾多。

無數 形容數量極多：夜空,無數的星星在閃爍／廟會上遊客無數。

繁多 種類多：貨物的品種繁多／事務繁多。

衆 許多：寡不敵衆／衆矢之的。

諸 衆；許多：諸位／諸如此類／諸事由你來處理。

廣 多：大庭廣衆／識多見廣／廣爲人知。

博 多；廣；豐富：地大物博／博採衆長。

有 表示多,大：他離開家鄉有年頭了。

萬千 ❶形容數量多：萬千的股民爭購新上市的股票。❷形容人物或事物所表現的方面多：思緒萬千／氣象萬千。

萬端 頭緒極多而紛繁：思緒萬端／變化萬端／感慨萬端。

浩繁 浩大而繁多；繁重：捲帙浩繁／工程浩繁。

浩瀚 〈書〉廣大；繁多：典籍浩瀚／浩瀚的知識寶庫。

大量 數量多：搜集大量資料／培養大量建設人才。

大批 大量：大批物資運往災區。

大宗 大批：家電用品歷來是日本大宗出口貨物。

巨量 很大的數量：港口每年吞吐巨量貨物。

巨額 很大的數量(指財物)：巨額財富／巨額資金。

巨大 (規模或數量等)很大：巨大的工程／巨大的數字／巨大的影響。

巨萬 〈書〉形容錢財數目極大：耗資巨萬／巨萬家產。

交關 〈方〉很多：廣場上看熱鬧的人交關。

有的是 強調很多：東西有的是／辦法有的是。

老鼻子 〈方〉極多:今年收的白菜可老鼻子啦/每天超市的限時搶購活動,人潮可真是老鼻子呢!

恆河沙數 * 形容數量多如恆河裡的沙粒一樣(原是佛經裡的話,恆河是南亞大河,流經印度、孟加拉國)。

成千累萬 * 表示數量多。

不可勝數 * 多得數不過來。

不勝枚舉 * 指同一類的人或事物多得無法全部都一個一個列舉出來。形容數量很多。

不知凡幾 * 不知道一共有多少。形容同類的人或事物很多,說不清數目。

不計其數 * 形容數目多得沒法計算。

不一而足 * 不止一種或一次。形容同類事物很多。

觸目皆是 * 眼睛看到的都是。形容很多。

目不暇給 * 眼睛來不及看。形容東西太多,或景物變化太快。也作**目不暇接** *。

滿坑滿谷 * 形容到處都是,數量很多。坑:窪下去的地方;谷:山谷。

車載斗量 * 形容數量很多,要用車來裝,用斗來量。

汗牛充棟 * 形容收藏的書籍極多。汗牛:用牛往外運,牛累得出汗;充棟:堆在屋裡,要放滿整個屋子。

浩如煙海 * 像茫茫大海一樣廣闊無邊。形容書籍、文獻、資料等非常繁多。

Q1－17 動: 多

林立 像樹木一樣密集地豎立著,形容很多:井架林立/高樓林立。

山積 〈書〉東西堆得像山一樣,形容極多:貨物山積。

成堆 東西積聚成堆,形容很多:問題成堆。

百出 形容出現次數很多:漏洞百出/矛盾百出。

居多 占多數:這份文藝刊物中,以青年作家的作品居多。

Q1－18 形: 少

少 數量小:說得多,做得少/錢少也能辦事。

少許 〈書〉一點點;少量:喝少許酒對身體沒有害處。

少量 較少的數量或分量:燒菜時加少量的味精/啤酒含少量酒精。

些許 一點點;少許:些許小事/有了些許盈餘。

些小 一點點;少量:有了些小進步。

些微 一點點:些微差別/秋風吹來,感到些微涼意。

寡 少;缺少:沈默寡言/失道寡助。

鮮 少:鮮有/鮮見/屢見不鮮。

無幾 不多;沒有多少:兩人年齡相差無幾/所剩無幾。

有限 數量不多;程度不高:資金有限/水準有限。

有數 數量不多:沒走的只剩下有數的幾個人了。

個別 極少數:個別情況/個別學生。

零星 零碎的;少量的:幹點零星活/遠處傳來零星的槍聲。

分毫 形容很少的數量:分毫不差。

絲毫 形容極少或很少:我們之間沒有絲毫共同之處/引不起絲毫的興趣。

涓滴 極少量的水。比喻極少量(多指錢物):涓滴歸公/涓滴不漏。

涓埃 〈書〉細小的水流和塵埃。比喻微小:略盡涓埃之力/無涓埃之功。

毫髮 極小的數量:無毫髮之功。

區區 ❶(數量)少:區區之數,不要計較。❷細微;不重要:區區小事,何足掛齒。

戔戔 〈書〉少;細微:戔戔之數/為數戔戔。

寥寥 極少:寥寥無幾/寥寥幾個人。

稀少　希少　事物出現得不多:街上行人稀少／
山區人煙稀少。

寥若晨星*　稀少得像早晨的星星。形容數量
少。

屈指可數*　扳著指頭就可以數得過來。形容數
目很小。

九牛一毛*　比喻極大的數量中的極少數,微不
足道。

微乎其微*　形容非常小或非常少。

Q1－19　形、動：　平均

平均　❶〔形〕沒有多少、大小或輕重的區別:任
務分配比較平均／平均使用力量。❷〔動〕數
量按份均匀計算:平均地權／糧食產量平均每
畝一千斤。

平分　〔動〕把一個整體分爲平均的幾份;平均分
配:把積餘的錢拿出來平分／平分土地。

均匀　〔形〕事物各部分的數量分布相等:今年春
季雨量很均匀／這些東西由你們大家均匀分
配。

均　〔形〕均匀:多寡不均／大家均攤。

均等　〔形〕平均;相等:機會均等／我們要求分
配均等。

匀　〔形〕均匀:分配不匀／種子撒得很匀。

匀稱　〔形〕均匀:麥穗長得很匀稱／匀稱的腳步
聲。

匀實　〔形〕均匀:麥苗長得很匀實／兩個青年步
犁耕的田地,耕得不匀實。

匀整　〔形〕均匀整齊:字寫得很匀整／苗出得壯
實匀整。

匀和　〔形〕均匀:屋裡傳出匀和的鼾聲／勁要使
得匀和些。也說匀乎。

Q1－20　形、動：　窮盡

窮盡　〔形〕到盡頭:知識是沒有窮盡的／宇宙是
無窮盡的。

窮　〔形〕窮盡:窮途末路／理屈詞窮／山窮水盡。

盡　❶〔動〕完:秋盡冬來／費盡心機。❷〔形〕達
到極端:盡頭／山窮水盡。

完　〔動〕消耗盡:沒有剩的:煤燒完了／這個月
工資已經用完。

竭　〔動〕盡:取之不盡,用之不竭／精疲力竭。

絕　〔動〕窮盡:完全沒有了:不要把話說的絕了。

罄盡　〔動〕耗盡:沒有剩餘:錢財已告罄盡／銷
售罄盡。

罄　〔動〕〈書〉盡;完:罄其所有。

淨盡　〔形〕一點點不剩:原料耗費淨盡。

淨　〔形〕沒有剩餘:人都走淨了。

乾淨　〔形〕比喻一點也不剩:把菜吃乾淨／街道
被清掃得十分乾淨。

光　〔動〕一點不剩;全沒有了:莊稼收割光了／
錢花光了。

精光　〔形〕一點不剩:錢用得精光。

Q1－21　形：　無窮

無窮　沒有窮盡;沒有止境:後患無窮／無窮的
力量／言有盡而意無窮。

無限　沒有窮盡;沒有限度:前程無限／無限風
光／給予無限的同情。

無量　沒有限量;沒有盡頭:功德無量／前途無
量。

無疆　無限;沒有窮盡:萬壽無疆(祝壽的話)。

無涯　沒有邊際;沒有窮盡:學海無涯／無涯的
痛苦。

無極　〈書〉沒有盡頭;無窮:歡樂無極。

無窮無盡*　沒有窮盡,沒有止境。形容數量極
多。

Q1－22　動：　增加

增加　在原有的基礎上加多:增加產量／增加抵
抗力／增加麻煩。

增　增加:有增無減／增產不增人。

增益 增加;增添:上半年營業收入有所增益。

增添 在原有基礎上加多:增添設備/增添光彩/增添力量。

增長 增加;提高:生產穩步增長/旅遊能使人增長知識。

激增 (數量等)急速地增加:近年我國留日學生激增/農產品出口激增。

猛增 (數量等)突然地增加:銷售量猛增。

添加 增加;增添:本屆運動會添加兩個田徑比賽項目。

添 增加;添補:添了幾件衣服/給你添麻煩/添了一些插圖。

追加 在原定的數額以外再增加:追加預算/追加定額。

附加 額外加上:附加手續費/附加說明。

外加 另外加上:送給他兩本字典,外加一個鉛筆盒。

外帶 又加上:除了行李,還外帶一大包書。

饒 另外添加:買十斤饒你一斤。

搭 加上:買二斤青菜搭一斤茄子。

擴充 擴大範圍;增加數量:擴充機構/擴充名額。

遞增 一次比一次增加:產量逐年遞增百分之五。□**遞加**。

累進 以某數為基礎,按幾何級數(如 2,4,8,16)或算術級數(如 2%,2.5%)遞增:累進稅/累進率。

累積 層層遞加;積累:不斷累積寫作材料。

與日俱增* 隨著時日一起增長。

Q1－23 動: 減少

減少 減去一部分:收入減少/減少損失。

減 從原有數量中去掉一部分;減少:減了一半學費/給犯人減刑/工作熱情有增無減。

減輕 減少重量或程度:減輕體重/減輕心理負擔。

減免 減輕或免除(賦稅、刑罰等):減免學費/災情嚴重的縣可減免賦稅。

減低 減少降低:減低物價/減低生產指標。

削減 從已定的數目中減去:削減不必要的開支/削減預算。□**減削**。

減除 減少或消除:減除痛苦/減除精神壓力。

減卻 減退;減少:隨著年齡的增長,好勝心也減卻了許多。

減損 減少:受蟲害影響,今年棉花產量將有所減損。

裁減 減少或裁去多餘的:裁減冗員/裁減一部分投資大的項目。

縮減 緊縮減少:縮減重疊的機構/縮減編製。□**減縮**。

銳減 數量急遽減少:第一季度產量竟銳減百分之五十。

遞減 一次比一次減少:生產成本逐年遞減。

刨 〈口〉除去;減去:差的年成,刨去口糧,就沒有什麼剩下。

Q1－24 形、名: 額外·開外

額外 〔形〕超出規定的數量或範圍之外:額外開支/額外收入。

格外 〔形〕額外:格外的負擔。

開外 〔名〕超出某一數量:他三十開外的年紀/霧很大,二十米開外就看不見人了。

以外 〔名〕超出一定時間、處所、數量、範圍的界限:三天以外/長城以外/走出十里以外/年紀已經四十以外/預算以外的開支。

Q1－25 動: 扣除·抵消

扣除 從總額中減去:扣除一個季度的獎金/扣除借款。

扣 從原數額中減去一部分:七折八扣/遲到要扣獎金。

抹零 算帳或付錢時把整數之外的尾數除去不

計算。

抹 勾掉;除去;不計在內:把幾筆欠帳全抹了。

抵消　抵銷 兩種相當的數量、力量、作用等互相
消除:交的第一批貨,寄去的錢剛好抵消／雙
方總在互相抵消精力。

抵 抵消:收支兩抵／功過相抵。

相抵 互相抵消:收支已足相抵。

兩抵 雙方互相抵消:收支兩抵／盈虧兩抵。

Q1－26 動:　夠·缺乏

夠 可以滿足某種需要的數量或程度:糧食已經
夠了／帶來的錢還不夠／他當工程師夠條件。

足夠 完全夠(能滿足需要的數量、程度):這些
錢足夠你買參考書了／資料已經足夠了。

不乏 不缺少:不乏先例／不乏知音。

敷 夠;足:入不敷出／糧草不敷。

缺乏 需要的或應有的人或事物沒有或不夠:缺
乏得力人手／原料極為缺乏／缺乏語言的基
本功。

缺少 沒有或不夠(多用於人或事物的數量):缺
少科技人才／山上缺少樹木／這個零件不能
缺少。

少 不夠原有或應有的數量;缺少:帳算下來,少
了十塊錢／屋裡什麼東西也沒少。

差 缺少:這些錢買車票不夠,還差五元／別人
都到了,只差他一個。

乏 缺乏;缺少:乏味／不乏有識之士。

缺 缺乏;短少:缺錢／學校缺教師／要用的東西
一件不缺了。

短少 缺少(多指少於定額):你的東西一件也不
短少。

短 缺少;欠:缺斤短兩／別人都來了,就短他一
個人／收的錢短了不少。

短缺 缺乏;不夠:人手短缺／資金短缺。

欠缺 缺乏;缺少:他們也欠缺糧食／青年人還
欠缺經驗。

缺欠 欠缺;短少:你仔細看看,還缺欠什麼?

欠 缺少:萬事齊備,只欠東風／他這樣說,未免
欠考慮。

短欠 強調短少,欠缺:還短欠一百元錢,不夠交
學費／現在主要是短欠人力。

虧短 數量不足;缺少:糧食虧短很多／帳上虧
短一千元。

虧 欠缺;短少:理虧／功虧一簣／公平交易,不
能虧秤。

不足 數量不滿;不夠:分量不足／不足三十人。

Q1－27 動:　補充

補充 ❶原來不足或有缺損時,增加一部分:補
充了槍支彈藥／這篇文章的內容還要補充。
❷在原有主要部分之外,增加一些:印發補充
材料／這是給你的補充任務。

補 補充;填補:補工資／人員已經夠了,不能再
補。

補足 補充使足數:補足缺額／全排五十人,一
定要補足。

添補 增添補充:添補生活用品／每月添補家裡
幾十元錢。

貼補 添補;增補:他按時貼補弟弟一些零用錢／
每月家用都要靠他寄錢來貼補。

填補 補足空缺或欠缺:這項發明填補了國內空
白／填補空缺／填補虧空。

彌補 補足不夠或欠缺的部分:彌補缺陷／損失
重大,不可彌補。

增補 增添;補:增補候選人／增補新的內容。

找補 補上不足的部分:沒吃飽,再找補點兒／
聽了他的話,我還得找補幾句。

找齊 補足;找補:缺少的數目,下次再找齊。

補給 補充並供給:補給糧食／補給一批物資。

填充 填補;補充:用知識來填充自己頭腦。

挹注 〈書〉比喻取有餘以補不足:以資挹注。

Q1－28 形：　充足・豐富

充足　事物的數量足夠滿足需要：貨源充足／陽光充足／有充足的證據。

足　充足：富足／酒足飯飽／幹勁很足。

十足　十分充足：理由十足／斤兩十足。

充分　足夠(多用於抽象事物)：理由充分／有充分思想準備。

充實　充足；豐富：內容充實／課程充實／生活得很充實。

充裕　充足有餘：時間充裕／物資充裕。

充沛　十分充足：雨量充沛／精力充沛。

充暢　充沛暢達：貨源充暢／文氣充暢。

豐富　事物種類多數量大：物產豐富／知識豐富／有豐富的經驗。

豐　豐富：豐產／豐衣足食。

豐厚　豐富；多：報酬豐厚／禮物豐厚。

豐盛　豐富；充足：物產豐盛／豐盛的晚餐。

豐碩　(果實)又多又大：他在科研上取得豐碩的成果／爭取今年有一個豐碩的秋收。

豐滿　充足：糧倉豐滿／羽毛豐滿。

豐沛　充足；豐富：雨水豐沛。

雄厚　人力、物力等非常充足：實力雄厚／資本雄厚。

Q1－29 形：　不足

不足　不充足：光線不足／經驗不足。

短絀　不足；缺少：資金短絀／人力短絀。

絀　不足；短缺：左支右絀／心餘力絀。

貧乏　缺少；不豐富：作品內容貧乏／生活經驗貧乏。

匱乏　〈書〉缺乏；貧乏：物資匱乏／不虞匱乏。

緊張　供應不足：夏季用水緊張／化肥供應緊張。

闕如　〈書〉欠缺；空缺：尚付闕如／竟告闕如。

青黃不接＊　陳糧已經吃光，新穀尚未成熟。比喻人力、財力等暫時缺乏、不足。青：指田裡的青苗；黃：指成熟的穀物。

左支右絀＊　應付了左面，右面又感到不夠。形容財力或能力不足，十分困窘。

Q1－30 動、形：　剩餘

剩餘　〔動〕從某個數量中減去一部分後餘存下來：剩餘物資／籌的款沒有用完，還有剩餘。

剩　〔動〕剩餘：把剩下的錢存入銀行／飯吃光了，一點都沒有剩。

下剩　〔動〕〈口〉剩餘；剩下：把下剩的糧食存到倉裡。

餘剩　〔動〕剩餘：今年收成交了糧還有餘剩。

餘下　〔動〕剩下：除了開支，還餘下三千元／除了正工作的以外，餘下的工人參加培訓。

餘　〔動〕剩餘：餘糧／綽綽有餘／還清欠款，尚餘數十元。

過剩　〔動〕數量遠遠超過需要；剩餘過多：勞力過剩／商品過剩。

多餘　〔形〕❶超過需要數量的：把多餘的錢存入銀行。❷不必要的：把多餘的字、句刪掉／你的擔心是多餘的。

富餘　〔形〕足夠而有剩餘：農村裡有富餘的勞力。

無餘　〔形〕沒有剩餘：揭露無餘／一覽無餘。

Q1－31 動：　遺漏

遺漏　由於疏忽而脫落或失掉：把遺漏的麥穗兒拾起來／清單經過核對，沒有什麼遺漏。

遺　遺漏：補遺／纖悉無遺。

漏　遺漏：句子中漏了一個字／漏掉一樣東西。

脫漏　遺漏；漏掉：講義中脫漏的地方都一一訂正。

脫　漏掉(文字)：書中多處脫字。

缺漏　短缺遺漏：內容詳盡，略無缺漏／補苴罅漏。

疏漏 由於疏忽而遺漏，缺失：制度上還有疏漏
　　的地方／偶然想起，率爾命筆，疏漏必多。
掉 遺漏：文章中掉了幾個字／把書包掉在同學
　　家裡了。
落 遺漏：這行落了幾個字，得補上／一本書落
　　在家裡還是落在學校課桌裡，記不清了。
掛漏 遺漏：文學史稿編製太草率，掛漏滋多。
掛一漏萬＊ 形容敘述不全遺漏很多。

Q2　數　學

Q2-1　名：　數學

數學 研究現實世界的空間形式和數量關係的
　　科學，包括算術、代數、幾何、三角、微積分、概
　　率論和數理統計等。數學是自然科學和技術
　　的各個領域的重要工具，和社會科學某些部
　　門也有密切的關係。
算術 數學的一門分科。是研究數的性質、規
　　律、相互關係和運演算則的科學。內容包括
　　整數、小數、分數、比和比例、統計圖表等。
算學 ❶數學。❷算術。
代數學 數學的一門分科。是用代替未知數的
　　字母和數字來研究數的運算規律和性質的科
　　學。近世代數學的研究由數擴大到多種其他
　　對象，研究更為一般的代數運算的規律和性
　　質，如討論群、環、域、格、向量空間等的性質
　　和結構。簡稱**代數**。
線性代數 代數學的一個分支。它討論線性方
　　程組的解及有關向量空間、線性變換等問題。
　　它已是許多數學分支的基礎，並在物理、化
　　學、電工技術、天文、運籌等學科有重要的應
　　用。
幾何學 數學的一門分科。研究空間圖形的形
　　狀、大小和位置及它們的相互關係的科學。
　　最早的幾何學是歐幾里得幾何，後產生解析

幾何、射影幾何等分支，近代又有拓撲學、代
　　數幾何等學科形成。簡稱**幾何**。
平面幾何 研究平面上幾何圖形的性質（形狀、
　　大小、位置等）的學科。內容可以概括為直線
　　形（如三角形、多邊形等）和圓兩部分。
立體幾何 幾何學的一個分科，研究立體圖形的
　　性質。內容可以概括為空間的直線和平面、
　　多面體、旋轉體等部分。
解析幾何 幾何學的一個分科。利用代數手段，
　　借助於坐標法來研究幾何圖形（點、面、線）的
　　性質。廣泛應用於工程技術和科學研究中。
微積分 數學的一個重要分科，是微分學和積分
　　學的統稱。微分是研究函數在一點處附近變
　　化情況，也就是研究函數的局部性質；積分是
　　從局部積零為整的方法，也就是研究函數的
　　整體性質。例如求運動著的物體在某一瞬間
　　的運動速度就是微分學的問題；由運動物體
　　在各點的瞬間運動速度求物體運動的全部路
　　程就是積分學的問題。微積分在幾何、物理、
　　化學、工程、力學等學科中有廣泛的應用。
微分學 見「微積分」。
積分學 見「微積分」。
三角學 數學的一門分科。研究三角形邊和角
　　的關係，三角函數及其間的關係。可分為平
　　面三角學和球面三角學。在幾何、測量、天
　　文、航海等方面有廣泛的應用。簡稱**三角**。
概率論 數學的一門分科。研究隨機現象的數
　　量規律，即研究根據某些已知的就其個別來
　　看是無規則的偶然事件，從數量角度尋找與
　　之有關的一些未知的或然現象的規律性。在
　　現代科學技術上應用很廣。
運籌學 一門新興的應用科學。用數學方法和
　　多種學科知識研究如何經濟有效地運用材
　　料、設備、資金、合理地安排人力，以提供最優
　　方案、供決策上參考。運籌學在生產管理、工
　　程技術、科學試驗、軍事以及社會科學中都得

到廣泛的應用。主要分支有規劃論、排隊論、對策論、網絡理論等。

線性規劃 運籌學的一個分支,利用圖表等演示作業的程式,求得如何以最少的人力物力,完成最多的任務的科學方法。例如以最低成本生產某種產品,或利用有限的資源獲取最高產量或最大利潤。線性規劃在生產資源配置、投入產出分析等方面有廣泛的應用。

優選法 在科學試驗、工程設計、生產工藝等工作中提出的問題,根據數學原理,合理安排試驗點,減少試驗的盲目性,迅速求得最佳方案的方法。優選法的種類很多,最常用的有平分法、0.618 法(黃金分割法)、爬山法、平行線法等。

計算數學 數學的一門分科。主要研究怎樣用電腦來解決科學、技術、經濟等方面的計算問題和有關數學理論問題。

拓撲學 現代數學的一個分科。研究幾何圖形在一對一的連續改變形狀時保持不變的性質。在理論物理、生物學等學科中有廣泛的應用。

數論 數學的一個分科。主要研究正整數及其推廣(如代數整數)的性質。主要有初等數論、代數數論、解析數論幾個組成部分。

Q2－2 名： 數

數 表示事物的量的基本數學概念,例如自然數、整數、有理數、無理數、實數、複數、質數、合數等。

自然數 大於零的整數,即 1、2、3、4、5、6、……也叫**正整數**。

質數 大於 1 而只能被 1 和這個數本身整除的正整數,如 2、3、5、7、11、13、17、19、……也叫**素數**。

合數 一個正整數除了能被 1 和本身整除以外,還能被另外的正整數整除(如 8 能被 1 和 8 整除,也能被 2 和 4 整除),這樣的正整數叫做合數。也叫**複合數**。

奇數 不能被 2 整除的整數,如 -1、$+1$、-3、$+3$、……正奇數也叫**單數**。

偶數 能被 2 整除的整數,如 $+2$、-2、$+4$、-4、……正偶數也叫**雙數**。

平頭數 〈方〉十、百、千、萬等不帶零頭的整數。

有理數 整數和分數的統稱。或者說,整數、有限小數和無限循環小數統稱有理數。任何一個有理數都可以表示成分數 m／n 的形式,其中 m 是整數,n 是正整數。

無理數 無限不循環小數。如 $^3\sqrt{2}$、$\sqrt{3}$、π、log 等都是無理數。任何一個無理數都不能表示成分數形式。

實數 有理數和無理數的總稱。

虛數 負數的平方根,如 $\sqrt{-1}$、$\sqrt{-a}$($a\rangle0$)等,通常以 i 作單位, $i=\sqrt{-1}$,所以 $\sqrt{-4}=\sqrt{-1\times4}=2i$。

複數 實數的一個有序對 (a,b),一般用 $a+bi$ 來表示,式中 a、b 是實數, i 是虛數單位, $i^2=-1$ 即 $i=\sqrt{-1}$。

正數 大於 0 的數。

負數 小於 0 的數。負數在數前面加負號來表示,例如 -1、-6。

Q2－3 動： 計算

計算 通過已知數目求出未知數:計算產值／計算人數。

算 計算數目:算成本／能寫會算。

計 計算:不計其數／核計。

演算 按數學原理和公式進行計算:演算習題／電腦演算快而準確。

數 查點數目;逐個說出數目:數一下個人／數一數咱們今天種了幾棵樹。

推算 根據已知的數據或道理計算出有關的數

值或情況:根據人造衛星運行軌道就可推算
出任一時刻它所在的位置/按第一季度盈利
推算,第二季度利潤呈下降趨勢。

筆算 用筆進行運算。

心算 只憑腦子而不用紙、筆和計算工具進行計
算:這孩子的心算能力十分紮實。

口算 一邊心算,一邊說出運算的結果。

籌算 用籌來計算;計算。

匡算 粗略地計算:匡算一下,今年一畝地的糧
食產量將增加一成。

約計 大概地計算:參觀展覽會的人數約計有五
萬人。

換算 把某種單位的數量折合成另一種單位的
數量:把美元換算爲英鎊。

折合 ❶實物間、貨幣間、實物與貨幣間按比價
計算:這隻純金懷錶足可折合一兩金子/當時
一英鎊折合2.266美元。❷同一實物換用另
一計量單位計算:二千市斤剛好折合成一噸。

折 折合:折價/用五十斤小米折錢還債。

折算 折合;換算:把外幣折算成法郎。

四捨五入 * 運算時取近似值的一種計算方法。
根據需要,將計算所得的數保留到某一位,餘
下的頭一個數不滿五的就捨去,滿五時捨去
後向前一位進一。

Q2-4 動、名: 運算

運算 〔動〕依據數學法則,求出算題或算式的結
果:爲了求得一個數據,進行了大量的運算/
用電腦來運算。

逆運算 〔名〕某數對另一個數施行兩種不同的
運算後,所得的結果仍是某數,那末,這兩種
運算稱作互爲逆運算。如 s+a-a=s, s-a
+a=s; s×a÷a=s, s÷a×a=s。所以加法
和減法,乘法和除法(除數不爲 0)分別互爲逆
運算。

加 〔動〕❶兩個或兩個以上的數目或東西合在
一起(與'減'相對),如用五加七得十二:各種
書加起來有一百多本。❷增加;使數量比原
來大:建國以來人口加了一倍。

加法 〔名〕求兩個數的和的運算方法。

減 〔動〕❶從一定數量中去掉一部分(與'加'相
對),如用七減五得二。❷減少:減少數量。

減法 〔名〕求兩個數的差的運算方法。

乘 〔動〕在數與數之間進行乘法運算,如用五乘
三得十五。

乘法 〔名〕求幾個相同加數的和的簡便運算方
法。

除 〔動〕用一個不是零的數把另一個數分成若
干等份叫除,如用五除十得二。

除法 〔名〕求一個數連續減去相同數的簡便運
算方法。

整除 〔名〕甲數除以乙數所得的商是整數而沒
有餘數時叫做「甲數被乙數整除」,或「乙數整
除甲數」。

四則運算 〔名〕加、減、乘、除四種運算的統稱。

解 ❶〔動〕演算方程式;求方程式中未知數的
值。❷〔名〕代數方程式中未知數的值。如 x
+8=0, x=-8, -8 就是方程式 x+8=0 的
解。

Q2-5 名: 和·差·積·商

和 兩個或兩個以上的數加起來的總數:兩數之
和。也叫**和數**。

差 兩數相減的結果。也叫**差數**。

乘積 兩個或兩個以上的數相乘所得的數。簡
稱**積**。

商 兩數相除所得的數,如六被二除的商是三。

餘數 整數除法中被除數未被整除的部分,例如
32 除以 6,商數爲 5,餘數爲 2。

Q2-6 名: 倍數·因數

倍數 一數可以被另一數整除時,這一數即爲另

一數的倍數,如 10 是 2 的倍數,也是 5 的倍數。

公倍數 一個數同時是幾個數的倍數則稱這個數為它們的公倍數。如 24 為 2、3、4、6、8、12 的公倍數。

最小公倍數 公倍數中數值最小的數。例如 12、24、36、48 等都是 2、3、4、6 的公倍數。其中 12 的數值為最小,12 就是 2、3、4、6 的最小公倍數。

因數 一個整數能被另一個整數整除,後者就是前者的因數,如 2、3、4、6、8、12 都是 24 的因數。也叫**約數;因子**。

公因數 一個數同時是幾個數的因數則稱這個數是它們的公因數。如 5 是 10、15、20 的公因數。也叫**公約數**。

最大公因數 公因數中數值最大的那一個數稱為最大公因數,如 2、7、14、都是 28、42、70 的公因數。其中 14 的數值為最大。14 就是 28、42、70 的最大公因數。

Q2－7 名、動： 數位・進位

數位 〔名〕在數的由右到左的排列中,每一個數字佔有一個位置,數字所占的位置叫數位。如整數中從數的右面起數第一位是個位,第二位是十位。也叫**位**。

進位 〔動〕在加法運算時每位數等於基數時向前一位數進一,例如在十進位的演算中,個位滿十,在十位上加一,百位滿十,在千位上加一。

十進制 〔名〕記數的一種方法。就正整數來說,以十為基礎,逢十進一位,逢百進二位等等。

二進制 〔名〕只用 0 和 1 兩個數字表示的一種數制,逢 2 進位。電腦都採用二進制進行計算或邏輯判斷。

六十進制 〔名〕逢六十進位的一種記數方法,如時間單位中小時、分、秒,是六十進制的。

Q2－8 動、名等： 合計・總和

合計 〔動〕合起來計算:兩天參觀人數合計七千

人。

共計 〔動〕合計:三個人宿費飯費共計二百多元。

總計 〔動〕全部合起來計算:這部書第一、第二版印數總計十萬冊。

總合 〔動〕全部加起來合在一起:把二種數字總合起來/把幾股力量總合在一起。

攏共 〔動〕共計;總計:這家工廠攏共十來臺機器/小鎮攏共十幾家店鋪。也說**攏總**。

總和 〔名〕全部加起來的數量或內容:全年產量的總和/生產關係的總和。

總數 〔名〕加在一起的數目:你清點一下還有多少存糧,把總數告訴我。

總共 〔副〕表示所有的算在一起;一共:這家公司總共有一百多位員工/今年全廠總共生產電扇二十萬臺。也說**共總;通共**。

一共 〔副〕表示合計在一起:兩個班級一共有九十個學生。也說**合共**。

一總 〔副〕一共:全部花一總要三萬元。

成總兒 〔副〕一總:收到的錢,過幾天成總兒送給你。

Q2－9 名、動： 乘方・開方

乘方 ❶〔名〕一個數自乘若干次的積。a 自乘 n 次,寫作 a^n,叫做 a 的 n 次乘方,簡稱 a 的 n 次方;也叫做 a 的 n 次冪。❷〔動〕求一個數自乘若干次的積的運算。

冪 〔名〕見「乘方」。

自乘 〔動〕兩個或兩個以上相同的數相乘。例如:求 4^2、a^n 的積的運算就是自乘。

平方 〔名〕一個數自乘一次的積,即指數是 2 的乘方,如 b^2、5^2 等。

立方 〔名〕一個數連續自乘兩次的積,即指數是 3 的乘方,如 a^3,$(-5)^3$。

開方 〔動〕求一個數的方根的運算,開方和乘方互為逆運算,如 $\sqrt[4]{16} = \pm 2$,即 16 開 4 次方

根是±2。

方根 〔名〕一個數的 n 次方等於 a 時,這個數就叫做 a 的 n 次方根。記作 $\sqrt[n]{a}$。簡稱**根**。

平方根 〔名〕某數的二次方根,如 16 的平方根是±4;5 的平方根是±$\sqrt{5}$。

立方根 〔名〕某數的三次方根,如 27 的一個立方根是 3。

Q2－10 名： 指數・對數

指數 表示一個數自乘若干次的數字,記在數的右上角上,如 a^n,n 是指數。

分數指數 分數形式的指數叫做分數指數,如 $a^{\frac{m}{n}}$,$\frac{m}{n}$ 就是分數指數,n 代表根指數,m 代表根號內的數的乘方指數(即 $a^{\frac{m}{n}} = \sqrt[n]{a^m}$)。

對數 若 $a^b = N(a \neq 1, a > 0)$則稱 b 為以 a 為底的 N 的對數,記作 $\log_a N = b$。而 N 稱為以 a 為底的 b 的眞數。以 10 為底的對數叫做**常用對數**,用符號 log 表示。以 $e = 2.71828\cdots\cdots$為底的對數叫做**自然對數**,用符號 ln 表示。

底數 求一個數的若干次乘方時,這個數就是底數,如求 a^n,a 就是底數。

Q2－11 名： 比・比例・比值

比 數學上兩個同類量之間的倍數關係稱為這兩個同類量的比,如 a 與 b 的比,記作 a:b 或 $\frac{a}{b}$。

比例 ❶如果兩個數(或量)的比,等於另外兩個數(或量)的比,稱這四個數(或量)成比例,如 2:4 = 8:16 稱 2、4、8、16 這四個數成比例。❷比:生產與消費之間應當保持一定的比例。

正比例 兩個相關聯的量,其中一個量擴大或縮小若干倍,另一個量也擴大縮小同樣的倍數,它們之間的關係稱作正比例。簡稱**正比**。

反比例 兩個相關聯的量,如果其中一個擴大或縮小若干倍,另一個量反而縮小或擴大相同的倍數,它們之間的關係稱作反比例。簡稱**反比**。

單比 前後項都只有一個數的比,如 5:3,c:d。

單比例 等號兩邊分別由單比組成的比例式,如 a:b = c:d。

復比 若干個比的前項、後項分別相乘構成的比,如 a:b,c:d,e:f 的復比是 ace:bdf。

連比 比較幾個同類量的關係構成的比,如 3:5:7,a:b:c。

比值 兩數相比所得的值,如 8:2 的比值為 4。也叫**比率**。

黃金分割 把一條線段分成兩部分,使其中一部分對於全部的比等於其餘一部分對於這部分的比,其比值為 $\frac{\sqrt{5}-1}{2} \approx 0.618$。因這種比例在造型藝術上較美而稱為黃金分割。也叫**中外比**。

百分比 把兩個數量的比值寫成 $\frac{a}{100}$ 的形式,則稱這兩個數的比為百分比。如 2 比 5 的百分比是 40%。也叫**百分率**。

成數 一數為另一數的幾成,泛指比率。

Q2－12 名： 近似值・誤差

近似值 非常接近一個量的準確值的數值。如圓周率 π 是一個無限不循環小數,我們通常多用它的近似值 3.1416。也叫**近似數**。

近似商 在除法運算中,用四捨五入法求得的商,是近似值。常用符號 '≈' 表示,如 2÷3 = 0.6 所以 2÷3 的近似商是 0.6667,即 $\frac{2}{3} \approx 0.6667$。

誤差 一個量的準確值與它的測定的數值或它的近似值之間差的絕對值稱為誤差,如以 0.14代替 $\frac{1}{7}$,誤差就是 $\frac{1}{50}$。誤差的大小反應實驗、測量和近似計算所得結果的精確程度。

誤差也稱爲**絕對誤差**。

相對誤差　絕對誤差與準確值的比,稱爲相對誤差。相對誤差能確切地反應近似值的近似程度。

Q2－13 名：　式・方程

式　自然科學中表明某種關係之間規律的一組用數字、字母和運算符號連成的形式:算式／方程式／代數式／分子式。

式子　算式、代數式、方程式等的統稱。

公式　用數學符號表示幾個量之間的關係的式子,具有普遍性,適合於同類關係的所有問題。如表示圓的周長 L 和它的半徑 r 之間關係的公式就是 L＝2πr。

算式　用運算符號連接兩個或兩個以上的數而得到的式子,如 3＋2,7÷6－4＋1 等。算式分爲橫式和直式。

代數式　用運算符號把數和表示數的字母聯結起來的式子,如 $3x + 5 + a , \frac{1}{3}x - \sqrt{y} + 6xy - 6 , \frac{1}{3 + \sqrt{xy}}$。

多項式　包含若干個單項式的代數式,如 $3x^2 + \frac{1}{2}x - 5$ 是由單項式 $3x^2$、$\frac{1}{2}x$ 和 -5 構成的多項式。

單項式　沒有加法和減法運算的整式,如 $- xy^2 , \frac{3}{5}ab^2$ 等。

有理式　只有加、減、乘(包括整數次乘方)、除運算的代數式,如 $a^2 - 2b , \frac{y^2 + 1}{x + z^3}$。

無理式　含有關於字母開方運算的代數式,如 $\sqrt{a^2 + 1} , \sqrt[3]{a + x} + 3x + 2$。

整式　沒有除法運算或者雖有除法運算但除式中不含字母的有理式,如 $\frac{1}{2}ab , \frac{x + y}{8} , \sqrt{3}a + b$。

分式　除式中含有字母的有理式,如 $\frac{2b}{3a}$, $\frac{ax}{5x - y}$。

等式　表示兩個數或兩個代數式相等的算式,它們之間用等號連接,如 $5 + 3 = 8 , a + b = 4 - c$。

恆等式　當字母取使等號兩邊的解析式有意義的任意數(或數組)時,等式都成立,這種等式叫做恆等式,如 $a^2 - 2ab + b^2 = (a - b)^2$, $sin^2 x + cos^2 x = 1$。

不等式　用不等號連接兩個解析式所組成的式子,如 $2x \langle 8 , 2ax \langle 5b - 3 , 7x - m \neq 2m - 6x$。

方程　含有未知數的等式,如 $2x - 3 = 0 , x + 2y = 3 + x$。也叫**方程式**。

聯立方程　由兩個或兩個以上的方程並列起來所得的一組方程,其中未知數受每一個方程的製約。例如

$$\begin{cases} 2x - 4 = 5y - 1 \\ 8x - 2y = 20 + 3y \end{cases}$$

也叫**方程組**。

代數方程　僅含關於未知數的代數式所組成的方程,如 $a0 + a1x + a2x^2 + \cdots\cdots + an - 1x^{n-1} + anx^n = 0 , \sqrt{x^3 - 1} + 3x^2 - 3x = 1$ 等。

超越方程　由關於 x 的對數函數、指數函數、三角函數等所組成的方程,如 $2^x = x + 1 , sinx + x = 0$。

高次方程　所含未知數的次數大於 1 的方程,如 $a_0 + a_1x + a_2x^2 + a_3x^4 + a_4x^4 = 0$。

Q2－14 名：　函數

函數　如有兩個變量 x、y,對於某一範圍內的 x 的每一個值,y 都有確定的值和它對應,則稱 y 爲 x 的函數。這種關係常用 $y = f(x)$ 來表

示。其中 x 稱爲自變量，y 稱爲應變量，x 的
變化範圍稱爲函數的定義域。

反函數 從表示 y 依 x 而變的已知函數 $y = f(x)$ 中解出 x，得到 x 依 y 而變的函數 $x = g(y)$，則稱 g(y) 爲 f(x) 的反函數，如 $x = \sqrt[5]{y}$ 是 $y = x^5$ 的反函數。

代數函數 如果函數 $y = f(x)$ 能滿足關係式：
$p0(x)y^n + p1(x)y^{n-1} + \cdots\cdots + pn - 1(x)y + pn(x) = 0$，其中 n 是正整數，$p0(x)$，$p1(x)$，$\cdots\cdots$，$pn - 1(x)$，$pn(x)$ 都是 x 的多項式，且 $p0(x) \neq 0$，則稱函數 $y = f(x)$ 爲代數函數。

指數函數 底數一定，指數爲自變量的函數，如 $y = a^x$，a 爲底數 $(a \rangle 0，a \neq 1)$；y 隨指數 x 的確定而被唯一確定。指數函數是對數函數的反函數。

對數函數 是指數函數 $y = a^x (a$ 是不等於 1 的正數) 的反函數，對數函數記作：$y = logax$。

奇函數 如果對於函數定義域裡任一個 x，都有 $f(-x) = -f(x)$ 成立，則稱函數 $f(x)$ 爲奇函數，如 $y = x^{-1}$，$y = -x^3$，$y = -sinx$。

偶函數 如果對於函數定義域裡任意一個 x 都有 $f(-x) = f(x)$ 成立，則稱函數 $f(x)$ 爲偶函數，如 $y = x^3$，$y = cosx$。

週期函數 對於函數 $f(x)$，如果存在一個不等於零的常數 1，使得對於定義域中的任一個 x 都有 $f(x + 2) = f(x)$ 成立，則稱函數 $f(x)$ 爲以 1 爲週期的週期函數，如 $sinx$、$cosx$、$tanx$、$cotx$ 都是週期函數。

Q2-15 名： 集合·映射

集合 數學上的一個重要基本概念。具有某種共同屬性的事物的全體稱爲集合，組成集合的每個事物稱爲該集合的元素。例如小於 10 的素數構成一個集合；$\{2,3,5,7\}$，2，3，5，7 稱爲該集合的元素。簡稱**集**。

映射 對於集合 A 與 B，若存在一個確定的對應法則 f，使集合 A 中每一個元素 x，都得到集合 B 中一個唯一確定的元素 y 與它對應，那麼稱這個對應法則 f 是從集合 A 到集合 B 的一個映射。記作：$f: A \rightarrow B$ 或 $f: a \rightarrow b = f(a)$。映射也稱爲函數關係，或簡稱函數。

Q2-16 名： 排列·組合

排列 從 m 個不同元素裡每次取出 n 個，按一定的順序排成一列，叫做由 m 中每次取 n 的排列，如由 $a，b，c$ 三個中，每次取兩個的排列有 ab、ac、ba、bc、ca、cb 共六個。用公式 $P_n^m = m(m-1)(m-2)\cdots\cdots(m-n+1)$ 來表示。

組合 從 m 個不同元素裡每次取出 $n(n \leqslant m)$ 個；不論順序並成一組；叫做一個組合，如由 $a，b，c，d$ 中每次取 3 個，可得到的組合有 $abc，abd，acd，bcd$ 共 4 個。某類組合中不同組合的個數叫組合數，用 C_n^m 表示。公式是
$$C_n^m = \frac{m(m-1)(m-2)\cdots\cdots(m-n+1)}{1 \times 2 \times 3 \times \cdots\cdots \times n}。$$

階乘 從 1 到 n 的 n 個連續自然數的乘積，叫做 n 的階乘，記作 n! m 個元素的全排列數等於 m 的階乘，記爲 m！。如 5! $= 1 \times 2 \times 3 \times 4 \times 5 = 120$。規定：0！$= 1$。

置換 n 個不同元素從一個排列變成另一個排列叫做置換，如 $a，b，c，d$ 從排列 $(abcd)$ 變成 $(bcad)$ 就是一個置換，記作 a b c d (b c a d)。

Q2-17 名： 數列·級數

數列 依照一定的順序排列的一列數，如 $1，\frac{1}{3}$，$\frac{1}{5}，\frac{1}{7}，\cdots\cdots；\frac{1}{2}，\frac{1}{4}，\frac{1}{6}，\frac{1}{8}\cdots\cdots$ 等。數列中每一個數叫做這個數列的一項。項數有限的叫有限數列；項數無限的叫無限數列。

等差數列 從第二項起，後項與前緊鄰的一項的差恆等的數列，如 $5，10，15，20，\cdots\cdots$。它的一

般形式為 $a, a+d, a+2d, a+3d, \cdots\cdots$。

等比數列 從第二項起,後項與前緊鄰一項的比恆等的數列,如 $2, 4, 8, 16, \cdots\cdots$。它的一般形式為 $a, aq, aq^2, aq^3, aq^4, \cdots\cdots$。

公差 等差數列中從第 2 項起,每一項減去它前面緊鄰的一項所得的差是個定值,稱這個定值為公差,如 $14, 11, 8, 5, 2$ 中,3 為公差。

公比 等比數列中從第 2 項起,每一項和它的前面緊鄰的一項的比是個定值,稱這個定值為公比,如在等比數列 $\frac{1}{2}, \frac{1}{4}, \frac{1}{8}, \cdots\cdots$ 中,$\frac{1}{2}$ 為公比。

級數 數列中各項依次加起來所得的表達式叫做級數,如 $1 + \frac{1}{3} + \frac{1}{5} + \frac{1}{7} + \cdots\cdots + \frac{1}{2n+1} + \cdots\cdots$ 就是數列 $1, \frac{1}{3}, \frac{1}{5}, \frac{1}{7}, \cdots\cdots \frac{1}{2n+1}, \cdots\cdots$ 的級數。

等差級數 從第二項起,後項與前緊鄰的一項的差恆等的級數,如 $5 + 10 + 15 + 20 + \cdots\cdots$。它的一般形式為 $a + (a+d) + (a+2d) + (a+3d) + \cdots\cdots$。也稱**算術級數**。

等比級數 從第二項起,後項與前緊鄰的一項的比恆等的級數,如 $2 + 4 + 8 + 16 + \cdots\cdots$。它的一般形式為 $a + aq + aq^2 + aq^3 + \cdots\cdots$。又稱**幾何級數**。

極限 數學分析的一個基本概念。如果變量 x 按照某一規律變化,而無限地接近一個常數 c,則稱 c 為 x 的極限,記作 $\lim x = c$,或 $x \to c$。例如數列 $\frac{1}{2}, \frac{2}{3}, \cdots\cdots, \frac{n}{n+1}$ 的極限是 1,寫作 $\lim\limits_{n \to \infty} \frac{n}{n+1} = 1$。

Q2－18 名： 三角函數

三角函數 直角三角形每兩邊的比值是它的銳角的函數,這些比值叫做三角形中某銳角的三角函數。每個銳角有六個三角函數。例如在直角三角形 ABC 中,銳角 A 的函數分別

是:$\frac{a}{c}$ 為 ∠A 的正弦,記作 $\sin A$;$\frac{b}{c}$ 為 ∠A 的餘弦,記作 $\cos A$;$\frac{a}{b}$ 為 ∠A 的正切,記作 $\tan A$;$\frac{b}{a}$ 為 ∠A 的餘切,記作 $\cot A$;$\frac{c}{b}$ 為 ∠A 的正割,記作 $\sec A$;$\frac{c}{a}$ 為 ∠A 的餘割,記作 $\csc A$。三角函數有週期性,是重要的週期函數。

正弦 見「三角函數」。

餘弦 見「三角函數」。

正切 見「三角函數」。

餘切 見「三角函數」。

正割 見「三角函數」。

餘割 見「三角函數」。

反三角函數 反正弦(arc $\sin x$)、反餘弦(arc $\cos x$)、反正切)arc $\tan x$)、反餘切(arc $\cot x$)、反正割(arc $\sec x$)、反餘割(arc $\csc x$)等函數的統稱。各自表示與正弦、餘弦、正切、餘切、正割、餘割三角函數值 x 相應的弧(或角)的大小。

Q2－19 名： 點

點 幾何學中指沒有長、寬、厚而只有位置的幾何圖形,如一個圓的圓心、兩線相交處都是點。

交點 線與線,線與面相交的點。

焦點 某些與橢圓、雙曲線或拋物線有特殊關係的點。參見 Q2－22「橢圓」、「雙曲線」、「拋物線」。

垂線足 直線與直線、直線與平面垂直相交的交點。也叫**垂足**。

切點 直線與圓、圓與圓、平面與球或球與球只相交於一點時,這個點叫切點。

軌跡 某點在空間按某種條件移動,它所經過的全部路徑,叫做這個點的軌跡。

Q2－20 名： 線

線 幾何學上指一個點任意移動後所成的圖形,

有直線和曲線兩種。

直線　通過兩點形成的線。直線沒有頂點,任意
　　兩條直線總可以重合。

斜線　跟某一平面或直線既不平行也不垂直的
　　直線。

虛線　❶以點或短線畫成的間斷的線,通常用於
　　作幾何圖形或標記。❷只含有虛根的方程所
　　表示的線,如 $x^2 + y^2 + 3 = 0$ 所表示的線即爲
　　虛線。

對角線　聯結多邊形不相鄰的兩個頂點的線段,
　　聯結多面體不同平面上的兩個頂點的線段,
　　叫對角線。

割線　通過圓周或其他曲線上任意兩點的直線。

法線　過曲線上一點,並且和曲線在這一點的切
　　線垂直的直線,叫做曲線在這一點的法線。

線段　直線上任意兩點間的有限的一段。

曲線　❶點運動時方向連續變化所成的軌跡。
　　❷在平面上表示物理、化學、統計學過程等隨
　　參數變化的線。

射線　從一固定點出發沿一固定方向引出的直
　　線,如一個角的每條邊就是射線。

切線　對於一個圓,如果和同一平面上的一條直
　　線只有一個公共點時,那麼這條直線叫做該
　　圓的切線。

公切線　與兩圓同時相切的直線叫做這兩圓的公
　　切線。公切線有內公切線和外公切線兩種。

Q2－21　動、名：　平行・垂直・相交

平行　〔動〕在一個平面上的兩條直線,或在空間
　　中的兩平面,或在空間中的一直線與一平面
　　任意延長永不能相交,叫做平行。

平行線　〔名〕在同一平面內無限延長永不能相
　　交的兩條直線。

垂直　〔動〕當兩條直線相交成直角時,叫做兩條
　　直線互相垂直。直線與平面相交成直角,或
　　平面與平面相交成直角時,也叫垂直。

垂線　〔名〕一條直線與另一條直線或平面垂直
　　時,這條直線稱爲垂線。也叫**垂直線**。

鉛垂線　〔名〕把鉛錘或其他類似鉛錘的物體掛
　　於細線上,使它自由下垂,沿下垂方向形成的
　　直線叫鉛垂線。鉛垂線與水平線互相垂直。

鉛直　〔動〕與水平面垂直。參見「鉛垂線」。

垂直平分線　〔名〕過線段中點並垂直於這條線
　　段的直線,叫做這條線段的垂直平分線。也
　　叫**中垂線**。

公垂線　〔名〕跟兩條直線垂直相交的直線。

交叉　〔動〕方向不同的幾條線互相穿過:兩條直
　　線互相交叉。

交　〔動〕交叉:兩線交於一個點。

相交　〔動〕線與線、線與面互相交叉:兩直線相
　　交成直角／兩圓相交於一點／直線與平面垂
　　直相交。

Q2－22　名：　圓錐曲線

圓錐曲線　從頂點向兩側伸長的兩葉圓錐面被
　　任一平面所截而得到的曲線。當截面不過頂
　　點時,曲線是橢圓,雙曲線或拋物線。也叫**二
　　次曲線**。

橢圓　❶在平面上,一動點 p 到
　　兩個定點 F1,F2 的距離的和
　　是常數,這個動點 p 的軌跡
　　就是橢圓,這兩個定點 F1,
　　F2 就是橢圓的焦點。❷通
　　常也指橢圓體。

橢　圓

長圓　〈口〉橢圓。

扁圓　〈口〉橢圓。

鴨蛋圓　〈方〉橢圓。

雙曲線　一動點在一個平面上移動,與平面上兩
　　個定點距離的差的絕對值是常數時,動點的
　　軌跡稱爲雙曲線。雙曲線的標準方程式爲 $\dfrac{x^2}{a^2}$
　　$- \dfrac{y^2}{b^2} = 1$。

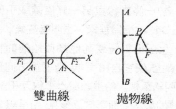

雙曲線　　　　　抛物線

抛物線　平面上動點 p 到定點 F 和定直線 AB
的距離相等,動點 p 的軌迹稱爲抛物線。其
中定點 F 叫做抛物線的焦點。

Q2−23 名：　平面・剖面

面　幾何學上稱線移動所成的形迹,有長、寬、沒
有厚。

平面　在一個面內任意取兩點連成直線,如果直線
上所有的點都在這個面上,這個面就是平面。

剖面　用一個平面把物體切開所呈現出的平面圖
形,如球體的剖面是圓形。也叫**截面;切面;斷
面**。

橫剖面　從垂直於物體的軸心線的方向切斷物
體後所呈現出的平面,如圓錐體的橫剖面是
一個圓形。也叫**橫斷面;橫切面**。

縱剖面　順著物體軸心線的方向切斷物體後所
呈現出的平面。如圓錐體的縱剖面是一個等
腰三角形。也叫**縱斷面;縱切面**。

水平面　靜止狀態的水所形成的平面。也指跟
水平面平行的面。

垂直面　與一條直線或一個平面相垂直的平面。

象限　平面上兩條相互垂直的直線把平面分成四
個區域,稱爲四個象限。按反時針方向,從右上
方到左上方、左下方、右下方,依次稱爲第一、第
二、第三、第四象限。

Q2−24 名：　角

角　從一點引出的兩條射線所形成的圖形,或從
一條直線展開的兩個平面所形成的空間:直
角/鈍角/兩面角/多面角。

平角　角的兩邊在同一條直線上,並且方向相反
時,這樣的角叫做平角。一個平角等於 180°。

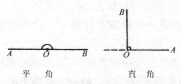

平　角　　　　　直　角

直角　兩條直線或兩個平面垂直相交所成的角。
直角爲 90°。

銳角　大於 0°,小於 90°的角。

鈍角　大於直角而小於平角的角。

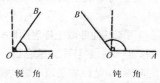

銳　角　　　　　鈍　角

周角　一條射線在平面內繞著它的端點旋轉一
週時所形成的角叫做周角。周角等於 360°。

餘角　平面上兩角之和等於直角時,則這兩個角
就互爲餘角,如直角三角形中兩個銳角互爲
餘角。

補角　平面上兩角之和等於平角時,則這兩個角
就互爲補角,如 50°的補角是 130°,反之,130°
的補角是 50°。

對頂角　一個角的兩邊分別向相反方向延長,那
麼這兩條延長線所夾的角和原來的角叫做對
頂角。

同位角　同一平面內兩直線被第三直線所截∠1
和∠2,∠3 和∠4 或∠5 和∠6,∠7 和∠8 都
位於兩直線上方且在第三直線的同旁或都位
於兩直線下方且在第三直線的同旁。這樣的
每一對角叫同位角。

內錯角　在同一平面上的兩條直線被第三條直線
所截時,∠1 和∠2 或∠3 和∠4 都在兩直線的內
部而彼此交錯在第三直線的兩側,這樣的每一對
角叫做內錯角。

外錯角　同一平面上的兩條直線被第三條直線

所截時，∠1 和∠2 或∠3 和∠4 都位於兩直線的外部，且都在第三直線的兩側，這樣的每一對角叫做外錯角。

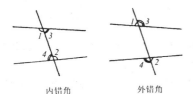

內錯角   外錯角

二面角　兩個平面相交所夾成的角。

多面角　具有一個頂點的三個以上的平面所圍成的角。

二面角   多面角

俯角　在同一垂直平面內視線與水平線所成的夾角，視線在水平線下稱該角為俯角。

仰角　在同一垂直平面內視線與水平線所成的夾角，視線在水平線上稱該角為仰角。

角度　度量角的大小的量。常用度、分、秒或弧度來表示。

弳　平面角的計量單位。當圓心角所對的弧長和半徑長相等時，該角就是一弳。一弳約等於57°18'。也叫**弧度**。

Q2－25 名：　三角形

三角形　不在同一直線上的三點，用線段連接起來的圖形。三角形中，三個角都是銳角的，叫銳角三角形；有一個角是直角的，叫直角三角形；有一個角是鈍角的，叫鈍角三角形；有兩條邊相等的叫等腰三角形；三條邊都相等的叫等邊三角形。也叫**三邊形**。

中線　三角形的一頂點與對邊中點

三角形

的連線。

重心　三角形三條中線相交於一點，這交點叫做三角形的重心。

內心　三角形三條內角平分線相交於一點，這交點叫做三角形的內心。內心是三角形內切圓的圓心。

外心　三角形三條邊的垂直平分線相交於一點，這交點叫做三角形的外心。外心是三角形外接圓的圓心。

垂心　三角形三條高線或其延長線相交於一點，這交點叫做三角形的垂心。

底邊　多角形立於某處時，稱這條邊為多角形的底邊。在某些圖形中底邊是固定的，如梯形的兩條互相平行的兩邊叫梯形的底邊，等腰三角形的不等的一邊叫等腰三角形的底邊。

Q2－26 名：　四邊形·多邊形

四邊形　同一平面內，不在同一條直線上的四條線段順次首尾連接而成的封閉的幾何圖形。

平行四邊形　兩組對邊分別平行的四邊形。把平行對邊的一邊作為「底邊」，兩邊間的公垂線稱為高，平行四邊形的面積等於底邊乘高。

平行四邊行   矩　形

矩形　每個角都是直角的四邊形。也叫**長方形**。

正方形　四邊相等且四角均為直角的四邊形。

見方　表示以某長度為邊的正方形：這塊石板大約有一尺見方。

菱形　四邊相等且頂角沒有直角的四邊形。菱

菱　形   梯　形

形的兩條對角線相互垂直平分。菱形的面積
等於兩對角線長度的乘積的一半。

梯形 只有一組對邊平行的四邊形。平行的一
組邊叫底,不平行的一組邊叫腰,兩底之間的
距離叫高。梯形的面積等於兩底長的和與高
的乘積的一半。

多邊形 同一平面內,不在同一條直線上的幾條
線段順次首尾連接而圍成的幾何圖形。組成
多邊形的各條線段叫做多邊形的邊。也叫**多
角形**。

正多邊形 各邊、各角都相等的多邊形。也叫**正
多角形**。

外切多邊形 各邊都跟同一個圓相切的多邊形,
叫做這個圓的外切多邊形。

內接多邊形 各個頂點都在同一個圓周上的多
邊形叫做這個圓的內接多邊形。

Q2－27 名: 圓

圓 ❶在平面上與定點保持定距離的點的軌跡稱
為圓。也叫**圓周**。❷也指圓周包圍的平面部分。

圓心 圓的中心,它跟圓周上各點
距離都相等的點。

半徑 連接圓心和圓周上任意一
點的線段叫圓的半徑;連接球
心和球面上任意一點的線段叫
球的半徑。

直徑 過圓心的弦稱為直徑。

弧 圓周的一部分稱為弧。

優弧 大於半圓周的弧。

劣弧 小於半圓周的弧。

弦 連結圓周上任意兩點的直線段。

半圓 圓的任意一條直徑將圓分成相等的兩部
分,每一部分稱為半圓。

外接圓 如果一個圓能同時經過一個多邊形的
各個頂點,這個圓叫做多邊形的外接圓。

圖:O 圓心;
AOB 直徑;
AO 半徑;
CD 弧、弦

外接圓   內切圓

內切圓 在多邊形內與多邊形各邊相切的圓叫
該多邊形的內切圓。

同心圓 在同一平面上圓心相重合而半徑不等
的若干個圓。

扇形 圓的兩半徑與圓心角所對的弧之間的部分。

扇形   弓形

弓形 一段圓弧和所對弦圍成的部分。

Q2－28 名: 幾何體

幾何體 由平面和曲面所圍成的空間的有限部分,
如長方體、正方體、圓柱體、球體等。也叫**立體**。

多面體 由四個或四個以上的平
面多邊形圍成的立體。

立方體 六個面積相等的正方形
所圍成的立體。也叫**正方體**。
簡稱**立方**。

橢圓體 一個橢圓圍繞它的長軸
或短軸旋轉一週所成的幾何體。

多面體

圓柱 由一個矩形繞著它的一邊旋轉一週所成
的幾何體。

圓錐 一個直角三角形以其一條直角邊為軸,旋
轉一週所成的旋轉體。

圓錐   圓臺

圓臺　一圓錐被平行於其底面的平面所截,截去
　　一個小的圓錐,餘下的部分叫圓臺。

棱柱　一種多面體,兩個底面是相互平行的多邊
　　形,側面都是平行四邊形,也作**棱柱**。

棱錐　由一個多邊形和若干個同一頂點的三角
　　形所圍成的多面體,也作**棱錐**。

棱臺　棱錐被平行於它底面的平面所截,截去一
　　個小的棱錐,餘下的部分叫做棱臺。

棱柱

棱錐

Q2－29　名：　球

球　以半圓的直徑爲軸,將半圓繞軸旋轉一週而
　　得的幾何體。球面上任一點到它的中心距離
　　都等於一個定值。也稱**球體**。

球心　球的中心,與球面各點距離相等的一點。

球面　球的表面,是半圓周以直徑爲軸旋轉一週
　　而形成的曲面。

Q2－30　名：　珠算

珠算　用算盤計算的方法。

九九　珠算乘法口訣,以從一到九每兩數相乘而
　　成。如「一一如一」、「三五一十五」、「九九八十
　　一」等。

歸　珠算中除數是一位數的除法。運算時用九
　　歸口訣。

九歸　珠算中用一到九的九個「個位數」爲除數的
　　除法。運算時用口訣,如「逢六進一」,就是六
　　除六商一;「二一添作五」,就是二除十商五。

歸除　珠算中除數在兩位或兩位以上的除法。

飛歸　珠算中兩位數除法的一種演算,口訣比歸
　　除簡捷。

Q2－31　名：　計算工具

算盤　一種計算數目標工具。長方形木框,內裝
　　一根橫梁,梁上鑽孔裝直柱,俗稱「檔」,一般有
　　九至十五檔。每檔橫梁上穿珠兩顆,每顆代表
　　五,橫梁下穿珠五顆,每顆代表 1。運算時定位
　　後撥動珠子,可進行加、減、乘、除等演算。

計算尺　利用對數原理製成的一種機械的計算
　　工具,可作乘、除、乘方、開方、三角函數及對
　　數等運算。形似直尺,由尺身、滑尺和游標三
　　部分組成。滑尺可在尺身中間滑動,把尺上
　　一定的刻度對準,即能直接讀出運算的結果。
　　也叫**算尺**。

計算器　一種電子裝置的計算工具,多爲袖珍
　　型,體積小,攜帶方便。可以完成算術運算,
　　也有的能進行對數,函數運算。在敎學、商業
　　和辦公等方面被廣泛應用。

計數器　能自動遞加連續記錄數目標工具。種
　　類很多,分別根據機械、光電、電磁等不同原
　　理製成。廣泛應用於科學研究和生產技術等
　　方面。

電腦　能接受數據、按照指令快速進行大量數字
　　運算的電子機器。參見 14－30 電腦。

Q2－32　　常用數學符號

符號	意義
＋	加;正號
－	減;負號
×	乘
·	乘,如 $a·b$ 表示 a 乘以 b;小數點。
÷	除
／	除號;分數線,如 $a／b$ 表示 a 除以 b 或表示 b 分之 a
$\sqrt{}$	算術平方根,如 $\sqrt{a}$ 表示 a 的算術 平方根

$\sqrt[n]{}$	n 次方根(n 爲正整數)
$=$	等於
$\neq$	不等於
$\approx$	約等於
$\langle$	小於
$\rangle$	大於
$\leqslant$	小於或等於,即不大於
$\geqslant$	大於或等於,即不小於
$:$	比,如 $a:b$〖HTXXL〗表示 a 比 b
$\because$	因爲
$\therefore$	所以
%	百分率符號,如 $25\% = \dfrac{25}{100}$

Q3　計　量

Q3－1　動：　計量

計量　用一個規定標準的已知量和一個未知量相比較,從而確定其數量,如用尺量繩子長度,用秤稱物體的重量,用體溫計量體溫,用電流表測定電流大小。

量　用尺、容器或其他作爲標準的器物來確定事物的長短、大小、多少等:用步弓量地／用體溫計量體溫／用斗量米。

比量　不用尺而用手、繩、棍等大概地量一量:我用手比量一下,這塊料子有二米多長。

丈量　用步弓、皮尺等量土地的面積:丈量地基。

稱　用秤、天平等衡器確定物體的重量:把袋裡的麥子稱一稱。

約　〈方〉用秤稱:約一斤肉／約一約這條魚有多重。

掂　估量東西的重量。多指用手托著估量:掂斤播兩／他掂一掂包裹足有四、五斤重。

掂量　〈方〉掂:你掂量一下,這行李會不會過重?

磅　用磅秤稱重量:磅體重／拿去磅一磅,看有多重。

過磅　用磅秤稱:你用車推行李去過磅。

過秤　用秤稱:這幾筐魚還沒有過秤。

衡　稱重量:衡器。

度量衡　計量物體的長度、容積和重量的統稱。度是計量長度,量是計量容積,衡是計量重量。

量度　測定物體的長度、重量、容量以及其他功能等。

Q3－2　形：　精確

精確　非常正確;非常準確:精確的計算／分析精確。

精密　精確細密:橋的跨度計算得很精密／經過精密的測算。

準確　完全符合實際或預期:他打算盤很準確／這道算題的答案是準確的。

準　準確:分量稱的準不準? ／鐘走得很準／估計得相當準。

無誤　沒有差錯;準確:核對無誤。

不爽　〈書〉不差;無誤:絲毫不爽／屢試不爽。

不差累黍*　形容一點點也不差。累黍:微小數量。

Q3－3　形、副：　粗略·大概

粗略　〔形〕大概;不精確:粗略地計算／據粗略估計,可增產百分之十。

大概　❶〔形〕不十分精確;不十分詳盡:我只知道一個大概的數字／介紹一下大概的情況。
❷〔副〕表示對數量、時間的不很精確的估計:離縣城大概十里左右／他大概有五十多歲／長短大概合適。

大約　〔副〕表示對數量、時間不很精確的估計:光速每秒大約三十萬公里／開會時間大約是三點半。

約　〔副〕〈書〉大約:全校師生約五百人／年約三十／借款約月底到期。

約莫　約摸　〔副〕表示對數量、時間的大概估計:

這一箱約莫有二三十斤／他走了約莫一小時
光景。

約略　〔副〕大約‧大概：約略／約略有二、三百人。

Q3－4　動、名等：　定量

定量　❶〔動〕規定一定的數量：定質定量／定量
　供應。❷〔名〕規定的數量：每人口糧有定量／
　這是一個月的定量。

定額　〔名〕規定的數量：完成生產定額。

額　〔名〕指規定的數目：數額／名額／超額。

額數　〔名〕規定的數目：額數太少，不夠分配。

限額　〔名〕規定的數額：招生有一定的限額。

限量　〔動〕限定數量：限量供應。

額定　〔形〕規定數目標：額定的投資。

控制數字　〔名〕對經濟計畫或某項工作規定作
　為範圍的數字。

Q3－5　名：　單位‧度

單位　計算物體數量的標準量的名稱，如米為計
　算長度的單位，公斤為計算重量（或品質）的
　單位，秒為計算時間的單位等。

名數　帶有單位名稱的數，如五尺，六斤，三瓶
　等。

單名數　只有一種單位的名數，如四斤。

複名數　包含兩個或兩個以上單位名稱的數，如
　一元二角、二丈三尺五寸、十二度三十分等。

度　表明物體性質、形態按一定標準劃分的計量
　單位，如角的大小、地球表面東西的距離（經）
　和南北的距離（緯）、冷熱的程度等，各按一定
　標準劃分為若干度表示。

度數　以度為單位計量而得的數目：這個月用電
　度數比前幾個月都多。

Q3－6　名：　長度‧寬度‧高度‧
厚度‧深度

長度　兩點之間的距離。

長　長度：埃及的尼羅河是世界上最長的河流。

長短　長度：這件上衣長短正合適。

尺寸　長度：裁衣服先要量好尺寸。

尺頭兒　〈方〉尺寸的大小；尺碼。

尺碼　❶尺寸（多指鞋帽）：各種鞋帽的尺碼都齊
　全。❷尺寸的標準；規格。

方圓　指周圍長度：這個海島方圓有十來里。

寬度　寬窄的程度：這條河的寬度有二百米。

寬　寬度：五十米寬的河面。

寬窄　面積、範圍的大小的程度：教室的寬窄有
　一定的標準。

寬狹　〈書〉寬窄。

廣度　廣狹的程度（多用於抽象事物）：他的言番
　言論深度和廣度都具備了。

幅度　物體振動或搖擺所展開的寬度，比喻事物
　變動的大小：生產提高的幅度較大。

跨度　房屋、橋梁等建築物中，梁、屋架、拱券兩
　端的支柱、橋墩或牆等承重結構之間的距離。

高度　從地面或基準面對上到某處的距離；從物
　體的底面到頂部的距離：雲的高度／這座樓的
　高度有七十多米。

高　高度：新建的大樓有一百米高。

高低　高度：這煙囪的高低，沒有儀器很難測準。

高矮　指高矮的程度：哥兒倆的身材高矮差不
　多。

厚度　扁的物體上下兩面之間的距離。

厚　厚度：這張木板有一寸厚。

厚薄　厚度：棉襖的厚薄正好。

深度　深淺的程度；向下或向裡的距離：這口井
　的深度有十來米。

深　深度：這裡的湖水有三米深／這間屋子寬四
　米，深五米。

深淺　深淺的程度：這裡的河水深淺如何？

Q3－7　名：　面積‧體積‧重量

面積　平面或物體表面的大小。

地積 土地的面積。通常的計算單位是頃、畝、分等。

體積 物體所占空間的大小。

容積 容器所能容納物質的內部的體積。

容量 ❶容積的大小叫做容量。公制的容量主單位為升。❷容納的數量:熱容量。

重量 物體所受重力的大小。常用單位有克、兩、斤、公斤等。

重 重量;分量:這隻雞有三斤重。

輕重 重量的大小:這些東西拿去稱一稱,把輕重告訴我。

Q3－8 名: 計量制度

市制 我國使用的傳統計量制度。長度的主單位是市尺,重量的主單位是市斤,容量的主單位是市升。也叫**市用制**。

國際公制 國際通用的一種計量制度。長的主單位是米,重(質)量的主單位是公斤,容量的主單位是升。簡稱**公制**。**也叫米制**。

國際單位制 一種國際通用的計量制度,代號為 SI,由一九六〇年第十一屆國際計量大會議定採用。規定以長度單位:米,重(質)量單位:公斤,時間單位:秒,電流強度單位:安培,熱力學溫度單位:克耳文,發光強度單位:燭光,物質的量單位:莫耳,為基本單位,其他單位由這七個基本單位導出。目前已為許多國家和國際技術組織推薦採用。我國法定計量單位中即採用了國際單位制的基本單位、輔助單位和具有專門名稱的導出單位。

計量單位 測定各種量所規定的標準量。分為基本單位、輔助單位和導出單位三類。國際單位制選定七個基本單位:米(長度),公斤(重(質)量),秒(時間),安培(電流),克耳文(溫度),燭光(發光強度),莫耳(物質的量);兩個輔助單位:弳(平面角),立弳(立體角)。導出單位是用基本單位和(或)輔助單位以代數形式來表示。由國家以法令規定允許使用的計量單位,稱為法定計量單位。

Q3－9 量: 中外法定計量單位

	單 位 名 稱	折 合 市 制	折 合 英 美 制
長度	公里 [km] (＝1000 米)	＝2 市里	＝0.6214 英哩
	米 [m] (＝1 公尺)	＝3 市尺	＝3.2808 英尺
			＝1.0936 碼
	公寸 [dm] (＝0.1 米)		
	釐米 [cm] (＝0.01 米＝1 公分)	＝3 市寸	
	毫米 [mm] (＝0.001 米＝1 公釐)	＝3 市分	
	海里 [n mile]	＝3 市釐	
		＝3.7040 市里	＝1.15 英哩

單　位　名　稱	折合市制	折合英美制
面積　平方公里〔km²〕 （＝1,000,000 平方米＝100 公頃 　＝10,000 公畝） 平方米（m²）（＝1 平方公尺） 平方公寸〔dm²〕（＝0.01 平方米） 平方釐米〔cm²〕（＝0.0001 平方米＝1 平方公分）	＝4 平方市里 ＝1500 市畝 ＝9 平方市尺	＝0.3861 平方英哩 ＝247.11 英畝 ＝10.7636 平方英尺 ＝1.1960 平方碼
體積　立方米〔m³〕（＝1 立方公尺） 立方公分〔dm³〕（＝0.001 立方米） 立方釐米〔cm³〕（＝0.000,001 立方米＝1 立方公	＝27 立方市尺	＝35.3134 立方英尺 ＝1.3080 立方碼
容積　升〕〔L(l)〕（＝1000 立方公分＝公升） 分升〔dl〕（＝0.1 升＝1 公合） 釐升〔cl〕（＝0.01 升＝1 公勺） 毫升〔ml〕（＝0.001 升＝1 公撮）	＝1 市升 ＝1 市合	＝1.7598 品脫（英） ＝0.2200 加侖（英）
重量　噸〔t〕（＝1,000 公斤＝1 公噸＝10 公擔） 公斤〔kg〕（＝1,000 克） 克〔g〕（＝0.001 公斤＝1 公克） 分克〔dg〕（＝0.0001 公斤＝1 公釐） 釐克〔cg〕（＝0.00001 公斤＝1 公毫） 毫克〔mg〕（＝0.000001 公斤＝1 公絲）	＝2,000 市斤 ＝2 市斤 ＝2 市分 ＝2 市釐	＝0.9842 英噸 ＝1.1023 美噸 ＝2.2046 磅（常衡） ＝15.4324 格令

Q3－10 量：　市制計量單位

單　位　名　稱	折合公制	折合英美制
長度　市里（＝150 市丈） 市引（＝10 市丈） 市丈（＝10 市尺） 市尺（＝10 市寸） 市寸（＝10 市分） 市分（＝10 市釐） 市釐（＝10 市毫） 市毫（＝10 市絲） 市絲（＝0.00001 市尺）	＝0.5000 公里 ＝3.3333 米 ＝0.3333 米 ＝3.3333 釐米	＝0.3107 英哩 ＝3.6454 碼 ＝1.0936 英尺 ＝1.3123 英吋

單 位 名 稱	折 合 公 制	折 合 英 美 制
面積 **市頃**（＝100市畝）	＝6.6667公頃	
市畝（＝10市分＝60平方市丈）	{ ＝6.6667公畝 { ＝0.0667公頃	＝0.1647英畝
市分（＝6平方市丈）		
平方市里（＝22500平方市丈）	＝0.2500平方公里	＝0.0965平方英哩
平方市丈（＝100平方市尺）		
平方市尺（＝100平方市寸）	＝0.1111平方米	＝1.1960平方英尺
平方市寸（＝0.01平方市尺）		
體積 **立方市丈**（＝1,000立方市尺）		
立方市尺（＝1,000立方市寸）	＝0.0370立方米	＝1.3079立方英尺
立方市寸（＝0.001立方市尺）		
容積 **市石**（＝10市斗）	＝100升	＝2.7498蒲式耳（英）
市斗（＝10市升）	＝10升	
市升（＝10市合）	＝1升	＝ { 1.7598品脫（英） { 0.2200加侖（英）
市合（＝10市勺）	＝1分升	
市勺（10市撮）	＝1釐升	
市撮（＝0.001市升）	＝1毫升	
重量 **市擔**（＝100市斤）	＝50公斤	
市斤（＝10市兩）	＝0.5000公斤	＝1.1023磅（常衡）
市兩（＝10市錢）	＝50克	＝1.7637盎司（常衡）
市錢（＝10市分）	＝5克	
市分（＝10市釐）		
市釐（＝10市毫）		
市毫（10市絲）		
市絲（＝0.000001市斤）		

Q3－11 量： 英美制計量單位

單 位 名 稱	折 合 公 制	折 合 市 制
長度 **英哩**［mi.］（＝5280英尺＝1760碼）	＝1.6093公里	＝3.2187市里
碼［yd.］（＝3英尺）	＝0.9144米	＝2.7432市尺
英尺［ft.］（＝12英吋）	＝0.3048米	＝0.9144市尺
英吋［in.］	＝2.5400釐米	＝0.7620市寸

	單　位　名　稱	折合公制	折合市制
面積	平方英哩 [mile²]（＝640 英畝） 英畝 [acre]（＝4840 平方碼） 平方碼 [yd²]（＝9 平方英尺） 平方英尺 [ft²]（＝144 平方英吋） 平方英吋 [in²]	＝2.5900 平方公里 ＝40.4686 公畝 ＝0.8361 平方米 ＝0.0929 平方米 ＝6.4516 平方釐米	＝10.3600 平方市里 ＝6.0720 市畝 ＝7.5249 平方市尺 ＝0.8361 平方市尺 ＝0.5806 平方市寸
體積	立方碼 [yd³]（＝27 立方英尺） 立方英尺 [ft³]（＝1728 立方英吋） 立方英吋 [in³]	＝0.7646 立方米 ＝0.0283 立方米 ＝16.3871 立方釐米	＝20.6415 立方市尺 ＝0.7645 立方市尺 ＝0.4424 立方市寸
容積（乾量）	薄式耳 [bu]（＝4 配克） 配克 [pk]（＝2 加侖） 夸脫 [qt]（＝2 品脫） 品脫 [pt]（＝1／2 夸脫）	（英）＝36.3677 升 （美）＝35.2381 升 （英）＝9.0919 升 （美）＝8.8095 升 （英）＝1.1365 升 （美）＝0.5506 升	（英）＝3.6369 市斗
容積（液量）	加侖 [gal]（＝4 夸脫） 夸脫 [qt]（＝2 品脫） 品脫 [pt]（＝4 及耳） 及耳 [gi]（＝1／4 品脫） 液盎司 [floz] 液打蘭 [fldr] 美(石油)桶 [bbl]（＝42 美加侖 ＝34.97 英加侖）	（英）＝4.5461 升 （美）＝3.7853 升 （英）＝1.1365 升 （美）＝0.9463 升 （英）＝0.5682 升 （美）＝0.4732 升 （英）＝0.1420 升 （英）＝2.841 釐升 （英）＝3.5516 毫升 ＝158.987 立方公分	（英）＝4.5461 市升 （美）＝3.7853 市升 （英）＝1.1365 市升 （美）＝0.9463 市升 （英）＝0.5682 市升 （美）＝0.4732 市升
重量(常衡)	英噸(長噸) [ton]（＝2240 磅） 美噸(短噸) [sh ton]（＝2000 磅） 磅 [lb]（＝16 盎司） 盎司 [oz]（＝16 打蘭） 打蘭 [dr]（＝27.34315 格令） 格令 [gr]（＝0.0023 盎司）	＝1016.0470 公斤 ＝907.1849 公斤 ＝0.4536 公斤 ＝28.3495 克 ＝1.7718 克 ＝0.0648 克	＝2032.0941 市斤 ＝1814.3698 市斤 ＝0.9072 市斤 ＝0.5670 市兩

Q3－12 量：　其他計量單位名稱

里　長度單位。現用市里。一市里等於 150 丈（十五市引）合二分之一公里。

丈　長度單位。十尺等於一丈，十丈等於一引。現用市丈，一市丈等於 3.3333 米。

尺　長度單位。十寸等於一尺。現用市尺，一市尺等於 0.3333 米。合三分之一米。

寸　長度單位。十分等於一寸，十寸等於一尺。

現用市寸，一市寸等於 3.3333 釐米。

分　計量單位。長度、重量、地積都是十釐等於一分；貨幣，十分爲一角；時間，六十秒等於一分，六十分等於一小時；圓周與角，六十分爲一度。

釐　❶長度、重量單位。十毫爲一釐，十釐爲一分。❷地積單位。十釐爲一分，十分爲一畝。

毫　❶計量單位。長度、重量，都是十絲等於一毫，十毫等於一釐。❷某些計量單位的千分

之一:毫米/毫升/毫克。

絲 ❶計量單位。長度、重量都是十忽等於一
絲,十絲等於一毫。❷某些計量單位的萬分
之一:絲米。

忽 ❶計量單位。長度、重量都是十忽等於一
絲。❷(某些計量單位的)十萬分之一:忽米。

微 主單位的一百萬分之一:微米/微安/微法
拉。

埃 長度單位。一萬萬分之一釐米。常用來表
示光波的波長。

噚 古代長度單位。八尺叫一噚。

步 舊製長度單位。一步等於五尺。

步武 〈書〉古時以六尺為步,半步為武,指不遠
的距離。

弓 舊時丈量地畝的計算單位。一弓等於五尺。

方里 平方里。

方丈 平方丈。

方尺 平方尺。

方寸 平方寸,立方寸。

頃 地積單位。一百畝等於一頃。現用市頃,一
市頃合 6.6667 公頃:碧波萬頃/十頃農田。

畝 地積單位。十分等於一畝,一百畝等於一
頃。現用市畝,一市畝等於六十平方市丈。

垧 土地面積單位。各地不同,東北多數地區一
垧合十五市畝,西北地區合三市畝或五市畝。

石 容量單位。十斗等於一石。現用市石,一市
石等於公制一百升。

斗 容量單位。十升等於一斗,十斗等於一石。
現用市斗,一市斗等於公制十升。

升 容量單位。十合等於一升,十升等於一斗。
現用市升,一市升合公制一升,即一千毫升。

合 容量單位。十勺等於一合,十合等於一升。
現用市合,一市合等於公制一分升。

勺 容量單位。十撮等於一勺,十勺等於一合。
現用市勺,一市勺合公制一釐升。

撮 容量單位。十撮等於一勺。現用市撮,一市

撮等於公制一毫升。

擔 重量單位。一百斤等於一擔。

斤 重量單位。舊制十六兩等於一斤。現用市
制,十市兩等於一市斤,合二分之一公斤。

兩 重量單位。十錢等於一兩,舊制十六兩等於
一斤。現用市制,十市兩等於一市斤,一市兩
等於五十克。

錢 重量單位。十分等於一錢,十錢等於一兩。
現用市制,一市錢等於五克。

鎰 古代重量單位。二十兩(一說二十四兩)等
於一鎰。

鈞 古代重量單位。三十斤等於一鈞。

克拉 寶石的重量單位。一克拉等於 0.2 克。

Q3－13 名：　計量(長度·容積)用具
　　　　　(參見 I3－25 量具)

尺 ❶量長度和畫圖用的器具:米尺/丁字尺。
❷像尺的器具:鎮尺/計算尺。

皮尺 用漆布等做的捲尺。

捲尺 可捲起來的軟尺:皮捲尺/鋼捲尺。

步弓 丈量地畝的用具,像弓,兩端距離五尺。

斗 量糧食的器具,容量為一斗,有鼓形、方形,
多用木頭或金屬製成。

升 量糧食的器具,容量為斗的十分之一。

合 量糧食的器具,容量是一合。

斛 舊量器,方形,口小底大,容量為十斗,後來
改為五斗。

量杯 用來量液體體積的玻璃器具,上面有刻度。

量筒 量液體體積用的玻璃器具,直筒形,上面
有刻度。

Q3－14 名：　衡器

衡器 稱物體重量的器具,如秤、天平。

秤 測定物體重量的器具,有桿秤、臺秤、地秤、
磅秤、彈簧秤等。特指桿秤。

桿秤　秤的一種,秤桿用木頭製成,上面標有秤星,秤東西時移動秤錘,當秤桿平衡後,從秤星上可讀出被秤東西的重量。

案秤　常放在商店櫃臺上的一種小型的秤。有的地區也叫臺秤。

臺秤　❶秤的一種,用金屬製成,底座上有承重的金屬板。也稱**磅秤**。❷〈方〉案秤。

抬秤　一種大型的桿秤,用時以杠棒或扁擔穿過秤紐,由兩個人抬著。一次能秤幾百斤。

地秤　一種安裝在地上的秤,放物體的部分跟地面一般平,一次可秤數噸至數十噸。多用於倉庫和車站。也叫**地磅**。

天平　根據槓桿原理製成的一種精確度較高的衡器。槓桿正中裝一指針,槓桿兩頭各懸一小盤,一盤放砝碼,一盤放要稱的物體,當指針停在刻度中央時,砝碼的重量就是所秤物體的重量。多用於實驗室等。

戥子　用於稱量微量物品的一種小型的秤。最大單位是兩,最小單位是分或釐。

秤桿　桿秤的木桿,上面鑲有計量的金屬秤星。

秤星　用金屬鑲嵌在秤桿上的小圓點,作為計量的標誌。

秤錘　稱物時掛在秤桿上可以移動,使秤平衡的金屬錘。也叫**秤砣**。

秤毫　秤桿上供手提起秤的短繩或皮條。也叫**秤紐**。

秤鉤　杆秤一端下垂的金屬鉤子,用來懸掛所稱的物體。

秤盤　盤秤一端繫的金屬盤,用來裝所秤的物品。

Q4　常有量詞

Q4－1 量：　個體量詞

個　❶計量人或事物:兩個人/一個方程/一個國家。❷用於事理、情狀等:一個證據/一個

秘密。

名　計量人:二十多名技術人員/專家三名。

位　計量人(含敬意):諸位來賓/兩位客人。

員　計算人:一員猛將/他是我們中間的一員。

號　❶計量人數:昨天來了幾十號人。❷用於成交的次數:整整一天才做了幾號買賣。

隻　❶指某些成對的東西的一個:兩隻腳/一隻球鞋。❷計量動物:一隻鳥/兩隻貓。❸計量某些個體器具:一隻湯匙。

頭　❶計量牛、羊等家畜:一頭豬/兩頭騾。❷計量蒜:三頭蒜。

匹　計量騾、馬等家畜:一匹馬。

峰　計量駱駝:兩峰駱駝。

尾　計量魚:一千尾魚。

腔　計量宰殺過的羊(多見於早期白話):一腔羊。

條　❶計量細長的東西:一條麻繩/兩條魚/一條街。❷計量分項的事物:頭條新聞/三條意見。❸計量人和有關人體的:四條漢子/一條人命/一條心。

棵　計量植物:一棵菜/兩棵桃樹。

株　計量帶有根的樹木花草的棵數:幾株名貴的茶花/兩株大樹。

蔸　〈方〉相當於「棵」、「叢」:一蔸白菜/一蔸樹苗。

枝　❶計量帶花或葉的枝條:一枝牡丹花/兩枝柳條。❷用於桿狀的東西:一枝鋼筆。

朵　計量花朵、雲彩或像花和雲的東西:兩朵牡丹花/天空飄著一朵白雲。

丘　用於水田分隔成大小不同的塊,一塊叫一丘:兩丘田。

片　❶計量平而薄的東西:兩片麵包/樹葉片片向上/兩片嘴唇。❷用於景色、聲音、語言、心意等:一片新氣象/一片歡呼聲/一片絮絮的耳語/一片真情。❸計量面積、範圍較大的東西:一片藍色的天空/白茫茫一片大地。

塊　❶計量塊狀或片狀的東西:兩塊餅乾/一塊

手帕／一塊田。❷計量錢幣，相當於‘圓’：一塊金幣／兩塊錢。

座　計量大型的建築物、天然物體或有底座的物體：一座宮殿／一座青山／一座鐘。

所　❶計量學校、醫院等單位：一所學校／一所醫院／一所教堂／一所劇院。❷計量房屋：一所房子。

棟　計量房屋：一棟房屋。

幢　〈方〉計量房屋：一幢樓。

家　家庭或某些企業的計量單位：兩家人家／一家出版社／三家公司。

爿　〈方〉計量田地、商店等：一爿田／一爿商店／兩爿工廠。

間　計量房屋的最小單位：一間教室／一套二大間。

孔　〈方〉計量窯洞：打一孔土窯。

層　❶計量重疊的人群和積累的物體：圍著好幾層人／三層樓房／橘子堆了一層又一層。❷計量分項、分步的事物：這句話中包含三層意思。❸計量附著在物體表面的東西：塗上一層油／一層薄膜。

堵　計量牆：一堵牆。

級　❶計量臺階、樓梯等的層次：三十八級臺階／一架有十二級的梯子。❷計量人或事物的等級：一級教師／六級颱風。

扇　計量門窗等：兩扇門／一扇窗／一扇屏風。

樘　指一副門扇、門框或窗扇、窗框：一樘木門／兩樘玻璃窗。

槽　〈方〉計量門窗或屋內隔斷的單位：兩槽窗戶／兩槽隔扇。

眼　計量有孔的物體：一眼泉／兩眼井。

口　❶計量人、牲畜(主要用於豬)：一家三口人／兩口豬。❷計量有口或有刃的器物：兩口水缸／一口井／一口鋼刀。

滴　計量液體下滴的數量：一滴水／兩滴淚／幾滴油。

股　❶計量氣體、氣味、力氣：一股煙／一股火藥味／一股勁頭。❷計量條狀物：一股繩／一股泉水。

道　❶計量江、河和某些長條形的東西；條：一道河／一道口子。❷計量門、牆或類似門牆的東西：兩道鐵門／一道矮牆／一道幕布。❸計量命令、題目等：下兩道命令／做了二十道補充題。

輛　計量車：一輛自行車／四輛汽車。

部　❶計量書籍、影片：一部小說／兩部電影。❷計量車輛或機器：一部小汽車／兩部機器。

艘　用於較大的船隻：一艘軍艦／兩艘貨輪。

架　❶計量有支架、有機械的東西：一架長梯／兩架敵機／一架照相機。❷〈方〉用於山：一架山。

臺　計量機器、設備等：一臺機器／一臺發電設備。

盤　❶計量磨、機器等：一盤磨／一盤碾子／一盤機器。❷計量形狀類似盤子的東西：一盤蚊香／兩盤卡帶(錄音帶)。

顆　計量顆粒狀或圓塊狀的東西：一顆花生米／一顆花生米／一顆紅心／一顆炮彈。

粒　計量小顆粒狀的東西：一粒珍珠／兩粒子彈。

枚　❶計量形體小的東西：一枚獎章／兩枚郵票／一枚銀元。❷計量彈藥：一枚炸彈／兩枚飛彈。

丸　計量藥丸：一日三次，每次吃一丸。

節　❶計量獨立成段的事物：一節藕／兩節電池／三節車廂。❷計量文章段落和教學時數：全文可分為五節／今天上了三節課。

段　❶計量長條東西分成的若干部分：兩段木頭／三段繩子。❷計量空間或時間一定距離：一段路程／一段艱難歲月。❸計量事情、文辭的部分：一段傳說／兩段唱詞／一段文章。

截　❶計量長條東西被截斷的部分：一截鐵絲／

兩截木頭。❷計量事情、語言的部分：話只說了半截／走了一截路就不走了／做了半截事。

方　計量方形的東西：一方印章／二方手帕。

張　❶計量可展開或捲起的東西：一張地圖／一張羊皮／一張名片。❷計量床、桌子等：一張床／兩張桌子／一張犁。❸計量能張開、閉攏的東西：一張嘴／兩張弓。

把　❶計量有把或類似把手的器具：一把傘／一把犁。❷計量能用手抓起的東西：一把米／兩把糖果。❸計量某些抽象事物：一把年紀／加一把勁／是一把好手。

柄　計量某些帶把的東西：一柄鐵叉／一柄劍。

頂　計量有頂的物件：一頂草帽／一頂蚊帳／兩頂轎子。

領　❶計量席子：一領草蓆。❷〈書〉計量長袍或上衣：一領長袍／兩領上衣。

床　計量被褥等：一床絲棉被／兩床鋪蓋。

桿　計量有桿的器物：一桿筆／兩桿槍／三桿秤。

根　計量細長條狀的東西：三根鋼管／一根電線。

管　計量圓筒形的細長的東西：一管長笛／一管毛筆。

挺　計量機關槍：兩挺機關槍。

支　❶計量歌曲或樂曲：兩支山歌／一支樂曲。❷計量電燈的光度，相當於‘瓦’：二十五支光的燈泡。❸紗線粗細的計量單位，用單位重量的長度來表示，如一克重的紗線長一百米，就叫一百支紗：四十二支紗汗背心。

冊　計量成套書、畫的本數：這套書共五冊／畫集有三冊。

本　❶計量書籍、簿冊：兩本畫報。❷計量戲曲、電影：頭本《西遊記》／這部電影共十本。

套　❶計量成組的物件：一套紀念郵票／一套家具。❷計量成組的事物：一套制度／一套班子／有好幾套辦法／講了一套客氣話。

帙　〈書〉計量裝套的線裝書：書五帙。

幅　❶計量布帛、呢絨：一幅被畫／一幅帷幕。

❷計量美術作品、旗類：一幅油畫／一幅刺繡／兩幅彩旗。

幀　計量書畫作品：一幀字畫／木刻四幀。

軸　計量裝裱帶有軸子的字畫：一軸花鳥畫。

封　計量裝封套的東西：兩封信／一封銀子。

期　計量分期的事物：講習班辦了三期／雜誌第五期。

頁　計量書中的紙張。舊時指單面印刷的書本中的一張紙，現指兩面印刷的書本中一張紙的一面：把書翻了十幾頁／這段話在書中第五頁。

頓　計量飲食的次數：一天吃三頓飯／痛飲一頓。也叫**餐**。

客　〈方〉計量論份出售的食品：一客飯／一客冰淇淋。

劑　計量若干味中藥配在一起的中藥：一劑湯藥。也叫**服；帖**。

味　計量中藥配方中的一種藥物：這張方子共開了八味藥。

件　計量個體事物：兩件事／一件衣服。

項　計量分門類的事物，用於事業、工作、成績、條款等：一項制度／一項措施／幾項成績／第一條第二項。

宗　計量成件、成批的事物：一宗心事／一宗貨物。

樁　計量事情：一樁事情／一樁經濟案子。

碼　計量事情，相當於「種」或「類」：這是一碼事，不是兩碼事。

門　❶計量炮：兩門迫擊炮。❷用於學術、技術、功課等的計量：一門學問／兩門技術／三門功課。

堂　❶用於分節的課程的計量：一堂幾何課。❷舊時用於計量審案的次數：過了三堂。

任　計量擔任官職的次數：他做過三任系主任／第一任院長姓李。

屆　用於定期的會議或畢業的班級等的計量：七

屆二次會議／應屆畢業生。

Q4－2 量： 集合量詞

群 ❶計量聚集在一起的人或物：一群新聞記者／一群鴿子／一群山羊／一群彩蝶／一群珊瑚島。

幫 計量人群，相當於「群」、「伙」：一幫小販／一幫土匪。

幫子 幫：這幫子青年幹勁眞大。

批 ❶計量同時行動的人們：一批學生來了。❷計量大宗物件：一批貨物／一批文物／一批信件。

班 計量人群：來了一班青年朋友。

撥 計量分組的人群：學生分三撥出發／又來了幾撥參觀的人。

起 計量多數的人，相當「群」、「批」：來了一起人／分三起走。

支 計量隊伍：一支樂隊／一支軍隊。

股 計量成批的人：一股土匪／兩股軍隊。

窩 用於一胎所生的或同一次孵出的動物的計量：這母豬一窩生了七隻小豬／孵了一窩小鳥。

派 計量派別：兩派學者的看法分歧很大／那時一個單位的群眾常分成幾派。

列 計量火車或排成行列的事物：一列火車／隊伍排成兩列縱隊。

行 計量成行的人或物：學生們排成兩行／兩行大雁／一行果樹／兩行熱淚／一行字。

排 計量成橫列的人或物：兩排軍人／三排廠房。

趟 〈方〉計量成行的東西：半趟街／兩趟欄杆。

串 計量連貫起來的東西：一串鑰匙／兩串葡萄。

掛 計量成套或成串的東西：兩掛大車／一掛鞭炮。

嘟嚕 〈口〉計量連成一簇的東西：幾嘟嚕葡萄／一嘟嚕鑰匙。

疊 計量重疊堆放的物件：一疊書／一疊照片／一疊衣服。

沓 計量疊起來的紙張或其他薄的東西：一沓信封／一沓卡片。

摞 計量重疊放置的東西：一摞古書／兩摞碗／一摞籮筐。

簇 ❶計量堆疊成團的花草等：一簇鮮花／一簇小草剛從泥土裡鑽出來。❷計量成堆的人群或事物：一簇人走過來了／一簇頭髮。

叢 計量叢生的植物：一叢雜草／一叢韭菜／一叢碧綠的灌木。

束 計量捆在一起的東西：兩束鮮花／三束信件／一束黑髮。

掐 〈方〉用拇指和另一手指相對捏著的數量：一掐兒蔥。

堆 計量聚集的人或堆放在一起的物：那裡有一堆人／一堆書／兩堆稻草。

攤 計量一攤糊狀物：一攤漿糊／一攤稀泥。

團 計量成團的東西：一團絨線／一團紙。

墩 計量叢生的或好幾棵合在一起的植物：幾墩茅草／栽稻苗四萬墩。

捆 計量捆扎起來的東西：一捆柴／一捆報紙。

包 計量成包的東西：一包洗衣粉／兩包服裝／一包香煙。

抱 表示兩臂合圍的量：兩抱草／這棵樹有三抱粗。

卷 計量卷兒的東西：一卷兒畫／一卷稿子／一卷鋪蓋。

捧 計量能用手捧的東西：兩捧山泥／一捧小麥／兩捧花生。

撮 計量成簇的毛髮：一撮鬍子／兩撮頭髮。

絡 計量聚在一起的線、麻、頭髮、鬍鬚等細絲狀的東西：一絡銀髮／一絡青鬃／兩絡鬍鬚。

縷 計量細絲狀的東西：一縷白髮／幾縷麻／一縷青煙。

絞 計量紗、毛線等：一絞絲線／一絞毛線。

軸　計量纏在軸上的線：一軸紗線。

桄　計量成束、成圈的線：一桄線／兩桄電線。

對　❶計量性別相對的成雙的人或動物：一對情
人／一對孔雀。❷計量成雙的東西：一對花瓶
／一對單人沙發。

雙　計量成對的東西：一雙明亮的大眼／兩雙手
套。

副　❶計量成套或成對的東西：一副眼鏡／一副
床架／一副圍棋／一副春聯。

組　計量成套的事物：一組稿件／兩組電池。

打　音譯詞。十二個為一打。計量筆、毛巾等物
品：一打鉛筆／兩打毛巾。

羅　音譯詞。十二打為一羅：一羅鉛筆共一百四
十四支。

刀　計量紙張(一般為一百張)：一刀草紙。

令　音譯詞。計量原張紙：一令牛皮紙(一般指
原張的紙五百張)。

擔　計量成擔的東西：一擔清水／兩擔煤炭。

挑　計量成挑兒的東西：一挑兒青菜。

種　計量人或事物的種類：兩種性格／三種顏色
／五種筆。

類　計量事物的品種和等級(有時也用於人)：倉
庫裡有十類商品／文字分表音文字和表意文
字兩大類／扮演哪一類角色。

樣　計量事物的種類：買了五樣點心／這道算題
有兩樣解法。

Q4－3　量：　容器量詞

桶　計量桶裝液體或粉末、顆粒狀物體：一桶水／
三桶麵粉／五桶大米。

聽　計量聽裝的物品：一聽奶粉／兩聽咖啡。

罐　計量罐裝的東西：一罐油／三罐蜂蜜。

箱　計量某些裝箱的物件：十箱橘子／五箱書。

盒　計量裝配成盒的東西：一盒飯／一盒餅乾／
一盒香煙。

籃　計量用籃盛裝的東西：一籃菜／一籃水果。

筐　計量用筐盛的東西：一筐蘋果／一筐馬鈴薯。

簍　計量用簍裝的東西：一簍竹筍／一簍梨。

籠　計量用籠盛放的東西：一籠饅頭／一籠書。

袋　計量用口袋盛裝的東西：一袋乾糧／十袋麵
粉。

杯　計量用杯盛的液體：一杯水／兩杯酒。

碗　計量用碗盛的食物和飲料：一碗飯／賣了十
碗茶。

盆　計量用盆裝的東西：一盆湯／四盆花。

壺　計量用壺裝的液體：一壺水／一壺油。

瓶　計量用瓶裝的液體或粉末、顆粒狀物：一瓶
酒／一瓶藥片／一瓶咖啡。

缸　計量用缸裝的液體或物品：一缸水／兩缸
米。

Q4－4　量：　動量詞

次　計量重複出現的動作或事物：第一次登臺演
出／詢問過好幾次／開過三次會。

回　計量動作、事情的次數，相當於「次」：搜查了
兩回／他去羅馬還是頭一回。

度　計量次數：再度聲明／一年一度。

趟　計量走動的次數：他義大利去過三趟／今天
用汽車運送兩趟／下午有三趟列車開過去。

遍　用於一個動作從開始到結束的整個過程的
計量：問了三遍／聽過一遍／找了三、四遍。

番　計量動作的次數，相當於「回」、「次」、「遍」：
他出國考察了一番／說了一番話／三番五次
交涉。

遭　計量遭遇的次數，相當於「回」、「次」：一遭
生，兩遭熟／乘飛機旅遊我還是第一遭。

道　計量次數，相當於「次」、「回」：上了兩道漆／
辦了兩道手續。

巡　用於給全座斟酒的遍數：酒過三巡。

過兒　〈方〉計量動作的遍數：這本書我看了好幾
過兒了。

和　計量洗東西換水的次數或煎一帖藥的次數：

榮已經洗了兩和／煮三和藥。

水　計量洗的次數：這衣裳洗幾水也不變色。

記　〈方〉用於敲打動作的計量：被他打了幾記耳光／敲了幾記桌子／打了幾記鑼。

起　表示行爲、事情的次數，相當於「次」、「件」：防止了一起事故／辦了幾起案子。

場　❶計量某些事情（風雨、災荒、農事、戰爭等）的次數：遇到一場暴風雨／發生了一場戰爭。❷計量某些言語、行爲的次數：大哭一場／發生一場口角。

場　計量文體活動、考試的次數：進行兩場球賽／一連三天，每天考兩場。

頓　計量某些行爲（斥責、勸說、打罵等）的次數：把他斥責了一頓／被他狠狠罵了一頓。

下　計量動作的次數：鼓敲了三下／撑了兩下／攏了幾下。

圈　計量繞圈動作的次數：轉了幾圈／在城裡兜了一圈。

周　計量繞圈的次數，相當於「圈」：地球繞太陽一周／運動員繞場一周。

匝　計量繞圈的次數，相當於「圈」：繞樹三匝。

轉　〈方〉計量繞圈的次數，繞一圈叫一轉：圍著柱子轉了兩轉。

Q4－5 量： 複合量詞

人次　表示若干次人數的總和。多用於統計參觀或觀看的人數和次數。如參觀的人，第一次一百人，第二次二百人，第三次三百人，總共是六百人次。

人公里　是運輸企業計算客運量的單位，把一位旅客運送一公里爲一人公里：這輛汽車的旅客周轉量爲50.6人公里。

人浬　航海運輸中客運量的計量單位。指一位旅客乘船一海里的量。

架次　表示飛機出動或出現若干次架數的總和，如五架飛機飛一次叫五架次，一架飛機飛五次也叫五架次。

噸公里　運輸貨物的計量單位。每一噸貨物運輸一公里爲一噸公里，如二噸貨物運輸三百公里，就是六百噸公里。

噸海哩　海運貨物運輸量的計量單位。每一噸貨物運輸一海里爲一噸海哩。舊也作**噸浬**。

詞彙索引

老鷹　97
考　1023
考古　1026
考古學　770
考究　771
考取　1015
考查　911
考查　1023
考訂　771
考核　916
考場　1024
考勤　916
考勤　1017
考試　1023
考試卷　1024
考察　910
考慮　546
考據　771
考績　916
考證　771
考釋　652
而　639
而　640
而已　649
而今　49
而且　639
而立　249
而況　639
而後　53
耒　714
耒耜　714
耳　158
耳下腺　160
耳子　1268
耳孔　158
耳生　434
耳穴　158
耳朵　158
耳朵沈　434
耳朵底子　224
耳朵垂兒　158
耳朵風　697
耳朵眼兒　158
耳沈　434
耳咽管　158
耳垂　158
耳垢　179
耳屎　179
耳屏　158
耳挖勺兒　247
耳挖子　247
耳背　205

耳背　434
耳風　697
耳食　556
耳套　1333
耳根　158
耳根子　158
耳郭　158
耳帽　1333
耳提面命　1012
耳鼓　158
耳廓　158
耳聞　434
耳語　583
耳鳴　202
耳鳴　225
耳墜子　390
耳墜兒　390
耳熟　434
耳膜　158
耳蝸　159
耳輪　158
耳機　690
耳機　694
耳濡目染　1012
耳環　390
耳聰　434
耳邊風　596
肉　121
肉　153
肉　362
肉中刺　305
肉皮　362
肉皮兒　154
肉刑　961
肉色　13
肉冠　81
肉紅　13
肉食　352
肉食　362
肉桂　132
肉畜　79
肉排　362
肉欲　275
肉眼　156
肉票　955
肉痛　458
肉搏　982
肉搏戰　980
肉瘤　221
肉頭　186
肉頭　574
肉頭　1275

肉糜　362
肉贅　218
肉鬆　363
肉體　148
肋　162
肋巴骨　153
肋骨　153
肋條　153
肋條　363
肋膩　243
肋間肌　154
肋膜　170
肋膜炎　208
肌　153
肌肉　153
肌肉組織　150
肌腱　150
肌膚　154
肌纖維　153
肌體　148
自　256
自　644
自　1179
自力更生　1145
自刃　1000
自大　491
自己　256
自己人　313
自主　334
自以為是　550
自古　49
自用　491
自由　443
自由　503
自由口岸　828
自由外匯　854
自由市場　871
自由自在　503
自由泳　1089
自由港　828
自由貿易　883
自由詩　1032
自由職業　885
自由競爭　845
自由體操　1083
自白　604
自立　334
自刎　271
自各兒　256
自在　197
自在　503
自成一家　1137

自行火炮　1002
自行車　820
自行車運動　1092
自行其是　550
自作自受　346
自作聰明　550
自助商場　871
自助餐　355
自告奮勇　512
自吹自擂　594
自我　256
自我批評　917
自抑　451
自私　500
自私自利　500
自言自語　584
自身　256
自供　945
自來　55
自來水　409
自來水筆　657
自來火　1331
自制　451
自卑　524
自命不凡　492
自咎　611
自戕　271
自治　907
自治領　895
自治機關　898
自治縣　898
自信　556
自律神經　174
自怨自艾　473
自持　451
自是　491
自流井　409
自流灌溉　722
自若　449
自負　491
自述　1034
自食其力　334
自食其言　519
自食其果　346
自首　948
自乘　1358
自個兒　256
自修　1022
自家　256
自悔　473
自耕農　702
自高自大　492

自動化　781
自動化　847
自動步槍　1001
自動刮鬍刀　246
自動控制　781
自動傘　413
自動電梯　403
自動樓梯　403
自問　588
自強不息　334
自強不息　512
自得　442
自從　644
自殺　271
自習　1022
自責　611
自備外匯　854
自欺欺人　532
自焚　932
自然　1
自然　509
自然　1179
自然　1280
自然人　941
自然主義　1030
自然災害　721
自然界　1
自然科學　768
自然經濟　836
自然對數　1359
自然銅　1308
自然數　1356
自給　334
自裁　271
自訴　942
自費　420
自傳　1034
自愧弗如　524
自新　529
自誇　593
自詡　593
自慚　524
自慚形穢　473
自慚形穢　524
自滿　491
自盡　271
自稱　255
自稱　617
自製　734
自說自話　550
自輕自賤　524
自鳴得意　442

笨拙　744	粗壯　1271	統統　1240	細密　515	累進稅　848
笨重　185	粗拉　1278	統貨　875	細密　662	累積　1352
笨重　1278	粗枝大葉　515	統馭　992	細密　1183	累贅　663
笨蛋　574	粗俗　506	統稱　638	細密　1278	累贅　1230
笨貨　574	粗活　733	統領　992	細條　185	終　1207
笨嘴笨舌　587	粗重　18	統銷　877	細菌　147	終了　1207
笛　1064	粗重　185	統戰　930	細菌性痢疾　214	終日　63
笛子　1064	粗重　1271	統艙　831	細菌武器　999	終止　1207
笛膜　1066	粗重　1279	統濟統計　869	細菌肥料　716	終古　52
第　648	粗陋　1279	統購　876	細微　18	終生　250
第一　1228	粗食　356	統轄　907	細微　1227	終伏　65
第一　1345	粗紡　752	統籌　559	細微　1272	終年　60
第一世界　896	粗茶淡飯　356	統屬　907	細碎　1274	終局　1200
第一把手　899	粗密　1278	統攝　907	細節　1037	終究　1207
第一產業　845	粗淺　1225	縈　814	細節　1128	終久　1207
第二世界　896	粗率　515	縈花　391	細嫩　1276	終身　250
第二產業　845	粗略　1237	縈營　974	細語　588	終身大事　277
第三人　943	粗略　1368	紹介　326	細說　581	終夜　64
第三世界　896	粗疏　515	紹酒　369	細潤　1278	終於　1207
第三者　282	粗笨　185	紹劇　1048	細緻　662	終南捷徑　314
第三產業　845	粗笨　1278	紹興大班　1048	細緻　1183	終南捷徑　1202
第五縱隊　998	粗野　505	紹興酒　369	細緻　1278	終場　1045
第納爾　853	粗鹵　505	紹興亂彈　1048	細膩　662	終結　1207
符　685	粗話　591	絀　1354	細膩　1278	終極　1206
符　1116	粗飼料　727	細　18	細糧　352	終歲　60
符　1249	粗實　1271	細　514	紳士　296	終端設備　779
符合　1249	粗實　1276	細　1227	紳士協定　921	終審　943
符咒　1116	粗腿病　215	細　1271	紳者　296	終歸　1207
符節　974	粗製品　756	細　1278	組　1379	羞　540
符號　685	粗製濫造　512	細小　18	組分　1259	羞人　540
符籙　1116	粗豪　491	細小　1272	組合　1298	羞人答答　540
笙　1064	粗鄙　506	細工　744	組合　1361	羞怯　540
笙歌　1059	粗暴　493	細心　514	組合家具　409	羞恥　294
粒　1265	粗罵　592	細水長流　421	組曲　1058	羞辱　293
粒　1376	粗魯　505	細巧　1278	組接　1298	羞辱　534
粒子　1258	粗糙　1278	細布　394	組畫　1070	羞赧　473
粒肥　716	粗獷　491	細目　672	組裝　747	羞答答　540
粒選　710	粗獷　506	細作　997	組歌　1057	羞愧　473
粗　18	粗糧　352	細枝末節　1128	組稿　678	羞慚　473
粗　505	絆腳石　1165	細長　1272	組織　149	羞澀　540
粗　515	統一戰線　930	細則　940	組織　287	羚牛　89
粗　1271	統制　907	細挑　185	組織　288	羚羊　89
粗　1278	統治　906	細故　1128	組織　1132	翌日　63
粗大　18	統帥　971	細活　733	組織液　168	翌年　60
粗大　185	統帥　992	細胞　72	累　196	翎　82
粗大　1271	統帥部　992	細胞　149	累　733	翎子　1043
粗心　515	統括　563	細胞核　72	累及　307	翎毛　82
粗布　393	統計　868	細胞膜　72	累世　51	翎毛　1070
粗劣　1175	統計表　868	細胞質　72	累年　51	習　497
粗劣　1278	統計圖　869	細胞壁　72	累次　1211	習　567
粗壯　18	統計調查　869	細紡　752	累累　1211	習　1021
粗壯　195	統率　992	細針密縷　1183	累進　1352	習以為常　497

1A52
實用漢語分類辭典

主　　編／董大年	
副 主 編／曹永興	
責任編輯／黃文瓊	
助理編輯／謝佩君　馬念惠　楊明	
封面設計／仲雅筠	

原出版者／漢語大詞典出版社
臺灣版
出 版 者／五南圖書出版公司

　　　　　登 記 號：局版臺業字第 0598 號
　　　　　地　　　址：台北市大安區 106
　　　　　　　　　　　和平東路二段 339 號 4 樓
　　　　　電　　　話：(02)27055066（代表號）
　　　　　傳　　　真：(02)27066100
　　　　　劃　　　撥：0106895-3
　　　　　網　　　址：http://www.wunan.com.tw
　　　　　電子郵件：wunan@wunan.com.tw
發 行 人／楊榮川

排　　版／蘭臺電腦排版股份有限公司
製　　版／宏冠照相製版有限公司
印　　刷／元東印刷事業有限公司
裝　　訂／怡泰裝訂行

2001 年 11 月初版一刷

ISBN 957-11-2477-X

定價　750 元
（如有缺頁或倒裝，本公司負責換新）

本書由漢語大詞典出版社（中國·上海）授權出版

國家圖書館出版品預行編目資料

實用漢語分類辭典／董大年主編.－－初版.－－

臺北市：五南，2001〔民90〕

面；　公分

含索引

ISBN 957-11-2477-X（精裝）

1.中國語言－字典，辭典

802.326   90008149